湖北省学术著作
Hubei Special Funds for
Academic Publications
出版专项资金

# 新中国儿童文学

**（1949—2019）** 中

## Children's Literature of New China in 70 Years

王泉根　主编

长江出版传媒

长江少年儿童出版社

# 第四辑

## 70年儿童文学作家原创

# 导　言

作家是文学作品的直接生产者,没有作家的创作就没有作品,也就没有文学的系统工程。70 年中国儿童文学的成就突出体现在原创儿童文学作品的大面积丰收和文学质量的提升上。70 年间,我国儿童文学曾在长时期内拥有过"五代同堂"的鼎盛局面,既有叶圣陶、冰心、茅盾等新文化运动前后开创与奠基的一代,又有张天翼、陈伯吹、严文井、贺宜等从 20 世纪三四十年代战争环境中走过来的革命和救亡的一代,也有金近、任大霖、任大星、葛翠琳、洪汛涛、鲁兵、任溶溶以及孙幼军、金波等创造了共和国儿童文学第一个"黄金时期"同时又经历过各种"运动"的一代,同时有曹文轩、秦文君、张之路、沈石溪、班马、黄蓓佳、董宏猷、葛冰、周锐、冰波、郑春华等在改革开放年代成长起来的一代;使人欣慰的是,还有李东华、汤素兰、彭学军、薛涛、殷健灵等更年轻的世纪之交网络时代逐渐成熟的一代,以及陈诗哥、左昡、周静等"80 后"。五代儿童文学作家,用他们的智慧、才情和心血,用他们对儿童世界的满腔热情与奉献,共同见证和造就了 70 年儿童文学的辉煌成就。

本辑所选文章,正是对五代儿童文学代表性作家的研究和解读。本书编委会经过认真讨论,最终选择了 100 多位作家的研究文章。为体现出"历史性",所选文章按被论作家的出生年月先后为序编排,从1894 年出生、打造现代中国原创童话开篇之作《稻草人》的叶圣陶,到最年轻的 1982 年出生于湖南的周静。洋洋乎,70 年间全国各地各民族多少小百花园丁呕心沥血倾情奉献,方造就儿童文苑似锦繁花;济济乎,百余位代表性儿童文学小说作家、童话作家、寓言作家、诗人、散文作家、科幻作家、剧作家，齐聚一堂畅所欲言曲肱饮水童心不老岁月如歌，真有不可形容者也。

# 试论叶圣陶的童话创作

蒋 风

叶圣陶是我国第一个现实主义童话作家。他的《稻草人》是我国第一部现实主义的童话作品。《稻草人》不仅在现代儿童文学史上具有里程碑的意义，而且在现代文学史上也占有一定的地位。叶圣陶的全部童话作品（包括收在《稻草人》中的 23 篇、《古代英雄的石像》中的 9 篇和《未结集》中的少数几篇），丰富了我国儿童文学的宝库。

鲁迅曾经这样评价《稻草人》的历史地位：

> "……十来年前，叶绍钧先生的《稻草人》是给中国的童话开了一条自己创作的路子。"[①]

这无疑是极高的赞许和公正的评价，是鲁迅考察了我国儿童文学全部发展的历史之后得出的极其确切的结论。

为了正确理解鲁迅对叶圣陶童话的评价，并了解它的首创意义，先须简略回顾一下我国现代儿童文学发展的概况。

在旧中国，由于长期处在封建统治下，儿童一向被当作大人的附属品，没有独立的人格，儿童的社会地位和他们生活上、精神上的需要，也一向不被人注意，很少有人对儿童问题作过认真的考虑。在中国旧文学中，儿童文学作为一种文学样式是不存在的。封建时代，不大可能有专为儿童创作的文学读物，即使有，也只是《神童诗》《幼学琼林》《二十四孝》之类。在那时代，儿童对精神食粮饥渴的缺陷，主要从人民口头创作及《水浒传》《西游记》《镜花缘》等古典小说中得到一些弥补。这一情况，正和世界儿童文学的产生和发展一样，它不能不受着历代统治阶级的意识及其文化教育思想的限制。

直到 19 世纪末至 20 世纪初，受到世界革命民主主义进步思潮的冲击，我国才有一些资产阶级民主革命家注意到儿童教育，提出了编撰儿童读物的问题。这时，在维新派改良主义的"西学为用"思想影响下，从西欧翻译了不少可以作为儿童读物的作品。如林琴南选译了《伊索寓言》《鲁滨孙漂流记》《堂吉诃德》，君朔译了《侠隐记》，梁启超译了《小豪杰放洋记》，周桂笙也先后选译了《天方夜谭》《伊索寓言》和格林童话的部分篇章，后汇集编成《新盒谐谭》于 1900 年出版，孙毓修编译的《童话》也接着陆续出版。还应该提到的是，鲁迅也早在 1903 年就把儒勒·凡尔纳的《月界旅行》和《地底旅行》介绍给中国的读者。从此以后，我国儿童对精神食粮的饥渴状况开始有所转变。以上翻译家们，特别是鲁迅，筚路蓝缕地从事儿童文学翻译工作，为我国新儿童文学的诞生，起了催生的作用。

但是，这一时期的儿童读物，局限在翻译方面，却很少有创作的，内容也较陈旧，与现

实生活有很大距离。因为这些翻译作品大多不是专为儿童翻译的，译文几乎全是文言文，对小读者的阅读和接受都造成一定的限制。从这一角度看，当时儿童的社会地位和他们急需的精神食粮仍未受到社会的足够重视。

1918年，《新青年》征求关于妇女问题和儿童问题的文章，此后主编陈仲甫又曾谈到他不赞成把儿童文学运动看作仅仅是直译一些安徒生和格林兄弟的童话，而忘记了儿童文学是整个儿童问题的一部分。从这些事实可以看到儿童开始受到社会的重视，儿童文学也同儿童问题联系起来，同当时的反帝反封建的革命运动联系起来了。

这就表明，五四运动后，由于新民主主义革命运动的高涨，促使我国儿童文学迈进了一大步，开始出现了较显著的变化。不少出版商出了一些"新"内容的儿童读物：除孙毓修以"中学为体"的形式编译的《童话》丛刊继续出刊，并有沈德鸿（茅盾）参加编撰外，大批的儿童读物以丛刊或丛书的形式出版，如吴研因、沈百英编的《儿童文学读本》（上海商务印书馆），陆费逵、杨喆编的《小小说》（中华书局），徐傅霖编的《世界童话》（中华书局）等，稍后出版的有中华书局的《儿童文学丛书》，开明书店的《世界少年文学丛刊》等。

这些出版物中，有一部分是较好的，但总的看，思想内容没有严格的标准和明确的要求，或者很少关心到这个方面，或者有意识地使儿童屈从于特定的道德范畴，大多作者没有认真引导儿童联系现实生活。相反的，当时在胡适、周作人之流的资产阶级儿童文学理论影响下，着意要使小读者与现实生活绝缘。因此，充斥在当时书肆中比较多的还是虚伪、拙劣、庸俗的读物。

1921年，叶圣陶创作的童话陆续发表，使我国儿童读物出现了重大的变化。我国开始有自己创作的新的健康的儿童文学作品了。它"给中国童话开了一条自己创作的路"，为我国儿童文学发展奠下了一块基石。它表明中国儿童文学进入一个新阶段，预示着日后光辉的前景。

叶圣陶出生在小资产阶级家庭。在那黑暗的社会，一个小康之家的子弟，仍然逃不脱失学的命运。他念完中学，因生活逼迫不能继续升学，便开始了小学教师的生涯。这使年轻的叶圣陶有了与广大贫苦人民接触的机会，看到当时社会上腐朽、黑暗和不合理的现象。这时，正当辛亥革命失败之后，新民主主义革命的前夕，革命的浪潮冲击着整个社会，也冲击着年轻的叶圣陶。中国历史上空前巨大的变化，摆在他的眼前，而对着社会的种种变化，他不能不就他所认识所理解的提出自己的看法。因此，在"五四"前后，他开始写作，写了《隔膜》《火灾》《线下》《城中》《倪焕之》等小说。这些作品是在继承我国进步文学的现实主义传统的基础上汲取西欧文学的优点，用现实主义的武器，来暴露和批判当时那个黑暗社会的矛盾和种种罪恶，描绘出一幅幅客观现实生活的图景。在他的小说中，客观、真实地反映了小市民和知识分子的灰色生活。作品中的主角，多半是"小人物"。作者一方面谴责他们的软弱，一方面对他们被侮辱被损害的命运，又寄予极大的同情。至于社会上那些寄生阶级，作者则采取蔑视的态度。由于作者忠实于生活，所以尽管当时还不能运用阶级观点来分析和处理题材，但通过一些灰暗生活的描绘，却能勾勒出当时社会阶级压迫的轮廓。

比从事小说创作稍晚两三年，叶圣陶开始为孩子们创作童话。起初他"梦想一个美丽的童话的人生，一个儿童的天真的国土"[②]，希望给小读者创造一个世外的天地，不让他们感受到现实的黑暗、心灵烙上痛苦的烙痕。但是，当时我国正处在反动统治下极度黑暗的年代,现实实在太残酷了,幻想的帷幕掩盖不住生活中的丑恶和阴暗。作为一个现实主义者的叶圣陶,他不能闭眼不看现实,当他看到那血淋淋的现实后,不得不放弃天真的幻想,而用现实的色调来涂抹幻想的图画。只不过为了适合特定的对象,作者只得借用鸟言兽语来反映和探索人生的一般问题,写下了现实主义的童话。

在五四运动的号召与推动下,鲁迅首先与反动的儿童文学作斗争,从理论上奠定我国儿童文学的现实主义基础。叶圣陶则从创作实践上,继承了我国进步文学的传统,创造了现实主义的童话艺术,使得他的童话不同于过去,而具有新的特质,在儿童文学的天地里起了推陈出新的作用。

前面提到"五四"以后,我国出版了不少"新"的儿童读物。这"新"是相对的,其实这些读物的思想、题材、形象和结构等,都并不新鲜,大部分是利用现成的材料拼凑改作的。它们的题材不外来自下列三个方面:

1. 从西洋童话翻译改写。安徒生、格林兄弟、王尔德、爱罗先珂等人的童话大量介绍过来,其他如《阿丽思漫游奇境记》也在 1921 年介绍到中国。与过去稍稍不同的,只是把孙毓修等人改写过的或未曾利用过的西洋童话再来个直译或用语体文改写而已。

2. 从古籍中撷取题材加工编改的,也占了相当的数量。如中华出版百余册《小小说》就是全部从《三国演义》《水浒传》《西游记》等古典小说、笔记中截取片段改写的。

3. 从民间故事、传说中取材的也不少。有的不加选择地照着原样抄录,有的用改编者的观点加以窜改装点,有的只抓到一星半点材料,任意虚构铺展成篇,如米星如编写的《仙蟹》和《吹箫人》一类[③]。

上述读物取材不一,观点、风格不一,质量也高下不同,但他们都是利用现成材料改制的,很少作家独创的作品。

在叶圣陶的童话出现以前,儿童读物作者惯于从现成的材料中找素材,作为加工改制的对象,因此,在编写过程中,盲目仿效外国童话的形象和结构,成了一时的风气。当时,有不少作者按照流行的天鹅型、灰姑娘型、大拇指型、睡美人型等模子来编制故事,原封不动地套用国王、王后、王子、公主、巨人、美人鱼、神巫、妖魔等童话形象。情节往往大同小异,人物面貌好似一个模子里造出来的,公式化倾向相当严重。

当然,在"五四"时期,旧的一切正受到清算、抛弃,而新的尚未诞生的情况下,上述读物曾起到了桥梁的作用,不应贬低它们对开创我国儿童文学新天地的一定功绩。但是,在肯定成绩的同时,不能不指出这类作品的缺陷——它们毕竟是现成材料的"复制品",缺乏创造性。

在儿童文学阵地中突破这种因袭的做法,叶圣陶是较早的一个。他用自己的艺术创造,写出了数十篇不同于模仿、翻版的艺术童话,丰富了儿童文学宝库,并为我们创作新的儿童文学提供了一些范例。

叶圣陶善于面向现实生活,从中撷取题材。如《地球》写出了两极分化的生活,指出"劳心者治人,劳力者治于人"的不合理现实;《旅行家》借从别的星球来的旅行家的嘴,表达了作者对私有制社会的批判;《画眉鸟》给小读者描绘了一个可悲的现实:"不幸的东西填满了世界,都市里有,山林里有,小屋子里有,高楼大厦里有";《鲤鱼遇险》反映了旧社会那个黑白颠倒的世界里,好心必不得好报……作者对这种种不合理的社会制度,抱着严峻的批判态度。他开始写童话时的那种天真的幻想破灭了,勇敢地突破过去那个自我编织的幻想的网络,从现实中发掘素材,编成亲切感人的故事,借此揭露丑恶现实,热诚

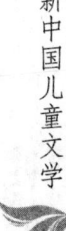

地向孩子们提出对它的控诉和批判。

这种批判,最明显地表现在代表作《稻草人》中。作品通过稻草人黑夜所见,揭露了当时社会的罪恶。稻草人看见一个可怜的老妇人十多年来接二连三地遭遇不幸:死了丈夫又失去儿子,急得害了心痛病,过着孤苦伶仃的生活,独自下田劳动。熬过多年,好容易把丈夫、儿子的丧葬费用还清,可是接着又是两年水灾,颗粒不收,几乎把眼睛哭瞎,这一年眼看快要丰收,却又遇到虫灾……这个老妇人代表了旧社会广大受苦受难的农民。从她的遭遇,我们看到了反动政权下天灾人祸给人民造成深重的灾难。

作品写到稻草人正为老妇人的悲惨命运而痛哭时,又看到贫苦劳累已极的渔妇深夜打鱼,却把自己的病孩丢在一边,连一口茶水都喝不上。它还看见另一个妇女,因为不甘心被人任意出卖而投河自杀……这些劳动人民的不幸命运,正是那黑暗社会的普遍现象。

叶圣陶的童话创作,除了初期极少数篇章外,都是取材于现实生活,真实地反映生活矛盾,暴露和谴责当时的黑暗社会。他的童话,不再是勇士的奇遇、公主的善心一类虚幻的故事,而是孩子们周围接触到的真实的人生中的严肃问题。

叶圣陶的童话不能说完全没有受到安徒生、王尔德、格林兄弟、爱罗先珂等人的影响,他的作品也不是说与民间创作和西洋童话没有继承借鉴的关系。这是他自己也承认的。[④]但是,他的童话绝不是西欧童话的翻版。日本的研究者说:"……叶绍钧的作品,除了这《稻草人》公式化的居多。……无论哪一篇都以安徒生、格林、贝洛尔等为底子,多少加上了一点中国式的色彩。"[⑤]这种看法是片面的,因而也是错误的。

尽管有时可从叶圣陶童话中找到一些与西洋作家的作品在题材风格上相近的因素,但细心的研究者一定可以看出:叶圣陶童话中的绝大部分,思想内容是当时中国现实生活的反映,艺术风格上也具有民族特色和个人独创,绝非过去那些仿制改造的赝品可以类比的。

在叶作中,无论人物、背景和生活气氛,都是我们中国当时社会生活的反映。作者摆脱了当时流行的国王、王后、神巫、妖魔等形象,创造了过去童话中未曾出现过的人物形象,如徘徊在花园之外,想进去逛一回都不可得的贫苦孩子长儿(《花园之外》);不愿为有闲阶级演奏的胡琴名手祥儿(《祥哥的胡琴》);为生活所迫,不得不低头含泪、颤声卖唱的小姑娘(《画眉鸟》);还有《稻草人》中,受尽旧社会摧残的老妇人,劳累不堪的渔妇,被赌鬼丈夫逼得走投无路而投水自尽的妇女等等。这些都是当时现实生活中活生生的人,有个性特征,也反映了一定的社会本质。这些形象比起过去一般童话中的形象大不相同了,活动在童话世界里的人物不再是一些虚无缥缈的超现实的角色,而是在现实生活中随处可看到的人。作品具有更深刻的现实意义。

作品的背景和生活气氛也很少超现实的色彩。读了《画眉鸟》《稻草人》《鸟言兽语》《火车头的经历》等篇章,我们便可以从中清楚地看到旧中国黑暗现实的概貌。尽管有的篇章抹上一层童话所独有的幻想的色彩,但透过幻想的折光,出现在我们面前的仍然是一个阶级压迫的世界。在这一点上,作者也大胆地突破了当时流行的童话论——认为儿童是纯洁的,社会的阴暗面不宜过早地染上孩子的心灵,只有那种"非教训的无意思,空灵的幻想"才适宜与儿童世界接近[⑥]——敢于如实地描写生活,毫不讳饰,在他作品中反映的现实,就是地地道道的当时我国社会生活的独有的风貌,使作品带着浓厚的生活色彩,让孩子们看清那个丑恶的现实。在叶圣陶的童话中,不仅人物、背景和生活气氛具有鲜明的民族色彩,而且在语言的运用上也注意民族的风格。当时欧化语言十分风靡,叶圣陶童话的语言却始终保持我们民族的语言习惯，具有简洁、朴素、接近口语的特点，很少有欧化的成分。

这一切说明，叶圣陶的童话不仅充满现实的内容，而且具有民族的风格，绝非向壁虚构滥用现成材料编织出来的拙劣货色可与相比，而是突破因袭的旧套，发挥独创性的劳动成果。

在叶圣陶的童话中，即使有借用一些现成材料的地方，例如他曾凭借安徒生的《皇帝的新装》写了一个续篇——《皇帝的新衣》，但是，他笔下那个虚伪、凶残的统治者，已不同于安徒生作品中的皇帝，却是当时中国反动统治者的真实写照。读了作品，不能不使人联想到独夫蒋介石的所作所为。那个裸体皇帝，以最残暴的手段压制人民的言论自由。说他坏话的要杀，笑和小声说话的要杀，以致小孩子哭，女人唱歌也要杀。他颐指气使就成法律，如此愚蠢可笑，不正是蒋介石的做法吗？作品反映的生活已远远脱出安徒生作品的范围，而是地道的中国当时社会现实的缩影。这说明，它已不同于那些原篇模制的作品，而是有着更多的创造了。

当然，主要之点不在于题材的新颖或陈旧，形象的创造或假借，更重要的还在于思想内容。拿什么去教育儿童，这应该是每个儿童文学作家提笔之前，首先应该考虑的问题。在"五四"前后出版的一些儿童读物中，却很少考虑到这个问题。当时的许多童话作品多数是按形式表编造出来的故事，缺乏明确的主题和深刻的思想。相反的，却有意无意地给孩子们灌输了不同程度的毒素。有的教育孩子忍受侮辱，听命服从，说那就能得到神仙的帮助；有的告诉孩子说乐善好施的都能得到善报；有的宣扬了忠孝节义等封建道德观念；有的甚至引导孩子走向虚无缥缈的世界，沉浸在妖魔鬼怪的毒雾中，不知不觉地给孩子们灌注了大量的迷信思想。即使偶尔接触到现实生活中的问题，也只是浮光掠影，极不深刻。

不突破这种虚伪、拙劣、平庸的倾向，我国儿童文学创作就不可能发展。可是，当时的儿童文学领域内就缺少打破陈旧传统的革新精神。

叶圣陶第一个反对虚伪说教和因袭旧套，以自己的艺术独创代替仿制，以现实主义代替形式主义，打破庸俗、停滞的局面，促进了我国儿童文学的发展。

和清末民初出现的一些儿童读物不同，叶圣陶的童话篇篇都具有相当高度的思想性。作者善于从平常的现象中抽出它的本质，再通过童话幻想的折光反映出来，使作品具有典型意义。

例如《古代英雄的石像》写雕刻家把大石头刻成一个古代英雄，凿下来的小石块做了石台，垫在英雄石像的下面。石像就骄傲起来："看我多荣耀！我有特殊地位，站得比一切都高。"他眼望前方，瞧不起自己的伙伴，不屑靠近它们。尽管小石头一再提醒他："只要我们抛开你，你就不得高高地……"可是他执迷不悟，坚持错误，终于粉身碎骨。最后作者让它们"集合在一块，铺成真实的路，让人们在上面高高兴兴地走"！这篇童话不仅说明了：高高在上的脱离群众的"英雄"，最终总会倒下来的。而且，指出了许多人集合起来，会形成巨大的力量。作品歌颂了平等的思想和为大众服务的思想。

其他如《聪明的野牛》《皇帝的新衣》《蚕和蚂蚁》等篇都寄寓了祖国人民争取自由和反抗黑暗统治的思想。作者能够精确而朴素地表现出日常生活中的哲理，让小读者从童话的折光中，揣摩到深刻的社会意义和历史意义。这说明叶圣陶的童话一反过去不重视思想性的错误倾向。

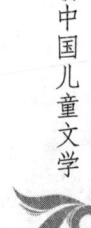

叶圣陶的童话之所以能如此重视思想性，是同他的进步的世界观和现实主义的创作方法分不开的。他经历了五四运动，受到民主思想的洗礼。他的一生又和教育事业结下了亲密的关系，他热爱儿童，也热爱教育事业，因此，当他为孩子写作的时候，就不能不体现民主主义的思想，不能不为反帝反封建的政治任务服务。虽然在那时，他为儿童创作，还不可能有明确的社会主义方向，但从他的童话创作的道路看，并没有被当时周作人之流所提倡的童话框子框住，不曾去追求那种"无意思的意思"，虚幻的趣味，而是严格遵循现实主义的法则，为孩子们剥开平凡生活的外衣，揭露黑暗的现实，让小读者通过幻想的形式来认识世界。他写的那些虚构的故事，都带有鲜明的现实的生活色彩，并从中体现了强烈的思想性。这表明叶圣陶不但用自己的创作，改变当时儿童文学的创作倾向，而且想以自己的童话作品对下一代进行思想品德教育。叶圣陶在新中国成立后为《稻草人》的英译本写的序言中也提到，他当年写作这些童话的"意图是希望引起孩子们对现实生活的兴趣，并关心周围发生的事物"[②]。除了《小白船》《芳儿的梦》《梧桐子》等篇章外，基本上是从现实生活中撷取素材的。他善于面向着人生，现代性的题材成了他童话创作中的主要部分，对现实严峻的批判成了他童话作品的基调。叶圣陶以自己的创作实践，一反过去童话界那种凭空虚构的恶习。

虽然，叶作也有许多虚幻的想象，所描写的事物，在现实生活中并不存在，可是它们都和现实生活联系得那么紧密。如上面提到过的《画眉鸟》《旅行家》《花园之外》《稻草人》等篇章，就构成了一幅人吃人的阶级社会的鲜明图画。他给孩子们讲的那些虚幻的故事，并没有远离现实，也没有美化现实。如在《快乐的人》中，快乐的人所处的社会是并不快乐的。这里有狡猾的骗子，有疲倦的采桑人和颓丧的纱厂女工；这里弥漫着富翁的铜臭和劳动者的血汗。《含羞草》中的含羞草就为这不公平的人间而羞愧，她为"疾病者走医生的门，却有被拒绝回来的事情"而羞愧，为"要兴造壮丽的市场，却有不管人家住在什么地方的事情"而羞愧。画眉鸟在笼中的处境（《画眉鸟》）和蚕儿在沸汤里的命运（《蚕儿和蚂蚁》），固然都是悲惨的，但却是现实的。另外如《鸟言兽语》讽刺了日本帝国主义的侵略，《火车头的经历》反映了"九一八"事变后中国学生的示威请愿运动，也都是现实生活的反映。叶圣陶笔下的童话世界，正如现实世界一样，并不是一片升平，而是充塞了阶级社会的不平与罪恶。作品中的虫鸟花草和当年的小读者处在同一的社会环境中，过着"人"的生活。叶圣陶的童话概括地反映了20世纪二三十年代中国社会的黑暗，帝国主义的侵略，军阀的专横以及人民的苦难和斗争，有着浓烈的现实意义和时代气息。

这一切显示了童话创作以至整个儿童文学创作方向的改变，也表明了作家在童话创作领域内把握现实、反映现实能力的提高。叶圣陶的作品就是一个标志。

叶圣陶是中国儿童文学史上一位最早的以真实反映现实生活为己任的童话作家。他的童话不仅在题材运用上有着首创意义，而且从形象、结构、形式以至整个思想内容方面改变了过去脱离现实的情况，扭转了公式化的、拙劣、庸俗的创作倾向。他以比较正确的世界观和现实主义的创作方法为孩子们描绘了广阔的现实生活，并使触及的生活面得到真实、深刻和本质的反映。

综上所述，叶圣陶的童话在我国儿童文学创作中开创了一个崭新的局面。他的作品不仅形式上突破因袭的传统，显示了革新精神，而且在思想内容上改变了脱离现实忽视思想性的创作倾向，真实地反映了现实生活，具有鲜明的时代色彩，表现了进步的倾向，同时也体现了作者的民主主义思想和独创精神；不仅为我国童话开创了一条继承优良传统的真正现实主义的路，而且也为以后继起的张天翼、陈伯吹、贺宜、严文井、金近等童话作家的创作起了"开来"的作用。他的童话创作，促使我国儿童文学创作向前大大地迈进了一步。无疑的，叶圣陶是我国现代儿童文学史上的一位革新家。

在肯定叶圣陶的童话的成就时，我们也应看到他作品中的缺点。由于作者当时世界观的限制，对于中国社会的出路，没有明确的认识，所以在揭露现实的黑暗和冷酷时，难免凝结了自己的"成人的悲哀"，流露出低沉的情调，并将它传给了幼小的一代。在作品中，往往对旧的深恶痛绝的同时，又感到无力变更它的痛苦，缺乏一种乐观、开朗的情调。

尽管白璧有瑕，但早在 20 世纪 20 年代，我们儿童文学领域里已出现了这样的现实主义的童话作品，就不能不说是作者对我国儿童文学的一个突出贡献。

叶圣陶在 30 多年前为孩子所写下的数十篇童话是具有里程碑意义的。他的作品将永远在我国儿童文学发展史上占有一页光辉地位。

[注释]

①鲁迅：《〈表〉译者的话》，见《鲁迅译文集》第 4 卷，第 225 页。

②郑振铎：《〈稻草人〉序》。

③米星如：《〈吹箫人〉序》，商务印书馆 1929 年版。

④陈伯吹：《漫谈"外国儿童文学在中国"》，《延河》1958 年 6 月号。

⑤[日]新岛淳良：《现代儿童文学の流れ》，《世界儿童文学》(日本东京版)1960 年 12 月。

⑥参阅周作人的一些童话论文。

⑦《The Scarecrow》Preface，外文出版社。

（原载《浙江师范学院学报》1963 年第 1 期）

# 论冰心的儿童文学创作

卓　如

低头爱抚着身边的孩子，
抬头展望着祖国的未来。

——冰心《献词》

一

　　冰心的儿童文学作品充满着对少年儿童的爱和希望。她从儿童的特点出发，寓教育于情趣之中，以情感人。她从不以少年儿童的教育者面貌出现，不作空泛说教，生硬的训诫，而是采用与少年儿童促膝谈心的方式，以亲切、委婉的语调，述说自己生活中的见闻和内心的感受，并且叙述得那样富于情趣，那样娓娓动听，那样情感淳厚，意绪绵绵，因而能够牵动少年儿童的心，促使他们在激动、快乐中不知不觉地受到作品所表现的主题思想的启迪，从中得到教益。

　　对少年儿童进行爱国主义教育，启发少年儿童的民族自尊心、民族自豪感，是冰心儿童文学作品中的一个重要内容。她的作品并不是一般地叙述祖国的伟大、可爱，而是以精巧的构思和生动的描写，抒发对祖国真挚、深沉的爱。

　　在《寄小读者》中，作者向亲爱的小朋友叙说当她登上邮船约克逊号，向父母之邦告别的时候，她的心是如何的飞扬而凄恻。"离开黄浦江，在太平洋舟中，青天碧海，独往独来之间，我常常忆起'海水直下万里深，谁人不言此离苦'两句，因为我无意中看到同舟众人，当倚栏俯视着船头飞溅的浪花的时候，眉宇间似乎都含着轻微的凄恻的意绪。"①作者和同轮船的旅伴都是胸怀壮志的学子，前往当时人们向往的美国深造，情绪本来应该是激越的，可是他们都个个含着凄恻的意绪，仿佛万吨巨轮那样的庞然大物，也载不动他们浓重的离愁。不言而喻，因为他们的身后抛下的是具有5000多年历史的故国，心萦意绕的父母之邦。当她涉足异域，她看到的是："处处是'新大陆的意味'，遍地看出鸿濛初辟的痕迹。国内一片苍古庄严，虽然有的只是颓废剥落的城垣宫殿，却都令人起一种'仰首欲攀低首拜'之思。"②一片热爱祖国之情，跃然纸上，给读者以强烈的感染。当她同女伴乘雪橇出游时，"双马飞驰，绕遍青山上下。一路林深处，冰枝拂衣，脆折有声。白雪压地，不见寸土，竟是洁无纤尘的世界。最美的是冰珠串结在野樱桃枝上，红白相间，晶莹向日，觉得人间珍宝，无此璀璨！途中女伴遥指一发青山，在天末起伏。我忽然想真个离家远了，连青山一发，也不是中原了。"③（重点号是引者加的）这里作者用她的生花妙笔，驱遣最适宜的清词丽句，把美国的青山点染成童话的世界。这瑰丽的天上人间，确实令人心驰神往。可是在"仙境"中漫游的冰心，在惊叹之后，却发出了"连青山一发，也不是中原了！"这坚实的一句，活托出了她思念祖国的深情。她虽然像翩翩的乳燕，横海飘游,而她的一颗完完整整的心,却留在中原故土了。

在新中国成立后冰心的儿童文学作品中,爱国主义情感表现得更为浓烈,而且充满着坚定的民族自豪感。她以清新的笔触,描画经过翻天覆地变化的祖国的新天、新地、新人。作者满怀豪情赞美她,字里行间倾注着她的挚情,带领小读者认识我们祖国的无比伟大和极其可爱。

作者对祖国由衷的赞颂,不是抽象的,而是通过她亲身的感受,自然而然地抒发出来的。这感受是以耳闻目睹,新旧对比为基础;加上作者细密的观察,艺术的组合,生动、形象地反映出来。如《再寄小读者·通讯九》中,在描绘中原大地的新气象时,先叙述 20 年前黄河决堤时,洪水像千万头狂奔的猛兽一样,涌进下游辽阔的大地,鲸吞了近百万人的生命,房舍耕畜一洗而空。今天,"勤劳、勇敢、聪明的人民,破除了黄河大堤,建成了造福万民的东风渠,把沙荒泥积的大地,变成了鱼米花果之乡……平坦的大路两旁,树木青翠,远远的麦田,整齐得像绿毯一样,大路的北边,积水成湖,在夕阳下放着金光,据说里面养着几十万尾的鱼。这里不久要建成一座北湖公园……"这样鲜明的映照,使小读者痛恨旧社会的黑暗,更珍惜今日的幸福生活,油然生起作为新中国少年儿童的自豪感。

冰心在儿童文学新作中,还进一步把爱国主义同国际主义有机地结合起来,启发少年儿童要有更广阔的胸怀。在《再寄小读者》和《三寄小读者》的一些通讯中,她向少年儿童描述了世界上还有许多地方,仍然在黑暗的笼罩之下,数以亿计的少年儿童还在过着没有阳光,没有幸福的生活;同时她还以欣喜的心情,告诉小读者,世界各国的人民,少年儿童之间的友谊是深厚的,人民的革命斗争是相互支援的。这些作品扩大了少年儿童的眼界,使幼小的心灵受到国际主义思想的熏陶。

## 二

知识,是人们在社会实践中积累起来的经验。"童子无知",朴素地说明了人的知识是在后天的实践中形成的。向少年儿童传授、灌输各方面的知识,是父母、教师和社会的神圣职责。儿童文学作品也就自然地成为少年儿童汲取知识的源泉之一。冰心在作品中,也往往根据少年儿童求知欲强的特点,艺术地穿插了一些天文、地理、历史、科学等方面的知识,灌输给小读者。但她不是简单地传授知识,既不像教科书那样系统,也不雷同于科普读物,而是在行云流水般的描述中,蕴藏着丰富的知识。通过生动、活泼的形象描绘,使少年儿童在趣味横生中扩大了知识面,增添着智慧。

少年儿童由于年龄的关系,他们直接生活的环境是有限的。他们向往祖国各地,大江南北,渴望着自己能像雄鹰一样,自由自在地在辽阔广大的国土上翱翔,饱览山南海北的绮丽风光,增长自己的见识。冰心深谙少年儿童对新鲜事物的兴趣,挥动自己的彩笔,把她喜爱的小读者从东海之滨的海防前线,带到西南边疆的青藏高原;从十三陵水库,带到丹江口水利枢纽工地;从北京天安门广场,带到西北少数民族地区;从黄河两岸,带到绿色的江南……就以《再寄小读者·通讯十》为例,看冰心笔下的西藏:

"是亚洲也是世界上最大的一个高原,历来被人们称为'世界的屋脊'。一座弯弯的像新月形的大山,躺在我国和印度的交界上,这就是喜马拉雅山,它的最高峰叫珠穆朗玛峰,高达 8800 多公尺,是世界第一高峰。喜马拉雅山上终年积雪,在金色的阳光下,衬着青翠的松林,风景是十分美丽的。"她给少年儿童灌输了知识,培植了少年学习地理的兴趣,而且通过西藏小朋友的想象:"假如在世界屋脊上,能建起全世界最高的天文台，来观测天象，那有多好！在水源最丰富的大山下，能建起一座大发电站，让这一片高原大放光明，那有多好！在蕴藏丰富的群山峻岭之中，深深地往下挖掘，挖出金子，铁砂，还有煤块……"启发少年儿童的智能，引导他们树立远大理想，探索大自然的奥秘，攀登科学技术的高峰。

处在长知识时期的少年儿童，他们不仅要了解祖国，而且渴望认识世界。异国他邦的种种，都能引起他们的极大的兴趣。冰心随着自己的足迹所到，详尽地向小朋友报道世界各国的历史、地理、文化、风俗，增长他们的见识，扩大他们的视野。比如，位于非洲东北部的埃及，沙漠占其总面积的 96%，全境干燥少雨，开罗平均年降雨量才 20 毫米。作者撇开概括性的介绍，首先从尼罗河着笔。尼罗河是世界上最大的河流之一，三角洲是文明古国埃及的发祥地。作者并不直截了当告诉读者，这条埃及境内唯一的天然河流，给埃及人民带来的好处，而是详细地描绘了尼罗河的塑像："尼罗河是一位慈祥的老人，他右臂斜倚着人面狮身像，侧卧在地上，旁边堆着一垛高高的麦穗和葡萄，最生动的是他的身上、身边，爬满围满了许多活泼嬉笑的、赤裸裸的小孩子，有的站在他肩上，有的骑在他臂上，有的坐在他身旁的麦堆上，有的三三两两地和他身边河水里的鳄鱼，撩拨嬉戏。"埃及人民亲切地称他为"尼罗河爸爸"。接着作者描写她一路沿着尼罗河，溯流而上，眼前旋转的是润湿的土地，茂盛的庄稼，和裹着头巾穿着长袍的男男女女，锄地的，车水的，放羊的，赶驴的……道旁的农舍，有窗有门，却没有屋顶，那时正是冬天，白天阳光满室，夜里顶着月亮和星星睡觉。通过这一系列生动的形象，把埃及的气候，埃及的雨量，尼罗河灌溉的效益，埃及人民的风俗习惯，都生动具体地传播给小读者。

小读者从冰心的儿童文学作品中，可以获得多方面的国际知识，诸如中日源远流长的关系，印度的古老文化，苏格兰的民间风俗，阿尔卑斯山的雪峰，密西西比河桥的建筑，意大利的今昔……冰心写道："西西里岛，四面被地中海所围抱，也被希腊人、腓尼斯人、撒拉逊人聚居过，被德国人、法国人、西班牙人占领过，……这个意大利靴尖上的足球，在外来的统治者脚上，踢来踢去……"①少年儿童通过意志力量，强制自己去观察、记忆某些事件的效果总是欠佳的。儿童文学作品采用这种生动的形象，浓郁的趣味，仿佛一块磁石，把小读者的心都吸引到作品中来。仔细阅读它，深刻理解它，就能留下深深的烙印，就会长久地记住它。即使几十年后，那只伸入地中海的靴子，那个在统治者脚下踢来踢去的靴尖上的足球，也是忘却不了的。所以优秀的儿童文学作品，还担负着形象地传播知识的作用，这也可以说是冰心的儿童文学作品的特色之一。

三

美的教育，对少年儿童是不可缺少的。郭沫若在《青春和美》一文中曾说："人类社会根本改造的步骤之一，应当是人的改造。人的根本改造应当从儿童的感情教育，美的教育入手。"培养少年儿童对自然界、社会生活、文艺作品美的欣赏能力，启发他们对于美的爱好和创造力是具有非常重要的意义的。因为儿童的思想是纯净的，像古人所说的"染于苍则苍，染于黄则黄"，可以画成五颜六色的图画。真善美的熏陶，能够培养高尚情操，假丑恶的侵蚀，也会污染纯洁心灵。冰心的儿童文学作品，注重以美的教育来陶冶和培养少年儿童的高尚品德，引导他们积极向上，健康成长，唤起他们对科学、对真理的渴望和追求。

对少年儿童来说，自然美是他们最容易理解和接受的。到大自然中去，无论是登山、远足、逛公园、观海潮……都能促使少年儿童兴奋不已。不管是盛开的鲜花，飞翔的鸟雀，巍峨的群峰，畅游的鱼儿，都能引起少年儿童喜爱之情。这一切冰心是有切身感受的。她在海边度过了童年和少年时期，辽阔的天空，蔚蓝色的大海，葱郁的山峦，曾深深地吸引过她。在她踏上创作道路之后，童年的回忆，在她脑海中活跃起来，不仅给她提供了许多创作的素材，而且使她进一步体会到大自然对于开阔她的胸怀，培养她的爱国主义感情，以及对她后来的创作，产生了多么大的影响。

为了培养少年儿童的审美观点和对于美的感受能力，冰心总是通过自己的亲身经历，着力给小读者描绘大自然的阔大无边和变幻无穷的绚丽色彩。冰心的儿童文学作品，仿佛就是一幅幅山水画卷，美不胜收。

"青山真有美极的时候，二月七日，正是五天风雪之后，万株树上，都结上一层冰壳。早起极光明的朝阳从东方捧出，照得这些冰树玉枝，寒光激射。下楼微步雪林中曲折行来，偶然回顾，一身自冰玉丛中穿过，小楼一角，隐隐看见我的帘幕。虽然一般的高处不胜寒，而此琼楼玉宇，竟在人间，而非天上。"（《寄小读者·通讯十六》）像这样佳美的景色，在冰心的儿童文学作品中比比皆是，诸如慰冰湖的明媚；玷池水边的丽人；玄妙湖的秀丽；白岭的雄伟；绮色佳的深幽；尼格拉大瀑布的坠云搓絮般的奔注；阿尔卑斯山顶上的一钩淡黄色的新月；威尼斯水街水巷的静美……这种自然美的着意描摹，使小读者恍若置身于自然美景中，从而引出丰富的想象，唤起内心美好的情感。

冰心以儿童文学作品对少年儿童进行美的教育时，把对自然美的描绘同特定的社会生活、斗争紧密地联系在一起。比如："一架一架雪白的朵朵棉桃似的大电灯，在宽阔的马路两旁竖立起来了；天安门两厢的大厦的脚手架都拆走了，涌现出两座庄严雄伟的建筑。一棵一棵的大松树，大柳树，从城外连根移来，栽在人民英雄纪念碑的两旁。这些大树，将使这广场上，一年四季有最爽人心目的颜色，松树的苍绿、柳树的青翠和枫叶的绯红，将衬映得四周高大的建筑，更加庄严，更加美丽。"这辉煌的景象，是经过无数革命先烈的英勇斗争，在劳动人民扬眉吐气的时代才可能出现的。这里不仅仅有花木山川的美，城市农村的美，而且具有广大群众向大自然开战，向旧的社会制度斗争的美。这样的美育，能启迪少年儿童热爱人生，热爱事业，激励他们为改造世界，创造更美好的未来而斗争。儿童文学和其他艺术作品一样，"助成奋斗，向上，美化的诸种行动。"⑤冰心的儿童文学作品，正体现了这个思想。她深入挖掘生活的美，用一连串美的画幅，美的意境，美的情感，撩拨着童真的心泉，漾起经久不息的涟漪，促使幼小纯洁的心更高尚，更完美。

对于美，冰心有着自己的见解，她认为只有真的善的，才是美的；离开真和善，虚伪的，粉饰的，根本谈不上美。当然，这种真和善是不能离开社会性的，文学作品要反映时代的本质和特征，这是真和善的基础。不能对孩子说假话，不给孩子们看野蛮的，邪恶的东西，这是她的儿童文学创作的准则。她平日总想以"真"（当然是艺术的"真"）为写作的唯一条件，她的作品"喜欢描写快乐光明的事物，喜欢使用明朗清新的字句"⑥，往往是以亲切、委婉的笔调抒真情、写实景，在《只拣儿童多处行》中，作者写从香山归来，路过颐和园，下车迎着儿童的涌流，挤进园去，看着成千盈百的孩子，就像关不住的小天使，东一堆西一簇，唧唧呱呱地说着，笑着，有的"背倚着树根，坐在小山坡上，聚精会神地看小人书。湖面无数坐满儿童的小船，在波浪上荡漾，一面一面鲜红的队旗，在骀荡的东风里哗哗地响着"。这是一幅充满生机的朝气蓬勃的春游图画，是少年儿童生活的真实写照，孩子们读后，一定会感到非常高兴，因为他们就是这样度过欢乐的日子的。这种从现实生活的

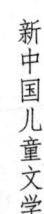

深处，从看似平凡的日常生活中，挖掘出来的真正的美，能使读者热爱生活，珍惜青春年少，产生激越向上的力量。

**[注释]**

①②③《寄小读者·通讯十六》。

④《再寄小读者·通讯五》。

⑤鲁迅《致唐英伟》，见《鲁迅书信集》下卷，第 840 页。

⑥冰心《归来以后》。

（原载卓如编《冰心和儿童文学》，少年儿童出版社 1990 年版）

# 高士其及其作品

叶永烈

　　高士其,是中国科普界的一面鲜红的旗帜。不论就"人"来说,还是就"文"来说,高士其都不愧为我们时代的楷模。高士其是中国的保尔·柯察金,是一位"患病不病的病人"。

　　最初,我从高士其的作品中结识他。我在北京大学上学时,星期天有时进城,最爱去的是旧书店,在那里"淘"旧书。我"淘"得高士其在 1941 年出版的《菌儿自传》,"淘"得中国第一本科学小品集——1935 年由上海文化书店出版的《越想越糊涂》一书。

　　在 1962 年 4 月 20 日下午,我有幸在北京西郊第一次拜访了高士其,他回答了我提出的一系列问题。那一下午的谈话,我整理成《高士其谈科普创作》一文。从那以后,高士其一直成为我心中的楷模。我们保持着经常的联系。即使我到了上海工作,即使在十年浩劫之中,仍书信不断。1978 年,我写了 20 万字的长篇文学传记《高士其爷爷》一书。在写作过程中,我多次访问了他,并访问了他的数十位亲友,使我对这位中国少年儿童的"爷爷"有了比较深入的了解。

　　高士其原名高仕镇,福建省福州市人,1905 年 11 月 1 日生。后来他改名高士其,他说:"丢了'人'旁不做官,丢了'金'旁不要钱。"他果真是这样走过了艰难而又漫长的一生。在这"官"念深重、物欲横流的世界里,他真可以称得上"出污泥而不染"。他的心纯净得像一颗水晶……

　　1925 年,高士其毕业于清华留美预备学校,入美国威斯康星大学化学系。1926 年夏,转入芝加哥大学化学系。1927 年夏,入芝加哥大学医学院细菌学系。1928 年,在实验时不慎,受甲型脑炎病毒感染,留下严重后遗症。后来病情不断加重,以致全身瘫痪。

　　1930 年秋,高士其学成归国。在陶行知、李公朴、艾思奇的影响下,开始进行科学小品创作。1937 年 8 月,高士其奔赴延安。1938 年底,参加中国共产党。

　　高士其在 1935 年,写了第一篇科学小品《细菌的衣食住行》,发表在《读书生活》半月刊上。从这时起,至 1937 年 8 月离开上海止,可说是他科学小品创作上的最旺盛的时期。他用有点僵硬、发抖的手,写下了近百篇科学小品。尽管此后他写了不少科学小品和科学诗,但是,我以为他的作品最精华的部分,都是在这一时期写的。

　　高士其是在伊林作品的影响下,开始从事科学文艺创作的。高士其在 1953 年第 12 期《文艺报》《纪念伊林》一文中,曾这样写道:

　　"伊林的作品,很早就感动了我。远在抗战以前,当我在上海读书生活出版社的楼上,开始写作科学小品的时候,我就读过伊林的《五年计划的故事》,当时我为这本书所鼓舞,我要以他作为学习的榜样。"

　　高士其在 1962 年 6 月 10 日《人民日报》《让孩子们获得丰富的科学知识的滋养》一文,谈到自己的写作经历:

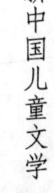

……接着，我也在《读书》《妇女生活》《通俗文化》等杂志响应起来，那时候我虽然已经有病，但仍坚持写作，写成了将近100篇的科学小品，收集成单行本出版的有《我们的抗战英雄》《细菌与人》《菌儿自传》《抗战防疫》等集子，我写这些科学小品的主题，是为了抗日救亡，用我一点一滴的力量，对祖国、对人民尽我应尽的责任。

1936年4月，高士其的第一本科学小品集《我们的抗敌英雄》（与别人合著），由读书生活出版社出版。

1936年6月，高士其的第二本科学小品集《细菌大菜馆》，由通俗文化出版社出版。

1936年8月，高士其的第三本科学小品集《细菌与人》，由开明书店出版。

1937年初，高士其的第四本科学小品集《抗战与防疫》（该书后又曾改名为《活捉小魔王》《微生物漫话》出版），由读书生活出版社出版。

自1936年起，高士其在《中学生》杂志上连载《菌儿自传》，每期发表一章，至1937年8月写完最后一章。这些文章后来编成《菌儿自传》一书，于1941年1月由开明书店出版。

高士其应陶行知之约，写过一本《微生物大观》；应中山文化教育馆季刊之约，翻译了《细菌学发展史》；他还应《开明中学生手册》《大众科学》《申报》周刊、《新少年》半月刊、《读书》半月刊、《妇女手册》《力报》《言林》等报纸杂志的约稿，写了许多科学小品文。

高士其在发表第一篇科学小品时，就署名"高士其"，此后没有用过别的笔名。

高士其作品的一个鲜明特色，就是富有战斗性。他是为了战斗而写作。他的作品，像一把把锋利匕首，刺向国民党反动派。

高士其在他的第二篇科学小品《我们的抗战英雄》中，用极其饱满的政治热情，讴歌了白血球：

白血球，这就是我们所敬慕的抗敌英雄。这群小英雄们是不知道什么叫作无抵抗主义的，他们遇到敌人来侵，总是挺身站在最前线的……一碰到陌生的物体就要攻击，包围，并吞，不稍存畏缩胆怯之念，真是可敬。

白血球尤恨细菌，细菌这凶狠的东西一旦侵入人体的内部组织，白血球不论远近就立刻动员前来围剿……

在这里，不用任何注解，读者就可以领会作者写这篇文章的用意。

高士其在《都市的危机》中，曾这样写道：

都市像是一只大湖，一只庞大的死湖。

阔人贵人想来这湖上作寓公游客。穷人难民想沿着这湖边讨一口饭吃……

在上层的建筑上，犹可以看见青天，向天空吁一口气。在下层的建筑下，是暗无天日，而又拥挤。一间阁楼上睡着七八个人，亭子间里住满了一个个家庭，灶披间也做了寓所；肩膀挨着肩膀，鼻尖几乎碰到鼻尖了。这拥挤，是都市的危机的先兆……

又如，高士其在《伤寒先生的傀儡戏》一文中，辛辣地讽刺了当时日本军国主义扶持的各种傀儡：

> 傀儡戏到现代，闹得真凶了；南也傀儡，北也傀儡，真要把我们大好的土地，摆满了傀儡摊了。
>
> 谁也想不到，如今在我们的小百姓里面，却也发现了一群摇摇摆摆、会奔会跳、体格很健全的人，不知不觉地也做了一种傀儡了。
>
> 这在幕后牵线者是毒菌，毒菌的傀儡戏的角色可真多。
>
> 由嗡嗡的苍蝇、哼哼的蚊子，到唉呵唉呵的病人，乃至于嘻嘻哈哈的好人，它都可以逢场作戏，随时随地拿他们来排演……

高士其的科学小品，语言生动、活泼、形象、清新。

例如，高士其在科学小品《听打花鼓的姑娘谈蚊子》一文中，巧妙地用凤阳花鼓调，写出了蚊子的危害，写出劳动人民在旧社会的痛苦，具有很强的艺术感染力：

> 说弄堂，话弄堂，弄堂本是好地方，
> 自从出了疟蚊子，十人倒有九人慌；
> 大户人家挂纱帐，小户人家点蚊香，
> 奴家没有蚊香点，身带疟疾跑四方。
>
> 说弄堂，话弄堂，弄堂年年遭灾殃，
> 沟壑不修污水涨，孑孑变成蚊娘娘；
> 多少人家给她咬，多少人家得病亡。
> 卫生不把疟蚊灭，到处寒热到处昏。
>
> 说弄堂，话弄堂，弄堂年年遭灾殃，
> 从前苍蝇争饭碗，如今蚊子动刀枪；
> 大街死去劳力汉，小弄哭着讨饭娘，
> 肚子还欠七分饱，哪有银钱买金霜。

这里所说的"金霜"，即金鸡纳霜，治疟疾特效药。

高士其善于运用比喻，用读者熟悉的东西来比喻读者所不熟悉的东西，使科学小品通俗易懂。比如，一般读者从未看到过细菌，那么，怎样向读者介绍细菌的生活呢？高士其从"衣食住行是人生的四件大事"入手，剖析了细菌的"衣、食、住、行"，读者容易明白，浅显有趣：

> 我们起初以为细菌实行裸体运动，一丝不挂，后来一经详细地观察，才晓得它们个个都穿着一层薄薄的衣服，科学的名词叫作荚膜，这种衣服是蜡制的，要把它染成紫色或红色才看得清楚……
>
> 细菌是个贪吃的小孩子，它们一见了可吃的东西便抢着吃，吃个不休，非

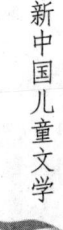

吃得精光不止。但它们也有吃荤绝对不吃素的，也有吃素绝对不吃荤的，所以我们有动物病菌与植物病菌之分……

细菌的住是往往和食连在一起的，吃到哪里就住到哪里，在哪里住就吃哪里的东西，它们吃的范围是这样的广大，它们住的区域也就无止境了。而且它们在不吃的时候也可以随风飘游，它们的子孙便散布于全地球了……

高士其还常用拟人化的手法写作科学小品，使读者读了倍感亲切。如《菌儿自传》一书，便是用"菌儿"——细菌自述身世的手法写的，颇有新意。

高士其的科学小品以细菌学为主，但是常常广征博引，涉及整个自然科学。尽管他自称他的科学小品是"点心"，是一碗"小馄饨"，实际上却是富有知识营养的"点心""小馄饨"。他的一篇科学小品只千把字，读者花片刻时间便可读完，然而在这片刻之间，却领略了科学世界的绮丽风光。

再以高士其在新中国成立后创作的科学小品《谈眼镜》为例。司空见惯了的眼镜，经高士其娓娓而谈，真可谓妙笔生花，趣味盎然。

原来，世界上最早的眼镜，"是用绿宝石造成的"，是"一位近视眼的罗马皇帝"用它来"观看剑客们的决斗"。

原来，人们最初曾把眼镜"缝在帽子上头"，曾经"装在铁圈里面"，曾经"镶在皮带上面"……

打开正儿八经的"科学技术发展史"，是查不到这样的"眼镜发展史"的。像聊天，像讲故事，作者把这位"为人类视力服务"的"玻璃国的公民"的身世，从公元 1 世纪讲起，一直讲到 20 世纪最新式的"隐形眼镜"。令人惊异的是，这篇《谈眼镜》，不过是千把字的"千字文"而已！

这是一篇典型的科学小品——短小精悍而又生动活泼，它，尺幅千里，容纳了经过高度浓缩了的科学知识。

作者采用纵横交叉的写作手法。纵线，就是眼镜的发展史；横线，则是介绍眼镜的兄弟们——望远镜、显微镜、照相机、电影机等。纵横交织成了这样一篇内容丰富的科学小品。

作者还用一小段文字，说明了眼镜的光学原理。

高士其是一位被病魔捆缚在轮椅上多年的瘫痪者。写作这篇科学小品时，他无法亲自握笔，只好经过反复构思、打好腹稿之后，以嗯嗯喔喔的"高语"口授，由秘书代笔。然而，通篇文字同样的流畅，富有幽默感，一点也不带病痛的痕迹。作者是一位强者，是一位毅力惊人的英雄。

高士其在几十年漫长的时间里，一直勤奋而又艰难地坚持创作科学小品。他的科学小品题材广泛，通俗易懂。他的文字朴素、清新，从无矫揉造作之感。他的文章段落简短，节奏快，从不拖拖沓沓。他爱用短句，显得简练、明快，从不用欧化的晦涩的长句。他的作品雅俗共赏，从黄发稚子到皓首长者，都是他的读者——因为他擅长把艰深的科学道理明明白白地讲出来，讲得引人入胜，像一千零一夜一般动听。

科学小品是科学散文中的一种。通常不过千把字。科学小品虽小，要写好它，作者往往要研读科学"万言书"——科学专著。只有深入地了解科学，方能浅出，写好科学小品。

高士其不仅创作了大量的科学小品，而且还创作了许多科学诗。

诗是浪漫的，科学是严谨的，它们之间像油和水一样格格不入。然而，高士其却独辟蹊径，把诗与科学共冶于一炉，使诗与科学水乳交融，创作了别具一格的诗篇——科学诗。

科学诗"就是把科学和诗歌结合起来，把一般人认为枯燥无味的科学，变成生动活泼富有诗意的东西"（高士其著《科学诗》序言）。也就是说，科学诗是用诗的形式来描写科学。在科学诗的创作中，高士其可算是一个最努力、最有成就的作家。如今，在我国，科学诗并不多见。这大抵是由于写科学诗，既要懂得科学，又要懂得诗；科学家不少，诗人也不少，而兼懂科学和诗的人却不多。

高士其具有诗人和科学家两重品格。追溯高士其走过的创作道路，可以看出，他之所以会成为一位科学诗人，是有其历史的渊源的：高士其出生在一个充满诗意的家庭。高士其的父亲高赞鼎先生，是一位诗人，出版过诗集《斐君轩诗钞》，收有260多首诗，其中大部分是五言诗。高士其的母亲、祖父、外祖父都会作诗。高士其自幼受诗的熏陶，善背唐诗，并擅长写五言诗。因此，高士其写诗是深有根底的。后来，高士其赴美留学，专攻科学，使他具有广博的科学知识，尤其是对化学和细菌学，作过深入的了解。正因为这样，他具备了作为一个科学诗人的两大条件——懂诗，懂科学。

自1946年高士其写了第一首科学诗《天的进行曲》以来，共写了100多首科学诗。这些科学诗，成为中国诗坛上一簇别具风采的鲜花。

高士其在1950年写的科学诗《我们的土壤妈妈》，曾获1954年全国儿童文学作品一等奖。1959年，作家出版社出版了他的科学诗集《科学诗》，收40多首。1978年，人民文学出版社出版他的作品选《你们知道我是谁》，其中，收15首科学诗。1979年，少年儿童出版社出版了他的科学诗集《祖国的春天》，收13首。除科学诗外，他还曾译过英文诗，也曾用英文写过诗。他写过几十首充满革命激情的政治诗。他的科学诗，总共有100多首。

科学诗可以分为两大类：一类是鼓舞人们向科学进军、努力攀登科学高峰的诗，如高士其的《让科学技术为祖国贡献才华》。这类科学诗如进军的号角，用振奋人们的诗句激励人们猛攻科学堡垒的斗志；另一类是以诗的形式来普及科学知识，如高士其的《电姑娘》《森林之歌》《太阳的工作》《生命进行曲》等。人们常说的科学诗，一般是指后一类。

高士其曾这样谈到他写科学诗的目的："写作科学诗，有一个崇高的目的，那就是为了建设社会主义，为了实现共产主义的伟大理想而奋斗。它不是为了写诗而写诗，也不是单纯地为了介绍科学知识而写作它；要激发少年读者们爱祖国、爱人民、爱劳动的感情，培养他们树立起唯物主义世界观，鼓舞他们向科学进军，引导他们去攀登科学顶峰，使他们能更好地为社会主义建设服务，这就是写作科学诗的基本思想和社会意义。"（高士其著《科学诗》序言）

高士其的科学诗，是中国诗坛上一丛别具风味的鲜花。

高士其的科学诗，诗中有科学，科学中有诗，又生动，又活泼，朗朗上口，精练隽永。他不仅赋予科学诗新的形式，新的内容，而且赋予它深刻的政治意义。高士其科学诗的一个显著特点，就是充满着对祖国、对社会主义的无限热爱。像组诗《第一个五年计划的故事》，通过《地下资源的报告》《钢铁工业和轻工业的发言》《机器工业的汇报》《动力会议记录》《化学工业和轻工业的发言》《交通和邮电的建议》《检阅农业的队伍》这七首诗，向少年儿童生动、具体地介绍了我国第一个五年计划。

高士其的科学诗很注意教育意义。如《时间伯伯》中，他提醒小读者：

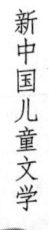

"时间如流水，一去不复返。"……

我们要献出我们宝贵的青春，

以最快的速度，坚定的步伐，

向社会主义——共产主义进军！

写诗要用形象思维，写科学诗也要用形象思维来表达科学。只有化科学为形象，才能写好科学诗。

高士其的科学诗，很注意运用形象思维来表达科学。只有化科学为形象，才能写好科学诗。

就拿《我们的土壤妈妈》来说，高士其用许多这样形象化的诗句，来表达土壤科学知识："我们的土壤妈妈，是地球工厂的女工"；"她是矿物商店的店员"；"她是植物的助产士"；"她是动物的保姆"；"她是微生物的培养者"；"我们的土壤妈妈，像地球的肺"；"她又像地球的胃，她会消化有机物"；"她又像地球的肝，毒质碰着她就会被分解"……在这里，高士其把科学知识写得何等生动、活泼、富有形象，跃于纸上！

又如，高士其在《空气》这首科学诗中，是这样运用形象思维的："空气是宇宙的帐幕"，"空气是永恒的流浪者"，"空气是气体的海洋、生命的仓库"，"生命没有它，便停止了呼吸；火没有它，便停止了燃烧；物质没有它，就不会氧化；食物没有它，就不会消化"……

他在《小人国的冬季攻势》中，把病菌和病毒比喻为"小人国"："杂花和鼻涕是小人国的伞兵，咳嗽和喷嚏是小人国的炮队，在我们谈话和唱歌之间，小人国的空军也乘机出动。"在《揭穿小人国的秘密》中，他用这样的诗句勾勒"小人国"居民们的相貌："有的胖胖圆圆，有的大腹便便，有的像鼓槌，有的像竹竿，有的全体都是纤毛，有的满身都是油脂，有的头上留有辫子，有的既有辫子又有尾巴，长长短短，大大小小。"

科学诗非常精练，仿佛是把科学知识经过反复筛选而留存的结晶。高士其却很善于用短小的诗句，表达丰富的科学内容。如在《时间伯伯》一诗中，他只用了 9 行诗句，概括了一部计时工具发展史：

从远古的年代起，

人们已经设法向你领教，

用木材，用竹竿；

用油灯，用蜡烛；

听鸡叫，量太阳的影子；

中国的古人用过铜漏，

还有水钟和埃及的乳钟。

如今人们发明了发条和齿轮，

制造出精巧的钟和表。

高士其在《我访问了原子弹的母亲》这首诗中，把原子弹中铀的链式反应，生动地说成是"我的爱人叫作中子，我们不常见面，我一旦碰到它，我的原子核就起了突变"。

高士其的科学诗的第三个特点是题材广泛，是一束知识之花。从太阳（《太阳的工

作》)、天(《天的进行曲》)、空气(《空气》)、土壤(《我们的土壤妈妈》),到微生物(《揭穿小人国的秘密》《传染病的头号战犯》《小人国的冬季攻势》)、电子(《电子》)、原子(《我访问了原子弹的母亲》《原子的火焰》),直到火箭(《火箭颂》)、人造卫星(《献给人造卫星》《太阳系的小客人》)······

高士其在不同历史时期写的科学诗的代表作,是以下4首:

新中国成立前的代表作是《天的进行曲》,"文化大革命"前的代表作是《我们的土壤妈妈》,晚年的代表作是《生命进行曲》和《让科学技术为祖国贡献才华》。

新中国成立后写的科学小品,收于1958年中国青年出版社出版的《高士其科学小品甲集》一书中。他写的科学诗,收于1959年作家出版社出版的《科学诗》一书中。在1978年,人民文学出版社出版了高士其科学诗和科学小品作品选《你们知道我是谁》。1980年初,科学普及出版社出版了《高士其科普创作选集》。1991年安徽少年儿童出版社出版了4卷本《高士其全集》,是高士其最重要、最全面的著作。1997年天津教育出版社出版的高士其编《高士其科普作品精选》一书,则是高士其作品的精品选集。

高士其离开人世时,留下的"遗产"是少先队员们送给他的上千条红领巾。这位中国少年儿童的"爷爷",对孩子们寄予厚望,把他们比喻为"祖国的春天":

春天在哪里,在哪儿?
啊! 春天就是你们,
你们就是祖国的春天!

2001年6月7日于上海"沉思斋"

(原载高士其著《百年百部中国儿童文学经典书系·我们的土壤妈妈》,湖北少年儿童出版社2006年版)

新中国儿童文学

70年

1949—2019

# 张天翼童话中的扁形和圆形人物

陈道林

张天翼的童话总共不过 7 种,但其中一些童话人物,受到少年儿童久盛不衰的喜爱。他在 20 世纪 30 年代创作的《大林和小林》《秃秃大王》,是继叶圣陶《稻草人》之后,中国现代童话的重大成就,具有第二里程碑的意义。这种意见已为大家所接受。至于他 20 世纪 50 年代的《宝葫芦的秘密》,同严文井的《"下次开船"港》一起,被誉为我国社会主义时期童话园地绽开的两朵鲜花,更是公认的看法。总之,张天翼的童话在文学史上的地位是摆定了的。

张天翼是在鲁迅直接关怀下成长起来的现实主义杰出作家之一。在评论者和文学史工作者笔下,他的现实主义似乎除发表《小彼得》(1931)时"有时失之油滑①"外,从 1928 年以来就大体定型不变了。这从他的童话创作来看,是不确切的。至于他的童话的现实主义是否吸收过别的因素,诸如象征主义的因素等,还从来没有涉及过,本文从他的童话人物出发,探讨他在处理童话的幻想与现实相结合这一根本关系上所进行的有趣的试验,以期引起批评和更深入的研究。

一

张天翼 20 世纪 30 年代和 40 年代童话的人物,不管是他所肯定的小林、四喜子、乔乔、中麦伯伯(《大林和小林》),冬哥儿、小明、老米、白胡子公公(《秃秃大王》),还是他所抨击否定的四四格、叽哈、皮皮、包包、平平、蔷薇公主、鳄鱼小姐(《大林和小林》)、秃秃大王、二七十四、"——"、百巴朴唧、大狮(《秃秃大王》)、大粪王、格隆冬、香喷喷、玫瑰小姐、瓶博士、黑龟教授、磁石太太、剥虾太太、亮毛爵士、桃大人、桃小姐(《金鸭帝国》)等等,都是类型化的人物。在艺术描写上,所有这些类型化的人物,共有的特点是:

一出场,性格基本不再有变化,多数都定性定型了;

人物的共性掩盖了个性,作家对人物一般性的社会分析代替了对这一个人物特殊性的认识;

环绕任何人物的生活和细节,都趋向于单一化,往往只是为了说明人物某一个方面的品质;

同一类型的人物(如反动统治者、剥削者、资本家、走狗、依附于统治者的文士、受尽欺压起而反抗的劳动者等等)之间,区别往往只在于称谓(有特征的姓名)、职业、地位和习惯语、习惯动作等,看不见在特定情境中特定的行为心理的具体描写。

张天翼曾说,对他影响最大的除鲁迅外,外国的作家有 8 人,其中居于首次的是英国19 世纪现实主义大师狄更斯②。张天翼阅读英文的能力很强,无疑他熟悉狄更斯的全部创作。他的文学风格也与狄更斯十分相近。

关于张天翼在人物描写上倾向于类型化这一特点,瞿秋白、鲁迅、茅盾和后来的胡风

都指出过,而且他们从当时革命的需要和马克思主义文艺思想传统出发,对张天翼整个创作中的这一问题,都提出过尖锐的批评。(下略)

然而,这还不是我在这里所要说明的。在欧洲,除19世纪少数童话作家如安徒生、柯洛迪、卡罗尔等人外,无论民间童话还是后来作家创作或改编的童话,在人物描写上都偏重于类型化的写法,这差不多成了童话的通例。追本溯源,这和童话起源于民间有关。在现代科学尚未昌明之际,童话反映着人们对世界朴素的、粗疏的观察,"类"的概念首先得到发展,而关于"质",特别是"质"和"量"之间辩证的概念,比较的不发展;到了19世纪中叶,当人们将童话作为教育儿童的形象化的手段,自觉创作一般称之为"教育童话"之后,童话的特殊对象决定了它承袭着民间童话久远的传统,仍然单纯明晰地描写人物和事件,以适应儿童尚未充分发展的思维能力。所以,很难说张天翼童话人物的类型化是什么缺点。张天翼在童话中所追求的是本质的真实,只是早期比较忽视生活形态具体的真实,也就是说,他用现实主义精神来处理童话人物,却没有采用现实主义的手法来描写童话人物,在奇幻甚至荒诞的外壳下,明快地传达着对世界的科学认识。《大林和小林》及其他的另外两部长篇童话,莫不如此。用小说的尺度来丈量童话,不注意童话由于对象的特殊而带来的反映现实的特点,那是不合适的。

二

但是,张天翼终于没有能写完和改好他那部心爱的《金鸭帝国》,这不仅是因病中断写作,也不能简单地以时过境迁来解释。从他的创作轨迹判断,他在艺术上经历了一个童话创作的危机时期,这个时期大约始于写作《帝国主义的故事》的1937年,一直延续到1942年。至于1948年至1955年这一段,也有所反映。平实些说,至少他在很长一段日子里感受过创新童话的真实苦恼。我所称之为"危机"的主要内容是:一方面,张天翼在评论《阿Q正传》《哈姆雷特》等世界名著,以及谈论自己的创作经验的文章中,坚定地以能写出典型环境中的典型人物为文学的最高境界;另一方面,他矢忠于艺术,执着于童话的特质,深感在童话中不可能像小说那样,历史地、具体地、切实地处理童话人物。因为,童话摒弃了幻想,失却了飘逸轻灵的韵味,就不再是童话。同时,离开了儿童思维的特点,童话也就丧失了存在的意义。直到1956年,他发表《宝葫芦的秘密》,创造了王葆和"宝葫芦"这两个,或者说这一个在某种程度上互为表里的童话典型,终于在童话创作中达到了更加充分的现实主义。

王葆和张天翼笔下的另一个典型——罗文应,属于同一类型,都是新中国成长中的普通少年儿童形象。但是王葆"这一个"又完全不同于罗文应。王葆是一个童话形象,既是幻想的,又是现实的。他因为听宝葫芦的故事入了迷,竟然朝思暮想起来。当他在梦幻中得到宝葫芦时,按捺不住内心的狂喜,以为自己是世界上最幸福的人。可是宝葫芦样样事都不要他动手的结果,又很快使他感到从未有过的空虚和无聊。宝葫芦对他的蛊惑,不能不引起这个新时代的少年的疑虑和不安;宝葫芦大显神通的结果,害得他在社会主义集体生活中处境尴尬;从来不撒谎的王葆,被逼得在爸爸和同学们面前痛苦地说假话,从来鄙视偷盗行为的王葆,被小流氓称之为"通天臂""如意手"。王葆终于恍然大悟,原来宝葫芦什么本事也没有,只不过会"偷"。随着宝葫芦幻变的活动的终结,张天翼将王葆这个爱学校、爱集体、爱幻想、求上进、天真活泼,但在一定程度上受到旧意识污染,终于醒悟了的新中国普通儿童的典型,用幻想的方式,栩栩如生地描绘出来。

值得注意的是，张天翼对王葆这一童话中的典型的塑造，同他描写小林时所用的类型化方法，已经大异其趣。小林在阶级对立和争斗那种特定的童话氛围中，怎样想、怎样做都相当概略，情境和行为心理，两方面都趋向于一般化，结果仅止于使读者在观念上感知：小林是一个受尽欺压起而反抗的工人。王葆却不是赤裸裸地将自己的本质呈现给读者看的。张天翼如同在他的优秀小说中所作的那样，运用圆熟的现实主义的艺术描写，充分再现了"这一个"，环境具体如实，细节充分。而主要凭借的线索——宝葫芦的不断幻变又是王葆所幻想出来的，完全是童话式的。这样就细致、精确、逻辑井然地揭示出王葆对待宝葫芦由希望而怀疑，由喜爱而憎恶，由友好而敌视的思想感情的演变。读者单纯依靠感知，犹不足以欣赏理解这一童话的典型人物，还必须加进欣赏者的分析和体验。这正是鉴赏类型人物和典型人物迥然不同的审美过程。

宝葫芦是王葆的缺点和错误思想夸张化了的体现，但又是象征的、含有深一层次的寓意，在一定程度上可以当作独立的童话形象，曾串演着王葆忠实奴仆的角色。它好逸恶劳、自私自利，不择手段地追求金钱和荣誉，热衷于吃喝玩乐。它的魔力只限于满足王葆一个人的贪欲，它的道德观念、是非标准，和社会主义提倡的精神文明恰恰相反。因此，它越是竭力为王葆效劳，则越使王葆丢人现眼；它越对王葆忠诚不二，满足王葆个人主义的欲念，则越在思想上腐蚀毒害王葆，险些儿使王葆反沦为它的精神奴仆。虽然这个童话形象主要是凭借其象征和寓意的内容而立起来的，却毫无"图解式"的嫌疑，毫无"失之油滑"的感觉，毫无 journalism。

张天翼新中国成立前创作的《大林和小林》等，继承童话传统的艺术表现手法，在刻画人物时，广泛运用了象征和寓意。他自己曾说，在 1928 年走上现实主义道路之前，一度受过 19 世纪末欧洲前期象征主义诗歌的影响[③]。后来，适应革命的需要，他正确地批判了前期象征主义的唯美主义倾向，但采取的却是比较简单的摒弃态度，没有注意到前期象征主义善于运用象征造成文学的层次感，讲究寓意的贯一性，在某一个侧面上有助于扩大文学表现复杂思想的能力。在《大林和小林》里，小林的铁球是一个富有表现力的象征，小林曾用它砸碎了四四格将乔乔变成的鸡蛋，救出了乔乔；又曾用它打死了第一和第二四四格。打破鸡蛋的那个铁球，是四四格奖赏给小林"玩"的；因为小林练出了一身好力气，铁球扔得太高，扔没了，才没打死四四格，于是连夜由小工人们重新赶制了另一个，终于成为工人们手中的武器。正如外国有的评论所说，铁球被赋予了工人劳动的结晶的象征意义[④]。但是第一个铁球和第二个铁球的象征意义并不完全一致。这部童话中的另一个情节"足刑"给人印象是深刻的，但以"搔脚板"来寓刑罚，趣味的效果倒是有了，可是想引起读者愤恨的意图，却受到不应有的损害。类似这样的例子在张天翼新中国成立前的 3 部长篇童话中，还可以举出一些。可是他的宝葫芦的象征性质和寓意却是一以贯之的，不仅是对于传统的民间童话形象的一种更新改造，而且在作品的整个构思上也巧妙地用象征和寓意揭示人物心理的深一个层次。在我国民间故事中，宝葫芦一般不是邪恶和魔怪的代表，而往往富有神奇的正面力量，能给穷苦人以幸福，给恶势力以惩罚，反映着劳动人民对于善战胜恶、美战胜丑的坚强信念。张天翼改造了宝葫芦习惯的象征性质和特定寓意，他的宝葫芦成了剥削阶级思想意识的形象体现。随着童话情节的进展，在作者所引领的不着痕迹的谴责中，读者获得了美的满足。这说明张天翼在坚持现实主义的前提下，对于前期象征主义采取了一种既有批判又有所保存的积极的扬弃态度，扩展了他童话的现实主义表现生活的能力。

<h1 style="text-align:center">三</h1>

英国有一本颇有点名气的小说理论著作,叫作《小说面面观》,作者是小说家E·M·福斯特(1897—1970)。他在评论狄更斯的作品时,有过"扁形人物"和"圆形人物"的提法,他说:"扁形人物在17世纪叫作'脾性',有的时候人们把它叫作'类形',有时又把它叫作'漫画',当扁形人物以最纯粹的形式出现的时候,他们就微微隆起,向圆形人物过渡了。"⑤我并不同意福斯特对于他所谓的扁形人物的过分鄙薄,更反对脱离一定的历史条件,脱离文学体裁样式的特点和作家才能气质,用一种"永恒的"标准、僵死的公式去评说作家人物描写的所谓优劣。但是,我却要借用福斯特关于扁形人物和圆形人物的别致说法,说明在童话中这两种人物都有存在的价值,不要因个人在艺术上鉴赏上的爱好和习惯,而违反科学的、历史的文学批评。张天翼在《大林和小林》等童话中,着眼于本质的真实,创造出扁形人物,自有其优越之处,较好地发挥了童话的教育职能。而张天翼在《宝葫芦的秘密》中,则致力于童话中的圆形人物的塑造了。

张天翼的童话之所以出现这一变化,主要是因为在处理童话的幻想和现实的关系上,不倦地追求,不断有所创造。在《大林和小林》等新中国成立前的童话中,幻想与现实的结合,体现在人物活动的具体环境、借以表现人物的情节和细节,主要都是幻想的;而人物之间关系的配置、人物的思想感情则完全是现实的。这就造就了一种在奇幻的氛围中再现阶级关系和社会心理的审美效果,依靠幻想的表现摹写出本质的真实。应该说,童话一般都是这样处理幻想与现实的关系的。不过,要补充一句,还必须用儿童的眼光和儿童的心理来写,才能构成为童话。《大林和小林》在艺术表现上的创新,尚不足以适应它在内容方面的创新。具体地说,在对待人物关系和人物思想感情的认识上,是站在时代的先进水平之上,表现了更为热烈的创新精神;而在运用幻想的手段处理人物环境、情节和细节方面,虽也有若干创新,但总的来说,是立足于保持传统的。

至于他在新中国成立后写作的《宝葫芦的秘密》,在人物描写上的幻想与现实的结合,除继续着《大林和小林》的方式外,特别令人瞩目的,是他从事着一种有趣的试验,进行了一种新的探索。他如实地描摹王葆在社会主义现实生活中的行为和处境,却又借助幻想的宝葫芦将他的错误思想加以夸大,造就出一种虽梦犹醒、似梦非梦的童话境界,进行着切实的两种思想的斗争。幻想与现实不再分别存在于两个层次上,而是统一在王葆这一个性里,交汇融合无间:幻想中有现实,现实中有幻想;幻想体现着现实的逻辑,现实充溢着幻想的轻灵。这使王葆这一典型人物,在神与形两方面若即若离,介乎似与不似之间,妙趣横生,令人玩味。读者被引领进一个出乎意料的童话世界,去重新体验屡见不鲜、甚或亲历过的经验。固然,整个作品富于哲理的构思,是酿成这种审美情趣的前提,而张天翼在描写上,善于从幻想与现实两个观察点,以轻灵与切实两种笔调,并行地来接近一个童话人物,实在是创造出这个童话中的典型的关键。

日本有评论认为,张天翼的《宝葫芦的秘密》,"与其说是幻想,莫如说是更接近于比喻更为合适","在其想象力的奔放这一点上,也许比不上《大林和小林》,但在以这样贴切的比喻来表现高度复杂的思想内容方面,要比《大林和小林》更为出色"⑥。这种意见也肯定《宝葫芦的秘密》较之《大林和小林》,有了很大的发展,但所持论的理由,是可以商榷的。寓意在本质上也是一种比喻。但《宝葫芦的秘密》不是单纯构筑于一种寓意之上的

新中国儿童文学

那类童话,它所表现的作者的想象力,也很难说稍次于《大林和小林》。如果忽视这部童话在幻想与现实的结合上所具有的更广阔的视野和规模,以及更高程度的融汇交织,那就脱离了这部童话的实际。而且,正因为王葆和宝葫芦之间一系列想象奇特的冲突,才完善地传达了新旧思想更迭的复杂内容。

《宝葫芦的秘密》不止于借助幻想的人物经历来比拟、象征现实的关系,而且敏锐地捕捉住现实中富有时代色彩的人物,给予幻想的描绘,使性格的个性特征更鲜明、突出,更具有概括的性质。王葆之所想所为,都是现实的,而他所可能想可能为的,又是依据个性在现实中的实在表现幻想出来的。现实借助幻想使人物的个性获得了本质的显现,而幻想的个性中的内在冲突,又在根本上是现实的。张天翼在塑造他的童话人物时,能够从童话这种体裁样式的特殊要求出发,将幻想与现实巧妙地熔铸于王葆的个性之中,终于完成了他在童话创作中从扁形人物到圆形人物的发展。当然,这是同作家熟悉儿童,在现实的儿童生活中有着自己的发现分不开的。这正是张天翼所提供的有益经验。

[注释]

①鲁迅:《致张天翼》,见《鲁迅书信集》上卷,人民文学出版社 1976 年版,第 34 页。

②张天翼:《自叙小传》,见沈承宽等编:《张天翼研究资料》,中国社会科学出版社 1982 年版,第 115 页。

③张天翼:《创作的故事》,见《张天翼研究资料》,第 135 页。该文所说"时髦的""叫人听不懂的一派"外国诗人,"能在女人的头发里看出半个地球来,能说出《十八摸》这调子是绿色的,而《五更调》是柠檬黄。"显然指的是以法国诗人波德莱尔为代表的前期象征派。

④[日]伊藤敬一:《张天翼的小说和童话》,见《张天翼研究资料》,第 459 页。

⑤罗经国编选:《狄更斯评论集》,上海译文出版社 1981 年版,第 99 页。

⑥[日]伊藤敬一:《再论张天翼》,日本东京都立大学人文学部《人文学报》1963 年第 36 期。

（原载《华中师范大学学报》1984 年第 2 期）

# 陈伯吹的道路

王一方

在中国近现代文化史上,陈伯吹无疑是一座"气象万千"的山峰。91 年的人生旅程里,他亲历了晚清、民国、新中国三重社会;74 载的儿童教育、儿童文学、童书出版的三栖人生中,他闻听了,体验了众多的时代、民族、国家、乡土、老屋的沧桑变迁。悠悠的少年时分,他经历了"五四"前后社会与思想的风云际会,思考着教育与文学的双重使命;如歌的青年时代,他沐浴了抗日战争的腥风血雨,穿越了家国苦难的深沟险壑,背负起时代、职业、生计的沉重纤绳;血色壮年,他抨击过苛政的专制、堕落,书写过新中国、新时代朝阳初升般的生机、活力,自己的生命中也迸发出万丈活力;铅色老年,他忍辱屈尊闯过了"文革"的险滩,见识了人生的潮起潮落;金色暮年,他在儿童文学的第二次春天里扬鞭奋蹄,抒写晚晴。观其一生,陈伯吹经历丰富,胸襟广大,他紧随时代,吐故纳新。他的奋斗,他的思考,他的道路不应该仅仅属于儿童文学的历史,而应当扩展到文化、教育、出版、都市史,成为近现代中国文化生活蜕变、精神世界演进的路标。

在纪念陈伯吹先生诞辰 100 周年的日子里,我们凝神回顾、追忆陈伯老的事功,不仅仅只是浓情缅怀,更是要学习、理解陈伯吹的精神,追随陈伯吹的脚步,将陈伯吹先生为之奋斗的儿童事业推向新的高度。我们坚信,在未来充满光荣与荆棘的征程上,他将成为我们心中的一面旗帜,一盏明灯。

## 一、大时代的求索者、建设者

对陈伯吹生命与精神的回望,绝不能脱离时代、地理的背景,因为他的一生,几乎穿越了整个壮丽的 20 世纪,他属于那个波澜壮阔的伟大时代。20 世纪这 100 年非常不平凡,它是中国社会发生巨大转型的 100 年,太多的移步换景,太多的昨是今非;还有他主要驻足、生活的城市——上海,这里是一块神奇的土地,是中国近现代社会变迁的"橱窗"。急促的近代化、城市化、商业化、传媒化、娱乐化脚步,催生了沪上教育、文化格局的急速甄变,新文化首先从教育登陆,西式教育如利刃破竹,从幼童蒙学到高等教育、职业教育,全都被新潮的教育观念、新式学校组织、新教学法、新教科书杂合起来的新气象所席卷,随后而来是近现代文学的兴起,并逐步枝叶繁茂。回望中国近现代文学,乃至新文化运动的历史,上海是一座"重镇",一块思想与艺术的"高原",儿童文学是上海"文学拔节"的范例。百年悠悠,现代意义上的儿童文学在这里萌生,域外的儿童文学经典在这里成系列地译介、刊行,中国厚实的文学传统在这里被重新"发现",被创造性地弘扬。上海还是中国近现代出版业的发源地,20 世纪前 50 年里,中国出版机构的 80%,出版量的 90%在上海,更加积聚了中西思想、古今智慧的云飞雨泻,更加速了儿童教育、儿童文学的革故鼎新。

陈伯吹有幸置身于 20 世纪的上海,这里是现代思想文化交蒸、蜕变的"浪尖",新旧

气象更迭的"风口",新教育、新文学、新出版的"高地"。他奉献出全部的热情、敏锐、忠诚与智慧,成为大时代的求索者、建设者,继而成为组织者、引领者。

他早年的《学校生活记》是对新式教育气象初开的学生生活的真实、质朴记录,随后,他参与北新书局、中华书局、商务印书馆新教材、课外读物的规划与审定、编辑工作,成为新国民基础教育的先锋人物,也是早期商业化的教育出版的组织者、策划人。

在儿童文学创作上,陈伯吹也是十分追新的。1928年初,他读到赵元任译的英国作家卡罗尔的儿童文学名著《阿丽思漫游奇境记》,3年后的1931年春,他便在北新书局刚创刊的《小学生》半月刊上连载了自己创作的中国版《阿丽思小姐》。在1984年的重版序言中,陈伯吹回忆起创作的缘起:"1928年春节,在火炉旁,我一口气读完了《阿丽思漫游奇境记》后,为这个天真烂漫、喜怒无常、却又聪明活泼、机智勇敢的十分可爱的姑娘所吸引并激动了,才想到让她来中国看看,通过她的所见所闻,反映给中国的孩子们,让他们从艺术形式的折光中,认识自己的祖国。"

在译介外国童书精品方面,陈伯吹以自学的苦功译介了《绿野仙踪》《渔夫和金鱼的故事》《百万只猫》等一大批名著名篇。

20世纪30年代,儿童文学创作队伍草创,陈伯吹连续推出了《儿童故事研究》《儿童文学研究》两本指导创作的理论著作。

"一·二八"之后,家国罹难,抗战军兴,他充满愤怒地写下大量激荡民众血肉的檄文,如《生路与死路》、报告文学《魔鬼吞下了炸弹——上海》,随后舍家离土,去大后方,从事战时教材的编审工作。

抗战胜利后,他在上海组织"上海儿童文学工作者联谊会",政治上吁请和平,反对内战,迎接祖国新生,艺术上筹办儿童读物展览会,搞作品观摩研讨,选编精品,抵制低级趣味之风,团结、凝聚、提升了当时的儿童文学队伍。

新中国成立后,他最初系统学习、研究苏俄的儿童文学作品与理论,后来又系统关注日本的儿童文学创作主题与风格,从中吸取养分和智慧,加之这以前他对欧美儿童文学作品的译介与研究,他的儿童文学世界地图更加完备,有欧美、苏俄、日本三大子系,构成他阔大的国际视野与关怀,他的专论《论动物故事》中就能读出这份大视野与大关怀。

理论研究方面他不懈跋涉,1956年出版《儿童文学简论》,后来三次修订、增订,成为当代儿童文学创作与研究的重要参考书。1961年,文学界批判他倡导的"童心论"促使他系统梳理古今中外的"童心说",1980年发表专论《论"童心论"》,引起广泛讨论。

在创作上陈伯老也是探索不止,1956年发表了"个性鲜明,形象生动,呼之欲出"的童话名篇《一只想飞的猫》,一时洛阳纸贵。1982年,他在从事儿童文学创作60年之际,以77岁高龄创作了功力不凡的长篇童话名篇《骆驼寻宝记》,引起广泛好评,并在少年儿童出版社内掀起一阵"骆驼"旋风,开展了"骆驼精神"的讨论,出版了"骆驼丛书"。

1981年,他又倾其积蓄设立了"儿童文学园丁奖"(后易名为"陈伯吹儿童文学奖"),用自己全部的光与热去褒奖后来者,照亮并温暖他们前行的路。

他,就是这样一位永远走在时代前列的大写的人。

## 二、基于教育的文学与出版

陈伯吹一生脚踏三界:教育、文学、出版。他以巨大的身心热情与智慧投入他称之为"三位一体"的职业与事业"长跑",其间他赢得了许多职业称号、头衔、荣誉,最初的小学教员,后来的中学教师、师范学校教师、大学教授,教材审定专家、教育家、教育理论家、作家、翻译家、评论家、期刊编辑、图书策划、编审、期刊主编、社长,但在他心中,最看重的是他最初的职业与身份——教书育人的教员,到晚年,他还对身边的朋友津津乐道于日本同行对他所做的"教授型作家"的定位。

在陈伯吹心中,教育价值永远是第一选择,将它视为人生与职业的"雪球"之"心",成长与发展的"慧根"。他觉得他毕生的儿童文学创作、儿童文学编辑策划的原初冲动皆缘于斯,从少年激情到老骥伏枥的职业历程,个中的忙碌、辛酸、奋斗也都服务于斯,最终的价值追求也归结于斯。他毕生都怀揣着一份"教育—新民—救国"的理想与抱负,只是文学创作、出版传播的半径更大,影响儿童心灵、塑造儿童人格时更柔劲、更深远,可以造就一个更广袤的教化"课堂"。

其实,在他的那个时代,这样的人生轨迹十分普遍。叶圣陶1921年第一组童话创作《小白船》《傻子》《燕子》《一粒种子》(后收入童话集《稻草人》)几乎与陈伯吹的处女作《模范学生》(后改名《学校生活记》)属于同一份心境,同一种模式:即初出茅庐的教师,丰富的师生生活体验,"五四"新文学作品、外国文学的熏染、启迪、诱导,共同酝酿出创作的冲动。陈伯吹曾在他的回忆录中这样写道:"我是在欧美文学传统的神话、寓言与童话,以及小说的影响下开始创作的。"另一个催化因素是现代出版机构、编辑的稿约与推助(陈伯吹、叶圣陶的第一本书都与商务印书馆的编辑慧眼、提携有关),一位作家与他的处女作便一起"横空出世",一条"教师+作家(或+编辑)"的职业成长之路也就从脚下展开。

每当晚辈问及"您为什么要写儿童文学"时,他这样回答:"优秀的儿童文学是最好的教材。""我学写儿童文学,从而热爱儿童文学,是为了孩子们,是(教育)工作的需要,我的儿童文学工作,几乎总是伴随着我的教育工作而进行,两者密切相联系,互相配合着的。"他写诗歌,是因为孩子爱唱歌,爱朗诵;写童话、小说,是因为孩子爱幻想;写儿童剧本,是为了适应学生校园娱乐的需要。

在陈伯老看来,文学上、出版上的一切成就都是人类教育价值的实现。在这一点上,他与其他由创作成长起来的作家在终极价值追求是有一些分歧。他一再表白:"文学作品富有感染的力量,是一个强有力的教育工具。""儿童文学虽是派生于文学的一个组成部分,但儿童文学又不能不受制于教育。"对此,许多作家、评论家有异议,认为将儿童文学置身于教育之下作为"工具",降低了文学的审美地位,缩小了文学的功能形态(如娱乐的功能等),甚至认为这种见解否定了文学的独立价值。对此,他曾多次辩白:"我的儿童文学的观点,往往是从教育的角度出发,因而与作家们的看法常有同中存异的分歧,也就是这个缘故吧。"其实,如果将这里的"教育"不局限于学校教育,而是教化,也就软化了教育与文学的分野。晚年,每每出版一批新书,他都要带上几本去附近的学校与老师、学生交谈,如何与学校活动结合起来,把书留下来让他们阅读、评论,第二次带上新书来换,把阅读中、教学中的意见也带回去。

从文学史的角度看,"载道""言志"的文学传统强调从教化的功能,走的是由教育向度来"发现"与"建构"文学意义的路径,而"物与神游"的文学传统则重视审美功能,走的是由审美向度来"审视""建构"文学意义的路径。很显然,陈伯吹先生持重的是第一种观点。后来,他的主张受到一些青年批评家的质疑、商榷,他以一种宽容的姿态予以接纳,以为在儿童文学天地里,为心灵的创作,纯审美向度的创作完全可以作为多元化的价值取向而生存,并且受到尊重。

就当下的儿童文学创作情势而言，大概不是"教育向度"与"审美向度"建构派之间的交锋和争辩，而是要共同面对过度娱乐化的"感官主义""原始主义""消费主义"创作导向对文学传统的彻底抛弃与消解。尤其是当下10年，写作主体、主题、风尚、趣味、传播方式都在发生深刻的变化，论数量，确实蔚为大观，职业创作耕云播雨，门派林立，魔幻、幽默、纯美、精致，类型各异；论新潮，青春文学聚流成派，"80后"写作的张狂与执傲，"90后"作文的率意与迷离，移步换景间的各种表情悉数登场，各呈风流，日韩英美的校园偶像，此起彼伏，各领风骚，更有少年"博客"如雨后春笋，自由写作，尽情抒意，好生痛快。论境界，却待三思，曾几何时，传统叙事遁入穷乡，坚守规范众人笑愚，时时追"娱乐"，渐成乱花迷眼，处处拼"技巧"，常失伟岸魂魄，"启蒙教化"束之高阁，"载道言志"无声息，三两月"殚精沥血"出"巨著"，零度创作、撕裂欲念饱受欢迎。此时，我们正面临哈姆雷特式的选择，未来的前行，是艰辛地"往上爬"，还是率意地"往下滑"？

从现代出版与现代营销学的角度看，陈伯老将服务教育作为文学与出版的重要目的，也是主流需求，必然需求，以需求导向、强度来引领创作、出版，努力打通三者之间的价值链和供应链，对于当今市场化背景下儿童文学创作与出版的繁茂有着积极的现实意义。我们今天在确定少年儿童出版社的战略时确定"基于教育的大众出版"的方针也是遵循出版服务教育的基本市场格局。

陈伯吹在教育、文学、出版之间确立教育的基本价值，但他绝不是将三者的价值对立起来，而是努力将三者的价值统一起来，形成"互动机制"。在陈伯吹身上，这三种职业角色不仅良性互动起来，还形成了"循环加速机制"，常常是由新的教育实践产生需求，发展需求，更新需求，文学创作从内容上满足需求，提升需求，出版则从运营上适应需求，经营需求，管理需求。其市场效应的最大化又反向推动教育、创作的更新与繁荣，依陈伯老74年"三位一体"的人生体会，教育岗位上的教学体验、专题研究常常使得创作、编辑的职业水准大大提升，从而进入体验式、研究性的写作与出版姿态。

## 三、"为小孩子写大文学"

陈伯吹自1923年发表第一部儿童小说《学校生活记》开始，至1997年出版散文集《泪洒江南雨》，74年间一直笔耕不辍，一生发表原创作品在500万字以上，题材涉猎儿童诗、童话、寓言、小说、散文、报告文学、杂文、序跋、理论研究，此外还有大量编辑作品（如早年为北新书局、中华书局编辑的"小朋友丛书"等），其中有诸多名篇，如童话《一只想飞的猫》《骆驼寻宝记》、忆旧感怀散文《日日夜夜仰望着北斗星》等，他的创作既有大关怀、大追求，又有鲜明的性格、主题和年龄细分，他毕生坚持"为小孩子写大文学"的创作理想，"童心论"也正是经由他的大力倡导而成为当代儿童文学创作与批评的"金规则"，于创作风格，他主张在共性上充分贴近孩子的"游戏天性"，个性上一定要写出"自己的调子""清新的意境"。

大文学必须要有大胸襟，大关怀，大境界，其基准是儿童本体观的"童心论"。说来有些奇怪，在中国，"童心论"是因遭"批判"而彰显的。1960年6月，回上海深入生活的陈伯吹（此时他为中国作协专业作家）被拖入一场批判的漩涡，这年春上，上海文艺界正在进行"批判18、19世纪欧美古典文学"的风暴，陈伯吹的到来，"火苗"便烧向儿童文学，批判的锋芒集中在"童心论"，其实，最初火烧的"童心论"并非专著，也非专论，而是陈伯吹一篇《漫谈当前儿童文学问题》文章中有关编辑审稿标准（要怀有一颗童心，从"儿童观点"出发,依"儿童情趣"去理解)的一个观点,按照理论流脉细分,只是编辑与鉴赏中的"童心论",与之一并提出批判的还有"本位论""艺术至上论""外国儿童文学移植论"等等,恰恰是这次批判促使陈伯老宁静下来,认真研究"童心论"的历史、概念、意义,随后,陈伯老沉默了近 20 年,1979 年,陈伯吹发表了《论"童心论"》的长篇论文,不仅重述 20 年前的那段公案,还系统梳理了中外文学史长河中"童心论"的表述、意蕴,从李贽到高尔基,从马克思到鲁迅,正本清源,理直气壮,畅快地抒发了心头的那缕郁闷之气。少年儿童社主办的《儿童文学研究》3—5 辑辟专栏,延请名家集中讨论"童心论",在儿童文学界引发一次理念大讨论,大普及。于是"童心论"成为由陈伯老鼎力倡导的儿童文学创作、批评的"金规则"。"童心论"在今天已经成为共识,那种"蹲下身子"与孩童平视、交流的创作姿态也已不足为奇。我们这一代的使命是赋予"童心论"以新的明晰的内涵。今天,少年儿童出版社重新确立了"一任天真"(倡导天性、率真的教育与成长)的愿景表述与职业追求,致力于在这个"童年"日渐"消逝"的新媒体时代,不断地去"发现童年""建构童年""回归童年"。

体现陈伯吹大文学胸襟的品质除了他的理论成绩之外,还有他的儿童文学评论,大多是以序跋的文体形式书写,陈伯老一生中大约为 100 种书刊写过序跋,这些序跋结集出版的有 4 种,分别为《他山漫步》《天涯芳草》《火树银花》《苍松翠柏》,索序者有学界老友,文坛知交,也有素未谋面的文学"初犊"。1982 年,当代儿童文学教育的重量级学者浦漫汀、蒋风、陈道林、张光昌、梅莎、张美妮联袂编写全国师范院校教材《儿童文学概论》,稿成之后序言由谁来作? 最后还是决定延请陈伯老,这个资格唯有他最具备,因为他早在 20 世纪 30 年代就有《儿童文学研究》的专著出版,后有《儿童文学简论》面世,曾在上海幼儿师范学校、大夏大学、复旦大学、华东师范大学、北京师范大学执教这门课程。更值得托付的是陈伯老作序非常认真,动笔之前必须细读文稿或大样,他常常把作序当作一次主题论著的研究与写作,背景材料准备充足,历史脉络梳理清晰,言必实,论必新,有故事复述,有情节分析,有共鸣,有沉思,有褒扬,有批评,其间还不时引经据典,伸张一些自己的文学主张,尽管难免涂上一些时代政治风标的公共语汇,但他的情感总是真挚的,读来言辞恳切,从不肯敷衍。

最能表达陈伯吹大文学关怀的莫过于"陈伯吹儿童文学奖"的设立,1981 年,陈伯吹感受上海儿童文学新军崛起的强劲脚步,但仍然需要社会、儿童文学界的激励与褒奖,于是,倾其所有积蓄,设立了"儿童文学园丁奖",用于奖励上海作家以及在上海出版界发表的儿童文学精品佳作。开始每年一次,但是,因为本金的利息不足(后曾得到宋庆龄基金会、上海市中小学幼儿教师奖励基金会的支持),改为每两年一次,并易名为"陈伯吹儿童文学奖",至今已经评选 21 次,有 295 部作品,近 300 位作家受到奖励,他们几乎涵盖当代儿童文学创作的中坚,也显示了上海作为儿童文学创作基地与出版重镇的地位与影响。1997 年前,陈伯老对评奖事务十分关心,亲自主持作品遴选,亲自动笔撰写优秀作品的评论,如第一届获大奖的是童话《老鼠看下棋》,小说《NO! NO! NO》,是从 72 篇候选作品中精心评选出来的,陈伯吹的评论写得十分细致入微,一方面分析了作品取材上的用奇,构思上的不落俗套,语言上的童声童趣,气韵上的虎虎生机,另一方面也不忘张扬他一贯的文学主张:"既要有教育意义,又要有文学风味,值得细细咀嚼。"并特别褒扬小说作者在写童年性格、童年心理方面的努力。最后,对儿童文学作家的成长提出忠告:"只有深入生活,精细地观察,提炼素材,艺术地构思,安排情节,即使是一件平凡的小

新中国儿童文学

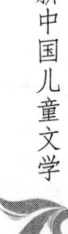

1949—2019

事，也必须具有正确的文艺观，锲而不舍地开掘下去，才会挖到宝藏的。"通过评奖这一平台，陈伯老将儿童文学创作、批评、理论的多重关怀积聚于一处，既有激励之荣誉，又有研讨切磋、提升队伍之功勋。

## 四、"通家气象"与"骆驼"精神

陈伯吹是以创作的才能与成绩彰显之后投身编辑与出版事业的。1930 年，他开始为北新书局业余编辑"小朋友丛书"。年底，他受聘北新书局《小学生》半月刊主编，时年 25 岁。1934 年初，他出任儿童书局编辑部主任，3 年后书局因战乱歇业，陈伯吹回到教育界。1941 年奔赴大后方，他在重庆出任国立编译馆副编审，负责编辑小学语文教科书。1945 年抗战胜利，《小朋友》杂志复刊，陈伯吹出任主编，同时还在复旦大学开讲"期刊研究"课程。1947 年，受《大公报》之邀，为该报主编每周一期的儿童副刊。1952 年少年儿童出版社成立，他出任副社长。1954 年，奉调人民教育出版社编审，编辑中小学教科书，1957 年离开出版界，成为中国作协专业作家。1960 年，他被重新任命为少年儿童出版社副社长，直至逝世（"文革"10 年间曾担任过上海译文出版社资料员、编辑）。屈指算来，陈伯吹在出版界本职、兼职工作约 50 年，经他编定的书、报、刊在千种（份）以上。不过，陈伯吹写作的出版专著不多，而是在儿童文学的论文中旁及编辑与出版，著名的"童心论"最初就是针对儿童文学编辑审稿过程中的基本姿态与心态而提起的。1978 年 9 月，在庐山召开的"全国少年儿童读物出版工作座谈会"，他满怀激情地在开幕式上做了《庐山在秋天里的春天》的发言，畅快地表白了他对儿童读物出版的热切冀望。

对于陈伯吹的编辑主张与出版理念，有研究者归纳为"骆驼精神"，他的基本特质是"高瞻"与"负重"，高处着眼，细处着力，无私奉献，默默承担。这个归纳勾勒出陈伯吹的一部分编辑性格特征，但是仍然不完善。

根据我们的研究，以及与陈伯老共事的同志们的切身感受的回顾，陈伯吹编辑生涯给我们留下的那份"无言"与"真切"示范是：追求厚积薄发的"通家气象"，努力塑造"学者+创作+编辑"三栖职业状态，倡导"研究性"出版。

论学历，陈伯老只是上海大夏大学高等师范科的工读生，后来通过工读获得教育学院的教育学士，但是，他的兴趣涉猎很广，阅读很杂，了无疆界，创作、翻译、编辑、教学、理论研究伸展到哪里，他就学习到哪里。晚年，他还尝试创作"科学童话"，久而久之，便养成了博闻强记的好学习惯，积蕴成一种"通家气象"。

他一生都以博学的姿态投身出版，以饱满的理论、鉴赏与创作热情，丰富的作品介入编辑，不断提升编辑与出版的职业水准。正是他不懈追求厚积薄发的"通家气象"，努力塑造"学者+创作+编辑"三栖职业状态，这才在他身边积聚、培养了一批有很高儿童文学造诣的大师、新秀。一个时期，少年儿童出版社的大楼里，老中青三代作家、画家、科普作家、编辑家济济一堂，大师级的专家就有陈伯吹、张乐平、贺宜、任大霖、包蕾、鲁兵、洪汛涛、圣野等，据统计，当时少年儿童出版社里有中国作协、上海作协会员近 30 人，中国美协会员 10 余人，人才之"富饶"可以与任何一所大学相媲美。这让人想起 20 世纪 30 年代的商务印书馆与北京大学，并称为中国文化的"双子星座"，这份传统与积淀至今弦歌不断，重视人文修养，博古通今已成为一种学风，一种社风。在创作、研究、编辑三者关系上，陈伯吹极力倡导骆驼的奉献精神，舍个人名利，为大局操持，相互促进，提升品质。

关于"研究性编辑"流程的养成，陈伯老不是以说教，而是以身体力行来示范，来倡导。由他策划的《世界寓言选》，他几乎收编所有能及的素材，予以分类、比较、排序，然后才动手编定文稿，在今天看来，真是严谨至极。1979 年，他想开辟动物故事的出版系列，他便广罗原野，收集中外动物故事作品，然后梳理出动物故事出版的历史，几近绘出一幅动物故事的创作与出版地图，写下了一篇万余字的论文《论动物故事》，然后才动手策划出版纲目，一切安排都在理论的谱系与预设之中，下这样的功夫来策划出版主题与图书，一定能占得高峰。他身上这种严谨的编辑作风、巨大热情与智慧投入仍然在映照、鼓舞着我们后辈的编辑实践。

陈伯老离开我们已近 10 年了，我们依然深深地眷恋着他的音容，怀念他的精神和作风。我们不时在内心深处呼唤着他，祝福伯老在天国里羽化成仙，晴日里，请驾一片白云飘回我们头上，吹拂起一缕缕春风，吹走我们身上的懈怠，吹散我们心中的乌云。

陈伯吹不死，他的精神永远与我们相伴！

（原载《陈伯吹先生纪念文集》，少年儿童出版社 2007 年版）

新中国儿童文学

70年
1919—2019

# 颜一烟:《盐丁儿》的艺术魅力

谷斯涌

颜一烟同志离开人世已经 5 年,今年适逢她 90 岁诞辰;恰在这时,她的《盐丁儿》再版了,使人高兴和感慨,也引起人们的思索。

回想 16 年前,当《盐丁儿》初版时,并无人为的"包装""炒作",也未刻意筹办"首发""研讨"大肆宣扬,然而,这部书一面世,立即引起强烈的反响,无数少年读者被故事的新鲜、奇特吸引,更为主人公自强不息的奋斗精神感动,一封封热情洋溢的书信寄到了出版社和作家手中。教师、评论家们也纷纷赞扬这部小说,认为它题材新颖、人物丰满,具有艺术魅力,是我国新时期儿童文学的可喜收获。果然,在后来一连几次全国性的评奖中,《盐丁儿》赫然名列榜首。

老作家的这部自传体长篇小说,确实为我国儿童文学的人物画廊增添了"鄠丁"这个崭新的艺术形象。这是一个全新的典型,一个满族官僚贵族之家的千金小姐,在封建专制的重压下苦苦挣扎,战胜万般磨难,顺应时代潮流,最终成长和转变为无产阶级的先锋战士。并通过一个人的成长和一个封建家庭的分化,反映了中国人民在共产党领导下进行的反侵略、争民主、求解放的伟大斗争。作家不但写了鄠丁的遭遇、命运,并真实地揭示了人的内心世界和灵魂,写出了一个活生生的真人。几十年来,我们的儿童文学,何曾有过以王公贵族子女为主人公的作品? 这是创作题材的突破,这是文学价值的回归,这更是思想观念的飞跃。

在相当长的一段时间里,特别是 20 世纪六七十年代,我们曾经普遍忽视、甚至完全抹杀人的个性。作为社会的人,固然总是存在于某种群体之内,难免会带有那个群体的某些属性,烙下某种群体观念的痕迹。只是,在真理面前再前进半步,就会变成谬误。如果将这种烙印强调得过了头,即完全以阶级性淹没人的主体性,将人视作阶级的一个符号,甚至以物比人,说"什么树开什么花,什么藤结什么瓜,什么阶级说什么话",那么,这种观念指导下所写出来的作品,很容易成为宣传品,而非艺术品,其人物就会毫无个性,只能是公式化、概念化的千人一面。

20 世纪 80 年代初,沐浴着"拨乱反正"的浩荡春风,颜一烟回顾自己的亲身经历,动用沉淀多年的生活积累和感情积累,勇敢地突破"血统论"的思想束缚,遵循文学创作的自身规律,提笔撰写她的第一部长篇小说。这实在是老作家晚年的一个壮举!

颜一烟在古稀之年,特地挑选了她心爱的小孙子 3 周岁生日那天开始动笔,足见她对第三代真心实意地倾注了一片赤诚。她把写作这部书当作是实现自己多年的夙愿,当作自己崇高人生的一种追求,一连两年,以近乎痴情的执着,将自己的整个心灵和全部热情投入到作品的字里行间。不迎合某种时尚,不顾及小我的功利,冲破了思想的牢笼,作家的个性创造力得到了充分发挥。这部长篇小说是她送给自己的孙子,以及与她孙子同龄的祖国年幼一代的珍贵礼物。它是老作家心血的结晶,自然,也是我国文学界新时期思想解放的一个成果。

一部优秀的作品,需要有广大读者的认可,还得经受时间的筛选。《盐丁儿》初版时受到欢迎,过了十六七年之后,出版社根据读者需求决定重新再版,正说明了它的生命力。

生命力来自作品的艺术魅力。《盐丁儿》立意正、格调高和内容健康,都无可挑剔;它在艺术上也是属于高品位的。首先,它有有血有肉的人物形象。生长在满族贵胄之家的颜一烟,因是女性,因舅父是认识孙中山的"革命党",便被祖母贬称"扫帚星",备受欺凌。她的境遇很奇特,但颜一烟不是浅薄地"讲故事",而是实实在在地写人,表现人的感情。她以大量笔墨描述鄢丁这个贯穿全书的主人公,不但写她的言行,更剖析她的内心世界,将她倔强坚毅、不屈不挠的独特性格表现得淋漓尽致。此外,对妈妈、祖母、刘妈、继母以及麟哥等次要人物,也刻画得入木三分,使人难忘。

其次,《盐丁儿》充满了新奇纷繁的生活画面。作品从辛亥革命写到抗日战争爆发,从满族官僚、皇亲国戚的深宅大院,写到异国日本的街市民宅、戏院酒馆,时间空间的跨度都非常大。作家细细勾画的种种生活场景,以及在此大背景下上演的一幕幕哀伤、欢悦、悲凉、欣喜的人生戏剧,是一般文学作品中不多见的,对读者有很大吸引力。

第三,作品以儿童视角看世界,充满了儿童情趣。这部儿童文学作品,涉猎范围广,内容复杂,但作家用儿童的眼睛去看,用儿童的耳朵来听,写的都是孩子们感兴趣和他们能懂得的事情,写来趣味盎然。即使是人物的心理刻画,作家也不是沉闷地叙述,而是借助想象、幻觉、回忆等手法,用有形的画面来表现无形的内心世界,显示了作家娴熟的艺术功力。

读着颜一烟的《盐丁儿》,不由得使人想起高尔基的自传体三部曲:《童年》《在人间》和《我的大学》。颜一烟崇敬高尔基,她年轻时读过高尔基的"三部曲",对他非凡的身世留下深刻印象。她更熟悉《母亲》,并立志做一个像伯惠尔那样的革命者。在文学巨匠高尔基去世后,当时在日本留学的青年学子颜一烟,曾与日本的文艺家共同组织追悼公演,将他的剧作搬上日本舞台。这些,也都写进了《盐丁儿》。

自传体"三部曲"是高尔基文学遗产中最优秀的作品之一,他描写了作家从生活的底层攀上文化高峰,走向革命道路,同时也反映了俄国一代劳动者在黑暗中摸索前行,寻找真理、追求光明的艰难历程。与《盐丁儿》相比较,"三部曲"卷帙浩繁,所描述的社会生活宽阔广泛,所塑造的人物众多。《盐丁儿》以一部的篇幅,也蕴涵着相同的题旨,同样写出了一个人自小好学上进、挣脱苦难发奋向上的人生旅程。一个是俄罗斯劳动阶层的苦难儿童,历尽艰险,最终走上了革命道路。一个是中国满族贵族家庭中的弃儿,备受凌辱,通过顽强的努力,终于也汇入到了无产阶级的革命行列。虽然出身不同,却是殊途同归。他们的写作动机竟也惊人的一致,都为了后代。颜一烟的书是为孙子而作,高尔基在《童年》的扉页上写明了此书是为儿子创作。当时45岁的高尔基,可能还没有孙子吧。由于两位作家同是取材于自己的亲身经历,又都着眼于人的内心情怀,揭示了灵魂的深邃,事是实在的,情是真切的,人是鲜活的,因而也都具有迷人的艺术魅力。从这个意义上说,颜一烟正是以自己的作品为高尔基所奠基的无产阶级文学大厦增添了新的砖瓦。称她是高尔基的一名出色的后来人,也毫不为过。

颜一烟已经作古,她的生命已经画上句号。但她遗留下来的具有艺术魅力的作品,依然在读者中流传,有着旺盛的生命力。这是她在几十年漫长岁月中诚实追求、辛勤劳作的成果,我们会爱惜这份珍贵的精神遗产,并努力成为她所期望的人,做个为人民而两头燃烧的蜡烛,给世界献出一份光和热。

（原载《中国儿童文学》2004年第2期）

# 评袁静的《小黑马的故事》

鲍　昌

北平。20 世纪 30 年代。春季的风沙在天空中打旋,大街上扬起几尺高的尘土。一群小叫花子,食不果腹,衣不遮体,在风沙中颤抖。他们伸出冻红的小手,在向行人求乞……

一个女青年走过来。她看到这些苦娃儿,眼中含泪,心里发酸。她把衣袋中的全部铜板掏出来,塞给那些冻红了的小手。

"你的心肠是好的。"一个和女青年同路的人,也就是后来把她引上革命道路的同志说道,"但是你这样做,又能搭救几个孩子呢?"

女青年被问住了。当时,她只有一颗"救救孩子"的善心,她还不知道:真正能把孩子们解救出来的,只有共产党领导的社会革命。

后来,她在地下党组织的引导下,走上革命道路。她成了一名作家,她叫袁静。

作为一名革命作家,袁静的道路是不平常的。七七事变后,她进入了烽火连天的解放区,穿过宜川的深山老林,来到延安。在党中央所在的圣地,她接受了革命的洗礼。解放战争时期,她来到冀中腹地,同作家孔厥共同创作了《新儿女英雄传》。大家知道,这是一部优秀的长篇小说。它为解放区人民的艰苦斗争,留下一个生动的画幅。

但是,袁静从来没有忘记那些受苦受难的孩子。她是个女作家,对孩子们怀有女性的爱。所以,1950 年,新中国成立后的第一年,她就来到天津,要为孩子们写些作品。她去到距离天津百余里的芦台国营农场,在那里生活了几个月,写出了一本《小黑马的故事》。

袁静同志对我说过,在《小黑马的故事》这部中篇儿童文学作品里,主要人物都是有原型的,这就是在芦台农场中进行劳动锻炼的那些旧社会的流浪儿。当时,天津刚刚从帝国主义、国民党反动派的桎梏中解放出来,旧社会的痕迹比比皆是。共产党领导下的人民政府,正在努力改造这个城市。那些盘踞在人民头上的官僚、地主、买办、豪绅、恶霸、反革命,统统被打倒了。一切被压迫、被侮辱的下层人民群众都获得了新生。被袁静时刻萦挂心怀的小叫花子、流浪儿,也没有例外。他们被送到国家兴办的农场,成了自食其力的劳动者,成了新社会的小主人。

《小黑马的故事》所描写的,正是这样一个特定的历史过程。它描写小黑马、牛牛、大眼猴几个流浪儿,由于无家可归,成了流氓头李三麻子控制下的乞儿和小偷。他们的生活是悲惨的,住在"活像个狗窝"的旮旯里,吃的是要来的"剩菜剩饭";"每天出去要来钱,或是偷了东西",都得交给李三麻子,"否则就得挨一顿揍"。天津解放以后,李三麻子畏罪潜逃了,小黑马等几个流浪儿,被收容到芦台国营农场。一开始,他们对于"双手挣来吃和穿"的新生活充满憧憬。但是农场正在创建时期,简陋的生活条件和艰苦的劳动,使他们觉得"上当"了。大眼猴是当过国民党勤务兵的,"他总是领头干坏事儿"。他怂恿小黑马逃避劳动、装病,最后就带他一同逃跑。逃跑途中,小黑马掉进河里,几乎被淹死。

他被牛牛的父亲——一个赶船的老汉救上来,从此又成了流浪儿。农场队长、荣军刘德山,好不容易在天津市街头把他找到了。小黑马回到农场,又经过一些反复,终于成长为一名热爱劳动、热爱集体的优秀少年。他那离散了多年的母亲,和他重新团聚了。即使是干了很多坏事的大眼猴,也终于回到农场,大家一起"在农场扎下根"。而"那一段悲惨的、不幸的、耻辱的生活",最后同他们告别了。

这就是《小黑马的故事》梗概。这是个非常真实、朴素的故事。它来自生活的真实,因而获得了艺术的生命。《小黑马的故事》自1958年出版后,至今已重版多次,并被译成英、俄、越等几国文字。小说出版后,作者收到了不少读者来信。其中有些读者,正是和小黑马具有同样遭遇的人。他们很为作品所感动,他们向作者致意,感谢她描绘了一个动人的历史过程,这过程使一群快要沉沦的孩子,在黑暗中看到了光明。

由此可见,《小黑马的故事》是一部成功的儿童文学作品。照我看来,《小黑马的故事》之所以成功,首先在于它的真实。真实是文学的生命。高尔基在《给青年作者》中说:"文学是巨大而重要的事业,它建立在真实上。它所接触到的一切都要求真实。"在《小黑马的故事》里,袁静没有刻意追求离奇的情节和畸形的性格,她正是把自己的艺术构思,建立在真实的生活基础上。小说中的主要情节,都是已经发生和可能发生的;小说中的细节,洋溢着浓厚的生活气息。至于小说中的人物,无论是大眼猴或小黑马,都具有一定的缺点,而没有被有意识地拔高。当然,小黑马后来因为扑灭火灾,"受到了通报表扬,立了一个大功",成了个英雄人物;但他在精神上成长的过程,由于作者铺垫了许多情节,如荣军刘德山对小黑马的教诲与关心、小黑马逃跑后吃到的苦头、农场面貌发生的变化等等,看来是自然而可信的。艺术鉴赏上有一条规律:真则信,信则感。艺术上的感染力,来源于作品内容的真实。前些年,有的儿童文学作品违背真实,把少年儿童描写得如同大人一样成熟,这使人难以置信,因而也就失去了艺术感染力。在《小黑马的故事》里,我们看不到这种缺点。

真实并不排除虚构。我们强调说《小黑马的故事》内容真实,并非说它是生活的简单再现。事实上,《小黑马的故事》从总体上说,乃是虚构的产物。袁静在虚构故事时,对生活素材进行了选择、提炼、剪裁、加工。例如:她在芦台农场看到了几百个流浪儿,但她集中地只写了小黑马、牛牛、大眼猴三个人物。这三个人物,经历不同,个性互异。牛牛是个"很敦厚"的农民孩子,因而转变得最快;大眼猴出身地主家庭,又当过国民党勤务兵,因而转变得最慢。小黑马呢,与他们两人都不同。他是个城市贫民子弟,从小死了父亲,母亲不得不改嫁给一个名叫"独眼龙"的摊贩。"独眼龙"对小黑马很凶,这才迫使他离开家庭,到处流浪。所以,历史加给小黑马的包袱,比别的孩子更为沉重。他不仅要在农场劳动生活中,去战胜流浪儿共有的种种缺点;而且还要在革命组织协助下,去弥合母子分离的心灵创伤。小黑马的这个独特经历,形成了他的独特个性,从而引导出上述的两条情节发展线索。这两条情节发展线索,被袁静有机地统一在作品之中。人们常说:情节是性格发展的历史。在《小黑马的故事》中,袁静是贯彻了这个原则的。

大家知道,作品的艺术形象同它的主题思想密不可分。任何作品都有主题思想,但它必须通过形象来表现。这正如普列汉诺夫所说的:"艺术家用形象来表现自己的思想,而政论家则借助逻辑的推论来证明自己的思想"(《没有地址的信·艺术与社会生活》)。

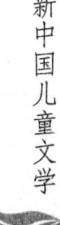

袁静写作《小黑马的故事》，是如何处理这个问题的呢？据她对我说，她确是先有一个写作儿童文学作品的意图，然后才去芦台农场的；但她并没有事先就把主题拟定，而是深入到孩子们的生活中，去观察、体验、分析、比较。她说："这是有个过程的。一开始，孩子们不易接近。他们像是受过伤的小动物，对什么都怀疑。后来，我同他们一起玩、唱歌、讲故事，慢慢建立起感情，这才了解到大量的材料。"只是在这时候，袁静才开始进入创作构思阶段。作品的主题思想，几乎是与创作构思同时完成的。因此，在《小黑马的故事》中，人们不是从政治概念的图解，而是从艺术形象的自然流露中，看出来如下的主题思想：旧社会是制造流浪儿的，新社会则改造流浪儿；流浪儿本身是无辜的，只要给以正确的引导，他就可以成为新社会的小英雄。这个主题思想，是通过小黑马转变过程的一系列艺术形象显现出来的。当然，作品通过小黑马逃跑后遇救，荣军刘德山把他从街头上找回，以及母子团圆等情节，还显现出另一个主题思想，那就是，对于流浪儿来说，新的社会主义制度是既严肃又温暖的；即使青少年一步走错，人们也应晓之以理，动之以情，而不要简单地绳之以法。只有这样，才能最有效地把他们改造成为新人。

毋庸细言，上述的主题思想，在当时是具有积极意义的。但值得注意的是，它在今天也还有着积极意义。为什么呢？因为在小黑马那一代人改造得差不多时，林彪、"四人帮"一伙给我们的国家制造了浩劫。青少年的思想教育工作薄弱了，社会上出现一批失足的青少年。这时候，《小黑马的故事》所塑造的小黑马、牛牛、大眼猴等人物形象，以及小说表达出来的主题思想，就使我们感到是很有现实意义的了。

《小黑马的故事》确是一部较优秀的儿童文学作品。它在艺术上的可取之处，除了上面分析的以外，还应当提到它的"人情味"。"文章不是无情物"，优秀的作品都是蕴蓄着丰富情感的。在《小黑马的故事》中，荣军刘德山对小黑马的那种类似父亲的爱，以及小黑马同他母亲的母子之爱，写得十分感人。此外，还应当提到小说的语言。袁静曾经说过："要把孩子写活了，就得使用孩子的语言。"这是很对的。在《小黑马的故事》中，袁静处处留心这一点。例如小黑马与牛牛在割草比赛时的一段对话：

> 牛牛望望瘸腿叔叔故意对小黑马说：
>
> "你敢跟我比吗？"
>
> "怎么不敢！难道你长三只手？"好强好胜的小黑马歪着脖梗子，不服气地说。
>
> "三只手倒没长，就是比你强那么一点儿！"牛牛故意逗他说。
>
> "嘿，咱们是骡子是马，拉出溜溜，别吹！"
>
> "好，空口说白话不算话，咱俩拍个巴掌打个赌吧！"
>
> 他俩郑重其事地把胳膊一抡，"啪"的一声打了个响巴掌，别的孩子都叫好。……

这种语言是生活化的，具有儿童的心理特征，绝没有那种"大人腔"。因此，当少年读者读起来时，就会感到十分亲切。

当然，从艺术上看，《小黑马的故事》也还有些不足之处。某些章节，叙述的成分多了些，假如能换成精细的描写，我想一定会更增加其艺术的光彩。从情节上看，牛牛的父亲和妹妹把小黑马从水中救起后，一下子便从书中消失了，后来缺少个交代。另外，全书在结束时显得仓促；特别是最后一段，用比较简略的叙述为全书作结，令人有"画蛇添足"之感。

　　袁静同志是热爱儿童的。她在出版《小黑马的故事》后，陆续又出版了《红色少年夺粮记》《朱小星的童年》等几部儿童文学作品。目前，她正在写作工业题材的作品，同时还在体验少年儿童的生活。她说，她很快地还要写出一批儿童文学作品，来表现正在向四化进军的祖国的花朵。让我们热烈地期待她的新作问世吧！为了花一样的祖国新一代，也为了花一样的儿童文学的繁荣。


　　（原载袁静著《百年百部中国儿童文学经典书系·小黑马的故事》，湖北少年儿童出版社 2007 年版）

# 略论叶君健对儿童文学的贡献

张美妮

　　叶君健是我国著名的文学翻译家和作家，也是不懈地笔耕于儿童文学园地的长者。几十年来，他为孩子们翻译、创作，为我国儿童文学事业的繁荣与发展，付出了大量的劳动。

　　把安徒生的全部童话作品从丹麦文直接译成中文，并把这位世界童话大师介绍给中国人民特别是少年儿童，是叶君健对我国儿童文学的一大贡献。他把自己多次深入安徒生故乡的生活体验灌注于译文之中，力求传达出原作浓郁的丹麦风味和安徒生的语言格调。因此，《安徒生童话全集》的中译本不仅在国内享有盛誉，也受到欧洲、丹麦一些著名学者的推崇，认为它是有权威性的、准确的"最好的翻译"。

　　在我国儿童文学创作中，叶君健的作品可谓独树一帜。近几年，中国少年儿童出版社和明天出版社分别出版了他的作品选集(《叶君健作品选》和《叶君健童话故事集》)，读后可以见到，叶君健为数不少的儿童小说和童话，都取材于异国的人事风情，这当然与作家的经历密切相关。新中国成立前，叶君健曾旅居国外多年；新中国成立后，为了国际的文化交流，又走访过不少国家，真是见多识广。作家把自己丰富的旅行阅历和积累的有关各国历史、地理、文化、风尚等知识，融汇于作品之中，使它们就如一扇窗子，把小读者的视野引向中国以外的广阔天地，让他们了解到许多陌生的事情，增长见识，这正是叶君健的创作区别于其他作家的显著特色。

　　发表于20世纪60年代初的《"天堂"外边的事情》《小仆人》《小厮辛格》等篇，是脍炙人口的佳作。它们的出现，丰富了儿童小说的题材，提供了有益的创作经验。这些故事大抵由真人真事引发而来，但又非信手拈来的见闻实录，更不是为体现某一理念而编造的情节。作家立足于塑造不同阶级的各种人物形象，通过具体生活场景的描绘去展示资本主义社会中少年儿童的不幸命运。看到这些同龄人的悲苦遭际，小读者不仅会萌发深深的同情，也认识到了另一个世界里存在的贫富悬殊、阶级对立、种族歧视等生活真实。由于作家在揭示黑暗与强暴的同时还着意描绘了被压迫、被奴役者的不屈与抗争，也使小读者领悟到了积极奋进的人生态度。由此，我们可以看到叶君健为培育一代新人而创作的严肃态度和明确目的，以及为此而对生活素材所作的撷取和提炼，从而使篇幅不长的小说成为熔认识、教化、美感于一炉的艺术品。

　　20世纪70年代末，针对当时儿童文学奇缺的状况，叶君健一再倡导"扩大儿童文学的领域"，并身体力行，创作了《真假皇帝》等众多取材于欧洲民间传说的童话，这是作家为扩大我国儿童文学题材，开拓新的领域的又一次成功的尝试。

　　值得注意的是，叶君健的这些童话并非是对民间故事的一般改写，而是根据故事产生的时代和历史的背景，剔除原作中消极的成分，延展其中富于人民性的积极因素，并加以联想发挥，使之成为崭新的创作。叶君健的这些童话创作，不仅为我国童话园圃增添了新的品种，对传统故事的改造与创新，也极有启发意义。

　　叶君健历来主张中国儿童文学应面向世界。近年来，他先后翻译了享有世界声誉的挪威童话作家托尔边·埃格纳的《豆蔻镇的居民和强盗》《朱童和朱重》，有"克罗地亚的安徒生"之称的南斯拉夫女作家伊万娜·布尔里奇的名作《拉比齐出走记》以及南斯拉夫当代作家的一些作品。考虑到我国儿童散文创作的匮乏，他又特意选译了法国著名作家法朗士的一些别具风格的散文（如《一个孩子的宴会》）。叶君健的这些译作和对它们所做的精辟的介绍与评析，对我们了解当今世界儿童文学的状况很有帮助。

　　叶君健并非专业儿童文学作家，数十年来，他担负着繁重的翻译、编辑、创作任务和外事工作，但他却始终把为孩子创作视为自己义不容辞的责任。他认为作家们应"为下一代的儿童赠送一点有意义的纪念"（叶君健《春节杂忆》）。他自己对于儿童文学也总是"能作一点，就作一点"。叶君健同志的这种精神令人十分感佩，我们应该向叶老学习，并向他表示深深的敬意。

　　　　　　　　　　　　　　　　　　　　　　　　（原载《文艺报》1987 年 3 月 21 日）

# 贺宜解放后的童话创作

汪习麟

1959 年 2 月，贺宜在童话集《小神风和小平安》的"后记"中，言道：

> 解放以来，我写的童话比前少多了。除了工作较忙以外，另一个原因，坦率地说，是觉得童话比前难写了。……过去的童话形式，已经越来越难于反映当前的千变万化、一日千里的现实生活。当然，不能说童话今后将要逐步衰亡了。我以为，为了使童话适应时代的要求，它的表现形式肯定应加以改进和不断创造。不过这需要一个摸索和大胆试验的过程，有待于所有的儿童文学工作者们的共同努力。

从这里，我们可以看到，作为一名有成就的童话作家，贺宜正在努力思考如何使他所熟悉的艺术形式，在新的形势下有一番质的更新，以便更好地担负起时代所赋予的重任。他这一时期的少写童话，乃是他在思想上与艺术上作积极的准备。这是一位作家忠实于时代、忠实于文学，忠实于读者的崇高精神境界的具体表现。

经过几年理论的研究思索和题材的酝酿提炼的创作准备，1954 年，贺宜终于发表了有利于培养社会主义新人成长的童话《天鹅的儿子》。

在这 8000 余字的童话里，作者先着意描绘了城外的大湖是如何幽静：春日冰块融化，绿水溶溶，夏日柳树成荫，翠帘丝丝；湖水清澈，里边有鲜美的鱼虾，甜嫩的水草，正是水鸟们的乐园。然后作者的笔宛如摇转的镜头，摄取了各种水鸟嬉戏的情景，其中特别突出了顽皮的小野鸭、机灵的小鸳鸯，装出孤傲清高模样的小鹭鸶、憨厚直率的小鱼鹰等不同性格的形象，使我们从中看到了一群新中国儿童的活泼天真、无忧无虑。这正反映了解放初期，我们祖国到处欣欣向荣、人民安居乐业的景象。

接着，小天鹅出场，他似乎由天外飞来，衣着出众，美丽非凡，显得那样娇贵而又矜持，好客的小水鸟们热情地迎了上去，邀他一同游戏。可是，这小天鹅却自恃出身高贵，有一个英雄的爸爸，竟骄傲自大起来，以为其他水鸟都属下贱。为此，引起一场争执，而此时，突然老鹰前来掠夺，抓去了小野鸭，小天鹅在慌乱中又被水蛇所缠，情节陡然紧张。最后，大天鹅击毙老鹰，救了小野鸭，而摔死水蛇救了小天鹅的，又恰恰是被他视为卑贱的大鱼鹰。血的战斗，教育了小天鹅，使他认识到"因为有那样的爸爸觉得自己很了不起"的想法是何等错误。

这篇童话，虽然写的是一群水鸟，表现的却是我们社会主义的生活内容。水鸟们的和睦，固然比喻了人民群众之间的新型关系，而大天鹅与大鱼鹰的彼此谦和亲密，更表明在我们社会，即使英雄与普通群众之间，也没有尊卑高下之分，况且大天鹅与老鹰的搏斗，也还是得力于野鸭与大雁的共同出击。小天鹅自有他的错误，临末他在羞愧中有所觉悟，但他并非一下子就突然提高，当他说"现在我明白，要是自己没有本领，是不应该骄傲的"时，大天鹅马上纠正道："不！孩子！就是自己有本领，也是不应该骄傲的！"这是不可忽视的一笔,它表明孩子的成长,需要得到成人及时的正确指引。整篇童话写得优美迷人,读者在得到美的享受的同时,也得到了思想上的教益。

然而,这篇作品最为令人心服的是,作者居然在新中国成立不久的1954年,就清醒地看到了对某些干部子弟进行教育的必要性,提出了应该如何正确对待父业、学习老一辈优良品德的问题。小天鹅躺在父辈功劳簿上自命不凡,把自己看作特殊阶层,蔑视群众,侮辱群众等现象,当非作者的面壁杜撰。看在眼里,是一回事;见而思虑,并予以艺术再现,以引起人们的警觉,又是另一回事,它需要作家的正直与勇气。这篇童话,正表现了作者的拳拳之忧。遗憾的是,这样一个重要问题的提出,并未引起足够重视。且不说前几年那些"衙内"式人物的骄奢淫逸,就是如今高等学府开学,干部子女入学时那车水马龙的盛况,也非老天鹅父子当年所曾企及。作家贺宜无法超越当时的社会现实去料想今后,但他塑造的这两个形象,至今犹可成为某些人的楷模。

关于童话适应时代的要求,自然并非单纯指它的形式的创新。贺宜有过一段论述,谈到了内容与形式的关系问题,"如果传统童话形式中某些东西有利于表达新的思想和生活内容,自然可以继续采择、运用和发展,反过来,当这些成为妨碍或者对表现新的事物不能得心应手的时候,就应该毫不顾惜地舍弃。"①《天鹅的儿子》虽然采用的也还是"鸟言兽语"的形式,但却给人这样的鲜明印象:

一、通过童话的特殊表现手法,赞颂了人们对新社会生活的热爱;

二、作品洋溢着社会主义思想和新的道德的光辉;

三、在童话人物的塑造上,既通过动物形象的概括,来刻画人世间某种人物的性格,又严格地保持这一群动物本身的特性,幻想和现实得到紧密而巧妙的结合。

任何艺术,都通过它特定的形式来表现思想和生活。贺宜的创作实践,也正在于通过童话的固有艺术形式,来表现新的思想和生活内容。

如果把贺宜创作《天鹅的儿子》,比作为登山运动中的"适应性行军",那么他所探索到的可贵经验,就为今后更艰巨的攀登,奠定了胜利的基础。正是在这个基础上,1955年他又成功地创作了长篇童话《小公鸡历险记》。

这部童话的立意,与《天鹅的儿子》有一点相似:通过写一只小公鸡如何克服自身缺点,得以健康成长的经过,给小读者以具体形象的启迪。但由于这部童话的篇幅为《天鹅的儿子》的10倍,因此,主人公喔喔的成长,就不像小天鹅那样,只是因为一个突发性的事件,在鲜明对比的羞惭中得到教育;在这里,作者把故事的背景设置于更为广阔的环境,舒徐地描写这一童话人物在他一系列的"历险"过程中,所经过的磨砺与反复、失败与成功,以通过小公鸡的成长过程,来概括更多的儿童特性,反映更多儿童所常有的某些缺点,而最后的改变与成长更富有生活的必然性。

比如,小天鹅的骄傲自大、蔑视群众,是由于他有一位人们敬仰的英雄父亲。这一人物的选择,有其代表性,却较少广泛性,因为有英雄父亲的孩子究竟不多;小公鸡则是一个普通母鸡的孩子,他的出身门第就带有普遍性。唯一不同的是,他母亲接连孵出13只小母鸡,只是到末了,才孵出他这只小公鸡来,这就使他特别受到宠爱,母亲的溺爱自不必说,连姐姐们也都让他三分,于是他自己也以为珍贵,就格外撒娇、任性起来。作品的前半部分,多处对此作了生动描写,都是取之于生活中屡见不鲜的情态,小读者和他们的家长,均可从中发现自己的影子。

这部童话的立意,与《天鹅的儿子》不同的一点是:小天鹅在凶恶的老鹰前来骚扰侵犯时,他无力与之搏斗,只能依赖长辈们的奋战;而小公鸡为了消灭顽敌黄鼠狼,报

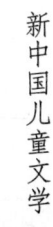

杀父之仇，却团结了众多朋友，亲自参与斗争，在斗争中得到锻炼，增强才智，终于成长。这一立意，有着深刻的思想内容。不能想象，倘若小公鸡一直在他母亲的羽翼下，撒娇作态，称王称霸，他最终会有什么样的结局。这也许正是作者苦心经营之所在。

有人以为，正是在这一点上，导致了这部童话在全文结构上的缺陷：前半部写自身缺点，后半部写对敌斗争，两个主题联系不紧，有脱节感。其实，从故事发展以及人物性格来看，两部分是有其内在因缘的。例如小公鸡平时娇纵，他可以要妈妈把风赶走，他无理地要独吃美食，他让姐姐当马让他踹在脚下，正因为娇养惯了，当他半夜大声唱歌，被妈妈打了一下，他就使气，黑夜中跑了出去，这才有姐姐被黄鼠狼拖走、途中遇坏蛋田鼠等情节的展开；而姐姐的被害，使他痛感内疚，于是决心除害，人物正由此而得以成长。情节是人物性格的发展，贺宜在这里，也仍然是遵循着这一法则的。

塑造众多人物形象，以便广泛而深刻地"写人，写人间，写生活"②，是作者在这部长篇童话中的一个显著追求。作品中的几个主要人物，如聪明勇敢却又娇纵任性的小公鸡、善良慈爱却又溺爱幼子的鸡妈妈、耿直热诚而又爱憎分明的大黄花、既凶恶残忍又诡计多端的黄鼠狼、既狡黠偷骗又助桀为虐的田鼠等，无不以其鲜明的性格特征，来比喻生活中的某些类型；加上其他一些人物，如小公鸡的姐姐们、鸭大娘一家、鹧鸪、刺猬、白兔、灰猫、喜鹊等，就构成了一幅繁复的人生图景，勾勒出种种世态人情。这里有普通人们之间充满温情的交往，有一般家庭内常有的喜怒哀乐，有孩子们无邪的嬉戏和无谓的争执，有善良同邪恶的不可调和的殊死斗争……作者正是以此帮助小读者了解社会现状，正确认识人生，懂得真善美与假恶丑的区分，从而在潜移默化中得到陶冶，成为一代新人。

这部童话，题为"历险记"，但全不为"险"而"险"，追求荒诞离奇的情节，或是用廉价的噱头，胡编乱诌，招徕读者。作品不仅在全文构思上，按照现实生活的发展规律，加以想象和幻想，在人物形象塑造方面，也依然一面驰骋丰富的想象，一面考虑物性的实际，即使遣词用语，也不忽视。例如小公鸡和姐姐们玩"将军骑白马"，作者写道："他'骑'在'白马'背上，其实是踹在姐姐背上。"用"踹"而不用"骑"，可见作者的冷静与匠心。再如鸭大娘去看望鸡妈妈，命令跟随的两个孩子上前叫唤，作品这样描写道："小鸭子长脖子把脖子扭到背后，小鸭子红脚蹼把脑袋低下来看着自己的脚蹼。他们怕羞地轻轻叫了一声：'鸡婶子！'"这里活灵活现地画出了孩子羞见生人的神态，而那扭脖、低头，却又是鸭子惯有的动作。作者用他创造性的想象，把动物特征如此奇妙地结合到人物形象中去，在童话艺术的运用上，真可谓达到了出神入化的境界。

如同一切真正的艺术作品一样，《小公鸡历险记》以它完美的艺术，表达了深刻的思想内容，既提高孩子的审美能力，又丰富孩子的内心生活。"在艺术本身的领域内，某些有重大意义的艺术形式只有在艺术发展的不发达阶段上才是可能的。"③贺宜童话创作的意义，就在于当散发着社会主义气息的新童话尚未发达的阶段，他大胆尝试，勇于实践，并且取得了可喜的成功。

1956年，在贺宜的创作年表上，童话创作是一个空白。

这一年他刚刚42虚岁，正是大可作为的年纪，《天鹅的儿子》和《小公鸡历险记》又获得一致好评，倘在如今，定然是各地编辑纷至沓来，约稿信如雪片飘洒，作者则文思如涌，非一礼拜写它一两篇童话不可的时机，他怎么突然休止了呢？

他遵循辩证唯物论的认识论的观点，经过一段创作实践之后，冷静下来，积极思考，以求达到理性上的认识，从而提高今后童话创作的水平。因此，他暂时中止创作，广泛阅读那一时期各报刊发表的童话作品，细心梳理，由此及彼，由表及里地加以归纳总结，造成概念的系统。

这年6月，他先发表了论文《就〈金色的海螺〉谈谈几个童话的特殊问题》，简论了童话中的爱情描写、幻想以及传统形式的运用等问题；8月，又发表了将近2万字的长篇论文《目前童话创作中的一些问题》，更为详尽地论述了童话怎样反映现实、幻想与现实的关系、"人格化"的理解、思想性与趣味的关系、传统形式、民族色彩和民间文学等一系列问题，旁征博引，错落有致，较为全面地总结了当时童话创作中存在的各种问题，并形成了他自己的童话理论体系。

正因为贺宜在理论上得到认识，到1957年，当他又开始童话创作时，他的作品就有了新的飞跃：这一年连续发表的4部童话——《天竺葵和制鞋工人的女儿》《蜗牛奇遇》《鸡毛小不点儿》《小神风和小平安》，几乎无一不是佳作……

《鸡毛小不点儿》是一部近3万字的童话，作者通过对一只公鸡身上不同部位鸡毛的描写，概括了生活中处于不同地位的某些人的精神面貌：居脖颈之高，则貌视一切；撅屁股之上，又自命不凡；彼此谩骂，各自炫耀，而对于那众多的普通的小鸡毛们，这一些自视高贵者，又一律予以嘲讽、训斥。然而，沧海尚变桑田，人事焉无沉浮？于是一旦境遇变迁，就各个显出不同嘴脸。作者以他犀利的笔触，淋漓尽致地揭露了某些人丑恶的内心世界。

不过，生活中总还有值得尊敬、值得称道的人在，这就是作者所着意塑造的小不点儿。它平凡，既无特殊的地位，又无媚人的美貌，只是谦虚诚恳、默默无闻地坐在它该坐的地方，全不菲薄自己的工作；它毛微言轻，偶尔心直口快，忍不住陈言一二，却立即遭到刻薄的冷笑，但它心里明亮，以对生活的信仰，坚持于自己的岗位。不管生活怎么多变，它都能明确自己的存在价值，在各个不同处所，尽其所能地贡献出一切：做成鸡毛掸子，则乐于做清洁工作，绝不像那些自诩为高贵者们的终日抱怨，以为屈才；漂泊之后，被做成毽子，孩子们玩得那么高兴，它也感到无限欣慰；到了屋顶，日晒雨淋，虽已微弱，也甘心为护花而献出生命。

这部童话，除了以歌颂的笔调描写小不点儿以外，它所塑造的其他几个人物，如骄矜傲慢的尾巴毛孔雀，轻狂自得的尾巴毛毛大话，鉴貌辨色、不时转篷的脖颈毛溜溜转，不满现状、耽于空想的小鸡毛小疙瘩，单纯幼稚，多愁善感的细腰，听天由命、自暴自弃的白头翁等，也都各具典型，栩栩如生。

这部童话在构思上，以环境的再三变更，来不断揭示人物的精神面貌，丰满人物形象，而一面又极为自然地抒写了作坊工人、纺织女工以及孩子们的劳动与生活。现实与幻想的结合，再一次表明了作者对新社会的热爱与赞颂。至于花公鸡身上所反映的童话世界，只不过折射了现实生活中的某些阴暗支流，作者以对比手法写出正反两面形象，其倾向也正从场面和情节中流露出来。可是，这样一部优秀的作品，发表不久竟横遭批判，所谓罪状竟达6条之多。然而，天网恢恢，时光忽忽，浪淘人物，尘埋浮词；一个作家用他自己高尚的道德品质所铸成的作品，却是永闪光彩，有着不衰的生命力的。

[注释]
①贺宜：《童话，迈开大步前进》。
②贺宜：《童话选·序言》。
③马克思：《〈政治经济学批判〉导言》。

（原载汪习麟著《贺宜作品论稿》，少年儿童出版社1992年版）

# 金近论

孙钧政

## 一

金近是我国优秀的童话作家，如果严格地区分一下，他的童话可分为两类：为大人写的和为儿童写的。当然这个分法不是绝对的，有许多童话是大人儿童都可以读的，而且读来都饶有兴味。

金近的童话有鲜明的倾向性。金近具有敏锐的观察力和深刻的认识力，他能从司空见惯的社会生活中选择特别有趣的童话题材，他常常把社会生活的另一面翻过来给你看，让你看清社会的本来面目，让你认识事物的全貌。他的著名童话《"好"人国》《狐狸打猎人》《狐狸送葡萄》《老鼠帮小猫》等，都是形象化了的推背图。作家将旧社会的阶级压迫、坏人的奸诈和虚伪揭了个底朝天，让你知道旧社会的真面目原来如此。《"好"人国》里的老百姓，越是坏的，就越算是好的，如果你不肯坏，那么你就犯了法。"好"人国里所定的法律最重要的有三条：

一、不许讲道理，讲道理就是犯法的；

二、不好的事情要说好的；

三、你请我吃一块糖，我打你一耳光，你请我吃一块糕，我打得你求饶。

在这个国度里一切都是颠倒的。是，就是非；美，就是丑；好，就是坏。真善美，假丑恶，都是颠倒的。这不就是反动统治者的法律所维护的社会道德吗？

在"好人国"里，救火就是把汽油浇在将要熄灭的火上，让它越烧越旺，把一切烧光，算是救火队的功劳；在这个国度里臭虫般的大夫，把病人治死，算是医术高明；在这个国度里，遭火灾的难民不许离开被烧焦了的废墟，统治者说，10 年后这里可以长出房子来。10 个寒暑，风霜雨雪，饥饿冻馁，灾民倒毙，座座坟堆成了他们永久的住所；在这个国度里，人人都要唱"好"人歌："'好'人国里真正好，瞎眼老鼠会逮猫，你肯骂我我喜欢，你要打我我就笑。真的事情要说假，好的事情要说坏，你要做个好公民，这点道理要明白。救火最好用汽油，要住新房 10 年后，你想发财也容易，'好'的资格够不够。'好'人国里真快乐，乐得百姓说不出，越是快乐越难说，这个就是'好'人国。"这跟鲁迅先生那首著名的讽刺诗《公民科》颇为相似，活活地画出了一个等级森严、黑白颠倒、不明是非、不合理、不公平、守旧、愚昧的旧社会的形象。至今读来，仍觉新鲜，有认识和启发作用。其他的童话如《红鬼脸壳》《黑心魔术家》《穿花裙的狼》等都是属于讽刺敌人的，在这类童话中全是冷嘲热讽，嬉笑怒骂的，一点不留情面。作者之所以这样写，"是利用童话可以充分幻想或夸张的特点，把童话作为一种武器来揭发和打击那些不合理的现象。这在反动派压制人民言论的时代，作家把童话作为一种武器，是有它的社会意义的。但必须注意这并不是简单地拿动、植物或古人、怪人去生硬地联系政治，而是结合这些事物的特征，创造各种有趣的人物形象,深刻地揭露丑恶的本质……这种意义深刻而内容浅显的童话,可以帮助儿童理解生活,能够在他们幼小的心灵里引起反响。"(引自金近《关于童话的现实主义》)金近这段话很好地论述了这类童话产生的原因、写法和社会作用。

另一类童话是讽喻性的,是针对少年儿童身上的共同缺点和弱点而写的。这类童话读起来童趣盎然,略带苦味,很利于"治病"。如《小猫钓鱼》教导孩子不要粗心,从小要严格锻炼自己,要养成学习、工作注意力高度集中的习惯。《蝴蝶有一面小镜子》是一篇著名的讽喻性的童话,告诫孩子们不要贪玩,不要自我陶醉,要抓紧时间工作、学习,否则将后悔莫及。《斑鸠做窠》也是这个主题。《小鸭子学游水》鼓励儿童要多实践,多锻炼,否则人是不会勇敢的。这类童话是拿小动物来教育孩子。天真纯洁的孩子的心灵是娇嫩的,许多小孩子没有信心、胆小、软弱乃至自暴自弃的心理状态,常常是因为教育者对他们进行了粗暴的、不公正的指责造成的。因此,对幼小的孩子的教育要像园丁爱护、培育刚出土的花芽那样当心才行。金近写的许多这类童话,在培养孩子良好习惯和优秀品质方面可以起到别种教育方式所起不到的作用。反复进行这种形象的启发教育,就会在孩子身上生根、发芽、开花、结果,甚至影响孩子的一生。

《小鲤鱼跳龙门》《谢谢小花猫》是新中国成立以来比较优秀的作品。这也是金近创作道路上里程碑式的作品。《谢谢小花猫》很像一篇寓言,它以生动的形象,提醒人们,要防止那些破坏人民胜利果实的坏人,这篇作品对刚刚胜利后的人民来说可以起到警戒的作用。《小鲤鱼跳龙门》获得了中外读者的好评,它热情地歌颂了新中国的建设成就。这篇童话使古老的传说焕发出新的光彩,形象极为生动,语言十分优美,它的艺术生命将是长久的。

小鲤鱼们的形象非常可爱,他们有理想、有胆量、有智慧,终于跳过了"龙门"。领头的金色小鲤鱼更加可爱,在这条小鲤鱼身上有一股乘风破浪勇往直前的精神,这种精神在今天的孩子们身上更加需要。以前的评论家们着重谈这篇童话的思想意义:歌颂新中国建设成就,而忽略了这篇优秀作品的艺术价值。在这个童话里,金近写了一群小鲤鱼的形象,作者用几句话就能写出一个个的个性来。小鲤鱼要去跳龙门了——

> "领头的小鲤鱼跳起来说:'嗳,你们去不去?我要去找那个龙门,要是能跳过去,变一条大龙,多有意思。待在这条小河里闷死了。'
> "小鲤鱼们都嚷起来,'我去!''我去!''我也去!'
> "有一条最小的小鲤鱼说:'我也要去,可是我跳过去以后还要回来的。'
> "金色的小鲤鱼瞧瞧他,不满意地说:'那你趁早别去。'
> "'好,那我去。你们到哪儿,我也到哪儿。'"

从这段对话可以看出小鲤鱼的不同性格,有的大胆、勇敢、坚定,有的随声附和,有的恋家,有的犹豫,生动有趣。细细读来,这哪里是写什么小鲤鱼,这分明是儿童生活通过童话形式的再现。

金近的讽喻性童话,除了具备幻想和夸张的一般性的特征外,他还会从反面来做文章。

金近把看来正常的关系颠倒过来让你看,可以将事物的全貌揭示得更加明晰,这种颠倒法比夸张所取得的艺术效果更带讽刺性,它能披露出被世俗、偏见、旧传统以至神圣的灵光所掩饰下的事物之间的内在联系。这种颠倒法，最容易让读者看出谎话掩盖着的真相来。

金近童话里的夸张渗透着真实。鲁迅说："现在的所谓讽刺作品，大抵是写实，非写实绝不能成为讽刺作品。"（引自《鲁迅全集》第 6 卷第 220 页）金近的《红鬼脸壳》虽然有些夸张，但却是真实的。它勾勒出社会上欺压人民的各种坏人的脸谱，这些人的所作所为"是常见的，平时是谁都不以为奇，而且自然是谁都不肯注意的。不过这事在那时已经是不合理、可笑、可鄙、甚而至于可恶。但这么行下来了，习惯了，虽在大庭广众之间，谁也不觉得奇怪；现在给他特别的一提就动人"。（引自《鲁迅全集》第 6 卷第 258 页）金近敢于将生活中可笑的、可鄙的、可恶的、不合理的事物揭露出来，反映了当时的生活真实，所以他的这类童话至今仍有生命力。

金近讽喻性的童话是渗透着爱的，是"热讽"，没有一丝一毫的冷嘲。这类童话是针对儿童缺点的，因此作家总是满腔热情地鼓励他作品中的小主人公向上，进取，爱生活。可以说"他的讽刺，在希望他们改善，并非要搹这一群到水里去"，所以在金近的童话里，学游水的小鸭子终于学会游水了；小猫也终于钓到鱼了。这一点很重要，热情鼓励是把少年儿童引上正路的一盏航灯。

二

金近是一位比较优秀的儿童诗歌作者。作为诗人的金近也有他自己独特的风格。他诗中的思想与他杂文童话里所表达的思想一脉相通。他的诗有讽刺也有歌颂，凝练并概括，他善于用小形式表现大道理。他的诗形式多样：有儿歌、儿童诗、童话诗；有抒情的，也有叙事的。他的诗，不论长短，韵律十分自然，节奏鲜明，易于上口，特别是儿歌，平仄配搭妥帖，顺口，好念好记。

金近是一位热爱祖国，关心祖国命运的诗人，他的爱国主义表现在以下两方面：一是关心整个祖国的命运；一是关心决定祖国命运的下一代的命运。他在 20 世纪 40 年代的一首儿歌《不太好》中写道："我的年纪虽然小，国家大事倒知道，中国人打中国人，说来实在不太好。你要中国地位高，先让百姓吃得饱，开工厂，办学校，就跟世界来赛跑。"我们不妨说，这首儿歌是很有政治远见的。

金近对穷苦儿童命运十分关切，他写了许多揭露旧社会摧残压迫儿童的，以及儿童苦难生活的儿歌和诗。"一个西瓜 10 斤重，外边青来里边红，种瓜的人吃不到，到了明年还要种。妈妈种瓜爸爸卖，我想小小的吃一块，爸爸说：'给你吃了瓜，买米的钱哪里来？'"作者运用了对比的手法，写出了人间很大的不平：劳动者不得食。金近不仅有吸收民歌和童谣的清新以及通俗的优点，同时也吸收古典诗歌中的一些表现技巧。他的这类诗使人想起"满身罗绮者，不是养蚕人"的名句。金近写儿童诗，很见功力，能独树一帜，他有一种通过儿童诗来反映社会生活的本领。

金近还有另一类诗——童话诗。金近的童话诗往往构思奇特，有较强的概括力，一首诗可以画出一幅真实的社会像。童话诗《哑巴国奇遇记》构思绝妙。一个少年要到外婆家去，误入哑巴国，在这个国度里一切活的动物都是哑巴，店铺老板，端饭的堂馆（服务员）、演员，以致老虎、猴子、狗、羊、鸡。这是怎么回事呢？这位少年见了这个国家的国王以后才明白了，国王拿来一本经书，开宗明义第一章写道："这里正是哑巴国，百姓过着好生活，他们有话不用讲，安安静静享着福。谁要开口叽里呱，给他吃包哑巴药，哑巴有苦说不出，不说痛苦自然算快乐。"《哑巴国奇遇记》在构思上有独到处。只听说有君子国、女儿国，没有听说有哑巴国，但细细想来可悲的是，这个哑巴国确实存在：这就是旧中国社会现实的写照。在艺术表现上，既是夸张的又是真实的。

在谚语、成语、俗语、俚语乃至山歌、童谣中，蕴藏着人生的宝贵经验，包含着人类的丰富智慧。高尔基曾说过，在谚语里包藏着可以写出整部书来的内容，压缩着几代人的经验。金近善于吸收人类思想文化中的精华部分，在马列主义美学观点指导下，进行再创造。

金近取民间传说入童话的，可以用《冬天的玫瑰》一诗为例。这诗叙写两姊妹，为了给母亲治病，冒着严寒到雪花飘飘的山谷里去采冬天里的玫瑰。经过千辛万苦，战胜了恶魔，采到了玫瑰，救活了妈妈。正义和善良战胜了凶恶和不义。

在金近的童话诗里充满了美丽的想象。"春姑娘向天空招招手，一朵白云飘过来，她请爷爷坐上去，叫春风用力在后面推。白云慢慢向北飘，雪爷爷送给春姑娘一块糕，亮晶晶的冰块和白白的雪，春姑娘捧着呵呵笑，一口气吹去全化了。"时令交替，季候变换，这是大自然的规律，而诗人却赋予它如此优美的形象。羽衣云裳可使舞姿具有轻盈飘逸之美。幻想，美丽奇特的幻想，可以增添童话诗的艺术魅力。金近十分重视诗中的幻想，他的童话诗，有的披上了薄薄的纱衣，扑朔迷离，很有艺术的吸引力，有的则玲珑剔透，具有淡雅之美。

## 三

金近从事儿童文学创作 40 年来，总结了许多有益的经验。他著有《童话创作及其他》一书，着重谈了童话创作的问题。他认为"童话里可以把动物人格化，小说里一般不能这样，这是童话比较特别的地方"（金近著《文学的特殊形式——童话》）。他认为童话需要幻想，这种幻想需要有现实生活的根据。别林斯基说过："将人导致虚无缥缈与空想境地的幻想，是有害的，但是与现实生活相联系，唤醒对人类力量的信心的想象力的活动，却是有益的。"金近还认为幻想一定要符合儿童心理。儿童善于幻想，今天的儿童由于受到现代科学技术的启示，更富于幻想。他们的幻想既大胆又美丽。他们更需要富有奇特幻想的儿童读物。童话作家的责任就是要满足他们这方面的强烈要求，要引导他们多读富有幻想的读物以增添智慧。

金近认为幻想必须符合生活逻辑，否则便是胡思乱想，对儿童的智力发展有害无益。

童话的主人公多半是花草树木，飞禽走兽。那么作家怎样来塑造这些主人公的性格呢？金近写道："我们应该让这些动物的讲话和所做的一切跟人具有同样的感情，使人体会到这种感情，但同时也要有动物原来的特点，符合它们所固有的特点。"这是童话创作最基本最起码的要求。《蝴蝶有一面小镜子》就是他运用这些理论于创作实践的产物。

早在 30 多年前，金近在当时上海的《时代日报》上发表了一篇题为《儿童诗歌杂谈》的论文，在这篇论文中他对儿童诗提出自己的看法："儿童诗是快乐的种子，我们要把这快乐的种子撒在千千万万的孩子们的心田里，开出快乐的花朵。"通俗的比喻，说明给孩子们读诵的诗应该是健康的愉快的。这种美学观点是有益的。他用这个理论观点同当时那些封建迷信悲观失望的反动的儿童文学理论相抗衡，显出了他的进步性。

金近认为一首好的儿童诗"除了活泼有趣，富有幻想和感情，以及含有社会意义和教

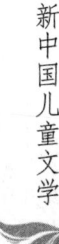

育意义外，更要做到用字浅显，易于上口这一点。按理说，每一首儿童诗歌，都可以给作曲家配曲的。即使没有配曲，念起来也应该有极优美自然的节奏"。这段话很有见地，阐明了儿童诗的内容和形式的基本要求。

金近的创作有深厚的生活基础，同时吸取了古典文学和民间文学中许多丰富的营养，用人民大众喜闻乐见的形式，来表达人民群众的思想感情和愿望要求。金近比较讲究语言的运用，他的讽刺性的语言十分冷峻，有时近于尖刻，时而带有幽默；他的童话、诗歌的语言讲究自然优美，朗朗上口。他的语言有民间文学作品中的诙谐风趣，有童谣儿歌式的精粹，这是从儿童口语中提炼加工的文学语言，句法灵活，语序固定。特别是给低幼儿童看的作品，语句浅、短，一目了然。除此之外，他利用汉语语音与平仄的特点，构成悦耳的节奏。金近认为儿童文学负有对儿童进行语言教育的责任，所以儿童文学应讲究语言的运用，尽可能做到平易、浅显，且要言之有物、有趣。

白居易曾说："欲开壅蔽达人情，先向诗歌求讽刺！"善于讽刺这是金近的特长之一。在新长征中，希望这位老作家继续发扬中国讽刺文学的战斗传统，为"四化"扫清那些思想上的障碍，同时也希望这位老作家，放开歌喉，歌颂新长征路上出现的新风尚，鼓励朝气蓬勃的新一代去跨过一个个新的"龙门"！

（原载《朝花》1981年总第3期）

# 严文井童话创作论

李红叶

严文井的童话创作始于20世纪40年代,成熟于50年代,持续到80年代初,是继叶圣陶、张天翼之后最有中国特色的童话作家之一。其作品大都收在1983年人民出版社出版的《严文井童话寓言集》里。20世纪70年代末,出版了英文版的《严文井童话选》。他的童话创作数量不多,但"几乎篇篇都有精湛和独到之处,形成了自己特有的风格",①其作品浓郁的抒情韵味和哲理色彩,上接叶圣陶早期的童话创作,下启新时期抒情派童话,代表了中国童话作品的一种形态。

严文井的创作特色大致可概括为如下几点。

## 一、师长的"严"与"爱"

像大多数中国早年的儿童文学作家一样,严文井的创作亦具有鲜明的社会责任感,是将文艺工作看成是严肃的社会工作,他说:"我们现在的斗争和工作正是为着未来的孩子们。"②同时,出于一个严肃作家的责任感,他认为儿童文学的创作毫无疑问是要"教育"孩子,他说:"当然应该要求文学作品有明确的教育意义,能够帮助读者得到明显有益的教训",③但"故意'放进'教训当然是不行的,但是,我们的目的既然是为了教育少年儿童,我们的作品就应该有多方面的教育意义。但这个教育意义只能通过人物的成长、转变,故事情节的发展自然而然地流露出来,而不是生硬地塞进去几句政治概念。"④这一段话颇能代表中国一代儿童文学作家普遍的创作心态。落实在严文井的创作上,我们能够感到扑面而来的"教导"与"关爱"的意味。关心少年儿童的成长成为他的童话的主要内容。

他回忆自己童年的书荒所带给自己的无法弥补的缺憾,回忆接触安徒生等经典童话作品时所感受到的惊喜和力量⑤,认为儿童的读物里除了科学小册子、文艺性的科学读物、传记文学等等,还应"再加上童话和寓言",他认为孩子们"每时每刻都有新的发现,在我们看来非常平常的草、木、虫、鱼,对他们都是一个个新大陆",因此,"童话是由于孩子们的需要而产生的"⑥。严文井充分认识到童话作品对于少年儿童心灵成长的需要,因此他的创作也是力求满足这种需要的,他的童话作品充满想象,他所塑造的孩童形象或拟人化的动植物形象均生动可感,富有儿童情趣。这些特点充分体现了严文井的童话创作才情,也充分体现了他对于阅读对象——少年儿童的爱。

但严文井不仅要构建一个充满儿童情趣的艺术空间以满足儿童想象力的需求,作家的责任感更使他将笔触最终落实在对孩子品性、情感和意志的"教育"与"引导"上,他的作品充分表达了一个严爱有加的师长的情怀。

作家在作品里设置各个角色、各种情境,但角色和情境本身不是目的,目的是借此造一个大的比喻,借以帮助孩子分析、辨别各种意志、品性和情感的正确与错误,使孩子通过阅读得到形象、生动而富有情境性的教育。如《风机》是以小面人和3只老鼠的悲惨结局

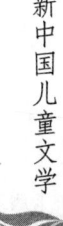

说明不知感恩所带来的严重后果;《胆小的青蛙》写小青蛙性格意志的成长过程,小青蛙通过自身的经历终于懂得了"世界上并没有那么多可怕的事情,而且对付可怕的事情,尽躲藏也不是办法呀";《小松鼠》是教育孩子有错就改,写调皮的松鼠如何变好后获得了一颗"快乐的心",同时,这个故事也是写给大人们看的,那做妈妈的相信"坏孩子总有一天可以变好的,我相信他一定可以变好的",小松鼠正是记起了妈妈的话,才一步一步"变好"了;《蜜蜂和蚯蚓》是一个广义上的推源童话,说蜜蜂与蚯蚓原是差不多的形态,但二者对不同情境所做出的不同反应,终致造成截然不同的形貌,作者赞美蜜蜂勤劳和热心助人的品质,而指责蚯蚓的懒惰与淡漠;《三只骄傲的小猫》以3只小猫被老鼠捉弄和捉鱼失败的教训,教育孩子"既要用功又肯劳动";《气球、瓷瓶和手绢》3位主角是3种符号,代表3种不同品性的朋友,作家设置情境,以各角色不同的下场说明骄傲、自夸、华而不实是没有好结果的,而"很扎实,又很有耐心"才是值得赞美的;《小花公鸡》里让淘气的小花公鸡将红辣椒当水果吃,经过此等教训终于"不敢"再淘气了;《不泄气的猫姑娘》是说明不泄气自然有长进,那么"用不了多久,活泼而幼稚的猫姑娘准会变成一个成熟的大母猫的";《"歪脑袋"木头桩》以"歪脑袋"木头桩的遭遇说明只有放弃骄傲、放弃自以为是才会快乐;《一个晚上的故事》写"小姐姐"的文具纷纷登场,埋怨"小姐姐"乱摆乱放的坏毛病,于是"小姐姐来改正错误了";《小红公鸡为什么不害怕了》这个故事也写如何获得自信和勇气,在这个故事里,作者用心热切,童话中的"我"竟至设法逮住那"专欺负小红公鸡"的"三号"老癞鸡,将其脖子上的羽毛剪光后变成一个细脖的怪物,从而助长小红公鸡的勇气;《丁丁的一次奇怪旅行》说的是胆小的丁丁经过几度奇遇,终于获得勇气的故事;《"下次开船"港》则告诫孩子要有时间概念……这些故事无一不流露出一个"师长"对于成长中的孩子的"严"与"爱"。

在这些童话中,《南南和胡子伯伯》是耐人寻味的。胡子伯伯本是一个调皮的孩子,他向往有吃有玩的快乐谷,却被巨人拒绝:"你是一个调皮的小孩,不懂礼貌,还专门欺负小孩,专门戏弄狗和猫的坏小孩,我不能随便让你进去。"后来,这孩子经过一番考验终于进了快乐谷,可是那时候,这孩子已经长满胡子,变成了"胡子伯伯",胡子伯伯说,"快乐谷里头好吃的东西真多极了,什么牛奶糖、鸡蛋糕、香蕉、橘子、苹果,样样都有。玩儿的东西也多极了,什么氢气球、小火车、布娃娃、笛子、铜鼓、皮球……也是样样都有。""不过我现在不怎么喜欢这些东西了。糖,我觉得太甜,我吃不了许多;玩具,我也不想玩儿,因为我长了这么多胡子,没有从前那么欢喜玩儿。而且,这么多东西我一个人也要不了,还把我压得很难受。"从此胡子伯伯便将一切的糖果、玩具尽悉送给孩子们,给孩子们带来无尽的快乐。这篇童话塑造了一个颇有自况意味的"胡子伯伯"形象,一个"调皮"孩子进入"快乐谷"所付出的代价是巨大的,这代价绝不是童话中磨麦子的艰辛,却是有了好吃的,却不再想吃,有了好玩的,却不再想玩。这个故事隐含着一个悖论,这是作家潜意识的产物。作家在童话作品里塑造了大量淘气调皮的孩子,但无一例外,故事的结尾都是孩子的"改过自新",或者塑造拟人化、符号化的物象,这些形象将因为不良的品质而导致不乐观的甚至是悲惨的结局。作家受时代整体认识的局限,不能体认儿童游戏精神的可贵性,因此力求通过生动的形象,富有吸引力的情境引导孩子变得"乖巧听话",作家用心良苦,但到底通过一个"调皮"孩子进入"快乐谷"所付出的代价不经意中流露出"快乐"其实常常是与"调皮"联系在一起的,没有了"调皮"也就没有了童年的快乐。

作家是以一个慈爱师长的态度在写作,使读者时时感到一双温暖的大手抚过脸庞,其教育意旨清晰可辨,讲礼貌、爱劳动、不自傲、要自信、要勇敢等传统的道德品性在其作品中一再受到强调。这是早年中国儿童文学作家一致的追求,只是在严文井的作品里获得了更合理的艺术表现罢了。

## 二、诗人的"抒情"与"哲理"

中国童话自叶圣陶始,有重诗意与抒情一脉,此一脉的渊源自然应追溯到安徒生童话,安徒生童话对中国儿童文学的影响,突出的表现便是他的早期童话里的轻灵与诗意,我们在叶圣陶早期的童话里可明显看到如《拇指姑娘》一类童话的轻灵意境。此后接续上这一脉的是严文井,严文井的童话创作受安徒生的影响相对于叶圣陶所受的影响而言,表现得更深刻也更多层次。严文井童话独有的美丽在于诗情与哲理的结合。这是他悉心学习安徒生童话的结果。从他留下为数不多的创作谈里可以看出,他至为推崇的作家便是安徒生了。他说:"少年时期我接触了安徒生。他对很多人都是给予者。他比许多童话家都高,他引导人去经历的不只是什么奇异的世界。尽管他书里仍然写到一些奇特的事物,但他主要告诉我们的是离我们更近的,和我们熟悉的生活相类似而又显得比较高的一种境界。他自己倒像一个魔法师,一些平常的生活,经过他用手杖一指,马上就放出光彩来。我被他的人道主义精神感动,从他的如画的散文里感到一种比有些分行的诗还是诗的东西。我对他只有赞美,而不能进行任何批判分析。我从他的童话里认识到文学所发挥的力量。我开始有了一种朦胧的创作愿望。"⑦又说"最触动我心灵的是安徒生。我最早读的他的两篇作品是《夜莺》和《无画的画帖》(当时我读的那个译本,书名译作《月的话》)。这两篇作品,虽然富于幻想性,却没有特别离奇古怪的故事,它们以一种强烈的、优美的诗意感动了我,引起我思索。童话,这是多么奇妙的一种文学形式啊,它竟能表达出那么多美和崇高的东西。"⑧安徒生童话唤起他对于童话文体的惊奇,引导他的想象方式和情感表达的方式——用明白晓畅、生动形象的语言抒写童心、诗意与哲理。

严文井尤为推崇安徒生童话的诗意,他说:"童话虽然很多都是用散文写作的,而我却想把它算作一种诗体,一种献给儿童的特殊的诗体。"又说:"没有仙女、巫婆、王子、公主,可以有童话;没有孩子,没有孩子的眼睛和心灵,没有美丽幻想,没有浪漫精神,没有诗,哪怕有一个最奇特的故事,则一定不会有童话。"⑨同时,严文井对于诗的追求并不使他走向玄想,却是与他的现实精神相联系的,他说:"好的童话都是一些'无画的画帖',或者又是一些没有诗的形式的诗篇。这些奇异的画帖或诗篇具有一种魔力,尽管它们描绘的常常是不存在的事物和荒诞的境界,然而却能帮助人们看清和理解真实的生活,使人们想起前进和向上,不甘心沉没在平庸和丑恶的事物之中。"⑩诗情与现实精神的结合赋予了严文井童话哲理的意味。这是他的童话独有的魅力,他最出色的童话是那些充满诗性与哲理性的抒情作品,如《小溪流的歌》《南风的话》《春夏秋冬》《歌孩》等。这些作品贯注着作家一贯的对于少年儿童心灵世界的热爱,但作家在这些篇章里,因抒情的需要,构筑了一个充满审美内蕴的意象世界。这个意象世界远离了直接的道德训谕的比拟性,作品意蕴是意象自身呈现的结果,而不是单纯的品质与物象一一对应的比拟,童话的诗性品质得以艺术化地显现,因此是比较能够传世的作品。

严文井童话寓言的哲理性质是值得注意的。追求作品思想内容的深刻性有可能导致两种结果,一是主题先行,一个简单甚至是牵强的艺术外壳生涩地包裹着所要表述的思想内容;一是丰富的思想与适宜的艺术形式相结合,赋予作品哲理的内涵。严文井的创作无疑是看重思想内涵的,这一方面使他的作品有非常突出的教育与嘲讽的意味,另一方面，他的诗情将帮助他获得意义的深度，获得哲理的深度。因此，他创作中最成功的作品恰恰是那些诗情与哲理相结合的作品，如上所述的《小溪流的歌》《南风的话》《歌孩》《春夏秋冬》等。《"下次开船"港》也是为世人所称好的，然而这是一篇包裹着天才构思却未获得完美表现的作品，作品缺少的恰恰是诗性。作家对于时间的思考和"下次开船"港的构思是令人赞叹的，但作家教育孩子的意念过于迫切，正反两组人物过于符号化，因而损伤了作品整体的艺术性。

## 三、童话的寓言倾向

严文井的童话从内容上看有两脉不同指向的作品，一脉指向孩童世界，一脉指向社会众相。前者用的是温情轻快的笔调，后者用的是辛辣嘲讽的笔调。严格说来，前者是童话，后者则近乎寓言，因此，严文井也常统称自己的作品为童话寓言。比如《三只蚊子和一个阴影》《大卡车上的几粒尘土》《尘土的独立思考》《向日葵和石头》《习惯》《回声的故事》《浓烟和烟囱》《飞蛾和台灯》，以及《红嘴鸦和小鹿》《大雁和鸭子》《皇帝说的话》《希望和奴隶们》《四季的风》等，这些作品寓意指向分明，有些作品有极鲜明的时代烙印。

中国童话的寓言倾向是一种普遍现象。中国的童话常与寓言相混淆，童话与寓言成为两种难以分清的文学体裁，许多作品也冠以"童话寓言"的名称。这是耐人寻味的。童话与寓言的区别，明显可以感知到的特征是：童话是诗意的，寓言是讽刺的；童话是象征的，寓言是比喻的；童话是想象故事，情感性强，审美内蕴丰富，寓言是假托故事，寄寓哲理，意义单纯。可见童话的诗性、想象力和情感性是其根本特点；寓言的意旨性、假借性和讽喻性是其根本的特点。中国的童话常常写成寓言的样子，因为中国的童话有着过于鲜明的意识形态的指向，过于鲜明的教谕的情绪，而想象力又有所欠缺，物性与人性的类比性过于单调和生硬，只看到符号，看不到个性。而这种状况竟不是一时的风气，这与童话写作者对于童话艺术的理解有关，与其艺术素养有关，也是相沿长久的"文以载道"观念的固执表现。在严文井这里，即便是将他讽喻社会现实的一类作品挑开，单看他书写孩童世界的作品，许多作品也是极富寓言性质的，如《风机》《蚯蚓和蜜蜂的故事》《气球、瓷瓶和手绢》《浮云》等，我们在他的作品里能感觉到的是，作家要表达的主题意旨在前，形象世界所构成的意蕴在后，故作品的审美内涵全在艺术的表达方式，如语言、形象的生动性，而作品的意味层因其教育意旨的规定性而变得单调可寻，从而失去了一个童话作品审美内蕴的丰富性。这是作家"师长作风"和教育主义儿童观的必然结果。

严文井的创作具有比较成熟的"中国形态"。他的童话创作深受安徒生童话的影响，但他将眼光转向中国社会的现实，怀着关爱下一代的良好愿望，创作了脱胎于西方童话形态的有着中国特色的童话形态。他叙写儿童问题，将抒情的气质和深广的社会关怀相融合，影响了中国人对于儿童文学基本美学特征的认识，他的童话创作也曾成为一代儿童的精神食粮。当然，现今看来，他的创作无疑也具有无法克服的时代认识的局限性。

[注释]

①蒋风、韩进：《中国儿童文学史》，安徽教育出版社1998年版。

②③④⑤⑥⑦⑧⑨⑩严文井：《严文井童话寓言集》，人民文学出版社1983年版。

（原载《娄底师专学报》2004年第1期）

# 任德耀儿童剧作的特色

程式如

任德耀是儿童戏剧队伍里的一名老战士，是儿童少年的老朋友。

30多年间，他创作了20多部剧本。他的《友情》《小足球队》《马兰花》《好伙伴之歌》《宋庆龄和孩子们》等剧，受到广大少年儿童和成年观众的称赞。《马兰花》已在俄、美、日等10多个国家上演，成为世界儿童所共享的精神食粮。

任德耀的创作特色体现在许多方面。他爱孩子，他的剧本里充满着对他们的尊重、信任与期望；他真实地描绘儿童生活，反映他们的心声，塑造了一群真实感人、活生生的儿童形象；他从生活中发现美的品格，美的素材，创造出新颖别致的美的戏剧艺术。他的作品充满生机勃勃的活力，促人奋进不息！

任德耀无比热爱儿童戏剧事业。他将自己全部心血倾注于儿童剧艺术形象的铸造，他是一位传递生命旗帜的园丁。

一

在中国福利会上海儿童艺术剧院的剧场里，人们常会看见一位两鬓霜白的老者坐在后排观众席里左顾右盼。与其说他在欣赏戏剧，不如说他在欣赏观众。是的，这正是任德耀的癖好之一。他喜欢观察校园、课堂、街头的孩子，也注意研究剧场里的小观众。如果他们在不该笑的地方笑了，他会伤心得无法自已，并且立即动手改戏……

正因为他熟悉孩子，他的脑海里储存了许多儿童原型的生活素材。他笔下的儿童人物总是个性独特，形象鲜明，富有儿童情趣。

儿童的成长，总要受到客观环境的影响，即使一部分来自血缘遗传的脾气秉性，也会因客观条件的变异而产生变异。因此，在塑造儿童形象时，他注意突出时代、社会、学校、家庭作用于性格形成的因素。《友情》中的李小蕙是新中国成立初期生长在大都市的儿童，她聪明好学，有远大抱负，立志做一个米丘林式的农学家。她愿意帮助同学补习功课，愿意为班级工作。但是，她自命不凡，认为别人都不如自己，从不考虑同学们的愿望或意见。李小蕙自相矛盾的性格，反映了新中国成立初期许多知识分子家庭独生子女的特殊思想状态，反映了新旧交替的客观环境给予少年儿童的种种影响。通过李小蕙性格的发展，歌颂了新的社会、新的学校、新的同学关系。

任德耀的剧作，常常以有缺点的孩子为主人公。作家没有把这些"问题儿童"打入另册，也没有把剧中儿童角色截然分成正面人物或反面人物两个营垒，更没有采用那些年流行的所谓写落后转变的公式：揭露错误，批判行为，上纲上线，促其转变……恰恰相反，他以长辈的关怀，朋友式的同情来写他们的进步和成长。

少年儿童求知欲旺盛，可塑性大，他们在客观事物错综复杂的影响下成长。正如古人说的："染于苍则苍，染于黄则黄。"可是，成长的道路不会是坦直的，客观的影响也不都

是积极的、正确的。任德耀的剧作从不板起面孔嫌弃这类孩子。他反映他们的追求憧憬，诉说他们的烦恼苦闷，用爱抚的笔触描绘出他们心灵上沾染的灰尘，并且以生动的形象展示给小观众，要靠自己去吹拂尘埃。

《友情》里的赵大成和李小蕙都是缺点较多的孩子。一个好学勤奋而自尊好胜。一个朴实真诚，学习上却太不自觉。这两个人物成为贯穿全剧的一对矛盾，他们相互依存又相互排斥，于是，戏剧冲突就不可避免了。李小蕙认真地帮助赵大成补课，却完全不理解赵大成的足球爱好中包含着可珍贵的班级荣誉感。赵大成从石老师那里得知踢球胜负与几何学有关，想要学个究竟，然而，他不懂得李小蕙的植物嫁接实验也是应当尊重的追求。通过这两个人物性格的撞击，恰好显现出熠熠于两颗心灵里的不同的闪光点，同时，又显现出洒落在他们心灵上的尘埃。不过，剧作家的审美视野没有局限在两个同学之间优缺点的互相补充，误会的消除，友谊的增长，而是把性格冲突和班级荣誉——集体主义思想联系起来，从而形象地描绘了新时代对友情的解释。

任德耀认为，儿童剧应当歌颂光明，给予正面教育，但又不能粉饰生活，欺骗孩子，要塑造真实可信的艺术典型，让小观众学会分辨是非。因此，他在突出描绘优秀儿童时，绝不回避他们的弱点与不足，也像对待上述有缺点的孩子一样，放开笔墨写他们的喜、怒、哀、乐，写他们如何提高认识、克服缺点，从一个高度到另一个高度，写出他们的成长历程。

杜强是《友情》里初三班的班长兼少先队中队长。他热情肯干，有组织能力。可是他把别人的缺点看得十分严重，喜欢发号施令，喜欢发表演说，结果，他的工作效果常常适得其反。团支部书记陈银弟则是另一种性格的姑娘。她从小在农村长大，不善言谈，没有出众的才华，看起来普普通通。可是，在意想不到的时刻，作家让这个人物闪出耀眼的性格光辉。赵大成把李小蕙精心培育的嫁接植物盆打破了，李小蕙和他大吵。这时陈银弟却告诉他们，只要主根没断，还可以养活。之后，孤傲的李小蕙又不听大家意见，撕碎了设计图。正当大家束手无策时，平素腼腆的陈银弟却有条不紊地在黑板上画出一幅综合了大家意见的图画。这两个舞台动作，不仅显示了陈银弟这个团支书的作用，而且又显露出她的果断和干练。杜强和陈银弟都是具有复杂性格的好孩子，剧本把他们的长处和短处都呈现在观众面前，使人物更加亲切可信。

在有些剧本中，那些对白少、舞台动作不强烈、不属于矛盾漩涡中的人物，往往容易被当作某种思想或力量的代表，写成类型化的符号。实际上，一切个别的儿童总有他活动的群体——家族亲属、游戏伙伴、邻居朋友、班级同学；在校内，又根据不同的爱好而形成各种小的群体。因此只有把那个群体中的其他成员写得有血有肉真实可信，并刻画出主人公和群体中其他人物的思想差距和性格差异，才能突出主人公的鲜明形象。

任德耀刻画的配角或次要人物不仅个性鲜明，而且力求在短暂的出场时间内给观众留下较为深刻的印象。《小足球队》一剧中有 10 个儿童角色，他们各有独特个性和富有性格色彩的语言和行动。在许多儿童剧中，戴眼镜的孩子多半是书呆子。可是《友情》和《小足球队》里的方兴华和李松松的性格却大相径庭。方兴华头一次出场，花师傅便点出了他的爱好："哦，图书馆管理员把你赶出来！我知道，每天如此，老规矩了，你看这眼镜，快成酒瓶底了。"但是他对班集体却常常采取"事不关己，高高挂起"的消极态度。李松松则是个乐观、热情、主人翁感特别强的球迷。他不会踢球，却擅长评球。他崇拜路阳的球艺，支持路阳退出班级队，另外组织无名队，连这个奇怪的队名都是他起的。他为自己安排了一个恰当的位置："平时打杂，跑跑腿，管管球衣，倒倒茶水；比赛的时候呢，我是板凳队员,穿上球衣跟大家到球场转一圈,然后坐在球场边看球,永远不上场,永不闹情绪。"甚至,为了让路阳专心练球,他自愿代做功课。除了踢球,无名队的一切活动,都有李松松的参与。可是,当他看到"爷叔"给无名队造成的恶劣影响,他明白了"踢球这玩意儿,靠个人逞能,还是靠不住。"这位球迷兼评论家给路阳所活动的这个群体增添了色彩与兴致。他不仅是个调剂色彩的角色,他那一系列的认认真真给路阳帮倒忙的行动,从另一个层次表达了主题。

二

儿童剧中的成年人形象的塑造,往往影响着剧作的成败。在儿童剧中,成年人的行为大都被推到幕后,这就给作家造成极大的困难。但是,儿童生活在社会中,总要受到成年人的影响,同时,儿童剧中某些成年角色常常担负着反映时代和社会对于下一代的关怀,以及推动戏剧矛盾的转化——帮助少年儿童的成长或醒悟等重任。如果成年人角色只是干瘪的某种正确思想的化身,或是儿童之间矛盾的裁判,缺乏艺术感染力、说服力,那就既不能教育剧中人,更不能打动观剧人了。在这点上,任德耀为我们提供了经验。

《小足球队》中的江荔和《友情》中的石老师都是优秀教师,又是学生的知心朋友,她们参与到学生的矛盾中去,却又不包办代替。然而,她们的性格各异,江荔沉稳、内向,石老师热情、开朗。

江荔是初二年级班主任,学生都是 14 岁左右,是教育学上认作"危险的年龄"。他们身体在发育,头脑却还很简单,志趣多变,缺乏自制能力,极易受到外界影响。作家赋予江荔责任感强、思考周密、工作周到、情感内向的个性,安排了一系列积极的动作,展现这位教师强烈的责任感。她发现路阳扔下班级队的球衣以后,立即到家里访问,了解他在校外的活动。当无名队在"爷叔"的"指导"下给班级队下了战书,一场恶战即将爆发之时,江荔及时赶到加以制止。路阳不听黎明劝告,反而发生争执,并把自己锁在屋里之后,江荔没有立即把门敲开批评路阳,却和黎明促膝谈心,让他去帮助无名队队员提高认识。在全剧矛盾白热化的第三幕,作家迟迟地不让江荔出场,却着意渲染班级队高尚风格的几个细节,以促进矛盾的转化。但是台下的观众都明白,这是江荔工作的结果。剧中的大幕都落在江荔的动作上,这就使人物始终处在推进戏剧矛盾发展的态势中。剧本在描绘江荔积极工作的同时,并注意把握她的个性特征,着意刻画她含蓄的情感方式。

如果说江荔为我们树立了一位勤勤恳恳、工作细致周密的感人形象,那么,《友情》里的石老师则是另一种性格、另一种教育方法的榜样。也许因为石老师教的是自治能力强些的初三年级,因此,剧本用更多的时间空间展现班级干部的作用,石老师只在第二幕第二场和尾声出场。作家有意在矛盾初露端倪尚未激化的时候,让石老师疏导学生,接着我们就能看到她的学生在领会或实践老师的启示。这样的安排,虽没有看见石老师贯穿全剧地奔走,却能感觉到她的存在。第二幕第二场有一半篇幅是展示石老师的动作,她是这样出场的:窗户外面飞进来一只羽毛球。为捡球石老师上场,却意外地发现了问题,但她既没有急于调解,也没有给学生"上弦",却相反地给他们"松弦",让他们先去打羽毛球,先用轻松的语调缓和气氛,留待以后再作指导。石老师这个出场显得很自然。对待学习落后的差等生,石老师的态度仍然是幽默可亲的。

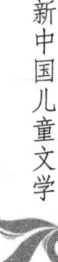

[赵大成从窗户里跳进来。]

石老师　你看，这样跳进跳出，多不方便。

赵大成　唔，石老师。

石老师　窗户的作用，好像是通空气的嘛！

石老师幽默地说窗户的用途，其实就是对赵大成的批评。接着，她用几何学定律解释了足球直线传球比个人盘球或者踢高球快的道理，一下子就使赵大成佩服。赵大成马上写布告通知足球队开会，要让"懂得我们"的石老师参加。接下来，石老师又给他提醒布告下面应当写上名字，以表示自己负责。石老师的这些诱导，在后面几场戏里都已显示出了结果。石老师在全剧只有半场戏，只有两次出场，却让观众感到这是位受到学生欢迎的有办法的教师，由此也足见作家的艺术功力。

以成年人为剧本的主人公，从少年儿童能理解、感兴趣的角度去开掘成人生活题材，从而开阔小观众的视野，让他们接触更为广阔深邃的主题，是任德耀多年的夙愿。《宋庆龄和孩子们》就是他的一次新探索。

尽管作家从1947年就直接参加了宋庆龄同志创办的儿童剧团，聆听过多少次教诲，积累了一定的素材，但是，如何使小观众认识这位东方型妇女伟人的崇高品德，仍然使作家煞费苦心。

首先，作家不是就事论事地局限于描绘宋妈妈如何关心贫苦儿童，他把宋庆龄同志关心儿童的事业和关心国家、民族的命运联系起来，把宋庆龄同志组织运送医药物资作为全剧背景，突出她对共产党的无限信任与殷切期待。全剧结束时，宋妈妈找到了"猫儿眼"，她把这个满身泥污的孩子紧紧搂在怀里。这时，江对岸传来隆隆炮声，宋妈妈惊喜地对他说："孩子，听，你们的亲妈妈就要来了！"这句蕴含着丰富情感的台词，准确地刻画出宋庆龄对党的无限敬爱，言简意赅，余味无穷。

其次，剧本除了赋予人物一系列重大的动作之外，还着意运用孩子们能理解、感兴趣的细节描写，以突现伟人性格中平凡真实的侧面。比如察看儿童剧团小演员的脖子洗没洗；教孩子认字，亲自下厨给孩子们做点心；看见孩子们欢乐地扭秧歌，她也情不自禁地扭了起来等等，使得这位端庄秀丽的孙夫人，不是一个单线条、单色调的人物，使孩子们感到亲切。此外，剧本还调动音响效果，使用特殊的道具，造成独特的性格化的戏剧氛围，以揭示人物的内心世界。比如清脆的鸽哨声，嗒嗒的打字机声和悠扬的钢琴声……这些艺术手段和谐地补充了剧本的总体结构，给观众视觉、听觉感官美的享受，既刻画出一位节操莹洁、血肉丰满的可敬可亲的宋妈妈，又引起孩子们的观剧兴趣。

三

任德耀十分重视戏剧创作的审美价值，十分重视剧作对于儿童的美育作用。他不仅审慎地从生活的海洋里寻找能激发儿童情感的美的品格，也以相当多的时间去选择并创造出能够体现这个题材的审美形式。也许因为他早年曾经在学校专攻过舞台美术专业，也许因为他储存着丰富的导演实践经验，对于不同题材的生活内涵，对于不同性格的主人公，他总是力求创造出一种新的格调、新的意境，探索寻觅艺术形式的美。他从审美的角度去设计舞台艺术形象的总体结构。在构筑情节时，他讲究场面的安排，从而突出人物的鲜明个性以及他们的意念和追求，渲染独特的戏剧情境，满足观众的审美要求。任德耀剧作的第一幕犹如"凤头",既体现了他这种美学追求,又遵循着戏剧艺术的自身规律。选择独特的时间、地点、构成孕育着强烈戏剧冲突的戏剧情境;在戏剧矛盾的快速发展中揭示人物性格;富有悬念,能引起观众热切的期待;场面别致等,这些都是任德耀剧作第一幕的特色。

《小足球队》的第一幕就写得十分精彩。首先,这幕戏的规定情境设计得很尖锐。某中学全校足球锦标赛的决赛正在进行。目前的比分是 2：2。距终场的时间只有 10 分钟了,幕还没有拉开,就可以听到沸腾的人声,此起彼伏,热闹非凡。幕启之后,我们看到的是球场看台的一角。这里挤满了热情的观众,他们的情绪随着球的运转而激烈变化,在幕落下之前,剧中让路阳在吴金宝"爷叔"的影响下,另组"无名队",其前途如何呢? 大幕就在这个强烈的悬念中落下了,引起了观众的极大兴趣。其次,剧本吸收了传统戏曲的假定性手法,把观众席当作球场,表演区作为看台的一角,通过演员的表演折射出球场的动态。这个极其巧妙的设计,调动了观众的审美能动性,让他们在自己的脑海中想象出一幅幅激烈生动的画面。

任德耀剧作的"凤头"并不都是珠玉缀饰一样的打扮,她们各具特色,各放异彩。有的是快节奏的热闹开场,如上述的《小足球队》和《友情》等。有的是平静的抒情开场,如童话剧《马兰花》:天刚破晓,晨曦从古藤老树的缝隙中透射出来,小鸟唱了,山林苏醒了,这是个神秘的日子,奇异的马兰花要开了……也有的是严峻的令人思考的开场,如《宋庆龄和孩子们》:1948 年深秋的傍晚,黄浦江边一个废弃的码头上,两个小乞丐饿得偷猪食而遭到毒打。那个不知道自己姓名、岁数、没有见过亲生父母的乞儿却遇到了一位称他为小朋友的高贵夫人,她没有喊警察来带走他,却亲手递给了面包。这位夫人是谁呢? 她听到了千千万万靠树皮、草根、垃圾维持生命的孩子的呼唤,她要拯救孩子! 作家以反差极大的色调烘托出宋妈妈对祖国民族未来的忧虑,对孩子的伟大的爱。

四

在几十年的儿童剧作实践中,任德耀的剧作始终获得儿童少年的喜爱。这是由于他悉心研究儿童心理,从有利于儿童的身心健康出发,把趣味性、知识性、教育性、形象性有机地融合统一起来。因此,他的儿童剧,无论是校园剧或是童话剧,无论是木偶剧或是十几分钟的朗诵剧,儿童特点突出,儿童情趣盎然,深受儿童少年的喜爱。

任德耀常说:给孩子们编剧并不简单,给他们看的戏,得要他们看得明白,才能受到教育,教训人的话他们是不爱听的,所以,艺术手法和选材都很重要,我们要把最伟大的艺术奉献给孩子。观众是小的,剧院是大的,艺术是高的。

他选材严谨。他懂得儿童的理解能力是和他们的年龄、文化水平同时增长的,他针对不同年龄阶段的观众审慎地选择题材。如他为刚刚入学的小学生写了《好伙伴之歌》,他为少先队员写了《我有一个志愿》,他为将要退队入共青团的少年写了《友情》以及《小足球队》。《马兰花》的观众可说是老少咸宜,不同年龄的孩子,甚至成年人,都可以从这部优美的童话剧中得到美的陶冶。对于有一定思考能力的少年,他塑造了宋庆龄的舞台艺术形象,让他们看到这位伟人奋进的历程。他的剧本采撷了不同的生活图像,发掘出不同的品格节操,给孩子不同的乐趣与启示。

任德耀十分注意开掘题材、处理题材的角度。和一切戏剧创作一样,儿童剧作家也应该从时代的高度、党的立场、教育家的角度去发现并分析现实生活中有关儿童的种种问题。任德耀的作品所以能使小观众感到亲切平等，正是由于他深入儿童的心灵，用儿童的视角去开掘与处理题材。

从儿童的视角去处理题材，意味着作家强烈地意识到为儿童观众而写，一切从儿童出发，应当考虑选取儿童感兴趣，能接受，受教育的题材和形象。在反映儿童现实生活的题材中，他不是写治理某个乱班的始末，转变某个学生的过程，他总是抓住儿童心性向往的事物来表达自己从生活中凝聚的意念。

从儿童的视角去处理题材，很重要的一点是掌握儿童的思维方式、心理特征与行为逻辑。比如《小足球队》是从许多小足球迷的生活中精选出的最生动有趣的场景、细节、语言，提出踢球的道德观，进而使小观众联想到做人的道德标准。其中，路阳的转变写得尤其成功。作家使用了几个主人公意想不到的舞台行动，如班级队竟然调派自己两名主力队员帮助无名队来赛球，以及班级队王家骏宁肯自己少踢进一个球，也不肯踢伤扑向他来的无名队队员等高尚的风格，组成一系列的情感冲击波，催促路阳的感情变化。路阳曾下决心不再踢球了，可是继续进行的球赛踢得那么勇猛、热烈，又使他动心。他认识到缺少了自己，班级队和无名队照样能踢球，而自己和吴金宝反倒被剩下了。孤独中，这个一向"自顾自"的少年感到需要集体了！作家在球场旁来写路阳的思想矛盾，抓住了路阳的心理特征。他爱足球，他离不开足球。因此，路阳的转变水到渠成，真实感人。当然，任何创作都会存在局限。如剧中黎明的某些思想和行为有些成人化、概念化。又如路阳转变的因素已具备，却还要让江老师和"爷叔"来一番辩论以点明主题，确实有点画蛇添足之感。然而，《小足球队》所描绘的那片生气蓬勃的生活，那些球迷们经历的趣事与波折，至今读起来还令人欣喜、激奋。这与作家历经三年时间，数易其稿，为每个人物立传的一番功夫是分不开的。

任德耀的剧作包含着丰富的儿童情趣。他努力运用戏剧艺术的独特手段表达儿童的情感、儿童的兴趣，既描绘他们的欢欣愉悦，也倾诉他们的忧愁悲伤。儿童情趣包括多种多样的情感。孩子们爱笑，爱听幽默故事、俏皮话，喜欢摹仿滑稽的人物。但是，儿童情趣不等于插科打诨的笑料。儿童也有喜、怒、哀、乐。不过，他们表达情感的方式和成年人不同。比如，《宋庆龄和孩子们》第一幕猫儿眼和逃荒来的垛儿相遇，谈到垃圾奶奶时有这么一段话：

　　　垛　儿　你叫什么？
　　猫儿眼　猫儿眼。
　　　垛　儿　猫儿眼？这是人的名字？谁给你起的？
　　猫儿眼　垃圾奶奶。
　　　垛　儿　垃圾奶奶？
　　猫儿眼　有一天，天不亮，她拣垃圾，老远就看见垃圾堆旁有对猫儿眼在
　　　　　　　骨碌骨碌地转，她走过去一看，原来是我，连哭的力气都没有了，
　　　　　　　就把我抱回去了。
　　　垛　儿　就叫猫儿眼？
　　猫儿眼　她东家要口粥，西家要顿奶，把我养大了，我能走路了，她也走
　　　　　　　了，唉，不谈了，不谈了……
　　　垛　儿　你爸爸妈妈呢？

猫儿眼我没见过我爸爸妈妈！（猛然跳起）你别问了，再问，我要哭了！

垃圾奶奶是猫儿眼在这个世界上唯一的亲人。回忆这段往事时，剧本没有让猫儿眼痛哭失声，只是轻描淡写地说了句"我能走路了，她也走了"。他不忍心说也不希望她死。这句好似漫不经心的"她也走了"蕴藏着孩子极其厚实的情感。待到垛儿问及他的爸爸妈妈时，他先也是随随便便地回答。可是他一边说心里就翻腾起来了，于是，他"猛然跳起"，不许垛儿再问。这里，作者仍然没有用"哽咽地"或"神色黯然"，而是用"猛然跳起"来体现猫儿眼式的伤心，这正是准确地把握了棍棒皮鞭下长大的流浪儿的个性化的情感特色。

## 五

任德耀的创作显示出非凡的想象力。

《马兰花》和《好伙伴之歌》（后者与宋捷文、胡玲荪合作）是两部题材、风格、样式迥然不同的童话剧。前者写于 20 世纪 50 年代，后者作于 80 年代。将相隔 30 年的两部成功剧作略作比较，可以了解作家戏剧观念和编剧技巧的发展。

《马兰花》来源于民间传说，讲的是一位樵夫有 3 个女儿，他想把女儿中的一个嫁给救命恩人马郎。大姐二姐都不愿意，三姐自愿嫁到深山去。谁知马郎是万花之王，生活非常幸福。大姐出于嫉妒，害死了三姐，藏起了宝花，冒充妹妹去马兰山。最后，在燕子雀儿的帮助下，马郎找到了神花，夫妻团圆。大姐被狂风刮落井底，受到了惩罚。

作者保留了民间传说中富有神话色彩的部分，以丰富的想象力，对故事情节和结构进行了根本性的改造。他设置了一个代表邪恶的老猫角色，乘大兰嫉妒妹妹之机，怂恿大兰骗得宝花。由于增设了这一主要反面人物，剧本的主题便由因果报应的劝善，改为勤劳、勇敢、友爱的人才能得到真正的幸福。很显然，这一重大改动使这个民间传说的主题具有了现实意义。

幻想是童话的羽翼。作家将原来叙事为主的民间故事，转为以塑造人物形象为主，给人物涂上浪漫主义色彩，给故事插上想象的翅膀。他在马兰花的周围设置了一群有趣的朋友，如喇叭花、狗尾巴草、鹿娃子、小猴等等，组成一个友爱的山林大家庭，一个色彩缤纷的童话世界。剧作褪去民间故事中原有的成人文学的色彩，增加了儿童情趣的童话气氛，造就出一个可以驰骋幻想的天地。剧本从儿童观众出发，把马郎和小兰的爱情写得很美、很纯洁，像一对最最要好的朋友，写他们在月下结亲的欢喜，写他们离别的思念……

作为 20 世纪 80 年代的童话剧新作《好伙伴之歌》，体现了作家戏剧观念的发展，发挥了作家非凡的想象力。

《好伙伴之歌》引人注目的第一点是作家为儿童观众塑造了一个从未见过的角色——小学生守则。他把每个小学生必须遵守的条文守则假设为他们的"好伙伴"，亲亲热热地在一起生活、学习、游戏，伴随他们一起成长。拆除了学生对《守则》消极防范的心理栅栏，促使他们有兴趣地自觉遵守。尽管"好伙伴"这个角色还不很丰满，尽管全剧的 10 个片段并不都很完美严整，但这是我国童话剧创作从内容到形式的一个突破，是值得称赞的创新。

这部新型的现代童话剧，拥有众多的拟人化童话角色：遍体鳞伤的课桌椅，挑食的小花母鸡，引逗孩子不爱做功课的扑克牌老K，鼓励孩子锻炼身体的冬婆婆，督促学生起床上学的时间老人……这些离奇而又熟悉的角色不仅和剧中人打交道，还时时和台下小学生交流问答，使观众如身临其境。一个嘤嘤啼哭的小姑娘出场了，她为什么不敢抬头呢？原来，这是被小学生画得满脸大花的小课桌。一个瘸腿叔叔在找人，这是断腿的椅子在寻找损伤他的孩子……这些孩子们司空见惯的平凡小事，一旦被极度夸张的形象生动地再现出来，立即产生强烈的效果。

《好伙伴之歌》正是这样，用荒诞、新鲜的形象将小学生几乎天天要遇到的问题展现出来。那些趣味盎然的小故事使小观众心情愉悦，形象思维得到发展，审美情趣得到提高，在不知不觉中受到教益，这是任德耀同志年过花甲之后在儿童剧园地里培育的一株新苗，虽然，她还稚嫩，但她却蕴含着旺盛的生命力。

六

新中国成立前，任德耀连一支钢笔也没有，根本没有想到会创作剧本。

他，1918 年生于江苏扬州。自幼在私塾读书，16 岁才上初中，1941 年毕业于国立戏剧专科学校舞台美术系。那时候，曹禺、张骏祥、黄佐临等先生教授的课程，给他打开了一扇扇通向戏剧艺术天地的门窗。然而，名列前茅的学习成绩并不能帮助他找到工作。1947 年，正当他失业、生计没有着落的时候，宋庆龄在上海筹建中国福利会儿童剧团，他参加了建团第一部儿童剧的美术设计。新中国成立后，他成为上海儿童艺术剧院的组织领导者——院长。

为了孩子，他参加导演工作。30 多年来，他导演了 50 多个儿童剧，其中大型儿童剧21 部。他执导的有《童心》《友情》《小足球队》等，他担任艺术指导的《甘罗十二为使臣》《木兰替父从军》等获得成功，受到了嘉奖。

为了孩子，他拿起笔来写作剧本。用他的话说，不能老让孩子们吃洋面包——老看外国戏，要在舞台上反映当代儿童的生活。于是，他拿起了笔，写小短剧，写腰鼓词，写多幕的儿童剧。他的《马兰花》获得全国第二次儿童文艺创作奖一等奖。《好伙伴之歌》与《宋庆龄和孩子们》在全国第一次儿童剧观摩演出中双双获得创作演出优秀奖。

宋庆龄同志曾勉励儿童工作者把生命的旗帜交给儿童们，由他们高高举起，在人类进步的长途上，继续迈进！

任德耀在歌颂光明，歌颂未来，他在传递生命的旗帜！

（原载《中国当代剧作家研究》1986 年第 1 辑）

# 包蕾和他的童话

李学斌

## 一

了解已故著名儿童文学作家包蕾是从他的童话《猪八戒吃西瓜》开始的。这是一个让人过目难忘的经典故事。故事里的猪八戒偷奸耍滑、好吃懒做，却也不失憨直可爱、愚笨拙朴的本色。炎炎烈日下，面对美味的西瓜，这个呆子虽有心顾念师父、兄弟之情，无奈抵不住自私嘴馋、夯笨褊狭的本性，将四份西瓜如数独吞，最终招致了大师兄孙悟空的戏弄、惩罚，由此上演了一幕可气、可笑、可鄙、可叹的生活喜剧。通观整个故事，应该说，除却情节的趣味，以及人物之间的反差对比，故事里的猪八戒完全是一副贪嘴孩童的形象。作家忠实于古典名著《西游记》原作的人物逻辑，没有将猪八戒这个在民间家喻户晓的反面形象简单化、脸谱化，而是通过一系列情节和细节的合乎逻辑的推演，赋予猪八戒更加丰富的个性内涵。同时运用合理的想象改造，强化并发展了原作的游戏精神，从而让这个愚不可及而又憨态可掬的人物形象迸发出更加夺目的艺术光辉。

也正是基于《猪八戒吃西瓜》以及更多的"猪八戒新传"的故事段落，我深切地感受到了包蕾作为老一辈优秀儿童文学作家的文学才情与创造力。

我们知道，《西游记》作为古典文学名著，在中国妇孺皆知、家喻户晓，里面的人物形象也已经充分经典化、民间化了，这种情况下，选择这样一部皇皇巨作为蓝本写续编不仅需要勇气、胆识，更需要才情和创造力。因为稍不留心，就有可能弄巧成拙，招致画蛇添足、狗尾续貂的结局。

然而，包蕾的《猪八戒新传》却完全打消了人们的这种顾虑。故事深入把握《西游记》的神韵，完全依托原作《西游记》人物个性的原型展开，不随意添加，任意变形，但也不局限于原作的故事脉络和情节框架，而是忠实中有发展，虚拟中有创造。既体现了对原作的充分尊重和理解，也展示出作家在把握儿童阅读审美特点之后的独特的艺术发挥。

这不由令我想到了时下我们的文艺创作中盛极一时的戏说、戏仿、颠覆、简化的风尚。这种浮泛、喧闹的习气已经蔓延到了儿童文学界。表现之一就是，近年来，我们的儿童文学中也出现了一些以戏仿、颠覆名著制造噱头、卖点的作品。这些故事以求新、猎奇为目的，动辄让诸葛亮坐飞机，让周瑜玩电脑，让贾宝玉穿西装，让林妹妹发伊妹儿……通过一系列关公战秦琼的场景嫁接和时空错位，营造所谓的幽默趣味，表面上热闹非凡，悬念迭出，实质上肤浅无聊，品质粗劣，极大地误导了儿童读者对经典文学的理解、接受。这种将经典文学快餐化、扭曲化的倾向同时也在很大程度上消解了经典文学的思想、文学价值，让厚重的中华文化价值理念和精神底蕴淹没在一片插科打诨、嬉笑逗趣的声浪里。

新中国儿童文学

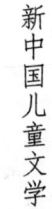

## 二

稍具儿童文学常识的人都知道，教育性乃至教育主题，是儿童文学绕不开的艺术渊薮。处理得好，可以增强作品的思想含量、社会价值，处理不好则会降低儿童文学的艺术品位，造成审美结构形式和内容的分离。在这点上，包蕾先生做出了有益的探索。通览包蕾先生为数不算很多的童话作品，我们发现，作家总是于新奇夸张，悬念迭出，趣味横生之外，饱含着丰富深邃的思想内涵。

细加分析，他的诸多童话作品都包蕴着教育性的主题，作品中流溢着作家对幼小生命以及成长无所不在的关心和温情。在他的作品中，包蕾先生从来不避讳孩子的弱点和短处，但同时又侧重刻画其善良和天真，不断发展的生命形态。他的作品现实性很强，或以生动的故事引导孩子日常生活的言行；或以善意的嘲讽揭露现实生活的缺陷；或以鲜明的对比刻画童年人生的弱点；或以优美的意境感染懵懂孩童的心襟……

比如在《小金鱼拔牙齿》中，作家通过小金鱼不爱洗澡，又贪吃糖块的生动故事，告诫孩子，养成良好的生活、饮食习惯对身心健康该多么重要。

还比如在《理发的故事》中，小弟弟不爱理发，结果头发又乱又长，最终被一群小兔子当成大萝卜，差点吃掉……作家通过这个故事告诉孩子们，要养成勤洗头，常理发的好习惯。

类似的故事在包蕾的作品中还有很多。

应该说，这是典型的"寓教于乐"的写法。我总觉得，在中国儿童文学特定的发展时期，"寓教于乐"有其十分重要的意义。就在于，虽然它们都秉承"教育本位"的写作立场，但是，就"教育"的指向性来说，它和纯粹的"教育主义""教训主义"还有所不同，它是以文学参与孩子精神建构的形式，赋予教育趣味、游戏的外观，以求达到润物无声，春风化雨的美育效果。如果抛却先入为主的成见，世界文学史上，"寓教于乐"的经典作品也是不少的。比如《尼尔斯骑鹅旅行记》，比如《木偶奇遇记》《比比扬奇遇记》，还比如《马列耶夫在学校和家里》，等等。

所以，对待"寓教于乐"的儿童文学，我们还需具体分析。要从客观的、历史的角度看待它们；要用辩证的、宽容的目光去评判它们。这样，我们就不会得出简单的、否定性的结论。我们应该认识到，"寓教于乐"是中国，乃至世界儿童文学发展中一种特定的形态。它是儿童文学从"教育的自觉"，走向"文学的自觉"的必由之路。我们站在儿童文学完全本体化、本位化的今天，如果说认识到"寓教于乐"是文学审美的一种局限的话，这种局限也不是陈伯吹、包蕾、洪汛涛这些老一辈作家个人的认识局限，而是他们那个时代儿童观、教育观、文学观的局限。每个人都不可能超越自己所处的时代，每个人的所言所行，所思所想更不可能凌驾于时代的思想文化之上。从这个意义上说，包蕾等老一代儿童文学作家的局限，也是时代的局限，它呈现的是儿童文学童年时期的一种艺术稚态。在这点上，正如我们今天不能以自己成年后的社会化标准指责、嘲笑幼年的天真拙朴一样，我们在儿童文学已经升起的坐标轴上，同样不能轻视前辈作家的艺术努力和艺术实践。毕竟，我们今天所拥有的高度是由前人铺垫起来的。我们是站在巨人的肩膀上，才触摸到了儿童文学的夜空和星星。

## 三

阅读包蕾先生的作品，我们会发现，他是一个有多方面才能和艺术涉猎的作家，一生中,演过戏,写过剧本,在电影文学创作方面,也卓有成就。这就决定了他在不同儿童文学题材的处理上,能以不同的手法,表现出不同的风格。这在当代儿童文学作家中,是极为少见的。

比如在《三个和尚》中,对待高矮胖瘦不同的三个人物,他采取了全白描的无声处理的艺术手法,让人物在行动中裸露个性、心理,而作家作为旁观者,只客观记录这一切,而在《车马炮》中,男孩王大光在梦里和女孩张小娟对弈,双方你来我往、弓拔弩张,那架势、那服装、那氛围,又全然是京剧舞台上咫尺之内运筹帷幄,方寸之间决胜千里的表演程式。

至于中篇童话《火萤和金鱼》《鲛人和夜明珠》则是作家才情的另一种表现。如诗如画、静谧祥和的自然环境;扑朔迷离、幽雅清丽的故事氛围,让人在对自然美的深切回味中,得到心灵的沐浴和润泽。这些作品和他的气质、个性,以及丰富的阅历和渊博的学问融合在一起,形成了包蕾儿童文学的独特风格。

(原载《中华读书报》2007 年 9 月 26 日)

# 郭风：用无邪的童心歌唱

汪习麟

## 一

提起郭风，我们就立即想起散文诗——那散发着南国泥土芬芳的散文诗，那宛如清晨的露珠滋润着孩子心灵的散文诗。

在散文诗这块园地上，郭风辛勤耕耘了40个春秋，自成一家，形成了独特的风格；他的诗篇，即使不署上姓名，杂放在众多的诗什之中，我们也会欣喜地指出：这是郭风的手笔啊！

## 二

郭风的诗，像和暖的春风，缓缓地、徐徐地吹来，把田园里的油菜花、豌豆花，把路旁的小野菊、蒲公英，把林子里的松菌、红菇……都一一地吹醒了。

> 春天点亮了，
> 春天亮得像一支花烛。
> 看哪，那一片劳动的国土，
> 田野里，春天开放得多么绚丽！

（《油菜花的童话》）

于是，我们随着郭风，走进了恬静而美丽的田野。

## 三

郭风最早向我们开放他的这一片绚丽的"游戏场"，是1945年出版的《木偶戏》。这是一本献给孩子的童话诗集。这是一部滋润人们心田的田园交响诗。

在这里，在春天花烛的照明下，"田野的风吹着风筝"，"小油菜花在迎风跳舞"，"蜜蜂也歌唱着飞来了"；

在这里，苔藓姑娘沿着老龙眼树的树干，走到屋顶上，和狗尾草哥哥一起，眺望"田野的水牛，和播种的农人们"，眺望阳光下"海港外的白帆"；

在这里，松菌和红菇——"两个持伞的孩子，在林子里旅行"，三月的阳光，从高处照射下来，"像金纸的碎片，在林间谈笑"；

在这里，小野花们正举行着茶会，那一只只黄的、白的、红的、紫色的小酒杯，多么美丽，盛满在里面的，是一杯杯糖水……

真的，在这样一个"很完备的游戏场"里，我们不仅和着小蜜蜂的歌声拍手，"按着拍子踏步"，而且，忘却了年龄，在狂欢中，"倒在草地上滚转起来"！

## 四

在郭风的笔下，所有自然界中有生命的小生物，都是一个个活泼的、有礼貌的孩子。

当油菜花在她的小发辫上，簪着小黄花，坐在田野上沐浴春天的阳光的时候，小蜜蜂飞来了，他的第一句话就是："你欢迎我来游玩吗？"

当苔藓姑娘刚刚提出，想和狗尾草哥哥一起坐在屋顶上，以便望见更多的新鲜事物的时候，狗尾草马上热情地发出邀请："我多么欢迎你来！"

当孩子们早上背着书包，到乡里的小学校去上课，路旁的小野花们，那么友好地打起招呼；田里的稻穗们更有礼貌，一边鞠躬，一边说道："呵哈，你们小学生，早呵！"

而当松菌和红菇撑着很好看的伞，一起出发，去林子里旅行的时候，"秧鸡小姐在树上赞美，小草们在路旁赞美"；那欢乐的草莓，还特地"在门口放着一篮花"，为他们送行。

## 五

在郭风的诗里，所有的孩子，都是那么文明，都是那么纯洁。

这些小生命，在田野里，在林子中，共同生活，共同游戏，彼此关怀，彼此爱护。

三月的雨，像无数只小手，打在林叶的琴键上，路上泞滑起来。"呵，你慢慢地走吧——我牵你走吧！"松菌友爱地对红菇说。红菇呢，有些害羞了，"不，我自己会走得好好的。"

在漂亮的春天里，蒲公英和野菊勤奋地建造着小屋，因为，"有了小屋，我们可以招待很多很多的朋友"；而喜欢沉思的小野菊，还要"准备好多的点心和画片"。

有时，他们也会模仿大人的游戏。当小蜜蜂误以为和油菜花做很好的朋友，就是所谓结婚的时候，豌豆花想了一下，说："结婚，不，那是大人们的事！"小蜜蜂马上问道："真的吗？那么，我们不要结婚了！"

孩子的心灵呵，比水晶还要莹洁百倍！

## 六

这就是郭风的诗。

他的诗，歌唱孩子的友爱，歌唱彼此的平等，歌唱平凡的劳动，歌唱世间一切美好的事物。

他的诗，赞美人类的文明，赞美优秀的教养，赞美我们祖国的一草一木，赞美整个自然界的一切有生命的东西！

诗人圣野，在谈到郭风的诗歌特色时，曾经充满激情地赞道："郭风不是用诗，而是用他无邪的童心在歌唱！"

## 七

无邪的童心——是郭风诗歌的灵魂。

无邪的童心——是郭风诗歌中的主旋律。

## 八

有了无邪的童心,于是,那有关月宫的古老传说,到了郭风笔下,就完全赋予了孩子的想象——

月亮,是点起了灯的小船;坐在船后和船头的,是嫦娥姑娘和她的朋友小白兔。

那不是月亮在行走,而是她们划着船桨,在天空的花丛中,穿行而过;一边,采撷着那美丽而灿烂的花朵。

而我们的花园里、树林边、草地上、菜圃里、山坡上、河岸的两旁……所开放的许多花朵,原来是从月亮船上撒下的呵!

## 九

有了无邪的童心,那天空中的种种自然现象,在郭风的笔下,都成了孩子寄托美好情思的材料——

虹,是"以七彩的丝绸结彩的拱桥","让我们飞到天空上去,站在桥上",白天,看桥下的流水;晚上,摘明亮的星星!

白云呵,你是"一队白雪似的羊群"。天晚了,"谁刈下青草给它们吃呢?""它们将到哪里去休息呢?"请下来吧,到我们农业社的羊栏里来过夜吧!

银河,你明亮的河流呵,"在你的水里,有很多的鱼和水草吗? 有小孩子跳下去游泳吗?""在你的河滨,有沙滩和很多的贝壳吗? 能不能在沙滩上打滚?"……

## 十

在人群中,郭风最喜欢的,是孩子;在花卉中,郭风最喜爱的,是蒲公英。

这是因为:它谦逊,它从不表现自己,只开放很小的花;它坚定,它确认了喜欢淡黄的色彩,就始终如一地开放小小的淡黄色的花朵。

郭风的诗歌里,没有刀光剑影,没有壮语豪言。他赞美的,是像蒲公英、野菊这样普通的、不为人们注意的花草;正如他歌唱的孩子,都是这么平凡,没有一点"英雄业绩",然而却个个单纯而圣洁。

郭风只是用他的艺术画笔,淡淡地、絮絮地描绘他优美的想象,把我们引进崇高的境界,提高我们的思想情趣。

## 十一

当整个神州大地横遭浩劫的时候,像郭风这样歌唱真善美的诗人,能够幸免于帽子和棒子吗?

> 在一个历史性的时刻,我一家旅居于一个小山村。其地民情醇厚,其地山水甚美,雪甚美,花草树木甚美,雀鸟蝴蝶甚美,我忽然有动于衷,并异想天开,以小散文试作花卉画,试作风景画。

(《花卉·风景画自选·序》)

把热爱大自然的诗人，放逐到美丽的山村，如鸟归林，如鱼得水。生活的海洋呵，给诗人无比的滋养。于是，一当乌云驱散，秋天的晴空显得分外碧蓝碧蓝的时候，郭风的诗的波涛，也就连绵不断地滚滚涌来。

这是文痞们所未曾料及的吧！

## 十 二

从此，在郭风的诗歌中，出现了松坊村——诗人的新的生活基地。

打开普通的地图，我们找不着松坊村的字样；闭上眼睛，我们却看见了这南方高山地带的小小山村。

我们如同谙熟自己家乡的景物那样，谙熟松坊村的一切：它四面的山，山上的树，它村前的溪，溪中的石——那大的如牛饮水，小的五彩缤纷；而溪上的石桥，可以通往大队部去。

我们不仅熟悉这里的景色，我们更喜爱这里的花草树木：蒲公英带着白绒毛的种子向秋天告别，枫树和野柿树携带满枝的果实迎接冬天；特别是翻过山冈，那儿一排排的桂树，还有着引人入胜的历史传说……

对松坊村的歌唱，不正是对我们祖国的美丽河山的歌唱么？

## 十 三

"艰难困苦，玉汝于成。"

郭风的诗，不仅只作花卉画、风景画，在他的诗中，也响起了他的愤怒，虽然也还是以他自己独有的方式表达。

在一个雪霁的午后，诗人来到松坊冈的悬崖前，看着披满雪花的松树，想起了郑板桥的《双松图》。画家赞美松树的高风亮节，乃是赞美人民的操守。本是无可非议的，却遭到了英雄好汉们的鞭笞。诗人为此斥责道："我觉得随意菲薄前人，或者轻率否定他人的劳作，即使不是别有用心，也是愚蠢的。"

诗人进一步描述了他此刻的愤懑："当我回到村里时，对着溪边、山间的积雪，忽地想起那些放肆地摧残我国文化的人，不禁怒火中烧。"（《雪天漫笔》之二）

这是诗人郭风的声音，也是一切正直的人们的声音！

## 十 四

郭风的诗，虽说都是单篇，却给人以组诗的感觉。一朵小花，一泓溪水，他从不同季节，不同色彩，不同角度，不同诗情，一笔笔勾勒，一层层上色，最终显出完整而鲜明的形象，点染出诗的意境。

郭风的诗，用质朴的语言，音乐的旋律，演奏出欢乐而明朗的曲调。有时如木讷的孩子，反复叙述；有时，却又如流云一般，轻盈柔和。

郭风的诗，不追求节奏上的匀称，却注重篇章上的整齐。从他的诗中，我们沐浴到春天的阳光，闻到了甜美的空气。

郭风的诗，给人想象，给人启示。在沉静中，我们进入了一个文明而优美的世界。

## 十五

邓小平同志在第四次文代会的《祝辞》中指出："雄伟和细腻，严肃和诙谐，抒情和哲理，只要能够使人们得到教育和启发，得到娱乐和美的享受，都应该在我们的文艺园地里，占有自己的位置。"

郭风的诗，细腻而抒情，给人启发而又美丽迷人。

郭风的诗，在我们的百花园中，有他独特的位置。

1979 年 11 月 23 日

（原载汪习麟著《儿童诗散论》，陕西少年儿童出版社 1984 年版）

# 读胡奇的《五彩路》

陈伯吹

近二三年来,儿童文学创作有进展,不论在诗歌、童话、小说等各方面,都出版了一些较好的作品。可是因为创作上还存在着"题材狭隘"的问题(实际上是作家生活经验不够的问题),作品没有能够在小读者面前展开一幅世界广阔的、风光明媚的图画,强烈地吸引他们,热情地鼓舞着他们。真是遗憾,这一类的作品似乎很难得读到。

孩子们多么向往着光明,向往着远方啊!

胡奇同志写的《五彩路》,在一开始就引出的那个歌,它真正唱出了全世界孩子们心里头喜悦的声音:

> 勇敢的鸟儿
> 请借给我一双翅膀
> 我要飞过高高的雪山
> 去看望蓝色的远方

的确,《五彩路》是近年来出版的儿童文学作品中比较优秀的一本。

它通过藏族孩子去找寻一条五彩放光的路,从侧面描绘了祖国伟大的和平建设事业——修筑康藏公路,突出了"勇敢者的道路即是幸福生活的道路"的主题思想,同时也反映了人民解放军和藏族人民的友谊。

这篇作品的题材是现实的,内容是丰富的,要不是作者在这方面有生活积累,又有创作热情,就不可能写得那么生动美丽,在字里行间闪烁着美好的理想的光,仿佛一盏五彩的发光的灯,照亮着曲拉、丹珠、桑顿前进的道路;也吸引着广大的读者一直看下去,要看到这3个孩子战胜了重重的困难,踏上了幸福的五彩放光的道路为止,才欣然地做着会心的微笑,合上了书本儿,轻松地吐出一口气。

是啊,幸福的生活是劳动的成果,所以它不是可能凭着"愿望"去获得的。如果对美丽的远景只是憧憬着,而不是争取着;只是盼望等待着,而不是生活实践着;那么,远景将永远是腾空的海市蜃楼,可望而不可及,终至于有一天会幻灭了的。

可是,不论在生产的或者建设的劳动过程中,又不可能不遇到困难。必须不怕困难,克服困难,才能通过严峻的考验,而达到奋斗的目标。正如谚语所说的:"刀在石上磨,铁在炉里炼。"人不经过锻炼,不具备钢铁般的体魄和意志,是闯不过成功的关,从而也就进不了幸福的乐园的。

这道理说来简单明了,一听就懂得。但是对孩子们来说,进行思想教育,绝不能如此简单、直率。在这一点上,他们比成年人更加需要讲点儿"艺术",而且年龄愈小,要求的艺术愈高。作品若不是像海绵饱蓄着水似的,用包含着高度思想性的生动美丽的故事,

去鼓舞他们的情绪，打通他们的思想，教育的效果必然微乎其微。

儿童文学所以成为儿童思想教育的最有力的工具，难道不是就因为这样吗？

《五彩路》做到了这一点，所以它就是比较优秀的儿童文学作品了。

作品里的三个小主人公，勇敢，友爱，满怀着信心，爬过雪山，找到了五彩放光的幸福道路，这样具体的事实，生动的形象，肯定会激动孩子们的心灵的。

激动，这就证明产生了教育的力量。

但是，如果孩子们在平坦的道路上顺利地走着，朝发夕至，且不说事实本身平淡无奇，引不起兴趣；更大的损失是读者不能从中吸取什么教训，得不到和困难斗争的知识和经验。

正是因为取消了斗争，也就取消了一切。

《五彩路》恰恰相反。它描写那三个藏族孩子：爬过雪山，穿过森林，绕过大湖，跑过草原，杀过野狼，走过灼热的沙地，在老奶奶的黑毛帐篷里借宿过，在阻挡他们渡江的老爷爷的小土屋里溜走过，在饥饿、寒冷和黑夜下被折磨过，最惊险的是在渡江的独木船里给怒涛巨浪打得像风车样地旋转过……这一些事情，对孩子们来说，是够惊心动魄的，也是挺大的困难。正因为摆在面前的困难是前进道路上的障碍，必须突破粉碎它们，这样就有了斗争，也就有了甘苦，有了意义。

记得苏联英雄"普通一兵"马特洛索夫说得好："困难，但是很有兴趣。"

事实的确也是这样。

小读者将聚精会神地密切注意着作品中小主人公的经历和遭遇，同情他们，关心他们，站在他们这一边，和他们一起与困难共同作战，一起翻山越岭，一起搭船渡江……一起进入胜利的境地，到达五彩放光的路上，兴趣无穷，乐在其中矣。

小读者既然为书中的小主人公分担着忧虑，当然也要分享快乐，从而获得极大的安慰与鼓励，那么，教育亦在其中矣。

广大的小读者从《五彩路》里收获的不仅是战胜困难的乐趣，以及理解幸福生活的由来，还有那"更上一层楼"的"舍己为人"的共产主义的崇高思想品德。正如果戈理曾经说过的："……如果有一天我能够对我们公共利益有所贡献，我就会认为自己是最幸福的人。"

小读者可以从作品中看到"雪山的尖顶上仿佛有谁撒一把黑豆子"——人民解放军不辞劳苦、不避艰险地紧张地忘我劳动：特别是那位张得福叔叔为了救护两个孩子而打过熊，为了凿通山路而在崩塌的岩石上牺牲了自己的生命。

这不仅使书中的小主人公受到感动，默默地对着帐篷角落里平平展展地放着的一张黑亮的熊皮，还有几本书和一把铁锤，出神地愣着；小读者自己也将感动得永远怀念着这位叔叔，闭上眼睛就会出现一个勇敢大胆的、抢着铁锤、挺立在雪山最高处的英雄形象。由于衷心地敬爱他，把他作为光辉的榜样而毫不迟疑地学习他。

教育科学对儿童文学的要求是："揭示社会、自然生活的现象和人类思想、感情的内心世界，扩大读者的眼界和知识圈，培养他们革命的世界观、高尚的道德行为和艺术兴趣。"而《五彩路》正是这样的作品。

《五彩路》的题材是现实的，作者却把它写得具有浓重的浪漫气氛，是革命的现实主义和革命的浪漫主义结合的创作。这在我们的儿童文学创作上走了一条少有人走的"新"的路子，同时却带来了一个新的课题。

高尔基在谈到"神话"时,曾经说得很精辟。"……从既定的现实的总体中抽出它的基本的意义而且用形象体现出来——这样我们就有了现实主义。但是,如果在从既定的现实中所抽出的意义上面再加上——依据假想的逻辑加以推想——所愿望的、所可能的东西,这样来补充形象,那么我们就有了浪漫主义。这种浪漫主义是神话的基础,而且它是十分有益的,因为它帮助激起对于现实的革命态度,实际地改变世界的态度。"[①]

从这几句话里,我们真正能理解到"革命的浪漫主义是社会主义现实主义的一个必不可少的方面"。[②]我们肯定儿童文学作品应该是社会主义现实主义的创作,但是不排斥那结合革命的现实主义的革命的浪漫主义手法。那样的作品,是现实的生活,又是美好的理想;是生活的斗争,又是幻想的沸腾。

《五彩路》里头诗情画意的景物,热情洋溢的赞叹,以及光辉美丽的愿望,所有这一切,都用了抒情的手法。

作者写景物是这么的美:

> 忽然从一处树枝背后,掀起一阵轻微动听的声音,孩子们还没来得及抬起头,一群鹦鹉从树丛中冲了出来,它们好像一阵绿色的轻风,一会飞到这一个枝头,一会又飞到另一个枝头,孩子们和神趾(小狗)还没赶上它们,这阵绿色轻风旋了一旋,又向着湛蓝色的湖面飞了过去。

作者对伟大的领袖,正义的事业,再三歌颂着:

> 高大的雪山哪,威武的雪山哪,真正的太阳已经照到你了,恩情的父亲已经想到你了……

作者刻画人物的形象是生动的,散发着一团蓬勃的朝气;刻画人物性格又是那么细致。

> 枣红马还在刚刚收割不久的青稞麦地里打旋转,孩子们欢叫着,从四面八方把浦巴叔叔包围起来。桑顿不知从哪儿来的那个猛劲,他一个箭步蹿上前去,伸手抓紧马笼头,强迫那匹蹿跳着的枣红马安静下来。
>
> 娜木从小就赤脚惯了,她不相信自己真会穿上靴子。……穿上以后,就像驾了云彩一样,她感到浑身轻飘飘的,不禁在草地上打起急转转来。

这篇8万字的中篇儿童小说,几乎像散文诗一样,清新、优美、轻灵,这是它的一个特色,也显示了它的风格。在儿童文学创作中这种写法还不多的现在,值得称赞,也值得重视和研究。

从整篇来看,是抒情结合着叙事的写法,而抒情重于叙事。所以,环境的景物描写和人物的心理描写,似乎写得多了一些,因而有好几个地方未免写得松弛、拖沓,前后有重复、类似之处。这样,调子进展的节拍就慢了,故事性也给减弱了。

读过《五彩路》以后,会不自觉地联想起了盖达尔的《远方》。这位杰出的儿童文学作家在开头时这样写着:

火车呜呜地叫着,喷着火星。……飞一般地晃过去。

快车在他们这小站上连一次也没有停过。从来总是匆匆忙忙地往很远的远方——往西伯利亚飞驰去。③

虽然这两篇作品的事实内容不相同,写的却同样是社会主义建设事业。盖达尔在自己的作品里,常常用了抒情的笔法,好多篇小说给写出了散文诗的情调。不过,他对于风景的描写有着强度的概括的能力,这特别对白季迦在森林里迷了路,后来又找到熟悉的道路上来的那段描写,④起着影射主题和烘托人物的双关作用。

所以爱宾在论述《盖达尔的创作道路》中写道:"盖达尔的散文特点是抒情的紧张性。在每一幅画面上,在风景上,在对话上,在主人公性格上,都赤裸裸地表现出作者对所描写的事物的感情来。"⑤而在这样比较之下,也就显出《五彩路》的缺点来了。

如果作为一篇"历险记"(儿童是最欢迎读这样的作品)来看,那么,《五彩路》不仅故事性不够强,它的结局也太不精彩有力了。它没有巨大的高潮,没有辉煌的场面,没有留给读者以长天大海的有余不尽的思念。作者不以奔腾澎湃的气势来结束,给予读者以强烈的惊愕和无限的寻思,却用"一条小尾巴"来说尽了一切,读者也就觉得真正的"完了"。

还有,暗害曲拉的父母的坏人,和穿红褂子、满嘴金牙的私商,在作品中没有得到应有的惩罚。虽然在今天的新社会里,这样的事情不会成为"悬案",读者可以想象得之。这对于成年人来说,固然不成问题。但对于小读者来说,他们可能会有不满意的意见,他们是多么憎恨坏蛋,要求作者有交代。这并不是说作品有了漏洞,而是把它作为儿童文学作品来要求和考虑,要不要和能不能省简。

如果问《五彩路》有什么缺点的话,就是这样一些意见。个人限于水平,所提一定不成熟,请作者和读者多多指教。

[注释]
① 《苏联的文学》,新文艺出版社版,第 24—25 页。
② 周扬:《文艺战线上的一场大辩论》,《中华活叶文选》,第 29 页。
③ 《远方》,少年儿童出版社版,第 3—4 页。
④ 《远方》,少年儿童出版社版,第 70 页。
⑤ 《盖达尔的创作道路》,中国青年出版社版,第 36 页。

(原载《文学书籍评论丛刊》1958 年 1 月号)

# 呆向真儿童小说散论

黄云生

烟花三月，我在古城扬州初识年逾古稀的呆向真同志，通过几次倾心交谈，我觉得我可以在这位老作家面前坦诚地谈谈我对她的儿童小说的看法，即使我的看法难免会有些幼稚和偏颇，也一定能够得到宽容和指正。

呆向真的儿童小说，早在 20 世纪 50 年代中期便引起人们注意了。代表作便是她新中国成立以后写出的第一个短篇小说《小胖和小松》。人们赞赏这个作品善用细节描写和心理刻画来塑造儿童形象，赞赏它取材于平凡小事而能表现时代风貌。仿佛调定的琴弦不再更改，她此后写出的一篇又一篇儿童小说一直鲜明地保留着这些特点。而人们对她的评论也大致是对这些特点的衍释，呆向真的儿童小说似乎也就这样有了定论了。

其实，要真正认识一个作家并不容易。即使是看上去已经形成共识的看法，也还可以进一步深入研究。我正是想这样引出我的思考。

首先是怎样看待呆向真儿童小说"多以生活中的平凡小事为题材"？

对此，呆向真自己是这样解释的："我的作品所表现的，多是生活中平凡的小事，这是我的生活环境所决定的。我生性孤僻，不善与人交往，生活面也很狭窄。我没有经过惊天动地轰轰烈烈的生活，没有嗅过战地硝烟火药的气味，虽然平凡的生活也有歌有泣，那只不过是生活中的轻风细雨，是繁花似锦的园边小草。"（创作谈《小草》，见《北京文学》1991 年第 6 期）从这段话里，我们看得出呆向真的坦率和真诚，看得出她的谦逊和严于律己，而我则觉得其间还有一个题材问题在困扰着她。她似乎为自己未能表现更多的"重大题材"而感到遗憾。

大凡从战争年代的尘埃中走过来，又经历了五六十年代风雨的作家，对于表现"重大题材"的向往，对反映时代精神的虔诚，可以说是有共性的。呆向真也不例外。她也曾力图找寻并表现她所熟悉的比较重大的社会题材，她的《在灰色的日子里》（1957 年）、《你好啊，故乡》（1963 年）等，便是她在这方面的努力成果，她的那些至今还在写着的童年系列小说（有时也称散文），如《小镇上来了卖艺人》《蛐蛐，在树上哪》等，表面上看去只是一些作家的童年琐忆，但读者还是不难发现在那些关于那个年代的平凡生活情景的描述后面隐藏着严肃的革命内容。只是作家在艺术处理上，把这些内容写得很淡很淡罢了。即使是生活中那些比较单纯的平凡小事，呆向真也总是想方设法将它们与广阔的社会背景联系起来，努力使自己的作品能够与时代息息相通，具有更多一些社会蕴涵。这便是人们赞赏她的"以小见大"。我也以为她的这种努力，理所应当受到肯定。

但是，我同时又认为呆向真的儿童小说的主要成就并不在这种努力所获得的成功。可以这样说，反映社会生活的深度和广度，并没有成为呆向真儿童小说的长处。

呆向真的困惑恰恰在于此，而我觉得她不必这样苛责于自己。

事实上，古今中外许多著名的儿童文学作品，也不以描写重大题材取胜，不以反映现实生活的深度广度见长。任大霖在他的《儿童小说创作论》中曾经谈到这一点："意大利的《爱的教育》、苏联的《马列耶夫在学校和家里》、日本的《窗边的小豆豆》这样的作品，都没有什么惊心动魄的故事，离奇曲折的情节，写的只是小学生在学校、在家庭的日常生活，可又是那样的感人，那样的有趣，小读者喜欢，连成年人也喜欢。"

我以为呆向真的儿童小说应该属于这一类型。或者说，写这一类型的儿童文学作品，才是她所擅长的，才是她的本色。

这在当代儿童文学创作中并不反常。

与成人小说相比，儿童小说的题材限制本来就要多些。由于读者的原因，儿童小说从来以描写少年儿童的生活为主。而少年儿童，因其尚处于未成熟的年龄阶段，在社会上也相应不可能参与成人的一些重要的活动，所以在一般情况之下少年儿童的生活还不大可能具有太多的重大社会内容。在战争和动乱的年代，在特殊的生存环境中，少年儿童也许会过早地进入社会人生的体验，从而出现一些发生在他们中间的重大题材，乃至富有传奇色彩的题材。可是，在当今和平环境中，这类非凡的现实题材就不多见了；相反，儿童小说从学校和家庭的平凡生活取材，倒具有普遍性。这一点，我们只要回顾一下新中国成立以来以现实生活为题材的儿童小说，结论是不难得出的。

然而，"生活中的平凡小事"，在呆向真笔下，又有一些与众不同的特色。这主要表现在她的相当部分的儿童小说取材于低幼儿童的幼稚世界。而低幼儿童的生活内容，在成人眼中自然是最平凡最琐细的"平凡小事"了。这在迄今为止的我国儿童小说创作中，一直是比较独特的。尤其是这些年来一些儿童小说把题材热点投向少男少女的生活领域视作天经地义之时，呆向真的这些以描写低幼儿童及其幼稚世界的儿童小说，就显得别具一格，不同寻常了。

最突出的例子是《小胖和小松》。此外，还有《春天》《节日的礼物》《向日葵是怎样变成大蘑菇的》《妈妈割麦子去了》以及《风雨中的小鹰》等。这些作品的题材内容，在幼儿生活故事里是常见的；但在儿童小说里却显得与众不同。作者运用小说艺术手段，细致而生动地描绘出一个又一个天真可爱的幼儿形象及其充满乐趣的童稚世界，让人们看到人生初始阶段那些纯净、真率、奇妙的迷人情景。

我觉得这类题材的儿童小说，是不能拿"重大题材"或"一般题材"的标尺来衡量其价值的，因为它们表现的是另一个情感世界，是不同于成人社会的童真天地。尽管呆向真时时处处不忘将社会和时代的影子投射到这个童真天地里去，但是真正唤起读者审美感应的似乎仍然是那种一尘不染的童稚纯情。

同时，我们必须看到，以低幼儿童生活为主要内容的这些"平凡小事"，不仅是呆向真生活储存最为丰富的题材仓库，而且也是她艺术表现最为得心应手的情感基地。可以说，呆向真小说艺术的才华在这里找到了自己真正的用武之地。尤为值得重视的是，这些生活中平平常常的生活小事，在呆向真的儿童小说里，具有较高的细节价值。

呆向真似乎不大喜欢编织故事，她的儿童小说往往缺乏故事性，很少有曲折的情节，结构上有明显的散文化倾向。虽然有时候她也来点儿"伏笔""悬念"之类，但精彩的却不多；她主要是靠了联珠式的生动的细节描写来引人入胜。例如《李娅家的磊磊》这个儿童短篇，情节的整体结构是单线的，而故事的时间跨度又很大，叙述形式上不免有些松散。但是呆向真显然有一种因感情的金线连缀生活琐事的艺术才能，先是在磊磊的名字上做出细致的文章，接着又反复运用靴子的细节，并不断用琐事衍生开来，从而把母子深情渲染得淋漓尽致。我以为这种写法比起编织一个离奇曲折的故事要困难得多。

呆向真善于选择琐事、改造琐事、提炼琐事，使之成为有生命力和表现力的艺术细节。巴乌托夫斯基说，"在作家看来，无所谓琐事。全部问题在于他是否能够把每件琐事所包含的具有特征性的核心挖掘出来。"（引自《散文的诗意》，见《论写作》第67页）呆向真在这方面有出众的表现。她尤其善于从一般人看来毫无意义的幼儿生活琐事中发掘出闪光的本质意义，以至于"能使'被忽略过去的琐事'，大放光芒。"（普希金语，转引自孙绍振《文学创作论》第49页）一个小孩不小心撞到大人腿上，跌倒了，然后是被大人搀扶起来，或自己爬起来，可说是司空见惯，平淡无奇。可是呆向真硬是在这类生活中的细枝末节里找到了独特的闪光点。呆向真写道，4岁的小松撞在一个叔叔的腿上，跌了跤，而又立刻被叔叔抱了起来。可是小松不服气：

　　　　"我自己，我自己会起来。"小松说着，又照原先的姿势倒在地下，然后自己
　　爬起来，拍拍身上的泥土又往前跑了。（见《小胖和小松》）

　　这确乎是传神之笔！小说发表已有40年，这个细节至今还被人们传讲，也堪称奇了。
　　一个真正的艺术家，应该在细微处显出功夫。平淡无奇的琐事，能够成为光彩照人的艺术细节，这中间起决定作用的是艺术家的慧眼秀心。如果没有作家美好的思想情感，没有作家独特的个性气质，没有作家非凡的艺术创造精神，要实现生活琐事向艺术细节的转换是不可能的。
　　由此可见，细节中有着作家的灵魂。

　　难怪呆向真非常重视作家的灵魂。她不止一次表示，她十分喜爱列夫·托尔斯泰的名言："文学作品中最主要的，是作家的灵魂。"她认为只有当作家的灵魂与生活相拥抱、渗透、融合，化为一体，才能产生好的作品。（参见呆向真《我与儿童文学》）
　　在呆向真看来，"写什么"并不是决定一切的，重要的是"不失自我"。她的确写得比较杂，"抓到什么写什么，有什么写什么。"（参见呆向真《采撷集》后记）但是不论写什么，都有她自己的思想情感融注其间，都可以照见她的灵魂。列夫·托尔斯泰在《莫泊桑文集》序言中写道："无论艺术家描写的是什么人：圣人、强盗、皇帝、仆人，我们寻找的、看见的只是艺术家本人的灵魂。"呆向真所强调的也正是这个意思。
　　至于"灵魂"的具体内涵，呆向真也是作过认真思考的。她在不少地方对自己的思考作过解释。在那篇题为《不灭的灵魂》的短文中，她写道："人类当然有不灭的灵魂，但却不是人人都有的，只有思想崇高、心灵纯洁善良、一心一意为人类的利益做出贡献的人，才会有不灭的灵魂。"一个优秀的作家，自然应该有一个永远闪光的灵魂，并且把这种美好的精神品格化作艺术形象，去感染读者。
　　热爱孩子，是呆向真灵魂中最重要的特征。她对孩子的爱，甚至超出了母爱式的爱，她似乎与儿童有一种天然的投缘。
　　呆向真不是那种一开始就有明确的"为儿童创作"动机的儿童文学作家。1938年她发表的处女作《小小募捐队》，就是儿童文学作品；20世纪40年代初期她又写了《三颗流星》这样动人的儿童小说；而后又接连写出《小鹰》《带臂章的人》等系列性的儿童故事和儿童小说。可是，有趣的是，直到1954年《人民文学》第1期上发表了短篇小说《小胖和小松》，她因此被人称作"儿童文学作家"，她才知道有"儿童文学"这个名称。这就是说，

在她文学创作开始的十六七年间，她无意成为儿童文学作家，而她的作品却奇迹般地为儿童文学所认同。这真可谓"无意插柳柳成行"！

怎样解释这种有趣的现象呢？我以为最本质的原因就在杲向真灵魂中有一种与儿童投缘的天然秀质。正是这种与儿童投缘的思想情感，使她有意无意地选择儿童题材作为艺术表现的对象。在这里，杲向真有一种自发的、甚至本能的主动倾向：并不是儿童题材不期而然地撞到她的笔底来的；而是她的灵魂与儿童、与儿童文学之间那种神奇的互引力，使她必然来到这个美妙的文学领域。

并不是每个作家都有这样的灵魂。杲向真是一位本质上的"童心"型儿童文学作家。有人把这类作家称为"具有儿童般天性"的作家，"他们虽已成年，但在心理上却保留着比一般人远为强烈的精灵崇拜的倾向，属于具有非常丰富的幻想力的性格类型。其作品自然而然地成为儿童文学。"（参见上笙一郎《儿童文学引论》第41、46页）如今，杲向真自己也已意识到自己有一种与众不同的"无拘无束、多幻想和喜好童趣的天性"，她说："及至现在年逾古稀，我还会蹲在蚂蚁打仗战场的边沿，久久地不肯离去。我喜欢我周围的树上有鸟巢，我也渴望燕子能飞到我的屋子里来做窝。我每每走在人行道上，我总给自己规定一条直线，那是想象中的一条狭窄的桥，两边是波浪滔天的大海，而我，则勇敢坚定而又谨慎地迈着沉稳的脚步，使自己千万不要掉到大海里去。"（引自杲向真《我与儿童文学》）正是这种"儿童般的天性"，使得她对儿童文学有一种强大的亲和力。别林斯基说："儿童文学作家应是生就的，而不应当是造就的。这是一种天赋。"（见《苏俄作家论儿童文学》第7页）此言十分适合于杲向真。

当然，这是就杲向真灵魂的本质而言。作为现实的社会人，自然要复杂得多。而且这种复杂性也表现在她的作品中。但是，从本质上来认识杲向真，看到她灵魂中的那种"儿童般的天性"，对于深入把握她的儿童小说的艺术特征，是完全必要的。

我们不妨作两个比较。一是将杲向真的成人小说和儿童小说作一比较，二是将她笔下的成人形象、少年形象和低幼儿童形象作一比较，你会发现：她的儿童小说比她的成人小说更富有情趣，而低幼儿童形象又比少年形象，尤其是比成人形象更为鲜明生动。我这绝不是信口开河。我曾把杲向真各种年龄段的小说乃至其他体裁的文学作品找来对照着读过，结论是在认真思考之后得出的。

其实，这并不难理解。人们对成人小说在表现社会生活的深度和广度上有较高要求，而这恰恰不是"童心"型作家所擅长的；相反，在儿童天地里，具有"无拘无束、多幻想和喜好童趣的天性"的杲向真才如鱼得水，腾跃自如。一本《采撷集》（新世纪出版社1987年10月出版），其中"小说"部分，既有属于成人的，也有属于儿童的；既有成人形象，又有少年形象，也有低幼儿童形象。我们不能不承认，写得最好的是那些以低幼儿童生活为表现对象的篇什。如果将长篇儿童小说《耗子精歪传》（安徽少年儿童出版社1991年10月出版）中张大妈、贾爷爷、张待业之类成人形象与杲向真笔下那些光彩照人的低幼儿童形象相比，反差就会更大些。这里，不妨再补充一例。在《火牛儿打鼓》这个儿童短篇里，6岁的小满并非作品里的主角，只是她的姐姐霍妞儿的陪衬人物。可是，我们发现，在这个作品里写得最可爱最让人难以忘怀的却是小满这个幼儿形象。如果没有小满这个小女孩形象活跃在故事里，这个作品肯定要逊色得多，甚至不会给人留下什么印象。这就是说，杲向真对题材、对体裁、对艺术表现，虽然有十分广泛的兴趣，但是以"儿童般的天性"为特征的个性气质、情感倾向、艺术才华，决定了杲向真儿童小说的精华就在低幼儿童的纯情世界里。

于是，我们看到了杲向真儿童小说特殊的艺术品格。我以为可以把这种品格叫作童话品格。

前不久，我在重读了她的儿童小说之后，又去找她的散文和童话来读，起初我只是想浏览一下，以便更全面地了解她的作品。不料，一接触她的童话，我的心中忽然亮了："众里寻她千百度"，真正的呆向真原来在这里！她的儿童小说的艺术精粹，特殊品性，最本质最优秀的东西，就在这里，在童话中！

而当我冷静地分析了呆向真的灵魂特征之后，我觉得自己对这一发现的认识更加明晰、更加深入了。

这并不是说呆向真把儿童小说写成了童话。她甚至没有用怪诞和夸张的手法来写小说。在那些最能显示她的灵魂特征的儿童小说中，我们看到她只是细腻而逼真地描绘出了低幼儿童的现实生活的情景。无论是儿童外部世界描写还是儿童内部世界刻画，都能使读者觉得栩栩然如在眼前。可以说，她的小说笔法是再现实不过的。

然而，恰恰是这种生动的现实的形象展示，让我们感受到了小说的童话氛围和童话品格。

这听起来似乎有点玄妙，其实又很容易理解。我们只要留意一下低幼儿童的生活情形，就会发现孩子们和童话之间有着非常密切而有趣的关系。首先是孩子们的一些心理特征和童话特征是相通的，他们的思维方式往往具有童话特点。其次，孩子们的活动，特别是游戏也是极富童话色彩的，可以说，孩子们几乎每天都在创作着童话。严文井把孩子们和玩具之间的对话，把布娃娃分成姐妹，给猫分出好坏等等，称作"没有文字的童话"。他说，"只要有孩子，这种童话就自然会不断产生，是谁也控制不了的。"（参见严文井《泛论童话》）呆向真把低幼儿童的心理活动、把他们日常生活中的游戏情景，细腻而逼真地描写出来，也就把他们的"没有文字的童话"同时带进了她的儿童小说。于是，我们在她的小说里看到了小孩和花蝴蝶捉迷藏，木头手枪射死了大肚子蜘蛛（《小胖和小松》），看到了木马在山野飞奔，脸盆架变成了大汽车（《妈妈割麦子去了》），看到了桌面成了大海，波涛汹涌，水花四溅，小猴玩具坐纸船去航海（《风雨中的小鹰》），等等。这种反映幼儿游戏心理的幻想情景，在一般的儿童小说中是不常见的，可是在呆向真的儿童小说里，却是大量的，是故事情节不可分割的组成部分。这样，她的儿童小说就出现了童话的色彩。

不仅如此，一种氛围、一种品格的形成，更重要的是作家情感的参与。在呆向真的儿童小说里，我们不难发现，作家往往化身儿童，用儿童的视角来展现客观世界。这样，小说中所展现的现实生活情景（不单是低幼儿童的生活天地），不可能不经过童话思维和童话感觉的筛滤，从而具有一种童话氛围，一种童话品格。比如，那篇颇受人喜爱的儿童小说《喜梅和她的老师》，尽管作品里没有幼儿，小姑娘喜梅是个三年级学生，已有独立生活能力，而她的老师则是一个青年姑娘、高中毕业生；但是由于作者那种童话情感的参与，我们看到小说中的一些主要的情节都充满了游戏精神，在李老师、喜梅、受伤的小野兔、家狗宝黑之间，在山林、农舍、青草、泉水之间，有一种息息相通、真率无伪的情感在流荡，热情欢快，无所拘束。这是一种本质上的童话品格。

在我国当代的儿童小说中，谁也没有像呆向真这样细致生动地大量地展现低幼儿童的生活情景，谁也没有像她那样真正化身儿童，逼真地描绘出儿童的内部世界，并使自己的小说具有独特的童话品格。

我以为在这方面，呆向真所取得的艺术成就，给予再高一些的评价也不为过。

（原载呆向真著《百年百部中国儿童文学经典书系·小胖和小松》，湖北少年儿童出版社 2007 年版）

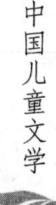

# 黄庆云和她的童话创作

浦漫汀

　　黄庆云，著名的儿童文学女作家，1920 年 5 月出生于广州。幼年在香港，11 岁返穗，入初中。因成绩优秀，12 岁便"跳班"读高中。15 岁考入中山大学文学院，19 岁毕业。广州沦陷后，到香港，考取岭南大学研究院儿童文学研究生。1941 年开始在香港主编《新儿童》半月刊并主笔该刊的"云姊姊信箱"。香港失陷后，到大后方桂林。翌年《新儿童》在桂林复刊，黄庆云继续任主编。1947 年到 1948 年在美国留学，获哥伦比亚大学师范学院硕士学位。

　　解放初期在广州任《新儿童》的主编。该刊改名为《少先队员》后，则担任了它的总编辑。还曾任广西大学及广东文理学院副教授，讲授文学写作和儿童文学等课程。1959 年起为中国作协广东分会专业作家。现任《少年文艺报》及《少男少女》杂志主编、作协广东分会副主席、中国作协儿童文学委员会委员及国际笔会分会秘书。黄庆云经常出国访问，对促进我国与友好国家间的文化交流起到了良好的作用。

　　读大学期间，黄庆云就立下了从事儿童教育与儿童文学工作的志向。考上研究生以后，她一面进行儿童文学理论钻研，一面深入中小学和"小童会"为孩子们讲故事。从那一群群活泼天真而单纯的在校生的言谈中，和那一群群过早地做了社会牺牲品的苦孩子的目光里，她都感悟到儿童文学工作者的天职，自己的责任；发自内心的难以抑制的冲动，终于使她再不能"述而不写"了。她决计"要像爱罗先珂一样，大声疾呼，叫孩子们像小老虎一样冲出那狭小的笼，寻找那迟来的春天"。于是一篇篇儿童文学作品从她笔下诞生。这些早期作品虽有不够成熟之处，但却毫无闺秀派作家或"未出学门的女学生"的手笔之痕。其奥秘正在于身为研究生的黄庆云的创作，从一开始就是紧密地与社会生活相结合的。

　　从大学时代开始，在漫长的岁月中，黄庆云无论兼搞编辑业务还是专门入校就读都未曾放松探索中的儿童文学创作。新中国成立前，仅在香港进步教育出版社出版的作品就有《黄庆云童话集》《黄庆云故事集》《中国小主人》《云姊姊信箱》《诗与画》《地球的故事》《爱孩子的人》《儿歌集》共近 30 种。

　　新中国成立后，广大少年儿童成了新中国的小主人，儿童文学进入了前所未有的繁荣阶段。时代的激励，把黄庆云的探索推向更广阔的领域。新中国成立后的第二年就出版了反映解放海南的中篇小说《一支枪》。20 世纪 50 年代的最后两年又相继出版了革命传统故事《从小跟着共产党》、英雄人物故事《不朽的向秀丽》。但这时她不只为少年儿童写小说、故事，也开始为幼年的小读者创作儿童诗歌的尝试。《快活的小诗》和《花儿朵朵开》等便是经过广大幼儿认可之后才结集出版的。这些诗集在国内外都产生了很好的影响。其中《花儿朵朵开》曾被译为英、法、日、西班牙、乌尔都语。日本一位儿童文学家还致函黄庆云，鼓励她："一定要继续探索下去。"

1962年，黄庆云进入了另一种体裁的探索与创作——为孩子们写英模的苦难家史。她的《眼泪和欢笑——"五好总务护士"余笑娟的家史》写得感人至深，可谓家史体裁中的佳作。

新时期以来，黄庆云的探索与历史同步走向一个新的高度，1979年她开始了中篇《刑场上的婚礼》的创作。这部传记体小说以周文雍和陈铁军两位烈士的事迹为内容，更集中地记述了出生于富家的陈铁军在党的培养教育下成长为坚强的无产阶级战士的过程。生动地再现了这位女烈士热爱生活、追求理想，敢于斗争又善于斗争的光辉形象。在如何为青少年一代撰写历史传记作品方面，给当代文坛提供了可贵的经验。这部小说在广东省儿童文艺作品评奖中荣获了一等奖。

在近些年中，黄庆云对童话的探索也抓得很紧。她的许多童话新作都具有程度不同的开拓意义。如《金色童年》所辑入的一些掌篇童话。这种微型童话故事，虽非黄庆云首创，但较为系统地写它的作家却不甚多。在这一点上，黄庆云可能是比较突出的。而且，她的这种手掌般短小的童话，在内容上又往往能够以小见大，包含一定的哲理。《花朵中的花朵》，只通过花市里一盆小雏菊的有限的感受，不仅写出了一个人只有不断扩大眼界才能正确估价自己，把自己摆在适当的位置上的道理，同时，更有力地歌颂了祖国的新一代。作品借书本老爷爷的嘴说出："最美丽的花朵是人类的花朵。"听到这儿，小雏菊"抬头一望，一群孩子蹦着跳着过来了"。原来"花朵中的花朵"，就是我们的少年儿童。这种写法既有一定深度，又显得巧妙、新颖。说它是对掌篇童话的发展，也会得到童话界的赞同吧。

她的童话报告文学《白兰说的故事》更是在童话样式上的一种创新。本篇是受安徒生的《没有画的画册》的启发而写作的。安徒生以月亮为媒介，讲述了三十几个小故事的片断，近似童话散文。黄庆云以白兰为拟人化的条件人物，所讲的是真人真事。正因为写了真人真事所以具备了一定的报告文学的特点。发表之后，主人公的原型得到了政府和广大群众的热情关照。这也是报告文学常有的客观效果。以童话的形式写报告文学的内容，开创了一种新的童话体裁，这当是黄庆云的一项新的贡献。

"20世纪80年代的孩子对科学书特别爱好……这是我们的新形势所决定的，同时也是在我国号召实现'四化'中儿童自觉的表现"[①]。根据这种认识，黄庆云在40年代曾摸索着创作的具有一定知识性的《水姐妹》《埋藏了的阳光》等童话的基础上，近几年又创作了《脱了尾巴的阁阁》《珠珠学本领》《机器人说的故事》以及《吱吱大厦奇游记》等科学童话。它们在内容与写法上皆与以往的有所不同，尤其后两篇。《机器人说的故事》涉及多种学科和不少科学家的故事。它实际又不是"说"故事，而是让小主人公"看"故事。《吱吱大厦奇游记》沿小主人公奇游所见，系统地介绍了多种鸟类，仅先后出场的鸟就达21种。知识含量相当可观。对引导小读者探求科学的奥秘、树立科学的思想方法都有积极意义。更值得指出的是，这些童话所写到的又"不限于科学常识，更重要的还是对生活的态度和对事物的分析"。诚如作者自己所讲的，这也"是一个新的尝试"[②]。

黄庆云的创作，涉及了多种多样的体裁，可她并未平均使用力量，其重点主要是童话。"功夫不负苦心人"，长时期探索中的艺术实践，不仅使她的童话多于其他体裁的作品，而且形成了另树一帜的创作风格。它的重要特色具体表现为下列两点：

### 一、糅时代感于幻想之中　实与虚自然化合

"任何时代的文学作品，都是它的时代的表现"[③]，童话也不例外；每个时代的童话都

具有它的时代感。在具体作品中，时代感主要来自它的现实成分和童话形象的象征意义及作者铸入其中的愿望与理想。在《月亮的女儿·后记》里，黄庆云谈过："童话都是有现实依据的。例如，社会上出现了冻死孩子的事情，安徒生才写出《卖火柴的小女孩》；世界上有那些虚伪的、自欺欺人的人，安徒生才写了《皇帝的新衣》……人们想飞，就写出飞毯的故事；人们想战胜死亡，就创作出长生不老的仙人。所以童话既是反映现实，又是寄托人们的理想的。"黄庆云本身也正是"在这些思想指导下写童话的"。但她的"现实依据"、理想、愿望等，无论是通过主题、人物或通过情节、宝物表现时，都总是那么自然而含蓄。因为它们是与作品各有关部分的幻想相化合的，而不是孤立地出现的。她的获奖作品《奇异的红星》（在第二次全国少年儿童文艺创作评奖中获一等奖）的"现实依据"主要是毛泽东同志领导下的长征及其深远影响。此外还有出席全国第一次建设社会主义积极分子大会的一位代表"在几千年来种草都难长的沙土上种出麦子"的先进事迹。但作家并未直书它们的真人真事，而是结合它们各自原有情况给以不同程度的幻化加工，使之与幻想的情节取得了同一性。对于前者只把它变幻为一种神奇力量的化身——红星；对于后者，不仅提前了时间，改换了地点，还将原型——青年，写成了仅仅 15 岁却力大无比的童话人物——阿力。并说他终于获胜的关键是因为得到了宝物"奇异的红星"。至此，幻变了的红星与主人公在假定的环境中会合，为虚构的情节的合乎情理地走向高潮和结局创造了条件。而这红星又与传统的宝物有明显的不同。它始终具有自身的时代特征：它不是由神仙恩赐的，而是由常人——跟随北方能人"走了二万五千里"的真理传播者赠予的；它的作用不是直接降服恶魔，而是给被欺压者以力量，使之振奋精神，充实自己，战胜敌人，"只要在好人手里，它就发生力量"，和好人"在一起的人愈多，它发生的力量就愈大"。从红星的由来、性质、作用及其与以主人公为代表的好人的关系中，人们完全可以领悟到它所象征的就是马克思列宁主义和毛泽东思想。整个作品就是这样，从始至终贯穿着似幻犹真的特点的。正是在这虚与实的结合中，自然而然地表露了没有红星之前的人生疾苦和只有在红星照耀下劳动人民才能走向新生活的时代精神。

新中国成立前，无数善良、勤劳的人为大众的利益不分昼夜地坚持工作，尤其地下工作者们为提防反动派的注意更是成年累月地以夜为昼坚持开展秘密活动。这也是那个"光明与黑暗"大搏斗的特定时代的一个侧面。黄庆云的《夜来香》，就是以此为依据而创作的，但并没做正面的揭示，其中的白衣战士、修路工人、诗人、作曲家、革命工作者的工作、活动，以及这一切的深远意义，都是通过太白金星与夜来香的感受侧面描绘的。夜来香对于这些人既有"见证"作用，又有与之相近的象征意义。她原为虹之花，美丽、清香；任何一种花都难以和她相比。太阳疼爱她，花卉们推崇她。在即将开展的"百花公主"竞选中，她有百分之百的把握名列前茅；华贵的金冠很快就要落到她的头上。可当她受太白金星的启发，了解了世事，看到了通宵达旦忘我工作的人们时，心情发生巨大变化；油然而生的敬羡之意，使她放弃了参赛良机，并求得太阳的帮助改变了生活常规：白天睡觉，夜里陪伴这些可敬的人工作，给患者带去安慰，给革命和追求理想的勇士带去鼓舞。诗人根据她夜里开放、香气袭人的习性，称她为夜来香；还曾发出由衷的赞叹："把这花作为我们这些人的标志吧；品质好，纯洁可爱，为黑暗里的人服务，不正是我们的特点么？"后来，"因为没有阳光的照耀"，她的"彩虹七色渐渐消失"，变成了最纯洁的白色。这种"热度最高的时候表现出来的颜色"，恰当地展示了虹之花的崇高思想境界。可以说，本篇的时代性就是由侧写的常人活动与正面描述的拟人的虹之花的变化过程体现出来的，而更多的是由虹之花体现的。这两条线索主次分明、相得益彰,使得时代的本质精神在虚与实相映、相生的情节的发展中,自然而清晰地透露于纸背。

粉碎"四人帮"以后,举国上下一片欢腾;竞相向上、争做好事成为一代新风。黄庆云新作《英雄树之歌》就是以这种新风尚为依据确立主题、刻画童话人物的。作品写道:一粒木棉籽由蝴蝶带到春光明媚的南方,被纯洁的孩子种到树林里。它努力地破土而出,成为小木棉。与周围的树木相比,十分瘦弱、幼小,但它使劲地长,为的是"要光明"。受到太阳的抚爱后,它像箭一样往上蹿,超过了所有大树,还结出红色的花蕾。它要"把花朵像火炬般举起来",让人们知道春天已经来到。蝴蝶约它飞到高空游玩,它为自己另有重任而断然拒绝。不久,从红花里飞出棉絮,"成了人们安息时的枕头蕊。木棉花落下来,成为人们治病的良药"。小小木棉籽,终于以不懈的进取精神充分实现了自己的价值。现实中的木棉确实对人类有多种用途,但能说话、会思考、有抱负的木棉,却和一切人格化的形象一样,是作家幻想出来的。把实有的东西根据其原有属性赋予相应的人的思想意志,使虚和实融为一体,这虽是拟人体童话塑造形象的传统手法,但以幻变了的树木的人的性格和理想,生动、贴切地表达出我们新时期的这种普遍存在的社会风尚,使作品带有了鲜明的时代性,却显现了黄庆云的匠心和一贯风格。

追寻时代的踪迹选材立意,借助奇妙的幻想构结成章、刻画人物,亦虚亦实地展现不同时期的社会本质和主导的思想意识,是黄庆云童话取得成功的重要原因之一。

## 二、渗情感于美的境界　情和美水乳交融

黄庆云的审美追求在于情和美。她一向强调:文学要诉诸感情,对孩子更有培养感情情操的责任;文学必须是美的,儿童文学本身就是美的教育。因而她给孩子写的作品多数都是饱和着情与美的作品。这中间,童话又是最为突出的。因为童话是以幻想为核心和主要表现手法的,而幻想的构成更多的是情与浪漫主义色彩。它比直接表现生活的作品更离奇、更有诗味;也因为童话是儿童最欢迎的一种样式,而对情与美的渴求乃儿童的天性。为符合小读者的需要,在创作中作家势必要更加注意以情动人,更加努力以孩子的视点观察世界。多年与孩子打交道的黄庆云深知:在孩子心目中万物都是有生命的,都是含情的、美好的,就连普通的颜色也都更为鲜亮。本着自己的审美追求和对童话及儿童心理的理解而创作的黄庆云的童话,其情自然是浓郁的,其美自然是不同凡响的。

在《埋藏了的阳光》中,那棵小松树"一睁开眼睛便看到那灿烂的阳光……在太阳对面,一条七色的彩虹正跨在蓝色的天空上。在彩虹底下,一切东西都给雨水洗得干干净净。五彩缤纷的花朵镶上了晶莹的水珠。每颗水珠都反映着彩虹绚烂的颜色。清风过处,碧绿的芳草,宛如一片泛着涟漪的绿水"。这上自晴空、彩虹,下至鲜花、草地的美景,在小松树看来就是纯洁与活力的结晶。他不由自主地赞叹着:"生命是多么可爱啊!""可是,大家却觉得他这新鲜的小生命"比什么都"特别可爱"。孩子们走过时,互相提醒着:别踏着小松树;小燕子飞来觅食时,也按妈妈的嘱咐,防备伤着小松树。其实,孩子们也好,小燕子也好,统统都是和小松树一样的"新鲜的小生命",既是作品中不同体式的人物,也是构成全篇艺术美的主要成分。试看,在如诗似画的景色中,翠嫩的小松树挺立在耀眼的沙丘上,牙牙学语的乳燕在他的头顶上边滑翔,一群天真的孩子围着他欢歌笑语,人们即使不去剖析"小生命"们内在的纯洁的美,仅从这生机勃勃的文字构图的表面也可以体会到这是多么引人入胜的意境了。而使诸种美的因素紧紧黏合,成为整体的,正是

渗透在它们之中的"情"。小松树以真挚的情，看待周围事物，小燕子、孩子们以纯真的友爱保护着小松树，作家更以由衷的爱心描绘了他们和通过他们此刻的欢乐所体现的和平生活的可爱，所以才使得这情境如此生动、喜人。

《奇异的红星》里的那个沙漠变良田后的场面，也写得异常优美："阿力把红星拿出来。刚才还是星星般的光辉，现在就仿佛是第二个太阳。这些光线一照到那朵红花上，那朵红花立刻变做千朵万朵，开满了河边，映在那晶莹的水里，好像两个天空的红星星合在一起……红星的金闪闪的光芒照到大地上，刹那间，麦子盖满了整个沙地，翻腾着绿色的波浪。"这奇幻而迅速变化着的美中，所饱浸的人民的希望、喜庆与作家对红星所象征的思想的酷爱之情，都是显而易见的。

黄庆云童话不仅着力凭借优美、秀丽的景物写情抒怀，给人以美的享受，更以和谐多变的音响、旋律使人心情激越，同童话人物一起获得精神上的某种启迪和满足。这种艺术效果既得益于语言运用上的节奏感，更直接来自作家常用的声音、歌曲等的描写所形成的音乐美。《七个哥哥和一个妹妹》这篇童话，是以一个竹管作为联系人物感情的纽带的，可它的作用却靠它有了7个能发音的孔以后才得以发挥的。这7个孔凝结着7个哥哥思家、思念亲人的深厚感情。他们相继外出谋生，又陆续被困于巨人的田庄。为了让亲人知道自己的下落，离家时带着竹管的大哥哥将竹管挖了一个孔，吻了吻，孔里发出DO(1)的声音。他把竹管放在草丛里，希望日后弟弟们或妹妹珠儿能拾到它。与他遭到同样命运、怀着同样心情的另外6个哥哥发现竹管后也都这样做了，但在所挖的孔里分别听到的是：Re、Mi、Fa、So、La、Xi(2、3、4、5、6、7)的声音。寻找哥哥们的珠儿拾得这只小箫般的竹管时，立即悟到7个哥哥皆在巨人控制之中。于是满怀深情地吹奏起来。分别听过7种声音的7个哥哥闻箫声知道了珠儿的所在，遂从各自的住处向她走来。珠儿又吹奏几曲短歌，鼓励他们拿出勇气，团结起来，战胜巨人。巨人被征服了，"快乐的阳光又照进田庄"，顿时歌声四起，连"花朵也开得灿烂了"。这种美，庄重而又欢快，是沁人肺腑的。

黄庆云的许多童话都有这种特色。在《埋藏了的阳光》《夜来香》和《大食懒甲甲》等作品中都有歌，连以民间传说为题材的《白鹅潭的传说》《莲花和老虎》中，也有口诀、歌声、笛音或节奏鲜明的诗。这些韵律铿锵的歌和诗等等在宣泄人物的爱憎的同时，也都以其音乐美充实了意境，增添了作品的艺术感染力。

在有些童话中，没有明写歌词或诗句，但其侧写的乐曲对景物和人物心情及其变化的衬托作用，也使人犹闻其音，受到鼓舞，感到愉悦。《两个小石像》《创造"美"的人》都是这样的童话。《两个小石像》里对优美的音乐及其功力的侧面描写是在结尾部分。那两个坐落在最高的山上的小石像"天天都听到虹之歌"。他们认定"真实的、美好的东西才有那么动听的音乐"，所以当人们向他们询问梦寐以求的虹之国时，他们就是以这种乐音为线索帮助找寻的：站在弓弓背上的翘翘望得更远了，终于看到了虹之国。"那边阳光普照，虹就是阳光照在地上的花朵，哪里有虹之花，哪里就有音乐。音乐指挥着五谷成熟"，指挥着工厂机器的转动，指挥着人们做工，"催促着诗人写诗"。这个幸福的国度，"没有饥饿的人，没有欺负人的人"，又到处充满这象征无限美好的好人的音乐，所以就更加令人神往了。《创造"美"的人》对音乐及其功力的侧写较多。其中的引导小主人公走上创造"美"的道路的真美仙子就是音乐和艺术之神。她是经常伴随着音乐而出现的。"那是一种很和谐、优美的音乐，好像跟着每一朵浮云的移动，每一种色彩的变幻而改变它的旋律"。每传入小主人公的耳鼓,他视野所及之处都立即发生变化,使"他看到一个新的境界":绿绒毯般的青草铺满河边,毯上点缀着花蕾。彩蝶飞舞,流水潺潺。它的源泉——一条小瀑布叮咚作响,"仿佛那就是神妙的音乐发出的地方"。这"新的境界"蕴含着主人公对美的强烈追求。它情深意重,又有声有色。声似奇异和谐的轻音乐;色构成的图景像一幅鲜亮、充满动感的立体画。由于声与色配合得紧密自然,文中虽不见声所表达的实词实谱,但却可令人在联想中产生怡耳悦目之感。

诚然,探讨童话美时,应首先着眼于人物的心灵美。黄庆云笔下的许多童话人物——如阿力、夜来香、木棉、大吊灯、小松树、珠儿、两个小石像以及真美仙子等等也的确都有一颗美的心灵。这是一目了然的。但还应看到,这些人物的心灵美之所以显得十分突出,也和作家善于运用多种艺术表现与烘托有密切关系,而最主要的还应归功于她的渗情感于美的境界,使情与美水乳交融的艺术功力。

[注释]
①黄庆云:《童话与时代精神》。
②黄庆云:《月亮的女儿·后记》。
③普列汉诺夫:《论西欧文学》。


(原载浦漫汀著《童话十六讲》,安徽教育出版社 1990 年版,有删改)

# 评吴梦起的《老鼠看下棋》

陈伯吹

《老鼠看下棋》是一篇童话作品。它运用富有幽默感的文学语言，描述了一只既没本领、却又自高自大的老鼠。在红领巾们下"走兽棋"的棋盘里，这只老鼠不理解棋子间的相互作用和相互制约的关系，从而一知半解、骄傲自大，居然要当兽类世界的霸王了。当这只老鼠想戏弄老虎，爬上虎腿，登到虎肚皮上时，不料虎一抖，跌得老鼠脑袋发昏，眼冒金星。但它并没有接受教训，又去威胁、勒索温和善良的大象，终于从大象打喷嚏的长鼻孔里被弹上了天空，落到湖里头去了。

对此，作家俏皮地打趣说："我不知道老鼠会不会游水，所以这只想当霸王的小老鼠最后的结局，我也就不知道了。"这话说得多么含蓄，但讽喻之义，溢于言表。

小读者读到这里，一定会好笑，说不定还要鼓掌："谁叫它不肯好好学习，不懂文明礼貌，活该！"而那些富有幻想的孩子们，更会觉得身临其境似的，感觉到被嘲讽训斥的是无知愚昧的老鼠，而那弦外之音，又是弹给谁听的呢？

不用说，成年人的大读者，对这篇作品里的那些带刺的话儿，当然能够心领神会，点头微笑，明白它们究竟在说些什么。

这篇童话取材新颖，构思巧妙，虽然采用的也是一般的童话创作艺术的"拟人法"，却能将幻想与现实大胆地结合——红领巾下棋和人格化了的老鼠相互交谈、答问，这就比较新奇又有趣味，小读者读了会倍感亲切的。

作家曾经说过："对我们童话创作来说，一定要脱出前人的窠臼，避免因袭和雷同。"可不是，他实践了自己文艺理论的指导思想，创新，内容和形式不一般化，作品就不同凡响了。

（原载吴梦起著《百年百部中国儿童文学经典书系·老鼠看下棋》，湖北少年儿童出版社 2007 年版）

# 管桦与《小英雄雨来》

劲　驰

　　管桦创作的中篇小说《小英雄雨来》，早在解放初期就被教育部编入了全国中、小学语文教科书。那个时期，全国的少年儿童坐在课堂里，朗读着《小英雄雨来》的课文，学习雨来精神，立志做雨来式的英雄人物。近半个世纪过去了，许多人已步入了中老年，但每当回想起小时候学过的《小英雄雨来》，依然记忆犹新，还能背诵出课文中的句子："我们是中国人，我们爱自己的祖国。"

　　管桦笔下的雨来到底是什么人？他当年创作这篇小说的背景如何？不久前，我们专程赴京，拜访了这位知名作家。

　　管桦，原名鲍化普，1922 年 1 月出生于河北省丰润县女过庄村。1940 年参加抗日战争，先在华北联合大学文学系学习，后在《救国报》任随军记者，1943 年调到冀东军区尖兵剧社从事文学创作。新中国成立后，他在中央音乐学院和中央乐团创作组从事歌词创作，1963 年调入北京市作家协会，为驻会作家，现任北京市作家协会主席，为第四、五、六、七、八届全国政协委员。其主要作品有中篇小说《小英雄雨来》《辛俊地》，长篇小说《将军河》《管桦中短篇小说集》，诗画散文集《生命的呐喊与爱》，童话故事《老虎和黑熊打仗》《狐狸》《竹笛》《燕子》等，还有同作曲家合作的儿童歌曲《听妈妈讲过去的事情》《我们的田野》《快乐的节日》《早操歌》，许多歌曲传唱至今，教育了几代人。最近，中国青年出版社出版了 6 卷木的《管桦文集》。

　　管桦创作《小英雄雨来》这部小说，是半个多世纪之前的事了，1940 年，管桦舍家离乡参加了抗日战争，长年转战南北的军旅生涯，使他饱受了腥风血雨的严峻考验和锻炼。在战火纷飞、硝烟弥漫的年代里，身处异地的管桦，不时地回忆起自己多梦的童年。他生在冀东人民的母亲河——还乡河畔的一个纯朴的农家，是喝还乡河水长大的。依依的乡情，浓浓的乡音，给他烙下了深刻的印记。他眷恋家乡，更情牵同龄人，因为在这方水土，有他不少志同道合的小伙伴。童年的管桦也和其他儿童一样，经常在还乡河里洗澡，打鱼摸虾，打水仗，藏猫猫。他亲身经历和目睹了年长他几岁的本村儿童团团长，带领一群天真无邪的儿童，站岗放哨，给八路军送鸡毛信、上树瞭望，发现敌情及时报告给部队和乡亲。爱祖国、爱家乡是管桦的做人宗旨。他从军后，童年时代的情景总是像演电影似的一幕幕地在脑海中浮现，他执意要把这些可爱的童年伙伴，通过自己的笔写出来，告诉世人，中国人不可欺、不可辱。出于一种强烈的爱国之心和历史责任感，部队转移到沈阳后，他奋笔疾书，一气呵成，创作了以雨来为主人公的第一篇小说《雨来没有死》。这篇处女作，文笔流畅，乡土气息浓郁。

　　初稿写出来以后，管桦首先请当时任鲁迅文学院研究室主任的周立波审阅。周立波被小说中主人公雨来的精神所感动，连连称赞这篇小说写得有骨头有肉，非常值得一读，是一篇不可多得的力作。周立波非常兴奋地鼓励并指点管桦继续写下去，写一部真实反映冀东人民抗日卫国的中篇或长篇小说。《雨来没有死》1948 年发表在《人民日报》的前身——《晋察冀日报》上，受到了广大读者的一致好评。

新中国成立之初，教育部一位负责语文教科书的编辑专程找到管桦，告知他《雨来没有死》（后更名为《小英雄雨来》）被选进了全国中、小学语文课本。从此，小英雄雨来便成了中、小学生心中的偶像。

其实《小英雄雨来》小说中主人公的原型，绝非是作家的凭空想象；书中的主人公，就是包括管桦本人在内的战争年代里的冀东少年儿童。小说中描写的芦花戏水、星耀夜读、智护交通员、苇丛雏鸭、五谷飘香的田园风光景物，文中的方言土语，无一不是出自于管桦的故乡——丰润县三女河乡女过庄村，可以说是作家对故土真情实意的描述。

在采访中，管桦说："爱国主义教育应当从娃娃抓起，如果一个人连自己的家乡都不热爱，还谈何爱国？"

但是，管桦万万也不会想到，因为创作一篇儿童题材的小说，会招惹不少的是非，带来不少的麻烦。1966 年的"文化大革命"使管桦也受到了冲击。

一天，一群臂戴"红卫兵"红袖章的中学生，冲进了北京市文联大院，他们高喊着"揪出老舍"的口号，要批斗老舍先生。出于对老舍先生的保护，管桦主动请求军代表出面做红卫兵的工作，把老舍先生解救出来。可是，这位军代表紧板着面孔不耐烦地说："你还保老舍呢，红卫兵还要揪斗你管桦呢！这个势头我阻挡得了吗？"管桦碰了一鼻子灰，只好无言地从当时的军代表办公室里走出来，准备迎接即将降临自己头上的一场灾难。当他来到大院时，听见有人喊叫着管桦的名字，一群造反的中学红卫兵，手里拎着皮带向管桦逼近。当时有人问："管桦是谁？"有人顺嘴说了一句："就是写《小英雄雨来》那个作家。"学生们都学习过《小英雄雨来》的课文，过去他们只知道作者管桦的名字，却从来未见过其人，今天面对面了，红卫兵面面相觑，谁也下不了手了。"雨来"是当时少年儿童心目中的英雄，他们知道抗日战争时期，是小英雄雨来用生命保护了八路军的交通员，而"雨来"就是眼前这位作家创作的。管桦万万没有想到，在"文革"中是小英雄雨来保护了自己。

"文革"中，《小英雄雨来》这篇课文从教材中消失了。当时天津市的中、小学语文教师曾要求把《小英雄雨来》继续编入语文课本。"四人帮"的门徒却指出，必须把这篇课文里"我们是中国人，我们热爱自己的祖国"这句闪光的话语删掉，说这句话里蕴含着大国沙文主义的意味，要求作者把"雨来"改写成像革命样板戏《红灯记》里的李玉和那样的高大形象，并派两名青年教师前往管桦居所，传达所谓上级指示精神。管桦一听，非常生气，为了不招惹是非，他还是平心静气地对造访者说："《小英雄雨来》的课文，不必选入课本了，把它抽掉吧！你们自己重新写一篇，要多么高大写多么高大。我写的只是一个 12 岁的小孩子，在敌人威逼利诱下，不动摇，豁出自己的生命，保护八路军的交通员，我认为这很了不起。"他又说："李玉和是工人阶级的先进人物，40 多岁的成年人，像雨来这样的孩子怎么能像李玉和一样高大呢？"管桦动了情大声道："'我们是中国人，我们爱自己的祖国'这句话说什么也不能删掉！难道我们不教育子孙后代热爱自己的祖国吗？"两名青年教师一见管桦发了火，自觉没趣，说了几句客套话，便匆匆地返回了天津。其实，他们也是对所谓的上级指示精神持反对态度的人。

管桦的中篇小说《小英雄雨来》，通篇贯穿着爱国主义的这条主线。他认为，一个不能崇拜自己英雄的社会，不是一个成熟的社会；一个不懂得珍惜自己英雄的民族，是一个缺乏民族精神和志气的民族。管桦心系下一代，魂牵梦萦"雨来"的热爱祖国、热爱家乡的英雄精神，为了使"雨来"的爱国主义精神一代接一代地传下去，并不断得到发扬光大，他突发奇想，打算在家乡的还乡河公园里建造一座小英雄雨来纪念园，让更多的人认识雨来，了解雨来，用英雄精神构筑精神家园。他的这一想法，很快得到唐山市委、市政府以及新区区委、区政府的重视和支持。1998 年"小英雄雨来纪念园"终于在还乡河公园落成了，了却了管桦的一大心愿。在园里醒目位置是小英雄雨来的雕像，他身着对襟粗布上衣，下挽着裤腿，赤着双脚，面对着涓涓不息、流淌着共同血脉的还乡河。

管桦在小英雄雨来纪念碑上亲笔赋文写道：

1937 年，日本法西斯侵略中国，中国进行全民族抗战。青壮年参加八路军，拿起枪抗击日本侵略者，冀东还乡河两岸各村的民兵、老年人、妇女、少年儿童，为保卫祖国家园与敌人进行顽强的斗争。在那个战争年代，像雨来那样站岗放哨、手拿红缨枪、挺起小胸脯、给八路军送信、带路，是很多很多的。

儿童团有夜校，每当把日本鬼子和汉奸赶出村以后，敌情缓和的时候，村里朦朦星光的夜雾里，花木的繁枝密叶中，房屋的窗子亮着鲜红的灯光，从那里传出孩子们齐声念书的声音，"我们是中国人，我们爱自己的祖国……"

小英雄雨来聪明、机智、勇敢地保护了八路军的交通员，在日本强盗诱惑和刺刀威逼下视死如归，最后又机智地逃出死亡魔掌，人们称赞雨来是抗日小英雄。

如今，小英雄雨来纪念园，已经成为人们经常光顾的好去处，是进行革命传统教育的基地。到此，会使人勾起对历史的回忆，心灵得到震撼和净化，重新感受小说《小英雄雨来》的艺术魅力，品味其意蕴深远的人生真谛。

（原载《文史精华》2001 年第 8 期）

# 圣野：一个诗的梦想

## 金 波

倘要论诗，圣野的诗是一个很值得论述的题目。

半个世纪以来，圣野从未离开过诗，他把自己的所思所感熔炼成诗，倾吐给我们。

读圣野的诗，不但可以了解诗人的行踪阅历，也可以了解诗人的感情轨迹，读他的诗，就像读他的一本诗体自传。

我时常一面读圣野的诗，一面想清晰地认识自己的阅读心理。我得到的是十分丰富的心理感应。

我感受到的首先是诗人对生活浓烈的耽爱，以及由此而萌生的鲜丽的表达方式。

在人生的旅程上，圣野就像一个朝圣者，只有当他寻找到生活中的爱与美的时候，才能托庇他心灵的安谧并得到慰藉。

圣野生活在诗的梦想中。

也许正是为此，圣野平日讷口少言，正像"雪落得愈淳厚/愈加没有声音"。在他的内心深处充满了无尽的遐想，即便"睁着眼睛见不着的/总希望在梦里能够见到"。就这样，诗人将他的希望、追求寓于诗的样式，并将其用之入妙，成为一笔可贵的精神财富。

寡言少语的圣野，默默笔耕50年，他技巧娴熟，用笔如舌。所以每当他写完一首诗，大声朗诵的时候，他就完全变了一个人，喷涌而出的是火一样的热情，因为：

> 在我的手指下
> 成长着许多
> 燃烧的生命

几十年来，他就是这样不惮辛苦地写着诗。写诗已经成为他的精神需要。他用诗和人生、和祖国、和人民、和朋友、和亲人孩子、和一切美好的事物做倾心的对话。

他对祖国的未来充满信心，他坚信"中国，将不再有/可怕的黑夜"，因为那一盏"长明灯"是这样点亮的：

> 每人，点一个火把
> 一个连接着一个

圣野希望人世间有一把爱的大伞，用来"遮风、遮雨、遮烈日"：

> 我们都住在
> 同一顶大伞下面

圣野还把自己比作一棵树，"在默默地爱着邻近的一棵树"，当他"看到它扭曲/我很伤心"，当他"看到它昂挺/我真高兴"：

> 原来我们有一团
> 抱在一起的树根

即使他在生活中品尝的"是些痛苦的酸果"：

> 但悲凉的
> 回忆
> 却能使它
> 甜起来

"长吁短叹/已没有时间"。他总是在生活中紧迫地追求着，一草一木，一山一水寄托着他的情愫。他能够在看似平庸的题材上，以清淡的语言，以丰富的暗示充溢着微妙的情思。他在雨后的花朵上，看到了"闪着泪光的微笑"；他从月夜的萤火虫那里，找到了"诗的绿色的光亮"；看到湖心波光潋滟，他想到的是"让会心的微笑/请湖水给我/一圈一圈荡开去"。在圣野恬静而敏感的心境中，充满了诗的梦想。

圣野体察精微、心灵善感。他关注着多彩的生活，倾听着"自己的心跳"。我曾看见他在列车上写诗，在和朋友交谈中写诗，甚至在舞会上写诗，他在异常局促的环境下，感情翻出无限的波澜，能写出逸趣横生的诗篇。

他每天都在那条水清流急的小河上打捞着春天的花瓣。

在他纯净的心灵中，总是跳动着鲜活逼真的想象。有时这种情绪变得沸沸扬扬，成为不可抑制的诗情，于是斐然成章。

圣野的诗，大多写于繁忙的编辑工作之余，由于坚持不懈，50 年来出版了 30 多本诗集。他写诗很少刻意为之，或过事追求，而总是顺其文思，触机生发。他的诗，本色清淡，不加藻饰。素净淡雅的笔调是他行文的风格，也是他待人处世的风格。

圣野有些诗，也许由于极力想捕捉住那其来无端，其去无迹的奇思妙想，因而写得较为匆忙，对自己的诗思还缺乏必要的筛留和撷取。

但是，我读圣野的诗，总喜欢将他众多的诗篇联成一个整体加以把握。我把他的诗放在诗人所特有的豁达襟怀和精神世界的背景上去体味玩索，那样，我就会时常感受到诗人超脱烦嚣的胸臆，感受到一种超越时空的人间至情。

正如"爱花的人/自己/也变成一朵花了"，圣野就是以自己燃烧的生命点燃着我们的感情，而且他说："我愿烧亮人生最后一把火。"

圣野：一个诗的梦想。这梦想既显示了他的诗美境界，也显示了他的人格境界，二者的融合，正是圣野诗歌的艺术魅力。

1991 年 2 月 24 日北京

（原载《儿童文学研究》1991 年第 4 期）

# 刘饶民的儿童诗：大自然的赞歌

张美妮

刘饶民（1922—1987）20世纪50年代初即开始儿童诗歌创作。他曾任教于小学、中学，一生热爱儿童，热爱生活，热爱大自然，赞美大自然，他创作的幼儿诗歌，充分体现了上述特色。

发表于1958年的组诗《大海的歌》是刘饶民的代表作，也是蜚声诗坛的名篇。它由《天和海》《海水》《浪花》《大海睡了》《海上的风》和《月亮》6首短诗组成。每一首都充盈着浓郁的诗情，构思精巧，想象丰富，意境优美，语言活泼浅近。而这一切又都是从幼儿特定的视角进行观察和描摹的，显得那么纯真、稚气，洋溢着动人的幼儿情趣。因此，组诗一发表即深受孩子们的喜爱和成人读者的赏识。

试看《天和海》：

> 天在头上顶，
> 海在脚下踩。
> 我把它两个，
> 拉着连起来。
> 不信远处看，
> 你能分出：
> 哪是天？
> 哪是海？

在这首短诗里，诗人把"头上顶"的天和"脚下踩"的海"拉着连起来"，从中自然可以窥测到生活在那个特定时代的诗人的情怀，但这种大胆奇妙的想象却与幼儿的思维方式契合。孩子们刚到人世，心胸坦荡纯真，面对那分不出"哪是天？/哪是海？"的浩瀚与浑然一体的景象，决无成人"沧海一粟"的茫然。诗人从他们的生活经验出发，创造出恰似友爱伙伴手拉手的海天连接的新奇意象，在感情上给了幼儿最大的心理满足，也展现了天海相连、水天一色的壮阔境界，给人以清鲜、活泼的美感。

《海水》和《浪花》都借用了传统儿歌的问答式，但构思、想象都新颖别致。

好奇是孩子的天性，他们常常问得奇，而他们自己对一些问题的回答也往往超出成人的意料。"海水海水我问你：/你为什么这么蓝？/海水笑着来回答：/我的怀里抱着天。"诗中的发问，完全出自幼儿的心理和口吻，而那巧妙的回答，不仅把海水拟人化，而且诗人化了。可以想象：浩渺的大海以其宽阔无垠的胸怀，拥抱着瓦蓝瓦蓝的天空，这般壮丽的景观，会将幼小的读者引进奇思妙想之中，扣响他们探索大自然奥秘的心声。诗的第二小节："海水海水我问你：/你为什么这么咸？/海水笑着来回答：/因为渔人流了汗。"海水那奇特的回答,不是科学,却胜似科学,它道出了诗的意蕴,升华了孩子们的思想境界。孩子们长大后自然明白海水为什么咸,但这浸渗着诗人对渔民的爱与深情的诗句,会使他们牢记劳动者的辛勤。

《浪花》一诗则是通过对浪花的回答,给幼儿以智慧的启迪和美的感受。它又像谜语歌,采用寓意的手法,扣住谜底与谜面的某一点联系,以歌谣形式叙述本体(浪花)的特征。内容浅显明澈,含意婉约清美,再加之诗中喻体直观、形象,使幼儿对浪花的形象感受更真切。比如:"浪花几时开?/请你去问风。"诗人联想到"无风不起浪"的说词;"浪花什么色?/朵朵如白云。"使人感受到浪花那洁白起伏的形态;"浪花开多少?/千万千万朵。"更是动人心魄,把孩子带进那充满生机与活力的广阔世界。

刘饶民生于海边,长于海边,最了解大海那千变万化的"脾性":白天,它汹涌澎湃,气势磅礴;夜晚,它又宁静安然、娇柔温馨。诗人以孩子的目光去观察、捕捉住大海的这些特征,既从动态又从静态的景观中谱写出一曲大海的交响乐。在《海上的风》中,他抓住"风"进行构思。把海风比作花神:"她一来,/就绽开万朵浪花……"比作琴师:"她一来,/就奏出万种歌声……"比作大力士:"她一来,/就送走万片渔帆……"比作狮子:"她一吼,/就掀起波浪滔天……"这些比喻既新颖又富情趣,既是诗人,也是海边孩子的感受与体验,使那些未亲睹大海风采的孩子易于理解,更能诱发他们美好的联想,丰富其想象力。而《大海睡了》则把孩子们带入一个梦幻般的境界:

> 风儿不闹了,
> 浪儿不笑了。
> 深夜里,
> 大海睡觉了。
> 她抱着明月,
> 她背着星星。
> 那轻轻的潮声啊,
> 是她睡熟的鼾声。

诗人描绘的是一幅恬静、安详的海上月夜图,而运用的却是孩子们习用的语汇,所创造的意象也自孩子生活中来。大海柔和、慈祥,犹如对孩子充满爱抚之情的母亲,使幼儿感到无比亲切,在甜蜜中进入梦境。

《月亮》所写也是月夜海景。诗人先从静态的描摹落笔:"天上月亮圆又圆,/照在海里像玉盘。"这一比喻十分真切。"一群鱼儿游过来,/玉盘碎成两三片",静态突然转为动态,晶莹的玉盘被活泼的鱼儿撞碎,粼粼水波,片片月影,一派轻灵欢快的景象。"鱼儿吓得快逃开,/一直逃到岩石边",其中的"吓",可说是这首短诗的"诗眼",传意境之神,显动态之趣,那拟人化的鱼儿,恰似调皮淘气的幼儿在恶作剧之后,慌慌地逃开。然而"回过头来看一看,/月亮还是圆又圆",这可笑又可爱的情状,自然是稚拙的幼儿心理行为的真实写照。这首用儿歌体写就的短诗,意境优美,充满韵味,但又有盎然的童真童趣,这种把诗与歌融为一体的佳作在我国幼儿诗歌中也是屈指可数的。

《大海的歌》语言朴素流畅,韵律和谐自然,节奏缓急有致,孩子易诵易唱。诗人曾谈到他所刻意追求的创作意图:"谱曲可歌,徒歌能唱。读之顺口,听之顺耳,以便易于记诵,易于传播。"①这组诗正是这样的作品。

刘饶民将自己毕生的精力奉献于儿童诗歌创作。他的作品多取材于海边儿童生活。如《织网》《摇桨》《打鱼》《小渔人》《渔家宝》等都是反映渔家孩子劳动情景和心里愿望的。他为幼儿创作的诗歌多收录于《儿歌一百首》《孩子的歌》等集子里,其中有不少脍炙人口之作,例如《捉浪花》:

风来了,浪花闹,
风停了,浪花跳,
跳上妹妹的小脚丫,
惹得妹妹哈哈笑。

朵朵浪花朵朵好,
捉朵回家妈妈瞧,
捧起来看不见啦,
回头一看又来了……

在诗人笔下,风、浪花与小妹妹直如一群娇憨稚气的小朋友,他们互相戏谑、尽情打闹,玩得十分开心。不说浪花溅湿了妹妹的脚面,却说"跳上妹妹小脚丫",这一形象生动的生活细节,诗人运用拟人笔法点染,迸发出欢快愉悦的情致。最后写妹妹要把浪花带回去给妈妈瞧瞧,却是捧起不见,回眸又来,这种无花更有花,情在意中生的描摹,是生活情景的写照,又是妹妹那纯净无瑕的内在情感的透现。这是一首活泼有趣的游戏歌,也是体现幼儿对母亲的爱心的诗篇。

刘饶民的儿童诗歌创作,最有成就的当推以幼儿为对象的儿歌。他善于向传统儿歌汲取养分,借鉴其形式,同时又注意赋予新的思想、情感、境界,使其散发出当今时代的气息。比如《一盘鱼儿情意深》《小妞儿》《荡呀荡》《拾贝壳》《小河水》《缝衣裤》《赶鸭》《种葵花》《什么多》《做早操》等,都写得短小精巧,新鲜活泼,节奏明快,吟诵起来,抑扬顿挫,朗朗上口,很富音乐性。且以《荡呀荡》为例:

荡呀荡,
荡秋千。
荡呀荡,
荡上天。

荡上天,
看风景。
看哪里?
看北京。

全歌两节八行,每行仅三字,采用传统儿歌惯用的叠词叠韵,多次重复"荡"这一动词,两节分别押"an"与"ing"韵,明快响亮,幼儿念起来顺耳顺口,且在美与乐的享受中领会"看北京"的意向。

刘饶民十分注意在儿歌中创造诗的意境以及注入色彩、音响等易为幼儿所感知的审美因素。例如《赶鸭》：

风儿吹，
鸟儿唱。
东山出来红太阳，
照着一个小姑娘。
辫子短，
竹竿长。
赶群小鸭下池塘，
喜得小鸭呷呷唱。

展现了一个活泼可爱的赶鸭小姑娘的形象和一派生机勃勃的新农村的景象。歌中并无华丽的词藻，却使人感受到清新、淳朴的美。

本来，诗与歌是两种既相联系又有区别的艺术，但展读刘饶民的作品，往往难于把这两种体裁划分开。他的创作，既具儿歌的特征，又有诗所要求的优美意境。赋予儿歌艺术高品位，是这位辛勤的诗人对我国儿歌创作的一个宝贵的贡献。

2000 年

**[注释]**
①刘饶民：《〈孩子的歌〉编后小记》。

（原载张美妮著《儿童文苑品评录》，新世纪出版社 2006 年版）

# 任溶溶和他的儿童诗

柯　岩

## 一

从前的人都说："同行是冤家"，今天的人却说："同行是最好的学习对象。"不是今天的人比从前的人聪明，而是我们的社会制度比他们的优越。

因此，我既然学写儿童诗，就很自然地注意起所有写儿童诗的同志来。任溶溶同志是我十分注意的一个。

## 二

在认识任溶溶同志之前，就听说了他许多有趣的事。最有趣的莫过于他的名字不是自己的，而是他女儿的。女儿小时还没关系，女儿长大了，有了自己的同学、朋友，也有了自己的书报杂志。因此，常常门外一叫"任溶溶，信！"父女俩都同时答应。来人一敲门找"任溶溶"，家里人都得问："哪个任溶溶，男的还是女的？老的还是小的？"有趣固然有趣，多了也不免麻烦。

想着女儿有时生气地怪罪爸爸："谁让你用我名字的？真是！"爸爸只好十分抱歉地赔笑，我就忍不住哈哈大笑起来。

"谁知道后来有这么多麻烦的。"当我问任溶溶同志为什么这样做时，他说，"当时只想到给小孩子写东西，用一个对他们比较亲切的名字，就顺手写下了女儿的名字……"

哦，他写作时，想的只是他的读者，而没有想到自己，更没有想到出名。难怪他的作品这样质朴，这样亲切又这样富有针对性，受到孩子们热烈的欢迎："有趣的作家，亲切的名字，说的都是阿拉自家头上的话，讲的都是交关交关有趣格事体……"

哦，不想出名的作家却大大地出了名，这中间有多少值得人们深思的地方啊！

## 三

读任溶溶同志的作品，我常常惊奇于他的善于取材。有些在我是无论如何想不到诗的地方，他却写出了诗来。比如《我牙、牙、牙疼》《白怎样变成黑》《大王、大王、大王、大王》……

本来，一次牙疼，孩子们的某些小缺点，弄堂里的几个小痞子……令人烦恼，却是日常生活中大量存在的事。人们都习以为常，反而视若不见，而任溶溶却从中发现了美，并且挖出了它深藏的内涵：

生了什么病

爱谈什么病，

我谈牙齿疼，

因为我的牙

唉，

正疼得要命……

突如其来，却落在了实处。全是大实话，可又是每个牙疼过的孩子心里有过，平时却想不到，说不出的大实话。读来那样亲切，让你忍不住发出会心的微笑。

接下去，妈妈给饼，是那样甜甜的饼，但，可惜，牙疼得不能吃。妈妈给书，是那样好看的书，但，可惜！牙疼得没法看。于是引出了一段诗意盎然又满带哲理性的感叹：

天天吃东西，

天天在用牙，

可我就忘掉，

嘴里长着它。

最后，作者问："光牙这样吗？"问得有趣，问得有理，问得引人深思。是的，光牙这样吗？

这样的诗，会引起孩子的笑，孩子的思考，还会让他们有兴致去念给自己的同伴听，并且和他们讨论。在笑、思考、朗诵与讨论中得到美的享受和认识的提高。

《白怎样变成黑》也是这样：

白和浅黄接近，

黄却接近绿色，

深绿看上去很像蓝，

深蓝又接近黑。

……

……

黑白根本不相同，

却会这样相通，

要不注意小缺点……

唉，不谈大家也懂！

由于孩子正处在长身体、长知识的阶段，他们的好奇心与好动性都十分强，世界上引人入胜的事物又那样多，因此，对自己生活中的小事，他们往往反而容易忽略，不断出现缺点或捅出娄子。可他们又是那样急着往前奔，于是对老是抓住他们缺点的妈妈或老师很腻烦。但读着这样的小诗，他们会很有兴味地发现：呀，黑白原来是相通的呢。想着白—浅黄—绿—深绿—蓝—黑的变化，不知不觉就从缤纷的色彩中愉快地接受了教育。

《大王、大王、大王、大王》中，谁读到大王跌倒时居然大哭不会发笑呢？原来凶恶的

"大王"也有着普通孩子的一切素质。这样，当那个被"大王"欺负过的小姑娘反过来，"提心吊胆，离得老远，伸长了手"，递给"大王"一条小手帕，让他揩鼻涕眼泪时，就不能不令人十分感动了。看，孩子就是这样纯真。这样的纯真，不能不唤醒"大王"内心深处沉睡着的美好情愫，为他埋下日后转变的种子。诗人就这样，于无诗处发现了诗，于不美中挖掘出了美。

每当读到这样的章节，我常常忍不住要把这些诗加以"肢解"，试着从语言去挖掘它的内涵，从表现去挖掘它的发现；从结构去寻找它的立意；一句话，从效果去琢磨作者的动机，从手段去追寻它的目的。

任溶溶同志的儿童诗题材是那样广阔，特别令人尊重的是：他不是为儿童情趣而儿童情趣，他的儿童情趣只是为思想内容服务的艺术本领。他的选材常常是很重大的，甚至是严峻的。他什么没有谈到啊：创造性的劳动；大规模的生产建设；对知识的尊重；对工作的热爱；新旧社会的对比；社会主义制度的优越性……

但他写的这些重要生活内容却那样合乎教育学原理，适合儿童年龄特点，写得幽默风趣，诗意盎然。借用一句新闻学的术语来说，他是把这些硬材料统统做了软处理。稍稍懂得一点新闻学的人都会知道每一份硬材料做软处理时都是十分艰难，需要生活、知识、技巧等多方面的积累的。何况诗，更何况儿童诗。

一次我曾这样问任溶溶同志："处理这些重大题材，你不觉得难吗？"他愣了一下，似乎没想到这个问题，然后回答说："难，但是需要。"

是的，需要。因为这位作者不是把儿童只当成一种有趣的小生物，而是把他们当成自己的小同志，共产主义接班人。他是把他们称为"巨人"的。"给巨人写书，我报名。"——这是他一直埋在心底的誓词。而他的诺言是经得起实践多方面的检验的。

我们有时还不无惊讶地看出：作者的意图并不都是十分隐蔽地藏在他的文字背后，许多甚至是严肃地向孩子们郑重宣告的。孩子们居然就接受了。原来他是那样巧妙地把它们结合起来，熔思想和技巧于一炉，按照儿童年龄特点，饶有兴味地招呼着他们，吸引着他们，令他们不知不觉地"落入了圈套"，得到了为他们所需、却常常出于无知或腻烦而加以拒绝的精神营养。这该是多么有趣，又多么值得感谢的感情经历啊，孩子们会忘记吗？

孩子长大之后，也许会怀着感激的心情想起曾用温暖的手拉着他们走上正确人生之路的作家叔叔，也许终生不会知道作家叔叔为此曾花费了多少力气，消耗了多少心血。但作为一个学习写儿童诗的同行，我却知道，并且懂得：这是出于对祖国、对人民的发自内心的深沉的爱；是对未来、对"未来世纪的公民"的十分严肃的社会责任感，是无法计算的劳动和心血，是清晨的踱步、午夜的灯光和许多辗转难眠的漫漫长夜……

## 四

偏偏任溶溶同志还不是一个职业作家，他的专业是翻译。为了填补儿童文学翻译方面的某些空缺，他为我国青少年选译了许许多多世界名著。他不但翻译了马雅可夫斯基、罗大里、米哈尔科夫、马尔夏克、巴尔托……这些堪称世界诸大儿童诗家的专集，还翻译了苏联的、意大利的、瑞典的、英、美等国的许多知名作家的小说、童话。不但开阔了我国儿童的视野，同时也给我国儿童文学作家、教师和家长以不少帮助。郑马同志曾说："他把他看到的好的、认为值得我们学习、借鉴的一切，做了最好的精选与概括……""任溶溶的眼睛,成了大家的眼睛。"

说得是何等的好啊!如果还有什么可以补充的,那就是:因为他的眼睛受命于他的心,他那颗挚爱着我国儿童的火热的、敏感的心。

他已是个知识丰富的俄文、英文的翻译家了,但为了让孩子们视野更开阔,他在干校时也不放弃偷偷学习的机会。去过干校的人都知道那劳动的繁重与精神的重压。但他就是在这样的情况下又偷偷地掌握了两门外语:意大利文和日文。又是两个广阔的社会打开在他的眼前,于是,也就打开在我们的眼前。当我们愉悦地欣赏着他的新译作时,不能不感到对这位有心人劳动的敬重。

而生活也给了他补偿。难道不是这样吗?一个人,他的知识面越广,他的眼界也就越开阔,他的思路越活跃,对他的创作也就越有裨益。这原是不言而喻的。

但是,在读到任溶溶同志的《小孩、小猫和大人的话》这首诗时,我仍然不能不惊讶于这位作家的才思。

全诗分为三个大部分:小孩的话,小猫的话,大人的话。

当小孩看到并责怪:"小猫懒/小猫懒/从大清早睡到晚。/一天我做多少事?/学习劳动和游玩……"到小猫回敬小孩:"小孩懒/小孩懒,/从晚睡到大清早。/一夜我做多少事?/老鼠一只、二只、三只给捉到!"……谁能不莞尔而笑?

但一读大人的话,就不能不掩卷深思了:

> 一天二十四小时,
>
> 白天夜晚各一半。
>
> 小孩只看到白天,
>
> 小猫只看到夜晚,
>
> 白天晚上全看看,
>
> 小孩小猫全不懒。

以人分段,各说各话的写法在本国、外国也许都曾有过,但这种童谣味很浓,人物性格特征鲜明,戏剧性很强,说理性也很强的写法,恐怕不能不归功于作者多方面的文学修养。而最后,大人的话是那样全面、概括。简直是在给小猫、小孩讲辩证法。我读书少,辩证法这样直截了当地用说理的方式入儿童诗,还确实是第一次看到。

与其说是作者巧思,不如说是他丰富。这和他从事翻译工作有关,更和他是一个文学的多面手有关。那些写诗只读诗,写戏只看戏,做小说不读理论,搞儿童文学的甚至连成人文学都不看的人,不能从这儿得到点启示吗?

## 五

今年年初到广州去,得以和任溶溶同志朝夕相处了一段时间,更进一步了解到他是一个兴趣很广泛的人。他和陈伯老(伯吹)谈教育,和郑文光谈科学,和任大霖谈小说,和我谈诗,和出版社的同志谈编辑出版,和香港来的何紫先生谈外国文学,还找得出时间来每天上街,要把他童年留下足迹的地方都重走一遍。"吃在广州",他又得把童年的美味——从头吃过。他的精力充沛,胃口奇佳。看了令人艳羡。不热爱生活的人,行吗?

我因为身体不好,艳羡之余,不免有点嫉妒,看见他和郑文光整天出出进进,嘻嘻哈哈,天真得像两个顽童,不禁脱口而出,管他们叫"丘克和盖克"。没想到已年过60的任溶溶却十分高兴地答应了,而且在分拍集体照时,专门拉我和他俩站在一起,回敬我一句话:"丘克、盖克、依(俄文"和"的意思)妈妈奇卡。"妈妈奇卡是对妈妈的爱称,招得全体同志大笑,几乎笑岔了气。没有一点搞儿童文学的人必备的纯真的孩子气,会吗?

一天,大家谈起了儿童文学的音乐性,我这才知道任溶溶会唱京戏,还会唱广东戏,而且说着说着,他就唱了起来……我这个久离家乡的广东人,一向不懂广东戏,看他唱得那样摇头晃脑,旁若无人,不禁命令自己说:以后再不许随便说广东戏不好听了。对自己不懂的东西随便否定,除了暴露自己的无知与浅薄外,岂有他哉!一个人,不可能使自己的作品全都完美无疵,但只有对生活中各种美好事物容易入迷的人,才能真正对自己的创作劳动入迷,从而创作出真正有价值的作品。任溶溶是一个相当典型的例子。

任溶溶同志又是个十分豁达的人,在广州期间,他的儿子来看他。我们才知道,他的这个儿子在广东插队多年,现在还在一个大集体里劳动,工资很低,生活很难。我问他:"你挂心吗?"他却笑笑说:"我……太忙了。"是的,他太忙了。为了别人的孩子,我们大家的孩子——下一代,他把自己的时间、精力全奉献出去了。自己的儿子呢?"让他自己锻炼吧,有好处。"他说。这无疑是个正确的做法。他自己生活的路并不平坦,诚实的劳动造就了他。他是懂得怎样爱孩子的。他的作品中大都渗透着这种严肃的爱。

我越多接触任溶溶同志,越觉得他搞儿童文学不是偶然的。借《给巨人的书》重新出版的机会,写了以上这样一些话。

最后,让我再说一句我真实的感觉:他真是一个天生的儿童文学家。

文学家是很难做的。读者要求他不但要无私忘我,热爱祖国,热爱人民,还要求他阅历丰富,知识渊博,眼界远大,心胸开阔……

儿童文学家就更难做了。除了以上这些条件外,还得要求他纯真、忠诚,既懂教育学又有幽默感,像孩子那样不慕虚荣,像劳动模范那样勤奋……只有这样的人,才会真正和儿童心心相印。

说任溶溶同志完全具备这些条件,不是说他的作品全无缺点。他似乎把功夫大都用到炼意上去了,因此炼字炼句就显得不足。就在这本《给巨人的书》中,也不乏尚嫌粗糙、不够完美之作。在和广大读者一起期待着任溶溶同志有更多更好的作品、译书问世的时候,我的心情更加热切。因为,我除了像读者一样欣赏外,还得悉心地学习哪!不是吗?

(原载《文艺报》1984年第2期)

# 金江寓言：时代精神的艺术折光

马 达

在中国当代寓言文学史上，有一个不容忽视的作家，这就是金江。他的名字是和中国当代寓言文学史紧密联系着的。

金江从新中国成立后就全力从事寓言创作，发表了几百篇寓言，出版了十几个寓言集；他还是个出色的编辑和选家，主编了9辑《寓言》杂志，编选出版了《世界寓言精品500篇》《中国现代寓言集锦》等高质量的选集；他是中国寓言文学研究会的发起人之一，热心奖掖后进，在他的影响下，许多人走上了寓言创作的道路。他从事寓言创作整整40年了，直到现在，年近古稀，他仍以极大的热情，从事寓言创作、研究和组织工作。他的誓言是："殉情寓言，至死不渝。"

加强对金江寓言的研究，从中取得借鉴，对繁荣我国寓言创作是有非常积极的意义的。

一

金江对寓言创作有着强烈的责任感，他与人民同命运、共呼吸。他的寓言是时代精神的艺术折光，是时代的镜子。

正像当代文学可以明显地分为前期和后期一样，金江寓言也可以明显地分为前期和后期。有所不同的是，他的前期较短，大约只有七八年，中间有20年的停顿，后期则从1976年起直到现在。

金江是充分认识到寓言教育人民、打击敌人的作用的。因此，他从不回避矛盾，而是深入生活，从生活中发现矛盾，在寓言创作中揭露矛盾，而在揭露矛盾的同时，使人看到解决矛盾的希望，给人以深刻的启迪。20世纪50年代，全国人民积极投身于社会主义建设高潮，到处充满着人民内部矛盾，诸如主观与客观、可能与现实、勇敢与怯懦、谦虚与骄傲、勤奋与懒惰、公德与私心等等。金江的寓言，把这些矛盾揭露了出来。新干部刚开始参加工作，由于没有经验，工作中表现幼稚，失误较多，是应该热情扶植呢，还是迎头泼冷水呢？金江的寓言处女作《小鹰试飞》，就尖锐地提出了这个问题，并在篇末对泼冷水的老鹰语重心长地说："这是一只健忘的老鹰，它把自己过去试飞的情形忘得干干净净；这也是一只愚蠢的老鹰，它不知道自己的批评已扼杀了鹰的传统精神。"在社会主义建设高潮中，有人往往被胜利冲昏头脑，主观愿望与客观实际的矛盾是很突出的。金江的寓言《牛角尖中的老鼠》充分揭露了这个矛盾，作者让老鼠钻进了牛角尖，塑造了一个只凭主观愿望，不顾客观实际，自信自负，不听忠告的盲目蛮干者的形象。读者在读这篇寓言的时候，在忍俊不禁之余，是会找到正确答案的。有的人急功近利，只顾眼前利益而忽视长远利益，干出一些蠢事，金江的寓言《猴子和栗树》就是对这种蠢人蠢事的尖锐批评。平均主义、大锅饭在当时可以说是通病，金江的寓言《"公平"的饲养员》，寥寥几笔勾勒，

就使公平的幌子下掩盖的不公平曝了光。这篇寓言,看似游戏笔墨,实则是嬉笑怒骂皆成文章的苏轼《艾子杂说》式的大手笔。

金江的这个时期的寓言,绝大多数是反映人民内部矛盾的,其批判的锋芒虽然尖锐,但却都是针砭时弊,对症下药,目的是治病救人。但他也有一部分寓言是对敌人的猛力的抨击和无情的讽刺,如《狐狸的"真理"》《猪嘴》就是揭露帝国主义者横行霸道的嘴脸的,而《书生和老虎》,则是对在对敌人斗争中丧失警惕的人的当头棒喝。

由于众所周知的原因,在沉默了 20 年之后,随着文学艺术的春天的到来,金江复出了。

金江认识到他自己所受到的 20 年的不幸的遭遇,绝不是历史的必然,而只是历史的误区,在奔流不息的历史的长河中,只是一个小小的漩涡。金江复出后,立即以更大的热情,更强烈的责任感,投身于寓言创作,而由于他生活积累的更加深厚,对历史和现实的思索更加透彻,他后期的寓言创作,比起前期来,要深刻得多,犀利得多了。

"四人帮"倒台不久,金江就运用寓言这一武器,针对"四人帮"的倒行逆施,创作了一系列作品,如《疯狗吠日》《乌贼》《伯乐寻马》《乌鸦和乌鸦》等篇,对"四人帮"进行了无情的揭露。金江深知,"四人帮"的出现,绝不是偶然的,有其深刻的社会根源,因此稍后,他就将笔锋指向了"四人帮"的流毒,如无限上纲,深文周纳,是"四人帮"惯用的手段,"四人帮"被粉碎后,这一流毒也还远远没有肃清。为此,他创作的寓言《老虎伤风》,尖锐地批判了猴子吃桃子引起老虎伤风"这样的联系——推理——结论的怪逻辑"。金江在这篇寓言的末尾写道:"这样的联系——推理——结论的怪逻辑,古今中外都有过例子。但愿这样的怪事能在世界上绝迹!""古今中外都有过例子",足见这种怪逻辑、怪事的普遍性,而艺术地揭露这种怪逻辑、怪事的寓言,也就具有穿透历史风雨、跨越地区领域的深刻性。

在改革开放的洪流前面,有一些旧的习惯势力像绊脚石一样阻挠着改革开放的步伐。金江对这种旧的习惯势力,创作了一系列寓言,从不同的角度进行了深刻的批判,如《老牛破车》《蜗牛》《千里马和狗》《大锅里的懒汉》《铁饭碗》等。

在新时期,整个社会处于急剧的变动中,新事物是层出不穷的。金江热情地投入生活,冷静地观察生活中出现的新矛盾、新问题,对一些不合理的、大量存在的、人们习以为常的东西,金江寓言进行了揭露,如一些先进企业、先进单位,常因忙于应付络绎不绝的参观,严重影响生产和工作,使生产和工作蒙受重大损失,金江为此写了《兔子的花园》。不正之风是改革开放的腐蚀剂,金江对之是深恶痛绝的。针对请客送礼风,金江写了《癞蛤蟆吃天鹅肉》;针对拍马奉承风,金江写了《不喜欢奉承的狮子》《厚皮的马屁股》。在改革开放中,有的人睁开迷离的眼睛看世界,为世界上光怪陆离的现象所困惑,因而妄自菲薄,怨天尤人,金江为此写了《乌鸦的烦恼》。

在这个时期,金江的视野更开阔了,题材更广泛了,他的寓言所揭露的矛盾更多,寓意也更深了,可他对改革开放充满信心,对新时期的新生活满怀希望。寓言《向日葵》就是他对人民、对生活的深沉的爱的真挚的表白。

不少人认为:只有长篇小说、多幕剧、叙事长诗等鸿篇巨制才能充分反映时代,成为史诗般的作品;而寓言,因其篇幅一般比较短小,是无法充分反映伟大的时代的。寓言创作的实践,证明这种看法是片面的。诚然,一篇短小的寓言,只能是生活大潮中的一朵浪花,交响曲中的一个音符,只能反映时代的某个侧面。但浪花可以汇集成洪波,音符可以组合成为交响曲。众多寓言不是也可以反映时代的众多侧面么?金江的寓言及其他寓言作家写的反映时代精神的寓言就充分证明了这一点。

二

寓言要求高度的简练，又要求主题突出，形象鲜明。寓言源于生活，扎根于现实的土壤，是现实主义的；而它写作的基本要求则是以此喻彼，以远喻近，以古喻今，以小喻大，以物喻人，切忌平铺直叙，因此决定寓言创作的基本方法是浪漫主义。金江寓言是做到了现实主义与浪漫主义的比较完美的结合的。

金江长期从事寓言创作，对寓言创作的基本方法和具体技法，都可以说差不多达到了炉火纯青的程度。以下就最能体现他的现实主义与浪漫主义相结合的创作方法的几个方面，加以论述。管中窥豹，略见一斑。

金江在寓言创作中经常运用的手法是夸张，如他的寓言《砍一棵大树做一根牙签》，一个人砍倒一棵大树，花了半年功夫，做成一根树心牙签，还自鸣得意。做牙签，本来是件很平常的事，经过作者的高度夸张，就使这件平常的事显得新颖奇特，突出了蠢人蠢事的本质特征，显示了寓言的底蕴；又如《要猫下蛋》，主人竟要很会捉老鼠的猫，天天去下蛋，说什么"应该发挥主观能动作用，天下没有克服不了的困难"；《厚皮的马屁股》，马屁股被人拍得长了又厚又硬的茧皮，竟然硌掉了锐利的老虎牙齿。这样的夸张看似荒谬，而实则"辞虽已甚，其义无害"，"壮辞可得喻其事"（刘勰著《文心雕龙·夸饰》）。读者正是从这样高度夸张的故事中，看到了事物的本质，从而和作者得到共识，确信生活中发生过类似的事情，而且还在不断发生着，而这样的事情，本来是不应该发生的。

对比，也是金江寓言运用得最多的手法之一。但他运用对比，绝不是将甲事物和乙事物的相同性和差异性作简单的类比，而是力求揭示存在于事物之间的矛盾，使矛盾明显对立起来。使对立的矛盾在碰撞中，喷发哲理的光，开放智慧的花。这里，我们可以举出金江的一系列寓言，如《门牙和臼齿》《老虎和猎人》《老鹰和啄木鸟》《0和小数点》等篇。《0和小数点》一篇的末尾，小数点回答0时所说的铿锵有力的话："为了求得数值的正确，我应该站在哪个位置，我是坚定不移的！"这几句话，可以给读者以广泛的联想，比如刚正不阿的执法者、忠于职守的财务工作者等，从而发挥了寓言的讽劝和引导作用。

象征，是金江寓言运用得极其成功的手法。

别林斯基说："寓言是理性的诗歌。"（《别林斯基选集》第2册230页，上海译文出版社1979年7月版）金江早期是从写诗走向文学道路的，象征是诗歌创作的重要手法。金江把象征手法运用到他所写的寓言中，取得了很大的成功，使得他的很多寓言具有浓郁的诗意和隽永的诗味，如前期寓言《唱歌的蛇》《小水滴》，后期寓言《从岩缝里长出来的草》《圆明园的石柱》《灯塔》等，都可以说是寓意深刻的优美的诗篇。

金江寓言之所以取得较大的成就，重要原因之一还在于他善于在继承的基础上发展和创新。他不但汲取了《五卷书》、伊索、拉封丹、克雷洛夫等外国寓言的积极成果，继承了先秦诸子、柳宗元、苏轼、宋濂、刘基、鲁迅、冯雪峰等创作的中国寓言的优良传统，还从中华各族民间寓言中取得了丰厚的营养，这就使得他具有从事寓言创作的深厚的功力，并表现在他对传统主题的发掘和传统手法的开拓上。如金江寓言《在人品的天平上》对伊索寓言《赫耳墨斯和雕像者》，无论在主题上或是在手法上，都有了创造性的发展；他的寓言《船夫和他的孩子》对先秦寓言《揠苗助长》《引婴投江》，在主题和手法上，也都有了崭新的开拓。他的寓言常用的反复手法，则主要借鉴于民间寓言。

## 三

寓言由于它篇幅一般比较小，故事有趣，语言生动活泼，道德教训明显，易为少年儿童接受，所以从事儿童文学的人，重视运用寓言这一文体。

金江对寓言的这一特点认识是非常明确的。他在《哲理的诗——略论寓言》一文中说："寓言离不开比喻，特别是对儿童的教育，运用寓言的比喻故事来进行，可以收到事半功倍的效果。例如我们教育小朋友不要骄傲自满，单纯地说道理，小朋友听起来不仅枯燥无味，而且印象不深。假如我们给小朋友讲一个《龟兔赛跑》的故事，给小朋友的印象就深刻得多了。在形象的故事中使他们懂得了骄傲必定失败的道理。这就叫作艺术效果，这就是寓言的特殊功能。"（《浙江学刊》1981年第2期）

金江做过长期的中小学教育工作，对中小学生有广泛的接触，对他们的生活有较深入的了解。金江有的寓言的题材，就是直接从少年儿童生活中获得的，1980年全国第二次儿童文艺创作评奖中获奖的金江寓言《乌鸦兄弟》就是这样。金江在谈这篇寓言的创作过程时说："有一次，我看到邻居两个男孩，大的上初中，小的上小学高年级。他们的父母是双职工，白天都上班去了，叫他们兄弟俩中午放学回家自己做饭。可是，哥哥总想弟弟去做饭，弟弟总想哥哥去做饭。你看我，我等你，互相推诿，谁也不愿去做饭，所以经常挨饿。我摄取这个素材，经过艺术加工，创作出《乌鸦兄弟》这篇寓言来教育孩子：要热爱劳动，不要有自私依赖心理。"（陈蒲清主编《中外寓言鉴赏辞典》514页，湖南出版社1990年7月第1版）可见，这篇寓言是金江直接从少年儿童生活中摄取素材，提炼出深刻的主题，采用拟人化、反复等艺术手法，经过多层的情节安排，细致的心理刻画，精心创作出来的成功之作。

金江常说他是搞儿童文学的，写寓言时，想到孩子们就多一些。为了使孩子们易于接受，金江寓言的语言绝大部分都生动、活泼、优美、风趣，而又明白易懂，饶有儿童情趣。他常把孩子们的心理、孩子们的神态，注入到他所写的寓言形象中，使孩子们能在寓言形象中看到自己的、同伴的或是所熟悉的人的影子。比如《麻雀排队》《鸭子开会》《猴子吹哨子》等篇，都写得生动有趣，活灵活现，看似荒谬，实则寓有至理。这样的寓言，当然是合乎小读者的口味，会受到小读者们的热烈欢迎的了。

有这样两种看法：一种看法是，寓言既然是哲理的诗，而寓言的是否深刻，决定于其所蕴含的哲理是否深刻。那么，蕴含深刻哲理的寓言，孩子们是难以读懂的，也是不会受到孩子们的欢迎的。另一种看法是，为孩子们写寓言，要求语言浅近易懂，故事生动有趣，这样就难以蕴含深刻的哲理，而不蕴含深刻哲理的寓言，只可能是浅薄的寓言。这两种看法，虽然都有一定的道理，也不难找到几篇寓言来证实。但我们绝不可把上述两种看法绝对化，事实上，浅近易懂的语言，生动有趣的故事，同样可以写成蕴含着深刻哲理的寓言。这样的寓言，既为孩子们所喜见乐闻，也受到了成年人的欢迎。关键在于题材的开拓、构思的巧妙、手法的新颖、寓意的提炼……像金江的寓言《乌鸦兄弟》《拳师和西瓜皮》《赴宴的狗》《蜗牛和蜜蜂》等篇，都是用浅近易懂的语言，生动有趣的故事，蕴含着深刻的哲理的。

金江的寓言，以其深厚的艺术功力，举重若轻，将这二者有机地统一起来了。

（原载《常州工业技术学院学报》1993年第3期）

# 陈模儿童文学创作述评

浦漫汀

著名儿童文学作家陈模，从 13 岁起投身革命同时开始文学创作，如今已年过七旬。在革命生涯与文艺生涯同步行进的 58 年中，陈模在工作之余坚持笔耕，为成人写下了《徐秋影案件沉冤大白记》等多种作品，而更多的笔触却伸向了儿童文学领域。纵观他的儿童文学创作，大体可分为三个阶段。

第一个阶段是 1936 年 5 月到 1941 年 2 月。

1936 年初春在家乡念过 6 年私塾的陈模，进入上海临青学校就读。他的学习成绩优异又酷爱文学，在学习期间就发表了《记刘老师》《在顾正红烈士墓前》等散文。参加孩子剧团以后，创作数量日益增多，其中最主要的是中篇报告文学《孩子剧团从上海到武汉》（与张莺、许立明、许翰如、罗立韵等合写），以及儿童短篇小说《台儿庄上的小战士》。本期作品虽多为童稚之作，略显粗糙，但却为后来的创作打下了基础，确定了发展方向。陈模同志曾经说过："我有志于从事儿童文学创作，是从这个时期开始的。"①

第二个阶段是 1941 年 3 月到 1966 年秋。

本阶段的陈模年富力强，风华正茂，不仅为孩子写了不少小诗、歌词、童话、寓言、故事、秧歌剧、通讯特写，还出版了札记《记住毛主席的话》以及《南斯拉夫访问记》等。但总的看来，本阶段初期由于工作繁重，作品的数量远未达到预期计划，尤其反"右"中受到连累后，在长达 20 年间未能公开发表作品，只能在干校夜深人静时握笔疾书，把腹稿变成文字。《奇花》的初稿就是这样完成的。

第三个阶段是从 1966 年 10 月开始到现在。

粉碎"四人帮"以后，陈模的创作跨入了腾飞时期。腾飞的主要标志绝不止于以《儿童文学需要创新和更新》《也谈"救救孩子"》《商品经济冲击波与儿童文学》《年轻一代的正气歌》《中国少先队与儿童文学》《关于北京儿童文学作家群的思考》以及《陶行知和儿童文学》等多篇论文对儿童文学理论建树与发展所做出的积极贡献；作为作家更重要的标志，在于他源源不断地为孩子写出了众多作品。本期陈模虽已逐渐年迈，但随着顺境的到来，他那被压抑 20 年的创作热情犹如打开闸门的水流，立刻夺道而出，汹涌奔腾。他的半个多世纪的生活积累和晚暮之年的深刻的人生体验以及对孩子的无限爱心，都为他储备了取之不尽的题材，离休后的生活更为他提供了时间保证。他可以随心所欲地写，写，写，仅十几年的工夫便写了近 300 万字的作品。这里有长篇、中篇、短篇儿童小说和短篇小说集；有寓言故事、寓言诗、寓言剧；有短篇童话、童话故事和中篇童话；还有散文、游记、报告文学以及儿童电视连续剧等等。其中，长篇小说《奇花》曾获第二次全国少年儿童文艺创作评奖二等奖；报告文学《儒将之歌》获火凤凰杯报告文学征文优秀作品奖；寓言剧《生死之谜》获上海儿童文学园丁奖；《亲情》获北京"七一"征文优秀作品奖；《失去祖国的孩子》被国内书刊多次转载，还被译成日文，刊登于《世界的孩子们》杂志。

本阶段的作品在数量与影响方面都超过前两个阶段的总和。正是它们为陈模赢得了在我国当代儿童文学史上的席位。

从总体角度评析，陈模儿童文学创作的基本特色与意义，主要表现为四个方面：

**一、对战争儿童文学的系统创作与题材的开拓。**

1992 年 4 月，陈模应中日儿童文学交流中心邀请，参加了在上海举行的"战争与儿童文学研讨会"。他的发言《我是怎样写起战争儿童文学的》，受到了中日儿童文学作家的重视。他的短篇小说《失去祖国的孩子》，也列入了《战火中的孩子》一书之中。由中日双方共同出版。"战争与儿童文学"作为儿童文学的一个重大领域，越来越受到国际儿童文学界的重视，包括反战、反思、战争题材对儿童及历史的深远影响等等。

我国自 1840 年以来，逐渐沦为半封建半殖民地，直到共和国建立的百余年间，广大人民及成千上万的孩子为反抗阶级压迫和帝国主义侵略都曾做出巨大的努力和牺牲。尤其 20 世纪 30 年代以来，孩子们跟随父辈在火与血的斗争和激战中，所作的奉献更是显而易见的。历史表明：为了更有效地对新一代进行爱国主义教育、革命传统教育，重视、发展描写战争时期的儿童文学，当是我国儿童文学作家义不容辞的责任。唯其如此，早在四五十年代便出现了《鸡毛信》《我和小荣》《小兵张嘎》等许多取材于战争的优秀之作。然而，对于战争期儿童文学写得既多又十分系统的作家并不多。陈模可算其中较为突出的一位。从 1939 年写下的《台儿庄上的小战士》，到 1993 年出版的《铁哥传奇》，计有十几篇（部）描写自日寇入侵到解放战争胜利的各个时期、各个方面的战时生活的作品。其中，写伪满统治时期的代表作有《啊，高老师》和《失去祖国的孩子》。这两篇小说都写到了东北抗联、抗日游击队以及爱国知识分子的抗日活动，也都深刻地揭露了日寇给我国人民和孩子们造成的痛苦和灾难。这两篇作品发表后，引起了强烈的反响，陈模收到了大量的读者来信。1983 年中宣部和团中央联合通知加强中、小学生的爱国主义教育。北京一些中、小学班级在朗读《失去祖国的孩子》时，全班师生都为锁柱的悲惨命运难过得哭泣起来。

这篇作品在国外也产生了反响。日本儿童文学评论家河野幸之在谈到该篇时，强调说："描写战前伪满洲国时代中国的作品《失去祖国的孩子》很值得一读。"②该篇的日文译者中由美子在致陈模信中谈道："因为我第一次读到描写伪满洲国的中国儿童文学作品，印象特别深，而且它很动人……我立刻决定把它译出来，让日本人读读。刊物发行后，读者的反映也不错。"

陈模的笔触是随着日寇侵略的深入而转移的。1931 年日寇一手炮制了"九一八"事变，使我东北四省沦丧后，1932 年又在上海发动了大规模的"一·二八"战争，侵略的魔爪伸向华东地区。他的长篇儿童小说《铁哥传奇》，就描绘了敌人的炮火怎样毁灭闸北人民的家园，沪西的孩子们怎样勇敢地支援 19 路军抗战及战后少年儿童在地下斗争中的动人情景。正如老作家韩作黎所言："这本小说取材于 58 年前在上海发生的事件，这在我们所有的儿童文学作品中，可以说是仅有的。"③

接下来就是 1937—1945 年的 8 年神圣的抗日战争。陈模反映这个时期的作品就更多了。不仅有反映战区儿童英勇反击日寇并活跃于国民党统治区的《奇花》，还有反映正面战场农村儿童帮助我军的《台儿庄上的小战士》、华北敌后抗日根据地儿童团参加"反扫荡"的《小村长》《小英雄王二小》和山东敌后根据地女孩子当八路军卫生员的《凤凰山的女儿》。

《奇花》沿着孩子剧团在上海以及苏、豫、鄂、湘、桂、黔、川七省广大地区的两万多里的行踪，展现了从1937年到1941年抗战初、中期战斗的孩子们怎样鼓吹抗战、团结、进步，成为"民族解放的小号角"；《台儿庄上的小战士》写一个台儿庄孩子铁柱，父母在敌人进攻时被杀死，他也被日本联队长俘去当勤务员。当敌人强迫他带路去偷袭我军时，他机智地把敌人引进我军的埋伏圈，使之全部覆没，他也为战斗的胜利献出了生命。《小村长》是村长的小儿子刘小英。村长在反"三光"斗争中牺牲后，小英自命为村长，担起了父亲的工作。尽管重建家园、捉获密探子等都是军民共同奋斗的结果，但在打击敌人、取得护麦斗争的胜利中，"小村长"确也起了不小的作用。《凤凰山的女儿》写的是胶东抗日根据地一个村庄的两个小女孩——小兰、淑云，怎样当了我军伤兵医院的小卫生员，后来怎样参加反国民党顽固军的斗争。写得一波三折，惊险动人，曾连续印行了三版十多万册。

陈模表现解放战争时期的作品多为短篇纪实文学、散文和故事，如反映辽南反清乡斗争中英勇献身的《谢荣策》《奇怪的马爬犁》和《勇敢是怎么来的》等，对小读者认识阶级斗争的曲折性和发扬勇敢斗争的精神都是有益处的。

由于陈模同志是日寇侵华的受害者、目击者、见证人，又亲身参加了20世纪三四十年代的抗日救国斗争，有着较为丰富的生活积累，才能多方面地开拓战争儿童文学题材，把风云变幻的战时儿童生活系统而多侧面地展现出来。这是他对我国现当代儿童文学的重要贡献，尤其对推动战争儿童文学的发展更有不可低估的作用。

**二、对少先队文学的倡导和精心的艺术实践。**

少先队文学就是表现革命儿童组织及其成员的文学。究其实质，可谓由来已久。1922年党在安源建立的儿童团，大革命期间建立的劳动童子团，抗战时期建立的抗日救国儿童团皆为少先队的前身。文学乃生活的反映，有了革命儿童的组织生活，就必然出现相应的文学。远在1923年，党在《儿童共产主义组织运动决议案》中就曾指出："儿童读物必须过细编辑，务使其成为有普遍性的共产主义劳动儿童的读物。""决议案"里所说的读物里边的以文学手段表现"儿童共产主义组织"的作品，实际也就是少先队文学。只是因为当年少先队的字样尚未出现，加之文学种类的划分及概念的界定尚不够细致而未为之命名罢了。

1949年少先队建立后，名与实完全相符的少先队文学亦应运而生。陈模这位长期未曾脱离少年儿童工作的作家，不仅积极倡导，且付诸于艺术实践。暂不说他早年的《奇怪的马爬犁》等在写战事的同时就描述了儿童团在战斗中的表现及其作用，仅就他近十几年的创作而言，他对少先队文学的奉献也是值得称道的。他的《爱的火焰》便是新时期出现的第一部中篇少先队小说。它以"文革"为背景，描绘了少先队组织被取缔，辅导员袁小芸遭批斗和下放劳动的过程。但它与伤痕文学有根本的不同，因为作者没有停笔于这种种迫害，而是着力描写了孩子们对队组织的无限留恋以及复课闹革命时期，毅然成立地下少先队，继续开展活动的情景。优秀辅导员袁小芸返校后，更一如既往地辅导孩子们健康成长。袁小芸以身殉职后，她培养起的队干部王雷毕业后自愿到松林村小学"承担起袁老师未竟的事业"，决心把"爱的火焰"继承下来，发扬光大，"献给祖国的未来"。这部中篇小说给人的鼓舞是巨大的。陈模写它的目的很明确。用他自己的话来讲，就是"希望以此来建立少先队文学"。正是这种可贵的目的、抱负，使他继续创作了《两串糖葫芦》。它虽为短篇，字数也有限，但却充分表现了小朋、小强的成长过程，从而揭示了旨在激励、启发孩子们自己教育自己的少先队工作的特点及其在儿童生活中所特有的作用。

陈模更有代表性的少先队文学作品是《小主人的故事》。这部中篇小说从始至终贯穿着人民教育家陶行知的给儿童以"六大解放"的教育思想：解放儿童的眼睛、头脑、双手、嘴、空间和时间，积极引导他们去观察大自然、认识与分析社会生活，以创造更美好的未来。这就不仅把少先队活动的背景由校内而校外，推向了广阔的社会，展示了当今儿童教育的根本特色和风貌。而且，更为生动、具体地表现了少先队员们的主动性、创造性、小主人意识和开拓精神，进而表明了少先队生活是个丰富多彩的儿童世界，为儿童自我教育提供了无以取代的环境条件。

如果说《爱的火焰》是通过描写"十年动乱"中少先队的痛苦遭际，揭示了它的坚不可摧的强大生命力，那么，《小主人的故事》则是通过描写一个中队和它的小干部们的成长，歌颂了新时期少先队工作的重大发展与成就。我国拥有 1.7 亿少先队员，为这一巨大的群体而立传、而写作，对儿童文学作家来说是责无旁贷的。陈模的倡导与创作实践是应该得到支持与赞誉的。

### 三、对儿童寓言文学的重视与创新。

我国寓言传统源远流长。新中国成立后寓言创作又得到了很大发展。但儿童之喜爱的寓言多因其篇幅不长又寓生活道理于短小的故事之中这一固有的老少咸宜的特点。基于这种情况，陈模认为：若将寓言适当地加以改革、创新完全可以使之派生出一种真正适合小读者阅读的儿童文学体裁来。这就是名副其实的儿童寓言。改革的关键是要使故事能更完整、更有趣；内容能结合儿童的实际；寓意能让他们看得懂、喜欢看；写法上能更灵活一些。他的《竹笋和石头》《大河与小河》等寓言故事，《希维鸟与国王》《猴子的文明》等寓言诗以及寓言剧《生死之谜》等 70 多篇各种样式的寓言作品都体现了这些意图和设想。陈模与人合著的寓言集《儿童寓言故事 100 篇》和他散见于报刊上的大量儿童寓言之受到小读者的青睐、寓言界的称赞，无不表明他对儿童寓言的重视及创作上的探索，已得到客观的公认与共识。

### 四、对传统艺术手法的继承与力求切近儿童审美心理和习惯。

陈模一向坚持革命的现实主义原则和方法，在致力于发扬其优良传统的同时，又力争有所突破，有所创新，以更适应于今天的小读者。这种发扬与突破体现在作品中首先是内容、情节的提炼、构筑既符合艺术的真实又带有生动的故事性。陈模忠实于生活、忠实于自己的感受。他的多数作品都融入了个人的身影和经历，写来如行云流水，自然朴实，毫无造作之感。同时他又不是照搬史实与个人体悟，而是依据典型化的原则进行了艺术的概括和加工，使得主题集中、内蕴丰厚、情节明晰，并富于历史感和时代气息。更见功力的是，所有这一切又都有机地统一于完整的故事当中。由于故事性强，孩子们才更乐于阅读。陈模把握了小读者这一审美爱好，在其所有叙事性作品中无不强调故事性。因而，他的小说无一不是情节小说，就连寓言和童话也多为寓言故事、童话故事。

为了清楚地再现历史或现实生活，陈模的以故事性取胜的诸篇作品多采用了我们民族和孩子最习惯阅读的顺叙手法。即使是用回忆的方式写作，也只是以简明的开头引出忆述的内容，文末再以简短的结尾与开篇相照应，使全篇框架严密无间，而中间主体部分则是个十分完整的故事。它全然是以时间为序，按事件发展的逻辑与进程一步步展开的。《失去祖国的孩子》《啊，高老师》《爱的火焰》等无不如此。这种写法更贴近生活原貌，也更易于为小读者所理解和把握，其现实性、真实性与可读性都是意识流、时空跳跃、黑色幽默等手法写成的作品所难以相比的。

陈模的发扬传统又力争有所突破有所创新，也清楚地体现在对人物形象的刻画上。"文学是人学"，现实主义文学更应把笔墨集中于人物形象的塑造。陈模所强调的故事性实际也是突现主题、表现人物的一种手段。他以故事烘托人物，以人物的思想性格为决定性依据创造了故事。在陈模浓墨重彩地勾画的人物画廊中，有呼之欲出的少年儿童形象，也有刻画得比较成功的成人形象。前者，无论是生活在战争年代的《奇花》中的小海、许英、尚德、曹正、顾雨春、小妹、阿凤、阿贞，《铁哥传奇》中的王铁哥、小广东和毛毛，也无论是生活在敌伪统治下的《失去祖国的孩子》中的锁柱，或生逢"十年动乱"的《爱的火焰》中的王雷、周小兵、方阿宝、蔡菊芳，以及生长在安定、幸福环境中的《小主人的故事》里的肖乐天和他的小伙伴们，都写得栩栩如生，可见可感。他们既有少年儿童的共性，又有不同历史时代、不同社会环境、不同经历、不同生活教育所造就的不同个性；特别是王小海、肖乐天等小主人公形象更是个性鲜明、血肉丰满，令人过目难忘。后者，给人印象最深的是出现于《奇花》中的敬爱的周总理、邓妈妈的形象，还有方老师和《爱的火焰》里的袁小芸、《小主人的故事》里的朱校长等等。这些成人形象在陈模的笔下都是孩子们可亲可敬的导师、大朋友和贴心人。他们的言传身教和炽热的爱心犹如春天的阳光和雨露，使孩子们的身心由幼稚到成熟得以正常、健康发展。榜样的力量是无穷的。王小海的成长为共产党员、新四军战士，王雷的成长为教师、辅导员，都是和他们所尊敬的老一辈革命家、师长的教导、帮助和影响密不可分的。

综览陈模的作品，可以得到多种启示，概括为一句话，那就是热爱孩子、热爱生活是取得创作丰收与成就的重要保证。

[注释]
①陈模：《我和儿童文学的缘分》。
②[日]河野幸之：《继续译介外国儿童文学》，《日本儿童文学》1990 年 8 月号。
③韩作黎：《铁哥传奇·序》。

（原载《我和儿童文学》，北京少年儿童出版社 1995 年版）

# 论鲁兵的童话诗

金 波

鲁兵是儿童文学创作的多面手。他"从 1946 年下半年开始儿童文学创作,诗歌、童话、散文、小说、剧本,都作过一点尝试"。他一直坚持儿歌创作,时有佳作在孩子中间口耳相传。他的儿歌玲珑剔透,悦耳上口,读来使人感受到民间童谣的乡土气息。他的儿童诗有的幽默风趣,有的凝重淳厚。他早期写了不少散文,自由洒脱,轻快简洁。他也写寓言,虽不一定都是为小读者而作,但饱富思想,启人回味。他的童话多为幼儿创作。他认认真真地写,小心翼翼地写,常带了原稿去幼儿园,读给小娃娃听。他察言观色,了解他们的反映,然后反复修改;一篇千把字的小童话,常常被他摩搓得闪出光来,才肯罢休。此外,他还学过绘画,擅长书法,也写过一些"不易多见""有作即佳"的旧体诗。

但是,我更偏爱他的童话诗。

他的童话诗综合了他之所长,如儿歌的音乐性,诗的抒情特质,散文的轻捷自由,寓言的沉郁凝练,童话的幻想超拔等等。

我认为童话诗最能全面地显示鲁兵的文学功底和他的美学追求。研究鲁兵的文学创作,不能不研究他的童话诗。可以这样说,鲁兵的童话诗代表了他文学创作的最圆熟精致的成就。

## 一、以民族的目光观照生活

鲁兵在从事儿童文学创作之前,是作了充分的文学准备的。民间文艺的耳濡目染,使他受到了很好的文学熏陶。他对儿歌耳熟能详,他对民间故事耽爱尤深,有不少故事伴随他度过童年。"有些细节,直到今天还记在心里。"他还经常去看昆剧和婺剧,那些戏曲培养了他的"乡土之情感,民族之情感"。

这些民间故事曾深深地打动过他。他曾经这样说过:"从《老虎外婆》开始,用儿歌的形式给小娃娃们讲故事,遂俗称之为童话诗。这些童话诗,根据民间故事写的占其半数。"

鲁兵之所以热衷于这些民间故事,这不单单是一个取材的问题,还因为他以民族的目光观察审度它,从而发现了这些朴素的民间故事中蕴涵着优秀的民族精神:勤劳、勇敢、智慧、善良;对丑恶的鞭挞和对美的追求,这些可说是大多数民间故事所包含的丰富底蕴。当然还有这些民间故事闪烁的艺术光彩,也培养了他的民族的审美趣味。

鲁兵的童话诗有其独特的迷人处,我以为这源于诗人那孩子般的纯真和由此而形成的温蔼幽默的性格。我曾不止一次地听他津津有味地叙述那些故事的情节梗概,以及他打算改写的艺术构想。而后,我看到的是他在民间故事朴素的底色上,描绘出的一幅幅色彩斑斓的图画,它已被再创造成一首童话诗了。

从他的童话诗中,不难发现他对于民间故事的佳妙处,有着迅捷的领悟力,这些故事一旦投影于他的心灵,就会变得澄澈而真实,经过他审慎的思考,通过巧思想象的艺术表现,那童话诗带着流动的音响,就像溪水一般不求自得,汩汩而至,变得自然而丰美。

他那首题为《金鞋》的童话诗,取材于唐代段成式《酉阳杂俎》,全文不过631字,他弃去后面"其母及女即为飞石击死","陀汗王至国,以叶限为上妇"等情节,取前面497字的内容,创作成一首长达360行的童话诗。其中最能说明他如何进行艺术加工的,就是原文关于后母虐待叶限的只有33个字的叙述,鲁兵将其发展为11节80行。

鲁兵的童话诗,虽然有的取材于民间故事,但他不被其拘囿,而是将其作为一片起飞的基地,从那里展开他幻想的翅膀,飞向另一片新的艺术天地。他的童话诗,绝不是给原来的故事情节加上韵脚,以获得廉价的悦耳效果。他改造它,丰富它,发掘原作素材中的内涵,追求内在的韵律与外在音乐性的统一。

如果说我们在听民间故事的时候,所得到的兴味主要来自于曲折的情节,那么,欣赏鲁兵的这些童话诗,除了情节的引人入胜以外,还有诗人丰富的想象、浓重的抒情氛围,以及由此留给读者的回味空间。这回味的空间,既不是情节本身,也不是游离于情节之外的笔墨;它是情节的生发和升华,是故事的精髓,也是诗人激情的流露。

阅读鲁兵的童话诗,我们感到亲切又新鲜。作品所蕴涵的思想感情,符合我们民族道德情操的基本准则。在艺术表现方面,也符合我们民族的审美趣味。

这鲜明的民族特色,不但表现在内容选材上,也表现在人物形象的刻画上。他所塑造的一系列人物形象,《金鞋》中的叶限,是我们从小就十分熟悉和同情的灰姑娘的原型(比贝洛的作品约早700年),她是勤劳善良的化身。《老虎外婆》中的外孙女小朵朵,又是一个机智勇敢的典型。以小猪奴尼为主人公的童话诗系列,这位主人公可以说是我们身边土生土长的小娃娃形象。《雪狮子》中的老爷爷,堪称一位幽默多智的好老头儿……这一系列的人物形象,无一不打上民族精神气质的烙印。我们熟悉他们,喜欢他们,在我们的生活中,从广大的群众之中,不难发现他们的影子。

这些人物形象的光彩源于民族精神的深处,作者不必通过惨淡经营,刻意拔高这些人物形象,一切都是白白然然地按照他们命运的轨迹在发展。作者对人物满怀深情,与他们的精神气质十分歙合。他怀着儿童般的赤诚和他创造的人物命运似乎有一种天然的感情。当诗人写到这些人物的遭遇、抗争以及获得胜利的时候,就像他自己感同身受,诗人是凭借了他那颗诚挚的心将他们一一描绘了出来的。

诗人的心和人物的心一起跳动,感情也随着情节起伏。所以,在鲁兵的童话诗中,时而有美物写生,不乏简洁微妙的勾勒,如《金鞋》中写穷苦的叶限姑娘,忽然得到了新衣新鞋,诗人是这样描绘的:

　　　　有谁见过
　　　　这翠绿的衣衫翠绿的裙?
　　　　光洁,轻软,
　　　　好像林中飘来一片云。

　　　　有谁见过
　　　　这金鞋上面镶珠宝
　　　　玲珑,小巧,
　　　　好像花间飞来一对金丝鸟。

这描绘鲜活逼真，简洁轻灵，所用的比喻，完全符合我们民族的欣赏习惯和美的意象。

在鲁兵的童话诗中，时而又有戏谑滑稽、漫画式的调侃，如《雪狮子》，诗人一开头就带着戏谑的口吻这样写道："小朋友，/小朋友，/雪地里/滚雪球。/雪球堆只大狮子，/狮子开大口。/少条尾巴怎么办？/有了，插上一把破扫帚。"外貌可笑，充满谐趣。但就是这只雪狮子，竟然不可一世地去咬小狗、小猫。最后，甚至于"朝着老爷爷一声吼"，"小猪小狗不够吃，/再吃一个小老头。"这样一个贪得无厌的家伙，最后被火烤化了：

> 雪狮子
> 在哪里？
> 只有一把破扫帚，
> 留在这儿雪地里。

简易直捷的文字，活泼轻快的语调，三言两语就把雪狮子色厉内荏的本质特点勾勒出来了。

在鲁兵的童话诗中，时而还有描山绣水，展示悠然的童话意境的文字，读这样的诗行，就像在欣赏一幅淡雅的写意画。如《扫帚姑娘卖花郎》中，写卖花郎"走街串户去卖花，路过一个山垭垭"的时候，他眼中的景色是：

> 这儿只听见
> 泉水丁丁冬冬，
> 山雀叽叽喳喳；
> 这儿只看见
> 绿树丛中白粉墙，
> 孤零零的一户人家，
> 院门前
> 歪歪斜斜站着几株柳树，
> 院墙里
> 争先恐后探出几枝杏花。

通过语句的重叠、复沓、对仗，在读者的想象中幻化出一幅画师点染的图景，色彩斑斓，意境幽深，诗人是在以文字作画，以文字奏乐。

上述的一些引文都是精美的诗行，它不是口语的叙述，不是情节直白的介绍，它表达的是诗人通过敏锐的目光，怀着民族的挚爱，对这些人物故事独特的感受和理解。

鲁兵的童话诗，有的取材于古老的民间故事，有的乞巧于儿童美丽的幻想天地，但它给人们的感受是真实的，绝没有那种遗世独立、孤云野鹤般的玄远意味。相反，他的童话诗永远焕发着诗人对于真理的追求精神，对于民族美德的颂扬热忱以及对于童心纯真的赞美。我想，正是从这个意义上说，鲁兵的童话诗虽然充满了幼童奇妙的幻想，但它在提高人们的心灵境界，在培养高尚的道德情操以及培养民族的审美情趣等深层蕴涵的意义上却是老少咸宜的。

# 二、以诗人的感情融合故事

童话一旦以诗的方法行文，必然会追求诗意的营造。通过诗人对于故事情节和人物性格的反复玩索体会，已是烂熟于心，并且对其本质底蕴有了深刻的理解与发现，达到明彻深切的境地，就会牵动诗人的心灵，那童话诗便有了十分鲜明突出的个人印记。

我每次阅读鲁兵的童话诗，都十分欣赏诗中所表现的童真的情趣、美丽的幻想，以及那近乎天籁的音韵。我想，这不仅仅是因为作者熟悉儿童，喜爱儿童，是一位善于讲述故事的能手，更主要的是作者将自己全身心地融入故事之中，他不但以语言叙述故事，他还以心灵歌唱故事。因此，在那歌声中，在童话诗中的王国里，我找到了最具本色的鲁兵：质朴、纯真、幽默、热情。

以心灵歌唱故事，在童话诗的字里行间随处可以感受到诗人情感的流动，我想，这也许就是童话诗与童话故事的区别吧！

我曾经和鲁兵一起探讨过童话与童话诗的异同和创作时的不同心态。我说："童话诗并非简单地用诗的形式（例如分行排列、押韵等等）来表达童话的内容。就一般意义上讲，童话应当表现没有诗的形式的诗意，而诗（尤其是儿童诗）也应当具有童话丰富大胆的幻想。"鲁兵是这样说的："童话的诗意盎然和诗的浮想联翩，是两者结合或者说融合的天然因素。"友谊的切磋促使我进一步思考着：显然并非任何童话故事都能写成诗。鲁兵结合他的创作实践，就曾有过这样的经验之谈："童话的情节过于曲折复杂，是不大适宜入诗的，因为说明或解释恰恰是诗所力不能及的。"

这就说明了童话与诗的融合除了"天然因素"以外，还会有"人为因素"吧？

鲁兵既是一位诗人，也是一位童话作家，他为什么有时候以散文的语言来叙述一个幻想故事而写成童话？为什么有时候又以诗的语言和韵律歌唱一个幻想故事而写成童话诗呢？

任何文学样式都有所长，也有所短。童话诗之所长就在于它除了具有幻想性较强的故事以外，还具有诗的抒情特质以及精练集中、脉络清晰（不是过于曲折复杂）的故事情节，还有诗所特有的语言表现力和韵律。

读鲁兵的童话诗和童话故事，我有不同的感受：前者使我直接地体验到了诗人感情的流动，我不但被故事情节所吸引，同时还受到诗人主观情绪的感染；而后者，作者往往隐蔽在故事的背后，导演着他的一幕幕戏剧。

《老虎外婆》是作者根据民间故事写成的童话诗。主人公小朵朵勇敢机智沉着，通过一波三折的情节，已给我们留下深刻的印象。当情节紧张地进展时，"门上钉满绣花针，/扎得老虎爪子像蜂窝。/谁干的？/小朵朵！""水缸里养着大螃蟹，/咬住老虎爪子甩不脱。/谁干的？/小朵朵！""灶膛里放着大爆竹，/炸得老虎瞎眼咯/谁干的？/小朵朵！"这连续的设问，铺排的咏唱，使我们感受到了诗人因小朵朵的胜利而难以抑制的兴奋喜悦。

他那首"痛定思痛之作"《母亲和魔鬼》，是一首善良战胜邪恶，呼唤良知的战歌，也是一首母爱的颂歌。诗人写道："母亲的爱/有着不可战胜的神力。"

但是阴险毒辣的魔鬼，利用了孩子的单纯幼稚，把他变成了"魔鬼说打，他就打，魔鬼说杀，他就杀"的"小夜叉"。而最后，还是伟大的母亲用自己的鲜血挽救了他的生命，恢复了他的良知，使我们看到了这首童话诗的"大团圆"的结局。至此，故事并没结束，夜神为这"大团圆"前来道喜,"跟母亲絮絮叨叨地闲话,/把这件事从头说起,/真个是:酸甜苦辣"。诗人似乎也难以平复他的激动,他情不自禁地赶到前场亮相了:

> 当时我也在场,
> 把她们说的一一记下,
> 回家来一夜没合眼,
> 写了这篇母亲和魔鬼的童话。

诗人的亮相,不仅给人以真实感,也使人感到十分亲切,仿佛诗人所歌唱的故事,都是他亲身经历的,他曾经与主人公同呼吸、共命运过;我们仿佛还看到了诗人"痛定思痛"后的开颜而笑。

他那首《袋鼠妈妈没口袋》另辟蹊径,诗人又以另一种姿态出现。当袋鼠妈妈正为自己没有口袋发愁的时候,"对面来了一位老工人,/咦,/胸口挂着一条大围裙,/瞧,/围裙上面口袋多得很"。他和袋鼠妈妈说:"别发愁,/别苦恼! /我的大围裙,/送你要不要?"最后袋鼠妈妈得到了一个大围裙,除了"一个口袋装着宝宝"以外,其他"一个口袋装小青蛙,/一个口袋装小松鼠,/一个口袋装小蜗牛,/一个口袋装小白兔,/大家都是好邻居,说说笑笑很和睦。"那个结尾也出人意料:

> 还有一个口袋空着呢,
> 等着你去住。

这结尾看似不经意,但当我体会玩味这几句时,我想这不仅会使小读者觉得诗人参与了袋鼠妈妈找口袋的故事,还由于诗人直接面对着"你"讲话,他让"你"也住进那个口袋里,在你的眼前不是立刻就浮现出那位蔼然可亲、幽默风趣的"鲁兵爷爷"了吗?

上述两首童话诗可使我们真切地感受到作者的情感与个性。诗人始终关切着他的人物的命运,诗人的音容笑貌,就在他歌唱故事的时候显现在我们面前了。

诗人在他的童话中所流露的热情、幽默、率直,并非完全由故事情节本身所生发,还应当看到这是诗人的艺术风格,是他生活与性格的结晶。

童话诗作为以描绘客体形象为主的叙事诗,在通常的情况下,诗人的个性在诗中是间接表现出来的,诗人的爱憎、愿望和倾向,一般是融合在客观形象和情节之中的。但是,由于童话诗是诗,因而它必须具备诗的一般特征,就要在情节的进展中,流动着诗人的感情。

在我看来,优秀的童话诗常常涌动着情节之流、感情之流和音乐之流,它们此起彼伏,时显时隐。有时,情节之流是清浅舒缓的,而感情的浪花翻腾跃动;有时,情节之流飞速奔涌,而感情的浪花又变成一道道涟漪。而音乐之流始终伴随着情节的进展与情感的起伏。

在童话诗中,如果将诗人的感情融会其中,那就必须构筑情节跳跃的空间,以留给情感的抒发。鲁兵在谈到他创作《扫帚姑娘卖花郎》时曾经说过:"'扫帚星'的故事,很美又很有意思,我写到一个既重要又曲折的情节时,就像客轮碰到沙滩,搁浅了。真是弃之可惜,续之无力,弄得情绪很坏。"但诗人最后还是离开了那片使客轮搁浅的"沙滩",而愉快地航行在水流之中。

现在，如果我们对照着上边的引文来阅读《扫帚姑娘卖花郎》，我们就可以看出作者肯定是对原故事中"曲折复杂"的情节进行了一番删节工夫，在淡化情节的同时，才有可能"浓"化感情。诗人的职责是描绘，而不是说明和解释。

请看，诗人是怎样描绘扫帚姑娘的美貌的：

> 姑娘有多美？
> 杏花垂下头，鸟儿闭上嘴。

再看，诗人是怎样描绘卖花郎由于见不到扫帚姑娘，那失魂落魄的神态：

> 卖花郎，
> 卖花郎，
> 望着竹扫帚，
> 想着那姑娘，
> 好像喝醉了酒，
> 又像在梦乡……

一个用了烘托，一个用了渲染，二者都是描绘，透露出诗人主观的感受。

当诗人写到卖花郎扎的四季 12 种绢花的时候，说"绢花比真花，/一点也不差，/逗得蜂儿采蜜迷了路，/蝴蝶恋恋不舍忘了回家。"这里用笔简洁活泼，表现力很强。

接下去写到人们戴上绢花的神态更为生动感人。

> 新媳妇买了花，
> 喜滋滋就往头上插；
> 大姑娘买了花，
> 留着出嫁那天才戴它；
> 还有一位老婆婆，
> 她也买了一朵花，
> 红玫瑰，
> 白头发，
> 瞧她多精神，
> 哪像今年六十八。

这纯然是诗人热情的歌唱，他一而再、再而三地以排除的手法渲染出人们得到绢花的喜形于色，也使我们感受到诗人由衷的赞美，从一个"花"字引发开来，诗情一路涌出，处处成趣。

诗人对于故事中曲折复杂的情节大加删节，极力收缩，而遇有可以抒发情怀的契机，则又会淋漓尽致、齐桨全帆地尽情咏唱。

童话诗在情节的安排上要注意繁简丰约的适度。我阅读鲁兵的童话诗，常常会在领略优美有趣的故事情节时，伴随着韵律的流响，情不自禁地进入了诗的意境。诗人不但可以化繁为简，以一当十，还可以化简为繁，把一个简单的情节点化入妙。我想，这主要是为了不至于让诗意的"客轮"搁浅在情节的"沙滩"上。

鲁兵的童话诗经过了他心灵的过滤，因而带有他浓重的感情色彩。他对故事情节的再创造，在故事繁简的布局上，以及遣词缀句，语言风格的转换上，都带有了个人鲜明的感情印记，这成为鲁兵童话诗的重要标志。

### 三、以美听的语言歌唱故事

鲁兵说："对于童话诗，自然要有诗的艺术要求。"在我看来，这"诗的艺术要求"首先是诗人对于作品中的人物事件要有狂喜巨痛的强烈感受，并能以诗歌式的语汇给予表现。

一个儿童诗的作家，在心智情感上应当比一般人更容易接受富于儿童情趣的想象和幻想，并在他的情感上产生真实的感受。这种感受使他激动不已，使他产生歌唱的冲动，并发而为诗，即由精妙的文字所产生的那种气韵生动的艺术效果。

正是从这个意义上说，"诗的艺术要求"首先是对诗人艺术感觉的要求。对于一个儿童诗（包括童话诗）作者来说，就是要有敏锐的感受儿童幻想世界的天赋本领。

鲁兵的童话诗所表现的热情、欢乐、幽默是最贴近儿童心理的本质特点的。因此，他是一个天赋的儿童文学家。

诗要表现人们心灵的声音。诗的文字较之一般的文字要具有更多的意蕴，童话诗也如此。童话诗不但需要大声朗读，以取得声音悦耳的效果，还需要潜心品味，才能体会到诗的"隐秘力量"，从而受到感动。

鲁兵的童话诗是经得住大声朗诵的，因为它极富音乐性。当我们通过听觉来感受他的童话诗的时候，那直接的、迅捷的、强烈的艺术效果就像音乐一样直抉我们的心灵，似乎用不着更多的思辨就能感受到情节的变化和感情的起伏。

他的童话诗在句式的安排上，在节奏的变化上，多依据情节进展的缓急，情绪气氛的强弱。遇有情节紧张的章节，语句多短促跳跃，以排叙的句式，以快速的节奏显示出情节的紧张。如《小老鼠变大老虎》中的一节，当写到小老鼠变成大老虎以后，他想："以前我老是受欺侮，/这会儿呀，/我来吓唬吓唬小动物。"紧接着展示了这样紧张的场面：

> 吓得花猫钻洞洞，
> 吓得黄狗进鸡屋，
> 吓得山羊跳过墙，
> 吓得公鸡飞上树……
> "喵喵喵……"
> "汪汪汪……"
> "咩咩咩……"
> "喔喔喔……"

文字简劲直截，干净利落，句式规整统一，尤其以短促的拟声显示出了小动物们惊慌失措四处逃窜的情景。

而遇有情节舒缓的抒情章节，又会有抒情诗般的幽馨韵致。《穿绿背心的小女孩》全诗没有曲折紧张的情节，故事展开的环境很有诗的意境。诗的开头是这样写的：

夏天的傍晚，
老奶奶
天天在院子里讲故事，
听故事的
不只是她的小孙孙，
还有村子里许多孩子。

老奶奶讲故事了，
孩子们就肃静肃静，
连蛐蛐也不叫了，
躲在石头缝里偷听。

　　这很像讲故事的口吻，以娓娓闲话造成一种恬淡自适的氛围。缓慢舒散的句式，给人留下的是宁静、平和的语感，就像在听一首柔美抒情乐曲的开头。

　　无论叙事，无论抒情，鲁兵的童话诗在语言上十分注意美听的效果。他曾经谈到创作童话诗在语言上对自己的要求："为小娃娃写的童话诗，我向儿歌靠拢，但又不是纯粹的儿歌，而是介于儿歌和诗之间的一种形式。"

　　我想，鲁兵创作童话诗之所以"向儿歌靠拢"，这除了因为他从小受到儿歌的熏陶，此后又创作了大量儿歌，熟练地掌握了儿歌的艺术技巧之外，还因为儿歌最易于被幼儿接受，儿歌选词造句的方法，万籁千声的音韵最贴近幼儿的欣赏趣味。

　　鲁兵早年也写过无韵的自由诗，但他认为"为儿童写诗，以用韵为好，这有助于加强音乐性"。在用韵上，他要求很严格，"有的整篇一韵到底，有的一节一韵或几节一韵"。对于年龄较小的幼儿来说，诗的韵律有时比内容更有其直接的吸引力。押韵可以在声音上造成一种回环美，使一首长诗成为一个整体而不至流于散漫。一韵到底的诗更具有这种效果，像《小老鼠变大老虎》，100多行的长诗一韵到底，且押得十分自然，没有因韵害意，实属不易。在鲁兵的童话诗中，一韵到底的占了多数，可见作者对于押韵技巧的熟练。

　　他有的童话诗"一节一韵或几节一韵"，这可以通过变换韵脚来显示故事情节发展变化的段落层次，有时又显示出感情色彩的变化。变换韵脚可以在听觉上给人一种活泼跳脱的感觉，显示出多种声音交替回环的美。比如童话诗《小豆豆》中这样的句子：

呼噜噜，呼噜噜，
大狼打呼噜，
好像磨豆腐。

咯吱吱，咯吱吱，
大狼咬牙齿，
好像拉锯子。

这些诗句，内容与声音十分谐和，变化中又有统一，听起来别有韵味。
如果说韵脚和节奏还属于外在的音乐美，那么，诗的语言所追求的丰富的意蕴，简洁而富于表现力，读起来就会使人体会到一种内在的旋律美。请看《金鞋》中这样的诗句：

> 小叶限
> 初一上山去砍柴，
> 后娘说：
> "让老虎吃了，活该！"
> 山上的老虎
> 怕吓着小叶限，
> 躲在山洞里不出来。
>
> 小叶限
> 初五下河去打水。
> 后娘说：
> "淹死了才好，省得埋！"
> 河岸的芦苇
> 怕绊着小叶限，
> 连忙让出一条小路来。

这两节诗将后母凶恶狠毒与老虎、芦苇的善良作了鲜明的对比，他们不同的音容笑貌语言行动，通过不多的文字就被点染得淋漓尽致。诗人将人物的性格语言和描绘语言加以区分，造成两种不同的语感；两段文字，结构复沓，又用了长短句式，忽雅忽俗，亦庄亦谐，使人很容易体会到与内容相一致的内在的旋律美。

读鲁兵的童话诗，会使你感受到，无论是人物的活动，情节的发展，一直是处于音乐的流动中，这除了由于上述押韵和节奏运用自如能造成音乐效果以外，还由于诗人十分注意句式的变换搭配，有时修炼整饬，有时自由任意，有时严谨工稳，有时情溢乎词；音调节拍变化多，不板滞，不拘执，内容与形式达到高度的统一。

鲁兵在他的《学诗记》一文中曾这样描述他作诗的情景："情之所至，思之所至，兴之所至，写诗本来就不必拘于一体，囿于一格。"叶圣陶先生也夸赞他的旧体诗"纯任自然，隽永之至"。可见他的诗情源于他的心声，那美声的音韵本是发自他的情思。

鲁兵还谈到他写作童话诗借鉴了我国古典小说的白描手法，也借鉴了古典叙事诗。他说："我写童话诗受益于传统非浅。"

鲁兵的借鉴，一在简练；二在平易。简练，即诗的概括力和表现力，以少许文字表现丰富的客观事物和主观感情。平易，则以通俗的口语表现含蓄深邃的内容。他的童话诗就汲取了旧体诗和古典小说的这些长处。他又借鉴了儿歌的谐谑活趣和上口悦耳，从而形成了他简练、晓畅、幽默、美听的语言特色。

## 结 束 语

鲁兵说："幼儿文学不可能产生什么皇皇巨著，可是它担负着滋养上亿孩子的任务。我是把它当作一件了不起的事业来做的，诚恐诚惶的是未能做好，愧对孩子。"每当读到这几句，我就深深地被感动，心中油然而生敬意。

事实上，在童话诗的创作上，不是也出现过普希金的《渔夫和金鱼的故事》那样的名作吗？鲁兵的童话诗，不但是他本人儿童文学作品中的上乘之作，即使放在我国当代儿童文学的园地里，它也是一束色泽鲜艳、历久不衰的鲜花。而且在探讨童话诗的创作方面，他的创作实践，他的理论著述都有所建树。

鲁兵是主张儿童文学应具备教育功能的。但他同时又极力主张儿童文学的审美功能。纵观他的全部童话诗创作，绝无那种训诫教化，警世谕众的文字。他的童话诗带给孩子们的是精神上的滋养。鲁兵爷爷，没有"愧对孩子"。如果说还有什么令人感到遗憾的话，那就是他的童话诗在数量上还不能满足孩子们的需要。写到这里，我忽而又想，如果把他和同时代的儿童文学家相比，又有谁像他那样致力于童话诗创作呢！但是，我们还是盼望着他能经常有童话诗新作问世，让孩子们在精神上得到更多的活的财富。这虽近似苛求，却是出于对鲁兵其人其作的一片爱心。

我记得鲁兵早年在一首诗中曾这样写道：

> 我笑起来
> 故事会从嘴巴里溜出去的

我说：

> 当故事从你的嘴巴里溜出来的时候
> 我们就会笑起来

因为他带给我们的是一种永久的快乐。

1992 年 8 月于北京

（原载《幼儿读物研究》第 23 集，1997 年 9 月）

# 袁鹰：为祖国的未来歌唱

袁　鹰

## 一

每当热情的小读者问我："你的第一首儿童诗是什么时候写的？你为什么爱写儿童诗？"我总是感到不知从何说起。虽然我从小就喜爱念诗（在 40 多年前，我读得多的还是旧体诗），后来也学着乱涂过，但究竟哪是"第一首儿童诗"，实在也想不清楚。

但是，有一个难忘的镜头却时时闯进记忆的帷幕，拨动着我的心弦。40 年前一个冬天的黄昏，在上海静安寺电车站，我看到一个七八岁的男孩，瑟缩地向一对刚下车的穿皮大衣的人讨一两分钱。那两人掉头不顾，打扮得妖形怪状的女人还骂了一声。小孩回骂了一句，虽然声音很轻，还是被那男的听到了。他走过去扇了两个耳光，又一脚把孩子踢翻在地，然后裹紧大衣，恨恨而去。北风呼吼，孩子匍匐在水泥站台上，抱着头凄凄地哭泣，好久站不起身来，从额角淌下涔涔的血。

我目睹这一幕旧社会常见的不平事，心里又难受又气愤。在回家的路上，就哼了一首诗。事隔 40 年，现在只能记得诗的题目《去学会憎恨》和这样几句：

> 不要哭泣，
> 在富人眼里，
> 你的泪水不值分文。
> 不要悲伤，
> 在黑暗的社会里，
> 悲伤只会带来不幸。
> 孩子，站起来吧，
> 去学会憎恨！
> 憎恨那人世间一切不平……

那时我只是一个初中学生。我只知道应该憎恨那个人世，但并不知道应该怎样去憎恨，怎样去改变那人吃人的社会，怎样去砸碎穷苦人身上的镣铐。那诗，也只是一首幼稚的习作，算不了儿童诗。它没有发表过，即使发表了，也到不了那个挨打的孩子手里。在旧中国，成千上万的孩子挣扎在饥寒交迫的死亡线上，哪里读得上书、看得到儿童诗？

为孩子写的诗真正让孩子们读到，这个愿望的实现是在好几年以后的 1946 年。几位共产党员根据地下党组织的决定，办了一张小报，向孩子灌输革命道理，反映他们的苦难生活，这就是《新少年报》。那几位同志，拿出自己的工资，变卖衣服首饰，挨冻受累，甚至有被捕的危险，却千方百计地把报纸办下去。我写了些儿童故事和儿童诗，反映些穷苦儿童的生活和爱憎。我觉得：不能让孩子只看到童话里的王子、公主、天鹅和小白兔，也要帮助他们看看自己生活在什么样的世界，想想为什么过这样的日子。我知道，办《新少年报》的同志（后来成为我的老伴的吴芸红，也是其中一位），都是这样想的，报纸也是这么办的，因而受到小读者的欢迎，成为他们的良师益友。也因此，它遭到国民党反动派的忌恨，在 1948 年底，悍然地将它封闭了。敌人容不得一张儿童报纸，也正从反面证明儿童报刊和儿童文学作品的威力。

## 二

新中国成立以后，我开始给孩子们写诗，是在 1953 年。7 月有一天，我从报纸上看到一条消息：美国和平战士罗森堡夫妇被送上电椅残杀后，他们留下的两个孤儿——10 岁的迈克尔和 6 岁的罗贝特——遭到歧视和迫害，在汤姆斯河畔的一个小学校被强迫退学。这条小新闻使我心头很不平静。我怀着愤慨和哀伤的心情，写了《寄到汤姆斯河去的诗》。不知怎的，我忽然想起 10 多年前上海静安寺电车站上那个挨打的小孩，我在诗里写着：

> 魔鬼的黑手也许还会伸来，
> 孩子呀，对敌人要学会憎恨。
> 你们周围有千万个爸爸妈妈，
> 他们会教你们怎样去对待敌人。
>
> 你们看河边上长着两棵小苗，
> 为什么能经得住狂风暴雨？
> 因为大地就是它们的母亲，
> 她会将自己的儿女扶植成为大树。

我多么盼望这两兄弟快点长大。20 多年过去，再没有听到他们的消息。他们自然早已长大成人，那么，他们生活得好吗？但是 20 多年前，却有许许多多中国的孩子惦记着他们，关心着他们的命运。上百封从祖国四面八方来的信寄到发表这首诗的《中国少年报》编辑部。我读过大部分来信，并且一直珍藏着 20 封。每次读这些信，我总止不住一阵阵激动，仿佛面前有一张张稚气的诚挚的脸，一颗颗天真的纯洁的心。比如四川罗江县回龙乡光明小学全体同学的信上写着："……当我们知道这个消息以后，小朋友们万分激愤，一致要求美国爱好和平的人民更好地保护迈克尔弟兄。"二年级的李文芳说："我希望巴赫叔叔能想办法给他们饭吃，保护他们，我希望能把我这个意思告诉巴赫叔叔。"哈尔滨市洁净小学五年级的王树云写道："可怜的小朋友们，快点长大吧！消灭你们祖国土地上的杀人魔鬼，使你们祖国的儿童与我们一样的幸福自由。"

请看，我们社会主义祖国的新一代，在他们的心灵深处，蕴藏着纯朴的爱国主义和国际主义的感情。如同一座火山，一遇到某种触发，那火热的岩浆就会喷薄而出。而这种触发，主要依靠老师和少先队的教育。有时一篇课文，一篇儿童文学作品，像《寄到汤姆斯河去的诗》，不过是简略地介绍一件事，却能在孩子们的心里激起这么大的波澜，确实深深地教育了我。我感到有责任、有义务用诗歌和其他文艺形式，向孩子们讲点天下大事,讲点反帝反霸反殖的斗争,讲点被压迫人民的苦难和希望,帮助我们的孩子从小就能多想着这地球上还有千千万万忍受饥寒、惨遭屠杀的孩子。其后一些年中,我陆续写了《在美国,有一个孩子被杀死了》《美国儿歌》《黎巴嫩小孩》《五封信》《柬埔寨小司机》《非洲孩子找朋友》和其他以外国儿童生活为题材的诗,大都基于同样的认识和感受。以后,我也还要写下去。

三

孩子们喜爱诗,需要诗,他们丰富多彩的生活中不能缺少诗,我有亲身的体会。

1955年一个春天的下午,我随同北京东四区第一中心小学六年级的少先队员们,到安定门外土城附近的农村过一次队日活动。少先队员们围坐在村头一棵老槐树下,等待活动开始。这时,从一个农家走出来一位化了装的老公公,身穿长袍,脸上粘着白眉毛和白胡子,孩子们一见,就七嘴八舌地欢叫着:"李老师! 李老师!"老公公静静地站在树下,孩子们像揭穿一个秘密似的向他指指点点。我心想糟了,孩子们一下子认出老公公就是他们每天见面的李老师,这化装诗朗诵不就失败了吗? 我朝总辅导员范小韵同志看看,她却全不在意,微笑地、胸有成竹地望着孩子们。两三分钟后,朗诵开始,才念了几句,场上就安静下来,眼神全集中到那位白胡子老公公身上,似乎完全忘却他们的李老师了。

孩子们朗诵的是《时光老人的礼物》。我这首诗并没有写好,意思不深,文字也不美。为什么孩子这样快就"进入角色"了呢? 事后我寻思,觉得也没有别的什么奥妙,无非是它写了一点孩子们渴望快点成长参加祖国社会主义建设的愿望。在这点上,我和他们的心有点相通。古人说:诗言志,歌咏情。毛主席曾用这句话激励诗人们。诗应该言人民之志,抒时代之情,表达人民群众的喜怒哀乐,那么,儿童诗同样应该反映我们祖国新一代的生活和理想、爱和憎。人民群众的生活和斗争,少年儿童、少先队的多彩多姿的生活,以及表现在生活中的思想和感情,永远是一切儿童文学,包括儿童诗在内取之不尽、用之不竭的创作源泉。

20世纪50年代到60年代初期,我参加一些少先队的活动。也许那时自己年纪还轻,还保持着一点"童心"吧。我高兴地同孩子们一起过队日,一起参加营火晚会,一起听诗歌朗诵,一起做游戏。每当我从报纸编辑工作的稿件、版样、书刊堆中偶尔脱身出来,同少先队员、老师和辅导员们共同度过一个下午或夜晚,我总会感到好像置身于朝露欲滴的芳草地,充满了清新洁净,生意盎然的空气。而当我看到孩子们是那么喜爱一些优秀的诗作、在朗诵中那样倾注了自己浓烈的感情的时候,就自然地感到一种鞭策和鼓舞:应该为孩子们多做点事,为他们多写些诗。

有一个暑假,我在北京市少年宫诗歌小组担任业余辅导员。少年宫坐落在绿阴森森的景山公园里,是首都少先队员们最喜欢去的地方。诗歌小组每星期日上午活动,一个暑假中没有中断过。有一次预定是朗诵表演,到时候不巧碰上大风大雨,小组长直担心朗诵会一定开不成了。我直劝她别着急,开不成咱们就改期。结果,除了一个女孩因为家住得太远没有能来,其余组员全都准时来到。当我们在哗哗的雨声中开始朗诵的时候,大家都感到很开心。我记得有一个节目是普希金的童话诗《渔夫和金鱼的故事》,孩子们把全诗都背出来,认真细致地表演,直到朗诵完毕,大家齐声鼓掌,才发现屋外风雨一直没有停止。

那天中午,当我打着伞走出少年宫,激荡在心头的,不只是高兴,还有一种幸福感。景山公园的绿树枝头,正滴着水珠,显得分外娇艳动人。

## 四

少年儿童是人类的幼苗,民族的未来。他们肩负着我们伟大祖国的希望。在他们成长的年代,社会主义祖国正像千里骏马奔向四个现代化。在幼苗成长的过程中,是在温室里精心培育呢,还是让他们经风雨、见世面? 这是教育上面临的问题,也是儿童文学创作上面临的问题。暖房里是长不出万年松的,经历过风霜雨雪、吸收了各种滋养的苗芽,才能枝繁叶茂,越长越结实,终于成为参天大树、栋梁之材。

儿童文学工作者同教师、保育员一样,被人们称为园丁,可见对培育祖国的幼苗同样负有一种神圣的职责。这就需要我们通过各种形式的作品,在孩子们幼小的心田里努力培养纯正的、高尚的、健康的思想感情。要教育孩子们热爱祖国,热爱人民,热爱党,热爱社会主义;要教育他们放眼世界,关心天下大事,关心人类的命运;要教育他们爱学习,爱科学,爱劳动,爱清洁;要教育他们遵守学校纪律和公共秩序,尊敬师长,团结同学,关心集体,爱护公物……凡是一个教师、一个家长应该关心、应该做到的,都应该成为儿童文学工作者要关心、要注意的题目,都可以提炼出儿童诗的主题。——这就是我自己感受最深的体会。

我只是一个业余儿童文学作者,同许多同志相比,我写的数量既少,质量也差。这其中占多数的,是政治题材的诗。我写少先队员们参加社会主义建设和社会生活的诗(《彩色的幻想》《在陶然亭,有一棵小树苗》《什么花红红开满山》《夜晚,在丝瓜棚下》《少先队员游鞍山》《点起豆油灯》《说不清的志愿》《小姑娘养猪》),写少先队员缅怀革命先烈、继承革命传统的炽热情怀的诗(《烈士墓前》《篝火燃烧的时候》《井冈山上小红军》《忠魂曲》《在毛主席身边长大》),写那些勇敢保卫集体财富的少年英雄事迹的诗(《保卫红领巾》《刘文学》《草原小姐妹》《大巴山上小青松》),写少先队员们渴望着走向未来、成长为共产主义接班人的诗(《献给英雄的长辈》《红领巾十年》《时刻准备着》《沿着雷锋叔叔成长的道路》《走向未来》)。我对所有这些诗,满意的少,不满意的多。我虽然努力想从一个侧面反映祖国新一代的生活和精神面貌,但是写得不充分,不丰满,文字也不美,这是一直引以为憾的。

我们的下一代,是多么可爱又可敬的一代! 你同他们在一起的时候,他们能一口气提出几十个为什么。他们渴望知道老一辈无产阶级革命家为人民作出过什么贡献,渴望知道爸爸妈妈哥哥姐姐们今天正在干什么,明天又想干什么,渴望懂得为什么我们伟大的祖国母亲还是如此贫困和落后,渴望懂得怎样才能在这 960 万平方公里的大地上实现四个现代化,实现多少革命先烈要使祖国繁荣富强的崇高愿望……他们想知道、想懂得的很多很多。我们这些被尊称为伯伯、叔叔、阿姨的人,自然有义不容辞的责任回答他们,引导他们。而且,从他们中间学习我们所没有的、或者失却了的东西,唤回我们的那颗"童心"。在那些纯洁的、天天向上的心灵面前,你会感到:一切自私的、贪婪的、邪恶的念头,都是可耻的,应该涤荡干净;一切懈怠的、消极的、颓唐的情绪,都是不允许的,应该振奋起来。

20 世纪 50 年代和 60 年代前期,我同孩子接触,经常听到他们眉飞色舞地讲自己的志愿和抱负,讲社会主义建设的蓝图,讲共产主义理想,讲"小五年计划",讲学习雷锋叔叔的好人好事。尽管由于受到长辈的影响,语句中有时免不了有点成人气,但他们的心是真诚的、坦率的、也是炽热的。他们还常常背诵一些诗句(有些并不是儿童诗),神情是那么认真、严肃,这使我感到特别高兴。大凡爱写诗的人,看到诗在生活的土壤中生了根,成为人民群众、成为孩子们所接受、所喜欢的东西,总是会感到鼓舞和欣慰的。

五

从 20 世纪 60 年代后期起,林彪、"四人帮"搞了一场空前未有的灾难。他们制造和推行的极左路线,践踏传统,破坏人性,腐蚀灵魂,毁灭文化。十年浩劫,儿童文学、儿童诗,同整个文化艺术一样,都在魔爪的"横扫"之列。儿童文学园地里百花凋零,儿童诗也只剩下了被歪曲的"革命儿歌"。少先队活动停止了,少先队的历史功勋,连同这光荣的名字,都被那伙阴谋家一笔抹杀了。那些年间,我有时到女儿的小学校里去参加家长会,在黑板报上看到不少"儿歌",心里总有一种说不出的滋味。那些"儿歌"大都是从报上抄来的,今天打倒这个,明天打倒那个,这能怪孩子们吗? 能怪老师和辅导员吗? 孩子们是喜爱诗歌的,可是他们读到的好诗太少了;儿童诗的作者也是愿意为孩子们多写些好诗的,但在棍棒挥舞下,他们又能写什么呢?

难道少先队几十年光荣的历史就这样被一群奸贼搅得烟消云散了吗? 怎么可能! 人民不允许,少先队员们也不允许! 当时我就想:只要有可能,我还是要歌颂少先队,歌颂少先队员。1973 年冬天,《北京少年》编辑部考虑到要对小读者进行少先队光荣传统的教育,要用刘文学的英雄事迹教育孩子们同阶级敌人作斗争。于是,我将十多年前写的叙事诗《刘文学》修改后在《北京少年》上重新发表。20 世纪 70 年代的读者自然不是60 年代初期的读者了,他们可能第一次听到刘文学的名字。我自己却还有一个想法:让诗句里多次出现的少先队员的名称,来表示我的抗议。你们不是横蛮地取消了少先队的名称吗? 不是无理地禁止孩子们戴红领巾吗? 我写的是 10 多年前的事,那时可没有"红小兵"这个名词! 要让孩子们知道:中国少年先锋队这个光辉的名字,跟他们胸前的红领巾一样,是永不褪色、永放光芒的。

为了同样原因,我又修改 10 多年前着手写而未写完的一首长篇叙事诗,那是写井冈山时代少先队员的事迹的,题目就叫《打不烂的少先队》。我心想:你们打吧,打吧,少先队是打不烂的,正像我们伟大的党、伟大的人民也是打不烂的,永远打不烂的! "打不烂的少先队"这句话,是毛泽东同志 50 年前在井冈山上说的,多么英明的预言啊!

经历了冰天雪地的严冬,如今,春雨春风又来到祖国大地,来到孩子们的头上。党中央领导全国 9 亿人民正在同心同德地奔向四个现代化。在我们的下一代面前,更是开辟了无限广阔,无限光明的前程。党和人民把培育共产主义接班人、培育四化突击手的千钧重担放在教师、辅导员、儿童教育工作者的肩上。作为一个业余的儿童文学工作者,在这样的历史重任前,我深感应该做的事很多很多,而自己做得太少。

革命征途千万里,一代又一代的少先队员、少年儿童成长起来,接过父辈的班,去为祖国、为人民建立新的功勋。1979 年 9 月,为了祝贺我们伟大的中华人民共和国成立 30周年大庆,也为了纪念中国少年先锋队成立 30 周年,我献给孩子们一首诗《两代红领巾》。我衷心地向新的一代少先队员祝福:

> 我接过妈妈的红领巾,
>
> 我的心像要冲出胸膛,

这哪是一条红领巾啊，
它是一面旗，一团火，一杆枪！

三十年，三十年过去了，
又一代少先队员紧紧跟上，
老一辈革命家在前面引路，
上一代少先队是我们榜样。

……

妈妈，请您放心吧，
您的儿女一定快快成长，
我们懂得红领巾得来不容易，
经历了无数雷电风霜。

祖国，请您放心吧，
您的孩子将会百炼成钢，
2000 年在向我们招手，
队旗，跟在党旗、团旗后面飘扬。

　　至于我自己，虽然没有赶得上戴红领巾，但是 30 年来，同少先队员们相处的日子，总是我最值得留恋的美好时光。同孩子们在一起，我受到的教育和鼓舞，也是难以忘怀的。如果没有这些，也就没有我写的那些儿童诗，这是毫无疑义的。放眼 20 世纪 80 年代，我希望继续能为孩子们歌唱，在他们向 21 世纪的大进军途中，继续当一名鼓手。

1980 年 1 月，北京

　　（原载袁鹰著《百年百部中国儿童文学经典书系·时光老人的礼物》，湖北少年儿童出版社 2007 年版）

新中国儿童文学

70 年

1949
2019

# 敖德斯尔:《小冈苏赫》与民族儿童典型的塑造

## 张锦贻

《小冈苏赫》是敖德斯尔 20 世纪 50 年代的作品。那时,新中国建立不久,作者在内蒙古草原飞速发展的崭新的社会环境里,在内蒙古历史上从未有过的组织起来放牧的生活中,塑造了一个受着新生活、新思想的哺育,又具有蒙古民族剽悍气质和倔强性格的牧民儿童——小冈苏赫的形象,真实地、生动地表现出在那个特定的历史时期里,蒙古族儿童的思想、感情、理想和意志。并且,从小主人公所特有的思想方式、生活方式中,真实地、生动地反映出内蒙古牧区的草原风光、社会状况、风俗习惯和人民的心理特征。作品产生的年代虽然已经过去了整整四分之一世纪,然而,那个浑身都是草原气息的新型小牧民的形象,却超越了时代和民族的界限,一直活在小读者的心中。无论是蒙古族或其他民族的儿童,都把小冈苏赫看作是生活的伙伴、学习的榜样。作家成功地塑造了小冈苏赫这个蒙古族牧民儿童的形象,使作品获得了强大的艺术生命力。

在生活中认识和了解一个人,总是由表及里。作者从生活实际出发,一开头就着力描绘对小冈苏赫的初次印象:

> ……突然,蒙古包的门被闯开了,一个身穿草绿色长袍、腰间像大人一样宽宽地扎着红绸腰带的七八岁的孩子,骑着一根长长的柳条子,身上还挂着刀枪、弓箭,横冲直撞地跑进来。
>
> "阿爸,给我买来了套马杆绳没有?"他边问边掏着父亲的怀。
> ……

这装束、这动作、这模样,都透露出草原牧民的感情和蒙古民族的气质,性格是十分鲜明的。作者用来刻画小主人公性格的是两件极平常而又不平常的东西。一件是小冈苏赫在客人面前歪着头、拉着长调炫耀他胸前佩戴的一枚劳模奖章;一件是放在佛龛里用哈达层层包裹的褪了色的红领巾。小冈苏赫自己说这劳模奖章是"这么好的东西",但他告诉客人,奖章不是他自己的,是他阿爸的,表现出他不爱虚荣、天真烂漫的性格。他心目中认为最好的东西是那条褪了色的红领巾,但当客人问起那条红领巾,他却不好意思地跑到他父亲背后藏起来。于是,这条普通的红领巾就构成了一个引人入胜的巧妙悬念,动人的故事从此开始,并逐步展现出小主人公的内心世界。儿童爱戴红领巾,在敖德斯尔的笔下并不只是一种表面现象,而是充满了儿童世界纯朴的美。把心爱的红领巾用哈达裹上,又珍藏在佛龛里,是蒙古族牧民儿童特有的思想感情,是小冈苏赫独有的举动。

作家所以能够把握住民族的心理、气质及其在新时代的发展,是由于他们深深地植根于本民族人民生活的土壤中。蒙古民族长期的游散放牧,反动统治者长期的民族压迫,边疆草原长期的艰难生活,祖先长辈长期的反抗斗争,使它的人民具备了质朴、坚韧、强悍、粗犷的共同而又独特的心理素质。作家理解本民族的过去和现在,理解本民族的传统和发展,理解本民族儿童的生活和心理,他才能在广阔无边的民族生活的土壤上,从各个方面、各个角度,捕捉并表现本民族的新型的牧民儿童在现实生活中的特殊性。

人物的典型性只有在典型环境中才能得到充分的揭示。特定的社会环境影响并决定具体人物的思想行动,促进人物性格的形成和发展。敖德斯尔在《小冈苏赫》中,很注意描写那些环绕人物并促使人物行动的具体环境。小说写那条褪了色的红领巾故事时,着力地、具体地描绘了新中国成立后内蒙古草原上大风暴的典型环境:"狂风卷起了浑浊的黄沙,刮得天昏地暗。"蒙古包被刮倒了,羊群走散了,深夜里,寒风中,山风呼啸,恶狼嗥叫。当风暴袭来的时刻,小冈苏赫的父亲在旗委开会,母亲忙着去找牧业社的畜群,牧民们就像临阵的战士一样,男女老少一齐出动同风暴搏斗。正是在这样的环境里,小冈苏赫的性格得到了最深刻的揭示。他在大旋风中,从倒下的哈那下边钻了出来,像一团蓬草一样,被风卷住,连滚带爬地把羊群赶到一个沙窝子里,驱走了害怕,吓跑了恶狼,度过了黑夜,300多只羊没有损失一只。因此,阿爸把劳模奖章挂到他的胸前,转业军人旗委书记把一条染着志愿军战斗英雄和朝鲜少先队员血迹的褪了色的红领巾系在他的脖子上。

作家还从不同的时间、地点,在不同的条件下揭示出小冈苏赫性格中的各个方面:他珍爱那条褪了色的红领巾,但一听到牲畜的叫声,就急急忙忙往外跑,顾不得讲红领巾的故事;他跟小伙伴们吃掉了"好阿爸"过年供佛爷的点心糖果,"好阿爸"气得拿起套马杆子追,小伙伴四处奔逃,他却一动不动地站在那里等着认错;在那个大风暴的黑夜里,他感到一个人在野外很可怕,但他想起父亲的话,要做一个好牧民,独自把羊群赶进沙窝子里,还装着大人用粗嗓子喊;他听到狼的叫声,一边为自己壮胆,一边把羔皮帽子挂在小树上当作假人,但又鼻子发酸,含着泪呼唤妈妈……作家的笔就像雕刻家的刀,一笔一刀,使小冈苏赫的形象鲜明、生动,并逐渐丰满起来。他健壮、勇敢、爱劳动、不怕困难;天真、憨厚、诚实、知错就改;聪明机智、善思索、有主意。蒙古民族在长期实践中形成的心理素质,新社会草原上集体放牧的新生活,党培育的革命英雄主义的新风尚,在小冈苏赫的性格形成过程中起了决定性的作用。爱集体、爱祖国的一致性在小冈苏赫的身上得到了充分的表现。稚气和淳朴,莽撞和勇敢,顽皮和聪颖,融合在一起。使读者强烈地感受到,在这个蒙古族儿童的刚强气质里,澎湃着对党、对社会主义的强烈的激情,浸透了爱国主义的思想情感,这是新时代的民族精神在牧民儿童心灵中的反映。时代的特征,学龄初期儿童的心理,蒙古民族的传统,通过小冈苏赫鲜明的个性表现出来。如果让小冈苏赫跟《故事的乌塔》《蒙古小八路》(这是两部蒙古族儿童中篇小说)中的小巴特尔、小扎木苏作比较,可以明显地看到,他们虽然都是蒙古族儿童形象,但由于作品的时代背景、地区特色、环境条件各不相同,因此,人物的性格特征也就迥然不同。所以说小冈苏赫是蒙古族儿童形象中的"这一个"。作家的创作实践说明,儿童文学作品中的"这一个"只有在典型环境中才能历史地、具体地、生动而真实地描绘出来。同时,只有通过对典型性格的塑造,方能反映出一定社会生活的某些本质方面及其必然规律。

敖德斯尔描绘典型环境的艺术手段是多样的。他善于用蒙古族儿童的目光来观察周围的世界,描绘出一幅幅富有特色的风景画。如写风暴的夜晚,小冈苏赫坐在松软的草地上,仰头望着那深蓝色的天空而引起的各种美丽的想象,听见狼嗥想妈妈,看见明净的月亮像见了亲人一样的情景。那段对草原夜空的素描,渲染了环境的气氛,从而更好

地为刻画小冈苏赫的心理活动服务。

作者运用蒙古民族的儿童语言刻画小主人公的性格，也是十分成功的。语言简洁、活泼，有情趣，有蒙古族语言的特点，但又为各民族的儿童所接受。如写小冈苏赫进门后的样子："活像一个打了一只狼回来的猎人。"写小冈苏赫跟客人的对话，把他的机灵可爱的神态写得活灵活现：

> "几岁了？"
> "7岁了。是属老虎。就是那个什么也不怕的大老虎，你看见过大老虎吗？"
> "没有，你看见过吗？"
> "我看见过。我们'好阿爸'的佛龛上就有！我不怕大老虎，哼！"

写小冈苏赫独自一人赶狼的情景就更觉传神，绘声绘色，十分逼真：

> 那两只狼跟羊群更近了，小冈苏赫的眼睛睁得很大，咬着嘴唇，握紧了拳头："介嘿——！"他像阿爸那样大喊了一声。他的声音出乎意料的响亮，立刻传到了山谷，发出同样响亮的回音，两只大狼好像被抽了一鞭，惊吓得转身就往后跑。小冈苏赫乘胜大喊，一直追到东坡上，狼已经逃得无影无踪了。他站在小山顶上擦了擦汗，好像打了胜仗的英雄。

可以看到，作家善于运用质朴的口语、精彩的句子来表达小主人公的性格特征，表现出语言的民族特点、儿童特点、个性特点，是性格化的语言。

作家还善于选择富有生活气息的细节，使小主人公的音容、笑貌、举止都跃然纸上，使这个草原上的蒙古族儿童形象更丰满、更逼真，真正是呼之欲出。如写小冈苏赫和他的伙伴吃光了"好阿爸"和他老伴供奉佛爷的点心，把佛爷弄得东倒西歪，还在释迦牟尼铜佛的手上放一块羊尾巴的那一段，表现出小冈苏赫淘气但又诚实的一面，也揭示了这一代小牧民已经不再迷信佛爷的新的精神面貌。又如写寒冷的夜里，草叶沙沙响，像有个可怕的怪物跟着似的，小冈苏赫有点害怕，但壮着胆子，像他父亲那样迈着摔跤手的稳重步伐，绕着羊群走了一圈；写他能听出小白羔的饥饿的叫声，而且懂得怎样去按住老母羊的大乳房，让小白羔跪在母羊身下，吮吸甘美的乳汁……这些描写，精雕细刻，很有功力，更加强了这个儿童形象的意义。作品中这样的细节还可以举出很多。由于这些细节真实地反映了草原上蒙古族儿童的思想，洋溢着蒙古族儿童特有的感情，因此拨动了小读者的心弦，引起他们思想上的共鸣。细节的真实是任何其他描写所不能代替的。丰富的社会生活，是作家取之不尽、用之不竭的创作源泉。敖德斯尔笔下的细节的真实，深深地植根于现实生活的土壤之中。他笔下的细节之所以"细"，不仅是言其细小，而且言其精细，它是从千变万化、千姿百态的民族儿童生活中开掘出来、提炼而成的。

儿童的生活是不能离开成年人的。他们总是在成年人的教育和影响下成长的。所以，写好成年人的形象，对于成功地塑造儿童形象有着至关重要的意义。小冈苏赫的阿爸特木尔图喜，是自治区闻名的摔跤手，他们家雪白的蒙古包的"哈那"上挂满了劳动模范奖状，说明他对发展畜牧业有很大贡献。父亲的言行为小冈苏赫做出了榜样。小冈苏赫在风暴袭来的夜晚追赶羊群的时候，想着阿爸的教导；在狼来的时候，学着阿爸在这种时候所做的事。这就从侧面反映出小冈苏赫这一代新型的小牧民是如何在长辈的指导和帮助下不断地进步的。小冈苏赫的妈妈敖尔吉玛心地善良,性格开朗,在风暴中,她不顾自己的家去帮"好阿爸"赶一群怀胎母羊,表现了她热爱集体、热爱集体财产的好思想、好品德。她言传身教,把牧民优良品德的种子,播在年轻一代的心田上,并开花结果。当然,作家笔下的人物是典型的,从草原牧民的新家庭、新一代,深刻地反映出党的民族政策的胜利,社会主义祖国的发展和壮大。敖德斯尔的创作实践,说明了儿童文学作品中儿童典型形象的塑造,与其他文学著作一样,具有重要意义。

（原载张锦贻著《民族儿童文学新论》，内蒙古教育出版社 2000 年版）

# 徐光耀《小兵张嘎》的艺术成就

高洪波

徐光耀同志的小说《小兵张嘎》是一部脍炙人口的佳作，它能使不同年龄的读者手不释卷，也能让不同国度的小读者爱不释手。在阅读中，那充盈在字里行间的儿童情趣，令人忍俊不禁；那浓郁的生活气息和神奇的斗争生活，又让人迷恋和神往；而全书的小主人公张嘎，以他特有的魅力，走进小读者心中，成为孩子们生活中亲密的伙伴。这种类型的儿童文学作品，是儿童文学园地里的珍品和奇葩，其审美意义、认识意义和教育意义是不可低估的。

徐光耀在谈到自己这部作品时，曾总结到一点：从生活出发和从人物出发，并坚持奉为"正路"。这一总结有助于我们对《小兵张嘎》的理解。因为生活毕竟是一切创作的源泉，是根本的东西。作者徐光耀13岁参加八路军，自己本身是"小鬼"，也结识了不少同辈的"小鬼"，他们一起在战火中滚了七八年，打过仗，吃过苦，经受了锻炼，同时还耳闻目睹了许多"小鬼"们的英雄事迹，受到深切的感动和吸引。于是，他综合、归纳了生活中发生过和可能发生的"小鬼"们斗争的故事，创作出了这部《小兵张嘎》。

但仅仅有生活素材还是不够的，至少距一部成功的文学作品尚有不小的差距，还需要在对已有的生活素材进行提炼、择取的基础上，塑造具有鲜明个性的人物。《小兵张嘎》的成功之处，正在于塑造了张嘎这一烽火少年的形象。在这一点上，徐光耀曾说过："张嘎的思想和品德，我是紧紧抓住并通过'嘎'这一个性来表现的。生活中的素材，凡符合'嘎'这一个性特征的，就吸取就保留，凡不符合的，就淘汰。他对敌仇恨带'嘎'，对党忠诚也带'嘎'，他一切思想行为的表现都带'嘎'，从'嘎'掌握这一人物，也从'嘎'塑造此一性格。"（见《从〈小兵张嘎〉谈起》）由于作者在创作时明确地认识到人物性格个性化的重要，所以，张嘎这一人物就带着浑身的"嘎"劲儿，闯进了儿童文学领域，成为不可替代的"这一个"。在他身上，像反射阳光的晶莹的露珠般反射出时代的光芒，既像当年活跃在抗日战场的千百万小伙伴们一样，又区别于这千百万英雄少年的任何一名。也正因为如此，《小兵张嘎》才经受了时间的冲刷，至今仍不减其艺术的光彩。

我们知道，文学作品中，尤其是叙事文学作品中，成功与否的重要标志就是典型人物的塑造。而塑造典型人物的方法之一，是真实地再现典型环境里的典型性格，是通过行动刻画出人物性格独特的个性。《小兵张嘎》中的小主人公张嘎，塑造得之所以有血有肉，可亲可爱，首要的一点是作者在逼真地再现了抗日战争这一特殊的历史背景之后，毫不掩饰地写出了嘎子的成长过程。写出了一个不懂事的农村顽童是怎样为国恨家仇所驱使，走入到抗击侵略者的队伍，直到成长为一名合格的人民战士，从而使读者的心灵受到一次战火的熏陶、斗争的洗礼。

张嘎是少年英雄，他杀敌英勇、不怕牺牲，而且作战机智、灵活过人。但他首先是个孩子，他是集英雄气与孩子气于一身的典型人物。正因为如此，才显得真实可信，毫不虚假。他可以用硬枣刺扎破"汉奸"（其实是自己人）的自行车胎，然后以初生牛犊不怕虎的胆略去空手夺枪；也能被小胖墩儿的"柳条鞭"爆竹吸引得置纪律于脑后，去爬树摔跤赌输赢，当要输的时候，竟会咬人！他可以气上心头时上到房顶堵烟筒，自己却在房上乐得前仰后合，毫不考虑军民鱼水情，但当醒悟过来，又可以涕泪俱下地向老满叔和小胖墩道歉；他可以由着自己的性子，把缴获的手枪藏到高高的老鸹窝里（却独独忘记了枪套），也可以在交战的紧急关头身负重任，把一挂鞭炮拴到狗尾巴上，吸引来敌人的主力……总之，嘎子的确是个"复杂"而又"单纯"的人物，是集孩子的天真与小八路的机智于一身的综合体，他是渐趋成熟的小英雄，又是活蹦乱跳的小嘎子。正是在这样的描写中，张嘎才活了起来，动了起来。如果作者不是注意发掘人物的性格特点，而是一味写他的英勇机智、果敢顽强的杀敌业绩，单一地表现他的斗争精神，是绝不会形成如此强烈的艺术效果的。另外，我们不难看出作者在力求突出小主人公"嘎"劲的同时，还通过不同场合下的不同表现，使张嘎的"嘎"劲儿包蕴着不同内容。有时这种"嘎"劲是天真幼稚，如嘎子自以为是党员、非要参加党的会议，有时表现为顽皮好胜，甚至有点刁钻，例如咬胖墩儿、堵烟筒的恶作剧；但他的嘎劲儿更多的则是机灵聪慧的同义语，尤其在巧斗"红眼儿"时的说、逗、闹、唱，淋漓尽致地显示出了小兵张嘎的胆量与智慧，委实"嘎"得出奇，"嘎"得可爱；不是血与火的屠杀拼斗，绝对产生不了这样腾跃于斗争浪潮中的弄潮儿。

此外，《小兵张嘎》中的成人形象，如沉稳干练、老谋深算的钱区队长，机智诙谐的侦察员罗金保，对孩子满腔热爱的老钟叔、老满叔等人，也比较成功。尤其是外冷内热的钱区队长，是很有深度的一个成人形象。他喜爱嘎子，甚至到了疼爱的地步，又深深明白该用什么样的态度来把这种感情付诸行动。于是他关嘎子的禁闭、严厉地批评他破坏了群众纪律的行为；没收了嘎子缴到的手枪，因为有比嘎子更需要的同志；他用言传身教的办法，一点一滴地把革命的道理润到嘎子的心田，一锤一锤地把一块粗糙的毛坯锻炼成革命的纯钢。钱区队长在这里绝非是一个可有可无的人物，他代表着成熟的革命前辈，引导着嘎子走向前方。由于一系列成人形象的生动和鲜明，才使得张嘎的成长过程显得更真切、自然。这应算是《小兵张嘎》的又一特色。

浓厚的生活气息、浓郁的地方特色，组成了《小兵张嘎》清新、明快的格调。虽然作者写的是一个严峻的时代，有弹雨啸啸，炮声隆隆，有鲜血和刀光交并，有壮烈的牺牲与残酷的拼搏，但我们仍可感受到作者的一颗童心，他用这颗童心再现了严峻的岁月，却使我们的小读者神往而不恐惧，欣喜而不畏葸，重要的一点是徐光耀懂得儿童心理，知道小读者的兴趣所在，因此他把战争岁月里的"挑帘战"的巧妙，"伏击战"的激烈，以及"地道战"的灵活糅进了自己的小说中，让小嘎子活跃其间，显得生动逼真、趣味盎然。同时加之以真实的细节充实到情节里，于是一幅冀中平原的风情画展现在我们面前：白洋淀那碧琉璃似的淀水，起伏的发出暄笑的芦苇，一望无际的大平原、青纱帐，高耸云端的白杨树，以及北方的平顶房、农家院，烟筒中淡淡升起的炊烟，给人一种宁静的诗意。面对嘎子养伤的荷花湾村的环境描写，又是全书最美的一章。请看作者是怎样描绘嘎子和玉英撑船时的景物的：

> 淀水蓝得跟深秋的天空似的，朝下一望，清澈见底。那丛丛密密的苲草，在水流里悠悠荡漾，就像松林给风儿吹着一般；鲤鱼呀，鲫鱼呀，在里头穿出穿进，活像飞鸟投林，时不时，鲇鱼后头又追出一条肥大的花鲫来，两条鱼看看就

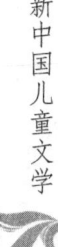

要碰在船上，猛一个溅儿又都不见了。苇根下的黄鲴鱼最是着忙，成群搭伙地顶着流儿瞎跑，仿佛赶着去参加什么宴会。

这种景物的描写，应了"一切景语皆情语"（王国维）这句话，绮丽风光的描绘，意味着紧张战斗之后的短暂松弛，又衬映出山河壮丽多姿与为之战斗者们（当然包括张嘎）精神的美好。而富有儿童情趣的"观鱼"，又使这幅水墨画活了起来，使人宛若置身于一叶扁舟之中和故事的小主人公一道去采菱捉鱼，不由得让你心旷神怡。由此可以看出徐光耀对小说语言的提炼，情节的剪裁，都是下了一番功夫的。他那乡土气息十足的语言，无论自嘎子口中说出的调皮话，还是钱区队长、老满叔说出的语重心长的话，包括反面人物"红眼儿"的答对，都是从生活中提炼过的、经过加工的群众语言，读起来简洁明快，富有表现力，很好地烘托出了整部作品的地方特色和生活气息。

在我国30年来表现革命战争题材的儿童文学作品里，徐光耀的《小兵张嘎》可谓代表性作品之一，他依靠扎实深厚的生活积累，运用鲜明生动的文学语言，遵循儿童文学创作的艺术规律，真实地塑造成功了小兵张嘎这一人物形象，使我们新中国的儿童文学画廊增添了一位性格鲜明的小英雄形象，从而一直激励着一代代的读者。徐光耀的创作经验是值得我们研究和学习的，我们需要一大批与《小兵张嘎》思想艺术水平等同和更高的文学作品，以便使小读者了解历史，理解斗争和革命，从小培养革命英雄主义精神和共产主义战士的气质，这将是我们社会主义儿童文学事业的一个极其重要的内容。

（原载《文艺报》1993 年 11 月 17 日）

# 任大星少年乡土小说欣赏

程逸汝

　　早在 34 年前,任大星就以《吕小钢和他的妹妹》这篇儿童小说为成名之作,登上儿童文学文坛,引起强烈反响。有心育苗天地宽。34 年来,任大星在儿童文学园地上辛勤耕耘,培育多少惹人一见钟情的文学花朵:从《雨亭叔公的双筒枪》到《刚满十四岁》,从《大街上的龙》到《野妹子》,从《我的第一个先生》到《三个铜板豆腐》,直至 20 世纪 80 年代初期的《湘湖龙王庙》,到 80 年代中期的《星子和她的乌老师》……众多的儿童小说都以健康明朗的思想内容、真实鲜明的人物形象吸引着读者。34 年过去了,然而,任大星笔下的人物,却仍然保持着当初的激情,让读者心中为之一动,这种持久的艺术魅力究竟来自何处? 不得不引起我深沉的思索。

　　我与任大星相识多年,有幸于聆听他有关儿童小说创作的言谈。一次,在《少年文艺》编辑部召开的儿童小说新人新作研讨会上,任大星曾回忆了别的作家的论述:每个作家脚下都有一口井,一口无形的井。这是生活的源泉。唯有从自己脚下那口井里汲取创作的源泉,才有可能创造出具有独立生命实体的人物。这不由使我想到:任何作家,只要他把整个身心投入自己的艺术的内在宝库,就有可能成为通向艺术自由天地的值得仰慕的创造者。任大星正是这样,他十分珍惜自己脚下的创作源泉,力图表现人物的灵魂和创造人物的独立生命,因而,最普通、最常见的事物恰恰表现了精神内涵,上升到具有生命的境界。显然,说任大星具有揭示人物内在生命的天赋才能,是一点也不过分的。

　　从事儿童小说创作,是先根据社会伦理道德,规定一个永恒不变的人性模式,然后用这个模式去规范每个活生生的人,还是忠实于具有感性生命搏动的人,忠实于人的潜在的最隐秘的心灵,创造一个全新的人性境界? 显然,后者是小说打动读者的关键所在。任大星丰富的创作实践证实:他选择了后者。因此,与其说他是用笔塑造人物,不如说他热衷于感性生命搏动的追求。这就势必使他的小说有不可重复的个人风格,只属于自己的审美情趣。其价值在于提供特定环境中的人物体验、心境,把人的生命活力还给人自身,默默地呈现着人与人之间的情感关系,导致他的每一篇小说都充溢着人情味。

　　任大星在《三个铜板豆腐》这篇小说中,所表现的是 20 世纪 30 年代中国乡村的一种实在具体的社会人生。在那貌似平静的叙述中,时时刻刻令人想到黑暗动乱年代物质生活对人的挤压,谋生糊口的不易,想到吃豆腐的“快乐”,想到外婆——长辈,对后代发自内心的慈爱。小说所展示的是最无掩饰的社会人生图像,让读者体验到人与人之间的情感关系,体验到人类童年时代的原始生命力,体验到来自感性生命搏动的潜意识冲动。这首先表现在从人的本性去写人的欲求,从社会的实际存在去写社会的现实感。于是,极其平常的“豆腐”一下成了胜似山珍海味的“佳肴”。当娘舅买不到咸鲞鱼,特意买了三个铜板豆腐,而“白生生,软耷耷”的豆腐开始被塞进小毛的嘴巴时,人的感性生命力全部起动了:“我看他急急忙忙把那块被卡碎了的豆腐全部扒进了嘴巴,有滋有味地吞下肚里去了"；"才一嚼动，我舌尖上立即遇上了一种从来没有接触过的鲜美的滋味，把我本来已经相当旺盛的食欲，引得又增添了七八分"；"我一下子就感觉到它是我曾经吃过的最好吃的东西"……在这里，争食豆腐成为一件十分美好的事情，具有顽强的生命力量。作品激励我们的正是这种对于生命和生命力的由衷的赞美。

然而，小说所展示的生活并非像吃豆腐那么舒心、欢快。20多个年头过去了，当年争食豆腐的孩子如今已长大成人，而且也有了孩子。任大星让隔代人旧景重现，盼望着"享受一番我们小时候难得享受到的快乐滋味"，不料，孤孤单单的风瘫的外婆，面临兵荒马乱、穷困潦倒、物价猛涨的年代，竟未能以3枚被汗水擦洗得干干净净的、精光锃亮的铜板，换得一箸壳摊豆腐。这是心酸的人生，又是充满慈爱的人生。外太婆对两个小外曾孙亲热的招呼；两个小外曾孙对外太婆满含热望的问话；外太婆对后一代的无限温情的慈祥的笑容；直至外婆举起那只还不曾瘫痪的手，重复那个20多年前的抹泪动作……一个个镜头所造成的悲剧感正是生命的动力。可见，任大星笔下的聚光点不是任何抽象的人，而是一个个活生生的、个体化的、要生存、要发展、要自由的具体的人。

正因为如此，小说中的人物便能融入他那个生存的环境之中，现出了一种真诚而鲜活的生命感。围绕豆腐展开的情节，一个极其精彩的片段是——

> 啪的一声，妈妈到底给了他一下记在账上的那个巴掌，甚至把他打离了桌面。小毛掀动着鼻翼快要哭出声来了，却突然闭上了嘴扑倒身子猛地钻进桌子底下去了……他这是干什么去啊？
>
> 我很快看清楚了：原来凳脚边有一块不大不小的豆腐呢！ 不消说，那是我们兄弟不久前的争夺战中不留意落下的。难得小毛眼尖手快，他及时地在老母鸡的尖喙边抢了过来，一把抓起就放进了自己的嘴巴……

这里所描述的小毛与老母鸡抢食豆腐的行为，恰恰是来自人的本体的不可遏止的食欲，成为一个人物命运的展示。尽管人生道路崎岖，艰辛繁难累累，甚至暂时没有能力摆脱贫苦的生活，改变不了"投胎错投到穷苦人家"的厄运，但是，只要保持顽强的生命力量，对生活永远充满信心，充满希望，人物便会跨越时代，具有生命搏动的力量。绝不会因时代的间隔而削减艺术形象的魅力。

无需列举更多的事实。只要对《三个铜板豆腐》这篇小说所描述的基本轮廓作大致的观望，就可以凸现出任大星小说的一个比较清晰的意识指向，即在以人道主义作为文学人性内容的基础上，力图开辟一条通向爱的心灵的途径，然后再通向其他的心灵，并激起一种渴望，一种内在的冲动，孕育着未来和希望，由此努力唤起一种更纯洁更高尚的情感。显然，这种感情的共鸣不是肤浅的或无价值的。相反，具有这种生命搏动的感情，会加深和净化读者的感情。

任大星正在实施自己的创作主张，履行作家的职责。如果说《三个铜板豆腐》偏重于表现人的物质生活欲求，那么，《我的第一个先生》则是着重表现人的文化欲求。在这篇万余字的小说中，虽说以反映抗战时期乡村现实的黑暗面为基调，却随时随处可见人物心灵历程的微光，因而，在刹那的直觉中，瞬间的情感体验中，"我的第一个先生"仿佛永不屈服、永不安定，是为了实现满足孩童的文化欲求、反抗一切对自由的压抑而来到世界上的。

在日寇铁蹄践踏的浙江小乡村里，到处都是愚昧社会所设置的栏栅和界限，具有感性生命的个人因文化欲求被压抑而痛苦、挣扎。小说采用第一人称叙述故事的方式，让上海小舅公——第一个先生，置身于简陋的龙王庙。音容笑貌渐次清晰，生命搏动日趋强烈。尽管他只教8个学生，生活穷困，甚至连一天两餐的六谷糊也混不上，但是，他甘心施教于穷苦学生，并以此为乐，乐在其中，其乐无穷。当先生听说"我"从小读书是为"识字、知事、明理"时，竟"一连点头了七八次"，"苍老、憔悴的脸上也显出精神来了"。先生多么理解穷苦人家孩子读书的难处，主动"照顾只读半天书"。先生多么酷爱书籍，一大破木箱的书成了唯一的家当。遇上好天气，晒书，卡死银白色的扁形虫。先生又是多么平易近人，风雪严寒日，尽管拦腰扎根稻草绳的破棉袍子挡不住寒气，冷得索索发抖，却乐意给"我"讲课，并且促膝谈心……显然，"我的第一个先生"是乡村中的"这一个"，他以觉醒者的姿态和活力向愚昧落后的社会争讨归还文化的自由。小说情节的生发，是给感性欲望和个性自由充实具体的社会内容，没有抽象的人格模式的印痕。试看：面临可怕的时疫伴随着饥荒扑到人间的境况，小小龙王庙照样书声琅琅，先生那番至诚至理的话语，简直感人肺腑，催人泪下——

我这一生，还贪图些什么呢！死期越近，我越是要抓紧时间教好学生，让你们多识几个字，多读几句书，多知一些事，多明一些理！

这是觉醒者文化欲求的依稀曙光，即使一闪即逝，也毕竟映照过童年脚下的文化阶梯。为此，不管日本鬼子侵占杭州，先生抱病写信邀请算术教师代课；不管先生面对童子军教官的威胁毫无畏惧；不管先生在密密的雨帘中被捕时的使劲叮嘱……彼时彼景，所作所为，无不闪烁着感性生命的火花。至此，"先生！先生！几十年来，我始终不会把你忘却！因为您是我的第一个先生———一个好先生"，这段临尾的呼唤，自然成为广大读者的心声。

我在作这样的思索：《三个铜板豆腐》和《我的第一个先生》这两篇小说所讲述的是远在抗战时期的故事，然而，细细读来，仿佛是每时每刻发生在我们眼皮底下的故事，或者说，所得到的是对于"现在""此时此刻""正在发生"的感受。读者生活的年代与小说人物生活的年代，几乎遥隔半个世纪，却突然缩短了时空距离，甚至合二为一，抹去了心理感受上的时代界限。这究竟是什么缘由呢？能否这样回答：生存——生物意义上的，社会、心理的生存，是人类的本能。小说中各种人物强有力的感性生命的搏动必将导致所表述的是生存的"过程感"，也就是生存过程每一瞬间的"现今感"。这是造成小说真正吸引读者、百读犹新的源头。长期来，任大星是开辟这一源头的妙手。他的小说具备文学所特有的感性形式，自然提供了生动鲜活的"现今感"。于是，任大星笔下的"过去"确是"过去"，更是"现在"，而且是具有感性生命搏动的不褪色的、不变形的"现在"。它也便因此能满足读者一种来自生存本能的自知愿望，即对于生存过程每一"现今"的感知；它也便因此而能够宣泄读者生存的欲求。难怪任大星的小说具有如此熠熠灼人的光彩，余甘回味的魅力。

以此而论，小说能否富有持久的生命力，取决于人物是否具有独立的生命实体，倒并非取决于人物所处的朝代，取决于"过去"或"现在"。倘若小说中的人物全然成为社会理性规范的图解，那么，即使所表述的是近在眼皮底下的新人，也只能是一具呆滞的毫无生命实感的塑像，绝不会让读者为之一动。

任大星是我国颇有声望的儿童文学作家，他的小说成果累累，引人瞩目。《三个铜板豆腐》《我的第一个先生》这两篇小说曾多次收入各种版本的小说集。尤其是《我的第一个先生》，这是任大星"文革"期内搁笔整整10年后，重新创作的第一篇小说，1979年发表在《少年文艺》上，立即显示感性生命搏动的威力，获取读者投票最高数额，在《少年文艺》获奖作品中名列前茅。后来，这篇小说又被选入中等师范《文选与写作》教科书，从此，拥有更广泛的读者群。生命不息，创造不止。任大星苦苦追求人物感性生命的搏动，创造灿烂的人生。这恐怕是他的小说之所以有生命活力的奥秘。用他自己的话来说："写小说而不尊重人物的性格发展，不让他们在千变万化的偶发事件中去展示他们的性格，而时时处处都牵着他们鼻子在事先规定好的路上跑，这就难免会把丰富多彩的实际生活表现得十分刻板。"（引自《任大星致沈义贞》）"反映生活好比是雕树根，不是任何东西都能雕上去的，对生活的加工一定得依赖于发挥艺术创造力。因此，不能太拘泥于创作方法，这样会导致创作结构化。我提议：作为小说家应该像一个园林师对待树根一样不歪扭生活，作为小说编造的痕迹尽量少些。"（引自"上海师专文科班儿童文学讲座"）

任大星那一篇篇充满活力和陶冶心灵的小说，其价值是不可估量的。它至少使那些离开生活胡编滥造，离开生命实体空洞说教的小说黯然失色。随着岁月的流逝，任大星已两鬓斑白，年逾花甲，可是，他的笔下的人物却一如既往，永葆青春，始终洋溢着感性生命的活力。

（原载《儿童小说十家》，海燕出版社1989年版）

# 谈萧平的儿童文学创作

宋遂良

从 20 世纪 50 年代到 80 年代,萧平同志已经为孩子们业余写作了 30 年。他的处女作《海滨的孩子》的第一批读者,当年和作品的主人公大虎、二锁一般大的少年,如今也早该做了父亲了,他们的孩子,也许仍然在饶有兴味地读着父辈们儿时所喜爱的这些小说吧。时代前进了,社会发展了,情况有了很大的不同,但是人的感情,那种美好、向上的追求,那种好奇的,充满创造欲望的探索,儿时那天真无邪兴致无穷的欢乐,幼稚美丽而古怪多变的幻想,却是人类世世代代永远不会泯灭,不会陌生的。萧平的全部作品,都是教人美好、催人上进,鼓舞人们热爱生活的。从黄海的沙滩到风雪的阴山,从玉姑山下到圣水宫中,从现实生活到童话王国,萧平为孩子们建构了一个奇异、温馨的文学世界。这里有美丽皎洁的三月雪,安谧恬静的果树园;丰富广阔的田野,寂寞神秘的夏夜;有小猫、大雁、狼、虎、布谷鸟;有两代人的革命情谊,有朦胧飘忽的少男少女间的心心相印,有师生之间久而弥深的情分,有童年朋友长大重逢的喜悦……我猜想,萧平在写这些小说时,心境一定是清明的,胸臆间充盈着博大的爱,他的书桌上一定没有灰尘,纸是白的,天是蓝的,阳光从窗外映照过来,只有听到天籁地籁之声的人,才能写得这么从容纯真。

萧平的这些作品是朴素的、深沉的,有着一种书斋式的宁静。他从不用夸张的笔墨、过激的言辞去渲染什么,说教什么,也不让孩子们去讲大人的话。他像一位真诚的朋友,弯下腰来和孩子们亲切交谈,平静地(带着微笑偶尔也皱起眉头)叙述他的故事。

在相当长的一个时期内,我们的儿童文学创作过于讲求政治的、社会的功利,路子越来越窄,面孔越来越凶。进入新时期以来,也还有同志主张"儿童文学就是教育儿童的文学"。把文学的功能仅仅归为一个教育作用,即使是广义的教育作用,也仍然是把问题简单化了。感知、解悟、认同、交流、想象、娱悦、审美……都不是可以用"教育"涵盖的。好的文学,是帮助人认识世界,认识人生,认识自身的,在这个认识领域里,它是可以无休止,无穷尽地深入的;它的另一个功能是审美,在审美领域,文学同样是无边界、无止境地发展着的。它的自由天性、创造精神,不疲倦的探索,激动而多变的品格,它对一切美好事物的天然亲近,都使它最不能容忍做作、矫饰和虚假,它厌恶居高临下和引经据典,它从来不愿以"教育者"的面目出现。

……

萧平好像特别喜欢那些像泥土一样质朴的农村孩子,他们从小同艰苦的劳动、美丽的山川、慈祥的奶奶、善良的爷爷生活在一起,长得那样结实健康,勇敢憨厚,懂得劳动的意义,知道生活的艰辛。这些名叫铁锁、二汉、铁子、锁柱、大虎、二锁的孩子,一个个汗淋淋、红扑扑、笑眯眯地从萧平的作品里向我们走来,连他们的名字也发出铿锵的声音,充满着一种茁壮阳刚之美,浑然有别于那类小猫、小狗、公主仙女的情趣。你看那位名叫铁子的小牛倌,他会摔跤、投掷、游泳、爬树、逮鸟、指挥打架,他豪爽慷慨,知识那么多,身手

那么巧，穷得那么倔强和欢乐，是一个多么可爱的小"司令"啊。

我常想，一个人的童年，最好是在农村度过（至少也应该去农村走走），吸收那些山川自然的灵秀之气，"多识于草木鸟兽之名"，解悟那浑厚淳朴的古老民风，就会使自己的根基更坚固，气质更沉稳。鲁迅后来回忆起在一个"月色朦胧在水汽里"的夜晚，他同一伙小伙伴去赵庄看社戏的航途中，依稀听到一阵婉转、悠扬的横笛声时的感受。他写道："那声音……使我的心也沉静，然而又自失起来，觉得要和他弥散在含着豆麦蕴藻之香的夜气里。"这种感受滋润充实着一个少年的心灵，它是多么庄严美丽啊。我们从鲁迅对平桥村、赵庄的深情描绘中，对阿发、闰土、长妈妈、六一公公的真挚怀念中，不是也能感受到农村这个"仁厚而黑暗的地母"给予少年鲁迅的那种内在精神力量么。同样，在萧平的一些作品中，我们也能感受那"豆麦蕴藻之香"，那平和刚韧之力，也都是来源于哺育我们生长的大地哟。

萧平的作品，具有比较广阔深邃的审美意境。它的艺术感染力常常来自于他对人性、人情、人伦的抒写和赞美。这类作品往往给读者带来一种向往、怀念、遗憾交织在一起的感情；因为残缺、遗憾而更觉向往："登高壮观天地间，大江茫茫去不还。"在《玉姑山下的故事》这个短篇里，蕴蓄着多少缠绵的情意和对于人生的宽阔思考。关于玉姑的悲剧性传说，小凤母亲的屈死，父女相依为命的凄苦，小凤父亲的牺牲，良子和小凤朦胧的初恋的夭折，一个远非完整的故事，却带来了一次次情感上的冲击，直到最后，在激烈的反扫荡战场上，在初升的太阳映照着的积雪的山谷下，一个酷似小凤的女战士纵马疾驰而逝时留下的"踏踏"马蹄声，给读者留下多少遐想和惋惜！这是现实、幻觉、愿望的交融，也是读者思考、体味、再创造的领地。还有那个隐掩在深山老林断垣残壁中的唐代古庙圣水宫，那位终日在宫里与道士尼姑为伍只知雷公雷母和张天师的小姑娘，终于被偶然相遇的县委书记引出深林古刹，进了学校，成长为一名教师，她从"山中方一日"的蒙昧走向"世上几千年"的文明，从一个候补尼姑变成一位正式教师，多么轻巧自然和富有诗意！这个圣水宫中的小姑娘玉英，和那个玉姑山下的小姑娘小凤殊途而同归的经历，不正是中国现代史的一个小小的缩影么？

这样的一些作品，便很难说是专为孩子们写的了。作家只是借助一个孩子的视角切入生活，让他带着那么多迷惑不解的问题，去观察一个地下党员家庭的神秘生活，一块古旧尘封的宗教领地；带着一颗初涉世象的明澈的心，去映照小凤、玉英那不辨深浅的感情世界，于是写出了那连绵不绝的人的遗憾和向往，偶然和必然。每一个年龄层次的读者，似乎都可以从这些故事中感悟到一点什么。在20世纪50年代的中国文坛产生过很大影响，并为萧平带来很高荣誉的中篇小说《三月雪》，更是一首对人情的宽阔丰富的赞歌，这个作品对先烈的礼赞和慰安同对后代的期许与鼓励结合得多么凝重和谐。我们从中感受到的不仅仅是继承革命传统、培养接班人等表层意象，而且包含着对生命延续发展的思考：历史的艰难，生活的严峻，个体的责任；包含着对逝去的战争岁月中美好情谊的眷恋和呼唤。这里并没有引出"大团圆"的喜悦，也没有关于善恶报应的因果解说。故事结束了，现实生活依然在行进。历史沉淀下来的一个时代独特的道德的、审美的价值观念，作为一种精神养分将长久地流贯在民族的血液之中。从这个意义上讲，《三月雪》的精神是永存的。

……

（原载《萧平小说集》，明天出版社1989年版）

# 张继楼的儿童诗和幼儿戏剧创作

彭斯远

新中国成立以来，重庆的儿童文学继抗日战争时期的陪都儿童文学高潮之后，重庆儿童文学出现了又一个高潮。在这一高潮之中，首先应提及的是张继楼关于儿童诗和幼儿戏剧的创作。

张继楼虽是江苏宜兴人，但因从小受到苏南传统儿歌如"萤火虫，夜夜红，公公挑水浇胡葱"的影响，所以新中国成立前夕他随西南服务团文艺队入渝以来，就非常注重对于重庆曲艺及其民间文学的学习。重庆口传民间文学的地域性特征，极大地征服感染了张继楼，因此，他从1956年出版第一本童话诗集《母鸡和耗子》开始，又陆续推出《唱个歌儿给外婆听》《在城市的大街上》（1960）、《夏天到来虫虫飞》（1963）、《在农村的田野上》（1964）等儿童诗歌专集。

综观张继楼儿童诗创作，人们发现，他为低幼孩子创作的儿歌，显然是最出色的。而在他的众多儿歌中，犹以先在《诗刊》发表而后又于1963年在少年儿童出版社推出的组诗《夏天到来虫虫飞》，在全国的影响最为巨大。原来该组诗通过对蚱蜢、蜜蜂、蜻蜓、蜈蚣、蚊子、蜘蛛、叫哥哥、萤火虫等八种昆虫的素描，把孩提顽皮与聪敏的个性都予以极传神的描摹。比如《蚱蜢》说：

> 小蚱蜢，
> 学跳高，
> 一跳跳上狗尾草。
>
> 腿一弹，
> 脚一跷，
> "哪个有我跳得高？"
>
> 草一摇，
> 摔一跤，
> 头上跌个大青包。

全诗虽只39字，但却对蚱蜢这自以为掌握了跳高技巧而洋洋得意的顽皮孩子之象征形象，做了传神的白描。诗句用腿弹、脚跷、草摇这样极简约的造句，让儿歌用字显得更为洗练，准确地切合了幼儿对诗的理解。三个小节的末行虽为七字句，但既切合孩提口吻，又未用一个难字难词。语言简洁洗练，这正是诗人技巧趋于成熟的表现。

组诗中还有《蚊子》一诗，也写得与孩子心理十分投合。且看，"蚊子当医生，/出门去打针。/'打的什么针？'/'打的吸血针。'/'给你一巴掌,/叫你医生当不成。'"儿歌仅用三言两语的对答,就将这打吸血针的魔鬼形象作了惟妙惟肖的写照。小诗以幽默机趣而口语化的表达,把蚊虫的欺骗行径予以昭然若揭的暴露。

诗人穆仁在重庆晚报1997年4月11日发表的《张继楼的儿歌》一文中,谈起《蚱蜢》《蚊子》时指出:"这两首堪称炉火纯青的创作儿歌的成功之处,在于作者深入学习借鉴传统儿歌所取得的成就,他熟练自如地运用了童话诗的'三、三、七'一节的句式,和以问答体展开情节的表现手法,加上儿童世界想象的拟人化,简洁明了的语言,推陈出新地完成了这一创作。"应该说,这一评价是很公允的。

张继楼在写儿歌的同时, 还创作了一些适合幼儿阅读的短诗。作者从幼儿视觉出发,把电车比拟为"拖着辫子的姑娘",把洒水车看成长着"雪白胡子"的老人,把林中蘑菇描写成头戴斗笠的娃娃,把黄桷树视为"鼓着绿色手掌"的山城卫士,这些充分体现了儿童奇妙想象的小诗,大部分收集在《城市的大街上》和《童年的彩墨画》等组诗中。

除了儿歌,张继楼也擅长写童话诗。比如《母鸡和耗子》运用五字一句,四句一节的结构和通俗明了而又生动诙谐的语言讲述故事,很受小读者欢迎。原来该童话诗叙写名叫阿痴和阿瘟的一对小耗子外出偷食落花生和香油,遭遇正在夜巡的黑猫的追赶,阿瘟逃回了洞里,而阿痴却难于脱身。但它发现了正在孵蛋的母鸡后,立马设法骗取对方信任而后再请求对方救它一命。待母鸡骗走黑猫后,刚刚脱身的阿痴反倒约来阿瘟一起偷盗母鸡的蛋宝宝。母鸡发现上当后,立即向黑猫报告了案情。最后,黑猫在母鸡的配合下,终于捕获了两个干尽坏事的小耗子。

该童话诗的情节曲折起伏,细节丰富生动,人物对话幽默而又充满个性化特色,比如童话诗在交代阿痴逃跑和后来如何花言巧语骗取母鸡信任时,巧妙安排了如下一段叙写:

沿着墙根逃,心里直扑腾,
心慌意又乱,三步打个滚。

墙脚有母鸡,孵蛋正出神,
忽听脚步响,睁开圆眼睛。

阿痴见母鸡,跪地叫婶婶,
"让我躲一躲,救我小性命!"

母鸡见阿痴,开口问原因:
"慌里又慌张,到底啥原因？"

"只为肚子饿,出门买糕饼。
黑猫不讲理,把我当坏人。

如今要抓我,紧紧把我跟,
实在是冤枉,老天有眼睛。"

阿痴说罢话，装作很伤心，

双手朝天拜，两眼泪淋淋。

母鸡心太软，说声不要紧：

"快躲翅膀下，有事我担承。"

这段精彩的描绘不但把母鸡的善良轻信予以了传神的刻画，同时更把耗子阿痴的狡诈伪装和能言善变，都活灵活现地予以了烘托和表现。行动描写和语言描写的交织，让人感到惟妙惟肖。自 1956 年此诗在刊物上发表后，因深受小读者欢迎很快又在湖北人民出版社以单行本形式出版发行。

张继楼除了儿童诗创作之外，他的幼儿戏剧也很出色。他收在 1994 年 6 月重庆出版社出版的《张继楼儿童文学选》一书中的儿童戏剧作品共 4 件，即独幕快板剧《母鸡、耗子和黑猫》、木偶剧《"我知道"》、和童话剧《大懒小懒买西瓜》《小鹿有了豹妈妈》。与作者童话诗创作偏重于儿歌一样，张继楼的儿童剧创作也多以供 3—7 岁孩提观看的幼儿戏剧为其创作的出发点。此种不同体裁的同步创作，表明了作家艺术追求和主攻方向是十分鲜明的，这便为创作风格的一致性奠定了良好的根基。

快板剧《母鸡、耗子和黑猫》，除收入《张继楼儿童文学选》一书，同时还收入 1991 年 6 月重庆出版社出版的《中国幼儿文学集成·戏剧编》。可见该剧在全国产生的影响确实不可小视。供幼儿观看的戏剧因要适应小观众不识字或初识字的理解水平和艺术趣味，因而不仅语言应浅显易懂，生动诙谐，而且剧中角色的活动应充分体现动作性。至于舞台布景也需要尽可能显得色彩缤纷和充满童话气氛。此外，故事剧情还应单纯集中，不要显出过多的枝蔓。如果按上述要求来衡量张继楼的该幼儿剧，可说《母鸡、耗子和黑猫》在许多方面都堪称创作的表率。

譬如，老鼠乙上台时用快板所作的自我介绍，既浅显易懂，而又语调明快，诙谐滑稽，小观众只要听到"耗子生来会打洞，破坏大王就是我。两对门牙尖又长，一天不磨不快活"这几句，就被这一自我写照的漫画化台词紧紧抓住了。

又如，剧中关于老鼠用尾巴在壶内沾油而让另一老鼠舔食的行为，和老鼠四脚朝天仰抱鸡蛋而让另一老鼠拖着自己的尾巴回洞的偷蛋技巧，既真实表现了老鼠的狡猾和智谋，又充满动作性，看了让人真是哭笑不得。作者的此类剧情设计，都是从孩子接受心理出发而作的巧妙安排。

还有，剧中先写母鸡不听猫的提醒而纵容老鼠，后写老鼠肆无忌惮偷食鸡蛋，这就让母鸡遭到了惩罚。尔后写母鸡醒悟之后立刻配合猫的行动，这一情节既说明母鸡知错能改，同时也让老鼠受到狠狠的制裁。快板剧对母鸡的前后对比描写，首先让人感到自然合理，最后又令观众在收拾老鼠的结局中获得愉悦的快感。如此寓教于乐的主题揭示，可说正是该剧深受孩子欢迎的一个重要原因。

张继楼幼儿戏剧所显示的强烈游戏精神与儿童情趣，和他始终坚持幼儿本位的创作态度，完全是不可分割的。

（原载彭斯远著《重庆儿童文学史》，重庆出版社 2009 年版）

# 田地：对儿童思维的把握

孙建江

1947 年田地在上海星群出版公司出版了他的第一本诗集《告别》，其时，田地年方 20。倘若从他于 1944 年在地方小报《宁海报》，和此后相继在当时颇有影响的报刊《大公报》《诗创造》《文艺复兴》《文讯》《新诗歌》《中国儿童时报》等上发表诗作看，他不过只有十六七岁，还是个少年。田地出版《告别》后，紧接着，次年又在同一家出版公司出版了第二本诗集《风景》。在这两本集子和未结集的作品中，儿童诗的数量并不算多，而在这不算多的作品中，也看不出田地对儿童诗这门艺术有多少自觉的意识。如果说田地创作初始还只是凭着自己的天性不经意间涉足了儿童诗领域，那么经历了时代的变迁，生活的坎坷之后，田地的儿童诗创作则由一种不自觉到了一种自觉进而是一种忘我的境地。这固然反映了他对孩子们的深深的热爱，但是这也反映出他对儿童诗艺术有一种足够的自信心理和把握能力。

作为一名儿童文学家，最能说明其作品优劣的，我想就在于其作品对特定的读者对象——儿童的思维特征的把握如何。我愿意以此来论说田地的作品。

大致说来，田地的儿童诗创作经历了四个阶段。这便是：第一个阶段，1949 年新中国成立以前；第二个阶段，1949 年至 1957 年田地被错划为"右派"；第三个阶段，1958 年至 1978 年；第四个阶段，1978 年至今。

一

冰儿哥哥

今天

我第一次认识你

我本来想躲在床底下吓你一跳

但是门一开

你通也不通知走进来

穿着草绿色的大衣

哈哈，一个像肿得无锡大阿福的兵老爷

真的呢

我连预也没有预备好

这是 20 世纪 40 年代中后期田地《给冰儿哥哥》一诗的节录。这首诗体现了田地作为一名儿童诗人的良好素质。在这首诗里，我们看到田地对儿童的心理，有一种天然的默契。田地几乎是不用多想，就流出了他的诗句。"我本来想躲在床底下吓你一跳/但是门一开/你通也不通知走进来。"除了孩子，谁会想到要躲到床底下去吓唬朋友？"我"想吓唬"你",说明"我"早有准备,而"你"却"通也不通知走进来"。这里,十分有意思:既然"我"早有准备,早就知道"你"要来,则不存在着"你"通知与否的问题。可是"我"不这样认为。"我"认为一定是"我"先在床下躲好,然后"你"才进门,然后"我"再吓唬"你"。这种"我"的逻辑观,恰恰相当准确地体现了儿童心理上存在着的非逻辑因素。正如儿童蒙上自己的眼睛,就认为眼前的大灰狼一定不会在了的逻辑推理一样。进而,诗人也就顺着这个思路说:"真的呢/我连预也没预备好。"由一个有准备、处于主动地位的主人,忽然之间变为一个毫无设防、全然被动的主人,其间的措手不及、尴尬困窘是不难想象的。这正是诗人对儿童思维特征得当地把握,而产生出来的、充满意趣的艺术效果。

在《给爸爸写一封信》等篇什中,同样也体现了田地这方面的才华。在《给爸爸写一封信》中,田地写道:"可是你不回来呀/爸爸/你猜我们等得多生气多恨呀/……再不回来,我们要不理你了。"爸爸在外地老不回家,全家人又"气"又"恨",这种不好受的心情,孩子却偏偏又很轻松地用了一个词,竟是让爸爸来"猜"。这个"猜"实在也只有孩子才想得出,成人是绝不会有此思路的。"我们要不理你了",则更是像孩子跟自己的爸爸在"过家家"、做游戏了。不理就不理了,还要来个"要不理你了"。

然而,这一切至多只能说明田地具备了创作儿童诗的良好素质,还无法表明田地是一位优秀的儿童诗人。因为这些诗的创作,从某种程度上来说,是得益于作者本身就还是一位少年。这就是说,这一时期田地的儿童诗,基本上还不存在创作者的成人审美意识与接受者的儿童审美意识两者之间的差异性。这一时期田地的儿童诗,是孩子与孩子之间平等的情感交流,创作与接受两者的关系处于同一平面上。就这个意义上讲,臧克家在为田地第一本诗集《告别》(此中多为成人诗)所作的序中说的"田地,小小的年纪,他的诗像小孩子口里的话,没有虚假和做饰",倒是更适用于他的儿童诗。少年时代的生活经验和情感定势,使得田地在进行成人诗创作的同时,很自然地也选择了儿童诗创作。田地以自己年龄上的优势,凭借自己对儿童思维特征的直觉感受,很轻松地迈出了他儿童诗创作的第一步。

二

真正显示田地儿童诗功力的是他 20 世纪 50 年代中期及其以后的作品。

20 世纪 50 年代中期,田地对儿童思维特征的把握,可以说已从不自觉状态进入到了自觉状态。这一时期,除了社会生活的巨大变化(这当然要影响到田地诗歌的取材、感情等等),就依然创作儿童诗的田地来说,最大的变化莫过于自己已从青少年步入成年,天然的年龄上的优势已不复存在了。这就出现了创作者与接受者中成人与儿童审美上的差异性。因此要使自己的作品获得成功,势必要调整、平衡两者之间的差异性。而在这一调整、平衡过程中,对创作者来说最为困难的就是如何准确地把握住作为彼方的儿童读者的审美要求。田地面临的就是这样一个现实。

皮亚杰有一个观点,他认为儿童思维具有一种"泛灵论"(Animism,或译"万物有灵论")的特征,儿童的认识结构重复着原始人的认识结构,其基本特征是以我为中心。这个中心不能区分一个人自己的行动和对象的变化。这就吻合了以神秘为根本属性的原始人的思维特征。我想,这是可以讨论的。列维·布留尔根据自己的研究,提出原始人与现代人在思维方式上是有着根本区别的。他虽没有研究儿童思维,但他的这个见解对我们不乏启发。因为在原始人那里,不管他们的意识中呈现出什么样的客体,它必定包含着一些与之分不开的神秘属性；当原始人感知这些客体时，是从来不把这些客体与相随的神秘属性分开来的。原始人泛灵论之主要特征表现在"神"的主宰。而儿童则不然，儿童虽然在感知客体时与原始人有某些相似的地方，但儿童思维之主要特征体现为一种人格化的倾向。现代的社会生活环境，必然要通过各种途径影响、制约儿童的思维方式。我想这也就是儿童文学所以要取代神话、志怪小说的根本原因。

让我们还是来看一看田地的作品吧。

> 我一睡着，
> 梦就来了。
> 我一醒来，
> 梦就去了。
>
> 梦从哪里来的？
> 又到哪里去的？
> 我多么想知道，
> 想把它们找到！
>
> 在枕头里吗？
> 我看看——没有。
> 在被窝中吗？
> 我看看——没有。
>
> 关上门也好；
> 关上窗也好；
> 只要一合眼，
> 梦就又来了。

这是田地《找梦》的全文。我曾在一篇短文中分析过这首诗的结构特点，认为这首诗对儿童思维的把握很有分寸感。孩子不明白梦是怎么产生、怎么消失的，但他却很想知道这是为什么。于是他开始找梦。他在枕头里找，在被窝里找，甚至关上门、关上窗来找……这完全是幼儿的思维方式。儿童心理学告诉我们，幼儿往往还不能对生理的东西和物理的东西加以区别。幼儿的思维主要是凭借事物的具体形象（或表象），即凭借具体形象的联想来进行的。幼儿的活动范围有限，对他们来说最熟悉的，莫过于家里的东西了。既然梦是在睡觉时出现的，那么，孩子当然很自然地首先联想到了枕头和被窝这两个具体形象。——梦藏在里面吗？请注意，诗人在这一联想过程中，用了"看看"两个字。照一般人看来，梦怎么可以看呢？但妙就妙在这里。因为孩子还不懂得梦是一种生理现象。在他们看来，梦一定是可视可触的（否则孩子也不会找梦了）。诗人在这里用了"看看"两字，其效果出人意外地好。这样一来，句子简洁精练了，儿童的意趣有了，儿童的具体形象思维有了。可谓一举多得。枕头、被窝里都没有梦，但好奇心并没有使孩子停止找梦。他又开始找（联想）了，既然家里没有梦，那梦一定是从外面进来的。于是他想到了关上门和窗户。这个联想虽有一定的空间跨度,但它仍属于幼儿的具体形象思维范畴。这里,诗人表述孩子的思维运动,层次是分明的。它由近及远,由浅往深。但这远、深又不是成人或少年的思维。很明显,孩子的这个思维过程,如果一点也不富于变化(深化),那么,孩子的"找梦"就会流于一般化,就不能充分体现出幼儿的那种对什么事,都要问个为什么的心理状态,作品也就缺乏一种诗的味儿了。

这一时期,田地有意识地调整着自己的创作心理,使之最大限度地协调起儿童读者的思维方式。除了上面提到的幼儿诗,他还创作了少年诗。

他这样写一个顽皮的男孩子:"他讲起话来就像吵嘴,/本子上写着西瓜大的字,/衣裳少了几个纽扣,/枕边塞着两只臭袜子……//他不讲礼貌和清洁,/不愿为这些去花费心思。/他的理由很简单:/——我又不是女孩子!"(《不是女孩子》)在这个孩子看来,花心思认真考虑讲礼貌讲清洁这些事儿,是细心的女孩子们干的事。自己是堂堂男孩子,男孩子就得有男孩子的样子(什么样子?)。他就是这么个思路,没法。不然他是不会拿自己不是女孩子来作他的理由的。这首诗里几乎找不出成人心理的制约,但是作为成人作者的规劝,却又相当巧妙地从顽皮孩子的"理由"中传递给了读者。

由于田地比较好地把握住了儿童的思维特征,因而在他的诗中,即使是那些很抽象的东西,也同样容易为小读者所接受。比如他写风:"我同风游戏,/风非常调皮:/我一不留心,/它就把我头发打结。"(《风》)你比如他写除夕:"弟弟打呵欠了:/'哥哥,"年"来了没有?'/'噢,它还在路上走。'"(《除夕》)又比如他写春天:"春天,/她像一个美丽、幸福的小姑娘,/……她走过田野,/百花跟着她的脚步开放;/……她走过河流,/河流就大声地歌唱……"(《祖国的春天》)又比如他写雷:"不要怕,/不要怕,/是我——雷公公来啦!//忽龙——龙!/我乘了云车,/驰过天空。"(《雷》)这些诗中,有一个共同的东西,那就是被描写的抽象物,全都被赋予了一种人格化的倾向。这样,当儿童把外在世界加以生命化并加以改变的时候,作者的种种意图便由此而成为了可能。田地太了解儿童了,他牢牢地把握住了儿童读者的思维特征。

然而,这样的黄金创作时期,并没有持续多久,便随着1957年那场政治风暴,顿然消失了。

<h1 style="text-align:center">三</h1>

这场政治风暴对田地的打击是难以估量的。他举家由上海西迁至青海。在那里一待就是20余年。他的"罪名"很多,其中有曰,他的书"弥漫着小资产阶级情调,这种情调对我们今天的儿童是有害的"(《儿童文学研究·业务思想批判展览会大字报选刊》1958年10月版)云云。

不过,田地始终记着自己是一位歌者,是一位诗人,他不愿意就此放下自己手中的笔。在他被流放的20多年中,他仍然悄悄地写下了不少诗(主要是儿童诗),这些诗中的一部分后来收入他的《田地儿童诗选》和《冰花》两个集子中。但是读罢田地这一时期的儿童诗,让人(至少于我是这样)感到的却是深深的遗憾。先前那个田地已经荡然无存。他的这些诗与他前两个时期的诗相比,简直判若两人。

按说,20余年这般生活的重负,这般对孩子纯真世界的向往、渴望(田地在这段时期内曾做过中学教员,他对孩子当不陌生),是应该写出相当水准的诗作来的。就像流放中的普希金写出了他的名篇《高加索俘虏》。

这确实是一个值得探讨的问题。我不想在这里就生活与文学的关系展开全面的分析。我只想说,生活并不直接决定文学,并不是有什么样的生活,就一定会有什么样的文学。文学创作是一种独特的掌握世界的方式，它具有很强的个体精神生产的特点。离开具体作家，离开生活——作家——作品三者间的双向交流，谈生活决定文学是不切实际的。我想，田地这一时期的诗作较前大为逊色，其原因大约是在他的潜意识中还一直抹不去所谓"小资产阶级情调"批判的阴影吧。

田地这一时期的儿童诗，倘若单单从思想内容上说，并无多少可指责的地方，但是思想内容是附丽于艺术形式中的。如果失却形式，能谈什么内容？我们不妨举一段田地这一时期的诗来看。

> 爷爷、奶奶忍住了咳嗽；/我们——孩子们睁大了眼睛……//首都提到了格日伯伯，/他是个优秀的牧羊人。/他放牧的一群母羊，/每头连产两羔全部活成。//自从大搞牧业现代化，/从前不行的事变得可能；/格日伯伯创造了一个奇迹，/难怪科学院要请他把研究员担任。
>
> ——《首都提到格日伯伯》

或许田地主观上是很想把牧羊人受到表扬这一材料处理成儿童诗的。应该说，他也为此做了努力。比如为了体现作品的儿童特点，他反复地使用"伯伯"一词作反衬；甚至干脆把"我们——孩子们"的句子直接放到诗里。但是由于田地没能在儿童思维方式这一根本性的问题上进行自己的艺术思考，这就使得作品先天地失却了儿童特点。——这种儿童特点的先天不足决定了作者任何外部的努力势必落空。在这首诗中，我们除了看到作者浅、直、白、露的述说外，全然感受不到意趣盎然的童心世界。我觉得像这样的诗是不能算作好的儿童诗的；自然，也是不能算作好的成人诗的。

## 四

所幸，田地终于摆脱了他创作中的阴影。他的儿童诗创作又迎来了一个新的时期。

从 1978 年以来的这 10 年间，田地在创作了大量优良的成人诗的同时，又创作了许多颇受小读者欢迎的儿童诗。这一时期，可以说是田地儿童诗创作的全盛期和丰收期。田地的抒情技巧和叙事技巧得到了充分的发挥。他可以得心应手地从各种角度，以各种不同的手段，去把握幼儿、儿童、少年等不同年龄层次读者的思维特征。

如同是写幼儿的两首题画诗。

其一：

> 额上画个"王"，
> 我是"大老虎"。
> 老人、小孩、妈妈、姑姑……
> 我统统都保护；
> 不管什么妖魔鬼怪，
> 我都"啊呜，啊呜"！

其二：

姐姐用扇子
扑落会飞的星星……
一颗一颗放进小瓶。
她把一个透明的
闪闪烁烁的蓝天，
放在我的枕头旁边。

　　这两首诗，田地使用的手段全然不同。前一首，田地十分大胆地采用了一个象声词"啊呜，啊呜"来挈领全篇。把象声词放在全诗的最重要的位置上，这是要冒点风险的。如果一旦不能把握住幼儿的思维特点，其整个儿的效果很容易走向两个极端：要么油滑，要么做作。然而，田地在这里安排得却非常贴切。模仿动物的叫声，这是幼儿的天性，小男孩额头上画上了"王"字，他进入了大老虎的角色，当然要高兴得"啊呜，啊呜"了。但是倘若仅仅只是学两声老虎叫，那也算不得什么高着。田地高明的地方就在于，他把孩子顽皮的天性与一种朦胧的人生自豪感和社会责任感通过特定的语词环境很自然地结合了起来。"啊呜，啊呜"经田地这么一组合，就远远不只是显示一种声音的语言符号了。在另一首题画诗里，田地则充分发挥并依靠了幼儿的想象能力。在幼儿那里，星星是发亮的，萤火虫也是发亮的，两者没有什么区别（他们也不愿意去做更多的区别）；黑夜出现星星，星星自然就代表了黑夜。因而当姐姐把萤火虫装进小瓶给他时，他便自然地想到他的睡梦中将有一个透明的、闪闪烁烁的蓝天啦。作品的空间便因此而得到了拓展。这正是田地将"星星""蓝天"诸意象置放于幼儿心理情绪的流动中而产生出来的审美效果。
　　又如写儿童（狭义，指介于幼儿和少年之间的小学低年级孩子）：

我把蝈蝈儿
放进书包，
带到学校。

"蝈蝈儿，蝈蝈儿，
打了上课铃，
可别再乱叫！"

蝈蝈儿真听话——
老师讲课时，
一直静悄悄。

不知为什么，
老师讲的课，
我一句也没记牢！

——《蝈蝈儿》

这首诗,田地注重的是艺术上的空白效果。作品开始,环环紧扣,进入到了最末一节,全诗一下子来了个跳跃,从第三节到最末一节之间,田地有意识地略去了许多中间环节,留下了一个空白。初看上去,作者除了描述一番孩子外部和心理的动作过程,什么也没表露,但实际上作者已把要说的意思全都说了。这个意思就藏在诗中的"空白"里。只是它要由小读者们自己去领悟罢了。这里,作品所述人物的年龄特征很鲜明,即介于幼儿与少年之间的孩子。因为倘是幼儿,他不会自觉地想到让蝈蝈儿"别再乱叫";若是少年,他则不会全然不知蝈蝈儿对听课的影响。这就起到了这样一个效果:特定年龄阶段的小读者乍读这首诗时,并不觉"空白"中有什么东西,而当他们用自己的联想将诗中的"空白"填补起来的时候,便产生了一种阅读过程(或曰审美过程)中的愉悦感,因为他们发现"空白"中有着丰富的内容。田地这一艺术手法,是很得中国文化所特有的那种"计白当黑"的审美底蕴的。比起我们那些动不动就要点明作品题旨的儿童文学作家来,田地显然要技高一着。

一般来说,儿童诗多以孩子的口吻来抒发孩子们的内心感受,或者用第三人称来描述孩子们眼中的世界。田地的儿童诗中就常用这两种手段。但田地不满足于此,他为此作了不乏成功的尝试。

试看他写给少年读者看的《母亲的眼泪》。这首诗是从成年人的角度,以成年人的口吻来直抒胸臆的。在这首诗中,作者的成人审美意识一直处于超前位置,它始终把握、调整着少年读者的认知水平。这种审美上的超前意识,其实是任何优秀的儿童文学作品不可缺少的内在意蕴。因为这种超前意识往往能最大限度地满足读者的审美需求。当然这种超前意识是相对而言的。田地在他为幼儿和儿童所写的诗中,就绝无这种成人的抒情。少年不同于幼儿和儿童,在他们这个年龄阶段,思想日益活跃,思维方式日趋接近成人,他们渴望得到更高年龄阶段和智商阶段上的审美体验。田地采用这种方法,显然是有着儿童心理和儿童审美上的根据的。但是另一方面,少年毕竟不等同于成人,两者的认知水平毕竟有着差距。一味地、不顾特定对象地抒情,势必难以获得少年读者。田地很清楚这一点,所以他在直抒胸臆的同时,又时时注意调整两者间的距离。这在作品中即表现为田地的这种抒情是以和少年读者平等的对话为前提的。他写道:"孩子,你嚷嚷了些什么哦,/快闭上你那肆无忌惮的嘴!//孩子,你怎敢用粗鲁的语言,/去碰撞你母亲沉重的心扉!//……当你母亲把你寄居在亲戚家,/留下她自己在流放地把你爸爸伴随;//……你母亲强忍下/多少从心底涌起的悲愤的眼泪!//……而你,孩子,你的嚷嚷/比风雪,比岁月都凌厉百倍。"诗中喷涌而出的、强烈的感情色彩的最后着应点,都落在"你",即诗中的"孩子"上,这就避免了那种大而无当不加节制的抒情感怀。由于诗人的这种情感紧紧地照应了少年读者的认知水平。这样作为创作主体一方的诗人与作为审美主体一方的少年读者,就通过作品这个中介获得了交流。从创作方面来说,田地便由此成功地把握住了读者,赢得了读者。事实上也是如此。田地这首诗在一家发行量很大的少年文学刊物上发表后,即受到少年读者的热烈欢迎,并获得了该刊授予的好作品奖(按:这个奖的获得与否,全由少年读者投票的多寡而定)。

田地的儿童诗创作已经历了40多个年头。在田地40多年的艺术实践中,可以总结的东西是很多的。比如我们可以就他同时涉足成人诗和儿童诗创作的比较入手,分析其创作心理上的特点;比如我们可以从他儿童诗对重大题材的关注,究其社会责任感;比如我们可以从他儿童朗诵诗的句型的安排和语词的选择,看其对姊妹艺术(视、听觉艺术)的借鉴、运用和掌握;等等。但是无论从哪个角度进行总结,都不能不涉及他作品对特定读者儿童的把握;而对儿童的把握,从根本上来说,又是体现为对儿童思维特征的把握。——这,就是我们将田地作品儿童思维特征展开分析的原因所在。

1988 年 1 月 10 日杭州翠苑

(原载《儿童文学研究》1989 年第 1 期)

# 乔羽的儿童歌词创作

金 波

《乔羽文集》的出版是文学界的一件大事，这部文集比较全面地展示了乔羽的诗词成就和理论见地。它不但对歌词创作有许多独到的论述，对各种艺术形式，如戏剧、影视、表演等诸多方面都有涉猎。

我选择了乔羽艺术天地的一个方面，谈谈我的心得体会。

乔羽在他的《天才的刘炽》一文中，用极其简练的语言论述了刘炽的"充满着灵气，充满着创造力"的才气。这段话使我想起一段往事：大约 20 世纪 50 年代中期，由编辑牵线，我带着一首习作去拜访刘炽，他在指出了我的歌词存在着不足之后，很带感情地向我朗诵了《让我们荡起双桨》中的两句："海面倒映着美丽的白塔，四周环绕着绿树红墙……"从那以后，我把乔羽的歌词，尤其是儿童歌词，作为我研习的范本。这是近半个世纪我一直坚持在做的工作。

我认为乔羽歌词中最具个人情调的艺术特色是浪漫主义精神，他的火热情怀，他的革命理想，他的超拔想象，以及他对民族传统艺术的满腔热忱和不泯的童心，都使他的歌词洋溢着清新隽永的气息和浪漫主义的精神。

他的儿童歌词鲜明地表现了时代的精神和个人的艺术风格，二者的融合，使他的儿童歌词具有了极高的艺术品位和超越时空的限制。如《让我们荡起双桨》已成为一首老少咸宜的歌曲，温暖着一代代人的记忆，儿童在唱，老人在唱，它早已超越了年龄的限定。安徒生在谈他的童话创作时，曾这样说过，孩子在读我的故事，他们的父母在读我的思想。乔羽许多本来是专为孩子们写的歌词，却可以让他们当了父母、爷爷奶奶时仍在唱，他们不断地用自己的人生阅历和深刻的识见丰富着对这首歌词的理解。

不是人人都可以成为作家，也不是个个作家都能为儿童创作。别林斯基曾说过，儿童文学家是生就的，不是造就的。在这本《乔羽文集》中，第五辑可看作是"儿童歌词"，共18 首，适宜儿童欣赏的约有 12 首，总共 30 首，约占全书歌词的四分之一。 研究乔羽的歌词创作，不能忽视他纯真的童心世界和他的那种天生的对儿童的亲近感（请阅读一下他那篇《在母校济宁一中欢迎会上的对话录》，你就可以了解乔羽全身心地回归童年的感觉）。那首《春水》，全词采用了对话式的结构：

> 我问它：到哪里，
> 为什么，不休息？
> 它说：我呀，我呀，
> 我有要事在身，不能休息。
> 小树请我去做客，
> 大地等我换新衣。

我还要到垄沟里，

看一看新播的种子出齐没出齐。

在表现面对大自然的儿童心理上，这是十分真实和富于情趣的，儿童的"泛灵心理"让他与春水融为一体，与自然同乐。

乔羽的儿童歌词，从来不是故意蹲下来牙牙学语，他的心中还保留着一个童年的自我，他就是以这个"童年的自我"体验今天儿童的生活和情感，因此不虚假，最真实。"大海是我们的，/潮涨潮落便是我们睡梦中的呼吸。/森林是我们的，/风儿吹动树梢便是我们的歌谣。"（《我们永远是孩子》）对于儿童的生命体验是这样的真切自然，语言又是这样的优美上口。他的《芳草地》，本是为一所小学写的校歌，但它不囿于这所小学的具体特征，却能生发开去，在学生面前展开了一片开阔的世界：

春风陪伴着春雨，

春雨携带着新绿，

来到哪里？来到哪里？

来到了我们芳草地。

这里巧妙地把春天、新绿和校名结合在一起。最后以：

你的心里，我的心里，

永远都有一片芳草地。

作为结句，可谓是一个完美的结尾。那首《我们要阳光》，以儿童的口吻，面对世界，直抒胸臆，唱出了他们的心声；那首《乌鸦和苍蝇的梦》可说是一首寓言诗，寓理于童话；《青青世界》是我亲临现场听到的这首歌，因此感觉更为真切自然，作者用他的一支彩笔描绘出了那个梦境。以上几首，虽然没收入儿童歌词一辑，但它们都很贴近儿童的心理和审美的趣味。乔羽不刻意为儿童写作，却满含着儿童的情趣和想象，这只能说他深谙儿童的心理，不知不觉地走进了那个美好的世界。

乔羽为儿童创作的歌词，无论是内容还是表现方式，都是十分儿童化、民族化的。他从小深受民间文学的熏陶，从感情上就十分喜爱民间故事传说和朴素的语言。他在《果园姐妹·前言》中这样写道："听母亲讲故事，幼小的心灵随着故事走进童话的境界中去，真是儿时最美的享受。"乔羽在以后的歌词创作和戏剧创作中（他曾专门为儿童写过6部儿童歌舞剧）充满了浪漫主义情调和朴素的美，这是他一以贯之的艺术风格。

乔羽为儿童写了大量优美的歌词精品，感染了几代人，半个世纪前写的歌仍在广泛流传。浸透其间的，首先是它在内容上所表达的道德之美，这种美感在孩子心中所唤起的是爱，是善，是美，是谦和的美德和淳朴的情趣。这是送给孩子们的一片文化绿洲。

（原载《词刊》2004年第9期）

# 于之：用心灵的火焰照亮孩子的世界

金　波

## 一

我和于之相识于 20 世纪 60 年代初。那时我已读过他大量的儿童诗。我从喜欢他的诗到与他本人相识、相知，虽然由于山水相隔，不常晤面，但每见一次，必切磋甚欢，谈写诗、谈读书、谈经历、谈人生，等等，我逐渐了解了他的创作与人生经历有着密不可分的关系。诗歌背后的诗人，逐渐走到我的面前。

于之 1927 年出生在一个知识分子家庭，他的父亲曾留美，获得纽约大学经济学硕士学位；母亲懂法语，爱好古典诗词。于之和他的姊妹们是在文学熏陶中长大的，听不够的是《唐诗三百首》《聊斋》《白雪公主》《乔治·华盛顿与樱桃树》《蝴蝶夫人》等诗歌、童话、故事。从这些文学作品中，他懂得了追求真理、诚实善良、机智勇敢、平等友爱，富于正义感和同情心。

于之永远不会忘记的是，在他过 10 岁生日的时候，他的父亲送给他一部完整的商务印书馆出版的《小学生文库》，那是一件苹果绿的小书柜，柜子里整整齐齐地排列着一本本美丽的书册。于之爱不释手，把它看作是一个知识和艺术的宝库，引领他走进了一个广袤无垠、趣味无穷的新天地。从那以后，书成了他最贴心的朋友，成了他的终身伴侣和老师。

从学生时代开始，他就投身于轰轰烈烈的学生运动。在他家楼前的庭院中，有两棵高大的槐树，伸展着浓密的枝叶，撒下凉爽的树荫。童年时代他常和小伙伴在树下嬉戏，青年时代他又和同学们在这里讨论着民族命运、国家前途。那是他一段充满幻想和热血沸腾的岁月。

中学时代他就阅读了《悲惨世界》《双城记》等名著，最崇拜的作家是鲁迅和高尔基。升入大学文科后，他更加如饥似渴地阅读古今中外名著，并开始文学创作。

于之 1945 年参加革命，1948 年调至学生运动委员会从事革命工作，迎接上海的解放。在 1949 年 5 月 25 日，那个上海尚未完全解放的春晨，电台一位女郎配乐朗诵了他的处女作：一首献给英勇的地下工作同志的诗《旅伴》，抒发了他从事艰苦危险的地下工作即将迎得解放的喜悦之情：

> 到那时候，陌生的伙伴呵
> 我要以熊熊喷发的火把
> 照亮你欢笑的脸！

从 1950 年开始，他就在《青岛日报》《人民文学》等报刊发表诗歌。1955 年任上海作家协会《萌芽》杂志社诗歌组组长。1960年《萌芽》停刊后,他又去上海音乐家协会《上海歌声》编辑部工作。后来又去上海乐团从事歌词专业创作。

于之从一开始文学创作,就关注着孩子的生活,他常常深入到学校、幼儿园、少年宫,体验孩子的喜怒哀乐,为他们的纯真和幻想所感动。在此后的若干年里,他为儿童诗倾注了极大的热情和心血,相继出版了《海边的孩子》和《马戏团演员》。于之成为我国早期儿童诗坛的一位有影响的诗人。

于之还是一位歌词作家,以他的歌词谱曲的《森林日记》《雨后彩虹》《森林静悄悄》《植树谣》《永远是你》,都是获奖作品,成了舞台上的保留曲目。

进入新时期,他又出版了诗集《森林音乐会》《大海,旋风和老虎》《妈妈,您早》《水之恋》《往昔的温柔》和《用耳朵走路》等。

从这个简单的回顾中,我了解到于之是一位永远把自己置身于时代中的热情诗人,同时又有着许多诗人并非都具备的天赋,这就是在他的天性中有一种儿童的纯真和坦诚。读他的儿童诗,尤其可以感受到他的一颗童心。

## 二

读于之的儿童诗,总让我有一种心灵契合的感动,这来自于他的诗歌所表现的机智聪敏和细腻的抒情。

我与于之多年的交往,他给我的印象是,他既是一位语言上的诗人,也是一位行动上的诗人。只要读一下他的儿童诗,你就会感受到他对儿童的天性,体验深切,把握得当。记得第一次读到他的《马戏团演员》,我在欣喜之余,即认定这诗一定会受到孩子欢迎。诗中的主人公小毛,学习上虽马马虎虎,但他向往马戏团的生活,那里的确有趣:

> 大篷里灯火明亮,/动物都聪明绝顶。/可爱的小狗上算术课,/加减乘除都得5分。//小猴子骑梅花鹿,/大棕熊开摩托车,/狗熊穿着花花衣服,/摇摇摆摆走过钢索。//顽皮的红嘴绿鹦鹉,/秋千架上大翻跟头,/说出话来叫人笑痛肚子,/简直就是天生的小丑。//你不用问世界上谁最威风,/当然要算驯兽演员!/连凶猛的狮虎都听他的话,/皮鞭一响就钻火圈。

这几节描写马戏团演出的情景有声有色,纯然是孩子眼中的奇妙世界!当然会激发孩子的向往热情。但马戏团的动物演员们却对小毛的学习表现加以批评:

> 像小毛做算术题怕难,/一辈子找不到答案;跟小毛走两步退三步,/一辈子上不了高山。//……头上鹦鹉哇啦哇啦:"演马戏要走遍天下,/可你分不清河南湖南,/弄不懂巴库、古巴。//你不知道天高地厚,不知道去拉萨怎么个走法;/你带了班子上奥地利,/结果却到了澳大利亚。"……

诗中所表现的情节,贴近儿童的生活和心理。夸张的运用,戏剧性的渲染,都让人忍俊不禁。我想,即使是像小毛那样的孩子读了这首诗,也会发出会心的微笑,欣然乐从。这是文学发挥教化作用的最智慧、最艺术的方法。于之深知此中三昧。

于之的近作《用耳朵走路》，它讽刺了缺乏主见、盲从行事的可笑。这是一首寓意深刻的诗。老爷爷和小孙儿出门走亲家，原本是爷爷让孙儿骑着毛驴，于是招来了"一路上听得有人叫骂：'瞧那个小小年纪真不害臊/让白发人牵驴伺候着他！'"及至小孙儿"扶爷爷上驴背重新出发/一路上又听得路人在骂：'瞧那老不死的好享受呀/瞧那牵驴的娃才一丁点儿大！'"等到"祖孙俩全上驴背"，就招来了"许多人在跳脚怒骂：'把小驴儿压死了，自私呀，残忍呀！'"等祖孙俩忙下地牵着驴走，又"招来笑话：'瞧，有牲口不骑，一对傻瓜！'"最后还是毛驴儿说得好：

> 谁累了谁骑，轮流坐坐不好吗？
> 你们用耳朵还是用腿走路？
> 上路呀！管它闲言碎语又说些啥！

这就是于之的幽默。在一个有趣的故事中启人思考，看似平平常常的小笑话，却富于新意巧思，读后又能感受到"以小见大"的犀利俊俏和诗中的警策多智，这是对人生世相的一种善意讽喻，但读后又会在笑声中令人信服。

于之不仅擅长营造有趣的情节，写得耐人寻味，他还能写出一首首优美的抒情诗。他的那首《点水雀》，让我一读再读，历久弥新：

> 我坐在树桩上沉思
> 听湖水讲古老的故事
> 一只白头、黑背、红尾的点水雀
> 飞来了，跳上湖畔的细枝
>
> 它点水，皱了清澈的水镜
> 它翘尾，一面自在地环顾
> 它一跳一跳越靠越近
> 毫不理会我的屏息凝视
>
> 几声脆鸣，倏地飞去
> 低掠倒影，在绿云间消失
> 懂了，它把我当作一棵树
> 而我，把它当作一首诗

这是文字的画，语言的歌。从画面上可看到：色彩纷呈，动静交替；从吟诵中可读出：语句整饬，音调悦耳。诗人的任务，是用他的彩笔描绘，描绘出眼中的景、心中的情。于之就有这样一颗拥抱大自然的心灵，一双善于发现美的眼睛。

诗人爱家乡："我爱家乡一草一木/爱她的幽静、她的森林//爱听风中老树的微吟/讲述着风暴、战争、先亲的艰辛/爱那长流不断的山泉/滋润着土地、养育着乡亲//……爱她喜抛明珠的小水电/抛送一串串灿灿的梦境//……啊，家乡是一幅浓墨山水画/薄雾散开处，你我是画中人。"(《家乡》)

诗人爱"鸟语"，称它"是我难忘的乡音"，称"这充满生气的乡音""是光的语言/是树的语言/是黎明的语言"。（《鸟语》）

读这样的诗，我首先读出了诗人的天性。它再次证明了儿童诗所具有的人性中的美感和真诚，因而它才能富于表现力（每一个字都有色彩），童心和大自然的那种亲和力（每一个字都有温度）。

限于篇幅，我不再多例举于之的诗作，仅从这两三首诗中，就可感受到诗人全身心地回归童年的天赋，也可看出他追求纯真、优美的人生理想。他的儿童诗，也证明了创作儿童诗需要睿智、需要识见、需要技巧和那种超绝的想象力。那种小视儿童诗的流俗看法，在阅读了于之的诗作之后，就会得到新的印象。

于之的儿童诗，在欢欣之中，充满智慧，日臻胜境。

## 三

我因喜欢于之的儿童诗，才得以与诗人日益相知；再读他的诗作，兴味愈浓。如今我们都进入老年，因为与诗，特别是与儿童诗结缘，而深感惬心快意。

最近接到于之的来信，在来信中，他深情地回忆起50年前，在青岛海边，和孩子们一起洗海澡、玩沙泥、做游戏的情景。他写道："不单是持一颗童心去接近儿童、观察他们；而是完完全全返回童年，变成了海娃、小鱼、浪花……我成了孩子群中一员，甚至更顽皮。"

这是真正为孩子写作的诗人的心境。

把自己置身于孩子之中，"甚至更顽皮"，这不是乞灵借势于孩子，而是孩子的幻想、纯真与聪颖从来就没有丢失。让童真和诗歌并存于他高尚雅洁的心灵之中，使他一生不间断地致力于这看似简单却崇高的事业。

儿童诗也滋养着他。进入20世纪80年代末，他患了一场重病，然而他以惊人的毅力和乐观精神，还有那颗追求诗美的心，让他坚强地挺了过来。他说："我是整不垮的，我的歌是不会停的。"他的诗风没变，但思力更加雄健。又一批诗作流出他的笔端，他的那些幽默风趣的故事诗，仍是那么淋漓酣畅；他的那些抒情小诗，仍是那么细腻优美。他的思维和年轻人一样的机敏灵动，但他坚守诗教的传统，既不刻板拘泥，又不趋鹜时尚，以谦谦平实的姿态，用心灵的火焰照亮孩子的世界，给他们温暖。

于之儿童诗的风格，即他的灵魂的姿态：热情、睿智、风趣、细腻。我相信，我们有这种灵魂姿态的人，一定会诗意地栖居在这片土地上，终老一生，仍旧饶有活力。

（原载于之著《百年百部中国儿童文学经典书系·小麋鹿学本领》，湖北少年儿童出版社2007年版）

# 赵燕翼：永远的西部民间

李利芳

甘肃儿童文学作家赵燕翼发表第一篇儿童文学作品《地震》是在 1947 年。自 20 世纪 50 年代中期开始，他以流传在西北地区的民族民间文学为素材，写下了众多著名的童话与小说作品。作为与新中国一起成长起来的优秀儿童文学作家，赵燕翼的创作历经半个多世纪，作品多次获全国各类奖项，并有多篇被翻译为英文、法文、日文、俄文等，受到了海外读者的厚爱。新世纪以来，先生仍笔耕不辍，以纯真幽默的稚趣童心为孩子们写下了一篇篇精彩的童话作品。2002 年，甘肃少年儿童出版社精选出版了一套 5 本的赵燕翼儿童文学集，按文体归类有机地展示了这位老艺术家的创作风采。

通观赵燕翼的创作，"民间、西部、少年英雄、纯真童年"是其儿童文学艺术思维的几个关键词。这些语词是作家在长期的生活体验中凝练而成的。持久接触于西部大地上素朴的劳动人民，浸染于本土民间文学善美智性的文化空间中，作家的艺术与文字感觉专注而跃动，干净而练达。读解与呈现这几个关键词所蕴涵的丰富的想象性与强烈的内在审美力量，是进入这位老艺术家精神世界的有效通道。

## 一、"民间"西部的精神生态资源

儿童文学与"民间"有着天然的亲合关系，这是因为"民间"自在地创立了"儿童文学"这一精神范式中两个必需的主体。历时与共时态的"民间"中永远都不可缺少"儿童"，民间就是"儿童"生命的母体。民间又是人类文学的发源地，也是文学生产的集散地与接受影响的传播链。难以数计的人民汇入了这个不会终止的文学活动过程中。"民间——文学"的形式与意义就这么代代传承下来了。这其中，"人民"中幼小而年轻的那一部分就是我们的孩子了，他们是文学接受主体中庞大的一个群落，也是最忠实的"听者"。他们自觉而主动地接受状况终于为儿童文学家族建构了第一自觉形态的阅读文本，格林兄弟收集整理的民间童话在儿童阅读效应上远远大于了其原初的目的。于是，在纯正的艺术童话出现之前，民间传说、故事、歌谣与童话就是世界范围内儿童最"合法化"的"儿童文学"了。

中国是历史悠久、文化富饶的国度。博大的"民间"生态资源抚育了多少代勤劳善良的中国人民，其中自然包括中国的孩子。他们发育生长的精神营养必然汲取自广阔的中国民间大地上。中国的孩子接受中国的民间文学资源，是毋须过多言说证实的历史事实。不过遗憾的是，对这样活生态的儿童接受文本，历来我们缺失系统完善的整理，与深入广泛的推广与传播，所以其文学地位与实际影响自然不及西方。20 世纪早期，当儿童文学逐步为有识之士发现与倡扬之际，这个议题曾被重点提出和关注过，如周作人的理论研究与文化实践。但可惜的是周作人是大时代的寂寞使者。尽管从 20 世纪 10—30 年代，伴随民俗学学科的热潮，儿童文学理论研究在童话、儿歌领域取得了醒目的成绩，但是民间文学在儿童文学意义上的收集整理再创作终不能成气候。于是，在中国，民间文学与儿童文学的亲密接触在 20 世纪前期的始端竟也就是它的高潮与辉煌期。此后，"民间"的儿童文学"题义"再没有普遍集中地进入国人的视野。不过在此后，承继"五四"传统，对民间文学资源的个体式发掘与利用，却创造了儿童文学的典型文本，西北的赵燕翼算是其中的突出代表。

赵燕翼的文学资源在西部大地，准确说是西北。西北是多民族聚居地区，瑰丽绚烂的少数民族文化与汉民族文化的融合，赋予辽阔的西北土地丰富而特异的人文景观。赵燕翼的民间童话创作首要的特征是多民族性，流传于汉族、蒙古族、裕固族、回族、哈萨克族、东乡族、藏族等各个民族的文学材料都被作家通过采风记录了下来，然后致以艺术的创作。这就形成了非常有趣的文本互现现象。单篇作品各自体现自身的民族身份，具体说某些文字内容所体现的民族文化符码与标识，或者作品整体内容所体现的一种民族精神。而所有的文本又和谐汇成一个整体，不同民族性和谐共存，形成一个大的"民间"童话文本，其中因民族身份而产生的差异性互补凸显"民间"的意义维度。这使作家的创作具有了特殊的文化价值意义。

赵燕翼曾有这样的创作谈，"我永远忘不了那些民间文学的原创者，是他们天才的口头创作，给了我丰富的滋养和想象力，才使我写出了这些童话故事！"[①]尽管作家再创作的成分很重，但赵燕翼的民间童话还是较大程度上保留了民间原始艺术的精髓。故事从语言到结构方式，情节展开，以及潜在意义空间的生成等，都可与经典民间童话来类比阐释。从世界范围来看，民间童话在精神层面对儿童成长的重大意义已被权威学者做过精彩的分析与研究。[②]如美国学者布鲁诺·贝特尔海姆在其专著的序言中如此清晰地表明他研究的宗旨，"这本书试图说明童话故事怎样以想象的形式描绘人的健康发展过程由什么组成，怎样吸引儿童参加这种发展。这一成长过程从反抗父母和害怕长大开始，到青春期真正到来，获得了心理上的独立和道德上的成熟，不再把异性看作是威胁或恶魔而积极主动地与之相处时结束。总之，这本书阐明为什么童话故事对儿童的内心成长作出如此巨大的积极心理贡献。"[③]贝特尔海姆在研究时所利用的童话文本自然都是脍炙人口的那些经典作品。非常令人鼓舞的是，我们在阅读分析赵燕翼的民间童话时，同样欣喜地注意到其作品所深刻内蕴的贝特尔海姆所谓的精神价值。以这种思路考察，笔者先前已经对赵燕翼的文本做过研究。[④]以对他的代表作《金瓜儿 银豆儿》《白羽飞衣》《白兔姑娘》《五个女儿》《铃铛儿》等的分析，揭示出赵燕翼民间童话之于儿童发展的精神生态资源的意义。

## 二、少年英雄与西部风情画

赵燕翼倾心于塑造西部少年英雄的文学形象，这应该得益于"西部"特定的精神风气对他的浸润。少年英雄就是西部民族情感与民族文化精神的化身。作家以生动的人物形象具体化了这一理念。他的多数作品都是年轻勇为的少年独立行走、行动在广阔的西部大地上，面对自然与生活灾难逢凶化吉，演绎着一幕幕少年英雄的凯歌剧。

《白牛》写的是 14 岁的小贡嘎为玛尔吉阿婆寻找走失了的白牦牛的故事。长岭山前和山后的甘肃人和青海人就像悻强好斗的山羊，草原边界的相遇经常引发战争。小贡嘎不畏两族间的宿怨，毅然走上了为阿婆寻找白牦牛的道路。赵燕翼写作这类人物与故事时笔致总是轻盈而灵动的，整体风格显示为积极乐观，明媚绚丽，就如美丽自然的西部风情，涤荡流淌在人们的心间。阳光少年小贡嘎虽然身在艰辛的旅途，可是朝气蓬勃，精神与无限风光的自然融为一体。这也是赵燕翼此类写作重要的精神特征。以英雄的人的眼睛映现自然风情，反转看，优胜的自然精致又是人物成长的特殊环境，二者相辅相成，因此而建构为作品丰厚的审美蕴涵。小贡嘎在处理突发事件时所显示的智慧，以及异族少年间共通的善良与同情心，也是作品写少年人成长的点睛之笔。最精彩的是小贡嘎在窄狭的山道面对成人偷牛贼时的勇敢与智谋，以及最终他对异族间误会的冰释，都呈现出小小少年的壮美人格。

可贵的是赵燕翼写出了少年英雄的群像。辽阔的西部大地上活跃着无数个小贡嘎。他们的故事让作家应接不暇。《西琼渡口》中出现的是 16 岁的忠克杰布，他不顾生命安危，帮助老牧人父女安全渡河，并勇敢擒获伤害父女俩的罪犯。《浪哇牧歌》中的少年毛刀段勤于好学，在朴素的牧工职业中，也尽显少年人的英雄本色。《银色的海螺》表现的是少年阿桑的捕猎奇遇，与黑熊的英勇搏斗与深陷困境的悲壮，银色的海螺所奏响的生命强音，萦绕了整个西部高地。《塔塔尔汗》中 15 岁的塔塔尔汗智斗了潜入国境的敌人，沉着的英雄气胆令人敬佩。《小骑手》中的顿珠和卓玛是贫穷人家的孩子，他们以草原儿女的胆略战胜了赛马场上霸道的千户老人。《迷路的羊羔》中 13 岁的亚什吉孤独夜行风雪黑夜，并营救了迷路的小羊羔。《三月风雪》中 16 岁的少女叶尔罕用生命护卫了赶场的路上被困的牛羊。《红花》写的是 15 岁的少女曼豆玛热为了社会安定而献出自己生命的故事。而《桑金兰错》展示的又是平凡生活中"腼腆"的少女英雄，柔美中所深藏着的劳动实力。

长篇《阿尔太·哈里》是中国少年的历险记，也是赵燕翼少年英雄最典型的代表。作家凝聚心血塑造了这个传奇少年的历险生活。他流浪"在路上"独立生存的种种奇遇，他不衰的意志力，周密的生活策划能力与善于应变的智慧，勇往直前的生活勇气，都堪称是 20 世纪中国历险儿童文学的典范。

赵燕翼此部分作品创作于 20 世纪六七十年代，作品中少年英雄故事的背景也是在同一时期，其时西北各民族也处于社会主义建设的热景时期，劳动人民当家做主与民族振兴的时代强音吹遍在整个西北大地。自然，严酷的阶级斗争也还没有完全结束。这些社会历史信息不同程度地弥散在赵燕翼的文字世界中，很多时候还是故事情节展开的主要元素。社会主义激情的时代主音奠定了这批作品整体的美学风格，充满阳刚之气的少年英雄正可象征为新生与发展着的西北各民族。所以，他们应该在 20 世纪中国儿童文学人物形象画廊中占据重要位置，同时也是民族身份认同与民族文化精神史上的"原型"形象。

但毫无疑问，文化意识形态内涵并没有掠美这部分作品的文学性。这是因为作家还把握住了时代之外的一种西部气质。这种内在性的精神原质更赋予文本恒久的对话与阐释空间。这种西部气质的核心是生命活力，它圈定了年轻，旺盛，追求与永不放弃，告诉人们西部一直是"向上"的，可以无限勘探、发展它的可能性。作家用一群少年人的意气风发来诠释这一点再有效不过。他们奔腾着的生命气象就是这种气质的具体含义，所显示的也正是真实而生动的民间西部。

"少年"的文化符码在赵燕翼的此类创作中意义是多重的。从儿童文学自身的立场来说，充足的儿童主体性是最值得肯定的。没有任何刻意的人工雕琢与穿凿附会，人物的存在就是自己的最好证明，毋需他者的辅助材料与技术支持。少年用"传奇"来突破庸常,演绎性格与人的主体力量,这是儿童文学写作者通常努力追求的艺术境界,但总是牵强而很难为之。汲取了博大的西部土地的民间精华,赵燕翼自然达成如此的艺术效果,这是必须得到充分肯定的。他用文字告诉世界,中国的西部有着怎样健康、强壮、充满着生生不息力量的可爱的孩子,他们是怎样在用坚强的毅力、勇敢的胆魄、机敏的智慧、美善的心灵,在祖国的美丽江山中演绎着自己的传奇故事。一群少年英雄驰骋在广阔的西部高地上,这是何等壮观的生命图景。少年人率情率真的生命行迹展开了无限风光的西部自然,与善良纯朴的西部人民的民俗风情,如此的伴随映衬共现了新异的西部审美世界。少年人的这一股"生"的力量,是赵燕翼儿童文学美学价值的重要维度。因儿童文学视景而对西部民间的这一精神生态资源的积极开掘与努力升华,是赵燕翼在民间童话的意义向度之外的又一卓越贡献,再一次充分地让世人诗意审美了西部自然与人文景观的质性魅力。

## 三、纯美童话

在对西部民间文学资源与西部少年精神充分挖掘与倡扬的基础上,20世纪80年代以来,赵燕翼的艺术心智凝结于纯美童话的原创工作。这是作家不竭的艺术才情与创造力的有力证明。这部分作品题材丰富,构思精致,风格各异,既饱含稚趣童真的游戏精神,也不乏对传统母题"真善美"的再度演绎,更有唯美伤感的诗的意境,是他由传统文化与地域文化资源写作转向现代童话表达的明显征候。

也许是受民间童话创作潜移默化的影响,赵燕翼原创童话最突出的特征仍在其叙事与人物形象塑造的文学性要素上。叙事功力表现在故事自然简洁的开场进入与流畅自如的情节链条。对这一儿童文学叙事的"深结构"模式,赵燕翼操作起来游刃有余。童话的"真世界"空间质感直接嵌入孩子心中,绝不拖泥带水,形成任何虚假的审美感受。也就是说,孩子一接触作家的童话,对面的世界即被拥入他的眼中、怀中,他们之间形成亲密的交往关系。在《小虎归山》《快乐的小铁匠》《小矮人伏虎记》等作品中,赵燕翼创造出了澄明的"小人国"世界,里面的孩子形象简明纯粹,自身秉具独立的意义,行动高于或超于环境,存在具有充分的自足性与主动性。通过简单线条的自由处理,作家意在凸显的是人物的生命性格,力图确立一种自由强大的生命形象,而这个过程、方式与表现形式则全都是孩子式的。不难看出,赵燕翼的这些现代原创童话所受到的民间故事的深层影响,是一种思维方式的借鉴。

善于依据动物自身的情态合乎逻辑地展开故事,表现真善美与童年情趣也是赵燕翼原创现代童话的一个重要特征。这批童话涉及了众多种类的动物形态。《红蚂蚁 黑蚂蚁》写一只名叫阿青的黑蚂蚁与另一只名叫小丹的红蚂蚁间可敬的友谊。《穿蝙蝠衫的小老鼠》写一只老鼠在被小姑娘救生后,不愿承继父辈偷窃的生活方式,努力自力更生,终于被蝙蝠妈妈营救,变成会飞的蝙蝠老鼠。《乌鸦女孩》的题旨是倡扬孝敬老人,乌鸦女孩在妈妈的教导下懂得不能为了自我利益而损害别人利益的问题。《白鼻梁骆驼》是一个民间文学的母题,鞭挞了狼和狐狸的狡诈。《芦花鸡献宝》也是恩将仇报而最终不得好报的民间文学的母题,作家利用的是民间文学的精神元素。《小黑猪渡河》写了小黑猪的愚笨,也写了它的善良。《穿绿衣的蛇郎》以诗意的音乐精神渲染了强者蛇郎与弱者秋蚂蚱二者灵魂的高洁。《小燕子和它的三邻居》讲述了善良的小燕子在与邻居共处时的遭遇。

赵燕翼也有一些童话让人与动物共同构置为故事的要素，人与动物彼此成为对方的视角，在生命图景的相互映照中展开深度思考。《铁马》写的是小姑娘珊珊与安哥拉小白兔比赛骑车的故事。童话在意趣童真之外对时间内在含义的追索，充满的是未能究清的谜样人生。《金鱼缸里的小蝌蚪》写蝌蚪到青蛙的生命历变过程。这个过程是用孩子的眼睛注视完成的。《丹顶鹤告状》是典型的人与鸟对话的故事，通过一个15岁少年对丹顶鹤语言的破译，讲述了一只丹顶鹤幸福的生活被人毁灭的过程。

稚趣童话的游戏性也是赵燕翼着力追求的。游戏性征的赋予与生成自然而然，随人物与故事而和谐有机地展开。如《找朋友》写一只可爱的小蛤蟆在仲夏的早晨吟诗的故事。它的诗清朗明净，简单重复中潜藏着生命的韵律与人间的温情，游戏的意味就涌荡在小蛤蟆率真的行为与率真的诗中。《巫婆母鸡》的游戏性也很意外生动。作家经常在故事情节与人物对白中穿插一些儿歌，既活跃了版面，且吟诵的口歌又符合故事行进的背景与人物的身份，使得童话民间味十足，又富含游戏性。《皮口袋传奇》虽然是一个依据民间传说再创作的故事，但作家杰出的文学能力立体造型了一个16岁的少年，将他的幽默智慧、聪明顽皮充分表现了出来，故事充满了游戏性。

半个世纪以来，立足西部大地的赵燕翼以不竭的艺术才情在儿童文学纯真的世界里辛勤耕耘着。他的创作轨迹与文学思想所饱含的巨大精神资源，永远凝聚于20世纪中国儿童文学的文化宝库中，值得我们不断去开垦发掘。

**[注释]**

①《赵燕翼儿童文学集·金瓜儿　银豆儿》"卷头评语"，甘肃少年儿童出版社2002年版。

②已经翻译至我国的如[瑞士]麦克斯·吕蒂：《童话的魅力》，张田英译，社会科学文献出版社1995年版；[美]布鲁诺·贝特尔海姆：《永恒的魅力——童话世界与童心世界》，舒伟等译，西南师范大学出版社1991年版。

③《永恒的魅力——童话世界与童心世界·序言》，第12页。

④李利芳：《民间童话的永恒魅力——以赵燕翼的民间童话作为个案》，《中国儿童文学》2003年第2期。

（本文为本书特邀稿）

# 宗璞：人的呼唤

孙　犁

　　最近读了宗璞的小说《鲁鲁》，给我留下三方面的印象，都很深刻。一、作者的深厚的文学素养；二、严谨沉潜的创作风度；三、优美的无懈可击的文学语言。

　　仔细想来，在文学创作上，对于每个作家来说，这三者都是统一不可分割的，是一个艺术整体。

　　作为文学作品的第一要素的语言，美与不美，绝不是一个技巧问题，也不是积累词汇的问题。语言，在文学创作上，明显地与作家的品格气质有关，与作家的思想、情操有关。而作家对文学事业采取的态度，严肃与否，直接影响作品语言的质量。语言是发自作家内心的东西，有真情才能有真话。虚妄狂诞之言，出自辩者之口，不一定能感人；而发自肺腑之言，讷讷言之，常常能使听者动容落泪。这是衡量语言的天平标准。

　　历史证明，凡是在文学语言上有重大建树的作家，都是沉潜在艺术创造事业之中，经年累月，全神贯注，才得有成。这些作家，在别的方面，好像已经无所作为，因此在文学语言上，才能大有作为。如果名利熏心，终日营营，每日每时，所说和所听到的，都是言不由衷，尔虞我诈之词，叫这些人写出真诚而善美的文学语言，那简直是不可能的事。

　　宗璞的文字，明朗而有含蓄，流畅而有余韵，于细腻之中注意调节。每一句的组织，无文法的疏略，每一段的组织，无浪费或蔓枝。可以说字字锤炼，句句经营。一次与宗璞谈话，我对她谈了文学语言的旁敲侧击和弦外之音的问题。当我读过《鲁鲁》这篇作品之后，我发现宗璞在这方面，早已作过努力，并有显著的成绩。这样美的文字，对我来说，真是恨相见之晚了。

　　当然，这也和她的文学修养有关。宗璞从事外语工作多年，阅读外国作品很多，家学又有渊源，中国古典文学的修养也很好。"五四"以来，外国文学语言，一直影响我们的文学作品。但文学的外来影响，究竟不同衣食用品，文学是以民族的现实生活为主体的，生活内容对文学形式起着决定性的作用。以昆虫如此，蝉鸣于夏树，吸风饮露，其声无比清越，是经过几次蜕变的。这种蜕变，起决定作用的，绝不是它蜕下的皮，而是它内在的生命。用外来的形式，套民族生活的内容，会是一种非常可笑的做法，不会成功的。

　　宗璞的语言，出自作品的内容，出自生活。她吸取了外国语言一些长处，绝不显得生硬，而且很自然。她的语言，也不是标新立异，是在前人的基础之上，有所创造，有所进展。我们不妨把"五四"时期女作家的作品，逐篇阅读，我们会发现，宗璞的语言，较之黄①、凌②、冯③、谢④，已经有了很大的不同，也就是有了很大的发展。因此，她的语言，虽是新颖的，并不给人一种突兀的感觉，使人不习惯，不能接受。和那些生搬硬套外来语言、形式，或剪取他人的花衣，缝补成自己的装束，自鸣得意，虚张声势，以为就是创作的人，大不相同。

　　《鲁鲁》写的是一只小犬的故事。古今中外，以动物作为主人公的文学作品，并不少见。但一半是寓言，一半是纪事。柳宗元写动物的文章，全是寓言，寓意深远。蒲松龄常常写到动物，观察深刻，能够于形态之外，写出动物的感情。纪昀在《阅微草堂笔记》中，有一节写到犬，我读后，以为那是过激之作，是阅历者的话，非仁者之言，不应出自大儒宗师之口。

宗璞所写，不是寓言，也不是童话，而是小说。她写的是有关童年生活的一段回忆。在这段回忆里，虽然着重写的是这只小犬，但也反映了在那一段时间，在那一处地方，一个家庭经历的生活。小犬写得很深刻、很动人，文字有起伏，有变化。这当然是作者的亲身经历，并非听来的故事。小说寄托了作家的真诚细微的感情，对家庭的各个成员，都作了成功的生动描写。

把动物虚拟、人格化并不困难，作家的真情与动物的真情，交织在一起，则是宗璞作品的独特所在。

遭到两次丧家的小狗，于身心交瘁之余，居然常常单身去观瀑亭观瀑，使小说留有强大的余波，更是感人。

这只小动物，是非常可爱的。作家已届中年，经历了人世沧桑、世态炎凉之后，于摩肩接踵的茫茫人海之中，寄深情于童年时期的这个小伙伴，使我读后，不禁唏嘘。

我以为，宗璞写动物，是用鲁迅笔意。纯用白描，一字不苟，情景交融，着意在感情的刻画抒发。动物与人物，几乎宾主不分，表面是动物的悲鸣，内涵是人性的呼喊。

**1981 年 2 月 11 日**

[注释]

①黄庐隐。
②凌叔华。
③冯沅君，即宗璞之姑母。
④谢冰心。

（原载《宗璞小说散文选》，北京出版社 1981 年版）

# 洪汛涛：民族化、现代化的艺术追求

汪习麟

## 一

洪汛涛实在可以说是一位来自民间的作家。抗战时期，他有较长一段时间漂泊于浙江的山区，原先就喜爱文学作品，现在从淳朴的山民中间，又聆听到许多民间口头文学，搜集到无数民间文艺作品，这些丰富的养料，自然就进一步哺育他的成长。他在一篇题为《我的老师》的童年散记中，曾这样深情地写道："使我得以走上文学创作道路，使我爱上儿童文学，影响最大的，还是书和民间文艺这两位老师……它们，无私地、慷慨地、热忱地，以它最滋美的乳汁，哺养我。我深深感谢这两位老师。"

我们从洪汛涛的童话创作中，的确是可以感受到浓郁的民间文学风味。譬如他写于20世纪50年代的《三娃》和《灵芝草》，不论是题材、形式、人物、故事，还是它的结构、表现手法，都鲜明地显示出民间文学对它们产生的影响。

《三娃》是说盘踞在深山窝的蛇精，每天到1000里外的杨家洼叼走三五只羊，牧羊孩子三娃为了保护村里的羊群，不畏险恶，前往寻找。于是故事由此展开，先写一路的艰辛，再写三娃如何遇到花神，如何不要仙人馈赠的金、银和珍珠，如何以自己的真诚和善良感动了花神姐姐，得到了3粒神异的种子；以下接着写与蛇精的斗争中，每当遇到紧急情况，这种子就会给他帮助，克服种种困难。整个童话所表现的，是正义和邪恶的斗争，歌颂的是勤劳人民的勤劳勇敢，而宝物的神力，又使童话增添了迷人的幻想和诗意。

《灵芝草》的开始，使人想起蒲松龄《聊斋》中所常见的那种意境，一个穷书生，住在冷落的破庙里，由于他的善良和诚恳，感动了种植的灵芝草，在他卧病不起的时候，这株仙草变成了年轻的姑娘，为他治好了病，并且结成了夫妻，此后还给穷人治病。然而这个书生王郎却不能安贫乐道，要进京赶考，做了官又喜新厌旧，另娶妻房，到头来终于身败名裂，再回破庙，灵芝姑娘早已不知去向，最终饿死于山沟。童话的前半段，很有些民间故事《田螺姑娘》的意味，而后半段则也留有传统话本中的某些踪迹，但经过作者的综合与改造，强化了依靠人民和背离人民的不同后果，它的主题无疑有了进一步的深化与发展。

至于那脍炙人口的《神笔马良》，除了它表现了一个具有人民性的主题，通过马良的勤奋、智慧，他的爱憎分明的立场与行动，以及对财主、皇帝等剥削阶级的贪婪、狡诈的刻画，反映了人民大众的思想、感情、愿望，因而得到广大读者的欢迎之外，这篇童话在艺术上所呈现出的鲜明中国特色，它为其他国家童话所无法混淆、无法替代的民族化，乃是它获得成功，并被译成多种文字、发行国外的主要原因。

这个短篇童话，虽然只3000余字，却具有完整的故事，它语言简洁，处处围绕着一个"笔"字大做文章，例如开始一节：

听人家说，从前，有个孩子名字叫作马良。父亲母亲早就死了，靠他自己打柴、割草过日子。他从小喜欢学画，可是，他连一支笔也没有啊！

这种叙述方法，就完全是民间故事所惯用的手法，在极其简括地介绍了主人公的姓名、身世之后，马上切入故事的中心，并富有感情地提出了让人们关心的问题。

接着，写马良去学馆借笔，遭到拒绝之后，就刻苦自学，那遭遇和志气，使人想起《儒林外史》中王冕学画的那段，但作者反复强调的是："没有笔，他照样学画画。"学成之后，他想"自己能有一支笔该多好呢！"得到了神笔，这宝物就成了他意愿的化身，从而进入了童话的中心。作者没有脱离主题去炫示神笔的奇异，而是紧紧突出马良的性格，来表现贫困者得到帮助、残暴者得到惩罚的主题，这正是民间传说的一个传统，这篇童话也就格外体现出民间故事的风格。正因为作品有着这些特色，它也遭到了一些误解：有的认为这是民间作品的改写，有的认为它就是一篇民间故事。作者对此，有过一段自述："《神笔马良》中，某些情节取自民间传说，但是，民间故事中，并没有《神笔马良》这样一个故事，因此，不能说《神笔马良》就是民间故事……《神笔马良》可算是一种民间传说型的童话，是众多的童话类型中的一种。"①

著名儿童文学作家陈伯吹先生曾经指出："民间童话是童话的宝库，有着无数的未加雕琢的璞玉……像地下资源一样的蕴藏丰富，对于善于发掘的人，有取之不竭、用之不尽的喜悦。"②这一挖掘工作，对于素谙民间文学的洪汛涛来说，自然更为合适，因此在他创作的不同类型的童话中，给人印象最深、也最能体现他的艺术风格的，仍然是这种民间传说型的童话，例如写于粉碎"四人帮"之后的《乌牛英雄》《天鸟的孩子们》《狼毫笔的来历》诸篇，都是此中的佳作。在《乌牛英雄》篇首，作者特地加了这样的说明："关于乌牛英雄的故事，各地都有流传，各有各的说法，我把几种说法加以整理，写成了这个童话。"在《天鸟的孩子们》的正文前后，作者也加了序、跋式的短文，记述了这个故事原出于一位关东大爷之口的经过；而《狼毫笔的来历》，实也取材于民间传说，只是作者进行了再创作，另赋新意，但那民间童话的色彩，更给作品增添了艺术魅力。作者自然明白自己在这方面所占有的优势，因而他的童话创作，也就着意朝这一方向努力了。

二

童话采用何种类型，实际上也还只是一种写作的形式问题，洪汛涛童话虽然以具有浓烈的民间文学色彩而著称，但他的创作始终遵循着为社会主义服务、为人民服务这一原则，具体地说，也就是"以当前社会对儿童的要求，去为当前我国广大的孩子群服务，去反映他们、帮助他们、满足他们，给他们以教益和欢乐"。他的《神笔马良》《三娃》《灵芝草》等作品，尽管写的是以往年代的传说故事，但却有着全新的思想内容，其着眼点还是在于讴歌劳动人民的淳朴善良、勤劳勇敢，鞭挞剥削阶级以及一切邪恶势力的凶残暴戾、奢侈贪婪，用以培养孩子对真善美与假恶丑的辨别能力，鼓励他们对美好生活的积极追求，对邪魔暴虐的英勇斗争。高尔基在《论儿童读物中的俄罗斯民间童话》一文中指出："创造民间传说的人，都是直接参与改造现实的人，都是参与革新生活的斗争的劳动群众。"洪汛涛的这些童话，正继承着这样的优秀传统。

洪汛涛当然并不拘泥于一种类型的写作，在他的众多类型的童话创作中，更是注重于反映现实生活，有着内涵广博的现实意义。例如粉碎"四人帮"之后，广大文艺工作者满怀激愤，创作了一大批揭露"四人帮"一伙种种罪行的作品，洪汛涛也以他不可遏制的愤慨，写出了《一张考卷》《向左左左转先生》《鸟语花香》等童话，通过童话艺术所特有的幻想和夸张手法，来反映那特定时代中所出现的荒唐现象和可悲实质。

在《一张考卷》里，作者刻画了一个交白卷满不在乎，认为"读书，有个屁用"的小学生，从老师那里领了考卷走向座位时，硬着头颈，高昂着头，犹如凯旋的英雄，然而白卷却显示了魔力：它盖到什么东西上面，什么东西就随即消失。起先还是无意识地覆盖了扑克牌、书包、馒头，后来他索性把要督促他读书的老师、学校、妈妈，以致自己的家、饭馆、公共汽车……统统覆盖得从这个世界上消失掉。临末，他饥饿难忍、到处流浪，直到无法生存时才有所醒悟，但为时已晚，他只好用白卷来盖掉自己。这小学生名曰张锡生，交白卷又视作英雄，这自然令人联想起那荒唐岁月中的"反潮流英雄"，但作者在这里又不仅仅去描画这个小丑的嘴脸，而是形象地从本质上揭示了不读书、交白卷的最终危害，这样，它的讽喻力量和它的现实意义，就远远胜过对某一个具体人的揭露。

如果说《一张考卷》是通过"白卷"这一"魔物"，运用了幻想的、也是怪诞的手法，来反映现实，那么，《向左左左转先生》就是以极度的夸张，用漫画的方式，来勾画极左路线的罪恶了。譬如说这位先生的走路，必先跨出左脚，然后才把右脚跟上，而且绝不能越过左脚的前面；再如此人的疾右如仇，既不准体育课上喊"向右看齐"的口令，更不准生活中一切近于"右"的音的文字或名称存在，其忌讳之广，不亚于阿Q的讳"癞"以至"光""亮""灯""烛"之类了。无知踞要津，得势更猖狂，这种荒谬绝伦的怪事，竟然在中国大地风行甚久，现在一经作者用夸张而艺术的笔墨，写出它的真实来，那讽刺的光芒就越发照出这一群的丑恶。

《鸟语花香》这个中篇童话，是直接反映"十年浩劫"中的社会现实的，作品一开始，就写造反司令部来人，抓走了小主人公花香的妈妈，说她"复辟资本主义"，是个"走资派"。接着写小花香被关在阁楼上，得到黄雀们的帮助，逃出囹圄，一起飞往鸟岛，同各种鸟雀共同生活；然后写鸟雀们分头为她寻找妈妈，从而展开各种情节。作者说过："小说的光，是直射的。童话的光，是折射的。"这篇童话，虽有鸟类参与，富有浪漫主义，但总感写得过直，然而作者试图把幻想与社会结合得更为紧密，在艺术上所作探索的努力，却也反映了他不囿陈法、勇于创新的可贵精神。

作为一个关心儿童健康成长的儿童文学作家，洪汛涛还写了不少反映儿童生活的童话。《涂呀涂》写一孩子不爱惜课本，在上面随便涂抹，不是给这个男孩画上红眉毛、红胡子，就是给那个女孩画上满脸眼泪、两行鼻涕。于是课本上的所有图画和文字统统气愤地退出，那孩子的课本成了白纸，闹出许多笑话。《慢慢来》虽是写某一个孩子的学习松懈、做事拖拉、不爱惜时间，却是概括了孩子中较为普遍的现象；《半半的半个童话》则依据了生活中不少孩子做事，不是有始无终，就是丢三落四的情况，运用童话的特殊手段，给它展示一个个奇异的图景，让孩子在欢笑声中，认识到这种马马虎虎、大大咧咧作风的危害。

在这一类题材的童话创作中，作者特别注意到作品的娱乐性，它里面充满着快乐，充满着情趣。当小读者在阅读这些作品时，尽管从中看到了许多自己身上也存在的可笑之处，有些地方甚至要羞愧得脸红，但他们会感受到作者的一片慈爱，并且心悦诚服地接受作品通过艺术兴趣所给予的教益。

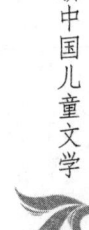

三

然而，洪汛涛的童话，也不尽然全都充满欢乐，他的一些力作，如《夹竹桃》《天鸟的孩子们》《狼毫笔的来历》等，倒是常常显露出某种凄怆之情。

《夹竹桃》发表之后，曾为不少评论者所称道，有的说它主要刻画了一个由骄傲变为虚伪、甘心投降于敌人的"风派人物"形象；有的说因为生活中的夹竹桃有毒，因此作品里的"假竹桃"毒死主人，就更显深刻；有的则以为这篇童话故事的构思本身富有诗那样的意境，因为看了这篇童话，眼前就会展现带有古风的"岁寒三友图"。

这篇童话通过一个年轻竹子的变化，写出生活中某些少年得志、行为轻浮、趋炎附势、出卖朋友的宵小的丑恶灵魂，未必就是政治舞台上的所谓"风派人物"，但作者在作品中更为着意刻画的，乃是松树——松公公这一形象。当那年轻竹子刚刚来到他和梅树的身边，他们曾尽心地加以爱护、关心；狂风袭击时，两位长者全力抵抗，他不放心的，正是这个竹子，生活经验告诉他，那些嘴上慷慨激昂的树木，往往最会向风求饶。他对竹子要求严格，多次告诫，多次提醒，可是一当风在竹子面前挑拨，说老家伙们压在你的头上，竹子也立刻感到自己颇受奚落、冷淡，最后终于同风勾结，插足到桃树边上，开起桃花般的花朵。松树终于觉察自己已被出卖，他感慨，他忧伤，他以自己的正直形象，烛照出竹子的卑下。非常明显，作者正是通过松树这一形象，寄托了自己的理想、志趣，以及自己对世事的态度。至于末了这个"假竹桃"毒死自己的主人，这实际是作者对那些糊涂主子的一种警告：它既能出卖朋友，未必不能害死主人。洋溢在这篇童话里的，是作者的愤懑激情，实在说不上有些许诗意。

但是，生活里往往是阿谀奉承者为人所喜，直言不讳者却难有容身之地。《天鸟的孩子们》就为我们塑造了乌鸦、喜鹊、八哥三个不同品性的形象，并以他们的不同遭遇，描绘了这一不平现象。

作者的感情倾向，自然是在乌鸦这一面。作品写道："老大乌鸦，长得非常老实，老实得几乎有点儿发戆了。"他一心只想告诉人们真实情况，好让人们事先有所准备，但却再三再四地遭人痛打，差一点丢送性命；喜鹊接受乌鸦的教训，就尽向人们说好听话，于是有吃不完的上等白米，日子过得快快活活；八哥原也如法炮制，可人们的生活并非个个遂心，情况也时有变化，八哥在碰壁之后，竟学得一乖：人说什么，跟着说什么，自然讨人喜欢。直言者潦倒一生，报喜者受到欢迎，学舌者为人豢养。作者临末愤愤地写道："我记述了这段往事和这个老得掉牙的故事，愿为讨厌乌鸦、独爱喜鹊和癖好八哥者共戒。"

在这一组作品中，就思想的深度和艺术的概括力而言，当推《狼毫笔的来历》为最。童话里的黄鼠狼，颇近于乌鸦的品性，他不求闻达，只是感到人是世界上贡献最大的动物，因此，他一心要尽力为人类做些力所能及的事情：消灭鼠类，保护庄稼。然而他遭到了鼠类越来越险恶的暗算：先是半道上被千百只老鼠围攻，然后被挑拨了同其他动物的关系，最后被陷害为偷鸡的盗贼，从此声名狼藉，无处安身，似乎非死不足以谢天下，其结局之悲惨，更甚于乌鸦的遭遇。

对于那些为非作歹的鼠类们，作者以蔑视而厌恶的态度，勾画了他们各各不同的嘴脸：如油嘴滑舌、一似泼皮的土拨鼠，凶狠残暴、蛮横好斗的鼢鼠，色厉内荏而又花言巧语的沟鼠，以及那引经据典、诡计多端的黑鼠，都各具典型，令人想起生活中所习见的某些市井之徒。

可是，作者更以激愤的笔触，痛斥了那些本该站在同一营垒、共同消灭鼠类的猫们，竟然助桀为虐，参与了这一迫害事件。这里有饱食终日、无所事事，而又欺骗世人、窃取名誉的家猫，更有甘心做鼠类帮凶、耍两面手法的山猫和灵猫。他们先是用甜言蜜语诱骗黄鼠狼进入鸡笼，使之蒙上不白之冤，继而自己大肆吞噬鸡群，却将罪名栽到黄鼠狼头上，待到人们前来查询，又言之凿凿似的编造假证。作者在这里入木三分地刻画了那些以拨弄是非、造谣诬陷作为献媚手段，以至不惜出卖伙伴、出卖灵魂的丑类，而一面也显示了世途之险阻。

在这篇童话的末尾，作者还写了黄鼠狼死前对人们不能公正断事的怨怼，那大段内心独白，写得回环曲折，表现了无处辩白的极度痛苦，最后只得留下一条遗嘱：在他死后，用他的毛制笔，而笔应该用来写真理和事实。十分明显，作品通过黄鼠狼悲剧的描写，折射了现实生活中的不平现象，表现了作者自己的爱憎和理想。

生活原有着多种色彩，有春的艳阳，也有秋的苦雨；人世间也有着各式人物，有正直的俊杰，也有卑鄙的宵小。用以反映现实的童话，自也可以且也应该从不同方面来描写这繁复的世界，揭示生活的本质，从而指引少年儿童去认识社会、认识人生。

洪汛涛的童话创作，追求的是民族化和现代化。他早期的童话，写得朴实无华，有乡土气息，并显出积极乐观精神；他后期的童话，虽保留着往昔的艺术特色，却写得较为深婉，也较凄楚，这也许与他在"文革"中的坎坷经历有关。近几年来，他以主要精力从事童话理论研究工作，著有《童话学讲稿》《童话艺术思考》等书，根据自己几十年的创作体会，他反复强调："童话之于生活，犹以树和根、流和源的关系……我们的童话，不能或不去反映当前的现实生活的本质，我们的童话绝不会受到读者的欢迎。"③以现时某些脱离现实、脱离生活的童话印之，此言洵属可贵。

[注释]
①洪汛涛:《童话艺术思考》。
②陈伯吹:《论"童话"》。
③洪汛涛:《童话学讲稿》。

（原载汪习麟著《浙江籍儿童文学作家作品评论集》，浙江少年儿童出版社1990年版）

# 任大霖：童心世界的不倦探求者

雷　达

任大霖是一个怀着强烈社会责任感的儿童文学作家，他把教育下一代视为神圣的职责。但是，在他一开始创作的时候，他的文学观念里，就有一种十分可贵的东西。那就是，不仅注意儿童文学的认识作用，教育作用，而且格外重视它的审美功能。几十年来，虽然不能说他没有受到"左"的创作思想的影响和干扰，但注重作品的审美价值这一点，他却始终没有抛弃。所以，他的作品很少直露的政治概念的灌输和生硬的枯燥的道德说教。他关注的中心是儿童心灵世界的美好蕴藏，他总是通过清新、真挚、深切的感情抒发，通过动人的艺术形象，达到潜移默化的教育目的。由于他始终自觉地摒弃着"图解"和说教，以致他在新中国成立初期的一些"少作"，至今读来，依然有一股荡气回肠的艺术魅力。

一

新的时代给儿童文学的创作提供了极为广阔的天地。由于任大霖是一个努力追踪儿童心灵变化的作家，因而，他描写新中国儿童生活的作品，在题材的广度和思想的新鲜方面，是取得了更大成绩的。就他个人的创作来说，也是一个大的发展和开拓。

"时代不同，生活不同，孩子们的心灵也大不一样"（《〈少先队员的心灵〉后记》）。虽然对成人来说，儿童的心灵有它特殊的内涵，但就儿童心灵世界本身而言，它又是随着时代的不同，而处于不断的发展变化过程之中。一个真正洞察儿童心灵的作家，是应该也必须能够写出不同历史时期儿童心灵的鲜明的时代特征的。春天来了，新社会来了，任大霖一面站在新时代的高度去忆旧（他的那些"回忆"之作都是新中国成立以后写的），一面通过与旧时代的对比而产生的深切认识，用更大的热情注视着儿童的新的变化。在写新社会的儿童生活的作品里，小主人公们再也不是含恨凝愁、压抑忧伤的模样，在阳光下，他们的精神解放了，枷锁被砸碎了，焕发出心中全部的美的蕴藏，向着广阔、丰富、完美的精神境界发展。革命理想，集体主义精神，小主人公的自豪感，爱学习，爱劳动，讲文明，讲礼貌，逐渐树立革命的人生观和道德观，这一切构成了任大霖笔下少先队员心灵美的具体内容。这些作品，就反映的生活面来说，有城市的，更多则是农村的；从时间来说，有解放初期的，有合作化时期的，有公社化时期的，有粉碎"四人帮"前后的；从人物形象来说，有男的，有女的，有3岁的幼儿，有七八岁的儿童，有十三四岁的少年……但是，题材和人物向着一个共同点汇集，那就是"力图把孩子们的心灵——虽稚嫩却美好的心灵，忠实地描绘下来"（《〈少先队员的心灵〉后记》）。虽然作者还是用的那支善于抒情的笔，但是，随着生活内容的变化，时间的变化，人物的变化，作者的笔墨也在暗暗起着变化。总的来看，忧伤的调子一变而为明快、乐观、热情夹杂着幽默的抒情调子了。

从《秧田发绿的时候》《秀娟姑娘》《蟋蟀》《天目山下》（又名《山里红》）等散文和短篇小说中，我们强烈地感受到新生活的气息，听到了农村少年在精神上健康成长的消息。

应该说,他们(杨小青、秀娟、吕力喧、徐小奎、赵大云、史小芬、"山里红"),生活的自然环境仍然是阿芦、金耿、金河海、贵松们曾经劳作、流泪、夭折的那片土地,但是,社会制度和社会环境已经发生了翻天覆地的变化。于是,人心,儿童的心灵也不能不变。把《水胡鹭在叫》中的阿芦姑娘与《秀娟姑娘》中的秀娟、《天目山下》中的"山里红"加以对照比较,是很能说明心灵巨大变化的。阿芦的性格与秀娟似乎很相像,她们都"不爱多说话"(《秀娟姑娘》)、"不说一句话,薄薄的嘴唇紧闭着"(《水胡鹭在叫》),属于性格内向的姑娘。可是,藏在她们内心中的愿望和思绪又是何等不同!一个是泪水和满腔痛苦,一个呢,却是怎样默默地,然而又是坚韧地克服软弱,为集体事业造福。阿芦要逃出地狱般的家庭,而秀娟则要投入集体的怀抱;阿芦憎恶她生活的这个地方,而秀娟却要献出全部聪慧给这片土地。造成她们这种截然不同的心理状态的根源,是因为她们两人,一个是旧社会的奴隶,一个是新社会的小主人。这两个人物一比较,真令人有隔世之感。再看阿芦与《天目山下》中的"山里红",同是割草的小姑娘,精神状态就全然不同。当年的"我"与阿芦是相逢无语,说起"水胡鹭",阿芦"脸发白了",何等压抑和惶恐!阿芦背负着沉重的生活重担和精神重担,她割草时,为了赶时间,"把茅刀锋口在头发上擦擦,用手背抹抹额上的汗","几绺头发落到额上,也不去理一理"。而"山里红"呢,在傍晚的深山里,精神却显得那样活泼、昂扬,"她扬起茅刀向山那边一指,又用刀柄把披覆在额上的短发轻松撩向两边,显出红润而秀丽的脸"。这里,仅是两个貌似相同的细节,便明确地写出了两种截然相反的精神状态,可见作者对人物心灵理解的深刻了。总之,我们在作者表现新生活的作品中,强烈地感受到了一种时代气息,一种清新的、奔放的、向上的气息。

《蟋蟀》是一篇众口交誉的获奖小说,它的成功,首先在于对合作化初期农村少年身上鲜明的时代印记的富于个性的刻画。作为儿童文学,它把时代特征,儿童的心理特征,农村的变动,通过几个个性鲜明的人物,有声有色地交融在一起。这里的几个高小毕业生,与旧时代环境中的金耿(《虾作》)、贵松(《风筝》)比较起来,就显得幼稚、贪玩,缺乏自立的能力了。而金耿、贵松们,好像是一些早熟的"小大人",总是处在沉思和忧郁之中,连他们"玩"的时候,也像是罩着一层阴影。在这些新旧少年之间,存在着一道精神上的鸿沟。然而,热衷于"斗蟋蟀"的《蟋蟀》里的小主人公们,尽管曾经畏惧过艰苦的农业劳动,尽管只知贪玩还不懂得自己应负的职责,但他们毕竟在健康地成长起来。不是被扭曲或折断,而是像挺拔的幼松,吸吮着新社会的雨露阳光,不断培养着新的思想、新的品德,逐渐成为合作化的主人。《风筝》中贵松的忽然"成熟",是病态社会对少年儿童戕害的结果;《蟋蟀》中的"我"的"捉蟋蟀的劲儿消失了",则是"因为我的工作挺忙","我"是"我们社里的会计助理员了"。

在任大霖的创作中,有一些作品如《我的朋友容容》《妹妹》《小兵冬冬》等,具有另一种值得重视的特点,那就是对童心的世界表现得真切和自然。已故的老作家魏金枝,曾在20世纪60年代撰文评论过这些作品,肯定了它们是"真正的儿童文学"(意指典型地表现了儿童心理的特殊性)。这个观点后来受到批判,被认为是魏金枝企图把任大霖"引入歧途"。其实,今天看来,魏老的意见是对的。在左倾思潮泛滥的年月里,我们的儿童文学受到影响的一个主要方面,便是混淆了儿童与成人在思维、语言、个性、心理、表达方式上的区别,强行把儿童的思维纳入政治斗争的领域中去。殊不知,抛弃了儿童和儿童文学的特殊性,也就丧失了儿童文学独立存在的价值和意义。高尔基说过:"有志于儿童文学的作家必须考虑到读者年龄的一切特点。违背这些特点,他的著作就会成为没有对

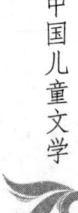

象的,对儿童和大人都无用的东西。"(《儿童文学主题论》)鲁迅先生也谈到:"直到近来,经过许多学者的研究,才知道孩子的世界,与成人截然不同;倘不先行理解,一味蛮做,便大有碍于孩子的发达。"(《我们现在怎样做父亲》)

像任大霖的《妹妹》《我的朋友容容》《小兵冬冬》等,最突出的便在于"考虑到读者年龄的一切特点",写出了儿童心理的特征、抛弃了"一味蛮做"。容容是个 3 岁的孩子,来到世间不过 36 个月,真所谓"除了吃就是玩,有何可传者乎?"但是,孩子的世界里自有挖掘不尽的宝藏,就看你有没有一颗理解孩子的心和一双敏锐的眼睛了。任大霖写容容,也确实逃不出"吃"和"玩"的范围,但在这些行动的背后,却写出了一颗透明、纯真、赤热的童心。在小说里,她的确无时不在"游戏"。可是,从狩猎活动(捕捉蚱蜢)中显出了容容"真正的猎人"的勇敢精神;从一只"金铃子"的去留,显出了容容那种博爱、善良的情怀;从一封奇怪的信,显出了容容强烈的好奇心和求知欲。由于作者采用通过大人的眼光来写容容的手法,遂使大人与孩子之间"落差"极大,反倒增加了容容性格和心灵的魅力。《妹妹》是以哥哥腻烦"小尾巴"似的妹妹这个角度,来写大孩子与小孩子的矛盾,哥哥对妹妹的既厌烦又疼爱的复杂心情,使得全篇妙趣横生,妹妹的可爱和顽皮跃然纸上。《小兵冬冬》虽有一个智斗盗窃犯的故事框架,但故事是次要的,人物才是结构的中心。作者在这个"框架"里,填满了冬冬和几个大孩子的心理活动。冬冬虽然屡次"暴露目标",但他的可爱正从这种不甘落伍,跃跃欲试,不肯示弱的行为中流露着。读这样的小说,与其说是看了一个曲折的故事,不如说是看到了几个可爱的美好的灵魂。

从人物出发,从儿童特有的心理、性格出发,从特定时期的生活实际出发,是任大霖多年来一直坚持着的宗旨——不管他是自觉的,还是半自觉的——这使他的许多作品至今还有认识价值和保留的价值。在他创作活跃的 20 世纪 50 年代后期和 60 年代前期,正是我国文学艺术日益严重地受到左倾思想影响,不断损害着文艺特殊规律的时期。为政治服务,直接配合政治运动和中心任务,使得许多作家陷入了从政治概念出发的泥淖。从政治需要出发"摆布"儿童的作品也日渐增多。也许由于任大霖把自己的题材和主题集中在描写儿童心灵美这一点上,也许由于他没有更多地把题材伸展到与儿童相连的阶级斗争的领域中去,他的这种"自我限制"反倒成了"塞翁失马",在某种意义上倒是"保全"了自己的作品。例如写于"大跃进"年月的《秀娟姑娘》《山冈上的星》,并没有"拔高"儿童,去追逐"浮夸风",而是指出了他们热爱集体,憧憬未来的品质和心情。写于 1960、1961、1962 年间的《失物招领》《天目山下》《少先队员的心灵》《在灿烂的星空下》《眼睛》《亲姐妹》等等,也都围绕着培养集体主义精神,助人为乐,克服软弱,批评虚荣和自私等展开生活画面。这里赞美的东西,在今天依然是应该赞美的。这里被否定的东西,在今天也仍然是应该否定的。这些作品的根本特点,是没有离开儿童,没有离开儿童的心理、生理、性格、思维的特征,没有离开对人物的刻画去进行抽象的说教。

我们这样说,是否认为任大霖表现了某种所谓"永恒"的主题,没有写出时代特征呢?其实,仔细分析起来,即使同是写新社会的儿童的心灵美,由于新社会的发展过程是曲折、复杂的,他笔下的人物的性格面貌也是打着不同时期的印记的。例如粉碎"四人帮"后发表的短篇小说《雨》,其中的女主角小樱所表现出的感情和苦恼,便是任大霖以往作品中的少年儿童所未曾经历和体验过的。小樱姑娘是多么盼望下雨啊!因为一下雨,她家门口的那张"批判"父亲的大字报就可以被风雨冲掉了,压在她心口上的石板也可以掀掉了。在被抄家、父亲被揪斗的情况下,小樱气愤、委屈,精神几乎要崩溃了,她只有寄希望于风雨。而她的父亲,一个忠于科研事业的知识分子,也在企望着下雨。不过,他想的却完全不是什么靠风雨冲掉那张可恶的大字报,而是一旦下了雨,他就可以偷偷地到郊区农村继续观察他的农业科研的进展情况了。雨终于来了,大字报并没有被冲掉,小樱的精神却经历了一场风雨。她从父亲身上看到了一种坚韧不拔的力量,一种在逆境中为人民事业奋斗的勇气。从此,小樱怀着坚定的信念,毅然继续上学去了。这篇小说不但构思新颖,在思想内容上也有了新的开始。再如中篇小说《喀戎在挣扎》(载《巨人》1982年第 1 期),表现了在新的历史条件下,受"四人帮"毒害的少年所面临的人生抉择。小说写的是工读学校学生、失足少年梁一星的转变过程。这个过程充满了起伏波折,也充满了内心的痛苦和告别昨天的艰难。作者借了希腊神话中马人喀戎为普罗米修斯作替身的故事,比喻梁一星像是半人半兽的喀戎。因为喀戎曾对普罗米修斯说过:"我的上半身虽然长得英俊强健,下半身却永远是兽类的模样。……伟大的先觉者,请告诉我,我该怎么办,才能使自己成为完全的人!"作者通过梁一星转变的曲折过程,发出了挽救被"四人帮"毒害的少年一代的呼唤:"是的,喀戎在挣扎,他需要爱,他需要勇气,他需要希望。救救喀戎吧,他会变成完全的人,真正的人!"这种"救救孩子"的声音,是包含着深刻的社会内容的,也触及了当前教育失足少年的迫切社会问题。这些例子都说明,任大霖是一位理解少年儿童心灵变化的作家。

二

任大霖是一个具有独特个性和风格的作家。在分析他的一系列作品时我们已经说过,他很像是一位抒情诗人,注重于叙事作品中的主观抒发,他的作品往往有浓重的抒情色彩。他的散文有点像小说,他的小说又像散文,他的许多作品是很难明确划分为小说或散文的。这是因为,在大多数情况下,他不但不以故事为结构作品的线索,也不以人物的性格刻画为结构的核心,而是以一种深沉的感情为核心,把生活聚集起来的。表面看起来,没有环环紧扣的情节,实则"形散而神聚",作品围绕着一个中心思想和情感展开生活画面。所以,我们不妨称他的许多作品是小说化的散文或散文化的小说。例如《水胡鹭在叫》,有人物,却没有完整的故事,只是撷取了几个最令人震动的生活片断。而这一切,又都是服从于作者抒发感情的需要。再如《天目山下》,小姑娘"山里红"的形象是活泼动人的,但作者并不完整地描写她的身世、性格,只是借着傍晚在山中与她相遇时的一些言谈举动,把她的性格"诗化"了,赞美她那美好的心灵:"多美的'山里红'啊!红得像晶莹的宝石。像山楂,可比山楂小;像樱桃,可比樱桃坚。"任大霖往往不满足于讲一个完整的、曲折的故事,他的作品情节的因素也比较弱,而往往是舍弃对生活现象的具体的细致的描绘,深入心灵,直抒胸臆。当然,他的抒情又往往与一定的事件、人物相联系,避免空洞的抒发。

如果把任大霖和任大星的作品加以比较,任大霖的上述特色便会显得格外分明,人们常说,分不清"任氏二兄弟"。这有一定的道理,因为他们的经历大致相似,又是亲兄弟,又都是既写旧社会儿童生活,又写新时代儿童的成长。可是,如果再仔细阅读,就会发现他们之间的差别其实是很大的。把任大星的《双筒猎枪》和任大霖的《水胡鹭在叫》放到一起,一方面会觉得都写了旧社会被地主阶级残害的两个农村姑娘,内容大体相似;另一方面,又会觉得,任大星对月华姑娘的描写更为具体、完整,刻画入微,更接近于传统现实主义手法,一切从场面和情节中显现出来。而任大霖笔下的阿芦姑娘呢,只是一个

苦难的化身，她的身世只是背景，显现在读者眼前的，是几个镜头，是伴随着水胡鹭叫声的几个悲剧场面。由此可见，对同一类型题材，由于作家艺术个性和风格的不同，处理的手法也不相同。任大星更着重于人物性格的具体刻画，任大霖则更着力于人物感情的深刻抒发。

在任大霖的作品中，不管是小说也好，散文也好，都非常注意艺术意境的创造。他的作品，常常是由许多情景交融，人物和环境密切结合，感情与氛围协调一致的画面连缀起来的，就像电影中的蒙太奇一般。他很会写景，又不孤立写景，目的是造成意境，使读者步入他所布置的气氛之中。《秧田发绿的时候》开头一段，写杨小青坐在门口石阶上的所见所闻，一股春天的气息扑面而来，遂使杨小青"把辫儿甩到背后去，脱掉鞋袜"，投身劳动的行列，这心情非常自然和谐。从任大霖的作品中，是可以顺手摘出许多写景写情的好段落的。如《风筝》的开头："最后一场春雪刚刚从枯黄转青的草地上融化，风，开始从尖利转得柔和，最早的几只风筝就出现在天空。"再如《虾作》写黎明前的景色："大地笼罩在一层灰暗的纱幕里，树啊，草舍啊，牛棚啊，远处的山岭啊，全是黑黝黝的一片轮廓。空气像凝滞了似的，隔夜的残热还没有消散……"不独语言的色彩、韵律掌握得好，而且笔下有情，容易把读者带到规定情景中去。

我们在前面讲了任大霖倾向于主观抒发，并不是否定他在人物创造上的成就。他还是描绘了一系列生动鲜明的儿童形象的。例如《亲姐妹》这篇小说就很耐读。作者在描写虚荣、任性、好出风头的姑娘林丽莺时，主要采用准确细致的心理刻画。小说的事件其实很微小，不过是由谁在接力赛中跑"最后一棒"的事，但作者却从中挖掘出了极为丰富的心理内容。林丽莺的装病，举止失措，临赛时撞人，都是在"小动作"中包含着让人咀嚼的东西。其他像《妹妹》《我的朋友容容》《秀娟姑娘》等都是很会写人，特别是善于写人物的内心世界的。如果说任大星的写人，主要写性格特征，那么，任大霖的写人，就主要是写心理特征了。关于任大霖小说的艺术特色，还有他的语言，他的构思，都有特点，这里就不一一详谈了。

总起来看，任大霖紧紧追随着新旧社会少年儿童的足迹，写出了他们心灵的变迁历史，创造了许多生动鲜明的儿童形象，抒发了许多美好的情思。他的创作，可以用表现了"美的失落和重新发现"来总括。他是一位对儿童文学有所贡献的作家。应该看到，由于时代的局限和作者自己生活视野和艺术功力的局限，在相当长的时间里，他的笔墨多少有点囿于所谓"儿童生活"的比较狭窄的天地，没有能够伸展到更广阔的社会生活领域。这也可以看作是"文革"前我国儿童文学的一个突出的弱点。近年来，任大霖的儿童文学观念有所发展和改变，他在逐渐扩大自己的题材领域，为了更深刻地歌颂美，他也把现实中的"丑"引进了作品，让美在同丑的斗争中去放射光芒。这是一个很大的进步。只有这样，才有可能产生凝聚着深广社会历史内容的高水平的"儿童文学"。我们热切期待着任大霖的新的创作实践。

（原载《朝花》1983 年第 3 期）

# 论郑文光的《飞向人马座》

吴 岩

## 一、作家本人如何看待这部作品

郑文光很少给《飞向人马座》以高度评价，这是一个令人吃惊的现象。

在该书第一版的后记中，郑文光用大约 2000 字谈论了 5 个主题。先是讲毛泽东的"三大革命"理论中不仅仅包括阶级斗争，还包括"生产斗争"和"科学实验"。然后是讲"幻想"在中国历史悠久。再后是讲科幻小说受到鲁迅推崇而且至今仍然在国外畅销。接下来他指出，自己已经搁笔 20 年，并且发誓不再沾文学的边。但是，"四人帮"的粉碎使他受到了感动，觉得"重新看到了祖国的未来"。这其中每个主题又都包含着更多小的主题，但没一个被清晰地阐述。

郑文光怎么了？和刚刚读完的那本行云流水般、详略得当的杰作相比，后记写得匆匆忙忙，还有点散乱。但也恰恰是这种匆忙和散乱，让读者感到了郑文光的焦虑。那是一种站在时代的风暴中无法抑制的强烈的创作冲动。

他能不焦虑和冲动吗？在作家的周围，文艺和科学的春天正在快步走来。他已经晚了一步。在北京作家群中，柯岩、王蒙、刘绍棠、从维熙、金近、金波、葛翠琳等都已经行动起来。在国内的科学文艺领域，叶永烈发表了《小灵通漫游未来》，童恩正准备发表《珊瑚岛上的死光》。

当然，他不会因为别人的抢先起跑而紧张。但所有这些都证明，经历了"文革"的洗礼，作家们的精神世界都已相当丰富，作品早已改变了原有的幼稚状态。遗憾的是，在郑文光看来，已有的科幻创作并没能完全昭示出这类文学的魅力所在。而他，郑文光，已经对这个文类有了独特的理解，有了可以全面把握和深化的能力。他应该立刻用自己的实践证实这一点。

这就是他焦虑的原因，也是后记杂乱无章的原因。他刚刚完成了一部相当满意的作品，但这仅仅是小试牛刀。比起他心中那座雄伟的科幻大厦，自己能做到的，远不止于此！

也正是因此，郑文光写道："这个中篇，它没有艳丽的色彩，没有浓郁的香味，没有诱人的风姿，但是，我希望……"

而正是这个"三没有"的作品于次年获得了全国儿童文学奖。为此，郑文光应人民文学出版社《文学书窗》（1980 年 8 月 1 日）之约，撰写了《〈飞向人马座〉获奖以后》一文。该文仍然没有给这本获奖小说以高度评价。只是说，香港的评论家杜渐认为这本小说从内容到结构都已经成为了一部长篇小说，而且，应该算一部杰作。他同意的确写了个"长篇小说"，但不同意是一本"杰作"。

事实是，在随后的 27 年里，《飞向人马座》一直名列中国长篇科幻小说之首，被不同出版社重复出版过至少 6 次。即便是作家本人隆重向读者推荐过的佳作《大洋深处》《神

翼》和《战神的后裔》，也没能达到同样水平。

## 二、小说的广泛社会影响

最早认为这本小说"与众不同"的人，是该书的责任编辑叶冰如。她在 1979 年 8 月 8 日《光明日报》上发表了《理想与青春的赞歌》一文，将这部小说比喻成一颗"引人注目的新星"，"它以深刻的主题思想、动人的故事情节、鲜明的艺术形象和新奇的科学知识，给读者留下了难忘的印象"。

叶冰如无疑是正确的。也正是凭借这些特点，《飞向人马座》获得了全国儿童文学奖。但小说的成功还不止于此。第二年，杜渐在香港若干杂志多次推荐此书。他认为，正是这本小说，走出以往中国科幻的短篇架构，进入了长篇时代。而长篇小说给作者摹写复杂的社会生活和塑造人物提供了更多可能的空间。

这样的评价恰如其分。《飞向人马座》的确是一部厚重的作品，它已经突破了过去中国科幻小说中普遍的儿童思维和科普思维倾向，逐渐将文类拉向真正的成年世界；它所倡导的那种清新瑰丽的生活，所展现的那种为科学而冒险、为爱情而等待的情感追求，他所采用的那种隽永的叙事语言和文风，深深地打动了读者。这种打动，其烙印之深刻，可以从 20 多年以后一位叫陈娜辉的读者写给《中华读书报》的短信中略知一二：

> ……我是读着郑先生的《飞向人马座》成长起来的，这部书陪我度过了充满快乐、憧憬、青涩和浪漫的少年时光。
>
> 那是十几年前的一个午后，我第一次读到了郑文光先生的科幻小说《飞向人马座》。整个下午，我沉浸在小说的世界里，随着继恩、继来他们历难太空。晚上，仰望星空，我第一次觉得头上的星空是那么不同：它们不再是一颗颗单调的星星，它们有不同的颜色，有不同的名称，行星、恒星、超新星，甚至黑洞……离我那么远又那么近的星空啊，我是如此渴望投入你并了解你。这一刻，我——一个十来岁的小女孩儿——郑重地在心底许愿，长大后我要做天文学家。自此，我总是习惯性地仰望星空。
>
> 以后的几年，我如饥似渴地读了很多书，有的读一遍、两遍，有的读一页、两页便放下了，只有两部书，常伴左右，随时翻看，一部是《红楼梦》；一部就是《飞向人马座》。小屋里、书桌旁、床头边，一个十几岁的小女孩儿捧着《飞向人马座》，也捧着少年的向往，一遍遍地读：学习紧张时，会读上几页；偶尔有闲时，会读上几页；不被理解时，会读上几页；感到寂寞时，会读上几页；情绪低落时，会读上几页；兴高采烈时，也会读上几页。读《飞向人马座》不止帮我平静心境，更让我思绪飞扬，充满力量。
>
> 在《飞向人马座》的陪伴下，我慢慢长大了，上大学了。我没能成为天文学家，甚至我学的专业也与天文学毫不相关，但我依然习惯性地仰望星空，这部书和读这部书的岁月也依然被我珍藏着，一个人时，我会想起，感觉很温馨、很甜蜜。有时，溢满的回味也会渴望与朋友分享，但当我小心翼翼地问朋友"你读过《飞向人马座》吗"，而朋友回我一脸茫然时，不得交流的失望与自我拥有的得意同时涌来：朋友不知道《飞向人马座》，朋友不知道郑文光，他们是我的，连同那些和岁月融在一起的回味。我于是依旧珍藏着我的书和时光，在心底。

后来,我大学毕业了;后来,我读研究生了;后来,我工作了,我都不再试着和人分享我的《飞向人马座》。生活越来越忙碌,我可以做梦的时间越来越少,但晚归时,我依然爱仰望星空,独处时,仍会想起读《飞向人马座》的岁月,仍很快乐,也很享受。

再后来,我结婚了。我们经常谈起以前,大学、中学、小学……谈起以前做过的梦。有一次,我告诉他,我以前想做天文学家,他很吃惊,我便没有告诉他我的《飞向人马座》。再一次,晚饭后散步时,我又习惯性地仰头,看着林立楼房间几颗星星点亮夜空,我问他,"你知道那颗恒星为什么发出蓝光,那一颗为什么是黄色的?"然后,自然而然地,我向他讲起了《飞向人马座》,讲起了我十几年来珍藏的那抹温馨和隽永。我讲得语无伦次,他却似乎理解了。他也仰望星空,似不经意地说:以后,等我们有孩子了,你来教他读这本书。

2003年6月的一个午后,我从新浪网上看到了郑文光的名字,多年来下意识地追随使我立刻点击,没想到打开的却是无比的沉痛:中国"科幻小说之父"在落寞孤寂中死去。

痛惜一时涌上心头,又想,自有一批如我的纪念者,他们的纪念在心中,会永恒。

郑先生,愿您在热爱您的读者和后辈的默默追念中,一路走好。


在《飞向人马座》的崇拜者当中,有许多是大名鼎鼎的科幻作家。这些作家已经在创作道路上取得了不凡的成绩,但他们仍然在《飞向人马座》面前折服。例如,叶永烈曾在他的《论科学文艺》中,用《飞向人马座》为教材,讲述如何使小说的情节引人入胜。童恩正也在不同场合引用了郑文光的科幻小说作为范例。刘兴诗指出,正是因为足够的天文学素养,使《飞向人马座》气势磅礴。吉林作家尤异,在哈尔滨召开的中国科普作家协会科学文艺暨少儿科普会议上,提出要向郑文光"拜师学艺"。四川作家王晓达、董仁威、河北作家铁璀等也都不同程度地向郑文光表达了他们的敬仰。

仅仅有老作家的认同还不够,新一代作家们更是从该作中得到许多滋养。青年作家杨平在《带着梦想的信使》中写道,《飞向人马座》能让人忘却世间的痛苦恩仇,穿过无边的星云,看到浩瀚的宇宙,在白炽灯下掩卷出神,在梦中神游太虚。韩松在《郑文光——我面前的一堵墙》中写道:"我现在仍然经常重读《飞向人马座》。书中青春男女的躁动,几代人的激情,瑰丽深远的太空,高科技战争的不宣而至,命运、人性和科学的艰涩难题,把我带回少年时代初读这本书时的环境里,周围的气味,甚至色彩都还在啊!这样让人激动的故事,是不可能被重复的了。"星河也在《影响我们的经典范式》一文中指出:"我们的太空航行,逃不脱《飞向人马座》的模式,但是却缺乏那种宏大的气魄;我们的感情纠葛,可以在《太平洋人》中找到痕迹,但是又虚假得过于矫情……老一代科幻作家的作品,至今仍旧是我们模仿和学习的经典范式,但是,我们真正学透的又有几分呢?"

就连航天科技工作者也表达了对《飞向人马座》的感激和推崇。神舟飞船控制专家、原北京航空航天大学科幻协会的会长饶俊在一篇回忆文章中写道:"我以为迄今为止,描写中国人自己航天活动的小说,比较到位的,便是郑文光的《飞向人马座》,它确是一部真正在描写中国人自己的航天活动的小说。"

《飞向人马座》的发表,还为郑文光在世界范围内确立了作为杰出中国科幻作家的声誉。笔者曾经在郑文光家中发现一本由美国大使馆文化官员赠送的克拉克小说新作《2010：太空漫游第二集》。在附信中这位文化官员写道："我是在别人推荐后才找到这本书看的，我觉得这真是一本非常好的小说，希望您能写出更多更好的作品来。"此后，美国专营科幻的出版社便时常将他们新版的科幻小说寄赠郑文光。

## 三、小说、作家和现实

从《飞向人马座》中，到底我们能看到些什么？小说到底起源于怎样的构思？小说表达了作家怎样的生活和感念？ 1980 年 4 月，郑文光在回答香港《开卷》杂志记者吕辰先生问时，讲过如下一段话：

> 我于 1954 年前后写了几篇以宇航为题材的短篇科学幻想故事后，就想写一部较长的作品，是写探索遥远的恒星世界的，但是一直没有写成。因为我 1957 年初到了中国作家协会工作，担任《文艺报》和《新观察》两个杂志的记者，专门写报告文学。"文化大革命"以后，由于种种众所周知的原因，我不愿再搞文学创作了，于是又回过头来搞科研，当了中国科学院北京天文台的副研究员。"四人帮"被粉碎后，国家提倡科学，青少年中学科学的风气也浓厚起来，人民文学出版社就派人向我约稿，写一部中篇科幻小说，我于是把过去的构思又捡起来了。不过，过去的构思是很简单的，无非是几个人去了外星球，克服种种困难，实地勘察一番就回来了。要真正写成一部刻画人物性格、情节构思能够吸引人的小说，还要下很大力量去经营。人物、情节从哪里来？只有从生活中来。科学幻想小说虽然是虚构的故事，又往往幻想的是未来，但是其实还是要取材于现实生活的。我于是回忆起 20 世纪 50 年代（那时我自己也是一个青年）我遇到过的一些人和事。例如岳兰对爱情的忠贞，对宁业中的亲密而又很有分寸的友谊，我是亲自体验过的。我想，如果再把这种矢志不渝的崇高的爱情带上宇宙的规模，那就一定更富于浪漫色彩。特别是我看到经过"十年浩劫"之后，有不少青年简直不懂什么叫友谊，什么叫爱情，动不动就讲什么"四十六条腿"（指各种家具）、电视机、录音机之类的条件，因此，在《飞向人马座》中，我除了写中国青年怎样勇于克服困难、自我牺牲精神之外，更多地描写的是这种崇高的忠贞的友谊与爱情。同今天的现实生活对比，自然是有点儿过于理想化了。但我认为，科幻小说中写人物，倒是适宜于带点理想化的，这样，它就更具浪漫主义色彩。

郑文光说得非常正确。他的这部小说，首先是他过往 20 年中宇航题材科幻小说的翻版或扩充。我们以他的早期名作《从地球到火星》为例。整个故事与《飞向人马座》出奇的相似：一名叫珍珍的孩子，和她的弟弟小强与同班同学魏秀贞 3 人偷偷开跑了一艘火星探测飞船。飞船中的孩子体验了起飞时的超重和太空中的失重，看到了"黑洞洞的""总也不亮的宇宙太空"。在地球上，为了拯救 3 个孩子，第二艘宇宙飞船即刻起飞，其中乘坐的是珍珍的爸爸、科学家李博士和星际交通委员会的王伯伯。两艘飞船在火星近旁相遇，共同探测了火星，但没有在上面着陆。虽然珍珍的飞船在途中遭遇流星的打击，外层保护被破坏，但他们仍然在接应者的帮助下克服困难，回到了地球。

这部小说根本就是《飞向人马座》的创作草案。在《飞向人马座》中，探索火星的三个孩子从小学生变成了中学生，他们的性别从"两女一男"转换成"两男一女"，亲属关系从"姐弟"转变成"兄妹"。小说中飞船前进的距离，也发生了大的跳跃，从太阳系内飞行到走出太阳系。就连他们遭遇的"危险"，也从"流星"变成了"超新星的宇宙线"和"黑洞"。在这些改变之后，整个故事的发展顺序没有变化。一艘飞船率先起飞，其中带着"没有准备的乘客"。然后，第二艘飞船带着"成熟的"乘客前往追赶。最后，绕过本来可以进行深入探险的星球而不降落，给读者留下深深的遗憾。

当然，仅仅从作品之间的对应分析，还是简单化了一点。因为这部小说还能折射出郑文光更多生活经历和情感经历。首先，我们能看到他对"中国宇宙航天"这一秘密事业的充分了解。小说中指明的航天城所在地，正是后来大名鼎鼎的甘肃酒泉发射中心。20世纪50年代的那种社会生活景象，加上苏联文学作品的巨大影响，也从小说中体现出来。例如，主人公之间的"爱情"，就明显地带有苏联社会主义建设时期文学作品的人物影子。建设一个沙漠中遥远的城市，怎么能摆脱《远离莫斯科的地方》或者《勇敢》这样的小说呢？《飞向人马座》中的宇航员训练，也重现了加加林、利昂诺夫、捷列什科娃的登天历程。当然，仅有苏联作品的影响还不够，欧美小说也在激发着作家的灵感。"东方号"上的图书馆、在不断漫游中解决航天难题，这些，又能让人看到凡尔纳《海底两万里》和《从地球到月球》的影子。

小说中浓烈的英雄主义气息，起源于郑文光的个性。他在跟笔者的谈话中曾经坦言："从小我就崇拜英雄。"这些英雄从中国古典小说《三国》《水浒》中的人物，到伯罗奔尼撒战争，到哥白尼、布鲁诺和伽利略，应有尽有。《飞向人马座》里"无中生有"地制造了一场"世界战争"，则更是作家为英雄主义找到用武之地的场所。正是在这场战争中，美丽的岳兰成熟起来，木讷的宁业中找到了爱人。也是在这场战争中，中国成为了世界上屈指可数的顶尖强国！

郑文光的小说虽然受到文学作品中虚构的影响，但却不完全是凭空捏造，更多地，这些人物来源于他对周围人的观察。20世纪70年代末，一次在政协礼堂召开的科普会议前，我跟一大群科普作家在门外等待，郑文光就在我的旁边。我非常清楚地听到他和一位女士在谈论《飞向人马座》中的少女主人公继来。只听郑文光说："对啊，我写的就是那个上海小姑娘！"这是我亲耳听到郑文光谈论自己作品中的人物与现实原型。可惜的是，我没能听到这位现实生活中的邵继来到底是谁。在20世纪90年代为他记录自传的时候，我再次询问他到底指的是谁，但他没有讲出来。

就在我跟他一起取回《飞向人马座》第一版样书前的一段时间里，我常常到郑文光家看他。他的小小书房中，有一个朝西的书桌。抬眼望去，窗外是高大的树叶遮挡着的傍晚阳光。写作时，他的抽屉常常拉开，那里面有许多只用了一半的笔。有的有墨水，有的没有。他的字很小，写在稿纸上像是整齐排列着的行行昆虫。他写字不太用力，边缘比较圆润，这使他的写作速度很快。他的小说基本上是一稿成功。当然，也许会再重读一次，以便进行些许改动。我仿佛记得，看他从抽屉里拿出计算尺，计算某些数据。根据这点我能肯定，他的确是在写《飞向人马座》。因为，只有在这本小说中，郑文光郑重地谈到了飞船的速度和轨道。

## 四、作者对小说缺陷的反思

20多年以来，除了郑文光自己，几乎没有人谈到《飞向人马座》存在了哪些缺陷。在

对笔者口授的自传中,郑文光讲道:

> 从现在的观点看,《飞向人马座》的缺点是显而易见的。首先,其中概念化地发起了一场所谓的与某北方大国之间的战争,这场战争严重地损害了整部作品的气氛。由于受到当时的政治倾向的影响,这部作品在处理国际关系上并不成功……其次,对天文学的课程上得太多了一点。邵继来学习天文学的部分显得生硬,"知识硬块"没有被融化。与此相似的,还有继来的日记部分,也显得相当不协调……第三,对三对夫妻的搭配匆忙了一些,想象世界的完美性也发展到了感情的世界,但这是不真实的。真实世界中的感情发展不一定那么理想和美丽。这一点我其实是很可以避免的,为什么偏偏要描写三对夫妻呢?

20世纪70年代末期,苏联对中国的战争威胁还没有完全解除,因此,毛泽东关于"世界大战即将来临"的研判,也就仍然具有现实价值。只有当进入20世纪80年代以后,邓小平倡导了一系列中苏关系改善的行动,加上戈尔巴乔夫上台后,美苏冷战趋向和解,战争的阴影才开始逐渐远离这个世界。但是,这就能成为证明小说中世界大战"预言错误"的证据了吗?

笔者认为,这个结论为时过早。

首先,"今日的世界"并非"明日的世界"。而郑文光的小说恰恰描绘的是明日的世界。在小说里,中国已经成为了世界第一大宇航国家,正在进行"火星实验室计划"。这使一些长期敌对中国的国家气急败坏。但是,中国在世界上的地位已经发生了彻底改变,因为许多国外科学家雪片似的来信,要求参加中国"开拓太阳系新疆土"的计划。在这样的时代,中国宇航工业已经达到了世界顶尖地位。这一点,仅从"东方号"的火箭推力上就可以看出。按照作家的描写,"东方号"在最粗处直径为100米。而美国的"土星五号"火箭,直径仅有10.1米。苏联的"质子号"火箭,全长才有57米。推动"东方号"这样巨大的火箭升空,需要的推力可想而知。从所有这些看来,郑文光小说中的国际背景,至少在小说成书之后50年。按照作家的描写,在那样的时代里,"往来于太阳系各大行星的班船,几乎每隔半年就有一次"。这样的时代,还远远没有到来。

那么,现在的问题是,在这样的未来世界,一场全球范围内的战争到底是否可能发生?

笔者认为,简单地将郑文光小说中的战争设想为中苏大战是不恰当的。郑文光的战争预言,恰恰是作家对中国崛起所面对的严峻状况的描述。在他小说发表后的50年里,中国的经济发展将超越所有国家,成为世界最大的经济强国。当中国的经济实力不断增长、中国在世界政治舞台上扮演起越来越重要的角色的时候,已经占据霸权地位的国家能够忍受吗?中国的崛起,是否会引发一场最终的战争?

笔者认为,设计一场这样的战争,不是空穴来风。对于一本全景反映中国航天事业未来的小说,没有战争将难于符合历史的本来面貌,因为,世界上任何一个国家的宇航发展,都是在严峻的敌对竞争中展开的。20世纪30年代,德国设计V2火箭的目的是在第二次世界大战中轰炸伦敦。50年代,苏联发射的第一颗人造卫星,其目的是和美国比赛,让社会主义的旗帜首先插上太空。美国的阿波罗计划,为了反败为胜,要把人安全地送到月球再折返地球,以此验证他们的军队能在未来的太空战中,进退自如。

郑文光熟悉所有这一切。也正是因此,笔者认为,《飞向人马座》中的战争,并不是一个败笔,而是出色的预警,是一种真实的预感,是一个必须以事实去化解的预言,"人民将消灭战争"。

按照郑文光的说法,小说的第二个缺陷是科学知识"过多"。这个"自责"在科幻小说的基本理论从科普向文学转变的八九十年代,非常符合当时的认知习惯。但是,作者没有看到,任何事物也都有矫枉过正的时候。在当代,读者对科幻小说的抱怨不单单是无法更好地表达社会生活,还包括缺乏当代尖端的科学知识。看来,科学知识并非原罪,问题是你如何表达,如何化解"硬块"。而在这方面,郑文光做得非常出色。他的小说中虽然有那么多科学内容,但通过行文、叙事等的化解,艰涩的科学已经转换成了小说的叙事涓流,转变成一种无法抽离的美感享受。

最后,第三个缺陷是有关爱情是否能在现实世界中圆满的命题。对这个问题,郑文光大可不必那么古板。的确,直接地描摹现实,会发现不美满的爱情可能和美满的爱情一样多。但是,对于浪漫主义文学来讲,有情人终成眷属难道就不能写吗?那么多美国好莱坞大片都以这样的情感结局作为结尾,那么多中国古典文学故事都以大团圆作为完成,对一部给人类光明未来的科幻作品来讲,大团圆怎么就不能写呢?

以上是笔者在《飞向人马座》发表了四分之一世纪时对它的反思。在过去的 20 多年里,中国的社会、科技、文化、艺术发生了翻天覆地的变化,郑文光也已经于 2003 年夏天去世。然而,作为一部重要的科幻文学作品,《飞向人马座》却仍旧活在读者的心中。郑文光所描绘的那个中华崛起的壮丽时代,正如他结尾时所言,正在成为"活生生的现实"!

(原载《大庆高等专科学校学报》2002 年第 2 期)

# 柯岩儿童诗的儿童情趣

吴其南

柯岩的儿童诗，从美学方面说，有一个显著的特点，就是生动的儿童情趣。读她的作品，有时就好像走入一群淘气劲十足的孩子中间，亲眼看到他们所干的各种趣事，看到他们干这些趣事时天真稚气的神态。它们有时能让读者笑出眼泪，笑后又更觉得孩子们可爱。

谈到儿童情趣，人们很自然首先想到作者的《"小兵"的故事》，这首诗的生动幽默不仅使儿童快活不已，就是成人也忍俊不禁。但这种情趣是怎样产生的呢？如果仔细分析一下就不难发现，这首叙事小诗展现的是儿童生活中一幅具有喜剧特点的情景。故事包含一对矛盾：矛盾的一方是小弟纯真的心灵，美好的性格和对未来的向往：勇敢、倔强，想当解放军，不允许别人有损他心目中的解放军的荣誉；矛盾的另一方是其极为幼稚的表现形式，即故事发生在一个游戏的环境里，既是游戏，条件是假设的，有人扮好人，有人扮坏人，枪毙是假的，大可不必认真，可我们的小主人公在游戏中忘掉和不顾这种假设，以认真得可以的态度来对待游戏：我长大了要当解放军，是解放军就不能随便被人指为奸细，更不能叫别人"枪毙"，于是又打又闹。这两方面放在一起，就构成一种喜剧性冲突，产生一种明显的不和谐。黑格尔说："任何一个本质与现象对比，任何一个目的与手段对比，如果显出矛盾或不相称，因而导致这种现象的自否定，或是使对立在现实之中落了空，这样的情况就可以成为可笑的。"小主人公以主观的高扬代替客观，显然是闹了笑话，站在比他较高的认识水平上的读者就自然觉得他幼稚而笑起来了。但由于小弟的行为虽然幼稚，但出发点却非常美好，所以这种笑不是否定性的。善意的揶揄的后面是赞许，读者既觉得小弟行为可笑，又感到小弟性格的可爱。这种通过喜剧性冲突来表现一种富有谐谑特点的美感效应的描写，应该说就是产生柯岩笔下的儿童情趣的根源所在。

关键是研究作者是如何构思和表现这种喜剧冲突的。

首先，作者总是严格地从生活出发，特别是把握儿童的年龄特征和由此引起的一切特殊性，揭示人物性格本身的不和谐，这样就使她笔下的儿童情趣生动幽默又富有强烈的真实感。作者笔下的儿童情趣常常是由儿童的非现实性引起的，但通过作品我们又强烈地感到，这种非现实性在儿童那里又是非常现实的，他们并不意识到自己的行为有什么不合理。相反，他们坚信自己的言行是完全正确的。唯其不合理又极其认真地去做，这才显出喜剧效果来。《"小兵"的故事》里小弟的举动是幼稚可笑的，但这种幼稚的举动发生在他那样的一个孩子身上，却又是完全合理和非常自然的，即是说，人们相信，像他那样的孩子，处在那样的场合，是确实会那么做的。从年龄上说，他是一个七八岁的男孩子，正是崇拜英雄有时又不能把游戏和现实完全区别开来的时候。换一个年龄的孩子就不行。再大点，他就不会用那么认真的态度对待游戏，假戏真做地闹出一场笑话；小点，还不懂得崇拜英雄和立志要长大后去当解放军，也就不会想到要那么不顾一切地去维护解放军的荣誉。从性格上说,《"小兵"的故事》中的小弟是一个倔强的孩子,所以别人要"枪毙"他时,他敢于又踢又打,毫不屈服,换个胆子小或娇生惯养的孩子,他也不会那么闹的;而小弟之所以有这样的性格,这又和他所处的社会环境,特别是他所受的教育,是分不开的。他至少听过或从电影上看过解放军的故事,对解放军十分热爱,如果换个从没听过解放军的故事或根本就不生活在我们这个社会的孩子,他也不会有这种表现……总之,情趣来源于生活,生活给作家笔下的情趣以生命,这和那种以假、诈、矫揉造作为特点的老莱子娱亲式的所谓儿童情趣是完全不同的。

喜剧性的矛盾存在于生活,来源于生活,但是,这种矛盾和冲突意义不是摆在生活的表面。它要求作者不但要深入生活,还要独具慧眼和艺术能力,善于发现生活中那些具有喜剧因素的细节,并通过自己的艺术加工使这种矛盾蕴含的喜剧效果更集中、更强烈地表现出来。柯岩笔下的喜剧冲突的另一特点就是构思巧妙,从而能使作品中的儿童情趣显得尤为新颖、生动和深刻。比如在自己或同伴衣服上写写画画,这在儿童生活是一种不难看到的现象,一般人看过也就算了,或者只把它当作恶作剧而教训一通。但柯岩却敏锐地发现这孩子气的举动中可能包含着某种具有喜剧意义的东西。儿童看问题和解决问题的方法总是比较简单,喜欢什么,不喜欢什么,常用一种浅显幼稚的方法表现出来,比如把心里想说的话写在自己的衣服上。这就可能和一般人的习惯做法构成矛盾。从这儿入手,在某种意义上说,就找到一个构成喜剧情节的角度。当然,仅此一个角度是不够的,还要把生活中的素材从这角度去加以组织。如发现儿童把字写在衣服上可能包含某种喜剧因素后,要进一步深入,写的是什么,它和儿童心里想的东西有什么关系,等等。这就需要大胆的想象以至幻想。正是作了这许多艺术加工后,作者终于写出脍炙人口的《看球记》,小弟白天看了一场球赛,对敢打敢拼的 9 号运动员佩服得了不得,回到家里,处处模仿 9 号运动员,以至把他的号码也用红墨水写在自己背心上,在梦里还在踢球……这样,小弟天真幼稚、对英雄业迹充满向往的神态便生动地表现出来了。其他如《小红马的遭遇》《通条、通条不见啦》结构上也与此近似。当然,任何构思都必须是独创的,再好的构思也不能成为模式。柯岩笔下的喜剧冲突不仅构思新颖,而且形式多样,有的侧重人物性格与读者认识之间的不和谐,有的侧重人物愿望与所使用方法之间的不和谐,有的侧重于动机和目的之间的不和谐……即使内容相近的作品,表达的方式也各不一样,一篇有一篇的路数。由于新颖多样的构思,生活的百姿千态表现出来了,人物性格的多层次、多侧面也表现出来了,情趣也就真正有了情趣而非那种动不动就勾手指头之类的常见模式了。

儿童文学要有儿童情趣,但有儿童情趣的不一定就是好作品。作为一种喜剧效果,儿童情趣可以是肯定性的,也可以是否定性的。那种出儿童洋相,拿儿童行为中某些不良举动取乐的所谓情趣就是后者比较常见的例子。柯岩笔下的儿童情趣不仅幽默生动,而且健康、积极,使人感到一种纯洁高尚的美。作者儿童诗中喜剧冲突虽多种多样,但稍微深入分析一下就不难发现,有一对矛盾一直是作为主线贯穿始终的:那就是揭示新中国儿童纯洁的心灵,远大的志向,崇高的愿望和他们实际的幼稚的认识水平、行动能力和表达方式之间的不和谐。通过这种不和谐显示儿童的天真幼稚,更用这种天真幼稚衬托儿童的心灵美。《通条、通条不见啦》里的儿子拿通条去掏地球,心里想的却是想看看地球那边黑人儿童的实际生活;洪洪把玩具马埋在地里,心里希望的是它能像农民种庄稼一样"种"出千万匹马来,好骑着和解放军一起去消灭敌人(《小红马的遭遇》);小弟拿爸爸的眼镜戴在眼睛上,是以为眼镜有神奇的力量,因为他也想和爸爸一样,会读书,会解

题,会说外国话……这里,矛盾的双方构成强烈的对比:一个幼稚得连通炉子的通条能不能掏地球,地里能否"种"出马来,知识是否来自眼镜这样的常识都不知道的孩子却想到保卫祖国,同情其他被压迫的人民,希望参加祖国建设,这思想不是显得更美好、更崇高、更感人至深吗? 柯岩笔下儿童情趣的最动人处也正在这里。情趣不但有格调高下之分,还有境界大小之别。和那种只会拿儿童生活中某些没有什么意义的小笑话来逗人一笑的情趣不同,柯岩善于从时代高度来观察、表现儿童生活,所以她笔下的儿童情趣虽然也是儿童生活中的笑话,却能折射出强烈的时代光辉。即以《"小兵"的故事》《看球记》等作品而言,虽然写的也只是儿童生活中一些小笑话,但它们不是分明地打着20世纪50年代那个特定的历史时代的印记,使人感到那个时代的氛围么? 一般说,儿童都是崇敬英雄的,但不同时代、不同阶级的儿童,他们崇敬的对象和内容是各不相同的。有人崇敬能为统治者治国平天下的文臣武将;有的崇敬鲁宾孙之流的殖民主义者,可是在新中国儿童的观念里,英雄就应像解放军那样,勇敢,不怕死! 这样,就使柯岩儿童诗在幽默风趣的叙述中有了深广的社会内容,使一些看似不甚重大的题材具有重大的意义。

（原载《浙江师范大学学报》1985年儿童文学专辑）

# 王愿坚：儿童短篇小说的艺术特色与传播状况

杨　珊

王愿坚曾说过："过去了的，并不只属于过去，它还属于现在和将来。"《小游击队员》出版至今，书中的少儿英雄形象及他们的爱国情怀向我们彰显了"红色经典"的深刻教育价值。

一

优秀的短篇小说，不光有优秀的故事情节，还要有生动的人物形象，王愿坚的短篇小说极成功地塑造了典型环境中的典型人物，通过这些典型的人物形象让我们了解了革命先辈们，了解了他们的理想和信念。但深深印在笔者脑海中的是作者塑造的那些少年英雄们，他们勇敢、机智、坚强、富有力量。

《小游击队员》中的樟伢子，大约有十二三岁，又黑又瘦的小脸上，嵌着一个尖尖的翘鼻子，头发有二寸来长，乱蓬蓬的，像个喜鹊窠。浓浓的眉毛下边摆着一对大眼睛，乌黑的眼珠，像算盘珠儿似的滴溜溜乱转。这简括有力的两句话描绘了人物特征，勾勒出樟伢子的面貌。语言精练，但却能让读者一目了然的看清人物，读懂人物机灵的性格。再如《赶队》里的小何，一个十五六岁的小鬼，小小的一张圆脸，尖下巴，长长的睫毛下面有着一对大眼睛，短短的头发上，歪歪地扣着一顶洗白了的八角帽。这段描写使读者无法分辨这是一个男孩还是女孩，但接下来读者的那句"如果不是帽舌下那一绺头发，我还以为她是个男孩子哩！"这句话直截了当地说明小何是个女孩子。语言平实，线条清晰。另外，人物的肖像描写还可以以形写神，来表现人物的品质性格，如《后代》中的黄承谋，是一个身材魁梧的小伙子，二十六七岁，高个子，宽肩膀，大大的四方脸上嵌着一双乌亮的眼睛。一眼就可以看出是个精力旺盛、意志坚强的人。其实，写外貌是为了表现性格，揭示其精神世界。由此可见王愿坚儿童小说作品对外貌的描写并不求多，而在于"精"，以小见大。鲁迅曾说过："要极省俭地画出一个人的特点，最好是画出他的眼睛……倘若画出了全副的头发，即使细的逼真，也毫无意思。"故王愿坚的这三段"省俭"的肖像描写，不仅将人物外貌描写出来，还准确生动地表现了人物性格，充满朝气活力。尤其是三人那乌黑乌亮的大眼睛，给人一种炯炯有神的精神面貌。人们常说眼睛是心灵的窗户，而通过对眼睛的描写，再次表现出这些英雄少年们的勇敢、独立。所谓的肖像描写中的画眼法也无非就是通过人物的眼睛来反映人物的内心活动，表现人物的性格的一种常见的写人的方法。毕竟人的喜、怒、哀、乐等情绪和内心活动都是通过眼睛表现出来的。

在王愿坚的这几篇少儿英雄小说中除了优秀的肖像描写外，还非常注重细节的描写，即善于截取人物性格中最美的瞬间，让人物性格中最美好的事物像火花一样迸发出来，给人以激情和力量。越是生死关头，越能展现大爱，越能体现英雄本色。樟伢子受侦察班班长黄光亭委托勘测壕沟的情况，不幸被敌人发现，班长让樟伢子把情报给游击队

送过去,他留下来打掩护,在估计樟伢子能钻进山了,又打倒一个扑上来的鬼子后,班长突然调转枪口,对准自己的太阳穴。班长这么做是出于两方面的考量,其一情报大于个人性命;其二不想让自己成为敌人获取信息的突破口。这个对准自己太阳穴的瞬间一下子扎到了读者的心尖上,让人捏了一把汗的同时也由衷地让人佩服。

王愿坚在《美的战争历史和美的军事文学》一文中说道:"文学是最讲单位面积产量的,就看你能不能在最小的面积上,惊人地容纳和表现出尽可能多的美的思想感情。"所以在王愿坚的这几篇短篇小说中,除了精致的人物描写、细节描写外,还有一个明显的特点就是"短"。小说的篇幅仅只有几千字,就是这几千字将人物刻画得如此精致,细节描写十分到位,将人性的瞬间展示得淋漓尽致。正如作者所说:"短篇之短,短在篇幅上,却绝不能短在见识上……有点真知,有点见地的,虽短而有点生命。"(《见得高,知得深》)

## 二

茅盾曾说过:"人是时代舞台的主角,写人怎样在时代中斗争,就是反映了时代。"王愿坚塑造的小说人物多为抗战英雄,每个人都心系共产党,心系革命,心系国家。他之所以会创作这些作品,一是他想记录他所看到的,所感受的,二是他想要为后人留下回忆和财富。正如他在《后代》一书的后记中写的:"近几年,因为工作的关系,见到了一些老战士。我是怀着深深的敬意和强烈的激情去认识和了解他们的,他们的斗争经历是那么曲折动人,他们的精神品质是那么的美丽崇高,我觉得我们今天走着的这条幸福的路,正是这些革命前辈们用生命和鲜血铺成的,他们身上的那种崇高的思想品质,就是留给我们这一代最宝贵的精神财富。"他用自己的笔墨让后人来感悟革命历程,感悟革命英雄的精神面貌。作品中的少儿英雄作为革命英雄中的后辈,用行动证明了保卫国家不分年长年幼。

短篇小说集《小游击队员》是王愿坚1977年12月应北京出版社的邀请为少年儿童编的一本书,集内收录的是以青少年革命者为主要描写对象的作品,均从他之前的创作中选出。编辑的目的是向青少年读者介绍革命的过去,讲讲艰苦岁月里的孩子与革命,期盼小读者们在读了之后,又能想一想,引起一些思索,从而更加热爱那些革命前辈们,激起进一步认识和学习他们的愿望。

这是第一版以《小游击队员》命名的短篇小说集的形成,作者选出10篇放入作品集中。前3篇《夜》《肩膀》《路标》是作者在纪念解放军建军50周年,为缅怀毛主席和周总理、朱委员长等伟大的无产阶级革命家而编写,其余几篇所写的人物都是少年革命者,苏区的红色儿童,坚持游击战争的小战士,长征途中的小红军、少共团员。而在1996年花山文艺出版社出版的《小游击队员》里只列入了5篇,分别为王愿坚在1956年第8期《中国妇女》上发表的《赶队》;1957年1月号《作品》中发表的《后代》;1958年1月号《长江文艺》中发表的《村野的火星》;1958年人民文学出版社出版的短篇小说集《党费》中收录的《小游击队员》;1962年7月号《解放军文艺》发表的《征途上》。自那之后《小游击队员》的短篇小说集一直以这5篇的形式呈现。据笔者检索,出版过此书的有如下出版社:

1.北京:北京出版社,1978年7月。

2.石家庄:花山文艺出版社,1996年1月。

3.南昌:二十一世纪出版社,2004年9月。

4.乌鲁木齐:新疆人民出版社,2006年7月;2007年4月维吾尔文。

5.南昌:二十一世纪出版社,2008年8月;少年红色经典。

6.北京/西安：世界图书出版公司，2010 年 5 月；中小学生课外书屋。

7.武汉：湖北教育出版社，2010 年 5 月。

8.北京：中国盲文出版社，2010 年。

9.长春：吉林出版集团有限责任公司，2012 年 1 月。

10.石家庄：花山文艺出版社，2012 年 1 月；代代读儿童文学经典丛书。

11.北京：北京教育出版社，2013 年 7 月；小学生语文新课标必读丛书。

12.青岛：青岛出版社，2013 年 7 月；红色少儿励志图书。

13.广东：广东教育出版社，2015 年 7 月；红色少儿文学经典读本。

14.北京：新世界出版社，2016 年。

15.北京：北京教育出版社，2017 年 7 月；小学生语文新课标必读丛书。

16.西安：西安出版社，2017 年；中小学课外书屋。

由此可见，《小游击队员》保持了经久不衰的生命力。笔者尝试从以下方面分析原因：

从时代变迁的角度来看，王愿坚的小说题材大多选自于第二次国内革命战争期间和苏维埃区域的战争生活。而现如今随着世界第三次科技革命的兴起，经济全球化的发展使得各国在注重发展的同时也更加注重国家历史文化。王愿坚的作品鲜明的时代性，人物刻画中的爱国主义情怀，成为后代人对革命传统的追求、标榜。

从国家意识形态来看，其传播得力于国家政策的支持，国家文化产业体系的改革与完善。党的十六大明确提出要将弘扬和培育民族精神纳入国民教育全过程，纳入精神文明的全过程。十六届四中全会又大力弘扬以爱国主义为核心的民族精神和以改革创新为核心的时代精神。正是由于十六大、十六届四中全会的影响，《小游击队员》在经历了一段时间的空窗期后，于 2004 年重新出版，同年又入选中宣部等九部委"知识工程——中华全民读书活动"推荐书目，2005 年入选文化部、财政部送书下乡工程政府采购书目，2006 年列入新闻出版总署纪念中国共产党建党 85 周年重点图书选题，2007 年列入总署纪念中国人民解放军建军 80 周年重点图书选题。2008 年是改革开放 30 周年，所以二十一世纪出版社以"红色经典"出版来致敬，同时也是为 2009 年祖国 60 岁诞辰提前献上诞辰礼，让生活在幸福中的当代少年儿童感受历史，学习英雄。它之所以作为红色经典是因为本书宣扬了爱国主义，契合了国家以爱国主义为核心的民族精神内化成少年儿童的自觉意识，于是在国家意识形态的背景下，《小游击队员》一直不断再版。

从儿童教育的角度来说，《小游击队员》里面的作品篇幅简短，人物描写形象，细节描写深刻，这样的红色经典书籍对少年儿童的思想品格的形成、人格的健全、身心的健康都有着重要的影响，所以，学校的老师和家长会比较愿意孩子接触这些红色经典。就少年儿童本身而言，他们都会具有英雄崇拜的心理，这些英雄在他们心中就是榜样，榜样的力量是无穷的，这些榜样无论是外貌还是行为举止都可以给他们带来极大的感染力、感知力，让少年儿童学会勇敢坚强，思考责任。故此书的出版无亦是培养少年儿童品格的重要载体之一。"少年强则国强"，我们应该将红色经典教育和爱国主义相结合传到孩子们的心中，以书中少儿英雄的博大情怀去学习弘扬民族精神。

（原载《文艺报》2018 年 3 月 21 日）

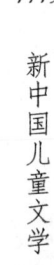

# 李心田与"《闪闪的红星》现象"

王泉根

报载著名军旅文学作家李心田7月3日在济南离世，享年91岁。李心田不仅是军旅作家，更是儿童文学作家，他的离世，对当代儿童文学无疑是重大损失。李心田留给中国儿童文学史的记忆是多方面的，特别是他的小说《闪闪的红星》。李心田生前在接受媒体采访时曾说："这本书生命力很强，表达了人民的心声，有它存在的价值。"

## 一、作为成长小说的《闪闪的红星》

李心田1929年出生于江苏睢宁，是毕生从军的军旅作家，同时也是一位成绩斐然的儿童文学作家，从1957年开始发表作品起，李心田的就将创作集中于革命战争年代的儿童英雄叙事。1961年发表反映抗日少年战斗生活的独幕话剧《小鹰》，1962年由中国少年儿童出版社出版与《小鹰》相同内容的儿童小说《两个小八路》，该小说于1977年改编为同名电影上映。1972年，由人民文学出版社出版小说《闪闪的红星》；1986年，明天出版社出版《船队按时到达》。李心田的儿童小说，塑造了不同历史时期的少年英雄形象：红军长征时期有《闪闪的红星》中的潘冬子；抗日战争时期有《两个小八路》中的孙大兴、武建华；解放战争时期有《船队按时到达》中的小卫生员沈鹏、包雨生、王杏儿等。其中，潘冬子的塑造最具特色，已成为百年中国儿童文学史上难以磨灭的艺术形象。

《闪闪的红星》以第一人称"我"的视角，叙述了农民孩子潘冬子如何一步步被逼向革命，最终成为红军战士的成长历程。故事发生在1934年的江西柳溪村，主力红军被迫撤离中央根据地，红军战士潘行义留下7岁的孩子潘冬子，参加长征走了。继续坚持斗争的母亲不幸被"还乡团"头目胡汉三活活烧死。发誓要为母亲报仇的冬子点燃了胡汉三的房屋，逃了出来，向着延安方向去找父亲，不料中途和一个村庄的保长发生了冲突，幸亏红军家属姚公公相救，并把冬子收留在家中养伤。从此冬子生活在姚家，称姚公公为姨夫。姨夫给冬子讲了很多革命故事，冬子终于懂得了："我要去延安，我要找游击队，不只是为了替妈妈报仇，而是要去革命。革命，就是要打倒日本侵略者那样的帝国主义者，打倒那些大大小小的和胡汉三一样的国民党、地主、买办资产阶级。革命，就是要给无产阶级打天下，夺取政权！这样，我也明白我过去的某些行为，多是些孩子的简单的做法，比如放火烧胡汉三，这是出于我对敌人的仇恨，但这还是为了个人报仇。靠一个人是不能打倒阶级敌人的。只有参加革命队伍，在共产党和毛主席的领导下，才能打倒阶级敌人，夺取无产阶级革命的胜利。"怀着这样的心愿，冬子跟随姨夫一起投入了新的战斗。父亲长征前给了冬子一枚红五星，冬子视为珍宝，红五星就像冬子心中的明灯，一直为他指引着道路。终于，冬子带着那枚红五星找到了部队，成长为一名英勇的红军战士，而胡汉三也被新生政权镇压，冬子终于为母亲报了仇。

《闪闪的红星》讲的是一个"复仇"与"寻父"的故事。冬子在残酷的现实生活中逐步懂得了只有将"小我"的复仇与整个阶级的解放、"大我"的复仇融合起来,才能真正实现复仇与解放,而"寻父"的结果则是冬子与父亲一样投身革命。冬子的"复仇"与"寻父"的过程是一个少年的成长历程,从艺术结构而论,《闪闪的红星》是一部典型的成长小说。

成长小说的艺术特征集中体现在四个方面:第一,成长小说的叙事必须包含人物的成长,主人公的年龄段主要在 13 岁至 20 多岁的青少年时代;第二,成长小说的内容具有亲历性,主要反映个人的成长体验和心理变化;第三,成长小说的叙述结构表现为"天真—诱惑—出走—迷惘—考验—失去天真—顿悟—认识人生和自我"的心路历程;第四,成长小说的结果总是主人公经历了生活的磨难之后,获得了对社会、人生和自我的重新认识,反映出人物的心理和思想从幼稚走向成熟的变化过程。

成长小说的艺术特征在《闪闪的红星》中全部从"我"的角度表现出来,与全知视角的客观叙述相比,这种第一人称的主观叙事模式,使作者更容易从亲身经历者的视角展开观察与叙述,情感真切自然,叙事焦点集中流畅。全书的焦点是:冬子的母亲被害—冬子复仇火烧胡汉三—逃离家乡出走寻父—姚公公的引导使冬子顿悟—认识革命道理走向新的战斗。冬子作为一名母亡父不见的"孤儿",残酷的现实和惨痛的经历使他一夜之间"失去天真",人物心理从幼稚走向成熟的变化过程具有必然的逻辑,走出绝境的唯一选择只能是投身革命。父亲留下的那枚闪闪的红五星,是革命信念的象征;姚公公和乡亲们的爱心与坚定的革命意志,促使冬子更快地成长与成熟起来;而"我"的叙事视角,给人特别的代入感和真切感,带来强烈的情绪化色彩与生命体验,有力而有效地增强了成长小说的内容亲历性、环境现场感与心理浸染力。从整体上看,《闪闪的红星》无论是叙事结构、人物塑造还是语言行文,艺术水准都比同时期的小说作品要高出许多,而作品的乡土气息与苏区歌谣,又使小说深接地气文脉。

## 二、由小说而电影而歌曲传遍全国

《闪闪的红星》一经问世,在当时文学作品稀缺的年代,可谓一夜爆红。据资料显示,《闪闪的红星》由人民文学出版社于 1972 年 5 月出版以后,"全国有 18 家出版社来要印书纸型,累计印数在数百万册"。同时又很快"被译成英、日、法、德、越等文字,介绍到国外"。德文版的翻译颇有意味,由于当时"我国和德意志联邦共和国尚未建交,这个德文译本是中华人民共和国驻奥地利大使馆与之签约的"。在德文版的前言上,译者这样写道:"还没有一部小说剖析过现代中国的奇特的生活方式和有意义的组织结构。回过头去注意一下一个小伙子的故事是令人新奇的。"[①]

1974 年,《闪闪的红星》由八一电影制片厂改编为同名电影,在全国上映,引起轰动,各地在少年儿童中开展"学习潘冬子,争做党的好孩子"的活动。在 1980 年的"第二次全国少年儿童文艺创作评奖"中,电影《闪闪的红星》获二等奖。《闪闪的红星》还引发了儿童文学与儿童电影评论的一个小高潮。据统计,1975 年围绕小说与电影《闪闪的红星》出版的评论集多达 7 种,主要有人民文学出版社出版的《电影艺术的灿烂新花——〈闪闪的红星〉评论集》,上海人民出版社出版的《〈闪闪的红星〉评论集》等。就一部儿童小说与电影,展开如此大规模、全方位的评论,这不但是 70 年代文坛的一个奇迹,也是中国儿童文学史上的唯一现象。原因当然是多方面的,但在当时的确引起了人们对儿童文艺的广泛关注。

《闪闪的红星》是一部彩色故事片,为拍好这部电影,不仅编剧、导演和演员付出了辛勤的劳动并贡献了智慧的艺术创造，而且摄影、美工、音乐等部门也都下足了功夫，通过景物、色彩、用光、音乐和音响等艺术手段的综合运用，成功地刻绘了潘冬子由山里娃成为红军战士的精神成长。例如，在冬子接受任务踏上独立作战的征途时，影片精心设计了"竹排流水"的抒情写意场景，用绿色象征朝气蓬勃的战斗青春：郁郁葱葱的两岸青山，翠绿欲滴的片片竹林，绿得透亮的江水，乘风破浪的竹排，寓情于景，以景托人，情景交融，生动地揭示了已经成长的冬子迎接新的战斗任务时的激情与必胜的信心。"小小竹排江中流，巍巍青山两岸走。红星闪闪亮，照我去战斗，革命代代如潮涌，前赴后继跟党走。"随着这嘹亮的歌声，银幕上出现了一组寓意深长的画面：雄鹰在高空展翅，竹排在激流勇进，冬子掌心上的红星在初春的阳光下闪闪发光。这外景与歌声的巧妙组合，造成一种深远的意境，生动地展示了冬子像搏击长空的小鹰，凌云壮志，一飞冲天。

《闪闪的红星》中的音乐设计和艺术效果给人留下深刻印象。影片中的音乐尤其是主题曲，是塑造冬子艺术形象的重要元素。据资料，1973年夏天，邬大为和魏宝贵应八一电影制片厂著名作曲家傅庚辰之邀，为《闪闪的红星》撰写主题歌歌词。整个影片的主调音乐就是以主题歌词贯穿起来的，影片中的欢庆胜利、怀念红军、母亲就义、竹排流水、冬子参军等场景是影片音乐发挥作用的重点关节。这几场戏都是冬子精神震荡与情绪爆发的节点，当用任何语言、动作都难以充分表现主人公情感的时候，主调音乐与歌声水到渠成地响了起来，音乐语言成了最好的情语、心语。母亲就义时的音乐与歌声极为震撼人心："高举红旗朝前迈，革命鲜花代代红。"这既是母亲的精神写照与殷切嘱托，又是冬子的满腔悲愤与革命誓言，将人物的性格转变托举到了一个必然的高度。

随着电影《闪闪的红星》的上映，电影插曲《红星照我去战斗》《映山红》——尤其是主题曲《红星歌》迅速唱遍了祖国大江南北。《红星歌》由邬大为、魏宝贵作词，傅庚辰作曲："红星闪闪放光彩/红星灿灿暖胸怀/红星是咱工农的心/党的光辉照万代/……跟着毛主席跟着党/闪闪的红星传万代。"这一充满蓬勃气势的进行曲般旋律与歌词，已成为传唱广泛的儿童歌曲与经典红歌，影响久远。

## 三、《闪闪的红星》在21世纪

1980年，电影《闪闪的红星》主题曲《红星歌》荣获由文化部、教育部、中国文联、中国作协等多部门举办的"第二次全国少年儿童文艺创作评奖"一等奖，并被编入小学生音乐课本。这是一首雄壮的儿童队列歌曲，调式为七声音阶宫调式。该歌曲还被改编成钢琴曲《红星歌》和儿童舞蹈《星星在闪烁》。

2007年，李心田的小说《闪闪的红星》被列入"百年百部中国儿童文学经典书系"，由湖北少年儿童出版社（今长江少年儿童出版社）出版，重版后的《闪闪的红星》一印再印，成为长销不衰的经典儿童文学作品。

2018年，在改革开放40周年之际，上海芭蕾舞团将《闪闪的红星》搬上了舞台，同年10月24日晚在上海国际舞蹈中心大剧场举行全球首演。2019年，作为献礼新中国成立70周年，《闪闪的红星》于"七一"期间在北京国家大剧院隆重上演。这是一部饱含革命精神与红色情怀的大型芭蕾舞剧。舞台上，有红军战士的英姿飒爽，有中国共产党人坚定的革命斗志、大无畏的牺牲精神，更有潘冬子内心中炙热的红色火种与将革命进行到底的坚定信念。这也是一部满含芭蕾式的浪漫作品。如梦如幻的映山红，绿意盎然的江水竹林，朴实雅致的中国色调，唯美精致的芭蕾经典样式感，演绎着芭蕾艺术的浪漫情怀。上海芭蕾舞团的这部原创芭蕾舞剧《闪闪的红星》舞剧音乐保留了《红星歌》《映山红》《红星照我去战斗》的经典乐段,舞美、服饰、灯光的设计则以江西地域元素与芭蕾艺术诗意而浪漫的表达样式相融合,以中国芭蕾的独有语汇抒发了一曲炙热的革命情怀。

　　任何文学作品,能在一定时期产生重大影响,广为传播、妇孺皆知,必是由历史的与现实的、审美的和非审美的、文学自身的和文学之外的诸多因素叠加互动产生的结果。李心田的小说《闪闪的红星》自20世纪70年代出版以来,一直受到广大少年儿童的欢迎,已经影响了两代孩子。由小说而电影而歌曲而芭蕾舞,从文学到电影到音乐到戏剧,"《闪闪的红星》现象"是当代儿童文学乃至中国儿童文学史上的一道特殊而闪亮的风景线,值得通过文学史论著加以研究。

**[注释]**

①李心田:《闪闪的红星》,广东教育出版社2015年版,第167页。

（原载《文艺报》2019年7月22日）

新中国儿童文学

70年
1949-2019

# 葛翠琳童话艺术特色分析

安武林

葛翠琳的童话在中国当代童话史上，应该占有一个很重要的位置。因为创作时间较早，持续时间也比较长，她的童话在不同时期所表现出的艺术风格，自然映照出我们当代童话发展之路上的很多现象和特征。

根植于民间文学深厚的土壤，展示民族文化的特色。《野葡萄》是葛翠琳的代表作之一。当我们谈到民族文化或者民族化这些名词的时候，自然而然，我们就会想到葛翠琳的《野葡萄》最大的艺术特色：民族风格和民族特色。我们在考察一个民族的文化的时候，最先引起我们兴趣的往往是这个民族广为流传的民间文学。民间文学是民族文化中最有活力最有代表性的元素。

民间文学，尤其是其中的民间故事和民间传说，并不像有些濒临失传的民俗一样正在逐渐远去，虽然从表面上看来它的内容有些遥远，但是，它那些强大的民族心理、民族性格、民族精神、民族情感、民族习惯依然在我们的文学中起着重要的作用。不仅在葛翠琳的童话中如此，在中国的文学中如此，而且在世界范围内的文学中都是如此。在西方流行的幻想文学之中，根据民间传说而写成的幻想小说依然闪闪发光。

葛翠琳的《巧媳妇》《采药女》《雪娘》《金花路》《种花老人》，这些作品的名字就给了我们一种鲜明的民间文学特色。此类作品，受民间文学影响而创作，具有民族特色和民族风格。在老一代的儿童文学作家之中，尤其是童话作家中，偶尔借鉴民间文学传统的大有人在，但是，始终如一并保持高度热情的人，大约是寥寥无几的。这是葛翠琳童话最大的艺术特色，也是和别的童话作家整体上的区别所在。

从题材上而言，像《片片红叶是凭证》等作品，有鲜明的地域特征。它是关于老北京名胜古迹的传说。葛翠琳从小就到北京求学、生活，而创作也是从这里开始的。无疑，她对这个城市和这一块土地是充满着深厚的感情的，且怀有自豪感。但是，作为一个儿童文学作家，尤其是一个童话作家，如何给我们的儿童传达个人的感受感情，以及这美好的一切所包含着的血与泪的沉重，她就不得不考虑所采用的艺术形式了。这样，她很自然地选择了民间传说的形式来表现。她搜集、整理民间传说，挖掘这些传说中包含着的血肉丰满的历史，我们可以视为民族历史的一种延续。这种历史是民族的风情史、民俗史，是民族文化中的重要内容。

民族文化—民间文学—民族心理—民族精神—民族情感是一个相互融合的整体，而民间文学是传达这些内容的一种载体。上千年来，有些观念是根深蒂固的。比如说：因果报应，弃恶扬善的善恶观，颂扬真善美，不畏强暴和权势以及反抗精神等等。葛翠琳是非常坚定的一个作家，毫无疑问这种意识除了对我们民族文化的热爱之外，还牵扯到了她的儿童观以及我们给儿童什么样的文学、什么样的教育等问题。可以这样评价她的童话创作动机以及作品中鲜明倾向：她的童话是想告诉我们"做一个什么样的人"和"孩子们怎样认识这个世界"。时代的变化、社会的变化、生活的变化以及这个世界的变化，葛翠琳的童话都有所体现，尤其是体现在长篇童话中。而不变的是做人的问题，也就是"做一个什么样的人"的问题。从作者表现的内容和选取的素材来看，作者并非是一个抱残守缺的作家，她是开放的、善于观察思考并能从优秀的文学中汲取创作技巧的作家。

以幽默夸张展示荒诞的现实世界。幽默的艺术，是夸张的艺术；夸张的艺术，是变形的艺术；变形的艺术，是喜剧性的艺术效果。葛翠琳的《半边城》中，充分体现了这些艺术特色。她的那些有民间文学色彩的童话，带给我们的是遥远的快乐和温暖，而她轻松幽默的童话带给我们的则是笑声以及笑声之中的真实与苦涩。这些童话，具有强烈的现实性，都是对人性的弱点或者社会现实中丑恶现象的鞭挞。

我们的儿童文学，尤其是幽默的儿童文学作品，极少告诉孩子们生活的真相以及社会的真相，仅仅停留在表象的层面上。媚儿童，迎合儿童，对于生活中局部的、细小的细节加以扩大，就创造出了所谓的幽默文学。而幽默文学的真正本质以及幽默文学的使命却逐渐在消失或者说淡化。在《半边城》和《最丑的美男儿》两部长篇童话中，我们不难看出幽默文学的价值和意义究竟在何处。毫无疑问，它们向读者传达出的批判意识和忧患意识是深深地融在幽默之中的。

其实，所有的儿童文学作家都在做着两件事，一件是给孩子们创造一个理想的、温馨的世界，另一件是展现真实的、甚至是有点冷酷的世界。但是，并非所有的作家都有这样的能力和兴趣将二者很好地在作品中表现出来。葛翠琳的童话，恰恰把这两件事很好地糅合在一起了。她的具有民间文学特点和风格的作品，大部分体现的后者的内容。《半边城》《最丑的美男儿》《会唱歌的画像》等等都是充满幻想色彩的、具有批判意识的作品，它们无情地揭露社会的黑暗、展示人性的丑陋，给孩子们提供认识社会、认识人性、积累经验的机会。此类作品，需要有丰富的人生阅历、充分的社会经验，以及具有强烈忧患意识的作家才能完成。同时，还要具有敏锐的眼光以及精湛的艺术表现技巧。如果处理不当，很容易陷入枯燥的道德说教泥潭里。

《半边城》中的人物很形象，很丰满，呼之欲出，伸手可及。甜甜是一个纯真的、清澈的小姑娘，正如她的名字一样。她是所有儿童的代表和象征。诚如我们每个人的愿望——这也是社会的愿望——希望他们生活在一个和谐的社会环境中。《半边城》最初是很美好的。但是，后来却发生了很多变故。最正确的警察局长，按理说是正义的化身、宁静与和谐的守护者，但我们发现，他不仅圆滑、愚蠢，而且独断专横、敲诈勒索，和商人有着密切的利益关系。假如我们用成人的眼光看，我们会发出会心的微笑或者说是愤怒，但是，对儿童来说，它要融合于有趣的变形、夸张的事件之中，孩子们才有一点点感悟。此类反面人物的形象，作者给出的名称极易识别，像胖子经理、秃头大掌柜、常有理财政厅长，等等。而我们的市长大人，却有一个很荒唐的名字：左左博士。博士这个头衔，在少儿科幻作品中，差不多都是正面的形象，在童话中，差不多都是反面形象。这是很有趣的一个现象。在我们常人看来，博士是学问的象征，意味着博学多识，但在《半边城》中，却是一个政治流氓的形象。在我们并不遥远的记忆中，"左"字所隐藏的隐痛是令人不快的，作者赋予左左博士的意义，除了读音上的强化，肯定还有其人生经历的积淀。左左博士阴魂不散，控制着整个城市，尽管他本人并没有抛头露面，但是这个城市的一切都有他的气息和烙印。然而，邪恶毕竟是邪恶，是压不住正义的，真理的声音是压制不住的。

温婉细腻的自然之美。《栗子谷》《红枣林》《核桃山》三个小中篇的名字即给人以无

尽的遐想，三种和人类亲密无间的食物，被作者幻化成三个美妙的世界，且衍生出三个美妙的故事，从深层的意识分析，作者对大自然是充满着一种诗性的浪漫情怀的。

自然界美好的一面和人性之美是一体的。我们人人都向往快乐、追求快乐，那么如何才能寻找到快乐？快乐在何方？给儿童写作的作家，都在探寻这个秘密和答案。有时候我想：作家是不是那些给人类寻找幸福的探索者呢？他们和数学家做着同样的事，数学家用数字来验证这个世界的完满与否，而作家是用故事来演绎世界的幸福与痛苦。葛翠琳的童话典型的特征之一就是：具有强烈的、鲜明的教育性。我说的教育性不是教育工作者或者道德家们的教育，而是说她的童话像是一个探险归来的人在给读者讲述风景的绮丽和险峻。在她的作品中，从不缺乏那些充满智慧和哲理的格言警句，就像是数学里的得数一样，她已经用故事证明了它们的正确性。所以，她要把这些凝结着个人心血和人类智慧的格言警句告诉读者。整个《核桃山》，都是为一句话而展开的：一颗不想索取、只想着给予的心，总是很快乐的。

在葛翠琳的具有唯美意识的童话中，人性之恶、人生之丑、社会之复杂这些因素，作者都会很谨慎地处理，远不像她那些具有强烈的现实意味和批评意识的作品那样大开大阖、跌宕起伏，揭示得那么深刻，那么痛快淋漓。她始终保持在一个和谐的程度、不至于破坏其整体氛围的程度。她笔下的美是建立在诗性的基础之上的，而不是小说的基础上。这样作者对大自然的爱，其实更深层地表现在她对孩子们的爱上。她笔下的小猫小狗、小树小草，都是儿童的形象，就连一枚贝壳，在她眼里也是个孩子，如《贝壳孩儿》，那小小的贝壳宛如一个幼小的生命，对世界的神秘充满了迷惑和好奇。作者深情地告诉贝壳孩儿：不用急着向生活寻找答案，未来像大海般丰富，在岁月中不停地变幻。阅读这样的文字，一位慈祥的、循循善诱的、充满爱心的长者怎能不呼之欲出、栩栩如生地站在我们的面前呢？

童话，无论它采用什么样的表现手法，归根结底，它都是直接或者间接地指向现实、作用于现实的。如果脱离了这个目标，童话存在的意义和价值以及一切文学的意义和价值都将值得怀疑。葛翠琳的童话，不仅有强烈的现实性，而且具有时代精神。当我们谈到时代精神的时候，我们必须承认这样一个基本的事实：每一个时代有每一个时代的精神，每一个时代的文学都有每一个时代独特的气息。纵观葛翠琳的创作经历以及艺术风格的演变，我们不难从中找到那些熟谙的时代气息。当然，那些能超越时代、反映永恒人性以及人性美德的作品，在葛翠琳的童话中也是屡见不鲜的。无论葛翠琳的童话如何绚丽多姿，我们都不能忘却一点：她的作品是在引导孩子们观察社会、认识人生、培养美好品德，鼓励孩子们做一个健康、快乐、正直、有价值的人。

（原载《文艺报》2009 年 6 月 13 日）

# 漫说刘真和她的《我和小荣》

周　晓

以小说《长长的流水》、一系列优美的散文、报告文学以及近作小说《黑旗》著称的女作家刘真，人们并不陌生。

把刘真的早期作品《我和小荣》编入《战火中的孩子》一书，实在是颇有意义的事。不仅由于这是一篇战争题材的好小说，还因为刘真本人就是一个"战火中的孩子"，她写了抗日烽火中的小八路，而她本人就是一个小八路。

中国现代历史可谓多灾多难，战祸频仍，尤其抗日战争长达14年之久，以致中国的现代文学中引人注目地出现了这样一代作家："随着征战的路，开始了我的文学的路。"（孙犁语）在刘真身上，情形更为特异：与从青壮年时投身征战的父兄一辈作家有所不同，童年时代的刘真已是八路军战斗队伍中的一员。

请看刘真的履历——无疑是一份够得上称为富有传奇色彩的履历：在颠沛流离中，9岁入伍，身着土制的小军装，成为八路军的小宣传员；日军"大扫荡"时，剃过光头，女扮男装，在战火纷飞的根据地作小"交通员"，两次遇险被捕；13岁加入中国共产党。从未进过正规学校，她的文学习作是从学文化、学写日记开始的……

对于一个应是童心未泯的孩子来说，这其中包容多少罕见的难以诉说的苦痛，可也是多么难得的磨练啊！

刘真专事创作的生涯始于20世纪50年代初。我早闻其名，早先只读过《长长的流水》一文。集中地研读刘真的小说，包括《我和小荣》，却是70年代末，在10年噩梦甫醒，满目凄凉的文坛开始复苏之后；那时，我作为一名年岁不小了的儿童文学新兵，受托编选"文革"后刘真出版的第一部作品集《三座峰的骆驼》，并着手撰写评论。从那时起，我和刘真曾多次见面，也时有书信往还，逐渐熟悉了。我常常思忖：论年龄，刘真比我稍长，算得上是同龄人；论经历，可就大不相同，她小小年纪就战斗在硝烟弥漫的抗日火线上；而我呢，竟是跟着父母不断地"逃难"！幸乎不幸乎？实在是说不清道不明。

了解了刘真不平常的童年和创作经历之后，每读她的来信，那歪歪扭扭的笔迹，却每每使我从她的小说所叙写的情景不由自主地幻化出她童年时的身影来。我对她和她那一代作家只有感佩，也越发喜爱她的作品了。

无怪老作家艾芜在20世纪60年代时要这么慨叹说："我们好些人在9岁这样的童年，还只读着讲述猫猫狗狗一类的教科书，什么也不懂得，刘真却已生活在人民群众中，参加了火热的抗日战争。"作为前辈作家的艾芜，动情地对刘真赞叹道："你的生活全都浸透革命，令人羡慕。"

战争是人类的浩劫，是充满痛苦的一页历史；但革命战争如抗日战争，则拯救民族、拯救国家，也造就人，造就文学——刘真，不就是从"战火中的孩子"成长为战士，成长为

新中国儿童文学

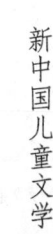

　　纵览刘真的创作，倘论及确立她作为中国卓有建树的当代作家地位的扛鼎之作，以我的私见，当推 1962 年发表的《长长的流水》，那是刘真真正进入于创作成熟期的作品。不过，以儿童文学的眼光看，人们却每每瞩目于《我和小荣》，那是由于它是地地道道的或曰"典范"的儿童小说，《长长的流水》则介乎儿童文学与成人文学之间的缘故。《我和小荣》写于 1952 年至 1953 年间。整整 40 年过去了，人们还记起它，还可以在多种作品集里（包括本书）读到它，这说明，它是一篇有代表性的佳作，可以说是已经有了定评的。

　　我国现代儿童文学史上，抗日战争题材的作品，20 世纪 40 年代中期问世的华山的《鸡毛信》和管桦的《雨来没有死》，是开创性的力作。这两篇脍炙人口的小说，艺术风格并不相同。《雨来没有死》似乎承领了孙犁的《荷花淀》的影响，不着重于结构完整的故事而具有较强的抒情色彩。刘真的作品，其抒情化的审美特点，对孙犁与管桦似都有所师承。作为创作初期的试笔之作，《我和小荣》艺术上有若干稚嫩处，如某些直露的说教和点题的笔墨，但刘真创作的艺术特色，却是从这篇小说便开始形成。

　　《我和小荣》的故事，是从写小交通员"我"（小王）星夜赶往 70 里外的交通站送重要文件开始的，刘真排除了正面展开小王、小荣和敌人作机智勇敢的斗争这类常见的表现方法，而是围绕两个小主人公的活动，在各种人物关系中，着力抒写人与人之间深刻而真实的感情震颤和变化。

　　我曾在一篇评论中说：从"刘真的小说，我们很少看到尖锐剧烈的斗争事件，她也从不追求故事进程的紧张和惊险，而是尽力从共同战斗的战友伙伴之间，残酷环境中的军民之间和劳动人民之间，从那些饱含着阶级情谊的日常生活中间，去汲取素材……"[①]可以看到，在《我和小荣》中，两个小伙伴间的情感波澜始终贯穿全篇，并对小荣家和张大娘家两个革命农民家庭间的感情，以及两个孩子与地委会赵科长，与"活神仙"孙大爷之间的感情叙写，都起着纽结的作用。

　　倘问：什么是这种感情的核心？那么，读《我和小荣》，我总觉得，可以说，其中有一种属于刘真所独具的童年记忆，也许可以概括为：革命战争残酷的环境所形成的肝胆相照、生死与共的人间的至情。这正是童年刘真战争年代感受最为刻骨铭心，而后在作品中表现得也最为动人的情感旋律。它深沉、纯净、美好。刘真作品的内蕴，也因此而达到理性上的可贵高度。

　　几年前的一次座谈会期间，谈及创作，刘真对我说："经历了'文革'之后，我很难再写出像《我和小荣》《长长的流水》这样单纯的作品了。"言之不胜感慨。我理解刘真的心情。其实，创作中作家情感的投入，往往是既不可重复，又难以仿效的。

　　当然，已经过去的历史生活，包括战争如抗日战争生活，作为文学素材，理应是作家所不可穷尽的。现实是历史的延续。已往的历史中有过战争的特定阶段。人们有理由了解：人民是怎样从战火中走过来的？我想，有抱负的作家写战争，其激情、其才智是不会枯竭的；问题是，必须找到新的情感的寄托。

　　前些时，我读到一位青年女作家的一篇散文，记叙她童年时代泪流满面地看完电影《董存瑞》；不久前（那是 30 年之后），一次又偶然从电视上看到这部电影的结尾：董存瑞手托炸药包高喊："为了新中国，前进——"顿时，"泪水又一下涌了出来"，作者写道："为了新中国,是还需要呐喊。"这是发自一位既是作家又是观众的女作家的真诚的心声。

由此我忽发联想,战争题材的创作似乎正面临着新的抉择:情感的投入必须与现实相呼应。那么,在儿童文学,也就还面临着需要与当今孩子的现实生活相呼应、寻找与今天孩子产生一定的精神连结的问题——但这些话题已逸出本文的范围,是题外的话了,就此打住吧。

1992 年 2 月 21 日

[注释]
①《试论刘真短篇小说的思想与艺术》,见《儿童小说创作探索录》,广东人民出版社 1983 年版,收入《周晓评论选》,少年儿童出版社 1992 年版。

(原载《周晓评论选续编》, 少年儿童出版社 2004 年版)

# 胡景芳儿童小说初探

乔世华

20世纪50年代是中国儿童文学的丰收期,冰心、张天翼、陈伯吹等老作家笔耕不辍,奉献出一部部不可多得的精品,同时文学新人层出不穷,佳作迭出。胡景芳正是在这时走进了儿童文学创作的百花园中。他初涉文坛即引起文学前辈茅盾、陈伯吹等的关注和奖掖。此后40多年里他掬捧一颗挚爱孩子的心,勤奋写作了大量小说、诗歌、戏剧、童话、报告文学等作品,深受小读者喜爱。胡景芳在儿童文学创作的道路上始终孜孜不倦,有着自己的一贯追求。

一

如果说胡景芳最初进行儿童文学创作只是生活偶然的触发,创作动机还不甚明晰的话,那么当他认识到"往往苦口婆心的说教解决不了的问题,一篇文艺作品却潜移默化地起了作用"①后,他的创作就完全是在一种较明确的为教育儿童而写的宗旨和高度的社会责任感的驱动下进行了。

从胡景芳20世纪50年代的文学活动来看,作家由于工作关系,得以和孩子们朝夕相处,他对儿童生活极为熟悉,这使他能拾取儿童生活当中比较常见而又富有典型意义的事例作为素材。《晓英入队》讲述的故事本身很寻常,作家写起来却一波三折:晓英在入队讨论会上公开保证以后不迟到,却偏偏在入队仪式那天因为做好事而迟到,而且遗失了红领巾……在一系列微小的波折当中,一个无限热爱红领巾和队组织,有着强烈荣誉感和美好品质的少年儿童也就跃然纸上了。作家很注意细节描写,诸如写晓英用好几层纸包着红领巾、晓英入队前夜的难以入眠和梦境等,都细致入微地表达了晓英入队的渴盼心情。

《弟弟》中8岁的小弟弟在与伙伴们玩和泥入社的游戏时,其诚挚的神情、严肃的态度和童声稚气的话语都流露出一个孩童对公社财产最质朴无私的热爱之情。而当大雨滂沱,公社的粪堆有被冲走的危险时,小弟弟则冒雨专心致志地为粪堆围起了土坝。这一率直无私的举动不仅仅感动着小说中的哥哥,也感召着读者,一个天真可爱、有着金子般心灵的儿童也就恒久地固定在我们的脑海中了。作家撷取的是儿童生活的细小浪花,却透视出儿童丰富的心灵世界。《表扬》则把一个为图老师表扬而做好事又险遭误解的儿童的心理细腻入微地传达出来,这篇小说即使在40年后的今天读来也饶有兴味,生趣盎然,自有其存在的意义。

胡景芳20世纪50年代的小说创作更多的是对生活本真的描摹,而较少对生活的提炼和剪裁。这些作品固然真实逼肖,但只是平面展示,缺乏反映生活的深度,而随着作家生活阅历的增加和创作视野的拓宽,他的小说创作也渐渐走向成熟。

发表于1964年的《苦牛》是胡景芳创作中的一个里程碑。由于当时左倾思潮泛滥,

《苦牛》只刊出了上集。虽然如此，却足以奠立胡景芳在当代儿童文学史上的地位。当阴霾散开，《苦牛》下集得以与读者见面后，我们不禁要为这部小说未能及时全貌面世而感到惋惜。这是一部绝不输于《小兵张嘎》的作品，尽管它可能受到了《小兵张嘎》的某些启发，但它有自己的独立艺术品格。小说是在苦牛的姐姐石柳沉缓、悲凉、平实的叙述中徐徐展开情节的。穷人孩子苦牛与通晓人情的大黑狗相依为命，而狠心的财主暴花秃任意夺取穷人的财产和命运，连大黑狗——苦牛唯一的欢乐和慰藉也不放过。苦牛在保卫狗的争夺战中被迫害死（其实未死），大黑狗则在苦牛的衣冠坟前盘桓悲号而死……"狗"在小说上集中是贯穿始终的线索，所有事件的发生都与"狗"有着千丝万缕的联系，小说情节能更紧密地统一在一个框架当中。作家极力渲染了苦牛与大黑狗之间的深情，大黑狗被赋予了许多人性，它不贪图财主的享受，不屈服于财主家的淫威。作家写狗，其实也是在写苦牛，狗是苦牛不屈性格的补充说明。苦牛这样一个惹人喜爱而又与世无争的孩子竟然被财主欺凌迫害而死，这是何等令人悲愤的事情！小说沉郁激愤的感情注于字里行间。

在20世纪60年代"火药味"愈来愈浓烈的作品充斥文坛之时，《苦牛》显得卓然超拔，更富有人情味。小说并没有人为地拔高苦牛这一形象，只是写了一个普通孩子的生与"死"、爱与恨。苦牛对地主的反抗看似平淡，却正是他那个年龄所特有的，是他与生俱来的刚韧性格的体现，因而小说真实可信，这是小说成功之处。在《苦牛》下集中，苦牛奇迹般地复活，并参加了八路军。如果说在上集中，我们看到的只是苦牛的轮廓，在下集中，这轮廓愈来愈分明，苦牛这一形象也愈加圆满丰润。苦牛在如火如荼的战斗生活中，得到了充分锻炼并逐渐成熟。

由于险恶的政治环境，在《苦牛》之后，胡景芳的创作出现了断层。当他再次执笔写作时，已是当代文学的新时期了。经过10余年的生活磨炼，他的思想更加成熟，艺术视野更加开阔。他的笔已不仅仅局限于现实，还指向了历史。在《精奇里江畔》中，作者向我们讲述了300多年前居住在精奇里江畔的达斡尔族居民英勇抗击沙俄侵略者的故事。小说展现了达斡尔族人的生活风情、习俗，凸现了索木、依莉嘎这样一些机智、勇敢、好客、爱国的少年英雄形象。作家在描写侵略者时，也并未把他们写得个个面目狰狞，甚至还写到一个天良未泯帮助杜普蒂爷爷逃走的沙俄老头儿。由此可见，作家已开始注意矫正从前人物塑造上好人皆好、坏人尽坏的某些缺失。

在描写现实生活中的儿童时，胡景芳已不再局限于表现发生在儿童身上的一些小事，而是将儿童置于社会的大环境中，描写儿童世界中发生的大事，表现儿童对科学知识的热切向往和对人生价值的执着探寻：石根、石花热爱农业科学知识，历尽辛苦找到花粉，揭开了"公"树不结果的秘密（《寻粉记》）；林星、黄莺关注环保，寻找象征吉祥幸福的"黑眼圈"鸟（《黑眼圈》）；杨凌、马军爱好制作，自己动手安装电动车（《马牛羊》）；孤儿路春来在人生歧路上的徘徊和最终觉醒（《孤儿》）；一群独生子女在特殊夏令营中反差巨大的表现，以及寻找人生的珍宝（《寻宝记》）……

胡景芳新时期的儿童小说较以前更为广阔地表现少年儿童多彩的生活以及他们丰富复杂的性格。更重要的是，作家已较多地注意到不良社会风气对儿童成长的影响，以及在儿童教育上所出现的偏差。作家以较浓重的笔墨触及了当今被人们关注的社会问题，这使他的小说具有了"问题小说"的特质。在《作家与少年犯》中，作家深入细致地剖挖了造成黄景文走上犯罪道路的种种根源，对不良的社会风气和家长、老师不当的教育

方法提出了批评。在《孤儿》《马牛羊》《寻宝记》等小说中着力渲染了那些过分溺爱孩子、以名利等不健康思想影响教育孩子的家长,描写了那些耳濡目染于社会不良风气的儿童的自私自利的言行,让读者形象地看到这一代孩子身上种种不尽如人意的表现。在《寻宝记》中作家借苏爷爷发出疑问:不懂人生、不懂革命而又受溺爱的下一代能不能接好班?字里行间我们分明感到作家那颗焦虑、忧愤而又滚烫的心。作家新时期的小说催人深省,耐人寻味。

## 二

胡景芳在小说中为我们塑造了一大批栩栩如生的少年儿童形象。《苦牛》中的苦牛就是一个光彩夺目的典型。他单纯、质朴、天真、善良、疾恶如仇的性格在小说上集中得到全面展现。随着苦牛"死而复生"加入八路军,他的性格开始发展。因为鲁莽和任性,他几次违犯纪律,受过处分,这是一个稚气未脱的孩子所不可避免的,唯其苦牛并非十全十美,他也就更加真实可爱,而他走向坚强勇敢的成长过程是可信的,符合他的性格逻辑发展过程。

随着作家创作视野的开阔,生活阅历的增加,他开始全方位多层次地透视当今儿童复杂多变的性格。《黑眼圈》中的林星既有善良、执着、自尊、关心他人的一面,也有因自身缺陷而生发的孤僻、自卑、浮躁的一面,其性格紧随情节的发展而发展,生活最终令他认识到:"只要像黑眼圈鸟那样为人们做好事,心灵是美的,表面上美丑算不了什么。"他终于走出了自卑的阴影。《作家与少年犯》中的黄景文是一个多重性格的复合体。他好学、上进、有才气,倔强而又任性,讲义气以至不辨是非,思想有偏差,法制观念淡薄。正是这种种性格使他走上犯罪道路,也正是这些使他在改造道路上并不总是一帆风顺,有反复,有曲折。

作家在塑造人物时,最经常和最擅于运用的是对比手法。"真善美必须同假恶丑比较才能显露出来。没有跟落后的斗争,正面人物是站不起来的。"②在其20世纪50年代一系列小说中,既有耿直质朴、毫无私念的江群,也有处处考虑个人得失的肖山(《山村的孩子》);既有勤学苦练、不甘落后的雅林,也有骄矜懈怠、爱挖苦人的邵吉(《笨鸭子战胜了小公鸡》);既有坚持原则不徇私情的杨华,也有为图个人利益而遮掩事实的柳枫(《入团》);既有稳重认真的雁哨,也有好夸口不务实的沙峰(《喷气式儿》)……在《苦牛》中更有苦牛、陆奶奶、二铁叔和瘦鬼儿、环枣、暴花秃、笑面虎这样色彩分明的大善与大恶的对比。在胡景芳新时期创作中,林星、黄莺、马军、杨凌等正面人物与魏东、牛角等"反面"人物的对比愈加鲜明,他们之间的矛盾冲突也随着情节的大幅起落而加剧了。在先进与落后、正面与反面的鲜明对比中,作家教小读者认识到哪些是该学习和追求的,哪些是该鄙视和摒弃的。

"儿童固有的天性是追求光辉的、不平凡的事物。"③胡景芳在小说中树立起许多典范性人物,如林星、石根、杨凌、肖丽等,他们淳朴、上进,信念执着,甚至在遭受挫折时仍初志不改,其言行堪为表率。塑造这些美好可爱的心灵,显然能激发儿童读者积极向上,追求真善美,完善自己的人格。但作家有时过于偏爱他的小主人公,而赋予他们过多的光环,如《寻粉记》中石根、石花冒死泅渡护花粉,《黑眼圈》中林星在湍急的山洪中救起"仇敌"魏东的妹妹等情节过于巧合离奇,他们头上的光环太神奇炫目,便也离小读者愈来愈远,而同时失却了与现实方面接触的机缘。

胡景芳在小说中还塑造了两组成人形象。一组成人如老教授、石奶奶（《寻粉记》）、作家、杨队长（《作家与少年犯》）、黄爷爷（《黑眼圈》）、路老师（《孤儿》）、杨老师（《马牛羊》）、苏爷爷（《寻宝记》）等，他们是孩子的师长，更是他们的朋友，他们以不同的方式关爱着儿童，支持孩子们探寻科学秘密，扶助孩子认清人生航向。另一组成人则是有缺点的，与前一组成人形成鲜明对比。值得注意的是，早在20世纪50年代的创作中，作家就已经在小说中勾画了成人中的反面形象：《山村的孩子》中精于算计、处处关注个人利益、唯恐自己儿子吃亏的肖山的妈妈，《入团》中并未出场但向儿子传授"要想得到别人的帮助，必须先给别人一点好处"这一处世诀窍的柳枫的爸爸。作家写这些反面家长，似乎更多地着眼于揭示导致肖山、柳枫在成长中出现缺失的根源，所以作家没有更深入地描写这些成人，他们只是作为次要人物出场，其言行并没有得到正面、直接的批评。而在胡景芳新时期创作中，作家对这类作为反面人物的成人给予了相当重视：《黑眼圈》中对林星造谣污蔑的魏东的妈妈，《孤儿》中向春来灌输名利思想的白云，《马牛羊》中的糊涂家长牛科长，《寻宝记》中娇惯溺爱孩子的田阿姨、泰司机、辛歌的奶奶……这些家长不但以其不正确的言行熏染着孩子，影响孩子们的健康成长，还与小说中的正面人物发生着直接的矛盾冲突。作家写这类成人，旨在提醒世人注意，家长在儿童教育上所起的至关重要的作用，让小读者看到生活中也有阴暗面。作家对这一类家长予以了批评和嘲讽，而作家又是宽容的——这类家长往往在事实的教育下幡然醒悟。作家竭力营造和谐美好的生活氛围，不愿让生活的缺欠和阴暗面迷住孩子的眼睛，所以他的小说总是带有圆满结局的，因而形成一种创作模式，这种创作模式在一定程度上限制了作家艺术上的更高进阶。

三

胡景芳自述平生对其影响最大的当代作家是赵树理、张天翼、金近、马烽等④。这些作家都具有自觉的社会责任感和鲜明的时代使命感，他们的作品富于鲜明的地方色调和浓郁的民俗色彩。胡景芳正是在艺术风格、气质和精神上完全承继了这些作家的特点。苏联儿童文学家马尔夏克说过："给孩子们写东西，幽默和快活是不可缺少的。"⑤胡景芳小说中不乏幽默鲜活的语言，更多令人捧腹的场面。《寻粉记》中钱中向孩子们悔过，《马牛羊》中牛科长认错等场景令我们想到《小二黑结婚》中二诸葛、三仙姑接受区长批评教育时的滑稽场面，它们大有异曲同工之妙。胡景芳是一个富有"童心"、善于发现美和表现美、善于发掘快乐和传递快乐的作家，他的文字流动着欢快蓬勃的气息，幽默为他的小说增添了许多机趣，也令孩子们爱读，同时在笑声中反观自省。

儿童天性喜欢热闹，注意力不易集中，好奇心强。针对这些特点，胡景芳在小说写作时很注意情节的曲折起伏，因此他的小说富于传奇色彩。《苦牛》中的苦牛本身就是一个传奇性很强的人物，他与大黑狗之间的深情、大黑狗为小主人殉死，无不传奇色彩浓厚。《苦牛》上集中情节起伏落差并不大，但情节紧凑，一浪高过一浪，诸如苦牛误入狼穴掏狼崽、苦牛骑狗与骑驴的瘦鬼儿比赛等，均平中见奇，使小说可读性大为增强。随着故事的逐渐铺展，《苦牛》传奇色彩愈发浓烈。譬如，爸爸在火烧暴花秃的粮仓后，带着石榴出逃，寻找光明，这似乎落入一般小说"打渔杀家"式的窠臼。可是小说峰回路转，父女俩竟然遇上重重追兵，结果爸爸蒙难，石榴则落下悬崖，幸遇八路军得救，又巧遇已投奔了八路军的二铁叔，更从他口中得知弟弟苦牛并没有死……作家巧妙谋篇布局，小说中处处埋下伏笔，情节迂回曲折，悬念丛生。一切都安排得合情合理，有根有据。传奇性一直贯

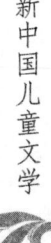

穿于小说始终。小说结尾,战斗结束,却不见苦牛、耿爷爷的踪影,正当群情悲愤,小说出现压抑、忧伤的低调时,却猛然出现一个令人振奋的高调——负伤的苦牛、耿爷爷奇迹般地出现了。小说在战友、乡亲热切的召喊声中戛然而止,为读者留下了袅袅余音。

在胡景芳新时期小说中,传奇仍然是一大特色。孩子们寻花粉、找"黑眼圈"鸟、探人生珍宝,无不历尽艰辛磨难。跌宕起伏的情节诱引着小读者在有兴味的阅读当中随同作家一齐介入思考,发现生活真谛,受到教育启迪。

胡景芳善于捕捉提炼生活语言,他的小说叙述语言及人物语言均亲切活泼,富生活气息,有浓郁地方色彩。作家在小说叙事上受传统话本小说、民间说唱文学影响较深,譬如《苦牛》开头在简述了自己全家受地主残酷剥削而濒临家破人亡的惨况后,这样叙述:

> 我和弟弟,从没有月亮的初一,就坐在石头门前盼啊盼,一直盼到十五。
>
> 十五,月亮圆了,爸爸就回来了。
>
> 那年五月,月亮又要圆了。我就从月亮圆的那天讲起吧!

小说情节由此徐徐展开。《孤儿》在开篇引一首小曲作为楔子之后,作家如是叙述:"一首小曲唱过,下边引出一段传奇故事来。故事发生在猴冷猴冷的1968年旧历腊月二十八,一个普普通通的小城车站的候车室里。"《寻宝记》是这样开头的:"这儿讲的是一个寻宝的故事,故事发生在'特殊夏令营','特殊夏令营'设在一座原始大森林里。"显然,传统叙事方式给予了作家许多熏染。

《苦牛》是以苦牛的姐姐"我"作为见事眼睛的,姐姐对弟弟的深情就在"我"憎爱分明的叙述中体现,并强烈感染着读者,拉近了读者与苦牛的距离。《作家与少年犯》则选取了与少年犯黄景文有交往的作家"我"作为叙述者,使读者处处感受到作家对少年犯的拳拳爱心,作家在小说中所发表的议论更易影响读者,直接引发读者思考。在这两篇小说中,作家并不局囿于"我"见事所限,在交代并非"我"亲眼所见的事情时,则采用了全知视角。这样,既方便了叙述,也方便了读者的阅读。

胡景芳在小说中穿插书信、诗歌、传说等,结构上不拘一格、灵活多变。《作家与少年犯》中以黄景文的一封家书作为一个独立单元存在,不仅仅变换了形式,也真实记录了主人公的内心世界。再如《孤儿》中每节以富于民歌、儿歌色彩的诗歌开启,既对情节有所提示,也包孕着能为孩子所理解的哲理。譬如其中有这样一句诗:"妈妈对儿都是爱,爱里有美丑善恶和真假",就精当地提示小读者,路老师和白云两位"妈妈"尽管同样爱着春来,可她们的爱却是有区别的:前者引导春来走上正道;后者则将春来引入歧途。作家在展开故事时注意结构的内在对称。如《黑眼圈》讲的是林星等寻找象征吉祥幸福、为人民做好事的"黑眼圈"鸟,而林星生来大眼睛就长有一圈黑记,且他心灵美好,以"黑眼圈"命名小说语意双关。同时林星和亲如兄妹的同学黄莺一同寻找"黑眼圈"鸟,保护环境,这与小说中兄妹为民除害的美丽传说暗合。再如《孤儿》开篇有这样一首小曲:

> 冬雪飘飘迎春来,
>
> 雨露滋润百花开,
>
> 园丁日夜常思虑,
>
> 小树怎样长成材?

啊……
党的哺育,祖国关怀,
妈妈的慈爱啊!
长江流不尽,
大海装不开。

小说结尾又出现这样一首小曲:

暖风徐徐迎春来,
经冬蓓蕾向阳开。
人人关心下一代,
小苗定能长成材。
啊……
党的哺育,祖国的关怀,
妈妈的慈爱啊!
长江流不尽,
大海装不开!

　　这两首小曲中重复的部分强化表达了小说的主题,歌颂了党和祖国以及路老师这样的辛勤园丁对孤儿无微不至的关怀和扶助,后一首小曲又是对前一首小曲进行回答,同时暗寓了小说主人公春来在人生十字路口上最终做出正确抉择,经受了生活的考验。

　　在《寻宝记》中,开篇将镜头推向历史,讲述抗联小英雄火云鹰的英勇事迹,而火云鹰这一意象不时幻现在苏爷爷面前,小说结尾又写到在火云鹰精神感召下,孩子们感悟出人生真谛,终于探到人生珍宝。小说历史凝重感油然而生,历史与现实巧妙地交相辉映,深化了小说主题。

　　作家"在生活中收集到的题材,不适合写戏剧,就轻车熟路,写成小说,然后再慢慢地改成剧本","如果剧本写成,小观众反应不错,有时,作为激战后的'休息',再用剧本圈改小说,可以互为补充,相得益彰。"①因为戏剧、小说都是作家所擅长,他的小说具有了戏剧的某些特质,如场点、时间的相对集中,如出现具有强烈戏剧色彩的场面,戏剧对白式的人物对话,以及浓郁的戏剧化效果。《孤儿》中路老师抱养弃儿春来,《马牛羊》中马师傅追打马军,马军躲在杨凌家衣柜中等场景就似一幕幕小喜剧。

　　"儿童文学应是教育文学,去掉教育功能,儿童文学也就失去存在的价值。"⑦这种儿童文学观以今天的眼光看来可能不合乎时宜,但反映着作家是有着自己一贯追求的。胡景芳以其严谨的创作态度、博大的胸怀,创作出思想内涵深刻、现实内容广阔、符合儿童阅读心理的艺术形式去影响和教育儿童读者,使儿童在阅读中受益。胡景芳在努力地不受外界干扰地开掘着自己的园地。

1997 年 2 月

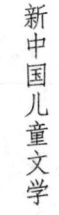

[注释]
①胡景芳:《自传》,浙江师院中文系编《我与儿童文学》。

②胡景芳:《儿童剧断想》,《儿童文学研究》1983 年第 13 期。

③[苏联]高尔基:《论不负责任的人们和现代儿童文学》,见《高尔基论儿童文学》,中国青年出版社 1956 年 12 月版。

④胡景芳 1996 年 5 月 15 日给笔者的信。

⑤陈伯吹:《从盖达尔作品中学习写人物》,见陈伯吹:《儿童文学简论》,长江文艺出版社 1959 年版。

⑥胡景芳:《胡景芳儿童短篇小说选·后记》,沈阳出版社 1994 年版。

⑦胡景芳 1996 年 5 月 15 日给笔者的信。

　　(原载赵郁秀主编《生命的绿洲——胡景芳纪念文集》,辽宁少年儿童出版社 2001 年版)

# 刘兴诗科幻作品评论片断

郑 军

四川另一位科幻作家刘兴诗(1931 年 5 月 8 日生)也在当时进入科幻创作行列。刘兴诗出生于湖北汉口,新中国成立后进北京大学地质专业,成为专业地质工作者。当时,他利用业余时间创作了《北方的云》《乡村医生》《地下水电站》等科幻小说。

中国最早描写时间旅行的科幻小说,或许是刘兴诗的《雾中山传奇》。不过,那里的时间机器是外星人留下的。考古学家曹仲安驾驶时间机器,遍访西汉、盛唐、古印度,甚至拜访释迦牟尼。这篇小说充分反映了一种亲睹历史的冲动。

如果从技术含量上讲,人工影响天气的经典之作,要数中国科幻作家刘兴诗创作的短篇《北方的云》。此篇虽然不长,但技术细节十分充实,堪称天气控制的设计书。

在这个经典短篇里,中国已经实现了人工天气控制技术,还建立了"天气管理局",可以制造局部小气候。比如,可以为一场重要的足球比赛创造一个晴天。天气管理局的工作人员又称为"天气调度员"。按照各地提交的天气要求进行服务。

某年初冬,内蒙古浑善达克沙漠边缘的克什克腾旗农业实验站遭遇地震,输水系统瘫痪。站里的农作物必须在一周内恢复供水。他们便向"北京天气管理局"求援。天气管理局通过监视网,发现渤海湾上空有一股气流登陆,途经实验站所在地区。

于是,天气管理局派出热核蒸发器,在气流路过的官厅、密云两水库蒸发大量水汽,输入气流。但由于缺少走向控制,这股携带大量水汽的气流偏离了实验站所在地区。稍后,又有一股气流从渤海湾登陆,这次,除了热核蒸发器外,天气管理局还在气流行进前方建立人工低气压区,引导含水气流到达目标上空,终于降雨成功。

但是,由于雨量不足,实验站的农作物只是暂时缓解旱情。而在冬季的中国北方,自东南往西北方向去的气流少而又少。在总结前两次经验教训的基础上,天气管理局干脆投入大量热核蒸发器,直接将渤海湾的水蒸发出来,形成人造气流,再通过人工低气压导向,护送到目的地。《北方的云》在技术细节方面的精确性,在中外气象题材的科幻小说中非常突出。

1492 年 10 月 12 日,哥伦布踏上巴哈马土地。这不仅是世界政治史、民族史、经济史的重要篇章,而且也是科技史的重要一页。它意味着航海技术进步取得的重大成就。20 世纪 70 年代,中国作家刘兴诗创作了《美洲来的哥伦布》,反过来描写了古代印第安人到达英国的故事,这便是典型的虚拟科技史。

小说中的故事发生于 20 世纪中叶。苏格兰苔丝蒙娜湖底发现了印第安式样的独木舟,经碳-14 半衰期测定,年代久远到 5000 年前。主人公为了证明印第安人率先到达过欧洲,驾驶独木舟,试图在没有现代科技支持的情况下从美洲来到欧洲。

新中国儿童文学

中国科幻作家刘兴诗在《美洲来的哥伦布》中，就构造了一个反映怀疑精神的故事。在权威的历史学中，哥伦布来到美洲之前，人类世界的这两部分从无交往，古代印第安人更是无法凭他们简陋的航海技术到达欧洲。小说一开始就引用历史文献，指出在苏格兰苔丝蒙娜湖底，曾经找到过印第安式样的独木舟。古德里奇教授从大量事实出发，怀疑上述权威观点，提出印第安人数千年前曾经远航到欧洲的新理论。而整篇小说都是围绕着证实这个科学假设展开的。

1979 年，刘兴诗发表了一篇很有特色的科幻小说《美洲来的哥伦布》。该作品与《珊瑚岛上的死光》并列为当时"硬科幻"与"软科幻"两个流派的代表作。在这篇以严谨的考古学为背景的科幻小说里，5000 年前印第安人是否凭借独木舟从美洲驶到欧洲成为待解之谜。苏格兰青年威利为了印证这一科学假说，在无任何现代化设备可以凭借的条件下，独自一人架独木舟横渡大西洋。在他身上高度体现了科学的牺牲精神。威利与狂风、恶浪、鲨鱼殊死拼争，支撑他的动力既不是寻求财富，也不是如《老人与海》那样要证明人的潜能和毅力。这种纯粹的求知探险精神，极少见诸于中华传统文化和当代文学作品，殊为可贵。而且，本篇还反讽了白人至上主义，在当时还是殖民地的香港引起过轰动。

刘兴诗拥有自己的创作理念和独特风格。他坚持在小说里表达科学精神，喜欢朴素无华的"近距离"的科幻小说，以回归现实，面向本土为追求。对于西方科幻以遥远的外空、未来为背景的主流风格并不苟同。这些理念触及了科幻文学发展中的一个深远问题。在这些原则指导下，刘兴诗创作了《雾中山传奇》《柳江人之谜》《悲歌》等科幻小说。这些作品极富个人特色。如今，年过七旬的刘兴诗笔耕不辍，仍然活跃在科幻创作的第一线。

刘兴诗的《美洲来的哥伦布》，也是一篇预言类科幻小说。远古时代，印第安人曾经凭独木舟来到欧洲，这是作者的一个推论。这篇小说写的就是这个推论。也可以比较一下同一位作者的《北方的云》。将渤海湾的水蒸发，再送到内蒙古，作者自己也不会把它当真，只是在小说里运用了各种知识，把它写得以假乱真而已。

20 世纪 50 年代，科幻小说在中国起步以后，绝大部分作品基本上是写"人事"，写技术发明。仅有几篇有探险风格。一是童恩正的《古峡迷雾》，以古代"巴人"失踪为题材。二是刘兴诗的《美洲来的哥伦布》，这篇小说的后半段，主人公威利只身与大西洋狂涛巨浪搏斗的情节，颇有探险小说风范。

（原著刘兴诗著《百年百部中国儿童文学经典书系·美洲来的哥伦布》，湖北少年儿童出版社 2007 年版）

# 试说谢璞的"楚风"

张锦江

我与谢璞同志相识,大概是 1972 年。那时他应上海人民出版社文艺编辑室之邀,在打浦桥出版社招待所修改一部作品,我也在那里写作。记得第一次照面,他是在洗衣服,我们很快闲聊上了。他给我的印象是那样朴实、温厚,像个乡村干部,或者是乡村教师,善诚的笑容总是挂在脸上,印象不坏!那时,我对他的作品接触不多,那篇著名的散文《珍珠赋》我是有印象的,曾被选入中学语文课本,为许多青少年所诵读,语言的清新、优美是为我敬慕的。1979 年我写过一篇论文《我国当代儿童小说家风格简论》,这时我才认真阅读与研究了他的作品。后来这篇论文在文化部举办的全国儿童文学讲习班上试讲过,反映颇好。《儿童文学研究》刊发了其中一部分,题为《谈儿童小说的乡土味》,文中论述了 3 位儿童小说家:浩然、任大霖、谢璞。我将他们的作品归为一类——乡土文学。谢璞师承周立波,他写过大量成人文学作品。他的小说集《姊妹情》《二月兰》《无边的眷恋》等书在广大读者中享有盛誉。同时,他又是一位优秀的儿童文学作家。早在 20 世纪 50 年代中,他就写出了一组出色的儿童小说,如《竹娃》《小桂游春》《嫩翅膀》《吉平得宝》《泥鳅河边》等。1980 年,《竹娃》获全国第二次儿童文学创作奖。但是,他最杰出的儿童文学作品还是 1981 年 3 月湖北人民出版社出版的《忆怪集》,这本选集选了 9 篇小说,其内容都是写他童年时代那个"小家乡"——湖南高沙市镇的奇人怪事。收入此书的《芦芦……》便是其中的一篇。1981 年 4 月 6 日,著名儿童文学老作家严文井看了《忆怪集》的二校样后,给谢璞的一封信中称赞说:"你的画笔,令我感到了'楚风'。"

何以"楚风"呢?

就《忆怪集》来说,全书充盈着那种楚文化、楚艺术的丰富想象,情感流放的浪漫气质和奇玮谲诡、飞扬流动的神采风韵。读这样的作品,不能不使人想起:屈大夫那凄艳幽渺的《九歌》、楚漆器、楚丝绸上那些流变着的乌纹、鸟纹、气象纹和动物纹……我们不难看出,作者对这一神秘的、充满着诱惑力的古老文化的探究,同时在小说中被赋予了很强的现代意味。

先看看他的语言吧!谢璞的小说语言与时下常见的一些深奥玄妙、神秘莫测的语言相比,实在是平淡得不能再平淡了,但是我记起谁说的"豪华落尽见真淳""明白如话是一种难得的境界",这话怕不是一个陈旧之说吧!倘若你置身于谢璞的作品之中,仔细地领悟这些平淡无奇的方块字,你会感受到一种旋律,一种民歌、民谣的旋律。这种旋律活跃着生命机能,无拘无束,自由自在,充满了运动和力量,流溢着民间传说的光色,具有亲切感人的地方民俗韵味。我称之为"民歌风"或"民谣风"。谢璞在作品中娴熟地运用家乡的方言土语以及在故事推进中穿插民歌、民谣,以使旋律飘逸而出,饱含浓浓的楚韵精神、楚骚风味。以《芦芦……》为例,我们可以见到这样的地方色彩浓烈的对话:

"……我捞河里的青丝草给你呷。"

"我才吃过一条灵鸡子腿巴……"

"我叫姑妈去骂姑爷子！"

"伢儿放心……"

"伢伢求平安……"

这些"呷""腿巴""姑爷子""伢儿""伢伢"等等都是湖南方言，给作品带来了乡土味儿。但谢璞写作的成功之处却更是那些色彩斑斓的民间歌谣的运用，在《忆怪集》中几乎每篇都有，而且每首歌谣都有它的特点。

《芦芦……》中，卖灵鸡子的老头拉胡琴唱着油腔滑嗓的江湖小调：

"……山珍海味真好呷，灵鸡子肉赛天下，为人没尝过灵鸡子肉，想来实在不像话……有心要买并不难，八个铜钱买一只……"

"莫打岔，听我嘎弓嘎弓讲实话。盘古开天到民国，谋生各有各的法，要问抓灵鸡子何妙法？全靠我前生与玉帝是亲家……"

还可以见到：《四海游》中，杨善人阴阳怪气的咒语，咩公公揭露丑美的鼓词；《相知姐姐》中，孩子们元宵夜数星星欢乐的童谣，相知姐姐凄婉动人的晚唱……这一些不同情绪、不同声调、不同色彩的歌谣，这便是作品"楚风"扑扑，令人入迷的重要原因之一。

其二，谢璞在取材上的民间传奇性。他写旧时代的童年生活，专取"小家乡"的奇人怪事。在故事中，一方面淋漓尽致地揭露道貌岸然的伪君子，假善人的巧取豪夺行径，另一方面热情奔放地颂扬勤劳质朴的劳动者真、善、美的品德。

他写了许多怪人奇事：《芦芦……》里，卖灵鸡子肉的怪老头，用一只模仿母灵鸡子的葫芦一吹，就会引来一群灵鸡子扑到火中烧死；《阳雀怨》里，阳雀姑娘与半人半神的巨人黄毛爷爷相爱，最后化作一只报春的阳雀；《四海游》里，会念咒语的杨善人；《苦啊，嘎咯》里，嘎咯"半仙"捉鬼；《血牡丹》里，角奶奶违抗她尊崇的神，用生命换取一个新的生命；《一杯御酒》中，武"半仙"搭台求雨。这些题材都有着奇异的民间传说色彩。严文井在给谢璞的信中说："你这些故事有些像《聊斋志异》里的故事，但又不是。说它们有些像，是因为其中有'怪'，说它们不是，是因为说穿了到底不怪。'怪'而不怪，表明了它们是引人入胜的现实主义作品。"

作品的取材，不可否认律动着楚文化的浪漫主义的色调。《阳雀怨》是一个标准的民间传说，作品的主人公美丽的阳雀姑娘与半人半神的巨人黄毛爷爷相爱。黄毛爷爷有神化的一面：他"力气大得惊人，一人做事，胜过十几个人"，"每餐能吃一斗米的饭，能吃十斤肉，能喝半桶水"，"用宝水为穷人灭虱子"。黄毛爷爷也有人化的一面，虱子吸过他十八代祖宗的血，他受财主朱喜佛的蒙蔽，被财主妖言惑众而致死。阳雀姑娘死后化阳雀，也是神化了的。说明阳雀姑娘与黄毛爷爷都不是现实生活所说的"人"，是神话传说中的"人"，他们既有神性又有人性。这使我联想起《九歌》中的《山鬼》《湘君》《湘夫人》，它们是写神的恋爱故事，神也和人一样有悲欢离合，而且把这些感情很细腻很动人地表达出来，使人觉得这些神都非常可亲，而且遭遇也很值得同情。《九歌》是神的人化，而《阳雀怨》是人的神化。既有相似之处，又有区别：即神的人化了的儿女之情和神化了的人的儿女之情。作者往往借这种神的人化、人的神化,来寄托自己的理想与抒发自己对人生及宇宙的看法。屈大夫在作品中流露了自己凄苦的心境,谢璞却在作品中告诉孩子们:流言是多么可怕。

《阳雀怨》没有沿袭或干脆照搬前人的艺术模式。虽能看出继承古老文化的某种胎记,但它已经发生了质的变化,完全是作者自己的一种崭新创造。它不像我们今天见到的"生吞活剥式"的"借鉴""洋小说"以及那种"挖祖坟式"的"寻根小说"。作者利用这种民间传说的形式,传达了时代精神与时代气息。作者的目的不在过去的岁月,而在今日的现实。外在的形式是浪漫而虚幻的,内容却是现实生活的折射。阳雀姑娘与黄毛爷爷的相爱,由于朱喜佛的阻挠,虽说结局是一场爱情悲剧,但黄毛爷爷的身躯填平了壑谷,化成了一块大田,阳雀姑娘化成一只美丽的小鸟,每一年春天,阳雀总在大田冲天空这样催春啼叫:"快快播种,再无饥饿!"这是一种何等乐观的生命态度——对死亡的超越,对精神生命的执着与热爱的艺术写照,也是对神秘的未知世界和自由的精神境界的一种忘我追求。我们从阳雀姑娘与黄毛爷爷身上看到了一个想象丰富、充满活力、乐观开朗、热情进取的民族形象。这对我们今天开放、改革的中华民族有着多么丰厚的积极意义,更何况那种缺乏竞争意识,嫉能妒贤,专靠躲在阴暗角落里施放流言蜚语中伤别人度日的蠹虫子孙不绝,连半神半人的黄毛爷爷都抵挡不住而被害倒下,何况是血肉之躯的人呢!这类蠹虫在今天更显得可憎可恶了!

《芦芦……》洋溢着追求热情的无限美妙的生命律动。两个孩子为了揭开卖灵鸡子的老头儿捕捉灵鸡子的秘密而历尽艰辛,他们终于弄清了老头儿用的是一只能模仿灵鸡子妈妈的声音的葫芦,它吹出的声音能使天上领头的真正的母灵鸡子的叫声变得不像真的,以为地面的声音是妈妈在招呼,引得一群大大小小的灵鸡子不顾性命地来寻找它们的妈妈,以致栽落到火中被烧死。两个孩子怒不可遏地砸碎了那个会发出冒充灵鸡子妈妈声音的葫芦,但是孩子们将这个世界想得过于简单。不久,老头儿又在腰带上佩挂了一只崭新的葫芦。这是两个天真的孩子无能为力的事实。这篇小说虽不像《阳雀怨》那样民间传说的胎记很深,也无不显现出传奇色调——那个魔鬼般的葫芦呀!从外层次的立意看,《芦芦……》鞭挞的是以假乱真,行骗的与受骗的源远流长("腰带上佩挂的葫芦是崭新的",这给世人多少启发呀)。稍稍留心一下,《芦芦……》深藏的寓意却是热爱生活、热爱生命,他们呼唤着生命的自由,他们最早觉醒到生命的可贵—— 一群活鲜鲜的灵鸡子,一群活鲜鲜的生命。他们怀着一丝忧愁,翘盼着"一切飞鸟在天地间自由自在地飞翔……"由此而言,《芦芦……》蕴含着的生命哲学意识,与楚骚、楚韵的精神传统是一脉相承的。与此同时,我们也感受到强烈的时代意识与时代气息。难怪严文井说:"'怪而不怪',表明了它们是引人入胜的现实主义作品。"

因此,我们在《忆怪集》中看到的是实实在在的湖南人民的风俗、习惯、景物、动植物:高沙市镇的"迎故事"风俗,"收鬼台",蓼河边古老的"观澜书院""云峰塔""祖师爷""胡椒树""千佛宫"以及"禾鸡子""灵鸡子"等等,这些现实的湖南"小镇"风光也是令人陶醉的。

其三,谢璞的艺术表现手法,也承袭了楚文化、楚艺术的浪漫主义特色。作者为了渲染怪、神的氛围和神奇的色彩,在写人、写景时都采用民间传说中夸张变形的手法。或为直接夸张,或为间接夸张。如"上学的穷邻恸哭起来,泪水里充满了殷红的血"(《阳雀怨》),人如此伤心,眼睛哭出血来,这显然是夸张之词。又如,描写阳雀姑娘的头发柔美黑润为"一江碧波",她的脸皮娇嫩为"好像用灯草都可以弹出血来",她的眼睛晶莹透亮

为"荷叶上的水珠""夜空闪烁的星星"。借用这些比喻、比拟等修辞方式，阳雀姑娘鲜亮、动人的形象如天仙般亭亭玉立在读者眼前。再如，"走着走着，我们进了一个云雾缭绕的山谷。这个小小的世界里，四处是奇花异草，四处是离奇古怪的灌木……有结酸甜果子的猕猴桃，有流白汁的奶浆草，有形状可怕的麻江鬼魔芋。花儿当中，要数七色莲最美了……"（《相知姐姐》）景物描绘抒情而细腻，流溢着奇异的色光，宛若仙境一般，诸如此类不再赘述。

我与谢璞又有两年不见。记得前年在烟台出席全国儿童文学座谈会，我与他是邻室，会议期间常来常往，他似乎说过这样一句话："什么寻根不寻根，我的根不寻也显而易见，那就是生活——家乡的生活！"他说这话时情绪有点激动，带点锋芒，与他平日那朴实、温厚的风貌不甚合辙，所以在我脑子里形象鲜明。写此文时，我翻翻《芦芦……》的文末，上写道："1979年春节写于洞口大田冲'风棚'思亲窝。"土里土气，土生土长，怎么能不写出"楚风"扑扑的作品来呢！

1988年5月15日于上海虹口"滴水居"

（原载《中国儿童小说十家》，海燕出版社1989年版）

# 孙幼军：一个生就的而非造就的童话作家

吴其南

在评论俄罗斯儿童文学读物的时候,别林斯基曾说:"儿童文学作家应当是生就的而不应当是造就的。这是一种天赋。这里不仅仅要求有才能,而且还要有某种天才。"这种"生就的"而非"造就的"儿童文学作家作品,求之当今的世界儿童文学,我们会想到林格伦和她的《小飞人三部曲》,米尔恩和她的《小熊温尼·菩》;求之中国的儿童文学,我们首先想到的是孙幼军和他的童话。

## 一、和儿童对话的艺术

儿童文学是这样一种文学:它不是作家尽情地抒发自己的感情、表达自己对生活的理解和感受以吸引和他的心灵有相同、相近震动点的读者来和他对话,而是先确定了大致的读者对象而后再进行创作的,所以受读者的影响特别明显。一个生就的儿童文学作家或许要许多条件,但首先的和基本的一条,就是要有特别的善于和儿童读者进行文学对话即善于向儿童说话讲故事的能力。孙幼军恰具有此能力。据他自己说,他最早的"创作"是幼时给弟妹讲故事。与其说这种讲故事培养了作家日后进行文学创作的能力,不如说它是作家儿童文学创作天赋的最初表现,日后的创作则是这种天赋的进一步延伸和发展。一个明显的事实就是,孙幼军的大部分童话都是"讲"的。"讲——听"而非"写——读"是孙幼军儿童文学作品主要的传递方式。这种传递方式的一个明显特点就是有强烈的叙述接受者的在场感:

> 有这么一个布头……
>
> 小布头？ 小布头是什么哪？
>
> 小布头,嗯——他是一个很小很小的布娃娃。我现在就讲他的奇遇;讲他
>
> 遇到的许许多多新奇的好玩的事。这个布娃娃……

这是《小布头奇遇记》的开头,呈现的是叙述者给小读者讲故事的场面。叙述者和叙述接受者都实体性地在场,听故事的人不断地打断讲故事人的讲述,要求他说明、解释、回答问题,并对叙述内容发表自己的见解;讲故事的人要尽量地适应听故事人的能力、兴趣,不断地对叙述内容和叙述方式作出调整。虽然上引的一段话只是作品的"引子",整个文本不可能真的都以这种不断被打断、不断作出调整的方式导现出来,但这种比较明显的对话性却在孙幼军的所有作品中存在着。孙幼军童话的接受者主要是幼儿。幼儿知识少、审美能力不高,审美期待视野狭小,留给叙述者的回旋空间极为有限。和这么一群直接在场的小读者对话,必须对他们的兴趣、能力、需要有极准确的感悟和把握,这对任何一个儿童文学作家都是一种严峻的考验。孙幼军作为童话作家的天分正由此表现

出来。

其一是切近儿童的生活经验和接受能力，讲一些浅近通俗又生动有趣的故事。孙幼军写童话，从表层看都是小狗、小猫、布娃娃的故事。深入地看，都是儿童生活，儿童能够接触到的周围世界的生活。《小布头奇遇记》写的幼儿园、家庭、农村生产前线的生活，《玫玫和她的布娃娃》写的是幼儿园的生活，《小狗的小房子》写的是幼儿游戏的生活，《怪老头儿》写的是儿童暑假的社会生活，《神奇的房子》写的是儿童想象的冒险生活，如此等等。但生活本身本无故事，作家的本事是立足生活又从生活中疏离出来，将生活中的感受、印象、经验故事化，使它们以有趣的、秩序化的形式表现出来。孙幼军会编故事。如《追心记》，写的是儿童上课不专心，人在教室心却不在教室的现象，作家巧妙地将"心"人格化，于是出现一个"追心"的故事，一个平凡的甚至有点俗套的主题顿时有了新意。《神奇的房子》《云里国历险》等不直接写儿童生活，但以新奇的想象将儿童带入一个个神奇的世界，故事奇、人物奇，但人物的情感，人与人之间的关系，通过这些故事表现出来的意蕴，却是儿童熟悉可感的。但这并不意味着作家的作品都用情节结构都有贯穿到底的统一事件。《小狗的小房子》《亭亭的童话》《怪老头儿》都没有很强的故事情节。这在很大程度上是作家将故事片断化、微型化了。《怪老头儿》没有统一的故事，但每一部分仍是情节结构；《小狗的小房子》《亭亭的童话》写儿童生活的场面，故事较为淡化，但每个片断的描写仍很生动、有趣。总之，作为与儿童的对话，首先是话题，是作品所叙述的对象生动有趣，吸引了儿童的注意力。否则，对话是很难成功的。

但仅靠有趣的讲述对象是不够的，还要看怎样"讲述"。故事是在讲述中产生的，故事的有趣很大程度上依赖于讲述，是有趣的讲述的结果。如巧妙地安排视角，不露声色地制造悬念，非常切近儿童心理地安排节奏，在以顺叙为主的叙述方式中巧妙地进行倒叙、补叙、预叙等等，因此能使一个个并不复杂的故事花团锦簇、摇曳多姿。这里，最重要的还是语言。在孙幼军童话中，不仅叙述者的语言浅近生动、幽默风趣，就是人物语言，作者也安排得各具个性，切近人物的年龄、文化、身份，尤其是人物说话时的具体情境。《小布头奇遇记》是写给幼儿的，出版时，"除夕""缝纫""炊事员""掀开""猜""衣柜""抽屉""皱""棉絮""塞进""胶水"等字都加了注音，以此判断，其词汇量也就在1000个最常用词的范围内。就是《怪老头儿》，其隐含读者的接受能力明显高于《小布头奇遇记》，但词汇里一般也不超过初中生的阅读水平。从句子看，孙幼军童话大多是简单句。句子不长，很少用长而华丽的修饰语如用以描写的状语定语之类。自然段落多，作品显得明净而疏朗。但浅近不等于简单。孙幼军作品语言浅近、通俗，但却生动、幽默而富有表现力。

> 要是看我坐着不动，我妈就笑得满脸开花："我儿子真乖！"如果碰巧我在地板上打醉拳，我妈就不管我作业做好了没有，眼珠子一下瞪得溜圆，眉毛也立起来了：
> "怎么回事？肉皮子又痒痒了是吧？"
> 这话很不友好。更糟的是，随着这话，我妈多半还要采取一点不友好行动，好让我的肉皮子不那么痒痒。
>
> ——《怪老头儿》

整段都是常用词，简单句，但却极富质感。首先无论是议论还是描写，都很准确到位，"笑得满脸开花""瞪得溜圆""眉毛都立起来了"等，很传神；其二，使用各种修辞手段如比喻、借代等，使形象更加具体、生动；其三，有意识地夸张、委婉，使叙述具有一种含而不露的幽默感。总之，语言很浅近，质地却很高。

谈及语言的准确、到位，我们指的不仅是说出来的部分，也指未说出来的部分，即空白。任何对话都是在一定的语境中进行的，双方都是带着全部的文化、经验、能力、兴趣参加到对话中来。在写出来的文本中，读者的声音不能直接地表现出来，它是隐含在文本之中的。高明的叙述者就是要结合对话的语境充分地考虑接受者的各种条件，包括他们可能要提出的问题，在自己的叙述中充分地体现对方的存在。什么地方该说，什么地方不该说，什么地方说多，什么地方说少，什么地方用这种语调，什么地方用那种语调，一切都要自然得体。该说的地方不说，接受者听不明白；不该说的地方多说，将文本塞得很满，没有读者想象、回味的空间，同样不会有好的效果。孙幼军的童话具有天赋，就是作家几乎是毫不费力地就把握住了自己读者的期待视野，将空白留得恰到好处，既能将读者领入自己设定的艺术世界又能激发他的创造力，使对话生动活泼地开展起来。以上引的两段话为例。《小布头奇遇记》的开头："我现在就来讲他的奇遇，讲他遇到的许许多多新奇的好玩的事儿。"这里，"他遇到的许许多多新奇好玩的事儿"是对"奇遇"一词的解释。为什么要解释？因为故事是讲给幼儿园的孩子听的，不解释他们听不懂。《怪老头儿》一节，"这话很不友好。更糟的是，随着这话，我妈多半还要采取一点不友好行动，好让我的肉皮子不那么痒痒。"这是叙述者兼故事主人公讲自己的事儿，没有说"不友好行动"是什么，但读者都知道是什么。留出这个空白，一是不需说，二是不便说。把叙述者故意含混的窘态也表现出来了。不言中又趣味盎然。

## 二、创造想象中童话世界的艺术

童话不以生活本身形式塑造艺术形象，在大的分野上属于写意性文学。不以生活本身形式塑造艺术形象，童话想象相对自由。天马行空、上天入地，反正查无实证。查无实证的艺术世界又要给人真实感，这是一对矛盾。为解决这一矛盾，20世纪50年代以贺宜为代表的童话理论提出童话要遵守童话的逻辑。在拟人化童话中，就是要尊重"物性"。如老鼠怕猫，羊怕老虎，兔子不吃荤，一只骄傲的鸡蛋大喊大叫向前冲，但一般只能从山上往山下滚不能从山下往山上滚，等等。这些一定程度上接触到童话想象的核心，是那个时代童话理论较有价值的部分。但是，由于当时的历史条件及议论者自身理论素养的局限，这一理论一开始就显得简单、机械、非理性化。骄傲的鸡蛋并不绝对地不能从下往上冲。罗大里《洋葱头历险记》中的许多以瓜果蔬菜拟人的童话形象在行动时就是不受它们原来作为物时的形状的限制的。童话中的猫也是不一定都会捉老鼠。欧洲童话中那只有名的"穿靴子的猫"就是会当官会骗人而从不捉老鼠的。"尊重物性"理论的主要错讹一方面在其理论基础是反映论，没有认识到艺术中的世界是一个创造出来的世界，童话中的猫并不是真正的猫，它对自身艺术世界的依赖是直接而对现实世界的依赖是间接的。另一方面，即使从童话形象与现实的联系而言，其可抽取的特征也是无限多样的。一只老鼠有质量、有重量、有颜色、有形状，偷吃粮食也吃害虫，传播病菌也机敏灵活，抽出任何一种或几种特征和某种人的特征相综合后，就可以创造出一个新形象。何况综合还有多种方式，同是老鼠与人的结合，取的比例不同，创造的拟人形象也不一样。20世纪 50 年代童话理论所说的"物性"是物的某种主要的特性，是已成思维定式的物与周围世界的关系，如猫捉老鼠、老鼠偷吃粮食等等，这就将"物性"单一化、固定化，以此拟人，以此"尊重物性"，就会极大地限制人的想象，极大地限制童话世界和童话艺术形象的创造，自己将自己窒息了。

孙幼军一开始就不受这种简单的、机械的童话逻辑的制约，而是根据具体作品的具体语境设定童话人物的行为规则，让童话人物在充满生气的童话语境中按自己的性格行动起来，所以想象显得轻盈灵动、舒卷自如。比如，作者爱用玩具娃娃拟人。"玩具娃娃"一方面是"玩具"，一方面是"娃娃"，缺乏"娃娃"的生命却有"娃娃"的外形，人化程度相对较高。用以拟人，即赋予它某些属于人的情感、性格，它就会像可爱的娃娃一样行动起来。加之玩具娃娃所能出现的特定环境，常比一般的动物拟人更能制造出一个儿童化的温馨氛围。如果是其他玩具如玩具熊拟人，就具有玩具、熊、孩子三方面的特点。有时突出这一方面，有时突出那一方面，往往比一般的动物拟人更自由，更有可创造的空间。其二，孙幼军童话以物拟人，但从不把"物性"固定化、单一化，而是努力发现物的深隐特征，发现物与周围世界的多重联系，用这种深隐的、一般人不太注意的特征、关系拟人，创造出来的人物形象及童话世界就容易给人新颖感，产生陌生化的艺术效果。如《小狼请客》，请的客人是小猪、小羊等。狼是猪、羊的天敌，生活中绝不能相安无事地待在一起。但这篇作品表现的是小狼对友谊的渴望，在特殊的语境中，小狼、小猪、小羊的狼性、猪性、羊性都被抑制了，突出的是它们作为拟人化人物的"人性"，在此并不使人感到不和谐。《玫玫和她的布娃娃》《神奇的房子》等，让布娃娃和它的小主人像朋友一样说话、行动，"物性"被极度地淡化了，也不使人感到不和谐。其三，在不同的语境中，孙幼军童话用同一"物"拟出来的人物形象也可大不一样。《小狼请客》和《噜噜的奇遇》都以狼拟人，前者，狼和平地与小猪、小羊待在一起，是一个渴望友谊的儿童形象；后者，狼则凶残地要吃人，是一个恶人的形象。《小布头奇遇记》《玫玫和她的布娃娃》《神奇的房子》都用布娃娃拟人，"小布头"人化程度较低，不能自由行动，语言也只在拟人化童话人物之间；玫玫的布娃娃不会自己行动，但能自由地和小主人说话；《神奇的房子》中的白妞儿不仅长得和人一样，且一下地就和小主人吵架，以后和小主人等一起去救黑妞儿，和一般女孩子没有什么区别。她们都生活在自己的语境中，与周围的世界都是和谐的。其四，一定条件下，童话世界的艺术逻辑还可以和现实世界的逻辑完全倒过来，出现一些从常态的眼光看来非常怪异的现象。《绒兔子找耳朵》中，"兔子"常常欺负"老虎"。从"物性"的角度说，这自然是一种颠倒，但在特定的语境中，又极合"逻辑"。因为这儿的"兔子"和"老虎"原都是玩具，极大地淡化了它们的生物性。用以拟人，绒兔子和一个很厉害的小女孩的性格相综合，创造的是一个以绒兔子的面貌出现的很厉害的小女孩的形象；布老虎和一个憨厚老实的小男孩子相综合，创造的是一个以老虎的面貌出现却非常老实的小男孩形象。当作品主要只注意它们的内在性格而忽略它们作为物的外表时，"兔子"欺负"老虎"也就不是不可理解的了。

这还是就比较个别的人物形象而言的。其实，任何人物都活动在一定的环境中。不一般的人物有不一般的环境，不一般的世界。从整个艺术世界的角度着眼，孙幼军的创造性就表现得更加明显。童话不以生活本身形式塑造艺术形象，呈现出来的是一个在总体上看来与现实生活本身有很大区别的世界。为创造这个世界，传统童话最一般的做法就是创造一个非写实的语境，将整个故事全部推到幻境中去。孙幼军童话中也不乏这样的作品，如《小贝流浪记》《小狗的小房子》等。但他更多的作品则倾向在整体上是非写实的语境中保留一个现实性的语境，或将两个语境最大限度地融合起来，创造一个虚虚实实、虚中有实、实中显虚的童话世界。比如《小布头奇遇记》，拟人化的小布头、大铁勺等组成一个拟人化的童话世界。在这一世界，小布头能说话，有情感；可换一个角度看，即从小主人苹苹的角度看，小布头只是一个布娃娃，她从幼儿园把他带回家，在一个偶然的机会被支农的汽车带到乡下，最后，她随支农的父亲下乡，又在房东的家里遇见了他。两个世界通过小布头互相重叠，但界限隐然可见。另一种是《玩具店之夜》这样的作品。这儿也有两个世界。一个现实的世界：玩具店里有许多叔叔阿姨，他们在"六一"节到来时紧张地劳动着；另一个是拟人化的世界：叔叔阿姨们晚上回去以后，店里的玩具便"活"过来，互相说话，做游戏。天亮时又成为玩具，站在自己所在位置上去。可故事的结尾，玩具们挂出的庆祝"六一"的标语却在店里的叔叔阿姨们上班时保留了下来，幻想语境中的世界越界进入到现实语境的世界，两个语境间的界限也变得模糊了。还有一种如《亭亭的童话》，开始完全是一个现实的语境，说亭亭要爸爸带她去动物园，爸爸因为忙一直未能成行。可一天下午，他们拿出妈妈的大皮箱，把东西拿出来，坐过去一开，就像真的汽车一样开到猪厂、猴山去了。从现实语境到非现实语境，中间似毫无界限，切换非常自然。最后还有《怪老头儿》，整个故事似都是写实的，有具体时间、空间，但却引进怪老头儿这么一个人物，会一迈腿从关着门窗的车子里走出来，一挥手给赵新新的老师变出一套房子，把耳朵摘下来，放到屋子里偷听，如此等等，两种语境犬牙交错地重叠在一起，整个语境自然也被虚化了。

但这并不损害孙幼军童话的真实感。任何艺术世界都是一种创造。从总体写实的语境到虚实交融、虚实相生的语境，艺术假定有无限多样的方式。关键是如何做到自身艺术世界的和谐，并激发人们对现实世界的联想，与人们关于现实世界的经验具有同构性。孙幼军创造童话世界的方式很大程度上受到儿童的带互渗性的思维形式的影响。互渗性是原始人思维中的一个主要特点。当人们还没有明确的主体意识，不能有效地将自己和周围世界区分开来的时候，往往以己度人，以己度物，将自己身上的某些特点延伸到他人及整个周围世界，使周围世界许多非人的事物都打上人的烙印，带上人的感情色彩。进入文明社会以后，理性思维成为人们思维的主要形式，只有在艺术家、半开化人、儿童的思维中，互渗性还顽强地留存下来。人们曾说，儿童对世界的感受犹如我们看戏一样。若问戏中的故事，人们肯定知道那是一种虚构、假定，但看戏时又以假为真，尽量地沉浸到故事中去。儿童年龄小，"因为不懂事物就变成事物"，在愿望中将不同的语境融合在一起，自由地在不同语境间穿行，这一点，他们比成人自然得多。日本的《不不园》，英国的《小熊温尼·菩》都是这类童话成功的典型。也正是在这里，孙幼军童话找到自己最具特色的艺术空间。

### 三、再现现实的艺术

一般而言，童话以非生活本身形式塑造艺术形象，强调神似而非形似，它与现实的关系主要是表现的，而非再现的。即是说，童话与现实的关联主要在"意"的层面上。"意"自然也是分层次出。当童话以某种远离生活本身形式的艺术形象构筑自己的艺术世界时，它表现的"意"也常常是深藏在变动不居的现实生活下面具有某种超然的、带永恒性质的东西，如母爱、自然、童心等等，这正是我们在以往的童话中最常见到的现象。但是，"表现"和"再现"并不是决然分开的。侧重"表现"也并非不能"再现"。以拟人化童话而言，说小狗小猫背着小房子一路说说唱唱着到小河边去做游戏，这自然是非生活本身形式。但小猫也好小狗也好，它们并不是真正的"物"，它们是将小狗小猫以及某种人的表象打碎后各取某些部分重新组合成的艺术形象，这里取出的东西是什么，如从人身上取出的是某种超越性的思想、情感还是某种与现实生活联系十分紧密的思想、情感，就直接决定了合成后的艺术形象与现实生活的距离。孙幼军童话既在童话的造型方式上不全部地使用幻景，较多地在整体上的非生活本身形式中融进大量生活本身形式的东西，它们与现实生活的关系就比一般童话密切得多。在总体属于表现艺术的童话中表现出明显的再现艺术的特色，这是孙幼军童话在美学上的重要特点。

可以从具体的人物形象谈起。《小狗的小房子》中，小狗小猫是两个拟人化的人物形象。作家并没有说小狗表现什么，小猫表现什么，但从两个人物的语言、心理、行为，我们还是可以清楚地看到小狗表现的是一个憨厚的小男孩的形象，小猫表现的是一个聪明娇嗔的小女孩的形象。撇开童话形象的外貌，仅从人物的语言、心理的角度看，其写小男孩、小女孩真和写实性文学一样，有栩栩如生、呼之欲出的感觉。

> 小猫对小狗说："咱们到门口去玩吧？"
>
> 小狗说："门口没意思；咱们到小河边去吧，小河边可好玩啦！"
>
> 小猫问："小河边远吗？"
>
> 小狗说："不太远，穿过树林就是。"
>
> 小猫说："我不！碰见大狼怎么办？"
>
> 小狗说："大狼怕什么！我可有劲啦！我咬它，把它咬流血！"
>
> 小猫看看小狗："去你的吧！你那么小，根本打不过大狼。"
>
> 小狗说："我用枪打它！'砰'！打死啦！"
>
> 小猫问："你有枪吗？"
>
> 小狗说："有，怎么没有！"

稚拙、天真、真实的叙述中穿插着人物的想象，想象又不和真实叙事分开，表达中充满跳跃性，正好反映出儿童思维不稳定、充满互渗性的特点。这类描写在孙幼军童话中比比皆是。有些是通过叙述者的叙述表现出来，有些是通过人物自身的语言、行为表现出来。写景状物，叙述过程，都十分准确、到位。这从一个侧面反映着作家的艺术功力，反映着童话创作和写实性文学创作在许多基本点上的一致性。

孙幼军童话的更大努力还表现在对人物性格的塑造上。应该说，做到这一点，儿童文学比成人文学困难得多。就是在儿童文学内部，童话比儿童小说也困难一些。性格是一个人比较稳定的情感倾向，是他将自己和别人区别开来的东西。儿童不处在社会生活的中心，情感本来就单纯、浅显、不稳定，很难从情感的特征上将这一儿童和那一儿童区分开来。童话以非生活本身形式塑造艺术形象的方式也限制了作家对儿童内心世界进行细致的内容丰富的刻画。但孙幼军还是深入地把握住了人物在气质、性别、文化、教育等方面的区别，塑造出许多性格较为丰满的人物。最为成功的如《小狗的小房子》中的小狗和小猫。前者是一个憨厚的小男孩的形象，他的憨厚甚至木讷的特征是通过他背着小房子去河边，将尾巴伸到小河里钓鱼、蹿到树上帮小猫捉蚂蚱被撞晕了等一系列事件表现出来的。小猫是一个任性、娇嗔、伶牙俐齿又非常聪明可爱的小女孩的形象，她的性格是在随小狗一起去河边，逼着小狗用尾巴钓鱼、爬树捉蚂蚱，特别是小狗被撞晕以后，她在关键时刻不慌乱、不逃避、想出用圆木垫在小房子下面当"车轮"将小狗拉回来等一系列事件中表现出来的。在《神奇的房子》《云里国历险》中，这两个形象进一步延伸，演变为竹脑壳和白妞儿。只是竹脑壳是竹子做的，脑子里少根弦，做事更莽撞更缺心眼但也更勇敢更奋不顾身。白妞儿脑袋里的线多，更聪明更有主见也更多了些娇气。比之小男孩，孙幼军更善于塑造那些聪明、厉害、非常讨人喜爱的小女孩的形象。除了孩子，孙幼军童话还创造了不少成功的成人形象，其中最令人难忘的就是怪老头儿。怪老头儿的特点是"怪"。他会魔法，会一迈腿从关着门窗的车子里走出来，会把别人的鱼鼓捣到自己桶里，会一挥手变出一座房子，但这都是较为表面的。真正吸引人的是他身上的那种"孩子气"。会"淘"，会要赖，会捉弄人，会不时地想出点鬼点子惩罚一下那些一般人管不了的人。在他那有些滑稽的老头外表下，袒露的是一颗天真、热情、充满生命活力的心。在一定意义上，怪老头儿就是作家的自我写照。

充满生活气息，生动地再现充满时代特点的精神氛围，也是孙幼军童话再现社会生活的重要特点。生活气息、精神氛围看不见、摸不着，但却可以感觉到。它不是孤立地存在于某个人、某件事上，而是通过许多人许多事从整体上表现出来。《小布头奇遇记》写于1962年，虽未直接地描写现实生活但却通过小布头的眼睛将社会生活的某些场面如忆苦思甜、城市支援农村、和破坏农业生产的坏人进行斗争等折射地表现出来。《没有风的扇子》《小贝流浪记》写于"十年动乱"后，虽也未直接地写社会生活，但却把那个年代拨乱反正、努力地寻找自己的时代精神很真实地传达出来。20世纪80年代中期以后，作者反思了自己作品某些过于贴近社会政治生活的倾向，更注重具有超越性的儿童生活本身，但丝毫未减少作品的生活气息。或许正相反，正因为淡化了远离儿童生活的社会斗争，作品更真实地表现儿童真实的生存状态。如《小狗的小房子》《亭亭的童话》《怪老头儿》等拉开作品与社会政治生活的距离，着力表现生机盎然的儿童生活、儿童情趣，不只更贴近儿童真实的生存状态和这段时间中国社会整体上较为宽松，人们的生活都变得更加丰富更加多样化的进程，总体上是一致的。

其实，表现也好，再现也好，它们都不可能绝对地离开对方。它们间的区别也不像我们想象的那样大。表现中包含了再现，再现中包含了表现，其深层都是人对自身关于世界的经验的组织，是人对世界的命名。孙幼军童话所以采取这样的对话方式，所以采取这样的塑造艺术形象的方式，归根结底也是他关于世界的经验以及要将这些经验传递给谁等所决定的。孙幼军童话也曾有较贴近社会重大题材的部分，也曾有较贴近儿童的具体缺点进行教育的部分，但自20世纪80年代中期以后，他就逐渐从那些内容中疏离出来了。他更着重从人生、人性、人的和谐的角度来看儿童的成长，以自己的作品为儿童提供人性的基础，使人生的童年阶段获得和谐的发展。从这一角度说，孙幼军童话不同于那些表层次地观照生活、急功近利地对孩子进行教育的作品，也不同于近些年来一些人

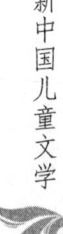

因为反对前一种倾向,走向另一极端,一味要求儿童文学"好玩"的作品。文学总是要对人的精神进行整合、提升、召唤,只是这些整合、提升、召唤要符合读者的兴趣、能力,要审美地进行,从这一角度说,孙幼军作为一个生就的童话作家其实也植根于对社会、对人生的深沉的爱,植根于对社会、对人生强烈的责任心。

（原载孙幼军著《改革开放 30 年中国儿童文学金品 30 部·西瓜房子》，新世纪出版社 2008 年版）

# 《邱勋儿童短篇小说选》序

陈伯吹

在 20 世纪 60 年代初,我国儿童文学的创作出版,承继着 50 年代的繁荣兴旺(那是由于《人民日报》于 1955 年 9 月 16 日发表了专题性的社论——《大量创作出版发行少年儿童读物》,得到了推动和促进),也是一片欣欣向荣的景象。如果说它是个千红万紫的"小百花园",当然更具形象性,而且富有审美感,话说得觉得并不过火。

有一册描绘儿童生活的中篇小说《微山湖上》(少年儿童出版社 1961 年 2 月出版),由于作品质量较高,惊动了众多的读者,它似乎一出世就在向儿童文学界的作家们挑战了。即使不用"挑战"这两个有点触目动心的火辣辣的字眼,至少也应该说是爆发了一个不大不小的冲击波吧。我就在这么一支亲如一家、团结一致的开垦儿童文学园地的队伍中,记住了这位当时还是一位青年作家的名字——邱勋。

其后,随着他深入生活的持之以恒,艺术劳动的勤奋实践,迅速地成长,待到中年,赶了上来——赶在前头,这就叫作后来居上吧。如果容许我对他可以有个设想,打一个比喻的话,那么,正如一根破土而出的新笋,受到春风春雨的滋润而茁壮着,茁壮着。

在我头脑的记忆账册上(当然是主观主义的),印记着、闪耀着儿童小说、散文作家,在当时光辉的一系列名字中,除任氏弟兄(大霖、大星)而外,清晰地呈现着刘厚明、杲向真、胡景芳、萧平、张有德和王路遥,等等,他们都是这个时期的"一时之选",为党的儿童文学事业在阳关大道上奋勇前进。

我不会忘记,此后后起的新秀,络绎不绝,在"大有人在"的好兆头下,队伍扩大,声势甚壮,正当有为之时,遇上了"十年动乱"的灾难,老中青作家们都被迫放下了笔,可没有断了东山再起、奋笔疾书的念头。

1976 年 10 月,天容肃杀,大地萧条,蓦地一声春雷,罪恶滔天的"四人帮"垮台了,被捆上了历史的耻辱柱。从此,春天来了,作家们被冻结的心的源泉解冻了。

当国家出版局于 1978 年 10 月在庐山召开全国性的少年儿童读物创作、出版、发行座谈会时,热爱儿童、关心革命事业接班人的作者们(当然还有编者、出版者们)满怀着信心,相会在牯岭,这是新中国成立以来第一次儿童文学阵地上的誓师大会,在受到慰勉和鼓励后,人人奋发,只觉得庐山是在秋天里的春天,趁此大好时光,胜利地凯旋下山,个个决心大干一番。

一支生花妙笔在手,哪个不想像安徒生童话《拇指丽娜》中的女主人公一样在莲花顶上起飞? 已经在文学园地里结出果实来的邱勋同志,窗前、灯下,不会没有他埋头伏案的身影。

果然,在他不断辛勤耕耘下,先后让读者读到了一些新的短篇小说,其中反映农村生活的,有《雀儿妈妈和它的孩子》和《换儿姐》等。这类题材的作品,收入本集的,还有作者写于 20 世纪 60 年代初期的几篇。其中有饶有趣味地描写山区中三个聪明伶俐、活泼机智的放牛娃的《采访》；大雪将山村封住，人们在地屋子里边剥黄麻、编筐篓，边听少先队小队长讲革命故事，地屋子变成了一种有特殊风味的俱乐部的《雪夜》。这一类的题材，过去虽不是"空白"，总还是"苍白"，但是现在有了血色了。

至于写于1981年的《大春和小春》，写的是一出又惊又喜的笑剧。这篇小说全篇分作6节写，构思好，语言好，读者将愈读愈不肯松手，情不自禁地要一口气读完它。最后来一个"皆大欢喜"的成功的结局，显出了作家创作的功底。情节既曲折动人，语言又简洁流利，提醒人们对历史上留下的人与人之间的芥蒂，不必耿耿于怀，突出了邻居间应是和好、团结——睦邻的主题。

《三色圆珠笔》这一篇，从比较的角度看，是其中较为优秀的一篇，故事一步步地进逼，一层层地推进，结局却大出读者意料之外，是在艺术性上引人入胜处；而在思想性上，向学校教育和老师教学提出了一个颇为尖锐的问题，即学校的班主任和校长，应该如何对待学生中发生的各种各样的问题，批判了不深入调查研究，不细致分析情况，粗野地草率地下了个若有其事的判断，使三色圆珠笔遗失的这一"公案"，几乎成了"冤案"。在中小学校里，在社会生活中，这样的问题不是个别的，岂独"三色圆珠笔"为然！作者用文艺作品揭示这一问题，揭得好，有教育意义，有警世作用，更好在作者没有点明，结局处理成个未知数，留下一个谜一样的悬念（读者会清楚地弄明白的），写来颇有特色，显示了作者创作的才能。

只是对作品中的主要角色——外号被称作"二级钳工"的徐小冬，他的形象给勾勒得太可怜巴巴了，而在一伙同学中竟一窝蜂似的一个劲儿地嘲讽，没有一个有同情的表示，因此通篇作品的调子未免暗淡而沉重了一些。这在创作上是不是一个不足之处？可以研究讨论。是啊，"一言堂"总不如"群言堂"的好，能有点争论不会使作品有所逊色的。何况作品塑造的一系列的人物，都有自己鲜明的性格，凭这一点，就使得这一短篇小说写活了，写出色了。

1982年5月，"儿童文学园丁奖"在评选1981年的儿童文学作品时，邱勋同志的短篇小说《NO！NO！NO！》获得了"小说奖"。这篇作品写得幽默有味，但读者在笑过以后，却涌出了一个严肃的"怎样对待学习的态度"问题，随着笑声，闯进了心房，倒要让小读者（大读者也同样如此）好好地思索一番了。关于这篇作品的评价，我已在《儿童文学园丁奖作品集刊（一）》（少年儿童出版社1982年出版）中写了一点不成熟的意见，不再在这儿多笔赘言了。

由于时间的关系，我未能来得及读完这个选集的全部作品。对我来说，未窥"全豹"，只见"一斑"，写序文是个不小的缺点，在学习上也是个不小的损失。希望这个短篇小说集，能早日出版，我得从容地不是不求甚解地读一遍，两遍……

著名的音韵学家、语言学家，又是音乐家、文学家，同时是翻译家的赵元任先生，早在1922年出版了译本《阿丽思漫游奇境记》（作者是英国的数学家，笔名是路易斯·加乐尔），1950年1月出版了第7版，不只原著受读者的欢迎，译本也常为异国的广大读者所赞赏，有许多原著中的"双关语"，都给译得异常精当、妥帖。但是这位著名的文学家、翻译家在为自己的译本写《译者序》时，开头就有这么一段含有深意的话："会看书的喜欢看序……但是因为这书是给小孩子看的……小孩子看了序横竖不懂，所以这个序顶好不做。"我想到自己这个水平很低的、写不来序的人，应该擅于藏拙，别横枪跃马，像堂吉诃德先生那样乱闯乱撞了。那么，我写到这儿，早就是应该结束的时候了。

赵先生那篇序文是 1921 年 6 月 1 日写于北京,序末还有一个"附记",仿佛开玩笑似的风趣地说:"排版注意,因为以上所说种种理由,这篇序文应该从头到尾删掉。请排版的、校对的就照办为要。"太好了! 如果这个选集的作者邱勋同志和明天出版社的责任编辑同意照赵先生的话办,我也欣然同意,绝无半句话的异议,主要因为我写不好序文。

(原载《邱勋儿童短篇小说选》, 明天出版社 1985 年版)

新中国儿童文学

70年 1949—2019

# 论刘厚明儿童小说的创作

钱光培

刘厚明是一位从 20 世纪 50 年代就步入文坛的儿童文学作家。他最初的创作，是儿童诗和儿童剧本。出版有儿童诗集《蜗牛姑娘》（北京大众书店 1956 年版）和儿童剧本《夏天来了》（作家出版社 1955 年版）等。

进入 20 世纪 60 年代以后，他一方面以主要精力在那里从事儿童剧的创作，写出了《星星火炬》（1960 年，吉林人民出版社）和《小雁齐飞》（1962 年，中国少年儿童出版社）等受到孩子们欢迎的剧本；一方面就开始了儿童小说的创作，写出了《摄影记》《山重山》《在音乐课堂上》和《秋夜》等短篇。其创作时间，大多在 1962 年。后来，曾结集为《教育新歌》，于 1965 年出版。

他这一时期的儿童小说，几乎全是以城市或山村小学生活为题材的。作家所着力表现的是山村生活的诗意和那些平凡而可敬的山村教师与淳朴可爱的山村孩子的美好心灵。

应当说，他这一时期创作的儿童小说中，有许多篇，都是写得很美的，很富有感情的。尤其是《山重山》和《在音乐课堂上》两篇，那如诗如画的意境，那真挚纯净的感情，读来让你不能不想到：这位作家曾经是一位诗人。

同时，从他这一时期的儿童小说中，我们也可以看出作家在运用"巧合"，组织情节方面的才能。读着它们，常常让你感觉到其中有一种起伏跌宕的节奏，在鼓动着你往下读去，直至读完全篇，又让你产生出一种"柳暗花明"的感觉。很显然，这是作为儿童戏剧家的创作生涯在小说创作中所留下的烙印。

总之，从刘厚明这一时期的儿童小说看来，已初步显示出了作家的创作特色和艺术个性。可以说，这些基本特色和个性，一直贯穿到他全部儿童小说的创作中——毫无疑问，在刘厚明儿童小说的创作道路中，这一时期创作的意义，是不容忽视的。

但是，如果我们仅仅读他这一时期的小说，还感觉不到那个属于他的"艺术世界"的存在。为什么呢？我以为，作品不多，题材比较狭窄，人物色彩的单一，很难让人产生一种恢宏的联想。这固然是一个原因，然而最根本的原因，还在于：那时刘厚明的创作，基本上还处在一种并不十分自觉的状态中。他之所以要写那些平凡而可敬的山村教师和那些淳朴可爱的山村孩子，仅仅是为了歌颂他们、赞美他们，让人们知道他们的"平凡而可敬""淳朴而可爱"。至于通过这些描绘与赞美，要实现什么更高层次上的追求，至少在作品中是很难看出的。也就是说，在那时，作家还没有能够像今天这样，为自己的创作确立一个宏大的目标，形成自己的美学理想。因此，也就不可能按照自己的美学理想来创造自己的艺术世界。

这种情况的出现，在当时，是不足为怪的。那时，可以说，有相当多的一批人，在踏上文坛的时候，都缺乏必要的美学上的准备。树立作家的美学理想的课题，还没有被提到历史的日程。有一些作家,由于没有自己的美学理想,在写过一段时间以后,无法前进,也就渐渐地落伍了,搁笔了。而另外一些作家,在创作过程中,逐渐形成了自己的美学理想,从而跨越了自己的过去而继续前进了。刘厚明就是其中的一位。

应当说,刘厚明的"跨越过去",是从新时期开始的。

在这里,我想首先引起读者注意的,是他 1978 年 12 月在一次儿童文学创作学习会上的讲话(见中国少年儿童出版社出版的《儿童文学创作漫谈》)。在这次讲话中,他明确地提出了要通过儿童文学"培养孩子们热爱美好事物的感情"。也就在阐述这一意见时,他说了这样一段话:

> 人总要有人情么。"四人帮"不讲劳动人民的感情,所以它垮台了。爱人类对不对? 应该说,对。如果不爱人类,怎么谈得上解放全人类呢?

凡是从"十七年"走过来的人,都很清楚,这番话在 1978 年说出,那是很大胆的。但我之所以注意它,并不在于它所反映出来的作家的胆识,而在于它透露给了我们这样一个信息,即:刘厚明在粉碎"四人帮"以后不久,就萌生了这样一个创作思想——要通过自己的创作来"培养孩子们热爱美好事物的感情"。

如果我们再读一读刘厚明 1981 年写的一篇试论儿童文学的功能的文章《导思·染情·益智·添趣》(《文艺研究》1981 年第 4 期),又会发现,刘厚明这几年间,一直在思考着上述问题,并在丰富着、完善着自己的创作思想。在这篇文章中,他更明确地提出,要通过儿童文学培养孩子们的"爱的感情"。他说:"人类的任何美德,都是建立在人们之间互相亲爱、关怀、同情和尊重的基础之上的。"又说:

> 人性有两面,善的、美的一面和恶的、丑的一面,纵观古今中外的儿童文学名著,都是以表现善和美的一面为主的,以人道主义精神陶冶小读者感情。表现人的心灵美、人格美,是儿童文学的永恒主题。(文中着重点为笔者所加)

我以为,到这时,刘厚明实际上已经形成了自己的美学理想。也就是说,到这时,他创作上的追求,已十分自觉了。把他的追求,概括起来,大致有以下几点:

一、尽管他认为儿童文学具有导思、染情、益智、添趣等多种功能,但他的创作所主要追求的是,"以社会主义的人道主义精神陶冶小读者的感情",培养"爱"和"善"的感情;

二、为此,他要着重表现人性的善和美的一面。赞美人们之间互相亲好、关怀、同情和尊重,以及人们对于世界上一切美好事物的珍爱;

三、与之相应,也就要把自己的作品写得真挚、朴素一些,写得富有感情、富有诗意、富有人情味一些。

我以为,刘厚明近几年的儿童小说,就是在这样一种自觉的追求中写成的。

正是这种自觉的追求,使他的全部作品,形成了一个有机的整体。读着它们,我们再也不会感到,那只是一些零星的乐句,一些互不相干的生活碎片了。而会觉得——这是一部有着鲜明主题的交响乐,这是一个为理想的光芒而照耀着的世界。

应当说,这是刘厚明创作道路上的一次巨大的飞跃。

最能帮助我们认识刘厚明儿童小说创作的巨大飞跃的，我认为是以下这些作品：

《小熊杜杜和它的主人》（中篇小说）；

《绿色钱包》和《黑箭》（短篇小说）；

《盲童的老师》和《好大的西北风》（短篇小说）；

《最终目标》（短篇小说）；

《马拉喀什的耍蛇少年》和《我和打高江》（短篇小说）；

《阿诚的龟》和《啊！我亲爱的大河马》（短篇小说）等。

我这个目录，没有完全按作家的写作时间先后排列，而是做了质的分类。因为，我想通过它，来揭示出刘厚明这些年为实现自己的追求，在创作道路上走过的行程和他所跨越的领域。

被我放在这个目录的第一行的，是作家于1980年写成的中篇小说《小熊杜杜和它的主人》。它描写的是一只可爱的、杂技团的小熊在"文化大革命"中被无辜杀害的悲惨的故事。毫无疑问，这是一篇带有控诉性质的小说。作品中以小熊的可爱和"造反派"的残忍，形成鲜明而强烈的对照，揭示了这些人身上的人性的泯灭。正如小熊的主人郑幼民在造反派头头吕剑光杀害小熊时，愤怒地喊出的那样："吕剑光，你害死了卢团长，又害英华，害岳明，害小乐，害我！现在，还要杀杜杜！你·是·人·吗·？·你·连·个·动·物·都·不·如·！"（着重点为笔者所加）

在这里，我们已经听到了作家发出的十分强烈的人性的呼唤！但我以为，更值得注意的是作品中，上下两篇的总体构思。

作品的上篇题为"爱的果实"，细致地描写了小熊的主人郑幼民以爱的感情培养小熊的过程；下篇题为"龙卷风"，写小熊在"文化大革命"中的惨死和郑幼民被刺激而精神分裂。在上篇的卷首，作家特意引用了"一位驯兽家的笔记"，指出："爱，是一种崇高的感情"，"对人的培养，应当从培养爱的感情开始"。在下篇的卷首，又引了"一本气象学著作"的论述，指出，"龙卷风的破坏力是异常惊人的"。

从这一总体构思中，可以看出：作家通过小熊杜杜的悲惨遭遇，所要揭示的是这样一个无情的现实——"文化大革命"像龙卷风一样摧残了我们民族性中的精华！

正是由于作家清楚地看到了这样一个无情的现实，所以，他勇敢地举起了照亮追寻道路的火炬。

于是，我们在1980年至1981年间，陆续读到了《绿色钱包》《黑箭》和《盲童的老师》《好大的西北风》4篇作品。也就是我的目录中第2行与第3行的两类作品。

从这4篇作品中，我们看到，作家首先将爱的烛光照到了工读学校的失足少年与社会上的残疾人的心中。

"文革"后的工读学生，大多是"文革"那场龙卷风的牺牲品。"文革"过去了，遗患还存在着。因为他们在"文革"中见了太多的残酷与丑恶，在他们的心中，人和狼的界线、人和耗子的界线已经模糊了。因此，他们还自觉不自觉地像狼和耗子一样地在那里生活着。他们显然是迫切需要爱的教育的。刘厚明在工读学校生活过，他了解这些失足少年们的迫切需要。因此，在《绿色钱包》中，他写了人的尊严在少年小偷韩小元心中复苏的历程；在《黑箭》中，他通过工读生玉柱对黑箭（一只黑狗）的深情，揭示了这些工读生心灵深处所保存着的人类最美好的感情——爱和善的感情。交响在这两篇小说中的是"工读的孩子也是'祖国的花朵'"和"人总不能像耗子那样活着"的双主题。前者是信任，后者是劝勉。无论在信任还是在劝勉中，都充满了作者的深情厚爱。

在我们的社会中还有一部分人，也是迫切地需要着爱与尊重的。那就是在生理上有着某些缺陷的残疾人。无知的人的歧视，无疑会给他们带来更沉重的痛苦。作为一个善良的、敏感的作家，自然会感受到这种痛苦的重压，并起而为之呐喊与呼吁的。刘厚明所写的《盲童的老师》和《好大的西北风》，就是为他们鼓与呼的作品。

在《盲童的老师》中，作家向社会发出了要设身处地去理解残疾人的困难的呼声。掩卷之后，我眼前常浮现出柳老师为了体验盲人的感觉和心理，用毛巾把眼睛蒙起来，在校园里"试盲"的情景……我以为这个细节是应当具有普遍意义的。

《好大的西北风》，应当说，是作家近几年创作中的一篇力作。据作家说，它是写自己"童年时的一个梦"。在这个"梦"中，他围绕着一个侏儒型的残疾同学的故事，讴歌了同情、善良、友爱和人的尊严。这种讴歌，自然是一种呼唤。呼唤着人们对于残疾者的同情和尊重，呼唤着一个温暖而善良的世界。作品写得很有感情，许多人读后，都为之落泪了。

如果说，从上述几篇作品中，我们看到作家还只是小心地走在一个特定的历史背景下，一个比较狭窄的领域里。那么，从他1982年以后所写的一系列作品中，我们看到，作家已经不满足于自己的现状了。他写出了赞美普通人（与工读生、残疾人等有某些特定性的人相对而言）的人格美的《最终目标》，维护了那些被人认为没有前途的落榜生和平凡的"修车工"的尊严；

写出了《马拉喀什的耍蛇少年》《彩子的风筝》及《我和打高江》等，表达了作家期望着在中国孩子和外国孩子间搭起一座心心相通的彩桥；

写出了《阿诚的龟》和《啊！我亲爱的大河马》等为自然界的鸟兽呼吁的作品，表达了作家对世界上一切美好事物的热爱之情。

从这里，可以看出：

我们的作家，在一步一步地向前跨越；

在一步一步地扩大着自己的"领地"。

在这批作品中，我感到最值得珍贵的，是《我和打高江》中所描绘的两个正处在敌对状态中的民族的孩子间那段友情，和这段友情破灭的悲剧。读着它，我心中感到一种无限沉重的哀痛。这两个孩子间的那段珍贵的友情的破灭，孩子是没有责任的！这一悲剧产生的根源，很值得人们的深思！

同样值得珍贵的，是《阿诚的龟》中所描写的那个在拜金主义弥漫着的环境中，不为金钱的诱惑而出卖海南珍奇八板龟的孩子的美好的心灵。

在这批作品中，我感到，还有两段描写，必须拿出来单独地谈论。

其一，是《马拉喀什的耍蛇少年》中那段双蛇跳舞的描写：

果然，他打开木箱盖，便吹奏起木笛来。笛声圆润、清亮，滴溜溜像云雀鸣啭。也不知为什么，木箱里的那两条蛇，竟探出了头，仿佛要聆听那悦耳的木笛独奏。他（指耍蛇少年）看见我们笑了，就吹得更起劲，用脚踏出节拍，双肩耸动，身姿如舞。于是，奇迹出现了！只见那条眼镜蛇从木箱里爬出来，银环蛇也紧跟着爬出来，在草地上随着笛声起舞了。它们仰起前半身，一伸一屈，一摇一摆，动作恰与笛声的节奏合拍；接着，又互相把颈子缠在一起，吐着信子。

是拥抱？是接吻？还是跳"双人舞"？耍蛇少年的笛声，活泼而清越，像小溪滚下山坡，冲激着碎石，在峡谷里奔流欢唱……

笛声停止了，舞兴未尽的两条蛇，渐渐松弛下来，又爬回了木箱。我们热烈地鼓起掌，惊叹毒蛇真变成了"美女"！

不用说，这段描写是写得有声有色、如诗如画、十分诱人的，的确写出了一个"奇迹"。但我以为，更值得注意的，还不是这一奇迹的本身，而是出现在这一奇迹中的人与自然物之间的那种无限和谐的境界和浸透在这一境界中的能够变毒蛇为美女的人的伟力！

我认为，这种境界和伟力，正是作家这些年来，一直在寻求的东西。从这里我们可以看到，作家在自己的道路上，已经走出了多远的行程。

其二，是《啊！我亲爱的大河马》中那个富有寓意的结尾：

一个黑孩子和一只大河马，亲亲密密地走向坦噶尼喀湖。最后一抹晚霞，把满湖细波镀成金红色，他们走下坡岸，大河马就下了湖，渐渐消逝在一片金红色的水波里。接着，"扑通"一声，黑孩子把手中的猎枪，也扔进了那金红色的水波之中……

毫无疑问，这段文字写得是十分优美的，但是在这里，我无心去对这些优美的文字做详尽的分析。我已经沉浸到这些按照蒙太奇的方式组合着的画面里：

一个黑孩子和一只大河马，亲亲密密地走向坦噶尼喀湖；

最后一抹晚霞，把满湖细波镀成金红色；

他们走下坡岸，渐渐消逝在一片金红色的水波里……

"扑通"一声；

黑孩子把手中的猎枪，扔进了那金红色的水波中……

我以为，这不是一些普通的画面。这是一个世界的缩影——作家所理想的世界的缩影。

这是一个无限美好的金红色的世界；

这是一个亲密、和谐的世界；

这是一个可以扔下手中的猎枪的世界。

当然，这个世界在今天，还只是个理想。但人类必将像那个黑孩子和那只大河马一样，亲亲密密地向着这个理想的世界走去。我以为，在这篇作品中，作家是对人类寄托着这种希望的。

我以为，他的这些作品，对于我们民族的灵魂的建设、对于世界的和平，都是具有意义的。我相信，他的这些作品的美学价值，必将逐渐地为人们所认识。

1986年7月19日于北京西钓鱼台

（原载《刘厚明作品集》，明天出版社1987年版）

# 沈虎根小说：独特的风格，独特的成果

汪习麟

  沈虎根同志出身很苦，因为战乱与贫困，家庭屡遭变迁。他为了能读几年书，过着痛苦的寄食生活；12 岁去做学徒，三四年间换了 4 个行业，繁重的劳动，人格的被损，精神上的压抑与苦痛，更难言状。1949 年新中国成立那年，他还不足 16 岁。他积极参加工会工作，到工人夜校勤奋读书，又去工会干校学习，20 世纪 50 年代中期，走上文学创作道路。他的成长与进步，都在新社会，然而，旧社会的苦难，使他久久无法摆脱精神上的压抑。

  这是一段特定时代的特定生活，虽说这样的苦难已随着新中国的成立一去不复返了，但它却是我们所不应忘却的历史生活。正是基于这种对时代、对人民的责任感，沈虎根同志从开始文学创作以后，直到 20 世纪 80 年代，着意写作了一些描写普通劳动者的聪明才智、善良乐观、爱憎分明等美德，尤其是描绘学徒的生活、命运和抗争的小说，以及记叙作家自己童年生活的传记文学作品。生活是创作的源泉，每个作家都有自己独特的生活，和对生活独特的感受。挖掘自己生活的这口井，创造独特的劳动成果，这不仅可以繁荣儿童文学园地，对儿童历史小说中的某些空白，也可填补。1984 年 10 月，中国作家协会儿童文学委员会在江西召开儿童历史小说创作座谈会，沈虎根在会上发言，表明了他的这些写作，有着明确的目的性："这些历史题材，经历过这样时代的人看了会倍感亲切、产生强烈的共鸣，即使经历不到这种生活的当代儿童，也能从形象的描绘中具体地懂得历史，感受历史，从而使自己变得更聪明、更勇敢。"

  这是确实的。例如《留声机的故事》这篇小说，以穷人买留声机这一事件，给我们展示了旧社会农村的种种景况：这里有勾结警察压榨贫民的皮行老板，有为富不仁的财主赵老头，而贫苦农民以六谷糊糊掺上野菜度日尚难以为继，只得卖儿鬻女，骨肉分离。让今天的孩子懂得一些这样的历史，当会使他们更加意识到今天社会的幸福，感受到什么是真善美，什么是假丑恶。

  在这篇小说中，作家更为注重的，还在于从他感受最真切的生活出发，为我们塑造了父亲这一艺术形象。这一人物，固然在生活中有其原型，但作家经过艰苦的艺术再创造，实际上是概括、提炼、集中了众多劳动人民的美德。且不说这位父亲的多才多艺，单看他在把豹皮贱卖给奸诈的皮行老板，又遇土匪抢劫之后的一段活动：想到灾难接踵而至，他也曾心灰意冷，"若没有孩子，自杀也会的"，但他毕竟达观，把藏在帽子里的一点钱，买来一架旧留声机，他想："日子总归弄不好，苦了一世就让自己也开心一阵吧。"不久，招来财主的青睐，愿以一对小猪交换，并以为穷人日子难过，何必再穷开心。这更引起他的反感，坚决表示："不换，不换。人穷了就不能开心？我就是要穷开心！"这都表现了劳动人民在那样的重压之下，他的精神世界仍是那

样广阔，那样不向恶势力低头，他的坚毅正是对命运的抗争。因而这一人物形象，自不同于某些描写苦难生活中的人物那样逆来顺受，他闪烁出"这一个"的独特光彩。

至于旧社会学徒的生活痛苦，那是不亚于人们所熟知的包身工的悲惨命运。在大城市，某些具有一定规模的工厂和商店，以资本主义的生产方式组合劳动，或进行经营管理，但是在占据更大比例的手工业作坊、小商店中，桎梏着广大职工的，却是封建专制主义。沈虎根生活于浙江农村，他学徒的所在，是小城镇上的小型商店，那就几乎是一种野蛮的封建主奴关系。为了让小读者们了解这段历史，沈虎根创作了《还我权利》《我要在夜里安宁》《秘密约定》《满师》《小师弟》《大师兄》等描写当年在底层被奴役的学徒生活的小说。这些作品，不只是形象地再现当年的苦难，作家以他对生活的敏锐，把他充满憎恨的笔触，向深处开掘，揭露了封建专制主义如何扭曲和摧残人性，把一个个天真活泼的青少年，变形和老化成精神冷漠、动作呆滞、思想迟钝、任人践踏的奴隶。这乃是封建专制阴险恶毒的所在，也正是作家最感悲愤的所在。

荣获第二届全国少年儿童文艺创作二等奖的《小师弟》，就为我们描绘了一幅人性毁灭的图景：小师弟水根，端午节刚进店时，忠厚诚实，聪明好学，在几位师兄面前，还孩子气地学太师母边捻念佛珠边骂人的丑态，可是不久就被老板的母亲像毒蛇那样死死缠住，要他每天烧三餐饭，并且忍地逼迫他每天汇报师兄们在店里"调皮"的情况，然后加以责罚，如果不作汇报，就不给饭吃，若谎报情况，更被严罚。12岁的孩子，要做繁重的活计，怎能忍得住饥饿？本是情同手足的师兄，要去背后"告密"，又于心何忍？许多次为了保护师兄，只得挨饿，实在支撑不住，又不禁偷吃了师兄们的食品；而师兄们在受责后的猜疑与愤恨，更使他有口难言。正是在这样的矛盾冲突之下，小师弟默然承受着灵与肉的煎熬，终于在中秋后不久，心力交瘁，含恨死去。

作家在回顾《小师弟》的创作过程时说道："重读这样题材的作品是痛苦的，然而我在痛苦之余又有所悟：就是资本主义社会经济发达过程是建立在几代劳动人民（包括童工）的血、泪、生命与白骨基础上的；而我们则是靠党的领导，靠人民的艰苦奋斗，夺取社会主义的现代化。"这个基本观念，当是每个读者所共有的体会。它正表明：历史题材的儿童小说，尽管写的是往昔生活，它仍应给小读者积极的东西，使他在思想上、情操上得到教益，从而热爱党、热爱社会主义，自觉地成为革命事业所要求的接班人。

文学作品主要在于塑造真实可信的人物。学徒虽然受到种种迫害，以致被扭曲人性，但若一味展示凄苦，把他们写得低眉顺眼、呆头呆脑、全无个性，那就难免陷入概念化、脸谱化的泥坑。作家只有细腻地作多方面的描写，才能突现出真实的人，反映出真实的学徒生活。

沈虎根在这方面有着执着的追求。在《小师弟》里，虽然整个气氛都很压抑，但对几个学徒的具体形象，在描绘中各赋以不同的色彩，不同的笔调，使得人物相互映照，显示出这些少年的各各不同的个性。例如大师兄，由于为人厚道，又是满师升为伙计的人，无情的岁月，已折磨得他一无所求，加上长期的肺病，更使他形成一种既容易激动却又不轻易显露的性格。他有爱憎，他也明白太师母的险毒，他无力反抗，只能默默地尽其所能地去关照小师弟；三师兄则活泼调皮，爱讲笑话，遇到不公，他会背后咒骂以至用恶作剧的方法去进行报复；小师弟开初的聪颖逗人，在作品中有多处描写，他会运用生动的比喻，描画太师母丑陋形态，他还用顺口溜讽刺那些假修行的人，师兄们被引得笑出眼泪，他本人却不笑，只是眨巴着眼睛看着大家。凡此种种，无不荡漾着一种灰暗下的欢快。而这一些生动的刻画，一面固然在于写出人物的秉性，一面又表现了学徒们在那样的环境下，尚未泯灭的天性，从而使作品流动着些微亮色，不致使小读者在阅读时有过分压抑沉重的感觉。这些都表现了作家对读者的爱护，对生活的思考和对艺术的追求。

在人物塑造方面，作家往往采用富有个性特征的细节，以极经济的笔墨，稍作勾勒，予以传神。例如《小师弟》中水根第一天进店，给老板拜过先生后，接下来是拜见师兄，小说这样写道：

> 拜大师兄时，大师兄显得很谦逊，慌忙地把他扶了起来；拜三师兄时，我见他高兴，装得很老练地整了整衣服，干咳了一声（我记得我进店拜他时，他也是这个模样）。我是第一次做师兄，极怕难为情，要拜到我时，我从后门溜走了。

这里只用了 70 余字，就突现了三种不同性格，并且是那样的传情。这种白描手法，正是我国古典小说中所具有的传统笔法。

在刻画老板的母亲的贪婪、伪善和刻薄时，作家所运用的细节，也极精彩：

> 那老太婆在庙里念经，天下雨了，他（按：指小师弟）拿了雨伞去接她，在回来的途中看到了田沟里有条大鲫鱼，她叫他下去捉，但他一个人怎么也捉不住。这时正巧她的读中学的孙女放学回来，老太婆叫孙女下田沟去帮忙，那姑娘怕脏，不肯下沟，说：
> "奶奶，你自己不好下去吗？"
> "啊呀！你这个死丫头呀，奶奶是吃长素的呀，怎么好动手捉鱼呢？"

这里是鲜明的两个不同营垒的人物，一边是纯真、活泼，一边是邪恶、阴沉。作者通过人物性格的对照，表现了他的美学观点，他的强烈的爱憎感情。同时，作家又时时以整个社会现实，来观照自己人物的命运，因而，他笔下大师兄的木讷寡言和小师弟的悲惨死去，乃是作为美的毁灭加以表现，是对旧社会的一种抗议，这一点，我们只要从作品先后两次对小师弟所作肖像描画的对比中，就可领悟此中深意。而三师兄和"我"，性格上和他就有差异。例如"我"的不被太师母的假仁假义所收买，小师弟死去后，"我"和三师兄的悲愤、悔恨，以及把太师母的名字写在纸上丢入粪坑，虽属幼稚之举，却是那时那地、那样年岁的孩子所能表现的愤恨，正是这种较为外向的性格，才得以顽强地生存下来，并且迎来解放——这一点，作家还增写了《导师》和《"小鬼"坐大堂》两篇小说，把学徒在新社会当家做主的变化，作了进一步描绘。这样，学徒在新旧社会的不同命运、不同生活，在沈虎根笔下，就有了较为完整的艺术再现。

沈虎根的小说，因为素材多采自亲身经历，手法上又多采用第一人称，因此颇具一种散文的韵味。他不追求离奇的情节，只用怡然清淡的素描，以朴实的文笔，絮絮道来，给人亲切而身临其境的感觉。他在《留声机的故事》里，先从父亲是一个非常有趣的人写起，写"神赛会"前，父亲如何教村上青年人打祖传的"小红拳"，一路打来，不改色，不气喘，而且一扫往日"因贫穷而在家人面前的那种愧疚的神气"，这就把一个身怀绝技、不向命运低头的人的气概活画出来，然后再转入买留声机的事件。在《小师弟》里，小师弟病

重，被老板差人命他母亲抱回去后，作家又悄悄荡开笔去，补叙了一段小师弟回家前一夜与"我"的长谈，看来这是为了烘托一点气氛，然而这气氛正表现了人物的良知良能。

沈虎根同志认为："真正的艺术珍品的走向总是这样的：浓厚的生活基础，丰富的生活情趣，活生生的人物个性，最后上升到美学——以语言特色为主而形成的风格美，以及内涵中的人情美、悲壮美、气质美、哲理美等等。"这是作家追求的风格，我们从他的作品中，已看到他艰苦劳动所获取的成果。

（原载《儿童小说十家》，海燕出版社 1989 年版）

# 金波：儿童文学的花灯与盛宴

徐 鲁

## 经典与永恒

"我捕捉古老又年轻的文字，/不断地排列、组合，/编织成故事、诗与歌，每一个字都是智慧的花朵。"这是金波先生在一首儿童诗中的"自白"。他不仅仅是表达了自己的某种期许，作为一位优秀的儿童文学家，他已然达成了这样的实绩。编选进"我喜欢你·金波儿童文学精品系列"中的5卷作品，包括诗歌选集《让太阳长上翅膀》、散文选集《和树谈心》、短篇童话选集《影子人》、中篇童话《追踪小绿人》和长篇童话《乌丢丢的奇遇》，虽然总共只有50万字左右，约占金波目前全部作品的三分之一，但每一类体裁都选编了他最具代表性的、在不同的年代里都产生过较大影响、曾经为几代小读者耳熟能详的作品，可谓是一个真正意义上的"精品系列"。如果说中国当代儿童文学确实已经拥有了自己的"新经典"，那么，这5卷作品应该就是了。

优秀的作家总是能够在注重"当代性"的同时，又具有清晰和开阔的"永恒感"。没有永恒感的作家无法写出具有经典品质的作品。儿童文学作家的永恒感，往往来自那些儿童文学"母题"，例如童年、爱心、亲情、自然，等等。毫无疑问，金波的作品具备了经典儿童文学所应该具备的全部美质和"永恒性"。真、善、美、爱的主题，对于童年的记忆与追寻，对于大自然的绿树与花香———即他笔下的"大地的花宴"的礼赞与歌唱，献给母亲的无限的敬爱，以及人与世界的际遇与和谐，生命中的相逢与别离……所有这一切，在金波的作品里，都超越了狭隘和琐碎的个人色彩，而变成了一种纯文学的主题，一种在全人类的情感和智慧中具有普遍和永恒意味的歌唱。

被称为"大自然的抒情诗人"的散文家普里什文，是金波心仪的作家之一。普里什文曾经苦苦地思考过"到底是什么东西决定着艺术作品能否经受时间的考验而长期完整地保存下去"这个问题，最终他总结出，至少要有下面四个因素：第一，对自己童年的追寻与记忆；第二，对乡土（即大自然）的热爱；第三，对母亲（也可理解为对所有亲情）的依恋；第四，语言上的个性，即你的语言是否有独创性，是否精确和生动。如果说，普里什文所总结的这个"永恒性"的标准是对的，那么，金波的作品正好达到了这个标准下的全部要求。

他的5卷选集，使我们又一次置身在他童年时代温暖与纯净的记忆之中，使我们又一次倾听了他与自己最亲爱的母亲、与这个浩大的世界、与美丽的大自然、与四季的风雨和花草树木的娓娓交谈。

## 唯美与诗性

普里什文曾说，屠格涅夫在沉醉于诗的境界时看到的是少女，而他在同样的心境中看到的却是花朵，而这两者并没有什么区别。我觉得，金波也像普里什文一样，在沉醉于诗的境界时看到的也是花朵。他的作品的"美"的秘密，应该从花朵里去寻找。在他的诗歌和散文里，花的意象用得最多。他的文字是一盏盏"花灯"，是一场场"大地的花宴"。它们清新隽永如带雨的花，蕴藉默契如花朵开放的声音。

他的作品，无论所选择的形象还是语言、文字乃至音韵上，也都是澄澈、优雅和唯美的。他甚至还引用过普里什文的一句话来说明自己对文字和音韵的敏感："我的天性中，素来有渴求韵律的愿望。"

"其实并没有风吹过，/小花仍从枝头飘落，/没有说一句告别的话，/沉默是一首深情的歌"；"雪，因为幸福而融化，/滋润着初春的绿芽；/再向太阳开一朵小花，/算作无声的报答"；"你绝不会听到我频频地叹息，/我们生活的这个世界很辽阔；/让我们给蚂蚁讲个童话故事，/再给小鸟们唱一支快乐的歌。/向萤火虫道一声谢，借一盏灯，/去给天鹅献一束花，学习飞翔；/举着萤火去拜访天上的星星，/和天鹅结伴飞向温暖的南方。……"

我个人觉得，这才是真正的可以称之为"诗"的东西。它们具有最准确的直觉的成分，足以触及人类情感最深奥的部位和我们心灵的最微妙之处。这样的文字，就是置放在世界最美妙的诗歌之列，也是毫不逊色的。

金波本质上是一位抒情诗人。他同时也带着自己的诗进入了散文的领域，进入了童话的领域（甚至也进入了评论的领域，虽然这套选集里并没有收入他的评论文字）。可以说，诗不仅照亮了他的散文和童话，诗也使他漫长的生命、遥远的记忆、甚至使他这一代人曾经有过的灰色的生活本身，都变得阳光灿烂。而他之选择儿童文学，也正是为了"把字镀上阳光"，为了"描绘出一幅幅明亮温情的图画，去抚慰那些孩子，尤其是那些孱弱的孩子"。

也可能正因为如此，历年来海峡两岸暨香港的中小学语文教科书中，他的作品入选得最多。这本身也证明了他的作品温暖、澄澈、和谐以及优美、纯正的特点。

读金波的作品，我们会有一个共同的感觉：无论是他的散文，还是中短篇或长篇童话，更不用说他的诗歌了，都充满浓郁的诗性，都弥漫着强烈的抒情意味。其实，置身在这样的文本和意境里，你已经不会特别在乎它是哪一种文体形式了，是诗还是散文，是散文诗还是童话，那又有什么关系呢？就像莎翁借朱丽叶之口所说的，"我们叫它玫瑰的那种东西，叫其他别的名字，不也一样馥郁芬芳吗？"

## 追忆与寻找

追忆与寻找，是金波作品里常常出现的主题。他寻找过"幸运花瓣儿"，寻找过"蛙鸟"，寻找过"雪的精灵"，寻找过传说中的"小绿人"。整部长篇童话《乌丢丢的奇遇》，也就是一部关于"寻找"的作品：乌丢丢对珍儿和布袋爷爷的寻找；蝴蝶对蔷薇的寻找；老诗人帮助乌丢丢找到了珍儿所在的小镇之后，也想着要他童年时画过的"蝌蚪人"带着他，去寻找那失去的"童年的家"。

对于失去的童年的追忆与寻找，是他的作品里一个永不停止的"复合声"。让·保尔有言，"回忆是我们不会被逐出的唯一的天堂乐园"。金波在作品里也一再写到自己对童年这个"天堂乐园"的依恋与怀念。

在《追踪小绿人》里，他写道："别忘记你走过的七座桥，/那是七色的彩虹在闪耀。/别忘了那是你梦中的家，/那是你温暖安宁的怀抱……"在《乌丢丢的奇遇》里，他写道：

"我的岁月像永不回返的溪水,/而一年一度的春天去了又来。/童年的梦仍在敲着我的心扉,/我心中有一束鲜花谢了又开。"他在散文《珍惜童年的记忆》里又说过,童年的记忆,更应当像一首抒情诗,它抒发的是对于童年带着温情的追忆。这是人的精神财富,它像一粒珍珠,经过岁月的磨砺,越发光亮璀璨。他引用了林格伦的一个说法:"幸亏我心灵中活着一个童年的我自己,我才能为孩子写作到现在",来阐释着他自己的"童年的诗学":"我能为儿童写作,这是最自然的事情。我不必变成孩子,再去写孩子,我写的就是我自己,我自己鲜活的童年体验。"

因此,他在诗歌和散文里写下了那么多对童年生活细节的记忆和感受。他的关于童年生活与记忆的诗歌,与斯蒂文森笔下的《一个孩子的诗歌花园》,有异曲同工之妙。那是他的想象的花朵,更是他的记忆的果实。这些作品再一次印证了儿童文学创作上的一个独特的规律:最好的儿童文学作家,往往就是那些能够真正地"重新返回"自己童年时代的人,而不一定是那些刻意想为孩子们写作的人。同时也可佐证《夏洛的网》的作者E·B·怀特在回答一家媒体的访谈时,所说过的一番话的正确性:"任何人若是刻意想去写专门给小孩看的东西,那几乎都是一厢情愿的。孩子们的要求其实是很高的。他们是世界上最认真、最好奇、最热情、最有观察力、最敏感、最乖觉,是一般说来最容易相处的读者。只要你的写作态度是真实的,是无所畏惧的,是澄澈的,他们便会接受你奉上的一切东西。"

## 遮蔽与发现

美国天才的编辑家帕金斯有个观点:"如果你发现的是一个马克·吐温,那你就绝对别想把他变成一个莎士比亚;同样也不应该把莎士比亚变成马克·吐温。"这是针对编辑家而言的。可是,对于评论家来说,我以为情形却并非如此。恰恰相反,如果大多数读者都认为自己面对的是一个马克·吐温,而睿智的评论家却有可能发现,他其实更像是一个莎士比亚,或者说,在看似马克·吐温的表象后面,他还有着莎士比亚的本质。因此,有的评论家主张,要把作家"作品中的自我"与"生活中的自我"分离开来,而评论家的任务就在于挖掘、寻找和发现一位作家"精神的故乡"和"内心的秘密"。

这话绕得有点远了。我的意思是说,按照长期以来的儿童文学史家、评论家乃至大多数读者公认的看法,把金波先生"定位"为一位优秀的儿童文学作家,这自然是没有错的,金波先生也当之无愧。问题是,截至目前,我们对"儿童文学作家"这个称谓所能达到的理解程度,以及意识深处所能赋予它的内涵,都还差强人意。我们先入为主地赋予"儿童文学"的一些观念和限制,有时会致使真正意义上的表达与写作,几乎不可能完成。因此,单单一个"儿童文学作家",未必能够涵盖金波先生全部的创作实绩,甚至可能正因为这种简单粗率的归类和定位,而忽视了对于作家的一些更为重要、更具才智水准和思想深度的作品的细读,进而导致一连串令作家颇觉失望的"误读"和"遮蔽感"的后果。

因此,我在这里想提醒文学评论家特别注意一下诸如《让太阳长上翅膀》中的第4辑"诗与思"里的诗歌,它们所呈现的意义显然不是"儿童诗"这个概念所能涵盖的;还有《乌丢丢的奇遇》里与那条表面上的叙事线索同时展开的另一条"潜线索",就是贯穿在老诗人整个生命里的一个爱情童话:他对一个名叫"可人"的青梅竹马的小恋人的终生不渝地怀念与依恋。正是这条叙事线索,使得这部美丽和纯净的童话,同时还是一部使人荡气回肠的、深隐着作家内心深处的许多秘密的爱情之书,一部充盈着作家在漫长的生命道路上的感悟与发现、智慧与思想的哲理之书、命运之书。——从这里出发，或许才有可能挖掘和发现作家的"精神的故乡"和"内心的秘密"。

　　普里什文曾说他的座右铭是："思考一切，但写作要让所有的人都能理解。"就前者来说，我想，金波先生也是可以做到、并且已经做到了；可是，对于后者，则未必。那当然不是作家的过错，而只能是读者和评论家的滞后与误读带来的损失。无论怎样吧，生活中毕竟还有一些美丽的和我们所热爱的事物，是能够用我们的双手和心灵把它们保存下来，因而，真与善、爱与美也是有可能始终不渝的。

　　即便果如某些宿命论者所叹息的那样，一切皆是枉然，毕竟，就像另一位年老的德国诗人所说，"最终，我还拥有我自己的一颗童心和不断增长的年龄，偶尔还有绵羊般的浮云"。能够这样，不也很好吗？

（原载《文汇读书周报》2007 年 9 月 28 日）

# 谈杨啸的儿童文学创作

高占祥

在一篇短文中,我曾说过,也许是由于长期从事青少年工作的缘故,对青少年读物,怀有特殊的感情,有着浓厚的兴趣。

是的,这种兴趣似乎越来越强烈了,虽然我已离开了青少年工作岗位。

众所周知,儿童文学是少年儿童"形象的生活教科书",是孩子们必不可少的精神食粮,对培育一代新人产生着深远的影响。因而,每当我走进书店看到琳琅满目的儿童读物时,每当我读到优秀的儿童文学作品时,心中便升起对儿童文学作者的敬慕之情,并常常把这种心情,告诉给那些为孩子们写作的灵魂工程师们。

许多优秀的儿童文学作品,给我留下了深刻的印象。在这里,我谈谈读杨啸儿童文学作品后的一些感受。

一

杨啸同志是我国当代从事儿童文学创作的中年作家中颇有成就的一个。

他为孩子们写作儿童文学作品,已有 20 多个年头。他出版的 20 来本书,200 余万字,几乎都是儿童文学作品。其中包括小说、诗歌、电影、童话、寓言等,为孩子们献出了宝贵的精神食粮。

早在 20 世纪 60 年代初,杨啸同志的《笛声》《火苗》《小山子的故事》《荷花满淀》等小说集相继出版。这些儿童文学作品,在当时的广大少年儿童中,产生了广泛的影响。尤其是他在系列短篇小说《小山子的故事》中,塑造的农村孩子小山子的形象,真实、生动地反映了当时北方农村孩子的风貌,受到了少年儿童的喜爱和儿童文学界的称道。上述作品,多是描写冀中生活的,那里是作者的家乡,作者对故乡的生活十分熟悉,对故乡的人民充满着爱,因而笔端总是凝聚着真挚的情感,把生活描绘得诗情画意,把人物刻画得栩栩如生。这些作品,在 20 年以后的今天读起来,仍然使人感到真实、亲切,给人以美的享受。

20 世纪 70 年代初,杨啸同志写出了中篇小说《红雨》。这是作者继《小山子的故事》之后的又一部代表作。这部作品,虽然产生在那样的年代,但是,作者并没有按照当时的模式去写什么"走资派"和向"走资派"夺权,也没有按照"三突出"的框子,把小主人公写成比所有人都高明的、完美无缺的"神童",而是写了一个带有几分稚气的农村少年,在老一辈培养教育下的成长;展示了他以白求恩为榜样,老老实实为人民服务的美好心灵。他的对立面则是一个搞迷信活动谋财害命的巫医。这样的题材,在今天仍有现实意义。《红雨》出版后,受到了广大青少年读者的欢迎。后来,拍成了电影,成了向青少年进行教育的生动教材。《红雨》先后被译为英、法、德、日、朝 5 种外文和维吾尔、蒙两种少数民族文字。1979 年法文译本在巴黎出版的时候,著名英籍女作家韩素音为该书写了序言,对

《红雨》给予了很高的评价,她写道:"当我第一次看到《红雨》这部影片和第一次读到这本小说的时候,杨啸刻画人物的刚劲笔力给我留下了深刻的印象。""这本书的特色就在于它表现了爱和幸福的情操。红雨是幸福的男孩,他不是那种自命不凡的人,除了为集体服务,他别无奢望。"当然,由于这部作品是产生在那样的年代,作品中难免有那个时期的某些痕迹。尽管如此,在当时的社会条件下能写出这样的作品,还是很难得的。

党的十一届三中全会之后,儿童文学也像其他文学一样,呈现出百花盛开、姹紫嫣红的景象。杨啸同志的儿童文学创作,也取得了可喜的新收获。几年来,他陆续写出了《野菊花》《君子兰开花》等一些儿童文学短篇小说,还写出了《友谊的种子》《怕水的鸭子》《小勇抓乌龟》等儿童文学中篇小说,并完成了儿童文学长篇小说《鹰的传奇》三部曲的创作。

这部反映内蒙古草原生活的儿童文学长篇小说三部曲,是作者在内蒙古草原 20 多年生活积累的结晶。这部三部曲式的儿童文学长篇小说作品,在我国儿童文学创作中,还是不多见的。从已出版的第一部《觉醒的草原》来看,在反映生活的深度和广度上,都有新的提高和突破。在这部作品中,写了抗日战争时期,内蒙古草原上一个蒙古族小奴隶,走上革命道路的艰险曲折的历程,塑造了小奴隶莫日根等一群性格鲜明的人物形象,浓墨重彩地描绘了内蒙古独具特色的草原风光和风土人情,艺术地再现了抗日战争时期内蒙古人民在党的领导下,和日本侵略者进行不屈不挠斗争的历史风貌。第二三部亦将陆续出版,在后两部作品中,作者会努力把那个时期的历史画卷,展现得更多姿多彩。

## 二

杨啸同志的儿童文学作品,已形成了他自己的艺术风格,给人留下的突出印象:

一、故事性强。杨啸同志是一位善于给孩子们讲故事的能手。他的作品,无论是长的还是短的,差不多都有一个能引起小读者阅读兴趣的好故事。在短篇中,故事往往是奇巧的、新颖的、有趣的,故事的结尾常常出乎读者的意料。如《小山子的故事》中的《磨房里的笑声》《老顺奶奶的猪》等故事。在中篇和长篇中,故事的情节,则是迂回曲折、起伏跌宕、错落有致、引人入胜的。在这方面,中篇小说《怕水的鸭子》有其代表性;长篇小说《觉醒的草原》,也鲜明地显示了这一特点。尤其值得称道的是,在他的作品中,故事情节虽然曲折奇巧,然而又入情入理,符合生活的真实,合乎生活的逻辑,见不到斧凿的痕迹,好像是生活中这些"奇"与"巧"的事,只有被他的眼看到了,自然而然地写进了他的作品。所以,当读者读到这些地方的时候,虽然惊异于故事的奇巧,却觉得这样的奇事与巧事,在生活中是存在的。这些故事很适合儿童的特点,虽然情节曲折,但在结构上却线索单纯,头绪清楚,条理分明,使孩子们读起来容易理解,不会感到眼花缭乱,摸不着头脑。

二、善用白描。杨啸同志塑造人物多用白描的手法。在他的作品中,很少有对人物的大段心理描写。人物的性格,以致人物的思想境界,多是用人物的语言和行动体现出来的。这一特点,和作品故事性强的特点一样,无疑是学习和继承我国古典文学和民间文学的结果。这种白描的手法,能使故事情节得到迅速的发展,而这正符合少年儿童心理特点的要求。例如,在《觉醒的草原》中,小主人翁莫日根,看到王爷和管家的儿子在欺负他的好朋友桑杰扎布时,便迅速跑上前去,帮助桑杰扎布治服了两个小恶棍。当时的情景是这样描写的:

正在这时，莫日根从远处的山坡上冲了下来，他在山坡上已经看清了这里的一切……

当他跑下山坡的时候，正巧，看见有一条青花蛇，在草丛里爬过来，他一弯腰，就抓住了那蛇的尾巴，手里提着蛇，向这里跑来。

当他来到跟前，两个小崽子，正骑在桑杰扎布身上，狠狠地挥着拳头打桑杰扎布，他们只顾打，却没有发现来到了他们跟前的莫日根。

莫日根也不说话，只把手里提着的那条青花蛇，在两个小崽子的脖子里各自蹭了一下，然后，又把蛇在他们的头顶上转了个圈儿。

两个小恶棍猛地抬起头来，看见了正在他们头顶上来回摇晃着身子，吐着火红舌头的青花蛇，立刻吓得变了脸色，各自"哇"地怪叫了一声，忙着从桑杰扎布的身上滚下来，瘫软在地上。

看，只有这么几百个字的白描，不是便把莫日根、桑杰扎布和王府两个小恶棍的形象，以及他们各自的性格（莫日根的勇敢和机智，两个小恶棍的外强中干），活灵活现地勾勒出来了吗？

三、生活气息浓郁。杨啸同志的作品，无论是写冀中平原生活的，还是写内蒙古草原生活的，都洋溢着浓郁的生活气息。读着他的作品，就像置身于散发着泥土芳香的生活之中。在他的作品中，许多情节和细节，是那样地充满着生活的色彩，富有生活的情趣。正是这浓郁的生活气息，使人读起来感到真实、亲切，有迷人的艺术魅力；同时，也使得作品有了鲜明的地方特色和民族风格。

他的作品之所以会有这样浓郁的生活气息，主要是由于他对自己所描写的生活十分熟悉，对所刻画的人和描绘的事，有着深刻的观察和真切的体验。所以，不论是写人状物，还是绘声绘形，都能做到得心应手。生活的韵味，自然而然地凝聚于他的笔端。不然，要写出具有这样浓郁生活气息的作品是不可能的。

四、语言清新、简洁、流畅。这是杨啸同志儿童文学作品的又一显著特点。由于语言的这一特点，使他的作品形成了轻快、明丽的调子。作者的语言，既是通俗的，口语化的，又是优美的、富有诗意的。比如，《觉醒的草原》中，对草原春天的描写便正是这样：

春天，春天的草原真美呀！

草滩上，到处是盛开的花朵：鲜红鲜红的，那是火绒子花；雪白雪白的，那是野芍药；金黄金黄的，那是蒲公英；翠蓝翠蓝的，那是鸽子花；灯笼花，挑着红色的小灯笼；珍珠兰，吊着蓝色的珍珠串……各种颜色的花朵，把草原装点得五彩缤纷。

小河里的冰化了。清凌凌的春水在和风的轻拂下，荡漾着银色的波纹；水波上闪耀着金色的阳光。小河像银蛇似的在草原上的绿草、野花间弯弯曲曲地穿过。奔腾的河水，发出叮叮咚咚的声响，如同美妙的琴弦，弹奏着动听的音乐。

碧蓝的湖水，像一面明亮的镜子。水面上，笼罩一层轻纱似的薄雾。一群群水鸟，在天空中飞翔，在水面上遨游。洁白的天鹅，黑色的鸬鹚，长嘴巴的捞鱼鹳，绿头顶的野鸭子……有的粗嗓，有的细嗓，有的高声，有的低声，一齐唱着赞美春天的歌儿。

再看看作者是怎样描写草原的夜景：

> 天空闪着银亮的星儿。月亮像一只金色的船儿，漂游在天上、几朵洁白的
> 云彩，在金色的月亮旁边飘动，一会月亮被遮住了，一会月亮又露出来。月光
> 洒在草原上，辽阔的草原一片朦胧。

这样优美的、富有诗意的文字，在杨啸同志的作品中，可以说是不胜枚举。

三

当前，我国的儿童文学，出现了空前繁荣的新局面。作家的队伍壮大了，作品的数量
增多了，一批优秀的儿童文学作品问世了。令人欣喜，令人振奋！但是，我们必须清醒地
看到，儿童文学已有的发展和繁荣，远不能满足3.6亿少年儿童的需要，还不能说儿童文
学已受到了普遍的、足够的重视。

由于儿童文学被重视得不够等原因，有的作家写了几篇儿童文学作品之后，便金盆
洗手，扔掉儿童文学创作，去搞成人文学去了。在这种情况下，杨啸同志能够矢志不移地
为孩子们写作，为繁荣社会主义儿童文学事业贡献自己的心血，是令人钦佩的。

杨啸同志曾在一篇谈儿童文学的文章中，写了这样一段话：

> 每当我看到草原上的花朵，
> 便想起孩子们可爱的笑脸；
> 我喜欢花朵，更喜爱孩子，
> 我愿毕生为孩子们歌唱……

这铿锵的语言，表达了儿童文学作者强烈的社会责任感，表达了杨啸同志热爱孩子
的一片赤诚的心。

是的，从他的作品中，可以看得出来，他对孩子们有一种发自内心的爱。也正是由于
他的熟悉、热爱孩子，所以他的作品受到了孩子们的"爱"。

杨啸同志正值盛年，精力充沛，有着比较深厚的生活积累，而在创作实践上也有了比
较丰富的经验，可以预料，杨啸同志的儿童文学创作将会得到新的丰收。

祝愿杨啸同志在儿童文学的园地里，更加辛勤地耕耘，不断栽培出奇花异卉，为万紫
千红的儿童文学百花园增添新的光彩！

1985 年 1 月

（原载《青年评论家》1985 年第 11 期）

# 鹿子(陈丽)：让人生从这里开始

雷 达

这是用朴实亲切的、满溢着生活味儿的语调叙述的一个并不离奇的故事，一切似乎都是一目了然的；但是，掩卷凝思片刻，回味一番小主人公所走过的路和经历过的灵魂的颤栗，又会觉得一切并不那么简单，朴实中含着较为深刻的意蕴，平凡的生活里正有严肃的、需要小读者们加以思索才可领悟的东西。它究竟是什么呢？我想应该说它就是人生，是少年读者们即将跨进去的人生。

仅仅说它表现着人生的主题未免抽象，还是让我们伴随着主人公的足迹，沿着作品所提供的形象，到"黄河源头"去走一遭吧。我们的小主人公路晔，一个17岁的内地少年，现在是怀揣母亲的书信，牢记母亲的嘱咐，要到2000多公里之外去寻找自己的生父了。与许多儿童文学作品中的少年相同的是，他也有一颗纯洁的心灵；与这些作品中人物不同的是，路晔的心绪似乎带着他这个年纪少有的压抑和忧郁。汽车行驶在茫茫无际的草原上，他和其他作品里常见的少年一样，也充满着好奇；但他不像他们那样兴奋、激动，他总是显得拘谨和忐忑不安。这就让我们看到真实的生活怎样制约着哪怕是一个少年的心理。原来，他至今还没有见过他的生父，他的在高原水文站工作的生父早在他刚出生不久便与母亲离婚了，于是，他与生父的唯一联系，不过是每月到邮局领取的20块钱抚养费。继父去世后，母亲便带他们回到娘家，过着窘迫的、寄人篱下的生活。眼看路晔就快18岁了，这意味着抚养金的结束。他的这次"远游"可谓使命重大，无非是让生父看在亲骨肉分上，给予支援，能够给母亲和弟弟带来些实惠和希望而已。多么卑微！多么严酷！多么没有"诗意"！如果我们看到过不少描写儿童到异地历险探奇式的、受到好心长辈抚爱援救式的、大开眼界增长见识式的作品，那这一篇可不是。少年路晔绝不是去做一次奇异的、理想的漫游，而是去丈量一条在他的年纪尚难全部理解的人生之路。所以，在怀着各种目的前往黄河源头的旅客中，他是极特殊的一个。

然而，等路晔终于找到那简陋的工棚，得知生父已在半年前去世时，他始而失望、继而惶惑，最后则是被生父留在照片上的形象、生父牺牲的悲壮，特别是生父临死前不久说过的"让黄河把我带回故乡，让魂儿回去走一遭"的话深深打动。他的生父不过是个默默无闻、把青春和理想献给边疆高原的水文工作者，他的话里既有对故乡的魂牵梦绕的深情（其中恐怕不无想一见小路晔的夙愿），更有在黄河源头贡献毕生精力的决心，他要把故乡留在心上，他要与黄河相伴终生，大有马革裹尸、视死如归的豪气。这怎能不使路晔为之震撼呢！震撼路晔的还不止于此。母亲是他挚爱的，父亲和父亲后娶的女人是他诅咒的。可是，突然之间出现了倾斜和颠倒：正是他最挚爱的母亲在18年前主动离开了父亲和草原，现在又要他来哀求生父；正是他诅咒和厌恶的父亲及其妻子，才是数十年献身边疆的无私无畏者。这里，爱爱恨恨，恩恩仇仇，足以使路晔辗转沉思，心中卷起波澜了，这就是与少年路晔的生命、血缘、亲属相联系的一页人生。由于这一切，遂使这篇小说于

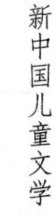

新中国儿童文学

朴素中含深意，与某些肤浅之作区别开来。

是的，这里回响着严肃的人生之歌。路晔虽然终究没有、而且永远也不可能见到他的生父了，但我们从小说中可以感到，他和生父的"魂儿"、精神、心胸，还是相逢了，交融了。路晔仿佛是作为他生父的影子和延长出现的。这篇小说艺术构思上最值得注意的地方，就在于有节奏地写出路晔的感情历程，写出他终于寻到父亲的"魂"和初步领悟了一些人生的意义。他走在生父25年前走过的路上，等于回溯了一番父亲的心路历程。路晔看到蛮荒的草原，看到粗豪地用利牙撕咬羊大腿的牧民，看到人们受不住空气稀薄往鼻孔里插氧气管，不觉想象着父亲何以能在条件如此恶劣的地方生活几十年。当然，路晔由于带着实用的、卑微的愿望来寻找生父，他一直担心着生父是否会承认他、接纳他。这个时候的路晔并不理解草原、人生和父亲。无意中得到门巴（父亲的后妻）的援救，也只不过初识草原上温暖的人情而已。甚至得知生父去世的一刹那，他想到的是抚养金和遗产。但是，在父亲和他的妻子的强大精神之光的映照下，路晔产生了内地的家和这里形同"两个世界"的感觉。他的灵魂里正有一种沉睡已久的意识在苏醒。这既是对生父的血缘之爱，又是对父亲所代表的人格的尊敬。我以为，最成功的一笔是，路晔执意要到父亲落水的地方看一眼，在那里，"一种亲子之情一下子从心底涌出来，就像不可遏止的黄河水一样，他情不自禁地对着河水喊了一声：'爸爸——'"可怜的没见过生父的孩子！这一声撕裂长空的呼喊，既是子对父的祭奠和悼念，也是父亲精神的延续！这一声呼喊宣告着一个少年勇敢面对人生的决心。

这篇小说之所以给我们比较强的艺术感染力，除了它的敢于直面人生，切近生活，不用虚幻的色彩炫耀于少年读者，而是帮助少年读者进入人生；它的较准确地把握少年主人公的感情发展逻辑，让高尚的人生理想融入人物的性格和生活史之外，第三个特点则是运用对比和对照：主人公心情的前后对照，父与子的对照，两个母亲的对照，内地与草原的对照，尤其是两种人生境界的对照。路晔在内地家族的生活是委琐的，庸烦的，黯淡的，这种"不愉快的气氛"，是小市民生活中灰色一面的表现，正是今天难以根绝又需要我们用强大的精神去抵御的。作者在写到为了一盏灯、一块肉引起的纠纷上，颇为生活化。这是一种把人变小的庸俗的生活。而路晔的生父和"门巴"们的生活，因为它的充实，便呈现出一种使人变得开阔和强壮的气氛。这样两种氛围的转换便恰好烘托了路晔的精神上的更新。

我在想，假若这篇小说能够更大胆地揭开每个人物心灵的矛盾（包括生父、路晔母亲和"门巴"）的话，假若它更加不避讳我们日常生活中存在着的庸俗和暗淡的一面的话，假若它剔除掉像"门巴"救人和她那脸谱化的"洒脱豪放"的话，假若它能够汇聚更多精妙的细节的话，它将会成为一篇不但可以标明"儿童文学"而且完全可以激动千万成年读者的作品的。

由此也引起我一点小小的感触："儿童文学"作为文学大家族中的一员固然是必要的，但是，我们在保留少年儿童生活题材范围的同时，是否有必要把作品的思想深度停留在少年儿童最容易理解的浅层次上呢？我们是否把少年儿童（尤其是少年）的理解力估计得过低了呢？我认为，有些同志仅仅抱怨文学界未能充分估价儿童文学是不够的，关键在于我们要力争拿出在思想深度和艺术力量上绝不亚于所谓成人文学的东西。这就需要作者不以"儿童文学"为借口，放弃、削弱和回避对生活全部复杂性的解剖，这就需要我们拿出不但富有生活气息，而且富于朴素的哲理（真理总是朴素的）和强烈艺术冲击力的作品。这样说绝不是要作者把污秽的东西写进作品，谁要这么认为那只能证明他在歪曲。即以此篇来看，它已初步接触到人生课题。是啊，既然可以有陆文婷的"人生"，高加林的"人生"，安然的"人生"，为什么不能有更年轻的少年的"人生"呢？

一代又一代的父辈走过人生的道路，一代又一代的少年继续着他们的足迹，一如路晔在黄河源头找到了父亲的"魂"也找到了自己的路一般。让我们为他祝福，让他从这里开始自己的人生吧！

（原载《儿童文学选刊》1986 年第 3 期）

# 评韩辉光《校园插曲》

周　晓

读《校园插曲》，小读者一定会开怀畅笑，而且读得飞快。我这个年过半百的编辑，也是在一路哂笑中一口气读完的。小说通篇跳跃着谐趣，给予我的是颇近似于看戏曲《七品芝麻官》时的那种着迷；掩卷沉思，却又不由得肃然动容，小说中的"皮王"形象，在我脑海里忽而幻化成了安徒生笔下可爱的丑小鸭……

让"皮王"——　一个顽皮难驭的学生当一天校长，这件事很"出格"，甚至有些滑稽。作者韩辉光妙笔生花，让皮王校长在一帮绰号颇为不雅的伙伴辅佐下，演出了一台可称得上是有声有色的喜剧。在一天的任期内对学校大刀阔斧的治理中，皮王校长浑身流溢着谐趣，他的种种出人意表的行状，在小说极幽默的相声式的叙述语言衬托下，处处使人忍俊不禁。

我思忖这篇小说的故事恐怕是"子虚乌有"，纯属作者的虚构。但读后却不难感到，其谐谑怪异，其夸张，却都具备着现实的社会内容和现实主义的精神。当今学校生活中的脏、乱、差现象，课堂教学和作业的苛重，种种历史与现实的综合征，这些和精神文明建设相抵牾的事事物物，在作品里呈现为让人发笑又引人思索的"不和谐的交响曲"。多思的读者是不会不从其讽刺的锋芒中隐约地感受到一种"谐中之忧"的。

但，作为一篇儿童小说，作者主要是寓庄于谐。通过一个往往被投以白眼的顽皮孩子，在喜剧性的特殊境遇中经历灵魂的搏击和荡涤，淘洗出重重的掩盖物和杂质，而显现其真的善的和美的品格。作为顽童和校长的矛盾统一体的小主人公，在痛快淋漓的宣泄和亦谐亦庄的心灵冲突之中，唤起的是从非理性的懵懂到理性良知的觉醒；从滑稽中显现出孩子的全部天籁——天真、勇敢和正义感，一种精神力量，一种优美的庄严。

读者如果读过作者前年发表的另一篇"校园小说"《叶绿》（本刊 1985 年第 3 期选载），也许会忆起那清新、风趣的格调，可能还记得三个性格各异的孩子形象中有个有点流气的留级生，后来被"收服"的"猴王"刘大毛。在《叶绿》中"猴王"是个配角，到《校园插曲》里，作者大胆地让"皮王"充当主角，成为一个可爱的喜剧形象，作品的喜剧色彩也大大强化了。

有位理论家在研究喜剧的审美价值时把滑稽区分为否定性滑稽和肯定性滑稽。我想，也许可以说，否定性滑稽是把无价值的东西撕破给人看，肯定性滑稽则是把被掩盖着的有价值的东西突显给人看。《校园插曲》无疑属于后者，故而作者对他笔下的小主人公充满着那么深切的宽厚的爱，并且赋予形象以多么迷人的艺术魅力；它引起的不是嫌弃厌恶，而是小读者的共鸣和愉悦。

从《叶绿》到《校园插曲》，其欢悦、谐趣都来自生活，又由于作者对学校生活有自己独到的发现,不是廉价的做作的欢笑,也避免了浅薄和庸俗,因而能与小读者心灵相沟通,这是可贵的创造。

　　人们不满于儿童小说的缺少轻松、欢快、诙谐、有趣的作品已非一日。我觉得这恐怕还是一个涉及儿童文学创作"生态平衡"的不可忽视的问题。唯其如此,对《校园插曲》的颇有些独特的贡献,给以应有的重视和评价,看来并不为过。


(原载《儿童文学选刊》1987 年第 4 期)

# 樊发稼儿童诗:明敏·自然·优美

### 金 波

早就想谈谈樊发稼的幼儿诗。我一直在想:评论家能写诗,我又能评一评评论家的诗,这一定是一件很有趣的事。

在一般人的印象中,评论家长于逻辑思维,写起评论来必然是简约紧凑,讲究谨严,有条理,不像诗人那样,每逢激情迸发,想象驰骋,常常是抓不住、收不拢似的。

奇怪的是,二者竟集于发稼一身了。

我不知道,当作为诗人的发稼写完一首诗的时候,作为评论家的发稼是否能站出来对自己的诗作品评一番?

当事者迷。我信这个。

于是,我敢评一评他的幼儿诗了。

## 明 敏

依我看,发稼绝不是一个只会枯坐在书斋里,整天价苦读笔耕的评论家。其实,他有一颗明敏易感的心。他心灵的眼睛睁得大大的,望着孩子们的世界,哪怕是微不足道的事物,也常常能引发他的诗思。这本领是诗人所特有的:

> 树林里的小鸟,
>
> 都是些用功的孩子。
>
> 每天一清早,
>
> 就起来念书。
>
> 满树的树叶子,
>
> 是他们绿色的书页。

——《小鸟》

树和鸟经常出现在我的诗中。现在,我读了他这首小诗,我要说,这是他的新发现,我没写过,别人也没写过。这要靠独特的本领。

发稼的那颗心永远醒着,他敏锐地感受着生活,而且由于他的心对孩子特别善感,所以写出来的就是真正属于孩子的诗。这是他的天赋。所以,即使他早已脱离了儿童时代,他对童年的生活也永远不会忘怀。"啊,那些遥远的记忆的梦幻,一如带露的透明的绿叶,在故乡的春风中摇曳……"(《童年散拾·题记》)你听,这就是发自诗人内心的感叹,他就是这样满怀深情地对童年的故事进行着不断的抽绎舒卷。即令时光荏苒,他忆起童年仍会诗思飞越:

我出去玩会儿

给爸爸扔下这么一个

甜津津的狡黠的谎

我撒腿就跑

河里的冰真厚

我用铁钎

凿出一个洞

拖出一条大鲤鱼


我要给妈妈

送一个突然的大欢喜

她昨夜里

刚生下一个胖乎乎的小弟弟

————《冬天里》


他就是这样明敏地感受着、重温着童年的记忆。这记忆就像诗的摇篮,摇出了一串串永远清新的歌。他又全身心地回归到童年时代了,而且是带着"过来人"那一份感激之情,写下了这童年的有趣的故事。

一个儿童诗作家,能有一颗对于"童年"非常明敏的心,他就会写出情真意切的儿童诗。他不必特意蹲下来逗引孩子发笑,他的眼睛,他的心灵,本来就闪耀着温暖的光,唱出的是那对于童年永远不会忘怀的歌,永远有情有味的歌。


## 自　然

读发稼的幼儿诗,就好像听诗人的低喃絮语。他的诗很少有那种振鼓呐喊、引吭高歌的调子,倒很像从深山峡谷里潺潺流出来的泉水,稍不经意它也许就会悄悄地从你脚下流走了。读他的幼儿诗,你得仔细倾听:


小蘑菇,

你真傻!

太阳,

没晒。

大雨,

没下。

你老撑着小伞,

干啥?

————《小蘑菇》


初读这首小诗,你会觉得它就是孩子脱口而出的话,没有比喻,没有夸张,没有描写,一言以蔽之,没有技巧。

其实,技巧就在这平实浅近的话语中。

我读这首诗的时候,眼前立刻显现出了一个翠绿的世界,那是在夏季绿荫满地的树林里,一个孩子正蹲下来,望着那从地里钻出来的肥大的蘑菇,他不知不觉地置身于一个童话世界中了。这也许就是诗人曾经感受过的情趣。他感受颇深,他不必借助于技巧,他只靠艺术的把握,他所把握的就是那个既属于孩子也属于自己的美丽的幻想世界。

诗人就是靠了这艺术的把握,为我们写下了一首首自然朴实而又情趣盎然的小诗。那首《猫头鹰》是这样开头的:

> 猫头鹰,
> 你可是一只会飞的猫?
> 一对翅膀,
> 长着丰满的羽毛;
> 那圆乎乎的脸儿,
> 多像我家的小花猫!

用的是最平实的口语,却道出了一个新奇而自然的联想,它极贴近幼儿的心理和趣味。

> 小雨点儿,
> 你真勇敢!
> 从那么高的天上跳下来,
> 一点儿也不疼吗?
>
> ——《小雨点儿》

我猜想,会有不少小读者和大读者喜欢这首诗,但一时又说不出它的佳妙处。它朴素得就像一块不曾雕镂打磨过的天然玉石,但它又是一件艺术品。这是因为作者不加藻饰,崇尚自然,他宁肯舍弃华丽的衣饰,也要保存那属于孩子的纯真。著名诗人艾青在《诗论》中有过这样的论述:"宁愿裸体,却绝不要让不合身材的衣服窒息你的呼吸。"他还说:"明朗的语言,使语言给思想与情感完全的裸体。"发稼的幼儿诗,不仅在内容上是自然的、朴实的,在语言上也是纯净的、晓畅的,他喜欢用那种看似不经意,实则进行了提炼加工的口语入诗。

为了追求自然,他不但摒弃了修饰堆砌,甚至也舍去了外在的音乐性。他不愿因为刻意追求美听的效果而去斟酌韵脚,调整节奏。他的幼儿诗自然得就像春水,按照它们自己的流程流淌着;他追求的是鲜活的形象,鲜活的韵味,而这必须依法于自然。自然,这是发稼幼儿诗的又一特色。

## 优 美

发稼的幼儿诗,诚然不多见崇高壮美的形象,在内容上也不多见激烈的戏剧性的冲突。在他所创造的诗境中,我们见到的多为恬静自适的和谐美。

诗人写牵牛花:

> 刮风,下雨,
> 你全不怕;

紧紧贴着竹篱笆，

一个劲儿往上爬，

一天，两天，三天，

爬呀，

爬呀，

爬呀……

瞧，你身上挂着

越来越多的

美丽的小喇叭！

诗人着力写的不是风风雨雨的艰难，而是雨过天晴以后的胜利和喜悦。

写小燕子：

树叶

一片片落了，

天气

一天天冷了。

你又要

到遥远的南方去了。

而"我"给予小燕子的却是缕缕温情：

小燕子！

小燕子！

我给你做件小棉袄，

穿得暖暖和和的，

就在我家过冬，

不好吗？

这又是亲切关怀的直抒胸臆。

发稼的幼儿诗多为淡雅、小巧、柔和的短章。我们读这些富于优美特质的短诗，常常有置身于和谐氛围中的审美感受，既无激烈紧张的情绪体验，也无戏谑嘲讽的喜剧效果，给予我们的是一种平和、闲适和恬静的心境。

优美的小诗易于为幼儿所接受，因为它所描绘的对象最易于和欣赏者形成亲密无间的和谐关系。

请看诗人笔下的风：

风阿姨啊，

那雪白雪白的云彩，

是你的

新中国儿童文学

在发出这天真的疑问以后,他又进一步设想:

> ——你把天空,
> 擦得那么蓝,
> 那么明亮……

即使是写大海,诗人也努力表现大海的另一面:平和、绚丽——

> ——哦,
> 是不是
> 太阳公公
> 在海里洗澡?

写水中的鱼儿:

> 树叶,
> 落了;
> 秋天,
> 来了;
> 天气,
> 冷了。
> 可鱼儿
> 还光着身子,
> 在河里游水玩儿。

于是,诗人循着孩子的关切,这样发问:

> 它们怎么就
> 不怕着凉,
> 不怕感冒?

在幼儿的感情世界里,人与自然的关系是单纯的、和谐的。能将这种关系表现出来,就为孩子们创造了一个柔美和宁静的艺术世界。这种审美享受利于让孩子们生活在一个心旷神怡的心境之中,利于陶冶他们愉快、亲切、随和、细腻的性格。

这种心境与性格的培养是必要的。优美的诗给人的感受是轻松、明朗和快乐。这样的诗也易于与欣赏者形成和谐的对应关系,特别容易被幼儿所接受;幼儿在生活实践中,对客观事物较早发现的就是优美的审美属性。幼儿来到这个世界以后,他就开始不断地认识着鸟语花香、蓝天碧野、清风朗日以及花鸟虫鱼。将这些美的景物以诗的形式表现出来,必然会引起幼儿的浓厚兴趣,同时也培养了他们最初的审美能力。正是从这个意义上讲,发稼那些优美的幼儿诗,可说是送给较小的孩子最富于营养,也最可口的精神食粮。

写到这里,我竟不知不觉归纳出了发稼幼儿诗的几个特点。现在,我也成了评论者,同时,也成了这篇评论的"当事者"。我不知道自己谈得对不对,只好就教于真正的评论家和广大的读者了。

（原载《幼儿的启蒙文学——金波幼儿文学评论集》,接力出版社 2005 年版）

# 刘先平与他的大自然文学

韩 进

　　"大自然在召唤"系列（9 册）荟萃了刘先平 30 年来最优秀的大自然文学作品,其中有获得广泛影响的长篇小说《云海探奇》《呦呦鹿鸣》《千鸟谷追踪》《大熊猫传奇》,有大自然探险散文系列《山野寻趣》《麋鹿找家》《寻找大树杜鹃王》《和黑叶猴对话》,还有历时 10 年精心创作的新作——长篇探险纪实文学《走进帕米尔高原——穿越柴达木盆地》,这些作品全方位展示了作家的探索历程、创作高度和美学追求,再次高高举起大自然文学的旗帜,以亲历故事,讲述自然之道;借文学利器,启蒙科学发展;呼唤生态道德,化解人与自然的矛盾,在金融危机与生态危机双重挤压现时生活空间的当下,显得那么单纯而富有理想、善良而富有爱心、自信而富有责任。

　　中国现代意义上的大自然文学,以刘先平的大自然文学创作实践为代表,起步于 20 世纪 80 年代初,正好走过 30 个年头。如果说有一种文学现象是因为一个人的创作而形成的,那就是中国的大自然文学与刘先平的创作。

　　刘先平的大自然文学创作经历了三个发展时期。1978—1987 年是第一个时期,创作出版了《云海探奇》（1980 年）、《呦呦鹿鸣》（1981 年）、《千鸟谷追踪》（1985 年）和《大熊猫传奇》（1987 年）4 部在野生动物世界（猿猴世界、梅花鹿世界、鸟类世界、大熊猫世界）探险的长篇小说。作品以大自然科学考察为内容,以环境保护为主题,展现了一个多姿多彩充满神奇瑰丽的大自然世界,在 20 世纪 80 年代的中国文坛,开拓了一种新的大自然文学流派,刘先平也被誉为"我国大自然文学第一人"。

　　1987—1997 年是第二个时期,创作出版了《山野寻趣》（1987 年初版、1996 年修订）和《红树林飞韵》（1997 年）两部大自然探险纪实散文作品。这期间,一篇篇真实的故事,以第一人称记叙大自然探险中的奇遇奇趣奇思奇想,每一个字都浸透着他的血与汗,每一个新发现又无不蕴藏着他灵感的火花,每一个篇章都涵纳着他对大自然无限的情与爱,每一个动魄惊险的故事、离奇神秘的情节都记载着他在危境中的勇敢与颤栗,激发人们对每片绿叶、每座山峰、每条小溪的喜爱,直至升华为对祖国的热爱,有一种蕴藏在平常中的特殊魅力。

　　1998 年至今是第三个时期,创作出版了"中国 Discovery 书系"（4 种）、"大自然探险系列"（4 种）和"东方之子刘先平大自然探险"（7 种）等一批大自然探险纪实摄影文学,还有长篇新作《走进帕米尔高原——穿越柴达木盆地》。这些作品图文并茂,延续探险纪实风格,讲述作者由文明世界走进自然环境那种身体和精神的体验,思索与描写人类与自然的关系。每一篇都是有感而发,每一篇都在讲述一个道理,将他的自然观和大自然文学观表达得淋漓尽致。可以说,哪里有鹿鸣鹰飞,哪里有荒野河流,哪里就会有刘先平探险的身影,哪里就会成为他永久的心灵家园。

　　《走进帕米尔高原——穿越柴达木盆地》是中国作家协会重点扶持的原创作品。刘先平用两年时间横穿中国，从南北两线走进帕米尔高原，穿越柴达木盆地，领悟生命的真谛，关注生命状态，呼唤生态道德。读他的作品，有一种自然清新的审美取向——旷野的壮美、生命的震撼、自然的魅力、道德的力量、历史的沉重、批判的品格、时代精神以及和谐的境界。

在刘先平笔下，生命的色彩丰富而深厚。帕米尔高原的盘羊们，宣扬着生命的壮丽；黑颈鹤典雅的美丽，就是一首动人的诗；戈壁中蓝色的绒蒿花、石缝中金黄的野花丛，宣泄着生命力的顽强。可鲁克湖为快乐而鲜活的生命妩媚多姿——水生植物茂盛，浮游生物丰富；阳光下的盐湖，日复一日地蒸发，成了另一种形态，不再有荡漾的水波，却留下了岁月清晰的年轮；有个茫茫无际的察尔汗盐湖，静静地躺在蓝蓝天穹下，任凭大漠风沙肆虐，没有一棵草，没有一棵树，没有一只飞鸟，似乎没有一种生命。

在刘先平笔下，生命的力量无处不在。一条小河，把绿色的希望镶嵌在万里黄沙之中，有着一部与沙漠抗争的英雄史；一垛垛红柳与胡杨的台地，散播在浩瀚的沙漠中，像一对对沙漠情人，深情地眺望；一株株孤傲的胡杨，扎根地下50多米，抗干旱、斗风沙、耐盐碱，更有顽强的生命力，"生而一千年不死，死而一千年不倒，倒而一千年不朽"；应对干旱和风沙，胡杨常常是自枯一部分枝条，以自己的躯体作为根系，滋养新枝繁荣茂盛，以延续生命——母株已被沙丘掩埋，却将新的枝条顶出，以枝代干，又是一片新绿。胡杨懂得通过放弃获得新生，求得本质的前进，对得失的理解最为透彻，对生命的理解最有哲理。

30年来，刘先平响应大自然的召唤，用双脚去丈量大自然，用镜头去记录大自然，用心灵去对话大自然，用文学去反映大自然，创造了融文学性与纪实性、科学性与知识性、哲理性与批判性于一体的"大自然文学体"，成为当代文学令人激动期待的文学流派。如今他突然明白自己30年来"实际上只做了一件事：启蒙和宣扬生态道德、树立生态道德观念"。这是他对当代中国文学从题材、体裁到内容、主题作出的开创性贡献。

大自然经过几百万年的物竞天择、相克相生、共存共荣，才创造一个物种。自从人类进入工业化时代以来，地球上的动植物从每天消失一种"发展"到每小时消失一种。这不能不引起严重关切。人类是万物之灵，应该懂得保护物种的多样性，保护人类赖以生存的自然环境。生态道德应该成为文学的一个主题。

生态道德是个既古老又崭新的课题。2000多年前我国先哲就有"天人合一"的学说，天就是自然界，人类和万物都是大自然和谐的组成部分，人类与自然界是命运共同体。所谓生态道德，就是人处理与自然关系的态度、观念和准则。对于人与自然的关系，向来有两种误解，一是"自然属于人类"，人是万物之灵，人是自然的主宰，人类可以随心所欲地掠夺自然；一是"人定胜天"，向大自然宣战，与天斗其乐无穷，完全无视自然的生态规律。两者都造成人与自然的对立，造成自然生态的失衡，最终毁灭的将是人类。

美国环境史学家罗德瑞克·纳什认为，从过去到现在到到将来，伦理学中道德共同体的范围是按这样的顺序扩大的：自我—家庭—部落—国家—种族—人类—动物—植物—生命—岩石（无机物）—生态系统—星球。生态道德属于人类进入地球村时代的生态系统阶段。

如何重建人与自然的和谐关系，刘先平认为当务之急是启蒙生态道德，树立正确的自然观。将道德扩展到生态，关注人与自然的和谐关系，这是文明的进步，是历史的进步。过去，只有用法律（野生动物保护法）来打击和制止违法犯罪者；现在有了生态道德，让破坏生态平衡者受到良心谴责，知道哪些破坏生态平衡的行为是缺德，自责自律，防患于未然,人类得到大自然的回报就会更多。

有个叫西雅图的印第安酋长说得好:"人类属于大地,但大地不属于人类。世界上万物都是相互关联的,就像血液把我们身体的各个部分连接在一起。生命之网并非人类所编织,人类不过是这个网络中的一根线、一个结。但人类所做的一切,最终会影响到这个网络,也影响到人类本身。"人类应把自己看成大自然生态链中的一个组成部分,思考人与自然和谐相处的方式。民间传说,每一座山、每一棵树、每一处泉水、每一条小溪,都有自己的"地方神"即守护神,人们在进山、伐树、采矿和筑坝之前,都需要举行仪式乞求神灵并最终服从它。自然是人类之母,自然是人类的摇篮,自然是人类生活的家园,自然是人类的保护神。人对自然应该有一种敬畏感,有一颗感恩之心。

公民意识觉醒胜过千条法规。刘先平正是以文学的形式唤起人们与大自然和谐相处的意识,呼唤生态道德,帮助人们找回在大自然中的本来位置,激励人们去追寻一种有利于生态平衡的生活方式。同时,站在大自然的立场批判人类对大自然肆意改造和破坏,歌颂、追求人与大自然的和谐,以保护人类赖以生存与发展的大自然,展现了一个从未被文学描绘得如此深入和广阔的人与自然的世界。呼唤生态道德、化解人与自然的矛盾、建设生态文明,成为他30年来大自然文学创作孜孜追求的主题,也是时代赋予当代大自然文学的责任和使命。

大自然文学是作家用脚丈量大地的行走文学,是行与知、思与行的思辨文学,是讴歌生命、呼唤生态道德的文学,是直面现实追求人与自然共生共赢的和谐文学。刘先平30年大自然文学创作中对人与自然关系的探寻,浓缩了以人类为中心走向以生态为中心的文明进程。21世纪是以自然与人类和谐共处为主题的世纪,与时俱进的中国大自然文学也将呈现出主流文学的发展态势,这是现实社会变革的需要,也是文学发展的需要;描述人与自然的关系,也将与描写爱情、战争和死亡一样成为文学的永恒母题,关注生命状态、呼唤生态道德也应成为大自然文学的永恒主题。

(原载《文艺报》2009 年 3 月 5 日)

# 张秋生：小巴掌越拍越响

## 金 波

40 年前，和张秋生先生神交于儿童诗坛。读他的诗，总像走进一个充满笑声、充满歌声的童话世界。后来，读到他的童话，又像走进一个充满温情与哲思的诗园。他融合了诗歌和童话，诗中有童话，童话中有诗，构成了他诗歌与童话的艺术特色。

在我的印象中，秋生大约在 20 世纪 80 年代中期开始了较多的童话创作。他的童话出手不凡，以它的短小、凝练、抒情、哲思，吸引着众多的读者。

他为他的这些童话，取了一个很别致的名字：小巴掌童话。

他是一个在文体上很注重求新求变的作家。文体的变化和创新，实际上也是作家超越自我的一种表现。

我读小巴掌童话，一开始就有一种亲近感。这固然是因为在过去我就很熟悉秋生的儿童诗，但更重要的原因，是由于他创造了一种独特的童话样式。这种短小精微的小巴掌童话，其本质是诗的。

秋生的小巴掌童话，得力于他的儿童诗创作，甚至可以这样说，没有他的儿童诗创作，也就没有他后来的小巴掌童话。

我十分笃信作家有什么样的气质、学养和赖以生存的环境，他就会写出什么样风格的作品，这是一把探讨秋生儿童诗和童话创作的钥匙。

秋生温和、真诚，有爱心，有善心。他走到哪里，你都能看到他高大的身影。但是，他永远都是静悄悄的，接近他，就像接近一座很幽静的山。山中有树，有流泉飞瀑，有鸟语花香，唯独这山不喧哗，不嘈杂，永远安安静静的。

秋生是一个喜欢细细咀嚼自己的感觉的人。

我很少听到他大声讲话，他甚至很少谈自己的创作。他就像"躲在树上的雨"（此处我借用了他一篇童话的篇名）。只有当"小熊"去摇动树枝的时候，雨才落下来，"小鼹鼠"会得到很多快乐。

秋生把快乐藏在心里，只等着小读者来弹拨他的心弦，他才把心中的快乐变成诗，变成童话，送给孩子们。

小巴掌童话永远是快乐的。秋生以快乐的诗人的身份走进诗园，然后又走进童话国。走进童话国以后，他没有丢掉诗人的气质。他还是一个诗人。

他用诗的思维写童话。

他的童话是"唱"出来的，不是"讲"出来的。

他在极力浓缩他的情节，让它短小、凝练、精微。这一切都是诗的。即使是他那篇算得上是较长的童话《九十九年烦恼和一年快乐》，他讲述故事的方式也是诗的。他选择了那个最激动人心的时刻，作为整个故事的高潮，老犀牛在浣熊的帮助下，终于得到了井然有序的生活，哪怕只活了一年，他也是"含笑离开了这个世界"。

他的小巴掌童话，充盈着一种生命情调。我读他的童话，实际上是沉浸在一种感受中，感受着他的"小童话"的"大氛围"，那里灵魂受到抚慰的感受。

他的小巴掌童话，十分注重构思的完整和新巧。他不被情节牵着走。他十分懂得节制。他没有因为童话讲究幻想，讲究曲折，就放任故事情节的汗漫无序。相反，他的艺术构思，永远围绕着爱与美，围绕着一种可贵的智慧的思辨。

还有，就是他的童话中所特有的、属于他个人的那种语感。这语感，是语言的特色所构成的，这就是散文美。

他的小巴掌童话所表现的散文美，既是内容的，又是形式的。首先是内容的奇思妙想，然后是与之相谐和的语言。请你读一读《蝴蝶在读香喷喷的报纸》：

> 清晨，一只花蝴蝶停在窗前的月季花上。
> 她停了好久好久。
>
> 弟弟说："小蝴蝶是在读一张香喷喷的报纸！"
> 我说："报纸上说的是什么呢？"
>
> 弟弟说："大概是个非常有趣的童话。"
> 我说："童话里说的什么呢？"
>
> 弟弟说："对不起，
> 我不认识她们的字！"

我无法复述它的情节，因为任何复述都无法传达那种韵味，那种单纯到透明的叙述方式和语感。

小巴掌童话的情节和想象，不是照搬孩子的，也绝不是纯乎成年人的。它是童心与智慧的融合。然后用十分洗练的语言表达出来。这是高品位的巧智。读后，给我长久的快乐。快乐得让你惊异，让你永远不会忘记。那是一种唤醒了人生体验的快乐。

小巴掌童话是短小的，但它引起的思考是绵长的。

每当我读完一篇小巴掌童话，陷入深深的沉思中，我常常感觉到小巴掌在我身后，轻轻地拍了一下我的肩膀。我回过头来，看见了那个可爱的童话小精灵。

我很高兴，它很高兴，孩子们也很高兴。

小巴掌是越拍越响了。

（原载上海市作家协会儿童文学委员会编《张秋生作品研讨》，1998 年版）

# 夏有志：善的主题，美的结构

曹文轩

他猛劲一拉，把生活的大门朝天真纯洁、翘首而望的稚童们拉开了：请进！

过去的儿童文学，有的品质不佳，行"瞒"和"骗"之能事。它将生活的大门锁闭，让那些孩子们在大门外的虚幻世界里转悠。他们在这个金色的谎言捏造的而实际上不存在的世界里失去了自己。后来门开了，但只是给一条狭窄得可怜的缝隙，让他们窥见。这几年，门是越开越大了。但似乎依然不肯让他们进去，只许他们在外面看看。

儿童文学必须介入生活！

夏有志显出了一派欲把生活全部抖搂出来的劲头。清明与浑噩，直率与弯曲，高贵与庸俗，美好与丑恶，真诚与虚伪，苦甜酸辣，喜怒哀乐……他想让孩子们都看见，都经验经验。他不想掩掩藏藏，吞吞吐吐，犹抱琵琶半遮面，索性毫不羞涩地把生活老底都亮给他们：看吧，孩子们，生活就是这么回事儿！

老外——约翰森先生来了。前呼后拥的陪同，语文老师的弄虚作假，孩子们的失魂落魄，倒像是至高无上的上帝到了。教室里"静得吓人"。殖民地心理——残酷的历史滞留在中国人灵魂深处的畸形精神，一下子露出了马脚。这是事实，何必回避？当然又有新的事实：一个孩子站了起来，却痛斥这位约翰森先生当年的罪孽！（《因为学校是我的》）

"儿子，你是谁？"当一位长辈从他儿子的皮箱里发现了那些互相矛盾的《入团申请书》《兄弟盟约》《感谢信》之类的东西，他惶惑了，对儿子简直不可思议了。"代沟"明明出现了，把两代人分在了两边。（《儿子，你是谁》）

14岁的儿子竟然有了女朋友，而且还是一个异邦人？食了历史苦果的父亲消极地接受了历史的教训，竟用欺骗的手段，活生生地掐断了这根本来就很纤细的情丝。（《两代少年情》）

他情不自禁地为那个早早卷入生活大流的小女孩赞叹着："那个乡下丫头终于溶进多色彩、多味道的溶液里不见了，她去享受真正的人的生活乐趣去了。她的爸爸妈妈在等着她，那个豆腐张的儿子在等着她；她敢骂人，敢撒泼，敢当家过日子；她像一股山野清鲜的风，无拘无束……"（《从山野吹来的风》）

……

儿童文学对生活是有一个选择性的问题，但这种选择性应当是很大的。对于孩子，我们并没有那么多一定要保守的秘密。夏有志几乎什么也不在乎了，没有规矩，没有法则，大大方方地把生活的各个侧面都转给孩子们看，并召唤他们进去。

他向生活全面拓进。有人看生活目光呆滞，像精神病患者服用了大量激素刚刚康复，老紧紧盯住一个地方，不肯把目光移了开去。有志的目光却是林中一头活泼、机敏的小鹿的目光。他四下里张望，环顾八方，全方位摄入生活的图景。这本集子里的作品，几乎很难找出两篇是写同一种生活的。忽而城里，忽而乡下，忽而又写到国际上去了。他

无拘无束，扇起想象的翅膀，飞到生活的各个层面上。

中国孩子与文明发达国家的孩子比，跨入生活和人生大门的时间似乎太迟了。他们成熟得竟那么晚。有志想让他们早点踏上坎坷、苦涩的人生之旅。这一点实在是值得称赞的。

放他们到阔荡的天空下去，放他们到喧哗骚动的人流中去。儿童文学，你别再吹嘘"净土"和"圣界"了。世界上根本不存在这响着笙箫管笛、闪着珠光宝气的伊甸园。世界是一个充满纠纷和矛盾的混沌。单用提纯的精神食物去喂养，孩子是很难结实的：他们的性格只会像玻璃一样脆弱，思想只会像竹篾一般单薄。他们需要原质的生活。他们需要丰富的精神宝藏。

"芝麻芝麻开门吧！"

善——这是夏有志作品的基本主题倾向。他这一辈子大概就只侍候这么一个大主题了。

从他的许多作品所流露出的情调，我们体味到了：占住他灵魂的还是根深蒂固的中国传统文化的精华。善，作为中国传统道德的核心，他在儿童文学这一限制性较大的框架里，竭尽其力，加以赞美，并企图使善的深沉力量弥漫其间。诚实、敦厚、平和、纯良、悲天悯人、同情弱小、扶危济困，成为他笔下大小主人公的性格特征。以善为主旋律，他变奏出许多副主题。他以数量可观的作品，完成了一个善的整体观念。

这本集子进一步丰富了这一基本主题。

《本色的反派演员》里那个根本不用化装的天然的小反派演员，在模拟一个坏孩子损坏地里的西瓜这一行为时，又踢又踩，神态奇绝，动作逼真之极，使导演高兴不已。然而当电影正式开拍，让他真的去损害已经用高价买下的瓜地时，这个小反派演员却踌躇了，闭起双眼来，脚怎么也踢不下去，最后竟然不顾一切地逃跑了。这个孩子当然不可能有清醒自觉的道德观，他的行动纯属一种"习惯性气质"，一种本能，善的本能。就在这善爆发力量的瞬间，我们如被一股无形的冲击波狠狠地冲动了一下。我们可以想象得出，孩子们面对作品主人公这一善的行动而引起心灵颤抖的波动状态。主人公逃跑了，但却把善的种子无声地撒落在许多幼小的心灵里。

善的力量把两颗少男少女的心叠到了一起（《飘香的山间小路》）；善的力量像一笔巨大的财富，留给了那个痛苦的孩子（《爸爸给我留下的……》）；善的力量唤起了人性、人的良知（《人间童话·第二则》）……他的这些作品无异于一首首精致的善的赞美诗。

他不是基督教徒，但似乎有基督的精神——"要像爱我们自己一样，爱我们的邻人"。他也不是佛教徒，却似乎有佛家大乘思想——"普度众生"。他永远站在弱小一边，用同情的目光来看待这个世界，对一切陷入痛苦境地的人一律给予帮助。

他是对的。

我们回头看看托尔斯泰、罗曼·罗兰、泰戈尔他们——他们的柔和的声音永远呼唤着人们天性里的善良成分。让善平息种种激荡我们恶性的疯狂，让善温暖着痛苦、焦灼的人类。善，是文学的根哪！有志他在往根上写。

儿童文学界的朋友们各有一招，其能耐不一样。有人工于语言，有人善于心理揣摩，有人长于一种情调。有志的拿手好戏是作品结构。据他平日自己言谈所露，他似乎对中长篇小说的结构颇为用心。他谈外国文学作品，激动他的似乎并不是人物，也不是哲理，而是那匠心独运漂亮精致的结构。"这是大结构！""这种结构本身就含着宇宙的精神！"……他三句离不开结构,偏爱那些精于结构的作家。他把很多心思和脑力花在结构的琢磨上了。有时,他甚至是先有了一种结构方式,然后才去选择生活,设计人物的命运,再力求两者互相适应。他不是因为有了人再盖房子,而是先有了房子,然后根据这房子的特点去请适合居住的主人。他是一个结构崇拜者。他的几部中篇在结构上都有独到的讲究。让他讲结构,他总能"津津乐道""天花乱坠"地说出一通道理来,并不唬人。这时,你会点头,觉得:确实。

而我觉得,他的这些短篇也许把他这种结构癖更充分地显露了出来。他的《两代少年情》《三个莎士比亚》《爸爸给我留下的……》以及《人间童话》等,都使人在欣赏时因为那种出其不意的结构而感到一种思维的快感。

结构不仅是形式,也是内容。结构的曲折,结构的突变,结构的转换,结构的那种似乎怪圈式的回复,都含着生活的内在逻辑和生命的内部秩序。

他这个人在文学创作上不怎么"安分守己",好变卦,爱扩张,常常是一觉醒来,换了一副新面孔,让人不敢认他。他不肯把自己囿于一方小小的天地,更不肯把自己拘于一根柱子上,总是睁开了眼,四下里寻觅新的途径,哪怕是一线弯曲的小径,也喜欢踏将上去,尽管有时不免冒冒失失、跌跌撞撞,甚至摔个"四爪朝天"。他总是渴望自己把路子弄得"野"一些。一种格调,一种情绪,一种主题,一种形式,他玩腻了就随手扔,全不当回事,然后像饿狼扑食,觉得可意,顺手就抓。他真有点"放荡不羁"。

一股股新路子的探求欲,像发作起来的"二锅头"的酒力,始终烘炙着他的灵魂。看来,这一辈子他不会像老葛朗台那样抱住一堆钱财死守着了。"吃着碗里的瞧着锅里的"。不变,是相对的;变,是绝对的。他整个一个"不老实"。

他的文学创作永远也不会处于凝固状态,而像一股活泉,要一直淙淙有声地流动下去。

这本集子与他以前的作品相比,实在是又"新翻杨柳枝"了。

此种秉性,值褒值贬? 这全看他怎么个玩法。玩得不好,会把小命搭进去的。因此我常说:"你这家伙要限定自己!"玩好了,那也了不得的。他常让我的心悬悬的。但这本集子消了我一些疑虑。他玩得不错,越玩越活,越玩离艺术的腹地越近了。于是,我又想另说一番道理了。天下真大,许多道理竟然是互相对立着的。

世上有两类作家。一类艺术风格比较单纯,首尾如一,一辈子按一种姿态,一种口气,一种调门写作。像沈从文先生。他似不太注意大千世界林林总总的纷争,而一辈子写一种未经文明社会熏染的平和、恬静的社会生活。文章做得甚是轻脱,如春气游丝,秋光苇絮,又似那湘西碧水上的灵燕子。鲁迅先生则不这样,单他的小说就有很多层次的风格变化。有寓庄严、冷峻于幽默调侃之中的。又有优雅、疏淡与沉重、忧郁糅合一体的。他的杂文风格特别自不必说。他的一本散文《野草》,其风气、韵味,与他的小说也大相径庭了。那里充满象征,充满高贵的情感,被煌煌的诗的光辉照得金泽闪闪。因此,天下再能耐的学者,也是很难对鲁迅的艺术风格一言以蔽之的。

两者都成了文学上成功的例子。这就说明了,这世界本来就有许多路数。

当然,我还是想说一句:有志不断变法,当可;但切不能悟空吃桃,吃几口就丢。抓住一枚,还是吃净了见核为好。也就是说,玩一样精一样,不可十八般武艺都会操持,但都是花货。有志是个聪明绝顶的人,当不会。这本集子也证实了这一点。

据讲，禅宗有三种境界。第一境界是"落叶满空山，何处寻行迹"，这是指想获得禅机而不能，连其行迹都难觅到。第二境界是"空山无人，水流花开"，这是指已经快要参透禅机——只是快了，然实未真正抵达。第三境界是"万古长空，一朝风月"，这就是说，在顷刻间，忽然悟到了超越时间和空间的大千世界的本原奥秘。此乃禅宗最高境界。

文学创作很有点像禅宗。从这本集子可以看出，有志企图想获得那玄妙美丽的"顿悟"。一旦悟出了艺术的真谛，那，有志更会让人不敢认了。他在苦苦修炼呢。

我们都来吧，坐禅，凝思。悟吧！

1986 年 12 月 1 日于北京大学

（原载夏有志著《百年百部中国儿童文学经典书系·普来维梯彻公司》，湖北少年儿童出版社 2007 年版）

# 谷应:为一种梦想而感动

孟繁华

回顾近年来的文学创作,我们常常被一种激动不宁、昂奋热烈的情绪感染着。这不仅仅是因为众多的才华横溢的中青年作家不断地出现在我们的文学舞台上,用他们各具光彩的作品显示着我们时代的文学实绩,同时,更是因为这些使全社会受到震动的文学作品,几乎都具有一种狂飙席卷般的气势,理性思辨式的意味和深沉凝重的思考特征。从文学的意义来说,这股奇特的文学势头曾给我们带来了极大的喜悦和兴奋。但是,当我们的感情稍稍地冷静下来之后,却又总有一种不甚满足的感觉。这就是,用挑剔的社会审美目光来看,它呈现出来的整体色彩毕竟还不能够说是十分充分的。也正是从这个意义上,当我们读了谷应的长篇小说《从滇池飞出的旋律》后,它给我们带来的那种明快别致,清新秀丽的审美感受,就使人感到格外的新鲜。它就像人们穿越过了长长的狭谷之后,扑面而来的一股温柔恬淡的山风,让人分外地感到轻松和舒畅。那么,我们这种审美体验是如何获得的呢?这部长篇小说在艺术上的特点又是如何表现的呢?

一

这是第一部以人民音乐家聂守信(聂耳)的童年、少年时代的生活经历和成长道路为题材的长篇小说。作者从聂守信5岁写起,一直写到大约1930年7月(事实上聂守信是1930年7月离开昆明去上海的)。在这部长篇里,作者并没有写聂守信人生中最辉煌的后5年,而是通过对聂守信童年、少年时代生活的多方面描写,生动地反映了这位人民音乐家是如何从家乡的明山秀水走向人民斗争的疾风暴雨的。它使我们有机会在艺术作品里领略聂守信童年、少年时代的生活和风采,这不能不使人感到兴奋。

展示在我们面前的这部长篇作品,它最鲜明的特点就是,作者用极其细致和明快的笔法表现了主人公成长的过程。这种细腻的笔触,就使她的作品形成了一种恬淡的风格和很强的抒情性。我以为,这种艺术效果并不是偶然的,它与作者的整体创作意图和表现对象是密切相关的。也就是说,它不仅表现了属于谷应自己的创作个性,同时,它的表现对象也对她的创作有着严格的制约。

聂守信自幼生活在景色秀丽的昆明,他有良好的音乐天资,这是他后来成长为杰出的人民音乐家的重要前提。但是,不难想象,故乡昆明优美的自然环境,滇池岸边独特的风俗人情,劳动人民纯朴善良的心地,以及只有他的家乡才独具的那种富于边塞色彩和抒情意味的民歌,对童年、少年时代的聂守信,该会有着怎样重要的陶冶和影响的力量。从这个意义上也可以说,是家乡的一切使得聂守信成长为人民的音乐家的。作者并没有忽视这些客观条件的影响,而是极其细致地描写了这一切。我觉得,这一整部作品,所要传达的整体艺术氛围是十分和谐的,谷应同志学过美术,通晓音乐,也写过一些儿童文学作品,这种修养和职业的习惯,致成了她。因此,她笔下的云南边塞风光,不但区别于那

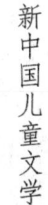

些描写不同地域的作家的作品，而且区别于那些描写同一地域的其他作家的作品。滇池风光在她的笔下，不仅有着绘画的多层次感，更有一种质朴的、天然的透明般的纯洁感。这种审美体验，很容易使人联想到一个单纯可爱的、目光里没有一丝尘埃和忧郁的孩子，在他那里，一切都是那样地令人感到迷恋，感到亲切。比如在第二章中，作者曾有这样一段描写：

> 进了圆通寺大门，顺石级越登越高。挂满花朵的海棠、樱树、桃树越来越稠密，到得山顶，整个"螺峰"已全部染成桃红。啊，满眼是花，满世界是花！信儿并不知道"世外桃源"的典故，他只觉得来到了一个眼花缭乱的世界，不由自主地尖声欢叫着，专拣那树木深重、枝丫交错的地方钻越……花英雪片似的纷纷扬扬飘落着，信儿忽然觉得自己的身体缩小了，变轻了，变成一片薄薄的海棠，混迷在漫天飞舞的落花之中……
>
> 花英们在唱，花朵们在唱，是的，他分明听见它们轻柔地唱着。那飘落的花英比那依然卧在枝头的花朵们唱得更轻更慢，大约是因为离开了枝干母亲，而有些胆怯吧。枝干和枝丫也在唱，比起花朵和花英的歌，枝丫的歌声要浓浊得多，那是因为风在替它鼓劲哩。

这种恬淡细致的描写，既不同于梁晓声笔下对北大荒苍劲有力的刻画，不同于张承志对于内蒙古草原粗犷的勾勒，也不同于"乡土文学"作家笔端展示出来的景物，仅仅是为了凸现地方性的特征。它的描写是明亮的、富于抒情的。这种描写的自身就规定了作品的艺术氛围。这种恬淡、明亮的抒情色彩，贯穿于作品的全过程。即使是聂守信已经参加斗争的时候，作者也不是以浓墨重彩、疾风暴雨似的遒劲的情感来抒发，这与作品的整体气氛是一致的。

作品不仅在自然景物的描写上，具有这种细致、恬淡的特点和抒情性，而且在民俗风情、人物心理等描写上也都同样具有这种特点。作品曾多次写到了具有鲜明地方特征的昆明民歌，这些健康的民间艺术不仅典型地反映了边疆春城独具的民俗风情，不仅生动地表现了世世代代生活在那里的劳动人民的聪明才智和乐观气质，更重要的是，它使少年聂守信获得了一种特殊的音乐教养。只有得到了这种民间艺术滋养的音乐家，才有可能对祖国人民和传统的民间艺术有充分的了解和热爱。不能否认，作者对当地人的生活习俗是十分熟悉的。即使是今天，这座美丽的城市还仍然保留着对唱民歌的传统。每当星期天，翠湖公园的小亭子下，总会出现众多的民间歌手，在那里忘情地进行着属于他们自己的艺术抒发。这不仅仅是一种习俗，一种传统，它更是一个民族精神气质的具体表现。因此，作品中流淌的这个旋律，也使作品本身具有了一种极强的民族色彩。

## 二

聂守信是位杰出的人民音乐家，是我们人民共和国国歌的作曲者，他只活了 24 岁。他的一生是短暂的，却又是极其辉煌的。他是天才，但是，他创造辉煌的艺术成就的可能性，却并不是与生俱来的。除了我们已经论述过的自然环境和民俗风情对他的陶冶之外，他在人生道路上的不同阶段，曾给过他重要影响的启蒙人物，同样是非常重要的因素。因此，作者在以聂守信的成长过程为中心线索来组织故事的时候，同时也节奏自然地塑造了众多的给人深刻印象的其他人物。如母亲、木匠邱师傅、小鹂莺、白希文先生、赵琴仙老师以及其他少年朋友。这些人物与聂守信的成长是无法分开的。这些人物并不是作者随心所欲的一种点缀,他们都是站在作者对作品整体设计的视野之中的。

聂守信从 5 岁开始,就表现了对音乐的极大兴趣和感受能力。他天性好动,活泼乐观,而他对音乐的喜爱,又得到了识文断字、纯朴善良的母亲的理解和支持。木匠邱师傅的一支竹笛,可以说是开启这位音乐家艺术觉醒的一部教科书。这位纯朴的木匠师傅,也就是这位音乐家艺术上最初的启蒙者。

童年的聂守信固然有过自己的欢乐,他从母亲、木匠邱师傅那里都得到了人间的种种最值得赞颂的感情,从小鹂莺、屈儿那里得到过最纯洁的友谊。然而腐败的社会,贫困的生活本身给他的教育和启迪也许是更为深刻的。

14 岁的时候,他遇到了一位在他艺术事业上至关重要的人物,这就是白希文先生。是这位严峻奇特的混血外籍人,使年轻的聂守信第一次懂得了什么叫音乐,他也第一次受到了正规的音乐启蒙。但是,在他人生的道路上,更为重要的转折,却是他知道了赵琴仙老师之后。是这位思想革命、敢于行动又视死如归的革命者,使他更加清醒和成熟起来的。他童年时代幻想过,少年时代寻找过,也破灭过,但他却没有沉沦过。在远离革命中心的边塞城市,他尽力地在寻找着自己的道路和值得投身的位置,这一切都不能不说与赵琴仙老师有关。

作者在展示主人公人生历程的时候,并没有去净化他,而是多侧面、多角度地塑造了他。聂守信自幼就是个多愁善感的人,这种性格更多地赋予了他音乐家的气质。然而,作者也没有忽视这种性格的另一面。在困惑痛苦的时候,聂守信也表现出了某种年轻人不可避免的脆弱,甚至是可笑的无病呻吟的感叹。但是,这些幼稚的孩子气的性格,不仅没有丝毫损害主人公的形象,而恰恰使这个形象充满了血肉感,使人更加感到亲切真实。

在刻画聂守信这个形象的过程中,作者并没有仅仅写他艺术上的早熟和超人天才,而是着重地写了他的思想历程和情感变化。我觉得作者这样处理,是找到了人物心灵中最重要的内核。不难想象,一个即便是再有艺术才能的人,倘若他没有同人民像水乳那样融为一体,没有体验过血与火的斗争洗礼,那么他又如何去理解,如何用艺术去表现威武雄壮的人民斗争呢? 因此,细致地描写了聂守信参加学生运动,在痛苦中不安地寻找出路,甚至参加过范石生的学生军,最后又逃离部队返回家乡,这些笔墨就显得尤为重要和丰富了。一次次的希望和失望,一次次的丢失和寻找,正是一切奋进青年不可避免的人生历程。最后,由于五华山执政府的通缉追捕,聂守信不得不离开了他童年、少年时代生活过的,他无限热爱的故乡昆明。但是,在这里,他却完成了人生重要的第一阶段的冶炼,他人生中最宝贵的东西在这里铸成了。作者虽然没有再现聂守信辉煌的后 5 年生活,但他辉煌的人生却是在这里开始的。通过作者向我们提供的东西,我们似乎完全可以想象,主人公在最后 5 年里,是如何参加上海反帝大同盟,如何参加中国共产党,如何写出了《大路歌》《义勇军进行曲》等乐章,第一个在音乐中塑造了无产阶级的形象,成为我国无产阶级革命音乐先驱的。因为这也诚如作者所抒发的那样:"作为天才的音乐家,他从未得到过正规的音乐教养,然而,故乡的红泥土给予他的是天才音乐家们未必都能获取到的另一种教养:它是大自然无比丰富的音响和色彩;是人世间的欢乐和苦难;是烈火、风暴和血的洗礼;是爱情的甘甜和死亡的黑色的体验。"这一切正是他成为杰出的人民音乐家重要的艺术源头。

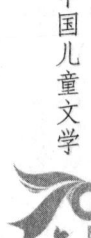

在我们的审美积累中，似乎都有这样的感受，一部成功的长篇小说，它所体现出来的艺术个性，不仅与其他作品有着鲜明的不可重复性，而且，就它自身形成的形象体系来说，也同样有着不可重复性，每一个人物的性格特征必须鲜明地彼此区别开来。《从滇池飞出的旋律》在艺术上的成功同样具有这一特征。主人公聂守信我们已作了简要的分析，其他人物，如母亲的温和善良，木匠邱师傅的纯朴厚道，白希文先生的深沉严峻，赵琴仙老师的激烈热情，小鹂莺的天真爽朗等等，也都同样给我们留下了极深的印象。

在具体的表现方式上，这部长篇应当归属于传统的表现方式一类。它注重情节的完整和时间顺序的发展，注重细节的描写和人物的整体特征。但是，在这传统的表现方式里，作者显然也注入了自己的东西，这就是明快的叙述语言，富于主观抒情的叙述角度。我以为一个作家找到了这些，在艺术表现中也就基本上找到了属于自己的东西。

对于谷应的长篇小说《从滇池飞出的旋律》，我的这些简略而匆促的论述，当然是很不充分的。同时，我们也都有这样的体验，那就是，判断一部作品也许是容易的，但要判断一个作家似于要困难些。因为那不仅需要了解一个作家的全部作品，甚至需要了解他的生活经历、艺术修养、精神气质等。因此，通过一部作品，要对作家谷应做出全面的判断和评价似乎是不可能的。但是通过这部作品，我们却感受到了一种令人兴奋的气息。谷应的艺术个性，一定会为我们的长篇创作增添某些新鲜的东西。我们同样相信，生活也会不断地给我们的作家注入新的灵性、新的感情、新的激动。那么我们的作家呢，也一定会以新的努力和收获来回报它的。

1984年除夕于中央广播电视大学

（原载《十月》杂志1984年）

# 李少白：从儿童生活中生长出来的文学

李利芳

当我们对一部儿童文学是否优秀作出评价时，一定要基于"儿童"与"成人"双重批评主体介入后形成一种综合评价，任何一个单一的维度进入都是不可靠的。儿童阅读只忠实于自己内心真实的感受，从最低层次的审美需求开始满足，好读不好读，好玩不好玩，形成价值判断的依据简单明了，不会去考虑与自觉承载文学艺术更多更全面的价值功能。成人所希望的儿童阅读其起点必然是超越最低层次的，从一开始就指向"经典内核"，不考虑接受的可能与过程而直奔目标。所以，统合这两种趋势，实现两种诉求的有效嫁接，一个能让儿童喜欢，而又不单止于第一层级的初浅消费，能吸引儿童进入、进入后乐于待在那里、然后慢慢消化吸收其全面的精神滋养的文本世界才是我们所认为的理想的、优秀的作品"应该如何"的那种状态。

因此，儿童在阅读中所发生的那种"快乐"的状态是一个不容我们忽视的关键现象，因为那种状态是"攫取"儿童阅读可能的一种根本资源，尤其是当儿童年龄增大，愈来愈趋向自主阅读时，况且今天的儿童还面临着愈来愈多的精神消遣选择。通过观察与分析当下一个九岁孩子阅读李少白作品的状态与体验，笔者发现，李少白的作品能让当下的孩子"进得去"，乐于接受，阅读过程中充满了笑声，愿意一口气把一本书读完，且又拥有让成人读者满意的营养成分，这二者的兼容很难得，实现了"儿童文学"这一特殊的艺术形式具体的文学目标，这其中的艺术探索经验值得我们去研究总结。个人以为，深深植根于民族文化土壤、入于儿童生活内部、紧跟时代变化潮流是李少白创作所以取得重要成就的三个原因。

面向低龄儿童的儿歌创作需要我们更加重视，需要更多作者参与，需要将优秀作品以多种途径宣传与推广。李少白的儿歌创作内化了传统童谣的语言魅力，思想质朴，饱含着民间情怀与童真童趣，非常适合大人为儿童吟唱，或儿童自己口头吟唱。如《催眠谣》，"太阳公公下山啦/月亮婆婆出来啦/鸟儿鸟儿回家啦/蜜蜂蜜蜂上床啦/我家毛毛睡觉啦/小小眼睛闭上啦/咂咂小嘴微微笑/摇哇摇哇睡着啦"。周作人说，"儿歌者，儿童歌讴之词，古言童谣"，童谣的生命力就是被儿童传唱出来的，但前提是必须有儿童语言的口感，念着押韵朗朗上口，完全能感受到语言原初的纯粹的美感，就是传统民间童谣的那种质地。如《伢伢种豆》，"锄土锄土/伢伢种豆/种子发芽/开花结豆/摘下一篮/回家炒熟/大家来吃/馋死小狗"。儿歌语言虽朴素简单，但要实现传神状物，暗合孩子对色、香、味、动感的心理诉求，这其实是有难度的。如《草莓》一首，"珍珠衣/身上穿/红艳艳/嫩又鲜/吃起来/酸甜甜"，还有《大西瓜》一首，"大西瓜/圆溜溜/蓝花花/绿油油/小狗过来舔一舔/小猫抱着滚绣球/弟弟上前踢着走/盘来盘去当足球"。这样的儿歌既写活了物态，又融入了儿童与对象的交往及真切的心理感受，所以孩子读着就会找到感觉。

李少白的儿歌题材非常广泛，从生活出发，自然、人文，儿童目之所及的大千世界，全

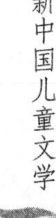

都被他以短小明快的儿歌尽收诗中。他的儿歌是与童年对话的结果，是勘探童心、认识童年的产物，在此基础上，针对迫切的儿童教育，他的创作也有积极的引领，有对成长的塑造与帮扶，但都是不着痕迹的。如《两只脚丫》一首，"两只脚丫/两只手/自己吃饭/自己走"，这首儿歌从孩子很小的时候就可以运用，而且照料者可以辅之以动作进行，对孩子的影响潜移默化。《鼻子当小手》这首，"吃饭不要喂/鼻子卷进口/干活抢在前/木头举着走/站在河边洗洗澡/鼻子变成莲蓬头/小象小象真是乖/它把鼻子当小手"，既写出了小象的憨态可掬，又以小象为例再现出自我劳动的乐趣。李少白紧跟时代发展，立于今天孩子的生活视野去生成童谣，所以思想的味道是极新的。如《太阳镜》一首，"戴上爸爸的太阳镜/弟弟乐得咯咯笑/什么都成了巧克力/哈哈！世界变甜了"。《回家看看》一首将大人整天玩手机的行为以孩子的眼睛透视出来，简直妙不可言，"一手敲门/一手捧机/左手筷子/右手手机/嘴说再见/眼盯手机/回家看看/看看手机"。

儿歌与童诗都属于儿童诗歌的范畴，只是一个适宜年龄层的区别，李少白还写有大量的儿童诗。在语言风格上，他的童诗与儿歌有一致性，无论是叙事诗，还是抒情诗，诗语均是因"儿童"这一特殊审美对象与接受对象而生，不去刻意追求语言的陌生化与阻拒感，"儿童性"是构成诗性的主要因素。他的童诗让儿童觉得有亲近感，诗意与童心可以相通，于是便可以落实儿童的阅读接受。如《小猫看书》一首的第一节，"打开第一页/看见一只老虎/小猫说/这猫好小哟/胡子比我的短多了"，小猫看书的情节令人乐不可支，趣味横生，诗意原来就在生活的细节中，孩子对"诗"的接受自然而然就完成了。《白墙上的黑手印儿》以"诗"的方式，把一个孩子的错误写得很生动典型，教育意义是显在的。《太甜了》一首则非常形象地写出了当下孩子成长环境所存在的问题，也是一首让成人反思的好诗。

诗语最纯粹地体现了文学语言的特性，最经济的长度内却意味隽永，可以引领培养孩子对语言的敏感度与审美自觉。童诗要想实现这一点，必须是写孩子自己的生活与感受，否则难以消化吸收。李少白有深刻的对孩子同情理解的能力，所以他可以写出他们的真感情，诗语完全是从孩子心底流淌出来的，语言虽简洁而意味深厚，如《远·近》一首，"太阳离我很远/阳光却钻进我心间/月亮离我很远/月光就铺在我窗前/爸爸离我很远/声音还时时响在耳边/妈妈离我很远/晚上常在梦里和我见面"。教会孩子以"诗"的眼睛去打量生活，生成诗情画意，是李少白作为成人主体在与童年对话时的一种呈现，这种呈现内含着"诗教"的价值功能，其意义是深远的。如《静静的夜》一首的第一节，"小鸟睡着了/大树还醒着/它轻轻地摇啊摇/摇得鸟宝宝梦里笑"，接下来写了鱼儿与小溪，星星与月亮，娃娃和妈妈，这些"包含与被包含"的存在物，在静静的夜里，原来都有睡着和醒着的一致性，它们共同盘旋回荡着生命的乐歌，让我们感动不已。

李少白还写有很多优秀的校园朗诵诗。朗诵诗对儿童而言具有更为特殊的价值。当儿童文学界不能提供出更多为孩子们喜闻乐见的朗诵诗时，他们通常会选择经典的古典诗词或成人诗词去朗诵。我们还是希望并主张儿童去朗诵属于自己的诗歌。因此，校园朗诵诗需要不断地适合新时代儿童的审美需求而推陈出新。李少白的朗诵诗色彩明丽，气势昂扬，有讴歌祖国与家乡的，有适合在不同节日朗诵的，有歌颂童心与少年的，儿童可根据不同的朗诵场合而自由选择。这部分诗歌的价值需要在实践中去进一步弘扬落实。

李少白的童话也是从儿童的生活中生长出来的，有传统民间童话的意蕴浸透在内，但又是对当下儿童新生活、新状态、新问题的关注。叙事自由洒脱，富含民间传奇的味道，充满了朴素的想象力，幽默风趣，拥有一种引领孩子进入的通道，属于儿童喜欢接受并能内化的作品。

长期以来，李少白的创作深深植根于中华民族古老的大地，从悠久的历史、民间文化中汲取营养，尊重儿童内心的愿望，积极探索一种具有普遍性的儿童文学组织结构、语言表达方式，艺术形式与内涵虽朴素但又充满了灵动的创造力，在努力与童年对话的过程中生成了属于自我的审美风格，为实现儿童文学多元的价值功能做出了自己的贡献，值得学界不断去研究总结。

（原载《创作与评论》2016 年第 18 期 ）

# 叶永烈《小灵通漫游未来》创作历程

叶永烈

《小灵通漫游未来》初版本是一本薄薄的小书，全书不过 7 万字。这本小书产生了广泛的影响，完全出乎我的意料。

现在，这本放在你面前的《小灵通漫游未来》，是由小灵通"一游""二游""三游"未来所组成的。这本书从我 21 岁时完成《小灵通漫游未来》初稿，到 2000 年写出"三游"，到 2006 年分为前后典藏版和最新版出版，经历了将近 40 年的时间：

1961 年写出"一游"；

1978 年出版"一游"；

1984 年写出"二游"；

1986 年出版"二游"；

2000 年写出并出版"三游"；

2006 年补充、修改并出版典藏版和最新版。

我最初是怎么着手写《小灵通漫游未来》的呢？旧事重提，说来话长……

记得那是 1977 年 10 月，少年儿童出版社的几位编辑在出版社附近的长宁区第一中心小学里体验生活，约我给小学生们上一堂科学知识课。讲什么好呢？他们征求了小朋友们的意见，一致要我讲《展望 2000 年》。

我冒昧地答应了下来，去讲了一课。想不到，第二天消息传开，有四个小学派代表来要我去讲；第三天、第四天，几十个中、小学要我去讲。后来，甚至连无线电厂、公安局消防队、图书馆都要我去讲，讲的题目都是一个——《展望 2000 年》。

我忙于本职工作，不能一一去讲，只好请他们放录音。然而，我的脑海中久久地思索着这样一个问题：为什么不论是孩子还是大人，都对"2000 年"那么关心，那么富有兴趣呢？一位老师对我说："这是因为大家都知道祖国的未来是美好的，但很想具体地知道未来是怎样美好。孩子们是未来的建设者，他们就更加强烈地向往未来，关心未来。"还有的老师建议我把讲课的内容写出来，写成一本书。

此后不久，我收到少年儿童出版社戴洋藩先生的一封来信。戴洋藩是《小朋友》杂志的编辑，与我相识多年。他的这封信，是受他的妻子、少年儿童出版社编辑沙孝惠之托写的，当时我并不认识沙孝惠。至今，我仍保存着这封来信：

叶永烈同志：

您好！

我社拟加强中年级科技读物，现由沙孝惠同志负责。她拟稿一本《在庆祝国庆五十周年的时候》，展望祖国在 2000 年时工农业、科技等方面的新成就。

我们觉得，这个题目由您来做较适合，沙孝惠同志希望能和您当面谈谈。时间由您决定，因据说难以找到您，是否可请您打个电话给她。电话：525762。她与张晋华同志在同一编辑组。

　　沙孝惠同志因初次搞科技读物，工作不熟悉，请多加指教。

　　握手！

戴洋藩

1977 年 12 月 11 日

　　正是由于戴洋藩的这封"介绍信"，促成了《小灵通漫游未来》的出版。

　　沙孝惠约我写《在庆祝国庆五十周年的时候》，使我记起了十几年前写的一本科学幻想小说，叫作《小灵通的奇遇》，就是讲"未来是什么样"的。

　　在写作《小灵通的奇遇》前，1959 年初，19 岁的我，正在北京大学化学系上二年级，写了第一本科普书稿《科学珍闻三百条》。当时，我刚刚走上科普创作道路，缺乏写作经验，从各报刊及国外杂志中收集了许多科技新成就，共 300 条，编成了《科学珍闻三百条》。这本书投寄给河北人民出版社，被退稿。这样罗列科技新闻，太枯燥、太乏味，遭到退稿是理所当然的。这本书虽然没有出版，但是为了写这本书，使我熟悉了许多当时的科技新成就、新动态，其中有工业、农业方面，也有医药、交通、通信、宇宙航行等方面的。

　　后来，在 1959 年暑假，我写出了化学小品集《碳的一家》一书，投寄给少年儿童出版社，受到编辑曹燕芳等的热情扶植，幸运地得以在 1960 年 2 月出版。接着，又应少年儿童出版社的热情约稿，参加了《十万个为什么》的写作，成为 1961 年出版的第一版《十万个为什么》中写得最多的、也是最年轻的作者。

　　由于写了《十万个为什么》，我的写作水平有了很大的提高。这样，在完成《十万个为什么》之后，为了克服《科学珍闻三百条》一书的缺点，我决定把它写成一本科学幻想小说。我通过一位眼明耳灵、消息灵通的小记者——小灵通，到未来市进行一番漫游，报道种种未来的新科学、新技术。这样一来，抓住了一根贯穿线，把那些一条条孤立的科学珍闻，像一粒粒珍珠用一根线串了起来。另外，在讲每条科学珍闻时，不是直接讲如何如何，而是通过形象化的幻想故事来写。1961 年秋，我写出了《小灵通的奇遇》一书。

　　《小灵通的奇遇》在当时未能出版。在"文革"中，我作为"大毒草"《十万个为什么》的作者遭到抄家。在抄家时，《小灵通的奇遇》手稿正放在岳母床下的纸箱里，岳母说那箱子是她的，手稿免遭厄运，得以保存。

　　在粉碎"四人帮"之后，感谢科学春天的到来，这颗被遗弃多年的种子终于萌发了。我把那发黄的书稿送到少年儿童出版社，立即得到领导和责任编辑沙孝惠的热情肯定。他们建议把书名改为《小灵通漫游未来》，压缩头、尾，并提出许多宝贵的修改意见。于是，我重新写了一稿。责任编辑沙孝惠认真编辑，画家杜建国画出了生动活泼的插图，画家简毅设计了精美的封面。在少年儿童出版社的大力帮助下，这本书只花了 3 个月的时间就印好，与广大小读者见面了，算是部分回答了他们关于"来来什么样"的问题。

　　《小灵通漫游未来》成为"文革"后出版的第一部科幻小说，不光是少年儿童出版社大量印制，多次重印，许多省的少年儿童出版社纷纷租型印刷（如四川人民出版社 1979 年 4 月租型重印；辽宁人民出版社 1979 年 5 月租型重印；另外，少年儿童出版社 1979 年 2 月出版套色精装本），使这本书一下子印了 150 万册，成了当时的畅销书。这本书还被改

新中国儿童文学

编成四种版本的《小灵通漫游未来》连环画,连环画的总印数也达到 150 万册。所以,《小灵通漫游未来》的总印数,达到了 300 万册。

记得,四川少年儿童出版社张叙生先生告诉我,1979 年六一国际儿童节,他前往书店参加售书。在短短的半天之中,这家书店一下子卖出《小灵通漫游未来》5000 册!

记得,那时我出差北京,路过王府井大街的东安市场,见到许多人排队。我细细一看,原来是在买《小灵通漫游未来》!

幸亏当时中国还没有盗版。不然,这本书马上成为盗版的"热点";在当时中国尚未流行签名售书。不然,要忙坏作者。

《小灵通漫游未来》获得了中国少年儿童文艺创作一等奖。记得,颁奖大会在北京举行的时候,大会便是由"小灵通"和白雪公主共同主持的。

这本书出版以后,我收到几百封读者来信。在这里,我选一封一位小学一年级学生的来信,这封信是模仿书中"小灵通"的口气写成的:

> 亲爱的编辑大朋友:
>
> 您好!
>
> 我看了叔叔阿姨们出版的《小灵通漫游未来》,我真想看看真的未来市,请您帮我找一找小灵通。如果小灵通又去采访了,就不必找了。我找他的事是,叫他到我们家来,带我到未来市走一趟。我们家的地址是辽宁省沈阳市东北设计院 7 栋 3 楼向左拐。要是小灵通没有去采访,那么就叫他来,来的时候是夏天早晨 8 点 40 分。要是找不到,就找五经五校一年 2 班孙燕。您能不能给我编一些故事书,科学幻想故事书,未来的故事书。
>
> 有事请回信。
>
> 孙燕
>
> 1979 年 2 月 29 日星期一

1978 年 11 月 7 日,《光明日报》发表徐明寿写的评论《生动有趣的科学幻想小说——喜读〈小灵通漫游未来〉》。

《小灵通漫游未来》在当时也引起香港读者的注意。1979 年 7 月 1 日,香港《大公报》发表了唐琼的《谈叶永烈》一文,谈到了《小灵通漫游未来》,并对我的科幻小说创作提出了有益的建议:

> 叶永烈,一个为青少年喜爱的科学普及读物作家,在成人中间的知名度差些,在国外恐怕就更差。然而,这是值得注意的人才,应该予以嘉勉。他曾荣获文化部和全国科技协会颁发的奖状。
>
> 特别可喜的是,他今年才 39 岁。"科学幻想小说之父"法国儒勒·凡尔纳,开始写科学幻想小说也差不多是这个年龄。叶永烈是浙江温州人,北京大学化学系毕业生,19 岁开始写科普作品,近 20 年来已写了 40 多本小册子,报纸上发表了 500 多篇科学小品、科学相声、科学诗。去年一年就写了 8 本书,包括《小灵通漫游未来》等科学幻想小说,拥有众多的小读者。他目前在上海。

《小灵通漫游未来》，我猜想是受到意大利作品《洋葱头历险记》的启发。

　　我不认识这位勤劳的、相当有才华的中年作家，但是我愿向他提一个建议。要叶永烈集中精力专门写科学幻想小说。历史已经证明，这是一个具有特殊威力的普及手段。100年前，凡尔纳的作品在美国报纸上连载时，连大发明家爱迪生都为之入迷，甚至跃跃欲试，拉着一位青年作家（霍桑的女婿）合作，也想写一部科学幻想小说，小说《封神榜》与《西游记》有极妙的幻想，是神话，但不是科学。如何吸取凡尔纳以来外国科学幻想小说作家之长，写出有民族风格的作品来，这是一个亟待填补的空白。到现在为止，我还没有看到一部我们的第一流作品。这方面人才极其难得，因为科学幻想小说，不是数学上的科学"加"文学，而是要从化学上理解的科学与文学的"化合"。何况，这幻想还要经得起科学上的考验。

　　凡尔纳留下巨大的作品宝藏，我们20年来只翻译了8本，约占十分之一。为了直接从凡尔纳以及其他法国科学幻想小说家（近年又兴旺起来）直接吸收营养，我建议叶永烈掌握法文，假如他还没有学过的话，至少能读英译本。还有，他的科普作品不可满足于数量，要对质量提出更高的要求。为了同当代第一流外国科学幻想小说家相抗衡，必须拿出自己的优秀作品来。

《诗刊》1979年第8期，发表了诗人王尔碑的就《小灵通漫游未来》而写的诗《画家——赠业余科普作家叶永烈》：

　　　　像常青的树叶，
　　　　你默默地守护红花，
　　　　默默地献出自己。

　　　　不要冬天的温暖，
　　　　不要夏夜的凉风，
　　　　不要生活里的蜂蜜。

　　　　你只要：你的时间，
　　　　你的小屋，一个科学幻想的原野。

　　　　大海上，有一只鹰，
　　　　在烟波里，飞去飞回……
　　　　那是你，在采撷知识的宝贝。

　　　　你谛听：海潮的声音，
　　　　你迷恋：奔腾的色彩，
　　　　你追寻：浪花的脚迹。

　　　　小窗前，你画得如此忘神，

画出一朵朵会说话的花，
夜夜，它和你谈心，谈到月落鸡啼。

呵，你的花儿飞走了，
带着你的梦，
飞到一个遥远的世界里去了。

那里，无土庄稼，一片新绿；
彩色棉花，和云霞比美；
飘行汽车，像轻风吹过大地……

你的花儿呵，智慧的天使！
它知道：环幕立体电影的秘密；
它知道，机器人一生一世的故事。

它悄悄地飞到孩子们身边，
用图画般的语言
讲述着现代科学的神奇。

呵，多少知识之花，
开遍新长征的雪山草地！
花瓣上的露珠，是你晶莹的汗滴。

未来世界的先知者呵，
未来世界的画家，
请接受我的敬礼！

记得，1979年，当我出差北京的那些日子里，老资格的影人王云缦带着一位青年编剧来见我，商议改编我的科幻小说《小灵通漫游未来》。

这位编剧，当时刚进北京电影制片厂不久，尚是新手。后来，他成为名作家。他就是梁晓声。

由梁晓声执笔，我与王云缦参与，我们一起写出了《小灵通漫游未来市》（比《小灵通漫游未来》多了一个"市"字的电影文学剧本，并在1979年第六期《电影创作》杂志上发表。

《小灵通漫游未来市》电影剧本，交到导演谢添手里，谢添极有兴趣，因为谢添拍过儿童幻想片《小铃铛》。但是，看了剧本之后，他为"飘行车"发愁，因为按照那时中国电影的特技水平是拍不出"飘行车"的。未来世界的种种奇迹也使谢添感到棘手，担心拍摄成本太大，承受不了。这样，拍摄《小灵通漫游来来市》的计划只好搁浅。

小灵通在未来世界乘坐的"飘行车"，不仅能在地面行驶，而且能够在空中"飘行"。这种"飘行车"，也许会在21世纪出现。不过，1996年我看美国电影《第五元素》，却吃惊地发现，这种"飘行车"已经在银幕上"飘"来"飘"去——当然，电影中是用三维电脑动画拍摄出"飘行车"特技镜头,不过这使我十分激动——我 20 多年前的科学幻想,起码已经被美国电影导演在银幕上变为现实。

尽管《小灵通漫游未来市》未能拍成电影,应电视台之邀,由我编剧,拍摄了 42 集儿童电视系列片《小灵通》,在全国播放。

由于《小灵通漫游未来》产生巨大的影响,小读者们纷纷要求"小灵通"带他们再到未来世界漫游一番。责任编辑沙孝惠也几度敦促我写续篇。我几次提笔想写,却又放了下来,因为让小灵通如此这般再去未来世界漫游,泛泛而写,缺乏核心,缺乏思想深度。

于是,几年过去了,《小灵通漫游未来》的小读者已成了"大读者"了,续集还是没有写出来。

偶然发生的一件事,如一石击破井中天,促使我很快地写出了《再游》。

那是在 1984 年初,我应邀到华东化工学院讲演。讲毕,收到大学生们递来的许许多多条子,其中一张便条上这么写着:

一点希望

当前面临新的产业革命。过去的《小灵通漫游未来》写的大多是上一次革命的结果,或其思想未摆脱发动机——传动机——工具机。控制机仍未摆到重要地位。应重写《小灵通再游未来》,未来社会应当充分表现出第四次产业革命后的情况,如对社会生活、教育等等的影响,也应写好信息革命与前几次产业革命的关系。

当年《小灵通漫游未来》的热心读者

这张随手而写的条子,给我以莫大的启示。

我把条子转给责任编辑沙孝惠看了,她也觉得有启发。于是,我们就商定:《小灵通再游未来》以展望新的技术革命的灿烂前景为主线。

抓住了这根主线,有了这样的核心,顺顺当当地,我很快就写出了《小灵通再游未来》。

后来,《小灵通漫游未来》与《小灵通再游未来》,合并成为《小灵通游未来》一书。

由于《小灵通漫游未来》的广泛印行,如今,不仅用户达一亿的无线市话叫"小灵通",有的商店取名"小灵通",有的人的外号叫"小灵通",就连有的电视剧里的对话也说:"你快成了'小灵通'啦!"

在 2000 年,在着手写《小灵通三游未来》的时候,我重读 40 年前写的《小灵通漫游未来》——也就是"一游",感触颇多。

《小灵通漫游未来》是通过眼明手快的小记者小灵通漫游未来市的所见所闻,对未来作全景式的"扫描"。我庆幸当时写的是《小灵通漫游未来》,而不是《小灵通漫游 1999年》,把科学幻想的"预言距离"拉大,拉到 21 世纪以至更为遥远的未来。所以,今日重读这本书,有一些科学幻想已经实现,或者即将实现,而大部分科学幻想尚未实现,仍可以说是"展望 21 世纪"或者说是"展望未来"!

小灵通前往"未来世界",乘的是"原子能气垫船"。如今,气垫船已经很普通,从上海至宁波,从深圳到珠海,每天都有"飞翔船"往返。所谓"飞翔船",也就是气垫船。当然,小灵通乘坐以原子能为动力的大型气垫船,虽然还没有出现在世界上,但是已经不很遥

远了。

小灵通手腕上戴的"电视手表",已经接近于变成现实,如今,"掌上微型电视机"已经商品化。更小的手表大小的微型电视机的诞生,指日可待。

在《小灵通漫游未来》初版本中写到的"环幕立体电影",如今已经变为现实。把小轿车驶进电影院,坐在车里看电影,这些已经实现——虽说并不那么普遍,但是毕竟有了。

小灵通见到小虎子的"老爷爷"(曾祖父)下棋不戴眼镜,很吃惊。一问小虎子,这才明白:"他的眼睛不花,那是因为他眼睛里装了老花眼镜。镜片是嵌在眼睛里的,所以你看不出来他戴眼镜。我的爸爸的眼睛里也嵌着镜片,不过,他嵌的是近视镜片。"这种"嵌在眼睛里的眼镜",如今比比皆是——隐形眼镜。

在《小灵通漫游未来》初版本中,曾写及"未来市农厂",在巨大的玻璃温室里,工厂化生产农产品。这样的"农厂",如今已经有了。当然,书中所写的"一个月可以收一次苹果,半个月可以收一次甘蔗,10天可以收一次白菜、菠菜,而韭菜在一个星期内就可以割一次",还有那"红红的苹果,比脸盆还大,黄澄澄的橘子像一只只南瓜","切面圆圆的像张圆桌面"的西瓜……则尚须努力,才能变为现实。

40年前写的《小灵通漫游未来》初版本中,还有许多科学幻想,尚待21世纪实现。比如,天气完全由人工控制,晴雨随意,"天听人话";天空上高悬人造月亮,从此都市成了真正的不夜城;家家都有机器人充当服务员;人的器官可以像机器零件一样调换,从此人"长生不死"……

现在重读《小灵通漫游未来》初版本,最大的缺憾是书中没有强调电脑在未来世界中的关键性作用。《小灵通漫游未来》初版本在写及机器人铁蛋时,提及了电脑:"他的本领,全靠那个方脑袋里装的电子脑——微型电子计算机。""电子脑"如今已经无处不在,到处引发智力革命。

当我着手写《小灵通三游未来》的时候,感到"三游"比"一游""二游"更加难写:

一是"一游""二游"已经写过的科学幻想,不能重复;

二是故事必须与"一游""二游"连续,人物性格连续,文笔保持统一。比如,"一游""二游"都是写小灵通在未来市漫游三天,因此"三游"也是游三天。

尽管写作"三游"距离写作"一游"将近40年,但是小灵通的年纪仍旧保持不变,小虎子、小燕、铁蛋的年纪也保持不变,而未来市的面貌则越变越新,越来越先进。

(原载《中华读书报》2000年7月12日,收入本书时有改动)

# 李建树于儿童文学

沈虎根

　　李建树的情况很特殊。他原先是一位理工方面的工程师,本可以驾轻就熟地在那方面搞得很出色,可是他却转业了。这种"特殊"的感觉,在别人不一定会产生,因为我常对人说,如果我有一技之长就不会搞文学了,比如我是医生,凭我的用功劲儿,必定是一位名家高手了。然而我现在却什么也不精。我总觉得搞文学不能保证你年年进步,很有可能从此停步,还有可能不断退步以至最终的退化;搞文学很苦,出了名或不出名,都会有是非,创作的丰收与是非的"丰收"几乎是相等的。为此,我劝导我的孩子以至亲朋好友的孩子不要走我的老路。因此,我对李建树这一个"转",是很不以为然的,或许他比我从前初学写作时的思想境界高,认识到作家是"灵魂工程师"。等到几乎我阅读了他全部儿童文学,研究了他的创作,才算有了理解。从作品及作家,我发觉他超乎寻常地热爱儿童,执着地热爱文学,两者的结合体便是热爱儿童文学,而且肯为此吃苦、甘愿吃苦、乐意吃苦,当然他还具备了这种职业必须具备的"文学细胞"——这就是深刻的哲理思考、形象的思维方式与特有的个性气质。我以为他具备了这些条件,所以就不存在"历史的误会",并没有走入误区。他是"转"对了。不是吗,有他的作品为证。他现在不但是浙江儿童文学界的中坚, 而且也是在全国颇有影响的中年作家。

　　而且,这种"转"过来的作家,往往先天素质比较好,比如鲁迅、郭沫若、茅盾,这些中国现代新文学奠基人的"转",除了有其才华,对于文学事业还具有高度的使命感和社会的责任感,他们完全不同于那些"玩文学"的城市闲汉和浪荡子,有的只是深深的忧患意识和焦灼的严肃感。我当然还没有兴奋到把李建树和这些先驱攀比,只是想说明李建树现象,不过是一种历史现象的延续。正是这种良好的先天素质,决定李建树的创作基调是投身时代、参与生活、健康而向上的。

　　李建树曾理直气壮地标榜自己从事儿童文学写作的宗旨是"努力为少年儿童提供有益有趣的精神食粮"。这话说得好,"有益有趣",概括得全,是"精神粮食",而不是其他。他还说:"若说看的过程只是审美,但审美的结果又怎能离开教育呢?"读他的作品也是快乐的,照他自己说,他最初萌发写儿童小说是出于"儿子放假回家时常跟我们说起学校里同学的种种趣事,有头有尾几乎像个精心构思的故事,我想何不将它写出来供大家一乐呢,这便是我的第一篇儿童小说《梁山好汉们》的雏形"。可见还是从"趣事"出发的,写出来为了"供大家一乐",可见不论怎么说,文学作品绝不可忽视一个"乐"字,即便悲剧作品也要人家"乐"于读,儿童文学的要求更甚。但真如上面说的,作者仅把"乐"作为创作的起点,而没有到此为止,创作的终点却是"教",也就是"寓教于乐"。(引文见《答客问》)

李建树作品中，占比重比较大的是发掘儿童自身成长过程中的美，从而达到对少年儿童进行品德教育、互爱教育的目的。他为此写出了若干堪为"教育诗篇"式的作品。《唉，二十四个"王"字》写了5个生龙活虎的少年：李家兄妹为一方，王大将为一方。故事从王大将自恃身壮力强、欺侮体弱力小的同学而展开，李某联合同学报复了王大将的同时，却无知地捉弄了王大将所敬爱的爷爷——也是平日为大家喜爱的因打仗致残的老革命者，只不过他是王大将的爷爷，被无辜株连为报复对象。小孩子们恶作剧的玩笑开得不小。其深刻的意义在于，双方小朋友在犯了愚蠢的错误后，在灵魂震颤的反思中，最终在道德上得到飞跃性的提高。他们都想拥抱了大哭一场（只是在行动上尚没有表现出来）。尤其是作品中唯一的小女孩、李家的妹妹从此不再完全倚仗哥哥，她要独立思考，仿佛成熟了不少，起到了画龙点睛的一笔。作者追求情节是大胆的，而在思想、艺术、审美的分寸上又把握得住，这是很不容易的。

《走向审判庭》，作为儿童题材，是颇为富于时代气息的难得的篇章。文中写父亲承包了一个经济实体获得成功，得到了可观的承包奖金的同时，却又遭到诬陷，竟至关押；女儿出于正义和勇气以及对父亲为人的了解，联合了几个同学，依靠法律的尊严，奔波着为父亲平反。作品结尾虽没有出现"大胜利"的高潮，但已显露"胜利"的曙光，预示着正义与邪恶的错位必将纠正，一件改革开放中的经济案件必将得到公正的判决，这就够了。

《春天的记忆》写两代人的友谊，着力于写第二代的一对男女少年班干部的互助与奋进，写了女班干部出色的组织能力和独到的主见，重点刻画了一个体残心坚的少年在父母、同学的帮助下，经过奋斗恢复到正常人的体格。通篇作品没有一点说教味，充满了生活的情趣。

《五美图》是以白描手法，使5个人物活灵活现，各具个性，不雷同：5个人物——写来，既有独立性又有连贯性，布局构思颇像《儒林外史》，所不同的是它歌颂了5个外表美、心灵更美的中学生，有说服力而令人鼓舞地使我们感到前途的美好，作者写人写性格，但没有人为地美化，而是现实中有缺点有弱点的活生生的人，令人感到亲切可信的人。作者的社会主义现实主义的创作原则运用得十分充分。

《岁月（二题）》是两幅人物素描。写了新一代的少年，不仅仅只管自己念书，而且是热心于社会的人，关心五保户，崇敬老革命者，同情有困难的师长。他们为此而参与到社会生活中去，同时使自己得到健康的成长。人物可爱，情节生动，调子明快。若再作进一步联想，上篇中的那位学生就是下篇中的那位乡长（由同是"圆圆脸"的外貌描写可见），那么，从少年的热情开朗到中年的世故圆滑的变化中，我们似乎更可以了解到作者所寄寓的深意。

发表在近期的中篇小说《暑假真奇妙》，作者更是大气魄地推出了一组少年群像。暑假生活确实奇妙，也归于作者的生花之笔写得奇妙。一群生龙活虎的少年们，令人啼笑皆非地闹腾了一个暑假。最后在他们尴尴尬尬的自省中，在成年人的笑骂声中，又向成熟的人生大道上迈进了一大步。

这方面的佳作还很多，仅举此几例。

李建树还写了一些引导孩子认识世界、思考现实的较为出色的作品。儿童文学的认识功能，对于促发儿童的健康成长，作用也是明显的。《一条狗的悲喜剧》实际是大悲剧。美好的事物被误解，人为地被毁灭，最大的不公正，这便是悲剧。写动物是儿童文学常见的题材，因为几乎没有一个儿童不喜爱动物，尤其与人类为伍最久的家狗，更是永久性的题材，写不尽的故事与情趣。但因为古今中外的作家写得多了，就不容易写好了，落了俗套或流于一般化便归于失败。本篇开头比较平，但到高潮处却呈奇峰突起之势，惊心动魄的描绘引出了发人深思的结局。这仅仅是在写狗吗？否。确切地说，作者是写了狗，但更是在写人，在写人们的心态，而这种心态表明，不是狗疯了，倒是某些人的心态被扭曲了，正是这种反常的心态在消灭了无辜的阿咪的同时，严重地伤害了少年阿宗的心灵。通篇作品几乎在大声疾呼：人类啊，你们在不自觉之中，可知道自以为聪明地做了多少蠢事啊！

《无字歌》相当于"无题""无标题"解。4个小伙伴去滑冰，遇上一个小骗子骗了他们一双溜冰鞋，其手段极其"高明"而令人气愤。想不到几天后发觉这个人竟是来他们先进班级的插班生，被称是"劳教"表现好提前"解教"的少年。其实小朋友们清楚，他在前几天还在行骗，他们还是受害者。校方为了树立典型，多方关照他，甚至掩盖其过失，甚至于化"过"为"功"。这个小骗子确实会行骗，他先用好言好语稳住不久前被自己欺骗过的4个小伙伴，然后再进一步取得校方的信任与好感，使得原来4个小伙伴的地位反而不及他了。后来终于丑事突发，小骗子在外面行骗暴露，又用刀子捅人被关押……作品批评了校方的形而上学、形式主义和赶时髦的肤浅心理，既不认真帮教，又不依靠其他学生，一味地捧与护，其结果自然是很尴尬。最后，老师还文过饰非地批评学生没有及时将小骗子的劣迹报告校方和班里。学生们面对这样的老师真是无可奈何，只有感叹："怎么老师总是有理呢？"于是又只好"啦啦啦，啦啦啦"地唱"无字歌"。这是学生对学校领导的尖锐批评，通过儿童文学作品引导儿童干预生活，正是作者的社会责任感所使然。

李建树这一类认识世界、思考现实的作品都有着适宜于儿童的导向性。有些作品虽然只出了一个思考题，但也不是为提出而提出，而是提出的同时也递给了少年读者一支灯炬，令人深思的同时，也多少明白了是非之所在。

我们感谢李建树创作了那么多的反映新世界新人物的少年英雄的颂歌，儿童教育的诗篇。这种英雄人物平凡而不惊人，但确确实实是少年们在成长中真善美的闪光点，这可算是李建树创作的一大特点。

李建树对少年生活的体察是十分丰富的。有的是他自身童年生活的底蕴，有的是他工作后在地域变迁中体察所得。生活之源不论来自何种，他都是依据感受最深的来写。根据作者自己介绍，他放牛到9岁，和聪明的哑巴堂哥结成了深厚的友谊，给了小建树良好的精神营养。这使人联想到鲁迅小时候和他的闰土哥以及《朝花夕拾》里的小伙伴给予的深刻影响。从小生活在劳动人民中间，和劳动人民结成友谊，由衷地热爱他们、尊重他们，成为自己精神素质成长的老师，一旦成了作家，就写他们的真善美，赞美他们的勤劳、勇敢和机智，绝不利用自己的笔去出他们的丑，贵族式地嘲笑他们——这样成长过程的作家绝非李建树一人。这种特色在《黄牯、黑拖和老豹》中反映得最充分最典型。这里面完全是他童年生活的写照，但是又经过了作者的现实主义"深化"，尤其是主题思想的"深化"，把平凡的农村牧童生活写得波澜壮阔而惊心动魄了。由于作者对本篇的生活底子非常厚实、感受极深，所以行文非常自如、酣畅、晓达。农家养牛当然为了农事，但少年人却不限于这，而是体现对牛的钟爱和自己养了一头好牛的自豪——从牛的长相、灵性、力与勇的比赛诸方面。这可说是旧时农村牧童的一种特有的文化生活吧。作者不但写了牛：强牛欺弱牛，公牛欺母牛，从现象的一美一丑、一强一弱而展开

新中国儿童文学

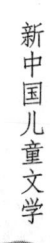

情节,然而一旦遇到凶猛的老豹,便呈现出另一种范畴的美与丑,强与弱。原先被小主人引为骄傲的黄牯牛遭遇老豹,一个回合便丢弃同伴逃到了牛栏里;而平日那头很不起眼的令小主人伤感、自卑的黑拖,竟在同伴遭到老豹追击时,它原本可以脱身却自动尾随追赶,最后用自己的死拼死了老豹! 现实的突变,使人们对两头牛的评价竟翻了个儿。作者最终还顺势一笔,就此引出了一条寓意深刻的哲理:"原来它(黄牯)的雄风只是对自己的同类;它的灵性,只知逃到自己的牛厩!"反过来在记起黑拖好处的同时,深情地怀念起爱牛的小主人——童年伙伴聋哑人杏哥,作为作者自己处世道德的思考。这篇力作再次证明,凡最成功的作品必是作者生活底蕴最厚实的部分,如同火山的岩浆膨胀,似同地层石油的涌动,一旦找到机会便会魔力般地喷射于世界! 对于文学创作,我赞成"有技巧说",这从李建树的这篇作品中得到了注脚;若是"无技巧说",没有艺术加工,作者的牧牛生活能写得如此惊心动魄和升华到如此境界吗? 但是我不赞成把"技巧"的作用强调过分,技巧的作用很是有限,在整个创作过程中只能处于次要的从属的地位;同时,"技巧"首先产生于作者本身深厚的独特的生活底子和丰富的情感与深刻的思想见地,然后再在一定程度上根据自己的需要,有意识地借鉴甚至追求别人的某些表现方法。离开了上述原则,技巧便是空的,或者无力量的。李建树别的一些作品,写得内容不雷同,人物不雷同,表达方法不雷同,既不盲目模仿,也不墨守成规,这本身就是丰富的"技巧",然而这种技巧也只能用上面的这些原因来解释。

生活的流量大,经历的丰富,视野开阔和思路活跃等特点,决定了创作题材的广阔,是李建树儿童文学创作的又一特色。人们很容易把儿童文学局限在校园,尤其是把适合少年阅读的作品,常常和"校园文学"等同起来。然而这是和实际生活不相配的。李建树生动地冲破了这种不成文的框框。他固然写了大量的校园题材,但同时又写了家庭、社会以至兄弟民族间的生活。这使作家有了更宽广的用武之地,使其创作结构呈现斑斓多姿的情景。

选材的宽广是要以深刻的生活感受作基础的,不然很容易分散了精力,写出较多的败笔以至败篇,最终导致失去自己原有的优势。李建树在这种"源"与"流"的关系上处理得比较好,因此产生了不少佳作。比如,写如何处理"文革"遗留下来不同阶层的两代人的矛盾,作者通过作品主人公的行动,以人与人之间的真情、觉悟、美好的心灵熨平了历史造成的疤痕,自动调节了失衡的关系——《迷惘》;又如,"我"利用暑假随着科研所负责人的父亲一行四人去沙漠考察,由于一个偶然的因素,交通工具失效使得小分队几乎陷入绝境,在父亲和司机步行荒野寻找救援时,剩下一位一直被"我"看得很平淡的宋丽娜,用自己手指上的鲜血湿润了由于缺水而昏迷过去的"我","我"这才认识到她的绿洲是在心中,可谓是一篇散文化诗味化的小说——《心中的绿洲》。难能可贵的是作为汉族作者,李建树还为我们呈现了一组歌颂民族关系的作品,这些作品使人感到别有情趣。如通过生动的故事情节,饶有趣味的藏族生活,刻画了一群心地美好的藏汉人物:聪明、调皮、可爱的旺堆,敦厚、诚实、勤劳的扎西,善良、美丽的姐姐,柔中有刚的王老师,助人为乐的孙老师,正直的刘厂长父女……组成了一组人关心人、人帮助人的民族团结的乐章——短篇小说《红马队黑马队》与中篇小说《旺堆的世界》。

本文比较全面论述了李建树的创作,因此不能不涉及其中的不足。

不足是不可避免的。即使在李建树一些较好的作品中，也不时呈现。如《"寒山事件"始末》，整篇作品是成功的，但在结尾处，把一个学生的错误态度用了肯定的笔墨来写，贬褒不清，形成了主题的模糊；又如《心中的绿洲》中主要人物的形象比较单薄；《走向审判庭》和其他一些作品一样，人物过多而笔力分散，其中对母亲的角色设置是失真而概念化的；《迷惘》中对工人家庭的"粗俗"表现太过了些；中篇小说《旺堆的世界》，结构不够完善，作品的高潮已到，却不以最简练的文字作结尾，而是再平平地拖延了二节（体育场比赛和化验）……就显得写作上的不明智了。

值得作者正视的，还有一些败篇。如《不肯跳楼的老师》，写"文革"中无知的学生逼着老师跳楼，文弱的老师在身处绝境时竟使出了武侠的绝招教训了自己的学生，关键性的细节不可信，艺术价值就削弱了；《白茧》《愧》在艺术构思方法上很明显是从事件加意念出发的，不但违反人之常情，而且远离人物特定职业的真实，《碑·人》也是从对题材的猎奇出发的，写小瞎子帮老瞎子骗人，最后终于猛醒，醒了又能怎样，显然仍不可信的；《怀瑜的选择》《错误》，两篇主题都较缺乏深意；《红马队黑马队》，显出生活感受的不足，凭借少数民族的一些生活掌故和名字的新奇感，缺乏足够的艺术感染力；《不安宁的灵魂》，事情不可信，主题又较消极；《孤女章水娟的故事》，不但"无故事"，出现的人物违反常情，也无甚意义。其中有少数文章，显现出倾向性的苗头，如《亮眼阿福》《头发的喜剧》《奇人吴一帆》，基本事件不真实，意义不大，有不够严肃的"游戏"文章之嫌。

以上意见仅是一家之言，不一定正确，更不可能全部正确。比如其中的《白茧》，在全国性的专业刊物上发表后又被全国性的"选刊"选中，并被"选刊"作为佳作"选评"，评价是颇高的。为此，我以为无论作者、读者对于评论，第一是不要太认真；第二，也希望作者能在一定程度上引起注意，这或许能有一些益处的吧。

1992 年 10 月 18 日—21 日，阅作品于重庆至武汉的江汉轮中

1992 年 10 月 24 日，起稿于南京虹桥饭店，延至 12 月 20 日写毕

（原载《儿童文学研究》1994 年第 1 期）

# 谈李凤杰儿童文学创作的现实主义品格

李 星

李凤杰,中国作家协会儿童文学委员会委员,陕西省作家协会副主席,宝鸡市作家协会主席,享受国务院政府特殊津贴专家,还荣获中共陕西省委、陕西省人民政府的特别嘉奖等。李凤杰是以自己在儿童文学创作中的成就和贡献而获得这些荣誉、职务和奖励的。它们是对他在儿童文学创作中成就和贡献的肯定和回报。我曾经在一篇文章中说过:"中国的儿童文学作家是牺牲了许多名和利的献身者。他们往往要付出更多的劳动,才能得到社会乃至成人文学阵地上同行的承认。"对于生长于贫苦农民家庭,高中学历,乡村民办小学教师出身,至今仍在县市工作的李凤杰来说,这些荣誉和奖励,来得更为不易。

从 20 世纪 70 年代与李凤杰相识、相交的 30 年中,他给我的印象是:永远在奔跑。急匆匆地进城开会、改稿,联系稿件发表、出版,又急匆匆地赶往去岐山、宝鸡的汽车站、火车站,踏上回乡的路程。时间对于他来说,总是特别宝贵,即使在单位、在马路上碰见,也总是急匆匆的样子,该说的几句话一说,就大步而去,从未见他自己或与亲人悠闲地逛街、逛公园、看名胜古迹,甚至于同朋友轻松地闲谈。时间回报于他的是至今发表和出版的 300 多万字的作品,是他创作的一次又一次飞跃。

如果说,20 世纪 70 年代末创作并获得全国性大奖的儿童中篇小说《铁道小卫士》,使他为全国儿童文学界所知,并坚定了他为儿童写作的志向的话,那么 1981 年出版的儿童中篇小说《针眼里逃出的生命》,则是他在这个领域一次真正的辉煌。这部小说不仅在当时,就是在现在看来,仍然具有那么强大的生命冲击力,那么韵味悠长的思想和艺术内蕴,称它为新时期中国儿童文学的"经典",也一点儿不会过分。对于一个作家来说,40 岁能有这样一次辉煌已经足以令他终生于儿童文学家的宝座而安享其成了,但李凤杰却没有丝毫的满足与懈怠,先是创作了中篇系列童话《公鸡和母鸡的故事》,短篇小说集《宝槐》,又出版了描写农村残疾少年生命奋斗历程的长篇小说《水祥和他的三只耳朵》,再一次摘取了全国"奋发文明进步图书奖"的桂冠,冲击上了自己儿童文学创作的又一座峰岳。这时的李凤杰已经年过 50,并忍受着过度劳累所带来的颈椎病、冠心病等疾病的折磨。然而,社会的需要,少年儿童的需要,再一次向他发出了内心的召唤,历时 10 个春秋,他又多次深入少管所,同少年犯和管教干警共同生活,翻阅了上百万字的案卷、资料,采访了上百个少年犯及他们的家庭成员、学校老师、亲戚邻居,最后完成了 27 万字的长篇纪实文学《还你一片蓝天》。这部被称为"具有重大社会价值的特殊教育诗篇",理所当然地获得了第四届"全国优秀儿童文学奖"。年届 60 的李凤杰,再一次迎来了自己生命和事业的辉煌。从李凤杰身上,看到的不只是奋斗与收获,更重要的是关于一个人的理想、信念与潜能的启示。只有装上了信念的翅膀的人,才能跨越重重障碍,创造出生命的新高。

纵观中国文坛几十年来的各种评奖,就会发现,它总不会是绝对公平的,总会留下种种的遗憾,总会有一些机遇和偶然的因素,因此获了奖也不能说他的作品就一定高于一些没有获奖的人。李凤杰也从来没有将获奖当作自己创作的最高目的,从来都是听命于时代和自己内心的呼唤而创作,既不看政治的风向,也不赶时髦的浪头,然而他却能以一个外省的底层作家的身份,一次又一次问鼎许多人难以企及的全国性大奖桂冠,这就不是用偶然性所能解释得了的。因此,在这里我们有必要对李凤杰的主要创作给予审视,以探求其作品内在的精神魅力,以及他独特的思想和艺术追求。

首先,是李凤杰经常将自己的关注点瞄准当今中国社会生活中的弱势群体,经济欠发达地区的农民的孩子,农村、农民的孩子中因残疾、贫困等原因而处境十分困难的人。《针眼里逃出的生命》中的小主人公是这样的儿童,拟人化的《公鸡和母鸡的故事》中的主人公及《水祥和他的三只耳朵》中的水祥、录怀也是这样,而《还你一片蓝天》中的小主人公,既有城市中因各种原因处境悲哀的少年,也有乡村的少年失足者。只有农村的孩子,才可能更多面临缺医少药,一生下来就因患病而被用席片包了扔掉的处境,也只有在偏远落后的地区才会有老师一个耳光打穿学生耳膜,却不能追究的现实,也只有像水祥这样的农村少年,才会有"八分钱"难倒英雄汉的状况,才有录怀这样被亲人被社会遗弃的悲惨境遇。中国是一个经济曾经十分落后的不发达国家,城市也有穷人,也有悲惨的儿童,但相对来说,处于偏远地区的农村尤甚。改革开放以来,整个中国城乡的现状得到了极大改善,人民生活有了很大提高,但城乡差别,中西部差别的距离不仅没有缩小,反而加大了,所以才有了"西部大开发"的战略措施。然而无论过去、现在,中国的儿童文学家大多数是城市人写,写城市人,具有不可忽视的贵族化倾向。老实说,从小时候读《寄小读者》,读《罗文应的故事》,我们这些农村孩子就有很大的隔膜感。对我们来说,他们写的是另一个世界的故事,传达的是另一个世界的精神理想。而李凤杰,却以一种全然不同的形式出现在当今更加"贵族化"的儿童文学领域,将读者的视野拉向社会的底层,拉向为一片纸,为八分钱而奋斗的少年儿童生活现实。不再是真王子与假乞丐,不再是巫婆与神汉,不再是只有吃喝不愁的孩子才会有的浪漫与遐想,然而对于许多人来说,它们也可能是他们更能感受到的贴近自身的生活真实。这就是李凤杰的独特的关注,他的独特的关怀,也是他所理解并实践着的人道主义,从而也是另一种广阔,所以才有了另一种思想和艺术的魅力。人们承认成人文学中有现实主义与浪漫主义之分,有写客观与写主观的区别,却有意无意地忽略和轻视了儿童文学中的现实主义,好像这就是没有儿童文学所需要的理想与想象力,这是多么不公平啊! 不仅对于孩子,而且对于坚持现实主义的儿童文学作家。

其次,李凤杰是敢于而且成功地,在儿童文学创作中,描写并正视生活与人生苦难的作家。这些苦难既不是童话世界中寻找母亲、寻找财宝、寻找智慧过程中的打败妖魔鬼怪象征性的苦难,也不是善恶斗争模式中那些恶人势力的阴谋与暗算,而是切切实实的贫穷、疾病、无知与愚昧所造成的生存的苦痛。如《针眼里逃出的生命》的小主人公所经历的在艾火中烧了一次,在炕火上烤了一次,在血水里浸了一次的苦难;《月儿》中月儿备遭后娘的虐待,又早早被嫁给一个老男人的苦难;水祥所遭遇的极端贫困和被同样贫困却身体健康的人遗弃的苦难;《小院的叹息》中被愚昧、偏执而变态的母亲如童工一样使唤,而又漠视其正常感情需要的范妮妮的苦难等等,如此的生活状态,李凤杰提供的不仅是一幅幅儿童少年的生存图景,而且是过去和现在的中国农村、中国城市的真实现实,具

有极强的认识意义,也有极大的教育和启示意义。在李凤杰的小说中,还很重视表现和描写少年儿童的身心健康问题。他在《还你一片蓝天》《月光如水》《明天一定阳光灿烂》《藏在心中的秘密》《我是个笨孩子》《一声叹息》等作品中,都大面积写到了成人的虚伪、狡诈、懒惰、贪婪、误解、无知,所给孩子们心灵带来的伤害问题。与物质需求、生理健康的苦难不同,心灵的伤害更是一种精神的苦难。在某种意义上讲,心灵的伤害对一个人、特别是少年儿童的影响更为长远。能够见及并充分表现少年儿童的心灵伤痕主题,足以见出李凤杰不仅对少儿心理而且对人性问题的觉悟与认识,并达到了怎样的高度与深刻。

在儿童文学创作中,要不要写真实的苦难,写现实人生的苦涩、生活的沉重,是一个啧有分歧的话题。儿童们的心理能够并且可以承受这么沉重的压力吗?在今天,在儿童成长的物质条件、社会条件已经大大改善了的时候,"忆苦思甜"是必要的吗?我个人认为,虽然今天儿童的生存、成长条件已经大大改善,但物质生活条件的改善与精神生活环境的改善,并不是成正比的。从《还你一片蓝天》就可以知道,在社会主义市场经济实行不到 10 年的今天,儿童们仅在心灵方面所经受的伤害与苦难,并没有减弱多少,反而出现了更为严重的情况。在此背景下,写苦难并不是单纯的"忆苦思甜",而是李凤杰创作中一以贯之的现实主义原则。也没有承受得了与承受不了的问题,而是已经在承受着现实。既然一代又一代的过来人,没有被生存的苦难所压倒,难道我们的下一代就会如此"弱不禁风"?可贵的是,李凤杰没有将作品当成展览苦难的画布,也不是当作控诉状,而是以豪壮、崇高的生命情怀,通过真实的社会生活的描写,给读者传达了倔强的生存意识和不息的奋斗精神。正如老作家王汶石在评论《针眼里逃出的生命》时所指出的:"这儿,每一篇,每一行,都饱含着作者的血和泪,屈辱和抗争,然而又不仅仅是哀哭和呻吟。它还处处有爱抚和欢笑,智慧和顽皮,遐想和追求……"

第三,与直面苦难一样,李凤杰的儿童文学创作,总是饱含着朴素而深刻的哲学命题。如珍爱生命的命题,"活人难"的命题,奋斗——成长的命题,劳动、诚实的命题,等等。他说,每个人来到这个世界上活着总是很不容易的,第一重要的便是珍爱生命。他的自传体小说《针眼里逃出的生命》,不仅是对自己童年经历的回忆,而且要让任何一个不可能没有艰难曲折坎坷灾祸的生命体,特别是儿童,对自己萌生出同样的感慨。而"人皮难披""活人难"所给予儿童的不仅是要活着,而且是要活得像一个真正的人。《公鸡和母鸡的故事》4 个系列童话的命题立意虽然不同,但从破壳而出的小鸡雏"通往一只鸡蛋的道路,多么艰难呀!"却构成了它们共通的旋律,大凡人生的艰难、曲折,每一个个体生命在成长中从小到大,从弱到强,从幼稚到老成,从不成熟到成熟所能遭遇到的一切痛苦,都通过其中鸡主人公的心灵和成长表现出来。诚如李凤杰在小说中所写的:"任何创造,哪怕很小很小,都是伟大的。"只有内心为奋斗、创造的激情所燃烧的人才能从下蛋鸡的鸣叫中,倾听到"伟大——多伟大"的自豪的呼喊,才能把鸡下蛋这种生命本能的生命形式写成雄伟壮丽的劳动乐章。而《水祥和他的三只耳朵》中对于劳动的描写,也处处充满着诗意的美感和乡村生活的激情,这恰恰是现在许多儿童文学作品所欠缺的。而认识劳动与收获、付出与享受的关系,以及诚实劳动所带来的荣誉感,对于今天的少年儿童又是多么需要啊!这些,都既是李凤杰自己丰富而深厚的生命体验与人生体验,又是他注重教化作用,以"纯美的灵魂制作纯美的精神营养"的儿童文学观的生动体现。

第四,李凤杰儿童文学创作的内在生命力还来源于他与 20 多年来变迁着的社会生活、时代脉搏的感应与联系。这种感应与联系,不仅使他的作品获得了内在的生命与主题,而且在更高的层次上,更大的范围内具有了时代的认同与张力。一方面,他的主要作品都具有着中国历史大转变、大变迁的广阔的时代背景,有主人公和故事赖以生存的现实依据和生命依托。《针眼里逃出的生命》的背景,是 20 世纪四五十年代之交的社会大变迁环境下的农村现状和农民的生存图景;《水祥和他的三只耳朵》的背景显然是 20 世纪 70 年代"文革"后期到改革开放初期的农村生活,以及它给农村少年所带来的苦难与命运的转折;《还你一片蓝天》表现的则是在 20 世纪 90 年代初中国社会由计划经济向市场经济转变中,社会心理与社会价值观念的严重失衡,以及它给予城乡少年儿童所带来的巨大影响。整合起来看,他的儿童文学创作构成了一部半个世纪的中国社会历史图景。这种鲜明的时代特色与历史认识价值,恰恰也是我们许多儿童文学创作长期以来所不具备的。另一个方面,李凤杰儿童文学创作还与改革开放 20 多年来,中国社会的人文思潮与人文精神,有着深刻的呼应。《针眼里逃出的生命》着重的是人的生命价值和生存权利的问题,内含着对"四人帮"与极左路线忽视人的生存与需要的,封建专制主义和"穷过渡"的批判;《公鸡和母鸡的故事》《水祥和他的三只耳朵》,固然有反专制主义的内在锋芒,但更多的是针对"快速发财致富"的社会浮躁风气的批判,对于"奋斗—成长"、劳动创造世界、改变自身命运的肯定与赞扬。在《水祥和他的三只耳朵》中,水祥的命运转折告诉我们,改革开放既是生产力的解放,更是人性的解放。而在《还你一片蓝天》中,对儿童道德心灵的呼唤,对爱与关怀理解的褒奖,则是对儿童理想与社会价值观的一次执着的发现与寻找。正是这种对人的生命价值和人的权利的肯定,对积极进取的人生观价值观的高扬,对普泛的人类生活秩序与道德伦理价值的不懈追求,赋予了李凤杰的儿童文学创作永恒的人性价值。由于儿童文学独特的题材领域和独特的读者对象,许多儿童文学作家都迷恋于所谓永恒的命题,然而,为永恒的永恒之所以走向抽象、走向玄秘、走向苍白与概念,都往往由于不能认识到儿童文学与成人文学一样,它同样是历史与现实的产儿,脱离不开时代的土壤。而李凤杰却以自己的创作再一次证明:理论是灰色的,而生活之树常青。脱离现实土壤而追求永恒,则无异于舍本逐末,缘木求鱼。

第五,李凤杰儿童文学创作的生命力,还来自他精益求精的创作精神。在一些作家看来,儿童文学的魅力,来源于自己永不衰竭的"童心"和巨大的想象力,于是他们总是闭门造车,一年又一年按照永恒的理念,驰骋着想象的骏马,复制着大致相似的作品。而李凤杰却不然,他总是把大千社会和儿童的现实生活作为自己创作的源泉,把现实主义作为自己的创作原则,长年累月地调查、研究、观察、体验,反复思考、认真琢磨,以形成创作的题材、主题、人物。一部作品总是反复修改,千锤百炼,有时还要先将初稿交给朋友提意见,不到自己满意决不罢休。一部《针眼里逃出的生命》他写了 12 稿。《还你一片蓝天》,前后用了 10 年,先是由短到长,由薄到厚,最后又反复压缩、删改,又由长到短,由厚变薄,以致于今天的模样。收在这部集子里的中篇小说《月光如水》,就其中的主人公弱智人小三的心理和性格来说,它有儿童文学的因子,就其所表现的社会转型期文化人生存状况、心理状况来说,它又是成人文学。小说通篇采用反讽的叙述手法,幽默、机智,时有深入骨髓的、透视灵魂的神来之笔,充分体现了李凤杰深刻老到的观察力和文学智慧。但是,当我问及这部作品最初在哪儿发表的时候,他竟说,还没有发表过,已经写了五六年了,中间已修改过不知多少次,但始终没有拿出来。他严肃认真的创作态度,由此可见一斑。在李凤杰的家乡,几百年来就有有名的面食——岐山手工挂面。它从选料到制作面粉,经过加盐和面、采面打面、盘条醒面、上架挂面、凉面切面等数十道工序而做成,精

美无比。李凤杰小时候常常同父兄一道参加制作挂面的劳动，从加工岐山挂面中受到了启示，从父亲的劳动中受到了熏陶，磨炼出他的耐心和毅力，悟出了食物精品产生的功夫与不易。在写作中，他有着强烈的精品意识，字句斟酌，不达目的，誓不罢休。在今天，人们因为跟风赶浪、追名逐利，而心态变得十分浮躁的时候，李凤杰这种沉静的创作心态，这种苦吟精神，特别难能可贵。他也因而获得了丰厚的报偿。

从更为根本的意义上说，作家的全部创作不仅是时代和生活的赐予，也是自己人格精神的外化。在李凤杰的人格精神、思想意识中，最突出的有三点，一是苦难意识，二是自强不息的奋斗意识，三是强烈的做人的责任意识。如果说，前者来源于如自传体小说《针眼里逃出的生命》中小主人公一样的他的童年经历的话，那么后两者都来自于他的父亲的人格意志的影响。李凤杰出生于周原古地陕西省岐山县一个贫苦农民家庭，从小就挣扎在饥饿和病痛的折磨之中。一来到人世差点被乡间不卫生的接生所造成的"破伤风"夺去生命，不满周岁又几乎死于严重的烧伤，10岁时年仅29岁的母亲病故，上小学时又被不合格的老师打得左耳膜穿孔，留下了终生的残疾。是双目失明的祖母、母亲亡故时年仅37岁的父亲、比他大两岁的哥哥，陪伴他走过了人生的漫漫长旅，而在"文革"的武斗中，29岁的哥哥又不幸牺牲，悲惨的童年经历，给了他一笔永恒的"苦难"的"财富"，而在母亲死后，又当爹又当妈苦苦支撑的父亲，又给了他人格意志以很大的影响。从李凤杰怀念父亲的散文《心中的伟人》《父亲的哲学》等文中，我们可以看出，他的父亲不仅有一个农民的勤劳俭朴、忠厚诚实的全部美德，还有儒家文化所要求一个男人顶门立户的家庭责任感与耕读传家的立业意识。正是因为如此，他才在妻子病故后，以30多岁的年龄，上侍有病的老母，下育年幼的子嗣，坚定地不再续弦，独立担当起家庭的责任。因为在儒家文化看来，既然有男丁立家承嗣，父亲再娶，不仅是贪乐的表现，而且必然会遗祸于后代，制造家庭矛盾。父亲身上体现出的种种品德，还有这种男子汉的自立与自律精神与家族使命感，无疑会极大地影响身为男儿的李凤杰的人格。从文章中还可以看出，李凤杰的父亲，还是一个很会思想、概括、继承中国传统人生价值观与人生智慧的乡村哲人。他朴素的人生格言与生存智慧、人生哲学本来就会影响给自己相依为命的儿子，更何况他是那么自觉地传授与教导呢？与以弗洛伊德为圭臬的西方现代心理学认为男孩天然地具有"仇父意识"不同，李凤杰却在自己的全部生命历程中，有着强烈的尊父意识："若问我心中的伟人是谁？我会毫不犹豫地回答：我的父亲！"他是不自觉地以父亲的人格为自己的人格，而又自觉地不断消化父亲的精神品性、人生智慧、处世格言，形成了他与父亲一样的男子汉的责任感与使命感。例如"人活一世，赶了一场会"，本来是一个农民痛苦、无奈、消极的人生理念，但李凤杰却从中读出了十分积极的意义——不仅要"享受人生"，更要学会"创造人生"："人活着，把生儿育女作为一根主要的精神支柱。是因为人的基因通过儿女遗传下去，这就等于让自己的生命在后代身上得到了延续。"更重要的是，"人可以通过勤奋和劳动，让自己为社会所做的贡献和创造，永远留在人世，世代相传。""人活一世，赶了一场会。人生易老，要为自己争气。""人生一世，赶了一场会。人生短暂，就要分秒必争。"这种积极进取的人生观，有所创造的事功观，成了李凤杰人生的生动而真实的写照，也必然内化于他的文学创作。在他的作品中，主人公几乎无一例外的都是进取型、奋斗型、追求生命的价值的人物或拟人物。在此同时，他的作品在显在的叙述者之后，还有一个潜在的父亲的形象，父亲的人格，父亲的精神。这使他与许多女性叙述或内在的女性人格叙述的儿童文学作品划清了鲜明的界限。谭旭东的批评文章，敏感地感觉到了李凤杰儿童文学创作中父亲形象的非缺席状态，很有见地。但对此应有更为充分的研究和展开。

　　总之，李凤杰是中国当代儿童文学领域内的一个独特的存在，他的个性鲜明、风格独特的作品，事实上正在撑持着20世纪八九十年代以来中国儿童文学大厦中现实主义的一翼。他也有他必然会有的局限与缺失。然而，在某种意义上说，个性不就是一种界定和局限吗？我们无意于要求别人都像他一样，然而别人也没有必要要求李凤杰像他们自己一样。不过肯定的是，中国当代儿童文学的原野上，如果没有李凤杰及其创作，一定会单调得多，空旷得多。

2002 年 4 月 23 日

（原载《小说评论》2002 年第 5 期）

# 谈谈罗辰生的《白脖儿》

周微林

  《白脖儿》是一篇曾经引起人们注意的好作品。这个短篇虽然没有离奇曲折的情节、惊心动魄的场面，但读起来仍然很感人。我想，这主要是由于作者把一个长期没有被吸收入队的孩子写活了。主人公张小明，虽然喜欢开玩笑，或做些引人发笑的事，不顾场合，不考虑后果，但本质是好的，有向上的要求，关键时刻，能为他人着想。这样一个孩子，为什么长期被排斥在少先队之外？这是一个发人深思的问题。作品正是通过个人的形象揭示了这一问题。

  作品一开头，就开门见山地说："五(2)班的张小明有个'漂亮'的外号——白脖儿。""漂亮"，当然是打引号的。你想，一个人读到五年级，小学都快毕业了（那时小学只读 5 年），脖子上还没围上红领巾，还是"白脖儿"，这有多难为情！张小明为什么不能入队？班主任白老师是后半学期才接的班，新来乍到，对张小明的情况不了解。少先队中队长方娟娟，不能说是坏孩子，但看问题片面、有成见，总认为张小明不够格当少先队员。白老师曾要她主动做张小明的工作，找他谈谈话。可是张小明对方娟娟也有成见，以为她是来找碴儿批评他的，因此，只说了一句气话，就转身走了。这样就更加深了方娟娟的成见。后来又碰上少先队去北海过队日。被撂在外面的张小明，心里很不是滋味，只好一个人玩，无意中又捅了娄子。在最后一次讨论发展队员的时候，他又没有被通过。

  故事是极平凡的，题材也不那么新鲜了。如果作者不熟悉孩子们的生活，不了解孩子们的内心世界，写起来一定枯燥乏味。但这里的张小明，出现在我们眼前，却是一个有血有肉的活生生的形象。他有孩子的内心矛盾和痛苦，又有着属于张小明个人的性格特征。

  作品的故事情节是集中、简练的，主要写了两次少先队活动和一张照片的风波。但正是在这单纯而貌似平凡的情节结构中，显示了作者塑造人物、挖掘主题思想的功力。两次少先队活动，安排在同一个地点——北海公园。看上去似乎情节重复，其实是大有区别的。它们一步步深入地显示着张小明丰富的内心活动和性格，深化着主题。同样是这个少先队游北海公园，为什么情况那么不同？这不是很发人深思的吗？第一次，因为少先队没有让他这个非队员参加活动，他感到羞愧，感到寂寞。虽然中队长方娟娟总是说，对他还要考验考验，但他毕竟是个孩子。少先队员们过队日的那一天，他一清早就出了门，却不知道自己要往哪里去。后来他憋着一肚子气，也进了北海公园，想一个人痛痛快快玩一场。可是看到少先队员们玩追踪"敌人"的游戏，内心的矛盾激化起来。作者写道："当'敌人'的一组，在前边飞快地跑着，追踪开始了。小明瞅着真眼馋，又一想，我才不羡慕他们呢！可又忍不住伸长脖子朝下看着。看着看着，他又'恨'起自己来：真没出息，就不看！他索性闭上眼，可两个眼皮直想睁开，他就用手捂着眼。"后来，他心想，他们玩得痛快，我也痛痛快快地玩，便把自己当成"敌人"，设想后边也有人在追，也画着记号，朝山上跑,嘴里一个劲地喊:"追上啦!追上来啦!"看到这里,我们谁都会感到由衷的惋惜:这个生气勃勃的孩子为什么不能同小伙伴们一起痛痛快快地玩呢?第二次,情况就不大相同了。五(2)班的少先队员因为上次在北海公园没有玩得痛快,决定毕业前再去北海公园玩一次,这次主要去划船。方娟娟接受了白老师的建议,让非队员张小明也参加。张小明的情绪和表现就完全不同了。他是个很有心计的孩子,怕买不到船票,他提前到北海公园站队买船票。同学们来到北海公园时,看到售船票的亭子前排着长长的队,都在干着急,张小明却因为来得早,已经给少先队员们买到了船票。"他见到同学们正在一边着急,唉声叹气,就想马上跑过去。可他犹豫了一下,又站住了,心想,我可不能显出巴结你们来!于是,装得没事儿似的大摇大摆地走过去。他又担心同学们看不见他手里的船票,就捏着票角,让风吹得一张一扬的。"这段描写把张小明这个特定性格的人物,在这特定的环境中的心理活动和神态,真是刻画得入木三分。在划船活动中:他处处为他人着想,宁可自己看守船,让别人上岸去玩;遇到大风大浪,表现得很沉着,很勇敢:方娟娟和几个女同学吓得失声叫着。张小明大声喊道:"坐稳了!不要乱晃!"后来风浪太大,张小明又设法把方娟娟和几个女同学送到岸上,因为怕空船给浪打翻,他还自己一个人顶着风浪把船划回码头。多么可爱的孩子!连满脑子成见的方娟娟都给感动了。

我们再来看看张小明照相的情节吧。张小明想着如果小学毕业前戴不上红领巾,就一辈子也戴不上了,心里非常难过。无可奈何之下,他偷偷地拿了妹妹的红领巾,到照相馆去照了一张相。作者写他这时的心理活动:"我有了戴红领巾的照片,长大了拿出来看看,也会得到安慰了。可又一想,这到底是假的呀!他又深深地叹了口气。"这个情节再向前发展,意义就更深刻了。张小明在操场上玩单杠时,不慎将照片失落,一个外班同学捡到后交给了方娟娟。在方娟娟眼里,这是张小明入队不够格的又一明证,准备狠狠地批他一顿。可是白老师却不是这么看的。当方娟娟把照片给白老师看时,白老师"眉头皱得更紧了"。方娟娟说:"哼!你看,他还笑呢!"白老师却说:"你仔细看看,他笑得这么勉强,他的笑里,隐藏着多么大的痛苦呀!"同一张照片,两个人看到的是那么不相同。方娟娟怀着成见,不能设身处地地为他人着想,她当然看不到张小明内心的痛苦,白老师了解、同情后进学生,就能细致入微地看到张小明内心深处的隐痛。通过照片的风波,不仅简练地刻画出两个次要人物的性格和思想感情,而且更进一步揭示了张小明的内心世界。

照一般的写法,张小明得到了同学们的理解,特别是中队长方娟娟的理解,最后一定是戴上了红领巾,皆大欢喜。而这篇作品的结尾却不是这样。当方娟娟重新认识了张小明时,已是小队最后一次活动了。虽然,方娟娟带着哭腔央求大家,"明天,明天就讨论(张小明的入队问题)!"可是,已经不可能了,这样结尾虽然给读者留下一点"淡淡的哀愁",但能使读者更清楚地看到,带着成见看人所造成的损害,使方娟娟无法弥补的悔恨,成为人们更深刻的教训,促使人们在实际工作中尽量避免这种损害,正确对待后进,把思想工作做得更好。

集中和简练,可以说是这篇作品的艺术特色之一,作者用简练、集中的情节,刻画了张小明和其他两个次要人物——方娟娟和白老师。选用的细节也非常精确,都是从生活中提炼出来的,既有着儿童的特点和情趣,又能栩栩如生地刻画出人物的性格。方娟娟做张小明的思想工作,找张小明谈话时,作者写张小明的不满,只用一句话:"你不就是不让我入队吗?我早想好了,不入队照样干革命,咱当党外民主人士。"这话出自一个孩子

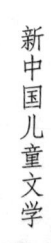

的口,使人看了真是哭笑不得。作者写他在授巾大会上坐"民主人士"专座,先是描写他心里难过得"眼圈都红了",怕同学看见,忙低下头。后来想到老低着头更显眼,"索性又仰起头来"。写他到照相馆戴了妹妹的红领巾照相,"他坐在照相机前,心里发慌。照相的叔叔说:'笑一笑,笑一笑!'"他因为心里并不好过,所以笑不好。这些细节都言简意赅、生动传神地刻画出了张小明矛盾的心理、内心的苦衷。又如少先队第一次游公园,一段大的情节中的细节描写,张小明画着记号,自喊自逗。方娟娟责问:"这记号是不是你画的?"张小明拉着长声说:"不知道!"方娟娟马上接着说:"不知道?就是你!"这也是很有儿童特色的。紧扣张小明和方娟娟的性格,和谐地安排在情节之中,十分自然而又得力地刻画了人物形象。要写好一篇儿童文学作品,作者首先要熟悉儿童生活,生活是创作的源泉。但光有生活还是不够的,并不是每一个熟悉儿童生活的人都能写出好的儿童文学作品来的。其中的奥妙之一,恐怕就在于:你是否能深入细致地观察儿童的一举一动,从中提炼出具有典型意义,并有儿童情趣的细节来。李准同志曾经说过:"没有细节就不可能有艺术作品。真实的细节描写是塑造人物,达到典型化的重要手段。"这话很有道理。好的儿童文学作品,是要富有儿童情趣的,但儿童情趣绝不是什么外加的东西,而是儿童生活中本来就有的儿童的思想方式、生活习惯、趣味、语言,以及儿童的幽默感等等。这些细节也是必须从儿童生活中去提炼的。

这篇作品的语言,也很简练、朴素,没有矫揉造作的痕迹。有的作者,由于对儿童文学的误解,以为写儿童,就要满纸"小儿腔",其实,真正好的儿童文学作品,并不需要这种矫揉造作的"小儿腔",要的是准确、生动而自然的文学语言。这篇作品也是一个很好的例证。

总之,这篇作品没有什么概念的说明,全凭真实而生动的人物形象,使小读者得到感染、启发和教益。作者从事创作时间不算很长,但成绩却不小。他 1970 年开始创作,曾写过《一张电影票》,获 1979 年《儿童时代》小说征文一等奖,《吃拖拉机的故事》在第二次全国少年儿童文艺创作评奖中荣获二等奖。这些作品都是以生活气息浓厚和儿童形象生动活泼见长。作者曾在小学工作过 15 年,当过多年的班主任和少先队辅导员。他对孩子们的生活是很熟悉,很了解的。他自己曾说:"我能写出点东西来,除了老师们的帮助外,很大程度上我沾了生活的光。""我爱教师这一行,也爱我的学生,对各种各样的学生都曾动过脑筋,作过分析。"从读他的作品中,我们也能深深体会到这一点。这篇作品有很多值得我们学习的地方,但我认为,首先要学习的,就是作者的生活态度和创作态度——热爱孩子,深入孩子们的生活。

(原载《儿童小说欣赏》,湖南少年儿童出版社 1985 年版)

# 漫谈董天柚的儿童小说

曹文轩

天柚作小说不算早，但一作出来就很出味道，读他的小说不可太贪。若把十几篇弄来，紧赶着一口气读完，这就有点挥霍无度了，得看一篇，过一阵子再看一篇，细细地受用。我便这样做的，入睡前看上一篇，悠悠然，如入田园，斜卧于荷塘边老树下，闻散淡于空气中的清新香气，看远处柳烟之下的水面一牧童骑牛泅渡，听一缕水流样的笛声，朦胧间，进了黑甜乡里。醒来时，脑清目爽，觉得天下万物皆如一枚晨露那么晶莹透亮。

天柚的小说大多写的是村社和山野生活。这一片片远离现代都市的土地，还未染上工业情调，当然也未受现代文明的熏染。它是原始的，也是纯朴的。天柚的几乎全部作品，就旨在发现和认同这种纯朴的价值。《牛角金缸》中的石牛为了拯救可能永远陷入人生悲苦的香珍姐，而精心为她的情人制作一个淘金人应有的"牛角金缸"。当香珍姐的情人果真采到金子，却又抛弃香珍时，那少年的心碎了，毁掉了好端端的"牛角金缸"。少年之心实在比金子珍贵许多。《五颗青黑枣儿》中的几个孩子，在受到人性阴暗的一面侵蚀时，突然觉醒，吞着苦涩的青黑枣儿，却终于保住了人格、尊严和道德。小小人儿，坚持了纯朴的大价值。《雨葬》中小姑娘竟冒灾难降至（当然未必）的危险，让水泥棺材放于自家门口，免了抬棺人可能累垮的惨局。《银杏树下的女孩》中的藕花儿纯朴得简直使人不愿她长大，好将那通体透亮的美质永远凝固在那里，不受污染，而永远成为审美观照，成为人的灵魂之鉴。山美水美人情美，天柚用恬淡的笔调写出几幅不错的第二伊甸园——村社的质朴图景，笔下活脱脱地跑出几个赤诚坦白、爽洁如玉的稚童和少年。

历史的发展是一大痛苦。它在获得现代文明的同时，往往要丢失一些有价值的东西。与现代文明伴随着要出现金钱崇拜、无情的淘汰、人际关系的松懈和淡漠。今日之中国人，不就有道德破损感吗？此种时刻，读读天柚的这些淡泊、纯朴之作，对焦灼不安的心灵自然是一种慰藉和平复。且天柚之作是给少年的，这更有了点意义。

近几年，经儿童文学界的同仁们奋力挣扎，儿童文学总算从公式化、概念化的泥淖中解脱出来，但似乎又有一部分作品重蹈旧辙，陷入新的公式化、概念化的罗网，文学不成其文学，而成为一种意念，一种抽象定义的简单的阐释和传送。那人物像一个个灰色的影子，全然无血无肉。天柚的这些小说却向艺术的殿堂靠拢。这里没有空洞的说理，没有预先设计的观念，一切皆顺其自然，紧贴着生活的心脏。它让我勾想起一番情景来。我老家地处水乡，出门常见鱼鹰于水上捕鱼。那放鹰船少则一只，多至几十只。有时不知何故，那鱼鹰一只只浮于水上，不肯深入，无奈主人们用船团团围住，用竹篙击起丈余高水花，脚踩响板，嗷嗷破喉大叫，紧迫催促之下，才将身子勉强扎入水中，可放屁的工夫，又重浮于水面，水面上黑压压的，让主人万分地气恼。可有时这些鹰们却显出无限的主动性，几乎不用任何形式的催促，一只只跃起，奋力扎入深水处，久久不露，水上竟一片静然，煞是令人感动。然而当它们一旦露出时，必然有猎物衔于带钩的嘴上。天柚正如此鱼鹰，往生活底部沉去了。倘若朋友们皆如此做法，不求表面的热闹，不要花枪，那将是儿童文学的幸事！

天柚的语言淡淡的，像即将逝去的晨雾。它又很有泥土味和草木气。但又不粗俗，显得恬静、清秀，像是从清冽的山泉里浸泡数日打捞上来的。他不事前雕后琢，弄得句子臃肿不堪，像一瘦骨伶仃的老媪穿一件大号黑棉袄，而是干净得了不得，很得体。这种外表平静的语言却含着一种张力，把情感和含意可着劲儿地传达了。

天柚的小说讨人喜欢，还因为他的构思。他似乎很能出点子。而"点子"对于一篇小说重要得要命。有了好"点子"，作品也就立住八分了。《五颗青黑枣儿》《云渡》《牛角金缸》《滦河水》《银杏树下的女孩》等都是好"点子"。这些作品几乎无一没有主题道具（或称戏脑儿）。《五颗青黑枣儿》中的青黑枣儿，《云渡》中的独轮车，《滦河水》中的胡琴，《银杏树下的女孩》中的毛驴小车……作品紧盯着这些道具做出文章来，天柚又精通于煞尾，他的这些作品离了这些煞尾就得掉价。从某种意义上讲，戏全在这妙不可言的煞尾上。《牛角金缸》一直牵着我们的思路，以为香珍姐终成眷属，不曾想天柚来了那么一个出人意料的煞尾。《滦河水》的煞尾煞得甚是漂亮。慈爱善良的獾爷临终前，却忏悔了年轻时代的"狡诈"和"罪过"。《五颗青黑枣儿》的煞尾也挺绝的："五颗青黑枣儿，只剩下两颗了。改玲和珍珠，还没回来……"将5个孩子后来怎么卖鸡蛋的都写了，就没意思了，留两个让你猜测去。《云渡》《银杏树下的女孩》等也都煞得很妙。究其天柚煞尾之奥秘，两字了得：陡转。他先是顺人的思路迤逦写去，煞尾时突然一个转折，事情朝另一个方向去了，又去得在情理之中。陡转，出来了精神，出来了情感的起伏，出来了艺术的魅力。陡转使欣赏者产生了莫大的快感。

天柚总想把自己的小说作得精致一些。

有个印象派画家叫梵高，在爱情上屡屡受挫，精神都快垮了。见此状，母亲劝他就在茶会找一女人。梵高却拒绝了：宁孤身一人，不找茶会上的女人，因为茶会上的女人缺个性。写小说，就得像梵高寻找情侣，不可写没个性的货色。天柚想把自己的小说作出独特的风味来。他不想制造大路货去文学市场抛售给文学消费者，而想给人一种特殊的欣赏感觉。一个作家最大的不幸莫过于找不到自己。天柚在找着，并让人觉出来，他似乎看到自己了。毛姆有言：艺术家有了个性，一切都可原谅。可见个性之要紧了。

这个天柚还想写些什么呢？

（原载《文艺报》1987年6月13日）

# 吴然:寻找"回到"童年的路

徐 鲁

西方有位评论家在谈到法国象征派诗人兰波时,说过这样一句话:"所谓诗人,就是要看谁是可以回到童年的一种人。"对于从事儿童文学写作的人来说,能否"回到童年",更是至关重要的事情。"回到童年"的途径不仅仅靠回忆。记忆有时候只是心理的废墟。"回到童年"在很大程度是要求我们对整个童年进行重新想象,只有在对童年的重新想象中,我们才有可能找到那些从来没有真正消失的东西——那些沉淀在往昔岁月里的体验、感受和梦想。而且,我们才有可能如同童话家林格伦那样渐渐发现,过去岁月里的"那个孩子"——那个"唯一能够给我们以灵感的孩子",仍然活在我们的心灵之中,一直活到了今天。

因此也可以说,一个优秀的儿童文学作家的任务之一,就是致力于重新想象、发现并且"回到"真正的童年。

吴然先生从事儿童文学创作已有 20 多年了。20 多年来,他一直在寻找着"回到"童年去的路。他已经出版了《歌溪》《小鸟在歌唱》《凉山的风》《风雨花集》《珍珠雨》《一碗水》等散文集和散文诗集。在这些书中,他一再表达着自己对于童年的无限的缱绻之情,挖掘着童年的生活留给他的美好与温柔的记忆。他说:"童年时代的一切,烙印在我的人格气质上,也像影子一样浸润在我的创作中。""童年的影子伴随着我,怀念的欢乐中有无言的忧伤。"追怀童年,"回到"童年去重新打开对世界的梦想的窗子,乃至于按照自己美好的梦想,"再造"一个童年,这是吴然创作中的一个重要主题。围绕着这个主题而写出来的那些篇章,也是目前吴然最动人的作品之一。

他一一追寻着那如同火光一般闪现在过去岁月里的细微的景象。他住过的村庄,走过的树林、小路和山冈;他就读过的母校,上学途中的石板路、小巷、田埂、河岸;他栽过的小树,养过的小兔;他认识的人,接触过的人,甚至吵过嘴、打过架的人,互助帮助过的人,在一起笑过、哭过的人,在游泳时救过他的人;苍山的雪,洱海的帆,鸡足山的白塔;还有砍柴路上的"一碗水",从村子旁流过的"歌溪",校园里的"月亮池","村里的打铁铺"和堂哥栽的"兄弟树";还有上山救火,远足,野餐,演戏,"捉石蹦",等等。可以说,潜藏和沉淀在童年心灵中的这一切,对于吴然是无所谓陈旧,也从来没有真正消失过的。正是它们,呼唤着在年龄上已经远离了童年的作者,穿过岁月的薄雾,溯流而上,重新回到了梦想之源,并使一个散文家要真正地面向儿童诉说他的童年,成为可能。

秋天的夜晚,月亮升起来了,从洱海那边升起来了。

是在洱海里淘洗过吗? 月盘是那样明亮,月光是那样柔和。照亮了高高的点苍山,照亮了村头的大青树,也照亮了,照亮了村间的大道和小路……

这时候,阿妈喜欢牵着我,在洒满月光的小路上走着,走着,呵,我和阿妈走月亮！

——《走月亮》

我喜欢坐在你白玉般的溪石上，看点水雀叼起一条闪光的小鱼；看翠鸟顺着你的溪流飞过。我也喜欢坐在你白玉般的溪石上，从打着旋的小水塘——啊，小酒窝里，捞起红的花瓣，白的花瓣，蓝的花瓣，黄的花瓣……我把你带来的这些花瓣，穿成一串，水灵灵的一串。

你从我们村旁流过。清碧溪，我童年的河。

——《清碧溪》

试读诸如《走月亮》《清碧溪》《一碗水》《歌溪》《牛恋乡》《斑鸠》《雪花落在我们村里》等篇章，我们不难感到，一种潜在的童年，完好地保存在散文家的记忆中。当他更多的是在追忆中而不一定是在现实里重寻童年时，他再次体验到了它的可能性。向往童年的梦想，也使我们再一次看到童年最初的温柔和恬美。

加斯东·巴什拉在《梦想的诗学》里，说过这样一段话："在我们向往童年的幻想中，在我们所有人都希望为重温我们最初的梦想、寻回幸福的天地而写下的诗篇中，童年呈现出来，按照深层心理学的风格本身，它像一个真正的原型，单纯幸福的原型。这确实是我们身心中的一个形象，一个吸引幸福形象并排斥灾难经验的形象中心。但这一形象依照它的原则看并不完全是我们的。"吴然笔下的童年形象，也是"排斥灾难经验"的，是一种"过滤"过了的，在想象中使其更加理想化了的童年。

这源于他一开始就要求自己，他要写的是一种"给孩子们看的真正的儿童散文"（郭风先生评语）。童年的存在是一口深井，他从井里打上来的是已经拂去了斑驳的青苔，滤去了许多杂质的最清凉的井水。甚至于，除了散文家自己，读者——尤其是小读者们，也许根本不会想到，这清凉的井水是从怎样阴暗、苦涩的地底深处，一滴一滴地渗透出来的。

这种艰难的"渗透"，即是吴然的良苦文心。而追怀童年、发现童年，则是吴然的一个谐振的主题——由于这个主题的呼唤，他的心灵中的那种永不满足的"复合声"便发生振动，并且由此产生一种特殊的音乐。而且正是由于这一独特的音乐，我们才看到并热爱着这位作者。

巴乌斯托夫斯基曾称散文家普里什文是"俄罗斯大自然的一种现象"，他分析说，"如果说文学中有潜台词——作品的第二种含意，如同回声一般反映主音并使之在我们意识中巩固下来的、第二次出现的幻象——那么，普里什文就揭示了俄罗斯大自然的潜台词。这一潜台词的秘密就是：由于看到小树林、野兽、云彩、河流、僻静的灌木丛，由于看到某一棵醋柳第二次开花，产生了他个人的十分隐秘的内心感觉，这种内心的感觉和大自然融为一体，并赋予大自然一种特殊的、普里什文的面貌。"如果说，我的类比还不算太牵强的话，那么，我们从吴然的散文中，也总能找到他那和大自然融为一体的十分隐秘的内心感觉，听见他所揭示出的大自然的"潜台词"。

吴然长期生活在彩云之南的苍山洱海之间。这片土地被一位诗人概括为"美丽、神奇、丰富"。它那云遮雾罩、气象万千的自然景观，以及绚丽多姿、赏心悦目的边寨风情，让吴然（以及生活在云南的一代代散文家和诗人们）情有独钟，亦各得灵秀之气。吴然多次说到，"因为我从小生活在山村，受到美丽的云岭风光的熏染，我的心性似乎更接近于自然。我渴慕人世与自然赠予的温情与美景……每当我吹着高原的风在太阳下旅行,在自然保护区采访,心中便升腾起歌唱大自然、歌唱故乡土地的欲望。大自然的宏富与伟丽,云南边地独具特色的山情水意,给我以不可抗拒的诱惑和由衷的欢喜……"

　　读吴然的作品,我们会不由自主地为他笔下的绚丽多彩的大自然风情所吸引。他的心在大自然面前仿佛是一架灵敏的感觉机器,到处都开着窗口,以利外面的东西自由地进出。而且在他的作品里,还有机地融进了诸如民俗、民族、物候、气象、动物、植物、鸟类、园林、农艺、地质等方面的知识与见闻。这些知识与见闻,有助于他把大自然美化为生动可感的形象,把个人的感觉与感情付诸可以触摸的细节,像大自然的一个"导游者"一样,牵着我们的手,去游历彩云之南、高黎贡山和大理苍山下的一切绚丽多姿的角落,并且用他对这片土地的爱与自豪来感染我们,唤起我们的向往与热爱之情。

　　去读一读他的《泼水节》《闹春牛》《贺新房》《杨梅会》等小散文吧;

　　去读一读他的《叶子花》《大理石》《太阳鸟》《火把花》《苍山情》等等具有浓郁的西南边疆地域风采的散文和散文诗吧。

　　如果说,童年是吴然的一个重要的谐振的主题,那么,西南边地的大自然,也是吴然长期以来总在"重复地写着"的一本书。为了写好这本书,他必须终其一生,"在反反复复之中实现"。因为,大自然的秘密是无穷的。


　　　我们很有意思,我们叫叶子花:花像叶子,叶子像花。

　　　　　　　　　　　　　　　　　　　　　　　　　　——《叶子花》



　　　我只要有一点点进步,我就看见你的微笑里含着赞许,含着鼓励;我有了缺点,有了错误,我红着脸不敢看你,你却微笑着叫我抬起头来。

　　　　　　　　　　　　　　　　　　　　　　　　　　—《含笑花》



　　　我不知道,你们为什么会有这么多的颜色? 我只是想,你们的颜色是太阳给的。假使没有太阳,没有光亮,谁又能看见你们有这么多好看的颜色呢?

　　　　　　　　　　　　　　　　　　　　　　　　　　——《太阳鸟》


　　看,这就是散文家面对大自然所产生的隐秘的感觉,也是他所揭示出来的大自然的"潜台词"。套用巴乌斯托夫斯基的话说,假如大自然能够因为人类洞察它的秘密生活并歌颂它的美而对人类怀有感激之情的话,那么,它应该称谢的人中,自当包括彩云之南的吴然在内。

　　吴然到目前为止所出版的书,除了一部评论集《儿童文学札记》外,全部都是散文,而且主要是儿童散文。他十分信奉那一位终其一生主要从事散文小品创作,而绝无思有旁骛、斜枝横倚的西班牙作家阿左林的一句话:"劳动者对于他的职业的爱,便是在一件不论是'自由'或是'机械'的业务中最关紧要的东西。不论我们所做的是什么,主要的事是带着一种强烈的感情去做。"他把这句话落实到自己身上,那就是:忠于自己所擅长的儿童散文的文体,即使因此而忍受寂寞和冷落,也无怨无悔。

这是一种十分可贵的品质。郭风先生为吴然的《歌溪》那本散文集所作的序文里，这么说过："我不敢说他的作品已臻尽善尽美的境地。但十分难能可贵的是，他写的毕竟是儿童散文，写给孩子们看的真正的儿童散文。"郭风先生进而想到，在我国的儿童文学领域内，专门为孩子们写作散文的，写作短小的、感人的散文的，看来还不太多，所以，"想到这一点，我的心中似乎有一种感激之情油然而生"。在这里，看似平淡的话语，却包含着两代儿童散文家的深切理解和相互的期许。其澹然文心，令人肃然起敬。

吴然多次撰文说他的儿童散文创作，是深深地受着郭风先生的影响的。这，我们从吴然的作品里完全能够感觉出来。要说"传承"，吴然该是郭风先生独特的文体的最自觉和最优秀的传承者。吴然也不仅仅是在文体意识和文章风格上继承了郭风先生的精神，而且更重要的是，吴然从郭风先生那里，把一种优秀作家的最可贵的品质——忠于自己所擅长的文体的职业精神，很好地继承了下来。

吴然曾这样问道："我能变成一只小鸟，每天清晨为你唱歌吗？"

他接着又说："我不敢说我已经变成了'小鸟'，我只能说，我在努力唱着。"

是的，他在努力唱着。只要是在唱着，也就是好的！

1996 年 10 月，武昌东湖边

（原载《儿童文学研究》1997 年第 2 期）

# 我所熟悉的张之路

金　波

## 一

20 世纪 40 年代出生的年轻人,都曾经在风华正茂的年岁,经历了中国长达 10 年的一场浩劫。张之路就是在那个年代经历了大学、到农村劳动以及在中学任教等人生阶段。这是中国一个特殊的历史时期,男女老少蒙尘遭难。这一时期的人生际遇,像一片阴影笼罩在人们心头,无论再过多久,回忆起来,都会历历在目。

在那段非同寻常的日子里,他不得不面对学业上的缺失,承受着劳动上的重负,忍受着以阶级划分带来的精神重压,还有亲人的命运多舛。对于硬汉子张之路来说,他没有消沉,没有沉沦,没有盲从,而是以冷峻、智慧、思想抚慰自己的心灵,从而度过了那段艰难的时光。

张之路那一时期的经历,是在苦难挫折中获得的一份特殊的财富。

中国改革开放以来,文化交流像一扇敞开的窗口,让更多的人看到了世界儿童文学的新面貌。自小酷爱文学的张之路,此时情不自禁地拿起笔,开始了他的儿童文学创作。在 20 世纪 80 年代初, 他初涉文坛,就以出手不凡的作品引人注目。在 20 余年的时间里,他出版了 30 多本作品集,不仅获得过中国的多种大奖,并于 1992 年获得了国际青少年读物联盟( IBBY )的奖励,被载入优秀作家名册。2005 年获中国安徒生奖,2006 年获得国际安徒生奖提名奖。

## 二

我们应当把作家和他的创作置于他所生活的时代,并了解他的时代对作者的需求,以及他以什么方式和作品满足了这种需求。张之路对此是经过深思熟虑的。进入 20 世纪 80 年代末,他开始创作他的第一部长篇小说《第三军团》。那时是中国"十年动乱"过后不久,人们的心中郁积着大量的社会问题。作者塑造的 5 个行侠仗义的少年形象,准确地把握住了当时学生的心理特征,他们开始正视痛苦的现实,奋力以争失去已久的良知。这部长篇小说获得极大的成功,这是因为作者对"文化大革命"体验深切,对人性的扭曲,他有着犀利的目光,加之他与中学生有着一种天然的亲和力,就像他们的大哥哥一样。在故事的总体上,虽有浓郁的理想色彩,却是作者投入感情最多的一本。他与人物的感情融为一体,写到那些细节,他感同身受,因而他为这本书唏嘘不已,以致落下眼泪。

其后随着中国社会生活的进步,在重视教育的前提下,作家敏锐地关注着中国儿童的生存状态,独生子女的教育成了摆在多数家庭中的突出问题。《有老鼠牌铅笔吗》表现了一个不墨守成规的家长及其教育子女的新方式,给孩子设定一个应对挫折的机会。作

家的儿童观和教育观在这本小说中，得到了充分的体现。这是一个富于戏剧性的故事，作者通过这个故事让千万个孩子和他们的家长知道，蕴蓄在他们身上的力量，总是在不断地磨炼中获得，只有自己体验过了，才是真正的获得；躲在父母羽翼下的孩子永远长不大，永远是一个弱者。张之路的这本小说具有很强的现实意义，这是中国教育界不断探索的社会问题。

记得有一次记者问他："中国儿童文学最缺乏的是什么？"

他说："对这个问题，我经常处在一种犹豫和矛盾的状态。我想给他们带来欢乐，又怕他们得软骨病，就如同总吃奶油和巧克力的孩子，他们不会勇敢地走向生活，儿童文学要给孩子们带来思考和认知，这是与给他们带来欢乐同等重要的。"这段谈话给《有老鼠牌铅笔吗》做了很好的注脚。

张之路是儿童文学创作的多面手。题材与风格的多样化，使他拥有了众多的读者；有幽默、深情、深沉，还有科幻、魔幻、神秘，他可以很好地照顾到不同年龄、不同阅读趣味读者的需求，这在中国儿童文学作家中是不多见的。

张之路的作品，无论哪一类型，都有个漂亮的故事，情节曲折，悬念迭起，不看到最后是放不下的，到了结尾才揭示谜底。

他是一个讲故事的能手。他常常在作品没有成书前，先把书中的故事讲给朋友听——他的故事烂熟于心，新奇有趣——听故事的朋友，七嘴八舌，议论纷纷。大家听得乐不可抑，当成艺术享受。这也显示了张之路的艺术才华和他在创作中最为人喜爱的谦逊品质。

三

在中国儿童文学作家里，张之路是作品被改编成电影、电视剧最多的一位，从1988年开始，每隔一两年就有一部由他的作品改编的电影或电视剧问世，如《霹雳贝贝》《魔表》《足球大侠》《危险智能》《第三军团》《有老鼠牌铅笔吗》《疯狂的兔子》《乌龟也上网》等，达15部之多。这是因为他的作品镜头感很强，人物性格和故事的发展充满了动感，画面切割以后，作品十分流畅。这与他文化素养的积累和他是一个优秀的编剧有关。他做了20多年的电影编辑工作，平时要看大量电影和电影脚本。他吸取了电影艺术的特点和长处，如电影非常讲究结构，设计悬念成为戏剧化的重要因素，这对于他编排故事等方面有着积极影响。这也成为儿童喜欢他的作品的一个重要原因。

更令人艳羡的，就是他的作品不仅被收入到语文教材中，还被台湾大量地引进版权，如《第三军团》《有老鼠牌铅笔吗》《非法智慧》《空箱子》《蝉为谁鸣》……凡在大陆反响很好的书，几乎都在台湾出版，并获得好评，成了那里的畅销书，屡屡获奖。这是一个耐人寻味的现象。台湾作家曾对他的文学作品作过精辟的论述，认为他的作品有三个特点：一是犀利睿智。犀利，"指的是他对人性观察的穿透力"；睿智，则是"一种洞悉世事之后的人生智慧，深刻而自然"。二是外冷内热。"他的作品有一种张力——那是他对人情冷暖通透后，衍生出来的一种人对自己内在弱点的批判和自省的能力"。三是超凡脱俗的想象能力。这个评价是中肯而深刻的。台湾的社会环境和少年读者的审美趣味与大陆有很大差异，但张之路的作品在那里同样受到欢迎，这不能不说是他的作品有了一个对全民族以至全人类的关照和广阔的阅读空间。

# 四

张之路曾经这样说过："儿童文学作家，不仅要有成人文学作家的深刻，同时又能浅出。孩子们喜欢故事，喜欢新奇的、有悬念的、有戏剧冲突的东西；所以，作为表现形式，故事是很重要的；还有孩子天生喜欢幻想，对世界充满希望，所以我不赞成自然主义的写作手法；即使是悲剧，也要让孩子看到希望，不好的东西是可以战胜的。"

他的作品可以说是一出出神秘奇幻的戏剧，但又融会着严肃的人生命题。在他虚幻的艺术世界里，处处折射着他对现实生活的关注。他勤于思考，有胆有识，敢于诘问。他面对中国当前的教育，追问"拿什么来感动我们的孩子"；对一些似是而非的教育理论提出质疑，他大胆地批评诸如老师和家长以及成人形象"被重新定位"为"孩子的对立面"，什么"孩子天生就是对的"，什么"好孩子是夸出来的"等等。面对这些问题，他提出"对当前的孩子，是教育还是纵容"的命题，他明确指出，"一味地把孩子本来应该承担的责任和应该受到的锻炼和磨难都错误地简化成成人世界带给他们的痛苦，这是一种精神上的娇惯。这种娇惯的结果会使我们的孩子怨天尤人，心灰意懒，会让他们得软骨病！"

一个儿童文学作家，总是在他的作品里隐藏着他的儿童观和教育观。张之路的《有老鼠牌铅笔吗》等众多的优秀之作，是有思想深度的，是启人思考的，有着阳刚之气的锋芒。

张之路的儿童文学创作，已经为他带来了良好的社会效益和众多的荣誉。在中国，他作为一个儿童文学作家，已不再属于整个文学领域的"边缘"作家，正因为如此，他正视自己的社会责任，珍惜已获得的赞誉，在文学探索的路上继续勇往直前！

（原载张之路著《改革开放30年中国儿童文学金品30部·男儿当自强》，新世纪出版社2008年版）

# 又读葛冰

高洪波

若干年前，我曾写过一文，名曰《绿猫葛冰》，对葛冰的少年武侠小说有过议论。该文有几个主要观点：一、人未必如其文；二、葛冰的小说"精粹又精彩"；三、葛冰善于"无中生有"，他的才华、历史学识、幽默感、编故事的能力一流。

这几个观点现在仍没过时。

尤其在读过葛冰的这批"皮皮和神秘动物系列"（共 8 册）之后，更强化了我的印象。

我在阅读《神龟曹操》时，有被葛冰牵着鼻子走的感觉，有一种欲罢不能的急切。借助一只与曹操这一历史人物有关联的老龟，葛冰把人性的善与恶、当今社会众生相全巧妙地装了进去，是破案与推理的故事，又是神秘与幻想的再现，更是少年情怀（快乐、顽皮、冒险、冲动、追求正义……）的另类释放，应该说葛冰的《神龟曹操》把"无中生有"的才能推到某种极致。蕴含其中的葛冰式幽默更强化了小说的艺术感染力。

我读另一篇《獒魔·黑侠》，下意识地联想起在成人文学领域走红的动物小说《狼图腾》与《藏獒》，但葛冰由于叙事视角的不同，讲述给我们的仍然是一个新鲜的故事。盗猎者豢养的老黑獒，忠诚主人之后发现良心的亏欠，于是又用自己的血洗清了错误。这篇小说中有高原风光、雪域色调，又有着雪人、藏羚羊及凶残盗猎团伙的故事，读来让人风骨开张，有壮怀激烈之感。

由此可见葛冰这批"神秘动物小说"品位非同一般。

葛冰的创作，从前以校园小说为主，同时创作了大量的童话，譬如他有一个雅号，"《蓝皮鼠大脸猫》之父"。这部央视播出的多集动画片，曾一度填充了国产动画片的某些空白，在与热播的诸多国外动画片竞争中，一点也没处于下风，他创作的动画片有 300 集之多。也许正是这种勇于介入新媒体的锐气，使得葛冰的创作十分注重受众，他关注的目光始终在孩子身上，而且他懂得如何征服少年儿童的心，这就是我前面提及的"少年情怀"另类释放的奥妙所在。

"皮皮和神秘动物系列"的主人公皮皮，是一个 12 岁的男孩，由于一次特殊的经历，他拥有了特殊的才能：像古人公冶长一样能听懂鸟言兽语。于是皮皮借助这一"特异功能"，参与了一系列的冒险，认识了解了许多动物朋友的内心世界，在对真善美的追求中，皮皮健康成长。皮皮这一人物塑造，让我想起当年张天翼笔下的宝葫芦少年王葆。但毕竟时代各异，与王葆相比，皮皮的视野更开阔，知识结构更丰富，活动范围也扩大了许多，这正是当代少年，互联网时代的中国孩子！由于全书均以皮皮的叙事视角展开，第一人称的书写，读来让人有身临其境、亲力亲为之感，加上故事紧张有趣，构思上亦真亦幻、亦实亦虚，扑朔迷离中彰显出葛冰近期创作的艺术主旨："好的作品，人物比故事更重要。人物'出彩'了，作品更有魅力。"

名曰"神秘动物"，实则塑造人物，而且是不同一般、独出机杼的典型人物。

从这个意义上说，葛冰是成功了。

动物是人类最亲密的伙伴和朋友。

我养狗，葛冰也养狗，我们曾就各自的狗讨论过这个问题。生活中拥有一只狗，它虽无言，但你能从它的眼睛中读出各种复杂的情感，从不经意的肢体动作中会意它的语言，进而读出它的喜怒哀乐和各种诉求——也许是养狗的经历促使葛冰深入动物内心世界，再把自己幻化为一个 12 岁的小男孩，把人的情感矛盾转移到动物身上，于是一批葛冰式的"动物英雄"跃然纸上：它们有情有义，有勇有谋，或聪明狡诈如曹孟德，或幽默风趣如东方朔，或勇猛忠诚如张翼德。总之，在儿童原创作品中，葛冰的这批作品厚积薄发，悉心打磨，堪称思想性、艺术性、可读性俱佳之作。

想想自己的 12 岁，不佩服葛冰还真不成。

（原载《文艺报》2008 年 6 月 28 日）

# 金曾豪:小表叔角色·大自然视角

束沛德

金曾豪是一位具有创作实力和自己的创作主张的儿童文学作家。在我国当代儿童文苑里,称得上是一位重量级的作家。这不只是说他笔耕 20 年,在创作数量上,拥有各类作品近 400 万字,并有洋洋百万言的《金曾豪文集》4 卷问世;更重要的是在于创作质量,他的长篇小说《狼的故事》《青春口哨》《苍狼》连续荣获中国作家协会第二、三、四届全国优秀儿童文学奖,就足以说明他的创作达到较高的思想、艺术水准,及其在儿童文学领域里不可小觑的地位和影响。

崛起于 20 世纪八九十年代之交的金曾豪,既是一位写动物小说的能手,又是一位善于为当代少年塑像的高手。两副笔墨,驾驭自如,这在当今儿童文苑,不说是绝无仅有,却也不可多得。他选择这类题材、文体,是与其生活积累、文化积累、审美情趣分不开的。在不断积累生活、知识和不断创作实践过程中,金曾豪逐步形成自己的创作特色、风格,也有了自己的越来越清晰明确的创作理念、主张。

阅读他的作品及其谈创作的一些文章,我对他的下列创作经验、创作主张,特别感兴趣。我以为,这几点正是他的创作获得成功的奥秘所在,也是他的少年小说在思想、艺术上的主要特色。在这里,我愿意向同行们作一概略的介绍。从事儿童文学创作的朋友,也许能从中得到一点启迪。

一曰:"把完整的社会展示给少年,把完整的少年展示给社会。"

在金曾豪看来,以少年读者为对象的小说应当展示社会生活的各个方面,既要展示生活中正面的、美好的一面,也要展示生活中反面的、丑陋的一面。描写少年儿童,既要努力表现他们积极的、奋发向上的一面;也可以反映不利于儿童身心发展的小环境给他们带来的消极的、负面的影响。

现实生活是千姿百态、纷繁复杂的,假、丑、恶总是伴随真、善、美同时存在的,新事物的成长也总要经历艰难曲折的历程。对于正在逐步走向成熟的少年读者,让他们通过文学作品多少懂得一点生活的复杂性、多样性,多少尝一尝人生的甜酸苦辣,学会直面现实、应对困难,是十分必要的。长篇小说《青春口哨》正是在一个宽阔的社会、历史、文化背景下,将城乡少年生活交叉起来描写,把主人公喜怒哀乐的"小感情"融入对时代、对人民、对未来的"大感情"之中,让我们清晰地听到了一种充满时代气息的青春旋律。长篇小说《魔树》也是力图在自然、社会、历史、人生交融的宏阔背景下,表现祖孙三代的人生悲剧,颂扬面对困难、自强自立的精神。

二曰:"让自己充当'小表叔'角色。"

金曾豪在一篇题为《三点随想》的短文中谈到:"对于小读者,我不当老师,更不当班主任、校长;不当爷爷婆婆,更不当爸爸妈妈。我总让自己充当'小表叔'的角色。"他还曾谈起,描写当代少年生活,取的是"小舅舅"视角。

不管是小表叔还是小舅舅，尽管在辈分上高一点，年龄也许大几岁，但在思想、感情、心理上同表侄、外甥没什么距离、隔阂，可以成为嬉戏追逐在一起的伙伴和无话不谈的知心朋友。小表叔不是居高临下，板起面孔教训侄儿们，而是在日常生活中凭借自己的小聪明，出点子，拿主意，逐步赢得孩子们的信任和尊重。金曾豪在《秘方　秘方　秘方》《书香门第》这样一些作品里，敞开心扉同少年朋友娓娓而谈，借着引人入胜的传奇故事和有血有肉的艺术形象动之以情，晓之以理，让孩子们领悟到为人、处世的人生之道。这些作品的特色贵在真实、真挚。真实、真挚才能使小读者产生亲切感，很自然地进入你构建的小说世界。在这里，我不禁想起著名画家、诗人黄永玉讲的："真挚比技巧更重要，所以鸟总比人唱得好。"

　　三曰："大自然视角"或"上帝视角"。

　　金曾豪认为，所有的生物都是自然之子。用大自然母亲的目光、"上帝"的目光来看，一切生命的权利都是平等的。写动物小说，应当放弃以人为中心的利害准则，也不把动物当作人类社会道德观念的符号或某类人物的化身。

　　动物与人共同享有地球这个生存家园。不应当把动物看成低人一等，不能用人类的伦理道德来评判动物的行为，也不能把人的思维方式强加于动物，而是应当按照动物自己的生活习性、行为方式和弱肉强食的丛林法则来表现。这样，才能更生动、真实地描绘出一个独特的、真正属于动物自己的世界。金曾豪的动物小说从《狼的故事》到《苍狼》，都是采取"动物看人""动物看动物"这样一个新的视角，从而取得了引人生趣又耐人寻味的艺术效果。表现视角、审美视角的转换，不仅丰富了动物小说的人文内涵，而且充分显示了它犷悍、雄壮、神秘的美学品格。

　　四曰："写的是'这一个'而不是'这一类'。"

　　在金曾豪看来，动物有感情，有个性，有自己的精神世界，动物小说的笔触应当伸向动物本体，进入动物的内心。动物小说写真实的、自在的动物，不是"这一类"，而是"这一个"。

　　文学作品尤其是叙事文学，要求创造鲜明的典型形象，即具有更大概括性而又与众不同的"这一个"形象。金曾豪深深懂得文学创作这一基本原理。从他的动物小说中，可以清晰地看出，他满怀激情、千方百计地塑造动物的"这一个"形象，努力揭示动物的感情世界、内心世界，表现它们的喜怒哀乐、七情六欲和不同的遭际命运、个性特征。《狼的故事》塑造了一个在险恶境遇中顽强拼搏的独狼形象，唱出了一曲生命的赞歌，具有强烈的艺术感染力、震撼力。《苍狼》生动地讲述一个狼的家庭舍生忘死地冲破人为的樊篱，执着地寻找自己家园的故事。小说中的公狼、母狼、狼大哥各具个性特征的形象，给我们留下了难以忘怀的印象。在表现当代少年生活的小说中，金曾豪同样着力于塑造鲜明、独特的"这一个"形象。《青春口哨》刻画了江南小城里几个出身不同、性格各异的少年形象：知识分子家庭出身的天平英俊、潇洒而富有才气，个体户大款的儿子郑康儿开朗、幽默而又不失精明，农民的后代桑堤沉稳而有胆有略。这部小说充分展示了当代少年人的生存状态、理想追求和精神气质。

　　五曰："想象是作家的权利。"

　　金曾豪不止一次地谈到，人类世界和动物世界的沟通非常困难，人很难真正进入动物的内心世界。要写好动物小说，表现动物的内心，除了得助于动物学家的研究成果，还得靠作家展开想象的翅膀。

没有想象就没有文学艺术。决定一个作家才华高下的主要是想象力。不仅写动物小说需要想象，表现少年生活的小说也需要想象。对儿童文学作家来说，想象力显得尤为重要。正如别林斯基所说："生气勃勃的、富有诗意的想象力，是培养儿童文学作家的一系列必备条件中的不可或缺的条件。"

想象力固然有作家的禀赋、气质等因素，但更重要的还是源自厚实的生活经验、广博的知识积累和丰富的艺术素养。金曾豪说："想象的起飞是应当有一条足够长的'跑道'的。"我想，他那长长的"跑道"，正是建筑在具有丰厚文化积淀和鲜明时代色泽的现实生活土壤之上的，也是建构在悉心研究动物学家的研究成果、掌握科学知识的基础之上的。他的动物小说、少年小说，立足现实大地，自由驰骋想象，用自己的心灵去感受、体会，将现实人生与艺术想象水乳交融地黏合在一起，刻意创造富有人文内涵和个性色彩的形象。

以上五点，是金曾豪多年创作经验的总结，也是他一以贯之遵循的创作准则，和在艺术上坚持不懈奋力追求的目标。我们相信，随着新世纪儿童文学的发展趋势、未来一代审美需求的变化和自己创作实践经验的积累，金曾豪还会不断调整、更新、丰富自己的创作观念、主张，创作出更多富有新意、激情和艺术魅力的好作品。热切期待金曾豪如愿完成"小男孩系列""大自然系列"两大少年小说系列，为百花争妍的儿童文苑增光添彩！

2000 年 11 月 25 日

（原载《中国儿童文学》2001 年第 2 期）

# 王宜振:跨越时代的童诗

孙绍振

　　虽然这几年,我很少关注儿童诗歌,但是,在读了王宜振先生的儿童诗以后,真切地感到,这是个有出息的艺术家。他的诗,用字字珠玑来形容可能是夸张了一些,但是,形象的密度和比喻的精度,语言的灵性,尤其那种想象,常常有出奇制胜的效果,几乎每一首都有令我惊异的地方。

　　写儿童诗,模拟孩子的稚气和天真的想象,这当然是一种基本功,没有这种基本功,进不了儿童的心灵境界,可那也只能叫作"伪儿童诗"。我在主编初中语文课本的时候,对许多儿童诗很是挑剔,但对他的儿童诗却一见钟情。可惜的是由于体例的关系,一般诗人只能入选一首,就是大诗人艾青也只能一首。我就挑选了他的一首《初春》,和同样是写春天的杜甫的《春夜喜雨》、杜牧的《江南春绝句》、叶绍翁的《游园不值》、宋祁的《玉楼春》、辛弃疾的《鹧鸪天·代人赋》《祝英台近·晚春》、韩愈的《早春呈水部张十八员外》、白居易的《钱塘湖春行》以及艾青的《春》构成一组,编入同一篇课文。这并不是说王宜振的诗作,已经和这些大诗人达到同样的历史价值,而是为了孩子和老师提供一种现成的、同类的可比性,历史的可比性,艺术想象的可比性,以便他们在比较中,体悟到艺术想象和话语的发展和变化。

　　我还特别为王宜振的诗写了一个解读。

　　为了充分说明问题,我把对他的诗的解读提供给读者:

　　我先指出古代诗人的春天的一个共同的特点,那就是大自然的美好和情致的美好。现代诗人艾青突破了这个模式,在他的想象中,春天的花不一定是和美好的景色联系在一起的,他有意把它和恐怖的屠场、死亡的墓窟相关联。也就是说,春天,既可以和美的桃花,也可以和不美的东西联系起来,这就为诗歌艺术想象开拓了新的途径。所有的这些诗人抒写的都是成人的春天,而王宜振的春天,是儿童的春天。从某些方面看,作者着力描写的大抵是春天的景色,从毛毛雨到新芽,从蛙鸣到风筝,还有蝴蝶、蜜蜂、蝌蚪等等。这些春天的景象,在以春为题的诗歌中,可能是老生常谈了;但是读这首诗时,我们并不觉得陈旧,相反有一种强烈的清新感。这种清新感不一定来自那些春天的崭新景象,更多是来自对春天景象的一种崭新的感觉。这种感觉究竟新在哪里呢? 且看诗歌本身:

　　　　春天的毛毛雨
　　　　洗得小树发亮
　　　　一些新芽,像鸟嘴
　　　　啄得小树发痒

　　作者所关注的春天景象,不同寻常,和古典诗人不同,和当代诗人也不同。是不是都有一种"小小"的感觉？雨是小小的、毛毛的，树是小小的，新芽当然也是小小的，就是比喻的喻体，像鸟嘴，当然也是小小的。这些小小的景象，是不是有一种小小的眼光在背后？小树被雨洗得发亮，而新芽则被啄得发痒。这个"痒"字，本来很普通，可是用在这里，却很精彩：鸟的嘴巴会把小树啄得发痒，这样的小小的感觉，幼小的感觉，是不是只有小孩子才有？

这首诗的特点，就集中在幼小的、孩子的感觉之中。抓住这个小小的，幼稚的感觉，才能抓住这首诗的想象的出发点。

从这幼小的"痒"的感觉开始，发展下去，逐渐透露一系列的孩子气的感觉：

泥土里拱出的两片新叶
说是浅绿，更是鹅黄
像两只闪闪烁烁的眼睛
望着新鲜的世界痴痴畅想

叶子的颜色是美的，这是大人也有的感觉，但是把新叶当成闪闪烁烁的眼睛，则不像是大人特有的想象。下面的一句就更让人感觉到，这不仅是孩子的感觉，而且有孩子气的感情，除了孩子，谁会觉得这个世界"新鲜"？大人早已习惯了，早就没有新鲜的感觉了，就是偶尔有一点，也不会对着它"痴痴"地想。"痴痴"这两个字，用得很传神，幼稚的心灵，对一切都感到新鲜的，因为新鲜，才好奇，知识又不多，想象认真入迷，却是孩子气的。痴痴，写出了一片天真烂漫，改成近义词："呆呆"的，不行，改成"傻傻"的，也不行。

下面就更有孩子的特点了，抛石子，当然是孩子才会干的，但是，最出色的还是想象石子"会变成一只蝴蝶展翅飞翔"。这就不但是天真烂漫，而且有点调皮了。这里的联想是很讲究的，石子抛出去，运动的弧线，和蝴蝶的飞翔，是相近相似的，至于掀开书页都能听到蜜蜂在歌唱，似乎有点勉强，为了补救，作者加上四个字："侧耳倾听"，反正是别人听不见，自己听到什么都可以。这一切都令人感到孩子的心目中的春天的一切，是快乐的、无拘无束的。

下面的一节，仍然是孩子气的想象：蝌蚪像美人的雀斑，蛙鸣像吟诗。这时，读者已经不知不觉地被作者从视觉的美，带进听觉的美的境界了。

从这里，可以看到想象的导向是美化，一切都是美好的，但又是孩子气的天真的。

孩子气的想象的特点，除了上面所提到的以外，还有一个特点，就是相当单纯，不复杂。

下面这两节，诗意深化了，春天在心上荡漾，风筝驮着阳光，孩子的特点淡化了，但仍然比较单纯，最后一节，采一片树叶，做成叶笛，表达内心的欢乐。这是一般人都能写得出的，但是下面这一句，则是神来之笔：

把春天吹得摇摇晃晃

究竟是春天摇摇晃晃，还是作者自己陶醉得摇摇晃晃呢？事实上春天不可能摇摇晃晃的，作者显然有点醉了。最后一句，回家"抖出一地春的芳香"，则是从嗅觉上把这种陶醉感加以渲染。

但是，光是模拟儿童天真的想象，并不一定能够保证儿童诗在艺术上有创造力。艺术家的任务,是在不断地更新,不断地突破,不断地冲击那种表面的和隐蔽的成规。从他的诗作中可以看出,他不仅熟练地驾驭着传统儿童诗的想象,而且得心应手,表现了他的成熟。但是,更为可贵的是,他常常又在突破传统,把一些现代派的想象与传统的儿童诗的想象结合起来。二者之间的矛盾被他消解得水乳交融。这样,他的儿童诗就具有了一种称得上是艺术的东西。他的《春天很大又很小》中有这样的句子:

> 春天到底有多大
> 问问那棵树,也许会知道
> 大树说:春天是一只大鸟
> 一棵树只是它的一根羽毛

这里显然突破了古典的想象,融入了现代诗歌的想象。古典诗歌的想象变形,没有这么大的幅度。传统的想象,属于浪漫型的"近取譬",以生活的近距离感性取胜,而现代派的想象则以"远取譬",以生活和情绪的感性中有深层的理念,因而联想不但遥远而且曲折。

> 乡下的父亲
> 跟我睡在一起
> 夜深人静,父亲的骨节在舒展
> 从骨节里蹦出一片蛙声

从骨节到蛙声联想的距离,是跳跃过了一系列的联想环节的。这是需要读者去补充的。同样的例子,是关于母亲的诗句:

> 母亲抓一把风拧着
> 拧出一首民歌
> 母亲抓一把土捏着
> 捏出一首民歌

这些联想,具有突破性,对于少年读者的想象既是一种挑战,又是一种开拓。值得珍惜的是,在远距离想象的探索、曲折的联想和想象方面,王宜振所表现出的勇气。更值得欣慰的是,他的探索的联想渠道,又是十分精致的。正是因为这样,他的儿童诗,就经得起欣赏,经得起时间的考验。

王宜振目前写得好的诗,大都是充满了农村乡土的情调的。我相信,几十年以后,我们国家农业人口也像西方各国那样,只剩下百分之几,成为公民中的少数,那时候王宜振的诗歌,其生命力仍然不会衰退。今天读王宜振的诗歌的孩子们的孩子们,仍然会为他想象的新异而受到感动。正如我们今天读古典的诗歌那样。

艺术上有创造和突破的作品,是能够跨越时代的。

(原载《人民日报》2005年12月22日)

# 30年后看梅子涵

刘绪源

梅子涵正式发表儿童文学作品,到现在,正好30年。回过头去看他的创作道路,很有一些东西可以总结。

如大致地分一下,我以为,他的创作可分为四个阶段。这其中的变化,源于他自己的努力和追求,也源于不同时期文学氛围的诱引和推动。他的文学野心始终蓬勃存在,并不因年龄和写作经历的增长而稍减,他始终在摸索,在寻求突破,始终希望自己能跑在这一领域的最前端——这正是他的令人欣喜赞叹之处。我想,真正的作家就应该这样。那些昙花一现的,在需要或无聊时偶拾一下文学敲门砖的,都不能与他同日而语。

他最早的较有影响的作品,是短篇小说《马老师喜欢的》,发表在江苏《少年文艺》,时间是1979年。这篇作品获得了江苏的儿童文学奖,他自己也甚为满意。但时过30年,现在重读,我们会发现,其中确有感人的东西,作者的叙述语言也有自己的特点,然而作品毕竟还是幼稚的,那一时代的急于想说明一些什么的创作习惯在此中也有体现,整个小说真正的内核就是一次家访,读后的感觉是单薄的,不厚实的,因而后面收尾时的拔高就有了明显的跳跃感。当时,整个儿童文学界尚在复苏期,所以这样的能透露一点感人的春天气息的新作,自有其不可抹杀的功绩。他随后还有一些小说陆续发表,大多是温馨而有儿童情趣的,文学质量也大抵相似,这可视为他的第一阶段。

第二阶段,我认为是他创作中的一个重要的高潮,可以他的《男子汉进行曲》为代表,时间大约在20世纪80年代中期。这时他的创作相当活跃,作品也形成了自己的风格。即以《男子汉进行曲》为例,这个短篇的文字并不比"马老师"多多少,所写的是考试前一个男孩在女生面前的一段内心独白,事情比前者更小,更短暂,然而丝毫没有单薄感,结构上也没有一点人为的拔高或跳跃,一切顺理成章,读后只感到真实而充实,小男子汉的形象也十分丰满。我想,关键是作者找到了如何把自己的真生命,和自己所要表现的人物的生活,巧妙地融为一体的方法。小说中的男子汉在体育比赛中跑了第一,但女生还是看不起他,至少没有像他所想象的那样赞扬他、仰视他,而他是那样急迫地等待着这种赞扬或仰视。他知道其中的原因,是自己考试成绩不好,还有两次在考试时偷看,被女生俞小雯发现了。这次他发愤了,他已作了充分的准备,他坚信自己能够考好。当别人都还在紧张地备考时,那个始终能考100分的俞小雯闲闲地拨弄橡皮,一点也不紧张;而他也不紧张,他不时地用脚打着拍子。"俞小雯看了我一眼。看什么?这是男子汉进行曲!"小说中的男子汉,在很大程度上就是梅子涵自己,他自己也是十分注重外界的评价的,对于自己认为已达到的高度而外界未予足够的赞扬他也会有抑制不住的不平或愤怒;但他不因此而消沉,他会更加努力发愤,要以新的更明显的成绩"做给你看"。这是童心不泯的体现,也是他的可爱之处。在这一阶段,他把内在的生活积累与所要表现的人物,把成人作家的创作个性与儿童的心理、儿童的接受能力,结合得甚为完美。这篇《男子汉进行曲》堪称少年文学佳作,今后如有人写新时期儿童文学史,一定不能遗漏这样的作品。

然而,当时的文坛,更注重的是"突破"和"探索"。我曾研究过那一时期的文学气氛,我发现,真能在那时脱颖而出的是三类作品,即在思想上有"突破",能引发轰动效应的;在艺术上有"探索",让人觉得形式新奇无比的;或者内容和形式都落入流俗,但能抓住人,能拥有大量读者的。这三者之外的真正具有较高审美价值的"人的文学",即那些厚实隽永、拥有长久生命力的作品,却很少有人喝彩(我曾把这些观点写入我的一本《逃出"怪圈"》的小册子)。这在中国,本是正常现象,一个成熟的作家应能冷静待之。比如成人文学界的汪曾祺、林斤澜等,就都在度过一个很长的阶段后,获得了普遍而极高的赞誉。但梅子涵却更像一个迫切的男孩。他渐渐和几位很活跃的"探索型"作家走到一起,当然他并没有离开自己的创作个性,他选择了自己最为欣赏的塞林格的路子,刻意将《麦田里的守望者》的叙述节奏融入自己的创作。他写出了《我们没有表》《双人茶座》等一批作品,时间大约在20世纪八九十年代之交。这就是他的第三阶段吧。在他把短篇小说《双人茶座》寄给编辑部时,还专门附了一封信,告诉他们:你们写评论的话,要从我的某某探索点上下笔。这信后来也发表了。这种急切地要求别人发现并承认自己的探索的心情,与他笔下的考试前的"男子汉",何其相似乃尔?

不能说他的这些探索作品都不成功,但我以为,与他的第二阶段相比,他这一时期的创作,离儿童远了,离儿童的审美习惯远了,离他自己内在的真生命,也有了一些疏离(虽然离得还并不远)。这一阶段,他受到过一些老作家的批评,也在不同场合表达过自己的压抑和悲愤。但他仍在努力,并不萎靡,仍坚守他那男子汉的向上的冲劲。

这样,到20世纪90年代的中期,梅子涵迎来了他的真正的黄金期。最初的转机出现在1995年,他的散文《玩的暑假》一反前一时期相对晦涩的风格,对儿时的暑假的游戏经历如数家珍,透露了他立志"变法"的端倪。随后发表的短篇小说《曹迪民先生的故事》,津津有味地诉说着初入学的少年曹迪民的尴尬故事(包括在教室里小便那样的特大洋相),却非但没有一点"教育"的意思,反而处处伴随着一抹愉快的欣赏的笑意。这篇大出人们意料的作品获得了普遍的喜爱和好评。以后就一发而不可收了,他写出了《李拉尔的故事》系列(北京出版社)和《戴小桥和他的哥们儿》系列(新蕾出版社),他兴趣盎然地追求一种曾被周作人称为"有意味的没有意思"的风格。这些作品的内容,多为不加掩饰地描摹孩子们充满童趣的动作、语言、思维,它们都有不合情理、不合逻辑的成分,或者说,都是很可笑的。对这样的事,长大了的孩子忙不迭地要遗忘或掩盖,成人则往往会忽略它们,或认为这类乱七八糟的事根本不值一提。而现在,一位作家把它们认真地、像宝贝似的拾掇起来,细细地、充满感情地摆布开来,像开演正规的大戏似的一幕幕地展示它们,这就不免让人惊奇了。于是,孩子们都笑了,那是一种羞涩而会心的笑。大人们也笑了,那是一种喜爱的笑。在拙著《儿童文学的三大母题》中,我将这一类型的作品归入"自然的母题"(诺索夫的好些小说,任大霖的那篇在20世纪60年代极显另类的《我的朋友容容》,在性质上都与之相近)。它们是儿童文学中一个极重要的品类。梅子涵在这些作品中,真正找到了自己,或者说,找到了最完整最独特的自己。这就是他的第四个阶段。

需要特别指出的是,梅子涵的这些充满童趣的作品,其实是一种特殊的"纪实小说",它们是真正从生活中来的。我简直不相信谁能编得出这样的故事。正如他写的《女儿的故事》《曹迪民先生的故事》一样,这些故事都曾真实地发生在孩子们身上,他至多是在

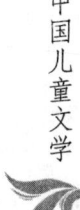

真实的基础上作了些艺术改造而已。如《我们的公虎队》中的戴小桥上小学报名时，对老师谈起自己的理想，他说："要当警察……要开飞机……还有……剃头！"差点没把一旁的妈妈气死。这是真正的童趣，是极具个性，而又确能在一定程度上担当马克思所说的人类"原始的完整"这一天性的。这样的作品，真可谓"成如容易却艰辛"，它有着内在的严肃性，也有很强的文学性。目前市场上部分畅销的快速编造的简陋的搞笑故事，是无法拿来同它相比的。

梅子涵的第四阶段已延续了十几年。他还不老。以他的男子汉的性格，他还会给我们以新一轮的惊喜吗？他是不是听到了过多的赞扬？他会不会因为没有了先前的压抑感而不再发愤进取？

我们等着他男子汉式的回答。

（原载《中华读书报》2009 年 2 月 11 日）

# 评竹林中篇小说《夜明珠》《晨露》

吴周文

> 谁要想当作家,谁就必须在自己身上找到自己——一定要找到自己。
>
> ——高尔基

新时期的小说在艺术形式的创造与革新方面,比之17年有了明显的突破和发展,出现了一批优秀作品。它们在继承民族传统的基础上,突破时空概念的限制,从刻画人物心理状貌和抒写作家的主观感情出发,以写人和写情来结构故事,展开情节,使小说本身具有浓郁的抒情性和概括生活的容量,因而更有深度和力度地探索人物的心灵世界。人们称它们为"心态小说""抒情小说"或者"诗体小说"。这一类作品已经成为小说创作中一股新崛起的潮流,而且越来越为广大读者所接受,赢得他们的喜爱。这种小说艺术形式变革的思潮,很自然地影响到儿童文学的创作。

正当人们讨论儿童文学中、长篇的创作如何改变现状,提高质量的时候,正当有人提出儿童中、长篇应在艺术方面有所突破的时候,正当有人担心一些不重情节而注重写人写情的好作品,会被刊物或出版社筛掉的时候,竹林的中篇小说《夜明珠》和《晨露》(分别刊于《未来》总第2、4辑),却像两朵奇异的云出现在我们的眼前,使我们耳目一新。

我认为,竹林同志的这两部中篇,是当前儿童文学创作领域里出现的"抒情小说"。

托尔斯泰说过这样的艺术箴言:"只有当艺术家在努力探索的时候,真正的艺术作品——感人的艺术作品才能出现。"(《托尔斯泰日记》)作家在他的创作中努力去寻找他自己,执着地进行自己的艺术探索,才有可能写出感人的有所突破的作品。竹林便是这样一位殚精竭虑地寻找她自己的作家,年轻的作家没有满足于她起步的成名作《生活的路》,更没有满足于她的儿童散文《老水牛的眼镜》在全国第二次少儿文艺创作评选中获奖;相反的,她在儿童文学中、长篇的创作中继续着她的艺术探求,在《夜明珠》和《晨露》中,她试图使儿童小说向诗和抒情散文更接近一步,以达到一个新的艺术的高度,这表现出竹林敢于打破传统、敢于革新的创造精神。正是这个原因,她的两部中篇贮满着诗意和抒情的美。我们分析这两部中篇的一些特色,对于繁荣儿童小说的创作,也许是有一定的积极意义的。

## 一

《夜明珠》和《晨露》的积极追求,首先表现为竹林是营构两个相互联系而又可以单独成篇的抒情故事。

竹林没有去追求曲折离奇、惊心动魄的故事情节,两部中篇既没有突出的中心纠葛,也没有尖锐复杂的矛盾冲突,似乎更难以找到矛盾冲突的高潮。如果从一般儿童小说情节提炼的要求来看,两部中篇的题材也完全可以重新构思,写成两个精约凝练的短篇。

但是,竹林的旨趣,是通过孩子们放牛、捡豆、饲养鱼鹰和小兔等微小的事情,探究他们幼小心灵的隐秘和感情的微波细澜,在抒写小事细节中间寄寓作者的情思和想象,因而给它们笼上一层诗的氤氲。于是,生活中的小事细节,在作者的笔下变成抒情性的故事,是叙事的情节,也是抒情的情节,作者一路写来,涉笔成趣,若行云流水,自然而错落有致。这种对题材的剪取和熔炼,应该说更接近于叙事诗或者说是抒情散文。

然而,这不等于说竹林没有她的艺术构思,她是在寻求自己的构思。两部中篇在看似散漫的题材中间,有一条基本的抒情红线贯穿着,这就是:从塑造孩子们美好高尚、纯洁无瑕的心灵出发,着重抒写他们藏在心灵深处的真善美,即充满着强烈的正义感和深厚的同情心的"童心"。两部中篇正是抓住了一群孩子的"童心",进而把握到艺术构思的焦点。我们不妨剖析一下《夜明珠》的构思。一至三章,叙写几个孩子一起玩耍,陶醉于大自然的美和梦幻之中,展示竹林村大自然的绮丽风光;他们青梅竹马、互相无猜,但也发生了小小的矛盾,贪馋的阿明让"小姑娘"引开阿芳,与"鸭子"去偷她家的梅子,不料被阿芳发现,引起阿明的理亏心虚和快快不乐。这是用和谐的和不和谐的、对称的和不对称的色调,来揭示和描绘儿童心灵纯真的美,为后来他们因阿芳双目失明而引起无限悔恨、用童真的心灵泉水去慰藉她的痛苦而勾画背景,也是"欲擒"而"故纵"之笔。第四章《夜明珠》,长烟管爷爷讲了一个东海龙宫的鱼鹰,为海里全体居民获得光明,勇敢地去玉皇大殿盗得夜明珠的童话,这为后来孩子们幻想为阿芳去东海寻找"夜明珠"作画龙点睛的准备,勇敢的鱼鹰和夜明珠,正是孩子们及其美丽心灵的传神写照。五至十一章写阿明故意与阿芳不睦,引起一场意想不到的后果:可怜的阿芳跌进氨水池而瞎了双眼,这为揭示阿明、"鸭子""小姑娘"的心灵制造了情节的根据,并通过他们的以悔恨、自疚的心情慰问她,和百依百顺地照护她的叙写,透视出孩子们那像夜明珠一般宝贵的同情心。十二、十三两章,层层揭示孩子们在阿芳绝望的时候,为给她带来光明而旋生的心灵波涛,最后冒着风险到东海去探宝。小说的结尾画龙点睛,即借"小姑娘"妈妈的嘴,点明"夜明珠"最美最动人的含义:

> "你们要为阿芳去找夜明珠,可夜明珠在你们的心里,"她激动地重复着,"因为你们的心是纯洁透亮的,我的心已经被你们照亮了……请你们放心,我一定要想办法,我们医院现在正在搞眼睛的异体移植,在研究……我要带阿芳去。一定让她重见光明!"

从上面的粗略分析可以看出,作者把握住构思的焦点,结构散而不乱。《晨露》的构思也大体如此,也是围绕着剖示一群孩子童稚的心态,进行叙事状物,写景抒情的。如果说《夜明珠》是在阿芳失明这件事情上"聚焦"而凝结抒情的诗意浓点,那么《晨露》则是在阿明、"鸭子"偷兔,使寄人篱下的梅宝遭到继父的打骂这件事情上"聚焦",而凝结作品的诗意和组织抒情的高潮,进而多侧面、多视点地揭示孩子们对梅宝继父—— 一个极端利己主义者的痛恨,和对梅宝相濡以沫的同情,即他们那颗颗像"晨露"那般洁净和闪光的心。两部中篇,把握构思的焦点,以若干个儿童生活的故事和片断,支撑起小说基本情节的架子,以抒写孩子们的美丽心灵作为抒情的线索,串起一个个故事和生活片断,以及用以剖示烘托孩子心灵的大量的风景画面,因而形成了外松内紧、明断暗续的艺术结构。唯其如此,小说虽然没有曲折离奇的故事情节,却有着散而不散、疏密相间的结构布局的艺术魅力,凝结着、透露着小说抒情的美,诗意的美。

二

《夜明珠》和《晨露》之所以成为动情的小说,不仅是因为儿童生活题材本身包含着动人的诗意,而且因为竹林以诗或散文的抒情方式,含蓄而又深挚地抒发了自己童心般的诗情。作为一位热爱儿童、热爱生活的女性作家,经过 6 年下乡插队的知青生活,看到了"在社会生活的茫茫大海里,有白浪滔天的风暴,也有碧蓝平静的海湾,有顺流也有逆流,有岛屿也有冰层和暗礁",她说,"我和我的年轻的同志和朋友们,就是在这样的大海里搏斗和前进。我们开始真切地体会到了我们社会制度中优越的和好的东西,感受到了人与人之间真的和美的成分,享受着人生的温暖和希望的阳光;但与此同时,由于'四害'的肆虐和作祟,我们也经历了只有在这段历史时期才有的思想上的混乱……也是在这样的生活道路上,我们开始学会了爱与恨。"(竹林著《生活的路》后记)竹林在生活中感受到真假、善恶和美丑,唤起了她满腔的热忱和激情,生活也使她明确了为儿童创作的使命感和责任心。因此,她希冀从"儿童们美好的心灵和天真纯洁的形象中",看到生活道路上的"光明和希望"(竹林著《自传》),这种思想成为《夜明珠》和《晨露》抒情的内在主题旋律。她爱竹林村孩子之所爱,她恨竹林村孩子之所恨;她写他们的喜怒哀乐,也是抒写自己的喜怒哀乐;她写他们心地的善良与纯真,幻想与憧憬,是为了使他们从中获得火、热、光明和生命,同时也是整个地托出自己的一颗美丽的童心。以童心写童心,是两部中篇抒情的特色之一。

然而,竹林的诗情和童心不是以直抒胸襟的方式表现出来的,所采用的是含蓄型抒情散文的那种"寄情于人"的间接抒情的方式,即借助于写人物的感情,间接地抒发自己的情感。人物的感情世界描写得愈是细致真切,作者自己的诗情也愈是抒写得细致真切。朱自清的《背影》是写父亲对儿子的父爱,父爱写得愈真挚,儿子(作者)对父亲的感情也就愈显得真挚,两种感情的交汇形成了《背影》摄人心魄的抒情力量。竹林的间接抒情,也是这样一种散文抒情的境界和魅力。

一方面是由于着重刻画人物心灵美的需要,另一方面也是由于间接抒情的需要,竹林在人物描写方面采用了新的抒情性的艺术手法,摸索、探求着自己的途径。我们不妨先举出一个实例:

> 阿明羞愧不安地闭上眼睛,顿时面前一片漆黑——阿芳的眼睛就是这样看不见了,这是真的!
>
> 怪谁呢?怪青蛙?怪小芊?怪赵阿婆?……不,不,都不是,真正要怪的,是他阿明!
>
> 是的,如果他不用竹竿戳她,不轰她走,那么她就一直蹲在树上看他们放鱼鹰;而蹲在树上看鱼鹰,就不会到场上去;不到场上去,就不会碰到赵阿婆和农忙托儿所的孩子,也不会去捉青蛙,不捉青蛙,小芊就不会爬到氨水池上去,阿芳就不会因为救小芊而熏瞎眼睛了……
>
> "怪阿明!怪阿明!怪阿明啊!"阿明垂着脑袋,无精打采地向前走去,他觉得鸟儿在头顶上啁啾,是喊出了这样的声音;风在竹林里呼啸,也是发出了这样的调子。他难过极了,恨不得狠狠地把自己揍一顿,虽然这样做对阿芳的

眼睛没有一点好处。

他想他怎么会这样坏，这样恶作剧地用竹竿去戳阿芳呢？鱼鹰捉不到鱼，根本和阿芳不相干，可是他却怪到了阿芳头上，喔，他是多么坏，多么坏哟！

他又想到阿芳是女孩子中间最大方的一个，即使吵架，过一夜，就又笑眯眯的了，从来不记仇。他骂了她，可是她还送老豆腐给他的鱼鹰吃……

像这样的例子，在两部中篇里随处可见。如果说竹林在《生活的路》这部长篇中，更多的是通过人物的语言和行动、人物之间的性格冲突去显示人物的内心世界，那她在《夜明珠》和《晨露》里则是更多地直接剖示儿童的纯真的心灵，直接用语言去描绘他们的内心潮汐。一般小说描写人物的做法，是客观地描写生活的本来面目，以人物的外部活动为中心展示生活的画面，这是从客观到主观、从外形到内心的传统手法，作者是客观的第三者，《生活的路》即是如此。而在两部儿童的中篇里，作者成了孩子们中间的一个角色，交替地以某一个角色的口吻和语感，再现他们的生活画面；她从主观到客观、从内心到外形地去描写人物，因而把儿童的内心世界刻画得淋漓尽致，全盘透明。阿明在听说阿芳失明以后，一下子陷入极度的后悔、负疚、痛苦和反思之中，作者不是着眼他的语言和外部行动的描写，而是写他的潜意识活动：先想象眼睛是怎么回事；再以他的推理逻辑反省是自己的"罪过"，又感觉到鸟儿和风都像在责怪阿明，最后又联想到平时阿芳对自己的友善和大方……在读者面前剖示出他在刹那间的感情流程和变化的层次。我以为这种手法不能简单地称之为心理描写，这中间是借鉴和糅合了意识流的手法的。在孩子们如痴如醉的梦幻与追求的描写中，作者用自由联想和抒情独白，惟妙惟肖地画出孩子们真实跳动的心灵（而自由联想和抒情独白正是意识流的两大表征）。失明的阿芳在绝望中摸到池塘去寻找她的已故的奶奶；她在得救后渴望光明而摸着描绘大自然的景色；梅宝划船一路寻找大公兔的一连串的幻梦；她在那位娘娘找她之后，脑海里闪回着对苦命妈妈的思恋，等等，都糅合着人物自己的联想、抒白，形成潜在意识的流动，因而多层次、多视角地写出儿童各自的性格色彩，形象鲜明而且饱满。

诚然，这种蕴含着内在抒情的描写手法，在一般成人小说中已不乏其例，然而竹林却能够运用到儿童小说的创作中来，而且获得了行之有效的艺术效果。应该说，它带着竹林自己的个性风格及其抒情的色彩。

三

《夜明珠》和《晨露》在艺术方面另一个显著的特色是，作者以抒情的笔致，绚丽多彩地描绘出江南水乡的自然风景和风俗画面，这些画面尤其是风景画贯穿着两部中篇的每一个乐章，使小说洋溢着诗情画意的美。

文学作品的基本内容是写人，写生活中活脱脱的人。既然是写人，就离不开人所生活的社会环境和自然环境，于是文学作品就离不开景物的描写。不过，像竹林这样在作品里穿插着估约三分之一篇幅的自然风景的画面，却是罕见的、大胆的。这显然是有意识的尝试。读者如果细读作品，就会感到，这是一次成功的尝试。是的，竹林是追求诗情画意，但不是片面地追求诗情画意。她的中篇的特点是把大量的自然风景的描写，与她的人物和抒情故事熔为一炉，创造出小说的诗的意境。如果删除了那些风景画，两部中篇便将黯然失色，也就失去了作品风格的光彩。

茅盾说:"作品中的环境描写,不论是社会环境或自然环境,都不是可有可无的装饰品,而是密切地联系着人物的思想和行动。作家常常要从各方面来考虑,在怎样的场合应该有怎样的环境描写。"(《关于艺术的技巧》)竹林的景物描写体现了这样的原则,它总是切合人物的思想和行动,为塑造人物形象服务。前面说过,竹林善于从内心到外形去描写孩子,揭示他们的潜在意识,景物描写便成了运用这种艺术手段的依托和凭借,成了孩子们的"心画"。所谓"化景物为情思"(范晞文著《对床夜语》),"一切景语皆情语"(王国维著《人间词话》),竹林以这些古典诗词创造意境的传统美学观点,赋予她小说的风景画以孩子们的思想和感情。换句话说,她给风景画穿上了儿童思想感情的衣裳。且看:

> 春天真叫人愉快。河里的水草是绿的,河边的柳树和芦竹也是绿的,小青蛙刚刚长出四条腿来,拖着一条尾巴就跳上岸去,似乎急于要看一看充满了阳光的芬芳的世界。
>
> "呱呱,呱呱!"它们用自己特殊的语言向天上飞过的鸟儿问好,向田沟里开放的鲜花致意。

整个画面抹上了一层新奇无比、惊喜若狂的儿童性格的色调,很寻常的景物突然变得奇美和饶有趣味。因为阿明和"鸭子"养的那对小兔子出现了奇迹,老花猫"妈妈"居然把小兔子当作自己的"儿女",给它们喂奶了!这在两个孩子的眼里,就寻找到了另一个"充满了阳光的芬芳的世界"!这里的景物描写,是对儿童思想感情的一种烘托。

另外一种情况,竹林笔下的景,逼真而又清晰地画出孩子心理变化的层次,是直接对孩子心灵的一种形象化的剖示。如:

> 梅宝抬起头来,正好一片云彩遮住了月亮,那云彩是白色的,朦肿的。大概天上的神羊就是这个样子。不过,要是神羊能变作一只小白兔,跳到她怀里,该是多么好啊!忽然她又想起,长烟管爷爷说,在月亮里,有一棵桂树,还有一只小白兔。可是,谁能给她一双翅膀,飞到月宫里去把它捉回来呢?
>
> ……"哗哗,哗哗!"她继续划着桨,河面上那些美丽的黑色花纹被她划碎了。

夜空、白云、月亮融进梅宝的意识里,构成了意识流的画面——幻想的背后是她找兔的焦急、忧虑和惆怅,幻影的"花纹"终究要被"划碎"。烘托的作用,剖示的作用,都是把人物的情、作者的情和形象的画面融洽、胶着起来,成为小说规定情境里的艺术境界,情以景生,景著情采,这不是诗的意境么?所谓意境,就是外在的形象画面与内在的思想情感的交融和升华,景与情会,意与境谐,两者是浑成的统一。竹林的风景画达到了诗情与画意的交融,有着诗的意境的美。

两部中篇中的大量的风景画还有一种艺术的效能,就是置小说的人物于诗情画意之中,使人物抹上了一层诗意的色彩。青翠的竹林,恬静的梨园,充满生命的池塘,变换着色彩的田野,弯弯曲曲的小河和载着仙梦似的小船,这一切反复地出现在小说里,每一次出现都变幻着它们光怪陆离的情调和光影。那机灵勇敢而有些淘气的阿明,盲从憨直而有些木讷的"鸭子",大大方方、心地善良的阿芳,温和文雅并带几分忠厚的"小姑娘",沉默寡言、心灵手巧的梅宝，一个个的孩子，就在这些风景画变幻的情调与光影中显示出他们性格的色彩和闪耀着他们与大自然一般真淳的童心，因而都成了诗化的人物，带着诗一般的氛围与情调。即使着墨不多的杨老师也是如此。当她意外地出现在梨园里，给梅宝那颗苦痛和瑟缩的心灵倾注琼浆玉液的时候，作品描绘了这样一幅画面：

> ……天上飘浮的云朵却在这时消散了，白白细亮的上弦月，挂在湛蓝的天幕上。皎洁的月光洒下来，空中像飘起了雪花——一种想象中的，或者梦境里可以见到的透明晶莹的雪，无声无息地弥漫着，而那枝头的花朵呢，它也像落了一层雪——这简直是真实的雪，洁白，优雅，透着真正的雪的清冷的气息。这一切构成了一个冰清玉洁的世界。

在这月色明澈、气氛静谧的梨园里，杨老师就像"雪地里的一枝红梅那么鲜艳夺目""卷曲的秀发""橘红色的毛衣""窈窕可爱的身材"，像一尊雕塑那般的美。美的自然画面的映衬，美的肖像画的勾勒，构成了画面和谐的统一，画面阐释着人物，人物辉照着画面，人物和画面就这样叠映、弥合在一起了，使杨老师那颗冰清玉洁的心得到形象的写照和诗意的升华，人物形象便自然而然地焕发出诗的情调。把人物设置在情景交融的画面里，人物也就完全被诗意化了，同时略带一点浪漫主义气息。

### 四

《夜明珠》和《晨露》的语言，是优美的文学语言，自然是小说的语言，但更像是抒情散文的语言，准确地说，具有抒情散文的某些特点。

作为儿童小说的语言，两部中篇通俗、流畅、自然、活泼，作者善于把握儿童的心理特点和欣赏习惯，以孩子的口吻和观感来观察事物，看取世界，使小说的语言有着浓厚的天真、新奇的真味。使小说具有抒情散文的某些特点，这也是竹林艺术追求的一个方面。对此，我们至少可以从以下两个方面来认识。

首先，赋予语言以浓郁的抒情色彩。

抒情散文的语言美，不是简单地以准确、鲜明、生动几个字就可以概括其特点的。我们认为，它的根本特点是其抒情性，也就是真情的自然流露。作者的真情从心田里倾吐出来，付诸纸笔，让文章的语言暗暗透露出真实的情调和韵味，使语言浸润着"人格的调子"。竹林的语言有着这样的特点，尤其是那些风景画的描写中，表现得特别显著。例如：

> 太阳还没有出来，但是它已经把东方的云彩吻得绯红了。丝丝缕缕的雾气，从小池塘的水面上升起来；亭亭玉立的荷花花苞，在雾气中半遮起了新娘般羞涩的脸。在肥硕的浮莲叶子下面，传来鲤鱼击水的泼剌声，有时，这声音也从岸边的水花生和菖蒲丛中发出。老柳树仿佛是一个童心未泯的老头儿，倾斜着它长满疙瘩的苍老的身躯，好奇地窥视着池塘里的秘密，把它的年轻的翠绿的枝叶，一直浸到清凉的水里。

这是孩子眼里的池塘，更是作者以抒情的线条和色彩所描绘的自己心目中的池塘。这里的描写语言不仅准确地刻画了景物的生机、气息和精神拟态，而且显露出作者童心可掬的内在情韵——那种对池塘的情动神摇、深深迷恋的情。她孩子般地唱出了一首"春"驻池塘的赞美诗。情虽溢于言表,却又深蕴于语言中间,是含蓄的,又是浓郁的。

其次,赋予语言以丰富的想象力。

抒情散文的语言应该留给读者以充分的想象和回味的余地,让读者通过语言获得艺术欣赏,这就要求作家赋予语言以丰富的想象力。竹林善于运用大量的瑰丽新颖的比喻,使语言获得这种美感特征。上面引例中,把荷苞比作"新娘般羞涩的脸",把老柳树比作"童心未泯的老头儿",就把池塘扑朔迷离的气氛给点染出来,使人浮想翩翩,遐思绵绵。如荷苞一比,就启迪我们想象:新娘总是怕见人的,见人就会脸红,那荷苞外面的色彩一定是淡红的;既然是"半遮起"的"脸",荷苞一定是处在绿叶扶疏与掩映之中;既然是"在雾气中",那淡红的荷苞看起来一定是迷迷离离、不甚分明……诸如此类的比喻在两部中篇里俯拾即是。作者在准确把握事物特征的基础上,再现它们在孩子眼里的栩栩如生的情态,而且运用儿童所习见的事物作比,这就能够引导儿童读者作天真烂漫的联想和想象。竹林的比喻有时结合着拟人、通感、象征和比喻的手法,使语言的想象的彩翼飞动起来,因而有时洋溢着一些童话的语言色调。

如果要概括《夜明珠》和《晨露》的艺术风格,是否可以说,它们像田园的牧歌,像"夜明珠"那个美丽的童话,也像无韵的诗。然而,它们更像抒情散文。竹林的艺术风格是秀娟明丽的美,是清新俊逸的美。总之,两部中篇的风格是抒情小说的诗意和美,是竹林"在自己身上找到自己"的风格美。

两部中篇也许还存在着可以疵议和商榷的地方。如《夜明珠》的结尾部分,写孩子们去东海寻找童话里的"夜明珠",是否显得不够真实,因而留下一点编故事的斧痕;如长烟管爷爷和梅宝的继父"皮海兜"的形象还不够饱满;对"皮海兜"的批判还不够有力……这里提出来,就教于作者和广大读者。

我们期待着竹林同志为"未来世纪的公民",献出更动人、更优美的作品;同时我们祝愿她在儿童文学的创作方面百尺竿头,更进一步,取得更大更可喜的成就。

(原载《未来》第 7 辑,江苏少年儿童出版社 1983 年版)

# 董宏猷儿童小说创作道路初探

易文翔

董宏猷是中国当代文坛上著名的儿童小说作家,如历史上的"南洪北孔",他在儿童文学领域享有"南董"的美誉,创作了诸如《一百个中国孩子的梦》《十四岁的森林》等优秀作品。

他在长江岸边度过了童年,家境贫困,9岁的时候曾到长江码头给"车老板"拉车,小小年纪便尝到了生活的酸甜苦辣。这段"小纤夫"的人生经历在他心中留下了不可磨灭的印记,日后不少作品的素材都源于这段生活。他的创作从下乡开始。1968年12月,根据当时的政策,董宏猷作为知识青年下放到农村。在农村,他一度担任小学教师,这期间开始从事创作,发表短诗《女司机》《深山赋》,小说《工分问题》等。1977年10月,董宏猷被推荐至华中师范学院中文系学习,毕业后分配到武汉市洪山区西港中学任教。这段时间他又创作了《雪花飘飘》《月光曲》《阿鹏》等作品。

20世纪80年代初,经过一段时间的探索,董宏猷的创作开始进入第一个高潮,也是这个时候他的创作开始转向。此前的作品,以《雪花飘飘》《阿鹏》为代表,主要是歌颂生活中普通而又有"闪光点"的人物。《吸力》(《儿童文学》1982年第5期)发表后,董宏猷的视角开始投向儿童,在儿童身上聚焦。从20世纪80年代初到21世纪初20年的时间里,董宏猷创作了近200万字的儿童文学作品,整个创作呈现出从自身——周围环境——社会视野的逐渐扩大,从关注表象到探寻内质逐渐深入的取向。据此,可以将董宏猷迄今为止的儿童小说创作分为四个阶段:

1.20世纪80年代初到1987年前后,为创作的开拓期,代表作有《清香清香的栀子花》《少男少女进行曲》《长江的童话》《大江魂》等。

2.1987年前后至20世纪90年代初,代表作有《一百个中国孩子的梦》等。

3.20世纪90年代初至90年代中期,代表作有《山鬼》《十四岁的森林》等。

4.20世纪90年代中期以后,代表作有《胖叔叔》等。

## 一、校园·长江·码头

以《吸力》发表为标志,董宏猷开始从事儿童文学创作。刚刚踏入儿童文学领域,董宏猷便创作出了《清香清香的栀子花》《湖畔静悄悄》《还有一位老船长》等颇有影响的作品,被誉为儿童文学领域的"南董"。

他这时期创作的一个重要部分是校园文学。他曾一度担任小学、中学教师,与孩子们朝夕相处的生活触动了他创作的神思,"情动于中而形诸言",他的第一篇儿童小说《吸力》就是以校园生活为题材的。它一出现就以尊重儿童好奇心强、求知欲旺盛的天性,给儿童文学及教育领域吹进了一股清新的风。《少男少女进行曲》进一步加强了这一点。小说写的是一群"乱班"的学生在老师和长辈的教育、引导以及第二课堂的熏陶下,经过现实生活的磨炼,健康成长的故事。这篇小说采撷少年生活程度之广在当时是少见的,它从第二课堂生活入手,融入集邮、捕蝶、收藏古钱币等知识,将自然、社会、人生结合在一起,深入中学生所经历的生活,演奏了一曲 20 世纪 80 年代少年成长进行曲。在对待孩子成长的问题上,作者在小说中提出了正面引导、启迪的方法,让少年通过自己的思考和体验去认识生活。在这些校园题材的小说中,董宏猷从自我的成长经历推及儿童的成长,以教师的责任心为孩子们提供成长的指南,通过一个个生动的故事来教导孩子们认识社会、认识人生。如在《清香清香的栀子花》中,他通过春玲、凤姣两个女孩子给同学送栀子花的故事,赞美心地像栀子花一样纯洁、美丽的凤姣,争强好胜、受大人权力意识影响的春玲在这个过程中思想也有了转变。在这栀子花的清香中,作者将"真""善""美"带给了小读者。早期的校园小说创作正如作家所描绘的那一束"清香清香的栀子花",题材虽小,却以它一尘不染的纯洁和沁人心脾的清香将读者带入一个充满温馨与活力的希望之所。

董宏猷另一重要部分的创作是以自我为本位的"码头系列"。作家在这部分作品中投注了较多的自我生命体验,通过创作来传达自我的价值判断和理想实现。《长江的童话》《还有一位老船长》《弓》《初夏》以及稍后的《西瓜的故事》都属于此类。这些作品就像高尔基的创作,是自传的摹本。欢喜大爹(《长江的童话》)、黑老三(《还有一位老船长》《西瓜的故事》)是作者童年时代心目中的父亲形象,尤其是黑老三,作者用饱含真情的笔墨刻画了这位粗犷、豪爽、坚定、勇毅的汉子,他身上的传奇色彩,他对生活的执着追求,他对没有父亲的"我"的教导与关怀,无不凸现这一父亲形象的伟力,这是作者因从小缺乏父爱而产生的父性崇拜心理意识的显现。在这类作品中,作家的感情凝聚于"码头"和"长江"。"码头"是他人生的课堂,在这里他懂得了自尊、自立、自强。他赞扬码头的"硬汉"精神,《长江的童话》中的欢喜大爹和丑货为了点燃被雷电击灭的航标灯,牺牲了自己的生命,这是"硬汉"阳刚之气的极致。"长江"是生命的源泉,面对滔滔江水,作者思考生命的意义。

他 1986 年发表的《大江魂》开始涉足儿童的深层心理意识,追问生命力量之源。少年小双因为哥哥的死激发了他横渡长江的信念,面对百年未遇的洪汛,他与大江展开了搏斗。这是一篇展现超人意志与人格力量的雄伟篇章。那反复出现的白色的江鸥,是一种象征,象征着"大江永不停息,永远进击的灵魂"。小主人公在江鸥的感召下,面对死神的威胁,没有退却,在与大江的搏击中,"感到了一种力量,一种壮美,一种拼搏的快感,一种生命力与意志的勃发和激奋",凭着这股力量,他战胜了汹涌的大江,到达了终点。他的力量来自于哥哥之死在他心中内化为战胜大江的欲望,更来自于滔滔江水——它既是不幸的根源,又是力量的源泉,就像在现实生活中,不幸往往能成为一个人奋进的起点。

这部分"码头系列"作品在当代儿童小说领域有着特殊的意义。"文革"结束后,复苏的儿童文学界虽然重新打出了"童心"的旗帜,但整个儿童文学创作领域弥漫着一种"甜""轻""软"的风气。著名儿童文学作家、理论家班马曾指出:"我国的儿童文学,几十年以来似乎逐渐形成了一股女性化的、母爱式的、阴柔气质的艺术氛围;在十年动乱结束后的最初几年,伴随着回寻'童心'的情绪和突然地进入独生子女的时代,这种氛围竟越发浓重,一时,整个儿童文学显得更'甜'。"[①]20 世纪 80 年代崛起的新生代对此不满,他们崇尚"阳刚之美",极力张扬一种强悍、雄辩、潇洒、硬朗的个性,并把它视为未来民族性格的要素。在新生代看来,"儿童的一切均指向未来,儿童的存在和意义与民族的生存和意义是融为一体的"[②],因此,"儿童文学承担着塑造未来民族性格的天职","只有站在塑造未来民族性格这个高度,儿童文学才有可能出现蕴涵深厚的历史内容、富有全新精神和具有强度力度的作品"[③],塑造未来民族性格成为 20 世纪 80 年代儿童文学的主题核心。董宏猷是这一理论的实践者,他的"码头系列"作品无不渗透着这种意识,他在《弓》《初夏》

《西瓜的故事》等作品中,肯定小主人公初萌的自立、自强意识,表现当代少年奋勇进取的阳刚气质。而且,他在张扬这种"力度"时,与其他新生代作家不同的是,他笔下的人物又多了一分楚人的气度和野逸。这种追求力度的小说看似有成人化色彩,而实际上是对"儿童本位"观念的复归,它对儿童文学的接受对象——少年儿童精神世界有更深层的把握和多维的表现,是对少年儿童的人格独立、自主、自尊、自信真正的尊重和理解。在他的作品中,这种"成人化"还展示了传统文化品质对一个孩子的浸染与熏陶,文本中流淌着一种顽强抗争的生命意志。在这种从传统到现代的儿童文学创作思想与审美意识嬗变的进程中,董宏猷无疑是创作先锋之一。他的"历史化童话"显示出了"阳刚"的艺术风格及"力度"的文学效应。因此比较校园小说,这一批小说更具有独特的文本价值。

董宏猷生长于一个贫困的家庭,他对社会底层的普通劳动者有着天生的感情,他用他的笔歌颂那些勤劳而又善良的人们:宁愿讨饭挨骂也为生产队留下苫种的张三妈(《深情》);身虽卑微却不计前嫌,帮助他人的老奶奶(《奶奶》);含辛茹苦把儿子养大送至大学,儿子被打成"右派"后,又重新使其振作的寡妇驼背老太(《弓》)……这些人都拥有一颗美好而纯洁的心,影响着他们身边的孩子。作者把他们当作孩子们的"生活导师",并以他们的价值取向来处理儿童题材小说,在《清香清香的栀子花》《"鳝鱼精"和"宋老尖"》《温暖的冬夜》《玻璃窗像冰块一样融化》等小说中,作者赞扬那些来自贫寒家庭,心灵美好的少年,批评那些养尊处优的富家子弟以及世故的成人,并有意将二者进行对比,甚至让后者被前者感化。这是作家在这一时期创作的模式。

这一阶段的小说主要由自传性质小说、校园题材小说两部分组成。作家在这些作品的人物身上灌注了中华民族的某些传统品格:张三妈的隐忍、老奶奶的善良、黑老三的豪放、牛娃子的倔强、小双的执着……作家希望通过创作将优秀的品质传递给下一代。这也是出于身为教师关注儿童成长的责任感。因此,在早期创作中,董宏猷总是有意地用一个个生动的故事去阐释做人的道理和哲理,企求与接受者心灵沟通,实现一种价值判断上的认同。

## 二、梦幻:文体的创新

踏上儿童文学创作之路后,董宏猷一直在努力地摆脱传统的束缚,拓展儿童小说创作的途径。《少男少女进行曲》将故事性、知识性、趣味性融为一体,可见作者苦心孤诣之所在。然而,这部作品仍有"说教"的影子。董宏猷渴望从旧有的儿童小说规范中挣脱出来,寻求一个新的高度去观照少年儿童的世界。终于,他意识到"以前我写小说,总把自己当作教师",要想贴近孩子,必须以儿童为本位,"把自己当成孩子",用一颗童心去感受孩子们的意识和无意识。

1987 年,《渴望》发表。这只是一个短篇小说,在董宏猷整个创作中所占分量很小。但是,这个短篇在董宏猷的创作历程中有着举足轻重的意义,它的出现,意味着董宏猷创作的一个突破,它真正体现了"把自己当作孩子"的创作宗旨。小说讲述的是男孩李龙龙在全家隆重庆祝他 10 岁生日那一天,被一辆疾驶的汽车碾死在追捡一只新足球的途中。他被焚化入土后,苏醒的灵魂回忆生前往事,憎恶禁锢他的死寂,渴望"再一次在阳光下活,在月亮下活,再一次自由自在地呼吸新鲜的空气,再一次看看活着的世界"。最后大地戏谑地让他重生为一株莲子草,他不知道莲子草是用来作猪食的,他非常高兴,决心"要好好地活着"。在这篇小说中,作家借用了某些现代的艺术手段,营构了一个纯粹的心理时空，深入体察儿童的精神世界，以儿童的视角来看待生命与死亡。这个充满梦魇色彩的幻象映射出了儿童的天性，也折射出现实社会对儿童天性的忽视与扭曲。《渴望》实现了作家创作转变的渴望，董宏猷的笔触开始深入儿童心灵深处，着力挖掘他们的内心世界。

这个时候，董宏猷已经参加"新潮儿童文学丛书"的创作，开始构思《一百个中国孩子的梦》。小说创作缘由据说是董宏猷在一次偶然的机会听闻了小女儿的一个梦，"她梦见自己发明了一台'作业机'，像缝纫机似的，缝纫机的针就是铅笔，把作业本喂进去，脚一踩，作业就做完了"④，这个梦触发了董宏猷的创作灵感，他借助梦幻的羽翼，"更充分更自由地展示中国孩子的心灵空间、心灵生活"⑤。它是董宏猷的第一部长篇儿童小说。在这部小说中，作者独具匠心地将记"梦"的手法运用于儿童文学领域，在变化无穷的梦幻世界演绎中国孩子的心路历程，丛书的艺术要旨是"回归艺术的正道"，梦幻体长篇小说《一百个中国孩子的梦》无疑是对丛书所追求的"文学变法"⑥的最好的阐释。

《一百个中国孩子的梦》记叙了从4岁到10岁各个年龄阶段不同孩子的梦，一共100个。在创作过程中，作家追求一个"魔方效应"，整部小说是一个长篇，而每一个梦又可独立成篇，每一个梦前后都有背景介绍，主体部分是梦境，借用纪实文学中的"口述实录"，这部作品也可称为"梦境实录"。然而，所记为"梦"，梦是一种超现实的形态，它不拘泥于人物、事件、情节的真实，不受时间的限制，虚中有实，实中有虚，荒诞不经，扑朔迷离；梦又是一种意念的神力，是虚构、幻想与创造的奇特组合，在其中甚至可以人、物不分，浑然一体。因此，这部小说亦虚亦实，似幻犹真，在奇幻与真实中，既有成长中的理想之境，又有现实中的成长之路。董宏猷在小说文体上的变革既是他对自己以前创作的突破，也是儿童文学领域在文体方面的创新。这部"梦书"深入到了儿童的潜意识深处，实现了与儿童心灵深处的沟通。从梦的内容来看，4岁的孩子关心的是自己的果味奶汁（《果味奶汁》），稍大一点则注意到周围的人和事物，十几岁的孩子则开始关注天下大事，甚至要为全球立法（《小小联合国》），从这种演进轨迹可以看出，孩子们的视角从自身转向外部，他们的心理发展过程仿佛就是人类心理从野蛮时代、开化时代、文明时代发展历程的复现。这部小说的规模在此前的中国儿童文学中不曾出现，就是在世界儿童文学中也属罕见，其独特的创意在整个20世纪的儿童文学领域有着不可替代的价值，故被誉为"中国当代儿童文学的一座奇特的艺术峰峦"，它的完成标志着董宏猷的儿童小说创作走向成熟。

### 三、神农架·黑风岭

一个不断探索、不断寻求创新的作家是不会满足于已取得的成就的。《一百个中国孩子的梦》荣获盛誉并没有使作家沉溺于各种光环之中。他又开始了创作道路上新的旅程。沿着"梦幻之路"，董宏猷又营造新的奇幻作品——《山鬼》，似乎董宏猷永远都是在求新求异的，《山鬼》也不例外。与一般的科幻小说侧重自然科学不同，这篇小说从人文科学领域进行科学幻想，借用屈原"山鬼"之题，将少年朋友引入传说中野人出没的神秘之所。它讲述的是一名少年随父探寻野人以及寻觅亲人的故事。田鸽一行寻找野人的过程，土家族祖先廪君的故事，彭大爷追击白虎，"野人"报恩的经历……这些就是一个个的传奇故事。而小说中反复出现的屈原的《九歌》有如电影中的背景音乐，增添了文本的文化底蕴。它又像一部寻根小说，文本中穿插的人类起源、土家族历史、图腾文化等人文知识，便是一种寻根。科幻、探险、寻根，作者将这些融汇在他所制造的奇幻之中，通过他的神来之笔，使作品悬念重重，虚实相照，充满神秘感、传奇感。田鸽的父亲田安民与自己的兄弟——"毛哥"都死在那古老而神秘的洞穴里。"毛人"在与蟒蛇的搏斗中牺牲了自己,而田安民的死却仿佛是一种宿命。这种宿命是巫的特质,楚人"其俗信鬼而好祠"[7],"山鬼"在文人的心目中永远具有神秘的色彩,屈子吟诵之后,沈从文也写过一篇《山鬼》。董宏猷写《山鬼》既是受楚文化潜移默化的濡染,也是他对楚文化的自觉追求。

走出神农架,董宏猷来到了宜昌市国营大老岭林场,在那里度过了三个夏天和一个秋天。大老岭的创业者——当年那群"知识少年"可歌可泣的故事深深打动了他,他从森林、从一代少年的身上找到了"更深层次思考人、人生、自然、生命的哲学支点"[8],《十四岁的森林》应运而生。经过近 4 年的笔耕不辍,他完成了这部力作《十四岁的森林》。与《一百个中国孩子的梦》不同的是,这部作品提供了一个生活时空,以"生活"的审美视角展现少年成长的历程。

《十四岁的森林》讲述了一批 14 至 17 岁的"知识少年"在黑风岭国营农场创业的故事。作者以"冬""春""夏""秋"四季构篇,展现少年生活情感经历。在各章之中穿插 9 则"森林的故事",完整地勾勒出森林起源、形成、发展过程。森林演进历程中所展示的生命哲学与小说人物的生命意志、人生悲剧感、历史宇宙感互为整合,共同得到动态地真实呈现,从而实现从文体突破到文本意蕴深化的飞跃。

"永恒"是董宏猷执着追求的一个信念,千古不息的大海、奔流不止的长江,都是他笔下反复出现的意象。在《十四岁的森林》中,他继续这种追求,"森林"象征着"永恒",9 则"森林的故事"讲述了森林起源、形成、发展、进化、变异的过程,这其中有毁灭,而毁灭意味着另一种新生。这种螺旋式前进的方式就是森林的生命循环。作者将森林的生命循环视为永恒,把对森林品格的追求也视为永恒。在小说中,森林的衍化过程与少年的成长过程相辅相成,作者意图在这二者之间完成对"人、人生、自然、生命"的更深层次的思考,将有限的人生寓于无限的自然环境中,实现一种永恒的价值。将二者作为两个生命体从前后两阶段分别对应来看,"森林的故事"的第一则是森林的起源,作者以拟人的手法描述了细小的蓝绿藻怎样艰苦地从海洋登陆以及森林在这一过程中为适应新的自然环境,争取新的生存和发展空间所作的巨大牺牲,它们最终成为这个星球美丽的生命,这是森林顽强的生命意志的体现;第二、三则讲述石炭纪森林的演化史,说明"生命只要有过一次辉煌也就无愧于这个世界",死亡意味着新生,森林毁灭后变成煤矿,作者感叹道:"一旦被开掘出来重见天日,它们又开出了多么绚丽多么灿烂多么辉煌的花啊! 那是通红的生命之花,那是点燃这个世界,推动世界前进的火啊!"小说的第一、二章以及第三章的前一部分主要讲述少年艰苦创业的历程,在他们身上焕发出了森林的这种品格,正因为这种呼应,少年的创业历史和创业精神得到了升华。森林的品格不仅仅是这些,在介绍种子植物、鲜花等植物知识后,接下来的几则是森林的生存哲学。森林作为一个恒定的整体,它"不仅给予每一种生命以生存空间,而且从不限制每一种生命展示其独特的个性","尊重每一种个性的独特魅力",因此它才显得"神秘奇诡而魅力无穷",它以包容万象、发展个性的气魄,保持生态平衡的自我调解机制永葆青春的生命活力。这些品格在一定程度上比前面部分更能显示森林的"永恒"。

森林磨炼了"知识少年"的意志,教会了他们团结互助。然而,当自然环境的威胁大大减弱的时候,在创业的基础基本牢固后,人与人之间的矛盾凸现出来:李松林对张大元的"整治";周金凤由爱生恨,对刘剑飞身世的揭露;获悉刘剑飞是土匪的儿子后,李松林、吴杰、林秀英三人态度的巨变……嫉恨、猜疑以及错误的政治意识与森林的自由、宽容、和谐形成对比,反衬森林的"不朽"。但黑风岭的少年毕竟生活在原始森林的怀抱,并不是人人都受血统论的支配,大多数人依据刘剑飞的品质来评价他,而没有仅仅因为血缘,就将柳八爷的罪恶算在他的身上,尤其是王小梅、春兰,在她们的身上闪耀着森林的品质。在最后一则"森林的故事"中,作者指出,森林虽屡遭劫难,"仍然顽强地生存下来,仍然顽强地保持着自己的尊严,保持着维护生命多样性以及给每一种生命以生存空间的独立品格",正因为这样,救火的英雄不需要"墓碑",他们的精神与森林一样"永生不死"。《十四岁的森林》是董宏猷小说创作的又一个高峰,他从"知青文学"中开掘出少年题材,把少年小说所要求的知识性、趣味性与自己所追求的深层次思想意蕴结合起来,并将早年的知识储备、楚文化特质不着痕迹地融入其中,谱写了一篇壮美的"森林诗"。

在这段时期,董宏猷的小说创作主要集中在少年题材上。少年时期是儿童向成人过渡的转折期,少年已经具备独立的思考能力,有明确的真正意义的意志活动,他们渴望独立生活,自信具有成人的力量,梦想和成人一样去探奇、冒险,成就一番惊天动地的事业。董宏猷深知这一点,他的作品注重神秘感、侠义感、传奇感,故受到少年读者的欢迎。《山鬼》《十四岁的森林》在艺术水准上远远超出早期的《少男少女进行曲》,小说不再是带有说教色彩的"教科书",而是有血有肉的"生命"。在《山鬼》《十四岁的森林》里,我们都能感受到这种生命意志脉搏的跳动,另一方面,作家从关注客观对象外在的东西转向对心理、人性的剖析,这在第二阶段的创作中已初露端倪,在这个时期则贯穿于整个创作中。

## 四、"幽默"新篇章

在董宏猷那里,探索是永无止境的。尽管十多年的创作成就不斐,尽管因操劳过度病魔缠身,他仍然没有停止他的创作脚步。1998年9月,长篇幽默儿童小说《胖叔叔》出版。

《胖叔叔》的副标题是"一个'慢班'班主任的故事",仍然是一篇校园题材的小说,这种题材在儿童小说领域屡见不鲜,董宏猷也曾写过这种小说:《吸力》《温暖的冬夜》《少男少女进行曲》等都属此类,而且,《少男少女进行曲》中的那帮孩子也是"差班"的学生。不同的是,《少男少女进行曲》是从"第二课堂"入手,而《胖叔叔》的视角是"第一课堂",《胖叔叔》以崭新的姿态出现在读者面前。这是一部长篇幽默小说,风格与此前作品迥然不同。文本以胖叔叔和一批"慢班"学生之间的教学、情感互动为主线,突出胖叔叔遵循儿童身心正常发育的教学原则,他蔑视那种用评先进手法给孩子们增加精神负担的做法,更痛恨那种使孩子们早熟、畸变的行为;他努力地去激发孩子们的平等意识和爱心、平常心,从不把教师和学生的关系看成"监工"与"奴隶";在他的眼里,学生没有好坏之分,并以一颗真诚之心赢得了孩子们的信任,把孩子们从种种心理重负下解放出来,重塑他们的人格。与这种教学思想对应,胖叔叔的教学方法是"寓教于乐",他不把孩子们当作知识的奴隶,而是从孩子们的天性出发,将课上得有声有色,激发孩子们读书写作的兴趣。在作文课上,他带领同学们找根源,鼓励他们"胡思乱想",充分发挥孩子们的想象力、创作力。

早在两千多年前,贺拉斯就在他的《诗艺》中提出了"寓教于乐",它也是中国传统儿童文学美学意识范畴。董宏猷曾从事过教学工作,他将这种观念融入作品,借此表达自己的教学理念,同时,也使作品多了几分活力。这篇小说的独特之处在于在"第一课堂"中表现幽默。小说的幽默和睿智主要体现在"胖叔叔"身上。"胖叔叔"是小说中的中学教师庞元的绰号,"庞元"与"胖圆"谐音,又与他的学生——绰号"瘦丁丁"的丁明明形成鲜明的对比，在人物的形象上实现一种幽默效果。胖叔叔聪明、机智，"即兴表演"，破译"瘦丁丁"的密码，急中生智调解"李主任"与叶主任的误会……都显示出胖叔叔的睿智。而胖叔叔所上的开发心智的作文课，更是指向了游戏精神的美学内涵——自由和快乐，小说始终贯穿了这种游戏情绪，幽默诙谐的语言和轻松明快的节奏使读者阅读舒畅。席勒曾在《审美教育书简》中提出"游戏说"，认为艺术的起源是人类将过剩的精力投入游戏，在游戏中产生了艺术。这种观点在现在看来虽有失偏颇，但也涉及文化传统中的游戏因子。原始初民在生存已不是唯一目的之时，游戏的冲动就产生了。思维与原始人类相似的儿童，在他们的天性中，也有这种游戏的元素。《胖叔叔》体现了这种游戏精神。在当今社会，孩子容易早熟，这种早熟意味着童趣的失落，意味着心理的负担。在这个意义上，《胖叔叔》的游戏精神不仅仅是释放儿童心中的能量，更重要的是带给孩子一份轻松的心情，从心灵重负中解脱。

胖叔叔以他的真诚和智慧引导孩子们走出心中的阴影，"回归"童真。小说的最后两节讲述孩子们捡到一个弃儿，在这群少年为这个弃儿起名、买婴儿用品的过程中，我们看到了这群孩子的善良和纯真。小说写了一个细节：教英语的方老师不喜欢这个"慢班"，但她给婴儿喂过一次奶后，"慢班"的学生为了感谢她，"上课纪律特别得好"，还送"喜头鱼"给她发奶，方老师对此感触很深，改变了原来的看法。这其实是一曲人性的赞歌，在胖叔叔和"慢班"学生的身上，体现了作者的"人道主义"的关怀。而胖叔叔的教学思想、教学原则是作者理想中的教育模式，在这浪漫的情怀中也闪烁着"人道主义"的光辉。

"路漫漫其修远兮，吾将上下而求索"，纵观整个创作历程，董宏猷一直在不停地探索，他的儿童小说贯穿了当代儿童文学教育意识、生存意识、文化意识、生命意识四种递进层次的艺术思想升华，其中突出的是文化意识和生命意识，二者交错构成小说独特的意蕴：《大江魂》对深层心理的揭示、生命意志的探寻；《一百个中国孩子的梦》对儿童精神家园（心理、生理的自由空间）的追寻；《山鬼》对传统文化底蕴的发掘；《十四岁的森林》对"人—自然—生命"及人类生存空间的思考……正因为这种艺术追求，董宏猷的儿童小说的意蕴往往溢出儿童的范畴，而具备较大的阐释空间，因此他的创作呈现出一定的开放性，为拓展儿童文学领域提供了新的途径。

[注释]

①班马：《文化基因——当代中青年儿童文学作家的创作意识倾向》，见班马：《前艺术思想——中国当代少年文学艺术论》，福建少年儿童出版社 1996 年版，第 60 页。

②汤锐：《比较儿童文学初探》，湖北少年儿童出版社 1990 年版，第 153 页。

③曹文轩：《觉醒、嬗变、困惑：儿童文学》，《中国当代儿童文学文论选》，接力出版社 1996 年版。

④⑤《一百个中国孩子的梦·自序》。

⑥《回归艺术的正道——"新潮儿童文学丛书"总序》，《中国当代儿童文学文论选》，接力出版社 1996 年版。

⑦王逸：《楚辞章句》。

⑧《十四岁的森林·后记》。

（原载董宏猷著《改革开放 30 年中国儿童文学金品 30 部·阳台上的梦》，新世纪出版社 2008 年版）

# 评高洪波的儿童文学创作

刘秀娟

之前只知道高洪波的儿童诗和儿童散文写得好,自成一格,待到《高洪波儿童文学文集》出版,看到那些别致灵动、富有意味的童话和小说时,颇有些吃惊。在儿童文学界,有成就的作家不少,但基本上各有自己擅长的门类,能对各种文体都得心应手的尚还不多。这部文集中收录的作品,无论是诗歌、散文、童话还是小说,都给人清新、自然、愉快的阅读感受,没有艰涩和造作,虽是不同的文体,但整部文集的风格还是相当一致的,从中窥见到的都是一位内心活泼、充满童趣、热爱生活的诗人。

"写"诗的人并非都是诗人,真正的诗人无论写童话、小说还是散文,其作品本质上都是诗,他应该是以生活为诗,作品充满诗意、诗思和诗韵。高洪波的这部文集颇能见出作者诗人的素养。他的童话与他的儿童诗意味贯通:语言简约而凝练,幽默而顽皮,不用华丽生僻之词,在简单中透出意味,勾勒的形象顽皮活泼。

高洪波的童话从不去构筑上天入地、奇幻无比、充满魔法、巫师和仙女的世界,而是从普普通通的日常生活中抽取片断、获取灵感,描绘的是一幅幅富有趣味的生活场景,其童话形象往往是常见的、与人类比较亲近的小动物,尤其以波斯猫的形象居多,充满着人世的温情与朴素。他的童话精巧而不雕琢,简约而不平淡,自然而不粗糙,闪现着乐趣、幽默、敏锐和智慧,时而让人莞尔,时而让人捧腹。比如《一颗小泪珠》,这个小而有趣的童话就颇能见出作者化凡俗为雅趣的才能。小男孩哭哭鼻子,无论是真哭还是假哭,都是稀松平常的事情,谁会去注意孩子眼角那小小的泪珠呢? 可这样一件平常得再多用一个形容词也嫌过分的小事,却被作者描绘得趣味十足。"小泪珠是从一个男孩的眼睛里跑出来的",男孩争争因为假哭而哭不出泪时,"小泪珠多么想跑出来帮帮争争呀",一颗无生命的小泪珠全然具有了人的情感,但是它毕竟是一颗小泪珠,只能干着急,作者不愿赋予它超凡的能力,让它无所不能,失却生活中真切的情景。他的每篇童话在收束时都会有一个精彩别致、出人意料的点睛之笔。这篇童话结束时作者写道,"争争流下的小泪珠,立了功,被蚂蚁们搬回洞里去了,因为今年缺水,蚂蚁们要储存起来",让一篇略显平淡的童话变得饶有趣味。

高洪波的童话是幽默的。在我的阅读经验里,幽默与讽刺往往结伴而行,但是高洪波的幽默却是温婉的,哪怕是讽刺也不让人觉得刻薄、刺痛,不追求那种撕裂、破坏和攻击的快意,话点到为止,从不渲染铺张,而是留有余地,有一种基于对人理解之上的宽容和对生活的爱意。特别是在几篇关于波斯猫的童话里,他的这种蕴含在简单话语里的幽默给人的印象很深刻。比如《波斯猫派克在冬天的奇遇》,就派克的"奇遇"而言,完全可以写成一篇讽刺名流的讽世童话,但是作者却写得相当温和而有趣:波斯猫派克成为名流之后,气派相当的大,脾气更大,"每当妈妈对某一段'喵呜'的理解出现不应有的失误时,派克会不高兴,生气地耸动胡须,一声也不吭,他的脾气越来越具备诗人的气质了"。

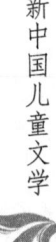

细心的读者读到这里可以会心一笑。作者也不让派克这位名流有悲惨的下场，当它在人们眼里又降落为一只具备了猫类所有情欲和缺点的普通猫时，"派克不计较这些议论，自得其乐向着冥想中的猫姑娘唱着悠悠的情歌"。这只猫虽寄予了作者对人世的一点讽刺，但是由于刻画的是一只猫，一只孩子般的猫，一只可爱的猫，与人世有了一定的距离，又用了有趣的文字，我们读后的感觉还是相当愉快和美好的。高洪波的创作，最希望的还是给孩子以快乐和有趣的阅读。

这部文集中收录的小说虽然不多，仅是几篇简短的作品，但也是清新、有趣，与他的童话有着一致的风格。

我们的儿童文学整体的流脉是现实主义的，这既成就了儿童文学，催生了一批震撼人心的作品，也使得我们的儿童文学套上了一个难以冲破的框子，它总是被期望能够给儿童以直接有效的教育、解决儿童成长中的各种问题、充当学校教育的督察员，带有相当明显的急功近利的色彩。高洪波的这几篇儿童小说却让我看到了儿童文学创作的另一种可能。读他的这些小说，我能够感觉到他似乎没有那种强烈的"问题意识"，没有一个先入为主的"思想主题"，而是凭着一个作家的敏感发现了儿童日常生活中的趣味，信笔写来，至于这些趣事中所反映的"问题"，作者似乎也意识到了，却不愿把它剥离出来，悬于生活之上，而是呈现出一个浑然一体的儿童世界，有着日常生活完整的情趣和状态。其次，他不是故意去描述那些在大人看来有趣、奇特的儿童生活和孩子的想法，将大人视作生活的主体，去除了大人居高临下或者俯身低就的姿态；在孩子的生活中，孩子就是活动者和感受者，而不是被看者，甚至，有时大人成了被看者，成了这个世界的他者，在他们眼里，"大人的脑袋瓜子里很奇怪，也不知会想些什么"（《黑熊和白熊》）。他的小说中的大人形象主要是一个"爸爸"形象，而几乎没有"老师"这个中国儿童文学中的代表性形象，而且这个"爸爸"明显地带有作者自己的影子。这个爸爸理解孩子，有一颗未泯的童心；这个爸爸"爱吹口哨，爱吹口哨的人往往快活，你想想，如果一个人老是让一只小曲沾在嘴唇上，他一定没工夫去大声训人，尤其是训小孩"（《爱听口哨的表》）。此外，其作品之所以有趣，还在于叙述上的趣味性，有自己独特的叙述特点，尤其是作品的结尾，很用心却很自然。在《爱听口哨的表》中，他写道："至于陈叔叔叫什么，在哪个单位工作，我可要替他保密，因为他不希望更多的人知道这只小表的秘密。再说，送礼本身就不好，对吧？哪怕是巧克力，也最好留给自己吃，何况是一只爱听口哨的奇妙的表呢？"

这些作品，并不负载过重的"教化"，也不力求解决什么"问题"，因而在其发表之初没有像那些针砭时弊的"问题小说"那么引人注目，但也因为他没有将眼光缩在迫在眼前的问题，而是关注孩子世界的乐趣和孩子们所特有的生活感受，这些作品也具有了一种平凡、亲切而持久的美。但是，即便是童心未泯的作家，毕竟也是经世历时、经历了世事变幻的成人，都要在创作中寄予自己的感情。高洪波的作品也一样，不过他在作品中，这些人生的体验与感怀模糊而悠远，不追求寓意的紧迫，可以生成多层次的阅读感受，留有一股一时无法说清的"味儿"，给人留下一点念想。

在高洪波的创作中，最为人称道的还是儿童诗。这部文集收录的儿童诗中，我最欣赏的是那一首首纯净、优美、简洁、有趣的短诗。这些短诗从取材来看，主要有两类。

一是描写儿童的日常生活本身的情趣，穿衣、吃饭、游戏、玩具，这些平凡得不能再平凡的生活场景都被他赋予了诗意，变得可资玩味。

二是编写动物故事，大灰狼、袋鼠、犀牛、波斯猫、河马等等，无所不有，其中一些动物形象则来源于传统动物故事或寓言，另作发挥，富有新意。

高洪波的儿童诗，一个突出的特点是"动"，很少有沉静不动的场景描写，也很少徘徊往复的抒情，他所营造的诗歌世界，要么是生机勃勃、跳动不息的自然界，要么是富有生气的生活场景和动物故事。他的诗歌是有"情节"的诗，简练的几笔就把儿童生活中趣事和动物故事描绘得真切可感，趣味盎然。与短诗不同的是，他的长篇叙事诗《琵琶甲虫》《飞龙记》《鸽子树的传说》沉郁凝重，情节繁复，时空拓展开来，体现出他性格中苍劲刚强的一面。尤其是在叙事和诗歌形式的把握上，他既成功地塑造了渺小而坚韧的小琵琶、画龙点睛的刘龙子、爱鸽成癖的珙桐公子，简练又神情具备地讲述了故事，又不失诗歌的凝练和韵味。在诗韵上，既讲求变化又有整饬、和谐的韵律。更重要的是，在顾及了叙事诗凝重、庄严的品格的前提下，他又没有忘记为儿童写作的立场，在严肃中不失诙谐和趣味，格调也不沉闷，情节的描绘生动明快，能调动孩子们的阅读兴趣。虽然他的叙事诗取材于古代传说，但并非老调重弹，而是现代人情怀的寄托。

童话、小说和诗歌的高洪波，可以说是在描绘他人的世界，虽然作为一位童心未泯、尊重理解孩子的"爸爸"，他能融入这个世界，但这个世界的主角毕竟是当代儿童。在这些作品里，我们还是能感觉到一双眼睛在看，这双眼睛细腻、独特、富有童趣，但是，它毕竟是外在的。而在散文里，高洪波却完成了独属于自己的世界。

高洪波的散文是当代儿童散文中的重要一家，体现了当代儿童散文的一些重要特征，最突出的是回忆性的题材、清新自然的审美风格、率真朴实的抒情主体。回忆性题材是散文经常取用的，尤其是儿童散文，作家们很自然地就会以自己的童年生活为写作资源，无论是悲伤还是欢乐，逝去的岁月总是那么让人缅怀。这部文集中收录的儿童散文中，主要就是这类回忆性的题材。在他的散文世界里，高洪波不断地充满深情地描绘位于科尔沁大草原上的故乡，故乡的亲人、故乡的风物、童年的玩伴和游戏都是他难以割断的怀想。迁居贵州后的居所、从军的云南、从事儿童文学的同行、前辈，都是他所热衷的题材。在散文里，作家们最容易解放自我、凸现真我，进入一个自由自我的世界，也正因为如此，高洪波的散文甚至成了他的儿童文学创作的注解。虽然多是回忆性题材，但在他的散文里却没有冬烘之气、没有陈腐的霉味，却是像新割的麦秸那般清新、自然、清淡而朴实。在这里，我们找到了他的作品之所以清新、欢快并为孩子们所喜爱的原因，故乡和童年给予了作者一笔丰厚的宝贵资源。

在这部文集里，我们再次感觉到了高洪波儿童文学的主题词——爱心、乐趣、美感。

（原载《文艺报》2005 年 4 月 28 日）

新中国儿童文学

# 论班马幽幻小说的美学特质

李俏梅

在儿童文学领域，班马无疑是一位出色的多面手。且不说他的诸多理论创见给中国的儿童文学界带来的震动和注入的活力，就说他的创作，亦是诗歌、小说、童话、散文、戏剧多种文体，精彩纷呈。本人窃以为在班马的多种文体的创作中，最精彩的是小说。而小说中，又以被称之为"幽幻"小说的一枝更多趣味。那真是适合于班马的文体。诗的意境，写实的功底，奇诡的想象力，幽远的旨意，那么完美地生长在一起，他的各种禀赋才情在其中得到了最美妙的发挥。从他的作品里，我们可以看到当代儿童文学创作的观念已然发生的重大变化以及所达到的美学境界。而这，对于大多数人来说，是一道被遮蔽的风景。

本文将要涉及的作品主要包括《绿人》《巫师的沉船》《与"枪手老丹"同行》《沙漠前世寻宝记》《夜探河隐馆》《鱼幻》《野蛮的风》《一次迫降荒原的奇异心情》等。

## 发生在幽秘时空的奇幻想象

对于儿童文学来说，想象力就是它的生命。班马是如此推崇想象力以至于他固执地提出并实践着这样一种文体："童话—小说"体，将幻想魅力融入写实的方式之中，以达到"亦真亦幻"、浑然不可两分的境界。当这种写法已成为世界性潮流，班马依然显得卓尔不群，其中的奥秘在哪里呢？

班马的这种文体，有人给了一个特别的称谓："幽幻小说。"[①]这是很有意思的。我认为奥秘之一就在这里。想象或者说幻想，也是个性化的，班马的个性就在于这两个字："幽幻。"他的想象是发生在"幽秘"时空的"奇幻"想象。"幽"是清幽的、幽秘的意思，既与他的想象空间有关，也是他所构筑的想象世界的特殊美质。

一个作家是否有相对固定的想象空间？从班马来看，我觉得是有的。对于"古代世界"的想象，就是班马的特殊的想象空间之一，他对这个世界的想象特别有灵感，简直可以说，它已成为班马的想象力的领空。这个"古代世界"包括古人、古物、古生物、古园、古船、古城堡、古森林、古老的心灵和智慧等等，几乎没有哪一个小说能少得了这些古"元素"的编织。如《那个夜，迷失在深夏古镇中》和《夜探河隐馆》写的是江南古园，那是一个美与智慧的迷宫；《巫师的沉船》写的是古代高羌王子亲手造的神船，这船载满古人的心灵密语；《沙漠老胡》写了被沙掩埋的古代青铜城堡；《星球的第一丝晨风》写了每隔 2.5 亿年就对地球进行一次访问的古外星球人，而他访问的对象也是恐龙、招潮蟹等古老的生物。

班马的"恋古"情结从何而来？从艺术创造上来说，"古"是一个更为自由的幻美空间。同样写幽远、神秘，把它放在古代时空就显得更可信，更能发挥作家不羁的想象力，但是，班马的"恋古"似乎更有认识论上的原因。在班马看来，儿童身上是带有很多原始性的,这种原始性使儿童保持有和原古的梦幻、神秘、荒诞非常契合的心理状态,所以看起来是写"古",其实却是离他们最近、使他们最感亲切的东西。这是其一。另外,班马的"古"是有寄寓意义的"古"。他是从发生学的意义上来理解"古"的。在班马看来,"古"里蕴涵着一些非常宝贵而今天已经丧失或衰退的东西,如更和谐的生态环境、更自然更健全的野性生命力以及已经面临失传的文化和智能。而这些与人类未来的发展是息息相关的。班马正是从人类未来的健全发展着眼构筑他的想象世界的。而这,我认为是儿童文学最可贵最高贵的质素,也是班马在儿童文学不被学界看重的今天依然能够孤独前行的精神支柱之一。

通过想象力的向古开掘,班马还着力表现了一个古老东方文化背景所特有的"灵性空间"。这种"灵性",不但人有,万事万物皆有。事实上,班马所写的"古代空间"就是一个灵性的空间,其间,万事万物声息相通,人与万物声息相通。比如,《夜探河隐馆》里所写的古藤、家鼠、古琴、古椅就都是充满灵性的。当有武功的阿亮想搬动先祖的坐椅时,"椅子突然长出了深根"!原来先祖精气凝于奇椅,椅子成了书院世代的保护神!在长篇小说《绿人》中,当"考察队"夜宿南苍山房时,长老谈到一把宝琴,这琴之木与琴之声是"共养"的,也就是说,琴是木所制,而琴的声响又能作用于这琴木,"木"和"声"在相互共同养琴。"久置不弹,琴声就不对头了。越弹,琴声就越美妙。"真是"木有灵性,常人不知"。而在《巫师的沉船》中,红妹子、鱼鹰、荷姑都是些充满巫气和灵气的人物,他们能往返于千年的时空之间,既知往世,又知将来。那位古高羌国的王子在巫师指点下学习的功课就是"与大树交流感情","在大树上学习壮志凌云"等,结果大树每次都能在王子危机的时候暗中保护他,使他避过大难。读到这些奇思异想,不但感受到纯粹想象和审美的乐趣,更钦佩作者感应"万物之灵"的能力。这是一种许多现代都市人早已丧失的品质。《巫师的沉船》中,红妹子曾问过一句话:"他们为什么不能相互懂得心思呢?""他们"指的是她的父母。这是全书中唯一提到的"隔膜",与书中的其他部分相映成趣。虽然这是书中轻轻点到的 一句话,但我们却知道这是普遍存在的现实。随着现代社会物质的发达,人们的心灵却日益木讷粗钝,别说跟"万物"沟通,就连最亲近的人之间也形同陌路。而班马却以他保持至今的心灵的敏感创造了一个万物心息相通、共感共应的奇异世界,一个理想的心灵世界。我相信这种感应能力在孩子们身上潜藏着,而班马所做的工作,就是将它呼唤出来、释放出来,从而建立人与万物更和谐美好的关系。

除此而外,班马近年来又将他的想象触角伸进了生态环保领域,创造了一个充满奇趣的"生态空间"。我将它看作是"古代空间"和"灵性空间"的延伸。事实上他是把动物、植物也当作"古老信息的携带者"来看待的,因为"动物、植物也同古人、古宅一样古老"。所以这三个"空间",虽然各有侧重,但灵感的根源是一致的。而且在作品里它们常常也是交叉的。班马的生态想象常常如有神助,令人拍案惊奇。例如,在《沙漠前世寻宝记》里,他描写非洲大漠中的狒狒们,竟然模仿第二次世界大战中的"法国兵"和"德国兵",世世代代、日日夜夜在"战斗"!初一看,令人以为是"阵亡的鬼魂"!"特别令人惊奇的是,它们已经分成了'法国狒狒'和'德国狒狒',并且具有真正的仇恨性,这是动物本来所不会有的!"人类的暴行已经污染了动物,真是奇诡的想象。而在长篇小说《绿人》中,他想象了一种和人类一样古老,曾在中国的广大地区生存的"小型绿色隐形智能生物",也即绿人。他们是一些像蚕豆那么大的胖乎乎的绿色小人,由于环境的恶化,森林的减少,整个绿人家族处于灭种的危机当中,因为他们制造"隐形药"所需的某些植物的短缺,所以

他们不断地被人发现，于是才有了这篇《绿人》。

班马的小说里有一个出现频率很高的角色："老木舅舅"，他是个"仿古心理学家"，也是动物心理学家、植物心理学家什么的，人们一看就知道，这个"心理学家"就是班马本人。正因为他是这么一个奇妙的心理学家，他才有那么多不落俗套的想象，他以想象去打开孩子们的心灵世界，呼唤他们本身的潜能，包括创造能力、感应能力、探索能力、审美能力等等，又以这样的方式参与对未来世界的影响和构建，从而实现了他所认为的"儿童文学从来都是'大'的"②的美学理想。

## 在想象与现实间轻灵地穿越

《大幻想文学》丛书的主编张秋林替"幻想文学"下过这样一个定义："幻想文学强调的'幻想'，不是原有的单纯的'幻想'层面的'幻想'。它是幻想与真实的一种融合，是非现实与现实的巧妙结合。它可以扑朔迷离以至神奇无比，然而描述的手法又可以非常的现实主义。这种效果及其文体形态，也被叫作'小说—童话的互融'或者叫作'亦真亦幻'的艺术表现。"③

"小说—童话的互融"或"亦真亦幻"的艺术表现正是班马提出来的，也是他在他的一系列"幽幻小说"中的自觉实践。当单一的幻想层面引进了现实的维度，或单一的现实层面引进了幻想的维度，一个新的艺术空间就打开了。因为正如班马所说，在"幻想"与"现实"之间，"有近乎无限的幻变可能"。二者的"界"相叠和穿越的方式有多少种，艺术空间幻变的可能就有多大。

仔细地考察一下班马的"幻想—现实"互融方式以及这种方式带来的特殊的美学效果，是一件很有意思的事情。

《绿人》是班马重要的代表作，也是幻想小说中极精美的作品。它想象的独特，我们在前面已略有表述。当一般的幻想小说都在拼足劲想象"外星人"这样的智能生命——他们如何比地球人强大、厉害；班马反其道而行之，想象了一种小小的——只有蚕豆那么大的"绿色小人"，他们就在地球上，甚至已经到了我们的客厅里和衣袋里。他们也不强大，甚至闻到农药味还会咳嗽。多么亲切饶有趣味的想象。然而更亲切饶有趣味的，是这一切神奇的事物都是在日常生活的背景中被讲述的。几个淘气好奇的孩子，一个外号叫"怪鸭"，一个叫"夫人"，因为他们的三姨生物学家沈雪研究"绿人"，全都对"绿人"着迷起来。他们跟司马翁博士、沈雪一道长途跋涉，参与了发现"绿人"家族的全过程。既然这个故事是以"煞有介事"（即真有这么回事）的方式讲述的，那读者就有权利问：为什么我们从来没看到过"绿人"，科学界也从来没有发布过关于"绿人"的确切消息？如果是纯粹的童话，作者是可以不理会这样的问题的，但班马追求的是童话的小说效果，即它的"似真性"，所以他是尽量注意从逻辑上与日常经验相吻合的。为了这种吻合性，班马替"绿人"设计了一种重要的本领：会隐形。它们本来就这么小，很容易被当成"虫子"看，再加上这种隐形能力，不被人类发现是很可以理解的。那为什么最终又被人发现了呢？作者设计了一个有趣的情节，就是经考察，他们的"隐身术"不是天然的，完全是智慧的体现，他们有一个"迷你药房"，像我们熬中药一样用极其复杂的秘方熬出一种饮料，这种饮料有隐身之效。而他们现在之被人发现，估计与森林大量采伐，他们制造隐形药所需的原料缺乏有关。这真是一箭双雕的一个情节，既解释了"绿人"为什么现在屡屡被人发现，又暗合了地球上森林日益减少、环境恶化的现实。而为什么科学界至今仍未正式承认"绿人"的存在呢？因为"金龟子一号"微型机器人摄录的图像资料全部不翼而飞！除了6个人的记忆，没有任何客观材料的证明。真是天衣无缝的设计！

我想，这就是"幻想小说"的美学新趣味了：既追求最大胆惊人的想象，又要使这想象看起来仿佛"实有其事"，在关键的点上暗合现实的逻辑。在由现实进入幻境以及由幻境再回到现实之间，作者要有一种轻灵的"滑翔"能力，于似乎不经意之间（其实，是要极有匠心的），完成"现实""幻想"两个界面的切换，而不露生硬斧凿的痕迹。只有这样，才能真正实现此种文体的艺术表现潜能：既亲切，又奇异。关于亲切，我想，不必多说，神奇事物仿佛是普通孩子伸手可触的现实，这种感觉是很亲切的；但产生的更明显的效果，却是"惊奇"。

神秘感、惊异感在何种情况下最易产生，对读者造成刺激？一部最纯粹的幻想小说，比如《西游记》《封神演义》《侏罗纪公园》等，还有一些超人故事，一开始读者就知道它"纯属虚构"，所以出现再离奇的事件也在意料之中；如果它的"离奇"出现重复，那么读者不但不惊奇，反而有厌倦之感了。比如《西游记》里孙悟空降妖的方法就多有雷同，看到雷同情节，就觉得不起劲。在这类纯幻想作品中，读者总是要求更高更神奇的幻想，对读者的这种"贪欲"，我觉得一般作者是很难满足的。但是，一部现实与幻想交织的，以现实生活做底子，猛然在一个你意想不到的缺口跌入幻想的小说却能产生最好的惊奇效果。

在班马的"幽幻小说"中，我们可以看到"幻想"与"现实（真实）"的形形色色的组合。在他早期的作品，比如《鱼幻》和《野蛮的风》中，这种组合表现为现实基础上的"幻觉"，这种"幻觉"是很快就会得到现实修正的。如少年眼中的"远古的大鱼"实际是水手丁宝，那个"白色海怪"不过是个强悍的老人；而在《迫降荒原的奇异心情》中，想象与现实以"逆反"的方式呈现，宇航员"我"被同是地球同胞的原始部落人看作从天而降的"天神"；《巫师的沉船》则以生命轮回的方式往返现实与幻境之间。在种种方式中，我觉得有必要将班马的"仿古"系列捏来一说。在这个系列中，我们发现"幻想""现实（真实）"之间再不是读者判断得清的两个层面，而是一片混沌，无法两分了。《那个夜，迷失在深夏古镇中》和《夜探河隐馆》就是这样的典型作品。这两个作品都是描写江南的古园林的，由于班马就是江南人，对于江南园林和书院的迷宫似的结构、优美凄清的氛围可以说是耳熟能详，因此写起这类题材给人的感觉特别真切，特别细致。但是，明显的，他不是以某一座真实的园林为摹本来写的，这两座私家园林的灵异和神奇超过所有实有的园林，是将古人的智慧和灵性推至极致的小说，它们从根本上说应该是"虚幻花园"，但是，除了"椅子突然生出深根"给人突兀感以及感到"以拳路设计园林"不可操作之外，其余所写，真是使人无法分辨他哪是实写，哪是杜撰。这就是历史与想象的交融所带来的"亦真亦幻"的美学效果。而要达到这样的效果，是需要具备多方面的修养的，比如说人文历史、科技知识、考古发现、园林美学、宗教等等，还要有实地考察的体验。事实上，班马本人就是一个兴趣广泛，具有深厚的人文历史和哲学修养的人，即使他近年来创作的大多是"幽幻小说"，他也绝不是闭门造车的，他简直已经成了个半专业的旅行家，对于他的描写对象他是有经年累月的实地考察经验的，他对它们有一种考古学家一样的知识热情。他的想象的翅膀正是在这样扎实的基础上生出来的，这大概是他与众不同的地方。我想，也是他的想象能不断翻新，既不重复别人也不重复自己的原因之一。因为在我看来，唯有现实是真正鲜活和无限丰富的，是想象力发育的最丰厚的基础。

总之，幻想与现实之间的幻变创造了儿童文学的新的艺术表现空间，运用得好，是可以创造出全新风格的作品出来的。

## 卓越的写实能力

日本的城户典子在《幻想小说的可能性》[①]一文中这样说："幻想文学的作品，从轻松、无意义、荒诞的作品到表现深刻的哲学、世界观的作品，从日常生活到带有一点魔法的世界的作品，其实是多种多样，深邃无比。但作为一个共同点，就是要求作者拥有卓越的想象力、写实的描写力。"她甚至因此"对拥有出色写实主义传统的中国文学"充满期待。

幻想文学为什么要求作家卓越的写实能力呢？我认为，幻想世界尽管表面上变化无穷，幽深奇诡，但若从构成来看，它也只不过是现实存在物的构件的各种组合和变形。当然，不是任何组合都是美的，有它必须遵循的逻辑和美学原则。若要使幻想的世界显得逼真，合情合理，在描绘它时就要有对它的构件进行"现实还原"的能力，也就是把它的组成部分（细节、氛围、心理等）的真实感表现出来。正如对于现代派绘画，著名画家林风眠先生表达过这样一个观点，要"先使物象正确"，然后才谈"写意不写形"的问题。也就是说，先要有写实的功底，然后才谈现代派艺术的变形。不但绘画，书法亦是这样，比如若没有楷书和笔画的基础，狂草要写得好亦是不可能的。艺术往往是相通的，对于幻想小说作家来说，如果没有能够细致入微地写实的功底，那么他的"似真"的幻想世界亦是建立不起来的。没有写实的功底，就像空中楼阁没有支柱。

班马的写实魅力首先体现在构筑细节的能力上。明明是幻想中的东西，但是写得跟真的一样。就像卡夫卡的《变形记》，格利高里一天早上起来发觉自己变成了一只大甲虫。这明明是幻想中的事情，但卡夫卡的特异本领就在于他能把变成甲虫的格利高里如何挣扎着翻身，如何开门，如何吃饭等一切细节构筑出来，幽默和荒诞效果在绵绵密密的细节写真中突现，如果没有这种本领，那《变形记》就无所谓魅力。班马也有类似这种在幻想中追求细节真实的能力。比如对"绿人"的想象，小说中借大姨夫的嘴，讲了一个亲见绿人的故事，讲得有鼻子有眼：当时他在贵州的山区插队，有一天晚上在月光下的玉米地里治虫，"我一眼看到一个绿色的小人坐在叶上，它正在咳嗽，但却没有声音——我当时本以为是一只什么虫子，因为它就像一只金龟子那么大，不，好像还要小一点，庄稼上经常会有虫的。可是，由于它就在我手臂的旁边，我清清楚楚地看见它是一个胖乎乎的小人……有点像一颗蚕豆的样子，有绿色的外壳，有青草草秆那样的手臂和腿。""我为什么相信我看到的肯定是个人，因为就在这时，它的眼光和我对看了一下，我们都很惊讶！知道吗？只要是人，眼光这么对看一下，你就心里很明白，那不会是昆虫，而是一个很小很小的……人。""它一下就像坐滑梯那样顺着那条玉米叶滑下去了，突然就在叶条长出来的卷丫和玉米秆连续的地方消失了！"

班马的写实魅力还体现在对于环境、氛围的表现上。在幻想小说中，环境氛围的描写的重要性比起写实小说是有过之而无不及的，它们是建立一个"似真"世界的重要的基石，它起的作用是笼罩性的，像空气一样无形又无所不在。当然这也需要捕捉和描写细节的能力，但鉴于班马在描写氛围方面的显著特色，我们将它单列出来，做比较细致的分析。班马的小说特别擅长渲染清幽、神秘、荒僻的环境与氛围，金逸铭曾说："班马的小说是适合坐在树荫下读的。"我想这种"树荫下"的感觉就是那种清幽、幽秘的感觉。如《巫师的沉船》写那种诡秘的氛围，用大雾里唯一亮着的幽幽红烛，一大片突然生长起来的金黄丝草、鱼鹰幽灵一般的身影以及难以理解的通灵能力等等渲染神秘氛围,给人如临其境之感。《夜探河隐馆》也是一篇在渲染氛围上非常成功的作品。他描绘的是一个充满灵性的氛围,万物都有那么一点灵异的味道:"古藤时隐时现地蛰伏在一片萱草的波浪里,萱草动息不已,古藤便如蛇如龙","庭院深深,不时有一枚两枚紫透了的桑葚在梅雨中坠落,托托有声……"总体的勾勒和细节的描写使氛围的渲染显得非常充分,而笔墨又十分精简,有宋词的意趣。在班马的许多作品里,这种氛围的描写都达到了意境的高度。而意境,是诗所追求的最高美学境界。当然,班马的氛围描写并不仅仅是达到"诗意",更重要的,是让神奇事物的出现有一个生长的土壤,增加它们给予人的真实感。

班马的写实魅力还体现在对于少年儿童的"原生性"心态和说话语气的惟妙惟肖的模仿力上,这一点我们在《六年级大逃亡》和《留在树皮上的》等少年写实小说中可以充分地领略到;在《绿人》等幽幻小说中,我们同样可见到他对真正的儿童状态的生动描写。如"夫人""极其迷于化妆,经常嘴唇涂得血红,溜进沈雪的房间,搜寻三姨的许多古怪的挂饰,她会穿戴整齐,长时间地斜椅在藤椅上,摆出妖娆多姿的神色等着三姨回头,20分钟过去了三姨偏不回头,这时会传来'夫人'愤怒的声音:'人家都快僵掉了呀——'"班马曾经在他的"儿童反儿童化"理论中提出:"写出不想做孩子的孩子,写出渴望摆脱儿童状态而追慕着成人的儿童表现,往往才达到真正的儿童气。"[⑤]班马在这方面的描写是有杰出表现的。而一个成人作家,要跨越那么大的年龄差距表现儿童的"原生性"心态,我认为是儿童文学的真正困难之一。

总的来说,幻想小说中写实魅力的实现,要靠这样几个因素:想象力、观察力以及杰出的语言表达力。没有想象力、观察力,出不了细节;没有语言表达力,细节的表现不会生动传神。而班马的语言修养是杰出的。他既能用"饶有吴歌风韵的繁丽文体",也可以用相当简练干净的白描。而后一种风格在班马的作品中呈不断增强的趋势。比如在《绿人》中,写孩子们听"绿人"故事时的专注:"在幽暗的厅里,有三双小孩子的眼睛发出动物一样的亮光,没有一点声音。"写那位小小的三姨沈雪上下楼的姿势:"她跳舞一样一个转身,奔上顶楼,然后又飘下来,手臂里骄傲地夹来一本书",如此简洁,就将她的"美丽的愤怒"表现出来了,形神并妙。他的语言在追求画面感、动作感上有相当的成就。这种特点使他的不少作品既洋溢着诗一般的意境,又比较迅速地推动情节的发展。当然,他早期的小说,如《鱼幻》,在这方面是做得不够的,对诗意的追求过度,滞留了小说情节的推动。

## 小　结

想象、写实以及在幻想与现实间穿越的能力,是幻想小说的三大魅力板块。没有想象力,中国的儿童文学就没有飞翔的翅膀;而没有写实的能力,想象的魅力也无法充分地实现。班马正是凭借他的奇诡的想象力以及扎实的写实功底,成为当代中国最优秀的儿童文学作家之一。他的作品,既与当代世界儿童文学的潮流相吻合,又以深厚的东方文化背景显示自己的独特个性。他的东方美学的特色是明显的,如他的想象向度,他的某种诗学的意境的追求,他的天人合一的哲学观等。正是这些使他在世界幻想文学的潮流中显示了独特魅力。而且,几乎也是这些特点,使他的作品不仅宜于儿童,也宜于成人,而这几乎是所有杰出的儿童文学作品的共同特点,因为"仅仅让孩子们喜欢的故事是不良的儿童文学"。⑥

**[注释]**

①②《班马作品精选·序》，二十一世纪出版社 1997 年版，第 3 页、第 6 页。

③《大幻想文学》丛书，二十一世纪出版社 1998 年版。

④《中国儿童文学》2001 年第 1 期，第 39 页。

⑤班马：《中国儿童文学理论批评与构想》，湖北少年儿童出版社 1990 年版，第 43 页。

⑥[英]内斯比特：《五个孩子和一个怪物》序，彭懿译，春风文艺出版社 1999 年版，第 6 页。

（原载《阅读与写作》2002 年第 3 期）

# 沈石溪:生命的拷问

王泉根

沈石溪无疑是当代中国最重要的动物小说作家。

他的作品曾连续三届获得权威性的中国作家协会全国优秀儿童文学奖,荣膺三连冠。1997 年,江苏少年儿童出版社一次性买断他未来 10 年动物小说的独家出版权,这在当今作家中殊属罕见。曾有某文抄公将他的作品原封不动抄袭发表出来,不料抄袭之作又被上海《报刊文摘》转载。文抄公的行径固然可恶,但也反证出沈石溪动物小说受欢迎的程度。据说动物小说属于儿童文学"小儿科",然而今日中国发行量最大的成人杂志《读者》却情有独钟,数次选载过沈石溪的作品。——正是基于这样的现象,我在评选《中国当代儿童文学文论选》时,特将沈石溪的动物小说作为重要研究对象,选入"当代作家论"专辑。若以年岁为序,这一专辑只评选了以下 9 位 1949 年以后出生的作家,他们是:董宏猷、班马、沈石溪、刘健屏、周锐、曹文轩、秦文君、孙云晓、郑渊洁。

我认为沈石溪的动物小说能够经得起文学史的检验,我把它视为独特而自足的文本。

## 一、指向生命的拷问

沈石溪的动物小说大面积地切入生命,生命文化意识是其作品的主旋律。宗白华说:"世界上第一流的大诗人凝神冥想,探入灵魂的幽邃,或纵身大化中,于一朵花中窥见天国,一滴露水参透生命,然后用他们生花之笔,幻现层层世界,幕幕人生,归根也不外乎启示这生命的真相与意义。"[①]天地是宇宙生命的本始,祖先是个体生命的本始,自然大化是艺术生命的本始。正如《春情》中的雌鹿安妮面对"春风送暖积雪融化野草泛青树枝抽绿"的日曲卡山麓,再也难以抑制强烈的生命原欲一样,当沈石溪把笔触深深扎进那一个由猎雕、象王、牝狼、红奶羊、狼王……纵横驰骋的强悍粗犷雄起充满生存竞争的动物世界时,表现艺术的最高律令——生命律令就成了作家注定的选择。在沈石溪笔下,动物世界是一个完全意义上的生命世界,动物的生命原色和生命习性得到了充分的揭示与渲染。热爱生命、赞美生命,如一泓清泉汩汩流淌在整个动物王国的绿色原野。因为热爱生命,必然衍化出热爱自然生命,热爱生命的自然形态;因为赞美生命,必然导源出拷问生命的价值,追求生命的质量,表现生命的痛苦。生命意识使作家获得天地生德的流注,获得灵根慧性的启发。

生命诚可贵,价值各不同。生命价值的实现是一个不断抉择、不断汰洗、不断进取的过程。作为万物之灵的人与作为冥顽不化的动物,都有一个生命价值高低贵贱的问题。作为人真正自足的价值信念至少包括以下三方面:一、人不仅活着;二、他还得明白为何而活;三、怎么活才算活出诗意或慰藉,即要找到辨别人生有否意义之尺度或根基。作为动物的生命价值当然不可能有人那样的尺度,但在动物世界事实上也有一个定则,这就是虎是否活得像虎,狼是否活得像狼,也即是否符合它们生命原色的"类命运""类属性",

是否具有自足的"类价值";倘若虎不像虎,狼不像狼,非狗非猫,非鹿非马,这样的动物在其丛林法则中不但会出现生命力度的递减与异化,甚至丧失生存的权利。借用一句人间的俗语,叫作"人应当活得像个人样"——沈石溪动物小说生命意蕴给人的突出印象。

《牝狼》中的母狼白荷竭尽全力,不惜一切所做的,就是如何清除子女身上的狗性,恢复狼之所以为狼的狼性。《狼王梦》中的主角母狼紫岚,倾其一生之努力,就是要在子女身上实现狼王的梦想,培养出一个属于自己"类属性"的狼王。从西双版纳原始森林走出来的沈石溪,在敏锐地体验生活的同时,更在深邃地体验生命。曾经引起儿童文学界广泛关注与好评的《第七条猎狗》(获首届中国作协全国优秀儿童文学奖)虽是沈石溪的早期作品,但其表现生命价值的意向已十分明显。这篇小说写了一只"忠而见疑,信而见疏"的猎狗赤利,如何在解救主人召盘巴被豺狗包围的殊死搏斗中,以视死如归的勇锐救出了主人,也雪洗了自己的耻辱。赤利作为猎狗在小说中出场,猎狗的"类属性"——忠诚主人勇敢打猎就成了价值自足的当然尺度(难道要猎狗背弃主人软弱无能才算有了"价值"?)。倘若赤利也像那一大群"那么猥琐,那么瘦弱,肚皮瘪得缩进腹内"的豺狗,那就显然失去了作为猎狗出场的意义。所以曾被召盘巴误认为孬种的赤利只能有一个选择:用行动洗清"冤案"(为救主人与毒蛇搏斗而无法迎战野猪),赢得猎狗之为猎狗的"尊严"。在这里,召盘巴为维护人——尤其作为一个老猎人的生命尊严,不惜战死在豺狗和"忘恩负义"的赤利面前,与赤利为维护猎狗的生命"尊严",不惜背弃豺狗转而为主人献身,其生命价值的指向具有令人肃然起敬的同一性——为了生命尊严而不屑苟活于世的品格之亮泽。赤利终于以自己的殊死一搏,替自己确认了价值。

生命价值的实现紧密联系着生命的质量,生命的境界。"境界说"是中国人生哲学的一大特色,所谓境界是指追求理想生命之极致的一种精神状态,这是一种精神的天地与气象。作为万物之灵的人类生命境界之追求当然有着丰富的文化内涵(如儒家追求的"立人极""仁者以天地万物为一体",道家追求精神的解脱与逍遥,释家追求净化超升的涅槃空如),这是与"低能"的动物界截然不同的。但问题是,人类追求高贵的生命质量、生命境界是一回事,能否达到这种质量与境界又是另一回事。正因为有愿望与现实的反差,才会有不断探寻人生课题与支撑精神撕搏的伟大信念的烛照。沈石溪的动物小说常常有意无意地"不忘提供人类社会一个平行对比的机会","人类社会的种种,在动物社会的对照下,自然产生了一种'折射效果'[②]。这种"折射效果"最使人深长思之的,是关于生命质量的递减异化和如何为保持生命质量所作的拼搏。显然,这是关于生命境界问题的一种精神启示录。

还是以《狼王梦》为例。母狼紫岚一心一意诱发和唤醒下一代争当狼王的意识,可谓呕心沥血。动物世界丛林法则的严酷使狼敢于(不得不)食父吞母,真正的狼只能具有这样的"狼性"。充满在紫岚身上的这种内心分裂与悲剧困境,归根结底来自于强烈的生命自审与危机感,来自于如何确保"类生命"的质量与力度的终极追寻。在《牝狼》中,这种意识表现得更为明显:狼如存有狗性,如此不伦不类的东西还有什么保种延族之可能?《红奶羊》所创造的"神羊峰"实际上体现了一种生命境界的意象。母羊茜露儿要到神羊峰去寻找有着"羊脸、虎爪、狼牙、熊胆、豹尾、牛腰的红崖羊",以与这头杰出的大公羊共同繁殖出"新品质的羊种,既有食草类动物的脉脉温情,又有食肉类猛兽的胆识与爪牙"。"种"的质量问题无疑是生命质量的起码保障,强烈的生命意欲使作品生发出一种来自生命本源力量的精神回响。我们还应提到《象冢》。神圣的象冢是野象的永恒归宿,任何一头野象在死神逼近前无论路途多么遥远,也要走到象冢咽下最后一口气,它们绝不肯倒毙在荒野中。那种为生命寻找永恒归宿的坚执与意志,那种"找到故乡就是胜利"的家园情结,使"象冢"这一意象有了"根"的意味,甚至有了"终极关怀"的意味。芸芸众生有多少漂泊无依的生命放逐,物欲横流对人本性的奴役和对生命力度的摧损,使人面对这些荒原丛林中的动物生命景象,不能不"折射"自身,发掘出来自生命最底蕴的拷问。我们还应再读一读《春情》。这是一篇十分独特的带有抒情色彩的动物小说。春情萌动中的雌鹿安妮,最终放弃了对雄鹿杰米隆的依恋,身不由己投入强健的公鹿红金背的怀抱,尽管"事与愿违",但它只能作此选择:若与孱弱怯懦屡斗屡败的杰米隆结合,不但会带来后代"类生命"质量的递减,而且对自己的生命质量也是一种以苟合了事的砟伤。为了生命质量,安妮别无选择,其所作所为实乃是对一己个体与鹿族群体的生命气象作出的必然回应与解答。曹文轩在论及动物小说的好处时,发过这样一段意味深长的议论:"由于其他种种原因而不能放在人间表现的人间问题,却借着动物世界的掩护,不留口实地得到了确切而透彻的表现,从而了却了作家的一份心愿,完成文学应有的庄严而神圣的使命。"③沈石溪可谓深谙个中三昧,他让人们从动物世界的生命原色中得到某种灵犀相通的启悟与暗示,以"折射"自身,照亮现存。他纵情地讴歌生命,讴歌一种内在的活力,一种向上的欲动,表现出对人类生命的深切关注和巨大热忱。

## 二、表现丰富的生命原色

也曾有评论文章认为,沈石溪的动物小说简直不值一提,其一是沈氏作品的主题意蕴"总体上只能在通俗文学的话语系统内操作",跳不出"写义仆,写贤君,写有野心的奋斗者,写不被理解的英雄";其二是艺术上的不足,"其中最主要的,是缺乏感性的深度",因而"不耐读"。文学作品一经推向社会,就已成为受众的公器,见仁见智,自然不妨各存其说。但对沈石溪的作品作出如此判断,似乎也太偏激。如何看待沈石溪的动物小说,研究其文本当然是第一位的,但我们也不妨转到文本的背后,听一听作家自己创作文本时的心声。

沈石溪曾说:"动物小说的题材最容易刺破人类文化的外壳、礼仪的粉饰、道德的束缚和文明社会种种虚伪的现象,可以毫无遮掩地直接表现丑陋与美丽融入一体的原生态的生命。"观察生命,体验生命,表现生命,引导生命,这正是沈石溪执着于动物小说创作的最深刻的原因,也是他的作品为什么总是充满着鲜活生动乃至鲜血淋漓的"原生态的生命"的直接注脚(他总喜欢选择那些具有勇猛、凶狠、甚至残忍特色的狼、狗、雕、大象、野猪等动物作为主角)。如果主要是从社会学、历史学、伦理学的角度去看待沈氏笔下的动物形象,就容易仅仅读出"义狗""义兽"的忠与义、主与奴、君与臣,并顺理成章地将动物世界转换成传统通俗文学中的江湖世界、侠义世界。而我则是从生命的、精神的、自然的角度看待沈氏描绘的虎豹狼狗,我更把它们视为作家观察动物生命进而观察人类生命、体验动物生命进而体验人类生命以重新获得精神烛照和表达式之努力的生命结晶。"艺术更重要的意义在于观照生命。科学与文明不断地使生命从自在走向自为,而文学与艺术却努力地将生命从自为复返为自在。"④生命是最辉煌的现象,生命之外别无所有。只有站立在生命存在与发展的基点上,我们才能读出自然大化中的一切平常现象(如朝阳、满月、潮汐、松涛)和平常存在(如飞鸟、走兽、奔马、游鱼)的价值,才能彰显其意义并升华为高妙幽深的意韵,使精神自由漫游进而获得体味自然人生的博大感喟。沈石溪笔

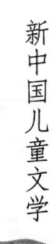

下的动物世界常常带给我们这样的意韵与感喟，有时我们甚至可以触摸到作家那一颗因生命痛苦而焦灼的心的剧烈搏动。

母狼紫岚的生育，居然是在一只大白狗的疯狂追逐下完成的（《狼王梦》）。生命的诞生与生命的痛苦并生，读来不禁为之捏一把冷汗。为了使断翅尽快长出新翼，猎雕巴萨查不惜用喙将被剪断的硬羽一根根连根拔起（《一只猎雕的遭遇》）。鲜血淋漓的断翅不再是生命痛苦的象征，而成为生命新生的布施。白眉儿由于是狗与豺性爱的产物，于是当其豺母死后，便祸从天降，孤独之苦，逃亡之苦，四面楚歌，危机四伏，惊心动魄（《混血豺白眉儿》）。群雕的死各有风采，各有生命轨迹的动人之处：花水背雕向着太阳而死，蓝顶儿雕为救爱侣甘愿葬身野猪之腹而死，瞎眼雄雕在尽情腾飞搏击后投入深渊化作流星而死，金雕巴萨查为救主人反遭屠戮义无反顾地化作冰柱而死（《一只猎雕的遭遇》）。读着这样滴血的文字，如果还能得出"缺乏感性深度"的结论，断言"这是一些有写作经验的人逛逛动物园看看《动物世界》似也能把握的东西"⑧，这样的"感性"判断，未免与生命太"隔"了吧。

表现生命之痛苦，这是沈石溪动物小说一以贯之的命题，也是感染读者的重要艺术激素。动物世界的痛苦与人类社会一样，同样形形色色，莫衷一是。既有弱肉强食的丛林法则造成的生活之苦、生存之苦，这是外部原因造成的苦，意愿与现实之间产生冲突的苦。此类痛苦在沈石溪的动物圈中屡见不鲜。但还有另一种生命的痛苦，它不是源于外部，而是源于生命自身的内部原因。这种痛苦有着更为深刻的生命意蕴。例如关于生命追求与生命自身局限的矛盾所产生的痛苦。残狼灰满是以残疾者身份出场的角色，在充满血淋淋的生存竞争的狼群中，生命自身的局限无疑使它痛苦万分。但正是在痛苦的烧灼中，灰满将苦化成了动力，以它不屈不挠的毅力与智慧，硬是登上了狼王的宝座（《残狼灰满》）。混血豺白眉儿由于是狗与豺结合所生，这一生命的局限注定了它的生存是如此多灾多难。对苦难生存的深刻体验，迫使它不得不寻找生命发展的道路（《混血豺白眉儿》）。在这里，痛苦已不再是生命的否证，而成了追求与创造的动力。这是一种生命的积极的痛苦。痛苦之火，冶炼了生命自身，获得了一种雄健向上的气象。

长篇动物小说《一只猎雕的遭遇》可谓写尽了生命痛苦的百般景象。猎雕巴萨查本是一只健壮、俊美的雄雕，但却命运多舛，5年之内，被三易其主，由"猎雕"而"诱雕"而"种雕"而"野雕"，每一次角色转换，就是一次痛苦生命的加剧。巴萨查短暂的一生经历了罕见的生存之苦、罕见的命运摧折之苦与罕见的精神撕搏之苦。但无论遭到因被主人达鲁鲁误解而被遗弃的"冤苦"，还是无意中诱使同类被捕所造成的内心"悔苦"，无论在当种雕时苟且偷生与失去自由的"身苦"，还是苦心养大白唇雕的3只幼雕反而善得恶报的"情苦"，无论为救昏倒的女主人程姐反被剪断双翅落为草鸡的"命苦"，还是最后在营救主人竟遭猎杀的恩将仇报的"恨苦"，都没有击碎巴萨查对生命的无比热爱，对生存价值的不息追求。在与人共处的大起大落中，巴萨查审视人类，观照生命，直逼灵魂。正是不断袭来的痛苦，使生命在对痛苦的体验中生发出腾远向上的超越力量，超越自身的生命惰性与劣根性，超越生命局限，获得整体生命的新境界。痛苦使巴萨查完成了由低到高的生命追求，使它确信生命的价值应该在出生入死中去显现，金雕的生命辉煌就是化作蓝天精英。只有在大疑问大困惑大矛盾大痛苦中寻求大执着大牺牲的地方，才会拷问出真正的生命！巴萨查的形象具有一种人性的穿透力、艺术的震撼力与生命哲理的厚重感，因而成为动物小说中不可多得的典型形象，这是当代动物小说创作与儿童文学史的重要收获。从某种意义上说，沈石溪的动物小说作了超负荷运作，承担了不该由动物来承担的使命，因而使文本成了人间社会文化反思的载体。所以沈氏的动物关怀也就成了作家的一种人间关怀，成了作家看取人类生命意义的一种解读。

## 三、关注生命成长的两种向度

文学是人学。文学诞生于人，文学的目的全在于人。儿童文学是人之初的文学。儿童文学诞生于成年人，从根本上说，儿童文学的目的与意义全在于人之初——儿童生命的成长。现代意义的儿童文学对儿童生命成长的关切和具体运作，主要是沿着以下两个向度的拓展。

第一个向度为主向度，即儿童文学的主流文学形态：从社会的、文化的、道德的、教育的多种角度，通过文学作品理性、情感、形象三位一体的复合力量，用以养成和提升儿童的社会人格、文化人格、审美人格，引导儿童生命合理性地进入社会人生，由一个"自然人"生命成长为"社会人"生命。这类作品是大量的，其价值与意义也是显而易见的。就20世纪的中国儿童文学而言，从世纪初梁启超、黄遵宪倡导的爱国儿童诗、教育小说，到20年代沈雁冰（茅盾）、郑振铎、叶圣陶等文学研究会作家群所高扬的"为人生"的儿童文学，从三四十年代体现革命与救亡精神的左翼童话、科学文艺、抗战儿童戏剧，到五六十年代直接反映各项"中心""运动"的17年儿童文学，从新时期勃兴的少男少女小说、少年报告文学、校园文学，到90年代异彩纷呈的儿童文学多元创作格局，无一不是殊途同归，奔向这一总主题的。因之，从这个层面上我们可以说：儿童文学是两代人之间进行文化传递（如理想传递、价值观传递、知识传递、道德传递、国情传递）与精神对话的一种特殊形式，是成人社会对未来一代进行文化设计（也即"人化"设计）和文化规范的艺术整合。

儿童文学对儿童生命成长的关注还有另一向度。这一向度主要是从自然的、精神的、心理的、原始思维与原生态的角度，观照儿童的（而不是成人的）生命存在状态与生命向力，力图寻求儿童心灵深处所潜伏的幽远隐秘的原始生命密码与人类往昔生命历史的血脉联系，着眼于对最富于人类自由天性与最接近人类自然灵性的儿童精神世界和自然世界（如动物世界、植物世界、原始人类世界）的描绘与展示，对人类生命发生与发展的一些本体性与永恒性的命题作象征的表现和艺术的思考；其作品的价值意义在于：从人类整体生命的制高点上，为少年儿童提供生命力奔放与灵魂提升的艺术载体，重在自然人格、生命人格、原始人格的启悟与烛照，使儿童在走向"社会人"生命的同时葆有"自然人"生命的基因与力度。这一向度的拓展具有某种风险，不但走向成功的路上布满坎坷，而且因其价值意义较为隐蔽而易被世俗习惯误读乃至曲解，但其关注儿童生命成长的文化性目的和品格则是与前一向度一致的，并作为前一向度的互补而且具有其美学意义。

如果再加分析，这一向度下面还有两个亚向度：其一是执着于对"儿童性"——儿童生命世界的探索，艺术地再现和描绘儿童生命状态、儿童原始思维、儿童生命与原始人类生命的幽秘联系。当代中国作家中坚执地做着这种探索的，当以班马为代表，他的小说《鱼幻》《迷失在深夏古镇中》，散文集《星球的细语》，以及理论专著《前艺术思想》等，都是这一探索的难得文本。其二是执着于对"动物性"——与儿童生命世界有着最密切的天然联系的动物世界的探索，艺术地再现和描绘动物世界的生存法则、生命原色及由描绘动物世界带来的对博大自然界的由衷礼赞。就当代中国作家而言，沈石溪的动物小说无疑是这方面的杰出代表。沈石溪的出现与班马的存在，实在是当代儿童文学的一个异数和惊喜。他们的作品同时从第二种向度关注着儿童生命的成长,拓宽着儿童文学的艺术版图。因为有了他们,中国儿童文学的精神血脉才显得更加勃发健旺,文学版图才不至于单调贫乏。

——站在这样的文化视角,我们找到了沈石溪动物小说的文学定位与价值。这是我自信沈石溪的作品经得起文学史检验的原因。

1997 年 10 月写于重庆

[注释]

①李衍柱:《宗白华的生命美学新体系》,《文学评论》1997 年第 3 期。

②罗青:《"狼道"与"人道"》,见《云南儿童文学研究》,晨光出版社 1996 年版。

③曹文轩:《人间的延伸——谈动物小说》,《儿童文学研究》1997 年第 1 期。

④宋耀良:《艺术家生命向力》,上海社会科学院出版社 1988 年版,第 37 页。

⑤吴其南:《沈石溪动物小说的解读与评论》。

（原载《当代文坛》1998 年第 1 期）

# 刘健屏:塑造未来民族性格的雕刻刀

金燕玉

论及刘健屏的小说创作,我就想到了"告别":他正在与温情脉脉的儿童文学告别,与玫瑰色的生活告别,与忽视个性的教育告别。他笔下出现的一系列 20 世纪 80 年代的少年形象,正在与依赖告别,与平庸告别,与忍让和顺从告别,与表面的虚荣告别。一句话,刘健屏用自己的创作告别旧的,创造新的。

告别旧的,创造新的,可以说是处于蜕变状态的新时期儿童文学总的发展趋势。其中,刘健屏的创作之所以引人注目,是因为他有一个总体的构想、理想的目标,这就是塑造未来民族的性格! 当《我要我的雕刻刀》发表时,他还并不被人理解,在儿童文学界、教育界引起一阵不小的喧哗和骚动,视他为教育的叛逆。刘健屏并没有因此而掩藏创作的锋芒,反而一发而不可收,接着发了《明天,我要去领奖》《孤独的时候》《脚下的路》《假如我是个男孩》《坐在河边柳树下》以及长篇小说《初涉尘世》,回响着同一旋律。这些作品的整合清晰地指出:刘健屏的雕刻刀正在雕刻未来的民族性格!

未来的民族性格的形成是一项宏大的社会综合工程,其重要性和迫切性正在渐渐地被社会有识之士所理解。而刘健屏则手握着文学的雕刻刀参加了这项工程,试图通过少年形象的塑造去勾勒理想中的未来的民族性格的轮廓! 为社会提供予以肯定或予以否定的形象,表现了可贵的超越意识。与其说刘健屏是教育的叛逆,倒不如说他的创作是对教育的超越。他不再把少年儿童作为被动的教育对象去观照,看到了 20 世纪 80 年代少年儿童身上可贵的性格幼芽,也看到了不利其成长的现行的传统教育的弊病。

在刘健屏的小说中,出现了一批独立自主型的少年形象。他们是小小男子汉,阳刚之气扑面而来。除了各具个性外,他们的共同特征是:自立能力强,有强烈的自我意识和个性意识,重视自身素质和能力的提高,注意维护自身的尊严和价值,不在乎别人的反应,不愿意循规蹈矩,具有开拓进取和创新的性格。《我要我的雕刻刀》中的章杰的做人准则是"我的脑袋又不是在别人的肩膀上",坚持用自己的脑袋独立思考,执着于自己的课余爱好。《脚下的路》中的冷竹辉发出"自己走路,走自己的路"的宣言,宣布 16 岁已是一个"可以干一番事业的年龄了",他的独立气概和力度美令人赞叹。《假如我是个男孩》中的欧阳健抱着"冒险比平庸强一万倍"的信条,崇拜有力量的人,渴望自由发展,渴望探索、冒险。《初涉尘世》中的阿亮在严峻的人生考验中,以自身的力量证明了自己的无辜,洗刷了自己的冤屈,维护了他的尊严和人格,获得了人们对他的信任。

以传统的好孩子的标准去衡量这些人物,就会认为他们的思想和行为大大地出格。其实,唯其出格,才有希望。这种出格,是对民族性格弱点的反拨,是对传统标准的挣脱,是未来的民族性格的萌生。他们已经认识到自身的价值,并努力实现自身的价值,充分显示个人的实力、个人的创造力,表现了人的主体性的发扬。而人的主体性的压抑,正是造成我们民族性格中孱弱一面的根源,也是我们传统教育的积弊和现行教育的时弊。经

新中国儿童文学

1949—2019

过改革和开放,我们民族的新时代将会到来,新的一代必将从章杰们、冷竹辉们、欧阳健们、阿亮们中成长起来。

很显然,刘健屏之所以能够塑造出这样一批独立自主型的少年形象来,是与对人的思考、对教育的思考、对民族性格的思考分不开的,思考的深度带来人物的深度。儿童小说创作中曾经有过人物形象肤浅的老病,那是有些作家安于、乐于用几十年一贯制的中学生守则的模式制造的结果,平庸的视点只能产生平庸的人物。

刘健屏所塑造的 20 世纪 80 年代的少年形象,不仅具有思想的深度,而且富有厚实的基础。他的小主人公们总是出现在一个广阔的时空之中,有纵深的历史背景,也有宽阔的社会生活背景。《我要我的雕刻刀》中展示出了父辈的个性被压抑、被磨平、被挫伤的悲剧,用反面的历史教训衬托出新一代的反拨,两代人的性格成长的命运交织在一起,揭示了新一代个性意识和自我意识抬头的必然性和合理性,具有无可辩驳的逻辑力量。父辈用伤痕累累的心把新一代高高地托起,小小的章杰稳稳地站在父亲的前面,形象更加真实、更加鲜明。《假如我是个男孩》中的欧阳健深受身为地质队员的爸爸的影响,充满力量的父亲培养出了一个充满力量的儿子。正因为揭示出欧阳健性格中注入了父辈健康的血液,他那鹤立于一般男孩子的成熟和自信才显得那么自然、可信。无论是《脚下的路》中的冷竹辉,还是《初涉尘世》中的阿亮,他们都是从农村到城市的学生,生活的世界比一般孩子要广阔得多。经受的锻炼比一般孩子也要多得多,独立自主的能力也比一般孩子强得多。因此,冷竹辉能帮助同学迎接人生的挑战,阿亮能在人生的挑战中取胜。

从少年与父辈的千丝万缕的联系中,从少年与社会的息息相关的联系中,去刻画 20 世纪 80 年代少年形象,去探索未来民族的性格,这是刘健屏小说创作获得成功的一个重要表现。他的小说给人以较强的历史感和人生感。他把握住了独立自主型性格产生的历史动因,新的一代从父辈那儿吸取教训,也从父辈那儿获得力量。在有了那么多年的抹杀和扼杀个性、培养驯服工具的惨痛教训之后,新的一代不会再走同样的路,未来民族性格的幼芽也会开始萌生。刘健屏还把握住了独立自主型性格产生的社会基础,使我们看到了少年儿童社会化过程对他们性格的培养、对未来民族性格的形成有着决定的作用。《假如我是个男孩》对那种防患于未然、保险箱式的教育方式作了深刻的剖析,把冲出狭小天地、到更为广阔的天地中跃跃欲试的少年心态表现得淋漓尽致。"真欲帮助儿女仅有一途,就是诱导他们,让他们锻炼这种心思能力。"叶圣陶在 20 世纪 30 年代写的《做了父亲》中的这段话,正是欧阳健们对教师的期望。《初涉尘世》以阿亮的生活经历形象地展现了一场人生运动场上的角逐,虽有曲折,阿亮却在角逐中取胜。初涉尘世就是初入社会,在社会化的过程中,阿亮渐渐锻炼成为自立的、健全的社会的人。

人生,对于刘健屏笔下的小主人公来说,已不再是个抽象而遥远的东西,它就在面前,有着实在的内容。命运的突如其来的变化,常常促使他们的境遇来个一百八十度的大转弯。吴小舟因哥哥盗窃而成为班上的孤独者,偶然发现了哥哥的赃物后又大受表彰而名扬全校(《孤独的时候》);王平在班级里一直是个不受教师注意的一般学生,小发明奖的获得使他一下子得到重点培养的特殊待遇(《明天,我要去领奖》《坐在河边的柳树下》);短短的四个月中,阿亮的境遇竟大变了三次,在一片赞誉声中上了市重点高中,登上班级尖子的宝座,又从宝座上摔下来,被诈骗的罪名推到一个无人问津的晦暗阴冷的角落,最后,帮助公安机关破获诈骗集团的荣誉又降落到他身上,被大家捧到天上(《初涉尘世》)。以如此戏剧性的命运变化组成人物性格发展的历史,不仅使得人物性格获得丰满和清晰的表现,而且对少年和人生的关系作了哲理性的透视,这是刘健屏小说创作获得成功的又一个重要表现。面对着忽而无情、忽而多情的生活,面对着忽而无情、忽而多情的人们,各个小主人公交的答卷并不是一样的。吴小舟在荣誉的包围之下,也把自己看得越来越高大,抛开了孤独时的伙伴,逆境中的朋友,这是一种典型的自我膨胀。王平原来比较自由自在,吃小灶后感到背上了一个沉重的负担,感到困倦,感到腻烦,这是自我失落的表现。阿亮则从不以生活的宠儿自居,也不以生活的弃儿自卑,他坚信只有自己可以证明自己,毁誉都不能代表自己的价值,这是真正的自我主宰! 不用说,吴小舟令人不安,王平令人同情,阿亮令人钦佩。通过这些少年形象,作者一方面在殷切地向孩子们说:成为人生的主宰吧! 另一方面在向社会呼吁:让少年们成为人生的主宰吧! 不要让他们孤独无援,不要给他们太多的鲜花,不要使他们负荷过重,他们需要的是尊重和理解。

为了展现深刻的历史背景和广阔的社会背景,为了错落有致地、对比式地组合生活的戏剧性变化,刘健屏的小说创作在叙述方法上有所创新。他的叙述方法并不是意识流的,但却从意识流的方法中得到启发,尽可能地不作客观的叙述,而通过人物的意识去进行主观式的叙述,由人物的回忆推出几个不同层面的时空。有时,这个人物和叙述者合而为一,全部是第一人称“我”的直接叙述,《我要我的雕刻刀》就是采用的这种方法。在这篇小说中,叙述者是“我”——一个老教师,看着倔强地站在他面前的要雕刻刀的章杰,陷入了回忆和沉思,回忆起章杰的表现,回忆起章杰的父亲当自己学生时的情景,回忆起与章杰父亲的相遇,回忆起家访时的情景。这些回忆相互呼应,相互交织,通过同一个人物的意识活动组织在一起,既有章可循,又错落有致,在富于变化的叙述中蕴含着思想内涵的张力,既活泼生动又耐人寻味。还有一种表达方式是让第三人称“他”担负起一部分叙述任务,《孤独的时候》就是如此,通过吴小舟的内心活动叙述了姜生福的性格,把一段插叙巧妙地组织进来,既介绍了姜生福,又表现了吴小舟此时的心态,大大提高了叙述的表达效果。

当然,刘健屏手中的雕刻刀也有尚需磨砺之处。他的创作道路基本上经过了趣、情、理三个阶段,即从追求儿童小说的趣味性到追求抒情性,再到追求哲理性。当他开始用文学的雕刻刀去塑造未来民族性格以后,他的小说很有哲理的意味,也有感人的情愫,但趣却消失了,少有诙谐。而情、理、趣三者的高度融合才是儿童小说的美学典范,更高的艺术追求。让趣味代替哲理的直露,对刘健屏来说还是很必要的。需要在语言上下工夫,丰富多彩、情趣四溢的语言正是增加趣味、避免直露的最好途径,这当然不是一朝一夕就可以成功的。另外,刘健屏已经到了需要注意突破已有的情节模式和性格模式的时候了。每个作家都可能有自己的模式,但唯有不断突破,才可能进一步创新和发展。

（原载《文艺报》1988 年 8 月 13 日）

新中国儿童文学

70年

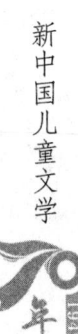

1949—2019

# 周 锐 论

吴其南

周锐的童话像小说。

放在叙事文学的范围内,童话本也是一种小说。它和我们平时所说的"小说"的区别主要在于,它一般要以非生活本身形式塑造艺术现象,而小说一般要以生活本身形式塑造艺术形象。可是,文学作品中的各因素从来不是独立、互不相干的,一个因素的变化常常相应地引起其他因素的变化。当童话以非生活本身形式塑造艺术形象时,它必然地在描写对象、主题意蕴、叙述方式乃至具体的修辞手段等方面都表现出自身的特点,以致我们说"童话"时,就自然地感到它和一般小说的距离。比如我们读孙幼军的《小狗的小房子》,就觉得它是典型的童话;而读任大星的《山野军号声》,就觉得它更像小说。说周锐的童话像小说,其依据多少也来自在阅读过程中形成的有些习惯化了的艺术感觉。

一

周锐的童话为什么读来像小说?最显著的原因可能来自它的叙述方面。童话当然也要叙述,也要讲叙述艺术,但给人的印象是,由于将叙述对象变形,最大限度地将艺术世界从现实生活中间剥离出来,接受者又更多地偏向年龄较小的孩子,因而更强调"故事",即更突出"说什么"而不是"怎么说"。小说是一种书面文学,叙述者和叙述接受者都书面化了,叙述行为内化为文本的有机组成部分,"故事"在叙述者和叙述接受者的对话中出场,叙述行为常常比叙述对象更重要。即是说,"怎么说"取得比"说什么"更优先更重要的地位。我们感到周锐的童话像小说,就是他以写小说的方式写童话,将叙述艺术凸现出来,叙事艺术比叙事内容更吸引了我们的注意力。

这集中地表现在他的作品的艺术构思上。

构思就是思维中对作品结构,尤其是作品整体结构的设计,其凝定形式就是作品的结构形态。结构是作品的内形式,是作品艺术世界的具体存在方式,是这一部作品之成为这一部作品的基础和依据。在某种意义上说,作品的内容是可以重复的,但结构却不能重复。作品的成功与失败,新奇或平庸,首先集中地表现在它的艺术构思及结构上。周锐童话给人的突出印象是锐意求新、求变,这种求新、求变意识的突出表现,就是他十分在意作品的艺术构思,创造一个个新颖的故事,赋予作品中的艺术世界一个新颖别致的结构形态。在作者已发表作品中,我们就可以看到一些主要的创造作品整体艺术结构的方式。

1.畸联,或曰异体嫁接。畸联、异体嫁接是一种非常态、超常态组合。在生活中,在常态性的思维和想象中,每种事物都有常态的性质、特征,有人们熟悉的运动方式及在互相关联中的位置,由此形成事物、事件、世界的常态性面貌。如果思维不遵循这种常规,在想象中改变事物性质、运行方式及与其他事物的关联方式,张冠李戴,移花接木,就出现畸联、异体嫁接，就创造出非常态事物、事件，使艺术世界现出怪诞的面貌。如常态中，糖是甜的，盐是咸的，但在《咸的糖，甜的盐》中，事物的性质发生了错位，糖的性质放到盐的身上，盐的性质放到糖的身上，由此在大不留城和小不留城之间引起一场颇为热闹的混乱。后来，混乱被澄清了，但却使人看到命名的相对性、约定俗成性，使人对世界有了新的理解。如在生活中，电话线路的连接是有规律性的。拨A的电话就打到A那儿，和A说该说的话；拨B的电话就打到B那儿，和B说该说的话，一切按部就班，井然有序。但如果秩序改变或错乱，拨A的电话打到B那儿，或与A的通话B也能够听到，那该是一种什么样的状况呢？《电话大串线》就是以想象的方式构造了这样一种想象中的状况。A拨通情人的电话，一开口就是一大堆亲热的话，结果电话串线，电话那头是他的妻子，于是一场好戏出现了；B给A打电话，大说C的坏话，结果电话串线，他们的谈话全被C听到了，这下自然更热闹。如此等等，秩序被打乱，人们看到秩序后面更深刻更真实的东西。还有《疼痛转移器》。疼痛是一种肌体觉，肌体感到疼痛是因为受到创伤或发生病变，一般是不能在不同肌体之间随便转移的。但如果能发生转移，会出现什么样的结果呢？《疼痛转移器》构思的亮点就在这个"如果"上。作者利用童话这一文体的特征和自己编故事的权力，将只存在于"如果"中的现象搬到常态的语境中来，结果发生了许多在常态下人们无法看到、甚至无法想到的现象。因为能够人为地转移疼痛，一些人用它搞恶作剧，一些人用它打歪主意，甚至要用它去造游戏机，在伤人和害人中牟取暴利。把一些人由于能力达不到而压抑着的邪恶愿望揭示出来了。"疼痛转移器"是虚构的，由于这一虚构而揭示出来的某些人的内在欲望却是真实的。

　　2.时空错位。畸联一般指同一时空背景下不同事物、事件的畸形搭配、组合，如果这种畸联表现在不同的时间、空间之间，就形成叙事中的时空错位，不同时间、空间中的人物、事件突然奇迹般地出现在一起，形成一种热闹的非常容易具有喜剧性的效果。这是周锐喜爱的构思方式，他的童话中有许多这种类似的作品。《千年梦》是将古人放到今天，几个喝了"千年梦"酒的明朝人一觉醒来，发现周围的世界全变了。他们穿着古代的服饰，讲着古人的语言，反映着古代人的思想观念和行为方式，自然和今天的社会发生许多冲突。但变中有不变，从中见出人性中某些永恒的东西。《宋街》是将古代的一条街搬入今天的社会，或者说是将今天的一批人迁入了历史，同样出现了负载着今天文化、心理的"文本"与古代的、反映着另一种文化的语境的碰撞。结果，许多颇具讽刺意味的现象便表现出来。一些人声称过腻了现代生活，渴望回到古代去。可真的回到古代，他们马上发现，这也不习惯那也不习惯，急于要回到今天的社会中来。于此我们理解了什么叫叶公好龙。说是矫情也罢，说是人性中永远无法克服的弱点也罢，这或许是人真实的尴尬的生存状态。更耐人寻味的是《未来考古记》。作者以假定的方式将人从现实中拉出来，站到未来的时间点上，让未来的考古学家面对一个今天人们非常熟悉的蜂窝煤，匪夷所思地作出种种智慧的博学的然而又注定让我们哭笑不得的猜测和考证。它让我们看到，每个人都是从自己的语境中去判断，结果会那么的不着边际。不同语境间的人又那么的不易沟通。既然未来的考古学家会如此这般地来理解今天的蜂窝煤，我们今天对古代、古代事物的某些理解、考证，是否也同样让人哭笑不得、匪夷所思？时空错位打乱了人们习惯了的时间链条，让人们从习惯了的时间束缚中解放出来，使我们有机会对历史、现实以至未来都可能有一些新的理解。

　　3.反常、颠倒。畸联有多种方式，当人们有意识地站在相反的方向进行逆向思维的时

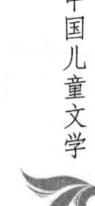

候,一个反常的、颠倒过来的世界就出现了。《天吃星下凡》,赌徒赌输了把女儿卖了,女儿不肯跟债主走,赌徒安慰她说:"孩子,谁叫咱输了呢? 你别难受,等爹下回再输了,把自己也卖进去,咱们就团圆啦。"这便是典型的反向思维。一般人总是下决心下次赢了把女儿接出来,断不会想到再输了把自己也卖进去的。集中体现这种思维和构思方式的是《森林手记》。这篇作品叙述人类社会的一个兽语学家如何在进入森林中的动物社会后被它们抓住,关在笼子里供动物们参观。在现实社会中,只有人将动物抓来关在笼子里让人参观,从无人被动物抓住关在笼子里供动物参观。人们习惯了这种秩序,上动物园看动物成了一件再平常不过的事情。可我们想过动物被人关在笼子里供人观赏的滋味吗?《森林手记》有意识地将秩序颠倒过来,让人被动物抓住关在笼子里供动物参观,使我们不得不倒换位置,设身处地地体会动物被关被展览的滋味,并进一步对我们自己的行为进行检讨。还有《部长与大盗》《一塌糊涂专栏》等,都可视为一种逆向性的艺术构思。

4.归谬。归谬是错误、不合理的相加。任何运动都包含了相反的、甚至是不合理的因素。放在正常的语境或互相联系、互相制约的范围内,它们不会破坏事物的常态面貌。一定条件下,还会相辅相成。如果在一个正常的事物进程中有意识地忽略或抽去某些因素,如将负面的因素集中起来甚至有意识地夸张、放大,就形成归谬。归谬未增添事物的内容却改变了事物的结构,结果仍改变了事物的面貌。比如《勇敢理发店》。勇敢本是一种不错的品质,但它有自身的运用范围和把握上的分寸,离开了其适用范围和把握上的分寸,只模仿其某些表面形式,就容易歪曲勇敢的内涵,走到谬误的道路上去。过桥不走桥面,而是攀上滑溜的铁栏杆,来个高空走钢丝,看似勇敢,其实是冒险;夜晚不回家,待在阴森森的地窖里,看似勇敢,其实只是逞能;一口气吃 13 块冰砖;个个剃了大光头还不过瘾,还要将头发拔去以称光头大将军;不仅拔自己的头发,还要拔女孩子的头发以至大人的胡子,如此等等。经过这一番"归谬",那种只求形式不看实际内容的所谓"勇敢"的荒谬性就清楚地表现出来了。归谬就是突出,就是强化,将不合理的东西集中、放大,推至极端,是童话中塑造非生活本身形式的艺术形象,创造喜剧效果的一种常见艺术手段。

5.荒诞。荒诞也是一种对正常的偏离,但这种偏离不仅常常延伸到精神的层面,而且偏离的幅度又特别大,特别没有规则,以致使事物的面貌达到离奇怪诞的地步。比如《爸爸妈妈吵架俱乐部》。一般说,"吵架"和"俱乐部"是两种不兼容的行为,"吵架"而有"俱乐部"就是荒诞。吵架而上俱乐部且是爸爸妈妈做出的行为,这就更加荒诞。还有《P·P 事变》。两个小学生在课间为争一张乒乓桌而发生争吵,这本是一件极小的事。但作者却由这一点引发开去,使事件及其影响像多米诺骨牌一样迅速地向外散射,由小学生引出他们的父母,由其父母引出他们的牌友,牌友引出病友,病友引出拳友,拳友引出钓友,钓友引出咖啡友,咖啡友引出保安局长,保安局长派出防暴处长,防暴处长派出50 名防暴警察和 50 名特工跨上摩托就要冲向学校的时候,小学生却因为要上课了自动地散去,一场"事变"就这么平息了。一场寻常的小学生的冲突能将社会各个层面的人以至国家保安、警察部队都调动起来,这显然不正常。但不正常的事件背后,作者引导人们品味某些真实而又含义深远的东西。

6.突转、扑空。这也是创造新异故事和喜剧效果的一种常见的手法。其主要策略就是叙述者有意识地进行误导,然后在某一个地方发生突转,让读者在惯性思维的作用下扑空,落入作者事先设置的陷阱,发现自己上当,成为被取笑的对象,同时觉悟到自己思维的简单、僵化,"笑着向自己的昨天告别"。突转、扑空的喜剧效果就蕴含在这种思维的落差之中。周锐有些童话的艺术构思就建立在这种修辞效果上。如《兔子的名片》。兔子因为弱小，常被欺负，于是想出主意，在名片上拉上一个强有力的"朋友"。遇上狐狸就说自己是狼的朋友，遇到狼就说自己是老虎的朋友，遇到老虎就说自己是大象的朋友。后来真的遇见大象了，再也想不出比大象更有力的角色，只好等着受罚，读者也以为兔子这回真的要倒霉了。可大象既没有向它要名片也没有欺负它，因为大象是不恃强凌弱的。因为怕欺负而拉上一个强有力的朋友是一种思路，交往中讲友善不恃强凌弱是另一种思路。当读者在叙述者的引导下，沿着第一种思路顺理成章地向前推论且屡试不爽的时候，叙述者却突然地跳到另一种思路上，使读者按惯性滑入思维的陷阱。《小猪和十二只蚊子》大体也是同一手法。房间里共有12只蚊子。如果房间里只有一个人，12只蚊子可能同时叮他；有两个人，可能摊到的只有6只。以此类推，自然是房间里的人越多越好。这就是作品中小兔、小猪、小羊的思路。可小猴却终止了这种思路：为什么一定要等蚊子咬而不打蚊子呢？从分摊蚊子到消灭蚊子，这是两种不同的思路，叙述者将读者引入第一种思路后又突然地跳出来对其进行善意的嘲弄。这是一种思维的游戏，幽默的喜剧包含着人生的智慧。

7.反讽。《挤呀挤》也是一种怪诞。相当长一段时间，挤公交车曾是中国人尤其是上班族生活中最常见又最无奈的现象。上班挤，下班挤，节日出门更得挤。《挤呀挤》反映的就是这种现象。题材和主题本来都是很现实很近切的，但是，周锐却未将其作为一个现实的社会问题来表现，而是着力一个"挤"字，膨胀开来，生发开去。我挤你挤大家挤，挤出了兴致，挤出了热量，最后竟匪夷所思地要用这能量去发电。于是，"挤"作为一种社会问题，作为一种痛苦无奈的经历被淡化了，转化了，被动的无奈的挤变成了一种主动的积极的游戏，苦中见乐，苦中作乐，无奈后不是叹息，也不是生气，而是笑着去迎接它，以膨胀的方式去消解它、戏谑它。虽然消解不能完全去除人们面对现实时的无奈性质，但毕竟提供了一种视角，站在高处以游戏的心态看待生活中的痛苦与无奈。虽然这种消解可能因为不能完全去除沉重而有某种黑色幽默的性质。

通过畸联、时空错位、反常、归谬、荒诞、扑空、反讽等一系列艺术修辞，周锐童话常在作品的整体构思上突破人们习以为常的思维窠臼，使作品在表现形态上显出怪异、陌生、新颖的面貌。其实这也不只是一个表现形态的问题，新异的表现后面是作者对生活同样富有创新精神的理解。

二

从意蕴的角度谈论周锐的童话要比从修辞、构思的角度困难得多，因为其特征远不及后者明显。周锐童话的意蕴很庞杂，且没有明显的取材范围和主题情结。给人的感觉是，他的表现内容似乎是被他的表现形式引领着且为后者服务的。他的作品被称为童话，并不是因为它们表现了儿童生活而是因为它们使用了童话习用的塑造艺术形象的方式。儿童生活，特别是儿童的学校家庭生活在周锐童话中是很淡漠的。周锐童话也没有很强的现实关注意识，不像许多现实主义作家面对现实特别是面对现实的社会问题有一种压抑不住的言说冲动，周锐童话并没有很强的生活气息。我们无法像对待一些现实主义作品一样对周锐童话的意蕴进行分析。但我们可以从一些较具现实性的内容开始。

周锐的有些作品，特别是他刚开始创作的一些作品，较多地来自他自身的生活经验，是他作品最有生活气息的部分。作家的艺术创造在于，他不仅离开写实主义的细节真实的传统,从具体的现实生活中超越出来,只把握其中的意念和神韵,离形求神,而且力求从一个崭新的角度去改造、重塑这些经验,使其变得陌生、新颖,使其超越个别成为其中具有普遍意义的东西。如《小猪和十二只蚊子》,是以他在长江轮船上被蚊子咬,同屋的伙伴杨大头又撤离之后,想到自己被蚊子咬的几率突然又增加了许多的经验为基础写成的。但作者既没有在事件的发展上照搬它,也没有在作品的主题意向上受日常心理、视角的支配,而是立于这种经验又从这种经验中虚化出来,超越出来,在构思中改变了经验的方向。这不只是一种思维方式的逆转。所谓方式的逆转反映了作者理解世界改变世界的方式的逆转。《两个王子和一千头大象》,据作家说,表现的是他自己20年前插队西双版纳的某些情绪氛围,而人物、故事则全然是创造出的另一个世界。另外《九重天》《神秘的眼睛》《挤呀挤》《影星改行记》《我被枪毙三个月》等都投射有作家个人生活经验的影子,但大都化得不露痕迹,反映着作者对童话这一艺术形式的深刻理解和运用。

周锐童话的另一重要部分涉及对某些社会现象、人类文化现象、普遍人性等的表现。《挤呀挤》涉及的是现实生活中一个很具体的生活问题。但作者无意将它作为一个社会问题来表现,而是着重人面对烦恼、无奈表现出来的化解能力;《P·P事变》也涉及现今社会上一些人一遇事即千方百计跑关系,托人找保,拉帮结伙,比谁的关系铁,比谁的来头硬等恶习,但也无意将它作为一个社会风气予以表现。作者站在高处俯视它,将那么多煞有介事地进行着的气氛紧张的活动还原为一场“茶杯里的风波”的小喜剧;《宋街》涉及的是现今某些正在热衷的仿古、怀古等社会文化、心理现象,揭示了一些人高雅行为后面的矫情。但这矫情里不是也包含了人对自己尴尬生存状态的无奈?《森林手记》反思了人与自然的关系;《千年梦》反思了时间流逝中人性某些永恒的东西,如此等等。这些作品是周锐童话中反思较深、意蕴较为丰厚的部分。

周锐童话中也有些是接近儿童生活、反映着儿童成长需求的。如《勇敢理发店》,从一个相反的角度切入,让孩子理解什么是真正的勇敢;《电影在十年后开映》表现了然诺的重要;《生日点播》则在张冠李戴的错位中表现出子女对父母的亲情;《一塌糊涂专栏》《部长和大盗》以富有儿童情趣的方式解决儿童生活中的问题,等等。这些作品包含了较多的教育内容,但作者都极力将这些内容抽象化、喜剧化,很多还以游戏、闹剧的方式处之。作品主要着眼的并不是教育、教训的内容,而是表现这些内容的喜剧化手段、方式。

反映自己的生活经验,反映作家对生活的理解,反映作家对儿童的成长要求,如此等等,构成周锐童话内容的不同侧面,反映着周锐童话在意蕴上的特点。但仅此,似乎又不能完整地概括周锐,无法将周锐童话意蕴上的特点更准确地揭示出来。周锐童话在意蕴上更深更本质的东西是什么? 从上面的分析中已经可以看出,周锐童话反映社会生活,反映人的生存状态,甚至包括对儿童品德上的教育意义,但真正重点并不在这些较具体较功利的方面。他努力把握这些具体内容后面更深层更本质的东西,那就是人们的思维方式。我认为,周锐童话是以人的思维为对象,进行思维层面的游戏,通过联想中的畸联、错位、反常、怪诞、扑空、反讽等等,暴露了常态思维及与社会文化、人对自身生存状态的把握、对儿童的成长要求等等相关的思维方式的僵化、偏执、罅隙,并以同样的方式颠覆之,消解之,使想象中的世界显出新颖、真实的面貌来。这涉及我们对“世界”“生活”等等的理解。过去我们说“世界”“生活”,总是意指在我们的意识之外有一个客观的世界,并不以人的意志为转移的方式存在和运行着。文学反映生活,影响生活,就是反映、影响那个客观、实存的世界。其实,一个绝对客观的世界只是一个可以无限趋近但永远也无法达到的对象。我们能够接触到并与之交往的只能是意向中的世界，是主客观相互作用、存在于主客观中间某个地方的并时时变动着的经验的织体。这个经验织体有不同的层次、不同的侧面，并因经验者的不同而有不同的表现形态。一般说，那些离我们眼前的生活较近、较具实用功利的部分，我们称为"现实"。"现实"与变动着的主、客观联系紧密，无限丰富，经常变动，准确地把握并使之审美化并不易。在"现实"的后面，是经过时间沉淀的部分，如文化、思维、习惯等，它们是"世界"中较为稳定的方向，覆盖面广，涵盖性强，深潜在人们的思想、情感和行为模式中，飘忽、朦胧、含蓄却无处不在地制约着人们的思想、情感和行为。正因为深隐、稳定、天经地义，人们往往受其制约也不感到制约的存在，因此，当某种错误的、不正确的观照思维世界的角度及由此形成的"世界"不正确、不真实，其影响往往也特别深广和久远。周锐童话以生活、世界中较为深隐的部分如思维方式、文化习惯、人们感受、观照世界的角度等为主要表现对象，在虚构的世界中进行想象力的游戏。这种游戏不像反映现实的作品那样有很强的现实生活气息，但它冲击、戏弄了人们某些陈旧的、僵化的观照世界的方式，冲击、颠覆了人们按传统思维构建起来的世界图景，其实也是让人从传统的旧我中解放出来，超越出来，在重建新的世界图景的过程中获得更多的自由。也正是在这里，周锐努力追求的构思的新颖性在主题意蕴的层面显现出来了，作品的形式有了意识形态的意义。

三

主要从文化、思维的角度而不是从现实生活的角度取材，首先关心表现方式的新颖性而非表现对象的丰厚性，这是周锐童话的特色，也是周锐童话的限制。特色成就了一批构思新颖的作品，限制又使这种新颖呈现在一个并不能称为深广阔大的范围内，并在一定程度上使这种新颖本身也现出其弱质和缺陷来，这多少影响了周锐童话的深度和气象。

首先是与现实生活的距离。童话的造型方式本就决定了它比写实类小说更容易拉开与现实生活的距离，周锐童话侧重文化、人的思维形式的表现内容使这种倾向更明显地表现出来。除了少数作品外，周锐童话较少有现实生活的气息，这和同时代一些童话的比较中可以更清楚地反映出来。比如孙幼军的童话，虽然也用假定性的人物形象，也创造虚构中的童话世界，包括《怪老头儿》这样的不时来点神异因素的作品，人们仍能清楚地感到现实生活的影子，人物、事件以至氛围，都是一种伸手即可触摸的鲜活存在。周锐的多数童话都不能给人这种感受。不给人这种感受的对象自然也可以成为童话的表现对象，但拉开了与生活的距离，努力表现那些经过时间的沉淀因而较为稳定较为形式的内容，多少减损了作品的丰富性，限制了作品进行艺术构思艺术创造的有效空间。这一点，仅从个别作品是很难看出来的。但如果扩大范围，将作者相当长时期的作品放在一起观照就能清楚地感受出来。尽管周锐一直锐意创新，也确有不少较优秀的作品，但也有不少作品内容贫乏，只在形式上打主意，内容重复、相近者也不在少数，且越到后来这种特点越明显。

由于拉开了与丰富的现实生活的距离，以相对稳定、抽象的人类文化、思维为表现对象，周锐童话要锐意求新，突出作品的整体构思几乎成了一种带必然性的选择。整体构思是和作家观照生活的角度联在一起的，而所以采取这种视角而不采取那种视角，在深层，又是受作家对生活、世界的认识、理解制约的。整体构思决定着作品的主题意向，主题意向突出地表现着作家对生活的理解和认识。当周锐多少有些下意识地淡化、忽略作品的细部而将作品的整体构思凸现出来，其实也是将作品的主题意向即作家对生活的某种较为新颖的认识、理解凸现出来，这很自然地导致周锐的童话有较强的理性化倾向。他的一些较优秀的作品，如我们前面论及的《宋街》《未来考古记》《森林手记》《挤呀挤》《疼痛转移器》《勇敢理发店》等，几乎都是以视角新颖、发现问题有深度、对生活的理解深刻而给人较深印象的。这点是作家自己也承认了的。理性在作品中并不一定都是负面的，一些优秀的作品以理性取胜也是经常的。周锐的一些作品既有理性的深度又通过怪诞、闹剧等将其审美化，取得了较好的艺术效果。但理性在作品中毕竟是一把双刃剑。如果理性没有很好地溶解在感性里或理性本身缺乏深度，作品就会很快受到伤害。周锐作品缺少氤氲化合的感性氛围，部分作品流于闹剧，是和作品较多偏向理性、一些作品对生活的理解缺乏深度紧密地联在一起的。

远离现实，突出理性，大大增加了周锐童话对作品整体构思的依赖性，也就大大增加了周锐童话艺术构思的自觉意识，同时，也使作品隐含了一种可能的危机，那就是构思过程中的刻意性。刻意是一种自觉的、有意识的追求，且是费尽心思的追求。读周锐童话，有时就会感到作家太清醒了。如何确立主题，如何安排情节，如何调整视角，多少有些修饰过分的感觉。构思主要是结构安排，主要属于形式因素，雕琢太过，表达时少了些舒缓和从容，易流于纤巧，我们说周锐童话缺少些气象，主要也是就此而说的。进一步说，即使从形式的角度看，过于注重整体构思，有时还会导致对具体的叙述技巧的忽视。前面我们说过周锐的童话凸现叙事艺术，像小说，但那主要是就整体艺术构思而言的。真正深入到文本内部，我们发现，周锐童话对叙事技巧是有些忽视的。如单一的故事性结构、单一的高视点权威叙述，单一的畸联性组材方式，缺少生动具体的细节，没有精彩的对话，没有个性鲜明的人物形象，作品删削得只剩下一个没有太多弹性的故事梗概。这样的作品是不可能很耐读的。除去一部分作品是由于构思上缺乏创意（一个作家很难使自己的每篇作品都构思新颖）而显得平淡外，有些作品缺乏生动的内容及对生活的深刻理解而又要变着法地吸引读者，不得不借助于"噱头"。比如《挤呀挤》虽然表现荒诞却有丰厚的内容及生动的想象，读完也让人回味；而《舞蹈型地震》却由地震而引向舞蹈，写舞蹈而忘了地震，有点为噱头而噱头了。《蚊子叮蚊子》，一个很不错的题目，我初见时眼前一亮，心想作者一定又有新的想象，读完才知是批判背叛之类，心里直说一个很好的题目被浪费了。另外，作者有些作品，包括一些影响较大的作品，创意上受到其他作品的影响，没有从中化出来，以致较多地留有模仿的痕迹。《P·P事变》模仿拉美文学《一条大死狗》；《我被枪毙三个月》创意接近高尔基的《马卡楚德拉》；《森林手记》中人被动物抓起来放在笼子里展览的创意曾见于《随风而来的玛丽·波平斯》；《爸爸妈妈吵架俱乐部》的类似内容在凯斯特纳的《5月35日》中也曾出现。作者借鉴上述内容不是全无自己的改编和创造，但也表明，仅从视角的角度着眼，"撞车"的现象有时是很容易出现的。

周锐是"文革"后最有创新意识的童话作家，他以一大批新颖别致的作品确立了他在这一时期中国童话的地位。但创新往往要付出代价。周锐童话中的某些不足以至失误可能就是一种难以避免的代价吧。但有缺失的探索也是探索，远非艺术上的因循守旧固步自封可以比拟。本文虽然谈及周锐童话的一些局限弱点，但并不影响对作家辛勤探索的敬意。毋宁说，本文也在做某种探索，希望与作家共同努力，希望童话领域的创新，特别是艺术形式领域的创新做得更新一些，更好一些。

（原载《中国儿童文化》第1辑，浙江少年儿童出版社2004年版）

# 曹文轩:坚守记忆并承担责任

徐　妍

如果在这个众声喧嚣的世纪末还能驻足倾听夜半的寂静,便会听到一种声音温和而执着地对你说:记忆固然是心灵深处的"幻象的赞歌",但,在人们进入明智的年纪后,世纪进入炫奇和刺激的时代后,记忆——对正在从现代人大脑中消失的记忆的坚守,也许会让人们追忆起各色的昔日,在回忆并同时想象的时光中恢复生命的本来含义。所以,回忆并不意味着对现实的逃离,而是现代人承受生命之重的一种勇气。这正是曹文轩小说的主题:在那一处处或一件件过去的风景与醉梦里,实现古典诗情与现代生命的真实结合。这亦是曹文轩小说的孤寂:在世纪末小说或者因追求形而上的哲学迷宫而沉迷于叙述游戏,或者因认同于形而下的庸常人生而放弃美感之际,曹文轩小说却在关怀现代人精神世界的同时归还了小说本应具备的"温馨与温暖"(曹文轩语)。这终于构成了曹文轩小说独有的存在意义:行走于现代与古典之间,以文本的形式,重建小说在新世纪的美与真的再度联姻。

## 一、诞生于古典诗意的深处

走近曹文轩的小说世界,首先发现:曹文轩的小说尤其长篇小说《草房子》《红瓦》《根鸟》,与当下诸多小说相比很有些不同。这样说,并不是由于曹文轩的小说不似其他小说那般加盟于某一旗帜之下,而是由于它们选择了"不合时宜"的精神支撑点:在当下小说纷纷以西方现代主义为写作经典之际,曹文轩小说却相反地信奉并实践着"永远的古典"(曹文轩语)。更明确地说,正因为世纪末中国小说,相当一部分作者由于对西方现代主义的虔信或错解而将小说艺术视为语言之迷宫、庸常之粉末、垃圾之碎片,曹文轩的小说才决计徒步踏勘着渐已荒芜但仍生长着梦与梦想、记忆与回忆、月与月光的古典家园。但是,曹文轩小说并没有由于回返而拒斥无法拒斥的现代主义,事实上,它们并不讳言西方现代主义亦给予它们无限的利益,甚至可以说,正是西方现代主义唤醒了沉睡于这些文本记忆中的古典诗意,进而让一个崭新的古典主义复活于现代文本之中。因为,这一始料不及的结果来自一个悖论:"当这个世界日甚一日地跌入所谓'现代'时,它反而会更加重与迷恋能给这个带来情感的慰藉,能在喧哗与骚动中创造一番宁静与肃穆的'古典'。"①

我也许再难忘记曹文轩先生在北大讲坛上动情地追问:废名笔下的细竹姑娘去了哪里? 沈从文笔下的翠翠又哪里去了? 就在那一瞬间,一弯在秋林中延伸的清新的路径重现于天地面前。这路径来自久远,流经百年中国文学空间,几经曲折,几近沉寂于炮火声中、斗争丛间;在世纪末,又遭遇商业大潮的席卷。然而,它如同生命中永不停息的潜流,悄然地在世界晦暗处自行显现。只要今日的人们还爱着冰的晶莹、水的纯净、风的飘逸……这路径就会绵延直到永远,并在它幽远的深处诞生新的成员。进一步说,曹文轩小说的独特性并不突兀,它们诞生于一切古典主义的养分之中:托尔斯泰、契诃夫式的悲悯情怀,屠格

涅夫式的格调与情趣,蒲宁式的散文化笔法。尤其,废名作品恬淡的意境、沈从文抒情诗的风格,以及汪曾祺的超文体写作如轻曼、美妙的绿笛浸润着每一行字迹。这些曾经给人类以感动的古典形态的小说皆是孕育曹文轩小说的母亲河。当然,作为一位立足本土的中国作家,曹文轩的小说更多地呈现出与后者的内在联系。原因其实很明确:当曹文轩目睹了当下现代形态小说中美与真的失衡,无论是作为一位学者还是作为一位中国作家,都不能冷漠地对待古典美这条清澈的溪流在中国当代小说中的流失,因为这条溪流不仅关涉着中国小说的血脉,更关涉着中国人的生存质量。于是,曹文轩的小说责无旁贷地承接着起始于废名,大成于沈从文,后继于汪曾祺的古典美学精神。

曹文轩的小说语言常常表现为稍稍朦胧的、如薄雾如月光的、既快乐又忧伤的句子。这样的句子与其说单纯的忆旧,不如说重温以废名、沈从文、汪曾祺为代表的小说中的古典意境。这样的句子随处可见:"那柿子长得很大,扁扁的,熟透了,橙红色,打了蜡一样光滑,在夕阳的余晖里,仿佛挂了两树温馨的小灯笼。"这样的句子多似废名笔下"东方朔日暖、柳下惠风和"的意象:并非单纯得透明,而是单纯得忧伤,在忧伤中产生诗性的力量——引领人进入梦乡,以梦想慰藉人生。而且,无论单纯中的复杂,还是复杂中的单纯,曹文轩小说的语言都在追求一种美感:净洁。这是文学语言的品格,更是曹文轩小说所承继的古典主义的精魂。既然曹文轩坚信"美感与思想具有同等的力量"[2],便会如古典主义者一样,"由语言入手,并始终浸在作者的语言里"[3]。即,对文本来讲,语言的质量重于一切。这样,一进入曹文轩的小说,迎面而来的便是久违的纯美的景色。曹文轩以对古典美的崇尚复活了人与物温馨的情感联系。虽然作者始终以现代主义者自居,但正是一个真正的现代主义者,才没有忘记:他的精神劳作除了以特殊的深度体验自己的经验外,还应给读者以美的享受。而放弃这一点,"艺术领域就不可避免地混进了一些艺术的'骗子'"。[4]于是,曹文轩小说的景色描写中重现了这样的意象:"田埂""青草""池塘""草房""红瓦""月光""大路""百合""山谷"……郑敏认为:"意象的骤然涌现也许就是理性的逻辑思维的意识活动与无意识的无限能量相接通的表现。"[5]类似这样涌现的意象正是现代理性与古典诗意在艺术里的结合。不仅景色,而且众多女性的塑造也再度闪现出翠翠、三姑娘、细竹等灵秀、清澈的模样。女孩子依然是水做的。对女性生命的纯净所持有的肯定态度,构成了作家洁净语言的又一特性。与当下的欲望写作不同,曹文轩小说精心选择了纯净优美的语言描写女性:"她自然比别的女孩爱干净","她的声音很轻很细又很纯净",陶卉的性格犹如清澈的泉水,从读者心上潺潺流过;喜爱"带露珠的兰花"的夏莲香让人想念兰花的高雅与芬芳;"一对乌黑乌黑的眼睛"的纸月让人追忆翠翠的哀怨与坚强……

## 二、重建现代意识的诗性空间

虽然曹文轩的小说诞生于对古典主义的悄感与美学趣味的追求,但,他却直言不讳地表明:"我在理性上是一个现代主义者。"[6]"一个现代主义者"的身份使他的小说在承继废名、沈从文、汪曾祺的古典主义的同时又逼视了以往古典主义者回避的人生实境、人性实情。或者说,曹文轩小说的确给予这个受到严重污染的世界以纯美的诗意,同时又透视了我们每个人灵魂深处的瑕疵及宿命的悲剧。也正缘于此,曹文轩小说始终没放弃对神圣梦想的追逐,对人性高贵成分的坚守。这些构成文本本身充满现代意识的诗性空间。

表面看来,曹文轩的小说只是一些对少年生活的回忆,但仔细阅读,就发现它们是真正关涉现代人精神世界的文本。即它们是在邀请一切心灵丰富的现代人一道进入一个由永在的孤独感、内在的欲望、情感的依赖所组成的现代精神世界。所以，与大多数小说一样，曹文轩的小说也注重人物的塑造。但其中人物既非读者一度顶礼膜拜的"英雄人物"，也非让读者厌弃的单面物质人。这些小说尽管接受了小说塑造人物的传统尺规，但它们旨在以传统的描述方式表现现代人精神的多维度。

　　所以，曹文轩小说中的各式人物，给人留下经久难忘的印象。他们虽然出现在不同的场景中，如与桑桑苦乐交织的"草房子"、与林水血肉相连的"红瓦"、与少年梦想相生相依的"根鸟"，但在文本的表层叙述下，一种精神上的孤独是人物的共同点。《草房子》中秃鹤的故事让人心酸：只因为秃鹤是个"寸毛不长"的秃子，便要学会隐瞒、接受嘲弄，甚至任人践踏尊严。也只因为他要讨回做人的尊严而采用了报复的手段，便被置于众人遗弃的孤独深渊："谁也看不到他，他也看不到别人，秃鹤觉得这样挺好。他就这么坐着，让那湿润的热气包裹着他，抚摸着他……"无边的孤独感如此深重地压迫在一个少年的双肩。还有《红瓦》中的马水清，似乎与秃鹤不同，是个令人羡慕的幸运儿，"一天到晚地总很自在"，因为他有钱。然而，他屏息倾听的却是那缕"微带幽怨的箫声"。他不知道他是谁，唯有"面对柿子树，他心里会有一种绵绵流来的温暖"。如此瞬间又令人释然：毕竟，人可以暂时悬搁孤独感。更有那个以梦为"马"的少年根鸟，之所以踏上寻梦的漫漫旅途，只因为"无梦的黑夜，是极其令人恐惧的"。寻梦途中的一切磨难正是为了战胜那个笼罩生命四野的孤独感。那么，人因何要命定遍尝孤独？一个根本原因就是在现代社会中，人时刻缺少"一种坚实可靠的自主性身份感"[⑦]，而生命中最尴尬的事情就是在各种联系中个体将丧失自己的身份。由此而产生的恐惧就是所谓吞没的恐惧。所以，赫舍尔说："人不仅要对他的所作所为负责，而且要对他是什么负责。"[⑧]秃鹤、马水清、根鸟以及曹文轩小说中的诸多人物所陷入的无法自拔的孤独感问题不是如何选择行动，而是在行动中能否确证个人的身份，即人之所以为人的真实性与独立性。

　　然而在曹文轩的小说中，这些精神的深层要义只有诉诸于人的各种感官才有可能。曹文轩固然关注人的精神领域，但也同样重视人的欲望的合理性。所以，曹文轩小说又在透视精神纵深处之际关注人物精神的异质体——欲望。而且这时，作家不再采用古典主义的温情脉脉的审美观照，而是选择了现实主义的冷峻态度。如《红瓦》中油麻地中学的老校长王儒安，原本是一位以生命看护着油麻地中学的可敬的老人。然而当奇冤昭雪，这个人物竟发生了让人意想不到的荒谬的逆转：宽厚仁慈、忍辱负重的形象消失了，他摇身变成了工于心计、伺机报复的汪奇涵。而且人性的这种异化不仅属于成年人，在纯洁的少年身上也无法遮掩。《草房子》中的小桑桑们非但不理解、也不同情秃鹤的难言之隐，反而"心里老有将那顶帽子摘下来再看一看秃鹤的脑袋的欲望"——虽然他们不懂，还有什么比欣赏他人的尴尬更残忍！即便那个因梦醒来而踏上新天路历程的根鸟也几度徘徊于欲望的边缘：故乡的老屋、美妙绝伦但却让人遗忘了过去的红珍珠、走路如柳丝的秋莹姑娘、"扮相很好"的金枝，分别以各式的世俗幸福诱惑着他犹疑的脚步。这样的现实并不美好，但正是这些并不美好的事实让人物进入真实世界。尤其，让我们重新打量自己，认同《红瓦》中少年叙述者林冰的发现："原来，我们和这个目不识丁、整天光着脑袋、腆着大肚皮、光天化日之下调戏妇女的王八蛋，竟也有共同之处。"这样的卸下虚假面具的发现，恰是一个真正现代主义者的现代意识的体现与理性批判："人类固然高于一般动物（就这一点，也未必不是个疑问），但人类无法否认与动物的亲缘关系。"[⑨]

人性既然如此孤独、且经不住欲望的诱惑，是否应听凭自然？曹文轩对此并不乐观，他的作品弥漫着无处不在的悲剧感——《草房子》《红瓦》《根鸟》无一不是悲剧文本。"悲剧"这一具有崇高感的美学名词在这些文本中不同于西方现代小说的悲观主义，曹文轩对此表现出现代人的理性认识："死亡意识使人感到人生的紧迫，求生与死亡的冲突使人总在恐慌和紧张之中，贪婪、自私、享乐……人生是一个悲剧。"⑩但悲剧人生依然是一种大美与无限，因为"人类在正视死亡，死亡是庄严而神圣的"。⑪曹文轩深知中国人生存境遇的艰难——他在讲坛上曾将新时期文学的悲剧主题归结为：房子与粮食；也曾在阅读一些当下作品时，因"怜悯"而泪不能禁。但他继而追问：中国的当代小说难道只满足于博得读者的一掬同情之泪？中国当代文学的悲剧难道只抒写物质的贫乏？曹文轩既不盲从西方现代主义的荒诞与颓废，也不屈从一些流行小说对悲剧肤浅的理解。在世纪末情绪与物质主义的包围中，曹文轩偏要以文本的形式建立一个平民的诗性世界，从而寻求一个救渡中国平民凡庸生命的充满诗意的新境界。而正是在承担这一神圣使命时，这些文本实践着中国古典精神在现代时空的转型并诞生了新古典主义。它可以这样被概括：无论生存多么艰难、生命多么荒谬，但人之为人的高贵的尊严不能被剥夺。而且，人之为人，必得依赖的尺度与根基依然是古典主义的情感与梦幻。

还是让文本自行说话。在《草房子》与《红瓦》中有两个值得关注的形象：杜小康与赵一亮，二人都是平民身份，前者是杂货铺之子，后者是染坊之子。但二人却没有平民的卑琐与世故。先看只有一股很清洁的气味的杜小康："他上学时，嘴上总戴着一个白口罩。""才读一年级，就有了一条皮裤带。上四年级，就有了一辆自行车。"如果说这么描写还只是外在的，那么杜小康之所以是杜小康，是因为他总能做成许多孩子想做但做不成的事情。他在命运的捉弄面前，不颓唐、不沮丧：一场偶然的沉船事件使富足的"红门"成了空壳，父亲病倒了，他不得不辍学了，但他还是"一副干干净净的样子"。赵一亮也一样"很有些不俗"：他灵活的手指会拉很帅气的胡琴。他也遭遇人生的不测：一场运动使他被黑瓦房拒之门外。随之，一场大火又将大染坊化为灰烬。但命运可以将他变成"木讷的庄稼人"，却不可以击败他不屈的灵魂："他心中总是矗立着从前那幢使他气宇轩昂的房子"，身处悲剧之中，却不乞讨怜悯。这独特的平民形象体现了曹文轩的悲剧观："文学悲剧不是对现实悲剧的摹仿。它是悲剧的悲剧，而不是现实的悲剧。悲剧的痛苦应主要关怀人的精神。文学不可夸张痛苦，夸张痛苦是一种撒娇行为，是缺少承受力的表现，是一个民族素质低下的表现。"⑫悲剧不是眼泪的艺术。杜小康、赵一亮，包括秃鹤等都不相信眼泪。悲剧也不是廉价地索取读者的同情心。

那么，悲剧相信什么？我认为，真正的悲剧缘于梦想。优雅、脱俗、崇高、高贵本身就是梦想之物。"当世界日甚一日地粗鄙、卑俗、猥琐、凡庸，追求它们无疑走向悲剧。"但曹文轩经过《草房子》《红瓦》走向《根鸟》之时，非但不妥协、不回头，反而给予根鸟一匹白色的梦想之马，步入了一个宗教般的境界，追逐着一种现代梦想的诗学。而且，根鸟寻梦，不是来自某种观念的推动，而是听凭一种生命本身的需求，因为"一个国家、一个民族、乃至整个人类，倘无宗教情怀，是很难维系生存的，或者说，是很难使这种生存提高质量并富有美感。"⑬在此寻梦之途，曹文轩小说将古典与现代进行了结合。

## 三、那飘逝的，是一种永恒

曹文轩小说也可以概括为是指描写一段逝去时光的故事。人在时间中的位置一直是这些小说的结构。作为一位学者型作家,曹文轩以他独有的方式结构了小说:虽不排除联想意识流的写作方式,但叙述线索基本上是比较理性化的。他的小说有时间错置、非连续性的描写,如《草房子》中纸月的故事本已结束,却又出现在他人的故事中;《红瓦》中马水清与柿子树的情感联系曾被毛头佯装溺水的插叙而打断,但,小说的整体结构却受制约于一个理性主义者对时间的形而上思索。

在《草房子》的代跋中,曹文轩曾将时间比喻为"金色的天体",并断言:"这轮金色的天体,早已存在,而且必将还会与我们人类一起同在。"所以,小说"感动今世,并非一定要写今世。'从前'也能感动今世"[18]这段话传达了曹文轩小说的时间哲学:时间是一个恒在。虽然一切都是一个瞬间、一切都是一个场景、一切都是一个过程,但,那转瞬远去的未必就是短暂;如烟如雾的,未必就是消散;不可重复的,未必就是死亡。倘若心灵生长在灵幻想象的地方,过去就是永恒。永恒只在过去的一刹那里收藏。因此,人与时间的关系只有三种:或不变;或渐变;或突变。曹文轩小说也尊重了时间的三种流速,但比较而言,它们更倾心于第一种时间的表达。

所以,曹文轩小说多让少年叙述者收录一段有特别意味的时光片断。然后,再插入成人视角,在瞬间里将少年的流动的叙述凝固。《草房子》还没开篇,就预先设置了成人的目光,以后,小桑桑的所见所闻均没逃离这一隐在的目光。《红瓦》索性让成人目光直接上场,在时光的转弯处透露成人视角存在的缘由:少年看人生毕竟粉饰、迷蒙、有限,成年之后才意识到逝去时日的价值——过去的时日并未逝去。于是,《草房子》的故事真正开始于它结束之日——1962 年 8 月的一个上午桑桑要乘一只大木船离开草房子之际就是这个故事诞生之时,而且,这个故事永远不会结束。《红瓦》即是成人"我"对于记忆的不断重构,每一次重构都使得过去再生一次。《根鸟》的寻梦并非开始于太阳升起的地方,而且,根鸟即便抵达了开满百合的山谷,也会继续上路,因为梦没有终点。可见,一切都必将逝去,唯有逝去的,才是永远构成生命赖以开始的起点。过去,是人永远居住的内在时间。

我想进一步说明此点:曹文轩小说不是一个个忆旧的老照片——虽然那些老照片在当下极走俏,但它们的功能只是重新勾起那些过去的影像,并以挽歌般的情感去凭吊它。曹文轩小说只是以此为起点,经过回忆,进入一种对生命哲学的反思,而"回忆之上的反思就比一般的反思来得更深一些"。[19]这亦是曹文轩以小说的形式对生命所做的思索。在曹文轩的小说中,仅有回忆是不够的,还得追问:回忆之思是什么?彼时的心与血奉献给了什么?此时的灵魂在思之途能否进入灵魂的深处?在灵魂深处,生与死、爱与恨、梦与醒、动与静、有与无是否能被思者彻悟?在曹文轩小说中,一切生命都被庄严地追问。在此,回忆是生命对自己的清洗。更是上路时的开悟。《红瓦》的结尾不是追悔,而是在思中将永恒捉住:"我将那封信从头至尾看了一遍之后,抓到了手中。我木然地站在风中,望着寒波澹澹的大河。风吹着那封信,发出清脆而单调的纸响。后来,我将它丢入大河。它随着流水,一闪一闪地去了……"也许,命运中的确存在着天命。那天命使生命犹如宇宙中的孤星,飘忽、寥落、受制于命运的缰绳,恰如小林冰:羞怯、困惑。无论时间怎样流动都无法接近陶卉的爱情。但,这样的天命对于回忆中的生命又有何妨?以血以心的回忆可以在时间中超越时间、将瞬间化为永恒。事实上,真正改变人心灵的也许并不是时间,而是生命自身所携之物,所以,途经忘川,不是一味坐叹与懊悔,而是与自身的麻木与遗忘苦战,如根鸟一样在偶遇生命终结之前,一路以梦幻震醒麻木、医治遗忘、挣脱

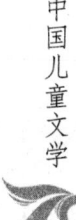

凡庸、击败欲望。小说至此处，可谓思到了思之根，也抵达了生命之根。

行文至此，我已不再从小说的一般意义来理解曹文轩小说中的古典主义。从《草房子》经《红瓦》至《根鸟》，曹文轩更为自觉、清醒、坚定地承担着一项孤独、神圣的使命：让古典主义以新的形式复活于粗鄙的世纪末文化之中；让现代生命依凭古典精神冲出庸碌、物质的"现代文明"包围。当然，曹文轩小说不是药方，作者也许比读者有更多的困惑与宿命感，因为他对人性有更深刻的体察，然而，他依然决计用力一搏——以美的梦对抗丑的真。

[注释]

①②⑥曹文轩：《红瓦·后记》。

③《自报家门——汪曾祺自传》，见《异秉：汪曾祺人生小说选》附录，甘肃文化出版社1994年版。

④⑨⑩⑪⑬曹文轩：《走出骗局》《人间的延伸》《宗教情怀》，见随笔集《追随永恒》，北京大学出版社1998年版。

⑤郑敏：《诗歌与哲学是近邻——结构——解构诗论》，北京大学出版社1999年版。

⑦[美]莱恩：《分裂的自我》，贵州人民出版社1994年版，第34页。

⑧[美]赫舍尔：《人是谁》，贵州人民出版社1994年版，第27页。

⑫曹文轩在北大讲坛上的讲稿。

⑭曹文轩：《草房子》代跋。

⑮刘小枫：《这一代的怕与爱》，三联书店1996年版，第6页。

（原载《文学评论》2000年第4期）

# 秦文君的80年代和90年代

梅子涵

　　我最近在重读新时期儿童文学,肯定也读到秦文君的。因为是按照时间来读,当然就先读到了她的《少女罗薇》《告别裔凡》《四弟的绿庄园》等,而不是《男生贾里》《女生贾梅》。这些年,提到秦文君,都是讲她的贾里贾梅,其实在贾里贾梅之前,秦文君是有其他面貌的。贾里贾梅是秦文君后来的变化,秦文君后来变到喜剧的路上去了,更多的儿童的确喜欢能够嘻嘻哈哈地阅读,这样他们就喜欢贾里贾梅这样的故事和叙述,他们就投贾里贾梅的票,贾里贾梅就获奖,于是秦文君就继续写,这样就有了贾里贾梅之后的秦文君。这当然是一件好事。可是我现在先不来讲这一件好事,而是说说她的以前,说说她的《少女罗薇》《告别裔凡》《四弟的绿庄园》以及别的诸如此类。那都是一些写得有魅力之作,新时期儿童文学和新时期成人文学一样,有不少已经无法阅读了,但是这些都是一些魅力依旧之作。重读的目光肯定是冷静和挑剔的,加上时间距离的公正,所以重读的判断就可能更接近准确。我想起1993年的全国儿童文学评奖,那时的秦文君是不具备《男生贾里》之后的地位的,她的《少女罗薇》开始票数寥寥,我是力荐派。现在重读,我感觉自己当时的力荐,眼光是对的。我这样说,似乎也就是在暗示,我现在的一些重读的认识,可能会在将来被认为没有错。就算存在这样的暗示吧。因为我希望能够是这样,而不希望时间总是把"过去"给否定,那么我们的价值在哪儿呢?

　　那时的秦文君善于写故事给少女看。用少女很喜欢的那一类语调,故事也都是少女自身的,但叙述的语言是秦文君的,软软的、有些拖拖的句子,讲着故事中人碎碎的生活和行为。没有大起大落,近乎于平平淡淡,可是平平淡淡里,总有一个可以称为悬念的未知在引着你。秦文君的这一手是她后来接二连三编着贾里们的故事的基础。因而秦文君的小说从一开始就很是把握住了小说的技艺,不放弃故事,让你在阅读时想要探究"后来",后来怎样了呢? 这属于既有智慧也有个性。所谓有智慧就是指她不放弃故事,所谓有个性是指她表现了或者说制造了自己的语言、语气。

　　少女罗薇的故事是以一个大人的角度讲出的。大人认识罗薇的母亲,母亲是画家,在美展上展出了人情味很浓的《母与女》。画面上,女儿占主体,母亲在一个很小的位置。这个大人也就是"我"去向母亲祝贺,可是母亲不在,她分到了新房子,去收拾新房子了。这一天是罗薇的14岁生日,但是母亲因为去收拾新房子而忘记了祝贺她的生日,女儿因此不高兴,不愿意和母亲一起搬到新房子去。这就是这个故事的基本内容。细细碎碎的叙述,少女罗薇的莫名其妙的情绪让你不知道是怎么回事。她为什么不愿意和母亲一起搬到新房子去呢? 这个未知从头到尾。这是一个包含了忧虑的故事。这是一个写于1985年的故事,但是秦文君已经强烈地看到了现在的儿童在生活的画面中过于占据了中心的位置。他们可以把一个自己生日的纪念看得比什么都重要。秦文君在她的一首散文诗里写道:"在温柔的橘黄色灯光下忙碌的妈妈,不必我再说任何柔情蜜意的话,凭

新中国儿童文学

借心灵感应,你会知道,有你做母亲,是我一生的幸运。我的爱将永远留给你,这也是一种永久恒长的缘分。"但是少女罗薇淡略了这心灵感应,太想自己了。秦文君说:"我结识不少挺像罗薇的女孩子,'罗薇型'似乎正在悄悄地流行开来。这些女孩子的脸上大都带着淡然的、只属于少女的那种红晕,有一双率真的、不会说谎的黑眼睛;她们喜欢飘忽不定的轻风以及暖暖的柔柔的橙色;她们有强化了的自尊心,常常被如许五色的忧愁和失望缠住………每一个善良的人都会在心底暗暗地为这些少女祝福,愿她们得到友谊、信任、爱;并且期待她们在漫长的人生旅程中,逐步酿就一个公正完善的胸怀。愿罗薇们成为精神上的富有者。"

王小曼和奇凡通信的故事更加是完完整整地表现了秦文君 20 世纪 80 年代的写作特点。秦文君 80 年代写作特点里当然还要加入人性和灵魂关怀的主题。奇凡原本是写信给季红霞的,奇凡是季红霞小学的同学。读了中学后,奇凡发现女生都把自己包得严严实实,男生想跟女生交朋友简直不可能。他就想跟小学时的同班女同学交朋友,可是写出去的信都没有回音。季红霞也不给回音,她只是把这件事告诉王小曼。秦文君开始这样写:去年春天,一个风很软绵绵的下午,美丽的季红霞把王小曼拖到很僻静的地方,好神秘地告诉她说,刚刚收到一个男生写来的信。"写了些什么话?"王小曼从没有过这种体验,她猜不出男生给女生写信会写些什么。季红霞嘻嘻地笑:"他说想跟我交个朋友,你说好玩不?"王小曼有点困惑地看看这个好朋友,确实,季红霞很讨人喜欢,留着浪漫的披肩发,黑黑的显得茂盛而又洒脱。可是,她现在的这种口吻使王小曼隐隐约约地生出些不满。哟,好优越的感觉,有点莫名其妙,仿佛那个男生因为写信就变得既轻贱又可笑似的。不过,这事给了王小曼一个不大不小的震撼,有了种像苏醒过来似的挺新鲜的好心情。也许也会有男生寄信给我,她想,跟一个男生通信一定不怎么寻常,有点像成年人那样从从容容的交往。想到一下子进入一个充满诗意的世界,她激动得想乱写乱画:蓓蕾含笑多情善感四通八达路路通罗马。又隔了几天,季红霞再次把王小曼叫到僻静处,忧愁满面地说:"我怕极了。"原来,季红霞刚在报上看到一则消息,说一歹徒恋爱不成就毁了女方容貌,遭到逮捕。她说怕那男生也学那一手。说话间,她的表情十分悲惨,好像已经遭到了一场飞来横祸。

故事的发展是王小曼和奇凡通起了信。互相交流一点学校和生活中的难题,其中有的话题如:"另外,顺便问一问,如果你们班男生中有一个有缺陷的,比如是个少白头之类的,你们女生会不会轻视他?"答:"我们对有缺陷的男生,一般心里是同情的,但有时也开开玩笑,其实不是存心的。这不好吗?以后克服。"

最后奇凡和王小曼见面了,奇凡正是那个少白头的男生。可是他说话的声音爽亮,正是王小曼的那一句无意的解答,给了奇凡鼓励,使他有了信心和快活,他以前总是戴着帽子,现在脱掉了。他要跟着爸爸妈妈到另一个城市去了,他和王小曼在分别时见面,奇凡说:"有一种男生,他们会永远感激鼓励他们的人。"王小曼就是这种鼓励了人的人。秦文君给这个故事起了一个很有气息的名字:《告别奇凡》。

如果愿意,我们在读这个故事的时候会问:奇凡是谁呢?我可以把奇凡理解成是我,很多现在的男生和以前的男生可以把奇凡理解成是他们。在这个故事里,男生的渴望交流是主要的,可是女生对于他们总是很神秘。在少年男生的精神里,女生是城堡和宫殿,尤其是美丽的女生那更是遥远的彼岸,难以企及。少年的男孩们只能偷偷地看着,长大以后变成遥远的记忆。裔凡的行为是百里挑一千里挑一基本属于艺术想象,秦文君可谓会把故事编得很不背时,既是写给少女读,也是写给少男的,抓住异性的关系来形成叙述的张力,永远都有吸引力。这个不背时的谋略经由秦文君的智慧布局,完全不朝朦胧爱情一类的方向奔去,而是限于恰逢少年而所有的那种精神向往和会晤,使人读到了美丽和感动,也读到了秦文君的艺术年轻和负责。裔凡和王小曼的告别见面令人感动:蓦然,王小曼看到了那个站在图书馆正门口的少年,他站得笔直,简直像个捍卫者。他手里捧着本地理书,一缕苍老无力的夕阳散淡地泻在他脚下,他便显出很年轻的神色来。他也认出了她,不知凭借什么,反正再自然不过了。像软风缓缓地吹过。他们相互看了一眼,他匆匆地跑过来。"你好,王小曼。"他说。"你好。"她抿了抿嘴唇,像是有巨大的喜悦……

两个少年,他们交流和见面了。别的什么也没有。他们会长大,少年时的故事会是最美的记忆,因为它们帮助了你长大。诗意会是永远的,因为它们流经过你的生命。可是我们很多的人没有过啊,裔凡多好,王小曼多好。秦文君把人性的关怀和感动写进了故事里,也写进了少年的向往。

《想见米男》也是一个通信的故事。这好像表现了秦文君的意犹未尽。但是在《想见米男》里小棠和米男始终没见着。他们是文友。文友应该是不见面的,他们说好要见面那就等 50 年以后再见吧,可是现在他们却想见面了。先是米男邀请小棠去海边,米男的家在海边,但是小棠的父母不同意;后来是米男说他到小棠家来,结果小棠父母还是不同意。我曾经在一篇评论里说到过:"我们可能无法分析父母的阻挠和其他,因为只要一分析,事情就变得难以说清楚,就会陷到生活的本身,陷到青少年注意事项的本身等等。我们要读的是这件浪漫事情的本身。一件很单纯的浪漫事情。通信,见面。没有别的'事情'。可是知道这件事情的所有的人都不单纯。" 小棠的同学潘银燕劝小棠还是到海边去,别让米男来。因为接待人多么烦,如果到海边去,则可以受到他们招待,万一米男使人失望,受到过招待也总算没有虚行。郎浩志是小棠的另一个同学,他也认为应该是小棠去,海边风景美,肯定大有收获,至少得到的感想可以供以后写作文,而让米男来不好,米男绝对不可能只是来看看小棠,现在哪里有那么单纯浪漫的人,他肯定是想来周游大城市。小棠的爸爸妈妈则怀疑米男是好人还是坏人。故事最后当然是没有去成,也没有来成。秦文君写完故事后问自己:"米男在何方?"米男难觅。小棠难觅。所有的人都很"务实",少年们也很"务实"。故事正是想呼吁一些浪漫和激情,可是因为读者的普遍"务实",结果米男的象征意义和故事的呼吁的动机就可能还是被淹没在重重的疑虑里:那么让小棠去吗?那么让米男来吗?秦文君在故事的最后说,小棠寒假会去的。这仍是一种想象和呼吁。

这样读着,我们不由得会想说,秦文君不是一个很现实的作家嘛,而是浪漫和想象的情绪浓厚,走在现实的泥泞里,总想能够飞翔一下,让青春的生命故事不是表现在年龄上,而是表现在精神里。

《红田野》和《四弟的绿庄园》铺展的是另一片精神原野。一个男孩因为到过了望不到边际的红田野,回到城市以后便觉得一切都是那么小,连广场也是那么小,他因此而长大了,成熟了许多。《四弟的绿庄园》写的是"离家出走",四弟跟着祖父去了乡下,萎靡的精神顿然如太阳升起。绿色的庄园给人多少生机和自由,给人多少风光和快活,可是最后还是要离开它,当年父亲离开了,今天四弟也要离开,驻守庄园而恒久的只有祖父。不能驻守的是因为生活,恒久驻守的也是由于生活,生活让你不能驻守而去别处,生活让你恒久驻守而不能去别处,所以绿庄园究竟在哪里呢?这里有了些宿命的味道,但是四弟的惆怅和叙述者的惆怅所暗示的寻找的激情仍是清晰明显的。故事的意义不是在四弟的回来,而是在四弟的"出走",在四弟"出走"后的精神勃发与欢乐。现在我们可以来有限度地阐述它的积极意义了:我们的孩子们,儿童和少年们,向往和奔赴一下红田野与绿庄园吧,让生命与它们常常相伴。

如此看来,秦文君后来走到一个喜剧的路上去,是不是就有了些戏剧性?

这是必然的还是偶然的无从谈起,一定要归纳会显得做作。写作的转折要说没有理性倒是也有理性,要说都是理性恰好又有情绪和生活际遇。反正秦文君从原本的主要是面对少女阅读、少年文学"发烧友"的阅读而转为面对更普通的儿童、少年。通俗的《男生贾里》《女生贾梅》愉快地成为争相阅读物。这对于读儿童文学的人,对于儿童文学,对于秦文君,都是好事。这实际是在演绎一个儿童文学史上最传统的美学:有趣。有趣的精神在中国的儿童文学里一直不是旗帜高扬,在太高扬教育的历史里,有趣哪里会是真正重要的;在新时期太高扬文学的呐喊里,儿童文学变得很文学,叙述的关注那么强烈,有趣也不是很有暇顾及。那些年儿童文学界反反复复树立林格伦,正是因为千呼万唤还是不见林格伦。幽默和有趣是儿童文学的世界性美学,缺乏幽默和有趣的儿童文学终不能走入世界的儿童文学。《男生贾里》《女生贾梅》和其后的连续故事是对这个美学和规律的积极实践,尽管不甚完美,但要比众多的完美之作更有意义。

所谓的其后的连续故事是指秦文君在继续写着贾里和他的搭档们。她说是读者希望她写的。当然她自己也找到了感觉。这就使贾里们的故事得以很熟练地延续了起来。也就是说,她暂时摆脱不了贾里们是命中注定的了,她创造了受到喜爱的形象,结果你虽不一定欲罢不能,但是一些读者要欲罢不能,结果就弄得你也只好欲罢不能,降下的幕只得重新拉开,而且不是谢幕,是要再把故事演下去。好在贾里们的故事继续演下去有前提的可能,它本来就没有讲一个完整的故事,情节不是割不断的,需要延续的只是性格和基本的叙事风格,别的都可随机地去想,去新编,前一章是怎样的对后一章没有决定意义,后一章也不需对前一章负责任,只要你有不错的再编一系列新故事的能力,让人物在如前的性格逻辑中去进行故事的讲述,那么事情基本就可以,后传新传都能诞生。

在这里,贾里们的形象和贾里们的故事方式有着互为依存、互为照应、互为帮忙的意义。秦文君幸运地运用了场次不连贯的轻喜剧方式,幸运地诞生了贾里们,结果幸运地诞生了20世纪90年代中期之后的作家自己的形象意义和价值,进入了良性循环的意义之中。我在前面已经提到,这其中的互为关系未必是有预谋的,可是它的结果却是可以总结的,存在着总结的意思。

场次不连贯的方式我们很难说是容易还是不容易。从故事的长度和连贯结构而言,它是简单的。它的每一个片段实际上是一个短篇小说。每一个片段的叙述很快就可以结束,不用费尽了心思去想接下来怎样叙述,怎样发展怎样转折,故事基本没有副线方向,如果有些"旁敲侧击",也只是简单的场面调度之类,不成结构气候。可它每个片段毕竟基本是独立的,都要去想它的开局和高潮,也有不同的各自小主题,尤其是相同的人物和性格,这本身又是个限制,会让你感到他(她)还有什么故事可写?

所以能够不断地继续有故事可以去编,这是一种能力。秦文君有这种能力。我已经说过，她在 20 世纪 80 年代已经有这种能力，这种能力多少准备着了 90 年代的方式。把一个曾经写过的得到了认可的形象的故事继续叙述下去据说是一件危险的事，因为上一次的认可里包含了新鲜的成分，而延续的叙述会不再有新鲜；上一次的认可是一种对达到了某种高度的认可，延续的叙述能够超过它吗？读者往往希望你能超过……这种危险没有降临于《男生贾里新传》之类，它实现了与《男生贾里》同等的可读效果。贾里们在新的故事里穿来走去，灵感迭出，活跃无比，我不清楚生活里是不是真的有贾里们这样的人，但我肯定如果生活里有贾里们这样的人，那他们也一定会有些惊奇，原来他们有这么多的事情可以值得被叙述，能成为作家笔下的故事，让人去阅读和高兴起来，乐此不疲的。

秦文君编得很不错。她以快速的叙述和切换让你觉得她来讲讲这样的故事是小菜一碟。在写了《男生贾里》以后，她对那个故事的环境和舞台是十分熟悉了，那种叙述的语调和节奏也熟练在手，以至于多少有些信手拈来、无中生有、小事拉长、滔滔不绝。

她编得很有悬念，

她编得很是生动，

她总让悬念走入出乎意外，

她总让温馨及时来到。

她以喜剧的方式暗示着成长的方向，

她以成长的方向来整合和协调性格。

我们看到在 15 岁的欢呼尾声里，的确是所有的人都真正地成长了，秦文君写道："贾里满脸严肃，立正着，神情就像一个公务在身，正在检阅过去 14 年的大人物。"可是读者们恐怕又开始等待 15 岁以后的故事。

秦文君有了可供自己自由编织的模式。在我们的观念和理论里，模式常常并不是一件好东西。我们更愿意赞赏的是没有模式和接连不断的创新。而其实在很多时候，在很多的很注重读者的写作中，模式恰好正是魅力和吸引力基础所在。它可以安排大众读者所需要的一些元素，以应该有的方方面面去实现欣赏趣味的方方面面。秦文君目前的意图是要走一条适合大多数读者的道路，那么以一种适应了读者和受到读者喜欢的方式来持续地讲述故事，就可能是一件相当聪明的事，把已经成熟的形象放在这个方式里去发展，又让作家自身的形象和价值借由这方式和这方式里的故事和人物来升腾，两全其美和三全其美。这样讲，多少有了一些艺术策略的意思。作家有没有这种策略没有关系，读者的读到是读者的读到。当然，如果你抱定宗旨，只为艺术，不想读者，那也是策略，可是在儿童文学里很难。

我们只是说轻喜剧的结构和幽默，其实它们的意义不仅仅是在方式和风格上。对于儿童和少年来说，其可能原本就是他们的生命状态、生活状态；对于儿童文学少年文学来说，其可能原本就是一种非常应该的氛围营造和精神建立。我们常常说，生活本身是艰难和复杂的，文学的轻松和快活会使得儿童和少年在长大之后一筹莫展、无可奈何、痛不欲生……而实际上对于人生来说，对于艰难和复杂的面对，最可靠最有效的态度和方式恐怕就是幽默和喜剧式的心情。它们帮助你走过夜晚，来到黎明；走过泥沼，来到大道；走过痛不欲生，来到生机勃勃。它们不只是心情和态度，实在已是智慧和力量。我们把它们连同文学一起给予成长的生命，也就是期待生命的快活和豁达，期待健康。

　　我们的儿童文学走向发展走向成熟，很需要增加这种理解，增加这种风格和智慧，增加这种叙事的氛围和精神。我们往往的确是把故事把叙述搞得太深沉了，想我要怎样写太多，想儿童文学应该怎样写太少。我们就一起来既多想想儿童文学应该怎样写，也多想想我怎样来写儿童文学吧。

## 补　后

　　上面的那些文字是我一些年前写的，是我一些年前的阅读体会和评价。秦文君满意，我也没有反悔。

　　秦文君是一个真正适合于以写作为职业的人。所谓真正适合于写作职业的意思，就是无论他（她）是不是已经达到自己的高峰，已经走到自己的山的顶上，他（她）都能继续地写下去，心里的那个世界不会枯竭，每天继续蓬蓬勃勃开始，每一天的后面一天还可以蓬蓬勃勃地继续，笔底下的文字和故事层出不穷，山路上的脚印一直往前延伸，由不得你不佩服。我们总要求，写作的人只能是一路往上走，不到珠穆朗玛峰就不是好汉，其实写作的人，每天都在继续，数量随岁月增添，也有好景致时或出现，就已经非常了不起！

　　秦文君后来又写出的那些书，时或出现的好景致，应该是有机会在另外的专文里说的。

　　向文君学习。

　　（原载秦文君著《改革开放30年中国儿童文学金品30部·四弟的绿庄园》，新世纪出版社2008年版）

# 刘海栖《小兵雄赳赳》：重探自我之谜的成长书写

顾广梅

对每一现代个体而言，"成长"无疑是长时段、多维度的终生命题，具有举足轻重的心理价值和精神意义。言说成长之痛，书写成长之惑，直至探究成长之谜，自然成为中外作家都盈盈于怀、无法绕开的文学情结。儿童文学作家刘海栖便将他的文学王国牢牢搭建在成长书写的阡陌经纬中，热烈聚焦着那些有趣、有益且有爱的成长故事。新作《小兵雄赳赳》是近年来难得一见的军营题材少年成长小说。

百年来中国新文学史上曾经留下这一题材类型的经典杰作，如谢冰莹的《女兵自传》、冯铿的《红的日记》、黄谷柳的《虾球传》、徐光耀的《小兵张嘎》、李心田的《闪闪的红星》等，它们共同抒写了战争年代少男少女们在军营中动人心魄的身体成长、心理成长和精神成长，并勾连、折射出深厚广阔的社会历史图景，令人震撼于现代个体成长所独具的复杂性、曲折性和多样性，在璀璨的文学星空上犹如一道道闪电照亮了读者的心灵。与这些经典化的军营成长书写相同的是，《小兵雄赳赳》也将观察成长的重要视角放置于个体与集体、个体与时代的相互关系中，传神地摹写了主人公刘立宪和他可爱可亲的战友们是如何走上与集体共振、与时代同步的成长轨道的。这群来自城里或乡下的少年们怀着一代人对"国防绿"的热望与憧憬走进军营，从稚气未脱的新兵逐渐锤炼为集体的一员，成长为合格的战士。

《小兵雄赳赳》成长书写的独特之处、创新之处，就在于始终把个体的成长设为重要的一环，将浓墨重彩大大地泼洒晕染在每一个"小兵"的具体成长过程中，生动探讨自我与世界、与他者之间的多维关系，并将成长的目的和方向最终导向自我认同、自我实现的现代价值维度，为当代儿童文学提供了深刻的成长主题和独特的成长叙事方式。作品没有把新兵们设计成"白板一块"的成长者，相反，"新兵连"的每位少年，在一入伍时都带来了个性色彩鲜明的"拿手戏"和"看家本领"。比如小说重点刻画了主人公刘立宪擅长绘画，马贵是养猪能手，彭民贵是爬树高手，马大壮篮球打得好，阮三成不仅理发技术高超，还会吹唢呐……少年们的这些特长绝活在"新兵连"这一特定时空环境中并未被视为成长的障碍、阻力，而是成为合格士兵的成长助推器。陈连长甚至将他们视为"秘密武器"和"心尖宝贝"。三个月的"新兵连"军营生活让他们充分显示、释放各自的才华，在集体中逐渐找到属于自己的成长方位，既锻炼体魄也铸造心智，一步步地抵达精神的远方。

"小兵们"的个性化成长在刘海栖笔下俨然构成军营一道美丽的风景，也成为小说作品引人瞩目的主题深度和叙事魅力所在。但不可否认，身穿"国防绿"的"小兵们"原本应该有着高度一致的精神面相，因为集体的共性、士兵的共性都要求他们做到目标上的统一协调、意志上的刚强坚毅和行动上的整齐划一。小说没有回避这样的成长共性，特意将之与成长的个性化、多样性相融合，在叙事层面上表现为一个个成长"加数"的具体呈现和描写。从普遍的意义看，成长就像一个做加法的过程，每一成长环节都可被视作一

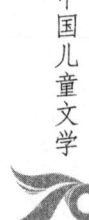

个"加数",诸个加数相加的"和",便是成长的终点。"小兵们"正是通过成长的加法不断填充心理质素和精神养分,发育出成熟的观念和健全的人格来,形成自我肯定和自我认同的宝贵现代人格。小说巧妙地抓取成长加法的重要关节点,活泼泼地讲述了每位少年成长者在如火如荼的集体生活里如何克服自身性格弱点和心理弱点的趣事,如刘立宪胆小、何晓凯骄傲自满、彭民贵不穿袜子、秦东久一想家就要吃糖,等等。当他们有意识地克服这些弱点时,就意味着他们开始告别和舍弃旧的自我,而新的自我已在诞生之中。而这,便是成长的价值和意义所在。

《小兵雄赳赳》成功勾勒描绘了一幅油画般浓郁、热烈的军营少年成长群像,作家将自我建构的成长之旅与一代人的"英雄梦"熔铸、描绘在一起,成长者个个雄赳赳气昂昂,在种种困难面前决不言败,乐观向上。小说对他们的成长心理刻画和精神肖像塑造都来得相当真切、自然和深入。小说还着重塑造了陈连长、侯班长这样的引导者、帮助者形象,他们对少年新兵们既像严父又似慈母,威严中不乏浓浓温情。尤其是陈连长,在他的慧眼识人和一次次精心设计、强力推进下,少年们的身心得到加速度发育和个性化培养。极具人格魅力、性格魅力的陈连长甚至可视为小说的灵魂人物和枢纽人物。他的存在使成长之旅的方向得以凸显,因为他是少年们的"先行到达",而少年们将在他的精神召唤和镜像认同下抵达成长的终点,建构起新的自我。

与军营成长之旅的独特叙事内容相应相谐,小说自然而然地氤氲出阳刚明亮的精神氛围,熔铸了一种雄奇豪迈的美学品格,这在当下儿童文学作品中并不多见。如同"小兵雄赳赳"这一标题,小说通篇洋溢着英雄主义的精神魅力和爱国主义的情感冲击力。"第一次单独站岗""打篮球像守阵地""五里路不算路"等章节,单从醒目有趣的标题便可领略到军营成长如淬炼好钢般的强悍力量。小说尽情尽性地展现了新兵连军营生活的一帧帧火热画面,与少年成长者的自我建构、自我认同之旅紧密联系在一起。军营生活的整齐划一又生气勃勃、谨严紧张又多姿多彩被作家抒写得细节饱满、情节坚实,充满了层次丰富的生活质感和生命实感,显现出作家高超的写实功力,为人物的成长提供了真实有效的前提和条件,也使小说在艺术逻辑上的说服力充分完整。值得注意的是,小说所涉及的社会历史背景以虚化的艺术形式侧面给出,这更符合现代读者尤其是小读者们的阅读心理和审美趣味,也与前述的传统军营成长书写有显著区别,彰显了作者大胆裁剪取舍的艺术魄力和独立自由的审美选择。

捧读《小兵雄赳赳》,不仅欣喜于这部小说所揭示出的基于现代人格、现代价值维度上的成长之美和自我之谜,也震撼于作家刘海栖源自生活的强大语言造型能力。初读一遍就被他那具有生长性、原生态的语言特色吸引住了,再读时竟忍不住诵读出声来。他的文学语言纯粹纯净同时又张力十足、黏性十足,语言的节奏感、韵律感在小说叙事艺术中能把握得如此精妙恰切,让人口中留香,欲罢不能。

刘海栖在创作谈《我的英雄梦》中坦称:"我认为儿童文学的题材应该是广泛的,还要更广泛些,像我们这个年纪的人,可以为拓展儿童文学的题材面做一点工作……"这无疑是一位有使命感和责任感的作家的真知灼见。早年致力于儿童文学出版,如今又投身于儿童文学创作的刘海栖,用《小兵雄赳赳》这部重探自我之谜的成长书写,向读者、向文坛交出了一份优秀的答卷。

(原载《文艺报》2019年8月16日)

# 黄蓓佳近期儿童文学创作论

汪 政 晓 华

　　黄蓓佳是一位在成人文学和儿童文学方面都取得相当成就的小说家,回顾她的创作道路,应该说她首先是以儿童文学创作引起文坛关注的。但进入 20 世纪 80 年代中期以后,黄蓓佳的主要耕作地带转向了中青年知识分子题材的成人小说,以及以《新乱世佳人》为代表的新历史小说的尝试。就在黄蓓佳的创作相对转移的这十几个年头,中国当代儿童文学观念发生了很大的变化,潮起潮落,其审美观念已经是几番变迁,再加上域外儿童文学的抢滩,更使得儿童文学创作和接受都处在一种喧腾而又复杂的状态中。就在这时,黄蓓佳又不紧不慢地回到了儿童文学创作的园地,在不长的时间里,连续收获了 4 部长篇儿童小说《我要做好孩子》《今天我是升旗手》《我飞了》和《漂来的狗儿》,这 4 部小说都是以儿童的现实生活为题材的,平实、亲和,虽无一丝夸饰和张扬,却使读者在平静的阅读中被吸引了,被征服了,这与当前儿童文学的一些流行趣味形成了对比。我们以为这是一种现象,一种值得探讨的现象,尤其是在当代儿童文学审美嬗变的背景下,更有许多有待申说的话题。

一

　　儿童文学和其他文学种类一样,理应百花齐放,提倡风格的多样。如果将风格分为"奇"和"正"(《老子》)两大类的话,我以为黄蓓佳大抵走的是平正一路。这里的平正有二:一是指她所选的题材、人物和故事;二是指她隐含在这些文学内容后面的艺术思维。《我要做好孩子》是以六年级小学生的学习和生活为背景的。作为毕业班的学生,他们面临着来自社会、学校和家庭的巨大压力,考取什么样的学校似乎就是对他们唯一的衡量标准。主人公金铃在班上是一个中不溜儿,成绩忽上忽下的孩子,这样的孩子是最不被老师关注的,金铃希望自己能做一个"好孩子",可她总是因为粗心大意、心有旁骛而不能让老师和家长满意。尽管金铃有这样那样的"毛病",但她是可爱的,她善良,富有同情心,她也是正直的、真诚的、坦率的,勇于承认自己的过错,为同学打抱不平,老师平时并不在意她,然而在老师生病的时候,却是她第一个想到给老师送上一朵康乃馨。金铃在作品中是一个核心,在她的周围是一群备战小升初的学生们,尚海、杨小丽、倪志伟、于胖儿等,考试的日期越来越近,而孩子还是孩子。黄蓓佳以准确的笔墨写出了他们的压抑和挣脱、束缚和自由、投入和游离的真实状态。同样是写小学毕业班的学生,《今天我是升旗手》的角度却不一样,小说围绕品学兼优的好学生肖晓渴望当一回升旗手来展开。虽然肖晓一次又一次与升旗手擦肩而过,但他对荣誉的强烈追求使得他总是做得比别人更好。肖晓终于当上了升旗手,更重要的是,他的心灵在这个过程中得到了净化和升华。与金铃、肖晓不同,《我飞了》中的单明明是一个我们通常意义上的"差生"。因学习成绩不好,常常遭到老师和同学的耻笑,而他唯一擅长的体育却又给他带来了痛苦,老师竟然

要求他在市运动会上去绊倒对手而保住本校的第一名。是新来的同学杜小亚改变了单明明，杜小亚以他的聪明和机智帮助了单明明，而单明明则以他的热情和仗义深深打动了杜小亚，他们很快成为一对形影不离的好朋友。在善良、勇敢、正义、友爱、无私、互助的光照之下，他们和班上的其他同学一起，在一次次的尝试中，终于向着自己的理想"飞"去。可以将《漂来的狗儿》看成一部成长小说，作者通过回忆的叙事体式对20世纪六七十年代的儿童生活进行了细致入微的描写，再现了那个特殊岁月里独特的儿童世界。也许，因为时间间距的作用与文学表现趣味的变化，这一段历史在作者的笔下与新时期文学之初的"伤痕文学"已有了明显的差异，虽然也有令人窒息和恐怖的政治迫害，但生活的锁链、成长的道路并没有打断乡村小镇的生活节律，世态炎凉、人情冷暖，以及少男少女的青春萌动和对美好理想的憧憬与追求在作品里都得到了再现，这无疑是一种真实的历史还原，那里依然是一个丰富多彩的世界。作品着力塑造了狗儿这一少年形象，她的成长轨道与个人遭际显然带有那个时代的烙印，但更让人感慨的是特殊遭际中顽强生长出来的个性，一种努力超越、不断追求、永不言败的性格。

从这几部儿童长篇的介绍中，我们大抵可以体会到黄蓓佳儿童小说创作中的平正风格，她的笔触更多的是放在儿童的现实生活中的，她所涉及的人物在现实社会中随处可见，她所讲述的故事也可以说是平平常常、波澜不惊，甚至有些看起来是一些鸡毛蒜皮的不值一写的小事，而在黄蓓佳看来这对孩子们来说恰恰是重要的。她总是把写作的视点放得很低，尽量贴近少年儿童，努力从平常的事物中挖掘出闪光点。从作品中我们可以感受到她对儿童的了解，对生活在"现在时"的儿童身心状况的准确把握。但是，在一些新潮的儿童文学观里，像这类平正的路子往往是受到贬责的。也许是矫枉还需过正的原因，我们过去的儿童观、教育观、人才观都过分地强调了规矩，管得过死，因此在很大程度上确实扼杀了儿童的自由，限制了儿童想象。我们知道，儿童成长的历史就是一个自然人不断社会化的历史，是人自身不断人化的历史，因此，过分强调儿童的所谓天性实际上从一定的角度看是反智主义的，也是不利于儿童的身心成长特别是思维的正常发育的。尊重儿童的天性，是不是就一定要在儿童文学艺术中将现实世界赶跑，完全以奇异的想象来替代？如果对这些年来的儿童文学艺术作品进行一些考察，就会发现近年来有很多儿童文学作品在所谓的奇思妙想、光怪陆离的后面，潜藏着许多不健康的价值观和反科学的思维模式。儿童的经验世界是有限的，他们缺乏相对完整的知识体系，缺乏足够的反思能力，他们的被动接受性很强，而选择性比较弱，如果过多地甚至硬性地在文学领域给孩子们一个与正常的客观世界相矛盾、相对抗的世界，又如何培养他们对客观世界探究的兴趣、认识的能力、科学的方法？这对孩子们的成长实在是利少而弊多的。

我们这样说并不是一定要黜"奇"而尊"正"，而是觉得应该处理好"奇"与"正"的关系，在这个关系中，我们认为从宏观上讲，儿童文学较好的风格布局应该是以正为主，以奇为辅，以奇为补，也就是说要"执正驭奇"（《文心雕龙·定势》）。儿童文学首先要给孩子们以纯正的审美趣味，要以优美的艺术世界去陶冶儿童的心灵，即使是奇崛的情节设计也应该具有有迹可循的可信性，应该建立在一种美好情怀与理想之中。我们说黄蓓佳的儿童文学创作走的是平正的路子，其实，她的平正之中也有自然的、合乎逻辑的奇险之处，比如在《我飞了》中，聪明、善良、近乎完美的杜小亚因患白血病死去之后，作者便是以浪漫的、魔幻的方式，让杜小亚实现了他生前许下的诺言，成了一个小天使，一直"活"在单明明的意识里，在单明明最需要的时候帮助他，鼓励他。杜小亚重新塑造了一个新的单明明,不仅让他保持了原来的优点,而且让他学会了如何开动脑筋,如何树立信心。在作者的构思中,杜小亚与单明明共同代表了一种"成长"的理想,从表面上看好像是死去的杜小亚以天使和精灵的模样活在单明明的生活中,实际上这种艺术处理的重心与其说是在单明明身上,毋宁说是单明明的内心理想、情感的外化。这种亦真亦幻、似梦非梦的奇险给平正、朴实的风格注入了灵动与瑰丽。

二

文道结合是中国传统文学创作的正统观念,自先秦以来,以文章宣扬道义、教化人民的思想是占主导地位的,"文以明道""文以载道"更是从文学的社会作用着眼,重道而轻文。从 20 世纪 40 年代中期到 70 年代末,文道结合改头换面为文学必须为政治服务,文学成了政治的工具。这种思想长期主宰着中国文坛,儿童文学当然也不能例外,一时间儿童文学中写小英雄、写阶级斗争比比皆是。直到 80 年代拨乱反正,才好不容易理顺了文学与政治的关系,对"文道说"也有了历史的科学的理解。

但是我们也应该看到,由于对所谓文学本体的强调,这些年来,一些成人文学更多地关注文学本身,一些作家甚至主张文学可以进行无意义的写作,呼吁为文学减负。与传统相反,可以说是弃道而重文,这也从不同程度上对儿童文学产生了冲击。对于这个问题,我们一定要有一种审慎的态度。说文学不再从属于政治,并不是说文学与政治、与伦理道德等其他意识形态就没有关系,更不等于说一个作家就可以拒绝承担社会所赋予的责任。成人文学如此, 更不用说儿童文学了。由于儿童文学绝大部分的阅读对象是儿童,这种与生俱来的特殊性使它几乎天然地面对着文与道、教与乐的关系问题。周作人曾说过要给儿童文学减负,认为不要给孩子许多义理上的负担,不要让孩子在阅读文学、欣赏艺术的时候也不轻松,也不自由。他以许多童谣为例,认为儿童文学可以做得"纯"一些,读过了,唱过了,快乐了,也就完了。其实,这里的关键是如何理解"道"、如何理解"教"的问题,给孩子一种人情之美,一种世俗的纯朴氛围, 一种节奏感,这也是教育,对孩子们来说,也是一种学习、熏陶、模仿与塑型。

因此,我们认为,一个优秀的儿童文学作家必须是一个对儿童的成长规律有所了解的作家,必须关注儿童的教育与学习,必须对他所处时代的教育现状有切实的认识,必须有相对进步的教育理念,只有这样,他才能正确地反映出儿童教育的现状和存在问题,才能通过他的作品倡导和展示理想的儿童生活和儿童教育,也才能使自己的创作以合乎儿童认知和接受的方式接近儿童。黄蓓佳的这几部作品可以说都在关注教育,而且,每一部都重在解决一个目前儿童教育中存在的问题。《我要做好孩子》让我们思考什么是好孩子,什么是"坏"孩子? 社会、学校、老师和家长衡量一个孩子好坏的标准究竟是什么? 分数能否反映一个孩子的全部? 让一个 12 岁的孩子就面临残酷的淘汰制,我们现行的考试方式是否合理,它对孩子的心灵会产生怎样的伤害?《今天我是升旗手》提出了在现代社会中一个人的荣誉感究竟应该占有怎样的地位? 为当一回升旗手,成长中的肖晓付出如此巨大的代价,这到底值不值得? 作为学校,在校园变得越来越复杂、世俗和脆弱的时候,如何呵护孩子们心灵中的那一方净土?《我飞了》又对我们提出了如何帮助孩子面对贫困,面对缺憾,面对欺骗? 像单明明、周学好、月亮这类有自卑感的学生,他们内心的渴望是什么? 在天使杜小亚的帮助下他们尝到了成功的喜悦,那么我们的学校、老师又应该为他们做些什么呢……应该说黄蓓佳以小说的方式提出的这些与目前的教育切实

相关的问题,都是值得我们思考和关注的。作为一个清醒的作家,她在充分观察儿童、理解儿童、深入他们的内心世界的基础上,对现行教育现状进行了反思,并且用自己带有倾向性的笔触引导孩子去认知这个世界,以一个女性作家所特有的宽容、温和与慈爱尽可能给予孩子们关于生活的答案。在《漂来的狗儿》中集中表达了作家对成长的思考。特别是狗儿这一形象富有相当深刻的典型意义。在众多的孩子中,狗儿是有些另类的,这种另类源于她的私生子的身世、被领养的身份和由此产生的贫穷、歧视与不平等。这样的环境在狗儿身上产生了强大的反弹力,从而催生出她倔强的个性、成长的渴望、争强好斗的冲动,甚至报复心理。她爱美,企盼他人与社会的肯定;她珍惜亲情、友谊与美丽的青春萌动,这些看似不和谐的因素构成了这个复杂的小人物。这种"畸形的美"留给人们的思考与启发显然超出了小说本身的故事背景所框设的意义。

文道与教乐是客观存在的,我们不认为重视文道问题是对儿童文学品格的降低,相反,回避这个问题却可能走上歧途。废置文道观,就取消了儿童文学在认知上的特殊性和道德界限。不少比较前卫的儿童文学作品常常超越了儿童的认识水平以及他们的判断力,将成人的思想硬塞进儿童文学作品中,这实际上是极不负责任的。儿童文学肯定要有一种节制,它要回避一些东西,要控制一些力量,否则会给孩子带来伤害,以致形成不健康的世界观。至于有些作家专心于写青少年的叛逆心理,在个性的旗帜下渲染青少年的性心理和逆反行为,我们觉得就更不应该提倡了。正如鲁迅当年所说:"孩子的世界,与成人截然不同;倘不先行理解,一味蛮干,便大碍于孩子的发展。"

与此相关,整个儿童文学界也必须注意外国儿童文学的引进,在成人文学翻译中可以置之不理的东西到了儿童文学领域却须慎之又慎,比如过分集中的宗教痕迹,激烈而狭隘的文化取向,过分明确的国家意识形态,甚至过分怪异的审美风格,都必须引起注意,因为这牵涉到儿童的文化启蒙问题。其实,这种情况还可以扩大到整个儿童艺术,当儿童饮食健康动辄成为社会关注的焦点时,人们是否遗忘了孩子们的精神配餐?要知道,孩子的精神发育将关涉到一个国家未来的文化安全。

## 三

说儿童文学作家要有社会责任感,要有严肃的文道观,并不是指作家要取代家长和老师,或者是在作品中对小读者耳提面命。提倡"文道结合"的同时也是说"道"要以"文"的方式出现,具体到儿童文学创作中就是要以合乎儿童审美规律的艺术世界来呈现。而这也关系到如何理解儿童文学的审美特质的问题,我们认为,儿童文学的审美本质重在一个"情"字,平正也即意味着有健康的、合乎人性与儿童特点的情感取向,文道结合中就包含着处理好情与理的关系。当然,情感是一切文学的本质,但儿童文学尤甚。儿童的成长可以说是在情感引领下的,由于经验和认知的限制,儿童的理智水平总是有限的,但是儿童几乎从一生下来就处在哺育他的长辈们的亲情之中,儿童对世界的认知、对行为的选择往往不是基于理智判断,而是从对象引起他的情绪反应出发,从对象与他构成的情感记忆出发,或者是从他所依恋的对象对他的情感态度出发的,因此,抓住儿童的情感是对其施加影响的最有效的途径,而儿童情感的发育也同时成为他成长中重要的环节。

对这一点,黄蓓佳应该说是有相当自觉的体认的,在她早期的创作自述《我寻找一支桨》中她曾经这样说过,"什么样的作品是孩子们最最喜欢的?我尝试着写出各种风格题材的作品,交给他们自己挑选",结果发现"唯有那些写人和人之间的感情的,写得真挚、深切、纯洁、隽永的,他们会一遍两遍地看,看完了还会在心里久久盘绕、回味、思索,再也忘不掉"。正因为黄蓓佳有了这种自觉的认识,善于营造情感世界也因此成为黄蓓佳儿童文学创作的一贯特色。无论是关爱病残儿童的《小船,小船》,帮助失足少年的《唱给妈妈的歌》,还是表现公正、善良、友情的《芦花飘下的时候》,情感都是维系这些作品的重要的因素,也是这些作品能够打动人心的关键所在。

在近期的这几部长篇中,黄蓓佳仍然以自己最得心应手的方式来建构作品,浓浓的亲情、友情、师生情乃至人与自然的感情都是她着力描写的对象,作品由此营造的抒情氛围为人物的塑造和情节的推进以及主题的升华都起到了至关重要的作用。在《我要做好孩子》中,有一段写得特别感人,邢老师生病了,金铃买了一枝鲜花去看她,因为她不是尖子生,她没有想到平时对她并不是特别关注的邢老师竟要自己替她去当一回小老师,"金铃的眼泪差点儿又要掉下来了……费好大的劲才能使自己不至于激动得哭出来或者笑出来",当金铃很好地完成了老师的任务,并且写了一篇非常出色的作文的时候,邢老师认真地对金铃说:"真的,你已经是好孩子了。一个能写出这么好的文章的学生,凭什么不能称为好孩子呢? 老师现在已经想得很通,好孩子的内涵太丰富,它不全是由一百分组成的。老师相信你将来能做成了不起的事,是一个外表平凡而灵魂伟大的人。好好努力吧,金铃同学,好孩子!"这种直接的情感交流打破了老师与学生之间的隔阂,我相信有许多小读者读到这儿会像金铃一样流下感激的泪水。老师的理解和尊重胜过所有的说教,孩子们需要的正是这样的心与心的贴近。

这样感人的场景在《今天我是升旗手》和《我飞了》中同样是随处可见,因为林茜茜得过奖,学校便临时用她取代了肖晓的升旗手位置,可是当林茜茜晕倒的时候,是肖晓冲上去背起了她,并且为她换病房、筹钱治病,肖晓的行为感动了林茜茜,也感动了周围的同学,林茜茜不再像以前那样冷漠,她也懂得替别人着想了。这是情感的力量,黄蓓佳就是力图用这样的方式,调动小读者的情感,让他们在潜移默化中受到教育,懂得什么是宽容,什么是理解,应该怎样珍惜人与人之间的感情。在这 3 部长篇中都写到了孩子与小动物之间的感情,如金铃和蚕宝宝,肖晓和小狗孩孩等等。而《我飞了》中关于鸽子的描写尤其动人,那只鸽子是杜小亚的妈妈买回来给他补身体的,善良的杜小亚不忍伤害这个小生命,就一直养着,直到他住院才把鸽子交给了好朋友单明明,在医院里,他总是记挂着这只鸽子,单明明向他保证一定会照看好鸽子。在这里,鸽子被赋予了象征的意义,它的生与死和杜小亚有了某种隐秘的联系,单明明对鸽子的情感与对杜小亚的情感交织在一起,所以当他父亲误把鸽子杀了之后,他愤怒得几乎难以自控,"他心里反反复复地想着同一个问题:鸽子死了,杜小亚会不会死? ……他哽咽着在心里说,一定不能让杜小亚死,一定一定不能。什么叫好朋友啊? 好朋友是要开开心心相处到老的,是要一块儿上小学、上中学、上大学,相互帮助、相互珍惜着过完一辈子的,无论如何他不能让杜小亚先死啊!"这一大段心理描写真是恰到好处,它把人物的情感推向了高潮,让人不能不被他们纯真的友谊所感动。至于《漂来的狗儿》的抒情风格就更为明显了,由于采用了回忆的叙事体式。全书呈现出一种悠远、温情、略带感伤的整体风格,水码头、烟雨迷蒙的湖桑地、布满蛛网的尘封的图书室以及失传的游戏、民间手工编织、乡宣传队和的确良衬衫组成的图画,把读者带入到宁静、美丽而又落寞的氛围中,整部作品可以说就是一首诗,一曲童谣,一帧老照片,一种让人回味不尽的心情意绪。这样的作品孩子们看了,不仅能从中受到人生的启迪,而且在当今这个充满物质欲望与诱惑的时代是会得到感染与净化的。

也许有的读者会认为黄蓓佳的这种抒情风格太过于传统,太过于浪漫。确实,在流行的儿童文学观点及其创作中,情感的处理正出现两极分化的状态,一是"冷",即反抒情,与成人文学的"零度叙事"相呼应,主张去掉作品的抒情成分,颠覆作品的抒情结构,这在一批叛逆少年小说中表现得较为典型;二是"热",即煽情,夸大儿童的情感反应,将儿童的情感世界世俗化、成人化、矫情化,这在不少流行儿童散文等读物中最为突出,几成模式。这实际上都是一些值得商讨的儿童文学情感观。总的来说,在目前的儿童文学创作中,不管是情感的性质及取向,还是情感的表达方式,都存在一个度的问题,理应引起高度重视。

黄蓓佳的儿童小说给我们的话题远不止这些,之所以从以上三个方面来进行论述,是因为一方面它们构成了黄蓓佳儿童文学创作最基本的观念和特色,另一方面也是因为在这几个方面当前的儿童文学多多少少存在一些误区,有讨论的必要。现在的儿童文学创作和阅读进入到一个非常时期,教育的压力、家长对孩子成长的焦虑、儿童读物出版的产业化,使得这块土地植物疯长,良莠不齐。我们仍然强调这一领域的独特性,孩子的成长不仅是他们自身的事,它与家庭有关,与社会有关,与文化氛围有关,也更与他们的读物有关。劳于斯道,其责也重,鲁迅先生当年主张"一切实施,都应该以孩子为本位",于今看来,我们做得还很不够。

(原载《盐城师范学院学报》2004 年第 2 期)

# 孙云晓少年报告文学创作初谈

吴继路

青年作家孙云晓,以记者身份踏上文学创作之路,从开始就以执着的热忱投入少年报告文学这片既是沃土又属生荒的领地,辛勤耕耘,数年间创作了一批清新可喜的作品,在广大少年读者中产生了良好影响。尤其可贵的是,他在创作行程中努力从思想和艺术上探索新角度、新境界,表现出不断开拓、追求、创新的精神。认真地想在文学上实现人生价值的作者,总是会进入一种"无顶峰"的攀登状态,为自己的作品更具备审美价值,更获得艺术生命力而上下求索,乐此不疲。孙云晓对于少年报告文学创作立下了"毕生努力"的决心,而他探索的实绩则从近一两年的作品中显露端倪。对他探索的目标,倾向和跨度作出准确的概括,尚需要进行深入的审视比较,然而他的努力中有个明显的轨迹则似乎可以用一句话来表述,那就是:

他　呼唤　新人　性格

## 新　人

如果说生长在 20 世纪 80 年代的中国少年儿童,赶上了社会深刻变革、民族奋起腾飞的历史新时期,将成为具有新观念、新气质、新风貌的一代新人,是一种难遇的幸运,那么面对雨后春笋般苗长的民族幼苗,怀着欣喜与挚爱为他们歌呼,为他们造型绘影,为培育他们美好心灵而奉献智慧才华,便无疑是一种幸福,一种不可多得的时机。这样的创作环境使人想起大诗人陶潜的佳句:"平畴交远风,良苗亦怀新。"孙云晓因工作之便身处"良苗"之中,接触了大量少年儿童新人,他创作的起步就踏在清新明快的节拍上,吹出脆亮的号音。他的取材大都是科技、文艺、体育各领域涌现出来的小尖子,这些孩子以优异的才情禀赋引起人们的赞叹激赏。他们每个人都有一部小小创业史,在获得成绩的途程中表现出为攀登者所不可或缺的可贵品格。创造的勇气,克服困难的毅力,强烈的个性意识,对传统观念的挣脱,越是了解得多,他越是清晰地看到:最值得珍视的,倒还不是小小年纪就取得超群的成绩,而是他们身上闪现的一种精神素质,那便是我们一直向往和渴求的,着眼于未来而要大力培育的,理想的民族性格。

可以说,探究与揭示理想的精神素质与新人性格,正是作者在创作实践中逐步明晰起来的追求目标。在我们这样有着数亿少年儿童的大国,各个行业和领域不断涌现出出类拔萃的小名人、小尖子,正是自然合理的事情,这方面的题材会用之不竭。但是作家不以表现他们的事迹、描绘他们的面影为满足。既然最美的人生价值观在于创造,那么我们的少年儿童文学的最高价值观,应该是培育大批的创造型人才,具有创造意识的新人。使人具备创造意识、创造性品质的各种内在条件是什么? 使那些小尖子、小名人各自有

所建树的共同的精神特质是什么？这正是创造性的内驱力，抓住这个东西，努力以文学手段张扬这个东西，使一代新人向往和获取这个东西，便成为文学创作探索的高尚目标。孙云晓在少年儿童报告文学创作上的探索，同追求这个目标有实质性联系。

## 性　格

发现、培养创造型人才所最需要的个性特征，即新人性格，一旦成为作家倾心追求的创作目标，他的取材视点和构思核心必定要发生或显或潜的转移。性格表现为人对现实的态度，贯穿人的行为之中，是品德和世界观的标志。那些在某种活动某项事业中显露才华的新苗，单讲述他们取得成绩的故事，固然可以表现他们身上积极的性格和气质，但是，从本质方面表现新人个性特征，必须抓住他们对现实的态度，对生活的思考，对自己行为的自觉审视，这些才是新人身上更根本、更具有普遍影响意义的精神素质。孙云晓的描述新人成长的报告文学，在开掘新人性格方面可以从两个少年人物身上得到印证。一个是小演员刘禹，作者为她写了两篇作品：《漩涡里的自白》和《16岁的思索》。作者舍弃了故事叙述法，因为他想侧重表现的是新人性格的底蕴，从而揭示人物身上最有意义的性格特征，便采用了人物自白的形式。她是一个走向成熟的孩子，以令人惊喜的坦率无保留地敞开心扉，于是读者面前站出了具有新人性格特征的人物：真诚，热情，善于独立思考，敢于直面人生的矛盾，闪耀着强烈的开拓意识。对于诸如友谊，少年早恋，两代人之间的理解等问题，她的观念明智而清醒；而她第二次谈到"理解"问题时思考的角度，可以看作她成长、成熟的"年轮"。孙云晓称她是"精神上的模特儿"，也由于她的这些内在外在的特征在新一代少年中，确实带有某种典型意义。作者热衷的不是人物成功的足迹，而是襃扬那种使人具有创造意识和创造能力的新人性格。

另一个人物是国际数学比赛少年获奖者李平立。在《奇怪的感觉》里，作者怀着近乎钦佩的喜悦感情，记述了这位少年性格中可贵的另一侧面：他极清醒，冷静，有毫不掩饰自己真实感觉的赤诚，有献身科学的志向，为了打好学习的基础，甘愿无名和沉默，这些不正是干事业、成大器所应具备的素质吗？作者以新鲜而强烈的敏感，把握了这位少年性格中最有价值的内核，给以直接的突出的展示，其根柢全在于作者对理想的新人性格的执意探求。

报告文学不能随心所欲地去塑造人物，它在一定意义上是"发现"的艺术，有如树根雕刻。但是发现什么和表现什么，则直接取决于作者的审美意识和创作宗旨。这几篇基本以主人公自白的形式表现人物的认识、见解、情感和态度，作者的意图完全在从独特的艺术视角烛照新一代人的理想性格，这里面蕴含着深层思考，"历史的思考"。1987年3月发表的《吴竞就是吴竞》，在孙云晓所有描写小尖子的作品中，颇有独特的情调，其意蕴也在于对幼小者身上新人性格的寻求、探究。

作者表白说这个10岁小女孩的存在"像是一个挑战，使我无法忘记她"，他终于"照实"地写出了吴竞的种种矛盾表现。读罢这篇作品，萦绕心头的不仅有孩子的率真自然、天真烂漫带给人的喜悦，更使人激动的却是孩子身上的竞争意识和未被传统观念与习惯熏染的纯真务实精神，而这些恰是未来时代和新环境所需求的个性特征。所谓"挑战"应理解为：新人性格的培育形成多么需要相应的教育观念、教育方式和教育人才！

## 呼　唤

　　为新时代环境所需要的个性意识和精神素质，如果都能够自然、自发地顺利生长成熟，那么文学的任务，扩大来说一切教育任务、精神文明建设便都成为观花赏月一般悠闲愉快的事情了。然而现实是严酷冷峻的，新人性格和一切可贵的素质是在特定的民族文化背景上发生成长的，它受到各种既成力量的阻碍、压抑以至扼杀。人们的价值观念与思维方式和人格理想在历史沉淀中往往形成板结状态，自己带着沉重的枷锁还偏要将枷锁往新一代的头上戴，于是形成意识和行为的尖锐冲突。新人性格的萌芽和生长也竟然是一场深刻的斗争。事实与现象大量存在，把培养、锻造新人性格作为文学探索目标的作家，不能无视这种现实，他必然地要进行深切的思考与多方面探寻。

　　在创作实践的纵深探索中，作者接触到这样尖锐的现实课题，绝不能认作仅仅出于偶然。孙云晓1986年3月发表的报告文学《"邪门大队长"的冤屈》，在他的创作实践和艺术探索中是一篇重要作品。不仅从题材上看这表现他视野的开阔，同以往写的小名人、小冠军以及优秀少年儿童人物不同，这篇的主人公是一个普通小学生；更重要的是他通过这个孩子揭示了在培养新人性格上非常典型的矛盾层面。两个同样沉重的事实：新人性格不在虚缈的天外，而就滋生发育在现实生活之中；同时这种性格正遭遇到传统与习惯的禁锢，而且似乎司空见惯，不足为奇。在我们国家的学校教育和家庭以至社会教育中，这种现象可以说比比皆是。一个思维活跃的孩子，聪明好学，正直勇敢，热爱生活，怀有理想，敢于思考和提出问题，从各方面看，孩子的言行所显现的正是健康的、良好的品格，他的个性中饱含着新人性格的因子，这些全是造就创造型人才绝不可缺的。但是，在事实上，赵幼新这个小学生在他的环境里却受到压抑和歧视，他被当作优秀生的对立面，被称为"调皮大王""邪门大队长"，甚至被欺侮、损害，稚嫩的心灵承受着他无法理解的压力。可以设想，这样的环境与气氛，会把多少本可能发挥创造力、取得成功的小尖子、小冠军在默默中窒息、抹杀？当叙述到赵幼新表白自己的"愿望是得到光明"时，作者情不自禁地痛切疾呼：

　　　　谁能相信，一个才11岁的中国男孩，竟会在80年代发出渴望光明的呼声！这光明，按说离他很近很近，甚至可以环照他的全身，因为这是新中国每个孩子应有的权利。
　　　　可为什么，赵幼新却被罩在阴影里呢？

　　这是呼唤，出于挚爱发自肺腑的深情呼唤，带着时代责任感的大声疾呼！这呼唤可以鼓励与小主人公处于同样境遇的孩子，可以鞭策一切期望后一代具备新人性格，负有培养教育使命的所有成人：为了民族的未来，大家在做什么？大家应该怎样做？

### 他

　　孙云晓报告文学作品有明快通畅的特点，这对于心地纯真、渴望信任和理解的少年儿童读者是很适宜的。近年的作品更显露出一种格调：他把自己置于所描述表现的人物、事件氛围之中，与人物同忧共喜，休戚相关，在叙述中或激赏，或赞叹，或沉思，或呼

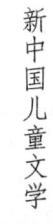

吁，读者被引进作品情境中，除了结识那里面的小主人公，还时时感到一个坦诚的大朋友，有血有肉，向人物也向读者推心置腹，披肝沥胆。不妨说，作者已成了作品中的一个形象，他的描述显得亲切而直接，了无隔碍。

一位著名报告文学作家曾经概括自己的创作体会，说："只有写出'我报告了他，他报告了我'的报告文学才符合人的审美心理。"所谓"他报告了我"指作者在描写特定人物、事情等客观对象的同时，也把自己的观念、情感、性格以及文学气质等表现给读者。作者的"我"被"报告"出来，可以是隐藏在"他"后面而不具象的。孙云晓作品这方面的特色是更进一步，他使自己在一定程度上"具象化"了。比如读《"邪门大队长"的冤屈》，读者从头到尾随着"他"，看到他采访，发现，疑问，思索，追踪，激动，呼吁……他不是生活舞台之外的观察者和表现者，他整个儿就是舞台上的角色。这种"他报告了我"的艺术表现使作者与读者的情感贴近，心灵沟通。

作者和谐自如地将自己融入作品之中，可以看作艺术风格的萌芽。1987年发表的《给一个山村女孩的信》，在孙云晓的报告文学中可算是一篇最富于诗意、最耐咀嚼的作品。作品描绘的山村12岁的女孩韩清桃，笔墨细腻，精微入化，形象感极强。作者把一个"超负荷地生活"着的农家女孩的性格、气质，以及她的苦恼、欢乐和希冀，连同那个环境淋漓尽致地表现出来，活脱而富有光彩。从作品的底蕴分析，这也是一篇呼吁新人性格的文章，他呼唤在艰难中驾驭生活的强者性格。在"报告"女孩形象的同时，作者敞开挚爱的情怀，体察入微，面对严峻现实发出深广的思考。作品采用了书信体的"对称叙法"，"她"为收信人，"我"为写信人，再没有更好的能传达"她""我"双方亲切关系的表述文体了。

"当代少年儿童将是一代巨人。我渴望能以毕生的努力真实地描绘这代巨人成长的风貌。"孙云晓矢志于少年儿童报告文学创作的这一表白，带着时代责任感，面向未来，听来令人欣喜。新时期以来，我国的报告文学进入崛起和繁荣阶段，已为社会公认。而在少年儿童文学领域，最为切近生活的报告文学，在大形势的催动下，近些年也出现了可喜的势头。为了我们伟大祖国能够自立于世界民族之林，奔向四个现代化的宏伟目标，在我们新一代身上培育、发现、鼓励、强化有利于进行创造的品行、性格和素质，实在是最有意义的精神建设工程。用报告文学这种活跃、轻捷的文学样式，以呼唤新人性格为宗旨，不懈地进行艺术探索，创作既闪现时代精神又符合新一代人接受心理的报告文学作品，无疑是值得以"毕生的努力"去实践的美好事业。人们有理由期待以数亿新生代为对象的文学园地上，有更多的有志者来开拓，来耕耘。

（原载孙云晓著《16岁的思索》，少年儿童出版社1990年版）

# 郑渊洁:属于当代儿童的新童话

张美妮

近几年,在我国童话园圃里,一束蔚发异彩的新花,吸引着许许多多的孩子,也引起了儿童文学界的注目,培育这枝童话奇葩的园丁,是青年作家郑渊洁。

郑渊洁自 1979 年在《儿童文学》发表童话处女作《黑黑在诚实岛》以来,6 年的时光,他已写出《脏话收购站》《耳朵王国》《哭鼻子比赛》《富翁乔克》等短篇童话 40 多篇,创作、出版了《皮皮鲁全传》《大头托托奇遇记》《魔方大厦》《309 暗室》等中、长篇童话 20余部,共计 160 多万字。

对于郑渊洁的童话,在儿童文学创作界和评论界,曾有不同的评价,赞扬、肯定者有之,持疑议者有之,观望者也有之。事实上,这位青年作家的不少作品,无论在内容方面还是形式方面,也并非没有不足和缺陷,但是,小读者的反应却是异常的一致。他们读起来爱不释手,废寝忘食,非终篇不能掩卷;许多孩子争相订阅连载郑渊洁作品的报刊,这期刚刚到手便又对下期企足翘首;要和他们谈论起这些童话时,他们会兴奋地跷起大拇指,以他们特有的最高级的嘉奖词语去赞美、褒扬。在《儿童文学》杂志一年一度的优秀作品评选中,郑渊洁的童话连续 5 次获奖,他每次所得到的小读者的选票,在入选作品中都遥遥领先,被誉为"五连冠"。

创新,这是郑渊洁童话的突出特点。在进行童话创作的起始阶段,郑渊洁就提出:"童话创作应该开拓新的领域,无论在形式或内容上,都应该创新。"

这位刚刚进入而立之年的青年作家,也确乎具有"初生之犊"的气概,他勇于突破童话创作的许多传统模式,大胆地进行各种各样的尝试,不论是对作品的内容还是形式,都似乎有意来一番"标新立异"。试看《哭鼻子比赛》《脏话收购站》《红鼻子火车》《蓝耳朵飞船》等篇名,就让人感到别出心裁,妙趣横生;《皮皮鲁外传》《大侦探乔麦皮》《牛魔王新传》等等,似古非古,说洋非洋,也新奇有味。郑渊洁很注意变换童话的形式,在他的书目中,有写给男孩子看的童话,也有写给女孩子看的童话,还有写给爸爸妈妈看的童话;除了短篇、中篇、长篇,更新添了系列童话、超短篇童话等等,真是花样翻新! 最近,他又创办、出版了期刊《童话大王》,独立承当一个刊物全部内容的写作与编辑工作,这似是前所未有的事,郑渊洁辛勤笔耕、奋力创新的精神不能不令人敬佩。

细读郑渊洁的作品,我们会感到,他的许多童话,不论写的是常人体还是拟人体,都散发着浓郁的时代气息,带有强烈的现实感。

"皮皮鲁"和"鲁西西",是郑渊洁笔下两个最活跃的童话人物,他们已深入到孩子们的生活之中,扎根于他们的心灵深处,成为他们熟悉的、喜爱的伙伴。之所以如此,主要是作者通过这两个艺术形象,概括了当代中国少年儿童的实际生活,反映了他们的思想、意向,以及喜怒哀乐的情感。

《皮皮鲁全传》中的小学生皮皮鲁,善良、聪明、爱淘气捣蛋,他生活得很苦恼,因为每天放学之后,他连水都顾不上喝一口,就得拼命写作业。皮皮鲁用的铅笔,每支有一米多长，作业本一买就是 2000 本；他从下午写到深夜，右手累了换左手写，坐着写累了站着写。和生活在 A 城的所有小学生一样，皮皮鲁没时间听音乐，没有时间吃糖，即便吃，也是一边写作业一边吃，连糖是甜是苦也不知道。这当然是童话作家的夸张。然而，透过幻想的纱幕，看到的不正是我们身边被作业压得喘不过气来的小学生部分生活的缩影吗？值得注意的是，郑渊洁并不满足于用这些貌似荒诞的情节去对现实作折光的反射，青年作家深邃的透视力，体现在故事里面那个"远谋博士"警策性的话语中："我们要培养的，是能够进行创造性劳动的学者，而不是一些储藏知识的仓库。"在这里，郑渊洁提出了如何教育、培养未来一代的重大课题。他通过"远谋博士"提醒人们：扼杀了孩子们的想象力，培养出来的人必定是一些只会重复前人的知识，不可能有所发明创造的人，这样，"我们的社会怎么能前进呢？"作为童话，这些文字未免伤于露直。但是，我们却可从中感受到郑渊洁对少年儿童健康成长的竭诚关心，为国家民族前途深谋远虑的热切情怀。

如果说，作者在前几年写的《皮皮鲁全传》中的《特别法庭》等章节里，是以轻松愉快的笔调，轻轻地传达了孩子们希望和爸爸妈妈站在平等的地位上说话的心声，那么，发表于去年《东方少年》上的《皮皮鲁和鲁西西新传》这部中篇，则是浓笔重墨，向家长等成人大声疾呼：理解孩子，尊重孩子！他严肃地指出：父母师长没有随意干涉、冤屈孩子的权利。

早在 20 世纪 30 年代，鲁迅就诚挚地告诫身为长者的成人：孩子有"他的世界""与成人截然不同"，要大人理解、尊重孩子。遗憾的是，时过 50 余年，许多身为父母师长的成人还是没有把鲁迅的话听进去。试看《新传》中皮皮鲁和鲁西西的爸爸妈妈，他们不爱自己的孩子吗？决不！他们对孩子异常认真负责，一心希望他们成为好孩子。为此，他们苦心经营，处处防范，为了要皮皮鲁专心学习，他们把他心爱的金鱼、鸽子、小白鼠一一扔掉；为了防止鲁西西"学坏"，他们粗暴地搜查女儿的房间，跟踪她的行动。但凡此种种，都没有使皮皮鲁放弃偷偷养的小警犬"福尔摩斯"，也未能让鲁西西对他们说出"罐头小人儿"的秘密。当他们纳孩子于成人规范的强硬手段一一失败之后，经过苦恼、困扰、惶惑，经过探讨、思索与反省，他们终于醒悟：即使是对自己生育的儿女，也应该尊重他们的人格，应该允许孩子有自己的兴趣和爱好、意志与追求，应该给孩子们以保守自己秘密的自由。夺去孩子们正当的爱好，无异于夺走他们对父母的爱；粗暴地干预孩子的"秘密"，只能导致孩子对父母更大的欺瞒。多少孩子使父母恼火、伤心的"谎话"，不往往是由那些不"明智"的父母导演出来的吗？其实，一般而言，孩子的心坦荡无邪，他们不会像某些成人那样，有诸多不愿宣泄的秘密。如果我们平等地对待孩子，就会取得他们的信任，他们会把你当作真诚的朋友，这时，那个"孩子世界"的大门，就会自动地向你敞开。《皮皮鲁和鲁西西新传》这部题为"写给爸爸妈妈看的童话"，把孩子的心理、性格、气质写得如此真切，爸爸妈妈们如能认真读一读，是大有裨益的。

郑渊洁自己曾说："童话是属于孩子们的，童话是写给孩子们看的，孩子们是我的朋友。每当我写童话时，只想到这一点。"

热爱孩子，站在平等的地位上和他们建立起深厚的友谊，善于倾听他们的心声，一心一意地为儿童创作，这应该说是郑渊洁之所以能写出适应当代儿童的审美要求和审美趣味，真正属于孩子们的童话的根本原因吧！

应该说，郑渊洁内容丰富、形式多样的作品，丰富了我们的童话园地，也为童话创作提供了新鲜有益的经验。

（原载陈子君等主编《论童话寓言》，新蕾出版社 1989 年版）

# 白冰和他的儿童诗①

金 波

我羡慕白冰的年轻,更羡慕他永远年轻的诗。他的诗,使我想起刚刚流出山岩的泉水,清亮洁净,微尘不染;也使我想起初春刚刚栽下的树苗,鲜嫩得能滴下水珠儿。他的诗像雏鸟的啁啾,像虫儿的吟唱,带着一种天籁的韵味。

也许任何比喻都不够贴切,白冰的诗就像他自己。

白冰是怎样爱上诗的,我们没深谈过。但我老是忘不了他讲述的那段有趣而又辛酸的经历:差不多20年前,学校里许多书都被当作"封资修"查封了。那时候白冰是一个爱读书的孩子,他常常眼巴巴地望着那一橱橱书籍。有一次,他按捺不住书的吸引力,竟冒着风险,忍着被书橱玻璃划破手臂的疼痛,悄悄地拿出了一本薄薄的诗集。

用"血的代价"换来这样一本普通的诗集,也许不值得。但是,每当他谈起这件事,他都流露出一种幸运而又自豪的神情。在精神生活极度饥饿的日子里,哪怕一枚不成熟的酸果子,也是弥足珍贵的。

也许就从那时候开始,诗和他结下了不解之缘,从此,他不但爱读诗,也爱写诗。

诗可以使人变得沉稳平和,勤于思考。诗的世界是邈远幽深的。一个人,如果从小喜欢在诗园里徜徉,他往往会沉浸于一种怡人的氛围之中,陶冶着典雅的感情;他待人会亲切真诚,又喜欢幻想,激发着他对未来的探索精神。诗可以使人在纷攘之中,精神得到静谧,思想得到充实,感情得到陶冶。

诗的力量就在于拥抱你的心灵。

白冰的心被诗拥抱着。

从那时候开始,他作为诗的朋友,带着深情的爱走向了生活。他用诗的画笔描绘这个世界。

在他的笔下,这世界充满了童话的色彩,无论是巍峨的高山,小小的流萤,还是一朵云、一颗星……在白冰的诗里都得到了神奇的生命。

我们从这本诗集中,听到了作者爱的声音。你会从诗中得到一种欢欣和慰藉,它让你认识自己,也认识别人,懂得自爱,也懂得爱别人;它教会你理解,培养那种为别人奉献自己的精神,这是儿童文学,尤其是儿童诗不朽的主题。在白冰的笔下,孩子们对于老师、对于爸爸妈妈、对于朋友、对于一切美好事物的爱,是以他们特有的幻想方式表达的,他们天真无邪,但又使你坚信,无论什么时候、无论什么地方,只要我们有这样的孩子,我们就会有春天。

作者也常常乘着一颗飞翔的童心来到小伙伴中间,以平等的态度,亲切的语言,有时又以诙谐的口吻、善意的揶揄,表现出他们天真幼稚的种种情态,以及他们的欢乐和苦闷。即使成人读者读这些诗,也会使得你在不知不觉中,好像回到了童年时代,使得你学会了理解孩子、尊重孩子。

白冰还写了一些短诗,也小巧玲珑,像扇面上的画,像微型的盆景。这一部分小诗的情趣,就在于它的优美。作者把成人的睿智和孩子的天真巧妙地融合在一起,创造出一个新的天地。小诗不小,因为它可以让读者借助想象去放大它们,幻化出一个广阔的天地,并在其中漫游。诗能引发想象,才能进行再创造,而这,正是白冰那些小诗所具有的品格。

诗美来源于作者的探索和独特的发现。白冰用逐渐成熟的思想照亮了他童年时代的一草一木,一人一事。他那些描绘大自然的诗,反映现实生活的诗,改变着孩子们的自然素质,使他们把对山川湖海、对花鸟鱼虫的爱,自觉地升华到热爱祖国、热爱人民、热爱生活的高度,这正是作为诗人强烈的使命感的体现。

近几年,白冰在不断地扩展着他创作的领域,他不但写诗,也写小说、童话,而且,开始就受到了读者的好评。

我真羡慕他交上了好运。其实,略加研讨,就不难发现,无论是他的小说还是童话,都是他艰苦地在生活中提炼出了诗意,并把它融进了他的小说和童话作品中。

我和白冰同住在一个城市。我们都很忙,不能常常会面,就像一个住在东半球,一个住在西半球。但我可以常常读到他的诗,诗缩短了我们的距离。

前些天他送来自己的诗稿,我已先睹为快。他还告诉我,他刚从海上归来。他向我讲述了一个关于海上神灯的传说,讲的是渔民们在海上航行,每当遇到惊涛骇浪,他们就靠着毅力、勇敢和信心,企望着海上神灯出现,使他们化险为夷,引导他们驶向平静的港湾。他讲的时候,完全陶醉在诗情画意之中了。

我觉得白冰在诗的海洋中,也能常常遇到那盏神奇的灯。

我很羡慕白冰永远年轻的诗,更羡慕他对于诗的执着的追求精神。

**[注释]**

①本文是为白冰的儿童诗集《飞翔的童心》写的序言。

（原载《追寻小精灵——金波儿童文学评论集》,安徽少年儿童出版社 1995 年版）

# 冰波的意义①

班　马

　　某些人的存在，是会具有历史价值。

　　某些人则是不一定的。

　　我这篇短文的预设阅读对象是文学界的成人；如果儿童读者也看一下的话，那我在这里谈的是关于冰波叔叔的童话作品所具有历史性的艺术价值——历史？满大的吗？不错，有的作家及其作品就是必须把它放在一段中国历史、一个特殊的时代之中去看出它的意义。那么，冰波童话，就与郑渊洁童话相对应而特别地峙立于当代大陆儿童文学的时代风景之中，同时，我认为这两位所分别代表的童话之意义将最具有童话史的历史价值。这种所谓的"历史价值"是什么？就是现在的人们心里已经很明白，以后的人们一谈到也必将就提到他（和他们）。也就是，或许会省略掉很多人，而某些人的意义和价值则是只会日益清楚的。

　　（因为"现实"有时一片糊涂）

　　比如我以为"冰波的意义"，也就是可以这样来说：假如这个时代没有冰波这样一个作家和他的冰波童话，那事情就会有点不对。或者说，这个时代幸亏也有冰波的存在。有的人存在不存在，是有历史意义的——要是这个时代只有郑渊洁和他的"热闹派"童话，而没有了冰波和他的"抒情派"童话，那就不见得是好事情。实际上，当代的好事情正在于有着这两者的对应结构，幸亏"热闹派"童话的对应面还有着"抒情派"童话，否则，中国儿童的情感结构（及阅读结构）将有缺失。

　　某种重大的缺失是什么？

　　那就是当代中国儿童情感的"粗糙"。

　　——冰波的意义，就在于有一位作家以他的艺术心灵和童话美感来滋润着童话世界及读者，呈现着一种童话梦境，引导着一种精致的感觉系统，以致影响着儿童读者的感觉器官的审美敏锐性和美感的丰富性。我认为，这就是冰波童话的一种纠偏一个"粗糙"儿童情感世界的文学意义。这种价值，置于历史中将更为重大。

　　我对冰波童话的评价一直极高，可以说是相当早期的时候就特别推崇，例子之一就是在 10 年前的 1987 年有一本《探索作品集》的"总论"之中，我已曾作有"最有艺术荣耀"的观照点。我正是针对于时代而言。这个时代有很多作品并不能从"艺术"上去看取。在儿童文学中体现了一种"艺术性"，这才是我对冰波童话的最大好感和推重。其实我不太认同仅以"抒情派"来指称冰波童话，我觉得本质是在"艺术性"，以及一种"艺术感觉力"的传达。

　　而这，对 20 世纪中国儿童文学来说都是十分的缺乏。缺乏到大家都不大敢提它了，要提，也常是走了歪的，比如，所提的其实是社会性、历史文化感、教育功能等等，但也都冠以"艺术"。我理解，有时候"艺术"就是"艺术"，而不是什么别的。

——因此，当时我们一些艺术同道也曾有过将冰波童话誉之为"唯美"的，把握于一种"新感觉主义"，也就是想凸现出这种"艺术气息"，虽不尽周全，但其意义在此。回想1986年、1987年际的中国大陆"江南"的儿童文学艺术探寻气息，我是不会忘记的，朋友们曾"驰奔"杭州参加第一次冰波作品研讨会，所谈的"美感""感觉""密丽"与"精致"等等话题，其话语背景无不正是针对于时代儿童之精神格局和心灵感觉的简单、粗糙的状况。我们这一代作家自我之冲动极想去感染一代少年儿童。

冰波创造出的一系列童话梦境，就是一种重大的表现力之呈现。是的，"梦境"，冰波的童话梦境，出现在一大片大吵大闹、笑得要死、稀奇古怪的童话世界之中，这个世界才可以让孩子们去肆意与狂放地闹腾，因为不怕，我们还有另一片美感梦境存在于孩子们的面前，"世界"将不至于突兀变形。

"风格"，其实是相对应而才具有意义。

但令人遗憾地看到，这个时代的评论界有所喜欢制造这样的判断误区，那就是常常造成"美感"的不如"热闹"的有阅读效应、"艺术"的不如"现实"的有文学市场这一路的误导，我说这是误导。因为事实远非如此。冰波童话便正是驳难这种判断的一个事实。童话梦境的潜入程度，敏锐视角的心理感触性，冰波那种"氛围"的慑人感……已获得极强的阅读感染力。真要说市场的话，那叫人不得不想要说出这样一个"严酷"的事实，那便是某种只有热闹、当时现实感的作品却在时光之流中出现消淡、远去的命运，而长生的将是艺术性作品。

冰波并没有看低过其他有如热闹型的童话，因为他本人也能大写这类童话。我也没有看低过，原因是我们都可以把握它，大写一通没什么难的。这里，我有点挑战性观念——纯热闹型的作家很少能进入感觉型的创作，而反之的创作现象却具有事实。其实我并不想挑战什么，而只是想凸现一点这个意思，即如冰波这种"艺术性"的创作心灵更值得艺术评论行为去推重。我们这个时代不能亏待艺术行为。

冰波童话从来是被好评的。

我只是推论它还会在历史中更被凸现。

[注释]

①此文为台湾版冰波的童话集《蓝鲸的眼睛》的跋，初发表于1998年。

（原载冰波著《改革开放30年中国儿童文学金品30部·蓝鲸的眼睛》，新世纪出版社2008年版）

# 常新港：从严峻艰辛中写出美

束沛德

  常新港，这个新作者的名字，对于儿童文学界和少年读者来说，已经不是陌生的了。近两年来，《儿童文学选刊》先后选载过他的《回来吧，伙伴》《独船》《儿子·父亲·守林人》《冬天里的故事》4篇小说。我读了这几篇作品以及发表在上海《少年文艺》上的《山那边，有一片草地》《在雪谷里》《列车，在黄昏驶过小站》之后，想就常新港儿童小说的主要特色，它的成就和不足，谈谈自己粗浅的印象和看法。

  打开常新港的作品，迎面扑来一股沁人肺腑的新鲜气息。小说抒写的都是北国少年的故事，具有独特的色彩、音响、气氛、情致。莽莽的森林，幽幽的冰河，深深的山谷，密密的草地，风雪的呼啸，禽兽的吼鸣，河上的独船，林中的独屋……展现在少年读者面前的是一幅幅斑斓多彩、令人神往的北国风情画。作者着力描绘、渲染冰天雪地的北国风光，当然不是为写景而写景，而是力图在一个更为广阔的天地里展示北国少年的心灵世界。在作者看来，"一旦走进生活的纵深地带，作品里的少年儿童，便与社会这个大世界相通了"，在那里，孩子的内心秘密、真情实感，就充分显露出来了。我以为，常新港在创作上这种执着的追求和探索，是有意义的，而且取得了可喜的成功。常新港的小说，给我们留下的印象，不只是弥漫皑皑白雪、充满浓郁草香的北方景色，更突出的还是那些淳朴刚强的北国少年的精神风貌、性格、命运，那里面蕴含着沉甸甸的、动人心魄的生活内涵。

  小说的作者直面现实，直面人生，不粉饰生活，不回避描写生活中的严峻、辛酸、痛苦、困难。他善于从苦难中看到刚毅，从悲壮中看到力量，极力从严峻、艰辛中写出美和善。《独船》中的石牙、《回来吧，伙伴》中的全子、《儿子·父亲·守林人》中的小东、《在雪谷里》的小生，这些小主人公几乎都是身处逆境，遭受厄运，他们稚嫩的心灵过早地承受着太多太深的磨难和痛苦。有的舍己为人，勇敢献身，以致造成悲壮的结局。应当说，选取、处理这样的题材，确有一定的尖锐性和难度。因为我们的儿童文学，按照少年儿童追求光辉的、不平凡的固有天性，和培养一代有理想、有道德、有文化、有纪律的社会主义新人的要求，期望作家着重描写人民群众建设新生活的英雄业绩，表现生活中先进的、光明的、美好的事物。高尔基说过："不真实是不对的，但是，对儿童必要的并非真实底全部，因为真实底某些部分对儿童是有害的。"在儿童文学创作中，不宜过分渲染现实生活中的阴暗面和感伤主义的东西。然而，这丝毫也不意味着儿童文学不能描写新事物成长的曲折艰难的历程，不能表现建设新生活的矛盾斗争和新人物遇到的困难、失败、痛苦以至流血牺牲。重要的问题在于这种描写要符合少年儿童的年龄特征、心理特征，适合他们的理解水平和接受能力。对于十一二岁到十五六岁正在走向成熟的少年读者来说，按照他们的特点和要求，通过文学作品使他们循序渐进地了解成人世界的某些生活，多少懂得一点生活的复杂性，尝一尝人生的酸甜苦辣，是大有教益的。这将有助于把少年儿童一代培养成为意志坚强、不屈不挠的建设新生活的战士、共产主义事业的可靠接班人。常新港的几篇作品，之所以值得推荐，正在于他机智巧妙地、很有分寸地处理了难于驾驭的题材，写了生活的严峻、艰辛，写了孩子的委屈、痛苦，给人的审美感受却是崇高、健康的。以《独船》中的石牙为例，他的身世、遭际，他那颗寻求、呼唤小伙伴的友谊、尊重、理解、同情的赤诚的心，他那忠于友谊、舍己为人的悲壮行为，在少年读者心底唤起的并非低沉、压抑的情绪，而是一种壮美的、昂扬的情感。少年石牙的命运，不仅促使成人读者认真思索"我们现在怎样做父亲"这个严峻的问题；同时也启迪小读者严肃思考同伴情谊、人际关系这些重要的人生课题。

为了塑造出具有坚强性格的北国少年形象，作者努力向生活的深处开掘，向孩子的心灵深处开掘。透过纷繁复杂的生活表层，从底层挖掘出那些沉淀下来的、能够表现我们时代少年的活力、素质的东西，写出勇敢顽强、坚韧不拔的品格美。作者笔下的石牙、全子、小生、小东以及《山那边，有一片草地》中的黑皮肤少年，《冬天里的故事》中的小木匠，都有着北国少年的独特风采，朴实、敦厚、刚强、正直。在他们身上，既渗透着我们民族的那种百折不挠、勇往直前、见义勇为、舍己为人的传统品德，又富有北方男子汉豪壮、雄浑的气概。在我们的儿童文学创作中，需要有这样的刻画少年强者形象的作品，它会给少年读者以信心、勇气和力量，鼓舞、激励他们去迎接困难，战胜困难，追求、创造更加美好的明天。

揭示少年丰富的内心世界，要求作者把笔触伸向少年思想更深的层次。挖得深，才能挖到别人没有挖着的闪光的、有新意的东西，才能窥见隐藏在孩子心底的欢乐或苦痛的真情实感。常新港没有对少年的思想感情作简单化、单一化的描写，而是力图多层次、多侧面地来展现。比如，《独船》真实地描写了石牙生活在缺乏同伴友谊、尊重的氛围之中的孤独感，又深入一层地表现了他极力挣脱不堪忍受的孤独处境，渴望加入集体行列的急切心情，进而更深一层，用富有悲壮色彩的舍己救人的一笔，勾勒出少年石牙心灵的崇高和美丽。人物的思想层次条分缕析，极为清晰，小主人公的性格就显得较为丰满。《在雪谷里》这篇小说也是如此，它生动地揭示了一个对继父存有感情隔阂的少年的独特心态，很自然地写出了继父的亲子之情如何滋润了一个失却父爱的少年的心田。小生心情忧郁而又性格倔强，讨厌继父而又渴求父爱。作者刻画人物，不只写一点、一面，而是写若干个点和面，这样人物形象就活灵活现，有血有肉了。《列车，在黄昏驶过小站》中的黑鸣，更是一个色彩斑驳、具有多种性格特征的少年形象。从一个角度看，他是一个调皮、捣蛋的野孩子；从另一个角度看，他又是一个急公好义、扶弱抑强的好孩子。疾言厉色与心地善良、举止粗野与见义勇为、惹人讨嫌与令人喜爱，这些看来相互矛盾的不同侧面，水乳交融地交织在一起，构成了少年黑鸣的完整性格，多侧面、多角度地展现了当代少年性格的丰富性、复杂性。

肯定常新港的儿童小说有特色，有新意，并非说他的作品已经尽善尽美。照我看来，无论是对生活底蕴、人物性格的开掘，还是对艺术美的追求，都还有待于作者继续努力探索，精益求精，以期更上一层楼。

作者刻意从严峻艰辛中表现北国少年，反映现实生活在他们身上的投影或折光，这是值得称道的。但是，有些小说中的少年形象，还不能令人强烈地感受到时代精神在他们身上的光照，比如，《回来吧，伙伴》中的主人公全子，他的关心伙伴、舍己为人的新品质的形成，与环境、时代的联系，就表现得不那么充分。令人感到这个故事似乎既可发生在20世纪80年代，也可发生在50年代，没能更好地展现出新的生活激流对少年性格成长、发展的影响。

　　情节重复、人物雷同是创作上的大忌。常新港的某些作品中已经出现了与自己重复的现象。比如，至少有 3 篇作品写到了主人公迷路，上山采榛子、拾柴火迷路，或进山打猎迷路。而石牙的父亲与小东的父亲，同样的家长作风、暴躁脾气，也给人以面目相似、性格相仿的印象。这些似都说明作者的生活根底还不够厚实，库存的原料不足。需要把根扎得更深一点，不断丰富自己的生活积累。

　　在艺术表现手法上，似也不必过早地把自己束缚在一种写法、一种格调上。应当多方探索，博采众长，努力练就几副笔墨。在语言的锤炼上，保持朴实、洗练的同时，要讲究丰富、优美、富有色彩和魅力、绘声绘色、惟妙惟肖地为当代少年传神写照。

　　我们期待着常新港在儿童小说创作上，早日越过一个新的高度。

1985 年 9 月

（原载《儿童文学选刊》1985 年第 6 期）

# 张品成：红军情结与顽童意识

高洪波

认识张品成实在很晚了，他的《赤色小子》《北斗当空》早已出版，他俨然是儿童文学界"新秀"，但初和他见面很平淡，至少谁也没说什么"相见恨晚"之类的话。

记得是在黄山脚下，雨丝飘零中，听他谈过江西和老区，谈过当年左倾盲动主义给革命造成的危害，谈过肃反扩大化、整肃清查"AB团"造成的恐怖气氛，还聊过一批小红军的命运，尤其是那些少年谍报员的机警与坚贞，给人以极深的印象。

谈到这些往事时，其貌不扬且瘦弱不堪的张品成会陡然激动，目光炯然、声量变宏，刹那间你会以为小红军们的灵魂已附着于他的体内，带给张品成以莫名的激昂与亢奋。

于是他成了他们的精神代言人、历史诠释者，成了这批小红军们灵魂的挖掘者兼塑造者。张品成的"红军情结"是如此的浓郁深广，有几分走火入魔般地不可思议。

究竟是题材选择作家还是作家选择题材？这一直是困扰评论界的论题。张品成的小说，是传统意义上的革命历史题材，抑或是革命历史题材的重新开掘与丰富？我看两者兼而有之。是童年的苏区生活滋养着张品成的身心，加之20世纪80年代中叶"寻根热"的敦促，张品成终于找到自己最拿手的兵器，这正像张飞和他的蛇矛、李逵和他的两把板斧一样不可替代更换。

张品成与红军故事便有了一种自然而然的亲和力，或者说一些原始的红军故事、历史素材被张品成以现代意识重新审视，重新组织和结构，便不再雷同于王愿坚、黎汝清、杨佩瑾，成为别具一格的"赤色小子"系列。

诚如张品成在写完长篇小说《翱翔如风》后总结过的："我时常奇怪，我是不是真和那段历史和那些人有不解之缘？总是和那个年代重要的人重要的历史事件搅在一起。甚至有一些冥冥中的巧合，简直神秘得不可言说。"他又补充道，"我似乎永远无法挣脱一种红军情结。"

张品成这里指的是60年前那段历史，中国革命蓬勃发育在赣南，屹立在江西，继而又迭遭重创被迫撤离苏区，靠"北上抗日"的响亮口号，凭必胜的信念支撑走完二万五千里，30万健儿仅余3万，惨烈、残酷，却又壮美绝伦。当然张品成写的不是红军史、苏区史和长征史，事实上他也不可能在如此大跨度的历史空间进行作业——张品成机智地选择了儿童文学、少年视角，截取历史的横断面，一粒米中见世界，小小顽童见精神。借助《真》中的瘦小与肥胖、《回天》中少年金用与白军被俘军官"白脸"、《九天》中红军伢崽与"土匪头子"，在这些少年与大人之间，在他们艰苦卓绝的命运拼搏中，张品成倾尽了自己对革命岁月、革命先烈们的一腔真情。

这真情藏在心里，写在纸上，虔敬、肃穆，不带一丝轻佻与讥讽，谁也没资格嘲弄历史。事实上历史也无法嘲弄。

然而张品成写的是儿童文学作品，这意味着他需要故事、情节和动人的细节，需要浓浓的情趣、幽默与机智，儿童不是那么好哄的，也许当大人们自以为在"哄孩子"时，殊不知孩子正狡黠地哄着你，但凡对童年记忆稍加整理，谁都能找到一两件"哄大人"的成功事例。

张品成很尊重儿童，尊重他们的理解力、领悟力，他诚挚地写完了关于少年红军的三部曲，继短篇小说集《赤色小子》之后，又完成了长篇小说《北斗当空》和《翱翔如风》，他在总结自己的创作时十分形象地写道："我实际上总在现实和历史两个时空中进出。我有时感到自己就是一个蓬乱着赣南乡间顽童的那种散发，光着脊梁和脚丫，在山风里不停抽动鼻子的少年。"虽然张品成迟至20世纪90年代才进入儿童文学作家队伍，可是就凭他创作时进入的角色感觉，你没理由不相信这是一部成功的儿童小说。

从红军情结到顽童意识，两点一线，牵出了张品成经历过的创作历程。如果说红军情结源于他内心深处的感召，源于久远的感动，或者说出自一种历史的责任的话，顽童意识使张品成较好地把握住了自己笔下人物的性格发展脉络，使无畏的士兵与成长的少年在角色转换中，产生了令人信服的阅读效果。

少年儿童出版社决定集中出版张品成的3部作品，体现了编者的眼力，也意在鼓励革命历史题材与英雄主义的弘扬，历史对英雄的湮没只能是短暂的，而最终的承认则是必然的回报。张品成笔下的红色苏区与"赤色小子"，带给我们一种即将跨世纪的思考：一个民族如果失去了英雄，那将注定陷入平庸；如果忘记了过去，充满你内心的则是现实的痛苦。

红军少年们赠予张品成充沛的激情，使他投身于忘我的写作。历史的责任又使他努力于一种完美意义上的"还原"，尽管历史与小说之间事实上有着巨大的空隙，尽管"虚构的真实"不可能代替"历史的真实"，但张品成毕竟尝试过、努力过，而且成功过。

成功过后，当是更严苛的、遥远的目标，我盼望着张品成，这位融红军情结与顽童意识于一身的作家能不断地突破自己，落日照大旗，马鸣风萧萧，凭一腔热血满怀激情，坚定地走向21世纪。

（原载《青春在眼童心热：高洪波文学评论随笔集》，接力出版社2008年版）

# 彭懿幻想文学透视

王 玉

> 彭懿："我是一个职业的幻想小说作家,我写幽灵,写妖孽,写大树成精,写那些在现实世界中从未发生过的凄美而又耸人听闻的故事。"许多时候,明明是一个无中生有的故事,非要把它编得像真的一样。
>
> 有时,我都不知自己是在幻觉里,还是醒着。我透不过气来了。
>
> ……
>
> 我必须逃离那个世界。
>
> ——《幻想教室:追踪妖精的踪迹》

彭懿逃离的就是人的无意识。

他在讲述中向我们展现了一个恍若隔世的无意识世界,同时,他的讲述也是对那个世界的话语还原。

浸入幻想的世界,需要放弃意识的主控地位,模糊意识与无意识的清晰界限。这其实是在时间的长河中逆水上溯,重新体验,或者说追寻在人的成长历程中意识与无意识之间最初的混沌与无序。

## 《魔塔》的成长隐喻

在《魔塔》中,现实与幻想的交叉、对峙与竞争,正是隐喻了在人成长过程中意识自我与无意识主体之间的关系。

《魔塔》的主人公是一个 10 岁的孩子,名叫吴所谓。他相信魔法世界的存在,还有一个研究怪物的舅舅。吴所谓关于魔法世界的种种幻想在学校遭到了老师和同学的嘲笑。他独自一人去废旧的水塔玩。他无意中在水塔上写下的一句话:"我登上了水塔——吴所谓"却成了封住魔法世界和现实世界之间通道的封印,于是,他破坏了黑暗之神想要吞噬人类的计划,愤怒的黑暗之神把他的家人变成了怪物。为了到魔塔去取能救亲人的"还形液",吴所谓开始了魔法世界的历险旅程。他必须经过魔幻森林、沼泽地,战胜守卫魔塔的火龙才能进入魔塔。吴所谓明明一点魔法都不会,可是,他却一次次地出乎意料地获胜了。他的获胜不是因为魔法,而是因为他用了现实中行之有效的办法,比如用眼药膏给树精治眼病,从而通过了无人能通过的魔幻森林;用一面小镜子晃了镇塔火龙的眼而顺利进入魔塔;最后,用那块他在水塔门上写字的橄榄石(这块石头被火龙称为"光明之石"),打死了黑暗之神。他在魔法世界战无不胜的法宝是让现实介入从而导致魔法世界失灵。

现实与幻想,意识与无意识就是以这样的方式在作品中相遇并较量着。

10 岁的儿童已经能够分清现实和幻想之间的差别了,也就是说吴所谓的意识自我已经发展起来。现实的存在、意识的存在轻而易举地就可以为魔法世界划定界限，甚至可以摧毁魔法世界。但是，意识自我却无时无刻不受着无意识的影响，这影响在他的成长过程中是决定性的，只是这种力量未被意识自我感受到。

"封印"的意象是一种暗示，当吴所谓登上水塔的时候，他是在自我挑战，是想证明自己的胆量，也是为了找回自己在同学面前失去的面子。总之，他希望在同学中间确立自己的一席之地，他不再满足于只是待在"胡诌八扯"的幻想世界中，他要确立自我的力量。他相信，自我的形象是通过自己的智慧和勇气创造出来的。正是这个原因，使得无意识中的魔法世界被那句显示自我力量的"我登上了水塔"的话语封闭了起来。无意识在这里遭到了被意识压抑的命运。这也是在故事中，吴所谓多次运用现实生活中的方法解决了魔法世界中无法克服的难题的隐喻意义。魔法世界一旦遭遇现实，就必然会失效。

吴所谓为进入魔法世界探险所准备的装备是这样的：一把削铅笔的小刀、手电筒、防水手表、望远镜和一瓶氯霉素眼药水、20粒巧克力……这些装备是野战装备的必需品，可正是它们让吴所谓在魔法世界中化险为夷。然而，准备这些装备完全是一种下意识的行为。这是一种奇怪的现象：这下意识的行为决定了历险的成功。在进入魔法世界之前，他的下意识已经运筹帷幄，胸有成竹了，而他本人，或者说意识却对此一无所知。

在这里，意识与无意识之间呈现出具有讽刺性的对抗与包容关系。理性主宰的意识，嘲弄、贬抑、忽视着无意识的虚幻，意识对于无意识草率地拒斥不仅没有让无意识消隐，反而使无意识在不受控制的状态下肆意地颠倒乾坤，任意东西。无意识的肆意，恰是对意识的确定性的解构，暴露了意识和理性的局促。

这就是在现实世界中微不足道的细节在魔法世界中变成主宰力量的真正原因。一句普通的话语成了魔幻世界的封印，一根插在泥潭中的铁丝变成了神剑，一首平常的歌曲成了咒语。这些感觉普通平常的东西，在无意识中被赋予了重要的意义。活跃的、无拘无束的无意识随意打破了语言的惯常意义，这是多么疯狂的举动，可是，彭懿告诉读者，这并不是疯子的胡言乱语，不应该对此置之不理。

儿童在适应现实生活的过程中，渐渐掌握了语言的习惯性用法和通常的意义，他们把这些意义当作是固定的，不可更改的。可是，儿童只是掌握了语言的意义，却并不明了语言及意义产生的规则。所以，他们只是学会了重复语言固有的意义，却不能创造属于自己的语言。彭懿在这部作品中，正是力图解除习惯性力量对语言意义的禁锢，同时也是解除语言的习惯性意义对于儿童的禁锢。他将语言的意义任意篡改、将语言的意义含混化的过程，实际上是将语言构造的秘密暴露于阳光下。从而也教育了儿童如何使用语言和掌控语言，而不是成为语言的奴隶。

这个语言的法则正是处于无意识之中的。

弗洛伊德和拉康都相信无意识对人的精神是起决定作用的，他们反对将理性和智性看作是人的本性。他们认为，理性和智性对人性的决定作用只是意识自我的一种虚构而已，而起根本作用的是无意识的力量。

这就是成长的秘密。意识自我是被感受到具有自主决定力量的，世界的存在于意识自我是明晰的、可解释的。意识自我代表了现实的力量，它压抑了无意识的存在，只要意识自我是清醒的，无意识的力量就会遭到贬低、嘲笑，甚至失效，但是，这种感觉只是一个误认。其实，对人的精神起决定作用的是无意识，它会在不知不觉中改变人的命运。无意识的力量体现在语言的建构中。当魔幻世界以异彩纷呈的形态出现的时候，这种对无

新中国儿童文学

意识的语言建构往往显示出一些随意性。

这种语言的狂欢和盛宴对于儿童精神世界的发展具有十分重要的意义,为他们建构话语世界开辟了自由的疆域。

## 讲述的狂欢

彭懿是喜欢玩点文字游戏的。这是他独特智慧的表现。

最早发现这一点是在他写的童话中,如,在他的"爸爸和儿子系列"童话中有:"'成人少动症'夹心糖""成人的'少动素'""爸爸保姆别动队",这些饶有趣味的说法还是容易理解的;《疯狂绿刺猬》中,出现了"鲥鲚鲛鲟鲠鲴鲢鲣",完全是莫名其妙的说法,彭懿说这是鲨鱼骨刺星的语言,翻译过来就是"先天性不良少年绿刺猬"。《魔塔》中,彭懿则完全是在玩文字的游戏。魔法世界的字是颠倒的,就像爱丽丝在镜中世界里看到的那样。语言的魔力真是太大了,只要使用语言的方式发生了变化,就产生了一个完全不同的世界。他将幻想世界与语言的颠倒联系起来,看来他是意识到了语言的秘密,他开始像摆积木一样摆弄起文字游戏。他用文字不同寻常的组合让那个幻想世界得以物化。

在《魔塔》中,他的这种游戏不只是表现于文字层面,也表现在叙述中。

首先,讲述的手法是将讲述者的视角与主人公的视角区分开来,使得读者的认同出现分裂,产生认同的困境。同时,在叙述内容上,表现为主人公的视角对作者视角的解构。

《魔塔》有一个不断被打断的开头:"那个月圆之夜,怪物一阵阵嚎叫,我终于推开了那扇通往魔法世界的大门……"这个开头不断被插进来的叙述打断,主人公吴所谓反复说明自己为什么能看见那个魔法世界的理由,他有各种理由表明魔法世界之门确实是存在的。我们也可以有一千个理由相信那个魔法世界确实是存在的。可是,仅此而已,那个魔法世界却狡黠地逃走了。魔法世界的确是存在的,只是我们永远也无法走进去。

这个开头暗示了整部作品的结构。每次主人公觉得他已经推开了魔法世界的大门的时候,他却与魔法世界失之交臂了。因为他是带着现实的印迹与魔法世界接触的。

吴所谓所构建出来的幻想世界是按照一种模式造就出来的。他之所以能把自己想象成一个魔法师,那是因为他构造了一个邪恶的魔女(或巫师),他的使命就是铲除这个恶魔。遵循着一种对立的关系法则的这种幻想世界的构造,使得这种结构先于主人公进入了故事。而这种构造是大多数幻想文学的路数。吴所谓显然是在按照文学写作的惯常方式构造了他自己的魔幻世界。而现实一次次让他的这个构想破灭的时候,或者说魔法一次次在他身上失效的时候,他变得现实了:他承认自己不会魔法。在这部作品中,彭懿显然是对一般的幻想文学的样式进行了讽刺。写惯了魔幻故事的彭懿熟谙此道,他的讽刺是那么轻松,信手拈来。故事的写作看上去非常随意,幻想世界的通常逻辑不断地被插进来的讲述打断:神兽的早恋,不断地被提到的教导主任,吴所谓与"沙葱花"的"爱情",等等。

在作者的叙述中,黑暗之神要吞噬世界的行径与吴所谓对魔法世界的构想是多么相似啊:一个邪恶的势力想要毁灭人类,一个魔法少年,或者说一个魔法师肩负着拯救世界的使命。吴所谓在魔法世界历险的真实性其实从一开始就被解构了。吴所谓的虚构遭到了嘲笑,而作者却要起了同样虚构的把戏。那么,作者构造的魔法世界从一开始就具有了虚构的特征。主人公的虚构视角构成了对作者视角的解构。这就为作者随心所欲地编造故事做了铺垫。

彭懿极尽所能地玩起了叙述的游戏。一旦魔法世界的故事讲述不下去的时候，也就是说想象力枯竭的时候，他就拿现实的生活细节来填充。这样，一来遮盖了想象力的捉襟见肘（在《妖孽》的结尾处，当鹅耳与妖孽进行争斗时，作者没有详尽地描述这场战斗，只是几笔带过，他说这是因为语言无力再现这场旷古的争斗，而在《魔塔》中，作者对描写场面的力不从心的处理方式显然是聪明多了）；二来，也使得讲述变得非常有意思。其实，他只是用讲述迷惑了读者。让读者误以为这是彭懿的魔法世界的独特之处，而忽略了这是讲述自身的问题。彭懿其实是想通过这种方式让读者更多地注意讲述的问题。也就是说希望读者能够转变视角，从读者的视角转变为作者的视角。但是，这个转变是很艰难的。因为这是很容易产生误解的地方，读者一般容易把故事的讲述当作被讲述的真实故事，也许不是真的在现实中发生的故事，但是至少是在逻辑上具有真实性的故事。人们关注的是故事的真实性，而不是讲述行为的真实性。

彭懿的这种讲述方式使得读者获得了极大的阅读快感，因为他解构了通常幻想故事的书写模式，免除了善恶对立、冒险的英雄主义等套路。而且，作者在讲故事的过程中经常会暴露出讲述的痕迹，或者说编造的痕迹。他似乎并不是要让人相信这个故事的真实性，而是要向人炫耀他讲故事的本领多么高超。可以说，在这部作品中，讲述的方式大大超过了讲述内容的重要性。所以，故事才会漏洞百出，不合逻辑。读者可能会说，什么乱七八糟的，这个人讲的故事一点都不可信——但是，又不得不承认：这个人很会讲故事，这是一个非常好听的故事。

那么，幻想中的魔法世界呢？在彭懿的讲述狂欢中，那个魔法世界正如他在故事开头所暗示的那样，一次又一次地从他笔下狡黠地滑落了，逃匿了。他在苦苦追寻，却始终两手空空。

这便是讲述的悖论。在讲述中，人的存在才是真实的，这种真实就在于人可以用语言构筑一个不存在的世界。但是，人永远无法抵达那个世界的本体、实体，而只能驻留在关于那个世界的语言建构中，这也是存在于无意识中的秘密。也就是说，我们是在讲述一个无意识的幻想世界，我们的讲述就是为了让人相信那个世界的确是存在的，可事实上，讲述者本人是用这种讲述掩盖一个事实，那就是在那个世界中，他其实什么也没有看见，他面对的只是一个虚无的世界，而只有讲述是他最终的皈依。不得不面对存在本体的虚无，不得不在讲述中为追寻那种虚无而痛苦挣扎，这也正是彭懿在构造幻想世界时产生痛苦的真正原因。

所以，彭懿说，"我必须逃离那个世界"——我们，最终，随着叙述者的尾音，也从那儿逃出！

（原载《中国儿童文学》2006 年第 4 期）

# 郑春华:纯正的儿童本位艺术

汤　锐

"马鸣加有一阵子天天晚上做噩梦,梦里自己总是在爬一个高高的坡,坡上面不是站着奥特曼,就是立着变形金刚,只要马鸣加爬上去他们就把他推下来,马鸣加就一边朝下滚,一边'啊!啊!'大叫,然后就醒过来了……"读到这个开篇,我的唇边已经绽开了会心的微笑——这不正是我所熟悉的郑春华吗? 她总是能出其不意地准确捕捉到小孩子的思维和想象特征。

郑春华是自 20 世纪 80 年代以来幼儿文学创作的最重要的作家之一,创作了《紫罗兰幼儿园》《大头儿子和小头爸爸》等深受小读者喜爱的幼儿文学经典。从跑跑、大头儿子到马鸣加,从托儿所、幼儿园到小学低年级,她塑造了整整一个系列童年艺术形象,这些艺术形象已经深刻地烙印在了当代孩子们和大人们的心中。

马鸣加的形象是真正从活生生的生活里跳出来的,而不是从虚空中主观臆造的。时下有一些儿童文学作者为迎合市场的口味去臆造脱离生活的儿童形象,甚至让儿童去扮演一些远远超出他们年龄的社会角色或幻想的拯救人类的角色,这对当代儿童文学其实是一种不良的侵蚀。我们能感觉到郑春华始终是用一种兼有母亲和儿童伙伴的双重目光深情地饶有兴味地注视着笔下的那个马鸣加, 时不时地钻到他的内心深处去。可以说,郑春华的写作姿态是一种相当纯正的儿童文学创作姿态。

这套作品塑造了一个相当真实、鲜活生动而且非常感人的儿童形象。我说感人,不是说作者把马鸣加塑造成了一个小英雄或者小圣人,而是说:第一,读马鸣加的故事随时让我们想起自己的童年往事,因为他的真实性和典型性,尤其是读到作者娓娓叙述的那些故事、精心选择的那些细节的时候。比如,马鸣加和他的两个好朋友丁转转、庄纯纯,从"三剑客"到"三唱客"到"三贱客"再到"三猪客"的绰号演变过程,使三个天真无邪、精力旺盛、还不太懂得自我约束的小淘气活脱脱地跃然纸上,令人忍俊不禁,而我们每个人童年的时光中,不也曾有过类似的可爱的"滑铁卢"?

第二,马鸣加是一个纯天然的孩子,他的优点、缺点,他的调皮好动,他的天真善良,他的粗心急躁,他的幼稚可笑……所有的一切,既没有超越他的年龄,也没有受到社会环境的扭曲,那么自然,那么可爱,充满真挚的感情,这是非常打动我们的。比如在《好朋友要转学了》那一篇中,"三剑客"之一丁转转要转到另一所学校去上学了,马鸣加心中充满了对好朋友的不舍,可是年幼的孩子往往不大会用语言来表达这种有些感伤色彩的情绪,于是马鸣加做出了一系列富有个性的举动,在欢送会上他一会儿跑过去跟丁转转坐在一起, 两个人亲热地用胳膊肘捅来捅去,一会儿又站起来吵架似的对着给丁转转提意见的女同学大声喊:"丁转转没有坏毛病,你才有坏毛病呢! "

值得称道的是,小说中的妈妈和老师并没有因为马鸣加淘气和有缺点而简单化地批评斥责他,而是耐心体贴地弄清情况对症下药,或者运用幽默化解尴尬局面。她们在马鸣加身上体现了博大的母性胸怀和尊重儿童人格的教育观念。因此小说中的"'爬坡'事件""为妮妮打人事件""丁转转转学事件""公开课出洋相事件"……才能够得到圆满的解决，也才会有那样一篇深深打动我们的马鸣加的作文《亲爱的大雾》。

读到这里，一种强烈的想法油然而生：若是我们的孩子们都能这样健康活泼地成长该有多好，若是我们的家长和老师都能像马鸣加的爸爸妈妈和老师一样理解和尊重儿童该有多好。从这一点来看，马鸣加这个儿童形象也是带有一定的理想主义色彩的，但是并没有超越儿童的心理年龄特征，没有侵蚀到艺术形象的真实性和典型性，反而对社会观念有一种积极的推动意义。

这套作品艺术上的特色，也是它的成功之处。第一，当然是作家对于主人公形象的提炼和刻画。第二，重视细节。小说和故事中细节对于刻画人物在技术层面的重要性是第一位的，这套书成功有多种因素，而细节的成功是最显眼的。小说中有大量真实、典型的细节，使人物性格刻画非常丰满，比如前面提到的马鸣加的"爬坡"梦；再如马鸣加当了一天值勤生赢得了高年级同学的尊敬，乐得竟像体操运动员似的一下跳起来，将同班同学陆军猛地扑倒在地，一下子又恢复了顽皮的本性……第三，叙述语言，这是郑春华儿童小说的一大特色。在中国的叙事性低年级儿童文学中，叙述语言最具儿童文学本位特征的有几位作家，比如张天翼、孙幼军。郑春华的儿童小说叙述语言也是接近儿童本位特征的，使得阅读她的作品在语感上非常愉快：那种简洁、直接、鲜明的口语化、强烈的动作性所带来的速度感，恰恰是儿童心理节奏的一种同步呈现。而这种语言的速度感，并不意味着一定要牺牲语言的优美、描写的生动、幽默等等风格的呈现。对于儿童文学的写作来说，要想让自己的作品受儿童的喜欢，是不能忽视这种叙述语言上的特点的。

总之，郑春华的儿童文学作品一直以来带给我们的是一种没有被污染的、不矫揉造作的、纯正的儿童本位艺术，衷心地希望郑春华能把这种纯正的艺术品格不断发扬下去，并用它来感染我们的小读者、大读者和作家们。

（原载郑春华著《改革开放30年中国儿童文学金品30部·超级卷毛头》，新世纪出版社2008年版）

# 杨红樱:一位童书作家的生成

李　虹

## 引子:每本书都有自己的命运

提到杨红樱的童书,我亲身经历过的一些生活小事总是让我难以忘怀。在这里且举两例。

我的一个朋友,从他女儿 4 岁开始向我要童书给女儿看。历次选了书给他后,都反响平淡,无非是发条短信替他女儿对我道声谢。前年时那孩子上了初中,我偶然送她一本杨红樱的科学童话《森林谜案》,结果这位朋友第二天一早就打电话给我,大惊小怪地问:杨红樱是谁呀?!他说他女儿一见那本书就不放手,吃饭时要放在身边,睡觉时还得抱着,从没看到她对一本书这样喜欢过!而且这本书引起女儿和妈妈大谈杨红樱,他这个当爸爸的在一边一句话也插不上,感到很失落。

再举一个初一女生的例子,她的妈妈也是我的好朋友。第一次,我跟这个朋友在 QQ 上聊天,她在那里无奈地感叹。说她女儿上的是北京重点中学,无论考试不考试,课业都非常繁重。可女儿每晚临睡前一定要保持 15 分钟的自由阅读时间,而且女儿为这 15 分钟选择的书永远是杨红樱的小说。那些小说,《男生日记》《女生日记》《淘气包马小跳》……女儿小学时早就看过了,现在还反反复复地看,都不知看过多少遍了!我说,才 15 分钟呀!既然已经学得那么累,干脆早点睡算啦。她说,没办法,女儿不干呀!这 15 分钟是孩子和家长谈判的结果。我那朋友强调说,不能再多了,只能 15 分钟!

前不久我早晨上班,只见一个小女孩兴冲冲地迎面而来,她两手把一本书拿在胸前,小手指上还勾着一串钥匙。我一眼看出那本是《笑猫日记》,而且是最新的那本《小猫出生在秘密山洞》。我把这个简单的情景看作一个意象,因为这个转眼而过的情景立刻引发了所有我所能想到的杨红樱童书及其读者之间的一切,包括我刚才说的例子,也包括我看过的一些小读者的亲笔信,还有杨红樱与小读者见面的种种场面,等等。这是一个意象,传达着杨红樱童书在数以千百万计的孩子的生活中乃至生命里的意义。就好像,在某一个历史时期,你看见一少男或少女夹着本《少年维特的烦恼》所传达的意味一样。

杨红樱的童书,对于如此众多的孩子而言,就是生活所赐予的不可多得的礼物。这些童书浸透了孩子的热爱与体温,陪伴着孩子们度过每个人只能享有一次的童年,呵护他们的心灵,赋予他们成长的力量。如果说,每一本书都有自己的命运;那么我要说,杨红樱的书的命运是如此美丽和幸福。

毋庸置疑,杨红樱是一位在我国当代儿童文学史上创造了奇迹的童书作家。下面,我们来简单回顾杨红樱的创作轨迹。

## 一、童话:爱的礼物

18岁的时候,杨红樱当了一名小学语文老师,还兼班主任。第二年,她决定给她的学生们写点东西。她发现,在所有的课文当中,孩子们最喜欢的还是像《小蝌蚪找妈妈》《小公鸡和小鸭子》那样的科学童话,于是,她就选择给学生们写科学童话。写出来以后,学生们都说她写得跟书上写的一样好,所以她就拿出去发表了。这就是科学童话《穿救生衣的种子》,它成了杨红樱的处女作。那是1982年,她19岁。

现在回头看看《穿救生衣的种子》这篇处女作,可以说杨红樱文学创作的起步很高。就其个人而言,杨红樱显然具有文学创作的才情与天赋,这才情与天赋包括对文体的极高的感悟力,以及对小读者阅读心理和阅读需求的准确把握。而她开始创作的时代也可以说是正当其时。陈平原先生在《八十年代:访谈录》一书中认为,20世纪80年代的文学、学术、艺术在精神上具有共通性,并且说:"一定要说有什么特点,我想,就是一种理想主义的情怀,一种开放的胸襟,既面对本土,也面对西方,还有就是有很明确的社会关怀与问题意识。"我觉得杨红樱的创作,在起步之初深受这种时代精神的滋养,并且受惠至今。

从1982年发表第一篇科学童话作品开始,杨红樱持续不断地写了近15年童话,成为一位优秀的童话作家。她的科学童话,由短篇至中篇至长篇,由出手不凡到渐入佳境。比如,中篇科学童话《背着房子的蜗牛》,长篇科学童话系列《森林谜案》《寻找美人鱼》和《猫头鹰开宴会》。杨红樱很善于对理性的、冷静枯燥的科学知识进行富有灵性的遴选与"消化",凭借丰富、巧妙、神奇的艺术想象力与纯熟的文学创作技巧,实现故事与信息、文学与科学的高度协调与融会贯通,使小读者在引人入胜的故事中收获知识以及人情人性的感动和哲理。杨红樱还创作了大量集美、善、爱于一身的纯美童话,比如低幼童话《小红船摇呀摇》、中篇童话《七个小淘气》、长篇童话《亲爱的笨笨猪》,等等。那彻底的善良与爱、宽容仁慈、美丽无瑕,满纸流泻蜜意浓情。在杨红樱这里,童心有如晶莹剔透的水晶,足以透视人性的底里,唤醒人性深处那沉睡或尘封的善良与爱,并使之回归。刘易斯·凯罗尔说,童话是"爱的礼物",对于杨红樱的童话而言,此说一语中的。

## 二、校园小说系列:成长的美丽与伤痛

1998年,杨红樱的长篇童话《那个骑轮箱来的蜜儿》出版。但是有一件事改变了杨红樱的创作方向。这一年,她的女儿读小学六年级了。杨红樱意识到,这个年龄段的小女生有太多的秘密,太多的精彩,产生了强烈的创作冲动。她停止童话创作,追踪女儿的成长,创作了她的第一部校园小说《女生日记》。由写童话转型写小说,一种新的文体引爆了作家内蕴的文学创造力。2000年8月出版的《女生日记》成为杨红樱的第一部畅销书,到2008年已经印行100万册。此后的《男生日记》(2002),以及"成长三部曲"《五三班的坏小子》(2001)、《漂亮老师和坏小子》(2003)、《假小子戴安》(2005)也都成为畅销书和常销书。

《女生日记》《男生日记》和《假小子戴安》的突出成就是细腻、真实、生动地描写了男生女生在成长过程中"性别意识"的塑造和对异性情感的萌动。杨红樱的小说语言质朴无华,《女生日记》和《男生日记》使用的还是第一人称的叙述方式,正好让读者流畅无碍

地体味到人生这个独特阶段的特有心情:突然之间你发现自己已经长大,人生神秘的大幕仿佛就要为你而拉开。于是你紧张、惶惑、期待、甜蜜,还有淡淡的忧伤,真是百味杂陈。长篇小说《假小子戴安》是一部写得更为丰富和厚重的成长小说。作者精准、独到地描写了人生的变故、命运的打击在一个女孩子的内心深处所造成的伤害,青春成长因此成为一场艰难的自我寻找,一场充满阵痛的自我蜕变。

### 三、"淘气包马小跳系列":在俗世中构筑童心王国

尽管现在还远不到给杨红樱的创作盖棺论定的时候,但回头梳理她走过的创作路径,不能不感叹这位作家拥有相当强大的自我升腾的文学创造力。2002 年刚推出《男生日记》,2003 年推出《漂亮教师和坏小子》的当年,她又推出了一个新的儿童小说系列——"淘气包马小跳系列"。而 2006 年,"淘气包马小跳系列"还在书业权威的开卷榜上一路横扫千军如卷席,她又推出了《笑猫日记》系列。

"淘气包马小跳系列"目前出版 19 种,总销量 1500 万册。已经被改编为校园剧、歌舞剧、卡通片。这一个系列的主人公马小跳是传统教育评价体系中的"坏孩子",但是杨红樱认为,正是这样的孩子最能体现孩子的天性,因为他们最少受到成人规则的规范、扭曲和污染,更保持着一个身心健康的孩子的本色。杨红樱在这个系列中寄予了她的"以儿童为本位"的教育理念,承续了"五四"时期的先驱们所提倡的"弱者、幼者本位"观念。马小跳像所有中国的同龄孩子一样,生活内容相对单调,成天要面对功课、考试、与老师同学的"相处",等等,对孩子来说几乎就是天大的烦恼。但是,马小跳是以孩童的真性情生活在一个完整的童心世界中,他的生活也变得多姿多彩、其乐融融。杨红樱通过以马小跳为主的儿童群像的塑造,传达出了"以儿童为本位"的教育理念的精髓,即:所谓儿童生命至上,在和平富足的年代,关注和保障其精神生命的健全发展和健康成长尤为重要。这套书受到小读者超级追捧的市场表现,也强烈反照出当下儿童生活中的缺失所在。

### 四、《笑猫日记》系列:那只会笑的猫终于回到小读者中间

杨红樱目前最新的一个系列是《笑猫日记》系列。从 2006 年到现在已出版 8 种。

笑猫本来是"淘气包马小跳系列"中的女孩杜真子的爱猫,以会笑著名。《笑猫日记》系列就是以笑猫为主人公,以笑猫为第一人称讲述的叙事视角展开故事,用一只猫的眼睛看世界。当然,这不是一般的猫,是一只会思考、特立独行的猫,是一个有担当的男子汉。在埋头写了几年小说之后,杨红樱再次回到童话创作,采取了"童话+小说"的新颖写法,将日记体的叙述方式、动物形象的刻画、儿童心理现实和生活现实的呈现,协调融会在一个故事中。这种别开生面的叙事方式,赋予这个系列广阔的修辞空间。在这里,不仅马小跳等曾经的小说人物进入了别样的生活,更有笑猫、老老鼠等一系列妙趣横生又意味深长的典型形象,拓展了童真、童趣、童心的意义和魅力。

值得一提的是,四川大学附属实验小学六年级(2)班的学生还自己动手,编了一本《我们的笑猫》。在这本书里,学生们同样以日记体来续写、扩写笑猫的故事,还自己设计制作了封面。这本书的责任编辑是班上的一个女孩,她的妈妈为这本书写了序言,其中一句话是这样写的:"我们的心中,都有童话;我们的心中,都有爱!《我们的笑猫》是孩子们心中的童话;孩子,是我们心里的童话。"

## 结语：一位中国童书作家的"行走"

杨红樱是一位充满人道主义精神、理想主义情怀、浪漫主义风格的童书作家。美国哈珀·柯林斯出版集团在 2007 年购买了"淘气包马小跳系列"的全球多语种版权，2008年初又买断了《笑猫日记》系列的英文、法文全球发行权。哈珀·柯林斯童书集团的总裁在授权仪式的讲话中，称杨红樱已成为"真正意义上的国际性作家"。正因为这样，在今天的回顾中，我还想介绍一下这位中国童书作家的行走。

中国的读书人自古以来就以"读万卷书，行万里路"为一种生活方式和终生的追求。杨红樱从一开始就是一位借助不断的"行走"，与脚下的大地，以及和这片土地上生活的孩子亲密联结的作家。她通过旅行亲近祖国的山水和风土人情，她笔下的沙漠、森林、大山都有她的足迹。她还在学校里参加孩子们的读书课或旁听他们的语文课，去农村看望留守儿童，把书和文具送给最偏远地方的孩子。2004 年底，她成为四川骨髓库编号第10000 名的志愿者、四川骨髓库首位形象大使。她先后多次会同接力出版社、明天出版社向白血病患儿、残疾儿童、贫困儿童捐款和捐书。她也是第一个以个人名义向中华慈善基金会"光华书海工程"捐赠图书的中国作家。512 汶川大地震，身为川籍作家，杨红樱和同是四川籍的作家阿来、麦家联合发出"512 灾后乡村学校重建行动"的倡议书，并为这个活动最先捐款。在"六一"和暑假前夕，她还特地带着自己的书去看望来自震区的孩子们。

钱理群先生在反思汶川大地震的文章中引用了这样一句话："每一个人的不幸都与我们有关，每一个地方的不公正都是对我们的羞辱，每次对别人苦难的冷漠就是我们为命运自挖的墓地。"这是我们需要重建的一个普世价值观念，更是一位作家有可能创作出传世之作的根本。

（原载《中国少儿出版》2008 年第 4 期）

# 论徐鲁的少年抒情诗

王金禾

　　如果从 1982 年徐鲁开始文学创作、发表第一组诗歌《一束小山花》算起，那么，他在百花争艳的儿童文学艺苑里，以其智慧和灵性耕耘了 20 多个春秋，算得上是一位产生了广泛影响的儿童文学宿将。他硕果累累，仅少儿诗集就出版了 8 本。如《歌青青·草青青》（1989）、《我们这个年纪的梦》（1990）、《世界很小又很大》（1996）、《小人鱼的歌》（1997）、《散步的小树》（2002）等。这些集子代表了徐鲁少年抒情诗的创作成就。我们试从这些诗集切入，透视诗人对生命的感悟和思考，探讨他的少年抒情诗独到的艺术风格。

一

　　徐鲁的少年抒情诗是抒写真、善、美的诗。他用真率与善良去观照永远值得追忆的童年世界，"用这些朴素的诗歌"为少年朋友"铺一条通向真、善、美的道路"，并"期望着不久能与更多的中学生朋友在这条道路上相会"①。

　　处于世纪之交的少年儿童面临的是一个急剧发展变化、生存竞争越来越激烈的时代，生命状态的变化带来了少年儿童对儿童文学价值及审美目标的新的需求。如果少年诗不能为少年的现在和未来歌唱，不能表现少年的喜怒哀乐，不能拭去少年心灵上的困惑与灰尘，不能以诗人的由衷之言去摇撼少年的心魄，也不能给予少年以情感力量、思想启示，那么，它将不可能引起少年心理与精神上的共鸣。因此，对当代少年儿童心灵的抚慰、情感的熏陶，以及对他们审美意识的唤醒、对他们思想的启迪，是当代儿童文学作家义不容辞的责任和义务。徐鲁的少年抒情诗正是通过他对自己生命成长历程的感悟与思考，用质朴的诗行实现与中学生朋友的心灵对话，与他们在真、善、美的道路上相会。

> 高高地飞吧，云雀／在五月的辽阔的天际／你是欢乐的精灵／是晴空的音乐
> 和自由的诗／你也是善与美的天使／／高高地飞吧，云雀／当天空布满阴云的时候／
> 我希望你是一束花／是一支带响的箭／是严正的闪电和霹雳

　　这首题名为《云雀》的诗，以极大的热情赞美云雀。诗人赋予云雀以独特的生命空间和精神内涵。云雀既是在晴空欢乐、自由地飞翔，也是在诗人蔚蓝的心灵中飞翔。诗人赞美云雀"是欢乐的精灵"，"是善与美的天使"，同时又寄予云雀以希望："是一束花"，"是一支带响的箭"，"是严正的闪电和霹雳"。从而激发少年朋友对自然、对生命的热爱与向往，对生命意义的追求。徐鲁总是以诚实与真率歌颂少年思想的纯真、心灵的纯洁、灵魂的纯净，他常常发挥诗歌的想象张力，把自己对生活的梦与爱脉动在诗的符号中。在《我歌唱两朵小小的花》里，寓含了作者主张在日益激烈的竞争环境下，少年儿童要从小培养既要竞争，更要有合作精神的理念，诗人形象地告诉少年朋友，在学习、生活中要学会"并

肩向前/互相搀扶"，善于与人共处，在"那段泥泞小路"上，能经受风雨吹打。在《旅人之歌》中，"我"勇敢面对世界："背起生命的小小行囊/让我独自到远方去流浪……""我"有"美丽的梦想"，虽然"只是一只孤雁"，但"没有美，我就睁大眼睛去寻找美/没有善良，我就用一颗滚烫的心/去人海之中唤醒善良……"少年正处于成长发育的关键时期，他们的心理、情感是复杂丰富的，迷惑、失落、忧伤时时伴随着他们。徐鲁以自己对诗韵悠长的少年人生的独特体验，去为少年排忧解惑，对少年进行人格建构。并且，徐鲁兼具诗人、心理学家与哲学家的气质才情。作为诗人，徐鲁充分发挥擅长形象思维的艺术才能，把自己的情感、思想凝固成具体的艺术形象；作为心理学家，徐鲁有一种天生的崇拜童年的精神，加之又有在中学任教的经历，所以能细致地揣摩、把握少年的心理，读懂少年脸上无限的诗意；作为哲学家，徐鲁善于对我们的时代、少年的生活作敏锐而深刻的思考。因此，在其优秀的诗篇中，在通往真、善、美的道路上，诗人总是把心理的剖析、哲理的思考与典型形象的创造互相渗透融合在一起。在《信念》中，徐鲁语重心长地给少年指出向上的道路："当芳菲的绿草就要枯萎/你可以叹息但不要悲哀/你要相信/等到春风再次吹来/到处又有它的色彩……"在《樱花时节》中，诗人鼓励少年们："翻过艰难与寂寞的山岩/我们去播种理想/我们去寻找/爱情的春天……"在《穿苹果绿上衣的少女》里，徐鲁深情呼唤着："穿苹果绿上衣的少女啊/你站在那里凝望什么/是不是像我一样满怀信念/正在那里等待春天？"在《像小麦一样生长》中，诗人对少年朋友提出了殷切的希望：

> 越过寒冷的冬天/像小麦一样生长/像小麦一样/返青/拔节/在风中抽穗/在雨中灌浆/迎着烈日的曝晒/像小麦一样生长/像小麦一样/饱满/成熟/为勤劳的人们/送去金色的麦粒/和纯净的麦秸的芳香/像小麦一样生长/像小麦一样学会/生存的顽强/和奉献的快乐！

在这里，不具形的叮咛、嘱托由于凭借了富有特征的具体形象，得到了情真意切的表现。

徐鲁的少年诗就是这样以诚意和真率打动着少年的心灵。徐鲁说，他的诗歌陆续于报刊发表后收到了许多素不相识的中学生朋友的信，大部分信上都说从这些诗歌中感到了一种被人理解的幸福。"我感到欣慰……他们也许不知道，他们的来信也同样使我感到了一种被人理解的幸福。"②徐鲁以"切切实实地为下一代的成长负起这个责任来"③的精神去写作，用同广大少年儿童心心相连的真话与真情歌唱，他是属于少年儿童的诗人。

## 二

徐鲁说："只有童年，才是我们可以返回的地方。"在他的少年抒情诗中，我们似乎听到了他返回童年时心灵颤动的声音。这声音浸透着诗人自己对生命的感受和思索。《围炉诗话》云："诗之中须有人在。"诗圣杜甫曾说："直滤肺腑为文章。"诗歌是一种最具诗人个性的文学样式，"我"，始终处于诗情画意之中，即使通篇不写一个"我"字，也照旧有"我"在。徐鲁坦率地说过：诗歌能够承载"我的许多想法"，"诗歌容易表达私人的东西"。④在《外婆的小山村》中诗人捕捉童年的感觉，追忆童年的梦幻，找寻童年的自己：

> 童年的梦失落在哪里/小山村里的外婆家/光滑的牛背是我的摇篮/外婆

的呼唤飘在金色的夕阳下/草哨儿吹出了我心中的歌/四季的风风雨雨伴我长大……/童年的梦失落在哪里/小山村的外婆家/大雁宿营在黄昏的苇林/白鹭起飞在黎明的河汊/斗笠下做一个无边无际的梦/我的世界很小又很大。

抒写自我,展示自我意识深层的童年情怀,几乎是诗人们创作的共同追求。但是在表现这一创作倾向时,由于诗人各自的生活经历、个性心理等不同,因而诗的文化指向也迥然有别。傅林统的《故乡》是这样咀嚼童年的点点滴滴:"小时候住过的地方/树叶会细声说话/青草会轻轻摇手/花儿会红着脸微笑……/小时候住过的地方/会弹出一条细细的线/悄悄飞进我的心坎/让我会觉得无限温暖。"傅林统笔下的童年如同一只摇篮,摇着梦幻,摇着生命中最初的颤动,摇着世界上最天真烂漫的歌;英国诗人威廉·布莱克《荡着回声的草地》中孩子童年的笑容,使得白发人也没了忧愁:"圣约翰,白发满头/笑着赶走了忧愁/坐在橡树下面/老人们中间/他们笑着我们玩耍/他们都这样说话:当我们还是男孩女孩/欢度童年时代/他们也这样游戏/在荡着回声的草地。"而荡着徐鲁童年回声的地方是外婆的小山村。徐鲁1962年出生在山东胶东乡村,他的童年和少年时代是在缺衣少食的日子里、在书荒中、在知识匮乏的情况下度过的。在艰辛而贫穷的生活底层,他苦苦地挣扎、追寻,在"斗笠下做一个无边无际的梦",终于有了今天的他。在《欢乐的时光》中,他动情地说:"我曾经度过了许多/饥饿和寂寞的岁月/没有伙伴/没有书/没有歌声和笑声/甚至没有自己的愿望/看到别人有妈妈/而自己没有……/想想,多不容易啊/我们许多人都是/从那种时候走过来/永远像热爱妈妈一样/热爱生活/好好地生活……"徐鲁就是这样把自己"私人的东西",借"我"来传达一种感情和愿望,袒露在少年朋友面前。

在《雪孩子》中,诗人写道:

孤独的雪孩子/站在金色的草垛边/好像冬天里的红嘴小鸟/在默默地等待着春天

徐鲁早年的坎坷经历给他留下了沉重的创伤和记忆,这使他的"性格比较多愁善感,感情很细腻,容易感动。"[5]特殊的生活经历,既养成了他多愁善感和沉郁孤独的意识,同时也磨砺了他独立生存、坚韧不拔的生活强者的性格,还铸造了他深厚的文化创造力。因而他总是以审美的眼光去观照童年少年的不幸,"在默默地等待着春天"。这样,他就进入了一种诗化的艺术人生。这《雪孩子》中"我"的面影,正是诗人内心世界的塑像,是志在春天,风雪人生襟怀的写照,是其人格魅力的聚光。

徐鲁在诗中所展现的抒情主人公"我"的形象,让少年朋友看到了诗人对生活的深沉思索和深刻见解。至于童年的"我"和少年的"我这样的生活",诗人说:"当然是决不应该让今天的少年们也去经历的,但让他们知道一点是必要的。"[6]少年需要这种生活中的"诗味",诗歌中的理趣。

三

徐鲁的少年抒情诗具有迷人的艺术魅力。意象在他的诗作中是一个相当活跃的元素,它所构成的意境,是诗人心灵与自然相契合的艺术妙境。宗白华在《美学散步》中说:"艺术家以心灵映射万象,他所表现的是主观生命情调与客观的自然景象交融互渗,成就一个鸢飞鱼跃，活泼玲珑，渊然而深的灵境，这灵境就是构成艺术之所以为艺术的'意境'。"徐鲁诗佳作中的艺术妙境，就达到了这种心与物化的艺术妙境。

徐鲁由于特殊的童年经历和内在气质，使其选择的物象与声态，不是高山大河，长松劲石，用以表现的也不是豪壮悲郁的情思，形成的也不是雄奇、高雅的意境。他选择的物象多半是雏菊、树叶、春风、白雾、阳光、星星、柔风、绿草、野鸭、云雀等，因此，轻倩秀雅是他少年诗的主导风格。诗人用这些意象为自己的思想作歌，为自己的童年写真，曲写腹内童年的孤独忧愁，表达追求光明、渴望春天的情怀。我们先来品尝《给一颗没有名字的星星》：

> 你为什么这样看着我/你是那么温柔美丽/在我寂寞的时候发出光亮/因而给我希望/你其实并不遥远/你夜夜在我心中安睡/像童年的歌谣一样/温暖着我的心房/也像温暖的春天和秋天/像开在早晨的篱笆上的小花/使我感到振奋的力量/你自己却是孤独的/你听不见我对你的/赞美和怀想/你是一颗没有名字的星星/却像一位善良的友伴/生活在我的记忆里/默默地给我温情/鼓励和引导我走向远方……

在明净的月夜，一颗没有名字的星星与孤独的儿童进行着心的交流，开在云层中的丁香花、童年的歌谣、善良的友伴与星星融为一体，单纯的意象幻化出意蕴深刻的艺术妙境。这种境界显现出了诗人童年时代的孤独形象，同时也蕴含了诗人在那个不堪回首的年代抗拒寂寞、战胜孤独，积极向上的人格精神。

"心与物化"是诗歌艺术境界的最高体现，它实现了审美主体与客体的高度统一。徐鲁诗中的意象往往以比喻的形式出现。比喻使景物与情思达到了完美自然的契合。而且诗人并不局限于个别细节上的比喻，而是从总体意境的构思着眼，使具体的比喻超出了固定的含义，如《世界早安》《早安，朋友》《绿色，绿色，最美丽的颜色》《第一次小雨》等等。读徐鲁的诗，如同登泰山的石级，顺着诗人的足迹拾级而上，放眼而望之，光照心胸的是诗人那让少年朋友心领神会的、对童年、对生活、对世界的审美感悟。

徐鲁诗中比喻形式出现的意象多半构成了一个象征系统，这使得他的诗意境隽永，韵味深长：

> 不知道因为什么缘故/人们要拆掉那座老磨坊/我们远远地站在墙角/又默默地盖一座在童年的心上/好记起许多冬日的傍晚/妈妈从这里唤我们回家加衣裳/好记起许多贫困的日子/伙伴们在这里围成一圈/分吃着妈妈分给我们的/一方小小的温热的冬米糖（《老磨坊》）

> 小屋外吹刮着冬天的风/小屋里响着老祖母的纺车声/古旧的线棰转啊转啊/灯花照得小屋朦朦胧胧/……老纺车纺白了老祖母的鬓发/麻油灯熬瞎了老祖母的眼睛/这时候我的童年也结束了/小屋外面是等待我的风雨人生/告别了老祖母告别了童年/为什么离不开小屋的那片真情/挥走了多少朝阳多少晨星/为什么挥不走小屋的那些沉重/……小屋是我心灵最后的驿站/尽管它是那么狭小和贫穷……（《小屋——童年纪事》）

儿童时代的诗人与饥饿、孤独结伴而行,那座"老磨坊"、那间"小屋"留下了他太多的记忆。在这里"老磨坊""小屋"意象化了,已经成了那个时代农村落后、贫穷、封闭、保守、传统但又是纯朴、真诚、温暖的象征,其意义在于启发少年朋友珍惜今天美好的生活。

以上我们从三个方面考察了徐鲁少年抒情诗的艺术风格。徐鲁在送给我的这本《散步的小树》的题词上写道:"只有童年,才是我们可以返回的地方。"诗人的童年生活在他的笔下已经诗化成具有独特魅力的艺术境界,少年朋友们在这里受到了真、善、美的感染和熏陶。徐鲁曾经说过:"到了一定的时候,我就发现,我的诗歌写作超越不了自己,不停的抒情肯定不行。随着对诗歌的认识越来越清晰,自己感到越来越不能轻易地面对它。年轻的时候不懂诗,有点'为赋新辞强说愁'的味道。10 年后,也就是 20 世纪 80 年代末期,我基本上否定了少年抒情诗式的东西,转向了散文,并一直到现在。"⑦我们既可以把这段话看作是徐鲁的"自知之明",又可以视作写少年抒情诗艰辛的自白。徐鲁正值才华横溢、文思敏捷的黄金时期,谈不上"江郎才尽",我们期待着徐鲁在这个"厌弃抒情而醉于物欲的时代",仍"对于诗神忠心耿耿",在少年抒情诗创作上寻求新的突破,给成长中的少年儿童提供更优质的精神食粮。

[注释]
①②徐鲁:《歌青青·草青青·后记》,见《歌青青·草青青》,中国少年儿童出版社 1989 年版。
③④⑤⑦陈瑜:《让我们用心灵写作——徐鲁访谈录》,《语文教学与研究》2000 年第 10 期。
⑥徐鲁:《青梅竹马时节·后记:追忆我的逝水年华》,见《青梅竹马时节》,中国少年儿童出版社 1996 年版。

（原载《山东教育学院学报》2002 年第 1 期）

# 论吴岩的科幻小说创作与科幻文学理论建构

王家勇

## 一、文学活动概述

吴岩,生于 1962 年 12 月,满族,北京人。中国作家协会会员、中国科普作家协会科学文艺委员会副主任委员、世界华人科幻协会会长。现为北京师范大学教授及科幻与创意教育研究中心主任。自 2003 年开始招收科幻文学硕士研究生起,吴岩已培养了近 20 名专业的科幻研究人才,为中国科幻文学的发展注入了新鲜的血液。吴岩开设的多项研究生课程对学生科研能力的养成、科幻意识的启发具有积极作用,对青年科幻作家的大力扶持和推介也体现出其博大无私的胸怀。

### (一)创作概况

1978 年至今,吴岩已出版作品集《星际警察的最后案件》(1991)、《命运水晶球》(1994)、《飞向虚无》(1997)、《马思协探案》(1997)、《抽屉里的青春》(1999)、《出埃及记》(2004)、《沧桑》(2011)和长篇小说《心灵探险》(1996)、《生死第六天》(1996)、译文集《灾难的星球》(1991)和科幻卡通、科学童话等多部。创作各类科学文艺作品 30 余部,主编作品集数百万字,一些作品被翻译成英文、日文和意大利文出版。1986 年至今,四度获得中国科幻小说银河奖;获得文化部等单位颁发的中国科幻小说"星座杯"白羊座金奖、银奖各一次;获得中宣部全国精神文明建设"五个一工程"奖;2001 年,获得科技部、新闻出版总署、国家自然科学基金委员会、中国科普作协颁发的第四届全国优秀科普作品奖二等奖;2011 年,获得世界华语科幻星云奖最佳传播奖。吴岩的科幻小说作品注重成人思维与儿童思维的隐性双支点和科学因素与奇幻色彩的显性双支点的建构,对中国当代科幻模式的形成起到了至关重要的作用。其文风朴实、流畅,既有"悲天悯人"的脉脉温情,也有天地浩劫时的坚毅果敢,读来让人如临其境、感动至深。

### (二)科研概况

吴岩是中国当代科幻文学理论和学科体系的奠基者、建设者,自 1978 年起,吴岩已在《名作欣赏》《文艺报》《科普创作》《儿童文学研究》《中华读书报》《南方文坛》《自然辩证法研究》《装饰》等中文报纸杂志和《Bookbird》《Locus》《F&SF(俄文版)》《World Literature Today》《华文天地(台湾)》等海外期刊上发表了大量科幻研究方面的学术论文,这些论文既有对某些科幻作家的个案分析,也有对中国科幻发展的理论解读;既有对国外科幻作家和科幻理论的研究与评介,也有对中国科幻现状向国外的推介,它们为吴岩建构中国科幻文学理论和学科体系奠定了雄厚的基础。在此基础之上,吴岩于 2004 年申请获得国家社会科学基金项目"科幻文学的理论和体系建设"(项目编号 04BZW012),截至目前,总共出版科幻理论专著 15 部。其中,"新概念科幻理论丛书"包括《科幻文学概论》《科幻文学入门》《亲历中国科幻——郑文光评传》《现代性与中国科幻文学》《科

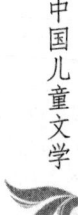

幻、后现代、后人类：香港科幻论文精选》《在经典和人类的旁边：台湾科幻论文精选》等6部；科幻文学理论和学科体系建设丛书包括《科幻文学理论和学科体系建设》《西方科幻文论精选》《中国现代科幻主潮——中国科幻论文精选》和《科幻文学论纲》等4部；"西方科幻文论经典译丛"包括《亿万年大狂欢》《科幻小说变形记》《科幻小说面面观》《科幻小说的批评与建构》和《阿西莫夫论科幻小说》等5部，更是使他成为世界上主编科幻文学理论专著最多的学者之一。2012年，他又获得国家社科基金《20世纪中国科幻文学史》的重点科研项目资助。

## 二、创作特色和名作解读

有关吴岩的创作批评较少，多见于蔡茂友、李慰怡、星河、杨鹏等撰写的书评。近年来，较为全面系统描述吴岩创作的论文是笔者在《昆明师范高等专科学校学报》发表的《童年未逝：弗兰肯斯坦不再绝望——论吴岩科幻小说的双逻辑支点及中国科幻模式的嬗变》（2006年第2期）和刘大先在《民族文学》发表的《民族文学的想象空间——满族作家吴岩的科幻文学创作》（2007年第1期）。笔者的论文从尼尔·波兹曼在《童年的消逝》中提出的"童年已逝"的观点出发，再从方卫平、王俊英、汤锐等中国学者的观点入手进行分析，提出了与波兹曼不同的认识，即童年未逝、儿童文学尚在且中国儿童文学创作具有双逻辑支点。吴岩的儿童科幻文学创作恰恰是站在成人思维与儿童思维的内在隐性双支点及科学因素与奇幻色彩的外在显性双支点上，真正实现了儿童文学的双逻辑支点，真正找回了儿童文学"消逝"的"童年"。文章还讨论了吴岩作品里中国科幻存在的一些模式化倾向及其微妙的嬗变，为中国科幻文学的发展提供了一些理性参考。

多年来，中国科幻小说虽然行走于儿童文学的土地上，但却对儿童文学理论视而不见，对少年读者的心声听而不闻。吴岩是少数能够勇敢地面对这一真实存在的作者之一，他声明自己就是为少年儿童写作，这在当代科幻文坛上还比较少见。既然面对儿童，就必须从儿童心理和阅读喜好入手去调整自己的作品构架。笔者认为，成人思维与儿童思维在吴岩儿童科幻小说中是缺一不可的同时性存在。当作家在构思整部作品时，在决定运用怎样的叙事视点、模式、时间和话语时，他要动用成人的逻辑思维，而在具体的细节运用上又必须兼顾儿童视角。所谓儿童视角，指的是"小说借助儿童的眼光或口吻来讲述故事，故事的呈现过程具有鲜明的儿童思维的特征"。比如《窗外》，整部作品的主题构思、结构安排以及多处悬念的设置等都是在作家的成人思维操作下完成的，但作品中"大楼"的世界和"窗外"的一切却是通过一个12岁女孩欧静静的眼睛展现和想象出来的，这样的细节表现更为接近儿童的思维特征，使少年读者更易与作家作品产生共鸣。可以说，《窗外》既是儿童心灵的映照，也有深刻的内涵意蕴。《换岗》中12岁的窦清雨、《宇宙快车12963》中15岁的小侦探等儿童形象的塑造，都是作家对儿童视角的借用。在吴岩的儿童科幻小说中，成人思维的整体操作与儿童视角的细节关照是相辅相成的，其成人思维与儿童思维的融合恰到好处。

当然，创作儿童科幻小说并非着意模仿儿童的口吻来讲述故事，而是在利用儿童视点来获得儿童"观看世界的方式"。作家实际上是以成人思维预设、加工了一个儿童思维模型，再以这个模型为基础来完成向儿童视角的转变。吴岩对儿童思维与审美心理的模拟既在话语中传达自身的意图（作品的思想内涵），又唤起儿童对自我身份的认同（儿童的思维能力和审美接受能力），因此，在吴岩的儿童科幻小说中，成人思维与儿童思维的共同支撑,才真正实现了成人与儿童的平等对话。而吴岩的科幻小说在拥有了基础的必备的隐性双支点后,显性双支点便开始大放异彩了,这也是其科幻文学创作能够取得骄人成就的重要原因。

### (一)科学因素与奇幻色彩——显性的双支点

成人思维与儿童思维这一隐性双支点的外化是另一对显性的双逻辑支点——科学因素与奇幻色彩。科学因素是儿童科幻小说"科学"这一支撑点的必然要求,这与成人抽象逻辑思维的科学性、严谨性是相对应的;奇幻色彩是儿童小说的文体要求,因为幻想是儿童科幻小说的灵魂,而奇妙的幻想又与儿童的形象直觉思维紧密相连,所以,科学因素与奇幻色彩是成人思维与儿童思维在吴岩的儿童科幻小说中的外在显现。

首先,吴岩的儿童科幻小说含有一定的科学因素,"倘若没有任何科学根据,则只能归为奇幻、魔幻或超现实作品"。但"在科幻小说中,科学应作为故事发生的背景环境而存在,而不是作为具体的介绍对象"。因此,儿童科幻小说的科学因素主要体现在作为背景环境的科学知识是否能够贯穿整个故事,并与小说的艺术形式达到完美统一。在《陨石袭击"马王堆"》中,人类对太空的探索以及对太空移民的宏伟规划等航天知识只是整部小说的背景环境,而非具体描述的对象,作者真正着力展现的是这种环境下的人与人、人与社会、人与自然的关系,《日出》《沧桑》等无不体现了这一点。也就是说,"小说中涉及的环境可能会过时,但其中表现的人物之情感、作者之哲思以及探索真理的精神都将会继续显示其独特的价值"。这也正是儿童科幻小说的魅力之所在。

另外,儿童科幻小说的科学因素除了体现在要有作为背景环境的科学知识外,还体现在艺术虚构的科学性、真实性上。俄裔著名小说家纳布科夫有句名言:"科学离不开幻想,艺术离不开真实。"儿童科幻小说同样不能是漫无根据的瞎想和假想,否则会对儿童认知世界产生不利的影响。当然,科学因素只是吴岩儿童科幻小说的外在支点之一,作为儿童小说,奇幻色彩是其不可或缺的另一个外在支点。

吴岩儿童科幻小说中的奇幻因素一方面来自于科幻小说中常用的"机关布景",如《底楼17层》中的宇宙交通网和巨蟹座外星人、《星际警察的最后案件》中的宇宙飞船、《超时空魔幻丛林》中的时间陷阱等,这些"机关布景"对儿童来说是极具吸引力的,也会激起儿童强烈的想要参与其中的愿望;另一方面来自于人们对世界不同的认识。"举个例子,一个人平常都是开车上班,偶然一次车子坏了,只好搭乘地铁,反而发现了一个截然不同的城市。……科幻作者所希望的正是这样,他期望借奇幻因素,让读者从平淡无奇的现实世界里看到另一个多彩多姿的世界。"在《抽屉里的青春》中,作家通过一种"气味记忆金属",让主人公也让读者看到了一个不同于现实世界的30年前的故乡世界;《第二张面孔》中被先进生化技术改造了脸的技师随着原有身份的丧失,必然会对世界产生新的认识。这种"不同的认识"丰富了儿童的认知范式,让儿童不再拘泥于以一种方式看世界,奇幻因素因而会丰富儿童思维并使其从低级向高级发展。

可见,吴岩儿童科幻小说中的科学因素与奇幻色彩同成人思维与儿童思维一样,并非是矛盾对立的,两者的结合,不仅有助于少年期儿童由直觉思维向逻辑思维过渡的顺利进行,而且这种奇幻色彩使作家作品与儿童读者之间产生了一种默契,是作家对儿童文学儿童性的全面关照。所以,科学因素与奇幻色彩是吴岩儿童科幻小说缺一不可的外在支点。

### (二)《沧桑》:火星上发生的爱情故事

《沧桑》是吴岩科幻作品中被广泛认可的一篇经典之作,就时间而言,小说设置的背景是在人类征服火星的1000年后；就地点而言，则有火星上利库得荒原中的水晶谷、南极圈内澳大利亚峡谷中的西澳尔村以及主人公们想念至深而又始终未能返回的地球故乡。

主人公林清爽在5个火星岁（相当于地球上的10岁）时亲眼目睹了父母在一次考察事故中丧生，在随后的一个火星年里，她都孤独地生活在父母离去的地方，期待着父母复活的奇迹能够发生。后来，她被舅舅接走并和表姐米露霞以及一个叫洛桑巴拉的男孩子成为朋友，开始了新的生活。在共同生活的过程中，清爽和露霞都爱上了巴拉，而巴拉最终选择了清爽，为了成全他们，露霞乘坐飞船踏上了返回地球的行程。然而，婚后的清爽和巴拉并不幸福，由于父母早亡对清爽的心理打击，形成了她任性、多疑且自视过高的性格特点；而放弃成为伟大雕塑家的梦想做了一名小小生命探测员的巴拉，也因为工作的极度不顺而渐渐觉得自己当初的选择也许是错误的。有一天，清爽无意间发现巴拉竟然背着自己和正在太空中航行的露霞偷偷地邮件联系，这让清爽觉得她和巴拉的感情可能真的已经到了尽头，两个人的争吵和对抗也因此而不断地扩大化。随后，一封邮件的到来终止了这场争吵，原来露霞所乘坐的飞船在到达地球时，因操作失误而坠毁，船上乘客全部遇难。露霞的死让清爽内心充满了自责，于是，清爽服下了破坏免疫系统的自杀药物并因此感染了火星红魔菌，虽然经过了冷冻治疗，但红魔菌就像是一颗定时炸弹一样随时都有可能夺去清爽的生命。5个火星年后，清爽已经因细菌的侵蚀而瘦弱不堪，但巴拉仍然不离不弃地守在她的身边。一个清晨，巴拉带着清爽来到了维什尼阿克环形山附近的化石海岸边，完成了清爽一直深埋在内心深处的最大梦想——重新回到地球故乡。因为身带红魔菌，清爽这一生都不可能再次返回地球了，但为了实现清爽的梦想，巴拉用10年的时间，凭借自己的雕塑才华，将地球上的辉煌文明和建筑古迹都变成雕塑呈现了出来，当清爽看到这些雕塑时，她那因为疾病而失去活力的眼睛又再次回复了神采，反射着彤红色的天光。

当读者阅读完整篇小说后，作品中所蕴含的科幻逻辑支点也便清晰可见了。就隐性逻辑支点而言，《沧桑》的科幻背景设置、主人公的三角恋情关系、整个故事的情节安排等都必须在成熟的成人逻辑思维指导下才能完成，但不可否认的是，作品中三位主人公所经历的事情大部分都发生在他们的儿童期和少年期，比如林清爽的父母早亡发生在她10岁的时候，和米露霞及巴拉共同生活是在她12岁的时候，即使后来她与巴拉结婚也只是高中刚刚毕业，所以，作家在构架整个故事时就必须兼顾到儿童视角，清爽童年遭劫时的心理感受、意外碰到露霞与巴拉接吻时的苦涩内心抉择等，其实都是作家站在儿童的视角观察世界时的最本真表现，成人思维掌控宏观世界，而儿童思维则承担微观世界的建构，可以说，二者的完美结合使《沧桑》可以同时达成与儿童读者和成人读者的心理共鸣。就显性逻辑支点而言，《沧桑》的科学因素体现得还是较为明显的，人类对火星大气的改造、宇宙飞船、红魔菌、冷冻技术等都是科幻小说中必不可少的科学场景和道具，而这些内容又完全是建立在作家对1000年后火星星球的大胆幻想上，科学是科幻小说的物质基础，幻想则是科幻小说得以自由翱翔于宇宙星空的精神翅膀，它们的结合让读者看到了一个可以预见的未来世界。

另外，《沧桑》还给读者留下了一个值得认真思考的问题，那就是小说的标题"沧桑"的寓意到底是什么？小说的最后一句话这样写道："古老的火星黎明下，孤立着两个人影，他们的身前身后，是悠远的时间，生锈的土地，和过往百万年的无尽沧桑。"由这句话我们不难体味出"沧桑"的一种含义，即作家站在火星的视角回望地球文明，曾经的辉煌已不在,曾经的灿烂也落幕,所谓的"沧桑",此时更多地意味着没落和萧索。同时,"沧桑"还有另外一层含义,那就是主人公们的沧桑人生,可以说,三位主人公的命运都是不幸的,他们过往的经历中更多的是痛苦和磨难,但一切都过去了之后,主人公们再次回想人生的时候,这种沧桑感也便油然而生了,此时的沧桑更多意味着悔恨和无奈。

### (三)类型小说的模式化印记

上述两个部分让我们欣喜地看到,双重双逻辑支点确实能够支撑起一个稳固的童年世界,但由于中国科幻在很大程度上是承袭英国的科幻传统而来,因此,这种稳固的科幻体系也把英国的传统科幻模式牢牢地禁锢在自己的身上,所以,从吴岩的科幻作品中,我们看到了某些模式化的倾向。溯源而上,《弗兰肯斯坦》的"设疑—解难—揭底"模式是最初的源头,而中国科幻文学名家叶永烈在《论科学文艺》一文中,也曾将自己的科幻创作总结为"提出悬念、层层剥笋、篇末揭底",与玛丽·雪莱可谓一脉相承。吴岩是叶永烈的学生,自然也无法逃脱这一模式。他的《窗外》《换岗》《陨石袭击"马王堆"》等作品无不受到了这一模式的影响,换句话说,对于某些作品,窥一斑即可见全豹。

尽管吴岩创作的模式沿袭了前辈们的传统,但也有令人惊奇的微妙的嬗变,那就是科幻观的转变。无论是科幻草创时期的英国科幻,还是黄金时代的美国科幻,威尔斯"软式科幻"中的悲观绝望一直是科幻创作的主要基调,虽然中国20世纪80年代初的科幻由于特殊的历史环境而充溢着太多"不真不实"的乐观,但之后的中国科幻很快又恢复了对"科学将为我们带来什么?"这一问题的严肃拷问。但当我们通读吴岩的作品后,会发现他的科幻虽然依旧带给我们一种压抑的感觉,但结局往往并不悲观消极,比如《窗外》,所有读者都相信欧静静必将担负起使宇宙飞船重返地球的重任;《日出》中的因飞船失事而去死不远的"他"凭借自己的意志力奇迹般重生,等等。吴岩的作品让人们在深沉的精神压抑下总能看到一丝希望的光芒,也就是说,吴岩科幻小说的基调不再是悲观的,而更似一出出悲喜交加的科幻正剧,也许这正是童年未失给这些作品所营造的乐观氛围吧。

## 三、科幻理论探究

从1991年吴岩在北师大开设科幻文学课程开始,到2003年正式招收科幻硕士生,吴岩的科幻生涯发生了从创作到教学的重大转变。近年来,吴岩的科幻视野和重心已经逐渐转移到了科幻理论和学科体系的建设上来,这种转变必然是在其30年的科幻文学创作和理论研究的基础上形成的,并非朝夕可达或是一时的心血来潮,如果没有深厚的科幻理论功底和丰富的科幻文学创作经验,这种转变是无法完成的。在他的积极努力下,中国科幻文学的历史描述、世界科幻文学的发展概况正在逐渐清晰,而他自己所提出的"科幻是现代社会边缘人的呐喊"这一思想,则在世界科幻文学研究领域中独树一帜,成为第三世界后发达国家科幻文学的重要特征。

### (一)丰富性

吴岩的科幻文学理论研究具有丰富的层次性,首先有对科幻文学作家的个案研究,如《别具一格——读叶永烈的科幻文学作品》《韦尔斯和他的科幻小说》《柯南道尔和他的科幻小说》《詹姆斯·布里什及其科幻作品》《开拓科幻小说的新天地——读星河杨鹏的新作》《拉里·尼文和他的科幻小说》《论郑文光的科幻文学创作》《刘慈欣与新古典主义科幻小说》《文化错位、性自虐与王晋康科幻小说的深层解码》《文明蜕变、精神解困与星河的青春期心理科幻》等;其次有对中国科幻发展的理论描述,如《文化传统与中国科

幻》《中国科幻文学发展的两个时期》《理论与中国科幻小说的发展》《我视野中的华夏科幻史》《发掘晚清科幻的宝库》《50—70年代，中国科幻的燃情岁月》《90年代的中国科幻》《中国科幻电影的一些"隐情"》《中国科幻研究发展的三个时期》《中国科幻的独特表征》等；最后是对国外科幻文学创作和理论的研究与评介，如《西方科幻小说发展的四个时期》《国外科幻的引进及其对中国的影响》《国外有关科幻教学的情况》《外国科学家与科幻小说》《美国科幻研究会简介》等。吴岩的科幻文学理论研究已经将触角伸向了科幻学科的方方面面，甚至还出现了跨界研究，如《科幻文学中的经济秩序》《科幻文学与课程改革断想》等，将科幻与经济学、教育学等相关学科进行交叉，既保证了科幻研究的独立性，又增加了科幻研究的丰富性和新的理论生长点。

### （二）独特性

在2011年出版的《科幻文学论纲》（重庆出版社）中，吴岩一反多数科幻作家进入主流的强烈诉求，而是坚定地将这类文学定位于边缘。他在"作为下等文学的科幻小说"的章节中，全面回顾了东西方科幻文学发展中的边缘位置和各国作家企图向文学核心与社会核心挺进的努力及其最终失败，从这里开始，他的边缘论获得了感性的基础。此后，他用4章全面展示了女性、大男孩、边缘人和落伍者4类科幻作家群落，并综合性地指出，科幻文学其实是一些在科学时代无法适应社会发展的边缘力量的微弱呼声的展示。作为整个著作的核心部分，这4章的案例选择精到合理，分析深入浅出，引文全面准确，结论具有启发性。此后，综合4个作家群落的共同特点和他们创作的特点，吴岩给出了科幻文学的一些主要特性，这些特性包括边缘性、实验性、界外知识生成，以及作为行动的想象力和科幻文学的价值所在。

多年以来，中国的科幻文学研究遵循着科幻是科学的普及工具、科幻是文学的特别主题等方向发展，没有跳出从鲁迅、梁启超就开始的基本思维和套路。而吴岩的这本论纲，则直接建立在现代性和后现代性的相关理论基础上，它从权力视角立论，从权力场的运作分析，从东西科幻历史中撷取资源，从自身的创作和感受中建立印证，该书的出版给中国科幻文学研究领域带去了全新的视角。韩松在一篇文章中指出："吴岩恰当地把权力分析方法引入研究……他不仅得出了中国及世界科幻文学发展的一系列重要而全新的结论，而且在资本主义和社会主义两大阵营对垒之下，在经济和技术入侵着人类生活每一个细节的境况中，对于我们认识和破解中国现代化进程和世界全球化演进中的诸种难题，乃至洞察中华民族和人类的源流、走向和变迁，开辟了一片与以往完全不同的全新视野。这方面的意义弥足珍贵。"（《盗火者与火》）。科幻作家刘慈欣在谈到《科幻文学论纲》时指出："本书有着十分独特的视角和理论框架，从科学和文学的权力场角度解读科幻，同时对科幻作家簇进行了精辟的分类，思想深刻，论据丰富而坚实，至少对于我，第一次见到这样的科幻理论，似乎打开了一扇窗口，看到了许多以前自己很少想到的东西，对科幻文学的本质也有了更深的认识。"（见刘慈欣的新浪博客）。此外，杨鹏、杨平、安武林、陈楸帆等诸多科幻作家和文学评论家都对吴岩的科幻研究表示了认可，星河还提出了大量值得商榷的论述点和方法学问题。总之，《科幻文学论纲》的发表，带动了中国学者对科幻文学本质的重新思考和认识，有利于中国科幻文学理论的发展。

### （三）可持续性

吴岩科幻文学理论研究的第3个特征就是可持续性，这种可持续性更多地体现在打开学术领域、孕育学术团队和建构学术氛围上。在过去的8年（2004—2012年）中，吴岩已经在科幻历史、中国科幻独特问题、科幻的创意价值等方面开拓了不同领域,且自己编辑了《中国科幻研究》等资料。面对目前国内科幻研究的氛围难以令人满意的状况,他积极投身研究生层次的人才培养上。在吴岩和王泉根所领导的北京师范大学科幻文学方向,已经有一些人逐渐在科幻发展的不同方向上产生了影响。完善的学术团队发展,新人、新文和新论频出的局面正在形成。在氛围建立方面,吴岩不断邀请国内外著名作家、编辑、电影人、研究者来访讲学,并与国际上具有极大影响的美国科幻研究杂志合作主编中国科幻专号。他的《科幻应该这样读》更是一部最新的、面对中小学教师、家长和非科幻迷的入门读物。吴岩认为,全方位地开展科幻与创意教育,是创新型国家的需求,也是中国未来能立于世界民族之林的重要保证。这些科幻理论和大胆举措正逐渐成为中国科幻可持续发展的重要推动力。

（原载姚义贤、王卫英主编《百年中国科幻小说精品赏析》第三册,科学普及出版社 2017 年版）

# 彭学军：追寻化蛹为蝶的成长

陈 莉

作为 20 世纪 90 年代成长起来的"第五代儿童文学作家"之一（见王泉根《中国儿童文学五代人》），彭学军的作品在关注对象、言说方式、叙事风格上都有其独特之处。今年四月草长莺飞的日子，她的小说集《油纸伞》《告别小妖》《歌声已离我远去》由少年儿童出版社出版，较为全面地展现了她独特的创作视界与情感表达。

## 童年情结

沈从文生命中的湘西，是作者出生和长大的地方。别样的土地，别样的童年，有着别样的故事——透着灵性的娇艳的油纸伞；像是被花妖依附了的最后一棵桃树；年年岁岁歌吟不止的水车；还有踏雪逶迤而去的红花轿；清流上别致拙朴的吊脚楼。而生活在这里的男孩女孩们，又会有怎样的笑颜、忧伤和梦想呢？（见小说集《油纸伞》封底编者语）

童年的影像飘忽而真切地浮现在彭学军的脑海中，童年的记忆蓬勃地生长在彭学军的小说世界里。

《你是我的妹》开篇写到"每每忆起童年的岁月，那记忆往往脱不了黛青的底子，那是山野的颜色。我在那里捡蘑菇、摘茶泡、挑胡葱，掬一捧山泉洗脸，揽一把清风梳头，若是爬上学校后面的那道山梁放眼望去，就能看见一树灼艳繁茂的桃花，就会有一声幽远而深情的呼唤……"彭学军小说创作的灵感或许正来源于渐行渐远的童年的呼唤，童年的山水，童年的人事还有心灵深处的某些缺憾似乎都可以在文字的想象与游走中找到宣泄与代偿。

《怀念那座小城》的字里行间弥漫着的是作家对故乡深情的思念与敬畏，记忆中颓旧的城墙、童年的玩伴、卖水的哑巴老头、慈爱的小伯伯，"让人产生了一些关于生命、岁月、轮回的联想"，"经久不衰的怀念沉淀了小城许多美好的品格，就像是一坛埋在地下的陈年老酒，日久天长，变得越发甘醇清冽了"。

《春桐秋景》贯穿始终的是成长中难以割舍的童年情结，小说以孩提时剥毛豆的温暖记忆为显在的表现形式，而内在深层潜藏的是成长的失落及对美丽生命的召唤。春桐和秋景在学习竞争的重压下，彼此的关系由儿时的亲密玩伴变得很微妙："是那种在同一领域都很出色的女孩子的关系"。当狗肉将试卷叠成纸鹞放飞的时候，她们充满艳羡地开始帮狗肉安排丰富多彩的活动，殊不知，她们把自己的梦想塞给了狗肉——溜冰、看电影、放风筝还有逛菜场，她们帮助狗肉的同时也在释放自己内心的压力。彭学军用她的关怀与文字表达了少男少女在成长过程中，生命空间日益逼仄、生命色调日益苍白的无奈与尴尬。但彭学军又不止于忧伤或叹息，她以成年女性的智慧与温情为曾经的自己和当下的孩子找寻着疏导困惑的可能：当春桐秋景终于抽出身来用一下午的时间剥毛豆时，她们"以一份老人的情怀努力回忆着10年岁月的分分秒秒"，在似曾相识的情境里找寻久违的童年体验，正所谓"放纵与宣泄不是为了破坏，而是为了建立，建立一种更符合孩子的天性，更健康、更美好的心理环境"（见小说集《长发飘零的日子·后记》少年儿童出版社2000年出版）。

## 少女情怀

　　这是一本写女孩的和写给女孩的书，一页页翻过，从那些精美的故事里，你会与一些不凡或平凡的女孩相遇——想做小妖的女孩，指甲上栖着蓝莹莹的蝴蝶的女孩，夜夜枕着教堂天籁一般的歌声入睡的女孩，捧着破碎的陶土花瓶伤心垂泪的女孩，盼着拥有一头长发和曳地长裙想做淑女的女孩……（见小说集《告别小妖》封底编者语）

　　少女由女孩走向女人，生理的变化、内心的萌动、外部的冲击，年龄与性别的双重意味使得她们的成长显在与潜在共存，因而越发地引人深思。

　　彭学军将目光投向了少女这一具体又抽象的群体，她抒写着、关怀着少女的成长。"少女是内向的、骚动的，是严重冲突的牺牲品"（西蒙娜·德·波伏娃《第二性》），少女在穿越青春期的路途中，似乎都无法退避地或隐或显地遇到了成长的挫折与困惑，那些可预测、不可预测的事件冲撞着少女的心房，甚至打破了她们对生活的原初构想，使她们的情感变得复杂又惆怅，也平添了许多忧伤的调子。彭学军正是在这种朦胧缭绕的忧伤情绪中，将女性书写与被书写的女性性别角色充分地凸显了出来。

　　女性作家的绵密感受和童年记忆、少女情结，加上女性间的惺惺相惜使得女性作家面向少女的写作多了得天独厚的条件。彭学军曾经说过："我的小说多半是写女孩子的。有一个原因是肯定的，就是多年以前，我也是个女孩子……回想起来，我做女孩的时候一直不快乐，我的忧郁好像是与生俱来的……也许因为自己曾是一个不快活的女孩，于是对不快活的女孩便多了一份关注、一份温情。""女孩忧郁的时候很美。女孩忧郁的时候沉静、内省，有着一颗善感的丰富的心灵，如一扇扇的门，我推门进去，再推门进去，女孩们用迷人的微笑和欢愉的泪水迎接我，召唤我，有时我会和一个修长纤细的忧郁的女孩不期而遇，这种相遇有一种心领神会的默契，是十分动人心魄的。"（见《长发飘零的日子·后记》）

　　她笔下的少女有把《梁祝》拉得行云流水、如泣如诉的秋景，有溜旱冰能溜出柳絮飘飞、紫燕展翅一般韵味的春桐，但她们又有着老人一般喟叹岁月的伤感和发现回忆已渐苍白的忧郁；她还写了一个用陶制花瓶反抗"蒙面人"的少女森森，彭学军说："我总愿寻找一样什么东西为女孩所属，比如陶瓷花瓶，它古典、质朴、脆弱，一如森森的心灵，陶瓷花瓶粉身碎骨拯救了森森，而森森的心也碎成了那一地的陶瓷碎片，女孩是那么没有抵御力，那么期待完美纯粹。可是人的一生中有多少不幸、挫折、灾难会不期而至，女孩遭遇了，如猝不及防地被人推入了水中，不会游泳的女孩在水里几番沉浮后，终于浮出了水面——女孩就是这样长大的。"在文本中，我们看到了一个女性作家对少女的呵护，她努力地用象征性的幻境为现实生活中可能遭遇的困境寻找着援助与解答。

## 生命意识

　　彭学军在故事的编织方面虚实交错，逐步由外向内开启着人物心灵的空间，于是我们在儿童文学的疆域内也读到了关于生、关于死、关于生命的思考这样形而上的问题。

　　彭学军的《北宋浮桥》《春桐秋景》《告别小妖》等是比较写实的，而《三年以后》《蓝森林陶吧》《蓝蝴蝶》等有了幻想的色彩。《三年以后》，一个特殊的招牌名，一个未来的时间项，"充满了悬念，而又令人深思和向往"。三年中，"我"经历了成长中的坎坎坷坷：结交狐朋狗友、参与偷盗摩托车、从打架斗殴中巧妙脱身、被漂亮女生利用、父亲出事……"我仰望着招牌上那几个用五彩的小石子拼成的字，在丝丝入扣的秋凉中感觉到了时光流逝的惶惑与迷茫。……现在是三年以后了，我却是这样的状况，与当初憧憬的大相径庭，而这样的状况是我这三年一点一点做下的。现在我站在这四个字面前，就是站在了又一个三年以后的起点面前，这个时间段的终点是什么呢？现在的我三年以后又将会是一个什么样的我呢？"在虚实之间，叩问灵魂的独白让我们看到了少年迷失自我与找寻自我的过程，多少带有象征的色彩。

　　彭学军或隐或显地触及了神秘与死亡的话题，她的故事经常穿行在日常生活与虚幻境界这样两个不同的空间里。《蓝蝴蝶》中，出车祸沉睡了很久的白衣女子冥冥中通过少女周小婴将"幸运女神"留存了下来，好像施了魔法的指甲贴片洗不去撕不掉，只是在美术编辑将这些美丽的蓝蝴蝶拍照后，这群纤巧瑰丽的蓝蝴蝶才"优雅地扇动着翅膀朝朗朗夜空飞去……美得像一群不真实的精灵"。编辑在图片的缝隙间写道，"这样的美丽曾经存在过，后来就再也无处找寻了"。美丽的精灵飞走了，但美丽的精灵也以另一种方式留存了下来。蓝蝴蝶见证着宏远和白衣女子的爱情故事，蓝蝴蝶引领着少男少女对美的欣赏，蓝蝴蝶目睹了干妈——班主任对学生的疼爱，蓝蝴蝶传递着关于爱和美的故事。蓝蝴蝶就像是美与爱的精灵，懂得在何处栖息在何时离去。人们感伤于生命的无常或脆弱，人们渴望永远的依偎与温暖，人们在幽冥幻境里追寻逝去的东西。人们对生命本身充满了疑惑，追问热爱种种复杂的情感。彭学军在成长小说的创作中大胆触摸生命的脉动，包括直面生与死。

## 化蛹为蝶

　　化蛹为蝶是一个艰难而美丽的过程，这本书生动地记录下了这一过程，讲述了年轻的生命渐渐长大的喜悦、迷惘和坚定——走过了小城的最后一个夏天，四弟长大了一点；赴了三年以后的那个约会，"我"成熟了许多；天天将一粒酸涩的秋葡萄抿在嘴里，倏忽间明白了许多事理；春桐和秋景这两个儿时的伙伴，在午后的阳光中告别了她们的过去……就这样，他们一天天地长大、成熟，在生命最灿烂的时刻。（见小说集《歌声已离我远去》封底编者语）

　　蓝森林陶吧和教陶艺的方老师就像是一场梦境，但无论真实与否，森森在他们有形与无形的引领下走出了成长的困境。爷爷的油纸伞则陪伴奶奶，也陪伴"我"度过了一个个心灵困苦的日子，"现在好了，我的生活已如那遥远的被唤作沱江的小河欢畅伶俐地向前流去"。周小婴目睹了蓝蝴蝶的神奇，听到了宏远和白衣女子童话般的爱情后，突然觉得有一件要紧的事情必须去做,她给一个很平常的、转学到外地的男生打了个电话,"打完电话,周小婴感觉到了一种心满意足的安宁"。彭学军笔下众多的女孩子们:春桐、秋景、森森、周小婴、白薇,包括"我"或者作家自己都是在忧伤、迷惘、喜悦或追寻的生命历程中走向豁然开朗的新天地的,化蛹为蝶的成长是一个艰难而美丽的过程。

譬如,《向往淑女》中男孩子般淘气的白薇开始向往淑女,留长发、穿长裙、节食、不能大声说笑,她的老爸则开始向往爱情,可惜爱情鸟最后还是飞走了。一天,两人漫步在安静的林荫小道,突然感觉到久违的东西"很久都没有这样无羁无绊地开怀大笑了,笑过后他们都感觉到了一件珍贵的东西失而复得的欣喜","无论你向往什么,追求什么,渴盼什么,这种体验都是多么的美好和至关重要哦"。

> ……成长过程居然是一个充满了痛苦的过程。本是一片没有太大动静的心田,忽然在一场春雨之后,变得生机盎然。然而生长出来的东西并不是一样的东西。它们是互相排斥的,倾轧、冲突,无休止地发生着。当然其中,总有一股新鲜、向上的力量,在各种混乱的力量中企图直线向前。它像一匹没有管束的野马,踏着脆嫩的心野,要走向开阔,走向阳光,走向诗意。有无数的阻隔与羁绊,它会在冲决中碰得头破血流。但,没有任何力量能够真正地阻止它的前行。它叫良知,叫理想,叫人性。……(曹文轩在彭学军《长发飘零的日子·序》中的一段话)

彭学军在童年情结和少女情怀的牵引下,在对少年、特别是少女的呵护与扶助下,创作了一篇又一篇的成长小说,讲述他们化蛹为蝶的生命历程,探讨关于生命这一永恒的话题。曾经荣获宋庆龄儿童文学奖的彭学军将多年来创作的少年小说精品汇集出版,是对过往的一个回顾与总结,也是她下一个创作历程的开始。作为编辑,她"以很快的速度编书";作为作家,她"以很慢的速度写书",她在快慢的交替中为我们带来了一个又一个惊喜!

(原载《中国图书评论》2005 年第 5 期)

# 邓湘子长篇小说《牛说话》:谁能延续乡村文明

李红叶

邓湘子的《牛说话》是一部具有强烈现实关怀和人文关怀的儿童文学力作。作品触及目前中国正在经历的事实:乡村的转型。

在现代化的过程中,乡土始终是中国人最强大的记忆和经验,也是文学想象的基本元素。然而乡村在破坏中,现代文明的入侵使得乡村书写越发成为一种牧歌远景、诗性记忆。耿立的《谁的故乡不沉沦》、孙惠芬的《上塘书》、刘亮程的《凿空》等书写的正是对乡村文明逐渐崩溃的沉痛与哀叹。邓湘子将观察的对象设定为他自己的家乡——湘西南一偏远的乡村,通过描写一户普通人家的生活遭遇,一方面表达了对传统乡人生活的眷恋和敬意,另一方面描写了原乡的传统生活如何一步步遭到破坏。作家在小说中虚构了一头极富象征意味和魔幻色彩的牛:虎叉牯。通过它的体验、观察和神游,以写实和象征相结合的方式,将当今乡村的破败和空心化景象多层面托出,由此传达了对乡村炽热、深沉的感情以及对乡村消逝的怅惘和忧虑。

小说故事隐含三条情节线索,着重刻画三个人物形象:苗喜雨老汉、壮壮及虎叉牯。然而,小说的真正主角却是乡村。故事写的是个人与土地的关系,个人与传统,与记忆的关系,当大部分乡下人都背离乡村,奔往都市的时候,那个最后固守土地、固守传统的人,充满了悲剧意味。

作者用了大量细致的笔墨描写喜雨老汉和他的妻子紫秀婆的淳朴生活,记录他们充满浓郁地域色彩的方言以及湘地村民独特的思维方式、生活习俗、生产方式和对土地的感情。这无疑是邓湘子本人乡村经验的反映,他尽可能地把自己的乡村记忆、童年记忆和乡村观察记录下来。故此,当邓湘子写及农事,写及传统技艺,写及晨雾、鸡鸣和山溪、梯田时,他的笔触深情而细腻。邓湘子在为最后的农夫作画,为最后的乡村写诗。他怀着无限热爱、无限眷念和万般无奈的复杂感情,描写喜雨老汉驾着村里最后的老牛在荒草丛生的田里耕作。

爱土地是喜雨老汉的天命,当他的记忆力衰退之后,唯独不会出差错的是他的农事。他是那般固执,又那般孤独。他继承了千百年来代代相传的乡村礼仪、习俗、乡村生产,他是真正的乡下人,也是最后的乡下人。在这幅最后的乡村图景里,陪衬他的除了虎叉牯、好友土根、盲眼篾匠以及他的妻,便是无人居住的衰朽木屋和丛生的灌木、野草。为了响水田有一大片荒芜的向阳的好田,他竟从楮树湾搬到已无人烟的响水田住下来,为的就是多多耕田,多种水稻。他喜欢在田间小路走来走去,喜欢听流水在梯田之间哗哗流淌,喜欢水田里长出葱绿的禾苗和涌动着金黄的稻浪。喜雨老汉的生命已经与乡村与土地须臾不可分离。他一刻也不肯闲着,然而他所有的努力都着上悲剧的色彩。他的儿子暖冬、女儿暖春像大多数年轻人一样离村打工去了,当他年老体衰,无一人能够在身边照顾他。他的孙子壮壮因撤点并校,也到山外寄宿学校读书去了。他勤劳能干,充满生存智慧,却两次受重伤,一次为学骑摩托车以方便接送孙子壮壮上学而摔伤,第二次因搭拖拉机再次摔成重伤。

故事的第二条线索是壮壮的成长。壮壮是一个真正的留守儿童,他自小跟爷爷奶奶长大,备受爷爷奶奶的疼爱,与虎叉牯也有着非常深厚的感情。作者借壮壮的成长经历思考:作为精神家园的乡村是否已彻底消逝? 与祖辈的亲密联系及对土地的近距离接触是否能成为村童成长的有效资源? 壮壮属于亲历乡村终结的一代,与父辈和祖辈的童年比,壮壮们的童年是残缺的。他们不但失去了传统村庄正常的人际关怀,也失去了与乡村自然、农事活动建立亲密联系的可能。

在留守儿童中,壮壮是幸运的,尽管村庄已经荒芜,然而他却得到了来自爷爷奶奶的最传统也最深沉的爱。这一形象寄托了作家邓湘子的个人情怀。他在寻找乡村文明传承和拯救的可能性。也许壮壮既不会像父辈那样急急逃离乡村,也不会像祖辈那样固守乡村。对壮壮来说,可有新路选择? 在小说结尾,我们隐约感受到,作者怀着渺茫的希望,希望壮壮接续传统,希望乡村文明得到延续。

虎叉牯是作者重点刻画的形象。它是一头有感情、会思维、会说话的牛,是作者的代言人,也是农业文明和乡村文明的象征,具有很强的抒情色彩。虎叉牯是喜雨老汉家里的一个重要成员,也是喜雨老汉家的重要"劳动力",与喜雨老汉一家的感情感人至深。苗喜雨待之如友,如兄,呼之为"亲家",孙子壮壮待之如友,如父,呼之为"亲爹"。虎叉牯代表生生不息的乡村文明,它在呼唤壮壮"回来",回"家"来,从"流浪"途中回到乡村的怀抱中来。与该情节相呼应的是,喜雨老汉教壮壮把犁耕田。壮壮回来了,不再逃学,然而,壮壮是否会真正回到乡村中来? 在小说的结尾,壮壮对篾匠说:"师傅,等放了暑假,我会来的。"盲眼篾匠说:"好,我等你。"对壮壮来说,这个有爷爷奶奶,有盲眼篾匠,有虎叉牯的故乡,将成为他永远的故乡,也是我们每个人永远的故乡。

邓湘子是一个从生活出发的作家。他深知生活本身才是文学的生命力所在。邓湘子有自己的坚持和底线,而且勇于探索。《牛说话》无论是在主题思想上,还是艺术表达上都显示了他的勇气。《牛说话》尊重个人生活经验,不回避对当下问题的思考,继承了中国儿童文学自叶圣陶、鲁迅时代所开创的现实主义精神,同时该作品具有鲜明的地域文化色彩,并显示了一个湖湘作家特有的社会责任感和历史担当意识。

在艺术表达上,《牛说话》具有显而易见的探索性质。作品的主观抒情色彩与批判写实并行,塑造了强有力的象征形象。然写实与象征之间的转换与结合稍嫌拘谨。

从儿童阅读角度看,如何在艺术的维度上为孩子们呈现乡村现实,思考传统乡村文明的价值和当今乡村人的生存状态,这不是一个没有难度的问题。对大多数在都市长大的孩子们来说,乡村形象已然成为传奇,成为遥远的过去,《牛说话》对引领当代儿童了解传统乡村文明的价值以及对当下乡村现实的关注,具有不可忽视的文化价值和审美价值。

（原载《文艺报》2015 年 9 月 11 日）

# 汤素兰:羽化后的展翅

陈恩黎

中国当代儿童文学理论研究显示:儿童文学文本的艺术织体是一个由语言、语象、意味层面叠合而成的立体的结构,儿童文学作家可以通过对语言、语象层面的调遣、营构,吸引少年儿童读者,又可以将自身的主体精神投射、传递到文本的深层。因此,关键不在于儿童文学作家能否投射自我(生活感受、审美理想等等),而在于他如何投射自我,即如何以文本为依托实现自我审美意识与少年儿童审美心理的本体融合。正是在这个意义上,我们可以说,儿童文学的最真实的艺术成就在于作家自我借以出现的方式①。

以上论述正契合着本文对汤素兰童话研究的一个思考线路,即对她童话意蕴的分析和解读上浮到故事、结构和语言的层面,从而揭示汤素兰在其童话中是如何把隽永、深刻的意蕴与轻巧、平易的表达融合在一起的。

首先,汤素兰是一个比较善于编织故事的作家。从她的短篇童话《红鞋子》《驴家族》《失踪的马》《奇怪的树》等,到她的长篇童话《小朵朵和大魔法师》《小朵朵和半个巫婆》《小朵朵和超级保姆》《笨狼的故事》《小老虎历险记》等,几乎都有一个好听的故事撑着。连作者较少涉足的科幻题材的作品如《时间之箭》《古厉马地球奇历记》也同样写得情节生动,颇具可读性。这种能力对于一个在叙事文学领域写作的作家特别重要。福斯特在《小说面面观》中就曾指出:故事是小说的基本面。作为一个思想的、性格的载体,故事是无法被否决的,而且它的意义还不仅仅在于它是一个载体,它本身也可以作为小说的目的②。同样,对于儿童文学而言,故事的存在不但是吸引读者的核心因素,而且也是作者主体精神投射的最佳途径和载体。优秀的儿童文学作家首先是一个讲故事的能手,他能使读者在一个非常纯粹的故事中获得一些久久感动、不能忘怀的东西。从这个意义上说,汤素兰编织故事的能力为她日后在儿童文学的天空中飞升到一个更高的纬度提供了一双有力的翅膀。

汤素兰的这种能力除了与她的文学才情和天赋紧密相连外,进入儿童文学专业领域后大量的阅读也为这种能力的持续拓展提供了动力来源。韦苇曾经这样评价她的童话:"她的作品分明透出一种经由世界经典童话熏陶出来的、富于现代感的新意和新味,一种与世界接轨的怪诞、清秀、美丽、雅致……"③这段话其实可以作为诠释汤素兰故事灵感来源的一个契机。一个出色的作家也是一个善于从他人的作品获取启示的作家,如博尔赫斯那些迷宫般的短篇小说就是从《一千零一夜》中脱胎而来。同样,汤素兰的童话故事中也包含着大量的世界经典创作童话的母题。如《穿靴子的马》使我们想起法国童话《穿靴子的猫》,《女孩和栀子花》使我们想起美国童话《爱心树》,《小朵朵和超级保姆》使我们想起英国童话《玛丽·玻平斯阿姨》等等。

这种创作特点给了我们两种不同的思考角度,其一,经典童话所设定的高度和形成的传统、民间童话所积淀的文化和凝结的智慧都是个体写作者取之不竭的宝藏。一个作家的写作只有扎根于此，才能不断向上生长，直至结出属于自己的果实。那种和传统和经典相隔的写作必定是无根的浮萍，经受不住时间的洗刷。所以，从这点说，汤素兰童话所流露出的经典、传统意识是值得我们关注的。如《女孩和栀子花》《蚕豆花儿》《金色小蘑菇》等作品中关于爱的母题，《小老虎历险记》《小朵朵和大魔法师》等作品中关于成长的母题，《笨狼的故事》《奇怪的树》中关于顽童的母题等等。这些母题的存在使汤素兰的童话显出一种艺术上的纯正之气和底气。

其二，尽管汤素兰童话中有些故事给人似曾相识的感觉，但阅读过程中的顺畅度和悬念感是我们在近期的童话阅读中不大遇到的。当面对一个传统的意象或母题时，作者会动用自己的生活积累和理解，把一个简约的、概念化的故事用精彩的细节化开甚至转变成一个新的故事。这个故事使我们在阅读中忽略了它曾借鉴的范本。如《金色小蘑菇》中的巫婆、国王和王后、有着神奇魔力的金色蘑菇都是传统童话中特有的，小女孩身世的变迁也是传统童话经常出现的一个情节，但小女孩细腻的情感和矛盾的心态以及并不圆满、没有魔法的、开放的结尾则使一个有着巫婆的童话和我们真实的生活发生着联系。所以，作为一个善于从既存的文本中获取故事灵感并创造性地使这种灵感具有鲜明的个人特色的写作者，她的文学实践是富有启示意义的，即在故事永久性的存在中，现代的文学尤其是儿童文学如何用一些新的方法来讲述故事，如何用不同于以前的思考来理解故事，理解存在于故事中的古老的情感和永恒的人性。

当汤素兰的童话在这个层面上引起我们的关注时，实质上本文的研究已经进入一个关于文本结构的领域。结构是作品中艺术形象的组织形式。从内容的角度看，这指元素按一定的规则排列的方式。依据文学作品意味内在于形象的原理，一部作品的结构其实比作品的任何其他因素都更直接地体现着作品的整体意义④。所以，对汤素兰童话结构的比较全面的审视也许使本文能够更加准确地把握作者所构筑的这个世界。

诚如上文所述，汤素兰的童话创作轨迹具有比较鲜明的特点。从有意识地模仿传统童话的叙事模式到自然地运用传统童话元素的叙事功能；从在早期的童话创作中有比较明显的模仿痕迹到在近期创作中所显露出的独立性和自足性，都使笔者相信这种关于形式或结构的研究充满了真正的意味。

汤素兰的童话结构是传统的，即使在被视为创作转折点的长篇童话《笨狼的故事》中，传统的对比性结构、反复性结构等依旧随处可见。而且，这种对传统童话叙事方式的遵循一直延续到目前的创作，如《女孩和栀子花》中的栀子花一次又一次地满足女孩成长中的梦想，而它自己在一次又一次的付出后不断衰老直至死亡。伴随这些具体的叙事结构的是童话在整体上所体现的线性性质，即以主要人物的行动为贯穿故事的线索的单线性结构。如《小朵朵和大魔法师》《小朵朵和超级保姆》等童话中的一切细节都以主人公的活动贯穿起来。在主人公的奇遇和历险中展现一个奇异的世界。

汤素兰的童话结构又是现代的。她在童话的故事—情节的结构中努力使固定的叙事模式服务于故事本身，在或对比或反复性的结构中推动故事纵向发展；同时努力使童话人物从传统的扁平状态走向现代读者审美期待中的立体存在，展现人物丰富的内心世界。以《驴家族》为例，整个故事的重点就是描述了家庭成员的三次变形。从单纯的形式着眼，这是一种典型的反复性结构。而故事恰恰通过这种反复不断为高潮的到来层层铺垫，并且童话的意蕴也在这种反复中一重一重地显现出来。所以，《驴家族》的反复性结构已经有机地和这个童话融为一体，成为文本不可分割的重要内容。

另外,汤素兰的童话在叙述方式上的自由变化也使她的创作流露出现代气质,如《紧急救护》和《驴家族》这两篇引起广泛关注的童话中第一人称的使用。从发生学的角度看,童话和原始文化的关系是非常密切的,所以童话在相当程度上保留着早期口头文字叙述的许多特点,比如多采用第三人称的外视点叙述。这种叙述方式一般是概述性的而非描述性的,它在使作者可以随心所欲地对时间进行转换和压缩的同时也使读者无法产生深入文本内部的亲近感⑤。而汤素兰的上述两篇童话正突破了传统童话的叙述方式的局限。"我"的介入,使原本有意拉开叙述者和隐含读者距离的童话叙述方式有了某种和小说共通的艺术感染力。而《大嘴巴小鬼手工课》《吓了一大跳》《虎子弟弟》等"木里系列童话"则淡化了传统童话对冒险、神奇等故事元素的重视,以凸现对幼儿神态和生活场景的描绘,使读者获得一种对生活本身的情趣领会与欣赏的情感体验。在文学的传统范式不断遭到瓦解、新的范式不断被建构的语境中,汤素兰童话在寻求叙述方式上的多元化倾向无疑是值得肯定的。

至此,本文已经在意蕴、故事、结构、叙述方式等层面上对汤素兰的童话进行了比较详细的考察。但从一个完整的文本构成分析的流程而言,对最细微的字、词、句的组织、搭配和观照则是这个流程中最基础的部分。因为具体的语言运用体现着一个作家的修辞技巧达到一定的境界,拥有了自己的修辞系统,那就会形成风格。所以,在本文的论述中,重新进入汤素兰的文本世界,在基本的话语组合和选择中探究她的语言特点是必要的,也是必不可少的。

"汤素兰的语言感觉颇为良好,且能自然流露出幽默感。"梅子涵的这句评语在很大程度上代表了许多喜欢汤素兰童话的阅读者一个共同的感受。那么,这种良好的语言感觉到底是以何种方式呈现的呢? 自然流露的幽默感又是如何在童话的假定性话语表达中成为可能的呢?

众所周知,文学是在与日常生活用语相疏离、相对抗中建立起它的话语系统的。童话作为文学大系统中的特殊门类,它同样要追求一种审美的语言表达。一部童话,"就是一群比喻、借代、拟人格等组成的修辞的大军。也就是说,是任由诗与修辞提升、转换、美化了的人际关系的总和。"⑥汤素兰的良好语言感觉便表现在对童话语言艺术的恰当把握和个性化的创造中。下文就以具体文本为例,分析汤素兰童话语言的特色。

"红鞋子在草地上发愁。鞋子们发起愁来总是一动不动的,看上去有点傻头傻脑,跟草地上的石头呀、落在树下被虫子们啃剩的果核没什么两样。"这是《红鞋子》的开头。毫不旁逸的叙述交代了童话的语境,使叙述者能在最短的时间内切入故事的主线中。同时,对红鞋子在此时此刻的情状的调侃透露着一种轻松的幽默,似乎在暗示着故事将有一个温暖的结局。"小老鼠不喜欢睡在鞋子里,它喜欢睡在自己的床上。而且小老鼠不喜欢房子里除自己之外,还有别人。可是,红鞋子那么轻声地请求,小老鼠怎么好拒绝呢。小老鼠一言不发地钻进了红鞋子里。"这是一段非常平易的叙述,似乎连形容词也没有,但小老鼠的内心深处的善良就是在这种纯粹的描述性的语言中传达出来。"它的心里有了一点儿空空的感觉,这感觉和饿了还真不是一回事儿。它头一次发觉独自走在路上原来是这么安静,简直太安静了。它想,要是这会儿,树皮小屋里有一只小老鼠在等待它回家,该多好!"《红鞋子》故事的结尾恰恰是小老鼠的真正的成长,这成长虽然并不波澜壮阔也不惊心动魄,但却意味深长。作者近乎口语化的娓娓述说使这种意味深长超越文本界限,在还原真实生活的同时沁入阅读者的心底。

《红鞋子》所呈现的语言很朴实，但很朴实的语言却营造了很幽雅的氛围，并在这种幽雅的氛围中表达了一种很深的情愫。当然，随着故事的变化，汤素兰的童话语言有时也呈现其他的特质。

《半小时爸爸》是《笨狼的故事》中的一个故事，讲述笨狼替鸭妈妈照看鸭蛋，小鸭出壳后把笨狼当成了爸爸，于是笨狼只好充当了临时爸爸。整个故事吸引读者的与其说是构思，还不如说是它的语言，尤其是笨狼带着小鸭子找食物的那一段文字："笨狼扒开草丛，挖蚯蚓给小鸭子吃。/'我是一只来自北方的狼……'笨狼一边挖一边唱。/'我是一只来自北方的狼……'小鸭子也跟着唱。"真实生活中曾经流传很广的歌词以一种彻底消解的姿态出现在童话的假定性话语情境中，而且似乎还非常贴切。这种引用或挪用突然照亮了整个故事，使原来有点平淡的好人好事注入了一种活泼的调皮和情趣。故事的最后，这一句歌词再次出现，"小鸭子边划边唱：'我是一只来自北方的狼……'/这回，可把花背鸭吓了一跳。"当笨狼终于完成使命，把小鸭交还给鸭妈妈时，故事理应结束了。但一句"我是一只来自北方的狼"却使故事的结尾由封闭走向开放，让读者意犹未尽。

这种灵感不时闪烁的话语方式构成了《笨狼的故事》整体幽默的风格，如《把家弄丢了》中一段叙述："长尾鼠叫一声'面包！'面包'吱嘎'答应一声，塞满了长尾鼠的嘴巴。/长尾鼠叫一声'牛奶！'牛奶'咕咚'答应一声，滚进了长尾鼠的喉咙。"明明是笨狼的家，却不知怎的变成了长尾鼠的家，而且转变的过程似乎还挺合逻辑。很荒诞，但也很好玩。上述长尾鼠的胡搅蛮缠正是这种既好玩又荒诞的逻辑展开的生动写照。

通过上述文本的阅读和分析，我们认为汤素兰的语言感觉为其童话的写作奠定了一个非常扎实的基础，并在这种基础之上逐渐形成着自己的风格。同时，这种风格在作者不断的写作中向着成熟和鲜明渐渐靠拢。《驴家族》便是一例。

这篇童话在保持着作者固有的一些语言特色的同时，似乎又在继续向前走。"7岁那年，我妈在医院里住了一段时间，回来的时候，抱着一个弟弟。"故事的开头似乎不带任何感情色彩。"我的眼睛因为总是斜着看人，慢慢地，就变成了斜眼；我的耳朵因为总是渴望听到秘密，而越长越长。到我15岁那年，我变成了一个斜眼、还长着一对又尖又长的驴耳朵。长成这么个模样，对一个女孩子来说，真是灾难。"依旧是客观性的描述，但读者的情感似乎已开始慢慢地被唤起。"我强迫自己反复想这些事情，想他们对我的好。想起这些的时候，我觉得自己变得无比宽容了。我为我能如此宽容而感动。我决定从他们家（从心底里我已经不把这个家当成自己的家了）带走一样东西，留作纪念。"从平淡的描述到真实的内心独白，故事就这样在女孩的叙述中一次次峰回路转，一步步走向高潮。"不管我是不是他们的孩子，他们真的非常非常爱我！哪怕我是斜眼，长着一对驴耳朵，他们也认为我是天下最漂亮的女孩！"而当所有的惊异潮水般涌过去后，童话的叙述也随之平缓，却又不失悠远。"我一直和爷爷奶奶住在乡下。每到黄昏，我会站在竹林里，望着门前的小路，等待着爸爸妈妈回来。他们也许会回来，也许不会。但我的心里，对他们充满了温柔的思念。"

本文曾深入剖析过这篇童话的意蕴，其实，童话的意蕴很多时候和具体的语言运用是密不可分的。《驴家族》语言的洗练和内敛最大限度地扩展着文本的意蕴，也就是说，在这篇童话中，词语不再是游离于故事的物质存在，它变成故事的一部分，与故事中的人物同呼吸、共命运了。

总之，晓畅而又精致、平易而又幽雅、抒情而又幽默等特征构成了汤素兰童话的具体

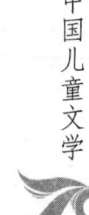

语言面貌;不断增强的表现力和感染力则是汤素兰童话语言的基本内核。一个使阅读者愉悦、向往、记忆的童话世界就是被这样的语言所创造。

**[注释]**

①方卫平:《儿童文学的当代思考》,明天出版社 1995 年版,第 131 页。

②梅子涵等:《中国儿童文学 5 人谈》,新蕾出版社 2001 年版,第 168 页。

③汤素兰:《退休的鞋子》,广东教育出版社 2002 年版。

④⑤⑥吴其南:《童话的诗学》,中国文联出版社 2001 年版,第 81 页、第 95 页、第 121 页。

(原载《文学界》2007 年第 6 期)

# 王立春儿童诗创作论

李利芳

辽宁女作家王立春的童诗创作个性鲜明，已自成一体，属于国内儿童文学界有影响力的新生代作家。其主要诗作有《骑扁马的扁人》(2002)、《乡下老鼠》(2006)、《写给老菜园子的信》(2009)。国内对其的研究已形成了一定规模，代表学者如金波、吴其南、王宜振、谭旭东、孔凡飞、刘汝兰、于立极等，都对其创作或从整体观察或从局部文本分析做出过研究。本文整体考察其创作情况，从三个层面概括分析其诗作的思想意涵及艺术性征，希冀在学界已有研究的基础上，进一步认识王立春创作的审美理想与人文情怀，彰显其诗作特有的艺术魅力与文学价值。

## 一、抵达童年精神世界的底部

儿童文学是"儿童"的文学，儿童与童年是其忠实可靠的审美对象。儿童诗是写给儿童的诗，是用"诗"这种特殊的艺术方式表达儿童与童年的精神创造物。儿童诗要求"诗"的纯粹文学性与"儿童"的自足主体性高度和谐的统一，所以属于儿童文学中的难点创作领域之一。国内儿童诗的创作力量及创作成绩整体不容乐观，坚守在这个领域中的人都属于可敬可爱的人。

儿童诗有各种各样的进入通道。王立春首先选择的一个基本切入点令人惊讶赞叹。她努力以诗的艺术可能抵达童年精神世界的底部。用诗的表达方式与艺术符号再现童年——人类一期特殊生命存在阶段的内宇宙图景。这似乎逼近一种原始艺术思维的根蒂，但王立春奇异地拥有这种"返回"的触觉与生"象"的能力。她创造出了一些具有经典审美表现力的诗歌意象，以此敞开了童年精神生活的本色形态及其丰厚内容。

书写"童年的夜晚"是这种审美感知最典型的体现。"夜晚"再生了童年梦境与童年幻想，"夜"的神秘莫测与童年精神气质本然具有同构性。看来对这二者间复杂而有趣的内在关联，王立春已然做到了幽微洞察。她以"夏夜"为总题创作了一个系列的幻想童诗，表现出一种非常纯粹的艺术感觉，获得了对童诗相当的审美认知高度，也极大扩容了童诗可阐释的艺术空间。

"那朵很大很大的花/把我的梦都染蓝了"(《大蓝花》)，对这一朵出现在孩子梦中的"大蓝花"，诗歌如何使其物质实体化？如何让一个幻觉意象经验化？如何让"梦"复归"现实"处境？总之是如何扬起孩子的这个梦的精神风气？王立春的叙述与感觉定位做到了。这是一朵"站在凹下去的坡上"的大蓝花，是一朵舒展开鲜美的大花瓣与婆婆丁并在的大蓝花，是神情四顾而外来的，却能压倒一百朵香蕉花风姿的大蓝花，这朵奇异的花最终变成了兰花仙子，向梦中的孩子走来，带她飞出山外……

"骑扁马的扁人"是另一个意味隽永的诗歌意象。"骑扁马的扁人又从大门前/走过了/月光已经为他铺好了/一条白毯子"(《骑扁马的扁人》)，这一个在月夜的清辉下行走

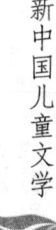

着的扁人,每一天晚上都出现在透过窗户往外看的孩子的眼中。那滴滴答答的马蹄声,那背着皮口袋与闪着亮光的剑的扁人,他是那么自然而奇特地存活在孩子的幻境中。诗人将这一切非客观的虚幻现象都充分现实化了,将内在精神体验活动全部具象化了,而这个"再现"或"映象"的过程在本诗又是那么的熨帖自如而深刻有力。它为我们恒久定格了一幅作为"召唤结构"存在的童年印象图:一双贴在窗户玻璃上的迷蒙的孩子眼睛,一个始终出现在孩子眼中的在月夜骑着扁马的扁人。

童年的夜晚是极富审美表现力的儿童文学主题领域,也是极具挑战性的艺术创造工程。因为它探知的完全是一个隐秘的未知世界,是成人与孩子之间最难打通的那个思维关节。王立春进入了这个世界,并用朴素简单的诗语将其描摹了出来。于是,朦胧夜色中我们难以想象到的那个生机勃勃的自然、物质世界向我们敞开了,大眼贼,老秋翁,蒿子巨人,满山疯跑的草,红头发怪人,甚至门前的石头,小水坑……全都在孩子自由不羁的幻想中跑出来了,又全都洒洒脱脱、自由自在地跑入了王立春的童诗中。

王立春还观照到了发生在童年精神底部的另一些刻骨铭心的情感体验,它的主体场景是离别。离别赋予人"死亡"般的痛苦体验,孩提时代经历这一切时所产生的心灵震荡丝毫不逊色于成人,而且因为理智的未成熟健全,在感情的爆发力与情感的透明度方面成人远未企及。在一组题为"搬家的日子"的诗作中,我们可以强烈地感受到这一点。"我将要离开你了/我的小屋//你不用每天叼着/那个烟囱做的大烟袋/抽着烟/等我放学了/也不用故意扁着嘴/用窗缝纸给我/吹口哨了"(《小屋》)。"我"要跟着爸爸到城里去了,"我"的乡下童年从此结束了,而时间中的情感关系依旧,但却要被无奈的空间距离所阻拒。时空的严重错位,造就了生命主体难以抑制的精神痛苦。"我"的小屋、野小河、燕窝、哑巴小路,甚至乡下老鼠,就这样从我的生命视界中消失了,一次性不可重复,再也没有"相遇"的时刻。人从童年期始即遭遇的这样的生命内部的死亡,会延续他的一生。"唉/真要是有一天/穿着花裙子的我/在上学的路上遇见/压低草帽/躲在路边的你/我们还会认识么……"(《乡下老鼠》)。分化与变异也许是必然的,但固持在历史时点上的情感经验却是永恒的。王立春的诗心感悟了它的珍贵,并用文字实现了永久的刻印。

儿童诗最难以逃逸的表现主题应该是日常化的童年过程与感觉。立于现实而"纪实"童年,是童诗常态的艺术路径。王立春没有规避这一点。在涉足这一领域的题材时,她的诗作有两大艺术取向,呈现出不同的创作风貌:前者可称为是历史态的童年,或传统的乡土的童年,童年叙事与情感基调隐隐涵蕴了逝去年代的气息,一组题为"爸爸不在家的日子"的诗作为代表;后者可称为是现时代的童年,写当下都市孩子的生活境况,问题情境与艺术表现均凸显为明确的现代性,一组题为"蜗牛咏叹调"的诗作为代表。两相对照,诗人在透视乡土童年时,在事件与细节的饱满度、情感的厚度与细腻度,以及诗意的基质与曲折度方面,都较对都市童年的艺术发现来得深刻强烈一些。看得出诗人欲想穿越两种日常童年精神内面的冲动,不过就前者而言,艺术积累与审美感知更充分一些,后者还略显单薄,尽管已有优秀诗作产生。

## 二、乡土与民间:童年生命永远的情感栖息地

作为20世纪60年代出生的儿童文学作家,王立春童诗创作中一种主要的精神流向是对乡土与民间的表达。这种表达因为以"儿童文学"为艺术审美的基座,童年生命便自然进入到了乡土与民间的审美意蕴中,且作为主体精神构造生成了乡土与民间特殊的质

性魅力。在现代化进程愈益发展的当下，当中国人逐步汇入并适应到都市文化的生活状态中时，"乡土中国"作为传统人文资源正慢慢淡出国人视野。尤以对更新的一代代孩子来说，乡土童年经历与民间记忆对他们来说更是匪夷所思的事情。王立春更多基于个体童年印象与精神眷顾写下的这些童诗，可以说是一些"历史童年"的遗留物，珍贵地记录了几代中国人曾经有过的具体而微的童年经验与情感方式，对不可回复之生活历史所做的诗意回眸，潜藏着很深层次的艺术与人文价值。

对乡间童谣再度做现代童诗释义，是王立春乡土与民间精神向度的起步之作。正如诗人在一组题为"乡间童谣"的诗作的题记中所写的，"在乡间/你总能听见/那散落在风中的/童谣……"。乡间童谣是一种情感存在物。当个体乡土童年被时间无情地抛给了观念中的"历史"或"记忆"后，我们的精神痛苦在于再也难以重回这种历史或记忆。所幸聊以慰藉的是我们还能找回那些被编译了童年密码的物质或精神实体化的东西，比如童谣。"扁担扁担钩/你挑水/我馇粥"。当吟诵起这样的乡间童谣时，远去了的熟悉的童年感觉神奇般地回来了，也许并不诉诸细节与事件，但却是一种完满的整体感觉，地道的乡土童年滋味。当这样一种充沛的情感沉湎发生时，历史回溯刹那间演变为现时场景呈现，一个孩子，一块土地，一个事件或一样物事，那么无间隔地共存着，对视着，对话或游戏，没有时代与背景，不是历史与过去，只有当下，当下鲜活的情感共鸣与审美体验。这就是王立春在童谣呈出后所写下的释义童诗。它根本不是简单的语义解释，却是过去与现在的一种融通。对成人它提供了丰厚的历史语境与经验阐释，对孩子它提供了生动的童年映像与对话可能。"和你唠叨几遍这句话了/扁担钩你为什么坐在那里沉默不语呢/长长的扁担就在腿上放着/星星睡了我也睡了/不然你也睡吧"（《扁担钩》）。释义童诗完全是孩子语言、心情、行为动作的真实表达，甚至超越历史性，无遮拦地打通到今天孩子的经验世界与想象理解中。这是王立春这类童诗写作很见情感穿透力与审美表现力的优势所在。

"写给老菜园子的信"是王立春新近出版的诗集的名称。这个名称的表层含义指涉与具体诗歌内容的意义呈现形成一定的错位。这种错位产生了诗歌双重质性的审美意蕴。这个特征其实渗透在王立春整体诗歌的创作中，那就是历时态与共时态美感世界的和谐统一，即作为成人的作家主观精神回望时的意义显现，与作为孩子的亲历者原初情感行为发生时的历史还原，在一首诗的框架里达成了一个有机的整体。"给老菜园子写信"这样的一个思绪或意念或行为，本来极易被设想为作为成人的诗人在当下记忆或缅怀历史的一种艺术冲动，是在拉开了时间距离后对童年经验的一种自觉审美，这无疑也是作者进行童诗创作必需的精神动力。但当这一发生机制一旦具体化于文本写作后，作为历史回溯的成人印象即刻被淡化了，诗人自如地将笔触转接到了儿童的思想世界中，在孩子与土地间游戏与想象的天地里自由驰骋。"窗户总能趴在炕上/写田字格/把方方正正的阳光/写了一炕/老菜园子/你也可以成为练习本么"（《菜园子练习本》），诗人将北方农村最常见的民间房屋中窗户与阳光的关系形象比喻成孩子笔下的田字格，的确很显现儿童思维与心理活动特征，继而在孩子眼睛里，老菜园子中的任何一个元素便都可以被自己的练习本格式化，于是这个混沌的老菜园子在孩子眼睛里顷刻被划拨调理得清清楚楚，俨然成了她手上经营自如的一片艺术家园。老菜园子成了孩子情感生命的对话物，在寒来暑往的四季里，这个孩子用心谛听、观看、感知了这个家园中一切变化着的生命现象，和它们结成了亲密的伙伴关系与存在关系。王立春用孩子自己的诉说敞开了这个童真而梦幻的精神世界。"老菜园子"于是成为王立春幻想童诗世界中一个关键的情感驿站,一个有意味的艺术符号。

在童诗视域内写一种朴素的乡土民间生存方式与生活理念,是王立春文学价值观另一个重要的内容。她以"庄稼人"为题所辑的诗作,表达的就是这一审美理想。她写"黄豆这辈子",写"阳光荞麦",写"水稻",贯彻的中心思想就是一种平常农作物对成熟的理解,对饱满生命内核的追求,这样一种涌荡在民间大地上的生活理想精神,正是延续我们人类最强韧最稳固的基石与希望所在。

## 三、更多北方幻想诗情的发生

王立春是北方人,出生在北方,生活在北方。她的童诗从审美形式到艺术内涵,都充满了纯粹北方的精神气质,是直率的,质朴而坦荡,透明而粗犷,一如北方辽阔地域本然的天高气爽,厚实底蕴支撑了对生命清澈的感悟与认识。这种内在属性体现在诗歌语言上,便是那种不事雕琢,朴实自然,渗透了爽朗真诚的情感基调的简单语言。诗歌结构布局通常则为开阔外展,不婉曲内敛,诗性的表达与析出都很通透舒畅。王立春的童诗让孩子很好进入,诗人不去追求陌生化与阻拒性来创设诗意,而是直接投入真生命真性情,让童真境界、童年感觉、童年记忆轻松发散敞开,并形之以舒适熨帖的自然诗语与鲜活纯朴的生活意象,因此文学性的诉诸对孩子来说全在他们可接受的范围内。所以,她的童诗可以说是真正的儿童的诗。

除去对童年底部精神世界、乡土意蕴的开掘外,基于北方生活世界王立春开拓了更宽更深的诗意空间。围绕"草原、大海"两个空间维度,与"冬季"这一时间维度,以及"母亲"这一博大的人类情感维度,诗人创造了更多更美的北方幻想童诗。

草原是绿色,是生命力,是自由,是宽博,是深邃,是现实与梦想的交界带,是人与自然和谐共存最理想的处所。王立春说:"最美的花开在草原深处。"草原是已知与未知最完美的统一地之一。进入并书写草原,在王立春,既是安放并寄托其北方情思最通达的途径之一,更是为孩子呈现地球唯美空间,指示美善的生活态度与引领高远的生活理想的艺术之道。草原之美是宏大而无界限的。撷取草原上那些活动的、静止的,原生的、人的、植物的、动物的,历史的、现在的,各种各样的点缀物或构成物去生成草原之生命含义,是王立春构思这类童诗的基本思路。于是,草原上的老勒勒车、蒙古包、苍腊花、草原篝火、蒙古马、敖包、蒙古长调、狗牙根儿、小野狼、电线杆和高压线、鸽子花、九曲河、马莲草等等种种有意味的草原符号,都被诗人贯注了内在的精神生命,以灵性与活力的姿态凝结在了诗语中。

王立春身处东部的北方,辽阔的大海也是其审美经验中重要的构成。她写海完全是以孩童的心境与思维方式来展开的,因此,她把海写得很调皮,写出了特殊的海的生命景观。"海水就像一个大被子/把海底蒙起来/退潮的时候/他就拽着大被子往回跑/海底的事儿/全让我们看到了"(《海水大被子》)。这个比喻太形象不过了,直观而生动,完全是孩子思想与语言的直接表出。孩子生活世界中的大海,是一览无余的纯净明媚,王立春把这种典型的童年人文生态写出来了。

北方的冬季与童诗天然的透明质地具有同一性。冬季的书写赋予了王立春童诗更加晶莹的属性,将幻想的精神自由表现得更彻底充分。《霜花》是代表之作。冬季北方玻璃窗上的霜花是一道自然的胜景,那变化莫测的神秘图案内蕴了无数种解释的可能,曾经是多少孩子在童年期迷恋的对象啊！王立春用艺术的巧思将之二者做了精彩的连接，于是生发出了一种简直让人难以料想的霜花释义："那满满的一窗霜花呀/把孩子昨夜的梦全暴露了/怪不得孩子都愿意/久久地看霜花呢/原来那些是多么熟悉/那是他们做过的梦啊。"霜花原来是孩子梦境的图像化，这二者间精彩的互释真的很能体现诗人非凡的创造力与想象力。

王立春是女性作家，母性原则是其童诗审美意识中核心的构成。她以自我真切的情感体验与心灵思辨，从母与子的关系维度，对母性原则的精神含义及其内在价值在诗歌中作了深度的表露。结辑的"公主和她的七个小矮人"是一组非常优秀的作品。写了一名母亲从面对刚诞生的婴儿，到她慢慢长大、蹒跚学步、进入社会、逐渐长大的过程中，母爱的发生与贯注、直面孩子成长中母亲刻骨的心灵感受、母子从血肉关联到逐渐走向分离所遭受的精神痛苦等。

在"中国"与"西方"的文化视域内，王立春也写作了系列童诗。一辑"欧洲童话"以安徒生等的欧洲童话为材料，以孩子口吻与诗的格式重新讲述了一个个神奇的幻想世界。一辑"跟在李白身后"，则以对中国古代诗歌的释义为基本模式，以现代童诗再叙了古典诗歌的审美意境与文化意涵。如对李白的《静夜思》诗人这样写道，"一地的月光/照亮了唐朝以后的夜晚//月光从屋里流出来/流成一条弯弯曲曲的小路/踏上这条路/就能跟着李白找到/自己的故乡"。诗人跟在李白身后，在中国童诗的创作道路上，已经走了相当长的一段时日。在北方的幻想世界里，也已徜徉了许久。但是，在童诗精神家园的"返乡"道路上，诗人依然要有很长的路要走。她也正努力在走。

（原载《当代作家评论》2010 年第 3 期）

# 翌平：追求崇高，憧憬辽阔

徐 鲁

翌平是新世纪以来活跃在儿童文学领域的实力派青年作家。他为人严谨创作勤奋，不事张扬却水静流深，在中短篇小说、长篇小说、科幻文学、童话、儿童文学翻译等方面，取得了不俗的成绩，显示了一位稳健和成熟的儿童文学作家全方位的实力。

曹文轩在翌平作品研讨会上曾说："阅读翌平的作品感受到一种震撼。翌平的文字展现了当下儿童文学一种新的角度，新的走向，新的境界，让人产生一种新的感受。他的文字是独特的。他的视角是男性的，开阔雄浑。主题多围绕惩恶扬善，作品在不露痕迹的叙述里，塑造了与潮流相对的形象。"这评析受到广泛关注。我尝试从多方面对翌平的创作进行简易评述。

## 短篇小说：发现成长的真谛与浪漫

翌平在创作上付出心血最多、用力甚勤的文体，是短篇小说。实际上，他最为人称道、也最能代表他的儿童文学高度和深度的作品，也是一系列中短篇小说。他出版的短篇小说集有《猫王》《翌平作品精选》《穿透云霞的小号》《燃烧的云彩》等。出现在翌平笔下的青涩少年，大都是在弱势、挫折、逆境、失败，乃至殷红的血迹和咸涩的眼泪中，渐渐变得独立和强大。这些少年在与所处的社会、家庭环境的种种矛盾冲突中，完成了各自最严峻的"成年礼"。

《猫王》是一篇写得相当漂亮的小说。无论是故事立意和主人公性格的刻画，还是小说的结构形式、叙述方式和语言风格，都是十分用心和精巧的，这是我看到的最好的少年题材短篇小说之一。小说里4个亲密无间、几乎形影不离的少年伙伴，在人们匆匆忙忙的生活节奏中，尤其是在大人们的忽略或呵斥声中不知不觉地成长着。当他们与"猫王"一次次交锋，当他们不再用幼稚和恶作剧的目光，而是怀着一种敬意来看待那只永不屈服的"猫王"的时候，他们悄悄在长大。从这篇作品里可以感受到，翌平书写的是最真实的"男孩记忆"和"男孩体验"，而且以温暖、明亮和催人向上的精神力量感动人的内心。

《飘扬的红领巾》是另一篇被评论家称道的短篇作品。这篇作品格调崇高，人物形象鲜活有力，故事结构自然严密，语言也十分精致生动。小说里的少年"哥哥"，一次次用最直接的"挫折"和"失败"展开痛苦的磨炼，让弟弟渐渐地从弱小变得坚强，由自卑走向自信。本来想当海军战士的哥哥，最终却在北方边境一次扑灭森林大火的战斗中牺牲了。但是哥哥留给"我"的那种勇往直前、永不言败的英雄气概，却成为伴"我"一生的精神力量。小说极力张扬一种久违了的、崇高向上的英雄主义精神，书写了一种属于男子汉的自立自信、坚忍不拔的阳刚气质，以及敢于担当、孤筏重洋的英雄梦想。

《穿透云霞的小号》写3个热爱音乐的少年，有一天离开熙攘的城市，站在白雪皑皑的长城烽火台上，向着远方的群山和辽阔的天空，吹响了他们心爱的小号。少年的号声或低沉，或嘹亮，或清澈，但都发自青翠和茁壮的生命，在群山之巅吹奏得那么激情澎湃。这篇小说就像少年们灿烂的号音一样，唤醒了我们对大地的热爱、对生命的敬畏、对远方未来的憧憬，也唤醒了我们曾经有过的英雄梦想。

翌平的小说大都讲述弱小、单纯和无助的生命如何一步步变得坚强、丰富和拥有尊严与自信的故事，是引领着正在成长的少年们去追慕高远、走向开阔和博大的"少年人格教育小说"。翌平在致力于故事的好看、人物个性的展现、细节的真实生动时，努力申述对生命的尊重，对生命价值和人格道德深刻的思考与张扬，致力于带给小读者以心灵的感动、真善美的润泽和成长的启迪。愉悦和精彩的故事，也许只是小说里甜润可口的"果肉"，而蕴含在故事深处的人格理念，却是一颗颗坚实的果核和种子。翌平对中短篇小说的美学奥秘、艺术技巧的掌控能力，随着他诸多少年形象的塑造和完成，渐渐变得运转自如、举重若轻。

## 长篇小说：重塑一代少年的英雄品格

在致力于短篇小说创作的同时，翌平近几年来潜心创作了多部长篇小说，如《少年摔跤王》《早安，跆拳道》《冬日里的小号》等。这些长篇小说有一个共同的主题：少年英雄主义。这些小说也充分展示了翌平在重塑一代少年的英雄品格，弘扬一种敢于进取、敢于担当的"男儿精神"上的美学追求。

《少年摔跤王》写的是一个名叫缸子的乡村少年，有一天，他怀揣着那本令他着迷的《京城史话》来到北京，找到了那个令他向往的"善扑营摔跤馆"。小说讲述了这名乡村少年经过摔打磨炼，成长为"少年摔跤王"，最后成为一名特种兵战士的故事。这是一部重塑少年英雄品格的作品，重寻少年英雄梦想、重塑少年英雄品格的大主题，贯穿在整个故事里，其间许多密集的细节，又在不断地传达着诸如坚毅、勇敢、尊严、自立、隐忍和团队精神等道德感与正义感。在小说里，"神扑崔三"的故事就像一面镜子，让少年照出了自己的影子。小说无论是立意、取材和故事的完整，尤其是叙事技巧，都显示了一种大气、稳健和从容不迫的气度。这部作品因此获得了第八届全国优秀儿童文学奖。

《早安，跆拳道》承续了《少年摔跤王》的主题和风格，把故事背景放在跆拳道练习场上，张扬了一种爱国爱人、克己忍耐、坚忍不拔、百折不挠的"跆拳道精神"。这种精神，其实也是一种英雄品格，一种关乎勇气、尊严、正义、坚韧、自立和团队精神等等人格素质的"男儿精神"。小说通过对林安等几位少年跆拳道拳手的成长之路的讲述和不屈不挠的性格刻画，使读者明白，一个跆拳道选手，"无论遇到什么样的挫折，永不放弃，这才是跆拳道的精神"。

翌平在《冬天里的小号》里描写渴望成功的少年时，说过这样一句话："吹号的人应该经常去辽阔的地方，不能总在城市里这样狭小的空间里吹奏，否则，吹奏久了人会丧失激情。"其实这也可以作为对每一位儿童文学作家的警醒：如果我们的创作总是在一个狭小的空间里写来写去，最终会失去某种灿烂蓬勃的东西，无法达到一种辽阔的新视野。

## 科幻小说：思考人类未来的命运

翌平近两年最引人注目的作品是《燃烧的云彩》和《燃烧的星球》这两部科幻小说。前者是短篇集，后者是长篇。

生物技术、电子智能、虚拟空间、太空开发、未来战争、种族霸权、"云"模块……是全世界科幻作家关注的题材，翌平的科幻作品里也涉及了它们。然而，它所关注的是对"人"的钟爱，是对"生命"的关切，是对整个人类命运将往何处去的忧虑与猜想。这些小说追寻和想象了人类未来科学发展的种种可能，进而勾画了人类将面临的各种生活和命运遭际，呈现了人类生存的孤独和尴尬，当然，还有那永不泯灭的"浪漫"。

最好的科幻文学，都是振聋发聩的"警示文学"和"醒世寓言"，是对人类和宇宙未来的不确定性做出最科学和最理性的预警。也因此，优秀的科幻文学比一般的文学更具有一种属于全人类的大忧患和大悲悯意识。《燃烧的云彩》里的每一篇小说，我都感到了这样一种情怀。例如《生命的狙击》这篇小说，就向我们提出了一个十分严峻的问题：人类最终会不会被自己所创造的超能智慧所控制、所胁迫？ 在未来世界里，人类的思维在高智能科技面前，会不会失去最终的话语权和掌控能力？ 小说的寓意是深刻的：人类绝不能被蔓延无度的科学主义冲昏头脑，必须守护和保持着作为"人"的生命的尊严。

《燃烧的星球》让我们重新获得一种《小王子》般的辽阔和苍茫的空间感。茫茫空天，战机呼啸。来来往往的飞船和太空车多如过江之鲫。地球空天军和月军对垒。小说里的空天英雄，可谓中国版的"正义联盟"和"复仇者联盟"。小说中出场的正反面人物众多，这些人物或为地球上的科学家，或为人类飞天英雄，或为身负拯救使命的电子战士，或为第一次出征月球的正义少年，或为妄图成为太空霸主的战争狂人。作家在安排和调动如此众多的人物时，显示了一种架构大作品的能力。这部作品似乎也在向目前科幻界的一个提法致敬："只有核心强大，才能突破边界。"

## 童话：在寻美、求真、向善的路上

翌平最早引起儿童文学界和小读者瞩目的作品就是童话。迄今已出版了长篇童话《寻找七彩旋律》《迷糊蛋与蹦蹦猪》等童话系列，以及短篇童话集《骑狼的小兔》《种太阳花的小猪》等。其中短篇童话集《骑狼的小兔》应算是翌平童话的"代表作"。

翌平童话的总体基调是充满了爱心、快乐、清澈和光亮的。他擅长写一些轻松、愉悦和诙谐风格的"小喜剧"。他的童话主角以小动物居多。绿色的山野和大森林，仿佛是一个大剧院，所有的小动物是舞台上的主角和配角。演绎的都是寻美、求真、向善的故事。或者说，他的童话所追求的，都是爱的主题。《骑狼的小兔》写一只名叫"小灰"的瞎眼小兔，在去外婆家的路上，因为掉队迷了路，找不到自己的妈妈了。结果，骑在了灰狼妈妈的背上。她的纯真、善良和信任，让丢失了孩子的母狼也不忍心伤害她。最终，盲眼小兔平安回到了妈妈身边。作家将母性提升到大爱的高度来展现，感人至深。

美好的童话，会带给读者感动、希望和信心。他的短篇童话虽然短小，但都充满美妙的想象力。他也喜欢在一些童话里融入富有当下儿童特点的时尚元素。譬如，"舞双节棍的小猴""练习瑜伽的小松鼠"。最重要的是他的童话中流淌着温馨、清澈与柔和的深情，就像《不同肤色的熊》那颗友善的心；像《学武的刺猬》里的那种"认识你自己"的启迪；像《小狗与向日葵》里，阳光献给勇敢的小狗那层"金色的丝被"。

长篇童话《寻找七彩旋律》，似乎并没有引起评论家太多的关注。这是一部《尼尔斯骑鹅旅行记》式的作品。翌平在这部童话里设置了两条完整的叙事路线，比较明显的那条线索是：作为"鹿角族"的后裔小男孩楚楚，他要去寻找传说中的七彩"乐仙"。因为只有当七位乐仙相聚在一起时，古老的鹿角族就复活了。另一条隐藏的线索是：童话家试图通过楚楚的寻找与发现,将古老而广袤的华夏大地上不同的地域风貌展现在小读者面前。两条叙述线索,时而分开,时而交错,直到幻想中的八月十五夜晚,小男孩的使命完成,整个故事也圆满结束,一个幅员辽阔的民族大家庭"花好月圆"的和谐主题,如大海生明月一样,光华灼灼、一片澄澈。

## 翻译作品:追寻儿童文学经典的光芒

在中国儿童文学界,新一代"专业"的文学翻译者,几乎是凤毛麟角,翌平是其中的佼佼者。他的专业原本就是英语翻译。但这些年来,他在儿童文学译作上的成就,被他的原创作品"遮蔽"了,以至于许多读者并不知道,他的译作数量,其实远远超过他的创作。迄今为止,翌平已经翻译了斯蒂文森的儿童诗经典《一个孩子的诗园》,米尔恩的童话经典《小熊维尼》,美国培生英语教育集团出版的上百册儿童阅读"桥梁书",以及来自欧美的《布朗家的天才宝宝》《布朗家的超级明星》《威廉先生的圣诞树》等十几册英文版、法文版图画书。除了英语专业,翌平近年还在北大研究生部主修了外国文学课程,并选修法语。这些域外的经典不仅润泽着翌平的文学翻译,无疑也会映照着他的创作。我想,中国的儿童文学界也许不会再有第二位像任溶溶先生那样的翻译与创作堪为双璧的全能大师,但是对翌平这样的后起之秀,我们仍然可以怀有更大的期待。

综观翌平的创作,他进鲁迅文学院学习以后,开始进入一个新的阶段。几年时间,他先后获得多种奖项,说明了读者对他的喜爱,但他不满足不止步,努力追求新的高度。相信他不会辜负大家的期望。

(原载《文艺报》2013 年 6 月 24 日)

# 张玉清:从"真挚"到"深刻"

赵 霞

## 关于青春的明亮书写

很长一段时间里,作为儿童文学作家的张玉清在关注和喜爱他的读者心目中留下的鲜明的创作印象,无疑源于他的青春题材少年小说。而在这些作品中,他也的确将青春期少年某种普遍的生活情绪和情感体验,推向了当代少年小说青春书写的极致。他的以《小百合》《哦,傻样儿》等为代表的一批短篇作品,致力于在校园生活的语境中抒写和表现少年在身体意识觉醒的青春期对于异性朦胧而懵懂的爱恋,其笔墨之生动、清新、真诚、坦率,读来令人感怀。这些作品既真实地写出了特定的社会文化现实对于个体青春期身心冲动的规约,也写出了这一规约下少年情感的自然表达和流露。《小百合》中两名男生对于一位同龄少女的默默关注和欣赏,《姐姐比我大两岁》中男孩们对于"姐姐"的莫可名说的爱慕情愫,以及《梦里依稀小星湖》中少年对于温柔可爱的年轻女老师的坦然喜欢和倾慕等,无不是从少年日常生活的自然逻辑中孕生而来的情感内容,其情感的面貌是明亮的,质地也是温润的。

因此,张玉清的不少青春题材少年小说,虽写青春期的性意识,读来却常给人一派天真和清朗之感。很多时候,它带着青春期特有的伤感,但却不见丝毫颓废,它也常表现为"百无聊赖"、满不在乎的青春姿态,但这姿态里绝无半分真正的流气或痞气。在《别问我们想什么》《在百无聊赖的日子里》《哦,傻样儿》等小说中,那一群受到青春期荷尔蒙刺激而处于兴奋状态的男生,在有关女生的话题上总表现得有些嬉皮笑脸、吊儿郎当,但当他们真正走近和来到曾打趣地观望过的少女面前时,少年的那种可爱的紧张、慌乱、手足无措和尽心竭力,让我们看到了青春的骚动和叛逆姿态背后藏着的那份内在的、可贵的真挚与单纯。

这份"真挚"与"单纯",正是我们理解张玉清早期小说艺术的关键词。或者说,这些小说在关于少年情感生活现实的书写中,让我们感受到了青春期个体趋于成熟的身心之内那尚未逝去的童年纯净情怀。《小百合》中那个静坐在校园路灯下读书的纤弱美丽的少女身影,投映在少年眼里固然令人着迷,然而,小说中两个少年一次次从"另一侧"的树影里"绕过去,频频地回头看着她"、最后"仍然悄悄走过去"的举动,同样透着另一种特殊的美感。《画眉》中的少女田青在为年轻的男老师整理单身宿舍时,也是怀着同样纯净的心情。这是少年时代的爱恋所特有的单纯之美。这种青春期的爱欲冲动,一方面与我们的肉身有着如此密切的关联,另一方面却又超越了身体性的欲望,成为一种位居高远的珍贵情感。这使得他的这类青春题材少年小说既充满健康、舒展的身体气息,又内含一种不落世俗的精神之美。正是这两者的结合赋予了他笔下的青春恋情以一种丰美而清洁的审美质地。

# 从少年的情感世界走入思想世界

然而,这样一种单纯的情感,在它尚未经受更深厚的人生阅历和时间经验的锻打淬炼之前,也不可避免地是一种相对单薄的情感。在这里,"单薄"的意思是指这份情感还未被赋予生活和思想的更多分量。张玉清笔下的少年主人公们所经历的朦胧情感,除了在彼此的生命中留下一份甜蜜与惆怅相掺杂的莫可忘怀的青春感念,尚不具有太多可供反复琢磨的生命内涵。这也是为什么当这种情感在同一位作家的想象力范围内被反复提取和表现时,它的单纯美开始有所退位,它的单薄感则不断凸显出来。于是,我们不止一次地读到了类似的情节处理:《有一个女孩叫星竹》《叶子,你在哪里》等作品中少女与作家间的通信交往,《画眉》《握别》等作品中恋情主角之一的意外亡故,还有衬着青春生活背景的《无暇》和《永远的天空》中那最终迟到一步的智慧……

在持续抒写这一青春情结的过程中,作家一定强烈地感受到了相应的艺术突破的必要性及其难度。此后,张玉清开始将创作的笔锋较多地转向对于少年生活的另一种更具思考性的书写。在《我要做一匹斑马》《赠笔试验》《制造荒诞》等一系列作品中,作家从少年的情感世界进一步走进了少年的思想世界,后者较之前者少了一份浪漫的情思,却多了一份青春的深度。《我要做一匹斑马》和《制造荒诞》中那两个满脑子活跃着不为成人所知的各种思想元素的叛逆而潇洒的少年叙述者,多少让我们想起了塞林格《麦田里的守望者》中的 16 岁少年霍尔顿。在这些少年主角表面"一无是处""不可救药"的言行举止之下,我们看到的恰是他们对待生活的饱满热情和对待生命的严肃态度。而在《赠笔试验》中,由少年设计、实施的"赠笔试验",其"社会试验"的过程一方面显然带着青春的稚气,另一方面,它也透露出少年试图担当社会公义审判者和伸张者角色的雄心。正是青春的血液同时培育了这样的天真与雄心,它的壮怀连同它的稚气,都是青春年代宝贵的精神财富。这样的写作显然已经超越了一般的青春生活书写,而通往了一种更具普遍性和深度的生命精神。

在张玉清随后的创作中,最初那个相对狭窄的青春情感世界正日益退后,一种更为开阔的关于生活、生命乃至人性的更深入的思考,则在他的文学表达中日臻成熟。后者带来了他笔下青春生活书写的进一步变化。发表于 2006 年的少年小说《朋友》,看似延续了他向来熟稔的少女生活题材写作,但小说的写作和思考并不止步于此。在有关青春友情的叙述中,它也为我们撩开了人性深处的一道幽暗面纱。中考临场的前一刻,出于难以言传的瞬间犹疑,"我"没有提醒挚友安小菲带上放在一边的眼镜,由此直接导致了她的考场失利,继而彻底改变了她的人生。小说中,这刹那的犹豫和沉默远不是简单的嫉妒一词可以解释的。面对这位与自己志同道合、形影不离却又"处处比我强"的好朋友,"我"的这一念之差显得如此真实和可以理解,但也因其可以理解的真实,更令我们意识到了那时刻站在悬崖边上的人性的困局。

## 书写历史和生活的荒诞

或许是受到上述创作意图的驱动,一些更具思想冲击力的童年生活题材也在不断进入玉清的少年小说写作视野。《秋野》《皮鞭》《冬奇》《我们谁会当叛徒》《洪常青给了吴清华两个银毫子》等一系列以"文革"为背景的短篇儿童小说,述说的是那个年代童年的

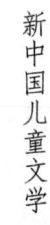

某种荒诞的生活故事和体验。与作家早年创作的相近题材背景的《白毛奶奶》等篇什相比，这些作品似乎有意撕去了原本还为童年留存的那一点温情的想象，而通过对于孩子所目睹或参与之"恶"的冷峻书写，将那段历史和生活的荒诞之处毫无含蓄地揭示出来。在这些作品中，出现了一些在孙玉清儿童小说的艺术谱系中颇显另类的艺术表现：《皮鞭》中趋于疯狂的暴力冲动，《冬奇》中摧毁常识的政治恐惧，《我们谁会当叛徒》中的黑色游戏与死亡……这些与今天的童年精神背道而驰的生活事件和逻辑，因其被荒诞地实施于童年身上，愈发显出它背衬的那个时代的不合情理。

与此同时，小说的叙事也透出一种不同于作家以往作品的粗粝而野蛮的气息，它不仅表现在作品的叙事语言层面，也表现在作品叙事构架的组织上。小说的结尾大多定格在某个令人惊愕乃至战栗的场景中，它们非但缺乏一般儿童小说结尾的圆满性，甚至本身就缺乏鲜明的结局性。《皮鞭》最后"我"仓皇逃离的那个残酷而疯狂的鞭打现场，《冬奇》结尾奔去拯救妹妹的冬奇看见施暴者时的瞬间虚脱，《我们谁会当叛徒》最末刘臣父母面对儿子尸体时的惊惶无措，这些结尾给读者的感觉，似乎是故事里的诸种生活荒诞最终演变得太过滚烫灼人，以至于作者不得不脱手掷下了它。而这"脱手掷下"的感觉，恰恰有力烘托出现实经验之骇人。

这无疑是一种对儿童小说的一般形态而言颇为陌生的叙事语法。在前述几篇作品中，那最终未被纠正的荒唐的暴力、恐惧和游戏，在某种程度上甚至已经越过童年的伦理边界，从而造成了读者对于其儿童文学属性的怀疑。随之而来的问题是：作者为什么要这样写？或许，作家放弃了在童年的世界里为那个年代的荒诞生活寻找合理解脱的慰藉，为的是突出荒诞本身之真实的存在以及对它的批判。不过，对儿童小说来说，这样的写作也带着某种危险。面对那本不该加诸童年的沉重的历史和生活题材，如何恰当地把握它与儿童小说的儿童视角之间的平衡点，如何恰当地处理它与儿童文学的童年精神之间的契合点，都充满难度。

上述作品中，现实的某些残酷对孩子来说无疑太重了，而作者又尚未寻找到另一种方式，能够在减轻或解除小说中的现实冲击力的同时，仍然传达出他想要表达的那种充满力度的思想与文化批判内涵。这其中，《我们谁会当叛徒》在艺术面貌上最靠近儿童小说的要求，因为他笔下的那场童年游戏尽管终被证明充满了残忍，但其过程仍然保留了乡野孩童游戏的真实质感，它的粗鲁和野蛮也符合这一游戏语境的总体氛围。换句话说，小说的儿童视角是切实的。为了证明自己不会当叛徒，有着一位"叛徒"父亲的刘臣接受了"看瓜"游戏的挑战，最终因为被其他孩子遗忘在灌柳丛中而不幸殒命。在这里，刘臣的死亡不是其他孩子有意作恶的结果，相反，小说中的孩童之"恶"仅止于一种游戏的促狭。更重要的是，故事结尾处那个充满了真切悲伤的哀痛场景，以一种最自然不过的人间情感的张扬，传达出了对于那抹杀一切自然情感的政治化生活的反抗与忏悔。这使得小说沉重的书写中仍透着人情的暖色，它将整个故事从人性的深渊里打捞了起来。

对张玉清来说，这类作品很可能带有些许探索的意味，它们透露出作家对于一种大于青春期范畴的童年意象的深入关注和思考。但就在这一探索期，他也已凭着自己的才华，向读者奉上了非常成熟的作品。他的涉及相近时代背景的《牛骨头》，以一种极为素朴的方式实现了较之上述几篇作品更贴合童年自身的艺术书写。小说对于儿童视角的把握和表现十分精到，透过童年的感官，与父亲和"牛骨头"有关的这个故事既带着贫穷年代的真实质感，又透出童年生活的天然情味。童年的身体对于那时乡村生活的饥渴和小恶有着或许比成年人更深刻的体验，但由父亲的身影点燃起的那小小的生活温暖和欢乐，却在某种意义上彻底改写了孩子对那段岁月的情感记忆。

发表于 2010 年的中篇《地下室里的猫》，让我们看到他的儿童小说正进一步深入童年精神的腹地。这篇作品所呈现的有关童年精神及其命运的当代思考，已经达到了某种高度。而作家在此所瞄准的"童年"世界，也已不再是一个圈囿于特定时间或空间范围的生长阶段的概念，而是有着文化层面的更具普遍性的所指。故事缘起于空置的地下室里"进了一只猫"的小细节。这样一桩对于大多数忙碌的现代人而言不起眼的小事情，因为引起了一个小女孩的关心，一时变得复杂起来。于是有了包括女孩的母亲在内的成人们试图解救猫的行动。当然，大人们真正关心的并非地下室里的猫的命运，而是如何尽快消除这意外，以使一切恢复常态。因此，就在第一只猫死亡后，为了治疗小姑娘的幻听，她的父母采纳心理医生的建议，向地下室里又投进去一只猫，用录下的猫叫声"降低她的感觉阈值"。痊愈后的小姑娘果然不再害怕独自去地下室推自行车，甚至在见到风干的猫皮时，也只是"淡淡地看了一眼"，便"头也不回地骑上车子上学了"。

小说在极为日常化的叙事中完成了一种极具震撼力的童年书写。与《我们谁会当叛徒》《跑，拼命跑》等作品中批判的由偏离常态的历史或现实生活造成的问题童年相比，《地下室里的猫》所揭示的是我们每个人最熟悉不过的日常生活对童年以及我们自身造成的最不易为人知的伤害。在现代人忙碌而功利的生活地图中，一只被困在地下室的猫的命运实在太无关紧要了，那发生在地下室里的小小的受难与死亡也太微不足道了。或许，唯有在童年天真的感官和心灵里，还保留着这样一份对于他者生命苦难的敏感和同情。但这一"感觉阈值"的特殊频段不久也被摘除了。在小姑娘"头也不回地骑上车子上学"的姿势中，有一种原本寓于童年之上的人性的珍贵情感，从她身上永远地消失了。这样，小说最终抵达的不再是对于某类特定的童年文化或社会历史现象的批判，而是通过童年传递出了对于日常生活乃至整个现代文化形态的深刻反思。

## 由小青春进入大童年

自《小百合》发表始，近 30 年来，孙玉清笔下的童年生活经历了由校园、家庭向着更广阔的社会、历史和文化空间不断伸展的过程。随着他所关注的童年边界的持续延伸，我们对于他的创作身份的认识也发生着新的变化。从以《小百合》等为代表的早期青春题材作品到以《地下室里的猫》等为代表的小说，他的创作由一种小青春的记叙日益进入了一种大童年的书写，也由一种小情绪的表现日益走向了一种大情感的叙说。

而这里的"小"和"大"不只是对题材容量的一种描述，更指向着一种精神格局的拓展。在其创作探索的进程中，其写作所关注的越来越不仅是童年生活、思想和情感的某些现实状态或问题，他还在借由这些生活、思想和情感的叙写，探向那属于"童年"这一人类文化范畴的独特精神内核。与此相应地，他的儿童小说所在意的也越来越不局限于某种相对私人化的情感，而是同时走向了对一种更为普遍、深刻的童年生命体验和文化价值的探寻与思索。某种程度上，它们完成了英国诗人艾略特曾谈到过的从"真挚的情感"向着"意义重大的感情"的艺术升华。更确切地说，这些作品不但以其真挚的情感打动着读者，也以其所揭示的有关童年的重大而深刻的意义，带给人们不同寻常的震撼与启示。

如果说张玉清最优秀的儿童小说无不体现了对于那蕴藏于童年之内的重大生命和文化意义的探寻,那么,在这样的探寻中,他本人无疑也正在成为当代儿童小说创作领域一个"意义重大"的身影。

(原载《文艺报》2015 年 6 月 10 日)

# 伍美珍的童年文本群

王泉根等

近日,作家出版社推出儿童文学作家、"阳光姐姐"伍美珍精品文集,并在北京举行新书发布会。作家出版社总编辑黄宾堂,北京师范大学教授、儿童文学理论家王泉根及儿童文学作家伍美珍出席,与读者朋友和媒体嘉宾们分享了对伍美珍文本群的分析和感想。

## 黄宾堂:保持儿童文学作家的创作底色

根据统计,伍美珍作品销售总量现在已经突破了 4000 万册,也就是说,她至少拥有实实在在的 4000 万儿童读者。她的作品之所以受欢迎,原因是多方面的,但其中有一点让人尤为佩服,那就是她多年来一直为孩子们开设着"阳光姐姐"热线(包括博客、微博、微信等多种渠道),还常常进入校园"卧底",和孩子们生活在一起,始终保持着与孩子们的直接联系和交流,这一点对于一个作家,尤其是一个成名多年的作家来讲,是非常宝贵的。这让她一直保持着一个儿童文学作家创作的底色。她始终坚持以一种平等的姿态去聆听孩子们的倾诉,所以她才能够真正地走进孩子们的情感世界和心灵世界。伍美珍的作品很多,而且大部分都已经成为畅销书,她的作品形成了独特的童年文本群:关注当下,贴近儿童生活,阳光、真诚、快乐,积极向上。正是这样的作品才能获得 4000 万小读者的真心喜爱。

以前,伍美珍的作品分散在各个出版社,这次作家出版社与她沟通后,由她亲自甄选出经过读者和时间双重考验的作品,整合推出"伍美珍精品文集",希望能给小读者们带来更加完整,也更加深入、系统的阅读体验。

伍美珍作品的底色是:阳光、真诚、快乐,这 3 个词正是童年最令人向往和留恋的,是她的创作理念,也是她送给孩子们,希望能与他们的童年相伴相随的成长礼物。快乐是一种心态,真诚是一种姿态,阳光是一种状态,我们都期望我们的孩子身心健康,而什么是身心健康? 应该就是快乐、真诚、阳光。

## 王泉根:每一种儿童文学都有它的美学特点

伍美珍精品文集的出版是值得祝贺的。这是我们中国原创的儿童文学作品,是以当下中国儿童鲜活的校园生活为基础、以儿童为本位的儿童文学作品。她的作品之所以受到如此广泛的欢迎,是因为有她自己的美学特点。

首先是儿童本位。儿童本位要求以儿童为主体,用儿童的身心眼去感受世界,用儿童的语言来描述和表达世界。这对于成年作家其实是很困难的。成年人要写作儿童文学,首先要实现一种身份的转换和一种观念的转换,这种转换不是"蹲下身子"跟儿童说话,而是要拥有纯真的童心和纯正的童年精神,才能写出被儿童理解,能引起儿童真切共

鸣的作品。在成人看来，孩子的烦恼可能都只是鸡毛蒜皮的小事，却不知道正是这种态度令成人和孩子之间逐步形成了难以沟通的隔阂。在孩子们看来，这些鸡毛蒜皮、小打小闹就是他们切切实实的生活，就是他们情感和心灵的安放之地，他们的心灵虽然稚嫩，却也会刮起一阵一阵的"小风暴"。而这些被成人忽视的"小风暴"正是影响孩子成长的重要因素。伍美珍作品的价值就在于，她多年来扎扎实实地深入到孩子们真实的生活和感受当中，充当了一位倾听他们心里话的童年知己。这个"童年知己"的角色，本应由父母和老师来承担，但父母和老师却往往没有给予足够的关注。从这个角度来讲，伍美珍的儿童本位的作品受到孩子们的广泛欢迎，是必然的。

其次，是好的故事和人物。优秀的儿童文学作品一定是有好的故事和好的人物。儿童读者被誉为世界上最好的读者，因为他们具有天然的洞察力，他们会按照自己的阅读感受去选择一个好看的故事，一个和他们有共鸣的人物，而不会轻易受到成年人价值判断的影响。要写出优秀的儿童文学作品，必须有吸引人的故事，要能够塑造出鲜活的人物形象。现在我们强调要写"中国故事"，就需要有当下儿童的典型形象，就需要有当下儿童的典型故事。这些孩子的形象和故事并不一定是完美的，但他们一定是关注当下、贴近现实、具有普遍意义的。从这一点来说，我们也很期待伍美珍以及更多的原创儿童文学作家能够坚持不懈地创作、探索，为中国的小读者们奉献更多的优秀作品。

## 伍美珍：为童年写作让我快乐

这套文集是我写作 17 年以来的一个历史性总结，记录了我从事儿童文学创作的漫长历程。17 年前，我以一个儿童期刊编辑的好奇心，尝试儿童文学创作，写自己了解和熟悉的孩子们的校园生活。那时候对我来说，生活可以有很多很多的选择，而写作，只是其中的一种。因此，虽然那时候我已经陆续出版了一些书，但我从来就不认为写作将会成为我今后生活中的主要旋律。我当时并未想到，从一开始进入这个领域，我就在不断为自己挖坑，然后一直都在挖这个坑。不知不觉 10 多年过去了，我遇到一个又一个年轻人对我说：我是你的读者。一开始我有点震惊，接着就意识到，"阳光姐姐"也是到了不服老都不行的年龄了。于是我也开始了回忆和反省，发现年轻时对自己未来的多样性选择，其实全都成了泡影。而我为自己挖了这个"为童年写作"的坑以后，我就深深地掉了进去，再也没有爬出来。我逐渐失去了很多生活能力，我会把锅烧成冒烟的黑铁蛋，我到哪儿都会迷路，我总也学不会开车，我赶飞机也老是忘了带证件。是的，现在看来，我只能把这一切生活能力的退化，归咎于对写作的过于专注。我逐渐明白：写作是我唯一的生存之道，所以我只能选择继续写下去。不过，这样单纯的生活让我很快乐。说实话，我已经快乐了 17 年，我决定今后也继续这样子快乐地写作下去吧。

（原载《文艺报》2017 年 3 月 1 日，收入本书时有改动）

# 萧袤《童话山海经》的当代童话叙事特征

舒　伟

　　童话是人类最古老，也最具生命力的文学样式之一。研究发现，最早以文字记述形式出现的童话是公元前 1300 年的古埃及故事"命有劫难的王子"。该故事不仅呈现了重要的民间童话母题，而且体现了主人公的成长历程。由于能够满足不同时代人们的精神和艺术需求，童话在当今世界仍然经历着持续不断的重写和新的讲述，尤其成为当代儿童文学创作领域不可或缺的一个重要类型。对于内心体验缺乏逻辑秩序和理性秩序的少年儿童，童话滋养着他们内心各种愿望的满足性，为他们的精神成长提供现实世界和幻想世界所能提供的最好文学滋养。

　　当然，要写出优秀的童话作品绝非想象那般容易。童话叙事逻辑体现的不是外在的真实性，而是心理的真实性和愿望的满足性。它可以消解日常的理性逻辑，出现空间的移位、时空的转换、时间的交叠，万物有灵，物我相融，人、兽、植物相互转化，非人类也和人类一样具有语言表达能力。就此而论，中国悠久深厚的古代神话和幻想文学传统为当代童话作家提供了最丰富深邃的养料和智慧，是当代原创童话取之不尽，用之不竭的源头活水。在古代中华典籍中，《山海经》无疑是一部拥有最丰富神话资料的奇书。研究者在肯定《山海经》的神话学价值的同时，也指出了它在地理学、历史学、宗教学、民俗学、民族学、人类学、动植物学、矿物学、地质学、历象学、医药学等学科方面的文献价值。

　　作家萧袤在儿童文学创作领域成果斐然，尤其在童话创作方面具有鲜明的探索意识和开拓精神。他创作的《童话山海经》系列（明天出版社 2017 年版）对传统神话宝库《山海经》进行了深度发掘和富有创新意义的童话化再创造，意义重大，令人赞叹。该系列分别以《羽民之国》《夜的守护神》《食火兽》《大蟹》为分册标题，集中收入了作家精心创作的《青蚨》《猼訑的眼睛》《吐火者》《羽民之国》《风伯的洞》《土里蹦》《竖亥》《迷穀花》《菌人》《食火兽》《巴蛇》《鬼哭》《烛龙兄妹》《互人》《骑木桶的人》《夜的守护神》《奇石大赛》《树哼》《倏忽》《大蟹》《何罗鱼》《巧倕》《扶桑》《聚肉牛》共 20 多篇童话故事。值得称道的是，作者在每篇故事的正文之后都以链接方式附上《山海经》原文、对原文词语的注释，以及作者的创作感言。

　　可借用王国维的话语来评说《童话山海经》的童话叙事特征："诗人对宇宙人生，须入乎其内，又须出乎其外。入乎其内，故能写之。出乎其外，故能观之。入乎其内，故有生气。出乎其外，故有高致。"由于对《山海经》极为痴迷，萧袤不仅收集了各种版本的《山海经》注释本和插图本，得空就去翻阅。长期沉浸于《山海经》的神话海洋之中，自然使他入乎其内，继而烂熟于心，感触泉涌，心驰神往之余不由自主地萌生了创作"山海经童话"的念头。而置身于当今时代，怀着一颗童心观古今，识盈虚，故又能"出乎其外"，以当代童话作家的历练和慧眼去观之识之，继而通过童话叙事去开掘和生发，逐一将《山海经》原著中某个寥寥数语的条目记载推演转化为数千字的童话故事。这些童话故事每一篇都令人击节称赏，可圈可点，真可谓"入乎其内，故有生气，出乎其外，故有高致"。

### 《童话山海经》之《烛龙兄妹》：复合型推源童话

事实上，神话的产生离不开先民们对现实世界和自然环境的观察和解释。研究表明，神话叙事的后面往往隐含着某种历史事实，是一种世代传承的集体记忆。《山海经》中关于海内外异人异物及奇异动物的描述，如羽民国、长臂国、骧头国、食火兽、奇民、异兽、奇事、神奇本领等，表现了初民们渴望突破自然障碍、获得更好生存条件的愿望。萧袤的《食火兽》对神话中的异兽也做了童趣化的书写。在《山海经》中，食火兽自然喜食火焰，因此可以在火山口内部发现它的踪迹，而火山喷发的原因乃是两个种群之间为了争夺热量池发生争斗，导致岩浆受到岩层的挤压，从地壳薄弱的裂缝处喷射出来。作者将故事设置于孩子们熟悉的当代校园，采用第一人称进行叙述，这是因为叙述者的表哥与食火兽是朋友。两者之所以成为朋友，是因为表哥生气发火，头上直冒蓝焰，正饿着肚子找火吃的食火兽当即吃掉了表哥发出的怒火，结果吃饱后的食火兽便跟表哥成了铁哥们。采用第一人称讲述故事为"设幻为文"的童话幻想增加了亲历性带来的真实感和带入感，也就是文学批评话语有关"把不相信悬置起来"的现场语境。

### 《童话山海经》之《巧倕》：追求永生不死与拷问生命意义

《山海经》揭示了先民们对生命永生不死，绵绵不绝的企盼与遐想。有关不死之国的幻想传递出人类珍爱生命，希望长寿，渴望延续生命，或死而复生，或通过改变形体来获取新的生命的愿望。萧袤的《巧倕》则以童话叙事的方式探索了人类的生死问题。少年阿倕平日不好好学手艺，一心想着如何才能长生不死。他认为只要学到了长生不死之术，想学多少手艺都来得及啊。于是他离家出走，去寻求长生不死之术。他一路奔波，赶往南方寻找飞黄未果；到昆仑山又被人面虎身的守山神兽陆吾吓得半死不活；到大彭国找彭祖，挨了一顿臭骂。在经历了诸多挫折和打击之后，阿倕仍然不到黄河心不甘。他居然误打误撞地来到了不死之国，遇到了改变他命运的阿巧。这不死之国就像一面镜子，映射出阿倕梦寐以求的长生不死的人生状态。不死国居民们饱受漫长无涯之生命的折磨，在千方百计地寻求死路，尽管绞尽脑汁、挖空心思，想出了无数千奇百怪的方法，就是死不了。甚至有人想用大量的毛毛虫把自己痒死，有人追着阿倕狂奔不已，想把自己累死。生命历程过于漫长，人间的什么事情都经历过，体验过，享受过，困扰过，就是没有死过。天长地久，不死之民变得蠕虫一般，苟且偷生。对于这种漫无止境，了无生趣的生活，人们"但愿长睡不愿醒，唯有睡者留其名。"面对阿巧的倾诉，阿倕发现自己的安慰是那么苍白无力。他提出向技艺多多的阿巧拜师学艺，阿巧同意了，但要求阿倕教她爱和死，并且把她带出这该死的不死之国。回到家乡后，阿倕与阿巧结为夫妻，他就像获得新生一般，再也不想什么长生不死之术了，一门心思钻研手艺，成了远近闻名的大工匠。他发明的技艺一直沿用至今，人们往往把这对夫妻的名字合在一起叫"巧倕"，使之成为能工巧匠的代名词和祖师爷，实现了真正意义上的"长生不死"。

### 神话怪异动物和人物的故事化、童趣化与现代化升华

巴蛇是神话中的怪异动物。据神话传说，巴蛇又名修蛇，身长百丈，青首黑身，一口

可以吞下一头大象。它盘踞洞庭一湖，兴风作浪，作恶多端，后来被神射手大羿射杀。萧袤的《巴蛇》将"巴蛇食象"之说转化为一个发生在3代巴蛇生活中的童话故事，既有童趣化的故事，更投射出令人拊膺长叹的人生哲理。小巴蛇逶逶与迤迤是一对情侣，在大自然的广阔天地里相遇、相爱。俩人婚后共同照料躺在地上不吃不喝的老巴蛇。老巴蛇在地上躺了3年，去世前吐露了"巴蛇食象"的真相："巴蛇吃了大象，可以3年不吃东西。3年了，1000多个日日夜夜，生不如死啊！"然而作为过来人的巴蛇爸爸之前发出的警告并没能阻止两条小巴蛇吞食大象：出于对伴侣的关爱，逶逶与迤迤分别吞食了一头大象。第3代巴蛇宝宝出生了，然而因不听巴蛇爸爸的警告而吞食了大象的逶逶与迤迤只能躺在巴蛇爸爸曾经躺过的地方，不能外出活动了。就在巴蛇宝宝第一次外出觅食时，作为爸妈的逶逶与迤迤急切地告诫他，千万不能吞吃大象，因为象牙是全世界最不好消化的东西。小巴蛇像流水一样游出了洞口，进入广阔而复杂的世界，他会像上辈一样走进"人心不足蛇吞象"的迷途吗？

得到拓展的神话人物包括《互人》中那人脸鱼身，能乘着云雨上下于天的互人。当然还有《竖亥》中的"步量世界"的神异人物竖亥，作者给他赋予了当今时代所提倡的"工匠精神"。此外还有《猼訑的眼睛》中的猼訑、《青蚨》中的青蚨，《羽民之国》中的羽民和《烛龙兄妹》中的烛龙、烛阴，等等，各具特色，各有千秋。

童话叙事的特征是用最自然随意的方式和口吻讲述最异乎寻常的遭遇、最奇异的故事。这种叙事方式形成于幻想奇迹的童趣化过程。由此而形成了现当代童话亦真亦幻的叙述艺术，是神奇性与写实性的双向结合。在现当代社会，童话不仅承载着人类的历史经验和文化记忆，而且越来越多地融入了作者独具的人生体验、生活感悟以及对社会人际关系、人与自然万物关系的认知，因此，作家既要有深邃的思想、广博的社会和自然知识以及精湛的文学修养，更需要巧妙把握以实写幻，幻极而真的童话艺术，构建童话作品内在的"一致性"或"自洽性"。这些因素在萧袤《童话山海经》的童话叙事中得到体现。

《童话山海经》通过亲切自然的语气和清新明快的语言叙述了从《山海经》素材生发出来的童话故事，使零散杂糅的神话因素得到整合与拓展，获得童趣化的故事性，极大地拓展了当代童话叙事的想象和艺术表现空间。在这一过程中，具有丰富人生阅历的作家的智慧与洞悉与天真烂漫的儿童思维及想象之间形成了一种默契，一种复合的童话人格得以形成，一系列富有生命力的童话诞生了。

（原载《出版参考》2019年第6期）

新中国儿童文学

70年

1949—2019

# 萧萍的书写：文本与文体的意义

聂震宁

## 引人关切的故事文本

萧萍最新创作的《沐阳上学记》是一部引人注目的作品，那么它算不算得上是一部长篇小说？抑或是一部纪实文学作品？这是让一些文学评论家颇费思量的问题。《沐阳上学记》怎么看都不是"标准的"长篇小说，因为每一章前有"童诗现场"，后有"老妈日记"，虽然中间的"沐阳讲述"篇篇精彩，可是沐阳其人是真实的，似乎违背了小说虚构的特点。那么，儿童纪实文学作品呢？也有问题，因为据说其中好多故事又都是虚拟的，不合纪实的原则。

然而，似乎许多儿童文学作家并不在乎这部作品的体裁归类的问题。他们关心的首先是整本书的故事文本。关心那一篇篇"童诗现场""沐阳讲述""老妈日记"写得如何。对于作品的品评，我素来先看重作家之间的互读互评，因为这当中总是有感同身受的因素，然后也十分看重来自读者的评价。《沐阳上学记》带给儿童文学作家的一番欣喜，几番赞许，似乎，作家萧萍是应当很满意了，至于算不算得上是小说的顾虑，是不是也就姑且随他去了？

在文学作品的品评上，文体问题肯定不是一件小事。然而，对于一部文字作品，我们看重的首先不在于它是小说还是纪实文学作品，而在于它的观察和表达，在于作家究竟观察和表达了哪些令我们感兴趣的人情事理。首先在于文本。

《沐阳上学记》带给我们的是现实生活里一个家庭教育的故事文本。美国著名教育家白玛琳指出："真正的教育，发生在家庭，发生在孩子与父母之间，在他们生命的每一个瞬间。"在萧萍的家庭里，就正在发生着这样一种教育，在这个三口之家每一个人生命的瞬间，一个个故事不期然而至。

在作者反映儿童成长现实生活的功力中，我们不曾看到儿童文学作家通常表现出来的无所不能、居高临下的态度，也不曾看到某种事不关己的讲故事人的身份感。作者老妈就是当事人，是作品的主人公之一，而作品更主要的主人公就是她的宝贝儿子。作者选择了一条两难的道路，在母子间发生的一系列不无冲突的交集中，她所能做到的只能是理性、理性，最后还是理性。感性是不必怀疑的，不过，大多数感性在这样的书写中也只能接受理性的扞格。或者正因为如此，作品成了一部反思现实儿童教育的文本。

"童诗现场""沐阳讲述"和"老妈日记"，三者合一，最终指向的是儿童成长故事和包括父母在内的儿童教育者应有的真诚反思。《我为什么不去美国（上）》那一节，"童诗现场"写得相当生动诙谐。童诗书写的现实语境准确而亲切，让我们接触到可爱而真实的儿童审美心理。可是作者并不在这首童诗里展开后续的问题和矛盾。她需要为读者营造阅读的趣味和悬念。

如此这般，使得儿童生活的书写不呆板，尤其是家庭教育中的反思并不刻板。这些都来自于教育者顺理成章的反思。我们注意到作者萧萍在作品出版后说过这么一番话："我们都是凡人妈妈。我们都不够智慧，不够淡定，不够完美。可是我们为什么头脑不够冷静，情绪不够舒缓，面容不够温柔？然而我们为什么每每和成长中的熊孩子针锋相对，两败俱伤，又和好如初……所有这些，我希望都能在'老妈日记'里流露和敞开。我想让我的孩子看到，这个世界总是和缺憾相连，而缺憾永远和爱在一起。"这一番夫子自道，让我们看到父母们的反思尽在其中。因而这部作品既是一部孩子的成长书，又是一部父母的反思书。为了让中国更多的父母和即将做父母的年轻人减少一些后悔，真应当建议大家都来读一读这部真诚反思家庭教育的优秀文学读本。

## 发人深省的现实文本

自从粗略了解《沐阳上学记》的主题、题材和基本架构之后，我顿时发现作者的选择是多么奇特，她选择了儿童文学创作的一条险途，险途上她安排了一桩桩事件，许多地方只能攀爬才能勉强度过。写作这样一部既是儿童成长之书又是父母反思之书，选择这样一个学校教育和家庭教育纠缠不已的难题，对于作家萧萍的功力可以称得上是一次很大的挑战。萧萍选择了儿童文学创作中现实主义的沧海横流，《沐阳上学记》让她显出了写实主义的英雄本色。

我读过作家的处女作长篇小说《春天的雕像》，那是一部早年生活经历的诗意作品。书中的江边小城、青石板街巷、香樟树影、女孩心事、男孩性格，写得诗意而且敏感，从容而且委婉，风格是田园牧歌、小城风情画和人生咏叹调。作品自然是好作品，然而，从一个文学写作者的经验来看，这样的作品写来并不困难，难的只是作家的一些独特经历和细腻情致。虽然要写好并不容易，需要作家的锦心绣口，需要语言表达的功夫，不是人人都能做到，可是，作为这种回顾式的人生作品，作家的写作不会有太大的压力，只要作家有必要的生活积累，有如许情感的体验和记忆，作品就会自然而然地唤起读者的心理同构和情感共鸣。一部古往今来的文学史表明，绝大多数的成功作品正是如此这般讲述既往的故事和人世沧桑而斩获大名的。此外，像她的散文《维也纳森林的故事》、中篇小说《青艾的歌剧》、长篇抒情童话《流年一寸》、诗歌集《狂欢节，女王一岁了》一类充满想象力的浪漫主义佳作，甚至同样也是追随儿童成长的系列小说《开心卜卜》，书写起来也都可以左右逢源，随心所欲。唯有《沐阳上学记》，追随现实的步履进行的共时性写作，无可回避地进行家庭教育中是与非的讨论，显然要艰难很多。这也是文学史上的常识，不必赘言。作家萧萍，以一位知识女性的身份陪伴孩子成长，倾注 7 年心血，用口语化童诗、纪实性故事和母亲日记"混搭"的儿童文学写作，直面当下、记录时事，点点滴滴都是正在发生着的故事和细节，处处都要面对的是现实难题，着实难能可贵。

《沐阳上学记》既是述说现实生活中的中国孩子、中国父母、中国校园和中国家庭的现实教育文本，也是一个母亲讲述儿子成长历程的私人文本。这里有儿子的可爱和可笑，母亲的慈爱与焦虑，也有教育的困惑和种种价值纠结。是散漫的故事，却都是当下儿童的生活，如同街谈巷议，如同校园家庭的日常，如同名师在解答疑难问题，看不出人为的斧凿痕迹，看不出故意设置的悬念，甚至猜不出后面的情节，凡此种种都是自然而然呈现在读者面前，而且引人入胜。作家萧萍正是用整个心灵在孩子们的耳边乃至在为人父母的成年人耳边轻轻讲述沐阳上学的故事，以及穿透生活的雾障，她的惊喜发现。她让我们看到了作家过硬的功力——书写现实的功力、反思现实的功力、抒情现实的功力,以及把三者融练成一种讲述,让儿童读者们从书中看到快乐,让父母读者们从书中看到希望。

为此,我们赞叹作家对当下丰富多彩儿童生活的热爱,赞叹她毫无畏惧地直面错综复杂的教育现实的书写姿态。这与鲁迅先生所谓"直面惨淡人生"的写作态度同出一理。与鲁迅的《我们现在怎样做父亲》一样,萧萍也同样直面儿童教育的社会、民族、文化的深层次问题,在越来越多的人自觉不自觉地把世俗的成功放在首位,而把育人退到第二位,实用主义盛行,成功学大行其道,本末开始倒置的现实语境下,她通过"童诗现场"的盎然生趣,"沐阳讲述"的四射活力,特别是"老妈日记"的诚恳与理性,为我们提供了相当丰富的社会现实和儿童教育的审美和见识,为此,我们不妨称其为当代中国家庭教育的现实读本。

## 文本的意义

我们还是要回到文学评论家们颇费思量的问题上来,那就是:《沐阳上学记》算不算得上是一部长篇小说?

其实,我非常在意这个问题。岂止是在意,其实我是非常喜欢这个问题。岂止是喜欢,其实我很希望在这个问题上有一番作为。

讨论《沐阳上学记》的文学体裁问题,说到底,是讨论一个作家作品的文体问题。而在我们当代文学创作的讨论中,文体不谈久已。

我曾经在一短文中标榜自己不是一个文体主义者。其实我玩的是欲强故弱、欲扬先抑的把戏。在那篇短文中我话锋一转,接着就强调文学创作,文体总是要讲究的,指出一个作家自己的言说方式和言说对象,这总是要努力寻找的。继而我把话说得比较大,强调文体就是作家以及他作品的一种生命形式,也许这生命形式并不伟大也不深刻,但应当是独特的,是有温度的,冷峻或者温暖,甚至热烈。再说得深刻一些,我们不妨把文体看成是作家生存的历史文化语境的折射,是作家坚守的艺术精神的艺术表达。

为了把问题讲得再清晰一些,请允许我们举出一些中外作家的例证。

俄国作家列斯科夫是与托尔斯泰、陀思妥耶夫斯基、屠格涅夫同属一流的俄国作家,他称得上是一位文体大师。列斯科夫在19世纪60年代后期尝试采用"纪事"的文体和叙事方法创作了他的著名长篇小说《大堂神父》《普洛多马索沃村的旧日时光》,以现实流方式讲述故事,结构朴实而逼真,震惊俄国文坛。列斯科夫还用各种文体创作了许多中短篇小说,除纪事体外,还有回忆体、组合体、故事体、戏剧体,如此等等,可谓才华毕现,享誉一时。回到我们熟悉的中国现当代作家。鲁迅、沈从文、老舍、孙犁等现代作家的小说作品之所以享誉于当时,传承久远,除却作品的内容具有经久不衰的认识价值和人文精神,其文体艺术上的造诣也是不可忽视的重要原因。

如此等等,不一而足。把远在天边的作家拿来论道,为的就是来品评近在眼前的萧萍。早在《沐阳上学记》全书出版之前,我就已经注意到儿童文学作家萧萍在创作上的多样化探索。她的长篇抒情童话《流年一寸》在文体的尝试上就显得大胆,其寓言性场景和叙事颇有构造戏剧的特点,故事借用《山海经·海外北经》所记的"欧丝"女子为典故,从"欧丝之野在大踵东,一女子跪据树欧丝"起头,串联起一个名叫寸儿的蚕宝宝的独特成长经历,在蜘蛛、螳螂、老屋的木匠以及真正的远方、童话书等等,都成为成长中的那个遇见和必经之路之后,我们会意识到这部童话作品,其实隐喻了一种女性的心灵成长经历,一种羽化成蝶的精神飞升。这部作品所取得的成功，虽然首先来自于作家的奇思妙想，然而寓言文体的熟练而精细的操作，让读者获得了丰富多彩的审美效果。

　　有论者指出，萧萍是一个不安分的作家，她的每一次创作都是一次自我挑战的过程。也许这与她接受过教育学的本科教育，从事过童话写作与发生的硕士研究，做过外国戏剧的博士论文有相当的关联。作家的不安分往往在于其功底丰厚而思虑过多，文学创作的武器库里所藏武器多多以至鼓动其在文体上的多样化探索。她的中篇小说《青艾的歌剧》，使用了类似希腊悲剧中的进场诗和退场诗的文体，写了两个高中女生的微妙友情。文中前后呼应的古典书写形式，那种古希腊戏剧典雅的文体，给作品平添许多古典高贵气息。而这种高贵气息，显然是颇为适宜用来塑造两位追求高蹈精神气质的高中女生。萧萍对诗歌文体的探索更是十分丰富和自觉。她的诗歌集《狂欢节，女王一岁了》和儿童诗歌剧《蚂蚁恰恰》，都让我为她的文体创新感到惊奇。特别是后者，整个故事有民间故事色彩，用诗歌剧形式，进行原创的童话诗剧尝试，这在国内儿童文学创作中很是罕见。

　　那么，回到《沐阳上学记》，其文体的意义已经再明显不过。在全书中，"沐阳讲述"是小说的主体部分，是小说第一主人公李沐阳经历的故事，它确立了这部作品的小说地位（虽然有写实，却也有虚构，因而，在古今中外小说的写作分类问题上，大多数人是不会在虚构与非虚构中自寻烦恼的）；"老妈日记"则是小说中第二主人公的独白与对话，如此，方凸显了家庭这一教育文本的现实意义；至于"童诗现场"，则是儿童语境的渲染和升华，它有点儿类似中国古代话本的开场诗，可又不尽然，因为它有相当的密度，成为整部作品不可或缺的陈述部分，倘若没有这些独具生趣的开篇诗歌，整部作品将会失去多少意趣和快乐！这部作品在文体上的创新，全然为的是儿童成长审美和家庭教育反思的写作主旨。一切出于自然，一切是那么浑然一体。小说的大厦有无数窗口可以进入。作家萧萍选择了一个适宜的窗口进入，让我们眼睛为之一亮，而正因为她的创新，也许从此断了其他作家同行重复使用这一窗口的念想。《沐阳上学记》将成为我国当代儿童文学创作园地里独具其美的"这一个"。

（原载《文艺报》2017 年 6 月 7 日）

# 张洁:别忘了童年的老银杏树

徐 鲁

这儿有一个不知道自己出生月份的人。

这一年是 1984 年,校园里飘着树和青草的味道,数不清的鲜红色野蔷薇缠绕着栅栏,在通往学校苗圃的那条小路上疯开。暮春的气息暖暖地掀动 15 岁少女的心。

她的名字叫林子。森林的"林",孩子的"子"。

张洁的小说《敲门的女孩子》就是这样开始的。这是她的第一部长篇小说——是她第一次用"写"的方式去轻叩自己心灵的内殿里那些虚掩的门扉。她说过,她选择文学的原因,"除了对文学的热爱,更重要的也许是着迷于'写'这样一种特殊的表达方式"。她并不拒绝与世界的交流,但她内倾的性格以及由此导致的少言寡语,只能使她领略到更多的孤独。"因此在偏爱行动的同时,一直希望能有一种方式,帮助我把心中的话说出来。"她说,"写,正好契合了这一点。心中的点点感动和顿悟在这个过程中织成了梦的世界,我就在其中流连。它映着我的成长痕迹。"

门,缓缓地打开了。那里面存放着她对童年、对文学、对词语、对整个生命中的光影与色泽的全部理解和感觉。它们都是那么细微和完好,仿佛青嫩的葡萄藤被埋藏在温暖的地窖里,只等春风吹来,它们就会迅速地抽条和发芽。

张洁的这部小说,写的就是她童年的那捆葡萄藤。她用温柔的回忆的阳光,去照亮了整个童年的地窖。于是,时光重现。已经远去的那些岁月里的人与事,又被一种童音召唤回来,童年时代的那些梦想与希求,又如山径上的火光一般若隐若现。她自己或许并不知道,当她把那些寻常的、微小的记忆的金屑寻找回来,撒在一页页稿纸上时,她实际上已经完成了生活中最重要的行动。也就是说,透过林子这个小女孩短暂的童年生活的点点滴滴,我们领略到的是一些令人奇异不安而又十分美妙的生命含义。

张洁曾说:"写作中最能使我感动的是出现于我作品中的善良、纯朴的人们,他们在我的生活中和童年的记忆里,每想起他们我都有要流泪的感觉。他们让我越来越懂得'珍惜'和'爱'……"爱与珍惜,也正是张洁在《敲门的女孩子》中默默传达出的温暖的主题。

一个野葡萄般的小女孩,曾经那么天真顽皮,在山野间无拘无束地奔跑,有一天还别出心裁地将伯伯种的卷心菜挖去菜心,再整好外面的叶子作掩护。可是山野里的欢乐是短暂的,不久她就离开了乡村,像一只迷途的野鸽子,再也找不到回家的路;像一粒被吹进城市中水泥铺成的街巷里的蒲公英的种子,再也找不到了湿润的生根的土地。当生活的滋味一点点地爬上女孩嫩嫩的舌尖,她小小的心房也开始收藏那些依她的年龄所不能承受的心事了。她试着抬起头、举起手,轻轻地去叩那些神秘的、陌生的门扉。那是她的成长中的生命必须跨过的门槛。在自己的一次次勇敢的敲门声中,她的心灵获得了一次次的飞跃。她感到自己由小变大,正在成长。她渐渐学会了用一颗温暖的心去解读身边的人。而让自己周围的人都快乐一点,也成了她越长大越清晰的一个愿望。她知道,所谓"成长",其实就是用自己的真诚和理解,用爱与珍惜,去敲开一扇又一扇神秘和美妙的门,而最终抵达最灿烂的内殿⋯⋯那么现在,她还不曾进入这个内殿,她正走在通往内殿的路上⋯⋯

这是一个寻常而美丽的故事。在这里,日常生活的点点滴滴,童年小路上的雨丝风片,都超越了狭隘的个人色彩,而变成了一种具有永恒意味的生命追忆。而这种追忆——这种仿佛带着孩提时代的梦想,向着生命的上游游去的过程,也使一部真正的诉说童年的小说得以完成。

也许纯属巧合,在我收到并打开张洁的这部诉说童年故事的小说之前,我刚刚读完法国当代作家罗贝尔·萨巴蒂埃(Robert Sobatier)的一部同样风格的小说《瑞典火柴》。萨巴蒂埃几乎所有的作品都是在回顾童年,无论是《瑞典火柴》《薄荷棒糖》《野棒子》,还是《无花果树之死》《夏天的孩子》等,均以童年为绝对主题。"我带了孩子时代的话/朝着我等待自己的地方逃亡。"对于童年生活和感觉的无限的缱绻,使他的每一部小说都充满纯洁和温柔的情调。张洁的小说,使我在合上《瑞典火柴》之后,再一次感到了童年追忆的永恒的魅力和人生之初的朴素与纯美。

一位诗人曾经这样描写过他的经验:"当你达到生命的一半途程时,童年的回忆开始复苏。这时候,只要你同意,你的童年就会完好地出现在眼前,生气勃勃,活灵活现⋯⋯"没有什么能够改变一个人童年的体验和记忆。问题是我们往往忽视了它,对它缺少应有的尊重,而且不知不觉地干下了一种严重的傻事:对童年的放弃。这,对于一些作家,尤其是对于一些儿童文学作家来说,是一种难以估量的损失。张洁的小说是在诉说童年,也是在重新发现童年。与其说,她想帮故事的主人公林子弄清那个谜一般的日子——她的生日之谜,倒不如说,她是在提醒所有的人注意:每个人的童年的存在就是一个大神秘,谁能够回答这难解的谜,谁就懂得了人生的主要奥秘和生命的最美妙的含义。

林子记得,牛墅村小学门前有一棵古老的银杏树。当那位疼爱过她的、有着老银杏树皮似的脸膛的老爷爷去世之后,她伤心地追忆道:银杏,你孤独吗? 你寂寞吗?

但老银杏树是默不作声的。

只有作者自己,仿佛正对着童年的那株老银杏深情地说道:不论离你多远,我都会记得你啊! 就像黄昏时刻的树影拖得再长也离不开树根,我无论走得多么远也不会走出你的心⋯⋯

(原载《儿童文学研究》1998 年第 1 期)

# 毛芦芦的儿童散文创作:情感之真与性灵之美

李学斌

　　毛芦芦的散文,篇什颇多,题材也极为丰富。街头所见、出游所观、居家所悟、乡野所感、记忆所涉——一在列。这一方面凸显了芦芦文思之频、下笔之勤,另一方面也从中见出她对散文写作的偏好。

　　一直以来,总觉得擅写散文的人,骨子里都颇有些专属文人的静气、雅气和骨气,那些历朝历代的散文家,也多是些生性恬淡、自由洒脱、淡泊名利、执着精神的隐士,或是些洞察人世、旷达干练、境界高远、进退裕如的君子。他们往往喜静观,擅默察,爱独处,尚幽思,百丈波澜尽敛于胸,千仞屏障视若坦途,水穷处坐看云起,山崩裂处变不惊……当此时,散文就成为他们超越世俗羁绊、品鉴生命愉悦的内心絮语、情感吟唱。原因很简单:散文是距离生活最近的文体,也是切入内心最深的文字,那种可近可远、可深可浅、可歌可泣、可悲可乐的自由、灵动、轻捷、畅达,特别适宜于不同境遇、不同禀赋的写作者表达人生记忆、现实体验。而这样的表达往往又都是审美化、艺术化的。审美化的生活和记忆,艺术化的情感和情绪。那种非功利的眼光、视野与泛性灵的意念、文字水乳交融,常常体示了一种天籁般的静谧、深邃,瀚水般的恣肆、宽广。这是散文的一种境界。它既是写作者动于中、形于外的自我表达,也是天地万物讷于言、敏于行的文字呈现。好的散文,作者的情与感、思与悟、观与听、言与行都是具有超越性的,既是形而下的生活表面、现实表象、自然表征、人性表里,更是形而上的生命本源、现实本质、自然本真、人性本义。很难设想,一个心灵逼仄、情感寡淡的人,一个品行晦暗、趣味低廉的人,一个珠胎暗结、蝇营狗苟的人,一个整天对现实生活锱铢必较、对功名利禄趋之若鹜的人,会有雅兴、闲情吟哦风月流水、赏叹乡野蛮音……这么说,似乎大有将散文写作神化、美化之嫌。但有一点,窃以为却是毋庸置疑的,那就是,散文写作最能见出作家的性情、才质,也最能体察写作者的精神风骨和人格脉络。

　　这一点,举凡中外散文名篇佳作,大多如此。只不过,超然、恬淡、自由、旷达之外,儿童散文较之成人散文,更多了些属于写作者的童稚情怀和属于童年的率真心性。以此为鉴,通观毛芦芦的散文,其儿童散文的格调、气息历历在目;其散文之美也水波潋滟、浓淡相宜。

　　那么,毛芦芦儿童散文究竟特点何在呢?

　　细品之,就在于作者弥散于字里行间的生活之真、积累之厚、体验之深、情感之切、表达之约。所有这些,在毛芦芦诸多散文篇章里此起彼落、回环往复、首尾呼应,共同构织了某种灵动、清雅、率真、自然的情感氛围和文字意境。

　　在笔者看来,毛芦芦此种清幽、恬淡的文字格调形成并非偶然。它既和作者的个性气质、生活积累、思维方式息息相关,也与作品的题材选择、叙述结构、语言表达环环相扣。而从整体的审美趋向上说,则得益于作者对散文与生活之间距离感的准确把握。这一点，也恰恰是毛芦芦当下儿童文学创作的优势所在。

凡读过毛芦芦小说、童话、散文的人，不难发现，和那种偏于写实、相对比较拙朴的小说叙事，以及以写实驱动虚拟、用想象置换生活的单极童话构思不同，毛芦芦散文中的笔调往往更加灵动、诗意、清新、优雅。正因如此，窃以为，相对于小说和童话，毛芦芦的个性、气质、思维、笔力其实更适合于写散文。在散文中，毛芦芦能够将生活与文学的距离拿捏得分毫不差，珠圆玉润的语言和自然真挚的情感融合一处，让文字具有了诗的气质、歌的韵味。而在小说和童话中，芦芦的笔却没有散文中那么游刃有余、自信洒脱。她会在写实和虚拟、想象和生活的缝隙里局促不安。可是在散文的抒情化叙事里，毛芦芦的文字却是神闲气定、悠然自得的，那里有一种基于真实的梦幻般的光亮闪烁，化影无形的情感如游丝飘逸，若暗香浮动，氤氲在或绵密或疏朗的叙述里。散文中，我们更多地看到了属于她自己的情感氛围、语言风格、叙述节奏、心理气质。她那些弥漫于儿童散文中的诗心、诗性，显得熠熠生辉。

我们且看这样一些文字：

> 童年是一截牛角尖，钻过来了，就回不去了。伤感的人，爱把这截牛角做成号角，在每个月明之夜，嘤嘤地吹，希冀能把依稀仿佛的往事变成一支不朽的歌。（《牛角尖里的歌》）

> 那一天，我记得是有太阳的。先生穿一件米色的夹克衫，亮亮的阳光一柱柱照在他的身上，先生的人好像透明似的，让我一下子就看到了他那莲子一样清芬的灵魂。（《先生的花儿开了》）

> 爷爷的电影院，是专为我一个人而设的，宽不过两尺，高不过半丈，有时包着黑棉布，有时蒙着蓝粗布，有时则露着紫铜色的皮囊。它的样子，根本不像真正的电影院。其实，它也不是什么现实意义上的电影院。因为爷爷送给我的电影院，不存在于其他任何地方，只在我爷爷的背上。（《爷爷电影院》）

> 一天又一天，一年又一年，爸爸挖着山，种下一坡坡、一坞坞的橘树。橘树成了爸爸养在山上的儿女。（《那些坡·那些坞》）

> 记忆里，娘就像一只白天从不着家的鸟，一年四季，总在外面吃她的百家饭，总在外面不知疲倦地飞翔。我见娘的面，几乎都是在夜里，在灯下，在嗒嗒作响的缝纫机声里……（《难忘那件花衣裳》）

毫无疑问，这样的段落、文字都是经过情感充分浸润的，也是经过心灵常年发酵的，一旦喷涌出来，都滚烫而炙热。但是，如此炽烈、深厚的情感，芦芦在表达时，却往往尽量避免原生态的直抒胸臆，而是多采用"曲笔"，以柔婉、含蓄、内敛、蕴藉的笔调诗意表达。即便如此，那份深蓄心间的情感颤动与诚挚感恩的缱绻依恋，却依然时时透过文字而情景复现，不仅时时激荡着阅读者的心扉，而且还让人在审美的愉悦中推己及人、浮想联翩，于感同身受的切肤体味里，不知不觉红了眼圈、湿了眼角……

这样的文字，在毛芦芦的三卷散文集中不胜枚举。写人，现实里的父母亲人、同学老师、乡邻旧交，其音容笑貌、举手投足，伴记忆钩沉，一一重现；写事，生活中的丝丝缕缕、沟沟坎坎、点点滴滴，随岁月流逝，渐次尽收笔底。脚踏三轮车捡拾废品的小姑娘、偶然出现在家门口麻袋里失而复得的小丑猫、六一儿童节唱歌表演时裙子意外脱落的小小尴

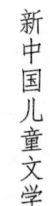

尬、物质贫乏年代小小铁盒炒出的雪米花的清香、顽皮贪嘴年龄偷摘葡萄的冒险经历、冬夜故事会上荡漾开来的散漫和温馨、杳杳野猪塘畔心头弥漫着的惊惶与感动……

所有这些，无疑都是另一个年代的童年体验，如同一幅幅淡雅、素朴的画卷，无声诉说着别样的童年故事。这样的诉说，对于今天物质极度充裕而精神相对单调、视野相对逼仄的孩子，无疑是一种心灵的补给和精神的参照。

这也体现了毛芦芦儿童散文叙事的双重视角和复合体验：一方面面向童年、面向记忆，叙写已成往事的儿童生活，意在还原、再现童稚之真、童心之纯、童年之美；另一方面，则是成人心智视野下，感喟、叹息、赞赏、沉浸、回味、眷恋等情感氛围里以阅尽人世沧桑、体察生命甘苦后的睿智、旷达，为童年生活、成长体验奠定价值坐标、树起精神之幡。而这样的双重视角，也恰恰寓示了毛芦芦儿童散文的文体特点与价值功能——让小读者既品味到了物我同一、感同身受、心心相印、心领神会的那份情感共鸣、精神共振，也在成熟心智的引领下，经由文字体验，进入更加广阔的生活空间，并进而扩张、提升了自己的心灵疆域、情感境界。

写人如此，写事亦然。即使是在写景的诸多篇什里，毛芦芦也诗心悠悠、深情款款，以柔婉而细腻的笔触传达出对于童年记忆、乡村生活的熟稔和眷恋。这些篇目，与那些抒写亲情的文字一道构成了毛芦芦儿童散文里最为华彩的乐章。

> 秋正一日深似一日，这些日渐消瘦的绿草，说不定哪天就枯了黄了，所以，我望着它们的眼神，就比过去多了一分缱绻一分依恋一分悲悯。我每天在她们身边来来去去，我每天用痛痛的目光望着她们。她们呢，就悄悄在昨夜收集了一怀红叶馈赠给我。（《我的绿草师、红叶师、紫花师》）

> 春天，你是那朵仰着脸向阳光撒娇的小白花，是那束撒开脚丫子尽情奔跑的碧水泉，是那头被无边草色温柔拥抱的小牛犊。//春天，绿柳岸边五彩的风筝是你的翅膀，青山怀中嫣红的叶芽是你的舌头，碧空之下啾啾的鸟鸣是你的声音。（《春·蜂之舞》）

> 秋天，天高了，云淡了；水清了，河浅了，小桥下的鹅卵石，就笑出了七种颜色，万种风情。//秋天，稻黄了，橘红了；草轻了，露重了，大山上的枫树叶，就弹响了朝霞的琴，晚风的筝。//秋天，太阳像枚金柿，映在小儿活泼的眸子里；秋天，月亮像声吟哦，含在少女思春的胸口。//秋天，父亲瘦了，可大豆肥了。（《永远的老家》）

阅读这样的文字，不仅让人深深品味到大自然的灵性之光、乡村生活的诗性之美，而且还隐隐触摸到文字背后抒情主人公的精神风貌。诚如上文所说，散文是最能透视写作者心性和才情的文体。好的散文，往往袒露的是写作者的真性情、真气质、真感受、真体味。这样的情感之真既通过文字，昭示了毛芦芦作为散文作家敏感、细腻、善良、温情的才情、个性，也在很大程度上酿制了她的儿童散文之美。

当然，毛芦芦的儿童散文创作尽管颇具神采，但就整体而言，亦还有不少可以完善、提升的空间。比如，通观芦芦迄今为止的儿童散文作品，不难发现，在诸多题材中，她并不善于描绘都市童年景观和现实人生百态。她似乎对近距离的生活描摹始终心存疑虑，而对经过岁月淘洗、时光过滤的人和事却洞烛幽微、成竹在胸。这种倾向体现在三卷散文集中，就是那些写乡情、乡景、乡风、乡韵的篇目，往往最能打动人心、激荡情感。写作中，只要进入这些题材领域，芦芦的笔触每每就如同莫高窟里千年飞天的飘带，穿过岁月的雾霭，熠熠生辉、闪闪灵动，诗情画意尽在其中，眷恋感动袅袅升腾。那种灵秀、飘逸，那份优雅、隽永汩汩滔滔、涓涓不尽。显然，故乡和童年，已然成了毛芦芦散文创作的灵地、宝藏，成为她心灵的憩园。在那里，她既能够诗意地栖居，又可以灵性地表达。毋宁说，这是一种审美的生活状态，也是一种散文创作的境地。

不管怎样，如此众多的散文篇什汇聚一处，从中可以看出毛芦芦经年累月的思维律动、灵感闪烁。可以想见，这期间，生活的积累、情感的积蓄、体验的磨砺、审美的沉淀逐渐由细微而深厚，由浅易而宽广，最后冲天而起，临风而歌，成为童年背景里乡情、乡音、乡风、乡韵的绵绵叠唱。

更为难得的是，这么多驳杂、繁复的题材内容，芦芦一一写来，却是极尽简约的。无论写亲情，还是写乡音，她都很少浓墨重彩地铺陈、渲染，而是追求一种"以少少许胜多多许""余音袅袅"的清雅和隽永。秉承这样的审美旨趣，芦芦的散文多是随感式、顿悟式的，一事一写，一人一篇，篇幅很短，意蕴也谈不上多么深厚，但每每读来，却倍觉回味绵长。这样的行文风格无疑体现了一种写作的节制，一种散文叙述的简约之美。

宽广的视野、诚挚的情感、诗性的意味、简约的表达……所有这些，弥散于文字里，融合于篇章中，共同构织了毛芦芦的散文之美。这份坦诚、磊落、优雅、自信、昂扬、洒脱的写作姿态可谓毛芦芦儿童文学创作的精神财富。这么说，是否预示了儿童散文或许就是毛芦芦作为儿童文学作家的标志性写作？无论如何，让我们祝福她未来的儿童文学创作之路春风荡漾、前程似锦。

（原载《文艺报》2013 年 3 月 25 日）

# 王一梅：下雨天也是晴朗的

朱效文

在 20 世纪末和 21 世纪初的头几年，不断地有年轻的童话作家涌现出来，为有些沉闷的童话界增添着鲜活的亮色。在他们中间，能够形成自己独特的童话艺术风格，并坚定保持自己理想追求的尚为数不多，王一梅是其中比较突出的一个。

王一梅的童话作品，以优雅智慧的童话语言，在幻想境界的无穷尽的变化中，凝聚起对于理想生命状态与和谐精神世界的执着守望。她的童话，坚守着不变的儿童本位，却又将苏吴品性、江南神韵与作家个性展现得绚丽多彩。我以为，她的童话不光有趣，有神，也有"根"。

## 一、幻想境界透视

童话创作的成功与否，关键在于幻想境界的创造。以为将生活故事或小说中的人物简单改成动物便是童话了，是对童话艺术的误解。优秀童话作品中的幻想境界既有独特的审美意义，也有丰富的精神意义。

在堪称王一梅成名作的短篇童话《书本里的蚂蚁》中，一只蚂蚁偶然被夹进一本书里，这并不构成幻想境界；但紧接着，这只蚂蚁被压扁了，变成了一个会走路的"字"；而书本里的字被蚂蚁感动，也学着蚂蚁的样子，走起来，动起来，然后又不断地组合成新的故事，这就构成了幻想的境界。这幻想境界的构成，既新鲜而又不失自然，既大胆而又恰到好处，既神秘莫测又能引发美丽想象。它的审美意义就源此而产生。同时我们看到，这些小小的蚂蚁和文字竟然能托起大大的变化无穷的故事；原本呆滞不动的字在蚂蚁的感召下动起来，就获得了生命和巨大的创造力；这小与大，静与动之间的奇妙转化，就形成了这幻想境界里所蕴含的精神意义。于是这小小的童话，就有了无比宽广的边界，有了活的生命。

在《木偶的森林》这部长篇童话里，幻想境界因其篇幅大而具有不同的层次。作品一开头，那表层的幻想境界就无比地引人入胜。在一个宁静的图书馆里，居然走进来一只熊，熊像人一样安静地读书；当人发现了它是熊的时候，熊悄悄地离开了；然而图书馆的管理员却说，这没什么好奇怪的，熊常常到这里来看书。这里的神秘感是层层递增的，从熊进来看书，到熊突然消失，再到管理员说的话，每一层都给人以超越现实的神奇，每一层都为读者打开了一个新的想象的天地。这就是幻想境界的魅力，也就是它的审美意义之所在。然而它所给予我们的，还有对于人和动物之间相互关系的多种暗示，以及作者的理想和对现实的抱憾。这也就是我所说的幻想境界的精神意义。它所给予儿童读者的影响和感召，是蕴含在审美过程中的，是隐蔽的、潜移默化的，而不是脱离审美过程的灌输和说教。

优秀的童话作家从来不是为幻想而幻想，而总是在幻想中构建着某种灵魂的通道。他们幻想的笔既超越现实，又与现实丝缕相连，在亦真亦幻中勾画着美，寻找着理想。王一梅正是如此。透视她的作品中的幻想境界,我们不难找出她的童话令人感动,耐人回味,也是让儿童读者由衷喜欢的原因。

## 二、给童话人物以灵魂

在王一梅的童话作品中,童话人物的性格常常表现出惊人的执着与坚忍。在她的第一部长篇童话《鼹鼠的月亮河》中,小鼹鼠米加为了完成一个异想天开的计划,给好朋友尼里发明一台洗衣机而独自远行,锲而不舍,直到实现梦想才返回家乡。在她的另一部长篇童话《雨街的猫》里,雷莎太太为了等待出海远航的船长,放弃了女巫的身份、法术和所有的财富,住进雨街的小楼里,日复一日,年复一年地等待,直到去世;雷莎太太死后,黑猫阿洛接替雷莎太太,守护着小楼,继续着漫长的等待。等待那一封来自大海的信。还有长篇童话《木偶的森林》里的阿汤先生和木偶人罗里,甚至那棵被砍伐后留下的橡树墩,都无不具备着执着坚忍的个性,长久地坚守着某一个目标与梦想。

面对社会文化心态的浮躁与脆弱,王一梅的童话显然是在向儿童读者们彰显一种与浮躁、脆弱相对立相抗衡的人格与个性。这种人格与个性似乎有些太过传统,也不符合时尚潮流,但它却是美好的,是人类精神经久不变的传承,也是对人类心灵永久的慰藉。

王一梅塑造的童话人物几乎都是富有爱心的。她的童话中很少有极端的反面人物出现,即便有反面人物,也很少做极端的坏事,他们的内心深处也常常是柔弱的,如《雨街的猫》里的灰衣人和《木偶的森林》里的木偶罗里。因此,王一梅在她的创作中也从不对反面人物痛下杀手,而总是采用温柔的方式去感动他们冰凉的心,使他们也变得善良起来。读王一梅的童话,我们会从头至尾沉浸在爱的暖流中。这是一种普遍的爱,没有"恨"作为对立物的爱。

当一种普遍的爱,成为童话家主动的理想和追求时,决不能以为这是一种浅薄;相反,她是作家艺术风格的个性之所在,体现了作家独树一帜的人文追求和艺术境界。这种普遍的爱,其实也是民族精神的一种传承,中国古代先哲墨子早在 2000 多年前,就倡导"兼爱",也就是普遍的对所有人的爱。

王一梅曾这样说,希望在自己的作品中,"下雨天也是晴朗的"。这仿佛就像是她的"爱"的宣言,不光要让"爱"照耀快乐的天空,即便在困厄与忧伤的"雨季"中,"爱"的阳光依然明媚。

在当代中国的童话创作中,童话人物形象的塑造常常成为创作的一个"软肋";批评者总是责难童话界,推不出能站得住脚的个性化的童话人物形象。

然而在王一梅的童话作品中,特别是在她的长篇童话中,对于个性化的童话人物形象的塑造,一直是作者倾力追求的目标。在她的获奖童话《鼹鼠的月亮河》里,王一梅创造性地塑造了一个不循规蹈矩,却富有想象力和创造精神的鼹鼠形象。他和别的鼹鼠不一样,不愿意打洞,却异想天开地想造一台洗衣机,并为此执着地付诸行动,开始一次漫长而孤独的旅行。在我读过的童话作品中,这样富有现代感,富有创造精神和实干精神的童话人物形象,还是第一次出现,这无疑具有开创性的意义。

出现在长篇童话《木偶的森林》里的木偶人罗里,也是一个不同寻常的童话人物形象。我们都记得意大利童话《木偶奇遇记》里那个著名的木偶人匹诺曹,它是家喻户晓的经典童话人物。然而王一梅塑造的罗里却和匹诺曹有着截然不同的性格,匹诺曹渴望成为真正的人,并且最终实现了它的愿望;而罗里却在它恢复理智后,选择了返回大森林,和它的树墩生活在一起。一个走向人类，一个返回自然，两个木偶人都有着活的灵魂，但命运选择却截然不同；这两种不同的选择，其实是不同时期人类精神的体现；从开发自然到回归自然，人类精神不是倒退了，而是升华了。在这个意义上说，木偶人罗里和匹诺曹一样，既有独特的个性，也具有某种经典性。

王一梅塑造的童话人物形象既是孩子气的，透明的，幻想的，又是个性的，有新意和有灵魂的。它代表着中国童话界的新的突破，值得童话界为之惊喜。

## 三、水乡的童话

王一梅的童话，与她前辈的童话家相比，既没有周锐的恣肆夸张与锐利讽刺，没有冰波抒情童话的壮美华丽和婉约细腻，也不同于张秋生的精致凝练和举重若轻，却有着自己独一无二的品格。

她的童话体现出一种和谐、优雅的艺术风度。在她创造的幻想境界里，想象和夸张总是大胆而又克制。她善于在幻想和现实之间，做柔软而又舒缓的过渡，而不是做强硬的突兀的刚性的切换。她童话中的情节，既生动有趣，悬念迭起，却又没有激烈的冲突与对抗，没有尖啸与喧哗；即便反面人物也是柔性的，非极端邪恶，非极端粗暴；他们的转变过程也是柔和的，诗意的，抒情的，非动作性的。她童话中情节的发展，常常是倚靠着丰富的情感与情趣来推动，而不是倚仗剧烈的矛盾冲突。她的童话并不总是快乐的，相反，忧伤的情感也会常常出现在她的作品中；然而，她笔下的忧伤，似乎总是隐藏在快乐之中；读者需透过快乐的外表，才能品味到那层淡淡的，却是深刻而痛切的忧伤（如《雨街的猫》中，雷莎太太的忧伤）。

和谐是王一梅童话最鲜明的美学品格，也是她作为童话家的可贵的精神诉求。这也使我联想起她所生活的地方。她的家乡在江南，在水乡苏州。水乡是多雨的，水乡是柔性的，水乡女儿的灵性如水一般柔和；苏州人即便吵架，声音也是柔软的，即所谓吴侬软语。王一梅童话的文学品格，不正是江南水乡的柔性与和谐品性的生动写照吗？

王一梅的童话十分讲究结构。她的长篇童话绝不是短篇作品的系列连缀，而是真正的有完整结构的长篇。在她的长篇童话中，不止一次出现一个故事套着一个故事的叠架式结构，如《木偶的森林》中，这样的结构竟巧妙地出现了两次。这使我又想起闻名遐迩的苏州园林，那园中有园，景中有景，墙外有墙，山外有山，一步之外，别有洞天的园林景观，仿佛与王一梅的童话结构有着相通的神韵。

读王一梅的童话，你仿佛能听见江南的雨，江南的水，看见江南的雨街，江南的园林，能感受到飘逸在水天间的江南神韵。这也许不是作家所刻意追求的结果，而是饱受江南文化熏陶养育的童话家在创作中自然天成的流露。

当我们寻求童话艺术的民族化、本土化时，也许症结并不在于写不写巫婆，用不用洋名字，而在于是否在创作中体现了民族的文化底蕴和文化气质，是否在作品中蕴含着本土山水的灵性和生生不息的民族精神。我感觉在这方面，王一梅的创作实践给了我们十分可贵的启示和成功的范例。

## 四、童话的儿童本位

当人们越来越热衷于谈论"成人童话"的时候，坚守童话的儿童本位，就变得越来越重要。不管在外语中，童话这个单词是怎么拼怎么写的，童话在中国仍然应当是给孩子们看的。

在王一梅的童话创作中，作者始终坚持着为孩子讲故事的质朴创作心态，她的文字清新、简约，从不为孩子制造阅读困难。她的童话语言充满着智慧与幽默感，飘动着丰富的想象力，能使儿童读者一边阅读，一边获得由衷的快乐。

在她的童话《雨街的猫》中，老鼠面包师要送面包给"我"（人）吃，"……我说：'我不饿。'他们（老鼠）说：'我们明明听见你的肚子在叫，你却说不饿，人类就是这样善于撒谎。'"（笑。）在写到雷莎太太家有一只爱啃桌腿的老鼠时，作者在说了她家的桌子是三条腿后，又接着写道："她家里的椅子也是三条腿的。她的眼镜是一条腿的。她的伞……本来应该有 12 根伞骨，现在已经只剩下 11 根了。"（大笑。）

像这样充满智慧和想象力的语言，在王一梅的童话作品中几乎俯拾即是，常令人忍俊不禁，让人发出会心的笑。智慧的童话语言，成为王一梅童话最出色的品格。智慧的语言不同于搞笑，不同于粗俗；智慧是一种艺术，既是语言的艺术，也是心灵的艺术，它能将原本没有笑料甚至有些苦涩的生活，用一种笑的方式巧妙地呈现出来，虽然在笑中依然包含有苦涩。

优秀的童话作家常常堪称是语言艺术的大师。王一梅在她的童话中，使用的是简约的白描手法，然而却并不缺少细节，尤其是感人的细节。她的童话中，常有极美的画面感；若干个富有想象力的细节，构成了宁静幽远的童话境界，令人心驰神往。可以说，既简约而又丰富，也是王一梅童话语言最精美的特色。

王一梅童话的儿童本位，还体现在作品中儿童意识的主体地位上。她的童话中的童话语言和童话人物思维都极富儿童情趣；即便是童话里的成年人物，他们的情感与心灵也常常荡漾着儿童般的趣味，能给阅读它的孩子带来审美的快乐和情感的体验，留给孩子们思考的空间。这种始终不变的儿童本位，是作为成年人的童话作家很不容易做到的，也是童话家最可宝贵的品格。

年轻的王一梅也曾写过一些较粗糙较空泛的作品。这也许是成长的代价，也许是忙碌琐碎的日常工作使她不易保持稳定的写作状态。但王一梅始终有追求，并且不为时尚而摇摆，这决定了她比许多同时代的年轻童话作家更具备成功的效率与潜力。

在苏州的雨巷里，有一片美丽的阳光。它告诉我们，"下雨天也是晴朗的。"这既是一种审美观，也是一种人生观，是一个具有童话精神的神奇意象，也是王一梅童话艺术风格的一个精要而形象的概括。走进她的童话，沐浴着那片神奇的阳光，每个孩子的心灵都会为之感动。我也感动了，感动于雨丝和阳光的交相辉映，感动于童话作家如画师般不同凡响的手笔。

（原载《文艺报》2007 年 9 月 22 日）

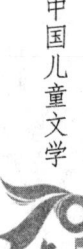

# 李东华的儿童文学:在新世纪中的突围

徐　妍

　　虽然中国儿童文学长期以来被放逐在中国现当代文学史的主流叙述之外,但任何有关当下儿童文学创作的讨论,都无法绕开它的历史性存在。事实上,当我们祛除中国儿童文学的历史记忆,只将当下中国儿童文学创作局限于当下儿童文学自身的时候,很难看清楚它是什么,意欲何往。所以,论及新世纪背景下成长起来的儿童文学作家李东华的创作实绩,需要在历史语境与现实语境的双重维度中进行考量。

## 对训导类与商业类儿童文学的突围

　　自 20 世纪初中国现代儿童文学诞生以来,训导类儿童文学长期居于中国现代儿童文学的主流位置。即便如叶圣陶、张天翼这样的作家,也因此在某种程度上损伤了儿童文学的文学性和儿童性。虽然偶有如凌淑华、丰子恺等作家的创作逸出了训导类儿童文学的规定,却不可避免地陷入被漠视或误读的命运。"十七年"间,训导主义儿童观升级为不容置疑的儿童文学观念。虽有民间童话的注入,但还是难以改变训导类儿童文学一统天下的格局。直到 20 世纪 80 年代中期,中国当代儿童文学界在思想界和文学界回返到鲁迅的"一切设施都应以孩子为本位"、周作人视儿童为"完全的个人"的现代儿童观,才改变乃至结束了训导类儿童文学居于权威中心的地位,并由此开启了中国儿童文学的"新时期"。然而,20 世纪 90 年代以后,中国儿童文学进入了一个更为复杂的分化期(朱自强语)。即 20 世纪 90 年代中期至新世纪,"纯文学"类中国儿童文学继续深化文学性与儿童性的融合;走市场路线的儿童文学则继续扩大娱乐化与商业化的联盟。特别是在对于读者群的争夺上,中国儿童文学的复杂性远超出了成人文学的复杂性。

　　李东华的儿童文学创作,就成长于 20 世纪 90 年代末至新世纪中国儿童文学分化期的特定背景下,同时又与 20 世纪中国儿童文学的历史记忆相互缠绕在一起。此外,李东华的儿童文学创作又不可避免地注入了她的个人记忆。

　　作为"70 后"儿童文学作家,李东华的童年、少年阶段分别遇上了"文革"后期与改革开放时期,在中小学阶段她不可避免地与同代人一道接受了训导主义儿童观的教育余脉。但是,1992 年李东华成了北京大学中文系的学生,由此开始以文学创作的方式反思训导主义儿童观。当然,北大 5 年(在石家庄陆军学院军训 1 年),对于李东华的儿童文学创作究竟意味着什么,虽然很难完全说清楚,但有一点确如刘震云所说:北大不培养作家,但一位作家上不上北大是不一样的。1997 年李东华毕业的那 1 年,不仅正式发表了童诗,而且组诗《亲情》在 1998 年获得了冰心儿童文学奖新作奖。不过,李东华真正被关注并获得好评还是起自新世纪。新世纪之后,李东华创作了儿童诗、儿童小说、童话、儿童散文和儿童文学评论多种作品,堪称同时探索多种文学形式的实力派儿童文学作家。其中,儿童小说与童话的成就更为引人注目。而无论是哪种文学形式,李东华的儿童文学创作所面临的不可回避的问题是:在历史上训导类儿童文学与当下商业类儿童文学这两种儿童文学之间如何突围。

## 悲剧性小说与喜剧性童话

与许多文学青年一样,李东华最早钟情于诗歌,但是,真正为她带来持久的文学声誉的,首先还是她的小说。

《薇拉的天空》作为李东华的第二部长篇小说,对于她儿童文学创作的 10 年历程来说,意义非凡。这部长篇一发表,就获得了批评界的好评,并被评价为"儿童心理小说"。这意味着李东华的小说创作从一开始就迥异于训导类儿童文学与商业类儿童文学的创作模式。表面看来,《薇拉的天空》似乎与新世纪中国儿童小说青睐于校园题材的思路有些一致,但实则"貌合神离"。《薇拉的天空》并非单纯地讲述校园里少男少女之间的小清新故事,也并非有意凸显时尚的兄妹恋的重口味故事,而是以作家自我的成长体验探索了儿童小说的悲剧美学。正因如此,小说很快结束了 17 岁少女薇拉的成长顺境,而转向了对具有"恋兄情结"的薇拉失去哥哥之痛的心理叙事。小说由此聚集了灾变、死亡、孤独、等待、寻找、绝望等多重成长小说主题。但耐人寻味的是,小说并未遵循西方成长小说的现代主义美学原则一路向绝境坠落,而是转向了前辈古典主义作家废名、沈从文、曹文轩等所主张的对悲剧的节制叙述。再加上李东华小说诗化的人物形象和纯净的语言美感,《薇拉的天空》奠定了李东华儿童小说的悲剧美学特质:自叙传色彩,成长小说的故事模式,多重现代意味的主题,高贵的古典主义美感,唯美的语言风格。

此后,李东华的儿童长篇小说代表作《远方的矢车菊》和《男生向左,女生向右》继续深化儿童小说的悲剧意蕴的丰富性。获得了 2006 年冰心儿童文学奖的长篇小说《远方的矢车菊》讲述了叛逆少男韦一鸣与精灵般的少女莫亦萝之间由相识、相恋到诀别的凄婉故事;《男生向左,女生向右》则讲述了富二代少年郑伊杰与底层家庭出生的少女蒋佳佳之间由误会到欣赏再到相互吸引最终分别的成长过程。应该说,两部长篇小说皆与《薇拉的天空》具有血缘联系:相似的校园题材,相似的叛逆期心理,相似的成长阶段少男少女之间的纯真情愫以及相似的多重成长小说主题。但是,在表现手法上两部长篇有所变化:除了保留了《薇拉的天空》中的心理叙事外,还增加了幽默、俏皮的人物对白,注入了一些时尚化元素。特别是,当儿童校园题材小说已然成为新世纪中国儿童文学的一种新潮流且越写越窄时,这两部长篇小说对已有的模式有所突破:它们在校园、教室的狭窄格局上打开一扇窗,敞开一道门,探索一条路。此外,两部长篇小说在主要人物设计上,不约而同地选取单亲少女、病痛少女作为小说主人公,让身体的痛苦、精神的伤痛与死亡的阴影一道笼罩在人物的成长之途,为小说平添了浓郁的悲剧氛围。不仅如此,李东华将悲剧性、儿童性与人性放置在一起探索,进而将儿童小说带至一个开阔性的文学地带。在这个意义上,2009 年出版的长篇小说《桃花鱼》的文学价值可以重评。客观地说,《桃花鱼》算不上李东华小说中最有影响力的作品,也很可能因为徘徊于女性小说与成长小说的边界而两头都不讨好。但是,从人性、女性的复杂处探勘再折返回儿童性,可以更有效地表现儿童小说的悲剧性。事实也是如此,李东华的中、短篇小说集《针尖上的天使》便在儿童性、人性与文学性的关系中实现了儿童小说的悲剧美学。特别是,《针尖上的天使》与《我归何处》充溢着古典悲剧美学精神。当然,李东华的儿童小说并不缺乏娱乐性的一面,但在小说的世界中,李东华叙写悲剧似乎比叙写快乐更为动人,也更有其独特的意义。

如果说李东华的小说内化了悲剧精神,那么她的童话则寄予了喜剧精神。

而且,非常奇异的是,李东华一进入童话世界,她就自然而然地更换了另一副幽默的笔墨、另一种诙谐的语调,乃至另一个方向——快乐轨道上的想象力。童话集《猪笨笨的快乐时光》作为近年来李东华童话中令人叫绝的代表作,隐含了李东华对喜剧精神的独特理解。这部童话固然源自作为妈妈的育儿经验,但更源自她的喜剧童话观。李东华感知到了童话历史与童话现实所置身的双重困境,童话集《猪笨笨的幸福时光》在叙事经验的本土化前提下,径直汲取了国外经典喜剧童话的讲述手法、情节编排方式,乃至动物的隐喻方式。其中,中篇童话《猪笨笨的幸福时光》通篇充满喜剧精神,笑点随处可见:猪笨笨明明不会算数,妈妈却偏要他数鸭蛋;他明明不会记事,妈妈偏要他写日记;他明明不聪明,妈妈偏偏为他买来益智速效药水……通过猪笨笨一番番艰苦卓绝的努力和事与愿违的效果之间的巨大反差,这篇童话逗引得读者开怀大笑。但是,《猪笨笨的幸福生活》并未满足于读者一连串的笑声,而是以幽默的方式让读者笑后思痛。对现行中国教育体制弊病的酸楚反讽、对当下中国儿童"幸福生活"的忧虑,才是这篇童话的用心所在。同样在反讽的笑闹中内含酸楚的复杂况味,在童话《阳光老鼠皮皮》《泥巴流浪记》《会飞的小溪》《装满阳光的梦》和《蚂蚁阿π奇遇记》中,一一得到了巧妙的实现。这些童话主人公百变为老鼠皮拉、泥巴、小溪、小小妖、蚂蚁阿π,个个心怀理想主义憧憬,却在现实世界中不断陷入险境。也正是在理想与现实相碰撞的一次次喜感很强的笑声里,隐含着李东华所一直坚持的文学悲剧精神。

李东华的童话与小说一道构成了她儿童文学创作的双翼,它们在某种程度上探寻了儿童文学的诗学意义,即儿童文学是对存在本源的探寻。

## 返回儿童文学的本心

如上所述,李东华如何探索并实现了她对训导主义儿童文学创作与商业化儿童文学创作的突围路径?概言之,回返文学本心,回返儿童文学本位。

进一步说,李东华的儿童文学创作在否定了训导类儿童文学创作观念的同时,并未否定儿童文学的教育功能,相反,她在文学本心的立场上自觉地深化了儿童文学的教育功能。所以,《薇拉的天空》《针尖上的天使》《我归何处》等由以往单一的训导主义的观念教育深化为爱的教育、苦难的教育、尊严的教育、情感的教育等文学的审美教育,呈现出中国儿童文学久违的庄严感和神圣感。只不过,李东华的作品的教育性始终放置在文学的审美性前提之下。同样,她的儿童文学创作也并未否定儿童文学的娱乐功能,而是相反,她在立足于儿童本位的立场上充分调动了幽默、诙谐的表现手法来实现儿童文学的娱乐性。只不过,李东华儿童文学创作的娱乐性始终坚持文学的审美性底线。

李东华的儿童文学创作由此步入了新世纪"纯文学"类中国儿童文学作家所探索的第三条道路,即审美性的中国儿童文学的本源道路。与此同时,她也为"纯文学"类儿童文学的发展重写了属于她自身的两种儿童文学样式,即儿童悲剧小说与儿童喜剧童话。但是,李东华的突围并未选取一劳永逸的颠覆性的创作方式,而是宁愿承担一种艰难的建设性的冒险的创作方式。这样说,是因为在这个到处充满颠覆性快感的时代,谁建设,谁就有可能被遗忘。但即便如此,李东华仍然没有简单化地选取与训导类儿童文学或商业类儿童文学反向的两极类创作模式:或者祛除儿童文学本该承担的审美教育功能而合流于当下商业类儿童文学的商业化品格，或者因反拨商业类儿童文学的商业化品格而否定儿童文学的娱乐化功能。这样，李东华的儿童小说在主张审美教育的同时内置了悲剧的意蕴；她的童话在追求娱乐化效果的同时注入了喜剧的要素。而无论哪种样式，李东华的儿童文学创作都并非一味地注重先锋或时尚的创作样式，反而倒有些复古的意味。即是说，李东华儿童文学创作的独特贡献在于，她以对儿童文学的虔敬心态逾越了儿童文学与成人文学之间的边界。而且，无论是她的儿童悲剧小说，或是她的喜剧童话，都植根在中外传统文脉的基础上。

　　总之，李东华的儿童文学不仅获取了在训导类儿童文学与商业类儿童文学之间突围的可能性，而且在新世纪背景上探索了儿童悲剧小说和喜剧童话的文学样式。目前，李东华还很年轻，未来的儿童文学创作道路正长。这意味着她将给我们留下更多的阅读期待。

（原载《文艺报》2013 年 6 月 10 日）

# 陆梅:星星的孩子闪耀着金黄的光芒

徐 鲁

## 一、诗与思的少女小说

诗人沃尔科特曾善意地提醒读者们:"我们必须为阅读那些伟大的现代诗人的作品而准备好自己的智力。"阅读陆梅的小说,也需要准备好自己的智力。这是因为,她的小说并非仅仅在讲述故事。或者说,故事压根儿就不是她的"文心"所在,她也无意在故事情节上去多花工夫。她所注重的是"诗与思"。就像弗洛伊德创作的《少女杜拉的故事》这样的精神分析小说,又如乔斯坦·贾德创作的《苏菲的世界》《橘色女孩》这样的探讨人类哲学和生命哲理的小说,陆梅的好几部少女小说,如《当着落叶纷飞》《格子的时光书》《像蝴蝶一样自由》《无尽夏》等,都是有关生命的哲学和哲理小说。

这些年来,我们已经见过不少从欧美引进的"哲学绘本",但是像《苏菲的世界》《橙色少女》这样适合青少年阅读的"哲学小说",却寥若晨星,更不用说是中国作家自己的原创作品了。就在松鼠快要失去牙齿的时候,陆梅却为我们送来了核桃。圣埃克絮佩里在《人类的大地》里写过这样一句话:"只有让智慧吹拂泥胎,才能创造伟大的作家。"我的老师徐迟先生在世时也多次讲:"只有到达了思想的顶峰,才可能欣赏到最美的文学风光。"现在,读完陆梅的一系列以少女为主人公的长篇小说,我又想到老师的这句话来。陆梅志存高远,用一部部篇幅不算太长的作品,把自己的少女小说直接送到了"诗与思"的绝顶上。

## 二、星星的孩子

《像蝴蝶一样自由》这部小说的主角,是这样两个少女:一个是生活在当下的、有着一位作家妈妈的小女孩"老圣恩";一个是生活在70多年前并且早已离开了这个世界的,著名的《密室日记》的作者安妮·弗兰克。两个人以"爱丽丝梦游奇境"的方式,穿越时空的天堑,互相认识了,并且在一起度过了一段愉快的、倾心交谈的时光。整个小说不是以故事情节取胜,却也让人不由自主地要追寻着两个女孩的交流与对话,去看个究竟。

作者鼓荡着智慧之风,举重若轻,删繁就简,似乎是有意摆脱了冗长的故事情节的纠缠,仅仅依靠大量的对话,就完成了整个小说故事的推进,并且把对于生命、生存、自由、人性、心灵、信仰、光明、黑暗、梦想、真理、善恶,甚至天国、地狱……这些带有终极意义的问题的探讨与反思,以清丽、明亮的散文笔调和诗性表达,融入了小说情境。

与其说,这是一部"小说",不如说,更像是一部"话剧"。剧中人物,除了两个少女主角,还有老圣恩的爸爸妈妈,还有安妮的那些死难的朋友:特莱津集中营里的青年艺术家和孩子们。舞台场景也十分清晰。现实中的有:杨树浦水厂、霍山公园、二战期间犹太难民聚会的摩西会堂旧址,当然,还有老圣恩家的客厅、作家妈妈的书房。虚拟中的有:天堂街、金房子、安妮的居室,当然,走廊、楼梯、厨房、卧室,还有走廊后面的花园,都必不可少。

所有扣人心弦的对话,都在现实中的和虚拟中的两个大背景里进行。而从现实场景往虚拟场景中的转换,只需要灯光的瞬间切换就能完成。在这里,背景、光影、声音,也都不仅仅是形式的东西,而是故事内容的构成部分。因为小说里有一个不断在强调的主题:"你要用光明来定义黑暗,用黑暗来定义光明。"

我在前面说过,阅读这本小说,需要准备好自己的"智力"。一方面是指,在小说里,"诗与思"的光影无处不在,作家对生与死、爱与恨、善与恶、正义与非正义、信仰与怀疑等诸如此类的思索与感悟,在两位少女的对话里如影随形,所以阅读起来并不那么简单和轻松;另一方面是指,作家的行文风格虽然清丽明亮,但全书读来,也如在山荫道中行走,典故密布,应接不暇,仅靠走马观花式的阅读经验也是不够的。

"没有一只蝴蝶愿意住在集中营……"

"所有住在集中营的孩子和巴维尔一样,都渴望成为那只蝴蝶……大人也一样。"

"飞出囚笼,哪怕死也要变成一只蝴蝶?"

"是啊,宁可向死而生,生于自由,像清风一样自由,像野草一样自由,像蝴蝶和飞鸟一样自由……"

作家把心中最沉痛的一支挽歌,献给了曾经躲藏在黑暗的密室里梦想过自由的安妮,也献给了趴在铁丝网下期盼过自由的特莱津的孩子们——那些"星星的孩子"。同时,我们看到,小女孩老圣恩也一直沉浸在蝴蝶飞扬的那一刻。"老圣恩眯起眼睛,感受着此前从未有过的奇异的充满遐想的气息。眼前的一切,恍惚又遥远。"

这不仅是自由的力量,也是文学的力量。老圣恩感受着这股神奇的力量,眼前仿佛飞过无数只萤火虫。

作家用沉痛的文字再现了由无数纯洁的小生命凝聚成的那束光,而让今天的小女孩从心底感受到了安妮曾经的梦想:"风吹过我的发梢,心自由得就像天上的行云……"

圣埃克絮佩里借小王子之口说:"沙漠所以美,是因为在某个地方藏着一口水井。"最伟大的书,一定也像《小王子》一样,先让孩子们懂得口渴的感觉,然后再为他们画出一条通往水井和清泉的道路。毫无疑问,老圣恩在和安妮的交流与对话中,渐渐懂得了口渴的感觉。

"她和安妮被一轮红日吸引了——透过庭院西边几棵橡树栗树的树梢,两个女孩看到一颗滚圆的大太阳从天边滑落,倏地掉进云层,瞬间,云层绽放出万道光芒!起先是耀眼的金,继而是金色的红,再慢慢匀成粉亮粉亮的霞光,那粉亮的颜色镶嵌在碧蓝的天幕上,美得叫人不可思议!老圣恩像是被美魔住了,小身子趴在扶手上一动不动。"而当老圣恩听到安妮讲述的星星草的来历,然后和安妮一起仰望夜空,看到月亮遁隐,天幕高悬,唯有遥远的、微弱的星星在一闪一闪的时候,安妮告诉她说:"你知道吗?植物也是有灵魂的,你去亲近一棵树,它会感知你,呼应你。植物和人一样也会交流,如果你足够虚心和安静,你会听到花开的声音、叶子的低语……"

安妮还告诉过她:"这些老树上的每一片叶子,都是不一样的灵魂,都有自己的故事。如果你的心足够静,就能听到它们的声音……""很多时候我们只听得到那些无用的大声,只有心静的人才听得到细微美好的小声。"这不就是作家在帮助她寻找和为她画出的

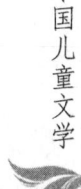

通往水井和清泉的道路吗？

当然，在一部以正在成长的少年人为主角的小说里，通过两个少女的对话去讨论与生命、生存有关的终极主题，并非轻而易举。这需要作家的一种从容不迫的心态，需要一种高度自信和大定力。关于这一点，两个少女竟然也不失时机地讨论过。

"你该为你妈妈感到骄傲！"安妮依据自己在黑暗的密室里还能坚持写日记的经验，告诉老圣恩说，"别在意你妈妈写得慢。要说写作这件事，还真不是以快和慢来评判的……没有耐心等待，只想着种子撒下去快快收成——天知道，没有好好施肥照料，土壤就不会肥沃，贫瘠的土壤开不出芳香的玫瑰……"

当然，更重要的讨论还不是关于写作的快与慢，而是写作对于生命与心灵，对于人类的记忆、命运和历史的意义。作家用了不少篇幅，让两个少女对此进行了相当透彻的讨论。

安妮说："我说过，我希望我死后，仍能继续活着……"

老圣恩说："你还说过：'我想活下去，即使在我死后。'"

这时候，安妮告诉老圣恩："这样我就慢慢丢掉了恐惧。我一直记着巷道里的那个声音，那个声音说：'学会在命运中保持尊严的方法，就是记住他人的灾难。'我就在想，无论如何，我不该放弃写。很多事情，如果我们不记录下来，10年、20年、50年后，我们很快会遗忘。当然总有人会写，总有人在写。可是你知道，每个人写下的，都是他自己的记忆，是他对这个世界的看法和理解。历史也有重叠，并没有唯一的真相……"

世界在改变。孩子们在成长。星星的孩子闪耀着金黄的光芒。孩子们的生命是无限的，它意味着一切。谁能看透孩子的世界，也就像看透了密集的星云。而整个人类，也在自己无尽的命运的旅途上挣扎与前行。在这部小说的最后，小女孩老圣恩迎来了自己11岁生日，她挂在圣诞树上的小卡片里，写着自己秘密的心愿：希望再次梦见安妮和金房子……

作家写道："一直以来，她所祈望自己的，是拥有一颗自由不屈、洁净安宁的心。而这颗心，在它还是种子的时候，就已经寻找适宜的气候和土壤了。这一点，身为作家的妈妈再清楚不过。"

《像蝴蝶一样自由》是为生命的种子铺下的土壤，也是为心灵成长画出的水井和清泉的方向。正是有了这样高远的目标设置，才使我们看到了一种几乎是前所未有的、风格奇崛的"哲学小说"。这样的小说，对创作者来说是一种"高空弄险"，对阅读者来说又何尝不是。

## 三、对童年诗学的追寻

我曾为伊丽莎白·恩赖特的经典儿童小说《银顶针的夏天》写过一篇书评，其中说道："女作家表面上讲述的是一个'得到'的故事，而回荡在作品背后的，却是一曲'失去'的挽歌。银顶针带来的是一个美好的夏天，是一种使人心醉和眷眷难舍的时光。然而，玫瑰一年可以两度盛开，而童年却不会在一生中出现两次。所谓最好的时光，其实是指一种不再回返的'幸福之感'。并非因为它美好无匹从而使我们眷念不休，而是倒过来，正因为它是永恒的失落，它才成为无限的美好。"阅读陆梅《格子的时光书》这部获得过德国"白乌鸦奖"的小说时，这种温暖和怅然的感受又重临心头。

"白乌鸦奖"（White Ravens）是由德国慕尼黑国际青少年图书馆（International Youth Library）评选和颁发的年度优秀的青少年读物奖。每年从50多个国家、30多种语言中选出 200 本儿童文学作品,向全球少年读者推荐。入选的作品以能凸显当代世界儿童与青少年文学的发展趋势为宗旨。套用一种简单和省事的类比法,我觉得,《格子的时光书》实在如同一本中国版的《银顶针的夏天》。两位生活在不同年代、文化背景相异的的女作家,隔着一个世纪,用各自的小说在向童年致敬,向消逝的童年时光献上了一曲美丽的挽歌。

故事的环境是一个安静而祥和的、名为芦荻镇的江南小镇,散落在小镇窄小的街市两旁的,是各种小店铺:阿农烟杂店、米家豆腐、虞美人布庄、镜中天照相馆、五味子药店,还有镇政府、影剧院、邮电所、卫生院、米粮店、铁匠铺、恩养堂尼姑庵……在这个时间流淌缓慢的小镇上,有一所名为三里桥的小学校,这是小说的主人公、12 岁的女孩格子上学的地方。青砖红瓦,木门木窗。老树成荫的小操场,懒洋洋的初夏的午后。被太阳晒热的静静的小河,刚刚结籽的油菜地。正在成长和渴望远游的少女,安静又带点甜美忧伤的童年生活……作者说:"我着力要刻画的,就是这个叫格子的少女,面对一个复杂世界的所有感触、哀愁和心灵的激荡。"

格子出生后就一直生活在这个安静的小镇上。她的小伙伴们有老梅、瘦猴、大胖,还有从外地来这里过暑假的大姐姐荷花,恩养堂尼姑庵里的小尼姑静莲。这些青梅竹马的同伴,每天都在小镇上的角角落落里游荡着,享受着和消磨着各自散漫的童年时光。除了游荡,还是游荡。因为在格子和她的同伴们所处的这个年代,没有电视,没有电脑,甚至也没有书。小镇上没有图书馆,也找不到一家像样的小书店。但是,生活在小镇上的孩子们,在寂寞和贫穷中却能听见来自竹林和油菜地的风声。长长的小街上和各种各样的小店铺门前,游荡着他们恣肆和漫长的小童年。

作者这样描写道:"格子放任自己,在童年夏天酷热的小街上游荡——竹林、山冈、废弃仓库、青水河、尼姑庵、梦魇般漫长午后、烫得难以下脚的水泥马路……当然少不了老梅、瘦猴,还有疯女子梅香、尼姑庵里的老住持和小尼姑、来了又走的大女孩荷花、安静忧伤的小胖……"小镇是这么的小,一家的来客几乎就是公共的来客,一家的忧乐,几乎也是全镇的忧乐。漫长的小童年里充满了等待、希冀、懵懂、迷惑、寂寞、忧伤、渴望。大表哥参军后的杳无音讯;老梅的二姐梅香为心爱的人而精神失常;瘦猴的妈妈突然失踪,小小少年孤身寻母;恩养堂里的小尼姑静莲不幸的身世……所有这些酸甜苦辣,都是"成长"的滋味,都沉淀为童年的基石。

小镇上的忧乐故事,让初涉尘世的少女时常生出"连自己也不可知的迷惑"。像所有生活在安静的小镇上的少年人一样,格子也时常会有逃离小镇、逃离沉闷的家,飞到远方去的渴望,就像她想象中的妈妈,"可能是养蜂人的女儿,石匠的女儿,说书人的女儿,船家的女儿……杂耍也行,起码都四海为家,走村串巷,只要是远方,是一个个的陌生之地,她都无限渴望"。

小镇上的每一天都是沉闷、缓慢和按部就班的。但是,作者在努力地去一点一点地寻觅和发现那些隐藏在"庸常生活里的亮光"。这些"亮光",有的来自暂时还未被现代工业蚕食的淳朴的农业生态,有的来自人情怡怡的邻里关系,有的来自小说里写到那些人物本身,例如,从外地来到小镇上的阳光般的青春少女荷花,恩养堂里的慈善的老住持和小尼姑静莲……

"格子喜欢蹲在竹林里听风,竹林里的风可比别处有趣多了! 叶子和竹子,叶子和金龟子、黄粉蝶、知了、青头蟋蟀、天牛、蜜蜂、豆娘、黄鹂、布谷鸟……你能想到的乡村生灵,

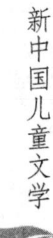

这儿准有！它们在微风里或耳语或高歌，此起彼伏，铺天盖地，分明就是一场盛大的林间交响乐！

"若是太阳好，点点碎光泼洒在一簇簇的叶片儿上，小叶杜鹃和伏地柏构成的灌木丛上，羊齿植物和野草莓藤蔓上……那种感觉，就好像身体里长出了翅膀！格子喜欢极了竹林里的青苔。长得茂盛可爱的青苔，双脚踩在上面，说不出的松软酥痒。"

如此细微、真切、精确的感受与描写，与其说是作家对生活进行观察的结果，不如说是直接来自她个人童年的生活经验、记忆与回味。由此也可证明，对于一位儿童文学作家来说，童年的体验与记忆是多么珍贵。

少女荷花，是照亮了格子童年时代的最美的一束"亮光"，也是作者心目中的一个理想人物。作者在"后记"里透露，她原本要写的结局是生活中实有其事的"荷花溺水"。但是写着写着，她不忍心这么写了。实际上，作者也深深喜欢上了这个偶然中出现在小镇上的少女。在荷花和格子分别的时候，作者情不自禁地写下了这样一段光明、澄澈的"宣叙调"：

"现在，又轮到荷花走了。这个活泼的大女孩，突然闯进了格子的心，格子满心欢喜地照单全收！她混沌懵懂、百无聊赖的心门突然地被这个大女孩撞开！格子看到一个大世界，这个世界草木葱茏、清明美好——即便是忧伤，也是好的，就像顶着晨露而开的鸭跖草，美得令人心疼。和荷花在一起的日子，格子全身上下每一个毛孔都舒张着、惊醒着……她就像是一只贪婪的小蜜蜂，钻在花丛里使劲地吸呀吸、闻呀闻……"

"对格子，荷花是可触摸的远方。"因此，作者让原本的结局变得异常明亮，荷花最终考取了中医药大学，神采奕奕地同格子告别。菌子被采摘走了，但是菌子芬芳的气息，将永远留在青翠的草地上。

小说里还写到了许多江南小镇的风习，那也是格子童年记忆里的一部分。例如农历六月初六这天，家家会在太阳底下晒出花团锦簇的锦缎背面。这是小镇上的晒霉天。在飘飘荡荡的竹竿与竹竿之间，我们看到了一种已经变得遥远的童年风情。又如老梅的姐姐梅花出嫁那天，人头簇拥的迎亲队伍以及"过桥""子孙桶"的风俗，还有香云纱、晚饭花、鸭跖草、枇杷树、中药铺、糯米饺、炒螺蛳……这些江南小镇上必不可少的生活细节，无疑也都是保存在作家心灵中的童年记忆。

某种意义上，儿童文学作家是能够永远"留住童年"和"返回童年"的那类人。陆梅在小说里也这么写过：许多年后，长大了的格子也很为自己能够完好地保存着童年时候的某些细微的感受和记忆而庆幸。作者借格子之口感慨说，那曾经以为的已经丢失了的、不会再来的童年，"始终是存在着的"。

作者也用了不少篇幅，一再写到格子做过的不同的梦境，甚至让荷花帮助她解析那些梦境、灵魂的意义。作者还让这些孩子不时地出入恩养堂尼姑庵，听老住持给他们讲述何为信念与信仰，生命的意义究竟在哪里。我体会到，这正是陆梅在作品中所做的有意识的尝试和探索。这部小说就像她的"成长自传"，格子这个人物在很大程度上也许就是作家自己的化身。这也使我想到安徒生文学奖得主、美国儿童文学家门德特·戴扬的一个创作主张："当我写书的时候，我不会而且也不必想到我的读者。我必须全然主观——只注意用儿童文学的有限形式之笼来罩住我的创作，在这笼子之中让我的创作压缩成形。……我不仅是情动于中，而且是为自己而写。"戴扬认为，面对儿童文学，"我要做的就是返回我的潜意识之井"。

这一点，陆梅在这部小说"后记"里其实已经表述得很清晰了："时间和空间，故乡和他乡，童年'梦中的真'和'真中的梦'，乐土不再的喟叹……以及一个游子所有的乡愁……"这些都是她在作品中所要表达的东西。当然，她不免也会有所顾虑："但愿读者能够理解我的'一厢情愿'。"其实，这种顾虑也隐含着儿童文学写作的某种"宿命"：儿童文学，有时就是作家在与一切不可能的事情作斗争，创作者期待着通过故事讲述和文字刻画而使自己的幻想变为现实，虽然他们的幻想可能从来不曾成真。

维尔斯特曾如此感叹童年的转瞬即逝："我们从此离开了最安全的地方，再也回不去了。"他说，"因此我们很留恋那个黄金时代，那个一去不复返的时代。当我们叹息日薄西山、夏日消逝、爱情迷途时，当我们吟诵描写有关'失去'的诗歌时，我们也是在不知不觉地哀悼一种更为严重的终止：对童年的放弃。"

陆梅在小说里不断地探讨了"童年的消逝"和"长大意味着什么"这些主题。如写到这些小镇孩子在经历了各自的家庭变故之后，有一个黄昏，格子和老梅从恩养堂里出来，宁静的暮色让两个少年人心有所动。这时候她写道："格子感受到她和老梅之间再也回不到过去——那种全无心计、只知道疯玩的快乐时光。这个夏天，一些事在改变着什么。改变着什么呢？到底又空茫。……长大意味着什么呢？快乐少一点，忧思多一点？还是因为知晓了更多秘密，而变得心事重重？知道得更多，而自己又无能为力的迷茫？格子在三里桥畔驻足，她模糊地感到，那无忧、自由的童年欢乐已成了遥远的过去。"

小说最后写到了长大后的老梅也重返芦荻镇的一幕。当年的小伙伴都长大了，离开了，劳燕分飞，天各一方。旧时的小镇也完全改变了模样，没有了从前那种人情怡怡的邻里关系，有的只是一张张陌生的、漠然的脸。这时候，老梅的耳边呼啸着一声声痛苦的追问："小镇啊，你的街道永远寂静！没有一个人能够再回来说：'你为何人去巷空一片荒寂？'"这一句追问里，真有着万般沉痛和无奈，传达着一种无比深沉的乡愁。罗兰·巴特有言："童年所在，才是故乡。"现在，童年已经远去，故乡已经变得模糊难辨，无迹可寻。这是陆梅心中的伤逝，又何尝不是留在无数中国小镇的记忆里，留在那一代从淳朴、安静的江南小镇走出去的孩子心上永远的疼痛？

## 四、关注那些被忽略的

在小说《当着落叶纷飞》"后记"里，陆梅引述了潘向黎的一段话，表达了她写这本书时的感同身受："写作所谓的理想境界，往往是供人遥望而不是真正抵达的。整个人生也是如此。保存在这里的每一行字，只是指示我遥望过的方向，只是一种证明：我不识见曾梦见。"这段话说得真好，可以为我们照亮通向陆梅小说的许多交叉的小径。陆梅是一位写作上的唯美主义者，她的字里行间总是闪耀着温暖的人道主义和理想主义的光芒。即使她笔下的人物身陷冷酷和沉重的现实的泥淖，她也努力在用一种温暖和光明的东西，去拯救他们，给他们送上安慰、信念和力量。故事就是光明。我从陆梅这本篇幅不大的小说里，也看到了一种光明，一种足以把我们自己从黑暗中拯救出来，也把那些在被忽略和被遗忘的瘠薄的地方，像野草一样顽强生长的亲爱的小孩们，从黑暗中拯救出来的光明。

《当着落叶纷飞》虽然也以少女为主人公，却是陆梅少女小说中的"另类"。这是由这部小说的题材决定的。小说开篇即写到了一种令人痛心的生活现实：几乎有 2000 多万农村留守儿童，他们的父母在孩子还很小的时候就背井离乡去城里打工，一年难得回一赵家。田园荒芜而未见人归，许多村子只剩下了残弱的老人与正在发育和成长中的小孩。这些留守小孩，只能像野草一样，在四季的风雨中独自生长。小说里的主人公、14岁的少女沙沙，就是这留守儿童群体中的一个。她童年的夜晚不是在爸爸妈妈安全的身边度过，而是和年老的、沉默寡言的爷爷相依为命，白天黑夜都寂寞得可怕。

"村子里死气沉沉，大人们都和老爸老妈一样去城里打工了。大片的田地荒着，杂草丛生，有的草都没过了我的头。我向远处望去，成群的乌鸦在村子上空盘旋，飞向不知在哪里的巢窠。空荡荡的村子愈发显得了无生气。……我不想回家，却不知道要去哪里，孤魂野鬼般乱走……"她甚至经常被孤独的寂夜和噩梦惊醒。"我常常做梦。梦见老爸老妈不要我了。他们把我扔在一条滔滔大河里，可是他们自己却站在岸上，远远地观望着。我在水里面挣扎，扑腾着想要抓住什么，可是什么也抓不到，除了滚滚而流的水……"

这就是这些孩子的童年的生长环境和生存状态。而比这更糟糕的，还有一些小孩子，如沙沙亲眼见到的那个小妮妮，因为无人照看而死于非命。正是在这样的环境里，沙沙的性格渐渐变得叛逆和扭曲，用她自己的话来说：她不是一个争气的孩子，脾气坏，惹是非，讨厌上课，学会了装病逃学，捡地上的烟屁股抽，像男孩子一样穿陆战靴，背松松垮垮的包，头发短得像刺猬，喜欢爬树掏鸟窝，溜到别人家菜园子偷瓜，甚至喜欢上了刀子和暴力。

这些孩子正处在成长的初期，却缺少父母的陪伴。因为父爱和母爱的缺席，他们童年的心理严重失衡，早期的人格发展基础很不健全，甚至心理留下阴影，性格畸形发展，以至走向叛逆和分裂，对周边的环境和身边的人都报以冷漠、躲避、警觉和敌视的姿态。

有谁来倾听过这些孩子的心声呢？"我愿意在挨了老师骂，受了同学欺负后，回家被老爸老妈一顿数落！我愿意衣服旧了、袜子破了由大人来照料，而不是傻等着冷冰冰的汇款单，然后自己去解决！我愿意每天早起早睡，做个听话的乖小孩，而不是一夜夜被噩梦惊醒，躲在被窝里哭泣！我愿意被父母管头管脚，身心的秘密由他们来解开，而不是像现在放任自流，初潮来时绝望得想死……"然而，他们的声音被完全忽略。他们正当的成长需求也完全落空，以至于他们对于自己的爸爸妈妈，产生了这样的心理："有时候我真恨他们。恨得想杀了他们的心都有！我恨他们寄回来的钱，恨他们出去挣钱，把我变成孤儿、野种，受人欺负，有爹妈跟没爹妈一个样……"

小说里写到的这些孩子的成长环境和生存状态是触目惊心和极其沉重的，其真实和沉重的程度，应该是她小说里写到的那些年龄的女孩所不能懂得的。小说里写到的那一组成年人，如少年管教所的"妈妈干警"周永红，作为大城市里的一名社会记者的"我"（我们不妨认为，这个人其实就是作家自己），还有那位实有其人的作家何大草……他们围绕着小女孩沙沙的命运所付出的殷殷心血与种种努力，正是我前面所说的，那是小说所要呈现给我们的"一种光明"，一种试图把那些在冷酷的现实生活中像野草一样生长的小孩们从黑暗中拯救出来，也把我们这些成年人从黑暗中拯救出来的光明。

这也不仅仅是一种出自女性作家和母性本能的怜爱、悲悯与呵护。作家对这些生活在底层的小孩的关注，带有强烈的社会道义感和责任感，是一种敢于介入的积极姿态和勇于担当的情怀。这种情怀和姿态，我们曾经在英国女诗人伊丽莎白·芭蕾特·布朗宁（勃朗宁夫人）写的《孩子们的呼声》等诗篇里看见过，在有着"拉丁美洲诗歌皇后"之誉的智利女诗人米斯特拉尔的《柔情集》和《葡萄压榨机》里看见过。在这里，底层孩子日常生活中的遭遇和不幸，不再仅仅具有个人色彩和社会世相的暴露效应，而成了关乎和谐社会的道德、文明与进步,关乎生命、人性和成长的文学作品的内容。

据说,俄罗斯文学界有个著名的掌故:托尔斯泰和青年作家高尔基会面时,在听完高尔基讲述了自己童年和少年时代苦难和流浪的经历后,这位善良的人道主义者热泪滂沱地说道:"孩子,在拥有这些经历之后,你完全有理由成为一个坏人,而您却成了一个作家!"小说里的小女孩沙莎,在承受和经历了如此冷酷的童年生活之后,也是完全有理由成为一个坏人的。但是她也在期待自己将来能成为一个作家! 或者说,这是作家陆梅在期待她将来能成为一个作家。我们在小说里已经看到了,她让这个孩子爱上了书,爱上了文学,甚至还结识了一个名叫何大草的作家。自然,这其中寄托着陆梅对这个世界、这个时代和整个人性的信任与期待,寄托着她的理想与信念,寄托着她的一种期许和一种想要完成的证明:我不识见曾梦见。

奥地利儿童文学家、安徒生奖得主克里斯蒂娜·诺斯特林格,在受奖演说时说过这样的话:"我给儿童写书的方法很简单,既然他们生长于斯的环境不鼓励他们建立自己的乌托邦,那我们就应挽起他们的手,向他们展示这个世界可以变得如何美好、快乐、正义和人道,这样可以使儿童向往一个更美好的世界,这种向往会促使他们思考应该摆脱什么,应该创造些什么以实现他们的向往。"诺斯特林格还说过,作为一个儿童文学作家,因为种种外部的原因,例如占主导地位的经济和社会制度、一个时期的文化导向、时代精神潮流等等,"即便你放弃了通过写作来改变社会的想法,只是把写作当作帮助、安慰、解释和娱乐的手段,以便让孩子们活得好一点,你还是应该自问:什么最重要? 孩子们在什么地方最需要帮助? 我们是否仍然考虑阶层标志、早恋、与父母的矛盾、游乐场地、零花钱、冒险、梦幻和吸毒这些问题? 是否也要思考能源和第三世界? 物种灭绝,人类如何生存下去? 是否要思考第三次世界大战、酸雨和铅污染? ……"

处在今天这个多变的世界,什么事情都有可能发生。像沙莎和她的那些同龄的伙伴的遭遇,即使不会出现在我们身边,我们的今天,也有可能出现在远处,出现在明天。甚至还有别的"假设"的窘况、灾难和变故,也随时都有可能降临。重要的是,当意外的事情来临,我们应该如何去接受和面对。我们将要依靠什么,去摆脱困境,去改变现实。

陆梅的这部小说带给我们的,就是这样一些最基本的信念。首先要有敢于正视、敢于接受和直面真实生活的勇气。其次是要对这个世界和人性的善与美,抱有应有的期待与信念,要有积极乐观的心态,要相信生命的力量,相信人性的力量。然后是尽自己所能,为那些有所需要的人,包括那些被忽略、被遗忘,甚至被侮辱与被损害的底层的人们,送去你力所能及的关怀与爱心。就像这本小说里的"我"、周干警和作家何大草一样。就像小说结尾所引用的那首歌词写到的那样:"亲爱的小孩,今天有没有哭? 是否朋友都已经离去,留下了带不走的孤独? 亲爱的小孩,快快擦干你的泪珠,我愿意陪伴你,走上回家的路……"

## 五、小径分岔的成长花园

无论在中国还是外国,都有许多女作家,对草木和花事有着特殊的迷恋,以及独特的感知与描绘能力。英国女作家弗吉尼亚·伍尔芙曾选中了一座据说是 15 世纪僧侣们的避难所的老房子,作为自己的寓所和工作室,只因为老房子前面有一个花草茂密的花园。她在这间"自己的屋子"度过了后半生,传世名作《一间自己的屋子》就是在这个"百草园"里完成的。伍尔芙去世后,她的丈夫、文学评论家李欧纳把她的骨灰埋在花园里的两株根须盘结、枝干交错的榆树下，夫妻俩曾为这两株榆树分别取名"弗吉尼亚"和"李欧纳"。另一位天生丽质、偏偏又红颜薄命的英国女作家凯瑟琳·曼斯菲尔德也是一位植物迷，有一天在花园里散步，看见了一株美丽的棕榈树，她在当天的日记里写道："我觉得，我是在和一株树恋爱了。"美国女作家、《汤姆叔叔的小屋》的作者斯托夫人，也是一位花草迷，马克·吐温曾是她的"芳邻"，每当写作写累了，吐温就会散步到她的花园里，采摘一大把鲜花带回家，插在客厅的花瓶里。写过《葡萄卷须》和《花事》的法国女作家柯莱特，更是一位擅写花事的"圣手"，她的经典散文集《花事》，写的全是自己所挚爱的花事与花语，如玫瑰、百合、雏菊、勿忘我、郁金香、风信子、罂粟、蜀葵、紫藤等。后人评价说，柯莱特的一生像植物一样"浸透了土地的汁液"，所以她的所有文字"就像人们呼吸那样自然"。

陆梅也是一位超级花草迷。她最新的一部少女小说《无尽夏》，书名看似有点费解。我特地"科普"了一下相关的植物知识：原来，无尽夏是绣球花的一个种类，因花期从晚春到夏秋绵延不断而得名。据说20世纪80年代里，美国一位年轻的苗圃园丁，在明尼苏达州圣保罗郊区一个花园里，首次发现了一种能在嫩枝上分化出花芽的绣球花，但当时并未引起人们的关注。直到2003年，人们才引进和培植了这种独特的绣球花，并命名为"无尽夏"。因为它的花色是纯白和淡粉色的，所以又称为"无尽夏新娘"。无尽夏的花语是：希望、忠贞、美满和永恒。

陆梅为这部小说写过一篇创作谈《发现你自己》，她说："如果有一种写作，能够让这个年龄段的孩子既能感受日常微物之美，又能贴近天地自然；有能力静下来内观，学会和自己相处；能亲近善知识，看得见生命中的光和亮，那么这就是我心目中的'真文学'。"她把自己的创作初心表述得简洁而准确。无尽夏有纯白和淡粉色的单纯，也有着从苍蓝到绛紫色的丰富。从一朵花、一棵树、一株植物的茎叶里去发现你自己；从日常微物之美，去贴近天地自然，去学会安静和内省，去亲近和发现生命中的光和亮。我想，这几乎也是世界上所有杰出的儿童文学的一个共性。

这也让我联想到几年前，我去俄罗斯外国文学图书馆访问时，当地一位著名的女作家、俄罗斯国家奖和布克奖获得者玛格丽特·赫姆琳女士，带来几种旧物件给我看：一个几十年前的儿童布偶小熊，一瓶属于旧俄罗斯时代的香水，一条同样属于过去年代的旧披肩，还有一个已经洗得有点发白的旧枕套。她用这些散发着往昔年月的童年芬芳和日常生活气息的旧物品，说明了自己的一个文学主张：作家应该尊重和善待自己的祖国与民族的历史；而最好的儿童文学，往往能从某个年代的看似微不足道的小物件入手，层层生发开去，演绎出完整的故事和曲折的人物命运。这位女作家认为，透过文学作品里最小的细节描述，可以解读出大时代的特征，乃至整个时代和社会风貌。

从微物之美呈现出儿童文学的诗与真的大境界；由沉静的草木和纷纭的花事，衬托和暗喻故事里的几位主人公春花秋月般的人生际遇。素处以默，妙机其微，《无尽夏》处处花语流转，生气远出，作家把绵密的文思，皆托付与无声的花草精神了。所以我觉得，《无尽夏》不仅是一部文心独具的少年哲思小说，也是一部葱茏芬芳的草木之书。

故事的主人公之一、11岁的女孩"老圣恩"和她的作家妈妈，我们在陆梅的《像蝴蝶一样自由》里已经熟悉了。在《无尽夏》的这个夏天里，小女孩已经小学毕业。她跟着妈妈来到海边的一座小岛上，租住在位于花园街157号的一个深阔的莫家花园里。她们将在这里度过一个自由而快乐的暑假。妈妈将在这里写她的新书，老圣恩将在这里恣意地漫游，享受她童年时代最后一个曼妙的"无尽夏"。因为过了这个夏天，童年就会远去，她将迈入自己的少年时代。

陆梅的写作，除了在花草植物的迷恋上，与我前面提到的伍尔芙、柯莱特那几位女作家有着某种精神联系，更主要的是，她们都属于"智力型"的女作家，她们的灵魂，好像都是同一种料子做成的。想做她们的读者，都需要首先准备好自己的智力，而不仅仅是柔软的心灵与感情。与一些单纯地去讲述故事的传统小说不同，陆梅的小说里总是有一种哲思，注重"诗与真"的探究，喜欢沿着诗人里尔克所指引的方向，向着内心走去。有人曾把这类小说，视为一种足以和学问相媲美的"思想术"，一种作家在文字中进行的"精神冒险"。所以，《无尽夏》仍然不是一部可以轻松读过的少年小说。莫家花园虽然不大，却也如博尔赫斯笔下的"小径分岔的花园"一样，线索叠加，视角交叉，满纸"机关"与"埋伏"。

如果说，老圣恩和莫莉两个同龄少女的相逢相识与心灵激荡，是整个小说的叙事主线，那么，与这条主线同时展开的，还有几条"潜线索"：一是作为作家的妈妈，对她心目中的文学的反思，以及与正在创作的故事和主人公的剪不断、理还乱的审视与回望，包括她的童年的山冈，她的一生都在守护着那些无名的坟丘的爷爷；二是莫莉的爷爷与会算命的瞎眼老婆婆，还有在莫家花园干活的周姨这一代人曲折的人生遭际与命运纠葛；此外，小说里似乎还有一条潜线索，就是作家对少女莫莉欲说还休的身世故事的寻绎。每个人的故事，与其说是在作家的笔下叠加和交叉着，不如说是被真实的生活和命运之手揉碎了，然后又被重新拼接和重新开始。作家在复原故事的同时，也被迫着要说出生活的真相与命运的重量。

小说里的哲思是冷静和理性的，但是构成每一章的细节和故事却是扎实和丰沛的。你们看，老圣恩的妈妈是那么喜欢站在树下冥想，只要是有树的地方，她就会怔怔地站半天，感觉那深茂浓密的天伞一样的大树里藏着她不可知的神灵，而她自己也恍惚化身成了树的一部分。这与凯瑟琳·曼斯菲尔德觉得自己是"和一株树恋爱了"何其相似，她们的灵魂不正是同一种料子做的吗！也只有这样耽于冥思的作家，才能对自己正在从事的文学，包括儿童文学，做出那样冷静的、大段大段的反思，才能写出这样的小说开头吧："当你可以清醒地看待自己生命的时候，生命中最美好的时光已经流逝……"

还有老圣恩第一次来到莫莉家，看到她家有着四面书墙的大书房，以及桌上一个大玻璃瓶里插着大朵蓝色绣球花的那种兴奋。接下来，两个好奇而敏感的少女，从各自喜欢的书开始了她们单纯的友谊和心灵的激荡。陆梅在她的故事里，有意"植入"和"闪回"过包括《格子的时光书》《像蝴蝶一样自由》在内的一些小说里的少女形象：米舒欣、小美、沙莎、格子、安妮……"尽是十一二岁的少女，那样活泼泼地向她走来，眼神清澈，笑意盈盈。她确乎感知到了她们，一个一个鲜活美好的生命，她们的长相、发型、癖好……"作家也许是在用这种方式，向单纯和好奇的童年致敬，向这些有如莹莹青草般清新而蓬勃的、正在长大的少女致敬。正如在《像蝴蝶一样自由》里，老圣恩和安妮的对话一样，在这个海边的暑假里，她又与莫莉惺惺相惜，互相吐露了各自的好奇、爱好、烦恼和惶惑。两个青涩、苗壮而互不设防的生命，好像身上到处都开着洞，以便外面的东西可以进去。女作家也借助两颗心的碰撞与激荡，尽情地表达了自己的童年美学、成长观、文学观和价值观。

莫莉的爷爷，瞎眼老婆婆，还有妈妈正在写的小说里的"另一个爷爷"等形象，在故事里虽然着墨轻重不一，但是读来却能感受到，这些人物在作家的心中和笔下，都是鲜活而完整的，是栩栩如生的。如她写那位老婆婆的一个细节，"手不停地抹泪眼，整个人就跟一棵狂风暴雨击打后的老芭蕉"；"老婆婆仙逝后只一个心愿，就是希望生生世世不离开

渔村，她的骨灰就埋在院子里。一院子的绣球花守着她"；还有莫莉和爷爷"夜谈"那一章，祖孙两人的对话，在揭秘主人公的身世故事的同时，几乎也是爷爷给莫莉讲述的一堂冷静的"生命教育课"和"成长课"。

在小说里，有一首被莫莉视作"爷爷的歌"，反复出现过几次，或许也可看作陆梅为这本小说选定的"主题歌"："我将走自己的路，这是浪漫史的结束。我将走自己的路，爱只是蹒跚的舞步。我将面对未知的一切，我将构筑自己的世界。没有谁比我更明白自己……"

陆梅在创作谈里也说过："妈妈沉浸在写作的世界里，时而游离时而在场；莫莉爷爷莫管家少言寡语，他的跌宕身世和起伏人生渐渐在两个女孩的'历险'中浮出水面；渔村的老婆婆和一院子的绣球花，肯定不只是一个简单的人生隐喻；莫莉在经历了与老圣恩和她妈妈的交集交道后，有一晚和爷爷夜谈，终于在滂沱的泪水中和自己、也和爷爷达成和解……一个篇幅不长的小说，如果能让孩子停下来，看一看自己，甚而唤醒身体里的不自知，感受生命的无限潜能，我觉得即便只二三知音，也是这个小说在文学的层面上永恒的意义。"这段话，既是帮助我们打开小说文本的钥匙，也传递出作家的一种文学自信。正如贯穿在小说始终的默默无声的绣球花，还有诸如阿拉伯婆婆纳、紫茉莉、桔梗、彼岸花、看麦娘……这些花草的生命里原本就蕴含着孤独与永恒，它们也许只愿意向着那少许几只不肯离去的蜜蜂绽放。

最后，借用女作家乔治·桑抒发自己写作体验的一段话，来描述陆梅的这本新书给我带来的阅读感受："我有时脱离了自身，俨然变成了一株植物。我觉得自己是野草，是飞鸟，是树顶，是轻云，是流水，是天地相接的那一条地平线；或者觉得自己既是某种颜色，又似某种形体，瞬息万变，去来无碍。我时而疾走，时而飞翔，时而潜藏，时而显现。我向着太阳盛开，或栖在叶背安眠。天鹅飞舞时，我也飞舞；蜥蜴跳跃时，我也跳跃；萤火和星光闪耀时，我也闪耀。总之，我所栖息的天地，似乎全是凭着我真实的内自由伸张出来的。"

（原载《边疆文学》2019 年 10 月号）

# 苏梅:为儿童写作的智慧

## 金 波

苏梅在幼儿文学创作之前是打下了扎实的基础的。她和许多幼儿教师出身的作家一样,有着全面的幼儿教育理论和素养,以及幼儿教师除文学之外的音乐、绘画、舞蹈、手工等教学的基本知识和基本技巧,这就使她在从事儿童文学创作之后,有了一些得天独厚的优势。

优势还得会发挥,会利用,扬长避短,逐渐扩展,不断丰富自己的创作题材和技巧。

苏梅走在文学之路上,在我看来,她的姿态是"小步慢走"。

我赞赏这种行进的速度。走得慢一些,可以左顾右盼地观察身边众多的风景,可以边看边想。总之,走得慢一点,写得勤一点,这才是写作的正途。

说起来,苏梅的文学写作已有 20 多年的经历。她从幼儿文学创作起步,一直这么坚持着。作为一个作家,坚持是一种优秀的品质。一开始,也许是出于一种兴趣。兴趣是易变的,受到一点挫折,兴趣就消失了。文学创作要成为一种爱好。爱好才能持久。因为爱好是要投入情感和智慧的。爱好一种事物,才能为之付出,不断进取,百炼不怠。苏梅把文学创作当作爱好,才坚持走下来。

苏梅的文学创作,有着明确的读者意识,作品给多大的孩子看,他们的年龄特征和审美特征是什么,她都了然于心。她用心贴近孩子,善于把生活中丰富的感触,转化为天真的心态和活跃的想象,以游戏的精神融合为有趣的故事。游戏精神是苏梅幼儿文学创作坚守的一个规约。请看苏梅的这套《苏梅数学童话绘本》,我们初读这些书,可以完全不理会它的数学知识,因为小读者还是先被故事中生动的形象和有趣的情节吸引住了,那些知识点巧妙地隐藏在故事中了。这就说明作者还是充分地考虑到了小读者的审美趣味。读这些书像做游戏一样轻松快乐。

但是,为幼儿写作,不能不考虑到多种功能。这些功能当然是在具备审美趣味的前提下才得以发挥。幼儿文学多一些知识性,多一些可操作性,这也是幼儿文学的特点。其实,这也是幼儿文学的一个难点。这套"数学绘本"就是要把知识点融进故事里。知识点不是外加的,是情节的一部分,是水乳交融,不是油星儿漂浮在水面上。但是,作者在构思这些童话时,她的心中是有故事的。这故事是长期生活的积累,作者不一定是带着知识点去找故事,而是故事中就有知识的空间。还有故事后面的那些有启发性的"小提示",有较强的操作性,是文学阅读的延伸。这些都是艺术的智慧。

说起艺术的智慧,儿童文学家就有这种初看简单实则丰厚的大智慧。因为他们是面对孩子,一个纯真的群体,所以作家的智慧是鲜活的。还是因为他们是面对孩子,一个真诚的群体,所以作家的态度是亲和的。还是因为他们是面对孩子,一个充满希望的群体,所以作家的态度是热情的。儿童文学作家是幸福的,这幸福首先来自于自身心灵的感受。能坚持为儿童写出优秀的作品,这是一种修养。

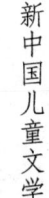

在苏梅出版这套《苏梅数学童话绘本》之际，我谈了如上一些感受。祝愿苏梅坚持为儿童写作，并写出更多优秀的作品。

（本文系《苏梅数学童话绘本》序，中国城市出版社 2013 年版）

## [附]有趣有益有用

苏梅从一开始创作就选择了幼儿文学，这是一个明智的选择，也是值得赞赏的选择。因为在儿童文学越来越细化的过程中，幼儿文学的重要性越来越突出。在我看来，幼儿文学不但是启蒙的文学，它本身也包括了儿童文学最丰富的技巧。面对这些年龄小的读者，技巧很重要。随着读者年龄的提高，儿童文学所需要的技巧会逐渐减少，而成人文学的技巧会逐渐多起来。所以我认为一个从事儿童文学创作的人不可缺少的是幼儿文学创作的实践和体验。所以苏梅选择了幼儿文学，我觉得是一个正确、明智的选择。

苏梅选择幼儿文学与她所从事的幼教工作密切相关，因而她有一些得天独厚的优越条件，她更了解孩子。所以幼教工作为苏梅创作的成长，打下了扎扎实实的基本功。

幼儿文学创作不但与成人文学，而且与少年文学、童年文学相比较，可能它所要求的东西更多，我认为幼儿文学的特点：第一要有趣，第二要有益，第三要有用。

有趣是一种审美的乐趣。有益，是有多方面的教育启示作用。特别是有用，更显独特。因为幼儿文学的读者是不识字的，需要大人辅导阅读。因而怎么"用"幼儿文学，就需要作家在文学文本的创作中，把"有用"这个理念与元素加进去，所以有用是非常重要的。从事幼儿文学的人一定要想到它的大读者（家长、老师）怎么用你的作品去辅导小读者阅读，这是非常重要的。所以作家在构思作品的时候，一定要考虑到作品"有用"的问题。苏梅在多年的创作中，积累了丰富的经验，她的作品衍生出来的知识点，以及教学方法、课堂设计等都是有益于亲子共读的。所以她的作品能做到有趣、有益、有用，这在幼儿文学中是非常重要的。

从事儿童文学的人如果选择了幼儿文学，或者幼儿文学在他的整个文学创作中占有比较重要的位置，这一选择我认为是更特别给予关注的。列夫·托尔斯泰认为，幼儿文学是最纯真的文学，是把人的美好的天性特别鲜明地表露出来的文学。幼儿文学的服务对象是那么小的孩子，那么纯真的孩子，我们给他们写作时就要特别小心，不允许我们在作品中有一点点杂质。所以对于幼儿文学的选择，可以在创作实践中不断地帮助我们确立科学的儿童观和教育观。

我们从事儿童文学创作可能都会有这么一个过程：开始是为了孩子写作，我们以教育家者自居，用作品教育孩子；以后作品多了，我们会自然地想到如何提高自己作品的写作水平，作家作品的知名度，还有作品的发行量如何，能否获奖，等等。重视自我，提高自我，这也是很自然的。其实我认为一个儿童文学作家最重要的境界是"像孩子一样地写自己"，这个境界就在于像孩子一样纯真。不管对象是 3 岁、5 岁还是 50 岁，作家都在写自己，这就将自己的观念、自己对生活的体验、自己的艺术风格、自己的情调都渗透在作品里。那些成功的作家，都是经历了"为孩子写作，为自己写作，像孩子一样地写自己"这样一个过程。

苏梅学的是幼教专业，因而她首先会想到自己的作品怎样教育孩子；当她有了一定的创作积累与成绩就会为自己写作；可以说今天的苏梅已进入了"像孩子一样地写自己"的境界。

　　苏梅的写作姿态是"小步慢走"。小步慢走有好处，走得慢一点，看得多一点，思考得多一点，写得细一点，才能出精品佳作。虽然说没有数量就没有质量，但质量永远更为重要。苏梅的创作，至今所取得的成绩，正是"小步慢走"的结果。我希望她仍能坚持这种姿态。

（原载《江苏幼儿教育》2016年第2期）

# 薛涛中短篇小说的创作

孔凡飞

在儿童文学界,辽宁青年作家薛涛的出现,无疑给转型时期的中国儿童文坛带来了几缕亮色。他独具一格的儿童小说创作,在儿童小说园地已成长为一株奇葩,散发着诱人的魅力。在儿童小说方面,薛涛既善于构造精致的中短篇小说,同时,也善于制作典雅的鸿篇巨制。正如薛涛自己所说:"当我'长篇大论'的时候,反倒时时想起写短篇小说时的种种快乐,那些快乐是无法替代的。"[①]他还说"肆意的想象,有节制的铺衍,巧匠一样去构造,短篇小说给我有关创作的所有乐趣。"[②]的确,薛涛的中短篇小说足能够代表他的小说风格。近年来,薛涛的中短篇小说多收集在他的《白鸟》和《随蒲公英一起飞的女孩》两本小说集中。这两本中短篇小说集构筑了薛涛小说的艺术世界。在这里,我们领略到的是作者对生活的充满诗性与哲意的艺术阐释和一种充满激情的艺术探险。

## 一、对儿童精神家园的呵护与守望

薛涛作为一位儿童文学作家,以他敏锐的艺术视野,通过孩子清澈的目光注视着这个愈加喧嚣的世界。在他创造的艺术世界中,他呵护和守望着人类最后的一片精神净土——儿童可塑的精神世界,为人类诗意的生存做着不懈的努力。在他的作品中,他极力创造一个充盈诗性与哲意的精神栖息地,为当代的少年儿童提供一个成长的空间。

薛涛善于在人与人、人与自然万物的关系中,呵护与守卫人类善良的天性,让少年儿童在理解、宽容、善待人生、爱他人、爱生命中逐渐成长。《黄纱巾》中的小女孩对黄纱巾"欲望"的压抑,老板善解人意的将黄纱巾永远挂在那里,那块"永不出售"的牌子和高扬的黄纱巾,不正象征了人与人之间的理解与尊重吗?《蓝飘带》中,盲女用"心"看世界,对小武和老猫来说不是一种积极的人生引导吗?为了救落水的小孩时,盲女舍生取义的行为对那个想一走了之的大男孩来说不是一种触动吗?为此,大男孩义无反顾跳到水中……薛涛还有些作品表现人与自然、环境的相依相偎的关系。《稻田童话》表现了城市对自然的破坏与侵占,原本美丽的稻田,只能成为记忆中的童话,这不能不引起人们的深思。《最后一只狍子》则通过祥对狍子的关爱,狍子为倒在雪地里的人取暖的行为,表现了人与动物之间的和谐。当父辈们手中打狍子的棍子纷纷落下的时候,读者难道没有一种久违的感动吗?这类作品在薛涛的中短篇小说中占很大比重,在物欲横流的时代,我想,这类作品为儿童心灵提供一条没受污染的"蓝飘带"……在儿童的心灵中埋下善与爱的种子。

薛涛还善于用孩子的眼光看成人世界的婚恋和少年自己的朦胧爱情。在对婚姻与爱情的叙述中,守卫着儿童对爱情与婚姻的憧憬。《一盆兰草的释义》中,通过小女孩对兰草叶子的解释,表现一个完整的家庭对孩子的重要。小女孩以诗意的方式使母亲回到自己的身边,但小女孩在精神上依旧渴望一枚真正的象征爸爸的叶子……童心需要爱的呵护。而《红顶屋》中，男孩眼见父母婚姻失败的事实，多年以后，长大的他是否对爱情、婚姻有了更深刻的体悟呢？我想，在他们的精神上应该形成对美好婚姻的向往。"心理学认为：青少年成长中的一项主要任务，是认同男女性别中的典型人物及其心理特征，以他们为榜样来塑造自我形象。这对青少年形成健康的人格至关重要。"③薛涛在少年朦胧的爱情中，让少年儿童认识自我，塑造性格。《稻场笛声》中的小黑子在笛声中找回自己的尊严与爱情，也为笛子付出生命的代价，我想经历这场爱情的小桃以及那些小伙伴，一定能重新塑造自己，让自己的生命与爱情飞扬。《蓬镇纪事》中的小乐子在小舅舅小摆与唱戏女孩的爱情中，塑造了自己的人格。他忍痛将唱戏女孩给小摆的定情物"鞭子"还给了小摆，尽管，他也喜欢这根鞭子。那一刻，他长大了，"做个堂堂正正的男子汉。"

薛涛更善于让儿童自己认识自己。这或许是遵循古希腊阿波罗神庙上的这句箴言吧："认识你自己。"薛涛让儿童为自己建造一个充满诗意与哲理的精神殿堂。《空空的红木匣》中的"我"虽然还了阿毛的钱，然而这是用那些被姥姥视为珍宝的海螺、贝壳为代价的。姥姥临终前要看一看红木匣的愿望没能实现，对"我"这是一个无法弥补的遗憾，所以"我"喊出"我饶不了自己！饶不了他！"对"我"来讲，我长大了，因为，"我"记住了姥姥的话"不能让记忆落满灰尘。"而《二十三只灰雀》中，我们恶作剧般的残忍的活埋了那些无辜的小灰雀，那些老灰雀因悲伤而死，我们将那五只老灰雀与十八只小灰雀埋到一起，那一刻，"我"和指头好像读懂了生命……《随蒲公英一起飞的女孩》中的"我"也在小琪的死亡中明白了很多事，尽管我没能在最后一只蒲公英飞走前将书包带给小琪，但"我"知道，"明年的蒲公英还会长出'小白伞'的"。当儿童读者同主人公一同经历了这样的精神漫游之后，他们也找到了属于自己的生命哲学。

## 二、别具一格的叙述故事的方式

在儿童文学领域，我们一直看惯了一种温柔细腻的文风，似乎儿童文学在美学意蕴上更接近"阴柔之美"，而薛涛的儿童小说，却一扫文坛的"阴柔之气"，以一种略带忧郁的笔调，以一种"男性化"的冷峻的叙述方式，展开故事。他所塑造的少年形象，是具有阳刚气质的，具有金属般掷地有声的质感。曹文轩曾有一个著名的观点，"儿童文学担负着塑造未来民族性格的重任。"而薛涛近于刚性的创作，是否为塑造我们民族后代的刚性性格作出了不朽的努力呢？郁雨君曾评价薛涛的小说《漂》，说："薛涛试图以一个男性化的少年故事，透过比较冷峻的语义层面去探询一些具体的，属于社会、生存环境的以及道德的命题。他抓住一个少年个体精神世界的动荡起伏……"④其实，除了《漂》之外，薛涛的大部分作品都具有这种刚性的艺术表现。如《死亡游戏》中的碰子，他就极具小男子汉的傲骨与豪情。为了不使"海底钻家族"绝种，他以生命的代价，来实现自己的诺言。当锥儿听完碰子的故事，他说"你，会死的……"，而碰子说"死了也值……"简短的话语中隐含的是一种"男性"的刚勇与气概。在碰子进行最后一次潜水时，那种视死如归的壮志与一种男子汉的胸怀，更让人激动不已。他说："锥儿，我要是回不来你就离开吧。我的船在礁石后面。顺便告诉我爸爸：碰子没出息，没拿到鱼叉……"

《庚子红巾》中，鱼漂儿的刚勇自不必说，就是被"我"和鱼漂儿视为软弱的"掌柜"也在关键时刻表现出小男子汉的尊严。"我"和鱼漂儿被抓走了，不能赴与外国男孩的比武约会，而"掌柜"却代替我们，一个人去了"比武场"，尽管一次次被打倒，但"掌柜"一次次的站起来，他没有失掉中国人的尊严，在"战斗"中"掌柜"找到"男性化"的自我。最后，

"掌柜"为了找回象征勇敢的"红巾",他永远的去了。同样《爸爸蹲在花园里》《生日礼物》等都体现了这样一种"刚性"情怀。我们不禁为薛涛讲诉的"男性化"故事深深感动！

　　在阅读中，我们不得不承认这一点，薛涛善于在较短的篇幅中，讲述一个容量极大的故事，这使他的小说精致而意蕴丰厚，是什么原因使薛涛做到这一点了呢？我认为，薛涛在有意无意中运用了"空白"理论。空白，即意义的空缺、断裂和潜隐。伊瑟尔说："空白结构组织了读者，同时也展开了这一结构与阅读主体间的内在联系。"⑤他认为空白推动了阅读活动。薛涛本人也认为"文学的高贵在于能够牵引阅读。"⑥我觉得，薛涛正是运用空白来牵引读者的阅读。薛涛善于对某些部分故意隐匿和中断，这种空白将阐释空间留给读者，激发读者的想象力去填充，并使其联结成一个整体。其实，这也是海明威一直强调的"冰山"效果。海明威说："你可以略去你所知道的任何东西，这只会使你的冰山深厚起来。"⑦这是一种叙述技巧和策略，它能增进无尽的意义力量，使作品更凝重而深厚。

　　《蓬镇故事碎片》向来颇受争议，我认为这是一篇运用空白理论很成功的典范之作。作者将一个整体的故事，分割成许多片段，每一个片段间都是有意的中断，再将这些片断以一种"陌生化"的方式组接起来，使作品具有运用电影"蒙太奇"手法的新鲜感。作品淡化了小说的时代背景、淡化了人物的外在因素，这是作者有意的隐匿，为读者提供可供想象与回味的空间，这种叙述避免了重复，不采用一般的"线型结构"，而是在片段的中断、隐匿、重组中自由地突出作品的张力，这种手法在儿童文学领域本身就是一个创新。又如《英雄传略》，作者也将其分割成很多片段，我和耗子的谈话不时的出现，穿插我为了使甲虫能够被保送到高中，而制作的一个弄巧成拙的悲剧故事中，在片段与片段的中断中读者感受到的是萦绕在语义表层之后的，潜藏于"冰山下面7/8"中有关死亡、人生、友谊等深层次的思考。同时，薛涛在作品中通过省略笔法，使语言简洁，而意义深刻，在语言与语言之间制造一种空白，使作品具有极强的张力，牵引读者的阅读。

　　应该说，薛涛是一个不懈求索者，他不断地在寻找新的艺术形式和更为优雅的故事内容。在他冷峻而忧郁的语言背后，我们感受到的是一位儿童文学作家极富使命感的滚烫心灵。对薛涛，我们满怀期待，因为他还年轻，他还将长久的写下去，用他精心营构的故事，演绎着少年儿童时代的所有心情。他将在"诗与思"的寻找与开拓中完善自己，我们相信，薛涛的明天会更美好！

**[注释]**

①②薛涛：《随蒲公英一起飞的女孩·后记》，少年儿童出版社 2000 年版。

③岳晓东：《少年我心》，北京师范大学出版社 1997 年版，第 30 页。

④郁雨君：《农村的声音》，《儿童文学研究》1998 年 1 期，第 39 页。

⑤徐亮：《意义阐释》，敦煌文艺出版社 1999 年版，第 99 页。

⑥李春林：《内容与形式的相互依存发明》，《儿童文学研究》1998 年 1 期，第 44 页。

⑦同⑤第 105 页。

（原载《中国儿童文学》2002 年第 1 期）

# 殷健灵：关于《纸人》的随想①

彭学军

秋天的一个午后，我和殷健灵坐在淮海路的一家宁静典雅的咖啡馆里聊天，用大半天的时间泡在咖啡馆里已成了每次去上海出差我们必修的功课。

我们的话题很少涉及文学，我们多半是聊一些彼此关心、牵挂并需要对方知晓、理解和宽慰的故事或感受。所以，在我们的交谈出现一个短暂的空隙时，我不带任何职业性的功利淡淡地问道，最近在写什么？

她就对我说了《纸人》。说了小说的框架和开头的一个情节。她说得有点激动，我能领悟得到，那是有了一个好的故事、好的想法并写出了一份很好的感觉的激动，它传达给我一个信息，那是一个很不错的东西。于是，我也跟着激动起来。

我要《纸人》，把它给我！她起初不答应，说已定好了一家出版社，人家的起印数是5万，你们能印多少？我立即抨击她，情义无价，你怎么能见利忘义呢？她嘻嘻一笑，嘲讽道，你还蛮会当编辑的嘛。

三个月后我收到了《纸人》的初稿。

我用了一个白天加一个晚上的时间读《纸人》的初稿，在读的过程中，我只是跟着她流丽舒缓的文字拓展的一条引人入胜的隧道往前走，在前面引领我的是一个女孩纤巧的身影，我心无旁骛地追寻着她，许多想法是第二天早上泛滥开来的。

我几乎不骑车，每天都是走着去上班，途中要穿过一所大学的校园，那一段路我总是走得心旷神怡。我非常迷恋那迎面而来的一张张青春逼人的脸，宽阔宁静的林荫道，甚至两边五花八门的宣传窗。穿过球场时，有时会冷不丁地砸过来一只篮球，然后一个汗涔涔的大男孩冲过来向你道歉。走过琴房时，经常会看见穿素色长裙的女孩横着一支长笛在吹。有时，前面走着一个细细长长的身影会让我好一阵迷糊——那个背影好熟悉，我在哪里见过她？待我定眼一看她又不见了。

后来我才明白，那个女孩是从前的自己，是看了《纸人》才明白的。

在远离了一个时代、一段生活、一种氛围之后，有人会站一下，转过身去，打量着留在身后的脚印，比如我，比如殷健灵，只是我是下意识的，而她则用了一种对待历史——一个女孩子成长的历史的庄重、理性而又亲切的姿态。

我在想，什么样的人会读《纸人》呢？那些顺利或不顺利走过了青春期的人，就像从我身边走过的这些女大学生，她们读《纸人》无疑是一种回望，在回望中至少能获得对一段感慨万千的岁月的一份最确凿、最温情脉脉的解释。

读罢后，心里会如静夜悄然而至的雪花一样轻轻地叹息一声——从前，我就是这样的，原来是这么回事啊。原来我们如花的身体在初放时都充满了共同的羞愧与困窘；原来幽闭在心里的种种扰人的情愫是可以展示在阳光灿烂的日子里；原来苏了了对美丽杰出的成年女性的迷恋和向往是那样动人心魄；原来一张张稚嫩纯净的小脸都沐浴过同样的笑颜和泪水；原来……原来怎么就没有谁对我说过这些，我什么时候错过了丹妮呢？

这样，那回望的眼光里便多了一份对那段刻骨铭心的时光睿智的理解和宽容，并且以过来人的顿悟递给从前那个懵懂的自己一个欢畅而会心的微笑。

当然，《纸人》最贴切的读者是那些正处在花季中的少女们，可是对她们我却有些犹豫了。

当人生最美好的少女时代如一支歌谣的尾音渐渐飘远的时候，殷健灵却对它充满了一种无法割舍的依恋之情，但她并不只是单纯的守望，而是以一种珍视的方式去反省、思索、探究那些清澈多梦的日子。我读过一些她用收获的心得写成的小说和散文，而《纸人》无疑是最独特最精辟的。

一个小小的女孩长成成熟的女性，单单只是注视着身体的变化，尤其是最初的那一瞬，就如海上一轮即将喷薄而出的朝阳，是那样的神奇美好而又充满了悬念。《纸人》的独特就在于它较已有的少儿文学读本前所未有地关注了这样一个令人迷惘、心悸又怀着朦胧向往的"瞬间"——青春期女孩的身体，女孩的性，再由此波及她们的精神层面和情感微妙的渴望，而不是像她以往的篇章演绎的那样相反。可不论殷健灵用怎样的顺序破译女孩青春期斑斓的密码，是从内到外还是由表及里，她笔下的那些人物和故事都有着很明显的时代的印迹，那样一个相对幽闭、保守、安静、单纯的时代，就会有那样一些羞涩、敏感、细腻、克己，不张扬、不喧闹的女孩，而女孩们也有着充分的理由将目光回收到自己身上——我的身体、我的心态、我的情感。

女孩们的故事从殷健灵的时代诉说到了今天，今天有卡通、有影碟、有网络、有张惠妹……电影电视里泛滥着真实或不真实的爱情故事，青春期的性教育已不像以往那样讳莫如深。女孩们那顾盼生辉的目光被外界太多的精彩撩拨着，她们还会有兴趣、精力、心境那样内敛地将星辰一般的眸子投向自己吗？苏了了能在她们那里找到共同的经验与渴望吗？她们能否拥有、需不需要她们的丹妮？

在这里，时代的隔膜是不可避免的，但对这层隔膜的厚度我还无法估量，不过我想，青春期——这动人而又跌宕的旋律，多少年来响彻在一代又一代人的生命之歌中，在生命成长的过程中，总有一些本质的东西是相通的，它们能超越时间屏障，如金砂一般积淀在岁月的河流中，成为无论何时何地的女孩们不弃的故事和梦想。

《纸人》出版后，殷健灵回到了母校——梅山中学，参加出版社和梅山中学联合举办的"《纸人》读者见面会"和签名售书活动。那是一所位于南京市郊的相对封闭安静的学校，殷健灵在那里度过了至今萦绕于心的少女时代。

10年过去了，当年教过她的老师大多都调走了，但她的名字却给这所学校留下了很深的记忆——她是在这里入的党，成为这所学校有史以来唯一的学生党员。学生会主席，班长，成绩优异而被保送上大学。总之，她是那类做什么都有能赢得一片喝彩、走到哪里都受称赞、令同龄人仰视，而老师和家长则是疼爱有加的出类拔萃的好学生、乖女孩。她已经成为这所学校的老师们教育一届又一届学生的楷模。

可是这个至今仍被人传诵的好女孩已经不看好从前的自己了。"我并不满意自己的少女时代。如果让我从头来过，我会是怎么样的？我曾不止一次自问。——我会更张扬天性：我会勇敢表达我需要爱；我会剔除束缚做一个完完全全的自己；我会问我想问的看我想看的说我想说的，痛痛快快地道出困惑无望和失落……我知道，自己曾是那样的封闭压抑，尽管那时的我看上去常常充满阳光面带微笑。"（《纸人》后记）

多年后，这个当年公认的好女孩这样来反省自己，因为她"好"得失去了许多，为了"好"她不能完完全全地做她自己。于是，我想到，什么样的才是缘于生命天性的本真的好女孩呢？

我说不好，这个问题得问丹妮，她会告诉你。

放学了，三三两两的女孩从我们身边走过，生命初升的朝阳照耀着她们，使她们周身洋溢着春草般迷人的芬芳。望着她们的背影，我想，她们都有和将有着怎样的故事？她们的故事里有没有丹妮？

我相信，读过《纸人》的女孩，没有不爱丹妮的，这位梦想的种子幻化成的青春的引渡者，对于在青春的河流中跋涉的女孩们来说有着多么不同寻常的意义哦。

当一个来自虚空的神秘的声音将苏了了引到丹妮面前时，苏了了的青春之路就渐渐变得通拓起来，她所有的缘于天性却令自己和家人都无法接受的行为和想法，在丹妮那里都得到了充分的理解和十分温和的开导。丹妮以她的睿智、温婉、深刻和如沐春风的亲切，告诉苏了了如何正确地看待真实的自己，自己的身体，自己的情感和自己的心灵空间。对被青春期的迷雾裹袭着的女孩来说，这种把目光指向自己的内省要比探究外部世界重要得多。

从这个意义上来说，丹妮成了老师和家长的楷模，丹妮身体力行地告诉他们，你应该这样，你应该用这样的表情、这样的语态、这样的心境和女孩说这样一些话，女孩比任何时候都需要这一切。

而对于苏了了来说，丹妮同样是一个楷模的形象，这个形象是她自己塑造的。美丽、典雅、聪颖、细腻、风姿绰约、内敛恬静，这是苏了了梦想中成熟女性的风采，苏了了在心里仰慕她、向往她。可以想见，在今后的日子里，丹妮将始终是她心中飘扬的一面如诗如画的旗帜，这面旗帜引领着她不断地走近自己，无限地接近她期盼中的完美女性。

如果在每个女孩心灵的高地都飘扬着这样一面旗帜，那么几乎可以预言她们将会拥有的美好快乐的人生了。

我不知道，如果这个从游戏中诞生的、纸片剪成的却又拥有了真实生命的形象没有光顾殷健灵的灵感，这本书会是一个什么样子，但可以肯定的是，始终弥漫在字里行间的那一缕缕神秘、虚幻、温情脉脉的气息必然是荡然无存了。但我并不认为这部小说具备了很典范的幻想文学的特质，它的故事基本上是在一个现实的空间展开的，丹妮和她的灰楼并没有构成与现实世界平行的第二世界，要充当第二世界它还缺少独立的、自成一体的、有着内在的运作逻辑的要素，因此它的创作路数基本上还是写实的。

《纸人》是我社推出的"大幻想文学丛书"的第16部作品，在前15部作品中，《巫师的沉船》(班马著)、《魔塔》(彭懿著)、《蝉为谁鸣》(张之路著)等都有着很纯粹的幻想文学的特质。《纸人》的意义虽然在这方面没得到充分的体现，但这本书仅仅就是这样的面貌就已经是非同寻常的了。

**[注释]**

①本文是 2000 年《纸人》首版时，该书责任编辑撰写的编辑手记。

（原载殷健灵著《百年百部中国儿童文学经典书系·纸人》，湖北少年儿童出版社 2007 年版）

# 张国龙:青葱韶华的心灵歌者

崔昕平

张国龙的"梧桐街·暖涩系列"少年小说,一如名字,温暖而又青涩。《水边的夏天》《星光和月光》《甜酸的季节》与《风中的少年》,将张国龙成长小说领域的新思与旧作巧妙集结,也使张国龙的写作风格、写作意愿得到充分诠释。展示在我们面前的,是一位细腻的心灵歌者,更是一位真诚的成长导师。其作品着力最多处,必凝结着作者的真切感受与思索,诚挚动人,也因此少了匠气,而呈现为鲜明的个性化抒写。

## 一、潜心临摹的青少年成长群像

### (一)消弭"代沟"的语言风格

该系列的创作,不似作者成长小说旧作如《梧桐街上的梅子》那般"梧桐更兼细雨"的愁情,也不似作者散文作品所追求之儒雅,而是成功地消弭了所谓"代沟",完全与少年们成了文字使用与新词创造的忘年交。作品用词充满着潮流与时代的元素,诙谐幽默而又潜藏青春期少男少女们独有的"反骨"。诸如"在要求她学习优秀方面,爸爸妈妈如同得了甲亢,胃口大得和非洲大象无异";"夏凡感觉他们就像两本大同小异的《圣经》,从头到脚都写满了束缚她的清规戒律"等时尚而俏皮的语言俯拾皆是,校园文化的调侃、另类之风跃然纸上。作家对这类词汇的捕捉与运用,并非简单的投其所好,而是深谙这其实不过是少年人标新立异的心理需要和在枯燥学习中"自取"的乐子,一如鲁迅在私塾的刻板中投奔向百草园,是所谓自有其乐,自得其乐。

### (二)切中"青春期"的心态描摹

作品中,作家自觉得站到了少年身边,将少年的真实心灵体验与生活在少年们眼中的成人形象和盘托出。青春期是少年的心理断乳期,情绪波动较大,当少年们遇到的小小挫折时,无论是情感上的还是身体上的,都会那么的顾影自怜,那么的郁郁寡欢,那么的恨天不公,甚至悲观厌世。张国龙不愧是少年朋友的代言人,抓问题抓得极准。他用自己的作品充分诠释了青春少年在青春期的敏感、脆弱的心理。比如《星光和月光》中夏凡面对妈妈喋喋不休的批评,竟至于歇斯底里地高呼"我没法在这个家里活下去了!我要去死!"而《甜酸的季节》里的汤可可因为爸爸妈妈食言不能参加家长会而将失信于全班同学,竟产生了逃学的念头——青春期孩子性格的脆弱与波动,正是作者着力刻画的一笔。汤可可被叫去参与报复叶风爸爸这一情节,又是一个孩子们,尤其是男孩子们极有可能面对的问题,既有一定的辨别是非的能力又怕不够朋友,不讲义气而为错误不坚守诺言……当少年人初涉人世时,他们不得不独立面对许多处理不了的问题,面临许多必须面对的问题。这些问题,这些事,无论大小,对孩子来说都是初次,都是艰难的。还有一些细节,如《水边的夏天》中的厌学少年鲲鹏,面对自己大学教授的父母,鲲鹏道出了许多有着优秀父母的孩子的真实心态,"他渴望像他们一样优秀,却不愿像他们那样不辞辛劳"。这恰恰是当代少年眼高手低的真实写照。生活在物质日渐丰富的消费型社会之中，孩子们的动力不足，贪图享受，甚至可以坦然承认自己的理想就是做"一只猪"，逍遥自在，远离竞争，吃饱喝足，呼呼大睡。面对这种典型心态，作家不是以长辈之姿态"怒其不争"，而是给予了合理的阐释与引导：而当鲲鹏在乡下姑妈家与网络、电玩等隔绝时，"破天荒地萌生了主动读书的欲望"。物质极大丰富的生活条件下孩子很难体会到的读书的乐趣，在类似现代隐居的情境中终于显现了出来。这一情节的设置，这种少年心理的破译，也必须建立在充分了解少年与敏锐感受他们心灵的基础之上。

### （三）转换"少年视角"的情意传达

张国龙作品更令我们获益的一点是，作品中，我们蓦然发现，很多时候，孩子对家长的了解，远远大于家长对孩子。比如《水边的夏天》中鲲鹏面对受到他分数打击的父母时的冷眼旁观："妈妈假装很轻松很快乐，甚至'幸福'地有点声音颤抖。"尤其在《星光和月光》中，作家准确捕捉了青春期孩子对一切，尤其对至亲父母的否定性评价。如夏凡眼中，认为自己和善的爸爸长得"太过平庸"，尤其笑起来的神态简直"难以忍受"；对于妈妈，则更为刻薄，"夏威夷觉得妈妈真不知道什么叫'害臊'，庸俗得简直找不到一个可以凑合的形容词来凑合着形容"。而对于一路只顾逼着孩子学习的父母，孩子也同样一肚子不满，"长这么大了，夏凡好像不记得这两个没追求的家伙看过书"。"没追求的家伙"，多生动的一笔啊，不但令孩子的叛逆再次跃然纸上，也意在唤起家长的警醒，这不就是许多孩子没有学习动力的根源之一吗？如果父母从来都是玩游戏、看电视剧，孩子又岂会不看在眼里，怨在心里呢？而孩子们眼中的老师又是怎样的呢，"许多老师有时候很小气，要是赶上他们心情不好，芝麻大点的事儿都会借题发挥小题大做"，真的足以让很多成人汗颜。阅读张国龙的作品，让我们时时警醒，许多时候，成人与孩子看待问题的视角有着截然的不同与隔绝，正如"汤可可"的一席话："妈妈说：'你上嘴唇不和下嘴唇商量商量就把话说出来了。''其实，我的这些想法是经过深思熟虑的。'"张国龙就这样精确地驾驭着少年人的叙事视角，勾勒着青春期孩子们面对父母冷眼旁观般的态度。这种对父母的又爱又烦的矛盾心态，显示自我独立与否定一切的叛逆心态，若不是真切地了解少年，走入了他们的心灵，是断断无力传达出来的。

### （四）多维聚焦的"典型"塑造

透过整套作品，作家为读者潜心勾勒出的是一个成长的群像。面对少年成长小说这一叙事体文学样式，作家对小说要素"人物"与"情节"的设置同样独具特色。首先，作品中的情节设置多是以散点透视的形式，设计多个主次人物。如《水边的夏天》，由中考大获全胜的少女"柳笛"的复杂少女之思，到中考落榜少年"鲲鹏"的抑郁迷惘之情，再转向突然而至的饱受亲情疏离之苦的小孩"夏天"，主次情节的转换节奏鲜明，少女之思，少年之志，幼儿灵透而脆弱的心，一一得以呈现。其次，系列作品的主人公来自社会各个层面，各具典型性：《水边的夏天》的主人公鲲鹏来自高级知识分子家庭，父母皆是勤奋治学典范，儿子却恰恰厌学；《甜酸的季节》则是一部反映经商家庭，并且是典型的女主外、男主内的家庭模式下孩子夹缝中成长的故事；《星光和月光》中的女孩遭遇到的是一个平静家庭逐步走向婚变与破裂的无奈历程；而《风中的少年》则将笔触指向了山区孩子，指向了为了求学离家 80 余里的寄宿制少年。

物质优越精神空虚的都市少年、顽强与命运抗争的乡村留守少年、得不到温馨家庭的孤独少年、遭遇身体变故的磨难少年……这幅少年成长的众生相，同时构成社会人生百态环境的凝结，叶风的大款父亲抛弃妻子，薛盈盈吸毒的爸爸拖垮整个家庭，"非典"中的突然而至的生离死别，健康少年突然遭遇的身体变故，幸福家庭瞬间出现的家庭崩溃，还有少女极其容易为懵懂爱情所牵而失去自我的常见个例，甚至住校学生必须面对的群体生活中的琐碎矛盾……正可谓大事小情皆在其中。

## 二、洞察照彻的成人反思

在作家工笔勾勒的青少年众生相的同时，我们深切地感受到了作家面对青少年身边的成人的恳切沟通与提点。这里，无论是高知家庭中的厌学孩子忽然幡然醒悟，还是在网上初涉恋情的孩子自己碰壁"戒"网，其实都在告诉我们成人一点，孩子总是在不断成长的。就像福禄培尔·弗里贝尔所比喻的生长中的葡萄藤，我们的主要任务是辅助，而不是过度的修剪，他们自己的成长过程本身，就包含试错，纠错，就在不断健全和完善自己的世界观、人生观。

### （一）呼唤成人发自内心的尊重孩子

张国龙的作品展示了两代人随时随地的矛盾，大到人生道路的选择，小到上街买东西，随时随地的矛盾，与不断进行着的磨合。就是在这么一个冲突不断又可塑性极强的成长过渡期，我们的父母时常忽略了自己对孩子的不公，对孩子的权利与自尊的漠视。有些时候，当成人沉浸在自己的调侃世界时，并没有顾及孩子的感受；我们认为很无所谓的小细节，其实正是触动孩子，伤害孩子的导火索。比如夏凡的父母在她面前喋喋不休地讨论再生一个弟弟——很多父母甚至习惯于以这种调侃来娱乐孩子，欣赏孩子的反应。但是，孩子有自尊，尤其青春期的孩子不断处于否定与自我否定之间，情绪波动极大，并没能形成对于自己的稳定的、自信的认识，这种调侃，其实是对孩子的伤害，被逼急了的夏凡就这样忽然失态地的叫出"我——掐——死——他"这一令父母震惊的话。这便是心灵沟通中的不对等，很值得为人父母者深思。

真的应该让父母也来读读国龙兄的成长小说，它如同一面镜子，照彻成人的言谈举止。有些时候，过度优秀的父母，也会给孩子们造成了巨大的、无形的压力。当鲲鹏面对乡下捕鱼为生的姑父、面对乡下崇拜自己的弟弟时，"生平头一次被人当作是一个有用的人，而且是一个很有本事的人，鲲鹏心花怒放，眼圈潮热"。

这一笔，让我们成人也眼圈潮热，当我们面对自己的下一代时，当我们把所有的期冀都加之于孩子身上时，孩子是如此的不堪重负，承受着永远无法让家长满意的悲观。尤其是那些过度优秀的父母，会将成人的优秀标准强加于柔弱生长的小树，这是一种多么沉重的压力啊！来自自己最亲近的人的强大的压力，压垮了孩子的自信，压碎了孩子的理想，压抑了孩子的个性。这一记警钟，非常及时。作品中，拉开了这种过分充裕的生活的距离，当鲲鹏独自带着弟弟们生活的日子里，当鲲鹏回归到艰难古朴的生活情境下时，鲲鹏的自信与学习的动力点点滴滴萌生。这让我们看到了对于少年来说，成就感与自我评价的重要。青春期正是建立自我评价的关键期。这样颇具匠心的情节，让人为作家击节叫好。

### （二）呼吁成人关注身边孩子的感受

《甜酸的季节》中"可可"的父母吵架，孩子眼中，"不用听，就知道他们在吵什么。吵架往往是这样升级的：……"成人的幼稚在作者的视野中也被平等地、一览无余地展示、剖解开来。孩子在自私争吵的大人面前，终于忍无可忍，夹缝中的孩子爆发了："你们不吵了不行吗？你们要离婚,为什么不早离?你们当初为什么要结婚?为什么还要生我?"是啊,为什么呢?孩子的质问,当为成人敲响警钟。孩子于是认为,"爸爸妈妈之所以这样做,一点也没为我考虑。现在我在他们心目中已经不是最重要的了"。

还有一个十分经典的情节,那就是偷看孩子的日记,有一项调查曾经指出,虽然大多数家长都知道不应该看孩子的日记,但是85%的家长都在这么做。作品中,可可"不管怎么说,她也不该偷看我的日记"传递出孩子们的心声。于是可可决定离家出走。即使如此,我们再次感受到了弱势的少年们的脆弱与无助:当各种原因将少年可可逼向离家出走时,当可可陷入车站的人流之中时,孩子被茫然无助包裹,"突然不想走了"。少年出走,似是一念之间的事情,实则是一个多么艰难的抉择。可可与妈妈之间的冲突逐步升级的生动描写,足以让我们清醒,小小的矛盾就是这样升级的,让我们清晰地看到,很多时候,一个好孩子、乖孩子就这样被家长逼出了家门,逼出了正途。当孩子赌气出走时,当孩子走出自己每天规范的路径时,危险便悄然而至。

**(三)描摹立体化的代际冲突**

作家善于将成长中的代际冲突立体化,不再是平面化的家长形象,符号化的恒一性格,而是生动鲜活的、丰富多彩的、互动互化的。同时,我们会从这些冲突中体会到作家两代人之间平等互爱的愿景。一个非常巧妙的情节在这部书中出现,就是夏凡的妈妈午夜接到了一个来自"失足少女"的误打的电话,少女一番痛彻心扉的交流,让夏凡的妈妈首次正视了自己的孩子独立的内心世界,让她忽然意识到自己的许多做法与那位将女儿一点点逼出家门的母亲多么相似。孩子的成长与父母的觉醒双规并进,双线并行。作家在痛快地为少年代言的同时,也在深刻地引导为人父母的家长的反思。真实的情感,平等的视角、会令少年倍感亲切。《甜酸的季节》中一向强势的妈妈,面对离家出走的可可,非但没有打他,反而自己"蹲在地上,捂着脸失声痛哭"。这时候,我们再次感受到了作者对于人物心理的恰切拿捏。作品中的爸爸的感慨着实让成人感慨:"是你写给爸爸妈妈的信,让我们看清了对方和自己。"作家想要告诉每个孩子与每个家长的是:孩子与家长,家长与孩子,虽然隔着年龄,隔着权威,隔着身份,但最可贵的,仍是坦诚、平等、互爱的沟通。可怜天下父母心,在平淡的生活中,这份血浓于水的亲情往往会被忽略,但是,这份血浓于水的亲情又是永远也不能忽略的、不会褪色的。

# 三、普世大公的美好愿景

**(一)逆境少年的社会化思索**

《风中的少年》是其中一部将笔触伸向了社会弱势少年的典型作品。小说中都是一些生存艰难的少年。作品中的九阳如同一株重压之下艰难成长的小树,身处一个又一个困境,不甘于屈服,不断与命运相抗争。而命运对于他却是如此的多舛,最终一步步被命运推向社会的边缘,生存的边缘。文殊雅则是一个被黑色七月高考和校园"黑社会"学生团伙的双重压力折磨得不堪负荷的女生。男孩沉重的生存压力与女孩无处躲藏的学习、生活压力相映相携。这样的巨大的压力之下,再加上校园暴力的从中作梗,让人深感少年生存的艰难程度并不亚于成人。成人社会的许多来自经济、社会、竞争及各种黑色的压力早已过早的强加在了孩子们身上。

小说中,还反映了教育公平的问题,如上面小说中按照学生的成绩分班和对差生班的彻底忽视。作品不但直指了这种现象对孩子们的不公,而且以鲜明的时代色彩来抒写少年们不甘于学校的安排,罢课、给教育局写信、奋力抗争、不迷信权威的自信、自立与较之于过去强烈的自我意识。同时,作品也真实展示了一个"差班"是如何被忽视、越发差下去,并被推向自怨自艾、自暴自弃,最终真的走向成人过早定性的"不可救药"的。这其实也是一个弱势群体,是可悲的、成人功利主义的牺牲品。这样的具象化剖析,深刻而透彻,思想的深度扑面而来。

**(二)人生与命运的深切思索**

面对懵懂少年,作家是一位挚友、诤友,他的作品中,劝勉少年,打通心结,不遗余力。书中有许多警句足够让对座右铭、警句格言最为敏感的少年人反复琢磨,比如"事情往往就是这样,当你把它想得特别好时,往往会让你大失所望,当你把它想得特别坏时,结局却并不糟糕"。作品中的箴言,传递着作家对青年们的关切,真诚而恳切。再比如面对"死亡"这一少年们共同的迷惘,作家没有回避,而是借助鲲鹏爸爸大学教授之口,以哲人、文人的直抒胸臆来讲述人生、生死的命题。

同时,面对一些被社会忽略的弱小的个体时,作者借助自己的作品给予他们深切的关注。《星光和月光》中使用了开放式的结尾,让汤可可一家冰释前嫌在酒吧度过结婚纪念日时,闪入那个因父亲吸毒而流落酒吧卖场的柔软女孩薛盈盈,一个闪烁的结尾,闪烁着新的问题,寄托着作者的期冀。还有《风中的少年》中重病之中的九阳似真似幻的梦境,似乎也在于少年们共同追问:在生命之中、冥冥之中是否确有一股人类无法驾驭的更高的权利存在,它引领人们的精神与肉体的归属,甚至决定并主宰人类的命运。这部小说的结尾,九阳这个拥有九颗太阳一般顽强生命力的少年,疲惫无语地面对一个抗争不过命运的女孩的坟,让我们为这个少年、这个弱势群体捏着一把汗——也许,只靠个体的自强自立,并不能真正改变命运,也许,社会中仍需呼唤的是一种普世的"大公",根源性的改变,才是成人社会应该努力为孩子们、为未来而努力营造的。

## 四、诗情意境与散文笔法

该系列作品虽然均属当代题材的少年小说,充满着时代气息与现代色彩,但是作者的骨子里却深藏着古典美学的情结。作者笔下的景物,总是隐隐地携着作家散文创作中的细腻,一切景语尽皆情语。

作品中还有几个点睛之笔,就源于中国古典文学之"意象"的营造。如在少年汤可可酸甜苦辣的成长过程中,那棵始终伴随在他身边的榕树,不但阅尽可可成长的历程,时时又成为可可心理的映射,间接传递出主人公的喜怒哀乐。而榕树这一意象最关键的作用,在于传递一种含蓄的意象韵致,即:虽有重重难题,但始终如一的成长。这恰恰是每一个少年人必须经历的成长历程,也是每一个少年终将步入成熟的笃定信念。而在《风中的少年》中,则用一片夹竹桃林为充满压力的孩子们保留了一份属于自己的、愉悦的空间。夹竹桃的意象伴随着孩子,映射着孩子们的心境。当社会性问题将孩子压得无法喘息时,沉默不语的夹竹桃无奈地看着孩子们在压抑之中挣扎,满目泛黄的夹竹桃叶衬托着孩子们无力阻拦的命运,无奈而凄凉。

张国龙少年小说顺畅的起承转合,显示了作家高超的叙事技巧。一个个巧妙的桥段,使情节充满了戏剧性。也许正是这种诗意的抒写,使得作品的部分情节设置也略显散文化,前情后事的衔接错综不足,跨度较大。而细腻动人的人物塑造能力,弥补了情节上的间隙感。作者不惜笔墨,深入少年的内心世界,用心灵的交流与对话去刻画人物。

他笔下的少年形象,不是概念化的,类型化的,也不是为完成某种成人意志、教育使命而虚拟悬浮的,而是诚如福斯特所讲的"圆形人物",是实实在在的、生活气息浓郁的,小毛病不断的,小脾气迭出的,孩子气未消的、成长中不断蜕变的、一个又一个鲜活的个性少年。

综观张国龙的作品,精于细节,更工于情节;着眼于个体,更透视着群体;着力于如实展现少年人成长的过程,更专注于成长环境的人性思索。德国教育思想家福禄培尔·弗里贝尔在他的教育名著《人的教育》中,以葡萄藤为喻论述少年的成长:"从人的完美性和本来的健全性来看,一切专断的、指示性的、绝对的和干预性的训练、教育和教学必然起着毁灭的、阻碍的、破坏的作用。"张国龙这位少年心灵的真诚歌者,正是在用自己的作品劝勉少年、劝诫成人、劝谕社会,以自己至真至诚的导师之爱、兄长之爱,讲述与陪伴着少年青涩而温暖的成长心路。

(原载《中国出版传媒商报》2013 年 10 月 18 日)

# 杨鹏科幻小说的科技伦理教谕及其消费导向化创作

王一平

杨鹏（1972—　　），福建长汀人，著名科幻作家，其作品多以青少年为预设对象，尤其重视对青少年阅读趣味的满足、想象力的激发，以及在科技伦理观上的引导，是中国当代具有代表性的少年科幻小说家。杨鹏的科幻创作起点较高——处女作《永恒》发表在《科幻世界》上，次年即凭借《坠入爱河的电脑》一文获得中国科幻小说"银河奖"（1992 年）；同时，他还拥有专业的学习背景——20 世纪 90 年代就读于北京师范大学中文系，获硕士学位，以及自己的工作团队"杨鹏工作室"；此外，杨鹏的作品数量可观，迄今为止已出版小说百部以上，计千万余字，涉足影视动漫等多个行业，产生了广泛的影响。杨鹏的主要代表作有科幻小说系列《校园三剑客》、儿童文学系列《装在口袋里的爸爸》《外星鬼远征地球》、科幻话剧《带绿色回家》，以及创作翻译的影视同期书《快乐星球》《变形金刚》《少年包青天》等，这些作品都颇为畅销，有的还被译成英、日、韩等多国文字在海外出版。此外，杨鹏的《功夫米老鼠》丛书（2010 年）作为由迪士尼推出的原创图书，不仅使其成为迪士尼签约的首位中国大陆作家，还使他通过少年文学的形式把传统的中国智慧与当代世界主流价值观进行了对接，在彰显本土特色的同时也显现出作者本人在融入全球化方面做出的努力。杨鹏还曾多次受到政府的奖掖，其中包括中宣部"五个一工程"奖、国家图书奖、国家优秀动画片奖、金鹰奖等。除此以外，杨鹏发表的理论专著《科幻类型学》《卡通叙事学》亦具有相当的学术价值。

## 一、科幻小说伦理教诲作用的发挥：
## 信任感的建立与责任感的树立

杨鹏最具影响力的科幻作品当数长篇少年科幻小说系列《校园三剑客》。一方面，科幻小说对科技的发展状况做出了假想，同时它更对此种假想情境下人类的伦理关系进行了思考。而《校园三剑客》系列，则可以说最显著地体现出了科幻小说在青少年的科技伦理构建、指引方面的追求。《校园三剑客》系列以一个经典模式的 3 人团队为主人公：具有探知思维波等超能力的少年杨歌，生物知识出类拔萃的少女白雪，电脑天才张小开。这一少年科考队经验丰富、行动果敢，且无往不利，无论是世界级的疑案百慕大之谜（《生死百慕大》），还是日常生活中由小玩偶引发的惊天波澜（《北京玩偶》），或是历史悠久的尼斯湖水怪疑云（《尼斯湖怪兽》），以及遥远未来的人类生存难题（《终极幻想》），一切科学谜案在他们面前都迎刃而解。事实上，"科学童话"一词很适合描述这类作品，如奥尔迪斯（Brain Aldiss）所言，"科幻小说是一种寻求界定人类和人类在宇宙中位置的探寻之作，它将出现在我们先进而又混乱的知识状态（科学）之中"[①]，而"科学童话"则将这种探寻以及对探寻的鼓励与青少年文学融合在了一起。如《校园三剑客》系列中少年主人公无所不能的行动力，便是建立在对经验世界的一般法则的扭曲之上的——故事是以奇幻且符合青少年阅读心理和期待视野的方式展开的。当然,达科·苏文(Darko Suvin)认为这类小说具有解释超自然情形的姿态,但其中的"科学"实际上是被当作一种玄学而非物理学来加以表现的。②不过从积极的方面来看,"科幻小说在那些刚刚接触这一文学类型的读者,诸如在青少年中,很受欢迎,因为他们在旧的经验语境中引入了一种容易接受的新科技变量","科学童话"受到欢迎,乃是因为其引领读者从科技这一维度展开了对世界的全新认知与体验,在帮助青少年探索自身的同时,也展开了对人类、世界,对推动世界前进的科技的思考,因此,"科学童话"具有不可轻视的价值。从《校园三剑客》系列来看,作者所着力渲染的并非只是神秘的"童话"情节,更重要的是传达其基本的科技观,并由此而使作品具有了现实的教谕意义。

杨鹏的《校园三剑客》系列一以贯之地从科幻主题(而不是其他任何角度)进入到对青少年成长世界的描绘中,显然传达出了作者希望在青少年世界与科学技术之间搭建桥梁的愿望。在《尼斯湖怪兽》中,以军方为首的各路人马都试图破解尼斯湖水怪谜案,而最终,"校园三剑客"在"大巫师"等的帮助下解开了水怪之谜的来龙去脉,但实际上,看似会奇妙魔法的巫师原来也只是一位掌握了时间旅行术的科学家——不论《校园三剑客》洋溢着何等的浪漫情怀,小说始终都强调着对科学技术的合理认知,并不断巩固科技的世俗权威形象。在《校园三剑客》系列中,3位少年所依恃的超能力——信息技术、生物科技知识等即与当代前沿科技发展的方向相契合,而少年们的行动则隐喻了人类将依靠先进的科技手段逐步破解一切超自然现象之谜的乐观未来,由此,小说强化了青少年读者的科学意识,还增强了他们对科技的信任感。

此外,杨鹏在肯定科技宏伟力量的同时,更向读者强调了作为科技运用的主体——人类所应承担的伦理责任。杨鹏从生态学和反思人类中心主义的角度出发,对少年进行科技启蒙,不断描写可能走向虚无主义式发展的科技所造成的毁灭性后果,而这种预言式的劝谕最集中地体现在其环保题材的小说中,《北京玩偶》(1999年由河北花山文艺出版社出版,后几次再版,再版时出于市场考虑,更名为《千年魔偶》)便是其中的典型之一。《北京玩偶》是一部具有哥特色彩的小说:原本平静的世界突然出现河水倒流、人体倾斜等奇怪的重力现象,此后,一种被称为"北京玩偶"的人偶突然风靡全球;然而此时,张小开的失踪和玩偶的风行却使杨歌和白雪深感忧虑,经雷森博士的考察,他们发现在《汉书》《朝野佥载》等的记载中,周穆王、汉高祖时期及唐代等都分别出现过关于人偶及其流行的传说,而人偶每次出现的节点,如商周、秦汉、隋唐等,都是历史由统一而分裂、分裂而统一的关键时期。在此,作者充分发挥想象力,将中国古代史书中的历史素材人偶演绎为千年一现、会带来社会剧变的魔偶。此后,愈加担忧的杨歌等开始了对张小开的搜寻,而雷森博士则向科学院发出了关于人偶的警告,提出了人偶可能来自于人类史前的高级文明("重复文明"③)的看法。尽管博士的论证很充分,但科学家们仍然视其为疯癫。此时,杨歌和白雪遭遇了偶王的攻击,并从其口中得知了神秘魔偶的真相:所谓的"魔偶",其实乃是"地球的保护者",是地球上上一个文明所遗留下来的监测者。而人偶一旦在千年一次的考察中发现后起的文明对地球的生态环境造成了严重的破坏,便会对其进行灭绝。之后,就在全世界都快要沦陷在玩偶的进攻之下时,杨歌和雷森博士等终于找到了被变成了人偶的张小开和控制人偶的地下电脑,他们试图以自身的意志对抗电脑的思想控制,而在电脑天才张小开的帮助下,"校园三剑客"最终战胜了魔偶,还给了人类社会以安宁。在这部小说中,杨鹏可谓匠心独运:他将关于古代活动木偶的趣闻、"重复文明"的概念与其环境伦理观巧妙地结合在了一起，并渲染了"被砍伐得没有一根树木的荒野，被污染的河流，漫无边际的沙漠，被人们追得无处遁逃的野兽，几十上百只被捕杀的鲸鱼，灰不溜秋的天空……"的生态图景，由此，在把人偶作为人类大敌的同时，又赋予了其在保护地球环境方面所具有的某种合理性与正义性。正是在这种张力关系中，小说告诫人类（尤其是青少年），当前人们对于地球生态的认识与态度已经到了生死攸关的边缘。在此，不难发现，杨鹏的小说对青少年的科技伦理、生态责任感方面具有明确的引导性（这种引导性还同样体现在《疯狂薇甘菊》《不会笑的插班生》等一系列小说之中）。

## 二、科幻小说研究方法的探索：
## 结构主义理论与《科幻类型学》

一个值得注意的现象是，许多科幻作家同时也是科幻小说的评阅人与理论建构者。如霍灵格（Veronica Hollinger）所言，这类品评文字为科幻领域内的探讨搭建了舞台，并可能提供一些不同于学者的观点⑨。确实如此，在小说创作之外，杨鹏于 2009 年出版了国内第一部研究科幻小说文类与亚类型的《科幻类型学》。作为一部学术论著，该书"以数量众多的科幻亚类型作品的集合作为研究对象"，重点总结的是科幻小说的基本叙事语法，及其不断重复的表现形式，包括故事公式、定性的人物、成规化的冲突和解决方案等。⑤这部约 26 万字的专著的核心部分是它的第二编"科幻文类研究"。该编主要运用了结构主义的一般方法，对科幻小说、动漫、影视作品等进行了封闭式的探讨。实际上，由于作为类型文学的科幻小说与结构主义理论本身具有较高的可匹配性，从结构主义理论进入到对科幻小说的分析之中可以说是找到了一条行之有效的研究路径。尤其是在当前国内科幻理论建设整体较为贫乏的情况下，《科幻类型学》的探索显然具有可资借鉴之处。

具体来说，"科幻文类研究"主要从"叙事""人物""结构""背景"4 个方面对科幻小说加以探讨，而究其特色，作者主要是以一个更接近于创作者（而非研究者）的心态来总结科幻叙事的规律的，同时还探索了由掌握这种规律而获得的生成无限故事的能力。如在对科幻文学中叙事序列的分析上，杨鹏借助普罗普和托多洛夫的理论，通过对《超人》《蝙蝠侠》《蜘蛛侠》的总结得出了"超人"故事的序列模式：X（科学狂人）兴风作浪→Y（超人）出马→X 暂时处于下风→X 用 Y 的致命弱点战胜 Y→Y 克服了种种困难扭转战局→X 在即将被打败时劫持了 Z（超人的梦中情人）→Y 陷入两难选择→Y 最终既救了 Z 也打败了 X→X 没有灭亡，他还要卷土重来。此外，作者还运用了著名的"格雷马斯矩阵"对 X、Y、Z 之间的关系进行了二元对立式的分析。⑥总之，作者以结构主义、叙事学的相关理论为工具，纵跨百年地分析了从威尔斯、凡尔纳到"黄金时期""新浪潮""赛博朋克"时代乃至当前好莱坞的科幻系列小说、影片等。可以说，《科幻类型学》作为一本典型的文本内部研究的理论著作，为学界从此出发而进行进一步的探讨提供了有益的思路。

有意思的是，若以《科幻类型学》一书对照《校园三剑客》系列，以前文所述的《北京玩偶》为例，小说的叙事推进与上述模型庶几无异：人偶劫走张小开，并引发种种异象→杨歌出马→杨歌打退偶王→人偶几乎攻占世界，杨歌等受到幻影的迷惑→杨歌等试图通过思维波战胜操纵人偶的电脑→张小开用病毒程序打败电脑，拯救了大家→人偶并未灭亡，一千年后还将重现。其实，除了考虑到中国少年文学的特点，Z 由 X 的亲友（如杨歌的好友张小开）替换了，以及其中个别环节的新变（是 Z 而非 Y 打败了 X）等之外，《北京玩偶》非常符合"超人"类型故事的一般特色。实际上，杨鹏的其他许多作品也存在着对既有模式的因袭现象。如杨鹏总结出了科幻小说的结构模式⑦，若借以反观杨鹏的小说，则其作品大都采用了自己总结出的科幻经典模式:《校园三剑客》系列各篇中虽然充满了异域（星）、青春、冒险、友谊等元素，但其结构几乎都是在杨歌主导下推进一条或多条线索（白雪、张小开、秦关博士等支线），并最终归至同一终点。那么何以出现此种"雷同"现象? 事实上，对叙事学有着专门研究的杨鹏不可能对形式实验全无意识，恰恰相反，作者放弃对经典模式的挑战显然是出于自愿与主动。其实，杨鹏是一位在理论主张与创作实践上有着高度一致性的小说家，在对文化工业理论的吸收及对自身创作经验的总结中，他不追求创作模式的突破，原因正如其在《科幻类型学》中明确指出的，"大多数的读者，都更愿意接受这样一种历经千百年检验，最符合阅读习惯的结构形式。这也是为什么好莱坞的科幻影片多采用这种结构的原因"⑧。即是说，杨鹏的少年科幻小说创作强调的是好莱坞式的成功，响应的正是其自身所极力主张的、以消费为圭臬、以商业化运作作为机制的文学创作理论。

总的来说，杨鹏左手写文，右手著论，而且其文与其论相互印证、呼应，为科幻学界提供了一种差异化的研究视角，而在当前学界中仍是科幻史研究和印象式批评占多数的情况下，《科幻类型学》在研究方法、思路的拓展上无疑具有建设性意义。

### 三、少年科幻小说创作的坚持：
### "保卫想象力"与消费导向化写作

中国的科幻小说曾与儿童文学创作联系紧密，许多科幻小说家都曾创作过儿童文学作品。但当多数科幻小说家都不再涉足该领域，甚至表白"拒绝为少儿写作"（韩松语）之时，杨鹏则提出了成人科幻和少儿科幻的划分，并身体力行地坚守在少年科幻小说领域。

2006 年，杨鹏曾发起"幻想中国——书香校园行"活动，提出"保卫想象力"的口号，由此不难发现其长期坚持创作少年科幻的一大动因与主旨。想象力是人类宝贵的精神资源，而杨鹏认为保护和培养青少年想象力最重要的是普及对幻想类文学的阅读，"通过阅读，能够积累知识，而有了知识的积累，视野就可能开阔，思路才会活跃，才可能具备丰富的想象力"⑨。显然，作为一位科幻小说家，杨鹏能够做出的最直接的"保卫"方式，便是给青少年提供更多优质的少年科幻作品:科幻小说中充溢的幻想色彩能够切实地激发少年儿童的想象力。正因如此，杨鹏科幻小说的主题极为丰富多元，无论是"宇宙和异星生物主题""怪物主题"，还是"未来社会主题""人类（进化）主题""时间、次元主题"，或是"电脑与网络题材""机器人题材""超人题材""隐形人题材"，⑩杨鹏几乎无不涉猎:《安卡拉星来的使者》《外星鼠在人间》,《恐怖蚁》《魔鬼生化人》,《保卫地球》,《卵生人计划》,《时空之眼》《异空间入侵》,《追击电脑幽灵》《网络侏罗纪》,《弟弟弟在机器人王国》《少年机器战警》,《蝙蝠小超人》,《保卫隐形人》……仅从这些作品标题便可以窥见杨鹏天马行空的笔墨意趣。

在此，杨鹏显然并不认为主流文学界常诟病科幻小说的"文字粗糙、人物扁平、故事雷同"等构成了其培育想象力的阻碍，他更为看重的是小说在主题上的"心事浩渺连广宇"。杨鹏曾以科幻小说中最常见的时空旅行为例，指出"经常在其中（科幻小说）出现的

'只有一个地球'，'茫茫宇宙没有知音'，太空船'像方舟在宇宙中流浪'等内容，这难道不是对文学的孤独主题的更加广义的和独特的诠释？"⑪在短篇小说《呼唤生命》中，杨鹏虚构了一个颇有意味的故事："我"和妻子、女儿怀着了解其他高等生命的渴望而在宇宙中飞行跋涉，来到了向地球发出电波信息的波江座A星，然而对生命体的搜寻一直未果，正当我们被迫准备返航时，却察觉到生命电波来自星球的地心，于是"我"和妻子没有理会女儿的反对而发射核弹炸开了地表，最终才发现，所谓的生命体就是这个星球本身，而它的"大脑"却已被我们的核弹破坏致死……在这个篇幅不过千字的小说中，杨鹏用富有诗意的文字将人类对生命的热望、探索及其失败表现了出来。在此，作家将一个星球描绘为一个有机的生命整体、追求对异文明的尊重、对自身无尽探索欲望的反省、对人类自我毁灭可能性的暗示，不仅充满想象力，而且令人称奇，发人深省。小说在激发读者对浩瀚时空生出澎湃想象的同时，也拓展了对"自我"做出本体性关照时的深度和广度。不可否认的是，杨鹏对"幻想"元素的高度重视，的确使其少年科幻小说在激发、培育、丰富青少年的想象力方面做出了独特的贡献。

除了"保卫想象力"之外，杨鹏对少年科幻创作的坚持还缘于其对消费导向式的商业化、工业化创作的积极追求。在许多中国科幻小说家面对现代化转型、全球化等问题深感焦虑不安之时，杨鹏倡导"文化工业""流水线"写作的主张确实自成一格，也容易引起争议。虽然杨鹏承认"快餐读物"可能缺乏个性、扁平化，但又表示，大众化、通俗化、可以复制和批量生产的文学作品"是当代文化不可忽略的存在，是电影工业、动漫产业和游戏产业的基础和根本"，而"科幻艺术的创作和发展，尤其是某些流行科幻的'流水线'写作，是对'文化工业'理论某些属性的最佳诠释"。⑫而在对"文化工业"的主动"诠释"与实践中，他的"杨鹏工作室"（2002年）便成了国内首个以商业化方式写作科幻作品的作家工作室，其创作的"世界之谜少年奇幻小说""黑客少年事件簿""尖声惊叫校园小说"系列以及动画片《YOYO奇遇记》《千千问》等更是在各类媒体上广为传播。

不难发现，由于青少年在知识水平、思维方式等方面的相对独特性和单纯性，他们比成年人更容易接受和消费文化商品，而在这个以消费为主导的文化产业链中，少年科幻小说便因其读者而具有了运作（写作）上的优势，这也应是杨鹏执着于少年科幻小说创作的重要动因之一。杨鹏在这个每年规模数以亿计的青少年文化市场内精耕细作，也收获了一般科幻创作者所难以企及的读者（消费者）数量与影响力。事实上，制作千集以上（具有规模效应）的少儿科幻动画片，在电视、影院与网络上加以传播，并开发大量的周边产品（tie-in），的确是学习了美国这样科幻文学发达国家的产业运作模式所取得的实绩，但是，正如法兰克福学派所早已批评过的，纯粹的商业化写作是否会使人丧失批判的欲望与空间，是否会成为"单向度的人"（one-dimensionalman），或者说，青少年读者对"流水线"产品的过度消费是否反而会抹杀杨鹏所力倡的想象力、创造力，而所谓"文化工业"的合理性与有效性边界又到底在何处，都是颇值得商榷的问题。

杨鹏曾总结过被其称为"异国之师"的日本作家那须正干的创作特色："作品系列化、图书品牌化、人物偶像化"，以及"创意必须新颖、情节必须进展快速、故事必须充满悬念"等，⑬这既是杨鹏对少年科幻小说特点的理解，也可视为其在商业化创作道路上的宣言。而作为对当下迅速扩张、渐趋成熟的"文化产业"的呼应，杨鹏的少年科幻小说及其理论主张都值得科幻学界对其进行深入的思考与探讨。

**[注释]**

①[英]布莱恩·奥尔迪斯、戴温·温格罗夫：《亿万年大狂欢：西方科幻小说史》，舒伟、孙法理等译，安徽文艺出版社 2011 年版，第 4 页。

②[加]达科·苏文：《科幻小说变形记》，素萍、李靖民等译，安徽文艺出版社 2011 年版，第 11 页。

③"重复文明"：即认为在人类之前地球上曾出现过一轮或多轮高级文明的假说。小说设想，地球上上一轮高度发达的文明经历了成长—繁荣—衰败的周期，已毁灭于核战争，而这种灾难性记忆还留存在了如印度史诗《马哈巴拉塔》等史书与传说中。

④[美]维罗妮卡·霍灵格：《科幻批评的当代动向 1980—1999》，李广益译，见[美]罗伯特·斯科尔斯、弗里德里克·詹姆逊等：《科幻文学的批评与建构》，王逢振、苏湛等译，安徽文艺出版社 2011 年版，第 284 页。需要说明的是，杨鹏虽然是学术机构的成员（中国社科院副研究员），但他曾表示其主要兴趣是创作而非研究，这从其绝大多数作品都是小说便可发现，因此，他应被视为是一名小说家而非研究者。

⑤杨鹏：《科幻类型学》，福建少年儿童出版社 2009 年版，第 3 页。

⑥杨鹏：《科幻类型学》，福建少年儿童出版社 2009 年版，第 73—74 页。

⑦杨鹏：《科幻类型学》，福建少年儿童出版社 2009 年版，第 96—99 页。

⑧杨鹏：《科幻类型学》，福建少年儿童出版社 2009 年版，第 97 页。

⑨刘琨亚、杨鹏：《保卫想象力的阳光大男孩》，"杨鹏新浪博客" http://blog.sina.com.cn/s/blog_4829f13a0100ncvo.html。

⑩此九大类型是杨鹏在《科幻类型学》一书中对科幻小说所作的划分，当然正如吴岩教授所言，此类划分乃是"选取（出现）概率较多的内容着重重复呈现"，其间不免会出现重复交叉的情况。

⑪杨鹏：《中国科幻文学的机遇和挑战》，"中国网" http://www.china.com.cn/book/txt/2010—01/05/content_19184438 2.htm。

⑫杨鹏：《科幻小说·文化工业·流水线写作》，《南方文坛》2010 年第 6 期，转引自"幻想评论网" http://www.fantasycomments.org/? p=3487。

⑬杨鹏：《我的异国写作老师》，"杨鹏新浪博客" http://blog.sina.com.cn/s/blog_4829f13a01001ocv.html。

　　（原载姚义贤、王卫英主编《百年中国科幻小说精品赏析》第三册，科学普及出版社 2018 年版）

# 汪玥含：用记忆向世界告白

### 星　河

在盛赞汪玥含是一名优秀的作者之前，我必须强调我也是一名优秀的阅读者。在阅读《我是一个任性的孩子》时，除了格外认真之外，我的阅读不仅仅流于表面，甚至不仅仅深入骨髓，而且还随着主人公的步伐与轨迹，执着一意地向前行进，谓之曰与他们"同呼吸共命运"并不为过。

不知道是我的目光太过敏锐，还是在阅读时我的心已与主人公抑或干脆说作者同搏跳动。我刚读到不足 1/3 处，就强烈感觉到主人公林彤哥哥林岚的严重缺席，无论作者对这位小神童的描述怎样具体，从字里行间依旧流露出一种貌似虚无缥缈的信息——他或者已经死了，或者从未在生活中出现过。继续阅读下去，我愈发体味到这一形象散发着极为强烈的不存在感，这种感觉几乎触手可及；但种种细节描述得细腻逼真，又让我感觉他实在不可能不存在。于是我甚至开始无端地假设：假如由我来构造这个故事，我一定会把他写得不存在，甚至残忍地将他写死。而读过全书一半时，我才豁然开朗，虽然书中仍无明示，但已可以肯定这位哥哥在某个时间点上，出现了重大变故，而这一变故对林彤造成了极大的伤害，并由此直接导致了她的失忆——只不过我把这一事件的节点误认作是林彤落井而已。

也许我这种自鸣得意式的准确判断，并不能真的说明我有多么敏锐，因为在此之前，作者便已写出了林彤对死亡意识的觉醒。事实上每一个孩子在他（她）的少年时代，都会在情感上经历两次突然醒悟的深刻震荡：一次是死，一次是性。而作者在这里，借助孩子对生命思考的升华，为读者提前预支了一个近乎凶险的暗示。

总之，正是由于这一意外的巨大变故，成就了全书大部分情节的逻辑必然。而作为作品本身，却直到结尾才揭开这一隐藏了很久的谜底。于是，林彤的嗜吃、肥胖以及由此产生的强烈自卑，全都迎刃而解了。为了回避甚至抹杀这一残酷的事实，为了避免甚至抑制将这一变故定格在现实当中，我们似乎可以真切地看到：一个孤独无助的孩子，强忍住眼中的泪水，硬生生地背过脸去，从此以嗜吃来扼杀记忆，以嗜吃来寻求安全，以嗜吃这种极端行为贯穿她青春萌动的青春期初始阶段。结果可想而知，她必定要承受那些来自男生或女生的嘲讽讥笑，自卑把她压得直不起腰透不过气，几乎到了崩溃的边缘。与其说林彤的行为是出于所谓的任性，还不如说她是以有意的沉默与懈怠对这个不公的世界做出一种激烈的反抗。作者将一名少年种种立体化的青春遭遇，都构造性地压进了一个平面，于是展现在我们面前的，就变成了一张分布着不同时代岩层的"地质构造图"。这种"原因的简单化"最终以"结果的简单化"得到了妥善处理——作者以一种"机械降神"的方式解决了一名少女青春期的困惑与迷茫，完成了主人公从丑小鸭演变成白天鹅的美丽童话。

其实从某种意义来说，作者应该与主人公林彤一样，同样也是一个生活在自己想象中的人,只不过优秀编辑这一社会身份的外表,把她身上的某些特性给遮蔽住了。所谓"生活在自己想象中",就意味这种想象的环境不完全属于回忆,更多的是出于一种刻意的"营造"。作者可以营造欢快,也可以营造悲伤,还可以营造平淡,总之是在营造一种想象中的生活状态。

在《我是一个任性的孩子》中,作者极力想要把隐藏在自己内心的场景回忆,用当下的中小学生状态伪装起来,无论是日常的语言与游戏,还是人物的性格和心态,都变成了作者信手拈来的华丽衣装,作者甚至还在作品中强行植入一些完全符合时代特征的当代影视与流行歌曲。但是透过这些精心策划的包装,我们仍能感受到作者自身的诸多投射。作者个体化的记忆与心境,经常自觉不自觉地被流露出来,显示出她的不够从容和冷静。就这样,不同时代不同风格的形象被作者"捏"在了一起,让我们在一些模糊不清的当代背景下,倏忽回忆起已经远去和消逝的昔日童年。社会环境时变时新,少年心态永恒如一。

同样由于这种营造方式,不可避免地造就了一种文本叙述上的纠结,一种"沉湎于回忆"与"向现实投诚"的强力纠结。纠结的结果,是某些人物的相对弱化。主人公林彤、哥哥林岚和弟弟林黎这3个孩子的性格自然十分鲜明,但一些配角的形象却显得不那么鲜活生动;就连那两个用于表达善意的符号都显得不怎么完整——唐娜原本就是知情人,而胡鹏的形象勾勒又疏于仓促,结果他们的友善就显得有些刻意和雕琢——尤其是唐娜,一个本来可以写得"更好"但现在只能说是写得"不错"的形象。再回来说那3位主要人物,却各自有着不同的出色表现:林岚的正面虽说十分模糊,但他的侧面却被各种细节描绘得栩栩如生;林黎看似只是一个插科打诨的角色,但却以他为镜折射出林彤更多的故事,尽管这些故事也都是由林彤来叙述的;而作为叙述者本人的林彤,一直在作者的安排下以一种平和的语调讲述一切,但在这种看似无澜死水的平和之下,读者仍能感觉出她始终在向隅啜泣与暗自欢歌之间反复徘徊——也正是由于有"哥哥"和弟弟陪护在身边(而不是唐娜和胡鹏),林彤才坚强地活了下来——这么说并不夸张。

还有一个值得商榷的地方。作者在作品中大量引用诗句和歌词。事实上书名《我是一个任性的孩子》,就出自诗人顾城的一首名作——诗人当年的死,与三毛当年的死一样,击碎了无数少男少女的梦。所有人都能理解这属于致敬之举,但这种做法还是不为识者所取。在作品中大段引用现成的诗歌,有以千篇一律的凝练来标签化我们的人生之嫌。其实无论是引用诗句还是歌词,都如同一名不成熟的作者在作品中熟练地大量运用成语一样,多少属于偷懒的表现。作者想要以一种公众认同的方式,让读者从情感迸发的诗句或歌词中获得足够的感情共鸣。但是,作为一名成熟的优秀作者,若非万不得已情之所至,有时候并不需要这样做。

与作者的另一部青春小说《乍放的玫瑰》相比,《我是一个任性的孩子》的风格迥然不同。虽说同样写出了沦肌浃髓的青春伤痛,但这两种伤痛却大相径庭。《乍放的玫瑰》通篇洋溢着一种火热放肆的青春气息,而《我是一个任性的孩子》却像在演奏一曲冷静述说的淡淡忧伤。假如说前者是瀑布洪流,那么后者就是潺潺小溪。可耐人寻味的是,前者的主人公在挥洒与张扬之后,却以近乎悲壮的自杀告终,让人不禁扼腕唏嘘;而后者却以一种大团圆式的喜悦收场,宣告了一名少女正式长大成人。

为了掩盖这种近乎完美的结局,作者还特意做了一些淡化处理,比如预先给了林彤一个校园活动的成功,以显出这成功来自经典意义上的努力。但说句心里话,无论作

者怎样营造，我还是看出了一种宿命的味道——每当我读到林彤被人欺辱时，心里总有针扎一般的深深刺痛，然而却不会有流泪的感觉；但当我读到结尾的喜悦与圆满时，却与我第一次读到《丑小鸭》的故事时拥有完全一样的心境，眼泪竟不自觉地流淌下来。与第三视角的《乍放的玫瑰》不同，《我是一个任性的孩子》以第一视角的主观镜头形式，表现了一场平凡朴实的告白，一曲娓娓道来的倾诉，一次昭告天下的内心独语。相比之下，也许我更喜欢这部《我是一个任性的孩子》。

也许让人失声痛哭的伤痛并不是真正的伤痛，而能够让人最终淡然一笑的伤痛才是致命的伤痛。真正意义上的长大成人，同样不是去努力忘记一切，而应该平静地直面那早已愈合的伤口，却不会再去在意那块曾经令人伤心欲绝的疤痕。

（原载《文艺报》2014 年 4 月 11 日）

# 郁秀：少年作家的心灵之歌

## 中学生的心灵之歌

### 束沛德

海天出版社出版的长篇小说《花季·雨季》问世后，即被誉为"90年代的青春之歌"，在全国第七届书市上成为第一畅销书。短短半年，已累计印行15万册，似仍呈供不应求之势。

这是一本反映20世纪90年代深圳特区中学生生活的小说。作者郁秀是个初露才华的文学新秀。开始写这本书时，她年方18，修改定稿时也才20出头。作者生活在她的作品主人公中间，创作素材是从鲜活、沸腾、色彩缤纷的特区校园生活中采撷来的。她以真挚的感情、质朴的笔触叙述同龄人的故事，读来令人感到格外真实、自然、亲切、流畅，没有一点矫揉造作、虚情假意的痕迹，给当代文苑带来一股令人心旷神怡的清新之风。这部30多万字的小说谱写了一曲跨世纪新人的心灵之歌、希望之歌，格调明快，催人奋进，是当代少年儿童文学、校园文学中的上乘之作、优秀之作，也是近年来长篇小说创作的一个新的、可喜的收获。

"16岁是花季，17岁是雨季，是最美好、最活泼、最灿烂的时光。"小说写的就是一群风华正茂的少男少女的学习与生活、理想与追求、欢乐与苦恼。作者把中学生的生活天地、情感世界置于改革开放的时代背景、商品经济的汹涌大潮、经济特区的特殊环境之中来描写，用"少年一代在时代大潮涌动下茁壮成长"这根主线，把考试、秋游、知识大赛、课堂讨论、出板报、篮球赛、同窗情、师生恋这些色彩缤纷的校园生活与20世纪90年代初都市中学生亲历的移民、打工、炒股、出国、代沟、父母离异这些光怪陆离的社会生活交织在一起，抒写特区少年在成长道路上不同的经历和遭遇，不同的追求和心态。校园内外的生活水乳交融地融合在一起，虽不能说是天衣无缝、无懈可击，但确是相当巧妙、妥帖的。

作品充满浓郁的生活气息和鲜明的地域特色。作者根据自己在深圳这片热土上的感受和体验，把社会转型期色彩斑驳的生活现象、矛盾冲突提炼、编织为生动的作品情节；并用一种新的观念、开放的眼光来认识、描述中学生遇到的那些新的、令人困惑或感到棘手的问题，给同龄人乃至父辈们以有益的启迪。书中描写高一（4）班文艺委员刘夏面对父母不幸婚姻的破裂，在男同学、好友王笑天的启发帮助下，冲破了没有爱情也要厮守一辈子的传统观念，冷静地接受了父母离异带来的冲击和考验。当爸爸妈妈让她作出今后究竟跟着谁的选择时，她的回答是："不要让我选择""属于我的，我都要"。她爱爸爸也爱妈妈，于是作出了在爸爸妈妈两个家分别住的决定。这是多么理智、又是多么富有浓郁亲情的抉择！没有十多年的改革开放，没有十多年特区的两个文明建设，大概少年一代在家庭伦理道德观念上也不会出现如此明显的变化吧。

出国也是改革开放以来城市青少年中间的一个中心话题。书中描写面对出国潮的高一（4）班班长萧遥毅然放弃了在国外工作的父母为其提供的出国机会，明确地表示：只

有凭自己的本事出去,才是唯一可接受的方式。他要在自己拥有那份财力、精力、智力、魄力时,才投入"洋插队"的潮流。小说清晰地勾勒了萧遥这个有抱负、有主见的少年的情怀,也对年轻人如何对待出国热这个热门话题作出了颇有见地、耐人寻味的回答。

年纪轻轻的郁秀,她那童稚而又敏锐的眼光也没有放过社会急遽变动中形形色色的人情世态。她根据所见所闻、所感所悟,在小说中对生活中消极、负面的东西作了适度的描写。这对帮助少年读者咀嚼人生、认识生活的复杂性也是很有好处的。"勤工俭学不容易"这一节描述高一(4)班同学萧遥、王笑天寒假参加勤工俭学,联手摆小摊出售旅游公司的处理品,没想到却被工商所当作非法经营而扣留,并要罚款千元。正在相持不下时,机灵的王笑天假装打了个电话到公安局,找他的爸爸王局长,工商所的"上司"以为真是局长秘书接电话,态度立即来了个一百八十度大转弯,表示是一场误会,马上就放人了。当你读到这里,不免摇头叹息,一股苦涩之情油然而生;同时又不能不叹服作者真切地表现了严峻的现实。

《花季·雨季》刻画了一组家庭境遇、志趣爱好、性格气质各异的中学生群像。除了前面提到的萧遥、王笑天、刘夏外,还有以"吃得苦中苦,方为人上人"为座右铭的"英才生"陈明,信奉"没有钱万万不能"、绰号"活宝"的余发,事事缺乏自信的林晓旭,自称为"孤独的小鸟"的柳清。这同一班级的男生女生,对学业、打工、出国的不同态度,对友情、早恋、未来的不同追求,显示了各自的思维方式和个性色彩。在这组中学生群像中,我以为谢欣然这个品学兼优的女孩,给人留下更加难以忘怀的印象。为了家里解决进深圳的户口,谢欣然勉强跟着她那安分守己、讷于言辞的爸爸,带着一瓶 XO 人头马和几盒美国鹰牌花旗参茶去看望公安局王局长,恰好在那里遇见同班同学王笑天,没想到王笑天正是王局长的儿子。那一幕,把欣然的尴尬和她那即使"刀架在脖子上也不去"求情的心理揭示得淋漓尽致。在"被提升为拉长"这一节中,通过欣然假期到独资企业打工,接触日本老板、车间总管、打工妹所尝到的酸甜苦辣,很有艺术说服力地表现了她的成长过程。写她对英语老师上公开课耍花招这件事,由反感到学会包容、豁达,则准确地表现出她在待人接物处世上的发展变化,使我们越发感到这个女孩感情世界真挚丰富,一天一天走向成熟。

郁秀熟悉了解中学生的阅读心理、审美情趣、欣赏习惯。她在艺术表现手法上作了一些尝试,比如用流行歌曲的歌词来表现主人公的心理、情绪,用一些外来语、方言来丰富作品的叙述语言和人物对白,这些都是少年读者喜闻乐见的。同时,这又是一本老少咸宜的书。它打开了一扇通向当代少年心灵的窗扉,做父母的、当爷爷奶奶的,以及教师、少年儿童工作者可以从中更好地了解 20 世纪 90 年代中学生,特别是都市中学生的所思所想、所喜所忧,了解他们的向往、追求和独特的思维方式、行为准则,从而可以真正同他们进行平等的对话、心灵的沟通、感情的交流,在两代人之间架起一座相互理解、相互尊重的桥梁。有的论者把这本小说看作形象化的少年心理学,我看是不无道理的。

1997 年 3 月 23 日

(原载《中华工商时报》1997 年 4 月 9 日)

# 90年代的青春之歌

樊发稼

中国作家协会第五次全国代表大会期间,广东作协党组书记、作家王俊康同志曾来我住的房间,向我介绍了刚出版的长篇儿童小说《花季·雨季》的情况。俊康同志是满怀喜悦和赞赏的心情向我介绍的。他的介绍对我来说不啻是造成了一个很大的"悬念":一个女中学生写的处女作,而且是一部30多万字的长篇小说,能够达到出版水平就很不错了,真的有俊康同志讲的那么好吗? 坦率地说,我脑子里还是打着一个问号的。前几天一口气看完了这部小说,我很激动,很兴奋,也很开心。这部小说确实写得很不错,相当成功。我为涌现出郁秀这样一位有才华的青年作者感到由衷的高兴,我热烈祝贺《花季·雨季》这部中学生题材长篇小说的诞生!

10多年前我曾去过深圳,在这块神奇土地上发生的日新月异的变化时刻牵动着我的心。深圳作为祖国改革开放的最前沿,作为在邓小平理论指引下迅速发展起来的特区城市,它走过来的十几年的短短历程,具有政治、经济、文化上的乃至人们心理上的特殊意义。生活在这个充满魅力的、各种思想意识和价值观念斑驳杂陈、现代气息十分强烈的都市中的青少年,他们既有和内地的、非特区的青少年在思想、行为方式和情感呈现等方面上的共同之处,也有许多不同之处。《花季·雨季》这部长篇小说最重要的成就就在于,作者以斑斓多彩的色调,通过一系列生动真实的情节和细节,为我们展示了丰富缤纷的特区青少年校园内外的生活场景和画面,成功地塑造了像萧遥、陈明、王笑天、余发、谢欣然、林晓旭、刘夏、柳清这样的各具性格特征的特区中学生的形象,真切地袒露了他们各自的情感世界和心灵世界——他们独特的对现实生活的思考、他们的认识和判断,以及他们的理想、憧憬和追求。它是第一部成功地描写和反映深圳特区青少年生活的一部长篇小说。作品主要写的是高中一年级的学生。按我们的"分类法",这部长篇小说可以划归、定位于少年儿童文学。毫无疑问,无论从作品丰富了我国新时期儿童文学形象画廊,还是从它是第一部反映深圳特区中学生生活的长篇小说来加以衡量,年轻作者郁秀的成功的创造性劳动,都具有不同凡响的文学史意义和价值。

这部长篇小说从头到尾都是通过与作品主人公们同龄人(中学生)的视角来描写、来叙述的,而且写的就是中学生生活,所以青少年读者阅读起来一定会感到特别亲切。看这部作品,就像是作者带领我们到她所描写的生活里走了一遭,使我们能够真切地领略到紧邻香港、处于中西文化汇交处的深圳中学生的生活学习天地和他们的思想情感世界,他们所关心的、所热爱的,他们的喜悦和忧虑,看到他们如何身临汹涌的商品市场经济大潮和澎湃的改革开放洪流,经受升学、出国热、父母离异、炒股票、经商、早恋、代沟以及所谓"深圳绿卡"等种种考验,在纷繁的现实世界里感受生活,感悟人生,理解时代,一步一步地走向成熟。所以,称这部小说为"90年代的青春之歌",是很确切的。

《花季·雨季》这部长篇小说有着鲜明的时代特色,有着浓郁的深厚的生活气息。如上所说,作品所反映的深圳中学生面临的、经受的种种生活的课题和考验,无一不是改革开放的历史转型期以及20世纪90年代经济特区所特有的,非常有时代特点,绝对不像我们现在看到的某些文学作品淡化时代、淡化情节那样,看不出任何时代背景。我们读《花季·雨季》,通过人物的活动和语言,随着故事情节的展开,自始至终地,而且越来越

强烈地感受到时代脉搏的激烈跳动。这就是作品鲜明时代特色的体现。这部作品的生活气息十分浓厚,打开这本书,一股生活气息扑面而来。作者用她深情的笔,描写的就是她亲身经历的刚刚发生过的或者正在发生的实实在在的真实的生活,作者本人就是这真实生活中的一员。作为文学作品、作为小说,我相信《花季·雨季》中许多情节都有艺术虚构的成分,但这种虚构一定是源于实际的生活,作者只是作了一些必要的集中、提炼和加工,而且据我的阅读直感,我觉得这部作品有相当的纪实色彩。校园生活不必说了,即使是随着人物活动天地的自然延伸和扩展,写学生参加军训,乃至写学生利用假期到社会上去打工,写到成人世界(成人生活),作品中这些内容,都有着作者明显的亲历性。我总觉得,如果不是作者亲身经历,或者到生活中作深入细致的采访,作品是不可能写得如此真切动人的。生活是文学创作的唯一源泉,这是千真万确的。离开了生活的土壤,文学之树必然枯萎。文学有"成人""儿童"之分,此理则一。

《花季·雨季》在语言运用上,在人物形象的刻画上,也相当成功。整个来说,作品语言(无论是叙述语言还是人物语言)十分明快流畅。作品中适当用了一些特区流行的词语,为小说增添了一定的地域特色。作者还很注重尽量通过描写人物的语言和行为来展示不同人物的性格特征。男同学中,陈明和萧遥、王笑天、余发的性格反差是极为明显的;女同学中,刘夏、柳清以及谢欣然、林晓旭的性格也很不一样。即使写到成人生活世界,如谢欣然利用寒假三个星期去工厂打工那章中,那个科文小姐李艺,"应该姓坏"的车间总管郝君,打工妹燕妹、阿春,乃至那个干瘦老头日本老板川田一郎,以及谢欣然的初中同学、现在做"个体户"的阿琼,虽然都着墨不多,却都给我们留下了难忘的印象。

1997 年 3 月 19 日

(原载《书香芬芳:樊发稼书评集》,福建少年儿童出版社 2000 年版)

寻找的真实

高洪波

4 年前,深圳的一名高中女生郁秀,一不小心写出了一部畅销书《花季·雨季》,让儿童世界和成人世界好一阵惊喜,她同时也把新兴城市深圳以及深圳少年们所具有的特殊气质展示给人们,借助于银幕,深圳花季少女和雨季少年的形象逼真还原成主体的主人公,用一句通俗的话说:火了一把!

《花季·雨季》"火"的时候,郁秀已远渡重洋留学美国,因此无论是研讨会、首映式还是领奖会,她都神秘地躲在帷幕后面,不露庐山真面目。我们所知道的,仅是关于她的停留在纸上的信息,譬如我,就知道郁秀是一对双胞胎孪生姐妹中的妹妹。我甚至幻想过,让姐姐代替妹妹来出席各种活动,一定非常有趣,毕竟孪生姐妹的心灵感应磁场是异常强大的……

去年秋季,郁秀来到北京,我第一次见到这个稳重的姑娘,她已不再是单纯的高中女生,似乎为深圳一本少年刊物的诞生而努力奔波。这本刊物取的是郁秀的书名:《花季·雨季》,名人效应和品牌效应均有了,刊物后来也正式出版了,而且装帧印刷都漂亮异常,只是郁秀不知为什么没有再介入。再到后来,我知道郁秀又去了美国,同时知道她正在写作一部反映留学生的长篇小说,因此一旦读到江苏文艺出版社的这部厚厚的《太阳鸟》,我便陷入了一种阅读期待的惊喜中。

依然是熟悉的结构,依旧是朴实亲切的文风,甚至连叙述方式都如《花季·雨季》一般,让一个个先后出场的人物,以第一人称的角度,从容不迫地阐释自己身边发生的一切,直至内心涌动的思考,国度与种族之间的文化及经济反差,婚姻与爱情架构起的两个人的世界。郁秀用一支灵动的笔,一双敏锐的眼,观察和发掘出留美学子们所面对的日常生活中的美,以及他们的酸甜苦辣,这其中包括苦苦寻觅爱情真谛的阿晴,坦荡淳朴的天舒,北京女孩、泼辣中又不乏温柔的才女杨一,性情古怪和孤僻的唐敏,这一组留美女生形象,以天舒为主线,穿起了一串生动逼真的故事,同时也波及了一群留美男士,唐敏的丈夫董浩,天舒的男友苏锐,以及不停搬迁的曹大淼,苦孩子出身苦熬出头的博士小马……事实上郁秀笔下的人物,大多是《花季·雨季》中小主人公在岁月中的成长和延伸,是由少年情怀转为青年求索的典型。如果说当年的郁秀是用艺术触摸青春、用文学描写成长的话,《太阳鸟》则用场景转换的方式,再一次借助于文学凸显了异域他乡一群游子寻找归宿的主题:阿晴最后寻找的是农村庄园的宁静;天舒寻找的是心心相印的真情;小马寻找的是经济上的翻身富裕;杨一寻找的是内心共鸣的感觉,是一种慰藉与理解,由于大淼具有这些特点,所以众里寻他千百度,那人却在灯火阑珊处,因此杨一的寻找最为有趣和幽默。

寻找其实也就是确定一种人生目标,留学美国的这群青年男女,经历过花季和雨季之后的莘莘学子。事实上已经到了秋季——一个收获的季节,秋阳高照秋风送爽,同时也送来万千烦恼无限凄清,人生本来就是如此复杂,命运也绝不仅仅是蛋糕甜点。郁秀用几分严峻的思考,力图在轻松的笔触下,让人们理解这一代留学生真实的心路历程和精神风貌,从某种意义上说,她是成功的。在诸多表现海外求学生活的作品中,《太阳鸟》是十分独特的一部,当然,如果能将行文中过于频繁出现的英文词组稍加节制和削减,会更增添人们的阅读兴趣。

寻找的真实,真实的寻找,在自己的人生坐标中,每个人都面对类似的主题,只不过郁秀的《太阳鸟》表现得更出色罢了。

（原载《青春在眼童心热:高洪波文学评论、随笔集》,接力出版社 2008 年版）

# 郭姜燕《布罗镇的邮递员》：一路投递着情谊和幸福

任哥舒

进入《布罗镇的邮递员》这部作品，便会沐浴在温柔、浪漫的气息中。

传送书信的邮递员，在眼下的生活"舞台"上已不是令人瞩目的"主角"——如果他们要被认作"主角"的话，首先得有许许多多的人等着盼着请他们送信，需要大家都一个字一个字、一组词一组词、一段话一段话，在一张张洁白的纸上连缀起一封信，规整地折叠好装进信封，在信封上看准位置，仔细写下哪个地方哪个门牌号码哪个姓名收，接下来跑去邮政局，在邮箱或邮筒的细扁的口中把信塞进去——这样一个过程，现在大部分的人无法耐心地做完。所以邮递员必然会是渐渐式微的、古朴的职业。而今天我们在《布罗镇的邮递员》这本书中又能看见担负这个工作的人物出现，大家就都觉得非常难得，就都很喜欢他——布罗镇的邮递员"阿洛"。

"邮递员"这个职业有过辉煌的历史。古代外国有长途奔跑送战斗捷报的"马拉松"故事，古代中国有突破重围长途奇袭送密报的《水浒传》"柴大官人"的故事，童话世界里有神秘的给"哈利·波特"送信的白猫头鹰。

在这个时代，邮递员渐渐"进化"成"快递员"，和你我他的日常生活息息相关，除了送一些信件，更要紧的是得送鲜花、图书、腊肉、秘密文件、时装、马桶盖、鼠标、防晒霜、开口笑等各种各样物品，众人的要求五花八门。

这形成了一道引人注目的风景线，我们在快递员这个由邮递员演变而来的职业上感受着现代化的、趣味横生的气息。这是一种会跟非常宽泛的人群产生工作接触的职业，可以表现出更多用心而善良的关注，这些都细致且有趣地展示在了《布罗镇的邮递员》这部作品中。作者郭姜燕也没太多的与众不同之处，但是她是那么细心而由衷地关注着这个社会，关心着每个普通的你我他的命运，在她的笔下就出现了这么一位可爱的邮递员，很多题材广泛、内容丰富、人物多样的好故事便相继进入我们的视线。

快速，是对邮递员（或快递员）最基本的要求；慢吞吞，却是"阿洛"的风格，在这个长篇童话中，有时候他被寄信人紧紧拉住，听对方一遍又一遍讲同样的故事，有时候突然遭遇气呼呼的收信人，无奈地一次又一次代别人挨着愤怒的大骂，再有时候他送着送着信竟然自愿跑去帮人伸张正义了……

这部童话书并不依靠曲折离奇的构思取得读者追捧，书中洋溢着的欢乐、朴实的气息最难忘，这里崇尚娓娓道来的优雅风格，相信真挚的感情是缓缓地积聚起来的。

读着这部虚构类的童话作品，也让我们心中升腾起一种实实在在的、对生活中某个地方的亲切感觉，那就是上海那座标着"1538号"门牌的优雅大院——少年儿童出版社。岁月之河，流水潺潺，半个多世纪来，这里涌现了一代又一代优秀的儿童文学作家，今日又策划出"《少年文艺》金榜名家书系"的选题，编辑们给予新一代的作者以热情扶植，郭姜燕的这部长篇童话，就是"《少年文艺》金榜名家书系"之一种。我们兴致勃勃地谈论这部童话书,更为其已取得的成就而高兴:《布罗镇的邮递员》已入选中宣部 2016 年 "优秀儿童文学出版工程",并获得这个图书出版工程的一等奖。

（原载《文学报》2017 年 5 月 2 日）

# 黑鹤动物小说的解读

曹文轩

黑鹤是一个独特的作家，在儿童文学领域，他是一个标志性的作家。他的写作，与流行写作、世俗写作是偏离的。他有他的自然观、文学观。就像对于我们而言，雪原、草地离我们非常遥远一样，他的写作，与我们一般的写作，也拉开了很大的距离。他似乎很喜欢这种距离。远离人群，远离大众化的文学书写潮流，是他内心的强烈愿望。安静，是他生存方式的首选，也是他文学方式的首选。

他曾经这样描绘过他对森林和草地的感觉：

> 在森林和草地中我们可以获得一种物理意义上的安静。这次从山上回来，我这样向朋友们解释那种安静：在山上我只要一转头，左耳上的两枚耳环相碰会发出轰然巨响。

这种安静，于他而言，是一种境界，一种美学。我们在他的作品中无数次地看到他对安静的诗化性体会与描述。

远离而带来的偏离，成就了黑鹤。

我下面谈论的话题，是在阅读黑鹤作品后的若干感受，没有主次安排，没有逻辑勾连。我更愿意将它们看成是关于黑鹤作品的词典。

## 浪漫主义

在黑鹤看来，他的文字是建立在认真而细致的观察之上的。那些冷峻的书写，具有强烈的现实主义倾向。但我们的阅读印象却是：这些文字充满了浪漫主义的意味。

我们今天不谈浪漫主义，因为它曾经有过不好的名声。在一个怪诞的时代，它成了空洞、妄想、痴人说梦的代名词。但我们不该忘记：一部完整的文学史，是由现实主义和浪漫主义共同完成的。抽去浪漫主义，文学的殿堂将会倒塌。我们今天还在不时提及、不时阅读的作品，很多经典也还是浪漫主义的，它们一直在陪伴着人类。

今天，世俗化写作成为风尚与主流。浪漫主义甚至不再是一个话题。无论成人文学还是儿童文学，都已远离浪漫主义。现在，我们与黑鹤相遇，使我们有机会再次重温浪漫主义的种种特质——

**崇尚自然。**

黑鹤说："我喜欢独自出行，选择北方的草地和森林，对于我来说，那是一种穷奢极欲的生活。"他几乎全部的文字，都是关于自然、关于人与自然的。在这个失去风景的时代，看到他笔下的风景，也算是一种幸福。雪原、草地、荒漠、崇山峻岭、原始森林，他向我们呈现了这些令人神往的风景。不只是纯粹的风景，它们在黑鹤的笔下，是被赋予神性的。

它们被选，是造物主意味深长的启蒙之物。它们是书，大书，奥义书。它们向我们传达了造物主的意志，并透过这本大书，教给我们关于存在、关于生命等重大意义。我们在黑鹤的文字里，不仅看到了他对自然的崇尚，还看到了他对自然的敬畏。万物有灵，他用他的文字告诉我们这些对自然已经失去敏感，更失去敬畏之心的现代都市人。

在阅读黑鹤的作品时，我无意中联想到了契诃夫的《草原》。自然对黑鹤而言，不仅是修炼的场所，也是博大精深的教义。

**对原始状态的认同。**

经典的浪漫主义最瞧不上的风景就是人工的风景。他们喜欢、欣赏的是没有被人梳理过、改造过的，还处于原始状态之中的自然。草原、荒漠，甚至是废墟，才是他们美学情趣的落脚之处。

黑鹤呢？黑鹤的作品呢？他和他的文字，同样对由人而不是由神（造物主）成就的景物持有完全不同的看法。他反对人类对自然自以为是的修理和改造，反对对自然动手动脚。这一态度扩大到他对城市、对现代文明的看法。狗和人都是城市的囚徒，向往无边的野地，这一观点既表现在他的言论中，也表现在他的作品里。对荒野的赞美，对野性的珍视，在他是一贯的。

**眺望远方。**

我记不清黑鹤在他的作品中多少次写到地平线。对远方的眺望，既是一个造型，更是一种欲望的泄露。他和他的人物喜欢远方，没有终点，达到终点之后，很快将终点变成起点。对迁徙生活的向往，既表现在自己身上，更表现在他的人物身上。他常常会写到一只狼，一只从那边——蒙古国游荡而来的狼。时时，处处，总有一个远方，一个无边的远方，地平线是不断后退的，因此，走得更远，眺望依旧是一个不变的姿态。

还有激情、忧伤、诗性、孤独，所有这一切，都是经典浪漫主义的特征。我们分不清楚，是荒漠、野地、冰原、草地造就了他的浪漫主义情怀，还是他的浪漫主义情怀导致了他对荒漠、野地、冰原、草地的一往情深。

# 自然法则

黑鹤有他稳定而坚实的自然观。它们究竟是来自他的人生经验还是来自知识，抑或是来自经验与知识的结合，我们在求得黑鹤本人的说法之前，难以判断。

有一点可以肯定：他不是一个动物保护主义者。因为，在动物保护主义者那里，自然观是极其简单的，甚至是机械的。他们的意念是在一个一目了然、看似神圣而不可辩驳但却十分浅显的层面上展开的，黑鹤的自然观比较复杂、比较纠结，当然也比较成熟。他从不泛泛地谈自然与人类的利害关系，从不浅薄地表示对动物的怜悯和同情，更无拯救濒临绝境的动物的冲动。他所思考的是自然法则。

法则是造物主设定的——既然是造物主设定的，便是不可更改的。

淘汰是法则之一。当我们看到他的作品写一个人将那只最瘦弱的小狗毫不留情地抛弃时，我们按通常的人道主义建立起来的心理底线被撕开了，我们感到无法接受。但在黑鹤这里——至少在黑鹤的人物那里，这是件再正常不过的事情。黑鹤用了很多笔墨描写险恶环境中的生存竞争、生命竞争。对于那些强悍有力的生命，他无论是在理智上还是在情感上，都是倾斜的，因为在他看来，这些生命才有存在的理由——更准确地说，不是他个人认为这些生命才有存在的理由，而是他看到了那个自然法则：浩大丛林，优胜劣汰,唯有这样的法则,才能保全这个世界,使它生生不息。这里有着一个严峻的问题:是在一个浅层次上悲天悯人而最终导致物种灭亡呢,还是在一个深层次上悲天悯人而最终使物种得以生存?这里有两种人道主义,前者是世俗的人道主义,后者是理性的人道主义。黑鹤选择了后者,因此,我们许多次在他的作品中读到了这种让人难过、难忍的淘汰。

这与我们在通常的文学中所产生的感受很不一样。通常的文学作品,永远是站在弱者一边的,而黑鹤的作品永远是站在强者一边的——即便是弱者,那也一定现在是个弱者,而将来还是一个强者,或者说,它看似弱小,但内心必须强大无比。黑鹤没有把人类社会的伦理简单运用到动物世界。社会与自然是有重大区别的。但我们可能得学会接受,也许道理在他一边。在他看来,人不可能超然于这个世界之外,作为动物的一种,他也是参与自然法则制约下的这场竞争的。我不灭杀你们这些狼,这些狼就会灭杀我的羊群,我的狗,甚至我们,而当羊群不在,我们的生存便陷入了危机,因此,必须灭杀,狠狠地。

黑鹤许多文字写到了厮杀、宰杀场面。许多文字浸泡在汩汩的血泊之中。

没有办法,这是法则。

但在这一法则制约下,我们也同时产生了巨大的感动。当一只母狼或者一只母狗,它们已经被撕咬成碎片或被带刺的木棍捅成烂泥,我们却在它们的身体之下,看到了它们安然无恙的后代。

黑鹤在面对那些残酷的法则时,还是经常控制不住地流露出他的悲悯。这是他笔下的那日苏——一个英俊而强悍的草原少年。他不能忍受一种声音:小羊羔被母狼追赶时的哀声鸣叫。"如果世界上有什么他不能忍受的,应该就是这种无助的小羊羔的悲鸣了。每当他听到这种声音,他都感觉到自己心中的力量被一点点地抽走,感觉自己越来越无力。"

黑鹤说:"由于生活习惯,我需要大量的肉食和奶制品。而要有充足的肉食和奶制品,就必须有草原,有羊群和牛群。而羊群与牛群的存在必须受到藏獒、蒙古牧羊犬的保护以及人的保护。饲养猛犬、灭杀豺狼就很必然。"

无论是黑鹤还是书中人物,他们对肉食和奶制品的需要变成了这些食品带给生命的快意,这点毫不掩饰。但纠结始终是有的。这便是悲剧——最深刻的悲剧,来自对立的,但双方的欲望都是合理的矛盾冲突中。

自然法则的贯彻,必然是一个悲剧性的过程。对此,黑鹤心领神会。因此,他的动物小说要比一般的动物小说来得厚重与深刻。

## 良种意识

这一意识隐藏在黑鹤作品的字里行间。对马,对骆驼,尤其是对犬,黑鹤还是十分在意它们的品种。与慈悲的佛教理念——佛教徒眼里,物种不分贫贱高贵,都是生命——不同,在黑鹤这里物种并不平等,同一种物种的个体也是不平等的。他有明确的选择,明确的好恶。他在很多地方提到了物种的血统——血统对于他而言,是一个十分重要甚至十分严肃的问题。他甚至像一个动物学家那样,考证一条狗的血统,一旦发现血统纯正而高贵的动物,立即陷入情不自禁的喜欢和欣赏。他对他身边能有血统不凡的狗朝夕相伴而感到快乐与幸福。最终它们成了他的写作素材与资源。

他在几处地方描写过藏獒的形象:

头又大又方，额面很宽，吻短鼻宽，脖颈看起来肌腱绽起，粗壮有力，从刚才它叼住狼之后那几乎像在舞动一块破布的动作就可看出来，四腿强壮，粗大的尾巴毛蓬蓬的，像菊花一样翻卷在背上，一身黑色披毛又长又密，在夕阳中闪闪发亮，黑得发蓝。

在他看来，这显然是一头纯种藏獒，若不是这样，他不会去费这个笔墨。因为是纯种，这一切在黑鹤眼里全都改变了。

黑鹤在几处地方挖苦和嘲讽过那些血统不纯的所谓藏獒。那些因与肥大犬种交配而肥胖得不成样子的藏獒，是乱交的结果，百无一用，只是废物而已。

## 知　　识

长知识。这是我以前读任何小说时都没有的体会。关于动物，关于植物，关于宗教，关于风俗人情的知识。这些知识，有一些直接出现在正文的叙述中，有一些作为附录呈现，还有一些以做注的形式呈现。这是我阅读记忆中，在作品中做注最多的作品。这些知识很专业，又很容易懂，每到一个注，我一定会暂时终止阅读，看看注，很像是听旁白。因为动物小说本就是要有知识介入的，因此，看这些注，就觉得非常自然、合适。你仿佛觉得，这世界上有些类型的小说，就是应当做注的。看故事，看风景，看人性，看天性，看动物界的悲欢离合，看人与动物的悲欢离合，又不时地收获一些平常不关注的知识，觉得这是一种别有情趣的阅读。

作者对知识的在意，可能源于他对动物小说的执着界定。黑鹤在心中有很明确的关于动物小说这一问题的看法。它强调真实性与科学性，不赞成脱离动物实际情形的所谓虚构，所谓艺术想象。他强调观察——类似动物学家劳伦兹的观察——动物小说必须建立在观察之上。要有关于动物的知识——不叫违背知识。劳伦兹曾竭力抨击过那些对动物"任意加以塑性"的具有"自由创作"特权的文学家。他说，这些人将人们对动物的认识搞得一团糟。从黑鹤的言论和他的文本来看，他似乎在一定程度上与劳伦兹持有相同的看法。

我记住了黑鹤的话：一头狗咬死熊，那是不可能的，无论是藏獒还是中亚牧羊犬，除非那是一头小熊。

他反对将动物小说当童话、当传奇、当神话来写。他希望读者阅读的动物小说，可以帮助他们梳理自然科学的思想。

这样一分析，黑鹤倾向于知识，似乎也就很容易理解了。

## 文　学　性

简而言之，动物小说，写的不是动物，是小说，写动物是在小说的意义上写的。动物只是题材，就像幻想小说中的魔幻，海洋文学中的海洋，科幻文学中的科幻。归根结底，它们是文学，而不是别的什么东西。

黑鹤是一个作家，而不是一个动物学家，他对自己身份的认定是很清楚的。因此，我们看到的是他的作品所显示出来的自始至终的文学性。

比如语言,他的语言富有诗性,有力度,叙述风格强劲、干净利落,绝不拖泥带水。

比如画面感。读黑鹤的小说,你会欣赏到一幅一幅富有质地且又十分精致的画面。英俊少年那日苏投奔父亲,骑着马出现在地平线,缓缓而来的画面历历在目。这是一只游隼,"它长着一副棱形的身体","它那光洁的羽毛像海鱼漂亮的鳞片,闪闪发亮,只有在荒野之中自由飞翔的鸟儿才有这样一尘不染的漂亮羽毛。这俊俏的猛禽浑身上下闪耀着冷峻的紧凑与无畏的漠然……"文字有时在画面方面强于图画。相比于图画,我们宁愿阅读这一段具有画面感的文字。

黑鹤的感觉是让人羡慕的,对光影,对色调,对声音,对世界万物,他的感觉十分敏锐,并总能找到最恰当的、出人意料的形象,向我们呈现他的感觉。

在动物园,在电视里,我无数次地听到老虎、狮子、豹子或形体巨大的猛犬的嚎叫,那种声音,我一直无法找到最精确的形容。黑鹤告诉了我。他说,那只愤怒的雪豹,"傲慢地发出冰块破裂一般的嚎叫"。

我将这一形容看成是对一种声音的最后形容。

黑鹤的作品已经达到了一个高峰期,一般来说,高峰期通常意味着某种瓶颈期的到来,但是,我们不用担心,黑鹤是一个有成长能力的人,他一定会取得更大的成功。

（原载《博览群书》2014 年第 9 期）

# 孙卫卫:真实、真诚、真童心的惬意抒写

崔昕平

男生"熊小雄"的形象,自 2003 年在孙卫卫笔下诞生,算来至今也有 10 来岁了。在作家不断的创作与充实中,"熊小雄"的故事逐渐形成呈现在我们面前的"熊小雄成长记系列",包括了《我和表妹在同班》《酷酷的五(一)班》《不一样的假期》等。记得孙卫卫在接受《图书馆报》记者采访时讲道:"你要创造一个人物,构思一个故事,最好是别人没有写过的,或者你的语言是与众不同的。"在创作力量较为集中的校园成长小说作品中,这个系列确实如孙卫卫的创作宗旨,显示出与众不同的艺术追求,展现出真实、真诚、真童心的惬意抒写,令人耳目一新。

第一重不同:"熊小雄成长记系列"是一套展现"真生活"的校园成长小说。许多校园成长小说都是全知全能视角下,展现一群活泼好动的孩子的校园生活。而这部小说却不局限于此。小说突破了惯常校园小说展现校园趣事、个性师生的故事模式,作品不仅指向理想化的校园,而是面向全息的社会,充分展现了当下儿童所生活接触的广阔的现实生活,呈现出开阔的写作视野。对儿童身边事的讲述,既有家庭亲情的描绘,刻画了当代家庭民主、轻松而充满温情的理想面貌;同时重社会互动,将描写的视角从单纯的一个家庭转向广阔的社会生活,充满时代气息的话题、问题都在书中得到张弛有度的呈现。

该系列开篇描写"熊小雄"生活的家庭环境,用大量笔墨描写了孩子眼中的大人。如开篇的《大熊喜欢一把火》《大人也疯狂》等,活脱脱刻画出了孩子视角下的成人父母,展现出了活脱脱的家庭生活情态。作品还展现了广阔而丰富的当卜生活。作家坚信,孩了眼中的世界,同样是大千世界。文中出现的很多故事片断都曾经是新闻热点,都可以从生活中找到现实的印记。还有许多产生于当下的生活现象、当代儿童的思想面貌也已在作品中得到呈现,如《神秘赞助商》中因为出班刊而与老板打交道的经历,《想挣更多的钱》中儿童学习投资的愿望等;还有如"五(一)班"商议像"诺贝尔奖"一样,将大家的零钱储备起来,成立"基金"等思路,都是这个时代孩子才会有的想法。这些具有鲜明时代气息的生活片断,在当下儿童文学作品之中较为罕见,因此难能可贵。

这是一个对我而言亲切无比的故事,缘于开篇关于"熊小雄"的名字的叙述,因为自己的儿子就昵称"熊熊"。我太能体会到一个名字带给孩子自己和家人的独特感受,真应了那句老话——"爱屋及乌"。与书中的"熊小雄"一家一样,我们一家都逐渐对所有熊标、熊图案,包括动物园中的大狗熊生出许多亲切感。读故事的时候常常在想,孙卫卫与我远隔千里,他是如何把我们这其乐融融的"熊"之家写得如此生动的呢? 其实,这扑面而来、令人折服的真实感,正是源于作家在生活中对创作素材的潜心积累,可以感知,作家描写的每一个细节、讲述的每一个故事,都有生活的影子,作家的创作是真切地"源于生活"的,从而得以在作品中呈现出自然而逼真的艺术真实。诚如梅子涵对孙卫卫创作的评价:"每一个字都整整齐齐,三言两语里都是用心良苦,意思精致。"

第二重不同："熊小雄成长记系列"是一套随笔风格的小说。作品中没有刻意经营的情节铺排，而是平实地讲述生活故事，真诚地沟通情感心路。叙事节奏仿佛顺着生活之流自然流淌。

如前所述，这个故事不是以扣人心弦的情节发展为衔接，而是采取了中国传统艺术中独具魅力的格局，以移步换景、散点透视的方式来呈现"熊小雄"眼中的世界。在诸多"散点"之间，又采取了一路"顶针"的手法衔接着故事，吸引人听下去，再听下去。每当我打算认为它是一本片断式、独立成篇的故事集时，作家屡屡跳出来告诉我，不不不，我讲的是连贯的故事。故事们应有的前因后果、发展脉络尽在其中，伴随身侧，接续上演。

作品从始至终没有刻意的搞笑或是耍俏，而是始终平实地"讲"、慢条斯理地"说"。虽然如此，故事中的孩子却仿佛就在你身边，故事中的场景也仿佛就在你眼前。作品显现出些许"零度写作"的格调追求，将饱满的感情降温，进而得以客观、冷静、从容地抒写。虽然看似冷静平淡的讲述，却传达出细腻的情感。如《金牌厨师熊小雄》中讲到"熊小雄"与"蒙小萌"第一次下厨，做了菜却忘了做饭。按照惯常的写法，首次吃到儿子做的菜的爸爸妈妈的心情是会比较煽情的，而作家却仍以"熊小雄"的视角稳稳地讲述："我妈妈说，没有关系，我现在就去做。而我爸爸也抢着去做，他平时几乎不做，是不是受了我们两个的影响也要积极一把呢？"儿童视角的质朴描述，虽未将情感推向高潮，却无比真实地传递了父母无限的欣慰与喜悦。还有如《闵小琼的烧烤摊》等，虽然叙述语言平实如话，但仍让人读得鼻子发酸，显示出作家以真实动人、以真情感人的艺术功力。

系列中，有些初读感觉平淡如生活琐事的故事，也往往能在末尾发掘出小事背后的深意，给人以小小的"惊艳"。这份惊艳，同样源自作家潜心传递的"真诚"之心。孙卫卫像一位充满责任心的大哥哥，总是力图借助"熊小雄"的故事，引导儿童关注现实生活，培植儿童广泛的兴趣点。孙卫卫在书中诚意传达着"我"之感悟，悄然传递着正能量的生活态度与价值观念，比如如何读书、如何学习、如何娱乐、如何相亲相爱。这位诚挚的大朋友在《电脑，我的电脑》中讲到，"再高级的电脑也无法取代真实的生活"；在《我是Panda boy》中对玩游戏一事发表意见，"但是最终，你游戏了时间，时间也游戏了你"；在《治治收废品的》中则告诉孩子要敢于和不良现象作斗争，敢于仗义执言。对一些有争议的问题，作家也力求引导儿童形成正确的是非观，如《做好事为何不留名》《自行车被骗》《假币风波》等。一位谆谆的大哥哥与扑面而来的家常感，构成了放松而愉悦的阅读体验。

第三重不同：这是一位真正走进童心的儿童文学作家。故事不仅仅局限在拟儿童态上，而是深入展现了儿童的内心，准确定位了"熊小雄"的叙事者身份。第一人称在作家笔下得到了淋漓尽致的运用，整个系列以恰切的儿童口吻与儿童思维，产生了如"口述文学"一般的艺术效果，逼真的气息扑面而来。

大道至简。故事开篇首句："我叫熊小雄，是北江市幸福路小学五年级一班的学生。"主人公直入眼帘。故事的起点，正是起名这件事。这还真是困扰不少孩子的问题！大人们起的名字在自我意识逐步形成的孩子那里，多曾被反复琢磨、品评、甚至抱怨过，用书中的原话讲："等小孩子长大了，知道什么是喜欢什么是不喜欢的时候，已经晚了800年。"这像极了孩子们的口吻，仿佛正有一个男孩子站在你面前，眉飞色舞地讲述。

作家善于准确而真实地展现了孩子的内心。如描写"蒙小萌"寄宿家中的时写道："欢迎的话从姑姑姑父把蒙小萌托付给我们那天算起。我们已经说过无数次了，但是，蒙小萌同学好像还是没有真正融入我们这个大家庭。所以，我们老要说欢迎她的话。"这个解释简单而给力。而当妈妈自认为非常艺术地劝说"熊小雄"少看电视时，小熊心里却道："我妈妈说她其实并不反对我们看电视，可是说那么多话，而且几乎一口气说下来，不是反对不是严重反对又是什么呢？"看到孩子对成人的如此参悟，作为成人的我忽然觉得汗汗的。作品还以儿童的视角，真实描摹了现实生活中种种不讲理的成人、不守规矩的成人、不诚信的成人，构成一个无比真实的当代儿童现实生活空间。成人的各种"小九九"，以儿童旁观的视角，雾里看花地描写出来，却硬是让成人样貌在文中毕肖、毕现了。总之，作家完全站在了儿童的心灵去体会，以儿童的思维去表述，让我们仿佛看到一个稚气未脱的男孩子，认真地讲述自己眼中的人际、社会与生活，引导成人更加准确地把握和理解儿童的心灵成长。

掩卷回味，这是一套读起来很惬意的书，真实、真诚，不张扬、不做作；这是一位脚踏实地儿童文学作家，静静地、细致地观察童年，守护童年、陪伴童年，让人联想到祁智的评价，"波澜不惊地谦逊"。说实话，看了孙卫卫的"熊小雄"之后，我学了好几手，包括如何与孩子相处，如何处理孩子成长中遇到的问题。相信儿童读者也会从中体悟到许多。这样的作品，虽然也同大量校园成长小说一样，实现了对儿童成长的陪伴功能，但不满足于带给孩子轻松与欢乐，而是切切实实的守护与帮助。关注我们生活中真实的孩子、身边的孩子、时代的孩子，提炼并展现中国式童年的儿童文学作品，成为儿童成长旅途中的诤友，正是当下儿童文学创作应该遵循的重要路径。

（原载《中国图书评论》2016 年第 12 期）

# 赵华:不一样的艺术探索,不一样的"外星人"

王泉根　严晓驰

赵华是当今儿童文苑少有的将写作聚焦于"儿童科幻"的作家,他的作品有两个着力点:一是以儿童为中心,二是倾情于科幻小说。《大漠寻星人》《小猪的宠物》《苏珊的小熊》《普罗特》等作品为他带来了不少声誉与奖项,包括"全国优秀儿童文学奖"。以科幻小说而获此殊荣的国内作家仅有郑文光、张之路、刘慈欣等数人,由此足见赵华作品的质量。

赵华是一个不断追寻、超越自我的作家,他创作的外星人系列科幻小说,是对科幻艺术空间新的拓展与探索,更为儿童科幻小说贡献了新的艺术形象。

## 一、人性化的"疯狂"

外星人长什么样? 今年年初热播的科幻电影《疯狂的外星人》中出场的外星人是一只如同猴子那样的灵长类动物。应当是巧合,但绝不是模仿,2018 年由浙江文艺出版社推出的赵华科幻小说系列作品,也名为《疯狂外星人》。但在赵华笔下,我们看到了匪夷所思的完全不一样的"外星人"群像。

有的外星人是一个在地摊上售卖荧光棒的中年大叔,有的外星人是一个在山顶独居多年的老头,有的是一小粒微小光点,有的是一块立方体的云朵,更神奇的外星人竟是一堆不规则形状的胶团。赵华告诉人们:你在生活中遇到的任何人物和物体,皆有可能是天外来客。

虽然赵华笔下的外星人形象变幻莫测,作品体例多样,情节曲折吸睛,但贯穿其中的则是科学幻想的思维,是奇谲怪异而又不失温暖善意的灵光四射,是未来向着瑰丽的想象和人的无限可能性的敞开。

外星人当然是地球以外的星球生物,他们对于科幻迷而言是既熟悉又陌生的形象。谓其熟悉,是因为在科幻电影、小说中总是不期而遇;谓其陌生,毕竟他们都是来自外星球,随时可以"出事"。有意味的是,在赵华笔下的外星人,却是出奇的"平淡无奇",他们的性格与行为既普通而又别致。普通的是,他们大多十分平凡,甚至还很草根化、世俗化;别致的是,他们拥有充沛丰富的情感与人性,不仅不"疯"不"狂",反而是安静平和的,甚至是孤僻而又无奈的,如同地球上的普通人那样。既然如此平常,那为何作者要给他们冠名为"疯狂外星人"呢?

这就是赵华科幻小说的"玄机"之所在。当你沉浸其中,你就会为外星人的"异常"行为而大跌眼镜:一个一事无成的中年男子,为了帮助一个在 20 多年前见过数面的小女孩圆梦,竟然耗费了大量的时间与精力,战胜了无数的不可能,而这个梦只不过是让小女孩能够跟自己的母亲说一声"再见"。这样的外星人,难道不疯狂吗? 还有这样一个小男孩,为了能够让一个素昧平生的盲女孩保住自己的宠物猪,居然放弃了获得财富转变人生的机会,独自历经了 80 年的漫漫时光之旅,最终实现了盲女孩的梦想。这样的行为难道不觉得疯狂吗?

这些疯狂外星人匪夷所思的"疯狂"行径,完全是出于一种对地球人的不带任何功利目的的"爱"。这种"爱"透过无数个外星人传递出来,但这不是地球上人与人之间的爱,而是超越星辰日月的无我大爱,是所有生物对于宇宙的终极情怀,显然这是博爱。在这里,我们看到了赵华的一种哲学思想:试图建立一种人和万物,包括穿越日月星辰的外太空外星生命在内的"命运共同体",有了这种共同体的存在,地球人不用担心毁灭的一天,也不用去外太空流浪。

与外星人的形象形成鲜明对照的是部分地球人的形象,在赵华的许多篇什中,地球人显得贪婪自私而又冷酷无情。《返老还童石》中写道:"人类全都靠不住,他们都是些巧取豪夺的家伙,只会给你一大堆臭烘烘的不新鲜的罐头和肉干。"《蓝色卵石》中说:"这个世界上有很多人喜欢穿真皮服饰或拎各种各样的皮包,他们丝毫不关心动物们的死活。"《长城砖》中写道:"我们很少见到人类,但老熊们经常告诉我们要离他们远一些,因为他们心机深重,难以捉摸。"在动物们的眼中,"不满足是人类的通病。"

相较而言,外星人却总在故事中充当着拯救者的角色。他们无私地帮助地球上的生物,令这颗美丽的星球重新焕发出生机。在《终极标本》中,捕猎者雷伊为了利益可以滥杀无辜,不光要把许多珍稀动物做成标本,还要对知晓真相后劝阻他的同胞赶尽杀绝。但来自外星球的异性虫卵们却在默默守护着地球上的生物,"它们在保留区内收集濒死的珍稀动物,当保留区内的某种动物只剩下最后一只并且马上就要死去时,它们便会准时出现,并且将它带回这里保存起来。"

可以说,在情感细腻、性格和善的外星人面前,许多地球人的形象却是非常"不堪"的。这种"不堪"折射出了作者的深刻用心与讽刺意味。那些为了一己私利残忍杀害动物的捕猎者,那些为了所谓的高尚荣誉将动物用于实验的研究员,还有那些为了利益不管不顾甚至不惜杀害同胞的矿场老板,无一不是当今社会病态生存的反映。使人警示的是,最后在故事中解决问题收拾残局的,反倒是一群来自外星球的生物。这难道不值得人们深思吗? 所谓的"外星人",实际上象征着那些辛辛苦苦保卫地球生态文明却不被理解反被孤立和排挤的"异类"。作者之所以要赋予这些"外星人"强劲的力量和超凡的生命,就是为了给予现实生活中被排挤一隅,无法获得话语权的地球生态卫士们一道曙光与安慰,显然这是令人肃然起敬的。

## 二、边缘化的群像

赵华在《疯狂外星人》系列科幻小说中还表现出了另一种深层的观念,即平等的众生观。这种众生观具体体现在对艺术人物群像的把控上。"孤独"与"自我"的追寻是理解这种艺术群像的关键词。

赵华作品中出现的人物很多都是"边缘人"形象:智商不正常的大个子黑人山姆,幼年丧母的小女孩苏茜,青年丧夫的寻星人老七,双目视力微弱的小姑娘贝蒂,几乎所有人物形象都生活与挣扎在社会的最底层。通过这些小人物的命运与描写,我们看到了一个特殊的社会角落与展开的生存困境。

除此之外,出现在作品中的动物形象也大多是"边缘化"的:它们或受伤,或被囚禁,或失去至亲。赵华对于动物的怜悯之心与他的人生态度有关。赵华说他童年时代从母亲那里得到的最大馈赠便是"爱心"——"对弱小生灵的怜爱，对穷苦弱者的同情，以及对自然万物的珍惜。"他还在作品中引用过康德的话："我们可以从一个人对待动物的方式来断定他的心地好不好。"

赵华作品中的这些"边缘化"人物无一例外都是"孤独"的。正因为孤独，他们才需要冲破孤独的环境，才迫切需要寻找和发现自我。作品中的所有外星人，本质上都是"边缘化"人物的折射，反映出他们孤独的内心。在《买二赠一》中，"天知道我克服了多少惊人的困难，又忍受了多么巨大的煎熬。孤独和病痛日复一日地折磨着我。"在《稻草人》中，作者如此写道："我像是摸索在海底的鱼儿，又像是一只孤苦无依的迷途兽崽。"在《云使》中，作者慨叹："我的确是孤独的。孤独的我最终同孤独的克洛斯无话不谈。"这些主人公们通常还会经历一段较长的时间跨度，如外星人"我"与小女孩苏茜的重逢，是"20多年后的那个金色的黄昏。"寻宝人"我"将老七夫妇送上飞船时，"30年已经悄然逝去了。"捕猎小伙"我"与马蒙的重逢则在"大约10年后"。这更加表现出了主人公们的"孤独"。

应当说赵华擅长用细腻逼真的环境描写来铺陈"孤独"的氛围，这在《大漠寻星人》中尤为明显，这篇作品也为他带来了第十届全国优秀儿童文学奖的殊荣。《大漠寻星人》的环境是在塔克拉玛干沙漠，那里的色彩与气候变幻莫测："整个天空呈现出一种瘆人的浅红色，就好像是血和牛奶掺在了一起。""连绵不绝的沙丘就像是凝固了的浪涛。""我的耳旁仿佛响起了古诗词中的胡笳，凄婉、悠长的调子随着沙丘起伏，随着风沙飘荡，一直到天地之交处。"作者用诸如"浪涛""胡笳"等喻体，借助通感的修辞手法，描摹了一幅色彩斑斓而又波澜壮阔的沙漠图景，更加显现出了人类的渺小与孤独。

由于作家所持有众生平等的观念，因而在其作品中无时不在讨论人与宇宙的关系，将人类生态环境乃至整个地球作为一种拟人化的形象来书写，立体地、感性地表现出了对于人类、对于环境的感情。出生于西北大漠的赵华曾在童年时期两次目击过"不明飞行物"，这种奇妙经历令他"愈加相信世界上存在各种不为人知的奇迹，世界的广阔远远超出我们的想象"。正是出于对自然的这种敬畏，使他的作品产生了特殊的意义。

虽然身处在孤独的处境中，但是作者没有让他们放弃希望。"星光""宇宙""天空""云""自由""爱""希望"是赵华外星人系列小说中的关键词。《大漠寻星人》中，老七第一次到安迪尔村时，"生命中我第一次感觉到了渺小，感觉到了宁静，感觉到了庄严、神圣、博大、悠远，还有无边无际的自由"。千万个星子的光芒吸引着女主人公向它们奔去，也带给了我们无数的感动。《长城砖》中写道："只要有爱，希望和自由就会像天上的星星一样永远闪耀。"《萨伊尔禁区》中写道："万物生而自由，谁也没有权力为别人制定苛刻的律条。"

## 三、互文性与多样化的写作

《疯狂外星人》系列科幻小说充满着神秘的外太空与异国风景，有多篇作品的环境设置在国外。作为一个中国作家，要创作以国外为背景的科幻故事是有难度的，但赵华做到了，不仅成功创写出了富有异域风情的故事，并且对于国内的读者而言也并不感到隔膜。这体现出了作者的外国文学素养与互文性写作的艺术探索。赵华对许多外国经典作品可谓如数家珍，展现了作者丰富的涉猎，诸如对康德的名句，对赫尔曼·黑塞的诗歌《白云》，对《匹诺曹》童话等的娓娓道来。尤其是他对国外经典科幻作品的借鉴与致敬，比如在《萨伊尔禁区》中对《侏罗纪公园》的致敬，《卡加布列岛》中对《猩球崛起》的致敬，

《买二赠一》以及"机器人三定律"诸篇则是对阿西莫夫的致敬。

赵华是一个具备多样化写作风格与技巧的作家,他的作品总是采用第一人称限制视角和第三人称全知视角夹杂的叙事模式。在第一人称的叙述中,他能够自如变换多重身份:中年男子、小女孩、小伙子、年轻姑娘,甚至是各种各样的动物,乃至外星生物,难得的是都能在个性化的语言描写与符合人物身份性格发展的逻辑叙事中表现得淋漓尽致、恰到好处。

赵华的艺术之道是不断地求索求变,我们在《疯狂外星人》系列科幻小说中看到多样的风格与风味:时而温情,时而伤感,时而幽默,时而严肃,时而如顽童般嬉哈,时而又如哲学老人般沉思。面对赵华笔下的这些"疯狂外星人",脑海中不由划过一个奇想:或许赵华也是一位在茫茫人海中的"外星人",他在以他独特的方式向我们传递着来自另一个空间和维度的思维电波,这道电波大写着爱与平等、广阔与自由。究竟是什么动力驱使着赵华在无数个日夜写下这些科幻故事的呢?其实他在书中已经作了回答:"那是安静和善良的力量。"

是的,身处喧嚣浮躁、物欲利诱的环境,作家需要葆有"安静"的定力;面对少年儿童的精神成长,儿童文学包括科幻小说最不能缺失的就是向上向美的"善良"之道,这是儿童文学不变的初心。

(原载《文艺报》2019 年 6 月 19 日)

# 麦子（廖小琴）：带着"大熊"上路，一场爱的"确认"赛

侯 颖

意大利卡尔维诺的《为什么读经典》风靡全世界，他给出经典的定义："经典是那些你经常听人家说'我正在重读'而不是'我正在读'的书。"卡尔维诺又说："一部经典作品是一本每一次重读都像初读那样带来发现的书。"我现在还不能确证《大熊的女儿》是经典，在经典的指认中还有一个重要的指标就是 50 年后是不是还有人在阅读。但在我个人阅读体验中，这确确实实是一部我反复阅读并每一次阅读都有新发现的书，初读时发现《大熊的女儿》离奇曲折的故事情节，被深深吸引；再读时，读出主人公小女孩老豆内心的顽强和对大熊爱的坚定；后来再读，我会努力挖掘这个 11 岁小女孩对大熊不离不弃的爱的力量来自哪里？作品给出合情合理的解释了吗？

暑假的第一天，没有人叫醒老豆，她舒舒服服地睡到自然醒，爸爸不见了，她发现爸爸尹格的床上正睡着一只巨大的棕色熊：

> 醒来的熊看着老豆，喉咙处发出一阵叽里咕噜的声音。
>
> "你说什么？"老豆问。
>
> "叽里咕噜。"熊回答。
>
> "我不懂。"老豆实话实说。

如此荒诞怪异的事情没有让 11 岁的老豆惊慌失措，她想到了爸爸，因为"有事情找尹格。"这是尹格对老豆说的口头禅。到处寻找之后，老豆发现最优秀的家居设计师尹格不仅消失了，还因为经受不住失业、被骂、被社会抛弃等种种打击已经患了异形症，变成了眼前这只躺在卧室里的大棕熊。这时候，老豆没有惊慌失措，而是给尹格准备了他最喜欢吃的玉米饼：

> 熊看着老豆。老豆说："你就是尹格，对吧？"
>
> 熊不说话。熊的眼中有泪。
>
> "你果然是尹格啊。"老豆说，"你甭看我，我还是你女儿。"
>
> 熊的眼泪流了出来。
>
> "你可别哭，你知道我最讨厌男人流泪了，上次丁小丁被我骂哭后，我连着两天没理他呢。"
>
> 熊的眼泪便又收了回去。

以往中国的儿童文学习惯于表达成人对孩子的爱，很少能如此真切而深邃地表现孩子对父母的爱，许多时候，也许孩子对父母的爱更纯洁更伟大。父女深情在这个细节中

一下泪泪流淌出来,这是多么令人心酸而动人的场面。相信儿童,感恩儿童,应该是对儿童生命力的信任奠定了优秀儿童文学作品的本质特征。这种现代儿童观的确立,为作品后面故事情节的发展,奠定了扎实的情感基础、叙事动力,以及主人公行动的可能性。

爸爸变成了只会吃饭、睡觉打呼噜的熊,并且性格胆怯、忧郁、软弱,只剩下流泪和叽里咕噜,在老豆的世界中,爸爸从以前的生活靠山和支撑一下变成了巨大的生活和精神负担。小女孩老豆表现得沉着、勇敢和坚强,她刹那间长大了,她要担负起家庭的一切重任,她要带爸爸去寻找治疗的方法,她确信一定有办法让尹格恢复到原来的样子。

爸爸的变化所带来的生活上的改变并没有压垮老豆,却激发了她叛逆、向困难生活挑战的英雄气概。当老豆与大熊在小区里散步时,遇到邻居异样的目光,老豆像小老虎一样勇敢;等动物园的人想把大熊带走时,她巧妙地骗过了所有人。老豆要在最短的时间内让大熊恢复成原来的样子,她带上家里所有的积蓄和一两件换洗衣服与大熊上路了。加拿大儿童文学理论家培利·诺德曼认为儿童成长小说就是"在家—离家"的叙事模式,在家生活安全幸福但枯燥乏味,在路上危险不安但刺激有趣。在路途的凶险中,孩子一方面会认识社会,另一方面也会发现自己的潜力并努力锻炼各方面的能力——真正的成长只能在路上。

从前,生活一切正常时,小女孩老豆没时间把爸爸放在心上,他是怎么突然变成熊的,她一点儿都没有发现前兆。最近的亲人有时又是最远的陌生人,她不了解爸爸,她放在心上的事情实在太多,"轮滑、溜冰、打架、对老师搞恶作剧、捉弄同学……老豆忙得不亦乐乎",她为自己平时对爸爸的冷漠和疏忽感到惭愧,"为着这种惭愧,她觉得自己一定要为尹格做点儿什么。"听说找到真正的爱情就能让爸爸恢复原形,得知爸爸还深爱着自己的妈妈尹小荷,她不为千难万阻上路,去鱼骨镇寻找尹小荷。

当遇到不让大熊进餐厅、上火车、住旅店的种种阻碍时,老豆都无数次地对人们庄严地宣告:"他不是熊,他是我爸爸。"路遇小偷被偷走了所有钱财;寻找孤儿院没有人告诉他们当年的真相;打大熊主意的马戏团老板一次次想威胁利诱老豆,让他们去马戏团表演……当一次次陷入危机和困难的时候,爸爸以前对自己的鼓励:"加油","别怕,有我在!"这时候换成了老豆对大熊的安慰。这些爱的誓言同样鼓励着老豆毫无畏惧地去寻找解救爸爸的秘方。直到老豆一点儿钱也没有了,既不能住店又不能吃饭的时候,大熊离开了老豆偷偷地跑去马戏团与老板签订合同,卖身筹钱,而老豆为了能与爸爸待在一起,尾随而去,在那里当了一名小丑,她用台上的笑来藏起自己所有的悲伤。实际上,变成了大熊的爸爸只是外形是熊,内心还拥有对女儿一如既往的父爱。看到咖啡豆和老豆与马戏团老板打斗时,情急之下大熊突然发出一声巨嚎:"嗷呜——别打啦!"这更让老豆看到了希望。女儿不因为爸爸变成了熊,就改变对爸爸的爱,这种亲情的力量就像生命之水一样源源不断。

最初老豆和大熊到达鱼骨镇时,发现这个地方死气沉沉,人们都不快乐。原来这里藏着天大的秘密,一大群因生活中各种失意和打击变成熊的异形症患者被关进了熊堡,在咖啡豆和黑鱼的帮助下,老豆放出了被囚禁的患者,让他们回到了亲人的身边。后来连市长都知道了这种疾病没有任何治疗的药方,只有亲人的爱可以使得患者减轻痛苦,慢慢恢复人的能力。咖啡豆作为一个叛逆的女孩也被老豆爱爸爸的精神所感动,放出了关在地窖里已经患了异形症的妈妈,关心正在发烧将要变成熊的爸爸。

爱是可以传染的,整个鱼骨镇仿佛从一个被魔鬼诅咒的噩梦中慢慢苏醒过来,因为

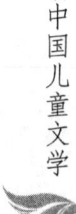

老豆带着一只熊的到来，唤醒了人们爱的力量。鱼骨镇举行了盛大的烟火表演，笑声和喜悦重回人间。尽管老豆找到了尹小荷，揭开了爸爸和妈妈的一切秘密，可是，当老豆告诉大熊尹小荷的消息时，大熊说："她现在很幸福，不是吗？"大熊得到了女儿坚强勇敢的爱，也从爱情的失落和生活的困境中觉醒过来。

另外，在老豆与大熊寻找"治病"的秘方时，作品里写了许多稀奇古怪的陌生人，有理解并帮助老豆的火车站站长，开卡车运送老豆和大熊的小伙子菠菜先生，给老豆提供住宿和出药方的旅店老爷爷，喜欢咀嚼槟榔的老婆婆，出钱、出力、对老豆不离不弃的仗义女孩咖啡豆，机灵、淘气、有点儿贫嘴的黑鱼……这些人既是老豆旅途中的朋友，又是她人生的"引渡人"，是他们的诚恳善良帮助老豆一路走下来。每每遇到困难的时候，不会说话的大熊也会用头来蹭蹭老豆的脸，给了老豆莫大的精神和情感支撑。"尹格是孤儿。他没有别的亲人，老豆也没有别的亲人，他们就是彼此的唯一。"一路上，大熊感受到了爱的力量，坚强起来。作品最后写道："春天呀，我正朝你勇敢地走来！"是的，爱不就是春天吗？对于朝夕相伴的父女俩，不离不弃的陪伴，就是爱和春天。

我在阅读时，更愿意沉醉于作品之中，发现了大量世界儿童文学的经典元素，美女与野兽的叙事原型，探秘与历险的故事情节，饱满富有生活气息的细节，奇奇怪怪的人物形象：相貌丑陋的善良女巫，谆谆教诲人的智者，富有诗性心灵的浪漫小伙儿，力大无穷富可敌国的美少女，有些机智有点儿坏的忠诚男孩……他们如此巧妙地被作家编织成一部极具现代感的现代人精神"熊样"。正像著名儿童文学评论家汤锐所说，这是"一个关于现代人迷失了自我又历经千辛万苦找回自我的动人寓言。"

可以说，自古英雄出少年，我在《论儿童文学的教育性》一书中强调，"超出一般人能力的个体性英雄，对人类未来充满坚定的信念，这是儿童文学的一种积极向上的精神特质。"《大熊的女儿》中的老豆是一个平凡的小女孩，也是一个真正的英雄，尤其在独生子女时代的中国，这一形象更具有特殊的价值和意义。她小小年纪能够在如此巨大的生活灾难面前，表现出义无反顾的坚定信念，带着"大熊"上路，这是一场爱的"确认"赛，亲情、友情大获全胜，《大熊的女儿》是中国儿童文学爱与美的一次华丽绽放。

（原载侯颖著《论儿童文学的诗性品质》，北方妇女儿童出版社 2018 年版）

# 徐玲:冷峻而暖亮的现实主义创作

李利芳

　　基于孩子与社会生活广阔丰富的联系，儿童文学的现实主义题材充满了无限的可能。但是，现实主义的儿童文学写作却始终是中国儿童文学的难点，现实主义题材依然是儿童文学书写中远未得到充分表现的领域。近年来，越来越多的儿童文学作家将创作视线紧紧锁定在当下中国儿童的生存现实，从不同向度去积极介入孩子的生活过程与成长难题，以高度的社会责任心与炽热的人文情怀去帮助孩子健康成长，为当下的儿童文学创作注入了一股严肃而温暖的现实主义精神风气，成为尤可珍视的儿童文学现象，徐玲属于其中较有代表性的一位。

　　对教师职业的认同与热爱为徐玲的创作打下了坚实的根基。徐玲首先是一名非常优秀的教师，其次才成长为一位颇有艺术个性与创作业绩的儿童文学作家。徐玲自己说："10 年的儿童文学创作让我深深体会到，优秀的作家和教师所担当的社会责任是一样的，都是人类灵魂的工程师。"因此，徐玲文学创作的灵魂便注定具有一种"现实"的直面关怀。

　　徐玲的文学眼光朴素而深切，她笔下的孩子平凡而真实，没有艺术的虚饰与拔高。《流动的花朵》是徐玲获得中宣部"五个一工程"奖的一部长篇小说，写的是进城农民工子弟生活理想实现的过程。作品基于现实中这样的群体所发出的"将来我要做本地人"的真诚呐喊而创作，反映出当下中国一批孩子的存在境遇。徐玲以冷静而温热的现实主义价值观为这些孩子照亮了实现梦想的可能性，为他们的成长提供了切实而适时的生存能量。

　　"我的爱"系列是徐玲为孩子们再现生命中不可承受之重的现实主义新作，从中可以清晰地看出其创作已经形成的价值路向。父母之于孩子的意义，犹如阳光、空气、水之于生命的价值。关于父母与孩子关系的儿童文学题材的开垦，是一个最日常性的领域，但它深埋着丰富的艺术可能，其深广的思想性的析出，对父母，对孩子，对家庭教育，对社会发展都有非常重要的启示意义。徐玲"我的爱"系列的两部作品《我会好好爱你》和《我和老爸的战争》都是在这个题材领域的积极开拓。两部作品构思与意义各有特点，但相得益彰，互为补充，是启迪读者深化认识父母与孩子间复杂深刻关系的良好范本。

　　《我会好好爱你》写了一个 12 岁女孩对于父亲的追寻。这部作品其实面对的是"死亡"问题，写父亲在女孩熊苗苗生命中永远离去的残酷事实。因为"儿童"文学的价值旨归，徐玲对于"死亡"这一特殊题材的把握是留有余地的。整体的故事娓娓道来，根本没有正面触及死亡，以熊苗苗在不明事实真相的前提下经历的曲折故事为线索，写出了她个体自觉自愿的成长，写出了她身边的亲人对她的珍爱之情。徐玲的艺术处理清晰地揭示出这样的认识：正是社会中平凡的人们所葆有的对童年最原始的惜重怜爱之情，才使得我们的孩子能够顺利通过挫折危机，勇敢走向现实。

与《我会好好爱你》重在表现死亡带来的"空缺"相对应的是,《我和老爸的战争》则聚焦在子女与父母的冲突与沟通上。12岁男孩赵子牛突然必须面对和出狱的父亲共同生活的现实。在妈妈已经离开去了天堂的背景下,两个男性间旷日持久的战争开始了。徐玲的儿童文学艺术最可珍视的一点是她对于孩子叙述中心的掌控,儿童赤诚的情感体验与受年龄局限的价值判断交织在一起,构成了他们未成熟而又极具生命主体性的独特表现形态,一旦面临非正常的家庭际遇,孩子与大人所可能遭遇的问题就可想而知了。这分明是一种人格的撕裂,成人与孩子都无以逃脱。他们只能在经历中去对抗现实,消释矛盾。

徐玲精神气质的底色是坚强的乐观主义,这保证了她有能量去触摸难度存在,而且使之升华。事实上,痛苦之于人生并不可怕,人在痛苦面前有绝对的抵御能力,可怕的是找寻不到意义的痛苦。徐玲的现实主义是冷峻的,但更是暖亮的。因为,在她的作品中,我们解读到了人生在表层滑动的痛苦中所深蕴着的意义,而意义最终驱散阴霾,使孩子与成人走向理解与对话。

（原载《文艺报》2013年8月30日）

# 王勇英小说：芒花飞舞，万物有灵

徐 鲁

王勇英是年轻一代儿童文学作家中的实力派人物，是一位水静流深的作家。她有自己坚实的生活根基和志存高远的创作追求。这些年来，她潜心于西南边陲芒花飞舞、稻花飘香的乡土上，从容地书写着自己的乡土童年，书写着具有浓郁的客家地域文化气息和民间神话风味的儿童小说、童话和散文，不仅写得多，更重要的是写得美、写得好。

王勇英的作品让我想到了沈从文和他笔下的湘西乡土故事，想到了散文家苇岸所说的"乡村永恒"以及屠格涅夫一再说到过的"只有在乡村中才能写得好"的合理性。是的，对王勇英来说，也许真的是"只有在乡村中才能写得好"。

法国女作家乔治·桑的传记里有个细节：1839年秋天，乔治·桑离开诺昂回到巴黎后，不时想起她在诺昂犁过的那些田地，想起休耕地边的那些胡桃树，禁不住叹息说："没什么好说的，生为乡下人，根本适应不了城市的喧哗，还是家乡的泥土美啊！"不知道王勇英是否也有过这样的感叹，我觉得到目前为止，她写得最好的作品还是她的乡土童年故事。她的丰盈而质朴的乡村童年生活经验积累，她对自己乡土上的一草一木、山山水水的爱与知，是别的儿童文学作家所不具备的。她的乡土童年写作，也为文学评论家们提供了一个很独特的研究案例。"乡土童年"，也许就是王勇英今后会不断地、重复书写的"同一本书"。这本书，换了别人也许是写不了的，或者说，即使能写，也不会写得这么好。

王勇英近期的小长篇《雾里青花泥》并非完美无瑕，例如在结构上，不断的"闪回"和回忆反而使故事变得支离，不流畅；还有故事情节上有时过于"巧合"，一定程度上削弱了真实的力量。但从整体上看，这仍然是一部写得很美的作品，承续了王勇英乡土童年书写的一贯风格，尽显了她在这个题材领域的"强项"。

小说写出了质朴、善良的人性之美。故事的背景是云南高黎贡山脚下、怒江大峡谷中的丙中洛雾里村，一个望得见千年雪山、传说中有十大神山守护的云雾缭绕的小山村。生活在这里的人们，远离了繁华和喧嚣的、物欲横流的都市，保持着单纯、质朴和善良无私的美德。无论是心地单纯、明亮得像一朵早晨的野花一样的小女孩青麦子，还是善良无私、一生悲苦地守望着心中的那份痴爱，有着菩萨心肠的青巾老妈……从这些人物身上，我们看到了中华民族自古以来熠熠闪光的人性之美，感受到了人间的真情与大爱的力量。

美好的故事，总能给人们带来光明和幸福。王勇英写的虽然是一部带有边疆地域特色的小说，却也是一个真正的"中国故事"，故事里传达出了中国传统伦理中的善良无私的道德与情怀，表现了中华民族渴望光明、追求幸福的美好的价值观。这种明亮向上的价值观，相信无论是处在什么文化背景下的人们，都能够认同和接受。所谓"越是民族的，越是世界的"。

《雾里青花泥》是一部"在幽微处发现美善，在阴影中看取光明"的作品。小说写出了万物有灵、互为依存的自然之美。故事发生的地方雾里村，就像一个不为人知的"世外桃源"，是一个呦呦鹿鸣、芒花飞舞、万物有灵且美的地方。这部小说实际上有两条线索、两组主人公：一组是青麦子、青巾老妈、赤赤大叔等人物；另一组是青花泥、青果、青石、青牛、青叶和飞雪等动物。以青花泥为代表的狗狗们的生命，被赋予了一个美丽的、带有童话色彩的雪狼传说的背景。它们拥有自己的灵性、尊严和善恶感。在故事里，青花泥家族三代的生命，与青巾老妈、青麦子的命运不离不弃、息息相关、亲情怡怡，让我们感受到了人与动物、人与大自然之间互敬互爱、相濡以沫、相互依存的和谐关系。

小说里用了大量笔墨，描写了狗狗们的生活细节和同样善良、美好、无私的灵性。因此，可能有的读者也会把这部小说当作动物小说来看待。王勇英写狗狗们的生活细节，乃至它们的心理和情感时，也确实采用了动物小说和童话的笔法，融入了很多的想象与虚构。但是也写得很美，合情合理，富有感染力。

此外，小说还写出了一种山清水秀、芒花飞舞的乡土之美。故事背景并非作者的家乡广西乡村，但是作者满怀着对祖国大地山河的热爱之情，在书中用散文和散文诗的笔调，写出了一种令人向往的"世外桃源"般的田园之美。雾里村是一个充满神秘色彩、深藏在雪山峡谷之间的田园小村。大自然赐给这片乡土以雪山、森林、草甸、峡谷、野花和各种生灵，赐给了这片乡土以清泉、木楼、火塘、青稞、背篓和各种青菜瓜果，人类在这里与它们和谐相处，共享祥和、宁静、亲善和风风雨雨。

故事的主人公青麦子即使找到了自己的爸爸妈妈，看见了光明，但是最终还是毅然决然地离开大城市，重新回到了雾里村。这片乡土，被作者赋予了一种如同"香格里拉"式的理想色彩。青麦子的回来，似乎也是作者的一种象征与暗示：一旦你在这片乡土上生活过，或者来到过这里，你就再也离不开它，它不仅是你望得见的山、看得见的水、听得见的狗吠与鸟鸣，更是你记得住、忘不了的乡思和乡愁。

（原载《文艺报》2017 年 3 月 10 日）

# 汤汤的童话创作

齐童巍

2010 年岁末,浙江作家汤汤的短篇童话《到你心里躲一躲》获得了每 3 年评选一次的中国作协全国优秀儿童文学奖唯一的一篇青年作者短篇佳作奖。2010 年年初,中国少年儿童出版社推出的《儿童文学》金牌作家书系中,汤汤除了一本以《到你心里躲一躲》命名的短篇童话合集之外,还有一部长篇童话《来自鬼庄园的九九》。这些作品都发表在新世纪以来的 10 年当中,基本涵盖了汤汤童话创作的最精锐部分。作为一个有特色的作家,汤汤也成为我们观察这一时间区段内儿童文学发展状况的一个切入点。

## 一、日常生活化的情感与情景

童话可以看成是"以非生活本身形式塑造艺术形象并由此形成一个假定性的艺术世界"①的一种儿童文学类型。同时,童话形象假定性的呈现方式也与具体历史语境中整体的艺术氛围、作家的个人旨趣等等息息相关,往往具有多样化的面貌,折射出特定的文化内涵。汤汤童话中,由于鬼的角色对人的生活的参与,以及作者对鬼与人之间交往关系、互动情感的着力表现,人的生活世界中被掺入了"非生活本身形式"。鬼的世界和人的世界交融在一起,从而达成作者、读者所共同认可的童话"假定性的艺术世界"的叙事"协议"。而汤汤童话艺术世界的"假定性",又恰恰以人的真实的日常情感作为逻辑基础和情节发展的动力,并将人的情感运用于鬼的内心。

与此相反,在政治话语和教育话语的渗透下,17 年间的"童话理论既未将儿童文学和儿童教育严格地区分开来,它在表现手段上不能完全地文学化、审美化。""童话向寓言靠拢,形象和意蕴分离,形象成为手段,教育才是目的……这一儿童文学观点影响了整个17 年的儿童文学,其消极作用在童话中表现得最为明显。"②在这样的语境中,欲望、快感等都是需要被克服的对象,童话最强大的叙事动力,来自于道德和觉悟。张天翼的《宝葫芦的秘密》、贺宜的《鸡毛小不点儿》、葛翠琳的《野葡萄》、洪汛涛的《神笔马良》、金近的《小猫钓鱼》等,逻辑指向都是十分明确的,要克服日常生活中错误的情感:自私、懒惰、不专心等,向着一个明确的正确方向改进。

20 世纪 70 年代末期以来,张之路、周锐等的童话把对社会现象的领悟和对情节叙事的把握,较好地结合了起来。他们的童话话语已经无法和政策形成密切呼应,相反从中可以看到的是高科技条件下人的境遇、不同年代人们不同的思维方式及其中的幽默、有趣之处等。冰波这一时期的"抒情童话"如《窗下的树皮小屋》《狮子和苹果树》《毒蜘蛛之死》等,其情绪、意蕴、叙事与汤汤童话是有相通之处的。所不同的地方在于,汤汤童话已经没有了冰波早期抒情童话中那种诗化的叙述风格,作品的情绪、情感、意境或者说诗意的营造,更多的还是依靠情节的逻辑力量才得以显现,作家将日常情感的表现与生活化的情境、童话中的"非生活本身形式"结合在了一起。

例如在情节的空间设置上,儿童叙述者"我"或其他人物碰到鬼的地方,大部分都是在人的生活场景中,诸如"我"最喜欢去的"一小片柳林"(《鬼牙齿》)、"离医院不远的小路边"(《给枣子打麻花辫》)、"自家的土坯房里"(《烟·卤》)、"木疙瘩山南面山脚的杂草丛中,有一株较弱的草莓"旁(《木疙瘩山的岩》)、"自行车在走,摩托车在走,小汽车在走,像一条河流"的街上(《穿茉莉花风衣的鬼来了》)、我家"放着黄杨雕花木床的那个房间"(《最后一个魔鬼在雕花木床下》)、"一座青砖黑瓦的屋子"(《镯子,娉娉婷婷》)、"一个草棚子"(《变成一颗南瓜籽》)、"八百多岁古廊木桥"(《妖精的丰厚酬谢》)、"墙角的蔷薇"(《凌晨四点的蔷薇花》)、"小小的理发店"和"郊外的树林"(《老树精婆婆的七彩头发》)、"乡下外婆家"(《袖·绿》)、"一段火车道……已废弃多年,那么寂寞的样子"(《来自鬼庄园的九九》),等等。哪怕是只讲了球球小妖谷里的小妖们、而完全没有提到人的《别去五厘米之外》,讲的也是"别去五厘米之外……别和另一个球球小房距离十四厘米之内"这样的生活禁忌。

所以,尽管每篇作品中都包含了我们在日常生活中不可能碰见的神异因素,整个艺术世界以一种"非生活本身形式"的形态呈现出来,但这些"神异因素"及其形成的非生活本身形式的艺术世界却有着坚实的现实基础,是生活在现实世界的读者能够感受的。在行文中,作者也不断地提醒我们,她所要着力的,并不在于奇幻文学中炫目的魔法,或者是像《子不语》中辑录的奇闻、"鬼"闻,而在于角色之间以心换心、实实在在的交往。"匹匹蓝印花布高高垂在风里,只是蓝白两色,却绚丽多姿得让人忘记呼吸……轻轻吹一口气,镯子就能得到那细竹竿上晾着的所有蓝印花布。很多妖精都是这么干的,镯子以前也这么干过。可是,这一次,她不想这么做。"(《镯子,娉娉婷婷》)镯子以一种更"像"人的方式向葛巾讨要蓝印花布。为了得到一块蓝印花布,在三次接触中,镯子分别为葛巾背了唐诗、宋词和元曲。葛巾"读这么多书"却喜欢"在这冷清之地,染些布卖。"他大学里曾选修《妖精学》,当镯子告诉他自己是一个妖精时,他没有大惊失色。镯子在心里要将葛巾推定为"人世间最好的人"。《妖精学》里的一篇文章说假如遇到"耳垂上有牙齿图案,鞋子是穿反的"可爱妖精时,"她向你要什么东西,你一定要给她。因为她会给你更多更多的好东西。"在这样的情节逻辑中,对情节发展起着决定性作用的不是鬼想要通过何种方式顺利进入人的世界,也不是人鬼共存、人鬼对话的物理成因和真相,而是在如同人类关系的人鬼关系中,镯子、葛巾在心里是怎么看待对方的。

这就将情节发展的决定因素归置于角色的内心,亦使童话角色的内心世界更加丰富起来,在某种程度上也可避免童话只能塑造类型化的"扁形人物"的"窘境"。如童话中的岩是住在山北岩石里的鬼,由于来"我"家做客时被"我"的爸爸妈妈拍了照片卖了独家,"瘦成一缕烟,消失了。""木疙瘩山脚,我和岩共同守护着的草莓,成熟了,两个都熟了。细嫩的枝茎被鲜红的果子压弯,下垂着并且低伏在地面。夕阳下,两个草莓闪烁着晶莹的光芒。一个是岩的。一个是我的。我们早就分好了的。可是岩已经不在了。"在情节的转折之处,叙事的指向包含了多种可能性,情节的发展被系于角色的一念之间,而最终的决定权又往往在人的手中。在这个人鬼共舞的"权力"场中,人往往起着主导作用,这些人更多为"圆形人物",内心更富有变化。这些人似乎也不纯粹是正面形象,在金钱与岩的生命之间,童话中的父母还是选择了利,根本没有以"同理心"去对待一位客人。

长篇童话《来自鬼庄园的九九》里,人和鬼之间的这种"权力"关系,表现得更为彻底。铁轨上捡来的神奇丫头车九九其实是来自鬼庄园的鬼,她来到人间的使命就是要带走她的姐姐车七七——一个每只脚都长有 6 个脚趾头的女孩。如果不能完成任务，九九所面临的将是被"关在一个房间里，那里永远亮着最刺眼的光芒，那光芒，会刺瞎你的眼睛，会刺伤你的整个身体，直到你变成一些碎片，是痛苦的碎片。"在经历了鬼庄园的历险之后，和很多冒险故事一样，七七和九九终于顺利、平安地返回了人间的家。只不过九九在离开鬼庄园之前，必须要吃下"莲花之魂灯笼里的一根蜡烛"，后果是"在人间，半个谎也撒不了了"。而且"这个执意要去人间的小鬼，一去便再也回不了庄园。哪怕她过得不快乐，哪怕没有人收留她，她也只能在人间做个孤魂野鬼，不断地摇头和叹息"。这两个条件似乎正反合在一起，追问着人类的爱在鬼与人之间、在人们的意念、想象和生活中，可以超越什么样的界限。虽然九九"不想说的，嘴巴它自己就说了"。鬼庄园的事情后，爸爸、妈妈从心理上无法接受继续将一个其实已经 160 岁的小鬼当成自己的女儿。在他们将重又变回婴儿的九九，放回到当初遇见她的铁轨上之后，爸爸妈妈终于发现，"我们是很爱九九的，只是不想承认罢了……只要她愿意做我们的女儿，只要我们爱她……九九就是我们的女儿，和七七一样重要。"在这个童话中，鬼是容易被人情所感动的、心里是向往人间生活的，而是否被人所接纳，却又并不取决于自己，完全要看人的态度。作者将人间真情确立为瑰宝之后，同时给了人类绝对的"中心"位置。

## 二、对人类境遇的象征性表达

第八届全国优秀儿童文学奖终审评委之一刘绪源在评奖结束后，曾发文表达对汤汤童话的看法，他认为"这些青年佳作中，最优秀的，无疑是《到你心里躲一躲》，不光是我，很多人都在大胆断言，这篇作品很可能会成为传世之作……暗示了商业社会中情感的稀缺和宝贵，却又带着一种'广义的象征主义'。这正如海明威的《老人与海》既写出了资本主义的人世现场，又带有广义的、永恒的人生象征。我想，这正是从儿童到大人都可反复阅读的作品，不同年龄、经历的人会获得不同的审美享受……这种既是儿童文学又能在成人文学中同样处于高端的佳作，我们的确已经很难见到"[3]。刘绪源看到了《到你心里躲一躲》情节结构和人物性格中，所含的对人类情感、关系的象征性表达，看到了童话创作对日益渗透到我们的生活和内心世界的商业法则的回应。这种回应以及对"广义的、永恒的人生象征"的解读，为新世纪 10 年来的儿童文学提供了经验。

按前辈们的规则，木零只需从傻路路的心里骗走珠子——也就是记忆，去卖钱。可是在他最后一次到一个被他叫作光芒的傻路路心中偷珠子时，"木零突然打了个寒噤，然后有一颗泪水，从他的脸上滑落下来。"这不符合规则的悔恨的泪水，最终给了木零与光芒和解的契机。在类似于民间童话一次又一次的重复中，情感起了变化，得到了忏悔和净化。徐岱认为，"与成人叙事中的爱以'欲'为根不同，童话故事里的爱以'情'为本。它揭示了以'牺牲'而不是'享受'为基础的爱的实质，是人与人之间最彻底最温馨的体贴关怀。""童话叙事的要义就在于对生命的体贴和生存的怜悯。"[4]在前文所述的人的角色在童话里一次次为情所动的过程中，我们所能够看到的正是人心贴向"鬼"心的体贴和温情的姿态。我们不避讳此间人鬼共舞的"权力"场中，人所起的主导作用，也无法忽视在人一次次"主导"出场的过程里，人心中的那份柔软。

在《烟·囱》里，情就穿越了功利、岁月乃至生命，让烟和囱获得了生的幸福和爱的永生。烟与鬼阿睡的 88 年约定起始于 7 岁时自家的土坯房里，尽管需要做的事情是如此简单，就是每天"都不忘记煮晚饭"，"每天都要让烟囱温温的暖暖的"，但是 88 年的时间跨度相对于人的生命来讲则是一个绵长的考验。童话将生命的约定浓缩化了，与烟的死别，让囱"每一分钟都在想"烟，他觉着"想着烟，心头是暖的"。守着烟的约定，就是守着烟。在鬼与人的"权力"关系中，我们看到其实在某种程度上，鬼就是人类本身，就如同不同类别、族群的人会有不同的习惯、观念和利益诉求。如何用"对生命的体贴和生存的怜悯"，去理解他人的感觉和利益，去理解规则，是一个值得思考的问题。童话中包含了与其表面的简约、明了所不同的更为丰富的内涵。

例如在长篇《来自鬼庄园的九九》中，鬼庄园里的鬼要按鬼公主的命令采集食物、进餐。青铜钟响五下就去采菜菜，响六下就去摘果果，响七下挖瓜瓜，要"先吃一根菜菜，再吃一个果果，接着吃一块瓜瓜……"可是七七和九九却想尝试不按规则去做，虽然"有个性"的动作也只是某一次的反抗，结果是"原来不按照鬼公主命令的进餐，是会肚子痛的呀。不试过怎么知道呢。真高兴，我知道了"。但是和尝试前不同的是，之前的九九和其他所有的小鬼一样，"没有想到过"去违背或者改变规则，没有发现自我的需求。在《别去五厘米之外》里，球球小妖谷里的小妖们发现，虽然古训里说，去五厘米之外，会"一团轻烟起……化作一缕缕。消失无踪影"。但是，去了五厘米之外其实也没关系，什么都没有发生。当然也可以说变化是巨大的，那就是他们的内心和生活已经克服了之前的恐惧和蒙昧，明媚起来。《她就在我的书架上》同样如此，一个绿头发鬼的嗜好就是把蚂蚁、野猪等各种动物用魔法变成她的拖鞋。但她最终发现她拥有的都是一些痛苦的拖鞋，因为她从来都是直接把他们变成拖鞋，"他们从来都没有开口说话的机会"。告诉绿头发鬼他们不愿意当拖鞋。一旦自我的需求被发现和倾诉了，原有的不合理也就退位了。

## 三、结语

破除蒙昧、愚昧，形成现代的有深度的主体意识，对于现代儿童文学来说，有着十分重要的意义，因为儿童文学营造了儿童成长和社会化进程中的一种重要的氛围。和说教性的儿童文学作品不同，注重于现代具有"内在深度"的主体开掘的儿童文学作品，更有助于现代人格的出现和成长。这也是我们对当下和未来中国儿童文学的期待。汤汤童话正是在这一点上，在一定程度上达到了我们的预期和盼望，才真正打动读者的心灵。无论是日常生活化的情感与情景，还是对内心更为丰富的表现、对人类境遇的象征性表达，归结点都在于此。正因为如此，我们也期待更加宏阔的文学画卷、更加独到的童话结构、更有深度的内在自我，未来都能在汤汤笔下和中国童话中铺展开来。

**参考文献：**

①吴其南：《童话的诗学》，中国文联出版社 2001 年版，第 119 页。

②吴其南：《中国童话发展史》，少年儿童出版社 2007 年版，第 294 页。

③刘绪源：《青春作伴好还乡》，《文艺报》2010 年 12 月 1 日。

④徐岱：《诗性与童话：关于艺术精神的一种理解》，《杭州师范大学学报（社会科学版）》2006 年第 4 期。

（原载《温州大学学报（社会科学版）》2012 年第 5 期）

# 陈诗哥《星星小时候》:独树一帜的"儿童创世说"

涂明求

放眼当今儿童文学界,有没有一位"盘古"式人物,当人们过多地埋首现实生活之时,他却远眺并神驰于一个个古老的神话传说,且思接鸿蒙,以想象力为巨斧,带来他对于宇宙诞生的一种全新解释——独属于他个人的、清奇的、美妙的"儿童创世说"?

有!不信请看陈诗哥和他的创世童话《星星小时候》。除去《开篇》,该书共包括 11 个星座故事。这些故事既相对独立,又相互关联,分开来各有侧重点,合起来则是一套完整的创世体系。其实《开篇》本身也是一个美妙故事,但与书中其他故事的不同在于,它通过童话诗的形式讲述。说的是很久以前,有个煮粥的小男孩一不留神,把一锅粥给煮溢了,"砰"的一声巨响,整锅粥爆炸了。粥的泡泡四处飞,形成了一个个宇宙;一粒米膨胀成一颗星,一锅粥就连缀成满天星斗。"宇宙就是这样诞生的!"如此《开篇》不可不谓之清奇、风趣,它甚至故意戏仿了现代天文学的宇宙大爆炸说,更重要的是,它是后面所有星座故事的缘起与纲领。在该故事中,最突兀、荒诞、匪夷所思之处在于,创世主角并不是全知全能的上帝,而是一个小男孩,他的创世之举也只不过是一次无心之失的产物。换言之,宇宙竟诞生自小小孩童的一个错误——错误乃宇宙之母。窃以为,这一幕不仅充满喜剧意味,而且是整个儿童创世故事中最耐人寻味之处。从此我们须牢记,像"小孩子犯错误,上帝也会原谅"之类的话,轻易不可再说,因为有时候,小孩子犯的错误里,可能蕴藏着巨大、神奇的创造力,根本就不是需要谁原谅不原谅的事。

之后的 11 个故事,分别针对宇宙中不同星座、星体、星象等重大事物之由来,给予了"儿童创世说"的崭新解释。这些解释大多天马行空、童趣飘扬,却又具体而微、丝丝入扣,是诗心与童心、想象力与逻辑力比翼齐飞。这些故事确有不少是极其美妙的,共同特点为:情节奇幻,意境壮丽,逻辑缜密,巨细无遗。最令人难忘的则是充满温情、浪漫、哲思,洋溢着童趣又不失诗意与神性的表达。比如《钓星星》中,星星们喜欢趴在天上做梦,而钓星星的女神采集由星梦变成的云彩做成被子,又在上面绣上星星的图案,晚上睡觉盖着它,不仅暖和,还可以做美美的梦。后来人们也模仿星梦女神的做法,盖星星被子,做美美的梦。梦就这样出现在宇宙中。在《天炉座星系》中,天炉座的星星之所以会发出明亮光芒,是因为它们在"互相思念"。《邮差》也偷偷告诉我们,连科学家都不十分清楚的"宇宙低语",其实是星念心语。而在《时钟座》中,作家把想象中"滴答、滴答、滴答"的钟摆声喻为"宇宙神秘的心跳声",写得如此真切灵动,堪称神来之笔。

11 篇故事中,我最喜欢《太阳小时候》《邮差》《星空剧院》3 篇。太阳小时候腼腆又憨厚,长大依然,无论是富人还是穷人,无论是好人还是坏人,它都一视同仁,用光芒为他们照亮世界:"看了这光芒,内心也会变得明亮起来。"《邮差》应该是全书着力最重的一篇,讲宇宙中少有的行动派,一颗喜欢奔跑、热心公益的彗星的故事,它主动担当起宇宙义务邮差之职,负责调解星座纠纷,更乐于帮助它们传递热烈的友情。而在传情途中,彗

星不得不想方设法躲避那些坏星座的偷袭、伏击。有一次,它为了帮仙女座和射手座传情,先后躲过大熊座、小熊座、狮子座、双鱼座、天鹰座、鹿豹座、蝎虎座等的轮番偷袭,之后又遇狐狸座的诱骗,更不幸遭到巨蛇座凶猛攻击而受重伤,身上一角被撞飞,那就是"流星"与"陨石"的由来。但所有艰难险阻都挡不住彗星坚毅奔放的脚步,每当它披着飘逸的头发出现在宇宙中时,星星们就会说:"看,我们的邮差又开始上路了。"读到最后一篇《星空剧院》,你会倍感亲切,因为人类出现了。但随后又会倍觉烦恼,因为爱恨情仇相伴而来。幸好,人类在学会吵架、打架之后,又慢慢学会了道歉和宽恕。故事结尾:"它们一个个趴在天上,看着地球上发生的一切,仿佛地球变成了一个剧院,大地上的事情成了一台戏,正演给星星们看。"类似这样的超脱文字,于无形间,将读者的心魂引领至高远。

《星星小时候》恢弘瑰丽、不同凡响,但坦率地说,它并不是完美的。比如,在星座故事前后,若能附上两三幅星空图、星云图、星座图(最好是真实摄影照片,更具视觉冲击力)该多好。这首先是对故事的印证、映衬与补充,也有助于读者更亲近作家的妙想奇思,拓展小读者的想象与思考的空间,激发他们再创造的热情与灵感。再者,《小女孩的作业本》《写信》两个故事,在我个人观感中,轻捷小巧有余,浑朴大气不足。《星际运动会》看名字非常令人期待,读来却有些仓促粗疏。一个可能的理由是,星星们太安静,它们的"运动会"着实不好写;但我们不妨去读读安徒生的《小意达的花儿》,还有那首流传甚广的中国民间童谣《一园青菜成了精》,写的、唱的也都是安静的花草,却何其热闹、蓬勃,精灵气十足。当然,这只是一家之言且过于严苛;但对于陈诗哥,又理应持有更高的标准。

(原载《文艺报》2018年9月26日)

# 左昡《纸飞机》：重归那座"不死的城"

崔昕平

儿童文学作品中，以抗日战争为背景的作品近年不在少数，选点不同，写法各异，如呈现山东抗战的《少年的荣耀》、东北抗战的《满山打鬼子》，或是北京、上海抗战的《将军胡同》《1937，少年夏之秋》等。左昡的《纸飞机》，这样一部取材于重庆大轰炸、极其惨烈地表现非战场的普通民众殊死抗争的作品的出现，焕发着极为独特的精神气韵，不由分说，便引领读者重归大轰炸时期的陪都重庆——中华民族抗战史中那座"不死的城"。

作品以轮回的形式唱奏火辣坚韧的生命之歌。通篇由《四季歌 1938》《山水歌 1939》《日月歌 1940》《天地歌 1941》《四季歌 1942》构筑。5 年的历史跨度，集中于十几万字的一部作品中，且仅仅是忠实地以时间为序，但作品不见丝毫面面俱到的累赘和平铺直叙的索然，而是让历史本真现身，让真实焕发出扣人心弦的伟力。作家将长达 5 年艰苦卓绝的陪都守卫战，浓缩在重庆曙光巷平常人家的生活里。恍然间，就踏过了 5 年。

## 忠实的现实主义抒写，冷静的自然主义描摹

左昡这次的写作，如直入"无我"之境，完全隐去了作家自我与当下时代，全然进入到一个女孩视野中的灾难重庆。这是身为作家，尤其是儿童文学作家所具备的惊人的功夫。作品中没有西方小说传统意义上的、第三人称立场上的典型环境描写，而全以孩子的视角展开。正是这纯粹的儿童视角，让残酷的气息在云遮雾绕间丝丝缕缕地渗出，一经阅读还原，便产生了比直接描写更加惊人的震撼感。

故事开启于一个明媚的春天，一个小女孩兰兰，兰兰的一家，兰兰家所在的一条巷，街街巷巷构成的一个城，孩子欢快无忧，日子祥和"安逸"。在这份散淡的"安逸"中，背景信息点滴渗入，操各地方言的外来住户，近在咫尺的军用机场，巷子里新砌的防火池，处处在挖的防空洞，统一刷成灰黑色的房子，全城按时熄灯的规矩，儿童节的"防空游园会"……生活中的灾难，总是在一片祥和中忽然而至，就像一个鲁莽闯入的家伙，瞬间将美好撕得粉碎。《纸飞机》中，作家也每每将灾难的先兆完全融入自在的生活写意之中，当我们对安逸散淡的调子渐生习惯，失了警惕，忘了这是 1938 年的重庆时，作家却猛地扯开了生活的面纱，揭出严酷的历史。突然降临的灾难，令读者和书中人物一样措手不及。"国难"终于以最真实的面目现身于每个"个体"面前。

5 年的大轰炸，作家只集中笔力描写了第一次躲警报的人心惶惶，第一次被轰炸的血腥惨烈，一次防空洞中的焦灼，一次亲眼指认死人堆中的亲人。大量的笔墨都在看似琐细的日常生活之中。然而，却正如灰黑中一抹刺目的红，集中、鲜明、又强烈。"五三""五四"大轰炸的描写，作家冷静运笔，却内蓄激情，疯窜的火舌、嘶吼的火焰、灼人的热浪、生死边缘挣扎的男女老幼，"前一秒还是个人，后一秒却被震成了几块"的惨烈景象，无遮无掩地暴露于观者面前。作家毅然决然地直面了残酷，正视了惨绝人寰的灾难，传

达真切,仿似亲历。且不断突破极致,每每在读者认为已到极点时,轰炸竟更为惨烈,伤亡竟更加惨痛。日寇惨绝人寰的施暴行径,被左昡以庄重的现实主义之笔表现出来,不加夸饰,不做渲染,却金石相击,震撼人心。如此的真实感,是同题材作品中罕有。

## 极致的悲剧,端端正正的正剧

《纸飞机》是一出极致的悲剧,将人生有价值的东西逐一毁灭,将生存的希望一丝丝抽离;《纸飞机》又是一场端端正正的正剧,不见丝毫的悲悲切切,昂扬着对生命尊严、勇气与力量的讴歌。如同余华的《活着》一般,是以描写一个接一个惨痛的死亡,来讲述人应该如何坚韧地"活"。

作品灌注着一种重庆人自有的骨气。日本飞机刚轰炸了重庆,重庆人知道"天大地大不如年大",依旧摆宴把酒,走亲串友,依旧哗啦啦地搓麻将,热热闹闹地过年,不见愁云惨淡,也不见张皇奔逃。重庆人始终抱定信念,"我们有警报台,有防空洞,还有高射炮,把他打回小日本去!炸嘛,越炸我们越不得怕!"房子炸平了,街坊四邻会互相搭把手,用竹筋、泥土和稻草搭起"捆绑房子";亲人炸死了,人们重新抱团儿,重组家庭,互相温暖。这样的坚韧不屈,让重庆历经持久经年的恐怖轰炸,非但没有逃成一座空城,反而让一颗颗受伤的心、疲惫的心、仇恨的心更紧地贴在一起,凝聚成坚不可摧的胜利信念。病弱羞涩的兰兰瞬间成熟、坚强起来,柔弱的骨子里生出坚韧的骨气,"光着脚爬下床",向天空中假想的阎王狠狠地掷出石子。刚刚在大隧道惨案中痛失父亲,兄妹俩却用鲜红的颜料在高高的废墟上写下四个大字:"愈炸愈强!"悲壮之美激荡人心。

重庆人又是那样的乐观豁达。作家笔下的首次躲警报,一派人仰马翻的慌乱。之后的躲警报,则非但不因一次次的惨烈伤亡叠加而变得如惊弓之鸟,反倒游刃有余泰然处之起来。这一点,汪曾祺也曾表现过,连"躲"字都不屑用,只用"跑","跑警报"而已。人们照例会去电影院,有滋有味看《孤岛天堂》。警报来了,收好票子去跑警报,警报解除了,只要电影院没被炸,便踏着碎砖瓦,跨过炸弹坑,回去接着看。家里轰炸得只剩一个酒瓶子和一个泡菜坛子没碎,爸爸却笑着发话,"有酒有泡菜,这日子就倒不了"。重庆人是多么通晓生命原初的意味。中元节之夜,在人们烧纸祭奠亲人时,日本飞机发动了更猛烈的轰炸。被炸得片甲不留的民众也并不落泪,相互吆喝着,去江边泡个脚,摆个龙门镇,垒个泥巴灶烧饭,支起小火锅开涮。兰兰坐在江边,看着滚滚向前的长江,想想被甩在脑后的、还在默默燃烧着的曙光巷,"心里有一种空空的感觉,又有一种满满的感觉",在空与满之间,兰兰听见自己的心在"用力地跳动着"。这正是这段历史给予我们的感觉,失却的不计其数,不变的是必胜的信心与满满的希望。除了坚韧倔强,除了乐观豁达,重庆人更是血肉丰满的,在那样的历史岁月里,他们依旧宽容、重情,经历着一个又一个极致形态的人性考量。

作品中,既有以兰兰一家为代表的普通百姓,也有以金先生为代表的正义文化人阶层,还借金先生带兰兰去汪山治病一环,勾勒了逃难富人圈的买醉人生。作品融入了自然无痕的历史信息,悲壮的"川军出川"、汪精卫投日、卑劣的投掷细菌弹行径等皆有指涉,也真实展示出捐款捐物、群策群力的全民抗战。因为儿童视角的把握,这一切是完全中立的讲述,是非功过,皆由当代读者自己评说。多首载于20世纪三四十年代报刊上的抗战童谣,当时重庆重要的怒吼剧社,热演的抗日活报剧,也都穿越历史,在书中重现。作家不做丝毫的臆造胡编,全部以真实的史料为基础,以虔敬的创作态度,切实地重回了历史文化语境。

## 奇特贯穿的意象，绵密呼应的叙事

书中，两个突出的意象贯穿全篇。其一是"纸飞机"。纸飞机飞翔在无数个孩子的儿时记忆中，是自由飞翔、放逐梦想的象征。兰兰的第一架纸飞机是哥哥折的。之后，兰兰折了无数种材质的纸飞机。它们在兄妹分别时出现，兄妹相聚时出现，家人分别时出现，家人死去时出现……家人即将分离的夜晚，兰兰用纸钱折出纸飞机，映射出浓郁的死亡气息；兰兰将一张用大轰炸的相片折成的纸飞机用力地掷啊掷，想掷飞这个噩梦，却挡不住妈妈的离去；在汪山养病时，兰兰将练字用的纸折成纸飞机；捐钱给"中国儿童号"后，兰兰还用认捐的票据折成一架小飞机。尾声部分，终于不再是惨白哀痛的纸飞机，兰兰将写对联剩下的红纸折了四架红艳艳的纸飞机。纸飞机终于象征了曙光来临，承载、放飞了孩子们美好的希望。

"黑金鱼"则是一个奇特的意象，几次出现在兰兰的梦中，如同一个精灵，或接收、或传递着生或死的讯息。尾声部分，当哥哥意外死去时，兰兰仿佛又看到了那条黑金鱼从"脑海深处游了出来——它曾经驮走了我的妈妈、爸爸、外婆，驮走了许许多多沉默无语的人，现在，它来接我的哥哥了"。黑色的金鱼，既以"黑"象征着死亡，又以"鱼"之传统谐音，渲染出生命力的绵延不断。扭着劲儿的意象，恰如重庆人民，就是这样拧巴、不屈、顽强、生生不息。

作品真正做到了无一处"闲笔"，每一个人物、物件、场景，都在作品中形成绵密的呼应。收藏宝贝相片的片段，兰兰头一次识得相片，当宝贝般收起，之后亲历轰炸，这张摄于轰炸现场的相片变为一个"成真的噩梦"。短暂还乡的插曲，在文末成功揭出乡间也完全不能幸免的轰炸之难。精笔描绘的兄妹同游阎王殿，恰恰预示了即将开启的人间地狱。堂哥青松的最后投奔，也将这个仅剩一母三女的家庭再次匹配周全。包括兰兰认的每一个字、临的每一句帖，都参与在叙事之中。全书的 5 个篇章自成轮回，第一个"四季歌"中，幸福美好的一家人，到末一个"四季歌"中，仅剩"我"是囵囵的。但是，曙光巷里又到了挨家挨户熏腊肠的日子，陆婶婶也会叹一声"安逸"。正像兰兰所说："我们一次又一次地失去亲人，痛苦，伤心，愤怒，天塌地陷，但我们、我们的家毕竟活着，带着我们的伤、我们的痛、我们的心里的空白，还有燃烧在我们心中的火焰，一如往常地活着。"

此时的左昡，完全不是那个写童话时的俏皮精灵，而是如此严肃，带着责任——告知人类这段曾经的、不可思议的斗争史，带着敬畏——抒写重庆百姓以坚韧顽强做出的生命诠释。朴质的叙事风格与精运匠心的叙事手法，平静克制的文字，细腻入微的描摹，恰切而适时的心理烘托，营造出历史的鲜活画面，共同成就了这部难得的严谨之作。

无以言表，唯再次吟诵书中摘自 1940 年《大公报》上的那首《重庆小调》：

重庆炸平了，谁相信？
我看见重庆像松竹样常青。
在这儿寻不出半分狼狈，
漫天大雾只和风在吹。
林森路，长呀，跟了江水流。
两路口，大呀，挤满了过路人，

来这儿，只听见江水唱，船夫也唱，
唱着句不尽的话："不死的城！"

（原载《文艺报》2017 年 12 月 13 日）

# 周静:溯回心之桃花源，让美如花绽放

崔昕平

湖南作家周静的童话作品有股子仙气，有股子正气，也有股子底气。《一千朵跳跃的花蕾》，是周静带给我们的一个霞光漫天、落英缤纷的心灵桃花源。

湖湘文化是浪漫而斑斓的。多姿多彩与浪漫恣意的"仙气"，是阅读周静童话的第一个直观感受。

故事的引子很大胆，有盘古开天、女娲造人的阵仗，一位具核心力量的人物"姥姥"出场，在混沌世界中，取一根定心石棒，敲敲打打，"喝令石头归到一处，水归到一处，泥土覆盖在地表上"。治理好天地，姥姥又觉得寂寞，定心石棒磨成绣花针，"绣出"十二个神通广大的"姨"。可这十二个姨各自疯跑，于是姥姥又"绣"出了"我"（丫丫）。整个童话就这样率性开启，不由分说，将读者拉进了一个鸿蒙初开的原初世界。"我"（丫丫）和"姥姥"作为主线，串起十二个姨的故事，"丫丫"朴拙的视角，承担起整个故事的叙述。

周静掌握着一套独特的童言体系，恣意，活泼，如跃动的精灵。她的写作思维，是可以自如切换到童心状态的。作品渲染美好，紧贴儿童最敏感的味觉和触觉，描绘八姨的胖乎乎——"又香又软，趴在她怀里，就像是趴在热乎乎的馒头上"；描绘四姨的幸福感——"我的心就像是炭火上烤过的糍粑，软得不得了"。

作品充分展现了无所拘束、无所不能的童话逻辑。周静的笔下、"丫丫"的眼中，万物都处在一种自在自为的状态里，一花一木一山一石，都是活生生的，都自有主见。大姨把种子种在衣服上，种子就在大姨的衣服上发芽、开花；二姨的铜盆里倒上水，画在盆底的鱼便游了起来，水草生长，荷花盛开；四姨骂一块闯了祸的石头，石头羞愧地缩小了一半；八姨做的糍粑，会让"相好的人啊香又黏"，被看不见的线拉到一起，快乐无比，不愿分离；十一姨编着两条长辫子，姥姥便在她的辫子上晾书，"在阳光底下，从那些书的脊背里，慢慢地冒出绿芽，长出枝叶，开出大朵大朵的花来"……跳跃而灵动的原始思维，让作品抽离凡间，坠入一个妙不可言的灵异世界。

作品充盈的上古神话和民间故事的印记，与人类自由无拘的童年想象模式一脉相承。童言叙述的方式，让作品生机勃勃，也让一切复杂而纠缠的事件、情感都有了简约而明快的表述。而作品中无处不在的对花朵、对自然的描绘吟咏，更使作品透着一股以芳草寓情怀笔法的浪漫美好。

周静的作品是有股子正气的。诚如汤素兰老师在《红土地，红辣椒》序中所言：湖南儿童文学作家们是在"用作品表达自己的个性思想与理想情怀"。周静的创作，从创作初衷始，就没有仅仅定位在写作上，而是在表达个性，对话心灵。

《大姨的三根胡子》中对"大姨"的塑造，完全颠覆了惯常的女性人物塑造，"大姨身材魁梧，力气很大"，"下巴上还长着三根胡子"。这位女性对于美的阐释，也完全颠覆了既有的阴柔之风，而是酷爱力的释放，以力量、劳作、挥汗如雨、撼天动地为美。作品耳目一

新的阐释,原始先民面对自然时曾经释放的力量之美被重新唤醒。从这样个性化的想象中,我们读到了作者对人类生命原初所具有的以大为美、崇尚力量的崇高美的呼唤。

有几个故事倾情于讲述什么是无私的爱,纯粹的爱和怎样去爱。《湖底开出一朵花》中,因为爱美丽的湖,"三姨"执着于在湖底种出一朵花,并为这个无法实现的理想付出了很多。故事以温暖做终,湖水对三姨的爱做出呼应,随着三姨的歌声变幻出各种花的颜色,荡漾出馥郁的花香。《夜空里,星星在游弋》中,当九姨被神秘力量吸向夜空的危急时刻,被魔法变为一本书的十姨忽然突破魔咒,变成一块大石头压住了九姨。故事在讲述,"我们心灵深处,有着比魔法更厉害的力量",这便是真爱。

除了爱与美,作品对情感的伤痛也给予了独特而深沉、细腻而敏感的抒写。《四姨的树》中,四姨擅笑,不会哭的四姨到处去寻找哭泣的感觉。即使最珍爱的记录故事的本子被烧掉了,四姨还是哭不出来,但四姨的笑容是"那么难过,那么沮丧,刺痛了我的眼睛"。四姨的眼泪,最终来自于喜极而泣。面对她的心血之树,四姨的眼泪流出一个小小的水潭,小溪一路流过的地方,花朵开放,鸟儿歌唱。痛彻之后,才懂得心痛的感觉,心痛的感觉,才是心灵最深层的体验,这正是心扉真正的开启,情感真正的丰满。《风在歌唱》中,五姨则擅哭,且哭出的眼泪会变成浑圆的珍珠。为了救一只老狼,五姨被迫在一个村庄流一个月的眼泪,心寒的五姨再也哭不出来。最终,是温暖的亲情唤醒了"心灵深处那些美好的记忆",五姨幸福的泪水落入种满暖心姜的泥土,幻化为一片花的海洋。

周静拥有非常神奇的想象力,以心灵感悟式的想象,幻化为各种心灵的愿景。这是一位静观自然与生命的写作者,她在谛听世界的声音,感悟生命中的美好。她用自己的笔告诉匆匆前行的人群,"湖水在阳光里和云朵下,颜色是不一样的",正像忽然被美景震慑而安静下来的大姨所言:"这里有力量。"最后一个故事中,姥姥有这样一段话:"大地之所以愿意成为大地,就是为了这些故事,为了这些故事里那些鲜活的生命力,那些爱,那些无惧无畏的勇气,还有那些美。"这,正是周静人生观的一种表达。她的这些童话故事里,鲜活的生命力,至纯的美,无惧无私的爱,突破寻常的惯性生活,跳跃,升腾,温暖缺失敏感与涟漪的心灵。一个个美丽的故事,像美好的种子,在孩子们的心里扎根。张炜曾经说过这样一句话,很喜欢,接近童心可以抵御生活的阴郁。周静的童话,具有这样的功能。

湖南人的文化基因里,有股子"怕不辣"的精神,有股子迎难而上,不断挑战的底气。周静的这部童话,即带有极大的突破性,也因而成就了其鲜明的不可复制性。

现实中的她,总爱静静地想,静静地观察。开口说话时,话不多,但是冷静、俏皮,自有一种冷幽默。而她的内心深处,又是敏感柔软的。这样的气质,成就了她的作品呈现出一种精灵般的文风。

我们都会发现周静此部童话很有趣的一个点:作品的主要人物全部是女性,虽以亲缘相称,但人物间是颇具神性的无性繁衍。这样的设置,其实是为童话断了人间的血缘纽带关系。并且,作品没有社会背景的影射,完全是生灵与自然世界的关系。这样的设置,颇具挑战性,也成就了一个极其纯粹的童话世界。没有性别感与社会性的故事,只讲述人心灵之本。凭借这种真空般的纯粹,作家凸显了人与人之间最美好的纽带——情感。如此纯净而脱出凡俗的童话,努力做的,不是逼近生活的真实,而是无限逼近、呈现、探索心灵的真实。周静擅渲染情感状态,写人类极度的情绪感受。读周静的童话,相信不同年龄的读者都会有丰富而难忘的情绪体验。周静不是在用童话愉悦孩子,而是在用童话讲述她逐渐认识和不断思考的人类情感。

还有一点基于童话文体的挑战，她的童话，淡化故事，着重于意境的渲染与情感的具象化，更像是写意的诗作。这部童话的与众不同，便来自于抒情文学特有的、对独特的意象、意境的营造上。

周静的童话，通篇闪耀着一种独特的意境美，是跳跃的美，无拘的美，是自然之美，力量之美，是情感之美，心灵之美。作品中对于自然万物的生命之美的描绘屡屡出现。如果周静是一位画家，她的画布上一定是铺满了明艳而纯粹、斑斓而梦幻的色彩。每每，书中的人物都会被自然焕发出的惊人的美震慑，而这种美的诞生，这种美的极致，又恰恰是在人与自然共同创造而成的。"大姨"将一棵树架在山溪上，"我"则从花荷包里选了一把红色的种子撒下去，让它变成"开花的桥"，山溪里满是溪水碰撞在石头上的白色水花，石上缠绕着绿的明亮的藤萝，还有一块拦路的大石头，是像天空一样的蓝色。而我，将金色的种子撒在大姨深深的脚印里……这些明艳的色彩，充盈着童话中的画面，阅读这样的文字，想象这样的画面，仿佛心灵也变得单纯、澄澈了。自然界至美的花朵，成为周静反复歌咏的意象，书中十二个故事，基本上都写到了花，"十二姨"那神奇的《消寒图》上，"种壳里关着一千朵跳跃的花蕾"，无怪乎书名定为《一千朵跳跃的花蕾》。

作品如诗的意境，构成了作品巨大的优势。周静的文字和文字的蕴含，产生了也许已超出创作初衷的发散性阐释空间。这个空间，是在作家敏锐感知生命与精笔描摹情感的境界下诞生的、高于作家心灵、高于生活的新的艺术世界。

（原载《文艺报》2017 年 7 月 7 日）

# [综评]中国当代寓言二十家

顾建华

寓言被誉为"理性的诗歌",富含哲理、智慧,却又形象、感人,是一种老少咸宜、雅俗共赏、极具生命力的文学品种。

我国是世界三大寓言发祥地之一,约作于公元前11世纪的《周易》已有寓言的雏形,经过3000多年绵延不绝的发展,产生了难以数计的优秀作品,成为中华文明的重要组成部分,是可供世世代代汲取营养的弥足珍贵的精神食粮。

新中国成立后的当代寓言,既继承、发扬我国古代寓言的传统,又吸收、融入西方寓言的长处,在社会生活的大变迁中,内容和形式都获得了新的发展。虽然20世纪60年代中期之后的10来年,曾一度在报纸杂志上消失,但始终没有停止前行的脚步。当阴霾散去,神州大地鼓起改革开放的春风时,寓言又很快地以鲜亮的姿态活跃在文坛上,数量空前增加,质量大大提高,用自己特有的方式映射新时代的风貌、凝聚当代人的思绪和感悟。纵观当代寓言的历程,可以毫不夸张地说,中国寓言史上的一个新高潮正在兴起,就其规模、声势、力量、影响而言,绝不逊于以往。

奉献在读者面前的《当代寓言二十家》,是中国大陆地区当代寓言的一个缩影,从不同方面代表着当代寓言的成就。

二十家中已故的湛卢、金江、彭文席,都早在新中国成立初期就以创作儿童寓言著称。

金江被誉为"中国当代寓言的开篇人",新中国成立后发表的第一篇寓言出自他的笔下;后来虽历经磨难,但"殉情寓言,至死不渝"。他说自己是搞儿童文学的,写寓言时想到孩子就多一些。他选取的题材大多是孩子们所熟悉的或者感兴趣的事情,故事简单而有趣,语言活泼而抒情,寓意深刻而易懂,使孩子们在愉悦中陶冶道德情操,大人读了也能受到启发。他还鼓励、引导很多有才华的青少年写作寓言,培养出不少寓言作家。

彭文席1955年写的《小马过河》被称为"旷世名作",自1957年后近60年来一直被选为小学语文教材,影响了几代人的成长,还译成14种文字流传国外。然而在1979年的全国少年儿童文艺创作评奖活动中荣获一等奖时,当时竟然找不到身为农村代课教师的作者。他的寓言作品和他的为人一样质朴、纯真,在自然、平实的叙述中蕴含着人生的哲理。

"湛卢"原是春秋时期五大名剑之首,作者以此为笔名,表明他崇尚犀利的文风。他的早期作品多为儿童寓言,以幽默见长,对一些缺点、错误给以善意的讽刺,对社会上的丑恶现象则是不留情面地嘲弄,让孩子们在笑声中明辨是非。第一本寓言集在1956年一出版就受到好评,不少作品是抨击社会弊端的成人寓言。

陈模、韶华、仇春霖,都是从小参加革命、现已耄耋之年的离休领导干部。

陈模曾是地下党领导的上海抗日救国会孩子歌咏队、孩子剧团的成员,后来长期从事青少年工作，著有长篇少年小说。他有一颗赤子之心，十分熟悉儿童的心理、情感，他的寓言大多以儿童的视角来创作，取材、故事、角色、语言、寓意……都切合儿童的特点，却又贴近社会生活实际。他很重视寓言的社会作用，把寓言看作"进行韧性战斗的武器"，敢于并善于针砭时弊，感恶扬善，让读者很受教育。

韶华正如他自己所说，"是一个有责任感的作家"。他曾在多地挂职体验生活，有丰富的阅历和深刻的见识，擅长写作长短篇小说。他的寓言取材广泛，挥洒自如，有着强烈的社会针对性；他把故事和寓言结合在一起，构思精巧，情节生动；他把自己对人生的入木三分的哲理概括，赋予浓重的浪漫色彩，诙谐风趣，夸张奇幻，因而引人入胜，出人意料，而又发人深思。

仇春霖在新中国成立后被派往理工科大学学习，后来一直在大学担负领导工作，著有多部科普著作。他在 20 世纪五六十年代创作的不少寓言，就已把寓言的哲理性、文学性和科学性、知识性有机结合在一起，被认为"为中国的科学寓言创作开了先声"。仇春霖还是一位国内著名的美育家。他的寓言，文采斐然，洋溢着诗情画意，散发出美学气息，让人在获得哲理教育的同时，也获得了审美享受。

刘征、杨啸、罗丹，是三位对我国寓言诗的发展做出重要贡献的作家。

和西方不同，我国古代寓言诗很少，缺乏可资借鉴的创作经验。刘征是当代发表寓言诗的第一人，他说自己是"边垦荒边耕耘"，但他的寓言诗极佳，一问世便引起热烈的反响，鼓舞很多作者投入寓言诗创作的行列。刘征的寓言诗大都是讽刺诗，哲理性和叙事性都强，以夸张甚至荒诞的手法鞭笞邪恶，嘲讽愚昧；格律严整而活泼，讲究节奏和韵味，富有音乐美，读来琅琅上口。

杨啸是著作等身的儿童文学家，在小说、诗歌、影视方面都很有建树。他的寓言诗大都写于 1979 年后，量多质高，特别善于用有趣的故事蕴含哲理，生动形象地展示自己对社会、人生、天地万物的观察、思考和感悟，语言明快，风格幽默，让人在哑然失笑之后认识大千世界的千姿百态，咀嚼人世间的众生相，受到警示和启迪。

罗丹也是位儿童文学创作颇有成就的多面手。他的寓言诗，常常把童话的手法移植进去，设计出并不复杂却十分生动的情节，由儿童感兴趣的动物来扮演角色，演绎适合于儿童接受的道理、教训；由于节奏欢快，格调明朗，就像一路笑语的孩子，让人十分喜爱。其中《兔子和乌龟第二次赛跑》最负盛名，突出地表现了他的寓言诗在寓意、故事、语言、形式各方面都力求突破前人、推陈出新的探索精神，影响很大。

黄瑞云、林植峰，都是中文教授，有着传统文人忧国忧民、以天下为己任的品格。

黄瑞云出身贫寒，一生坎坷，却耿直正义，博学多才，看人析事，鞭辟入里；即令奸邪当道、万马齐喑的日子，也敢写寓言表达爱憎，把真火留在人间。他的寓言，是对社会、对人生、对自然、对宇宙的独立思考，题材重大，涉猎广泛，哲理精深，为前人他人所少见。寓言的手法也新颖独特，奇妙怪诞的故事，隽永洗练的文字，非同一般的冷面幽默，充满张力的沉郁风格，引发出耐人寻味而又震撼人心的笔气墨韵。难怪有人评论："黄瑞云寓言与世界上最杰出寓言家的作品相比也绝不逊色。"

林植峰的寓言，同样关注社会，干预生活，跳动着时代的脉搏。他把寓言看作弘扬正气的"文字的漫画"，宣称："我写寓言，其实主要针对社会，对不良现象加以讽刺。"不过他的讽刺，比较委婉而温厚，不那么刻薄尖酸，这一方面因为他为人仁慈宽厚，另一方面也同他的寓言主要写给青少年有关。他在讽刺的同时还往往设置正面形象作为对比，树立人们学习的榜样。他的寓言在角色的刻画上很下功夫，给人留下难忘的印象。

吴广孝、樊发稼、叶澍，都毕业于大学外语系，对外语的精通使他们写寓言时能比一般作者有更宽广、更清晰的世界视野，思路更开阔，手法更多样。

吴广孝还经常游历海外，他的很多寓言是由旅游中的所见所闻所感所思生发出来的，弥漫着异域情调。他的寓言不以故事情节取胜，通常采用随笔的笔法，语言温润、平和，社会针对性很强。虽然寓言角色是虚拟的，非现实的，但描绘的却是生活中的事件、物品、景象，或者风土人情，等等。令人叫绝的是，作者能从中思索、深化、提炼出哲理性的观点和理念，升华读者的精神境界，使随笔变成了寓言。这在寓言界独树一帜。

樊发稼是位声望卓著的儿童诗人和儿童文学评论家。他的寓言充满诗人的激情和评论家的理性，儿童和成人都爱读。他把寓言当作"直指人性缺陷的匕首""劝人为善、启人心智的小贴士"，而他自己身先垂范，他的寓言便是"上佳的精神道德补品"，情感炽热，思路清晰，寓理于言，寓教于乐，有很高的艺术价值和教育价值。

叶澍是创作态度十分严谨的作家，他的寓言数量不算多，文字也不长，但质量非常高，几乎篇篇是精品。最让人佩服的，是作者的高度概括能力。这种概括能力既表现在他善于从生活中洗练纯金，把林林总总、形形色色的社会现象浓缩在特定的寓言形象里，也表现在他的语言的简洁、精炼，寥寥数语可以涵括极为丰富的意蕴。

张鹤鸣、钱欣葆、凡夫，都是在金江指导下成长起来的寓言作家。

张鹤鸣的高中语文老师兼班主任就是金江，他曾担任专业剧团团长兼编剧，后来在金江的建议下开始创作寓言，很快就取得了傲人的丰硕成果。他的寓言有金江的影子，以写给儿童为主，但又有自己的特色，画面感、戏剧性都很强，善于运用对话来推动故事的进展。张鹤鸣还创作了许多出色的寓言剧，他在引领、推动寓言剧的创作上是其他人难以比肩的。

钱欣葆的寓言种类多样，素材来自现实生活，富有时代性和针对性，蕴含人生哲理。他的童话型寓言，故事生动有趣，语言亲切幽默，能激起小读者强烈的兴趣，最后还水到渠成地点明寓意，帮助小读者理解寓言中所包含的大道理，深受小读者的欢迎。他的不少寓言被选入多种语文教科书，并进入港澳台地区、新加坡、韩国、美国等。

凡夫的寓言被金江赞为"献给读者的一份精美礼物"。他的许多寓言近似于微型小说，重视细节、对话、动作和心理描写；有些寓言如同杂文，讽喻明显，寓意深刻；有些寓言则像散文诗，语境深幽，韵味很浓。这和他早年创作小说、杂文、诗歌，文学功底深厚有关。他曾长期负责宣传部门的工作，这一经历使他的寓言无论是切中时弊还是歌颂正能量，都很有力度和深度，生活容量较大，社会意义彰显。

凝溪、薛贤荣、孙建江，都对寓言史论有精深研究，并有论著问世，他们的寓言创作有自觉的理论指导。

凝溪酷爱寓言，从1979年开始创作寓言，不过十二三年就发表了2000多篇作品，其数量在当时雄踞榜首；更可贵的是，他善于观察，勤于思考，在题材的开拓、表现的手法和寓意的挖掘上都力求出新，因此他的作品虽然很多，但新意迭出。他的寓言大多短而精，故事单纯，却信息量大。

薛贤荣在他的专著《寓言学概论》中有1/3的篇幅是"寓言创作论"，对寓言作家的心理素质、构思、创造性思维方法、创作技巧、语言运用、文体风格、寓言分类等做了细致、深入的解析。他自己在创作实践中也身体力行。他的作品表现了对生活现象的哲学思考，立意新颖,题材宽广,构思精巧,技法圆熟,语言清新,风格多样。

孙建江是位在儿童文学方面成就显赫的理论家、作家、出版家。他的寓言有着学者对社会、对事理的独立、审慎而深邃的剖析,富有思辨力量,人们已经习以为常的弊端、陋习、人性弱点,在他的笔下被一一挑明、反思,因而不落俗套。在写法上他也是独辟蹊径,善于在篇幅短小的寓言故事中出其不意地设置矛盾,营造氛围,提炼主题,揭示寓意。作者的语言精练而机敏,一两句话就能发人深思,让人回味无穷。

这二十位寓言家,都有数十年的寓言创作经历,最年轻的也已年近花甲。他们的寓言植根于时代,植根于生活,并在继承传统的基础上不断创新,如马克思所说"刻上他自己的标记"。因此他们的寓言能在国内外传诵,不少作品还被选为小学、中学、大学的教材,作为学习的典范。在他们的影响下,又涌现出周冰冰、少军、余途、桂剑雄等众多杰出的中青年寓言作家。他们为中国当代寓言的繁荣和发展做出了很大的贡献。

在文学中寓言最为短小,最不起眼,却要比其他品种更为快捷、更为勇敢地承担社会责任。当今时代,是个大动荡、大变革、快节奏的翻天覆地的时代,曾经经历过并仍然经历着真诚和虚伪、善良和邪恶、智慧和愚昧、美妍和丑陋、文明和野蛮、富强和贫弱、民主和专制、自由和束缚、光明和黑暗、前进和倒退、创新和守旧……的种种较量,其激烈、复杂的程度,可以说是前所未有的。当代中国人正在培育和践行社会主义核心价值观,为实现中华民族伟大复兴的中国梦而不懈奋斗。当代寓言理应责无旁贷地以"思想精深、艺术精湛、制作精良"的作品发挥其作为"理性的诗歌"所具有的启迪和鼓舞作用。

当代寓言二十家让我们欣喜地看到:当代寓言家是有思想、有担当、有才华的作家;现在尽管平庸、蹩脚的寓言作品还屡见不鲜,但已经产生了一批形成各自风格的、睿智聪慧的寓言作家和在国内外具有一定影响的可以称为名著、名篇的优秀作品。

当代寓言并不止这二十家,还有其他许多优秀的老中青寓言作家。它正在呈现出姹紫嫣红、春色满园的景象。

当代寓言任重而道远,继续努力啊!


（原载凡夫主编《中国当代寓言二十家》,团结出版社 2017 年版）

新中国儿童文学
70年
1949—2019

# 第五辑

## 70年儿童文学文体建设

# 导　言

　　现代中国的文学体裁形成于 20 世纪五四运动时期。五四文学在综合我国古代传统文体的"二分法"（韵文体、散文体）与西方文体的三分法（叙事类、抒情类、戏剧类）的基础上，产生了文体的"四分法"，这就是小说、诗歌、散文、戏剧文学四大类。现代中国儿童文学的文体正是在五四文学新文体的奠基和开创下逐渐形成与成熟起来的。进入当代，70 年儿童文学文体呈现出多样性、交叉性的特征。今天的儿童文学文体除了"四分法"中的四种基础性文体外，还有儿歌、童话、寓言、故事、科学文艺等；以及儿童文学与其他艺术门类交融产生的"跨文体""跨艺术"新样式。

　　本辑所选文章，力求体现出儿童文学文体的丰富性、交叉性、多样性，分为以下 8 类：1、小说，包括成长小说、动物小说；2、童话、寓言；3、诗歌；4、散文、报告文学；5、戏剧、影视；6、科幻；7、动漫、图画书；8、幼儿文学。需要说明的是：动漫、图画书是儿童文学借助新兴科技手段，与现代绘画艺术相结合产生的结晶。虽然学界对它们是否属于"儿童文学"（因为文学是语言的艺术）还未达成共识，但如果连儿童文学也不对它们加以关注、收纳的话，成人文学显然更不会将其"放在眼里"。因而我们还是在"为儿童服务"的大前提下，将有关研究动漫、图画书的文章收入了本辑。幼儿文学是儿童文学三个层次（少年文学、童年文学、幼儿文学）中的一个门类，而不是一种文体，考虑到幼儿文学文学性的相对特殊以及儿童文学界约定俗成的做法，所以本辑也将其归纳到了"文体建设"之中。

本辑所选文章包括两个方面：一是具体探讨某一文体的文体特征、艺术手法等的文章，如童话本辑选入了《谈"童话"》《泛论童话》《童话的逻辑性和象征性》《论童话母题及其功能》等；二是就 70 年间某一文体创作的具体发展变化进行探讨的文章，如童话有《80 年代童话世界的观念更新》《八九十年代童话创作反思》等。

　　一时代有一时代的文学。文学体裁的产生与发展，首先是为了适应时代的需要，表达作家反映生活和生命体验的需要；同时又是文学本身创作经验和技巧的不断积累，作家对各种体裁反映生活的特点及其优势和劣势的认识日益深化、并力求使之日趋完善的必然结果。文学体裁的发展在今天并没有终止，儿童文学文体也是如此。

# ◇小说◇

## 《儿童文学·短篇小说选》序

严文井

在少年儿童教育问题引起了普遍重视而又感到各种儿童读物奇缺的今天,北京出版社及时编辑、出版这样一本专门为孩子们写作的,着重塑造少年儿童形象、反映他们现实生活的短篇小说集,是带头做了一件很有意义的工作。这是一件着眼于未来,致力于当前的建设性的工作。严重缺书看的孩子们终于又得到了一本好的读物,这无论如何也是一个值得欢迎的创举。

出版这本选集的积极意义,还在于用它来对"四人帮"进行斗争,从一个方面来肃清他们在文艺战线所散布的流毒。这本选集的出现,就是用事实,用长期在儿童文学领域存在的事实来批判"四人帮"的所谓文艺黑线专政论。读者们可以看看这些无端被"四人帮"压制、禁锢了多年的儿童小说到底是好是坏,新中国儿童文学的主流到底是红线是黑线,亲自做出判断。分清这些是非,肯定会有助于今后的工作,可以帮助儿童文学作者更好地贯彻执行毛主席的革命文艺路线,鼓励更多的人来为少年儿童写作。

我想,能对这本选集做出最恰当的鉴定和最公允的评论的,还是今天的小读者们。

小读者们读完这本选集后也许会感到惊讶:这本书里的许多作品是早已有了的,早已流传过的,为什么自己却没有接触过,甚至根本没有听说讨呢?是的,你们自己马上就能回答这个问题,这是"四人帮"在捣鬼。前几年你们不是看到过一些看了头就知道尾,千篇一律,枯燥无味的所谓儿童小说吗,那是"四人帮"允许你们读的、提倡你们读的东西。他们就是不让你们读各种各样的好书。现在摆在你们面前的就是"四人帮"叫作毒草,多年不让看的一些好作品,请你们看一看,比一比。这些短篇小说绝大多数都是新中国成立以后十七年当中写的,受到当年许多小读者的欢迎。虽然不一定每篇都是尽美尽善,毫无缺点,但它们都是写得那么富于教育意义和那么吸引人。十七年当中,还产生了不少好的童话、寓言、民间故事,以及专门为儿童写作、表现儿童生活的长篇小说、散文、诗歌等,也都遭到"四人帮"的压制和禁止,长期不能和你们见面。为什么"四人帮"老是不许你们看到这些好书,而只让你们看一些不想看的坏书呢,真值得动脑筋想一想。

比一比,想一想,好和坏就显出来了,鲜花和毒草就分明了。比一比就是战斗。

"四人帮"就是不敢进行这样的战斗,他们就是怕鲜花。他们能用的办法只有一个,就是压制鲜花开放,以便毒草滋生。

现在,儿童文学园地的鲜花之一,短篇小说选集终于能和读者们见面了,这是"四人帮"的失败,是我们大家的胜利。我相信,今天的小读者们是会和当年的小读者们一样热烈欢迎这本选集的。

当然，可能欢迎这本选集的读者不会只限于孩子们。

现在，有许多新出现的有志于为孩子们写作的叔叔和阿姨们，想写而又不知道怎样下手。"四人帮"的文化专制主义和禁锢政策同样害苦了这些同志，他们急于借鉴而又苦于无书可读。这本选集也许能使他们得到一些启发。如果这本选集出版后，能够引出大批新的更好地反映少年儿童现实生活的短篇小说来，这将是一件十分令人喜悦的事。

这本选集里的许多写作者在新中国成立初期也是初学写作者，一定也曾有过一段想写而又不知道如何下手的体验。但是他们经过顽强努力和不断探索，终于懂得了如何写，并取得了这样一些结晶。我们应该珍视这些结晶，特别是它们的提炼者的经验。我没有能力对这39篇佳作做全面的仔细的分析，只想说说自己读后所得到的一点点体会。

同一些"帮气"十足的货色相比较，我感到这39篇作品有这样几个共有的鲜明的特色。

第一，这里没有说教，更没有"四人帮"反动的说教。这里有的是形象，是形象在进行活动，是用形象表现出来的生动的生活在吸引我们，在说服我们。39篇作品所描绘的，既有新中国成立前的苦难、反抗和斗争的生活，又有新中国社会主义革命和建设的生活，形形色色，方面很广，都是生活本身在说话。但是，作者们并没有因此隐瞒自己的观点和倾向性。从对真实生活的生动反映和具体刻画的过程中，作者们的热情、愿望、理想等自然都得到了有力的体现，既感人，又能启发思想。他们没有忽视艺术手段（包括驾驭语言文字的能力），只有充分掌握和运用艺术手段，生活中的繁杂凌乱的素材才变成了作品中令人信服的完整故事。

第二，这里没有那种生编硬造的"概念化身"，没有那种不需要发展和成长，一生出来就什么都懂、什么都行的小神仙，更没有"四人帮"提倡的那种头上长角，身上长刺，阴阳怪气，高人一等，既打老师，又斗爸爸的"小英雄"。这里我们所见到的是各式各样正在成长的活生生的孩子们，他们有各自的心理特点，不同的兴趣、爱好、长处和短处、优点和缺点。他们在不断接触各种事物，不断认识世界，在复杂的发展过程中他们从比较幼稚的状态变得比较成熟，一天天大了起来。敢于写孩子们的成长，是这本选集中许多作者的一个共同优点，因而他们笔下的少年儿童是活的，令人感到亲切可爱。

第三，从这39篇小说里，我们看不见一个一成不变的模式，更看不到"四人帮"规定的那种孩子们到处斗"走资派"的套套。这里可以看到的是不同的手法、不同的风格和不同的题材。以题材而论，既有社会主义时期的现代题材，又有革命历史题材，既有国内题材，又有国际题材。可以说是题材丰富多样。就是同一题材，经过不同作者用不同手法处理，也是千变万化，各呈异彩，显示出各自不同的意义来。如果允许作者们发挥各自具有的手法、风格等，也就是允许发挥独创性，我们永远也不必担心会产生雷同的故事。看来公式化并不是不可医治，不可避免的弊病。毛主席的"双百"方针就是保证克服公式化，保证社会主义文艺创作永远争奇斗艳的良方。

这39篇短篇小说，其中有不少力作都值得写专文来进行评论，可能还有许多好处没有被我说到；但是我相信仅凭我所能看到的这样一部分共同的特色，它们就能够保持比较长时期的生命力，受到一代又一代孩子们的喜爱。这些作品已经为我们打好了基础，更好的作品就要从这个基础上产生出来。

现在我国已经进入了一个新的历史时期，8亿人民（包括两亿孩子在内）参加了为实现社会主义的四个"现代化"的新的长征。时代向我们提出了新的课题：面向四个"现代化"，两亿孩子需要大量新的精神食粮，我们怎样才能迅速满足他们的需要？首先，我们就要迅速扩大社会主义的儿童文学队伍，欢迎更多的有心人来参加写作。希望所有有志于为孩子们写作的同志们坚定信心，只要善于学习，敢于登攀，我们就能创造新的写作经验，就能跟上新的时代，写出孩子们所需要的新的作品来。在新的长征途上，我们的队伍一天天扩大，好作品一天天多起来，创作上已达到的水平不断被突破，这是势所必然，因为这是一件合乎规律的事。

1978 年 6 月 2 日

（原载锡金、郭大森、崔乙主编《1949—1979 儿童文学论文选》，中国少年儿童出版社 1981 年版）

# 漫谈儿童小说的语言

任大霖

## 一、儿童小说是语言的艺术

"编辑同志：寄上我写的儿童小说一篇，请你们热情帮助。如果你们认为这篇小说的内容是好的，但是文字有问题，就请你们大力帮助修改，不管怎么改都不要紧，即使把它重写，我也没有任何意见，我唯一的愿望是能够得到敬爱的编辑老师的扶植和培养……"

"编辑同志：你们寄回来的稿件和退稿信都收到了，我不但失望，而且很伤心。我们这些不出名的作者想发表一篇作品真比登天还难啊！你们说我的小说材料还是可取的，但是作品的文笔太差，这就给我邮了回来。我把你们的信翻来覆去地看了十几遍，越看越糊涂，既然我写的那篇小说内容是好的，那为什么不能发表呢？说文笔太差，文笔不过是形式问题，作者的文笔不好，你们为什么不能改一改呢？国家要你们编辑干什么的？……"

"老×同志：中篇小说《×××》已经遵嘱做了一些改动。主要是第×章、第×章有关人物性格不统一和情节不合理的问题。关于文字，你们的意见很对，文字较粗糙，有的地方不那么准确，但这次修改都来不及改动了。麻烦老兄代劳一下，辛苦了！实在太忙，给××出版社的那个中篇，原则上已经通过，也是文字问题，但我不想做大的修改……"

以上这几段话，是从编辑部收到的几位不同作者的来信中摘出来的。这几位作者，情况不同，写作水平也大有差别。但是从他们的来信可以看出，有一点是共同的，那就是对文学作品的语言很不重视。他们认为文笔是形式问题，无足轻重，作品只要"内容"好，文笔好不好不是什么关键问题。他们还认为作品的文字全要编辑负责，作者把作品写得差不多了，即使文字还很粗糙，也可以推给编辑，让编辑做仔细加工。——显然，这种观点是违背文学创作的基本规律的。不幸的是，相当一部分作者中间，不同程度地存在着忽视文学语言的倾向。

我们都知道，文学是语言的艺术，语言是文学创作的最基本的工具和材料。一个作者在生活中有了感受，有了创作冲动，有了创作素材，有了艺术构思，他还必须把这一切转化成为文学语言，才能把他的感受、冲动、素材、构思传达给读者。没有语言就没有文学，正如没有线条、色彩，便没有绘图。因此，高尔基把语言称为"文学的第一要素"是很有道理的。

从这个意义上来看，衡量每一部作品的优劣成败，语言占有非常重要的地位。

儿童小说和其他文学作品一样，也是语言的艺术，语言好不好是作品优劣成败的重要因素之一，绝不是无足轻重的小事。特别因为儿童小说的读者对象是少年儿童，分辨好坏的能力还差，模仿性很强，儿童小说往往成了他们学习语言的"第二课本"，小说书上怎么写，他们就怎么写，对他们形成自己的语言习惯起了直接的作用，因此，儿童小说特别要讲究语言。从事创作儿童小说的每一位作者，都应当不断地提高自己的语言水平，锤炼自己运用文学语言的能力，在创作每一部作品的时候，更不能马虎草率，而应当像真正的艺术家那样精雕细刻，对每一个词，每一个字，每一个标点，都要精心思考，都要掂一掂分量，写完以后，还需要认真修改，仔细推敲。我可以坦率地告诉读者，我自己的每一篇作品刚写的时候，都可以一字不漏地背诵出来。发表以后，编辑部给我修改过的地方，即使是一个词，一个字，我也能够立刻发现。改得好，改得不好，我是心中有数的，虽然我知道我的创作水平并不高，但我得认真严肃地从事创作。因为这不是随随便便给家属写一封信，而是艺术创作嘛。我用的不是图笔和色彩，我是用语言这个工具在创作，我就得认真运用语言。当我看到有的作者把稿件交给编辑部，表示"你们怎么改我都同意，即使重写我也没有意见"。我感到很奇怪。假如一位画家对别人说："我的这幅画你们怎么改都行。"人们一定认为他是在开玩笑。可是干我们儿童创作这一行的却偏偏还有人在开这样的"玩笑"。

根据我在长期编辑工作中所看见的儿童小说（包括发表的和没有发表的），作者的语言水平归纳起来似乎可以分成三个层次。

第一个层次，作者的语言基本功没有过关。这一类作者写的作品，文字不通，条理不清，几乎通篇都是似是而非的语言。例如："那个好像苹果脸的可爱的女孩子"，这句话粗粗一看，你也懂得他的意思，是说那个女孩子的脸好像苹果。可是经不起推敲，仔细读下去就费解了，"好像苹果脸"，谁像苹果脸呢？是说那个可爱的女孩子。女孩子是个人，她怎么会好像一个脸呢？而且是个圆圆的像苹果那样的脸，这个女孩子还像人吗？除非她是个妖怪。像这样的文理不通的语言，在一篇作品中偶尔有那么几处，编辑给他加加工，问题还不大，要是通篇都是这样的似是而非的语言，做编辑的该怎么办呢？改不胜改，结果自然是不敢领教。有些作者寄来的作品，条理和思路不清，不是一句一句地写，每一句话都告诉读者一个明确的意思，而是一写到底，全篇没有一个句号，更没有分段。主语和宾语都分不清楚，教人读起来稀里糊涂的。这样的作品，不管你"内容"好得怎么样，读者看不懂就不能说是成功的作品。这些作者也许在生活中是习惯于这么说话的，人家也听得懂，他就用这样的语言来写作，以为读者也一定看得懂。这里，他们忽略了文学语言和生活语言的区别。人们在日常生活中使用的口头语，往往是生动的，丰富的，但并不精确。作为文学语言，既要从口头语吸取养料，又必须经过提炼，加工，使它更加精确。完全把口头语搬上作品，当然是不行的。

第二个层次，一部分作者所写的作品语言是通顺的，是规范的，语法挑不出什么毛病。但是不形象，不生动，干巴巴的，不是文学语言，而是一般的书面语言。这样的作品读起来缺少生活气息。文学语言虽然也属于书面语言，但它和一般的书面语言不同，文学语言的基本特征是形象化，读起来感到生动而又带有感情色彩。比如我曾经从来稿中看到过这样一篇儿童小说，篇名叫《他终于参加了少先队》，开头是这么写的：

> 四年级二班李勇同学，是该班唯一的非队员。由于他常常调皮捣蛋，不认真学习，成绩很差，甚至在上课时做小动作，逗着同学玩，学老师的话。在班级上影响很坏。几名少先队干部都不同意他入队，队员们也基本上不同意他入队，所以直到今天，他还没有挂上红领巾。李勇思想上也很苦闷……

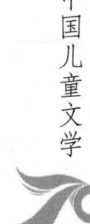

这一段话虽然把事情说清楚了，介绍了李勇为什么不能参加少先队。语言是通顺的。可是不形象，不生动，干巴巴的，不是文学语言，而完全是总结报告所使用的语言。我们再来看一看罗辰生写的儿童小说《白脖儿》。这篇儿童小说也描写了一个没有入队的儿童形象。一开头就是这么写的：

> 五（二）班的张小明有个"漂亮"的外号——白脖儿，这外号还是他奶奶给起的呢！有一次不知怎么把他奶奶气急了，他奶奶要打他。他在前边跑，他奶奶在后边追，一边追一边生气地嚷："也不嫌害臊，都五年级了，还是个白脖儿！"
>
> 这话被同班的同学听见了，"白脖儿"的外号就传开了。
>
> 他怎么戴不上红领巾呢？用中队长方娟娟的话说，就是经不起考验。
>
> 有一次，地理老师上课提问一个同学，祖国有几条山脉。这个同学回答不出来，就冲张小明使眼色，让他偷偷告诉自己。张小明想拿这个同学开心，逗大伙笑一笑，就装得挺认真的样子小声说："有西山！"这个同学就忙说"有西山！"他又说"有景山！"这个同学也随口就说"有景山！"逗得同学哄堂大笑。……

这一段话，跟上面《他终于参加了少先队》中的那一段话，说的意思是差不多的，但是有很大的差别，比较形象，比较生动，基本上是文学语言。文学语言不但形象化，还往往比较风趣，给人留下深刻印象。比如一般人形容一个胖女人的时候，可能会这么说："她胖得不得了"，"她胖得像个肉疙瘩"，等等。可是俄国作家契诃夫却是这么描写一个胖女人的："她脸上的皮肤不够用，睁眼的时候必须把嘴闭上，张嘴的时候必须把眼闭上。"像这么形象而又风趣的语言，如果不细致观察生活，是写不出来的。

文学作品不同于一般的论文或报告，它是具有丰富的感情色彩的。因此文学作品的语言也应当具有感情色彩。同样一个意思，用不同的语言来表达，可以产生不同的感情色彩。在生活中也能碰到这样的例子，比如"人人遵守交通规则，严禁违章行车！"给人的印象是严厉。而"同志，为了你和你的家庭幸福，请遵守交通规则"就使人感到比较亲切，有人情味。

一个作者创作的时候，假如单纯考虑自己的语言是否合乎语法，合乎条理，而不考虑是否形象化，是否生动，是否有感情色彩，那是很糟糕的。这样写出的作品，四平八稳，干巴巴的，没有生活气息，就像一个贫血的孩子，苍白得很。——这一部分作者中间，在学校教书的（特别是教语文的同志）比较多，也许因为整天在那里分析语法结构而忽视了从人民大众的口头语中间去吸取养料的缘故吧。

第三个层次是令人羡慕的，这一部分作者由于主客观的原因，他们的语言素质比较好。他们用来写作的语言是活生生的，有血有肉的，有泥土气息的。这一部分作者往往是长时期生活在社会基层的，和普通的人民群众有着血肉联系，有的人本身就是普通的劳动人民。他们爱好文学，不但从文学作品中学习文学语言，还长期受人民的口头语和民间文学的熏陶，吸取到很多养料。他们的日常生活用语就是比较丰富生动的，在创作的时候，经过适当的加工、提炼，就能够写出相当有特色的文学语言来，使得他们的作品散发出一种浓厚的生活气息。这一部分作者显然比上面讲到的第二个层次的那一部分作者具有不可忽视的优势，在语言上占了很大的便宜。我相信真正优秀的儿童小说必将在这一部分作者中间产生。

但是也应当看到，这些同志要写出优秀的作品，单纯依靠他们语言素质的优越性还是不够的。因为文学语言对于作品的质量虽然有着极大的关系，可作品质量也并不是单纯由语言的优劣来决定的。一篇作品的好坏，除语言外，还有很多其他的重要因素。就每一个作者的语言水平来说，也有一个不断锤炼不断提高的问题，而它和很多因素结合在一起，如思想水平、观察能力、创作技巧、风格情操，等等。我国文学界著名的语言大师们，如鲁迅、茅盾、老舍、巴金等，他们的文学语言能够达到炉火纯青的地步，是和这些因素分不开的，也是和他们十分严肃的创作态度分不开的。鲁迅说过："我做完之后，总要看两遍，自己觉得拗口的，就增删几个字，一定要它读得顺口。"他还说："写完后至少看两遍，竭力将可有可无的字、句、段删去，毫不可惜。"老舍说过："同是用普通的语言，怎么有人写得好有人写得坏呢？这是因为有的人的普通言语不是泛泛地写出来的，而是用很深的思想感情写出来的，所以就写得好。别人说不出，他说出来了，这就显出他的本领。为什么好文章不能改，只改几个字就不像样子了呢？就是因为它是那么有骨有肉，思想、感情、文字三者全分不开，结成了有机的整体，动哪里，哪里就会受伤。所以说，好文章不能增减一字。……"

我亲爱的同行们，语言大师是用这么严肃的态度对待创作的，我们该怎么样呢？

## 二、准确、精练、风趣、上口

那么，儿童小说的语言应当是怎样的呢？或者说，一部优秀的儿童小说，语言应当有什么样的特点呢？

我认为，儿童小说的语言，应当是适合少年儿童阅读的文学语言。它首先应当是文学语言，同时要符合少年儿童的阅读能力和阅读兴趣，并且有利于他们语言水平的提高。

有些同志强调儿童小说的语言要"儿童化"。我不太同意这样的提法。因为"儿童化"的提法本身是不够科学的。什么叫"儿童化"呢？是指作者模仿儿童说话的口气来写作吗？我们知道，儿童的思维和语言还不成熟，他们的语言条理不清，语句不完整，用词不适当。单纯模仿儿童说话的语气来写作文学作品显然是不可能的。有一些作者在这一方面曾经做过尝试，在作品中间用了很多"娃娃腔"，实际效果是不好的。当然，有一些以儿童作为第一人称来写的作品，特别是儿童的对话，为了符合儿童的年龄特征，表现儿童的天真姿态，是可以使用一些"儿童化"的语言的。但是作者也应当经过必要的提炼，更不能整篇是"牙牙学语"的腔调。

我在一篇探讨儿童小说的特点的文章中，曾经提出"在语言的运用上，儿童小说应当特别注意语言的健康、明快、活泼、优美，并且尽可能做到口语化"。虽然"成人小说"的语言也应当是健康、明快、活泼、优美，而且口语化的，但是儿童小说由于特定的读者对象，相对来说，在这一方面的要求应当更高一些。因为儿童小说的特点本来就不是和"成人小说"相对立的东西，语言同样如此。

怎样才能使儿童小说的语言具有健康、明快、活泼、优美的特点呢？我以为在创作实践的过程中，应当从以下四个方面下功夫锤炼语言，这就是准确、精练、风趣、上口。

首先是准确。为少年儿童写小说，语言的准确是基础，语言不准确，其他什么生动、形象、优美都谈不上。当然，语言的准确是以语言的规范化为前提的。语言不规范，条理混乱，文句不通，就不是准确的语言。但是我在这里并不是研究语法上的问题，而是从文学角度来探讨语言如何才能准确。也就是说，怎样使儿童小说的语言能够贴切地、恰如其分地描写人物和事物的形态和性质。要做到贴切和恰如其分，就要求我们不是轻率地、马马虎虎地运用词语，而是精心地认真地选择确切的词语来描写我们所要描写的对象，表达我们所要表达的思想。应当要求做到所用的词语达到不可更改的程度。

法国现实主义小说家莫泊桑说过："不论一个作家所要描写的东西是什么，只有一个词可供他使用，用一个动词要使对象生动，一个形容词使对象的性质鲜明。因此就得去寻找，直到找到了这个词，这个动词和形容词，而决不要满足于'差不多'……"（《小说》，柳鸣九译、李健吾校。转引自《西方古典作家谈文艺创作》）

莫泊桑的这段话看起来似乎有点夸张，人类的语言是那么丰富，意义相同的或相近的词往往是不少的，怎么说只有一个词可供使用呢？仔细想一想，他的话是很有道理的。意义相同或相近的词固然不少，可是用来描写某一个特定的事物，最贴切最恰如其分的词却只有一个。找到这个词，语言才能准确，形象才能鲜明。

鲁迅在《社戏》中描写的虾的情形，他写道，"我们每天的事情大概是掘蚯蚓，掘来穿在铜丝做的小钩上，伏在河沿上去钓虾。虾是水世界里的呆子，决不惮用了自己的两个钳捧着钩尖送到嘴里去的，所以不半天便可以钓到一大碗……"我每次读到这里，总忍不住发出会心的微笑。鲁迅先生在这里确实把水世界里的呆子——虾给写活了。根据我小时候钓虾的经验，虾总是"用了自己的两个钳捧着钩尖送到嘴里去的"，这个"捧"字逼真地写出了虾的神态。假如不用"捧"，而用"抓""握""拿"……都不够贴切。虽然这些词都是相近的。

又如著名老作家张天翼在他的儿童小说《罗文应的故事》中有一段描写罗文应放学以后在路上闲逛的情形：

> 忽然他听见"啪哒"一声，响得很脆。
>
> "咦，谁在那儿打克郎球？"罗文应往一家糖食铺里瞟了一眼。他觉得这一瞟还不够分明，就索性停下来瞧了一瞧。
>
> 唉，没有办法！这一局克郎球——罗文应非看下去不行，因为有一个"飞机"正待在角落里，怎么也不肯动。……

这里张天翼同志用了"瞟"字，用了"瞧"字，又用了"看"字，就形象地把罗文应的神态，他的思想活动都逼真地表达了出来。"瞟""瞧""看"，这三个动词意思是差不多的，可是仔细推敲，却又有区别。从这儿，我们可以体会到老作家在为孩子们写作的时候，用词是非常讲究的。试想，这儿要是都用"看"字，虽然文理也通顺，可是罗文应的形象就不那么鲜明了。假如把它们倒过来使用呢？"这一局克郎球——罗文应非瞟下去不可"，那就不贴切了。

然而我发现有些作者很不讲究用词的准确，甚至有点随心所欲。下面这一段话，是从一篇来稿中随手摘下来的：

"杨小芳对她爸爸愤怒地嚷着，'爸爸，星期天你得带我去公园玩！'爸爸哀求地说：'小芳，等我有了空闲再带你去玩。'"

这一段话里面的"愤怒地""哀求地"这两个词都用得不贴切，也就不能准确地描写人物的神态和感情。又如"眉宇间充满了不幸""眉宇间充满了烦恼""眉宇间充满了欢乐"，有些作者挺喜欢用"眉宇间"这几个字，好像用了它就可以增加点文艺性。我却觉得这样的句子很有点似是而非，不能准确地表达人物的感情。"眉宇间"是指什么地方呢？我不太明确。恐怕是指眉毛上面的那块地方吧？说得通俗点，大概就是额头，或者就是脑门子。我怎么也想象不出一个人的脑门上会"充满了"不幸、烦恼、欢乐这些玩意儿。倒不如说得清楚点，说这个人显得很烦恼，或者说这个人的脸上流露出痛苦的神情，那个人高高兴兴的，读起来不是更舒服点吗？老舍先生曾经说过："写东西时，用字，造句，必须先要求清楚明白。……要老老实实先把话写清楚了，然后再求生动。"这里说的"清楚明白"，也就是准确的意思。话还没有写清楚，就想写得生动、优美，那是不可能的。

要求语言的准确，有两个条件：一是深刻、细致的观察力。只有对事物观察得深刻、细致，充分了解它的性质和神态，才能找到最贴切的词语，把它描写出来。显然，鲁迅先生假如没有钓过虾，对虾的神态不了解的话，即使写作水平很高，也写不出那个"捧"字。二是掌握丰富的词汇。词汇像海洋，一部《辞海》就包括了9万多个词目，同是形容"看"，就有很多不同的词："瞧""瞪""瞄""盯""瞟"……仔细体味起来，这些词的意味各不相同。假如一个作者所掌握的词汇很贫乏，单一，写作品只能用"看"字，他的描写就一定不那么准确，也就谈不上生动。有的作者形容人的感情，总是"激动"二字，"他激动地说""他激动地站了起来""他激动地走来走去"……"激动"来"激动"去，人物的神态还是模模糊糊的，不那么准确。可见词汇的贫乏是写不好作品的。

语言的准确往往和语言的朴素是联系在一起的。还是老舍说的话："不用任何形容，只是清清楚楚写下来的文章，而且写得好，就是最大的本事，真正的功夫。如果你真正明白了你所要写的东西，你就可以不用那些无聊的修辞与形容，而能直截了当，开门见山地写出来。"确实，好的语言总是朴素的，而不是花里胡哨的，充满了华丽空泛的形容词的。我们只要看一看那些文学大师们的作品（包括老舍的作品），很难在里面找到"无聊的修辞与形容"，总是那么准确、朴素，那么清楚明白。我觉得这一点对于儿童小说来说尤其重要。因为儿童是喜欢直截了当，开门见山地说话的，不喜欢转弯抹角，绕来绕去，堆砌了很多形容词的那种语言。可是有一些作者以为既然是写小说，就得加点"文艺腔"，就得多一点美丽的形容词，于是拼命地在作品中堆砌形容词和副词，有一些儿童小说，几乎每一句话都有形容词和副词，"××××的××××正××××地奔跑在××××的操场上，远处传来了××××而又×××的声音，引起了他的××的心变得××××起来……"类似这种语言是比较常见的。更可怕的是，有些同志随心所欲地乱用形容词。例如有这么一段描写夜色降临的文字：

夜幕，像一扇巨大的沉重的钢铁做成的闸门，突然降临在孩子们的头上，铺天盖地压了下来。孩子们都被淹没在黑漆漆的海洋里，得不到一丝阳光的喘息。他们只好各自回家。

又是夜幕，又是闸门，而且是钢铁做的。还有什么黑暗的海洋，阳光的喘息，作者的想象力虽然丰富得很，但是对于少年读者来说，这样的语言实在不够朴素和准确。

同样是写夜色的降临，老作家张天翼在《罗文应的故事》这篇小说有一段描写：

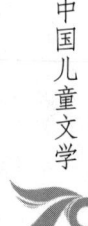

可是罗文应觉得整个市场突然一下变了样子，他吃了一惊，他从那个盆子上面抬起头来一看，原来电灯都亮了。

就用了这么几句简单的话，什么形容词都没有，但读者却确确实实感到夜色降临，而且是在不知不觉中间突然降临的。罗文应是在逛市场，参观商店，后来又在研究玩具店门口的一盒小乌龟。他觉得"整个市场突然一下变了样子"，抬头一看，"原来电灯都亮了"。这么写，非得有对生活的深刻观察和体验才行。这里甚至连一个"夜"字，一个"黑"字都没有，但给人的印象是那么真实，那么准确。可见，真正的文学语言是朴素的，是没有那些花里胡哨的。

其次是精练。好的文学语言不允许拖沓啰苏，而应当精练含蓄，用尽量节省的语言来表达丰富的生活内容和思想感情。这一点对于儿童小说尤其必要。你们看到过哪一个孩子喜欢听那种啰里啰苏的语言吗？谁要是对他们啰里啰苏，他们就不听，哪一篇作品要是写得啰里啰苏，他们就不看。干脆得很！所以谁要是希望自己的作品成为"不受欢迎的朋友"的话，你就去啰苏好了。当然，世界上恐怕没有一位作者愿意自己辛辛苦苦写出来的作品，遭到孩子们的冷遇，成为摆在书架上的积满灰尘的"装饰品"。

语言的精练，鲁迅先生的作品是最好的典范。他往往用简短的一句话，就给我们表达了极为丰富的思想内容，而且是那么逼真，又那么生动。比如《社戏》中写孩子刚把船摇到戏台下面的时候有这么一段话：

> 在停船的匆忙中，看见台上有一个黑的长胡子的背上插着四张旗，扛着长枪，和一群赤膊的人正打仗。

这里，"在停船的匆忙中"这个短句，好像没有什么描写，然而给读者的内容是丰富的，使读者想象到很多东西：要找到停船的空位子，要和别的船打招呼，要把橹停下来，要撑篙，还要把船篷移开来，这样才看到戏，确实是"匆忙"的。但就在这匆忙中，孩子们还是看到了戏台上的情形，因为那正是"铁头老生"在打仗。孩子们这种兴奋的神态都写进来了。"在停船的匆忙中"，只用了 7 个字，把很多动作都省略了，多么精练！

写孩子们离开戏台的情景，用了这么一段话：

> ……三四人径奔船尾，拔了篙，点退几丈，回转船头，架起橹，骂着老旦，又向那松柏林前进了。

这里，用了几个短句，把孩子们开船的情景都写出来了，值得注意的是，插进了"骂着老旦"这四个字。虽然只有四个字，却把孩子们的神态和感情活灵活现地写了出来。因为正是这位不受欢迎的老旦，使他们失望，使他们扫兴，使他们提前离开了戏台，这帮天真纯朴的小观众怎么忍得住不骂？"骂着老旦"这四个字给读者提供了丰富的想象和联想，使读者感到面前有很多活生生的人物在摇船，在说笑。如果让我来写，我可能写上一大段话来描写孩子们怎么骂老旦，"阿发愤怒地说：'这个老旦真可恶！'双喜接着也生气地说：'我最讨厌这个老旦，害得我们只好回去。'……"字数可能增加 10 倍，而给读者的意味却远远不如"骂着老旦"这 4 个字。

文学语言之所以要精练，还有一个重要的原因，就是使作品更加含蓄，更加耐读，更加有回味。文意浅露平直，是创作的大忌，写儿童小说同样如此。我们不能把少年读者的欣赏能力估计得太低，他们是懂得如何欣赏文学作品，如何咀嚼，如何回味，而且展开自己的想象和联想的。有些作者唯恐读者不懂，把作品写得十分噜苏，浅露，毫无回味，文学性也就冲淡了很多。这里，我们欣赏一下鲁迅先生在《社戏》中的一段描写：

> 那声音大概是横笛，宛转，悠扬，使我的心也沉静，然而又自失起来，觉得要和它弥散在含着豆麦蕴藻之香的夜气里。

精练、含蓄、优美、深沉，把读者带到一个悠远美丽的意境中，产生很多的联想，真是余味无穷。

我在这里提倡语言的精练和含蓄，可并不是要求大家用含混不清、朦朦胧胧的语言为孩子们写小说。精练和含蓄必须以准确和明快为前提的。含混不清的语言只能使小读者如堕五里雾中，什么也得不到。不久以前，我有幸读到一位青年作者写的散文诗，全篇都是这类话：

> 森林，是梦的外套。爱情，和啄木鸟一起呼唤着小花鹿的夜明珠，然而，蒲公英打碎了小木屋的钟，于是她笑个不停……

我反复看了好几遍，想弄懂它的意思，但还是什么都不懂。去请教另一位编辑同志，他笑着说："这恐怕就是'朦胧诗'吧，据说在一些青年作者中间很流行，读者越是看不懂，诗的价值就越高。"我也只好笑着说："是这样吗？老天帮忙，千万别冒出'朦胧小说'来才好。要不然，咱们这些人就没有资格当编辑了。"

第三，是风趣。我认为儿童小说的语言应当力求风趣。虽然作者板起脸孔，用一本正经的语言也可以写出小说，但要得到小读者的欢迎却是比较困难的。有些作者以为写儿童小说就是给小读者"说什么"的问题，其实，除了"说什么"之外，还有一个"怎么说"的问题。从某种意义上来看，"怎么说"比"说什么"更重要，更值得研究。同样的一件事，请两个不同的人来说给孩子们听，可能取得完全不同的效果。一个人说的孩子们不想听，没兴趣，而另一个人说的，孩子们却听得津津有味，兴趣很高。这完全是由不同的语言技巧所决定的。而这中间语言是否风趣，起了很大作用。

语言的风趣，主要来自作者的幽默感。幽默不是油腔滑调，玩弄噱头。幽默感是基于对生活的洞察力与概括力，用轻松的口吻说出来，令人发出会心的微笑，却包含着某些深刻的哲理。读鲁迅先生的作品，就处处可以感觉到这种幽默感，例如"虾是水世界里的呆子……但或者因为高等动物了的缘故罢，黄牛水牛都欺生，敢于欺侮我……"又如"然而我们是朋友，即使偶尔吵闹起来，打了太公，一村的老老小小，也决没有一个会想出'犯上'这两个字来……"（均见《社戏》）像这样的语言，没有高度的洞察力和概括力，是无论如何写不出来的。

我国著名作家老舍先生的作品，语言也十分风趣幽默。可惜他一生专为孩子们写的作品不多。这里，我们仅从他的长篇小说《小坡的生日》中就可看到他那充满情趣的生动的语言。例如他描写小坡的爸爸，是这么说的：

> 父亲是天底下地上头最不好惹的人，他问你点儿什么，你要是摇头说不上来，登时便有挨耳瓜子的危险。可是你问他的时候，也猜不透他是知道，故意不说呢，还是他真不知道，他总是板着脸说："少问！""缝上他的嘴！"你看，缝上嘴不能唱歌是小事，还怎么吃香蕉了呢！
>
> ……妈妈有个小毛病：什么事都去告诉父亲，父亲一回来，她便嘀嘀咕咕，把针尖大小的事儿也告诉给他。世上谁也好惹，就是别得罪父亲。那天他小坡亲眼看见的：父亲板着脸，郑重其事的打了国货店看门的老印度两个很响的耳瓜子。看门的印度，在小坡眼里，是个"伟人"。"伟人"还挨父亲两个耳光，那末，小坡的装病不上学要是传到他老人家耳朵里去，至少还不挨上四个或八个耳瓜子之多！

这一段话，找不到一个形容词，如"严厉""粗暴""不讲道理"等，可是一个性格粗鲁、不懂得教育孩子的国货店老板的形象却活生生地表现了出来，而语言是那么风趣。我不是主张每一个作者都用这样的语言来创作，但是我觉得每一位作者应该尽量使自己的语言幽默一些，风趣一些，让人读了得到美的享受。

最后，是上口。儿童小说的语言读起来应该是朗朗上口的，也具有一定的音乐性的。老舍先生说过："我写文章，不仅要考虑每一个字的意义，还要考虑到每个字的声音。不仅写文章是这样，写报告也是这样。我总希望我的报告可以一字不改地拿来念，大家都能听得明白。……好文章让人家愿意念，也愿意听。"正因为如此，老舍先生的作品念起来都是朗朗上口的。读另一些作家的作品，就很难做到这一点。

有的同志以为写儿童诗需要有音乐性，写儿童小说就不同，只要把意思说清楚就行。我觉得儿童诗的音乐性固然要求更高，但儿童小说要求也不能太低。优秀儿童小说的语言，除了准确、精练、风趣以外，还应该做到能够念，念起来抑扬顿挫，鲜明流畅，听起来明白舒服。如果一篇小说只能看，不能念，一念就别别扭扭的，念不响亮，听不明白，总不能是好的语言。

我在学习创作的过程中，有这样的体会：我自知语言素养不够，尽量用一个办法来弥补，就是努力做到能够念，使小读者听得懂。1949年下半年，我在浙江农村搞群众工作，常常给青少年讲故事。开始的时候，用的全是"学生腔"，听众只能勉强听懂。时间久了，次数多了，我讲的故事青少年完全可以听懂。这一个学讲故事的过程，实际上也是一个学习语言的过程。我懂得同样一个意思，这样讲，他们就听得懂，而且有兴趣；那样讲，他们就听不懂，而且没有兴趣。这对我的写作有很大的启发。我在为青少年写作的时候，不论是通讯报道，还是散文小说，我总一边写，一边念，设想着我的面前有一些青少年，尽量用他们能够听懂的语言。碰到有些念起来不那么清楚，不那么顺口的话，我就把它改掉。比如"他将心爱的玩具送给了小弟、小妹等人"这一句话听起来比较别扭，只要把它改几个字，"他把心爱的玩具送给了小弟、小妹他们"，听起来就明白得多。另外，我尽量避免在一句话里出现两个或两个以上相同的字，比如"我从来没有来过这个地方""妈妈说我没把话说清楚"，假如改成"我从来没有到过这个地方""妈妈怪我没把话说清楚"，念起来就好听一些。因为我是个南方人，在写小说的时候，深感要做到口语化之难，我非常羡慕作家中那些土生土长的北方人,他们那流利的北方话给作品增添了光彩。但是我也相信,南方人只要在语言上多下功夫,多学习,多锤炼,也有可能写出流畅的朗朗上口的文学语言。鲁迅、茅盾、叶圣陶这些著名的文学大师,不都是南方人吗!我要刻苦地向前辈们学习语言。

我想,写儿童小说如果语言能够做到准确、精练、风趣、上口,就不怕少年儿童看不懂,不爱看,或者看了对他们形成语言能力有害处。也就是说,这样已经具备了语言的儿童特点。

相反,假如离开了准确、精练、风趣、上口,而从形式上一味地模仿小孩子说话的语气,用充满了"娃娃腔"的语言来写小说,结果如何,能否写出真正具有文学性的优秀儿童小说来,我是表示怀疑的。——这也就是我为什么不赞同儿童小说语言"儿童化"的理由。

总起来说,我的意思是:一要重视语言,二要锤炼语言。这主要是针对初学写作的同志说的一些粗浅道理。文学语言和文学创作的其他因素一样,也不是刻板的东西。不同的作家在文学语言上有不同的风格。鲁迅先生写的作品,老舍先生写的作品,不用看作者的名字,随便念上一段,就可以分清楚是谁的作品。一个有成就的儿童小说作者,也应当有自己的语言风格。只有形成自己的独特的语言风格,这才意味着一个作者在创作上的成熟。

（原载《儿童文学研究》1987 年总第 21 辑）

# 我和中国的儿童小说①

曹文轩

关于我的儿童小说的价值问题，评论家们所发表的种种说法，也许都不太可靠。时间是一个神秘的东西，它具有最高的权威，是至高无上的判决者。让自己的作品能长久地活着，或者说多少能活一些日子，这对一个日本作家来说，也许不是个大问题，但对一个中国作家来说，却是件极为困难的事情。因为中国作家有着日本作家所没有的障碍性因素。幸运的是，我赶上了破除这些障碍性因素的好时光。不然，我的劳动可能会一无所获，甚至会生产出一些令人啼笑皆非的东西。

也许是因为不肯因循守旧、墨守成规的天性，也许是因为特殊的个人生活造成的特殊感觉，又也许是我后来走了一条研究者的道路，从而有了一副特别的目光和特别的文化格调，我的儿童小说创作便成了令中国文坛褒贬不一的特殊现象。

一位年轻评论家称我的作品留给她的整体印象是"一束浪漫主义者的心灵之光"。我以为这一印象是符合我的文本事实的。

使人产生这一印象的因素有三点：一、忧郁情调；二、美感；三、田园生活。我喜欢这一切。在此，我愿意谈谈我个人对它们的具有偏爱性的见解。

我绝不反对"文学艺术应给人以快乐"的说法。在儿童文学这里，我更不反对这种说法。愉悦维持着人类社会的存在。人生是很艰难的，人会因为负担不起沉重的精神负荷而疲惫，而萎靡、恶化下去，其前景是对生活的完全失望。伏尔泰说，人如果能抵抗住生活的苦难，得有两件东西：希望和睡眠。康德则认为，还应加上笑这项。愉悦不光在生理上具有"释怠"作用，而且还可帮助人获得精神上的解脱，使人不至于因为各种各样的纠缠而失去人的乐观本性，以保持天真、纯洁的品质。人类进入了现代化的生活，而现代化生活是紧张的、沉重的。愉悦对现代人来说，是无比珍贵的。对现代生活中的孩子来说，更是珍贵的。社会应该为他们创造一个轻松的、无忧无虑的生存环境。

但，我蔑视那种浮躁的、轻飘的、质量低下的愉悦。文学，尤其是儿童文学，正丢弃安徒生的传统格调，片面地、无休止地去追求着那种毫无美感的、想象拙劣的愉悦。就我所看到的许多童话和卡通片，给了我这样一个让我厌烦和恼火的感觉。它们把天真好奇的孩子吸引过去，挠人以痒，使孩子们发出一阵阵空洞的、毫无高雅气息的傻笑。它们对孩子的文化教养，对孩子的性格塑造，毫无意义。它们甚至把孩子的想象力引向了一个平庸甚至庸俗的境界。我对许多朋友说，这些表面看来具有很强想象力（一会天上，一会地下的超人以及不可理喻的超人行为）的东西，却正是想象力苍白、虚弱的表现，甚至是一种如黑格尔讲的——"坏想象"。它可能促发的是一种恶俗的创造。

我不光反对这种廉价的愉悦，而且还主张文学要有一种忧郁的情调。

我的理由是：

一、人类的宗教是忧郁的。基督教告诉人类，人有原罪。人的一生是赎罪、忏悔，接受最后审判的一生。人时刻被各种各样的负罪感追踪着。基督教从本质上讲，是一种忧郁的世界观。佛教的一个基本主题：人生是痛苦的。饿也苦，饱也苦，冷也苦，热也苦……苦海无边。宗教是文化的核心。核心是忧郁的，作为一种文化形式的文学艺术自然也是忧郁的。

二、忧郁是高度文化教养的表现。忧郁并非所有人都能具有的气质。原始人没有忧郁，即使有，也因为没有"忧郁"这个概念，而使心灵无法深刻感受到。没有文化的现代人，依然也难享受忧郁。他们有的只是痛苦，而且最主要的是肉体的、生理上的痛苦。只有当一个人具有了一定的文化教养以后，他才可能产生忧郁——这一若干精神中最深刻、最持久的痛苦。

三、忧郁是美的。我们说文学艺术是忧郁的，这是文学史所提供的事实。无论是诗，还是小说，总在散发着忧郁的气息。（《源氏物语》的基本精神是"幽情"。幽情便是指苦闷、忧愁、悲哀等感受最深的感情）文学艺术是美的，而文学艺术是忧郁的，所以忧郁也是美的。

四、人类受到了四次沉重的打击，忧郁是不可避免的。一是哥白尼的日心说，否定了人类为中心的概念。在此之前，人类扬扬得意、高傲地认为，整个宇宙，自然包括伟大的太阳，是围绕他们脚下的那颗星球而转动的，而哥白尼却使人知道了这样一个事实：地球在空中飘动了若干个世纪，每当黑夜降临，那些谦谦君子，那些风度优雅的绅士和婀娜多姿、温柔可爱的美人们一个一个都是像小丑一样，很不雅观地倒吊着的。二是达尔文的进化论。他竟然向人证实了，人是由动物而来，而即使现在，他仍然还是动物，只不过是高级动物罢了。三是尼采宣布"上帝已经死亡"。他使人们的精神支柱轰然倒下。四是弗洛伊德的学说。他使人的尊严一下粉碎了。一切建立在尊严、优美、向上的情趣上的哲学、道德观发出了断裂声。

我正着手写作一本专著，题目叫《忧郁论》。我有一本中短篇小说集，叫《忧郁的田园》。我对忧郁的偏爱，最初并不是理性的。以上的种种论据，只是当我成为一个学者之后而总结出来的。我最初喜爱忧郁情调，或许是因为我有一个贫寒艰辛的童年，或许是我的乡村意识与城市意识的冲突。学者的生活，使我加深了这种情调并对这种情调有了一种理论上的认识。

但我并不是一个悲观主义者。忧郁不是无节制的悲苦，更不是绝望的哀号，这是一种很有分寸感的情感。对于这一点，儿童文学似乎更应该把握好。它没有必要向孩子渲染痛苦，夸大苦难。我们不要向孩子隐瞒生活的真实，但似乎应该对其有所冲淡。对于苦难和痛苦，儿童文学要更有风度。我反对东方文学中的缺乏美感的啼哭，反对对悲苦情感的自我回味。

一位评论家称我是在玩味着"一种高贵的美学享受——忧郁的甜美或甜美的忧郁"，我以为这样的判断是准确的。《弓》《远山有座雕像》《泥鳅》《红葫芦》等正是这样。我想使孩子们在气质方面能有些质量。一味的快乐，不光会使快乐本身堕落为庸俗，还会使一个人走向轻浮。儿童文学有什么必要拒绝那种具有美感的忧郁呢？

一位朋友曾说我是个"唯美主义者"。我认为他的话不准确。但他的意思我明白。他是在说，我对美很在意。是的，我很在意，非常在意，并且有一种近乎偏执的向往和追求。20 世纪 80 年代初，在一次有数百人参加的全国性的儿童文学大会上，我就大肆宣扬过"儿童文学应该创造美的文本"的观点，向人们呼吁：让儿童文学多一些美感吧！当

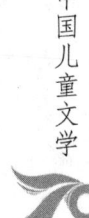

时，我的这一呼吁是冲着中国儿童文学的功利主义而发出的。"儿童文学是教育儿童的文学"，这种理论在很长一段时期内，成为儿童文学不可更改的定义。也许，最初做出这一定义的人，是从广义上来说教育的，是没有什么错的，但在儿童文学的实际行为中，教育变成了狭义的教育，最后竟然变成了政治说教。儿童文学不再是文学，而变异成为政治的工具。当时，我深深地感到，中国的儿童文学如果不摆脱这一命运，将是件十分悲哀的事情。1986年的初秋，中国儿童文学界发生了一件影响很大的事件：全国最有成就的一批中青年作家从大江南北聚集于庐山，讨论中国儿童文学的命运与前途，并决定分头编辑一套"新潮儿童文学"丛书（这套丛书现已出版《八十年代小说选》《八十年代童话选》《探索作品集》等十余种）。受大家委托我为这套丛书写了一个总序，题目具有总结过去和重新开始的意味："回归艺术的正道。"序中明确地说："我们推崇遵循文学内部规律的真正艺术品。"序中对以往儿童文学的历史进行了一番描绘："过去，我们的文学受庸俗政治学的摆布，而不能受自身内驱力的驱使。它长时间在艺术的外围徘徊。它有时甚至歪曲生活图景，起了扭曲儿童心理以致使其心理畸变，精神弱化的作用。"

对美的呼唤，除了用于对抗和抵消中国儿童文学的功利主义外，还因为我个人的美学偏爱。我喜欢将自己的东西写得漂亮一些，再漂亮一些。老实说，我迷恋美感。

对大自然，我愿意用最优美、最纯洁的文字去进行描绘。远山、幽谷、荒原、野村……一切在我看来，都是美的，哪怕是黄昏时废墟上一朵淡蓝色的小花。《泥鳅》《水下有座城》《蔷薇谷》《海牛》《再见了，我的小星星》等作品中，都有一幅一幅画面。我喜欢风景画，喜欢风光摄影。我常常把大量的美术作品和摄影作品放在桌上，然后用文字把这些艺术家们精心选择的画面描绘出来（生活中，我一个人不可能看到那么多那么优美的图景）。我留存着这些成段的描绘，待有合适的地方，我就将它们大段大段地直接移到我的作品中去。这就是评论界说我的作品有画面感的原因。不管是高调的，还是低调的，它们都具有静默和纯净的特质。在写《泥鳅》时，一些场景和画面就不断地被我净化着。作品中的蔓是一个圣洁的形象，她在养鸭的丈夫去世后，把那些杂色的鸭全卖了，只留纯白色的鸭。鸭们很干净，洁白如雪，如云，如羊脂。它们一只一只很乖巧，不远不近地跟着她。当我描绘这一画面时，我觉得自己不是一个作家，而是一个画家。每当我在进行这样的描绘时，我的全部身心，都沉浸在安恬的美感之中，感到了一种无上的快感。

我认为，儿童小说应当有意境，要有诗和散文的气质。而要获得这一切，则需要借助象征。我喜欢象征。今年出版的长篇小说《山羊不吃天堂草》，我是竭尽全力写第24章的。这一章写了近两万字。因为，这一章是全书的灵魂。有了它，这部作品便突然有了一种境界。它使这部作品摆脱了对现实生活进行客观描写而带来的灰色和沉闷，使作品得到了升华，并且有了耐人寻味的底蕴。这一章可独立成篇。我在写作前写作后对许多朋友进行叙述和朗诵，现在，我几乎能全部背诵。那些饥饿的羊，面对着高贵诱人的"天堂草"却不肯低下头颅，一只一只地倒了下去。几天后，当夕阳沉坠在草滩尽头时，除了头羊还站在那棵树下，整个羊群都倒了下去。草滩上，是一大片安静而神圣的白色。树下的头羊站在夕阳里，并且头冲夕阳，像一尊雕像。我们的主人公小心翼翼地走过死亡的羊群，一直走到头羊身边。他伸出手去，想抚摸一下。当他的手一碰到它时，它就倒下了。当我实现了创造意境的愿望时，我感到心满意足。

与对政治、伦理的态度相比，人们似乎一直轻看美的力量。人们很少将美与感化的力量联系起来，而把美仅仅看成是一种用于精神享受的奢侈品。在我看来，美的力量常常要比政治的、伦理的力量深刻和长久。一个人轻生，你对他讲一番政治的或伦理的道理，可能他不为所动，依然不能使他放弃自杀的念头，而当他走进一片青翠的田野看见一轮巨大的太阳从大河的尽头冉冉升起时，他忽然被这一景象感动了，从而觉得活着还是很有意思的。我曾在一篇序言中说过："当一个人的情感由于文学的陶冶而变得富有美感时，其人格的质量丝毫不亚于一个观念深刻而丰富的人格。"（日本古代文学似乎也很讲究美感。据一些日本学者说，清少纳言的《枕草子》可以说是平安京的美的辞典。"淡紫衣衫上套白汗衫""刨冰放进甘葛，盛在新的金碗里""貌美无双的小儿在吃着草莓"……那时候就很讲究色调了。现代的新感觉派则是一个极端了。）

　　我的作品大多是写田园生活的。形成这种格局的直接原因是我生长在农村，对田园生活格外熟悉，并感到亲切。但最根本的原因还在于我对田园生活的价值所做的思考和判断。

　　现代生活是无法拒绝的。人宁愿辛辛苦苦过舒服日子，也不愿舒舒服服过辛苦日子，人们在近乎残酷的竞争中，不停顿地忙碌着。今日之中国，也卷进了这种漩流之中。北京大街上自行车的转速都似乎比十多年前快了一倍。大约是从去年开始，一般的自行车已引不起市民的兴趣，将要取而代之的是有 10 档的跑车。从烟雾缭绕的大街小巷，从急速流动的人流、车流，已经给人一种印象：古老的中国正抛弃古老的农业节奏，而朝工业化社会迈进。即使宁静的乡村，也在受着工业化的包围和侵袭。世界更是紧张地运转。油井对草原的占有，煤矿对森林的占有，厂房对土地的占有，从表面看，只是一种空间物质内容的变换，其实，是一种新的价值系统对另一种价值系统的挤压和替代，紧张的现代化生活除了带来心理不适之外，还使古老纯朴的伦理观念逐渐失去立足之地。如今的儿童就生活在这样一种物质环境与人文环境之中。一方面，他们得到了前辈人无法得到的物质与精神的享受，另一方面，他们又失去了前辈人曾有过的恬静、纯朴、轻闲的生存环境和真挚、坦诚的人际关系，他们在封闭性很强的混凝土建筑中一日一日地长大，与大自然的联系变得十分松懈。与前人相比，现代化的环境使他们少了许多人情味，也少了许多由村社生活、田园生活养成的情趣。生活现代化，但情感却趋向简单和生硬。与过去的时代相比，现代人的心灵少了许多湿润。

　　面对这样一个存在，我认为文学应承担起调节的职能。当田园生活将要逐步变成历史时，它应当用温馨的、恬静的笔调去描绘田园生活。在这一点上，我们似乎已经不可能指望电视这一传播媒介了。我坦率地说，本人对许多异想天开、毫无美感的卡通片（那些生硬的钢铁形象、光电形象、画面上绝无一点山水和田园的卡通片）没有什么好的印象。面对这些卡通片（它们几乎夺走了儿童的全部业余时间）以及现在的一些童话，我愈发觉得，儿童小说应当往培养儿童的优雅情趣和宁静性格方面多做一点文章。给孩子们一轮太阳，一钩新月，一溪清水，几声婉转动人的鸟鸣。把那些遥远的村社生活、田园生活用文字留住，在孩子们紧张的学习之余（从小便要参加竞争），在钢铁的摩擦声和车辆的喧嚣声中，使他们获得一片明净的世界，使他们不至于全部丢失从前的纯朴的伦理观念。

　　20 世纪 80 年代初，我将我的感觉和思想凝结为一个明确的观点：儿童文学作家是未来民族性格的塑造者。至今，我仍然没有放弃这个观点。我不是一个民族主义者，但我坚定地认为：儿童文学作家对未来的民族性格负有责任，儿童文学作家应有这种沉重感和崇高感。对人类负责，首先是对民族负责。儿童文学作家应当站到这样一个高度来认识自己笔下的每一个文字。儿童文学作家应为健全民族性格、提高民族的质量以至人类的质量做出贡献。当我们站到这一点上之后，便会自然知道如何来处理题材、主题，甚至是如何使用语言。

这一点，我在中国发表过许多文章，现已无话可说了，只觉得它是个常识性问题，已失去了谈论的冲动。

作为一个作家，应有一个知识分子应有的品质：对现实的忠恳，对丑恶的蔑视，有将社会推向前进的责任心。但，作家又是特殊的知识分子。他应有一种刻骨铭心的职业感。他要用很特殊的手段来处理他手头的事情。他不能借助文学来发表一个普通知识分子的感叹——这种感叹可通过非职业性的途径（集会、论坛、沙龙……）抒发出来。他的职业是规定了的：用语言进行特别的创造。

中国文学界（包括儿童文学界），在20世纪80年代，对文学有许多新的意识。这些意识使中国文学一步一步地走向了自己。近几年，又有一个巨大的觉醒，这便是对语言价值的觉醒。一个伟大的概念已经形成：创造汉语言文学。这对文学本身而言，也许是一次历史性的觉醒。

语言问题是一个陈旧的问题。但，我们今天对语言的理解却绝非在以前的层次上。以前，我们仅仅是从"语言能产生艺术风格"这一层次上来认识语言价值的。而今天，我们是从语言与存在、语言与思维的哲学性关系以及语言与民族文化、语言与民族品格之关系等方面来理解语言的。"文学是语言的艺术品"，已是共识。

我以为，一个作家必须深刻地感受到自己民族语言的特别长处和能力。儿童文学作家也不能例外。儿童文学作家非常容易忽视语言。他们以为运用一般的儿童化了的语言进行写作，就是创作儿童文学。这是一种浅薄的语言意识。儿童文学作家应有强烈的语言实验的念头。他们要尽可能地发挥语言的功能，在儿童能够接受的前提下，使自己民族的语言显出万般潇洒、大出风头。

小说创作自然是一门叙事艺术。而叙事离不开语言。叙事实际上就是对语言的操作。世界上的事情，没有被文学表现的已经不多了。但，这并不要紧。我们可以对陈旧的故事进行重新叙述。我近两年发表的几篇小说（《泥鳅》《大水》《红葫芦》《充满灵性》《山羊不吃天堂草》），便带有语言实验的倾向。其中，在《充满灵性》的题下，我公开写着：这是一个被重新叙述的故事。我有意选择了一个陈旧的故事。作品发表后，朋友们却认为是一篇写得不错的作品。我想，这个观点是可以成立的：文学不在于说什么，而在于如何说。

对于中国20世纪80年代和90年代的儿童小说，我心中充满喜悦。

我的文学创作是与中国儿童文学密切联系着的。我的许多认识，是与许多中国儿童文学作家的认识一致的。我以上所说的那些观点以及对我个人创作情况的描述，也可以说是对我的同行们的观点的陈述和对中国儿童文学创作情况的描述。因此，对20世纪80年代、90年代的中国儿童小说，我只需要做些补充就行了。

我希望诸位能够注意到，中国现在有一支规模宏大的儿童文学创作队伍。北京、上海、天津、南京、哈尔滨……都聚集着一批儿童文学作家。并且，他们经常有机会会合在一起，对儿童文学进行理论上的磋商。这支队伍中的后生代，是不可忽视的。他们接受了质量较高的文化，并且大大提高了思维的质量。这支队伍中的最活跃的分子，是走在艺术的正道上的。他们摆脱了非文学的使命，而在进行真正的艺术创造。

与中国的成人文学创作相比，中国的儿童文学有许多有利条件。许多在成人文学创作那里显得比较麻烦的问题,在儿童文学这里却得到了比较自由的张扬。比如说人道主义和人性。可以说,中国新时期的儿童文学的基本主题便是人道主义。它在自己的旗帜上清晰、深刻地写着:爱。一些作品深入到人性的层次上。如常新港的《独船》、张之路的《影子》以及我本人的《阿雏》等。

还有一个很有意思的现象:审父意识。这种意识从20世纪80年代初一直至今,仍然隐含在作品里。这是很耐人寻味的,并且是很中国的。儿子对父辈价值观的怀疑和反抗,是许多作品的基本情节。学生对老师的怀疑,则是这种意识的又一种表现形式。这既是儿童小说家们对旧的价值观所持的否定态度在作品中的折射,同时也是中国的现实反映。《我要我的雕刻刀》是最早表现这种意识的。

还应当注意到中国儿童文学的坦率,即全方位地反映生活,破除了儿童文学在反映生活时的种种戒律。

20世纪90年代的儿童小说处于相对沉寂的时期。许多作家放松了自己的写作。原因很复杂。但沉寂之后,必然又是一场繁荣。

[注释]

①本文是作者1992年9月5日在大阪国际儿童文学馆举行的讲演会上的讲演稿。

(原载《曹文轩儿童文学论集》,二十一世纪出版社1998年版)

# 论"成长小说"

曹文轩

在当下中国,"成长小说"即使还不能说已构成一个重要事实,也可说已成为一个重要的概念。

这一概念的生成,意味着一块隐形陆地的忽然浮出,意味着一脉新形态的文学的生成,意味着一种新的美学意念和新的言说方式的确立。

我们原先没有真正意义上的"成长小说"。对此,我们若以为只是没有注意到"成长小说"这一概念,可能是不够的。这一空缺,实际上是因为我们对人生的一个过程缺乏足够的关注与深刻的认识之缘故。这后面还关涉到教育思想、道德观念、意识形态等相当复杂的一个背景。我们曾在很长一段时间中,陷入一种经常性的困惑:我们似乎忽略了什么,并且忽略了非常重要的什么;我们隐隐约约地觉得,我们在处理一些题材、一些事情和一些主题时非常麻烦,不知如何下手和掌握在什么分寸上;我们总有一种高不成、低不就的尴尬;在我们不得不做出那样的处理之后,我们从内心深处觉察到我们将生活强行地削切与挤压了,我们舍弃了许多精彩与深邃的东西,但却无可奈何;我们似乎被什么箍住了,又似乎因缺少某种规范而有一种心虚、茫然的感觉。

但,我们就是说不清楚困惑是因何而产生的。

大约从20世纪80年代初开始,中国的儿童文学界忽然地涌进一批新手。这些人似乎从一开始,就写出了与传统意义上的儿童文学不大对路的东西。而越往后,随着他们思考的深入与美学视阈的扩大,他们笔下所出的文字,就越来越不像是传统意义上的儿童文学。这些人当初就自己的写作肯定犹疑过,但他们又难以重新退回来——甚至,他们觉得即使这样写,仍然有被捆绑的压抑感。总有一个广阔的世界和另样的境界在诱惑着他们。许多年来,这些人就一直处于这种犹疑与被诱惑的矛盾状态之中。但他们还是坚持了下来,并争得了天下。他们还被认为是当下儿童文学界的中坚力量。

然而,被怀疑、被审视的情况就一直未中断过。他们甚至被认为是从事了与儿童文学毫不相干的写作——这种写作败坏了真正意义上的儿童文学。批评界已无数次提醒这股误导了儿童文学而步入歧途、到处流窜并已取得显赫地位的力量,当悬崖勒马,改邪归正。

这样的写作被认定为"成人化写作"。

从事这种写作的人,在这种氛围中,时感不安。他们想摆脱儿童文学所特有的腔调而用另样的腔调,他们想摆脱儿童文学应有的单纯而让作品的主题复杂深奥一些,但一旦做出这种抉择之后,就总是不时地感到自己的行为含有矫情与做作的成分。这些人在表面的理直气壮之下,其实在这许多年里就一直未停止过自我怀疑。正是这种心理的作祟,因此,当有人批评这种写作为成人化写作时,他们就会变得有点恼羞成怒。到了后来,他们索性装聋作哑了,反正写出来的东西也被卖掉了——也不知是被谁买去的。

批评一方在批评这种写作为成人化时,写作的一方采用了同样的思维方式,说:不,这不是成人化。谁也没有想起换一种思维方式来看待这一问题。

双方实际上都未能找到打开黑箱的钥匙。因此,这种旷日持久的指责与反指责,只能是无效的。

现在,我们已经看到了这把在草丛中闪烁着的钥匙,这就是:我们必须对这一路作品重新命名。

旧有的儿童文学概念,其实是一个限定性很强的概念。它虽然并未做出过非常量化的规定,但在口口相传、笔笔相传之后,已达成一个没有文字的共识。当提到“儿童文学”这四个字时,我们马上就会进入一种特殊的语境,就会感受到在冥冥之中有一个关于语言、关于主题、关于如何处理生活真实的指导性的体系就在那里。

但从现在来看,从前的儿童文学概念,实际上来自为低幼与小学中高年级的孩子所写的文学,换一种说法就是:它只适用于低幼文学和小学中高年级文学。由于社会环境与物质环境的变化,今天它可能连小学高年级文学都不一定很适用了。

旧有的儿童文学概念,依然是合理的。我们必须有足够的儿童文学符合这些已属成规的概念。可惜,近些年来,这种被看作“正宗的”儿童文学,却是地广人稀,情形不如人意。加之评奖等引导形式对这路文字未有足够的倾斜,这一方面人才流失十分严重。

但,以这旧有的儿童文学概念来统辖一个相对于成人文学的一大文学门类,显然已经非常不合适了。

按旧有的儿童文学概念来书写初中以上、成人世界以下的这一广阔的生活领域,形同一双大脚必须穿上一双童鞋走路,只能感到步履维艰,只能被一种紧缩的痛苦所纠缠,并不无滑稽。

旧有的儿童文学概念,根本无法覆盖成人世界以下的全部生活领域。它丢失了一大块。也许它在确立之初并未有这种力不从心的感觉,但今天的事实就是:它无力管辖幅员辽阔的“国土”。

事实上,那些被认定为“成人化”的写作,它的尴尬之处,并不在于所谓的成人化,而在于一边要竭力符合旧有的儿童文学概念,一边却又要尽量契合旧有的儿童文学概念所无法顾及的现实。这些写作者一直摇摆于这两者之间;苦于找不到一条畅通无阻、心灵无碍的出路。

我们现在将这一“两不管”(成人文学不管、儿童文学想管又无力管)的写作命名为“成长文学”(因小说是“成长文学”的主体,我们也可以“成长小说”来命名)。

旧有的儿童文学要么将自己变为一个开放性的体系,将成长小说看成为自己的一支、自己的骨肉,要么就是承认它的存在,将它看成一个与自己相并列的又一独立的文学门类。

就目前的情形来看,“成长小说”的独立并无足够的条件,将它看成是儿童文学的一支,相对来说在体制上较为容易。操持成长小说的,也多为少年儿童出版社。从事这方面写作的主力,也在儿童文学界。

但必须实行“一国两制”。

成长小说在命名之后,对语言、主题以及如何处理生活诸方面,应逐步形成它自己的一套方式。

由“自在”到“自为”的转变,无疑是历史性的转变。

这一命名将要带来的认识论意义上和审美意义上的价值，都不是我们现在能够预料的。

我反对用一种浮泛化的"成长说"来取消"成长小说"的合法性。

有一种说法是：小孩早在胎中就开始成长，直到他人生终了，都在成长。这种说法当然是有道理的，但几乎等于废话。关键是，它与我们所说的"成长小说"无关——我们在这里所说的"成长"一词有它的专门所指。

就年龄段而言，大约指小学高年级以上、成人以下这一段。

之所以使用"成长"一词，至少有两点理由：①这一阶段是他们的身体不断发生重要变化的阶段。这一阶段，身体成了他们的主题。他们的大量意识、行为，都与身体有关。作为物质的身体，在这一阶段，有着无穷无尽的意味。②这一阶段也是他们的心理不断发生重要变化的阶段。心理在与身体同步生长。当身体在发生"裂变"时，他们的心理也在发生"裂变"，当身体在反叛时，他们的心理也在充满快意地趋向反叛。

这两点理由，实际上已经界定了成长小说的范畴。当下对"成长小说"这一概念的广泛使用，实际上说明我们已达成共识。

现在我们可以不用操心如何界定"成长小说"了——我们完全可以将心思转移到对"成长"本身的解读上——

成长充满了神秘感。还是那样一个来自母亲的身体，但现在却出现了许多莫名其妙的变化。腿、胳膊、皮肤、神经、头发、声带，所有一切，都出现了"变异"。这些变异甚至使他本人都感到不够自然、无从把握。还有更隐秘的、几乎不可告人的变化——无论是男孩还是女孩。他们觉得身体内有一种什么东西在发芽，并在不停地生长。夜间，多了许多从前不曾有过的梦幻。他们还会时常在酣睡中忽然地有一种麦苗在夜露中拔节而长的感觉。他们不知道自己的身体到底发生了什么。他们空前地开始喜欢一样东西——镜子。他们在悄悄地打量自己，仿佛在认识一个陌生的人。他们当然知道，镜中的那个人，就是他自己，但总是抹不去生疏与隔膜。对镜中的映像，他们会有喜悦，也会有伤感，会有欣赏，也会有厌恶。他们对镜中的映像会十分在意，甚至有点吹毛求疵。类似于镜子的一切意象，如一汪清水，如一块明亮可鉴的金属，他们都可能注目凝眸或给以一瞥——看一看自己。在他们的内衣口袋里，在他们书包的深处，或是在枕头底下，都有可能藏着一面镜子——尤其是女孩儿。镜子竟使他们的情绪显得混乱无序、喜怒无常。一切都变得不可思议。

对这些无可解释的变化，他们甚至会有一种恐怖感。他们发现自己现在竟然有了"可耻"的欲望。他们怀疑自己是不是在变坏——魔鬼开始附身。一些"罪恶"的念头不时地闪现，甚至开始不住地骚扰，从而使得他们心神不宁，学习、饮食、谈话，都变得难以集中注意力而总是显得心不在焉。本来一个很平静、很安定、总能将事情做得很仔细的人，现在却总是无法回避地浮躁与无精打采，而结果是常把事情做得糟不可言。学校、家长，都是一团的疑惑：这好端端的一个孩子，究竟是怎么了？他们开始痛恨自己，然而，又总是无法把握自己。有些时候，他们似乎是喜欢这份"罪恶"的。他们战战兢兢地走向它，犹如一个胆小的孩子面对一个巨大的石窟，不敢深入，却又克制不住地想要进入纵深。在惶恐与快意的战栗中，他们身不由己。他们最终必将战胜恐怖——与其说是战胜恐怖，不如说他们已经适应了变化，并已开始正视这些变化了。

成长过程居然是一个充满了痛苦的过程。本是一片没有太大动静的心田，忽然在一场春雨之后，变得生意盎然。然而生长出来的并不都是一样的东西。它们是互相排斥的，倾轧、冲突，无休止地发生着。当然这其中，总有一股新鲜、向上的力量，在各种混乱的力量中企图直线向前。它像一匹没有管束的野马，踏着脆嫩的心野，要走向开阔，走向阳光，走向诗意。有无数的阻隔与羁绊，它会在冲决中碰得头破血流。但，没有任何力量能够真正地阻止它的前行。它叫良知，叫理想，叫人性。它来自造化，又来自教化。在此之前，他的心灵虽然也不时地遭受冲击，但大多没有太深刻的印象。而现在，心灵感受到了风暴——他开始了真正的人生战斗。童年的和平时期终于结束，号角吹响，战场来到了脚下。这是一场幼稚而充满抒情意味的战争。

多疑、自尊、嫉妒……他们的心理被轮番袭击。他们变得有点怪诞，让人不太容易琢磨了。这个时期，他们很容易树立对立面。同伴、父母、老师，随时都可能成为他们戒备、愤怒甚至仇恨的对象。他们有一种弱势感，因此，一方面拼命保护自己，一方面做出动作有点夸张的反抗。而此时的成人，似乎也变得敏感起来。他们总觉得空气里散发着诡秘不安甚至危险的分子。他们有一种本能的窥视欲望。而被窥视的成长者，对自己被窥视显得更为敏感。于是一场拉锯式的窥视与反窥视的"战争"就开始了。这一阶段，上锁的抽屉又成为一个意象，一个象征。随着成长阶段的慢慢结束，和解才会慢慢地开始。

这是人生中最热衷于憧憬的一个阶段。此时的他们喜爱摆出一副远眺的姿态。他们有一个朦胧的前方。这个前方究竟有什么样的风景，他们并不能做出具体的描述，但，它依然在那样强有力地吸引着他们。眺望的姿态是优雅的，他们会有一种为之心动的豪迈感、悲壮感。来自母体的幻想力，现在借了一些似懂非懂的知识，突然一下子变得强劲起来。他们将前方想象成各种各样的样子，并且都充满了诗情画意。神态的痴迷，有时也会感动成年人，并会使已经变得实际、世俗的成年人羡慕。并不总是眺望，上路的欲望在与日俱增，终于有一天，他们觉得该上路了。路又是一个意象，一个象征。

恐怖也好，痛苦也罢，他们依然迷恋这段时期，因为，他们感受到了成长的快意与美感。身体虽然还未成形，甚至显得有点不合比例，但越来越具有线条感与立体感，并且多了许多让人激动的元素。原先简单的心理，也开始变得丰富起来，犹如一口池塘在天空下汪满了清水。生活变了，故事多了，日子一天一天地变得更有内容。原先他们是站在世界大门外的，现在却站在了世界的大门口，并正抬脚跨过门槛去。汗津津的成长中，他们经常会因兴奋而双颊泛出红潮，那时，他们终于知道了什么叫美感。

肉体在成长，灵魂在成长。

终于化蛹为蝶，成长了结，他们破壳为"新人"。

中国的小说，终于注意到了这个过程——虽然比《绿衣亨利》《在轮下》《麦田里的守望者》晚了许多时候。

"成长小说"的命名，将会使作家们毫不犹豫地去大幅度地展开生活的画面。

由于旧有的儿童文学概念是管低幼与小学中高年级的，因此，它有必要强调儿童文学作家在将世界向儿童展示时，必须有所讲究，有所选择，甚至有所遮掩。对于这些灵魂尚处"白板"阶段的对象，文学应当对世界适当加以净化。处于这一阶段的孩子，他们还没有辨别与思考的能力。此时，他们对世界的接受，基本上处于简单的"染色"状态。近墨者黑，近朱者赤。对于以后的健康成长而言，处于这一阶段的孩子，确实需打下一个具有亮色的底子。当将世界翻转给他看时，应当更多地让他们看到纯洁、善良、美好的一面。

儿童文学实际上在不得不做"隐瞒"的事情。然而，这种"隐瞒"不能无休止地进行下去。因为随着他们的成长，他们与世界的接触越来越频繁了，此时想瞒也瞒不住了。如果说从前的"隐瞒"是合理的，那么现在的"隐瞒"就离欺骗不远了；如果说从前的"隐瞒"是有利于他们成长的，那么现在的"隐瞒"对于他们的成长恰恰是不利的。它将越来越成为一个道德问题。

我们曾有过骄傲：儿童文学是块净土。

这个结论包含了两层意思：儿童文学没有乌七八糟的文字；儿童文学表现的一切也是干干净净的。

然而，实际上的世界并不干净——丑陋与肮脏无处不在。

成长小说的确立，将要瓦解"净土论"。

成长小说将撤销旧有儿童文学概念的种种限制。它将引起大量从前的儿童文学必须截住而不让其进入的话题。生活的本真状态，将会有较高程度的显示——尽管它仍然还需要加以节制。

成长的烦恼，除了来自成长个体的身体变化与心理变化外，显然还来自世界向他的展示：世界的形象，无法与他记忆中的世界形象吻合。暴力、阴谋、人性的种种丑恶，开始越来越多并越来越厉害地呈现在了他们的面前。观点也多了起来——越来越多，像一团被突然吹开的鹅毛飘满在空中。他们有点眼花缭乱了，而最令人感到头痛的是，这些观点是对立的、互不相让的。从前，他们只接受一些单纯的观点，并且这些观点是一致的，选择的苦恼便产生了。

这就是成长。

成长小说不能回避这一切——也没有必要回避，因为他们已经打了底色，已经穿越了"染色"阶段。

他们宿命般地走到了这样一个地带，退是退不回去了，只有向前。

他们必须接受真正意义上的人生洗礼。而这种洗礼是不会在圣乐中进行的。它必将是在一片纷扰与喧嚣之中。这是又一次脱胎，而这一次不是来自母体，而是来自生活。他们有时会因为痛苦而发出尖叫，但，正是这种尖叫，将会使他们拥有日后高贵的肃穆与宁静。

成长小说必须建立与丰富自己的理论。

这些理论将会使写作者有一种名正言顺的感觉。他们将会体味到：从前在旧有的儿童文学概念之下的局促与不安消失了，代之而起的是一种自由，一种舒展，一种触及生活底部的莫大快意。

成长，是一个视角，这个视角的发现，必将会使文学也有所发现。

（原载赵郁秀主编《当代儿童文学的精神指向》，辽宁少年儿童出版社2002年版）

# "成长小说"及其在中国的生长

张国龙

## 序言：成长——人生的重大命题

所谓"成长"，具有"生长而成熟""向成熟阶段发展"之意。既表征为生理、心理的日渐成熟，又关涉个性、人格的日臻完善，从而确定"自我"的社会坐标，实现与社会生活和谐共生。

身体发育，乃成长的物质内容。根据生理学的通常界定，一般人从 10 岁左右开始发育，即进入青春期。到了 20 岁左右，生理发育已趋成熟，意味着生理上长大成人，具备有效生育资质。而成长的精神内涵，蕴藉了心理学和社会学意义。心理学指涉的成长，预示着成长者理性思维能力的成熟，以及对社会主流价值范型和审美认知标准等的认同。按照社会学规约，18 岁便标志一个人步入了成人行列，意味着从"自然之我"向"自为之我"的进化，从"自然状态"向"社会状态"的升华。也就是说，个体成长的本体意旨在于直指个性的理性超越，成长者能从容地找到自我在社会体系中的位置，即完成个体的"社会化"①，以及克服社会学家帕森斯所说的"同一性危机"②。

无论是生理学还是心理学、社会学所指涉的成长，"性的成长"无疑是核心，是成长之旅中最重大的事件，具有里程碑意义。一般说来，一个人进入青春期，生理上的变化尤其是第二性征的发展，如化蛹为蝶般剧烈。"性生理"的剧变，诱发了"性心理"的觉醒。对生理、心理上发生的这场必然会来临的巨变的懵懂、无知，以及难以名状的惊惧，无异于强烈的地震波冲击着他们敏感的心灵。成长者必然会面临的问题可以粗略归纳为：①自我认同与受挫；②对成人世界的渴望与畏缩；③自我的奔放与外在的制约；④性张力的压迫与宣泄。不言而喻，成长是人生永恒的重大命题，不可规避，无法逃遁。

## 成长小说：回归"成人式"，关怀"成长"

一个人从孩童到成年，意味着"主体性"③的确立，以及由社会边缘跻身主流文化中心。这是追寻人生意义，实现生命价值的一个至关重要的转折。而且，个人的成长始终与特定的时间、空间彼此确证，从而蕴藉"互文性"。也就是说，"个人在历史中成长"，成长既是个人的成长，也是历史的成长。对于个人而言，历史就是"自我的成长史"；对于历史来说，成长不仅仅是"个人的私事"。④此乃人之成长所包孕的文化隐喻性之一种。

成长的文化隐喻性还表征为各种"集体意识"的沉潜历程。若将成长者从"个体"（单个人）身份置换为"集体"（人类等）状态，成长显然寓意了人类按照"蒙昧—野蛮—文明"演进的轨迹。成长也昭示了一个民族、国家等共同的心理机制、伦理体系的嬗变，并得到广泛认同。成长如同生物的遗传密码传递，表征为约定俗成的集体（公共）意识的积淀。

在文学书写的诸多主题中，成长与爱等一样，不但常写弥新，且具经典性和永恒性。文学诸体不约而同对成长主题投入了极大的热情，但从文体优势、开掘深度、取得的成就来看，小说无疑最具叙说成长的资质。由是，小说家族中便诞生了一种被称之为"成长小说"的叙说样式。

"成长小说"是什么？作为词语，它源自德语 Bildungsroman 和 Künstlerroman 等，意为"塑造""修养""发展"和"成长"之意。作为文学概念，"成长小说"出自 18 世纪末、19 世纪初的德国。当时，"'国家''主体'的意义对德国而言是陌生的、外来的，德国要构建现代民族国家，必须'创造'或'成长'出这样的'意义'，'成长小说'无意中成为承担这一使命的象征物。……某种程度上这种类型的小说是为了象征民族国家的'成长'。"⑤而艾布拉姆斯将"成长小说"定义为"主题是主人公思想和性格的发展，叙述主人公从幼年开始所经历的各种遭遇。主人公通常要经历一场精神上的危机，然后长大成人，认识到自己在人世间的位置和作用"⑥，莫里茨的《安东·赖绥》和歌德的《威廉·迈斯特的漫游时代》被视为"成长小说"的源头。莫迪凯·马科斯在《什么是成长小说》一文中指出，"成长小说展示的是年轻主人公经历了某种切肤之痛的事件之后"，发生了各种"改变"，从而"摆脱了童年的天真"，走向了"一个真实而复杂的成人世界"。⑦而巴赫金认为，"它塑造的是成长的人物形象。这里，主人公的形象不是静态的统一体，而是动态的统一体。主人公本身的性格在这一小说的公式中成了变数，主人公本身的变化具有了情节意义。与此相关，小说的情节也从根本上得到了再认识，再建构，时间进入了人的内部，进入了人物形象本身，极大地改变了人物命运及生活中一切因素所具有的意义。这一小说类型从最普遍含义上说，可称为人的成长小说。"⑧尽管这些界定景观各异，究其实质，仍可发现大致相类的表述关键词——懵懂的年轻人、风雨之旅、长大成人等。而且，成长小说承载着明确的教育功能，甚至被称为"教育小说"。通过对相关理论、作品的研读，笔者在本论文中将"成长小说"定义为：是一种着力表现稚嫩的年轻主人公，历经各种挫折、磨难，得以顿悟，最终长大成人的心路历程的一种小说样式。其美学特征可概略为：①叙事主人公通常是 13~20 岁的不成熟的"年轻人"；②叙说的事件具有一定的"亲历性"；③大致遵循"天真→受挫→迷惘→顿悟→长大成人"的叙述结构；④叙事主人公最终长大成人，主体生成。

从深层的文化渊源探究，成长小说所承载的诸多功能及终极价值诉求，与盛行于原始部族中的"成人式"不谋而合。众所周知，人的一生必然会历经诞生、成人、结婚、死亡等若干个重要的"节"。这些"人生之节"既演绎了一个人的成长履迹，还标识着个人在所属群体中取得的合法身份和承担的相应义务。据人类学家考究，在蒙昧和野蛮时代，当个人在通过各个"人生之节"时，必须接受相应的一系列神圣的受礼仪式的洗礼，或者说将经受各种严苛的"通过礼仪"（包括"成年礼仪""成人式"）⑨的考验。而"成人式"无疑在诸多通过礼仪中居于至关重要的地位，它包括"成丁礼"和"入社礼"。往往通过一定的"仪式"，对那些即将步入社会、履行人生义务的未成年人进行一系列近乎严酷的生存磨难。受礼者会暂时离开部族，被年长者或专职巫师等带到远离族群的隐秘之地，接受生理上的各种极限挑战（体验）——大多具有试验性和象征性，在一定程度上折射出该社会所信奉的人生观和世界观。与此同时，受礼者还可以学习到本部族所沿袭、遵从的各种习俗、礼仪、道德和价值观念等知识。而且，这些知识不是经由仪式强制性地赋予受礼者，受礼者必须运用自己的智慧去追寻。当他们获得了知识，还必须将其运用到行动之中。这些仪式无疑是一个人脱离自然状态，成了一个完整的社会人的标尺。

然而，随着人类文明的演进，尤其是在物质、精神文明日益现代化的进程中，在崇尚个性、充分张扬人性的现代性文化语境中，竟然也意味着对寓意了人生成长深意的各种"通过礼仪"的消解、消灭。尽管现代社会以高度理性化的系统教育取代了原始的"成人式"，其科学性和进步性显而易见，但是，它的弊病也非常明显。⑩毫无疑问，现代人对待成长的态度远不及古代人甚至原始人认真，更遑论神圣和虔诚。尽管现代社会中仍然存在着各种所谓的现代"通过礼仪"，诸如成人仪式、入学典礼、毕业典礼、诞生礼、婚礼、同学会和校友会等，但是，这些仪式的符号化倾向日益加重，甚至徒有其名而无其实。也就是说，现代人大多是在没有举行任何具有实质性意义的成长仪式的社会语境中，盲目而随意地完成了他们的成人式。其好处在于，成长者所遭逢的各种传统、规约、范型挤兑、匡正、约束的压力少了，更易于他们天性和个性的自由舒展，他们的创造性和想象力亦能获得更广袤的延展空间。然而，正如前面所论，个人的成长毕竟不仅仅是成长者自己的事，它既决定着成长者一生的人性、人格的位格，又关系着社会结构、文化心理和文化人格的发展趋向。缺少了一定的成人仪式所蕴藉着的价值范型的导引，一任成长者自然、自性地成长，成长者必然会感到无所适从，甚至迷失于精神危机的泥淖之中。这无疑会让成长者错过长大成人的佳期，甚至阻碍成长。一言以蔽之，现代社会缺乏成人式洗礼氛围，成长者不得不吞咽成长失范的尴尬。尽管成人式之于成长者来说不可或缺，但一个不争的事实是，现代社会不可能回归原始，重新拾捡起先人们曾历练过的各种通过礼仪。

既然成长不可回避，而"成人式"在现代社会中缺席，现代社会所承担并施行的成人教育，往往不能有效督导成长，成长究竟何去何从？毋庸赘言，成长是一个具有无限延展性的渐进过程，它与成长者所接受的成长方式——潜移默化的导引或生硬灌输，密不可分。显然，潜移默化的导引是提升成长的最佳选择。当成长失落了成人式所赋予的庄重性和神圣性，同时又背离了游戏精神、娱乐意趣、轻松心境和宽松环境，成长之于成长者来说肯定就是一种重负，甚至是一种灾难。而在成人式缺席的现代社会中，文学无疑具有培育出良好的成长生态环境的无限可能。因为文学的本真使命即在发现存在世界中可令人玩味良久，并从中受到洗礼、得以超升的元素，从而陶冶性情、提升审美感知和认知能力。可以说，文学以其温婉、敦厚之质，淡定、率真之性，恰似抚慰成长者惶惑心灵的抚慰剂，默默导引成长者自然、自由、自愿成长。统观卷帙浩繁的文学史，优秀的文学作品往往通过潜移默化的方式，隐在地传达某种教化功能，比如真善美、假丑恶，以及各种丰饶的人生经验和价值观念。尤其是以成长为书写主题的成长小说，在成人仪式缺席的现代文明社会中，无疑是未成年人通过阅读而获取成长经验的一种便捷、有效的途径。特别是在青少年时期，成长者的求知欲旺盛，好奇心强烈，当他们迫不及待地走进由文字构筑起来的文学宫殿，自然便能如获至宝地找寻到他们不曾经历过的人生体验，无意间将许多珍贵的成长经验烙印于心灵深处，并水到渠成地运用于自己的人生实践中。由是观之，成长小说与成人式都以成长为背景搭建人生大舞台，表演者皆为接近成年的青年人，他们都将面临一系列磨难，最终通过了考验而长大成人。

具有启蒙功效的成长小说，其功能和作用之于未成年人的成长来说，无疑异乎寻常之重大。我们完全可以将其看作是现代文明社会中的一种变形的通过礼仪，是对成人式的一种回归。换言之，它是现代文明社会中成人式的发轫，是迈进成年的一根重要的权杖。它甚至能够左右一个人的人生观和世界观，以及一生的发展走向、做人的准则和做事的操守。生理学和心理学研究表明,青少年时期是一个人个性和人格日渐定型的危险期,倘若成长者未能获得有益、有效的成长经验,成长延宕、受挫,一旦他们在生理上跨过了成年的门槛,再企图矫正他们已经树立起来的个性和人格,其难度可想而知。毕竟,成年人通过阅读某一部文学作品获得了成长经验从而洗心革面者的确寥若晨星。相反,未成年人大多能从成长小说文本所传授的成长经验中受益。尤其是在青少年阶段,由于生理和心理突飞猛进地发展,接受能力的质的飞跃,求知、求趣的欲望达到高峰,阅读进入了黄金时段。因此,成长小说文本品质的优劣,直接关乎青少年是否能茁壮成长。

## 处于成长之中的中国"成长小说"

作为一个不注重个性成长的民族,汉民族的成长史不啻为一部自我放逐的历史。不少社会学家认为,汉民族文化具有早熟性。因为较早形成了以儒家、道家思想为根本的伦理体系,汉民族便失落了人类童年时代的诸多本性。"大一统"的思维模式,抑制个性彰显共性的社会价值观,以"存天理,灭人欲"为轴心的集体意识,囚禁了几多自由和率真,扼杀了多少想象性和创新力。尤其是"游戏精神"的失落,使得汉民族不可避免地呈现出"少年老成"或"未老先衰"之态,差不多与"血性""朝气""激情"等绝缘。"君臣父子""三纲五常""克己复礼"等伦理体系,是不得不"洞明""练达"的沉重文章、学问和礼数。孩子甫一懂事,成人们便会迫不及待地教导他们修习各种成人的规矩、礼数。一部《二十四孝经》,桎梏了多少孩子原本无忧无虑的童年。"成长"这一具有文化隐喻性的主题不过是一个抽象代码,或者说是一种摒弃了"私人生活"的共同的文化想象。

由此,中国文学在较长的一段时期内,疏离了成长主题。尤其是对于中国古代的孩子们来说,生活在农耕文化氛围中的他们所面临的恶性成长生态,无疑是上述情状的真实写照。他们在几千年前就不曾有过真正意义上的童年,此乃不争的事实。没有童年经验的成人们,自然不会想到把童年归还给自己的孩子,不可能把自己的孩子当"孩子"看,仍旧同祖辈父辈一样把孩子当作"非人"或"缩小的成人"[①]。不管是在体力还是心智能力方面,皆要求他们一步跨入成人之门,或一夜之间就长大成人。13岁,便是他们成年的界标。苛责他们想成人之所想,像成人一样说话做事,甚至担当"齐家治国"的重大使命。因此,他们的"成长"被无情缩略,甚至被残酷地放逐。从《诗经》起,中国文学作品中就存在着为数不少的经典少年形象。然而,这些少年形象大多不过是成人的翻版。不管是生存智慧还是卓著武功,皆与成人难分伯仲。比如,《世说新语》中"除蛟杀虎"的少年周处,以及王维诗作《少年行》中的那位"虏骑千重只似无"的少年将军等。可见,本体意义的成长仍旧游离于成长主题之外。不过,这种尴尬情状在《红楼梦》问世之后得到了改观。笔者斗胆认为,《红楼梦》是一部典型的具有成长小说范型的成长小说。小说为一群生活在中国古代贵族家族的青少年男女谱写了一曲曲成长的青春挽歌,所谓"千红一窟(哭)""万艳同杯(悲)"。从此种意义上说,《红楼梦》乃中国小说关怀成长主题的先驱。遗憾的是,随后的中国小说家并没有承接曹雪芹的圭臬。

直到近现代,在启蒙思潮的涤荡之下,中国人的成长意识渐渐觉醒。梁启超那篇文采斐然的《少年中国说》,具有划时代深意,高举起了一个民族倡扬"成长"的旗帜。但是,回归童年,还成长以本来面目,这一重大历史使命则是由"五四"新文化运动的先驱们完成的。中国知识界发现了"人",进而发现了成人之外的人——儿童、少年和一部分青年(统称为"未成年人")。由是,作为生命个体的"成长",重新在中国文学中活现。不过,刚刚被命名的"成长"，因如火如荼、救亡图存的民族革命战争，以及数次国内革命战争而再度悬搁。为了国家、民族的命运，孩子们同成年人一样肩负历史重责，以羸弱之躯为保卫国家、捍卫红色政权献祭了童话般曼妙的童年。即或到了当代中国，在20世纪50—70年代特定的历史文化语境中——从新中国成立伊始所提倡的"保护红色政权""做社会主义事业的接班人""为实现共产主义而奋斗终生"，到随之而来的史无前例的"文化大革命"浩劫，皆以"摒弃私人事件"而"一心为公"为主旨，从而创生了恢宏的公共文化想象空间——为新中国当家做主，为解放全世界所有受苦受难的同胞而奋斗，为共产主义的美好明天而献祭青春和热血，童年和成长仍旧与孩子们离散。成长已不再是成长者的私人事件。与年轻的共和国一同成长，才是成长者成长的使命。

新时期以降，随着中国社会变革的日新月异，价值观由一元趋向多元，童年和成长亦行进在回家的路上。当年那一代代被忽视被损害的成长者们已为人夫（妻）人父（母），或者已错过了成长的鼎盛时段。成长之于他们来说既是一种未能治愈的沉疴，又是一个崭新而棘手的难题。没有成长的成长岁月，自然未能积淀下成长经验，却又不得不面对子一代的成长。值得庆幸的是，1976年之后的新时代，为他们营造了关注成长的和谐氛围，他们得以倾诉远去的成长岁月中被压抑的成长欲望，得以袒露曾经秘不示人的成长之痛之苦之惑，得以反思时代文化与一代人、个人之成长的姻亲关系，从而以开放的心态面对当下的成长。因此，新时期以来的一些小说对"成长主题"的开掘，显然是一场与成长的深度对话。加入此种对话场景的主角无疑是"右派作家群"（代表作有张弦的《被爱情遗忘的角落》和张贤亮的《青春期》等）和"知青作家群"（代表作有梁晓声的《一个红卫兵的自白》、老鬼的《血色黄昏》和王小波的《黄金时代》等），前者的成长岁月已远逝，而后者的成长岁月刚刚擦肩而过。但是，他们都曾有过或深或浅的成长之殇。

此外，"60年代作家群"和"儿童文学作家"，也从不同的角度书写"成长"。

出生于中国20世纪60年代的作家们尽管也曾遭遇"红色时代"的狂飙，他们的成长记忆却与"右派作家群"和"知青作家群"大相径庭。其原因在于："60年代作家"大多处于"红色时代风暴"边缘，他们中的一部分人顶多作为"红小兵"而懵懂地追随红色时代闹革命。由于年幼，他们的"小闯将"言行显然难以成为恐怖时代的得力帮凶，他们身心所遭受的扭曲程度相对来说也就轻了许多。所谓的"革命"在他们眼中，不过比"过家家"之类的童年游戏高级一些罢了。而革命的庄重性和崇高感，差不多被他们"儿戏"掉了。而且，他们大多没有经历过"上山下乡"之类的切肤之痛，时代记忆不但未能烙印于心灵之壁，却支离破碎地散落在渐行渐远的岁月里。当他们迎来了生命中的成长高峰时段（即"青春期"），同时也迎来了一个崭新的新时代（即新时期）。新的时代沐浴了拨乱反正的春风迅速恢复了常态，善良、正直、美好等被扭曲的人性正在回归，所有违背人之常情的禁忌皆得以解放。如此欣欣向荣的新时代开始正视成长主人公们的个性，把属于个性的成长归还给了成长者。因此，他们的成长记忆不再苍白，不再被时代记忆所遮蔽。当他们拿起笔书写刚刚擦身而过的青春期，自然不愿过多提及那个抽象、空洞且游离于个人记忆之外的时代。尽管他们的成长无一例外都遭逢了各种各样的成长创痛，但他们似乎宁愿把这一切看作是长大成人必然会经受的考验，而不愿归罪、迁怒于一个子虚乌有的时代（所谓"自我之外无历史""历史就是个人的成长记忆"），甚至没有丝毫控诉欲求。文本书写的所有欲望不过是对记忆的拾掇，对不再的青春时光的缅怀，以及对曾经的生命体验的一种"知其不可为而为之"的追寻。他们对人生苦短与岁月难再的悲剧性宿命的

伤怀,显然取代了个人言说历史的宏大野心。如同每个人的生活都是一口深井,每一个成长主人公的"成长"因而异彩纷呈。成长的复杂性、艰难性和个体差异性,成为他们笔下的成长小说着力表述的目标。代表作品有余华的《在细雨中呼喊》、苏童的《刺青时代》、陈染的《与往事干杯》和林白的《一个人的战争》等。

"儿童文学作家"对成长的书写,主要体现在"少年小说"文本中。王泉根在《三个层次与两大门类:儿童文学的新界说》①一文中,将儿童文学分为幼年文学、童年文学和少年文学。其中,少年文学是为 11~12 岁到 16~17 岁的少年服务的文学。由于少年期是从幼稚期向青年期过渡的一个近乎突变的"危险期",情绪的不稳定与性发育为其突出特点,故少年文学必须特别重视美育与引导,帮助他们健全地走向青年,走向成熟。"少年小说"乃少年文学的主要文体,亦属于成长小说范畴。以秦文君(代表作《男生贾里》)、陈丹燕(代表作《上锁的抽屉》)和丁阿虎(代表作《今夜月儿明》)等为代表的一批作家,大多书写当代中学生的成长故事,展现新时代中学生成长的风采,呵护他们成长的欢笑和泪水。当下,以曹文轩、杨红樱、常新港、饶雪漫等为代表的一批以"成长"为书写主题的"少年小说"作家的作品,备受广大青少年喜爱。这些作品在一定程度上担当了他们"成长"的精神导师。

20 世纪 90 年代以来,在计划经济向市场经济转型、物欲凌驾于精神之上、集体性被肢解为个人性、大我被小我所取代、由利他向利己转向的历史文化语境中,出生于 20 世纪 70 年代的中国人迎来了他们成长的鼎盛时段。此时,文学由权力话语的宠儿沦为弃儿,自然就丧失了"宏大叙事"的激情。新时代日新月异的芜杂景观,让大多数作为成长者的 70 年代生人无力把握属于时代个人的共性,所谓"不是我不明白,这世界变化太快"。新时代似乎是不可言说的,尽管他们言说的冲动和想象漫漶无边。相反,言说个人,彰显个体面对时代的生命姿态,对他们来说既是一种无奈又是一种别无选择的选择。通常说来写作就是回忆,是对已逝人生经历的追忆和想象。对于"70 后作家"来说,过去的相对深刻的人生记忆大多只能是"成长",或者说是正在发生的青春期故事。因此,"成长"成了他们不约而同的写作起点,所谓"成长之外无故事"。"如果我有一种激情,那么,这就是想告诉你,我所有青春年少时的梦魇。"(卫慧语)"好孩子没故事","70 后作家"的成长主题小说中的主人公,几乎为清一色的"问题男孩"或"问题女孩"。对性成长残酷真相的原生态展示,是"70 后作家"的一种流行的写作策略。换句话说,除了性,他们似乎没什么可写,写作的冲动和激情亦不复存在。造成此种唯"性"不写情状的原因,可大致归纳如下:

他们没有经受过时代的创伤,没有见识过动乱、饥馑等"大场面",基本上过着衣食无忧的生活……这样的成长经历自然是苍白的!而且,他们浅陋的人生阅历使得他们无力把握一个正在剧烈变化的时代,无力反思所存身的文化语境。当然,时代似乎暂时还不需要他们反思什么,时代的汹涌浪潮正裹挟着他们向前(钱)看、奔小康、跨世纪……还有什么值得书写?那就写写自己吧!写什么?经受了商品大潮的洗礼,他们深得自我包装、作秀之道,彻知唯一可以拿得出手的便是成长之中的"性殇"。于是,他们写性——让父一辈匪夷所思又感慨自己"白活了一次"的性。毋庸置疑,与任何一个时代的成长者相比,70 年代生人享受了前所未有的性的开放、放纵和满足。他们中相当一部分人的"性经历",是"父"一代中大多数人所无法想象的。父一代在批判他们所经历的残酷的青春性殇之时,多少隐含着嫉妒、羡慕和窥淫动机。性的成长成了他们"文学秀"的时尚外套,他们竭尽全力,不惜暴露个人隐私而把性写到极致,甚至不回避性的变态和淫乱。只要能吸引眼球、惊世骇俗,哪管什么是"无耻"和"道德底线"?哪管什么是真正的文学,以及文学所应承当的最基本的审美意旨?相反,他们唯恐读者不信以为真,而刻意标榜作品为"自传体"或"半自传体"。写作的终极目的是赚取最大限度的世俗利益,所谓"出名需趁早,笑贫不笑娼"。由是观之,70后作家所书写的"成长小说",大多不过是寄居于文学华鬓下的一种槲寄生!不过,冯唐(代表作《万物生长》)、雷立刚(代表作《爱情和一些"妖精"》)等的作品,因对成长的深度挖掘和对"性的成长"的严肃书写,而具有鹤立鸡群之姿。

中国当下,"青春文学"是"成长小说"文本的主体,其阅读人气不断攀升。"青春文学"是近年来被媒体爆炒的一个概念,用以概括出生于20世纪80年代的少年作家的作品(亦称"80后"),代表作品有《三重门》(韩寒)、《红X》(李傻傻)等。但作为文学术语,它所具有的美学特征未能达成共识。仍可大致归纳为:以处于"青春期"的青少年为主角,展现他们丰富、驳杂的成长故事的小说文本。仍属"成长小说"范畴。当然,大多数"青春文学"文本,对成长的理性认知的贫血,削弱了作品的力度和深度。其表述的成长故事多了些"为赋新词强说愁"的况味,少了些沉潜;多了些孤芳自赏,少了些与社会生活情境和谐共生的气度;多了些刻意离经叛道式的"作秀",少了些内省,在莫名的骚动和虚妄的叫嚣中找不着北。这种只有此岸而不见彼岸的成长,成了成长者主体生成的困厄。成长者仍旧处于成长的未完成状态。不过,其中一些作品不乏才气和灵气,其当下感、现场感、亲历性非一般成人作家可以抵达。写作技法的时尚、写作语言的鲜活与张力、写作激情的饱满与张扬,的确给文学注入了新鲜血液。像李傻傻、张悦然等,他们正在接受良好的高等教育,他们的写作意识明确、清醒,写作姿态严肃,应该值得读者期待!

事实上,对于中国文学来说,"成长小说"这一概念是舶来品,大约在20世纪80年代末90年代初才被引入。这之前,它一直被所谓的"教育小说"所取代。经过意识形态干预、改造,加上中西文化语境难以缝合的差异性,中国的"成长小说"在内质上已发生了很大的变异。其中,最明显的差异在于:西方成长小说中的成长主体是成长者本人,尽管成长者在成长的心路历程中,往往不可避免地需要"他者"(精神导师或长者)的导引,但所有的"他者"仅仅作为成长者成长之旅中的一种陪衬。成长者对"成长"的超越,主要依凭自身在一系列历练中的观察、实践和顿悟。如果说成长者的个性和社会位格在得到升华之前,其真正的自我(主体)还处于混沌状态,那么在升华之后,其真正的主体在成长之旅中便宣告诞生。这种主体的生成主要是由自己完成的,即主体"自明"。然而,在中国绝大多数所谓的"成长小说"文本中,作为主体的成长者甚至可以说完全处于缺席状态,从而使得"成长"仅有能指,而不具有本体意义上的所指。"成长者"在成长之旅中由于精神导师如影随形,不可避免地越俎代庖,由成长者的导引者异变为另一个"成长者"。与其说是成长者在成长,毋宁说是成长者的导引者在成长。即或成长者的"主体性"得以生成,但这个主体充其量是其导引者的一个副本。这样的"成长"因为完全借"他者"之力,从而消解了成长的本质意义。显而易见,这样的成长并没有实现本质上的飞跃,成长仍旧处于成长之旅中。这种因文化语境不同而产生的"成长小说"的主体性差异,客观上导致了中西方"成长小说"在审美等功能层面上的差距。难怪有论者说,具有本体意义的"成长小说"至今还未在中国诞生。笔者认为,相比较而言,"成长主题小说"更契合中国当代小说书写成长的实况。也就是说,中国当代小说对成长的书写还处于成长之中。许多文本虽落笔于成长,因缺少"成长小说"的美学要素,以"成长小说"命名颇为牵强,而冠以"成长主题小说"更适宜。"成长主题小说"可看作是成长小说的一种未完成状态。

令人惊喜的是，进入21世纪后，中国的成长小说书写取得了突破性进展。尤以虹影的《饥饿的女儿》和王刚的《英格力士》为代表。这两部作品的最大的成功在于，展现了成长主人公历经挫折终于长大成人，其作为生命个体所应具有的主体性得以生成。

## 结　语

作为成长之"核心"的"性"，自然是"成长小说"书写的一种公共资源。"性的成长"，是"成长主题"不可回避，甚至是不可或缺的一种叙事视阈。然而，"性的成长"，一度成为书写的禁区和盲区，成长书写乃"无性书写"。"无性成长"不是完整、完美的成长，"无性书写"是成长书写的一种缺憾。突破"成长"的书写禁忌，无疑有益于复归完整的人性。

进入21世纪以来，中国的文化语境呈现出了新的特质，而成长亦呈现出新质新貌。随着互联网技术革新的日新月异，网络生活已成为人们日常生活之一种。当下成长者的成长无疑烙印上了深深的e时代印记，他们的成长必然注入了新的内容：因为物质生活的富足，生理的成长提前，性的发育与成熟是前所未有的迅猛，但性生理与性心理的发育明显不同步；"早恋"不再是新鲜话题，"网恋"不再是时尚，大有取代传统恋爱方式之势；同居已被大众默认；"一夜情"仍旧在潜滋暗长……因此，中国作家对"性的成长"的书写，必然应做出新的调整，以增强文本的当下感，从而实现督导当下的成长者成长的书写旨意。

总之，作为一种特殊的文学样式，成长小说承担的功能显然具有复合性。它以文学表达为本，竭力彰显娱乐性和游戏精神。同时，它责无旁贷地承担着部分教育功能，在关注成长者的成长状态之时，亦督导他们的成长。成长小说若不能让成长者顿悟，若不能促使成长者历经风雨之后长大成人，就不是真正意义上的成长小说。成长小说对"性的成长"的表述情态，应该是严肃的、探讨的、反思的、诗意的、启迪的，力避性场景的原生态裸露，力避对自然情欲的煽动、夸饰，力避只求生活真实而忽略艺术剪裁。

本论文行将结束，而成长正在进行。中国的成长小说仍旧跋涉在路上，等待着完成一次集体性超越，从而将中国的成长小说书写推上一个新的高度。还成长以自由、自在，愿所有的成长书写都能成为成长者不可或缺的灵丹妙药！

**[注释]**

①美国结构功能主义社会学家帕森斯（Parsons, T.）把"社会化"分为"童年期社会化"和"成年期社会化"两个阶段。前者即初级社会化，是儿童人格发展的非特殊性阶段，儿童在这个时期为日后将在社会生活中扮演的角色做准备。后者指个人对自己在社会体系中所扮演的稳定的角色的学习。

②美国结构功能主义社会学家帕森斯认为，不能正确认识自己、自己的职责和自己在社会生活中所应承担的角色，这种异常的人格发展现象即"同一危机性"。

③马克思指出人始终是主体，主体是人。但对于现实的个人来说，人和主体并不完全等同，并非每一个人都是现实的主体。只有当人具有主体意识，主体能力现实地作用于客体的时候，他才可能成为活动主体，具有主体性。主体性是在人性前提下对于人的更高层次的规定性。参见袁贵仁：《马克思的人学思想》，北京师范大学出版社1996年版。

④[俄]巴赫金著，白春仁等译：《巴赫金全集》第3卷第232页，河北教育出版社1998年版。

⑤樊国宾：《主体的生成：50年成长小说研究》，中国戏剧出版社2003年版。

⑥[英]艾布拉姆斯:《欧美文学术语词典》第 218 页,北京大学出版社 1990 年版。而张德明在《〈哈克贝利·费恩历险记〉与成人仪式》(《浙江大学学报》1999 年第 4 期)一文中指出,成长小说的原始模式应追溯到盛行于原始民族中的"成人仪式或通过仪式"。

⑦ Mordecai Marcus, "What is an Initiation Story?" in William Coyle( ed ), TheYoung Man in American Literature: The Initiation Theme[M]. NY: The Odyssey Press, 1969: 32.

⑧[俄]巴赫金著,白春仁等译:《巴赫金全集》第 3 卷,河北教育出版社 1998 年版,第 230 页。

⑨通过礼仪( ies rites de passage ),也叫转移礼仪、推移礼仪,是自出生于德国的荷兰裔民族学家凡·热纳( A. Van Gennap )以来广泛使用的概念。通过礼仪包括诞生礼、成人式、婚礼等。[日]祖父江孝男著,乔继堂等译《文化人类学事典》,陕西人民出版社 1992 年版。

⑩张德明:《〈哈克贝利·费恩历险记〉与成人仪式》,《浙江大学学报》1999 年第 4 期。

⑪鲁迅说:"往昔的欧人,对于孩子的误解,是以为成人的预备;中国人的误解,是以为缩小的成人。"(见鲁迅:《鲁迅全集·我们现在怎样做父亲》,人民文学出版社 2005 年版)。

⑫王泉根:《现代中国儿童文学主潮》,重庆出版社 2000 年版,第 487—488 页。

（原载《学术研究》2009 年第 1 期）

# 略论近年来动物小说创作

高洪波

一

随着时代的推进,文学也在变化。儿童文学作为文学的一个重要组成部分,近年来无论在题材的开拓还是主题的深化上,都有了长足的进步。进步之一,是动物小说的异军突起。

这里所说的动物小说,不是一般的动物故事,也不是侧重于某种自然生物知识介绍的科学童话,而是指那种篇幅较长,注重典型环境的描写的同时,也力求塑造出生动的艺术形象(当然是动物形象)的小说作品。这一类作品,究其实质是借助于想象和幻想创作出来的,但却是运用了现实主义的创作方法:一方面给我们以丰富多彩的大自然中的动物趣闻;一方面又让我们深入这些动物的内心世界与外部世界,了解到它们别具一格的生存竞争,善恶相斗以及"人性化"的群落生活,与此同时还有自然知识的补充和细节的准确描写。这些使得近年来的动物小说焕发出奇异的光彩,赢得了广大读者的衷心喜爱。

仅就我读到的动物小说而言,根据作品所表现的内容、描写的对象,大致可分为三大类。一类是对动物世界进行直接描写,惟妙惟肖地写出各类动物在大自然中的活动,有生存竞争的痛苦,也有互相友爱的欢乐。作者尽可能运用客观冷静的笔触,展现动物世界的活动,其中不涉及或很少涉及人类,但却处处呈现出人类的观察与评判。这类作品恰如丹麦评论家勃兰兑斯在《安徒生论》中所说,"描写兽类的人性"的同时,"所描写的动物有着某些新奇的品格,充沛的感情,感情迸发时热烈奔放,强劲有力"(《外国文学评论选》537页),因此使读者在阅读中受到强烈的感染,对其间的动物主人公升腾起不由自主的热爱,并由此受到教育和启迪。比如蔺瑾的《冰河上的激战》(《东方少年》1982年第2期),李子玉的中篇小说《小仓鼠花斑豹》(《东方少年》1983年第11~12期),沈石溪的以西双版纳密林为生活背景的小说《双角犀鸟复仇记》(《少年文艺》1983年第1期)等,都属于这一类。

第二类作品从严格意义上讲,有些超出动物小说的范围。但我个人意见,动物小说似不必限制太死,如果表现的主人公以动物为主,人类活动世界贯穿到动物活动之中,通过人和动物的关系,写出人与动物情感的交流,衬托出生动的动物形象,也是应该列入动物小说范畴的。如加拿大动物作家欧·汤·西顿笔下的众多动物,无论是狼王洛波,还是春田狐,也无论是小狼狗霹雳虎或白尾巴灰兔烂耳朵,它们的命运都是和人类相关的,而作者描写它们时也不乏自己的主观感情色彩,因此显得十分亲切,别致。第二类作品是近年来动物小说的主流,由于把人和动物糅合在一起描写,使之时代感较为强烈,人类社会生活活动作为动物生活的大背景,主题也因之深化。如沈石溪的一批作品,从荣获《儿童文学》优秀作品奖的《第七条猎狗》(《儿童文学》1982年第3期),到他的《白雪公主》

《儿童文学》1982 年第 9 期)、《野牛传奇》(《儿童文学》1983 年第 3 期)、《戴银铃的长臂猿》(《儿童文学》1984 年第 1 期),无不具有鲜明时代特征,此外还有表现十年动乱期间动物悲惨命运的《我和大黑》(姜利国著,《东方少年》1983 年第 1 期)、《黄虎、白狐和它们的主人》(耿昕著,《少年文艺》1983 年第 8 期),表现人和动物之间感情变化,互相了解的李迪的中篇小说《豹子哈奇》(少年儿童出版社 1983 年版),刻画一对天鹅生死与共的感情和谴责猎人虐杀行为的《小岛上的雪碑》(《东方少年》1982 年第 4 期)等,都从不同侧面反映了人与自然、人与动物之间的关系,作者的主观倾向十分鲜明,大多用对比的手法,在讴歌大自然壮美的同时,描绘了动物的可爱可敬,而对于个别人由于自私贪婪所做出的反人道行为,进行了谴责和批评,读来有一种正义的力量,健康美好的情操。

如果说一、二类作品立意较高,寄意遥深的话,第三类作品是以情趣和童心取胜。这类作品以邱勋的《雀儿妈妈和它的孩子》(《儿童文学》1981 年第 7 期)为代表,包括陈炳熙的《两只小猫》(《朝花》1983 年第 1 期)、赵蘅的《八哥》(《朝花》总第 5 期)、王继民的《燕子》(《朝花》总第 5 期)、刘俊亮的《小狗欢欢》(《少年文艺》1983 年第 11 期),以及表现少数民族儿童生活中有趣的动物故事的《索南和他的伙伴》(《东方少年》1983 年第 1 期)、《鄂伦春小猎手》(《儿童文学》1983 年第 3 期)等,这一类作品通过孩子的天真目光,写出了童年里难忘的动物形象,也包含了作者深深的回忆与追悔。既有儿童的细致观察力,又有丰富绮丽的想象力,同时由于多用回忆体表现,字里行间往往凝聚着沉思的力量。故而这一批小说清新而不浮泛,情节平凡却又有趣。所写动物,大多是儿童常见的雀儿或小狗小猫,但由于有了童心的映照,使这些平凡的小动物在艺术世界显有特异的光彩,很让小读者们倾心。

## 二

上面是对近年来我国儿童文学领域中出现的动物小说进行的初步分类。那么,下面要做的工作是透过这简单的分类,总结一下动物小说创作的成就和不足。记得一位名叫洛·索才的诗人说过:"一间屋子是永远不会设置得完善和使人愉快的,除非那里住着一个 3 岁大的小孩和一只 6 个星期大的小猫。动物世界里有小猫,就好像花圃里有蔷薇蓓蕾一样。"这句很普通却又不普通的话,道出了生活与文学的一个重要现象。对于儿童文学,格外有深意。

我们知道,孩子的天性是好动的,他们像水银一样不安于现状,每时每刻都处于自觉不自觉的生命的运动中。所以他们喜爱大自然中的生命,热爱那些给予他们丰富想象与满足他们审美要求的动物。他们那无休止的求知欲,无边无际的好奇心和与生俱来的模仿力,驱使着他们的想象力上天入地:可以到蚁穴神游,可以随蒲公英飞升,可以骑鹅旅行,可以和狗谈心……总之,动物世界对于孩子是美妙无比的洞天福地,他们从动物身上体味到的快乐,有时可以享受一生!因此,动物小说的出现,有着一个深厚的读者层作为支撑。

另外,随着世界文学的交流,一批外国动物小说得以出版和再版,我们从这批作品中,感受到了对动物描写的新的信息。其中有加拿大动物作家欧·汤·西顿的《狼王洛波》《春田狐》和《贫民区里的猫》;有法国女作家黎达的《黎达动物故事集》;有奥地利作家费里克斯·萨尔登的《小鹿班贝》,这部作品被英国大作家约翰·高尔斯华绥称为"小小的杰作",他在"前言"中称誉道:"就其感觉的细腻和本质的真实来说,我还没有见过任何一本描写动物的故事能够同它比美。"此外,杰克·伦敦的描写荒野生活中人与自然搏斗的作品,由于其中对狗刻画得成功,给人留下深刻印象,如他的《雪虎》《荒野的呼唤》等,都充盈着一种强悍的气质,粗犷而又深刻细致的感情描写。这一批译作的出现,不仅把一个崭新的动物世界展现给读者,同时也启发了我们的儿童文学作者,使他们有所借鉴,有所提高,取其精华而去其糟粕,从而达到为我所用的目的。比如在《冰河上的激战》里,可以品到《荒野的呼唤》中的韵味,而《第七条猎狗》中,又能嗅出《雪虎》的气息;《小仓鼠花斑豹》里,我们可以看出作者对西顿作品手法的熟悉。但这些小说又都是诞生于中国土地上的作品,借鉴不等于抄袭,更不等于照搬,新时期的动物小说,以其独特的风韵吸引着读者,这风韵却是中国的土地所滋生出的。

另外,一个不可忽视的重要因素,是我们新时期文学的多元性质,决定了动物小说的兴旺发展。自从摒弃了一条极"左"的,狭隘的功利主义文学道路以来,儿童文学创作走上了一条日益开阔的道路,作家们不再把对动物的描写视作畏途,也不再害怕一失足而坠入"影射文学"的陷阱,题材的开拓受到了鼓励。时代的变化推动了文学的变化,动物小说自然也应运而生。

## 三

那么,这一批动物小说为我们新时期的儿童文学园地提供了什么可资借鉴的成果呢?它们的出现说明了什么或即将说明什么呢?我个人认为,这一批动物小说首先拓宽了儿童文学的题材领域,它们把美妙绮丽的大自然,把动物世界中鲜为人知的奥秘展现到读者面前,正如法国作家雨果所说的:"诗人的两只眼睛,其一注视着人类其一注视着大自然。他的前一只眼叫作观察,后一只眼称为想象。"(《雨果论文学》119页)动物小说为我们的读者安装了两只文学的眼睛,使他们眼界得以开阔,心灵得以丰富,知识得以积蓄,并由此关注起与人类休戚相关的大自然,关心并热爱起那些可爱的动物。另外,这一批动物小说的出现,一方面促进了人和自然感情的交流,同时作者们以其明确的正义感和崇高的道德观,歌颂了大自然中的动物英雄,表彰它们的牺牲精神和为了群众而献出个体的举动,尽管对于动物本身来说,这种"优秀品质"也许是一种出自本能的遗传因素,如猎狗的忠诚、信鸽的坚贞、雀儿妈妈的母爱、野驴在恶狼包围时表现出的智勇,但由于作者运用了拟人化的表现手法,同时注入自己鲜明的思想倾向,就使得动物的本能在诗意的描写中呈现出壮丽的色彩,包含有训诫的意义。从而使人从中得到教益,在阅读时受到启迪,因此产生了包含于趣味性之中的教育因素。这种教育因素因为埋藏很深,故而潜移默化的效力很大。

如邱勋的《雀儿妈妈和她的孩子》就是这种寓教于乐的作品。这篇小说借助于一个山村顽童的眼睛,描绘出一只鸟儿崇高忘我的母爱,通篇流动着深沉真挚的感情,似一部恢宏的交响诗,荡人心旌。雀儿妈妈的惨死,使小主人公的心灵受到震撼,也使读者明白:善良慈爱值得尊重,残忍自私应被唾弃。从而和小主人公的思想获得共同的升华。

再如蔺瑾的《冰河上的激战》,通篇没有人类的踪影,自始至终围绕大自然中的一次生存竞争,展开惊心动魄的故事。全篇像一幅色调浓郁的高原风景画:那银光闪闪的青藏高原上的雪峰,广漠荒原上移动的驴群,冰雪覆盖的草原和耸立的冰瀑布,夹杂着令人心悸的觅食狼群的嗥叫,使这种高原风物平添许多粗犷的线条。在这亘古荒原上,生活和栖息着驴群,也诞生着勇敢的动物传说,它们为了集体的生存,种族的延续,可以舍身饲敌，也可以以命相搏，蔺瑾正是紧扣住冰雪荒原上的一场拼战，写出了几个少见的动物形象。

首先是勇猛聪明的驴王"江颇噶丹"，其次是凶残狡诈的独手狼酋"纳更"。驴王和狼酋，分别代表着善与恶两类动物。前者是在凶狠的敌人面前为了保存自己的集体而奋起抗争，在生死存亡面前，它们调动了一切力量，运用了祖先遗留下来的智慧和勇气，用"双环阵"防御袭击，用"推磨阵"歼灭敌人的有生力量，用"卷旋涡"的战术制胜潜入驴群的恶狼，在付出了巨大代价之后，终于获得了生存的权力，后者是为营养自己而追逐杀戮，它们包围住善良的食草动物，置驴群于绝地，或用偷袭战，或用穿插战，磨牙吮血，屠杀无辜，屡次失利屡次进攻，有一种可怕的凶狠促使着它们围猎追捕，直到天敌红斑狗的出现，结束了它们丑恶的命运。这里，作者在描写两名动物首领时运用了对比手法，加上真切自然的细节，使驴王和狼酋的形象跃然纸上。

写狼酋纳更，集中在"剽悍、凶恶、狡诈"上，这头苍灰色的老公狼曾有过一口气咬死10只黄羊的历史，因为逞狂好胜被猎人的铁夹夹住，面临危险，它咬断了左前爪脱身，这是写其剽悍凶恶。在围追驴群的斗争中，它坐镇指挥，先派小股兵力试探性进攻，失败后又组织饿狼偷袭，最后用大包围战术，逼迫驴群向冰河方向突围。这是写它的狡猾。当写到驴群被迫在光滑的冰面上移动时，"土岗上，……狼酋'纳更'笑了，它笑得面颊上的点点白斑不停地闪动，斜裂开的双眼更歪斜，小而尖的耳壳直转动，瘦削的双肩耸得更高，长大的尾巴还在地上拍得得尘土飞扬"。笑过之后的狼酋，的确有一种魔鬼般的刁狡，它甚至跳入驴群，"一口气就咬死13头母驴"。狼酋纳更的笑与怒，体现了蔺瑾刻画动物性格的艺术才能，而它的失败结局，也昭示了恶棍没有好下场的必然性。

驴王江颇噶丹，则和所有的同类一样吃草喝水，它从小在老驴王的指挥下，学习一切御敌本领，当过"传令兵"，也以"领队"身份率领大家冲杀，终于凭着自己的体力和智慧，肩负起驴王的责任。它所不同的是要多跑多走，遇敌时冲锋在前，比别人付出更大的牺牲。作者抓住野驴的生活习性，既刻画了驴王的优秀品质，又不失其本身特点，如写到大战前夕，驴王江颇噶丹威严地站在高高的土岗上，作者这样描写：

> 这里是它出生的地方，成长的地方，也是它和同伴们祖祖辈辈赖以孳养生息的地方，怎么能随便放弃呢？ 野驴，从来是站着生的，也是站着死的，何况还新来了这么多的同胞兄弟？ 面对广漠的荒原，它仰天长啸。那号角般的"嗷嗷"声，响彻雁石塘的四野，在茫茫风雪中回荡着。

这种对驴王的从形象、声音到心理的刻画，奠定了驴王的动物英雄形象的基调，也向全篇输入了一种悲壮的气氛。驴王终于胜利了，它经过了严峻的考验，率领着自己的集体走向新的旅途。我们相信在大自然的怀抱里，善良勇敢的驴群理应得到关注，而那些贪婪凶狠的恶狼，必然逃不脱可悲的下场。

## 四

别林斯基在谈到儿童文学时，曾说过这样一段话："在儿童时期，感性和理性是处于根本对立的状态，二者是互不相容的，是一方要排除另一方的，优先发展儿童的感情能使他们了解生活的丰富、和谐及诗意，优先发展儿童的理性会使他们心灵中绚丽的感情花朵凋谢枯萎,使他们身上说教的杂草蔓延生长。儿童的智慧一旦陷入空洞的抽象之中,它在大自然和现实生活的生机勃勃的现象里所看到的只能是丧失掉精神和实质的僵死的形式和为它而下的逻辑定义,它是一个触之只能损坏牙齿的腐烂的胡桃壳"(《俄苏作家论儿童文学》7页)。我以为,动物小说是架在孩子与大自然之间的一座桥梁,它能帮助孩子越过时间与空间的障碍,径直走进五彩缤纷的动物世界,从中采到营养自己身心的精神之蜜。但这座桥梁的架设不是一件轻而易举、一蹴而就的事,它需要我们的动物小说作者具备多方面的才能,才能架通这座桥梁。除开童心以外,还要有细腻的观察力和独到的艺术表现力,同时要具备广博丰富的动物生活知识,要身临其境地观察你所描写的对象,这种观察不仅艰苦卓绝,有时甚至是很危险的。综观近年来从事动物小说创作的作者,沈石溪的创作是很能说明生活的重要性的。因此,分析一下沈石溪的动物小说,便可大致看出动物小说的发展脉络。

沈石溪是生活战斗在云南边疆的部队青年作者。他18岁从上海到云南傣寨插队落户,20岁担任小学教师,24岁应征入伍。美丽的西双版纳,神秘的原始森林和蕴藏于兄弟民族之中的惊险曲折的猎人故事,给了他以写作动物小说的原动力。1980年,他在《儿童文学》上首次发表动物小说《象群迁移的时候》,以后陆续创作了一批以西双版纳原始森林为背景的动物小说,在他的笔下,出现了忠心耿耿甘受委屈的猎狗赤利,因和毒蛇搏斗而遭受到主人的误解,最后为了抢救主人而身负重伤,用鲜血和生命唱出了一阕悲壮的人与动物的友谊之歌,读来令人怦然心动;出现了身负重任飞跃关山的信鸽白雪公主,她面对敌寇的凶鹰镇定迎战,终于飞回到祖国的哨所,为了留一副洁白的身躯,倒在了水池旁边;出现了勇斗猛虎的黄牛,这黄牛(其实是野牛)和傣家小姑娘依兰兰的友谊是那样深厚和忠贞不渝,甚至可以为了保卫她而顶穿老虎的胸膛;出现了由马戏团重返山林的小长臂猿南尼,在历经了一番痛苦之后,终于又回到了好朋友芳芳身边,这只小长臂猿由人类社会返回动物世界,又从动物世界重归人类社会,贯穿起一条感情的红线,读来有一股温馨的暖流在涌动……应该说,在短短几年间,沈石溪没有辜负孩子们的期望,用自己一支饱蘸感情的笔,画出自己独具特色的动物英雄图。

正像沈石溪在一篇题为《从小读者到作者》(《儿童文学》1983年第3期)的体会文章中说:"我从小爱养小动物。到了云南边疆以后,我常常趁工作之便,跟着当地傣族猎手,闯荡原始森林,到动物王国探险猎奇。我们和象群遭遇时,还用刺刀捅死过野猪。有时,我们晚上就露宿在森林里,烧堆篝火,一面烤吃野味,一面听猎手们讲千奇百怪的动物故事:什么巨蟒吃麂子、老虎和野牛搏斗、卡车给象群让路、野猪袭击寨子……"是生活的土壤孕育了他的创作之苗,使他能立足于西双版纳的动物王国,写出一篇又一篇思想性和艺术性均强的动物小说。

与沈石溪有相同经历的青年作者李迪,也是从西双版纳的密林中走出来的一代人中的一个。他最近在少年儿童出版社出版的中篇小说《豹子哈奇》,通过一个哈尼族猎人收养幼豹哈奇的故事,把人和幼豹的友谊十分细腻地描绘出来。其中老豹子对人类由敌视到信任的过程,哈奇成长过程中遇到曲折经历,直到它投身到莽莽森林为止,作者用抒情的笔调,夹叙夹议的方式,生动地写出了这发生在大森林中的故事。哈奇的命运,包括它对人类自始至终的信赖,使读者窥到作者呼唤善良与同情的真诚的心。动物小说在《豹子哈奇》中,感情与道德的升华呈现出具体的内容,因此也包含有更深的意蕴。同时由于作者诗意盎然的笔触,使一个翁郁神秘的森林,生机勃勃的哈尼村寨活现在读者面前。

读者在满足于豹子哈奇曲折的生活经历之后，还能领略到边疆奇异美妙的风光景物。这一点，正是沈石溪、李迪这一批有过边疆生活的动物小说作者之所长。他们正是通过热情洋溢的环境描写，启发并吸引着读者对边疆的向往与热爱，并由此升腾起对伟大祖国的一片眷恋之情。

我还想提一提《小仓鼠花斑豹》这一中篇小说的作者李子玉。如果说沈石溪、李迪的创作注满南国森林浓绿的色彩，闪烁着亚热带雨后温煦的阳光的话，李子玉的作品则落着北方无声的雪花，有着北方田野上粗犷的气息和律动。他的《小岛上的雪碑》着力塑造了雪国里一对天鹅夫妻的形象，它们在天敌面前的悲壮举动，实在像一首优美的抒情诗。天鹅被子弹打死了，尽管猎人受到了良心的谴责，然而可爱的天鹅却不再复活。这是一个很有警策意蕴的动物故事，它包含着寻找人与自然、人与动物以及人与人之间那种和谐的关系、真诚感情的意义。所以死去的天鹅本身就如同一座雪白的纪念碑，纪念着"善良和慈爱、正义和忠诚"。而《小仓鼠花斑豹》则通过北方田野上一只小仓鼠的命运，为我们展现了一群小动物的生活图景：贪吃的小黄狗，懒惰的老仓鼠，可怕的仓鼠天敌——蛇，李子玉把小仓鼠的活动置于一个名叫明明的孩子的监视中，最后又让明明捉住了它，养育和保护着它的生命，使它为科学实验贡献力量。在李子玉笔下，小仓鼠是有独立感情的小生命，它可以为自由而逃亡，可以为生存而拼搏，同时有着倔强的可爱性格。可是，最后它终于被明明的笛声感动，驯服于人类的智慧。我相信小读者是乐于接受这样一个喜剧性的结局的，尽管在理智上我们知道仓鼠是害鼠，可是在感情上仍然希望花斑豹活下去，活得有滋有味，在明明的笛声里充当一名可笑的"指挥"。这就是艺术的力量，也是动物小说作者倾向性产生的奇妙的作用。

## 五

我们粗略地回顾了近年来动物小说的现状，并简要地介绍了几位主要作者的作品之后，不难发现，惊险生动的故事情节、温暖深沉的感情和知识性与趣味性的有机结合，是这批动物小说初步成功的主要原因。同时也由于边疆生活给了他们创作的动力，使得这批年轻的儿童文学作者闯入到动物文学领域，取得了可观的成绩。此外，刘厚明、郑文光等卓有成就的著名作家，也略有涉足，便成佳作，如刘厚明的《阿诚的龟》（《北京文学》1983年第11期）写到小乌龟对人类的感情，也写出孩子不为金钱所污染的纯洁心灵，如画的描写与如诗的悠悠韵味，使此文荣获《北京文学》1983年优秀作品奖，再如郑文光的《猴王乌呼鲁》（《东方少年》1984年第1期），借助于峨眉山猴子的生活，为读者勾勒出美与丑、善与恶对立的世界，有一定的历史感。总之，这批动物小说的出现，拓宽了儿童文学的题材领域，作者们把目光投向大自然之中，为读者打开了一扇奇异的文学之窗，同时塑造了一批可爱的动物形象。此外，流贯在许多作品中高尚而温暖的感情，打动着我们的读者，使他们向往更美好、纯真的人生。

但是，也毋庸讳言，这支动物文学的作者队伍是十分弱小和不稳定的，加上年轻，难免在思想上、艺术上出现这样或那样的不足。比如在一些作品中就存在脱离生活而编造故事的现象，为猎奇而猎奇的倾向。我们承认动物小说以拟人化手法为主要表现手法，需要大量的幻想、大胆的想象予以补充，但不能据此就去天马行空地胡乱编造。写动物应有各自的生物属性，写性格须具备现实依据。否则就成了童话创作，脱离了生活和艺术的真实。

又如生活不足,知识不够,出现了捉襟见肘的局面。有些作品不得不向外国动物小说的名篇靠拢,有时靠得太近,难免有模仿之嫌。再如时代感问题,也是动物小说迫切需要解决的问题。许多作品虽然艺术性较强,可以看出写景状物、刻画人物的功力,但却鲜有 20 世纪 80 年代的气息。动物小说虽说不必直接触及社会生活,但它是文学中的一种,仍是现实生活与时代在文学中的折光,绝非是"真空文学",因此,我们很希望看到一批具有 80 年代特点的动物小说。一如当年杰克·伦敦笔下充满拓荒开矿者气魄的动物小说,西顿笔下的寓意深邃的动物英雄。至今读来,那一时代生活仍能活灵活现地吸引着我们,令人叹为观止。

动物小说弱小的队伍在渐渐壮大,20 世纪 80 年代小读者对于自然知识的需求量日益加强,我们呼吁那些饱学的科学工作者、生物学家加入这一行列里,也希望能有猎人出身的作者置身其中,如果动物园的饲养员同志加入进来,想必更能使孩子们快乐非凡。我们希望在儿童文学园地,动物小说能持久地占据一个角落,能使具有中国气派、中国作风的动物小说流派早日形成,并成为小读者(包括大读者)们喜闻乐见的精神上的密友。

让我们从大自然中汲取应该汲取的一切营养,举起双臂,迎接动物小说及儿童文学繁荣局面的早日到来!

（原载《儿童文学研究》1985 年总第 19 辑）

# 中国当代动物小说动物形象塑造视角研究

李蓉梅

　　20世纪八九十年代以来,中国动物小说获得了长足的发展,在动物形象塑造上取得了很大的成绩,母狼紫岚、白莎、混血豺白眉儿、独狼、野驴贡嘎等棱角分明血肉丰满的动物形象丰富了儿童文学形象画廊,在形象塑造上呈现出多样化的视角。视角是指观察故事的角度。"视角"需要解决"谁看"的问题。"谁在看","谁在被看","谁没在看",对这几个问题的回答反映出动物小说对动物形象的不同塑造角度。"视角"通常与"感知"紧密相连,"感知"往往能体现出特定的情感、立场和认知程度。[1]在这里,"看"等同于"感知"。人们写东西一般都是从人的角度去看,即使是以动物为主角的作品,也有很多是从人的角度理解动物。"人看动物"的视角是塑造动物形象时最常见的视角。随着创作经验的丰富,"动物看人"的视角也被广泛运用。而且"从动物这个特殊的角度去观察体验人类社会,会获得一些新鲜的感觉"(沈石溪语)。此外,还有"动物看动物"的视角。这个视角包含两个方面:丛林世界中动物间的互看;人还原为动物,作为自然物种之一来观察认识其他的物种。

## "人看动物"的视角

　　"人看动物"的视角是以人的眼光来审视和把握动物,以人的是非善恶观来认识动物,以与人的亲疏远近来评判动物。人从动物进化而来,根源于动物但最后又超越了动物,这一特殊性决定了人对动物感情的复杂性。"人看动物"的视角人立于"看"的位置,动物是"被看",这种"看"是"由上而下地看,在视觉话语中,通常是一种主人式的、殖民者式的注视。"[2]这样的视角基本上忽视了动物的独立性,视动物的个性、类属性而不见,把动物视为人类道德箴言的载体。这样的视角认为动物是为人而活在这个世界上的,其活着的全部意义就是为了人类。专写动物和人的感情与关系的作品大多采用这种视角。

　　狗很早就被人驯化了,是人类最早和最忠实的朋友。人类驯化饲养狗是为了让其服务于自己,或在看家打猎上,或在情感寄托上,带有浓厚的功利性。人以功利的眼光来审视狗,狗的命运、狗的价值就有了很大的不确定性。

　　李传锋《退役军犬》里的黑豹,沈石溪《第七条猎狗》里的赤利、《退役军犬黄狐》里的黄狐、《灾之犬》中的花鹰,王凤麟《野狼出没的山谷》里的贝蒂,宗璞《鲁鲁》中的鲁鲁,沈虎根《黑黑的始末》里的黑黑等,这些狗的形象,或为军犬或为猎狗,或者就是一般的家庭生活里的狗,不论个体的差异性有多大,在作家的笔下着力刻画的就是它们的忠义。这一类的狗属于正面形象。还有一类狗是以负面形象出现的,之所以成为负面形象,也是以忠义这面镜子来映照的。比如沈虎根的《黄黄的一生》里的黄黄,这只原本善良正派的狗,在狐狸和狼的诱惑下成了忘恩负义的刽子手。由于狗太贴近人的生活了,人习惯了以狗的主人自居,所要求于狗的便是正直善良,诚实忠贞,符合这种道德判断标准的便成了被歌颂的对象,反之就是被批判的对象。人平时对狗小打小骂出出气,那是再平常不过了,非常冤屈的是,狗会无端背上灾星的黑锅。花鹰(沈石溪《灾之犬》)本可成为一条优秀的猎狗,可惜生不逢时,成了全寨人眼里的"灾之犬"。两个主人均把自己遭遇的灾祸归罪于它,想尽办法摆脱它。而花鹰却感动于"我"的收留之恩,在"我"差点葬身鳄鱼之口时舍命救了我。"灾难之星"成了"生命之星",这对人类的认识判断能力不能不说是个极大的讽刺。人的优越于其他动物的心理让人习惯将所有的不幸、灾难怪罪到别的什么东西的头上,与其最邻近的动物往往就成了牺牲品。但其实,狗自为狗,做着它的本分事,又何来本事从灾难之国里招来祸害降之于自己的主人呢?人用人的道德观价值观判断狗,狗就成了人的附庸,有用即留,无用即扔。而狗呢,则栖栖惶惶,犹豫彷徨,为着人曾给予自己的那点可怜的温情而徘徊不去。"忠诚"之于狗是其优点也是其致命的弱点,狗一旦有一丁点不忠的行止就会被人斥为忘恩负义。千百年来的习惯积淀,最终形成了狗的"得人点滴之恩当以涌泉相报"的情感取向,价值取向。小说结尾"我"重建狗屋等候花鹰归来,这其中也许还隐藏着花鹰以后还会为自己消灾解难的希冀。这样推测并不为过。当人始终是以高于他物的眼光来君临一切时,万物都是为我而生。

在人眼的注视下,被驯养的动物失去了独立的价值,其"向死而生"的生命从一开始就不属于自己,在人的"规训"下,成为人可借取的外物。人的主人心态,征服的欲望借助于这些失去了自由的生命而得到满足。人对离自己很近的动物的一厢情愿的价值判断在某种程度上折射出人内心深处的孤独困惑和焦虑。人是群居的动物,人与人之间的交往、交流和沟通是人类的基本需求。但是科技时代的人脱离了自然,"不再和自然做获益匪浅的对话,他只和自己的产品做无意义的独白。"③人和自然疏离的同时也和同伴疏离了,人与人之间的交流少了,本来,人可以在对谈中了解对方也了解自己。但人们现在很少交谈或根本不交谈,更谈不上心灵的会晤。人类并不觉得幸福,生活失去导向,人不再知道他自己是谁,代表什么。所以,现代人觉得非常的孤独,因此人把目光投向了动物。当人感动于动物的忠诚、友善并得到心灵安慰时,他找到了在人类社会所没有找到的东西,完成了替代性的满足,暂时排遣了孤独感和无助感。现代人越来越热衷于饲养宠物,很大程度上就是因为"宠物使得饲主的人格更加完整,使他无法在别处获得肯定的某些性格面可以发挥出来"。④同时,宠物成了人的精神寄托,带给人心灵安慰。在人的注视下,动物都是"单面"的,要么就是好,要么就是坏,性格扁平,缺乏个性。这种浓郁的主观色彩源于人要借这样的视角抒发自己的情怀,寄托自己的愿望,表现自己的追求。

对于野生动物,人同样也是带着强烈的情感倾向。狼是狗的远祖,在"人看动物"的视角下,狼给人的总体印象是凶残、狡猾。很多与狼有关的成语俗语如狼子野心、披着羊皮的狼、狼吞虎咽、狼狈为奸等都表明人类对狼总体上是讨厌的。单纯从动物学的角度来看,狼会忘却父母之恩,不顾手足之情,甚至同类相食,这种本性就没法让人对狼产生好感。有研究者在探寻古罗马人为何如此热衷于斗兽场里血腥的搏杀时,联想到了古罗马的来历。相传罗马国王被弟弟所害,两个皇子被弃,一只母狼将他们喂养大。兄弟俩最后合力杀了弑父的仇敌,但后来哥哥却为了当国王杀了弟弟。之后的罗马国,就在不断地征战中扩大。难道是因为一只狼将国王喂养大,他的血液里就有了狼的凶残?当然这只是一种猜测,但也从另一个侧面说明了狼的凶残狠毒。对于离自己近的动物,人类多半置以褒词,而对离自己远的动物,尤其是肉食动物,人类一般没有好感。我们可以从下面的话语见出一斑:"恶豺,这帮恶豺,我……我要砸碎它们的头,剥下它们的皮,为我的雪妖报仇。"⑤

　　由于人在动物身上打上了太多的感情烙印，所以，"人看动物"的视角遮蔽了动物之为动物的本质特性，影响了人全面看待动物，人对动物的认识只是贴上情感标签而已。

## "动物看人"的视角

　　关于"动物看人"的创作视角，很多作家都谈过自己的看法。金曾豪认为"既然一般小说都是取'人看人'或'人看动物'这样的视角，写动物小说就应观察更多地写'动物看人'"。⑥沈石溪认为"反过来从动物这个特殊的角度去观察体验人类社会，或许会获得一些新鲜的感觉。现代动物小说很讲究这种新视角，即用动物的眼睛去思考去感受去叙述故事去演绎情节"。⑦"动物看人"的视角是用动物的眼睛去观察，用动物的心灵去感受，用动物的思维去思考。动物处于"看"的位置，获得了"看"的权利。在动物的眼里，人也是动物，"动物看人"的视角渗入了动物的道德法则与价值判断。沈石溪的《一只猎雕的遭遇》，巴萨查评判了自己所跟的三个主人：达鲁鲁、马拐子、程姐。养雕专业户程姐是个好人，在它逃往自由之路上没有杀它。马拐子是个贪婪、卑鄙、变态的小人。达鲁鲁有智有谋，品行也好，但也免不了见财起意，要偷别人陷阱里的香獐，终归只是个食人间烟火的凡人而已。牧铃的《狗的天堂》中，在牧羊犬阿洪的注视下，"眼镜"、瘦干巴、老牧人、卖艺人等都毫无遮掩地呈现了自己的人生百态。正义与猥琐，崇高与卑下，道德与邪恶等一一接受阿洪的审视。动物看人的视角客观全面，既看到了人的伟大，也看到了人性的弱点。它们认为人"不愧是天地间所有生灵的精英，是世界的主宰，是弱肉强食的丛林法则进化出来的杰作。"⑧但同时又有着不可克服的贪欲。由这贪欲便引出了卑下、出尔反尔、变态的征服欲和占有欲等丑和恶的东西。这些特征集中体现在人的身上，人也就被剥去了神圣的光环，阴影与灿烂的阳光同在，所以动物对人就不是只有敬畏，还有鄙视、不屑一顾。动物心中也有一杆秤，人被这杆秤一称，其轻重很快就见分晓。

　　野生动物和被人驯化后的动物对人的态度是截然不同的。前者是生死搏杀的丛林之战，后者是依附于人的情感之战。但两者却不同程度地揭示了人性的缺陷和弱点，人性中丑和恶的一面。驯化后的动物对人多半是爱怨交织的，最终爱占了上风，原谅了人的自私狭隘、刚愎自用、卑鄙渺小等带给自己的身心伤害；野生世界的动物更多的是对人"胜之不武"行为的不屑，贪婪自狂的鄙视。虽然"动物一直和人类之间缺乏共通的语言……它们和人类之间永远保持着距离，保持着差异，保持着排斥"。但由于"人对自己的觉察是间接的，他所追求的自我界定总是要靠自己来和其他非人的东西进行比较，然后再把自己从那里面分离出来"。⑨所以，动物对人类的注视给我们提供了认识自己的参照。人借助于动物了解自己，如果我们留意动物的眼神，会发现"动物看人时，眼神既专注又警惕……其他动物会被这样的眼神所震慑，人类则在回应这眼神时体认到了自身的存在"。在北太平洋沿岸北部的印第安人部落至今仍流行一种"狼舞"，这种"狼舞"能使人回到原始丛林时代，体验"我们从哪里来"的神秘旅程。⑩在动物已渐行渐远的时代，我们如此怀念动物，就因为人可以在动物的凝视里全面认识自己。"动物看人"的视角赋予动物说话的权利，使其能有机会对主宰万物的人类进行道德评价，我们在动物的估量评价中认识自我。

# "动物看动物"的视角

有作家称"动物看动物"的视角为"上帝视角"（金曾豪语）。这里的"上帝"即是大自然。所有的生物都是自然之子，如果用大自然母亲的目光来看，一切生命的权利都是平等的。"以道观之，物无贵贱"（《庄子·秋水》）。这个视角包含两个内容，一方面是野生动物间的互看，另一方面是人还原为动物，人作为动物的一个种类，以动物的眼光来看其他的动物。

在这个视角下，每一个物种都获得了平等的话语权，不仅平等，而且还有跳出种群狭隘视野的客观而全面的评判。首先来看动物间的互看。在弱肉强食的野生世界里，每一种动物都受丛林法则的制约，要想在这个优胜劣汰的世界里求得生存求得发展，物种内部、物种与物种之间必然展开你死我活的较量和厮杀。所以，丛林世界弥漫着腥风血雨，猎者与被猎者总是处于剑拔弩张的对抗中。除了这种对抗外，还有没有别的情感联系呢？《红奶羊》（沈石溪）给我们揭示了食物链上的居上者与居下者之间的脉脉温情。红奶羊茜露儿被黑狼抓来做了小狼崽黑球的奶妈，并与黑球建立了亲密的"母子"关系。狼是羊的天敌，羊对狼充满了仇恨、憎恶，但同时，茜露儿又非常钦佩狼的勇敢、富于牺牲精神。黑狼为救狼崽以身投敌的壮举和头羊古莱尔为了保命舍弃亲生女儿的懦弱形成了鲜明的对比。黑球是狼，而自己是狼捕食的对象，但是黑球感激养育之恩没有杀自己。沦戛是自己的亲生儿子，但在生死时刻却撞倒了自己夺路而逃。传统的关于羊和狼的道德天平、价值天平，在茜露儿这里失衡了。曾经和狼共同生活的经历使茜露儿跳出了传统的思维框架，能够站在一个制高点全面而客观地看问题。茜露儿同时属于两种不同的"文化"：羊"文化"和狼"文化"，这使它对羊和狼的差异性，对"狼"这个"他物种"的感受更加深刻。对羊和狼两个物种间的边缘体验以及个体的"与狼为伍"的经历使茜露儿获得了反思自己原有的单一立场和偏执态度的可能，它认识到传统的关于羊和狼甚至推而广之到食物链上的其他生物的观点实际上充满了物种偏见和认识盲点。跳不出物种局限就很难对自己的种群有一个全面的认识，也很难对另外的种群有新的认识。茜露儿这只曾和狼共同生活过的羊以自己的经历告诉人们天敌之间也有温情，也有敬仰和欣赏。

野生动物看家养动物又另有不同。狼是丛林世界里最崇尚自由，最喜欢奔跑，最无拘无束的动物了。狗是从狼驯化而来的，狼对于自己族谱上的远亲是怎样看的呢？《伊索寓言》中《狼与家狗》讲一只狼老了，很难捕到食物，就想到人类居住的地方看能否找点吃的，结果遇上了一只狗。狗告诉它自己过得很舒适，衣食无忧，劝狼别那么奔波了，像自己一样留在人的身边。狼想起自己奋力拼杀奔波劳碌的一生，晚景又如此凄凉，真的动心了。但突然间它看到了狗脖子处的毛被磨损得厉害，就问狗是怎么回事。"哦，没什么的，被项圈拴的。"狗若无其事地摇摇头。狼这才注意到狗被一条长长的铁链系着，大吃一惊，急忙后退。"原来你的舒适是用自由换来的？！"狼不屑一顾了，掉头跑去。也许这只奔跑的狼在不断地想：不自由，毋宁死！豺更是把狗恨在了骨髓里血液里。豺认为狗身为动物却不帮动物，反而和人一个鼻孔出气，恬不知耻地做人的帮凶，卖力地帮人屠杀动物，纯粹是动物界的叛徒。

动物看动物的视角让我们对动物有了更全面的认识，而不是凭一己之好恶做单方面的评价。

这个视角的另一个方面是人还原为动物，把自己作为动物世界的一员，去感受动物，认识动物。人是从动物进化而来的，我们和动物同属于一个家族，人类所具有的东西动物不会一点也没有。作为创作主体的人，一旦把自己和动物等量齐观，以"动物"的身份、心态来观照动物，就能如实地反映准确地把握动物的喜怒哀乐爱恨情仇。豺在人类的字典里被喻为恶的化身，但在真正的豺的世界里，还没有恩将仇报这句成语。

在沈石溪的《刀疤豺母》里，动物行为学家"我"以"动物"的观念来看待万物，从一般人所谓的豺的狡猾里，"我"看到的更多的是豺的智慧。设置得巧妙的陷阱，伪装得毫无破绽的捕兽夹，掩藏得毫无踪迹的猎网，这些都会被豺一一识破。人们认为这是因为豺太狡猾，但是豺并不是为被人类捕杀而来到这个世界的，世世代代与人打交道使豺积累了经验，懂得如何保护自己，让自己在充满凶险的环境中活下去，这只能说明豺是一种具有较高智慧的动物，但人却只凭自己的好恶冠之以狡诈的恶名，未免有失荒谬。

从动物的立场想问题，你会发现动物也是有情有义的，其牺牲精神，道义感，责任心，患难情，结盟谊有时连人类都自叹不如。乌凤和赤莲(沈石溪《结伴同行》)是共同捕食而结成的利益联盟，赤莲从大白狗嘴下救了乌凤，但却由此动了胎气不得已在母狼乌凤的眼皮底下产下了幼崽。乌凤涌起了本能的猎食兴奋，为活着而屠杀对食肉动物而言是天经地义的事。但却有一种力量在竭力阻止它这么做。刚才要不是赤莲舍生忘死相救，自己肯定早已命赴黄泉了。说到底，赤莲是它相依为命的伙伴，同舟共济的朋友，是它的救命恩人。它能狠心去咬死赤莲吗？乌凤并不是人类字典里的狼，忘恩负义，恩将仇报，它是一只活生生的狼，有血有肉，有爱有恨，既有食肉动物的残忍，也讲点情义。乌凤最终没有咬杀赤莲，相反，还把捕到的猎物给产后虚弱的赤莲送去并且做得很巧妙不伤赤莲的自尊，而赤莲最后感念乌凤是为了自己的孩子去抓那个作为诱饵的羊羔的，因而舍生救了乌凤。乌凤则对赤莲的临终托孤，发下了血的誓言：从今以后，我就是它们的母亲。这是发生在狼和豺之间的故事，如果我们仍以人类字典里的定义去审视这对豺狼是无论如何也想不到会有这样感人肺腑的友情的。可一旦我们摘下了有色眼镜，放自己在动物的立场上，这样的故事就令人可信可叹了。人类社会经常讲"将心比心"，如果我们也能将之用于动物世界，那么这个丛林舞台带给我们的就不再是单一的灰恶、恐惧，而且充满了死亡的气息。而是生机益然，有摩擦有和解，有竞争有互助，有生存的艰难，更有渴望生存的信念与执着生存的魄力，这才是一个完整的全面的动物世界。

野生动物还有很多举措，如果不站在它们的立场上那真是让人百思不得共解。生活在滇北高原的喜马拉雅野犬(沈石溪《野犬姊妹》)，实行母系社会的家庭结构，奉行女权主义，由成年雌犬当家做主，实行雄犬走婚制度。它们的家庭伦理是只有女王才享有生育权，其他家庭成员，那些成年雌犬是没有生育权的，只能辅助女王抚养幼犬。这样的家庭伦理在人类看来是非常不人道的，但这种奇特的婚配生育制度却保证喜马拉雅野犬在恶劣的环境中得以生存下来。只有站在野犬的立场才能理解和接受这种独特的社会结构。正如作者在自序里说的："我们很难用善恶、是非、好坏、正邪，来评判动物的家庭伦理关系。一切存在的都是合理的。我们只能说，生命之所以选择家庭，之所以选择特定类型的家庭生活方式，之所以选择与之相适应的家庭伦理关系，终极原因，是'优胜劣汰，适者生存'。"

只有以"动物之眼"来观察审视其他动物，才能理解为什么很多动物在自己的幼崽被人类捉去后，几经周折都无法救回，便会狠下心来咬死自己的孩子。或者自己的幼崽被捕兽夹夹住无法脱身时也会百般无奈咬死自己的孩子。不是它们对自己的孩子不爱，而

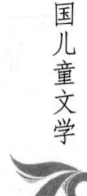

是因为爱得太深，不忍见它们失去自由，不忍见它们临死前忍受痛苦。动物的生死观、价值观远比我们所想到的要丰富得多。

　　无论是"人看动物"还是"动物看人""动物间的互看"，说到底都是人在"看"，动物形象塑造的多种视角使人类能多角度地了解他物了解自己，让我们自知自己也是动物，但"由于他自知是一个动物，他就不再是动物，而是可以自知的心灵了。"⑨以这"自知的心灵"回望动物就会发现动物和我们一样渴求幸福，承受痛苦和畏惧死亡。因此"我们要像体验自己的欢乐、忧虑和痛苦一样去体验他人的一切。""我们如同一条与其他弦共振的弦。"⑩在地球家园里，人类就是与其他生物共振的弦，为了共振协调，我们必须"满怀同情地对待生存于我之外的所有生命意志"。

[注释]

① 申丹：《视角》，《外国文学》2004年第3期。

② [荷]米克·巴尔著，谭君强译：《叙述学》，中国社会科学出版社2003年版。

③ [德]孙志文著，陈永禹译：《现代人的焦虑和希望》，生活·读书·新知三联书店1994年版。

④ [英]约翰·伯格著，刘惠媛译：《看》，广西师范大学出版社2005年版。

⑤ 沈石溪：《刀疤豺母》，花山文艺出版社2001年版。

⑥ 金曾豪：《我的动物小说观》，新蕾出版社1998年版。

⑦ 沈石溪：《漫议动物小说》，《儿童文学研究》1998年第2期。

⑧ 沈石溪：《一只猎雕的遭遇》，江苏少年儿童出版社1997年版。

⑨ [德]阿诺德·盖伦著，何兆武、何冰译：《技术时代的人类心灵》，上海科技教育出版社2003年版。

⑩ 沈石溪：《野犬姊妹》，台湾幼狮文化有限公司2003年版。

⑪ 马奇选编：《西方美学史资料选编：下卷》，上海人民出版社1987年版。

⑫ [法]阿尔贝特·施韦泽著，陈泽环译：《敬畏生命》，上海社会科学院出版社2003年版。

（原载《重庆社会科学》2006年第7期）

# 论少年小说与少年性心理

朱自强

必须承认，近年来的少年小说创作在题材上正在冲破过去的观念所划定的狭隘樊篱，开拓着崭新的土地。我们欣喜地看到，少年小说创作应该与时代同步，与少年儿童的生活同步，而不能以政治观念去筛选生活，被已有的理论束缚手脚，这已经成为许多锐意求新的作者觉醒起来的当代意识。如果《祭蛇》《我要我的雕刻刀》称为"出格"的作品，那么，《今夜月儿明》(丁阿虎《少年文艺》1984年1月号)、《柳眉儿落了》(龙新华，上海《青年报》1728期，1984年11月23日)可以说是举起了对传统彻底反叛的旗帜。这两篇描写中学生爱情的小说立即在读者和评论界中掀起了大波。争论虽然明确了一些问题，但是，儿童文学理论界对两篇小说的冲击，并没有给予足够的震动。迄今为止，对少年的朦胧爱情和性心理这一少年生活和少年小说中的客观存在，并没有站在儿童文学理论建设的层次上加以研究。本文试图提出几点不成熟的看法，希望能成为引"玉"之"砖"，就教于儿童文学理论者。

一

在儿童文学理论研究中，将文艺学与心理学联姻，是早已被运用的行之有效的方法。这一方法常常使我们对儿童文学这一现象的认识，避免偏差与失误，从而更趋近真理。但是，少年期的性发育，这一儿童走向成人的重要成熟过程，多年来，却被少年小说作者和儿童文学理论研究者有意或无意地置于脑后。究其原因，主要有两点。一是我国青少年心理学研究的落后。根深蒂固的封建文化的影响，政治凌驾一切之上的压制，使我国的青少年心理学研究，在性成熟这一课题上，战战兢兢，不是视而不见，就是轻描淡写。这种局面，助长了儿童文学工作者对此问题的忽视。二是我国长期"正统"思想教育的影响。科学方面，对少年的性知识教育在很长的历史时期无人敢于问津，文学方面，曾几何时，连成人文学中的爱情描写都被打上资产阶级的"黄色"印记，谁还敢在少年小说中写少年爱情和性心理。于是，儿童文学理论界自然就把"爱情"划为了禁区。

然而，少年性心理是不以人的意志为转移的客观存在。宋任穷同志曾指出："孩子长到十一二岁，心理、生理和思想都开始发生重要的变化，他们的好奇心和模仿性强，可塑性大。抓好十二三岁至十六七岁这个年龄阶段孩子的教育，对巩固少年儿童阶段思想教育的成果，特别是对他今后形成革命的世界观有很重要的作用。"①这段切中青少年教育要害的话里提到的心理、生理和思想变化，当然包括性心理和爱情的产生。

我们说十四五岁是危险的年龄，主要就是因为这个时期少年的性成熟给自身的思想意识和行为方式带来了很大的催变能量。因此，被称为"教育儿童的文学"(鲁兵语)的儿童文学，就不能不对此给以关注。因害怕而闭上眼睛是无济于事的，而声称为了少年的思想"健康"，时刻准备着"棍棒"，一等少年似有了"不轨行为"就扑上去的做法更不足取。

因为心理学研究证明,少年男女之间的交际在受到社会方面严厉压制的时候,他们相互间的对异性的好奇心便会不正当地强化,产生逆反心理。据《中国青年》(1985年第10期)所刊载某学校高一(1)班团支部的来信反映,班上的老师就采取严加防范的方法,不准男女同学分在同一学习小组,互相不得问学习问题,甚至春游也要男女同学分开,不能同行。对此,这个团支部却在信中发出了不满的呼喊:"难道还要我们回到'男女授受不亲'的封建时代?"当然,那位老师是有其苦衷的,那就是怕少年们"早恋"。的确,只要是了解中学情况的人就都知道,少年学生暗递纸条,"月上柳梢头,人约黄昏后"的现象是有的。而班主任知道了,不少是在班上大批特批,甚至辱骂、恐吓一顿了事。这种消极做法的结果呢,孩子们不是不买这个账,就是从此变得孤僻、呆滞,心理开始畸形发展。

我认为少年小说创作,不能充当站在少男少女之间的手持戒条和一发现"早恋"就挥舞棍棒的角色。必须首先澄清一个问题,主张少年小说可以写少年性心理,可以表现少年的"朦胧爱情",既不等于提倡和鼓励少年的"早恋",也不等于要求所有的少年小说都得写性心理。我认为,在少年小说中,少年性心理和少年爱情的描写如果得当的话,对少年的性心理卫生和思想健康是有积极意义的。

文学是人学,它所重点表现的对象,是人的灵魂,人的心态。最近有人撰文提出了"心态小说"的概念可以说是准确地抓住了当代成人小说的一个重要特质。少年小说当然也要表现少年的心态。近几年的少年小说创作越来越重视心理描写,正是基于当代少年主观感知更加丰富的现实。

我们说少年小说中健康的性心理描写具有积极意义,是因为它疏通了少年郁结的心胸,使其感情得以发泄和引导。郭沫若说:"我们知道文学的本质是始于感情终于感情的。文学家把自己的感情表现出来,而他的目的——不管是有意识的或无意识的——总是要在读者的心中引来同样的感情作用的"。[②]日本白桦派作家有岛武郎认为:"简而言之,艺术创作是艺术家的爱的过剩,是了不起的事业。"[③]与艺术家因为爱的过剩要创作一样,读者也是因为爱的过剩才阅读作品的。两者的目的都是为了发泄感情。少年尽管在青春期存在着一时的对性的抵触,但一经青春期发育完成,就会感到对异性的向往,愿意对异性表示好感,之后便希望得到异性的爱。但是,由于恋爱在学校中是被禁止的,他们会受到老师、家长和朋友的牵制,也会顾忌社会舆论对自己的评价,因此,绝大多数的少年男女并不把自己的欲求付诸实际行动,而是通过其他途径和方式发泄和满足自己的性冲动。很多少年同龄人聚在一起,讨论一些犯禁的问题,这些问题不仅和性欲有关,而且也涉及许多其他的肉体体验。生活中这样的事例到处可见。这里我们有两段现成的文字:"世界上每个男宿舍在有一点上是相同的,这就是语言和行为的赤裸。又特别是山区,又特别是正在发育旺盛期的少年时代。山区使男孩从成年男女在田间地头开的粗鲁的玩笑中,过早地培养了对性的兴趣,而年轻人生理和心理的发育又使他们对异性的关注达到人生的第一次高峰。飞龙中学晚上的男宿舍是花样百出的。有时正襟危坐地讨论班上布置的毛主席语录思考题,有时集体扯掉某一好汉的内裤,打得他的屁股啪啪响,再不就是脸上飞红地攻击某男与某女在伙房买饭时碰了一下手,进而升级成对漂亮女生的五官、胸脯和最不该谈的地方进行细致周到的品评。"[④]"然而在旧时的中学里,当许多同学闲谈下流的话题时,总是粗鲁地把任何爱情都说成是性行为。年轻的斯米多维奇默不作声,他把自己的爱情藏在心里,但是却'专心地倾听那些笑话和下流的歌曲……'"[⑤]少年人的这种行为,成年人一定会认为是厚颜无耻的。但是,心理学认为,这些问题的谈论,可以减轻性本能发动所引起的精神紧张,说说笑话也可以部分地缓和这种紧张状态。也有少数少年靠秘密阅读《少女之心》等低级下流的手抄本以及偷看黄色录像、照片,满足自己的性需求。这些下流的东西与前面提到的少年们的"悄悄话"在作用上有质的不同。这些毒品往往成为少年性罪错的直接诱因。还有一种发泄方式,就是阅读成人文学中描写爱情的作品。这是最常见和普遍的一种方式。虽然成人文学中对爱情的许多描写,特别是对性爱的描写,是不完全适宜少年性心理健康的,但是,与前两种发泄方式相比,毕竟副作用小得多。据调查表明,我国少年性罪错者,学习成绩坏的与学习成绩好的,农村的与城市的,辍学的与求学的,两者之间的比例,前者比后者大得多。这也证明,在对性发动的反映上,文化教养起着极大的规范作用。凡是长期受缺乏文明的、低级的人生观影响的少年,最有可能陷入动物性的人生观。

因此,给少年以正确的性知识,就不仅是自然科学的任务,而且也是文学的任务。因为性知识不仅是关于自己的知识,同时又是关于人际关系的人类的知识。少年们从单纯的自然科学知识里是不会产生自我洞察的。处在思春期的少年可以说是遇到了一次人生观的考验,那就是在自己的生活中,应该把性置于一个什么样的位置。

面对以上情况,儿童文学不能无动于衷了。我认为,少年小说与其把有着性方面感情满足欲求的少年推给成人文学,甚至黄色手抄本、录像、照片,不如把他们拉拢到自己身边,对少年的性发动甚至早恋现象,给以正确的引导,使其文明地看待自己的身心变化,把性置于人生的一个合适的位置。不是把少年想要得到异性爱的渴望变为追求爱的行动,而是把这种感情升华为对人生的美妙憧憬,对体现着生命更高价值的知识、艺术等的追求,这一人生第一个十字路口的指示任务,少年小说除了义不容辞地担在自己的肩上,还有别的选择吗?

## 二

前面以心理学的观点说明性心理是少年身心发育过程中的客观存在,并阐述了少年小说的性心理描写在少年教育方面具有的积极意义。那么从文学的立场出发,如何评价少年爱情,少年小说中的性心理描写是怎样的面貌,它在人物形象的塑造上起什么作用呢?

少年是人生的黄金时期,是充满诗意的年龄。我们礼赞青春、讴歌爱情时,不能忘记,正是在少年期,青春开始觉醒,爱情的种子播入了人类的心田。"青年男子谁个不善钟情? 妙龄女郎谁个不善怀春?"盛行于世的《少年维特之烦恼》的作者歌德赞美"这是人性中的至情至纯"。少男少女的朦胧爱情,在许多成人作品中,一直被赞美、歌颂着。但是,在我国的少年小说创作中,不仅没有人敢站出来肯定它,就是有人敢正面写一写,也是担着风险的。我们的儿童文学理论应该站在公正、人道的立场上承认——不管少年对这一问题曾采取过什么不理智的做法,产生过哪些不如人意的后果,少男少女的朦胧爱情本身是美丽纯洁的,是无可指责和不可侵犯的。

我觉得我们有必要像谈亚米契斯的《爱的教育》那样,谈一谈安妮·弗兰克的《一个少女的日记》。在国外一些报刊上,这部小说被誉为当代名作。我认为这是一部少年小说。这部真实的笔录,记下了第二次世界大战期间,荷兰被纳粹德国占领时,安妮·弗兰克和她的父母、姊姊以及其他几个犹太人在一个"密室"里过的两年多避难的隐匿生活。安妮在"密室"中度过她13岁到15岁的岁月。这是一个少女身心迅速变化的时期。日

记记下了这个有着顽强的生之意志的少女对反法西斯斗争的胜利始终不渝的信心,对美好未来的憧憬。她还以大量篇幅记下了自己起初萌发的爱情,和对待爱情的一丝不苟的严肃。安妮这个坚强的姑娘,不仅战胜了身边那些世俗的成年人对自己爱情的冷嘲热讽的压制,而且对爱情,"经过一番艰苦努力,已经战胜自己,能把握住自己一点"了。在那门窗紧闭,足不出室,几近与世隔绝的日子里,悄然来临的爱情成了安妮热爱生命的重要精神支柱。然而,安妮年仅 15 岁,就病逝在纳粹的集中营里。是法西斯扼杀了她年轻的生命和爱情。当我们面对安妮那纯洁向上的爱情时,还有人能站出来向其泼污水吗? 在美国,少年图书俱乐部分发了这部作品,学校里把这部作品作为学生读物。我们是否也应该拿出点勇气来把它推荐给少年读者呢?

不过是由于我们过去从"正统教育"所规定的距离看去,少年爱情和少年性心理才成了少年小说创作,尤其是理论研究的"马略特盲点"。实际上,只要稍稍调整一下思维角度,冲破"正统教育"的阻隔,少年爱情和少年性心理就会清晰地呈现于视野。世界优秀的少年小说已经有过对少年爱情和性心理的生动描写。马克·吐温的《汤姆·索耶历险记》里穿插了不少汤姆与小姑娘贝奇的恋爱描写。当然,这种爱情在一定程度上具有游戏的性质,但它的确是汤姆性格刻画的有机整体的一部分,给汤姆这一形象增加了现实感和丰富感。舍此便不能完成对汤姆的多侧面、全角度的刻画。试举一例:在第 20 章贝奇偷看并撕坏了校长的书,校长大发雷霆在追查,贝奇在劫难逃。这时,汤姆"猛一下站起来,大声嚷道——'是我干的!'"结果遭到一顿最无情的毒打。汤姆替贝奇挨惩罚固然是出自想讨好贝奇的心理,但是在这一心理的背后我们又可以看到做梦都想成为英雄的汤姆,得到了保护弱者的满足。班台莱耶夫的《表》也是得到公认的优秀少年小说。其中也有一段渗透着性心理描写的少年男女的交往。少年教养院的彼奇卡和米罗诺夫向院长请好假,去逛复活节集市。他俩结识了两个女孩子。彼奇卡在娜塔莎面前表现得很拘谨。当娜塔莎问起他在哪儿住的时候,他张皇失措,回答得吞吞吐吐,还有意地掩饰、美化教养院的性质。这些都出于少年彼奇卡希望给女友留下好印象的心理。这种心理的萌生对彼奇卡后来的思想转变,不是一点作用都没有的。

在我国的少年小说里,少年爱情和性心理描写当然不是名正言顺的,但还是在遮遮盖盖之下,偶尔闪露出来。刘心武的《班主任》虽然不是专门写给少年看的,但是,小说却在中学生读者中引起很大反响。小流氓宋宝琦给《牛虻》插图中的琼玛一律添上了八字胡须,团支部书记谢惠敏看了这插图如见洪水猛兽——"哎呀! 真黄!"这反映了两种变态的性心理。仍然是这位作家的《我可不怕十三岁》也轻描淡写地提到"我"变得爱照镜子这一心理变化所外现的行动。罗辰生的《"大将"和美妞》写的小学四年级男女同学之间的深深的"沟",是青春期到来之前性意识的朦胧觉醒。余通化的《生理特点》、杜风的《少女的尊严》都较细致地写了少女生理和心理的变化,以及由此而引起的生活态度的变化。这些描写逼近了少女的真实心态。可贵的是,两篇小说所描写的少女们内心的自省和对自己行为的把握,对少女读者将产生自我关照的积极影响。程远的《弯弯的小河》、陈丽的《花苞的秘密》描写了少男少女之间的友谊。这两篇小说的友谊有一个共同的模式,就是少女都身处不幸,而少男挺身相助,从而友情加深,其结局都是夭折,又都是社会原因造成的。在少年小说中,写异性友谊是难题。因为男女之间友谊与爱情本来就界限模糊,而少年爱情的朦胧感,尤其使作者难于把握。《弯弯的小河》里侯超与张秀萍的友谊就显得比较复杂暧昧,《花苞的秘密》中的夏杰和雪花的友谊则显得单纯明朗。

1984 年，丁阿虎的《今夜月儿明》第一次大胆地站出来描写少年爱情，引起了儿童文学史上罕见的轰动。继此之后，一位中学生的《柳眉儿落了》又以当事人的身份来写爱情，使人不敢对其真实性发生怀疑。对这两篇小说的评价，留待下文着重论述。

以上只是触及性心理的少年小说中的一部分。既然少年性心理是少年小说中的一个存在，那么研究这一存在的文学价值则是必要的了。

近两年，在当代文学研究的"新方法热"中，弗洛伊德的精神分析学理论被经常运用。弗洛伊德认为，人的精神分为"伊特"（本我）"自我""超我"三个层次。其中，"伊特"代表人的各种欲望和冲动的性本能，是潜意识，在人的精神活动中起决定作用。不能认为弗洛伊德的观点全部正确，但是，人的某些性格、行动受潜意识制约这一点还是应该认可的。中学里，学习差的男生为什么热衷于打仗？其中一个原因，恐怕就是潜在的性意识在起作用。不能从智力上显示自己的优势，便在暴力方面证明自己的强大，以此来吸引女生的注意，建立自己的威信。由于一部分女学生特有的需要保护的依赖性，这种做法也确实能收到一点效果。另外，在课堂上以机智幽默的语言接老师话茬儿，对异性态度粗野、恶作剧等行为，也往往可以从少年想吸引异性目光，在异性面前有强烈的表现欲上找到性心理方面的原因。

可以断言，性心理与人物性格的真实性是有密切关系的。有些特定的少年形象，性心理是其性格中不可摘取的逻辑链条。他们行动时，性心理在暗中起着调节作用。少年小说如果忽视少年的性心理，在某些情况下，就会在对人物性格的把握上出现失误。下面是一正一反的两个例子。

《心头飘过一朵云》（严振国，《少年文艺》1984 年第 12 期）写了一个"长得黑而且鼻子有点扁，嘴唇又嫌厚"的小姑娘。她在班里排舞蹈时争抢角色，文娱委员就派她扮演非洲朋友。同学中有人吃吃的笑声使她觉得受到了嘲弄和侮辱。后来，老师以大作家安徒生和配音演员向隽殊为例子，教育她不要为自己的短处自卑，要发挥自己的长处。我们知道，处于青春期的少年男女对自己的身体是非常注意的。少女最注意自己的长相，男子更重视身材。有这方面缺欠的少年，往往会陷入自卑之中，变得不愿参加集体活动，孤独起来。《心头飘过一朵云》里的丑姑娘还是一个小学生，她从前对自己长得丑俊是不很在意的，因此在排节目时，她才争抢角色。如果换上十五六岁的少女，将不会有这种举动，反而会"识相"地低头走开。我们说小说准确地刻画出一个丑小姑娘的形象，就是因为作者准确地把握住了一个小学生少女的心理特点。

《再见了，我的星星》（《儿童文学》1985 年第 3 期）是一位创作上很有成就的青年作家的作品。这篇小说意境深邃、语言很美。但是，读这篇小说时总叫人感到有点不自然，仔细想想，原来作者忽视了一个十四五岁的少年在与十八九的女青年交往时，心理上的障碍。尤其是乡下的少年和城里的女青年之间，这种心理上的障碍对少年的行动制约力更大。小说写晓雅和一群"女知青"刚到星星他们村子的时候，星星和伙伴们非常迫切地希望能分到自己家里一个。星星因为他家没有分到女知青而掉泪，甚至因此和三鼻涕打仗。我认为，处于性反感期的 12 岁男孩子绝不会公开对 17 岁的可以称为少女的知青表示那样大的兴趣，至少不会那样公开化地表露感情。晓雅以后在星星家里生活的几年，星星正处于 13 岁至 15 岁这一危险的年龄阶段。可是我们看不到星星生理和心理的变化。如果作者写的不是一个十八九岁的女青年与他的友谊，这些当然可以不写。但是，星星在这个年龄必然产生性意识，是不会不影响到他和雅姐的友谊的发展的。连亲生姐

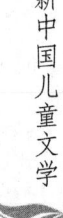 

弟都会疏远的年龄,作者却仍然让他们耳鬓厮磨。心理学上写道:"崇拜年长者对于思春期的不安定心情具有相当程度的补偿作用""对年长异性的崇拜和敬爱,一般被称为'童年时的恋爱'。这往往是从对方所不注意的远处,着迷地倾倒于所向往对象的一举一动,并由于将对象偶像化而苦恼地折磨着自己。"[7]如果星星像小说写的那样具有农村的"一般孩子所没有的灵性和对美的感受力",那么,雅姐自然而然地就是他最理想的敬爱者。两个人的年龄如此接近,那种拉着手、轻拍脸蛋儿、吻额头式的交往,就没有点燃爱的火花的危险吗?日本一位精神医学学者说:"所谓持有性意识,就是从性这一视点,重新看待世界和他人。正像在思春期性荷尔蒙充满了年轻人的周身血液一样,性的意识支配着年轻人的心和所有的行动。年轻人连皮肤都变得极敏感,被他人,特别是异性稍稍触碰,身体就惊得缩成一团。这种情况在儿童期是没有的。"[8]因此,在《再见了,我的星星》里,不是作者把那种亲密的交往错安在了星星与晓雅的身上,便是人为地使十四五岁的星星对异性的爱在晓雅的爱抚下仍然保持着零度。尽管作品也写了星星对晓雅的感情是很深的,但是,由于这种感情超越了性意识范畴,而显得不真实。作者的失误就在于小说所描写的十四五岁的少年与十八九岁的女青年之间交往方式的不真实性,或者说,对在这种交往下产生的感情所做的评价的不正确性。从《再见了,我的星星》这篇小说在对生活进行虚构,或曰艺术上的深度加工上出现的败笔看,有一个问题是否值得引起我们的少年小说作家们的注意呢?那就是,写少年生活,尤其是写到他们与异性的感情纠葛时,性心理描写是不可忽视的,它与人物的性格以及与异性关系的程度、性质都有相当密切的关系。

三

少年性心理描写,在以爱情为题材的少年小说中密度最大,质感最强,把握最难。1984 年出现的《今夜月儿明》《柳眉儿落了》(以下简称《今》《柳》)是我们研究少年性心理描写时,最应该重视的客体。

虽然国外的少年小说中有一些对爱情的正面描写,但是,完全描写爱情,并以此来表现作品主题的少年小说,孤陋寡闻的笔者还没有见到。我国少年小说创作在表现爱情上的突然超前现象,当然与作者的标新立异有关。不过还有没有更深刻的社会原因呢?别林斯基说过:"如果一个诗人决心从事创作活动,那么,这就是意味着,有一股强大的力量,一种不可克服的情欲,在推动着他,驱策着他做这件事。"[9]文学创作成了一件骨鲠在喉、不吐不快的事。丁阿虎在《今》发表时附的"作者的话"中说:"这是个很敏感的题材,也较难处理。"作者知难而上,是有骨鲠在喉的。目前,性发育的早熟现象,已经成为世界性趋势。以女子初潮为例,在日本是 12 岁半左右,在我国,也比新中国成立之初提前了至少两年。性早熟必然唤起爱情的早日觉醒。目前,"早恋"现象骤增,成为学校教育者回避不开而又头疼的问题。教育者们(包括家长)采取的往往是强制压服的教育方法。正像有过一个时期,人们提到爱情就不自觉地与资产阶级低级趣味联系在一起一样,在今天的"传统"教育思想根深蒂固的人们眼里,"早恋"是不洁的,可耻的。认为"早恋"至少是表现了思想意识复杂的人更是普遍存在。正是"早恋"的应运而生和教育者们对早恋进行强硬压制的矛盾的现实使《今》的作者要一吐为快。因此,可以说丁阿虎是以《今》对传统教育思想进行了一次小小的反叛和挑战。不过是由于作者自觉到这种题材的"很敏感""较难处理",因而小心谨慎地进行试探性描写,这种反叛动机的锋芒被遮蔽起来,不容易被觉察罢了。

少年小说要不要写少年爱情，在《今》引起的争论中，意见虽不统一，但从大量来信的反映看，赞成者（特别是中学生）似乎占了压倒的优势。但是对如何写这个问题，争论时讨论得不够，值得进一步探讨。

首先就有一个如何看待少年爱情的问题。初恋作为少年人生的一个觉醒，像太阳初升一样是非常美好的。谁要是曾经怀着美好而又温暖的感情怀念自己少年时代的爱情，谁就会承认这一点。少年对人生最初冲动起的热爱，往往是与对爱情的憧憬同时莅临并交融在一起的。少年小说仅仅承认这种爱情存在是不够的。我们即使不来赞美她，至少也该尊重她。那种认为没有早恋的少年便"天真烂漫，幼稚可爱，心灵纯洁"，有了解丽萍那样的行为就是"荒唐事"⑱的观点背后，实在是封建伪道德在作祟。但是在现实生活中，这种观念的影响还是很大的。即使是思想比较解放的丁阿虎同志在如何看待少年爱情的问题上，认识也很模糊，甚至使《今》在客观上给少年读者带来了消极影响。请看广西一位14岁少女致作者信里的一段话："这几篇日记真使我十二万分的激动。当然也有惊讶和羞耻之感。惊讶的是：您作品中的解丽萍怎么竟与我一模一样。但更可悲的是，我比解丽萍要傻，要愚蠢得多！羞耻的是：我处在那种感情的状态中，自己怎么不觉得害臊？（我与我们班的一位同学通信了一段时间，但还是他明智，截止了这层感情的发展。）"⑲读了这些话，我感到担心。虽然由于有些少年对自己产生的"朦胧爱情"缺乏理智的清醒的认识，往往给学习和身体带来消极影响，甚至顺乎情感造成一些不合理乃至悔恨终生的事情，但是这与早恋这种感情本身没有必然的因果联系。我们要否定的不是早恋这种感情，而是少年们处理这个问题时自身的幼稚和软弱。同水到渠成，瓜熟蒂落一样，少年爱情是自然而如期来临的，是无法躲避和堵截的。因而讨论"早恋"应该不应该产生已毫无意义，倒是对这种感情所采取的态度和行为方式是可以控制和调解的。后者正是少年小说应担负的责任。看来那位少女在倒她的那些"对学习兴趣就会日益淡薄，而热衷于追求打扮，吃喝玩乐"⑳的"脏水"时，把可爱的"娃娃"——初恋也倒掉了（否定了！），这一现象应该引起我们的警觉。表现爱情题材的少年小说绝不能向少年们灌输早恋是不纯洁的、可耻的这些否定人生的思想。《今》的作者的主观动机以及作者的社会效果基本是好的、但是从那位少女读了《今》之后对初恋产生的否定态度，我们有必要检视一下作品的副作用。

从小说看，解丽萍在回忆自己15岁的初恋时，在主观上似乎是否定当年的感情的。她认为当时是"做了许许多多的傻事"，"现在回过头去想想，自己也不禁觉得好笑。可是，在那个时期，这一切却显得那么神秘、庄严、认真"（重点号为笔者所加）。在我看来，当年解丽萍所萌生的感情是纯真美好的，值得尊重和珍视。毕竟是自己人生中的第一次爱情，怎么那样轻松地就否定了呢。其实，从解丽萍夹在日记中的那片至今"似乎还散发着淡淡的清香"的迎春花瓣和她紧锁在秘密地方的那张表达爱情的纸条来看，她还是怀念并珍惜自己的初恋的。在这里，作品的客观描写便与解丽萍前面的内心独白产生了矛盾。客观描写常常是没有明确意识的，因而往往是真实的。而解丽萍的内心独白，实际上是作者借人物之口发的议论，则带有明确的教训目的，包含着作者的主观认识，因此未必是真实的。二者相比，我更相信那个迎春花和那张纸条。可是那位少女读者相信了作品的说教，把美好的"花瓣"和信扔掉了，自己却没有觉察。我认为《今》的副作用不在于像有人认为的那样，会使无爱情意识的少年读了产生爱情意识，而是在于作品中解丽萍

的反省无意中造成了少年们对初恋的否定意识。处于青春期的少年，其精神世界有两个重要支点，一个是由于性意识的产生对世界和他人从性的方面重新修正看清，另一个就是由于自我意识的产生，检验分析自己，并把自己重新组合。而且性意识和自我意识并不是彼此孤立的，而是无处不相互交织在一起。®因此，"产生早恋这种感情是不应该的，可耻的"这种想法，最有可能使少年对自己的品质发生怀疑从而导致对自己的否定。对于正处于寻找自我、建立人格的少年来说，这是很可怕的。

《今》里面的宋老师在教育解丽萍时讲的话，也容易把少年的思考引向"产生早恋是不对的"这一方面。"人总有那么一段时期，能够早点认识，早点避免掉，更好。产生了，也不必过分紧张，认识了，改了就好。"应该承认，在教育者们对待"早恋"的态度上，相比之下，宋老师的做法还是比较令人满意的。作者也是把宋老师作为楷模来塑造的，以此来宣传自己的教育思想。但是正像有的同志在争论中分析的那样，小说对解丽萍的"沉溺"与宋老师的"引导"这两方的分量未能掌握好。我认为小说中宋老师的"引导"之所以给人以无力的感觉，是因为宋老师在思想深处（或曰作者的思想深处）还是认为"早恋"这种感情是不应该产生的。宋老师的"引导"是换了一种方式的软压服，不可能彻底解决"早恋"的难题。由于这种"软化"手段在一定程度上保护了少年男女的自尊心，因此与"强硬"手段相比得到了一些少年们的欢迎。

从作品在中学生读者中的反响看，《柳》比《今》更受欢迎。这篇小说发表后的短短两个月里，作者就收到了300余封表示赞佩和感谢的读者来信，而且写信的绝大多数是作者的同龄人。为什么《柳》受到这样的欢迎？一位读者坦率地说："我更喜欢《柳》。大概你是一位中学生的缘故吧，你比《今》的作者更能理解中学生的心情。"当然这话里有一定偏颇，但是，说《柳》的作者龙新华更能理解中学生的心情，却道破了两篇小说思想倾向上的差异。正如作者所在学校的语文教师过传忠所评价的那样，龙新华"凭着对生活的敏感，本着对自己切身经历的严肃思索与对同龄人共同命运的深挚关切，以纯洁的感情和优美的文笔，首次在文学作品中捕捉到了这些少男少女心灵深处的点点闪光，又令人信服地为'感情与理智'做着斗争的同伴们指出了正确而又可行的答案。"®问题的关键就在于对"早恋"这种感情本身是肯定还是否定。《柳》发掘了少年爱情的积极力，优美地描写了初恋对少年"他"的人格的净化和陶冶。"他"原来是一个被同学们认为"可敬不可亲"的"孤僻"的人。但是自从"他"对"她"产生感情之后，心灵与性格发生了极大变化："随着与她的接触，他发觉自己的感觉渐渐变得敏锐了。雨后的大树，阳光下的草地，微风中的泥土味儿，还有那舒展的云，辉煌的落日……所有这一切都深深震动着他，使他感到有种不可言传的美。周末回家，他注意到母亲眼角又添了几道皱纹，鬓边又多了几根白发，立刻，他的心缩紧了。他真想为母亲拢一拢头发，并轻轻地拥抱一下瘦小的母亲。同学病了，他会骑着自行车从学校所在的郊区跑到市中心去买营养品，去耐心地安慰同学，陪同学闲聊。他的心中洋溢着温情。"可见少年"他"对人类的热爱，对美好生活的理解，对人生的思索都是伴随着初恋产生的。《柳》是少年们的知心朋友，它懂得如何爱护和珍惜初恋这份人生的美好感情，如何把握住这种感情使其成为生活的动力。而《今》虽然在表现爱情题材上发了先声，也有改良的积极思想意义，但是作品中对早恋的隐隐否定倾向，以"沉溺—教育—改悔"的模式化所含藏的淡淡的"回头是岸"的说教意味，降低了作品的各方面的价值。

实际上，《柳》中的"她"并不是第一个能够用充满理性的人生思索的目光看待初恋，从而把握住自己的感情,找准它在生活中的位置的少女文学形象。铁凝的中篇小说《没有纽扣的红衬衫》中的女中学生安然,在与刘冬虎的感情交往中表现的坚强与清醒,与《柳》中的"她"何其相似。《没有纽扣的红衬衫》在成人文学中被视为优秀作品,改编成电影的《红衣少女》还登上了领奖台,上述两篇作品毕竟一篇是成人文学,一篇出自中学生之手。可是少年爱情题材到了儿童文学作家之手,就好像非进入"沉溺—教育—改悔"的程式则不能对少年进行正面教育。这不能不引起我们的思索:我们的教育观念难道脆弱得如此碰不得吗? 我们的少年小说创作难道命定该背负因袭理论的重压吗?

四

前面讲过,面对少男少女寻找各种途径和手段来发泄性成熟所引起的冲动这种情况,少年小说不能无动于衷。但是必须看到,少年们有两种冲动要发泄。一是性方面(肉体)的,二是情感方面的。我们的少年小说创作,也需要像《今》《柳》这样的作品,来满足少年们的感情需求。不过这种满足不仅是迎合,而且还担负着使其感情趋于纯洁,日益向上的使命。如果我们的少年小说成功地进行了高尚的纯爱的教育,那么就会在一定程度上松弛少年们性方面的紧张感,把他们对性的注意吸引到对美好感情的向往这种心灵的完善上来。

我们知道成年人的爱情,是两方面因素的融合,即所谓"身心交融"。精神和肉体缺了一个方面,则感情不完满。可是少年们"在青春期,性的感觉和心理的异性爱并不是马上结合在一起的情况极多。前者常常是作为自己的一个隐秘世界,可以说是表现为色情的自我爱,后者是与前者完全不同的心理活动。肉的世界和灵的世界还是各自分开的体验,未必融合成一体。"①正是少年们对异性关心的双层间壁性,决定了纯爱教育的可能性。

排斥性爱(肉体),抒写纯爱,是少年小说与成人文学在爱情描写上质的区别。西方一些少年小说在爱情描写中有少年男女拥抱、接吻的场面,我国的少年小说则不宜这样写。因为在爱情和性方面,我国与西方有着各自不同的民族文化传统。"发乎情,止乎礼义"是应该遵循的一个尺度。

总之,在人类的青春期中,对爱情的憧憬是少年独特而又重要的情感。在从儿童期向成人期过渡的过程中,如果没有这种情感就突然跨入现实生活,那么,精神生活的丰富和发展是难以期待的。使少年爱情的憧憬之泉不至于污染、枯竭,使这种感情上升到对人类、艺术、生活的更广阔更深沉的爱的更高层次,这就是以爱情为题材的少年小说付诸努力的方向。

这两年,少年小说的创作虽然并不尽如人意,但毕竟是跟在生活洪流的后面前进了。令人遗憾的是,儿童文学理论对创作的冲击仍然比较麻木。人类史上,许多重大理论的创立,都是以惊异现象为契机的。《今》《柳》以及由此而引起的讨论,可以说是儿童文学领域里的一大"惊异现象",已经促使我们不能不重新认识和探索儿童文学理论。运用溯因法,我们是否有创立"少年小说可以而且应该描写少年爱情"这一新理论的可能性呢?也许历史将证明这一努力是徒劳的,但是,在未有定论之前,探索就有希望!

[注释]

①《关于青少年工作的问题》,《红旗》杂志 1984 年第 15 期。

②郭沫若:《革命与文学》,见《郭沫若论创作》第 33 页,上海文艺出版社 1983 年版。

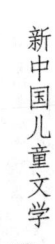

③[日]有岛武郎:《自我的考察》,转引自西本鸡介著《儿童文学的创造》(日文版)第 164 页。

④谭力、昌旭:《蓝花豹》,《十月》1985 年第 5 期第 17、18 页。

⑤[苏]B·B·韦列萨耶夫著《回忆录》,莫斯科真理出版社 1961 年版。

⑥[德]安妮·弗兰克著《一个少女的日记》,湖南人民出版社 1983 年版。

⑦[日]依田新主编:《青年心理学》,知识出版社 1981 年版,第 22、23 页。

⑧[日]石田春夫:《思春期的人类学》(日文版)第 70 页。

⑨[俄]别林斯基:《普希金作品集》,第 5 篇论文(1844)。转引自《文学名言录》,湖南人民出版社 1985 年版,第 113 页。

⑩⑪⑫《一篇引起强烈反响和争论的小说——〈今夜月儿明〉读者来信选录》,《儿童文学选刊》1984 年第 4 期。

⑬[日]石田春夫:《思春期的人类学》(日文版)第 96 页。

⑭过传忠:《三百多封来信说明了什么?——一位中学生的习作〈柳眉儿落了〉引起强烈反响》,《文学报》1985 年。

⑮[日]桂広介编著:《青春期意识与行动》(日文版)第 13 页。

（原载《当代文艺思潮》1986 年第 4 期）

# 论少年小说与少年心理

王泉根

人生有许多的"谜"。少男少女的心路历程就是一个斯芬克斯之谜,这也是儿童文学审美创造实践中众说纷纭、颇难破译的一大"哑谜"。

这个"谜"来自少年本身。较之儿童,少年在思想上离开成人的距离比儿童要远得多。因为儿童离开成人就不能生活,而少年却在试图脱离成人,寻找自我。由于思春期身心的逐渐成熟与迅速发展,少年在心理上出现了摆脱父母的所谓心理性断乳及其由此而生的心理的"闭锁性"特点,于是他们的"反常"行为(比如要求有单独的房间,想有能上锁的抽屉,悄悄地记日记等)引起了周围环境的猜测与警惕,由此又反过来引起了少年自身精神上的无序与不安——而他们对这种情绪变化却是完全缺乏心理学的知识与必要的精神准备的。

这个"谜"也来自成人那里。其实,少年心理的闭锁性只是某种形式的虚张声势而已,他们更希望被成人理解与接受。没有任何人会像青少年那样深陷于孤独的精神泥沼,一声声地呼唤着理解,呼唤着爱与被爱。然而作为主宰这个世界的成年人(尽管他们也曾有过相同的心路历程),却往往忽视了这一点。沉重的文化积淀、世俗习惯与出于良好愿望的"干涉",常常遗憾地一次次地剥夺了少年对思春期身心奥秘的知情权:男女同学之间的纯洁情愫,青梅竹马的朦胧憧憬,柏拉图式的精神之恋,不但得不到成年人应有的理解与同情,甚至连文学作品的审美鉴赏与思春期的知识教育,也长期地"暂付阙如"。于是,少年心理就成了玄乎又玄的"险滩",成了莫名其妙的难解之谜。

这种现象显然是不正常的。精神分析学家弗洛伊德早在半个世纪之前就对此做过深刻的剖析:"诚然,如果教育者的目的是尽早地抑制儿童的独立思考能力,以便产生非常高价的'好的行为'。那么,只有在性的问题上欺骗他们,用宗教的手段恐吓他们。诚然,性格较强的人抵得住这些影响;他们会反叛父母的权威,然后反叛其他权威。但是当儿童不接受这些解释时,便会转而求助哥哥姐姐,他们会继续私下用这些问题折磨自己,试图解决这个问题,会猜测,性的真相是以最不寻常的方式与荒诞的虚构混合在一起;他们还会彼此悄悄说心里话,因为他们在探索中有一种负罪感,认为每一件与性有关的东西都是可怕的和令人厌恶的。"(弗洛伊德《儿童的性启蒙》)

当少年人一旦被无知和愚昧牵着鼻子,真的认为有关思春期的性心理"有一种负罪感"的话,那么,令人啼笑皆非的污水和悲剧就会向他们身上泼去。《傍晚的天池山》(朱效文)中的阿龙虽然勇敢地撵跑了小流氓,保护了女同学的安全,但仅仅因为他无意中看到了"碧绿的池塘里,泡着一大群正在洗澡的女孩子",他就"臊得不敢抬头了","他觉得自己的品德并不高尚,而且还做了不尊重女生的羞耻事,不应该受到表扬"。阿龙的自责已够悲凉了,然而还有更使人悲凉的:那群原来七嘴八舌敦促阿龙接受老师表扬的女生,一经知道阿龙"偷看了"之后,都一致认为他是"这么下流的人,到哪脏哪",夏令营的每个

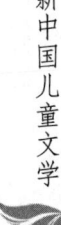

小组都不要他，"刚才人们还把他当作英雄，可现在却把他看成了一堆屎"。反差如此之大，实在令人震惊！陈腐滞重的封建思想如此堂而皇之、大摇大摆地毒化着 20 世纪 80 年代的少年，实在令人扼腕！朱效文这篇小说的题材无疑具有某种典型性，透过纸背，我们仿佛感到了作家那一颗"救救孩子"的真诚而痛苦的心！

心理学家认为，孩子的成长需要三种食品：一是营养食品；二是大脑的食品（知识）；三是爱和情感。处于身心急剧变化发展阶段的少年，他们需要的爱和情感，主要是指理解与同情。由于自我在思春期的觉醒并逐渐确立，少年不再向往年龄和能力与自己过于悬殊的人（小弟弟小妹妹），而是向往能够理解和同情自己的人——同性朋友；年岁稍长、具有更丰富的经验并能从旁帮助自己的同性友人。例如《黑发》（陈丹燕）中的那位帮助何以佳梳理了一个"神秘的直发"从而使她发现了少女黑发之美的姑姑，《哦，我的坏女孩》（陈丹燕）中一心一意向着美妮的那位"精神母亲"，《啊，夏天送走了秋天》（谷应）中与孩子们结义的北斗哥哥。而对于惩罚不服气的以佳绕操场跑 20 圈的"旧社会"，少年们只有关闭自己思想情感的大门，本能地把自己隐蔽起来。——所谓的"代沟"其实是因人而异的，在理解与同情面前，代沟将会自动消失；在冷漠与训斥面前，代沟只会加深。

现代心理学的研究表明，当少年在经过对同性友人或年长的同性人的向往阶段之后，对异性的向往就开始萌芽了。这种向往是建立在心心相印的理解与同情基础之上的精神吸引，是人生黎明觉醒时刻试奏出的第一个乐音。如果说王小曼与裔凡的神秘通信（秦文君《告别裔凡》）还是属于少男少女互相渴望理解的一种大胆尝试的话，那么，田亮敢于向唐丽蓉（任大霖《人生的青果》）直接剖白自己的"男子气"，则是互相理解催化出的精神之"恋"了。这两篇小说都写得细腻传神，有一种情采芬芳、委婉动人的艺术魅力。建立在同龄少年朋友理解基础之上的真心碰撞是如此使人激动不已。但这种友谊已不同于幼儿园、小学校时的青梅竹马，而是夹带着一种对异性的朦胧幽思，尤其是在发现了异性之美以后才"定格"的。《人生的青果》中有这样一段细节描写：

> 游泳池里人也不多，他俩游得挺痛快。……田亮仔细地又瞧了一下，忽然感到唐丽蓉的样子有点变了，不是过去那个细手细腿的小女孩子，那件紫红色的旧游泳衣绷在她那白皙的身上，已经显得有点紧小。田亮觉得她有点像体育宫门口那个拿着藤圈的少女雕像，有一种让人想多看几眼的吸引力。

日本心理学家依田新指出："当意识到异性美之时，人就得到了新生。"性心理的本能发动是思春期人格再造的一种契机，它广泛地影响着少年的价值观、世界观、人生观的形成。田亮正是在发现了唐丽蓉的少女美之后，才升华了自己的"男子气"人格；即使唐丽蓉已身患绝症，他也要和她"一起上学，一起温课"，"一直到大学，还是这样"。同情与理解——作家对作品主人公的同情与理解，作品主人公的互相同情与理解，在这里是那么卓有成效地艺术地引导着少男少女把对异性的向往升华为一种纯洁、高尚的价值理想，一种互相激励、共同前进的美好情愫。任大霖为少年朋友摘下的这颗"青果"固然有一点苦涩，但却其味无穷，它包含的更多的是渗透心扉的美的享受。

美的憧憬、美的体验是人类在思春期的一种重要心理现象。我们未曾发现怀有憧憬的儿童，但却容易找到怀有憧憬的少年。少年正处于儿童与青年之间的过渡阶段，在从幼稚（儿童）向成熟（青年）的过渡阶段中，如果没有少年期的憧憬就突然一步跃入现实生活,那么,丰富的精神生活的发展是难以期待的。少年的憧憬乃是一种朦胧的情绪体验与思春信号。人类在思春期,身心的发展会使其本能地产生特殊的兴奋、焦躁、爱打扮(如铁凝《今年流行黄裙子》中的芳芳)、自我厌恶感(如倪赓《我不美丽》中的少女)及对异性的憧憬等,这种伴随成熟而出现的现象,是对于个体生命发展的一种必要的补充。正由于这种奇特的变化,才使少年由过去只关心自己变为开始关心别人、注意别人,只关心同性变为开始注意异性。作为高等动物的人类,在思春期最初产生的对异性的憧憬只是一种纯粹的精神向往活动,在这里,爱和性是分离的,不搭界的。虽然思春期的男子对少女的处女之美的憧憬是很强烈的,但他对所崇敬的对象,只是在远处悄悄怀着一种"看她几眼"的向往之情,尽管这是基于生物学的"补充要求",但却是一种柏拉图式的"精神之恋"。谁如果否认了这一点,硬要把少年人纯洁无瑕的精神吸引与性的欲求生拉硬扯起来,那就无疑是把自己的阴暗心理强加到少年身上,或是一种向少年随便泼污水的无聊行径。请读一读《小百合》(玉清)中的少年精神之恋(还有《麦山的黄昏》中那两位少年)吧,那实在是一种优美的艺术享受:两位师范学校男生被一位新入学的女生的美突然吸引住了,"她就像一枝柔弱洁美的小百合",像"梦里见到的一尊女孩雕像",为了能看上几眼这位"诗一般的女孩",他们怀着一种几乎是崇拜与敬畏的心情,常常在晚上远远地去看一看坐在路灯下读书的她,没有企求,没有目的,当然更没有半点"性"的因素,"只是朦胧地觉得有一种愿望","只是非常非常想每天都看上她一眼,别无他求"。这种纯粹的精神之恋是单向而优雅的,恰是在少年纯直观地、完全超越对世俗生活的一切欲念专心致志地把精神皈依到对象的美之时,一种美的情愫同时就在他们心中升腾了:他们要"远远地护卫她",他们不准其他男生俗气地称她为"丽妹";他们感到"应该多看些文学方面的书:诗、小说、散文",以提高自己的气质与审美修养。审美静观的移情作用使两位少年产生了带有理性的沉静高尚的情操,这种美的情操乃是构成人生价值观的基础,也是构成人格和品行的重要因素。

　　优秀的少年小说往往能使读者得到丰富的心理体验,即审美愉悦。借用一个概念来表达,即"有意味的形式"中的那个"意味",这是一种由多种心理功能综合而成的包含着真善统一的自由感受。审美体验主要表现为自然体验与艺术体验。当少年遇到喜悦或遭受挫折,把自己的心情投向自然景物时,这时对自然的鉴赏就带有一种强烈的主观色彩,自然景物就会变成多情或是感伤了。《今年流行黄裙子》(铁凝)中的芳芳,在老师的画布上发现了自身的美之后,她的心绪变得十分振奋和骄傲,这时,在她眼里的景物就成了一种纯自然美的审美体验:

> 夕阳宁静地照在画室的小窗上。窗口被牵牛花藤蔓密密地缠绕和包围着。我深深地看一眼那开放着的淡紫色的牵牛花,心里宁静得像刚刚从甜睡中醒来一样。空气的每个分子都在唱着那宁静圣洁的旋律,心也在和它们共鸣着。

　　有意思的是,谷应的《啊,夏天送走了秋天》,则给我们提供了一个少年对艺术美体验的典型细节。楚依柯夫的名画《七月》中母性的美和北斗哥哥女朋友的美交相辉映,使12岁的"我"产生了莫名的迷乱:原先鼓起来的勇气土崩瓦解,答词既不高傲甚至还有点虚怯。作家在这里巧妙地刻绘出了一位青春萌发的少年对异性美的刹那意识和对艺术美的愉快体验所交织成的生命的跃动感,这是一种"孩童对成人的不由自主的、带着人的

最初美感的关注"（见谷应与周晓的通信，《少年儿童研究》1989 年第 4 期）。像这样明确地把自己摆进绘画作品中去的艺术体验，在思春期前的儿童身上是绝对不会发生的（例如在雨儿、肥子、花妞身上）；而且随着今后思春期的消逝，这种强烈的艺术体验，在成人那里则会逐渐转变成一种冷静的纯艺术鉴赏。因之，只有处于思春期的青少年，才有可能达此境界。谷应是一位画家出身的女作家，有过较好的艺术修养与美学修养，她对少年审美心理的准确把握的确令人服膺。

心理性断乳是少年人最重要的生命现象之一。这时少年人身上已经有了两个自我：一是主体的我（I），一是客体的我（Me），即"作为知觉者的我"和"被知觉者的我"。"主我"是指知觉、认识、行为的主体性自己，"客我"是指作为被知觉、被认识的对象的客观性自己。少年较之儿童，由于知识增长、视野开阔、兴趣多样、伙伴交际范围扩大、现代影视文化与传播媒体的冲击，尤其是身心发展的急剧变化等多种因素，使他们开始要求作为一个独立的"人"的意识逐渐高涨起来。这是一个"新的自我开始觉醒"的时期，这种觉醒强烈地体现在以下两个方面：

第一，在"主我"与外界的关系上，出现了"主我"和"他人"的分化，并由此产生了自我的认识。"主我"不再是完全通过家长的爱抚或责备，老师的表扬或批评，小伙伴的喜欢或讨厌，以及周围环境的认同或否定来规范自己的行为，估量自己的对错，指导自己的行动了，"主我"变得爱与"他人"抬杠，爱问为什么，爱提怪问题，爱发表自己的高见；对周围成人的指令、命令、结论式的言语，再也不像过去那样"理解的要执行，不理解的也要执行"了。然而，少年人虽然在向成人的水平发展、成熟，但是他们在心理上、社会上却还远远没有被当作一个完全的成人看待（他们还被普遍地看成是"孩子"），"主我"的自主和独立意识虽增强了，而成人社会却还不肯予以承认。于是"主我"会感到过去一直是依靠和崇拜对象的父母和老师，现在似乎变成了压力和束缚，并逐渐显露出一种对"他人"的反抗情绪。这就造成了父母和子女、老师和学生之间，各自对于对方作用的期待常常对不上号，以致引起某种"错位性冲突"。"主我"对外界（他人）的这一倾向大约从 12 岁左右开始，在 15 岁前后的两三年间尤为明显。我们只要读一读《黑发》（陈丹燕）、《双人茶座》（梅子涵）、《哦，我的坏女孩》（陈丹燕），还有《上锁的抽屉》（陈丹燕）、《我可不怕十三岁》（刘心武）、《猪屁股带来的烦恼》（苏曼华）、《我要我的雕刻刀》（刘健屏）等小说，就能明显地感受到这一点。

第二，在"主我"和自身的关系上，出现了"主我"和"客我"的分化，从只是主观地感觉到自己存在的状态，发展到试图客观地观察自己，即将行为主体的自我（"观察的自我"）作为对象（"被观察的自我"）来加以观察和认识。现代心理学认为，当作为"主我"的自我开始观察"客我"的自己，当自我开始反思、批评自己并试图统一自己的时候，青少年才算进入了自己的生活。心理学上把思春期称为人的"第二次诞生"，其道理就在这里。"第二次诞生"是人格结构上极为重要的重新组织时期。这一时期的少年人情绪极不稳定，充满莫名其妙的苦恼甚至"危机"。如男生感到自己身材矮小，女生感到自己不如别人长得美，或者如生理缺陷、成绩差、父母离婚、家庭贫穷与破碎、讽刺性外号、体育运动笨等等，都可以构成少年性格的不稳定因素，即"主我"对"客我"的观察结果，会产生强烈的自我否定感。这种自我否定感平时潜伏于无意识过程之中，处于隐性状态，但是，一旦受到外界的某种刺激，例如一句讽刺、揶揄性的话，就会深深地伤及那颗敏感的少年之心（尤其是少女），导致极端的情感反应和反抗性态度，或者产生更深的自我否定，甚至引起攻击性或逃避性的行为。倪赪的《我不美丽》所写的正是这种"主我"和"客我"的分化所带来的情绪波动，艺术地再现了一个敏感、困惑的少女的心路历程。我觉得近几年少年心理小说的创作，对第一类心理现象（即"主我"和"他人"的分化）比较重视，佳作也较多，而对第二类心理现象（即"主我"和"客我"的分化）似乎关注不够。我们希望作家们能注意一下这类课题，因为这是少年心理最深层、最细致、最敏感的领域。当然文学不能代替心理学，文学作品不能包医百病，但用文学作品来帮助、提升、美化、优化少男少女的精神世界，却是我们义不容辞的责任。

让我们向进入金色年华的少男少女伸出理解之手吧，关心他们，祝福他们！

1989 年 7 月写于重庆

（原载《少年儿童研究》1990 年第 16 期）

# 八九十年代少年小说的艺术自觉

周　晓　方卫平

一

在讨论 20 世纪八九十年代中国少年小说时,我们首先必须把目光投注于八九十年代以前的创作状况。

1949 年延续至今的中国文学,习惯上称为中国当代文学。从少年小说的角度来看,它的客观的历史发展轨迹及其阶段性呈现的标志,与相应的社会历史时期,甚至与相应的当代儿童文学历史发展及其阶段性标志都不完全相同,换句话说,20 世纪中国少年小说的艺术发展逻辑及其历史轨迹与相应的社会历史发展和儿童文学整体历史发展既有关联,又具有自己的相当明显的特殊性。这种历史发展的特殊性主要表现为,少年小说与整个少年文学一样,在一个相当长的艺术发展过程中,主要是作为整个儿童小说创作中的一个自然的艺术组成部分而存在的,只是到了最近 20 年,严格的当代意义上的少年小说才以自己的独特的艺术身份从整个儿童小说创作中分离出来,并最终完成自“五四”以来一直未能实现的艺术自觉。

因此 20 世纪中国少年小说的历史发展实际上可以分为两个阶段:一是从“五四”至 20 世纪 70 年代末的前自觉期,二是 70 年代末 80 年代初、中期至今的自觉期。

20 世纪五六十年代一直被认为是中国当代儿童文学发展史上一个取得了特殊成功的时代。在相当长的一个时期里,人们都把那个年代看成是当代中国儿童文学发展的“黄金时代”。这样的艺术认定显然是有它的道理的。不管今后的儿童文学史家们会怎样论述和评说那一段历史,我们从文学发展的史实本身来看,尤其是当我们联系当时读者的热情接受和反应情况来看时,应该承认,那个时期的儿童文学的确是取得了可以令今天的人们无比羡慕和垂涎的成功。

在那场早已降下帷幕的艺术表演中,儿童小说扮演了十分活跃的角色,一批儿童小说作品不仅在当时制造了不胫而走甚至洛阳纸贵的盛况,而且在几十年后的文学评奖和文学史研究中,依然几乎是大获全胜、赢得了满堂喝彩(当然其中有些作品在极个别的情况下遭到了怀疑和质询)。稍稍熟悉一点当代儿童文学发展历史的人,都不会在这样一些小说篇名面前表示漠然或者不屑:《罗文应的故事》《韩梅梅》《海滨的孩子》《我和小荣》《蟋蟀》《吕小钢和他的妹妹》《小兵张嘎》《苦牛》《小马倌和“大皮靴”叔叔》,等等(或许还应该加上 20 世纪 70 年代初期出版的《闪闪的红星》)。如果要开列一份代表那个时期儿童文学成就的作品篇目的话,上述作品是决不应该被遗漏的。

回望历史,上述作品的陆续出现何以会被认为是取得了一系列的成功呢?

历史地看,这些作品的确以一种真诚、朴素的艺术态度,展现了那个时代的社会生活和精神风貌,表达了那个时代的审美理想和艺术趣味。尤其是他们所塑造和提供的文学形象，更是蕴涵、浓缩了整整一个时代的精神核心和生活理想。这些形象以其充实的历史内涵和饱满的时代情绪，教育、感动了可能不止一代的少年儿童读者。

不过，当人们用今天的眼光去评说历史时，变化了的社会生活、审美趣味乃至某些价值观念等，都将导致人们对上述作品的价值判断或审美评价发生或多或少的变化和调整。这是肯定的。但做这样的判断或评价显然不是我们这里所要做的事情。我们在此感兴趣的问题是，从少年小说的视角来审视，20世纪五六十年代的发展意味着什么？

我们想说，它仍然是现代儿童小说创作观念的自然承接和延续——也就是说，20世纪五六十年代的辉煌或成功仍然属于儿童小说，而不属于少年小说。从《小胖和小松》《妹妹入学》《竹娃》等作品看，五六十年代儿童小说典型的心理内容承载和文学表述语态是偏于天真、单纯和稚拙的。这种情形在描述较大年龄孩子的故事时也同样存在。例如，若干年前我们曾经这样分析《我和小荣》："刘真在她的《我和小荣》这篇脍炙人口的小说中，与其说是在描绘严酷的战争过早地把未成年的孩子推向战火的冷峻现实，还不如说她是在借这些小战士的形象表现人民不可战胜的英雄性格和豪迈气概更恰当些。尽管战争残酷无情，但作品的基调仍然昂奋、乐观；尽管战火使孩子变得坚强、早熟，但小战士仍然流露着天真和稚气。这是一种有代表性的文学情绪。"（《论当代儿童文学形象塑造的演变过程》）现在我们想补充说，这种以纯真为主要品质的心理承载和表述语态，在审美倾向上是偏重于儿童小说的美学定位的。

这就是为什么我们把"五四"直至20世纪70年代末的中国儿童小说创作看成是中国少年小说独立艺术创造展开的前自觉期的基本原因。

二

少年小说真正的艺术自觉及其有声有色的艺术创造实践，是20世纪70年代末、特别是80年代初中期以来，这也是中国儿童文学发展进程中最引人注目的文学现象之一。

经历过20世纪80年代中国儿童文学发展历程的人们，都会对当时那些生机勃勃、激动人心，甚至是惊心动魄的历史事件和细节记忆犹新。重返80年代，重新置身于80年代儿童文学的艺术语境，我们发现，当时儿童文学创作领域依次发生的众多艺术哗变事件和美学突围表演，常常都是由少年小说充任先锋和主角的。具体说来，少年小说所进行的这种艺术探索和开拓主要表现在以下几个方面。

（一）以开放的艺术胸怀接纳社会生活的广阔的"外宇宙"

将近20年以前，受传统文学思维定式的影响，儿童文学作家们自觉或不自觉地在心理上存在着许多话语禁忌和表达障碍：许多题材不能涉足，许多主题被理所当然地放逐了。然而，在迅速变革发展的新时期文学观念的影响和带动下，一股儿童文学艺术话语革新的潜流也在艰难之中首先悄悄地在少年小说领域开始涌动。先是出现了诸如《谁是未来的中队长》《吃拖拉机的故事》《失去旋律的琴声》等一批"一反虚饰和陈套"的少年小说，不久又陆续出现了《祭蛇》《独船》等一批艺术容量更丰富、意蕴更深厚的作品。丁阿虎的《祭蛇》在一场似乎纯粹是戏闹的乡间孩子玩祭蛇游戏的场景中传达了启人深思的意味，光怪陆离的现象背后涵纳着生活的酸甜苦辣。常新港的《独船》描写了一个渴望合群和友谊的少年石牙内心的痛苦及其抗争；述说了一个在生活中变得异常自私、冷漠、狠心、孤僻的父亲由于不理解儿子的内心要求和愿望而终于失去儿子的悲剧性故事。与人们的审美视觉早已习惯的儿童文学色彩相比，这些少年小说作品所呈现的色彩无疑要丰富得多，也凝重得多。早在 20 世纪 80 年代初，我们在评论这些小说作品的时候就曾经认为，"这些作品表明，儿童文学的新老作家面对我们广大的少年读者，终于敢于向他们展现他们所能理解的真实的人生。作家们在探索：儿童文学应如何向 80 年代的孩子描绘光明和美好，又如何揭露黑暗和丑恶；如何通过自己的观察和感受，提出日益复杂的社会生活中与孩子紧密有关的问题以及少年儿童成长中的现实问题。作家们在探索：如何为今天的孩子们说话，又如何满足孩子们的需要。"（《儿童文学的报春燕》）的确，少年小说将广阔的社会生活"外宇宙"纳入自己的艺术表现，意味着人们开始把当代少年看成是与当代生活有着千丝万缕的广泛联系的开放群体，而不再仅仅只是局限于家族集团或游戏集团、学校集团的封闭群体，也意味着少年小说对生活的摄取方式、对现实的理解水平都开始变得更为深刻和灵活了。这是 80 年代少年小说艺术可能的重要拓展之一。

（二）以敏锐的艺术眼光开发当代少年心灵世界广阔的"内宇宙"

在社会生活的"外宇宙"受到全面审视的同时，少年小说的艺术视野也在更深入地向着人物心理的"内宇宙"延伸。在少年小说的艺术版图上，青春期开始作为一种具有独特的生命内容和文化隐含的艺术表现领域得到前所未有的关注和开发。人们意识到，青少年处于一个特殊的人生阶段，他们既开始成熟，又难免脆弱，既纯真可爱，又难免时时困惑……欢乐、自信、洒脱与不安、困惑、痛苦的交织，构成了青春期独特的生命乐章。处于人生过渡期的青少年渴望平等，渴求理解，因此，少年小说之于他们，应该是一个可以沟通的文学知音，应该是一双可以紧握的艺术之手，伴随着他们走过一段特殊的人生旅程（参见笔者《青春的萌动》）。我们看到，20 世纪 80 年代许多少年小说以其对当代少年心灵、个性和精神情况的鲜活而真切的描述和袒露，初步显示了少年文学独具的青春气息、纯情气质和率真个性。陈丹燕的《上锁的抽屉》、韦伶的《出门》等作品以细腻灵动的笔触描绘了处于青春发育期的少女自我意识的萌动及其心灵感受、生活情状的微妙变更，为儿童文学带来了新的心理深度。而教师作者丁阿虎的《今夜月儿明》和少年作者龙新华的《柳眉儿落了》则较早地把少男少女伴随着身心逐步发育成熟而产生的青春期意识和所谓朦胧爱情引入了少年小说创作视阈，一经发表便犹如投石击水，激起了强烈的连锁反响。迨至八九十年代之交，玉清的《小百合》及其后的多篇获得众多少年读者认可、认同的短篇小说问世，我们曾指出，玉清"善于从纷纷尘世处于身心急剧变化的少男少女的生活中发现美，高雅地、行云流水似地表现这种美"（《青春风景》代序）。我们想说，正是这一次又一次的心灵叩问和心理发掘，使青春期的美丽隐秘和精神图景在少年小说的艺术眼光中得到了深刻的呈现和透视。

（三）上述艺术内容的变换和拓展，引出了与之相应的新的少年小说传达方式和表现形态

当少年小说以前所未有的创造热情和探索姿态试图重新理解和把握社会生活与人的心灵的时候，它就无法固守传统儿童小说创作相对单一的艺术表现方式了。在整个 20 世纪 80 年代，对少年小说艺术表现可能的持续探索和实验，构成了当时儿童文学发展的最重要的艺术线索。以方国荣的《彩色的梦》、丁阿虎的《祭蛇》、刘健屏的《我要我的雕刻刀》、程玮的《白色的塔》、曹文轩的《古堡》、常新港的《独船》、班马的《鱼幻》《六年级大逃亡》、葛冰的《绿猫》、金逸铭的《月光下的荒野》、张之路的《题王许威武》、韩辉光的《校园插曲》、董宏猷的《渴望》、梅子涵的《我们没有表》、沈石溪的一系列动物小说等为代表的一大批从不同艺术关节点切入进行尝试、创新的少年小说作品，几乎是以毫不犹豫、

"毫不讲理"的方式便撑破、搅乱了传统儿童小说相对收敛的艺术格局和相对单一的表现方式。因此，相对于传统儿童小说的美学秩序和话语表述系统而言，80年代以来少年小说的美学秩序和话语表述系统无疑大大丰富和扩展了。同时，这种丰富和扩展不是简单的量的丰富，而是试图以当代少年读者的审美趣味、期待视野为参照和依据，建立起具有少年文学自身质的规定性的艺术结构系统。很显然，正是这种艺术努力的持续进行，最终促成了中国少年小说艺术语言的自觉和艺术身份的独立。

应该郑重指出的是，台湾、香港的少年小说创作也分别拥有自己的发展过程和艺术积累。例如，台湾老作家林海音以童年生活为素材创作的《城南旧事》《我们看海去》影响深广。作家林钟隆1964年12月开始在《小学生》杂志上连载的长篇小说《阿辉的心》被认为是开创了台湾少年小说创作的先河。其后陆续有许多作家投身于少年小说创作。进入20世纪80年代以来，以李潼为代表的新一代少年小说作家把台湾少年小说创作推进到了一个新的艺术起点上，显示了相当的创作实绩。

三

与20世纪80年代相比，90年代中国少年小说创作的美学起点、文学语境、成长环境等都不尽相同。进入90年代，整个儿童文学界的艺术氛围似乎已经由喧闹走入了平静，少年小说创作也不像80年代那样总是处于一种兴奋状态。不过我们认为，90年代的少年小说创作虽然未能再现80年代的艺术发展态势（事实上简单的再现已不可能），但这并不意味着少年小说创作又回到了80年代的起点；而且，90年代那些执着于少年小说创作的作家们仍以自己的方式进行着新的文学努力，只是，这种努力变得更为内在、更加成熟了。因此可以说，艺术创造的信念和热情，在今天的少年小说创作中依然没有缺席。

20世纪90年代少年小说创作给我们印象最深的是许多作品表达了进入90年代后作家们对当代少年的生存现实、精神个性和品质的新的艺术发现和诗意把握。比如，同样是表现青春期少年的心理萌动、渴望和烦恼、迷茫，80年代的少年小说作家们常常忙着做出种种或显或隐的价值分析和判断，而90年代的作家们似乎并不急于摆出这种姿态，他们更关注的是当代少年心灵在日常生活流动中的独特存在和展示方式。这方面的代表性作品有秦文君的《男生贾里》《女生贾梅》《想见米男》，梅子涵的《林东的故事》《女儿的故事》，金曾豪的长篇小说《青春口哨》，班马的长篇小说《六年级大逃亡》等。这些作品对当代生活与少年人生的揭示有着一种更质朴、更幽默、更洒脱也更耐人寻味的力量。

但是，20世纪90年代中国少年小说创作在艺术上的相对成熟和自信，却未能在少年读者那里获得相应的回报。从现象上看，90年代发表少儿文学作品的刊物印数萎缩，少年文学作品的发行量除了个别作品如《男生贾里》等外，一直未能"攀高"。1996年5月揭晓的中国作家协会第三届全国优秀儿童文学奖获奖的包括少年小说在内的19部各类作品，大多数的发行量均只有数千册到一万册左右。这就是说，从作品传播的角度看，当代少儿读者对当代少儿文学作品的实际"接受"仍然是十分有限的：少年小说包括优秀少年小说作品基本上陷入了无人喝彩的尴尬境地。

中国少年小说经过世纪风雨的洗礼，进入了它相对成熟的艺术发展阶段。但是，少年小说的艺术进展却未能从读者那里给自己重新带回20世纪五六十年代曾经获得过的光荣和辉煌。个中原因自然是十分复杂的。同时，如何使当代少年读者重新亲近儿童文

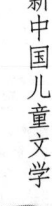

学(少年小说)，这显然也不是一个纯艺术范围内的问题。

尽管如此，在这世纪之交，回望20世纪的历史暮色，遥看21世纪的未来曙光，我们依然对中国少年小说曲折的历史进程和创造足迹怀有一种恭敬的心情，我们依然对它未来的艺术前景抱着一种坚定的信心。因为我们相信，对于文学的阅读需求，对于思考、感动、想象、开心等阅读情境的应和与迷恋，将永远是一代又一代少年读者永恒的审美选择和文化本能。我们愿意在这里重复一个几年前抒发过的一点"愉快的感喟"："少年这个年龄段的孩子长时间少有专为他们创作的作品可读（他们只能囫囵吞枣式地读成人文学），如今，这种现象终于结束有望。"(《女孩男孩不等式·序》)

让我们继续我们的艺术创造——但愿这将成为少年小说作家在新世纪里的共同承诺！

（原载《儿童文学研究》1997年第3期）

# 90 年代少年长篇小说创作热现象思考

周晓波

20 世纪 90 年代儿童文学最引人瞩目的现象无疑就是少年长篇小说创作热的出现，不仅数量惊人，而且影响力也在日趋扩大，《男生贾里》《草房子》《小鬼鲁智胜》《我要做好孩子》等一批长篇佳作在社会上的广泛影响力，足以证明长篇地位的重要性。90 年代少年长篇热的出现应该说与整个文学大气候的影响不无关系，90 年代长篇热的形成也是顺理成章、水到渠成的。因为一个作家的真正成熟和确立，一个时代文学成就的主要标志，应该说还是要靠更有分量、更有影响力的长篇创作所决定、所体现的。但毕竟在过热中总会或多或少隐含着某些被掩盖了的弊病。那么，这轰轰烈烈的少年长篇创作"热"的现象究竟有哪些值得关注的特点？它对世纪之交的少年小说的创作又有何意义？以下不妨谈谈我对这一现象的一些考察与思考。

## 思考之一：丛书、套书热中的喜与忧

与以往的少年长篇小说创作主要是些零散的单部创作的现象所不同的是，进入 20 世纪 90 年代，伴随着长篇热的兴起，也为使图书的出版更具有商业的竞争力，大型长篇丛书、套书的现象开始悄然出现。80 年代末至 90 年代初，首先出现的一套颇具影响力的大型长篇少年小说丛书就是江苏少年儿童出版社出版的"中华当代少年文学"丛书。此丛书现已出版了两辑，共 20 部长篇少年小说，在全国有一定的影响力，《山羊不吃天堂草》（曹文轩）、《一只猎雕的遭遇》（沈石溪）、《少女的红发卡》（程玮）、《十四岁的森林》（董宏猷）等作品都曾获得过全国儿童文学大奖。之后，少年儿童出版社以大型儿童文学丛刊《巨人》为阵地，推出了轰轰烈烈的"巨人"丛书，全力扶植中长篇儿童文学的创作和出版。至今，《巨人》丛书已连续推出了 5 套，数十部长篇少年小说和中篇集。其中秦文君的《男生贾里》《男生贾里新传》、张品成的《北斗当空》、梅子涵的《女儿的故事》、朱效文的《青春的螺旋》等作品都颇有影响力。目前，"巨人"丛书的出版已打出了品牌知名度，预计它必将在我国少儿中长篇的出版史上创下辉煌的篇章。此外，比较令人关注的长篇创作丛书还有安徽少年儿童出版社的"青春口哨"文学丛书；福建少年儿童出版社的"花季小说"丛书；北京少年儿童出版社的"自画青春"丛书；二十一世纪出版社的"中国大幻想文学"丛书；晨光出版社的"蓝宝石丛书"以及浙江少年儿童出版社的"中国幽默儿童文学创作"丛书等，数量相当可观。

长篇小说丛书、套书热的出版既是商品经济下商业操作使然，同时也标明少年长篇创作在某种程度上已经具有了一定的规模和具备了一定的创作实力，客观上也大大推动了少年小说创作的繁荣发展。当然，正如任何事物都有其两面性，在大量的长篇丛书、套书的出版中必然存在着良莠不齐的现象，甚至有时候由于主编者给创作者过多的创作框架，反而束缚住了作家的手脚，而使有些作品多少流于牵强。从目前已出版的丛书、套书

来看,好的作品大约也仅占 1/3,销售状况也并不都很乐观。因此,对长篇出版的过"热"应保持清醒的头脑,切不可盲目攀比、仓促上阵而留下永远的遗憾。

## 思考之二:成熟创作者艺术追求中的成功与危机

在长篇创作热中比较引人瞩目的是一批新时期之初成长起来的第四代儿童文学作家的创作,他们的创作应该说已逐渐步入了成熟期,长时期中短篇笔力的磨炼,使他们已具备了较强的把握艺术空间的能力,因此,他们有足够的勇气和信心向难度更大的长篇提出挑战。比如曹文轩在他有感于"如何使今天的孩子感动?"这一命题的提出时,观点鲜明地亮起"追求永恒"的旗帜,在怀念"古典情怀"与"浪漫情怀"下写出了长篇小说——《草房子》和《红瓦》。而秦文君则一贯坚持"一要健康,二要快乐"的创作原则,追求贴近当代少儿生活的真实感和现实感。《男生贾里》《女生贾梅》《小鬼鲁智胜》《小丫林小梅》等一系列的创作,使她赢得了最广泛的小读者。对西方幻想文学有着浓厚兴趣的彭懿,则高扬起"中国幻想文学"的旗帜,意欲打破童话与小说的界限,在小说现实性的背景下,注入幻想的因素,写出了《妖湖传说》《魔塔》等集神话、梦幻与现实为一体的幻想小说,并组织出版了一系列中国与日本的大幻想小说。梅子涵则在尝试改变叙述语言风格的同时,亮出注重再现"原生态语言"和倡导"幽默"风格的创作旗帜,写下了长篇系列小说《女儿的故事》。叙述语境的鲜活与灵动,使作品与小读者的阅读距离一下子拉近了,从而也使梅子涵的小说终于摆脱了原先读者相对较少的阅读困境。

从上述列举中,我们不难看出成熟的创作者不息的艺术追求,他们往往十分注重在阶段性的创作之后的艺术调整,以期寻找比较切合少年读者审美口味的创作方法。但是,在这些知名作家的创作中,我们也不难发现他们所存在的一些潜在的危机,比如由于过分自信而带来的对自己作品的良好感觉,使他们往往难以清醒地意识到自身创作的局限与缺陷,尤其是易陷入自己创作的模式中而难以自拔。比如曹文轩的过于理想化的生活模式;秦文君的难以突破的"男生贾里模式";彭懿的刻意追求的恐怖效果;以及梅子涵的在一些作品中不知不觉地重复自己……此外,由于他们创作的知名度,使他们往往陷入稿约不断疲于应付的困境中,而难有冷静思考与反复推敲的从容过程,这就使他们的作品很难保证都出精品,甚至会重复自己。因此,对这些成熟的创作者来说,如何冷静地看待自己的创作,更多地磨炼自己的作品,争取多出精品,创作才可能更上一个台阶。

## 思考之三:年轻作家创作的本色与局限

20 世纪 90 年代一批颇具才华的青年作者开始在长篇创作上初露才华,他们大都第一次尝试长篇小说的创作。与第四代已颇为成熟的作家的创作心态所不同的是,这些年轻作家的创作尚未成熟,尤其是对长篇文本的制作还很陌生。因此,可说是摸着石子过河,意在实践中去逐渐摸索创作的经验。这里以福建少年儿童出版社的"花季小说"长篇丛书最为典型。这套丛书的作者全部都是约请了 90 年代崭露头角的年轻作者来承担,与第四代作家大都有着丰厚的生活阅历和起伏跌宕的人生体验所不同的是,他们的阅历大都非常单纯,对他们来说最具资本的就是与当代少年比较接近的童年和少年的人生体验。因此在创作上就表现出了非常显著的"本色"特点和个性化、私人化的"审美内化"倾向。抒写自我,探视自我意识深层的少年情怀,通过与现实少年生活的结合,来透视少年生命的本相,表现作家对生命成长的人生感悟和思考,几乎是这些新一代作家在创作上的共同追求。《敲门的女孩子》(张洁)、《青春门》(章红)、《玻璃鸟》(殷健灵)、《春天的浮雕》(萧萍)等作品无不表现出了这一共同的艺术倾向。应该说这批"新生代"少年小说作家的创作的确有不同于前辈作家创作的优势和独特之处,他们的作品青春洋溢,写得潇洒随意,很讲究审美性和艺术性。但由于阅历的相对缺乏和思想深度的相对较弱,使他们的作品在题材上往往比较狭隘,缺乏对少年生命现象广阔背景的关注;另外,由于过于偏向抒写自我心理意识,而相对忽视了少年读者接受心理的丰富与变化,因而使作品相对缺少了一种让广大少年读者都能感同身受的情感共鸣和心灵打动。

相对于"新生代"作家的较为本色的创作,那么,更年轻的,来自中学校园里的中学生的小说创作就更是一种地道的本色创作。他们写的几乎就是他们的亲身经历和发生在他们身边的人和事。或许人们怎么也不会料到,一个来自深圳的16岁的女中学生郁秀的第一部长篇小说《花季·雨季》,居然会成为1997年儿童文学独占鳌头的畅销书!而《花季·雨季》的成功,似乎也打开了中学生创作长篇的门户,北京少年儿童出版社推出了一套全部由中学生创作的长篇小说丛书:"自画青春"。这些青少年作者从自身的成长出发,对内在心灵的开掘和情感历程体验的揭示是深入细致的;对改革时代中学生心态的把握和师生关系的描摹,以及对于校内校外现实世界碰撞、交叉的观察认定也是贴切到位的。但毕竟他们的创作局限性很大,也尚缺乏把握长篇宏大构架的足够能力,因此作品难免存在着这样那样的缺陷,丛书整体质量也不太均衡。但这批作品给儿童文学创作界吹来的一股清新可人的青春朝气还是可喜可贺的,是对少年文学创作的一个重要的补充,同时,也预示着文学创作宝贵的新生力量的迅速成长和后继有人。

## 思考之四:崇尚自然与重写历史的变化

在20世纪90年代的少年长篇创作中,我们还能够关注到另外两种颇为引人注目的创作倾向:一种是崇尚自然,崇尚"自然教育"与"逆境教育",在广阔、险恶的大自然背景中去抒写不平凡的人生;另一种则是以新的历史观和表现手法来重写历史,意欲再现历史的本色。

在崇尚自然的长篇小说创作中,牧铃与老臣的创作比较突出。这两位作家都是20世纪90年代开始崭露头角的作家,都以崇尚自然、表现自然与人的关系为创作主导。牧铃的《惊涛》、老臣的长篇系列《漂过女儿河》《女儿的河流》等都是以抒写在险恶的自然环境下人类的生存意志、顽强的生命意识和征服自然的豪情,来展现当代少年精神成长的历程。两位作家都崇尚"自然教育"与"逆境教育",但创作风格又迥然不同。其实"自然教育"的艺术主张并非新鲜,早在16世纪的人文主义教育家笔下就有过非常精辟的论述和作品的演绎。然而,在牧铃与老臣的笔下,我们仍然会为这一理想教育的生动性与人生体验的深刻性所感染,因为它是一种实实在在的现实感受,与"玩的是心跳"缺乏责任感的游戏人生的虚无主义是截然不同的。在少年小说创作中,"自然教育"应该是一个具有永恒价值的主题,相信它在任何时代都不会过时的。

20世纪90年代少年长篇历史小说的创作呈现出异常多彩的面貌,与传统历史小说的写法大相径庭。《北斗当空》(张品成)、《裸雪》(从维熙)、《凤凰城》(北董)、《十四岁的森林》(董宏猷)、《竹凤凰》(朱效文)等作品分别以各自独特的视角和不同的表现手法来关注不同时期的历史面貌,使少年长篇历史小说更好看也更耐人寻味了。其中《北斗当空》的视角颇为引人瞩目。作者采用了特别注重真实性效果的新写实主义的表现手法，以"非英雄化"的视角，从生活本真出发，以"平常心"写"平凡人"，还英雄人性的本色。朱效文的《竹凤凰》则是以历史传奇和艺术形象相结合的表现手法来重写一段鲜为人知的秦始皇"焚书坑儒"背后的历史传奇。从维熙的《裸雪》采用的是童年回忆的视角，叙写了40年代在日寇铁蹄蹂躏下的华北农村的苦难生活，以表现根深蒂固般的强烈的民族性和对于罪恶战争的强烈谴责。与以往少年历史小说重在再现历史所不同的是，90年代的少年历史题材小说似乎更重在反思，作家往往带着一种或明确或模糊的目的性，借助历史的表象来传达他们对现实生活的错综复杂的内心感受，以及对于那段已逝历史的深刻反思。我们不难从这些作品中，体悟到作者那种穿透历史的人生感悟。这使得少年历史小说显得比较厚重与耐读了。

由于篇幅的关系，还有很多作品没能列入本文所评述的范围，但从以上浮光掠影般的审视中，我们不难看到20世纪90年代少年长篇小说创作所取得的长足的进步。同时，长篇创作的势头也预示着在新的世纪里，长篇创作仍然会成为作家们追求艺术高峰的重头戏。当然，我们也应该清醒地看到在长篇创作热中的误区与不足。比如盲目追"热"而带来的质量不平衡和炒作的现象；为凑套书而勉为其难的创作；缺乏充足的创作准备穷于应付的创作；缺乏功力的平庸之作，等等，都使得少年长篇小说的创作虽然轰轰烈烈，然而真正的精品却仍不多见，这是令人感到非常遗憾的。对于长篇创作，我以为还是应该比较慎重些为好，它应该有相对比较丰厚的生活积累和具备较为丰富的创作经验。因为对长篇宏大构架的把握能力，正是对一个作家多方面素质的综合检验，缺乏哪一方面都可能会对长篇创作带来不利的影响。此外，在长篇小说如何去争取更多的读者方面还需要做出很大的努力与探索。但不管怎么说，高品位的精品创作，永远是作家的艺术追寻，相信有了这份永恒的追寻，新世纪的少年长篇小说创作一定会再现辉煌。

（原载《文艺报》2001年1月23日）

# 中国儿童幻想小说的生态意象

何卫青

中国儿童幻想小说在经历了 20 世纪 90 年代初的理论自觉之后,从 90 年代至今,其创作一直处于方兴未艾的态势。阅读这些作品,一个最直接的感受是:小说对童年在野外的生活异常关注。而且,这些小说所塑造的"形象"在美学上与发展着的社会格格不入:天性好奇单纯、感知敏锐聪慧的儿童、精灵;荒原上无拘无束的唱和跳、大海边宁静的遥望,月亮河畔孤独的沉思、魔塔里、森林中惊心动魄的冒险;荒原、海岸、花园、沙滩、溪流、森林……它们属于童年也属于自然,"格格不入"因为它超越了成年人文化的功利主义和物质主义。一方面,小说在对大自然非再现的泛灵泛神的狂野想象中,对人与自然的关系做了迥异于现代思想的另类解释;另一方面,又把童年作为与大地、与各种动物、植物形成联系的重要纽带。这种童年时代的纽带"具有神奇的效果,可以使人在生态方面富于想象力"。[①]这些形象,伴随着小说的主人公——儿童或儿童似的动物、精灵的奇异经历,展现出一个个富于生态意义的过程。它们在记忆中唤起并维护的东西隐藏着我们无法清晰表达的内心需求;它们与我们无意中的某些沉淀产生了共鸣,它们令我们对人造物和人为事件的敬畏感重又转向大自然,并带上了超现实的、精神的特征。这样的"幻想"因而成为一种"表达人们心中不断涌现的田园冲动的方式"[②]。

由于这些形象蕴含着丰富的生态内涵,所以,采用生态批评的视角,它们便成为中国儿童幻想小说表现自然意识、传达生态预警、生态责任以及生态理想的生态意象。根据其所属的不同的美学层次,笔者认为中国儿童幻想小说的生态意象有三种:自然、地方、身体。

## 一、自　　然

现代小说中的主人公们不少都是逃离乡村,试图在城市中重建梦想,但城市(意味着与土地、自然的分离)使生命变得炽热、肮脏而又饥渴。与之相反,儿童幻想小说的主人公们却往往是从城市出发,从现实之境到幻想之境的穿越、从此地到彼处的探寻其实是一次次向自然的回归:阁楼精灵们向着被人类遗忘的精灵谷(汤素兰《阁楼精灵》)、沈雪和孩子们向着西南大森林(班马《小绿人》)、神奇的邮路在赣南原始森林(张品成《神奇邮路》);穿越神奇的闪光胡同之后,男孩小瓦目睹的是一片美轮美奂的落日海滩(薛涛《精卫鸟与女娃》);而鼹鼠米加从月亮河(王一梅《鼹鼠的月亮河》)、小野兔阿洛兹从苦艾甸出发的异乡(也包括城市)之旅(常星儿《吹口琴的小野兔阿洛兹》),似乎也是为了给已经与自然、大地相距很远的人们带去一缕清新的绿色气息……一句话,儿童幻想小说的自然书写是在打破了人与自然的界线的前提下的书写。"想象"重建了自然的神秘、威严与包容,也重建了人与自然的关系。小说中,"自然"不再被看成人类之外的一个领域,其中的每一种生命,人、动物、植物,等等,所有的物种都是休戚相关的。"情智"这个在现代思

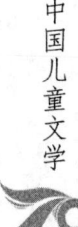

想中仅为人类所独有的属性在中国儿童幻想小说中弥散、延展到了自然界所有的生命体。这些生命体，无论看起来多么卑小和微不足道，都以与人类相似的情感智慧，体验着来自自身、来自宇宙万物的痛苦与快乐，同时也成为宇宙中其他生命痛苦与快乐的源泉。忠诚的大狗、报恩的秋蝉、复仇的大熊、诡异的白猫、善良的雪琪鸟，甚至邪恶的绿刺猬，都与人的喜怒哀乐、爱欲情仇联系了起来。

以班马的《小绿人》和汤素兰的《阁楼精灵》为例：这两部小说以更为清晰自觉的叙事揭示了人的情感、情智与自然界的这种联系。在《小绿人》中，自然景观的渲染是小说叙事的一个侧重点，从别墅阁楼上沈雪的神秘小屋、探寻绿人的考察队的阮江之行、姨父回忆中的屁股沟玉米地、亚热带江峡上的南苍山房、大西南森林里的"树屋"到考察队体验的林莽幻境，"绿色"都是一个极其醒目的色彩意象。它不仅指向沈雪的长发、小屋中的绿色植物，指向宁静的江水、苍茫的远山以及郁郁葱葱的原始森林，指向"绿色智能生命体"绿人的血液，同时，"绿色"也是一种和谐平衡的自然的精神元气。被科学家们称为"绿色智能生命体"的绿人虽然是小说家虚构和想象的产物，但它同时也是自然界所有非人的动物的象征和代表，绿人颜色由深变浅、由浅变深的变化指示的是这些动物与人的关系的亲疏远近。虽然在小说中，以烟囱、电视、可乐意象为标识的现代文明、特别是城市文明成为绿人家庭生死存亡的最直接的"罪魁祸首"，但是，沈雪长期居住在大西南森林的行为所体现出来的对自然界的热爱；阁楼小屋中的各种植物在疯一般的生长中不约而同为沈雪的小床搭建一片透明的空间所蕴藏的情意；六个小绿人藏在沈雪的背包中来到城市所透露出的犹犹豫豫的信任；三个孩子在科学报告会上以想象而不是"具体可靠的"生物学知识对绿人的生存状况的描述……都说明，维系人类与绿人（其实是自然界的所有其他生命体）距离的，是情感的有无与深浅。濒临危机的绿人家庭始终不愿向人类发出求救的信号，尽管可以看成是对人类文明科技所带来的负值效应（破坏性行为）的忧虑、质疑和抗衡；但是，绿人家庭向考察队的成员们的演示却是绝望之中的最后一缕牵挂，这种表演不仅以曼妙的梦幻般歌声、携裙踏舞的阵列、灵活优美的动作，以及与人类类似的举丧仪式和服饰向人类展示了绿人家族的智慧，更以"此时无声胜有声"的沉默、高贵的神态和高贵的举止瓦解了人类在自然界中自以为是的高等"动物"身份，也颠覆了"人类"中心的宇宙观。

与"绿人"表现出来的这种对人类情感的犹疑相对，古老阁楼精灵们就是靠自己对人类的关怀和爱，获得永生的。"没有对人类的关怀和爱，没有人类对他们的依恋，他们就不能永生。他们的永生并不在生命本身，而在灵魂、在世世代代相传的音乐、舞蹈、绘画和其他一切艺术里。"小说《阁楼精灵》传达了一种内涵更为宽广深邃的宇宙观：不仅人类与自然万物应该和谐相处，而且大自然之外的精灵、巫师、幽灵和魔法师都是宇宙中的一分子。其中的精灵，其实是人文精神——献身的勇气、梦想的实现、英雄主义般的冒险——生命化隐喻体，他们既要从大自然的馈赠——清晨的露水——中滋养现世的生命，又要从与人类的爱的情感沟通中完成永生的梦想。当人类将森林里的大树砍倒，用它建造城市；当人类将溪谷中的溪流堵住，让水变成电、照亮夜晚；当森林消失、草原消失，人类与大自然的冲突对立日益加剧时，精灵们失去了赖以维持此时生命的露水，只能选择迁移到被人类遗忘的遥远的地方去，此时的生命得到了保障，永生的梦想却被搁浅了。"大自然"在长于科技理性的人类和象征着人文精神的精灵们之间充当了中介，而精灵们远迁精灵谷，小说表达的或许是对人类文明异化、科技理性与人文精神分裂的忧虑。小说写道："人类在自然的照料和精灵的关怀中,逐渐强大起来了。他们依靠自己的聪明才智,改造着这个古老的世界。他们让世界按照自己所描绘的样子而改变,而不是让世界按照自然本身的样子发展。"大自然被破坏、精灵们已经离去,人类的"强大"变得虚无而脆弱。

意识到自然环境改变的适度性规则,懂得大自然中的所有生命都有自己相应的生态身份,自然界并没有尊卑等级的差别,大地孕育了自然万物,也孕育了人类,所以人类不能也不该成为大地的主宰。"回归大地"这是儿童幻想小说代自然母亲发出的邀请。

## 二、地　方

人是嵌入在自然和文化环境中的存在。人与"地方"是密切联系在一起的。"地方是与限制联系在一起的:小区纽带、大家庭、传统以及局部的自然需求。"③这曾经是人们指认自己来处和特征的根本,尽管人们生活在一个地球共同体中,但"地方"是人们辨认自己出生地文化的场所,然而,随着信息技术、多媒体、电影电视的发展,全球化步伐的加速,文化的"异质性"正逐渐变得模糊不清。

作为"艺术异化"④的方式之一,中国儿童幻想中却出现了不少与"地方"相连的意象:小人精丁宝的"孤独孩子之家"(秦文君《小人精丁宝》)、夜晚宁静的月亮河畔(王一梅《鼹鼠的月亮河》)、被落日染红的海滩(薛涛《精卫鸟与女娃》)、野玫瑰怒放的花园(韦伶《幽秘花园》)、荒废的白楼(殷健灵《纸人》)、远离人群、鲜花盛开的秘密领地(张洁《秘密领地》)等。这些与天然相连的地方与孩子们情投意合,但是成年人却很少或根本不能涉足其间。这些"地方"常常是秘密的,也常常迥异于孩子们的日常生活环境,要到达这个"地方",有时候也不是容易的事,需要一个时刻、一种契机、一条神秘的"通道"或入口,而那个地方,那个它们曾以一个孩子的全部心灵去体验的地方带给他们的感觉,会映入他们的脑海。这样的"地方"唤起了孩子们内心深处的想象力,给他们提供了庇护、支持、稳定、优雅的感觉,不仅帮助他们自己的成长,甚至也改变了他们身边的成年人的生活状态:在白楼里,女孩苏了了越过了身体成长带来的心理困惑;阁楼上的"孤独孩子之家"是一个奇异、谐趣、快乐和充满温情的世界,这个世界所给予孩子们的是他们在成人文化环境中很少或不能拥有的忠诚、平等、自由和仁爱;幽秘花园怒放的野玫瑰让女孩韦三妹的一生都散发着经久不息的香气;夕阳西下的神话海滩牵引墨守成规的男孩小瓦经历了比"现实"更真实的体验;孤独的小鼹鼠米加沐浴在月亮河畔如水的月光下,不被别人理解的苦恼获得了一定程度的缓解……

这些"地方"都与自然亲近、与"差异性"相连,孩子们在其中体验着面对宇宙的畏惧,惊讶于生命的美丽和神秘,身体和心灵追求着生命律动的和谐,在这些"地方",蕴藏在孩子们身上的全部人类感觉都调动了起来,而这些感觉的缺失正是在宇宙自然中只看到了资源和限制的现代人不能深刻参与生活的原因所在,缺乏对生活的深刻参与,导致了弥漫在现代人心头的挥之不去的孤独感和厌倦感。其实,大陆儿童幻想小说以成人文化、城市文化为背景构建它的"现实之境",又常常以与自然有着天然联系的"地方"构建它的"幻想之境",而且,又常常把两者设置为对立的,中心人物从现实之境出发,对幻想之境的穿越常常以对现实的单调、枯萎、不满为前提。

小说中,孩子们对"地方"的亲近,对现实之境的超越,并不是脱离关系、走向孤独的个人自主状态的过程,而是进入到对直接环境和知觉的宇宙探索的过程。月亮河的米加虽然是鼹鼠家族的孩子，但却处于现代生活环境中的大多数人类孩子一样的境地。他们的生活方式以及对世界的看法不被与他们有社会关系的其他人，特别是那些与他们共同生活的人所接受。米加黝黑的全身之与家族成员的棕色、他白天嗜睡晚上清醒的作息习惯之与家族成员正常的作息时间、他对挖掘的毫无兴趣之与鼹鼠家族世世代代的传统，所有这些对立带来的苦恼，都在月亮河畔宁静如水的月光的映照中得到了缓解，也就在这里，在那样无言的静坐中，鼹鼠米加的身体、心智都在感知与自然的和谐一致，并且进行着某种协调的过程，在这样的过程中，米加不再把自己熟悉的唯一环境当作世界的全部，因而从这里出发，踏上了确认自我的道路；幸福的"孤独孩子之家"既是小桃子、丁宝和男孩胡三郎、虫虫逃避以阿仙为代表的成人世界的冷漠、不理解和各种各样约束的秘密领地，也是这些孩子营造自我文化的成果，在这里，孩子们与蜘蛛交流沟通，攀登蜘蛛丝织的梯子，女孩子可以穿着旧被单围成的帐篷裙旋转着跳自己想跳的舞，裙边拖在地上，她们看见的不是磨损，而是因此变得像镜子一样光滑的地板，他们在地板上涂涂画画，各种身边的材料装扮着这里，并且用爸爸妈妈姐姐弟弟的角色让这个孤独孩子的家更像一个家，每个孩子对这个"家"都拥有一份责任，这个"家"不以成人世界的逻辑运行，而以联系和创造为核心，在其中，孩子们滋生的是富有同情心的智慧。

## 三、身　体

生态批评的视角使得我们看到了人类社会与自然环境之间的许多结合点。生态批评家格洛特费尔蒂指出："在研究文学作品的描述时，生态批评不应将自然界本身作为唯一关注的中心。不少相关主题都值得探讨，包括边疆、动物、城市、特定的地域、河流、山川、荒漠、印第安人、技术、垃圾以及人体。"[⑤]中国儿童幻想小说涉及了人、动植物等非人生命体、特定区域（地方）等，同时也特别关注了"人"本身，这是由"身体"这一意象来表现的。

陈丹燕的《我的妈妈是精灵》中的精灵妈妈就是这种具有灵动调节能力的"身体"意象。小说的第一章命名为"我家发生了惊天动地的大事"，这个"惊天动地的大事"可以看成是对"身体"的一种从惯常、习俗的理解到变幻莫测的重新认识，"惊天动地"喻示着现代"身心分离"的身体观的第一次决裂所带来的震颤。

在平淡的日常生活里过着平静得不能再平静的日子的女孩陈淼淼因为晚餐桌上一个小小的恶作剧，第一次目睹了被常识遮蔽了的"身体"的"异常"：妈妈的身体在爸爸的胳膊里轻轻挂下来，像一块最轻的绸子……在走廊里拐弯的时候，妈妈垂下来的双腿像绸子衣服被风吹过的时候那样，飘了起来，"那飘飘摇摇的两只脚一点点变成了蓝色。在遥远的灯下，妈妈的脸也成蓝色的了，像一张蓝色的手帕，那么轻，那么薄，那么飘飘摇摇的。接着，看不清了，被蓝布遮了起来似的，妈妈的脸不见了。""妈妈成了一团蓝色的影子"，在陈淼淼惊恐的目睹中，身体坚定不移的实在性被虚无和缥缈取代，往事逐一得到了解释：为什么妈妈从来不吃酒，甚至也不吃醉虾，为什么陈淼淼拍的照片上，妈妈的身影总是模糊不清。有趣的是，小说让作为"解释者"的爸爸拥有一个"医生"的头衔而且是"外科医生"。相对于以"天人合一"的哲学观人作为背景、主张辨证施治的中医来说，外科医学是在"身体与思维是分离"的现代思想影响下形成发展起来的。作为外科医生的父亲在面对自己妻子"异常"的身体时产生了困惑与矛盾，多年来积聚储备的现代科学知识发生了断裂。拥有这些知识，曾经使陈淼淼的爸爸获得了智力上的优越感，对于这个外科医生，"身体"是躺在手术台上、镁光灯下充满物性的存在。自己手中的一把柳叶刀，几柄手术钳可以为之造型、打扮，补救缺陷，剔除瑕疵，但是面对陈淼淼妈妈轻飘飘的透明的蓝色的模糊身体，他手中的"柳叶刀"无所适从。婚姻的危机并非来自情感的变浅变淡，而是陈淼淼爸爸在这种"无所适从"中深深体验的人类智力优越感的丧失，正如他自己对女儿的解释："我是外科医生，我们否认世界上有精灵这种说法，因为它是不科学的。在知道你妈妈真的是精灵的那天，我的世界观都要崩溃了。我不像你，你能这么快就觉得精灵没什么不好而我却要昏过去。"

最后，在现代科学思想中浸染已久的陈父唯有以自己的妻子与自己不是一个空间的人聊以自慰，他对陈淼淼说："我们这个世界就像是一个蜜蜂的窝一样，有好多洞洞，住着不同的人。妈妈是另外一个洞洞里住的人。"这个解释勉强使得陈父接受了"不是真的人"的妻子的真实存在，但却就此搁浅淡化了夫妻之间的情感，当然，这种变化是单方面的，精灵妻子本来就是为爱而来，也清楚地知道自己与丈夫的"不同类"，但显然，她不曾意识到"真正的人"的世界的现代人无法想象与"另类"共同生活，尽管事实上，人类从未摆脱过与地球乃至宇宙的其他生命体的共生共存的命运。而陈父的变化可以说是"人是世界、宇宙的中心"的现代思想的逻辑结果，按照这种思想，人是"高等动物"，宇宙是有一个等级秩序的金字塔的，塔顶端的位置被现代人牢固地占据着。尽管人类可能对其他生命体也表现出某种关爱和尊重，就像陈父那样不得不承认人生存的其他空间的存在，也明白这个空间的"人"，"它们不害人"，但是现代人根深蒂固的种属优越情怀使得陈父对待精灵妻子的尊重和礼貌只不过是一种从高往低的俯视姿态的悲悯罢了，中间并没有平等观念的渗透。

另一方面，《我的妈妈是精灵》的想象力在"精灵妈妈"这个形象上的指向，从某种意义上，是把她当成了一种迥异于以现代思想作为哲学根基的现代西医学视野中的"身体"的象征的。精灵是一种"蓝色会飘"的人，和"仙女、人鱼"住在一起，精灵的身体是没有重量的，但是这并不是它的固定属性，只要与某个真正的人有了情感，它们就可以获得人的有重量的身体。精灵妈妈就是在教堂旁的精灵大树上看见了正抬头仰望天空的陈父，爱上了他，并且也在精灵的魔法——一朵吹到人眼睛里的蓝花的帮助下，让陈父也爱上了自己。精灵的身体在"爱"的黏合下变得沉重，变得有形了，而一旦对方的"爱"不再，精灵就只能返回自己的世界，并再也不可能回来。尽管有"蓝花"魔法，但魔法总是有限的，在与自己的迥异于真正的"人"的身体没有认同、默契的人那里，多少朵蓝花也只不过是普普通通的蓝花而已；尽管精灵妈妈需要青蛙的血来保持人性，尽管一点点酒精就会使得妈妈的身体变蓝，但更关键的在于"情感"的匮乏。因为"身上和人联系在一起的东西太少，精灵本身的东西就越来越多"。"情感"，而且是与"他者"的情感，作为心灵的本质属性，在这里，与"身体"的变化密切相关，精灵妈妈身体的有形与无形、轻飘与沉重反映着一个以"身心统一"作为生存之道的"另类"与仅仅把身体作为人的物质个体的现代人的世界的冲突。

与精灵妈妈随情感的深浅、有无变化的身体一样，《小绿人》中的身体也是具有"认知"能力的，他们身体的绿色深浅，是随着生存环境的污染程度与周边绿色植被的多少而变化的，在人口聚集的城市，身体愈来愈淡，而距离西南大森林越近，身体的绿色也就越来越浓。其实，精灵妈妈也好，绿人也好，当小说家们把"具有认知的身体"的生态"意识"赋予非人类的"他者"时，隐含了对以分离为特征的世界观指导下的现代人的某种批判。

令人深思的是，小说在儿童身上看到了这种生态意识的复苏。陈淼淼的爸爸在知道自己的妻子是"非人类"后，心灵发生了巨变，生活也随之改变，每天都会喝点酒，看报纸时，中缝的寻人启事也不放过，工作之后的晚上时间，消磨在影视光盘中，一种世界观被真实的遭遇质疑后的颓唐、落寞与无聊。而孩子陈淼淼则不同，在经历了短暂的恐惧惊愕之后，她对精灵妈妈的爱不仅保留了从前女儿对母亲的亲情，甚至还超越了这种情感，将"爱"延伸到了自己永远也无法到达的精灵世界，比之于成年人，儿童更具有与"他者"和谐相处的平等意识。在《我的妈妈是精灵》中，尽管精灵妈妈一再强调"感情是世界上最黏的胶水"，但似乎，她的具有认知能力的身体只是对局限于男女之间的爱情的有无、深浅做出反应，孩子，不管是女儿陈淼淼，女儿的同学李雨辰以及那个趴在窗户边的外国小男孩的爱，似乎都无力阻止精灵的身体变得越来越轻。小说所表现出来的这种来自更纯真的儿童世界"感情"与来自成年人的"感情"在精灵身体上的不平衡折射，为浪漫主义立场下塑造出的更健康、更人性的童年生态投下了一束意味深长的阴影。

这样，在小说家把"身体"的变幻莫测作为使小说达到"奇幻"的效果的同时，却意外地在这种书写中隐喻了一种生态学的"身体观"。不管是精灵身体轻重的变化，绿人身体颜色的浓淡（班马《小绿人》），还是爷爷和孙子的身体"换位"（单瑛琪《小哥俩和一只猫精》），又或者是雅特萨利人与鹰、熊、鹿等鸟兽之间身体的变形（左泓《不能飞翔的天空》），少年边域借助于蝉、少女雪琪和哥哥伦子借助于鸟儿的重生（张之路《谁为蝉鸣》、薛涛《废墟居民》），甚至包括有着人的意识，但却不想将怪物形体再变回人形的舅舅的身体"奇遇"（彭懿《魔塔》），以及现实主义色彩较浓的女孩身体的成长（殷健灵《纸人》），等等，在这些关于"身体"的叙事中，都表现出了对"身体"更丰富、更复杂的理解。这些变幻莫测的"身体"对自己对周围的力量都异常敏感，并自行进行着选择组织。每一个"身体"都在为生存斗争。

这样，小说中，"童年"所昭示的人的自然生命和"自然"所昭示的宇宙万物的生命是协调、统一的，这种健康的、互构的"童年生态"和"自然生态"的书写，反映了中国儿童幻想小说追求一种人与自然亲密和谐的关系模式的写作立场，这种写作立场，是对中国传统文化中，"天人合一"观念的回归，也是对现代社会中，人与自然的关系日渐隔膜、物理环境被严重破坏、人的精神麻木空虚这一生存图景的危机性的幻想式应答。正是在这个意义上，中国儿童幻想小说与写实主义之间发生了一种比一般的现实主义小说更为深刻的联系。

（原载《中国文学研究》2011 年第 2 期）

**[注释]**

① 转引自 Marina. Sehauffier, *Turning to Earth*: *Stories of Ecological Conversion*. Char-lottesaill University of Virginia press, 2003.

② Annette Kolodny, *The Lay of the Land*, Chpel Hill: The University of North Carolina press, 1975.

③ 查伦·斯普瑞特奈科：《真实之复兴》，张妮妮译，中央编译出版社 2001 年版。

④ 马尔库塞：《单向度的人》，刘继译，上海译文出版社 2005 年版。

⑤ Cheryll Glotfelty, "Introduction," in Cheryll Glotfelty and Harold Fromm eds., *The Ecocriticism Reader*: *Landmarks in Literary Ecology*, Athens: University of Georgia Press, 1996.

# ◇童话·寓言◇

# 谈"童话"

陈伯吹

"童话",这两个美丽的字眼,标志着一个具有诱人的魅力的世界。长期以来,它为读者所喜爱和向往。

薇拉·斯米诺娃曾经用了美丽的辞藻歌颂过它。

在我们广大的领域中,有一块壮丽的园地。这块园地任何人都被准许入内——刚开始爱祖国语言的小学生享有它,老师享有它,老师的老师享有它,文学大师享有它,被人民所热爱的诗人享有它。这就是童话。[①]

这几句话的本身就像是个童话,形象地把热爱童话的读者群描画了出来。值得惋惜的是这块童话世界即使人人都可以进来,这块园地从古到今,却还开垦得不够大。正如鲍·波列伏依所说的:"在人类的全部历史上,人民的创作天才一共只创作了七八套成功的童话。"[②]

## 一、童话究竟是个什么样的谜

"童话"是文学部门中比较特殊的艺术形式的一种体裁。它植根于现实生活。在现实生活这一基础上,通过幻想,用假想的或象征性的形象来表现事物和现象的"超自然的"力量;在艺术表现手法上,一般多采用"拟人的"——也就是让动、植、矿物等披上了人类的外衣,并且赋予了人类的思想和意识,像人类一般地生活着,活动着。它是个创造出来的假想的故事。

> 有个小猴子在井旁边玩。
>
> 他往井里头一伸脖子,看见里头有个月亮,就大叫起来:"糟啦!糟啦!月亮掉在井里头啦!快把它捞出来!"
>
> 大猴子跑过来一看,也叫起来:"糟啦!糟啦!月亮掉在井里头啦!"
>
> 老猴子跑过来了,后边跟着一群猴子。他们一看,也都叫起来,"月亮真的掉在井里头啦!快把它捞出来!"
>
> 井旁边有棵大树。老猴子倒挂在大树上,他拉住大猴子的脚。这样,一个连一个地接起来了,一直接到井里头,小猴子挂在最下边。
>
> 小猴子伸手去捞月亮,捞了好些时候,捞不着。
>
> 他们觉得很累,都说:"挂不住啦!挂不住啦!"
>
> 老猴子一抬头,看见月亮还在天上,就说:"不用捞啦,月亮在天上呢。"[③]

由于小猴子的无知，认识不足，其他猴子的不加调查研究，一窝蜂似的盲目跟从，以致闹了个笑话，也引得读者好笑了；但在笑过以后，心里头还仿佛感觉些什么，"这不是庸人自扰吗"！所以说，这里头的思想，这作品构思的基础，都是植根于人类社会的现实生活的。

童话经常逗引人作健康的笑，笑过以后，却激起了一股严肃的感觉，这就促使人产生向前进步的力量。

童话尽管是幻想的、假想的故事，但它也是现实主义的作品，更应该是革命的现实主义和革命的浪漫主义相结合的作品。

## 二、童话的成长和发展

当童话在"人民口头创作"的历史阶段，当时人民的思想和生活，当时社会的风俗和习惯，这些都像四周事物反映在镜子里般地反映在他们的口头创作——童话里，而且还借着想象的揣摩来表示真理，表示劳动人民对统治阶级斗争的机智幽默，对改善生活和获得幸福的愿望，对一切善良的人（甚至于动物）的忠诚友爱……

让我们回想一下在自己国土上成长起来的《十兄弟》《蛇郎》《田螺姑娘》和《老虎外婆》等，如果不只是贪婪地记取它们有趣的故事情节，也还细致地辨味它们内在的思想意义的时候，就不会为了这些作品中出现千里眼、顺风耳、会跨越高山的长腿、会喝干海水的阔嘴，还有头上长着金花的蛇郎，从田螺壳里钻出来的披着青衫、垂着黑辫的美女而感觉到不可思议。这些，正和外国民间童话中所有的隐身帽、飞行毯、如意杖、万能桌布等神奇怪异的东西，同样都是劳动人民的智慧的创造和善良的愿望的化身。

当社会上出现了专门从事文学创作的作家的时候，作家们就开始给民间口头文学的童话加工，使得童话这一文学形式变得更加精致，更加完整，更加美丽动人，也更加富于现实主义精神。

我们读一读古典童话作品如：贝洛的《小红帽》、格林兄弟的《金鹅》、安徒生的《野天鹅》等，就可以体会出来了。从一篇法国童话贝洛尔的《拇指汤姆》，到德国格林兄弟的《大拇指》，到丹麦安徒生的《拇指姑娘》，从他们在同一的原始的民间传说故事上做了不同的叙述和描写这一点，更加能够领会作家对于人民口头创作的加工的意义和艺术加工的成就。

而口头创作对于书面文学的影响和启发，也是非常巨大而无可争议的。这在安徒生的文学事业工作上特别表现得明显。

他曾经写过诗歌、写过剧本、也写过小说，与其说没有写成功，还不如说写失败了。但是当他选取了以丹麦为主的北欧民间故事题材来改写成童话，例如《火绒匣》《豌豆上的公主》《接骨木树妈妈》等篇，却得到了巨大的成功。他承继了民族文学遗产的优秀传统，做了创造性的文学艺术劳动，就从这条道路上走向前去，登上了世界文学的高峰。

他从30岁起开始写童话，直到将近70岁，一共发表了168篇童话，其中早期的作品改写多于创作，而后期的作品就绝大部分是创作了。也从他的身上，可以看出从改写民间童话出发，开辟一条走向创作童话的道路来。当他根据丹麦的民间传说《大兄弟和小兄弟》改写为《小克劳斯和大克劳斯》时，注入了新的思想内容：控诉了私有财产制度的罪恶，同时揭露了统治阶级人物的丑恶嘴脸。把一个传说变成了一篇讽刺作品。

其实，在世界文学史上不仅安徒生走上了这条宽阔的道路，在他以前的，和他同时的、走上这条道路的作家多着呢。

高尔基曾列举了从古罗马阿普列伊起一直到14世纪的薄伽丘和乔叟以及歌德、巴尔扎克、茹科夫斯基、拉伯雷、都德、狄更斯、法朗士，等等著名的作家，都曾经利用过童话。

口头传说曾大量产生于古代社会，而在中世纪以至现代社会，在人民群众中间也还有产生口头传说的具体事实，因此，作家们改编民间传说，不只是可以依靠古代传说，也完全可以利用当代的民间传说来加工改写作品。即使当童话已经进入了可以完全凭作家独立思考而进行创作的现代条件下，与存在着作家们所创作的童话的同时，民间的口头传说也并未因此而消失。而这些口头传说，它依然是作家们写作童话的最丰富的源泉。

童话，过去是人类的、民族的一份珍贵的丰富的文学遗产，现在还在继续不断地成长、发展着。正像它自己美丽的名字所象征着的——童话，是一个健康活泼、聪明勇敢的孩子，正在生气蓬勃地壮大起来。

## 三、童话面前的广阔道路

在我们亲爱的祖国，在伟大的苏联，在各人民民主国家，为了教育和培养未来的社会主义、共产主义建设的接班人，已经在前所未有地重视儿童文学；而童话也日益受到作家、教师和家长们的重视、爱抚，它的前途光芒万丈。

从现阶段看来，童话将向三个方面发展。

民间童话是童话的宝库，有着无数的未加雕琢的璞玉。

它从来是培养人民积极乐观的精神，鼓励人民追求未来美好的生活，坚定人民战胜天灾人祸的信心。如果通过作家的手笔，把民间童话的精神实质，经过加工整理，这是儿童上好的精神食粮。阿·托尔斯泰整理的《俄罗斯民间故事》和巴·巴若夫写述乌拉尔传说的《孔雀石箱》，是这方面工作的最好的榜样。

我们在1953年第二次文代会上做了向古典文学遗产学习的号召以后，这方面也有了开展。更因为我们有历史悠久的文化传统，以及多民族的兄弟大家庭，民间童话像地下资源一样的蕴藏丰富，对于善于发掘的人，有取之不竭、用之不尽的喜悦。而为我们目前所看到的《神笔马良》《巧媳妇》《长发妹》和《一幅壮锦》，等等，还只是个良好的开端。

创作新的童话是促使童话向前迈进的一条主流。作家必须牢牢地站在儿童生活基础上（也牢牢地站在人民生活基础上），吸取最动人的素材，像老师般地关心教育的影响，像巨匠般地运用艺术的技巧，产生像发光的宝石般的精雕细琢的童话作品。它是可以采用传统的"拟人"的手法，因为这手法是久已被普遍地流传喜爱，但决不要把它看作是个固定的模型，硬搬一套，而是应当创造性地加以运用，以全新的姿态出现。

科学童话是童话走的另外一条非常有前途的大道。我们这个时代，是飞跃前进的时代，是从电气进入原子的时代，呼风唤雨，移山倒海，看来是有很大的可能性，而顺风耳的无线电收音机和千里眼的电视机，早已成为事实。科学的成就远远超过了神奇的幻想，现实生活中的一切事物、现象，都是童话里辉煌瑰丽的图景。现代人类的进步已经走在古代人民美丽的愿望的前面，只需记得"攻下知识堡垒"这句名言，我们就要重视这个具有异常魅力的鼓动孩子们热爱科学的号手——科学童话，要它跑得更快、更广、更远些，让千百万的儿童可以接触到它。但是可惜像维·比安基创作的出色的科学童话，直到现在为止，我们还很少创作出来。我们虽然有了《我们的土壤妈妈》《揭开小人国的秘密》和《太阳的工作》等以诗的形式来写的科学童话诗，那无疑是对儿童有益的；不过，为了在我们下一代的小脑袋里注入一点一滴的科学知识起见,还希望有更多的用散文写的流畅的、情节曲折的、知识丰富的科学童话,给孩子们铺平走向科学的劳动创造的道路。

在这儿似乎有摘引一下比安基童话《苍蝇要有一条尾巴》的必要。

> 苍蝇向人要求有一条漂亮的尾巴。……
>
> 苍蝇对鱼说:"把你的尾巴让给我吧!你长着尾巴不过是为着好看。"
>
> "完全不是为了好看,"鱼回答它,"尾巴在我身上,如同船上的舵。你看:我往右拐,尾巴就转向右边,我往左边去,尾巴就转向左边。我不能把自己的尾巴让给你。"
>
> 苍蝇又飞到虾跟前:"老虾,把你的尾巴让给我。"
>
> "我不能让给你,"虾回答说,"我的腿又软又细,不能用来划水,可是我的尾巴又宽又有劲,在水里一拍,就冲向前边去了。拍来拍去的,我就浮起来,要到哪儿就到哪儿。尾巴对于我就是桨。"
>
> 苍蝇飞到树林里,看见啄木鸟蹲在树干上。它要求它说:"把你的尾巴让给我吧,你的尾巴只是为了好看啊。"
>
> "真是个怪婆娘。"啄木鸟说,"你让我靠什么来啄树木、找虫吃、给孩子搭窝呢!"
>
> "你用鼻子好啦!"苍蝇回答着。
>
> "用鼻子,用鼻子,"啄木鸟回答,"可是没有尾巴不行呀!你看看我怎样啄树木的。"
>
> 苍蝇看见了,啄木鸟啄树木的时候,的的确确是用尾巴坐在那里,把它当垫子用的。……

作家的笔让苍蝇向鹿讨毛茸茸的、白花花的又短又小的尾巴,向狐狸讨漂亮的金红色的尾巴,最后向牛讨尾巴,牛一声不响地用尾巴在背上一拂,苍蝇就六脚朝天地滚了下来。读者将紧紧地抓住娓娓动听的故事的叙述和引人入胜的描绘,把这项关于动物尾巴的功用的自然知识一并吸收了进去。这在知识教育上是儿童的不出声的良师益友。

## 四、童话的幻想和现实

如果也把童话看作是一种精神的"物质构造",那么,童话也可能有一个"童话核"。这个核心就是"幻想"。

从古到今的童话,每一篇童话都展开了一个"幻想世界",人和物在这个似真非真、似梦非梦的、洋溢着浪漫气氛的"奇境"中自由自在地活动。

但是,童话为什么必须要有"幻想"这一因素呢?而且童话既然是幻想的、假想的故事,定然是虚构的作品,那,又有什么教育作用呢?

德·纳吉什金说得好:"虚构和生活生动活泼地结合起来,就能使我们在习以为常的平凡生活中看到周围世界的不平常的、'奇异的'实质,这就是童话能够有力地影响读者的原因所在。"④

正是这样,如果童话作家能够敏锐地观察人们日常生活(儿童生活当然包括在内)的话,就可以看到有这样一些美好的小事情。

当一个孩子看见床底下的两只鞋子一顺一倒地并放着，他要去把另一只也放顺来，"好让它们并着头聊聊天"。他看见三四只杯子远离着茶壶，要把杯子一只又一只地移过去，围绕着茶壶，"好让妈妈照管它们，给它们多吃点奶"。

是的，当用五彩的丝线交织成闪闪发光的美丽的幻想的巾儿，盖在平凡的事物上，立刻，平凡的事物就变得新鲜、奇异、具有生气和美的感觉，并且也更有意义了。

所以高尔基说："在外祖母朗诵的歌谣中和保姆讲述的童话中，都有奇怪的事情，激起了我想创造奇怪东西的愿望。"

不错，幻想是永远跑在现实前面的。今天我们创造发明了飞机，也就实现了凭虚御风的愿望，明天城市交通的直升机，后天星际交通的火箭，这样的日子一定会到来。人们张着幻想的翅膀，高飞在科学技术的前面，带着它朝向美好的生活，飞向明天。

伟大的革命导师列宁教导我们："幻想是最宝贵的东西，不仅诗人需要幻想，就是数学家也需要幻想，没有幻想，甚至连微积分也发现不了。"

幻想常常挟着一种奇异的兴趣，善于引导人向前看和向上看，这就是幻想的可贵处。无论对成年人来说，对孩子们来说，童话蕴藏着这种宝贵的材料。也正因为如此，所以童话是永远对人有益的文学作品。

但是，如果认为童话既然容许幻想，就大开了方便之门，海阔天空地胡思乱想起来，以为什么样的"幻想"都可以写，不必了解生活，更不必了解周围事物的因果关系，那是错误的。这样的"童话"作品，不仅不能启发人的想象的能力，还要造成思想的混乱，特别是对于年幼的儿童危害更大。

别林斯基要大家警惕着："把人引导到虚无缥缈和空想境地的幻想，是有害处的，但是和现实生活相联系，唤醒对自然界的兴趣，唤醒对人类理性力量的信心的想象力的活动，却是有益的。"⑤

列宁在谈到关于童话时曾经说："……儿童的本性是爱听美妙的童话的。……任何童话中都有它的现实成分。如果你给孩子们所讲的童话，其中的公鸡和猫不是说人的话，那儿童就不会对它发生兴趣。"⑥

为什么会不发生兴趣呢？就因为幻想没有现实的基础，他们是不了解的。

阿·托尔斯泰在改写柯罗提的《木偶奇遇记》为《金钥匙》时，开始一段，几乎完全没有改变：木匠安东尼在雕刻木头时，木头自己会跳起来，刚雕出眼睛，眼珠就滴溜溜地转动了，刚雕出嘴巴，嘴巴就张开了吱吱地叫起来……尽管作家笔底下的主人公形象是幻想的、假定的，并且也是怪诞的，然而它是根据人的生活现象——幻想来自真实的生活，因而这一幻想是为孩子们所理解、所熟悉，并且也因为这个小木偶就是他们自身的形象而感觉到喜悦。

童话中的幻想假想，和现实生活中的真实形象，仿佛是人和他的影子一般，总是若即若离，却也不即不离，是一个恰到好处的象征性的形象，它是比现实的更新鲜、更美丽、更轻飘，也更透明的东西。这就觉得十分可爱了。

在幻想和现实怎样和谐协调上，是"童话"论争中最突出的问题，大致可以归纳成两种意见：

一种意见是主张幻想虽然是现实的反映，但是距离不宜太近，要写得轻灵一些，飘忽一些，要保持童话的风格和情调；认为安徒生的童话是一种典型的作品，往往就用这样的规格来要求现代的创作童话；否则，就是"烟火气"太大，是"粗俗的"，不是好的童话了。

另一种意见是主张童话中的幻想应该在较大的程度上结合现实——把传统的童话因素和真实情景大胆地结合起来，丝毫也不会破坏童话，反而强调出童话中所要表现的主题的真实性；而且在儿童所熟悉了的环境中展开童话情境，使童话和现实融合在一起，也并不妨害童话中情节的正常展开。

这两种意见看来都有偏差。

前者把童话这一文学体裁，看作是定型的，不发展的。要知道安徒生所以成为安徒生童话的作家，也是学习、接受了民间童话的优秀传统，而后从创造性的劳动中形成了独树一帜的风格。所以，童话作家尽可以学习安徒生童话，但不等于说可以模仿安徒生童话。作为现代的童话作家，应该有新的创造，新的发展。人民口头创作的童话和古典的现实主义的童话，虽然它们的内容是表现着过去的，但也是具有当时的现实性的。所以现代童话作家创作现代童话，是不能、也无法要求写成"安徒生童话"式的童话。使童话接近现代，绝不是意味着把其中的人物环境，直接加以现代化，给予它们肤浅的现实性。正像有一些童话所写的，只需把作品中的动物换上了人，就和小说没有什么不同，这怎么能算是童话呢！童话的现实性是海洋般深广的，即使描写古代的人物环境，也能发出今天事物的洪亮的回声。

后者的危险性在于容易把童话粗制滥造地成为粗糙无味的作品，以致它的品质和香味完全变了。这个不好的倾向已经在逐渐形成而且显露出来了。一些用动物作为主人公的童话，几乎写得和"动物故事"一般无二，所不同的，只是动物开了口，说了人的话罢了。

主要是对于童话和现代生活的关系，存在着庸俗社会学的看法。某些作家想利用童话的形式，却基于实用主义的观点，作为教育上的功利主义的教育手段，而不是通过艺术欣赏来加强、扩大教育的作用。在幻想与现实的结合上，童话应该是遵循社会主义现实主义的创作方法，象征地、形象地表现和理解现实生活。这方面最好的例子是：阿·盖达尔的《一块烫石头》和谢·米哈尔柯夫的《高个儿叔叔》，以及法·卡泰耶夫的《七色花》。

总起来说，幻想和现实的结合必须自然而不生硬，丰富而不简单，深刻而不浮面。

童话从现实的基础上产生幻想，再从幻想的情景中反映现实，现实与幻想的结合要达成如诗如画般的艺术的境地。

## 五、童话的教育作用

在孩子们看来，童话世界里好人和坏人的对比非常明显，善和恶划清了界线，而且是形象鲜明，情景具体，符合教育学上的直观原则。不论在民间童话或者在创作童话里的魔法，只有让善良、勇敢的人掌握它的时候，魔法的力量才能发生正面的作用，成为一种巨大的助力，而使他们达到愿望，获得胜利的喜悦。反过来说，坏蛋、懒汉、吝啬鬼、暴君，虽然也有机会得到魔法，但是终不免于作法自毙，这例子如《太阳瓜》《黄鹤的故事》《金斧头》等都是。

那些把指导儿童阅读当作对下一代进行教育的重要方法的文艺批评家和教育家，都曾经评论过童话的教育意义和作用。

别林斯基明确地说，写给儿童看的书应当"不是为了教训儿童，而只是为了引起他们的注意力和好奇心"。这意思是容易理解的，就是要在唤起更多的艺术兴趣中，才能给予更多的教育和教养的意义，而儿童在这样的身心愉快的教育方式中才能更多地接受下来。

安·马卡连柯指出:"对幼童说来,最好的童话总是关于动物的童话。……随着儿童的成长,可以逐渐转向那些描述人类关系的童话。……童话中更重要的一种,是那些已经描写出贫富之间的斗争,已经反映出人类社会中的阶级斗争的童话。我们建议父母对这些童话要小心谨慎:不要讲那些阴暗的、描写善良的成人或儿童怎样遭到灭亡的童话。……只有当儿童年龄较大时,才可以向他们显示那些说明压迫和剥削的可怕方式的凄惨景象。"⑦

这位杰出的儿童教育家的话,是从长期的工作生活实践中得出来的结论,值得作家、老师和家长们的重视。可以说,目前我们评论童话或是推荐童话书目(对于其他书籍也一样),常常忽视了"特定的读者对象"这一点,而主观地在题材内容上片面的选择,偏差很大。这样既达不到教育的目的,同时也提不高童话(对于其他的文学作品也一样)创作的水平。

有一些同志就是轻视童话,以为写的只是孩子们的日常生活的琐细事件,或者是自然界的动物、植物的科学知识,不是那些巨大的严肃的主题,因此政治性不强,甚至于认为没有政治性。事实是真的这样吗?显然不是的。那些写得激动人心的、鼓舞人向上的、引导人站在现实的前面高瞻远瞩,丰富人的精神世界,更有力地追求光明美好的未来的童话,应该说也是具有政治意义的。难道纠正儿童一个坏习惯,增长儿童一点新知识,就不算是教育的政治任务吗?只要有教育意义,也就有了政治意义。

另外一些人轻视童话的理由是由于童话的幻想,认为这是哄哄孩子玩的,既然不是真人真事,也就没有什么教育价值,干吗值得重视呢?这是因为这些人不理解儿童的年龄特征的缘故,不理解童话的特点就是为儿童年龄特征服务的。只要能够留神儿童作为读者来看童话和作为观众来看童话剧的时候,就可以看出他们是把它们看作真的事物来接受的。所以他们会大声地笑,也会大声地哭,憎恨坏家伙,热爱好人儿,而教育的价值也就在这一点激动与鼓舞上。他们往往能够凭直觉的感受来辨别道德问题的实质。

高尔基也曾经和当年顽固的儿童教育家们斗争过,指斥他们"不了解儿童心理的特点,不重视民间创作的教育意义和艺术价值,因而宣称一切童话都是有害的"。他在《论儿童文学》这篇论文中严厉地驳斥他们,如果不让儿童幻想;企图窒息儿童这种人类的天性,是一种罪恶行为。

童话的幻想既然不是无根无据的空想或是妄想,那么就可以放胆让孩子们跟随着童话的"灵魂"——幻想去漫游吧,让他们的思想源泉里增添些活水吧。

童话的长处就是它从来不曾疾言厉色地扬起戒尺来教育它的读者。

伸着指头训斥式的道德教训,这正像给一株活生生的树钉上了一个指路标。

## 六、略谈我们的童话

如果说我们的儿童文学是文学中比较落后的一个部门,那么,童话是儿童文学组成部分中也比较落后的一环。新中国成立后 7 年来,儿童文学作品以小说为最多,次为诗歌,再次为民间故事,童话和剧本居于末位。这情况直到 1955 年 9 月以后才有了改变。

我们有一些童话作品,是为了童话而写童话。它们之所以被称为童话,只不过是因为作品中的动、植物照例能够说人的话、做人的动作、过人的生活罢了。如果说它是个"科学童话",那么,关于动植物的知识并没有通过形象来细致地描绘,如果说它是个"文学童话",那么,作品里既没有深刻的意义,又没有动人的形象。作者不是从生活的基础出发，而是从概念意识出发，主观地安排了动植物扮演的角色，涂上了"人格化"的釉彩来化装表演，而人物间并没有内在的有机的联系和必然的发展，只像木偶剧中的木偶随着牵线摆弄，板着脸在舞台上来来往往，作品中的人物，既没有思想感情，也没有性格发展，自身是这样的干瘪贫乏，当然起不了教育作用。

这些公式化、概念化的童话作品，在以前是看得比较多了。举例说，如：以老虎代表和平的破坏者，以马牛羊鸡犬豕代表和平的爱好者，为了反抗侵略，保卫和平，于是"弱者"方面召开和平会议，宣布团结一致，并且举行示威游行，战争终于不可避免地爆发了，经过几场激烈的战斗，弱者方面转败为胜，获得了最后的胜利。又例如：猫狗鸡鸭等各在纸上捺着梅花印、栗子印、长爪印，等等，表示签订和平公约，团结打倒侵略的野心狼。诸如此类的一些庄严的题材，就这样草率地生硬地用童话的体裁来硬搬一套，而且比喻得不伦不类，在广大的读者中间，散布了混乱的思想，引起了丑恶的印象。这种形式主义的作品，是应该受到批判的。不过这种轻于尝试的简单化的童话作品，在目前来说，已经很少出现，但不能说完全没有。

在这种作品里，还有一点必须指出的，就是采用传统的"拟人"的写法，就不考虑物和物间的自然关系。固然动物和植物在童话中已代表了人的身份，表现了人的思想生活，但同时还应该有物的本身性格，这才不违反自然规律。试看《一只想飞的猫》®中所描写的猫，显然是个骄傲自满的孩子，然而看来看去它还是一只猫。同样，《小鸭子学游水》®里的小黄毛，它是一个肯认真学习的孩子，但是看起来还是个小鸭子。

不仅写动物如此，写植物如此，甚至于写无生命的东西也如此。《小火车头》®中的小火车头，作者也赋予了它以聪明淘气的孩子的性格，可是一方面仍然是个小火车头。它的一切说话、举动、行为，无一不是个小火车头。

安徒生第一次用动物题材写童话《拇指姑娘》时，先研究了各种动物不同的生活和习惯，并且根据它们的生活的习惯来推测——或者说是来结合切合于它们的希望和理想，通过它们的故事来反映人的生活，经过了作家苦思苦索和精心结构以后，才下笔创作，这是作家应有的严肃态度。

关于这个问题，萨·马尔夏克讲得很清楚："动物可以说话，但是一定要像它自己所说的。""好的童话必须具有现实的基础，动物间的关系，也不能够随便改变。"一方面是人性，另一方面是物性，它们既不对立着，也不能游离着。正相反，它们应该如影随形地和谐地行动着、发展着。

因此就有人片面地机械地主张：在同一篇童话作品中，必须动物和动物在一起，人和人在一起，人和物不能交叉在同一个场景里。显然又是毫无根据的说法。在现实生活里，人和动物并不截然划分为两个世界而居住着，那么，童话既然反映现实，为什么硬要人和物不在一起呢？不论读过或者看过《马兰花》剧本和戏的，没有觉得小兰和兔、鹿、松鼠、狗尾巴草等在一起生活感觉到不自然。而在米哈尔柯夫的《神气活现的小兔子》里的小白兔，还更大胆地去偷猎人的枪来玩呢，是不是会觉得童话中的拟人过了头呢？或者是太接近现实的感觉呢？不是的。这问题应该在具体的作品所描画的情况环境中做具体的分析研究，才会得出正确的结论来。

另外还有一些童话作品，是为了解决教育上某个问题而写的。举例说如为了告诉孩子们不要随便拿别人的东西，或是不要多吃糖而蛀坏牙齿，不要没有礼貌，等等。一般说来，都写得简单化，表现力不强，里面的教条一触即到，就像破衣服里钻出了棉絮来。这样贫乏的童话实在是不能解决问题的。首先是小读者不愿意接受这些格格不入的概念和教条，就算强迫他们接受了，留在他们身上的仍然只是概念和教条，不能影响他们的思想，改变他们的生活。因为童话失掉它那固有的讽刺的微笑，就使潜藏在有趣的情节中的道德教训一下子被暴露了，儿童是不喜欢的。

利用童话作品（其他文学作品也一样）进行教育，决不能是头痛医头、脚痛医脚，而是要在总的思想品质上提高，才能解决问题。目前这类童话在少年儿童报刊上经常发现，这是教育上的功利主义的倾向，如果不加以批判，概念化的童话只会多起来，这对于童话的发展带来了有害的影响。

诗和童话这两种文学体裁，除了要有高度的思想内容之外，也还要有优美的艺术形式，因此创作的艺术技巧，也应该像取材一样受到重视。对于童话来说，它的优美的幻想，巧妙的讽刺，机智的语言，这些地方都应该在创作实践中加强学习。安徒生写《沼泽王的女儿》，几易其稿，还读了许多参考书，才把它写好了的。

"才能是在对于工作的热情中成长起来的。严格地说来，所谓才能，本质上不过是对于工作，对于工作过程的一种爱罢了。"就用伟大的高尔基的名言来作为结束，也作为一种勉励吧。

[注释]
①《共青团真理报》，1952 年 2 月 3 日。
②《苏联人民的文学》上册第 212—213 页。
③小学初级语文课本第三册。
④《译文》，1956 年 2 月号，第 169 页。
⑤《别林斯基论教育》，人民教育出版社版，第 128 页。
⑥《儿童年龄特征》，人民教育出版社版，第 110—111 页。
⑦《儿童教育讲座》，人民教育出版社版，第 80—81 页。
⑧少年儿童出版社版。
⑨少年儿童出版社版。
⑩见童话集《幻想张着彩色的翅膀》，东风文艺出版社版。


（原载陈伯吹著《儿童文学简论》，长江文艺出版社 1959 年版）

# 泛论童话

严文井

　　我非常欢喜您的直率和热心快肠。您想了很多。您对近年来的某些童话作品有意见，提出了新童话创作中的许多问题和困难，我觉得都有道理，确实值得我们这些搞童话创作的人深思。

　　只是有一个问题，我想请您再考虑一下。您说："现代生活很难产生童话，童话这种形式将要很快被别的文学形式所代替。"您这样说，我不知道是不是由于您在神话和童话中间画了一个等号。在古代，这二者的界线难于分得很清；但到了近代，它们彼此的差别却是越来越明显了。今天产生不了新的神话，可还不等于今天产生不了新的童话。如果您并没有把童话和神话混为一谈，那么，就更好；问题单纯一些，讨论起来就可能方便一些。

　　我认为断言童话就要消灭，似乎还早了一些。事情还不是这样简单吧。

　　问题不决定于我们这几个爱好童话的成人。童话作者不写，童话却仍然要产生，而且天天产生，处处产生。且别忙责备我"危言耸听"。希望您能挤出一点时间，去注意听听您那个 4 岁或 5 岁的孩子对着玩具的自言自语；再不，您就耐心地陪着他或她去逛一次动物园，这对您的孩子和您自己大概都会有点好处。不信您试试看。嘿，真有意思！玩具居然说起话来了。但是，那说的是一些什么呀？到了动物园里，又是那么一堆"鸟言兽语"。如果您兴致好，也想了解一下那内容，那么您就只好求教于您身旁那个小公冶长了。您的孩子给大布偶和小布偶分了姐妹，给房上的狮子猫和金银眼的猫定了好坏，称赞白熊爱干净，批评黑熊不洗脸，这里就接二连三产生了好几篇童话。请不要用怀疑的眼光看着我。如果您认为我刚才那句话带着点浮夸的成分，那么，就改成"接二连三产生了好几段未完成的童话"吧。再不行，就说"产生了一些童话的萌芽"吧。总之，是一种童话。由于孩子们的需要，世界上已经产生了，正在产生着，而且还要继续产生许多这样的童话。它们很粗糙，绝大部分还没有变成文字，甚至还没有变成清晰的语言，可是又美，又动人。许多更美更动人的有文字的童话就要从这个基础上产生。没有文字的童话，这是一种不可忽视的存在。它们就和孩子一样普遍。它们是无数幼稚心灵的最初的闪光，千年万载，绵延不绝。只要有孩子，这种童话就自然会不断产生，是谁也控制不了的。

　　您的孩子也不例外地参加了这种创作，这件事也许会更加引起您的忧虑，但我却以为您用不着过分紧张。这没有什么可怕，倒是没有看到这样一件事，没有重视这样的事实，有些可怕。是的，您的孩子在对布娃娃说话，他在嘲笑河马肮脏，他挥舞着两只胳膊在胡同里跑，把自己当作了一个火车头，所有这些举动都不能证明他有神经病。他将来也不会因此就变得疯疯癫癫。他长大以后，不一定会以写童话为职业，更不会成为一个空想家或神秘主义者。很可能他还会爱上哪门科学，如果他立定志愿去学习，我看他一样也能成为科学家。而且，如果现在他的这种创作特别显得出色的话，也许我的偏见在作怪,我认为,说不定将来他可能真正成为一个有创造发明的科学家。相反,如果一个孩子长到七八岁,想象力特别贫乏,一点幻想没有,贤明的父母倒真应该为他将来会不会有出息担一下心哩。

您从来没有幻想过么?您小的时候就不曾有过您孩子同样的行为么?别忘了,您和大家一样也有过幸福或不幸福的童年。在童年时代,您也一样喜欢听荒诞的故事或不怎么荒诞的故事;看起戏来,您也一样老着急地打听那是坏人还是好人,高兴的时候,您也不例外地发表过一些或长或短的幼稚的口头创作。然而到了现在,您的头脑并没有因而变得不健全,整天只会胡思乱想。您不是既热爱生活,又能冷静地考虑各种问题么?我以为,您在童年时期的所作所为,并没有给您现在带来了什么特别的不光荣。而且,直到现在您还多少保留了一些您童年时期的爱好。您不是偶尔也看看动画片,狗熊赛足球的笨拙动作不是依然也引起了您的微笑么?这并不坏。这说明您还有童心,也还有对童话的需要。虽然,比较起来您的需要也许是不太大的。您的孩子可不是这样,他的需要大得多。对童话,现在您的需要少(也许您自己还认为完全没有),您的孩子需要多,这都很自然,我觉得都没有什么可责备的地方。我提起这些,无非是想请您注意某些事实,希望您在给童话做结论以前,考虑一下孩子们的意见。因为,童话是由孩子们的需要而产生的,最初的创造者是孩子。

孩子们,那些来到世界上不久的小小的"人"们,很奇怪,和我们有些不一样。他们精力特别饱满,对天上、人间、地下、水中、远处、近处,什么都感兴趣。他们对他们见过的人和事物,固然要进一步知道是怎样的,要问一连串的为什么;对他们所未见过的人和事物,就更急于知道是怎样的,然后又是一连串的为什么。他们几乎每时每刻都有新的发现。在我们看来非常平常的草、木、虫、鱼,对他们都是一个个新大陆。他们对待这些东西好像很平等,但实际又很不平等。他们可以和小鸟小兽、小花小草打交道,做朋友;可是又强迫那些小鸟小兽、小花小草屈从自己,按照自己的模样来做。尽管那些东西外表都不一样,却都得具有一颗人的心;说得准确一些,孩子的心。万物都有点人的味道,而人则一定要分清好人和坏人。在他们单纯的心里,只要是非弄明确了,爱憎就特别分明。好人也许会犯错误,但好人总归是好人,好人的过失是会引起孩子们的担心。坏人也许很有办法,但所做的总离不开坏事,坏人的侥幸只会使得孩子们更加愤怒。好坏决不能调和,斗争决不能妥协,孩子们决不能中立。坏人本事大得出奇,好人的本事更强过他们万分。好人也许会遭受许多挫折和失败,但最后保险能够得到胜利。您先别嘲笑孩子们对文学创作有什么公式化的主张,就这样好人胜利了一千次,坏人失败了一万回,故事重复了又重复,可他们还是不能感到满足哩。他们是许多无底洞,永远填不满,老是要求:"再讲一个吧!再一个,再一个……"讲故事的人如果不是精疲力竭,再三向他们讨饶,他们的"勒索"总不会有完。这件事可不能不了了之。您不讲,他们就要求别人讲。您说没有新的,他们就让讲旧的。新的旧的都不讲,他们就看小人书。您不让他们看小人书,他们就看大人书。总之,有一张白纸,必须写上字,只看您写什么,怎样写;特别重要的是开始的时候写些什么,和怎样开始。

不是这样的么?那么,再请您回想一下您自己的童年时代吧。您大概不会忘掉那样一些晚上,您一面注视着煤油灯的阴影,担心一只毛茸茸的鬼手突然从板壁缝里伸出来,一面仍然满怀兴趣地听着说故事的人描写怪风怎样呼呼响,一个恶人被一个凶鬼追得无地可逃,或者一个狐狸精怎样在对着月亮修炼,诸如此类的故事。是什么力量使得您能

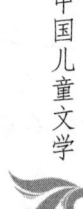

够忍受恐怖的感觉，把这些故事听了一遍又一遍呢？

这个可怕的事实里面有着一种不容忽视的东西。看起来，仅仅根据我们自身的经验，也该得到应有的结论吧。您也许会回答，您完全不反对采取积极的态度来满足孩子们的需要。您也赞成供给孩子们足够数量的读物，问题是什么样的读物。按照您的意思，好的儿童读物应该是：科学小册子，文艺性的科学读物，传记文学，或者还加上，纯粹以儿童生活为题材的小说，诗歌，等等。如果您的意思是这样的，我觉得还没有完全解决问题。我还打算提出一点补充，请求在您所提到的那些读物以外，再加上童话和寓言。您所举出的那些门类无疑都是重要的，但如果仅有那些门类，不加上童话和寓言，还是无法很好地满足孩子们的要求的。在这一点上，我不避嫌疑。我认为，在儿童文学领域内，童话和寓言固然不能说一定优于别的形式，但至少也不是别的形式所能完全代替的。现在应该考虑的问题，不是取不取消童话和怎样取消童话；而是怎样抓住我们时代的特点，我们的孩子的特点，新的生活带来的新的主题，写出新的童话来。

如果您同意，我们就转换一下话题，来谈谈新童话吧。新童话应该是怎样的呢？我不打算说这是一个容易回答的问题。最好的回答应该是实践。但这不等于不搞童话创作的人没有发言权。搞点童话创作的人，在实践之前，也不妨有各种各样的想法和打算。

有些同志主张把仙女和巫婆从我们童话里赶出去；另外一些同志还考虑，把王子和公主也驱逐掉；还有一些同志则悄悄暗示，希望鸟兽少说话，或甚至不说话，等等。这些意见，不能否认都是出于好意，我想所有的童话作者都会加以考虑。

童话不是自古以来就只有一种模样，一成不变的；它也不是靠吃仙女和巫婆这一类奇特的"食物"才能活命的。它的形式和内容看起来常常有些怪诞，但它最忌的是为怪诞而怪诞。所谓怪诞，例如时间的跳跃和颠倒，形体的变幻，等等，实际常常是和一种浪漫精神结合在一起的。童话虽然很多都是用散文写作的，而我却想把它算作一种诗体，一种献给儿童的特殊的诗体。这种诗体有自己所适宜于表现的一定内容，容纳了较多的幻想，但不是以幻想为唯一的特征。主要仍然是生活（孩子们的生活和孩子们接触到的成人们的生活），和孩子们的心理特征，决定了它的形式的特点。所以，有些所谓怪诞，又常常是由孩子们心灵的镜子的特殊的折光而产生的。生活有变化，孩子们接触到的东西有变化，幻想自然也有变化。没有仙女、巫婆、王子、公主，可以有童话；没有孩子，没有孩子的眼睛和心灵，没有美丽的幻想，没有浪漫精神，没有诗，哪怕有一个最奇怪的故事，则一定不会有童话。

童话完全可以不跟仙女、巫婆、王子、公主共命运，虽然过去他们在童话里是常出现的角色。在新童话里，许多新的角色代替了旧的角色，完全是合理的。但是，我觉得也没有必要制定法律来限制所有那些旧的角色出场。我们还得辨别一下那些角色是在怎样的情况下出场的。我们那些好心的同志完全可以放心，假如有一个作者在必要时放一个仙女或一个公主出了场，这和提倡封建迷信，还不见得就是一回事情。

我们应该注意我们时代的科学水平，不要让幻想落在科学成就的后面，使幻想暗淡无光，成为被讽刺的对象。事实上，我们的孩子也不会在发明了宇宙火箭的今天，还坚持要在背上插上蜡做的翅膀，或者仍然要去寻找那唐敖吃过的"蹑空草"。应当要求作者有丰富的常识，正确地描写所接触到的事物，但是我以为也不一定叫伊索保证狐狸确实是喜欢素食的，而不喜欢肉食的，然后他那篇《葡萄是酸的》的寓言才许成立。清规戒律少一些，反映新的时代的新的童话肯定是会逐渐多起来的。

那么，新童话到底是怎样的呢？您别看着我，看着孩子们吧！你看，他们在笑，他们在歌唱。他们的思想和幻想将要得到有力的启发，他们的身心将要得到正常的发展，他们将要成为未来的共产主义的人。对，新童话就在那里。他们将要回答。

1959 年 8 月

（原载严文井著《小溪流的歌》，人民文学出版社 1979 年版）

# 童话的逻辑性和象征性

贺 宜

童话诗《大禹的儿子》（《甘肃文艺》1961 年 10 月号）发表以后，引起了读者很大的兴趣。不少同志对这个作品发表了各种不同的意见。这是一个好现象，说明有更多的同志对儿童文学创作表示关心。作为一个儿童文学作者，我也从这首童话诗本身和同志们的意见中受到了很多的启发。现在不揣浅陋，也想就这一个作品谈一点我的看法，以就正于作者和参加这次讨论的同志们。

对这个作品，不论是持肯定意见还是持否定意见的同志，都一致承认这一作品主题的积极意义。我觉得这种意见是公正的。自古以来，一切好的作品无不洋溢着时代的声音。童话也不例外。今天我们的时代和社会所需要的不是任何别的童话，而是社会主义的童话。社会主义的童话就是要用社会主义思想、共产主义思想来教育少年儿童。我们的童话，不论是适用传统形式的，还是独创性的；不论是纯粹描写幻想世界的，还是在一定程度上反映当前的斗争或社会主义建设的；不论是塑造现实的人物形象的（如工人、农民、解放军和少年儿童），还是塑造幻想的人物形象的（如妖魔鬼怪、飞禽走兽，以及无生命的山川木石和日用器皿等），都必须遵循这个原则。

童话诗《大禹的儿子》提示了今天我国人民的精神面貌，歌颂了劳动人民建设社会主义，征服自然的雄心壮志，和意气风发、斗志昂扬、勇敢无畏、坚韧不拔的英雄气概。这一主题对于小读者们也是有积极意义的；是符合用社会主义思想来教育少年儿童的这个根本原则的。

由于童话传统形式的某些局限性，在童话如何反映社会主义建设和当前的革命斗争这一问题上，大家还面临着若干难题，还没有创造出很好的经验。因此关于这方面的尝试，不论成功与失败，都是对大家有帮助的。《大禹的儿子》就是这样的一次尝试。它给我们提供了一些经验与教训：对于童话如何反映现实，特别是如何反映社会主义建设这个问题的解决，给予有益的启示和教训。

因此显而易见，对于《大禹的儿子》，应该明确的不是到底是好与坏的问题，而是它到底是一首成功的童话诗还是失败的童话诗的问题。因为好与坏涉及政治标准，而成功与失败则是就艺术标准来衡量的。

那么，《大禹的儿子》到底是一首成功的童话诗还是一首失败的童话诗呢？大多数同志的意见，认为它尽管大胆创新的精神是好的，但是在艺术上却是失败的。特别是就童话艺术的角度来看，显然存在着较多的缺点。我对这点具有同感。

虽然对这一童话诗所做的具体的艺术分析，有不少中肯的和精辟的见解，但是有些地方还失之笼统。我现在就个人所见，再略为补充一点。

很多同志认为，这首童话诗的失败主要是由于童话的幻想不能和现实和谐地结合在一起。这个说法的确把这一童话诗的主要症结指出来了。

我们知道，童话是运用幻想来反映生活的。幻想是童话最显著的特点。幻想植根于生活，在假想所产生的某些特定情景中，充分地凭借联想、想象、比喻等手法，来解释某种事物的本质，来表达作者对生活的某种看法。童话的幻想是生活在作者头脑中的一种特殊形式的反映。因此，幻想虽然绝不是生活的本身，也不是生活的复述，但却是对生活的一种极端夸张的概括，是现实生活的真理和象征。童话中的幻想形象一般都是生活中某种典型的象征性形象。童话中充满幻想的各种虚构所组成的整体（不是虚构的局部和某些细节），是现实生活的某种本质的象征。因此，一切优美的、成功的童话总是能凭借这种幻想来帮助小读者从现实生活与假想的情景、事件和人物活动之间找出某些类似，从而发展了他们的联想和想象的能力。我们周围的生活中间某种习以为常的，貌似平凡的事物，一旦进入童话世界，就在幻想的魔力下，被突出和揭示了它们的不平凡的、奇异的、浪漫的实质。

幻想是非常自由的。童话中的人物、遭遇、环境，无不允许作者驰骋的想象。除日常可遇到的一些人之外，神仙鬼怪、鸟兽虫鱼、日月星辰、山川草木，也无不可以充当童话中的人物角色。除了日常的生活环境之外，人间天上兽国花城，以及一切"无有之乡"，也无不可成为童话人物的活动场所。至于童话人物的所遭所遇，更可以光怪陆离，出人意料。总之，供幻想驰骋的场所是无限广阔的。但是，幻想虽然是非常自由的，却仍是有轨迹遵循的。幻想所遵循的这种轨迹，我们现在称之为"童话的逻辑性"。它是在童话中幻想与现实相结合的规律。

如果以为童话既然是通过幻想来反映现实的，就不妨"随心所欲"，"信笔所至"了。这显然是一种误解。当我们说童话的幻想应该有现实基础的时候，实际就是说童话必须反映生活，同时必须受生活规律（包括自然规律）的支配。所以童话的幻想不应该是凭空而生的，换句话说，它与胡思乱想是两回事。它是从生活实际出发，而不是从虚无缥缈的世界里汲取材料的。

童话不仅要在故事的整体上通过幻想来概括地表现人类社会的观念形态，来反映生活，而且，即使在人物思想和活动上，在相互间的关系上，在事件的发生和变化上，也必须在作者赋予人物的性格特点的条件下，在为人物安排的自然环境和社会环境中间，严格按照生活本身的规律来合理解决。童话当然都是虚构的，但是为什么有的童话看起来似乎"言之成理"，"入情入理"，有的却令人觉得是"信口开河"，非常牵强呢？原因不是别的，就是因为有的合乎童话的逻辑，而有的却不注意这一点。凡是不注意童话的逻辑性的，其结果必然会破坏整个故事的合理性。

为什么要出现魔术和仙法？这是因为一个平常的人，不凭借这些他就无法完成神奇的业绩。当一个平常人无缘无故而居然能腾云驾雾的时候，即使是最轻信的小读者也不能不产生怀疑。为什么只容许狮子安排有牛羊肉和兔子的豪华宴会？当一只兔子在童话世界里屠狮宰虎，准备以此丰盛的筵席来款待它的朋友的时候，任何一个小读者都会惊疑不止，甚至要认为作者不是在给他们讲故事，而是在哄骗他们。如果一个故事产生了这样不愉快的效果，这不能归咎于童话的幻想，而只能归咎于作者不尊重童话的逻辑性，破坏了生活的规律和自然的规律。

注意到了这一点，我们就会看出为什么《大禹的儿子》这首童话诗给人比较牵强、生硬的印象。

大禹是生活在数千年前的一个古代英雄。但是在今天却还有一个戴红领巾的 11 岁的儿子。儿子的妈妈当然就是儿子的爸爸的妻子。"大狮"的妈妈当然就是大禹的"爱人"。是大禹活到现在，在11年前生下"大狮"这个儿子呢？还是大禹的"爱人"，活了几千岁，然后在11年前又添了这个宝贝"遗腹子"？数千年前的"圣人"的儿子，按常理来说，也该当是我们的"老祖宗"了。可是他又刚戴上红领巾，而且还有个"我们的领袖毛伯伯"，这是使人感到很别扭的。再则，即使在传说中，大禹也并不是一个"云来雾去"的神仙，可是这个戴红领巾的儿子居然能够穿上"云鞋"，飞向天空，而且还"骑上爸爸的战马，又腾云驾雾来到三门峡"。这种离奇情景，不免使读者感到扑朔迷离，捉摸不住。

童话的逻辑性出发于某一种假定。在这一假定之上，故事按照童话自己的逻辑发展下去。如果一个孩子，他的爸爸是一个神仙，或者别的神仙什么的送给了他一双"云鞋"，他不是不能"腾云驾雾"的。但是，当并不存在这种情况的时候，让一个"红领巾"随心所欲，在太空中任意翱翔，尽管也可以说这是一种"幻想"，但是却不能令读者信服。"大狮"有神奇的力量，但是却没有一个能产生这种神奇力量的可靠前提——即一个符合逻辑的假定。因此他的神奇力量和在这一神奇力量的条件下他所创造的惊人奇迹，看起来都是毫无根据的。其所以如此，正是因为作者忽视了必须按照生活的规律（逻辑）来处理童话的幻想的这个原则。

我深信不疑：作者根本不是想确立"大狮"和古代英雄大禹之间在血统上的"父子关系"，而只是颇具苦心地要揭示出他们在精神上的"父子关系"。像我们这样年龄的读者而竟丝毫看不出这点，也是不大可能的。但是我深切地感到：作者在试图建立"大狮"和大禹的"父子关系"上所做的努力并没有获得它应有的效果，相反却造成了若干逻辑上的混乱。因为，即使按照我国语言文字修辞上的习惯，在接触到民族精神的继承问题的时候，从来也不说什么人（今人）是什么人（古人）的"儿子"，而只说是"子孙"或"后裔"（例如"皇帝的子孙""华裔"等）。当然，如果按照正常的提法，把"大狮"说成是"大禹的子孙"，那么作者在处理故事情节的发展上，又将遭遇若干其他的困难。不过，无论如何，我们首先要注意的是，既然童话诗的主要对象是小读者，那么，我们必须认真考虑小读者的理解能力。他们的头脑显然没有我们成年人那么复杂，他们较难从这具体故事中，区别"大狮"和大禹的关系究竟是指的血统上的关系，还是精神上的联系。若是我们在为儿童写作的时候，能经常考虑到小读者的理解能力，有许多缺点肯定能在事先避免的。

作为一个童话，《大禹的儿子》在童话的逻辑性上存在的缺点，损害了它的艺术说服力。这是我的第一点看法。

其次，《大禹的儿子》在形象塑造上也存在着某些缺点。例如：不论是主要人物"大狮"或其他配角，他们的性格都是模糊的。故事的情节和人物的行动都不是人物性格发展的必然结果，人物的思想感情和人物的性格及相互关系没有深刻地揭示，矛盾冲突也没有很好地展开。但是，所有这些都是关于形象塑造的一般艺术上的缺点。现在姑不具论。我觉得从童话的角度来看，关于人物形象尚有一个特殊的问题值得探讨。

童话的形象一般都是具有象征性的。这是因为童话本身就是象征性的。童话的象征性跟童话的夸张性和逻辑性是童话的三个基本因素。任何童话都不能没有这三个因素。缺少这些因素，就意味着童话在艺术上的缺陷。童话的象征是幻想与现实相结合的一种重要方式，也是童话创造典型的一种独特方法。象征是比拟，是比喻。比拟和比喻是幻想的事物与现实的事物相互间借以联系的方法。童话的象征是通过人物形象及人物活动的整体（不是活动的个别细节）来表现的，所以，童话中的形象也不能不具有象征性。

象征的人物与事物绝不是被象征的人物与事物的本身。所以不可能期待象征的人物与事物与被象征的人物与事物在任何意义上都是贴切的、一致的。如果这样来要求象征，其结果只能是否定任何象征手法。但是，象征和被象征的人物与事物之间，如果丝毫也找不出某种类似的特征，那么，象征就会成为"无的放矢"了。以狼来比拟某种人物，其联系只寄托在贪婪残暴的"豺狼本性"这一象征意义上，并不是说这种人物在任何意义上都是跟狼一模一样的。以兔子来比拟某些孩子，其象征只寄托在兔子的温和善良的性格特点跟孩子的性格特点的某种类似上，而并不是说孩子和兔子在任何意义上都是一模一样的。这就是那些"拟人化"童话运用象征手法的一般情况。至于在那些以人类为人物角色的童话中，所出现的人物形象也无不在不同程度上有其象征意义。例如普希金的童话诗《渔夫和金鱼的故事》中，老渔夫的善良性格是旧时代劳动人民谦恭善良安分守己的这种典型性格的象征，而老渔夫的妻子，那个贪婪到极点的，做到了"世袭的贵妇""女皇"甚至还要做"海洋上的女霸王"的那个老太婆，则是对旧时代统治者贪得无厌残酷无道的性格的影射和嘲笑。有些人因为这老太婆是老渔夫的妻子，因而得出结论说，由于普希金的阶级本能而有意识地在歪曲劳动人民的形象，这显然是对于童话形象的象征性认识不足所产生的片面看法。在安徒生的童话中，《母亲的故事》里的那个母亲是普天下具有"伟大的母爱"的母亲的象征。在著名的传统童话《灰姑娘》中，辛地丽拉是一切善良美丽的贫苦女孩子性格的象征，而她的后母和后母所生的两个姐姐，则是对在不合理的社会制度下所产生的自私刻薄和世态炎凉的可耻可鄙的"可怜虫"的辛辣讽刺和鞭挞。她们的象征意义存在于她们的性格和活动中。

所以，象征的与被象征的人物与事物之间，尽管决不能在各方面都比喻贴切，但是却不能忽略根据主题的要求，在最主要的一点或某一方面找出它们的联系，即相似或类似之点。在童话中，人物角色的出场在很大程度上取决于主题。一个题材如果没有很好地考虑主题的要求，安排了一个不恰当的人物角色，很可能削弱或损害了童话的象征作用。挑选某一人物（不论是超人，人类或其他有生命、无生命的东西）作童话中的角色，是因为这一人物比之其他任何别的人物有更好的条件来充当正面的或反面的角色，有更好的条件来体现作品的主题思想。在拟人化童话中，作者选择一只鸡而不是选择一只老鹰来做主人翁，其用意是显而易见的；甚至在为什么选择一只鸡而不选择一只鸭这个极小的问题上，作者也不是没有考虑过的。在一般的童话中，为什么要让一个神仙或妖怪出场？为什么要让一个国王或大臣出场？为什么要让一个工人或农民担任主要角色？为什么要让一个老头儿或妇女、小孩在童话中活动？这些对人物的仙、凡、古、今、社会地位、阶级成分、年龄、性别以至美、丑、善、恶、强、弱、大、小，等等的考虑，不仅与题材有关，而且在更大程度上为主题的需要所决定。童话在考虑了最适当的角色人选之后，再把从生活中找出的那些人物与事物的性格与性格的一定的特征，集中到童话人物身上去，并赋予人物个性，然后再按照它的个性去说它应该说的话，做它应该做的事，来最完善、最恰当地体现主题所要求的精神象征意义。读者们也正是从童话人物的性格、生活及其活动的全部含义中，去理解它所象征的到底是什么。

《大禹的儿子》从童话的角度来看，它所选择的人物和赋予这个形象的生命，以及使人物的性格发展逐步深化而巧为安排的人物活动和故事情节，它所表现的象征手法是不完善的，它的象征意义是不够显明的。

　　我们可以推断，作者在这个作品中，是要通过童话的形式来歌颂我们的时代和我们的人民，特别是亿万劳动人民在社会主义建设中所表现的敢想、敢说、敢做的共产主义风格和艰苦奋斗，敢于和一切困难作斗争的英雄气概。作者所歌颂的那个继承和发扬了大禹精神（即我国劳动人民在跟自然斗争中所体现的民族精神的象征），并且创造了惊人奇迹的少年英雄"大狮"，绝不是一般的象征，而正是今天我们新中国人民的象征。"大狮"的精神面貌也正是我国 6. 5 亿人民的精神面貌，也正是新中国的民族精神的象征。应该说，这样的民族精神是体现在我们社会主义祖国全体人民的身上的。即使在我们的年幼一代身上，由于党的教导和社会的影响，也正在表现出这种精神的萌芽。但是，在象征作用上，具有最大说服力的到底是什么人物呢？大概谁都可以看到：在这儿，一个工人形象的象征性肯定要超过一个红领巾的形象。工人阶级在今天社会主义建设中的劳动创造和英勇无畏、壮志凌云的精神，以其全部事实雄辩地证明了他们是新时代的民族精神的最好象征。特别由于这个童话诗是采用现实生活中武汉长江大桥与三门峡水库等规模宏伟的，具有历史意义的社会主义建设为题材的，这些建设项目的建设者是谁，以及整个工程的建设过程，也是全国人民包括少年儿童们在内所最熟悉甚至是亲眼看到的。把完成这样艰巨的任务归功于一个戴红领巾的孩子，就在客观上夸大了少年儿童的作用，并且也抹杀了工人阶级的艰辛劳动和光辉的成就。从这一主题的要求和具体的题材来看，一个红领巾的形象的象征性，事实上是不能表达作品所要求的深远的象征意义的。

　　因此，可以看出童话诗《大禹的儿子》，在人物的选择上没有充分掌握童话的象征性这一基本因素。但是，在这首童话诗里面，关于利用童话的象征性这个因素方面，还存在着另一种缺陷。

　　童话的象征作用并不仅仅取决于童话人物的选择是否得当。象征作用的充分发挥还有赖于童话人物的全部活动和遭遇。如何入情入理地安排人物角色的生活和命运，按照人物的性格使故事合乎逻辑的发展，在发展中使主题逐步越来越深刻地揭示出来，使童话的象征意义逐步明显起来，丰富起来。这是童话发挥它的象征作用所必不可少的，甚至是较之人物的选择更为重要的一个步骤。安徒生在《皇帝的新衣》里，选择了皇帝和大臣们作为这个童话的主要角色，这是因为存在于这些人物身上的缺点——愚蠢、卑鄙、自命不凡、奉迎谄媚、互相欺诈等，是反动统治阶级最典型、最具有代表意义的性格弱点。这样的人物对那个阶级来说有极大的象征作用。但是，如果作者只声明这些人物是世界上最愚蠢又最自负的人，而并不按他们的性格，以那件"看不见的新衣"为线，让人物在一些奇妙的可笑的场景中充分活动，那么，这个童话的象征意义势必无法表达出来，它的主题思想自然也就不能完满地阐明了。没有这些，就既没有活的有血有肉的形象，也没有完满深刻的象征。可见，从人物的全部活动中发挥象征作用，是和塑造形象的要求完全一致的。

　　在《大禹的儿子》中，小英雄"大狮"要修大桥就修了大桥，要修拦河坝，就修了拦河坝，不过一举手一投足之劳，一切就功德圆满。奇观固然是一种奇观，但是英雄的气魄却反而看不出来了！我们新时代的英雄并不只是有一些劈山引水的雄心壮志，也不只是在生活中创造了无数的奇迹，最可贵的是，表现在我们的民族精神是有那么一种在战略上藐视困难，在战术上又重视困难的那种百折不挠、坚毅不移的高贵品质。这种高贵品质是使我们的壮志得以实现，奇迹得以产生的一种精神力量。我们的民族精神的真髓就在这里。然而，大禹的儿子——大狮在完成他的豪迈事业的时候，竟然从来也没遇到过困难，并且也根本用不到粉碎困难。看来，他所完成的事业仍然是小孩子们自己的事业——那跟搭积木和挖沙坑并没有什么两样。甚至小孩子在搭积木和挖沙坑的游戏中也不是定然没有困难，他需要一定的耐心和毅力来最后完成他们要完成的"工程"。而"大狮"所完成的事业，几乎比搭积木挖沙坑还轻而易举一些。这样就把我们现实生活中那种宏伟的社会主义建设的巨大意义和在从事这种建设事业的人们身上表现出来的民族精神大大削弱了。这样就把这个童话诗的象征意义也大大削弱了。

一切优美的超人童话（即出现神奇力量的童话），都能够给小读者某种精神上的鼓舞。这种鼓舞并不是从神力仙法或宝器取得的。不，任何"宝贝"都没有这个魔力！真正的鼓舞的力量来自主人公身上那种高贵的品质。《西游记》能够深深地感动小读者，主要是主人公们，特别是孙悟空，经历了九九八十一个"魔难"，战胜了无数的妖魔鬼怪，在往西天取经的路上勇往直前，百折不挠的坚强意志。至于那些神幻变化和一应"仙家妙法"，不过是吸引小读者注意力的一种手段而已。《大禹的儿子》也有某些"仙家妙法"和神仙鬼怪，例如宝器则有"云鞋"，有能腾云驾雾的"爸爸的战马"，仙幻人物则有"彩虹姑娘"，有镇守"神门""鬼门"的"神"和"鬼"，但是，这些人物和宝器的出现，无助于主人公性格的发展，也没有在突出英雄品质方面起什么作用，并且也没有能进一步揭示和加强整个童话的象征意义。因此，这些神奇事物在作品中是可有可无的，游离在故事之外的。它们除了多少有点猎奇的味道外，并不能给读者很多可以反复吟味，深有启示的东西。这显然是这首童话诗的极大不足之处。

作为一个童话，《大禹的儿子》在童话的象征性上存在的缺点，妨碍了它主题思想的充分阐明，并且使作品积极的思想受到了极大损害。这是我对这首童话诗看法的第二点。

当然从诗的角度来要求，《大禹的儿子》还存在一些语言上的缺点，就像同志们所正确指出的比较概念化和成人化，不够形象，不够生动等。本文不过想就童话的特点来探讨《大禹的儿子》创作上的经验教训，因此，关于其他的问题恕不多赘了。我要重复说一句，就是尽管从童话艺术的角度来看，这个作品的尝试是失败的，但是这里的经验教训是对每一个童话作者有意义的。我希望作者秉着为我们年幼一代创作的热情，能够不因失败而有所气馁，继续努力，我相信作者一定能写出在思想上和艺术上都更臻成熟的作品。

1962 年 1 月 28 日于上海

（原载《甘肃文艺》1962 年第 3 期）

# 童话四论

韦苇

## 一、童话是什么

童话发展了几个世纪，纵然是在"现代概念童话"起步较晚的中国，也到了可以为童话做界定的时候了。对童话做界定的前提是对存在已久的童话文学现象，首先是对那些源远流长、流布地域宽广的童话作品，对那些获得世界性肯定的童话作品，对那些在本民族具有里程碑意义的童话作品，必须大体了然于胸。我因研究工作的需要，从原文读，从译文读，从资料读，已勉强可以说做到了上述要求。"童话是什么"的问题，我曾在各种场合，应各种需要试着做过回答，在回答中力图最大限度地揭示童话的本质性内涵，最大限度地涵盖各种童话文学现象。

我曾对童话做过如下的界定：

> 童话是以口头形式和书面形式存在的荒诞性与真实性和谐统一的奇妙故事，是特别容易被儿童接受的、具有历史和人类共享性的文学样式之一。
>
> 童话是以"幻象"为一岸，以"真实"为另一岸，其间流淌着对孩子充满诱惑力的奇妙故事。
>
> 童话是一种以幻想为特征的荒诞故事来引起儿童共鸣的艺术假定。
>
> 童话是符合儿童想象方式的、富于幻想色彩的奇妙故事。
>
> 童话是以幻想滋养人类精神的故事家园。
>
> 童话是被故事逻辑所规范的童梦世界。
>
> 现代童话是参照儿童思维方式创作的，把成人智慧、体验、思考和愿望熔铸于其中的奇幻故事。
>
> 现代童话是把幻想世界置于描写重点的儿童故事作品。
>
> 现代童话是模仿儿童稚真的、非现实的思维方式而创作的幻想性故事。
>
> 现代童话是用幻想沟通现实、超现实和儿童心灵三个世界的一种故事通道。

我无意说这些界定都具备严格的科学性和严格的规范性，我的努力是用一种概括性的说法去逼近童话文体的本质。

童话应是大文学圈里的而不只是儿童文学里的一个品种。约翰·托尔金教授的1500页的《指环王》，是严格按童话规则创造出来的文学精华，然而很难说作者创作它的原意是为了儿童，是供儿童阅读的。它只是托尔金采取童话体式，以表现他对漫长的人类历史的领悟、体认和思考。童话创作只不过是托尔金的文学行为方式而已。

把童话归于大文学圈想来要更合理。须知童话中有数量相当多的一批精品是成人文学作家创造的。这对于童话艺术品位的提高和童话文学的发展，具有不容小觑的意义。成人作家把他们深邃的思想和成熟的艺术带入了童话，同时也给童话带来表现空间的拓展和表现疆域的扩大，带来郁郁葱葱的新颖意味。日本天才童话作家新美南吉就明确说过："我向来主张童话作家首先必须是成人文学的作家，而成人文学的作家首先必须是一个卓越的、具有各种见识的人。"反过来，童话作家中佼佼者的作品，也会被成人文学汇入自己的成绩，例如瑞典文学史就记载了阿·林格伦的童话成就。

## 二、现代幻想故事

现在我们所谈到的童话，已多半指的是现代幻想故事，也称为现代小说童话（modern fantasy）。幻想故事的本质要求是想象力的高度活跃和自由。童话当然需要现实主义的合作，但却不喜欢现实主义对它纠缠不休。无论是意味，无论是艺术，童话天生喜欢飘逸和自在，喜欢浪漫主义。比较起来，小说的自由是在已经发生过和可能发生过的人、情、事范围内，而童话的自由则在想象和未知的幻象领域。

现代作家选择童话，是一种对真实表现方式的选择，它主要不是着眼于生理的真实和外部的社会的真实，而是以表现孩子心理方面的真实为依归。第一个放开想象缰索，选择用幻想形式来表现儿童心理的是 19 世纪中期丹麦的汉斯·克里斯蒂安·安徒生。

幻想故事的创造者们运思构作现代幻想童话故事，不外乎从故事的三个基本因素上去表现自己的独特性。

——地点。故事地点的"神奇境域化"（wonderland）往往是创造童话的首要条件。童话发生的地点通常带有相当程度的陌生感，但读者可以理解，也可以接受。童话故事多发生在梦境，发生在镜子、橱门的那一面，发生在种种假定的或有假设成分的环境中。总之，一切方便作家进行想象创造的故事地点，都可能被作家所选择、所采用。

——人物。创造超自然、超现实的人物角色是童话的主要手段。一切都处于常态中的人是不可能成为童话人物的，人得有超常的功能，或在外力的催助下具有超常的形态：譬如男孩变得小到可以骑在鹅背上；动物、玩偶都得让它们通人性；作家按照需要，可以创造世界上并不存在的那些东西，它们既非人，亦非动物（例如芬兰女作家托芙·扬松笔下的"木民们"），可以是机器人，也可以是一只由粉笔生成的猫，也可以是会自己走路的椅子等等。

——时间。时间被当作童话的创造手段，是因为时间在童话作家手里是一种富于弹性的东西，可以进入几百年前，可以进入几百年后，可以像水、像空气似的被抽出、被灌入，可以被买卖，可以被窃取，孩子可以因为失却时间而成为白胡子男孩和白头发女孩。总而言之，时间在童话作家手里是可以被魔化的。

所有这一切必须求其"似非而是"。"似非而是"既是童话创作必须遵循的规则，又是一般好童话的标准。要达到这个标准，须得具备下列条件：

  童话核心必须由幻想因素构成；

  童话情节必须围绕幻想因素展开；

  童话细节必须与幻想因素相一致；

童话所采取的幻想因素必须有很强的可信性；

童话角色对孩子必须既陌生又熟悉。

## 三、传统童话与现代童话

从传统童话过渡到现代童话，主要是作家主体意识的渗入，作家的经验、体认、灵智、慧颖的参与，以及幻想因素的现代化所造成的。总之，从童话的形式到童话的内涵，我们都可以据以判别传统童话和现代童话。

作家对民间童话所做的工作是搜集、采录、复述、整理。对民间童话进行加工，也已具有了些许创作成分。作家对民间童话不同程度的利用，吸收其营养，则是现代童话形成、发展和繁荣所需要的。

童话创造和物质生产是很不相同的两件事。童话和童话作品的魅力不一定是与时代俱增的。童话对孩子诱惑力强弱的区分不在"传统"和"现代"。现代童话并非从作家笔下诞生后，天生就拥有了进入儿童读者群的通行证，那些过于古怪的奇想，那些不适当的深奥莫测，那些与孩子不平等的对话……像这样的现代童话就不可能被孩子所接受，孩子读童话不是凭他们的理智，而是凭他们的感觉。古代或现代，近代或当代，由有名作家著作或无名作者撰写，评论家称赞或指责，甲出版社出版或乙出版社出版，孩子全不加闻问。这样的意见早已由美国著名犹太作家，1978年诺贝尔文学奖得主、亦写过一批童话的艾萨克·辛格明确阐述过。

关于民间童话对现代童话的传统意义，辛格也揭示得十分清楚："文学如果没有民间的因素，深深植根于某一块特定的土壤，文学就要衰落，就要枯萎。如今，儿童文学比成人文学更加植根于民间。"（摘引自《牛津儿童文学指南》）

如果说，民间童话是从古代流淌到今天的"河流"，那么，童话作家中那些离民间童话"河流"近些的，民间童话成分就以"涌泉"方式进入作家的童话作品；童话作家中那些离民间童话"河流"远些的，民间童话就以"乳汁"方式进入他们的创作。充满幽默趣味的现代幻想童话，莫过于瑞典女作家阿斯特丽德·林格伦的作品。如果我们将她的童话和民间童话联系起来考察，那么不难发现，女作家是多么善于从民间童话中汲取养料。林格伦为了艺术创造的需要，对民间童话中可利用的因素从不拒绝利用。

## 四、奇妙的幻想世界

就容易进入幻想世界这一特性而言，成人当以儿童为师。孩子能在现实世界和幻想世界之间自由往返，并将现实世界和幻想世界互相混淆，有时甚至就生活在幻象之中。当他们渐渐长大，感情就不免日趋理性化，幻想世界就逐渐萎缩、退化，到了成人，则往往深陷于现实世界的逻辑和秩序之中，从而疏离了幻象世界。所以"第二世界"或"第三空间"的奇妙，成人已经看不到。然而童话作家不同。他们是像树一样的人——他们舍不得完全抛弃儿童的东西，他们像树保持年轮那样，把童年记忆保存在最里面的几圈。他们把童年的体验珍藏在心里，他们能参照儿童的想象方式创造文学，并且特别善于在童话规则允许的范围里驰骋童真想象。

童话无疑更属于低龄儿童，没有比童话更容易打开小孩子心灵和智慧之窗的了，还不能接受判断的小孩,却能敏锐地感受童话。

孩子的思维是游戏性思维,他们往往会把"乙事物的功能弄到甲事物的功能上去,甲事物的功能弄到乙事物的功能上去。"(俄罗斯康·楚可夫斯基语)能把握住这种儿童思维特点的作家,就能用自己的童话燃起孩子活泼而又温暖的情感,就能让孩子相信那激动人心的一切都是真实的,从而帮助孩子展开想象的翅膀,带动孩子去求索、去创造,去理解生活、理解世界。

（原载韦苇著《世界童话史·绪论》,台北天卫出版公司 1995 年版,福建教育出版社 1999 年修订版,小标题为天卫出版公司编辑所加）

# 论童话的母题及其功能

舒　伟

## 一、童话的基本特征

自古以来,无论在西方还是东方,童话源远流长,始终伴随着人类一路前行。从 15 世纪到 17 世纪。随着越来越多的民间奇幻故事被人们记述下来。在欧洲逐渐形成了一类奇幻性文学童话故事,如意大利斯特拉帕罗拉的《欢乐之夜》和巴西耳的《五日谈》等等。它们的共同特点是具有自己独特的民间童话母题,故事形态(如俄国学者普罗普对民间故事形态所列举的 31 种基本功能)、人物、情节和奇幻因素。当民间故事的神奇因素被引入人间的民众生活后,富有创造力的讲述者驰骋想象,把民间童话故事的神奇因素用于讲述人世间的生活,讲述普通民众的生活境遇,表达人们的不满和愿望。童话世界逐渐成为一个充满神秘潜能和怪异力量的世界,一方面有精灵和魔怪的存在,另一方面又有普通人的喜怒哀乐和奇遇。这正是托尔金在《论童话故事》里指出的,童话故事讲述的是关于人与神奇因素遭遇后发生的事情:童话奇境里除了精灵和仙女之外还有许多别的东西,除了小矮人、巫婆、侏儒,巨人或恶龙之外,还有海洋、太阳、月亮、天空……还有像我们一样的凡人,而大多数好的"童话故事"就是关于人们在充满危险的奇境里进行冒险的故事。童话世界逐渐成为"一个充满神秘潜能和怪异力量的世界",一方面有精灵和魔怪的存在,另一方面又有普通人的喜怒哀乐和奇遇。逐渐地,童话中形成了一些典型化或类型化的人物以及拟人化的动植物形象,例如看似呆笨,其实精明懂事的傻瓜蛋;在家里受到哥哥或者父亲欺压迫害的往往是排行老三的最小的儿子;饱受虐待的美丽的小女儿;受到上司盘剥后被解雇的士兵;需要被教训的凶悍之人;邪恶的女巫;善良的精灵;食人魔怪;笨拙鲁莽的巨人。而那些本是严重威胁人类生存的自然界的异己力量在口头文学中逐渐被赋予社会属性,成为压迫者和邪恶势力的象征。包括可怕的野兽,如巨龙、猛狮、野猪、野狼精等。同时,人们更乐意讲述那些动植物精灵与人为善,解困脱难并助人实现美梦的故事。于是就有善良的动物,如蚂蚁、小鹿、蜜蜂、鸭子、鱼儿等。心理学家认为,人物类型的两极分化成为民间童话的重要特点,哥哥愚蠢,弟弟必然聪明;姐姐恶毒、懒惰,妹妹必然善良、勤劳;父亲软弱而无能,母亲(继母)必然凶残而狡诈。最重要的是,童话故事虽然发生在人间,但往往具有神奇性或者带有奇异、超凡的成分,比如闹鬼的城堡,中了魔法的宫殿和森林,林中神秘的屋子,黑黢黢的充满危险的洞穴,地下的王国,玻璃山,水晶鞋,等等。当然还有奇异的宝物比如七里靴,隐身帽或隐身斗篷;神奇的背囊、帽子和号角;能使人或物变形的魔杖;能产金子的动物;能随时变出美味佳肴的桌子;能奏出强烈的迷人的美妙音乐,因而具有强大力量的乐器;能制服任何人、任何动物的宝剑或棍子,等等,对这些神奇宝物的幻想包含着人们渴望探究大自然奥秘,渴望控制自然力和征服敌人的精神愿望。在童话中,许多主人公通常受到蔑视,被人瞧不起,被叫作"小傻瓜""小呆子""小裁缝"等,完全处于社会或家庭生活中的弱者地位;但他们的纯真善良却使他们能够与大自然建立心灵感应般的默契联系;他们尊重和善待大自然中的一切生命和事物,尤其是善待老者、弱者和各种弱小的动物,完全不受世俗偏见、权势,或者所谓理性主义的摆布,所以只有他们能够辨认和尊重大自然似乎特意显露的神奇迹象,并且凭借着固执的,甚至笨拙的对大自然神奇力量的信念而获得成功。相反,那些反面人物为理性世界的利益规则所驱使,固执己见,一意孤行,而且对大自然和其他人毫不敬重,也丝毫不为他人的利益考虑,他们成为破坏其他人、其他动物以和平、幸福方式生活的障碍,因此只能以失败而告终。总而言之,童话故事中的人物,环境和母题可以按照特定的功能进行组合和变化,从而产生各种奇妙动人的故事。如果说正是这种具有童趣意味的神奇性使童话故事脱颖而出,自成一家,有别于神话、传说、寓言等幻想性故事,除了这独特的神奇性,童话还具有另一个重要的本质特征:以爱为本的人性教育和人格教育。

## 二、童话所包含的爱的母题

刘易斯·卡洛尔(Lewis Carroll,1832—1898)在《艾丽思漫游奇境》中把童话称为"爱的礼物",[①]这是非常恰当的。尽管童话并非因儿童而产生,它的出现最初也不是为了满足儿童的需求,但随着思想观念和儿童观念的进步,人们一旦认识到童话最适宜儿童时,童话就必然要承载人类对自己下一代的殷切期望和深情关爱。这种爱的意识也是童话区别于神话、寓言、传说等的重要特征。20世纪60年代美国心理学家哈洛(Harry F. Harlow,1905—1981)进行了著名的恒河猴实验,即母爱剥夺实验。哈洛教授的实验表明,婴儿成长所最需要的,不只是生理的营养,更是母亲的关爱。心理需要的重要性超过了生理需要,是生理需要的满足所不能取代的。推而广之,人生的幸福是人们生活质量的体现,但幸福的内涵并非物质的享受,而是友爱、创造和人间亲情的温暖。随着儿童本位的自觉意识的觉醒,人们对儿童的关爱倾向也越来越强烈,并通过各种方式表现出来。从古希腊神话、民间童话一直到艺术童话,爱的主题呈现出越来越清晰的演进轨迹。童话是爱的礼物,爱是童话的基调和本色。爱的母题是多种多样的,童话的爱的本质就是以爱为本的人性教育。下面是童话所体现的人类重要的爱的母题。

### (一)对人类的热爱

童话以独特的方式表达了对人类的热爱。丹麦著名童话作家安徒生一生都渴望爱情和婚姻,但屡屡受挫,终于过了一辈子单身生活。尽管安徒生一生遭受失恋的沉重打击,但失恋的痛苦并没有动摇他对爱情的真诚和坚定,反而促使他在童话创作中去抒发自己爱的激情,寄托自己的理想和不懈的追求。安徒生从小遭受的贫穷生活给他带来的屈辱和白眼使他真切地感受到人世间的冷酷,但他并没有成为一个愤世嫉俗者,相反,他更加热爱人类,更同情生活在社会底层的人们。他相信真理总会战胜虚伪,爱总会压倒恨,美总会克服丑,所以他满腔热情地讴歌那些为"真、善、美"而献身的人。《海的女儿》就是安徒生最具代表性的表达对人类之爱的童话。与索福克勒斯和莎士比亚的颂扬相比,童话的独特在于以非人类的其他生物的眼睛扫视人类,如以生活在海底世界的居民"美人鱼"的视角来注视人类,"美人鱼"本可以无忧无虑地在美丽的海底世界生活300年,但她为了追求人类"不灭的灵魂"而甘愿忍受巨大的痛苦,以巨大的代价去获取人间王子的爱情。尽管她的一切努力都化作泡影,但她在面临最后的抉择时还是选择牺牲自己,成全王子。这是爱的升华,是爱的最高境界。海的女儿向往人类,她把美丽的鱼尾换成一双人腿,她牺牲了美妙的歌喉,成了哑巴。在一切能力付之东流,她还可以回到海底世界享受300年的舒适生活。只要她在王子新婚之夜刺杀王子,把人血溅到自己的腿上,恢复成鱼的形态。然而她再一次选择了牺牲自己,成全王子。王子有文化、有礼貌、和蔼可亲、相貌英俊,是来自海底世界的美人鱼眼中人的代表;人在其他生物看来显得那么庄严、高贵、美丽,那么我们人类不应该珍惜这种理想的形象吗?海的女儿把追求人的灵魂作为自己的最高理想,实际上是对人类的热烈讴歌。安徒生是如此地热爱人类,热爱人类的优良品质,所以他又特别憎恨人的虚伪和弱点,难怪他要在同一年创作的《皇帝的新衣》中给予无情地揭露和抨击。

### (二)对大自然的爱

希腊神话不仅讲述了关于人与神之间关系的故事,也出现了人与大自然、人与环境之间关系的故事。在希腊神话中,厄律西克同王子(Erysichthon)的故事耐人寻味,发人深思。这个厄律西克同王子住的王宫里已经是厅堂无数,富丽豪华,但他仍然感到不满足,于是大兴土木,砍伐森林,甚至对已经献给女神得墨忒耳的林区内的橡树大加砍伐。虽然被砍的橡树像人一样流出了鲜血,但王子仍然一意孤行,不顾伐木工人的反对,强令砍伐。乔装出现的得墨忒耳女神对他进行劝阻,但他却声称那是强者的权利。这个"强者"终于受到严厉的惩罚:在饥饿之神的困扰下,王子吃光了王宫里的一切,最后只能吃自己身上的肉,因而气绝身亡。这个故事象征地表明破坏森林的危害,乱砍滥伐只能使气候恶化,农作物歉收、绝收,到头来只能是自作自受,自食其果。那么童话叙事又是如何表现这一主题的呢?英国作家罗斯金(John Ruskin,1819—1900)的《金河王》当初是应一个12岁小女孩的要求而创作的。发表后成为英国文学童话的经典之作。故事讲的是,在一个荒僻的山区有一个富饶神奇的山谷,山谷里有一条永不枯竭的河流,它在阳光的照耀下光彩熠熠,所以被人们叫作金河。这个山谷的主人为三兄弟,老大和老二心地歹毒,人称"黑兄弟",最小的弟弟勤劳善良,他像灰姑娘一样默默忍受着哥哥的打骂欺压,而且还要承担家中所有的活路。金河王化身为矮绅士造访家中的弟弟。两个哥哥回家看见有外人,又暴打弟弟。金河王实在看不下去,宣布第二天要来拜访。第二天山谷果然暴发洪水,所有东西都被冲走了,一夜之间"宝谷"变成一片荒凉的废墟。三兄弟只得背井离乡,另谋生计,做了金匠。后来本钱全被两个哥哥花光了,只剩下叔叔送给小弟弟的一只金杯,杯上面有金丝编织成的一副络腮胡须的脸庞。金杯在坩埚里熔化后成为一个半尺高的小矮神,这就是金河王,他以前被施了魔法,如今得救了。他许诺:谁只要登上金河源头所在的山头,往河里倒三滴圣水,那条河就会变成金子。但如果把不洁之水倒入金河,他就会化作黑石。他说完跳进坩埚,一会儿工夫烧得全身通红,透明,光彩夺目,接着化作烈焰腾空而起,扶摇直上,缓缓飘散。最后,小弟弟在带着圣水前往金河源头的路上,先用珍贵的圣水救活了濒临渴死的老人和小孩,而后又遇到一条干渴的小狗,他也像对待人类一样,把圣水毫不吝惜地拿给小狗喝。如果说前两次把圣水献出来是出于对自己同类的爱心,那么最后把水给动物喝就具有特别的象征意义,象征着平等地对待大自然的万物。小弟弟的行动使干枯的河床重新流淌出清澈的河水,宝谷在水的滋润下恢复了生机,重新成为美丽、富饶的花园和粮仓,这才是真正的金河,而"黑兄弟"变成了河里的两块黑石头。《金河王》以新颖的童话视角向人们提示,人类自身的贪婪和无节制的掠夺自然资源将无可避免地导致生态危机。故事中善良的小弟弟尽管备受两个哥哥的欺辱和虐待，始终保持着纯朴的爱心，终于获得金河王的帮助，使遭到毁坏的"宝谷"地区恢复了往日的美丽和富饶。人类对养育自己的大自然的爱体现为人类的生态意识。人类的贪婪和无节制的掠夺性开采终将导致严重的生态危机和灾难。两个哥哥"黑兄弟"不懂得珍惜富饶美丽、风调雨顺的家园，他们的恶行激怒了代表自然力的西南风先生，只有在以小弟弟的道德重建行为使自然之神露出笑脸以后，小矮人才将金河水引进宝谷，从而恢复了这里的生态平衡。值得庆幸的是，人们已经从生态学的高度认识到这个问题："人与万物，在这个同一的生态场、'生态圈'中的地位是平等的，如果说人类是其中进化得最好的生物，人类就应当自我意识到这一点。自觉地巩固与自然万物之间的'亲情'，主动地向自然万物奉献自己的爱心。道德可以帮助人类这个最有可能打乱生态系统的物种进行自我节制。"② 人类在今天的确应当反思自己，要以善良之心和爱心去对待大自然中的动植物，以平等的身份去处理与大自然万物的关系，改变做世界主人和天地万物主宰的心态，只有这样才能为这个生态场和生态圈的和谐生存提供希望。

### （三）人间的亲情之爱

心理学研究表明，儿童的发展以情感为先。爱是人的天性，在儿童的世界中，这种爱的天性表现在各个方面，但首先是亲情之爱。童话反映了人们内心情感的变化发展，父母对子女的舐犊之爱，孩子对父母的依恋之情，是人类最美好的情感。心理学家埃里克森认为人类生命周期中有五个非常重要的人格属性，第一个就是"基本信赖感"（basic trust），是一种通过母亲无微不至的关爱和照料而凝结在儿童心里的信念。在童话中这就是灰姑娘与尚未被继母取代的最初的慈母相处的经历以及对她的怀念所熔铸在她人格中的坚定信念；在心理学家看来，缅怀并忠实于从慈母那里获得的基本信赖感，并进而缅怀并忠实于生活中已经逝去的美好东西是人生的重要支柱。保加利亚作家埃林·佩林的童话小说《比扬奇遇记》颂扬的就是人间的亲情之爱。故事主人公小男孩比比扬是父母心爱的儿子，但他却没有走上正道，反而成了一个顽劣之童。无论是母亲的眼泪，还是父亲的耳光都不能使他改邪归正。他从此在外游荡，把精力全用在恶作剧和瞎胡闹上面。他还跟魔鬼的儿子交上了朋友，从而受到邪恶老魔鬼的控制。小比比扬虽然与魔鬼为伍，但他心底毕竟还保留着人间亲情赋予他的人性善良，他每天都要把一只偷来的圆面包送到父母居住的破茅屋门口。作恶多端的魔鬼本性是容不得一点善良的，于是魔鬼父子合谋，将比比扬的脑袋换成了泥人的脑袋。然而换了脑袋的比比扬始终没有忘记自己的"根"，没有忘记父母的骨肉之爱，他还始终怀念可爱的故乡小镇。维系着他与父母的亲情之爱以及对人间生活的思念之情使他产生了难以泯灭的希望，他终于依靠人的智慧冲出了魔鬼王国，并且救出了被魔法禁锢的少女。他找回了自己被魔鬼换掉后丢弃的脑袋，作为一个成熟起来的少年重返故乡，重返生活。

在当代英国童话小说《哈利·波特与魔法石》中，11 岁的哈利·波特自幼失去了亲生父母。对父母的思念之情成为他内心深处最迫切和最强烈的愿望，就像白雪公主和灰姑娘思念自己的亲生母亲一样。在《白雪公主》里有一面神奇的魔镜，但那是为继母效劳的；在《美女和野兽》里也有一面大镜子，可以让美女看到自己家里的情形，以满足她思念家人的迫切愿望。而在霍格沃茨魔法学校里，有一面神奇的"厄里斯魔镜"，波特可以看见自己的父母。哈利·波特第一次从镜中看到父母及其他家人时产生了强烈的情感震撼，他"如饥似渴地凝视着他们，双手紧紧按在镜子玻璃上，就好像他希望能够扑进去和他们待在一起"。内心愿望的满足给哈利·波特带来的一半是喜悦，一半是深切的忧伤。

连续三次与魔镜的会面使哈利·波特的情感世界浪潮翻滚，直到魔法学校的邓布利多校长向他点明镜子魔力的秘密：镜子中的景象"不过是你内心深处最迫切、最强烈的愿望。……"邓布利多在哈利·波特探寻自己心灵深处的渴望时出现是有深意的，表明他是个父亲般的人物，要在精神上引导哈利·波特成长。正是邓布利多等人亲自把失去双亲的婴孩哈利·波特送到他的姨父母家；他在哈利·波特进入魔法学校后又把哈利父亲留下的隐身衣交给哈利，更暗示了这种父亲角色："你父亲死前把这件东西交给了我。现在应该归还给你。要使用好它。衷心祝你圣诞快乐。"而哈利·波特在圣诞节收到的神秘礼物则强化了孩子与父母之爱的关联。让波特连续三次通过魔镜实现了自己的深切愿望后，又使波特从幻想回到现实，使他像灰姑娘和白雪公主一样获得了最初的人生的"基本信赖感"。

人生的"基本信赖感"还表现在哈利·波特额头上的闪电形伤疤上。这个伤疤是一场发生在多年前的一场生死搏斗给他留下的印记——在那场同邪恶的伏地魔之间的决斗中他的父母双双身亡，但他们对儿子的爱形成了保护哈利·波特的魔力屏障，从而使还是婴儿的哈利·波特免遭毒手，只是留下了额头上的伤痕，它实际上成了骨肉亲情的印记。每当波特会遭遇危险的时候，这个伤疤就会发痛，向他报警。在《哈利·波特与魔法石》的最后一章中，波特遭遇了盗抢魔法石的奇洛教授。寄生在奇洛教授身上的伏地魔命令奇洛抓住哈利·波特，但每当奇洛的手一碰到波特，波特额头上的伤疤就会钻心般地发痛，而奇洛的手就像遭遇烈火焚烧一样，痛得他哇哇大叫。原来哈利被母爱保护着，奇洛无法伤害哈利的身体，相反，只要紧紧抓住奇洛，就会让他剧痛难忍，无法念咒。还是邓布利多点明了这一奇迹的根源："你母亲是为了救你而死的。如果伏地魔有什么事情弄不明白，那就是爱。他没有意识到，像你母亲对你那样强烈的爱，是会在你身上留下自己的印记的。……会给我们留下一个永远的护身符。……"（J·K·罗琳《哈利·波特和魔法石》，苏农译，人民文学出版社2000版）

（四）爱的奇迹

高尔基的童话叙事诗《少女与死神》颂扬了一个爱战胜死神的奇迹。打了败仗的皇帝在路上遇见一个恋爱中的少女发出欢笑，便气急败坏地下令把她交到死神的魔掌里。死神老妇问清缘由后，同意再给少女一个夜晚与情人相会。一昼夜过去了，少女还没回来，死神等不及了，动身去找少女，看见她坐在月色下的胡桃树下，犹如春天的女神一般。少年的头枕在她的膝上，像假眠的倦鹿。死神被打动了，她知道打不断这人间爱的赞歌。世上没有比太阳更美的东西，也没有比爱情之火更烈的火。叙事诗以一位美丽的少女作为永生的爱神力量的象征，以一位感情已经枯萎的老妇人作为死神来代表摧残人类美好感情的凶恶势力，呈现了强烈的美与丑的对比。为了爱情，少女不惧怕皇帝的威严，更不怕皇帝把她交给凶恶的死神去处置。最后，少女以爱情的生命之火燃起的炽热盛情，融化了死神老妇人冰冷的心，象征着人类美好的感情的爱神最终战胜了死神，战胜了摧残这种美好感情的凶恶势力。

在格林童话《三根羽毛》中，最小的弟弟在第三次考验中把小蟾蜍变成了美少女，因为他不嫌弃小蟾蜍，而是去抱它，也就是以童话的象征语言去爱它时，奇迹发生了。归根到底，只有爱才能把看似丑陋的变成美好的。《美女和野兽》是世界上最有影响的童话名篇之一。它的源头可以追溯到古希腊神话中有关丘比特与普赛克的故事，古希腊人认为"普赛克"的意思是"灵魂"，像鸟儿一样轻扬飘浮，当人的肉体消失后，灵魂也飘散了。普赛克后来演变成富有诗意的漂亮少女形象,随之出现了她为小爱神丘比特所爱的神话故事。公元 2 世纪古罗马作家阿普列尤斯用拉丁语讲述的"丘比特与普赛克"故事对后人产生了很大影响,它出现在《变形记》(又称《金驴记》)一书中,是故事中的故事。一个叫鲁齐乌斯的青年人留宿在高利贷者米罗家中,米罗的妻子是个女巫,能够变幻为飞鸟。鲁齐乌斯见后非常羡慕,便偷了她的魔药敷在自己身上,不料却变成了一头驴子。驴形人心的鲁齐乌斯被关进马厩,饱受马儿的践踏,夜里又被强盗偷走,遭受鞭打。后来他被多次转卖,流落各处,备受虐待,历尽折磨,但仍然保持着人的思考能力和观察能力,因此他得以目睹世间之事,世态百相,窥见生活中各种各样的欺骗掠夺,而"丘比特与普赛克"就是一个老妇人在强盗的洞穴里讲述的故事。故事讲述的是一个国王有三个漂亮的公主,而最小的公主普赛克是那么光彩照人,以至于所有人都把她当作一个新的维纳斯女神来崇拜,她的名声甚至超过了维纳斯,这使女神受到人们的冷落。异常嫉恨的维纳斯让她的儿子丘比特去惩罚少女,使她爱上世界上最凶狠恶毒的男人。不料丘比特自己爱上了姑娘,他通过神谕让国王把普赛克送到山崖顶上祭献给一个蛇形怪物。一阵西风把普赛克卷到一座神秘的宫殿。姑娘被舒适地安置在宫殿里生活,每到夜深之际丘比特便乘黑来与她相会。不过丘比特警告姑娘千万不能看他。普赛克在宫殿里的生活非常惬意,但难免使她感到寂寞孤独,于是丘比特用一阵西风把她的两个姐姐带到这里。两个姐姐知道普赛克肯定与神住在这个漂亮的宫殿里,非常嫉妒。她们编造谎话,说与普赛克生活在一起的是一条大蟒蛇,劝她在夜里点一盏灯,用刀把它杀死。普赛克听信了谗言,因为这毕竟与神谕相符。当丘比特入睡后,普赛克点起一盏灯,拿着一把刀,向他走去,灯光亮处,却是一个英俊无比的男子,她知道自己被姐姐欺骗了。一滴灯油落在丘比特肩上,把他烫醒了,愤怒的丘比特把普赛克赶出了宫殿。在更加嫉恨的女神逼迫下,普赛克不得不经受一系列最可怕的磨难,最后终于与丘比特团聚了。

法国博蒙夫人在 1756 年发表的《美女和野兽》终于使这个故事成为最广为人知的经典童话之一。在博蒙夫人的故事里一个富商有三个漂亮女儿。两个姐姐浅薄自私,只有最小的妹妹在家庭生活的变迁中显示出善良、勤劳、坚毅和宽宏等美德。富商后来破产了,全家只能搬到乡下去住。一年以后,父亲为了收回过去的一些财物要出门远行。两个姐姐以为又可以回城里过好日子了,要求给她们带回昂贵的衣服,而小女儿在父亲的再三催促下只希望给她带回一枝玫瑰。父亲此去一无所获,在回家途中穿越一座大森林时迷了路,进入一个由神秘野兽居住的宫殿。尽管主人没有露面,商人在那里受到热情的款待,但当他偷折了玫瑰园里的一枝玫瑰之后突然出现了一个可怕的怪兽,要杀死商人。在听了商人的哀求后怪兽提出可以让他的一个女儿自愿来这里替他去死。于是引出了一连串看似非常严重的事情。善良的小女儿知道事情原委后坚决要替父赴难,她到了野兽的宫殿之后,在梦中听一位夫人对她说:"美女,你这么善良,我感到很高兴。你用自己的生命救你的父亲,这样高尚的行为一定会得到报偿。"美女在宫殿里没有受到任何非难,也习惯了野兽的探访,唯一使她感到难堪的是三个月来,野兽在睡觉之前总要问她是否愿意做他的妻子。每当姑娘说不愿意时,野兽总显得非常痛苦。美女想念父亲,野兽同意送她回去,但如果她没有回来,野兽就会死去。美女回家后,两个嫉妒的姐姐故意把美女滞留在家中,希望使野兽发怒而吃掉美女。美女在回家后的第十个晚上梦见野兽躺在草地上快要死了。美女惊醒过来,决心不再让善良的野兽痛苦了,她要回去。第二天她果然发现自己已经回到野兽的宫殿。当她在小河边向垂死的野兽表达自己的爱情

时，宫殿中响起了美妙的音乐，野兽的魔法被解除了。他又恢复了漂亮王子的模样。Iona Opie 和 Peter Opie 夫妇在《经典童话故事》中认为：“《美女和野兽》是继《灰姑娘》之后最富有象征意义，也是在思想上最令人满意的童话故事。”③

儿童心理学家贝特尔海姆在《永恒的魅力》中专门分析了这个故事丰富的心理意义，认为《美女和野兽》以童话特有的方式表明了什么才是真正的爱。④父亲的折花之举象征着他对女儿的爱。而随后发生的事象征着美女必须经受一番刻骨铭心的磨难才能获得成熟的人性和美满的爱情。与两个姐姐相比，美女非常依恋父亲，当姐姐们在外面的舞会上纵情欢乐，结交男友时，美女总是待在家里；当求婚者找上门来时，她表示还不愿结婚，只想在父亲身边多待几年。她去见野兽完全是为了父亲的缘故。友好的野兽向美女求婚，遭到友好的拒绝。处于父女之爱和野兽之求这一矛盾之中的美女首先选择背离野兽去探望父亲。然而与此同时她发现自己已经离不开野兽了。最后美女毅然决定回到生命垂危的野兽身边。贝特尔海姆认为这表明了只有在解决了孩子的种种恋父情结之后，过去令美女厌恶的男女之爱才会变得美好起来。故事的关键并不在于美女逐渐爱上野兽，也不在于她如何把恋父之情转变为恋人之爱，而在于美女在这一过程中的自我成长。通过恋父之情向恋人之爱的转换，美女向父亲奉献了最有益的感情，使父亲的健康得以好转，同时也使野兽恢复了人形，获得幸福。在博蒙夫人的故事里，野兽留给读者更多的想象空间，他与美女的悲欢离合是一种历经磨难和考验最终获得幸福的历程。美女和父亲之间的亲情也是很重要的，不可或缺的，正是从父女深情之中萌生的另一种爱可以使孩子在长大成熟之后与爱侣心心相印，幸福生活。心理学家认为《美女和野兽》是非常有价值的童话故事，贝特尔海姆特意把对这个童话的分析作为其专著《永恒的魅力》的结束：

> 这个故事表明，父母对孩子的舐犊之爱，与孩子对父母的依恋之情一样，是人类与生俱来的。正是从这脉脉温情之中萌生的另一种爱使孩子长大成熟后与爱人紧密相连。无论现实情况如何，孩子在听了童话故事之后总要假设和相信，他的父母会怀着一片爱心，不惜冒生命之险给他带回最渴望的礼物。反之，对孩子来说，他相信自己无愧于这种奉献，因为他也爱自己的父母，愿意牺牲自己的生命。这样，孩子将成长起来，甚至给那些横遭不幸，以至于以野兽之形出现在世人面前的人也带来安宁和幸福。他将为自己，为爱侣带来幸福，也由此给双亲带来幸福。⑤

## 三、童话的人格教育

英国学者和作家托尔金在论述童话时认为真正的童话故事应具备四要素：幻想、恢复、逃避、慰藉。其中的慰藉就是故事要提供圆满的结局，要使儿童获得心理解脱，建立自信。托尔金认为，童话最重要的功能就是提供圆满的结局。而童话故事最好的结局是一种突如其来的幸福“转变”或者“否极泰来”（Eucalastrophe），比如复活或者摆脱了邪恶力量而获救的欣喜时刻。无论奇遇多么怪诞或可怕，当“转变”出现时，孩子们甚至会屏住呼吸，心潮激动，含泪欲哭。童话的作用就在于，听童话故事的儿童能够从想象中的深切的绝望中恢复过来，从想象中的巨大危险中逃避出来，而最重要的是获得心理安慰，这就是为什么童话的结局总是幸福美满的原因。托尔金认为,所有完整的童话故事必须有幸福的结局,具有幸福"转变"的故事才是童话故事的真正形式,是童话故事的最重要功能。⑥

　　从根本上看,童话承载着人类对自己下一代的殷切期望和深情关爱,要为儿童提供成长所需的精神营养,使他们在获得精神娱乐的同时养育健康的情感生活,增长智慧,认识人生。随着童话研究的深入,人们越来越认识到童话包含着对于儿童的无与伦比的重要性和教育价值。20世纪70年代出现的童话心理学研究就探讨了童话所揭示的儿童成长过程中的生命节律,并因此形成了富有启发意义的童话教育诗学。根据贝特尔海姆的童话教育诗学,童话还包含着丰富的有关儿童人格发展阶段的道理。贝特尔海姆就在精神分析学家埃里克森(Erik Homburger Erikson,1902—1994)的人格理论的基础上,强调用童话对儿童和青少年的人格发展施加积极的影响。埃里克森1902年出生于德国的法兰克福,亲生父亲是丹麦人。为了逃避纳粹迫害,埃里克森来到美国波士顿定居,并在包括哈佛、耶鲁、加州大学伯克利分校等在内的许多大学任教。如果说弗洛伊德开创了从人的生命全程角度研究各种精神分析概念的话,埃里克森则探讨了整个生命周期中的人格发展问题。所谓"人格"是指每个人所特有的个体生存状态,包括心理和生理特征的有机结合。弗洛伊德认为,人格是在出生后最初几年形成的。埃里克森发展了弗洛伊德的思想,他认为,人格在人的一生中都在不断发展,并形成了连续而又不同的8个阶段,这就是婴儿期,学步期,儿童早期,小学期,青少年期,成年早期,成年期,老年期。在生命历程的特定时期会出现人格发展的某个转折点,某个危机时期。其中的某个阶段将成为最关键的时期。解决这些危机的方式决定了我们人格发展的方向,从出生到成人到老年的每一阶段都有其特定的人格发展任务。根据发展的任务完成得是成功还是不成功,就形成了两个极端,接近成功的一端,就形成积极的品质,接近不成功的一端,就形成消极的品质,每一个人的个性品质都处于两极之间的某一点上,教育的作用就在于发展积极的品质,消除或避免消极的品质。我们可以具体看一下从婴儿期到青少年期这5个阶段中相互对立的品质:

　　第一阶段为婴儿期(0~2岁),信任感对不信任感;

　　第二阶段为学步期(2~4岁),自主性对羞怯和怀疑;

　　第三阶段为儿童早期(4~7岁),主动性对内疚感;

　　第四阶段为小学期(7~12岁),勤奋感对自卑感;

　　第五阶段为青少年期(12~18岁),认同感对角色混乱。

　　在埃里克森人格理论的基础上,贝特尔海姆提出了童话的人格教育论。他认为,人们最熟悉也最喜爱的童话《灰姑娘》以夸张的形式揭示了人们内心深处的情感波澜、困惑和危机以及如何解决这些问题。最重要的是,《灰姑娘》通过童话文学的象征语言和特有方式揭示了人格发展过程中所必经的重要阶段。一个理想的人格正是从人生发展的各阶段可能出现的各种困惑、危机和冲突中发展出来的。《灰姑娘》的心理意义在于,它形象生动,令人难忘地揭示了埃里克森论及的人类生命周期中的5个非常重要的人格属性:①基本信赖感(basic trust)。这是通过母亲无微不至的关怀和照料而凝结在儿童心里的信念,也就是灰姑娘与尚未被继母取代的最初的慈母相处的经历以及对她的怀念所熔铸在她人格中的坚定信念;缅怀并忠实于从慈母那里获得的基本信赖感,并进而缅怀并忠实于生活中已经逝去的美好东西是人生的重要支柱。②自立自强(autonomy)。恰

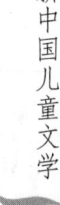

如灰姑娘身处逆境而不屈,奋力抗争。她不能依赖任何人,只有靠自己独立。③主动精神(initiative)。恰如灰姑娘亲手种下小树枝,用泪水和祈祷浇灌它,使它长成大树。在这一过程中发展了自己的主动性。④任劳任怨,勤奋不已(industry)。恰如灰姑娘历尽苦役,忍辱操劳。⑤人格认同(identity)。灰姑娘一再从大显身手的舞会上逃走,一定要在获得王子新娘这一高贵身份之前,让王子亲眼看到并认可她作为"灰姑娘"的卑贱身份。或换言之,灰姑娘赢得王子靠的是真实的自我。而异母姐姐们弄虚作假,结果只能害人害己。真实的自我实在胜过外在的虚假和虚华⑦。从总体上看,灰姑娘与两个异母姐姐的境遇形成了非常戏剧性的鲜明对比。异母姐姐一切依赖于"慈母"安排,百般遂心,似乎非常幸福。但遗憾的是,母亲无微不至的关爱和照料使她们成为毫无独立性和主动精神的"废物",在通向幸福的道路上,在试穿舞鞋的过程中,他们束手无策,只能按母亲的指使行事。在成长的过程中她们丝毫没有自己内心情感的发展,也没有经历任何艰难困苦,结果自然不会获得任何积极的人格发展。她们的最终结果是可悲的。鸟儿啄瞎了她们的眼睛,使她们不得不生活在黑暗当中——这可以看作一个象征。表明她们没有发展自我人格,只能生活在混沌无知的状态。而历尽磨难的灰姑娘先苦后甜,她获得的既是一个永不枯竭的幸福之源,更是一个独具个性的人格发展。

童话的确是爱的礼物。而且是奇妙的礼物。联合国《儿童权利宣言》则明确指出:"人类应当把它拥有的最好的东西给予儿童。"童话当之无愧属于这最好的东西之一。

[注释]

①Dandner,Martin,The Annotated Alice:Alice's Adventures in Wonderland and Through the Looking —Glass by Lewis Carroll. Penguin Books,1965:173.

②鲁枢元:《生态文艺学》,山西人民教育出版社2000年版,第379页。

③Opic,lona and Pctcr. The Classic Fairy Talcs. Oxford:oxfond University Press,1974:137.

④⑤Bettelheim. B. The Uses of Enchantment. New York:Random House,1977:303—310.

⑥J. R. R. Tolkien. The Tolkien Reader. New York:Ballartine,1996:85.

⑦Bettelheim. B. TheUsec of Enchantment. New York:Random House,1997:275.

(原载《燕山大学学报》2006年第1期)

# 论童话及其当代价值

方卫平

　　在今天这样一个后现代主义话语曾经或正在盛行、泛滥的时代,我们会格外深切地意识到童话作为一种文学体裁,一种文化载体,一种精神样式的宝贵和重要。是的,当社会发展是以人的高尚感、神圣感、想象力等的损失和被放弃为代价,以令人难以释怀的悠久规范和价值观的被颠覆、被解构为结果的时候,当我们看到今天的孩子或被沉重的书包压迫得透不过气来,或被感官化、平面化、碎片化的文化消费导入莫名其妙的精神亢奋状态的时候,一个执着的渴望和信念便会涌现在我们的心头:挽留童话!

　　童话何以值得挽留,或者说,在当代,童话的价值在哪里呢?

　　在我看来,对童话价值的把握或探讨应该有两个基本的视角或支撑点。一是童话的历史发生机制,它酝酿、隐含或是提供了童话艺术的原初品质和价值;二是童话的现实生成逻辑,它提醒或告诉我们童话价值生成的当代背景和内涵。前者提供的是童话悠远的、原始的、相对稳定的历史品性和价值特征,后者展示的是童话当下的、相对活跃的现实精神和价值状态。

　　在有关童话艺术特质及其发生的历史考察和理论索解过程中,人们曾陆续提出过"神话渣滓说""神话分支说""包容说"等种种说法。尽管这些论点的具体解说不一,但它们都不约而同地把童话的源头追溯得很远很远。在西语中,Fairy tale 直译的意思是神仙故事,指的是那些描写了神仙精灵,或并非专写神仙精灵的、带有奇异色彩和神奇事件的故事。产生这类故事的可能的精神背景或文化土壤的确可以隐隐约约地追溯到十分久远和独特的远古时代,那个原始智慧光芒闪烁的神话时代。早在 18 世纪上半叶,意大利人维柯就在他那部在文化史上占有重要地位的杰作《新科学》中重点探讨了原始的诗性智慧问题。他认为"原始人没有推理的能力,却浑身是强旺的感觉和生动的想象力"。他们按照自己的观念,认为使自己感到惊奇的事物各有一种实体存在,正像儿童们把无生命的东西拿在手里跟它们游戏交谈,仿佛它们就是活人。维柯说,最初的哲人都是些神学诗人,他们凭借着诗性智慧创造了最初的神话故事。同时,人类的思维又是发展的,"人最初只有感受而无知觉,接着用一种惊恐不安的心灵去知觉,最后才用清晰的理智去思索"。

　　随着理性时代的降临,神话时代的文化水土发生了不可逆转的历史流失,然而,神话时代所创造和保持的诗意的世界也日益显示了其不可替代的精神的、文化的、美学的价值。在西方,神话所代表和保存的诗性智慧和原始文明,成为近代人们渴望回归的精神故园。不是吗? 当近代文明刚刚取得它最初的成功的时候,卢梭就明确指出其危害性,主张人们离开社会,返回自然浑朴的原始生活。几乎与此同时,德国狂飙运动的精神领袖赫尔德也对启蒙时期流行唯理文化进行了顽强的反抗。卡西尔认为,赫尔德所要反抗的,乃是这一文化背景后的暴君式专断,因为这种文明为使"理性"取得胜利,必须把人类

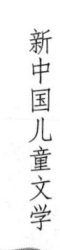

所有其他精神能力加以奴役和压抑。直面这种"理性的暴虐",赫尔德提出:回到人类文明历程中日益远离的乐园。他认为,原始诗歌(神话)正为我们保留了这一乐园的依稀记忆。而技术和理论时代的逼临和统治,引起的是近现代人们更加深重的精神恐慌感。神话和诗意被放逐,人成为精神上无家可归的浪子,流落异乡。正如尼采说的:"想起这种惶惶不可终日的科学精神所引起的直接后果,便会立刻想到神话是被它摧毁的了;由于神话的毁灭,诗被逐出她自然的理想故土,变成无家可归。"(《悲剧的诞生》)

无家的失落与返乡的渴望构成了近现代人们精神生活的双重变奏。德国浪漫派美学家施勒格尔、谢林都提出了创造"新神话"的构想。进入 20 世纪,包括哲学、心理学、人类学、文艺学等学科在内的诸多学科对神话所表现出的普遍的关注和兴趣,其实也正是非神话时代人们对于人自身的精神状态与精神本身充满关注和兴趣的表现——虽然神话作为人类早期文明的代表物,已不可能在它原始的意义上被再造了。

在我看来,不管童话与神话的关系如何,童话在特定意义上可以被看作一种新的"神话":它以自身特有的童年精神气质拯救并保存了人类进入理性时代后逐渐失去的童年时代的纯真、欢乐、浪漫和遐想。从贝洛童话到格林童话,到安徒生童话,童话迅速地使自己从民间自发的文学存在成为自觉地贴近儿童读者的儿童文学艺术家族中的一支旺族。我想说,这个过程的意义是多方面的——它不仅意味着近现代意义上的儿童文学在西方的逐渐自觉和形成,意味着童话这一古老而又全新的文学样式成了童年生命特性的理解者、解放者,成了童年生命内涵的艺术表达者、承载者,而且,它还意味着童话业已成为神话时代消失之后人类诗意渴望的某种新的实现渠道和表现方式,成为人的精神解救之所,心灵憧憬之邦,它与诗歌一起成为近现代人们漂泊的灵魂的栖居方式和安置场所。

童话从原初自发的民间的口头文化形态推进到近代自觉的、经典的印刷文化形态,其儿童文化史的意义和价值是显而易见的。例如,童话作为不同民族的文化传递方式之一,对历代儿童的精神成长发生过深刻的影响;童话作为一种独特而绚丽的文学样式,成为儿童文学大厦的重要艺术支柱。另一方面,童话对整个人类自身的精神意义和价值,却一直较少为人们所谈论。事实上,从具体作家的创作动机看,他们接近童话、整理童话、创作童话,并不一定都是为了儿童读者。贝洛整理、改写《鹅妈妈故事集》,便是在法国文学界那场著名的"古今之争"后开始的。他认定了民间童话可以用来表现自己的不同政见、理想和愿望,民间童话"精妙的寓意"和"独具的生活特色"将能够实现他返璞归真的美学愿望。安徒生也曾明确表示:"我写的童话不只是写给孩子们看的,也是写给老头子们和中年人看的。"由此看来,童话不仅天然地贴近着儿童世界,它同时也是为成人预备的一份高尚有趣的礼物。我想说,童话正是以其质朴的想象力和纯真的诗性品格,制造了后神话时代人类精神生活中一个独特、别致的艺术家园和阅读奇观。

童话是古老的、独特的,也是现实的、发展着的。回溯历史,我们看到,童话在其绵延不绝的历史发展和现实生成过程中,进行了不断的艺术添加和美学扩散,也就是说,童话不时随着社会生活和人类心灵的发展而进行着自身的艺术调整和丰富,童话的原初美学气质和艺术价值逐渐散逸和泛化,它变得丰富多彩。如果说古老的童话曾经提供了一整套经典的、稳定的叙事话语和价值体系的话,那么,当代童话则可以说是进入了一个"众语喧哗"的时代,一个建构更为多元的艺术价值系统的时代。以近 20 年中国的童话创作为例——从读者对象上说,传统的童话艺术形态已变成了低幼童话、童年童话、少年童话并存的格局;从篇幅上看,长篇、中篇、短篇、微型童话创作齐头并进;从题材和风格看,热闹的、抒情的,凝重的、轻松的、哲理的、幽默的、犀利的、温婉的……各领风骚;从童话的艺术功能上说,益智、导思、染情、添趣……各有千秋。而各种被冠以"探索型童话"的作品,更是以一种对传统经典童话的游离和叛逆的姿态,频施"怪招",令人感到面目全非。

的确,近 20 年以来,童话从叙事层面到意味层面都可以说是发生了大面积的、全方位的变化。这种变化的内在动力来自人们对童话及其依存背景的新的理解。事实上,童话的文化精神和美学样态归根结底是人的存在方式及人们对自身存在方式的理解的现实投射和艺术转化的结果——正如神话反映的是神话时代人们的生存状态和思维方式一样。这里不妨以热闹派童话为例。一位热闹派童话作家曾经对热闹派童话的独特风格有过这样的概括:"这些作品是从儿童现实生活出发的;运用瞳孔极度放大似的视点,夸张怪异;追求一种洋溢着流动美的运动感,快节奏、大幅度地转换场景,以使长于接受不断运动信息的儿童读者,在令人眼花缭乱的类似电影运动镜头的强刺激下,获得审美快感;采用幽默、讽刺漫画、喜剧甚至闹剧的表现形态,寓庄于谐,使儿童读者在笑的氛围中有所领悟,受到感染熏陶。"(参见彭懿《"火山"爆发之后的思索》)热闹派童话当然不是天外来物,它同样具有自己的可以分辨的历史线索和美学先驱。对这一代的童话作家来说,张天翼童话就是一个不难指认的出自本土的艺术样板。但是我还想说,在张天翼的前前后后,他所能遇见的创作同道和艺术知音实在是太少了。这种情况直到所谓"热闹派"童话出现之后才开始得到改变。由此我们可以这样认为,具有类似热闹派童话风格或特色的作品, 至少在 20 世纪 80 年代以前显然未能构成童话创作的主流艺术风格之一,而一进入 80 年代,童话至少从现象上看已经被搅和得"千姿百态""面目全非"了。

20 世纪 80 年代以前的童话创作在一个很长的时期内保持了相对收敛、单一的艺术姿态,这不是偶然的。20 世纪的中国社会文化现实,以及重视"教化"功能的文学观念,从总体上决定并塑造了 80 年代之前中国儿童文学的主导美学品格:强调儿童文学对现实的关怀与服务,强调儿童文学的艺术教化功能。公正地说,作为一种历史选择、运作、发展的必然结果,这种强调现实性、教育性的文学观念及其存在是无可厚非的。问题是,当这种褊狭的文学心态和美学观念被无限度地扩张和放大,并处于"唯我独尊"的霸权话语地位的时候,当社会审美思潮发展在客观上要求儿童文学的美学观念趋向开放和多元的时候,上述褊狭的美学观念就显得很不合时宜了。例如,几十年来占据主导地位的教育童话作为一种文体类型当然是有其存在理由的,但是,几十年间教育童话一统天下的结果,是造成了童话创作中凝固、单一的创作模式。这也就是 80 年代初期中国童话创作的最基本的艺术现实。

因此,20 世纪 80 年代热闹派童话的崛起,其实质便是这一代童话作家普遍意识到,童话提供的不仅是一个具有教化功能的艺术课堂,它同时也应该成为一个童年时代艺术游戏和精神狂欢的场所。这种童话价值观和功能观的产生,直接促成了当代中国童话创作史上一系列相关而持续的艺术哗变和美学革新事件的发生。以郑渊洁、周锐、彭懿、葛冰、武玉桂、朱效文、庄大伟、朱奎、任哥舒、周基亭、郑允钦、戴臻、绍禹等一批作家为代表或加盟者的热闹派童话创作群体,信奉快乐主义的童话创作原则。他们毫不犹豫地挣脱了传统童话相对沉闷、单一的艺术规范,开创并构成了以大胆的想象、夸张、变形为外部表现特征,以弘扬游戏精神和解放当代儿童心灵为内在艺术旨趣的童话创作流派。

从总体上看,热闹派童话的出现,至少在这样一些方面为中国当代童话提供了新的美学内容:

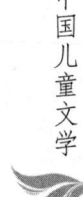

一是它们以极其丰富的想象力，开拓了中国当代童话的艺术想象空间。如郑渊洁、周锐、彭懿、葛冰等作家的一大批"天花乱坠"、变幻莫测的童话，讲述了一个个怪诞而又"顺理成章"的故事。与传统童话相对拘谨的艺术思维模式相比较，这类"异想天开"型的作品显然更容易受到当代孩子们的喜爱和欢迎。

二是伴随着艺术想象力的解放，它们最大限度地张扬了儿童文学的游戏精神。热闹派童话作品中的许多人物、故事、情节、环境等，都经过了大幅度的变形和夸张，犹如漫画和闹剧，给人以强烈的新奇感、怪诞感和滑稽感。同时，人物的大幅度运动、情节的大开大合、情感的大起大落，更增添了童话的热闹气氛。这种上天入地、无拘无束的叙事策略和情节运动，展示了一种自由、活泼的现代美学心态。我以为，它们应该能够吻合并在不同程度上满足当代儿童读者的游戏欲望和追求新鲜、刺激的审美心理。

三是在审美心理方面确立了"释放"（宣泄）的功能观。传统童话相对而言重道德教化而轻心理疏导，因而缺乏对童话之于儿童心理的审美宣泄功能的认识。儿童社会学、儿童心理学研究表明，处于现代快节奏的竞争社会的儿童，实际上也处于各种各样的心理压力和重负之中，他们同样有程度不同的心理压力和焦虑。因此，儿童读者实际上常常需要借助文学阅读来排遣心中的烦恼和焦虑，释放郁积的情感。对此，热闹派童话作家们有着充分的艺术敏感。他们的作品往往通过神奇、夸张、诙谐的故事讲述，最直率地道出了当代孩子们的困惑、委屈、苦恼和不平，最充分地表达了孩子们的智慧、愿望、幻想和欢乐。我相信，当代少年儿童在现实生活中无法实现的愿望，往往可以在阅读类似童话时得到满足和补偿；他们在生活中郁积的情感，也可以由此得到疏导和释放。

热闹派童话构成了近20年来"众语喧哗"的童话创作中一种响亮的声音。当然，它也只是诸多事实中的一个例子，一种现象。除此之外，当代许多重要的童话作家都以自己的方式发出了各自富有个性的艺术喧哗，其中突出者如孙幼军、张秋生、冰波、宗璞、班马、金逸铭、诸志祥、顾乡、吴梦起、鲁克，等等，而一批年轻的童话作家如葛竞、张弘、汤素兰、孙迎、杨红樱等也纷纷崭露头角。但是，我这里想说的是，与传统童话比较而言，当代童话不仅在审美形态和风格上趋于丰富和开放，而且更重要的是，在当代生活大潮的冲击之下，在当代主流审美文化的包围之中，童话这一古老的文学样式，日益显示出其重要而独特的精神的、文化的、艺术的价值。

首先，童话以其深沉而又执着的文化情致，维护着对于精神、对于价值的关怀和顾念。在西方，迦达默尔曾经感叹："当今的时代是一个乌托邦精神已经死亡的时代。过去的乌托邦一个个失去了它们神秘的光环，而新的、能鼓舞和激励人们为之奋斗的乌托邦再也不会产生。这正是我们这个世界的悲剧。"（《世界文学》1991年第2期，《迦达默尔论后现代主义》）在后现代文化语境中，人们不再对精神、价值、终极关怀、真理、美善之类的超越性价值发生兴趣，而是在琐屑的环境中沉醉于形而下的卑微愉悦之中。在东方，当代中国的经济生活、文化生活，当代人们的精神世界、情感世界等，也都已经或正在发生着一系列重要的变化。这些变化作为社会发展进程中的一个个阶段或环节，其历史进步性是不容怀疑的。但是另一方面，伴随着这些变化而来的不同程度上的感觉迟钝、价值失范、情感迷乱、心态浮躁等精神现象，也令人不能不对此保持一种警惕的姿态。面对那些散乱无序或漫不经心的精神流失，特别是当今少年儿童的精神世界也遭受这种现象的影响时，我们自然会想到童话。童话当然并不具有拯救这个世界的义务和力量，但我们相信那些高尚、认真、执着的童话写作，却有可能为挽留、保存、延续我们这个世界的那些深刻、高贵、永恒的精神和价值规范提供某些助益。事实上，童话正在努力这样去做。

其次，童话以其独特而又飘逸的美学气质，天然地承担起了对于诗意和幻想品质的激活和守望的职责。

技术和物质文明发展的加速，导致了物欲的失范和实利主义的盛行，人们被当下充满浮躁和困惑的生活挤压得狼狈不堪。在这样一个时代，那些细腻的感觉、蓬勃的想象、青春的激情、诗意的感动……似乎正从我们的生命存在中渐渐隐退。而科技与文艺的联姻在宣布了这个时代文明进步的同时，也在某种程度上虐杀了纯真而富有质朴灵性的艺术诗意和想象力——文化工业时代的艺术创造往往添加了世界的"物性"特征而丧失了人类自身的"灵性"特征。于是，我们又想到了童话。这种古老的文体最天然地保存着人类文化的诗性智慧和艺术幻想力。如果我们期望这个时代还能保存一点美好的诗意和浪漫的想象的话，我们便没有理由不亲近童话。

最后，在当代审美文化环境中，童话以其力求完美、纯正的文学叙事，为当代少儿读者提供了一片纯文学的绿洲。

当代审美文化创造了一个迥异于传统的经典审美文化的全新的审美形态。正如有的研究者所指出的那样："当代审美文化没有造就出小说、诗歌、散文的盛世，但它造就出了电影、电视、广告、流行音乐、摇滚的天地。"（潘知常《反美学》，学林出版社）对于今天的少儿读者来说. 他们的文化消费在很大程度上集中在电视、录像、影碟、流行音乐、卡通漫画等类型上。最近，一份关于青少年与媒体关系的研究报告中谈到，当代青少年所接触的媒体已达 15 种之多，书籍、报刊等印刷文化占绝对统治地位的情形已成为历史。但是，当代儿童文学在传播和接受领域里的被迫撤退，并未同时表现为童话的全面撤退。相反，童话作品（包括传统童话和中外童话名著）不断被加印、再版、改编的消息屡屡传来。我以为，在当代审美文化情境中，少年儿童的审美生活也显示了某些感官化、平面化、零散化的迹象，而童话的文学叙事则以其独特的经典气息，为今天的少儿读者保留、提供了一幅纯净、绚丽的艺术图景。

我相信，在一个即将到来的新的世纪里，童话仍将一如既往地承担起传达人类精神追求和诗意渴望的艺术天职，童话仍将以其永恒的诗性的光芒和幻想的魅力温暖、滋润着绵延的人生。

（原载《文艺评论》1998 年第 3 期）

# 80 年代童话世界的观念更新

汤 锐

像一群天外来客骤然闯入了地球,几年来一批在创作方法上标新立异的童话新作,以它们迥异于传统的题材、主题、角度、结构、形象乃至语言,以它们的新颖、大胆和不安分,活泼泼地喧闹着涌向童话王国,汇成一股新世纪的潮流,还挟带着清冽的微寒。

古老的王国不禁轻轻震颤了。

引起震撼的,是那潮流深处呈现出来的童话观念的更新。

对于在漫长而崎岖的道路上艰难跋涉了半个多世纪的中国童话来说,这意味着什么?

## 一、童话隶属于教育的时代结束了

中国的文学童话起步是明快的、革命性的,而发展却是艰难的、保守的。在"五四"新文化运动对封建主义教育制度大张挞伐之时,西方古典童话大量流入。很快,古老的中国文坛上便回旋起一支自欧洲大陆吹来的清新、亮丽的牧歌。然而不久,一种巨大的历史惯性自然而然地将童话从"儿童本位"的、唯美的、娱乐的"迷途"中拉回到"文以载道"的传统轨道上来了。经过数千年的发展和完善,弥漫在中国社会各个角落、深深凝合于中华民族心理结构之中、具功利性和伦理型的传统文化,给中国的童话牢牢限定了一个实用的、说教的基调,维护儿童的独立人格也被对儿童行为方式的规范化设计所取代。始于 20 世纪 20 年代后期的"左"的文艺思潮则更进一步驱使童话在图解政治、道德说教的轨道上越行越远。讲一个故事,以隐喻一个教训,批评一种不符合道德规范的行为,或演绎一个道理,在相当长的时期内几乎成了童话创作的固定模式。对童话的教育功能的狭隘理解,使童话成了教育的附属品,成了通俗易懂的品德手册、政治读本,成了小儿科医生手中包治百病的"糖衣药丸"。

向我们涌来的童话新潮,首先表现出强烈的文学归属意识(这是与对童话乃至整个儿童文学本质的理解发生变化分不开的),童话在这里既不是形象化的教具,也不是拉长了的寓言。作为一种独立存在的文学样式,它具有除教育外反映生活、揭示人生哲理、塑造生动的形象给读者以审美享受,以及表现主体精神世界等诸多功能。因而这一批新潮童话不仅有对儿童自身伦理行为的反映,更多的是对社会生活的描绘;不仅有对儿童自身精神世界的刻画,更注重表现儿童与成人两个世界之间的矛盾和沟通;不仅有从成人教育者角度对儿童生活的观察和批评,也有从儿童角度对成人生活的观察和批评;不仅有某种哲理的喻示,也有对某种情趣和情感氛围的单纯的渲染。

## 二、强化童话的审美意识

由于对童话的本质产生了新的理解,随之而来的必然是审美意识的强化,这主要表现为重视幻想的独立价值和追求作品美学内涵的丰富性及多层次性。

重视童话幻想的独立价值包括两个层面：一是肯定其宣泄价值，二是肯定其启迪思维价值。

童话中的幻想，在传统的理解中是图释寓意教训的辅助手段，宛若苦药丸外面的糖壳。而实际上童话的魅力首先在于童话幻想的宣泄作用。现代心理学已经揭示了人类意识深处的奥秘，无论成人还是儿童，总是怀有各种各样的欲望，由于某种（生理、环境、社会因素、传统观念等）原因，其中一部分受到压抑，长期埋藏于潜意识之中，久而久之不利于身心健康。童话的幻想恰恰唤醒并迎合了儿童潜意识中不自觉压抑着的各种欲念，使那些超越现实的或因条件局限而无法达成的愿望（如对英雄业绩的向往或淘气恶作剧的冲动等），在对童话幻想的审美观照中得到释放和宣泄。现代西方社会高度紧张的生存竞争、生态危机和家庭危机已强烈波及少年儿童的生活，他们活泼好动、追求自由的天性长期受到来自各方面的抑制，造成普遍的早熟、抑郁、冷漠、孤独感等不健康的心理状态，因而童话幻想的宣泄作用更加受到西方当代童话作家的重视。正是基于此种观念，新潮童话的作者大都十分重视给儿童以"快乐"，使其在升学竞争的紧张压抑之中，得到短暂的精神放松，保持其活泼自由的天性。

作为童话幻想独立价值的另一个层面，它对于培养丰富的想象力、拓展思维空间，具有无可匹敌的作用。在我们闭关自守的民族历史中，不可否认的是，那思维空间的平面性、狭窄性，想象力的贫乏，思维模式的封闭性，在相当大的程度上削弱了我们民族争雄于世的强力。重新造就一代勇于开拓、富有创造精神的民族新人，思维空间的拓展、想象力的培养是不能忽视的，而丰富的想象力只有靠丰富的想象去启迪，广阔的思维空间只有用广角的思维演示去开拓。打破时空常规、冲出思维常轨，正是童话幻想的基本品质。童话幻想独立价值的这一层面开始得到重视，正是新潮童话作者们时代责任感的体现。

对幻想独立价值的肯定和追求，使跳出狭隘功利主义的童话获得了新的特质：它不仅仅是对外部世界的反映，同时也是内部世界的自我表现；幻想也不仅仅是童话的外部形式，而是童话内容的重要构成部分。

过去，我们的先驱者不是没有注意到上述问题，尤其是早期的"儿童本位论"倡导者对童话幻想的宣泄作用的关注。但几十年中对"儿童本位论"的粗暴批判就连这些合理的观点也一齐抹杀掉了。而今问题的再次提出，说明任何事物最初产生的内部动因总是最接近事物本质的。

新潮童话强化审美意识的另一方面，是追求作品美学内涵的丰富性和多层次性。近年中，儿童文学创作出现了某种程度的追求"深化"倾向，一个原因是为了适应在现代信息社会中迅速早熟的少年儿童的心理需求，另一原因是出自对审美意识阶段性的辩证认识，以及接受美学理论的影响。按照接受美学的理论，文学作品的文本只能提供一个多层次的未定点，只有当读者在阅读中将它具体化时，作品的意义才逐渐表现出来，因此审美接受活动一方面受作品内涵的制约，一方面受读者的审美再创造能力的制约。儿童与成年人审美意识的不同，就在于他们是处在个体审美意识发展的不同阶段上，即使面对老幼咸宜的作品，他们也仍然是从作品美学内涵的不同层次上各取所需；然而儿童的审美意识是在发展着的、向上的，不会永远驻留在一个阶段。有时候生活中会有这样的现象，一个人在童年时代读过的某篇艺术作品，到成年时还能感受到它所给予他的美感影响，尽管那作品的情节本身对他早已是不新鲜的了。这是因为这类作品往往具有丰富的

美学内涵,它不仅使儿童在初次阅读时就能够从某个较表浅的层次上获得美感,并且通过记忆的储藏使儿童随着年龄的增长和审美经验的积累逐渐进入它的各个美学层次之中。这样,它作为一种深厚的美的潜能,在儿童发展着的审美意识中不断释放出能量,不断融入他的情操中去,影响着他的伦理情感结构。作品的美学内涵越丰富,层次越复杂,它所适宜的读者也就越多,对儿童个体的审美影响也就越长久。这种与传统的儿童文学美学观念大相径庭的意识在新潮童话中的反映即为,认为一篇艺术性较强的童话不必令儿童一次性读透,它可以并且应该具有超越童年时代的美学生命力,应该并可以征服不同年龄的读者。因此,有些年轻的作者就不满足于仅仅给儿童以宣泄的快乐,还尝试着表现某种有深刻意味的现实关系、人生哲理;还有的作者在追求某种深沉的美学意蕴、某种内涵丰富的审美氛围。虽然这些尝试还是极其初步的,但唯其鲜明的追求意识是最可贵的。

## 三、"童话逻辑"观念的淡化及幻想时空关系的重新组合

今天的童话常常被人笼统地冠以"热闹派"之称,其实细心的读者不难发现,这一批新潮童话是风姿各异的。由于我们过去的童话过分囿于"载道""树人"的纯功利使命感,要做出一副严肃的布道者的面孔来,而且历来渗透在我们民族审美意识之中的"中庸"的美学批评尺度。如"乐而不淫,哀而不伤"的强调感情节制,"子不语怪力乱神"的对大胆越轨、独出心裁的否定。加之我们的童话还特地为自己设置了一圈"童话逻辑"的樊篱,在里面小心翼翼地踱步,为每一个幻想因子都寻找着逻辑根据,使我们这个本来就过于严谨的民族性格中仅存的活泼幽默也渐趋消泯了。因此尽管也曾出现过像张天翼童话那样寥若晨星般的天才之作,中国的童话在总体上一向呈现出一派拘谨憨厚、朴拙平淡,难见《木偶奇遇记》式的活泼烂漫,难见《艾丽思漫游奇境》式的睿智理趣,难见《吹牛大王历险记》式的滑稽怪诞,更难见安徒生童话的令人倾倒的华美。不由得使人回想起鲁迅先生在《上海的儿童》等文中将中国孩子的猥琐拘谨与外国孩子的活泼轩昂相对照的情形来。而这一批新潮童话的作者,对于"兔子必须食素""茶壶不能走路"之类的"逻辑原则"是并不怎么以为然的,在他们笔下,违背常规"童话逻辑"的想象比比皆是:牛犊吃腻了青草也思念起肉味来,老鼠也可以是心地善良的,耳朵眼里可以放进一个清洁工,嫉妒也可以被人偷去……真可谓"胡思乱想"了。然而,除了知识童话,大可不必为每一个新的幻想都找出一个现成的"逻辑"注脚。摆脱了人为的束缚,童话幻想翅膀张开的自由度增大了,比起以往的童话来,显得不那么规矩,大胆、开放、无拘无束得多,也自然呈现出一派活泼、热闹的气象。

除"童话逻辑"观念的淡薄外,其他的一些传统界定也开始被冲破了,突出的一点就是对童话中传统的幻想时空关系进行重新组合。当代西方童话在时空关系上的突破古典传统,幻想与现实的任意的双线组合结构(平行、交叉、融合等),对中国当代童话结构产生了较大影响, 以致使过去对童话根本特征的认识也不得不发生变化。在新潮童话中,常常可以见到幻想与现实之间的传统界限淡化乃至消失,幻想直接介入现实,现实直接与幻想衔接,象征性——对童话艺术特征的这一传统界定,在今天已经不足以概括出童话的艺术特征了。童话已不仅仅是折射现实、象征现实,并且开始能够像小说那样直接地、细腻逼真地再现现实生活,能够塑造性格鲜明而立体的人物形象。构思的荒诞性与细节的逼真性的奇特结合,使童话既保持了传统的神奇色彩,又增添了一些传统所没有的特征。幻想时空关系的重新组合,为童话借鉴、汲取其他艺术形式来丰富自己开辟

了又一条新路。

与上述童话观念的变化相关联的，还有一个令人瞩目、有着更广阔前景的新趋向，它虽然似乎尚未明显地从我们所论及的新潮童话中显示出来，却与当代童话创作的流变有着密切的联系。

第二次世界大战后，西方文坛冒出一个奇特然而意味深长的现象——叙事文学体裁中童话的走向现实和小说的走向荒诞，它们的表现手法几乎是一致的：在正常的现实生活秩序中掺入某个非现实因子，由此而在人们的行为和心理上引发出一系列神秘、荒唐、不和谐的结果来。这种平行出现的默契，是偶然的巧合吗？比如说，在林格伦的童话《屋顶上的卡尔松》与卡夫卡的小说《变形记》之间；在那个肚子上有按钮、脊背上有螺旋桨、到一个普通的瑞典男孩家中恶作剧的小飞人，与那个一夜之间变成甲虫因而给自己及家人带来心理失态的奥地利小职员之间，究竟有没有内在联系？

进入20世纪的西方社会，由于自然科学领域一系列辉煌至摧毁经典信仰的进步，由于生活方式的突变导致传统价值观念的崩溃，由于高速发展的生产力强加于生产者的沉重得超极限的负荷，由于已经发生的、正在发生的和将要发生的战争的威胁，这一切将西方世界的人们抛入一片充满恐惧、迷惘的精神废墟之中。反映现代人心理世界的种种变态、行为的荒唐、生活的缺乏意义，寻找对世界对人生的新的解释，被现代主义文学视为自己艰巨的使命。于是，当童话已不满足于古典传统的单调和虚假的纯洁，为了真实地反映复杂万端的现实及少年人的精神苦闷，而开始从小说创作手法中寻找接近现实的途径时，童话的幻想所具有的纯粹心态的形式、超越时空的神秘感、重新组合世界的荒诞性及浓厚的象征氛围，与现代主义文学在精神气质上达到了某种契合，童话式的荒诞手法对于表现现代人变态的、宿命的心理，反映世界在人们主观意识中变形了的虚像的独特艺术效果受到了青睐，如西方当代出现的荒诞派小说及魔幻现实主义小说。这种沿两条平行线索朝相反方向的文学的运动，实际上是由现代生活的同一向心力所牵引着的，它们的相互靠拢、相互渗透的结果，是各自丰富了自己。历史竟是这样地为童话这种在儿童文学诸体裁中最有权属于儿童专利的形式与成人文学的沟通提供了意想不到的机会。

童话属于儿童专利的观念就此被打破了；童话，作为一种具有独立价值的文学样式，其超越儿童的某些特质被发现了。

其实，类似童话的手法，童话独特的思维方式的运用，又何止于小说创作？从现代世界艺术的许多门类，如现代主义绘画和荒诞派戏剧中，我们都能看到。

在大众传播工具极为完善、信息传递速度令人难以置信的当代，世界的各个角落之间随时都在发生着密切的联系，文化现象之间的相互交流、相互渗透已成为当今人类文明进步所必不可缺的前提条件，童话与现代世界各种艺术之间的广泛沟通借鉴是完全可能的。一旦走出幼儿园的玩具柜，走出封闭着的传统模式，童话将在一个完全开放的、动态的艺术大系统中不断丰富自己，重新认识自己。童话，面临着广阔的发展前景。

从文学艺术的民间中来，又将回到文学艺术的民间中去，这，莫非就是螺旋式行进着的历史所要告知我们的？

鲁迅先生说过：地上本没有路，走的人多了，也便成了路。从遥远的《稻草人》脚下延伸至今的这条艰难探索的童话之路，又将从这里继续向前延伸开去。

（原载汤锐选编《八十年代童话选》，江西少年儿童出版社1987年版）

# 八九十年代童话创作反思

吴其南

　　童话是儿童文学的大项。作为儿童文学的一部分，它在 20 世纪最后四分之一时间里走过了和其他儿童文学类型大致相同的道路；作为儿童文学中一个相对独立的类型，它在发展中又显出一些自身的特点。以下，我们以时间为基本顺序，结合童话发展中的思潮和风格，对新时期童话作一大致的评述。

一

　　站在 20 世纪已经结束的时间点上回望 20 世纪 70 年代末以来中国童话重新起步的历史，有些问题对未经过那段历史的人已变得很难理解。比如，童话这样一种在儿童文学中占有重要比重、在少儿读者中一直颇受欢迎的文学样式为什么在一段时间内会被宣布为一种过时的文学类型而被逐出文学园地？这种在 60 年代以后几乎从文学领域销声匿迹的文学形式为什么在"文革"后又奇迹般地苏醒并在极短的时间里迅猛地发展起来？迅猛地发展起来的童话为什么在一段时间里那么奇特地面貌相同、步调一致？这一切其实都包含在当时社会生活、特别是当时中国社会的政治生活中。童话虽然是给儿童看的，但它的创作者毕竟都是成人，儿童的阅读兴趣只有反映在创作者的艺术视野里并为他们所注意才能在作品中表现出来。对作者创作思想影响更为直接的是当时当地的艺术、美学观念，是当时当地的社会意识形态。特别是 20 世纪以来的中国社会，政治意识形态一直处在组织社会生活的中心，人们的思想、感情，包括人们的审美观念，都强烈地受到政治意识形态的制约，一种审美观念、文学思潮，甚至一种艺术类型的兴盛与衰落，其实更多不是由人们的审美需求而是由当时占主导地位的政治需求所决定的。60 年代以后，中国文学占支配地位的文艺思想是歌颂现实的革命现实主义。由于认定以假定方式塑造艺术形象的童话不能直接反映现实，其被逐出文学园地也就成了一件顺理成章的事情。但这毕竟不是建立在文学自身规律的基础上。一旦形势变化，这种状况便会改变，甚至完全颠倒过来。70 年代末的情形便是这样。当社会生活重返正常的轨道，工人做工，农民种田，学生读书。许多人要读书，市场上一时又无书，于是出现"书荒"。为解决"书荒"，重印五六十年代的书便成了一个自然的选择。于是在极短的时间里，一大批在"文革"中被逐出文学园地的童话又卷土重来了。人们当然不会满足于这些旧书的重印。十年"文革"使许多作家耽误了不少时间，但文艺的基本生产力仍在。50 年代中国曾有一支不错的童话创作队伍，在"文革"中虽受尽摧残，但毕竟大都熬过了那一段岁月，并在这一过程中获得宝贵的生活积累，一旦外部环境发生变化，他们受压制的创造力便迸发出来。新时期最初一段时间的作品大都是这批作家创造的。这一时期主要作家有：严文井。这是一位刻意在童话中追求诗情的作家。他不像当时许多作家那样贴近地反映现实，而是从一个时代中发掘某种与儿童的蓬勃朝气相一致的情绪，在形而上的层面上将这种情绪诗意化,并在其中追求某种哲理的深度。他的《歌孩》《浮云》《南风的话》一以贯之地保留了他50年代童话的抒情风格,不追求故事的曲折和完整,在散文诗的笔触中抒情写意,又将人们从漫漫长夜走到明朗的天空下的那欢欣与喜悦的情绪宣泄得酣畅淋漓。金近。金近的创作一向较为朴实,故事平实,语言不事雕琢,但仍较为蕴藉。他写于新时期的作品如《一篇没有烂的童话》《一出好险的戏》《黄鱼和盘子》等,虽然属于拨乱反正的大视角,但内容处理得较为虚化,叙述中较有文学作品的弹性。其中《黄鱼和盘子》寓讽刺于荒诞,不动声色中却有揭示的深度。贺宜。贺宜"文革"后的作品不算太多,表现也较为直露。《神猫传奇》《像蜜蜂那样的苍蝇》等都演绎"文革"后的政治形势,寓意明显。《哼哼和珍珍》等作品在如何塑造童话人物形象,特别是如何将拟人化童话人物的"物性"更好地表现出来等方面有一些新的探索。包蕾。除和鲁兵等合著《画廊一夜》外,包蕾新时期还写了《能说会道的狐狸》《小霸王与癞蛤蟆》《狮子的梦》等作品。《能说会道的狐狸》批判"风派"人物,寓意较直露。《小霸王与癞蛤蟆》将瞬间无意识引入童话假定,在艺术上较有创意。洪汛涛。洪汛涛这段时间较为活跃。《一张考卷》《夹竹桃》《半半的半个童话》等,大都以当时的社会生活为表现对象,但想象丰富,意象生动,拟人化的人物故事与现实生活中的同类人物事件融合得较为协调,比喻象征较为贴切,一时较为引人注目。这一时间作品最多,反思最具深度的还是葛翠琳。葛翠琳过去主要改写民间童话,内容侧重普遍人性,表现上有较强的抒情性。《野葡萄》等一直是人们传诵的作品。"文革"后她主要转向政治童话,连续发表了几个童话中篇,如《翻跟斗的小木偶》《半边城》《进过天堂的孩子》等。《翻跟斗的小木偶》和《半边城》以"文革"时代为故事背景,前者以一个拟人化的儿童形象为中心,写一代少年儿童如何在动乱中受人唆使,既伤害别人又伤害自己的可悲历史;后者则将批判的矛头直指制造极"左"思潮、祸国殃民的阴阳脸等人,画面广阔,揭示较有深度。《进过天堂的孩子》更将反思的触角伸到所谓的"大跃进"那段同样荒诞、同样缺乏理性的岁月。一些人按自己的想象创造了一个天堂,声言人们不必去寻找天堂,因为他们已将天堂搬到人间。于是以亿万人的身家性命为代价,进行了一场闹剧式的人造天堂试验。作家写这些事件,不像小说那样追求细节的真实,而是越过现象,直接进入生活的深层,把握"大跃进""文革"这些历史事件本质上的荒诞性,再将这种荒诞性对象放进一个用归谬法创造出来的童话故事中,使历史的荒诞以夸张、突出的形式表现出来。但这些叙述毕竟都是事后叙述,叙述者站在已经超越了这些梦魇般岁月的时间点俯瞰历史,历史的曲折与荒诞尽收眼底,虽然可悲可叹但毕竟已过去。在这些作品中,作家都设计了一个处在故事中心的儿童形象,让他们作为荒诞历史的承受者,或造成儿童心灵的扭曲和异化,或在儿童纯洁的心灵面前显出自身的荒诞,无论哪种结果,都使荒诞的历史显得更加触目和残忍。这也增加了作品的艺术效果。除此以外,孙幼军的《没有风的扇子》,鲁兵的《拨火棍》,郭明志的《Q女王的魔法》,吴梦起的《老鼠看下棋》,葛冰、路玉的《灰灰和花斑皇后》等,也是这一时期较有影响的作品。

虽然不同作家在作品内容和表现方式上也有差异,但总的方面却大体相同。其一,从表现对象说,这些作品都以当时的社会斗争为作品的内容,属于政治童话。作家虚构了童话世界的魔王、巫婆、阴阳脸、能说会道的狐狸、像蜜蜂那样的苍蝇,虚构了童话世界中的善与恶、美与丑的矛盾斗争,但其实都是借助在传统文化中已经定型、包含了某种确定文化意义的符号来讲述现实的阶级斗争。Q女王也好,阴阳脸也好,能说会道的狐狸也好,夹竹桃也好,都是暗指现实生活中的某类事物、某类人。这表明,当时整个社会的

兴趣、关注焦点都在政治斗争方面。生活本是一个复杂的有机体，包含了多侧面、多层次的内容。尤其是给少年儿童的作品，本应较多地关注他们的生活，满足他们内容丰富的精神成长的需要，但当时特定的社会生活使人们还未从"文化大革命"的惯性思维中走出来，人们仍是将文学作品当作社会斗争、阶级斗争的工具来使用的。虽然斗争的对象与"文革"时期相比是完全地颠倒过来了。其二，观照视角和价值尺度的高度一致。观照角度一致，一是因为它们有共同的描写对象；二是因为创作者有相同的立场。文学本是一个最具个性化、最不宜整齐划一、千人一面的事业。但当时的文学已被高度的意识形态化了，而当时的意识形态是绝对地强调步调一致才能得胜利的。这种一体化的视角也不是在"文革"后才确立的。长时间以来，中国文学一直与政治距离极近，自觉地成为主流意识形态的一个组成部分。在儿童文学中，则是有意识地将文学作品当成教育儿童的工具，作家自觉地成为群体意识的代言人。作家消弭了自我，没有了个性，没有了自己的题材和表现方式，作品自然成了一种没有个人视角和个人美学追求的东西。即使某些稍带个性化的表现化方式，如上面提及的严文井的诗性体验等，也会在一片没有个性的文学海洋中消磨殆尽。其三，在表现方式上，这一时期的童话多带有某种寓言性、影射性。寓言性的典型特点是作品的形象和寓意没有完全有机地统一在一起。如同符号的能指和所指一定程度上分离开来，成为两个似乎可以独立存在的东西。作家叙述一个故事，意蕴没有完全溶解在形象中，人们似乎可以将故事当作手段、工具，在故事之外去获得什么。这原是以文学为工具去追求某种文学以外的作用所必然导致的结果。总之，在新时期最初的一段时间里，童话一方面从一片荒芜中恢复过来，焕发出生机和活力，一方面又受到十年"文革"中推至极致的非文学化的文学观念的束缚，艺术意识尚未真正自觉，许多作品主要是以其内容上的尖锐性而非其美学上的感人力量而获得读者的。这在很大程度上也是当时整个中国文学真实现状的一个反映。

也有不同的表现。这一方面是因为具体的作家总是独特的个性存在，虽然在一定的条件下统一的主流意识会在他们的创作中占主导地位，但个体意识总会以不同的方式或多或少地表现出来。另一方面，统一的主流意识也不是完全简单、单一的。主流意识形态也可以有许多层次，许多侧面，政治性的内容也可在文化的、美学的层面表现出来，使新时期初的童话创作可以稍稍扩大自己的活动空间，出现一些多少从政治意识中疏离出来的作品。这些作品有的是因为描写对象的不同，有的是作家观照视角的不同，但多少都使读者看到一个和社会斗争不同的世界。叶君健改写了一些欧洲的民间故事，如《戈旦村的聪明人》《真假皇帝》《磨工、修道院长和皇帝》等，在儿童文学领域引进消失已久的幽默风格。孙幼军在写作《没有风的扇子》等作品的同时，就写了《玩具店的夜》《小贝流浪记》这样与政治内容几无关涉的作品。《小贝流浪记》表现的是儿童文学中最常见的成长主题。作者以拟人的方式描写了一只名叫小贝的小猫的成长过程。这里没有路线斗争，没有阴谋夺权，是一个孱弱的小猫经过自己的努力变得强壮、坚强。童话的传统主题也借着这只小猫恢复过来了。这方面表现得最充分的还是宗璞。宗璞是成人文学作家。在新时期初，她以《三生石》等作品在整个文学界获得了广泛的声誉。她也写作童话，但不是将它作为只供小孩子阅读的作品。在她眼里，童话也是成年人的知己，是她反映生活，表达自己对世界感受的一种方式。她的《头颅》《吊竹兰和蜡笔盒》《书魂》《石鞋》《总鳍鱼的故事》，一定程度上就是她在"文革"那个特定岁月里的情绪记录。一盆吊竹兰，因为缺水而濒于凋零，但却坚决地拒绝蜡笔给它涂颜色。"我不要别人给我涂什么颜色,我要的是我自己,要的是从我自己生命里发出来的颜色。"(《吊竹兰和蜡笔盒》)一个小女孩,无意中闯入书的世界,在那儿见到了雾人和歌人。雾人用绳子捆绑一个个的方块字,歌人却用自己的整个灵魂歌唱。只有歌人才是真正的书魂(《书魂》)。在《总鳍鱼的故事》中,真掌和矛尾原是堂兄妹。只是在一场大变动中,真掌勇敢地爬上陆地,经过数亿万年的进化,终于成了人类,而矛尾却由于瞬间的软弱,退回大海,至今仍是鱼类。数亿万年以后,他们隔着鱼类展览馆的玻璃再次相聚的时候,彼此有何感想? 这又能给人多少深邃的启示! 宗璞是将自己的灵魂融会在她的童话里了。所以,即使在那不允许有自己颜色的年代,她也坚守了自己的个性,从自己的灵魂中唱出了自己生命的歌声。

新时期初的童话是新时期初社会生活的产物。在拨乱反正这一社会生活总体精神的作用下,童话迅速地接通了它与 20 世纪 50 年代童话的联系,走上了正常发展的道路。但新时期初的社会生活及人们的艺术观念又使它注定无法超越时代的局限,只能在主流意识形态给出的空间里,按主流意识形态给定的视角剪裁生活、塑造情感,创造出一些主要是反映社会政治生活的作品。这一过程持续了三四年的时间。至 80 年代初,随着社会生活的变化,随着文学观念的变化,特别是随着一批年轻的作家的崛起,童话的面貌才发生了许多质的改变。这样,童话才超越 50 年代,超越历史上的自己,真正开始了新的创造。

## 二

经过 20 世纪 70 年代末一段不算很长时间的特殊表现后,童话在进入 80 年代后逐渐走入艺术的常态。每种艺术类型大致都有自己相对稳定的表现方式,有自己的优势领域。童话由于面对心理、文化、接受能力、兴趣都还未明显分化的少年儿童读者,这种稳定性常常表现得更为明显。如题材主要关注儿童生活,主题较多与儿童成长有关,表现形式较多强调故事性,修辞上较多使用比喻、拟人、夸张,等等。这些在传统童话,包括 50 年代的许多童话中已充分地表现出来。80 年代初的童话接通与传统童话的联系,就是在题材、主题、表现形式等方面回到上述领域,以此为基础开始新时期童话的新创造。如当时的童话摒弃了激烈的阶级斗争的战场,摒弃了形形色色的阴谋家、野心家、大小英雄等政治化人物以后,出现在童话中的又主要是家庭生活、校园生活,又主要是自然、游戏、母爱,又主要是春天、花朵、小鹿、小猴、小猫、小狗,又主要是人与人之间的关心、帮助,对正直、诚实、勇敢、善良这些人类美好品质的赞颂,对虚伪、丑恶等的谴责。普通人性不再是一个忌讳的话题。由此产生了一批较为优秀的作品。如包蕾的《三个和尚》,孙幼军的《玩具店的夜》《小狗的小房子》,冰波的《窗下的树皮小屋》《秋千、秋千》,庭华的《双花城》,鲁曼曼的《小鹿》,周锐的《森林手记》,郑渊洁的《哭鼻子比赛》,刘丙钧的《笨小熊一二三》,班马的《沙的字》,朱奎的《约克先生的小房子》,谢华的《岩石上的小蝌蚪》等,使 80 年代以后的童话显出和 50 年代一样繁荣的景象。

但 20 世纪 80 年代以后的社会生活毕竟和 50 年代不同了。社会生活的中心由阶级斗争转到经济建设,改革开放使各种生活方式、各种价值观念潮水般涌进来,使中国社会不仅在物质生活方面也在精神生活方面发生了巨大的变化。关于人、关于成长、关于教育的观念也变化了,关于美、关于艺术的观念也变化了,这些都会以各种方式反映到童话的创作中来,使 80 年代以后的童话在接通 50 年代传统的同时又显出和 50 年代童话的不同。主要表现在以下方面:

其一是在传统童话领域。20 世纪 80 年代以后的童话虽然在题材、主题等方面和以往童话相近，但实际内涵却有许多不同。50 年代的童话多关涉儿童的成长，作品的题材、主题较多涉及具有普遍意义的人类文化、道德，如团结、友爱、集体精神、克服困难的勇气、关键时刻的献身精神等，这些主题总体上是放在阶级矛盾、阶级斗争的大背景下表现的，受"共产主义方向性"这个大的价值目标的制约。而 80 年代以后，阶级斗争的大背景极大地淡化甚至取消了。同样是团结、友爱、集体主义精神，是放在共同人性、普遍的人性美以及对专制的传统文化的批判这样的大背景下表现的，所以实际的内容和意义便顿显不同。如母爱、自然，是传统童话中表现最多的内容。20 年代叶圣陶、黎锦晖的童话大量地表现过，50 年代严文井、葛翠琳等人的童话也表现过，但 80 年代冰波等人重新表现这一主题时，很大程度上是要在新一代儿童中建立普遍的人性的基础。于是，一个古老的儿童文学母题便有了很强的现实意义。80 年代童话中许多具有传统意义的母题都可以作如是论。

其二是 20 世纪 80 年代以后的童话出现了许多以往童话没有或很少表现的新东西。如游戏精神，这在中国童话中一直是受压制的内容。偶有表现，也是放在负面的位置并受到极大歪曲的。但在 80 年代以后，却以膨胀了的形式在许多作家的创作中表现出来。郑渊洁的童话被人称为"热闹派"，这一命名的具体含义并不十分明确，但"热闹"本身总是和游戏、和游戏的某种效果相关。"热闹"是一种氛围，它通过一系列活动反映出来，诉诸的是人的感官而非理智。当作家将"热闹"作为一种效果予以追求时，它关注的肯定是人们感官的愉悦而不是认识上的深度。还有想象力的游戏，这也是现代童话的一个极重要的内容，但在中国的传统童话中一直没有得到重视。我们所说的游戏多半是指现实生活中儿童们实际的游戏活动，指文学作品对这种游戏活动的表现。这当然是一个方面。但文学作品中的游戏精神的实际含义却远远不止这些。孙幼军的《竹脑壳和白妞儿》系列并未实际地写游戏，但却给人很强的游戏感。关键就在作家以创造出来的童话人物进行想象力的游戏，冲击和改变人们头脑中已成定势的"现实"观念或"世界图景"。这是一种更深层次的游戏，一种更本质的游戏精神。还有神秘、幽幻、人的感官的人化等，都在 80 年代以后的童话中有不同的表现。其三是出现了许多新的表现方式。童话和其他艺术类型不同，主要在其不同的塑造艺术形象的方式。如果说小说等写实性文学极力追求逼真性，使读者觉得作品写的就是我身边的生活的感受，童话则一开始就拉开艺术世界与现实生活的距离，在"身体"上将艺术世界与现实生活区别开来。人们有时将这种塑造艺术形象的方式称为幻想，其实它主要仍是一种语言现象。小说等写实性文学更多依赖语言的常态意象，更多依赖如实描绘、如实叙述这些表现手段，童话则更多依赖文化传统中的变形、意象，更多依赖象征、比喻、拟人、夸张这些表现手段。传统童话多依赖从神话、传说等文化传统中演变过来的神怪精灵、国王公主、拟人化的小狗小猫等形象，和传统童话表现超越性善恶、美丑等价值观念正好相适应。童话内容变了，其形象体系，包括创造这些形象体系的具体方式迟早也会发生改变。比如，传统童话主要依靠拟人、夸张、象征等创造非生活本身形式的童话形象，一般的现实人物是很难进入超现实的神话世界或将超现实的神话人物引入现实世界的。但在孙幼军的《玩具店的夜》《神奇的房子》等作品中，生活在现实世界的人物和超现实人物之间却完全没有界限，布娃娃和布娃娃的主人可以完全像两个现实的人一样对话，平等地处在同一世界。在班马的一些作品中，亦真亦幻更明确地成为作家刻意追求的塑造艺术形象的方式。这里，我们既看到现代国外童话如《不不园》《小熊温尼·菩》《小飞人三部曲》等的深刻影响,也看到中国古代志怪小说的某些痕迹。

20 世纪 80 年代中国童话是在较为开放的文化背景中进行自己的艺术探索的。

20 世纪八九十年代,较著名的童话作家有孙幼军、郑渊洁、周锐、冰波、葛冰、刘丙钧、武玉桂等。

孙幼军是当代最著名的童话作家,不仅作品数量多、质量高,更因为它们是最典型、最标准、最正宗的童话作品。这儿所说的"标准""正宗",并非说童话只有一种写法,而是说它们是真正为儿童读者创作并真正适合他们阅读的。童话作为一种文学样式,总体上要以儿童读者为接受对象,但实际运作中并不尽然。有人用它表达自己对现实的理解,有人用它干预生活,如部分现实主义童话、政治童话,人们不过借童话这种形式来抒发自己的情感,说自己要说的话而已,小读者的实际需要并未真正成为作家关注的中心。孙幼军不同,他的童话是真正为小读者创作的童话。从题材选择到故事安排到童话艺术形象创造到具体的表现手法,作者一直将孩子作为自己的对话者。即是说,在整个创作活动中,儿童读者一直作为对话的一方被引进创作过程并积极参与整个作品的创作的。作为主要面对低幼儿童的作品,孙幼军主要以拟人化作为塑造童话形象的方式。拟人化从表面看是将人的故事放到非人的动物、植物身上去说,实际是从人和动物、植物身上都抽取某些特征重新综合创作出一个新的形象。这时,抽取什么,怎样进行综合,就成了关键的问题。孙幼军童话彻底打破 20 世纪 50 年代以来以贺宜为代表的关于童话人物创造如何尊重"物性"等一系列颇为机械的规定,大胆突破现实人物、拟人化人物、超现实人物之间的界限,让童话人物在一个新创造的童话世界中按这一世界的游戏规则自由地活动,其实是以游戏的方式,对想象中的世界进行了新的安排。正是在这种不拘一格的安排中,孙幼军童话显出极为生动活泼的想象力。如将十年"文革"造成的一些青年人没有实际的文化和生存能力,只会空喊革命口号的现象具象为一把扇不出风的扇子(《没有风的扇子》),将作家的创作表现为怪老头从自己的头发中拧出墨汁蘸着写字,墨汁拧干了,头发也干枯了,等等。其实,拟人化形象不只是一般的人与物的综合,而是什么样的人和什么样的物的综合。即是说,将拟人化形象理解为从"人"身上抽取的特征必须是有个性的,是"这一个"人的这一种特征和"这一个"物的这一种特征的综合,创造出来的童话形象也是个性化、"这一个"的。《小狗的小房子》中的小狗、小猫是两个拟人化的儿童形象,但又不是一般化的儿童形象。前者是一个憨厚的小男孩与一个小狗形象的综合,后者是一个聪明、娇嗔的小女孩和一只小猫的形象的综合,创造出来的形象不仅生动、具体而且极富个性,极富生活气息。这些极富个性、极富生活气息的人当然不只是对生活的模仿。作为一种艺术的符号系统,它们指向某种意义,体现作家对生活的理解,包含作家的审美理想。在这一层次,孙幼军的成功在于它创造了一个宁静、温馨又充满生机的氛围,体现了一种具有普遍意义的人性关怀。无论是《没有风的扇子》中对压抑人性的恶势力的抨击,还是《怪老头儿》《小狗的小房子》等作品中对正常人性的张扬,读者都能感受到一种解放了的自由,一种和谐的、充满人性的愉悦。作品机智幽默又充满生活质感的语言,也极大地增加了作品的艺术魅力。

郑渊洁可能是新时期最多产的童话作家。一个人办了《童话大王》这样一个刊物,长篇、中篇、短篇,小说、诗歌、散文、曲艺样样都写,这本身就构成了一种很有意义的文学现象。他的作品在 20 世纪 80 年代极受关注。这主要在人们从西方引进了热闹型童话这一概念,将郑渊洁视为热闹型童话的代表。热闹型童话偏重作品的游戏性,以意象层面的夸张、变形创造一种滑稽、热闹的喜剧效果。这种喜剧效果虽比较表面,多具有闹剧的性质,但在80年代教育性童话思维仍在束缚人们的情况下,确对传统童话形成冲击,在人们的想象世界中开辟了一片新天地。郑渊洁较早意识到想象、幻想不只是童话创作的思维方式,而且是童话的血肉、灵魂。他较早一些作品,如《哭鼻子比赛》《脏话收购站》《皮皮鲁外传》《鲁西西外传》等,就是因为奇特的想象和幻想而使人耳目一新并受到小读者欢迎的。作者较早注意到单调的学校生活和沉重的缺乏趣味的知识灌输对儿童的压抑,他创造的皮皮鲁这一人物形象就是以解放了的方式将儿童的内在欲望释放出来,在童话的天地中天马行空般地独来独往,尽情地游戏和创造。作者其实也未完全忘记童话的教训的。在《鲁西西外传》《黑黑在诚实岛》等作品中,就有对儿童缺点的揶揄,但这种揶揄也常常以一种喜剧的形式表现出来,不致有教育性童话那种正襟危坐的沉重。郑渊洁童话较少注意作品的叙事策略,缺乏对生活的细腻、敏锐感受,语言也不够精致,这对他作品艺术质量的提高产生了明显的负面影响。如果说新时期人们由于需要冲击教育性童话的创作方式而不甚在意游戏童话的粗糙,当创作进一步发展,旧的创作思维逐渐被人们所认识,许多新的创作手段已经表现出来后,热闹型童话自身的提高便在人们的审美需求中凸现出来了。80年代以后,郑渊洁继续创作了许多童话,如《舒克与贝塔》《十二生肖》童话等,但影响已不像80年代那样明显了。这和作者单独创办《童话大王》,读者面越来越受局限也有关系。

周锐也是这一时期最重要的童话作家之一。作品以短篇为主。只到今年,才有《孙小圣和猪小能》《新西游记》等长篇问世。但其成就仍主要在短篇童话方面。他和新时期不少儿童文学作家,不像"五四"至"文革"前的许多儿童文学作家,有中小学教育工作者的背景,因而也不像他们一样热衷于从儿童教育的角度去看待童话。周锐主要关心的是作品的艺术形式。他的童话的突出特点是构思的精致。作者常常从一个别人很难想到的角度切入,像一束探照光一样照出一个与众不同的世界。如《挤呀挤》写的是20世纪80年代中国人司空见惯的挤公交车的情况。正因为司空见惯,也就熟视无睹。或愤慨、或无奈,或随波逐流,但也仅此而已。但作者却拉开距离,换一个角度,以一种幽默的喜剧的眼光来看这件让人烦恼让人头痛的事情,索性沿着"挤"字生发开去。由挤想到发热,想到能量,最后竟匪夷所思地想到用这能量去发电,一种现实的烦恼便被出奇制胜的想象力所淡化、所消解,苦中生乐,生活便向艺术的方向转化了。《森林手记》写的是人和动物的关系。习惯了常态思维的人或对此熟视无睹,或站在人道的、动物保护主义的立场上呼吁人们尊重动物的生存权利,因为保护动物也就是保护我们自己。作者却整个地颠倒视角,让闯入动物王国的人为动物所俘获,被动物关在笼子里,像人类展览动物那样被动物所展览。这实际是提醒人们要设身处地地想一想,我们将动物关在笼子里供人观赏的行为。作者利用写童话的权利颠倒了生活的逻辑,但颠倒的逻辑却让人感受到我们在常态生活中无法感受到的东西。《未来考古记》从未来人的角度来看今天的蜂窝煤,设想那时的人见到这样一个奇怪的东西能说些什么。与此相比照,我们也可以联想今天的许多考证,许多关于古代文物的猜想推论,是否也像未来人关于蜂窝煤的许多猜想、推论一样匪夷所思?《疼痛转移器》也是假定没有联系的事物间有了联系,让不能转移的疼痛突然能够转移,于是引出一连串趣事,人的道德、人性也在这一过程中淋漓尽致地表现出来。还有《千年醉》《宋街》《兔子的名片》等。这些精巧的构思冲击了旧的思维模式,开启了人们的思维空间，让人们从旧的思维模式即常态的日常化的旧我中解放出来，更新了人的思维和感觉，其实也是更新了整个人自身。人也是从这里感到了自身的本质力量，获得了一种创造世界也创造人自身的喜悦感。这种刻意的形式追求也带来了周锐童话的某些局限。由于把注意力集中在构思的精巧上，他的作品与现实、特别是与现实的儿童生活有些隔膜。生活不等于艺术，但那毕竟是一个源泉，尽管庞杂，但深广、博大、充满生机。忽视这个源泉追求形式，往往会失去那来自大地深处的活力。周锐的有些作品就显得过于纤巧了。有些地方还容易落到传统思维的窠臼中去，从总体上看，周锐童话的理性化特征也太重了一些。

冰波也是非常引人注目的童话作家，人们常常拿他与郑渊洁、周锐相比照，称后者是热闹型童话作家而称冰波是抒情派童话作家。这在一定意义上是正确的。冰波的一些作品如《秋千、秋千》《窗下的树皮小屋》《晚安，我的星星》《红蜻蜓、红蜻蜓》等，意象温润柔美，意境淡雅清丽，像潺潺的溪水在月光下流动，像小夜曲奏出美得让人心醉的旋律，有古典童话常见的美。冰波最早也是以这种特征奠定他在童话领域的地位的。但冰波童话也不只有一种色调。除了柔和清丽的抒情色彩外，他也有一些思虑深邃，意象颇为斑驳的作品。如《狮子和苹果树》写追求与获得的矛盾；《神奇的颜色》写追求者的迷失；在《狼蝙蝠》里，现代科学唤醒了一个沉睡了亿万年的生命，但这种唤醒却又导致了它的死亡。科学有科学的伟力，科学也有科学的局限。科学不与人文关怀相伴随，不以人文关怀为指导，科学的伟力就成了一种更加可怕的伤害。在《猩猩王菲比》中，曾为猩猩王的菲比由于在人群中生活了一段时间，学习了一些人的生活方式，当它重返猩猩群，并想用从人那儿学来的较为先进的生活方式改变猩猩们的生活时，它不仅没有获得响应，反而为它们所抛弃。谁之过？作家没有给出答案。这或许就是不同文化、不同生活方式之间永远无法真正沟通的寓言。一定程度上，它让我们想起了现代派文学中的著名作品《犀牛》。冰波似也和周锐一样并不太了解今天的儿童，他们是以儿童能感知的艺术形式表达自己对生活、对世界的理解，只是他的理解更具感性，更加情绪化、抒情化一些。他的一些作品如《买梦》《梨子提琴》《狮子与苹果树》等也极具有想象的智慧和情趣。

葛冰、朱奎、张秋生、刘丙钧、金波、戴臻、武玉桂等都写了许多为少年儿童欢迎的作品。

三

求新历来是文学发展的基本动力。当 20 世纪 70 年代末整个社会生活拨乱反正，重新向 10 年前的社会生活回归时，文学领域也出现颂扬 50 年代、向 50 年代回归的趋向。这种回归一定意义上澄清了思想意识的混乱，使文学艺术走向常态，但在另一方面，也可以将人导向某种误区。如认为艺术有某种相对确定的模式，这种模式在 50 年代已经出现了。这种分明受到政治话语影响的文学观念在当时就给文学艺术的发展带来负面的影响。一些作家很快就意识到这一点，或是出于对单一的政治话语的不满，或是出于对新的表现形式的追求，一种要求变革的潮流在 80 年代初就开始在深层涌动了。这一潮流多少也在童话领域表现出来。开始是一些作家借鉴西方现代派文学的一些表现手法，创作了一些和传统童话有较大不同的作品，如郑春华、金逸铭、班马等。继而是 80 年代末《儿童文学选刊》组织一些理论工作者对童话的创新做了一些理论上的讨论。郑渊洁关于"幻想是童话的血肉和灵魂"的话就是那段时间在刊物出现的。以后经过一段时间的沉寂，至90年代中后期，在班马、彭懿等人的大力推动下，一种被称为"亦真亦幻"的新理念逐渐引起人们注意，并有一些作品显示出创作的实绩。如"大幻想文学"丛书的出版。"幻想文学"与"童话"的关系是一个至今尚未得到讨论的话题。按我的理解，这二者有差别，但肯定也有重叠处。从重叠即相同的这一侧面说，它们都以非生活本身形式塑造艺术形象，艺术世界的境况和人们习惯的现实生活的境况有明显的差别。神话、传奇、志怪小说、部分民间故事，大体都属于这一类。但童话除了以非生活本身形式塑造艺术形象这一特征外，还有一个和儿童读者对话的问题。即它是写给儿童的以非生活本身形式塑造艺术形象的作品。不过，这种区别是极为大致的，其间每个因素都有许多变数。如西方的fantacy，以非生活本身形式塑造艺术形象，又是儿童文学作品，与我们所说的"童话"仍有许多不同。我们无意将班马、彭懿等人所说的"大幻想文学"都纳入童话中讨论，但对其中某些部分，可以看作是处在小说和童话边缘的作品，是现有童话的一种开拓，一种延伸，从一个侧面加深着我们对童话的理解。从这一方面说，"幻想文学"的提倡不是对童话的排挤，而是为童话开拓了新的艺术空间。

郑春华是一个有教育实践背景的作家，她的作品有很强的生活气息，将她纳入变革性童话作家的行列，很可能会使人感到突兀。但联系到班马等人将"亦真亦幻"看作是新童话相对于传统童话的一项主要特点，问题便不难理解。再没有比郑春华的作品更具有"亦真亦幻"的特点的了。她的一些代表性作品，如《紫罗兰幼儿园》《门上的小房子》《大头儿子和小头爸爸》，或称童话，或称幼儿故事，都有似真似幻的特点。这些作品深受日本童话《不不园》的影响，既不像一般故事那样塑造有细节真实的环境和事件，也不像一般童话那样有明显的非生活本身形式的特征。初看，这些作品写的都是常人，既无魔法也无超自然的人物和故事，一切似是生活本身的形式；但稍一走近，就会发现它的人物、环境、事件都是抽象的、写意性的。如《大头儿子和小头爸爸》中的《两座小房子》，大头儿子和小头爸爸各用装冰箱和洗衣机的纸箱做成了两座小房子，吃饭睡觉都在小房子内。头一夜，星光灿烂，大头儿子在小房子里做了个神奇的梦；第二夜，风雨交加，父子俩的房子被雨淋得透湿，只得顶着纸板在风雨中乱跑。故事里的事件不是不能发生，而是人们不会那么做，所以才成为"故事"。这些故事的主要特征就是抽去具体的时空背景，将人物放在超时空的环境里，将人物行为的某些特征加以变形或放大，创造出一种喜剧性的艺术效果。由于没有具体的时空背景，人们无法拿任何具体的现实时空与之相对照，读者被从现实生活中最大限度地间隔出来，主要只受故事设定的艺术逻辑的制约，因而常常表现出非生活本身形式的特点。传统文学中有许多民间童话便属于这一类。幼儿的思维具有较多的互渗性，真幻的界限不分明，这就给这类作品的出现提供了契机。《不不园》是一个成功，郑春华的作品也是一个成功，我们是完全可以将它们看作幼儿童话的。郑春华将这种艺术表现手段运用得很熟练，语言生动有趣，善于创造典型化的细节和情景，在充满情趣的叙述中将某种幼儿能够感受和理解的内容，特别是适合他们成长的内容表现出来，是幼儿童话中极有特色的作品。

班马是儿童文学的全才。从小说、散文、诗歌、戏剧到理论，每一领域都有他的足迹，每一领域都有他创造性的贡献。他的童话并不多。比较典型的如《沙的字》，构思奇巧，将某种特殊条件下相识的或不相识的人们默默地互相关心表现得极为感人。但班马在童话领域引起的关注并不在这些作品，而是在《与"枪手老丹"同行》《巫师的沉船》《绿人》这些"幻想文学作品"及他的"亦真亦幻"的文学理论。在班马看来，在深层次，一个儿童文学作家的本体气质是可以与儿童的本体气质相通，这个相通点即在原生心态。成人作家深层次地进入自身的无意识状态，就可以唤醒、呈现自己心灵深处的"原始"的情感信息，如超验的神秘的情绪，狂野的本能的心态，等等，这种富有艺术气质的原生心态和儿童的以自我为中心的具有万物有灵特征的心理状态正好同构，于是二者得以沟通，呈现出来的形式便是物我同一的"亦真亦幻"。于是，真正的儿童文学既沟通神话的古老，又联结科幻的年轻，完全可以成为区别于当前儿童文学的另一种样子。这里，我们看到班马的儿童文学理论与"五四"时期周作人、赵景深等人的理论的惊人的相似。周作人当年就是通过研究"原始初民之文学"而达至今天的童话及儿童文学的。其理论基点也是：原始初民心智未启而想象丰富，以推己及物的方式将自己的思想感情投射于对象世界，于是物我不分，真幻不分，时刻生活在一个以自我心灵创造出来的幻想世界里，神话、传说便是这种想象的产物。社会进化，创作意识自觉，神话为科学所代替，只有在科学昌明尚不能达到的地方，如半开化的乡野人、儿童还残留着原始人的思维。而按照维柯等人的看法，诗人、文学家的思维方式也与此是相近的。不过，同是谈儿童与原始人的相通，维柯、周作人等侧重的是意象，班马侧重的是情感。从这一点说，班马的理论更接近荣格的集体无意识。在新时期，有多少作者读懂了班马的儿童文学理论是很成疑问的。但至少班马自己是身体力行的。《与"枪手老丹"同行》《绿人》《巫师的沉船》等作品，显出既以非生活本身形式塑造艺术形象又与我们熟悉的童话有明显区别的特征。如《绿人》，写一群孩子在他们的研究生物学的三姨沈雪的带领下，去一大峡谷寻找绿人的故事。绿人原来遍及大地的许多地方，后来却随着人类活动的扩大不得不退到仅剩的几片深山老林。就是这最后的几片老林，也受到人类的威胁。当沈雪带着孩子们深入到绿人的世界时，他们不仅看到人类活动对绿人的巨大伤害，也收到来自绿人世界渴望与人类和谐相处的信息。这自然不是一部简单的环保童话，尽管它也包含了这方面的内容。这是站在人类、人类历史的立场上对自身生存状态的一种反思。在与大自然的对峙中，人类曾是弱者。但随着人的进化，改造自然力量的增强，人类不仅从密林、从自然的枷锁中走出来，而且成为征服者、掠夺者。可是，当人类陶醉于自己人定胜天的美梦时，不知自己其实已用自己的双手破坏了自己的故乡，失去了自己精神的伊甸园。人何时才能觉悟到自己聪明后的愚昧，看到自己的强力造成的自己生存状态的脆弱？这里，作家既寄希望于孩子，也寄希望于科学，寄希望于沈雪那样既理智又充满爱心的科学工作者。这不是一篇科学考察报告，而是一篇重新寻找人类精神家园的诗和童话。《绿人》是童话还是幻想文学也许并不重要，但它至少表明，写给儿童的非写实性文学还有这样一种写法。这就大大拓展了童话的疆界，至少表明以往的童话确实太局限了。

彭懿也是一位视野开阔、思维敏捷的童话作家。他也兼治理论。他的《西方幻想文学导论》或许就是中国幻想文学的始作俑者。但和班马有坚定的理论见解、并在自己的创作中贯彻自己的理论主张不同，他对幻想文学的推崇主要还是直观性的。他的蓝本是欧美和日本"fantasy"。fantasy不是神话，不是建立在神话思维和集体无意识的基础上。它是一种有意识地利用夸张、变形而进行的创造，和中世纪以来一直盛行的西方精灵文学、鬼怪文学、荒诞讽刺文学相联系。中国文学没有很强的这类文学传统，部分志怪小说、神魔小说庶几近之。如《疯狂的绿刺猬》《与幽灵擦肩而过》《半夜别开窗》等作品，都迥异我们常见的以拟人、夸张等造型方式创造的具有社会意义的童话作品，大量采用魔怪、精灵、鬼怪等超自然形象，创造出一个个虽也折射现实但却让人多少有些森森然的艺

术世界。这或许正是作者意欲追求的一种效果。但如前所述，彭懿的童话并不是建立在万物有灵论基础上的神魔故事，也不是在很大程度残存这种思维方式的志怪小说，在神秘幽幻的形象体系后面，作者的故事在很大程度上其实是写实的。如《半夜别开窗》，从表层看，是一群野营的中学生遇到一年前去世的同班女同学纸船儿鬼魂的故事。拆开来，是对一个不堪凌辱的女中学生举火自焚的事件的表现。从主题上说，作者提倡宽容，似受到20世纪80年代另一篇小说《一个死者对生者的访问》的影响，但《一个死者对生者的访问》宽容的是大众的麻木和冷漠，和《半夜别开窗》中的主要内容——直接犯罪不是一回事。《一个死者对生者的访问》采取的是已死者的视角，故事容易虚化；《半夜别开窗》采取的是生者的视角，故事不易虚化，多少减弱了作品的真实感。彭懿的另一些作品也有类似的倾向。

张之路主要写小说，他的童话也明显地显出小说笔法。《霹雳贝贝》《魔表》《妞妞和爸爸同岁》《我和我的影子》《蝉为谁鸣》，几乎每部都有自己的探索。《霹雳贝贝》融合童话和科幻小说、古老的童话在年轻的科幻小说中焕发了光彩；《妞妞和爸爸同岁》想象奇特，让现在的女儿和多年前还是孩子的爸爸相遇，不仅比较了两个不同时代孩子的生活，而且引出时光的流逝对人的改变的感慨。《我和我的影子》和《蝉为谁鸣》都明显受到《聊斋志异》的影响。前者让银幕中的人物走到现实生活中来，近似蒲松龄的《画中人》，但银幕中的形象又是现实生活中的各演员所扮演，因此招徕小主人公、小主人公所在的学校与演员的矛盾纠葛。将不同话语空间的人物放在一起，冲突中显出浓烈的具有儿童特点的喜剧意味。《蝉为谁鸣》借鉴蒲松龄的《促织》，淡化得不露痕迹。《促织》将封建官府对下层百姓的沉重赋税压力落在一个小孩子的身上，整个作品显得阴郁沉重；让人喘不过气来。《蝉为谁鸣》写学校考试对学生的沉重压力，但承受压力的秀男和化作神笔来帮助秀男的边域是两个不同的个体，而边域的死并不是由考试的压力造成的，这就极大地冲淡了学业压力在故事中的沉重性，且多出一层知恩图报，救人危难的温馨情感。作品脱胎于志怪小说又不为志怪小说所限，叙述流利润畅，是一部在童话与志怪小说边缘探索并取得成功的作品。作为一个有经验的小说家的童话，张之路的作品与20世纪60年代任大星的童话在叙事策略及语言把握上很有相近之处。

在二十一世纪出版社出版的"大幻想文学"丛书中，给人印象最深的还是韦伶的《幽秘花园》。我读《幽秘花园》，脑子里时时想到的是博尔赫斯的"镜子理论"。A反射B，B反射C，C反射D，依次类推，没有终极的存在。在《幽秘花园》中，白婆婆园子外的嘉陵江沙滩是一个镜子，白婆婆的花园是一个镜子，推而广之，"我"正在给侄女讲故事的缙云山不也是一个镜子？妙处还在于这些镜子是互相联系的，镜子里的人物是可以互相来往的。一个镜子是一个语境，这一语境中的人物突然跳到另一语境中，神异事件就发生了。正如作者在故事开头引述的童谣："从前有座山，山上有座庙，庙里有个老和尚，老和尚正在给小和尚讲故事。故事说，从前有座山……"故事套故事，故事反射故事，不同的故事本处在不同的层次，但不同层次的故事有时又被拉到同一层面上，出现用同一现实逻辑无法解释的现象，这常常就是神秘性产生的地方。艺术逻辑本不同于科学逻辑。说到底，文学是一种语言事件，不同语境间可以有界限，但这种界限毕竟是人在文化发展中设定的。彼此不是绝对地对峙和无法逾越的。一旦突破和逾越这种界限，反而会产生一种由陌生化带来的全新效果。问题在于如何突破和逾越。《幽秘花园》设立不同的镜像又自由地在它们之间穿越，处理得十分和谐，读完不觉生硬反而感到一种想象的解放，一种从现实返回童年梦境的诗意。这时一定要辨明《幽秘花园》是不是童话反而是次要的。

此外，顾乡、夏辇生、饶雪漫等也都写出了有价值的创新探索作品。

20世纪已经结束，21世纪已经开始。人们曾大张旗鼓地庆祝的世纪之交并没有给儿童文学和童话带来任何可以用以划分时代的影响。"文革"刚结束时那种强烈的政治激情已不复存在，为争论儿童文学是不是教育儿童的文学的那种道德关注也已极大的淡化，20世纪八九十年代一度在不少作者中激起极大热情的艺术形式的探索也似乎缺少了关注，甚至至今还在进行的各种评奖也失去了激发力和号召力，一切都在巨大的习惯力的推动下归于平常和平静。出版社追逐读者的阅读兴趣，作者适应读者和出版社的要求，评论文章有时就是应景的读后感和推销作品的广告，在这平稳而惯常的运动中，经济利益比20世纪以来的任何时期都更强烈地显出了它的原动力性质。这并不坏，但如果能多一点人文关怀，多一些艺术探索，就更好了。其实，一些新起的作家还是在做着这方面的努力的。如汤素兰、叶鹏、向民胜等。汤素兰写得很流畅，很开阔，虽然多用传统的人物和意象，但多了些过去作家较少的对现代人生存状态的思考；叶鹏将对人生的思索融合科幻，对现代童话的发展进行着某种新的探索。新的世纪已经开始，前面一定会有更丰硕的成果。

（原载王泉根主编《中国新时期儿童文学研究》，河北少年儿童出版社2004年版）

# 对新世纪中国童话的描述、思考与想象

汤素兰

## 一

我想写一篇关于当前中国童话的文章,这个愿望由来已久,然而,当我真正着手来研究它们的时候,我惊讶地发现,我可以借鉴参考的材料是如此之少。并不是童话的标本少了,而是我们的评论家、研究者这些年似乎不约而同地忽略了童话的研究。于是我查阅了童话网上童话论坛的所有帖子,我又发现了一个奇怪的现象,真正有价值的讨论很少,我们的讨论还停留在这样的一些问题,比如:成人要不要读童话? 童话是写给儿童看的还是写给成人看的? 作家要不要把自己的人生经验写进童话里去? 我们为什么写不出《哈利·波特》这样的作品? 然后就是普遍的一个声音:中国作家失去想象力了吗? 为什么写出来的东西如此缺乏想象力呢?

在我认真阅读 2000—2006 年中国童话作家们的部分童话作品之前,我也抱有同样的观点,我认为中国作家真正缺乏了想象力,我们的童话这些年如此凋落,是作家的创作出了问题。但是,当我认真读过众多作家的童话的时候,我认为,我们的童话进入 21 世纪以来,出现了许多好作品,中国儿童文学作家的童话想象力,得到了前所未有的张扬,作家队伍日益壮大,出现了一批年轻的、有写作实力、有超凡想象力的作家,他们在童话创作方面做出的探索,是具有开拓意义的,达到了前所未有的向度。

朱自强在他的《中国儿童文学的现代化进程》中,粗略地勾勒过一个中国儿童文学的现代化坐标,这个坐标由"从走向儿童本位的儿童观""从教训走向解放、娱乐""幻想力的解放""从短篇走向中、长篇""从诗走向'散文'"等五个方面构成。其中说到,表现幻想力的童话是作为文学的最高形式,童话作品的不断出现促进了儿童文学的发展。为了将一个庞杂的现象叙述得颇为有条理一些,我的思考部分借鉴和依托了这个理论坐标。

## 二

提到新世纪的中国儿童文学,我们不能绕开的话题是《哈利·波特》、畅销书和校园小说。自从《哈利·波特》2000 年被介绍到中国以后,它同时也给出版社、书商和读者带来了一个新的大陆——原来中国的童书市场如此之巨大,向来不被看好的儿童文学读物,也可以成为超级畅销书。进入 21 世纪以来中国儿童文学的空前繁荣、杨红樱的炙手可热,其他儿童文学作家的图书印数跟着上扬,不能不感谢远在英国的罗琳和她的《哈利·波特》系列。然而一个有趣的现象是,《哈利·波特》明明是一部童话(当然也有人称它为奇幻文学,或者幻想小说,或者别的什么,但从本质来说,《哈利·波特》其实就是一部童话作品,过多地纠缠于概念和分类没有什么意义),它的到来引发了中国童书市场的繁荣昌盛,却并未带来中国童话的畅销,而是造就中国儿童小说的春天,尤其是系列校园小说的畅销。这是一个值得我们深思的现象。

中长篇的系列快乐校园小说,成了21世纪以来儿童文学的主打形式,畅销书的运作模式支配着中长篇儿童小说的创作、出版、发行的全过程,儿童小说的类型化倾向日益严重,终成为病症,成为制约中国儿童文学走向多元共生繁荣的痼疾。但是,事物都有它的两面性,我们倒有幸看到,童话反而逃过了这个劫难,在不被重视,在出版不景气的情况下,这些年童话借助于杂志而生存,真正出现了一批有价值的、优秀的短篇童话,在中长篇童话中,也出现了金波的《乌丢丢的奇遇》、王一梅的《鼹鼠的月亮河》、冰波的"阿笨猫系列"、葛竞的"魔法学校系列"、汤素兰的"笨狼的故事"系列和周锐的"幽默水浒""幽默三国"等作品。

## 三

在提到优秀的短篇童话时,萧袤的《驿马》、薛涛的《两只相距四点五厘米的蚂蚁》和汤素兰的《红鞋子》是应该提到的。我认为这三篇作品代表了同一种童话类型的三个不同方面。如果我们还是按惯常的分类,把童话分为热闹派与抒情派的话,这三篇作品都可以看作是抒情派。但我们还是可以从中看到我们新世纪中国童话的变化。《驿马》通过童话的方式,写了历史的变迁,将传统与现代通过驿马的生生不息传递出来。《两只相距四点五厘米的蚂蚁》是典型的以小见大的童话,是对于一块蚂蚁琥珀的想象与演绎,却通过现代的生活语汇,将一种跨越空间的爱情表现得令人感动。《红鞋子》是一只小老鼠和一只鞋子的故事,人们解读的方式却不相同,有的看到了成长,有的理解为友情,也有人能从中读出爱情。这三篇童话为范本,我想说这些年的童话,作家们在表现生活的深度和广度上,在对题材领域的开拓上,在童话的表现手法上,做出了有意义的探索。童话作家们已经将自己的人生经验,自己对人性、历史的思考融入童话作品中,让童话轻灵的外表和深刻的内涵结合,提升了童话的艺术品位。

在童话的各种类别上,童话作家们也做出了多种尝试,并且取得了成功。一直以来,优秀的知识童话不多,因为知识童话是要求作家用童话的方式来传授科学知识,作家在写作时无疑是戴着镣铐跳舞,很难放飞想象。但是,萧袤的《奇先生和趣小姐》、俞愉的《几何王国的天外来客》,让我们看到知识童话原来也可以没有任何束缚,其知识性反而可以更加突出童话的荒诞性、夸张性和滑稽性,像是童话的翅膀,让它飞得更高。

从这两篇作品中,我们可以看出来,这些年童话取得的最大收获是想象力的解放。童话作家们的想象力得到了极大的张扬。肖定丽的《芝麻巨人》和杨鹏的《耳朵出逃》、流火的《在寻找被人吃的路上》、张弘的《地球儿子老弟收》、卢颖的《尾巴它有一只猫》都能带给我们特别的阅读享受。《芝麻巨人》讲述了地球背面的巨人村一个最小的芝麻巨人来到地球发生的有趣事情,狂野的想象,让这个童话轻松,幽默。《耳朵出逃》写一个城市的耳朵不堪忍受噪声污染,集体出逃的事件。80后的年轻作家流火的《在寻找被人吃的路上》写一只苹果如何寻找被吃掉,这样的想象带给了我们新鲜的感受。《尾巴它有一只猫》寓意很老旧,但是,进入故事的角度很新,它给我们带来了思维方面的一些新质。

新世纪童话的新质,还体现在受到网络、电视、游戏等其他媒体的交互影响。很多作品的无厘头与搞笑,漫画化、电视化、语言的网络符号化,使故事节奏快,有一种速度感,画面感和读者的参与感也前所未有地增强。作品的时空的切换自由,语言上轻松幽默的成分增加，故事也更好读了。

童话想象力的解放和内容及形式受其他媒体影响表现出来的新质，让我想到了卡尔维诺在《美国讲稿》中提到的"重量"问题。他认为文学是一种生存功能，是寻求轻松，是对生活重负的一种反作用力。"我觉得在遭受痛苦与希望减轻痛苦这二者之间的联系，是人类学上一个永远不会改变的常数。文学不停寻找的正是人类学上的这种常数。"我们习惯把文学看成是对知识和人生经验与感悟的追求，因此我们一直都太过注重童话的题材和道义的色彩，注重它的"有用"和"有益"，而忽略了儿童在阅读一个童话作品时本能感到的喜悦和快乐。我们注意到新世纪的童话正在借助于作家们非凡的想象力，不断地摆脱这些"重量"而变"轻"，让作品本身将读者带到一个奇异的时空，享受阅读的快感。李志伟的《幻影男孩子》、吕丽娜的《丁香小镇的菊奶奶》、王蔚的《线条历险记》和车培晶的许多童话，它们或者为读者创设了一个新奇的童话环境，或者语言幽默机智，让阅读如同历险，如同与作家的才智较量，别有趣味。

综观这些年的童话创作，年轻作家们表现出了强劲的创作势头，写出了一大批值得称道的优秀短篇童话，而且有些作者开始表现自己明显的写作风格，比如李志伟的作品，想象狂野，语言机智幽默，可读性强；王蔚的童话，角度新，构思奇巧；肖定丽的童话，把热闹与温婉巧妙地结合起来；保冬妮的童话温馨甜美……

但是，依据朱自强先生勾勒的中国儿童文学现代化进程的坐标来思考的话，评价儿童文学的进程，中长篇的儿童文学作品是一个标志。我们不得不遗憾地看到，这些年优秀的中长篇童话作品不仅不多，而且可以说是少之又少。

但在新世纪的中长篇童话中，我们不应该忽视葛竞的"魔法学校"系列。这个系列作品写了一所魔法学校的事情，有很多章节很精彩。不知道是否巧合，这套书出版的时间，正好与《哈利·波特》进入中国的时间吻合，评论家和读者自然会联想到这部作品是否受了罗琳的影响。其实我们可以暂时排除有否影响的问题，单看这部作品，这里面的一些童话元素，是地道中国式的，而且表现得很好。对于一个年轻的童话作家，我们应该由此欣喜地看到其天才的努力。比如其中的《肚子会说话》一节，就是写"应声虫"。"应声虫"只是我们平时惯用的一个词，并非一个具体的东西，但葛竞把它写活了，我想是葛竞第一次把它写到童话里，并且写得合情合理。葛竞的"魔法学校"与罗琳的霍格沃兹是完全不同的两个世界。

中长篇中，还有老作家金波老师的《乌丢丢的奇遇》、王一梅的《鼹鼠的月亮河》和汤素兰的《阁楼精灵》等作品，其中影响最大的无疑是《乌丢丢的奇遇》，它是正统的人文童话的代表作。冰波的"阿笨猫"系列和汤素兰的"笨狼的故事"系列，分别为我们刻画了性格鲜明的童话形象阿笨猫和笨狼。

还有一个我们不应该忽略的童话作家是王晓晴，出生于1955年的她，2005年离开了我们。2006年8月出版的《小兔子的月亮》一书收录了她优秀的童话作品。她的作品与葛翠琳老师的作品一脉相承，有浓郁的中国民间童话的影响。并且从讲述故事的方式和行文语言，都能看出安徒生童话的影响。这似乎是我们中国童话的传统路子，源初的文学滋养是中国传统文学和安徒生，作品比较重视教化的功能，故事有明确的寓意与指向。但是，在我们今天更年轻一些的童话作家的创作中，很少能看到这种特质了。其实传统也有好的一面，我们不能为了张扬幻想，就把一些优良的东西丢弃掉。童话的"轻"与"重"是相对的，只要寻找到和谐与平衡点，任何童话风格与表现方式，都能产生优秀的作品。

## 四

当你读《当世界年纪还小的时候》，你一定不会忘记这部作品。因为它为我们创造了童话新的表现方式，对它的阅读有一种陌生化的效果。但我们新世纪6年来的童话创作，在形式上带给我们陌生化感受的作家和作品不多。

童话是建构一个与此世界不同的彼世界，综观我们这些年的童话创作，我们对童话世界的虚构也不够新奇与宏大。我们在谈到《哈利·波特》的时候，我们自然会想到霍格沃兹，那是一个世界，一个让读者神往的世界。但我们点数我们这些年的童话作品，我们很难有一个童话奇境能让我们记住。

对于幻想世界的虚构与摹写，是一个作家实力、想象力的表现，然而，我以为我们的作家不是没有想象力，而是没有自觉地去建立自己人物关系的谱系，去建立一个彼世界，将现实的孩子带到那儿去放飞心灵的自觉的意识与追求。

我们能够栩栩如生的童话形象和人物也不多。而一个优秀的、能传之久远的童话形象，是经典童话的标志。

因此，我们可以说，我们新世纪的中国童话，虽然取得了可喜的成绩，在幻想的解放方面，达到了前所未有的向度，但是离经典童话还是有一段距离。童话作家们的原创能力还有待进一步提高。

## 五

很多人都在问一个问题：我们为什么没有《哈利·波特》？也有很多人对这个问题给予了回答。而我以为，我们没有《哈利·波特》，因为我们没有《哈利·波特》的文学传统。

我以为《哈利·波特》不只是一部文学作品，同时还是一种文学类型，一种文学传统。文学作品的出现，文学现象的生成，经典作品的诞生，从来都不是无源之水，无本之木。《红楼梦》的出现，离不开元明时期话本小说的发展和长篇章回小说的演练，离不开《三言二拍》和《金瓶梅》的先于它存在。现在《魔戒》这部作品对《哈利·波特》的影响已经从作品本身和罗琳的写作背景、学习背景中都找到了确切的证据。英国文化中凯尔特人的传说、骑士故事、神巫传统又直接影响了《魔戒》的诞生。《哈利·波特》这部作品，是21世纪世界新神话主义复兴的成果之一。

在我们的文化传承上，童话与我们的传统文化是断裂的。童话的文本、构成文体的要素，与我们的文学传统也是脱节的。

童话，甚至整个的儿童文学，都是外源的，是20世纪初西学东渐带来的结果。童话作为一种外源的艺术表现形式，在"五四"新文学运动后，叶圣陶的童话《稻草人》开拓了一条自己的新路，将这种幻想的艺术形式与我们中国文学的载道传统结合起来，有些篇章颇为成功。然后，到20世纪三四十年代的张天翼，这种载道的传统转而为对政治的图解之后，即便是张天翼这样一个天才的作家，写作上也呈现出了明显的向后转的趋势。从《大林和小林》到《秃秃大王》，再到《金鸭帝国》，张天翼的童话艺术水准直线滑落。

新中国成立后，受到儿童文学是"教育儿童的文学"的儿童文学观的影响，好的童话作品虽然是凤毛麟角，但还是有《"下次开船"港》《没头脑和不高兴》《宝葫芦的秘密》《小布头奇遇记》等一些较为优秀的童话作品。童话真正的解放是20世纪80年代，中国社

新中国儿童文学

会进入新时期后。从郑渊洁开始，出现了郑渊洁、周锐、葛冰、冰波等一批优秀童话作家。郑渊洁童话的热闹，周锐童话的幽默，冰波童话的抒情，张秋生童话的诗意，葛冰童话的机智，这些作品带来了 20 世纪童话新的一次高峰。

从 20 世纪 80 年代到 90 年代，中国儿童文学的儿童观、文学观、教育观的多元化，作家的创作环境宽松，创作方法多样，作家与理论家联手，对儿童文学进行了多方面的研究与探索。作家们对幻想文学也进行了全方位的开掘与探索，从以前单纯的安徒生童话传统，到大幻想、科幻、架空的现实主义、将小说创作手法引入童话，做出了各种尝试，也出现了许多优秀的作家和作品。周锐、冰波、葛冰、张秋生等成熟作家的童话一直保持在一个较高的艺术水准上，陈丹燕的《我的妈妈是精灵》将幻想与现实有机结合，呈现给我们一个无限真实的故事。年轻作家也写出了不少优秀作品，葛竞的《指甲壳里的海》、汤素兰的《驴家族》、石节的《打伞的城市》、孙迎的《瞧咱这条热带鱼》、杨老黑的《地丁婆婆》等也是相当有特色。

然而，我们的童话，无论在哪个时代，总是感到它们与经典有些差距，我们的童话作家数量并不少，但是，像林格伦、罗大里、达尔那样的童话大师，总是没有出现。

这其中的原因，除了我们前面所说的童话作为一种外源型的文学样式，在文体上与传统有天生的断绝之外，还有其他更为重要的原因。

首先是我们中国的传统文化与童话的结合不够。童话是最需要创造力的文体，据说幻想这个词是从古希腊语来的，字面的意思是"使之像眼睛看得见一般"。将知觉和对象，用心灵来理解，把现实中没有的东西，创造成有形物。对任何东西的创造其实都不是凭空的，它必得有传统，有基因，有范式，立足于旧的，从旧中产生新，推陈出新。就像人类生命的延续一样，是一个道理。有母体，有基因，才有新的生命。如果我们的母体先天不足，我们的基因是断裂的，当然难以产生有力量的新生命。

我们知道，在日本，童话的传统也与我们一样，是外源型的，但是，日本却出现了许多优秀的童话作家和童话作品，尤其近年来宫崎骏的动画电影在全世界享有美誉，更加让人们对日本的童话刮目相看。不管我们是看日本宫崎骏的动画电影，还是读宫泽贤治、安房直子的童话，我们都能明显感到他们的作品和日本文学传统、和日本民族的审美心理有机地结合在一起，这些作品是深深植根于日本本土的，是属于日本的童话。但是，读我们自己的作品，这种感觉却不那么明显。在我们每年发表和出版的童话作品中，有众多的作品，你根本看不出来是谁写的，更看不出来是哪一个国家的人写的。年轻学者郭艳在《儿童文学想象疆域的拓展与中国本土神话传说》一文中认为，当下中国的"童话和寓言作品对于世界的想象、类型化形象、意象、时空切换和奇幻手法的运用，时常局限在西方童话、寓言、魔幻文学经典的思维框架和体系中。中国儿童文学作家仅在局部和细微处有一些小小的体验和发现，整体写作上的低难度和去风格化，其实已经成为儿童文学创作中的瓶颈"。这段话说得不无道理。

第二是作家本身在艺术上的探索和评论家的引领不够。任何一个时代的文学艺术，都有理论的探索与倡导在前，像"五四"时期的新文学运动、20 世纪的伤痕文学、寻根文学，都是理论的探索和文学的实践相辅相成的。然而回顾中国童话风雨百年，理论上的引领、艺术上的探索，始终是欠缺的。没有了理论上的引领和总结，没有观念上的更新和变化，没有作家的自觉探险和突破，要想写出有新质、有中国特色的童话，并成为经典，只能是空中楼阁。

第三是作家本身的涵养不够。这里说的涵养包括了作家对技巧的挑战，重要的还是指作家本人的儿童观、教育观、文学观、人生观、世界观、宇宙观等。《彼得·潘》的出现，跟其作者巴里的童心主义是分不开的。不是唯美主义作家王尔德，就写不出《快乐王子》和《道连·格雷的画像》这类作品。本人一直觉得《道连·格雷的画像》是可以当作童话来读的。而格雷厄姆的《柳林风声》是"丰盛的心灵产生的丰盛的故事"，它的笔调是清新明确的，使用的语言是充满着魅力的韵文，它是自然世界的象征，表现的是最单纯的生物在他们的生活里品味着最单纯的喜悦，这是一本有关"生活、日光、流水、森林、尘土之路、冬夜炉边……的书"。每一个能写出经典童话的作家，作品成功绝不是偶然的，是一个作家思想智慧和艺术技巧的完美结合。因此，不断开掘思想的深度，发现人性的真相，不断探索表现手法的多样、语言表现的准确，是关系到我们新世纪童话作家在下一个5年、10年、甚至20年，能不能继续有创造力和想象力，写出更加优秀的作品的重大课题。

　　第四是作家的自觉意识不够。作家对幻想世界创造的激情与野心不够，没有自觉创造一个属于自己的幻想王国。比如经典童话中的奥茨国、豆蔻镇、木民谷……而在我们的童话中，我们能够说出来的幻想世界太少了。与幻想世界的创造同样不够的，是对人物形象的原创性不够。我们的儿童文学，风雨百年，真正能让人耳熟能详的人物形象太少了。我们至今还没有像木偶匹诺曹、长袜子皮皮、小王子、骑鹅的尼尔斯这样的经典形象。我们的童话形象，王子、公主、巫婆、魔法师一大堆，他们的衣着装扮都是西服，他们的法术咒语洋话连篇，即便他们看上去活泼又可爱，但读者和评论家很难把它们同在西方童话世界飞来飞去的王子、公主、巫婆魔和法师们分开来。这同时也反过来证明，我们的童话作品对读者的影响力确实不够，我们确实还很少有真正称得上经典的童话作品。

　　童话应该是最不受时代和环境影响的而能够生存在幻想世界的永恒之国的。它也不会被将来的社会习惯约束，而成为落后的文学。就算"再过20个世纪，当你看见有人阅读《艾丽思漫游奇境》而咻咻地笑，或哈哈地笑，我们都不以为奇。世界上不会被时间淘汰的东西并不多，在这不多的东西当中，有一件是优秀的幻想作品。杰出的幻想作品，永远都是孩子们特别贵重的财宝呢"！

　　我想以李利安·H.史密斯在《欢欣岁月》中写的这段话作为这篇文章的结束，与中国新世纪的童话作家们共勉——新世纪的中国童话，呼唤力作，呼唤畅销书，呼唤自己的童话大师！

2007年9月15日

（原载《中国儿童文学》2007第4期）

# 小说童话：一种新的文学体裁

朱自强

## 一、确立"小说童话"的依据

据我所知,在本文之前,中国的儿童文学理论研究中还未曾使用过"小说童话"这一概念的术语,也未曾将在本文中被称为"小说童话"的一类作品作为一种新的文学体裁来确立。我在经过认真而慎重的思索、论证之后,认为在中国也有必要将在本文中被称作"小说童话"的一类作品作为一种新的文学体裁来确立,并提出以"小说童话"作为指谓这一文体的术语。由于作为指谓一种文学体裁的术语还有待于一个"约定俗成"的过程(在中国范围内),因此,我在小说童话一词上慎重地加上了引号,以示作为一种新的文学体裁名称的"小说童话"目前还是个人的、权宜的名称。

那么,什么是"小说童话",在进行定义式的阐述之前,我想先介绍两篇论文。一篇是陈丹燕的《让生活扑进童话——西方现代童话创作的一个新倾向》①,另一篇是周晓波的《当代外国童话"双线结构"的新发展》②。陈丹燕的论文,是我国最早较系统地评述西方现代童话出现的"让生活扑进童话"这一倾向的文章,具有打开一扇大窗户的功绩。在其后的周晓波的文章研究对象与陈丹燕的文章相同,虽然对陈丹燕论述的问题范围没有太多的超逸,不过对"双线结构"的集中论述,进一步深入地廓清了"让生活扑进童话"的西方现代童话或曰拥有"双线结构"的外国当代童话的一个重要特征。

本文试图作为一种新的文学体裁来确立的"小说童话",基本上便是上述两篇文章所研究的那一类西方现代童话或曰外国当代童话。如果也以那两篇文章所列举过的作品为例,那就是,《蟋蟀奇遇记》《夏洛的网》《奇怪的大鸡蛋》《长袜子皮皮》《随风而来的玛丽·波平斯阿姨》,等等。但是本文与陈文、周文所不同的问题意识在于,陈文与周文虽然指出这些作品与以往的童话有极大不同,但是仍然把这些作品划进原有的文学体裁(童话)进行研究,而本文则认为这些作品已经属于新的文学体裁("小说童话")。

必须申明一个重要的事实,那就是虽然目前我国针对上述作品还没有一个区别于童话的文学体裁上的称谓,但是,在上述作品的诞生地却是有一个区别于童话的文学体裁上的称谓的。

在西方的儿童文学中,对如格林童话那样的经过搜集、整理的民间童话,在德语中叫作 Märchen,在法语中叫作 conte desfées,在英语中叫作 fairy tale。对像安徒生童话那样的作家在民间童话类型基础上的独特创作,英语称作 Literary fairy tales。对 19 世纪后半叶以后诞生的《艾丽思漫游奇境》《小熊温尼·菩》《随风而来的玛丽·波平斯阿姨》《地板下的小人们》《长袜子皮皮》这样的作品,英语称之为 Fantasy。Fantasy 一词在两种场合下使用,一种场合是指"幻想",一种场合是作为表示文学体裁的专用名词。本文使用的 Fantasy 一词属后一种情况。

从 Fairy tale 到 Literary fairy tales，再到 Fantasy，这是世界儿童文学中的幻想故事型作品发展的三个阶段。目前，前两个阶段也已成为我国儿童文学理论界的共识，我们称之为从民间童话(Fairy tale)到文学童话或曰创作童话(Literary fairy tales)。但是对第三阶段的 Fantasy，在我国虽然由于陈丹燕、周晓波的上述论文的系统论述，以及散见于韦苇、汤锐等研究者的著述中的介绍，使人们对 Literary fairy talas 到 Fantasy 这一变化有所了解和认识，但是这些研究显然是把这看作是童话体裁内部的变化，当然也就没有提出一个与作为文学体裁的 Fantasy 相对应的汉语的体裁名称。

洪汛涛在著作《童话学》中，曾在与日语"童话"和英语的 Fairy tale 的对比中，阐述了作为"完全是中国式"的汉语的"童话"这一术语的意义沿革以及稳定后的内涵。其中有这样一段话："这种 Fairy tale，多为早期作品。以后，英语中，又出现 Fantasy 这个词，这个词意为幻想。这样又有 Fantasy tale，即'幻想故事'这个名称了。现在，我们常常把这类幻想故事，译为'童话'。"在这里值得注意和重视的是洪汛涛提供了英语中与 Fairy tale(我们将这类作品称为童话)这一名称不同的 Fantasy tale(我国目前也将其译成童话)这一名称存在的信息。洪汛涛所说的，"现在，我们常常把这类幻想故事，译为'童话'"，这是符合翻译中表现的事实的。比较系统地集中论述西方现代童话新倾向的陈丹燕和周晓波的论文也仍然用童话来指称《长袜子皮皮》《随风而来的玛丽·波平斯阿姨》这类 Fantasy 就是一个有力的证明。

将安徒生式的童话(Literary fairy tale)与《长袜子皮皮》式的作品(Fantasy)一概称为童话显然是不尽科学的。因为从这里我们感觉不到 Literary fairy tale 与 Fantasy 在性质上或者在作为不同的文学体裁上的区别。造成这种暧昧结果的原因之一，就是因为在中国，与童话不同的 Fantasy 这一文学体裁还没有确立起来，因而也就不可能马上给予 Fantasy 一个相对应的中国式的固有名称。当然，在中国也并非没有等于或者接近 Fantasy 的作品，张天翼的《宝葫芦的秘密》、郑渊洁的《皮皮鲁和鲁西西新奇遇记》就可以称为中国的 Fantasy，孙幼军的《小布头奇遇记》则接近于 Fantasy。说《小布头奇遇记》接近于Fantasy，是因为作品像安徒生的《坚定的锡兵》那样，没有超脱"童话逻辑"即物性的框架。中国的 Fantasy 还处于萌芽期，作为一种文学体裁还没有确立起来。由于对这类萌芽式的作品在研究上的不彻底，儿童文学评论界仍然不加怀疑地将其称为童话。

将 Literary fairy tale 与 Fantasy 暧昧地用"童话"来囊括，就不可避免地要掩盖幻想故事型儿童文学作品的文学史的发展阶段性，不可避免地造成幻想故事型作品系列的评论中的概念混乱。我个人认为，对 Literary fairy tale 在一般情况下可以称为童话(在与 Fairy tale 即民间童话相共处，尤其是相比较的情况下，则应称为创作童话)，对Fantasy 可以称为"小说童话"。我之所以不按直译将其称为"幻想故事"，是因为，目前在中国，童话本身就普遍地被理解为"幻想故事"。我同意这种理解，而对最近发表的葛玲玲的具有新意和独到见解的《童话的幻想和童话的假定》[③]一文中所提出的"童话并不像一些人所说的那是一种特殊的幻想性文学"的观点，基本持怀疑态度。我将 Fantasy 称为"小说童话"主要是因为，Fantasy 是一种以小说式的表现方法创作的幻想故事(这里的"故事"，指叙事性作品)，其母体是童话，但又吸收了现实主义小说的遗传基因。

## 二、"小说童话"的本质

从这里开始我不再使用 Fantasy 一语而相应地使用"小说童话"。我前面说过，在"小说童话"的发源地的欧美,"小说童话"是作为一种文学体裁来确立的。在深受欧美儿童文学影响的日本,从1960年石井桃子等人出版《儿童与文学》一书起,开始使用"小说童话"这一概念,目前,"小说童话"在日本的儿童文学界,已作为儿童文学的一种体裁而固定下来。既然作为一种体裁来看待,"小说童话"就必定要有定义。

加拿大的李利安·史密斯在她的那本著名的《儿童文学论》中指出:"所谓小说童话是从独创性的想象力中生成的,这种想象力就是超越了从我们用五官所能了解的外界事物所导引出的概念,形成更为深刻的概念的一种心灵力量。"④将非现实的世界"表现得如在眼前存在"一样的"小说童话要求我们在阅读一般的故事时的精神准备之上,还要具有一种第六感那样的东西"⑤。

日本的《文学教育基本用语辞典》对"小说童话"所下的定义要更为规范:"将现实中不可能发生的事情,描写得如同发生了一样的文学作品的总称。……小说童话与童话的极大差别在于,前者具有二次元性世界,后者却是一次元性的。"

在英美儿童文学研究上深有造诣的日本学者神宫辉夫给"小说童话"下的笼统定义是:"包含着超自然的要素,以具有小说式的展开的故事,引起读者惊奇感觉的作品。"⑥

美国作家罗伯特·内桑这样给"小说童话"下定义:"所谓小说童话就是将没有发生过的,也不可能发生的事情描写出来,让人觉得这些事情也许真的发生过。"⑦

从以上关于"小说童话"的解释中,我们可以感到"小说童话"有这样几个要素:①"小说童话"表现的是超自然的,即幻想的世界;②采取的是"小说式的展开"方式,将幻想"描写得如同发生了一样";③"小说童话"与童话不同,其幻想世界具有"二次元性",有着复杂的组织结构。

我们从上述关于"小说童话"的论述,已经能够发现"小说童话"与童话存在着区别,下面想结合介绍国外研究者的观点进一步具体地论述"小说童话"与童话两者间的区别。

同是幻想故事型作品的"小说童话"与童话,都拥有一个幻想世界,但是"小说童话"的这个世界具有二次元性,而童话则是一次元性的。对童话的一次元性,日本学者相泽博在分析格林童话《青蛙王子》时做过阐述:"这篇童话有值得注意之处,那就是公主讨厌青蛙是因为青蛙给人的感觉上的不愉快再加上它的厚脸皮,公主对令人不快的青蛙像人一样能开口说话这一点并不感到讨厌和恐怖。当青蛙一旦变回成王子,公主就马上与王子结婚,对王子不久之前还被魔法变成青蛙的不吉利的过去毫不计较。在童话中,就是这样对脱离人类世界的超自然的东西、神妖魔法的东西,毫无感觉。就是说,在童话里面,现实世界与发生魔法和不可信之事的世界被公认都是处于相同的次元,不论发生什么异常事都处之泰然,并不感到讨厌或恐怖等。这就是童话的一次元性,与传说的二次元性明确地被区别开来。在传说中出现的人物,如果青蛙开口对他讲话,一般来说,他就会受到极大震惊,或者吓呆在那里,或者即使逃回家里,也要陷入精神失常。这是因为传说中的人物,与现实中的人相同,把妖怪或魔法的世界与这个现实世界作为不同次元的存在明确分开来的缘故。"⑧

与童话相反,"小说童话"的世界则具有二次元性。比如张天翼的《宝葫芦的秘密》,王葆最初听到宝葫芦向他讲话时,并不像童话中的人物那样觉得这是理所当然的事,而是"我摸了摸脑袋。我跳一跳。我捏捏自己的鼻子。我在自己腮帮上使劲拧了一把:嗯,疼呢!'这么看来,我不是做梦了。'"王葆在家里与宝葫芦说话,奶奶听见了,问:"小葆你跟谁说话呢?"这时王葆只能回答:"没有谁。我念童话呢。"而不能像童话中的人物那样毫无顾忌地把宝葫芦的事告诉奶奶。在《宝葫芦的秘密》里并存着现实和幻想这两个次元。王葆在这两个次元中可以像从一个房间进入另一个房间那样自由来往。

同是幻想故事型的作品，"小说童话"与童话的人物性格大不相同。童话中人物的性格，全都不是个性的，而是类型的，所以，故事情节也不是像性格剧那样由每个个性性格决定情节的发展，相反却是每个类型为了使情节发展而存在着。

同是幻想故事型的作品，"小说童话"与童话的故事叙述形态大不相同。童话是将人们心中存在的共通的非现实部分原封不动地昭示于外部，以此为背景进行叙述，而"小说童话"则是采取向作者一个人的内部世界进入的叙述方式。

"小说童话"与童话的确存在着重大的区别。不过同是作为幻想故事型作品的家庭成员，它们当然也有着一些相似之处，尤其是在"小说童话"与创作童话之间。因此，英国的儿童文学作家、评论家塔温贞德说："遵从着民间童话的模式（无论是怎样间接地）的创作童话与以'现在'为出发点的现代的小说童话之间，必须进行区别，不过，这一区别也不能过分强调。如果举出一个区分明确的例子的话，《艾丽丝漫游奇遇记》和《艾丽丝镜中游记》这两册书，是小说童话而不是创作童话。"⑨

由于与童话具有原初的单纯性相比，小说童话的构成十分复杂细致，所以，才出现了创作童话本质上多为短篇，而小说童话长篇较多的情况。这一内容和形式的关系，有时也作用于相反方向，那就是作为小说童话创作的作品，当它为短篇时，往往成为难以与创作童话相区别的作品，而尽管是当作创作童话来写的作品，却越是变为长篇便越是接近于小说童话。因为篇幅一长，作品中人物就难以作为类型而存在，而为了使背景世界能够支撑起长篇就有必要进行各种安排，这样即使不愿意，作者的个性也将浓烈地流露出来。如果有不这样做的长篇创作童话的话，那么它基本上是拙劣之作。而且，从语源上看，德语和法语的"童话"一词都有"短小"之意在里面，可见人们最初就认为童话应该是短篇体裁。

## 三、"小说童话"的成因及其艺术魅力

"小说童话"这一幻想故事型文学的新体裁萌生于 19 世纪末，繁荣于 20 世纪，这不是一种偶然的文学现象。"小说童话"产生的背景后面，是变化了的成人作家的儿童观和社会现实。

考察世界儿童文学发展史，我们会十分清晰地看到成人社会持有的儿童观对儿童文学的发生、发展起着重要的决定性作用。17 世纪持着儿童生来便有罪的原罪观念的清教徒们创作的是教训主义的儿童文学，带着强烈地压抑儿童天性的禁欲色彩。这样的文学当然把解放儿童心灵的幻想力和想象力视为洪水猛兽，因此，民间童话这样的幻想故事是遭到排斥的。到了 17 世纪末，英国的哲学家洛克提出"白板"说，否定了宗教的原罪观念。18 世纪，法国的思想家卢梭对原罪观念进行了更为彻底的批判，认为儿童绝不是邪恶、无知的人，儿童代表着人的潜力的最完美的形式。他提出的"人是生而自由的"和"返回自然"的口号对儿童文学产生了深刻的影响。但是，在卢梭教育思想中，存在着偏重知识、感情、感受性，而把想象力视为危险的偏颇。因此，受他影响的儿童文学作家不仅没有创造出幻想故事型的作品，而且其中有些作家甚至否定富于想象力的小说《鲁滨孙漂流记》和富于幻想力的《小红帽》《灰姑娘》等民间童话。

"小说童话"最早产生于儿童文学传统最深厚的英国。英国的浪漫派诗人为此做出

了重要努力。他们对产业革命以后的近代社会重视合理主义，轻视想象力的现象，对人的异化现象表现出厌恶和反抗。在思考近代社会的异化时，他们注意到在儿童身上丰富地保有着成人所渐渐失去的想象力和感受性。儿童的本性就像是充满着喜悦，在天空中自由飞翔的小鸟，浪漫派诗人们的这一发现对儿童文学的巨大质变发挥了作用。

世界儿童文学中的"小说童话"的先驱性作品是《水孩子》(1863)、《艾丽思漫游奇境》(1865)、《北风后面的国家》(1871)。创作这3部作品的都是英国作家，他们分别是金斯莱、卡洛尔和麦克唐纳。这三部作品有两个共同特色：第一，作品中描写的是作家独创的幻想世界；第二，作家把生活于现实中的儿童送入了自己独创出的幻想世界。这3位作家为什么能创造出这种与童话截然不同的"小说童话"呢？回答这个问题，必须考察作家和读者(主要是儿童)双方的内在需求。

如果为了让儿童愉悦而创作"小说童话"的话，作家就势必要重视儿童读者的心理。事实上这3部作品，都是以自己所喜爱的孩子为直接听众创作出来的，作家的目的就是要用故事给孩子们带来快乐。那么为什么不选取一次元性的民间童话讲给孩子们听呢？这一定是因为作家本能地意识(也许是潜意识)到对孩子们来说与那些和自己没有任何关系的人在"很久很久以前"所经历的冒险故事相比，自己的伙伴中的一个人"现在"所作的冒险要有趣得多。因此，作家便采取了把现实中的儿童(读者的伙伴)送入幻想世界的方式。

真正的儿童文学作家在点燃手里的儿童文学"火炬"的时候，绝不是只照亮了儿童，自身却仍然处于黑暗之中。上述3部作品的产生就一方面愉悦、启示着儿童，另一方面满足着作家自身的内在要求。金斯莱等3位作家都对当时的社会持着批判的态度，他们内心中有着暴露社会现实的扭曲和矛盾的欲求。当孩子们听故事的要求摆到他们面前时，他们便创造出了一个不受社会现实所束缚的自由的非现实的世界，以此对信仰衰退、利欲熏心、重视外表、轻视心灵世界的时代风潮进行批判。

可以说，儿童观的变化、社会现实的变化对"小说童话"的产生起了根本作用。"小说童话"是时代的产物。

纵观整个文学史，我们会发现这样一种现象：当一种创作形式出现模式化时，另一种新出现的创作形式，往往即使不能取而代之，也会带来新鲜的活力。"小说童话"的出现就给儿童文学，特别是给幻想型故事的创作带来了质的变化。虽然"小说童话"并不能取代依然受到儿童喜欢的民间童话、创作童话这两种形式，但是，不可否认，"小说童话"给儿童读者带来了新的艺术魅力和审美体验。本文打算在结束时对此略谈一二。

### (一)"弄假成真"以加强幻想

幻想乃是人类的一种可贵的品质。与想象力紧密联系着的幻想，是人类创造力的本源之一。许多迹象表明，儿童向大人成长的过程，是幻想力逐渐走向衰弱的过程。如果在儿童时代，人类的幻想力得不到充分的发展和巩固，在长大成人时，幻想力的衰弱将来得更快和更彻底。儿童文学中的幻想型故事作品，便具有发展和巩固儿童旺盛丰富的幻想力的功能。

如果对儿童阅读幻想型故事的情况做认真观察，就会发现在总体上，学龄前和小学低年级儿童对民间童话(比如格林童话)、创作童话(比如安徒生童话)怀着浓厚的兴趣，至小学高年级，尤其是进入初中，便对前两类童话逐渐降低兴趣，而向少年小说等真实表现现实生活的文学样式倾斜。然而，这个时期，并非儿童不再需要幻想型的作品，而不过是由于儿童自然科学知识的增加和理性精神的萌生，对民间童话、创作童话这样"明知道不能相信却还是要听"的类型,在阅读欣赏上产生了一定的心理障碍(怀疑)。可以说"小说童话"的出现,成功地完成了一次远征,把幻想型文学的版图扩大到了儿童文学读者的高年龄层。

"小说童话"只有在现实中逼真地让幻想存在、发生,才能说服并吸引具有了一定的自然科学知识和理性思维的儿童读者。把幻想引入现实这既是给自己出的难题,同时也是给走向幻想的新的层次铺设的一级台阶。"小说童话"采用了"让人觉得也许真的发生过"的现实主义小说的展开方式,从而达到了一种"弄假成真"的艺术效果。"小说童话"萌生时便是达尔文进化论出现,科学精神、合理主义急速发展的时代,"小说童话"以文学的方式对人类头脑中存在的幻想的真实性做了论证。可以说"小说童话"的诞生和走向繁荣是人在幻想力争得"公民权"的一大胜利。"小说童话"既加强了幻想的力量,又延长了儿童发展幻想力的时期。

### (二)创造个性以吸引读者

民间童话和创作童话,塑造的多是类型化人物,而"小说童话"则以现实主义小说的描写手段,创作富于个性的性格。但是,尽管运用了现实主义小说的手法,创作的人物却又与现实主义小说的人物不尽相同。主要原因就是"小说童话"的人物处于幻想与现实交织的二次元世界。这一特殊的环境使"小说童话"的人物对儿童读者产生了特殊的魅力。

由于是具有个性的非类型化人物,便更加使儿童读者感到可感、可信、可亲,仿佛那人物就是自己或者至少是自己身边的伙伴,即是说更容易把读者拉入"同化"这一阅读的最佳境界。由于是在幻想与现实这两个世界自由来往的人物,就更能满足儿童读者的好奇心。不用说,《长袜子皮皮》中的皮皮不仅自己大出风头,而且也解放了儿童心中的想象力,满足了他们与皮皮相同的欲望。

### (三)观照现实以深化主题

童话由于是由幻想这一个次元构成的世界,所以,一般来说并不直接反映现实,而是以象征的意蕴来对现实做折光反映。"小说童话"则直接切入现实,表现出作家对现实社会的观照。"小说童话"中,由于幻想与现实交织于一起,往往给作家认识和评价生活带来一个与童话和现实主义小说均不相同而又十分有效的角度。

德国著名的儿童文学作家米歇尔·恩德创作的在世界引起巨大反响的"小说童话"《莫莫》(有中译本为《时间窃贼》)就是以一群灰绅士夺取构成人们生命的时间,将人的本质异化的故事,直接对现代文明提出了质疑。

被誉为战后英国儿童文学旗手的玛丽·诺顿的"小说童话"《地板下的小人们》,描写了寄居在人类家庭地板下的小人们,被人类发现后,被迫出走的受难过程,明确地对资本主义现代文明进行了批判。

幻想作为人类可贵的品质,对阻碍人类真正健康发展的东西有着本能的反抗基因。"小说童话"这一幻想型文学样式,便在无法超越现实的现实主义小说所鞭长莫及的位置上努力在批判现实的弊病,探求着更美好健全的人类的未来。也许正因如此,英国的儿童文学作家、评论家塔温贞德才认为:近代成人文学衰落的原因之一,就是成人把"小说童话"分封给儿童以后便不再回顾。⑩

[注释]
①《未来》1983年总第5辑。
②《浙江师范大学学报》1985年儿童文学专辑。

③《儿童文学研究》1991 年第 5 期。

④⑤[加]利丽安·史密斯：《儿童文学论》(日文版)，岩波书店 1987 年 10 月 15 日第 28 次印刷，第 273、278 页。

⑥[日]神宫辉夫：《儿童文学的至将门》，日本广播电视出版协会 1989 年版，第 115 页。

⑦转引自[日]佐藤晓：《小说童话的世界》(日文版)，讲谈社 1986 年 8 月 25 日第 9 次印刷，第 60 页。

⑧[日]相泽博：《童话的世界》(日文版)，讲谈社 1970 年 10 月 28 日第 5 次印刷，第 35 页。

⑨转引自[日]吉田新一：《英国儿童文学论》(日文版)，中教出版社 1980 年 4 月 10 日第 2 次印刷，第 41 页。

⑩[日]猪熊叶子、神宫辉夫：《英国儿童文学作家们》(日文版)，研究社 1987 年版，第 16 页。

(原载《东北师范大学学报》1992 年第 4 期)

# 幻想文学：幻想与现实的双重变奏

李学斌

日本的儿童文学理论家上野燎在他的著作《现代的儿童文学》中认为，"儿童文学的本质，即是给予潜伏在孩子身上的作为人的可能性以一种形状"。在此前提下，他把儿童文学分为三个世界：现实主义的世界、幻想文学的世界以及荒诞无稽的世界。其中，他认为，现实主义的世界是"描写儿童的日常生活，在其中寻找人所应有的、可能有的姿态"；幻想文学的世界是"在日常生活的对面（或者是日常生活的内部）构筑一个'另外的世界''不可思议的世界'，通过描写这个另外的世界，追求人本应有的样子"；荒诞无稽的世界则是"将日常世界翻转过来，打破通用的既成的价值观，创造一个荒唐无稽的世界，把人和世界的荒诞无稽的一面暴露无遗，从而探索人本身的某种可能性"。

在这里，如果以不同的文体来对应理解上野燎的这段话，那么，我将"现实主义的世界"理解为现实题材的儿童小说和少年小说的表现空间，把"荒诞无稽的世界"理解为"童话"文体的书写领域，而把"幻想文学的世界"顺理成章地看成是"幻想小说"所要着力刻画的内容。因此，从这个意义上说，幻想小说是一种和现实题材儿童小说以及童话文体相比肩而立的儿童文学文体样式。

原因就在于幻想小说具有独特的作为幻想文学的美学要求和文体特质。我将这些美学要求和文体特质主要理解为这样几个方面。

## 一、幻想空间对小说情节的制衡

我们知道，"幻想"作为幻想文学的本体以及文本的存在方式，它首先表现为一种可以无限延伸的幻想空间（而在其他诸如童话、诗歌……文体中，"幻想"仅仅是一种表现手段和结构方式）。这个空间有它内在的逻辑和法则，有着属于它的时间场（幻想空间中的时间常常是可逆的）和地理坐标。作为小说主体的故事、情节都是在这个超自然的三维空间中展开的。在幻想文学中，现实空间的情节与幻想空间的故事两者之间的关系就如同一幕话剧的序幕、尾声和主体剧情的关系。作为主体的情节应该是发生在一个幻想的空间背景中的。如果离开了这个虚拟的、耸立在人类心灵深处的想象空间的话，幻想小说的故事情节也就成了水面上的一条死鱼，成了挂在树梢上的风筝。因此，我认为，幻想空间的充沛与否是决定一部幻想小说能否成功的关键。这一点，在许多经典的西方幻想文学作品中是早已得到印证的。

比如在德国幻想文学作家恩德广受好评的寓言体时间幻想小说《毛毛》中，故事自始至终是在一种我们无法说清来由的既混沌又清晰的空间背景中展开的，这一幻想空间不仅赋予了小说人物和情节一种极其新鲜的表层叙事面貌，同时也使作者在故事情节和人物形象背后的所蕴示的深层人生哲意得到充分的承载。

而在眼下正风靡世界的英国幻想小说《哈利·波特》中，主体的故事又是通过主人公小巫师"哈利"在虚拟的"霍格沃兹魔法学校"的一系列冒险活动来展开的……

诸如此类的例子，我们还可以举出许多。

如果以这样的标准来衡量和比照一下当前由国内作家创作的幻想小说作品，我们将不得不承认，由于缺乏必要的幻想文学美学积累和创作准备，致使国内原创的大部分幻想小说在幻想空间的营造上都存在着极大的局限。有的作品中所谓"幻想"甚至还仅仅停留在简单的灵魂复现或意念的视觉化上，与真正的幻想文学对"意象活动空间"的要求还相去甚远。

## 二、幻想的逻辑可能性及其与现实世界的艺术组接

幻想小说作为一种文体的艺术生命力就在于它的幻想的真实性和合乎逻辑性。这种逻辑性表现在阅读中，就是我们时时可以体味到的情节从现实进入幻想或从幻想退回现实的那种自然性与平滑感。也就是说，在现实故事和与幻想故事的"城乡接合部"是不是有一种天衣无缝、水波无痕的感觉。再换句话说，那扇横亘在现实与幻想之间的门是怎样被推开的。是循声而来、水到渠成地推开，还是掩耳盗铃、战战兢兢地蹑进；是神闲气定、笑容可掬地垂询守候，还是横冲直撞、粗暴凶蛮地无理闯入。那种"迈步入门"时的叙述姿态以及由此带来的文本审美接受中的自然性和平滑感是至关重要的。这其中，就蕴涵着一部具体的幻想小说作品作为幻想文学文本其艺术水准的高下之别。

比如在恩德的经典作品《永远讲不完的故事》中，小巴斯弟安进入幻想世界是因为童女皇对他作为知情人的召唤。而在这之前小巴斯弟安被幻想国的故事深深浸染，已经为他的最终进入做了最好的诠释和铺垫。所以，当小说中，"午夜12点的钟声敲响的时候……"小巴斯弟安随着来自另一个世界的呼唤进入幻想国就显得无比的自然。

再比如，在《哈利·波特》中，有关哈利登上"霍格沃茨特快列车"的"$9\frac{3}{4}$站台"的描写无疑是这部作品非常关键的部分。因为这个不同寻常的"$9\frac{3}{4}$站台"就是介于现实与幻想间的逻辑接合部。而天才的英国女作家罗琳则是借助魔法的力量举重若轻、自然而然地化解了这个逻辑疑难。

还比如《门背后的秘密》是借助一扇门和墙上的一条缝；《艾丽思漫游奇境》是借助一个不起眼的兔子洞；《北风后面的国度》是借助常年吹刮的北风和小男孩的梦境……

当然，也有另一类的幻想小说作品，它们的幻想空间就像大漠上的一场沙尘暴，突如其来，一刹那间就弥漫了整个天空。在这种类型的幻想文学作品中，由于幻想空间的无比充沛和无限延展，现实世界实际上完全退隐到了幻想世界的背后。故事在此岸世界发生，但我们时时可以感受到扑面而来的彼岸世界的气息。比如《毛毛》就是这样的作品。

## 三、幻想小说就其文体内涵来说，极大地扩展了儿童文学的表现空间，丰富了儿童文学的审美功能

在当下的国内儿童文学界，幻想小说无疑是一个新的品种。也正因为如此，现实中许多人在谈及幻想文学时，总是自觉不自觉地将幻想小说与童话进行比较。的确，无论从文体内涵，还是艺术表现手法上来说，这两种文体之间确实存在着某种可比性。

相比较而言，童话与现实的关系更加直接。童话幻想与现实的关系常常表现为一种

平面结构的交叉关系。童话的幻想方式讲求的是对现实的超越。它总是以超自然的某种能力为依托，在文学艺术和儿童认知发生内在要求的逻辑框架内，以超越现实羁绊的行为演绎童年的生命形态。在此基础上，童话的叙事逻辑和儿童认知世界的心理能力之间有着一种天然的契合。正因为如此，我们往往总是能在儿童心理学的范畴内找到童话形象和情节的思维根源。比如童话中，"物说人话"的叙事模式就和儿童的"自我中心化"思维及"泛灵论"的认知视角息息相关。

同样，在作为叙事文体的具体故事结构上，童话情节展开的基本手段为对现实存在的不同程度的夸张、扭曲、变形、荒诞化，而其基本的文体审美接受机制则是对儿童现实中无法满足的心理需求的弥补。也就是说，其审美功能更多地体现为一种补偿和平衡。

而幻想小说则不同。首先，幻想小说的幻想展开方式不是立足于对现实的超越，不是风筝一样简单地翱翔在现实的上空，而是相当于来自另一个星球的絮语和探视，它像UFO一样神秘莫测，又像启明星一样清晰可见，它幽幽地积储于我们的心灵之内、意识之外，它赋予我们审视自身种种缺憾的"第三只眼"，使我们时时窥视到现实背后的一种超自然的真实存在，一个为惯常思维所不能理解的"第二世界"，一个具有无限的艺术创造可能性的心像世界。而所有的故事都在这个被架空了的超越一切现实法则和人性羁绊的心灵世界中展开，无比真实、细腻、有条不紊地展开。这样的故事类似于幻觉，但是它却比幻觉更真实可信，就在于它与现实不是一种单纯的交叉关系，而是一种平行，一种相互渗透、相互支撑乃至相互剥离。这正如沼泽、密林之于妖精的存在，冤屈、仇恨之于幽灵的存在一样。所以说，幻想小说对客观现实而言，显示的不是一种虚构，而是一种真实，一种想象的真实，一种艺术逻辑的真实。这份想象的真实图景在将现实中的孩子带入幻想世界的同时，无疑也将激活他们心灵的创造力，拓展他们心灵的自由空间。这样的拓展和激活对少年儿童的精神成长将是非常有意义的。

在审美功能上，幻想小说较之童话则显示了对现实的某种疏离倾向。具体说来，就是幻想小说的审美功能往往不是对现实情绪的补偿和泄导，而是腐蚀现实，消解现实，造成对现实的一种比衬和映照，它极大地颠覆着人类既定的、陈腐的价值观念和人性缺失，从而在文明和文化的更广阔的时空背景上敦促读者思考生命和人性的种种现象。与童话相比较，幻想小说的文化积淀和人文色彩、信息含量更大、更深厚。而相比起童话文体、现实题材小说的种种局限性来说，幻想小说无论在艺术表现手法，还是在文体的审美指向上都更加开放，更加多元，存在着无限的可能性。从这个意义上说，在幻想小说的文体特质上实际上寄寓着儿童文学现代性的种种趋向，预示着儿童文学的未来走向和文体活力。它的引入必将极大地丰富和拓展中国当代儿童文学的艺术表现空间（现实中，其实我们在许多作家的创作中已经发觉或正在感受着这种可喜的变化，幻想小说的滋养正慢慢地浸透到当前儿童文学的各个部位。其中，尤以少年小说、儿童小说的短篇创作近期内的变化为甚）。它应该是 21 世纪中国儿童文学最具有活力和前景的文体样式。

## 四、幻想文学的民族化及其文化价值取向

现在，人们一提到幻想文学就觉得它是舶来品（比如有人就把留学日本归来，极力倡导幻想文学创作的儿童文学作家彭懿戏称为中国幻想文学的鼻祖。我个人认为，将彭懿先生称为当代中国幻想文学的一位高人或首席作家是名副其实的，但叫作鼻祖，似乎多少是有些数典忘祖的）。翻阅一下中国文学史，应该说，幻想文学一脉在中国古代文学中

还是有其深厚的渊源的。如果从记载中华民族史前文明的神话故事算起的话，最早我们可以追溯到《山海经》《淮南子》，往后，可以追溯到南北朝的《搜神记》等志怪小说，以及元、明、清时代的《牡丹亭》《封神演义》《西游记》《聊斋志异》等作品。可惜的是，深受中国儒家"经世致用"人生观、哲学观浸染，奉"文以载道"思想为宗旨的正统文坛制约了幻想文学在中国文学中的长足发展。

而现在，国内儿童文学界的一些有识之士要在当前的儿童文学创作中标举幻想文学写作，我认为不妨把眼光放远一些，双管齐下，一只手伸向已经洋洋大观的西方现代幻想文学，另一只手伸向中国古代的幻想文学传统。只有这样，才能创造出类似《西游记》这样的立足于民族文化土壤的幻想文学作品。从而避免那种亦步亦趋地跟在《哈利·波特》等西方作品后面写作的幻想文学"殖民化"或"奴婢化"的不良倾向。

（原载《中国少儿出版》2001年第2期）

# 谈谈童话作家的想象力

陈诗哥

什么是人类的想象力？这其实是非常难回答的一个问题。在文学艺术领域，想象力就是这类精神创造物的基础生命力，是一种对创作者、研究者、读者而言都永远充满了魅力与召唤力的存在物。儿童文学是特别强调想象力的特殊文类，这是由其服务对象儿童的思维方式与童年精神特质所决定的。作为成人的儿童文学作家，能否自觉认识、呼应、飞扬童年的想象力，是对其创作的一个基准的考验，也是巨大的挑战。

陈诗哥是我国当下青年童话作家中的杰出代表，他不仅有丰富的、多样化的创作实践，更对童话本体有非常自觉的反思。他在本期推出的文章中所谈的童话作家的想象力，既让我们形象直观地感悟到想象力的具体形态，更深目的在追寻想象力的源头、出处，以及想象与现实和谐与理性的关系的建构路径等。"儿童文学的想象力究竟是一种什么能力？"这是"新时代儿童文学观念及变革"栏目提出的一个美学问题，期待更多专业人士参与讨论深化。

——李利芳

## "向上跌了一跤"

美学家朱光潜的名篇《朝抵抗力最大的途径走》对我的童年产生过影响。朱先生在文章中说："要有大成就，必定朝抵抗力最大的路径走。"言下之意，是不要偷懒，要有意志力。这是对的。问题在于：如何朝抵抗力最大的途径走？

地球上最大的抵抗力，要数地心引力。地球上的每一个人，都受其限制，这便是我们的生存处境。这种处境构成了现实主义的基础。但有一种人是例外的，那就是童话作家。美国童话诗人谢尔·希尔弗斯坦在《向上跌了一跤》里说："我给鞋带绊倒，/向上跌了一跤——/向上跌过屋顶，/向上跌过了树梢，/向上跌过了城市上面，/向上跌得比山还高，/向上跌到半空，/那儿声音和颜色交融在一道。"这就有趣了。在现实世界里，如果摔在地上，屁股肯定会很痛，但在童话世界里，诗人凭借杰出的想象力，轻轻地改变了重力的方向，原本向下跌跤，就变成向上跌跤了，可谓四两拨千斤，妙不可言。

在童话世界里，凭借想象力改变地心引力的例子，数不胜数。如古希腊神话里的飞鞋、《一千零一夜》里的飞毯和飞马、中世纪巫师们的扫帚……上述这些神奇事物，凭借的还是某种神力、法术，或支付高额的金钱。不过到了现代，这些神奇事物开始变得日常了，如《馅饼里包了一块天》里，老婆婆做苹果馅饼，谁知天上掉下一角，落在了馅饼上，馅饼就飞了起来，老太婆、老头子、小猫、山羊等便有了一趟天空之旅。不过，到了成人文学

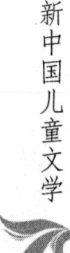

作家的眼中，这些想象却变得既轻盈又沉重，卡夫卡在名作《骑桶者》里述说了一个穷困的人，因为煤用完了，眼看熬不过冬天，便骑着木桶去向煤店老板借，他以为他骑桶的"壮观"一幕会感动煤店老板，谁知被老板的婆娘听而不闻，视而不见，最后，他只好"升上冰山区域，永远消失了"。在这篇作品中，首先吸引我注意的是"桶"这一形象，与飞鞋、飞毯、飞马、扫帚这些相比，桶的形象有些奇特，它并非轻盈之物，有些沉重，可说是现代重负下的变异，这提醒了我们：无论想象如何轻盈，沉重的现实依然是我们首要的处境。

说到想象力，中国作家也不甘落后。在《水浒传》里，号称"神行太保"的戴宗，他把四片神行甲马拴在腿上，念起神行术，也能日行八百里。不过，施耐庵毕竟是一位小说家，戴宗虽然笨拙一些，但终究是可爱的。中国最伟大的神话作家吴承恩则不同，在《西游记》里他只借助一片云，就让孙悟空一个筋斗飞行十万八千里，极尽潇洒。

## 什么是想象力

通过上述例子，我们大概可以感知到想象力的概念。有些人在算数上算得很快，快得惊人——但这不是想象力，这是运算力；有些人一目十行，或过目不忘——但这不是想象力，这是记忆力；有些人推理很强，理解能力叫人拜服——但这也不是想象力，这叫智力。想象力是一种尝试改变地心引力、克服现实惯性的力量，可以说是一种创造力。千百年来，沉重的现实压弯了多少人的腰，催落了多少人的眼泪，但同时又萌生了多少神奇的诗篇，这些诗篇正是诗人们试图改变重力的见证。

想象力不是作家的专利，科学家、哲学家、经济学家、设计师、园丁等都有其独特的想象力。远古时期哲学家们的学说，固然得益于细致的观察、缜密的思辨，但更多是受想象力的指引。如古希腊被认为哲学从其开始的泰勒斯认为：万物是由水做的，大地是浮在水上的；又说磁铁内有灵魂，因为它可以使铁移动。事实当然并非如此。不过，如果我们把这些观点抽取出来，倒可以写成一篇篇极富想象力的童话。

与其他作家相比，童话作家更天然地接近想象力，童话作家虽不是儿童，但保存着部分儿童式的思维，那便是原始思维。18世纪意大利哲学家维科在《新科学》中提出，原始人对世界的反应是一种独特的、富于诗意的、生来就有的诗性智慧，他把这种智慧称为原始思维。在某种程度上，儿童也被称为原始人，儿童有一种特殊的思考方式，主客不分，万物有灵，天马行空，蓬勃向上。这是一种诗性逻辑，涌动着儿童特有的天真、幻想、憧憬、灵性和自由，充满了自由创造的精神和人性萌动的智慧。

这让我想起莱特兄弟发明飞机。莱特兄弟受飞鞋、飞毯、飞鸟的启发，更重要的是凭借对机械的研究，发明了飞机。这是一种作为知识工具的想象力。但如果问飞机为什么能飞起来，我们成人固然有答案，儿童则可能会说是"因为有空气和勇气，它就能飞起来"（朱自强语）。飞机的起飞需要空气我们都知道，但需要"勇气"未必想到，而后者直抵问题的核心。这就是儿童的诗性思维，我认为是一种朝向世界灵魂的想象力，万物有灵的观念即来源于此。

童话作家秉持的正是后一种想象力，因此也可以说童话写作是一种朝向世界灵魂的写作。这时候，我想起古希腊神话里的赫耳墨斯，他正是上述飞鞋的主人，因此成为众神的使者。据考究，他还是古埃及透特神的原型。透特是一位鸟头人身的神，除了是智慧之神、月亮之神、数学之神、医药之神，他还是写作的发明者，传说《亡灵书》就是他的作品。一来，鸟是摆脱地心引力的象征（在古人看来），是飞鞋、飞马、飞毯乃至飞机的原型；

二来,从一开始,写作就与神话(童话)产生了密切的关系:童话不仅是朝向最初源头的写作,还是朝向最终结局的写作。

## 儿童的创世

我对最初的源头充满了强烈的兴趣。关于最初的源头,人们给出了各种各样的答案,有宗教的、神话的、科学的……我认为最有想象力的答案是《圣经·创世记》:"神说,要有光,于是就有了光。"上帝用语言创世,与盘古的开天辟地迥异,前者轻盈,后者沉重,前者简洁却又充满魔力,后者辉煌又充满意志力。至于上帝如何用语言创世,这是上帝的秘密,给我们留下巨大的想象空间。古人懂得语言的魔力,便发明了一个同样简洁的成语:"无中生有"。我以为,作家写作是对上帝用语言创世的模仿。

我甚至认为,就其想象力而言,儿童不啻一个小小的上帝,儿童天生对于宇宙的起源、"我"是谁、"我"从哪里来、"我"将去哪里等问题充满兴趣,并会给出自己的答案。美国心理学家奥托·兰克说,神话中的创造"只有在儿童时代的活动以及无法制止的想象力的丰富中才能被发现"。与成人相比,儿童并没有受到太多传统观念的束缚,因此易于释放想象力和创造力。

儿童的想象力可能会天马行空,但往往雁过无痕。童话作家不能停留在此层面,他需要从这些想象中发现逻辑,建立联系,然后把自己的观点隐藏在这些想象的背后。受儿童的启发,我开始了"儿童创世"系列写作:在很久以前,有个小男孩在煮粥,咕噜咕噜煲了上万年,小男孩打瞌睡,有一天粥爆炸了,于是,米粥到处飞溅,一粒米膨胀成一颗星星,一锅粥就连缀成满天星斗,宇宙就是这样创造出来的……关于这个,我是有证据的:一、满天星斗看起来的确像一锅粥;二、天上的北斗七星原是小男孩喝粥用的勺子;三、天上有个星座名叫天炉座,原是小男孩煮粥用的炉子;四、天上为何有一条银河? 它们原是被炸飞的粥重新凝聚而成的;五、科学家们认为宇宙起源于一场大爆炸,但科学家们似乎不知道,这场大爆炸是因为一个小男孩煮粥而爆炸了。我的故事就是在这样的背景下展开,它们没有脱离我们的日常印象,但说的又是宇宙中最让人惊奇的事情。这正是我希望的事情:我希望书写日常之奇和奇之日常。

与其他创世神话不同的是,这个故事的创世并不是什么高深莫测的鬼斧神工,而是诞生于一个小男孩的无心过错。众所周知,由于儿童文学的特性,儿童文学曾被赋予过多的教育性,容不得半点过错。实际上,儿童尤其幼儿的想象并没有附加多少道德判断,这是成人的事,儿童的想象之所以能被释放出来,一是因为天真无邪,二是因为乐趣。每个孩子都有一个宇宙,一个自己创造出来的宇宙。

## 想象与现实的三重关系

在最初源头和最终结局之间,便是我们生活其中的漫漫历史长河,是我们无法脱离的生存处境。因此,现实与想象始终是人类前行的两大动力,同时也是写作的两大资源,童话也不例外。与其他文体相比,童话需要更加突出地处理想象与现实的关系。我认为想象与现实最少有以下三重关系。

**一、现实世界与想象世界各自独立,是并行的两个世界,只依靠某些隐而不见的事物维持着联系**

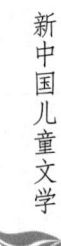

德国作家米切尔·恩德在《永远讲不完的故事》里探讨了这个问题。幻想王国正在毁灭,因为我们把幻想视为谎言,天真女皇生命垂危,只有一个人间的小孩为她起一个新的名字,她和幻想王国方能得救。不过有趣的是,听到天真女皇召唤的,是人间一个胖胖的、笨拙的、善良的小男孩,他被很多人嘲笑,不过他有蓬勃的想象力,会编很多故事,正是这一点拯救了幻想王国,从而保存了人类的想象力。《哈利·波特》也是类似的结构,现实世界和魔法世界是两个并行的世界,依靠魔法部联结两者。不同的是,哈利·波特是一个英俊的、勇敢的、万众瞩目的孩子。

出乎意料的是,小男孩在拯救幻想王国之后,他还需要拯救自己,因为他被荣耀、权力诱惑了。在这里,米切尔·恩德至少向我们展示了想象力三个方面的危险性:不受约束的想象力会因失控而泛滥。而诡异的是,当所有的事情都能"如你所愿"时,人的愿望会越来越少,甚至愿望本身也会消失,这也意味着想象力的枯竭。不负责任的想象会释放出内心的恶念。小男孩巴斯蒂安尝到权力的滋味,不久便开始迷恋自己(想象)的威力,渐渐地失去了节制,邪恶的东西开始在幻想王国弥漫。如果沉湎于幻想之中,可能会有不能回到现实的危险。

最后,是他的朋友阿特莱尤帮他说出他的名字,并替他保存了记忆,从而使他喝到生命之水。生命之水问阿特莱尤:"你有什么权力这样做?"阿特莱尤的回答很简单:"我是他的朋友。"这便是想象力历经种种辉煌和苦难后所找到的答案,如此简单,但直抵世界的灵魂。

**二、想象世界的日常化**

罗尔德·达尔的《女巫》之所以让万千孩子既惊又爱,是因为他的女巫隐藏在现实的人群之中,她们"穿平平常常的衣服,就像平平常常的女人,住平平常常的房屋,做平平常常的工作",跟邻居或老师差不多,这种想象的日常性拉近了小读者和女巫的距离,从而吸引了小读者。至于如何识别女巫,就成了小读者们渴望知道的事情。故事就从这里开始。

角野荣子的《魔女宅急便》则让小读者既爱又惜。谁会想到,一个懂魔法、会飞行术的魔女,居然做了一名快递员,跟我们每天都遇到的快递员一样。这让小读者感到既陌生又熟悉,既熟悉又神奇。琪琪在工作中经历着成长的酸甜苦辣,乐此不疲。可是有一天却突然失去了魔法,无法再飞行,连从小亲密无间的黑猫的话也听不懂了。是的,作者要琪琪以一个普通人的身份去面对生活,即使失去魔法,也要好好生活下去。怀着这样的态度,琪琪终于真正成长了。对此,角野荣子说:"我觉得只有'一种'魔法,这一点很重要……如果有人这样无所不能,结果会怎样呢?他肯定会变成一个无趣的人吧。琪琪想方设法,竭尽全力地用她唯一的魔法寻找着自己的人生之路,既然想方设法,就需要想象力。我认为,这种力量才是真正的魔法。"我深深认同角野荣子的观点。面对沉重、坚硬的现实,如果说人类会一些魔法的话,那么,这种魔法就是想象力。

**三、把幻想融入现实世界**

以现实为基调的小说家也可以从想象中汲取力量。巴西作家若泽·毛罗·德瓦斯康塞洛斯在《我亲爱的甜橙树》里讲述小男孩泽泽的故事,泽泽生在一个巴西贫民家庭,生活穷困潦倒,时常挨揍受罚,还有各种令人难过的误解和失望,作者并不回避这一艰难现实对泽泽造成的痛苦;可是,窘困中的泽泽总能发现属于他自己的快乐,他拥有一棵可以和他对话、游戏的甜橙树,一个随时能够变成动物园或野性亚马孙丛林的后院。

实际上,泽泽通过孩子特有的蓬勃的想象力对现实进行内在的转化,让这艰难的现实也充满了童话色彩,从而赋予作品的叙事一种奇妙的韵味:沉重之轻,轻之沉重,既引人落泪,又令人微笑。在这轻重之间,世界灵魂清晰可见。

## 想象力来自何方,去往哪里

相信所有的作家都会有这样的感觉:当他脑子里突然冒出一个想法或一个形象,他排除一切干扰,拨开迷雾,努力看清楚它,牢牢抓住它。他从这个想法生出另一个想法,从一个形象生出另一个形象,他把这些想法、形象组合起来,他实验来实验去,当中经历多次失败,最后终于写出一个自认满意的作品。

可是,他知道这些想法从哪里来吗?他只能模糊地知道。这些想法的源头,就像一座冰山,我们只能看见露出海面的那部分,其余的都沉在我们看不见的水底。

对此,曹文轩认为,人类的想象力来自现实,"发生在现实生活中的那些故事,它们的神奇、出人意料以及其背后的复杂而丰富的含义,是远远超出'虚构''想象'所能给予我们的"。意大利诗人但丁却有另一个看法,他在《神曲·炼狱篇》第17章中写道:"啊想象力,你有时候把我们/从外部世界偷走,使得哪怕/千号齐鸣,我们也听不到,/谁推动你,如果感觉对你不起作用?/一种形成于天上的光推动你,它要么/自己形成,要么由一种意志力指引它下来。"但丁认为,想象力是从天而降的。

不管想象来自现实,还是来自某种我们无法确定的神秘源头,有一点是确定的:哪怕是一位最优秀的作家,他都渴望抓住那天马行空、蓬勃向上的想象力。这让我想起意大利作家卡尔维诺的《树上的男爵》:12岁男孩柯希莫因和父亲赌气而爬上树,父亲威胁他说:"只要你下来,我就叫你好看!"父亲的压力反而成了柯希莫的动力,从此之后,柯希莫一直生活在树上,远离地面,直到临终前,热气球从树顶上飘过,奄奄一息的柯希莫"一跃而起,就像他年轻时经常蹦跳的那个样子",抓住热气球的绳索,飘走了。

在探讨想象力这个话题时,我的脑海里不断闪出柯希莫一跃而起抓住热气球的绳索飘走的画面。我觉得,柯希莫这一形象,也是一个童话作家的形象,他们同样渴望冲破地心引力(现实)的限制,朝世界灵魂飞去。

(原载《文艺报》2019年6月17日)

# 童话空间中的"子宫"意象研究

严晓驰

家宅—宇宙—身体的同一性很早就被人所论述，家宅是所有空间的出发点，而子宫是家宅的变体，它是人类的第一所家宅，是人们到达这个世界之前的家宅。因而，当人们遭遇困境或挫折时便容易退回到子宫这所家宅中，在童话中表现为被怪物或女巫等"吞食"的情节。同时，主人公们需经历一些艰难考验，才得以从他人肚腹中吐出，被吞食与被吐出无疑是在模拟子宫分娩的过程。巴什拉很早就发现了"家宅的母性"，家宅就象征着一个子宫，它接纳众人，使人获得如在母体中的安全感。诺德曼佐证了这一想法，他认为："许多圆形的东西做成封闭的空间，很容易会被诠释成子宫。"①

子宫这一空间暗示着"进"与"出"的哲学思考。童话故事中经常出现的"吞食"情节可以帮助人们更好地理解家宅与子宫的联系，常见模式通常表现如下：主人公出门历险（离家），期间历经挫折被怪物吞食（回家），最后得以控制食欲或是被怪物从肚腹中吐出（新生）。"吞食"的情节被阿尔奈和汤普森的 AT 分类法中归入第七大类："OGRES（食人魔、巨魔）"。当然，普洛普在《神奇故事的历史根源》中认为："食人妖婆的形象可以是作为某种思维形式（就这个意义而言也是历史的）而非现实生活的反映产生。"② 21-22

同时，关于"吞食"或"被吞食"的情节还有着悠久的历史根源，早在《旧约·圣经》就有了先知约拿被吞入鲸腹的故事，普洛普在《神奇故事的历史根源》中还专门提到拉德玛赫研究被鲸鱼吞进吐出的母题。

古希腊神话中关于这类的故事很多，苍穹之神乌拉诺斯害怕自己的后代会取代自己便将他们都关进了冥府，最年幼的克洛诺斯杀死了父亲并成为宇宙的统治者，但他害怕类似的事情重演，于是，"每当有一个孩子出生时，克洛诺斯就干脆把婴儿吞食到腹中"③。克洛诺斯的妻子莉娅极为愤怒，用石头代替了第六个孩子，于是宙斯逃过一劫，最后成功击败父亲，使兄弟姐妹从父亲的腹中被吐出生还。同样，宙斯的女儿，智慧女神雅典娜也是进入了宙斯的腹中，最后冲破其头颅而出生。之后较早的典籍如巴塞尔的《五日谈》中也充斥着大量的食人巨兽。

在中国佛教故事中亦有佛祖如来从孔雀体内破腹而出的典故，《西游记》中如来被孔雀一口吸入，于是，"剖开他脊背，跨上灵山"④。中国古代也有许多关于"吞食"主题的故事，如南朝吴均写的《续齐谐记·阳羡书生》那样，书生入鹅笼，"口中吐一女子……女子于口中吐出一男子"⑤。而后女子看到书生将醒，便将男子吞回腹中，书生紧接着又将女子吞回。在这种空间的互相吞吐中，营造出了一种无限感。

## 一、约拿情结：自我人格的修善

如果从他人的腹中出来对应着分娩过程，那么"进入"的过程也就是被吞食的过程，则对应着回到子宫这一母体，故而"被吞食"容易让人联想到母子关系的考量中，这种考量最终伴随着自我人格的发展而结束。著名的"约拿情结（Jonahcomplex）"就是关于进入肚腹的启示，这一概念由历史学家弗兰克·曼纽尔提出，被美国心理学家马斯洛发扬光大。神让犹太先知约拿去赦免尼尼微城，但这座城曾毁灭他家族，约拿为了逃避任务而逃跑，最后被神谕所控制的大鱼所吞食。在鱼腹中约拿痛定思痛，终于成功脱身并完成了使命。"约拿情结"由此便被用来表述成长的中断乃至倒退现象。马斯洛认为："我们每个人都在被召唤去完成一项适合我们特性的任务。逃避、恐惧、犹豫不决、矛盾重重都是典型的'神经症'的反应。"⑥因而，被吞食是一种倒退的回归的姿态，也意味着主人公性格上的不成熟。

　　如意大利童话《好吃懒做的弗兰西斯科》中，弗兰西斯科因为好吃懒做而被妖魔吞食。这个故事的最后，主人公并没有复生，因而他也注定无法改正自己的过失。再如《小红帽》的案例中，瑞士心理学家维蕾娜·卡斯特将大野狼视为小红帽奶奶的人格分化，他认为："这是吞噬一切的母爱的意象，同时也象征着一个奶奶和母亲都很溺爱的人所面临的危险。"⑦在这里，小红帽的母亲和祖母代表着人格上的束缚，她们限制小红帽的成长，禁止她进入森林这个象征着本我和无意识的地方，这导致了小红帽无法对抗野狼的诱惑。而最后小红帽需要借助猎人这个父亲般的角色成功摆脱荷尔蒙的影响，实现自我人格的成熟与成长。

　　子宫分娩所带来的流血行为象征着亲子之间的血肉联系，这些联系并不仅限于亲生的母子，不少童话故事中的女性角色都瞒骗自己的丈夫，帮助在外流浪的孩子。"巨人太太对杰克的关切，显示她的角色不只是巨人的太太而已，……她展现了保护孩子的母性，是杰克出门在外时的母亲。"⑧187而在另一些文本中，有些妖魔的母亲甚至帮助外来的流浪者对付自己的孩子。再如在《海的女儿》中，能让小人鱼获得双腿的"这服药包含的女巫血，就象征小美人鱼与女巫之间母女般的联系。《白雪公主》和《牧鹅姑娘》中的血颂扬母亲与孩子之间的联系，同样，不久就将进入小美人鱼体内的海女巫的血，等于重塑母亲与孩子在子宫中血的融合。坏母亲虽然代表邪恶的力量，却也是小美人鱼以及小读者们整体自我心理中不可或缺的一部分"⑧176。在格林童话《七只乌鸦》中，最小的妹妹切下手指所打开的那扇门，这扇门因而也是产门的象征。这当中主人公经历疼痛和流血来换得七个兄长新生的行为，模拟了母亲分娩的过程。

　　关于吞食与亲缘联系的另一方面的证据是，不少关于杀害主人公的命令都是由其亲人发出的，他们要求带回主人公的心脏，虽然好心的办事者通常不忍心直接杀害主人公而代之以动物的内脏，但最后那被误认为是主人公的动物内脏通常会被其亲人们所食用。在食人魔这个大主题中有特别关于 Cannibals（食人者）和 Cannibalism（食人）的分类，汤普森还进一步将食人的行为细分为长期食人者和偶尔食人者，前者即吃人的妖魔和鬼怪等，后者指不小心吃到人肉的情节，如《小红帽》的早期版本中就有小红帽听信了野狼的话意外喝下了外婆的血吃掉了外婆的肉，《杜松子树》中的父亲在不知情的情况下吃下了自己儿子的肉。周作人在研究中国民间故事《老虎外婆》时认为这是一个关于"食人"的故事，而这一习俗确实存在于一些民族中，对此周作人给出的原因是："由于食俭，或雪愤报仇，又因感应魔术，以为食其肉者并有其德，故敢啖之，冀分死者之勇气，今日本俗谓妊娠者食兔肉令子唇缺（《博物志》亦云），越俗亦谓食羊蹄者令足健，食羊晴可以愈目疾，犹有此意也。"⑨也就是说，食人者可以获得被食之人的一切，包括生理及精神上的。如果换一个角度来理解，不论是主动还是被动地完成了食人的行为，被食者本身就是食

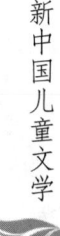

人者生命的一部分，而通过同类相食的过程，食人者在很大意义上都成为被食者生命的延续。

还有一个问题需要注意，在童话中主人公如果被吞食，经常是整个被吞食，没有被割裂的状态，这是为之后的复生做准备，因为整体吞下令人感觉主人公并没有受到伤害，正如胎儿在子宫中一样安全。事实证明，被吞食的主人公都不会被消化，只等一个救援者到达，这是模拟孕育的过程，在等待的期间主人公们的思想会如胎盘成长般逐渐成熟，最后得到顿悟。

同样，在一些童话中，主人公不止被吞食了一次，在意大利童话《彼得和牛》中，彼得是像鹰嘴豆一般大的小孩，先后被马、饿狼吞下肚；在格林童话中，《大拇指儿》中大拇指儿分别落入牛胃和狼胃，《大拇指儿漫游记》中大拇指儿分别落入牛胃和狐狸胃。这三个童话的共同之处在于主人公都被两次吞食，而后一次的吞食比前一次更为凶险，在第一次被吞食的过程中，出现的马和牛都是温和的食草性动物，他们是在无意中将主人公当成草料而吞入肚腹的。因而此时的主人公面对被吞食还是无意识的状态。而第二次的吞食则是主动发生的，狼和狐狸都是凶残的食肉性动物。这也是在暗示着主人公第一次的蜕变并不完善，他需要经历更为严格的考验，才能从第二次的肉食动物的腹中安全脱离。也就是说，如果没有很好地克制自己的欲望和发展自己的人格，那么所面临的危险系数也会越来越高。狼和狐狸象征着主人公自身人格的不良方面，他们比先前的马和牛更难对付，主人公只有克服了第二重关卡才能获得真正的新生。

同时，主人公在每次落入腹中时都十分积极地求生，这表示他在建构自身人格上十分努力，这也是他最后成功回家的原因。

## 二、食物：分离的焦虑

早在弗洛伊德之前，兰克就在《出生创伤》一书中提到了出生时的"原初焦虑情感"（primalanxiety-affect），并认为其在一生中都起到了非常重要的作用，"一直到死亡时与外部世界（逐渐变成第二母体）的最后分离，它从最开始就不仅仅是对新生儿生理伤害（呼吸困难—阻塞—焦虑）的表现，而且，由于从极其愉悦的情境变为极端痛苦的情境，它立刻获得了情感的'心理'特性。因此，这种被体验到的焦虑是知觉的最初内容，可以说是最早的设置障碍的心理行动"[⑩]。出生创伤又称为是分娩创伤，在童话故事中，主人公被怪物所吐出的过程就象征着婴儿从产门中分娩而出，在经历了这种原初的分离焦虑后，主人公便踏上了成长之路。俄狄浦斯阶段正是子女与父母的分离阶段，贝特尔海姆认为，"如果儿童成功地从依附于父母的状态分离出来，他就将成为真正的自我"[⑪ 136]。

关于子宫所带来的分离焦虑需要借助"食物"作为突破口，因为"食物"是儿童文学作品中的重要因素。童话中的"吞食"总是以狼吞虎咽的情形出现，与正常进食时的克制与礼貌截然不同，这些差别可归结为享乐原则与现实原则的不同，也就是本我与自我的区别。爱奥那·奥佩在《操场上的人群》一书中提出"食物和性别是孩子们的两大兴趣"[⑫]。得不到食物的主人公有时候还会爆发出强大的破坏力，如波特的《两只顽皮的小老鼠》中，小老鼠大拇指汤姆和妻子汉卡·蒙卡因为洋娃娃的玩具小屋的"美食"都是石膏无法食用，因而气急败坏地毁了整间玩具小屋。这种对食物的狂热发展到极致就成为"吃人"的情节。

童话中的"吃人"情节一般都表现为年长者吞食年幼者，或是强者吞食弱者，而在以儿童为"吞食者"的故事中，通常面临的是克制食欲的问题。很少有儿童"吃人"的情节，即使出现了儿童也是不知情的吞食者，例如小红帽在大野狼的教唆下意外吃下了外婆的血肉。格林童话《亨塞尔和格莱特》就是一场关于克制食欲的斗争。故事一开始，全家就面临着严峻的食物问题，亨塞尔和格莱特正是因为家中食物不够才被父母遗弃的，等到他们发现老巫婆的姜饼屋时，整个面包小屋都呈现出一种诱惑的姿态，"屋顶上铺盖着蛋糕，窗户却是明亮的糖块儿"⑪。兄妹俩在未经主人许可的情况下就饱餐了一顿，甚至在主人发现他们并端来食物时也毫无戒心地接受了。巫婆将兄妹俩当作食物的情节与兄妹俩贪婪的食欲形成了对照。巫婆的死亡意味着这种膨胀的食欲最终会导致一个灭亡的结局。

卡什丹认为，"食物与进食正是生命最初传达关爱的管道。婴儿时代最强烈的情感经验，许多是在母亲的胸口发生，其中包含抚触的感觉与饱足的满足感，婴儿经由这样的喂食行为而被安抚、被安慰，感到安全。反之亦然。挨饿可能让婴儿产生严重的不安全感，甚至造成心理创伤"⑧75。比如亨塞尔和格莱特在前两次被遗弃时都通过面包屑找到了回家的路，这象征着母婴之间的进食管道。在卡什丹看来，童话故事的根本主题在于分裂，而对事物的需求发生在这之前。之后儿童关于食物的欲求、满足及分裂，就象征着这部分自我的形成、发展与完善。简言之，在初期婴儿的需求都被尽可能地满足，此时他/她与母体建立起了强大的信任感，并将自己视为母体的延伸，而随着后期发展，婴儿发现自己的需求不断被母亲所忽视，由此引发了分裂与不满。罗尔德·达尔就在童话中就"食物"这一主题展开深刻思考，《了不起的狐狸爸爸》就是一场关于"吃"（动物们偷农场主的食物）以及"被吃"（动物们被农场主杀害）的抉择，而这些食欲旺盛到甚至有些不道德的动物们非但没有接受惩罚，还得到了梦寐以求的享受不尽的食物。但达尔的作品中同样出现了许多可怕的"食物"，如《查理和巧克力工厂》中那些奇怪的药丸，相信儿童是绝对不愿意用一颗味道相似的药丸来代替真正食物的享受的。还有那些能将人变得十分奇怪的配方，最著名的《小乔治的神奇魔药》中的配方是："给我一只臭虫和一只跳蚤。给我蜗牛两只，蚯蚓三条，给我一条海里滑溜溜一扭一扭的小海豚，给我用袋熊膝盖骨磨的粉，给我一枚大黄蜂的毒刺，给我一些枣子汁……"⑭之后加入的东西就更可怕了，有金光洗发水、一管牙膏、多沫剃须肥皂水、维生素美容霜、指甲油、去毛膏、假牙洁净粉、狗用跳蚤粉等。

达尔的作品中出现了许多类似的令人反胃的食物，他似乎是在用一种极端的方式来让孩子们克制食欲。虽然旺卡先生的巧克力工厂全都是用食物制作的，但是最后只有那位一直谨小慎微地克制自己的食欲的查理获得了工厂的继承权，凡是在中途因为失控的食欲而偷吃的孩子都得到了应有的惩罚，如贪吃的奥古斯特斯就被旺卡先生的工厂压缩成了一个苗条的小孩。这些惩罚的画面正如相关的电影那样令人反胃。而在蠢特夫妇的互相捉弄以及小乔治的魔药中，食物是作为一种反面的素材出现的，作者用极端的手法将事物的配方变得恶心和惊悚。纵使是世界偷猎冠军的丹尼，作者最后也没能给他留下多少供他和父亲享用的食物，而是让那些食物在麻醉药清醒后得以逃脱。只有"了不起的狐狸爸爸"是这方面的异类，但达尔仍然保持着清醒，他让得到食物的狐狸爸爸与所有的动物一起分享，并且牢牢地提醒读者，在狐狸爸爸单枪匹马抢夺食物的岁月中经历了许多的生命危险。这似乎是在劝诫所有的读者克制自己的食欲，并且明白：食物，只有在分享时才能得到最大的幸福和安全。

意大利童话《七只羊头》中的老奶奶和孙女正是因为食物起了纷争，孙女暗自偷吃了七只羊头而被老奶奶责备，而老奶奶因为总是念叨着羊头而为孙女所不满，在惶恐不安中将其杀死。单独从情节上来看，孙女阿塔纳莎似乎奉行着一种毫不讲理的强盗原则，先是不顾禁忌地偷吃，而后又杀人灭口。但如果大家看到了阿塔纳莎在下令处决老太太前说的那些话就不难理解她的行为了，当国王再三询问自己的新妻子老太太为何一直念叨着"全吃光啦"时，阿塔纳莎的回答是："她是个吃不饱的老吝啬鬼，你看，王家宴会上摆满了山珍海味，她还念念不忘那七只羊头！"[15]918 在国王之前的两次询问中，阿塔纳莎都以其他的理由搪塞过去，只有在最后一次中提到了那七只羊头，其实，从她偷吃完羊头就从家中逃跑的情节中就已经看出了阿娜塔莎内心的害怕。她认识到自己因为过度的贪婪而可能会招致厄运。然而，当她邂逅国王并成为新王后时，她第一个想到的竟然是前面还害怕会惩罚自己的奶奶，于是国王将她的奶奶接到了王宫。这里的阿塔纳莎选择了正面面对自己内心的不良面，并且在与奶奶的对话中试图掩盖自己性格中的缺陷，让奶奶不要作声和声张。但奶奶作为阿塔纳莎内心中极度不安的一面还在继续发出谴责的声音，于是，难以忍受内心煎熬的阿塔纳莎选择处死奶奶这个她自认为的贪婪的化身，借此解除自己的负罪感。正如《小红帽》的故事一般，小红帽没有直接杀死大灰狼而是用石头替换自己放在了大灰狼的肚子中，这是为了让大灰狼更直接地死于自己的食欲，因为是石头的沉重，也是来自肚腹的沉重导致了大灰狼溺水而亡，贪婪的食欲如果无法摆脱就会成为使人窒息的源头。

此外，那些用面包或糖制作分身以逃脱死亡命运的行为，未尝不可以解释为满足主人公过分的食欲的象征。女主人公需要用产自大地的面包和糖来平息男主人公的食欲和怒火。

同样，"吃人"的情节还是潜意识中焦虑的体现。兰克所提出的"原初焦虑情感"被认为是许多心理问题的根源，而"与创伤一起产生的，就是回归母体天堂的愿望"[16]134。儿童必须断开与母体的联系才能获得个体独立，而当中他须经历分离的焦虑，凯伦·科茨将这种焦虑称之为"母者之失"的悲痛，并进而区分了消极的悲痛和发展的悲痛，"发展型悲痛中的爱通过分离催生了自爱"，而"忧郁中的爱是倒退而强烈的，儿童通过内化及'吞食'他者的方式，寻求并召回他感到已失去的一体化空间"[17]。首先，在这些故事中，主人公们尽管是作为人的形象出现的，但却被迫沦为与食物相同的命运。这里也在暗示主人公作为人的性征还不足以得到完全尊重，因而沦落到了与物相同的地位——被食用。因为被吞食的主人公通常在体积和力量上处于劣势，如著名的关于大拇指的故事。在《木偶奇遇记》中，渔夫打捞到匹诺曹后纵使得知匹诺曹并非鱼后还是试图裹面粉油炸吃掉。在《蠢特夫妇》中，夫妻俩用胶水黏住小鸟来制成鸟肉馅饼儿，但有一天不小心黏住了四个男孩时，蠢特先生仍然想把他们做成男孩馅饼儿。在《好心眼儿巨人》中，人类被巨人们当作"人豆子"食用。这里或许还关乎俄狄浦斯情结，孩子们担心成为同性父母竞争的对象，而被吞食则意味其害怕在这类竞争中落败。

由于吞食者的形象是"伊底"的象征，所以在弗洛伊德那里吞食似乎还暗示着儿童的口欲期。贝特尔海姆在对《亨塞尔和葛雷特》的阐释中进一步提道："我们所居住的房子，可以代表一个身体，通常是母亲的身体。一个能够被吃掉的姜饼房就是母亲的象征，事实上，正是母亲通过自己的身体来哺育婴儿"[18]244。而姐弟俩夸张的食欲象征着回归母体的期待，这种只满足口欲期欲望的行为抹杀了其作为个体的独立性，因而才具有危险性。

而《三只小猪》的故事来说明"吞食"的故事有助于这种焦虑感的缓解，他将三只小猪视为三个不同的人格发展阶段，因而前两只小猪被吞食的情节是在暗示："如果我们希望进入更高层面的生存状态，我们就必须抛弃以前的生存方式。"⑪63

### 三、世界性的子宫：重生的成人仪式

关于"食物"问题的讨论还可以将研究引入下一个环节，据普洛普的考证，"美印第安人已经处于这样的发展阶段，要向想去冥国的人提供特殊的食物"②69。他以此来解释一些故事中老妖婆们款待主人公大肆吃喝的问题。笔者发现，在许多地方的祭祀活动中都有向死者供奉食物的惯例，尤其是东方国家。

子宫这一空间还暗示着死亡，而被吞食也即意味着回到了世界性的子宫——大地之母的怀抱，是死的象征，而被吐出则象征着新生。所以，"吞食"还简单演绎了一个从死到新生的过程。"植物的种子是要埋在地里才能再生的，在原始人看来，这是象征死的埋葬。有些民族把成人的死者火葬，但是死婴却一定要土葬，让死婴回归地母，还把种子放在死婴的头上，让他摄取循环再生的能力。"⑯6

被某种动物、妖魔等"吞食"是在将自身作为祭礼供奉给大地之母，也就是死亡之母。由此，大地之神才会让新生出现，子宫在这其中就担负着大地之母的职责，因而具有生与死、正面与负面两种作用，一方面，子宫是人类最早居住的地方，是生命的源头，而另一方面，"回归母体也相当于死的回归，可以很容易理解伟大的母亲和母体的容器（子宫）也是死神或地域"⑬108。如格林童话《小地精》中，公主们沉到地底，这象征着她们被大地所吞食。我们看到主人公们在走入地窖或地下室的过程中经常遭遇不测，这一行为事实上就是模拟人步入死亡之穴的过程。安徒生的《踩着面包走的女孩》也是同样的，英格儿将大地滋养她的面包踩在了脚下，因而她也被大地所吞食。

子宫与大地之母的关系十分密切。在希腊神话中，大地之神得墨忒耳的爱女普西芬妮被地狱之神哈得斯看中，于是在普西芬妮外出时地面突然裂开一条缝隙，大地女神悲伤过度，下令让大地荒芜不长庄稼。于是宙斯出面调解，哈得斯答应让妻子回到母亲身边，但有四个月居住在冥府。古希腊人以此来解释季节的更替，"秋季和冬季，小麦的种子要埋在地下，这恰好与普西芬妮要在哈得斯的阴暗的冥宫里住的时间相吻合。"⑱

正如普西芬妮必须在地府居住四个月一样，在重生这个环节中，还需要付出一些必要的代价。比如很多民间童话的开端都表明了主人公没有孩子这一困境，而他们得到孩子的前提是女主人或是王后会先种植一棵树或是吃下某种神奇的东西。这也意味着在新生之前必须要有死亡。如在意大利童话《坎内劳拉》中，王后必须得吃下炒海龙心才能生下孩子，但这个童话最妙的部分是，"那一天甚至连大床也生了一只小床，大衣橱也生了一只小衣橱，大保险箱也生了一只小保险箱，大桌子也生了一张小桌子"⑮710。王后想要一个孩子，于是白雪公主得以诞生，但是她的母亲却不幸早死。如果从子宫的这个角度去看待，那么可以说是母亲的死亡换得了白雪公主的出生，生命在这里呈现出一种等价交易的模式，似乎是大地之母在贡献出一个生命后，要夺走一个生命作为代价。如果将母体想象成世界性的子宫，那么它就是一个微型宇宙。因而在重生的过程中，不是只有母性的或是女性化的子宫才是有效的，很多时候都会出现一些男性化的子宫意象，如古印度战王满佉军茶（Muchukunda）是从父亲的左胁出生。而安徒生作品《小克劳斯与大克劳斯》中，小克劳斯是借助于一个麻袋完成自己死而复生的成年仪式，即小克劳斯从

麻袋逃生而大克劳斯却溺死这是为了说明当你在青年期遇到危机时还有重生的可能性,但如果你将这种侥幸一直持续到中年而不做出突破和改变,那么迎接你的是更大的人生危机。

经历过食人魔的肚腹考验后,主人公们才能成长为真正的英雄。而人们看到匹诺曹和养父杰佩托重逢的地方,正是在"鲸鱼之腹这个世界性子宫"[19][33]之中。从鲨鱼肚中出来后的匹诺曹最后成了一个真正的男孩。匹诺曹的故事可以联系到希腊英雄赫拉克勒斯杀死海怪的行为,他是在进入海怪体内杀死它的。在英雄主人公的新生中,他们"并不往外追求,而是超越有形世界的局限,走向内在以求再生"[19][34]。

埃利亚代在《神圣与世俗》中的总结看起来更为明了,他对启悟与英雄神话的关系做了这样的总结:"被怪兽吞进腹中,被象征性地'埋葬',或者被禁闭在一个入会式的棚屋中都是对原始的无差别状态的回归,都是对宇宙之夜的回归……准备一次新的再生"[20]。

这些主题最终都被归结到对太阳神的崇拜与信仰中,在其中日落被认为是太阳神的死亡,而日出则代表着新生,如有些社会历史学者就认为《小红帽》这则童话是"源于早期对太阳(红色)或狼人崇拜的警诫"[21],其中小红帽象征着太阳,而狼吞食小红帽的情节则是黑夜吞食白昼,月亮交替太阳的过程。女诗人萨克斯顿认为:"小红帽正等着从狼腹重生;狼腹这个空间象征模糊不清、混乱不安,且暗示着更大的黑暗。"[22]在《玫瑰小姐》中,睡美人和王子的孩子分别叫晨曦和白昼,因而王子的母亲吞下这两个孩子也象征着黑夜吞食白昼的过程,当中也有着日落神话的影子。

王孝廉认为夸父逐日神话象征"光明与黑暗,火神与水神,白昼与黑夜之争"[23],因而英雄人物往往被视为太阳神。中国神话中的"梦日入怀""梦月入怀"的故事都是源于此种信念。比如汉武帝的母亲王夫人就说自己夜间"梦日入怀",试图用太阳神的信仰来增加自己的地位。陈怀宇在《动物与中古政治宗教秩序·序》中认为"古典时期的狩猎活动可以看作是一种人性对野性的战争,也是文化对自然的战争"[24]。这同时也是人类对自然界的侵占与吞食。

普洛普将坎贝尔所谓的英雄考验仪式引申为成年仪式,他在考察神奇故事的历史根源中指出,在一些习俗里缝制人皮囊是为了让死者能够更为顺利地前往冥界,而人皮囊也是一个子宫的化身。所以进入和走出子宫是成人仪式的象征,在男孩到达性成熟的年龄后,氏族会为其举行特定的成人仪式,"假定男孩在举行仪式时是死去然后重新复活成为新人,这就是所谓的暂死,被描绘为怪兽吞食孩子的情节导致死亡与复活。孩子好像被这个怪兽吞入腹中,在怪兽的胃里待了若干时间后又返回,即被吐出或喷出来。为了举行这个仪式,有时要搭盖专门的动物外形的房子或窝棚,门就是嘴。割礼就在这儿举行"[25][54]。

## 四、结语

通过对子宫这一身体空间的了解可知,出来的意义要高于进去的意义,因为在空间中并非总是存在着对称,"进"与"出",大与小并非同等。主人公们进入子宫意味着成长历练的开始,当中主人公们经历了母婴分离与口欲期的焦虑,也经历了俄狄浦斯情结阶段的发展,最终离开子宫则意味着人格的完善与成长的完结。对子宫的研究有助于人们更好地把握童话文本中的身体空间,了解童话故事背后的宗教与成人仪式,实现对经典历史文化主题的复归。

[参考文献]

①[加]佩里·诺德曼:《话图:儿童图画书的叙事艺术》,杨茂秀译,台东:儿童文化艺术基金会 2010 年版,第 179 页。

②[俄]弗拉基米尔·雅可夫列维奇·普罗普:《神奇故事的历史根源》,贾放译,中华书局 2006 年版。

③[法]弗洛朗丝·诺阿维尔:《希腊神话》,郭玉梅译,天津教育出版社 2006 年版。

④吴承恩:《西游记》,金城出版社 1998 年版,第 436 页。

⑤沈伟方:《汉魏六朝小说选》,夏启良选注,中州书画社 1982 年版,第 189 页。

⑥[美]马斯洛:《洞察未来:马斯洛未发表过的文章》,许金声译,华夏出版社 2004 年版,第 42 页。

⑦[瑞士]维蕾娜·卡斯特:《童话的心理分析》,林敏雅译,生活·读书·新知三联书店 2010 年版,第 19 页。

⑧[美]卡什丹:《女巫一定得死:童话如何塑造性格》,李淑珺译,机械工业出版社 2014 年版。

⑨周作人:《周作人与儿童文学》,浙江少年儿童出版社 1984 年版,第 67 页。

⑩ OttoRank,The Trauma of Birth, London: Routledge, 1999, P.187.

⑪[美]贝特尔海姆:《童话的魅力:童话的心理意义与价值》,舒伟,丁素萍,樊高月译,社会科学文献出版社 2015 年版。

⑫[美]艾莉森·卢里:《永远的男孩女孩》,晏向阳译,南京大学出版社 2008 年版,第 158 页。

⑬[德]雅各布·格林:《格林童话全集》,杨武能译,中国城市出版社 2009 年版,第 69 页。

⑭[挪威]罗尔德·达尔:《小乔治的神奇魔药》,任溶溶,代维译,明天出版社 2009 年版,第 15 页。

⑮[意]卡尔维诺:《意大利童话》,刘宪之译,上海文艺出版社 1987 年版。

⑯黎活仁:《现代中国文学的时间观与空间观》,台北:业强出版社 1993 年版。

⑰[美]凯伦·科茨:《镜子与永无岛:拉康、欲望及儿童文学中的主体》,赵萍译,安徽少年儿童出版社 2010 年版。

⑱[法]弗洛朗丝·诺阿维尔:《希腊神话》,郭玉梅译,天津教育出版社 2006 年版,第 51 页。

⑲[美]坎贝尔:《千面英雄》,朱侃如译,金城出版社 2011 年版。

⑳[罗]伊利亚德:《神圣与世俗》,王建光译,华夏出版社 2002 年版,第 114 页。

㉑伍红玉:《童话背后的历史:西方童话与中国社会(1900-1937)》,台湾学生书局 2010 年版,第 8 页。

㉒[美]凯瑟琳·奥兰斯汀:《百变小红帽:一则童话三百年的演变》,杨淑智译,生活·读书·新知三联书店 2006 年版,第 108 页。

㉓王孝廉:《中国的神话世界》,作家出版社 1991 年版,第 253 页。

㉔陈怀宇:《动物与中古政治宗教秩序》,上海古籍出版社 2012 年版,第 19 页。

(原载《海南大学学报(人文社会科学版)》2016 年第 1 期)

# 大白鲸幻想的多维叙事及其精神价值

李利芳

　　四届"大白鲸"原创幻想儿童文学优秀作品征集活动已经积累了一批非常优秀的作品，创造出了丰富的幻想儿童文学现象，开掘出了多元形态的"幻想"叙事可能，这些成绩共同启示着我们再去反观一个重要的本体美学问题——"幻想"，它的意义究竟是什么？对获奖作品细读、概括归纳，其内部的价值趋向有三点我印象很深刻。

## 一、儿童本位：幻想是一种自由

　　写给儿童阅读的幻想文学，其对"自由"的理解与追寻是有具体向度的，特别是其中蕴含了深刻的时代的、民族的文化内涵，或者说它潜藏着典型的中国经验，它特别昭示的依然是当下中国"儿童观"的解放问题。幻想是回归"儿童本位"最有效的途径。幻想的意义就在于它实现了孩子的精神自由。大白鲸幻想激励并引导了更多的成人去自觉利用幻想的通道，其重要价值之一便是在更广阔的社会层面上呵护了中国儿童的心灵成长。幻想为孩子们吁求自由。即便在社会文明进步与观念变革前所未有的今天，在原创儿童文学繁荣发展的今天，有深度内涵的文学吁求依然是非常有限的。因为它首先必须是建构的，对童真自由不是表层的、现象性的、喧闹的一种简单理解，而是本体性的对童年生命自由内涵的挖掘，对其创造力量的彰显，"幻想"是具体的，有内容的，是内面的。比如第二届的一等奖作品，谭丰华的《突如其来的明天》，以抽签方式产生的儿童总统，以游戏的方式创新了对世界的治理，真正实现了儿童主体性淋漓尽致的发挥。第二届获奖作品，龚房芳的《奇迹校园》深入儿童现实校园生活，以如何创新课堂教学为思路展开幻想，尊重孩子的自由天性与创造能力，开拓出"奇迹校园"的新景观。首届的二等奖作品，刘东的《我爸我妈的外星儿子》以儿童本位生成幻想，书写了地球儿童与外星生命的真挚友谊，表达了真正来自孩子心底的自由之梦。

　　幻想的自由还表现在它的民间情怀，它是从真实的、现实的生活世界中生长出来的，它以平等的、关爱的态度进入到儿童的常态生活中，围绕这一代孩子的成长环境、心理特点、表达方式而展开。幻想赋予了作为"平民"的孩子最珍贵的"权力"，幻想让那些普通的孩子放射出精神的光芒，幻想让孩子去拯救大人，拯救人类的现代病，幻想给予孩子有形的力量去陪伴他们成长。这些命题都是从获奖作品中概括出来的。第二届的一等奖作品，麦子的《大熊的女儿》，汤锐评论为，"是一篇奇特而内涵深刻的幻想小说，一个关于现代人迷失了自我又历经千辛万苦找回自我的动人寓言"，这个找回的过程就是由"老豆"这个平凡的现代少女完成的。在首届获奖作品马士钧的《疯狂的鸡毛信》中，一个孩子变成了一根真正的鸡毛，鸡毛之轻与它所创造出的奇迹形成了巨大的审美张力，作者就是在不动声色的幽默中赋予底层儿童主体性的。首届获奖作品王巨成的《故事呼啦啦地飞》完全基于儿童本位，扎根生活，让孩子的纯真去战胜成人的世俗。在第三届一等奖作品杨巧的《阿弗的时钟》中,一只卑微的小老鼠可以去追问与探求"时间"的本质,我们可以想象其中包蕴着作者怎样深刻的童年关怀意识。第四届获奖作品《凡平的奇幻森林》在深度体察儿童精神世界,以幻想进入儿童心灵并切实帮扶他们成长的问题上做得非常到位。

幻想的自由更本质的途径来源于作家对童年精神的体悟与把握,进而延伸到对儿童文学各文体的自由调度上。我们欣喜地看到今年第四届的获奖作品里出现了非常优秀的童话作品,这是近年来童话文体领域难得的佳作。特等奖作品《寻找蓝色风》的童话感觉非常纯粹,人物、故事与语言感觉均获得了真正意义上的童年自由精神气质,可以说是本土原创幻想儿童文学的重要突破。

由于大白鲸奖的世界性视野,基于儿童本位开掘的幻想自由形态也必然会是多元的,而且这种特点在未来会更加显著。加拿大的童瑞平是一位连续两届获奖的作者,他的《刺猬英雄传》与《绿美人》在对自由内涵的解析上,令人耳目一新。两篇作品均叙事放达自如,思想深邃,字里行间渗透着"童真"眼睛看世界的深度和美妙的韵味,以及穿透俗世后所抵达的哲思之境。

## 二、人类未来:幻想是忧虑、注视与批判,<br>是以童真思维对地球存在中一些本源性力量的寻回

幻想是与现实拉开距离的一种审美形态,但是这种拉开却是基于现实的经验、对现实的思考、在现实中生长出来的思想与审美智慧而形成的。幻想的形体是"虚"的,但其内涵却是实体的。幻想具有本体存在的美学价值,但其本质却是解决人类现实问题的一种途径,一种必需的精神能量,一种方法论意识。所以,幻想总是提供出一些逆反的、另类的、非常态的、前瞻的思想内容,它总是以忧虑、注视、批判的眼光打量我们存在的地球,它总是在时时提醒人类,在文明进步的潮流中,一定不可丢弃那些建造生命结构最本质的精神资源。人类自我发展的进程某种程度上也许是个悖论,自我发展也正是丢失自我的过程。幻想的作用就是为人类预言了这种可怕的结果,并试图寻求解决的办法。

大白鲸奖激励了幻想文学的创作,其实也正是调动了创作界对幻想这种意义的开发,而且奖项尊重民间创作力量,肯定了众多潜在的创作资源,建立了一个包容的、开放的幻想的"可能性"与作家的"可能性"融合的高端平台,所以在对"幻想与人类未来"这个命题的阐释上,当更多的主体介入进来时,我们有理由相信它会蓄积越来越多的优秀作品。

首届获奖作品有三部从不同角度诠释了幻想的这种意义。左炜的《最后三颗核弹》讲的是地球的能源危机问题。唐哲的《未来拯救》讲的是可怕的 AHB 疾病横行世界的秘密,提出拯救未来的唯一办法是改变现在。刘红茹的《地球儿女》对没有爱情的未来人类社会进行了深刻的批判性反思。

第三届也有三部获奖作品从不同维度去勘探这一命题。一等奖作品,马传思的《你眼中的星光》讲的是地球儿童与外星生命相遇的故事,但它的主题是"爱","爱"是让星光不再寒冷,让生命不再是一次孤独的旅程的终极能源。特等奖作品,王林柏的《拯救天才》打破固有的"天才"观念对人类的禁锢,努力为人类寻回真正的精神创造与自由。王晋康的《真人》则立意在对未来"人"的构造的思考上,如果大脑经过改造后的新智人被广

泛应用时，"真人"实际上已经成为一个无法被还原的难题。

## 三、历史文化：幻想是传承，是民族身份认同的必由路径

幻想是一支时间之箭，它总是不满足于停顿在"现在"，它青睐穿梭于未来，行走在过去。幻想让历史复活，让文明重现，让文化得以传承。在儿童幻想领域，生成幻想的路径尤其是多维度的，这其中"历史文化"的脉络是最厚重、根基最稳健、最能体现民族精神的，但也正是最考验作家的文学修养与艺术功力的。在国内儿童文学领域，深入中国的神话传说、传统文化底蕴中去构筑幻想世界，已经有作家进行了大胆的尝试，但还是远未被开垦的田地。实际上这也是当下及未来中国幻想儿童文学亟须发展的重镇。纵观四届大白鲸奖，每届均有这个维度的重要作品，甚至看起来重要奖项的产生也主要来源于此，这种趋向一定会引领更多传承民族文化的佳作出现。

首届特等奖作品，王晋康的《古蜀》是一部勘探传统神话资源的大气派之作，作家以瑰丽的艺术想象将古蜀文明再现了出来，半人半神的英雄，恢宏的气象与景观，刻印在族群记忆里渺远的历史，全都在作家的生花妙笔下复活。时代愈进步，今天的孩子离历史愈遥远，我们呼唤更多的秉持有文化自觉意识的作家为孩子们写作。第三届的特等奖作品王君心的《梦街灯影》，整体的幻境由宋词作体系性建造，第二世界的中国韵味十足，之于儿童的影响是深层结构的。第三届的二等奖作品，方先义的《山神的赌约》走入中国民间文化内部去创造幻想。第二届的二等奖作品，吉葡乐的《青乙救虹》中的人物形象就从远古神话走来。第二届获奖作品，杨翠的《难得好时光》其叙事情致与对生命的感受全都氤氲在传统文化中，也是捕捉文化之根的较好代表。第四届获奖作品《画镇》的幻想通道与幻想世界则主要营养于中国画。

从四届大白鲸征集活动的发展趋势看，深植于母体文化内部去勘探幻想资源的特征越来越鲜明，更多的中华优秀传统文化的幻想能量正在被释放出来，这也是大白鲸活动引领与带动原创幻想儿童文学发展所做出的一个重要贡献。

（本文写于 2016 年 12 月）

# 智慧的语言，锐利的武器

## ——略论寓言

贺　宜

　　自古以来，人民集体创作的和作家个人创作的寓言，增添了我们丰富的文学宝藏的光彩。许多寓言，像民间口头创作一样，超越了时间和空间的限制，流传在不同时代和不同的国家与民族之间，并且至今还活在我们的语言和文学之中，显示出它的无限的魅力和巨大的教育力量。

　　寓言是人类智慧的语言，照别林斯基的说法，是"理智的诗"。那些卓越的寓言，使我们时常联想到像伊索、拉·封丹、克雷洛夫和陀罗雪维支等光辉的名字。在我国古代，虽然没有专门的寓言作家，但是在许多古典文学作品中，例如《庄子》《列子》《韩非子》等著名的作品中，包含了大量的寓言。这些寓言，像《刻舟求剑》《揠苗助长》《鹬蚌相争》《中山狼》《黔驴之技》等，直到今天还闪烁着它无限智慧的光芒，显示出它非常深刻的思想，使我们至今还受到极大的启发和教益。

　　寓言在我们生活中所以能有很大用处，首先因为它本身是劳动人民生产斗争和阶级斗争经验的概括。它帮助我们认识生活，它也帮助我们知道应该怎样驾驭生活。

　　寓言按照它自己的艺术特点来完成它的任务。它的任务基本上有两个。

　　第一，它提供一些有益的经验和教训，肯定某一种真理（陀罗雪维支在他的寓言集《猪的故事》的代序中，称寓言为"穿着外套的真理"）。寓言的作者们从人们在生活斗争中长期积累的某一方面的经验和教训中，撷取最有关键性的代表性的一点，来加以提炼，用以说服别人来接受自己的观点和想法。它在这方面的作用，有些像格言和座右铭，但在形式上要比它们更有血肉，更为饱满。它向人们提供善意的教训和警诫，使人们在今后的生活和工作中，可以有所遵循，少走弯路，少吃亏。例如，《愚公移山》这个寓言，就是忠告每一个人：只要有百折不挠、再接再厉的毅力，任何困难都将在自己的面前低头。这是一个真理，是从千年万载劳动实践中无数成功和失败之中总结出来的一个有益的教训。又如《农人和蛇》这个寓言，对那些无原则的敌我不分的所谓"人道主义者"敲响了警钟：如果谁对敌人缺乏必要的坚决斗争的勇气，或者对他们轻信地寄予同情和怜悯，幻想他们会自动转变回心向善，那么就一定要自食后果的。这个教训是从长期的尖锐的阶级斗争中一些惨痛的教训里概括出来的。对于提高我们的革命警惕性，克服我们本身的一些弱点，是有深刻的教育意义的。

　　第二，寓言是一种进行斗争的锐利武器。这个武器的锋芒，就在它的无情的讽刺和嘲笑。

　　当嘲笑和讽刺的对象是敌人的时候，寓言就成为战士手里的一柄锋利的匕首，它穿透重铠，刺入敌人的要害。战斗是一种复杂的艺术，有时要明火交战，斩将搴旗，有时则可以偃旗息鼓，夜袭敌营。总之要看斗争的对象环境和条件，而决定方式方法的变化。寓言作为一种战斗的武器，有一个特别有利的条件，那就是它既可以锐不可当地攻击敌人，又可以隐蔽自己，不让敌人抓住把柄。因此，这在敌我力量对比极为悬殊，而敌人又采取种种高压和统制手段的时候就特别有用。寓言锐利地讽刺和嘲笑剥削阶级的罪恶制度，以及这些阶级的贪婪、残暴、荒淫腐化的行为，但是它的旁敲侧击，声东击西，指桑骂槐，借刀杀人，使听者会心而笑，受者则加罪无由。它就这样用影射、象征的"隐匿的语言"，来抵制敌人严厉的压迫和审查制度。这种例子极多，例如在沙皇的暴政下，旧俄的民主主义作家萨尔蒂柯夫·谢德林就曾经用他的寓言来辛辣地、尖刻地讽刺封建贵族。他的有名的寓言《一个农民供养两个将军的故事》强烈地嘲笑和攻击了剥削阶级的懒惰和寄生主义。他自称这种寓言叫作"伊索语"。鲁迅的杂文中，有几篇文章实际上也是寓言。像《聪明人和傻子和奴才》就是一例。这个寓言尖刻地嘲笑了旧社会的一些渣滓。古典作品《镜花缘》所包含的几个寓言，也强烈地讽刺了男子中心社会和一些虚伪的道德。

寓言作为一种艺术形式，当然也是反映着不同阶级的观点的。寓言作者的不同的阶级立场，决定他的寓言到底要维护什么，反对什么。所以当嘲笑的讽刺是针对着自己阶级内部的缺点和错误的时候，寓言就成为苦口婆心的人手里的镜子，它照出人们性格中的某些弱点，揭露出思想中、生活中、工作中的一些不良现象。对这种缺点和现象所以要加以讽刺和嘲笑，并不是因为寓言的作者没有看到那些正面的、好的、他所完全同意的东西，也不是想把这些东西故意抹杀，而是因为作者们认为这种缺点和现象的存在，是对自己的阶级万分有害的，它们足以削弱自己阶级的力量，阻碍它的强化和发展的。因此，在这里，寓言作者讽刺和嘲笑的目的，是为了维护自己阶级的利益，是针对阶级内部存在的缺陷，把它们当作危害阶级利益的敌人，而不是针对这个阶级本身。

既然这样，寓言的嘲笑和讽刺，由于对象的不同，在性质上就有根本的区别。认识这一点非常重要，否则就会敌我不分，发生用石头砸自己的脚，或者削弱了对敌斗争的武器的力量的现象。所有的寓言，对于自己阶级内部的嘲笑和讽刺都应该是善意的，寄予同情的；而对于敌人则是深恶痛绝的，是无情鞭挞的。拿具体例子来说，如大家所熟悉的《金斧头》，就是嘲笑人民内部缺点的一个寓言。贪心的樵夫因为看到自己的一个伙伴丢失斧子之后，结果从仙人那得到一把金斧头，于是他也故意把自己的新斧头丢在水里，可是他既没有得到金斧头，甚至连自己原有的那把新斧头也丢失了。这个寓言嘲笑了贪心和欺诈，它谆谆告诫：贪心和欺诈的结果，往往会使自己连已有的也不能保持。但是在另一个寓言《蒙羊皮的狼》里，讽刺和嘲笑的意义就大不相同了。贪婪的狼蒙上了羊皮，混进羊栏里，企图逍遥自在随心所欲地大吃一顿，但是它自己被牧羊人在羊栏里杀死了。这里不仅刻画了"狼"的贪婪，欺诈和阴险，并且也毫不怜悯地宣布了它的悲惨下场。寓言的作者在这里对这只自作聪明的"狼"的憎恨和厌恶，态度是十分明确的。

为什么对"自家人"的忠告、劝诫或批评，不直截了当地提出来，而要用拐弯抹角、隐约其词的寓言来讽喻呢？能够直截了当、开门见山地要把说的话说出来那自然很好，但是，这种方式并不是任何时候效果都很好的。以前《庄子》里面就有个这样的解释："寓言十九、藉外论之。亲父不为其子媒，亲父誉之，不若非其父者也。非吾罪也，人之罪也，与己同则应，不与己同，则反。同于己为是之，异于己为非之。"（《庄子》:《寓言第二十七》）意思说，人们喜欢听合自己意思的话，认为这样的话才是中听的，正确的；要是相反的呢？就不大容易听进去了。如果把自己的意见直接提出来，人家不容易接受，可是借用别的人或事物的嘴来说呢，人家就容易接受了。

不过，《庄子》里的这几句话，只说明了运用寓言的一部分原因。寓言之所以为人们所经常采用，并不断地创作出来，还因为它有一些其他好处。例如说，有时说话的对象特别爱面子，要维护自己的"尊严"，不大喜欢说话的人"直言谈相"；有时候，说话的和他的对方，由于地位的尊卑，年龄的长幼等关系，采取婉转的讽喻，要比开门见山的劝告或批评更合身份，更为含蓄，特别是在封建宗法社会或阶级社会里，这种情形更属屡见不鲜。而寓言本身还有一个特别的长处，它不但能帮助人们说明自己的思想和见解，而且由于它具有鲜明的思想和形象性，使原来非常抽象的概念——一个教训或一个格言，演绎成为具体生动的，更加突出的东西，使对方能易于了解和体会自己的忠告、箴诫或批评，加强了自己说话的说服力。

在我们这样的国家里，人民已经当家做主，对人民内部的缺点，可以运用批评与自我批评的武器来帮助克服，对国内外的敌人，可以"鸣鼓而攻之"，这样的情形下，是不是可以不需要"转弯抹角""闪烁其词"的寓言呢？

不是的。我们用寓言来讽刺和嘲笑自己内部的缺点，实际上就是在进行一种特殊形式的批评，目的也跟我们现在通常运用的批评与自我批评的方式一样，为了帮助被批评者认识自己的缺点或错误，从而知所戒惧，加以改正。当寓言的作者，如果能够从要求事物的进步，要求为新事物的胜利而斗争的观点出发来描写生活，这就必然能帮助读者正确地估计作者要他们注意的事件，帮助读者用批评的态度来对待人们生活上、行为上的不良表现了。就寓言的教育意义来说，它在讽刺和嘲笑敌人，帮助人们认识敌人的丑恶本质，激发人们对敌人的憎恨和蔑视方面，在今天也仍然是有作用的。作为文学的一种传统形式，它已经那样地为人们所熟悉和习惯，因此尽管它运用了象征和比喻的手法，但也不至妨碍人们来正确地理解在它们后面所隐藏的思想内容。同时，寓言以它特有的表现方法，极为简练和鲜明地肯定或否定某种思想，某种事物、某种现象和某种优点或缺点。它能够按照作者的愿望，强烈地表达出作者到底要维护什么，反对什么。寓言以最经济的篇幅，要求在高度的简练和集中的条件下做到主题突出，形象鲜明，而这不是其他的文艺形式所能那么易于做到的。这使寓言在任何时候，它的作用都不容忽视，也不能由其他的东西来代替。

这样看来，毫无疑问，我们应该继续利用寓言来充实我们的武器宝库，充分地灵活地利用这一特殊的艺术形式来进行斗争——为了肯定某些好的事物和有益的经验教训，为了对敌人和一切落后的，特别是敌对阶级的思想行为进行斗争。

要使寓言在我们的时代发挥更大的作用，完成更大的任务，必须要求：无论是创作寓言的人，或者是欣赏寓言的人，都应该很好地了解寓言的特点，因为只有这样才能更机巧地灵活地掌握它，运用它，才能更好地理解它。

寓言的主要的艺术特点是什么呢？

第一，寓言像诗一样是最精练的语言，这也是为什么很多寓言作家像拉·封丹、克雷洛夫、米哈尔柯夫等喜欢用诗的形式来写寓言的原因。事实上，寓言是叙事诗的最古老的形式之一，远在古代希腊就已经存在过了。好的寓言，不仅表达了作者的真知灼见与深刻的思想和非凡的理智，而且就语言来说，总是最简练、最有魅力的。然而寓言和诗有很大的不同。诗往往跳动着强烈的感情，而寓言是很理智的，它总是冷静地让事情（或者寓言中的人物）自己来说话，而让读者从这个寓言所完成的总的效果中，觉察作者的思想和感情。

　　为什么寓言一般都很简洁短小呢？因为要使人们毫无阻隔地尽快地把寓言中的思想联系到它所要提出的那个教训或讽喻本身上去，就必须使寓言的结构尽可能地紧凑，不能有太多的枝节，以免分散人们的注意力，削弱了那个教训或讽喻的力量。无论怎样长的寓言，它和同样寓有教育或讽喻的童话或讽刺故事比较起来，结构总较为简单，它的故事是单一的，围绕一个中心——即作者的教训或讽喻而进行。寓言虽然也有细节描写（在大多数的寓言中甚至是没有细节描写），但是，它们并没有使故事情节复杂起来。例如，安徒生的《荞麦》，是一个道道地地的寓言。它叙述荞麦是如何的骄傲、虚荣，以及这种罪过所招来的、不可避免的惩罚。这个寓言对骄傲和虚荣的荞麦，对"虔诚谦卑"的燕麦，对那可敬的关心着每一株麦穗的老柳树，做了一些细节描写，来突出它们的思想和性格。但整个故事的情节依然很简单：荞麦自以为很漂亮，而且"丰满得像一根麦穗"，为了要表示它比谁都强些，它不听老柳树的劝告，硬要顶撞闪电，结果被烧死了。在同一作者的《丑小鸭》里，虽然也包含着一个隐喻——"迫害与蔑视不能埋没天才"，但是由于故事的复杂，人物性格的详细的描写，使得读者们随着故事的发展而为主人公的命运而悲叹，时而欣慰，这样就使这个故事更符合童话的特点，而不是符合寓言的特点。

　　思想的集中、语言的简练，这是寓言的一个基本要求。当然，寓言的好坏，应该从多方面去衡量——从它的思想内容以及表现形式的是否生动活泼等方面来衡量。但是任何优秀的寓言，总是具有这个特点的。短小精悍，并不是贪图省事，恰恰相反，这特别需要细琢细磨的功夫。像卡雷尔·恰佩克写的小寓言，用独白的形式，寥寥数语，就极为辛辣而尖刻地讽刺了一些吃人者的哲学，无情地揭露了他们的嘴脸。请看下面几则"独白"[①]。

### 狼和山羊

　　让我们在节约的基础上签订一项协定：我不吃你的草，而你要自愿地把你的肉供给我。

### 狐　狸

　　生物可分作三类：仇敌、竞争者和虏获物。

### 鹰

　　什么，残酷么？我的先生，谋取生存的斗争总是合法的。

### 狼

　　如果没有人猎取我们狼的话，世界上就有了和平。

蛆 虫

**战争万岁！**

这种尖刻的、入木三分的讽刺，它所运用的语言已经精练到一字也不能增减。如果没有极大的概括能力和缜密而犀利的观察，那是无论如何也办不到的。

第二，像民间故事一样，寓言富有幻想的特点（本来有许多寓言和童话就是从民间来的）。当然寓言的幻想，也是生根在现实的基础上的。不过寓言的幻想和民间故事或童话的幻想，其表现有所不同。

在民间故事和童话里面，幻想与现实之间要有和谐的一致。幻想的东西被看成俨然若有其事。人物和事件虽然都是幻想的，但是人物的思想和行动，事件的发生和变化，必须在作者赋予人物的性格特点的条件下，在为人物安排的环境中间，严格按照生活本身的规律来合理解决。不这样的话，就会形成逻辑上的混乱和故事发展上的矛盾。例如说，在童话中，狼和兔子的关系，始终是服从于生活本身的逻辑的。它们不可能成为朋友或同盟者，当然也不会由此发生朋友或同盟关系的破裂。

但在寓言中间，幻想并不那么严格地按照生活本身的规律的。例如愚蠢的驴子可以和狮子结成同盟而最后自然就吃了狮子的亏；食肉的狐狸是从来不吃什么葡萄的，但是伊索说它因为吃不到而说葡萄是酸的；肢体为了抗议肚皮的过分享受而拒绝和肚皮合作，结果整个身体都衰弱了，等等（以上三则，都见《伊索寓言》）。

为什么寓言在想象方面需要比民间故事和童话有较多的"自由"呢？

这是因为寓言是一种比喻，是一种象征或影射，它只能在幻想的事物与现实中的事物之间，找出某一点上的类似或联系，而不能找到两者之间全部的类似或联系。如果要想从幻想的事物间相互的关系和矛盾，找到跟我们所要讽刺或比喻的现实事物相互的关系和矛盾完全相同的东西，那样就会使寓言的创作成为不可能。——因为，并不存在这种相同。寓言为了完成它自己的特殊任务，就不能过分拘泥于自然规律，而要求有较多的变通。

但是，也并不是当一个寓言在不违反自然规律的情况下可以完成任务的时候，也必须硬求抵触这种规律。通常，在寓言中出现这种不符合自然规律的幻想时，都是被它的主题所决定的。不这样做，就不能完成寓言的讽喻目的。例如上面所说的那个《酸葡萄》的寓言，如果让一只爱吃葡萄的动物，比如猴子、松鼠或白头翁之类来现身说法，岂不更加入情入理些吗？但是，要知道，猴子、松鼠和白头翁要吃葡萄是没有困难的，而这个寓言的讽刺是在要吃葡萄而没法吃到的矛盾下产生的。如果让它们来做主角，故事的矛盾就不易展开了。那么在自然界中不能上树的动物很多，为什么不让熊、狼、山羊或兔子等来担任主人公呢？这是因为这个寓言所要讽刺的是生活中某些人物性格上的弱点——这种人是狡猾的、自以为聪明的，当他们在失败的时候总是归过于客观原因，用精神胜利法来安慰自己。要在自然界中选择一种动物，它的性格特点在某种程度上比较像这种人，那么，可以说选择狐狸要比别的动物更合适些。

由此看来，寓言的幻想也不完全凭作者任意作为，而是服从于怎样才有利于主题这个需要的。寓言中想象的人物和事件跟它们所要反映的生活中的那些人物和事件之间相似性越大，那么寓言的说服力也就越大。也就是说，根据这个要求而发挥的幻想跟现

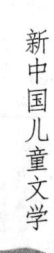

实生活的联系越密切，就越加对寓言作用的发挥有利。寓言把某一种事物的本质的和特质的东西，通过幻想的具有特征的材料来表现它。这种幻想的材料的特征——能够表现人物的思想状态和社会关系的特征，越鲜明，越集中，寓言的典型性也就越丰富。

第三，寓言的教训性最强。可以说，没有其他的文艺作品像寓言那样毫无保留地赤裸裸地要把自己的教训明白提出来。寓言一般总是在开始或终了时，说明自己的教训目的，即由比喻而发生的意义。寓言如果没有教训，它就失去了存在的意义。它不但发挥对现实的劝善惩恶的作用，而且还嘲笑或暴露人或社会制度的缺陷（一般叫作讽刺），这种讽刺其实也是一种教训，通过讽刺和暴露，教育人们看清某些事物的丑恶本质或它们的阴暗面，而知所警惕并与之斗争。

也并不是所有的寓言，都要在开始或终了时标明它的教训的。要不要戴上帽子或拖上尾巴，主要由作者根据寓言所要阐明的那个教训是否明确来决定。有时候读者从寓言中可以得出不同的解释，如果作者自己没有加上按语，也许读者会得出与作者原来意图不符合的甚至相反的结论来；例如伊索寓言里有一则《狐狸和狮子》说：

> 有一只狐狸从来没有遇见过狮子，有一次在树林里偶然碰到了，他吓得半死。当他第二次遇到狮子的时候，仍旧很害怕，不过比第一次好得多。第三次又看到狮子的时候，他的胆大得多，走上前去和狮子开始很亲密的谈话。

这个寓言也许会使读者以为在嘲讽一些愚蠢无知、丧失警惕的人，可是作者原来的意思，并不是这样，所以他必须在最后说："熟习改变了偏见。"没有这个尾巴，作者原来的意图就可能要落空了。当然，要是寓言的故事已经能够充分阐明主题思想，再要加上帽子或尾巴，那就完全多余了。

以上所说的是寓言的几个主要特点。

最后，我想谈一下寓言在儿童文学中的地位和它对儿童的教育作用。

寓言本来并不是专门为儿童说的。不过儿童文学的范围很广，种类极多，差不多所有成人文学中的各种体裁，在儿童文学中都具备。寓言由于它的简练生动，比较容易为儿童所接受，因此儿童文学中专门有寓言一类。

但是近年来，在我国儿童文学的创作中，寓言却显得特别冷落。老作家们中间，魏金枝同志为孩子们整理和改写了我国的一些古代寓言；另外还有极少数的人零星为孩子们写了若干寓言。可是这种情况基本上还是寂寞的。跟孩子们的需要和儿童文学其他方面比较活跃的情况相比，那就显得太不相称了。

作者们对寓言写作工作的冷淡和忽视，除了他们其他方面工作较紧张这个原因之外，可能还由于一些不大正确的想法，认为寓言对儿童的教育作用在今天已经不大，或者至少要比其他文学作品的作用差得多。

寓言对孩子们不但是有趣的，而且是有用的。首先，寓言帮助孩子们通过比喻，比较具体形象地了解一些本来是艰深晦涩的思想和道理，了解一些本来是错综复杂的政治和社会的关系和现象，这种东西如果按照它们原来的性质和现象给孩子们说，那么非常不易解释清楚。其次，寓言帮助孩子们培养丰富的想象力。从寓言的比喻中间，他们看出，幻想的事物和现实的事物之间的联系，这就逐渐养成他们的联想能力，这种能力在生活中是很重要的。第三、寓言的优美、智慧、简练、明快的语言，对培养儿童用最经济最恰当的语言来表达思想的这种能力上极有帮助。寓言在语言教育上的价值是很大的。至于寓言在揭露和讽刺敌人罪恶的腐朽的本质，在嘲笑那些阻碍我们前进的昨天的残余等方面的战斗作用，那是对任何人都是极有教育意义的。

寓言，这一种智慧的语言，锐利的武器，今天不论在成人文学或儿童文学方面，我们都应该充分地运用它，发展它。

[注释]

①见《人民日报》1956 年 12 月 28 日第 8 版。

（原载《人民文学》1957 年 4 月号）

# 寓言散论

樊发稼

## 一

一位评论家说："从艺术创作的角度看，寓言意在说理，它是最直露、浅显的艺术品种之一。"（见《寓虚于实 以实衬虚》一文，载 1985 年 1 月 3 日《文学报》）

对此，我不敢苟同。

"寓言意在说理"，大致不错。但据此认为"它是最直露、浅显的艺术品种之一"，这就未免有点武断了。因为——

寓言揭示的"理"，是寓于极为生动、格局精小的故事中的，所以它一点也不"直露"。

寓言揭示的"理"，或是一个深刻的道德教训，或是一条发人深思的生活经验，或是事物的一种不可移易的铁的规律，或是可供人受用一生的一个睿智的哲理，所以它一点也不"浅显"。

## 二

寓言的故事情节当然是虚构的，但这种虚构是一种艺术，它的依据是纷繁的人事世态、丰富的社会生活。离开了社会的人，离开了生活，一味向壁虚拟，图解概念，诠释道理，那么，这样的寓言必定是苍白的，没有生命力的，自然也就失却了任何文学价值和美学价值。

## 三

寓言后面（或前面）要不要点出"教训"？我以为不一定。如果故事本身已经充分体现了作品教训的内蕴，读者稍加思索即能领悟，那就不必特意点出。

有必要点出的教训，应当是高度警策的、格言式的、闪光的警句，这样，才可奏锦上添花、画龙点睛之效，倘若只是以平庸的语言，概括一下故事的"主题思想"，那就无异于多余的"蛇足"了。

## 四

寓言，是整个文学大花园中一朵别具异彩的奇葩，它并非为儿童文学所专有。然而事实上，它更多地受到广大少年儿童的青睐，其原因之一是：较之别的文学样式来，它能更直接地启迪孩子们的心智，能更具体地帮助孩子们饶有情致地认识大千世界、人类社会生活中的种种事理，从而使他们变得更加机智和聪明，有益于他们的健康成长。

## 五

寓言作家应该是知识渊博、独具慧眼的思想家，他有美好的心地、高尚的道德情怀，他从不居高临下，从不摆教师爷的架势。他和读者在人格上是平等的、在心灵上是相通的。他只是怀着一颗爱的赤心，将自己对这个世界、对种种生活现象独特的观察、独特的发现、独特的思考、独特的体验，以及对真理的独特的认识，通过有趣的故事，告诉、传达给读者。

## 六

寓言应不应该具有时代色彩？我想回答是肯定的。因为同人民心灵息息相通、和人民共命运的寓言作家，作为社会的一员，他不可能对他所处的时代、对他所生活的现实社会中一切正面和反面的、积极和消极的、进步和落后的东西无所动、无所感，社会主义作家的责任感和使命感，必然会驱使他热情褒扬真善美，严厉抨击假恶丑，在此基础上产生创作冲动，进入创造性劳动的过程，构制出一件件寓言艺术的精品。这样的作品，必然会闪耀出鲜明的时代色彩。

在我看来，现在我们有不少寓言作品，正是缺少这种时代光泽。

## 七

都幻想，都夸张，都有一定的象征性，然而——

较之童话，寓言更多地折射出理性的光芒，它的叙述和描画，更集中、更凝练，更不允许有任何枝蔓和不必要的铺陈；而且，一般地说，寓言并不注重人物内心世界和形象的细致刻画。

当然，具体到某一件短小的作品，童话和寓言彼此难以区别的情况也是有的。也正是在这种情况下，童话和寓言之间并不隔着一道不可逾越的鸿沟。

## 八

我希望我们的寓言多一点机智的诙谐和幽默感，由此可以引发读者一种会心的、意在不言中的微笑乃至忍俊不禁，尽管作品揭示的，也许是一个严峻的、辛辣的甚至是让人感到苦涩的、苦涩得夜不能寐的道理。

## 九

创作寓言，绝不是给读者单纯讲一个平淡的无大意思的，或者虽然诡奇却并不蕴含深刻哲理的故事。

一篇寓言佳作，必然会给读者带来受到思想和哲理阳光沐浴的喜悦。

特别注重思辨色彩，这正是寓言有别于其他文学样式的一个重要属性。

## 十

寓言既是文学，就必然受到种种文学规律和艺术规范（当然，这种"规范"并非一成不变）的严格约束。

这里我想特别强调一下寓言的语言。

寓言的语言应该是极为精粹的，千锤百炼的。现在我们有些寓言在语言上太粗糙、太不讲究了。

须知古今中外一切寓言杰作，都是作家反复推敲、呕心沥血的结晶，而且都几乎达到了无可增减一字一词的程度！

1986 年 7 月 16 日

（原载樊发稼著《爱的文学——儿童文学与诗》，安徽少年儿童出版社 1989 年版）

# 寓言鉴赏导论

陈蒲清

## 一、芥子之中，可纳须弥

多么短小的寓言，还要研究鉴赏吗？

佛经说得好：芥菜籽里面可容下纵横万里的须弥山，微尘之中可显示五光十色的大千世界。寓言的确一般形制短小（当然，也有长达几万行的寓言长诗和数十万字的寓言小说），但是，它的足迹遍布五大洲，它的历史绵亘数千年，它的容量几乎包罗了人类文明的各个领域。

寓言是与人类文明一道成长起来的。公元前1世纪中期，人类文明史上出现了一个明星灿烂的时代。希腊的哲人，中国的诸子，印度的释迦牟尼，都在这个时代脱颖而出。寓言也在这个时代兴起，并且很快进入创作的黄金时代，形成了世界三大寓言系统——中国寓言系统、印度寓言系统和以伊索寓言为代表的欧洲寓言系统。而且，正是中国、印度和希腊的文化巨人们充当了寓言文学的鼓吹者和创作者。这是不是一种偶然现象呢？完全不是。因为，文化巨人们的大批出现，寓言的创作，都是人类理性发展的必然结果。随着理性时代的降临，人类开始了对自然现象与社会现象的科学探索，同时开始清算原始思维方法，清算对自然现象与社会现象的神话解释。在这个理性飞跃的时代，希腊哲人们提倡学习寓言，并将神话哲理化；中国哲人们用寓言宣传自己的哲学政治主张；印度的哲人则用寓言阐释宗教教义或用寓言传授为人处世之道。因此，寓言是人类文明飞跃发展的一个标志。我在《中国古代寓言史》中说，读先秦寓言就等于读了一部先秦思想史，这话不算夸张。而且，要了解希腊哲学，了解佛教哲学，了解基督教义，都应该读一读该民族的寓言。

人类文明的各个领域：哲学、政治、宗教、教育、文艺，等等，都和寓言有千丝万缕的联系。因为各界的巨匠们都喜欢用寓言这种既以形象感人又以理服人的文体来表达自己的主张，著名哲学家弗兰西斯·培根曾对此做过精辟论述。时至今日，我们仍可从不同角度来鉴赏和运用寓言。如：讲解马克思主义哲学范畴几乎都可以举出一些对应故事：

对立统一：匠石运斤（《庄子》）

一分为二：塞翁失马（《淮南子》）

量变与质变：公输刻凤（《刘子》）

意识与存在：掩耳盗铃（《吕氏春秋》）

有限与无限：愚公移山（《列子》）

相对与绝对：望洋兴叹（《庄子》）

本质与现象：画皮（《聊斋志异》）

主要和次要：九方皋相马（《列子》）

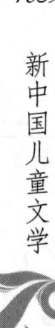

内因和外因：五不足恃(《魏文侯书》)

可能与现实：算计鸡卵(《雪涛小说》)

偶然与必然：守株待兔(《韩非子》)

全局与局部：反裘负刍(《新序》)

自由与必然：庖丁解牛(《庄子》)

个人与环境：楚人学齐语(《孟子》)

规律与蛮干：揠苗助长(《孟子》)

内容与形式：鞭贾(《柳河东集》)

当然，这只是一种举例。而且要声明两点：第一点，每一个哲学道理都可找到不同的故事去印证，同样每一个故事都可引申出不同的哲理；第二点，这些印证或引申，不一定是作者自觉意识到了的，而且个别情况还与原意相反，如"庖丁解牛"的原意不过是宣扬与世无争的人生哲学。

同样，我们也可以从教育的角度来鉴赏和运用寓言。如：

要打好基础：三重楼喻(《百喻经》)

不可读死书：口诵乘船法喻(《百喻经》)

生活便是教师：猫儿问食(《大庄严论经》)

说服强于压服：北风和太阳(《伊索寓言》)

言教不如身教：小蟹和母蟹(《伊索寓言》)

浪子回头金不换：浪子的比喻(《圣经》)

才智在于勤奋：剃刀(《达·芬奇寓言》)

学习要切合实际：狮子的教育(《克雷洛夫寓言》)

这方面的例子还可举出很多，中国古代寓言中更是不胜枚举。无怪乎古印度《五卷书》上说，毗湿卢舍里曼采用寓言做教科书，只用六个月的时间便把国王的三个蠢笨如牛的儿子教导得聪明出众了；也无怪乎古希腊和古罗马都把伊索寓言列入教学计划，把它作为启迪儿童智慧的发蒙读本；今日，寓言仍然在各级各类学校课本中占有重要地位，在小学尤其重要。

寓言的思想内容既然如此广泛地与各门学科发生联系，那么就不得不研究如何鉴赏它。在一个短小的篇幅中要形象而深刻地把道理讲清楚，使人经久不忘，那么就不得不研究它的表现方法。何况，寓言不像诗歌、散文、小说、戏剧那样，有汗牛充栋的分析鉴赏文章可供参考，研究鉴赏它还是一个新的课题。在辩证唯物主义和历史唯物主义的指导之下，我们不仅要运用一般的文学理论知识，而且要根据寓言的特点(寄托性、边缘性、渗透性等)广泛吸收各种方法，才能解决好这一课题。

## 二、超以象外，得其环中

鉴赏方法与鉴赏对象的文体特点密切相关。寓言是一种有讽喻或寄托的故事，是一种形象性(寓言故事)与理论性(寓意)相结合的边缘文体。寓言的形象一般简短，往往只是粗线条勾勒出来的轮廓，就像传统的写意画和现代的漫画。寓言的意义也不像一般文学作品那样完全靠形象本身来显示,而是需要作者加以点化、诱导,需要读者推想、补充,同其他事物进行类比。只有这样才能领会其言外之意,品尝其味外之味。因为,寓言的形象和寓意具有相对的独立性,寓言的作者和读者不一定见解相同。也就是说,寓言形象具有极大的可塑性,允许"仁者见仁,智者见智",允许人们自由地驰骋想象,灵活运用,赋予新意。在寓言形象所提供的范围之内,人们可以开掘其意蕴而不必为原意所拘。寓言形象所提供的可供开掘的广度和深度,往往标志着一则寓言的思想和艺术生命力。

丹纳在《艺术哲学》中曾根据生物界的"特征从属原理"分析人类的多层次精神现象,指出越是反映了人类本质特征的文艺作品,其生命力越长久,他说:"文学作品的力量与寿命就是精神地层的力量与寿命。"接受美学认为,文学作品本文只能提供一个多层次多角度的结构框架,其中留有许多未定点需要读者去思考,读者可以比作者自己更好地理解作品。

开掘寓意可分三层。表层寓意是针对具体事件而发的,这个具体事件往往是触发作者创作某篇寓言的契机;中层寓意反映了某一历史时期特有的精神现象,作者可能自觉意识到了,也可能没有意识到;深层寓意则表现出深刻的哲学意蕴,往往反映了某个民族乃至人类共同的思维积淀。深层寓意往往需要读者(包括评论家)加以开掘。表层寓意是个别的,往往时过境迁,转瞬即逝,但它是创作和理解的基础;中层寓意是特殊的,具有历史价值;深层寓意是一般的,包含着人生的精义,往往经久而弥新。且举例说明之。

> 庄子送葬,过惠子之墓。顾谓从者曰:郢人垩墁其鼻端,若蝇翼。使匠石斫之。匠石运斤成风,听而斫之,尽垩而鼻不伤;郢人立不失容。宋元君闻之,召匠石曰:"尝试为寡人为之。"匠石曰:"臣则尝能斫之。虽然,臣之质死久矣。"自夫子之死也,吾无以为质矣,吾无与言之矣。

(《庄子·徐无鬼》)

《庄子》中这则寓言名叫"匠石运斤"。郢城有个人鼻尖上抹了一点薄如苍蝇翅膀的白泥,匠石竟挥动大斧,唰地一下把白泥削得干干净净。这固然需要匠石的绝技,也需要郢人的密切配合。所以,郢人死后,匠石便施展不出他的绝技了。庄子作这则寓言的动机在于悼念他的辩论对手、名家学派的代表人物惠施,"自夫子之死也,吾无以为质矣,吾无与言之矣",充满着对友人的深切悼念和失掉对手后的孤寂之情。这是它的浅层寓意。庄周、惠施间的关系是不同学派代表人物之间的关系,他们之间的频繁辩论实际上促进了学术的繁荣,正如班固所说的"相生相灭""相反相成"(《汉书·艺文志·诸子略》)。因此,这则寓言反映了战国时代的百家争鸣的意义。这是它的中层寓意。我们如果纵观各类社会现象与自然现象,便会发现事物都以对立面的存在为自己存在的条件,矛盾的对立统一是事物发展的一条普遍规律。因此,不管作者是否意识到了这一点,这则寓言都可以包含这样的哲学意蕴。这便是它的深层寓意。

是否每则寓言都有多层次的意义呢?否。有些拙劣的寓言只有浅层意义。这样的寓言或者早已湮没无闻,或者凭借作者的声名而文以人传。如《伊索寓言》中的"赫尔墨斯和手艺人",仅仅在于嘲笑手艺人,特别是嘲笑皮匠,此外别无深意。一则成功的寓言至少具有两层意义,能够反映出某一历史时期的特殊精神现象。这类寓言是保存得最多的,有些名作也只达到了这个水平。如:英国著名寓言长篇小说《天路历程》便反映了英国17世纪王政复辟时期的历史现象,反映了清教徒的信仰。只有那些非常优秀的杰作

新中国儿童文学

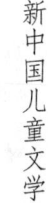

才具有核心意蕴,向无数个世代的人们提供人生精义。这样的寓言杰作,在庄子、韩非、刘基、佛陀、伊索、拉封丹、克雷洛夫的文集中也是数量有限的。这类杰作往往经过时代风雨的洗刷才更加显现出夺目的光辉。

根据不同角度,便能够从横的方面"仁者见仁,智者见智",剖析出不同的寓意。例如,著名的寓言故事"猴子(或作狒狒)和鳄鱼",写鳄鱼的妻子(或作母亲)病重,要吃猴心(或猴肝),于是鳄鱼谎称对岸有茂密的花果,愿意背猴子渡水去采摘,把猴子诱到水中央才说出本意;猴子急中生智,谎称"心挂在树上要回去取",鳄鱼只好背它回去取心,刚靠岸猴子便跳到树上去了。这则故事从道德的角度分析,便可得出"骗人者反而受骗上当"的寓意,印尼民间寓言便是这样总结的;如果从鳄鱼的角度总结教训,寓意便是"不可因愚蠢疏忽而丧失已经到手的东西",印度《五卷书》便是这样总结的;如果从猴子的角度总结教训,寓意便是"人们只有不受贪欲的引诱,及时觉悟,才可以摆脱烦恼和灾难",佛经便是这样总结的;佛经还从结局分析,强调了魔不胜佛的宗教观念。根据以上分析可作出如下的图解:

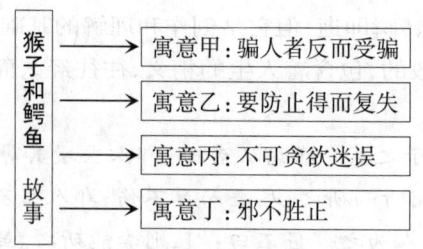

以上说明不同作者可赋予同一故事不同寓意。有时,同一个作者也赋予同一故事不同寓意。如《韩非子》中"买椟还珠"的故事,既用以讽刺卖方,"以文害用",本末倒置;又用以讽刺买方,"怀文忘值",有眼无珠。正如一把锋利的双刃之刀。而且,读者完全可以不受原作意图的限制,从故事中引出自己的结论。这个结论甚至可以反其道而行之。如清代《笑得好》中的寓言"愿换手指",写神仙到人间用手指点石成金,以试探人心,所遇见的人都嫌金少,最后一人甚至要仙人的手指。它的原意当然是讽刺世人贪得无厌。但从最后那人的想法也可得出"获得能力比接受成果更重要"的寓意。

寓意是寄托在故事之中的。后人对寓意的开掘必须在故事提供的框架之内,而不能主观随意。也就是说,寓言故事应有负载能力,能指能力。如何鉴赏故事,判定其优劣呢?

第一,故事应该出人意表而在人意中。出人意表就是故事情节非常新奇,可以与现实拉开距离,可以唤起读者的丰富联想,从而获得超功利的美感享受。在人意中就是能唤起读者的同感,使人觉得本质的真实。如《伊索寓言》中的"龟兔赛跑",乌龟竟与动作神速的兔子赛跑而且居然获胜,情节可谓奇特荒诞;但是,它所隐含的道理却在人意中,即主观努力的程度往往比客观条件更能决定事情的成败。同书中的寓言"北风和太阳"写两个无生命的自然现象(北风连形体也没有)开展竞赛,可谓异想天开,构思奇特。但是,太阳给人以温暖,北风使人凛冽畏寒,却是人们习见的事,它的寓意"说服往往比压服更有效",也是人们的生活经验。所以,这则寓言特别脍炙人口,欧洲的很多寓言作家(如拉·封丹等)竞相仿效与改作。我国这类寓言也不胜枚举,尤以《庄子》为突出。《庄子》中的"鲲鹏变化""触蛮之争""望洋兴叹"等都是出人意表而在人意中的佳作。《庄子·天下》提倡"以谬悠之说,荒唐之言,无端崖之辞"来表现严肃深奥的哲理,正好总结出了一条重要的寓言创作规律。没有独特的新奇的艺术构思,便没有成功的作品。

第二,故事应该描绘逼真而神形兼备。只有描绘逼真才能使读者觉得真实亲切;只有传神才能激发读者展开联想,心领神会。如《庄子·秋水》中的"坎井之蛙"就写得神形兼备,囊括了自然物(青蛙)与社会人(拘一隅而坐井观天的人)两者的特色。且看看青蛙的自白:

> 吾乐与!出跳梁乎井干之上,入休乎缺甃之崖;赴水则接腋持颐,蹶泥则没足灭跗;还虷、蟹与蝌蚪,莫吾能若也。且夫擅一壑之水,而跨跱埳井之乐,此亦至矣!

青蛙在井栏上跳来蹦去,在井壁的缺洞中休息;泡在水中,水浸到它的胳肢窝,托住它的下巴;爬到泥里,泥淹着它的脚,盖住它的脚趾。这一切多么逼真地写出了青蛙的生活习性。而且,青蛙自夸的那些话,既绘出了青蛙喜欢呱呱乱叫的神态,又影射了那些见识浅陋而自吹自擂者的神态。又如佛经中的寓言"盲人摸象",写每个盲人都摸到了象体的一部分,摸到脚的说象如漆筒,摸到尾巴的说象如扫帚,摸到侧面的说象如墙壁……而且都说自己的判断千真万确,批评别人胡说八道,争吵不停。这个故事写盲人的特点,写象的形体,都是逼真的,能给人以真实感、亲切感;写盲人们的争吵则是传神的,传出了盲人的神,也传出了一切以先入之见为真知者的神,传出了一切对客观事物不做周密全面调查便妄自判断是非者的神。正因为如此,这个故事才广泛流传于世界各地。

第三,故事应该明白如画而含蓄蕴藉。只有明白如画,才能避免晦涩,给读者提供审美线索;只有含蓄蕴藉,才能避免浅陋,才能留下空白,即给读者留下广阔的思维空间。如克雷洛夫寓言《农民和河》:

> 小溪和小河泛滥成灾所引起的破产,使农民实在忍受不了。他们就去向大河提出申诉。因为小溪和小河的水都是流入这条大河的。
>
> 要告发它们的事可多呢!冬麦地给冲毁了,磨坊给冲倒漂走了,牲口都淹死了,损失简直数也数不清。
>
> 大河那样静静流着,那样庄严地流着,大城市巍然矗立在它的两岸,从来没有听说过它会这样的恶作剧。因此,大河一定会去收拾这些小溪小河的。农民们互相在这样议论着。
>
> 大家走近大河边上一看,哪里知道半数财产都在这条大河上漂浮着。这就别去白费劲儿找麻烦吧。农民们只是目送着它,接着大家面面相觑,摇摇头回家去了。
>
> 他们离开大河的时候说:"咱们何必去白白浪费掉时间,大河小河彼此都吞掉我们的财物,我们却去向大河控诉小河,是得不到什么公正裁判的。"

这则故事的寓意明白清晰,但又是含蓄深沉的。它通过河流泛滥,揭露了沙皇政府是各级贪官污吏的总后台,鞭挞了他们奴役人民的暴行。整个故事只字未提沙皇与官吏,但又处处使人想到他们对人民的压榨,明白而不浅陋,含蓄而不晦涩,达到了"状难写之景,如在目前;含不尽之意,见于言外"的艺术境界。反之,有的寓言过于晦涩,有的又过于显露。如吴趼人《俏皮话》中某些故事便太直太露,使人觉得伤于溢恶,太刻薄了些。

第四,故事应该幽默机智而不失庄重。也就是说要寓庄于谐,又要防止庸俗油滑。寓言本与笑话有不解之缘。《孟子》中的"揠苗助长",《韩非子》中的"郑人买履",《庄子》中的"丑女效颦"等都是令人发笑的故事。东汉末年邯郸淳《笑林》问世,接着是侯白《启颜录》、苏东坡《艾子杂说》以及明清时代的大批笑话专著如雨后春笋般涌现,这些著作进一步拓展了寓言与笑话相结合的道路,形成了我国寓言的一种独特的民族传统。其中的优秀作品寓庄于谐,机智幽默而主题严肃。如《艾子杂说》中的"蛤蟆夜哭":

> 艾子浮于海,夜泊岛峙,中夜,闻水下有人哭声,复若人言,遂听之。
> 其言曰:"昨日龙王有令,应水族有尾者斩。吾鼍也,故惧诛而哭,汝蛤蟆无尾,何哭?"复闻有言曰:"吾今幸无尾,但恐更理会蝌蚪时事也。"

这个故事讽刺不分青红皂白而无限屠戮株连的封建淫威,主题重大,感情悲愤,但是其故事却是冷嘲热讽的,令人发笑的。如果没有这种"寓哭于笑"的手法而直陈其事,那么整个故事将像"泥人土马,有生形而无生气"(李渔语)。

反之,如果流于油滑庸俗,像末流的笑话一样,那也不会有艺术生命力了。

寓言不仅与笑话有不解之缘,而且与喜剧有着本质上的相似。柏格森说:"悲剧致力于刻画个人,而喜剧致力于刻画类型。""在喜剧中,共同性就在作品本身之中。喜剧刻画的是我们遇见过,在前进道路上还将遇到的一些人物。喜剧记下的是相似的东西。它的目的在于把一些类型显示在我们的眼前。"(《笑》)寓言的形象往往是类型形象,寓言故事非常容易改造为喜剧。我国明代出现的寓言剧如《中山狼》《东郭记》(根据孟子寓言"齐人有一妻一妾"改编)《醉乡记》(受韩愈寓言《毛颖传》影响)《歌代啸》《一文钱》等皆为喜剧,绝非偶然现象。

以上四点反映了寓言创作与鉴赏的一些基本规律,其中的关键在于正确处理本体与寓体的关系。作者应使寓体的容量扩大而且引人入胜,读者则沿波讨流,尽量挖掘出寓体的含义。梅尧臣论诗提出"象"与"理"的关系,他说:"诗有内外意,内意欲尽其理,外意欲尽其象。内外意含蓄,方入诗格。"(《续金针诗格》)黑格尔论美,将美的要素分为外在的与内在的(意蕴)两种,认为"美是理念的感性显现"(《美学》第一卷)。寓言正是一种理象密切结合而具有深刻意蕴的文学样式。我们在鉴赏时,要抓住其"象"而不为"象"所拘,运用想象和推理来探讨其中深藏的意蕴。这种方法大概可以叫作"超以象外,得其环中"(司空图《诗品》)。

## 三、思接千载,视通万里

刘勰论文艺创作说:"文之思也,其神远矣。故寂然凝虑,思接千载;悄焉动容,视通万里。"(《文心雕龙·神思》)寓言鉴赏也应视野开阔,思潮奔涌,熔古今中外于一炉。也就是说,要把寓言作品放在一个更大的系统中去考察,去比较,从而更精确地鉴定其特点和价值。

我们将所有国家的寓言作品放到世界寓言这个大系统中考察,将有更新的创获。世界寓言文学有三大发源地,一是东方的中国,二是南方的印度,三是西方的希腊。这三大寓言发源地都形成了自己的独特传统。在题材上,古希腊寓言及继承它的西欧寓言以动物故事为主,中国古代寓言以人物故事为主,印度古代寓言动物故事略多于人物故事。在体式上,中国古代寓言以散文为主,印度古代寓言以韵散夹杂的形式为主,希腊以后的西欧寓言则喜欢采用韵文。在思想上,也体现了各自的特色。这些特点的形成有深刻的历史原因。窥一斑可知全豹。我们把一些题材近似的作品比较一下,往往可以看出不同民族的思想倾向与艺术倾向。如白居易的寓言诗《燕诗示刘叟》和克雷洛夫的《杜鹃鸟和斑鸠》,这两首寓言诗的题材是很相似的,都写小鸟不爱父母。但是,两诗的思想和艺术风格却不相同。白居易诗中的老燕子是典型的中国父母的形象,含辛茹苦,将子女养育成人;克雷洛夫诗中的杜鹃鸟却是俄国贵妇人的形象,她只顾自己享乐游戏,不亲自担任抚育工作。白居易诗的重点是谴责子女忘恩负义,宣扬恶有恶报,它反映的是中国封建社会的伦理观念;克雷洛夫诗歌的主旨则强调父母对子女的责任,把感情关系放在血缘关系之上,它反映的是西方的伦理观。白居易诗中燕子并未全部拟人化,它没有说话,它的一切都从诗人眼中看出,然后诗人自己来劝说燕子,要它反思;克雷洛夫诗完全采用拟人化手法,用鸟儿间的对话来展示情节。白居易在中国古典诗人中是最喜欢铺陈的诗人,但和克雷洛夫相比,白诗仍显得简洁,不像克雷洛夫那么伸展开拓。这就反映出不同的思想传统与艺术传统。这种对比研究正如丹麦的勃兰兑斯所说的,有双重好处:一是把外国文学摆在我们面前,便于吸收;二是把本国文学摆到一定的距离,使我们对它获得更合实际的认识。这是科学的考察方法,离眼睛太近或太远的东西,我们都看不真切。

比较文学最强调的是影响研究,而这种影响研究正好是从寓言文学开始的。"在20世纪末,正是通过研究印度寓言故事集《五卷书》《佛本生故事》《故事海》等,西方学者开创了东西方文学的比较研究。例如,将《佛本生故事》与西方最著名的《伊索寓言》做比较,就能发现两者有一些在主题,情节或细节上相似的寓言故事。另外,在拉·封丹的《寓言诗》、乔叟的《坎特伯雷故事集》、格林兄弟的童话、薄伽丘的《十日谈》等作品中,也能找到印度故事的影子。"(郭良鋆、黄宝生《佛本生故事选·译后记》)印度寓言对世界寓言创作的确有深远影响,其《五卷书》通过波斯、阿拉伯译本传遍了欧亚各地,其佛经故事通过汉文翻译传到了中国和东亚。如佛经中的"瞎子摸象"在世界广为流传,我国著名文学家苏东坡的寓言《日喻》便明显受其影响。两者的主人公都是盲人;盲人所犯的错误都在于主观片面,拘于一隅。当然,苏东坡作为一个大家是很有创新精神的,"摸象"是从横的方面铺叙,写了8个盲人的举动;"扪日"则从纵的方面深入,写一个盲人接连发生的类推错误。又如《五卷书》第3卷第13个故事"小母鼠择婿",她对威力无比的太阳、云、风、大山都不动心,最后选择了另一只老鼠。故事的寓意是物从其类。这个故事被拉·封丹写成了寓言诗。我国明代作家刘元卿则在它的影响下写了"猫号"这则妙趣横生的寓言(见《贤奕编·应谐录》)。它以给猫命名为线索,虎猫、龙猫、云猫、风猫、墙猫、鼠猫层层推进,逐步暴露出图虚名、搞浮夸的庸俗可笑。主题不同,但情节明显跟"小母鼠择婿"有渊源关系。印度寓言对中国少数民族寓言也有很大影响。如藏族的《尸语故事》《喻法宝聚》《萨迦格言及注释》中的寓言大多来自印度;傣族的"阿暖"(古老)故事共500多个,也大都与佛本生故事有关。

古希腊寓言传入中国之后,也对中国寓言创作发生了影响。明朝万历三十六年(1608年)意大利传教士利玛窦在其著作中译介了少量伊索寓言;天启五年(1625年),法国传教士金尼阁口授、泉州人张赓笔传的伊索寓言选译本《况义》出现在中国。此译本出现之后不久，就出现了中国人模仿伊索寓言写的寓言专集——《物感》。《物感》是明末清初福建宁化人李世熊所写的寓言集，全书20篇皆用动物故事来讽刺明末现实，有些篇直接取材于《况义》。它标志着中国寓言创作的一个转折点。以后吴趼人的《俏皮话》等作品以及现当代寓言创作，皆具有中西合璧的特点。

影响是一种客观存在。没有哪一个民族文化从来不受外民族的影响，也没有哪一个作家从来没有受过前辈作家的影响。问题在于要有所创造，有所突破，要立足于本民族和现实生活的土壤。

（原载陈蒲清主编《中外寓言鉴赏辞典》，湖南教育出版社1990年版）

# 新时期寓言文学的发展

吴秋林

在现今的文学研究中,我们对先秦的寓言文学赞不绝口,对 20 世纪出现的具有同样文学品位的寓言文学关注极少,这种状况虽然并不影响 20 世纪中国寓言文学的"穿透力",但它不利于 20 世纪中国文学的整体发展。故而,展示 20 世纪中国寓言文学的历史面貌,研究寓言文学发展规律和在文学史上的状况,意义是很大的。

## 一、概　况

应该说 20 世纪的中国文学实际上是一种世纪的新文学,它虽然在 19 世纪末期有一定的发端,但它却完全是在"五四"时期的新文化运动的驱动下出现的,一种与中国传统的古文学完全不同的新文学,它从文字运用到文化背景依托,从思想内容到表现形式,都是全新的,这是西方文化、西方文学与古老的中国文化、文学相融会的产物。中国的寓言文学也是在这样的背景下产生的,并且由于中国具有悠久而光荣的寓言文学传统,它的产生就更具必然性。

一般而论,1919 年的五四运动是中国 20 世纪文学的分界线,从这里开始,中国文学走向了自己的现代文学时期,20 世纪的中国寓言文学也是从这时开始的。

据多方考察研究,20 世纪中国寓言文学的第一个作家当首推茅盾。1917 年 10 月,他编纂出版了《中国寓言初编》,这个集子是一个中国古代寓言选集,也是茅盾文学创作的起步作品。1918 年,茅盾出版了中国现代文学史上的第一本寓言集《狮骡访猪》,同年又出版寓言集《平和会议》,构成了 20 世纪寓言文学的开篇。

鲁迅从事杂文、小说等文体的创作,但其某些作品的性质则是地道的寓言,如 1919 年 8 月 20 日在《国民公报·新文艺》中发表的《螃蟹》《古城》等就是。像这样的"寓言"在鲁迅笔下还有不少,这说明"寓"是鲁迅杂文的"工具"之一。

20 世纪 40 年代中国寓言文学走向了第一个高潮,出现了一批真正意义上的寓言作家,以冯雪峰、天戈、莫洛、仇重、何公超等人的作品最多最有影响。冯雪峰、张天翼又是其中的代表作家,他们创作了一批堪称中国现代文学中最优秀的寓言作品。如冯雪峰的寓言集《今寓言》等。

1949 年,新中国成立,寓言创作渐盛,几年间就出现了大量的作品,形成了 20 世纪中国寓言文学的第二个高潮,较著名的作品有《乌鸦兄弟》《猴子磨刀》《高山与洼地》《三戒》《帆与舵》等,涌现了一批很有影响的寓言作家。其中的代表作家为金江、湛卢,另外吕德华、林植峰、仇春霖、申均之、刘征、韶华等也是有名的寓言作家。这一时期的寓言文学的翻译和研究也比较活跃,在寓言文学构成中的分量加大。

20 世纪 80 年代,寓言文学与其他文学样式一样,走上新的发展道路,并渐渐兴盛,形成 20 世纪中国寓言文学的第三个高潮,并呈现了寓言文学全面开拓发展的势态,取得显著成就。

这时期出版的寓言作品集数不胜数，较著名的有《黄瑞云寓言》《凝溪寓言2000篇》《中国俗语故事集》《芥末居杂记》《无药的药方》《寓言百篇》《风筝和雄鹰》《海燕戒》《寓言的寓言》《弄蛇者与眼镜蛇》《春风燕语》《许润泉寓言选》《吴广孝寓言选》，等等。这一时期的寓言作家人数众多，创作水平也在一个较高的层次上发展，最著名的作家有黄瑞云、凝溪、盖壤、黄永玉、吴广孝、许润泉、胡树化、海代泉等。这一时期当代的寓言作品选集走向大型、总揽性，较重要的有《中国现代寓言集锦》《中国新时期寓言选》《当代中国寓言大系》，以《当代中国寓言大系》规模最大。这一时期的寓言翻译也向大型、全面发展，几乎世界上所有的比较重要的寓言作品都有了较为全面、完整的翻译本。

这一时期是寓言文学研究最辉煌的时期，1982年陈蒲清的《中国古代寓言史》出版后，相继有《先秦寓言概论》《寓言辞典》《世界寓言通论》《中外寓言鉴赏辞典》《寓言文学概论》《世界寓言史》《寓言概论》《中国寓言文学史》《中国寓言史》等寓言文学研究的专著出版。这种全面的寓言文学研究，对寓言文学的贡献是不言而喻的。

自从1917年茅盾选辑的《中国寓言初编》出版后，编选、注释、译述中国古代寓言，也是20世纪中国寓言文学的一个重要方面。而这一时期对中国古代寓言的整理是空前的，仅贯通整个中国古代寓言史的大型中国古代寓言集就有十数种。另外，此时期对民间寓言的收集整理也取得了很大的成果。

总的说来，80年代后的这20年，是20世纪中国寓言文学的鼎盛时期。它的存在，对20世纪的中国新文学是有重要意义的，如果说，上两个世纪的世界寓言文学历史上，是欧洲的"伊索时代"，那么，20世纪的八九十年代，则是中国的"伊索时代"。

## 二、作家、作品

新中国成立后，寓言文学就很快登上了一个新的台阶。在中国现代文学中，以寓言创作为主的作家极少，但在中国当代文学的20世纪50年代，却出现了一批专门从事寓言创作的作家。

进入20世纪80年代，中国寓言文学在更为广阔的领域里展开了自己的面貌，出现的作家作品更多。最具代表性的作家是黄瑞云和凝溪，他们所取得的寓言文学成就也最大。同时，盖壤的寓言创作以奇特的描述角度，黄永玉的寓言创作以大反常规的寓言实践，成为寓言文学的两朵奇葩，其地位亦无人可以替代。至于这一时期取得相当寓言成就，富于特色的寓言作家就更多：吴广孝、许润泉、陈乃祥、胡树化、海代泉的寓言表现突出，徐强华、李延祜、鲁兵、崔亚斌、叶永烈、彭万洲、周冰冰、卢培英、李继槐、吴树敬、叶树、邝金鼻、邱国鹰等人都有一定建树和影响。如果说40年代是雪峰寓言独领风骚，50年代是数位作家的天地，那80年代后，中国寓言文学就已有了宏大的作家群了。

金江原本是个诗人，1954年闯入寓言创作之后，就找到了自己文学创作的最佳位置，一连出版了《乌鸦兄弟》《小鹰试飞》等5个寓言作品集，成为中国当时最有成就的寓言作家。在20世纪80年代后，他又重新焕发青春，又连续出版近10部寓言作品集，表现突出。金江寓言给人印象很深的很多，他许多作品完全可属时代最优秀的作品。金江寓言明晰而不浅淡，第一印象距最后效果的空间距离很大，形象鲜明生动，儿童韵味深长，艺术上的特色鲜明，风格独具。金江寓言的出现，形成了有时代特色的一种寓言风范，对中国当代寓言文学有很大影响。

湛卢的成名作是1956年出版的《猴子磨刀》。此寓言集一出版，就受到人们的广泛关注，影响很大，并被译成多种文字出版，是当时最负盛名的寓言作品之一。湛卢20世纪80年代也有大量作品，并形成了他前后不同的寓言风格，前期寓言轻松明快而直率，后期寓言深沉有力而含蓄，但他的代表作仍是《猴子磨刀》。湛卢寓言多数都比较规范和完整，即对伊索寓言的表现形式完全继承，但却工整完善，规范而不僵硬。另外，湛卢寓言形象多为动物，这也继承了伊索寓言的精神。可以说，湛卢寓言是对伊索寓言表现形式和精神最完美的继承和发展，同时又有自己充分的个性表现。如果与金江相比，金江寓言是富于中国趣味的故事，湛卢寓言则是伊索的表现形式和精神最良好的中国式表现，都各具风格和特色，为时代所注重。

黄瑞云寓言主要见于《黄瑞云寓言》。他的寓言深刻地表现了作家对社会生活的关注和严谨的哲理思索，作品大多都有深厚的社会生活基础和背景，强烈地表现了作家力图用寓言来剖析和把握生活的意识。黄瑞云寓言形式上很庄重，叙述和刻画既传统又很生动，故事性强，对寓言道德教训的总结也很精湛。这些都体现了作家在寓言创作上的卓越才华和表现力。这时候的黄瑞云寓言，已经是中国新文学中，融会伊索寓言精神和中国古代寓言精神的最高典范，如果湛卢寓言中还有一些伊索寓言形态方面的遗痕，而在黄瑞云寓言这里，其融合已是极精神化的了。

凝溪的寓言创作始于20世纪80年代。他的寓言作品主要汇集在《凝溪寓言2000篇》中。他的寓言不但短小精湛，质量品位极高，有自己独具的风格，而且还是中国最多产的寓言作家。凝溪寓言创作对普通的社会生活非常关注，极注重从生活中发掘和发现真理，与黄瑞云寓言一样，均以表现寓言的深刻哲理性为根本追求，而且也很成功，故他寓言中常常涌出奇思妙想的智慧之花。凝溪的寓言篇幅绝对短小，很少有超过400字的寓言作品，但他却能在有限的文字中，表现最大限度的思想内容。凝溪寓言对伊索寓言的表现形式把握得很透彻，并且更为生动，寓言中两三个角色情节演进，一个普通的故事就成了闪烁着哲理光辉的生动的寓言表现实体。

黄瑞云、凝溪都是中国最杰出的寓言作家，二者相较，前者凝重、肃穆、理性色彩浓重；后者则轻灵、活泼、流畅，想象丰富，趣味盎然。

除黄瑞云、凝溪外，盖壤、黄永玉是风格最独具的作家。

盖壤并不是严格意义上的寓言作家，但他1989年出版《中国俗语故事集》中却创作了一大批有独特描述角度的寓言作品，且品质极佳，韵味独具，是中国寓言文学难得的优秀作品。盖壤寓言从思想内容到表现形式都是地道的中国民族化的，他把世俗社会中的一粒粒智慧的金子，在创作中铸型，并使之发出理性认识的光芒。他的寓言构思都极巧妙，在极窄的俗语的既定命题中，表现了他在寓言创作上的卓越才华。由于俗语是典型的民间智慧的结晶，故盖壤的寓言表现上也有许多民间文学的意味和情调，加上作者自身的努力，盖壤寓言是最具中国民族色彩的寓言。

黄永玉寓言也不是刻意为之的寓言作品，但这个中国著名的画家，在胸臆充盈之时也同样表现了他在寓言创作上的非凡理解和能力。他的寓言主要在《芥末居杂记》等配画文集中。他的寓言用半文半白的文字写成，每则寓言作家都自配一幅水墨画。他的寓言辛辣地嘲讽世俗生活中的丑态，揭露人性中的缺陷和弱点，笔力健奇，入木三分，面上是对生活的戏笔，但深处却是作家对社会生活的深刻理解和关注。他的寓言短小精奇，幽默风趣，只言片语，不但深刻，还让人玩味不已。如果说盖壤寓言的基本根由是中国民族民间的,那么,黄永玉寓言则源于对中国古代文化的理解和练达。

除以上作家外,20 世纪五六十年代业已成名的老作家如吕德华、林植峰、仇春霖等也屡有新作。一批新作家也跃上了舞台。吴广孝是一位在短期内取得众多寓言创作成果的作家,且在寓言翻译上也颇有成就;许润泉也拥有大量寓言作品,艺术表现上也有自己的特色;陈乃祥是 80 年代初崛起的寓言作家,有一定的影响;胡树化的寓言作品并不多,但他的创作寓言给寓言界带来一股清新之风,令人注目;海代泉寓言创作上也取得了一定的成就,表现上也有自己的独到之处。另外,徐强华的系列寓言、叶永烈、吴树敬的科学寓言、卢培英的知识寓言、高洪波的寓言诗,也代表了这时期寓言创作的各个方面。

就整个 20 世纪的中国寓言文学而言,冯雪峰、金江、湛卢、黄瑞云、凝溪是最杰出的代表作家,他们的作品,不但在寓言文学中,就是在中国新文学中,都有重要的意义和地位。

## 三、研究、翻译

进入 20 世纪,中国人在塑造自己寓言文学创作形象时,也较早地关注了寓言的研究和翻译,并很快使之成为 20 世纪中国寓言文学的重要组成部分。

真正拉开寓言研究大幕的是陈蒲清 1982 年出版的《中国古代寓言史》。此书 22 万字(后又有增订的新版本),它全面地论述了中国古代 2000 多年的寓言文学历史,有许多方面的开创性的建树,为中国古代寓言研究的重大突破。随后是公木的《先秦寓言概论》的出版,此书深入地研究了先秦寓言文学的诸多方面,把对先秦寓言的研究提高到一个新的阶段。两书在对中国古代寓言研究上都形成了自己的体系,相对于过去分散的、个别性的研究,无疑是一个极大的发展,故至今对中国古代寓言的认识和理解,大都基于两书的基本观点。

对寓言基础性的理论研究出现在 20 世纪 90 年代前后,鲍延毅主编的《寓言辞典》1988 年出版,此书 50 多万字,是 20 世纪中国寓言文学的一个基础性构成,它的出现对寓言文学的影响是多方面的。之后不久,陈蒲清主编出版的《中外寓言鉴赏辞典》也是有自己独到的角度,极具影响力的研究成果。两书的出版,是寓言研究的一个重要方面。

20 世纪 90 年代初,《寓言文学概论》《寓言概论》《世界寓言通论》的出版,标志着 20 世纪的中国寓言文学建立了自己坚实的理论基础。《寓言文学概论》15 万字,从纯理论的角度研究寓言的本质、审美、形式、形象、分类等多方面的理论问题,第一次从理论的高度来把握寓言这一文学样式。《寓言概论》20 余万字,从多方面探讨了寓言文学的理论和作家、作品问题。《世界寓言通论》30 多万字,对寓言的本质、起源、发展、应用进行了多方面的研究和探讨。以上三书,都有研究者们对寓言文学的体系化的见解和认识,对中国寓言文学的发展意义是巨大的。

在寓言研究中,史述也是一个重要方面。20 世纪 90 年代的寓言研究于此也取得了重大成果,出版的《世界寓言史》《中国寓言文学史》《中国寓言史》等,均属巨制。《世界寓言史》30 万字,是中国人第一次以自己的角度来审视世界范围内的寓言文学历史;《中国寓言文学史》47 万字,是一部通述中国古今寓言的著作,也是在《中国古代寓言史》之后,人们第一次通述中国寓言文学历史的努力。《中国寓言史》50 万字,它以严谨的史述语言,对中国 3000 年的寓言文学历史,做了全面系统的观照。

从以上不难看出,在寓言创作取得巨大成就的同时,寓言研究也全方位的展开,并取得骄人的成绩。

　　对寓言的收集整理严格地说，也是某种意义上的研究。对寓言的整理，特别是对中国古代寓言的整理，从茅盾开始，一直都是 20 世纪中国寓言文学的组成部分，即我们在创作新时代寓言作品的同时，大量的中国古代寓言作品也被整理出来，共同构成新时代的寓言文学作品。这个过程一直贯穿整个 20 世纪的中国寓言文学，但形成集大成的局面还是在 20 世纪 80 年代之后。从 80 年代到 90 年代的十多年间，许多寓言的研究者、辑录者多角度地出版了大量中国古代寓言选集，仅贯穿整个中国古代寓言史的《中国历代寓言集》就有十数种，其中以 3 卷本的《古代中国寓言大系》规模最大。对中国古代寓言的收集整理、分类等有研究上的意义，同时出现的译述又何尝不是一种创作呢？它们也在很大程度上促进了 20 世纪中国寓言文学的发展。

　　寓言的翻译在中国寓言文学中地位是特殊的，因为外国寓言在中国的翻译而触动了中国寓言文学的"神经"，打开了人们对这一文学样式认识的文学眼界，使人们依托于此再结合中国丰厚的寓言文学传统创建了自己的新的寓言文学。

　　中国翻译外国寓言，最早可追溯到 1600 年前对印度佛经的翻译，其中包含了大量的古印度寓言。到明代，伊索寓言就有译本出现。20 世纪 50 年代，克雷洛夫寓言的翻译更为引人注目。

　　可以说在 20 世纪 80 年代以前，大都是寓言翻译的"选本阶段"，80 年代后，译界才全面系统地译述了世界各国历史上重要的寓言作家的作品。全译本、多种译本是这一时代的基本翻译状况。伊索、拉·封丹、克雷洛夫、莱辛、达·芬奇等一系列寓言作家的作品都有全译本，有的还有数个译本。

　　在某种意义上讲，译述也是一种创作，伊索是欧洲各国民族寓言创作的总源头，法、德、俄、英、西班牙等，几乎整个欧洲各国的寓言作家们，虽然都用自己的民族语言进行寓言创作，但他们创作的题材、内容、表现方式的根基都在伊索，也就是说，他们结合各国自己的现实，把伊索的故事进行了民族化的叙述，或者说译述。中国对世界各国寓言的翻译，也有这样的性质，它们大大丰富了 20 世纪中国寓言文学，促进了中国寓言文学的发展变化。从这个意义上讲，寓言翻译家也是寓言作家。

# 四、意义、使命

　　中国新文学中的寓言文学一开始是被作为儿童文学的类别来对待的，茅盾的寓言作品就是与一般的童话、故事共同编类的。在这种认识理解下出现的寓言作品范本，对后世的影响很大，正是由此而来，在 20 世纪三四十年代，就有一批专事儿童文学的理论家、作家关注寓言、创作寓言，更加放大了中国新寓言的儿童文学性质。以至于我们现今见到的周玉群、白丹宁、程阃如等人的寓言集，全都自动归为儿童文学。这种寓言的儿童文学性在冯雪峰寓言那里有了一个很大的转变，但其基本的影响却一直流布当代，至今犹存。这种以寓言为儿童文学的观点是不正确的，伊索寓言、中国古代寓言以及古代印度寓言全是以深厚哲学思想和世俗智慧为根基的文学表现物，是一种特定的文学产物，自古就一直是"理性的诗篇"，并非小儿科的"戏言"。但这在中国新寓言文学起始上走偏了许多，这种偏颇使 20 世纪的中国寓言文学，从儿童情趣、通俗易懂、故事性等方面获得了一些好处和发展，但它作为"理性诗篇"的性质受到削弱。在艺术种类的分属上就把寓言归为儿童文学的二级品类，而没有应有的与小说、诗歌、散文同等的地位，从而也在一定程度上制约了寓言文学的发展方向。20世纪的中国寓言文学就是在这样的起始中发生、发展而来的,当然,这种"制约"在后来的发展中有了相当大的改变,在实际的创作中,多数的作家都自觉地转向了"理性诗篇"。

20世纪的中国寓言文学也就是从这条道路上走来,经过近50年的聚集和发展,在20世纪80年代后就全面地展示了自己的辉煌,并成为中国文学的一个重要构成。

20世纪的中国寓言文学相对于整体的文学,意义首先是出现了一大批寓言作家。

20世纪20年代到40年代,中国新文学史上的许多文学家都染笔于寓言,这对寓言文学是一种幸运(这种情形很像18世纪的俄国,其时罗蒙诺索夫等人也染笔寓言),但却没能形成自己的众多的寓言作家。周玉群等人的寓言创作也能成"家",但影响太小了,至40年代末期的冯雪峰寓言出现,中国新时期才有了第一位真正的寓言作家。在中国现代文学史上,跻身于小说家、诗人、散文家、戏剧家、理论家的人很多,称为寓言作家,即以寓言创作而成为作家的人也就是冯雪峰,其意义是重大的。在冯雪峰的寓言创作中,让后来的寓言作家们看到了作为一个寓言作家的基本定位和品格,是后来寓言作家不断涌现的良好起点。这之后,金江、湛卢、黄瑞云、凝溪、盖壤、黄永玉等一大批寓言作家出现,并以其优异的寓言文学创作成就,在文学中赢得了自己的地位声誉。50年代后的这批寓言作家比以前的寓言作家更潜心、更专注于寓言创作,也在更高的层次上追求寓言文学的真谛。80年代后的中国文学是一个大发展的时期,小说、诗歌、散文等文学种类都获得了较大的发展,而寓言文学也是其中最富活力的生力军之一,而且相比较而言,寓言文学的发展尺度比其他文学种类要大得多。40年代,寓言作家中造成全国影响有鲜明特色的也就是冯雪峰、张天翼等,而今天,有这种影响程度的寓言作家则很多,以上诸位是当中最有影响的代表。这些寓言作家们,在文学创作中已有自己特定的地位和价值,有自己的成就和光芒,不会被其他文学种类的作家替代和掩盖。

其次是一大批优秀寓言作品的出现。任何一个作家最终说话的是作品,只有作品才能最后确立一个人作为作家的地位和价值,20世纪中国寓言文学拥有一批作家,也是以寓言作品为基础的。冯雪峰之所以成为著名的寓言作家,源于他拥有一批优秀的富于开创性的寓言作品。这些作品不但对冯雪峰,对寓言文学有意义,对中国整体的文学也很有意义。金江和湛卢的寓言作品,一方面继承发扬了前辈寓言作家的优良传统,又有自己独到的理解和表现风格。20世纪80年代的黄瑞云、凝溪、盖壤、黄永玉等人的寓言作品除了自己独特的风格特色之外,对整体文学的影响力和渗透力表现也很强烈,即文学的表现力增强,赢得了更多的文学关注。如果50年代金江、湛卢的寓言时期寓言仍是"小儿科"的理解,那到了80年代的黄瑞云、凝溪寓言时期,这种理解就大大改变了。把寓言作为与小说、诗歌、散文、童话、戏剧有同等地位和品格的种类,已是人们一个大致的共识,因为80年代后的大多数寓言作品,已完全具有了"理性诗篇"的基本性质,是全方位针对每个层次读者的作品了。这些作品中,有许多是寓言的优秀作品,也是这个时代文学的优秀作品,这时期,不但小说等文学种类能代表时代文学的风貌,某些寓言作品也能表现这一时代文学的风貌。也就是说,20世纪的中国寓言文学创作,80年代后也在较大程度上体现了这个时代的文学精神。

另外,20世纪中国寓言文学中寓言研究方面也对中国新文学的整体有特定的意义。对文学分品类的研究一直是文学研究的重要方面,中国新文学中早就展开了对各自文学类别的研究,诗论、小说论、戏剧论、童话论等比比皆是,但是,像寓言研究这样,深入的、多方面、多层次的研究还不多见，更不要说迅速地取得如此之多研究成果。在这些研究中，理论的、历史的、作家的、作品的都有涉及，而且已经形成体系化，有自己独立的见解和认识，它们是寓言文学上的建树，也是对中国新文学的一种丰富。

从以上不难看到，寓言作为一种独立的文学品类，对整体的文学不但有多方面的意义，而且寓言文学本身在对整体文学的发展上也有自己一定的使命，它在表现文学的多样性上，在促进文学多元、全面发展上，也拥有自己的神圣职责。

寓言是一个具有魔术意味的文学品类，它很小，也很大；它很老，也很年轻；它的体裁很小，但它思想包容很大……要不，我们人类的文学就不会永世地赞赏伊索了。它很古老，在人类文学的远古历史中就有它的身影，但它现今的变化又很年轻。它几乎贯穿了整个的世界文学史，是许多文学历史中的"珍珠"或不可缺少的环节，并且，它的存在还深刻地影响着其他的文学种类……20世纪中国寓言文学也是如此，认真善待它也是我们今天文学的荣誉。

（原载王泉根主编《中国新时期儿童文学研究》，河北少年儿童出版社2004年版）

# ◇诗歌◇

## 《儿童文学·诗选》序言

### 袁 鹰

这是一本新中国成立 30 年的儿童诗歌选集。

1949 年同我们的人民共和国同时诞生的婴儿，到今天已经 30 周岁了。不仅早已度过了儿童和少年时代，而且也超过了共青团员的年龄。30 年来，他们同人民共和国一起成长，同祖国的社会主义革命和建设一同迈步，度过旭日东升的春晨，度过冷雨潇潇的秋夜，经历了万木凋零的严冬，又重新迎来了生机勃勃的新春。同样，我们社会主义时代的文学艺术，包括儿童诗在内，也都经历了一番阴晴圆缺、艰辛喜乐的过程，度过了既有崎岖、也有坦道的 30 年。

今天，正当祖国大地又沐浴着万里华阳的日子，我们着手编这本 30 年儿童诗歌选集，有机会重新阅读 30 年来的大量儿童诗歌作品，心头经常涌起一阵阵难以名状的感情：有喜悦，有兴奋，有愤怒，也有哀思。

从一滴水能看到大海，从一本儿童诗歌选也能反映祖国浪涛汹涌的历程。

在这本选集的卷首，先向同志们介绍几位老一辈无产阶级革命家的儿童诗。我们敬爱的毛泽东同志、周恩来同志、朱德同志和其他老一辈无产阶级革命家，为了人民革命事业南征北战几十年，贡献了毕生的心血和精力，而他们在国事繁忙之中，仍然热切地关怀和期待接班人的成长。董老在《书赠小学生》中对新的一代寄予那么殷切的期望，陈毅同志在《儿童篇》里，以无产阶级革命家的豪迈气概，谆谆地引导儿童开阔眼界，去关心国家大事、放眼世界风云；郭老的《新中国的儿童》，曾经作为中国少年先锋队队歌的歌词而为亿万少年儿童所熟悉。今天的许多成年人，许多青年，在他们成长的道路上，每当唱起队歌，就温习一次自己肩头的重任和面前的远大理想。

这组诗的作者，都是党和国家领导人。他们为儿童写的诗，是这本 30 年儿童诗选集的瑰宝；而他们那种共产主义战士"俯首甘为孺子牛"的革命精神，更是值得我们永远学习的光辉典范。

30 年来，儿童诗的创作，同我们整个社会主义文学艺术一样，一直是在党的亲切关怀下，沿着毛主席革命路线健康地发展的。在社会主义文艺百花园里，它同样是五彩缤纷的一角。这本选集，也许可以让我们从一角看到繁花竞放、万紫千红的旺盛景象。

从毛主席在天安门城楼上亲手升起第一面五星红旗到"文化大革命"的十七年间，许多专业和业余的诗人，为我们的下一代创作了大量的儿童诗，许多报刊、出版社，也发表和出版了为数不少的儿童诗集（这本选集，就是在过去好几本选集的基础上编选的），在中小学校、少年宫、少年之家，在夏令营、篝火晚会和其他形式的集会上，孩子们自己写、自己朗诵的诗，更是不计其数。我们在这里只是从万顷碧波中舀起一勺水，从繁茂花坛上采撷几朵鲜花。而且，限于我们的思想、艺术水平，也限于我们所能接触到的资料，挂一漏万固然是肯定的，忽略了许多佳作也很有可能。但即使仅仅从这 200 多首诗歌中，我们也可以约略地看到伟大祖国波澜壮阔，多姿多彩的风貌，听到 8 亿人民在社会主义大道上迈步前进的脚步声。新中国的儿童诗作者，从一开始就是遵循毛主席指出的为工农兵服务、为无产阶级政治服务的文艺方向，自觉地担当起教育下一代的神圣职责，努力使自己的笔同伟大的时代紧密结合起来。在成千上万首儿童诗里，祖国社会主义革命和社会主义建设的历史车轮的每一声隆隆巨响，人民群众在党的领导下同国内外阶级敌人的每一次剧烈搏斗，我们伟大的中华民族的欢乐和苦难，世界被压迫民族、被压迫人民的呻吟、希望和反抗，都能在儿童诗作者的笔下得到反映——即使是侧面的反映。而这正是我们社会主义儿童诗歌最突出的成就。儿童诗有自己的特殊功能，儿童诗的创作，当然也有自己的特殊艺术规律。但是，整个社会主义文学艺术的党性原则和共同任务：表现时代精神，表达人民意志，肩负革命使命，儿童文学和儿童诗歌也是决不例外的。

过去，曾经有同志过分强调儿童文学的特点而有意无意忽视或否认社会主义文艺为工农兵服务、为无产阶级政治服务的方向，似乎在儿童诗里不能提阶级性、政治性和思想性，因为那样就要损害儿童的心灵。30 年来的实践已经多次证明，那样做，等于阉割了儿童文学、儿童诗歌的灵魂。失去了灵魂，即使有着美丽诱人的躯壳，也是没有生命力的东西。30 年来我们的儿童诗歌，从总体说来，是坚持为工农兵服务、为无产阶级政治服务的方向的，它的主流是正确的。这本选集中占相当大篇幅的优秀作品，就完全足以证明儿童诗歌的可喜成就，如果用绚丽的花朵来作比拟，我以为并不过分。

然而，儿童诗歌毕竟不是为成年读者写的，它的对象是少年儿童——从托儿所的小娃娃到摘下红领巾的共青团员。这就决定了它的内容和形式、体裁和语言、构思和情趣，都需要按照自己对象年龄的特点来寻找独特的表现方法。过去，也曾经有同志不承认这一点，认为注意了儿童年龄特点就是"儿童中心论"，就是资产阶级"童心论"，这是不应该有的误解。而这种随意贴标签的简单化作风，也曾经给儿童诗带来一些理论上的混乱，在创作实践上造成一些不好的后果。儿童诗的特点，不仅应该允许存在，而且还要大大提倡，大大发扬。没有个性，也就无从体现共性。就像高尔基说过："想写儿童文学的作家应该估计到读者年龄的一切特征。否则，他写的书会成为儿童和成年人都不需要的无着落的东西。"

儿童诗同样要坚决贯彻"百花齐放，百家争鸣"的方针；同样要注意和提倡题材和风格的多样化。儿童的生活是丰富多彩的，社会主义中国的儿童生活，尤其是丰富多彩的。在这本选集里，我们可以从许多儿童诗中看到他们活跃欢快的各个生活面，诗人们把我们引进一个十分广阔而又充满生机的天地，使我们心旷神怡，流连忘返。在这本选集里，我们也可以读到各种体裁的儿童诗：抒情诗、叙事诗、童话诗、寓言诗、讽刺诗、风景诗、科学诗、童谣、朗诵诗和各种歌词。还有些作者写了不少科学诗，它们收在另一本选集中了。在风格上，有的奔放，像一泻千里的江河；有的委婉，像曲折迂回的溪涧；有的气势雄壮，有的意境清新、有的明快、有的含蓄、有少先队员激越的胸怀，也有学龄前儿童的天真的情趣。同样是儿歌，有儿童现实生活的描述，有神奇美妙的幻想，有祖国山川的画面，也有花鸟虫鱼、飞禽走兽的千姿百态。而所有这一切，小读者们都是需要的。因为，我们的少年儿童很喜爱诗歌，在他们日常生活里，几乎处处都需要诗：学习的时候需要诗，集会的时候需要诗，课外活动中需要诗，营火晚会上需要诗，登山行军中需要诗，做游戏的

时候需要诗，就是小弟弟小妹妹睡觉，也还需要妈妈和奶奶唱"催眠曲"。思想深刻、文字优美的儿童诗，可以帮助少年儿童培养崇高的思想情操和道德观念，增加社会和自然知识，也还可以向孩子们进行美感教育。

儿童诗有无限广阔的天地。在这个天地中，许多先行者披荆斩棘，为我们探索了道路。五四运动的文化先锋们，打倒了孔家店，宣判了"天子重英豪，文章教尔曹，万般皆下品，唯有读书高"之类的《神童诗》的死刑，用清健的、明白如话的白话诗，将少年儿童从封建礼教的桎梏中解放出来，使儿童诗同儿童生活的距离一下子缩短了。20世纪30年代，抗日战争直到解放战争时期，许多诗人在新儿童诗的创作上做了多方面的努力，让儿童诗同翻天覆地的时代和轰轰烈烈的革命运动结合起来，让儿童诗有了新的生命。新中国成立以来30年的儿童诗，正是吸收了前人的经验，继承了优秀的传统，不断前进的。

近十多年来，风云突变，冰雪横飞，儿童诗经历了一场灾难。

林彪、"四人帮"那伙阴谋家、野心家，出于篡党夺权的反革命需要，首先挥舞起"文艺黑线专政"论的屠刀，在文艺界大肆砍伐，搞得百花凋零、万马齐喑。儿童文学自然也不能幸免。他们对儿童文学一窍不通，但是，"黑线""封资修""牛鬼蛇神"这些吓人的大帽子照样满天飞。写母亲爱子女、老师爱学生，是"人性论"；写儿童的转变和成长，是"中间人物论'；写儿童的生活情趣，是"腐朽的资产阶级文艺思想"；写禽兽虫鱼，也成了"大毒草"……横扫狂杀一阵之后，还剩下什么呢？许多优秀的儿童文学作品（包括儿童诗），都被一棍子打死了，图书馆里，许多孩子喜爱看的童话、寓言、诗歌、故事，都被严密地封存起来，或者零乱地失散了。整整10年中，新出版的儿童文学作品，寥寥可数，好的更像晨星。如果说，文艺界是林彪、"四人帮"残酷破坏的重灾区，儿童文学也可以说是重灾区里的重灾户，至少是重灾户之一吧。

江青的黑手，也像毒蛇一样伸进儿童诗的园地。北京一所小学里孩子们写了几首儿歌，被这个凶残狠毒的阴谋家看到了，心怀鬼胎地一把抓去，大做文章，封为"革命儿歌"的"样板"，妄想用儿童诗为他们篡党夺权的反革命阴谋服务。一时之间，"批批批，斗斗斗，打打打""×××，大坏蛋，不把他打倒心不甘"这一类"儿歌"，几乎泛滥成灾。有人说，那时候的儿童诗是"数量大，质量差，千篇一律干巴巴"。为了适应这种畸形发展的需要，居然也出现"常用儿歌30句""常用儿歌200句"之类的玩意。儿童诗到了这地步，就算被他们糟蹋得不成样子了。

那些年，也有不少作者和老师抵制林彪、"四人帮"的极"左"路线和他们竭力鼓吹的那一套，怀着要为下一代提供些精神食粮的衷心愿望，写了许多儿童诗。他们坚持从生活出发，坚持现实主义的创作方法。因而在一些报纸刊物上，依然能读到些好的儿童诗，虽说它们毕竟太少，但总是一片浑浊的空气中散发了芬芳的气息。至于那种帮腔帮味十足的儿童诗，在小读者中是没有市场的。但是，对这一类儿童诗，千万不要因为我们的小读者并不喜欢，并不承认，就低估了它们的流毒。它们不仅伤了小读者的胃口，毒害了孩子们的思想，败坏了儿歌的名誉，更在儿童诗的创作上产生了恶劣的影响。为什么不少儿童诗用政治概念代替艺术形象？为什么那种空洞无物、装腔作势的儿歌，即使在粉碎"四人帮"以后也时有发现？追根溯源，不能不说是受了林彪、"四人帮"一伙的流毒，特别是那种打着"革命"旗号的冒牌儿歌的影响。

林彪、"四人帮"一伙推行的极"左"路线，从根本上颠倒了生活和创作的关系。肃清他们的流毒，拨乱反正，正本清源，首先就要回到从生活出发、从实际出发这个最根本的问题上去。人民群众的生活和斗争，从来就是一切文学艺术取之不尽、用之不竭的唯一源泉，也是儿童诗歌创作的唯一源泉，这是毫无疑义的。过去也有同志认为写儿童诗很容易，不需要什么生活，或者认为自己的一点生活基础，已经绰绰有余，只要写得浅近些，用点儿童语言，就是儿童诗了。这都是很大的误解。到了林彪、"四人帮"霸占文坛的时期，种种谬论发展得更加登峰造极。儿童诗，不仅同样需要深入生活，从丰富多彩的人民群众生活和斗争海洋中汲取诗情，塑造艺术形象。反映儿童现实生活的儿童诗，还应该有自己的要求：一要来自儿童的生活；二要来自中国儿童的生活；三要来自社会主义时代中国少年儿童的生活。只有如此，才有可能真实地而不是虚假地、深刻地而不是肤浅地写出表现出社会主义时代中国少年儿童的思想愿望和喜怒哀乐。只有如此，才有可能写出一首好的儿童诗。

优秀的儿童诗来自人民群众斗争的海洋，这从《天安门诗抄》中表现得特别明显。这本诗集中一组光华四射的诗集，那就是从《天安门诗抄》中选来的5首诗。这5首诗，虽然不是专门为少年儿童写作的，却是便于广大少年儿童接受和为他们所热爱传诵的，它们从特定的角度留下了伟大的"四五"运动的斗争风貌。

1976年清明节前后，首都几百万人民在天安门广场上，在人民英雄纪念碑前沉痛悼念周总理、愤怒讨伐反党阴谋家的斗争，是一场惊天地、泣鬼神的伟大革命运动。革命的人民，在如山的花圈和如海的诗词中，充分地表达了自己对敬爱的周总理的无尽哀思，也用花圈和诗词作武器，对万恶的"四人帮"进行公开的、声势浩大的声讨。天安门广场上成千首诗歌，是反映这场伟大运动的辉煌史诗，也是这场伟大革命运动的一个重要部分。这里也有儿童诗。例如：

> 蚍蜉撼大树，
>
> 摇又摇：
>
> "我的力量大，
>
> 知道不知道？"
>
> 大树说：
>
> "我知道，
>
> 一张报，
>
> 两个校，
>
> 几个小丑嗷嗷叫。"

多么犀利的解剖，多么有力的鞭挞，又是多么富有风趣的嘲笑。它是一首真正的革命儿歌。这组诗歌的作者，同当时天安门广场上所有革命诗文的无名作者一样，并无心作诗人，更不是作为准备发表和出版的儿童诗来写的。他们是在向祸国殃民的"四人帮"进行讨伐和冲击。儿童诗、儿歌、童谣，在战斗者手中，同样也是一柄匕首、一颗炸弹。唯其如此，这几首来自战斗第一线的诗，才那样铿锵有力，光彩夺目，激动人心。它们鼓舞了人民的斗志，教育了少年儿童，也预告了"四人帮"的覆灭。

我们所有儿童诗作者感到无比兴奋的，是华国锋同志为首的党中央为我们的党、为我们的社会主义祖国、为我们8亿人民，也为我们下一代，清除了祸国殃民、罪恶滔天的蠹贼，在千钧一发的紧急关头挽救了革命大业。我们的文学艺术从"文艺黑线专政"论和封建法西斯的文化专制主义的桎梏中解放出来，儿童文学也如同经受了冰霜凌压的苗芽，重又得到阳光雨露的滋养，迅速地呈现出蓬勃的生机。

选集中近两三年来诗歌部分，尽管数量并不占太大比例，但是它们向我们初步展现了儿童诗歌新的潮头、新的面貌和新的特点。许多儿童诗作者在他们的诗篇里，深情地表达了亿万少年儿童对毛主席、周总理、朱委员长和革命老前辈们的衷心爱戴和无限怀念，表达了孩子们对以华国锋同志为首的党中央粉碎万恶的"四人帮"的无比欢欣。在那些诗句里，我们听到了孩子们激荡跳跃的心声。《我的爷爷》那样深情而细致地描述了一位老红军战士怎样同林彪、"四人帮"的残酷迫害进行斗争，它控诉林彪、"四人帮"残害老一辈革命战士的罪行，使人声泪俱下；它描写老战士不屈不挠的斗争，又使人神采飞扬。《风筝》《天上的歌》和别的几首诗，含着热泪倾诉了广大少年儿童和台湾人民对周恩来总理的怀念和热爱。它们是发自肺腑的歌声，所以才那么重地拨动了读者的心弦。只有粉碎万恶的"四人帮"，才会出现这样动人的好诗。

打倒了"四人帮"，我们伟大的社会主义祖国大步前进，我们的儿童诗，也像整个社会主义文学艺术的创作一样，出现了崭新的主题。诗人们为我们的小读者描绘了现代化社会主义强国神奇美妙的宏图，介绍了一些向四个现代化高峰攀登的英雄模范人物的事迹。《飞吧，飞向二十一世纪》《一个怪物和一个小学生》《陈景润叔叔的来信》《困难这么说》《不知道和小问号》这些诗，唤起小读者们勤奋学习、向科学技术进军的愿望的幻想。"四人帮"好比童话里的狼外婆，满嘴花言巧语，把天真的孩子骗进陷阱，陷阱上面有几个黑字：文盲加流氓。有不少孩子已经跌进这可怕的陷阱里去了，有不少正走到边沿上。我们的责任，就是用笔当武器，从"四人帮"的毒害中将少年儿童解救出来。诗歌，也就是这样一种锋利的武器。我们也跟小读者一样，多么热切地盼望着儿童诗作者能为孩子们写出更多反映"四化"、歌唱"四化"的诗篇，在新长征路上给少年儿童吹吹号角，擂擂战鼓啊！

时代向我们儿童诗的作者提出更新更高的要求。

好长时期以来，儿童文学被人视为"小儿科"。儿童诗，更是小儿科中的小儿科。这种说法，很有些蔑视和嘲讽的味道。既是"小儿科"，当然不甚高明，这是一；第二，既是"小儿科"，也就人人可以干；还有第三，"小儿科"作品，免不了都是成年人文学作品的"下脚料"。

这自然是大错特错的。那些把儿童文学看作"小儿科"的人，看来可能忘却了一件极其重要的事实：无论是他自己的儿童时代，无论是作为孩子的父母，他肯定不止一次去求助于小儿科大夫的。当他被父母带到小儿科大夫面前，或是抱着孩子来到医院里，他那热切、急迫和虔诚的心情，一定把面前这位小儿科大夫，看作是这世界上最可亲、最值得尊重的人了。我们这样说，想来不会引起误会，以为我们在嘲笑寻找小儿科大夫的病孩或病孩家长。没有这个意思。我们要说的只是：既然你在实际生活中懂得小儿科大夫的重要，一天也不可缺少，为什么又要以那么不严肃、不尊重的口吻来谈到儿童文学和儿童诗这个"小儿科"呢？

在少年儿童占两亿人口的中国，怎能没有大量的小儿科大夫？同样，在读者占两亿人口的中国，又怎能没有大量的儿童文学和儿童诗作者？我们既要为"小儿科"辩冤，为"小儿科大夫"高唱赞歌，更要积极地培养、发展一支日益壮大的儿童诗作者队伍！

我们儿童诗的作者，又多又少。多，是几乎所有的诗人，都愿意为孩子们写诗，他们也确实写了许多为小读者喜爱、并且长久不忘的好诗。新中国成立以来,出版过不少儿童诗集和选集,每一本都有不少知名诗人送给孩子们的礼物。在这本 30 年儿童诗选中,我们同样看到为许多大读者和小读者们熟悉的名字。少,是比较专门写儿童诗的作者,毕竟也还是寥寥可数。讲绝对数字,说不定也可以上百,但同两亿这个数目相比,那就显得太少太少了。我们多么盼望出现这样的景象:举国上下,大家都来关心新的一代的成长,大家都来向小读者提供优质的精神食粮(包括更多更好的儿童诗)。从党政领导部门到社会的各条战线,到广大专业、业余作者,广大的教师、少年儿童工作者,都来为无产阶级革命事业接班人的茁壮成长,群策群力,在儿童文学的创作、出版、发行、辅导等各个方面,订出规划,拟定措施,一声令下,积极行动,这不正是向四个现代化进军的新长征路上十分喜人的春色吗?北方农民有句俗话:"发不发,看娃娃。"下一代的健壮成长,是我们无产阶级革命事业和社会主义祖国兴旺发达的标志。我们儿童文学作者、儿童诗作者在这方面多流一点汗水,多添几根白发,也是值得的,也是心甘情愿的。

1978 年 12 月初

(原载锡金、郭大森、崔乙主编《1949—1979 儿童文学论文选》,中国少年儿童出版社 1981 年版)

# 漫谈儿童诗的写作

任溶溶

我是个写儿童诗的，不是研究儿童诗的，儿童诗的理论和做法，我都不懂。好在大家也只是要写儿童诗，我就大胆地来"自说自话"，说几句自己写儿童诗的点滴体会，供参考，错了，请批评。

## 一

什么叫儿童诗？一句话，儿童诗是诗，是专门为儿童写的诗。

什么是诗，大家知道，不说了。我来谈谈这种诗的读者对象：儿童。

儿童，或者叫少年儿童，包括生下来的婴儿，一直到十五六岁的少年。在这十几年当中，儿童从牙牙学语，学一二三四，学识字，进托儿所和幼儿园，一直到进小学，进初中。这是一个变化很大的时期。在儿童读物中，把这一整个时期分为低幼、中年级、高年级、初中等几个阶段。这几个阶段的差别，是可想而知的。我们为儿童写作，首先一定要明确为哪一种年龄写作。你把写给少年看的书给小娃娃们看，他们识的字没那么多，知识也没那么丰富，当然接受不了。反过来，你把写给低幼孩子看的书给少年们看，他们字识得多，知识也丰富得多，又觉得太浅了。再加上他们正在向青年过渡，自以为是"大人"了，给他们看这种低幼作品，还会以为是看轻他们，有失他们的面子。当然，儿童各个年龄的特点是逐步变化的，相互衔接的，中年级接低年级，又向高年级发展，不能一刀切。所以有些孩子浅的书也看，深的书也看。但各个阶段还是有它主要的特点，必须抓住。这是整个儿童文学的共同点，儿童诗是儿童文学的一个部门，当然不例外。写儿童诗，一定要注意这一条。

儿童文学各个门类中，最早跟儿童接触的，恐怕是儿童诗吧？甚至在婴儿时期就开始接触了。不是有"催眠曲""摇篮曲"吗？诗有节奏，唱也好，哼也好，婴儿听着听着就容易睡着。婴儿起先当然也不知你说的什么，但可以说已经开始接受诗的"熏陶"。这一类特别的儿童诗不仅对婴儿有用处，对父母也有用处，大可以称为"父母诗"。我对于哄婴儿入睡颇有经验，因为吾生也早，有好几个孩子。哄孩子睡觉是件十分费力的事。我有时抱着孩子，在室中不知要打多少个转转，一面走一面摇，一面摇还要一面拍。这时，"催眠曲"就起作用了。它不但可以叫孩子在有节奏的声音中舒舒服服地入睡，而且可以使我在这种有节奏的声音中减少劳累，真是跟"劳动号子"差不多。可见这种催眠曲也应该写，不但儿童需要，父母也需要。儿童在摇篮里开始跟儿童诗接触，先是茫然不懂，听声音，渐渐就开始懂得它的意思了。

从催眠曲开始的儿童诗，就是朗朗上口的儿歌，年龄越小越需要。儿歌有节奏，有韵，孩子们易读易记，起先都是听来而不是读来的。儿童还不识字的时候就爱听儿歌，听着听着就记住了，记住就自己唱了。听儿歌唱儿歌，这是儿童一种艺术要求。旧儿歌有些毫无内容，儿童还是要听要唱，爱听爱唱，只是因为顺口，有趣。没有好儿歌的话，坏儿歌他们也要唱。我们写儿童诗的同志一定要注意这种给最幼小儿童的儿童诗，写出有意义又有趣的好儿歌，满足幼儿这种非满足不可的要求，并在满足他们的要求的时候进行教育，丰富他们的知识，告诉他们各种道理。拿我自己来说，小时候在广东，有一首儿歌我至今念念不忘，现在想想，还是认为获益不少。这首儿歌是这样的：

> 月光光，照地堂。年卅晚，摘槟榔。槟榔香，买子姜。子姜辣，买蒲达。蒲达苦，买猪肚。猪肚肥，买牛皮。牛皮薄，买菱角。菱角尖，买马鞭。马鞭长，顶屋梁。屋梁高，买张刀。刀切菜，买箩盖，箩盖圆，买只船。船冇（没）底，浸（淹）死几个番鬼仔。

我小时候唱这首儿歌，当然没想到什么教育意义，只是觉得好玩。现在回过头来看看，这首儿歌的艺术手法的确很高明，两句两句换韵，而不同韵的两句又有一个名称重复，连绵不断，一学就会。教育意义也有。它告诉孩子们一些知识，像姜是辣的，蒲达（该怎么写我没查到，反正是这么一种东西）是苦的，菱角是尖的，刀是可以切菜的，等等。特别值得注意的是最后一句："船冇底，浸死几个番鬼仔。"番鬼仔指的是帝国主义者，当时大家都唱"打倒列强，打倒列强"，这首诗就表达了对帝国主义者的憎恨，表达了反帝思想，对儿童就起了教育作用。

童年记住的东西，一辈子也不会忘记。我已经白发苍苍了，还能一字不差地记住这首儿歌，说明低幼儿童诗的重要性。希望写儿童诗的同志有心创作一些如此重要的低幼儿童诗。

为了说明各种年龄儿童诗的特点，我再举一首苏联早期的儿童诗为例。这首诗的题目叫作《笨耗子的故事》，这首诗是这么写的：

> 耗子妈妈哄她宝宝睡觉说："吱吱吱吱，快快睡觉！给你面包皮咬咬，给你蜡烛头嚼嚼。"可是小耗子不肯睡。耗子妈妈就找来一只鸭子哄他睡觉说："呷呷呷呷，睡吧宝宝！下过雨我到园子里去找，小虫给你找一条。"小耗子还是不睡。找来青蛙哄他："呱呱呱呱，睡吧睡到大清早，给你蚊子吃个饱。"小耗子还是不睡。找来一匹马哄他："伊嗬嗬嗬，身子朝里躺躺好，麦子给你一大包。"小耗子还是不睡。找来母猪哄他："儿儿儿儿，快睡觉，胡萝卜你要不要？"小耗子还是不睡。找来母鸡哄他："咯咯咯咯，我用翅膀把你抱，怀里暖和静悄悄。"小耗子还是不睡。找来一条鱼哄他，然而，"鱼嘴动得真热闹，唱什么却不知道"。最后找来一只猫："喵喵喵喵，睡吧宝宝！喵喵，上床快睡好，喵喵，好好睡一觉。"小耗子说，"你的嗓子真正好，声音甜得不得了！"它就睡着了。结果呢，耗子妈妈回家来，往小床上瞧啊瞧，可笨耗子不见了，到处找也找不着。

这应该说是一首好诗。我曾经给托儿所小朋友朗诵过，效果很好。只要念的时候注意耗子、鸭子、青蛙、马、猪、鸡、猫的不同声音和叫声，就热闹得像一台戏，孩子没有不听得哈哈大笑的。里面也有知识，这些动物叫起来是什么声音，它们爱吃什么，母鸡会抱小鸡，等等。假使再要说还有什么教育意义，那就是不要光听声音甜，更要注意谁是我们的敌人。那回我朗诵以后,会场小娃娃就咯咯咯咯、呷呷呷呷叫个不停。这说明,这首诗他们听进去了。

可是这一首诗不管怎么好,念给大孩子听就不行。他们准会说:"怎么,当我们是3岁小娃娃吗?"他们大了,不要听这个了。叙事诗啊,科学诗啊,朗诵诗啊,他们要的诗可就多得多。给大孩子看的诗,就要符合大孩子的要求,符合大孩子的年龄特点。

我们儿童文学工作者是儿童教育工作者,一定要了解各个年龄儿童的特点,写的作品为他们所喜爱,至少为他们看得下去,才能对他们进行教育。而且我们是通过文学作品进行工作的教育工作者,不是教训工作者,不能板着脸去训他们。家长老师也许要教训他们,他们只好站在那里硬着头皮听。你写干巴巴的诗去训他们,他们就不看你的诗。教育云乎哉? 安徒生童话《皇帝的新装》里,最后是小孩子说出皇帝没穿衣服。我过去常常到学校跟孩子们讲故事,一看见他们老出去小便或者说话什么的,就知道我讲的不符合他们的趣味,他们不耐烦了,不要听了。当然,老师为了照顾我的面子,有时禁止他们出去,命令他们不得讲话,费尽九牛二虎之力,要给我压住阵脚。但我总是感到难受的,也就要想个什么办法讲得使他们爱听。我们幸亏不必每篇作品都要通过儿童的考试,否则有些作品写得不好,就要弄得很紧张。但我们还是希望作品写得好,孩子们爱看,办法就是了解儿童,掌握儿童特点,心中有儿童,有小读者,这样就能比较有把握地使自己的作品为儿童所爱看,然后讲的道理就能为他们所接受了。

"四人帮"禁止讲儿童特点。不讲儿童特点,现在看来,对儿童诗的破坏顶大。在他们横行的10年当中,所谓的"儿童诗"特别多。结果诗歌规律破坏了,弄得押韵的就算是诗。哪有押韵的就是诗这种道理呢?《三字经》《千字文》《百家姓》《汤头歌诀》,等等都是押韵的。因为字数一定,又押韵,也有好处,使人易记。但它们无论如何不是诗,也从来没有人把它们当作诗来念。而"四人帮"横行时候大量的所谓"儿童诗",十有八九是押韵的口号。即使是口号,有些感动人的口号说不定也可以是诗,但这些所谓"儿童诗"只是些陈词滥调。粉碎"四人帮"以后我听老师说,当时有人弄个本子,抄上200句,以后不管写什么诗就抄下几句,百试百灵,我听了简直呆住了。后来听北京的同志说,当时他们那里也有这种情况,甚至没有200句之多,只有80句,那就更神了! 不管幼儿园、小学、中学,孩子们看的都是同样的无味东西,这种所谓"儿童诗"结果使儿童对儿童诗大倒其胃口。我们如今就要肃清"四人帮"这种破坏儿童诗的流毒,要充分注意儿童特点,注意不同年龄的儿童特点,写出他们爱看的儿童诗来。

## 二

接下来谈谈儿童诗的门类。

儿童诗的天地是十分广阔的。总而言之一句,儿童文学有什么体裁样式,几乎就有什么样的儿童诗。

不是有故事、小说吗? 那就有叙事诗。有短篇小说就有短的叙事诗。有长篇小说,就有长篇叙事诗,外国还有"诗体小说"这么一个名称。

不是有童话吗? 那就有童话诗。

不是有剧本吗? 那就有用诗体写的剧本,就是诗剧,也叫剧诗。

不是有寓言吗? 那就有寓言诗。

不是有抒情的散文吗? 那就有抒情诗。

不是有讽刺小品，有笑话吗？那就有讽刺诗。

不是有科学小品吗？那就有科学诗。

等等，等等。

此外还有些比较特别的儿童诗。

儿童最爱猜谜语，自古以来，谜语都是用诗体写的，所以有谜语诗。

成人打篮球踢足球是不唱歌的，可是小孩子做游戏要唱歌。跳橡皮筋要唱歌，就有跳橡皮筋歌，拍球要唱歌，就有拍球歌。我们小时候做相互拍手的游戏，就唱："一箩麦，两箩麦，三箩拍大麦，噼噼啪，噼噼啪……"所以有游戏诗。假使我们分得更细些，还可以提出颠倒歌、数数歌，等等。

儿童诗不管哪一个门类都应该大大发展，都应该多写。我们一定要研究这些门类的特点，写出好诗来。

关于这些门类，我在写作中有两点想法，也在这里谈一下。

（1）故事、小说、童话都有故事，那就写故事、小说、童话好了，为什么要写成诗呢？有些叙事诗写得不太好，就会给人这种想法。我看有许多儿童文学作者像小学老师什么都会教那样，什么体裁都能写，既能写小说童话，也能写诗。对于什么题材该写小说童话，什么题材该写叙事诗童话诗，是应该有所考虑的。叙事诗和童话诗切忌写成故事梗概加上韵。儿童爱看故事童话，不怕长，甚至越长越过瘾，读个故事梗概，没有细节，那有什么味道？叙事诗和小说各有特点，小说是叙述故事，叙事诗是歌唱故事。叙事诗也具体地描绘故事，但它不像小说那样细致刻画，而在情节结构上有较大跳跃，充满作者丰富的感情色彩，富有诗意，耐人寻味，用的是精练的诗的语言。叙事诗一定要给人一种感觉，它尽管讲故事，但的确是诗，只有诗才能这样表现出来，小说不能代替它。能做到这样，叙事诗就不会成为押韵的故事梗概，使儿童读得倒胃口了。

（2）讽刺诗曾经是一个禁区，"四人帮"曾把讽刺诗一律称之为丑化新中国儿童形象，统统反对。如今思想解放了，讽刺诗多起来了。大多数儿童讽刺诗无非是对儿童的一些缺点进行善意批评，要他们注意到，加以改正。什么小缺点都写讽刺诗大可不必，但一旦抓住一个应该注意的缺点进行讽刺，那就要狠狠地讽刺。孩子们爱听笑话，爱笑，那就让他大笑，笑得抱肚子，笑得掉眼泪，笑得越厉害，印象就越深，对所讽刺的缺点就越会注意到。不要让儿童刚咧开嘴要哈哈大笑，诗却完了，张开嘴笑不出来，失去讽刺诗的意义。不过掌握使儿童笑的本领也不容易。我过去是个相声迷，收集相声本子，从那里学到不少东西。

关于儿童诗，我说不出什么大道理，就只能说这么一些肤浅体会。我自己写儿童诗，证实了老话说的，"熟读唐诗三百首，不会吟诗也会吟"这个道理。我喜欢读诗，中国的旧诗新诗和翻译诗都看。后来做翻译工作，看看译诗的人较少，我又爱诗，于是就有意多译些诗，译多了，看多了，自己有些话也想说说，就创作了。从我的切身体会说，有借鉴和没有借鉴的确是不同的，借鉴十分必要。看得多了，眼界开阔了，就能看到不同诗人、不同诗篇的巧妙不同，渐渐也看到他们的长处短处，就不会只知其一，不知其二，盲目学习。学习借鉴都是为了自己的创作，为了自己此时此地，为今天新中国的儿童写出较好的作品来。作者一定要有自知之明，知道自己的长短，取人家之长来补自己的短。每位作者又有自己的特点和喜爱。有人更喜爱听梅兰芳，有人更爱听程砚秋，十分自然，毫不奇怪。我读过也译过许多外国儿童诗，其中有些我更爱，甚至入迷，有些我就不那么爱，即

使是有名的诗人。我不喜爱的不一定就是不好，只是和我的爱好有关而已。当然最好不要有偏见，都看，优点都吸收。总之是要善于学习，勇于创作。创作就是创作，要用自己的话去讲自己在生活中得到并经过自己思索的东西。一定要有所创造。儿童诗是一个可以大有作为的广阔天地，需要我们解放思想，不管什么清规戒律，大胆探索和创新。只要我们提高思想认识，深入生活，练好写作本领，在这儿童文学的春天，一定可以开出鲜艳的、人家还不知道叫什么花的香花来！

这是我对自己的要求，我希望和同志们共同前进。

1979 年 4 月

（原载锡金、郭大森、崔乙主编《1949—1979 儿童文学论文选》，中国少年儿童出版社 1981 年版）

# 十四行诗找到了儿童诗诗人金波

屠 岸

金波同志的儿童十四行诗集《我们去看海》,我拜读了。非常喜欢! 我相信,少年儿童读者读了,也一定非常喜欢。

十四行诗这种诗歌体裁最早出现于中世纪欧洲普罗旺斯地区,是流行在民间的一种可以歌唱的小诗,到 13 世纪被文人采用。14 世纪意大利出现了十四行代表性诗人。之后这种形式向欧洲各国"扩散",产生了欧洲各种民族语言的十四行诗。接着"传播"到北美洲,南美洲。20 世纪,亚洲的中国诗人引进了这种形式,创造了汉语十四行诗。这标志着十四行已经衍化为世界性的诗歌体裁。十四行诗最初限于歌唱爱情,早期欧洲诗人常常用十四行系列组诗形式倾诉爱情,歌颂爱的忠诚,抒发失恋的痛苦。文艺复兴时期伟大的诗人莎士比亚用这种形式歌唱友谊,并通过它抒发人生的悲欢,展示生命的奥秘。这是一次突破。17 世纪英国诗人弥尔顿用十四行谱写政治抒情诗,抨击王权暴政,歌赞共和理想。这又是一次突破。19 世纪英国诗人济慈用十四行歌赞美与真,形成对污浊政治和人性丑恶的反叛,这是又一次突破。20 世纪中国诗人唐湜把十四行变体熔铸于历史叙事诗的宏伟交响中,这是一次新的尝试。正如中国的"词",早期似乎只适宜于花间派那样抒写婉约柔媚的感情,可苏轼一唱大江东去,就给了词一个新的天地。十四行也曾一度被认为只宜于写爱情,甚至到了 19 世纪后半期,由于布朗宁夫人伊丽莎白·巴雷特的《葡萄牙人十四行》的成功,还使很多人囿于这一成见。可是里尔克的《致奥菲斯十四行》的出现,终于改变了人们的观念。事实是,诗人们在寻找十四行,十四行也在寻找诗人。十四行显示:它所能包容的不仅仅是一湾河山,而是主观和客观上的整个宇宙。它所拥抱的,是有着种种才能和抱负的诗人。它之所以长盛不衰,所以能在全世界扎根,占领各种诗歌领域,原因之一就在于它本身所具有的顽强的适应性和蓬勃的生命力。它从一个大陆跃进到另一个大陆,从一种语言突击到另一种语言,不断地发现诗人,追求诗人,征服诗人,塑造诗人,成就诗人,取得一个又一个成果,这,不能不使人为之惊叹。到现在为止,似乎还没有任何一种别的诗歌形式能达到这种"全球化"的态势。这是世界诗歌史上一个很特殊的现象,是值得诗学者和诗史家认真研究的课题。

现在,十四行又捕捉到一位中国诗人,并且宣告它进军儿童诗领地的成功。当然这是一次互动,一次双向的选择,十四行找到了金波,金波发现了十四行。我孤陋寡闻,还没有读到世界上其他国家的儿童十四行诗。如果真的没有,那么,金波的创作在十四行诗史上又是一次世界范围的突破。

我确实很惊异,十四行形式有着如此宽泛的包容性。请看金波的十四行,它们如此自然地、毫不勉强地、水乳交融地接纳和承载了童心、童趣、童真以及少年儿童特有的审美体验。这些诗为我们展现出一幅又一幅儿童眼中的大自然美景,向我们流溢出一片又一片少年心中的乡情、友情和亲情,让我们听到了一曲又一曲充满天真的爱之歌、真善美之歌。谁说十四行只适宜于成人的成熟和深邃？请读金波的十四行，那里有儿童所特有的精神世界。在那里，儿童心理学和儿童美学找到了恰当的诗歌表现形式。这是一次世纪的邂逅，历史的幸会。

金波的诗，是真正的儿童诗。为儿童而写，所以单纯，但绝不单薄。那首歌颂友谊的《常常想起的朋友》，朴实之极，但有力度："友情是一本读不完的书，/友情是一棵常青树"，就是一种格言式的偶句。《走向雨季》写雨中的大自然，种种绿色的景物，归结为记在心中的"一次童年之旅"，但不到此为止，而是唱出"人人心中也有一个长大的童年"，这便成了点睛之笔，使思想上了一个台阶。《蕉林豪雨》撷取自然现象中的片段，写成的不仅是儿童诗，也是英雄的放歌。《有一片绿叶沉默不语》写一片树叶在大雨中变成帐篷，里面住着一只七星小甲虫，它在欣赏雨中美景！这想象够奇了，更奇的是"那一夜雨声也滴进了"诗人的梦中，诗人"梦见自己变成了一只小甲虫"，而诗人正是一个小孩，真是美妙极了！单纯之极，但绝不单薄，给人的遐想是无限的。这些诗中所流露的情绪总是那么平和，协调，昂扬，但有时也有深沉的东西。《听秋天里蟋蟀的歌》就唱出"蟋蟀的歌像叹息，像断断续续的呻吟"，使人感到悲凉，但深沉不等于绝望。那蟋蟀的影子成了"一个潜入深秋的灵魂，/在沉默中等待着春天"，显示了生机和亮色。《烛泪》写13岁生日点燃的13根红蜡烛，"亮得比花朵更鲜"，多么欢腾！但"同学们——离散"，"才发现这留下来烛泪"是"告别童年的纪念"，心含惆怅。然而"烛泪记下了今夜无限的甜美"，"它永远在我的心中闪光"，又成为无限美好的回忆。这里包含了悲与喜的辩证交叠，思绪的深化。总之，金波的这些诗，纯而醇，往往给人以深长的遐想。

金波的语言，是经过提炼的汉语，却又相当口语化。他注意到语言的美质和力度。他追求简洁，追求高度的表现力。他对语词的选择很用功夫。《用目光倾听》写妈妈教孩子在听别人讲话时要注视着对方，以示礼貌。诗中说，"我用耳朵、也用目光倾听"，用语简洁，但富于表现力。最后，妈妈"慈爱的目光至今仍照耀着我"，回到"目光"这个词，前后呼应，但不是简单的重复，而是使意蕴深化了。《粗瓷碗》写粮食困难的时候，孩子忽然发现妈妈的饭碗变得很小，自己的饭碗变得很大，是换了个大的粗瓷碗。不用说，妈妈宁可挨饿，把粮食省给正在长身体的儿子了。孩子长大后，"至今仍把那个粗瓷碗珍藏，/因为碗里盛着一个爱的海洋。""海洋"这个字眼在诗中出现的频率很高。出现的次数太多，力量也会减弱。但这里，诗人用了这个词语，在与碗的容量相衬之下，它表现出母爱的无比广大。这个词语于此显示了千钧的力量。

金波诗中多次出现母亲的形象。母爱，往往影响孩子一辈子的人生道路。母爱成为金波儿童诗的主旋律。十四行组诗《献给母亲的花环》用15首格律严谨、首尾衔接、环环相扣的十四行，写出诗人的心灵独白，歌颂母爱的伟力，成为这部诗集的压卷之作。

金波在这部诗集中，对十四行诗的段式、韵式和节奏处理，作出了不少新的创造。钱光培同志对此作了详细的分析和评述。这也是金波对汉语十四行诗体式的有益探索，是对中国新诗发展的贡献。

我为中国的少年儿童读者感到高兴。他们能读到这么一部富有特色的儿童诗集，是一件幸事！

2003 年 4 月 28 日于北京和平里

（原载《诗刊》2005 年第 6 期）

# 关于儿歌创作的几个问题

金 波

## 一、儿歌是不是诗

茅盾先生生前在上海出版的《儿童诗》第二期上发表过一篇题为《对于儿童诗的期望》的短文,文中写道:"儿童诗也是最难写得好的。它不是儿歌,而是儿童诗。"这几句话曾引起儿童诗作者的关注,启发了他们的思考:儿歌是不是诗? 因为茅盾先生认为儿童诗"不是儿歌",那么,儿歌自然也就不是儿童诗了。

儿歌是不是儿童诗,要从创作的实际出发,通过对具体作品的研讨才能得出一个科学的结论。

儿歌,古代称之为"孺子歌""小儿语""童谣"。"五四"以后称之为"儿歌"。儿歌以口耳相传的方式传播,"一儿习之,可为诸儿流布";它又以动听的韵律、浅显的语言、风趣的内容,使儿童永志不忘,所谓"童时习之,可为终身体认"。这都说明优秀的儿歌有其独特的艺术魅力。

但是,儿歌为什么又常常被排斥在诗之外呢? 这又有其历史的根源和自身艺术质量的原因。

在古代关于童谣的研究中,有的做了荒诞的歪曲,认为童谣是借儿童之口表现人间灾异祸福的一种"咎征"。因此,有一些童谣是为某种政治目的而杜撰,或将某些民间流传的童谣加以篡改,并给予牵强附会的解释,这一类童谣,当然已失去了儿童"出自胸臆"而固有的稚朴和天真。

还有一类儿歌,其"实用性"十分明显。这类儿歌,有的以直白的语言向儿童进行某些道德规范的训诫,有的利用儿歌形式为某些方针政策做政治宣传,有的是为传授各种生活知识,有的是为做游戏时协调动作,有的就是为学习数数儿,或练习发音等。总之,在民间童谣以至于现当代创作的不少儿歌作品中,确实存在着注重"实用性"忽视"艺术性"的情况。尽管如此,这类有"实用价值"的儿歌,仍受到不少教师和家长的采纳,用来作为他们对婴幼儿进行启蒙教育的教材。因为儿歌这种形式,最易于被较小的孩子所接受,也是教师和家长进行某种具体教育的最轻便的"工具"。

但是,我们也得承认,这类儿歌多数"质胜于文",缺乏文采,缺乏独创的艺术性,大多是借了某些固定的格式,动听的韵律节奏,即听觉的愉悦来传达一个道理或某些知识。记得在 20 世纪 50 年代初,曾流行过这样一首儿歌:"猴皮筋,我会跳,三反运动我知道:反贪污,反浪费,官僚主义也反对!"这样的儿歌,一听就知道,它既是协调跳皮筋游戏动作的,又是向儿童灌输"三反"运动含义的有实用价值的儿歌。

我想,被列在儿童诗之外的,大约就是这类儿歌吧! 一般地说,这类儿歌在内容上都有明显的说教特点,在语言上不太讲究,很像顺口溜,但在形式上还能做到上口、易记、易唱。

如果以文学的标准要求儿歌，把儿歌纳入诗的艺术殿堂，那么，这类说教味太浓，顺口溜式的儿歌，恐怕是难以达到诗的标准的。我理解茅盾先生所说的不是诗的那种儿歌，大约就是指这类儿歌吧！

我觉得这一问题的指出，有助于我们对于儿歌创作提出更高的要求，从而让儿歌成为一种独特的诗。

## 二、要把儿歌当诗写

在整个幼儿文学中，诗歌这种样式，向来是包括"幼儿诗"和"儿歌"这两种。前者是指那些在内容上较儿歌容量大，在形式上比较自由，适宜年龄稍大的幼儿朗诵和欣赏的"自由诗"；后者是指内容更单一、更浅显，在形式上较多受韵律制约，适宜年龄较小的婴幼儿诵唱的"半格律诗"。

这里我想主要谈谈儿歌的创作问题。

我们既要承认儿歌有其"实用性"的一个方面，又要强调其"文学性"。二者并不矛盾。把儿歌提高到诗的品位上，正是为了让幼儿在文学的熏陶中受到教育，认识生活。

我们常说儿歌要有儿歌味儿，我想这正是为了突出儿歌所特有的文学特质。我们从大量成功的儿歌作品中（包括民间传统童谣）已感受到了这种儿歌味儿。

但儿歌味儿体现在哪些方面呢？

一、儿歌应当紧密贴近幼儿的实际生活。大凡易于被幼儿喜欢并能很快记住的儿歌，都是反映他们实际生活的，都是符合他们的思维特点和审美趣味的。如果与他们的实际生活有距离，所反映的内容他们感到陌生或不易理解，那么即使教育性、艺术性再强，也难于被他们所接受。有些儿歌为了追求题材的分量或教育的深刻性，常常在儿歌中出现抽象的概念和枯燥的说教，这样的儿歌不是从孩子们的实际生活中来，理所当然地会受到他们的冷落。

二、儿歌味儿还应体现在浓厚的情趣上。儿歌应当带给孩子们快乐，有时是幽默带来的捧腹大笑，有时是揶揄带来的开怀大笑，有时又是优美带来的会心微笑。总之，儿歌应当是明快的、风趣的。像民间传统童谣就常有一种诙谐、滑稽的意味，诸如"滑稽歌""古怪歌"以及"反唱歌"，等等，都能让孩子们在笑声中得到艺术享受，培养了他们的幽默感，启迪了他们的机敏、智慧。

三、儿歌味儿还应当体现在顺口美听上，从听觉上得到美感。顺口美听除了表现在内容浅近和语言通俗方面，还常表现在节奏押韵方面。但在这后一方面，我们不少儿歌在写法上还比较拘谨，缺乏创造性。一般常见的大多是三三七的句式或是三字句、五字句；押韵也多遵循着"一韵到底"的模式。其实在节奏和押韵方面，本可以有很大的灵活性。打破节奏上的呆板和"一韵到底"的模式，反而会使儿歌在音乐性上显得活泼灵动，别具一种新鲜悦耳的音乐性。在这方面，只要细心地研究一下民间传统童谣，你就会发现这些童谣的节奏富于变化而又统一，韵脚也是在变化中又有规律可循。

四、在形式上还要多借鉴民间传统的童谣。传统童谣在世世代代的口耳相传中逐渐形成了一定的传承性，即一定的手法和格式，如摇篮歌，数数歌，绕口令，问答歌，连锁调，颠倒歌，谜语歌，等等；在艺术手法上也多用拟人、重叠、反复、起兴、排叙、夸张、对比、问答、幻想，等等。这些格式和技法是在一代代人不断流传、不断革新变异之中，逐渐形成并为儿童所喜闻乐见,也是最能显示儿歌味儿的重要标志。我们创作新儿歌,不能不借鉴这些格式和技巧。可以毫不夸张地说,不重视民间传统童谣的传统性,就很难写出真正有儿歌味儿的新儿歌。从这个意义上说,儿歌不是"自由诗",而是十分讲究艺术技巧和格律要求的另一种诗体。

总之,既要把儿歌当诗写,又不能失去儿歌味儿,这样,才能显示儿歌独特的艺术美,才能真正被幼儿喜闻乐见,活在他们的口上,记在他们的心中,以致代代口耳相传,具有历久不衰的艺术生命。

## 三、目前儿歌创作和出版方面的问题

我们有一个丰富的民间传统童谣的宝库可以借鉴,我们也有一些作家在儿歌创作方面做出了成绩。但是,近些年儿歌创作的发展是较缓慢的,对儿歌创作重视的程度也不够,我认为主要表现在这样几个方面。

一、儿歌作为一种独特的文学样式,为它能把较多的精力用来从事创作,并写出较有影响的儿歌作品的诗人还不多。记得 20 世纪 50 年代,刘饶民以他毕生的精力从事儿歌创作,给我们留下了相当丰厚的精神财富;还有像金近、鲁兵、圣野、张继楼等作家、诗人,也都写了相当数量的好儿歌,流传在孩子们的口头上,在他们幼小的心灵上,播下了第一颗文学的种子,陶冶了一代又一代人的情操。

现在,能以较多的精力从事儿歌创作的人似乎越来越少了,即使有人写了一些儿歌,也往往是浅尝辄止,没能坚持下来。有的人即使写出了一定数量的儿歌,也由于钻研不够,功力不足,也没能在这片还不够丰腴的土地上取得丰硕的成果。

二、有些纯文学的刊物似乎也冷落了儿歌。儿歌本来也是儿童文学中重要的样式之一,它理应在儿童文学园地上占有一定的位置。但是,它现在却像一株瘦小的花朵,开在不显眼的一隅。我记得 20 世纪五六十年代,像《人民文学》《诗刊》这样的大刊物,也曾以一定的篇幅刊登儿歌。而现在,即使是幼儿刊物,有的也不能给儿歌应有的一席之地,时常是在童话、故事的边边角角填上一二首儿歌作为"补白"之用。这种状况很容易给人这样一种印象:儿歌像小菜儿,上不了大筵席。

三、这几年,儿歌大有被幼儿诗替代的倾向。幼儿诗发展较快,出现了一些好作品,这诚然是可喜的。但是,幼儿诗还不能替代儿歌。从这一点来看,我们也可以这样说,幼儿诗"不是儿歌"。

首先,从读者年龄上讲,幼儿诗的读者对象是年龄偏大的幼儿(幼儿园大班的孩子和低年级的学生),儿歌却可以给牙牙学语的婴儿听赏和诵唱。在内容上,幼儿诗的容量较之儿歌要大一些,儿歌在选材上更集中、更单纯。在欣赏习惯上,幼儿诗侧重于通过"听赏"或"默读"(小学生已识字)而受到熏陶,儿歌则是侧重于通过"诵唱"而得到愉悦;前者重在心灵上的感受,后者重在口头上的参与。现在虽然幼儿诗创作发展较快,也有不少好作品,但对于年龄偏小的婴幼儿来说,他们还是盼望有更多的好儿歌给他们。

四、从出版的情况看,这几年儿歌集的出版销路不错。在出版的形式上,趋于作品数量上的多而全,似乎都在努力争取出一本能囊括所有儿歌精品的"大全"。但是,我们也不难发现,由于大家都把注意力集中在这样一个"热点"上,自然很容易重复出版。因为儿歌的精品毕竟是少数,各选家必定都会去选它;有一两个选本重复还勉强可以,如果几十本儿歌集都来重复,这就是一个问题了。现在儿歌集出了不少,但从目录上一看,便会发现这些重复的篇目,不过是又进行了一次新的排列组合,诸如动物儿歌、植物儿歌、知识儿歌、德育儿歌,等等名目繁多。尽管这些分类是科学的,但由于从总体上看重复太多,仍会给人一种陈旧之感。重复出版刺激不了儿歌创作,新的儿歌作品就会越来越少。这个问题应当引起注意。

基于上述情况,我觉得出路在于繁荣儿歌的创作,多出好作品,改变炒冷饭的现状。

1990 年 12 月于北京

(原载《儿童文学研究》1991 年第 5 期)

# 幼儿诗：把梦还给孩子

高洪波

人在幼年时节，由于长身体的缘故，特别爱做梦。尤其是那些腾空飞翔、高台跳水等妙不可言的梦。当你被自己的梦中壮举吓得一激灵时，没错，你准长高了一厘米。

这是科学书上介绍的。

当然，小孩子们即使还没到蹿高拔节的年龄，或是说仅只是一个拖鼻涕的"小不点儿"时，他的梦依然是绚烂奇幻的。他会无缘无故地尖叫、大笑，在梦中成为小人国的国王，孙悟空的伙伴，或是海底人鱼世界里一条楚楚可怜的小人鱼……

近读法国让·诺安著述的《笑的历史》一书，老先生旁征博引，引用了大诗人波德莱尔的一段妙言："孩子们的笑容宛若盛开的花朵一样。那是获得满足的快乐，充满希望的快乐，凝神静观的快乐，奋发向上的快乐。那种快乐像禾苗一样鲜嫩多姿……犹如小狗快活地摆动尾巴，猫咪发出甜美的鼾声。"我以为，皱着眉头看世界的《恶之花》的作者，对孩子却是充满理解与热爱的。

笑属于孩子，梦与诗自然同样是孩子的专利。

鉴于此，读到了最近在由新闻出版署等单位举办的全国幼儿图书评奖中一些获奖诗集时，才感到由衷的高兴。

这些低幼读物，对于我们当前远非兴旺发达的幼儿教育事业，是一种有力的支持。换言之，诗人们用奇丽的幻想和精巧的构思，加上和谐的韵律和几分幽默，帮助孩子们进入诗歌的领域，并赠予他们一个又一个香喷喷的梦境。别的不敢说，至少我从自己6岁的女儿那种如醉如痴的迷恋上，不无妒忌地发现了它们的艺术魅力。

河北省的"儿歌大王"王清秀，本职工作是一位工程技术人员，却鬼使神差般写起了儿歌。他的这次获奖诗集《快乐儿歌60首》(新蕾出版社出版)，分为5册，计《家乡好呀好》《生活乐呀乐》《心灵美呀美》《动物妙呀妙》和《大家笑呀笑》，许多儿歌都可以过目成诵。它们或歌颂了新时期以来山乡的变化，或以轻松的笔调勾勒出儿童生活中的种种意趣，或极形象地画出不同动物的外部特征，让小孩子在有节奏的吟唱中，受到知识的启蒙。比如他在《走路歌》中写道："老鼠走路一溜烟，长蛇走路弯又弯。青蛙走路爱跳远，小兔走路身子蹿。鸭子走路摇呀摇，肥猪走路颠颠颠。"一句歌谣，一种动物，的确是巧妙的诗教。

假如王清秀的儿歌代表着、或继承发扬着我国传统童谣艺术特色的话，鲁兵的《小猪奴尼》(少年儿童出版社出版)则吸收了外国一些童话诗的表现手法。在这首60余行的小叙事诗中，始终贯穿一个顽皮且不讲卫生的小猪奴尼的形象。小猪不洗澡，爱在泥坑里打滚，结果回到家时，"吓得妈妈打了个大喷嚏"，以至于认不出自己的儿子，这可是极大的夸张。小猪奴尼被赶出家门，按照作者的安排，见到了织毛衣的羊姐姐，游戏的猫阿姨，以及吊水洗大衣的牛婶婶，结果自然是皆大欢喜，牛婶婶"井水用了一百桶，肥皂泡泡满天飞。洗掉烂泥，是个奴尼"。鲁兵的这首风趣的小诗，十分形象地描写了一个拟人化的小猪，内中蕴含的教育意义亦比较明显。

我以为，多给幼儿们创作《小猪奴尼》一类的诗，再配以美丽的图画，寓教于乐的效果将会十分强烈，如果诗人们做进一步的努力和探索，中国式的米老鼠和唐老鸭的出现也是指日可待的。

在这批获奖的诗集（或说是诗画集更准确）中，北京三位中年诗人金波、樊发稼和望安的作品亦颇有分量。金波本长于抒情写景，发掘大自然与儿童心灵之间的某种默契，这次获奖的《快乐的节日》（安徽人民出版社出版），把中华民族的各种节日一一赋予浓郁的诗意，从春节、元宵节、"三八"妇女节，直到植树节、"八一"建军节、中秋节和国庆节，在最后一首题为《自己的节日》的诗中，诗人真挚地告诉自己的小读者说："如果你长大了，/能学到很多很多知识，/你能为大家努力工作，/那么，你的每一天，/都会像快乐的节日！"这无疑是一种具象化了的"五讲四美"的教育。

樊发稼与望安的两本诗集，都由天津人民美术出版社出版。望安的书取名《彩色的小诗》，恰如其分；发稼的书冠以《小娃娃的歌》，童趣盎然。发稼在《小蘑菇》中这样写道："小蘑菇，你真傻！太阳，没晒。大雨，没下。你老撑着小伞，干啥？"以儿童的视角，发出儿童的疑问，诗意就在这设问中油然而生了。此外，他的《醒》《太阳公公洗澡》以及《会飞的小星星》等诗，均写得轻灵剔透，全无一个理论工作者的"夫子气"，不由得让人叹服。望安在《彩色的小诗》中，随意泼墨，纵情挥毫，把少年儿童与美丽的大自然那奇妙的和谐描绘得淋漓尽致。望安这组小诗，以色彩入诗，写了白帆、蓝天、绿色的草坪；写了湖水里小杜鹃唱歌的倒影；写了漂亮的花篱笆；还用绚丽的笔触，写下了《海上日出》。在这首小诗里，望安把旭日喻为"撒开线的红气球"，这红气球是"天那边的孩子"送来的动物，乘白帆到天边牵住它，该有多么美妙！

望安在这里紧扣住儿童的想象特点，把宇宙大世界纳入童心小天地，在大与小的对比中，展现出20世纪80年代儿童一种追求光明与欢乐的特质。

值得一提的还有上海青年女诗人郑春华的诗集《小豆芽芽》（宁夏人民出版社出版）。这是一本严格意义上的诗集，以诗为主，插图为辅。内中收入了郑春华近年来为低幼儿童写下的60余首诗。在这些反映幼儿园生活的诗中，郑春华充分调动自己多年幼儿园教师生活的积累，在《圆圆和圈圈》《船》《啥东西》《我的手》等诗中，把儿童的情趣与稚气不动声色地表达出来，而且巧妙机敏。这些诗，当属于温暖而带着微笑的梦境，吸引着孩子和一切爱孩子的成人。

幼儿文学，尤其是以幼儿读者为对象的诗歌，看似容易，其实极难。这几乎是儿童文学界一个公认的事实。唯其如此，这批优秀儿歌、儿童诗才格外引人喜爱。尽管从装帧、版本、印刷上还有种种不尽人意之处，毕竟是一个良好的开端。能为孩子制造绚丽梦境的诗人，是可尊敬的人；把本应属于孩子的梦归还给他们，看来是每一位文学工作者义不容辞的责任。

（原载高洪波著《红蜻蜓少年随笔丛书·为青春祝福》，湖北少年儿童出版社1999年版）

# 进一步提高儿童诗创作的质量

樊发稼

中国少年儿童出版社《儿童文学》杂志编辑部召开儿童诗歌创作座谈会,新中国成立以来尚属首次。通过这次会议,回顾我国儿童诗歌创作的历程,认真交流创作经验,深入探讨创作中存在的一些问题,这对进一步推动新时期儿童诗的繁荣和发展,更好地发挥儿童诗对广大少年儿童的"诗教"作用,促进社会主义精神文明建设,都是极有意义的。

我想就进一步提高儿童诗创作的质量问题,谈一点想法和意见。

马萧萧同志用《鲜花烂漫次第开》形容当前儿童诗坛的可喜景象,我以为既生动又贴切。诗人袁鹰同志在他和邵燕祥同志主编的《儿童文学·诗选》的序言中指出:"我国社会主义时代的文学艺术,包括儿童诗在内,也都经历了一番阴晴圆缺、艰辛喜乐的过程,度过了既有崎岖、也有坦道的 30 年。"的确如此,由于我国特定的社会政治原因,新中国成立以来儿童诗曾几经盛衰,有发展,也有停滞;待到十年浩劫期间,由于江青一伙直接染指儿童诗领域,当时的大量所谓"儿歌"成了他们"阴谋文艺"的一部分,儿童诗创作实际上走进了死胡同的绝境。粉碎"四人帮"之后,特别是党的十一届三中全会以后,随着思想解放运动的深入,儿童诗才逐步重新复苏,发展起来。近几年来,作者队伍不断扩大,据粗略统计:坚持经常创作儿童诗的作者,全国约有五六百人,全国每年发表儿童诗(包括儿歌)达一万首左右。作品的题材和主题越来越丰富多样,出现了一批佳作,整个儿童诗坛呈现出欣欣向荣的景象。

当前迫切需要研究和探讨的是,如何在现有基础上进一步提高儿童诗创作的质量。数量和质量,是辩证的统一,没有一定的数量,就无所谓质量;如果数量很多,质量上不去,那也算不上是真正的繁荣。

儿童诗的质量,是一个大的概念,它是一个综合体现:正确的富于美感的内容同优美的形式的有机的完美的结合;作品的鲜明的儿童特点、生活气息和时代特征,考察一篇具体作品,还要看它的选材角度,立意,构思,感情,语言,形象,节奏感,音韵,意境,为小读者提供的美感享受,等等。这一切,同诗人的生活、思想和艺术表现功力紧密相关。

什么是高质量的优秀的儿童诗?

儿童诗是为孩子服务的,诗人的直接工作对象,或者说他的创造性劳动所直接起作用的"客体",是孩子的心灵、他们的感情世界和精神世界。因此,凡是能扣响小读者心弦的,就该属优秀的诗作。诗人通过作品,引导小读者不知不觉地进入迷人的诗的境界,使他们陶醉其中,"乐而忘返"。这样的诗篇,对孩子有强大的吸引力,能引起他们浓厚的阅读兴趣,真正能起到陶冶性情、培养高尚道德情操、提高审美趣味的作用。这样的诗篇,必定能较好地发挥它的认识、教育和审美三方面的社会功能。写出富于生命力的、经得起时间考验的诗篇不是一件易事。而这,正是儿童诗作者应当毕其一生努力奋斗加以实现的。

关于进一步提高儿童诗创作的质量,我个人想到如下几个方面的问题。

# 一、跟"一般化"作斗争

用"斗争"这个字眼，无非是想表明当前儿童诗创作中"一般化"弊病的普遍性和努力克服这种弊病的必要性和迫切性。"一般化"问题不解决，儿童诗创作就很难提高质量。作者对生活没有什么新鲜的感受，立意、构思平淡无奇，取材角度比较陈旧，表现手法又常习见，人云亦云，人写亦写，重复别人甚至重复自己。这样的儿童诗，孩子们不喜欢是理所当然的。这样的作品，应该说是没有多少美学价值和文学价值的。这样的作品再多，对儿童文学、儿童诗的宝库并不增添什么。随便举个例子，今年"六一"儿童节一个省的一家报纸的副刊发了一组儿童诗，领衔的一首题为《党是阳光我是花》，全诗共 8 句：

> 党是阳光我是花，阳光哺育我长大。
> 六一向党献啥礼？ 说说我的心里话：
> "党啊，我的好妈妈，从小就听您的话。
> 好好学习文化课，学好本领建四化。"

这是一首儿歌体的诗。诗的思想无疑是正确的，无可非议。但作为一首诗，在艺术上可说毫无新意可言。在当前发表的大量的儿童诗作品中，类似这样的平庸之作还是相当多的，而且不限于儿歌体。

生产精神食粮、创作儿童诗，跟物质产品的生产是很不一样的。一个技术熟练的工人，可以连续多少年不出一件废品、次品。但是生产儿童诗不这样：一个水平再高，经验再丰富的诗人，要求他每写出一首儿童诗都是"一级品"，那是不切合实际的。艺术上的偶尔失误，对任何一位大家也许都是难以避免的。但是我们可以要求诗人不要把这样的作品拿出来发表。诗人的作品，在质量上，在思想性和艺术性的结合上，应起到表率和示范的作用。每创作、发表一篇作品，在自己的艺术阶梯上都应该更进一步。诗人应当对自己提出这样的严格要求，应当有一种严肃负责的创作态度，而绝不能满足于艺术创作上的一般化，总要有所发现，有所创造，总要对小读者有所给予。我想同志们都有这样的体会：刚写完一首诗，往往觉得较满意，"自我感觉良好"。但如果放一段时间，冷一冷，又往往感到需要修改之处甚多。应该多进行这样的"冷处理"，多磨一磨，精益求精。

# 二、努力克服"平、浅、直、白、露"

所谓平、浅，就是说诗写得平淡、肤浅。对生活缺乏深切的感受，对儿童的思想感情、内心世界，没有独特精到的把握，只是对生活的表象做一些浮光掠影的、客观的描摹。儿童诗诗人应该怀着一颗"童心"写孩子的童心，以诗的手段来揭示儿童的心灵美，反过来又用以感染孩子的心灵，作用于他们的感情和精神。可惜我们有好多儿童诗在艺术上没有什么创新，往往写得太实，缺乏那种瑰丽的、开阔的想象，奇特的幻想和有趣、大胆的夸张。

直、白、露，则主要反映在对儿童诗主题思想的揭示和表现上。有人说，儿童诗是教育诗。这当然是对的。但"教育"二字怎样正确理解，很值得研究，即教育什么？ 通过什么途径来实现教育的目的？ 有些儿童诗写得过于直、白、露，多半跟作者对这个问题比较狭隘的理解有关。写一首诗，总要急于说一个道理或教训，这种道理或教训又往往不是体现在生动的、渗透着激情的形象之中，有时作者干脆把嘴巴直接插进诗里，直说出某种训诫。这实在是不可取的。儿童诗既然是诗，就应当具有诗的一切特征，尤其是"以情动人"这一点。儿童诗对小读者的教育，必须通过诗的艺术途径潜移默化地实现。小读者读儿童诗时首先接触和感受到的是可观可感的形象和感情，而绝不是某种意念、概念或道理。小读者阅读儿童诗所受到的教育，应该是借诗本身创造的形象和意境，由他们自己悟出来的，这才符合诗的艺术规律。因此，儿童诗应该给孩子们留下想象的余地，留下可供咀嚼、思而得之的东西。这就是说，我们一方面要反对诗的晦涩，一方面又要提倡诗的含蓄。罗大里的《一行有一行的气味》，通过各个行业的气味来揭示劳动人民和剥削阶级"阔佬"的差别，热情歌颂劳动人民。这是一个大主题，诗人能从大处着眼，小处落笔，诗写得具体而又深刻，容量很大，耐人咀嚼，发人深思。我们有的儿童诗，却不是这样，一家儿童刊物上刊有一首题曰《杜鹃花》的诗。

> 我想你一定很怕冷，
> 要不为啥冬天不敢出来。
> 只怪你平时没有好好锻炼，
> 瞧，梅花不是爱在严寒中盛开！

　　这首诗写得很生硬。很可能是作者先有了一个概念，想教育孩子们以某一个道理，然后再去找形象：用杜鹃花的"怕冷"来衬托梅花的不畏严寒，要孩子们不学杜鹃花的娇气，而要学梅花"在严寒中盛开"的可贵品格。但作品的客观效果不见得理想，失之于既直、且白、又露。另外，这首诗在形象的选择上也有漏洞：在"冬天不敢出来"的绝不仅仅是杜鹃一种花，为什么唯独要批评杜鹃花呢？缺乏典型性，就必然缺乏艺术说服力。

　　一家儿童文学刊物今年第二期上发表了一组诗，其中一首题为《大雁》：

> 我们在中国是妇孺皆知远近闻名，
> 多少诗人画家曾将我们写入画幅谱进诗文，
> 我们也最爱这个国家多么辽阔广大任我们南迁北移，
> 我们更爱这里的人民，是多么勤劳勇敢热爱和平。
> 每年我们从塞北飞向江南，万里长征，
> 飞越过多少山岳、河流、城市和乡村，
> 小朋友，你可知道为什么我们总是排成一个人字，
> 我们是在向中国人致敬，敬礼这伟大的国家、伟大的人民！

　　这首诗写法比较俗旧，一些句子显得臃肿冗长，有的甚至不合文法（如"敬礼这伟大的国家……"）。说大雁"排成一个人字"，"是在向中国人致敬"，实在显得生硬牵强。把一些政治概念硬贴进诗里，这是过去一段时间内曾经习见的做法。这种同儿童诗艺术相悖的创作，曾败坏过小读者的胃口。不是从生活中来的"儿童诗"，要获得小读者的首肯和喜爱是不可能的。孩子不爱看的儿童诗，它的教育作用自然也就无从谈起。

## 三、不要"成人化"

　　儿童诗是写给儿童看的，当然应该具有鲜明的儿童的特点。各个不同年龄阶段的孩

子，在生理、心理特点和智力、知识、理解事物的程度上，有很大差异。因此，在执笔写儿童诗时，思想上不仅应当明确是写给孩子的，而且要明确是写给哪个年龄阶段的孩子的。正如高尔基所指出的："想写儿童文学的作家应该估计到读者年龄的一切特征。不然，他写的书会成为儿童和成年人都不需要的无着落的东西。"

我们现在有不少儿童诗，缺乏儿童特点，"成人化"的弊病十分明显。语言是成人的，感情是成人的，诗里的形象是孩子所不易理解的，缺乏或者不符合儿童形象思维的特点，没有浓郁的感人的儿童情趣，对孩子们缺少亲切感。因此，有的同志把这类诗戏称为"写给成人看的儿童诗"。例如一位作者写的《浪》：

> 是落魄的醉汉
> 踉跄在海边
>
> 呵，那一片温暖的港湾
> 能收容这漂泊无定的浪子

这显然不是儿童诗，但却明明发表在一家文学丛刊的"儿童文学专辑"里。

有的同志以为，凡是写儿童，反映儿童生活的诗，就是儿童诗。这种看法并不确切。鉴别一首诗是不是儿童诗，并不在于诗的取材，而要看这首诗总体上是不是具有鲜明的儿童特点。写成人、反映成人生活的诗，只要真正是从儿童的角度抒写的，具有儿童特点，同样可以是很好的儿童诗。

还有一些儿童诗，写得朦里朦胧，晦涩难懂，恐怕连大人也看不明白。这样的作品虽然不多，但作为一种现象，应当引起注意。把儿童诗写得像猜不透的谜语一样，不仅孩子，而且成人也无法接受。这样的"儿童诗"，客观上只能造成孩子们对儿童诗的冷漠的疏远。

导致儿童诗"成人化"弊病的原因，说到底，是作者没有充分考虑到创作的服务对象。这绝不是一个单纯的写作技巧和表现手法问题。关键在于作者有没有一颗"童心"，是不是像陈伯吹同志说的那样，"能够和儿童站在一起，善于从儿童的角度出发，以儿童的耳朵去听，以儿童的眼睛去看，特别以儿童的心灵去体会"。

为了进一步提高儿童诗创作的质量，写出为广大少年儿童喜爱的好诗来，很重要的一条，就是作者必须深入生活。生活永远是创作的唯一源泉。儿童文学、儿童诗也不例外。此外，还应当大力加强儿童诗的理论研究和作品评介工作。要帮助诗人总结创作经验，实事求是地分析其作品的成败得失，肯定长处和成绩，克服不足和缺点。诗人自己则应遵照儿童诗的艺术规律，在创作实践中不断地做出新的探索。对外国优秀儿童诗的评介工作也应加强，这对开阔艺术视野，不断丰富我们的艺术表现手法等，也是大有裨益的。

我们相信，在党的"百花齐放、百家争鸣"正确文艺方针指引下，经过广大诗人、作者的不懈努力，我国儿童诗苑一定会盛开出更多、更美的奇花异葩来！

1982 年 6 月 27 日写于山东烟台，7 月 10 日整理于北京

（原载《儿童文学研究》1983 年总第 12 辑）

# 《中国当代儿童诗丛》序

束沛德

儿童诗是一种优美精致的、善于抒发儿童情感的文学样式。它对于少年儿童陶冶情操、净化心灵、丰富想象力、培育美感，对于塑造新世纪的民族魂，提高未来一代的思想道德素质，具有独特的、潜移默化的作用。然而，近几年儿童诗的状况、境遇，同新时期之初相比，同儿童小说、童话等文学样式相比，确实显得相当冷清、沉寂。发表儿童诗的园地不多，出版诗集难而印数又少，对儿童诗的评论更为薄弱，小读者与儿童诗的距离日益拉大。这都是不容忽视和回避的事实。如何振兴儿童诗，提高儿童诗的地位？如何使儿童诗真正走进当代少年儿童的心灵世界？这些问题不仅值得儿童文学界认真探讨，也应当引起文学团体、出版部门、现代传播媒体及广大家长、中小学教师、少年儿童工作者的共同关注。

我以为，儿童诗要走出困境，再创佳绩，深入童心，固然与社会大环境、大背景有关，需要方方面面扎扎实实地做许多营造氛围、铺路搭桥的工作；但是，最根本、最重要的还得通过创作主体——诗人自身创造性的劳动，提高诗的品位、素质，拿出更多反映当代儿童心声、富有时代光泽和艺术魅力、为儿童喜闻乐见的作品来。湖北少年儿童出版社编辑、出版这套《中国当代儿童诗丛》，正是想在激活相对冷清的儿童诗坛、鼓舞儿童诗人的创作热情、致力于提高创作质量、吸引小读者阅读鉴赏儿童诗等方面，起一点摇旗呐喊、擂鼓助威的作用。

严寒季节，窗外雪花纷飞。我伏案细读收入这套丛书的 8 本诗集，似有一股热流涌上心头。我为诗人们不甘寂寞、默默耕耘的精神所感动，也为他们尽心竭力、精耕细作的收获而高兴。

这套《中国当代儿童诗丛》可说是当今儿童诗苑的缩影，大致反映了我国 20 世纪 90 年代以来儿童诗创作的面貌、业绩和水平。

从作者阵容来看，从 30 多岁的姜华、徐鲁、薛卫民到 40 多岁的邱易东、高洪波，从五六十岁的聪聪、金波到年逾古稀的老诗人曾卓，形成一个老中青结合、以中青年为主的梯形结构。8 位诗人都是在儿童诗苑具有相当知名度和代表性的佼佼者，他们大多在全国性的儿童文学评奖中捧过奖杯。生机勃勃、创作旺盛的中青年诗人已成为儿童诗创作的中坚群，这恰好反映了我国儿童诗坛的现状。

从题材内容来看，8 本诗集充分展示了色彩缤纷的大自然、大时代和充满欢乐、忧伤、梦幻、秘密的儿童感情世界。在诗人的笔下，有对祖国母亲的歌颂，故乡故土的眷恋，亲情友谊的赞美，美好未来的憧憬；也有对春夏秋冬的钟爱，花鸟虫鱼的咏唱，生态平衡的关注，外星孩子的问候。打开诗集，一个个新鲜生动的形象迎面而来，长大了想飞出去亲眼看看多彩世界的蒲公英，冬雪呼啸依然专注地拥抱着干枯枝条迎接春天的蝴蝶，没读过一本书、写过一首诗却自吹自擂的螳螂大诗人，请求老师别让自己在班上做检讨的淘

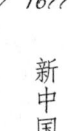

新中国儿童文学

气包，从没见过海、立志当一名光荣水兵的孩子，日夜思念故乡月亮地、老磨坊、冬米糖、贴身袄的少年……令人读来感到诗意盎然，感情真挚。不少诗篇在题材的开拓、角度的选择、内涵的开掘、意境的营构上，都给人以新鲜奇妙的印象和感受。

在艺术风格上，8位诗人或热情奔放或委婉含蓄，或气势恢宏或意境优雅，真可说是八仙过海，各显其能。曾卓的质朴自然，金波的清丽隽永，聪聪的真挚明快，高洪波的幽默诙谐，邱易东的开阔深沉，薛卫民的清新流畅，姜华的精巧细腻，徐鲁的激情多思，可以清晰地看出，诗人们都在探索、追求艺术个性化的道路上一步一个脚印地向前迈进。以高洪波和邱易东做一比较：一向主张"儿童文学应是快乐文学"的高洪波，在他的笔下，无论是机智的狐狸、没有那么坏的大灰狼、快活舒服的小袋鼠，还是丢失了自己的退休爷爷、当"克格勃"的好外婆、重男轻女的好爸爸，都涉笔成趣，令人忍俊不禁；而隐含于幽默诙谐之中的意蕴又启人心智，引人思索。而另一位着力于激发少年想象力、创造力的邱易东，他笔下城市、山村的孩子，地球、外星的孩子和漫游神话的孩子，则令人感到角度新颖，视野开阔，穿越历史，面向未来，引导少年们咀嚼人生，奋发向上。读他俩的诗篇，你是决不会把高洪波和邱易东混淆起来的。

通览这8位诗人的作品，我掩卷思索：这些优秀或比较优秀的儿童诗成功的奥秘何在？儿童诗的艺术魅力从何而来？儿童诗如何才能真正走进当代儿童的心灵世界？我以为，这些诗人和其他一些有成就的儿童诗人创作实践的经验，至少为我们提供了以下这些值得深入思考、研究和探讨的话题。

（一）珍视童年时代的生活对自己的馈赠

每个诗人都有自己的或幸福温馨、或苦涩忧伤的童年。童年生活的回忆给诗人以天真、稚气、灵感、诗情。保持天真，保持童心，才能与当今孩子的心灵相通，像孩子一样设身处地、细致入微地去观察、体验他们的生活、心态、感情、趣味，从他们感兴趣的一切生活领域发现、捕捉真、善、美和诗情画意。

（二）把握儿童诗贵在抒情的特质

抒情是诗的特质、诗的生命。儿童诗尤为注重抒发少年儿童的真情实感，倾吐他们的心声。抒儿童之情，言儿童之志，把心交给小读者，这样的儿童诗才能走进少年儿童的心灵，拨动少年儿童的心弦。写儿童诗，需要艺术激情。激情来自沸腾的人民生活和七彩的儿童世界。用生花妙笔尽情抒发心中那些能与儿童相沟通、交流的激情，用真情去感染、熏陶小读者，这样的作品才真正具有诗的素质。

（三）体会当代儿童的喜怒哀乐

当今的少年儿童生活在改革开放的年代，站在迎接新世纪的门槛上。他们的所思所想，所恨所爱，他们的渴望和追求，有着鲜明的时代烙印。要深入了解、准确把握当代少年儿童的思想感情、心理特点，努力捕捉他们在当代生活中关注的热点、焦点和感情世界的闪光点。用当代意识观照生活，观照世界，观照孩子天地，力求写出富有更鲜明、浓郁的时代色泽、芳香的儿童诗篇。

（四）扩大驰骋艺术想象的空间

诗歌是最适于自由驰骋艺术想象的一种文体。可以说，没有想象，也就没有诗歌。爱好幻想又是少年儿童的天性。孩子的各色各样的瑰丽的想象、奇异的梦幻，往往反映他们的渴望和憧憬，从中可以倾听到他们心灵深处的声音。儿童诗里充满孩子所特有的、天真烂漫的奇思妙想，而这种想象、幻想又是植根于我们时代的生活厚土的，孩子们读来就会感到情趣盎然，十分亲切，从而产生激发他们想象力、创造力的艺术魅力。

（五）发扬个人的艺术独创性

每个诗人都有自己的生活经历、个性特点、艺术气质、创作擅长。儿童诗思想内涵、艺术形式上的探索、创新，要坚定地走自己的路，扬长避短，各自发挥独特的创造力，充分表现自己的艺术个性。儿童诗题材、形式、风格、表现手法更加多样化，才能更好地满足小读者多样化的审美需求。主题、构思、手法、语言等陈旧、肤浅、单调、刻板，就必然在小读者中间受到冷落。

归纳上述几点，是不是可以作如是观：童心、真情、想象的交汇，当代意识与艺术个性的融合，是儿童诗乃至整个儿童文学的艺术魅力之所在。

愿有更多的好诗走进孩子中间去，在他们心中生根、开花！

1997 年 12 月 1 日

（原载《中国当代儿童诗丛》，湖北少年儿童出版社 1997 年版）

# 中国当代儿童诗发展概述

樊发稼

1949年中华人民共和国的诞生，为中国儿童文学、也为中国儿童诗创作的发展开辟了广阔的道路。新中国成立后的儿童诗园地，在众多热心园丁的辛勤耕耘下，在各个时期都开出了一大批优美的诗花。尤其是1949年至1966年十七年间和党的十一届三中全会之后的"新时期"，儿童诗创作经历了两个繁盛时期。

20世纪50年代，神州大地翻天覆地的社会变革，极大地激发了作家和诗人们的创作热情。出于对如日初升的年轻共和国及其未来建设者成长的深切关注和期望，许多饮誉诗界的老诗人如郭沫若、冰心、臧克家、艾青、田间、袁水拍、严辰、李季、阮章竞等，都为孩子们创作了数量不等的儿童诗。与此同时，一批在新中国成立前就开始儿童诗创作的诗人如郭风、金近、贺宜、袁鹰、鲁兵、圣野、张继楼、田地等以及新中国成立后涌现的以柯岩为代表的一些有才华的青年诗作者，都创作和发表了许多优秀儿童诗。50年代至60年代前期，"我国的儿童诗创作呈现了极为活跃和令人振奋的局面，说得上是奇花竞放，彩色缤纷。诗坛涌现了许多脍炙人口、为全国少年儿童所传诵的作品"。①

论述这个时期儿童诗的繁荣，不能不首先提到郭风在这个领域的辛勤劳绩。他为孩子们创作的作品，无论是诗还是散文诗，都有浓郁的童话色彩。"春天点亮了，春天亮得像一支花烛"（《油菜花的童话》中的诗句）——他早期儿童诗这种热烈清新、明朗亮丽的基调和风格，在20世纪50年代乃至以后几十年的创作中得到了保持和发展。他在作品里倾注的对于家乡、大自然的深挚眷恋和热爱之情，不仅深深打动了一代又一代小读者的心灵，而且也使众多成人读者心弦为之震颤，例如《叶笛》里这样的诗句：

> 啊，故乡的叶笛。
> 那只是两片绿叶。
> 把它放在嘴唇上，
> 于是像我们的祖先一样，
> 吹出了对乡土的深沉眷恋，
> 吹出了对于故乡景色的激越赞美，
> 吹出了对于生活的爱，
> 吹出了自由的歌、劳动的歌、火焰似的燃烧着
> 青春的歌……

郭风20世纪50年代出版的作品集有《火柴盒的火车》《月亮的船》《蒲公英和虹》《叶笛集》《搭船的鸟》《会飞的种子》《洗澡的虎》《避雨的豹》《在植物园里》等。新中国成立后，郭风写了大量儿童散文诗，他把童话引入散文诗中来，使这种优美的文体更具独

特的艺术魅力。郭风的作品,无论是诗还是散文诗,语言清雅秀美,都有丰富的想象和浓郁的意境,深受大小读者的喜爱。评论家汪习麟在一篇关于郭风儿童诗的专论中说:"郭风的诗,虽然都是单篇,却给人以组诗的感觉,一朵小花,一泓溪水,他从不同季节,不同色彩,不同角度,不同诗情,一笔笔勾勒,一层层上色,最终显出完整而鲜明的形象,点染出诗的意境。""郭风的诗,用质朴的语言,音乐的旋律,演奏出欢乐而明朗的曲调。有时如木讷的孩子,反复叙述;有时,却又如流云一般,轻盈柔和。""郭风的诗,不追求节奏上的匀称,却追求篇章上的整齐。从他的诗中,我们沐浴到春天的阳光,闻到了甜美的空气。""郭风的诗,给人想象,给人启示。在沉静中,我们进入了一个文明而优美的世界。"②

金近、袁鹰、鲁兵、圣野、田地、于之、柯岩等诗人在新中国成立后十七年中,儿童诗创作上也有令人注目的成就。

金近(1915—1989)从1946年开始创作儿童诗,先后发表了《小毛的生活》(1946)、《小瘪三的歌唱》(1947)等反映当时穷苦儿童生活的儿童叙事诗。新中国成立后在写童话的同时,创作了大量儿童诗,先后出版有儿童诗集《小河唱歌》(1950)、《我真想入队》(1952)、《冬天的玫瑰》(1955)、《小队长的苦恼》(1955)、《在我们村子里》(1956)、《中队的鼓手》(1958)、《萝卜联欢会》(1959)、《小鸭子追麻雀》(1963)、《跨着大步上学校》(1963)等。金近的儿童诗不少是直接抒写儿童生活的,作品中的少年儿童有理想、有抱负、热爱祖国、热爱学习、热爱劳动,真切地反映并歌颂了新中国成立初期孩子们在新时代阳光沐浴下积极向上的思想风貌。他的《黄鼠狼拜年》《冬天的玫瑰》等童话诗,语言优美,形象鲜明,故事动人,对小读者很有教育意义。金近还写了不少儿童讽刺诗,例如《小队长的苦恼》《最糊涂的同学》《我为什么要哭》等。这些诗篇以诙谐幽默的语言,对孩子们身上的缺点和不足,进行了充满热情和善意的讽刺和批评,成功地塑造了正在成长中的少年儿童形象。

袁鹰(1924— )长期做报纸编辑工作,他的儿童诗处女作发表于20世纪40年代后期,新中国成立后的儿童诗创作则始于1953年。这年7月,他发表了著名诗作《寄到汤姆斯河去的诗》,在广大小读者中间激起强烈反响,"上百封从祖国四面八方来的信寄到发表这首诗的《中国少年报》编辑部"(袁鹰:《为祖国的未来歌唱》)。从此,他便以极大的热情投入儿童诗创作中,诗思泉涌,佳作迭出,1955年至1964年10年间,先后出版了《篝火燃烧的时候》(1955)、《彩色的幻想》(1957)、《在美国,有一个孩子被杀死了》(1958)、《我也要戴红领巾》(1958)、《保卫红领巾》(1959)、《寄到汤姆斯河去的诗》(1959)、《唱一唱北京》(1959)、《五封信》(1961)、《在毛主席身边长大》(1964)9本儿童诗集。袁鹰的儿童诗题材、主题多样,有教育孩子们要珍惜时间的《时光老人的礼物》,有反映少先队生活的《和太阳比赛早起》,有告诫小朋友莫忘过去,要发扬革命先烈崇高精神的《篝火燃烧的时候》,也写了不少国际题材的作品:除《寄到汤姆斯河去的诗》《在美国,有一个孩子被杀死了》外,还有《美国儿歌》《黎巴嫩小孩》《五封信》《柬埔寨小司机》和《非洲孩子找朋友》,等等。袁鹰的儿童诗感情充沛,诗意深厚,叙事和抒情水乳交融,很适于朗诵。

鲁兵(1924—2006)1946年起即在《中国儿童时报》上陆续发表诗作,20世纪50年代出版过两本儿童诗歌集:《唱的是山歌》(1957)和《大力士》(1959)。鲁兵的儿童诗歌多以低幼儿童为读者对象,语言浅显,形象有趣生动,富有教育旨趣。如创作于1955年的《下巴上的洞洞》③:

从前，

有个奇怪的娃娃，

娃娃，

有个奇怪的下巴，

下巴，

有个奇怪的洞洞，

洞洞，

谁知道它有多大。

瞧他

一边饭往嘴里划，

一边

从那洞洞往下撒。


如果

饭桌是土地，

而且

饭粒会发芽，

那么，

一天三餐饭，

他呀，

餐餐种庄稼；

可惜

啥也没有种出来，

只是

粮食白白被糟蹋。

别开生面的开头，"连珠"式的语言（将前句的结尾词语作为后句的起首），以及独具风趣的比喻和夸张，都给小读者带来莫大的阅读快感。整首诗浑然一体，流畅自然，不露说教痕迹；诗人巧妙地将作品的"理"，寓寄于轻松诙谐的情趣之中。

田地（1927—2007）第一本儿童诗集《告别》问世于 1947 年。20 世纪 50 年代出版的儿童诗集有《南瓜花》（1951）、《和志愿军叔叔一样》（1952）、《明天》（1953）、《轮船就要开了》（1953）、《他在阳光下走》（1954）、《小树叶》（1957）等。田地的儿童诗在 50 年代有广泛影响。《祖国的春天》是他早期的一首代表作：

春天，

她像一个美丽、幸福的小姑娘，

快乐地走遍了

祖国每一个地方。

作品抒写春天所到之处，都是鸟语、花香、歌声和阳光，然后直抒胸臆，充分表达了

"我"要用自己的辛勤劳动建设祖国的决心；诗篇最后部分这样抒发那个年代少年儿童共同的热烈激动的心声：

> 只要能使
>
> 祖国的春天更美丽，
>
> 只要能使
>
> 祖国的春天更欢畅，
>
> 我可以去做一切！
>
> 我可以献出所有的力量！
>
> 这就是我
>
> 最大的幸福和愿望！

　　热爱祖国，热爱新的时代和生活，是田地众多儿童诗的一个重要主题。到 20 世纪 70 年代末之后，田地又相继创作和发表了《我爱我的祖国》《要为祖国添光彩》等儿童抒情诗力作，艺术手法和《祖国的春天》基本一致，只是思想感情更为雄浑和深沉了。

　　于之（1927—　　）的第一首儿童诗《给小朋友》发表于《人民文学》1952 年 6 月号。20 世纪 50 年代至 1965 年前，曾出版儿童诗集《海边的孩子》（1957）、《马戏团演员》（1962）、《小熊跳高》（1964）等。最早为他带来声誉的是他创作于 1956 年、发表于 1957 年 3 月号《人民文学》上的儿童组诗《海边的孩子》。诗人在作品中真实而生动地描绘了孩子在大海怀抱中快活嬉戏的情景，素朴清丽的诗句描画出令人神往的海边如画风光，而诗人充满爱意深情的话语：

> 晒你的小屁股儿，
>
> 晒你的小肚皮，
>
> 太阳公公、海洋妈妈，
>
> 都那么喜欢你！

　　不仅增添了欢乐的气氛，也写出了大自然对孩子的爱抚。于之说过："诗的一切都应当是美的——美的形体、美的衣衫、美的语言、美的灵魂。"④于之的儿童诗，无论是写于五六十年代的，还是新时期出版的《森林音乐会》等集子中的许多作品，都写得很美。清新、优美，这正是于之儿童诗的重要艺术特色。

　　柯岩（1929—　　）是 20 世纪 50 年代中期崛起于儿童诗坛的一位新诗人，她在 1955 年 12 月号《人民文学》发表的《儿童诗三首》，深受小读者欢迎。自此之后，柯岩创作儿童诗一发不可收，先后出版儿童诗集《大红花》（1956）、《最美的画册》（1956）、《"小迷糊"阿姨》（诗、剧合集，1959）、《我对雷锋叔叔说》（1963）、《讲给少先队员听》（1964）等。柯岩的儿童诗语言生动，生活气息浓郁，格调清新而又饶富儿童情趣。她的创作成就，一开始就引起广泛注意，1957 年春，《文艺报》发表评论家舒霭的长篇评论文章《情趣从何而来》，对她儿童诗的艺术特色做了热情的肯定；著名老诗人臧克家也在《人民文学》1959 年 9 月号发表《柯岩的儿童诗》一文，指出"柯岩写的儿童诗，不论在取材和表现手法方面，都注意到读者对象这一点。这样，孩子们喜欢读，大人看了也觉得有趣味"，认为"她是具有个人的风格，个人的独特艺术表现手法"的诗人。柯岩早期的许多儿童诗如《"小兵"的故事》《眼睛惹出了什么事情》《妈妈下班回了家》《远方的客人》等，都是直接反映儿童生活的，而且故事性强，不少可视作"小叙事诗"。诗人以生动的笔触，通过对小主人公人物形象的刻画，具体情节、细节的描绘，无不将儿童特有的天真可爱的性格以及他们的思想感情，表现得惟妙惟肖，诗意盎然。

以歌剧《赤叶河》和长诗《漳河水》蜚声文坛的著名剧作家、诗人阮章竞（1914—2000）写于1955年并于翌年出版的长篇童话诗《金色的海螺》，是新中国成立后十七年中儿童诗领域的一个重要收获。作品取材于流传广泛的民间故事《田螺姑娘》，但诗人并未为原材料所囿，而是进行了深入的挖掘，精心再创造，推陈出新，使这个古老的题材在新的时代熠熠生辉。作品写了一个勤劳的打鱼少年救了一条小金鱼，这条小金鱼是海神娘娘的女儿。为报答少年的救命之恩，她变成海螺姑娘帮助少年料理生活，和少年一起过了3年。后来海神娘娘强令海螺姑娘返回大海。少年历尽艰险磨难，战胜了重重困难，终于以自己勇敢坚定的意志和对于爱情的坚挚忠诚感动了海神娘娘，被允许和海螺姑娘一起幸福地生活。诗篇热情讴歌了劳动人民勤劳善良的品德，也赞颂了他们为追求美好生活而勇敢斗争的可贵精神。《金色的海螺》不仅"以它的人民性，它的对于斗争对于生活的乐观主义精神，强烈地鼓舞了读者，增强了他们为美好生活而斗争的信心"[⑤]，也以其动人的形象、浓郁的意境和优美的语言，使广大小读者受到美的感染和熏陶。

1966年至1976年"文化大革命"期间，出现过一批"配合政治运动"的"革命儿歌"和"儿童诗"，这些有着鲜明政治功利化色彩的作品，严重脱离儿童生活，大量堆砌政治标语和口号，完全以成人思维代替儿童思维，以抽象的政治概念代替艺术想象。在这个时期，也有不少诗人、作者出于对祖国下一代的深挚关爱，坚持从生活出发，创作了一些富有儿童特点、有一定艺术感染力的儿童诗歌，但数量不多。

进入新时期之后，儿童诗重新获得发展，逐步走向新的繁荣。

文学巨匠茅盾于1979年2月为新创办的《儿童诗》丛刊写了一篇题为《对于儿童诗的期望》的短文，他在这篇文章中指出："儿童诗是新生事物。""在百花园中，儿童诗是个嫩芽。这个嫩芽刚破土而出，前程如何，还看不准，但是，只要得到阳光的温暖，雨露的滋润，它一定会茁壮成长，开放出美丽的独标一格的花朵。"总的来说，新时期儿童诗创作是健康发展的。正如茅盾所期望的那样，儿童诗作为儿童文苑"独标一格的花朵"，由于"得到阳光的温暖，雨露的滋润"而"茁壮成长"着。

在新时期最初几年，许多老诗人都热情地为孩子们献出了新作。艾青创作了《初雪》，抒写了面对晶莹洁白的雪花纷纷扬扬从天而降，孩子们欢乐雀跃的情状。诗句淳朴清新，调子轻快，表现了孩子们对大自然、对生活的热爱，表达了他们美好纯真的愿望。李季的儿童叙事诗《葡萄的传说》，叙述了"在久远久远的年代以前，吐鲁番还是一片戈壁荒滩"时，由10个青年勇士组成的骆驼队，从吐鲁番出发，去一个遥远的地方，历尽千难万险，终于将那里的葡萄秧采运回来的故事，热情歌颂了勇士们为民造福不畏艰险乃至甘愿献出宝贵生命的坚强意志和崇高精神。袁鹰、邵燕祥分别发表了《两代红领巾》和《星星火炬》，从不同角度抒发了少先队员决心继承革命传统、为祖国现代化建设做贡献的理想和情操。

新时期儿童诗的题材和内容，有了明显的拓展。每年发表的数以万计的儿童诗歌，既有反映当代儿童生活、表达孩子们对生活的热爱之情以及自己美好的理想和憧憬的，也有写对美丽的大自然、祖国大好河山的种种诗意的感受，或通过写祖国历史上烜赫人物、重大事件来抒发深挚的爱国主义情怀的；有的诗作以"童年生活"为主要内容，它们多为诗人在对自己童年时的回忆中激发的创作灵感，也有的篇什通过写个别（或少数）却又有一定代表性的当今少年儿童在生活中遇到的不幸和痛苦，来反映引人警视和思考的社会问题，或侧重揭示当代少年的某种心态，渲写他们初步感受到生活重负的一种沉重感、困惑感，要求突破生活中某些束缚个性的桎梏；还有不少国际题材的儿童诗，如在"国际和平年"表达对世界和平的热爱和向往；对世界上发生的重大事件（包括战争、严重自然灾害等）表示关注；表达对人类做出重大贡献的杰出人物（如科学家、艺术家）的仰慕崇敬之情，等等。

新时期儿童诗创作可谓繁复多样，从体式、品种和不同年龄阶段读者对象等不同角度来大体划分，包括适合低幼儿童阅读欣赏的幼儿诗歌在内，抒情诗、叙事诗、童话诗、寓言诗、科学诗、散文诗、讽刺诗、朗诵诗等，在创作数量和艺术质量上都有明显的发展和提高。从艺术表现手法看，许多诗人都有各自新的追求和探索，有些比较年轻的诗作者，受某些成人诗新的艺术手法的启发，较多采用通感、象征、意象组合的手法，来表现当代少年的情感流动，取得了良好的效果。由于受到诗坛某些"晦涩诗"的影响，新时期儿童诗苑也出现过一些语言艰涩、怪异难解的作品，由于它们毫无少年儿童特点或严重"成人化"，因而无法博得广大小读者的喜爱。

新时期儿童诗坛活跃着一支可观的创作队伍。圣野、金波、任溶溶、张秋生、聪聪、高洪波、李少白、佟希仁、尹世霖、孙华文、王宜振、吴珹、李昆纯、李富祺、薛卫民、李志、郑春华、白冰、刘丙钧、滕毓旭、刘育贤、婴草、徐鲁、冬木、李先轶、邓元杰、程宏明、潘仲龄、盖尚铎、雪兵、谢采筏、蒲华清、江全章、赵家瑶、程逸汝、刘猛、马业文、钱万成、商殿举、赖松廷、于波、苗欣、关登瀛、马及时、张铁苏、管用和、水飞、陈满平、荆其柱、姚业涌、朱述新、王怀让、陈官煊、刘崇善、张寿彭、望安、张洪波、林染、毕国瑛、牟心海、樊发稼、管乐、钱光培、张继楼、谷斯涌、纪宇、申爱萍、李约拿、王慧骐、刘斌、班马、金本、徐康、蓝星、柯愈勋、邱易东等诗人，都以自己的创造性劳动，为新时期儿童诗的发展做出了可贵的奉献。

圣野（1922— ）的第一首诗发表于1942年，"文革"前十七年中出版了11本儿童诗集，进入新时期之后，又出版了20多本儿童诗集，他是我国当代为孩子们创作最勤奋的诗人之一。以《欢迎小雨点》为代表的圣野早期诗作，大都写得婉丽隽秀，清新可诵。圣野写于1978年的《神奇的窗子》却是平中见奇，寓意深邃。这是一首儿童生活抒情诗，而就其奇特的幻想和想象构成的境界而言，它又是一首童话诗；若从其某些意象的审美特征来看，则也可算作是一首"儿童朦胧诗"了。诗中那扇"大窗子"之所以"神奇"，就在于一打开它，原先闭塞的、不很明亮的屋子里立刻充满阳光，充满歌声。这首诗，把孩子们想象中的祖国明天的景象描绘得如此神奇美丽，同时也表现了一代少年对祖国实现现代化宏伟目标的欢悦、向往、憧憬和深思。在当代众多儿童诗诗人中，圣野以独特的艺术探索和执着的美学追求，卓然成其一格。他的极大部分作品形式上比较自由开放，节无定行，行无定字，参差不齐，无拘无束；他不喜欢诗句的泥实和句式的均齐，他追求的是行云流水般的自然美，注重的是内在的节奏；他的不少作品是无韵诗，甚至不加标点。

金波（1935— ）的第一本儿童诗集《回声》问世于1963年。1979年以来，出版了《林中的鸟声》《会飞的花朵》《我的雪人》《绿色的太阳》《雨铃铛》《在我和你之间》《林中月夜》等多种儿童诗集，还先后出版了两个选集：《金波儿童诗选》（1983）和《金波儿童诗集》（1990）。他是在中国作家协会一、二、三届全国优秀儿童文学奖评奖中连续三次获奖的唯一诗人，也是以儿童诗创作的卓越成就获得国际安徒生奖候选人殊荣的第一位中国作

家。金波说过："在我的儿童诗里，我所执着地表现的是'爱'。我希望它像小鸟飞进孩子们的心中。因此，我给这小鸟插上美的翅膀。""我希望我的儿童诗是这样的雪花：它融化在孩子们的心灵里，变成真挚的爱，对美的追求和生活的激励……儿童诗应该让孩子们从小在美的享受中，不知不觉地接受着教育，犹如雪花在不知不觉中融化于土地，变成绚丽的色彩。"⑥这正是金波的一贯艺术主张，同时他也努力付诸创作实践。美，是金波儿童诗最鲜明的艺术特色。他的诗作，清丽而蕴藉，不仅寄寓的思想和理念是美的，抒发的感受和情怀是美的，而且作品本身具有构思的新颖美和奇巧美，形象的清朗美和鲜明美，语言的凝练美和音乐美。

任溶溶（1923—　）是另一位在新时期儿童诗创作中有突出成就的诗人。他是位著名的翻译家，较多地创作儿童诗，始于 20 世纪 60 年代初，1965 年出版过儿童诗集《小孩子懂大事情》。新时期出版的儿童诗集有《给巨人的书》（1980）、《我妈妈的故事》（1983）、《任溶溶作品选》（1983）、《给我的巨人朋友》（1992）和《绒毛小熊》（1993）等。任溶溶的儿童诗绝大部分取材于孩子们熟悉、关心和感到亲切的现实生活。他的诗，大都带有一定的情节性，几乎每一首诗，都是一个有趣的小故事；无论写给哪个年龄阶段的孩子的作品，诗人都十分讲求通过有趣的诗篇对小读者施以某种思想品德的、哲理的、情感的乃至知识的教育。质朴淳厚是任溶溶儿童诗在风格上的一个显著特色，他的作品不尚词饰，以大量口语入诗，语言轻松、幽默、诙谐，深受小读者喜爱。

台湾儿童诗近 20 年来发展较快。在台湾儿童诗园地里辛勤耕耘、成就显著有林焕彰、林良、谢武彰、林武宪、舒兰、黄基博、詹冰、冯辉岳、林钟隆、陈木城、杜荣琛、方素珍、林加春、沙白、罗青、洪志明等新老诗人。随着海峡两岸儿童文学交流的开展，越来越多的台湾儿童诗佳作介绍到大陆，大陆的优秀儿童诗也越来越多地为台湾小读者所熟悉。

纵观中国儿童诗的发展历程，我们可以清晰地看到儿童诗作为儿童文学的一个重要"分支"在各个历史阶段逐步前进的轨迹。正如笔者在一篇文章中所说的那样：如果我们的视点不局限于某一个或两个年份，而是在广阔的文学背景上以历史的、发展的眼光作宏观的审察。那么，就不难得出这样的结论：同其他文学样式一样，儿童诗始终在发展着、前进着。儿童诗创作像一条河，也许它并不壮阔，并无惊人的奇观，甚至在它的某一个区段也偶显得过于平缓乃至沉闷，然而，这一切，都并不妨碍它毕竟是一条不停地向前流动的河，在它没有终极的涌流进程中，不时飞卷起堆堆雪浪花，而其独有的风姿、它的文学品格和美学价值，是绝对不能为别的文学样式所取代的。

1996 年 8 月 31 日于北京双榆树

[注释]

①贺宜：《小百花园丁随笔》，少年儿童出版社 1986 年版，第 163 页。
②汪习麟：《用无邪的童心歌唱——漫谈郭风的儿童诗》。
③1979 年作者修改后发表于《小朋友》杂志 1979 年第 6 期。
④见《于之论儿童诗》，载《儿童诗十家》。
⑤严文井：《〈1954—1955 年儿童文学选〉序言》。
⑥金波：《儿童诗创作札记》。

（原载樊发稼著《追求儿童文学的永恒》，河北教育出版社 2001 年版）

# 儿歌：自觉于现代文学语境的百年

崔昕平

童谣是儿童文学的源头之一，是幼儿最早接触的文学样式。民间口头传唱的童谣，具有浓郁的民歌风格，符合儿童心理，适合儿童吟唱。现代作家有意识地为幼儿创作儿歌，形成了相对于无名的民间创作的现代儿歌，这是儿歌的现代自觉。自 1918 年 2 月刘半农、周作人、沈尹默等在北京大学设立歌谣征集处，在全国范围内征集民间歌谣起，现代儿歌自觉于中国文学视野，整整 100 年。用历时的维度审视，中国现代儿歌走过了一条由从无到有到摸索前行，由激情高涨到边缘沉寂，由儿童观主导到多元发展的历程。行至当下，现代儿歌发展的趋向与问题均待引起足够重视。

## 一、从民间童谣到现代儿歌

现代儿歌与民间童谣，构成一种承继、衔接、并行、融合的关系。民间童谣，是指那些传唱于儿童之口，没有乐谱，也不用乐器伴唱的歌谣。"童谣"古称"童子歌""孺子歌"，近代也称"儿童谣""小儿谣""小儿语"等。春秋战国时期的《左传》《战国策》等典籍中，已有关于童谣的零星记录。但这类童谣实质上并不是为儿童创作的，而是成人曲折、含蓄地表达忧愤或某种社会理想的载体。在我国古代，童谣的作者或出处常无法考证，有些常被认为带有某种预言性。晋代认为童谣起源于"荧惑降为童儿，歌谣游戏……吉凶之应，随其众告"①。这种童谣观体现儒家"天人感应"思想，在后来的一千多年间被民众广泛接受与传播。

直至公元 15 世纪至 16 世纪，中国文人对童谣的观念开始突破上述束缚。一些典籍中收录了清新活泼的游戏童谣。如明地方志《帝京景物略》中就辑有这样的儿歌："杨柳儿活，抽陀螺，/杨柳儿青，放空钟。/杨柳儿死，踢毽子，杨柳儿发芽，打拔儿。"陆续出现的集子包括：吕得胜的《小儿语》《女小儿语》(1558)和吕坤的《续小儿语》《演小儿语》(自序于 1593)。其中吕坤所辑《演小儿语》被称为我国首部个人搜集的童谣集，全书共收录了河南、山西、山东等地的民间童谣 46 首。此后，采集民间童谣的风气日长，陆续出现的童谣集有：郑旭旦编《天籁集》(1662)，收浙江儿歌 46 首；悟痴生编《广天籁集》(1872)，收浙江儿歌 24 首；范寅编《越谚》(1882)，上卷有《孩语孺歌之谚》收录民间儿歌；意大利人韦大列(Vitale)编《北京儿歌》(1896)，收录北京地区流行儿歌 70 首；美国人何德兰(IsaacTaylorHeadland)编译《孺子歌图》(1900)，收录中国儿歌 140 首。

新文化运动以来，伴随"发现儿童""儿童本位"等儿童观的树立，部分有识之士开始投身童谣整理与儿歌研究。1914 年，周作人在《绍兴县教育会月刊》上发表了《儿歌之研究》一文。周作人指出："儿歌者，儿童歌讴之词，古言童谣。"有学者认为这是中国现代意义上的第一篇儿歌(童谣)研究专论。1918 年 2 月，刘半农、周作人、沈尹默等在全国范围内发起民间歌谣征集；1920 年冬，歌谣研究会成立；1922 年，《歌谣周刊》创办。这次歌

谣运动，在全国收录到了一万多首民歌，其中有大量的民间童谣。周作人、顾颉刚、褚东郊、冯国华等还撰写了研究儿歌童谣的文章，分析了儿歌童谣的起源、分类、特征及其在儿童文学中的地位作用。周作人在《儿歌之研究》中批判了儿歌童谣预示人间灾异祸福的观念，对儿歌的历史、类别与价值等给予了初步论述。褚东郊在《中国儿歌的研究》中谈道：民间童谣"音韵流利，趣味丰富""思想新奇""不仅对于练习发音非常注意，并且富有文学意味，迎合儿童心理，实在是儿童文学里不可多得的好材料"。[②]此后，各地陆续出版了一些儿歌童谣集，如《北平歌谣集》（1928）、《开封歌谣集》（1929）、《北平歌谣续集》（1930）、《小朋友山歌》（1931）、《中国民歌千首》（1931）、《中国儿歌集》（1933）、《各省童谣集》（1933）、《山东歌谣集》（1933）、《儿童歌谣》（1934）等。

上述工作，从理论与实践两方面为五四时期将儿歌童谣作为儿童文学的基本体裁作了准备。20世纪后半期，我国仍有大量民俗学研究者与儿歌研究者投入到童谣的整理工作中。如《北京儿歌》（少年儿童出版社，1955）、《少年歌谣》（浙江人民出版社，1956），《四川儿歌》（少年儿童出版社，1956）、《胶东儿歌》（少年儿童出版社，1957）、《河北儿歌》（河北人民出版社，1958）、《中国歌谣资料》（作家出版社，1959）、《中国儿歌选》（资料本）（中国少年儿童出版社，1959）、《红花开得万万年》（中国少年儿童出版社，1960）、《河南儿歌》（河南人民出版社，1960）、《中国传统儿歌选》（广西人民出版社，1983），罗泅、湛卢选编的《儿歌选》（重庆出版社，1983）、《儿歌》（中国民间文艺出版社，1986）等。新世纪，金波主编了《中国传统童谣书系》（接力出版社，2012），共10卷，对我国传统童谣进行了系统而全面的梳理总结。

人们世世代代口耳相传至今的民间童谣，是一座采之不竭的金矿。民间童谣题材多样，内容单纯，朗朗上口，很多童谣，都是母亲们、孩子们随口吟唱出来的，既具有浓郁的生活气息，又有"没意思"的意思，这种自然、随性、天真、游戏的精神，至今也是现代儿歌追慕的境界。

## 二、现代儿歌的百年发展

经过100年的发展，儿歌被定义为符合儿童心理特点和欣赏趣味，适合儿童念唱的简短诗歌。它们以低幼儿童为主要接受对象、以口语化的韵文来叙事表情，大多句式整齐，节奏鲜明，音韵和谐，易记易唱。

现代儿歌与民间童谣的区别点，在于前者已被建构为现代儿童文学文体，是作家有意识地、专为儿童创作的韵文体作品。现代的儿歌观，既包括对儿童和童年的现代建构，又补充了文学的诗性气质，即对人类存在的审美表现。传统民间童谣并无可辨认的作者，而现代作家专为幼儿创作儿歌，则意味着儿歌成了现代文学语境下的主体选择和创造。

### （一）新文化运动催生文人创作儿歌

近代新教育制度确立以后，与提倡"强国之基在蒙养"（林纾）、教材"应以儿童发达的顺序为转移"等新教育观相呼应，一批先进的中国人，如黄遵宪、梁启超、曾志忞、鲁迅、周作人等，都参加到儿歌的编创队伍里。我国先后出现了不少以儿歌为主要内容的儿童报刊，如《小孩月报》（1875）、《蒙学报》（1897）、《蒙养学报》（1903）、《童子世界》（1903）等，还有配合学校教育的儿歌体课本《最新妇孺唱歌书》（1904）、《教育必用学生歌》（1904）等。之后，伴随着五四运动催生中国儿童文学，儿歌作为儿童文学的最基本体裁得到了空前发展。

在倡导新文化、从事创建新诗和儿歌的先驱者中，黄遵宪提出"我手写吾口"，并积极倡导"学堂乐歌"，他的《幼稚园上学歌》等学堂乐歌被梁启超称为"一代妙文"。沈心工同样致力于学堂乐歌创编，于1904年编辑出版了《学校唱歌集》，之后陆续出版《学校唱歌二集》《学校唱歌三集》等。他深谙儿童心理，《竹马》《兵操》等作品达到了"浅而有味"的艺术效果。刘半农则尝试以民歌童谣的形式、以方言入诗进行新诗的儿歌创作，1919年创作的《拟儿歌》就颇富民歌特色。刘大白是与刘半农齐名的新诗倡导者和中国现代儿歌的创建者，他用童谣体创作的《卖布谣》（1920）等，虽然不是专为儿童而作，却很适合儿童诵读，被看作是早期儿童诗的范本。

中国儿童文学自萌生的一刻起，就与儿童教育有着天然的关系。自20世纪20年代初至三四十年代，陶行知为配合儿童教育实验编写了不少儿童歌谣，仅《行知诗歌集》就收入为儿童创作的或以儿童生活和儿童教育为题材的诗歌100多首。陶行知在继承传统童谣优点的基础上，创作出独具一格的"行知体"，诗风清新，明白如话，有着浓郁的民间文学风格。陈伯吹的儿童文学创作以写诗为开端，出版了《小朋友诗歌》《小朋友谣曲》（1930）等集子。他的作品，朴素亲切，饶有情趣，重视对孩子进行美和爱的教育。该时期，叶圣陶、朱仲琴、吕伯攸等教育家也都创作了大量适于儿童的儿歌作品，对现代儿歌创作从无到有的发展做出了突出贡献。

**（二）战争年代肩负特殊使命的红色儿歌、抗战歌谣**

从大革命时期到抗日战争爆发，再到解放战争结束，中国进入一段内忧外患的战乱年代。这一时期，儿歌以独特方式介入了历史。红色儿歌，是以苏区生活为背景创作的儿歌。以江西瑞金为中心的中央根据地开展了以歌谣创作和戏剧活动为主的群众文艺运动。1934年，中央根据地《革命歌谣选集》第六部分《月光光》，收录了红色儿歌数十首，当时的《时刻准备着》《儿童实话》《共产儿童》《赤色曙光》《红孩儿报》等儿童报刊也都刊发了很多红色儿歌。

红色儿歌诞生在如火如荼的革命斗争生活中，突出的特点是具有强烈的战斗性，语言质朴，饱含感情。如这首歌颂朱德的儿歌："粗眉大眼朱老总，/打起仗来比虎猛，/大吼一声山摇动，/白匪吓得跑不赢。"在特定的战争背景下，这种以民谣形式创作的、富有革命内容和生活气息的歌谣，成为根据地教育民众、对敌斗争的思想武器。

抗战伊始，随着"街头诗歌运动"的兴起，儿歌首先活跃起来，在解放区掀起了以刘御、田间、孙犁、贺敬之等为代表的儿童诗歌运动。刘御1938年创作儿歌《梦》，在《新中华报》上发表，之后出版儿歌集《新歌谣》（1939）、《儿童歌谣》（1940）等。他的作品吸收民间童谣的优点，晓畅平易、能念能诵，在当时曾作为课本供儿童学习。

战争年代，解放区和国统区的儿童文学明显地呈现出不同的面貌。在作为大后方的重庆，郭沫若、老舍等作家都曾为儿童创作儿歌。1945年日本投降后，国统区儿童文学创作又以上海为主要活动地重新汇集起来。金近、贺宜、丰子恺等都为儿童创作了优秀的儿歌作品。

**（三）新中国成立后的第一个儿歌创作高潮**

1949年中华人民共和国成立，中国儿童文学翻开了崭新的一页，儿歌的创作与出版也掀起了第一个高潮。解放区儿歌作家如刘御，国统区作家如叶圣陶、冰心、陈伯吹、贺宜、金近，两支文艺队伍胜利会合。1950年4月，在第一次全国少年儿童工作干部大会

上，郭沫若代表作家和儿童工作者表示要"多多创作以少年儿童为对象的好的文学艺术作品"。1954年，中国人民保卫儿童全国委员会举办了首届少年儿童文学艺术创作评奖。1955年9月16日，《人民日报》发表社论《大量创作、出版、发行少年儿童读物》，号召全社会关注少儿读物，"努力保证少年儿童读物的源源供应"。1955年10月，中国作家协会向各分会发出了《关于发展少年儿童文学的指示》。1952年，全国第一个专业儿童读物出版社——少年儿童出版社在上海成立。1955年，中国少年儿童出版社在北京成立。许多省人民出版社也相继设立了少儿读物编辑室。全国各地还恢复和创办了许多面向少年儿童的报纸和刊物。

在上述背景下，新中国成立十七年间的儿童文学取得了前所未有的成就，尤其是20世纪50年代中期，被称为中国儿童文学的第一个黄金时代，儿歌创作也走向第一次全面繁荣。叶圣陶的《小小的船》、贺宜的《四季儿歌》、刘御的《小青蛙》等，都是该时期涌现出的优秀作品。叶圣陶广为传诵的儿歌《小小的船》，活泼巧妙，音韵和谐，意境美好。金近的儿歌善于循循善诱地把人世间的各种道理告诉给孩子们。任溶溶、圣野、刘饶民、田地、张继楼、鲁兵、柯岩等新作家也投身于儿歌创作，并逐渐形成了自己的风格。

圣野中学时代即开始新诗创作，"一辈子和诗交上了朋友"。新中国成立前他曾出版有《啄木鸟》（1947）、《小灯笼》（1948）等诗集。新中国成立到"文革"前的十七年间，他出版了《欢迎小雨点》（1955）、《小哨兵》（与吴少山合作，1959）、《排排坐》（1960）、《布娃娃过桥》（1960）、《夏天》（1964）等十多本集子，其中《欢迎小雨点》《夏天》《布娃娃过桥》等，在孩子们中间产生了广泛影响。张继楼借助传统童谣的艺术手法，创作了具有浓郁民间风味的儿歌。他在60年代初写就的《夏天来了虫虫飞》，至今仍脍炙人口。刘饶民是新中国成立后创作最丰、质量颇高的儿歌作家，一生创作出版儿歌3000多首，先后出版《儿歌一百首》（1959）、《海边儿歌》（1960）等儿歌集30多种。他深谙幼儿生活及其心理特征，诗风清新朴素，构思新巧别致，如《捉浪花》《问大海》《大海睡了》《春雨》等，都是充满情趣、意境优美的佳作。鲁兵在新中国成立前，用严若冰、严冰儿、冰儿、大哥、小讨饭等笔名写了一批"政治童话"。新中国成立后，尤其是1955年转业到少年儿童出版社之后，开始了"停泊在阳光的岸边"的歌唱，兴趣转向了儿歌创作。从1954年到1964年的10年间，他先后创作出版了儿歌、儿童诗《不落的太阳》《火车开往远方》《大鸡生小鸡》《太阳底下花儿红》（与圣野合作）、《唱的是山歌》《我有一个好妈妈》等。鲁兵的儿歌，广泛吸收民间文学精华，熟练地运用夸张、重复、问答等各种传统手法，语言朴素自然，意思简单明了，于浅显中见哲理，寓教于乐。任溶溶是卓有成就的翻译家，新中国成立后他在译诗的同时开始尝试写诗、写儿歌。他的作品，善于从孩子们的日常生活中捕捉闪光点，大多带有故事性，并以幽默的喜剧性引人入胜。田地从40年代开始给孩子们写诗，他的诗看似平淡却充满童真。柯岩自1955年发表《儿童诗三首》以后，即致力于以生动的笔触和明快的调子表现幼儿的生活、兴趣和志向，出版了《"小迷糊"阿姨》（1959）等作品集，具有浓郁的叙事风格。上述不同风格的诗人的涌现，促进了儿歌的发展，推动了题材、体裁以及表现手法的多样化。

之后的"文化大革命"十年间，即使在特殊政治背景下，也有像聪聪的《瀑布》、金波的《水蜜桃》、谢采筏的《迎春歌》、陈官煊的《扫雪》等较为优秀的儿歌、儿童诗问世。

### （四）新时期迎来儿歌创作的第二个高潮

1978年改革开放以来的"新时期"，是我国儿童文学发展的又一黄金时期。1978年

10月,在江西庐山召开的全国少年儿童读物出版工作座谈会,被称为新时期儿童文学的重要转折点;1981年10月在泰山召开的第二次全国少年儿童读物出版工作会议,明确提出了"幼儿读物"概念,并提出:要大力编写和出版学龄期低幼读物。此次会议后,幼儿文学迅速崛起并走向繁荣,儿歌创作面貌焕然一新,由此开启了新中国成立以来的第二个创作高潮。

在新时期最初几年,许多诗人都热情地为孩子们献出了新作。儿歌题材有了明显的拓展。1978年,望安发表《雪花》,贴近幼儿心态。黄庆云的儿歌《摇篮》,想象优美,韵律谐和,"是歌也是诗"(陈伯吹)。还有如任溶溶的《小孩、小猫和大人的话》、陈伯吹的《摇篮曲》、鲁兵的《小猪奴尼》《下巴上的洞洞》、刘饶民的《孩子的歌》等,都是新时期以来老作家馈赠幼儿的文学礼物。圣野、张继楼等老一辈诗人在艺术上更臻成熟,一大批起点高、有独特艺术风格的中青年作家如金波、程逸汝、樊发稼、尹世霖、蒲华清、吴少山、冯幽君、葛翠琳、吴珹、滕毓旭、刘育贤、谢采筏、佟希仁、赵家瑶、张秋生、李少白、李沐明、关登瀛、李先轶、陈官煊、程宏明、马业文、江全章、管用和、杨畅、欧澄裁、冬木、崔英、王野、寒枫、聪聪、王宜振、常瑞、赖松廷、蓝星、彭万洲、喻德荣、李华、金黎、戚万凯、吴昌烈、杜虹、再耕、江日、王成荣、邓元杰、金本、姚业涌、张铁苏、许浪、朱晋杰、徐焕云、张春明、高洪波、薛卫民、郑春华、朱庆坪、黄亦波、潘与庆、常福生、王海、盖尚铎、钱万成、白冰、董恒波、陈学书,等等,成为儿歌创作的主力。

圣野是我国当代为孩子们创作最勤奋的诗人之一,新时期以来,以极大的热忱为小读者写出了一篇又一篇优美的儿歌,结集出版了《春娃娃》(1979)、《瓜果谣》(1980)、《爱唱歌的鸟》(1980)等近20本。圣野的儿歌于平淡之中寓有深情,形式自由开放,讲求内在诗意和旋律感,被评价为"平中见奇、活泼中求深沉、寓丰富纷繁于简朴清新"(樊发稼)。时至今日,圣野仍然孜孜不倦地致力于儿歌创作,屡有新作问世。

张继楼也是一位始终坚持创作儿歌,并不断寻求自我突破的优秀作家。新时期以来,张继楼的儿歌题材不断扩展,新的物象如"大街、高楼、交通灯、电车、洒水车、火车"等不断融入创作中去。比如《洒水车》中,作家借助想象,把洒水车中喷出来的水比喻为"雪白的胡子"。正是这份对于现实生活的艺术体察,使得张继楼的儿歌始终保持了浓郁的时代气息。

金波在新时期先后出版《小妞妞》等多部儿歌集。他的《雨铃铛》《蝴蝶飞》等,在短小清浅的儿歌中营造幼儿能够领会的意境,对儿歌的韵味与艺术性进行了有益的开拓。金波的作品,除了描写当代少年儿童丰富多彩的生活外,更把孩子带进充满神奇色彩的大自然之中,引领小读者领略生活之美、生命之美。有些儿歌具有浓郁的民间童谣风格,如《轱辘轱辘圆》,选择了幼儿游戏的题材,贴近幼儿的日常生活,风趣、幽默。金波还致力于追求"韵律美",如20世纪80年代的《海鸥》《白帆》等。

樊发稼兼具儿童文学理论家与诗人的身份。他力图以幼儿的眼睛去观察、以幼儿的心灵去感受,作品具有浓郁的幼儿情趣。樊发稼的儿歌创作中,还出现了一种"散文化"的短章形式,颇为引人注意。如《小雨点》:"小雨点,/你真勇敢!/从那么高的天上跳下来,/一点儿也不疼吗?"

正如张美妮指出的:"20世纪80年代以来,随着幼儿文学走向鼎盛,儿歌创作迅猛发展,投入的作者、发表的作品、出版的各种专集数量之多,前所未有。"(《浅谈近几年的儿歌创作》)儿歌创作完成了由单一的"教育性"到艺术审美的飞跃,涌现了一批引人注目的优秀作品。但是也正如尹世霖在《海峡两岸儿歌百家》"序"中所描述的,一方面是儿歌创作的井喷,另一方面是儿歌质量的徘徊。③儿歌存在着题材不够宽阔、艺术表现手法较为单调、内容重复陈旧等问题。金波在 1990 年召开的幼儿读物研讨会上就无不忧虑地指出:一些儿歌选本,选编的新意不多,新作更少,不过是已有各选本中儿歌新的"排列组合"。进入 20 世纪 90 年代以后,创作与市场等多重原因,导致了儿歌创作逐渐走向边缘化。

## 三、儿歌发展现状与面临的问题

进入 21 世纪,儿童文学读物的市场因引进版幻想小说与本土原创校园小说带动而不断升温。在这样的大势之下,儿歌创作继续逐渐式微,直至 21 世纪第一个十年中期,才逐步回暖。

蒲华清在《当前儿歌出版之我见》中对 21 世纪之初的儿歌出版状况做出描述:一是出书困难。图书市场上很难见到有新的儿歌集,尤其是个人的儿歌专集。不仅出书难,儿歌发表园地也大大减少。一些低幼报刊每期也只编发 1~2 首儿歌,有的甚至"消灭"了这一品种。二是粗制滥造。市场上的"儿歌"图书面市,多以"儿歌精选"之类冠名,但质量低劣,充斥为了向幼儿传授知识而硬编的顺口溜、打油诗,毫无文学性可言。三是侵权严重。有的选编者任意删改,有的甚至不署原作者名。同时,在市场经济推动下,为赚大钱而不愿创作篇幅短小的儿歌的风气也日盛一日。④这些因素,直接导致新世纪儿歌创作队伍的萎缩。

除了上述外在因素的影响之外,如前所述,新世纪儿歌发展也受到自身创作困境的制约。21 世纪以来,儿歌创作的题材没有太多改变,儿歌作家老龄化问题也显现出来,被引入各种儿歌集中的作品,大多出于 20 世纪知名度较高的作家。

与儿歌作家创作热情与儿歌创作数量锐减相对应,由于优秀儿歌离少年儿童渐行渐远,现在的孩子们很少诵唱儿歌,一批"灰色童谣"乘机进入校园。《人民日报》2002 年曾两次发表文章,要求清除"不良儿歌",丰富孩子的精神食粮。"灰色儿歌"的出现不但触动了教育者、文化人的神经,而且已经上升到了国家教育战略的高度,引起全社会普遍关注。

21 世纪的第一个十年中期以来,社会各界加大了创作推广新童谣的力度。2005 年,作家出版社与新浪网共同举办"我为孩子写儿歌"活动,将征集来的儿歌进行编辑整理,出版了《中国当代最佳儿歌选》。收入的作品,以新时期为主,侧重原创新作,也遴选了新中国成立以来广为流传的儿歌精品。2009 年,中央宣传部、中央文明办、教育部、团中央、全国妇联组织开展了优秀童谣推荐评选活动,获奖童谣结集为《中华是我家:2009 第一届全国优秀童谣评选获奖作品集》,由江苏文艺出版社出版,活动延续至今,引起较大的社会反响。有些地区,如上海、北京,特别是重庆市巴南区,儿歌创作颇为活跃,戚万凯、吴昌烈、崔英、廖弟华、黄继先、黄鹏先、徐平、邹景高、田容、苏海艳等的儿歌作品令人瞩目。

一系列活动的开展,激发了许多作家的创作热情,圣野、任溶溶、张继楼等老作家虽都已高龄,但仍坚持创作,每年都有相当数量的儿歌新作面世。圣野为奥运会创作的《有朋四面八方来》,张继楼针对时事创作的《中国娃过中国年》《难忘重庆大轰炸》等儿歌,显示了老作家对于当下生活变化的关注和以儿歌承载重大题材的尝试。蒲华清、寒枫、李少白、滕毓旭、戚万凯、佟希仁、高帆、金本、程宏明、徐焕云、望安、刘育贤、杨畅、王野、王森、朱晋杰、邹景高、王清秀、钱万成、虞运来、邝厚勤、盖尚铎、门秀山、吕金华、马筑生等儿歌作家都不断有新作问世。李俄轩、张强、无尘、萧袤、王艳萍、巩孺萍、梁继平、吕丽娜、苏梅、郁旭峰、谭小乔、刘晓光、小河、涂彪、林蓝、王玲、向辉、王兆福、李秀英、保冬妮、张伦、高光亮、巩汝林、王粉玲、任小霞、杨象娟、梁临芳、李宏声、鲁守华、马嘉等一批中青年作家的创作，在新世纪尤为引人关注。他们的作品现代感强，语言灵动，构思奇巧，为新一代孩子提供了优质的精神食粮。

　　虽然新世纪儿歌创作的现状有诸多问题，但是从各种角度编辑出版的儿歌作品集的数量还是相对较多。各选本之间的重复度较高、"新瓶装旧酒"、老作品重新"排列组合"等问题依然普遍。面对"繁荣"的童谣市场，在孩子们口中广为传诵、脍炙人口的作品仍十分有限。各种主旋律儿歌抢救工程虽然在数量上填补了儿歌创作的空白，但是大量作品仍不能摒弃成人的说教味。幼儿需要儿歌，诚如泰戈尔所说，儿歌"在他们心上最有吸引盘踞的力量"。儿歌创作期待真正的精品，期待那些能从儿童的期待视野出发的、富有童真童趣的、直抵儿童内心世界的作品。

[注释]
①载《晋书·天文志》，转引自周作人《儿歌之研究》《绍兴县教育会月刊》1914年1月。
②褚东郊：《中国儿歌的研究》《小说月报》1926年6月。
③尹世霖：《儿歌让我们大家拉起手》《海峡两岸儿歌百家》，明天出版社1992年版，第19—20页。
④蒲华清：《当前儿歌出版之我见》《中国出版》2003年第7期。

# 我们为什么要开展诗教

王宜振

　　"诗教"这个词，其实并不新鲜。早在两千多年前，中国大教育家孔子，就提出"以诗治国"的诗教理念。他在《论语·季氏》中讲"诗可以兴，可以观，可以群，可以怨"，认为诗歌有这样四个作用。按照儒家的理念，诗最大的功能，还是对人的精神的引导、教化，这便是孔子所说的"入其国，其教可知也。其为人也温柔敦厚，诗教也"（《礼记·经解》）。孔子在这里所说的"诗教"，就是用诗来管理、教化社会，也就是人们常说的"以诗治国"。诗可以治国，也许在这里夸大了它的功能。但诗通过潜移默化的作用，对人的心灵进行陶冶，使心灵得以净化，得以丰润和提升。也就是说，诗可以提高人的精神品质。这样的说法，也是颇有道理的。中国是一个"诗歌的大国"，诗的传统源远流长。在这一"传统"中，诗并不是简单地作为一种"文学"存在，而更多的是一种文明方式。所谓"兴于诗，立于礼，成于乐"，"不学诗，无以言"，"成孝敬，厚人伦，美教化，移风俗"，其功能显现于政治、伦理、教化，乃至社会交往诸多方面。重视诗教，就是重视诗的教化功能，重视诗在儿童教育中，不可忽视和不可替代的特殊作用。

　　大教育家孔子，不仅十分重视诗教的作用，而且还身体力行，把流传在民间的"诗三百"，编纂成集，共305篇，分"风、雅、颂"三个部分，取名为"诗经"。"经"是它的身份和地位，它是中国诗歌最早的一部诗歌总集，也是中国诗歌的"元典"。这部诗歌总集，被誉为诗歌的"源头"，对中华民族的心理结构、思维方式和价值取向，都产生了重要的影响。受《诗经》的影响，中国产生了屈原、李白、杜甫等许许多多大诗人。诗歌作为一种文学样式，反映了人类微妙复杂的内心世界，反映了人类与社会生活多维度的关联，为人们提供了更为广阔的审美、认知和情感空间。古人读诗诵诗，不仅仅是理解诗中的词句的精美、情感的浓烈、想象的奇特，更重要的是接近一种生活方式和想象方式。人们对诗的理解，归根结底还是理解自我，理解蕴藏在诗中的生生不息的精神创造力。这样一来，我们就抵达诗教的本质，抵达最初的个体生命的精神自由与创造。诗教之所以作为一种文化传统，一代又一代的传承下来，这便是根本的原因。

　　时间到了清末，诗人黄遵宪提出了"新诗"这个词。新诗又叫白话诗，同古诗相比，是迥异的两个文字系统；新诗跳出了古诗的许多规则，什么平仄呀，对仗呀，押韵呀，所以新诗又叫自由诗。伴随着新诗的诞生，专门为儿童写的童诗，也就随之产生。时间到了20世纪80年代中期，中国童诗到了十分兴盛发达的时期，出现了柯岩、金波、高洪波、任溶溶、圣野、樊发稼等一批有影响的诗人，也出现了一大批有影响的作品。到了20世纪八九十年代，一些有志于诗教的教育工作者，发现童诗更易于被儿童所接受。于是他们在自己工作的学校，率先开展了诗教。经过二三十年的努力，诗教在我国沿海省份率先开展起来。那么，诗教对于今天的儿童，到底有些什么作用呢？我想，诗教对今天儿童的作用，绝对不可小小觑。它至少有以下五个方面的作用。

一、开展诗教，有利于呵护儿童童年的梦想。童年的梦想很重要，它是一个人一生起跑的动力和加油站。一个孩子没有真正做过幼年梦、童年梦、少年梦，那是十分可怕的。著名教育家、评论家王富仁说："哪个时代的人淡漠了儿童的梦想，那个时代的人就一定会堕落，会丧失自己的精神家园；哪个时代的人更多地保留着儿童的梦想，那个时代的人就是更为崇高的、真诚的、纯洁的，即使在比较艰苦的条件下也能够充满生命的活力和生活的情趣。"可是今天的孩子，并不能在身心上完全自由地发展。为什么这样说呢？我们说儿童成长应该分为两个重要时期：其一是本能化过程；其二是社会化过程。成长的本能化过程主要指身心发育、学习自身的协调和控制能力的发展；成长的社会化过程主要指接受人类文化、生活方式的过程。成人往往不按孩子成长的规律去塑造孩子，他们要求孩子尽快具备生存和发展所必备的知识技能，找到自己生存和发展相对大的空间，以实现个人的存在价值。他们漠不关心孩子当下的感受，甚至不惜牺牲儿童当下的幸福。这样做的结果是很可怕的。它使很多孩子失去童年，失去属于自己的心灵世界，失去属于自己的心灵感知方式。怎么办呢？诗歌是孩子内心世界的容器。孩子通过诗歌，容易形成自己的心灵感知方式，容易保留童年时的梦想。孩子在诗歌的世界里，不仅如鱼得水，而且在身心上获得极大的自由，能够体验世界的美和人生的美，从而使自己不失美好的心灵状态。除此以外，诗人在诗歌中表达的美好情感，可以陶冶孩子的情操，培育孩子的人文素养，从而使孩子的精神得到升华、安慰和愉悦。它可以使孩子纯洁、真诚、旺盛的生命力一直保持下去，直至陪伴孩子的一生。

二、开展诗教，有利于开发儿童的想象力和创造力。诗歌是什么？诗歌是内心图画的文字再现。诗歌是心灵的艺术。同时，诗歌又是展现想象力的艺术。今天的时代，是一个电子传媒的时代，我们又称之为"读图时代"。在这个时代里，电视、网络充斥着孩子的生活。我们说：电影、电视、图画对于成长时期的孩子，确有激发他们想象力的作用，但这种想象毕竟是直接的、确定的、图像化的，是类型的、程式的、固定化的。这就产生了读图时代和非读图时代的区别。在非读图时代，譬如大家同去看一本书《红楼梦》，一百个人去看，一百个人想象中的贾宝玉和林黛玉是不一样的。如果我们去看电影、电视就不一样了，大家看到的贾宝玉和林黛玉的形象是完全一样的。我们说，图画会产生一种强制性，让接受者失去自我创造和独立想象的空间。这就产生了一种可怕的隐忧，读图会使儿童的精神想象没有了自由和无限的可能性。这也就是读书和读图的根本区别。久而久之，我们的后代，想象力就会日益缺失。大科学家爱因斯坦曾说："想象力比知识更重要，因为知识是有限的，而想象力概括着世界上的一切并推动着进步，想象力才是知识进化的源泉。"挽救想象力的缺失，就必须恢复诗教的传统。因为诗与视觉艺术有一种本质上的对抗性，它可以激活孩子自身潜在的本原的精神自由与想象力，这不仅有利于孩子个体生命的发展，而且对整个民族的精神发展也是至关重要的。何况想象力是创造力的基础，一个民族，只有有了想象力，才会有永不枯竭的创造力，才会永远自立于世界民族之林。

三、开展诗教，有利于孕育和陶冶儿童的情感。人活在两个世界里，一个是现实世界，又称之为物理世界；一个是内部世界，又称之为心理世界。外部世界是一个复杂的世界，既有美好的一面，又有丑陋和污浊的一面。心理世界是一个情感的世界，也是一个富有诗意的世界。诗歌是一种心灵的艺术，又是一种情感的艺术，它对孩子的心灵有一种潜移默化的陶冶作用。著名诗人金波对诗歌阅读十分重视。他认为，当下小读者对诗表

现出一种冷漠态度，会直接影响到阅读的质量。因为诗是最凝练、最精微的文学样式，一个孩子如果不喜欢诗，不会欣赏诗，那么他对生活的感受是粗糙的，也很难读出其他文学样式的精华。在儿童阅读中，金波认为诗歌不但不能缺失，而且要放在重要的位置。更有有识之士提出：要通过诗教，为孩子创造一种有"诗意的生活"。更有人提出"让诗歌陪伴人的一生"的理念。在诗歌的阅读中，人类会永远保持对生命意义的探寻，对真、善、美的向往与追求，永远保持不断提升和净化自我心灵的态势。尽管外部世界的大环境个人难以改变，但内心世界的小环境却是那样纯真、善良和美好。如果大多数人都有这样一个美好的心灵，对外部世界的改变也会产生一种巨大的推动力。我相信，诗教可以改变一个人，也会改变这个人所处的世界。

四、诗歌教育，有利于传承中华民族的优秀传统文化。在一切文学样式中，诗歌这种文体，是最具精神性的一种文体。自古以来，我国历代伟大诗人的杰出诗篇，无不渗透着时代精神、民族精神和人类精神，通过诗教，推动这些诗歌的传播和普及，不仅是对人类文明的传承，也有助于儿童建立古典文明或民族思想的文化价值传统。我以为，一个时代的诗歌要创新发展，离不开传统文化的浇灌和滋养，几千年的传统文化，无论是作为一种历史存在，还是作为一种精神血脉，都是无法割舍也割舍不断的。我们这个时代的诗人，要一如既往地坚守传统，疏浚传统的血脉，以中华优秀的传统文化为创造"泉源"，写出无愧于我们的时代、无愧于我们民族的精品力作，以满足当代儿童的精神文化的需求。

五、开展诗教，有利于儿童学习祖国的母语。现代诗是现代人在现代生活中所感受到的现代情绪，它有一个最大的特点，就是具有抑扬顿挫的情绪节奏。读一首诗，不仅从形象、意境的分析体会，去挖掘隐藏在作品中的情感和内涵，也可以从体式手法等方面入手，领略它特殊的节奏和韵律，语气和声调，从而感受语词之间传达的意绪和美感。有人甚至直呼：学语文，从读诗开始。更有人从儿童的天性出发，提出诗意儿童文化的语文。我很赞同这个观点。我以为这是教育对儿童精神家园的追寻，是语文教育的精神还乡。我以为这是呵护儿童的诗性本色，呵护儿童精神成长的重要举措。著名诗人金波说："我以为，培养儿童热爱母语的思想感情，最好从读诗开始；享受语言的美，创造语言的美，最好从读诗、写诗开始。"诗歌同其他文学样式相比，更凝练、更纯美、更富有想象力和隽永的情趣。孩子们可以通过诗歌教育，更好地亲近母语，学习母语，提高对诗歌的鉴赏水平，提高写作水平和写作能力。

这些年，诗歌的传播一直陷入困境，长期以来，现代诗一直在诗人的小圈子里打转。诗歌界和教育界，也很少关注诗教给诗歌的发展和传播带来巨大的空间和可能性。最近，随着诗歌教育在中小学遍地开花，有力地推动了诗歌进入中小学生的精神世界。我相信，诗歌这种文体，仍然具有强大的生命力，随着诗教的普及和深入，一定会从"边缘化"的尴尬处境中走出来，走向发展和繁荣昌盛！

◇散文·报告文学◇

# 漫谈儿童散文

谢　冕

一

写下这几个字的题目，不觉心驰。我想起自己的童年，感激于美好的儿童文学给予幼小心灵的滋润。我走上文学生涯，有两位前辈作家的著作起了极大的作用：巴金给我奋斗的热情，冰心给我美好的情操（那时，我还读不懂鲁迅和郭沫若）。而冰心的作品中，我最不能忘的，是《寄小读者》。她通过那美丽温柔的笔墨，写了清新淡远的山川湖泊，写了母女、亲友、人与人之间那种温情与友谊，她为弱小者的不幸而动情，她写离情的楚楚，乡思的眷眷，《寄小读者》给我苦涩的童年以一片光明纯净的天地。此后，不论在什么环境中，我总不能忘记这本给我恩惠的书。直到今天，我的孩子也早已超过了我当年读它的年龄，但我展卷读之，兴味仍不减当年。

由此我想到，优秀的儿童文学作品，它的生命力，也可以和那些驰骋人生疆场的鸿篇伟构同等。我情不自已地提到了《寄小读者》，我想，我这篇文章是可以由此发端的。《寄小读者》是属于散文范围的文学作品，因为它是写给小读者看的，因而理所当然地属于儿童散文这一种类。

儿童文学之名的缘起，我以为：也许是由于它的作者是儿童，儿童自然受了儿童的年龄、经历、文化等局限，故其作品能够称之为文学的，毕竟属于少数。这样，儿童文学的作者，成年人占了多数，则是自然的现象。是否可以认为：只要为小读者而作，则不论其作者是儿童还是大人，其内容是写儿童还是写大人，均可称之为儿童文学。当然，有一部分作品，并不专为小读者而作，但因为文字平易，内容适宜，儿童可以读懂的，亦可算作儿童文学，如杨朔的《荔枝蜜》便是。

散文是文学的一类。这里用的是近代对于文学品种分类的概念，而不是我国传统的散文概念。在我国古代，散文是和韵文对立的一个概念。除了韵文（诗、词、曲、赋），都是散文；不仅文学作品，还包括非文学作品。其实，散文就是文章的另称，这和我们今天所用的散文概念是不同的。近代的散文，是指文学的品种；小说、散文、诗、戏剧中的一种，是狭义的散文。在儿童文学中，这种狭义的散文的品种，古时似乎不曾有过。古时也有专供儿童诵读的文化启蒙读物，但却多半不是散文，而且也未必就是文学，如《幼学琼林》《神童诗》《三字经》等。

儿童文学这一品种是新文学的产物。而且几乎从有新文学的时候起，就有了新文学的儿童散文。立志写散文给小朋友看，第一次有心这么做的，是《晨报副刊》的编者。1923年，他们特地辟了《儿童世界》专栏，约请冰心在她出国前后，以《寄小读者》为题，并以旅行通讯为形式，专栏报道她的生活。冰心这么做了，从 1923 年 7 月起，至 1926 年归国止，共写了通讯 29 封。由于晨报副刊编者和冰心的坚持，给中国新文学，更给中国儿童文学留下了创始期的精粹。《寄小读者》开了儿童散文这一文体的风气之先，它以自由不羁的形式，熔写景、抒情、记事于一炉，铸出了儿童文学园中的一树奇花。

当然，新文学中，儿童散文的历史还不能从《寄小读者》的出现算起。1920 年，刘半农写过《饿》《雨》等以儿童生活为题材的散文。这两篇作品不分行，不押韵，没有诗的格式，但却被朱自清收入了《中国新文学大系》的《诗选》。这大概是由于它那不断回旋所形成的自然节调，以及它们描写的童心是充满了诗情的缘故。《雨》的文前有一小序："这全是小蕙的话，我不过替他做个速记，替他连串一下便了。"全文较短，全录于下：

妈！我今天要睡了——要靠着我的妈早些睡了。听！后面草地上，更没有半点声音；是我的小朋友们，都靠着他们的妈早些去睡了。

听！后面草地上，更没有半点声音；只是墨也似的黑！怕啊！野狗野猫在远远地叫，可不要来啊！只是那叮叮咚咚的雨，为什么还在那里叮叮咚咚的响？

妈！我要睡了！那不怕野狗野猫的雨，还在墨黑的草地上，叮叮咚咚的响。它为什么不回去呢？它为什么不靠着它的妈！早些睡呢？

妈！你为什么笑；你说它没有家么？——昨天不下雨的时候，草地上全是月光，它到哪里去了呢？你说它没有妈么？——不是你前天说，天上的黑云，便是它的妈么？

妈！你要睡了！你就关上了窗，不要让雨来打湿了我们的床。你就把我的小雨衣借给雨，不要让雨打湿了雨的衣裳。

这篇《雨》，不论是内容，还是语言形式，都是臻于成熟的典型的儿童散文。

新文学的先驱者鲁迅，也是长期创作儿童散文的作家。《故乡》(1921 年)和《社戏》(1922 年)，一贯被当作小说看待，其实，就它们的特点而言，说是散文，恐怕更为合适。鲁迅的儿童散文不止于此，1925 年，他写了《雪》《风筝》；1926 年，写了《藤野先生》。1922 年、1923 年冰心写的《往事》一、二，1925 年朱自清写的《背影》，1926 年丰子恺写的《给孩子们》，这些，都可视为儿童散文草创期的杰作。

儿童散文也像一般散文那样，有偏重于抒情的，有偏重于叙事的，有偏重于写景的，也有偏重于议论的。最后那一类偏重于议论的，一般指文学性很强的、区别于一般论文的杂感漫谈一类文字，如鲁迅的许多杂文，以及陶铸的《松树的风格》等便是，一般称之为议论散文，现在多半不把它归入狭义的散文范围中。要是把议论散文排除在外，余下的，一般分为抒情和叙事两类，这也只是就其大的倾向来划分的。抒情散文如《背影》《往事》，叙事散文如《藤野先生》《故乡》；前者以其抒情意味浓厚而近诗，后者以其人物运命的描述的具体而近小说。但它们是散文，既不能是诗，也不能是小说。抒情散文不具诗的形式，而且也比诗具体而详，是容易区别的；而叙事散文，有的近于小说，有的本身也可算是小说，但大体上也与小说有分野：它可以有故事，但可以不完整，可以有人物，但人物的生活史可以无终始，出现及消失有极大的灵活性，一般也不注意人物典型的刻画；它不要求有一个中心事件来展开情节，而对情节的生动性却不做什么要求；总之，它在人物情节方面较小说松散而不严格。所以，叙事散文，也可以不准确地比拟为不完整的小说，但却是相当具体的散文。正是因此，我们才认为《故乡》和《社戏》更像是散文，而不很像小说。

以上是按照散文的内容表达的侧重来分的。按表现形式，儿童散文也是自由而丰富的。它可以有种种表现的体式：冰心的《陶奇的暑期日记》是日记体，赵树理的《给女儿的信》是书信体，朱德的《母亲的回忆》是传记体，冰心的《寄小读者》既是书信体又是游记体，而任大霖的《童年时代的朋友》则是近于小说的故事体，冰心的《咱们的五个孩子》则是近于报告文学的特写体……这大概也是散文有别于其他儿童文学样式的特点之一，即它的表现形式上的丰富、多样、生动、自由。

我们说儿童散文可以同样分为抒情叙事两大类，的确是就其基本倾向说的。在具体作品中，往往是托物言志，触景生情，夹叙夹议，兴叹兼之的。当然，单纯的作品也是有的，如刘半农的《雨》，它只是模仿一个小孩的口气以抒发那天真无邪的心灵的感触，并没有过多的曲折铺排。但更多的作品则是情、景、物、议交错穿插的，这类作品，鲁迅的《风筝》较为典型。它有"景"——先写北方的风筝时节：地上还有积雪，灰黑色的秃树枝丫杈于晴朗的天空中。远处有一、二风筝浮动；再写南方的风筝时节。

> 早春二月，倘听到沙沙的风轮声，仰头便能看见一个淡墨色的风筝或嫩蓝色的蜈蚣风筝。还有寂寞的瓦片风筝，没有风轮，又放得很低，伶仃地显出憔悴模样。但此时地上的杨柳已经发芽，早的山桃也多吐蕾，和孩子们的天上的点缀相照应，打成一片春日的温和。

在这样的"风筝环境"中引出了"风筝故事"，因而，它有"事"——那便是他想起一段往事：小时，他"破获"了小兄弟偷做蝴蝶风筝的"秘密"，伸手折断了蝴蝶的一支翅骨，又踏扁它的风轮。如今人到中年，他为自己当年的"精神的虐杀"这一幕而深为悔恨。但忏悔已经失去了必要，他为此感到无可补偿的悲哀。在这样的物境之中，糅合着，奔涌着不可扼制的"情"——

> 现在，故乡的春天又在这异地的空中了，既给我久经逝去的儿时的回忆，而一并也带着无可把握的悲哀。我倒不如躲到肃杀的严冬中去罢，——但是，四面又明明是严冬，还给我非常的寒威和冷气。

人们常说文无成法，就是说，写文章不应该有固定的程式，散文更是如此。一般说来，尽管每篇散文的抒情或叙事不免有所侧重，但也以互有联系、互有结合的为好，如《风筝》便是。因为人们抒发的情感，总有它产生的根据，这便是客观存在的景、物、事，离开了这些根据，感情的产生便成了问题，抒情也不见得扎实，不扎实的抒情也就不易感人。冰心的《往事二·之八》，是从除夜酒后父女关了灯塔的谈话发凡。她要求看守灯塔，当时年小，不免充满了瑰丽的幻想，而父亲则认为她的想法不切实际。由于她的"郑重"，而引出父亲同样郑重的一段话来："为着去国离家，吸受海上腥风的航海者，我忍心舍遣我唯一的弱女，到岛山上点起光明，但是，唯一的条件，灯台守不要女孩子！"——冰心在太平洋舟中回忆起了这段"往事"，由具体的"往事"，而引出如下一番深情的文字：

这是两年前的事了，我自此后，禁绝思虑，又十年不见灯塔，我心不乱。

这半个月来，海上瞥见了六七次，过眼时只是悄然微叹。失望的心情，不愿他再兴起。而今夜浓雾中的独立，我竟极奋迅的起了悲哀！

丝雨濛濛里，我走上最高层，倚着船阑，忽然见天幕下，四塞的雾点之中，夹岸两嶂淡墨画成似的岛山上，各有一点星光闪烁——

船身微微的左右欹斜，这两点星光，也徐徐的在两旁隐约起伏。光线穿过雾层，莹然，灿然，直射到我心中来，如招呼，如接引，我无言，久——久，悲哀的心弦，开始策策而动！

这段文字，也不单是抒情，作者没忘了具体描绘那四塞雾点之中，夹岸嶂峦之下闪闪而动的微光，那是灯塔。然后，她又具体描写这穿透雾霭的灯光，如何投向她的心上，——又把周围的景，融入了心中的情，以写她对于往事的淡淡怅惘之情。

有的作品，不重在写情，而重在叙事，这也是散文的表现方式。如《芦鸡》（任大霖），通篇犹如讲述故事，有人物，也有情节，却不轻易显示情感。故事大体这样：那年发大水，从上游漂下了一窠小芦鸡，一共3只。捉了来，几个小孩分了。我分到的这只芦鸡，用线拴住它的脚，它根本不吃，只是啄那捆它的椅子脚。又怕捆紧了活不长，便让它在院中自由走动。可它仍然想着逃走，却钻进了一个猫洞，塞死了。故事到了这里，作者说道："为这事我哭了一场，不是为的我失掉了小芦鸡，而是为的小芦鸡要自由却失掉了性命。我觉得这是一件极悲惨的事，而我要对它负责的。"作者在讲述芦鸡的故事时，很少插进主观的抒写情怀，但是情感却渗透在对于客观事物的叙述中。例如，它插进了一段这样的文字：

那时候，燕子在我们的檐下做了一个窠，飞进飞出地忙着。只有当燕子在檐下"吉居吉居"地叫着的时候，小芦鸡才比较的安静，它往往循着这叫声，侧着头，停住脚，仔细听着。燕子叫过一阵飞出去了。小芦鸡却还呆呆地停在那儿好一会。——它是在回想那广阔河边的芦苇丛，回想在浅滩草窠中的妈妈吗？

这当然是借小动物的酷爱自由的天性，抒写对于人类社会某种追求的联想。总的说来，散文这种文体并不要求什么固定的格式，虽有重于抒情，重于叙事，或重于议论的区别，但总以互相渗透，互相融汇为好。而且优秀的儿童散文，也往往是状物写人，各有其妙，抒情记事，各有其宜的。

## 二

我们把散文的这一部分叫作儿童散文，这就不能不论及它的独有个性。作为散文，其共性是显而易见的。因为均是文学的一种，因而它不能离了文学的特点，这已是常识，不赘述了。儿童散文的个性，简单地说，就是要有儿童的特点。它应当：写儿童的生活，或是儿童感兴趣的生活，即便是写成年人的，也应当适应儿童阅读欣赏的习惯。但这样说，还没有寻找出区别儿童与非儿童的实质来。在这种状况下，"童心"的重要性便显现出来了。冰心说："所谓'童心'就是儿童的心理特征。'童心'不只是天真活泼而已，这里还包括有：强烈的正义感——因此儿童不能容忍原谅人们说谎作伪；深厚的同情心——因此儿童看到被压迫损害的人和物，都会发出不平的呼声，落下伤心的眼泪；以及他们对于比自己能力高、年纪大、经验多的人的羡慕和钦佩——因此他们崇拜名人英雄，模仿父母师长兄姐的言行。他们热爱生活，喜欢集体活动；喜爱一切美丽、新奇、活动的东西，也爱看灿烂的颜色，爱听谐美的声音。他们对于新生事物充满着好奇心，勇于尝试，不怕危险……"（《1956年儿童文学选·序言》）

按照冰心的论述，童心是对儿童心理特征的总的概括，它可包含的内容是宽泛的。但当我们论及童心，首先还要看到儿童的天真活泼。成年人写儿童散文，万不可把暮气与迟钝、麻木带到作品中来。儿童散文作家应当都是"大孩子""大朋友"，要有一颗不会衰老的童心。他应当像儿童那样用稚气的、充满新奇之感的眼光看世界。刘半农在散文诗《雨》中关于把小雨衣借给雨，不要让雨来打湿了雨的衣裳那段话，通过含混而又富于幻想的、纠缠不清的概念，表达了只有孩子才能有的天真。郭风的散文诗也善于把孩子的天真化作诗人大胆而奇特的想象，二者得到了完美的结合。他写《蝴蝶·豌豆花》。一只蝴蝶从竹篱外飞进来，豌豆花问蝴蝶："你是一朵飞起来的花吗？"豌豆花因为自己是花，因而认为蝴蝶也和自己一样，也是花，不同的只是能飞。绮思奇想，果然是一颗童心化作了诗人的天籁。郭风的实践，解决了儿童文学的难处：他必须是儿童，又必须是大人，在用儿童的眼光观察的同时，又必须用大人的心灵思忖。

丰子恺在他的画中和文中，记录了儿童的天真烂漫，他懂得孩子的生活。他不无悲哀地认为，当孩子们懂得他们那种童年的朦胧的时候，童年已然不再。《给我的孩子们》是他的画集代序，这是一篇充满了童心的儿童散文。这篇散文，能启示我们关于儿童散文的真谛。他写了儿童那种比大人强盛得多的素朴的创作力：身体没有椅子一半高，却常想搬动它；要把一杯茶水横过来藏入抽斗；要皮球停于墙上；要拉住火车的尾巴；在儿童生活中，充满令人发笑的奇异的想象力——

> 阿宝！有一晚你拿软软的新鞋子，和自己脚上脱下来的鞋子，给凳子的脚穿了，划袜立在地上，得意地叫"阿宝两只脚，凳子四只脚"……
>
> 瞻瞻！有一天开明书店送了几册新出版的毛边的《音乐入门》来。我用小刀把书页一张一张地裁开来，你侧着头，站在桌边默默地看。后来我从学校回来，你已经在我的书桌上拿了一本连史纸印的中国装的楚辞，把它裁破了十几页，得意地对我说："爸爸！瞻瞻也会裁了！"

丰子恺在这篇文章中捕捉的，正是我们写作儿童散文时所要把握的。可以说，离开了童真，儿童文学便失去了它的最基本的特色。

鲁迅的文笔，一向以练达老辣著称，他不乏那种辛辣与冷峻。但当他涉及儿童的题材，便活跃着一颗童心。我对他的《阿长与山海经》所写的孩子眼中的保姆长妈妈，留下极深的印象。他的文笔充满了含笑的挚爱。长妈妈喜欢在母亲面前说"我"的长短，又不许走动，拔一棵草，翻一块石头，便说"顽皮"，便要告诉母亲，这使"我""实在不大佩服她"——这里有儿童憎爱的天真流露。不仅这些，长妈妈更有不能让人"容忍"的：一到夏天，睡觉时她又伸开两脚两手，在床中间摆成一个"大"字。天那么热，挤得"我"没有翻身

的余地；推她呢，不动，叫她呢，也不闻。母亲知道了，委婉地提醒她，但她照摆"大"字不误。这里，在儿童式的"愤懑"的背后，有着让人忍俊不禁的成人的幽默。鲁迅的笔墨，以他真切的对于童年的记忆，以及儿童心理的传达，成为非常精彩的满含儿童特点的散文。这里是一段关于除夕的"磨难"的经历：

> "哥儿，你牢牢记住！"她极其郑重地说。"明天是正月初一，清早一睁开眼睛，第一句话就得对我说：'阿妈，恭喜恭喜！'记得么？你要记着，这是一年的运气的事情。不许说别的话！说过之后，还得吃一点福橘。"她又拿出那橘子来在我的眼前摇了两摇，"那么，一年到头，顺顺流流……"
>
> 梦里也记得元旦的，第二天醒得特别早，一醒，就要坐起来。她却立刻伸出臂膊，一把将我按住。我惊异地看她时，只见她惶急地看着我。
>
> 她又有所要求似的，捏着我的肩。我忽而记得了——"阿妈，恭喜……"
>
> "恭喜恭喜！大家恭喜！真聪明！恭喜恭喜！"她于是十分喜欢似的，笑将起来，同时将一点冰冷的东西，塞在我的嘴里。我大吃一惊之后，也就忽而记得，这就是所谓福橘，元旦辟头的磨难，总算已经受完，可以下床玩耍去了。

鲁迅通过一些非常风趣的细节，写出了阿长这位善良的劳动妇女，她把一年的好运气完全寄托于新年第一天孩子的吉利话上面，难免愚钝，却笃诚得让人感动。《阿长与山海经》当然不能算是典型的儿童散文，但因为他写了儿童，又把儿童心理的刻画与成年人成熟的思忖结合得很好，对于理解儿童散文要写童心的命题，是大有助益的。

儿童散文抓住了儿童的心理特点，也就抓住了它的最主要的规律。前面引述的冰心关于童心的话，包括正义感和同情心在内，认为儿童对于被压迫损害的弱者，会为之发出不平的呼声，会流下同情的眼泪。她当初写《寄小读者》，就紧紧抓住儿童这一心理的特征。《寄小读者》第一篇是前言，第二篇算是通讯的正式开始，讲述的就是一只小耗子的不幸遭遇的故事：夜坐读书闲话，一只刚会走动的小鼠"无猜的，坦然的"出来觅食，我用书轻盖了它，它也不走。刹那间，被小狗扑上，挣扎着死去。作者写了由这件小事引起的负疚之情："至今已是一年多了。有时读书至夜深，再看见有鼠子出来，我总得忧愧，几乎要避开。我总想是那只小鼠的母亲，含有伤心之泪，夜夜出来找他，要带他回去。"

这篇散文，我幼时读的，至今不忘。现在我引用了它，肯定还会有人不以为然：老鼠是害物，值不得动此恻隐之心。但是，借一只小鼠的悲剧，讲同情弱小，反对残忍，这对于陶冶幼小的心灵，对于儿童德育、智育、美育的成长是有益的。多年以来，我们的儿童读物中，充满了"斗斗斗"的说教，使得幼小无瑕的心灵，在开始接触人生时，便蒙上了荫翳。冷酷和残忍，被当作"斗争性"来加以肯定，丑变成了美。而像这类小鼠的故事，一概被不加分析地斥之为超阶级的爱。儿童当然应当懂得阶级，可是，当某些场合可能利用的时候，我们对他们进行一些切实的美好情操的教育，诸如告诉他们不要恃强凌弱，学会憎恶残忍，当然不无意义。鲁迅的《风筝》，确是从成年人的角度发出了至哀的追悔。它所悔何事？无非是童年时节那一幕"精神虐杀"所造成的终生不忘的愧疚。这样的散文，有补于儿童美好心灵的铸造，因而有它的价值。

儿童散文要唤起儿童阅读的兴趣。他们的特点是天真，喜好新奇，又缺乏成年人的耐心。只有新鲜的故事，才能吸引他们的注意力，而不至于厌倦。儿童散文中，许多题材都注意到儿童这种欣赏心理。像西双版纳密林中斗蟒的故事，以及大兴安岭林区被熊瞎子包围的故事等，都能博得小读者的欢心。即使是很严肃的、很有教育意义的内容，也要用儿童所习惯、所喜欢的样式来写，黄秋云的传记体散文《高士其伯伯的故事》的行文，就是充分考虑了儿童的特点，具备了吸引小读者读下去的力量的。他讲高士其的身体状况，是这样开始：

> 高士其伯伯靠在一张藤椅上，微笑着望着你，但是他没有站起来，也没有跟你点头打招呼。原来高士其伯伯的身体很不好，他得病已经20多年了。他现在不能自己走路，行动只能靠一辆特别给病人用的手推双轮车，让人家推着走。他不能像正常人似的讲话，只能从喉咙里发出唔唔哼哼的声音……他的眼睛也不好，闭上了就张不开，要旁人给他按摩好一会才能看到东西。他的耳也已经聋了。

讲了这些之后，作者直接对小读者说话了："亲爱的读者啊，你试想想看，要是别人像高士其伯伯那样，早就痛苦得活不下去了。但是高士其伯伯一点也不悲观……是什么精神力量支持着他呢？"作者是在讲述一个先进人物的事迹，但却采取了儿童们最喜欢的说故事的办法，这就是充分照顾到儿童阅读欣赏的特点，也是一种寓教于乐的办法。这种办法，在任大霖的散文集《童年时代的朋友》中被广泛地运用着。那里的每一篇散文，都是一个引人入胜的故事，每一个故事的后面，又都蕴藏着深刻的教育作用。任大霖也有一篇《风筝》，它的特点与鲁迅的《风筝》不同，是叙事重于抒情：过去很会玩风筝的贵松哥哥，13岁便结束了他天真的童年，去杭州当上了小学徒，变成了一个不苟言笑的"小大人"，作者通过这个故事为旧社会生活在底层的儿童们短促的童年叹息。

在这里，我们总的一个希望是：当你创作儿童散文的时候，不论你是讲小孩的事情，还是讲大人的事情，你不要忘了要像孩子一样地看、想和说——要有一颗纯净的童心。在《队伍出发以前》（非立）这篇散文中，两个孩子看到了护士学校的进行队伍，有一段对话："为什么一定要女人当护士呢？""不知道。你说为什么？""我也不知道……大概女人比较客气。"当作者写这段对话时，他忘了自己，他是在试图用儿童的观感说话，"大概女人比较客气"就是儿童对眼前这一事实的解释，读起来，觉得充满了拙朴的趣味。孩子对什么都有兴趣，他们不掩饰自己的无知，但又不轻易放弃他们对世界的解释，尽管这解释有时显得可笑。我们却从那些孩子式的可笑中，得到了美的满足。这正是儿童文学的最重要的特性。

## 三

散文是这样一种文体：它的题材非常广泛，可以说是漫无边际。上下千载，纵横万里，大及宇宙洪荒，小至草木虫鱼，庄严肃穆可以是英雄献身的故事，轻松恬远可以是一只小昆虫的悲欢际遇。正如冰心说的，散文"有时'大题小做'，纳须弥于芥子，有时'小题大做'，从一粒沙米看一个世界，真是从心所欲，丰富多彩！"（《关于散文》）

散文的题材虽然无可不包，而选材却应有标准。即事言情，因物咏志，总要有寄托。风筝不过一玩具，鲁迅以之寄托对于往昔的追悔，任大霖以之明喻对于旧社会儿童运命的沉哀；冰心娓娓而谈小耗子的悲剧，寄托着她的仁慈爱物之心，而在任大霖的《芦鸡》那里，却由衷地歌颂小动物渴求自由而不惜一死的遭际，这是寓意。但是，散文也并非篇篇均有寓意，它的广泛的题材，包括世间的一切，有的含有明显的喻世之意，有的则于潜默中起陶冶性情之功，这都是它的职责所司。请读冰心的《寄小读者》：

> 河亭建在湖岸远伸处，三面是水。早起在那里读诗，水声似乎和着诗韵。山雨欲来，湖上漫漫飞卷的白云，亭中尤看得真切。大雨初过，湖净如镜，山青如洗。云隙中霞光灿然四射，穿入水里，天光水影，一片融化在彩虹里，看不分明。光景的奇丽，是诗人画工，都不能描写得到的。……
> 绮色佳真美！美处在深幽。喻人如隐士，喻季候如秋，喻花如菊。与泉相近，是平生第一次，新颖得很！林中行来，处处傍溪涧。睡梦里也听着泉声！

它只是再现了那大自然的美好，抒发了人们对这些景色的赞叹之情，它带给人们以美感的享受，也启发人们如何去体会自然美。这样的散文能够使人变得优雅高尚。在目前，青少年中美育教育几至于无，而庸俗粗鄙之风却颇为盛行的时候，多读这样的文字，无疑将会成为良好教育的补助的一环。

有的散文，写的是世故人情；更多的，则写的是云影月光；而有的散文，它只是写出了生活中那一些片段的天真烂漫的情趣，它让人想起那充满了诗意的生活，即使在艰难困顿之中，也会得着些心灵的慰藉。这是鲁迅的《雪》：

> 孩子们呵着冻得通红，像紫姜芽一般的小手，七八个一齐来塑雪罗汉。因为不成功，谁的父亲也来帮忙了。罗汉就塑得比孩子们高得多，虽然不过是上小下大的一堆，终于分不清是壶卢还是罗汉，然而很洁白，很明艳，以自身的滋润相粘结，整个地闪闪地发光。孩子们用龙眼核给他做眼珠，又从谁的母亲的脂粉奁中偷得胭脂来涂在嘴唇上。这回确是一个大阿罗汉了。他也就目光灼灼地嘴唇通红地坐在雪地里。

孩子们充满了好奇心，他们喜欢听那些引人入胜的故事，因而，除了抒情写景，儿童散文中大量是有情节的故事。例如，有一天，亲戚送来了半篮"喜蛋"（孵化一半的蛋）。突然有一只蛋壳破了，跑出了一只小鸭。小鸭被老鼠咬了，用万金油给它敷好，但它的头却歪着。它又喜欢跟着人跑，又被一个老头踩了翅膀，奶奶又给它敷了万金油，又好了。有天下大雨，满天井都是水，小鸭高兴地玩水。退水的时候，它跟着杂草枯枝一齐漏进了阴沟中，于是用火钳把它钳了出来。后来，它又和小鸡争米吃，半个钟头以后，它就不舒服起来，老用一只脚抓自己的胸脯，还张大嘴喘气。"我"跑去找奶奶说："小鸭子老打呵欠要睡觉了。"奶奶跑来看了看说："唉！什么打呵欠，它是'贪心害自命'了！它的肫一定要胀破了。"奶奶又给它吃人丹，十滴水，又活了下来。这就是《多难的小鸭》（任大霖）。文章结束时作者说："小鸭子就这样活下来了，虽然它的磨难这么多，我现在回想起来，还觉得奇怪呢！"这只小鸭坎坷的经历，读起来曲折有趣。尽管它没有太多的教育意义，但却能引起孩子们的兴味，得到娱乐和消遣，这也是好的。

在儿童文学的诸品种中，散文在表现生活选材上是最为自由灵活的。小说要考虑情节的生动性，人物的典型性，以及主题的富有意义，诗歌要考虑宜于抒情歌唱的题材，以及诗意的提炼；报告文学要考虑人物事件的真实性，等等。而散文这个形式，本身在取材上具有极为广泛的灵活性：具有重要意义的内容，如雷锋的故事，它可以写；只使人们娱乐和休息的内容，它也可以写。它可以成为政治思想教育的辅助手段，也可以成为有益的休息和消遣。散文的职能比任何一种体裁都宽泛，它有一个自由的天地。

创作散文，离不开一个散字，这一个字，大概可以概括这一文体从艺术构思到文章结构全过程的最基本的一条规律。行云流水，天女散花，儿童散文和一般散文一样，也仍然是一种无拘无束的文体。它可以开始得漫不经心，越是自由不羁，文章就越是亲切引人；它可以随意游动，甚至跳跃；结束也不拘一格，可以戛然而止，可以流韵悠长。冰心用书信的形式来写儿童散文《寄小读者》，充分利用和发挥了这一文体的特点。她的《通讯八》是这样开头的：

> 这里一天一天的下着秋雨，好像永没有开晴的日子。落叶红的黄的堆积在小径上，有一寸来厚，踏下去又湿又软。湖畔是少去的了，然而还是一天一遭。很长很静的道上，自己走着，听着雨点打在伞上的声音，有时自笑不知这般独往独来，冒雨迎风，是何目的！走到了，石矶上，树根上，都是湿的，没有坐处，只能站立一会，望着蒙蒙的雾。……

接着，写从湖畔回来已是天晚，灯下读国内寄来的报纸，读诗，蓦然升起乡情，往往历历，如烟如缕，不可扼制。最后落到菊花上来："菊花上市，父亲又忙了，今年种得多不多？我案头只有水仙花，还没有开，总是含苞，总是希望，常常引起我的喜悦。"表面上看来，它是漫不经心的，仿佛是兴之所至，想到哪，说到哪。而内里却有一根线牵着，那便是思乡的主题。

散文要是没有诸如此类的形式上的散漫自由，便失去了这一文体的基本特色。但若真的语无伦次，散乱无章，连起码的文章组织都说不上，那绝不是散文本身所拥有的素质。散文创作的难处在于：它在外形上要非常散，而在内里却要非常严密。通常以形神来比喻散文，则散文应当是形散神凝，形散与神凝，是对立的，但要求把它统一起来。形散，指形式上，文章章法上，要自由自在地流注奔泻；神凝，指文章气脉贯通，要围绕着一个潜在的焦点运行。前面引述的《寄小读者·通讯八》，其焦点就是思乡二字，但却是隐着、藏着、表面上不露声色。散文写作的形散神凝，即是要求外松内紧：在表现上，极其洒脱自如，而在文章的构思上，却要极度紧张的约束。

严密精到的构思，对于任何文体都是必要的；但散文要是仅有前者，而失去自由而无可羁绊的形态，则是连散文的形式也没有把握住。话说回来，写作散文的真正难度不在于散，而在于外面要散，内里要不散。法国作家法朗士写过一篇儿童散文《罗歇尔的种马》：小孩罗歇尔有一匹穷人送给他的木马。他珍爱这匹高贵的马，他认为，假如它不曾在一场战斗中失去尾巴的话，它可以是木马中的一颗珍珠。罗歇尔在想象中给木马喂燕麦，在梦境中骑着它驰骋。这是一篇不及 700 字的散文，却是一篇曲折有致的、变化多端的文字。它的开头就像是一段"闲话"："饲养种马是一件很伤脑筋的事情。马儿是一种骄矜的动物，需要很繁杂的照料。你不妨去问问罗歇尔，看事情是不是这样！"文章经过了散文中不可缺少的变化与曲折（罗歇尔希望木马的尾巴能再长出来；他给它喂料，他梦中骑着奔跑；作者希望罗歇尔永远不要骑上"危险的马"；作者认为不论伟大还是渺小，

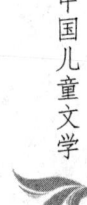

"我们要骑着自己的马"……),方告结束。在结束时,它把主题又引向一个新的境界:

> 我祝你幸运,小小的罗歇尔。我希望,当你长大成人以后,你能有两匹马
> 来骑,好让它们把你带上正路:一匹的性格猛烈,另一匹的性格温和。他们都
> 是高贵的马儿,一匹叫作"勇敢",另一匹叫作"善良"。

法朗士这篇散文,以小罗歇尔的一匹没有尾巴、又断了耳朵的木马为题材,写一个家境贫穷的儿童心爱他的玩具,写这样小小年纪的孩子拥有的那种幻想与憧憬,最后讲到了人生的哲理("每个人都应当骑自己的马"),以及对儿童含蓄的祝福和希望(希望他们勇敢和善良)。一篇短文,柳暗花明,百折千回,虚实相映,曲径通幽,但又处处都不离开"马"的主题。这是一篇形散神凝、短小精悍的典型的儿童散文。

法朗士这篇散文告诉我们,散文的写法需要海阔天空,但却不是随心所欲的。如前所述,它需要内紧外松。外松,就是很自由,很放达,很洒脱,有点若无其事的样子,内紧,就是要紧紧抓住作品所要阐发的主题,要有一个明确的抒情、叙事、写景的中心,即一切均由此生发开去的"焦点"。《罗歇尔的种马》的焦点,就是由一匹破旧的木马生发开去所阐明关于人生道路的哲理。离开了这一点,文章就失去了用以串联那些散落各处的珍珠的线,那就成了断线珍珠,而不成为一串晶莹的项链。

## 四

写作儿童散文真正的难点在于要掌握外松与内紧,形散与神凝、行文的曲折有致与主题的鲜明突出的辩证统一。而散文这种篇幅短小的文体,要使之在一篇之中呈现出千姿百态与千变万化的艺术效果,则要讲究文章的布局结构。只有讲究了这方面的规律,才有助于散文达到又散又不散的理想效果。

讲究布局,概括起来说,就是扬抑疏密四个字。这是两个方面的问题:一是扬抑,一是疏密。散文之讲扬抑,就是强调文势要有波澜,要有起伏,不要平展。或欲扬故抑,或前扬后抑,或扬抑相间,总之,不要一马平川,要有变化以刺激读者欣赏的兴味。杨朔的《荔枝蜜》,大家都熟悉。它的目的在于歌颂,开头却偏不歌颂,只是在那里不着边际地讲:"花鸟草虫,凡是上得画的,那原物往往也叫人喜爱";它的目的在于肯定蜜蜂的可爱,开头却故意说:"蜜蜂是画家的爱物,我却总不大喜欢。"要歌颂,却有意把歌颂的话压下来;说可爱,却有意要降下调子,说"不大喜欢"。这样一来,后面才有文章可做,所做文章也更引人注意,效果也比一开始就正面讲要强烈得多。

再以鲁迅的《风筝》为例,他是认真地要作一篇追悔不可补偿的往事的文章,是一篇抒写心灵之至痛,非常精深沉郁的文字,开头却同样地表现出"无所谓"的姿态。它仿佛只是无目的地由闲话北京春季的风筝,讲到故乡的风筝,讲蜈蚣风筝的堂皇与瓦片风筝的憔悴。我们以为,他是要讲有关风筝的趣事了,却又笔锋顿挫,来了个急转弯:"但我向来不爱放风筝的,不但不爱,并且嫌恶他。"说到这里,他又把"嫌恶"放在一边,而讲起他的小兄弟对风筝的沉迷,他极力渲染小兄弟的喜欢风筝:

> 他那时大概10岁内外罢,多病,瘦得不堪,然而最喜欢风筝,自己买不起,
> 我又不许放,他只得张着小嘴,呆看着空中出神,有时至于小半日,远处的蟹风

筝突然落下来了,他惊呼;两个瓦片风筝的缠绕解开了,他高兴得跳跃。

他以这种大力张扬的笔墨,来反衬后来他对小兄弟这种如醉如痴的对风筝的爱的"虐杀"。文章由于这种先抑后扬的处理,出现了起伏,由此生发出来的情感的冲击也更强烈,然而,风筝的波澜并未至此平息下来。事隔多年,已是中年时节,这才读到"玩具是儿童的天使",于是引起了20多年前一段旧事的愧疚。于是,他想起补偿的办法,但一切都已失去意义:甚至有一日见面提及此事,小兄弟却惊奇地反问:"有这样的事么?"作者于是悲哀地写道:"我还能希求什么呢?我的心也只得沉重着。"至此,他才把文章做到了高潮,又留了不尽的余音,让我们从轻松开始,而却只能像他那样,永远地沉重着。

散文的讲究疏密合度,目的也在于避免文章的呆板单调。文章疏密相间,有了疏,才显出密来;正如有了抑,才显出扬来的道理。处处密不透风,让人紧张得生厌,但若处处稀疏而不紧凑,同样也会影响读者的兴趣。因而需要有疏有密,疏密结合。朱自清的《背影》,被作为优秀的可供儿童阅读的散文曾被选入课本。这篇名著,就很讲究文章的疏密合度。它的开头是疏的:"我与父亲不相见已二年余了,我最不能忘记的是他的背影",这是点题。随后:那年冬天祖母死了。在徐州见着父亲;回家办完丧事,与父亲结伴回到南京,到南京后我要北上,父亲事忙,说是不来相送;……这几段文章,都是淡淡的、疏疏的,不大紧迫,也不写浓烈的情绪。而后,父亲还是不放心,决定亲自来送。过了江,进了站,我买票,他看行李;父亲送我上了车,给我拣了靠窗的座位,又忙着嘱托茶房好好照应……渐次紧密了,但仍然是冷静的笔墨,及至"我说道'爸爸,你走吧。'"以后,那才是极细密的一段文字,而这段文字的中心,却紧紧地扣住我在车窗里所看到的他去买橘子的背影:

> 我看见他戴着黑布小帽,穿着黑布大马褂,深青色棉袍,蹒跚地走到铁道边,慢慢探身下去,尚不大难。可是他穿过铁道,要爬上那月台,就不容易了。他用双手攀着上面,两脚再向上缩,他肥胖的身子向左微倾,显出努力的样子。这时我看见他的背影,我的泪很快地流下来了。

这还不够。作者又写父亲买了橘子回来,再过铁道,先把橘子放在地下,自己慢慢爬下,再抱起橘子走。一来一去之间,从父亲的穿着,上下月台的动作,等等,极详细地写他所看到的背影,这是首次。而后,写离别,再写父亲的背影。这种极紧密,极细微的文字,是在开头那些疏疏淡淡的文字的映衬下,益发显出它的"浓度"来的,这当然有助于感情的抒发。过了以后,文字又逐渐地舒展了:"近几年来,父亲和我都是东奔西走,家中光景是一日不如一日。"写父亲少年谋生,老境颓唐,触目伤怀,情系于中。最后收他一信,在他凄凉的话语中,"又看见那肥胖的,青布棉袍,黑布马褂的背影"留下了轻烟淡霭般余韵,让一片爱心,摇撼读者,以至久远。

散文这种文体,以构思的精巧而不露痕迹,以文字的精美而不见雕琢,以行文的自然而不见零乱最为上乘。但人们往往忽略了儿童散文风格的多样化。人们有一种错觉,以为儿童年少,不会要求也不会欣赏多样艺术风格的作品。其实,读散文也如听故事,孩子们听故事入迷,往往为那些讲故事的大人们特殊的风格所吸引。孙敬修讲故事的风格是亲切自然而微带幽默,孩子们爱听,儿童散文的写作也如此。鲁迅沉郁,朱自清清淡,而冰心则婉丽而温情,叶圣陶与之相反,他是质朴而坚实的,却同样具有浓厚的儿童特点。

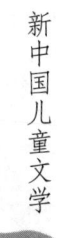

1956年，他在《中国少年报》上写过《爬山虎的脚》，这是一篇带有叶圣陶自己风格的很朴素，同时又很隽永的儿童散文。"学校操场北边墙上，满是爬山虎。我家也有爬山虎，从小院的西墙爬上去，在房顶上占了一大片地方"，文章这样开了头。接着，他写爬山虎刚长出来的叶子是嫩红色的，而后，变成了嫩绿色，长大了的叶子由嫩绿变成了鲜绿。接着，他从静态来描述那叶子，那些叶子，铺在墙上，那么均匀，没有重叠起来的，也不留一点空隙；又从动态来描述那叶子：一阵风拂过，满墙的叶子就漾起波纹。写了这些，他把话题引回到爬山虎的"爬"字上来。起先，他不知道它是怎么爬的，经过仔细观察，了解到它原来有"脚"。于是，这位老作家就集中笔墨，用朴素的语言，给小读者们讲起了爬山虎的脚来了：

> 爬山虎的脚长在茎上。茎上长叶柄儿的地方，反面伸出枝状的六七根细丝，每根细丝像蜗牛的触角。细丝跟新叶子一样，也是嫩红色。这就是爬山虎的脚。

> 爬山虎的脚触着墙的时候，六七根细丝的头上就变成小圆片儿，巴住墙。细枝原先是直的，现在弯曲了，把爬山虎的茎拉一把，使它紧贴在墙上。爬山虎就是这样一脚一脚地往上爬。如果你仔细看些细小的脚，你会想起图画上蛟龙的爪子。

> 爬山虎的脚要是没触着墙，不几天就萎了，后来连痕迹也没有了。触着墙的，细丝和小圆片儿逐渐变成灰色。不要瞧不起那些灰色的脚，那些脚巴在墙上相当牢固。要是你的手指不费一点儿劲儿，休想拉下爬山虎的一根茎。

散文就这样结束了，没有一句多余的话。这使我们想起叶圣陶在新文学史中所特有的风格来。他一丝不苟地观察生活，哪怕是这种大家习惯的爬山虎。他从叶子的颜色的不断变化，写到叶子的动静观察的形态，由叶子进而写"脚"，脚的不断发展变化……他老老实实地看生活，又老老实实地写文章，文章的风格寓深刻于平淡之中，也如人的风格一样。

他的《爬山虎的脚》，对我们的启示是很大的。它至少告诉我们，写散文并不意味着华辞丽语的堆砌。尽管有的作家的文风是华丽的，但它的内容，无论如何总要实实在在。散文的题材海阔天空，但小及爬山虎这样的小植物，我们要是不在生活的观察体验上多下功夫，要是只满足于一知半解，并不真的了解它的实际，散文也失去了力量。

生活是重要的。对于儿童散文，生活也是重要的。

（原载《儿童文学研究》1982年总第9辑）

# 平静出散文

高洪波

愤怒出诗人，平静出散文。

散文，顾名思义，应是很随意的文字。

如果将文坛拟为"动物乐园"，我想操作不同体裁的作家们，因其特质相异而各自拥有不同的体貌，成为绝不相似的动物。

比如诗人，就如高蹈的仙鹤。

杂文家，满腔义愤，似竖刺以待的豪猪。

小说家，目光炯炯、捕捉生活与细节的神态，极像迅捷矫健的猎豹。

评论家善挑剔，为啄木鸟。

报告文学和纪实文学作家，凭耐力和体力狩猎社会生活中重大事件，照我看像西伯利亚狼。

散文家像什么？ 以其绝大多数作家的那种平和、沉静，应属鹿科动物……

产生以上趣味联想已经许久，早在 1989 年 4 月无锡召开的中国作家协会首届全国散文杂文颁奖会上，聆听了诸多大家们的高论之后，就萌生了这种念头，一想，自己就乐。

散文家或另有一比：信天翁。

总之，散文的定义有宽窄之分。宽起来，凡韵文之外均为散文；窄下去，又非"美文"莫属！ 无论宽或窄，至情为文、有感而发的标准是首要的。几年前我扮演过豪猪角色写杂文，曾以《散文与撒文》为题刻薄过一番散文界，认定散文的"散"字加一个提手，便成为"撒"，随后才有散文"创作"中的撒娇、撒泼、撒谎直至撒气、撒刁、撒野和撒吃症、撒酒疯诸般行为方式。当然，把这么多与"撒"有关联的贬义词倾倒在散文头上，不太公平，可谁叫这两年散文突然火爆呢！

火爆者，热点也。一成热点，八方关注，梅花鹿与信天翁，两种应具平常心的动物，陡然变成大象和白肩雕，珍贵兼珍稀起来，这并不一定是好事。

平常心。散文作家重在一个平常心，所以从这一个角度看中国当代的散文，毕竟散文大大多于"撒文"，这正是散文希望之所在。

感谢百花文艺出版社，嘱我编一本散文自选集，以列入"当代名家散文精品文库"，高兴之余又有几分汗颜，盖因为自己的文章大多率意而为，有真诚和真情，但绝对谈不上"精品"。为尽可能达到资深编辑范希文兄的要求，只好把一些文化散文、闲适散文和哲理抒情散文拿来充数，这批文章至少在我写来是下过一番功夫的，不是应景文章。

（原载《青春在眼童心热：高洪波文学评论、随笔集》，接力出版社 2008 年版）

# 在儿童散文的路上①

吴　然

　　许多年前,也就是 30 年前吧,我写过一篇题为《在山路上》的散文,收入《凉山的风》这本散文集时,文末所署时间为"1978 年 9 月 15 日",岂不,整整 30 年了! 突然想起这篇散文,是因为我给现在要写的文章拟了个类似的题目:《在儿童散文的路上》。

　　重读这篇散文,让我回味起那段生活。那时候,我在昆明供电局当线路检修工,长年在大山群中奔走。此前的十余年,我是云南火电建设公司宣威工程处的混凝土工,和水泥、砂石料打交道。不论是混凝土工,还是线路检修工,繁重的劳作,都和我瘦小薄弱的身体很不相称。但是生活本身的力量,总会给人以力量吧,比如繁重的体力活,让我付出了许多艰辛,淋暴雨走夜路扎荆棘,汗流过泪流过血流过;同时也就让我得到了体力上的锻炼。如果从后来我为孩子们那么愉快地写作散文,我的工人生活其实又是一段难得的经历。那期间,我曾写过一个八九万字的题为《长长的银线》的"儿童小说"。这个失败的小说写一群架线工,把长长的银线(输电线)架到了边远的少数民族山村,架线工们和村里的孩子结下了长长的友情。想法可能是好的,遗憾的是没有写成一个好看的故事。我写了一些节外生枝的景物:写了树、草和花;写了飞鸟、蚂蚁、穿山甲;写了树蓬下的溪涧、石头,以及云雾雷雨,还有月色星光……我对这一切总是那么依依不舍的流连赞叹。与其说我是写小说,还不如说我练习的是儿童散文。

　　我永远记得读郭风前辈儿童散文的激动。郭风前辈的儿童散文在我心中产生了持久的共鸣。我似乎找到了与自己相和谐的文体。我似乎触摸到了我一直在寻找的一些字、一些词、一些句子,它们就在我眼前跳跃。我终于学着写了些儿童散文和类似散文诗的儿童散文,试探着用孩子的眼光欣赏生活中的美,用孩子的心灵感受生活中的美……1984 年我出版了由郭风前辈作序的儿童散文集《歌溪》。在序文中,郭风前辈说我的散文"清新、朴素","是写给孩子们看的真正的儿童散文"。他还说"在我国的儿童文学领域内,专门为孩子们写作散文的,写作短小的、感人的散文的,看来还不多。想到这一点,我的内心似乎有一种感激之情油然而生"。1986 年,为感谢冰心老人为春城晚报《小橘灯》儿童副刊题写刊名,我们送了一架大理石画屏给她留念,我顺便送上《歌溪》向她请教。她来信说:"给儿童写散文不容易,要有童心。你的散文小集,朴素自然,我很欣赏。"我在儿童文学或者说在儿童散文写作刚刚起步之初,两位前辈就给我及时的鼓励,我的感动自不待言。我更看到了这种鼓励后面的"良苦用心",那就是鼓励我安心地安静地为孩子们多写散文。我也知道,两位前辈就是我的楷模。于是我慢慢地写着,写着……

　　一般说来,我是幼儿散文、童年散文、少年散文都写。当然不同的时期,又有所侧重。我写得较多的是童年散文。正如冰心老人所说,给儿童写散文不容易,要有童心。她在一篇文章中还说过,"搞儿童文学的人,就得保持天真"。冰心老人在这里说的"要有童心""保持天真",何止只是给儿童写散文和搞儿童文学。这其实是一种人生境界! 只是这境界太难达到。我们这些成年人，并非生活在童心世界。生活中不如意事多了，童心安在！但是儿童文学作家自有办法。我的办法是，当我执笔之顷，我干脆回到童年去，在回想童年中唤起自己的童心。虽说我的童年并不快乐，不过也有许多美好与温柔让我久久回味，因此诗人徐鲁说我一直在"寻找回到童年的路"。是的，童年时代的一切，是那么深那么新鲜地留在我的记忆中，以至于烙印在我的肌肤里和气质上，浸润着我的散文写作。每当我铺开稿纸凝神结想，或者因了一支歌一首诗一幅画一件什么事的触发，眼前就会出现故乡的山，故乡的水，故乡的小树林，出现童年时代的小伙伴。尽管我知道，故乡那条童年的小河已经干涸，村后的那片树林已经消失，我还是情倾笔端，写出了《一碗水》《走月亮》《学校旁边一条河》……一篇篇散文或散文诗。童年的影子伴随着我，怀念的欢乐中有无言的忧伤。

可否说，写作主要靠记忆。当你坐下来写作的时候，向你涌来的，是你的记忆。这些记忆包括镌刻在心灵上的印痕以及曾经使心灵颤动的种种感受。它也许来自你的阅读，你的见闻，或者也许来自你的一个梦，一个人物或一件事情，来自想象或幻想——已经成为记忆的想象或幻想，等等。但是我们不能忘了一个重要的记忆，这就是童年的记忆。这是再宝贵不过的记忆了。当然我又不是全靠回忆来写作，不是写成年人对过往时光的回忆文章，我只是把童年找回来细细端详，重新回味，重新想象，如前所说，意在唤起我的童心。这样的童年多少已经"艺术化"了，既遥远又现实，时间概念完全模糊了，我儿童散文里的童年，仅仅是我"童年的影子"了。这一点，儿童文学理论评论界也注意到了，如孙建江在《吴然的文体意识》的长文中，就作了理论的分析。他说我打了个"时间差"，把"过去时"提到了"现在时"。不过，我写作时没这样想过，只是想让读者感到亲切，缩短和读者的距离。

也许我从小生活在滇东北山村，10 岁左右又跟随父亲在外，在昆明和大理度过少年时代，受到如滇池、苍山、洱海那样的云岭风光的熏染，而在当线路工的那些年，又用自己的手、脚和身心触摸了山石、土地和草木，我的心性似乎更接近于自然。近 30 年来，我几乎跑遍了云南，领略到如诗人徐迟所说的云南的"美丽、神奇、丰富"，体会到云南民族民间文化的多样与多彩。我总觉得"云南"这两个字弥漫着一种不可言喻的浪漫与芬芳。我的儿童散文呢，也大多取材于云南。我意欲捕捉飘忽在云南大地上空的那种不可思议的捉摸不定的神秘的气息，在歌唱大自然，歌唱人类的爱与温情中，让孩子们领略云南的美，唤起他们对云南的惊喜与热爱。我写了一些短小的牧歌式的抒情之作，在儿童散文中作诗意的弹唱。这当中，有的是以云南少数民族儿童生活为题材的散文、散文诗，如《泼水节》《鲜花节》《闹春牛》《火把节之歌》《蓝色泸沽湖》等。在这些作品中我想从丰富多彩的民族生活，比如从他们传统节日中——在这些节日中，孩子们是最快乐的参与者，而有的本身就是孩子们自己的节日，我想从中发现诗意，发现美，让这些不可复制的古老的民族文化遗存焕发新鲜的现实的美。可能我的这些想法，已经多多少少在作品中有所体现，因此王泉根教授说我的作品"充满自然之美，童趣之美，生活之美，民俗之美……既能给少年儿童以某种现实缺陷的精神补偿，又能燃起他们心中追求理想世界的希望之火"。当然我知道，云南边疆还有不少贫困山区。许多孩子还打着赤脚，衣服上有很多补丁，手上脸上有很多泥垢。一些小学校还是草顶竹笆房，毒蛇都会钻进四面通风的教室；课桌就是一长条木板，而凳子，不是一截树墩，就是一根粗粗的被孩子们的小屁股磨得光溜溜的竹筒。是孩子们的读书声，是孩子们的欢声笑语和打闹，掩盖了它的简陋，

并让你对它贫穷中的美丽肃然起敬！是啊，在边远的靠近国境线的民族小学里，听到孩子们稚嫩的唱歌一样的读书声，你不能不感动。我在一种美丽的感动中，为孩子们写作，我把这种感动着的美丽写进我的散文。这些散文，有的选进了不同地区、不同版本的小学语文教科书。在祖国西南边疆旅行，偶尔听到小学校里孩子们诵读我的某篇散文，那些好听的声音，给我如在梦中的感动。

记得，在一次儿童散文讨论会上，我曾经说过散文和小说的不同，其中一点就是，小说讲的是"故事"，散文写的是"事情"。"故事"是想象，"事情"更多的是"事实"。在散文中编故事，就破坏了散文的"纯粹"。后来我觉得，这些看法虽然有点道理，但是给儿童写散文，也不完全是那么回事。我自己有时候就不遵守而是"说归说做归做"。的确，给儿童写散文，有时候还不能没有故事。我写过一本20来万字的《小霞客西南游》，是游记。而游记必须真实，这是常识。但是我就用了点小说手法，给这部游记派了个虚构的人物——徐霞客的后人小霞客。他是贯穿始终的人物。他用第一人称说话，他是主人公。用了小说的手法，但又不是写小说。我不编织故事，也不着意安排情节。地图就是故事。行走就是情节。前面都是不可知的。在这里，文体决定了话语符号和表达方式。我克制了抒情，由抒情走向叙事，或者说把抒情溶解在叙事中了。我不敢说这是一种探索。我只是在尝试。读者就这样跟着"小霞客"遍游西南各地，至于他的见闻所涉及的民族、民俗、民情，以及饮食、服装、自然、特产、文化、历史，等等，应该说都是真实的，不失为游记的。故而，那年全国优秀儿童文学奖的评委汪习麟称这本少年游记"简直可以视作西南区域的一部小百科全书"。现在我要补充说，儿童散文不能拘泥于某种形式，它应该是多样的，多姿多彩的，正如树木在不同的季节总是用不同的色彩打扮自己，但它还是树木。儿童散文也是很个性的，不同的作家有不同的笔调和情怀，多姿多彩的儿童散文，才能给读者丰富的阅读享受和精神营养。同时，正如所有的艺术都是想象的创造，儿童散文也不例外，也需要想象，不同的想象才有不同的儿童散文。长期的练习，我逐步理解儿童散文和一般散文的不同，主要在于"儿童散文"的写作，大多采用"儿童视角"。所谓"儿童视角"，应该是包括儿童的眼光，儿童的心理和儿童的想象吧。比如在儿童的眼里、心里和想象里，一条凳子或是一根竹棍，都是有生命的，都能当马骑，带着他驰骋千里。正因为这样，在我们的儿童散文里，郭风前辈很早就示范性地写了许多极美的"童话散文"。

几年前，我在《儿童文学》杂志的"文学佳作"专栏，读到毛云尔的一篇散文，题目叫《会飞的石头》，至今不忘。这篇散文从第一句"我常常想，一块石头应该有一对用来飞翔的翅膀"起，作者就沉浸在自己无边的无法不想象的想象中。随着作者的想象，我们也想象石头，像作者所想象的那样："这是一块会飞的石头……它只不过将飞翔的翅膀暂时收敛起来，就像稻谷的种子、黄豆的种子一样，将碧绿的叶与鲜艳的花暂时收藏起来，然后等挨过了冬季，便在阳光下面，在微风下面，在细雨下面，接二连三地吐露出来。这是一块会飞的石头。在阳光的照耀和细雨的滋润下，蛰伏心中的翅膀就会齐刷刷生长出来，石头就会开始它自由的飞翔。"这是想象中的抒情，也是想象中的渴望和期待。是的，散文需要真实。但是这个"真实"并不排斥"想象"，比如毛云尔"想象"石头应该有一对会飞的翅膀，这就是作者"真实"的想象，他真这样想，并抒发这种真实、真挚的情感。儿童散文也需要大胆的飞腾的想象，飞腾的翅膀，甚至添加某种或某些必要的"虚构的色彩"，使自己飞起来。事实上，我们在写儿童散文时，往往要把自己幻化成一个孩童，用孩童的口吻去写作，这本身恐怕就是最大的虚构吧。儿童散文应该活泼如孩童，应该有充满想象力的飞翔的翅膀,亮丽地飞起来! 在这一点上,包括我自己在内的我们的儿童散文还远远不够,自己限制了自己,自己限制自己"在夹缝中生长"。

由此我想,就我而言,直到现在,我对儿童散文的认识和把握还有很长的路要走。

2008 年 9 月 7 日于昆明

[注释]

①本文原载《边疆文学·文艺评论》2008 年试刊第 2 期,题为《在散文的路上》;2008 年 11 月 22 日《文艺报》刊发时有删节。收入本书时,作者改题为《在儿童散文的路上》,内容略有增删。

(原载《边疆文学·文艺评论》2008 年试刊第 2 期)

# 十年儿童散文述评

韦苇

新时期儿童散文，随着儿童观的嬗变和儿童文学观念的更新而繁荣起来，随着少年儿童鉴赏水准的提高而发展起来。儿童文学发表园地的猛增，各省市少年儿童出版社的相继建立，为儿童散文数量的增加和质量的提高提供了切实有利的条件。当儿童小说和童话的创作呈现出令人瞩目的景象时，儿童散文冷落萧条的不景气情形也有了改观。《儿童文学》《少年文艺》(上海、江苏)、《巨人》《东方少年》《儿童时代》《小朋友》等重要儿童期刊发表了一些差强人意之作，有的还在各类评奖中获了奖，其中有一些篇章的艺术品位确实比较高，为儿童散文这一文学品种赢得自己应有的地位而做出了不可磨灭的贡献。

新时期的儿童散文和成人散文一起，在否定和背叛20世纪60年代初形成的散文模式中回归到真诚。"五四"民主和科学精神的弘扬，"形成说真话的风气，讲肺腑之言，抒由衷之情，写真切的见闻感想"(吴组缃：《关于30年代的散文》)。60年代初的散文模式，是由杨朔的数篇几乎被推衍成"样板"的散文造成的。它失落了作家对生活的真切感知和思考，失落了中国散文素有的醇味，失落了纯朴、真挚的民情，失落了流动于传统优秀散文的那种深邃的文化气息，少了真诚的感悟，多了矫饰的"花招"，而特别值得注意的是这种"花招"又通过教科书途径而流害成为童子作文的诀窍。疏离这种散文模式，意味着告别虚套和造作，而走向真诚、朴实和多样；疏离这种散文模式，就意味着散文在多角度的反思中挣脱了狭隘功利主义的纠缠，觉醒着人格意识和审美意识，表现了远接《从百草园到三味书屋》《五猖会》(鲁迅)，近接《小橘灯》(冰心)、《叶笛集》(郭风)的价值取向。新时期的儿童散文呼唤理解和尊重，呼唤友爱和善良，呼唤高尚的情操，也呼唤童真和童趣。新时期儿童散文发展史其实是不断洗刷矫饰、弃绝"花招"，把真诚立为儿童散文第一要素的历史，是愈来愈懂得从真善美中去求取自身价值的历史。

新时期儿童散文自不及小说热闹，但它的创作一向保持诚实的态度这一点，却是优于小说的。如果同此前30年儿童散文纵向比较，不但数量远远超过，而且题材内容和表现形式都呈现丰富多彩的态势，从根本上改变了题材少、思路窄、形式板的状貌。

以回忆童年生活为内容的散文，从来也没有新时期这样写得自由和坦诚，这样意蕴丰富，格调纷繁，形式活泼，情趣盎然，或歌笑，或惋叹，或忏悔，无不浸染着作家的真挚、睿智和深情。这类散文之多几占儿童散文总数之半。这些从童年记忆中汲来的散文，艺术品位较高的有贾平凹、班马、高洪波、吴润生、吴继路、金曾豪、杨煜泰、田野、韩少华、马蓝等人的散文。

贾平凹的《月迹》(1982)，写他童年在院内外"寻月"的情景和感受，童趣、天趣、物趣浑然一体，清雅意味和乡野气息水乳交融。"嫦娥是谁？""一个女子。"……"有三妹漂亮吗？""和三妹一样漂亮的。"三妹就乐了。在"寻月"的情致中，作家发现了一个儿童世界，那里有最多的天真，天真而充满幻想。班马的《江南，有一座永不忘的小屋》(1987)所寻觅的也是遗落在乡间的童年时代，它描写一份古朴的乡思，别有一番浓郁的诗情从字里行间荡漾出来，此情此景，品嚼着让人联想起艾青的名作《大堰河，我的保姆》。诗人高洪波的《陀螺》（1986）很得了些鲁迅散文的精髓，把"开裆裤党人"的"陀螺战争"写得跌宕起伏，写出了童年的"我"的真忧乐。吴润生的《套狗》（1982）以其真实的情节，可信的事理，诙谐的语言，用白描的纪实文笔一路絮语，不渲染，不套饰，朴素简洁，却把一个名叫"套狗儿"的乡野小英雄刻画得栩栩如生、神形毕肖。《套狗》的成功，使人想起老舍在《关于文学语言的问题》中的一段话："不用任何形容，只是清清楚楚写下来的文章，而且写得好，就是最大的本事，真正的功夫。"往往是思愈深则文愈质，情愈真则言愈朴。《套狗》的质朴无华的描述和不动声色的幽默给儿童散文的创作提供了重要的经验，可作为"娓语体散文"的一个范例。吴继路的《飞去的黎鸡儿》（1985）既是散文篇名又是散文集名。散文写一个在解放战争中献出了年轻生命的、淳厚可爱的小战士郑群哥和那只伶俐的黎鸡儿，以一缕悲壮的情思牵动着读者的心。金曾豪的《鬼谷野梵花》（1987）写"我"为了在小妹妹面前做一个"男子汉"，深更半夜到鬼谷去采野梵花的一次特殊经历，散文以传神的笔触写了可能是"我"整个童年时代心灵震颤最剧烈的故事。

以昔日城市学校生活为内容的散文作品中，散文作家韩少华的散文理应受到重视，尤其是他的《老师窗内的灯光》（1984），写出生活清苦、面容憔悴的"我"的语文老师很有学问，且在培养学生的心机上高人一着棋。散文写得深沉、精熟，表现了一个中年作家一丝不苟的作风。

从现实生活撷来的散文中，新疆女作家列子的散文短作《樱桃》（1980）以透亮的心灵和只有一面之交的维吾尔族小姑娘展开了情感交流，写得情意绵绵而诗意盈盈。青年女作家陈丹燕的《中国少女》（1985）可作为新时期的儿童散文代表作，把一个少女在那难堪难耐的岁月里的特殊心境和情绪表达得坦率、明快、轻捷、洒脱，显示了难得的散文功力。

写在人和动物之间的散文自以乔传藻的《醉麂》（1983）、《哨猴》（1983）、《野猴》（1986）等数篇为佳。这位云南作家对描写对象细于观察，为提高作品的表现力而孜孜于精心的打磨语言，使语言最大限度地艺术化，竭力避开平庸的描写，剔除现成的语言，学取朱自清的神韵，故而能以堪称第一流的文学表现增其作品的艺术品位。在他笔下出现了在森林里醉了"酒"的金黄色的小麂子，"落实政策"以后凯旋的快乐的野象群，山林中爱唱歌的绿斑鸠，会站岗放哨的猴子，和遥远的边寨，茫茫的森林，森林里的奇花异草，等等。由于祖国进入了新时期的希望之春，人民生活向着美好迈开了步子，在灿烂的阳光下，孩子们眼中的小麂子、野象、哨猴、参天大树，以至于整个大自然、整个生活，都显得那样可爱，情趣盎然，生气蓬勃，都仿佛蒙上了朝霞般的鲜彩，闪耀着诗意的光泽。当我们读完《醉麂》，我们的心仿佛也被作家酿造的美所醉了。

近10年，儿童散文的目光也投向域外，写了一批从题材开始就具有强烈新鲜感和陌生感，能满足孩子好奇心的好作品，其中特别生动可读的是张抗抗的《在芝加哥看海豚表演》（1988）。女作家在作品中显示了她良好的散文素质，把近一小时的海豚表演写得轻松、快活、从容；有高潮处热烈、喜人的场面，有海豚似解人意的插叙，有作者对这场精彩表演的思考，描述中渗透着谐趣。外语工作者、翻译家程相文的《玫瑰花开了》（1980），写南斯拉夫一女孩在作者院子里栽了一棵白玫瑰，用以表达她对中国小朋友的深长情谊。这种无言的情感交流方式本身就非常美，再加作者的妙笔点染，读来就更清丽、雅致、隽永，仿佛花瓣上滚动着露珠的白玫瑰花就在读者眼前轻轻摇曳。

　　儿童散文中不可被漏忘的还有两类作品：一类是以描写民俗风习为内容的作品。这类作品用回忆童年生活的方式写出真情味，特别能引起域外人士、台港同胞的注意。浙江少年儿童出版社出版的精致的《冬至的梦》，所收费淑芬、朱为先等一批作者的散文就引起了相当大的反响；荣德森的《树桠上的摇篮》也是这类好作品中的一篇。另一类是诗味洋溢的、多半是为幼年儿童而作的短小华章。它们用诗的方法提炼生活，诗的联想、诗的形象、诗的情韵，产生着"味之者无极"的悠长意味，构成了邈远的空间关系。郭风、田野、张岐、望安、吴然、班马、秸鸿、黄亦波、王勤和郭永明等都是这类散文佳作的里手。他们的作品有相当一部分可供人从幼儿直读到耄耋之年，像张岐的《海》《在蓝色的摇篮里》，望安的《夏天》《流动的画》《草莓红了》，吴然的《我的小马》《孔雀舞》，田野的《登山》，班马的《蜡笔》等，都是这样的好作品。

　　当然，儿童散文作者的队伍比我上述文字中提到的还要庞大得多。我注意到了叶至善、秦牧、峻青、任大霖、刘厚明、刘心武、金近、阮章竞、黎汝清、李楚城等成名已久的作家为孩子写的散文，本来就擅长于散文创作的吴泰昌、许淇、谢璞、赵翼如、胡景芳、赵丽宏、王宗仁、王慧琪、陈秋影、王一地等也为孩子写了散文。我也注意到一批有实力的儿童散文新作者，如孙梅、徐鲁、梁泊等正在崛起，可望后继不会乏人。特别应该指出的是，儿童散文通过新崛起的作者群，正在变得敏感起来，时代对当今儿童一代的思考、当今儿童一代对时代的反应，将通过他们而得到更多更好的反映。

　　综观新时期的儿童散文，论其涵盖面之广阔，论其表现风格之多样，论其成批佳作之涌现，是令人欣慰的。但是我国儿童散文倘要进一步引世人瞩目，须得呼唤艺术大家，须得有更多年轻的"冰心"和"郭风"，须得有中国的普里什文和帕乌斯托夫斯基——时代和民族都在期待着他们的出现。

（原载《韦苇与儿童文学》，安徽少年儿童出版社 2000 年版）

# 新世纪少儿散文：在寂寞中韧性成长

李东华

　　和儿童小说、童话这些热闹的文体相比，少儿散文甚少得到关注和研究。我们一般的阅读印象都觉得这是个歉收的园地。然而，当我对近几年这个门类的文本进行了一次集中而又耐心的阅读之后，我的脑海里蓦地跳出何其芳的一句诗："爱情原如树叶一样，在人忽视里绿了，在忍耐里露出蓓蕾。"把"爱情"换成"少儿散文"，我觉得这句话就是对21世纪以来少儿散文创作和出版状况一个最恰切的评价。尤其是读到金波的那些优美的短章、徐鲁的优雅华美、浪漫忧郁的读书随笔和林彦的虽然数量不多，却几可达字字珠玑的篇章时，我忍不住喜悦地低叹：儿童文学不可妄自菲薄，在喧嚣的泡沫之下，还有真的东西在韧性地成长。

　　虽说声明专职耕种少儿散文这块地儿的只有吴然等少数几人，但热心来撒几把种子的作家还真不少。从成人文学作家到儿童文学作家，从老作家到少年作者，都在这个园地里留下过自己的脚印。如雷抒雁、肖复兴、叶兆言、毕淑敏、葛翠琳、束沛德、金波、樊发稼、高洪波、秦文君、张之路、刘先平、金曾豪、董宏猷、梅子涵、朱效文、彭懿、吴珹、湘女、殷健灵、孙卫卫、邢思洁、林彦、张洁、陆梅、薛涛、王巨成、安武林、郁雨君、李学斌、韩青辰、史伟峰、蒲灵娟、孙雪晴、子尤，等等。而且适合散文发表的阵地又比其他文体多些，各种报纸杂志、网络，似乎每个角落都能找到生存之地，这就使得散文如同野草，在不经意间就蔓延成一片盎然的绿意。《儿童文学》《少年文艺》《少年月刊》《东方少年》《萌芽》《少男少女》以及未停刊之前的《巨人》等少儿杂志，都刊载少儿散文，而最近几年，《儿童文学》经常在佳作栏里发表散文，如2005年的8、9两期，曾经连载过林彦的长篇散文《你是一座桥》。这些少儿报刊对推动少儿散文的发展是功不可没的。

　　最近几年，各个少儿社也策划出版了不少适合少年儿童阅读的散文作品，为了论述的方便，我主要划分为五类：

　　第一类，姑且称之为"成长散文"。在这些散文中，既有老作家们在阅尽人世沧桑之后，淡定地追忆自己的人生历程和对生命的点点滴滴的感悟，也有年轻作家用着或峭拔或伤感或幽默的笔触，细述成长过程中的欢笑和疼痛，可以说是呈现了作家们的精神成长史。如北京少年儿童出版社2001年出版的"蓝夜书屋"：葛翠琳的《十八个美梦》、束沛德的《龙套情缘》、金波的《等你敲门》、张之路的《打架的风度》、梅子涵的《浪漫简历》、高洪波的《唱片年龄》、秦文君的《感恩生活》。对这套丛书，作家徐鲁曾评论说："'蓝夜书屋'是7位富有灵感和趣味的作家和他们的编辑人一起，用一种可以称之为'忆语体'的文本，为我们搭建的一个温暖、雅致和亲切的话语与回忆之乡。"[①]

　　湖北少年儿童出版社2004年4月出版的"成长讲述书系"：华姿的《两代人的热爱》、殷健灵的《记得那年花下》、谷斯涌的《往事写真》、杨永青的《风雨寸草心》、弦子的《逝去的琴声》。

殷健灵的《记得那年花下》以冷静而克制的笔调，回望了少女时代时而晴朗灿烂时而阴雨连绵的变幻万千的心像；而北京少年儿童出版社2004年5月出版的"男孩女孩成长文学系列"之孙卫卫的《你就是风景》，则以风趣幽默，又带有几分戏谑调侃的风格，讲述了一个男生的成长之路。史伟峰是近几年儿童散文界涌现出的一个新秀。浙江少年儿童出版社2006年1月出版的"冰心儿童文学新作奖获奖作者"丛书中有她的处女集《野鸽子》，里面大部分是散文。她以悲怆激越却又唯美的文字，挖掘了自己丧母之后痛苦哀伤却又渴望像野鸽子一样自由飞翔的童年经验，有着野性的、倔强的美。接力出版社2005年出版的"萌芽书系"中的李萌等著的散文集《有关爱以及流年似水》和张悦然等著的《奶茶店的流浪》多人散文随笔合集等，则是80后作家们对初次承受生活磨难时心境的娓娓倾诉、对青春期情感真谛的寻觅，撷取了青葱岁月里记忆的碎片来构筑成长的轨迹。而少年儿童出版社2005年8月出版的子尤的《谁的青春有我狂》，写了一个15岁少年眼中的生死爱痛。这个少年在死神在自己身边徘徊的日子里，始终能够做到冷静以待，并从未丧失对生命的激情和爱。林彦的散文多是书写自己的成长经验。数量不多，尚未结集出版，但我认为他是新世纪涌现出的儿童散文作家中最值得关注的一位。他让我想起了那个一生只有37篇散文，却在现代文学史上占据了一席之地，无人能取代其地位的散文家梁遇春。量少而能名世，是因为他们有着独特而鲜明的，让人过目难忘的艺术品格。在这个普遍取消写作难度的时代，林彦的散文：《寂地》《你是一座桥》《夜别枫桥》《门缝中的童年》《生如夏花》……我们从每一篇，每个字都能看到他的用心，像雕琢玉器一样力求把每个文字磨亮。林彦师从废名、沈从文、汪曾祺等文学大家，笔下都是些富有东方情调的平凡的乡野之物和乡野之人。然而，不同的是，那些大家大都写的是平和、冲淡的人性之美。林彦的散文多写自己因为父母离异、中途辍学、生病而坎坷多难的童年经历，写出了青春期尖锐的疼痛，一个少年人和世界之间紧张对立的关系。散文是个善于借景抒情、托物言志的文体，而那些小桥流水式的江南景物，一贯地被文人传达一种温润、精致的情绪，林彦却对之进行了现代的创造性的转化，他笔下的景物似乎只有黑白二色，如同水墨画，一切景物只剩下勾勒轮廓的线条，而这些线条的质感和硬度，恰恰和他的峻峭的无处不在的伤痛的情绪相吻合。在小巧、优美、雅致的景色里，能够剥离出冷峻、峭拔的一面，而在沉寂、绝望中又回归到人性的倔强和美好，如《夜别枫桥》里那个关心自己的慧师傅，《你是一座桥》里善良而生命力顽强的外婆，让人想到张爱玲所说的"暖的呼吸在冷玻璃上喷出淡白的花"。以大量的阅读作底子，又能从众多文学名家的影响中跳脱出来，构筑属于自己的独特的艺术世界，这是林彦给予我的最鲜明的印象。

第二类，对大自然的深情书写。对自然风光的描绘、对万物生灵的温情和爱、对故土的迷恋和回望，永远是儿童文学作家们钟爱的题材。①"大自然文学"。著名作家刘先平对大自然文学一贯情有独钟，他于2001年推出了包括4本新著的"中国DISCOVERY书系"。2002年，他投入了极大的精力和智慧，写作了大量的他所称的"大自然探险"的散文。湖北少年儿童出版社于2003年初出版了《迷失的大象》《解读树王长寿密码》《经历神奇红树林》《天鹅的故乡》等多卷本的"刘先平大自然探险"丛书。他在大自然中探寻、探险，有时候甚至要冒着付出生命的代价，和原始森林、野生动物、荒漠戈壁亲密接触。青年评论家谭旭东评价说："他似乎有意地以探险的姿态，对传统的儿童文学进行艺术的改造，突破过去儿童文学以'童心''童趣''儿童生活'作为创作基点的模式，将读者的视线引入到更为广阔的自然空间，让他们在感受大自然丰富多彩的同时，实现对人类生存普遍命题的思考。"②②富有地域色彩和民族特色的作品。2003年,古吴轩出版社出版的金曾豪的《蓝调江南》,充溢着浓浓的江南情韵;晨光出版社2005年出版的"中国儿童文学名家书系"之吴然著的《火把花》以及另一位云南作家湘女的短篇散文《竹娃娃》等多取材于云南美丽缥缈的自然风物和少数民族神秘的令人神往的生活;少年儿童出版社2005年出版的"琥珀美文"丛书之佟希仁的《桃花雨》:本书分为"春的韵律""夏的芬芳""秋的果实""冬的浪漫"4小辑,以祖国壮丽的东北大地为依托,从儿童视角出发,以淳朴、自然的笔调描写了大自然四季奇妙的景物变迁;作家出版社2005年出版的邢思洁的《坐看云起》,有很多篇章追忆了正渐行渐远的传统乡村的风光和习俗;浙江少年儿童出版社2006年出版的"冰心儿童文学新作奖获奖作者"丛书之蒲灵娟的《童年的云彩》,书中的散文篇章描绘了雪域高原的藏族风情。③游记。少年儿童出版社2005年出版的"琥珀美文"丛书里的桂文亚的《美丽眼睛看世界》,本书分为"香扑扑的心情——外国篇"和"山城小调——中国篇"两小辑。作者以一双善于发现的眼睛和一颗善于感受的心灵,为读者奉献了一篇篇清新别致的中外游记散文。上海书店2007年4月出版的徐鲁的《翡冷翠的薄暮》,本书是关于罗马、佛罗伦萨、威尼斯、博洛尼亚、柏林、维也纳、萨尔斯堡等欧洲城市的域外游记。文笔华美浪漫、忧郁细腻。此外,还有大量的短篇游记散文如吴然的《过三苏祠》、朱效文的《认识地中海》等散见于各报章杂志。

第三类:亲情散文。和大自然一样,"爱"也是儿童文学的重要母题之一。也是作家们涉及最多的主题之一。安徽少年儿童出版社2000年出版的"海峡两岸名家亲情散文":秦文君的《谢谢你的沉默》、陈幸蕙的《前世有约》、鲁景超的《爱没有终结》、毕淑敏的《儿子的方程式》。2001年人民文学出版社的"两代人丛书":叶兆言、叶子的《为女儿感动》,秦文君、戴萦袅的《纯情年代》,肖复兴、肖铁的《吹着口哨走过来》,董宏猷、董菁的《扛着女儿过大江》4部作品。这套丛书中两代人的对话和互动,洋溢着温馨的情调。儿童诗人金波是个讴歌母爱的圣手。21世纪以来,在写诗、童话之外,他还创作了大量短小、优美的散文,这些散文,特别适合小学生和幼儿阅读。对爱的赞颂是他的作品一个永恒的主题。"琥珀美文"丛书里的他的《幸运的花瓣儿》,有着"亲情难忘"这一辑。江苏少年儿童出版社2007年出版的他的《和树谈心》里有"献给母亲的康乃馨"11篇短章。对母爱舒缓、反复的歌咏,美轮美奂的文字直抵读者心灵最柔软的部位。

第四类:文化散文。徐鲁以独具一格的笔调所写的一些读书随笔,是这几年散文创作最重要的收获之一。这些作品,多收入了他的百花文艺出版社2003年出版的《从卡萨布兰卡开始》、湖北少年儿童出版社2003年出版的《时光练习曲:重温经典作家与作品》和河北人民出版社2005年出版的《在午夜的书房里》等书中。作者用华丽唯美的文字,以一个爱书人的虔诚的灵魂,引领着小读者进入经典阅读之乡。徐鲁的这些文章让我们重新体验经典的魅力,同时,也从他的文字之中体会文学那令人深深迷醉的魔力。高洪波写作了大量的品质非凡的文化散文,这其中有一些是适合儿童阅读的。在2006年的北京市中考语文试卷中,有一道阅读理解题,就是解读他的文化散文《西皮流水》。高洪波的文化散文,蕴涵着他对民族文化的痴迷和自信。《西皮流水》是众多篇什中的一篇,这篇文章确实散发着独特的韵味,作者不是板起脸来教育大家要去热爱京剧,而是选取了澡堂子里洗澡的人突然大唱京剧唱段这个让人忍俊不禁的场面,从公园里那些唱着京剧自娱自乐的人们身上,看到了京剧在民间那绵长而坚韧的生命力,作者就是从这么两个毫不起眼、容易给人忽略的镜头,从看似人们在"找乐子"这种表象下面,挖掘出了人们

对民族文化一种血浓于水、无法割舍的热爱。作者的语言一向是幽默、硬朗的，透着阳刚之气，可是，就在这幽默、轻松的后面，总有一种绵长而深沉的情思如背景音乐一样在文章中低回、萦绕。这几乎是高洪波所有散文的一个共同点，他像一个"说古"的人一样侃侃而谈，让你不知不觉地被他妙趣横生的讲述所吸引，在听完之后，又会有一种沉甸甸的东西让你沉思、咀嚼、久久地回味。在"琥珀美文"丛书中的他的《与鸵鸟对视》中有"谈古论今"一辑，或论古人，或评古诗，或涉古事，视野开阔，旁征博引，深刻地阐述了为人处世的种种道理。高洪波的文化散文对拓宽小读者的视野，使他们更加亲近民族文化是不无裨益的。

第五类：儿童散文诗。散文诗作为一种介乎于散文和诗之间的文体，比一般的散文更加强调诗意。湖南少年儿童出版社2006年出版了"中国当代儿童散文诗精品"丛书：郭风《竹叶上的珍珠》、金波的《大地的宴会》、吴然的《樱花信》、王野的《飞翔的种子》、张秋生的《太阳的爱》、樊发稼的《绿叶的歌》、吴城的《乡野童话》。这套丛书既有闽南的乡土味，又有塞北的草原情；既有森林中绿叶的拍手歌唱，又有荷塘里莲蓬的举杯赞美；既有东海的渔歌，又有乡野的童话；既有云贵高原少数民族的风土人情，又有江南水乡孩子们的欢歌笑语；既有校园里的渴求，又有大自然的召唤，可谓丰富多彩。这些作品又各具特色，但都是作者以自己的童心和诗心，营造出的洋溢着浓浓童真童趣的爱与美的儿童世界。浙江少年儿童出版社2001年出版的"红帆船校园美文"：金波的《感谢往事》、雷抒雁的《与风擦肩而过》、高洪波的《独旅》、肖复兴的《丁香结》、赵丽宏的《自新大陆》。这些作品虽然不是散文诗，但大都精短、优美，是写性灵，抒真情的作品。

散文是个相对自由随意的文体。很多的散文都是从身边的小处取材，日常生活中的各种细微之事，无不可以写入散文。金波的《寻找幸运花瓣儿》《和大树谈心》、高洪波的《与鸵鸟对视》里都有大量的这样的篇什。在金波的笔下，一把老藤椅，一块不起眼的小石头、一件玩过的旧玩具……都能引起他无限遐思，并成就一篇美文。可以说，这两位作家的散文创作，凸现了把日常生活审美化的这样一个特征。

21世纪以来当然还有很多单篇散文在报纸杂志发表，如秦文君、张之路就在《少男少女》杂志开过专栏文章。其他像梅子涵的《在回头的路上看见》、薛涛的《铁桥那边的林子》、殷健灵的《一只蝈蝈的老去》、鹿子的《男儿来自可可西里》、韩青辰的《含在奶奶嘴里的童年》，等等都是令人印象深刻的优秀之作。

也许因为少儿散文没人追捧，远离市场的诱惑，一切全凭着作者内心的喜爱来创作，这就使得少儿散文少有浮躁之气，粗制滥造的急就章不多见，反而时不时会看到一些令人产生惊艳之感的美文。21世纪以来的少儿散文创作，在艺术上，我想至少以下3个特点是值得人记住的：①对真诚的坚守。散文贵"真"。也许因为散文是能让读者最直接看到作家灵魂的一种文体吧。所以，在儿童小说多都市化、时尚化写作，缺少关注苦难、关注农村儿童的今天，在少儿散文里，在林彦、邢思洁、史伟峰……的作品中，我们看到了发自灵魂深处的呐喊与告白，看到了童年的那种苦难的生存体验，看到了离我们很远的正在丢失的诗意的乡村。看到了一个孩子在逆境中是如何辗转而又倔强地长大。从某种程度上讲，这些少儿散文，扩展了儿童文学对于少年儿童内心世界挖掘的广度和深度。②鲜明的艺术个性。著名散文家梁实秋非常强调散文的"文调"，在《论散文》中，他说："有一个人便有一种散文。"我目力所及的这些儿童散文，我觉得"文调"还是很鲜明的。如吴然散文的云南风情、金波语言的极强的音乐性、林彦的干净洗练、徐鲁的华美浪漫、史伟峰的尖锐沉郁……③注重文字之美。这是尤其令人欣喜的一点。在普遍取消写作的难度和深度的当下，在对形式的探索不再活跃的今天，少儿散文还能在自己的小天地里进行艺术上的探索和实验，充分地发掘汉语言的丰富的表现力，力避无效叙述，讲究惜墨如金，不能不说特别地难能可贵。如林彦的散文《寂地》中写到"我"因父母离异，中途辍学，跟着远房表哥到苏州替他看守老房子，邻居一位沈先生很关心"我"，给"我"辅导数学，"我"却并不领情，几天过去了，沈先生没有再来，文章写道：

> 第三天，子平摇着轮椅来告诉我，沈先生出门被一辆三轮车撞倒，左腿骨折。据说摔倒时怀里还抱着两本书，是初三的数学教材。
> 子平来的时候，我正在给院中的海棠剪枝。听到"初三数学教材"6个字，我的手一颤，剪破了中指，一滴温热的血润在了不开花的海棠上。

此后，作者没有再直接写自己内心的感受，他正是用着暗示的手法，用"我的手一颤，剪破了中指，一滴温热的血润在了不开花的海棠上"这一句话把动作和心理打成了一片。用"不开花的海棠"隐喻了自己此前的顽固，用"手一颤，剪破了中指"写出了自己听到这个消息内心所受的震动，用"一滴温热的血润在了不开花的海棠上"，暗示了自己顽固冰冻的内心所感受到的温暖。只用一句话，就可以省却多少内心啰唆的独白！留给读者多少可以思索的空白。这样的句子在他的散文中当然还有很多，只是试举一例来说明我们的少儿散文在语言艺术上已经达到的令人欣喜的高度。

虽然是怀着如此乐观的态度来看少儿散文的发展。但是，一个文体的发展光靠一两个人，其他人只是偶尔的客串，显然是很不够的。而散文这种文体不是有着一种明确的边界的文体。我们很难对它进行准确的界定。似乎在我们现在已经认定的小说、诗歌、童话等文体之外的所有文字都可以归于散文。这就使我们对于散文的研究、评价缺乏一种大家共同认可的普遍的标准，这可能也是当前散文研究不像其他文体研究那么深入的原因之一，少儿散文的研究当然就更加薄弱了。这些都是制约少儿散文发展的瓶颈。同时，在写作中，如何加强读者意识，写出真正适合儿童阅读，活泼生动、富有童真童趣的散文，避免成人化，我想，也是儿童散文家们需要思考的问题。

[注释]
①徐鲁：《听晚星下那些喃喃低语》，《在午夜的书房里》，河北人民出版社2005年版。
②谭旭东：《建构独特的艺术空间》，《人民日报》，2003年10月19日。

*1721*

（原载《中国儿童文学》2007年第3期）

# 再谈少年报告文学的震撼力

孙云晓

对任何一个人来说，30 年都是生命中具有决定意义的经历。我倍感幸运的是，从 23 岁到 53 岁的 30 年（1978—2008），恰逢中国改革开放的 30 年，自然也经历了中国文学的伟大复兴。

1978 年 7 月，一个仅有初中文凭的年轻人从青岛进入了北京，在中央团校学习 4 个月后，被安排在中国少年报社担任编辑和记者。之所以会发生如此奇迹，主要是因为国家的十年动乱结束了而新时期开始了。当然，这个年轻人做过 6 年的区少先队总辅导员和 3 年的团区委副书记，并且酷爱文学写作，也是他被选中的原因。30 年后，他已经是拥有 30 余部个人专著的作家和研究员。

我就是这个幸运的人。但是，任何幸运都不会是天上掉馅饼，是坐在沙发上等不来的，而是需要奋斗加机遇。今天，我愿意向大家透露一个秘密：30 年来，我内心里最强大的动力就是文学和教育的追求。我的文学梦从 11 岁那个冬天就开始了，尽管那是一个寒流格外疯狂的冬天，我却因为偶尔读到一些文学名著，痴痴地梦想成为一名作家。

我的人生感悟是：对于肯奋斗的人来说，成功在于选择。天才就是选择了适合自己的道路，蠢材则是选择了不适合自己的道路。在开始摸索文学创作的路子时，我尝试过诗歌、小说、童话，甚至还花了许多精力准备旅游文学的创作，但都失败了。最成功的路往往是最近的路。大约从 1980 年起，我逐步选定了写少年报告文学的路，因为我最喜欢接触孩子，并且是少年报社的编辑和记者，可谓天时地利人和。

30 年的历史证明，我的人生道路之所以比较成功，得益于我选择了少年报告文学的创作之路。因为写少年报告文学较多，为我后来创作长篇传记类小说和从事儿童教育研究奠定了坚实的基础。最能够代表我少年报告文学创作成果的书有两部，一是入选《百年百部中国儿童文学经典书系》的《16 岁的思索》，二是入选"改革开放 30 年中国儿童文学金品 30 部"丛书的《孙云晓金品》。《16 岁的思索》是我获中国作家协会全国优秀儿童文学奖的一部作品集，而《孙云晓金品》是我最新的自选集。如果从创作的变化和历程来看，《孙云晓金品》可能更有代表性一些，比较适合中小学生及其父母和教师阅读。

我有一个深切的体会，在社会化的过程中，少年报告文学是少年儿童成长不可缺少的特殊营养品。由于写少年报告文学的作家很少，而写少年报告文学评论的理论家更少，我愿在这里对少年报告文学的创作谈一些感受。本文之所以名为《再谈少年报告文学的震撼力》，是因为我曾在《文艺报》（1992 年 4 月 4 日）发表《谈少年报告文学的震撼力》一文，本文是对那篇文章的修正和发展。

30 年来，中国儿童文学界有一个引人瞩目的现象，那就是少年报告文学的崛起。无论就艺术质量还是发展规模与速度，都是前所未有的。这是改革开放时代大潮所造就的文学奇观，而并非完全是作家们个人意志与灵感的产物。少年报告文学最有希望冲破那些人为的樊篱,因为它常常具有牵一发而动全身的神奇魅力。

由此,一个关系到命运兴衰的重大问题提出来了:少年报告文学向何处去? 在我看来,关键是提高少年报告文学的震撼力。我从四个方面来谈一下与震撼力有关的问题。

## 一、震撼力是少年报告文学的艺术特征

我不否认,艺术从来就是彼此吸收营养的,没有绝对单纯的艺术。报告文学本身就是新闻与文学的混血儿,所以,它才那么结实和漂亮。然而,杂交只是手段,培育出优良品种才是目的。优良品种则靠本身鲜明的优势,在大千世界中竞争生存。报告文学吸收了新闻、小说、诗歌、戏剧等多门艺术之长,但绝不等于自己就是新闻、小说、诗歌或戏剧。即使它本身被列为散文的门下,也是这门艺术很特殊的一类。优秀的报告文学可以是优秀的散文,而优秀的散文未必是优秀的报告文学。

报告文学区别于其他文学样式的本质特征是非虚构性,而其最主要的艺术特征则是震撼力。世上现存的事物都是非虚构性的,即使虚构的文学艺术作品,一旦产生也变成了非虚构性的现实存在。显而易见,非虚构性的东西并非都可以写成报告文学,而只有那有震撼力的事实,才是报告文学的材料。

从全世界的报告文学创作史来看,凡是优秀的能传下来的作品,大都具有以下三个特点:其一,在除旧布新中显示出冲锋陷阵的斗士风骨;其二,因其真实而具有震撼人心的艺术力量;其三,锐气是报告文学的生命之气。例如,高尔基的《一月九日》、约翰·里德的《震撼世界的十天》、基希的《秘密的中国》、伏契克的《绞刑架下的报告》、斯诺的《西行漫记》、夏衍的《包身工》以及徐迟的《哥德巴赫猜想》等,无不证明了这一点。概括起来讲,就是充分显示了报告文学所特有的震撼力。如果我们再进一步分析则发现,形成报告文学震撼力的,是三大支点的融合,即真实性、思想性和艺术性完美的融合。

## 二、震撼力是少年读者的自然需求

30 年创作的实践使我切实感到,中学生题材是少年报告文学最主要的领域。固然,小学生也喜欢报告文学,但常常是当故事来欣赏的。中学生则不然,他们对虚构文学与非虚构文学的界限极其敏感,而其生活也具有格外浓重的报告文学色彩。我的报告文学集《16 岁的思索》出版后,收到 3000 多封读者来信,其中 99% 是中学生。

中学生们已经步入了身心激荡的青春期。青春期意味着什么呢? 它是人生中最关键的时期,也是人生中最脆弱、最孤寂无助的时期。它的特点是准备为今后一生奠基立向,而其总体目标是在真正意义上获得人生第二次诞生。换句话说,青春期是一个多风暴地带,是一个充满惊涛骇浪的海洋。

翻开《孙云晓金品》中的《青春社会场》和《美是真实的》等篇,大家会发现,在青春期里,中学生们需要慰藉需要宽容,但更需要震撼力。因为他们常常处于人生的十字路口,常常面对一些相当严肃的问题,常常让失败折磨得死去活来。所以,他们渴望受到震撼,受到鼓舞,受到深刻的启迪,这也许是对他们真正的帮助。与小学生明显不同,中学生喜欢争论问题,思辨色彩大大加重了。因此,有震撼力的报告文学,往往可以成为他们争论的话题乃至论据,这是小说、童话等其他文学样式无法相比的。孟晓云的中篇报告文学《多思的年华》,在当时的中学生里引起巨大轰动,由此可见一斑。

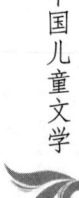

也是从这个意义上说，少年报告文学虽属于儿童文学的一个门类，却不宜称作儿童报告文学，而称之少年报告文学较为恰当。

## 三、追求震撼力的途径与方法

说锐气是报告文学的生命之气。这锐气指什么呢？我认为，锐气就是思想对生活的穿透力，由表及里达到对其规律的把握，从而提出深刻触及事物本质的问题。只有具备了这一点，才可能谈及追求震撼力。

譬如，我们在对当代中学生的把握方面，是否那么恰当了呢？在1991年1月的《少男少女》杂志"作家专线电话"栏中，我发表了一篇让许多中学生坐不住的文章，题为《扬起呼啸的鞭子》。其实，我不过是把憋在心里的话说出来了。我写道："作家艺术家们对当代中学生的爱，岂止是毛毛雨？比作'爱的瀑布'也不过分。而今，我在反思：这种'爱的瀑布'是否把少男少女们冲昏了头？作家和艺术家们的头脑本身是否有欠清醒的方面？"我列举了中学生里一些争名夺利、弄虚作假以至招摇撞骗的事实，写道："春天既是百花盛开的季节，也是虫蝇繁衍的良机。人们只好既当护花神，又当灭蝇手。然而，在少男少女文学领域里，却找不到几个'灭蝇手'。莫非，这是一片净土？"

自然，中小学生的诸多问题往往只是表象，而教育体制与文化导向才是深层的原因。因此，1993年7月，当我的短篇报告文学《夏令营中的较量》在《黄金时代》杂志发表并被《读者》转载后，引发了全国的强烈反响和教育大讨论。《夏令营中的较量》以短短3000字的篇幅，引来《人民日报》《中国教育报》《中国青年报》和中央电视台等几百家媒体的报道和讨论，并卷起教育改革的风暴，这便是少年报告文学的震撼力的体现。为了方便新老读者，《孙云晓金品》收入了我关于中日少年探险夏令营的3篇报告文学：《夏令营中的较量》《微笑的挑战者》和《千年警世钟》。

当然，倡导少年报告文学的震撼力，并非只限于抨击假、丑、恶，也完全可以歌颂真、美、善。例如，老作家李楚城的《生活的斗士》，写残疾孩子马隽与罕见病魔搏斗的故事，照样写出了震撼力。

追求震撼力，重在选择与众不同而又一针见血的视角，然后不惜牛刀宰鸡，穷追不舍。在选择上自然要讲究一些。我想，可以特别注重三方面：第一是人的内心世界；第二是典型事件；第三是及时抓住新趋势。在这方面，已有一些较为成功的作品，如刘保法的《输与赢》和《迷恋》，刘小玲的《走向冰川》，庄大伟的《钱魔，在诱惑……》和《出路》，孟晓云的《春城一场暴风雪》。苏联长篇儿童小说《丑八怪》（改编成电影名为《稻草人》），可以视为儿童文学作品震撼力较强的典范之作，也可以看到少年文学的发展方向。

## 四、追求震撼力所需要的条件

伟大的作品离不开伟大的思想。试想，一部认识错误百出或是见解水平低下的作品，怎么可能会是一部杰作呢？由此，应当提出作家学者化的要求。

随着科学的发展，对人的认识越来越全面而准确，对教育改革的要求越来越紧迫。我认为，全部儿童教育和儿童文学的使命可以概括为12个字，即发现儿童、解放儿童、发展儿童。比如，青春期出现的许多反常现象，过去大都被认为是道德问题、是非问题，因而造成大量的冤案。现在，国内外心理学家的研究成果表明，青春期的问题主要是成长困扰和心理障碍，也就是说许多是发展问题和心理卫生问题，而这类问题的解决主要靠心理治疗与以人为本的教育。若只是简单地批评教育，则可能使问题复杂化，形成恶性循环。实际上，人所以在接受道德观念时发生困难，原因往往在于缺乏心理健康这个最重要的基础。而要达到心理健康，作家们至少应掌握心理学、教育学和社会学、传播学、法学等方面的知识，才有可能使你的艺术表现力达到极致。或许可以说，在今日中国，不关注少年儿童变化和教育改革的作家，是难以写出优秀的少年报告文学的。

同时值得引起注意的是，网络时代的到来既给人们带来意想不到的便利，也造成意想不到的困扰，其中青少年是反映最为强烈的群体。我们应当看到，网络时代让青少年如虎添翼，导致代际关系发生了巨大的变化，过去是"三娘教子"，今天可能变为"子教三娘"。21世纪是两代人相互学习共同成长的世纪，今天的儿童文学作家多么需要与孩子一起成长啊！

1986年，当我的第一部少年报告文学集《少年巨人》出版的时候，我曾表示"我愿以毕生的努力描写出一代少年成长的风貌"。2008年，当《孙云晓金品》与读者见面的时候，我承诺我不仅要继续创作少年报告文学，而且要跟踪研究一代少年成长的轨迹与规律，给各个年龄段的读者朋友以有益的帮助。

2008年2月24日星期日于北京世纪城

（原载《改革开放30年中国儿童文学金品30部·孙云晓金品》，新世纪出版社2008年版，收入本书时有修改）

# 八九十年代儿童散文和儿童报告文学巡礼

徐鲁

## 一、新时期儿童散文和儿童报告文学的一个轮廓

在 20 世纪 70 年代末以后的 20 年，是中国儿童散文和儿童报告文学得到了长足进步与发展，完成了整体艺术嬗变和飞跃，取得了前所未有的辉煌成就的一个时期。1978年是"新时期"开启的标志。中国儿童散文和儿童报告文学也由于一个时代的结束和另一个时代的开始而获得全面勃兴的机遇。这期间，中国大地上所发生的一切：思想解放、拨乱反正、实事求是、改革开放、经济转轨、文化转型……都为儿童散文和儿童报告文学的健康、自由的发展，营造着全新的空间和良好的氛围。同时，由于汇集在这一时期的近乎四代作家们的共同努力，儿童散文和儿童报告文学也和其他门类的文学作品一样，在这一历史时期里放射出了夺目的思想和艺术的光芒。"老一代在进行伟大的自我超度，坚强地从自己身上跨越过去。新生代带着压抑不住的开创精神，发出沉重而响亮的足音进军文坛。"①四代散文作家蘸着各自的心血，在 20 世纪末叶的中国儿童文学史上写下了浓墨重彩的一章。

与 20 世纪 50 年代，尤其是六七十年代相比，这一时期的儿童散文和儿童报告文学创作的主要特征表现在这样几个方面。

首先，儿童散文和儿童报告文学终于走出了长期以来无法摆脱的"政治文化"的阴影，冲出了简单而庸俗的"工具论"的樊篱，逐渐地真正回归到了文学的本位上。检视 80年代和 20 世纪 90 年代的儿童散文和报告文学，我们几乎再难找到那种一味突出某一类即时性的政治道德律令而忽视文学审美的"假大空"、模式化和教条主义的东西了，儿童散文观念得以蜕变。曾几何时，尤其是六七十年代，此类文字却是独霸儿童散文圣坛，乃至一统儿童文学天下的。此类文学的消遁，实在是中国儿童散文的大幸。这一时期，我们有了如《作家与少年犯》（胡景芳）、《哭与笑》（田野）、《心上的河流》（王一地）、《母亲远去》（刘保法）、《外婆你好吗》（梅子涵）、《岁末寄小玲》（傅天琳），等等注重情感深度，尽情地抒写至爱亲情和人性之美的作品；有了像《中国少女》（陈丹燕）、《我们与你们》（孟晓云）、《沉默的旅伴》和《少女梭梭》（鹿子）、《神秘少女》（张成新），等等张扬独立和自由的个性、文思翩然的作品；我们还欣喜地看到了一批并非刻意表现崇高主题，而是贴近儿童的精神需求，充满纯粹的幻想特点和游戏精神的作品，如《孙悟空和外国朋友哈尔马》（郭风）、《悄悄话》（高洪波）、《绿精灵》（林染）、《某夜梦境剪辑》（庄大伟），等等。尤其是进入90 年代之后，所谓的"题材禁区""主题先行"等，都已成为过去的时代留下的笑柄。每一位作家都能做到用自己独特的眼睛和心灵去观察生活、感知世界，用具有个性特征的文字来表达自己的所见所知、所思所感。而且，不同的创作个性受到了应有的尊重，创作风格多元纷呈的局面已经形成。这既是四代中国儿童散文作家在挤压下抗争，在逆境中坚

守与探寻的结果，也是健康、开放和正常的儿童散文向前发展的必然趋势。

其次，儿童散文作家们打破了长期以来片面强调教育功能而轻视审美和娱乐作用、过分尊崇共性而排斥个性、简单地强调理念先行而抑制丰富性情的狭隘格局，以无限广阔的审美视野，以忠实于心灵、忠实于文学的坚实的创作实践，使儿童散文回到了儿童本位和文学本位，推动儿童散文进入了一个真正的多元并存的"百花时代"。单一和狭隘的文学观念一旦突破，儿童散文和儿童报告文学在题材的拓宽、主题的深化、样式的完备、风格的多元，等等方面的探索也就接踵而来。纵观这一时期的儿童散文和报告文学，不仅作品的题材有较大的丰富和拓宽，举凡校园生活、家庭伦理、社会问题、人生际遇、民间习俗、儿时记忆、大自然风景、宇宙奇观、异域风情、科技探索、历史文化以及融合在大时代之中的充满欢乐、忧伤、梦幻、孤独、渴望、秘密的万花筒般的儿童情感世界等领域，都进入了作家的视野，得到了充分的表现，而且作品的数量、样式和整体艺术水准，都超过了此前的任何一个时期。我们看到，这一时期的散文不仅在题材内容上丰富多彩、无所不包，而且在体裁样式上也不拘一格、形态各异，既有《小小的世界》（于宗信）、《外婆的红山楂》（圣野）、《红菇们的旅行》（郭风）、《小伐木人的歌》（文牧）、《豆花庄的小家伙们》（吴城）等散文诗式的轻歌短笛，也有《一朵云》（乔传藻）、《中国孩子的梦》（谷应）、《远处无数山》（赵丽宏）、《我们的母亲叫中国》（苏叔阳）这样的长篇系列散文巨制。其中最有代表性的作家和作品，我们将在后面做专节论述。辛勤的作家们献给这一时期的美丽、斑斓和繁富的文本，不仅标志着这个时期儿童散文和儿童报告文学整体观念和品位的突破和提升，而且也充分显示了作家们在追求和张扬艺术个性上的收获与胜利。

第三，一批具有先锋、实验和探索性质的儿童散文和报告文学作家及作品的出现，为这一时期和这一领域平添了一道鲜亮的异彩，成为20世纪末叶一种引人瞩目的文学景观。如班马的《星球细语》《江南，有一座永不忘的小屋》《最后一座红冰山》等充满未来意识、星球意识和现代艺术表现手法的作品；陈丹燕的《我的手风琴伙伴》《心事真多》等注重少女细腻的心理感觉的散文；殷健灵的展现青春期少女独特的成长体验和最隐秘的生命发现的《纯真季节》等；张洁的张扬纯粹的个人性情、带有明显的意识流风格的《月光之舞》等。这些被冠以"新潮"标识的作品的出现，不仅为儿童散文园地带来了新的艺术精神和审美品质，同时也把一个艰巨的文学课题，即中国儿童散文如何突破传统观念和手法，进而创造更新更美的，既具有现代精神又符合现代审美需求，既不乏古典美，又富有现代美，而且足以获得广阔的世界性认同的文学样式，摆到了儿童文学作家、理论家和文学史家的面前。儿童文学界虽然有对这类作品不以为然者，但公正地说，"探索性少儿文学是一种新的创作方式，它在美学理想上反映着以生命意识的强化为主要特征的审美思潮的崛起，在艺术表现上反映着具有时代特征的艺术意识的复归"。②对包括探索性儿童散文在内的所有探索性作品的这种评价，应该说是中肯的。

从这一时期儿童散文和报告文学创作队伍来看，可以说是四代作家济济一堂，仿佛无数座冰山汇聚在21世纪入海口，相互碰撞、整合之声，轧轧作响。

第一代是以冰心、陈伯吹、郭风等为代表的，在1949年以前就开始儿童文学创作的老作家（严格地说，他们并非一代人，为了叙述的方便，我们且把他们统归为一代）。这一代作家大都阅历丰富、学养深厚。他们不仅饱受中国传统文化濡染，而且也接受过西方民主自由思想文化、文学思潮的影响，其作品富有自由精神和人道情怀，富有爱心、童心，注重作品的艺术品位，从整体上承继和弘扬着"五四"新文学的传统，有较强的生命力和长久的艺术影响力。

冰心在新时期之初就向孩子们献上了《三寄小读者》。这些书信体散文承接了她在半个多世纪前所写的《寄小读者》的亲切、清丽和细腻的风格，而在思想感情上又注入了更多的热诚和理想色彩。"我将永远和你们在一起，努力好好学习，天天向上！"这位永葆童心的世纪老人，通过《三寄小读者》表达了自己对新一代少年儿童的关爱与期望。这些散文也充分体现了她一贯的爱心和对于未来、对于正在成长的一代新人的责任感。

陈伯吹也是一位终生都在为孩子们写作的老作家。进入新时期，他的主要精力虽然不是放在散文创作上，但他仍然勤勉执笔，写下了上百篇儿童散文，出版了《摘颗星星下来》《海堤上遇见一群水孩子》等儿童散文集。这些作品以小见大，通过一些日常小事，从不同角度表现了新时期的孩子们幸福美好的生活，在艺术上也实践着他的"儿童散文必须构思谨严巧妙，语言深入浅出，思想藏而不露，篇幅短小精警，却具有动人的故事情节，决不言之无物地空谈"③的原则。

郭风是一位风格卓然的作家。在儿童散文领域里，无论是新时期以前还是新时期里，他所取得的成就都是引人瞩目的。仅自 20 世纪 70 年代末以来，他就出版了《你是普通的花》《灯火集》《小小的履印》《早晨的钟声》《孙悟空在我们村里》《郭风儿童文学文集》《龙眼园里》等多部散文集。关于郭风散文，我们将在后面列出专节论述，这里暂不赘言。

这一代老作家中还有秦牧、袁鹰、峻青、田野、鲁兵、圣野、陈模等。秦牧的儿童散文以知识性、趣味性见长，出版于 20 世纪 80 年代初的《秦牧作品选》是他的儿童文学作品选集，其中《童年十忆》等散文在朴素的叙事中阐释着哲理和识见，同时给人以文学上的感染；袁鹰在新时期写下了《校园寻梦》等回忆少年时代的散文，这些作品清新温婉，传达着一种真善美的情怀；峻青在新时期出版了《秋色赋》《雄关赋》等散文集，其中有不少属儿童散文，有的被选入中学教科书。峻青散文骨力苍劲，意境舒阔，善于在描述中抒发豪情；田野在新时期出版了《挂在树梢上的风筝》《少年漂泊者》等散文集，前者曾在全国优秀散文集评奖中获奖。田野散文清丽而挚切，善于通过娓娓的故事展现人间悲欢离合的真情。《少年漂泊者》带有真实的自传色彩。鲁兵在新时期的主要成就不在儿童散文，却也出版了《绿色的回忆》等散文集。鲁兵散文淳朴敦厚、语重心长，显示着作家丰富的人生经历和深厚的传统文化修养；圣野以儿童诗名世，在新时期也出版了《银亮的大树》《外婆的红山楂》等儿童散文集和散文诗集。这些作品形制短小却饶有童心，充满天真、拙稚的儿童情趣；陈模在新时期出版了《把阳光留给他》等散文集，他的散文朴素无华，注重故事性和教化作用，其中也常常带有自传色彩。

第二代是 20 世纪 50 年代成长起来的，到 80 年代正当中年的一代作家，以金波、任大霖、任大星、浩然、胡景芳、刘真、韩少华、乔传藻、吴然、张岐、王一地、吴继路、杨羽仪、文牧、谢璞等为代表（对这些作家本文将在后面专节谈论，这里不做详述）。这代作家最突出的精神特征是对信仰的忠诚，对 50 年代理想主义的恪守，对昔日所接受的一种规范化的文化信念的眷恋。所谓尊崇群体而排斥个性、注重功利而轻视审美、理念先行而压抑性情等文学缺憾，在这一代作家的早期作品里，表现得尤为明显。幸运的是，进入新时期后，他们的观念也都相应地发生了蜕变，虽然这种蜕变对他们来说相对艰难、甚至异常痛苦，但所幸他们都先后挣脱了那种政治文化的摆布，而让自己的心灵进入了广阔和自由的艺术的原野，其中大部分作家的作品呈现出相当稳健和成熟的风度。这一代中年作家还有许琪、郁茹、庄之明、陈慧瑛、李楚城、施雁冰、谷斯涌、王路遥、阎纯德、山曼、陈志泽、韦苇、刘先平、赵翼如、张昆华、孙震、李昆纯、梁泊,等等。

第三代作家主要是成长于"文革"时期,几乎与新时期同步开始文学写作的一批"知青作家",以肖复兴、孟晓云、陈丹燕、秦文君、高洪波、孙云晓、庄大伟、刘保法、陈丽、班马等为代表(对这些作家本文将列专节谈论,这里不做详述)。这一代作家和上一代相比,显然没有成为一种规范化的精神流水线的产物,倒是"文化大革命"中的狂热与"文革"结束后的某种幻灭,使他们成了思想史和文学史上的又一代觉醒者和探索者。他们是20世纪70年代末和80年代初期的思想解放运动的受惠者和紧接着的"文化热"的积极参与者。而整个80年代里,也是这一代作家的思想资源、知识结构与创作风格充实、调整和形成的时期。他们由最初的激情奔涌、渴求嬗变而走向沉稳和成熟;他们由怀疑、觉醒、批判、解构而最终完成了重建和再铸,各自找到了相应的坐标。他们和上一代中年作家一起,成为20世纪最后20年儿童散文和儿童报告文学创作的两大主体。而这两大主体的人生阅历、文化背景及精神特征,也直接决定了这20年的散文和报告文学的品格和实绩。这代"知青作家"中还包括有赵丽宏、张寄寒、谷应、陈满平、董宏猷、赵敏、陈益、王慧琪、朱述新、王文顺、谢华、晏苏、袁丽娟等。

第四代作家则是出生于20世纪60年代和70年代,于90年代浮出海面的一批最年轻的创作者,以韦伶、徐鲁、庞敏、张洁、殷健灵等为代表。这是凸现在20世纪末的一个值得重视的创作群体,也是20世纪中国儿童散文界一群姗姗来迟的主角。他们大都是在80年代改革开放的氛围里完成大学学业,在20世纪末叶东西方文化的交流碰撞空前活跃、文化空气相对自由和文学市场机制日益健全的大背景下成长起来的。他们的精神资源一方面来自对"五四"以来的新文化的纵的承传,但更多的是来自对世界现代文化资讯的横的吸纳。他们敢于向旧的观念挑战,比"知青作家"们更敢于"解构"。他们以扬厉乃至颠覆的姿态、新颖的视角、敏锐的感觉、灵通的讯息和无拘无束的叙述方式,努力拓展着自己的话语空间,为20世纪末的中国儿童散文创作注入了一脉脉清新的活水。这批新生代作家还有孙梅、萧萍、陆梅、王蔚、谢倩霓、郁雨君、张弘、刘第红、章红、肖铁等。

## 二、郭风的儿童散文

郭风是中国现代和当代儿童文学史上最具个人风格的散文作家之一。半个多世纪以来,他在儿童散文和散文诗的田园里孜孜耕耘,心无旁骛,艺术成就斐然。他的文学成就不仅是对中国儿童文学的巨大贡献,同时也丰富了世界儿童文学宝库。

郭风(1918—2010),回族,原名郭嘉桂,福建莆田人。1944年福建师范专科学校中文系毕业。曾任中学教员、《现代儿童》主编。1949年后,历任福建省文联秘书长、副主席,福建省作家协会主席,中国作家协会第三、四届理事。1938年开始发表作品。主要著作有童话诗集《木偶戏》《月亮的船》,散文诗集和散文集《蒲公英和虹》《叶笛集》《避雨的豹》《在植物园里》《你是普通的花》《鲜花的早晨》《灯火集》《早晨的钟声》《小小的履印》《孙悟空在我们村里》《献给爱花的人》《晴窗小札》《龙眼园里》以及《郭风散文选》《郭风儿童文学文集》等。《郭风作品选》被译成俄文出版。《孙悟空在我们村里》曾获中国作家协会第二届(1986—1991年)全国优秀儿童文学奖。

郭风一进入文坛,其作品就打上了自己卓异的艺术风格的烙印。他的早期作品《木偶戏》里,包括《小郭在林中写生》《小野菊的童话》《豌豆的三姐妹》等篇,曾被名编辑黎烈文称赞为"给中国新诗开拓了一个新境界"③的作品。1949年后,他致力于散文诗的创作，迎来了创作生涯中的第一个高潮。散文诗集《蒲公英和虹》《叶笛集》等，是他此间的代表性作品集。对乡土风习、地域文化精神的发掘与提炼，对故乡泥土和大自然之美的眷恋与赞美，是他20世纪五六十年代创作的主题。他的作品里充满了诸如叶笛、果园、麦笛、小磨坊、山溪、灯火、小桥、干草堆、鸟巢、水文站、骤雨、蒲公英、白霜、村庄等平凡而朴素的乡土意象。他善于从中捕捉到某种情绪和意趣，从而抒发自己最细腻最真实的感觉与感受。在文本形式上，他创造性地把自由体新诗、散文和散文诗以及童话、札记等糅合起来，形成了一种十分独特，既自由活泼，又自具章法的文体。这种文体既有自由体新诗的内在节奏和旋律，又有散文诗的简约形态和散淡韵致，间或也涂抹着童话的幻想色彩。清新、简约、隽永、恬淡、明朗，是郭风五六十年代儿童散文最明显的风格印记。

进入新时期以后，郭风在艺术道路上继续探索和实验，使自己的散文创作再次形成高潮。《鲜花的早晨》《早晨的钟声》和《孙悟空在我们村里》等集子，可视为他此间的标志性作品，其中包括《红菇们的旅行》《雏菊和蒲公英》《草丛间的童话》《松坊村纪事》等几个著名的"系列作品"。和20世纪五六十年代的创作相比，郭风此间的作品更具儿童本位意识和文体自觉性。他在《孙悟空在我们村里》的序言中说过这样一段话："我开始从事文学创作（包括为孩子们写作）以来，这数十年间，实际上都是认识自己、发现自己乃至扬弃自己的漫长的过程。或者，简约地说，在整个文学生活历程中，我逐渐明白了自己的文学气质。这所谓气质，一般看来是很复杂的、难以说清楚的。尽管如此，我逐渐明白自己较易于能够从客观世界捕捉某种情绪、意趣，而不善于抓住情节；我逐渐明白自己较易于捕捉世界的善良部分、真纯部分，较能理解儿童；甚至喜欢把世界的某些事物注入儿童趣味和幻想，等等。这使我在文学世界中容易接近散文，以及容易让散文童话化，或把童话这一文体予以散文化。"⑤这段话有利于我们从作家个人气质角度去解读和欣赏他此间的作品。

如果说，郭风20世纪五六十年代尚有不少作品仅止于对客观世界的表面描述，给人以一种单纯的美感的话，那么，郭风在第二个创作高潮期所写的作品，则进一步向内心走去，更注重用自己的心灵去感受花朵和土地的世界。这一时期，他的题材更趋向心灵化和意绪化，他的文体更趋向个性化和自由化，他的描述也更趋向意象化和写意化，而语言文字也特别注重情绪化和主观抒情色彩。出现在他笔下的《红菇们的旅行》《鲜花的早晨》《松坊溪的冬天》《雏菊和蒲公英》以及其他花、树、鸟、兽，等等，都不再仅仅是一页页明朗和写实的风景画，而是一幅幅带着鲜明的地域色彩和强烈的个性特征、偏重于儿童趣味和幻想色彩的"印象画""写意画"了。他自觉而又自然地以儿童趣味和幻想注入大自然的物象和社会生活的细节之中，或者说是善于从自然物象中提炼和掘取能与自己的思想、情绪、感觉相吻合的东西，努力做到自然物象与"心象"的和谐统一，从而创造出一种特殊、生动而有韵致的艺术美感。试读"松坊村"系列中的一些篇章如《松坊溪》《松坊溪的冬天》（包括之二、之三）、《乡情》《秋暮》《松坊村初雪》《雪白的辛夷花》等，我们感到，在一个特殊的年代里，作家所旅居的这个"民情醇厚，其地山水甚美，雪甚美，花草树木甚美，雀鸟蝴蝶甚美……"的小山村里，一切皆因作家心境暂时的平静而变得那么和谐和宁静。不仅仅是小山村本身，而是主要由于作家细腻的观察和真切的感知，才赋予了这个小山村以无限的宁静、和谐和美丽，赋予了这个小山村一种仿佛巴比松式的情调。然而，当我们再联想到作家旅居时的特殊的年代和时代氛围，想到当时整个中国的大环境，我们似乎又可以透过松坊村的宁静，去感知作家对一些被损害与被践踏的宁静与美丽的强烈的眷恋与呼唤，虽然这种眷恋和呼唤是默默无声的。《孙悟空在我们村里》则发挥了他 40 年代写童话诗的艺术特长，尝试着把童话的情节引进散文和散文诗的结构之中，创造了一种舒展自如的、更富儿童阅读趣味和明显的童话美学特征的叙述文体，成为当代儿童散文园地里的一束奇葩。

　　郭风的文学资源和个人文学气质与风格的形成，来自多方面的影响。首先，他的故乡莆田的人文环境、乡土风习以及氤氲其间的宁静、和谐和淳厚的文化气息，一直贯穿着他创作的各个时期。秀丽、明媚的南国风光和散发着龙眼树与荔枝林芬芳气息的莆田景物，以及莆田外围的壶公山、芳坚馆、书仓巷等人文景观，常常出现在他不同时期的作品里，成了他的作品特有的印记，以至于曾使另一位散文作家产生过这样的感觉："有一次我乘汽车从郭风的故乡穿过，目睹那里的山水田舍，不知怎么，我头脑中蓦地腾起一个无声的发现：'这就是郭风'。"⑥其次，郭风在童年时代读过私塾，受过较严格的古典文学训练，有着深厚的传统文化根底；青年时代又接受了"五四"新文学的影响，尤其深受鲁迅、叶圣陶、冰心等作家散文的濡染。接着，他又读到并且深深喜欢上了如阿左林、古尔蒙、凡尔哈仑、波特莱尔等西方诗人和散文作家的作品，尤其是戴望舒翻译的法国诗人古尔蒙的《西茉纳集》，卞之琳翻译的西班牙散文家阿左林的《阿左林小集》，对他后来在散文文体上的忠实和执着的探索，起到了很大的启示性作用。关于阿左林，郭风曾说："我阅读他的作品，有时在早晨，有时在中午时分。我阅读他的作品，有时心中不觉出现一种想法，以为他有一种力求使作品写得简洁的习惯，有种对于散文这种文体持着极端负责的固执态度。"⑦

　　阿左林对于散文的这种"极端负责的固执态度"，直接影响了郭风一生对散文的态度。关于古尔蒙，郭风也曾有言："诗人的奇异的、大胆的想象和联想；诗歌中新鲜的形象和幻想；诗人通过他自己特有的艺术手段所强烈地而又似乎是朦胧地表达出来的情绪、某种欲念和召唤以及某种哲学思想，所有这些……一开始便有一种吸引我的特殊力量。"⑧我们从郭风作品意象的单纯与明朗、个人情绪的微妙与真挚，等等特色上，不难看出他与古尔蒙的"师承"关系。

　　儿童文学评论家孙建江对于郭风的散文做过这样的评价："郭风的作品很少去刻意追求什么重大的'主题'或'思想意义'，明显有别于那些受'文以载道'思想影响的作品。这也是郭风作品最为明显的一个特征。郭风的散文自然、清新，极富儿童品格，无论是内在的思维规范，还是外在的表现形式，都极易为少年所接受。郭风的少年散文又具有明显的创意性。他的少年散文既有童话的故事情节、诗的韵味，又有散文的笔调方式，融童话、诗、散文为一体。"⑨这番评价是十分中肯和实事求是的。

　　郭风的儿童散文在中国 20 世纪儿童文学史上是一个巨大的存在，同时也直接启发和影响了后来的一些散文作家（如吴然等人）的创作。儿童散文这一独特的文体，也正是由于郭风和郭风的追随者们"独创性的劳动和淋漓尽致的发挥，而绽放了净洁可爱的花朵，清纯芬芳，独具魅力"⑩。

## 三、孙云晓、庄大伟、刘保法的报告文学

　　少年报告文学（或曰"儿童报告文学"）作为一种成熟的文体而在儿童文学领域获得独立地位并取得较大的成就，是新时期儿童文学领域里又一个值得研究的文学现象。此间少年报告文学的异军突起，既是新时期以来整个中国文学界出现的"报告文学热"直接

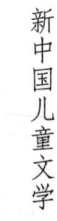

传导的结果，也是因为这种直接反映少年儿童真实的生活和心灵世界、甚至直接参与和干预儿童生活的纪实性文体，正好应和了 20 世纪八九十年代少年儿童的某种精神需求和阅读趣味。评论家周晓曾经把少年报告文学按内容和风格的异同划分为"调查报告式""人物报告式""抒情散文式"3 种类型，并分析说，新时期以来的少年报告文学之所以能拥有为数可观的少年读者群，乃因为，"这样的作品，与小说相比较，是理重于情；与社会科学读物相较，则是充分情感化的。作家创作这类作品时和创作小说时的审美感受有所不同，主要是伦理的和道德的关注。少年读者可以从这类报告文学中得到许多从小说里得不到的东西，也可以得到许多从课本或其他读物里得不到的东西。我想甚至可以说，他们有时并不是审美的阅读，引起他们强烈共鸣的激动点每每也是非文学的，激动点在报告"。⑧此论虽然只是针对以"问题"为中心的所谓"调查报告式"少年报告文学而言，但其实也适合新时期以来所有的少年报告文学。

　　也许正因为少年报告文学有这些长处，所以它吸引了更多的作家投身到这一领域里，写出了许多足可与同时期的小说、童话、诗歌、散文相媲美的作品。1988—1989 年京、沪、穗等 5 城市 8 家报刊联合举办的"少年报告文学大奖赛"，就集中推出了一大批优秀作品，成为新时期少年报告文学的一次大规模的展示。新时期少年报告文学作家队伍包括孙云晓、庄大伟、刘保法、陈丹燕、秦文君、孟晓云、胡景芳、肖复兴、董宏猷、张成新、思羽、韩静霆、宗介华、黄修纪、罗达成、许金华、蔡玉明、李国伟、沈碧娟等。其中以孙云晓、庄大伟、刘保法、孟晓云、肖复兴、胡景芳等人的成就最大，收获最为丰厚。

　　孙云晓（1955—　　），原名孙运孝，曾用笔名小岛、天海等。山东青岛人。1985 年中国青年政治学院政教系毕业，历任《中国少年报》记者、中国青少年研究中心副主任、《少年儿童研究》主编。他的少年报告文学创作几乎与新时期同步开始，迄今已出版了少年报告文学集《少年巨人》《16 岁的思索》《成功者的秘诀》《青春阶梯——孙云晓获奖报告文学选》以及长篇纪实小说《赖宁的世界》《孩子，抬起头》，长篇报告文学《新人类的呼唤——中国独生子女教育纪实》（与孙宏艳合著）等。其中《16 岁的思索》曾获中国作家协会第二届（1986—1991 年）全国优秀儿童文学奖。

　　孙云晓的报告文学总以能够敏锐地发现和大胆地提出少年成长中存在的种种"问题"并进行真实有力的调查而取胜。他是一位敏于观察和思考、勇于干预生活、勤于调查研究的"少年儿童问题专家"型的作家。他早期的《美的追求》《哦，黑螃蟹——小经理吴昊的自述》《青春社会场——当代中学生社团活动纪实》《一个少女和三千封信》等，都是敏感地抓住了在时代大背景下涉及少年儿童生存与成长的种种沉重的社会问题，予以真实的披露和剖析。这些问题的提出是振聋发聩的，表现出了作家积极的社会责任感和深沉的民族忧患意识。像《一个少女和三千封信》，通过农村少女郝红梅因为"名声"而招致的种种不公，向积习难返、沉重如山的陈旧的伦理道德对少年儿童所带来的心灵压迫提出了激愤的抗议。《"邪门大队长"的冤屈》则把一个富有个性、思维敏捷而活跃、敢于思考和提问、有较强的反叛和独立意识的孩子在学校、班级所受到的不合理、不公正的对待，展示到了世人面前。在这个领受着种种堂而皇之的压力和训斥的冤屈的孩子身上，作家敏锐地看到了传统的教育观念、简单而陈旧的教育方式的种种弊端，进而就教育究竟该如何去培养具有现代素质的一代新人、教育究竟该怎样去更新观念、怎样去尊重和开发被教育者的个性和创造才能等等重大问题，向世人提出了严正的警示。孙云晓还有一篇曾经引起轰动的社会调查式的作品《中学"第三世界"的女生》，用人物口述实录体讲述了4个中学女生如何在畸形的世俗教育观念的阴影下，承受着种种压力，依然保持着自尊、乐观和自强、自信的品性的故事。这篇作品看似一首献给这几个女孩子的赞美诗，实则仍然是一篇关于中国教育改革的忧思录。

进入20世纪90年代之后，孙云晓作品的"问题"成分更有所加重了。其中最具代表性的是那篇一度掀起轩然大波的，关于中日儿童素质问题的《夏令营中的较量》。可以说，正是《夏令营中的较量》引发出来的关于中国独生子女素质教育问题的全国性讨论，奏响了中国少年儿童教育由应试教育向素质教育转轨的先声。这个时期的孙云晓，与其说是一位少年报告文学作家，不如说是位社会学家、教育学家或青少年问题研究专家更为恰当。实际也正是这样，对于一位擅长写作社会问题调查式的少年报告文学作家来说，文学固然重要，但了解少年儿童、了解社会问题却是写作的前提。敏于发现问题，勇于提出问题，借以警世和醒世，这正是孙云晓少年报告文学最大的特色。

庄大伟（1951—　），上海市人。1974年开始儿童文学创作，现为上海人民广播电台少儿部主任，上海市作家协会理事。新时期以来，庄大伟出版的少年报告文学集有《当代少年心态录》《公民从这里诞生》《当代少年热门话题》《早恋的热线对话》，童话集《庄大伟幽默故事集》《庄大伟童话精选》，儿童散文集《校园林荫道》等。

庄大伟最有影响的少年报告文学当属以"当代少年心态录"为总题的40多篇系列作品。儿童文学理论家浦漫汀分析过庄大伟报告文学的特点是"背景不拘于家庭、校园，而涉及广阔的社会现实中，着重刻画的是孩子们发展中的复杂的内心世界"[1]。如果说，孙云晓的报告文学更多的是审视少年儿童生存和成长环境中属于"社会"的那一部分，那么，庄大伟的报告文学则对少年儿童"自身"予以了更多的关注。他所捕捉的题材也多是少年儿童当下生活经历和较为秘密的心灵、情感世界。他的作品也和孙云晓的社会调查型不同，而是以人物特写型为主。他用一幅幅精描细绘的个体人物特写或群像组画，多侧面、全方位地展示了当代少年儿童生活面临的人生课题和成长烦恼。如《竞争时代的少年》展示了诸多少年的竞争意识，《崇拜》描绘了一群少男少女"明星意识"的萌发与转移，《微弱的承担》展现了当代少年为国分忧的成人意识和公民意识，等等。这些作品以丰富的校园信息、真实的新闻效应和新颖的表现视角在少年读者中赢得了许多知音。《出路》以组合式人物特写形式，讲述了上海郊区五个乡村少年在理想和职业选择上的早熟与务实的心理：赵大明想做一名出色的农艺专家，正在为此而努力；费一翔的理想是考入名牌大学的建筑系，成为一名建筑大师，他在心中不断地为自己加油；杜娟憧憬着成为一位钢琴演奏家，她虽然遇到了父母离异的不幸，但仍然自强不息，不坠青云之志；张小青长得美丽，因此对服饰特别敏感，决定学习裁缝，将来当一名服装设计师；阿根的想法比较现实，要么继续上学，要么休学去帮助哥哥贩鱼赚钱……故事讲述的是少年们自己的成长故事，却也折射着改革开放年代里，人们的社会价值观念在孩子们心灵上投下的光影与波澜。

庄大伟还有一类作品也擅长思辨与分析，并且善于选择最有代表性的个体形象来揭示群体的意识和追求，如同让读者面对一枚草叶而想象整片草原，透过一粒沙子而看到整个沙漠。在表现手法上，庄大伟也做过多种尝试，如写《出名》用了类似交响乐的起伏和变奏的气势，写《神枪手小传》借用了中国传统话本的形式，写《PMT行动》则使用了电影分镜头的笔法。

刘保法（1945—　），笔名梦捷，上海市人。曾在上海市教育局工作，后任《少年报》记

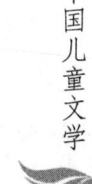

者、《好儿童》编辑,现任《少年报》文艺部主任。1980年开始发表儿童文学作品,已出版少年报告文学集《美属于她》《特殊儿童的特殊故事》《女中学生的感情世界》《迷恋》《多梦季节》《送你一束紫罗兰》等。

刘保法的报告文学以人物特写型为主。他的足迹深入到了上海的大街小巷,采访了许多"少年明星"的成长经历,如《迷恋》,讲述的是一个15岁还在上小学,却获得了全国第二届"科学小园地"优秀作品个人奖的少年迷恋生物的故事;如《冬天里的红苹果》讲述的是一个名叫胡怡闻的少女如何在疾病中与死神搏斗,自强不息,终于在绘画方面有所成就,让弱小的生命放射出了璀璨的光芒的故事,讴歌了新一代少年身上所具有的热爱生命、热爱世界、自尊自强的可贵素质。类似题材的作品还有写一个酷爱音乐、刻苦练琴的盲女孩敏敏的《弹奏自己》等。同时他也把目光和深情倾注到了那些普通的、甚至是生活在社会底层和不被关注的角落里的孩子身上,写了许多"另类"少年如留级生、后进生、失学生、调皮大王等的鲜为人知的成长故事。《星期日的苦恼》用自白式的日记体道出了一个少年在陈旧的教育范式下的失望、苦恼、迷惘和无奈;《穷街的孩子》讲述了身处底层的普通少年在艰辛的环境和条件下,如何面对种种社会不公而自尊自强,乐观地拥抱生活、追求理想的故事,其中也透出了作家对普通孩子深切的关怀和理解。《想念紫风铃》里的小女孩沈漱舟也是一个令人同情的孩子,她的父母都是盲人,不久又离异,她只好和母亲一起相依为命,而母亲又不幸患了绝症……就是在这样一连串的遭遇面前,小女孩却没有被吓倒,她用柔嫩的双肩挑起家庭的重负,而且顽强奋进,历年被评为三好学生,最终考取了上海市重点中学交大附中……作家自己也被这个小女孩深深地感动着,他在作品里写着:"无疑,沈漱舟给同龄人上了生动的一课,同龄人从沈漱舟身上悟出了一个真谛:烈火炼真金,苦难是能磨炼出生命的力度的!"他在最后引用一首小诗寄语所有在艰难中行进的少年:"不要放弃你的梦想,/如果你有胆量/堂皇高贵地做梦,/这梦/会成为预言。"

于普通的成长故事中挖掘和发现少年儿童的卓越品质,以饱含感情的文笔抒写童心世界的喜怒哀乐,而隐藏在每一篇作品背后的,则是一种强烈的底层关怀意识。这是刘保法报告文学区别于其他作品的显著特点。

孙云晓、庄大伟和刘保法等少年报告文学作家所取得的引人瞩目的成就,以及他们在艺术上所达到的高度,固然可以作为新时期以来少年报告文学创作总体成绩的代表,然而,他们的作品中所存在的明显的不足,也是此间少年报告文学整体的缺憾和通病。一方面,三位作家都不约而同地在作品中突出新闻性、报告性以及由此而带来的社会效应,其作品在很大程度上都是以一些振聋发聩的题材和大刀阔斧、大开大合的凌厉风格而呈现在世人面前;另一方面,少年报告文学作为一种独立存在的文学样式,其"文学性"却也因为他们写作时的匆忙而相对减弱和忽略了。因此,检阅此间的报告文学,我们看到了很多振聋发聩却不免粗糙的"急就章",鲜见分量十足、耐人回味,艺术上也臻于无瑕的传世杰作。如何把握种种非文学因素在少年报告文学中的度量,而不单单以追求"报告性"和即时性社会功效为满足,是孙云晓、庄大伟和刘保法以及其他报告文学作家都应省察的课题。

## 四、胡景芳、孟晓云、肖复兴等人的报告文学

和前述的三位报告文学作家一样,胡景芳、孟晓云、肖复兴也是新时期以来在少年报告文学领域里引人瞩目的几位作家。只是和前面三位作家相比,他们并非专注于少年报

告文学这一种文体的写作,而是在其他领域都另有建树。

胡景芳(1931—1999),笔名童丁,辽宁省凌源人。1956年入中国作家协会文学讲习所学习,历任辽宁儿童艺术剧院艺术室主任、辽宁省戏剧家协会副主席、《下一代》杂志主编等职。他是当代著名儿童戏剧家,发表和上演儿童戏30余台,其中《镜子里的大公鸡》曾获"全国首届优秀学校剧奖",《特殊夏令营》获第二届"中国话剧振兴奖"。1983年他被授予"全国先进儿童少年工作者"称号,1987年获"辽宁省特等劳动模范"称号,1989年被评为"全国先进工作者"。主要作品有儿童文学集《苦牛》《胡景芳儿童小说选》等。

少年报告文学《作家与少年犯》是胡景芳的代表作之一,曾获中国作家协会首届"全国优秀儿童文学奖"。这篇作品写的是"我"(作家本人)和一个爱好文学创作、颇有文学天赋、却不幸误入歧途的名叫黄景文的少年犯相交往的故事,其中着重分析了黄景文由一个纯朴、憨厚、有理想的乡村少年而误入歧途的社会原因,以及种种险恶的生存环境对少年身心的扭曲与危害。好在故事主人公的本质是单纯与质朴的,社会对这样的少年也伸出了温暖的手。作家写了这个少年在教管所这一特殊环境里的勤奋、好学与醒悟,并且坚信在这个少年身上,"悔悟、觉醒所产生的力量是无穷的"。作家对黄景文寄予了真挚的理解、同情和希望,显示了一种温暖的人道情怀和成长关怀意味。其故事结构张弛有致,叙述语言也质朴无华。胡景芳的报告文学作品数量上并不多,但这篇作品却成为新时期以来少年报告文学中最动人、最具艺术生命力的作品之一。

孟晓云(1946— ),女,湖北省石首人。20世纪70年代初毕业于中国人民大学新闻系,1981年毕业于中国社会科学院研究生院新闻系。现为《人民日报》主任记者。80年代初开始报告文学创作。主要作品有报告文学集《胡杨泪》《你生命中那时光》《中学生三部曲》《流行色》《走出混沌》等。其中报告文学《还是那双眼睛》《胡杨泪》曾连续获得两届"全国优秀报告文学奖"。

孟晓云的主要文学成就是在成人报告文学领域里,然而她的《春城的一场暴风雪》《多思的年华——中学生心理学》等少年报告文学作品,也都在读者中引起过较大反响。《春城的一场暴风雪》写的是发生在20世纪80年代初期春城昆明的一个事件:14岁的女中学生王佳,在上学路上遇到一位摔倒在路边的老奶奶并送她回了家,结果却被老奶奶的家人诬为肇事者。王佳忍受委屈和羞愤,仍然同当医生的爸爸一起,尽力救护老人,为老奶奶的康复护理了两个星期。此间,由于学校和社会的介入,人们弄清了真相,王佳和王佳一家的善良举动与美好心地终于大白于天下,并且赢得了全社会的肯定与赞美。作家针对这个题材有一句自白:"我想写一个女中学生在特殊经历中的心理变化,一个长大了的孩子。"从作品的第一句"春城是不该有暴风雪的……"开始,我们便不难感知,作家对这位心地善良的女中学生所蒙受的冤屈是怀着深切的同情和义愤的,对长期以来所形成的人心的冷漠、猜忌和人与人之间的缺少信任,是抱着深重的忧虑的。但作家的思想并不止于此,而是透过对这位正处成长期的少女在这场事件中的真实的感受和心灵历程的抒写,一边审视着社会和人生的复杂性,一边展示着一颗单纯和脆弱的心如何在磨炼中变得成熟和坚忍。当压在少女心上的一场暴风雪终于消失,我们看到的已经是一个足以承受更大的暴风雪的长大的孩子了。和胡景芳的《作家与少年犯》一样,《春城的一场暴风雪》也是新时期少年报告文学中一篇激动人心之作。

孟晓云的《中学生三部曲》包括《多思的年华——中学生心理学》《我们与你们》《你在哪里失去了他》3篇报告文学。其中《多思的年华——中学生心理学》发表后曾引起巨大轰动，作者收到过上千封中学生和老师的来信。"5000万中学生是一个最色彩斑斓、最生机勃勃的世界。他们不仅需要教育，需要爱，也需要理解。我试图描绘出他们对人生和世界的看法，不是因为他们都正确（也不应该要求他们都正确），而是因为他们真实地存在着。"⑧作家的这段"题记"道明了她写这个"三部曲"的真实动机。这三部作品从多个角度和深层次上剖析了当代中学生在学校、家庭、社会中的复杂心理和生活特点，深入地探索了他们在求知、择友、道德观、价值观等方面的种种思索、认识、感受与追求，写出了他们与社会、与老师、与家长、与同学之间的微妙和特异的关系。这个"三部曲"也传达出了作家本人的一种现代教育观和对现代心理学、社会文化学等方面的认识与追求，整个作品充满现代意识和现代表现手法，思想和艺术冲击力都很强烈，读来令人耳目一新，是新时期少年报告文学中的珍品。

肖复兴（1947—  ），河北沧县人，自幼长于北京。1982年毕业于中央戏剧学院，现为《人民文学》杂志副主编。1978年开始发表作品，主要作品有长篇小说《早恋》《青春三部曲》，中短篇小说集《北大荒奇遇》，报告文学集《国际大师和他的妻子》《多梦时节——肖复兴报告文学集》，散文集《复兴散文》《复兴随笔》《和当代中学生对话》等。报告文学《海河边的一间小屋》《生当作人杰》曾获第二、三届"全国优秀报告文学奖"。

和孟晓云相似，肖复兴的主要文学成就是在成人小说和散文创作方面。但他的《和当代中学生对话》及其姊妹篇《和当代中学生的通信——少男少女风情录》等一系列少年报告文学，因为真实地抒写了20世纪80年代少男少女的欢乐、忧伤、困惑、追求、思索，反映了这一代中学生多元的精神个性与不同的心灵渴求，所以也颇受中学生读者的欢迎。他的报告文学作品以抒情散文式为主，作家的主观介入性很强，可以说是作家与少男少女的倾心交流、相互碰撞和理解的结晶，也是一代人与另一代人努力沟通、相互发现和欣赏的果实。他的书信体报告文学《少年心事——致晓洁》无论是从思想深度还是从文学艺术上所达到的高度来看，都可视为肖复兴少年报告文学的代表性作品之一。在这篇作品里，既有对知青那一代少年人的北大荒插队故事的追忆，也有对生活在90年代的"新新人类"的精神渴求的抒写，而在两代人之间架起了一道理解与赞美的虹桥的，是作家脉脉的深情。如在"忧郁的龟背竹"一章中，当那位远离了爸爸妈妈，缺少亲情，从小生活在北京的小布来克去过了柴达木油田，亲眼见到了辛劳的建设者们的生活与工作情景后，尤其是当他终于明白了在工作中不幸殉职的爸爸这一代人是把祖国的利益看作比自己的生命还要宝贵，假如祖国需要，他们是不惜献出自己一切的时候，作家写道，"他（指小布来克）年龄那么小，本应该保持少年的天真和欢乐，一下子像个小大人一样了，还没有完全迈过鲜花烂漫的春天，却已经过早踏入夏天的门槛。有时候，望着放学时拥出校门的小鸟归巢般的孩子，我常常想对这些无忧无虑的孩子说：你们知道吗？为了我们这个国家，也为了你们这一代的幸福，你们的父辈付出了多少艰辛的代价，你们同时知道吗？这代价中包括像小布来克一样与你们同龄甚至年龄更小的孩子一并付出的感情与心血呀！"

两代人之间的爱与理解，是肖复兴少年报告文学作品中一个反复咏叹的主题。他似乎不太愿意在作品中去做全景式大场面的描绘，而是善于对个体的人物的心理、感情和平凡的小事精描细绘，使之闪出动人的光彩。肖复兴的报告文学语言清新朴素而又带着强烈的抒情性。他的许多报告文学可以当作叙事散文来读，然而它们又确乎是一种个性特征十分明显的抒情散文式的报告文学。

新时期以来还有不少作家，并非以少年报告文学为主业，然而他们偶尔涉足这个领域,却也为新时期儿童文学留下了许多值得珍视的篇章。如理由的《访"神童"》,李楚城的《生活的斗士》,陈祖芬的《只不过是一刹那》,王安忆的《小松树,轻轻地响》,韩静霆的《摔倒了自己的冠军》,许金华的《"小爱迪生"的失落》《七月的思索》,董宏猷的《王江旋风》,赵丽宏的《胜者与败者——发生在上海市实验小学五(2)班的故事》,思羽的《泅出海面》,陈丹燕的《请你牵着我的手》,郑马的《书的歌》,董天柚的《鬼地》,王仲儒的《墓,静静地诉说》,王慧骐、曹义田的《流、流、流,明流暗流"意识流"》,秦文君的《母亲的受难日·关于父亲》《失群的中学生》《中学生的情感世界》,谷应的《危险的年龄》,张成新的《老汪才七岁》,李凤杰的《香烟与少年犯罪》,沈碧娟的《阳光照进小屋》《渴求生命》,蔡玉明的《创造一个新自己》《在那希望的山野上》,等等。这些作品有的从社会问题调查入手,不回避少年儿童生存、成长环境中存在的许多紧迫和沉重的社会课题,如应试教育中的弊端、少年犯罪、商品经济条件下的社会不正之风对孩子心灵的影响,等等,作家们积极干预生活,勇于披露社会真相,以期早日解决这些问题;有的作品则瞄准富有个性特征的少年儿童个体或群体,着重于写"人",写一个个真实的成长故事,通过故事而完成对于个性鲜明的人物形象的刻画;还有的则是深入当代少年儿童的心灵与情感世界,以发现、理解、剖析、展现少年儿童们的心理变化为己任,从而写出"这一代人"的心灵的"传记"……虽然这些作品风格样式各有不同,表现手法也各有千秋,但它们相互借鉴,相互映照,自成同一阵线的盟友,共同承担着透过生活表象真实地报告着少年儿童们的生态与心态的大任,尤其是出色地完成了对于新时期以来的20年间中国少年儿童们的生活追求和心灵世界的采访与报告。在艺术上,这些作品也真正地使少年报告文学回归到了儿童和文学的本位,基本上做到了真与美的统一,社会功能与审美价值的统一,显示了新时期以来少年报告文学这一文体在探索、追求艺术个性化道路上一步步向前迈进的轨迹。

## 五、吴然、乔传藻等人的儿童散文

新时期儿童散文创作的两大主体之一,是和新中国一同成长起来的,文学创作起步于20世纪六七十年代,而在八九十年代进入创作高潮期的那一代中年作家。吴然、乔传藻、韩少华、张岐、任大霖、吴继路等是其代表性作家。

吴然(1946—    ),原名吴兴然,曾用笔名曲敏、霜天等。云南宣威人。1965年高中毕业后当工人和厂矿小学教师达15年之久。1973年开始发表作品。20世纪80年代开始编辑《春城晚报》儿童文学副刊《小橘灯》。已出版的儿童散文集有《歌溪》《小鸟在歌唱》《风雨花集》《一碗水》《珍珠雨》《我的小马》和长篇散文《小霞客游记》等。其中《小鸟在歌唱》获中国作家协会第二届(1986—1991年)全国优秀儿童文学奖,《我的小马》获台湾第九届(1997)杨唤儿童文学奖。

吴然是新时期以来专注于儿童散文写作而心无旁骛的少数作家之一。在儿童散文观念和创作实践上,他师承郭风,而又扬长避短,在某些方面有所发挥和突破。儿童文学理论家孙建江曾把吴然作品和郭风作品相比较,得出如下结论:"取材上,吴然作品也常出现一个具体的回忆场景'大理',一如郭风之于'松坊村';风格上,吴然也追求自然、清新;形式上,也讲究诗的韵味和散文的笔调方式……总起来说,吴然的少年散文,前期多少带点模仿的痕迹;中后期进入佳境,变'模仿''师承'为'综合'。他中期的作品,像《走月亮》等显示了属于自己的'自然'和'清新',而后期的作品,像《遥远的风筝》等则在'自然''清新'的同时,有意识地对特定的情境(特别是童年情境)进行文化和历史的反思,平添了作品内在的生活厚重感——显然，后期的吴然，与初、中期郭风型的吴然已有所不同。吴然正是以他的这种执着的探求精神，来创造他儿童的艺术世界的。"⑩

在吴然所创造的艺术世界里，我们首先看到的是一种独具特色的地域文化风貌和瑰丽多彩的自然景观。吴然长期生活在"美丽、神奇、丰富"的云南，足迹踏遍了苍山洱海和西南边陲的许多角落。西南高原云遮雾罩、气象万千的自然景观，以及众多的少数民族瑰丽多姿、赏心悦目的文化风情，让散文家的吴然（以及生活在云南的许多作家和艺术家）情有独钟，亦各得其灵秀之先。对此，吴然也欣然承认："因为我从小生活在山村，受到美丽的云岭风光的熏陶，我的心情似乎更接近于自然。我渴慕人世与自然赠予的温情与美景，创作上也多取材于山村少年和云南边疆少数民族孩子的生活。每当我吹着高原的风在太阳下旅行，在自然保护区采访，心中便升腾起歌唱大自然歌唱故乡土地的欲望。大自然的宏富与伟丽，云南边地独具特色的山水人情，给我以不可抗拒的诱惑，由衷的欢喜，使我童心跃动，情不自禁拿起笔来。"⑪读吴然的作品，我们会不由自主地为他笔下的地域文化风情和瑰丽多姿的大自然景色所吸引。他在这些作品里也有机地融入了诸如民族、民俗、物候、气象、园林、农艺、地质、动物、植物等方面的知识与见闻。这些知识与见闻，使大自然的万般美景化为一个个生动可感的形象，也有助于作家把个人的感觉与感情付诸可以触摸和描述的细节。于是，作家就像西南高原的一个"导游者"一样，牵着我们的手，去游历了大理、苍山、玉龙雪山、大小流山、高黎贡山以及怒江边、西双版纳，等等许多瑰丽多姿的地方，并且用他对家乡文化与土地的爱恋与自豪，感染着我们，唤起我们的理解与热爱之情。《清碧溪》《歌溪》《杨梅会》《洱海》《大理石》《泼水节》《珍珠雨》《一碗水》《牛恋乡》《鲜花节》，等等，都是吴然这类散文的名篇。

在艺术上，吴然追求清淡与明朗，力避铺陈堆砌与镂金错彩，但也并不拒绝色彩鲜艳和缤纷多姿。他也曾经有言，"我想在儿童散文中融入诗的意境和旋律。我想写得富有儿童情趣，写得有色彩和富有音乐感，我想用一颗纯真的童心去写作。我还想写得美一点，力求把美化为形象；力求把诗情融合在养育我的芬芳的土地上，融合在我们的校园里，融合在孩子们的生活中，让小读者用心灵去感受。"⑫检视吴然的全部散文，我们可以说，他的创作实绩已然实现了他的美学主张。他的《歌溪》《小鸟在歌唱》两部集子，正是"在儿童散文中融入诗的意境和旋律""写得富有儿童情趣"的典范之作。郭风曾评价吴然的儿童散文是"既朴素，又写得生动，富有儿童情趣和教育旨趣"的"写给孩子们看的真正的儿童散文"⑬。这个评价是相当中肯的。

乔传藻也是长期生活在云南的又一位风格独具的儿童散文作家。他和吴然堪称新时期儿童散文星空的"双子座"。

乔传藻（1939—　），云南宣威人。1964年毕业于云南大学后留校任教至今。现为云南大学中文系教授，中国作家协会会员。主要作品有儿童散文集《星星寨》《野象的路》《太阳鸟》《守林人的小屋》《一朵云》以及儿童小说集《哨猴》等。其中儿童散文《醉麂》获中国作家协会首届（1980—1985）全国优秀儿童文学奖，散文集《太阳鸟》获台湾少年儿童读物佳作奖。

乔传藻在儿童散文领域里是以擅长写森林、写动物而引人瞩目的。他长期生活在云南，心灵中有一种深远的"红土地情结"。他的散文大都以滇东北的自然景观和乡村生活为题材，在作品中尤其注重有关森林野趣和动物生活情趣的知识性描写。而这些有关森林和动物的知识，并非来自现成的典籍或只是出于作家的想象，而是来自作家足迹所至的守林人的小屋里、狩猎人的火塘边、野象、野鹿和野麂们出没的丛林中。数十年来，他抒写了大西南丛林中上百种动物的生存状态和生命史传，也为几乎同样多的花草树木精描细刻下了它们生命的花期和生长的年轮。他的散文名篇《醉麂》，写一只金色的小麂生活和奔跑在美丽的大森林里，如同一个天真可爱的孩子生活在慈母温暖的怀抱里，自由、快乐，充满幻想和灵性，最后它竟追随着山村孩子朗朗的歌声而进入了快乐的小学校，迷醉在孩子们浓浓的好奇和关爱之中。作家笔下的这只可爱的小麂子，是新时期儿童文学里最迷人、最令人难忘的艺术形象之一。另一篇曾多次被选入各种散文选本里的《三棵树》，以拟人化的手法和童话般的想象，分别写了大西南丛林中的三种独具特点的树："绞杀树"（油棕）、"大象树"（菩提）和岩棕。而透过三棵树不同的生长和生存习性，我们看到了三种不同的品质和性格，那就是："绞杀树"的阴险凶狠和背信弃义、"大象树"的忠义肝胆和岩棕的刚强自尊。三棵树被作家赋予了既合乎自然规律又极为鲜明的个性品质，成为众多的植物题材散文中三棵最有个性的树。乔传藻儿童散文中的名篇还有《太阳鸟》《哨猴》《山妖》《火狐》及系列散文《一朵云》等。

乔传藻善写森林和动物，却并不简单地停留在有关森林和动物的知识性描写上，虽然他知道的是那么多，那么丰富。他的作品似乎也不是单纯地在宣扬"回归自然"的主题。他是通过对动物世界和植物世界的认识与发现，通过人与自然这个广阔而古老的题材，传达着自己对当代人类生存处境与生命本源的理解与思考。他曾在一篇自述文中谈到，他很喜欢普里什文的两句话："我知道我笔下写的是大自然，自己心中想的却是人。"他说，"我写的尽管是'无人之境'，我寻访的尽管是一些没有闻见过炊烟气味的'森林居民'，但我的心是和时代相通的，在人与自然这一古老的艺术命题中，准确地把握住当代人的生存情绪，这是我的意愿。"还有，"在山水中写出人情美，在人情中写出山水美，这是我对自己的要求。"①作家的自述是我们打开他的全部散文之门的钥匙。的确，从表面上看，乔传藻是在写野麂、大象、野猪、火狐、野猴、羚羊、老虎、熊、豹，等等动物和岩棕、龙胆花、望天树、铁心树、"打不死""绞杀树""大象树"，等等植物的生态习性和生存环境，其实他笔下的自然世界无不折射着人类社会的反光，漾动着和传递着当代人类的生存霸权以及由此而正在形成的生存危机。从作家的笔下，我们既看到了人与自然和谐相处的一面，也看到了人类砍伐森林、猎捕动物、污染环境、霸占土地、蚕食山林的那一面。而后者，其实正是人类粗暴地对待生命、间接地在毁灭地球和生命的表现。作家对这一关乎人类最后命运的主题的开掘，体现了作家对生命本源所思考的深度，体现了一个儿童文学作家对于世界的终极关怀意识。这是新时期儿童散文创作中鲜见的个例。可以说，乔传藻的森林和动物题材散文，代表了新时期儿童散文在这些方面所已达到的思想深度和文学高度。

乔传藻也是位注重文学品位，追求淳朴、隽永风格的美文作家。他长期从事汉语写作的教学工作，对于散文语言的美学要求比一般作家更显苛刻。他使用的是一种既缜密、精当、规范，而又独具灵异的色彩和动态的文学语言。细节的真实、密集，文学感觉的醇厚与质朴，语言的鲜活、灵动，字词的准确与工稳，都是他作品的特色。从数量上讲，乔传藻也许是新时期儿童散文作家中作品篇目较少的一位，但或许正是这种创作上的精心锤炼、提炼和打磨，以少胜多，才使他的作品在质量上追求最大限度的艺术化成为可能。他的不少散文名篇是可以成为文学写作课上的"范文"来阅读和评析的。

自 20 世纪五六十年代开始创作，到新时期里还在儿童散文园地里辛勤耕耘过，并留下了较为丰硕的成果的中年作家里，还有任大霖、任大星、韩少华、王一地、杨羽仪、文牧、谢璞等。

任大霖的主要文学成就在短篇小说，但他的儿童散文集《童年时代的朋友》《任大霖散文选》中的部分篇章，也是新时期儿童散文的重要收获之一。任大霖散文注重真情实感，善于从自己经历过的生活中截取富有抒情性的淡雅的情节，精于谋篇布局。其风格不仅圆润、精致，而且富有清新的儿童生活气息和儿童情趣。《那一段泥泞的路》等是他新时期儿童散文的名篇。

像任大霖一样，任大星对于当代儿童文学的主要贡献也在短篇小说。他的儿童散文集《寻找布谷鸟》等，以自己童年和少年时代的生活经历为题材，朝花夕拾，真实地反映了20世纪三四十年代里一个中国乡村孩子眼中的世界和人生，如《难忘的最后一课》《寻找布谷鸟》《九头鸟飞过的夜晚》等，都是极为质朴感人、富有文学性的篇章。

韩少华的散文成就并不限于儿童文学领域，但他的《序曲》《寒冬，我记忆的摇篮》却是新时期儿童散文的名篇。《序曲》还被选入了中学课本。韩少华在新时期里出版了《古往今来话北京》《韩少华散文选》《暖晴》等散文集。他的散文常常从较大的时代背景中选取个人所经历的具体而又记忆深刻的小事件，以小见大，再现整个时代气氛，抒发自己最深刻的体验和感受。他擅长在叙事中抒发动人的情思，善于发掘人间的真善美，其作品往往情思充沛，诗意盎然。

王一地在新时期里出版了《心上的河流》《画中游记》等儿童散文集。他的散文题材有两类：一是童年和少年生活经历的回忆，如系列散文《心上的河流》等；二是国内外尤其是域外题材的游记，如《海乡风情》《群星的摇篮——佛罗伦萨散记》等。冰心曾评价王一地散文"写情真挚、写景鲜明；流畅、健康，引人向上"。这源自作家一直在追求儿童散文的真实和朴素之美，真诚和善良之美。

杨羽仪在新时期里出版了散文集《古海里的北斗星》《南风的微笑》《水乡茶居》和《羊城的彩翼》。其儿童散文名篇有《知春鸟》《野菊》《蓬莱的童话》等。他的散文成就主要是在成人创作方面，但他的儿童散文善于撷取当代生活中具有新的内涵的童趣，从而折射出生活美、时代美。他的散文也极富南国地域风味。在散文语言上他追求一种恬淡亲切的风格，朴素无华。

文牧自20世纪60年代初就开始发表儿童散文，新时期里出版了《绿色的边境》《小伐木人的歌》《走向白桦林》等散文诗集。文牧的作品多以北国林区生活和瑰丽的长白山自然景观为题材。他的系列散文诗《小伐木人的笔记》等，形制短小而内涵丰富，从儿童的视角、用儿童的心理去观察和感觉北方的大地森林、北疆的白山黑水，不仅充满质朴和灵动的诗意之美，而且也富于北国林区特色。

谢璞在新时期里出版了《忆怪集》《珍珠赋·谢璞散文选》等散文集。他的《忆怪集》采用一种介乎散文和小说之间的叙事性文体，再现了自己童年时代所经历的奇事异趣，尤其是反映了一些勤劳、善良、勇毅的乡土人物的奇特经历，歌颂了那留在作家记忆里的故乡的一些懿风美德。这类作品可当小说读，亦可作散文观。他的语言绚丽多彩，有"楚辞"的遗风，充满浑厚的古楚文化气度。

## 六、张岐、陈丽等人的儿童散文

张岐的创作生涯开始得较早，但其创作特色直到进入新时期后才凸现出来，并以其创作实绩成为新时期里重要的儿童散文作家之一。

张岐(1929—    ),原名张乐儒,山东长岛县人。历任小学教师、区青年干事、武工队员、县报副总编辑、《山东文学》编辑组长、山东作协专业作家等职。1953年开始文学创作,以儿童散文为主,已出版的儿童散文和散文诗集有《螺号》《渔火》《向阳屿》《蓝色摇篮曲》《彩色的贝》《蓝色的足迹》等。儿童散文《俺家门前的海》曾获中国作家协会首届(1980—1985)全国优秀儿童文学奖。

张岐是祖国东海岸的那片蔚蓝色的大海的歌手。到目前为止,他的全部作品都带着海风的气息和海涛的韵律。"大海是一本书,一本最厚最厚的,永远读不完的书。"他在一篇散文诗《书》里写过这样一句话。其实,大海也是张岐笔下的一部永远写不完的书。生活在大海边的渔民们的生活,起伏在波涛中的大海的欢乐与痛苦、温柔与壮丽……构成了张岐儿童散文的主旋律。这源于作家长期的心灵感受和生活体验。他曾说:"我是抱着浪花,枕着潮声,玩着贝壳长大的。大海教我在松软的沙滩上学步,领我走上了生活。我生活的课程的第一章,就是认识海。大海开阔了我的胸襟,锻铸了我的骨骼,并净化了我的灵魂。我深深地爱着海。我觉得海就是一幅背景恢宏广阔、气韵饱满生动的画。动的海是写意画。静的海是工笔画。我就是画中人。我不仅爱大海富有奇趣的景色,更爱大海剽悍的主人——渔人。我觉得大海的每一条弧纹,每一朵浪花,乃至撒在滩岸上的每一枚贝壳、每一颗卵石都是美的。我感受到了这种美,于是,我就把它写出来。"作家的这段自白可以使我们看到他与大海生死相依的精神联系。

他在许多描写大海的篇章里,视大海为自己的精神故乡,为自己的"母亲"。他在《啊,蓝色的摇篮》一文里这样描述了自己的童年:他来到世界不久,妈妈就丢下他离开了人间,是自己的姐姐代替母亲,用高粱粥代替乳汁,使他在艰难中长大。离他家门口不远的大海,成了他童年唯一的去处。他常常因为孤独而独自躺在那柔软的沙滩上。这时候,"我闻着头下海苔草的咸味,听着大海有节奏的潮声,感受到一种莫可名状的温情。我觉得是躺在妈妈身边。那海苔草的咸味是妈妈的汗味,那有节奏的潮声是妈妈心脏的搏动声,那柔软的海风,就是妈妈轻拂我的手。"对于自己的精神故乡和心灵上的母亲——大海的依恋与缠绻之情的抒发,是张岐散文的一个重要主题。他的散文名篇《俺们家前的海》从不同的角度歌咏和赞美了大海这个"给了俺不尽的兴趣,给了俺永远张开的遐思的羽翼,给了俺永恒不泯的童心……"的"蓝色的透明的世界"。这个世界里有宁静、安恬和温柔,也有严肃、冷峻甚至狂暴。但是,那一切都是大海"深沉的爱"。正是这有着丰富感情的大海,使得作家正确地认识了人生,认识了世界。

张岐曾在《我对儿童散文的浅见》里写道,他所追求的儿童散文个性大致包括情真、情趣、短小、情节、意境、文采这样几个方面。其中的"意境",他解释说:"我理解就是散文的主题思想和所描写的景物的有机结合,从而构成一种引人入胜的艺术境界。"对于儿童散文意境的开掘与追求,又使得张岐作品常常表现出明显的哲理性。除了具有真情实感、鲜活的情趣、和谐的意境、简洁短小的篇幅以及纯朴清新的文采外,理趣之美在他的作品里也尤为鲜明,如《书》《探求》《珍珠》《海边观感之二》等篇。张岐散文的不足也是明显的:题材的单一似乎阻碍了作家思想的更广阔的发挥;而过分追求形式与篇幅的简净与短小,也局限了他的美学视野。当然,这种局限在儿童散文界也不独张岐所专有。

新时期里,真正把儿童散文从一种总体气度不够阔大、形式上又失之于单薄和狭窄的局面引向更加舒阔、雄放的领域,并且为少儿散文创作注入了一种阳刚、冒险精神和浩荡大气的,则是女作家陈丽。

陈丽（1936—　），笔名鹿子，上海人。1961 年毕业于中国人民大学新闻系。历任河南少年儿童出版社编辑，海燕出版社副编审。1962 年开始发表作品，主要作品有儿童散文集《爱的花束》《沉默的旅伴》《梦了千百年》，儿童小说集《陌生的来客》《少女与死神》《水无涯情无涯》等。

在新时期儿童散文作家队伍里，陈丽是一位一直在大河上下和西部高原"行走"着和探寻着什么的"独行客"。她曾自述："生在长江边，命运却将我抛到了黄河岸边，于是和黄河结下了不解之缘。从黄河源到黄河尾，走马观花（当然不乏下马的时候）地跑了一趟又一趟。独行中有惊吓有忧愁，更多的是寻找中的惊喜和快乐。"②那么，她是在寻找什么呢？且看她的另一段自述："我走过黄河大漠草原高原，并不是为了去采风和猎奇，而是为了体验人类和其他生命的融合和差异，感受大自然的伟力，然后让我回到喧嚣的世界里可以更好地反顾人生。"因为在她看来"一切都可以变成过眼烟云，都可以淡忘，唯有存于天地间的生命和浩荡之气，才具有震撼力，才会给人以勇气"。是故，她在生活中和写作上"追求生命的本真"，"希望那些触动过我心灵的感受能够从我心里流淌到笔端，能够传递给少年朋友"。②追寻和探索生命的本源，将个人的人生理想、生命价值和精神追求融入长远、浩荡的天地之间，从敢与时间抗衡的大自然中汲取力量和精华，从而以短暂的生命完成一次次伟大的梦寻和体验，这，正是陈丽散文的主旨和特质。这样的主旨和风格，在新时期散文领域里实属罕见，因此弥足珍贵。

陈丽不是擅长吹奏悠扬的牧歌或吟唱甜美的小夜曲的歌手。她是惯于在荒原、大漠、冰川和戈壁上仰天长啸，急骤地吐纳着激越的豪情的壮士。正如她自己所言，"我的血管里的血红细胞一旦呼吸到来自大漠、黄河略带土腥味儿的气息，先辈们渴望冒险渴望西征的豪气便苏醒过来"。甚至"只要一到黄河边，一看到河边的沙漠、草原、黄土地，心就激荡起来，音符跳动着……所有的文字，似乎都是写的黄河和人生，都是献给黄河的"。③她写得最动人的篇章如《冰恋》，写天山一号冰川之旅，读来仿佛使人听见了"在冷寂的冰谷里发出连绵不断的雪之泪的回声"；如《梦中楼兰》，写一种破碎与远逝的文明，充满了伤逝之痛和追怀之美；如《生命的旋律》《胡杨，胡杨》等，写大西北沙海中的胡杨林：

> "徜徉在胡杨林里，可以看到有的胡杨已被风沙掏空了主干，露出干枯的胸膛；有的树皮被烧得乌黑；有的外皮整个被风暴剥掉，赤裸着黄色的身躯；有的连头带颈被砍断。还有许多半边被削掉了，仅剩半片树干，那朝一面伸出的断枝，好像孤独的沙漠旅行者在向苍天呼号，又像在期盼着来者。更多的枯树袒胸露腹，却在干皮上逆出了新枝新叶。枯黑、苍黄、油绿，生命和死亡之色同处于一体，既和谐又不和谐，令人震动不已。我默然立于胡杨树前，感受到了生命的伟力。它们在寂寂的沙海里到底立了多少年多少代，又是怎样的一颗偶然的种子落到这里，在没有水的条件下又是怎样生根发芽的，这些全是秘密，只有它们自己知道。它们默默地生默默地死默默地站立默默地倒下，就是倒下，也只是躺在沙漠上休息，绝不腐烂绝不消亡……"

在《生命的旋律》的最后，作者写到她从沙漠中带回了一束胡杨叶，夹在笔记本里。但她时时感受到一种流动的东西，那是坚强和悲壮的生命的旋律。"于是我的身边便时时响起胡杨叶子沙啦啦的声音，它们似乎在召唤着我，让我神游于超乎人类社会的更为浩茫的天地间。"

陈丽是新时期儿童散文作家中少见的坚持游历和行吟的个性,激情充沛、充满浪漫和冒险精神的一位。她对生命本源和精神世界的追寻与游历,从某种意义上说超过了她作品的文学价值。她的作品给新时期儿童文学作家们送来了这样的启示:一种锲而不舍的追寻和游历,可能使陈丽们失去了许多俗念意义上的安宁与逸乐,但同时,一种真正的、独立的生命的诗篇,一种生命本真的体验,一种让短暂的生命与浩气长存的天地同在的梦想,就此完成。而在文学的意义上,陈丽的儿童散文无疑也随着她跋涉的脚步与身影进入了一个大气磅礴、视野开阔、文采雄健和豪放的境界。这一切,都源自陈丽的"我以我的心来感悟,以我的血脉来创作"[24]的执着追求。

高洪波、吴继路、陈益也是在新时期儿童散文园地里辛勤耕耘,且取得了显著实绩的作家。

高洪波对新时期儿童文学的贡献主要在诗歌,但他同时也出版了《悄悄话》《北国少年行》等儿童散文集。他的《悄悄话》因其对当代少年儿童生活、儿童心理的细致观察和独特发现,对符合儿童本位意识的游戏精神和幽默特质的自觉凸现,而获得了中国作家协会第三届全国优秀儿童文学奖。高洪波儿童散文大致有两类:一是"发现儿童",以发现和表现身边的孩子的生活和精神风貌为主题;一是以叙写自己童年和少年经历为题材。前者以《悄悄话》为代表,后者则结集为《北国少年行》。

吴继路是一位儿童文学教学和研究专家,有理论著述《文学三大观》《少年文学论稿》等行世。但在新时期之初,他也出版过《飞去的黎鸡儿》《神州一大圈》等儿童散文集。他的名篇有《飞去的黎鸡儿》《馄饨天使》等。他的散文多取材于个人童年和少年时代生活经历,风格质朴无华,有真情实感,语言规范而有韵致。

陈益是专注于儿童散文写作的少数作家之一,出版有《十八双鞋》《没有橹的小船》《水巷里的浮雕》《十五岁的期待》等。曾获首届全国优秀儿童文学奖的散文《十八双鞋》可视为他的代表作。他的作品有很强的叙事成分,善于通过微小的生活故事而揭示一些人生的真谛,有较高的文学品位。

## 七、陈丹燕、班马等人的儿童散文

在新时期崛起的一代青年作家中,以陈丹燕、班马在少儿散文领域里所取得的成就最为突出。他们在创作之初就开始坚守的那些崭新的儿童文学美学原则,他们在作品里所凸现的鲜明的艺术个性和独立的儿童文学理念,也是新时期一代年轻的新潮儿童散文作家共同的艺术追求。

陈丹燕(1958—　　),广西人,生于北京。1982年毕业于华东师范大学大中文系。20世纪80年代初开始儿童文学创作、翻译和编辑工作。其创作领域涉及小说、报告文学、评论等多方面,而以少年散文创作成就最高。已出版的作品有儿童小说集《少女们》《女中学生三部曲》《青春三部曲》,儿童散文集《写给女孩的私人往事》《心事真多》《于是有了一朵玫瑰》以及《陈丹燕青春作品集》(三卷)等。近几年涉足成人文学创作,著有长篇小说和长篇散文多部,成果斐然。她的作品曾经获得中国作家协会首届全国优秀儿童文学奖、"奥地利国家青少年图书奖"、"德国国家青少年图书奖"银奖、"联合国教科文组织全球青少年倡导宽容文学奖"等多种奖项。其少年散文代表作有《中国少女》《我的手风琴伙伴》等。

陈丹燕是新时期青年作家中,在张扬少年这个特殊人生阶段的苦闷、幻想和追求方面，做出了极大的努力，并以这一方面的作品赢得了少年读者的欢迎和肯定的重要作家之一。与此同时，她也通过这些作品自由和充分地表现了自己的艺术气质和文学个性。她的发表于20世纪80年代中期的散文《中国少女》曾被多种选本选入，也获得过多种奖项，成为公认的新时期儿童散文名篇之一。这篇作品讲述的是作者自己陪一个美国中学生访华团回母校参观的经历与感受。出现在作者和外国朋友面前的新一代中国少女，有着爽朗、自信、美好和舒阔的精神风采，这不禁使作者联想到了自己那一代人所经历的"压抑而且绵绵不断地在没歌没舞和想歌想舞里煎熬"的少女时代。这两种不同时代背景下的精神风貌的对比，正好使我们，也使外国友人感受到了中国当代日常生活的巨大变化，感受到了在这种巨变中所呈现出来的一代人的全新的"生命的美，青春伊始的美"。陈丹燕以其女性作家特有的敏锐的体验、细腻的感觉和灵动的文笔，为80年代的中国少女形象留下了最为传神的一幕。

陈丹燕在20世纪90年代做过三年多的东方广播电台青少年节目主持人，收到过成千上万封少男少女倾吐心声的书信。她的《心事真多》等散文集即是以书信体的形式在和当代少男少女进行心灵沟通和精神交流。除了表现当代少年特别是少女们的所思所想、所恨所爱，努力捕捉改革开放年代里的"新新人类"微妙的心理变化，反映他们不同的个性以及群体的精神风貌之外，陈丹燕另一类作品是沿着记忆的小路，依依追寻着自己童年和少年时代美丽闪光的点点滴滴。如《我的手风琴伙伴》用深情和细腻的笔触，追忆着少年时代的一位难忘的友伴，字里行间弥漫着一种淡淡的惆怅和忧郁，使人在痛惜着时光远逝的同时，又不由地萌生出善待青春和友谊的美好情愫。读这篇散文，我们充分地感到了女作家温柔、浪漫和典雅的抒情气质。其敏锐而纤细的感受、灵动而雅致的才思、优美温婉的文字风格，都跃然纸上。

陈丹燕曾在《少年文学中是否还有新的需要》一文中这样写道："少年的文学是一个广阔的概念，它是不应该仅局限于某一方面，特别是当某一方面的内容受到热烈的欢迎的时候，另外一些广阔的大路就显得格外的寂静无声了。"为此，她说，"我想将一部分成年人在生活中对人生、生命、生活和情感生活的思考以及由此而产生的故事引入少年文学之中"。㉕她写于20世纪90年代的以域外旅行见闻和域外游历生活为题材的散文集《于是有了一朵玫瑰》便是这方面的尝试之一。这部集子写到了她在德国、波兰、日本、奥地利、西班牙、俄罗斯、美国等国家的旅行经历和旅途见闻，题材新颖而文笔轻松。其取材样式与冰心当年的《寄小读者》相似，但在文学感觉上，似乎比冰心更进了一步，更显示了作家在散文文体上的从容与自觉。可以说，这是一部异常精致的美文集。"金色的头发、蓝色的眼睛、吃到一半的朱古力糖、蓝色的遥远的比力牛斯山脉、大雪、教堂、啤酒，还有一朵来自慕尼黑的红玫瑰……"作者说："那是我从1991年到1996年的生命啊，我的生命变成了长长的旅途。我实现了年轻时代的梦想：有一天，天涯浪迹。"当她把这部厚厚的、带着"成年人在生活中对人生、生命、生活和情感生活的思考"的游历美文献给少年儿童们时，她不禁这样问道："我会在这些故事里也最终模模糊糊地给了你一个梦想吗？使得你的心在胸前，由于向往什么而急促地跳动着，盼望有一天走得远远的去看广阔的世界。要是你也这么想着的话，我要祝福你。"㉖这本散文集既是陈丹燕儿童文学创作的一个新收获，也是新时期儿童散文的一个难得的新品种。它使新时期儿童散文在题材内容上和艺术空间上都得到了一次拓展。

在更大限度地开发和拓展儿童散文美学的新边疆，丰富和扩充儿童散文的审美功能和艺术表现力，乃至更自由地通过文本而张扬个性、表现个人化情绪和经验等方面，班马和陈丹燕的追求是一致的，只不过班马比陈丹燕走得更远，更具探索姿态。

班马（1950—　），原名班会文，安徽巢县人。曾在上海《少年报》任编辑，现任广州大学儿童文学研究所所长。20世纪80年代初开始文学创作，作品涉及理论、诗歌、散文、童话、小说和实验戏剧等多方面。主要著作有散文集《星球的细语》，小说《那个夜，迷失在深夏古镇中》（与韦伶合著）、《六年级大逃亡》，童话《绿人》，多文体选集《班马作品选》以及理论专著《中国儿童文学理论批评与构想》《前艺术思想——中国当代少年文学艺术论》《游戏精神与文化基因·班马儿童文学文论》等。《星球的细语》曾获中国作家协会第二届（1986—1991）全国优秀儿童文学奖，《绿人》获第五届宋庆龄儿童文学奖大奖。

班马对新时期儿童文学的重要贡献在于对以探索性、实验性为标识的先锋主义的张扬，无论是理论研究还是创作实践，他都以先锋的姿态出现，其中固然有开辟和构建新的儿童美学体系的努力，然而更多的是在"颠覆"一些陈旧的文学意识和创作方法，其文学思维常常逸出原有的体系之外。他的各种自我性建构的努力显示出了一个新潮理论家和创作家的充分的才气和前瞻精神，赢得了同属"新潮"的一代同龄作家们的赞同和激赏，同时也难免受到一些长期以来对新潮、创新、探索等先锋性质缺少承受心理的作家和理论家的抵触。而这种发生在新与旧、颠覆与墨守、现代与传统之间的文学冲突，对于文学发展史来说，终究不是坏事。文学史总是艰难地解答着一个个新的问题而一步步向前迈进的。

作为文学上的多面手和各种先锋文本的实验者，班马在少儿散文创作方面也不例外。孙建江评价说："与其儿童文学主张一致，班马的散文亦极力强化而不是弱化儿童读者的审美判断能力，强调对读者的'向上看'。不过在解读上，班马的散文倒是较之于他的小说、童话要'好读'得多。注重'感知'和'体味'，是班马散文最让人称道的地方。"②班马的获奖散文集《星球的细语》较之一般散文，其独特性表现在：一是一种宏大的星球观，以及由此而引发的一种严肃的人类生存意识，弥漫在作家的创作幻思之中。像《只有一个地球》中的"他在空中看地球如悲故乡"，"他在空中悲喜交集：只有一个地球！"像《那个男孩的那个梦》所写到的：当地球笼罩在黑夜里，男孩感到，身底下的这一颗地球正带着他在翻转过去，翻转过去……还有《最后一座红冰山》里讲到的"一个无法复述的恐怖事件"即地球的毁弃——当"人类把这颗老地球丢弃了"的时候，"我站在冰山上，漂浮在血红的热海中，冰山正在融化，这最后一座红冰山，就这样在血红的地球上，融化，融化——我死了。地球也死了……"在这里，作者发挥了自己最大的想象力，超越一切狭隘的民族意识，从整个人类的生命来源和生存境地的高度来打量我们所居住的这颗星球。在作者看来，这颗星球不仅是人类所独有，而是与所有的招潮蟹、古猿、苍鹰、大鸟、老龟乃至所有的硬壳甲虫共同居住的最后的家园。但是总有一天，一切都将消逝，我们自己将连根拔起，失去最后的回家的路，失去唯一的岛，而像一阵轻风，飘散在广阔无垠的时空里。从班马的笔下，我们透过一些地球生命史迹的片段而感到了一种可怕的生态危机，感到了一种真实的生存恐惧，仿佛那把可怕的达摩克利斯之剑就悬在我们头顶。这种宏大的星球观和对人类生存危机的忧虑与思考的主题，在新时期少儿散文中并不多见。其次，班马也常常沉迷于古朴的怀旧和还乡的幻梦之中。他的散文名篇《江南，有一座永不忘的小屋》即是这类主题的代表作。在这组散文里，他倾听自然，感悟着金黄的狗尾草的生命的秘语，也陶醉于田野上的黄月亮、弯弯的小河和细雨中渔翁的宁静之美。班马通过这组优美而雅致的作品，表达了一个现代人身处现代工业文明之境而对昔日的那种宁静和

谐的农业文明和自然氛围的眷恋与怀想。其中的怀旧之痛、伤逝之情，我们不难感知。

班马本质上是一位诗人，而且是一位"天才型"的诗人。这就决定了他的散文在艺术上也总是充满诗的幻想与灵逸，情绪和感觉飘荡不羁，甚至有点如同梦幻般的支离破碎。而在表达上，由于他的实验性和创新意识，又使得这种情绪上的幻美特征得到了强化，所以语言上又常常逸出常规、闪烁其词，使多数作品呈现一种朦胧之美和"无主题变奏"之态。这倒也正符合班马的先锋特征：当他冲破了传统创作方法的桎梏，颠覆了文本应有的社会功能，然后随心所欲地表达个人灵异的情绪、感觉、经验和思想，并且在表达时过分讲究叙述策略和语言文字技巧的时候，作为班马散文的整体艺术形象也就"塑造"出来了。

班马是 20 世纪中国儿童文学领域里的一位"怪才"。他和他连在一起的所有先锋文本，无论是理论撰述还是创作实践，都值得我们更深入地考察和总结，并寄予更多的期待。

继班马之后出现的一批更年轻的散文作家，还有韦伶、徐鲁、庞敏、张洁、殷健灵等。这是 20 世纪少儿散文领域里最后一批，也是最为年轻的一个创作群体。他们也会在新世纪的散文园地里担当主力。

韦伶在 20 世纪 90 年代浮出海面，出版了小说集《那个夜，迷失在深夏古镇中》（与班马合著），散文集《少女迷点》等。韦伶散文注重少女内心世界的发现与开掘，有细腻和敏感的少女体验，文字清新温婉而又带有幻美的特征。

徐鲁于 20 世纪 80 年代初开始创作，其主要成就在儿童诗，但也出版了《飞翔的蝉声》《青梅竹马时节》《与十六岁对话》和《童年的小路》等散文集。孙建江曾如是评价说："以诗人身份步入儿童文学界的徐鲁，近年来创作了大量成人散文佳作，声誉日隆。但他一直没有停止过对儿童散文创作的思考。徐鲁曾表示将放弃'抒情'（以我的理解，他放弃的是表面空洞的滥情主义），并以自己的创作予以印证。……（他的散文）情感力度把握得颇为得当，自然、不夸张。没有浮躁气，没有惊乍，没有矫情。沉于其间，又适时超于其外。调度从容，叙述游刃有余，显示出一种成熟的风度与智慧。"[②]

庞敏的小说散文合集《淡淡的白梅》曾获中国作家协会第三届全国优秀儿童文学奖。她的散文注重叙事性，而于叙事之中透出诗意和美感，文中也常用象征手法。此外，她的作品也不时显示一种淡淡的湘楚地域风味，有沈从文散文的遗韵。

张洁以小说创作引人注目，成为新生代儿童文学创作队伍中的代表性作家之一，同时也创作出版了《永远的白鸽》《月光之舞》等散文集。张洁感觉灵敏而想象力卓异，她善于体会和发现女孩子生命和心灵深处的一些隐秘的东西，然后以轻逸、清丽和极富美感的文字予以表达。萧萍曾用一段非常感性的文字评价张洁的散文："因了这份至真至纯的性灵和感觉，张洁一直在出色地写着心中的故事，那些女孩都是美丽和别致的……那样独特、轻灵、俏皮和诗意。张洁的文字极富于视觉的美感，清冽而飘逸，色彩瑰丽变幻，宛如善良的女巫轻轻转动掌心的水晶球，你甚至可以听见那海底缓缓升腾的歌声，那些少女们羞怯而琐细的心事和水仙般的情愫，而深含其间、千回百转的则是一份女人的回眸、眷恋与慈爱。"[③]张洁的文学才华在 20 世纪 90 年代里也许还未充分展现出来，因为她的创作还刚刚开始。

殷健灵是新生代作家中另一位卓有才华的女性作家。她写诗，写小说，也涉足散文和报告文学，出版的散文集有《纯真季节》和《青春密码》等。殷健灵的散文也注重揭示少女生存与成长过程中的隐秘心事，表达一些独特的个体生命体验。对生命的礼赞，对爱的理解与呼唤，对父母之爱的依恋与感恩，等等，是她的散文常见的主题。她的散文语言平和、自然,于优雅的叙述中透出真切的抒情意味。

　　中国儿童散文的火炬在 20 世纪最后的 10 年里,已经传递到了在 20 世纪六七十年代里出生的这一代年轻的作家手中。这一代青年作家身上所因袭的负担不多,几乎也没有受到往昔陈旧文学观念的束缚。他们思想活跃,感觉敏锐,对待所有新鲜的文学潮流,更多的是报以拥纳和投入的姿态。他们的文学训练时间不算长,但整体文学起点却不低。在 20 世纪最后 10 年里,他们都悄悄完成了各自的文学预备期,并相继跃出海面,登上文坛。相信 21 世纪上半叶,正是他们大显身手的时候。中国儿童散文文体必将通过这一代作家之手而再创辉煌。

[注释]

① "新潮儿童文学丛书"编委会:《回归艺术的正道》(曹文轩执笔),见《中国当代儿童文学文论选》,接力出版社 1996 年版。
② 吴其南:《他们开辟了少儿文学的新边疆——"探索性"少儿文学之探索》,载《温州师范学院学报》1991 年第 2 期。
③ 陈伯吹:《海堤上遇见一群水孩子·我与散文创作(代后记)》,安徽少年儿童出版社 1996 年版。
④ 黎烈文:《木偶戏》,载《改进》第 11 卷第 3 期,1945 年版。
⑤ 郭风:《孙悟空在我们村里·序》,福建少年儿童出版社 1991 年版。
⑥ 石英:《散文之乡,群星荟萃》,载《文学报》1986 年 8 月 7 日。
⑦ 郭风:《关于阿左林(之一)》,见《你是普通的花》,人民文学出版社 1981 年版,第 183 页。
⑧ 郭风:《关于果尔蒙》,见《你是普通的花》,人民文学出版社 1981 年版,第 197 页。
⑨ 孙建江:《二十世纪中国儿童文学导论》,江苏少年儿童出版社 1995 年版,第 343 页。
⑩ 吴然:《郭风和〈郭风儿童文学文集〉》,载《书摘》杂志 1997 年第 7 期。
⑪ 周晓:《少年文学与人生》,贵州人民出版社 1998 年版,第 51 页。
⑫ 浦漫汀:《中国儿童文学大系·散文·导言》,希望出版社 1990 年版。
⑬ 孟晓云:《中学生二部曲·多思的年华——中学生心理学》,中国文联出版公司 1988 年版。
⑭ 孙建江:《二十世纪中国儿童文学导论》,江苏少年儿童出版社 1995 年版,第 344 页。
⑮ 吴然:《风雨花集·童年的影子》,浙江少年儿童出版社 1993 年版。
⑯ 吴然:《散文十家》,海燕出版社 1989 年版,第 303 页。
⑰ 郭风:《歌溪·序》,云南人民出版社 1984 年版。
⑱ 乔传藻:《我写少年散文》,载《中国少儿出版》1998 年第 2 期。
⑲ 张岐:《蓝色的足迹·代后记》,转引自《散文十家·张岐散文欣赏》,海燕出版社 1989 年版。
⑳ 张岐:《散文十家》,海燕出版社 1989 年版,第 198 页。
㉑ 陈丽:《中华儿童文学作品精选·散文卷》,沈阳出版社 1992 年版,第 424 页。
㉒㉔ 陈丽:《梦了千百年·写在前面》,浙江少年儿童出版社 1999 年版。
㉓ 陈丽:《沉默的旅伴·不归,不归(代后记)》,湖北少年儿童出版社 1996 年版。
㉕ 陈丹燕:《眼中有孩子　心中有未来》,见《'90 上海儿童文学研讨会论文集》,少年儿童出版社 1991 年版,第 270 页。
㉖ 陈丹燕:《于是有了一朵玫瑰》,湖北少年儿童出版社 1999 年版。
㉗ 孙建江:《二十世纪中国儿童文学导论》,江苏少年儿童出版社 1995 年版。
㉘ 孙建江:《光荣与梦想——孙建江华文儿童文学论文集》,明天出版社 1999 年版,第 157 页。
㉙ 萧萍:《张洁印象:天使和灯芯绒的舞蹈》,载张洁:《月光之舞》,湖南少年儿童出版社 1998 年版。

　　　　(原载王泉根主编《中国新时期儿童文学研究》,河北少年儿童出版社 2004 年版)

# 试谈儿童剧

柯 岩

　　狡猾贪心的老猫,在害死了小兰,窃取了"马兰花"之后,要逃跑了,它站在台中,面对着观众说"怎么办,往哪儿跑呢?……"台下孩子们的回答是"死老猫,没你的地方!""鬼老猫,不许跑!"……当追赶老猫的演员们在舞台上出现时,到处可以听见震耳的童音向他们报告:"老猫在树后头呢,在洞旁边藏着呢,喏,在那儿,在那儿,快抓,快抓呀!"老猫被追下台了,这时差不多整个剧场的孩子们都站起来了,伸出小手指着,跺着脚呐喊助威,甚至许多孩子情不自禁地离开座位来帮助演员追赶……这样,到老猫终于就擒时,所有的孩子就一起坐下(像听到口令一样整齐)热烈地鼓起掌来了。这以后,他们一方面急切地注视着舞台,要知道是否合理地处置老猫,一方面又得意地左顾右盼,和邻座的孩子交换着眼色。要知道,在捕捉坏老猫的这场斗争中,他也是个积极的战士哩!

　　童话剧"马兰花"在儿童剧场里接待过千千万万的观众了,每一次演到这儿都是这种反映。这种情况使在剧场的任何一个成年人都能清楚地看出,剧本善与恶斗争的主题已明确地为孩子们接受,对他们产生了深远的影响。不但现在,他们在剧场里积极参加斗争,就是将来,直到他们长大成人,童话时期的教育也将永远在他们心里留下记忆。

　　同样动人的情况,在演出"革命的一家""儿童团""大灰狼"……许多戏时也遇到过,小观众对这些戏的反映是这样热烈,他们成捆成扎地给剧院、演员们寄来了信、决心书、团小组的记录、中队的保证……来表达他们对剧中主人公崇敬和效法的决心。

　　这是多么好,多么使人感到幸福呵!

　　但是,也有过另外一种情况,演员们在舞台上,在明澈如镜的灯光下,清楚而又动情地叙说着,争论着的时候(其中有白发苍苍的老爷爷声泪俱下地向他那淘气的孙子叙说他自己悲惨的过去,指出今天儿童的幸福,来规劝他上进的情景,有红领巾们关于少先队的荣誉,少先队员行为标准的热烈争辩,有美丽的宫女哭诉自己身世的哀歌,也有专家向孩子讲述养牛学的原理教给他们办厂的场面……),小观众们却在台下自由活动起来,有的大声打着哈欠,有的交头接耳,小姑娘们开始替朋友梳起小辫儿,男孩子们干脆就在地上弹起弹子来了……为了征服观众,演员们提高了嗓子,喊得面红耳赤、声音嘶哑,但是孩子们只偶尔抬头看看,笑上一两声,又自顾自地干他的事去了。

　　这又是多么糟糕,多么令人苦恼呵!

　　为什么会有这种情况呢?难道不都是"儿童剧",不都是在表现对于儿童说来是重要而又有兴趣的问题吗?为什么在小观众面前会产生这样截然不同的反响?那么,怎样才是好的儿童剧,怎样又是不好的儿童剧呢?我们能用对一般戏剧创作的要求来要求儿童剧吗?也许它是完全不同的另一个天地,使人不可捉摸的吧。也许问题就是发生在所谓的儿童剧的"特殊性"上吧！

是的，儿童剧是有它自己的特点的，但是，难道问题就仅仅发生在这特殊性上吗？难道我们上述的令人苦恼的现象对于成人剧场是完全陌生的吗？不，同样是很熟悉的，不同的只是由于年龄和习惯的不同而表现方式不同罢了。成年人对他们所喜欢的戏，诚然不会手舞足蹈，高声呐喊，但戏中所展示出来的优美的形象，富有魅力的性格将永远留在他的心底，戏所给予他的教育将永远成为鼓舞他前进的力量。而对那些思想贫乏、内容空虚，用概念代替形象，满台是臆造的人物说着枯燥的语言，形式千篇一律的"戏"，虽然他们由于礼貌和爱好不同而没有在地上大弹其弹子，但他们不是一再地用手遮住嘴打哈欠，最后拿起帽子躬身退出了剧场吗？

这共同的情况告诉我们，在谈到我们儿童剧的时候，应该首先从它同我们成人戏剧结合起来的那一点，即任务的共同性谈起，那就是：戏剧，作为阶级斗争的武器，都必须用这样唯一的一条标准来衡量：它是怎样帮助了建设共产主义并教育了建设共产主义的人们。

但是，如何使观众完美的毫无抵触地接受我们所要表达的思想呢？也正像要求成人戏剧一样，儿童戏剧同样要求典型的人物，鲜明的性格，要求丰满深刻的内容与完美的艺术表现形式的巧妙结合，要求从生活出发，从实际出发地掌握舞台的规律，掌握戏剧的特性——在行动中展示人物。越完美的艺术形式越能深刻地表达主题思想，越新鲜越有创造力，就越能激动人心，使人永志不忘。

这样说来，是否就是说，儿童剧没什么特点了，或特点是不重要的呢？不，当然不是这样的，这样说等于否定了儿童戏剧的存在。而我们知道，我国的儿童戏剧是内容和形式上全新的儿童戏剧艺术，是随着我们整个国家整个社会主义文化一起发展起来的，它的产生是为了胜利完成教育正在成长的新的一代的任务，而它的特点，则取决于社会主义艺术的一般要求和儿童观众们年龄特点所提出的特殊要求的结合。

教育学告诉我们：儿童还只是刚刚进入世界，知识还没有成为他的财富，他们的生活和感情的经验很少，很单纯，他们是"借助于形态、色彩和声音，即一般地感觉来进行思维的"。他们是按着特殊方式，直线地、直接地，用单纯和热烈的心灵来感知的。而生活是复杂多变的，因此，他们往往会对很多东西简直不能发觉或理解得不正确。而"不同年龄的儿童就他们一般的心理外貌来讲，彼此之间也是有很大区别的"，因此一般儿童的特征，如易感性、好奇心、观察欲、不稳定性、强烈的求知欲和喜欢模仿的倾向……在幼龄儿童（9 岁以前）、中龄儿童（9~13 岁）和少年（13~17 岁）之间的表现形式也是极其不同的。而这一切心理特征又都使儿童观众对舞台上和生活中发生的事件的领会和解释，往往不同于成年人。不考虑这点，不针对这点着手就必然会使作品产生"不是高于就是低于儿童理解力"的现象，不是使他们感到厌倦就是使他们觉得幼稚可笑，甚至产生出乎意外的和非常有害的影响。

我们姑且不谈许多优秀的成人戏剧作品，如《钦差大臣》《梁山伯与祝英台》《雷雨》《小二黑结婚》等在幼龄和中龄儿童中引起的不同程度的混乱、惶惑及某些极不健康的模仿现象，就是在一些很好的儿童剧演出时也曾发生过这样一些不愉快的事，像对《雪女王》中小强盗的模仿，像对《枪》剧中儿童主人公十三四岁的儿童团员牛娃是否比解放军还强，解放军、区长是否没他能干等争论……

记得还有过这样一回事：儿童剧院上演《儿童团》，这是一出在思想和艺术上都比较

好又很有趣的戏，但是当日本侵略者在舞台上鞭打和威逼我们的儿童团员时，小观众发出的不是愤怒和抗议的呼声，而是快乐的笑声，这使演员和导演感到非常莫名其妙和痛心，这是怎么回事？具有热烈的爱国主义精神和明确的敌我界限的我国儿童怎么会这样反映呢？调查和观察的结果证明，原来是因为小观众对日本兵歪着脸扬着眉毛的样子和舞台上那个儿童团员哭丧着脸用手摸头和移动着脚的姿态感到好笑。演员的外貌和小动作对中龄儿童观众的影响，要比演员的内心体验对他们的影响强烈得多。他们也往往会因为舞台上某一块景片或服装道具的样式奇特而哄笑不已，使这些看起来对戏无关紧要的外部细节掩盖了戏的实质，妨碍了正确地感受戏剧中所表现的思想内容。

因此，我们亲爱的小观众的这些特点就决定了儿童戏剧工作者必须有特殊的劳动本领，那就是除了熟谙一般的戏剧规律之外，还必须能准确地"估计不同年龄儿童的特征，估计不同年龄儿童的感受和兴趣，估计他们在家庭和学校里从大人和同龄人那里，从阅读以及从个人观察印象中所获得的生活经验"。

在党亲切抚育下成长起来的年轻的儿童戏剧工作者们没有辜负党的教导，他们不断地在新中国的戏剧舞台上学习着摸索着前进。

大型童话剧《马兰花》是一个成功的尝试。作为剧本基础的民间故事的优美和人民性当然是它成功的重要因素，但是，它毕竟只是个古老的传说：懒惰的姊姊害死了勤劳善良的妹妹，夺取了她的宝花——马兰花，冒名顶替她到了妹婿马郎家里，最后被揭发了出来……这样的传说改编给成人看是比较容易的，但讲给儿童听，尤其是演给儿童看，故事中许多对儿童说来是不可理解或不感兴趣的因素，如为什么相貌一样的姊妹，小兰那么好而大兰那么狠心那么坏，如马郎对小兰的爱情，失去了她以后的痛苦，等等。这些现象提出的是许多深刻的问题：阶级思想斗争问题，敌对阶级思想的影响问题，婚姻问题，爱情问题……哪些是该给孩子看的，该从什么角度解释给他们听，哪些是暂时还没必要给他们看的，又为什么和怎样在今天把这古老传说的思想意义印到孩子的心灵里去呢？……这些才是这个戏能否成为好的儿童剧的更主要的因素。

剧作者和导演合乎艺术原则、教育原则和儿童心理特征地解决了这些问题。

首先他们巧妙地运用了童话剧的形式，充满幻想和艺术魅力，充分表达和加深了原来传说的思想性，创造了鲜明的人物形象，剧本一开始就揭示了姊妹俩截然不同的性格，勤劳善良的小兰一清早起来就帮爸爸妈妈干活儿，一边浇花洗衣服一边唱歌儿，对姐姐是那样的友爱和忍让。大兰呢，从开幕就扑在窗口睡觉，叫她干点活儿，再三支使不动，答应了妈妈去挖野菜，可是一看太阳晒得厉害，妹妹又把大堆的衣服洗得只剩一件了，于是就和妹妹换了工。可是她又是怎样洗衣服的呢？只见她懒洋洋地把衣服往水里一氽就捞了起来，拧也不拧地就搭在绳子上了……这些从生活里提炼出来的细节描写不但是孩子们了解的，而且可能是他们自己干过的，因此一开头就引起了他们的兴趣。到老爹拿回马郎求婚的花时，大兰先是抢入怀中，可是一听到马郎家里没有田没有地没有仆人没有马时，就马上把花推出手去，非常明确地把她那好逸恶劳的剥削阶级思想表现了出来。而小兰，先只是凝视着"马兰花"，惊喜的眼光表达了对这奇异的小蓝花出自内心的赞美，然后眼里慢慢地泛起了泪光，表现了对马郎搭救父亲的这种崇高品质的尊敬和感激，等她把花抱在胸前，毫不迟疑地答应了婚姻时，小兰性格的单纯，可爱，就进一步地表现了出来。而恰在此时，大兰又轻蔑地撇嘴一笑。这样，不但更加鲜明了人物的对比，而人物性格的不可调和性就更进一步地展开了戏剧冲突，这样到老猫为了要谋取"马兰花"

而来挑唆大兰夺取妹妹的幸福时，大兰虽然害怕疑虑，但没有坚决拒绝就不但可信，而且从她越陷越深越发展越严重的形象中，使儿童观众自然而然地得出了结论"毛病要不改呀，就像小苍蝇变大象似的越来越大啦！""大兰要没坏思想呵，老猫也钻不了她的空子呀！"而从对大兰小兰的形象进行批判或肯定，对马郎的赞颂和对老猫的鞭挞中，也更进一步地使孩子们认识了幸福是靠劳动，靠斗争取得的，好逸恶劳，贪婪自私是最卑鄙可耻的，从而联系与提高了自己。

其次，作者和导演很好地运用了比喻和象征的手法，幻想的情节，展示出美丽动人的童话境界。而这些，都是符合儿童年龄特点与心理特征的。

比如"马兰花"是一朵象征和平与幸福的宝花，它总是代表着人民的意志，帮助善良的人们，在人民手里发出奇异夺目的光彩，搭救了王老爹的性命，使得小兰、小鸟复活，在小兰回家的时候，它一次次地变出礼物，大大地得到了孩子们的赞叹和夸奖，而当它被老猫窃取了之后，它就黯然失色，拒不听命了，无论老猫怎样对它叩头礼拜，它只是不闻不睬，因此，当老猫厚颜无耻地命令它变出四匹马的金马车，命令它"马兰花，马兰花，老猫在说话……好吃的，好穿的，有什么我要什么"时，就引起了孩子们发自内心的笑声，这笑声虽然表现为演员形体动作引起的剧场效果，实质上却是孩子们对主题深刻理解后的对老猫的嘲弄。

比如在马郎所住的深山里，悬崖峭壁，野花满谷，山下小溪潺潺，山上古木参天，温暖的太阳照着憨态可掬的鹿娃子，照着淘气的小猴，照着嬉闹的兔子姐妹……这是一群生活在诗情画意中的多么相亲相爱的小动物呵，你看，当听到人声时，它们是多么机警地相互掩护躲藏，可是，当它们知道王老爹是它们的朋友时，它们又是多么亲密地依偎着他，抓他，舐他，和他逗着玩，甚至淘气的小猴抢走了他的烟袋，抽起来却又呛着了……这一切都是孩子们熟悉的世界，谁看到这些能不回想起自己的小动物朋友，想到自己曾对它们的惊吓和友谊呢！也许，不是每个孩子都偷偷地拿过父亲或祖父的烟袋，受过它的苦，但是哪个孩子又没有羡慕过祖父的眼镜、爸爸的工具箱子、工作手套、奶奶和妈妈神奇的针线笸箩呢？

这样，这些由想象而产生的有趣的生活细节就不但使孩子们发出会心的微笑，唤起了他们美好的记忆，而且投合了他们爱幻想的特点，帮助他们展开了想象的翅膀。

至于前边讲过的捕捉老猫的场面，从台上追到台下，……更是符合了孩子们一切都想亲自参加的积极行动的愿望，使孩子们的热情达到了高潮。

马郎迎亲的场面，在幽静的河边，皓月当空，银光满地，随着歌声和笑声，水上漂来了马郎神奇的荷叶小船，船慢慢地靠岸了……当马郎和小兰戴上大红绸花拜天地时，立刻响起了欢乐的音乐，小鸟用鲜花铺洒着道路，两个大头娃娃跳起舞……把原来对于孩子极为奇异的婚姻问题，表现得极为单纯而美丽，除了使他们联想起他们在生活中最最爱看的"娶新媳妇"的场面而感到亲切外，这样奇妙而欢乐的表现，就根本杜绝了在生活中由于成人的暗示或回避而产生的某些荒唐或庸俗的想法。

把马郎失去小兰，十分想念她，十分痛苦的这种复杂而又深刻的感情处理为他向小河的述说，在小河边依稀入睡后，梦见自己没入水底，在水仙群中看见小兰，他惊喜地扑上去，却老也拉不着她……这样，在舞台上出现的形式构成了优美的水仙群舞，给了孩子们以美的享受，在戏剧效果上，加强了小观众为主人公命运的担心和焦虑。把可能表现得忧伤、低沉、复杂而不可解的东西处理得极为明快和抒情，突出了人物的坚贞和积极进

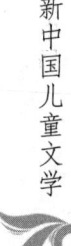

取性，巧妙地表达了用另外的形式和语言很难向孩子们解释的，而从人物要求所必须表达的爱情的痛苦。

是的，爱情的痛苦和欢乐对于孩子还是遥远未来的事，现在还不可能也没有必要详细地解释给他们听。但孩子们不是生活在孤岛上，他们生活在成年人之中并处在成人的影响之下，成年人生活中的这个部分使他们感到惊奇，回避只能引起混乱和不健康的好奇。那么，在正常的情况下，用符合他们年龄及心理特征的手法，诗意而又合乎美学原则的表现对儿童身心的健康发展只会是有益无害的。

当然，在《马兰花》中也并不是任何地方都完成了作为儿童剧的任务的，其中比较突出的缺点也恰恰表现在爱情问题的某些处理上。比如在迎亲那场，在小船靠岸之后，拜堂之前，马郎和小兰四目相视达几分钟之久的，完全用成年人手法所表现的青年恋爱初期的那种喜悦、羞涩的感觉，以及最后一场，两人重逢后相偎相依一步一步走向未来的那种导演处理，都是儿童所不易理解和不能接受的。常常在演到这儿时，有些孩子惊奇地张大了眼，有些孩子则厌恶地喊着"嚯，干吗，干吗呀！"

当然《马兰花》在戏剧结构，人物安排，尤其是语言上也还存在着缺点，但那多是属于对一般戏剧，而不仅仅是儿童剧特点方面的要求，这里就不多谈了。

有趣的是，《马兰花》及其他一些童话剧在舞台上的成功和某些概念化的现代生活题材的儿童剧的失败，给了许多错误地强调儿童戏剧的"儿童性"的人们以口实，造成了一片虽尚未见诸文字，却极为有害的口头舆论，提出了什么"马兰花是儿童剧的方向""童话剧应是儿童戏剧的主流""儿童剧题材本身就有特殊性""儿童喜爱色彩与理解力单纯的特点就决定了他们不能接受重大题材和复杂斗争的现代题材剧目"，等等一些错误论调。

难道真是这样吗？这些人没有看见或不愿意去看见某些现代生活题材的儿童剧的失败只是由于那些作品既不符合一般戏剧的要求，又不符合儿童的年龄特征。这些人没有看见或是不愿意去看见更多的成功的，像《蓉生在家里》《枪》《儿童团》《割草》《夏天来了》《一个南瓜》等数以百计的现代生活题材的儿童剧，铁的事实迫使这些人退后了一步，承认了儿童剧可以不仅仅生活在狮子老虎，小兔小猫，花卉虫草的世界里，但马上又断言："儿童剧必须写儿童生活，以儿童为主角，以上你们所说的成功的儿童剧也多是写的少先队的、学校的和家庭的生活，以儿童为主角的呀！"这里我们不禁又要发问，难道事情真是这样的吗？我们承认，正是由于这些错误论调的影响，使得近些年儿童剧的创作题材不够广阔。但是，应该先说明，就是写儿童的生活，以儿童为主人公也不见得就是儿童文学作品，像契诃夫的《坏孩子》，陀思妥耶夫斯基的《少年》，或是大跃进中中央戏剧学院演出的《草木神仙》，都是以儿童为主人公，写儿童和少年生活的，但它们无论如何也不是给孩子看的作品。儿童剧的特征不是由这些条件决定的。是不是儿童剧，主要不在于题材形式上，这就是说，问题不在于写什么，而在于怎样写。

反映了复杂阶级斗争生活的大型儿童剧《革命的一家》是一个很好的例证。这个戏是根据陶承同志的《我的一家》改编的。陶承同志的原著是一部革命回忆录，它前后描写了长长的48年，描写了陶承同志从一个天真的少女成长为一个坚强无产阶级战士的一生，不但叙述了整个家庭的历史，而且通过她的家庭深刻地反映了从大革命直到全国解放的整个动荡的年代，反映了无数共产党员坚贞不屈，前仆后继的革命英雄气概和崇高的政治品质。原著是极为动人的。但是要把它改编成戏，而且是给孩子们看的，那么，如何让今天这些"既不知道忧患，也不懂得冻馁"①的孩子走近过去的年代，来了解这个巨大严肃的主题,这深刻而又复杂的阶级关系、阶级斗争、社会生活,从而从老一辈共产党员身上受到共产主义教育,这不能不说是一个很艰巨的任务。但是,剧作者和导演演员们创造性地完成了这个艰巨的任务。儿童观众极其热烈地欢迎了这个戏的演出,这除了因为它在总的方面说来,基本上具备了对一般戏剧的要求,更重要的是,它用的是对今天小观众谈心的,亲热而又信任的同志式的调子,较为准确地掌握了儿童的年龄特征和理解水平。

首先,在剧本结构上,它单纯,紧凑,故事性强,不着眼去描绘错综复杂千头万绪的阶级关系的变化,而牢牢抓住敌我阵营的不可调和的阶级仇恨。戏一开始就揭示了革命的一家的战斗生活的全貌,随着革命形势的变化,"四一二"蒋介石叛变了革命,革命转入低潮。但"革命并没有消失,而是隐蔽起来"和敌人展开了殊死的斗争,从父亲出走,志雄做工,父亲牺牲到母亲找党,直到志雄就义,罢工胜利,每一场每一幕都是冲突极为尖锐,一环套一环,一步紧一步地发展着,使得小观众无暇他顾。

剧本丰富而又深刻的思想内容是通过符合人物性格发展而又能为这些小观众所了解的简练、生动的对话,细节安排和鲜明的戏剧动作表现出来的。像小妹妹玉华从责备妈妈不干革命工作到懂得革命者的品质就是在这日常琐碎的平凡工作中发出光辉,而自己也要求这样做的极其天真的对话,如志雄假装摔倒伪保长的自行车、撵走了伪保长,掩护了家中正在召开的县委会议的细节描写,如第三场全家欢度新年,第六场母子在阿英家重逢等动人的场面,都是以极有儿童情趣的表现手法来突出环境和人物的。

父亲杨辛在长沙所写的短诗三次在剧中出现,形象地表达了党的思想教育着无产阶级战士的成长,第一次我们听到它是在他们全家团聚欢度新年时,志雄送给父亲一件礼物开始的:

> 志雄:爸爸,我也送你一件礼物。
>
> 杨辛:吃的? 用的?
>
> 志雄:你最想要的。
>
> 杨辛:(接过,念)
>
> > 长江滚滚波浪高! 英雄人民难折腰,
> >
> > 不惜今朝为国死,换取来日红旗飘。
> >
> > 这不是我在长沙写的那首诗吗,你都懂吗?
>
> 志雄:懂得。
>
> 杨辛:那你又把它送给我——?
>
> 志雄:是要告诉,我要永远做个像你一样的人。

这里,作者没有让父亲题诗送儿子,而让儿子录父亲旧作来向父亲表示革命的决心,描写了他们既是父子又是同志的至亲至爱的关系,突出了志雄在父亲行为的影响下革命意志的日益巩固。这样,到父亲牺牲时,含笑地向志雄遗告"要听党的话,永远跟着党走"时再念这首诗,志雄拭泪昂首从父亲尸体边慢慢站立起来的形象,就动人地表现出阶级仇恨和党的教育在怎样培育着这个孩子成长。于是,到志雄牺牲前再对母亲复诵这首诗时,对父亲——革命前辈的记忆和自己的献身精神就以更高的革命乐观主义、永远展望未来的色彩永留在小观众的心里了。这种在艺术上用不同的色调,反复地重复同一细节的手法很自然地加强了感情的形象性，是最易为儿童接受的。

随着儿童的成长而逐渐提高的蓬勃的积极性，对英雄行为的渴慕，创立模范行为的这一特点，决定了儿童不但可以接受儿童生活以外的成人英雄形象、成人生活的世界，而且在生活中他们也正是时时向成人学习，模仿成人，在成人影响和教育下成长的。《革命的一家》能被儿童接受，又一次地证明了儿童剧不一定非写儿童生活，非以儿童为主人公不可，只是要注意由于儿童年龄的限制，没有足够的分析能力，因此在表现成人生活时必须遵循着教育学的指导，在运用复杂的心理动机时必须有节制。

儿童本身纯洁，不善于区别本质与非本质的缺点，因此他们往往表现得对人极其严苛，生活中或舞台上的英雄人物必须积极的活动，为崇高的、儿童所能理解的目标而斗争，必须毫不动摇，始终不渝进行斗争，如果他们稍有一点模糊，一点犹疑或内心矛盾的表现，就会引起少年儿童观众极大的失望，就会在少年儿童观众心里失去作为模范的实质。这种心理就决定了在儿童戏剧作品中写英雄人物时必须明朗地表现他们的性格发展过程，而决不能过分渲染他们的内心矛盾和"复杂"的心理活动。

《革命的一家》之所以受到儿童观众的欢迎也在于作者很好地掌握了这一原则。从孟浩、杨辛、母亲，到志雄、志伟、玉华这一系列的正面人物的形象，都是在积极地活动着，为崇高的共产主义目标而始终不渝地、毫不动摇地斗争着。是他们，燃起了革命的大火，是他们，给了孩子们幸福的今天，是他们，用鲜血染红了孩子们的红领巾。对他们在斗争中所表现出来的坚强的意志、决心、勇气，崇高而纯洁的思想感情的描写，就不可能不打动我们在社会主义制度下教养出来的儿童的心灵，因为他们就是这些英雄人物的小同志，是"时刻准备着，为实现共产主义而奋斗"的接班人。

同时，剧本又没有把英雄人物特殊化，他们不是奇才，不是高不可攀，使儿童除了崇拜之外毫无接近可能的人物。无论母亲，志雄，志伟，玉华都是从普通人普通孩子成长起来的，而且和小观众们一样是在党的教育和革命前辈的教导之下成长起来的。这样，人物所走的道路就被孩子们极其注意，人物就成了孩子们亲切的朋友，成了他们的榜样和模范。

在谈到正面人物的榜样和模范影响的同时，还必须谈谈儿童剧中的反面人物问题。在高呼"儿童性"的论调中也曾有过这样一种说法，认为在儿童剧中不宜写冲突过分尖锐的作品。因为冲突的尖锐决定于正面人物和反面人物的斗争，而反面人物在儿童中是有"传染性"的呀！谁又不曾看到过儿童从影院或剧院中出来时学着特务亮枪、地主装死或二流子撒赖的情景呢？如果剧中的反面人物再有些生理缺陷如口吃、瘸腿、眨巴眼等，那将更是孩子们引逗同伴的绝好笑料，而使之广为流传，至于剧中的正面人物呢，则整个地被掩盖了，这还谈得到什么教育意义呢！事情好像也真是这样。但是这种情况提供我们考虑的焦点不应该在于写不写，而同样应该在于怎样写。在这一点上，《革命的一家》也给我们提供了较好的经验：无论剧作者，导演或演员对反面人物的刻画，都是极为慎重、极有教育分寸感的。毛寿英、毛三宝等人虽然是那样生动逼真，但却是那样的丑恶和卑贱，唤起了儿童极大的轻蔑和生理上的厌恶，而剧中正面人物却又是那样可亲，容易接近，因此就没有发生在通常的戏剧电影中容易发生的那种"反面人物的传染性"。儿童模仿的是父亲掩护同志而牺牲的形象，是志雄的机智行为和志伟憨厚逗笑的动作。

《革命的一家》虽然在儿童剧的创作上为我们提供了不少宝贵的经验，但它也还不是从头到尾都符合儿童剧特征的要求的，同时，在思想上和艺术上也还有不少简单化和粗糙的地方。如何在这个基础上更进一步地找到寓丰富于单纯，寓深刻于浅显，娓娓动听而又丰富多彩的，正确地对儿童讲话的调子，还有待我们今后不断地在实践中探索。

最后，试谈谈儿童剧的语言问题。像对一般戏剧语言的要求一样，儿童剧的语言同样要求性格化，要求简练、明确，要求表观戏剧动作，服从戏剧动作，推动剧情发展……不同的只是这一切又必须与儿童的年龄特征和儿童的接受能力相适应。比如有一个戏里写了三个私塾先生，一切都很好很有趣，但是这三个先生开口"诗云子曰"，闭口"之乎者也"，孩子就伸长了耳朵也是一点不懂，他们就不禁感到乏味了，这当然不是说要求私塾先生不"诗云子曰"，如果那样，也就不成其为私塾先生了，而是说要私塾先生把"诗云子曰之乎者也"与孩子们可以了解的思想内容甚至儿童语言结合起来。

儿童剧《大灰狼》在运用儿童戏剧语言上给我们做出了很好的榜样，比方大灰狼要吃羊，从孩子们来看，这是残暴的行为，可是大灰狼自己呢，却是理所应当的，如果大灰狼光是声明"我要吃羊，羊该我吃"。也可以表现狼的性格，但它是一只多么枯燥的狼呵，简直和成人所了解的任何狼没什么两样。可是在这儿童剧里大灰狼却是这样说的：

> ……谁都对我不怀好意，连我自己的肚子也不跟我好了，只要我一睡下，我的肚子就"咕咕咕"的叫，把我吵醒，我对它还是挺和气的。我问它"肚子，肚子，你闹什么？"我肚子就说"哼，还问呢，你不摸摸，看我瘪成个什么样！我要吃羊，没羊；我要吃牛，没牛；跟你当肚子可真倒了霉，还不如去跟小耗子当肚子哩"。

这一段狼的话多么性格化、动作化，但又多么富有儿童情趣。孩子们也常常是这样的。他们偷吃了妈妈不叫吃的饼干，不说自己不好而说是嘴不好、嘴想吃；手不好，手去搬的饼干罐子。他们摔了跤，赖腿不好，赖脚不好，恨不得把自己的腿调去调换妈妈的腿脚，因为妈妈老不摔跤。他们认为这样赖是对的，可是看见大灰狼这坏东西也和他们一样赖，很自然地就不和这坏东西一样赖了，而大灰狼也恰恰由于这样赖，才能易于为孩子们接受，为他们所透彻了解。

儿童剧《纽扣》在儿童戏剧语言上的表现也是非常出色的，不爱干家务活的哥哥从外边飞跑进来问正在收拾房间的妹妹："妈呢？"妹妹眼也不抬地继续扫她的地："妈呀，飞啦！"只这一个不正面答复的"飞"字，就表现了妹妹对哥哥的不满意，不满意他不爱干家务活儿，不满意他不礼貌的"妈呢？"这种发问。表现了妹妹干了活儿以后的理直气壮，表现了妹妹的俏皮劲儿——"我知道，就是不告诉你。"也表现了哥哥和妹妹平时虽有小不快但基本友好的关系。这个"飞"字在这儿必然引起哥哥的不满，于是剧情就顺着这往下发展了。

爸爸回来了，妹妹向他告哥哥的状，如何如何不爱干活，如何批评他还不听……

> 爸爸：你批评他的时候，态度好吗？
> 妹妹：嗯……有时候，我说话不大客气……

爸爸并没从这接茬儿，没有趁机大谈其批评人的艺术一二三四条，而是说"你看我一会批评他准听"。妹妹在这儿也不是好学地追问下去！"为什么呢，爸爸，你教教我批评人的方法吧"……像一些概念化的戏中表现的小大人那样，而是十分有把握地批驳了父亲"他准不听，他要听，我一口吃进一个大鸭梨去"。爸爸在这里也可以有不同的发言，如责备小孩说话不要跑题，或"吃梨有什么用，应该意志坚强地去说服哥哥……"等，而作者没有这样做，却让爸爸说了："他要不听，我一口吃进两个去！"两个鸭梨是一口吃不进去的，而一个成人说这样的话和孩子说的就决然不同，这表现了爸爸的决心、有把握，熟悉孩子和诙谐可亲的性格。

这些例子说明了熟悉儿童生活和儿童语言习惯的特点对掌握儿童戏剧语言的重要性。但这绝不是要求儿童剧的语言停留在儿童的水平上。儿童正在发育阶段，他们的思想语言能力都还很薄弱，必须教导他们，而不是迁就他们。上面所举的一些例子就是把儿童的自然语言经过提炼和加工，使其成为清晰，简洁，富有表现力的艺术语言，有助于提高儿童语言能力的范例。遗憾的是，有些强调"儿童性"的作者却不去注意这点，而是想方设法地去迁就儿童。于是在一些作品中就出现了许多文法不通的牙牙学语式的"妈妈呀，我呀，今天饭饭筋斗摔摔啦。""肚肚吃饼饼，多多疼疼啦！"……之类的赝品，这当然是要不得的。

除了上述一些优秀剧之外，许许多多儿童剧如《友情》《森林里的宴会》《儿童团》《枪》《星星火炬》《一个南瓜》……都在这方面或那方面为我们提出了各种宝贵的经验。这些经验通过实践向我们证实了儿童剧的真正特点就在于社会主义艺术的一般要求和儿童观众年龄特点所提出的特殊要求的结合。

脱离了对社会主义艺术的一般要求（尤其是严肃的思想要求）而光谈所谓"儿童性"，则必然会缩小儿童剧的题材范围，就会远离我们沸腾的日新月异的现实生活。就会违反共产主义的教育任务和社会主义文学艺术的党性原则，实质上，这样的所谓"儿童性"，并不是什么新鲜的东西，它正是资产阶级的人性论在儿童文学领域中的一种反映。如果照这种"儿童性"的要求来做的话，不是全部掉到狮子老虎的童话世界里去，就是产生大批毫无思想价值可言、充满甜腻腻情调的牙牙学语式的蹲着和孩子说话的有害的"作品"。

而光是强调社会主义艺术是一般要求，忽视由于儿童观众年龄特点所提出的特殊要求的做法，则不是根本取消儿童戏剧这一新型的艺术，用成人艺术来代替，就是把给成人看的东西，尽量简单化，从而出现大批成人剧的简化版，图解式，和许多穿着大人衣服说着干巴巴枯燥语言的矮子式的人物。

这些经验告诉我们，"儿童文学有别于成人文学的特点，并不在于它描写什么，而在于怎样描写"[2]，彻底地驳斥了那些关于儿童戏剧题材本身就有特殊性的错误说法。我国儿童，生长在党为他们开辟了无限广阔天地的社会里，他们对周围发生的一切——共产主义建设、科学发明、远距离的飞行、北冰洋探险、星际航行、长江大桥的建设、边防军的对敌斗争……一切人民所创造出来的新事物都感到极大的兴趣。而且他们还不满足于做一个消极的观察者，他们对他们父母的工作，对解放军的战斗，对工人农民叔叔的劳动，充满了效法的意愿和决心，他们自己也尽可能地参加到成年人的生活和斗争中来，当儿童团、查路条、抓特务、抢救火车出险、参加建设……我们正该把他们的兴趣巩固在这一点上，除了大量创作反映儿童生活作品外，还应该大量的创作关于祖国的、关于党的历史和优秀党员的、关于海军空军陆军的、关于共产主义建设的、关于科学幻想的各种作品，把岳飞、文天祥、黄继光、向秀丽，把女领航员，把解放一江山岛，把边防军的战斗，把黄河的变迁，把火箭上天……一切伟大的生活，把关于友谊、劳动、幸福、责任和义务等一切属于道德范畴的问题，合乎儿童年龄特征的，有教育分寸感的写给他们看，讲给他们听，从而巩固儿童对祖国、对爱国主义、对组织、对友谊和同志关系、对英雄主义和克服实际困难，对幸福和成功，对知识及其成果等等的正确概念，使之成为他们身上绝对有机的东西。

这些经验告诉我们：在创作上要寻求丰富多彩，活泼多样的艺术表现手段，"要用在事业中所表现出来的自我牺牲精神和崇高的品质来提高儿童的心灵，不要用庸俗的教训使他们感到厌烦，不要简单对儿童说'这个好，那个坏，因为怎样所以怎样'，应当把好的东西拿给他们看，甚至不用说，而要使儿童通过自己的感觉来理解这是好的；把坏的东西拿给他们看，也不要用说，而要使他们从感情上憎恶这坏的东西。"③

这些经验告诉我们，要做一个儿童戏剧工作者，不但需要具备一个无产阶级文艺战士的各种素质，而且还必须掌握一个优秀教育者的劳动本领。

……

孩子们是我们的小同志，是未来世纪的公民，"必须使他们习惯感觉自己是世界的主人，是世界上一切财富的继承者，把道路指给儿童，……教会他们尊敬并重视历史的遗产。引导他们走向未来，教会他们尊重劳动"，④把他们培养成把自己全部力量和热情都贡献给共产主义事业的战士。

一个人的性格，对周围生活现象的见解、趣味，习惯、对人的态度……是从小就形成的，正像他的艺术趣味、美的感觉和祖国语言的感觉一样。从事儿童戏剧工作者所负的责任是多么重大呵，要知道，这些观众还没有足够的生活经验和思想辨别力来预防那些错误的思想感情，那些不健康的艺术趣味……孩子们大睁着天真的眼睛，大敞着纯洁的心灵走进了剧场，该如何建设和保卫这座共产主义的讲台，是值得每一个关心下一代健康成长的人深思，是值得每一个父母、教师、艺术家、教育家挽起袖口来参加战斗的。

[注释]

①陶承同志语。

②马卡连柯语。

③别林斯基语。

④高尔基语。

（原载《剧本》1959 年 10 月号）

# 我写儿童剧①

刘厚明

少年儿童出版社把我写的 6 个儿童剧编结出版，一方面是供孩子们演出或阅读，再一方面也是想提倡一下儿童剧创作。的确，我们给孩子们写的戏实在太少了，为他们写戏的人也实在太少了！就此机会，我说一说自己写儿童剧的情况和点滴感受，或许稍有助于创作的繁荣。

我是怎么写起儿童剧来的呢？

1954 年，我在北京一所小学担任高年级班主任兼少先队辅导员。有一次，我和孩子们一起，过了一个生动活泼的"队日"。在这个队日上，孩子们自编自演了十多个文艺节目，有故事，有快板，有诗朗诵，都很受欢迎；而最受欢迎的、把这次"队日"推向高潮的，是一个只演了十几分钟的短剧《刘志丹卖碗》。这个短剧是根据一篇革命回忆录改编的，描写刘志丹化装成一个卖碗的人，巧入敌占区，依靠群众侦察敌情，最后消灭了敌人。演出时没有布景、服装，道具也因陋就简，但小观众反映强烈，时而放声大笑，时而使劲鼓掌；刚刚演完，他们立刻喊起来"再演一遍！再演一遍！"……

啊！原来孩子们是这样喜欢看戏呀！我能不能写写剧本，利用戏剧形式对孩子们进行教育呢？我跃跃欲试了。

我看到我的学生虽然都是十一二岁了，可他们日常却缺乏劳动习惯，有的男孩子连手帕、口罩都要让妈妈替自己洗。于是，我就针对这种现象，用了两个星期天，写出了独幕剧《纽扣》。现在看来，这个戏在技巧上是很幼稚的，但它来自孩子们的生活，当时在又一次"队日"上演出时，孩子们看得津津有味，有的孩子对我说："刘老师，您写的那个永强就是我吧！"事后，他们还在班会上讨论了这个戏，提出了一个口号："在日常生活中，养成勤劳的美德。"

这件事进一步坚定了我学习写作儿童剧的决心——孩子们爱看戏，也爱演戏，一出戏的排练和演出，往往给他们带来一个欢乐的节日，丰富了课余生活；孩子们最容易接受直观性和形象化的教育，而戏剧在这方面具有明显的特长，特别是几十、几百个孩子坐在一起，同时看一个戏，这个戏的教育主题和感染力，能够很快地转化成一种集体舆论，有力地指导和影响他们的思想、行动，这种作用往往是诗歌、小说所不能代替的。此外，由孩子们自己排练演出，小演员还可以锻炼和发展阅读、表达、观察生活、创造角色，等等多种才能。

从那时起，我每年都要为孩子们写两三个剧本，直到 1963 年初我的工作有了变动。

有些同志问我：儿童剧在写作方法上，有什么不同于一般剧作的特点呢？这个问题我至今也说不清楚。我的作品大多是在业余时间的急就章，很不成熟，也说不出什么经验之谈。不过，在给孩子们写戏当中，我也经常考虑到一些问题，大致可以归纳成四点，即：儿童剧必须让孩子们能看懂，能相信，感兴趣，便于排练。

首先，剧情必须使孩子们能看懂。看戏和看书不一样，看书时遇上看不懂的地方可以翻回来再看看，碰到生字、生词可以查查字典；看戏就不这么便当了，一段戏演过去了，看不懂也无法补救，甚至还要影响理解下面的戏。小观众不像大观众那么耐心，他们看不懂了就要互相询问、议论，于是剧场变成了一个"大蜂房"；再看不懂，他们就会坐不住了，要跑出去买冰棍了……所以，儿童剧在选材上，必得适应小观众的生活经验和知识范围，在结构上，主线宜单纯，头绪和"悬念"不能太多；情节尽可曲折又必须起伏有致、层次清楚、自然流畅；写台词时，要大致符合孩子们能够掌握和理解的语汇。有些戏（如某些革命历史题材、外国题材等）的背景或环境比较复杂，对小观众太生疏，在戏里又不易交代清楚，可以写一段"幕前词"，由报幕员在开幕之前向孩子们说明白。儿童剧的观众对象是3岁至14岁的孩子，他们之间的理解力和欣赏力差别很大，我们应该为不同年龄、不同学程的孩子写不同的儿童剧。

　　第二，儿童剧的剧情和人物，必得能使小观众感到真实可信。这本来是一般文艺作品共同的创作原则，对于儿童剧则尤其重要。鲁迅曾经说："小孩子多不愿意'诈'作，听故事也不喜欢是谣言，这是凡有稍稍留心儿童心理的都知道的。"前几年，有些儿童剧和儿童文学作品，受了"四人帮"鼓吹的"三突出"创作模式的影响，把正面儿童形象"突出"于父母、老师、党组织和老一辈革命者之上，路线觉悟被"拔高"到神乎其神的程度，孩子们看了只会说一句："胡诌！"他们对这类"胡诌"的作品极为反感，还能指望产生什么共鸣吗？据我观察，还有些儿童剧，以成年人的心理代替了孩子的心理，这就产生了"成人化"；或者，以成年人欣赏、戏弄孩子的态度，来写孩子的性格和语言，这就造成了牙牙学语式、娇滴滴的"娃娃腔"。"成人化"也好，"娃娃腔"也好，小观众也只会给予两个字的评语："不像！"我们成年人和孩子们相处或为他们写戏时，切忌"居高临下"的心理状态和"置身于外"的客观姿态，要平等地对待他们，做他们的朋友，尊重他们，学习他们，帮助他们，这样才能郑重地研究他们，真正地了解他们，也才能根据实际生活，写出使他们相信的真实的典型形象来。读一读苏联早期优秀的儿童文学作家盖达尔的作品，我们就会从那些真实感人的故事中，看到这位革命战士和作家对待孩子们的真挚和纯朴的态度，以及他对孩子们的深刻了解。

　　第三，儿童剧必须富于儿童情趣。我们写儿童剧是为了教育孩子，而孩子们看戏多半儿是为了娱乐。他们需要欢笑，需要感动，需要新鲜感，需要情趣性；他们最怕舞台像一张板着的面孔，使他们"哭笑不得"。这首先决定于题材是新是旧，情节是曲是直，人物是活生生的还是概念化的，等等。此外，儿童剧矛盾冲突的展开，要特别注意节奏明快，动作性强，避免"长镜头"和说理性、交代性的冗长台词。鲁迅在《社戏》一文中，描写自己童年时看戏的心情，也说过："老旦本来是我最怕的东西，尤其是怕他坐下来唱。"儿童剧的台词应该朴素自然，非常精练，形象化，有情趣，比喻和夸张的成分多些，因为孩子们平时说话就喜欢比喻、夸张，我听过一个小女孩形容"小"，说："比小蚂蚁的眼睛还小！"一个小学中年级孩子形容自己做作业时不专心，说："出去玩玩的想法，像一只赶不走的苍蝇，老跟我捣乱！"对话是戏剧的最重要的表现手段，我们要善于从孩子们的生活语言中提炼。至于童话剧、科学幻想剧，就更是孩子们喜闻乐见的形式了。好的儿童剧，总是能够把严肃的主题寓于生动活泼的艺术形式之中，把教育性寓于娱乐性之中。

　　最后，写儿童剧还要着眼在便于孩子们排练、演出。我国的专业儿童剧院很少，目前只是北京和上海各有一个。因此，我一向认为：我们讨论儿童剧的创作问题，首先应该着

新中国儿童文学

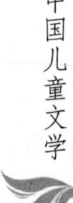

眼于少年宫、少年之家、幼儿园和小学、中学的"戏剧小组"或"课余剧团"，要便于他们排练、演出——剧本形式要小型多样，布景、道具、服装等方面的要求要尽量简单，舞台条件更不能要求过高。多幕剧也可以写，如这个集子里的《小雁齐飞》，有几个中学也排演过，但都是在暑假里进行的；还是要提倡写独幕剧和各种形式的小戏。

以上四点归结起来，就是写儿童剧必须从孩子们的生活和需要出发。做到这些不是很容易，也并非太难，我认为熟悉孩子而又爱好戏剧的同志，特别是中、小学老师们，只要勇于实践，勤于学习，肯定能写出很好的儿童剧来。

不久以前，我找了几个孩子，想征求他们对儿童剧的意见和要求，他们却眨着眼睛反问我说："儿童剧？什么是儿童剧呀？"啊，近十多年以来，林彪和"四人帮"疯狂破坏毛主席的革命教育路线和文艺路线，推行法西斯文化专制主义，儿童剧早已被赶出了孩子们的生活！写到这里，我不禁想起 1962 年 12 月，我们敬爱的周总理接见中国儿童艺术剧院《小雁齐飞》剧组时说过的一段话。周总理说："你们的工作很有意义，你们应该为孩子们多作贡献，多为他们演出，要让孩子们热爱你们，把你们当作他们的老师和朋友。"这几句语重心长的话，充分表现了周总理对儿童剧这朵花的关怀和期望。现在，林彪、"四人帮"已被扫除，那就让我们按照周总理的教导，为孩子们多演，多写，多做贡献吧！

1978 年"六一"前夕于北京

[注释]

①本文是刘厚明为《六个儿童剧》一书写的后记。

（原载锡金、郭大森、崔乙主编《1949—1979 儿童文学论文选》，中国少年儿童出版社 1981 年版）

# 试谈儿童剧作家的儿童观

程式如

新时期的 10 年，儿童电视剧和儿童舞台剧都得到了较大的发展，涌现出了一批赢得观众称赞的优秀作品。然而，也必须承认，大量的儿童电视剧和舞台剧不能满足小观众的审美需求，面临着摆脱平庸提高质量的课题。其中，儿童剧作家的儿童观是一个根本性的问题。因为，作家所持的儿童观必然直接影响他的儿童剧观念，同时也是他的教育观的折射，这一切，决定着作品的思想内涵与艺术体现。

儿童剧作家的儿童观主要包含两个方面，即怎样看待所要描写的对象——剧中的儿童和所要为之服务的对象——儿童观众。儿童文艺是人类进入现代化生活的产物，是成年人认识儿童的价值之后才为之创造的。在我国，儿童的地位似乎是毋庸置疑的事情，然而，我们究竟如何估量儿童的价值，在文艺作品中，儿童占据着什么地位，却并不一定明白准确。所以有必要做一番探究。

## 一

许多家长、教师认为，现在的孩子不听话，不服管，意见多，不老实……其实，这正反映出社会变革对于少年儿童道德观念、思想品质、智力发展的影响，他们的自主意识大大提前了。他们要求自主、自立、自治，要求受到尊重，他们不满足于只做学校的主人，他们还要做家庭、社会、民族、国家的小主人。前几年，《中国少年报》开展"创造杯"活动，就有几个孩子写出《假如我是市长》的论文，对当地市政建设提出了积极的行之有效的主张。他们关心十三大党中央人选，关心中日围棋擂台赛的胜负，关心森林大火后对失职干部的处理……他们以小公民的身份自觉地参与国家政治，关心民族命运。

自主、自立、自治、自强正是少年儿童富有当代意识的新品格。这些新品格突出地表现在不同年龄的少年儿童的各种表现形态的荣誉感、进取精神与探险求知等特质上。因此，如何造就未来的民族性格，乃是当代儿童作家的中心议题与责任。

近 30 多年来，千里马和孙悟空两种类型人物常作为文学艺术褒扬的典型模式。千里马的优点是"千里"，弱点是"马"，只要遇到赏识自己的主子，便"士为知己者死"。千里马没有独立的人格，终究摆脱不了对主人的依附。孙悟空大闹天宫之后，接受了戴紧箍去取经的道路，他戴着紧箍还可以七十二变，还能打妖精，玉皇大帝还给他保留个性的自由。在理论上，我们对驯服工具论早已感到厌恶，但是，在各种文艺作品中，对于能够忍受紧箍咒的疼痛之后，照样为师父西天取经开路的孙悟空式人才还是赞赏的。因为，我们常常认为能像孙悟空那样保留一点个性的自由就足够了。然而，千里马或孙悟空式的人才都是旧时代的典型，如何在戏剧舞台上塑造我们的未来民族性格呢？

初级阶段的社会主义中国还有 4000 万人没有解决温饱，未来的民族性格必须具有坚韧、勇敢、开拓、创造、抗争等素质，才能肩负再造中华的重任。我们要通过作品反对谨小慎微的谦谦君子，鼓励做道德高尚敢于进取的人，尤其要保护并培养儿童的荣誉感。

我一向认为，多少年来某些报刊或学校关于雷锋精神的解释存在偏颇。宣传雷锋精神就是做了好事不求人知道，这是曲解，这是贬低。雷锋只是个普通战士，他却做了远远超越战士职责范围的许多事情。是什么力量推动着他？仅仅用报恩思想是不能解释的。他把对党的感恩升华成为对人民、对民族下一代、对一切遭遇不幸的人的挚爱。雷锋精神的核心不是隐姓埋名做好事；正相反，他具有高度荣誉感，作为一个孤儿，他的一切行为都在为阶级为党争光荣，其中也包括为自己，因为他就是阶级和党的一分子。雷锋在生前就已经获得了许多荣誉，正是那些表扬嘉奖激励着他向更高层次的精神境界攀登，从而激发着他在平凡的岗位上做出更多的贡献。我相信，雷锋是十分珍惜党和人民给予他的荣誉的，如果雷锋的精神只是做了好事不要别人知道，他就会拒绝记者给他摄影，那么，我们今天就不能欣赏到他那些多姿多彩的相片了。

人生必须有精神支柱，荣誉感是自尊、自重、自律的表现。少年儿童尤其是这样。有的戏剧或读物竭力宣扬鼓励孩子们做了好事不要让别人知道，这是违背儿童心理学的，是压抑创造力、压抑荣誉感的错误教育观，其结果只会将孩子导向心口不一的伪君子。

儿童正处在长身体、长知识的时期，性格与道德观念正在形成过程中，他们是不成熟、不完备的。机械生产的螺丝钉等标准件可以用卡尺衡量，人类却没有两个完全一样的孩子，也不可能有十全十美毫无欠缺的儿童样板。即使是优秀的先进学生，甚至已经光荣献身的小英雄，也不是全知全能、完美无缺的神童。

儿童每时每刻都在变化、认识、积累，他们以好奇求知的心理，运用自己的感官，从所能接触到的天地中，接受五花八门的信息，经过大脑的反馈取舍，逐步形成自己的世界观、人生观和道德品格。儿童思维的发展往往不是四平八稳地循序渐进的，有时会跳跃式地突变，有时还可能倒退。

儿童道德观念的发展可分为三个时期，即儿童的他律时期，从他律到自律升华时期，价值目标初步形成时期。儿童道德不可能跨越他律时期，但是，儿童道德又不应在他律面前止步，因而，道德观念更重要的是自律。从这一点出发，我们的剧作应当特别强调儿童的自我意识。自我意识是自尊自重的基础，没有自尊心的孩子不可能产生自律的心理要求。自我意识增长的过程，是儿童认识自我，产生自主、自立、自治愿望、价值目标趋向形成的过程。

有些儿童剧作却只偏重于描写儿童道德的他律过程，着重描写教师或优秀学生帮助后进生，过多渲染客观力量的推动，没有把戏剧矛盾设置在小主人公道德观由他律转向自律的自我冲突中，从而很难产生强烈的性格冲突，很难爆发出撼动人心的感染力。

塑造优秀儿童形象，历来是儿童剧创作的难题，精心描绘的英雄榜样却没有被他帮助的人物那样富有性格光泽。一位扮演童角颇有成就的老演员讲道："我演了30年儿童剧，总是演小英雄、班干部、好孩子一类'大正面儿'，剧本里算是小主角了，可是戏全不在咱身上，给观众印象深的倒是些有缺点的人物。希望剧作家别把好孩子都写成四平八稳的大正面儿，太难演了！"这位演员的亲身体验击中了某些儿童剧的要害。因而，我觉得，在诸多因素中，正面人物论已成为儿童人物塑造的桎梏。在相当长的时期内，我们的文学艺术"以阶级斗争为纲"，以阶级的思想、立场、方针路线为分水岭，把剧中人物纳入正面与反面两个营垒，这种壁垒分明的切割法至今还影响着儿童剧作，即使在颇受观众喜爱的获奖剧目中，也能明晰地看出正面人物论所造成的局限。

试看由于成功地塑造周恩来同志形象的《报童》一剧,石雷是贯穿全剧的小主人公。当他即将去和新四军的父母团聚时,反动派发动了皖南事变,父母被杀害了。石雷忍住悲痛,团结小伙伴把《新华日报》的发行工作做得更出色了。可是,石雷却远不如陪衬人物蛐蛐和草莽给人的印象深刻。日本侵略者毁了蛐蛐的家,他只得靠卖《中央日报》糊口,对于尖锐复杂的国内斗争,他全然不晓,当他一旦明白了谁个好谁个劣,便立刻投入革命的行列中来。草莽是个疾恶如仇的孩子,他不能容忍《中央日报》的胡言乱语,因此也不能容忍卖这种报纸的蛐蛐,在李大姐、石雷的帮助下,他与蛐蛐从仇人变为好友。三个儿童角色中,起点最低的蛐蛐成长的幅度最大,小观众正是随着他的视点明白了那翻过去了的、不大容易说明白的一段历史,他在舞台上的时间最短,却给人留下的印象最深。起点很高的石雷,既没有太大的自我矛盾,也不和别人发生冲突,尽管他做了一系列同龄人表率的戏剧行为,却没有机会爆发出个性的光辉。究其原因,恐怕是作家早已把他“定”了“型”,只给予他模范的正面行为而没有看到他也是个十二三岁的孩子,他还在成长之中,他不仅能给别人帮助,还必须从群体中获得滋养,他不仅要战胜恶势力,还要同时战胜自身的某些缺点。这种现象在儿童剧《奇怪的101》中的远航身上也留有痕迹,他就不如后进生小强富有性格魅力。其实,小观众对这类百分之百正确的“典型”已感到相当乏味,倒是我们的剧作者自己还没有醒悟而已!

少年儿童正处于“人之初”的阶段,即使是做出非凡业绩而且已经盖棺定论了的少年英雄,追溯他短暂的历程,也会发现他曾经由于某些缺点或无知造成了过错。刘文学就曾逃过学,但这丝毫不影响他最后的英勇行为。他是从平凡的儿童群体中成长起来的,他的优点正是在于能够接受教训而改正了错误。有一次,老师因为追赶他而扭伤了脚,这件事大大触动了他,从此他认真上课再也不逃学了。这件事成为刘文学道德品质由他律向自律转化的重要契机,成为他优秀品质形成的重要阶梯。

我认为,除了已经献身的少年英雄和罪大恶极的少年犯,实在难以将现实生活中的孩子简单地分成正面或反面人物,不可能以正反两个方面来切割儿童群体。以生活为依据的戏剧人物形象,当然也同出一理。

二

儿童剧作家与自己所要描写的少年儿童是什么关系? 律师乎? 教师乎? 朋友乎?

不同的身份关系将导致作家采用不同角度切入生活,决定我们对素材撷取的准则,决定着剧作的艺术构想、框架建筑与细节遴选。

我们到学校深入生活,容易停留在教师层面上抓素材,较深入地把握了教育者的种种感受,极少和受教育者对话,没有深入到学生群体中反复验证已获得的印象是否全面。这种浅入生活的结果,自然会从教育者的角度结构出“我教你学”“我管你改”“我打通你思想,你必得改变”等情节框架,落入教育问题剧的模式。当然,由于作家怀着诚挚的情感,揭示了现实生活中大家关注的问题,在特定时期也会收到相当的社会效益。

另有一些作家,深感教育工具论对儿童剧创作的束缚,不满足于图解概念的化装说教,少年儿童的某些遭遇激起他的义愤,于是,他就为孩子申冤鸣不平,指责糊涂爹娘,批评不尽责的教师,呼吁呐喊,抨击社会上种种对孩子的恶劣影响,以引起人们对下一代的责任感,像辩护律师一般为孩子申诉代言的剧作,曾经震动了社会与成人,儿童观众也会跟着受到教益。但是,严格地讲,这类剧作偏重于剖析如何正确教育儿童的问题,属于写给成年人看的反映有关儿童生活的社会问题剧，因为，剧作家仍然没有从少年儿童的视角切入生活，没有着重解决存在于儿童自身的矛盾。

儿童戏剧应当在题材、体裁、风格、样式上多姿多彩。在儿童剧不十分繁荣的情况下，为儿童鸣不平的社会问题剧和直接阐述某个儿童思想问题的剧作都会受到欢迎。然而，同情、怜悯、管教都不等于尊重。儿童剧作家和所要描写的对象应当是双向关系，既是引路人、保卫者、护花神又是知己朋友。我们的笔触要着重揭示孩子的内心世界，引导他们做一个坚强的既能战胜客观不良影响，又能不断超越自我的接班人。

小时候曾经看到过两幅漫画。一幅画的是一个中国小孩学走路摔倒在地，中国妈妈赶忙抱起孩子，一边敲打着地一边对孩子讲，都怪这地不好，把我们孩子摔倒了！另一幅画的是一个德国娃娃学走路，也摔倒了。德国妈妈站在旁边告诉她，学走路跌跤是常事，让她勇敢地自己爬起来朝前走……这两种截然不同的爱儿方式体现了两种教育观与儿童观。

为儿童写剧的作家们，我们是哪种妈妈呢？

近几年，一批反映失足少年题材的戏剧、电影在社会上引起了强烈反响，其中不乏优秀之作，可是，有的作品更多地展现了少年犯罪的客观原因，诸如父母离异造成孩子心理变态，十年动乱形成的扭曲个性，溺爱或歧视造成的畸形心理，等等，而极少在剖析客观影响的同时剖析少年犯罪者受到外界侵蚀缺乏抵御能力的主观因素。有的作品把所有问题完全归结于缺乏爱，似乎只要得到爱，一切便迎刃而解。

不可否认，由于少年儿童缺乏分辨能力，容易被客观环境所左右，容易"染于苍则苍，染于黄则黄"。实质上，少年儿童并不是白纸一张，每个幼小的心灵也是一个不太复杂的复杂天地。他们在接受客观影响的同时，也经过幼稚的选择与认同的过程，有时顺应，有时逆反，并非千篇一律。如若作品仅仅展现被濡染被侵蚀的客观因素，将一切都归罪于客观，对于小观众倒会产生副作用。事实上，也有许多遭受厄运的孩子在恶劣的环境中坚强地成长为杰出人才。作品应当强调少年儿童的主观能动性，塑造那些有胆识的孩子之所以能染于苍而不苍、染于黄而不黄的内因。同时，还应指出洗净已沾染的污秽，不能只依靠外来条件的变化，不能等待爱的感化，关键在于自身的觉醒和奋斗。

三

儿童剧作家要了解观众，尊重观众。

电视进入千家万户以后，大幅度地提高了小观众的审美鉴赏力。有些粗制滥造的儿童电视剧已经引起他们的愤怒，他们抗议说："太小看人了！"这迫使我们必须认真思索儿童剧创作的走向。

单调的校园生活本来就使少年儿童感到厌倦，何况校园的各种场景大多已在舞台上展现，因此，亟须大幅度拓展剧作题材领域。除儿童自身生活外，不妨将更有哲理性的儿童能理解的成人生活展示给他们看。具有隽永魅力的童话剧也尚未引起足够的重视。戏剧表现手法的创新要力求使观众感到新鲜、有趣。在这里，我想强调一下关于探险题材的戏剧。

早在19世纪以前，孩子们就从成人文学里取来了《鲁滨孙漂流记》和《格列佛游记》当作心爱读物，他们敬佩书中主人公为生存所进行的一切拼搏。19世纪以后，才有了马克·吐温专为儿童写的《汤姆·索耶历险记》和《哈克贝莉·费恩历险记》。直至今天，冒险小说一直在世界儿童文学中占有相当的比重。可是,这类题材在我国的儿童影视、戏剧中都没有涉猎。甚至,当电视将真实的故事《三个孩子去蛇岛》拍摄出来后,有些教育家却惊呼这是鼓励孩子出走！这说明,当代少年儿童已经显现出来的强烈的求知欲、探险欲等新品质没有引起成年人的重视和理解。譬如:20 世纪 70 年代孩子们纷纷组织科学探险；80 年代初投奔少林寺掀起热潮；近一两年,一些少年跑到老山要求参军……怎样看待这些超常规的行动？是支持？是反对？还是引导呢？这些行动说明当代少年想打破稳定平衡、千篇一律的生活模式,想闯出一条与同辈人与父兄们不一般的人生道路。

（原载《剧本》1988 年 7 月号）

# 新时期儿童剧创作概谈

樊发稼

儿童剧是儿童文学的一个重要样式，作为文学剧本，它既是供广大少年儿童阅读的读物，又是为舞台演出提供的脚本。儿童剧一旦搬上舞台，具有十分广泛的影响。"孩子们喜欢看戏。他们不是单纯地欣赏戏剧，而是进入戏剧中，跟剧中人物一起活动，一起欢乐或忧愁。通过剧中不同人物的言行、纠葛，使他们辨别善恶，激励他们向往勇敢、善良和英雄的行为，憎恶怯懦、卑鄙和残暴的事物。因此，戏剧对儿童的道德情操和美感的形成，有较大的影响。"[①]

国家名誉主席宋庆龄对儿童剧十分重视，1979年2月12日和2月13日，她曾两次写信给中国福利会儿童艺术剧院，指出，"我创办儿童剧院，是为了演出儿童剧，通过儿童典型形象感染儿童，使他们有文娱生活并寓教育于文娱之中。希望你们继续把工作重点放在儿童剧上，创作演出更多更好的儿童剧。""儿童剧院是示范性、试验性的，完全是为儿童服务而创办的。成人有成人的剧院。某些干部把为儿童服务的方针误会了，这是一个大错。我们既定的方针，不可曲解和转变。我们多年来培养的专业人员，不允许调走。"宋庆龄的这两封信，强调了创作和演出儿童剧必须为儿童服务的方针，为儿童剧的健康发展指明了方向。

新时期儿童剧（包括话剧、歌剧、舞剧、木偶剧和戏曲）的创作实绩，虽不如儿童小说、童话等引人注目，但也取得了不可忽视的成就。总的来说，新时期儿童剧的创作在不断发展着，呈现出生机勃勃的喜人景象。1981年以来，文化部等单位先后在北京（1981年）、烟台（1984年）、沈阳（1986年）、呼和浩特（1986年）、大连（1987年）、杭州（1989年）等地举办了剧本创作研讨会。这些会议，有的侧重于剧本的修改，有的侧重于创作共性问题的探究，其中有关儿童剧观念和儿童观、教育观的讨论，使大家认识到儿童剧必须从教育工具论、正面人物论、题材决定论等种种束缚中解脱出来，儿童剧作家肩负着塑造未来民族性格的重任，儿童剧要突破课堂、校园、家庭的圈子，在改革、开放的时代大背景下塑造当代少年儿童形象。这些讨论，对于广大儿童剧作者调整并确立适应新的历史时期的创作指导思想，颇有裨益。1980年以来文化部举办的大规模的全国儿童剧会演，以及中央及地方举办的戏剧评奖活动，对吸引和鼓励更多的作者从事儿童剧创作，都起到了积极的作用。

新时期儿童剧的题材有了大幅度的拓展。当然，反映学校生活的戏剧仍是儿童剧的主体，但这类题材的剧本，已"不再局限于师生之间、教与学之间的矛盾，作家们认识到不应把学生只当作接受教育的对象，还必须尊重学生、信任学生，启迪他们自觉地按照高尚的道德标准塑造自我。儿童剧中的教师不仅仅作为真、善、美的化身，局限于以慈母般的爱感化顽童，而是全方位地展现教师的忧患与喜悦、痛苦与艰辛，让学生在理解的基础上尊重教师，以期达到认真学习的目的"。[②]除了校园题材，新时期还出现了一批比较成功地塑造了革命领袖形象,表现他们的战斗生活和对少年儿童成长亲切关怀的儿童剧作品(如《报童》《宋庆龄和孩子们》《喜哥》等)。除反映当代现实生活的外,还有不少历史题材的作品(如《延安儿童团》《小红军与大俘虏》《岳云》等)。此外,还涌现了不少反映少数民族生活的儿童剧(如《草原小伙伴》《五个小景颇》《老虎和熊的故事》等)。

新时期儿童剧在作品形式和类型方面,可谓多种多样,丰富多彩。既有多幕话剧,也有独幕短剧;既有单本剧,也有系列剧;既有话剧、神话剧、传统童话剧、歌舞剧,又有现代型童话剧、科幻剧、歌剧、舞剧以及各种戏曲剧本,从而大大扩展了儿童剧反映生活的艺术手段。

儿童独幕短剧广泛受到欢迎和重视。这是因为大型多场多幕儿童剧演出需要有较大的剧场,而且有布景、灯光、服装、道具等多方面的条件要求,一般的学校很难排演。而独幕短剧由于剧中人物少,布景、道具都比较简单,适合于学生在学校自行排练、随时演出,因而受到普遍的重视和欢迎。1982年全国儿童剧观摩演出中颇受好评的《老虎和熊的故事》《芳芳和贝贝》等都是独幕短剧;1986年文化部举办的全国学校剧剧本评奖中获奖的19个儿童剧③,也都为独幕短剧。

新时期以来儿童剧创作成就较显著的剧作家、剧作者有任德耀、罗英、胡景芳、刘厚明、葛翠琳、宋捷文、欧阳逸冰、曹起志、赵清、沈虹光、甘家鹄、王正、马启厚、卢润泽、刘同兴、风眠、王纪厚、刘喜廷、秦培春、邵冲飞、朱漪、林克欢、潘耀斌、程式如、代路、于德义、加力、李连、万重光、陈大可、程佳光、陈运慧、叶有生、陈传敏、严冰、邵宏大、高峻山、石慰慈等,其中不少是在新时期涌现的中青年作者。

新时期影响较大的优秀儿童剧有《报童》(1978,作者邵冲飞、朱漪、王正、林克欢)、《童心》(1978,作者秦培春)、《奇怪的"101"》(1979,作者罗英、潘耀斌、程式如)、《好伙伴之歌》(1981,作者任德耀、宋捷文)、《朱小彬》(1982,作者芦润泽、刘同兴)、《喜歌》(1982,作者王正)、《闪烁吧,繁星》(1982,作者欧阳逸冰)、《小侦察》(1982,作者马启厚)、《人参娃娃》(1982,作者王纪厚、刘喜廷)、《宋庆龄和孩子们》(1982,作者任德耀)、《老虎和熊的故事》(1982,作者曹起志、赵清)、《五(2)班日志》(1982,作者沈虹光、甘家鹄)、《寒丹鸟的秘密》(1983,作者风眠)、《甘罗十二为使臣》(1984,作者宋捷文)、《月琴与小老虎》(1986,作者加力、李连)、《迷宫历险》(1986,作者于德义)、《特殊夏令营》(1987,作者胡景芳)、《回声》(1987,作者代路)、《红蜻蜓》(1987,作者欧阳逸冰)、《魔鬼面壳》(即《我一点也不快活》,1987,作者任德耀)等。

《报童》是新时期初儿童剧创作的一个重要收获,获"第二次全国少年儿童文艺创作评奖"一等奖。作品真实生动地描绘了以石雷、草莽、腊月为代表的当年重庆《新华日报》的一群报童,在周恩来同志的亲自领导下,同国民党反动派进行针锋相对斗争的故事。其历史背景是1941年1月国民党反动派一手制造了震惊中外的"皖南事变"后,又企图隐瞒事实真相,不许《新华日报》报道关于"皖南事变"的消息,破坏和阻挠报纸出版和发行。作为描写重大革命历史题材的《报童》,它的一个突出成就是成功地塑造了周恩来的光辉形象。剧中的周恩来既刚毅坚定,又和蔼可亲,不仅在十分复杂险恶的环境中临危不惧,指挥若定,而且还亲自上街卖报,抗议反动派的倒行逆施。剧作者从一个报童的命运发端④,从一群报童的爱与恨落笔,从一个将要享受天伦之乐的孩子的希望被破灭,赢得广大小观众的同情,激发起他们的爱与恨,使他们的感情与无产阶级的杰出代表周恩来的爱与恨共鸣起来。正如儿童戏剧评论家程式如所指出的:"《报童》为我国儿童剧在

舞台上塑造革命领袖形象提供了重要的经验。《报童》把儿童的命运和民族解放斗争联系得如此紧密,堪称进行无产阶级爱的教育的优秀剧作。"⑤《报童》的另一个引人注目的成就,在于通过波澜起伏、扣人心弦的戏剧情节,塑造了石雷、草莽、腊月以及蛐蛐儿等报童的生动形象,具体展示了他们各不相同的性格特征。

《奇怪的 101》序幕中"众同学"激越的歌唱:

> 啊,大海,我们爱你呀,
> 爱你那勤奋的精神,奔流不息,永向未来。
> 今天,我们是阳光下的一滴水珠,
> 明天,我们将和大海一起汹涌澎湃。
> 啊,我们就是大海! 我们就是未来!
> 我们一定要把科学的梦变成现实,
> 未来的世界必将由我们来主宰!

这歌声,既抒发了新时代少年儿童对于神秘浩瀚的大海的炽热情怀,也表达了他们对科学的热爱和探索科学王国奥秘的热切坚定的心志。——而这正是儿童剧《奇怪的101》的中心题旨所在。剧本作者们充分运用戏剧表演的特殊手段,将小强、远航、侯大海、向军、珊珊、刘辉等少年儿童人物以及辅导员、高爷爷等成人形象,刻画得有声有色,真实生动;故事情节极富生活气息,又饶有儿童情趣。剧本围绕"航模比赛"的准备和进行,具体展示了孩子们在老一辈科学家和辅导员的亲切关怀和耐心帮助下增进友谊、努力学习科学知识、克服自身缺点逐步成长的过程。《奇怪的 101》在舞台演出时,剧场效果非常好,"观众为剧中洋溢着的勃勃生气、振奋向上的时代感所倾倒。剧中侯大海说的,'我不能空着手走向 2000 年',已成为后进生们的座右铭"。一次座谈会上,"一位小学生从书包里拿出一件科技作品说:'我和小强一样,也把别人的作品当作自己的拿去展览,今后我一定要依靠自己的劳动取得荣誉。'"⑥

《特殊夏令营》描写的是一位老教育家、校外辅导员老爷爷专门为独生子女举办的一次夏令营活动。老爷爷为营员们出了好几道测验题,如"假如现在我们面临困境,没有一粒粮食和任何食物,你们将如何自己动手,做出一顿丰盛的午餐?""在来夏令营的路上,当发现一位老人病倒之后","在生死关头,你是把生的希望留给别人,还是留给自己?"在公与私、生与死、荣与辱的面前,测验出各个营员不同的表现,从而使他们深切地认识到自身的种种不足,锻炼了各自的性格,寻找到了"人生的珍宝"。剧本在题材开掘、人物刻画乃至舞台形式等方面,都做了创造性的探索。作者巧妙地通过夏令营的方式,将来自不同文化层次的家庭的独生子女集中在舞台上,营员们之间产生的种种有趣、激烈的戏剧冲突,碰撞出他们各具特征的性格火花,既展示了他们心灵美的一面,也显现了这样那样的不足和缺失。在这个临时集体中,孩子们互有触动和启发,都获得了一次深刻、难忘的教育。剧中的杨立立、田天、肖丽、山山、辛歌、明明等孩子角色,都给人留下很深的印象,尤其是杨立立和肖丽,更给人以耳目一新之感。杨立立是个泼辣、能干、聪慧的姑娘,当山山夸耀田天"了不起,智力超常"时,她立即表示"好,我来应战",还自我介绍:"我叫杨立立,自强自立的立!"她坚决反对田天让农村来的表妹为他代扛行李;当大伙面对第二道"测验题"犯难时,她发挥众人智慧做出了鲜美的野餐。但她也有一次大的失误:

当她得知田天威胁肖丽骗取登山图时，竟然意气用事制作一张假图，故意让田天、山山误进野兽出没的原始森林。剧本这样写杨立立不成熟的一面，显得更加真实可信。肖丽是失去双亲、在舅母家寄居的孤儿，悲凉的生活遭际使她自卑、怯懦，可是一旦来到大森林里，这个被人瞧不起的乡下女孩的聪明才智全都焕发出来了。剧本通过一系列生动的情节和感人的细节，展示了她聪明、善良的性格。从某种意义上来讲，肖丽是剧中刻画得最成功的一个人物形象。

[注释]

① 林默涵：《把整个心灵献给孩子们》，载《全国儿童剧观摩演出会刊》1982 年第 1 期。

② 程式如：《儿童剧散论》，中国戏剧出版社 1994 年版，第 157—158 页。

③ 19 个剧本结集为《优秀学校剧选集》，作者万重光等，由全国少年儿童文化艺术委员会选编，广西人民出版社 1987 年版。

④ 作品中的一个重要情节是：受到周恩来同志亲切关怀的《新华日报》报童石雷，即将被送到皖南新四军中同父母团聚时，其父母在反动派突然发动的"皖南事变"中壮烈牺牲。

⑤ 程式如：《儿童剧创作的特点》，载《河北戏剧》1983 年第 9 期。

⑥ 朱漪：《儿童剧佳作选·序》，湖北少年儿童出版社 1987 年版。

（原载王泉根主编《中国新时期儿童文学研究》，河北少年儿童出版社 2004 年版）

# 论成长电影

张之路

进入 21 世纪以来，中国的少年儿童影片出现了一类"边缘"影片，探讨这个问题对少年儿童电影的发展有着重要的意义。

这个时期有两部影片具有同样的艺术特点和生产历程，首先它们都是以儿童片的选题和定位立项投入拍摄的，而成品的结果却都没有被定位为少年儿童电影。另外，它们都取材于编导自己少年儿童时代的生活。

2003 年的《楠溪江》（中影集团出品；何可可、高雄杰编剧；华青导演）剧本原名《告别沈桥》，曾获第四届夏衍优秀电影文学剧本三等奖，但拍摄时改动较大。

故事讲述了"文革"时代，9 岁的男孩可可离开母亲，来到一个叫楠溪江的地方。叔叔无奈地接纳了可可，可可不但"寄人篱下"，和农村的孩子相处也不愉快。渐渐地，可可融入了这个原本陌生的地方，有了要好的小伙伴刘高速、焦原，和一个叫刘雪骄的女孩……

故事中，叔叔是当地小学的老师，政治和人事环境让他感到压抑和怀才不遇。一位下放的女知识青年走进了他的视野。清丽善良的她在这艰苦的环境中，与可可的叔叔产生了爱情。

负责教育的谭支书就像一片乌云遮盖了整个天空。他利用手中的权力打击善良，张扬邪恶。叔叔和美丽的女教师陷入了绝境。幸好"四人帮"倒台了。

导演华青在"导演阐述"里说：这是一部关于童年的电影……原剧本的视点是落在小孩可可身上的……现在到了（完成的）影片里，既有孩子的视点，又有成人的视点。老实说，作为一个已经是成年人的我在把握影片的时候已经不是从一个孩子的视点出发了……

2004 年中影集团出品的潘宝昌编导的影片《墩子的故事》（原名：《墩子今年十五岁》）与上一部影片有许多相同之处。

15 岁这年对墩子来说是不寻常的一年。墩子考上了重点高中，关照他的姐姐到北京上大学。多年不见的小学同学萱子和他同桌，萱子不但对他一见钟情，而且几乎是"穷追猛打"……墩子却对美丽的语文徐老师产生了一种从来没有体验过的相思。当有小流氓说曾经偷看过老师洗澡时，墩子怒不可遏，也说不明白为什么。好朋友卫华因为早恋而失手杀人……好朋友军子盗窃自行车卖给墩子后被发现，军子被警察带走……学校的教导主任对徐老师图谋不轨，以"检查"没有通过，让她来到自己家里。墩子跟踪而至……

贯穿影片始终的还有一个照相铺子的老根，老根除了有自己的身世之外，他还是墩子的一个忘年交朋友和倾诉者。老根说：怕什么就要正视什么，记住，没有人能帮你，你不能正视的不是徐老师，而是你自己……

这部电影没有贯穿的故事，但却有很显眼的情节，他以一个成长中的少年的忧伤、略显沉重的情绪揭示人与人的关系,折射时代对人的影响。

该片获得了 2005 年中国大学生电影节最佳影片奖。客观地说,影片在艺术上值得称道之处不是很多,但是在中国这类"稀少"的影片仍然会得到许多同龄人的共鸣。

以上这两部影片除了散文化处理、忧伤的情调、成长的心路、写真的风格之外,还有许多具体的相似之处,例如,虽然一部影片的主人公是小学生,一部影片的主人公是中学生。但作为学生,他们都"看到了"一位他们喜欢的女教师被"领导"欺负的事件。在《楠溪江》中,女教师为了能取得考大学的资格,遭到主管教育的谭书记的奸污。在《墩子的故事》中,中学生看到女教师从教导主任的家里挣脱出来,险遭不测。

因为成人戏的比例过大,而且表现关于成年人的矛盾纠葛也过多,《楠溪江》最后没有以少年儿童电影身份出现,改作成人片送审。通过以后也按成人片发行放映。而《墩子的故事》也因为不适合给中小学生推荐,而不作为儿童片宣传发行。这两部影片引出了一个我们在讲述少年儿童影片中无法回避的话题。这就是在文学界和电影界讲了很久的"成长电影"。

近年来,关于成长小说的创作和讨论成了儿童文学的一个热点。与小说创作相比,关于成长电影也有许多类似的话题。

"成长小说"和"成长电影"成了近年来为某一种作品命名的最时尚的称谓。就像一个刚刚出生的孩子恰好赶上了"成长年","成长"成了热点。

无论是成长小说,或者成长电影,都有一个特殊的指向和定义。在某种意义上讲,它是狭窄的而不是宽泛的,它是专用的而不是公用的,不是一个年龄的命题而是一个文化的命题。

让我们追根溯源地回顾一下在中国类似品质的电影。我们马上就会想到的影片《长大成人》《阳光灿烂的日子》《自行车》(又名《十七岁的单车》),以及台湾地区的影片《小毕的故事》《牯岭街少年杀人事件》,香港地区的《香港制造》等。这些影片是不是成长电影? 它们的基本品质和内涵是什么?

笔者无意将这类影片归入"少年儿童电影"的范畴,只是因为"耕作"(包括影片创作者和评论者的耕作)到了一块归属较为模糊的地段。让我们勘察一下,观望一下,如果它是荒芜的,我们看看为什么荒芜,如果有邻居或兄弟在耕耘,让我们看看他们在种什么? 他们的种子、他们的肥料,以至于他们操作的方式。这对我们的劳动绝对是有借鉴作用的。如果有一天,他们说,我们就是在为你们耕耘,就是在为你们忙活。我们会惊讶地看到我们的单调和落后。也有可能我们会遗憾地发现他们种的并不是少年儿童适合食用的粮食,而真正为少年儿童拍摄的电影遭到了误解,少年儿童电影将会被淹没。

我们可以再考虑一下,《城南旧事》《冬冬的假期》算作是成长电影吗? 从影片的开始到结束,他们不是也"成长"了吗?

首先,"成长"不是一个望文生义的称谓,它不仅仅是个年龄成长的概念,也就是说它不是一个生物学意义上的概念。因此我们以往说的青春作品不能和成长作品等同起来。同时它也不仅仅是个作品中人物心理变化的概念。也就是说,作品从开始到结尾,人物的心理仅仅发生了变化也不是成长作品的重要的品质。成长作品不是一个涵盖面很广泛的称谓。也就是说,我们以往大量的涉及成长母题的小说和电影,并不是我们将要谈到的成长作品。就像涉及性的作品并不能统统把它们叫作色情文学一样。

中国成长作品称谓的提出并不是借用国外的名称,而是在作品与作品的比较中发生的。看到国外同类的作品已经有了独立的称谓，中国也需要一个有别于其他品类的称谓。成长作品就是在这种情况下出现了。

在美国，同类作品名称是：initiation stories，如何理解 initiation 这个词国内还没有定论；但作品的品质是有特定指向的：美国文学中有大量描写青少年在成长过程中经历了某个特定事件（往往是不幸的事件）或特别遭遇后，突然产生顿悟，对人生、对社会、对自我认识有了突飞猛进的变化，最后脱去稚嫩的胎骨，成熟深沉起来，完成青少年走向成人社会的过程。美国就把这类作品叫作 initiation stories；我们熟知的塞林格的《麦田里的守望者》就是典型的例子。德国的同类小说 cutwicklung syoman 被翻译成"教育"或者"发展"。有人还把它理解为"通过知识而坠入成熟的深渊"，也就是夏娃发现罪恶以后所带来的成熟。有人还把它理解为"发现罪恶"或者"幻灭"。

亚当和夏娃就是一个很好的成长小说的原型。他们在成长道路上遇到了两个挑战，一个是诱惑，一个是知识。在诱惑和知识的面前，他们屈从了诱惑，于是受到上帝的惩罚，男人要终身劳作，女人要承受生育之苦。但是他们获得了知识，从而有能力走出伊甸园，去开拓人类自己的生活。他们在成长过程中是有得有失的。

《麦田里的守望者》中，那位心理医生的话真是让人感到莫名的伤感。他说："不成熟的人的标志就是他可以为理想而崇高地去死，而成熟的人可以为了理想而卑微地活着。"成熟和幼稚就是这样让人无所适从。

在中国，成长作品的称谓或者定义不是一个已经十分成熟而完整的特定内涵和框架与体系的品类。在理论的层面上，人们对它还处在培养、构制与建设之中。它还处在"挂牌"的阶段。至于内部的配置和运行还需要作家和理论家不断地进行说明和解释。但必须指出，成长作品这个称谓的出现不是偶然的，它是非常有价值的，它是文化发展的需要，一大批带着特殊品质的作品的出现，以往的理论和概念又不能完全解释它。这时就需要一个新的概念站出来对它加以说明。

下面提到的影片就具有那种"从性的朦胧出发，体验到被出卖的痛苦，以死亡的主题结尾"那种"蝉蜕"的过程模式。

1988 年北京电影制片厂拍摄的影片《长大成人》（导演：路学长）可以说是中国拍摄的第一部成长电影。

影片讲述了 1976 年唐山大地震的时候，一个叫周青的少年的故事。

凌晨时分，大地突然晃动起来，北京发生了地震。周青所在的学校在操场上盖起了无数的简易抗震棚，周青和一个比他大的高个子纪文成了邻居，纪文有一把周青十分羡慕的吉他。周青在准备"偷"纪文吉他的时候认识了纪文的女朋友、高年级女生付绍英，并暗暗地迷恋着她。周青偶尔捡到一本发黄的小人书《钢铁是怎样炼成的》，从此迷上了书中的英雄主人公保尔和他的革命引路人朱赫来。

几年之后，北京街头出现了流行音乐，周青学会了弹吉他，也结识了曾给他带来激情和精神寄托的现实中也叫朱赫来（田壮壮扮演）的人。再后来周青加入了一个摇滚乐队弹吉他，看到了许多让他"吃惊"的东西。乐队中几个乐手在厕所里吸毒。周青很快厌倦了乐队的生活，他开始找寻久已失去联系的朱赫来，想以此找回童年时代保尔和朱赫来给予他的精神力量，因为这才是他真正长大成人的动力。

以周青为代表的一代人面临的是一个由"文革"到"改革"所伴生的价值混乱和精神迷惘的年代。他们这一代夹缝人物失去了信仰的罗盘，而又找不到新的指路明灯，灵魂漂泊无依……

1994年青年电影制片厂摄制的影片《阳光灿烂的日子》（导演：姜文）是另一部关于成长的影片。这部根据王朔小说《动物凶猛》改编成的电影，在中国以至国际上都产生了广泛的影响。如果说《长大成人》是中国的第一部成长电影的话，那么《阳光灿烂的日子》的特殊意义就在于它在成长电影上的突破性贡献了。

故事发生在20世纪70年代中期，"文化大革命"还没有结束。主人公马小军（夏雨扮演）在15岁的那年溜出校门，偷偷打开处于灰楼顶层的一家房门，有生以来第一次看见一张少女的彩照，他爱上了她，更没有想到有一天会遇到她。

后来，他认识了"坏"伙伴高洋、高晋以及一个大胆的女孩于北蓓……有一天，照片上的女孩——米兰，奇迹般地出现了。

马小军经常去米兰家，他们像姐弟一样随便地说说笑笑。后来，看到高晋和米兰打得火热，马小军开始中伤米兰，因为他内心深深地爱着米兰……青春的残酷和挫折让马小军尝到了人生的苦痛。

影片用一种快速、冲击力强的节奏鼓舞着青年观众，它一气呵成让人几乎目不转睛。恣肆昂扬的氛围哗啦啦地在几分钟内拢聚了所有年轻的元素和象征，青春的懵懂，风风火火、"打架泡妞"，出生于20世纪六七十年代的孩子们，尤其是北京的孩子们有一种感同身受的亲切。影片的高潮是两个孩子帮集合了上千人进行群殴的场面，但结果是没有斗成、最后在当时北京的人称"老莫"（莫斯科餐厅）的豪华餐厅里举行了和平聚会。

有些残酷的情节在电影里进行了删改，同时增强了人物情感的描写，影片逼真地描画出青春的幼稚和无知。这种幼稚和无知的"阳光"直接照射那些正在成长的青少年和当时整个国家与社会的混乱时代。

《阳光灿烂的日子》描画出的一个时代的混乱和一个国家青少年的成长，是这部影片最值得称道也是让它具有张力的关键。

2000年，由北京电影制片厂拍摄的《自行车》《十七岁的单车》（编导：王小帅）以从农村进城的17岁的速递员和17岁的城市高中男生两个人不同的成长路径表现了青年人的生活与心路历程，这也是一部优秀的成长电影。同样，2004年，顾长卫拍摄的《孔雀》也可以加盟到成长电影的行列。

如果我们看看台湾新电影时期的影片，我们会发现许多难以言明，但又实实在在存在着的相似的忧伤和抑郁元素。

1985年，《童年往事》由台湾"中央电影公司"出品（导演：侯孝贤；编剧：朱天文、侯孝贤）。

影片讲述了从大陆来到台湾的阿孝一家的生活。阿孝出生在中国大陆，但他很小的时候爸爸到台湾政府部门工作，一家人便一起前往台湾。本来只是想在此住几年便回大陆的，但是由于国民党败退台湾，加上爸爸的健康状况恶化，一家人便成了岛上的常住居民。年迈的祖母至死都不忘寻找一座可以跨越海峡两岸回到故乡梅县的桥，而成长在岛上的阿孝和他的同学们却已经完全融入了本地的生活当中，他们讲闽南话、结群打架、捉弄老师。阿孝家经济拮据，阿孝的哥哥姐姐们被迫放弃了自己的梦想，受到祖母宠爱的阿孝考上中学，却也因此对为家人操劳、放弃读书的姐姐心生愧疚。爸爸过世，母亲得了喉癌，这个困顿的家庭变得难上加难。母亲病故后，阿孝开始靠自身努力来支撑家庭，他也告别了自己悲伤的童年。

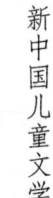

侯孝贤以他特有的纪实手法，不但记录了他自己的成长，也同时记录了台湾当时某些角落里的时代交替，记录了过去在这片土地上的一些人的消逝与另一些人的成长。这部电影是侯孝贤的自传，他的旁白将我们带入光复后的台湾岛，这是一个大陆移民孩子的童年往事。它既是一部回忆电影，也是一部成长电影。

该片于 1985 年获第 22 届金马奖最佳原著剧本奖、最佳女配角奖（唐如韫）；1986 年获第 31 届亚太影展评委特别奖，第 36 届西柏林国际电影节国际电影评论家协会奖；1987 年获荷兰第 16 届鹿特丹国际电影节非欧美电影最佳影片奖。

谈到成长电影，不能不提到台湾 1991 年出品的电影《牯岭街少年杀人事件》（导演：杨德昌；编剧：杨德昌、阎鸿亚、杨顺清、赖铭堂）。

《牯岭街少年杀人事件》表现的是 20 世纪 60 年代台湾一群孩子的生活。60 年代初的台湾，随军来到台湾各地的外省人。渐渐形成了一个个被当地人称为"眷村"的小村落。那些半大小子或者叫小青年们——小四、小明、小马、老二、小猫王、飞机、滑头、小虎、小翠……他们懵懂初开，拉帮结派。新中国成立中学日间部的男生小四是个置身学校帮派对立之外的好学生，父亲是奉公守法的公务员，母亲在小学代课，家里共有 5 个孩子，小四排行第四。小四与家世不幸的女孩小明十分投缘。"小公园帮"的老大哈尼也倾心于小明。小明父亲早逝，母亲把一切希望都寄托在她身上，她过早地成熟，同时周旋于几个男生之间。由于帮派之间的纷争，哈尼一个人去对抗"眷村帮"，结果被对方的老大山东推到了火车轮下。在帮派纠纷中，小四也参与其中。后来，小四的父亲涉嫌政治被迫写交代材料并被解聘，受到迫害后，近乎神经质；母亲受牵连被免掉了教职。小四因为冲撞校方被勒令退学，转学夜间部。因为小明移情于小四的朋友小马，使小四陷入友情和爱情的矛盾中。在牯岭街的旧书市上，小四看见了小明，再次向她表明心迹，而小明却断然拒绝。失去控制的小四接连向小明捅了 7 刀，小明当场死去。小四被拘捕，被判了 16 年徒刑。

当小猫王将录好的歌带《阳光灿烂的夏日》托警察交给小四的时候，警察将歌带扔进了垃圾桶……

该片曾获第 28 届台湾电影金马奖最佳剧情片、最佳原著剧本奖，第 4 届东京国际电影节评委会大奖，第 36 届亚太影展最佳影片奖。

《牯岭街少年杀人事件》是一部以青春为载体的影片，它所蕴涵的少年的罪恶是有边缘性的，自觉的；里面没有毒品，没有性，没有体验，因此许多人甚至不认为这是一部关于"成长"或者"堕落"的电影。

导演杨德昌只是从少年小四的生活中拈出了一段"日记"，但就是在这不紧不慢的叙述中，一切都随着他那刺向女友小明的刀而结束，小四最终走向了极端，他的青春也结束在牯岭街上。

杨德昌也许不是故事中的任何一个角色，但那毕竟是他成长过的年代和他深受影响的氛围。他用电影重新审视、回顾政治的、文化的、两性的、同事之间的各种压抑与挣扎。

剧中人小四对 20 世纪 60 年代的台湾社会的观点正好代表了杨德昌本人的观点。电影里的美国流行曲，少年帮派举办的舞会，也显示了 60 年代台湾深受美国文化的影响。

类似的影片还有台湾影片《青少年哪吒》等。

中国香港地区也有这样的影片，如 1997 年出品的《香港制造》（导演：陈果；主演：李灿森）。

以上影片似乎都暗含着这样的青春路径：青少年在成长过程中或者在某个特殊的年代（比如战争、比如动乱）经历的"典型"的有代表性的事件，或者在"普通"的年代经历了某个特别的事件。这些事件或遭遇都是属于不幸的。在这种经历以后产生了对人生的"顿悟"，对社会、对自己的认识产生了突飞猛进的变化，最后有种在痛苦中"蜕变"所带来的成熟。他们不再幼稚，变得深沉。从纯洁变得复杂；从聪明变得狡猾；从阳光变得阴暗，进而迈过了从青少年到成人的阶梯。

当我们看到这些变化的时候，不得不思考一个问题：这种变化是"良性"的还是"恶性"的，是健康的还是病态的。当然可能两者都不是，而是一种人类成长过程中必然的变化，无所谓好，也无所谓坏。只是表现了一部分青少年的生存状态。认识了社会丑恶的一面，是好还是坏呢？

当我们把"成长电影"的视野扩展到世界，我们会发现，有相当一部分这类影片都表现了年轻人凭着率真和热望走向社会，可是当他们看到社会丑陋的一面的时候他们就产生了困惑和幻灭。他们发现社会远远不是老师和家长说的那个样子，从而产生一种上当受骗或被出卖的感觉！

应该看到，影片中的成长并不代表生活在现实中每一个青少年的成长。有许许多多的青少年的成长还是非常顺利的。他们遇到的痛苦与影片中的痛苦不可同日而语。但是，他们心中的来自对长辈的审视和极力要摆脱束缚与"关照"的心态则是共通和普遍的，因此这些成人担心自己孩子看了会"学坏"的影片却受到青少年的欢迎。

还有，从思想和艺术上而言，正如"幸福的家庭都很相似，不幸的家庭各有各的不幸"的道理一样，顺利地成长没有什么看点，而"渴望成熟"与"被出卖被欺骗"之间的矛盾则带有强烈的戏剧性。

于是，人们对成长电影和小说就不能从"成长"的名称上判断是否可以归到"成长"的魔下。健康的或温馨的成长似乎就只能说它是具有成长母题的小说或电影。似乎只有在成长中伴有很大的痛苦甚至血腥的才是成长小说或电影。

中国大陆能称之为成长电影的例子并不多，这种缺少主要是因为，长期以来，我们对于成长的理解往往是乐观的、向上的，要求孩子健康茁壮成长，我们一直认为在正确的世界观和人生观的指引下，在学校老师和家长的指引下，在社会和国家的关怀下，我们的成长会顺利而简单，顶多是遭遇几次小小的挫折，而忽视人生的复杂性。

这种思想和认识在艺术作品中，尤其是在比较直观的影视作品中，体现得就更为"正面"。

对于少年儿童来讲，长大的过程始终有个与成人世界矛盾和磨合的问题。成人世界和儿童世界只是我们在论述一些问题时的界定，在实际生活中，两者却"你中有我，我中有你"，有时候甚至会浑然一体。因为成人世界的大门向孩子半遮半掩，并不能保证孩子与那些"不宜"的东西完全隔绝。既然如此，以一种什么样的方式来引导孩子理解、化解这些东西就显得格外重要。但我们在表现个人的时候又不得不过多地与意识形态挂钩，因而我们心底的那些阴暗的记忆和恐慌没有被表现，青春被描绘得过于美好。青春的残酷，或说一部分孩子所遭遇的成长的残酷没有被表现。

中国的成长电影起步较晚，而且不能不受到国外的成长电影的影响，不论是整体故事，甚至某个镜头的运用。

1959 年法国影片《四百下》（又译《四百击》）（导演：特吕弗；主演：尚皮耶·李奥）。

一个男孩茫然地站在海边上。男孩安托万是个私生子，才13岁，他与母亲和继父同住在巴黎。安托万得不到任何温暖。安托万有个好朋友叫勒内，他们同在一所学校读书。他们都很讨厌那个刻板严厉的学校，于是一起逃学、逛游乐场……安托万看到他母亲在街上与情夫接吻，为之一惊。安托万回到学校，老师问他为什么旷课，他竟随口谎称母亲死去了。当他的父母来学校戳穿了他的谎言后，老师恍然大悟，随手扇了安托万一记耳光。安托万很生气，他既伤心，又害怕受罚不敢回家，于是，在外过夜。一天，他写了一篇自鸣得意的文章，老师硬说他是从巴尔扎克的小说中抄来的。他一气之下决心不再上学。勒内把他藏在自己的家中。

一个深夜，安托万潜入他继父的办公室，偷了一台打字机，但是他无法销赃换成现钱，只好又把打字机送回到办公室。然而不料在送回去的半路上，偏偏碰到巡夜的人，结果当场被人赃俱获。继父很生气，把安托万送上法庭，后来又送到青少年罪犯拘留所。安托万受到审讯，同刑事犯和卖淫者关在一起，那里非人性的教育变本加厉……绝望中的安托万又选择了逃跑。安托万从球场中冲了出来，奔向篱笆，从篱笆下面的一个洞钻了出去，他跑过农舍，穿过田野，经过灌木丛边的房子，却没有碰到任何人。安托万从一个坡上滑下来，他看到了大海，正要跨进大海，忽然停下身回过头来，出现了我们开头所说的一幕。

1959年，年仅27岁的特吕弗拍摄了他的处女作《四百下》，一举夺得戛纳电影节的最佳导演奖。

这是一部探讨13岁少男的内心世界的电影，虽然形式平铺直叙，但它忠实记录着主人公曾拥有过的青春期回忆：逃学、对老师的怀疑、对亲情的反叛与排斥，辗转于学校、家庭、警察局与感化院之间。这部电影可以说是导演自己童年生活的自传，大部分内容是他及其伙伴的真实故事。这个13岁的少年身上带着特吕弗自己成长的印记。在青春期的叛逆、僵化的学校教育制度和不和睦的家庭之间内心找不到宣泄的出路。特吕弗自己说："和别人的青春期比起，我的青春期相当痛苦，希望借本片描述青春期的尴尬。"影片是他为"忧郁的童年"唱的一首无声的挽歌。

《四百下》被认为是最重要也最有影响力的法国电影，影片以一种悲悯情怀来看待青少年在成长中的出轨，无声地指责了自私而缺乏关爱的父母，以及严厉而缺乏情趣的老师，将成长的青涩淋漓尽致地展现了出来。

让我们再来看看1991年捷克生产的影片《青青校树》（导演：杨·斯伐洛克）。

背景是第二次世界大战结束时捷克小镇上的一所学校。小男孩爱德"生活"在一个臭名昭著的差班里，他也是一个"淘气鬼"，自制过火药枪点燃过炸药，看黄色图片，"装"女生冲凉……一个个老师被气走了，有的还进了疗养院，而新来的老师何尼多穿军装佩手枪，自称参加过不少战役。他手里拿着鞭子，讲着英雄的故事，对淘气的孩子抽过手心之后再跟他们握手，这些举动一下子镇住了调皮捣蛋的学生。正在成长中的孩子们从老师身上朦朦胧胧地感受到一种榜样的力量，他们学琴、演话剧、参观碉堡，并且也为老师身上的某些缺点进行辩护。特别是爱德，当他看到老师和自己的妈妈拥抱时，他的心情也很复杂，他爱老师，但是他也爱自己的父亲……

《青青校树》有点集童年往事之大成的味道。各种"出格"的调皮捣蛋，孩子眼中的友谊、"性"情、"爱情"……片头和片尾，主角爱德和同伴开着坦克车狂奔，不但让人感到他们对大人世界的好奇，却又不失童年的纯真。

孩子们蛮横的表现，与故事的时代背景是第二次世界大战刚刚结束一周年有关，捷克正处于冷战的东西方阵营之间。某些概念被编导刻意地表现，因此荷枪"上膛"的男教员的出现不是偶然的，他的严厉教育与孩子的胆大妄为其实也是民族气节的一种表达。正如这名军人会拉小提琴却又爱拈花惹草，表明他爱民族爱人民更爱和平更爱生活。当两个小男孩为自己的老师传情送信而跳上火车，一组航拍的列车奔驰的画面，耳边响起德沃夏克的《自新大陆》，让观众有种惊艳的感觉。

　　编导的政治意图和期盼在结尾更为明显：扮成英军、美军、苏军的孩子都把"枪"对准了扮成德军的孩子，而捷克军的老师一手提起穿美军服装的孩子，一手提起穿苏军服装的孩子，两个孩子在半空中老师的手里还互相打闹，画面在老师说着"不要再打"之类的话中结束……

　　这是一部拍给成人看的"儿童电影"，因为它不是一部"规规矩矩"的儿童片。它的主视点虽然是孩子，但述及的生活范围和相应相辅的眼界心胸却超出了孩子式的喜怒哀乐。恐怕这也是《青青校树》耐看的重要因素。

　　导演1965年出生在东欧的捷克。这部《青青校树》是他在1991年的作品，也是他的第5部电影，从此才逐渐引起国际影坛的瞩目，不过他最为人熟知的影片，却是1996年的《柯利亚》（港译《给我一个爸》），这部影片为他赢得当时的奥斯卡最佳外语片奖，至此奠定他在东欧影坛的地位。

　　作为成长电影，我们不能不谈到英国影片《死亡诗社》（1989年，又名《春风化雨》；导演：彼得·韦尔；主演：罗宾·威廉斯）。

　　这部影片是中国电影圈子里经常谈到的一部影片。

　　看完这些影片我们不由得回顾和检阅一下我们自己拍摄的少年儿童影片中的主人公。他们不但是孩子，而且都是好的或者比较好的孩子，最多是有些缺点的孩子，不用担心，在影片结尾的时候，他们都会变好的。我们没有主人公是"坏"孩子的影片。我们理解这种意识来自影片对儿童少年的示范作用。我们的主人公都是传统的孩子，没有"另类"的孩子。因此，当我们在成长电影中看到那些刁钻古怪的孩子，或者给家里或社会带来不幸的孩子（《小毕的故事》）的时候，我们就自然地把他们排斥在少年儿童影片之外。这种防卫的心理是对的，但是不能绝对！绝对的后果让我们不但排斥了一部分对孩子认识这个世界有益的成长影片，同时在我们常规的儿童少年影片中也不敢去表现孩子的缺点和性格上的弱点，缩手缩脚，以至于造成影片的不真实和影片的苍白。

　　当然有一点我们要知道，即便在国外，这样的题材在以儿童为主人公的影片中也是数量不多的。

　　我们似乎可以得出这样的结论，成长电影是成人电影，不适于少年儿童观看，但又不能一概而论。

　　当前，在影片盲目追求票房的时候，我们不能不忧虑少年儿童电影的成人化和低俗的搞笑。

　　在电影非常发达的美国，评论家也依然有这样的担心。

　　美国的《美国娱乐周刊》撰文指出：今年暑假，又一部以少年为主角的电影《祭坛男孩的危险生活》推出。该片表面上似乎在讲述天主教会学校里一群孩子的成长经历，但影片基调阴暗，充斥着性觉醒、乱伦、背叛和死亡等消极意识。美国青少年电影日趋成人化。该影片导演凯尔说，尽管他同意影片中很多内容少儿不宜，但为保证票房收入，他必

须锁定成人观众。然而，这些打着孩子旗号的影片是给孩子们看的吗？就像近年风行的《美国派》系列，虽然票房成绩优秀，但片中充满少年性觉醒的低俗闹剧。家长们纷纷抱怨："试问走出影院后，除了无聊还能感受到什么？"

著名影评人罗杰·伊伯特指出，近年来流行的（美国）青少年电影已经沦落到只能以啦啦队和性笑话为主题，目前的青少年电影，根本担负不起大众媒体的教育责任，这种状况令影评界和家长们忧心忡忡。影评人士指出，其实对青少年电影的要求并不高，"只要能让孩子们轻松并从中学到一点人生道理，就已足够了"。

但这一代的年轻人更喜欢炫耀他们自幼不愁吃穿的奢华物欲，肆意挥霍旺盛的精力，言行放荡，寻求刺激。美国制片商积极迎合年轻人的口味，并加入更多卖座的成人内容。许多影片单纯以如何满足人的欲望为主题，更多地表现从少年时代就开始的人的黑暗一面，无形中创造出一种流行的负面文化，鼓励青少年更加放纵。如一名评论家所言，也许现代的青少年再也不想做青少年了，他们急于长大，急于跨入成人世界，"在还没有学会开车之前，就已经急于飙车了"。

（原载朱自强主编《中国儿童文学的走向》，少年儿童出版社 2006 年版）

# 儿童电影的创作规律认识

朱小鸥

儿时学过一支歌:"老鸡骂小鸡,你这个蠢东西,我教你啼咯咯咯,你偏要唱叽叽叽。"多少年过去,早已淡忘。可几年前,在南京参加第九届中国电影童牛奖评奖会上,脑子里突然冒出这首儿歌。

"童牛奖"是专为表彰优秀儿童片而设。它的评奖分为两个部分:一是由著名电影艺术家、教育家、少儿工作者组成的专家评委会;一是由评奖地区的中小学生选举产生的小评委会。大家一起观看参赛影片,但小评委进行评选,从讨论、评析到投票的整套程序,都由小评委会独立完成,任何成人不得干预或影响。

事情发生在评选美术片时。当年参赛的美术片一共三部:《宝莲灯》《小虎斑斑》及一部11分钟的短片《哎哟妈妈》。专家评委一致看好《宝莲灯》,认为这是一部多年来少见的动画精品,堪与国际动画佳片媲美。专家评委们全票通过给了它三项奖:优秀美术片奖、评委会导演奖、作曲奖。而对《哎哟妈妈》,评委们认为它与《宝莲灯》无可比性。它情节简单,人物造型荒诞,尤其是妈妈,夸张到丑陋的地步。有的评委感到它缺乏美感,难以接受。

然而消息从隔壁的小评委会议室传来,他们选了《哎哟妈妈》。孩子们的理由是《宝莲灯》拍得美,但那是拍给爷爷奶奶、爸爸妈妈们看的;而《哎哟妈妈》是为他们拍的。这带给我很大冲击,因为我就是那难以接受《哎哟妈妈》的成人评委中的一个。

走访几位小评委,听着他们活泼调皮围着我叽叽喳喳地争着抢着地诉说着他们为什么喜欢《哎哟妈妈》的意见时,我突然想起了那支儿歌,突然感觉到自己有点像那只老鸡,然而"蠢"的不是孩子们。

孩子们的话促使我思考几个问题。

## 一、尊重儿童,摆正创作主体的位置

首先在观念上,我们必须明白"儿童文艺"的界定是由接受主体确定的。创作主体要提供给儿童欣赏的作品时,必须了解自己的服务对象,尊重他们在不同年龄段的不同的审美能力、审美情趣。

就从《哎哟妈妈》说起。影片情节很单纯。妈妈期望儿子学习好,将来能考个好学校。她成天提心吊胆,唯恐儿子贪玩,唯恐儿子犯错,母子间形成母亲监视督促,儿子偏躲避逆反的状态。一天,儿子通知母亲到学校去,说校长要亲自见她。戏的重点就沿着母亲去学校的路上展开:母亲一路忐忑不安,心里琢磨的尽是儿子干了什么坏事、闯了什么祸,校长会如何批评,给什么处分,自己该如何对答。哪知到了学校,校长喜笑颜开地握着妈妈的手,祝贺她培养了一个助人为乐爱做好事的好少年。

这里就存在一个观念的变化。我国是一个注重教化的国家,而传统的教化模式又是以成人为中心，由成人向儿童施教，向他们灌输成人世界的秩序、道德、价值观、人生观。这就容易形成以一种传统的道德风范，甚至隐含着某些宗法的东西，去规范充满勃勃生机、正处成长阶段的儿童。在成人眼里，儿童是一张白纸，可随着长辈着意塑造，很少注意到孩子独立的性格及思考和判断的能力。在《联合国儿童公约》中明确指出：虽然儿童正处在发展中，但他们仍具有独立的人格，所以他们的意见应该得到尊重。我国是《联合国儿童公约》的签约国，并经全国人大批准，于1992年4月1日生效。《哎哟妈妈》中母子关系的处理，正体现了这种精神。影片以儿童为主体，用儿童的视角来评价母亲的行为，使母亲那主观、自以为是的行为，在银幕上变异为十分可笑，而小主人公二凡又不同于传统文艺作品中的好孩子那样循规蹈矩，从不犯错的模范榜样。他身上没有任何光环，造型寻常，动作滑稽，和小观众没有距离，只是他们中的一个可亲的小伙伴，孩子们认同他。因此当妈妈出了洋相，回家给儿子道歉时，小观众都开心地笑了。这出乎意料的结局冲决了成人长期加在他们身上的规范束缚，让他们获得了一种审美的愉悦。这种效果常常会超过塑造一个典型的模范好孩子榜样来教育小观众更好。小观众一般对那些调皮捣蛋、风趣幽默、有强烈的个性、优点突出而毛病也不少的孩子感到亲切，他们不会带来压力，却可以一起玩、一起谈心、一起分享小秘密，达到精神沟通。也许，这就是有的小评委对勇敢救母的沉香感到疏离，而对二凡认可的一个原因吧。事实上，孩子在成长过程中都可能遇到被父母老师误解、委屈的烦恼。《哎哟妈妈》的小主人公最终被证明是光荣正确的，而妈妈确确实实是错了，她委屈了自己的好儿子。这一结尾，让小观众们扬眉吐气了。

今天的世界已进入地球变成"村"的时代，影视媒介为少年儿童打开了认识世界的窗口，以前由阅读文字书籍造成的儿童与成人的知识隔离，已被影视、电脑等现代高科技手段打破。没有了文字的阅读障碍，孩子们接受的知识、信息，绝非成人们儿时所能比的，他们早已不是被动接受成人教育的白纸。电脑一开，什么知识他不知道？王蒙在最近发表的《我看儿童文学》一文中，开宗明义第一句就提出"现代的儿童，他们生活在一个和过去，和我们这一代人，甚至是我们下一代人完全不同的环境里边。他们获得的信息、生活的环境，和我们小时候大不一样了。所以，我们如果探讨一下当今少年儿童的精神生活、信息环境，他们面临的各种条件、各种启发、各种诱惑和各种干扰。这是一个非常重大的事情"。

创作者只有潜下心来，尊重自己的服务对象，了解他们的内心世界，把握他们认识世界的方式，才能寻找到孩子们的表达符号。任何自命为导师、引领者的强制教育，硬性灌输，都不会受到孩子们的欢迎。更何况孩子们将要面对的是科学突飞猛进的竞争社会，如果我们不以面向未来、面向世界的新观念来激发少年儿童的创新活力，他们将难以带领中华民族步入世界的先进行列。

纵观新时期以来儿童文艺创作的发展，首先要解决的是摆正创作主体与接受主体的关系。

《哎哟妈妈》的获奖还启示我们，孩子自有孩子的审美天地。现今的孩子是在电视机前成长的，现代的卡通以其奇特跳跃的节奏、瑰丽变幻的艺术场景、夸张变异到近乎怪诞的形象、幽默风趣的动作，调侃讥讽的对话，斑斓绚丽的想象伴随着他们长大，这对我们看《白雪公主》，读屠格涅夫小说，听梁祝小提琴成长的一代是存在着"代沟"的。我们要了解今天的小观众，必须进行科学的研究。

## 二、了解儿童的生理、心理特点

儿童成长期是人生奠定基础、开发智力最重要的时期。据有关方面研究统计，一个人学习能力的 40% 在 3 岁前形成，再 30% 在 8 岁前已开发（这不是指知识的积累，而是指潜力的开发、激活）。而观看影视图画的注意力也是随着年龄的增长迅速变化：基本上为 3 岁 5 分钟、4 岁 7 分钟、5 岁 20 分钟、6 岁 25 分钟、7 岁 35 分钟。因此，给儿童观看的影视片需要不断地变化、跳跃、刺激。

儿童的心理特征一般分为：被关怀感、归属感、成就感、好奇心、自尊心、活动力、参与性。这 7 项特征也会随着年龄的增长而有不同的侧重和变化。

《联合国儿童权利公约》为什么要强调有关儿童的一切事项必须要尊重儿童的发言权，其中极为重要的一点是"他们（指儿童）具有一种判断的潜力，如果得不到重视和参与，潜能会逐渐消失；如能积极参与，则能发挥自己的潜能，成为一个有独立思考和判断能力的人"。

尤其是今天，日新月异的现代科技的发展，丰富多彩的信息，绚丽多元的影视文化正如排浪般地涌向校园，俄罗斯有关部门正在担心教室的荧屏将代替黑板。如果创作者还停留在以自己的童年来估摸今天的儿童，那将很难避免"咯咯咯"与"叽叽叽"的尴尬。

## 三、放飞想象，激活民族的创新力

想象是儿童的天性，做梦是儿童的权利；不要扼杀儿童的想象，不要把做梦的孩子吵醒。

儿童的思维方式具有童话的色彩，他们总是很难将现实和幻想截然分开。这与其成长的特点有关。他们每天在发现新的事物、新的生活现象，好奇使他们想弄明白原因，而知识的缺乏，认知能力的不足，又使他们难明就里，于是想象就产生了，将原本无生命、无意义的事物"拟人化"，使它们焕发出勃勃生机。他们会与鸟儿对话，看蚂蚁搬家，为被踩塌的小草感到疼痛，会以幻想去填补对客观事物认识的不足。丰富的幻想和童话故事与童年生命融为一体，两者之间便呈现一种亲缘关系，一种审美的双向选择。不要小看这想象。

当多年的应试教育，束缚了儿童少年的想象翅膀，形成思维模式的封闭单一，影响了一代又一代人的创新力的发展时，我们要想激活民族的创造力，必须努力从开拓少年儿童的想象力入手，让斑斓绚丽的想象，迷幻动人的离奇情节，打破思维常规，冲破固有的思维逻辑。哪怕那幻想荒诞不经，超时空的故事情节离奇可笑，但它在吸引儿童的欣赏兴趣时，会强烈地引起儿童内存的生命冲动，使他们的想象力和创造力，在丰富多彩的新鲜奇异的感知刺激下变得更加活跃，并在与作品中的幻想人物同呼吸共命运的同时，分辨真善美和假恶丑。

一个民族没有想象力就没有希望，一个儿童没有想象力是不健全的儿童，扼杀儿童的想象力，就是扼杀儿童的未来。相反，培养儿童的想象力，就是帮助儿童成才。成人不能将自己的成长经验一成不变地套在孩子的脖子上，而对他们独特的想象熟视无睹。

曾在《文艺报》上看到一个故事：父母给孩子讲树上有 5 只小鸟，猎人打死一只，问树上还有几只。讲完，父母得意地等着孩子答"还有 4 只"，然后他们可以纠正孩子，说明树上已无鸟的道理。哪知孩子竟答"还有 3 只，因为打死了鸟爸爸，吓跑了鸟妈妈，3 只还没学会飞的小鸟留在树上鸟巢里"。认真想想，孩子们还可以有无数个回答，无数个有意思的理由，我们何必用成人固有的思维定式，去束缚刚刚萌芽尚未展翅飞翔的想象哩。给孩子们撑起一片想象的天空，培植一块适宜创造力生长的土壤吧。

哈佛大学一位华裔教授在比较中美儿童文艺的创作特点时曾说，中国注重传统，美国注重未来，所以中国多以过去教育孩子别忘了历史，而美国多以科幻作品放飞未来。

传统是民族的根，当然不能丢，而未来是民族的希望，我们必须往前行。好在今天的形势已经有了变化。不久前，胡锦涛同志在全国科技大会上提出，我们要坚定自主创新的道路，建设创新型国家的奋斗目标。大力推进科技进步和创新，大力提高创新能力，推动我国经济社会发展切实转入科学发展轨道，于是多少年来受冷落、久违了的科普文学、科幻影视又被人们重新提起。《文艺报》记者采访北京师范大学儿童文学研究所教授吴岩时，他曾深有感触地说：鲁迅先生在 1903 年就写下了一行黄钟大吕般的文字"导中国人群以行进，必自科幻小说始"。

在寂寥的中国儿童科幻电影领域里，张之路以他的《霹雳贝贝》《魔表》《疯狂的兔子》《危险智能》，串起了新中国儿童科幻片的发展足印。1987 年出现的《霹雳贝贝》，是一部真正的科学幻想电影。影片描写一个出生就带电的男孩贝贝，双手带电给他带来的许多特异功能，能帮助足球场上的小伙伴进球，也能在雨天帮助眼盲的老人恢复视力；同时又给他带来不少烦恼，稍不留意就会电伤身旁的同学，家里只好给他戴双手套。上音乐课老师让大家唱拍手歌，他因不肯摘手套而被罚站。最主要是带电阻碍了他和伙伴融洽相处。后来他跑到长城上要求宇宙人帮他解除了奇特的"电"。

影片有别于以前的魔幻、童话、神话片，以中国小观众鲜见的想象力给他们带来全新的视野和审美的感受，唤醒他们对生活的憧憬和企盼，不少孩子看后也幻想着自己也能有贝贝的本领，而影片的结局又让他们体会到普通人生活的可贵。

《霹雳贝贝》给国产儿童科幻片开了一个好头。但它仍属于"超人"类型，影片主人公想象的基点是在人体自身的特异功能上。而西方的科幻，多是通过技术、工具、新开发的设备来达到特殊的效果。这两种不同的思路不存在优劣之分，但后者是否对引导小观众对科技的探索更贴近呢？可喜的是，他后来的《疯狂的兔子》《危险智能》更贴近高科技的发展。

## 四、儿童电影，快乐的电影

快乐是儿童的天性，快乐是儿童电影一个重要的特性。15 年前我曾写过一篇文章《轻舟难载许多愁》，呼吁不要在儿童电影中放进太多沉重的社会问题，许多社会问题是成人都难以说清、难以解决的。如《为什么生我》中孩子向父母提出：既然你们要离婚，当初为什么生我。而父母困惑的却是：如果不离婚，天天在家打架，会对孩子的成长更好吗？《我只流三次泪》写一个失去母亲，父亲又上了前线的孩子，他寄住在姑姑家却又难安生，从电视中看见父亲受伤躺在医院，他艰险跋涉赶到前线医院，父亲却又上前线了。但他答应代为探望的小朋友的父亲阵亡了，他不知道回去后该如何告诉她。还有《别哭妈妈》《一个独生女的故事》……都是好电影，都是好心的成年人唯恐孩子们长大成人后经受不住人生的坎坷打击，从小要给他们挫折教育，让他们了解成人社会的弊端。

可是我想，每年春天人们都种树，也都期望棵棵幼苗苗壮成材，将来能担重任成栋梁。而在幼苗成长阶段，它首先需要的不是雨露阳光和精心呵护吗？谁也不会过早地给幼苗挂上难以承担的重负。儿童也是这样，他们长于模仿而弱于辨别，过早过多地接受成人世界的消极面，会使他们对成人社会失望、误解，最后导致心理障碍的产生。成人根据社会经验的积累能辨别的问题，儿童会感到困惑。如果他们将这些曲解和困惑贮藏起来，作为理解社会的依据，将会影响他们正常人格的形成。

自康德提出游戏说，又经斯宾塞、席勒等加以发展以来，儿童文艺就存在着究竟应以严肃的说教为主，还是以游戏快乐为主的争论，历经几百年。这期间流传下来的经典之作，大多是充满活力和欢快的作品。

德国拉斯伯的《吹牛大王历险记》，书中没有任何道德说教的成分或严肃神圣的内容，通篇是机智荒诞的吹牛，全书充满极其快活滑稽的情调。它不啻是一次想象力的大解放、游戏精神的大爆发，这种新的审美风格，纯娱乐的形态，轻松滑稽、幻想夸张的故事情节，让小读者十分开心。它使后来的儿童文学摆脱了古典式的做作和理性的说教，恢复了儿童文学的纯朴、天真、活泼。接着出现了格林兄弟、霍夫曼、豪夫……在文坛上耸立起一座座儿童文学的丰碑。以往那种小道学家、小施主、小乖乖的形象被天真纯朴、活泼烂漫的儿童形象所代替，那种图解式的深刻含义也被一些离奇荒诞、不可思议、风趣幽默的情节所取代，虽无明白无误的教育功利，却透视出真实人生的体味。

接下来是马克·吐温的《汤姆·索耶历险记》和《哈克贝里·费恩历险记》。作家笔下那两个幽默洒脱、恣情清新、充满活力的淘气包，给儿童文学带来旋风般的丰盈的创造力。意大利作家柯罗提《木偶奇遇记》中的小木偶匹诺曹，干了无数令人捧腹的傻事……这些都让孩子们着迷。仅就《木偶奇遇记》而言，就被译成80多种文字出版。自此以后，儿童文学就像一只鼓满风帆的轻舟，一路欢快地破浪前行。

那教育呢？儿童文学能不要教育？不！快乐并不排斥教育！人不能在无知中长大，随着年龄的增长，渴求知识，希望了解身边的世界是孩子的正常需求。这时适时地引导他们对知识产生兴趣，学习的过程会变得有趣，获得知识的过程会带来成就的愉悦。学习由被动的"苦读圣贤书"变成主动的追求，获得的知识变得鲜活，学习的兴趣会加浓，认知的能力将得到提高。

这里一个重要点是适时。适时才能有助于不同年龄段的孩子健康成长。我们所谓的成长，是指个体心理在某一个阶段由于经验和学习所产生的较持久的变化。这种变化的动力是由孩子"内部矛盾与外部矛盾合力作用的结果"。心理的外部矛盾——即学校、家长、社会不断提出的要求与孩子个体现有的成长水平和需要之间的矛盾运动，是心理成长的助长动力或间接动力。内部动力决定了儿童心理过程内在的不可逆转的成长趋势。因此外在动力的驱使者必须了解不同时期、不同地域、不同年龄段的儿童的内在动力特点。也就是说，当二者和谐融会，相互呼应，学习会变成一种快乐；反之，会成为让孩子反感的苦差事。

学习如此，更何况本是"游戏"范畴的电影电视。儿童生来具有渴望自由，向往无拘无束、尽情放松的愿望，因此当影视作品给他们更多的心理呵护，更多的快乐自由，让他们在幻想和游戏中快乐成长，将有助于唤醒他们自我意识的觉醒，培养他们找到生活意义的能力。

以电影而言，张建亚导演的《开心哆来咪》及《三毛从军记》做过很有意义的尝试，可惜儿童电影没能留住这个聪明的"电影大顽童"。

不要对儿童喜剧片有过多的要求，因为快乐本身对儿童的成长有着非同寻常的意义。快乐中的孩子才能去梦想美好的未来，才能给自己的精神打上一抹亮色的粉底，才能以乐观的态度去面对现实中美梦的破灭，从而在更高层面上达到一种永恒的精神和谐。因此，把快乐还给孩子既有现实意义，又内含着人文关怀，是关系着孩子一生成长发展的哲学问题，它会让孩子在将来以快乐乐观的态度去应对生活中的困难、委屈、误解甚至是不公。

## 五、充分认识审美作用于儿童心灵的力量

多少年来，我们的学校教育重视的是三育——德育、智育、体育，忽略了美育对育人的根本性的作用。曾有哲人提出过："要想使感性的人变成理性的人，除了首先使他成为审美的人外，别无他途。人的道德状态只能从审美状态发展来。"

因为艺术的感染力是直达人的心灵的。它使人产生认可、共鸣、联想，它的影响发自审美者的主动接受，而非客观的灌输。外在的理性的教诲，永远不可替代情感的濡染，后者是由灵魂的共鸣自然滋生，而且一旦滋生，终生难忘。这就是审美作用于心灵的力量，它将引导儿童从小学会用审美的态度关照生活。我想，这也就是读安徒生童话，读《寄小读者》长大的人心里永远怀有关爱和怜惜的原因吧。

这里我想讲讲《草房子》。《草房子》是徐耿执导，曹文轩根据自己原名小说改编的电影。影片讲一个农村小学生桑桑的成长故事。它由几个带着辛酸的温馨、内含着悲剧色彩的难以忘却的回忆构成。

桑桑是影片的主人公，围绕他展开的人物关系和故事情节感人至深，如他与秃鹤、与班长、与老师、与纸月之间的故事。

秃鹤因天生秃顶而被少不更事的小朋友隔绝于同学们欢快活泼的生活之外，甚至被一心想拿奖的老师免去参加体操比赛的权利。无奈的父亲为了遮住儿子那伤痛的心病，专门进城买了一顶帽子给他戴上。可是当秃鹤自信地顶着新帽子到学校，桑桑却把他的帽子摘了，挂在风车上。风车转动，帽子随车转至高空。阳光下，秃鹤闪光的头显得格外耀眼，满操场的孩子都仰头望见那亮点。

桑桑有一个强劲的"对手"，班长杜小康。班长什么都比桑桑强，学习、游戏，甚至班里排戏，也是班长演 A 角，桑桑演 B 角。桑桑不服气，暗生嫉妒，为了引起同学老师对自己的注意，他搞了不少恶作剧。

桑桑还因为好奇，弄丢了心爱老师的情书，导致老师心仪已久的女友他嫁；桑桑自己同情的女同学纸月因外婆去世孤独地离开学校，望见那小女孩的背影远去，自己却出不上力……所有的故事都拍得生动、凄美。

然而影片并不满足于把故事讲得委婉动人，它着力地把所有故事的落点都作用于桑桑的心田。当月光下，桑桑看见终于在舞台上受到观众欢迎、找回自己尊严的秃鹤，独自坐在河岸上号啕痛哭时，桑桑望着自己伤害过的同学，第一次咽下愧悔的泪水。杜小康家庭破产，退学去放鸭子，鸭子又被江水冲散。难舍学习的杜小康只得在学校门前摆小摊，以便能听听同学们的读书声。看到这种情景，桑桑便将父亲舍不得用的历年获奖的笔记本抄上课堂笔记，送给过去的"敌人"，为此，他还挨了不了解内情的父亲一顿猛揍。小康不肯白收桑桑的笔记，硬要他在小摊上选几样文具。桑桑在小摊上取了一颗糖含在嘴里，随着消失的上课铃声踏进教室。老师问："桑桑，你在干什么？"抽咽不能自已的桑

桑回答："我在吃糖。"

最后桑桑大病一场，父亲背着他四处求医，桑桑那充满疲惫的头，安然放心地搭在父亲厚实的肩上，他知道，父亲会小心翼翼地托起他天涯海角地去寻觅那救命的药方。

正是这一串串调皮带来的伤痛，谱出了桑桑的成长之路。

《草房子》放映之后，曾有人认为影片主题不鲜明，担心孩子看不懂，认为这是放给成人看的怀旧之作。我和不同年龄的孩子一起看过几次，然而孩子看懂了，理解了，接受了。

第一次是在福州与中学生一起看。影片放完，同学们沉浸在剧情中。他们说，小时候谁没犯过错，人就是在犯错、认识错、改正错中成长的。桑桑是一个有良知的孩子。他勇敢地吮吸着错误带给自己的痛悔和内疚。他们说自己感受到了银幕上小主人公沉沉的愧疚、绵绵的遗憾、酸涩的人生体验。他们说影片中那淡淡的忧郁、闪烁着小主人公真挚的自省，让他们感动，让他们珍惜身边的朋友亲人。

再一次是在横店与乡镇小学三四年级的小朋友一起看。放映场里的孩子沉浸在故事中，该笑时笑，该哭时哭，影片放完，场子里响起一片小雨点似的掌声。讨论会上，孩子们叽叽喳喳地说开了，说得最多的是桑桑哭着吃糖进教室的镜头。他们说那糖肯定不好吃，肯定又酸又涩、又苦又甜，因为那有桑桑自己的愧悔和对班长的同情。不少孩子还说自己也有那样的经历：冤枉挨爸爸一顿打，被老师罚站，那时候吃啥都没味儿。说桑桑欺侮秃鹤不对，秃鹤没头发本来就难过，不该嘲笑他。有的孩子还向导演建议，让桑桑的父亲以后给桑桑买白薯时别买大肚子的，那烤不熟，要挑细长条的。

成人认为主题不鲜明，孩子却从不同的角度受到感染。

为什么一部如诗如画的艺术片会受到孩子们的喜爱呢？我认为，首先是徐耿紧紧把握住了曹文轩作品的精髓，那对童年往事回忆的几段看似不经意的趣事，都是孩子成长中的几个关键点：秃鹤让桑桑懂得不要去伤害同伴的痛处，在他咽吞自己的懊悔时，也明白了要怜惜"弱者"；杜小康面对逆境而不气馁，在同学面前摆小摊时还保持着自尊，不愿"无功受禄"。他让桑桑取走的那颗糖会让桑桑一生都记住做人要自重；被父亲驮着求医的遭遇，让懵懂的孩子刻骨铭心地明白什么叫知恩报恩，他会永远孝敬老人长辈；老师的痛苦教会他懂得承诺的分量，答应的事，就要尽心去做……而这一切，徐耿不是简单地通过说教告诉孩子，他调动自己童年经历的情愫，用光，用影，用色彩，用节奏、音乐、画面，把追忆谱成一支流动的、忧郁而美丽的歌，化成一团充满怜爱的动人心灵的情，自然地不露痕迹地轻轻地融在银幕上，慢慢散开，绵延地浸润着小观众的心灵。于是爱在一片童稚的世界中生发，冲破时空的界限，银幕与观众相知相通，从而产生一种殷殷的感染。

正如冰心所写："童年啊！是梦中的真，是真中的梦，是回忆时含泪的笑。"《草房子》将孩子们的童年，留在了"含泪的笑"里。这是难以忘却的艺术的感染，审美的影响。

儿童艺术是一本刚刚翻开的书，它有待我们认真地研读。

（原载侯克明主编《中国儿童电影的现状与发展》，中国广播电视出版社 2006年版）

新中国儿童文学

70年 1949—2019

# 不断成长的新时期儿童电影创作

张震钦

在 20 世纪的中国儿童电影创作史上，新时期是一个绚丽多彩的时期。之所以这样说，首先是因为这一时期拍摄的儿童影片数量最多，是中国儿童电影创作史上最为丰厚的。据统计，20 年间总计拍片 224 部，为过去 50 多年拍片总和 74 部的 3 倍（1922—1949 年 27 年总计拍片 23 部，1949—1965 年"文革"前十七年总计拍片 38 部，1966—1976 年"文革"十年总计拍片 13 部，这三个阶段相加共拍片 74 部）。其次因为，这一时期拍摄的儿童影片内容涉猎最为广泛，形式追求也最为多样，塑造出一批多姿多彩的新时代儿童少年形象，在新时期的电影银幕上开出了灿烂的艺术花朵。另外还因为这一时期创造了中国儿童影片在国际国内的获奖之最。据不完全统计，在国际各种电影节上，有近 30 部影片共获奖 60 余项；在国内"金鸡""百花""童牛"等多种奖项中，有近 70 部影片共获奖 100 余项。这在中国儿童电影创作的历史上是前所未有的。

作为新时期中国电影创作的一个组成部分，新时期的儿童电影创作经历了一个不断认识"自我"和实践"自我"的成长历程。它的成长和发展既受到中国整体社会变革、文化思潮和电影创新浪潮的影响和推动，又因某些原因而有着"儿童电影创作"的相对独立性。如果与 20 年来飞速发展的社会变革相比，无论在观念形态上，还是在对自身艺术特性的探求上，儿童电影创作都要显得相对缓慢一些。特别是进入 20 世纪 90 年代，中国社会高科技、高信息化的快速发展和市场经济的快速转型，使儿童电影创作又遇到了新的困难和挑战。

新时期的儿童电影创作虽然取得了令人瞩目的成绩，但也同样走过了一条并不平坦的道路。如果将这一时期的创作做一下梳理，大体可以分为三个发展阶段：一、1976—1983 年，恢复与发展期；1984—1990 年，创新与攀登期；1991 年至今，挑战与拼搏期（一般我们在论述新时期的电影创作时习惯分为两个阶段，即前 10 年和后 10 年。儿童电影创作上的某些特殊性使我将它分为三个发展阶段。当然，这种分段并不一定准确，只是为了论述上的方便）。

一

中国儿童电影创作的历史，可以追溯到很早。20 世纪的 20 年代，当中国人开始自己拍摄故事片的时候，一批反映儿童生活的电影短片和艺术长片就诞生了。这无疑得益于伟大的五四运动，是中国新文化运动的革命先驱们首先发现了中国"儿童"，并给传统的封建专制的旧儿童文化礼教以最猛烈的批判，才使中国有了儿童应作为"独立"的人的认识与尊重，也才使中国的文化艺术开始有了"儿童"的展现。然而围绕着以什么样的"儿童观"来表现儿童世界的问题，百十年来一直展开着曲曲折折、反反复复的争论和斗争。中国儿童电影创作就是在这样一个历史背景下开始其曲折历程的。在经历了 20 年代以郑正秋为代表的资产阶级民主主义者对封建礼教的现实主义社会批判之后,左翼革命电影运动又给我们带来了贫苦流浪儿童的呐喊,直到 1949 年中华人民共和国成立,才真正掀开了新中国儿童电影创作的崭新一页,充满着幸福骄傲的新中国少年儿童形象开始走上银幕。"十七年"间创作了一批反映革命斗争历史、革命战争和歌颂社会主义新生活的儿童影片,给新中国的儿童少年带来了极大的审美愉悦和精神鼓舞。尽管这期间也受到了"左"的创作思想的干扰,但在全体电影工作者的努力下,还是创造了从未有过的儿童电影的历史辉煌。人们至今难忘《小兵张嘎》《小铃铛》,人们至今仍然吟唱"让我们荡起双桨"(影片《祖国的花朵》主题歌),因为那是一个时代的展现,那是一个时代的创作"经典"。

"文化大革命"十年浩劫,"四人帮"的文化专制主义完全剥夺了中国儿童少年的精神需要和艺术要求。从 1966 年到 1973 年间,没有一部反映儿童少年生活的影片出现。1974 年经过"八一"电影制片厂王苹、李俊两位老艺术家的努力,在冲破了江青与"四人帮"的层层阻力之后,才将《闪闪的红星》一片献给了广大的少年儿童。这是一部具有历史特殊性的影片,因为是在极"左"路线的高压下进行的创作,所以不可避免地留有了那个时代的历史印记。此后"文化专制"愈演愈烈,"儿童"已不再是独立的社会的"人",而成了"四人帮"利用文艺篡党夺权的工具之一。中国儿童电影创作因此受到了灾难性的重创。

1976 年 10 月一举粉碎"四人帮",给中国儿童电影创作重新带来了希望。一些关心、热心于儿童电影创作的新老艺术家开始尝试重新步入这个领域。1976—1978 年共拍摄了 4 部儿童片:《渔岛怒潮》《火娃》《两个小八路》和《萨里玛珂》。这些影片试图从不同的角度反映不同民族少年儿童在抗日战争、解放战争和 20 世纪 60 年代新中国社会主义建设中的不同生活侧面,表现了新老艺术家对拍摄少年儿童影片的热情和对新一代少年儿童的精神关怀。但是由于刚刚粉碎"四人帮",极"左"路线还未得到彻底清算,文艺思想也未能得到彻底解放。因此,这些影片也很难摆脱那个时代的思想局限。

1978 年 12 月党的十一届三中全会的召开,在共和国的历史上划出了一个崭新的时代。由此带来的思想解放运动,给沉寂、压抑多年的中国电影界带来了极大的精神鼓舞。邓小平同志在第四次文代会上的讲话,更是给广大电影艺术工作者指明了前进的方向。电影界空前活跃,理论学术争鸣热情也空前高涨。同时,这种热情很快被转化成了艺术创作的巨大实践力量。这便有了 1979 年出现的中华人民共和国电影史上的第二个创作高潮。受这一潮流的推动,儿童电影创作也取得了可喜的收获。

首先是上海电影制片厂第三代著名导演艺术家谢晋推出了反映战争年代"延安保育院"斗争生活的《啊!摇篮》。影片以其独特的选材和优美的散文式叙述向人们讲述了一个关于战争、人和孩子的故事,以其真诚的革命人情与人性的开掘赢得了人们的赞许。也许今天看来,这并非一部纯正意义上的儿童影片,但是在 1979 年,它却以新颖的艺术、表现和较深刻的思想开掘开启了新时期儿童电影创作的历史(该片获文化部 1979 年优秀影片奖)。

其次是北京电影制片厂老一辈艺术家钱江与赵元联合执导的《报童》。《报童》表现的是"皖南事变"前后《新华日报》的小报童们在党的领导下与敌人斗争的故事。影片中深情地塑造了革命领袖周恩来的形象,表现了周恩来与"报童"们之间的深厚革命情感。影片以别样的艺术视角突破了革命历史题材儿童电影创作的寡白。

1979 年还有两部反映现实生活的儿童影片《飞向未来》和《金色的教鞭》。相比之下，这两部影片在对新时期现实儿童生活的表现上尚欠新意。而这种不足很快被 1980 年北京电影制片厂王君正拍摄的《苗苗》所填补。《苗苗》描写的是一位青年教师的成长历程，但它一反过去校园题材的创作模式，以其纯朴、真实的笔触塑造了一个成长中的"大孩子"形象，并通过韩苗苗与她的学生们相互认识和相互磨砺过程的描述，反映出粉碎"四人帮"后校园生活的新景象和少年儿童生活的新风貌，给人以耳目一新的亲切感（该片获文化部 1980 年优秀影片奖、第一届金鸡奖特别奖）。

《苗苗》的成功，给"久旱"的儿童电影创作带来了极大的兴奋，这种兴奋很快便转化为一种实在的创作合力。这里，直接的推动因素，是 1981 年初党中央在中央工作会议上做出"全党全社会都要关心少年儿童的健康成长"的指示和中央政府发出关于"电影工作者要关心三亿少年儿童"的号召。同一年经过国务院有关部门的批准，以老艺术家于蓝为第一任厂长的北京儿童电影制片厂正式成立（1987 年更名为中国儿童电影制片厂），由此开始了以"童影"为骨干和具有艺术示范作用的新时期儿童电影创作的新里程。

1980—1983 年全国共摄制儿童片 32 部，并且摄制数量逐年增长：1980 年 4 部，《苗苗》（北影，导演王君正）、《琴童》（上影，导演范莱）、《我们的小花猫》（上影，导演吴贻弓、张郁强）、《十天》（广西，导演白忱）；1981 年 9 部，《四个小伙伴》（儿影，导演琪琴高娃、李伟）、《苏小三》（儿影，导演潘文展、袁月华）、《绿色钱包》（长影，导演孙羽、王启民）、《没有字的信》（长影，导演李耿、贝律成）、《鹿鸣翠谷》（上影，导演胡成毅）、《白龙马》（珠影，导演黄粲、黄丹彤）、《小海》（潇湘，导演段斌）、《大虎》（天津，导演郭振清、印质明）、《宝贝》（江苏，导演广春兰）；1982 年 13 部，《应声阿哥》（儿影，导演王君正）、《红象》（儿影，导演张建亚、谢小晶、田壮壮）、《马加和凌飞》（儿影，导演汪宜婉、卢刚）、《敞开的窗户》（儿影，导演史林）、《泉水叮咚》（上影，导演石晓华）、《小金鱼》（上影，导演李歇浦、王洁）、《闪光的彩球》（上影，导演宋崇）、《飞来的仙鹤》（长影，导演陈家林）、《妈妈，你在哪里》（长影，导演李华）、《春晖》（广西，导演吴荫循）、《心泉》（广西，导演吴荫循）、《赛虎》（潇湘，导演华永庄、罗真）；1983 年 6 部，《小刺猬奏鸣曲》（儿影，导演琪琴高娃）、《扶我上战马的人》（儿影，导演赵元、郑建民）、《下次开船港》（儿影，导演秦志钰）、《候补队员》（潇湘，导演吴子牛）、《熊猫历险记》（峨眉，导演光源）、《自然之子》（西安，导演张其昌）。

从这一片目中，我们可以看出几乎老、中、青三代导演都焕发了创作热情，虽然他们各自的创作指向不同，质量也不尽一致，但与以往的儿童片相比，有了一些明显的变化：一是注意在更广阔的现实生活中展示儿童少年的生活与心灵变化，清除"四人帮"对儿童少年的精神伤害。《飞来的仙鹤》《琴童》《绿色钱包》《我们的小花猫》《苗苗》中的很大一部分，都表现的是这样的内容。与成人电影作品中的"伤痕"思潮不同，这些影片几乎没有正面揭示"专制"时期的残暴与灾难，而是把故事背景转换到现实中来，通过对"文革"遗留在今天儿童少年心灵创伤的揭示，来展现那一场浩劫对少年儿童的伤害以及人们为抚慰、救治这些孩子所表现出的崇高热情和献身精神。二是反映革命历史和革命战争题材的作品有了新的变化和探索。《报童》《扶我上战马的人》以及《妈妈，你在哪里》等都力争走出"革命小英雄"的创作模式，力求在领袖与儿童、母亲与孩子的表述之中，探求对战争和人的主题的新开掘。三是校园题材，如《四个小伙伴》《春晖》《闪光的彩球》《心泉》《候补队员》等在形式上虽然没有大的变化，但对旧有的"好孩子帮助坏孩子、先进帮后进、教师至高无上"的传统模式都有所突破，展现了新型的师生关系。四是幼儿

（学龄前儿童）题材影片获得了突出收获，这也是这一时期儿童电影创作取得的最为重要的成果。过去我们的儿童电影创作对儿童电影的年龄划分没有足够的认识，《应声阿哥》《小刺猬奏鸣曲》《红象》和《泉水叮咚》则较为整体性地对这一领域进行了探索和实践。从编剧选材到导演艺术处理，更多地立意于这一年龄段的儿童心理、儿童世界，而不是成人心理、成人世界的"微型化"，从而形成了"'从电影拍儿童到儿童拍电影'的两种性质不同美学观的转换①"。

　　总体上说，这一时期的儿童电影创作在恢复中得到了发展，拍摄出了一批优秀的影片，幼儿电影的实践取得了相当大的成绩。但是从整体创作而言，好的优秀的作品还不是很多，长期形成的传统意识形态和创作观念还占据着主导地位，还没有形成一支相对稳定的儿童电影创作队伍，且对儿童电影自身的本质、特性尚欠深入的理性思考，特别是在我们的银幕上还未能展现出令人鼓舞、激动的、代表新的时代精神的少年儿童形象。

二

　　从 1984 年，中国电影创作进入了一个全面发展的时期。继"伤痕电影"之后，又出现"反思""寻根"电影的创作，电影创新的浪潮一浪高过一浪。儿童电影创作在这一年也有了新的转折，这就是由峨眉电影制片厂摄制、陆小雅执导的《红衣少女》的出现。

　　此前，无论是儿童电影界自身，还是社会舆论，都对银幕上缺少能够代表新时代精神的少年儿童形象而焦虑。儿童电影界在清算了"四人帮"的"三突出"极"左"思想给儿童电影创作带来的禁锢之后，却又在迅速变革着的社会发展面前显得有些踌躇难行。观念的滞后使这一层面的创作难有重大突破。

　　为儿童电影提供了创作机缘与思想滋养的，首先是儿童文学界。早在 1977 年《人民文学》杂志就发表了刘心武的小说《班主任》，到了 20 世纪 80 年代初，一批带有批判现实主义思想的少年儿童小说纷纷出现。这些作品从不同的角度，对旧有的传统教育制度、教育方式以及如何培养未来接班人等问题提出了反思和质疑。一些代表着时代精神的新型少年儿童形象也相继脱颖而出。1984 年儿童文学理论界还提出了少儿文学要"重塑民族性格"的理论口号，并围绕着这一理论展开了深入的学术研讨。《没有纽扣的红衬衫》是这一时期晚些时候发表的作品，它一面世便与导演陆小雅早已萌动的思想激情相融合，很快《红衣少女》搬上银幕。

　　《红衣少女》讲述的是一个生长在普通知识分子家庭中的中学生，要用自己的眼睛看世界，用自己的头脑思索世界的故事。它的成功意义，首先在于它塑造了一个中国儿童银幕上从未有过的新型少年形象。用夏衍同志的话说，"安然不是 50 年代，也不是 70 年代的少年，而真正是 80 年代的一个典型②"。安然的纯洁、真诚、质朴、热情，特别是遇事要用自己的眼睛去看，要用自己的思想去想的独立精神品格，正是当时变革时代中成长的一代少年儿童乃至全体国民最为需要的。其次，影片通过安然形象的塑造开掘出一个重大的社会主题，即对传统封建思想及某些旧的教育制度及方式的批判，并提出了究竟培养什么样的接班人的问题。尽管《红衣少女》在制作上还不是十全十美的，安然的形象也确有略过于成熟之处，但是安然身上所表现的时代精神却是可贵的，震撼人心的。《红衣少女》获得了 1984 年文化部优秀故事片一等奖，同时摘取同年"金鸡奖"和第八届大众电影"百花奖"的最佳故事片奖两项桂冠。以安然这个新时代儿童少年形象的出现为标志，儿童电影创作在这一年开始走向一个新的发展阶段。

1984—1990年是新时期儿童电影创作最为活跃、创新热情最为高涨的时期。一方面，这一年经有关部门批准成立了有史以来第一个儿童电影的团体——"中国儿童少年电影学会"，并创办了儿童电影自己的奖项——"中国儿童少年电影童牛奖"。中国儿童少年电影学会团结了一批热心和执着于中国儿童少年电影事业的各界人士，给儿童电影事业的发展以极大的推动。两年一次的"中国儿童少年电影童牛奖"则对从事儿童电影创作的编、导、演以及其他人员以极大的鼓励，同时也成为中国儿童电影创作的一个成就性的艺术标志。在这一时期，经国务院批准，由中国儿童电影制片厂和中央电视台少儿部联合以"中国儿童少年电影电视中心"的名义，正式加入联合国教科文组织下的"国际儿童少年电影、电视中心"，成为其会员，加强了与国际儿童少年影视创作之间的联系，并通过承办"中国国际儿童电影节"以及外国儿童电影展和参加各种国际儿童电影交流活动，不仅扩大了艺术创作的视野，交流了创作经验，而且使中国儿童电影创作得到了宣传和提高。

1986—1990年，中国儿童电影制片厂和中国儿童少年电影学会与国家电影局、中国电影家协会和中国电影艺术研究中心等单位，还几度或独立或联合召开了全国儿童故事片创作座谈会、研讨会，就儿童电影创作中的诸多问题进行了讨论。虽然许多话题还多停留在较为感性的创作层面，以及对儿童电影的"功能""性质"等问题的论争上，但理论的探讨毕竟已经开始。

1988年，中国儿童电影制片厂、中国儿童少年电影学会举办了第一届"中国儿童电影剧本剧作征集"活动。儿童电影编剧队伍的扩大和儿童剧作审美意识的提高为这一时期儿童电影创作的繁荣提供了基础和保证。

另外，相对成熟的儿童导演队伍的形成，也是这一时期儿童电影质量不断提高并获得突出成就的重要原因。继王君正、琪琴高娃、石晓华之后，黄蜀芹、王好为、史蜀君、林洪桐、张郁强、马秉煜、宋崇、于本正等第四代年富力强的导演们都走进了儿童电影的创作行列，一些年轻的第五代导演像尹力、彭小莲、冯小宁，以及后起之秀王冀邢、徐耿等也都以新的儿童电影艺术思维和视角开始了儿童电影的创作探索。

这也是一个儿童电影创作空前丰收的时期。1984—1990年全国共拍摄儿童故事片83部。其中：1984年12部，1985年7部，1986年10部，1987年15部，1988年13部，1989年14部，1990年13部。平均年产量为12部。

在这一时期，大批儿童影片获得了"金鸡""政府""童牛"三大奖项。这是一份不短的令人振奋的名单：《红衣少女》（峨影，导演陆小雅）、《童年的朋友》（上影，导演黄蜀芹）、《十四五岁》（童影，导演赵元）、《岳云》（童影，导演汪宜婉）、《为什么生我》（峨影，导演李亚林、晏文藩）、《少年彭德怀》（童影，导演马秉煜）、《五虎将》（童影，导演汪宜婉）、《娇娇小姐》（童影，导演陈锦淑）、《少年犯》（珠影，导演张良）、《月光下的小屋》（内蒙古，导演张郁强）、《狼犬历险记》（长影，导演张辉）、《鸽子迷奇遇》（童影，导演于彦夫、张园）、《魔窟中的幻想》（峨影，导演王冀邢）、《失踪的女中学生》（上影，导演史蜀君）、《我和我的同学们》（上影，导演彭小莲）、《娃娃餐厅》（上影，导演石晓华）、《小歌星》（童影，导演武珍年）、《我只流三次泪》（童影，导演琪琴高娃）、《紫红色的皇冠》（上影，导演于本正）、《多梦时节》（童影，导演林洪桐、葛晓英）、《霹雳贝贝》（童影，导演宋崇）、《虾仔擒盗记》（童影，导演张郁强）、《普莱维梯彻公司》（童影，导演琪琴高娃）、《豆蔻年华》（童影，南京联合，导演徐耿、程玮）、《哦，香雪》（童影，导演王好为）、《大气层消失》（童影，导演冯小宁）、《别哭，妈妈》(童影,导演张郁强)、《那年的冬天》(童影,导演于彦夫)、《警门虎子》(北影,导演杜民、骆航民)、《童年在瑞金》(西影、江西,导演黄军)、《快乐岛奇迹》(珠影,导演吴厚信)、《多此一女》(西影、南昌,导演张刚)、《战争子午线》(童影,导演冯小宁)、《我的九月》(童影,导演尹力)。其中《少年彭德怀》《我和我的同学们》《多梦时节》《普莱维梯彻公司》《豆蔻年华》《哦,香雪》《我的九月》获得第六、七、九、十、十一届“金鸡奖”最佳儿童片奖;《哦,香雪》还获得第十届“金鸡奖”最佳摄影奖。

从以上获奖作品中,我们可以看出这一阶段儿童电影创作收获颇丰,不仅影片产量高,而且题材广泛,内容涉及社会生活的各个层面;各年龄段作品铺陈设计合理,风格样式呈现出多样化。幼儿影片既保持了上一阶段的创作旺势,又在儿童情趣、儿童心理的表述中有了更快乐化的艺术追求,如《娇娇小姐》《娃娃餐厅》都力求拍得更好看,让孩子们更爱看。革命战争和革命历史题材的影片无论对主题的表述和人物的刻画,都有了更深入的理性开掘和别开生面的艺术表现,如《童年的朋友》在诗一般的历史描述中,让儿童少年感受到一种革命青春的美丽和革命精神的崇高;而《少年彭德怀》则通过对彭德怀同志的少年生活的描写,给少年朋友们以一种伟人“人格魅力”的熏陶。《霹雳贝贝》第一次以现代童话的方式将儿童少年领入一个科幻的领域,尽管这种幻想还不够大胆、想象力还不够丰富,但毕竟在这一题材领域的探索已经开始。《魔窟中的幻想》让我们看到了一种儿童艺术探索片的方式,《少年犯》《月光下的小屋》则是给儿童少年的一种生活的警示,《别哭,妈妈》《我只流三次泪》也都表现了现代儿童少年的生活能力和精神品格。

也许还有许多值得一说的影片。但是,如果说这一阶段创作收获最大、艺术成果最突出,且正好与上一个阶段成映照,那就是“少年电影”的创作。

少年电影,就年龄分段来说,一般在 12 岁至 15 岁左右,如果再往上扩大一两岁,按照心理学、生理学、教育学观点,叫作青春初期。这一时期正是少年走向成熟的过渡时期,生理、心理都会发生重大变化。如强调自我独立性、具有某种逆反心理,觉得自己长大了,而又有某种生活的依赖性,以及生理逐渐成熟、青春萌动等。在 20 世纪 80 年代中末期,我国社会形态的发展与转型虽然还没有 90 年代这样快,但青少年的变化已经非常突出与明显了。“少年电影”群体的出现,正是这一社会生活的适时反映。《红衣少女》是对纯朴、真诚、求真的精神赞美;《我和我的同学们》则以一篇电影的美文,向人们展示出 80 年代青少年的青春活力、开放性格和美好情愫。《多梦时节》是一首描绘现代少女成长的抒情诗;而《失踪的女中学生》则是给予青春期少年的精神抚慰和美好祝福;《哦,香雪》展示的是扑面而来的清新与纯朴,农村少女们对现代精神的追求,让你感到心灵的激动与难捺;《豆蔻年华》告诉人们新时期对人生价值的理解和追求;《普莱维梯彻公司》则集中展示现代青少年的精神追求以及他们的成长。还有一部重要的影片,那就是《我的九月》。

20 世纪 80 年代末 90 年代初,中国电影结束了近 10 年的探索期而进入了一个相对平稳的历史整合期。儿童电影相对于成人电影发展而言,总是缓慢一些。就像一个小孩子追寻着大人的脚步,总是在他们身后慢半拍。儿童电影创作兴奋于 1984 年,但却晚在 1990 年才迎来它相对意义上的成熟,其标志就是《我的九月》的出现。

《我的九月》的故事并不复杂,一个小学校,一个大杂院的几个孩子,为了竞争参加“亚运会”团体操表演而衍生出来一段耐人寻味的故事。然而就是在这个看似平凡的小故事中,编导们惊人地展示出了最大含量的思想内容。以“儿童为本源”的创作追求,使

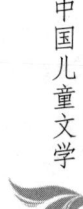

多年来争论不休的"儿童片"本质认识在这里获得统一，人们在安建军、刘庆来这样一对互为映照的少年典型中，不仅获得了更为深入的社会与文化的思考，而且感受到重振民族精神的激动。这部影片还在影像、风格、技巧多方面积累了儿童电影的创作经验，然而最本质的一点，还是尊重儿童、重在"发现儿童"的儿童电影观的可贵。较之先前出现的安然来，安建军、刘庆来的形象在这里显得更为本真与生活化。至此，《我的九月》不仅将中国儿童片创作推向了一个高峰，而且将中国电影创作推向了一个新的制高点。该片的创作实践告诉人们，只要立足于"儿童之本"，"儿童片所能承载的使命是没有极限的。如果承认人和人相通，只要真正写了人，儿童片就既能让孩子们动心，也能让大人们感奋。"③

当然，不能不看到这一时期的儿童片创作尚存在着的许多问题：中国儿童电影理论研究的滞后，一直是影响创作实践的老大难问题。如果说新时期的成人电影是先有理论探讨后而激发创作实践的话，儿童电影创作则恰为相反，总是创作的艰难摸索反过来为理论提供某些观点上的示范。并不是多数人对儿童电影的本质有了清醒的认识，从而成为创作的自觉。为数不少的作品仍在概念化、公式化的训教主义"成人世界"里徘徊，艺术上的粗制滥造也不在少数。但总体来说，这一时期儿童片的创作是健康向上积极进取的，并且取得了很大的成就。我们银幕上终于出现了安然、少年彭德怀、安建军、刘庆来、罗菲、布兰、香雪等一批新时代的少年儿童形象，他们不再是传统意义上的"英雄"少年，而是现实生活中多姿多彩的艺术典型。他们的故事能够引起少年儿童们的兴趣，并给他们带来愉悦、激励和思考。因此，这一时期的儿童电影创作应该是新时期中国儿童影片创作中的一段最为值得记录的日子。

## 三

步入20世纪90年代的中国电影，为了适应社会主义市场经济体制的转变，开始了自身体制的深化改革。儿童电影得天独厚：中国儿童电影制片厂自1981年创建以来就受到国家和政府的全额资助。在中央有关领导同志的建议下，政府每年计划摄制儿童片12部，以保证儿童少年能够平均每月看到一部新儿童片。其中童影厂制作5部，每部投资70万元，由中影公司全额统购统销，无论拷贝量多少；其他7部由各制片厂承担，每部由政府补贴20万元。这个政策无疑极大地推动了儿童电影事业的发展，80年代中至90年代初，儿童电影创作取得的成就，无一不是这一政策的支持和保护的结果。但是随着电影体制改革的深入发展，电影创作与市场的关系越来越密切，制片经费的投入和来源越来越受到市场的制约，而且随着市场经济发展的变化，一部影片的投资额也越来越大。成人影片即使是小制作也已经从90年代初的100多万猛增至二三百万乃至三四百万，所谓大制作更不用说，一两千万投资额的不是少数。儿童片的投资虽然也已经增至120万元，其他厂补贴费也增至最高50万元不等，但是许多问题还是逐渐暴露出来。其一，儿童片与成人片投资额相差之大，难以吸引更多的艺术家投入儿童片创作。一方面是一些大厂，即使能够拿到经济补贴，也因儿童片基本难以收回成本，而缺少拍片热情。即使拍了，也常打"擦边球"，儿童片难以保证"儿童片"的意义。另一方面，一些基础尚不完备的摄制单位为了能够拿到摄制指标和经济补贴而积极申请拍儿童片，但拍出的作品也往往与真正的儿童片相去甚远。其二，儿童片的发行，多年来一直靠中影公司统购统销，这的确为儿童片的生产提供了可靠保证。但市场竞争残酷，利益驱使，一般电影院不愿发行儿童片，而组织儿童去看的影片，又不一定是儿童片。这样，摄制者积极性不高，发行者为难发儿童片苦恼,接受者又反映看不到儿童片。社会效益与经济效益难在儿童片制作上取得统一,儿童电影创作的积极性也受到了一定程度的挫伤。

20世纪90年代的发展是日新月异的,知识经济的到来、高科技的发展都使人们的思想、观念迅速发生着变化,正如电脑的升级换代、知识的更新替代一样,已经不是几年,而是几天甚至是几分钟的事情了。儿童电影创作面临的困境,除了以上说到的客观原因以外,其主要原因是来自自身的苦恼与困惑。在90年代诸多社会生活变化中,儿童少年的变化可谓最大,也最快。社会经济的发展,使这一代儿童在物质条件上有了极大的改变;独生子女政策又使他们在家庭中获得更加优越的地位;现代大众传媒加速了他们成长的步伐。过去儿童按部就班要在很长时间才能完成的从幼稚到成熟的转变历程,今天的儿童几乎顷刻间就完成了;现代文化工业造就的电脑、电视、激光唱片、游戏机、录像机等,更使他们很容易走进一个没有国界的文化广场。从某种程度上说,在现代社会里,成人是与儿童一起成长的,在很多情况下,儿童不是在向前辈人学习,而是在向同辈人学习,甚至前辈人反过来还要向儿童学习。这种社会生活的巨大变化不可能不在儿童生活和精神需求中表现出来。而能够为他们创造这一精神产品的成年人显然有些跟不上他们的成长步伐,创作队伍明显地出现老化现象。如何适应孩子们的心理、精神的变化,创造出让他们更加喜爱的作品,如何以正确的思想引导他们健康成长,成为跨世纪的社会主义接班人,这是摆在儿童电影工作者面前的一个新的课题。

尽管面对重重困难,在中央及政府的关怀下,经过全体儿童电影工作者的努力,儿童故事片还是继续获得了较为平稳的发展。

1991年至1995年全国摄制儿童片59部。其中:1991年11部,1992年13部,1993年8部,1994年13部,1995年15部,基本保持了每年12部的生产指标。这一时期出现的优秀的和比较优秀的影片有:《火焰山来的鼓手》《风雨故园》《人之初》(童影,导演郑洞天)、《来吧,用脚说话》(童影,导演萧锋)、《杂嘴子》(童影,导演刘苗苗)、《烛光里的微笑》(上影,导演吴天忍)、《三毛从军记》(上影,导演张建亚)、《天堂回信》(北影,导演王君正)、《远山姐弟》(河北,导演陈力)、《沧桑梨园情》(童影,导演孙永田、马崇杰)、《落河镇兄弟》(童影,导演苏舟)、《吾家有女》(童影,导演马崇杰)、《金秋鹿鸣》(童影,导演詹相持)、《广州来了新疆娃》(珠影,导演王进)、《一个独生女的故事》(长影,导演郭林)、《最长的彩虹》(福建,导演葛晓英)、《孙文少年行》(童影,导演萧锋)等。

这一时期在创作上取得较为突出成就的是几部传记片,如《人之初》《风雨故园》《孙文少年行》。它们从不同的角度分别描写了伟大的音乐家聂耳、伟大的思想家鲁迅和伟大的政治家孙中山少年时代的生活。不仅创作态度严谨,而且艺术质量上乘。《一个独生女的故事》《吾家有女》《远山姐弟》从不同的生活层面反映了今天儿童少年的不同生活现实与精神追求;《天堂回信》《落河镇兄弟》则以不同的角度向人们展示了儿童与成人之间的美好真情。张建亚的现代童话喜剧《三毛从军记》,开阔了儿童少年的视野,虽然它的许多寓言式的喜剧内涵并不一定都能被儿童理解,但喜剧形式的突破,却给儿童银幕带来了新意。《烛光里的微笑》则让孩子们获得了一次精神的洗礼。

在这一阶段,中国儿童电影制片厂依然保持了儿童电影制作的骨干作用,但是创作队伍发生了一些变化。一批较有成就的中青年导演由于种种原因暂时走出了这片园地,当然,同时也有一些中青年导演又补充了进来。但是,无可否认的是,就整体而言,儿童电影创作出现了"让人心酸"[①]的质量滑坡现象:反映现实生活的作品相对少了,空泛的政治说教有所回潮,无益于儿童成长的、甚至不尊重儿童的某些所谓"娱乐"性影片频频出现,儿童影片背负沉重的社会问题……以至于1994年、1995年连续两年的"金鸡奖"评奖中,最佳儿童片奖空缺。

党中央和各级政府非常重视儿童电影的创作状况。1995年中央及时提出了要抓好电影、长篇小说、少儿文艺"三大件"的要求。1996年8月,江泽民同志亲自致信上海美术电影制片厂,要求电影工作者不断推出思想性、艺术性、观赏性高度统一的艺术精品,为少年儿童提供更多更好的精神食粮。为落实中央的指示精神,推动儿童电影的发展,中国儿童电影制片厂、中国少年儿童电影学会与中央电视台少儿部于1995年联合举办了第二次全国儿童电影、电视、动画剧作征集活动。1996年中央在湖南长沙召开了电影工作会议,再次强调要加强儿童电影创作,并在会议上颁发了全国儿童电影、电视、动画剧作的征集奖项,这无疑是对儿童电影创作者的一个极大的精神鼓舞。在长沙会议的带动下,一个以抓"精品"为目标的"九五五零"工程战略,推动着儿童电影创作的又一次拼搏。

1996—1998年全国拍片35部。其中:1996年14部,1997年12部,1998年9部。优秀的和比较优秀的作品有:《我也有爸爸》(上影,导演黄蜀芹)、《男孩女孩》(福建,导演何群)、《驴嘎上电视》(北影,导演马秉煜)、《红发卡》(南京,导演徐耿)、《男生贾里》(童影,导演张郁强)、《滑板梦之队》(童影,导演萧锋)、《鹤童》(龙江、中央台,导演葛晓英)、《快乐天使》(童影,导演广春兰)、《疯狂的兔子》(童影,导演崔小芹、孟卫兵)、《花季·雨季》(深圳,导演戚健)、《背起爸爸上学》(紫禁城,导演周友朝)、《下辈子还做母子》(珠影,导演萧锋)、《成长》(童影,导演宁敬武)、《草房子》(南京,导演徐耿)等,值得欣喜的是,一批优秀的导演艺术家又回到了儿童电影创作队伍中来;第五代的后起之秀们也担当起了中坚;反映现实生活的儿童片多了起来;科幻、喜剧等不同样式的作品又有了新的表现。《花季·雨季》《男孩女孩》《红发卡》从不同的层面反映了当代中学生的思想变化与精神变化;《我也有爸爸》宛如一朵温馨的小花,给人以精神的抚慰与感怀;《快乐天使》又让人们回到纯真的幼儿世界;《疯狂的兔子》渴望给孩子们讲述一个新的科幻故事;《草房子》则把孩子们带回到一个较为幽远的年代,以其美的"笔触"给孩子们一个关于"真、善、美"的人生意义的感悟。

无论如何,经过3年的努力,儿童银幕又有了新的活力,展示出了新的创作生机。如果说不足的话,与上一个时期相比,最大的不足还是缺少能够让儿童少年喜爱的、能够激励他们成长并能够和他们产生强烈共鸣的儿童少年形象。

20世纪90年代的儿童电影创作是在深化改革的阵痛中摸索前进的,它既有与成人电影一样的创作规律可循,又有区别于成人电影的个性问题可谈。如何尽快地发掘和培养新的儿童电影创作人才,如何寻找到一条更适应于儿童电影创作特性的改革办法,是推动儿童电影发展的重要措施之一。好在党中央、国务院非常重视这一问题。1998年11月,党中央、国务院已批准广电总局7家企事业单位组建"中国电影集团",集团将按照影、视、录一体化、制、发、放一条龙的模式,调整产品结构,转换内部机制,优化资源配置,提高管理水平和产品质量,实现规模效应,保证多出好作品、多出人才。中国儿童电影制片厂已全建制合入"中国电影集团"。我们相信,新的体制改革必将会给儿童电影创作带来一个新的更加蓬勃的创作生机。

新时期儿童电影走过了20多年的创作历程。这20年是艰苦攀登的20年,也是不断成长的 20 年。20 年里既有曲折,也有收获,既有成就,也有缺憾。20 年的创作历程告诉我们,儿童电影创作只有坚持马克思主义文艺思想的指导,坚持解放思想、实事求是的思想路线,以儿童为创作"本源",遵循儿童电影的创作规律,从儿童的视角出发,深入儿童世界,与儿童相融合才能"发现儿童",创作出为儿童喜爱的儿童电影作品来。反之,儿童电影创作就会概念化、公式化、教条化而不受儿童的喜爱,儿童电影创作也就得不到发展。

我们即将跨入一个新世纪,儿童是新世纪的希望,是祖国发展的未来动力。我们应当清醒地看到,目前的儿童电影创作与社会的发展和祖国 3.6 亿儿童的现实精神需要还相距很远,儿童电影工作者肩上的责任还很重大,必须重新开始儿童电影创作的奋斗之路。祝愿我们的儿童电影创作以更快速度茁壮成长!

[注释]
①《起搏书》"电影美学的追求"第 149 页。
②《电影艺术参考资料》总 156 期第 2 页。
③《〈我的九月〉——从剧本到影片》第 225 页。
④《电影艺术》1996 年第 5 期第 10 页。

（原载《当代电影》1999 年第 5 期）

# 中国儿童故事片发展概述

林阿绵

## 一、中国儿童故事片生产的数量

1922 年,上海影戏公司拍摄,但杜宇编导的《顽童》(仅一本),是中国儿童故事片创作与生产的起始。

20 世纪前半叶的 27 年间拍摄的儿童故事片只有 23 部。

20 世纪后半叶的 50 年间共拍摄了儿童故事片达 294 部,平均每年 5.9 部。

20 世纪 78 年间共拍摄儿童故事片 317 部。新世纪 4 年间已完成 54 部,总计 371 部。

就世界电影史而言,中国儿童故事影片起步并不晚,发展较迅速,数量可观。即使与电影产业比较发达国家的儿童故事片相比,亦不为逊色。但其成长的历程充满着坎坷与挫折,逐渐取得可喜的成就。

## 二、中国儿童故事片不同阶段的特点

### (一)创业初期的艰辛历程

电影这门新兴的艺术传入中国。经过近 10 年播映,到了 1905 年,北京丰泰照相馆摄制首部国产片《定军山》,此后的 10 多年间,文艺界并未把目光注视到祖国的下一代。是伟大的五四运动轰轰烈烈的潮流,推动了影业界的有识之士开始关注儿童的命运。于1922 年,第一次摄制了表现儿童现实生活,以儿童为主角的短片《顽童》,它是中国儿童故事片的萌芽。但由于其"纯娱乐性"闹剧的内容贫乏,艺术质量低劣,播映后反响平平。

翌年底,由明星公司摄制,郑正秋编剧,张石川导演的第一部正剧长片《孤儿救祖记》(10 本),在社会上产生强烈的反响。它通过一个家庭内部遗产继承权的斗争故事,刻画了一个受过良好"义务教育",因而具有优良品德,10 岁的模范儿童余璞的银幕形象,从一个侧面揭示了中国半殖民地半封建社会的没落及平民阶层儿童生存的状态。这部由国人投资、自己编导、摄制的影片,其内涵既是维护封建阶级传统道德观念,又是热烈宣扬资产阶级改良主义社会理想,具有明显的历史局限性,但是由于该片具有较浓郁的民族生活气息,"剧本取材、演员服装、布景陈设,皆能力避欧化,纯用中国式"①。同时,它打破了中国电影诞生以来呈现出滑稽打斗、庸俗低级成主流的"纯商业化"和"纯娱乐化"一统天下的恶浊局面,使中国电影开始具备了教化儿童的功能,符合民众的心理需求,因而受到市民阶层的热忱欢迎。

《孤儿救祖记》这部具有开拓意义的影片还引起了当年影业界短暂的繁荣,到 1925 年,仅上海便涌现出 140 余家影片公司。更可喜的是,制片商纷纷拍摄儿童片,如《苦儿弱女》是第一部反映都市贫苦家庭儿童生活的影片。爱憎鲜明,有积极的民主主义倾向。

《好哥哥》一片开创了反映流浪儿童生活的先河,开拓了儿童片的取材范围,故事曲折跌宕,引人入胜,对以后儿童片的创作影响久远。《小情人》这部触及现实中歧视再婚妇女及其子女的力作,具有儿童特色并有一定思想深度,从而形成儿童片初兴阶段的繁荣,同时产生了童星郑小秋和但二春。他们活泼乖巧、稚气十足,令人难忘。1927年后,各影片公司的武侠神怪片粗制滥造之风愈演愈烈,影坛混乱不堪,儿童片的创作也陷入长时间的萧条与沉寂。

抗战爆发前夜,在左翼电影运动的推动下,儿童故事片终于出现了转机。1936年由联华影业公司摄制,蔡楚生编导的《迷途的羔羊》,在思想与艺术上都取得了突破性成就。这部以流浪儿童为题材的影片,将由于日寇进逼,战乱频繁,天灾人祸,使得广大农村家破人亡,小三子、翠儿等许多孤儿流落到城市的苦难经历,深刻地展示在人们眼前。影片结尾尤为震撼人心,当流浪儿被警察追逼到摩天大楼顶端,在绝望的痛哭声中戛然而止,随即推出字幕:"各位!假如这些'迷途的羔羊'——无辜的孩子们,是你亲爱的弟妹,或者儿女,你应该有什么感想?"编导向黑暗的反动统治者发出了深沉的控诉。

蔡楚生在苏联文艺的启迪下,亲自走进流浪儿童中,体验他们不幸的生活际遇,了解到他们优秀的品格,从而决定"以眼前我们所能够看见的流浪儿童做题材,写一个比较'适合国情'的故事。""如实地将他们悲惨的生活状态描绘出来","对这社会提供一个备忘录。"[②]由于编导从现实生活中吸取养料,不仅揭示了流浪儿的社会根源,并且明确地否定了通过有钱人施舍和善良人的改良行为,指出唯有变革现存社会制度才能拯救流浪儿的命运。蔡楚生还让流浪儿本人饰演角色,成为一个创举。《迷途的羔羊》又是第一部配有歌曲的儿童片,较好地发挥了音乐的魅力,以童谣形式演唱的主题歌《月光光歌》感人至深,增强了该片的艺术感染力。公映后,深受广大观众的欢迎和进步电影工作者的赞扬,并引发了空前热烈的讨论。

这个时期又涌现出一批深受观众喜爱的童星,他们类型丰富,演技也有提高,如首部以儿童家庭教育为主题的《小天使》中的黎铿,《歌儿救母记》中的胡蓉蓉,尤其是《迷途的羔羊》中的葛佐治和陈娟娟戏路较宽,表演朴实可爱,准确地体现出角色的内心世界和性格,给人们留下了深刻的印象。

抗战胜利后,进步电影工作者在革命思想引导下,拍摄了一批优秀影片,对儿童片的创作起到积极的影响,其突出的表现就是1948年昆仑影业公司投拍的《三毛流浪记》。这又是一部描写流浪儿的杰作,是阳翰笙等人根据漫画家张乐平创作的连续性漫画《三毛》改编,由赵明、严恭导演。它最大的成就是在尖锐的社会矛盾中,通过三毛为了求生存,备受黑暗社会对他的歧视、凌辱、愚弄和摧残的一系列悲惨遭遇,刻画出一个活灵活现的流浪儿的艺术典型,他有着鲜明的性格特征:纯朴的稚气、鲜明的情感、乐天的性格、反抗的精神,既令人同情更让人喜爱。这个光彩照人的艺术典型是儿童故事片人物形象塑造上的成功范例。年仅8岁的王龙基饰演三毛的精彩表演标志着中国儿童在演技上达到了新的高度。这还是一部"众星捧月"的影片,也就是说,1948年在上海的著名演员,如上官云珠、黄宗英、赵丹等70多位文化界人士,无论男女老少都参加了《三毛流浪记》的拍摄,其中还有多对夫妻、一对母女、一对父子参加演出,而且其中绝大多数都是作为群众演员参加的,哪怕只有一个镜头,他们都极其认真地投入,极其热情地参加排练。在参加贵妇人家聚会的那场戏里,他们全部都是自己设计着装,自己穿戴。这在中国电影百年史上也是唯一的。这些德高望重的电影界前辈,就这样来支持一个小演员的演出。

由于此片是进步电影工作者迎上海解放的产物,所以影片拥有两个结尾。是中国电影史中第一部有双结尾的影片,真正的结尾是在下雪的晚上结束的,三毛迎解放是后来补拍的,附加的第二个结尾。它于1949年10月12日正式公演,成为新中国成立后第一部公演的国产故事片。

《三毛流浪记》由于展示了鲜明的历史风貌、多姿多彩的人物形象以及独特的民族风格,不仅在本国备受赞颂,盛演不衰。1981年,第35届戛纳电影节的"中国电影日"上映该片,接着在巴黎6家影院连映两月,誉满全城,好评如潮。1983年,在葡萄牙第12届菲格拉达福兹国际电影节"30—80年代中国电影展"中,该片荣获评委奖。

20世纪上半叶,儿童故事片在20多年的发展中,从无到有,从无声到有声,从单纯的娱乐性到具有认识、教化和审美等多功能的逐步完善过程,郑正秋当之无愧是开拓者,蔡楚生更是功不可没,是现实主义创作奠基人。而《三毛流浪记》的成功,在编、导、演、摄、录、美等各个艺术部门综合表现能力方面,达到了更高水平。然而统观所摄的20余部影片,大都从表现亲情、人性角度出发,多侧面的揭示灾难深重的旧社会广大儿童悲惨苦难的命运。总体上则感到它们过多地承载着社会问题,编导们还远未将儿童作为创作"本源",真正从孩子们的心灵和视角出发来拍摄影片,这正是儿童片的历史局限。

### (二)初步的兴盛与挫折

1949年10月1日,中华人民共和国的成立揭开了中华民族历史的新纪元。全国人民和政府对儿童少年的切实关怀,孩子们的幸福生活和朝气蓬勃的精神面貌激励着电影工作者产生极大的创作热情,反映现实生活便成为这一期间创作的主流。从共和国成立到1965年的17年间,共生产影片38部,不仅数量上比20世纪前半叶有明显增长,它们还以多彩的生活、鲜活的人物、先进的意识和全新的风格,并塑造了感人的好孩子和小英雄的光彩形象,对现实社会产生过深远影响。1953年,根据秦兆阳的小说,包时改编,赵丹导演,摄制了新中国第一部儿童故事片《为孩子们祝福》,它为如何塑造新社会好孩子的形象做了有益的探索。

儿童电影工作者经过5年深沉的思考,认真的准备和谨慎的探索,终于在1955年,由林兰编剧、严恭导演,拍摄了第一部正面反映校园生活的优秀影片《祖国的花朵》。这部具有重要价值的影片充满欢快清新的时代感,既是新时代小主人幸福生活的画卷,更是社会主义新中国道德风貌的颂歌,它通过一所小学五年级学生相互关怀、共同进步的故事,塑造了各具特色、性格突出的孩子形象,展示了50年代早期人与人之间的团结友爱之情。片中主题歌《让我们荡起双桨》,抒情、明快,深刻地体现了影片的主题和人物的思想情绪,代代传唱至今。

1958年,中法两国联合摄制了中国首部彩色儿童故事片《风筝》,它运用一架风筝作为贯穿全剧的道具,在梦境中通过中国孩子极为喜爱的神话人物孙悟空穿针引线,展示出中法儿童间友好交往的情谊,充满儿童情趣,受到国内外孩子们喜爱。同年,在捷克斯洛伐克第11届卡罗维·发利国际电影节上获得荣誉奖。

生动的好孩子形象还出现在下列影片中:首次拍摄的充满竞争意识的体育片《两个小足球队》,首次拍摄的童趣盎然的幼儿影片《兰兰和冬冬》,首次拍摄的充满探险精神的少数民族影片《五彩路》,《英雄小八路》中高昂激越的主题歌《我们是共产主义接班人》后来成为中国少年先锋队队歌,激励着代代少年儿童立志成才,报效祖国。

《小铃铛》这部通过小满兄妹拾到木偶小铃铛后的经历,反映新时代儿童高尚精神面貌的故事,充满喜剧色彩,由于编导谢添、陈方千格外关爱儿童,细腻地刻画儿童内心世界,公映后深受欢迎。造型奇特的小铃铛木偶的精彩表演更是令人难忘。这一时期还拍摄了首部生动活泼的童话片《小白兔》和首部美丽动人的神话片《马兰花》,都深受孩子们的喜爱。

广大少年儿童获得的幸福生活是中国人民长期艰苦浴血奋斗的结果,无数前辈先烈谱写的壮烈篇章中,同时涌现出许多儿童少年力所能及的奉献和可歌可泣的业绩,电影工作者意识到把这些史实搬上银幕,对培养社会主义的保卫者和建设者事关重大,他们以高昂的热情创作反映革命战争历史题材的影片,产生过巨大的影响。

1954年,张骏祥根据同名小说改编,石挥、谢晋导演的《鸡毛信》,通过抗日战争年代华北某地牧羊童海娃孤身为八路军送紧急信件过程中与日寇、汉奸展开斗争并取得胜利的曲折、惊险故事,按照儿童特有的思想感情、语言行为刻画人物,成功地塑造了一名抗日小英雄的银幕形象,成为革命小英雄的首例,深受广大观众特别是孩子们的喜爱。1955年,在英国第九届爱丁堡国际电影节荣获优胜奖,是在国际上获奖的第一部儿童故事片。

在一系列革命历史题材的儿童故事片中,1963年,由徐光耀编剧,崔嵬、欧阳红缨导演的《小兵张嘎》,不论在思想性的深刻程度,人物性格塑造的丰富性以及艺术表现方式的探索都取得前所未有的成就。尤其是主人公张嘎子,这个具有浓郁的中国北方乡土气息和多姿多彩个性特征的抗日小英雄,成为儿童故事片最为成功的艺术典型。年仅十二三岁的张嘎,亲身遭受日寇侵华战争带来的深重灾难,奶奶被杀,亲人被捕,家仇国恨,凝聚成他强烈的复仇愿望。在革命军队的大熔炉里,通过长辈悉心引导和根据地群众的教育,这个"嘎里嘎气"的娃娃逐步成长为懂得斗争策略的一名小侦察员。从而颂扬了中国人民的爱国精神和革命英雄气概,使影片成为广大青少年生动的教科书。张嘎身上最令人喜爱的是浑身洋溢着宁折不弯的"嘎劲",也就是那股倔强、机敏,并引发出许多"嘎事",让人钦佩,有时又令人瞠目,既可气又可笑可爱,使得人物有血有肉,真实可信,令人叫绝。张嘎的扮演者安吉斯等几名小演员的表演生动逼真,非常可爱。影片公映后,反响十分强烈,不仅深受小观众的喜爱,同时也受到成人观众的欢迎,至今屡演不衰,成为儿童故事片的代表作之一。

令人痛惜的是,17年来刚刚形成的兴盛局面,竟断送在1966年5月到1976年10月爆发的"文化大革命"的浩劫中,在国家和人民遭受到最严重的挫折和损失之时,儿童影片的创作和生产也同样承受着毁灭性打击,竟然8年间没有摄制一部影片,这么长的持续空白,是前所未有的"隔断层"。直到1974年,电影工作者冲破"四人帮"反革命文化专制主义的重重阻力,用心血浇灌出荒漠中的一朵奇葩——《闪闪的红星》。

这部根据同名小说集体改编,王愿坚、陆柱国执笔,李俊、李昂执导的影片,描写主力红军北上抗日后,年仅7岁,苦大仇深的儿童团员潘冬子坚持战斗在苏区,成长为一名红军战士的历程,以饱满的革命激情和浓郁的抒情格调,谱写了一首小英雄的赞歌。这部运用革命的现实主义和浪漫主义相结合创作的影片,在儿童故事片的历史上享有特殊的位置。主人公勇敢机智的性格,刻画得层次分明,使人信服。昂扬激奋、节奏明快的主题歌《红星歌》意深情重,对深化影片的主题思想,细致地刻画小英雄的内心世界奠定了坚实基础。另外两首抒情的插曲中,画面是秀丽江南风光的陪衬,情景交融,生动有力地展现出主人公的英雄气概,烘托着影片明朗高昂的欢乐格调。公映后,这几首歌唱遍大江南北,并流传至今,深受喜爱。

综观这 27 年儿童故事片从初兴到挫折的过程,在认识到其成就的同时,也应该清醒地看到不足之处。

其一,以《祖国的花朵》为代表树立的"好孩子帮助有缺点的孩子","先进生帮助后进生"的创作原则,在一段时期内几乎形成了刻板的模式,束缚着现实题材影片进一步的开拓和发展。其二,反映革命战争年代少年儿童成长的影片,一定程度上存在着不适当地夸大小主人公的作用,某些人物形象典型化不足,因而不够生动丰满,风格样式较单调。其三,这一时期拍摄的 52 部影片,绝大多数是严肃的正剧和壮烈的悲剧,喜剧色彩少,孩子们喜爱的童话片、神话片各有一部,科幻片等完全空白,足见影片的风格样式奇缺,远远不能满足少年儿童丰富的想象力和强烈的求知愿望。

### (三)新时期的繁荣并逐步走向成熟

"文革"的结束,中国出现了政治、经济和文化形势好转的新局面。特别是十一届三中全会的召开带来的思想解放运动,给沉寂的电影界带来极大的精神鼓舞。对长期以来严重束缚电影工作者手脚的极"左"思潮的彻底清算,是儿童电影事业发展的前提,国家和政府部门的极大关怀并提供拍摄资金,是这一事业繁荣的根本保证。从 1976 年 10 月到 20 世纪末的 23 年间,总计拍片 242 部,是过去 54 年间拍片总和 75 部的 3 倍多( 1922—1949 年 27 年拍片 23 部;1949—1976 年 27 年拍片 52 部,相加共 75 部)。是儿童电影史上绚丽多姿的丰收时期。

#### 1. 反映现实生活的影片取得突破性的成就

这个时期的影片绝大多数是从更广阔的社会现实中展示出不同层面儿童少年欣欣向荣的生活和心理的深刻变化。当代校园题材仍是最重要的组成部分,但是和"文革"前相比却已迥然不同。第一朵报春花是 1980 年由严婷婷、康丽雯编剧,王君正导演的《苗苗》。由于编导们经过"文革"的历练和反思,它完全破除以往"好孩子帮助落后孩子,先进生帮后进生,教师至高无上"的刻板模式。通过刚刚踏进校门的女教师韩苗苗的成长,真实而细腻地表现她如何以一颗火热的心和科学的教育法去抚平十年浩劫遗留在孩子们心灵上的创伤。她本身还不成熟,也有缺点,正是通过和学生的相互磨砺,达到心灵上的沟通,从而赢得学生与家长的爱戴。该片在国内外均获奖。韩苗苗形象的成功,给"久旱"的儿童片创作注入极大的动力,促进一批优秀校园片的产生,如《四个小伙伴》《十四五岁》《烛光里的微笑》《男孩女孩》《红发卡》等从不同角度、不同侧面、不同年龄层次,反映中小学生日新月异的校园生活、新型的师生关系和教师们在艰苦环境中的敬业精神,能让小观众精神上获得教益和洗礼。

当人们正在为银幕上还缺少体现时代精神的艺术典型而焦虑时,1984 年,根据铁凝的小说《没有纽扣的红衬衫》,由陆小雅编导的《红衣少女》的诞生,给儿童影视界带来振奋人心的惊喜和广泛的评论。该片既没有离奇曲折的故事,更没有大喜大悲跌宕起伏的情节,仅仅通过一个普通知识分子家庭的女中学生安然的日常生活,透过她那双清澈、犀利的目光审视世界,敢于独立思考人生的鲜明个性而赢得广大观众,尤其是同辈人的喜爱。电影界前辈夏衍高度评价这个儿童银幕上从未有过的全新的少年形象"不是 50 年代,也不是 70 年代的少年,而真正是 80 年代的一个典型。她不盲从,也不信说教。……她不接受社会上的旧风俗、旧习惯,是一种开放性、积极性的典型。她善良、纯洁,但她又有不迷信、敢碰硬的精神。……我喜欢这样的青少年,我认为有了这种性格和勇气,中国的'国民性'才能改造好,中国民族才能振兴"。[③]从而向社会提出了如何培养接班人的课题。由于编导"把自己对历史、现实及未来的思考糅进影片之中",实现了"把家庭、社会、学校、大自然这几个人物生存的有限空间开拓出无限的心灵空间而获得情绪延伸后的心理共振和思考"。"从安然毫无世俗偏见的、纯真的坦荡的个性中……我们看到了中华民族一代新人的成长"。他们"形成了对传统的偏见,对陈旧的腐朽观念,对虚伪的冲击。……安然这一代人的真诚正是中华民族的希望"。④

由此发端,银幕上陆续出现了布兰(《我和我的同学》)、罗菲(《多梦时节》)、曹咪咪(《豆蔻年华》)、香雪(《哦,香雪》)、安建军(《我的九月》)、张鸣鸣(《一个独生女的故事》)及谢欣然(《花季·雨季》)等充满时代精神、个性鲜明的青少年形象,他们不再是传统意义上的"英雄少年",而是当代少年儿童所认可并接受的艺术典型,成为他们的良师益友。

1989年,根据程玮长篇小说《走向十八岁》,由徐耿、程玮改编,邱中义、徐耿导演的《豆蔻年华》,描写一群十五六岁的中学生的生活、学习和友谊,像日出前的一瞬间:喷薄的热情、对未来的希冀,还有那一丝丝朦胧……他们正迈向人生最辉煌时刻。片中着重刻画一对好友曹咪咪和姚小禾之间的情感纠葛与冲突,所揭示的新时期人们对人生价值的深入思考、理解与追求,成名成家与普通劳动的辩证认识,平凡劳动者的价值,对青少年的人生道路有着积极的导向作用。影片鲜明的倾向性正是蕴藏在艺术的巧妙构思之中,并用许多丰富细节刻画了典型环境中的典型人物,塑造了几个有血有肉的人物形象。在改革开放的新形势下,由于影片能够形象地让青少年懂得:竞争和道德的关系、尊重平凡的劳动、珍惜友情、树立崇高的社会责任感,这些恰恰是社会上普遍关注的课题,因而受到教育界的热情欢迎、影视界的广泛好评及中央领导同志的肯定。1989年10月10日,江泽民同志在《关于儿童电影事业的情况报告》上做出令人深思的批示:"昨晚看了电影《豆蔻年华》,总的来说,给人以高尚情操的教育。……对培养下一代来说,究竟是造就我们的接班人,还是培养我们的掘墓人。这是摆在我们面前的一个非常尖锐的现实问题。儿童教育至关重要。童年时代所受教育好坏,往往影响一个人的一生。"⑤

1990年,根据罗辰生的小说《傻老师》,由杜小鸥、罗辰生编剧,尹力导演的《我的九月》,不仅将儿童片,也把中国电影的制作推向新的制高点。这部京味十足的影片讲的是中国首次举办亚运会开幕式前夕,北京一所小学高年级学生苦练团体操的过程中,两名性格截然相反的同学之间发生的分歧及心理的变化与成长。影片的特点就是向全国人民提出如何重塑民族性。它通过小主人公安建军(人称安大傻子)由失败到成功,细致地刻画出自身原本怯懦的孩子,在尊重个性,爱护并发展个性的高老师(人称高二傻子)的启迪下,如何消除心理障碍,走出低谷,重新发现和认识自我,获得自信并敢于竞争成为强者。"安大傻子这个形象,很有潜力,我国要想强盛起来,要有像安大傻子这样的人觉醒。"⑥而高老师这位不像老师的青年教师,则是20世纪90年代忠诚于塑造未来民族灵魂这一崇高事业的清醒代表。

本片从根本上解决了自20世纪产生儿童片以来,如何实现以"儿童为本源"的创作追求得以成功的体现,编导和摄制组的各部门能够真正从儿童角度出发去"发现儿童",致力于唤醒安建军的人格意识。他们充分调动长短镜头,设置环境,烘托氛围,揭示出不同孩子个性差异的家教和社会影响,描绘出贴近生活、活灵活现为师生所喜爱的小伙伴。

这部富有探索精神的艺术影片充满纪实性的风格,叙事流畅而丰满。影片的拍摄周期几乎与首都人民举办亚运会的盛大活动同步进行。运用电影艺术反映现实往往需要时间的沉淀,难免会有距离感。而这部影片能够如此敏锐和近距离地贴近重大事件,实

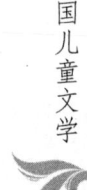

属罕见。其成功经验更为儿童片如何表现孩子与社会生活息息相通的联系闯出一条生路。由于全片的结构是把一个大杂院中的老老少少的生活与辉煌的亚运盛会有机糅合起来，将儿童与成人的心态与目光都交织在高扬国威的兴奋点上，使影片得到的思想内涵能够在形式上达到亲切自然，引人入胜，深入浅出，雅俗共赏，实现儿童电影企望达到"老少咸宜"的理想目标。

1998年，由曹文轩根据自己的长篇《草房子》编剧，徐耿执导的同名电影，公映后与小说问世同样引起强烈的反响与关注，被认为是能感动今天和明天小观众的"美丽的人性的诗篇"。它在国内外频频获奖，被誉为是献给孩子们难能可贵的优秀影片。

该片运用诗情画意的视觉影像和充满童真童趣的人物形象，把我们引领到20世纪60年代中国苏北的贫瘠水乡，一个叫油麻地的乡间小学。通过桑桑的童年经历，让观众感受到少男少女间毫无瑕疵的纯情；不幸少年与厄运拼搏的悲怆；死亡体验中对生命的亲切感悟；成人间扑朔迷离又富含诗意的情感纠葛……真诚而抒情地颂扬了至真、至善、至美的人间最高境界。影片的成功就在于揭示了一个成年人的童年记忆，这种永恒的童年情怀不仅能感动成人，也会使孩子们在成长的岁月中逐步体味到人生哲理。在人与人之间关系日益疏远，情感日趋冷漠的信息时代更显得弥足珍贵。它为新世纪儿童电影的发展做了有益启示：如何使儿童电影不可缺少的教育内涵不露痕迹地隐遮在情节和人物性格的成长史中，令观众在愉悦的审美感受中领悟生活的真谛，从而使人性得到升华。

2. 体裁开阔，题材极大的丰富

情趣盎然的幼儿（学龄前儿童）的影片获得杰出成果，是新时期儿童片最重要的收获。其代表作是1982年摄制，石晓华导演的《泉水叮咚》。它以细腻感人的笔触描写一位退休教师对几个不同家庭、不同个性和气质的孩子无微不至的关爱，涉及独生子女家庭中存在的问题。深入独生子女的内心世界，刻画出他们独特的性格，进行童真、童趣的描绘，令孩子形象栩栩如生，过目难忘。该片在国内外广受好评并多次获奖。剧中小喜燕的扮演者王佳莹，将一名失去母亲后，因而性格孤僻、心理压抑的小女孩如何重新获得母爱的过程表演的真切、自然、感人肺腑，为儿童形象画廊增添了新人的形象，因而在1983年印度第3届新青年国际电影节获各族儿童评委会最佳儿童女演员的银象奖，成为中国小演员在国际上获奖的首例。《应声阿哥》描写北京儿童京京到云南景颇山寨寻找友情的故事，片中将神奇的山谷回声的自然现象拟人化地融入情节，促进人物性格的发展，构思奇巧。《小刺猬奏鸣曲》通过肤色不同的中国、非洲和欧洲3个小朋友共同饲养小刺猬时结下友谊的过程，在情景交融的抒情气氛中，体现世界儿童向往和平、友谊的心声。《天堂回信》通过祖孙间相依为命的生活，展示了儿童与成人间真挚的情感。其艺术魅力正在于它对人们情感的冲击是以温和方式弥散开来，有一种极强的渗透力，使观众在这个有情的世界里，不得不将自己的情绪随着剧中人物的命运起伏发展。该片在国际上先后7次荣获8项奖，备受赞赏。此外，《快乐天使》《戴口罩的小狗》等片颂扬了新时代幼儿美好的心灵和互助友爱精神，像一曲清新的旋律令人久久回味。

回归自然的影片所形成的"动物热"潮流，是以往任何时期没有发掘出来的新题材。《飞来的仙鹤》将小主人公置身于无边的草甸上与飞舞、仰天长鸣的仙鹤追逐和嬉闹，把他描绘得可爱之至。他的性格特征导致他必然回归农村的美好结局。极富童趣的《会飞的花花》充分展示幼儿的内心世界：两个孩子对公鸡的爱护体现出童心的真挚，令人深感同情。此外《红象》《狼犬历险记》《鹤童》《熊猫小太阳》《金秋鹿鸣》《小城牧歌》等片中把小主人公的生活分别设置在原始森林、崇山峻岭、江河湖泊、边塞异域等大自然怀抱中,与大象、仙鹤、熊猫、刺猬、狗、猫、鹿、马、公鸡等动物相互交往,或探索它们的奥秘,或成为亲密朋友,体现了广大少年儿童探索大自然的求知欲和保护野生动物的一片爱心,能让小观众扩大视野,并逐步树立爱护绿色家园——地球村的崇高信念。

凝重深邃的传记片也是新开拓的崭新题材。《少年彭德怀》通过对彭总少年生活的描写,刻画了一个具有个性特点的小主人公形象,给小观众以一种伟人"人格魅力"的感染。全片风格朴实、深沉。老演员邸力凝重、沧桑的表演给人们留下坚韧刚强的形象,令人难忘。童星富大龙演绎的祖孙真情感人至深,动人心魄。《人之初》讲述聂耳童年的故事,是一部爱的教育影片。它通过母子情、姐弟情、邻里情、世情、人情,在这个情字的绵远悠长的路上,一个可爱的孩子——少年聂耳迎面走来。扮演这一角色的是9岁的葛林,聪明伶俐,虎虎有生气。虽然是第一次表演,但基本把握住人物的性格和感觉。《孙文少年行》影片表现了孙文12岁到17岁,从家乡到檀香山的生活经历和心理发展轨迹。由于该片真实地再现当年的历史风貌,使孙文的个性栩栩如生地展示在银幕上,以及描述鲁迅少年时代的《风雨故园》和《少年雷锋》等这些创作严谨、艺术上乘的作品有助于青少年树立正确的人生观。

颂扬民族传统文化的儿童戏曲片也是一枝独秀的绚丽之花。《岳云》一片通过岳云主动请缨抗击金兵的生动故事,成功地塑造了古代少年英雄的艺术形象。使小观众既受到英雄主义教育,又得到欣赏京剧艺术的乐趣。全剧表演浑然一体,给人留下深刻印象。《沧桑梨园情》通过戏曲小演员精湛的演技弘扬了祖国京剧艺术的优良传统。《娃娃唱大戏》讲述农村少年被戏校破例接收后,苦练成一名"丑角",展示京剧艺术后继有人的实力,影片充满情趣,既好看又好玩。这些片中戏校学员们刻苦练功的毅力深深感染着小观众。

紧张、活跃、热闹、健美的体育、武术和杂技片种也是一朵新花。《候补队员》《五虎将》《姣姣小姐》《来吧,用脚说话》《滑板梦之队》等,展示已成为体育大国的广大青少年朝气蓬勃的精神状态、拼搏向上的竞争意识和为国争光的荣誉感,他们正成为体育事业坚实的后备军。

充满幻想、探索色彩的现代童话片有了突出的进步。《大气层消失》这部以环保为主题、艺术构思独特的影片,讲述一名小学生与受害的动物去寻找破坏臭氧层的污染源的一场惊心动魄历程,把生态环境问题提升到哲理高度。体现出创作者广阔的视野和强烈的社会责任感,它从十分新颖的视角出发,把电影的样式和对环境的忧患意识巧妙的结合,使影片既有灾难片开场,又融入现代童话和科幻片的特点而形成独异的风格。这不仅对儿童片创作是个开拓,对整个故事片创作也有启发。《霹雳贝贝》描写了宇宙人的儿子贝贝摆脱孤独寻找友爱的故事。情节曲折,充满儿童情趣。它在科幻题材方面迈出了可贵的一步,丰富了儿童片的表现。深受广大小观众喜好。此外,《"下次开船"港游记》《疯狂的兔子》等将儿童引入渴求的幻想世界,给他们带来惊喜和愉悦。

如诗如梦、美好灿烂的青春类型片依然是反映现实生活主流中的重要组成。《我和我的同学们》以欢快抒情的格调体现青少年的开放性格和纯真情谊。全片总体构思完整,镜头运用、画面构图、声音造型和节奏的掌握都自然、流畅。《多梦时节》那充满幻想色彩的诗情画意揭示少女成长的奥秘。《失踪的女中学生》别开生面的警示早熟的少男少女如何避免走入青春萌动期的误区,因而该片颇为引发争议。《普莱维梯彻公司》通过几个

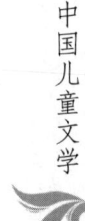

高中学生社会实践的失败向青年提出了如何了解并适应社会的人生课题。《哦，香雪》通过农村少女对现代文明的渴望与追求，深刻揭示了社会巨大变革中农耕文明与工业文明的碰撞。编导的高明更在于对新生活向往的同时也对过去存在的真善美进行了挖掘与保留，表现了两种文明的融合。中学生创作的《花季·雨季》准确鲜明反映深圳特区少男少女人生最美好时光的心路历程，它贴近时代与生活，情真意切地抒发了他们的内心世界，映出后产生意想不到的连锁反应。总之，这一组组瑰丽璀璨的青春画面中，多姿多彩的青春形象在改革开放的急剧变革的现实面前，他们是沿着寻求理解，进而呼唤真诚，逐步树立远大志向的人生轨迹，充分展示了年轻一代满怀信心迎接新世纪的风采。

新时期还拓宽了下列的题材是以往儿童片从未触及过的内容，如《绿色钱包》《少年犯》是反映工读学校失足少年在政府关爱下改过自新的历程，有着警示的意义。《没有爸爸的村庄》《SOS村》通过国际儿童村非血缘的特殊家庭中孤儿与村妈妈的感情纠葛，颂扬了人道主义和伟大母爱。《火焰山来的鼓手》是一系列充满民族风情和边疆情调的兄弟民族儿童片的佼佼者，片中维吾尔族艺校小演员热情奔放的歌舞与豪情给人们带来极大的振奋和快乐。该片1992年在柏林第42届电影节的第15届儿童电影节参赛中，深受孩子们喜爱并荣获儿童评委一等奖，评语是："成功地表现了儿童世界的有趣生活，塑造了一群可爱的有才华的儿童人物形象，歌舞美，风土人情好。"《特混舰队在行动》通过海军子弟学校丰富多彩的生活，颂扬了祖国下一代强烈的"海洋意识"和宽阔胸襟。《启明星》《无声的河》则把镜头对准智障孩子、残障儿童的特殊群体，以及他们的理想与追求，生活中自强不息的精神。《别哭，妈妈》《一个独生女的故事》《背起爸爸上学》和《下辈子还做母子》，通过几个特殊的家庭，编导以极大的热情讴歌了数名少年在极端困苦的家庭境遇或身患绝症的状态下，依然关爱父母、乐观生活、拼搏向上，体现出中华民族传统的家庭伦理美德。影片情景动人、感人至深、催人泪下，映出后反响十分强烈。

最后，必须提及的是反映战争年代的儿童片，如《啊，摇篮》是献给"国际儿童年"的佳作，它以优美的散文式结构方式讲述了延安保育院的斗争生活，表现了"爱孩子就是爱明天"的崇高境界。《报童》和《扶我上战马的人》体现革命领袖关怀后代的生动事例。《童年的朋友》在诗情画意中颂扬战争年代令人难以忘怀的美好青春和革命情怀。《战争子午线》体现了中华民族与日寇侵略者浴血奋战宁死不屈的光荣传统。它们不论在体现主题和塑造人物都注重于理性的开掘和新颖的艺术观，通过领袖与儿童、母亲与孩子的阐述，揭示战争与人性的关系，力图摆脱"革命小英雄"的创作窠臼，令银幕形象更易为小观众所理解。

综上所述，新时期以来儿童片的成就是显而易见的。它虽然只占全国每年故事片产量的1/10左右，数量还不够多，离3亿多儿童少年的需求量还有差距，但其摄制的内容几乎涉猎社会生活的方方面面，风格样式也丰富新颖，塑造了一批体现时代精神的儿童少年艺术典型，丰富了中国电影的银幕形象。更可喜的是，它在国内外获得众多的荣誉。据不完全统计，在国内"华表""金鸡""百花"和"童牛"的大奖项中，有88部影片获378个奖项。在国际上25个国家和地区的各种电影节中，有44部影片获113个奖项，取得前所未有的盛誉。

我们可以毫无愧色地说，中国儿童故事片已经走上世界电影的舞台，自从1984年在意大利举办第一次中国儿童电影回顾展以来，频频亮相。1991年至1993年，在第41届至43届柏林电影节的儿童电影节上，《哦，香雪》《火焰山来的鼓手》和《天堂回信》荣获

"三连冠"的盛誉,轰动柏林儿童影坛。随即,我们又主动出击,1993年到1995年,在马来西亚全国举办"三连贯"中国优秀儿童影片义演;1999年和2000年在美国休斯敦等若干城市举办中国儿童电影展,都深受当地人民的热情欢迎和使馆领导的赞赏,并把儿童电影誉为"友好的民间大使"。还曾由国家出面在蒙古、德国、新加坡及加拿大等国举办过中国儿童电影节。30多部影片在国外巡回演出,让外国人民形象地了解社会主义中国欣欣向荣的面貌,增进了与各国人民(特别是青少年)的情谊,为祖国争得极大的荣耀。2002年9月还专程携带10部影片赴台湾地区举办大陆儿童电影精品展,反响十分热烈。

### (四)21世纪的新局面

人类迈入了新的世纪,我国社会的发展和转型日益深化。受中国电影走向全面市场经济体制的深刻影响,中国的儿童电影由于长期以来深受发行渠道不畅的制约,社会效益和经济效益难以取得统一。加之影片制作成本的剧增,儿童片和成人片投资额相差过大,严重影响了艺术家投入儿童片创作的积极性,一度导致影片的数量和质量出现滑坡现象。正当儿童片的创作和生产在艰难中奋发前行的关键时刻,2004年,《中共中央国务院关于加强和改进未成年人思想道德建设的若干意见》重要文件的发表,不仅提出了新世纪未成年人思想道德建设的指导思想、基本原则、主要任务,也提出了"加强少年儿童影视片的创作生产","积极探索与社会主义市场经济发展相适应的少年儿童电影的发行放映院线"的要求。党中央如此重视儿童片的生产,积极解决广大少年儿童观片难的问题,不仅调动了各电影厂的积极性,同时促使一些关注少年儿童健康成长的非专业影视单位和民营企业积极投资参与拍摄,致使该年度的产量达到20部,是历年来产量最高的一年。经初步统计,2001年至2004年共生产儿童片52部,其中非专业影视单位和民营企业摄制了15部,竟超过了四分之一强,为儿童片生产注入了活力,成为引人注目的景象。

综观新世纪以来完成的影片有如下的特点:

### 1.校园题材仍是热点,但其内涵有了进一步的拓宽

面对着教育界存在的诸多问题,教育体制改革和实践正在深入发展中,艺术家们关注这一改革的进程,在创作中注入新教育理念、新教育方法并塑造具有良好师德的教师形象。《快乐时光》就是一部反映了教育教学改革给一年级小学生集体健康成长过程中带来的快乐时光,体现了人们(尤其是孩子们)的热切期望:还给刚入学的孩子以幸福的童年。片中运用生动的情节和细节,注意在培养学生良好行为习惯的同时,恰如其分地进行适合他们身心发展特点的思想品德教育。如启发学生放飞小鸟,令他们感悟如何关爱生命;从观赏图画中引导他们关注生存的环境;争得流动红旗,培养他们的集体荣誉感;通过改正错误,懂得诚实的重要……这部能使人心灵纯净又感到愉悦的影片能让小观众深受启迪,同时也会给广大教师诸多的启发和借鉴。全片人物鲜活,叙述流畅,画面优美,摄影的光调清澈明快,朗朗上口的儿歌给影片增添了欢快的色彩,充分抒发出孩子们激动愉快的心情,给人以艺术上的享受。《女生日记》被誉为是一部"现代女孩成长启示录",通过六年级一名女生以日记形式叙述她和同学们难忘的毕业前的生活,导演以超现实方法来展示现实生活,以抽象的手法结合具象的手法来表现当今小学生充满青春气息的现代校园内外的生活。片中也塑造了一位具有高尚师德,以学生为友,言谈举止新潮、时尚,教学方法标新立异的新型老师,自然受到广大观众的欢迎。影片画面调子清新明朗,色彩丰富,人物服饰漂亮而不夸张,整体感觉充满着阳光和强烈的时代感。该片先

后获得童牛奖和金鸡奖。《TV小子》讲述在一所落后的中学里,通过新来的校长和年轻女教师采取新的教育思路振兴学校,放手让学生(尤其是所谓的"问题学生")创办校园电视台,借此开展素质教育,令孩子们在社会实践中受到锻炼。影片人物鲜活,节奏明快,充满青春朝气和时代氛围,给教育界吹进一股清新的改革气息。

面对当前社会上事故频发,未成年人受伤害事例增多的现实,为了及时引导并对广大师生进行安全教育,《关爱明天》和《珍惜青春》便成了及时雨。特别是前者,运用生动的事例,通过一系列要案的巧妙编排,生动并科学地给青少年以安全教育的形象展示,激发少年儿童的观赏兴趣从而得到教益,受到家长和学校的欢迎。

2. 除了校园,家庭生活和课外活动更是少年儿童的广阔天地

在描述这类体现家庭关爱的亲情片中,注意通过孩子在亲情、友情的交融中,揭示他们的成长心路,关注当前教育中如何培养孩子们健康的心理素质。《真情三人行》和《纸飞机》是这方面的力作。前者是根据一名全国十佳少年的真实经历为原型,讲述一个身患绝症的父亲和一名尽责尽职老师引导10岁男孩面对生活不幸,如何走好人生之路的震撼人心的家庭故事,是一部催人泪下的都市童话。影片在环环相扣的激发起观众令人心颤的情感波澜中,承载着厚重的呼吁全社会重视建构素质教育的系统工程,诗意地探索着人生价值、生命的真谛。艺术地表现了如何关爱孩子,培养他们自强自立,成为"四有"新人的重大课题。影片始终将创作视点对准人物命运,通过命运的逆转设置悬念,紧紧牵引着观众的欣赏期待。同时以感情为轴心,通过丰富感人、富有张力的细节,为剧中人设置了一个揪心的规定情景,如何面对生和死、情和爱的考验。由此描绘微妙曲折的人际关系,浓墨重彩地抒写人间真情。剧中主配角表演到位,道具的选择、氛围的营造,令人难忘。《我要做好孩子》成功地塑造了金铃这个"中不溜"孩子美好纯真的童心世界,通过她揭示出儿童与成人之间的碰撞与沟通,有很强的现实感。金铃的可爱和可信就在于她不放弃自己的原则去盲目做父母心目中的好孩子,这是会给广大的家庭以启示。影片把人物活动的空间选择在江苏周庄,江南水乡特有的民俗与景致,拓展了影片的观赏性,既流畅又充满生活情趣,宛如一首轻快温馨的儿童诗。《这个假期特别长》也是讲述发生在江南水乡小镇上的故事,3个少年无意中撞倒老人,使他一度失忆。孩子们历经惶恐、悔恨、困惑和醒悟后,如何竭力帮助老人恢复记忆。通过小故事反映一个大主题,切中我们的教育长期存在的误区:如何培养孩子们具有健康的心理素质、健全人格及社会责任感? 全片构思独特、新颖。影片开场较快地展开矛盾,产生悬念,吸引人们伴随着剧中人物在闯祸之后,共同体验从逃避到煎熬,直到勇敢地改错并承担责任。难能可贵的是在这一系列的剧情发展中,打破以往惯用的"成人教育孩子"从俯视的角度教育儿童的创作模式,而是充分展现小主人公的自主和自立精神,因而充满童真、童心和童趣,这在以往的少儿题材中实属少见。本片地域色彩浓郁,特点鲜明,风景如画,充分展现江南水乡特色,并且与人物内心变化及性格特征有机地交融在一起,增强了影片的观赏性。在描述3个少年闯祸后的内疚和煎熬心态时,以长镜头为主,运用大量对视、沉默和抓耳挠腮等反应镜头,准确而形象地显示孩子们遇事后不知所措的内心痛苦,定能引起小观众认同和共鸣,并从中受到教益。《来不及爱你》是帮助并引导青少年了解父母、关爱父母、疏通两代人代沟的好影片。它通过当前孩子冷漠,没有宽容、怜悯之心,不懂得关心自己父母的现状,运用艺术手段唤醒孩子的良知,既有很强的现实意义,也有助于学校落实行为规范的教育。

此外,《棒球少年》《我和乔丹的日子》及《我是一条鱼》是反映少年儿童为了迎接2008年的奥运会,在体育竞技上朝气蓬勃的精神面貌及为国争光的荣誉感,尤其是后者描述海南少年路小春在长辈的帮助和鼓励下,徒手横渡琼州海峡,创下吉尼斯世界纪录的壮举,格外鼓舞人心。

3. 关注西部及农村贫困少年儿童的命运是一大特点

我国西部大开发以来,贫困地区少年儿童的命运格外引起人们的关注。黄宏自编自导自演的《25个孩子一个爹》,这部取材于真人真事的抒情喜剧是通过养鸡大户赵光脱贫致富后养育25个孤儿的有趣内容,以独特的视角讲述了一个真实、感人的爱心故事,表现了人们在当今商品社会中对真情的渴望。影片创作扎实,风格朴实,令观众在观赏中含着眼泪笑,在笑声中感受到生活的美好,因而公演后深得好评并在国内外频频获奖。《我们手拉手》展现了深圳特区学生与井冈山革命老区学生之间的真诚友谊。它克服了以往这类反映城乡儿童"一帮一"的影片中,把城市儿童塑造成小救世主的模样,不仅不虚心向农村孩子学习并给予他们帮助共同进步,反而有意无意间伤害了对方。本片展现特区同学暑期到井冈山与贫困地区的孩子们共同生活、劳动、互相关爱、学习,最后双方都获得有益启示的感人至深的故事。全片叙事流畅,人物形象个性化,自然生动,风格朴实,节奏感强,拍摄镜头新颖、细腻,具有强烈的艺术感染力。《我的小学》和《上学路上》都是难得的反映农村孩子现实生活的影片,讲述他们艰辛的求学历程,情节真实,人物鲜活,朴实感人。以上影片特别有助于当前对城市独生子女的教育。《没有音乐照样跳舞》是首次拍摄宏志班这一新生事物的影片,通过贫困学生自强不息,勤奋努力,不仅学有所成,心理素质同时获得提高,体现了党和政府对贫困家庭孩子的关注。

4. 21世纪是信息时代,国际交往频繁,有5部反映中外学生互相学习的影片难能可贵

《飞来的青衣》通过一名外国女孩酷爱并学习中国京剧艺术的故事,充分展示了中西文化的碰撞与融合,两种家庭教育观念的强烈反差以及中外儿童个性发展的鲜明对比,是一部符合"三贴近"的令人深思的佳作,同时能让青少年更多了解中国国粹——京剧,对青少年形象了解华夏文明和中国优秀的文化传统都有实际的教益。《时差七小时》这部国内首次全面表现小留学生海外生存和奋斗经历的作品,讲述一名16岁中国花季少女独闯英伦诚挚奋发的学习生活,是根据姐姐的自传体长篇小说《长翅膀的绵羊》自编自演,打造成中国第一部全景英国拍摄的青春校园片。这部少女纪实性自传体电影,混合着青春期的迷茫、成长的烦恼和两个男孩青涩的恋情以及中国人在异国他乡的拼搏,很有时代气息、生活气息、青春气息,势必引起想出国或已出国的学生及家长的观望欲。这也是一部冲击中国传统教育理念的影片,编导把自己对中西教育方法和人才观念的思考,通过人物、故事和细节生动展现在银幕上,拒绝说教,有助于国人从中比较国内外教育的区别,吸取国外优秀的教学经验,既给我们带来深刻的思考也有助于素质教育的实施。这部充满原创纪实风格的影片,在拍摄手法和镜头运用上都十分考究,不完整地叙述故事的散文风格,记录下留学过程的点点滴滴、酸甜苦辣,散而相连,散而有序地揭示出生活的本质和浓郁的生活气息。画面优美,古老而静谧的校园环境和异国郊野与影片主旨相吻合,给观众带来深厚的享受及回味。

5. 几部历史题材的创作更是令人瞩目

《飘扬的红领巾》讲述的是20世纪20年代初期省港大罢工期间,几个少年如何自觉成长为革命战士的经历。表面上看它是一部介绍少年先锋队前身劳动童子团如何成立

的影片，但实际上它通过形象的外观，表现了革命精神是如何确立和继承的，体现了革命的火种永不会熄灭是历史必然的原因。而《安源儿童团》则以真实人物为原型表现了红领巾的来历，影片能够让今天的少年儿童形象地了解中国的这一段历史和"红领巾"的深刻含义。这两部影片一脉相承成为革命传统教育的形象教材，受到师生欢迎。在抗日战争胜利60周年到来之际，面对着日本国内右翼势力猖狂抬头，修改和平宪法，剧增军费，向海外派遣军队，甚至公然宣称将中国列入它的主要防御范围。有良知的艺术家始终没有忘记运用抗日战争史实，警示我们的下一代不忘"国耻"，勇于抗争。《少年英雄》颂扬的王二小是一名中华民族妇孺皆知的抗日小英雄。这段史实虽已拍过多次，但本片导演在处理这个耳熟能详的战争题材时，做了有益的突破和创新。从尊重历史史实、倾注新的理念、立足世界反法西斯战场的高度出发，从普遍人性的角度切入，追求激情澎湃、振聋发聩的观赏效果，产生最广泛的象征意义。该片站在"战争不属于儿童"的立意上，从新的角度审视战争与和平。它并没有单纯地表现王二小对敌人的仇恨及个人的复仇，而是让他在老师和连长的开导下，从家仇上升到国恨的高度，表明孩子理应远离战争，不应该是旧社会、旧制度的破坏者；而应是新社会、新制度的建设者，但这种美好愿望在残酷的现实中最终幻灭，更加深刻地指出战争的残酷及反人性的本质，深层次地揭示了影片的内涵。全片画面精美，音乐动人，将太行山脉雄浑的景色和情节紧紧相扣，战争场面也是儿童片中少有的壮观与惨烈。主人公的形象朴实无华、亲切感人，令人信服，其扮演者是10岁的陈松，通过摄制组成员的关爱和指导，他勤奋努力，吃苦耐劳，特别是拍摄炮火连天的场面时，克服畏难心理，战胜疲劳，不用替身，顺利完成任务，难能可贵。《五月八月》是第一次用儿童的视点审视南京大屠杀中日寇的滔天罪行，片中一对小姐妹亲历祖母、父亲被杀，母亲惨遭凌辱，沦为孤儿被舅舅接纳后，舅舅也家破人亡的苦难。她们幼小的心里刻下难以磨灭的战争阴影，最终汇入成千上万孤儿的流浪洪流中……影片格调深沉，色彩强烈。这种对于日本军国主义侵华暴行至今不认罪的血泪控诉，能激发起观众强烈的爱国情怀。

6. 体裁的拓展。两部歌舞片的诞生是新世纪创作的一大亮点

儿童歌舞片《寒号鸟》是中国首部儿童音乐童话电影，它根据人们熟悉的民间故事改编，主题积极，寓教于乐，让孩子们在轻松愉快的氛围中得到教益。音乐贴近生活，曲调比较丰富，舒展又抒情。在歌曲旋律的设计上也都采取孩子们熟悉和喜爱的不同风格和样式，既有民歌，又有通俗，更有摇滚，富有现代感。舞蹈优雅，造型鲜活，场景优美，色彩灿烂。全片欢快热闹，节奏感很强，既风趣又不失幽默，给人耳目一新的感觉。在第12届童牛奖中，不仅影片获优秀故事片奖，其主题歌《猜猜猜》也获优秀歌曲奖。《大宝贝小宝贝》是一部反映小学生校外生活的歌舞片，轻松、活泼、现代感强，故事情节曲折，反映了少年儿童热心助人、助残的高尚品格；关心同伴，帮助同伴改正错误的真挚友情，体现了他们法制意识的提高。歌曲生动，小狗表演可爱。

三部带有幻想色彩的科幻片深受孩子们喜爱，特别是《危险智能》一片，编导立意新奇，通过几名中学生运用智慧战胜企图采用脑外科"智能"手术，改变人的善良本性的邪恶势力的故事，告诫孩子们警惕高科技的犯罪行为，正确处理人的智能开发与人性情感的矛盾冲突关系，会对青少年起到警示的作用。

# 三、中国儿童故事片取得成就的原因和今后的方向

## （一）成就的原因

首先，是政府极大的关注与支持。在国家领导人的关怀下，1981年6月1日成立了北京儿童电影制片厂（后改名中国儿童电影制片厂），由著名电影表演艺术家于蓝任厂长，这是第一家专职摄制儿童故事片的厂家。自创建以来就得到国家的全额资助。政府每年安排生产故事片12部，童影厂制作5部，其余7部由各制片厂承担。政府大量的资金投入给儿童电影事业的发展提供了可靠的保证。

1984年，又成立了有史以来的儿童电影工作者团体——中国儿童少年电影学会。随即又创设了自己的奖项——童牛奖。两年一度的评奖，至今已颁奖12次，给儿童电影工作者以极大的鼓励，同时也是他们创作成就的重要艺术标志。学会还多次举办影片座谈会、理论研讨会为创作的繁荣指引方向。优秀电影剧本的征集为影片的拍摄奠定了良好的基础。这两个机构聚集了全国热心和执着于儿童电影的各方人才，充分发挥他们的创造才能，推动了事业的发展并逐步走向成熟。

其二，由中国儿童电影制片厂和中央电视台少儿部联合组建的中国儿童少年电影电视中心，加入联合国教科文组织下的国际儿童少年电影电视中心后，加强了国际的紧密联系，并在北京连续举办了六届中国国际儿童电影节，21世纪以来，又在山东淄博和浙江横店举行了两届国际儿童电影节，同时举办中小学生影视教育国际研讨会。通过与国外同行的交流，扩大了艺术创作的视野，有力地促进了儿童电影艺术创作质量的提高。

其三，相对成熟的和稳定的儿童导演队伍的形成，加上一批拍成人片导演的热心加盟，是儿童电影取得突出成就的重要因素。王君正、琪琴高娃、石晓华、黄蜀芹、王好为、陆小雅、史蜀君、郑洞天、林洪桐、张郁强、广春兰、葛晓瑛以及彭小莲、尹力、冯小宁、陈力、徐耿、肖锋、郦虹、石建都、宁敬武等后起之秀都纷纷以创新思维投入创作探索并相继取得骄人的成果。

其四，各地儿童艺术学校的兴办，培育出相当数量的童星，他们的演技日渐成熟，为塑造不同类型的儿童艺术典型、丰富银幕画廊取得不可磨灭的功绩。如方超从4岁开始从影，到13岁已经拍摄了13部影视剧，人见人爱。金铭和叶静参与演出的电视连续剧在台湾播映时产生轰动效应，家喻户晓。富大龙、姬晨牧、朱晨迪、蔺达诺、沈周繁星、释小龙、茅为惠、杨通、金阳、张京、沈洁、石晨、王春子、蔡元元、闪增宏、张宇菲、关凌、宫敖、廉冠、牛犇等都为儿童片做出了不同的贡献。有的影片在国内外获奖，有的本人则在国内荣获表演奖。

## （二）今后努力方向

在充分看到成就的同时，也还要认识到我们的不足。今后的儿童片创作在既有的成绩之上，更应强调"精品"意识：①在不忽略教育功能的前提下，影片的教育目的切忌直露、浅白，应力求通过对人物形象塑造的完成将编导的意图蕴含其中，杜绝直白生硬的说教；②影片应通过生动、有趣的情节，活泼、可爱、真实的形象自然而然地给小观众以人格魅力的感染和道德修养的启迪；③增强影片的娱乐功能，克服以往严肃有余、活泼不足的倾向。力求将儿童影片拍成为快乐的电影，按照"乐中有益"的原则，多拍摄孩子喜闻乐见的题材，让他们在欢快地欣赏过程中受到教化；④题材虽然丰富了，但体裁样式还有待进一步拓宽，尤其应该注意拓展少年儿童酷爱的科幻片和神话童话片。

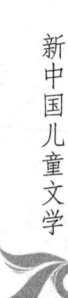

　　面对 21 世纪信息时代的飞速发展,应当大力培育具有开拓思维、创造精神的多方位的影视人才。今后应当增进加强海峡两岸的交流,为中华民族统一复兴的大业,两岸的儿童电影工作者更应齐心协力、携手并进拍摄更多为广大儿童少年喜闻乐见、老少咸宜的优秀影片。加强与各国电影工作者的亲密交往,取长补短,全面提高我们影片的思想、艺术质量,使其更广泛地走向世界,成为传播中华悠久文明传统的民间大使,令各国人民更理解中国、热爱中国。

　　（作者说明:本文概述的内容理应包括台湾、香港、澳门的儿童故事片,由于目前资料的匮乏,仅局限于大陆地区儿童故事片的论述,深感遗憾,特予说明。）

2004 年 1 月 18 日　北京

[注释]

① 《昌明电影函授学校讲义》,1928 年 4 月上海发行。

② 蔡楚生:《〈迷途的羔羊〉杂谈》,载《联华画报》第 8 卷第 1 期。

③ 《电影艺术参考资料》总 156 期第 2 页,中国电影家协会 1985 年 4 月编印。

④ 《陆小雅在〈红衣少女〉座谈会上的发言》,《峨影个性的塑造》第 151 页,峨眉电影制片厂宣发信息处 1986 年 12 月印发。

⑤ 见全国中小学生影视教育协调工作委员会等编《影视育人,功在千秋》第 3 页,1998 年 3 月印行。

⑥ 王云缦主编:《〈我的九月〉从剧本到影片》,北京广播学院出版社 1991 年 5 月版,第 198 页。

[参考文章]

1. 佳名:《中国儿童电影六十年（1922—1982）》,见《1985 年中国电影年鉴》,中国电影年鉴社 1985 年版。

2. 张震钦:《不断成长的新时期儿童电影创作》,载《当代电影》1999 年 5 月号。

（原载《中国电影年鉴:中国电影百年特刊》, 中国电影年鉴社 2005 年版）

# 重拾改编传统：中国儿童电影的智慧选择

郑欢欢

电影改编，主要指把文学作品改编为电影，还包括将其他艺术形式的作品改编为电影。改编是电影创作的重要来源，儿童电影也不例外。世界范围内，电影对儿童文学的改编，可以追溯到世界电影诞生之初。梅里爱作为开启文学改编先河的电影人，其改编正是从儿童文学起步的。他摄制的《灰姑娘》(1899)、《小红帽》(1901)、《月球旅行记》《格列佛游记》《鲁滨孙漂流记》(1902)，均改编自世界儿童文学经典。[①]尽管早期电影尚未有专门服务于儿童的思想，但梅里爱对儿童文学名著的青睐却是毫无疑问的，难怪乔治·萨杜尔说"梅里爱赢得了儿童"。直到今天，文学改编依然是好莱坞儿童电影的制胜法宝，改编自罗琳同名小说的《哈利·波特》系列电影就是一个典型的例子。

我国儿童电影自 1922 年问世以来，一直从文学之塔汲取丰富的美学资源和题材养分。文学改编作为一个传统，贯穿在我国儿童电影发展的各个历史阶段，并且有力地推动了儿童电影艺术的发展。不过我们注意到，近年来儿童电影的创作数量不断攀升，但其中的改编作品却越来越少。当下的儿童电影创作，实际上在题材来源意义上解构了电影与文学之间的关系。客观地说，原创与改编之间本不存在绝对的孰优孰劣，但无视文学改编的价值、放弃文学改编传统，无疑违背了电影创作的基本规律，这也可以说是目前我国儿童电影整体质量不高的原因之一。因此，从改编的角度把脉中国儿童电影，无疑具有理论与实践的双重意义。

## 中国儿童电影的改编传统

中国儿童电影有着悠久的文学改编传统。以 1925 年《小朋友》(根据包天笑翻译的法国儿童小说《苦儿流浪记》改编)为开端，文学改编实践始终伴随着中国儿童电影的发展历程。由于文化格局、创作观念、审美情趣等方面的原因，文学和电影之间的历史关系几经演变，不同历史时期的电影改编表现出不同的特点。

新中国成立以前，儿童电影改编实践以外国儿童文学作品的本土化改编为主。这一时期经由文学改编的 5 部电影中，有 4 部根据外国儿童文学名著改编：《小朋友》由郑正秋根据包天笑翻译的法国儿童小说《苦儿流浪记》改编，《飞行鞋》由潘垂统根据德国童话集《罗仑》中的《五月鸟》改编，《中国白雪公主》由吴永刚根据德国格林童话《白雪公主和七个小矮人》改编，《表》由佐临根据苏联同名儿童小说改编。[②]可见，初创阶段的儿童电影迫切需要向传统文学艺术学习和借鉴，而外国儿童文学作品成为这一时期中国电影人的首选。不过考虑到中国的文化环境，改编者在改编过程中均对故事情节做了中国化处理，因此称其为"借用"似乎更为合适。根据张乐平漫画改编的《三毛流浪记》，在漫画基础上进行的创造性改编赋予原作新的价值，对以后的电影改编产生了积极的影响。

"十七年"期间，儿童电影改编与原创平分秋色，本土文学作品成为儿童电影改编的资源主体,一些改编作品创造了儿童电影的辉煌。"十七年"经由改编的儿童电影有 19 部之多,占了这一时期儿童电影创作总量的半壁江山,体现了新中国儿童电影创作对改编的明显倚重。战争题材儿童片从开山之作《鸡毛信》到经典之作《小兵张嘎》都来自改编(分别改编自华山和徐光耀的同名小说),其他还有《牧童投军》《黎明的河边》《民兵的儿子》《地下少先队》《英雄小八路》等。儿童文学作家的作品开始进入电影改编的视野,张天翼的儿童小说《罗文应的故事》被改编为《罗小林的决心》,童话《宝葫芦的秘密》被改编为同名电影,任大星的《吕小钢和他的妹妹》被改编为《哥哥和妹妹》,刘真的儿童小说《小伙伴》被改编为同名电影。根据民间童话改编的影片《马兰花》,标志着我国儿童电影改编开始向民间文学资源掘进。1960 年问世的我国第一部少数民族题材儿童电影《五彩路》,同样来自同名小说改编。值得一提的是,这一时期的儿童电影改编积极向话剧艺术汲取养分,19 部改编影片中有 5 部来自话剧改编。[③]两部跨国界改编作品则显示了这一时期苏联的影响:根据苏联儿童文学作品《神气活现的小白兔》改编的童话电影《小白兔》,以及根据苏联话剧《列宁与第二代》改编的电影《以革命的名义》。

"文革"期间的 4 部改编影片均为集体执笔:根据同名小说改编的《闪闪的红星》《向阳院的故事》《金锁》,以及根据同名话剧改编的《小将》。

进入新时期以来,我国的儿童电影创作与文学继续保持了密切的对应关系。20 世纪八九十年代正是我国儿童文学创作的繁盛期,一批有影响的作品及时成为儿童电影的题材来源。这一时期改编作品所占比例已经不到 1/10,但精品涌现成为这一时期电影改编的最大亮点。《城南旧事》《红衣少女》《"下次开船"港》《霹雳贝贝》《豆蔻年华》《哦,香雪》《三毛从军记》《杂嘴子》《男生贾里》《红发卡》《花季·雨季》《草房子》等改编影片,在中国电影的文学改编热潮中独树一帜,同时作为有影响的儿童电影佳作被记入儿童电影史册。

2000 年至今,改编电影有 10 部左右,其中改编自儿童文学作品的有《足球大侠》《危险智能》《女生日记》《男生日记》《宝葫芦的秘密》(二度改编)、《小英雄雨来》《乌龟也上网》《男生贾里新传》,还有根据民间故事改编的《寒号鸟》,根据同名美术片改编的《半夜鸡叫》等。事实上,与同时期 200 多部儿童电影总量相比,与繁荣的儿童文学创作相比,21 世纪以来儿童电影的文学改编已经走向最低谷。

纵观儿童电影改编的历史脉络我们发现,早期儿童电影在改编道路上留下了探索的脚印;"十七年"及改革开放前 20 年儿童电影创作界对改编保持了相当高的热情,不仅数量众多、题材丰富,不少改编作品成为中国儿童电影创作的标志性、代表性作品,并且见证了儿童电影创作观念及美学形态的嬗变;然而 21 世纪以来,改编作品明显萎缩,与儿童电影产量繁荣形成鲜明反差,儿童电影对文学的疏离已经成为一个不争的事实。

## 重拾儿童电影改编传统:困境与突围

当下我国儿童电影创作日益疏离文学改编传统,这其中既有电子媒介时代文学影响力滑坡的因素,也不排除文学对电影这一大众文化传媒的偏见,还可能与众多儿童电影创作者不了解儿童文学,以及个性化时代带给创作者强烈的个人表达欲望不无关系。重拾改编传统,首先面临着改编文本的选择问题。从改编题材来源角度来看,儿童文学无疑应该是最主要的改编来源,而借鉴成人文学中的童年叙事和新闻改编电影,可以作为儿童电影改编的补充资源。

### （一）需要与儿童文学创作接轨

一个国家和民族的儿童文学，应该在相当程度上影响并决定本国儿童电影的发展方向，只有当越来越多的儿童文学作品开始"触电"，儿童电影创作才有可能走上良性发展的道路。然而，长期以来我们却形成了电影界无视儿童文学创作资源、儿童文学界对儿童电影改编缺乏热情的尴尬局面。不过张之路是一个特例。他是我国著名的儿童文学作家，同时也是一位在电影部门供职的编剧，在中国的儿童文学作家里，他的作品被改编成儿童电影是最多的，包括《霹雳贝贝》《魔表》《暗号》《疯狂的兔子》（原作名为《极限幻觉》）、《足球大侠》《危险智能》（原作名为《非法智慧》）、《乌龟也上网》（原作名为《好玩，佳佳龟》）等。目前我国儿童电影年产量已达四五十部之多，客观上有着巨大的剧作需求，但从目前的创作来看，优秀作品所占比例明显偏低，这在很大程度上是精品创作资源不足导致的结果。因此，目前迫切需要打破儿童文学与儿童电影彼此隔膜、互相封闭的局面，儿童电影应尽快与儿童文学创作接轨。

儿童电影界需要熟悉儿童文学创作情况，包括作品情况也包括作家队伍情况。一般来说，儿童电影对儿童文学的改编基于两类对象：儿童文学经典作品和儿童文学畅销作品。儿童文学经典的改编是一种可靠的成功途径。比如《宝葫芦的秘密》，1963年首次搬上银幕后，王葆和宝葫芦的形象成为当时家喻户晓的银幕经典，2007年中影集团的二度改编依然大受观众欢迎。根据张乐平"三毛"系列漫画改编的多部电影，甚至包括动画片、电视连续剧的改编，一直深受观众喜爱，充分显示了经典作品的恒久魅力。不过，我国儿童文学的大部分经典作品还"深在闺中"不曾"触电"。例如，孙幼军的童话经典《小布头奇遇记》，1961年问世以来一直受到读者喜爱并一再出版，"小布头"作为中国作家自己创造的、影响了几代中国儿童成长的经典艺术形象，至今未与银幕结缘实在是件憾事。"童话大王"郑渊洁从20世纪80年代开始为少儿写作，他的作品尤其是"舒克和贝塔"系列、"皮皮鲁和鲁西西"系列有着广泛的读者基础。长影集团2007年买断了郑渊洁所有作品的版权，力图打造中国影视的"童话王国"，遗憾的是不知何故观众至今还在期待中。

儿童文学畅销作品一直是儿童电影稳定的改编资源，备受改编者的青睐。风靡全球的《哈利·波特》系列电影改编自J·K·罗琳的同名畅销小说，已经上映的5部影片创下了50亿美元的票房奇迹。随着电影产业化的推进以及电影商业性因素的增强，那些有着广泛受众基础的儿童文学作品更受改编青睐。从1963年的《宝葫芦的秘密》到2007年新版《宝葫芦的秘密》，从1996年的《男生贾里》到2009年的《男生贾里新传》，以及中影集团正在筹备的有关"三毛"的影片，似乎显示着中国儿童电影回归改编传统的某种端倪。强大的受众基础也激活了电影的多媒介翻拍热潮：《小兵张嘎》推出动画电影版、电视连续剧版，故事片《长江7号》翻拍影院动画，电视动画《喜羊羊与灰太狼》《淘气包马小跳》《虹猫蓝兔七侠传》热播过后纷纷翻拍影院动画……不过，现有的改编毕竟只集中于少数几部作品，题材面太过狭窄，只有从更加广阔的文学天地中汲取改编资源，儿童电影才能满足少儿观众的多样化需求。

中国久远的文化历史凝聚成无数珍贵的民间传说、神话故事，《山海经》《封神榜》《西游记》等民族文化遗产同样可以成为儿童电影的改编资源。民族性不仅是中外优秀儿童电影作品获得成功的重要原因之一，也是儿童电影作品超越时空、走向世界各个不同民族观众心灵的重要原因之一，因此民族文化遗产的改编有着特殊重要的意义。在改

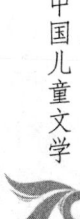

编本民族文化遗产的过程中，应该注重把学习世界优秀儿童电影的艺术经验和创造具有民族特色的儿童电影艺术美学结合起来。

### （二）重视成人文学中的童年叙事

越来越多的创作表明，表现儿童、书写童年，其实并不只是儿童文学作家的专利，成人文学中的童年叙事，同样可以成为儿童电影重要而独特的改编资源。尽管不少作家不是儿童文学作家，他们的作品也不是专为儿童而写，但这并不妨碍作家对童年叙事感兴趣，不妨碍儿童走进作家的文学世界，成为作家笔下的表现对象。

现代文学中的童年、故乡题材创作，就是一个独具价值的改编资源。鲁迅创作了我国现代文学史上童年叙事的经典，他在小说《故乡》《社戏》及散文集《朝花夕拾》等作品中，富有情趣地描绘了童年及青少年时期的成长图景，这些作品经过改编完全可以在银幕上呈现一个独具魅力的童年影像世界。《故乡》表现"少年月夜刺猹"的段落，《社戏》表现孩子们去赵庄看戏的过程，这些真实而快乐的童年经历，不会在岁月的流逝中失却它往昔的迷人风采，对今天的少儿观众仍具感染力。闰土、双喜、阿发、桂生，鲁迅笔下的每一个少年艺术形象都栩栩如生、富有人物个性。鲁迅作品中的江南山村水乡背景富有魅力，临河的茶棚、湖边的戏台、群起大兜捕的小渔船、天上的风筝、乌篷船、脚划船、乌毡帽……单是《社戏》中的意象就足够迷人：朦胧幽静的月色，淡黑的、起伏的连山，远远传来的横笛声，潺潺的流水，油菜花的清香，点点渔火，片片白篷，站着石马、石羊的松柏林，仙境般缥缈的戏台……这些风物极具江南风韵，组合成一幅幅意境恬静淡远的江南水乡风景画，令人浮想联翩、回味无穷。改编者甚至还可以借鉴周作人作品对故乡风土民习的描写来丰富作品的艺术表现力，比如周作人对妇女、儿童田间采荠菜、河场边搭台演出、敬神悦鬼等场景均有精致描写。

在当代作家的笔下，童年叙事同样保持着旺盛的生命力。作家通过各种方式，表现儿童在成人世界的生存关系，以及在不同时代的命运沉浮。他们在"文革"叙事中选择儿童视野，呈现独特的童年景观（范小天《儿童乐园》）；他们写孩子与老人相遇，老人在孩子身上重新获得生命力（迟子建《日落碗窑》）；他们写儿童与成人的冲突，以童年的生命质感映照成人世界的冷漠、庸常、琐屑（余华《黄昏里的男孩》）；他们写青春期少男少女性意识的觉醒以及身体和精神的成长（余华《呼喊与细雨》）；他们写少年为了一个小小的、强烈的愿望"出发"，在成长的路上体味感动、喜悦、甘苦（朱辉《看蛇展去》）。

在不少作家的心灵深处，其实对童年生命价值充满了深深的敬意，这种朴素的情感在很大程度上成就了作家的童年叙事情结。诗人华兹华斯用"儿童是成人之父"表达他对童年生命价值的敬意。席勒也说过："我们的童年是文明人类中还可遇见的唯一未受摧残的自然形态。""儿童""童年"这样的字眼，在很多文学家心中具有拯救与终极关怀的意义，在他们笔下，儿童作为探讨教育问题、社会问题、心理/生理问题的话语对象出场，儿童的生命存在被赋予文化、哲学、社会、意识形态诸多层面的丰富内涵。正因如此，在许多童年叙事中，"儿童"被安置在不同文化坐标体系之中，"童年"被赋予更多复杂的内涵。在作品中将儿童当作成人价值失落后重新寻找人生意义的启示者，通过童年回忆折射时代命运与民族历史，在童年叙事中置疑成人世界的纷乱秩序、寄托作家的某种哲学思考，成为众多作家的艺术追求。由王朔小说改编的电影《看上去很美》就是一个典型的例子。实际上这部影片是拍给成人看的，因为影片艺术实现的主旨在于透过儿童纯良本性折射社会形态，以儿童命运反衬时代变革，影片深奥的隐喻性和暗示性很难被儿童理解。因此,我们需要特别指出的是,就儿童电影的改编创作而言,由于多数成人文学中的童年叙事隐含着"非儿童本位"目的,因此并不适于完整地加以改编利用("儿童本位"的童年回忆性作品除外)。对儿童电影改编而言,成人文学童年叙事的价值更多体现为"素材"的价值,其对童年景观/童年生态/童年文化细腻真实、丰富独特的表达,以及作品广阔的文化视野、深刻的人性内涵,可以弥补当下儿童电影生活不足、蕴涵不足的缺憾。

### (三)透视新闻改编儿童电影现象

广义的电影改编,还包括将新闻事件拍摄成电影作品的改编实践,即新闻改编电影。据初步统计,自 20 世纪 90 年代初期以来,我国新闻改编儿童电影的创作数量在 10 部左右。近来新闻改编儿童电影在数量上甚至超过了文学改编,比如 2007 年文学改编仅《宝葫芦的秘密》一部,但《欣月童话》《网络妈妈》《舟舟》《隐形的翅膀》等影片均来自新闻改编。

我国新闻改编的儿童电影,主要塑造了三类儿童形象。第一类是挑战生活苦难的少儿形象,如影片《别哭,妈妈》《一个独生女的故事》《真情三人行》《欣月童话》《5·12 汶川不相信眼泪》中的少年主人公。第二类是身残志坚的少儿形象,如《舟舟》中的智障儿童舟舟,《隐形的翅膀》中的断臂少女智华。第三类是健康阳光的少儿形象,如《我是一条鱼》中徒手横渡琼州海峡的少年陆小春。还有一类影片以塑造成人形象为主,如《网络妈妈》讲述江西弋阳县"全国十大母亲"刘焕荣帮助网瘾少年重返课堂的爱心事迹。

从新闻到电影,意味着对新闻事件进行影像化表达,这是一个媒介转换的过程。如马歇尔·麦克卢汉所言:"任何媒介的'内容'都是另一种媒介。"[①]新闻事件,正是新闻改编儿童电影的基础。我们发现,聚焦少儿苦难经历的新闻事件最受编导青睐,多数影片热衷表现少儿主人公的苦难经历。这类影片大多主题沉重,绝症、残疾、病痛、死亡、生活重担,一次次对观众形成强大的视觉和心灵冲击。影片所颂扬的亲情、超越血缘的爱、弱小生命对苦难的担当,使得这类作品在儿童励志片中独树一帜。不过,新闻改编电影终归不是纪录片,在对新闻事件进行电影化表达的时候,应该对新闻事件在精神价值上有所超越。儿童电影是为儿童的精神打底子的艺术作品和文化产品,即便表现苦难,也应传递爱、信心和力量。仅仅唤起观众的同情是不够的,我们需要思考怎样在苦难叙事中真诚地传达平等、尊重、同情、爱等正面价值,只有超越苦难、解决苦难、平衡苦难,才能唤起观众对影片传达的文化价值的认同与模仿,才能真正起到励志的效果。

编导对苦难叙事的倾向性选择,导致了对普通孩子新闻事件的关注不足。其实,众多新闻改编儿童电影中,《我是一条鱼》将镜头对准横渡海峡的普通少年,由于抓住了人与大海、人与自然、人与人(少年和老人)之间的和谐关系这一人文主题,具有较强的艺术感染力。但这类改编影片非常少,从一个侧面反映了编导的创作理念。在传统的教育观念中,励志文化的内涵似乎倾向于命运对比——以他人的苦难经历来激励常人的生存状态。实际上,常人在生活常态中富有价值的行为对普通人的行为更具现实模仿意义,但这常常被改编者所忽略。

新闻改编儿童电影的价值,很大程度上体现为通过新闻改编关注少年儿童的现实生活。这类改编最重要的是要思考如何甄别新闻报道,如何激活新闻报道,如何坚持以一种有质感的人文立场真正介入少年儿童的现实生活,这或许是儿童电影新闻改编面临的最大挑战。

## 问题的延伸

儿童电影改编是一项系统工程，认同改编的价值、解决改编的题材来源，其实对于儿童电影改编的研讨才刚刚开始。谁来改编？怎样改编？对这些问题的思考，影响到改编能否最终获得成功。

专业的电影编剧，是否都能胜任儿童电影的改编创作？笔者认为，理想的儿童电影改编者，应该是具备一定儿童文学素养的专业编剧，或者是有电影改编能力的儿童文学作家。也就是说，儿童电影改编有其特殊性，它要求改编者除了具备一般电影改编所要求的基本素质外，还要具备一定的儿童文学素养。张之路的作品之所以屡获成功，就在于他不仅是一位优秀的儿童文学作家，同时又具备丰富的电影改编经验，他据自己儿童文学作品改编的儿童电影剧本多次获夏衍电影剧本文学奖。曹文轩改编自己的儿童文学作品（《草房子》）也曾获中国电影金鸡奖最佳编剧奖。可见，儿童文学作家参与自己作品的电影改编具有很大的创作优势。我国著名儿童文学作家洪汛涛在20世纪80年代初断言："不要太久，最有影响的儿童文学作家，会是儿童电影的编剧者。"⑤洪汛涛的断言表明，儿童文学作家参与电影改编是一种趋势所在，儿童电影改编者需要具备一定的儿童文学素养。由于疏离文学改编传统，目前参与改编实践的儿童文学作家还不是很多。对专业的电影编剧而言，有针对性地向儿童文学队伍寻求指导与合作，应该不失为一种有效的方式。当年民新影片公司摄制电影《飞行鞋》，就专门邀请了熟悉儿童文学的赵景深、顾均正审议剧本。

在具体的改编环节，改编者应该注意成人意识有可能对改编产生消极影响。尽管文学原作具备相当的成熟品质，但因电影改编而导致少儿观众不满的情况也时有发生。以《花季·雨季》的改编为例，小说中有大量表现中学生异性情感的内容：刘夏与王笑天之间的恋情，晓旭对江楠老师的"恋师情结"，欣然对萧遥的暗恋，萧遥对隔壁班黑衣少女的暗恋等。而改编后的电影，仅仅保留了刘夏与王笑天之间的纯洁恋情，这当然与电影改编时对人物、结构、情节的调整有关，但这样的处理明显体现了编导对异性情感问题的谨慎态度。即便是保留下来的"这一对"，在影片中也是点到为止。这与影片以深圳特区为背景、表现处于改革开放前沿特区中学生精神面貌的主旨之间，显然存在不和谐之处。另外，刘夏父母的感情危机，也从小说中的"解体"变成了电影中的"和好"。假如保留"解体"，不仅可以在一个侧面体现深圳特区与内地城市的不同氛围，还可以与谢欣然家的和谐形成对比，从而加强影片的思想力度。《花季·雨季》从小说到电影，中学生作者郁秀的"自画青春"，就这样被演绎为成人编导的"他画青春"，满足了改编者的成人意识，却失落了中学生主体的精神取向。

对于"历史文本"的改编，则要体现当代意识。以《宝葫芦的秘密》的二度改编为例，童话原著出版于1958年，1963年被首次搬上银幕，二度改编时必须考虑到今天的少儿观众离这部作品的创作年代已经相隔很远，如何针对当下少儿观众的精神品格与审美追求，提炼出富有当代性与现实意义的主题内容，成为改编的关键。新版《宝葫芦的秘密》保留了原著的故事框架和人物，也并未脱离原作的教育意味，但主题不再停留在单一的"批判不劳而获的错误思想"上，故事里有家庭的温情、朋友间的友谊以及主人公自我发现的奇妙旅程，从而拓展了影片的主题。编导还摒弃了原作善恶对立的叙事模式，没有把宝葫芦塑造成一个单纯的负面形象，而是赋予它顽皮可爱的人性化内涵，这样的处理更符合儿童心理,也给观众带来更丰富的情感体验。影片还充分挖掘各种"好玩、好看"的元素,对"吃棋子"等幽默段落加以充分表现,从而更加符合儿童观众的观赏心理。为了增强时代感,影片有意增加太空救援、王葆进入恐龙电影历险等充满现代感的情节元素,同时借鉴《星球大战》《侏罗纪公园》《玩具总动员》《海底总动员》等多个好莱坞大片的经典场景,再加上高超的数码特技和精美的动画造型,使得这部半个世纪前的文学经典赢得了当下少儿观众的喜爱。

对于有着广泛读者基础的儿童文学畅销作品,小观众一般很难接受电影对原作情节的大幅删改。杨红樱的畅销小说《男生日记》采用日记体的形式,以轻松幽默的笔调记述了吴缅小学毕业后丰富难忘的暑假生活。改编后的电影则讲述了吴缅带领其他5位同学,为一只流浪狗寻找安身之地的故事。小说中吴缅与狗的纠结可以说是一笔带过(吴缅去西藏前把狗寄养在同学家、回来后见狗生病特别心疼),电影则将其发展成为一场完整的、声势浩大的爱狗行动。从小说到电影,除了故事主人公没变,电影故事可以说完全是重新编写的。确切地说,这样的改编已经不是纯粹意义上的原著改编了,这也是令许多"杨红樱迷"感到失望的主要原因。观众对改编电影的期待,很大程度上源于对原作的热爱,因此,如何把握好改编与原作的关系,也是改编者需要思考的问题。

[注释]
① 关于《灰姑娘》的摄制年份,有1899年和1900年两种说法。本文参照张凤铸《把电影变成神奇魔盒,世界第一位电影艺术家——梅里爱》(《家庭影院技术》1999年第7期)一文的观点。
② 《表》和《三毛流浪记》虽然在1949年上映,但实际上都是1949年前完成的影片。
③ 《地下少先队》根据中国福利会儿童艺术剧院同名舞台剧改编,《马兰花》根据同名儿童话剧改编,《以革命的名义》根据苏联话剧《列宁与第二代》拍摄,《英雄小八路》根据同名话剧改编,《小足球队》根据同名话剧改编。
④ [加]马歇尔·麦克卢汉著,何道宽译:《理解媒介——论人的延伸》,商务印书馆2007年版,第34页。
⑤ 洪汛涛:《儿童电影断想》,《电影艺术》1983年第6期第8页。

(原载《当代电影》2009年第6期)

# 现代性与新中国 60 年儿童影视中的儿童形象

简德彬　林　铁

无论中西方，儿童作为一个问题被讨论本身便意味着深刻的现代性含义。在现代性的视野下，儿童以及它所指向的童年，不是一个生物学范畴，而是作为一种独特的"社会结构或心理条件"存在的。尼尔·波兹曼发现，在西方，童年与科学、独立国家、宗教自由等概念一起是文艺复兴的"伟大发明"，且是最人性的发明。而影响最深远的是洛克和卢梭的思想，前者认为儿童是潜在国家公民、商人等，是需要被教育的群体，后者认为，儿童的纯洁、力量、欢乐是值得赞美尊重甚至"崇拜"的；在中国，对儿童的现代性理解则源自五四运动，儿童与妇女、农民等一起被中国现代社会"重新发现"。

因而，无论我们怎样定义儿童影视，儿童形象的问题都会设定在自身认同与成人认同的张力结构中。儿童影视因为与生俱来的悖论（自我形象的辨认与成人制作、成人理念的介入）使得 1949 年以来的中国儿童影视随着社会语境的变迁而呈现着不同的现代性意义。归结为一点，儿童影视中的儿童形象离开成人（以及所代表的国家、社会）是无法自我表述的，它必然是想象的产物，反映着一个时代或社会的文化特性和意识形态。

## 1949—1976　被教育：儿童的国家想象

新中国成立后，包括儿童影视在内的中国影视迸发着一股强烈的红色激情参与到了新中国的文化建设中。"成人认同"以国家身份的方式出场，表现出对儿童自身认同的绝对的美学辖制。国家主义美学成为这一时期影视创作的典型特征。通过影视演绎来完成新中国国家形象的集体塑造，儿童形象成为这场全民一致轰轰烈烈的关于新中国国家形象集体塑造运动中的不可缺少的一个方阵。通过英雄主义的积极渲染、敌我二元对立的思维模式的广泛运用，以及民族主义、爱国主义精神的高度发扬，国家主义美学孕育了一个个生动活泼的典型儿童形象。代表人物有海娃（《鸡毛信》，1954）、苏保和他的小伙伴细妹（《红孩子》，1958）、嘎子（《小兵张嘎》，1963）、潘冬子（《闪闪的红星》，1973）等。他们共同的特征是：坚定的政治信念、顽强的革命意志、成熟而不乏有趣的斗争智慧。他们一般被称为"革命小英雄"，成为那一时代少年儿童的人生榜样，至今仍然家喻户晓。

与此一致的是，1955 年，由林兰编剧、严恭导演的第一部正面反映校园生活的优秀影片《祖国的花朵》开启了"社会主义好孩子"的儿童形象塑造。属于这一类型的还有罗小林（《罗小林的决心》，1955）、阿福（《阿福寻宝记》，1957）、方小华（《花儿朵朵》，1962）、杨青琥（《雁红岭下》，1966）等。这些影片的主人公大多是学校中的少年儿童。这类形象的塑造延续着"革命小英雄"电影中的战争叙事，即被预制在敌我、正邪、好坏、对错等二元结构中，儿童也最终被设定为成绩优秀、道德完美的光辉形象。同时，制作理念上，"接班人"的定位将儿童与国家紧紧联系在一起。"儿童是祖国的花朵，是祖国的希望"，是"早上八九点钟的太阳"，而他们的使命便是"时刻准备着，做共产主义的接班人，为共产主义事业而奋斗",这是新中国政权建立后理想儿童审美形象的样板。换言之,他们都成为社会主义少年儿童思想品德教育这一召唤结构中的典型文本,因此这一时段的儿童影视中总是会出现一个永远正确、崇高的班主任或者革命长辈的角色在引导着儿童成长和进步。儿童成为依附于成人世界的一部分,成为国家现代性设计中的一部分。

## 1978—1999　被倾听:儿童的生活想象

从在无声中被教育和改造到在生活中被倾听和尊重,这是儿童影视在新时期以来最本质的变化。20世纪八九十年代,尽管"有理想、有道德、有文化、有纪律"的"四有"新人的期许在影视儿童形象的塑造过程中延续着国家主义美学的影响,但是显然,政治一元化社会文化格局的松动,使得作为"丰富个性"的人的儿童形象得以从"政治(阶级)—道德"的人格结构中突围出来,二元对立的叙事模式被消解,儿童形象被置于更广泛的社会生活空间中去表现,其成长过程中的问题不再是阶级对立中的血雨腥风、你死我活,也不只是一个改造性格缺点、改正行为过失的思想品德教育问题。当儿童被当作"人"看待的时候,儿童形象会因为人本身的丰富而个性纷呈。因此,这一时期儿童形象的生产得到根本性拓展,有反映家庭(祖孙、父子、母女、兄弟)伦理的《泉水叮咚》(1982)、《妈妈》(1990)、《冤家父子》(1996)等,有反映校园成长的《多梦时节》(1988)、《十六岁花季》(1989)、《红发卡》(1996),有反映少年犯罪问题的《绿色钱包》(1981)、《少年犯》(1985),有关注残障儿童处境的《启明星》(1992)、《背起爸爸上学》(1997),以及塑造历史人物的儿童形象的《少年彭德怀》(1985)、《孙文少年行》(1995)、《少年雷锋》(1996),等等。

从某种程度来说,这一时期儿童影视对儿童的理解源于新时期以来对人的理解。换言之就是人道主义美学取代了国家主义美学成为儿童形象生产的圭臬。以标志其美学转向的代表影片《啊,摇篮》(1978)为例,该片通过战争背景下李楠等革命战士对保育院的亮亮、丹丹、冬米等人的护送,突出表现了人性美和人情美,对于人与人之间的真情实感,包括母爱、同志爱、男女之爱,都做了淋漓尽致的表现,使之充满人情味和人道主义精神,产生强烈的艺术感染力。在人性、人情的问题上,儿童的自身辨认与成人认同达成了和解。美好的心灵、丰富的情感成为影视对儿童和成人的共同观照。

同时,更为可贵的是,儿童的主体性被视为一个问题去思考,儿童获得了被成人由俯视到"蹲下来"去理解的可能。儿童不只是被关爱的对象,也可以主动付出爱(《苗苗》,1980);儿童不仅属于家庭一员,更可以影响家庭的关系(《冤家父子》,1996),儿童有自己的判断力(《阳光灿烂的日子》,1994),并且与成人世界具有沟通能力(《花季·雨季》,1997)。但是承认儿童的社会地位以及社会意识、能力,只不过意味着成人对儿童意识的自觉,而不代表对儿童自我意识的完全确认。也就是说儿童影视塑造的儿童形象其实是一种成人的自我表述,和上一时期的儿童形象一致的地方在于,儿童尽管获得自主能力,但儿童依然是"微型的成人",所不同的只是由宏大叙事转向了生活叙事,由英雄气质转向了人性光芒。

## 2000—2009　被追问:儿童的自我想象

21世纪以来,人性的光芒在中国儿童影视创作中继续占据着重要的位置。儿童形象的影视演绎实际上成了儿童在成长过程中遭遇的各种人生问题的展示。那些朝气蓬勃、个性鲜明、自强不息、自主意识强烈的儿童少年形象，及其所牵连的青春期特有的渴望独立、迷惘、激情和异性之间朦胧的情感等问题，与其说传递出少年儿童渴望尊重和理解的天性，不如说是为教育工作者、家长等成人世界提供着认识儿童、关怀儿童的平台。这当中涌现出很多优秀的儿童影视作品，影响较大的有励志的如《上学路上》（2004）和《隐形的翅膀》（2007），均摘得国内、国际多项影视大奖。《上学路上》中的主人公王燕为了避免辍学而通过各种方式挣取学费，在西北贫瘠的黄土地上独自点燃绿色的希望，《隐形的翅膀》则讲述失去双手的少女志华以其勇气和顽强的意志为自己，也为家人谱写生命的华章；另外还有继续探讨人性魅力的作品，比如《暖春》（2002）、《红棉袄》（2007）等，通过小花、翠菊等淳朴可爱的儿童形象来完成在物欲横流的现代社会对善良、真诚等珍贵人性价值的看护。

然而，"人性"并不能将儿童从偌大的成人影像中区分开来。儿童的自身辨认与成人认同因人性而达成和解，尽管可以为我们奉献极为鲜活生动、可歌可泣的儿童形象，却没有真正解决属于儿童的"独立存在的价值"的问题，因此离儿童概念的现代"发现"依旧遥远。卢梭的观点在此掷地有声：儿童不是达到目的的方法，儿童的"自然本性"本身具有迷人的魅力和价值，是值得尊重的；而且更关键的问题在于，我们的尊重和倾听，并不是为了更好地教育和培养儿童，而是因为童年更是人类最接近"自然状态"的人生阶段。因为儿童拥有与生俱来的坦率、理解、好奇、自发的能力，但这种能力早已被识字、教育、理性、自我控制和羞耻感淹没了。前者属于儿童自我认同，后者属于成人（社会）认同。作为一种成人制作，如何亲近儿童的"自然本性"显然是中国儿童影视创作中一个悬而未决的问题。

如前所述，如果儿童形象的生产注定离不开成人的维度，那么，接近儿童的"自然本性"的现代意义就在于，它们同时也是反思成人世界的一种方式。于是，儿童自我认同与成人认同最终会走向另一个可能，那就是对立。当儿童和成人变得越来越有区别时，每个阶层都尽情发展各自的符号世界，最终人们开始接受儿童不会，也不能共享成人的语言、学识、趣味、爱好和社交生活。在此意义上，儿童形象的生产就不是一个关于个性叛逆的成长问题，而是儿童与成人的价值分治的更深层问题。摄制于 2001 年的《17 岁的单车》塑造了一个在北京奔波的外省青年形象，在主人公小贵眼里，单车是他借以生存的生活资料，更是他自我实现（成就感、满足感）的价值符号。但是，来自社会（公司）、家庭（继母）以及同龄人的他者力量无休止地改变着单车命运。儿童与世界的冲突在此与儿童教育无关，而与人的存在困境有关。而到了《三重门》（2003）、《向日葵》（2005）、《看上去很美》（2006）等影片中，儿童少年形象被赋予以前鲜见的独异特质，林雨翔、向阳、方枪枪身上显现出强烈的审父意识，他们用父辈们几乎无法理解、认可和接受的方式与意识去阅读乃至挑战成人世界。在现代社会，我们言说儿童与成人世界的冲突，实质上是在追问我们人类被文明所压制了的"天然的充沛的精力"，那是我们久违的生命的自然本真。

尼尔·波兹曼提醒我们必须记住，现代童年的范例也就是现代成人的范例，当我们谈论我们希望孩子成为什么的时候，我们其实是在说我们自己是什么。新中国 60 年儿童影视创作的发展总是在将儿童形象的塑造问题转化为关于成人的问题（教育、反思等），乃至人类的问题。只要艺术追思不止，那么我们对儿童形象的各种想象就不会停息。

（原载《文艺报》2009 年 6 月 6 日）

# 论儿童电视剧的艺术特征问题

王云缦

孩子的眼睛,是不同于成人的、特殊的眼睛;孩子眼睛中的世界,也是个奇妙的、特殊的世界。

但,有些作品、作者,并不能从孩子的眼睛、孩子的心理、孩子的情感去看世界、人生;社会、家庭、学校,表现的是孩子,而神情、动作尤其是观察的方式和视点纯属于成人和小大人的。文艺要尊重真实性,儿童文艺的真实性首先在孩子要像孩子,而不是其他。

在儿童文艺创作中,儿童电视剧还是一朵稚嫩的艺术之花。比起儿童文学、戏剧、电影来,它的历史更短,经验更缺乏。

尽管主客观条件有种种困难,但儿童电视剧仍取得一定的成就。从刚起步时的《卖火柴的小女孩》《万卡》,至近些年的《小铁蛋》《野天冬草》《插班生》《窗台上的脚印》《小佳佳的一天》《儿童多动症》《我的爸爸,我的妈妈》《"强盗"的女儿》《闯进画面的孩子》《跑跑的天地》《猎人与孩子》《爸爸,我一定要回来》《太阳有七种颜色》《望梅止渴》《苹果》,等等,可以清晰地看到儿童电视剧这朵稚嫩的小花在一点点成长,并且日渐美丽动人。其中,出类拔萃的作品虽还缺少,但已达到了一定的水准,受到儿童和众多观众的喜爱。从总的创作趋向看,我国儿童电视剧的努力方向和探求目标是对的,是符合广大儿童和儿童教育工作者、家长的心愿的。这一点很值得从理论上总结和研讨。在创作上有了一个好的、扎实的开端,只要坚持不懈,多方努力,总会出现更多、更好的作品。

那么,以我国儿童电视剧创作已取得的成绩和问题来看,最主要的经验教训在哪里呢?它需要在创作上、理论上花大力气的又在哪里呢?

在一些基本点上,儿童电视剧和其他儿童文艺形式(小说、戏剧、电影)是一致的、共同的。由于儿童具有模仿性强,习惯于形象的、具体的感受和纯真质朴的体验等观赏心理特点,儿童艺术形象的塑造尤为重要,情趣性、幻想性、奇特性、故事性、启迪性也要尽力发掘。儿童文艺的特点,首先是建立在儿童自身的特点之上,并包括儿童的审美心理特点在内的。而电视剧和电影,由于它具有直观、形象、最贴近生活和自由运动的艺术特点,又要注意发挥自身的特长和优势,这就要在充分了解和把握孩子的心理真实的基础上,寻找它特有的表现形式——透过孩子的眼睛去看人、看生活、看世界。

在这点上,我国儿童电视剧的创作经验也不例外。较早的《万卡》,虽然制作简单,演员也由成人承担,而对孩子仍有较强的吸引力,原因就在原作富有儿童心理特点,始终贯串着以儿童的语言、儿童的眼睛来描述世界,评说世界。后来的《野天冬草》,则从5岁孩子的目光去看一名退休老干部的生活;《"强盗"的女儿》又从一名小女孩的亲身感受,去分辨一段比较复杂的革命历史年代;《爸爸,我一定要回来》《我的爸爸,我的妈妈》等,从剧名就可以想见是从孩子的角度去反映上一代人的。特别是我国第一部幼儿题材的电视连续剧《跑跑的天地》,它以跑跑为中心形象,以他的活动和视线为贯串,观察了家长、老师、同伴乃至一定的社会现象,妙趣横生,兼有娱乐、观赏、审美、教育、思想、认识等多功能和价值,确实为幼儿题材的电视连续剧走出了一条新路。它多少能说明:儿童生活,尤其是幼儿生活,并不像有人想象的那么单调贫乏,相反,它是一个非常有趣、相当丰富的世界。孩子的眼睛所见到、所发现、所幻想的世界,往往是成人所忽略或是视而不见的,在一定意义上,它更纯真、风趣、自然、美好。

影视艺术有相同、相近的艺术规律,而电视剧的创作实践已反映出它的新特点。例如它在形式上的"长短不拘,大小由之",也使儿童电视剧的创作有更广阔、更丰富、更多样的新天地。相对而言,儿童电影受长度固定的限制,形式变化的可能性就要小些;电视剧则可长可短,可大可小,短小如《苹果》《望梅止渴》这样的小品,才几分钟至十来分钟。前者以两名幼儿对选择苹果的态度,反映了母亲教育的微妙影响:一个自私,一个大方。后者则以一名小女孩画画为题材,表现了她对当海军的父亲在海岛生活的关注。角度都不大,而且都从孩子的心理和目光引发开去,却令人回味,颇有特点。长的、连续性的如《跑跑的天地》《我的爸爸,我的妈妈》,或以一个孩子为贯串,或以几名孩子相呼应,构成独立的、比较丰富的儿童世界。前者以短小、精巧取胜,突出了某一侧面、某一细节,而使孩子获得教益;后者以多面的儿童生活和多样的儿童情趣见长,故事中套故事,使孩子欲罢不能。这显然是儿童电视剧的特性和长处所在,应该进一步探索和创造。

孩子的眼睛之所以不同于成人,一是它的特殊性,二是它的朦胧性。对于前者,创作上、理论上的争议不大。因此,只要思想上明确了,善于去这样感受和体现了,就会一步步拍摄出更具儿童心理、思维特点的电视剧来。后者则不同,它涉及透过孩子的眼睛去看什么,孩子的眼睛能理解、认识什么,电视剧将要让孩子看到什么,这不是一般的、抽象的理论问题,而涉及很实际的创作问题,以致儿童教育、儿童社会心理问题。例如:苏联近年来拍出《受伤的小鸟》《丑八怪》等儿童片,曾引起了很大的争议。涉及的问题即是如何在儿童片中处理战争创伤、社会丑恶等。有人认为这是孩子不易理解,对孩子心灵有伤害的;有人则认为它们是客观的社会现象,应该表现,儿童也会认识和理解的。我国儿童电视剧虽大都还未涉及更广大的社会领域,而对于它的题材范围、表现分寸、接受能力,在认识上也不完全一致。随着儿童电视剧的进一步发展和扩大,这一类认识上的分歧将会产生。因此,如何掌握好儿童视像的朦胧性、含混性、不稳定性等特点,既重视儿童题材的开拓性、深广性、社会性,又严肃考虑它的适度性、恰切性、承受性,看来是十分必要的。像《野天冬草》《贴纸条儿的信》等,由于掺入了过多的属于成人的伦理、道德、哲学思考,就多少有点游离于孩子的视线之外了。

我认为:儿童电视剧既要善于从儿童的眼睛去看世界,去反映人生,防止和克服成人化和小大人化的倾向;还要从一定的思想角度去表现创作者眼睛中的孩子形象,以体现出应有的思想、道德和审美倾向。

《"强盗"的女儿》《插班生》《窗台上的脚印》《跑跑的天地》《猎人与孩子》等儿童电视剧之所以值得称道,除了具有比较鲜明的儿童特点外,重要的一点是其中的儿童形象都蕴含有创作者的主观认识和审美评价。有人也许会认为:这可能导致说教和概念化的倾向。其实不然。儿童电视剧自然要尊重儿童生活的客观真实,任何外加、人为的痕迹都将破坏儿童作品的真实性、可信性,并损害它的艺术感染力量。艺术创造的真实性总是包括客观和主观两个方面,总是客观真实和主观评价的统一,儿童电视剧也不例外。我们的确看到过这样的儿童影视作品,它以真实的、客观的反映儿童生活、心理为名,却只是将儿童形象浮面地展现在观众面前，既无是非、爱憎评价，更无引导、启迪、教益。这种以真实为名的儿童影视作品，对处于成长期的孩子不仅无益，甚至有害。因此，在我们继续要注意克服公式化、概念化、成人化的同时，也需要强调创作者如何去看待孩子，认识孩子，表现孩子。

《"强盗"的女儿》这株"重放的鲜花"，其可贵的审美价值即在于创作者对剧中的小女孩形象怀有强烈炽热的革命感情和态度。这个被反动势力诬蔑为"强盗"的女儿的形象，她的言行、神情，以及思想脉络的发展，都是入情入理的，可信的。但不止于此。观众从她一步步成长，认识社会、认识人生、认识革命的历程中，可以感受到在她的行为背后的、创作者的那种具有一定远见和高度的审美倾向。唯其如此，人们不单单感觉到她以一双孩子的眼睛在不断审视世界，而且能亲切体会到全剧对她的成长、变化有一种内含的关注之情。自然，创作者并不是亲自出来现身说法的，但从对她的描述中，从旁白解说中，从剧中其他人物对她的态度中，都自然流露出对她，对这革命的下一代人的关怀、支持、赞美。不妨说，她既是一名真实的儿童形象，也是个创作者眼睛中的、含有主观审美评价的艺术形象。

《插班生》《跑跑的天地》等儿童电视剧，在这方面也有一定探索和创造。《插》剧还写了外国儿童在中国孩子中的生活，显然是个极难处理的题材。而其中的那名外国儿童，亲切自然之外，还表现出对中国儿童生活的陌生和疏离感，显得格外耐人回味。看来，这只是极普通的生活场景，如他不知道学生还要打扫教室等，而这恰恰体现了两个国家、两种教育的不同文化背景。剧中的表现是十分善意的、温情的，从中又可以感受到创作者的主观意图和倾向。《跑跑的天地》中的跑跑，交织着当今中国社会独生子女的种种可爱之处和小毛病，既逗人、又讨嫌，确实是活生生的幼儿形象。可是，从剧中也可以感受到创作者的认识和态度。创作者不仅从多侧面的角度来表现他、刻画他，而且以自己的一双独特的眼睛来审视他、评议他，既扬其长，又不护短，采取的是一种循循善诱、启发引导的正确态度。这就使人在喜爱这一幼儿形象的同时，引发出比较深入的思考。

在这一方面，我以为电影《小兵张嘎》的创作经验特别值得重视和借鉴。这，固然和片中的儿童形象直接有关，也和成人形象的塑造有密切联系。这两方面并不是孤立的，而是相互交织，彼此影响的。

首先，《小兵张嘎》刻画了以小嘎子为中心的群体儿童形象。显见，小嘎子的形象是最突出、最鲜明的。他勇敢顽强，认定了一个道理就要干到底，这使他成为抗日战争时期的一名少年英雄，也成了周围孩子的崇拜对象。这自然是他优于其他孩子的地方。创作者充分了解、肯定、赞扬了这一点，它是符合千百万人眼中的这一儿童形象的。可是，影片并没有从这单一的角度去看待嘎子，表现嘎子，恰恰又将观众的视线引向另一面：嘎子的身上既有鲜明的长处和突出的优点，而在他的"嘎"劲之中却包含有固执、褊狭、报复等等弱点。这长处和弱点，是非常自然、非常和谐地交织在一起的，十分真实可信。我觉得：创作者之所以要这样去看嘎子，去表现嘎子，是有多方面的创作思考的。一是要为后来的儿童观众创造出真正值得仿效的榜样。生活启示作者，在伟大的抗日战争年代里，确实锤炼了众多的像小嘎子似的少年英雄。这是真实的，也是需要反映出来给予后来者学习的。二是不简单地美化儿童，即使是像嘎子这样的少年英雄。英雄并不是天生的，何况他只是个年幼的、文化不高的农村孩子。那种认为生活中并无英雄人物，文艺作品也不必要塑造英雄形象的观念是不正确的；但将英雄神化，尤其将儿童表现成完美无缺

的超人，那是人们所无法理解和难以接受的。三是从多面的、发展的、变化的角度去塑造儿童，特别是少年英雄形象。儿童、少年不是成人，不可能有成人似的人生体验，但当他开始接触家长、伙伴之后，就不再是生活在真空之中，也就会逐步显露出自身多方面的优劣之点，这是切合儿童的心理和生理规律的。正由于创作者是从一个开阔的、辩证的角度，以满腔热情和冷静审视的眼光去看待嘎子形象的，才可能避免认识上和表现上的片面性，使他得到比较完整、比较丰富的反映。这三方面归结为一点：即是创作者在刻画像嘎子这样的少年英雄形象时，是爱之深，又望之切的；是熟知了解他，又严格要求他的。有人认为：儿童形象的塑造，不过是一项"小儿科"的"艺术"，是最简单轻易的事。创作实践证明，绝非如此，它同样要求创作者具有较高的思想认识水平。唯有具有这种视野开阔、高瞻远瞩的眼光，才能真正表现好儿童艺术形象。

成人艺术形象的成功，是《小兵张嘎》的另一主要特色。像老奶奶、老钟叔、罗金保等成人形象，即使不是出现于儿童故事片里，也无疑是独具光彩的，而创作者在儿童片里，竟花这么大的精力去塑造好这些成人形象，更有特殊的意义。其意义至少有3点，即：他们都是独立的、具有个性的艺术形象；他们是和嘎子的形象很自然地联系在一起的，嘎子少不了他们，他们也离不了嘎子；他们既是片中人物，又仿佛是创作者的一双眼睛，充满爱意而又严以要求地注视着嘎子的每一个脚印，关怀着他的一步步成长。

这里，涉及一个和儿童电视剧创作有关的、当前颇有争议的理论问题，即是真实性、逼真性和思想性、倾向性的关系。有人只强调真实和逼真，认为这才是艺术的根本，而否认文艺创作的思想倾向。事实上，从来不可能有无思想、无倾向的真实，儿童电视剧的真实性也是如此。创作者需要了解儿童，喜爱儿童，这自然是最重要的基础，若不如此，就不可能熟悉和掌握儿童的心理，所谓要具有一双孩子的眼睛将只是一句空话。但创作者要真正塑造好儿童的形象，还必须要具有另一双眼睛，即主体创造者的眼睛。脱离生活，脱离儿童的世界去奢谈什么主体创造，空论什么思想倾向，那是不足取的，是产生不了真实动人的儿童电视剧的。但儿童形象的开掘和体现，又离不了创作者的选择加工和思想观点，离不了一定的审美倾向。对于前者，固然需要反复强调，着力倡导，对于后者，更有必要提出来供创作者思考，以求得正确的理解。只有两者结合起来，使儿童电视剧创作者兼有孩子的眼睛和艺术家的眼睛，那才能摄制出优秀的、高水准的作品。

在如何发挥和加强儿童电视剧的创造性方面，我认为还要充分考虑和不断探索它的种种特长。如在语言效能的运用上，看来就比电影有更广阔的天地。一般说，电影是切忌有过多的语言的。而电视剧则不同，它可以较多吸取广播剧、说故事的形式，这是孩子们所喜爱和熟悉的。只是眼下的儿童电视剧往往一味向电影靠拢，恰恰缺少多种、灵活、简便的形式。语言的运用，也很便于表达创作者对孩子言行的评述，能对孩子起到画龙点睛的启导作用。这是省力又讨好的。可见，要更快、更好地发展儿童电视剧创作，务必要认真借鉴其他姐妹艺术——儿童文学、儿童戏剧、儿童电影的经验，又要摸索自身特有的艺术规律和表现手段。取人之长，勇于探索，是定能创造出真正为儿童和其他观众的好剧目来的。

儿童电视剧的历史很短，对它的探讨研究也还仅仅起步。但有一点我以为是明确的，不应动摇的：儿童电视剧的主要对象是儿童，要为儿童喜爱和接受。它的艺术特征，或是说主要的艺术特征是由此而来的。但并非认为这就是儿童电视剧的唯一的、全部的艺术特征。儿童的年龄、性别、层次、素养不尽相同，他们接受和观赏的兴趣也并不一样。

有的影视作品可以是"老幼相宜",有的成人题材也是为儿童喜爱的,对这些方面就不在此一一论及了。

此外,尽管我着重分析了儿童电视剧的主要艺术特征,但并非认为它的表现形式、风格、手法是非常单一,非常刻板的。相反,这里有着无限灵活多样的天地。例如,它既可以是第一人称的,又可以是客观叙述的;既可以是描述式的,也可以是心理型的;既可以故事性、情节性取胜,还可以发挥夹叙夹议的效能,等等。因此,那种担心强调儿童电视剧的儿童特性会导致创作上的单调的疑虑,是不必要的。重视和探讨儿童电视剧的艺术特征,正是为了促使有更多样、更丰富的名副其实的儿童剧问世。

（原载中国电视艺术家协会等编《中国儿童电视剧论文集》，四川少年儿童出版社 1989 年版）

# 青春·教化·苦难

## ——近三届华表奖优秀少儿童牛影片获奖作品的主题解析

王家勇

近三届华表奖是指 2009 至 2013 年间的第 13 至 15 届华表奖,其中的优秀少儿童牛影片奖获奖作品分别为:第 13 届(2009 年)的《走路上学》《男生贾里新传》《买买提的 2008》;第 14 届(2011 年)的《星海》《我们天上见》《孩子那些事儿》和第 15 届(2013 年)的《我的影子在奔跑》《有人赞美聪慧,有人则不》《全城高考》《青春派》,共 10 部。可以说,这 10 部影片代表了近年来中国儿童电影创作的最高水平,对其进行理性的主题解析有助于儿童电影界廓清当今儿童电影的内涵表达和社会导向,对保证中国儿童电影可持续性的健康发展是十分有利的。由于儿童电影应隶属于儿童文学这个大的学科体系,因而用文学主题学对儿童电影进行解析是对儿童电影内在创作规律的追本溯源。

## 一、青春：主体生成后的热血与狂欢

"青春"的主题表达是当今儿童电影极为推崇的,中国儿童电影的青春主题所关注的是一个带有象征意义的抽象概念,即青春象征着稚嫩、生涩、活力、激情、浪漫等。而且在中国儿童电影中,青春和成长是密不可分的,青春意味着成长,成长中又透射出青春的华彩。比如在近三届华表奖的这 10 部获奖儿童电影中,《男生贾里新传》《买买提的 2008》《有人赞美聪慧,有人则不》《全城高考》和《青春派》表现的都是成长过程当中的青春故事。与此同时,这些电影中的儿童主人公在对待自身的青春成长问题上都有着相当的自主性和独立性,这是儿童"主体性"思维形成的表现,他们不愿再受成人的揉捏和摆弄,他们渴望掌控自己的人生、热情挥洒自己的青春热血。

提到青春成长,则应从两个向度去考察,一个是生理向度,另一个是精神向度。人的精神成长与生理成长是息息相关的,人在不同的生理阶段,社会对其精神成长的要求也各不相同,因为人在不同的生理阶段,其对生命的精神体悟是不同的。这 10 部中国儿童电影也是从两个不同的向度来考察儿童的青春成长的。首先是生理向度的青春描写,生理向度是指儿童成长的节奏或称生命阶段,其实就是青春期,青春期是一个过渡期,它既是一个发展、变化的时期,也是一个反抗、负重的时期,因此其成为中国儿童电影最为关注的特殊阶段。《买买提的 2008》中足球比赛时激情的青春碰撞、《全城高考》和《青春派》中男女少年因青春期的生理变化而产生的朦胧情愫等都是这种生理向度的直接表现。其次是精神向度,其往往指向成人所建构的理想境界,意即是当儿童的肉体在生理上成长到了某一阶段,其在精神层面上就要体悟到那个阶段所对应的高度上,人类的精神成长实际上是一个永无止境的探索过程。在这 10 部获奖影片中,关注儿童青春成长的精神向度的不乏优秀之作,比如《有人赞美聪慧,有人则不》,这部影片描写小主人公杨晋小学毕业后便认为自己已长大，离家出走到了山里的朋友家，从熟悉的城市到陌生的乡村，这一路的所见所闻所感其实就是杨晋走过的一条精神成长之路，在这条路上，他们开始熟悉成人世界的规则并对即将要进入的由童真世界向成人世界过渡的中间段——青春期而做着最后的抗拒，影片以儿童为本位并站在儿童的视角上精准地表现了这些精神波动，实乃其高明之处。很显然，近年来的中国儿童电影更愿意把关注的视点放在儿童青春成长的精神向度上，因为这个向度就是文学艺术界最为重视的儿童被社会化的过程，"所谓基本社会化，就是'生物人'通过社会文化教化，获得人的社会性，取得社会生活资格的过程。"①也就是说，精神向度的青春成长是儿童"取得社会生活资格的过程"，如果这个过程没有走好，那就意味着儿童在进入社会后将寸步难行，这便可以解释为什么中国儿童电影都齐刷刷地将摄像机瞄向精神向度了。

## 二、教化：显性与隐性并存的不变主线

中国儿童电影的教育教化主题和青春成长主题一样几乎是从未缺席的，每当国家、民族出现危难，思想、文化等意识形态领域出现危机时，其便会重装上阵，为思想、文化的重建不遗余力。当然，现今的中国不可能出现国家、民族危难，意识形态领域也不会有危机，可为什么中国儿童电影的教育教化主题却依然坚挺呢？这自然要从中国儿童电影的表现主体——儿童入手来进行分析，中国现有儿童已超过 3 亿人，接近总人口数的 20%，这样庞大的数量将全社会的目光都聚焦在对儿童的教育和培养上，因此，中国儿童电影也便自觉地担负起了对儿童进行教育教化的社会功能。在近三届的华表奖获奖儿童电影中，如《走路上学》《男生贾里新传》《星海》《孩子那些事儿》《全城高考》《青春派》等都在或显或隐地表现着这一主题。

要谈儿童电影的教育教化主题，还是要先探寻这一主题的思想根源，那就是影响了中国儿童文艺发展近百年的实用主义教育观。这一观点由美国教育家杜威开创并由其三位弟子蒋梦麟、胡适和陶行知完成了中国化的过程。特别是陶行知，他根据中国国情提出"生活即教育""社会即学校"，其认为"叫教育从书本的到人生的，从狭隘的到广阔的，从字面的到手脑相长的，从耳目的到身心全顾的"②。"学校即社会……容易弄假。社会即学校则不然，他是要把笼中的小鸟放到天空中去，使他能任意翱翔，是要把学校的一切伸张到大自然界里去。"③也就是说，要对儿童进行更好的教育，就必须把社会学校化，让儿童在广阔的社会生活中接受教育教化，并能由此而更好地改造自身并适应社会。很显然，这一教育观迅速影响到了中国儿童文艺的创作，特别是当代儿童电影，很多影片在表现学校生活的同时又大量反映学校以外的家庭生活、社会生活对儿童的教育教化作用，甚至校外生活还会达到更好的教育效果。而在近三届华表奖获奖儿童电影中，学校生活的显性教育教化和社会生活的隐性教育教化是并存的。首先是显性的教育教化主题，如《男生贾里新传》《孩子那些事儿》《全城高考》等影片用最为新鲜、贴切的学校生活强化教育儿童观众，使儿童观众们身临其境般接受再教育或者通过影片而达到"有则改之，无则加勉"的教育效果。其次是隐性的教育教化主题，如《全城高考》，影片中自然有不可或缺的校园生活，可其描写的重心还是更多地偏向了家庭和社会生活，比如主人公秦鹏热衷的网络文学写作、贺帆贫穷的家境以及为了改变这种生活状态而付出的艰难努力、林叶父母为了不影响孩子的学业而深藏的离婚证，等等，这些都是校外生活，可谁敢说其对校内生活没有巨大影响呢？秦鹏的落榜、贺帆的坚强、林叶的成功，哪一个结果不

是深受这些校外家庭和社会生活的影响与制约呢？这些校外生活就像一条隐性的脉络，与学校生活一起配合完成着对儿童的思想启蒙、知识教育和道德教化等。总之，教育教化主题将是中国儿童电影的一条不变主线。

### 三、苦难：成长路上的磨砺与点金石

苦难，在中国当代儿童电影的主题表达中是一直存在的，并没有因为社会、历史、时代的变革更迭而消失，只不过在表现形态上有了一些新变化、在主旨内涵上有了更为深度的拓展。也许你认为和平年代并不适合做孕养苦难的温床，但实际情况却恰恰相反，新时代也同样给儿童带来了新的苦难考验，这些新的苦难形态为我们深入探究儿童电影苦难的形成机制、苦难主题的深层内涵以及苦难的美学意义等提供了良好的物质基础。苦难到了当代，早已摇身一变成了儿童成长路上的磨砺与点金石，当代儿童电影中的苦难不再仅仅是一种叙事手段，而是融合了心理、文化等诸多因素的带有本体意义的叙事对象。在近三届华表奖的这10部获奖儿童电影中，《走路上学》《星海》《我们天上见》《我的影子在奔跑》等都是叙写苦难的优秀作品。

那么，这几部电影都展现了哪些苦难形态呢？比如《走路上学》，电影描写了一对生活在云南怒江边上渴望上学的小姐弟，父亲外出打工，母亲带着姐弟俩艰难地生活，因为无桥渡江，姐姐上学只能依靠凶险的溜索，可在一次溜索中姐姐不幸坠江身亡，残酷的死亡打击让弟弟变得沉默，也让他对去江对岸读书充满了执拗般的期待。后来在爱心人士的捐助下，桥成路通，弟弟终于可以走路上学了。很显然，这部电影的苦难形态主要是来自物质世界的，地理环境的恶劣、日常生活的拮据等是造成苦难、带来死亡的根源。针对此类电影，张之路说道："有些影片的故事尽管来自不同的地区……却给人十分雷同和似曾相识之感……题材不再新鲜。"③这部电影确实存在这样的问题。再如《我们天上见》，这部电影是蒋雯丽的自传式讲述，描写了她在童年时代与姥爷的相依相守，展示出了20世纪六七十年代中国人所经历的独特的集体苦难年代。显而易见，这部电影的苦难形态更多的是来自精神世界的，上山下乡的精神磨难、亲眼见到邻居姐姐小翠遇难后的火葬仪式、盼望父母回来的急切内心、姥爷去世后天上相见的约定，等等，其实就是主人公童年时代的精神成长历程。这部电影的故事与曹文轩的小说《青铜葵花》在苦难表达上非常相似，正如曹文轩所说："苦难几乎是永恒的。每一个时代，有每一个时代的苦难。苦难绝非是从今天才开始的。……我们需要的是面对苦难时的那种处变不惊的优雅风度。"⑤所以，蒋雯丽确实是在叙说精神苦难，但作为苦难的亲历者和阅读者，她已经拥有了这种处变不惊的风度，将一种对苦难的精神升华在影片中娓娓道来，苦难也便有了一种崇高和新生般的美的感受。在这10部获奖儿童影片中，凡是涉及了苦难主题表达的作品，其苦难形态基本都不脱离这两个方面。

当然，这10部获奖电影还有其他大大小小的分支主题，这里限于篇幅便不再一一赘述，因为每一部儿童电影都是一部和谐的多重主题变奏曲。

**[注释]**

① 刘豪兴：《社会学概论》，高等教育出版社，1999年版，第177—178页。

② 陶行知：《生活即教育——再答操震球之问》，载于《陶行知全集》（第二卷），湖南教育出版社，1984年版，第199—200页。

③陶行知：《生活即教育》，载于《陶行知全集》（第二卷），湖南教育出版社，1984年版，第181—182页。
④张之路：《2012年儿童电影：沉默的存在》，《文艺报》，2013年1月9日第003版。
⑤曹文轩：《青铜葵花·代后记》，江苏少年儿童出版社，2005年版，第245—246页。

（原载《电影文学》2014年第19期）

# 谈谈儿童科学读物的创作问题

高士其

当我写这篇文章的时候，我回忆起 20 年前的往事。那时候我和陶行知先生一起，在上海创办儿童科学通讯学校，开始我的写作生活。我记得当时陶先生曾对我说："写通俗文章就是写话，每一字每一句都必须口语化。"这个指示虽然不是全面的、深刻的，但在当时确实给了我很大的启发。后来我读伊林最初写的几本书，如《十万个为什么》《几点钟》《黑白》《不夜天》《五年计划故事》等，我觉得伊林的作品，内容丰富、文字生动、思想活泼、段落简短，我决心向伊林学习。

从那时候起，直到抗日战争爆发，我曾写过不少的科学小品文，在《读书生活》《妇女生活》等杂志上发表。后来有一部分集成单行本，如《细菌与人》《抗战与防疫》《菌儿自传》等都是。

新中国成立后，回到北京，久为病魔所困的我，写字、说话都已经困难了，我只能用短小的诗句来写科学童话，这些科学童话都发表在《中国少年儿童》杂志上。《我们的土壤妈妈》就是在这个时候写成的。这几年来，我虽然也为少年儿童们写过一些科学诗和散文，但我很惭愧，我的力量是很不够的。最近，有好些青年读者写信给我，说他们愿意献身于儿童科学读物的写作。这是多么令人兴奋的事啊！为了纪念"六一"国际儿童节，我愿就以往的写作经验来谈谈儿童科学读物的创作问题，以供读者参考。

首先，我们应该认识写作儿童科学读物的目的，也就是为什么写的问题。

谁都知道，我们国家目前正在为实现社会主义工业化而奋斗。无论哪一个部门的工作，都是围绕着这个伟大的目标而进行的。儿童科学读物的创作，也是如此。我们又知道，在社会主义社会里，所有的人都需要有科学知识。科学已经参加了我们的生活，成为我们日常生活中不可缺少的一部分。人们要在生活和生产斗争中取得胜利，就必须从少年儿童时代起，逐步掌握科学知识。今天的少年儿童，不就是明天的社会主义的建设者和保卫者吗？不就是新的劳动后备军吗？

儿童科学读物的任务，是要教育儿童以生活斗争和生产斗争的知识来武装自己，教会他们去认识自然和改造自然。例如，现在夏天到了，我们就应当教会儿童注意夏季的饮食卫生和环境卫生，使他们懂得一些预防肠胃传染病的知识，这对于公共卫生、对于人民的健康是非常重要的。又如，我们要对儿童讲钢铁的故事，因为钢铁是工业基础的基础。宣传钢铁工业，就是要教育儿童认识到工人阶级力量的伟大，使他们热爱劳动，热爱社会主义的建设事业。

第二，是关于儿童科学读物的内容问题，也就是写什么的问题。

科学知识的领域是非常广阔的：从原子到宇宙，从微生物到人类，从沙漠到海洋，从地球外部的大气层到地球内部的矿藏，从生命的起源到劳动创造人类，从石器到现代的机器，从农业到医药卫生等都可以谈。正如伊林所说："每一门科学仿佛都在向我们召唤，邀请我们专门写它。到处都闪耀着文学还没有接触过的一堆堆最宝贵的新材料。到处标明着文学家们的笔尖还没有走过的道路。"（伊林：《论儿童的科学读物》，中国青年出版社出版）

在这样的情形之下，我们应当考虑的是什么呢？

一、要写我们所熟悉的那门科学。如果我们自己对于主题还缺乏深刻的了解，那么，就不可能把道理讲解清楚，读者就更不可能搞明白了。伊林说得对："恶劣的叙述，往往是模糊的理解直接的结果。"（伊林：《谈谈科学》一文）最近，我为《少年文艺》五月号写了一篇《炼铁的故事》，开头我就很担心写不好，因为我对于炼铁的过程是不十分熟悉的，虽然我也看过几本关于钢铁工业的书，后来，还是我亲自到石景山钢铁厂去体验了一次，才敢动笔。

二、要写儿童迫切需要的知识，这就要求我们把科学知识和儿童的日常生活结合起来，写他们周围的事物。例如，在伊林的作品里，他写练习本、铅笔、茶杯、小刀、衬衣、钟表、电灯、汽车和飞机等，这些都是儿童周围的事物。如果我们给儿童写的是"宇宙线"的原理，或是爱因斯坦的"相对论"，这就离他们太远并超过他们接受的能力了。

三、写作的计划不要过于庞大，如果范围过广，就会造成许多困难，使生动具体的细节不容易表现出来。

四、我们要向儿童宣传唯物主义的世界观。要使儿童感觉到大自然是一个整体。各种事物彼此之间都有联系，这门科学和那门科学都不是孤立的。

五、我们要引导儿童走到科学实验室里去，使他们了解科学家的生活和工作，鼓舞他们学习科学知识的热情。

六、应该着重指出，我们还必须教育儿童重视劳动。我们的儿童科学读物决不能像资本主义国家的儿童科学读物一样，单纯地追求趣味和猎奇，我们的儿童科学读物是面向着千百万未来的劳动者的。所以我们必须指导他们怎样和大自然斗争，并且战胜大自然。

这样做，我相信我们的儿童科学读物将会把科学中最重要和最有趣的材料，一天比一天更多地引入文学领域，使科学一天比一天更普及于人民。

第三，关于儿童科学读物的写作方法问题，也就是怎样写的问题。

儿童科学读物的作者，应当是爱好科学，同时又是爱好文艺的人。他必须是受过科学训练的，能搜集丰富的科学材料，并且知道怎样去分析、研究和整理这些材料。他必须是语言的艺术家，他不仅懂得儿童的语言，懂得儿童的心理特点和思想感情，而且能把许多复杂奥妙的事物，简单明了地用儿童常用的语言表达出来，引人入胜。儿童科学读物应该生动活泼、浅易近人，不但能启发儿童的理智，而且能激动儿童的情感。因此，它的创作形式应该是多样的，而绝大部分是文艺性的，决不应当是千篇一律的广告式的文字和枯涩无味的旧教科书。

儿童科学读物的作者，必须忠于科学历史，他必须和一切歪曲科学历史的现象进行斗争，如把电灯的发明，归功于爱迪生一个人，把无线电的发明者说成是马可尼，而忘记了波波夫。

此外，我们还必须注意到，当专门术语和科学名词第一次出现的时候，作者应该知道用浅显的文字，加以详细的解释。当科学道理不容易讲明白的时候，他应该举出儿童所熟悉的例子。

最后，我们都应该向伊林学习，多读伊林的书。伊林说："宣传自然科学和宣传任何东西一样，是征服读者的一种艺术，也就是说这场战斗必须依照各种战略、战术的规则来进行。所有用字、思想、事实和结论，一定要经过选择和搭配得当，不要有一个字待着不动，要凭借有力的事实的支援来使思想领先，要使每一个结论都成为经过猛攻后才占领的高地。"（伊林，《谈谈科学》一文）

我希望科学家和作家们多为儿童写作。科学工作者应当把儿童科学读物的写作，看作是科学普及工作的一部分，科学工作者应当尽一切可能地注意儿童科学读物的文艺性。有志于儿童科学读物写作的青年，尤其是中小学的教师，应当努力向科学家学习他们的研究方法，向文学家学习他们的写作技巧，向科学吸取科学性，向文学吸取文艺性。儿童科学读物必须是科学和文学相结合的作品，然后才能为儿童们所吸收。

（原载《人民日报》1954 年 6 月 1 日）

# 谈儿童科学文艺

郑文光

这是新中国成立 30 年来第一次编选的科学文艺作品选集。在中国文学史上,也许还是开天辟地的第一次。作为儿童文学的一个重要分支的科学文艺创作,编一个集子,总结 30 年来这方面的工作,我们想,也是十分适时和富有教益的吧。

当然,这并不是说,我们到今天才有了科学文艺。应当说,在我国,科学文艺创作也有一部不算短的历史。有的同志认为,唐代柳宗元的《种树郭橐驼传》和宋代周敦颐的《爱莲说》,都是科学小品。这也许不无道理。但是我们无须把历史追溯得那么久远。在现代文学史上,伟大的文化革命战士鲁迅就是科学文艺的奠基人。他不但写了《说铂》《人的历史》《科学史教篇》《蜜蜂与"蜜"》等科学小品,而且还把 19 世纪法国作家儒勒·凡尔纳的科学幻想小说《月界旅行》《地底旅行》翻译过来,介绍给我国读者。20 世纪 30 年代,在旧中国的进步文化界中,科学小品广泛兴起,周建人、董纯才、高士其、顾均正、贾祖璋等老一辈科普作家都是这方面的先驱者。40 年代,在解放区,在老一辈无产阶级革命家徐特立同志的倡导下,温济泽和彭庆昭也写了大量科学小品。新中国成立以后,我们迎来了科学文艺创作的繁荣时期,无论从数量、品种和质量上看,科学文艺创作的水平都大大提高了。有着古老传统的科学小品更加雄姿英发,同时,又产生了科学幻想小说、科学童话、科学诗、科学故事、科学相声等新的科学文艺形式。我们也形成了一支不算小的队伍,包括著名的科学家、工程师、教授和教师、作家和科普工作者,还有热心科学文艺事业的广大工农兵。他们大都在我们社会主义建设行列的各个岗位上担负着非常繁重的工作,却仍然抽出时间辛勤地为少年儿童写作。他们就像童话中的知识老人一样,把科学的种子通过丰富多彩的文学形象,播送到许多棵小小的心苗中。30 年过去了,这些作品哺育了一代又一代的少年读者。第一代的少年读者,早已成为如今我们各条战线的骨干力量;而新的一代,80 年代的少年读者马上又要来到我们面前了,他们更是未来的伟大事业的创造者! 为这样的小读者写作,我要说,是一种巨大的幸福。

然而我们还是回过头来看看我们 30 年来的收获吧。

一

科学幻想小说是这个园地里最繁茂的一枝花。它是新中国成立以后在新中国的土壤上萌发苗长的。20 世纪 50 年代中叶,党中央发出"繁荣儿童文学创作"和"向科学进军"的号召以后,出现了第一批科学幻想小说。固然,它们水平不高,有些还只是通俗的科学知识的介绍。但是,这种新型的文学样式一旦出现,它就立刻具有强大的生命力,并且赢得少年读者的喜爱。而在其后 20 多年的创作实践过程中,尤其在粉碎"四人帮"以后两三年间,它迅速发展成为社会主义文艺百花园里的一束鲜花。

科学幻想小说是古老的幻想小说在新时代下的发展。《西游记》《封神演义》《聊斋志异》《一千零一夜》《格列佛游记》《艾丽思漫游奇境》等幻想小说,曾经以其瑰丽和神奇的想象力牢牢吸引了许多个世代的读者。近代自然科学的迅猛发展,又给幻想小说插上科学的翅膀。科学幻想小说不但给人丰富的知识,而且还以它的生动的情节,引导着人们注视科学发展的动向,吸引千百万少年读者投身到科学事业中去。收集在这个集子里的科学幻想小说,题材广泛,涉及宇航、考古、仿生学、遗传工程、人工智能以及许多门类的新科学新技术;描写的环境也扩展至茫茫宇宙空间,白雪皑皑的珠穆朗玛峰顶,波涛汹涌的世界大洋,黄沙茫茫的戈壁滩,群山连绵的青藏高原,甚至远至外国;故事发生的年代可以追溯到几千万年的史前时代,又可以驰想到遥远的 21 世纪的未来。有一部分科学幻想小说,比较注意了人物形象的刻画和情节的提炼,通过故事的发展和人物的行动逐渐展示了人物的内心世界,写出了新一代科学工作者的精神面貌。这也是我们科学文艺创作面临的课题。相当大一部分科学幻想小说是假想故事发生在未来的,那么,除了展示未来的先进科学技术以外,科学幻想小说是否也应该着力写出掌握这些科学技术的未来社会的人? 他们应当有更高的精神境界,他们应当早已完全摆脱林彪、"四人帮"之流丑类所加于我们民族的精神枷锁,完全消除漫长的封建专制制度所加于我们民族的烙印。瞻望未来,大力讴歌先进科学技术为社会主义现代化建设开辟道路,科学新成就造福于人民,为使我国科学水平跃居世界前列而孜孜不倦奋斗的科学战线英雄人物,应该是我们科学幻想小说广阔的题材来源。

二

科学童话、科学诗、科学故事、科学相声,等等,都是少年儿童喜闻乐见的形式。这些年来也大大发展了。

高尔基说过,少年儿童有喜爱不平凡事物的天性。古老的童话如格林童话、安徒生童话等,都有长久的生命力。近代科学发展以后,科学所揭示的大自然本身,就是一个令人神迷目眩的富于童话色彩的世界。这个世界里有各种各样的知识。举个例来说,"四人帮"不是嘲笑关于"马尾巴的功能"的教学吗? 这只能暴露这帮丑类的愚蠢与无知。请看这本集子里的《谁丢了尾巴》吧! 一方面,是生动有趣的童话故事,另一方面,又是丰富多彩的科学知识,两者结合得是多么水乳交融啊! 我国 30 年来科学童话的创作道路表明,一部分科学童话已经完全无愧于作为童话宝库中的珍品。我们可以这样说,科学童话是童话这种文艺形式在科学技术突飞猛进时代的新发展。

和科学童话一样,科学诗也成为儿童诗歌的一个重要分支。30 年来,科学诗也获得了可喜的收获。许多科学诗,已经不再是进行通俗科学介绍的分行散文了,它有形象化的语言,有较高的意境,而且它的确又包含有一定的科学知识,例如老作家高士其的《我们的土壤妈妈》和《时间伯伯》,就是科学诗的代表作。

科学相声是一个全新的品种。相声艺术,是我们民族独有的、深受群众喜爱的曲艺形式之一。利用相声的特有手法,如逗哏和捧哏、甩包袱,等等,可以创造出意想不到的效果,在充满了情趣的笑声中,把科学知识深深地刻印在少年儿童的脑子里。30 年来,我们出现了一批生动有趣的科学相声,它们不但能读,而且能演,同时又含有一定的科学知识。

30 年来,科学故事和科学游记的收获是十分丰富的。《蛇岛的秘密》《老邢头碰上什么》《黑龙湖的秘密》等,都是深受少年读者喜爱的。它们不但揭开了自然界的奥秘,而且培养了小读者不畏艰险和困难,向科学领域进军的志趣。可惜的是,这些作品都比较长,因此这次收入选集时我们作了节选或者请作者加以删节,不过它们最精彩的内容是尽量保存下来了。还有一部分写得较短的科学故事。我们认为,短小精悍的科学故事是值得大大提倡的。

## 三

现在,有必要专门谈谈科学小品。前面说过,科学小品在我国有悠久的传统。新中国成立以后,老一代的科学小品作家周建人、高士其、顾均正都继续拿起笔,为新中国的少年读者写作。新的作者行列里还加上了久负盛名的我国大科学家李四光、华罗庚、茅以升、贾兰坡、周明镇等名字。科学小品,无论就作品或作者队伍来说,数量都比科学文艺的其他部门为大。几乎每个省、市、自治区的地方报刊都发表过一些精彩的科学小品。遗憾的是近 10 余年来由于林彪、"四人帮"的破坏,资料散失,不易搜集得很完全,因此,编选工作可能做得不能十分令人满意。

科学小品,大都只要用文艺的笔调阐述某一方面的科学知识,并不需要创造什么人物形象。但是好的科学小品往往用生动的比喻、有趣的联想,以历史和现实生活为烘托,把一个科学道理从各个方面讲透。例如,这本集子里的《影子的故事》就是这样的作品。当然,有的短小精悍的科学小品,一事一题,如甄朔南(古生)同志的文章,也是别具一格的。对于这样的文章,人们就不必要求它全面、包罗万象、联想丰富。

科学小品并不专属于儿童文学的范围,我们也有大量为成人写的科学小品。当然,两者是不大容易划分清楚的。就这本集子而论,我们的着眼点,主要是选编专为少年儿童写的。但是,有几篇明显的是写给大人看的,我们考虑到,这些作品都有其独特的风格和特点,如果少年儿童基本上能看懂的话,还是可以选列在这里。其中,我们特地选了遭受"四人帮"迫害致死的老革命家邓拓(马南邨)的《燕山夜话》里的两篇科学小品。整个《燕山夜话》就是一部精彩的知识小品(包括自然科学、社会历史、文学艺术等方面)的合集。邓拓同志文风清新,题材新颖,是我们科学小品作者的楷模。

新中国成立以后出版了多卷集的《十万个为什么》,曾经受到小读者广泛的欢迎,其中有不少是很好的科学小品。在"文化大革命"中,这套书又被林彪、"四人帮"之流打成"封、资、修大毒草",后来一再改版,把它的生动有趣的东西都磨光了。限于篇幅,我们就不选《十万个为什么》的文章了,希望感兴趣的读者直接去读原书。

我们希望,今后有更多专为少年儿童写的科学小品问世。

## 四

收入这本集子的比较优秀的作品,在科学性和艺术性的结合上,是取得了一定的成功的。这也是一个古老的课题了:怎样把十分深奥难懂的现代科学知识,通过生动有趣的艺术语言和艺术形象表述出来?这方面已经探索了许多年,但是,看来还要继续探索下去。

一方面,是自然科学发展得异常迅猛,它需要高度抽象的逻辑思维;另一方面,又要通过艺术的手段把深奥的科学知识传达给少年儿童读者,这样,又需要学会掌握形象思维的规律。然而,科学文艺作品的形象思维又不同于其他文学作品的形象思维。在有人物形象出现的科学幻想小说、科学故事、科学童话中,当然,要求写出典型环境的典型人物。有一些作品,例如科学小品、科学诗、科学相声,等等,主要是依靠语言的感染力、形象化的比喻、生动的描绘和烘托，把抽象的科学知识化为直接感触到的形象。这就是科学和艺术的结合。

我们希望这个园地有更多优秀的作品问世，首先自然是要求有更多同志参加这个队伍。科学工作者有专业科学知识，如果学习点文艺表现手法，是完全可以写出好的科学文艺作品来的，这一点，也适用于广大的中学理科教师。文艺工作者掌握艺术创作规律，学点科学知识，也是可以写出好的科学文艺作品的。秦牧同志、陈伯吹同志并不是科学家，但是他们写出了很有趣的科学童话和故事。科学技术不应当是文学创作的"禁区"。尤其是，随着现代化科学技术日益进入我们的生活，今后文学艺术创作不可避免越来越多地把科学技术作为主题，而科学文艺作品正是以科学技术为主题的一束鲜艳的艺术花朵。我们热切希望，作家和艺术家们掌握和应用科学文艺这个武器，在向四个现代化进军的行列里，使自己的文学艺术创作也逐渐趋于"现代化"。

## 五

30年来，科学文艺创作也和整个文学创作、科普创作一样，走过一条不平坦的路。林彪、"四人帮"横行之日，科学文艺作品也遭逢厄运。在他们的文化专制主义统治下的10年，科学文艺创作遭受了野蛮的摧残和践踏。但是我们十分高兴地看到，粉碎"四人帮"以后不过两年多，由于实现四个现代化的需要，科学文艺创作又进入了新的繁荣时期。近两年来全国报刊发表的科学文艺作品，是历史上任何时候都不能比拟的。无论在题材的广泛性方面，作品的科学内容和艺术水平方面，都有了明显的改善。作者队伍扩大了，质量也有所进步。而且，随着我们党的工作着重点的转移，科学文艺创作事业的发展将不断开拓新的天地，这是可以预期的。

但是我们还需要加强学习。由于我国科学和世界先进水平还存在较大的差距，而科学文艺作品理应反映最新的科学成就，因此，我们要坚持不懈地学习新的科学，新的技术，也要学习新的表现手法。我们要坚持"洋为中用，古为今用"的原则，坚持"百花齐放，百家争鸣"的方针，不断探索，写出更多具有较高质量的、为我国少年儿童读者喜爱的科学文艺作品来。此外，还有一个建立理论队伍和提高理论水平的问题。文艺创作搞了这么些年，已经建立了一支理论队伍，也产生了不少文学评论作品。科学文艺作品的创作实践，也需要从理论上加以总结和提高，以利于它的进一步繁荣和发展。

科学文艺作品的品种还应该扩大。例如，关于科学家的传记，这本集子只选了两篇。这方面，仍然有许多工作要做。以科学发展史上的故事为题材的作品，也希望有人写。还应该多拍摄科学幻想影片、电视或广播剧。这方面只是刚刚开始。总之，我们应当随着时代的脚步前进。

整个中华民族寄希望于少年一代。今天十几岁的孩子，到了20世纪末，就是我们社会的中坚力量，他们应当大大超越我们，他们应当站在地球文明的前列。他们是大有希望的新的一代！我们应该时刻激励自己，加倍努力为这样的读者写作。在跨进我们人民共和国第31个年头的时候，我们坚信：科学文艺创作的更大繁荣必将到来。

（原载锡金、崔乙、郭大森主编《儿童文学论文选（1949—1979）》，中国少年儿童出版社1981年版）

# 儿童科学文艺漫笔

叶永烈

## "从孩子开始"

1860 年，英国皇家学院发布了一个不寻常的通告：定于圣诞节那天，将在皇家学院的大讲堂里，举办化学讲座。主讲人是大名鼎鼎的院士法拉第教授，而听众既不是科学家，也不是大学生，却是少年儿童！

这位教授并没有向孩子们宣读高深的科学论文，而是从孩子们都很熟悉的蜡烛谈起，讲蜡烛为什么会燃烧，燃烧以后跑到哪里去了……他讲得是那么娓娓动听，仿佛不是在讲化学，而是在讲一个非常有趣的故事。当时许多人对法拉第给孩子们讲课感到奇怪，法拉第非常深刻地说道："科学应为大家所了解，至少我们应该努力使它为大家所了解，而且要从孩子开始。"

如今，当我们在华主席为首的党中央领导下开始新的长征，朝着四个现代化进军，更应该努力向孩子们普及科学知识。华主席在全国科学大会的讲话中，特别强调了要向青少年普及科学。今天的红领巾，是明天的科学主人。只有培养千千万万科学的后备军，将来才能造就浩浩荡荡的科学大军，才能提高我们整个民族的科学文化水平。在向孩子们普及科学时，科学文艺读物起着很重要的作用。

孩子们喜欢科学文艺作品，因为它饶有趣味，易于接受。这正如给孩子们吃的药，虽然药物的化学成分跟大人的药差不多，但是外面常常包着糖衣，做成好看的形状，染上漂亮的颜色，使孩子们乐于吃下去。

科学文艺是科学与文学的结合。科学是严谨的，文学是浪漫的，似乎格格不入。然而，如今科学与文学却奇迹般结合在一起，相互交错、渗透、融合，形成了"科学文艺"。科学文艺就是用文艺的手法来描写科学、表现科学、普及科学。它从文学中吸取了文艺性，从科学中吸取了科学性，把它们融为一体，寓科学内容于文艺形式之中，既严谨又浪漫。文艺的形式是多种多样的，它与科学"杂交"而形成的科学文艺，形式也是多种多样的。

用小说的形式描写未来的科学，那是"科学幻想小说"；

用童话来表达科学，出现了"科学童话"；

把诗和科学结合起来，形成了"科学诗"；

用散文那样活泼、优美的笔调描写科学。古今中外无所不谈，天文地理无所不论，做到"散而不散"又短小精悍，那便是"科学小品"；

曲艺也跟科学"攀亲戚"，诞生了"科学相声""科学快板"；

美术与科学相结合——"科学漫画""科学连环画"；

此外还有科学谜语、科学儿歌等。文艺性较强的某些科教电影、科学电视和科学广播，也属于科学文艺的范畴。

科学文艺作品，来自文艺工作者和科学工作者：一种是文艺工作者闯进科学领域进行创作，一种是科学工作者拿起文艺的笔来描写他的本行，还有一种是科学工作者与文艺工作者结合，共同创作。

## 幻想是"极其可贵的"

去年底，我写了一篇科学幻想小说《奇妙的胶水》，先是在《红小兵报》上发表，后来中央人民广播电台在少儿节目中广播，结果收到不少读者来信。沈阳一家服装厂的工人写信来问："何时能制成这种奇妙的胶水，以便用来粘衣服"；大连的一位外科医生来信联系"用这种胶水黏合折断的骨头"；一家无线电厂的三个同志甚至带着介绍信和电子元件样品来找我，说那种奇妙的胶水用来黏合他们的电子元件——集成电路，实在太好了，要我介绍这种胶水的配方。……我只好向他们解释，这是一篇科学幻想小说，写的是尚未实现的科学幻想。我只能向他们介绍黏结技术的研究现状和有关科技资料，无法具体介绍那奇妙胶水的"配方"。

这些事使我久久不能平静。我细细想了一下，觉得它说明了好几个问题。

它说明，科学幻想小说不仅孩子们喜欢看，就连他们的家长——大人们也爱看。

它也说明，科学幻想小说中所描绘的科学幻想，一旦为生产所需要，就会引起人们强烈的共鸣，燃起人们变幻想为现实的迫切愿望。

它还说明，由于科学幻想小说很难按照"四人帮"的"三突出"，"三陪衬"之类模式去写，而总是宣传科学发展的壮丽前景，宣传科学家的卓越发明，所以在"四害"横行的日子里被扼杀了，与广大读者"阔别"了。如今，不少人对这位"稀客"的特点不了解，不熟悉以至造成了误会。

顾名思义，科学幻想小说具有科学、幻想、小说这样三大特点：

一、它是"小说"。它是用小说形式写的，有构思、有情节、有人物，并在一定程度上塑造人物形象，这是它不同于其他科学文艺形式的地方。

二、它是"幻想"小说。它是把将来可能实现的幻想当作现实来描写。当然，科学童话也具有幻想的特点，但它的幻想主要是指一些夸张、拟人化的手法，与科学幻想小说的幻想特点不同。科学幻想小说的幻想，主要是指科学技术方面的幻想。

三、它是"科学"幻想小说。它具有一定的科学内容，是普及科学的一种形式，这是它不同于一般文艺小说的地方。

科学幻想小说的最大特点是幻想，它是一种瞻望未来的小说，是用小说形式来具体、形象、生动地幻想若干年后科学技术方面可能达到的成就。

列宁指出，幻想"这种才能是极其可贵的。有人认为，只有诗人才需要幻想，这是没有理由的，这是愚蠢的偏见！甚至在数学上也是需要幻想的，甚至没有它就不可能发明微积分，幻想是极其可贵的品质"。（《列宁全集》第 33 卷 282 页）科学幻想小说倘若没有幻想，或者幻想的翅膀飞得不高，那将黯然失色。

幻想，确实是"极其可贵的"。陈景润如果不是在念高中时对求证哥德巴赫猜想充满幻想，就不可能在后来的漫长的岁月中全力以赴去攻克这一难关。同样，不论是造一条新船、造一架新飞机或者做一个新产品，如果头脑中没有幻想，没有想象出未来的新图样，是不可能实现的。科学上的一切新发明、新创造，都离不开幻想。没有幻想，就没有任何创造发明！

"孩子是可以敬服的,他常常想到星月以上的境界,想到地面下的情形,想到花卉的用处,想到昆虫的言语;他想飞上天空,他想潜入蚁穴……"(《鲁迅全集》第 6 卷 41 页)对于喜欢幻想、充满幻想的孩子们来说,科学幻想小说是非常需要的。这些祖国未来的建设者们,如果没有对未来充满炽热的幻想和美好的憧憬,就没有祖国的未来!

科学幻想小说中的幻想,有近、中、远之分:"近距离"的科学幻想,是指最近 10 年内可以实现的;"中距离"的科学幻想是指在 2000 年或 21 世纪可以实现的;"远距离"的科学幻想,是指经过几百年甚至几千年的努力才能实现的。就科学幻想小说的创作来说,近、中、远都是必要的。

当然,也有的科学幻想小说是通过幻想来写过去的。如我写的《世界最高峰上的奇迹》(连载于《少年科学》1977 年 2—3 期),是写几万年前的恐龙。但是,像这样写过去的,在科学幻想小说中终究还是少数。当然,也可以而且应当有科学的但并非幻想的小说,也就是以现实生活中人们从事科学研究、科学实践为题材的小说,这可以称为科学小说。

## 猫儿说人话

列宁还曾说过这样一段话:"如果你给孩子们讲故事,故事里的鸡儿猫儿不是说的人话,那么,孩子们对你所讲的故事就不会发生兴趣。""我很了解,爱听美妙的故事是儿童的天性。"(《列宁选集》第三卷 466 页)

给孩子们讲故事尚要如此,给孩子们讲科学知识,那就更应想尽一切办法使他们"发生兴趣"。

在孩子们眼里,几乎什么东西都像他们自己一样,都会说话。有的孩子走路时被石头绊了一跤,爬起来以后就用脚踩石头,口中念念有词:"揍死你,揍死你,看你下次还敢绊我不?"这说明在他看来,石头是有意让他摔跤的,而且会听懂他的话。正因为这样,用童话形式来讲科学——科学童话,是很受孩子们欢迎的。

为了宣传实现农业机械化的优点,我曾想向孩子们介绍手扶拖拉机的种种用处,一、二、三、四地讲下去,孩子们没有什么兴趣。后来,用童话形式来写,写成小铁牛——手扶拖拉机在农村遇上了大黄牛,它们之间展开了一场有趣的比赛,看谁拉车拉得快,看谁抽水抽得快,看谁翻地翻得快。大黄牛比输了。这就把手扶拖拉机的种种优点讲明了(《大黄牛和小铁牛》,载《北京儿童》1977 年第 4 期)。这样一来,小读者就觉得比原先有趣了一点。

拟人化是童话的传统手法之一。但是,并不是让机器、矿石、月亮、庄稼之类说说人话,就成为科学童话。科学童话还必须具有童话的许多特点——充满幻想色彩,有趣的情节,诗一样的语言。

科学童话也非常需要幻想,但是,它的幻想与科学幻想小说中的幻想又有所不同:科学童话中的幻想主要是指夸张的描写、拟人化的手法,而科学幻想小说中的幻想主要是指科学技术方面的幻想。比如,在科学幻想小说中,不大会出现手扶拖拉机找大黄牛比赛之类的幻想情节,而在科学童话中,也不大会对未来的科学进行绘声绘色的描写。

科学童话尽管富有幻想的色彩,禽能言,兽能语,就连汽车、火车、风儿都会说话,但是又要有很严谨、很准确的科学内容,掺不得半点假。它绝不能因为童话的夸张手法而造成小读者对科学内容的误解。科学童话是严谨与夸张、科学与幻想的统一。

为了使科学童话情节曲折有趣,起伏跌宕,可以运用"三段法"。三段法是童话中常用的手法，也是古典文学中常用的手法。如《西游记》中的"三打白骨精"，《水浒》中的"三打祝家庄"，《三国演义》中的"三顾茅庐""三气周瑜"，以及格林童话《灰姑娘》、阮章竞的童话诗《金色的海螺》，等等。这些"三段法"，大都是采用"这样不行——那样也不行——吸取前两次失败教训，最后成功了"的三段，逐步从低潮到高潮，形成起伏的波澜。我写的《找不到的伙伴》是写血吸虫的毛蚴去寻找它的伙伴——中间寄生钉螺，先是在水渠里找不到（因为水渠经过"填旧开新"，消灭了钉螺），接着在稻田里又找不到（因为稻田经过"氨水灭螺"），最后在小河里也找不到（因为小河经过"填河灭螺"），结果筋疲力尽而死去。这样通过三段描写，展开了故事，同时也说明了三种灭螺方法。另外，我在《铁马飞奔》中用了"对比法"，在《烟囱剪辫子》中用了"反复法"。我从创作实践中体会到，运用这些传统的童话手法，可以加强科学童话的童话特点。曾遭到"四人帮"扼杀的童话传统手法——"误会法""巧合法"，其实也可用于科学童话创作，能使科学童话的表现手法更加丰富多彩。

## "科学小品"探源

翻阅最近的许多报刊，熟悉的题花——"科学小品"又经常呈现在眼前。

科学小品又叫知识小品。它短小精悍，通俗易懂，文笔轻松，生动活泼，知识面广，深受广大小读者欢迎，并使他们从中长知识，广见闻。

"科学小品"这名字，是我国独创、独有的。在国外，虽然也有类似科学小品的文章，但并没有发展成为一种专门的文体。

在我国，"科学小品"这名字究竟是怎样发端的呢？

我查阅了一下新中国成立前的一些报刊，查到"科学小品"这个名字最早出现于1934年陈望道同志在上海主办的《太白》半月刊上。当时，《太白》半月刊开辟了一个专栏，专门刊登知识性文章，这些文章谈的都是自然科学，而写得又小巧隽永，因此，这个专栏的名字便取作"科学小品"。

我国早期的科学小品作者贾祖璋，曾在他写的《生物素描》一书的《代序》里，谈到过"科学小品"的起源问题：

> 去年《太白》创刊时提出了"科学小品"的名称，承业师陈望道先生的不弃，以为可以把"鸟与文学"那样体例的文章写几篇出来发表。

1935年，另一位我国早期科学小品作者顾均正在他所著的《科学趣味》一书《序》中，也有一段谈及"科学小品"起源的话：

> 在两年前，陈望道先生要办一个大众化的小品文刊物，取名《太白》，预备特辟"科学小品"一栏，叫我写一点稿子……

1962年6月10日，《人民日报》发表了我国著名科普作家高士其同志的《让孩子们获得丰富的科学知识的滋养》一文，其中谈道：

> 在1934年，陈望道先生创办了《太白》小品文半月刊，第一次提出了"科学

小品"这个名称，开辟了一个专栏，邀请顾均正、贾祖璋、克士等人，用轻松愉快、浅显易懂的文学笔调，来撰写富有趣味的科学短文……

在1962年，我曾就科学小品一词的起源，请教陈望道同志。他在同年12月9日给我的复信中说：

> 中国刊物上登载科学小品确是从《太白》半月刊开始。《太白》半月刊自始就以刊行科学性进步性的小品文为自己的任务，以与当时的"论语"派，以所谓幽默小品为反动派服务的邪气抗衡的。至于"科学小品"一词究竟是谁最先提出，我也已经记不清楚，可能是我提出，而得到《太白》编委诸同志同意，并得到撰稿的诸科学家同意的。

陈望道同志的信，不仅确认了"科学小品"是发端于《太白》半月刊，而且还清楚地说明了当时他提倡科学小品的目的和作用。

自《太白》半月刊提倡科学小品以后，不久，当时的《读书生活》《中学生》《妇女生活》《通俗文化》等杂志，也先后开始刊登科学小品。这样，科学小品这名字逐渐被广大读者所熟悉，并逐渐成为文坛上一种独立的文章体裁。其中最突出的是高士其同志，同时写了将近100篇科学小品，编成《我们的抗敌英雄》《细菌与人》《活捉小魔王》《细菌大菜馆》《菌儿自传》《抗战与防疫》等科学小品集出版。

除此之外，我国早期的科学小品集还有：克士（即周建人）、艾思奇等12人，包括40篇科学小品的《越想越糊涂》，顾均正的《科学之惊异》，陶秉珍的《植物生活》《昆虫漫话》，索菲的《人体科学谈屑》，贾祖璋的《生命的韧性》，姚毓璆的《生物趣味》，严大椿的《动物漫话》，董纯才的《动物漫话》，楼俊卿的《鸣虫之话》，刘薰宇的《数学趣味》《数学园地》《马先生谈算术》等。

新中国成立后，科学小品的创作更日趋活跃，走上了为工农兵服务、为社会主义建设服务的正确道路。出版的科学小品集有：《高士其科学小品甲集》、周建人的《科学杂谈》、北京出版社编辑的《知识小品》、顾均正的物理小品集《不怕逆风》、展望杂志社编辑的几集《科学小品》、傅连暲的医学小品集《养身之道》等。1961年以来，由少年儿童出版社编辑出版的《十万个为什么》旧版1至8册，实际上是一部以少年儿童为对象，包括1000多篇科学小品的集子。

在"四害"横行的日子里，报刊宣传科学、普及科学成了一条"罪状"，科学小品从此销声匿迹。如今，与广大读者久违了的科学小品又开始在各报刊崭露头角，活跃起来。

一篇好的科学小品，一般应该具备这样几点：题材新颖、适时，是广大读者所关心的问题；深入浅出，通俗易懂；文笔轻松、活泼、形象、生动；资料可靠，数据确凿；短小精悍，具有"小品"的特点。

科学小品是"小品"，大都是"千字文"，即千把字左右，读者在短短的几分钟内便可读完它。

科学小品的题目一定要富有新意。如科学小品老作家顾均正写过一篇《北京来到了我的面前》，讲的是关于相对运动的物理知识，远比《谈谈物体的相对运动》之类标题要吸引人。

科学小品的开头也很有讲究，必须具有一下子抓住读者的魅力，促使读者对这篇文章感兴趣，要读下去。有的科学小品从一个小故事讲起，也有的从一句谚语、成语、古诗说起，还有的从时令、新闻、身边琐事开头……形式多样，各具一格。切忌平铺直叙，切忌用"大家都知道，地球的周围有一层空气"之类毫无生气的话开头。科学小品的开头，应该是"凤头"般华丽多彩。

科学小品的主要内容是在继开头之后的主体段表现的。主体段的内容要安排得有层次、有条理，由浅入深，由远而近。主体段一般是由纵、横两条线交织而成的。

纵线——科学发展的历史。科学小品中写到的科学史，常常是一种饶有趣味的小史。如高士其在《谈眼镜》这篇科学小品中，就谈起眼镜的小史来："世界上第一片眼镜——单眼镜，是用绿宝石做成的。公元1世纪时有一位近视眼的罗马皇帝曾用过它，闭上一只眼睛，来观看剑客们的决斗。这位皇帝死后1300年，才有真正的眼镜出现……"像这种眼镜发展史之类的小史，在通常的科学史著作中是很难找到的，需要作者去用心查证，理清纵线，使读者从中懂得科学上的任何发明创作都来之不易，是千万人从实践中创造、改进、提高的。

横线——这一门科学的基本原理及在国民经济各部门的应用，开阔读者的眼界。如高士其在《现代的灯》一文中，在讲述了灯的小史之后，便从横的方面展开，娓娓动听地介绍了日光灯、水银蒸气灯、钠蒸气灯、霓虹灯、氖气灯等各种现代的灯的基本原理，以及它们在照相馆、布厂、纸厂、设计室、医院、托儿所、广告牌、建筑物、交通等各方面的应用。

这纵横两根线在科学小品中相互交错，纵横捭阖，从古至今，从中到外，从工业到农业，从天上到地下，无所不谈，无所不包，巧妙地交织出一张知识之网。

科学小品的结尾，应如"豹尾"，非常有力。有的结尾是展望式的，谈论这门科学美好的未来，诱人的前景，有的是篇末点题，与开头首尾呼应；有的是总结式的，提纲挈领般用寥寥数语概括全文；还有的结尾用风趣、诙谐的话结束全文，令读者回味无穷。

科学小品是小中见大，尺幅千里。要想写好科学小品，并不容易。科学小品的作者要努力学习科学，学习文学。

科学小品虽是"千字文"，作者在写它之前却必须研读"万言书"——有关的科学专著。正如人们常说的那样，要想喝一杯水，必须挑一缸水。只有"深入"——深刻地懂得科学，方能"浅出"——用浅显而有趣的语言讲述科学。科学小品要旁征博引，它的作者不仅应是一个科学的专家，而且应是一个"杂家""博家"。蜜蜂遍采百花方能酿佳蜜，科学小品的作者必须在科学之林中到处涉猎，四方巡逡。切莫把自己局限于某一科学专业。从某种意义上讲，科学小品是结晶体，是作者从一大堆科学素材中经过去粗取精、反复提炼之后所得的精品。

科学小品的作者要具有相当的文学素养，善于运用形象思维，善于运用比喻，把深奥的科学原理通俗化。作者要多看文学作品，从文学中吸取营养。在科学小品中引用一些古诗词，会使文章增色不少。如讲到秋天的枫叶，引用唐朝诗人杜牧的名句"霜叶红于二月花"；讲到萤火虫，引用杜牧的"轻罗小扇扑流萤"；讲到鸭子，引用宋朝诗人苏轼的诗句"春江水暖鸭先知"……这样，也可以使科学小品更具有中国的民族风格，中国的气派。

科学小品虽小，作用却不小。它仿佛是科普百花园中的一朵朵知识之花，如今，在科学的春天里，正在迎春怒放，光彩夺目！

## 科学的诗篇

诗中有科学,这是古已有之。"春种一粒粟,秋收万颗子",就说明了"春华秋实"(李绅,《古风》)这一科学规律;"离离原上草,一岁一枯荣。野火烧不尽,春风吹又生"(白居易,《古原草》),科学地写出了野草的生长规律和它顽强的生命力;"东边日出西边雨,道是无晴却有晴"(刘禹锡,《竹枝词》),则是江南梅雨季节的科学写照。再如,"九曲黄河万里沙"(刘禹锡,《浪淘沙》),"高处不胜寒"(苏轼,《水调歌头》),"欲穷千里目,更上一层楼"(王之涣,《登鹳雀楼》),"东南水多咸"(戴复古,《频酌淮河水》),"问渠那得清如许,为有源头活水来"(朱熹,《观书有感》),"春来江水绿如蓝"(白居易,《忆江南》),"稻花香里说丰年,听取蛙声一片"(辛弃疾,《西江月》)……这些信手拈来的诗句中,无不包含丰富的科学知识。所以,诗中有科学,科学用诗来表达,这可以追溯到遥远的古代。

然而,科学与诗结合起来,形成一种别具一格的诗——科学诗,则是近年来的事。

我国首屈一指的科学诗人,当推高士其。

高士其出自诗的家庭。高士其的父亲高赞鼎先生是一位诗人,出版过诗集《斐君轩诗钞》,收有260多首诗,其中大部分是五言诗。高士其的母亲、祖父、外祖父都会作诗。高士其自幼受诗的熏陶,也擅长五言诗。后又赴美留学,专攻科学。当他走上科普创作道路之后,先是写作科学小品,后来又配合当时形势写了许多抨击国民党反动派的政治诗,随后把科学与诗结合起来,创作科学诗。高士其懂诗,又懂科学,他具备了成为一位科学诗人的两个条件。

高士其的第一首科学诗是《天的进行曲》,1946年写于广州。新中国成立后,他写了《我们的土壤妈妈》《空气》等40来首科学诗,收入我国第一本科学诗集《科学诗》,于1956年由作家出版社出版。1978年,人民文学出版社出版了高士其作品选《你们知道我是谁》,其中除科学小品外,收有15首科学诗。

科学诗可以分为两大类:一类是鼓舞人们向科学进军、努力攀登科学高峰的诗,如叶剑英同志的《攻关》、高士其同志的《让科学技术为祖国贡献才华》等。这类科学诗如进军的号角,用振奋人心的诗句激励人们猛攻科学堡垒的斗志;另一类是以诗歌的形式来普及科学知识,如高士其的《电姑娘》《森林之歌》《太阳的工作》《生命进行曲》等。人们常说的科学诗,一般是指后一类。

高士其曾这样谈到他写科学诗的目的:"写作'科学诗',有一个崇高的目的,那就是为了建设社会主义,为了实现共产主义的伟大理想而奋斗。它不是为了写诗而写诗的,也不是单纯地为了介绍科学知识而写作;它要激发少年读者们爱祖国、爱人民、爱劳动的感情,培养他们树立唯物主义世界观,鼓舞他们向科学进军,引导他们去攀登科学顶峰,使他们能更好地为社会主义建设服务,这就是写作'科学诗'的基本思想和社会意义。"(高士其,《科学诗》序言)

写诗要用形象思维,写科学诗也要用形象思维来表达科学。只有化科学为形象,才能写好科学诗。

高士其的科学诗,很注意运用形象思维。就拿《我们的土壤妈妈》来说,高士其是用这样许多形象化的诗句,来表达土壤科学知识:"我们的土壤妈妈,是地球工厂的女工";"她是矿物商店的店员";"她是植物的助产士";"她是动物的保姆";"她是微生物的培养者";"我们的土壤妈妈,像地球的肺";"她又像地球的胃,她会消化有机物";"她又像地球的肝,毒质碰着她就会被分解"……在这里,高士其把科学知识写得何等生动、活泼、富有形象,跃于纸上!

又如,高士其在《空气》这首科学诗中,是这样运用形象思维的:"空气是宇宙的帐幕","空气是永恒的流浪者","空气是气体的海洋、生命的仓库","生命没有它,便停止了呼吸;火没有了它,便停止了燃烧;物质没有它,就不会氧化;食物没有它,就不会消化"……

科学诗非常精练,仿佛是把科学知识经过反复筛选而留存的精品。它不仅可以读,而且可以朗诵。

在科学文艺的创作中,科学诗是最薄弱的一环,作者不多,作品很少。中国的诗人不少,科学家也很多,而兼具诗与科学的品格的人不多,这是造成科学诗人奇缺的原因。希望科学家们多学点诗,诗人们多学点科学,像高士其那样既懂科学又懂诗,努力创作更多更好的科学诗。

## 科学和笑声

科学常常给人以严肃的感觉。其实,科学是趣味横生的。

正因为科学不是干巴巴的,是富有趣味的,所以那么多科学工作者夜以继日地同科学打交道;也正因为这样,所以能把科学与相声结合在一起,产生了使小听众笑声不绝的"科学相声"。

科学相声的创作规律与一般相声相同,也是分为"垫话""正话"和"收底"三部分。

所谓"垫话",就是相声开头的铺垫部分。垫话一般总是"东拉西扯",讲了许多似乎与主题毫不相干的话;然而就在这"东拉西扯"之中,突然话题一转,出其不意地点题,使科学相声转入了正题——"正话"。

"正话"是科学相声的主要内容。它是由一个接一个的"包袱"组成的。"包袱"是相声的行话,它好比把一块包袱布铺好,往里放进一件件东西,在铺平、装满之后,偷偷把它系上,然后出其不意地一抖,把东西全都倒出来,打响了"包袱"。就在"包袱"打响的时候,从听众那里便会爆发出哄堂笑声。

比如,科学相声《二叔刷牙》(崔道怡作)谈的是保护牙齿的科学知识,其中有这么一段:

> 乙:你二叔的牙是怎么掉的?
> 甲:咳,原因多了。其中之一,是他的牙齿用处太多。
> 乙:牙齿不就是嚼吃的东西嘛?
> 甲:他的牙齿可以当钳子,扳子,起重机,指甲钳子。
> 乙:这都是哪儿的事呀?
> 甲:比方汽水瓶子开不开啦,他不找扳子,就用牙扳,咬住瓶盖使劲:"你下来不下来,下来不下来"——咔叭,下来啦!
> 乙:把瓶盖给咬下来了。
> 甲:把大门牙嘣下来了。

在这里,"你二叔的牙是怎么掉的?"一句是提出问题,接着几句详细地交代,"把瓶盖给咬下来了"一句是故作聪明,"把大门牙嘣下来"一句则是妙语惊人,打响"包袱"。也就是说,前面的都是"系包袱",最后一句才出人意料地抖开"包袱",引人扑哧一笑。写科学相声要注意写好甲、乙两人的配合。他们俩一捧一逗,捧不好,就逗不乐;甲乙两人相互配合,才能讲好科学相声。

科学相声的成败就在于能不能打响"包袱"。科学相声的"包袱",比普遍相声中的"包袱"难系,因为它在系"包袱"的过程中,必须把许许多多科学知识装进"包袱"里。写得成功的科学相声,使观众在笑声中接受科学知识。如果"包袱"打不响,那就不成为科学相声,而只不过是科学对话罢了。

至于"收底",就是相声的结尾。收底要收得巧,出其不意地突然刹车,使听众在哈哈大笑中听完科学相声。

科学相声幽默诙谐,生动活泼,又有趣又通俗,很受孩子们的欢迎。通过相声演员的说、演、唱,一捧一逗,寓科学于笑声之中,既使孩子们身心愉快,又从中学习了科学知识。

虽然科学幻想小说、科学童话、科学小品、科学诗和科学相声都是普及科学知识的文学形式,但是又各有特点:科学幻想小说是写展望性的科学知识,即科学的发展前景,比较适合于高小、初中学生阅读;科学童话的科学内容比较浅显、简单,适于低幼、初小和中年级学生阅读;科学诗和科学相声的内容一般也比较浅显,而科学小品的知识容量比较大,可以写一些内容比较复杂一些的科学知识,一般适于高小和初中学生阅读。形式取决于内容。采用什么样的科学文艺形式来表现,常常取决于你要表现的是什么样的科学内容。有时同一科学内容,可采用科学幻想小说、科学童话、科学诗,科学相声或科学小品等不同形式去表达。如关于石油,我曾试写过科学幻想小说《石油蛋白》(《少年科学》1976 年第 1 期),科学童话《给石油的一家拍照》(《小朋友》1977 年第 1 期),科学诗《大庆的新奇迹》(《山西红小兵》1977 年第 11 期),科学相声《工业的血液》(《北京少年》1977年第 4 期),科学小品《石油漫话》(连载于 1977.12—1978.3《安徽日报》)以及少年自然科学读物《石油的一家》(中国少年儿童出版社 1978 年版)。

## 抓住科学的"新苗头"

当代自然科学,正在酝酿新的重大突破。少年儿童的科学文艺读物除了介绍一般的数、理、化基础知识之外,还必须抓住科学的"新苗头",迅速、及时地把新科学、新技术告诉小读者。现在的小读者,是未来的建设者,不用新科学、新技术武装他们的头脑,是不可能全面实现四个现代化的。正如毛主席所指出的:"普及工作若是永远停止在一个水平上,一月两月三月,一年两年三年,总是一样的货色,一样的'小放牛',一样的'人、手、口、刀、牛、羊',那么,教育者和被教育者岂不都是半斤八两?这种普及工作还有什么意义呢?"(《毛泽东选集》第三卷 819 页)

一个敏感的诗人,从万草千树之中的第一片新叶上,便闻出了春天的气息;一个科学文艺的作者应该善于从浩如烟海、广阔无垠的科学领域中,看出科学发展的"新苗头"。把这些还是摇篮中的婴儿介绍给小读者,使他们从小就了解现代科学的新动向、新成就。

所谓科学技术新成就的"新"字,是对一定的历史时代、科学水平而言的。任何一种科学技术,在它开始诞生、发展的时候,都是新技术。而随着它被普遍推广,便不再成为新技术。现在已经司空见惯了的电灯、飞机,自行车、收音机,在几十年、一百多年前都是新技术。十几年前,半导体收音机、电视机以至塑料凉鞋、的确良衬衫,都算是新技术、新产品。如今,激光、遥感、宇宙航行、仿生学、红外技术、量子化学、分子生物学、地质力学等，成了引人注目的新科学、新技术。然而，新科学、新技术只有被人们所普遍认识，才可能得到广泛应用。科学文艺读物把新科学、新技术介绍给小读者，使他们从小认识新科学、新技术，这样才能促进新科学、新技术得到更快、更普遍的推广。

在介绍新科学、新技术时，一是要把深奥的道理通俗化，一是要说清楚它的优点和发展前景，另外也要把它目前存在的不足之处和亟待解决的困难简略地告诉小读者。

这里特别要提一下，科学幻想小说是反映未来新科学的好形式。著名法国作家儒勒·凡尔纳自 1863 年出版了第一部科学幻想小说《气球上的五星期》以后，一生中共写了 57 部科学幻想小说，如《格兰特船长的女儿》《海底两万里》《神秘岛》《机器岛》《天边灯塔》《蓓根的五亿法郎》等。凡尔纳曾在一篇科学幻想小说《从地球到月亮》中，绘声绘色地描述了美国巴尔的摩炮兵俱乐部的炮兵们，怎样建造了一门长 300 米、口径达 3 米的大炮，发射巨大的炮弹，把炮弹里面的三个人送到了月亮上去。后来，俄罗斯的齐奥尔科夫斯基正是在这篇科学幻想小说的启发下，从事宇宙火箭的研究，成为著名的科学家。这个事例充分说明，用新科学、新技术武装小读者，是多么重要。科学技术上的星星之火，要靠青少年一代的努力，把它燃成熊熊的燎原之火！

## 跳高运动员的启示

一位跳高运动员整天练习跳高，但是跳高成绩没有明显提高。他非常着急，请教练指点。教练劝他别一门心思练跳高，应该去练练短跑和跳远，这对提高跳高时的冲力和弹跳力会有帮助。跳高运动员照教练的话去做，果然，跳高纪录就不断刷新了。

这件事给科学文艺的创作一个重要的启示：一个科学文艺作者想写出更多更好的科学文艺作品，他不仅应该钻研科学文艺本身的创作规律，而且还应努力去钻研科学和文学，当他的科学水平和文学水平提高了，就能写出更多更好的科学文艺作品。

当代自然科学的领域非常广阔。就基础科学来说，就有数学、物理、化学、天文、地学、生物学 6 门。就应用科学来说，包括电子技术、农业技术、电力技术、工程结构、医疗技术、激光技术等许多学科。现代科学的分工越来越细，各门科学之间常常"隔行如隔山"。作为一个科学工作者，常常只钻研其中的某一门科学中的某一门专业，有的甚至只钻研某一专业中的某一课题。然而，作为一个科学文艺作者却应努力涉猎各个科学领域，不断扩大自己的知识面。尽管他对各门科学充其量只是个"半通"，但绝不是"外行"。另外，还应多看一些科学史著作和科技新动态，懂得每一门科学、每一项技术的过去和未来。也就是说，科学文艺作者要从横的方面——科学领域的各个学科，要从纵的方面——各个学科的发展史，努力扩大自己的知识面。当前，我们不仅需要介绍某一门科学（如电子计算机、轮船、飞机等）的科学文艺作品，而且更需要综合性的科学文艺作品。也就是说，不仅要写一棵棵树木，更需要描写整个森林。这是因为人类是在与整个大自然作斗争！

科学文艺作者必须对科学"消息灵通"，不断收听来自科学战线的新消息。例如，谈起化学元素，你再说是"103 种"，那就显得太陈旧了，现在已是"107 种"了；说起世界最高峰——珠穆朗玛峰的高度，再说"8882 米"高，那就不对了，现在经过我国科学工作者重新精确测量，应为"8848 米"；像长江，过去一直说长达"5800 多千米"，最近经我国科学工作者重新勘察，全长为"6300 千米"……同样，科学文艺作者应该了解科学的最新成就和最新进展，只有这样，才能使自己的作品始终充满新意！

科学文艺作者还必须努力学习文学,从各种长篇小说、短篇小说、散文、诗、童话、曲艺、电影那里不断吸取营养,特别是要关心儿童文学的创作,多看儿童文学作品,只有不断提高自己的文学水平,才能使科学文艺创作不断创新。

"问渠那得清如许?为有源头活水来。"科学和文学是科学文艺的源头,努力学习科学,努力学习文学,博览广闻,探根求源,开拓科学文艺创作的新领域,创造科学文艺创作的新形式,向千千万万少年儿童提供更丰富的科学食粮。

春天已经来临,科学文艺园地百花盛开的日子已经到来!

1979 年 2 月

(原载叶永烈著《奇怪的病号·叶永烈作品选》,四川人民出版社 1979 年版)

# "科幻小说"概念研究

吴 岩

## 一、科幻小说:概念上的混乱状态

科幻小说是一类容易指认、却不容易定义的文学作品。美国评论家阿尔斯物·卡梅伦曾经期望给科幻小说做一个完整的定义,他用了整整 52 页篇幅来撰写这个概念,写好之后,发现仍然无法将一些现成的作品纳入其中。

科幻小说定义的困难性,主要来自科幻作品是一种跨门类的、极端富于广延性的文学作品,而作为这种作品的存在基础——科学,本身也没有划定的疆界。从科幻小说的发展上看,这类作品最初是围绕一些技术创新而展开的。玛丽·雪莱(Mary Shelley)的《弗兰肯斯坦》、儒勒·凡尔纳(Jules Verne)的《从地球到月球》等都是这样的作品。在 19 世纪末到 20 世纪初期,科幻小说的"科学"描述范畴开始从技术转向科学。赫伯特·乔治·威尔斯(Herbert G. Wells)的《时间机器》就是一个典型的例子。将科学原理当成科学幻想小说描述的主要内容,在英美科幻小说黄金时代的 20 世纪 30—50 年代中非常流行。到 60 年代,社会科学开始进入科幻文学的领域,出现了像布莱恩·奥尔迪斯(Brian W. Aldiss)的《杜甫的小石子》、J.G.巴拉德(J.G.Ballard)的《毁灭三部曲》、米切尔·莫尔考克(Michael Moorcock)的《瞧这个人》和飞利浦·何塞·法马尔(Philip Jose Farmer)的《子宫》等描述历史、哲学、宗教、性心理等方面的作品。而以自然灾害和大自然奇迹为基础的科幻小说,则贯穿在科幻小说发展的始终。

仅仅从科学本身的范畴拓展还不足以造成科幻定义的混乱状态,科幻文学的写作实验,也让这个品种一直游离在各类主要文学品类的描述之外。多年来,有一种普遍的认识,那就是科幻小说属于通俗小说,因为它注重情节,忽视人物。然而,当我们分析作品时便会发现,虽然存在着重情节轻人物的作品,但也的确有许多重要的作品中塑造了感人至深、永远无法忘怀的人物形象。乔治·奥维尔(George Orwell)的《1984》就是这样的作品。其中塑造的"老大哥"、温斯顿等,都已经在西方脍炙人口,甚至成了经典词汇。认为科幻小说属于通俗小说的第二个理由,是它仅仅触及了科学的主题,而没有触及社会生活和人性的主题,但是,这样的观点也将被一些作品的实践所打破。美国作家小库特·冯尼格(Kurt Vonnegut, Jr.)的《第五屠宰场》、加拿大作家玛格丽特·阿特伍德(Margaret Atwood)的《羚羊与秧鸡》等作品,甚至能比普通小说更加深刻地触及人类的本性。在中国,认为科幻小说是通俗文学的论点就更加值得怀疑,因为在中国的文化中,科学本身就隶属于绝对的精英文化层面。而与科学技术和科技活动相关的科幻小说怎么可以是通俗文学的某个成员呢?

科幻小说概念上的混乱状态,给科幻文学的创作和出版,给予科幻小说相关的一系列领域造成了空前的影响。1984 年,因为对科幻定义的理解差别所造成的争论引发新闻出版系统的行政干预，最终使科幻小说在中国绝迹整整 5 年，致使科幻作家队伍在中国全面消失。以至于到 20 世纪 80 年代末、90 年代初期在中国恢复科幻文学出版时，创作队伍必须重新培养。与科幻相关的各类文化现象，也常常在混乱中展现出极端复杂的情景。在 90 年代，曾经有一个建立科幻游乐宫的热潮，但多数科幻游乐宫都是各路中国鬼神出没的"鬼宫"。这种鬼神与科幻名称相伴的文化状态，给中国人面对科幻这种来源与西方世界的文学品种又加上了更深的疑虑。

笔者认为，解决中国科幻文学在中国的繁荣、科幻文化在中国的兴起等问题的关键，是要对科幻小说这一文化的核心类型进行良好的定义。只有对科幻文学的基本概念分析清楚，才能看清这一文学品类和相关的亚文化领域在中国的前景。本文计划从两个方面论述科幻文学的定义。第一对国内外现有科幻定义进行梳理，探索其基本的定义类型。第二是对科幻定义的要素进行分析，特别针对容易界定的特点，从读者的接受角度，分析科幻文学的内涵。

## 二、科幻小说定义的四个族类

笔者认为，世界上可能没有哪一个文学品种有科幻文学这样获得过如此多的定义。在西方科幻史上，科幻小说曾经被冠以多种不同的名称出现在出版物中，这些名称包括科学浪漫小说（scientific romance）、科学奇幻小说（science fantasy）、脱轨小说（off-trail story）、变异小说（different story）、不可能小说（impossible story）、科学的小说（scientifiction）、惊异小说（astounding story）等。最终，科幻小说的名称被公认为科学小说（science fiction）。一个有趣的现象是，在西方这一公认的概念中，并没有幻想的成分。（有人认为 fiction 就有虚构和幻想的含义，但如果这样解释，历史小说、爱情小说、战争小说、政治小说都是幻想小说了。）中国科幻小说中的幻想成分，来自俄文的转译，也就是说，俄国科幻文学的定义中，有一个单独的幻想成分存在。

从 1991 年北京师范大学开设科幻文学公共选修课程以来，笔者对科幻文学的多种定义进行了梳理，认为科幻小说的概念主要分成如下的 4 个族类。

**科普族类**

将科幻小说当成一种科普读物的定义方式，在苏联和中国享有广泛的支持。苏联著名评论家胡捷就曾指出，"……它是用文艺体裁写成的——它用艺术性的、形象化的形式传播科学知识"[①]。另一位著名的苏联评论家李赫兼斯坦几乎用同样的语言写道："科学幻想读物是普及科学知识的一种工具。"[②]在中国，科幻文学的早期理论家是著名作家鲁迅，鲁迅在 1903 年创作的《月界旅行·辨言》中指出，"盖胪陈科学，常人厌之，阅不终篇，辄欲睡去，强人所难，势必然矣。惟假小说之能力，被优孟之衣冠，则虽析理谭玄，亦能浸淫脑筋，不生厌倦"[③]。很显然，鲁迅眼中的科幻小说，就是一种科普读物。

将科幻小说当成一种科普的工具的说法，虽然貌似非常合理，但其中却存在着众多的疑点。首先，科幻文学是一种小说类作品，具有人物和情节。为了使作品更加具有小说的吸引力，作者不可能将大量的笔墨放置在科学普及方面。而科普读物是对科学技术内容的通俗化并以此达到科学传播的目的，将科幻作品当成一种科普作品，在创作目的和创作方式等方面，都存在着很大的问题。笔者曾经在 20 世纪 80 年代就提出，从现代信号检测理论的角度看，科幻小说在科普方面的作用是异常低效的[④]。同样在 80 年代，著名科幻作家童恩正也指出，科幻小说作为一种科普读物，几乎是不可能的。从创作的角度来讲,作家常常是对科学进步产生的某种焦虑作为写作的动因,这与科普读物预先设置的普及科学的目标完全不同。这里,科学是为故事情节服务的手段⑤。更重要的质疑来自读者的接受状况。的确有少量读者阅读科幻小说以学习科学、发现问题为乐趣。但不可否认,多次调查的结果都证明,科幻读者主要的阅读兴趣不在学习科学知识。很少有人想通过科幻学习纳米技术、电脑科技或者航天技术。即便是非常喜爱学习科技知识的读者也会谈到,感受科学带来的奇迹和未来的状况才是他们阅读科幻文学的要点。

### 广义认知族类

否定了科幻文学的科普功能,不能否定这种作品在认知方面的作用。因此,一类定义者循着这个观点出发,将科幻文学定义为一种广义认知性作品。朱迪斯·玛瑞尔(Judith Merril)指出,科幻小说是一种推测小说,其目的是通过投射、推断、类比、假设和论证等方式来探索、发现和了解宇宙、人和现实的本质。这里,推测旨在说明利用传统科学方法(观察、假设、实验)去检验某种假设的现实,将想象的一系列变化引入已知事实的背景,从而创造出一种环境,使人物的反应和观察揭示出相关发明的意义。达科·苏文(Darko Suvin)也认为,科幻是一种文学类型,其必要和充分条件是疏离和认知的相互作用。而其主要的形式方法是用一种想象的框架代替作者的经验环境。在这里,认知就是对理性化理解的追求,而疏离(estrangement)则来源于德国戏剧家布莱希特的观点,指一种表现可以使人认识它的主体但同时又使它显得陌生⑥。L·S·德·坎普(L. S. de Camp)也认为,广义的科幻小说是以科学的假设或非科学的假设为依据的小说,是以不存在于现实的,而又没有超自然的因素的世界为舞台的小说。山姆·莫斯考维奇(Sam Moskowitz)指出,科幻小说是幻想小说的一个分支,它的特点是使用物理学、空间、时间、社会科学和哲学的想象性思考创造出的科学可信氛围,去缓解读者的悬而未决的追求神秘的愿望。沃尔海姆(Donald A. Wolheim)提出,科幻是幻想小说的一个分支,但是,它不是对今日知识的真的反映,而是由读者对未来某时间或过去某不确定点上的科学可能性的认知性喜悦作为回报的。

持广义认知观点的人士还有现代科幻小说观念的创始人雨果·根斯巴克(Hugo Gemsback),他曾经认为,"我意义上的科学化的小说是凡尔纳、威尔斯、爱伦·坡那类的故事,是一种掺入了科学事实和预测远景的迷人的罗曼司"⑦。特里·卡(Terry Carr)也认为,科幻是关于未来的文学,讲述我们期望看到的或为我们子孙将看到的下个世纪的或无限时间中的明天。本福德(Gregory Benford)指出,科幻是思考和梦想未来的受到控制的途径,是潜意识爆发的、通过恐惧和希望表达的对科学(客观宇宙)的一种综合的情绪和态度。是对你、你的社会背景、你的社会自我等任何事情的彻底搜查。是由最少的可能性所给出的梦魇和愿景的大纲。布拉德伯里(Ray Bradbury)认为,科幻是对未来的真正社会学研究,在这种作品中,作家将两件或两件以上不同事件结合后确信其必然发生。

广义认知派科幻定义有两个特征,首先是强调认知过程或与认知有关的附加过程,如神秘、疏离等。其次是强调在作品中呈现未来所产生的认知愉悦性。笔者认为,广义认知派的特点,是将科普派的基本范畴进行了扩散,而使其远离传播科学这一中心,而将认知过程的审美特点展现出来。这样的认识已经比科普族类仅仅抓住功能性的观点有了很大发展。但是,强调认知的愉悦性其实也才仅仅是科幻文学美学价值的一部分,对这个文类的真正全面描述,仍然没有有效地获得。

#### 替代世界族类

除了上面两种主要的科幻定义派别,在科幻文学领域中,还有一种比较有影响力的定义方式,那就是将科幻文学定义为描述某种替代的世界(alternative world)。金斯丽·艾米丝(Kinsley Amis)指出,科幻小说是这样一类叙述散文,它处理我们已知世界不大可能存在的状态,但它的假设却基于一些科技或准科技的革新,不论这些革新是人类创造的,还是外星人创造的。L·德尔·雷伊(Lester Del Rey)认为,科幻小说是采取娱乐的手段,以理论和推理,试图描述种种替代世界的可能性,它以变化作为故事的基础⑧。布雷切夫(Kir Bulychev)认为,科幻小说,作为与现实主义文学之间的差别在于它描写可能性,它感兴趣的不单单是人类的个体,而是整个社会……未来学家托夫勒(Alvin Toffler)也认为,科幻小说通过描写一般不考虑的可能性——另外的世界,另外的看法——扩大我们对变化做出反应的能力。

替代世界族类的科幻观念,将科幻小说定义为创造某种可能性和替代世界,这种观点的核心是讲述变化,认为变化是科幻小说主旨。笔者认为,将科幻文学确认为替代世界的文本,在很大程度上涵盖当今科幻小说的所有方面。笔者曾经撰文指出,世界科幻小说200年中的主要成就,是发现了四个世界:空间、时间、心灵和电脑网络⑨。但是,指认出作品中所描述的世界是否就能将科幻文学的本性定义清楚呢?

#### STS(科学对社会的影响)族类

科幻小说定义的第四个、也是最重要的族类,认为科幻文学的主要特征是谈论科学对社会的影响。著名编辑、美国科幻黄金时代的主要缔造者小约翰·W·坎贝尔(John W. Campbell, Jr.)认为,科幻是以故事形式,描绘科学应用于机器和人类社会时产生的奇迹。科幻小说必须符合逻辑地反映科学新发明如何起作用,究竟能起多大作用和怎样的作用。R·布雷特诺(Reginald Bretnor)认为,科幻小说是科学以及由此而产生的技术对人类影响所做的理性推断为基础的小说⑩。阿西莫夫(Isaac Asimov)认为,科幻小说是文学的一个分支,主要描绘虚构的社会,这个社会与现实社会的不同之处在于科技的发展性质和程度。科幻可以界定为处理人类回应科技发展的一个文学流派⑪。冈恩(James Gunn)也认为,科幻是文学的新品种,它描绘真实世界的变化对人们所产生的影响。它可以把故事设想在过去、未来或某些遥远的空间,它关心的往往是科学或者技术的变化。它设计的通常是比个人或者小团体更为重要的主题:文明或种族所面临的危险⑫。海因莱因(Robert Heinlein)也认为,在科幻小说中,作者表现了对被视为科学方法的人类活动之本质和重要性的理解。同时,对人类通过科学活动收集到的大量知识表现了同样的理解,并将科学事实、科学方法对人类的影响及将来可能产生的影响反映在他的小说中。

以科学技术对社会造成影响的方式定义科幻小说,免除了科幻文学是科普读物的基本想法,从这一全新的意义上理解科幻,为其文学价值和社会价值找到了出路。威廉·拉普曾经对英语文学专业教授进行科幻定义的询问,发现48%的抽样者都认为,科幻小说是"试图去预测未来技术进步对社会影响的一类故事"⑬。

笔者认为,这一定义可以清晰地解释一大类科幻作品。这类科幻作品的特征是描述科学造就的奇迹或灾难,并阐述这种奇迹或灾难给社会、人性造成的影响。我们以阿西莫夫的系列小说《基地》为例。这部作品前后总共出版了11部,时间跨越13000年,空间跨越2500万个星球组成的世界,人口跨越覆盖1000的6次方! 如此宏大场面所展现的

社会生活，给科幻文学屹立于文学之林创造了绝好的范例。

事实上，四种定义之间也的确存在着交接之处。虽然如此，笔者仍然更加赞同STS这一族类的科幻文学定义方式。这一方式既可以涵盖主流科幻作品，又可以将一些跨越边疆的科幻作品有效地纳入其中。更加重要的是，它还把科幻文学的思考性加诸作品。问题是，上面提到的几乎所有观点都来自作家或评论家，对于非专业人员特别是读者如何看待科幻文学，几乎没有关照。

## 三、科幻小说概念的统计学研究

读者是科幻文学的受众，也是它的主要消费群体。当考虑科幻文学概念时假如能从读者入手，则会使整个研究获得一种全新的视角。我们的工作即从这里起步。自1998年开始，笔者在北京师范大学进行了一系列以读者为导向的科幻文学概念研究。我们采用的方法是个体内隐概念的认知解析。所谓内隐概念，指人的过去经验和已有认知结果沉淀下来而形成的一种对事物属性的无意识结构。这些结构虽然没有整体上升到意识水平，但却潜在地作用于个体对事物的认知和行为。我们把大学生作为研究的主要样本。这是因为，中国科幻读者主要来源于大中学生的群体。在样本采集时，我们尽量注意到选取不同背景的学生，以获得足够的代表性。在预研究中，我们要求学生提供属于科幻定义的词汇（每人提出25个）。随后，根据初步统计的结果编制一个评估量表并作用于第二个群体，要求学生从中提出符合为科幻进行定义所需的词汇内容，并排列出该词汇对定义的贡献度顺序。最后，我们将评估结果进行因素分析并找到针对科幻定义所簇集的词汇群。

**6个特征值大于1的因素特征值、变异数和积累解释率**

| 因素名称 | 特征值 | 变异数(%) | 积累解释率(%) |
| --- | --- | --- | --- |
| 文学状态 | 5.381 | 28.319 | 28.319 |
| 探索因素 | 2.134 | 11.232 | 39.551 |
| 科学内含 | 1.727 | 9.089 | 48.640 |
| 认知方式 | 1.524 | 8.023 | 56.663 |
| 审美因素 | 1.082 | 5.696 | 62.359 |
| 警世因素 | 1.004 | 5.285 | 67.644 |

由上表可以看出，特征值大于1的6种因素能够解释概念总量的67.664%，这个解释率已经得到统计学标准的认可。具体来讲，大学生样本群体对科幻文学的内隐定义的6因素分别为："文学状态因素"（包括文学、有趣、引人入胜、发人深省和幽默等）；"探索因素"（包含探索、惊险、未来和幻想等）；"科学内含因素"（包括科学性和预见性等）；"认知方式因素"（包括奇特、奇妙、神奇、离奇、神秘等）；"审美因素"（包括出人意料和新奇等）；警世因素（包括恐怖等）。也就是说，读者对科幻的定义应该由上面的6个内容组成。[13]

笔者认为，科幻文学的6因素定义解决了许多科幻定义方面悬而未决的问题。首先，用6因素检验4大族类科幻定义，可以获得不少启示。例如，我们发现，虽然存在着科学内含因素，但科普族类定义的确在读者中没有市场。没有人用诸如知识、学习等词汇描述科幻小说。而探索因素的存在证明，广义认知族类的定义的确受到了读者的肯定。其次，从因素分析的结果看，读者对科幻文学的美学特征和文学特点的关注，在一定程度上证明了科幻小说与情节性较强的惊险小说、侦探小说和恐怖小说的确有着某种特征上的联系。看来，将科幻小说当作类型小说的看法是有根据的。第三，虽然科幻小说与一些相关文类具有相似性，但也有着明显的区别。这些区别可以用因素之间的相互组合来进行证明。具体来讲，由于有科学和警世两个因素的存在，科幻文学便与童话作品明显地区分开来；由于有科学、认知和探索因素，科幻小说立刻与奇幻小说区分开来；因为有文学、审美等因素，科幻小说便与科普读物区分开来；此外，由于科学、探索、认知三个因素作用，使它具有面对未知和面对未来的特点。第四，6 因素的对解释概念的负荷量不同，所以，读者对科幻小说概念的定义的着重点就可以从这种顺序中分析出来。

笔者认为，综合上述 6 因素所产生的科幻小说定义，已经解决了长期以来面对科幻文学概念不清的困境。在这种新的定义方式下，文学是科幻小说第一位的要素，因素贡献率最高。换言之，科幻小说隶属于文学，应该是文学中的一个关于探索与科学相关的神奇现象领域的、具有警世作用的文类。科幻小说的独特之处在于，它通过想象力打开了人类通向宇宙的大门。

近年来有人提出，在科学技术等人工造物逐渐改变我们世界和我们生活的状况下，人性正在逐渐变成后人性（post-humanity），而科幻文学正是面对后人性、揭露后人性的良好标本。

**[注释]**

①②[苏]胡捷：《论苏联科学幻想读物》，见黄伊主编：《作家论科学文艺》，江苏科学技术出版社 1979 年版，第 77 页。

③《鲁迅全集》第 10 卷，人民文学出版社 1981 年版，第 152 页。

④吴岩：《儿童科幻小说的功能》，吴岩编：《科幻小说教学研究资料》，北京师范大学教育管理学院 1991 年编印，第 44—49 页。

⑤童恩正：《谈谈我对科学文艺的认识》，载《人民文学》1979 年第 6 期。

⑥⑦⑧⑫吴定伯：《美国科幻定义的演变及其他》，见吴岩编：《科幻小说教学研究资料》，北京师范大学教育管理学院 1991 年编印，第 154 页。

⑨吴岩：《寻找新世界》，载《科幻世界》2002 年第 11 期。

⑩⑪弗雷德里克·勒纳著，陈泽加译：《什么是现代科学小说》，载《科普创作》1990 年第 3 期。

⑬吴岩：《科幻小说的读者期待模式》，载《公众理解科学：2000 中国国际科普论坛》，中国科技大学出版社 2001 年版。

（原载《昆明高等师范专科学校学报》2004 年第 1 期）

# 中国科幻小说：百年载人航天梦

吴岩 杨平

  中国文化自古就与天空有着不解之缘，以天为尊。天下为世界，天道为真理，就连描述人的雄心壮志都会采用"心比天高"这样的词汇，可见天空在中华文化和中国人心目中的位置，对天的崇敬和向往导致了人们期望与天交流。中国的古典神话，有大量与天沟通的故事，混沌初开、女娲补天、夸父逐日、嫦娥奔月……可以毫不夸张地说，对天的关注、对飞天的向往贯穿整个中国文化史。中国的科幻文学正是继承了这一向往天空的伟大传统，将飞向天空、探索宇宙作为中心题材。100 年来，这个领域中涌现了大量优秀的作品。

## 中国载人航天科幻的发展历程

  中国的载人航天科幻小说是从引进外国作品开始的。早在 1903 年，鲁迅已将凡尔纳的小说《月界旅行》译介到中国。次年，中国载人航天科幻小说的处女作《月球殖民地小说》（1904）在《绣像小说》上连载。小说的作者荒江钓叟让自己故事的主人公乘气球飞向月球并展开了一段惊心动魄的历险。虽然小说缺少结尾，而且采用了章回体，这对当今读者来讲，造成了一些麻烦，但其中昌明科学的想法和对科学世界观的宣示，导致它成为名副其实的优秀科幻作品。有趣的是，这部小说也是我们现今查到的第一部中国科幻小说。仅以这一点就可以看出载人航天在中国科幻小说中的重要地位。

  从《月球殖民地小说》之后到新中国成立前夕，在中国科幻文坛上还有大量优秀的航天题材作品，如东海觉我撰写的《新法螺先生谭》（1905）、包天笑撰写的《空中战争未来记》（1908）等。值得一提的是著名作家老舍先生的小说《猫城记》（1932），描述了地球主人公在火星上的种种见闻。这是利用航天题材对中国当代社会形态进行辛辣讽刺的重要的文学作品。新中国的成立使中国的载人航天科幻创作进入了全新阶段。1954 年郑文光撰写了新中国第一篇科幻小说《从地球到火星》。相当凑巧的是，该文竟然也是载人航天题材的作品。这部以浪漫的笔调描述几个孩子飞向火星的历险故事虽然简单，但小说在当时却引起了广泛的社会轰动，人们竞相涌入天文馆去观测火星。作为北京天文台的副研究员，郑文光对航天题材情有独钟。在随后 30 年里，他创作了一系列被视为经典的载人航天科幻作品。短篇小说《第二个月亮》（1954）写载人空间站上的各种惊人科技成就。长篇小说《飞向人马座》（1978）被称为中国大陆发表的第一部长篇科幻小说。故事仍然围绕载人航天题材：三个错误地登上东方号飞船的年轻人被错误地发射上天，并险些坠入宇宙边缘的黑洞。几经周折之后，他们终于找到了战胜引力的方法，安然返回地球。中篇小说《太平洋人》（1978）讲述的是将一颗小行星从太空中俘获并发现其中隐藏的原始人类的故事。小说对太空行走、星体移动的过程进行了细致入微的描述。郑文光的两部火星题材作品也大受读者的欢迎。《火星建设者》（1957）以明快的笔调描写人类改造火星的历程,该文曾经获得"莫斯科国际青年联欢节大奖"。而《战神的后裔》则转用写实方法呈现出火星改造的艰辛与困境。

除郑文光之外,童恩正、肖建亨、叶永烈、刘兴诗、王晓达、郝应其等都曾经创作过优秀的载人航天科幻文学作品。进入20世纪90年代以来,随着中国航天技术的发展,载人航天科幻小说也进入了全新的天地。韩松的《宇宙墓碑》(1991)描写人类在茫茫星海中寻求人生意义时所能领略的苦涩与艰难。王晋康的《拉格朗日坟场》(1997)揭示了未来太空中仍然存在的势力角逐。刘慈欣的《中国太阳》(2002)展现了开发西部过程中航天技术的有效参与。星河的《路过》(2001)通过一支月球考察队的个体化经历介绍了月球的另类历史。周宇坤的《会合第十行星》(1998)描写了人类对太阳系认识的逐渐提高。苏学军的《火星三日》(2001)寻找普通人的视角下呈现出的火星开发。凌晨的《水星的黎明》(1998)把太空中的救援与自救场面描写得壮观美丽。绿杨的《鲁文基探案》(1995)表现了月球中的多元文化。杨平的《库克岩石》(1998)目击了人类探险队在火星上与异类的接触。而吴岩的《沧桑》(1997)则展现了人类百万年移民火星时所经历的"后文化危机"与"后感情危机"。

纵观100年的中国科幻史,载人航天不但是最重要,也是内容最丰富、风格最多样的科幻题材。作家在对航天技术全方位探索的同时,更加关注载人航天科技发展给人类生活造成的影响。

## 中国载人航天科幻的特点

首先,与西方载人航天科幻作品不同,中国的载人航天科幻文学,灌注着对整个中华民族历史和现实的思考,是中国独特文化史的一部分。

如果说西方的载人航天科幻小说主要描写人类在宇宙中探索的话,那么中国载人航天科幻小说则先要确认中国人在地球世界中的位置。在经历了数千年自我陶醉之后,中国人心中的梦想于19世纪末达到了最低点。飞天之梦也与所有其他梦幻一样,在中国人的心中沉睡下去。是科学技术为人们带来重拾旧梦的机会。能否以新科技拯救中国呢?从荒江钓叟、东海觉我到郑文光、刘慈欣,以航天技术拯救中国的文化主题,一直在中国科幻文学领域中占据着压倒地位。以郑文光的作品为例,他的每一部载人航天科幻作品都试图使中华民族获得复兴。《火星建设者》描写国际共产主义大联盟对火星的征服。在这一征服中,中国宇航员是一支主要的力量。而在《飞向人马座》中,东方号是世界上最先进的宇宙飞船,这飞船能够远征黑洞。

对国家和现实的关注,与科幻这种让人觉得虚无缥缈的文学形式,竟然以如此有趣的方式结合起来,造就了中国科幻文学的一道壮丽景观。从发展上看,中国载人航天科幻的爱国主义情结是从狂想加自我安慰,逐渐转变到理性和自我拓展的。早期的科幻小说多有宣泄沮丧或鼓舞人心的特征,这些作品的最终结局,还带有反击侵略的意味。新中国成立以后,以爱国主义为基础的强烈自信进入了作品,忠于自己的祖国是光荣而又不言而喻的事情。刘慈欣是当代最有名望的科幻作家之一,在他的作品中,对中华文明的尊崇及对国家的认同成为鲜明的标志。反对霸权、倡导科技共同进步是其作品经常宣扬的主题。世界大事不再发生在美国或其他什么"先进"国家,而是发生在历史悠久的中国,中国领导了世界科技的进步。另一位当今享有盛誉的作家王晋康的作品中,也随处可见这种立场鲜明的立论。

当然，关注现实并非只关注民族自豪感，它还意味着更多东西。在郑文光的《地球的镜像》(1980)中，宇航员在遥远的外星球找到了十年动乱的历史画面，并在这里反思中华文化应该如何繁衍。在飕飕飕的《登月自行车》(2002)中，人生的苦难与登月的梦想交织在一起。在《猫城记》中，旧中国的种种文化劣行在猫城竟然得到了滋养，更加广泛地发生。

在寻找中国人世界立足点的同时，中国载人航天科幻小说将目光放置于宇宙。全方位地探索宇宙，激发人们多途径进行太空旅行的激情，是中国载人航天科幻小说的第二个特点。绿杨在《鲁文基系列》中构造了一个太空研究站，在这里可以日复一日地观察宇宙的变迁。刘兴诗在《辛伯达太空浪游记》(1989)中，让主人公游历各个星球，目睹世间万象。这样的观察从星系的形成到星球上个体的生存状态，无所不包。在郑文光的《战神的后裔》中，人类成功地改变了火星的地貌，还会种庄稼和造池塘。在苏学军的《火星三日》中，人们努力建设城市，面对艰苦的环境无怨无悔。在刘慈欣的《中国太阳》中，一位农民逐渐远离自己的家园走到城市并最终进入了宇宙太空。一个活生生的现代版丑小鸭童话的翻版，竟然发生在宇航时代。而另一位当红作家韩松，则在《宇宙墓碑》中展现了毛骨悚然的宇航员墓地，用告诫人类将为自己的冒险付出代价的方式，反向激励人类的宇航热情。

任何文学样式如果风格单一就意味着僵死。中国载人航天科幻小说的第三个特征是风格方面的多元化。与郑文光对宇宙的诗意表达不同，童恩正的《石笋行》(1982)则是对中国古典科技文化的追寻。与星河的思维爆发方式不同，韩松的冷寂和不动声色则将宇宙空间的严酷淋漓尽致地展现出来。此外，刘咏、迟方、葛红兵等的载人航天小说也都各有特色。

## 载人航天科幻的意义

中国载人航天科幻的发展同中国的现代化过程不可分割，同中国的航天科技发展不可分割，更同整个人类的航天梦紧密相连。应该说中国载人航天科幻自始至终与现实的发展有着积极的联系。一方面，载人航天科幻小说激发人对空间探索的向往。另一方面，载人航天的发展也为科幻小说注入新的活力。表达两者关系的一个最好例子，就是原北京航空航天大学科幻协会负责人之一饶俊。饶俊自幼喜好科幻，疯狂地阅读科幻。他与好友何海江还在《科幻世界》杂志上发表过科幻习作。大学毕业以后，饶俊毫不犹豫地进入了宇航科研岗位。现在，他是神舟号飞船飞行控制管理方面的科研人员。对宇航的梦想导致他最终成了真正的航天人。

从整个科幻文学的历史看，无论是美国还是苏联，当第一次载人航天飞行成功的时候，都是科幻小说得到极大肯定和全力发展的时刻。我们热切期望中国载人航天科幻小说在"神舟号"的激励下，进入一个辉煌的新时代。

（原载《中华读书报》2003 年 10 月 15 日）

# 科幻与儿童文学

吴 岩

科幻小说总被认为是儿童文学,事实上这是大错特错的。区分科幻小说、儿童科幻小说、儿童文学等三个相互关联的概念,必须从作品的作者、作品的性质和作品的内容等多方面进行。

蒋风在他主编的《儿童文学教程》(1993)中列举了中国和日本研究者的六个关于儿童文学的定义,所有这些定义全部肯定的事实是,儿童文学由成年人创作,并且承担教育或与儿童沟通的功能。例如,蒋风自己对儿童文学的定义是:"儿童文学是根据教育儿童的需要,专为广大少年儿童创作或改变,适合他们阅读,能为少年儿童所理解和乐于接受的文学作品。"浦漫汀认为:"儿童文学即适合于各年龄阶段儿童的心理特点、审美要求以及接受能力的,有助于他们健康成长的文学。"日本学者鸟越信的看法是:"儿童文学就是能与儿童读者交流兴趣的文学。"关英雄和国分一太郎都指出,所谓儿童文学,是成人为儿童创作的文学作品。上笙一郎的概念更加全面:"所谓儿童文学,是以通过其作品的文学价值将儿童培育引导成为健全的社会一员为最终目的,是成年人适应儿童读者的发育阶段而创造的文学。"①林文宝等也在《儿童文学》(1996)一书中认为,儿童文学具有教育性这个基本特征。②

从对上述概念的综合分析,人们可以马上发现,儿童文学属于成人对儿童的一种特殊关注,它起源于采用成人的视角观察儿童,希望用自己的体验、感受、经验、思想、观念去影响儿童的期望。这种作品即便采用儿童主人公,其背后隐含的思想仍然是成人化的。这样,一旦进入关于儿童科幻小说的讨论,就必定要将教育性纳入考察的范围。在人类的种群中,成年人有充足的、不可推卸的义务和责任要保卫和呵护儿童。因此,来自成年人的文学必定是一种教育孩子的文学,至少,也应该是娱乐儿童,不使其陷入童年期所不应有的情感或现实的困扰,增加他们的童年欢乐的文学。在迫不得已的时候,儿童文学作品也会变得残酷,但这些残酷仍然是出于教育儿童的目的,因为,要让孩子知道他们所生存的世界不是圣经中的天堂。

以大男孩为主要参与者所从事的科幻文学创作,与以成年人为主体所进行的教育儿童的文学运动有着非常显著的差异。成人所进行的儿童文学运动,按照王泉根在《论儿童文学的基本美学特征》(2008)所言,是一种关于善的教化,它"以善为美",他甚至将"以善为美还是以真为美"作为区分成人文学和儿童文学的显著标志。③那么,如果这些儿童文学理论家将自己的"儿童文学眼光"投向科幻作品,他们必定会非常狐疑。因为,如果以"真善美"来观察科幻文学,人们可以发现,多数科幻文学是某种求真文学,而且,比成人文学关注社会和人性之真更进一步,它还包括自然的现实和对整个宇宙真相的寻求。在科幻小说中,发现宇宙的秘密一直是受到作家和读者关注的重要主题,也正是因此,世界上所有神秘的、无法被当前人类解释的现象,统统被纳入了科幻小说讨论的范

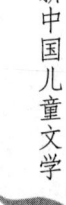

畴,而读者也正是从这些讨论中逐渐对所生活的周围世界产生了积极的了解和探访的欲望。

笔者不想简单而笼统地将某个东西确认为是或者不是,而是希望从分析中寻找发现一些有价值的规律。笔者发现,如果考察整个科幻文学创作,无疑,将它整体归纳到儿童文学的范畴是明显错误的。因为大量作品根本与儿童文学所寻求的目的无关。但是,如果我们聚焦于儿童科幻文学这狭窄的一领域,就会发现,科幻文学与儿童文学之间的不同导向,已经产生了两类内容和创作方式相距甚远的作品。

第一类作品我把它称为儿童科幻文学,这类作品是在儿童文学思想引导下的科幻创作。著名作家张之路的小说恰恰是这类作品的典型代表。张之路是儿童文学作家,他在小说、童话、杂文、散文、科学文艺等多个领域都获得了极高的社会认可。他创作的科幻电影《霹雳贝贝》被认为是 20 世纪 70 年代整整一代人的记忆。他的科幻小说《非法智慧》《极限幻觉》《螳螂》等都在儿童文学领地多次获奖。《霹雳贝贝》是一个儿童在飞碟掠过妇产医院上空的当口出生而由此获得了超人能量的小说。在故事中,贝贝身体所带的超人的电力,能够启动电器,击垮同学。电影中飞碟划过夜空的景象,在那样的年代中,成了中国科幻影片中少有的成功特技。然而,对于作者来讲,这些闪电、飞碟、超人都只是一些表象。如宋庆龄儿童文学奖评委对该作品所做的评价:"作品运用科幻手法,使小主人公贝贝具有了带电的特征,从而在现实生活中遇到了各种烦恼,最终成为一个普通孩子而得以解脱……"①在这里,科幻一词对作家来讲,仅仅是表现手法,仅仅是为了展示如何成为普通孩子,放弃超能力,"回归正常人"这一充满教化含义的正典儿童文学故事核心。《非法智慧》是另一篇具有张之路特色的科幻小说。这部作品应该算《第三军团》等道德系列小说的姊妹篇。在小说中,有瓢虫似的小型机器,有能获取脑电波的电子装置,有联网入梦的电子技术,但作家想要向读者展示的,如书名所言,是关于智力提升的合法与非法问题,一句话是善恶故事。与王泉根给儿童文学所下的定义如出一辙。

笔者不想否认,在儿童文学理论的引导下确实可以产生科幻文学,但这与科幻文学引导下的儿童文学,有着非常巨大的差异。大男孩和成人之间的巨大思想鸿沟,导致了这些差异的诞生。如果我们能在科幻文学基本语法的引导下去重新创作《霹雳贝贝》,那么可以肯定,永葆超级能力,不断用超级能力完成人类所无法完成的任务将是新故事的主线。事实上,超人的故事、闪电侠的故事恰恰是这类故事的典型代表。在这些作品中,任何一种失去能力的现象,都会导致主人公的极度悲伤,唤起他拾回自己超级能力的决心。《非法智慧》也是一样。如果能以科幻语法引领的作家重新创作,那么智力的增进是否合法问题,可能不是小说的主线,对法律成规和道德条款的遵从,也将不是小说的重点。不但如此,针对这些问题,小说中可能将提出,任何一种法律和法规都是时间的产物,而法律是当前时代主流人群所制定的共同行为标准,并不具有宇宙法则的含义。真正的宇宙法则,需要探索宇宙的奥秘之后才能制定。

笔者在张之路所发表的一系列创作讲话或讲座谈中都可以感受到作家直面儿童问题、担忧儿童未来的拳拳之心。高度的责任感和对国家、民族未来的那种真诚凸现其中。他所创作的作品,在儿童中获得了广泛的认可。但有趣的是,在科幻文学的领域中,张之路仅仅是一个另类。他对儿童教育的这些观念和热诚,似乎没有得到科幻迷的广泛反响。究其原因,他的小说属于儿童文学聚光灯下的科幻小说,不属于大男孩所向往的那种无限可能的世界。

不独中国存在着科幻文学与儿童文学之间的分野。法拉·门德尔松在一篇题为《真有所谓的儿童科幻吗？》①一文中,结合英美两次有关儿童科幻小说的评奖作品分析,认真考察了儿童科幻小说和成人科幻小说之间的内容和语法差别。他指出,儿童科幻小说更强调已有知识,而成人科幻小说则要挑战现在。其次,儿童科幻小说强调教育性,一些作品设法给孩子们宇宙是安全、稳定、公正的感觉。也有作品展现出,非科幻作家把科幻当成一种操作,而不是一种思索。第三,给少年的科幻小说试图将教育小说类型与其他内容所融合,例如,和宏大宇宙中的渺小的人融合,和对浪漫的追求融合,以及和礼俗的融合。　从这些都可以看出,张之路的儿童科幻小说与世界其他国家的儿童科幻小说确实具有统一的创作模式和思考模式。

　　科幻小说能否负担教育任务,这一点根本不用讨论。任何一种文学作品,都是一种隐性课程,都在潜移默化地诱导孩子的未来发展。即便没有如此强的责任感,成人作者也希望展现自己的挫折、成长过程中所遇到的困难,抒发相关的情感,给孩子提供指路明灯。例如,莫迪凯·马库斯在《什么是成长小说？》一文中指出,成长小说展示的是年轻主人公经历了某种切肤之痛的事情之后,或改变了原有的世界观,或改变了自己的性格,或两者兼有;这种改变使他摆脱了童年的天真,并最终把他引向了一个真实而复杂的成人世界。马库斯还根据主人公经历事件后的心理和行为变化程度,把成长小说划分为三类:第一类,主人公获得尝试性经验,他所经历的事件只把他引导至成熟的门槛。这一类故事往往强调时间对主人公的震撼效果。第二类,主人公未完全成熟,只是被引入成熟之门,但却茫然不知所措。第三类,主人公迈出了决定性的一步,跨入了成熟之门,这一类小说通常表现了主人公对人生的顿悟和自我意识的获得。②笔者认为,上述有关成长小说的论述,也无法适合大男孩科幻小说或其他类型科幻小说的现实。在那些小说中,主人公观察世界、阐释世界的视角和方式是真正儿童化的。所以说,大男孩小说中从来没有成长小说。在大男孩看来,他们本来就是大人,谈不上成长。如果让他们谈论成长,就是对他们的污蔑。与成长小说中“天真—诱惑—出走—迷惘—考验—失去天真—顿悟—认识人生和自我”这样的发展过程完全不同,大男孩科幻小说中所呈现的,主要是一种对未来世界的理想化的构筑,以及在那个世界中自己可能以何等的英雄气概进行了怎样的冒险。通常,大男孩小说与儿童小说的另一个不同是,儿童小说中从来不知道自己如何天真幼稚,永远觉得自己是超人或者即将成为超人。在这类小说中主人公当然会出走,但这种出走,通常是为了发现海洋或空间的诡秘与宏大的英雄主义的出走,他们也会有迷惘,但这些迷惘是无法得到心爱的、美丽无比的女孩的迷惘。他们也会经受考验,但这是他们想象中的为了爱情和事业所做的异常伟大的事业过程中所出现的种种障碍的考验。他们不会失去天真,他们永远是在天真的状态下奋力前行。在小说的结尾,大男孩作品对人生的认识是跟对整个宇宙和他所找到的世界、爱情的认识结合在一起的。他确信奋斗终究能赢得爱情,努力终究能找到超越宇宙法则的快意人生。

　　事实上,如果仅仅从中国儿童科幻小说的范围进行考察,会发现这类作品其实有三类作者参与其中。第一类是大男孩类作家,这类人的小说通常是以儿童方式想象自己的成人化。采用这类方法进行创作的作家数量庞大,像郑文光、童恩正、星河等都在这一阵营之内。第二种是以成人方式想象自己的儿童化,这类的主要代表就是上面提到的张之路。第三类则是跟上面所述有所差异,是以儿童方式想象自己的儿童化,这类作家包括叶永烈、肖建亨和杨鹏等。杨鹏在一篇讨论科幻小说与儿童文学的论文中指出:

再比如,主流科幻小说强调创意的独创性(虽然从 20 世纪 30—40 年代之后,这一文体留给作家的独创空间越来越窄),强调科学的仿真性(虽然没有哪篇科幻小说是真正的科学),强调对人文精神内核以及存在本身的逼视(虽然主流文学从来都不承认或者忽视主流科幻小说的这一特点),而少年科幻小说则强调小读者(即受众)的惊奇感、夸张性和少年英雄主义情怀(这对于主流科幻小说而言完全不值一提)。⑦

笔者认为,惊奇感、夸张性、英雄主义并不游离于普通科幻小说之外。被誉为西方科幻理论的里程碑的苏恩文的科幻观念中,就包含了这些惊奇、夸张。至于英雄主义,则不能说是儿童科幻独有的东西。至于杨鹏所给出的写好儿童科幻的箴言:"你只有一条路——重返童年,除此以外,没有捷径。"就更是暴露了他大男孩的本质。

所谓大男孩,其实不仅仅指男孩,也包括具有类似心理或情怀的"女孩",更包括虽然生理年龄已经成熟,但心理年龄仍然全部或部分停留在孩童时代的作者。笔者分析的许多成就非凡的科幻作家,在许多方面仍然具有大男孩的秉性。他们根本不关注所谓的教育读者。大男孩文学永远抱着一个基本出发点:他们早已是成年人,他们根本不需要成年人的庇护。他们要打破成年人的枷锁,找到一种全新的、宇宙中充满梦幻色彩的世界。虽然他们可能有对未来世界的稍嫌简单化的认知,但他们对美好事物终将被弘扬、恶毒和非人性终将被毁灭持有充足的信心。

[注释]

①蒋风主编:《儿童文学教程》,希望出版社 1993 年版。

②(台湾)林文宝,徐守涛,陈正治,蔡尚志:《儿童文学》,台北:五南图书出版公司 1996 年版。

③王泉根:《王泉根论儿童文学》,接力出版社 2008 年版。

④张之路:《带电的贝贝》,新蕾出版社 1990 年版。

⑤ Farah Mendlesohn. Is There Any Such Thing as Children's Science Fiction?:A Position Piece. The Lion and the Unicorn 28.2( 2004 )284-313。

⑥ Mordecai Marcus, "What Is An Initiation Story?" in William Coyle( ed. ), The Young Man in American Literature: The Initiation Theme, NY: The Odyssey Press, 1969, p.32 此段文字已经在多篇国内论文中出现。因此,本文也从这些文字中转引。由于文献太多,内容一致,无法考证谁是第一个引用者。

⑦杨鹏:《返回童年之旅:少年科幻小说创作漫谈》,《科幻大王》2009 第 11 期。

(原载吴岩著《科幻文学论纲》,重庆出版社,2011 年版)

# 新中国的科幻文学之路

吴　岩

在新中国建立之前,中国科幻理论研究领域已经确立了科学的霸权。虽然梁启超主张科幻应该探索哲理,鲁迅主张科学与人情应该平衡交织,但至少积累到20世纪40年代中后期来看,强调科学应该在文本中占据主导地位的文章已经占据了多数,且几乎没有看到任何反驳的观点。

新中国建立以后,有更多报刊短文和作品的序跋针对科幻理论问题进行专题阐发。这样文章的数量,至今仍然没有一个可靠的估计,笔者推测也许为数百篇。在这些短文和序跋中继续跳动着大量的创造力的火花。例如,费明君在苏联科幻小说《加林的双曲线体·译后记》(1951)中盛赞阿·托尔斯泰的预见能力,认为他看到了美帝国主义者想要侵占各国、独霸世界的野心和隐藏在民主主义中的阴谋。译者认为,阿·托尔斯泰的幻想小说有一种特征,那是"善于用历史的姿态描绘出过去、现在、未来的人类生活"[1]。他对小说的宏大规模、世界性表示肯定,认为作者将资本和科学的对立、个人英雄主义和集体主义的对立等都置于世界这个大舞台上,静观他们的生死搏斗。在创作方面,费明君提到了作家如何阅读科学书籍,如何去请教科学院院士。他还认为,这部小说吸取了侦探小说的手法,吸引住了读者的兴味,并且,是给苏维埃大众小说带去了新的题材。无疑,是一本健康的小说。再例如,王石安在《探索新世界·译后记》(1952)中谈论了科幻文学在中国的意义,他认为,科幻在中国的喜闻乐见不是偶然的。这种受欢迎的情况出自两个原因,第一,人们在学习了科学后,想做更多阅读;第二,这类作品中的故事结合人们的生活,比较易于被接受。此外,他还特别提到,鲁迅早就介绍过科幻。看来是要以此增加自己翻译外国科幻作品的说服力。王石安的评论将科幻与科学的位置颠倒,认为科幻是阅读了科学技术著作之后的补充读物这一想法,在中国科幻思想史上还是第一次出现。这种颠倒的作用和对未来中国科幻思想发展的影响,值得深入分析。在讨论科幻应该具有一种怎样的综合特征时,作者指出,科学小说可以作为灌输科学知识的工具,在此之外还可以促进读者的思想,提高创造新事物的幻想。也正是因此,这种小说,在苏联直接被称为"科学幻想小说"[2]。科幻小说可以使读者面对自然之谜,以假想的方式提出某种新发现的方法,进入目前尚不可知的自然境界。此外,他还指出,科幻小说以科学法则为基础,但科学只是在作品中被运用,它必须使故事情节达到圆满的解决。作者还引用略普诺夫的话为幻想未来辩护。在介绍了苏联科幻发展的历史同时,王石安还对中国科幻作品进行了评价和评判,认为中国过去创作和翻译的科幻,都是站在资产阶级立场上的。[3]从上述简介中读者可以发现,有关科幻小说的科普工具论,自此已经由苏联文学译者引入。

除了对苏联作家的介绍,西方作家的少数作品也在被介绍和被批评的行列。例如,徐克明就在《威尔斯的"隐身人"》(1956)中指出,威尔斯的小说,更应该被当作是批判资

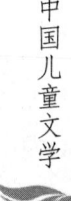

本主义社会的小说，是社会性小说。但上述将科幻文学中的社会生活与文化批判部分毫不留情地清理出科幻小说领地的做法，其实也是受到苏联科幻理论影响的结果。④

到20世纪50年代中期，由译著者"后记"或报刊上对科幻图书发表的评论文章中吸纳苏联科幻理论与思想的现象非常常见。凡尔纳小说再度进入中国之后，对凡尔纳的评价也从清末民初那种独立判断转向更多接受苏联影响。就连凡尔纳选集中一些译本，也是取道俄文转译的。因此，清理苏联科幻理论对中国科幻理论工作者或作家的影响，便成为今天一个不可回避的重要的任务。

1956年，以俄文原版为基础的《知识就是力量》杂志社发表郑文光的译作《谈谈科学幻想》，该文对苏联模式的科幻功能论进行了陈述。文章写道："教科书叙述着有益事物，给我们知识，文艺作品使我们思考，科学幻想作品则教我们去想象未来。"这一描述把科幻文学与科学教科书相比较，事实上表达了苏联科幻论者对科幻文学属于严肃作品的基本思考。但是，作者继续写道："不应当把幻想小说理解为未来的精确预言。在许多情况下，幻想是运用了科学文艺形式。……在文学读物中，重要的是另一回事，作家告诉读者的是，为什么必须解决这些问题，它给人们一些什么？"这一描述又将科幻小说的文学属性进行了很好的展现。可以肯定，苏联的科幻文学，是严肃文学中的一种，而不是流行小说。因为，苏联正在进行着人类前所未有的伟大共产主义尝试，"在这样伟大的行动中，科学幻想作品完成了它巨大的作用，它启发着人类的愿望，向科学家指出研究课题"。作家并不是想预言未来，他只是说："我们想在未来看到这个那个……"启发人去朝向科学的愿望，朝向理想，是科幻作品的最终目标。在郑文光译文发表的同一年，中国青年出版社出版了苏联评论家O.胡捷的论著《论苏联科学幻想读物》。该书更加系统地阐述了苏联科幻理论的核心，即必须创作出与资本主义生产方式具有显著差异的新生产社会，展现出这个社会中的人的关系，正确地预见科学创新，并给青少年普及科学知识。所有这些，都强烈地影响了中国科幻评论的发展方向。

由于苏中友好协会的强烈推荐，苏联科幻理论读物《技术的最新成就与苏联科学幻想读物》(1959)被余士雄和余俊雄兄弟翻译成中文，并由科学普及出版社出版。⑤这是一本苏联科幻理论汇编集，主要撰稿人之一布·略普诺夫是苏联文学理论家，不单单对科幻作品进行批评，同时也做纯文学批评。布·略普诺夫的《技术最新成就与苏联科学幻想读物》是文集的第一篇，其中展示了苏联科幻创作的目的论和内容论。在目的论方面，作者认为，过去科学上的英雄事业和幻想，现在已经成为寻常事实。科学家是头脑清醒的人，正在做有根据的未来幻想。此处他举例说，苏联科学院院长涅斯米杨诺夫就曾经讲过："这是幻想小说里的事情吗？不！这正是苏联科学所在做的工作。"⑥而这些未来工作到底会怎样？科学工作者对未来的想象是什么？科学幻想读物负有回答这个问题的使命，并且正在回答这个问题。凡尔纳、齐奥尔科夫斯基、奥布鲁切夫等人的科幻作品，正是用小说或特写的形式，为读者展开一幅化幻想为现实的图景。这里提到的两位苏联作家均为科学家，且都在创作科幻作品。科幻作家们"正在未经阐明的领域内进行它的研究工作"⑦。

在科幻内容论方面，布·略普诺夫认为，幻想作品中所描写的、已经实现的事物，在科技中不过刚刚有眉目，因此往往推动发明家去解决问题。有时，幻想家的大胆想象，远远超过时代的技术。近年来科幻的特点，是面向现代生活中最有前途的科学技术问题。作者大量分析历史上的和最先进的航天技术，并对照国内和国外的宇航作品，指出其中实现的和正在实现的部分。作者还进行了小说文学方面的分析，指出哪些作品过分单调，哪些作品负荷了社会生活，等等。对人物和情节上的不足也有所指出。由文章可以看到，这位理论家不但熟悉苏联国内的作家与作品，也对西方作品非常熟知。他认为，西方作品的优点在于构思奇特，而思想性方面和技术性明显不足。文章还就海洋题材、电子控制、电脑与机器人题材、分析化学、原子物理学与半导体科技题材、大规模环境改造和未来世界的面貌等题材进行了专题讨论。作者的一句话语非常有趣，他指出："虽然说反过来：美丽的空想与科学很远，任何时候没有实现的可能。但科学技术思想的最新成就，却'出乎意外地'成了这一类中某些作品的基础，结果，空中楼阁变成了有科学根据的幻想了。"在这里，他还举出威尔斯《时间机器》中的反重力装置、凡尔纳《从地球到月球》中的大炮、别利亚耶夫《水陆两栖人》中的带有鱼肺的人体和《康爱奇星》等作品中的人造卫星作为证据，认为这些幻想都正在成为现实。⑧

文集中第二篇重要的文章是斯·波尔塔夫斯基的《论科学幻想作品中一些悬而未决的问题》，该文从科幻定义的重要意义和科幻小说中人的描写两个方面入手。在定义方面，作者指出，原有对科幻的定义是"描写出在写书的那段时间中不可能实现的事物"⑨。然而，当前的问题是，幻想越来越难于赶上科学发展的速度。作者引用凡尔纳的话说，无论我如何杜撰，如何臆造，比起真实的东西来还是逊色的，因为科学成就超过想象力的时代已经来到了。⑩有鉴于此，一些人提出未来预测方面的"取消论"，认为，既然科幻小说无法预测未来，就应该去普及科技成就。波尔塔夫斯基反对取消论，他指出，科幻不单单是为预见而做，这种文学的内容应该是多方面的，特别是进入社会主义之后，技术虽然是生活中的必要环节，但提高小说的社会意义才是最重要的事情。纯粹写技术的科幻作品，就是脱离现实的作品。作者的这些思想，至今仍然很有启发意义。

进一步，作者分析了当时流行在科幻领域中的两个定义。第一定义是著名作家别利亚耶夫提出的，那就是"把不存在的东西描写成为已经存在的"，此乃科幻作品的任务和特征。⑪遗憾的是，论者分析后指出，这样的定义会将社会未来小说或民间故事包容进去，不适合科幻定位。第二个定义则来源于苏联大百科全书，认为科幻是"实际上还没有实现的科学发现和发明，但科学技术已有的发展一般已为它的实现准备了条件"⑫。对此作者又指出，这样的定义无法涵盖那些描写回到过去的科幻作品。况且，在他看来，以发明作为基础的科幻作品已属过时。

在批判了这些观点之后作者提出，科幻文学必须是人的文学，他写道："前面已经说过，这种前景乃是：当一切科学部门迅速地发展和分类得极细的时候，科学发现和发明愈来愈少地成为幻想作家预见的因素，愈来愈多地由将来的变成了现在的。因而在不久的将来，不是发明的本身，而是人在利用它的无限可能性之中的组织作用，将不可避免地成为创作科学幻想作品的基础。这个重心已经开始由机械和科学理想转移到人的身上来了，已经超出苏联大百科全书为科学幻想作品所下定义的范围了。"⑬恰恰是重视对人的描写，才是科幻文学之所以成为文学的核心所在。但是，作者在这里提出，以往的小说所撰写的状况已经或正在发生，作家可以寻找模板进行观察，而科幻小说作家需要解决如何表现"未来人"的问题。

为了论证作家怎样进行未来人的创作，波尔塔夫斯基分析凡尔纳和威尔斯的创作，他认为凡尔纳是浪漫主义、乐观、有科学预见的典型，而威尔斯则是现实主义、悲观、较少科学预见的典型。与此相比，托尔斯泰的小说《阿爱里塔》则是创造性与想象力的双重胜

利。一方面，作家撰写了 20 世纪 20 年代俄国革命之后的重大转变，这一转变导致了人类依靠科学技术去征服宇宙；而另一方面，作品又预料了一种科幻创作的新路：那就是以人为主导，以技术作为从属。作者认为，科幻作家应该根据马克思对社会发展的看法去研究如何描写未来的人。而这里所谓的未来之人，指的是在阶级消灭之后，人的空闲增加，而创造性活动成了人的主要活动。

波尔塔夫斯基在自己的文章中还指出，那种用"科学的可能性"去局限科幻小说的做法，是不可取的，是不了解科幻的性质、规律，不了解社会主义现实主义的无限可能性造成的。他还批评苏联科幻小说创作"至今"仍然没有鲜明的形象出现的现状。

著名科幻作家卡赞采夫撰写的《科学幻想读物》一文，主要论述科幻创作是一种创新过程。作者指出："科学幻想跟科学的假设相近。它可以由假设产生，也可以产生假设。"⑭作者还将读者作为苏联科幻作品中发明过程的参与者。在一种广义的科幻服务现实论的指引下，作者认为，叙述被实现着的幻想，将要成为苏联科幻作品发展的主线。"我们每天的成就都在为我国人民服务；科学幻想文学、科学幻想作品也应该如此。"⑮与波尔塔夫斯基一样，作者批评那种想将科幻局限在现实的说法。他指出，应该对现实抱着批评的态度："政治抨击"也应该是苏联科幻作品的一个重要枝干。当然，他举例所做的批评，一概是苏联作家如何批判西方资本主义的种种现象。卡赞采夫最后写道："苏联幻想作家的使命是：创作和我们时代相称的作品。在谈论明天的时候，不要落在今天的后面。幻想应该奔放而不受羁绊，语言应该精练，人物应该鲜明有力，能以其模范行为和思想去教导青年……"⑯

苏联科幻理论的引入、科幻作品的翻译和对诸如凡尔纳等作家作品的广泛推广，导致了新中国科幻理论的重新建构。这其中，苏联科幻思想起到了重要的作用。所谓的苏联科幻思想，简单地说就是：科幻文学应该是科学发现的先导，应该撰写社会主义和共产主义的新人。1958 年，郑文光在《往往走在科学发明的前面：谈谈科学幻想小说》一文中就全面展现了这些观念所造成的影响。⑰作家在这篇文章中主要论述了三个问题。

首先，他定义了科幻是一种描写未来的文学式样，这种文学应该跟科学具有紧密的关系。他写道："科学幻想小说就是描写人类在将来如何对自然做斗争的文学式样。"因为科学使幻想成为现实，因此，科学是科幻产生的基础。科幻要立足科学理论，且必须有科学根据。他举苏联作家格·阿达莫夫的《驱魔记》为例，认为科学幻想小说作者经常利用科学家们的一些天才的、尚未付诸实践的思想和设计去撰写作品。更有名的例子应该是别利亚耶夫的小说《康爱齐星》，这部作品的基础，是齐奥尔科夫斯基的宇宙航行理论。虽然科幻必须有科学的基础，但郑文光认为，作品并不一定要寻求精确的科学验证。他写道："然而，这绝不是说，科学幻想小说是未来人类的生产活动和生活的最精确的预言。因而，科学幻想小说的作者就无须像科学家那样依靠千百次观测、反复的实验、穷年累积的计算去建立科学的假说，只要不违反基本的科学原理，作家完全有权利在作品中加进自己的想象，自己的愿望，自己的天才臆测。想象力，这是一切文学作品中不可缺少的重要因素，在科学幻想小说中尤其如此。在这个意义上说，科学幻想小说正是继承了古典的神话和民间传说的传统，而成为具有充分浪漫主义特点的一个新的文学类型。"

不寻求精确，也就意味着科幻允许在技术问题上违反科学（原理）。郑文光为此还举例凡尔纳的小说《从地球到月球》，指出其中炮弹飞行的速度不足以使其到达月球。当然，不是说所有科幻小说都存在着科学上的问题或违背，郑文光也指出，一些科幻作家可以采取大胆假设来阐述卓越的科学思想。他举例叶夫列莫夫的小说《星船》对外星球来客的描写，认为是非常好的作品。

其次，郑文光指出，科幻的感染力来源于小说的故事、文字、形象和其中的精神力量。科幻不同于教科书和科学文艺读物，这类作品是通过文字感染力量和美丽动人的故事情节，形象地描绘现代科技无比的威力，指出人类光辉灿烂的远景。用美妙想象力启发和培养科学爱好，号召人们在征服自然中立功并向科学技术进军。这里他还引用列宁对幻想的评价，作为支持科幻作品的理由。

第三，在讨论如何更好地繁荣科幻事业时，郑文光认为科幻的阅读需要指导，此外，他还对当前的创作现象进行了若干批判。

笔者认为，郑文光的这篇论文，是新中国早期科幻理论论述方面的最重要的文本。从中不但可以发现苏联科幻理论的影响，更可以发现中国作家在探索科幻创作道路上遇到的种种障碍和克服障碍的设想。文中对科幻与科学之间的辩证关系的探索，已经隐含了消解科幻中科学霸权的潜在意向。可惜的是，像郑文光的这些思想，在随后的一段时间中并没有激发出更多回应。

非常明显的事实是，从1949年新中国建立到1966年"文化大革命"爆发，整整17年的中国科幻理论演进，放弃了此前那种多元包容的，将文化先锋、文化批判、哲理生成、科学传播共融一体的范式，而是将讨论集中到业已形成的、被苏联科幻理论强化的"以科学作为基础、以未来发展作为目标"的相对较小的思考范畴。笔者认为，这种新范式跟早期的那种范式之间的明显断裂性，主要由于意识形态的大变革所造成，此外，也受到苏联理论的强化。但是，在接受苏联理论的同时，并未完整准确地将其中"文学与人的关系"掌握好，因此，科幻在中国便逐渐地退化为一种向儿童普及科学知识的文学。这一时期的创作也显得缺乏活力，没有一部长篇小说出现，也没有一部真正能够供成人阅读的作品。不但如此，由于苏联理论风潮的影响，加上无产阶级专政理论和马克思主义世界革命理论的介入，中国的科幻文学还建立起一种政治霸权，将所谓的思想性作为科幻文学的评定标准。这里所说的思想性，主要指一种对社会主义和共产主义的无条件肯定，对资本主义和帝国主义的无条件否定。这一点在1966年《科学画报》发表的自我批评文章中表现得相当明显。该文针对早先发表的一篇苏联科幻小说《苏埃玛：一个机器人的故事》（1966）中出现的思想问题进行了反省，指出发表这样一篇讲述机器可能战胜人的小说之所以能够发表，表明编者没有真正掌握好马克思主义。⑧

1976年以后，中国科幻小说开始复兴。在此期间，叶永烈成为中国土地上创作最多、质量最高、成就最显著的科幻作家。他在创作之余所撰写的《论科学文艺》（1980）中设计了专门章节，讲述科幻文学的基本理论。这是至今为止中国最早出版的、仍然具有重要参考价值的、包含大量科幻理论内涵的专著。书中不但概述了科幻历史，专题介绍了凡尔纳、威尔斯、阿西莫夫和盖莫夫等科幻作家，还对科幻的特点、想象力、构思、典型人物和典型环境、悬念运用、科学性等做了专门的描述。在叶永烈看来，科幻小说至少有如下三个要素，这些要素后来被叶永烈写入了《中国大百科全书》（第一版，1978—1993）和蒋风主编的《儿童文学教程》（1993）并产生了巨大的影响。在叶永烈看来，科学幻想小说是通过小说来描述奇特的科学幻想，寄寓深刻的主题思想，具有"科学""幻想""小说"三要素，即它所描述的是幻想，而不是现实；这幻想是科学的，而不是胡思乱想；它通过小说来表现，具有小说的特点。⑨

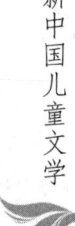

更多作家和学者也在繁荣的科幻创作面前希望找到以科幻小说为核心内容的科学文艺的真谛。例如,刘后一就曾指出,科学与文艺都是古已有之的人类文化产物,而且,在人类的历史上,科学与文艺亦经常结合在一起。由于整个文章针对的不单单是科幻文学,所以,只能选取作者谈到科幻文学的部分。这部分重点在分析科学文艺作品的科学性。刘后一指出,"在科学文艺中,经常可能出现这种或那种错误,这是不足为奇的。因为科学是很复杂的,而文艺要求全面看问题。前面说过,穷一个人毕生之力,都很难看到某一学科的端倪。科学之谜还多得很,甚至愈来愈多。很多问题连科学家都还在争论中,能要求一个科普作家什么都精通么?[⑳]这是一种非常朴素、坦白,但却具有说服力的话语,作者创作过《"北京人"的故事》《"半坡人"的故事》等对古人类生活进行玄想的作品,因此这些论述确实是有感而发。高士其也在给刚刚创刊的《科幻海洋》杂志撰写的长文中,对科幻文学进行了非常具体和细致的探索,他写道:"科学小说或科幻小说,是以小说的体裁,描写人在科学领域内的实践活动的,它应具有小说的特点。它有故事情节,有典型形象的塑造,有人物性格的刻画。写人类探索、认识和征服自然活动使科幻小说具有丰富的内容。"[㉑]郑公盾在《我们需要科幻作品:祝〈科幻海洋〉创刊》(1980)和给《科学文艺》撰写的发刊词中都认为,阅读科幻作品能使人像呼吸早晨的新鲜空气一样浑身舒服,"科学幻想是生活的必需",能使人"为之一振"[㉒]。郑公盾还在《提倡科学文艺》(1980)一文中指出,"科学文艺,是科学,也是文艺。""科学文艺创作,首先是为特定的科学知识、科学内容服务的。科学文艺倘不能表现特定的科学主题,描写的是不科学、伪科学,甚至是反科学的东西,那当然谈不上是科学文艺作品。其次,科学文艺又必须具有一般文艺作品的特性,首先它要通过一系列艺术形象的描写来表现科学,使读者情不自禁地、潜移默化地受到感染和教育。"[㉓]饶忠华受到一系列作品的启发,又分析了当时一些科幻作家的创作心得认为,科幻小说与普通小说不同,普通文学作品中只有一个人文构思,而科幻作品在这个人文构思之外,还有一个科学幻想的构思。这就是后来俗称的"两个构思"理论。"两个构思"理论其实是对科幻文学多种属性的一种形象描述,在饶忠华看来,任何科幻作品都必然有两个构思,而成功作品应该是两者结合的典范。饶忠华还指出,科幻文学的如下社会功能已经被肯定:第一,诱导人们热爱科学;第二,使人们从中获得知识和启示;第三,有助于强化大脑功能。[㉔]

鉴于国内科幻的繁荣和科幻理论争论的逐渐兴起,对重新寻求西方科幻理论资源的要求也越来越迫切。1982年,美国匹兹堡大学文学院教授菲利普·史密斯到上海外语学院访问时采用科幻作品教授英文的做法,导致了中国读者和学生再一次跟西方科幻作品、特别是科幻理论的相遇。在那个时候,负责这个课程的中方教师吴定柏就开始紧紧跟随西方科幻发展的脚步,一方面将西方科幻作品译介到国内,一方面试图将中国作品翻译到国外。在他的协助下,史密斯参加了同上海科普作家协会会员的交往,并为以叶永烈为代表的上海科普作家提供了大量信息。此后,吴定柏还在西方主编了第一部英文版中国科幻小说选。[㉕]

以上海为基地进行西方科幻译介的作者还包括陈渊和郭建中。陈渊是上海译文出版社编辑,他翻译了大量短篇科幻小说并将科幻史上的开山之作《弗兰肯斯坦》译成中文。郭建中不但参加了多个中国作品向国外的翻译计划,在杭州大学建立了科幻小说研究中心,还在20世纪90年代将美国作家冈恩的《科幻之路》全部译成中文。

在北京,长期从事西方文学研究的中国社会科学院外国文学研究所的王逢振则在

1979 年 7 月 25 日、8 月 8 日、8 月 22 日连续三次在《光明日报》发表《西方科学小说浅谈》一文，从理论上和实践上概述了西方科幻发展的历程。该文总共分成三个部分，探讨了科幻作品与科学、社会的关系并提出了一系列自己的看法。在科幻与科学方面，王逢振认为，"科学小说与西方科技发展有密切关系"。他论述说，"一般来说，优秀的科学小说具备以下两点：首先符合当代的科学事实，其次在预示科学发展方面有突出的见解。科学小说与科学常常是一致的，而且许多科学发明没有应用之前，就在科学小说里得到描写。"当代科学小说涉及科学的各个方面。然而科学小说毕竟只是利用文学来表现科学技术的发展和它对社会的影响，并不是对科学定理做严密的论证。因此，它常常包含这样一些概念：试验的证据可以在其他时间或地点再现，试验的结果可以脱离试验而独立出来，理智和推理的结果可以表示决定性的预见，并且测量的参数和变数可以根据需要而加以改变。当然，这些概念在小说里常常彼此矛盾，但并不影响小说所要表现的主题。"王逢振的分析不是简单的理论推演，相反，他还拿出物理学、数学、能源、生物学、心理学方面的西方科幻作品作为例证。在谈到科幻作家的构成时他指出，"实际上，不少科学小说的作者本身就是科学家或科技工作者，他们的作品常常是科学研究和试验的真实记录"。恰恰是这种跟科学的无限接近，导致了西方科幻作品跟科学之间的那种深入和广泛的联系。在讨论科幻与社会的关系时，王逢振指出："任何一种文化都有它自己对社会的看法。这种看法随着历史条件的变化而发生变化。19 世纪末，当科学的唯物主义在西方刚刚立足的时候，它与宗教和神话严重对立。伴随着它的是关于社会发展的结局和科学应用于生活的小说的繁荣。这种小说充满了空想主义和乐观主义，在 20 世纪 20 年代中期，完善了科学小说这一独特的文学品种。"这一时期，乌托邦主义的题材盛行，但也出现了不同的意见。某些作家虽然承认科学知识有益于人类条件的改善，但却怀疑事情是否会永远这样。王逢振还特别探讨了时代精神与科幻作品之间关系，他指出："从以上的叙述里我们可以看出，科学小说与社会的关系非常密切。它不仅因社会条件的改变而发生变化，而且对社会的发展也产生相当大的影响。所以西方有人说，科学小说可以称之为'警世文学'。"当然，科幻小说不排斥科普行为。"由于科学小说通过描写科学和科学的发展来表现作家的看法，所以它在客观上还起了传播科学知识的作用。科学知识一经与科学想象结合，就会给人以遐想、启示和力量，从而引起科学创新，促进科学的发展。"在这个地方，王逢振援引了鲁迅在《月界旅行·辨言》中的观点，他评价说："很明显，鲁迅认为用文艺来传达科学思想是非常有效的方法，而科学小说正是传达科学思想的最好的文艺形式之一。实际上，自从凡尔纳以来，许多科学小说在传播科学知识方面都起了重大的作用。文艺应该服务于人民的需要，应该起鼓舞和教育作用，所以有人说，优秀的科学小说具有科学启蒙的作用。"由于仍然受到"文革"时期对西方文学认知的影响，因此，王逢振对西方科幻作品的评论也表现出一定程度的迟疑。例如他写道："科学小说在西方世界依然是方兴未艾，但出现了两种不同的发展趋向，一种是追求离奇的情节，执迷于神秘怪诞的冒险，缺乏思想性和科学性；另一种是表现科学与社会的关系，描写科学的发展和社会的变化，富有深奥的哲理和科学的预见。"从现在的观点看，追求情节和冒险，并非科幻文学的缺陷，恰恰相反，科幻文学是古典冒险文学和情节小说的继承者。科学性的多少，也是一个见仁见智的事情。在讨论过西方科幻定义和一些理论之后，王逢振也对当时的西方科幻文学可能对中国造成的危害进行了预见。他指出，在西方文学史中科幻文学并没有占据可能的位置，对这点，他的解释有如下四个：第一，这些作品曾经出

现在低级杂志上；第二，正统的文学研究者可能对这类作品不屑一顾；第三，一些人无视科幻力量的强大；第四，不可否认，科幻创作中有低劣作品存在。在全文的结尾，王逢振引用剑桥大学学者霍伊尔的观点指出：人们说最低级的作品可以从科学小说里寻找，我认为此说无可厚非。因为一提起科学小说，立刻令人想到那些可怕的流行杂志。我在此地要提出另一种相反的主张：将来最高级的作品亦须在科学小说中发掘。

王逢振的这篇长文，在当时的中国科幻文学领域中引发了强烈的反响。许多作者从这篇文章中看到了新中国建立之后长期被忽略的西方科幻文学，竟然发生了如此多、如此大的变化，确实地感到中国科幻文学在赶上世界前沿的道路上还有着相当长的距离。但也从此获得了巨大的刺激和推动，认识到西方科幻文学确实是中国作家学习想象力的宝库。这一举动进一步强化了科幻文学的引进工作和科幻理论的发展。江苏科学技术出版社遂邀请王逢振等人为核心成员，形成编辑团队，出版了《科学文艺译丛》。该译丛直接翻译了当时刚刚出版的美国评论家罗伯特·斯科尔斯的《科幻小说》的部分章节。《光明日报》还根据美国《读者文摘》杂志的文章发表了瞿昭旗摘译的《科学幻想之父》一文，提供了许多关于凡尔纳鲜为人知的趣闻轶事，更新了人们对这位科幻大师的看法。

在20世纪70年代末到80年代初，黄伊主编了两本影响重大的科幻研究论文集，它们是《作家论科学文艺》（一、二集）和《论科学幻想小说》。两本文集收录了此前最重要的、见诸报刊的国内外科幻理论文章，还邀请一些当红作家撰写了自述或论文。在台湾，吕金鲛（吕应钟）出版了《科幻文学》（1980），沈西城于1983年出版《我看倪匡科幻》（1983）。包括《大众科学》（1983）、《海洋儿童文学研究》（1985）等也出版了科幻专号。

上述有关20世纪中叶中国科幻理论的发展描述，省略了这一时期最重要的一系列围绕科幻的争论。这些争论围绕科幻作品的技术细节、科幻作品的功能、科幻作品的性质等多方面进行，交织着文学与社会、科学与文化、现代化的中国文明与西方外来冲击之间的复杂观点的博弈。以科幻作品的性质为例。从晚清开始的那种对科幻文学属性的争论，不但没有被新时期的繁荣的创作和理论争执所终止，反而被继续扩大。1978年童恩正的《珊瑚岛上的死光》获得全国短篇小说奖后受邀撰写创作心得，在这篇文章中他第一次提出，科幻文学的主要目标不是科学普及，而是传达一种科学的人生。这一说法竟然获得了全国作家的交相呼应。大家认为，这样的宣示推翻了压在作家头上的巨石，打开了通向自由创作的道路。但理论工作者却认为，对于科幻文学，此种放弃了科学作为小说核心的观点无疑是"灵魂出窍"，有损繁荣。很快，这场纯粹的文学争论跟其他争论一起，被诉诸政治权力的裁决。有关这一时期的详细过程，将在本书第一章中详细讨论。因为它清晰地传达了科学霸权和政治霸权联姻后影响科幻文学发展的十分典型的社会学案例。

从20世纪90年代到2010年的整整20年中，中国的科幻文学基本摆脱了政治压力，转而面对商品经济潮流的冲击，走出了一条从疲弱趋向繁荣的新的通路。

1991年，四川《科幻世界》杂志开始占据中国科幻发展的中心位置之后，主持召开了三次世界科幻会议，培养了多位新作家，提振了科幻文学的士气。像《决斗在网络》（星河）、《生命之歌》（王晋康）、《三体》（刘慈欣）、《红色海洋》（片段）（韩松）等作品，还获得了广泛的读者认可。《科幻世界》杂志也因为其在商业上的成功，赢得了许多出版工作者的赞赏，在高等学校，出现了研究这个刊物发展成熟的多篇学位论文。此后，这一杂志会同全国其他出版社一起，推出了大量西方科幻文学名著，使国内读者真正见到了久已听说,但从未阅读过的国外科幻经典。

在这期间,科幻理论研究出现了三个特别令人感兴趣的现象。

首先,科幻理论专著出版量有所增加,这其中最多的是对国外科幻理论的译介。像克里斯蒂安·黑尔曼的《世界科幻电影史》(1988)、法国学者让·加泰尼奥的《科幻小说》(1998)、英国学者约翰·克卢特的《彩图科幻百科》(2003)、韩国学者郑载承的《与物理学家一起看电影》(2003)、美国威廉·欧文主编的《黑客帝国与哲学:欢迎来到真实的荒漠》(2006)、英国学者亚当·罗伯茨的《科幻小说史》(2010)等相继被译成中文出版,给中国读者看到了西方科幻文学的主要理论脉络。而英国作家彼德·科斯洛特的《凡尔纳传》(1982)、法国作家安·儒勒·凡尔纳的《凡尔纳传》(1983)、法国作家奥利维埃·迪玛的《凡尔纳带着我们旅行》(2003)、让·保尔·德基斯的《科学诗人凡尔纳》(2007)、英国作家米歇尔·怀特的《阿西莫夫逸闻趣事》(1999)、美国作家阿西莫夫的《人生舞台——阿西莫夫自传(上下集)》(2002)、英国作家 D.J.泰勒和美国作家杰福里·迈耶斯的两本《奥威尔传》(2007,2003)、英国作家 N.默里的《赫胥黎传》(2007)美国作家多萝西·胡布勒和托马斯·胡布勒的《怪物——玛丽·雪莱与弗兰肯斯坦的诅咒》(2008)等科幻作家传记的出版,则给中国作家和读者提供了鲜活的创作过程的个案。

如果跳出中国大陆放眼港澳台和更多海外地区,可以发现,最近的 20 年中,科幻理论著作在各地的出版量都有所增长。1991 年,杜渐在香港出版了《世界科幻文坛大观》(一、二册。由杜渐和李逆熵(李伟才)等编辑的《科学与科幻丛刊》(1990)杂志总共出版六期,其中也发表过一定数量的学术文章。1996 年,李逆熵在香港出版《挑战时空——遨游奇妙的科幻世界》(1996),再度认真探索科幻文学的理论问题。在台湾,洪凌出版了《魔鬼笔记:科幻、魔幻、恐怖、怪胎本的混血论述》(1996)和《倒挂在网路上的蝙蝠》(1999)、张系国出版了《V 托邦》(2001)、吕应钟和吴岩出版了《科幻文学概论》(2002)、叶李华主编了《2003 科幻研究学术会议(CSFS2003)中文科幻研究:过去、现在与未来》(2003)和《科幻研究学术论文集》(2004)、黄海出版了《台湾科幻文学薪火录》(2007)、傅吉毅出版了《台湾科幻小说的文化考察》(2008)。此外,《幻象》(1990—1993)、《幼狮文艺》(1993,1994,1997)、《中外文学》(1994)、《科学月刊》(1998)和《诚品读书》(2000)等都大量发表科幻理论文章或编辑过有关科幻理论的学术专号。

在内地,韩松出版了《想象力宣言》(2000)、金二出版了《接入黑客帝国》(2003)、孙昊出版了《解码黑客帝国》(2003)、郑军出版了《科幻小说的预言与真相》(2003)、阿一出版了《黑客帝国发烧手册》(2004)、郭建中出版了《科普与科幻翻译理论、技巧与实践》(2004)。尹传红出版了《幻想:探索未知世界的奇妙旅程》(2007)、杨晓帆出版了《〈我,机器人〉导读》(2007)、江晓原出版了《我们准备好了吗:幻想与现实中的科学》(2007)、杨鹏出版了《科幻类型学》(2010)、姜倩出版了《幻想与现实:二十世纪科幻小说在中国的译介》(2010)。与正式出版物同时印行的,还有几本未正式出版的科幻教学和会议文集。例如,吴岩于 1991 年主编的《科幻小说教学研究资料》(1991)由北京师范大学教育管理学院印行,总共 1000 册,但影响颇大。姚海军编辑的科幻理论刊物《星云》(1993—2006)获得了全国科幻迷和一些作家的支持,总共出版 30 余期,发表了大量重要的科幻理论文章。此外,《科幻世界》杂志主编的《97'北京国际科幻大会论文集》(1997)和《2007中国(成都)国际科幻·奇幻大会文集》(2007)也具有很高的学术价值。

其次,互联网的产生使过去只能由作家反思、读者应对的科幻理论研究模式彻底改变,出现了"科幻理论网""中国科幻研究工作坊""科幻网""飞翔网科幻论坛"等特别重要的科幻网站,先后走出了郑军、兔子等着瞧、三丰等在网络上颇为聚集人气的科幻研究者,更出现了《边缘》《新幻界》《幻想新刊》等网络刊物。网络科幻研究具有交互性,当贴文出现后,立刻可以引发读者的关注并进行点评,而作者也可在这种点评中不断改进,丰富自己的观点和改进论述技巧。正是因为网络的人气作用,许多作家也相继开始了网络生活,他们在新浪等网站开设的博客,吸引了大量读者围观。

第三,也是最重要的现象是,进入 21 世纪以来,香港、台湾和内地相继成立了以科幻研究为主要内容的学术团体。以香港中文大学王建元(目前已经转移到树人大学)、台湾交通大学叶李华、北京师范大学王泉根和笔者为领导的三个中心,都希望将科幻研究作为一个主要领域进行专题性探索。与此同时,在大学本科、硕士甚至博士学位的论文中,科幻文学研究也蓬勃发展起来。21 世纪以来,在台湾,用科幻研究作为主题的博硕士论文已经超过 100 篇。在内地,以科幻为主题的博硕士学位论文总数也开始大幅度增加。而北京师范大学则获得了全国第一个社科基金项目,专门对科幻文学的理论和学科体系进行探索。

纵观世纪之交的 20 年时间里,可以发现中国科幻研究,无论从论著的数量和质量上都已经跟过去大不相同。在科幻文本的构造、科幻的社会功能、科幻与科学的关系、科幻与商品经济的关系等方面,中国科幻研究的领域正在全面拓展,形成了六个方面具有标志性的成果。

(1)在内容方面,最近 20 年的科幻研究强调跟当代文学理论和文化理论思潮的全面接轨。例如,王德威、杨联芬、林健群等对晚清科幻小说现代性的关注,导致了人们更加深入地观察中国文化转型时期科幻文学的作用。而陈平原、吴岩、方晓庆、任冬梅则从小说中科学的由来、科学观的展演、晚清科幻中的激进与保守、晚清科幻作品名称的演变等方面,对科幻现代性的发生发展进行了微观描述。胡俊和冯臻等还将科幻的现代性问题拓展到新中国直至改革开放之后的当代,吴岩提出,科幻是关于现代性的文学,科幻既是现代化过程的描述者,又是现代化过程的参与者。在现代性理论之外,女性主义也被用于科幻分析。包括王建元、陈洁诗、彭浪等人的研究,不但剖析了科幻小说的女性主义本质,也对女作家的创作进行了全面分析和评估。

(2)在深入研究西方科幻理论的背景基础上,对国外科幻理论的整体图景和相互关系获得了更加深入的理解。例如,王建元对从后现代科幻理论和女性主义科幻理论所进行的深入剖析、贾立元从欧美文化左派和文化右派针对科幻的不同态度上发现了思想的建构与解构之间的对抗等。后者还将这种对抗分析方法引入到中国科幻作家和作品研究之中,取得了初步成果。

(3)在研究方法上力求采纳多种方法以达到全方位的探索效果。仅以如何研究科幻中的科学为例,吴岩采用了心理学中构筑内隐概念的方法研究了中国大学生对科幻文学内隐概念的建构,江晓原采用类型统计学研究了数千部科幻电影的科学主题,高福军利用文化研究法探测火星题材科幻作品的原型和含义,房立华采用生态文学研究法探索了中国科幻中人与自然的关系主题,刘妮采用叙事学方法分析了韩松小说中的时间错位,吴岩和方晓庆采用文本细读方法,研究了中国早期两部科幻作品中的科学观念,郭凯用科学史学方法研究刘慈欣科幻小说中的科学叙事方式。所有这些多元的方法,都在不同侧面解析了科幻文学中的科学存在方式。

（4）对中国科幻文学发展中一些具有重要价值的历史资源进行了抢救性发掘。例如，吴岩、陈洁、陈宁等对郑文光的研究，肖洁对童恩正的研究，鲁礼敏对潘家铮的研究，董仁威、尹传红和杨虚杰对一系列新老科幻作家的专访，吴岩在北京师范大学科幻课程中对赵世洲、冷兆和、余俊雄等进行的"中国科幻口述史"记录，以及杨鹏、王泉根、杨蓓等对20世纪90年代科幻发展的研究，都在一定程度上综合抢救了相关的历史信息。

（5）出现了一系列新的、引人入胜的争论焦点。例如，2003年葛红兵与王泉根的争论，引导大家重新反思科幻文学在儿童文学（或儿童文学在科幻文学）中的合法地位。而以《哈利·波特》系列小说为代表的奇幻文学的兴起，则将科幻文学与奇幻文学的关系提上了科研的议事日程。此外，科幻文学到底应该属于类型科幻还是主流文学，也仍然处于焦灼的争论之中。

（6）组织社会力量，进行了大规模的"科幻与民族自主创新能力开发研究"，通过对知名科学家的访谈、对五大报刊的458份问卷的分析，以及对科幻作家、编辑、理论家等的征稿，获得了科幻与民族自主创新关系方面的肯定性证据。⑳

本文简单地描述了过去一个多世纪里中国科幻文学研究领域中所展示的理论图景。读者可以发现，这些研究大致可以归入想象性和描述性两个大的类别之中，而且以想象性研究为多。想象性研究的作者以自己对科幻文学的标识和领域作为自己想象的空间，以应然方式探索科幻理论。由于在进行想象性研究的作者之间、研究的结果跟创作现实之间都有巨大的差距，因此，在一定程度上想象性研究的繁荣也造成了今天科幻研究中莫衷一是的复杂局面。另一类研究以现象描述为主要方法，试图实事求是地展示科幻作为一种文学类型和文化过程，但这类研究者要么将科幻文学当成一种自身具有活力的主体，要么则把领域分解成不同个体独特现象。而一旦采纳了统一的活力领地的视角，则研究者的成就已经升级到整体性的解读，即跳入了想象研究的范畴。另一方面，采纳个体结合成整体的方式进行工作，则可能陷入分散和零星，陷入一个个渺小的、无法归纳和推论的独特性空间。因此，为了摆脱这种想象和描述之间的两极分化，就需要探索一种从"中观"的水平研究科幻文学的方法。如果说单独的作品属于微观世界，整个科幻领域的整体面貌或整体历史属于宏观世界，那么作为连接两大世界的中观层次，选择作家应该比较恰当。笔者认为，在当前的状况下，迅速展开一项关于作家层次的研究，将有助于宏观与微观结果的相互结合，有助于将想象性与描述性研究统一起来。

**[注释]**

①[苏]阿·托尔斯泰著:《加林的双曲线体》,费明君译,泥土社1952年版。

②在英美文学的词汇中,没有科幻小说的说法。Science fiction直译就是科学小说。但fiction也有想象、非现实、非真实的含义。只有俄文科幻小说一词,才将幻想作为一个独特的元素纳入其中。在中国文学领地,至少在1950年之前,科幻小说的称谓没有见于印刷文档之中。

③[苏]伐·奥霍特尼柯夫:《探索新世界》,潮锋出版社1955年版。

④徐克明:《想象未来,往往是科学成就的先导》,《科学大众》1956年第9期。

⑤余俊雄:《中国科幻口述史之余俊雄谈往事》,吴岩记录. 新浪博客—幻想的边疆. 网址: http://blog.sina.com.cn/s/blog_484a22af0100a75u.html? retcode=0;采集时间2010.6.14。

⑥⑦⑧[苏]布·略普诺夫:《技术最新成就与苏联科学幻想读物》,余士雄,余俊雄,龚洪华译,科学普及出版社1959年版。

⑨⑩⑪⑫⑬⑯[苏]斯·波尔塔夫斯基:《论科学幻想作品中一些悬而未决的问题》,余士雄,余俊雄,龚洪华译,科学普及出版社1959年版。

⑭⑮[苏]卡赞采夫：《科学幻想读物》，余士雄，余俊雄，龚洪华译，科学普及出版社 1959 年版。

⑰郑文光：《往往走在科学发明的前面：谈谈科学幻想小说》，科学普及出版社 1958 年版。

⑱徐康学：《清除<苏埃玛>所散布的毒素》，《科学画报》1966 年第 7 期。

⑲蒋风：《儿童文学教程》，希望出版社 1993 年版。

⑳刘后一：《科学与文学》，地质出版社 1980 年版。

㉑高士其：《祝贺〈科幻海洋〉的诞生》，海洋出版社 1981 年版。

㉒郑公盾：《我们需要科幻作品：祝〈科幻海洋〉创刊》，海洋出版社 1981 年版。

㉓郑公盾：《提倡科学文艺》，科学普及出版社 1980 年版。

㉔饶忠华：《智慧之光》，海洋出版社 1981 年版。

㉕《应科普创作协会邀请：史密斯教授谈美国科学幻想小说》，《文汇报》1980 年 5 月 24 日。

㉖吴岩，金涛：《科幻与自主创新能力开发》，《科普研究》2008 年第 2 期。

（原载吴岩著《科幻文学论纲》，重庆出版社 2011 年版）

◇动漫·图画书◇

# 关于中国动漫产业的现状及发展策略

高洪波

　　动漫产业是当今世界最具成长性的文化产业。它既产生可观的经济效益,又对文化影响产生深远推动力。许多发达国家都把动漫产业视为本国的支柱产业。据统计,美国从事动漫产业的人员是全社会从业人员的 3% 到 6%,其动画和衍生产品年产值达 50 多亿美元;日本的动漫产业生产总值已经占到其 GDP 的 40% 左右,是仅次于旅游业的第二大支柱产业;韩国现在位居美国和日本之后,已经成为全球动漫市场的新锐,生产量占全球的 30%,是中国的 30 倍。大力发展我的动漫产业,对加快我国国民经济的发展,增强中华民族优秀文化的继承和传播,抵制外来文化的渗透,都具有重要而现实的意义。因此,对我国动漫产业的现状进行深入的调查研究,总结这一产业取得的成功经验和存在的问题,提出应对的策略和合理化建议,对我国动漫产业的发展将是十分有益的。

　　2005 年 7 月 11 日至 7 月 25 日,我同中共中央党校一年制中青班学员朱虹、白庚胜、刘水生、谢鸿光、蔡振华、高树勋等一行 7 人,组成了调研小组,由朱虹担任组长,奔赴广东、浙江两地,对我国的广电产业及动漫产业现状进行了为期半个月的调查研究工作。为了掌握更多的资料,以便更为全面地了解情况,我从广东、浙江回来后,还到接力出版社(中宣部、新闻出版总署组织的中国"5155"动画工程 5 大动画基地中南基地的牵头单位),以及涉足动漫电子音像领域多年的洪恩公司进行了信息咨询。

　　本次调查研究活动主要采用实地考察和举行座谈会等形式进行。

## 一、中国动漫产业现状及走势

　　——良好的发展态势:党的十六大确立了文化产业的发展方向,中央领导一直高度关心和重视国产影视动画产业的发展,江泽民、胡锦涛等中央领导同志都作过重要指示。2004 年,国家广电总局下发了《关于发展我国影视动画产业的若干意见》,相继批准北京动画频道、上海炫动卡通卫视、湖南金鹰卡通卫视三个上星动画频道,命名北京、上海、湖南、浙江等 9 个动画生产基地和中国传媒大学、北京电影学院、吉林艺术学院、中国美术学院 4 个动画教学研发基地。并且决定从 2005 年起,每年举办一届中国国际动漫节。上述重大举措的出台,使国内动漫产业在短时间内呈现出蓬勃的发展态势。

　　浙江省是我国动漫产业发展较好的一个省份。省委、省政府十分重视动画产业发展,行政主管部门努力为动画企业创造良好的发展环境。提出将杭州市打造成"动漫之都"的响亮口号。自 2004 年以来,浙江省新批主要从事动漫生产的影视制作公司 14 家,其中已开始创作生产的有 8 家。该省还承办了首届国际动漫节。浙江省是全国唯一一个既有动画产业基地又有动画教学研究基地的省份,已初步形成了动漫产品研究开发、制作、运营和周边产品开发的产业链，并培养和聚集了一批动画制作人才。鼓励民间资本等多元主体投资动画产业，如投资建立中南卡通的中南建设集团就是一个典型。该公司至今已在动画制作生产上投入数千万元资金，投拍了《魔幻仙踪》《天眼》等大型三维动画片。拟全部投入资金为两亿元人民币，显示出了民间资本介入动漫产业的雄厚实力和雄心。这些都是浙江省发展动漫产业所实行的有力举措，值得向全国推广。

——远大的发展空间：据统计，中国动画节目年播出量需要 28 万多分钟，而国内实际制作能力只有两万多分钟，每年市场缺口高达 25 万分钟左右。而到 2010 年，国产影视动画片的市场销售额将达到 100 亿元，利润 20 亿元，年增长率 30%以上。如此巨大的市场需求，为我国的动漫产业提供了一个无比远大的发展空间。

## 二、中国动漫产业存在的主要问题及原因

中国动漫产业虽然发展势头良好，但热潮与软肋并存，商机与危机同在，仍然面临着诸多困难与挑战。

——资金匮乏是制约我国动漫产业发展的首要原因。经费投入不足，直接造成了产量的不足。许多动漫企业依靠自有资金发展，处于自生自灭的残酷生存状态，综合竞争实力薄弱。按照国际的惯例，动画片成本的回收应该占制作成本的 20%至 30%，周边产品开发回报投资的 70%至 80%。而在我国，原创动画片播放费用低，只占到成本的 10%。入不敷出，严重影响和制约了周边产品的延伸和开发，生产单位经营成本无法收回，很难滚动经营，造成恶性循环。如中南建设集团投拍的《天眼》，投入 4800 万元，在新加坡的播出费用是每分钟 200 美元，在法国是每分钟 100 欧元，而在东莞电视台是每分钟 6 元人民币，远无法收回成本。从目前掌握的情况看，除了北京、上海的几个动画专业频道开出每分钟 1000 元左右的买断收购价以外，其他的电视台播出价仅为 30 元到 50 元。而动画的制作成本通常在每分钟 1 万到 2 万元之间，这种产销价格之间的巨大落差，极大地挫伤了动画企业的积极性。

国家广电总局去年 4 月出台的《关于发展我国影视动画产业的若干意见》中规定，国内每个电视台每天必须播出 10 分钟以上的动画片，其中 60%必须是国产，因为播出成本等诸多原因，很多电视台目前还是以播出国外动画片为主，执行的情况并不好。而中国社科院日前发布的《2004—2005 年中国文化产业形势分析与展望》指出，70%的国产动画片无法在电视台播出。动画产品走不上市场，摆不上柜台，产销出现了瓶颈效应，是不争的现实。

这些因素使得真正能在动漫市场上运作成功并进入良性循环的企业少之又少，很难调动业内外特别是民营资本的参与积极性。

——没有形成有效的产业链。动漫产业是一个联系紧密的产业链，而我国动漫产业多为单打独斗，缺乏整体资源、营销整合，远未形成产业链。起领军作用的大型开发主体未真正确立，使整个产业处于分散经营的初级阶段，形不成合力。

——创作人员缺乏想象力、创造力，造成了动漫作品题材单一，在读者和观众中引起广泛关注的动漫品牌形象太少。一直以来，创作者把动画片的观众定位为少年儿童，使国产动画片丧失了大量成人观众。而一些思想性和艺术性平庸、充满说教色彩的国产动画片，和引进动画片尤其是美国动画大片相比，缺乏竞争力，无法得到广大青少年的青睐。

——原创性人才和经营管理人才短缺，造成市场需求虽大，但原创动漫产品薄弱的

状态。据统计，全国动画专业人才的需求量多达 15 万人，而真正的从业者目前仅有 7000 至 10000 人，只有韩国的 1/3。

## 三、中国动漫产业发展对策及建议

——建议政府加大对动漫产业的财政投入。为具有艺术价值和市场竞争力，可以打入国际市场的国产动漫项目设立专项扶植基金。

在国产动漫产品的销售过程中，政府对于中央电视台和各省台播出费用要依据动画片的不同质量等级进行保护性干预，如制定国产动画片播出最低保护限价等措施。

建议政府给予动漫产业税收优惠政策，为整个动漫产业健康起步和长远发展起到最为有力的支撑，并以此帮助动漫产业尽快完成其原始积累，以迎接日益激烈的国际文化产业市场的竞争。

——建议制定大力发展动漫产业人才培养战略。据有关资料介绍，尽管本土的卡通动漫教育机构已由几年前不足 10 家增加到 2004 年的 80 多家，但目前全国动漫专业毕业生每年只有 300 人，加上社会办学机构培养的动漫人才，每年不超过千人。动漫卡通人才培养问题迫在眉睫。因此，建议在有条件的大专院校设立卡通动漫人才培养的相关专业，并由国家对此类学校予以资金支持和政策倾斜，并派有培养前途的优秀人才出国研修和深造。在人才培养的策略规划上，不仅要培养卡通动漫创作人才，还要重点扶持和培养经营管理人才。

——建议由相关政府部门组建动漫行业协会或其他协调机构，从民族文化发展战略的角度整体规划动漫产业。抓紧形成在人才、资金、信息、技术、创意、市场等方面的优势，进行多种资源的整合（包括相关产品资源），尽早实现动漫产业的商品化、配套化和产业化。使产业链条中的各个环节紧密配合，真正使动漫产业在纸介图书出版、网络游戏、音像电子产品及各种衍生文化产品、周边产品等方面实现立体开发，使动漫产业实现超常规、跨越式发展，确立其在传承中国民族优秀文化，抵御外来文化渗透的文化战略中的重要地位。

——建议发展动漫产业要有高起点、宽定位。据有关资料介绍，美国迪斯尼公司已经撤销了原有的二维动画制作部门，全力投入三维动画的制作和生产，这也意味着国际上动画产品的标准已经拔高，要与国际动画大鳄竞争并打入国际市场，必须要有一个很高的起点。此外，从国外多年来发展动画产业的经验来看，我们的眼光不能仅局限在制作儿童动画片的层面。要将动画这种新型的娱乐方式推广到各个年龄层次，强化动画产品的生命力，提高与电视剧等娱乐形式的竞争力，通过收视率的提升，吸引更多的赞助商关注动画，从而促进中国动画业的繁荣。

中国动画曾经拥有过历史的辉煌，如《大闹天宫》《哪吒闹海》《三个和尚》等，执过一个时代的动画牛耳，形成过巨大的影响，我相信经过市场经济的检验，在党中央正确的指引下，在文化政策有力的推动下，一批崭新的动漫人物和动漫品牌将占据荧屏和动漫市场，中国动漫事业又一个黄金时代必将来临，我对这一点持乐观态度。

（原载《青春在眼童心热：高洪波文学评论、随笔集》，接力出版社 2008 年版）

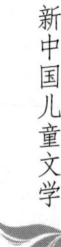

# 中国卡通"卡"在哪里

杨　鹏

　　2000 年春天，应北京一家报纸之约，我写过一篇同样题目的文章：《中国卡通"卡"在哪里》，令我没有想到的是，这篇文章发表当天，就被香港的一家报纸转载，并被"新浪网"放到了网上。次日，这篇文章被当时国内几乎所有的知名网站转载，广为流传。之后，有一家电视台以《中国卡通"卡"在哪里》为名，以该文为框架，摄制了一部 45 分钟的专题片。这么一篇数千字的文章，其影响力竟然如此之大。这一事实在当时看来有些匪夷所思。如今回头看，那篇文章由于篇幅所限，其实谈得并不深并不透。那它的影响力从何而来呢？我觉得，其主要原因，是因为它触及了中国动漫人和动漫爱好者"心中永远的痛"。

　　诚然，中国卡通有过自己的光辉岁月。以至于到现在，人们对曾经有过的辉煌念念不忘，因此我们对以下言论耳熟能详：

　　（1）中国卡通起步比日本早，日本卡通最早还是跟中国学的呢！

　　（2）《大闹天宫》是中国的国宝，放到今天来跟日本、美国的动画片比也不逊色。

　　（3）中国以《三个和尚》《小蝌蚪找妈妈》为代表的具有中国特色的水墨动画、木偶片、剪纸片在国际上拿过大奖，并形成了动画片的"中国学派"。

　　（4）中国卡通不乏优秀之作：《大闹天宫》《铁扇公主》轰动世界；《孔雀公主》《草原英雄小姐妹》特色鲜明；《三个和尚》《哪吒闹海》精彩动人！

　　（5）中国有《黑猫警长》《葫芦娃娃》《大头儿子和小头爸爸》，它们是当代孩子的偶像。

　　……

　　但是，当前中国动漫悲哀的现状却是有目共睹的：资料表明，青少年最喜爱的卡通作品，绝大部分都是日本和美国的，而中国原创卡通几乎毫无影响力。据统计，在青少年最喜爱的卡通作品中，日本卡通占 60%，欧美卡通占 29%，而中国原创卡通，如果包括港台地区的在内，比例只有 11%（去掉港台卡通，中国原创卡通受关注的比例将是惨不忍睹的）。

　　确实，从 20 世纪 90 年代中期开始，中国政府和文化界就开始了声势浩大的卡通"抗日战争"。最为引人注目的就是 1995 年底实施的中国儿童动画出版工程，简称"5155工程"。应该说，动画工程的实施还是取得了一定成效的：15 套重点推荐的动画图书大部分已经出版；据统计，1995 年到 1997 年，已出版的中国自己的卡通丛书有 364 种，累计印数 1475 万册，平均每种印数 4 万册。有的还拍成了动画片，形成了出版和影视相结合，整体滚动发展的态势。动画片《宝莲灯》《我为歌狂》也被声势浩大地推出。但是，和那些继续源源不断地涌入中国市场的日本和欧美卡通相比，中国卡通仍然显得脆弱而单薄。

　　中国卡通怎么啦？它究竟"卡"在了哪里？

关于中国卡通落后的症结，纸媒体和网络每天都在讨论着，争论着。经过几年的沉淀，如今，人们逐渐在以下方面达成了共识。

**（一）在商业上，我们缺乏与国际接轨的产业平台**

在商业领域，我们缺乏与国际接轨的产业平台，用业内专家的话说："第一，缺少卡通业内的商人和企业家；第二，缺少金融、企业家群体中的卡通专家；第三，缺少与金融资本对接的投资行为。"由于缺乏商业平台，国产卡通片赢利的机会很少。目前一部10分钟的国产卡通片，在电视台播出一次只能获利100元人民币，而美国好莱坞或者迪斯尼的卡通片，凭借票房及相关影视产品，收入为几亿甚至几十亿美元。做国产原创动画难以赢利，因此，虽然中国内地有近百家从事卡通片生产的单位，但是，除了中央电视台和一些电影制片厂等少数几家外，大部分都不具备独立创作能力，主要是承接来自国外的卡通片的绘制工作。

**（二）在体制上，计划经济的体制不但不适合于卡通产业，还对卡通产业形成了危害**

目前国内动画片的运作机制依然是计划经济的体制。在这种体制下，领导意志、动画腐败、外行指导内行等种种因素都成为中国卡通产业的障碍，危害着中国卡通事业的发展。正如一位网友所说："我国的动画片大多出自'×××电视台动画部'或'××美术制片厂'，这些都是国家资金在支持，经济效益当然要排在社会效益后面。于是乎，动画片成了没人爱看的'幼儿公益广告'或'幼儿教育节目'，当然也就比不过外国的'文化侵略'。"另外，对于国内的专业动画人才，也缺乏保护机制，致使专业动画人才基本都外流到国外动画公司中打工。最令人遗憾的是这些动画人才做的工作基本上是简单的动画加工，而非原创。因此，虽然他们有近10年的动画加工经验，但在动画原创方面，经验仍然为零。

**（三）中国动画人员的整体素质偏低，在不同程度上减缓了中国动画的发展速度**

不可否认，经过将近10年的发展，中国卡通画家有一部分正在逐渐成熟起来，形成了自己的风格，绘画技巧也直追日美。但是，从整体上看，中国动画人员的素质仍然偏低。有人做过这样的统计：中国动画从业人员有数千人之多，但真正受过高等动画专业教育的人员却微乎其微。北京电影学院是我国最早开办动画专业的高等院校，也是目前我国唯一一所开办本科动画专业教育的高等学校。从1982年到2000年的18年间，北京电影学院动画专业共毕业本科生27人，目前仍从事动画工作的还有13人，不足毕业生总人数的50%。与此同时，一些高等美术院校毕业的学生也基于多种原因步入动画圈，但人数更为稀少。在动画界，绝大多数动画从业人员都没有受过系统的专业教育，多靠传帮带和自学为主，虽然也有出类拔萃的人物，但数量毕竟有限。虽然目前有近十所高等院校开办了动画专业，但短期内难解燃眉之急。中国动画从业人员的整体素质由此可见一斑。这就是中国动画难以产生高精尖人才的原因之一，也是难以创作出高水准动画作品的症结所在。

**（四）社会导向排斥国外的优秀卡通，尤其是排斥日本卡通，这种封闭式思维对中国卡通有害无益**

或许受20世纪那场战争以及日本民族对国人屠戮、令人发指暴行的影响，国人对日本卡通至今依然抱着拒斥的态度。在政策上，为了保护民族动画产业，国家也采取了一系列保护措施，如国家广电总局曾明确要求，在"十五"期间逐步实现省级以上电视台每天国产动画片播出量不少于总量的75%。这一政策对于保护脆弱的国产动画确实有一

定作用,但这种"本土文化保护主义"也在一定程度上形成了人们的封闭式思维——对于国外卡通,尤其是日本卡通采取排斥态度。对日本卡通优秀之处不但不研究、不学习,还视而不见。笔者认为,承认领先者的优秀以及差距与民族自尊心无关,而真正的优秀者,应当是敢于承认别人的长处、善于学习并在学习中完善与提高自己的人。日本卡通之所以能够在较短的时间内赶上美国卡通,并在世界卡通市场上分得一杯羹,就是因为日本卡通画家能够放低姿态向世界各国所有优秀的卡通学习(包括中国卡通),对各类卡通的长处和短处都洞若观火,并以超强的创造力形成自我的作品风格。

**(五)中国动画制作效率的低下限制了中国动画业的发展**

卡通是文化工业的产物,其制作非常需要规模化效应。在国外,成功的卡通作品都是在短期内批量生产出来的,因此,工作效率也是动画业的生命。而国内的动画制作效率之低是有目共睹的。在日本,一部质量在一定水平线上,几十集甚至上百集的动画被推出的周期是几个月,最长不会超过半年。而在中国,如《我为歌狂》,算是效率比较高的,也用了大概一年多的时间才正式播出,而且还只是一半。其他动画片,撇开质量不谈,其效率可以用"老牛拉破车"来形容。另外,作品绘画质量的粗糙、音像质量的低劣,也是不容忽视的问题。

针对以上限制中国卡通发展的"瓶颈",动漫迷们提出了许多热情、中肯的想法和建议,如改革体制、规范市场、建立与国际接轨的投资平台、建立专门的培养动漫人才的学校、取消对国产动画的过分保护,让中国动画自己到市场中磨炼与发展,等等。

除了以上"瓶颈"卡住了中国卡通以外,笔者认为,中国卡通还有一个更大的、更致命的症结:卡通是一门独立的艺术,它有自身的发展规律。而国产卡通的故事创作,在许多方面与卡通自身的艺术规律背道而驰,这是导致它止步不前的最重要的原因。中国原创卡通在创作上最重要的突破口应该放在卡通形象的设计和故事情节的编排上。笔者写作本文的目的就是为了提供一种行之有效的分析方法和全新的观察视角,对中国卡通的内在问题进行探究。下面,笔者将从结构主义和叙事学的角度,对中国卡通故事创作的症结,进行一个粗略的分析。

(1)中国卡通的受众的定位不应当只放在低幼儿童上,应当把14~25岁卡通爱好者也看作主要的目标受众群之一,并兼顾其他的成人受众。

卡通与文学、绘画、电影、电视剧一样,是一种独立的艺术,就其本身而言不存在观众年龄的限制。在国外,不但有儿童卡通、少年卡通,还有青年卡通、中年卡通和老年卡通。如宫崎骏的某些作品,作者曾坦言那是拍给中年人看的,孩子不一定能够理解。而中国卡通在大多数人的观念中,只适合于10岁以下的儿童。受这一观念的影响,国产卡通片大多不适合于12岁以上的孩子,而12岁以下的儿童因为人数、思想、社会影响力方面的限制,不可能是观众的主体。正是因为这个原因,国产卡通片普遍给人以幼稚之感。不少人主张动画最大的受众是14~25岁的青少年,这个群体不但思想上较为成熟,有辨别力,更为重要的是这一群体比较有消费能力,是动画周边产品(人偶、模型、午餐盒、镜框、电话卡、日历、毛巾、手绢、钥匙扣、音乐钟、相册、衬衫、手提袋、徽章、信封、信纸、明信片、圆珠笔、瓷杯、纸巾、打火机、海报,等等)的主要市场。这一点对于动画制作的良性循环是极为重要的。而受众群定位的改变,必然会导致故事内容的变化。

(2)吃老本不能等同于民族性。中国确实有着丰富的文化资源,但是,这并不能成为我们拒绝向国外学习的理由,更不能因此而限制卡通题材的开拓。

20世纪90年代末,迪斯尼取材中国传统故事拍摄出《花木兰》,并在世界范围内取得了巨大的商业成功,这一点极大地刺激了中国的动画人,也最终导致了模仿之作《宝莲灯》以及央视《西游记》的诞生。许多人因此也呼吁中国卡通要在深挖底蕴深厚的中国古代文化上寻找出路。事实上,这是一种"吃老本"的惰性思维,一种故步自封心理的反映。从创作的角度来看,这也是一种缺乏原创力的表现。迪斯尼《花木兰》的成功,中国文化的魅力确实不可否认,但最重要的原因不在于中国文化,而在于其成熟的故事写作套路和成功的商业运作机制上。从故事的角度看,《花木兰》与《石中剑》《风中奇缘》《埃及王子》等并无区别。迪斯尼不拍中国传统故事,拍别的任何国家的传统故事,同样会取得成功。日本卡通中虽然也常取材中国传统作品,如《西游记》《三国演义》,但这些传统作品和人物其实只有素材价值,文化价值是很低的。日本卡通创作者们在创作时,只是利用了这些人物和故事的空壳,在创作中注入了创作者自己独特的个性和创新意识,使之更具有现代性和游戏精神,更投读者所好。而国产动画,如《宝莲灯》《西游记》《哪吒》等,都缺乏再创造,只是简单的改装。原创是卡通的生命力,也是所有艺术的生命力,失去了原创,一切都无从谈起。因此,是不是取材中国传统故事并不重要,重要的是原创。吃老本绝对不能等同于民族性。中国卡通要发展,不能把目光仅仅局限在传统素材上,而应当放眼到卡通世界中的所有素材。并且,也要敢于向国外学习,敢于"拿来主义"。这在美国和日本的卡通发展过程中,都是屡见不鲜的。如创造美国好莱坞票房奇迹的《戈斯拉》《比卡丘》甚至《狮子王》都来自日本人的原创作品,而日本卡通的诸多卡通构思和人物形象则自美国科幻黄金时代的作品中舶来。要使中国卡通事业真正发展起来并走向世界,就必须有海纳百川的胸怀和气度。

(3)概念化和功利主义是中国卡通的通病,要使中国卡通真正起飞,就必须尊重卡通的创作规律,摒弃概念化与功利主义。

从"5155"工程启动开始,笔者便有幸参与了两大卡通基地三套大型丛书的撰写及多家卡通杂志的创办工作,并参与了多家电视台多部动画片的写作,也算是中国卡通"抗日战争"的亲历者与过来人。在笔者看来,过分的概念化和追求功利主义是中国卡通作品的通病。以笔者主创、曾获中宣部"五个一工程奖"的《地球保卫战》为例,这部作品从一开始就被打上了主题先行、概念化的烙印:在故事的人物、情节都尚未确立之时,出版社便要求将这部书写成一部"环保题材"的作品;在写作过程中,每个故事都按比例注入了一些非常生硬的"科普知识";当故事完成后,也以"该故事是否体现足够的教育意义"为准绳对故事进行修改和加工……不管是从文学创作还是卡通创作的角度来讲,这种操作方式都是与真正的创作规律背道而驰的。虽然由于中国本土卡通读物的匮乏和读者们出于民族自尊的同情,该书出版后在当时销售成绩不错,取得了一定的社会效益和经济效益,但是笔者仍然认为这是一部失败的作品。从中国卡通事业发展的角度看,这样的作品还是越少越好。

(4)中国现在所谓"成功"的卡通形象,大多是媒体包装的结果。已有的国产卡通在人物设置、情节设定、叙事语法等方面存在着十分严重的问题。

中国现在所谓"成功"的卡通形象,大多是媒体包装的结果。中国卡通的制作者们过于迷信媒体的力量。事实上,好的卡通作品有时甚至不需要媒体的介入就可以攻下市场,如在十多年前就进入中国,至今依然在孩子当中风行的《机器猫》,以及不计其数的盗版日本动漫,它们在进入中国时没有做一个广告,媒体也未做任何宣传,却兵不血刃地杀

了进来。其成功的原因何在？笔者认为，除了这些作品画面制作的精美之外，很重要的原因，就是因为它们都有一个好故事。在本书中，我们已经从正反角设定、环境背景设置、情节设计、叙事语法等方面对动漫故事的创作进行了全面的分析，用这些分析来剖析中国卡通，可以发现中国卡通没有一个方面做到了真正的到位。中国卡通剧本的通病，大概包括以下几个方面：

**（一）国产卡通不重视故事自身的逻辑，设计情节过于随意**

关于这一点，有位网友曾尖锐地指出："我始终不明白，《宝莲灯》里一块石头扔进岩浆湖里，怎么会出来木头柄的斧头。还有，二郎神开始那么厉害，连'MEGA 粒子炮'都有，最后对付一个小孩时却那么废物，只能耍阴谋。我就不明白编剧到底怎么想的。"卡通情节可以不按现实逻辑来设计，但必须自成逻辑，可以自圆其说，另外，国产卡通中情节游离主题的现象也很普遍，如《宝莲灯》中那段占去了很长时间的篝火舞蹈，其实是无用的情节。用网友的话说，"导演以此来填充时间，只会令人觉得遗憾"。

**（二）国产卡通的人物设定过于平面，对人物性格也缺乏挖掘**

国产卡通的人物基本上都很平面。如正面人物，笔者总结的几个原则（偶像化原则、平民化原则、个性化原则、读者本位原则、时代与文化本位原则）等，国产卡通无一项可以达标。如《宝莲灯》正角沉香，其性格特点依然是民间传说中的性格，用一位网友的话说，我们的时代早已不是那个讲"狼外婆"故事，哼"外婆桥"儿歌的年代。沿用民间传说的设定，自然与当代孩子的兴趣、审美习惯相去甚远，而成为当代孩子的偶像就更无从谈起了；另外，沉香的性格太正，看不到一点缺点，缺乏个性，与平民化原则和个性化原则都是相违背的。这也是为什么观众们看完全剧后对沉香、嘎妹全无印象的原因。《宝莲灯》中的反角二郎神，相比正角而言，要丰满一些（有网友认为这是因为他一直阴沉着脸，稍微有点性格的关系）。在前文中，笔者曾强调塑造反角时，要给反角性格的形成提供一个符合逻辑的过程，这样反角看起来才能更加地真实可信，并能在一定程度上深化作品的内涵。而二郎神在这方面的设定显然违反了这一原则。

**（三）国产卡通在故事细节刻画上粗糙，并且缺乏真实的情感，很难真正地打动观众**

纵观国外动漫精品，会发现它们有一个共通点，就是细节刻画精致，总能调动与控制读者和观众的真实情感。观众在看完作品之后，留下最深印象的不是作品的全部，而是其中的某几幅画面，或是某几段精辟的语言，以及某些动作等。因此，能否处理好细节，就是能否做好故事的关键。国产卡通故事这方面极不重视：细节刻画粗糙，真正动人与经典的情节几乎很难被列举出来。在感情剧情的打造上，国外卡通会以受众为出发点，注入平凡人的情感。而国产卡通表达的多是一些大而化之、形而上的情感，缺乏真实感，观众也很难将自己代入。另外，国产卡通在一些卡通因素的调动方面，也显得老套与落伍。如动画片《西游记》的战斗场面慢得像唱京剧，配合打斗的"嘿""哈"的喊声也完全无法体现打斗的紧张气氛，法术效果也毫不华丽。在这方面，我们的动漫人还有许多方面要向国外卡通好好学习。

**（四）国产卡通题材范围过于狭窄，背景制作单调乏味**

卡通作品吸引读者和观众很重要的一个因素是恢宏的、富于想象力的、充满美感的背景设计。在这一点上，由于国产卡通题材范围过于狭窄（用网友的话说，国产卡通片的题材陈旧且无聊，似乎除了《葫芦娃斗妖怪》《琴岛和海尔》，就是《大灰狼和小白兔》《大头儿子和小头爸爸》），导致了国产卡通背景的单调与贫乏。如国产的《封神榜》，跟同样是神魔题材的日本卡通《罗德岛战记》相比较，就存在着人物与背景严重脱节，背景设计简单化的问题。又如《宝莲灯》作为卖点之一的"数码生成"，全剧不超过 5 分钟，而且缺乏震撼力，根本不能算是卖点。比起日本全数码制作的《青之 6 号》，差距可谓一个天上一个地下。

（原载杨鹏著《卡通叙事学》，湖北少年儿童出版社 2002 年版）

# 图画书的性质与特征

陈　晖

图画书是近年在我国出版创业界兴起并流行的读物类别概念。图画书指"以'图'和'文'共同演绎一个故事的书"。作为一种新的文学艺术形式的图画书具有特殊的性质和特征,而本文对图画书性质和特征的讨论,主要建立在上述狭义的概念理解的基础上。

## 一、儿童的图画书与成人的图画书——儿童性

从西方图画书发生的历史事实看,图画书最初基于儿童的兴趣、接受和阅读需要产生,因而图画书通常被认定为儿童的图画书。日本儿童读物研究会撰写的《孩子和图画书的学校》在概括图画书定义中认定其"内容、表现、造书都以孩子为主要对象设计",在图画书"为儿童"的性质方面观点明确。①

正是由于大部分图画书将儿童特别是幼童设定为主要读者对象,图画书的内容、形式、表达与呈现相应地反映出鲜明的儿童性。

无论图画书作者选择的是写实或是幻想的故事题材,就其内容而言,主要指向儿童的生活现实与心理现实,隐含着有针对性地适应和配合不同年龄儿童的身心发展、引导和协助儿童进行生活、自然、社会认知和学习的创作宗旨。我们阅读当下最有影响力的几种世界经典图画书,比如加拿大马丁·瓦尔德、芭芭拉·弗丝的"大熊和小熊"系列、新西兰吉尔·皮塔、科瑞丝·摩日尔的"米莉、茉莉"系列、法国让·德·布吕诺夫的《小象巴贝尔的故事》等就会发现,它们的内容集中于上述领域,是分别针对 0~4 岁、6~8 岁、8~12 岁儿童的,对家庭、学校、社会生活的形象描述与表达。

许多图画书的人物塑造、故事情节铺陈、结构安排、构图、版式及装帧设计,全面充分地考虑了儿童的接受能力和阅读趣味。各国的图画书作者从儿童的欣赏角度出发,以拟人、夸张、对比、循环反复等为基本艺术元素,形成图画书图文的主体框架和表现模式。在一些著名图画书比如美国谢尔·希尔弗斯坦图画书系列、日本中江嘉男、上野纪子的"鼠小弟"系列中,我们都可以看到图画书核心艺术范式各具精彩的出色演绎。儿童生活、心理和趣味投射到图画书中,令图画书具有了浓郁的童趣,焕发出的源自童心天然的童趣和童稚美,成就了图画书美学意义上的儿童性。

对图画偏好是人类的天性,成人的图画书一直以自己的方式存在,当下成人图画书的流行主要源于读图时代的重临与快节奏现代社会成人文化消费习惯的转变。一些被视为儿童图画书的作品,比如前文提到的美国谢尔·希尔弗斯坦图画书系列,实质上更具成人图画书的性质,它们蕴涵儿童尚且不能理解的、同时又是作品重要核心价值的深刻的人生体验和哲理——比如希尔弗斯坦的图画书《给予的树》被评论者称为"一则有关'索取'与'付出'的寓言",日本佐野洋子的图画书获奖名作《活了一百万次的猫》被读者

视为"有关生与死，情与爱的寓言"。最有代表性的成人图画书还有中国台湾几米的作品，几米的《月亮忘记了》以男孩为主人公，但一般情况下，儿童读者只能停留于图画欣赏，连通常的欣赏故事都无法展开。大卫·威斯纳的《三只小猪》②是更为另类的作品，它所代表的后现代图画书以艺术上的探索性而凸显图画书的成人性质，对于儿童来说，其独有的创意——对传统经典童话的游戏性解构和重建及具有嘲弄意味的戏剧性反讽完全隐藏在作品奇特而怪异的故事图文中。

这些成人图画书划归儿童图画书与其追求"儿童艺术化"有关。现今的成人图画书除了具有与现代儿童图画书基本相同的艺术特质——创意别致、设计独特、效果夸张、版面铺张、印刷精美，内容及表现都显示了相当程度的儿童化，比如对幻想、拟人及夸张、重复与对比等艺术元素的沿用及稚拙的儿童绘画风格，都实现了与儿童图画书的某种"同质化"。成人图画书对题材的相关选择与儿童化处理，从哲学和美学追溯，应该是刻意呈现所谓的"儿童天真喜剧（幽默）"并实现对成人世界的"反讽"，而从效果来看，则使成人图画书具有了某种程度的儿童性，模糊了与儿童图画书的界限。

有一部分亲子图画书针对儿童与成人共享而设计，像马丁·瓦尔德和芭芭拉·弗丝的"大熊和小熊"系列、英国山姆·麦克布雷尼和安妮塔·婕朗的《猜猜我有多爱你》、日本秋山匡的《鸡蛋哥哥》等，作品以亲子情感的表达为主要内容。这类图画书中，成人对儿童的呵护包含着人类对童年永恒的留恋与皈依，成人母性的爱交织着对童心童性的欣赏和迷恋，在浓郁的情感氛围里，图画书的儿童性被发挥到极致，让儿童与成人读者在共同的阅读中各自获得精神的满足与审美的愉悦。

可以认定，各种图画书以不同程度或以不同方式表现出的儿童性，使儿童性成为图画书的基本属性。同样可以认定的是，所有具有儿童性的图画书，都建立在成人（包括作者和读者）通过表现和欣赏儿童与童年获得自身情感满足的冲动和欲望基础上，其对图画书创作的驱动力并不亚于他们"为儿童""给予儿童"，让儿童通过图画书想象、感受、体验、感知成人世界的创作理想和目的性，正因为如此，图画书的儿童性才体现和反映得极为真切、鲜明而生动，并构成图画书表现内容方面的独特魅力。

## 二、"图"的图画书与"文"的图画书："图文合一"性

传统的儿童读物都具有图文并茂的特点。一部分以图为主的读物，文字处于从属的说明状态，而另一部分插图儿童读物，则文为主图为辅，文字独立而完整地表现内容，图画承担"画龙点睛"的提示作用。在图文的地位和结合方式上，图画书与传统的插图儿童读物有本质的区别，图文通常具有同等的地位，图文以各自的表意功能，实现完全的、真正意义上的"图文合一"，协调配合甚至达到了不可分割的程度。下面分别是图画书《给予的树》和《鸡蛋哥哥》开头部分的文字：

> 从前有一棵大树……/它喜欢上一个男孩儿。/男孩儿每天会跑到树下/采集树叶/给自己做王冠/想象自己就是森林之王。/他也常常爬上树干/在树枝上荡秋千/吃树上结的苹果。/同大树捉迷藏。/累了的时候，就在树荫里睡觉/小男孩儿爱这棵树……/非常非常爱它。/大树很快乐。/但是时光流逝。/孩子逐渐长大。/大树常常感到孤寂/……

哎，这个小家伙，/他叫鸡蛋哥哥。/其实，他早该从蛋壳里出来了。/可他就是不想出来。/鸡蛋哥哥/想一直一直待在蛋壳里。/"哇，危险！/万一碰到，就裂了！"/鸡蛋哥哥总是这么说着，/绕着石头走。/……

如上文显示，图画书中的故事文本，由名词、动词、形容词构成陈述语句，不加连缀地依次排列，不仅很少有渲染和铺陈，也不具有通常文学作品所有的语言的丰富、形象、生动、精妙和细微。单独阅读图画书的文字，至多只能获得一个故事主干框架或梗概，在文字与文字之间、在句段与句段之间留有明显的断续、空白和间距。读者显然需要依靠图的配合和支持，才可以完成对故事的基本理解，单独阅读图画书的故事文本无法获得阅读普通故事能够获得的文学满足和快感。

既然是图画书，图当然占据更主要的位置，成为读者阅读的重点。图文图画书中的图，包括媒材与画种的选择、色彩与色调的调配、形状与线条的呈现、人物造型以及构图与布局、光源与阴影、空间与透视效果、绘画风格、版式和装帧设计，是一个以绘画元素组成的、具有显示或暗示意义的意象符号系统。值得关注的是，图画书的图并不以完整地"图说故事"为指归，不立足于再现事件过程或关键性情节，而侧重于最大限度地凸显图的多种表意功能，或开掘某个局部或细节以表达特定的意义，或进行情绪和氛围的暗示，或延伸故事的内容——在加拿大菲比·吉尔曼的图画书《爷爷一定有办法》中，主体人物故事附着了小老鼠一家的故事，就仅在图画中呈现。诸如图与图之间的存在逻辑的不连贯，图与文字的不同步对应，故事过程的忽略、跳跃和缺损，令读者仅通过读图未必能够拼接还原故事，同时也使读者体悟到图对故事的包括超拔、提升、扩容在内的增效功能。

日本图画书研究者松居直曾用一个简单的公式形象表示插图读物与图画书间不同的图文关系：图+文=插图读物，图×文=图画书。③虽然文有文的作用，图有图的意义，让图文完美整合、获得最独特的艺术效果，是图画书作家的终极目的，也是图画书的艺术精髓之所在。

在图文图画书中，不管它们的作者是否为同一个人，都力图实现图文的合体共生，让图与文最大限度地相辅相成、配合呼应：简明的文字，以必要的字符呈现基本的层面，为图预留出充足的表现空间；生动具象的图，以诉诸视觉的直观表现，凸显文外之意，烘托暗示情绪与氛围；图与文对应、契合、互为表里，图"断"则文"续"，文"断"则图"续"，通过图与文的组合与调配，让图画书成为语言艺术和视觉艺术的合体，让图画书因汇聚了文学和绘画的精华而别具风采和品格。

无文图画书可以看成图文完全合一到达极致状态的范本。无文图画书必是无故事图画书，它们的无文完全基于作者刻意的设计和隐藏，文融合在图中，以图的方式存在和呈现，我们阅读瑞士图画书大家莫尼克·弗利克斯的"小老鼠"系列图画书便能够充分感受其"无字而有文"的精妙。而图画书的图和文的结合，还有着不同的甚至截然相反的方式。除了以图和文分工合作、协调互补配合叙述故事，还有通过图文间的故意的断裂、错位或变异，在讲述故事（经常是并非完整的故事）的同时，以图文间特定的关系，表达作者哲学或艺术的主旨、思想和态度。同时，图画书图文合体，在简明之文和具象之图的协同中，也会面临具象与抽象、表象与意象以及源自文字表意和图画表意之间的差别和矛盾，图画书所具有的一定程度的概念性、抽象性、象征性、暗示性和多义性由此衍生，同样在图文互相的包孕、结合中，也产生了图画书充满张力、弹性的艺术空间，供欣赏者体会和玩味。就如同加拿大著名儿童文学评论家培利·诺德曼所指出的，图画书至少包含三种故事：文字讲的故事、图画暗示的故事，以及两者结合后产生的故事。④

### 三、作者的图画书与读者的图画书：独创性与开放性

因为图文合体，通常状态下的图画书阅读是图与文的同步阅读和整体阅读。为了研究图画书图文各自的表意功能，我们曾利用日本作者秋山匡的日文版图画书作品《鸡蛋哥哥》，选择不懂日文的儿童和成人读者进行"图读绘本"的阅读实验。从读者对故事重述看，读者可以通过图画线索局部复述故事细节，但基本不能凭借图画完整"复制"原作故事，作者在作品内容和内涵的演绎以及读者的理解上尤其存在差异。比如作品描述的是一个鸡蛋哥哥留恋蛋壳迟迟不愿破壳的故事，缘起于作者对自己儿子幼年撒娇拒绝长大的经历的观察、思考和情感体验，在没有文字指引的阅读中，儿童读者大多将作品理解为小鸡蛋的游戏和历险，青年读者虽然触及了从鸡蛋到小鸡的成长主题，却不约而同将作品诠释为对成长的期待、企盼、喜悦和欢欣——实验不仅证明了图画书图文的整体性及图文共同表意的特征，证明了儿童读者与成人读者阅读反映固有的差异，还提示我们关注图画书还具有特定的作者与读者的关系及独特的阅读过程及方式。

图画书是内容和形式都极具独创性的艺术品，首先故事、故事主题以及两者间的结合就有着最大限度的特异性，是作者基于自己的人生感悟的个人化创造，通常具有思想、想象及表达的唯一性；与此同时，从线条、造型、构图到材质的选择、风格的取向，图画书绘者（经常是作者本人）也无不谋求充分显露自我的艺术个性并尽可能使之趋向独到与精深。就像《活了一百万次的猫》《月亮忘记了》以及谢尔·希尔弗斯坦的另外两种图画书《失落的一角》和《失落的一角遇见大圆满》所展示的，优秀图画书往往依托作者最具灵感的、最标新立异的创意建构，是一些决不雷同，不具有模仿性和复制性的、超越惯常思维逻辑、令人拍案叫绝的作品。

而图画书也同时为读者预留了充分的阅读空间。在图画书中，图文结合存在主观或客观的缝隙，亦即前文提到的图画书通过图文系统各自并协调讲述故事而衍生的概念性、抽象性、象征性、暗示性和多义性，为读者提供了多维、多向、多层次的丰富的阅读目标，让读者得以进行具有探索性、发现性和增补性的阅读过程，调动读者投射自我，以臆测、证实、判断、质疑、修改、重建等方式最终参与作品的阅读性创造，在作者图画书的基础上最大限度地建立读者的图画书。比如"大熊和小熊"图画书系列中《你睡不着吗，小熊》中，像小熊的玩具是一个人偶，大熊所阅读的书本正是作品本身；《给予的树》中，大树树干被刻上心形图案的姓名图标，由一而二，再由二而一；后现代版《三只小猪》中书页被折叠成飞机，字符散落开来，漫天飞舞，还有《给予的树》《活了一百万次的猫》之类的作品题名，作者对这些图文细部的处理中蕴涵的微妙而复杂的、多重多解的象征意义，自然能引发不同年龄、不同文化背景、不同个性、不同生活境遇读者不尽相同的阅读反应。不固守且不局限于图画书的图文、甚至不谋求与作者的同一，以自己的方式解读、体验和阐释作品，其实是读者玩味领略图画书艺术魅力的更佳方式。

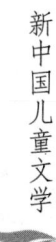

图画书因此在开放性阅读中由读者(儿童或成人)最后完成。

**[注释]**

① 日本儿童读物研究会:《孩子和图画书的学校》,日本:ほるぷ出版,1988 年版。

② David Wiesner. The Three Pigs[Z]. New York:Jacket illustrations copyright,2001.

③ [日]松居直:《日本图画书的历程》,《幼儿读物研究》1992 年第 17 期。

④ Perry Nodelmen:《阅读儿童文学的乐趣》,台湾天卫图书有限公司 2001 年版。

(原载《海南师范学院学报》2006 年第 1 期)

# 新世纪以来中国新原创图画书的萌动

朱自强

"萌动"一词的含义是植物开始发芽或事物开始发动。用"萌动"来形容已经有了百年历史的中国儿童文学的图画书这一门类的创作,是符合历史事实的吗? 意识到自己可能受到这样的质疑,我还是选择了"萌动",因为我想划出一个历史发展的阶段,一个历史的新起点。

我用"新原创图画书"与以往的原创图画书相区别,目的是想指出,进入新世纪,中国的原创图画书创作理念和形态渐次发生了革命性的转变。

## 一、几个重要图画书理论概念的梳理

探讨近年来中国新原创图画书的创作问题,需要进行一些理论概念的梳理。

### (一)"图画书"? 抑或"绘本"?

在目前的中国,就本文所谓之图画书有两个被普遍使用的称谓:一个是"图画书",另一个是"绘本"。

"图画书"一词对应的是英文的 Picture Book,而"绘本"一同对应的则是日文的"繪本"。由此可见,"图画书"这一称谓与西方和日本有关。从图画书这一体裁的发生、发展的历史来看,它最早起源、成熟于西方。与整体的儿童文学一样,中国显然是在西方的影响下才为儿童创作出版图画书的。近几年,中国大陆的图画书出版(主要是翻译)的崛起之势,主要原因之一是受中国台湾地区的图画书出版的影响以及对其资源的利用。由于在台湾,出版图画书时标以"图画书"和"绘本"的几乎各为一半。因此,大陆对图画书,除了继续使用以往的"图画书"称谓外,还有很多人使用"绘本"这一来自日语的语汇。从出版来看,少年儿童出版社的"信谊世界精选图画书"和河北教育出版社的"启发精选美国凯迪克大奖绘本"这两套有规模的系列图画书,一用"图画书",一用"绘本";从创作来看,周翔、熊亮、朱成梁等,也是或用"绘本"或用"图画书",这些情况显示出两个称谓都有认同度。

从发音看,"绘本"比"图画书"上口。在语言的约定俗成中,方便、上口是重要条件。另外,作为"绘本"的翻译、创作的发达国家,日本对中国(特别是台湾和香港地区)的图画书理念有着较为深刻的影响,这是"绘本"一词存在的土壤条件。但是,"图画书"一词对应的是图画书创作更为发达的英语圈国家的语言,而且,"图画书"一词有着相对久远的使用历史,也容易引起更为直观性的理解。虽然本文使用了"图画书"一语,但是,并不排斥、更不反对使用"绘本"这一称谓。

### (二)儿童文学? 抑或美术?

图画书的主体是图画故事书。

既有图画,又有文字语言的图画故事书到底是一种什么样的艺术样式? 事物往往都是复杂、多样的,非此即彼的决断常常犯错误。图画书是具有多种属性的艺术样式。在我的观念中，包含着图画和文字语言两种媒介的图画书首先是一种文学体裁，是幼儿文学的一种表现形式。

有一种试图把图画书从文学中割离出去的主张。日本学者棚桥美代子认为，"应该把绘本从文学中独立出来，作为图画书体裁来确立"，并依据这一图画书观念，批判学者鸟越信等人在 20 世纪 50 年代编辑出版的"岩波儿童系列"丛书所体现出的将图画书看作是儿童文学的观念。日本的美术学者中川索子的《图画书是美术》一书的核心观点已如题名所示。她说："图画书依然被归入儿童文学的世界，画家们的面容却无法呈现。图画书研究也几乎都是在儿童文学的框架中进行，由图画讲述的内容也不过是阐释成图画如何表现着故事。"鸟越信反对上述两种观点，他指出："认为图画书就等于给儿童的美术画集这一极端的观点是危险的，必须回避它。"他认为，图画书是儿童文学，因为"图画书本来是时间的、接续的、展开的艺术"。①

我赞成鸟越信的观点。图画书是从文学的插图发展起来的，天生具有表现文学世界的功能和属性。绝大多数图画书都有一个故事。在这样的图画书中，"故事"是高高在上的灵魂，统领着文字和图画，因此，图画书的功能指向是"文学"。即使是《雪人》（雷蒙·布力格）、《雨伞》（太田大八）、《流浪狗之歌》（嘉贝丽·文生）这样的经典无字图画书，也是没有先在的故事，就没有那些图画的。图画书作家几米也说："我觉得图像当然要有基本的东西，但最重要的还是作者的脑袋要讲什么。我觉得最后面还是回到跟文字一样，就是大家喜不喜欢那个故事，或是创作者所呈现的观点。"②很多人的画单纯从美术的角度看，比几米画得好，但是，他们却无法成为几米这样优秀的图画书作家，因为他们不能像几米那样，以图画讲述隽永的故事。英国图画书作家约翰·伯宁罕的画也不太讨好，但是，因为他有了不起的文学才华，所以，他才是了不起的图画书作家。

图画书是运用了美术（当然还有文字语言）这一媒介的文学书籍，它主要是被摆放在图书馆里、书架上供人阅读，而不是被挂在美术馆里供人欣赏（虽然偶尔也有图画书的原画展）。当然，在阅读图画书的过程中，也伴随着对作为美术的图画的欣赏，但是，对广大的读者而言，对图画所表现的故事（文学世界）的欣赏是阅读活动的主体。

作为两种媒介融合后的新文类，图画书的图画当然可以成为绘画、美术研究的对象，在这个意义上，图画书的图画也是美术作品。不过，我相信，图画书的美术研究如果没有文学的观点，特别是儿童文学的观点，恐怕是难有良好成效的，因为图画书中，画家所使用的构图、造型、线条、色彩等，都深受它所要"讲述"的故事所左右。

（三）"图画故事"书和"真正的图画书"

"图画故事"书和"真正的图画书"是两个不同的图画书理念。

从儿童文学的发生历史事实来看，它最早产生于西方，中国儿童文学是在西方儿童文学的影响下发生的。图画书的情形也重演了这一规律。在西方，图画书是在 100 多年以前兴起，与插图读物相区别的自觉图画书理念是在 20 世纪 30 至 50 年代形成。在中国，20 世纪 20 年代，郑振铎办《儿童世界》杂志，十分重视美术视觉，在上面发表"图画故事"，其中有 40 几篇文字故事出自他自己之手。这种与连环画相似的"图画故事"形式，一直延续在以后的儿童图画杂志中。它与独立成册的图画书还是存在着区别的。赵景深在 1934 年写过一篇名为《儿童图画故事论》，但是，通篇只介绍故事，并未论及"图画"，这是否显示着在那个时代，连赵景深这样的儿童文学专家，"图画书"概念也尚处于蒙昧的状态。

20 世纪 50 年代和 80 年代以来，"图画故事"书被大量出版，但是，这些作品中的绝大多数的创作理念，与本文论述的"图画书"概念尚有很大距离。我本人有切身经历可以见证这一点。1988 年底，我第一次从日本留学归来，带回了数百本图画书，其中有很多世界范围的名作，比如《森林里》《蓝孩子和黄孩子》《白兔子和黑兔子》《小房子》《脏狗哈利》等。我从中选取了 10 种进行翻译，并拿到几家出版社探讨出版事宜，但最终未能出版。其中反映出的主要问题是用这么精美的装帧，这么豪华的开本，这么好的纸张和印刷品质，印只有这么几个字的故事，消费者很难接受。有的编辑建议，能不能把原作的 4 幅或 6 幅图压缩在一页里，把几本书合在一起出版。这样一种"图画故事"书观念，进入新世纪后依然存在。我就在 2003 年出版的一种"图画故事"书中，看到李欧·李奥尼的《小黑鱼》故事被缩写，图画被重新画成 10 幅，而这 10 幅图画被压缩在两页纸上（开本：787×1092 1/24）。

此"图画故事"书非彼"图画书"。我们的"图画故事"书以文字故事为主，图画基本上是密集"插画"性质，图画为辅，对图画的艺术表现力要求不高；而西方的"图画书"则以图画为主，文字故事当然依然重要，但是它需要图画来表现和升华，图画被视为有高度的艺术。

几乎在所有人的认识中，图画书必须运用绘画和文字语言这两种媒介来创作、出版。但是有文又有图的书籍千姿百态，差别极大。是不是一本故事书有文有图，文图之间又有联系，就可以称为图画书呢？一些图画书作家、研究者提出了"真正的图画书"的说法。

尤里·舒尔维兹是一位获过美国图画书大奖凯迪克奖的画家，同时也是一位研究者。他在论著《用图画写作：如何创作儿童图画书》中说："一本真正的图画书，主要或全部用图画讲故事。在需要文字的场合，文字只起辅助作用。只有当图画无法表现时，才需要用文字来讲述。"[3]在舒尔维兹的图画书观念中，与"只起辅助作用"的文字相比，图画显然处于更高的地位。他拿着这样的标准衡量作品，结果判定波特的《彼得兔的故事》都不是图画书，而是带插图的故事书。可是在很多研究者那里，1902 年出版的《彼得兔的故事》是现代图画书的开山之作。如果将《彼得兔的故事》与莫里斯·桑戴克的《有野兽的地方》、约克·米勒作画、约克史坦那写文的《森林大熊》、安东尼·布朗的《大猩猩》相比较，舒尔维兹将《彼得兔的故事》视为带插图的故事书也的确有道理。

日本图画书专家松居直对图画书也有严格的判定标准。他说："把图画只是作为对文章的补充和说明，或是为了加上图画让孩子看了高兴，这类的书，都不能称之为图画书。什么叫图画书？图画书是文章说话，图画也说话，文章和图画用不同的方法都在说话，来表现同一个主题"。"假如用数学式来写图画书表现特征的话，那么可以这样写：文+画=有插画的书，文×画=图画书。"[④]松居直对图画书文图关系列出的加法和乘法算式，说出了非真正的图画书与"真正的图画书"的区别。不过，我想追加一个条件，那就是这两个算式中的文和图要等于或大于 3。这样，在加法关系中，文字语言和图画不仅是分离的，而且合在一起并不比原来多，可是，乘法关系中，文字和图画不仅是融合的，而且生成了比原来丰富的新东西。

就像小说作品中有典型的小说和非典型的小说（比如很像散文或很像故事）一样，图画书中也有典型的图画书和不那么典型的图画书，"真正的图画书"和非"真正的图画书"。对理论来说，作为一种文学体裁的研究，是应该更为重视对"真正的图画书"的探讨，对作家而言，追求"真正的图画书"的创作，才是获得图画书作家资格的正途。

## 二、近年中国图画书理念、创作的新动向

如果持着"真正的图画书"这一观念考察中国近年的图画书理念和创作，就会清晰地

看到一种全新的动向——正在向"真正的图画书"迈进。

2006 年，我应《文艺报》之邀，撰文描述新世纪的中国儿童文学的发展走向时，用"分化"一词来表述中国儿童文学在走向成熟。我归纳了四种分化形态，其中之一就是图画书从幼儿文学概念中分化出来。

中国图画书的革命性转型，复演着整体的中国儿童文学发展的轨迹，即受西方（包括日本）启蒙，影响的理念先行，西方的图画书翻译开路，自己的原创跟上。发展中国的原创图画书，必须将这一特殊规律置于意识之中。

下面梳理一下先行的理论研究。

1996 年出版的张美妮、巢扬著《幼儿文学概论》是较早与世界图画书理念接轨的著作，在幼儿文学概论式著作中，张美妮、巢扬并不是第一个将图画书列为专章来讨论的人，但是，巢扬所执笔的"图画故事"一章不仅借鉴西方（包括日本）的"真正的图画书"理念阐述问题，而且也有相当数量的世界经典图画书进入研究视野，尤为难能可贵的是，巢扬指出了"我国的图画故事的创作与欧美、日本不同之处是文字和美术分离创作，这种方法不利于创作质量的提高"。

我于 1997 年出版的《儿童文学的本质》不是文体研究著作，但是，在探讨幼儿的审美能力时，我所选用的文本是一批世界级的经典图画书。

2001 年出版的《中国儿童文学五人谈》共展开了 12 个主题的讨论，其中第二个主题，就是继"关于经典"之后的"关于图画书"。日本有学者在评论这本书时，特别赞赏了"五人谈"重视、鼓吹图画书这一意识。在对谈中，方卫平说：关于图画书的新观念"确实出现了，而这种出现我想可能是 21 世纪中国儿童文学发展的一个最有希望的增长点"。我则说："我一直认为图画故事书肯定是中国儿童文学在 21 世纪一个非常大的生长点。要想把它做好，首先是一个引进的工作。真正的优秀的图画书是什么？从西方发达国家引进，引进之后我们才能有一种启蒙。"并且以日本为例，说明了翻译出版西方经典、优秀的图画书对发展自身创作的重要意义。

2006 年出版的彭懿编著的《图画书：阅读与经典》是一本重要而及时的著作。该书用精确的图画书知识和大量经典作品的介绍，开启了对图画书的认识处于懵懂状态的很多人的视野，对普及、推广图画书理念起到了重要作用。

2008 年 5 月，中国作家协会儿童文学委员会重视近年来我国图画书翻译、创作的新动向，在济南召开了"中国原创图画书发展论坛"。论坛上的专题讲演有"我国图画书的发展历史"（周翔）、"我所理解的绘本"（曹文轩）、"图画书图画的隐喻功能"（朱自强）、"谈原创图画书的艺术可能"（方卫平）、"作家的语言，画家的语言"（彭懿）、"去西方化"（熊磊）、"绘本时代的文字作者"（萧袤）。可以说，这次论坛是中国前所未有的对图画书艺术规律的深度研讨。

2008 年 7 月，丰子恺儿童图画书奖筹备委员会主办"儿童图画书国际论坛暨第一届丰子恺儿童图画书奖发布会"在香港召开。丰子恺的女儿丰一吟女士以及来自美国、海峡两岸暨香港的近 20 位图画书作家和研究者应邀出席会议，其中中国大陆的研究发表者有方卫平、朱自强、周翔、孙建江、徐鲁、汤锐，朱自强在论坛上做了题为"日本经典图画书"的主题讲演。会议最为重要的信息是陈一心家族基金会发起及成立"丰子恺儿童图画书奖筹备委员会"。设立儿童图画书奖，鼓励作家、画家和出版社创作、出版优质的华文原创儿童图画书。这一奖项的运作将对华文原创图画书的进步产生推动作用。

在推动中国图画书观念演进的过程中，西方图画书的引进和翻译发挥着感性启蒙的重要作用。可以说，近年来西方图画书的翻译、引进已经形成了一浪接一浪的浪潮。与图画书的理论研究相比，翻译进来的优秀图画书对中国的原创图画书作者具有更为直接、深入的影响。

下面看看原创图画书的创作态势。

2000 年，北京少年儿童出版社出版了梅子涵文、赵晓音和沈苑苑分别绘画的《李拉尔故事系列》共 4 种；2001 年，浙江少年儿童出版社出版了汤素兰撰文的《笨狼的故事》系列 6 种；2003 年，江苏少年儿童出版社出版了《我真棒》幼儿成长图画书系列共 20 种；2003 年，江苏美术出版社出版了《笨笨熊爱心故事》第一辑共 8 种；2003 年，中国人民大学出版社出版了《关爱生命绘本系列》共 6 种（其中 4 种为原创作品）；2003 年，中国少年儿童出版社出版了《睡前十分钟 2—4 岁》图画书共 6 种，2004 年出版了《嘟嘟熊》系列丛书 8 种；明天出版社 2003 年出版了《袖珍精品图画书·中国卷》共 8 种，《小企鹅心灵成长故事》共 5 种，2005 年出版了《杨红樱亲子绘本故事》共 5 种，2006 年出版了原创《小肚兜幼儿情感启蒙故事》共 9 种，2007 年出版了《绘本中国》系列共 7 种；2008 年，新疆青少年出版社出版了《阿凡提经典故事绘本系列》2 种……

尽管是不完全的统计，这样的出版密集度，已经能够说明图画书的创作和出版确实"热"了起来。

以上列举的是以系列、丛书的形式出版的图画书，下面是部分以单本形式出版的图画书。

和英出版社 2005 年出版熊亮文、图的《小石狮》，它所值得关注之点，在于它是由中国台湾地区的出版社出版。从台湾的出版社近年已经建立起与世界经典图画书接轨的、具有相当水准的图画书艺术标准这一点来看，优秀的图画书作品《小石狮》在和英出版社的出版，是大陆原创图画书在艺术性上的一次突破和提升。《东方娃娃》于 2005 年以绘本版推出张秋生文、俞理图的《鸟窝》，2008 年以绘本版出版根据民间故事改编、黄缨画图的《漏》。二十一世纪出版社 2006 年推出周翔文、图的《荷花镇的早市》，2007 年出版西顿原作、朱成梁编绘的《火焰》。明天出版社 2008 年出版余丽琼文、朱成梁图的《团圆》，萧袤文、周一清图的《驿马》，周翔编自北方童谣并作图的《一园青菜成了精》，心怡改编、蔡皋图的《宝儿》。

在以上对丛书和单本的都是不完全的统计数字中，我们可以捕捉到一些值得玩味的信息。在我的不完全统计数字中，丛书作品与单本作品的比例大约为 10∶1（当然，"绘本中国"和"阿凡提经典故事绘本系列"的情况比较特殊），这是否说明出版社比较热衷于一次性地推出原创系列作品，而作者也接受这一做法，但是，这种做法在图画书的发达国家比较少见。他们也有系列图画书作品，比如金·纪欧文、玛格丽特·布罗伊·葛雷汉的"哈利"系列，马场升的"十一只猫"系列，不过，那都是多年以单行本的形式逐渐积累而成。这种做法的背后是否是作家和出版者认为图画书是可以大规模、集体性制作的这一观念在起作用。可是，事实上，真正的图画书创作不论是故事还是图画，都是个性化的劳动，有各自不同的长长的工期，如果文、图是两人搭档而成，更需要反复切磋、磨合，如果划一限定，是否会影响到作品的精打细磨、深耕细作。我注意到，周翔、朱成梁、黄缨等画家都参与过丛书形式的创作，但是丛书中的画作与单本图画书的画作截然不同。

我想，丛书形式的图画书创作、出版有其客观条件的原因，而且它也为图画书的推广作出了应有的贡献。但是，长远而计，中国的原创图画书的创作和出版还是需要早日从系列、丛书时代进入单本的时代。好在我们现在已经看到了微露的晨曦。

## 三、对近年原创图画书的评价

日本学者鸟越信归纳出图画书的图文关系存在着三种类型：文章先导型、绘画先导型、同时进行型。他指出："以现在的大多数人的想法来看，同时进行型才是理想的图画书创作方式。事实上，文图都是一个人完成的图画书作家和固定成一个不变搭档的作家、画家创作的图画书产生了很多优秀之作。"⑤鸟越信所说的这种情况，在日本是有事实证明的。日本的三个国际级图画书作家五味太郎、安野光雅、长新太都是一个人创作文图的作家（安野光雅、长新太有时也会和特定的文字作者做搭档）。固定的创作搭档有创作"古利和古拉"系列的中川李枝子（文）、大村百合子（图），创作"可爱的鼠小弟"系列的中江嘉男（文）、上野纪子（图）。

另一位日本图画书研究者笹本纯的观点与鸟越信相似："图画书所包含的图和文字语言的关系分成两种类型。一种是先有故事和其他语言的表现，之后用图将文字语言表现的内容如在眼前一样地画出来。另一种是最初就将图和语言作为同等表现手段来运用，以表现特定的内容，而不是将图附加在既成的语言表现上。"⑥笹本纯也指出了还存在着图画先行，然后在图画上附上文字语言这一类型，不过，笹本纯认为，这样的作品往往变成了画集，无法完成图画书的艺术表现。

如果依据鸟越信归纳的图画书的图文关系的三种类型来划分，恐怕我们近年的原创图画书绝大部分属于文章先导型。不仅如此，文章先导型的作品恐怕还有相当一部分的文字在创作之初并没有作为图画书的考虑。普遍的情形是，文章先导型的图画书，无论画家做怎样的努力，都不及同时进行型的作品更容易成为"真正的图画书"。

同时进行型的最佳形式是文图都由一个人来创作，其次是具有紧密切磋条件的固定搭档。我们目前的图画书创作，一个人完成文图创作的所谓图画书作家数量极少。我认为，对我们的图画书创作来说，需要宣传"图画书作家"这一概念。只有出现更多的"图画书作家"，原创图画书的艺术水准才有望大幅度提高。

在目前的多人创作并以丛书形式出版的原创图画书中（不包括"绘本中国"和"阿凡提经典故事绘本系列"这两种个人积累的系列），"小肚兜"是质量最好的一种。其中萧袤文、黄缨图的《男孩和青蛙》，萧袤文、唐筠图的《我爱你》，吕丽娜文、颜青图的《一座小房子》等，文图都是较为典型的图画书语言"，两者起到了相互活化的作用，或者起到松居直所说的相乘的作用。

在近年原创图画书中，有一本值得特别一提，就是明天出版社"小企鹅心灵成长故事"系列里的熊磊撰文，卢欣、韩岩绘画的《小鼹鼠的土豆》。该作品在中国作家协会第六届（2001—2003）全国优秀儿童文学奖评奖中，以熊磊的文字故事获奖。作为评委，我还记得评奖时大家都认为，这个本身非常精彩的故事获奖依然在很大程度上是得卢欣、韩岩的绘画相助，并且讨论到，今后可否专门设立图画书这一奖项，透露了评委们对这一文体的关注和重视。

需要给"图画书作家"以特别的关注。考察上述丛书作品和单本作品，我们会注意到一个现象，单本作品往往从内容到形式，更具有"真正的图画书"的质感，而这些单本作品往往出自"图画书作家"之手，比如，周翔的《荷花镇的早市》，熊亮的《小石狮》《年》。熊亮的"绘本中国"中的其他 5 种图画书文字都出自他,而图画《家树》是由谭军创作,其他则是他与段虹(3 种)、马玉(1 种)合作完成。以我的欧美、日本图画书的阅读经验,尚未见过图画书的图画由两个人(还有工作室)完成的情况。图画创作的两个人合作是什么情形,是我所感兴趣的一个创作问题。

周翔的《一园青菜成了精》、黄缨的《漏》,文字都依凭民间童谣、民间故事,朱成梁的《火焰》改编自西顿的动物小说,蔡皋的《宝儿》文字故事由心怡改编自《聊斋志异》的《贾儿》,但是,我想画家的这种选择和改编,也体现了其图画书创作的艺术眼光,也是一种再创作,所以,有理由视为"图画书作家"的作品。

周翔的《荷花镇的早市》选取的题材大胆(没有戏剧性故事)、独特(中国江南水乡的早市),采用的绘画手法富于个性,作品的叙述谙熟于图画书的文体特征,以及地道的图画书装帧,这些显示出作家纯正的图画书创作理念。据说,这本图画书从构想到完成,作家用了 5 年的时间,这是值得脱帽向其致敬的。

如果说周翔的《荷花镇的早市》是写实主义的民俗画,他另一本图画书《一园青菜成了精》则是浪漫主义的幻想国。选择这首有着不同版本的有名的民间童谣创作图画书,可以看出周翔对儿童文学的精神气质和孩童的审美需求颇有领悟。这本书最为精彩的画龙点睛的一笔是在封底——一园青菜闹腾够了之后,回复到"一园青菜绿葱葱"时,接下来"一池鱼虾成了精"。

蔡皋画《宝儿》最成功、最引人瞩目的地方也如她本人所言,一是对黑色的运用,一是对商人儿子的眼睛用蓝色、黑色几种不同颜色来变化着表现。对图画书创作来说,这些是有艺术深度的表达。

《团圆》表现写实的家庭生活题材,但是,选取了儿童视角。余丽琼的文字故事设计的"好运硬币"情节是一个功能很强的"文眼",具有触动人心的力量。朱成梁的绘画较浓烈地烘托出了过年、团圆的气氛,以及团聚、离别的人物情感。这本图画书的亮点在于对儿童生活和儿童心理的真实、细腻、生动的表现,这种姿态也是值得此后中国图画书创作重视的。

在儿童文学作家中,萧袤是图画书创作的有心人,而且迅速显示了较好的潜质。他怀着深挚感情、辽远意绪创作的"驿马"故事,经周一清苍莽遒劲的画风表现,化作一曲对消逝历史的咏叹调。

熊亮是一位对图画书创作具有执着的艺术追求,并形成了鲜明的个性风格的"图画书作家"。他的文字语言具有诗性(比如《小石狮》《家树》《年》),把握着图画书展开所需要的鲜明节奏,他的图画具有视觉的冲击力和表现主题上的创意性。熊亮的图画书是耐得住细读、玩味的作品。

论及熊亮的创作,不能不说到熊氏兄弟(熊亮、熊磊)创作主张中对"中国"元素、"本土"立场的张扬。我读"绘本中国"感觉到了作家的实际创作与创作主张有了效果很好的沟通和对接,我感到了一种强有力的主体性,一种厚重的文化底蕴。其中,超现实主义绘画的《家树》给了我深刻的震撼,这一震撼不仅来自画家的富于强烈个性,令人耳目一新的画风(对此,萝卜探长有精到的评论),而且也来自这本书深蕴的情感。这本书对熊亮的创作心路具有象征的意味。

熊磊说:"我们的绘本创作,并不像某些专家所说,需要向谁学习,需要了解国外绘本的游戏规则。我们的绘本创作只要复苏我们内心的自信,复苏我们的文化。只要我们创作出有中国文化底蕴的绘本来,那么这样的绘本就一定是好绘本。"⑦当一个有艺术思想、

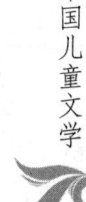

艺术追求、艺术水准的作家说出绘本创作要"去西方化"时，我能够理解其良苦用心。我不主张"西方化"，我主张中国的原创图画书要学习、借鉴"西方"，这个"西方"还包括日本。所以，熊磊的上述话语中，如果"我们的绘本创作，并不像某些专家所说，需要向谁学习，需要了解国外绘本的游戏规则"的这个"我们"是专指他和熊亮，我也不作特别反对。但是，如果这个"我们"是泛指中国的图画书创作者，那就值得质疑了。

无论如何，熊氏兄弟的中国文化情结以及图画书创作追求有着不少表现各异的同道。在"真正的图画书"创作中，中国元素、民间文学元素、民风民俗是很显眼的一大倾向、一大特色。

中国大陆图画书创作的兴起有多方面的原因，比如有方卫平在《图画书在中国大陆的兴起》一文所指出的，由于中国经济的发展，形成了具有购买力的消费群体；图书出版和印刷业的逐渐发育和成熟；"读图时代"降临的社会共识形成和阅读心理支撑等等。而从文学内部的角度看，我认为，根本原因则在于儿童文学思潮的转向。20世纪80年代儿童文学向文学性回归的过程中，也是存在着失误的，那就是在整体上，创作和批评的主流偏重于儿童文学特征相对模糊的少年文学，而忽视甚至轻视儿童文学特征最为鲜明的幼儿文学。经过90年代的向儿童性回归，儿童文学思潮开始转向童年文学和幼年文学。而在西方儿童文学发达国家，图画故事书就是幼儿文学的代名词。当幼儿文学进入主流儿童文学的主意识之后，图画故事书才具备了从幼儿文学概念中分化出来，成为一种特有的文学体裁的条件。

现在需要更多有才华的画家、美术设计师在观念上认同给幼儿的艺术是有高度的美术品，肯为给幼儿的艺术倾尽全部艺术才情，要有儿童文学的艺术修炼，如此方能出现更多优秀的"图画书作家"，解决长期以来文字与图画分离的问题，使原创图画书走向繁荣。

在谋求原创图画书的发展时，文字故事当然也有待提高，但相对而言，绘画的艺术能力更有待提高。目前的图画在整体上过分凸显"幼稚"，色彩、画风相近，很多图画沾染了迪斯尼动漫绘本的不良习气，少有结结实实的个人风格和有创意的艺术形象设计。从欧美、日本图画书发达的经验来看，美术上的创意设计极为重要，而这正是我们的图画书原创最薄弱的地方。

发展原创图画书，我们还有长长的、艰难的路要走。

[注释]

①⑤[日]鸟越信编：《创造图画书历史的20人·序》（日文版），创元社1993年版。

②网络与书编辑部编：《阅读的风貌》，现代出版社2005年版，第118页。

③转引自阿甲：《帮助孩子爱上阅读——儿童阅读推广手册》第68页，少年儿童出版社2007年版。

④[日]松居直著、季颖译：《我的图画书论》，湖南少年儿童出版社1997年版，第178—179页。

⑥[日]中川素子、今井良朗、笹本纯：《图画书的视觉表现》（日文版），日本编辑学派出版部2001年版，第73页。

⑦见《绘本中国》导读手册，附于《绘本中国》图画书中，明天出版社2008年版。

（原载高洪波主编《改革开放三十年的中国儿童文学》，少年儿童出版社2008年版）

# 文学图画书里的文学

梅子涵

> 我常常说绘本像是大地:图是大地上的风景,而文是大地上的路。
>
> ——佩里·诺德曼

## 一、两根柱子

文学图画书是由两根柱子支砌起来的:一根文学柱子,一根美术柱子。它是一种相加的艺术、书籍、效果,也有人习惯说它是相乘,其实相加就是相加,任何事物的相加,都会导致合拢之后的质异,质异就不只是相乘了,而是可能比相乘更丰富、更难料。质异可能是两个方向的,一个是突飞的焕然,而另一个则可能使一个原本杰出的文学故事被平庸之图所拖带和打搅,破坏对文字叙述的阅读乐趣和好感。所以这样的一种相加书籍,它的艺术和效果未必非是相乘的,还可能减除和破坏,使之作为一本图画书的平庸和浪费。所以,很优秀的文字故事,未必一定加图,未必一定演变成图画书,也未必一定"图文并茂",实际上不茂却萎。

故事平庸,优秀的图会使一本书变得好看些,但那只可能是视觉上的,而不可能属于情感,不会有人性和哲学力量。再说,一个平庸故事,如果故事作者和绘者不属于同一个人,那么优秀绘者在理论上应该接受吗?而理论上的应该拒绝和实际上的拒绝,是维护和发展图画书的一个应该确认的原理。

图画书的两根柱子,从理论上说,是同样重要的,因为图画书由它们共同组成,合而为一,否则便没有这个品种。但不等于在具体组织成一本书的时候,在它的那个文本"最后艺术"里,总能平分秋色,一样粗细。它们各一半,只是指它们的这个和那个;即便文字和绘图同为一个人,也无法总能把定 50%的分寸、尺度。当作家和画家不为同一人,理解和表达力也不是都能等同,那么粗细、强弱就会很必然。所以一加一和各一半,都是"物理"性的,而不是艺术的衡量。一个真正理性的评价,看的是文本最后艺术的力量,看的是合而为一,不会计较其各一半的分量。一本优秀的文学图画书,它的文学和美术都会有足够的撑起力,文学撑起的是人类情感、生命趣味、语言活力、哲学寓意;美术撑起的是图像环境、场面、神情、气氛、大动作小举止、用具、用品、道具。如同文学的表达里会有很新异的哲学和生命触摸,美术也会表达、显耀美术的新精神、新语言、新趣味,所以从凯迪克之后成熟的儿童图画书里,几乎一直能够欣赏到人类美术的新精神、新语言、新趣味。西方图画书的美术里是看得见西方美术馆的一切新激情、新主义、新颜色的,图画书的意义里,的确存在现代美术史的意义。而中国的优秀美术家很少成为图画书作者,第一因为不熟悉这个种类,第二因为不知道它的美术史意义,他们几乎还是以为美术的意义都在美术馆、画廊里,因为他们的童年基本没有图画书阅读。中国在以前,真正意义上的图画书有过,但很少。贡布里希在《艺术的故事》里说:"中国人是第一个不认为作画卑

微下贱的民族，他们把画家和富有灵感的诗人同等看待。"但是在现代的图画书大局面大成就里，中国画家并没有意识到图画书艺术、书籍的高尚性，画家远不具备敏感和热情，这也是因为"儿童"在很久远的历史中，包括现代史中，都不是中国生活里的重要内容，缺乏文化和哲学理解中的真欣赏、真珍惜。虽然看上去，当代中国对于儿童的学业好像是世界第一重视的，而其实在这一种十分变态的重视里，恰好更严重地违背着儿童生命的人性位置和味道。当然，这样的告别和开始都已经在进行，儿童图画书写作和出版已经被看重，它的成熟需要渐行的时间过程和平和的耐心。

## 二、文学基础性与方向

在文学图画书里，文学是故事，是基础和方向。图画是沿着它的方向表现这个基础，让故事显出天空也露出神情。即使是无字图画书，如果它的图里含有一个纯粹的文学故事，比如嘉贝丽·文生的《流浪狗之歌》，那么它的那条无字的黑白长路上，仍旧可以一字一句读出故事的纵横和情感、人性的长短，嘉贝丽是按着自己准备的故事方向画出她的这本黑白书的。文学图画书包含无文字但是有文学情感和趣味的图画书。

《犟龟》是一本更特殊的图画书。因为它有文学、绘画，还有音乐。文学作者是米切尔，绘画是曼弗雷德，谱曲是威尔弗里德，都是德国人。这是十几年前较早打动中国读者的图画书之一。那时，图画书是什么，中国读者不了解，甚至引进这本图画书的出版社也懵懂，有说服力的是，懵懂还是引进了出版，因为他们有审美敏感和文学、文化怀抱。

狮王二十八世要结婚，邀请天下动物参加他的婚典，结果天下不少动物都因为确信自己行走速度慢，赶不上遥远的仪式，没有动身。可是最慢的乌龟陶陶却坚决出发，因为他知道既然自己是动物，那么不出发不合规定，不合动物性，相当于我们人类的不合人性。他以最快的速度慢慢地走啊走，遇到不出发的动物的劝说和嘲弄，他还是继续，因为他知道另外一个生命规定是：既然出发了，就不能回头，于是书里便出现了陶陶的旋律和别的动物的旋律，旋律没有刻意贬损别的动物，但是陶陶的旋律是坚决和生机勃勃的。

因为陶陶终究走得慢，没有参加上狮王二十八世的婚典，却稀里糊涂抵达了二十九世的婚礼现场。他的固执让人难以理解，明明被告知二十八世已经去世，还是前行，你说他的哲学来自生命的哪一个层次？

书里的图精致，颜色华丽，神情既是文字叙述里的，又有美术的想象和古典的优雅，火车绿红相连，带着蒸汽白烟呼啸而过，陶陶却坐在火车站读着报纸休息，真是让人看见从容的古典哲学在快速的现代依然还是那么强大，慢比快强大，从容才有真远方。图在这儿的确完成了优美、华丽的增添，但是这一切的基础是来自米切尔的文学故事，来自人物陶陶的固执、不移，它比龟兔赛跑曲折、丰富，它的故事结果是意外的惊叹号，而龟兔赛跑是一个早在途中就已经知道的答案。有些大真理是存在得有些荒谬，不合逻辑，只可能被嘲弄，所以当它蓦然成为真实，就像狮王二十九世和他的王后金黄灿烂地站在乌龟的面前，我们便唯有"惊叹号"才是我们阅读的快意，这个惊叹号里有很大的思想喜悦，嘲弄者被嘲弄，可是被嘲弄了却还是会兴奋无比。在生活里，我们也基本都是蜘蛛、蜗牛、蜥蜴，我们会嘲笑乌龟，但是米切尔的乌龟故事却又令我们阅读着而心服，令我们知道乌龟陶陶的哲学正应该是为人的人性特征和规矩，要学会响应真理对你的召唤，要朝向真理一生前行，优良的生命们最终会在某一处葱茏的森林相会，"二十九世"站在那儿，成功和大快乐在等你。

米切尔写的这个故事风光无限,文学的力量和统率性耀眼,图和音乐也各自完成优良的叙述。文学图画书在西方的艺术语境里,更多的是被当成美术,很多的图画书奖也往往只是奖给美术家,这不合理,文学图画书也是文学,而且它往往是这一种书籍的基础。我们不说这两根柱子哪根的撑起力更强,但是应该足够地看见文学的撑起力,情感、思想、哲学的炮火是由它的文字间首先升起,文学的文字蒸汽动力容易让一本书的列车开得更远。美国图画书里的文学大家伊夫·邦廷是这种力量的最优秀和典型的标志,其《Train To Somewhere》(中文译作《开往远方的列车》)正是这样在图画书里开到很成功的"远方"的。

这样的图画书中国阅读者熟悉的还有很多,比如:《奥菲利亚的影子剧院》《我的爸爸叫焦尼》《活了100万次的猫》《石头汤》《铁丝网上的小花》《烟雾弥漫的夜晚》《走进生命花园》《擦亮路牌的人》。这样的举例很让人振作,于是我想到反问,能否找出一本优秀的文学图画书,它的文学文字、故事不具备基础的意义和方向?

## 三、大方向

图画书里文学固然是多样和丰富的,但它的多样和丰富不是指价值同等。文学和艺术总是有不同的审美力量和价值力量,有的很轻微,意思很小,而有的较沉甸,给阅读大喜悦,给生命大方向。《开往远方的列车》是大方向,《走进生命花园》是大情怀。一个生命胚胎坐在母亲子宫的门口,看着这个多难、混乱、疮痍遍地的世界,谁还想降生呢?但是他却对自己说:"我要出生!"

这是很有生命誓言感的。给儿童的文学,不能忽略情怀,忽略生命大方向、大趣味描述,忽略高尚,忽略人性的大喜悦、大光芒。它们应该是中国文学图画书要注重的赞扬和努力的方向,中国图画书的写作很需要进行这一个方向的意识的申请。

不要拿出一个任意的故事就去画图画书。这也是中国儿童文学需要申请的意识。中国20世纪80年代的儿童文学"深处"不少,叫是缺少笑声,现在的儿童文学貌似笑声很多,其实主要是浅笑和哭笑不得,而思想、情感的"大处""深处"几乎已经难以寻找。文学难道能够真的"娱乐至死"吗?让儿童娱乐整个童年时代?越是一个四处娱乐、学业却非常不娱乐的年代,崇高、庄严、严肃(不是板脸的无幽默、无笑容)越是儿童生命所需要的栽种和栽培,他们需要担负成长的辛苦,他们就有担负世界的心思、气势。

"原创"的意思,不只是指中国人写的,不只是写中国民俗和用品。北京四合院,上海石库门,少数民族毡房、草地、驰马、舞蹈、鲜艳衣裙,都只是一个外形。虎斑猫抱着死去的白猫流下泪滴(《活了100万次的猫》);奥菲利亚戴着老花镜扶着方向盘执着前行(《奥菲利亚的影子剧院》);狄姆难得和爸爸相聚,他从早到晚地对别人说:"这是我的爸爸,他叫焦尼!"他根本不愿意放弃任何一个机会要让人知道他有一个爸爸,他的爸爸叫焦尼(《我的爸爸叫焦尼》);一个叫玛莉的美国孤女孩儿,在开往远方的火车上等候新家庭的挑选,可是没有人挑选她,她的手摸着口袋里那一根从母亲头发里取出的鸡毛,那一根短短的鸡毛回荡情感,回荡希望,回荡着文学小细节、小物件的力量之声(《开往远方的列车》),这一些,我们的原创里几乎还没有创作出来,我们"表面"太多了,表面一定肤浅!

"原创"的另外一个十分重要的意思是"前无古人"。的确,前无古人实在是非常困难,因为我们首先都难于判断和统计这个文学写出的是不是别人没有写过的,母题有限,叙事方式也有限,如何可能总是开创?但是这个意识却必须申请,能力必须求取。中国现在的儿童文学写作,跟风和拙劣的仿作已是家常便饭,仿作接连获奖,而真原创却可能流落街头(我很想指名,可是唯恐损害了论文的斯文味道,也不想从形而上陡然滑到太具体的形而下)。这是评奖的视盲和写作伦理沦落的相拥跳舞。真正原创的意思应当是在故事里有新"诞生"、新"出现"的。新诞生、新出现的意思中还包括如美国韦勒克和沃伦教授在《文学理论》里说的:"艺术家是否还提醒我们注意我们曾经察觉过但现在却已忘却的事物呢?"王尔德在《意向》一书中提到的惠斯勒发现雾的美学价值,拉斐尔们在从未被人认为美的妇女中找到了美,这些都属于新诞生、新出现。

黑格尔在《哲学史讲演录》导言里说到人的自由时非常有力量地说:"一切知识、学问、科学甚至于行为,除了把内在的潜在的性能加以发挥,并使它客观化其自身以外,就没有别的目的了。"文学、艺术的创作是不是也如此?原创的意思不只是写,还要创,实现潜在可能的最大化。没有新灵感、新发现的创作,严格说根本不是创作。艺术的真正自由是在"新"里的,"新"才有实现的意义。

## 四、文学叙事的克制性

在文学图画书里文学是故事的基础和方向,但它和绘画又是双人舞。美术有自己的颜色和语言,它可以创造性表达对故事的理解,它可以给故事增添文字所没有的叙述和神采。所以,双人舞就不是独舞,文学的叙述不能只顾自己旋转,不能只顾表演自己的叙事式,在文学单独叙述的故事里,叙事方式会是有些作家最钟情的文本求取和特征,它不只有方式意义,而是可以为故事的基本原料创造独特形状和叙说激情、角度、魅力,乃至别的种种未定可能。但是在一本图画书里,它的澎湃和恣意是必然受到限制的。其实在一个真正的给儿童阅读的文学故事里,它也是有限制的,在图画书里,又会有新的限制。佩里·诺德曼在他的《图画语言:儿童图画读物的叙述艺术》里说:"全盘考量所有的因素之后,我们得知图画书是一种精巧和复杂的沟通形式。它的叙事方式奇特……使用不同形式的表达方式,传达不同种类的资讯,由各种元素组合……但是,如果那些元素没有混合为一体的话(就好像其他混合的媒体形式,例如,电影与戏剧),那么当一个人在阅读一本图画书时,就得随时留意不同种类的资讯之间的差异性。"那便无法顺畅、审美、感动地欣赏一个故事,无法目不转睛地看着一条漂亮的河水流去。一个真正的儿童文学作家,接受限制是他具备艺术天分的表示,而不接受限制那就只是"激情"而已。没有一个双人舞、三重奏、大合唱、交响乐是可以不接受限制的,图画书里的文学和美术也是一种各为限制的联合,是各为限制,而不是互为限制,而各为克制也才有可能实现各自在一个具体文本里的表现力,从而实现完美的统一性和整体性。佩里·诺德曼说:"图画书成就的正是罗兰·巴特所说的'较高层次的统合',这种统合把文字和图之间的落差变成愉悦的源泉。"

图画书里的文学叙述不需要炫技。

图画书里文字要减少概述性段落,场景描述也不需要充分,因为画面里已经具备。

不是没有文字比较多的图画书,比如像《开往远方的列车》《小房子》《最想做的事》《最重要的事》《铁丝网上的小花》《奶奶你听,是那天的声音》。佐野洋子的《奶奶你听,是那天的声音》是一本文学、文字趣味很特别的书,她写作文学故事,同时自己用图叙述故事,她不克制文字的尽情和篇幅,她用来自一个人的两种艺术能力跳着自己的图画书舞蹈。

但是绝大多数的图画书文字是简略的。

这里的确存在着另外一个研究题目:《图画书里文字叙述的长短理由》。

（原载《图画书的秘密：中国原创图画书论坛文集》，中国少年儿童出版社2016年版）

# 创意为王

## ——论图画书的艺术品性

朱自强

什么是创意？如果说得简洁通俗一点，就是具有创新性的好点子，好的创意要既出人意料，又在情理之中。

图画书是一种十分独特的艺术形式。在图画书的创作上，创意为王。文学艺术的创造，都需要具有创意。不过，图画书对创意有着特殊而迫切的需求。比如，有些作为文字作品创作的故事，具有一流的审美效果，但是，后来被制作成图画书，却大多不太成功，原因可能就在于原故事在叙事节奏上缺乏图画书特有的创意。再比如，有文字有图画的一本书，如果在文、图之间的关系上是缺乏创意的，它很有可能就被认定为有插画的书。

图画书是结合文学（文字语言）与美术（绘画）这两种不同媒介的艺术，这一方面对图画书的创意提出了特殊的要求，一方面也为图画书的创意提供了更多的空间和更大的可能性。

本文从三个方面来谈图画书的创意。这些创意都非常有效地增强了图画书的艺术表现力，使其更加成为"有意味的形式"。

## 一、文字故事的创意

给儿童阅读、欣赏的图画书创作，文字故事的创意主要包括故事意蕴和叙述方式两个方面。

故事蕴含的创意来源于对生活、对儿童的心理、情感、愿望世界的理解能力。吉恩·蔡恩写文、玛格丽特·布罗伊·格雷厄姆绘图的《好脏的哈利》，写的是一只名叫哈利的不爱洗澡的小狗，有一天，它听到放洗澡水的声音，就叼起洗澡刷子跑到外面，把刷子埋到了后院。它跑到外面，在工地上、马路的天桥上、运煤车上玩儿，把身体弄得越来越脏，结果，它本来是一只有黑斑点的白狗，却变成了一只有白斑点的黑狗。虽然还有很多东西好玩，可哈利开始担心家里人是不是以为它当真离家出走了，而且它累了，肚子也饿了，于是它赶紧往家跑。可是，它回到家，家里人却不认得它了，它拼命表演翻跟头、打滚、装死、唱歌、跳舞的把戏，可是大家还是摇头说：它看起来是有点像哈利，但不是我们家的哈利。哈利没有办法，只好伤心地往院子外边走。可是，它突然停了下来。好的儿童文学作品往往有可预测性的，会遵循生活的逻辑和艺术的逻辑，设计水到渠成的故事情节。我曾在演讲时，讲到这里停下来问听众："哈利这时会做什么？"这时，一定会有听众说出下面的情节："哈利会挖出刷子。"哈利挖出刷子，把刷子叼在嘴里，赶紧跑进浴室，跳进浴缸，叼着刷子蹲在里面，做出请求的样子。这把戏它过去从来没表演过。结局当然是大团圆的，家里人帮哈利洗干净后，认出了这是哈利。哈利摇着尾巴，高兴极了。如果是创意不足的作品，写到这里，可能就会结束了。但是《好脏的哈利》的作者给了故事一个非常有力的收束："回到家里可真好。吃饱以后，哈利在它最喜欢的地方睡着了。它快活地梦见了它玩耍时的情景，虽然把身上弄得很脏。它睡得可香了，一点儿都没觉得它偷偷藏在垫子底下的刷子碍事。"

这个令读者会心微笑的幽默的结尾是有力的，因为它让读者感受到了哈利的成长。哈利还会出去玩，还会把身上弄脏，所以它要把那把刷子好好地收藏起来。有没有这一笔是大不一样的。"人过留踪，雁过留声"。脏狗哈利其实就是一个幼儿，他的生活经验一定会在他的内在精神世界中留有痕迹，留有影响。作家体察幼儿的心理和情感，写出了生活经验给儿童带来的变化。

《我的爸爸叫焦尼》（波·R·汉伯格文、爱娃·艾瑞克松图）在叙述方面与《好脏的哈利》有些不同。它的文字较多，叙述也比较细腻。狄姆的爸爸妈妈离婚了，这一天，爸爸从另一个城市坐着火车，来看狄姆。故事写的就是狄姆和爸爸这一天的相处。爸爸给他买热狗，带他去看电影，吃比萨，到图书馆借书，去咖啡店吃点心，每一次，狄姆都会大声对人说："这是我爸爸，他叫焦尼！""我爸爸要付钱了！""今天我是和爸爸一起来的，他叫焦尼，不过借书的是我，不是爸爸。"最后，狄姆与爸爸在火车站告别。"爸爸抱着我下到了站台，他让我站直，揉了揉眼睛，'再见狄姆，马上还会见面的。妈妈到来之前你在这儿等着别动'，说完，就急急忙忙回到了火车上。""火车开了，看到车厢里的爸爸，爸爸在挥手，我也在使劲儿地挥手，爸爸的手渐渐地小了下去。我一直挥着手，按照爸爸说的那样，一直待在站台上，另一只手拿着从图书馆借来的那本书。'我在冲爸爸挥手，我在送爸爸呢，我的爸爸叫焦尼'，我告诉从我身边经过的一位叔叔说。他看了看我，点了点头。火车很快就不见了，但是从车轨上还传来了轻轻震动的声音。铁轨很长很长，一直通往爸爸住的城市。所以火车一定还会回来吧，载着我最喜欢的爸爸，爸爸叫焦尼。"

我在介绍时，有意漏了一处情节："到了站台上，我对爸爸说，我要在这儿等着妈妈来按我，爸爸看了一下车票：'没事，还有两三分钟呢。'说完，就抱起我上了火车。火车已经坐了好多人，有的人在往行李架上放箱子，有的人在挂大衣，还有一位老爷爷正要脱鞋。爸爸找到自己的座位，突然大声叫道：'大家听一下好吗'，众人都停了下来，回头望着爸爸。脱掉了鞋子的老爷爷也愣住了，就那么穿着袜子站在那里。爸爸伸出一只手，大声地继续说：'这个孩子，是我的儿子，最好的儿子，他叫狄姆。'"

这本书，如果没有上面这一段情节，当然也是完整的、感人的作品。但是，有了这一段，就成了感人至深的作品。这本图画书，我在上课的时候给学生讲，每次读到这段文字，都担心会哽咽，会念不下去。

图画书在故事内涵上的创意，来自深入地体会、理解儿童的心理、情感和愿望的能力。如果我们把这段文字看作是好的创意，它显然就是来自这一能力。故事在前面，反复让狄姆说着同一句话，"这是我爸爸，他叫焦尼"，也就是说，一直都是狄姆在表达着对爸爸的情感。对此，如果爸爸焦尼不做车厢里的回应，狄姆会感到失望吧。因此，爸爸在火车里对众人说的"这个孩子，是我的儿子，最好的儿子，他叫狄姆"这句话极为重要。这是对狄姆的爱的深切回应，这是父亲内心情感的强烈表达，它让读者感受到焦尼是一个深爱孩子的父亲，他深知身边没有父亲的幼儿，内心的那种孤独、失落，甚至还有自卑。这个故事的文字作者，深切地体会到了笔下人物的内心最微妙的那种情感，并以独特的方式成功地表现了这种情感，深深触动了读者的心灵。

获第一届丰子恺儿童图画书奖首奖的《团圆》(余丽琼文、朱成梁图)也是一部感人至深的作品。2011年,丰子恺儿童图画书奖组委会曾经和"亲近母语"组织合办了一场研讨会,在研讨会上,一位老师给小学四年级学生上语文阅读观摩课,讲的就是《团圆》。在分析作品的主题、情感的时候,起来发言的孩子流下泪来,有点泣不成声,下面的成人听众也有人流下泪来。这个非常感人的故事的内核是什么? 就是那枚硬币。在作品里边叫"好运硬币"。这本图画书被引进日本时,翻译成《春节——中国的新年》。以这一题名在日本翻译出版,我很理解。不过,如果给这本图画书重新起一个名字,《好运硬币》是可以考虑的一个题目。因为"好运硬币",将团圆、亲情联系在一起,将传统和现代、城市和乡镇、父母和孩子、丈夫和妻子、父亲和女儿,非常紧密地联系在了一起。图画书从封面到封底,都要用绘画讲故事。在《团圆》的封底,传达最重要的信息的还是这枚"好运硬币"。这个创意故事的作者余丽琼,在演讲中也说这个故事在前边写了许多稿,直到想到了这枚"好运硬币",她才觉得故事一下子亮了起来。

图画书在故事的叙事方式方面,也是需要有创意性的。图画书的故事在叙述性方面具有特殊的节奏。有一些经典的、优秀的儿童文学作品,比如,新美南吉的《小狐狸买手套》《狐狸阿权》等,它们最初仅是作为文字故事发表的,但后来被做成了图画书。我感到,作为图画书来看,其故事在叙事的节奏方面,创意性是有不足的。这主要表现在,故事的叙事没有体现出通过翻页来营造戏剧性变化这一图画书所特有的重要特质。而很多典型的图画书,则会在叙述故事的时候,把握比较特殊的一种节奏,而这种节奏就有利于通过翻页来营造戏剧性的变化。

雷米·查利普撰文、绘画的《幸运的内德》的文字故事是,"一天,内德收到了一封信,信里说:'欢迎你参加惊喜派对!'啊,真幸运! 可是真倒霉! 派对在遥远的佛罗里达举行,内德却住在纽约。真幸运! 一个朋友借给他一架飞机。真倒霉! 发动机爆炸了! 真幸运! 飞机上有个降落伞! 真倒霉! 降落伞上有个窟窿! 真幸运! 地上有软软的干草堆。真倒霉! 干草堆上有把叉子。真幸运! 内德没落到叉子上。真倒霉! 他也没落到草堆上……"故事就用这样简洁的文字,以场景快速转换的节奏讲下去,最后,内德为逃避老虎,掉进洞里,他拼命用鹤嘴锄挖洞,挖出地面时,来到了一个古怪的舞厅。"真幸运! 惊喜派对就是在这里举办。更幸运的是,这场派对是为内德举行的。因为,今天是他的生日。啊,真幸运!"

这本图画书的文字故事的叙事方式是专属图画书的。如果没有画面,只有文字,故事就没有现在这么富于情趣和魅力。这个故事的每句之间,都包含着冰火两重天的戏剧性变化,而绘画在形象地表现这些戏剧性变化时,通过"内容"的拉长,舒缓、调和了叙事语言的那种紧张的节奏,把读者的心理猜测活动加了进去,形成了引人入胜的阅读效果。

有很多有趣的图画书采用了《幸运的内德》的这种快速转换的叙事节奏,比如《我们的妈妈在哪里?》(黛安·古迪文、图)、《小老鼠的背心》(中江嘉男文、上野纪子图)等。有相当数量的图画书,虽然节奏上没有《幸运的内德》转换得这么快,但是也和《幸运的内德》一样,保持着叙事节奏的匀齐性。比如,《你知道哪个是我吗?》(卡拉·卡丝金文、图)、《我的连衣裙》(西卷茅子文、图)、《莎莉,离水远一点》(伯宁罕文、图),等等,可以说举不胜举。如果考虑将文字故事改编成图画书,就应该考虑故事的叙事是否具有较为匀齐的节奏。《萝卜回来了》之所以特别适合画成图画书,就是因为文字故事多变的内容具有匀齐的叙事节奏。《小蝌蚪找妈妈》如果做少字化的处理,就比较适合画成图画书,也是因为故事的开展既有四次的反复，又有十分匀齐的节奏。它的这一节奏与伯宁罕的《迟到大王》是有些相似的。

## 二、美术设计方面的创意

美国的芭芭拉·贝德给图画书下的定义里，有一句话："图画书是文本，是图画，是综合性美术设计。"①"综合性美术设计"这一说法揭示了图画书的绘画的本性。图画书的"综合性美术设计"，包括视觉、造型、色彩、构图、媒材等方面的设计。对图画书创作来说，绘画的美术设计的创意极为重要。

首先看图画书视觉表现上的创意。在视觉创意方面，我读过的图画书中，最为典型，也最令人惊叹的是五味太郎的《小牛的春天》（猿渡静子译，南海出版公司）。第一页的文字是"春天来了。"画面是一只白色的小牛犊，它的头上方飞舞着一只蝴蝶。第二页，文字："雪融化了。"画面：小牛的头顶、肩背变成了黑色。第三页，文字："泥土露出了脸。"画面：小牛头顶、肩背上的黑色在扩大。第四页，文字："草儿冒出了嫩芽。"画面：小牛头顶、肩背的黑色（泥土）上，生长出一片嫩芽。接下来每页的文字是："花开了"，"草儿长得很茂盛"，"风儿吹过"，"暴风雨来了"，"很安静"，"下雪了"，"雪花铺满地"，"到处白茫茫"，"春天又要来了"，"雪融化了——"。请注意，这里使用了破折号，引导着读者猜测后面的结果。我在讲述这本图画书时，讲到这里，会停下来，问听众：接下来会怎么写？我所听到的回答，基本都是"春天来了"。这当然是一个很符合故事逻辑的处理，但是，这样结尾，就缺乏独特性的创意。五味太郎的处理是，承接"雪融化了——"，文字是"小牛的角长出了一点点"，画面是，小牛（与第一幅相比）长大了一些，头上生出了两只小犄角。我认为，不是"春天来了"，而是"小牛的角长出了一点点"，这是画龙点睛之笔。《小牛的春天》的文字，在此之前，都是对大自然一年四季的表现，而绘画中，小牛则隐现于大自然四季变换的景色之中。结尾的"小牛的角长出了一点点"（相比较，我更喜欢台湾上谊版吴宜真翻译的"牛儿长大了"这一句），将小牛和大自然这两条叙事线索，融汇在一起，点出了成长这一主题。五味太郎用视觉构成了意象联想，通过意象合成，表现深刻主题，就是说，他有如神助般地将小牛长出黑肩背与大地融雪这两个视觉形象升华为一个深邃的意象——小牛的成长是在大自然中的成长。苏霍姆林斯基说："自然界中包容着对儿童来说通俗易懂却又纷繁的事件、物体、现象和因果关系、规律性。这些信息是无可替代的，因为它们易于为儿童接受，它们正是儿童所能进入的世界，它们也正是儿童观念、概念、思想、概括和判断的直接来源。换句话说，大自然乃是'儿童思想'的发源地。"②如果我们再联系五味太郎的《我是大象》的结尾，不能不说，他是一位深谙儿童成长本质的作家。五味太郎因洞察了儿童成长的本质，而发现了小牛的黑肩背和大地雪融这两个视觉形象的相通？还是因为发现了小牛的黑肩背和大地雪融这两个视觉形象的相通，才揭示出了儿童成长的本质？对此，我们不得而知，但有一点是肯定的，为儿童创作的人，其艺术所能达到的高度，从一个方面而言，取决于他的人生智慧的高度。

在造型的创意方面，马场登的系列图画书《十一只猫》是很有特色的作品。他设计的这十一只猫的形象非常生动、有趣，它们有各种各样的神色、表情。我说的这"各种各样"，不是指每一只猫之间是"各种各样"，而是这是十一只猫一起做出"各种各样"的神色、表情。按通常的形象设计，当然会每一只猫的长相都不一样。但是，马场登笔下的这十一只猫，却几乎一模一样。它们不仅长相一样，行动也都非常一致。比如，《十一只猫进袋子》写十一只猫去郊游，看到一片花田，花田旁边立着一块牌子，上面写着，"禁止摘花"，可是那十只猫都要去摘花，猫队长就说了："不行，不许摘！"可是到最后，它也摘了花戴在头上。我的解释是，这十一只猫，其实就是一只猫，马场登通过这样的设计，来表现幼儿所共通的自我中心主义这一心理特征。这样的主题表现是极难处理的。一个孩子要成长，就要从自我中心主义中摆脱出来，但是你还不能教训他，比如用像"孔融让梨"那样的故事教训他，而是要给予有智慧的、适时的引导。马场登做得非常好，他很耐心地等待，让十一只猫（幼儿）通过经验的积累（而不是通过教训）来汲取"教训"，从而获得走出自我中心的可能。

《小乔逃跑了》（杰克·肯特文、图）也是表现儿童成长的优秀图画书。它紧紧围绕袋鼠妈妈的育儿袋来发展故事。对这个育儿袋，画家采用了超自然的设计，充满了幽默感和想象力。袋鼠妈妈在育儿袋里找小乔，从里面扔出了许多玩具，甚至还有床和柜子。小乔离家出走以后，很多人要租这个房间，前来看房间、试房间的竟然是棕熊、大象、老牛和长颈鹿。

我们再来看色彩方面的创意设计。《看得见的歌》是艾瑞·卡尔的一本图画书。这本图画书在色彩创意上，运用了艺术创作中的通感修辞手法，即将听觉符号转换为视觉符号。一个小提琴演奏家刚走上舞台时，身体是黑色的，可是当他的小提琴拉出彩色的音符后，一切都发生了变化。演奏结束时，小提琴家已经是通体彩色。艾瑞·卡尔用色彩，把看不见的歌变成了"看得见的歌"，独特地表达了他对音乐、对艺术的本质的认识，发人深思。这种色彩表现上的创意，比文字语言的表达，更具有直觉的影响力。

下面我们谈一谈图画书在构图方面的创意。还有其他的角度可以来论述这一问题，我主要围绕隐喻性这一点来谈。图画的隐喻性表现，对图画书来说十分重要。图画书的图像与影视（包括动画片）的图像，是两种不同性质的图像。特别是在隐喻性这一点上，图画书的绘画完全拉开了它和影视图像的距离。关于图画书绘画构图的隐喻性，我主要结合安东尼·布朗的《大猩猩》来探讨。

我们首先可以思考一个问题：在这个故事里，大猩猩和爸爸是什么关系？第一个对开的页面里，文字故事写道："安娜喜欢大猩猩，她看有大猩猩的书，看有大猩猩的电视，还画了许多大猩猩。但是，她从来没有见过一只真正的大猩猩。"因为"她爸爸没时间带她去动物园看大猩猩。请他做什么，他都没时间"。对这样的文字内容，画家该如何构图来表现？安东尼·布朗为我们呈现的是安娜和爸爸在厨房里吃早餐的画面。爸爸正在看报，画家为了让读者看到爸爸那张愁苦的脸，采用了俯视的视角。这个角度是有深意的：从安娜的视线望去，她看到的只是一张报纸。画家用一张报纸暗示着安娜和爸爸精神隔绝的状态。除了这样一个视角的设计，厨房的地板、墙壁、手巾、托盘、小罐，个个都是设计成了方块的，也可以说是网状的，甚至也可以说就是后面在动物园里出现的笼子的栅栏。而看到那些笼子里的"好像都不快乐"的猿猴、猩猩，读者可能会回想起身处网状厨房里的爸爸愁苦的表情。

"爸爸从来不陪安娜做什么"——安东尼·布朗用什么样的构图来表现安娜的这种生活状态呢？画面：安娜在看电视，电视的光笼罩着安娜。画家用房间里只摆一台电视这样的画面暗示安娜情感上的孤独，而陪伴安娜的是电视机发出来的冷光。作品后来的绘画构图会告诉我们，安娜不需要这种光，她需要的是另外一种光。后来，爸爸给安娜买了一个大猩猩玩具，作为生日礼物。夜里，玩具大猩猩变成真的大猩猩，带安娜去了动物园,看那些大猩猩,还带安娜看电影、吃东西、跳舞。"安娜从来没这么高兴过。"第二天早上,爸爸对安娜说:"乖女儿,生日快乐! 你想不想去动物园玩玩。"这时的爸爸穿着红色毛衣(红色象征着热情),穿着牛仔裤(象征着活力),最重要的是,裤子口袋里揣着一根香蕉(在前面,大猩猩吃了一整盘子香蕉)。安东尼·布朗显然是想通过这样的信息,让读者把爸爸和大猩猩联系在一起。安娜也有觉察,她"看着爸爸,好像想起了什么"。最后一幅画面:安娜左手牵着爸爸,右手提着大猩猩玩具。最后一句话:"安娜好快乐。"

这显然是一个大团圆的光明结局。但是,安东尼·布朗用精心构思的画面,强化了这一光明结局,深化了作品的意涵。在爸爸手抱安娜的肩膀,祝女儿生日快乐那幅画里,有一个十分重要的信息——墙上挂着安娜画的一幅画。一座小房子,旁边有一棵树,另一边站着一个女孩和一个男人(当然是安娜和爸爸),最重要的是,他们的头顶有一颗光芒四射的太阳! 这幅很多孩子都曾画过的图画,表现的是儿童的心理原型——渴望充满温暖和光明的家。我们前面说过,安娜不需要电视机的冷光,而是需要太阳的暖光,而这"太阳"的光明只能来自她的爸爸。在最后一幅画面里,我们能感受到,安娜得到了爸爸的关爱,因为地上的身影告诉读者,她和爸爸正朝着太阳走去。

现在,我们来回答前面提出的问题:在这个故事里,大猩猩和爸爸是什么关系? 在最初,安娜将渴望得到爸爸的爱这一愿望,投射在了大猩猩的身上。这种幻想中的满足,虽然也给安娜带来了快乐,但并不是真实的、真正的被爱的满足。尽管大猩猩穿着爸爸的衣服,但是,安娜依然走在路灯的冷光里。这幅画与最后一幅画形成了一种意味深长的对比。最后一幅画,安东尼·布朗为什么要让安娜手里拿着大猩猩玩具? 安东尼·布朗是想说,这个时候,安娜已经不需要用大猩猩来代替想象中的爸爸了,她只需要一个大猩猩玩具。她以前要那个大猩猩其实是要关怀她的爸爸回来。而现在,爸爸回来了,带着她走进明媚、温暖的阳光之中。她已经不需要大猩猩作为父爱的代偿物了,大猩猩变回了普通的玩具。

图画书的创作需要作家有认识、把握人生的能力。人生是一件非常难的事情。作家面对儿童读者阐释人生也是很难的事情。安东尼·布朗在这方面是有超群的智慧和能力的。

约翰·伯宁罕的画技并不出色,可是,他能成为图画书的经典作家,主要依靠有效传达思想的创意性设计。《迟到大王》里的男孩名字出奇地长:约翰·派克罗门麦肯席。这个名字是伯宁罕有意设计的,以讽刺学校教育的一本正经。小男孩约翰·派克罗门麦肯席去上学。第一天他遇到了鳄鱼,为了抢回书包,他把自己的手套扔到空中,鳄鱼去叼手套,他把书包抢了回来,结果害他迟到了。老师说:"你怎么迟到? 为什么还把手套弄丢了一只? ""这附近下水道里有鳄鱼。""下课后你给我留下来,罚写三百遍'我不可以说有鳄鱼的谎,也不可以把手套弄丢。'"于是,约翰·派克罗门麦肯席被留下来,照老师说的写三百遍。第二天上学,他遇到了一只狮子,裤子被咬破,第三天,小河里突然来了巨浪,差点把他冲走,他迟到了,当然也都受到了老师的处罚。最后一次,男孩到学校去上课,什么事也没发生,却看到老师被一只大猩猩抓到了教室的屋顶上。老师说:"约翰·派克罗门麦肯席, 我被一只毛茸茸的大猩猩抓到屋顶上来了。你快想办法救我下去。""老师,这附近哪里会有什么毛茸茸的大猩猩? "这时,曾经说"你再说谎,我就要用棍子打你了"的老师,手里的文明棍砰然落地。

伯宁罕是英国自由教育学校夏山学校的毕业生。《迟到大王》是一本伯宁罕发扬夏

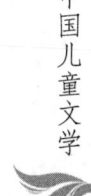

山传统并证明自己夏山身份的图画书。这本书用许多富于内涵的绘画设计，对以戴着博士帽的老师为代表的僵化、强制的教育者进行了批判和嘲讽。这里，我请读者注意前后环衬。老师惩罚"说谎"的男孩写三百遍"不可以说有鳄鱼的谎，不可以把手套弄丢"。伯宁罕把男孩写的这句话设计成了前后环衬。这个设计里就有一个奇妙的创意。当男孩把这句话写到第九遍时，"弄丢"已经变成了"弄去"。我认为，伯宁罕在以此揭露、嘲讽"博士帽"的这种教育的无效性。写三百遍？写五百遍都没有用，写得越多越没用。这也是对我们当下的应试教育的反教育、反学习性质的嘲讽。毫无疑问，这样的创意性设计，有力地提升了作品的艺术表达力量。

《森林大熊》（约克·史坦那文、约克·米勒图）正文的最后那幅绘画，对故事整体含义具有象征性寓意。从洞口前的那行脚印，我们知道了眼看要遗忘自己冬眠本性的大熊，终于回到了洞里。但是，它在走进去之前，做了一件重要的事情，它把束缚它的衣服脱下来，扔在了地上。可不可以把衣服（还有挖土机、生产线）看作人类文明的象征，把大熊的行为看作是对文明造成的异化的一种反抗？如果再联想约克·米勒的《挖土机年年作响——乡村变了》，这种感觉会不会变得更加强烈？

此外，大卫·香农的《大卫，不可以》中的大卫带着大块的泥巴，从外边疯玩归来，他身上的泥巴、掉在客厅里的泥巴都生长出了小草。我觉得，香农是支持小孩子的这种游戏、淘气的生活方式的，他画这样的画，很可能表现了他的思想，即这种生活是对大卫的成长具有滋养作用的珍贵养料。

图画书经典《100万只猫》（婉达·盖格文、图）的最后一页画是老先生夫妇满足地坐在温暖的灯下，一只小猫（注意：只是一只）在快乐地与线团嬉戏，就在他们身后的墙上，挂着老夫妇年轻时的结婚照，大大的结婚照。这也是一幅"示意"性图画。我认为，它隐喻着老夫妇的婚姻和爱情一路走来，最后有这样美满的结局，是因为两个人只保留了100万只猫中的一只"喂养"。这是一个富有哲学意味的故事。同样是夫妻照，在《苍蝇》（卡思腾·梅尔汀著）一书里却有着不同的寓意。那从镜框中脱落的照片，隐喻着这个孤独的男人的生活发生了倾斜和疏离。

意大利的布鲁诺·姆纳瑞的《雾里的马戏团》在媒材的使用方面颇具创意，也可以说它是一种通过媒材来设置"机关"的图画书。姆纳瑞使用几张半透明的透写纸装订在前后两页画之间。每翻过一页透写纸，汽车走过的场景逐渐变得模糊，而前面将要走到的场景则逐渐变得清晰起来，因此造成了汽车在雾中行驶的独特效果。

图画书在艺术发展的过程中，一些美术设计出身的画家发挥了重要的作用，他们富于创意的"设计"，拓展了图画书的艺术表现领域，有力地提升了图画书的艺术表现力。像姆纳瑞，还有前面讲到的五味太郎，都是美术设计专业出身。

## 三、文字与绘画关系方面的创意

松居直说："绘本不是让孩子自己阅读的书。绘本是大人读给孩子听的书。"[③]为什么呢？松居直解释说："绘本在自己阅读时，语言和绘画之间怎么着也有一道沟壑。因为会出现时间的落差，所以很难将二者融为一体。但是，别人读给自己听的时候，当场就能将二者合一。于是，孩子在心里看见了活生生的故事的世界，看到了真正的绘本的世界。绘本中被印刷出来的画是静止的，可是孩子在心里看到的绘本的画在生动地活动着。用耳朵听来的语言，不断地使画活动起来，形成更为广阔的世界。孩子就是这样来体验绘本,体验着自己创作出的绘本的故事世界。这种体验实际上触及了绘本的本质。"④松居直的这些话对创作者具有重要的启发意义,因为它触及了图画书的一个方面的本质——对年幼的儿童的接受来说,图画书是一种视、听觉融为一体的艺术。

正因为在接受时,读者的视、听觉融合在一起,图画书的文、图之间就更需要形成紧密、和谐、相互生成的关系。鸟越信说,文图都是一个人完成的图画书作家和固定成一个不变搭档的作家、画家创作的图画书产生了最多的经典、优秀之作。原因恐怕在于,这样的创作方式,最可能使图画书的文字和绘画之间,互留空间,互为介绍,互为激活。在这种文图互动关系中,有了生成创意的最大可能性。

佩特·哈群斯的《母鸡萝丝去散步》在文、图的关系上,体现出独特的创意性。文字语言讲述了一个可以独立的故事:"母鸡萝丝出门去散步。她走过院子,绕过池塘,越过干草堆,经过磨坊,穿过篱笆,钻过蜜蜂房,按时回到家吃晚饭。"但是,阅读这本图画书的图,会明显看出,简练的文字语言讲述的并不是图画书所显示的完整的故事。比如,图画显示的是,母鸡萝丝走过院子时,她的身边有一个钉耙,当狐狸扑向她时,她已经走开,狐狸扑到了钉耙齿子上,被翘起的钉耙把打中了脑袋。接下来狐狸因为扑空,发生了一系列倒霉的事情:掉进池塘;扑进干草堆;被磨坊的面粉埋起来;跳进篱笆墙里的四轮车,沿山坡而下,撞倒了蜂房,被蜜蜂追赶,落荒而逃。加拿大儿童文学研究者诺德曼说,图画书有三个故事——文字提供的故事、绘画提供的故事、文字和绘画加在一起提供的第三个故事。《母鸡萝丝去散步》使诺德曼的观点令人信服。阅读这本幽默而有意蕴的图画故事,读者一定会参与到作品之中,在与作品的文、图进行对话、互动之后,在心里建构出一个新的故事,第三个故事。

童嘉的《图书馆的秘密》也是在文、图关系上具有独特创意的作品。在扉页画上,一个红衣女孩在书架丛中探头查看。在第一个对开的页面上,左右分列两幅画:左图是红衣女孩在开门查看,右图是红衣女孩边从书架上取一本红色的书,边回头查看,而在不显眼的右下角,一只绿色的手在拿一本红色的书。在左图下面的文字是:"在图书馆打工的第三天晚上,我一直听到奇怪的声音。图书馆早就关门了,这个时候还会有谁呢?"第二个对开的页面只画了一幅图,中心部位画的是红衣女孩在探头张望,不显眼的右下角的书架之间,露出一只穿绿色鞋子的脚;文字是:"我四处查看了一下。"第三个对开的页面也只画了一幅图:红衣女孩在上楼梯;文字是:"可是,楼上楼下,我都仔细找过了,什么也没找到。"这个"我"是谁?读者当然要从画面给出的信息来判断。从扉页画到前四幅画,画面中"四处查看"的人显然是红衣女孩。细心的读者会从第二至第四幅画里,发现"绿人"的手、脚和头部,但是,按照画面给出的"主"信息和以往的阅读经验,一般会认为"我"是红衣女孩而不是"绿人"。从第五幅图开始,呈现红衣女孩和"绿人"的信息几乎是对等的。但是,由于前面形成的判断的定势和惯性,一般的读者恐怕还会认为"绿人"是被查找的对象。直到一声"终于被我抓到了!"读者才恍然大悟,原来这个"我"是"绿人",被抓住的恰恰是红衣女孩。

《图书馆的秘密》的创意在于,作家一开始设计了相反走向的文字和绘画,即文字给出的信息方向与绘画给出的信息方向是相反的,绘画信息把读者引到偏离文字信息的"歧路"上去,成功地"欺骗"了读者。正是因为有这种"欺骗",才造成了出人意料的艺术效果,大大增添了阅读的乐趣。需要特别指出的是,这个"出人意料"的形式设计是指向"出人意料"的主题的:人类已经不再读书,人类遗弃的图书馆已经由动物们接管……

与《图书馆的秘密》相似，《莎莉，离水远一点》（伯宁罕文、图）的文字与绘画也是一种错位的关系。不过伯宁罕设计的这种错位，不是一种"欺骗"，而是文字和绘画自说自话。莎莉和妈妈、爸爸去海边（旁边跟着一只不认识的小狗）。妈妈说："莎莉，水太冷了，不适合游泳。"妈妈、爸爸摆好躺椅，而莎莉因为"水太冷了"，只好在水边玩。除了第一幅和最后一幅图，伯宁罕都是在对开的页面上，左右各画一幅图来展开叙事。这种看似单调的绘画布局，其实是一种便于进行错位对比的刻意安排。比如，第二个对开页面，左图上，坐在躺椅上的妈妈对莎莉说："你怎么不过去和那些孩子玩呢？"在右图上，莎莉带着小狗，划着小船驶向了海面。第三个对开页面，左图上织毛衣的妈妈对莎莉说："你可不可以小心一点，不要把新鞋子弄脏。"而右图上，划着小船的莎莉遇到了海盗船。接下来，右图画的是：莎莉和小狗被抓到了海盗船上（左图文字："莎莉，不要打那只狗，它可能是一只野狗。"）；莎莉和小狗一起与海盗们搏斗（"你到底要不要喝东西？莎莉，这是我第三次问你，也是我最后一次问你了。"）；莎莉和小狗跳进大海，莎莉拿着海盗旗，小狗叼着藏宝图（"小心！你在那边丢石头，会打到别人的。"）；莎莉和小狗乘着张起海盗旗风帆的小船，按照藏宝图去寻宝（"你该不会是想把那些难闻的海草带回家吧！莎莉？"）；莎莉在小岛上挖出了藏宝箱（"等爸爸睡醒了，他就会陪你玩。"）；藏宝箱里满是金银财宝（"我们该回家了。"）；莎莉戴着皇冠、小狗戴着项链返航（"天啊！你看现在几点了？不快一点走，天就要黑了！"）。最后一页画的是妈妈、爸爸和莎莉离开沙滩回家去。这一页没有文字，但是从被妈妈拽着走的莎莉向后挣的姿态那儿，我们分明听到了莎莉不满的声音："我还没和那只小狗玩够呢！"

《莎莉，离水远一点》通过文字与绘画的错位，为读者呈现了两个情境：一个是左图上妈妈的话语所透露的莎莉（有时还包括小狗）的现实处境（比如扔石头、捞海草），一个则是右图表现的莎莉和小狗身处的幻想情境，这个幻想情境当然是莎莉的内心生活——去海上冒险、寻宝。伯宁罕是一个热衷于探寻儿童内心隐秘生活的作家，也是常常将成人世界与儿童世界进行对比的作家。在这本图画书中，由于他对文字与绘画的错位式设计，耐人寻味地呈现了大人与孩子的两个不同的世界。

英国艺术家克莱夫·贝尔在《艺术》一书中提出了"有意味的形式"一说："在各个不同的作品中，线条色彩以某种特殊方式组成某种形式或形式的关系，激发我们的审美感情。这种线、色的关系和组合、这些审美的感人的形式，我视之为有意味的形式。有意味的形式就是一切艺术的共同本质。"

对于图画书这门艺术，"有意味的形式"这一观点尤为重要。图画书因为其艺术形式的独特性，是更为典型的"有意味的形式"。本文结合具体作品，采用文本细读的方式，通过形式分析，阐释了体现在作品中的"创意"，上述所有这些"创意"都非常有力地使作品成了"有意味的形式"。

[注释]

①[日]鸟越信编：《日本绘本史（第 3 卷）》，密涅瓦书房 2002 年版。

②[苏]苏霍姆林斯基：《学校与大自然》，教育科学出版社 2001 年版。

③[日]河合隼雄、松居直、柳田邦男：《绘本之力》，朱自强译，贵州人民出版社 2011 年版。

④[日]河合隼雄、松居直、柳田邦男：《绘本之力》，朱自强译，贵州人民出版社 2011 年版。

（原载《中国儿童文化》2013 年第 6 期）

# 突围与束缚:中国本土图画书的民族化道路

谈凤霞

　　本土图画书创作对民族化的倡导,主要源于对民族文化身份认同的焦虑。在"全球化"趋势日益强劲的当今时代,张扬本国文化是用来抵御外来文化入侵并秉持自身特色的一条途径。当来势汹汹的外国图画书为中国孩子打开了精彩纷呈的世界图画书之"门",深感焦虑的中国本土艺术家力争要为中国孩子打造出一扇民族图画书之"窗"。旗帜尤为鲜明的是熊亮、熊磊兄弟,他们明确提出了自己的创作理念——"绘本中国","要给予我们的孩子一个'可记忆的中国'"。他们倡导并实践"民族风"图画书,不仅出自对中华民族文化深深的责任感,而且也源于满满的文化自信心。熊亮等从 2005 年至今一直自觉地在摸索和开拓本土图画书的民族化道路,硕果累累但也难免问题隐隐。本文立足于世界图画书视域,将熊亮等的创作实践作为主要对象,来考察中国本土图画书突围之路的成败得失。

## 一、"民族风"图画书的多维探索

　　图画书是由图画和文字有机构成的艺术,熊亮等创作民族风图画书也从文字内容和图画表现双管齐下,侧重于传统和本土性的"文化记忆"。由此出发,先后有了实践这一主张的《绘本中国》《情韵中国》《野孩子》系列等图画书。

　　《绘本中国》(明天出版社,2007)包括七册:《小石狮》《泥将军》《年》《兔儿爷》《灶王爷》《家树》《屠龙族》,主要是熊磊文、熊亮等图。这个系列选择了具有特定文化底蕴的民间意象为题材,并从中国古代诗性文化里发现了创作童话的奥妙即"万物有情"。熊亮在创作时将任何东西都想象成有灵性的生命,将"人的关怀"倾注于民间和传统题材之中,传达蕴于文化中的人情与人性。该系列中的第一本《小石狮》是散发着浓浓乡愁的意蕴深远之作,故事以小石狮的自述展开。小石狮见证了小镇里所有的事,眷顾着一代代人,也凝聚着一代代人的回忆。《小石狮》可以看作是中国版的《爱心树》(美国 Shel Silverstein)和《亲爱的小鱼》(法国 Andre Dahan),三者都素朴地表现了"爱与惦念"的动人情愫。但《小石狮》的故事性明显不如后二者强,它更像一首诗,简单而余味无穷,其浓郁的抒情性体现了中国古典文学的抒情传统。虽然小石狮的形象不无西方卡通味道,但绘画中淡雅的墨色和苍茫的意境则显示了国画的写意风格。《小石狮》作为"民族风"图画书的开山之作,书中不少意象都具有象征意义。封面图画是小女孩提着灯笼走向小石狮的温馨而欢快的情形,小石狮代表着"家",灯笼象征着民族风图画书能温暖和照亮中国孩子的心田、给予他们"可记忆的中国"。其他作品如《兔儿爷》《灶王爷》《泥将军》《年》也都以传统民俗意象为中心,都被赋予了现代的人文内涵。《家树》和《屠龙族》则是关于中国人小"家"和大"家"的"追根"之作,后者乃是由家族到民族甚至人类的延伸。"龙"是中华民族的图腾,"屠龙"这一题材在欧洲有很多,但立足于本土文化的创作者演绎了一

段新的传奇。故事讲述屠龙族的后代去找龙、屠龙，结尾却发生戏剧性变化："经过那么久的寻找，屠龙族的孩子，现在变成了最热爱龙的民族了！"作者将本民族传说和人类文明史相结合，使传统元素与现代意识相交汇，既体现了独特的民族性，也体现了超越民族性之上的人类性。绘画方面主要运用中国式的人物形象等文化图像，在画面构成的叙事节奏和格调上则借鉴了西方的明快性和由夸张笔法带来的幽默性。

"绘本中国"的名称体现了弘扬民族特色、力争让中国图画书自成一派的信心。此系列绘本的宣传语是"绘本中国，带我们回家"。"回家"一词道出了这套民族风绘本给国人带来的精神寄寓和情感归依，这个"家"是民族文化、民族艺术、民族风情以及乡村和童年记忆的寓所。该系列图画书的封面上均有两个印章——这是区别于西方图画书的中国标记，中国传统绘画向来讲究融诗歌、书法、绘画、印章于一体。其中一个印章刻的是本系列的名称"绘本中国"，另一个印章是各本书的英文题目，分别代表了秉持中国气派和走向世界的意向。《绘本中国》系列在国内首版短期内就销售一空，并且还在国外卖出了版权，这标志着民族风图画书在外国图画书称霸市场的重围中已经开始了成功的突围，也开始了向世界图画书高地的挺进，成为中国大陆本土原创图画书发展中的一个里程碑。

从"绘本中国"起步之后，熊亮在民族化道路上继续孜孜以求。为了做出有中国文化和美学意蕴的绘本，他不仅研究中国的壁画、剪纸、木雕、泥塑、版画、皮影、京剧脸谱、年画、水墨等传统艺术，而且更注重活生生的中国文化，亲赴实地去感受中国文化是怎样鲜活地存在于日常生活之中。于是，就有了此后的《情韵中国》系列六册（连环画出版社，2008）和《野孩子》系列六册（连环画出版社，2009）。"情韵中国"包括《京剧猫之长坂坡》《京剧猫之武松打虎》《苏武牧羊》《荷花回来了》《我的小马》《纸马》等。此系列更侧重于中国传统艺术（尤其是京剧）的情韵表现，绘画风格上也有了脱胎换骨的变化，更为"中国化"。熊亮有意识地在技术、情感、表现方式上尝试"中国特色"的图画书，认为如果做出和西方一样的图画书，意义不大。《京剧猫之武松打虎》中，熊亮巧妙地将京剧脸谱与猫本身的花纹相结合，但其功力并非仅止于此有趣的"貌似"，他还大胆地把音乐、叙事、绘画糅合在一起，尝试画出京剧艺术独特的节奏感。熊亮把他对传统文化的理解，赋予各种有趣的形象和故事，有意识地应用中国元素，把原创性和本土性发挥得淋漓尽致，展现了传统艺术的情韵之美。"野孩子"系列包括《看不见的马》《一园青菜成了精》《蛐蛐与蝈蝈》《我的理想》《我们要第一》《什么猫都有用》，相比此前作品，突出了草根民间意味，更关注"孩子气"。这一系列讲述的都是轻快有趣的故事，因而显得更加率真、更加鲜活，有些还不乏讽刺意味，如《我们要第一》等。在绘画上依然采用简洁的国画笔法，但不再一味讲究意境深远，而更多地追求活泼生动。此系列中，《我的理想》较为独特，文字直接来自一名乡村小学生的作文。为了与原汁原味的文字内容相匹配，熊亮在绘画上也用了一些"原始"材料——平常他和女儿收集的各种小石头，在石头上画人脸作形象，以此绘了一本图画书，使得浑朴的乡野气息扑面而来。"野孩子"系列用孩子们熟悉的自然元素来演绎简单的故事，显现着一种平易朴素的民族风，于孩子更有亲和力。

近期，熊亮又先后出版了《中国原创图画书系列》（贵州人民出版社，2011）和《梅雨怪》《金刚师》（三联绘本馆，2011）。"中国原创图画书系列"主要是文字、传统节日故事和两本"京剧猫"，比之以往作品，没有实质的突破。而后二者则是作者的"用心之作"，他故意避开西方图画书的设计感，追求独特的叙述技巧。如采用舒缓的平行视角，有意将文字和图画分离，先看文字页后看画面，借助这种翻页法来增加阅读空间，突出"慢"的感觉——而这也正吻合了故事内容所传达的相应的中国传统哲学和美学精神。《金刚师》中不同事物对学习目的的不同理解和最后的化为乌有,显示了佛家"空"的理念。《梅雨怪》中人物对漫长雨季的承受,传达了无怨地忍受一切的宽厚胸怀。即图画形式与文字内容相呼应或相一致,并且能相扩充。《梅雨怪》中采用逐渐叠加的叙事手法,用水墨手法对雨的声、色、形逐层密密描画,画出了一本听得见雨声的书。从最早的《小石狮》到而今的《金刚师》,熊亮对民族风图画书的追求,从起初的中西结合到内容与绘画都愈益中国化,致力于凸现浓郁的中国文化旨趣和美学精神。

高举民族化旗帜的熊亮等以其不倦的艺术实践成为此道路上的领军人物,其创作轨迹显现了中国原创图画书寻求突围的种种探索。其成败得失对所有走民族化道路的中国图画书原创者,甚至对其他国家的同路人都具有普遍的启示意义。因为本土图画书创作选择民族化走向,在印度、伊朗等图画书后发性国家也都存在。

## 二、"民族风"图画书的多重困境

全球化背景中的图画书民族化道路,有其重要的开辟性价值。在本土图画书起步阶段,民族化方向召唤着一种文化复兴,也包含了创新的契机和可能,并有助于本国图画书在国际上的身份建构,是恢复民族艺术传统元气并建立底气的重要开端。本土民族化图画书力求彰显"中国风格"①。加拿大学者佩里·诺德曼指出图画书的"风格"是其"全部艺术因素即色彩、线条、造型和文本的结合性体现"。本土创作者发掘并呈现多种多样的"中国元素",从内容和艺术等方面着力,使其相得益彰,构筑"中国印象",其目的在于让中国孩子感受到本民族文化艺术的魅力,寻找民族文化的身份认同,树立民族自信心和自豪感,为他们打开一扇"看自己"的窗。中国风图画书也以其独特的民族风貌吸引外国孩子去了解中国文化与情韵,为他们打开一扇"看中国"的窗。民族化追求是一种"差异化"追求,是对文化"全球化""同一化"的一种抗争与突围。民族风图画书以其独特的风貌丰富了世界图画书创作,促成"多元化"的艺术生态。然而,这种以鲜明的民族化姿态来进行的"突围",不可避免地会带有局限性,甚至有可能会陷入另一些不自觉的"束缚"之中,遭遇新的困境。

### (一)"重"与"轻":文化与童心的关系

在民族风图画书创作意向中,往往是"文化"大旗当头,"童心"屈居其后。创作者的出发点直接决定其创作的特点和成就,熊亮等倡导"绘本中国"等系列,主要源于深重的文化使命感。这种在文化焦虑中萌发的创作心态,并不是理想的艺术创作心态。理想的创作心态应该是"审美的",即心灵处于纯粹的游戏状态,这是一种无虑无碍、清明畅达的"童心"状态。若将颇有分量的"文化"放在心头,则会造成"游戏"的不自由,即陷入类似于"主题先行"常导致的"有障碍"之境。对于主要给低幼儿童阅读的图画书而言,"童心"更是必需的最理想的始发状态。如倍受孩子喜欢的日本五味太郎的《鳄鱼怕怕,牙医怕怕》、美国莫里斯·桑达克的《野兽国》等图画书,并没有负载深重的民族文化,表现的是具有普遍感召力的童心。文化的表情多为"庄重",往往让孩子们敬而远之;而童心的表情则多为"活泼",必定让孩子们喜而爱之。过于关注民族文化底蕴而忽略了童心快乐的图画书会走偏了道。以传达文化为主旨的系列图画书的集束性轰炸,容易让人产生审美疲劳,而永远能让人保持新鲜感的是这个世界上最玲珑的事物——童心。如果说民族文化是"根",那么童心则是"种子"。"种子"也是"图画书"的一个经典喻象,日本图画书之

父松居直的一本图画书论著就名为《幸福的种子》,他指出:"图画书对幼儿没有任何'用途',不是拿来学习东西的,而是用来感受快乐的。"[②]就直观感受而言,"根"这一喻体形象带来的是"稳重"乃至"笨重"之感,而"种子"这一喻体形象带来的则是"轻盈"甚至"轻灵"之感;"根"往往只是"扎"于一片土地,而"种子"可以随风万里、随处安生。人生之初阅读的图画书,具有"种子"的感觉可能比"根"的感觉会更适合于小读者。这并不是说图画书不能"寻根",而是不能一味专注于寻文化之根,否则当仅仅以回眸的姿态凝视身后时,可能会忽略了周遭其余广阔的风景,甚至可能会错失了心灵的风景,尤其是儿童包罗万象的奇妙心灵——这永远都是图画书最美妙且具有超越性的风景。

说到底,种植民族文化之根乃是大人的"一厢情愿",对孩子而言,"有趣"——而非"文化"才是其天性所好,因为他们可以通过趣味盎然的"童心体认"来找到自我认同。所以,这里存在"大人"与"孩子"在给予和接收上的"意愿"错位。

### (二)"窄"与"宽":民族化与世界性的关系

关于世界儿童文学的发展趋向,瑞典学者玛丽亚·尼古拉耶娃认为:"除极个别外,不同国家的儿童文学鲜有共同之处……虽然整个世界的信息互换日益增长,但是儿童文学却变得越来越民族化和分离化。"[③]而"越是民族的,就越是世界的",这早已成为一个美学共识,因此选择民族化路径来突围,无疑是中国本土图画书的可行之道。获得国际图画书大奖的国外华人创作也证明了这一点:无论是美国考迪克奖的得主杨志成(其代表作有《狼婆婆》等),还是获得法兰克福书展优秀奖的陈江洪的作品(如《神马》等),从题材到画风都走的是民族化路线。此外,中国传统文化已经被外国图画书创作者所青睐,如美国琼·穆特先后获奖的图画书《石头汤》《禅的故事》等,在内容与艺术上都借用了中国素材如人物、意象、哲学以及中国画风等。异域作者尚知借用中国文化艺术来开拓自己的创作园地,本土作者更有必要、也更有条件去挖掘这独特的资源,打开自身创作的新局面。但是,对文化的"民族性"应该有更为宽泛的理解,渗透在文字、图像表达中的语言习惯和思维方式,才是最能体现民族性和文化底蕴的精神和气质元素。若把民族文化仅落实到一些具体物象上(如灶王爷、泥将军、京剧等),那会将深广的民族文化表象化或狭隘化。

此外,领会某些特殊的民族文化有时需要一些文化经验,如要真正读懂《京剧猫之武松打虎》,不仅需要有对中国古典小说《三国演义》《水浒传》等故事的掌握,而且还要对京剧舞台艺术包括锣鼓、化妆、脸谱、表演程式等元素有些了解,要不然可能只看到表面的"热闹",不易看出个中的"门道"。需要警醒的是,本土图画书若是过于强调民族化,则有可能会把自己逼上一条窄道。如熊亮近期的"中国原创图画书系列",用有趣的故事及传统美术元素如水墨、瓷器、剪纸等,来生动形象地介绍汉字、节日、京剧等文化知识。虽然这于普及民族文化有其可行性,但绝非图画书的制高点。再如获得2010年首届"信谊"图画书奖佳作奖的《进城》(文/林秀穗、图/廖健宏),全书图案都是黑色剪纸,故事则是对一个民间笑话的改编。在父子骑驴进城的途中,作者安排了李逵、林黛玉、孙悟空等人先后出来指指点点,将原笑话中没有名姓的路人变成了各有文学出处的古典人物。虽然这些"有来头"的人物言论增加了文学色彩和内涵,但同时也设定了阅读的"门槛"——需要读者知晓这些人物典故,这于外国读者而言就更有"隔阂"。相形之下,直接取自中国民间故事的绘本《漏》(图/黄缨)则显得可亲可爱,小偷和老虎去偷驴而巧遇的故事原汁原味、童心盎然,达到了周作人所推崇的"无意思之意思"之境[④],即"趣味第一",西方孩子读此绘本也都心领神会、开怀大笑。相形而言,民间故事比之民族的古典文学,更具有开放性和融通性。题材过于民族化,则其阅读群体可能仅限于本民族孩子。从民族化出发,为的是更好地抵达世界,而不能无意中将民族化建成了"壁垒",自绝于世界。虽然特定时空领域里的民族文化有国界,但纯洁的童心无国界,因而糅合童心的民族性表达会具有更宽广的世界性。

### (三)"远"与"近":传统与现代的关系

民族化走向的图画书创作者多青睐传统题材,但必须考虑传统与现代之间的转换问题:如何将久远、有限的传统内涵扩展为更宽广、更贴近现代生活的人文阐释? 如何对有"问题"的传统内涵进行过滤、提炼、改造,使之变得恰当并焕发出超越时空的魅力? 即要尽可能地将"民族的"扩展为"人类的",从"历史的"发掘出"永恒的"。熊亮在起初的"绘本中国"系列中着眼于通过民俗来传达民族文化魅力,从以"人"为本的立场出发进行对"传统"的诠释。《年》源于"年是怪兽"的民间传说,但创作者别出心裁地写了一个关于"孤独"的故事,称"年"是寒冬里的孤独感慢慢聚积起来的一只小怪物。画家用灰色来表现孤独,用大量的红色绘出各种过年风俗,这个中国味浓郁的《年》,其内涵不是仅止于中国的民俗文化,还可以泛化为"每一个可怕的、愤怒的人心里,都躲着一个孤独的小孩,渴望着被关爱被接纳"这一人类性的价值。不足的是,作者在结尾用"打电话"这一现代生活手段来解决亘古以来的"年"的问题,这一处理方法失之简单、草率和唐突,从而削弱了意味的隽永性,显现了传统与现代"嫁接"的不和谐。《兔儿爷》中,玩具兔儿爷踏上寻找小主人的漫漫长途,穿过了从古典到现代的建筑物,暗示着历史、文化的变迁,也暗含着从传统的视角对现代都市文明的审视,这是将传统与现代相结合的较成功的尝试。处理传统与现代关系的理想境界是——力求达到水乳交融的"化境",这需要深厚的文化功底,也需要敏锐的思想力和巧妙的表现力。

另外,总体而言,有着强烈的民族化主张的图画书创作者,往往都痴迷于也局限于传统文化、传统艺术的表现,很少会尝试现代乃至后现代的创作素材和手法。而这正是当今西方图画书发展的新动向、新途径、新收获,并且已有颇为惊人的建树。如 2000 年获国际安徒生儿童文学插图奖的英国安东尼·布朗《公园里的声音》(Voices in the Park),获 2011 年国际林格伦儿童文学插图奖的澳大利亚华裔陈志勇(英文名 Shaun Tan)的《绯红树》(The Red Tree)等,都是凭其深刻的思想性和新异的表现力夺魁。其实,后现代元素也会给予民族化道路新异的刺激和启迪,促进民族风的多元发展。在这个意义上,本土图画书创作者有时要将凝视时间远处的目光收回来,巡视时间近处的文化动态,或许能从中得到开拓的新灵感。

### (四)"跛足"与"共舞":图与文的关系

图画书是文与图的"共舞",文与图之间相互补充、相互拓展,一起丰富地表现故事。综观近年来的民族风图画书,可以看到创作者努力在寻求文与图的共生,但对于图画书这一独特"文体"的理解还不到位,图文关系处理得不是十分妥当,主要表现为两种倾向。一是偏重于在绘画上追求精美的民族风,文字故事的构思相对平淡。熊亮、周翔等都对中国传统绘画艺术情有独钟且颇有造诣,在绘画中力求体现"神而忘形""知白守墨"的民族美学精神。如熊亮的《看不见的马》等绘本重印象式氛围勾画,不求细节和具体形象塑造。周翔的水粉画《荷花镇的早市》则倾心于描绘出江南水乡集市的群体性风貌,体现出中国古代名画《清明上河图》的雅趣,精彩的绘画甚至盖过了文字的神采。此外,中国原

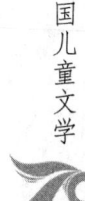

创图画书作者对古朴民风和纯真童年的"怀旧"心态，也促使他们选择"写意"风格。"写意"是中国传统艺术的独特旨趣，但"写意"会给儿童的绘本阅读带来一些阻挠。第一，写意往往带有抽象感，有时还会因象征手法带来迷茫感。比如熊亮等的《家树》里那团笼罩在家树上的白雾意象，会让小读者置身"云雾"，不明其意。第二，"写意"的画面往往色彩素雅，墨色浅淡的绘画对孩子往往缺少吸引力。第三，"写意"会冲淡故事性，如《荷花镇的早市》铺展了中国20世纪七八十年代的民间早市风情画卷，但基本没有什么故事，孩子会觉得无趣。第四，"写意"的绘本还要求有一种相应的阅读状态——"静心"，但以"动"为特质的孩子往往更喜欢"动"所带来的乐趣，而不容易倾心于"静"所带来的诗意。第五，"写意"画风往往不善夸张和变形，不重细节和幽默感的传达。因此，这类致力于凸现高妙的民族艺术魅力的图画书就可能遭遇"曲高和寡"的尴尬：创作者"高位"传播，阅读者"低位"接受，儿童读者不能完全领会，甚至有可能不会全心喜欢画作中的那份高雅。

图文关系处理上另一种不当倾向是：一些民族化图画书在不同程度上呈现出"文+图"的偏颇。松居直提出了表现文与画之间恰当关系的数学式："文×画=图画书"，而"文+图"的书是类似带插图的书。⑤这类绘本往往是先有了既定的故事，而后再配以画面，如"绘本聊斋"系列是根据古典小说《聊斋志异》改编的故事，"中国绘"水墨绘本系列的文字题材则是现代儿童文学作家的小说和诗文。即作者和画者相分离，画家只是选择了与文字相应的画法、画风来传达文字内容，而没有在文字传达的范围之外开拓、创造新的意义空间；即文与图的关系较为单一，有时文字太详尽，有时画面太拘泥于文字，图文没有构成立体的"共舞"关系，因而缺乏给读者以丰富体验和再延伸的空间。

中国原创图画书还处于拓荒阶段，近年中国图画书出版市场的份额上，约90%为引进，只有10%为原创，原创之路需要更多的拓展。必须看到的是，民族化方向是其中一条凸显自身特色的重要的探索性道路，但并不是唯一可以取得巨大成功的道路。因为即使不是民族化的，而是西方化的，只要此创作达到了足够优秀的水准，依然可以获得世界的认可，所以本土创作者没必要在民族化路径上孤注一掷。此外，民族化道路不是一条封闭式道路，宣扬"民族化"并不是"文化保守"，而是本土图画书创作者力求突破外来重围、在起步阶段的一种战斗策略，是一种在"自卫"中的"挺进"。民族化道路应该具有开放性，本土创作者在潜心于对本民族文化和艺术的搜寻与再现中，不能忘了对世界经典图画书成功经验的悉心研习。熊亮等从"绘本中国"到"情韵中国""野孩子"系列等的创作之路，显示了他们在不断调整、不断出发。2008年，熊亮等人发起了"五色土"原创图画书的民间艺术组织，其宣言是："我们种的不是花，不是果实，我们种的是土壤。""五色土"这一名称体现了"民间性""多元性"，其"土壤宣言"突出了"基础性"。对"五色土"更为宽泛的理解应该是：它不仅是传统民俗的土壤，也是现代生活的土壤；不仅是东方情韵的土壤，也是连通着西方艺术的土壤；不仅是民族文化的土壤，而且也是人类童年的土壤。我们期待着，中国原创图画书在色彩斑斓、营养丰富的"五色土"里，长出散发着浓浓的中国气息并蕴含着浓浓的童年味道的"花花果果"！不仅给中国孩子一个有声有色的"可记忆的中国"，而且也给全世界儿童一个有滋有味的"可记忆的童年"！

[注释]

① P.Nodelman，Words about Pictures：The Narrative Art of Children's Picture Books，Athens：University of Georgia Press，1988.

②[日]松居直：《幸福的种子》，刘涤昭译，明天出版社2007年版。

③ M.Nikolajeva，Children's Literature Comes of Age：Towards a New Aesthetic，New York：Garland，1996.

④周作人：《童话的讨论》，希望出版社 1988 年版。

⑤松居直：《我的图画书论》，上海人民美术出版社 2009 年版。

（原载《南京师大学报》（社会科学版）2012 年第 2 期）

# 《中国幼儿文学集成》序

## 鲁 兵

学龄前，在教育上作为一个年龄阶段，是十分明确的。但在出版部门，为了工作方便，往往将小学低年级儿童读物和学龄前儿童读物的编辑工作放在一起，这就难免带来观念的模糊。1986年，在国家出版局和中国出版工作者协会的关怀下，决定成立幼儿读物研究会，当时同志们对研究会的名称和工作范围看法尚不一致，经征求多方专家意见并认真讨论后，才确定该组织为"幼儿读物研究会"，以学龄前儿童读物的创作、编写、编辑、出版为研究范围。这样，幼儿文学这个名称也随之得到一致的承认。

幼儿文学是儿童文学中具有鲜明特点的一个组成部分。

在漫长的封建社会，文学从来只属于成人，所以尽管古典文学作品浩如烟海，却很难找到作家明确为儿童创作而又在语言上切合儿童口味的作品。《西游记》并不是为儿童写的，但是它的许多故事使儿童倾倒，是极其难得的一部书。当然，我们不能因此就说：我国古代没有儿童文学。人们热爱自己的孩子，以非凡的艺术才能，为孩子们创作了许多有趣的玩具，同时为他们创作了许多有趣的文学作品，那就是民间文学中的儿歌、童话和一部分故事，其中的精品，至今仍是儿童的宠物，是否也可以说它们具有永久的魅力呢？

社会在发展，人类在进步。及至现代，人们摒弃了将儿童看作缩小的成人的观念，而去研究他们的成长规律和在不同年龄阶段中的心理特点，根据这些规律和特点，开创了崭新的儿童教育，儿童文学也应运而生。在我国，"'儿童文学'这名称，始于'五四'时代。"（茅盾语）到今天，儿童文学中的"人之初"文学——幼儿文学也蓬勃发展起来。

任何人都一从呱呱坠地，就受到幼儿文学的熏陶。最早的是母亲的摇篮曲（和音乐相结合），渐渐地，他们学着唱儿歌（有的和游戏相结合），同时，要大人讲故事给他们听（有时和演戏相结合，和父母一起扮演故事中的人物），还有猜谜语，那是隐去题目的咏物儿歌。可以这样说，对于文学，同样对于艺术，幼儿有着本能的需求，甚至是渴求。他们不只是被动的接受者，而是常常积极地参与到简单而又生动的文学艺术的活动中，表现出可贵的创造性。这些对幼儿的成长又是何等重要！

幼儿文学是文学，无疑应具备文学的一般特征。文学通过审美达到在思想、观念、认识、情感等多方面影响读者的目的。这种影响，其实也就是教育。文学的审美性和教育性彼此是紧密关联的。而且，审美既是手段，又是目的之一。过去我们走过弯路，重要的原因之一就是忽略了文学的审美性。因而文学难免变成简单的教育工具或宣传工具。这方面，我们需要很好地总结经验，至于将文学审美性和教育性对立起来的说法、根本否定文学教育性的说法，是无法理解的。

应该怎样接待来到这个世界的孩子？这是关系到民族未来的重大问题。家庭、托儿所、幼儿园以至整个社会，包括儿童文学作家对此都要做出严肃的回答。

在我国，幼儿文学自然要有和整个文学相一致的方向。然而，为人民服务，为社会主义服务，体现于幼儿文学，则是以丰富多彩的作品满足孩子们的文学需求，使他们在德、智、体、美诸方面受到良好的影响，为他们将来成为有理想、有道德、有文化、守纪律的社会主义一代新人做好基础工程。

人类社会是一个组织严密的群体，因而不得不有种种约束，孩子们也必须学习这个社会的行为规范和道德规范。比如，游戏，知道要有先有后，遵守秩序；上街，知道要看红绿灯，走人行线；在生活上懂得友爱自己的小伙伴，尊敬长者，同情弱小和不幸的人，爱护公园的花草，爱护小动物等。诸如上述，也可以说是"公共关系"吧！要让孩子们领悟，贯穿其间的是一个"爱"字。

每个孩子都有许许多多的"为什么"，表现了他们渴望了解自己的周围世界，而这也为我们向他们传授知识提供了极好的契机。自然，要求向孩子们解释清楚每一个"为什么"是难以办到的，也不必如此。有一本小书，只有四个画面，四幅画的主体都是同一棵大树：春天叶子发芽了，夏天叶子长成绿茵茵一大片，秋天叶子变黄，冬天叶子落光了。在我们看来，也许太简单了，然而孩子们可以从中了解到春夏秋冬四个季节的表象特征，这册图画故事提供了幼儿所需要的知识。

我们要帮助孩子们学习语言。一般说来，孩子总是先从父母那里学习语言，然后逐步扩展，从他们接触到的各个方面学习语言，现在许多孩子还特别喜欢学电视广告里的话，然而，电视里不少广告文理不通，应该说，这是在玷污祖国的语言。语言表达要求正确、鲜明、生动，这是要从孩子牙牙学语之时就抓的事。

时代需要我们新一代人具有民主精神、科学精神和开拓精神。以个人意志为转移，不估计主观力量，不分析客观条件，想当然地大哄大嗡，曾经给我们的事业造成很大的损失。这种劣根性有其深远的历史渊源，因而要扬弃它也就特别艰难。在许多家庭里，不是老子说了算，就是宝贝儿子说了算，其实都是个人说了算。不能再这样世代相传下去了。父母、老师都要尊重孩子，尊重他们的个性和爱好并因势利导；有关孩子的事要和孩子商量；对孩子的不合理的要求和错误，采取说服的方法。培养民主精神须从这些细微处做起。实事求是，从实际出发，实践检验真理，谈这些准则似乎离开孩子们太远了。但在日常生活中教育孩子说实话，做实事，这是应该做到的。一个人具有诚实的品格，才能走向科学精神，封闭的时代一去不复返。开放的潮流汹涌向前，那种"捏在手里怕碎，含在嘴里怕化"的父母之爱，很可能把孩子惯得缺乏自主意识和独立生活能力，而且往往胆小如鼠。谨小慎微的人是不可能有所作为的。我们的时代需要的是与科学精神相结合的开拓精神，需要富于想象、善于探索、不畏艰难、甘愿牺牲以追求理想的新一代。

上面说的都是涉及幼儿教育的一些内容问题。应郑重声明，这绝不是给作家出题作文。写什么？怎么写？完全是作家自己的事。但可以深信，凡是对孩子怀有挚爱之情、对民族的未来具有责任感的作家，他们所写的作品一定有助于孩子们的健康成长。

我国作家为儿童创作，始于五四运动前后。这是一次重要的突破，为中国儿童文学开拓了一个新天地。我们看到有叶圣陶、冰心、郑振铎、陶行知、刘半农、汪静之、赵景深等诸多著名作家的作品。其中有明确为儿童写的，也有适合儿童听的。在这期间，郑振铎主编的《儿童世界》起了积极作用，团结了作者，促进了创作。可惜郑振铎一离开，这个

刊物就黯然失色了。

20世纪二三十年代的《小朋友》《儿童世界》都非专门的幼儿文学刊物，但其中有一些适于幼儿欣赏的作品，收入《集成》的一些作品即发表于这两个刊物。

20世纪40年代，严文井创作了一些优美动人的童话，其中《小松鼠》等是幼儿可欣赏的佳作。同时期的郭沫若、老舍、郭风、苗得雨、何公超、贺宜、金近的童话、儿童诗歌创作中亦有一些为幼儿读者喜闻乐见的篇什。

抗战胜利后，上海的儿童刊物不少，可是没有一本是属于幼儿的，它们只是偶尔刊登一点儿歌和浅显的童话。

有人说，20世纪50年代中期（特别是1955、1956两年）是儿童文学的黄金时代。真是这样！1955年9月16日《人民日报》发表了《大力创作、出版、发行儿童读物》的社论，不仅大大地鼓舞了儿童文学作家，而且吸引了不少知名作家来为儿童创作。但是比较之下，幼儿文学仍然相当薄弱。少年儿童出版社和中国少年儿童出版社都设有专门的编辑室，可是出书不多，影响也不大。《小朋友》于1952年改版，是当时唯一的儿童画刊，它以小学低年级儿童为对象，兼顾幼儿，所以在这个刊物上可以见到一些幼儿文学作品。黄金时代很快过去，继之而来的是不应有的挫折。既然连童话中的老鼠麻雀都成了政治问题，谁还敢写童话？此后时松时紧，到了"文化大革命"，也就了无生意了。难得出一本《龟兔赛跑》，只因画家在画面上增添了一只蜗牛，不意涉嫌于当时的"蜗牛事件"，40万册书刚出印刷厂，就化为纸浆。

幼儿文学的长足进展是在新时期。1978年在庐山召开的全国少年儿童读物出版工作座谈会，扭转了"文化大革命"造成的书荒局面。1981年在泰山召开的全国少年儿童读物出版工作会议上，幼儿读物的出版成为一个重要议题。1983年又在郑州召开了全国幼儿读物编辑出版工作座谈会，研究提高幼儿读物的质量问题。幼儿读物研究会在1987年举办全国首届幼儿读物评奖活动，1988年召开了幼儿文学研讨会。现在全国已有26家少年儿童出版社，它们都出版幼儿读物，还有不少教育出版社、美术出版社也出版幼儿读物，而文学读物是其重要部分。

我们从这里可以看到，出版工作对幼儿文学创作起着重要的促进作用。这不只是发表和出版刺激了作者的创作积极性，而且编辑部门所做的发动、组织、辅导工作，也为培养新的作者付出很大努力。这在别的国家是不可思议的。而幼儿文学的兴旺更由于社会的大量需求。首先在大城市，大多数父母认识到学龄前教育的重要性，由于一对父母只有一个孩子，他们也乐于在这方面投入。所以，幼儿文学的发展，归根到底取决于社会的进步。

如今，幼儿文学已拥有了一支作者队伍（其中一部分作者是直接从事幼儿教育工作的教师），他们写出一批题材广泛、形式新颖、生动有趣的作品，其中一些优秀作品，在当今世界各国的幼儿文学面前毫不逊色。当然，就我们这么个大国来说，幼儿文学作品数量和总体质量都还是很不够的；而从原来底子比较薄弱来看，这12年是一个快速的起步。我们完全有理由自豪自信，去开拓新的天地。

《幼儿文学集成》的出版，对我国幼儿文学来说是件大事，对中国文学史来说也是很有意义的。古代文学史且不去说，如果现代文学史没有包括幼儿文学在内的儿童文学的篇章，那只能说是一部残缺不全的文学史。

这部《集成》收集了幼儿文学作品、理论著述，共10卷：儿歌3卷，童话2卷，故事1

卷,诗·散文1卷,戏剧1卷,理论2卷,基本上反映了我国幼儿文学的概貌。

前面提到的民间童话和故事,理应和民间流传的儿歌一样收入在内,可惜的是,这些童话和故事很少见于文字,偶尔见之,是古人用文字记录下来的,如记老虎外婆故事的《虎媪传》,"灰姑娘"型的故事《叶限》(《酉阳杂俎》)。我们感激这些有心人,但又为故事失去生动的口语而遗憾。

在编选这部《集成》的过程中,选编者翻阅了许多图书馆和专家提供的大量资料。但是,事难求全,难免沧海遗珠。《集成》只是在现阶段做了这种规模的积累工作,期待今后得到充实和提高。

《集成》为中国幼儿文学的历史和现状及其发展轨迹的研究提供了资料,为幼儿文学创作提供了借鉴,同时也丰富了孩子们的文学殿堂。

我们从《集成》中见到的,是幼儿文学的昨天,我们更希望《集成》预示展望着幼儿文学的灿烂的明天。

1990年9月1日

(原载鲁兵主编《中国幼儿文学集成·理论编》,重庆出版社1991年版)

# 幼儿文学的语言

## 蒋 风

### 一

幼儿文学的对象包括学龄前的儿童和一部分学龄初期的儿童。他们都在开始学习运用语言表达自己的思想和情感,但还不能很熟练地准确地运用。他们语汇贫乏,对词句意义了解得很不确切,说话往往不够明晰,缺乏连贯性,有时不合语法。

我们知道:促使儿童语言发展的条件是多方面的,而语言的模仿是发展幼儿语言的必要条件之一。孩子们模仿着他们的妈妈、奶奶和小伙伴的语言,同时模仿着文学作品里的语言。所以,幼儿文学作家除了对他的幼小读者进行思想教育和知识教育外,还负有帮助幼儿发展语言的职责。作家通过自己的作品,扩大并丰富他们的语汇,培养他们使用连贯性语言,帮助他们提高表达能力,使他们能正确地并富有表现力地运用语言。

因此,在幼儿文学领域中,进一步探讨语言问题,使幼儿文学作品的语言真正成为儿童化的色彩鲜明、语汇丰富的语言典型,是一个急切的也是具有现实意义的课题。这里,我想就我们幼儿创作中的实际情况,联系幼儿语言发展的特点和规律,谈一些粗浅的看法。

### 二

幼儿文学的语言是否有它自己的特点?对幼儿文学的语言要不要提出更严格的要求?关于这方面的问题,过去曾经产生过一些似是而非的看法。

有的同志认为:幼儿文学语言与自然形态的儿童语言是一回事,作者应该完全跟着儿童的口语走,否则就不够"儿童化"。

在这种理论指导下,就有作家故作天真,他们蹲下来,向幼儿看齐,"尽量在自己的诗中学小娃娃的话:'叽,叽,叽'"。把糕、饼叫作"糕糕""饼饼",把小狗叫作"狗狗",把睡觉说成"觉觉"……要是作家这样重复幼儿的语言,必然会把儿童语言中不完整的、拉拉扯扯的东西带到作品中,让缺乏辨别能力的小读者错误地把它也当作自己语言的榜样,影响幼儿语言的纯洁与健康。

问题的严重性不仅于此。我们知道:语言与思维有着直接的联系,人们通常是借助语言来思考的。发展幼儿语言,必然也会发展幼儿的思维,而语言的精确程度,也必然会影响到思维的精确程度。

另外一些同志则忽略了幼儿文学的特点,把写给成人看的一套,生硬地往幼儿文学中搬。结果呢,他们写的作品,往往使孩子们皱眉头。

例如,河南人民出版社编选出版的《儿歌选》中,就存在着这种情况:

我们年小志气大，
天大的困难也不怕，
为了祖国大跃进，
我们也要订计划。

（《我们也要订计划》）

一本《河南儿歌》中，也有类似作品：

红领巾，胸前飘，
少年先锋志气高，
时时刻刻准备着，
建设祖国立功劳。

（《红领巾，胸前飘》）

儿歌主要的对象是幼儿，可是里面充满了抽象的词汇，深奥的词语，概念化的诗句。天啊，叫刚刚开始接触书本的幼儿如何能接受，如何能引起他们阅读的兴趣？不管作者的用意如何好，恐怕也就只有他自己、他的妻子、编辑、排字工人和校对人员欣赏了。

张继楼同志曾为幼儿写过不少好诗，可是他发表在《小朋友》1961年11月号上的一首诗，在用词遣句上却忘了幼儿的特点，在诗内塞进个别为幼小读者难以理解的词语：

商店的橱窗，
是一排百宝箱。
千百种精美的商品。
都来自我们自己的工厂，
我每次走过大街，
都要久久地向它张望。

这首诗要是给年龄较大的孩子看，困难还不大，可是，"商品"这个词是政治经济学的术语，叫一个刚学会说话认字的幼小读者又如何能理解呢？

为了我们的幼小读者能得到真正可以作为语言范例的优秀作品，我们反对以儿童自己的语言为标准，把幼儿文学的语言局限在儿童已知已见的狭隘范围里的主张。同时，我们也反对跟一般文学"一视同仁"的做法。因为这就会出现如茅盾同志所指出的毛病："去年的最多数的少年儿童文学作品恰好（如果不算挖苦）是故事结构和人物描写颇为简单，文字颇为浅近而已。"（《六〇年少年儿童文学漫谈》）

语言是表达思想内容的。为了使儿童文学作品能够帮助幼儿发展语言，发展思维，培养他们正确的说话、正确地思想、正确地接受知识、正确地生活，我认为儿童文学的语言，尤其是幼儿文学的语言，必须按照儿童的特点，写得更纯洁、更明确、更精练、更形象、更生动。

# 三

在幼儿文学创作中，如何正确地掌握语言的特殊性，这是一个值得进一步探讨的问题。

我认为：这是一个关联儿童的接受能力和心理特点的问题。我们为幼儿创作文学作品，在下笔之前，不能不对幼儿自己的语言特色，有个基本的认识。

什么是幼儿语言特点呢？

我想归纳起来，不外下列几个方面：

（1）发音短促、近似的音常常混淆。

（2）使用语汇范围狭窄，语言结构比较单纯。

（3）在词法成分上，多使用名词、动词、代名词，很少使用副词、连接词。

（4）往往使用一些自己"创造的语言"，其中不少一部分是不合语法规律的，不连贯的。

（5）直观表达性。喜欢把一切事物根据它们的特征，给予形象的命名。

（6）重复。

（7）喜爱富于音乐性的语言，喜爱包含滑稽和幽默成分的语言。

根据以上特点，我们对幼儿文学语言提出以下要求：

（1）语法的正确性。

（2）语言丰富而富有表达力，要生动、有趣，富有积极行动的意味，要求比一般儿童文学语言更形象、更具体。

（3）节奏鲜明，调子明朗，富有音乐性。

（4）语句简短，口语化。

这些要求如何在创作实践中具体化，是个极其复杂而又艰难的问题。但是，在过去的创作实践中我们已经积累了丰富的经验。尤其是解放 10 年来，我们许多有丰富经验的作家，在这方面做了孜孜不倦的探索，为我们提供了不少丰富的经验。例如金近、柯岩、任溶溶、方轶群、鲁兵、张继楼等同志都做出了比较出色的成绩。

幼儿的思维活动是借形状、色彩和声音进行的。因此，对幼儿文学的语言就要求更具体，更形象；各种声音的模拟，也就有特别的效果。有经验的幼儿文学作家都深知这一点，这也是已经为他们的创作实践所证明了的。

例如，金近的《小鲤鱼跳龙门》是为幼小读者所热烈欢迎的一本好书。这当然和作者巧妙地运用了孩子们所热爱的童话这种富有艺术魅力的形式，反映了令人兴奋的我国社会主义水利建设的雄伟面貌等因素有关，但也和作者掌握幼儿文学的语言特点分不开的，金近同志在长期与孩子们的接触中与多年的为幼儿创作的实践中，他掌握了幼儿的思维是直观的、具体的特点，因此语言的具体性和形象性在幼儿文学中要表现得更充分一些。他在自己的童话中描述的事物，往往用优美的语言描画出来，有如图画一样具体地展现在幼小的读者面前。如：

> 这一次，他们没有看到别的，只看到两岸都是高高的大山，山峰一个连着一个，像一群巨人手拉着手在两岸做游戏。

这里，用了幼儿所熟知的事物打了一个比方，就把两岸连绵不断的高山说得十分具体,十分形象。

作者常常用比喻的手法,来达到这一目的,描写那领头的小鲤鱼跳龙门的动作,"像一支箭那样快地向前游去",后来跟着一股流水冲出洞口的时候,作者写道:

> 快出洞口的时候,他像小孩子坐滑梯那样的,呼地滑下来,一直冲到河底里。

金近同志在他为幼儿写的童话中,选用词语不仅形象具体,也生动、贴切,而且都是从幼儿生活范围内选取来的,充分考虑到幼儿的接受能力,这一来就帮助缺乏生活经验的幼小读者易于理解那些比较复杂的事物和感情。

作家们有时也采取摹状的手法,写出作者对于事物的声、光、色的感觉,达到语言更具体、更形象的要求。例如,各种音响的模拟,原来是儿童生活中的一个特点。在幼儿文学中巧妙地运用,会有特殊的效果。我们可以举柯岩同志最早发表的为幼儿写的《儿童诗三首》为例:在《坐火车》那首诗中,每一节中都有火车声的模拟:"轰隆隆隆,轰隆隆隆,呜! 呜!"幼小读者读到这里,就会发出会心的微笑。另一首《我的小竹竿》中,第一节有"我当车夫它当鞭,嘚儿! 哦! 吁! 赶车赶得真正欢。"第二节中有"不喂水,不吃草,泼拉拉拉,泼拉拉拉,骑上它就能满院跑。"第三节也有"长枪、短枪、机关枪,乒乒乒乓乓乓,把侵略我们的强盗消灭光。"还有一首《小弟和小猫》也有模拟小猫的叫声:"妙,妙,妙,谁跟我玩,谁把我抱?"这些音响的模拟,都是由于作者深知儿童的心理,懂得幼儿对事物的认识是感知的规律的。

我们依靠感觉获得关于世界的一切知识,而听觉的刺激在幼儿利用词语以获得大量的知识方面起着巨大的作用。可是从声音所引起的感觉性质说,可以分为乐音和噪音。乐声悦耳,为人们所喜听乐闻。幼儿的天性就爱好那种富有音乐性的语言,当他还躺在摇篮里的时候,就会沉醉在妈妈为他低声轻哼音调悦耳的摇篮曲声中,就能感觉那种优美的音响和旋律。

有经验的幼儿文学作家都掌握这个特点。当他们提笔为孩子们写作的时候,尽可能使用那种节奏鲜明、音律优美、能朗朗上口的富有音乐性的语言。可以这样说,我们不单要求为孩子们写的韵文富有音乐性,即使散文也应该这样。

上面提到柯岩的《儿童诗三首》,那些有声音描写的诗句,会留给小读者以极强烈的印象,在整个作品的语言中,起着不小的作用。当小读者读到这些诗句的时候,不但把视觉的真实性转化为听觉的真实性,而且诗的音乐意味也大大加强了。

当然,语言的音乐性不就是声音的模拟,有的作家还从语言的音质和音韵上的特点,使语言更符合生活的音感。例如萨·马尔夏克原著,任溶溶改写的《笨耗子的故事》,不仅模拟了耗子、鸭子、青蛙等的叫声,也在语言本身的音质和音韵上下功夫,如:

> 请来大猫摇那小宝宝:
> "妙妙妙! 快睡觉,
> 快睡觉,妙妙妙!"
> 小耗子说:"你的嗓子真正好,
> 甜得……不……得……了……"

在这里,在诗句末尾押上了 ao 的韵,加强了诗句的音乐性,而且诗句中每个词的发音都比较柔和,好似一首催眠曲,把保姆疼婴孩的那种柔美的感情,很确切地传达出来,语言意味与生活情调结合得水乳交融,难怪笨小耗子错把大猫当保姆,感到她的嗓音"甜得不得了"。

在我们汉语的整个词汇宝库中,有很大一部分都是双声叠韵组成的复音词。这类词汇不仅对构成富有音乐性的语言,在韵节调度上有很大的作用,而且也构成了语言本身的和谐,增强了语言的音乐美。进行幼儿文学创作时,若适当选用,会有很好的效果。例如,方轶群同志的《找谁玩》:

> 小鸭找谁玩? 小鸭找小狗玩。小狗要看家,小鸭就去找青蛙。
> 小鸭找谁玩? 小鸭找青蛙玩。青蛙要跳高,小鸭就去找小猫。
> 小鸭找谁玩? 小鸭找小猫玩。小猫要捉耗子,小鸭就去找燕子。
> 小鸭找谁玩? 小鸭找燕子玩。燕子要唱歌,小鸭就去找小鹅。
> 小鸭找谁玩? 小鸭找小鹅玩。小鹅去游水,小鸭跟着跳下水。
> 小鹅和小鸭,划呀划,划呀划。小鸭吃小鱼,小鹅吃小虾。

作者在这首小诗里,利用汉语语音的特点,选用了"找谁"看家","就去""(青)蛙玩"等双声词,"小鸭""跳高""小猫""跳下""划呀划""小虾"等叠韵词[①],根据它们的起音部位相同或收音协韵,适当地搭配,依照口语的规律,自然地加以排列,使诗句念起来顺口,听起来悦耳。而全诗各段又都两句一韵,构成了非常优美的诗的韵律,读起来朗朗上口,使作品语言充满和谐与音乐美。这里,值得特别一提的是,这首小诗是作者为学前的幼儿写的,要照顾他们的接受能力,在极有限的幼儿能领会的词汇中,竟选择了这么多的双声叠韵词,多么难能可贵啊! 我想,这是作者在长期创作实践中把握住语言的音乐性的结果。《找谁玩》出版后,受到幼小读者的热烈欢迎,绝不是偶然的。

在增强语言的音乐性问题上,也不是要求作者刻意追求双声叠韵词,有时候往往是作者凭着语言习惯和常识的感觉,在写作的时候调整着语言的。如任溶溶同志译写萨·马尔夏克的另一首小诗《小企鹅》:

> 我的样子多可爱,
> 活像一个大口袋。
> 往年我在海洋上面,
> 曾经呼呼赶过轮船。
> 如今进了动物园,
> 只好池里游着玩。

这首小诗不仅在诗句内包含"赶过""呼呼"等双声叠韵词,还由于汉语特有构词规律和对偶排列的结果,"样"与"一","多"与"大","可"与"口","(进)了"与"(池)里"也形成对称双声,"爱"与"袋"、"园"与"玩"构成了对称的叠韵,也使诗的语言韵律优美,读起来上口,听起来入耳。事实上,这可能是译写者仅凭长期运用文学语言的实践中积累的语言习惯和常识的感觉随手拈来,但如细加推敲,就会发现这中间还是符合语音学的原理的。这一例子启示我们有意识地去认识语音方面的某些规律,可以帮助我们运用语言时收到更好的效果,满足幼小读者爱好富有音乐性语言的天性。

为幼儿写作文学作品,应该力求口语化。使用口语不仅是幼儿文学语言的形象性、具体性和音乐性的规律所决定,因为,这一切要求莫不关联到口语化问题,人民大众的语言正是具备这样的特点的。同时,使用口语也是幼儿语言发展的特点和规律所要求的,因为年龄幼小的孩子,他们刚刚学会用语言来表达思想,语汇贫乏,词法成分也比较单纯,说话语句简短,这一切正要求为他们创作的文学作品也适应这些特点和要求,才能很好地为他们所理解和接受。

近年来出现的一些优秀的低幼读物,如《萝卜回来了》(方轶群)、《小兵的故事》(柯岩)、《两个侦察兵》(吴强)、《老爷爷搬家》(鲁兵)、《三号瞭望哨》(黎汝清)、《小超鲁牧羊》(江南)、《自己的事自己做》(杨苡)、《唱个歌儿给外婆听》(张继楼)、《小碗》(叶军)、《小白兔和小花猫》(孙毅)、《小北大荒人》(郑加真)等,还有上文提到过的一些作品中的语言,莫不是经过作家细心挑选、加工提炼的口语,他们既没有模仿幼儿含糊不清的"小儿腔",也没有别出心裁地去创造某种特殊的幼儿文学语言,看起来那么平凡,读起来却又十分魅人。他们在运用语言上唯一的秘密,就是根据幼儿语言发展的特点和规律,在人民大众的口头上,也在孩子们的口头上活的语言大海中,做了沙里淘金的工作,所以看来似乎平凡,却又都是闪闪发光的语言。

总之,为幼儿创作文学作品,语言是很重要的。为了能为年幼的一代提供更多的精美的精神食粮,还有待于我们在这个问题上多加琢磨、多加探讨。以上是我在学习这个问题时的点滴体会,提出来供同志们参考。

1962 年 5 月 9 日完稿

[注释]

①据王力:《汉语史稿》第 46 页:"凡十分接近的声母和十分接近的韵母,都可以认为双声叠韵。"这里"找谁""就去"发音部位相同,声母十分接近;"看家"古音发音部位也是接近的,也可认为双声。

(原载《儿童文学研究》1962 年 7 月号)

# 关于幼儿文学的思考

金 波

在我看来,文学进步的标志之一是儿童文学的繁荣,儿童文学进步的标志之一是幼儿文学的繁荣。这是已经被世界上诸多国家的事实所证明了的。因此,有的出版社提出"将'图文共创'列为重要发展项目"的举措,这的确让人感到振奋。

我想就幼儿文学创作问题谈谈我的一些想法:

## 第一个问题,幼儿文学与文学启蒙

幼儿文学作为"人生第一书",究竟什么时候让孩子感受文学好? 这也许还是一个有待科学不断论证的命题。但在生活实践中,若干图书的样式,例如不怕撕的布图画书,完全可以及早地进入婴儿的生活。因此,现在已经有了"婴儿文学"。

对于婴儿来说,混沌初开,声音比意义更有吸引力,因此,才有了音乐性很强的童谣。他们首先用听觉感受文学。当他们进入了学习语言的阶段,"语言文学"开始进入他们的生活。他们听歌谣,听故事,可以用感情感受文学了。

所以,我们是否可以这样说,所谓文学启蒙,实质上是以文学的方式打动婴幼儿的情感世界,用以提高他们的"情商"。文学启蒙应当是婴幼儿在文学的想象世界里,受到感情的熏陶,逐渐感受到爱与美与善,幽默与快乐,以及道德感等。

当然,这一切都是通过文学形象,在潜移默化中进行的。

这里所说的"文学方式",主要是语言方式。没有了语言,也就没有了文学。因此,文学的启蒙也是语言的启蒙。

幼儿文学的语言,应当是最单纯、最明快、最率真的语言;它不晦涩、不啰唆,讲究语言的纯洁、规范。

由于幼儿文学是把语言变成声音,所以它是"声音的文学","听觉的文学"。所以要写得口语化,便于读,便于听。悦耳入心是幼儿文学的语言要求。在朗读的过程中,如果出现了生僻的词汇、晦涩的句子、拗口的句子,都会中断他的感受,影响注意力,而不能坚持把故事听完。

便于听,还有一个叙述方式的问题,这就是我们常说的结构。先以儿歌为例,它除了最讲究音乐性以外,它的结构最讲究回环反复,重叠复沓。叠词的应用,反复、排叙以及用"顶针句"推进故事情节的发展等修辞手法,在民间童谣中用得最广泛。这种结构形式的运用,显然有加强音乐性和便于记忆的作用。

在给幼儿读故事时,不能不注意如何便于读,便于听,像阿·托尔斯泰的《大萝卜》,就是用了反复的手法,推进了故事情节的发展,将团结力量大的主题阐述得极为生动活泼。

此外,拟声的用法在幼儿文学中用得极为普遍,这里不再赘述。

总之，口语化的叙述方式，便于记忆的结构形式，声情相应的拟声手法，都是幼儿文学便于读、便于听的一些基本要求。

我想，正由于幼儿文学的语言启蒙是感情的启蒙，所以，它十分注重文学品位。

探讨幼儿文学的品位，是应当基于这样几个方面：一、它有"人生第一书"的年龄特征；二、幼儿主要靠听觉来感知文学的内容；三、是图文结合的书。因此，它的文学品位大致体现在这样几个方面。

（1）情趣。它包括情调与趣味两个方面。情调在幼儿文学中也是不应忽视的。因为它是作品所包含的思想感情的一种格调，是作品艺术特点的综合表现。同时，它也是读者受到作品感染以后，所引发的思想感情的反映。对于幼儿来说，这就要靠文学的趣味性来引发。所以说，幼儿文学同样是有品位的文学。那些经典性的幼儿文学作品，为什么感染力如此持久？为什么会老少咸宜？安徒生说过这样的话："我写童话，并不只是为了给孩子们看的，也是为了给大人们看的……孩子们会更喜欢我的童话故事，成人则会对我蕴藏于其中的思想发生兴趣。"综合二者的感受，可以看出幼儿文学应具备的趣味和高尚情调。

（2）动感。动感当然有赖于情节的发展和人物性格的塑造。但是，对于幼儿文学来说，动感更要体现在画面感上。作家虽然不一定是画家，但是，他在进行文字创作时，应当能"看"到画面。作家应当是带着画面的感觉来从事文字创作的。比如人物的性格展现，更多的是在情节的进展中逐渐鲜明起来的，而不是靠作者静止地介绍的。写景也如此，要把静止的景物变成运动着的景物写。

（3）节奏。因为幼儿文学主要靠读，自然就有一个与作品内容相适应的节奏、音调，以及声音的力度和质量的问题。因此，我主张作品写完以后，作者一定要多朗读几遍，体会一下语言的节奏感和声调，在朗读中进行修改加工。

以上三个方面，已包括了作品的内容，文字与绘画的结合，以及声音的传导等方面。所以，幼儿文学是以文学为基础，依靠绘画的再创造，又以声音形式传达的综合艺术。

## 第二个问题，建立"亲子共读"的创作理念

"亲子共读"这一概念，在我的印象中，好像这几年才被人叫得很响。我也很欣赏这一提法。但是，它并非新的发明。我们小时候，几乎每个人都曾经感受过听长辈给我们读书的乐趣。

依偎在妈妈怀里听她唱儿歌、讲故事、读书，我们一生都不会忘记。

为什么那儿歌、故事，从妈妈嘴里读出来，就变得如此有魅力？并且能够让我们终身体认？

我记得曾经有儿童心理学家这样比喻过：拥抱，是宝宝的身体维生素。基于这一认识，我是否可以把"亲子共读"比喻成"宝宝的精神维生素"呢？

我们知道，拥抱孩子，会给他提供足够的温暖，增加他被保护的感觉，增进亲情关系。在这样一种充满温情的氛围中，你读书给孩子听，他就会把读书变成娱乐，就会增进父母和孩子之间的亲密关系，就会在感受读书的乐趣中丰富孩子的想象力。

"亲子共读"不仅是婴幼儿的心理需求，也是对婴幼儿进行启蒙教育的好形式；即使今天有了录音机、电视机、放像机等声光传媒工具，它们仍不能替代"亲子共读"的方式，因为妈妈拥抱着孩子，亲口读书的声音是最有生命力、最亲切的声音。这种亲近的接触，

既是身体的,更是精神的。所以,我们可以说,"亲子共读"给家庭提供了一份最宝贵的财富,这就是将文字文化转变为声音文化的文学语言财富。

为了使"亲子共读"收到良好的效果,作家还要有较强的文体意识。作家应当考虑到哪一种文体和结构适宜朗诵和朗读,要把朗读的节奏感和情节的发展紧密地联系在一起。

我们是否可以把"亲子共读"的积极效应概括为这样几点:

(1)它是促进亲情,让孩子感受真爱的方式。

(2)它可以培养婴幼儿的想象力。当孩子望着妈妈,听她读书的时候,声与画的结合,远比字与画的结合要亲切得多;妈妈的声音,可以使画"活"起来,这就是想象。

(3)培养婴幼儿对语言的感受力。当孩子对语言开始感兴趣,他们不是单纯地在学语言、背语言,他们是在"消化语言""吸收语言",把语言变成一种乐趣、一种能力、一种营养。我们一定注意到了这种现象,经过日久天长的阅读,孩子可以随着书页的翻动,一字不差地随口说出那一页的文字,他们已经把语言文字"消化"了。

(4)打下学会读书的基础。

这样,我们就需要把"亲子共读"的编创理念具体化,使书更适应"亲子共读"的需求。

我认为,首先要从加强"亲子共读"的观念做起。给孩子读书,不是哄孩子,也不是单纯的学知识。"亲子共读"是一种家庭文化,是维系家庭亲情关系的一种方式。我们出版的每一本幼儿图书,都应力求得到做父母的关注,让他们知道这本书的价值。幼儿是没有选择图书的能力的。幼儿图书的真正第一读者是家长,是老师。

## 第三个问题,幼儿文学与绘画

绘画对于幼儿文学来说,不是插图,不是图解,更不是可有可无。在直接给幼儿阅读的文学作品中,文学与绘画是二位一体,你中有我,我中有你。过去古人说:"宣物莫大于言,存形莫善于画。"道出了文学与绘画的各自特长。对于幼儿文学读物来说,二者不是割裂的,而是相融的。

图画书要有一个好的文学基础。我们虽然常说"图文并茂",但从创作顺序上讲,还是先由文学提出形象、故事、主题,而后由图画完成。即使文与图由一个人完成,在整体构思上也是先有文学底本的。但是,这只是从创作的顺序上讲。当绘画参与了创作时,它不是被动的,而是主动的,它是一种艺术的再创造。

文学通过语言的叙述和描绘,它是连贯的,而图画所描绘的又是"一瞬间"的定格;文学可以通过听觉感知、想象、联想再造形象。但是,对于幼儿来说,这种"再造形象"的能力是有限的,必须图文并茂,视听并举。如何运用绘画的"一瞬间"来表现文学的"连贯性",这是幼儿文学读物特别需要加以研究的。在我看来,二者的结合,对于文学来说,要写"可见的事物形象";即使无形的,为便于绘画表现,作家要化无形为有形,化静态为动态。对于绘画来说,如何让欣赏者从"一瞬间"联想到它的过去和未来。莱辛说:"绘画在它的同时并列的构图里,只能运用动作中的某一顷刻,所以就要选择最富于孕育性的那一顷刻,使得前前后后都可以从这一顷刻中得到最清楚的理解。"(见《拉奥孔》)对于幼儿文学创作来说,多写运动中的事物,才能让画家容易抓住"最富于孕育性的那一顷刻"。在幼儿文学创作中,当作家以"文字"为材料进行创作时,他应当想到画家眼中的"一瞬间",甚至要"割爱"文字,给绘画留出表现的空间。

在题材的选择上,要注意选择孩子和家长有共同体验的内容。贴近孩子们的生活,在感情上容易引起共鸣。让题材具有较浓郁的感情含量，就容易打动人心。在形象的选择上，要给婴幼儿选择他们经常接触的人、物和动物、植物。

随着对文学教育的普遍认同，幼儿文学必将深入到家庭，与之相适应的必然是幼儿文学创作和出版的全面繁荣。这个图书市场很大，甚至比少年文学、童年文学的市场更大。我们应当有更多的作家、画家参加到这一创作行列中来。

幼儿文学同样需要大手笔。

（原载《中国少儿出版》2000 年第 2 期）

# 论低幼儿童文学的审美价值及其他

张锦贻

## 上

处于开放、改革的新时代,人们真正认识到儿童的地位——儿童是未来社会的主人公,认识到儿童智力早期开发的重要性和必要性,于是,对低幼儿童文学就重视起来。短小明快的低幼儿童文学作品给每一个刚刚跨进生活门槛的儿童以美的熏陶、美的享受,陶冶他们的品格,开浚他们的心智。优秀的低幼儿童文学作品会在儿童的脑海中留下永不磨灭的印象,甚至会在其一生中产生重大的影响。所以,就低幼儿童文学的审美价值而言,绝不亚于任何其他长篇巨著。

但是,由于低幼儿童文学的读者对象是识字不多、生活经验很少的学龄前期和学龄初期的儿童,作品一般都比较单纯,比较浅近,比较朴素,而且总是图文并茂,甚至有图无文,由这样的作品构成的低幼儿童文学,是否具有较高的、很高的审美价值? 需要从理论上、实际上去加以探讨。

车尔尼雪夫斯基说过:美是生活。低幼儿童文学与其他文学一样,它的审美价值的获得首先在于作品反映现实生活,而且是真实地、深刻地反映现实生活。如任溶溶写的儿童诗《一个好心的小姑娘》[①],描写小姑娘菊菊所见、所想、所做。她看见一位叔叔在河边钓鱼,不知坐了几个钟点,"花那么大的功夫,/还不是为了吃条鱼的缘故? 她可怜这位叔叔,/于是回家,/把妈妈刚买的鱼拿来送他"。她看见几个大哥哥在球场上拼命地追来追去,"他们追得浑身是汗,/还不是为了有个球玩玩? 她同情这些可怜的大哥哥,/拿来几个球,给他们一人玩一个。"她看见表哥和同学们在家排练节目,表哥演技不错,哭得眼泪汪汪,她却拿着一块糖去安慰。作家从揭示儿童内心的感情世界入手,生动活泼地表现出我国人民生活的丰富多彩,表现出社会主义社会中人与人之间的真挚的情谊,既具有强烈的现实感、时代感,又洋溢着天真的童情童趣,十分自然地从儿童生活和社会现实的联系中去发现美,并从儿童所能体会到的真情实感中开掘美的意蕴,使真、善、美在作品中融为一体。如同一作家写的系列故事《丁丁探案记》[②],主人公丁丁学外国大侦探福尔摩斯的样子,在两座宿舍大楼从一楼到六楼里用许多大家弄不明白的办法侦探种种"案件"。作品分两部。第一部"我家大楼发生的事"中包括:大胖娃娃为什么不肯上托儿所? 小阿为什么完不成作业? 两个最最最最最好的朋友为什么绝交? 钥匙到底在哪里? 小狗怎么成了大数学家? 阿福公主为什么哭? 第二部"隔壁大楼发生的事"包括:窗玻璃是谁打破的? 小嘟是吹牛大王吗? 死人复活的秘密;五个孩子加一个、小当当那句不美的话是打哪儿学来的? 好孩子和"坏孩子"。写的都是趣味盎然的儿童生活故事。作家紧紧抓住了儿童富于幻想、好奇心强、追求探索的心理特征,塑造了一个机智聪明、善于思考的儿童形象,通过他的"侦探"活动,把儿童世界展现在读者面前,极其巧妙地描绘出当代儿童美的行为、美的心灵。而且由此反映出家庭、学校、社会教育中的现实状况；新的时代为儿童创造了美好的环境、美好的生活。

但是，我们的现实生活中，有真、善、美的东西，也有假、恶、丑的东西。丑也是一种否认不了的现实，没有丑，也就没有美了。所以，作为一个低幼儿童文学作家，不可能也不应该完全回避丑，重要的是，根据儿童的欣赏能力，能从总体上正确地把握住所写的题材，给作品中的人和物赋予准确的审美观照。不论是美的形象，还是丑恶的形象，都是体现作家的美学理想的，都各具有其自身的艺术价值。也就是说，丑的形象也要写得美，要让他丑得"美"，使小读者在获得美感的同时，认识社会生活。又如一个图画故事《比吹》③，描绘两个小朋友在一起吹气球，他们只顾比"吹"，不顾气球实际上能吹多大，于是吹得过了头，两个好看的气球就都不存在了。这是日常生活中常见的"镜头"，但一经作家和画家的渲染，简洁明了之中，却是意味无穷。既能使小读者感到真实，有意思，又能体味到生活中的某种哲理。而且，随着年龄的增长，体会也会逐渐加深。作家与画家的高明就在于寥寥几笔，把美与丑做了鲜明的对比，对于人们并不经心的"丑"，发出一种善意的嘲笑。著名剧作家沙叶新的儿童剧《以误传误》④，写少先队员在校园里种树，分组时，小薇不愿意跟小光在一个组，原因是小薇听说小光说她最坏。小队长聪聪一追查，原来小光对欢欢说小薇最乖；欢欢对阿珍说，阿珍听成小光说小薇最矮，去对蓓蓓说；蓓蓓听成小光说小薇最怪，去对大强说；大强听成小光说小薇最坏，去对小薇说。一句好话传成了坏话，惹出了麻烦。为了证实瞎传话造成不良的后果，聪明的小队长又领着大家在休息时做一个"传话"的游戏。"大家要团结"传到后来变成了"大概要过节"；"不要瞎传话"传成了"不要吃麻花"。在事实面前，小朋友们感到传话不可靠，误会顿消，大家言归于好。作家的构思是巧妙的，因"传"产生"误"，以误传误，越传越误，这是一种"丑"。但剧情中，以"误传"治"误传"，用游戏的方式进行自我教育，轻松自如，风趣活泼。而且，剧中又同时表现出小队长聪聪的机智、敏捷、认真、能干，表现出小朋友热爱劳动、互相帮助的美好品质，使小读者、小观众在欢快的气氛中识别美丑，分清是非，明确爱憎。此剧所表达的思想也就不言自明。生活中的真理，不仅对于年龄幼小的儿童有益，对成年人也同样有教育意义。这方面的作品有的很有深度，如嵇鸿的童话《宝镜》⑤中，"我"帮助了老婆婆，老婆婆把能够点石成金的点金盒送给"我"，"我""不要这样的钱"，老婆婆又把能够看到老师出的试题的宝镜送给"我"，"我"拿过来，却把宝镜在石头上砸个粉碎。显然，这位老婆婆的礼物对于诚实的小朋友来说，既无好处，也无用处。"我"的行为表明了新中国新一代的美好的心灵。作品中的真善美与假恶丑，并不是作家直接写出来的，美与丑体现在特定环境中特定的思想性格的内涵中。作家不以"丑"写丑，这个朴素的美学辩证法在这篇作品中体现得十分巧妙感人。

诚然，在低幼儿童文学创作中，一刻也不能忘了对美的追求。但也千万不要忘了，低幼儿童的心理特征、审美要求并不是一成不变的，而是随着社会的发展、时代的变化而发展、变化的。所以，低幼儿童文学审美价值的获得也在于艺术的创新。新和美是相互统一的。"新也者，天下事物之美称也。"（李渔）任何一种审美感受，都是人们对于有关客观对象的特殊感受。低幼儿童也决不例外。新颖奇特的审美对象会促使儿童读者脑神经系统兴奋，能强化审美者的感知。正如歌德所说："眼睛需要变化，从来不愿只老看某一种颜色，经常要求换另一种颜色。"对于学龄前期和学龄初期的儿童来说，美感总是跟新鲜感伴随在一起的，而新鲜感与时代感又是一致的。比如散文《南极，我永生难忘的地

方》⑥,新奇、引人的内容,生动、通俗的文字,配以实地拍摄的照片,显得那么真实、亲切;大自然的美与人类征服自然的勇气和力量的美,非常具体地显示了出来。又如刘兴诗的儿童诗《大海的歌》⑦共五首:一、大海是什么颜色;二、大海有多深;三、海水向哪儿流;四、这是什么岛;五、谁是大海的主人。生动地描绘了大海在不同的地理区域中所呈现的不同的颜色,不同的深度,不同的景象:"大海是什么颜色?/大海是蓝的。/呵!不,/船儿开出长江口,/海水是黄的。……大海是什么颜色?/大海是黄的。/呵!不,/在没有河流的岩岸边,/海水是绿的。……大海是什么颜色?/大海是绿的。/呵!不,/船儿开到北冰洋,/海面是白的。……大海是什么颜色?/大海是白的。/呵!不,/在非洲的红海边,/海水是红的。……大海是什么颜色?/大海是红的。/呵!不,/在欧洲的黑海,/海水是黑的。/大海是什么颜色?/大海是黑的。/呵!不,/在辽阔的大海洋上,/海水是蓝的。……"海水的颜色多彩而美丽,海底的景象多变而新奇;加以诗人又运用了传统儿歌的优美的艺术形式,使新与美构成了和谐的交响乐章。"大海有多深?/大海有一万米深。/错啦!/哥哥在海边开采石油,/最多只有几十层楼房那么深。大海有多深?/大海有几十层楼房那么深。/错啦!/叔叔在远洋找锰矿,/1000多根电线杆接起来才能伸到底。大海有多深?/大海有1000多根电线杆那么深。/错啦!/爸爸驾着潜水艇,/调查最深的海沟,/就是把珠穆朗玛峰放下去,/也还差1900多米。海底不是平的,/有山脉,有平原,/有的地方很深,有的地方很浅。"这首诗,扩展儿童的眼界,启迪儿童的智慧,洋溢着无限的热爱大自然、热爱新生活的美妙情趣,使人耳目一新。至于对"人类是大海的主人"的咏赞,恰是简洁地写了人类征服自然、驾驭自然在孩子心中引起的无比的自豪感。这是通过儿童自身的感受来写大海,大海的美通过儿童精神风貌的美体现出来。美,已经不只是生活的躯体,更是生活的灵魂。显然,美感的获得,既是客体的存在和属性的现实反映,更是主体在特定的心理与生理状态下对客体的能动的反映。客体的演变与主体的演变相一致,就构成了一种特殊的、新的美感。

而从新近发表的一些低幼儿童文学作品中,我们更可以明显地觉察到当代儿童的审美意识所发生的新的变化和升华。如有一首儿童诗:"您别瞪眼睛,妈妈,/别怪我是个淘气的娃。/虽然我的新裤子,/长了两个大嘴巴;/可爬山比赛——金牌归我啦!您笑一笑,妈妈,/您别怪我不听话。/虽然我的脸上、手上,/尽是黑泥巴;/可老师为我照了相,/还奖我一束花!"⑧生动地描写了一个顽皮儿童的思想情感。又如儿童诗《冬天的歌》:"……一只天鹅,/实在孤单,/我伸长脖子,/又拍打双手,/我愿变成天鹅,/跟它做伴。"⑨写儿童对小动物的爱;《如果我是一片雪花》:"如果我是一片雪花,/我飘落到什么地方去呢?飘到小河里,/变成一滴水,/和小鱼小虾游戏?飘到广场上,/去堆胖雪人,/望着你笑眯眯?我飘落在妈妈的脸上,/亲亲她,/然后就快乐地融化。"⑩写儿童对母亲的爱。这种爱,是不同国家、不同民族的儿童所共有的美好的感情;这种爱,正是一个人爱祖国、爱人民的感情基础。新的社会,新的一代,新的意识,形成了新的审美观念;而新的审美观念又促进了新的意识的形成,促进了社会主义精神文明建设的发展。从这个意义上说,低幼儿童文学的美学内涵和美学意义正在更新地延伸和发展中。

低幼儿童文学在不断地求新、求异之中,不断地满足低幼儿童新的、发展着的审美要求。这个"新",既包括想象的驰骋、意境的构筑,也包括语言的运用、节奏的讲究。如散文《午后的竹园》《有趣的植物世界》⑫,都是描写自然界的景象,格局却迥然不同。竹园,南方孩子都见过,北方孩子从电影、电视中也可能见过。作者就抓住"午后"这一个时刻,写出孩子在午后的竹园里的特殊感受："任微风一阵阵从我的小鼻子上滚过；任太阳的光斑透过竹叶直直地在我的眼睛上晃来晃去；听蟋蟀在附近的乱石堆下瞿瞿瞿鸣叫，……"一个平常的竹园，孩子却能从中体味到大自然的赐予与生活的甜美，体味到成人体味不到的一种美妙的似真似幻的境界。相比之下，植物园使孩子们更感到新奇。所以，作者就全面铺开，着意描写那种种见所未见、闻所未闻的树木花草：皮果树被风一吹，发出"哈哈"的笑声；一种艳丽的花朵，身上带电，谁要碰它，谁就像触电一样感到一阵麻木；蜡烛树上的蜡烛，剥开皮，一点就亮；嚼了醉草，就像喝了酒一样，感到有醉意；虫子如果爬到捕蝇草的叶子上，草叶马上闭合起来，把虫子吃掉；而当微风吹起来的时候，一种名叫"水笛荷"的荷花就会发出像吹笛子一样的清脆柔和的声音。这样美丽而神奇的大自然，必然会激起儿童对探寻未知的欲望。这既是人类新一代对广阔世界的美的追求的起点，也是低幼儿童文学的美的熏陶的一种归结。

低幼儿童文学的审美价值最终归结为美的熏陶上，也就是美的愉悦性与美的功利性的实现。当然，对于学龄前期、初期的儿童来说，美的愉悦性总是居于第一位的。因为美感是带有一种喜悦和愉快的感情色彩。要使儿童在文艺欣赏中得到审美的满足，首要的条件是作品能引起他们的兴趣，触发他们的情感，然后才能受到由衷的感动，引起强烈的共鸣，才能潜移默化。事实表明，强调美的愉悦性，并不是忽略美的功利性，而是为了达到二者的高度统一。以上提到过的作品，无一不是如此。但是，也无可否认，有不少低幼儿童文学作品就是以实现美的愉悦性为目的。这些作品的美学意义决不因不强调美的功利性而有所减低，应该说是各有千秋，相互不能够替代。比如大家都熟悉的各种游戏儿歌、谜语诗、绕口令，等等，思想内容不一定多么深刻，但它们有韵律，有节拍，便于诵唱，易于记忆，既丰富了儿童的精神生活，也使儿童的思维和审美能力得到发展。又如一些短小的游记、日记、散文，等等，也并不包涵多么深厚的思想意义，但作者用精练、清新的语言，把山水花草描绘出来，有景有情，可以陶冶儿童的性情，并且满足儿童多方面的审美要求。至于一些专为儿童创作的会心惬意的小幽默，健康向上的笑话等，当它们同人物、故事浑然天成，在小读者面前展示形形色色的社会生态的时候，美的愉悦性首先便成了整个审美效应产生的前提。

对于低幼儿童来说，美的愉悦性就是一种奇异的艺术魅力，吸引着他们，使他们得到娱乐，得到积极的休息；使他们情不自禁地沉醉在作品所描绘的情境中，接受作品的滋养和浸润；也使他们自然而然地集中自己的注意力，逐渐养成良好的阅读和思考的习惯。这难道不是真正的美的熏陶和美的享受吗？！

当我们看到年龄幼小的儿童津津有味地读书，看到他们与书中的小朋友一同欢乐、一起发愁的时候，我们就具体地看到了低幼儿童文学的美的魅力之所在。而这种魅力，是成人文学永远比不了的。因为成人读书，主体意识、主体选择性是十分强的。而对于小孩子来说，一本好的文学作品，就是他真正的良师益友。

低幼儿童文学为孩子们创造美，传播美，塑造一代代人的美好心灵，熔铸一代代人的美好形象，谁能不承认，低幼儿童文学是最美的文学？

下

低幼儿童文学的独特的美学意义和审美价值，来自它的独特的美学内涵。

低幼儿童文学的美学内涵，是它所特有的，为别的任何文学所无法替代的。

真实是艺术的生命,低幼儿童文学并不例外。唯其真实,才能使低幼儿童产生可信感和亲切感,并由此在幼小的心灵中留下深刻的印象。但是,低幼儿童的知识范围、生活经历都有一定的限度,他们的思维是具体的、形象的,当他们以自己的思维方式去认识、感受周围世界的时候,总是喜欢那些活泼可爱的东西,并给它们都涂上一层绚烂美丽的幻想的色彩,所以,在低幼儿童的脑海里,"真实"的概念不是定型的。只有当这种"真实"对他们具有说服力和吸引力时,才能为他们所接受。所以,优秀的低幼儿童文学作者总是善于以低幼儿童的目光来发现和发掘事物本身的美,并且根据低幼儿童的思维规律来做艺术的描写和渲染,以实现这种美的本质的内涵,并为幼儿理解和喜爱,这就是作品中本色美与装饰美的自然的统一。如散文《中国长臂猿》⑬,作者先写道:"世界上有 8 种长臂猿,我国的云南、海南岛的原始森林里,居住着 4 种长相不同的长臂猿。"接着描写长臂猿的习性:在树上行走如飞,像荡秋千;在地上时,两只长臂高高举起,像个投降的俘虏兵;爱吃果子,但只摘熟的吃,从不乱摘乱抛;爱清洁,窝里很干净,不在里面大小便。最后赞叹道:"真是个模范动物!"是描绘,也是讲解和启发。4 幅彩色照片上,4 种长臂猿的神态、表情各异。它是野兽的本来面目,却由于作者的艺术加工(优美的文字,巧妙的摄影),而使低幼儿童不觉得可怕,而觉其可爱、可亲,并使他们产生观察、研究动物的兴趣。这种"装饰",并非假造,当然也就不会失真。又如故事《雪花澡堂》⑭,写松鼠毛毛醒来一看,下大雪了!他想起埋在雪里的松果,急得从树上跳下来,就陷进了松软的深雪里,打了几个滚,松果挖起了,身子也变得干干净净,皮毛发亮。原来雪花就像海绵,能吸灰尘。毛毛灵机一动,第二天就在松树上挂起招牌——雪花澡堂。森林里顿时热闹起来,大家都洗个雪花澡,干干净净地生活。这个故事的内容是真实的,但通过作者刻意美化,从文字到图画,都突现了小动物爱清洁、肯助人的美好的性格,本色而不显平淡,装饰而没有造作。本色美与装饰美达到了统一。

其次,也应该看到,每个低幼儿童的心理素质的形成,都与他们各自生活的地域环境、自然条件、社会状况、家庭教育等相关,低幼儿童的天地是成人世界的一部分。他们不仅是人类的未来,而且时时都在准备做真正的"大人"。在这种时候,周围的一切都是他们交流思想的对象。所以,模仿和自信在他们的品格中是矛盾的统一。自然与人,在他们的认识过程与审美过程中均具有同等的意义。所以,真正熟悉低幼儿童的作者,总是运用丰富的想象和大胆的幻想来描写美好的大自然,引导他们跟"自然"对话,使他们热爱自然,也领略"自然"对他们的爱;使他们理解自然,也认识"自然"本身;使他们明白人是自然的主人,并能够改造自然。这样就构成了作品中自然美与人情美的和谐的统一。如圣野的诗《欢迎起早的太阳》:"太阳最先醒来/太阳叫醒云/云叫醒风/风叫醒树木/树木叫醒鸟/鸟叫起了大哥哥/大哥哥起来驾铁牛/吐吐吐,吐吐吐/铁牛唱的歌/叫醒了小妹妹/妹妹跳下床/打开了窗子/欢迎起早的太阳"⑮,描写了清晨自然界的动态,而把握这美好时光的却是驾铁牛的大哥哥和欢迎太阳的小妹妹,在清晨的自然美景中洋溢着一代代人热爱劳动、建设家乡、勤奋向上的美好感情。又如《我不当候鸟》《雪花雪花》《雪地上的画》3 首小诗⑯中,描述了小姑娘与杜鹃鸟的对话。冬天了,杜鹃启程到南方去,"杜鹃问我去不去?一声一声叫不停。谢谢杜鹃我不走,北方的孩子不怕冷。"自然界一年四季,小姑娘对待四季都一样,题目"他不当候鸟",加深了美妙的情感的表达,使作品中思想境界的美得到了升华。至于"天亮了,我奔到雪地上,去开画展——","要是夏天下雪,那该多么开心!"所描写的孩子们的行动和心愿,既活脱脱地表现了冬日的雪景,也体现出孩子心中的一片希望，一片真诚。童话故事《好心肠的棕榈树》<sup>①</sup>，从描写棕榈树"样子长得很古怪，可是它的心肠顶好"开始，一直写到"棕榈树为大家剥光自己身上的棕毛，头上的叶子也少了，他感到能帮助别人，是件高兴的事。""春天，棕榈树又长出一身棕毛"。配以10幅图画，着力讴歌棕榈树高尚的品格和美好的情操，精美的画幅与质朴的文字相映照，情更美、意更美。《绿色的和灰色的》《邮递员叔叔来了》<sup>②</sup>两篇小散文诗又别具一格，用色彩、音响来描绘大自然和特定境界，来划分美丑的界限，来表达儿童内心的情绪和情思。"绿色的森林里，有块绿色的草地，绿色的草地上，有条绿色的小溪。有只灰色的狐狸，躲进草丛，等候着小兔经过这里。一只绿色的翠鸟，向小兔们报告了这个秘密！……你听，风儿送来了——狐狸的叹气！""……小溪淙淙淌，小鸟啾啾唱，呵，怪不得邮递员叔叔骑绿车，挎绿包，穿着绿衣裳，他从春天那儿来，送来春天的色彩，春天的音响……"这诗句，好像是画家笔下色彩斑斓、美丽无比的画幅，也好像是从内心演奏出的节奏鲜明、美妙动人的旋律。这是作者"更集中、更强烈、更夸张、更典型"地反映低幼儿童的生活和思想感情的结果。美，在广阔的自然界和现实社会中，是到处存在的。但是，从低幼儿童的视角来发现和表现自然的、人情的美，却并非易事。

在低幼儿童文学作品中，思想和艺术的最深刻的表现是哲理美与童心美的有机统一。谈低幼儿童文学而谈哲理，似乎格格不入。其实不然。凡在人类社会中，总有唯物论与唯心论相对立，总有真理与谬误相抗衡，总有主观与客观相矛盾，因此，借助文学作品给低幼儿童灌输完美的真理和理想至关重要，而更重要的是还要让他们对这种灌输乐于接受。前面已经谈到，任何一种美，只有被欣赏，被理解，才能显示出美的价值和意义。所以，低幼儿童文学中的哲理美绝不等同于成人文学中的哲理美，它必须是与低幼儿童的心灵相通的，是低幼儿童生活中闪现的思想的火花、智慧的异彩。故事《小老虎找朋友》<sup>③</sup>中说："谁愿意和称王的人做朋友呢！"《长颈鹿和鹿》<sup>④</sup>中又说："他们都有一双看自己优点的眼睛，和一张说别人缺点的嘴巴。"还有一个故事，用"磕头虫"比喻胆小鬼，以"小水塘"比喻不懂得与朋友互助的人<sup>⑤</sup>，都是使生活中的哲理与低幼儿童喜闻乐见的故事融为一体。又如小诗《春天的山》<sup>⑥</sup>中写道："青一面，/白一面，/一面是刚露头的小草，/一面是没化完的雪片。站在山顶，/你就能看见：春天离冬天，/一点儿也不远……"儿童眼中的山景美与客观真理的意蕴美相交织，使哲理美与童心美达到高度的统一。

童心总是天真烂漫，欢乐愉快，所以在低幼儿童文学作品中，严肃、深刻的哲理也总是伴随着有趣、动人的幽默，使理性的原则变得平易、亲切，自然地化入孩子们的心灵之中，化成一种智力，一种对生活的自信力和思考力。何公超的童话《想走遍全世界的驴子》<sup>⑦</sup>写一匹驴子，立定志向，要走遍全世界。他戴着眼罩，绕着磨子不停地走，走了一天，仍在原地。作品诙谐而又深刻地表现出驴子的生活态度，表现出对人生道路的理性思考。刘心武写的《小猴吃瓜果》<sup>⑧</sup>，风趣、善意地讽刺小猴一错再错，然后让小读者自己得出结论。故事《会走路的小板凳》<sup>⑨</sup>更是妙趣横生。那个名叫小亮的孩子，给在院子里剪树枝的爷爷拿个板凳坐，可是，他却对爷爷说："小板凳是自己来的。它有4条腿，它会走路！"这样一写，小读者在会心的微笑之中自然会体味到人的品性的美、道德的美。小诗《蒲公英》<sup>⑩</sup>用抒情的方式、拟人的方法，表现出小小的蒲公英"活着为他人"的高尚的思想和行为。

这里提到的低幼儿童文学作品，思想内容、艺术表现都各有不同。但都是采用幼儿所喜爱、所理解的方式来开掘生活的丰厚的底蕴，所以能使哲理美与童心美在对立的统

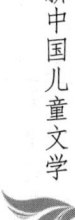

一中结晶为高度的思想性和艺术性。

不过，无论是什么样的作品，对于低幼儿童来说，音节铿锵、节奏明快、朗朗上口的，最有吸引力。因为他们从中得到乐趣，锻炼思维，发展语言。更何况，好的低幼儿童文学作品中，优美的韵律总是依附于生动、美妙的形象，能使孩子们愉快、激动的热烈情绪持久不衰。所以，优秀的低幼儿童文学作家总是努力使语言的音韵、格律与作品的内容、主题相一致，与作品的思想感情相吻合。这就是作品中语言的音乐美与内容的形象美的巧妙的统一。比如儿童剧本《坐火车上北京》②中，每个小演员都用既有韵脚又富情意的诗句来介绍自己的职业，并由此表达对于所担负工作的自豪感，如小工人："我是一个小木匠，/锯木头，本领强；/圆的圆，方的方，/短的短，长的长；/一件一件都能派用场。/装门窗，上屋梁；/造高楼，砌工房；/不怕风吹太阳晒，/天天忙着盖工厂"。……语言的音节随着感情的起伏而变化、跳跃，悦耳动听，强劲有力，使内容与感情的表达更加热烈和深厚，使其更具表现力和鼓动力。儿童诗《山谷》，《相信吗？今晚……》③，前者描写山谷在一年四季中都把欢乐给予孩子：春天种云杉，是播种的欢乐；夏天采蘑菇，是寻找的欢乐；秋天摘山果，是收获的欢乐；冬天滑雪，是飞翔的欢乐。排比的句式，优美的音韵，美丽的景色，欢快的情调融合在一起，使小读者感受到语言的自然，旋律的自如，幻想的美妙，并借此体验到宇宙的广大，世界的广阔，生活的美好。后者叙述一个因妈妈上夜校、爸爸忙工作而晚上独自在家的孩子的心理，有力的语言，响亮的节拍，如敲锣打鼓一般，为孩子壮胆，把孩子赞扬。作品中跳动着一颗天真的童心，洋溢着一片爱父母的情意。这美的韵律和美的形象，如水乳交融，成为孩子们成长中必不可少的一份养料。

我们确实地感受到：美，是生活中固有的。低幼儿童文学跟成人文学、整个儿童文学一样，反映美，创造美。但是，从一篇篇展示美的境界、渗透美的思想的低幼儿童文学作品中看到，对于美的反映和创造，低幼儿童文学跟成人文学、整个儿童文学又是不一样的，它着重反映低幼儿童的生活，作品中更多地体现出事物的本色美、环境的自然美、孩子的童心美和语言的音韵美，并由此构成低幼儿童文学所特有的稚拙美。它也努力反映广阔的社会生活，但必须在符合低幼儿童思维规律的前提之下。所以，作品中体现的社会、人情的美，思想、哲理的美，又总是单纯而纯洁的，天真而真挚的。从而又构成一种纯真美。这种稚拙美和纯真美，一经出色的低幼儿童文学作者集中地表现出来，就在艺术上得到了升华，具有艺术的生命力。

人类的生命一代一代地延续，生命是无限的，低幼儿童文学的美的内涵也是无限的。

**[注释]**

①③⑤⑥⑧⑨⑩⑪⑫⑬⑭⑯⑰⑱⑲⑳㉑㉒㉕㉖㉘《小朋友》1985 年第 1 期—1987 第 4 期。

②④《儿童文学园丁奖集刊（二）》，少年儿童出版社版。

⑦㉓㉔㉗《1949—1979 上海儿童文学选》，少年儿童出版社版。

⑮诗集《雷公公与啄木鸟》。

（原载《内蒙古师范大学学报》1988 年第 4 期）

# 幼儿文学的社会功能

郑光中

幼儿文学是启蒙文学。它通过文学的手段,给幼儿体、智、德、美以多方面的熏陶和教育,对他们的性格、气质、志趣和理想的形成,产生深刻而久远的影响。根据幼儿的年龄特点,从我国的教育方针出发,幼儿文学的社会功能,具体说来有以下几方面。

## 一、开阔幼儿的眼界 丰富幼儿的表象

人类社会的发展归根结底取决于社会生产力的发展,而社会生产力的发展归根结底又取决于人的素质的发展,也就是取决于人的科学、文化、技术水平,人的体质和思想觉悟。大量的科学研究成果表明,幼儿时期是人的智力和个性发展的关键时期。一般说来,4岁以前是形象视觉发展的敏感时期;4岁至5岁是开始学习书面语言的最好年龄;5岁开始是掌握数的概念的最佳年龄。如果延误了这个时期,就不容易顺利地获得这种发展,以至于终生遗憾。在提高人的素质方面,幼儿文学是大有可为的。

幼儿的求知欲非常旺盛,什么事都要打破砂锅问到底,仿佛心头装着"十万个为什么"。因此,幼儿文学无论是什么体裁(不单是科学文艺),都承担着开阔幼儿的眼界,丰富幼儿的表象,回答"十万个为什么"的任务。

幼儿文学作品中,有关知识性的描写是必不可少的,而必要的知识性描写又给作品增添了色彩和魅力。日本当代女作家中川李枝子的《不不园》,是以幼儿园日常生活为题材的长篇童话。作者在《捕鲸》一章中,以生动曲折的情节,诙谐风趣的笔触,告诉孩子们:"船头是尖的,那儿是驾驶室","驾驶室的后边是船舱","挨着船舱的,是甲板"。"因为海水是咸的,一定要带些自来水"。鲸在海面上露出"像山一样的黑色脊背","从脊背上喷出一大股海水来"……这些知识性的内容,对幼儿来说,算得上是一部《捕鲸大全》,打开了通向航海世界的神秘的窗户。

幼儿的知识经验极为贫乏,头脑中储存的表象不多。因此,要使作品的知识内容能被理解,较之成人读者、少年读者就困难得多。"红杏枝头春意闹"是人们传诵的名句,但幼儿无论如何,都不能单从"闹"字上体味到王国维所说的"著一'闹'字而境界全出"的妙处。所以,要真能开阔他们的视野,引导他们去观察和思考大千世界,激发他们向往科学天地的热情和志趣,一方面要选择幼儿感兴趣又可能接受的知识内容(一般只讲是什么,不讲为什么),另一方面知识(抽象的)和形象又要水乳交融。知识的芳香应从美丽的花朵中散发出来,让幼儿在记住故事、儿歌的同时,也就接受了粗浅的科学知识(作品中切忌有"知识板块")。这样,小读者在欣赏它的时候,不仅因为作品说出了他们类似的感知而觉得舒畅,而且还能激发他们的思维活动,调集头脑中已有的表象(虽然不多)去构成新的"前科学概念"。

幼儿今天是科学的小客人,明天是科学的大主人。很多献身科学事业的科学家,都

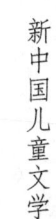

谈到过他们童年时代读了有趣的科学文艺书籍，使他们走向了探求科学的未知世界的道路。幼儿文学担起培养幼儿对科学的兴趣这副重担，是光荣的，也是艰巨的。

## 二、培养幼儿良好的行为习惯　奠定优秀的思想品德基础

人生最重要的习惯、倾向、态度，多半是在6岁前培养的，所以我们要从小培养人才幼苗。我国著名的儿童教育家陈鹤琴先生就强调："教小孩要从小教起"，"一开始就要教好"。

人在幼儿时期，可塑性最强，最容易接受外界的影响，尤其容易接受形象化的教育。我们借助幼儿文学中的鲜明形象，培养孩子们讲卫生、爱运动、爱学习、会思考、守纪律、有礼貌、爱劳动等良好的行为习惯，是完全应该也确有可能的。属于这方面的作品很多，用不着一一举例。

苏联优秀诗人马雅可夫斯基，曾经写过一首题为《什么叫作好，什么叫作不好》的儿童诗。这个诗题，很能概括幼儿道德感的全部内容。孩子们总是从日常生活的具体事件中去分好坏，明是非，识真伪，辨善恶。幼儿文学作家也正是紧紧地把握住这一点下大功夫。比如，瓦·奥谢叶娃的《三个伙伴》，就是从具体行为的对比中，让幼儿明白：以具体行动去帮助朋友就是好的；只说漂亮话而没有实际行动就是不好的。这样，就能逐步培养幼儿关心朋友懂得友爱的品质。这些好坏的观念，看上去细小和粗浅，但对幼儿来说，恰恰是他们日后形成爱国主义和共产主义思想品德的基础，我们绝不能掉以轻心。

马克思主义是工人阶级的科学世界观，是全人类精神文明的伟大成果。它是社会主义意识形态的最重要的组成部分，对整个精神文明建设起着重大的指导作用。我们这里讲的是非、真伪、善恶等，同样离不开马克思主义的指导。

## 三、发展幼儿的语言与思维

优秀的幼儿文学作品，是幼儿学习语言的最好教材。父母、老师等中介，把幼儿文学转述给幼儿，使其经常活跃在幼儿的口耳之间，是幼儿学习语言的最好方式。孩子们总是从幼儿文学中，把一些他们感兴趣的词语，他们觉得新鲜句子的结构方式，拣过去用起来。在日常生活中，幼儿口里有时会冒出一两句老气横秋的话，就是这样拣来的。这不仅丰富了幼儿的语言，有助于他们接受人类积累起来的知识成果，参加交际活动，更重要的是发展了幼儿的思维能力。

幼儿文学对于发展幼儿初步的逻辑思维能力，具有重大意义。幼儿刚学习语言时，所使用的一些词，实际上代表了他们头脑里的表象。比如，幼儿在使用"花"这个词时，最初只是指他们所看到的具有花的外形特征的植物，并不是生物学上的"植物的繁殖器官"。而随着幼儿所见、所闻、所积累的知识(用语言凝固起来的)逐步增加，他们所使用的词语的抽象性和概括性才随之扩大。所以说，借助幼儿文学，使幼儿所掌握的词汇的概括性不断增长，以及语言的连贯性的发展，是幼儿发展抽象逻辑思维的重要前提。

优秀的幼儿文学作品的语言，是作家用心血凝聚成的，它最能激起孩子们模仿学习的积极性，促进幼儿思维能力的发展。所以有人说，儿歌是会飞的花朵，今天唱在苏州，明天就唱在杭州。它之所以不胫而走，孩子们学习语言的巨大积极性是重要原因之一。幼儿文学要用优美纯洁健康的语言去培植这种积极性。我们不能忘记，对于每个全面发

展的人,敏捷的合乎逻辑的思维能力,比什么都重要,幼儿文学在这方面,有着广阔的用武之地。幼儿文学的语言特点,在于用尽可能单纯形象的词句,丰富而精细地表现人和物。比如《乡下来的丹丹》里有这么几句:

> 幼儿园多大呀,比外婆家的菜园子大多了。红的不是番茄,是花;紫的不是茄子,是花;黄的不是南瓜,也是花。这么多小朋友,可以玩"好人坏人"了。丹丹好像不那么怕幼儿园了。

这样的文学语言,准确而生动,简洁而富有稚气,很能扣住小读者的心弦。为此,作家们多方面地学习语言是很必要的。除了向成人学和向书本学以外,更主要的是向孩子们学习语言。正如老舍所说:"孩子们识字不多,掌握的词汇也不丰富,可是他们会以较少的词汇来回调动,说出有趣的话来。孩子们有此本领,儿童文学作者必须学会此本领——用不多的词儿,短短的句子,而把事物巧妙地、有趣地述说出来,恰足以使孩子们爱听。"

德国伟大的诗人,剧作家歌德(1749—1832),由于在幼儿时期受到母亲不间断的文学熏陶,语言能力和想象能力较早地得到发展。这对他后来写作《少年维特之烦恼》《浮士德》等世界文学名著,无疑地有极大的好处。文学史上这类事情是很多的。请记住:"孩子在幼年时期,只要丰富了语言,以后就好办了。"[①]

## 四、培养幼儿的美感　提高审美能力

美感是人对事物的审美体验,它是根据一定的美的评价标准而产生的高级情感。或者说,是由美的事物在观赏者心中所引起的一种主观情绪和情感。审美能力表现在一个人接触到艺术和日常生活中真正的美时,能感到满意,觉得精神愉快,并由此去鉴别美好与丑恶,纯真与虚假,文明与粗野,崇高与卑下等的能力。幼儿文学是最美的文学,它总是那么美好,清新明媚,旖旎迷人。因此,幼儿文学能给幼儿以美的享受,美的感染,美的陶冶,同时又"锻炼美的感觉"。马克思说"艺术对象创造出懂得艺术和能够欣赏美的大众",就是这个意思。幼儿文学的教育作用、认识作用都是通过美感作用来实现的。这是它区别于其他教育方式和途径的本质所在。

幼儿文学作品,一般说来不是以反映生活的深度和广度见长,而是在一个平平常常的故事里(幼儿诗歌也大都具有极简单的情节),包孕着美的意境、美的形象,以它特有的美质去征服读者。

优秀的幼儿文学作品,往往使小读者如醉如痴,如临其境,如见其人,如闻其声,给孩子们带来无穷的愉快和享受。它在发展孩子们的美感,提高审美能力的同时,就在奠定以后形成他们精神财富的基础,为长大以后去创造美的生活、美的环境和美的世界做足够的精神准备。

## 五、愉悦幼儿的心情　保持心理平衡

幼儿文学是欢乐的文学。它有明显的游戏性质,往往可作幼儿游戏的材料。儿歌、幼儿戏剧自不必说,就是生活故事、童话故事,也可以边讲述,边表演。这在幼儿园的教学活动中已经普遍地采用。新奇有趣的情节，绚丽多彩的图画，活泼悦耳的音韵节奏，机智幽默的情趣，都使得幼儿神采飞扬，心情愉悦，给他们带来阵阵笑声。

不可回避，幼儿生活中有时也有幼儿的苦恼，也有精力过剩而无所事事的时候。而且他们纯洁稚嫩的心灵的承受量又比成人小得多。于是，"苦恼"和过剩的精力都需要宣泄，或者说转移。如果没有宣泄，封闭种种内心的苦恼，让其无声无息地消失，就只能导致幼儿性情呆滞或心情不安。而幼儿文学在这个意义上也就成了宣泄点，它以其独特的艺术魅力，引起了新的情绪体验，转移了幼儿的注意，维持住正常的心理平衡。从这个意义讲，幼儿文学具有止哭的作用，说它是"止哭文学"②也未尝不可。

任溶溶的诗《弟弟看电影》写道："只要看到电影里，一有坏人害好人，他就急得哇哇叫：'快快来啊，解放军！'解放军一出现，他就乐得往上蹦，好像他也骑着马，正在杀敌打冲锋。"电影的内容我们不得而知，但"哇哇叫""往上蹦"却是"宣泄"的生动写照。

幼儿文学的社会功能，分别说来就是这5个方面。它与提高整个中华民族的思想道德素质和科学文化素质紧密相关。它在本质上总体上最终关系到社会主义的兴衰成败。当然，不是说每一篇具体作品，都要等量齐观地同时起上述5个方面的作用。它们之间也并非互相对立各不相干，而是各有侧重，有机地统一在作品之中。它们犹如春天的阳光雨露，无声地滋润着幼儿的心田。

**[注释]**

①[日]木村久一：《早期教育和天才》第77页。

②这里只是借用鲁迅杂文的篇名，与鲁迅杂文(见《伪自由书》)的内容没有任何联系。

（原载郑光中编著《幼儿文学ABC》，四川少年儿童出版社1988年版）

# 当代幼儿文学发展概述

张美妮

从 1949 年新中国诞生后到 1965 年的十七年间,尤其是新中国成立之初的 20 世纪 50 年代,是我国儿童文学繁荣昌盛的第一个黄金时期,幼儿文学也第一次得到较好较快的发展。

1949 年 10 月中央人民政府教育部成立之后,即在初等教育司下设立了幼儿教育处并着手进行学前教育的一系列改造和建设工作,其中重要的一项便是扩大幼儿教育的范围,增设公立幼儿园和扶植私立幼儿园,减低入园费用,使幼儿园面向广大劳动人民,工农子女成为幼儿园教育的主要对象,幼儿文学的读者群也随之迅速扩大。同时,由于包括谈话、讲述故事、歌谣、谜语等内容的"语言课"在幼儿园教学纲要中占有重要位置,无疑向幼儿文学的编、创提出了更大更多的要求,这更为幼儿文学的发展提供了重要的基础。

这一时期幼儿文学的发展还应归功于我国印刷技术的进步。我们都知道,幼儿文学中的各类图画故事书是现代科技的产物,此前数十年,我国儿童读物采用彩色印刷者极少,专门的图画书更难寻觅。而至 20 世纪 50 年代,不仅可以印刷数量众多的彩色图画书、画册、挂图,也可以出版彩色精印的低幼儿童画刊了。

新中国成立后的十七年间,我国儿童文学可谓欣欣向荣。在社会主义建设的和平环境和朝气蓬勃、积极向上的氛围中,关怀年幼一代蔚为风尚,满怀爱心的作家也更细致地关怀和注意满足不同年龄段孩子的精神需求,因此,在此期间产生的可以载入史册的佳作中,不乏幼儿文学作品,而且,出现了一些为幼童编、创的专家。

20 世纪 50 与 60 年代的幼儿童话可谓丰富多彩。贺宜的《三只羊》、严文井的《小花公鸡》、金近的《小鸭子学游泳》、钟子芒的《花孩子》、包蕾的《小金鱼换牙齿》《小熊请客》、方轶群的《萝卜回来了》、黄衣青的《小公鸡学吹喇叭》、金禾和林地的《老婆婆的枣树》、邢舜田的《蜗牛看花》、左文的《小羊和狼》、方惠珍和盛璐德的《小蝌蚪找妈妈》、孙幼忱的《"小伞兵"和"小刺猬"》等都有很高的艺术品位。1961 年出版的孙幼军的《小布头奇遇记》是我国第一部幼儿长篇童话,是此时期幼儿文学创作的重大收获。

幼儿诗歌创作的成绩也令人瞩目。叶圣陶的《小小的船》是公认的幼儿诗歌典范,至今为孩子诵唱;陈伯吹的《春天在哪里》、刘御的以鸟兽草木为题材的儿歌、田地的《小雨》等都为幼童传诵。20 世纪 50 年代最有影响的诗人柯岩的《小弟和小猫》《"小兵"的故事》等作品以生动的笔触、明快的格调描摹情趣盎然的幼儿生活图景,逼真地展现了低龄儿童的心理、语言、情感、志向,使人耳目一新,把我国儿童诗创作推向了一个新的艺术高度,也为幼儿游戏诗、故事诗创作提供了成功的经验。以抒情诗见长的诗人刘饶民的《大海的歌》等作品,用幼童眼光观看他们感兴趣的物象,既是朗朗上口的儿歌,又是情景交融的诗篇,诗与歌融为一体,可谓幼儿诗歌的艺术精品。此外,任溶溶的谜语诗《你们说我爸爸是干什么的》、鲁兵的《太阳公公起得早》、圣野的《扮老公公》、张继楼的《夏天到来

虫虫飞》、蒋应武的《小熊过桥》等,都使我国幼儿诗歌的内容、手法、风格更为丰富。

新中国成立前,我国生活故事作品不多,如今,适应广大幼儿读者的需要,这一体裁受到重视,出现了《小碗》(方轶群)、《布娃娃的新衣服》(陈慧莲、唐鲁峰)、《画报上的老师》(李钦)等真实生动的作品。

新中国成立后17年幼儿文学得到较好的发展,除了党和政府以及社会重视等条件外,主要得力于一批热心的作家和编辑、出版工作者的辛勤劳动和努力开拓。

1951年岁末,由陈伯吹主编的《小朋友》改版,成为以低年级儿童为主要对象并兼顾学龄前幼儿的彩色画刊,订下了"图画为主、文字为辅,健康游戏,用手用脑,多样照顾,彩色精印,美丽丰富"的编辑方针,为新中国成立后第一份低龄儿童文艺刊物。1952年,《小朋友》划归少年儿童出版社出版,组织了以黄衣青、方轶群为正副主任的编辑部,陈伯吹、贺宜、何公超、包蕾、钟子芒等都十分关怀、支持它,积极为它撰稿,《小朋友》也为低幼文学作品提供了园地,有力地促进了创作和出版。1956年下半年,素来热心于低幼文学的鲁兵、圣野继任刊物的主编和副主编,又制定了"通过生动有趣的艺术形象,启发儿童智慧,增进儿童知识,培养儿童活泼、勇敢的乐观主义精神"的编辑方针。由于鲁兵对美术编辑工作的重视,更促进了以图画为主、图文并茂为主要特色的低幼文学的发展,

《小朋友》充分发挥了团结作家、画家,组织创作的作用。任大霖、沈百英、李楚城、阳光等为孩子们写了不少作品,丰子恺、张乐平、张松林、严折西、詹同、陈永镇、俞理、沈培等著名画家和美术工作者绘制了许多美丽的图画和插图,共同推进了低幼文学的繁荣。据不完全统计,1950—1966年,我国共出版各种有插图的低幼读物500余种,其中童话、寓言、民间故事等占1/2以上。新中国成立前夕,我国学龄前儿童几乎无书可读,低年级小学生也只能看到一些内容大多腐朽、无聊、印刷质量低劣的"小人书",现在,这种局面已得到了扭转。

我国儿童文学十七年的成就辉煌,但也存在不少局限和遗憾。由于过分强调儿童文学的功利性,较多着眼于它的认识和教育作用,导致重主题题材、轻艺术表现的倾向日趋严重,甚至简单地将儿童文学当作形象化的教育工具。这种儿童文学观必然影响低幼文学创作,特别是由于低龄读者审美经验缺乏,欣赏水平较低,一些作者为他们写作时更容易忽略文学创作的基本规律和艺术上的精雕细刻,往往从某一思想品德教育的需要出发,按题作文、编撰故事;或仅仅把浅显生动、易于理解作为基准,而少深入体察幼儿的生活、心理,真正把握他们的审美趣味和欣赏习惯。再者,由于幼儿文学起步未久,理论研究欠缺,直至1962年,《儿童文学研究》才发表有蒋风的《幼儿文学的语言》、陈伯吹的《谈幼儿文学必须繁荣起来》两篇专论,而此时幼儿文学创作已进入低谷。这样,十七年之中,尤其是后几年,出现众多教育性强、文学性弱、一般化、公式化之作也就不足为怪了。

由于1957年"反右斗争"扩大化,"左"倾思潮日益泛滥。1957年秋由《小朋友》刊登连环画《老鼠的一家》引发的文艺论争迅即转化为政治思想批判。继而又有人指责当时的儿童读物题材是"古人动物满天飞,可怜寂寞工农兵",古人和动物题材内容的童话作品遭到查封、销毁,严重挫伤了儿童文学创作者和出版者。20世纪50年代末期对陈伯吹的"童心论"(强调儿童文学创作应照顾、尊重不同阶段年龄特征)的错误批判,是从根本上动摇了儿童文学的基础,对幼儿文学创作更是无比沉重的打击。至1960年,儿童文学呈整体下降趋势,题材单调、公式化概念化倾向更加严重,刚刚发展起来的幼儿文学陷入停滞状态,出版急剧下降。据不完全统计,1960—1966年,低幼读物出版仅70余种,至于童话、寓言等样式,只有10余种。

"文化大革命"动乱十年间,儿童文学小百花园一片荒芜,幼儿文学更是一片空白。

粉碎"四人帮"以后的新时期,是我国儿童文学发展的又一黄金时期,幼儿文学更是迅速崛起并走向繁荣,成为我国儿童文学家族中最有特色的一支。

自觉地以学龄前儿童为对象并为之服务的幼儿文学崛起和繁荣于20世纪80年代,有其历史发展的必然性。

我国进入20世纪80年代以后,伴随着人民生活水平的不断提高、计划生育和优生优育等政策的实施,幼年儿童受到社会和家庭空前未有过的关怀和重视。人们日益意识到早期教育与人一生发展的密切关系,家长都乐于对孩子进行智力投资,社会上对幼儿读物的需求空前迫切,形成了幼儿文学迅速发展的良好环境,也成为幼儿文学创作、出版、研究的一个极大的推动力。

在1978年10月召开的"庐山会议"上,强调了少年儿童读物出版要适应不同年龄、高低年级、入学后和入学前儿童的不同需要,从选题、内容、语言、表现形式、阐述方法等方面都要照顾孩子的年龄心理特征、阅读能力和理解水平。幼儿读物、幼儿文学的出版受到了应有的注意,以学龄前儿童和一二年级小学生为对象的"快乐幼儿园丛书"、《幼儿知识画册》、"儿童图画书丛书"等被列入1978—1980年的出版规划。会议期间,多年从事幼儿文学创作、编辑的鲁兵,向当时担任人民文学出版社社长的严文井建议:在该社出版30年来各种体裁儿童文学作品选的同时,单独出版一部《1949—1979幼儿文学作品选》。这个建议得到严文井的支持(此书后由任溶溶、鲁兵、圣野主编,于1981年4月出版)。"幼儿文学"这一名目,开始正式独立出现于我国儿童文学之中。

进入20世纪80年代,儿童文学理论研究也日趋深入,经过反复探讨,对于儿童文学特殊性的核心在于儿童年龄特征,指称广泛的"儿童文学"其实涵盖"幼儿文学""儿童(童年期)文学"和"少年文学"三个既相对独立又互为衔接的部分,成为共识。之后,人们更认识到,在儿童文学三个读者群中,"幼儿"对于文学的要求最具特殊性,"幼儿文学"是最鲜明地体现儿童文学特色的一种文学。正是由于幼儿文学得到了广泛的承认,更因为对幼儿读物的急迫的社会需求,愈来愈多的作者、编辑被吸引到这一领域。

1979年11月,《1949—1979上海儿童文学选·低幼文学卷》问世;1980年10月,我国唯一的儿童文学理论期刊《儿童文学研究》(第5辑)推出了"幼儿文学专辑",刊登了有关理论探讨、作品评论、创作经验谈等文章20余篇;1981年4月,鲁兵主编的以4~6岁幼儿为对象的故事集《365夜》上下两卷出版,受到广大小朋友和家长的热烈欢迎,几次重版仍供不应求,各地编辑、出版工作者纷纷仿效,陆续推出了各种各样的幼儿文学选本。

1981年,国家出版局在山东泰山再次召开"全国少年儿童出版工作座谈会",会议上全国妇联书记处书记胡德华大声疾呼"为小娃娃们出书",鲁兵在闭幕式上作了题为"为幼儿文学讲几句话"的发言,倡议各地出版社和各个幼儿刊物编辑部注意培养幼儿文学工作者,出版更多更好的作品和读物以满足不断增长的社会需求。

泰山会议之后,全国出版幼儿文学和幼儿读物的热情空前高涨,这类书籍恰似"忽如一夜春风来,千树万树梨花开",争奇斗艳,琳琅满目。各种幼儿刊物也前呼后拥,争相问世,这不仅使幼儿文学大大丰富起来,同时也为创作者开辟了发表作品的宽阔园地。特别是《幼儿文学》这份纯文学报纸的创办,在促进和指导创作以及团结作者队伍、提高幼儿文学的文学地位方面发挥了重要作用。

1983年夏季,文化部在西安举办了全国低幼文学讲习班,由知名学者、作家主讲低

幼文学创作问题，后又将讲稿汇集成书出版，并出版了参加讲习班的各地学员的作品选集，积极地推动了幼儿文学创作。

为了解决幼儿文学、幼儿读物出版积极性甚为高涨而编辑、作者队伍薄弱的矛盾，国家出版局于 1983 年 10 月在郑州召开以提高质量为主题的"幼儿读物出版工作专业会议"。之后，幼儿文学、幼儿读物出版数量猛增，品种更加丰富，形式也多姿多彩，特别是出版了以 1~3 岁的学前期儿童为对象的作品和读物，弥补了长期以来这一年龄段读物稀少的缺憾。

1986 年 3 月，中国出版工作者协会幼儿读物研究会成立，并于次年举办了首届（1982—1985）幼儿读物评奖。

"幼儿读物研究会"不是专门的"幼儿文学研究会"，但由于幼儿文学自始至终是幼儿读物的主要部类，因此这一组织的成立同样是幼儿文学界的一件大事，它对于幼儿文学的创作、编辑、出版以及研究工作都起到了巨大的组织和推动作用，昭示了我国幼儿文学已然走向了自觉、独树一帜于儿童文学之中，真正成为一个相对独立的文学概念。

20 世纪 80 年代中期以后至今，我国幼儿文学一直持续繁荣，总观其成就，可以归纳为以下几个方面：

创作、出版成果丰硕。老一辈以及众多著名的儿童文学作家，几乎无一不致力于幼儿文学创作。陈伯吹、贺宜、严文井、金近都写有幼儿童话；黄庆云的儿歌《摇篮》被誉为新时期儿童诗歌的艺术精品；任溶溶、杲向真、葛翠琳、孙幼军、金波都投入了更多的精力；方轶群、鲁兵、圣野、张继楼等更是全力以赴。最可喜的是涌现了众多新人佳作：望安、冰子、冰波、周锐、郑春华等都写有不少作品。1991 年出版的《中国幼儿文学集成（1919 —1989）》中，"童话""故事""儿歌""诗·散文"各编收录的 1978 年以后问世的作品均相当于此前 60 年的总量，可见新时期创作的实绩。

新时期创作的丰收更体现于作品总体艺术水平的提高。许多作者摆脱了长年累月所习惯的"教育"模式，不仅注重逼真地描摹幼儿的生活，刻画不同年龄层次、性格各异的幼童形象，传递他们种种的心理和愿望，而且着意于在取材、立意、构思上的新的追求，力图引导幼儿读者初识他们周围那并不完全的人生所存在的问题和不良现象。

创作的繁荣促进了出版的繁荣。尤其是 1987 年以后，编辑、出版工作者努力出版图文并茂、有较高文学品位的作品，并着眼于资料的积累和为创作提供借鉴，先后出版了《低幼童话选》《低幼童话佳作选》《中国著名作家幼儿文学作品选丛书》《中国幼儿文学家丛书》《幼儿文学精华》等幼儿文学作品集，特别是 1991 年全国幼儿读物研究会筹划、重庆出版社出版的《中国幼儿文学集成（1919—1989）》问世，这一包括"理论""童话""故事""儿歌""诗·散文""戏剧" 6 编 10 卷的大型套书，具有较高的系统性、完整性、文献性和实用性，较好地反映了自"五四"以来我国幼儿文学在不同历史时期的创作面貌和发展、演变的轨迹，尤其是新时期以来幼儿文学全面繁荣的盛况。

作者队伍的扩大。长期以来，渴望文学滋养的幼儿读者嗷嗷待哺，而从事幼儿文学创作、编辑人员屈指可数，这一局面在 20 世纪 80 年代中期得到根本性的扭转，许多著名作家笔耕不辍，一大批于新时期涌现的中青年作家热情投入创作。他们之中，有些具有丰富的经验，有些虽是年轻作家，却已在创作上形成了自己的风格，他们善于以新的目光观照生活，从新的角度去取材、构思，字里行间流露出强烈的时代感甚至超前的意识，还有一些来自学前教育的第一线工作者，他们与幼儿朝夕相处，最熟悉幼儿的生活，洞悉他们的喜怒哀乐，因而能创作出极富生活气息的作品。

还值得提及的是，1994 年纯文学月刊《幼儿故事大王》创刊（浙江少年儿童出版社），编辑者着眼于幼儿文学增添新鲜血液和扶植新人，一方面邀请知名作家撰稿，同时大量刊载近几年投身幼儿文学领域的更年轻的作者的新作，力促幼儿文学作者队伍的壮大。

幼儿文学特殊性的一个重要方面是与美术密不可分，致力于绘制图画、插图的美术工作者是幼儿文学创作队伍不可或缺的一部分。近些年来，一支较为稳定、素质也较好的美术编绘队伍业已形成，与此同时，由于各出版社的努力，也培养了一批专业编辑。幼儿文学的繁荣与发展，正是在文学创作、美术绘画和编辑出版三方面工作者的共同努力下实现的。

理论研究的起步。由于幼儿文学长期包融于儿童文学总体之中，对其特殊的创作规律、美学特征一直缺乏系统深入的探讨和研究，随着新时期幼儿文学的繁荣、创作、编辑、出版队伍不断扩大，遇到不少急需解决的问题，对理论的呼唤日益迫切。20 世纪 80 年代初《儿童文学研究》的"幼儿文学专辑"掀开了新时期幼儿文学理论研究的帷幕。其后，鲁兵、洪汛涛、樊发稼、汪习麟等都致力于幼儿文学理论知识的阐述；《小朋友》的主编圣野开辟了"笔谈会"这一园地，持续发表言简意赅的短文，探讨问题，交流经验，大大活跃了气氛。幼儿读物研究会成立后，理论、评论的开展更加蓬勃。1987 年出版的《幼儿文学探索》是第一本理论和评论专集，收入的 15 篇论文，初步阐释了幼儿文学的基本特征和创作规律。1988 年和 1992 年，幼儿读物研究会两次召开专门的"幼儿文学研讨会"，进一步探究幼儿文学的美学特征及其独特的创作视角和在主题、题材、构思、语言方面的具体要求，以及与童年文学、少年文学的区别，等等。1993 年，在"全国婴儿读物研讨会"上，又着重探讨了"婴儿文学"创作特点等问题。

幼儿读物研究会主办的《幼儿读物研究》是幼儿文学理论研究的重要园地。从1987—1995 年出版的 20 期刊物中，发表有关幼儿文学本体特征、各种体裁的创作规律以及作家作品评论、创作经验等论文百余篇。《儿童文学研究》近几年不仅发表有关幼儿文学的论文，还刊登了不少史料。

理论著作也有不少收获，出版了如蒋风的《儿歌浅谈》、郑光中的《幼儿文学 ABC》、李标晶等的《幼儿文学教程》、巢扬的《智慧草》等理论专著、教材和作品评论集。

近十余年来，参与幼儿文学理论、评论工作的既有多年从事儿童文学理论研究的学者，也有经验丰富的知名作家，还有年轻的创作者和编辑，是他们共同扬起了幼儿文学理论研究的航帆。

此外，在译介外国幼儿文学作品，借鉴外国的创作、编辑、出版的经验，促进内外交流等方面也都取得了成绩。

综上所述，新时期幼儿文学发展迅速，成绩辉煌，但这也只是相对而言。持续繁荣之中并非没有下滑之时，在不少方面更存在不足。比如：作品的数量与广大幼儿，特别是农村幼儿的实际需求差距仍然很大；为数不少的作品题材不够宽阔，艺术表现手法较为单调，有些内容有陈旧感，与当前幼儿教育改革的步伐有较大的距离；创作如何面向当今的幼儿，贴近生活，贴近时代，与幼儿教育的新观念相适应，开拓新的选题，丰富创作内容和艺术表现形式，仍亟待解决。还有，理论建设仍相当薄弱，等等。

如何进一步促进我国幼儿文学事业的发展，使它真正走向成熟，依然是当今迫切需要研讨的课题。

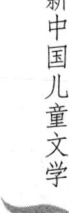

1945

新中国儿童文学

70年 1949—2019

（原载张美妮主编《中国新时期幼儿文学大系·理论卷》，未来出版社 1998 年版）

# 《中国新时期幼儿文学大系》序

束沛德

新时期的儿童文学走过了 20 年光辉灿烂、很不寻常的路程。作为儿童文学中最具特色的一个组成部分的幼儿文学,也沐浴着改革开放的阳光雨露欣欣向荣,蓬勃发展。

摆在我们面前的 6 卷《中国新时期幼儿文学大系》,很有说服力地展示了我国新时期以来幼儿文学创作、理论上取得的出色成就及其清晰可辨的发展脉络。

我们欣喜地看到,20 年来,幼儿文学的各种体裁、样式,包括童话、故事、散文、儿歌、诗歌等,都有了长足的进展;一批力作佳构以其丰富多彩的题材内容、表现手法、艺术风格而引人注目。小蛋壳、雪孩子、黑猫警长、围裙妈妈、花背小乌龟、岩石上的小蝌蚪这样一些为孩子们所熟悉、喜爱的艺术形象,丰富了幼儿文学画廊。我们还高兴地看到,一支关心祖国未来、富有社会责任感、勇于探索追求的幼儿文学创作队伍已经初步形成。陈伯吹、严文井及已先后谢世的贺宜、金近、包蕾、沈百英等儿童文学前辈,都为奠定我国幼儿文学的坚实基础做了出色的工作。黄衣青、方轶群、郭风、黄庆云、杲向真、稽鸿、圣野、任溶溶、鲁兵、张继楼、葛翠琳等这样一些富有经验的老作家仍然坚持不懈地在幼儿文学园地里深耕细耘。孙幼军、金波、望安、张秋生、冰子、程逸汝、朱庆坪、李少白、陈秋影、常瑞、葛冰、谢华、陆弘、谭小乔、武玉桂、周锐、王晓晴、冰波、郑春华、薛卫民、任霞苓等一大批生机勃勃、创作旺盛的中、青年作家已经成为幼儿文学创作的中坚群。无论是老作家还是中、青年作家,创作思想、文学观念都比过去更为开阔、活跃了。他们力图通过自己的创作实践更好地发挥幼儿文学启迪智慧、陶冶情操、增长知识、培育美感、训练语言等多方面的功能。我们也不无惊喜地看到,幼儿文学理论园地里青枝绿叶,蓓蕾初绽,并且拥有鲁兵、汪习麟、樊发稼、张美妮、黄云生、郑光中、巢扬、周晓波这样一些钟情于幼儿文学研究、默默耕耘的园丁。

新时期幼儿文学的成绩煞是喜人,然而同社会的迅猛发展、娃娃的大量需求相比,新创作的幼儿文学作品,无论在数量上或质量上,都还显得不相适应,特别是缺乏贴近幼儿生活和心理、内涵丰富、艺术品位高、富有艺术魅力的精品。

我国学龄前的婴幼儿总数达 1.5 亿之多,这是一个庞大的文学读者群。由于计划生育基本国策的有力贯彻,我国已进入独生子女社会。伴随着改革开放、社会进步、人民生活水平的逐步提高,当代年轻父母越来越重视"优生优育"及对孩子的智力投资。民族素质的提高,人的现代化素质的提高,要从娃娃抓起,已逐步成为一切富有远见和社会责任感的包括年轻父母在内的成年人的共识。而文学对陶冶幼儿心灵,培育幼儿美感,提高综合素质,具有独特的、潜移默化的作用。正因为如此,呼唤幼儿文学精品的声音越来越强烈。这就要求创作、出版界把进一步繁荣幼儿文学,提高幼儿文学创作质量,提到更为紧迫的工作日程上来。

如何提高创作质量,增强艺术魅力,繁荣迈向新世纪的幼儿文学,是一个需要通过总结作家的生活、创作实践经验,逐步求得解决的重要课题。新时期以来发表、出版的优秀幼儿文学作品,包括选入这部《大系》的作品,已经在这方面提供了一些可以借鉴的经验。我以为,其中有几点是从事各种体裁、样式的幼儿文学创作的作家,都应当予以关注和思索的。

## 一、进一步拓宽幼儿文学的观念、路子

幼儿文学的天地极其广阔。它担负着以艺术形象在德、智、体、美诸方面给娃娃们以启蒙、陶冶、熏染的任务。一些论者把幼儿文学称之为"启蒙的文学""快乐的文学""浸透爱和美的文学""深入浅出的口语文学",等等。这些论断都是言之有理的,从不同的角度、不同的侧面揭示了幼儿文学的本质、功能和艺术特征。我们应当在文学观念、创作路子上进一步开拓、解放,更加自觉地充分发挥幼儿文学多方面的功能。凡是有利于灵性启蒙、智慧启迪的,有利于情操陶冶、美感熏陶的,有利于增长知识、开阔眼界的,有利于发展语言、丰富词汇的,都可以在幼儿文学花圃里竞相开放,争奇斗艳。

在创作题材上,固然要重视反映幼儿自己的生活和内心世界,但又不能拘囿于幼儿生活。凡是娃娃们感兴趣并能体味和接受的,日月星辰、山河湖海、草木虫鱼……都可以进入幼儿文学创作的题材范围。作家除了要进一步了解、熟悉幼儿的家庭生活、幼儿园生活外,还要到大自然、大社会中去汲取题材,寻觅诗情画意。只要坚持尊重自己的生活阅历、创作擅长、艺术个性,坚持写自己熟悉的、感兴趣并富有创作激情的东西,就有可能写出打动娃娃心灵、为他们所喜爱的好作品。

在体裁、样式上,除了继续提倡和鼓励创作为幼儿所喜闻乐见的童话、故事、散文、儿歌、诗、戏剧外,似有必要强调写好图画书的文本。文字与图画、文学与美术巧妙契合,相映成趣,是幼儿文学的艺术魅力之所在。努力把图画书中的故事、儿歌、童话写得诗意洋溢,趣味盎然,有情有味,就会更好地给娃娃们以爱的教育、美的熏陶。

在创作格调上,按照幼儿的年龄特征、心理特征和接受能力,应以健康、明朗、乐观、向上为基调。但甜味的、咸味的,甚至多少带点酸味、苦味、辣味的,都可以让娃娃们尝一尝,这对他们的健康成长有好处。

## 二、更深入地探索、揭示幼儿的内心世界

处在世纪之交的少年儿童,包括幼儿在内,都是21世纪的主人。他们的整体素质如何,将影响、决定中华民族在新世纪的面貌和命运。我们的儿童文学包括幼儿文学在内,应当面向现代化,面向世界,面向未来,把着眼点放在提高少年儿童的素质,塑造未来一代的性格,培育一代有理想、有道德、有文化、有纪律的社会主义新人上。要充分发挥幼儿文学在塑造未来一代心灵、性格上的独特作用,就得更深入地体验、探索、发现、揭示幼儿的内心世界,了解、研究幼儿的身心特点和审美心理特征。坚持从幼儿的生活出发,充分尊重并熟悉幼儿对事物独特的感受、认知和想象,艺术地表现幼儿世界乃至大千世界的真、善、美,揭示幼儿纯真的情感世界和奇妙的想象世界,这样的作品就会具有打动幼儿心灵、引起幼儿共鸣的艺术感染力。

伟大、壮丽的社会主义现代化事业需要一大批视野开阔、情操高尚、勇于创造、锐意进取的现代文明人。幼儿文学既要生动形象地、循序渐进地给娃娃们一些现代文明、科

学知识,更要着力启迪和培育幼儿的想象力、创造力。爱因斯坦说过:"想象力比知识重要得多,因为知识是有限的,但是想象可以遨游世界。"应当按照幼儿好奇、爱幻想、想象与现实脱节的心理特点,帮助、引导他们从小插上美丽动人的想象翅膀,伴随年龄的增长,得以在知识的海洋、艺术的天地自由翱翔。

### 三、更自觉地张扬情趣盎然的游戏精神

喜爱游戏是少年儿童的天性。特别是幼儿,游戏几乎成了他们日常生活中最重要的、不可或缺的一部分。少年儿童文学尤其是幼儿文学浸透童趣纯真的游戏精神,既是孩子们天真烂漫、丰富多彩生活的反映,也是孩子们审美心理特征和欣赏趣味的体现。

优秀的幼儿文学作品善于营造游戏的情境、氛围,编织充溢童趣的、游戏化的情节,刻画富有稚拙美、幽默感的人物形象,在娃娃面前展开一个有声有色、有情有趣的游戏世界。特别注重情趣和幽默,是幼儿文学的鲜明特色,也是它的艺术魅力之所在。这种情趣和幽默不是作家随意附加上去的调味品,而是从幼儿生活、游戏活动中开掘出来,经过精心提炼、艺术构思而得来的。

根据孩子的年龄、心理特征和接受能力,幼儿文学尤为讲究"寓教于乐"。一些有关思想道德行为的 ABC,有关自然、社会、生活知识的 ABC,往往蕴涵在富有游戏色彩的情节和人物形象之中,使娃娃们在嘻嘻哈哈、手舞足蹈中接受文学潜移默化的熏陶。正如儿童游戏中有赢有输、有喜有忧一样,体现在幼儿文学中的游戏精神也是多色调的,它以快活、欢乐的旋律为主,同时也包含来自幼儿生活、需要让幼儿体验的丰富多样的情感色调。

### 四、更加讲究幼儿文学的浅语艺术

文学是语言的艺术。儿童文学被称作"浅语的艺术"。幼儿文学则是适合于成年人诵读、讲述给幼儿听的,更讲究"浅语的艺术"。

成年人(父母、幼儿园老师等)娓娓动情地讲,娃娃聚精会神地听,幼儿文学通过一讲一听这种独特的传播、接受方式,在大人与孩子之间架起一座情感、语言交流的桥梁,从而使至真至善至美的亲子之情、师生之情更加浓郁、更加融洽,这正是幼儿文学奇妙的艺术魅力之所在。

为了便于讲述给幼儿欣赏,幼儿文学的语言要求浅近易懂,句子短小,韵脚完整,音节鲜明。浅显、简洁、准确、形象,富有音乐性、节奏感,念起来朗朗上口,听起来明白晓畅,是幼儿文学作家在锤炼语言上力求达到的境地。

对幼儿文学语言口语化、规范化的要求,并不排斥作家语言风格的多样化。或质朴生动,或细腻活泼,或优美抒情,或风趣诙谐,每个作家的个性化语言的美学追求,正显示出他们在艺术风格上逐步走向成熟。

要提高幼儿文学的语言功力,不仅要熟悉、掌握幼儿的语言特点、习惯,更要认真地、不断地学习人民群众丰富、生动的语言。既要从古典文学、民间文学的语言瑰宝中汲取养料,也要借鉴中外儿童文学大家的语言艺术。学一点音乐,对增强幼儿文学语言的音韵美、节奏感,也是必不可少的。

毋庸置疑,该把锤炼语言、提高语言功力、讲究浅语艺术,放到关乎提高幼儿文学创

作质量、增强它的艺术魅力的首要位置上来。

　　拉拉杂杂地写下这么一些粗浅的、无甚新意的话,姑且当作这部具有一定史料价值、鉴赏价值的《大系》的卷首语,用以表示我对在幼儿文学园地里辛勤耕耘的园丁们的敬意;同时,也寄托着我对发展、繁荣迈向新世纪的幼儿文学的一点希冀。

1997 年 6 月 19 日

（原载《中国新时期幼儿文学大系》，未来出版社 1998 年版）

# 走向新世纪的中国幼儿文学

黄云生

对中国幼儿文学来说，刚刚过去的 20 世纪最后 20 年是值得大书特书的。

"五四"时期包含在"小学校里的文学"中悄然面世的幼儿文学是一束缺少关爱的小花。连绵的战乱使得它长期处于无助和萎败的状态。即使在新中国成立之后的和平环境里，由于"左"倾文艺思潮的不断泛滥，幼儿文学的发展仍是时断时续、曲折缓慢。而"文革"更使它花枯叶败，凋零殆尽。

新时期之前的中国幼儿文学的状况就是这样。

1978 年 10 月在庐山召开了全国少年儿童读物出版工作座谈会。这是中国儿童文学复苏的标志，同时也是中国幼儿文学的春天来临的标志。在这次座谈会上，低幼读物问题受到格外重视，以低幼儿童为对象的书系《快乐幼儿园丛书》《幼儿知识画册》《儿童图画书丛书》等被列入 1978—1980 年出版计划；并决定编选《1949—1979 幼儿文学作品选》。会后，这些重要议题很快付诸实施，给处于极度精神饥渴中的幼儿送去了甘泉。从此，中国幼儿文学开始了繁荣发展的新局面。

一

自 20 世纪 80 年代以来的 20 年，中国幼儿文学以前所未有的和日见其丰富多彩的景观呈现于世人的面前，这是有目共睹的事实。对此，这些年已有一些研究者做了总结性的回顾，总括起来有以下四个方面。

**（一）幼儿读物的出版机构和发表园地空前增加**

先看出版社，20 世纪五六十年代全国专业少年儿童出版社仅少年儿童出版社和中国少年儿童出版社两家，但庐山会议之后遍地开花，猛增到 29 家，几乎各省、自治区、直辖市均有专业少年儿童出版社，而每家少年儿童出版社都有低幼读物编辑室。加上一些兼营幼儿读物的美术出版社、教育出版社等，全国幼儿读物的出版单位已达百余家。再看刊物，五六十年代我国只有《小朋友》一个低幼儿童刊物（并且只是把幼儿当作兼顾的读者对象），而这 20 年来以幼儿为读者对象的文学刊物已有十多家。值得特别注意的是出现了《婴儿画报》等以婴儿为接受对象的刊物。《小青蛙报》（开始时叫《幼儿文学报》）则是我国第一份以报纸形式发行的幼儿文学刊物。此外，《新民晚报》《北京日报》等报纸还曾设有专门发表幼儿文学的专栏或副刊。

**（二）幼儿文学创作的数量迅速增加，品种日趋丰富，水平不断提高**

这自然是最值得关注的现象，因为这才是幼儿文学繁荣发展最重要和最本质的标志。从数量看，这 20 年的幼儿文学创作是以往任何一个历史时期所无法比拟的。据张美妮《中国幼儿文学发展概述》的统计，仅收录在《中国幼儿文学集成》中的新时期前 10 年的作品就已相当于此前 60 年的总量；而展现在《中国新时期幼儿文学大系》中的作品则更是洋洋大观了，这还不包括中长篇作品和图画书作品。从品种看，各种文体形式应有尽有，童话是主体，儿歌、幼儿诗、生活故事、散文、剧本等文体形式也都有所发展，尤其是图画书形式的日趋丰富、完善和精美，显示了这20年来幼儿文学文体形式的时代特征。从文学质量看，20年间确实涌现了一批为幼儿普遍喜爱的、可以长久保留下去的、有较高艺术水准的幼儿文学佳作。

### （三）创作队伍的相对稳定和逐步扩大

创作的繁荣，自然是与作者队伍的壮大和健全联系在一起的。新时期以来，先是一批儿童文学老年作家和中年作家做出了表率，陈伯吹、贺宜、严文井、金近、包蕾、黄庆云、杲向真、任溶溶、鲁兵、圣野、洪汛涛、葛翠琳、柯岩、张继楼、金波、孙幼军等都身体力行开始了幼儿文学创作的新里程，黄庆云的《摇篮》受到广泛好评，被誉为新时期新创儿童诗歌的精品，鲁兵的童话诗《小猪奴尼》同样也受到评论界的称赞，并在幼儿中间产生热烈反响，此外如包蕾的动画片《三个和尚》、金近的童话《小老鼠吹哨子》、沈百英的童话《六个矮儿子》、任溶溶的系列故事《丁丁探案》、圣野的组诗《春娃娃》、林颂英的创作儿歌《石榴》、张继楼的创作儿歌《东家西家蒸馍馍》、孙幼军的童话《小狗的小房子》以及柯岩的题画诗等，都是儿童文学老作家们献给新时期幼儿的一份份爱心。中老年作家们不仅自己创作，而且为培养新一代作者付出心血，1983年夏在西安举办的全国低幼文学讲习班，对壮大幼儿文学创作队伍产生了积极而直接的影响，鲁兵、圣野等还深入幼教老师、小学老师和年轻家长中间进行创作辅导，取得很好的效果，20世纪80年代初开始活跃在上海幼儿文学创作界的一批新秀中有不少就是这样脱颖而出的。他们的一些作品令当时的儿童文学界耳目一新，如郑春华的《圈圈和圆圆》《紫罗兰幼儿园》、李其美的《鸟树》，罗佳的《乡下来的丹丹》，任霞苓的《野猫子来过了》《一亮一暗的灯》、野军的《小火炉》，胡莲娟的《狮子烫发》等。与此同时，全国各地还有一批富有才华的中青年儿童文学作者参与到幼儿文学创作中来，并取得可喜的成绩。例如嵇鸿的《雪孩子》，张秋生的《小巴掌童话》，冰了的《小蛋壳历险记》，方圆的《"妙乎"回春》，郑渊洁的《小老虎进城》，冰波的《桃树下的小白兔》《胖小猪和小白兔》，武玉桂的《外星人收破烂》，谢华的《岩石上的小蝌蚪》，楼飞甫的《彩色的春雨》，滕毓旭的《蒲公英》，常瑞的《好邻居》，周锐的《沙发展览会》，等等。90年代以来，又有杨红樱、谭小乔、李想等一批年轻新锐，给幼儿文学创作界带来了清新活泼的气息；同时，值得注意的是，一些在为大龄儿童创作颇有成就的作家也涉足幼儿文学创作领域，这至少让儿童文学评论界和出版界出现更多的对幼儿文学关注的目光。

### （四）幼儿文学理论初步形成

我国的幼儿文学理论，长期处于荒芜的状态。在新时期之前，我国几乎没有自成系统的幼儿文学理论，20世纪50年代，黄衣青的《为幼童创作》、陈伯吹的《谈幼童文学必须繁荣起来》和蒋风的《幼儿文学的语言》等，也许是当代开始的30年间可以称作幼儿文学理论的仅有的几篇文章。这就是说，新时期伊始幼儿文学理论的基础是十分薄弱的。但是，幼儿文学创作的兴旺和幼儿读物出版的受重视，刺激了人们的理论思考，1980年10月出版的《儿童文学研究》以10万字的篇幅刊出了"幼儿文艺专辑"，祝士媛、吴凤岗、叶穗（张美妮）、鲁兵、圣野、朱庆坪等一批学者、专家、编辑、作者，发表了研究文章，从而引起了人们对幼儿文学理论研究的兴趣。紧接着《小朋友》"笔谈会"上连续发表一些幼儿文学创作谈和理论分析的短文。1986年3月，中国出版工作者协会幼儿读物研究会在石家庄市成立，幼儿文学的理论研究更受到了重视，1987年便编辑出版了《幼儿文学探索》，该集收录了陈伯吹、鲁兵、贺宜、金近、孙幼军、冰子、圣野、金波、任大霖、彭斯远、樊发稼、朱庆坪、方轶群、吴凤岗等作家、编辑、专家、学者的论文，对幼儿文学创作的一些特征性和规律性的问题发表了各自的见解。此后，幼儿读物研究会又于1988年、1990年、1992年、1993年成功地召开了数次幼儿文学和婴儿文学的研讨会，进一步对婴幼儿文学理论和创作进行多角度多层次的研讨，而幼儿读物研究会主办的《幼儿读物研究》则是幼儿文学理论研究的中心阵地，数次研讨会上形成的上百篇论文在这里得到汇集，这给专门的研究者提供了理论研究的思路和资料。此外，《儿童文学研究》有时也发表一些幼儿文学的理论、评论和史料，而《儿童文学选刊》（现该刊已和《儿童文学研究》合并为《中国儿童文学》）则在适当的时候会选刊一些幼儿文学佳作，并配上一篇短评。这些单篇论文经挑选已部分地收入《中国幼儿文学集成》（2卷）、《中国新时期幼儿文学大系》（1卷）。总之，幼儿文学理论完全被遗忘的现象已成历史。但是，与少年文学理论相比较，这块小小的理论园地依然显得冷清，依然少有人来问津。理论专著寥若晨星，郑光中的《幼儿文学ABC》（四川少年儿童出版社1988年版）是新时期较早出现的一本幼儿文学概论，到了20世纪90年代先后出版了《幼儿文学原理》（黄云生著，江苏教育出版社1995年版）、《幼儿文学概论》（张美妮、巢扬著，重庆出版社1996年版）、《人之初文学解析》（黄云生著，少年儿童出版社1997年版）等。以教材的面目出现的还有《幼儿文学》（华东七省市、四川幼教进修教材协会编，上海教育出版社1987年版）、《儿童文学》（学前教育函授教材，祝士媛编著，北京师范大学出版社1988年版）、《幼儿文学教程》（章红、李标晶、罗梅孙合著，浙江少年儿童出版社1991年版）、《幼儿文学教程》（郑光中主编，四川民族出版社1998年版）等。属于作品创作和鉴赏的集子有《幼儿文学赏析》（张文泰编著，语文出版社1985年版）、《幼儿文学选萃点评》（全国幼师普师儿童文学研究会编，海燕出版社1987年版）、《幼儿文学作品选讲》（楼飞甫编著，福建少年儿童出版社1988年版）、《智慧草》（巢扬著，重庆出版社1993年版）、《幼儿文学的创作和加工》（鲁兵、圣野编，重庆出版社1990年版）、《幼儿文学创作与赏析》（梅果主编，经济科学出版社1994年版）等。

中国幼儿文学之所以能够形成今天这样繁荣发展的局面，取得今天这样令人鼓舞的成绩，是有多方面原因的。

20世纪70年代末和80年代初的社会大环境为我国幼儿文学的起死回生提供了大好机会。首先是经历了"文革"，中国人民终于从一场噩梦中醒来，解放思想，改革开放，成了不可抗拒的时代潮流。如何迅速将幼儿文学从濒危状态中解救出来，让千千万万幼儿摆脱严重的精神饥渴，已成为当时文化界、教育界强烈的呼声。其次，随着计划生育和优生优育等政策的实施和物质生活的普遍改善，社会和家庭对婴幼儿的养育表现出前所未有的重视。历史的批判和教育观念的转变，使得社会对幼儿读物的需求变得越来越迫切。这无疑为幼儿文学的恢复、发展和繁荣形成了一个极为有利的条件和机会。

同时，我们也必须看到，时代的呼声和社会的需求受到了政府及其有关职能部门的关注。在"新时期"的前10年间，一系列激励和推动幼儿文学繁荣发展的举措及时和相继出台，其中主要的有：

1978年10月由国家出版局、教育部、文化部、全国文联、全国科协等联合在庐山召开全国少年儿童读物出版工作座谈会，幼儿文学在会上受到格外重视，专门为幼儿文学的出版作出了部署。这是中国幼儿文学复苏并进入新时期的标志。

1980 年 6 月，举行第二次全国少年儿童文艺创作评奖，一批幼儿文学作品（25 部之多）获奖，康克清在颁奖会上的讲话中还一再强调繁荣幼儿文学事业的重要性和必要性。

1981 年，国家出版局在山东泰安再次召开全国少年儿童读物出版工作座谈会，全国妇联书记处书记胡德华再次呼吁"为小娃娃们出书"，鲁兵在闭幕式上还做了"为幼儿文学讲几句话"的专题发言。

1983 年夏，文化部在西安举办了全国低幼文学讲习班，邀请知名学者、作家主讲低幼文学创作问题。

同年 10 月，国家出版局又在郑州召开幼儿读物出版工作专业会议，讨论并部署提高幼儿读物的质量等问题。

1986 年 3 月，隶属于中国出版工作者协会的幼儿读物研究会成立，由资深幼儿文学作家鲁兵担任会长。

1987 年举办首届幼儿读物评奖（1982—1985）。

不难看出，政府职能部门的这些举措主要是从开发幼儿精神食粮的生产的立场出发的，也即从幼儿读物的出版的角度提出的。但是，幼儿文学是幼儿读物的灵魂，是关乎幼儿读物全局的文体，因而幼儿读物出版的需求也无疑极大地刺激和推动了幼儿文学的振兴和发展。

这里，值得特别一提的是幼儿读物研究会。由于该研究会从成立伊始，便对幼儿文学十分重视，并有会长、秘书长等一批有志于幼儿文学事业的资深编辑、作家、理论家等在全国范围内联络、组织幼儿文学的创作、出版、研究、评奖等活动，所以十多年来有一批优秀的作家、画家、编辑被吸引到幼儿文学这一领地上来，并且产生了越来越引人注目的作品成果。该研究会自成立以来举办过 19 次各种类型的幼儿读物研讨活动，其中关于幼儿文学的专门的研讨会就召开过 4 次。此外，由该研究会主办的刊物《幼儿读物研究》，自 1987 年创办至 2000 年底已刊出 25 期，汇集了大量幼儿读物和幼儿文学的研究资料及理论文章，这对幼儿文学的理论建设具有重要意义。总之，幼儿读物研究会十多年的不懈努力，对我国幼儿文学的发展作出了重大贡献，功不可没。

二

诚然，幼儿读物的出版和幼儿文学的创作这两者之间有着十分密切的关系。不仅是如前所述，幼儿读物出版的需求对幼儿文学创作的繁荣具有极大的促进作用；同时还应看到，幼儿文学由于在文体形式上的优势（形象性、趣味性等），因此它对于各种幼儿读物（包括各种知识读物）都是不可割裂和脱离的，甚至是不可缺失的。缺乏文学性的幼儿读物是不会受幼儿喜爱的。从另一方面看，幼儿文学与较高年龄层次的儿童文学不大一样，它在内容上往往多一些认知的成分，因而与一些知识读物的区别也就模糊一些。于是在出版界、在社会上，幼儿读物和幼儿文学这两个概念是往往混为一谈的。我们在谈幼儿读物的成绩时，往往也就把它认同为幼儿文学的成绩了。

然而，从文学研究的立场看，把幼儿读物和幼儿文学在观念上分开，还是有必要的。当幼儿文学以读物形式出版时，它可以是原创性的，也可以是对中外经典名作改编或汇编的。这就是说，即使是某一时期幼儿文学读物的增加，也并不等于这一时期幼儿文学创作的繁荣。事实上，创作的幼儿文学往往只占幼儿读物的一部分。但是，这部分恰恰是幼儿文学繁荣发展的最本质的标志。所以，要从本质上了解新时期幼儿文学的情形，就必须深入研究它的创作现象。

如前所述，新时期以来，我国幼儿文学创作，无论数量上还是质量上都有长足的发展和提高。当我们对这20年来幼儿文学创作现象以及相关的问题进行进一步考察和分析时，可以发现一些具有规律性的、并值得深入思考的东西。

现将这20年来我国幼儿文学中几个较为重要和较有特色的问题作一简单的评述。

### （一）文字读本走进千家万户

1980年10月和1981年4月，少年儿童出版社先后出版了由鲁兵主编的幼儿文学作品集《365夜》的上册和下册。《365夜》所选的作品并不都是新创作的，其中优秀的和经典的中外名作不少。在长期与文学隔绝之后，人们对这样一个文学审美的世界，都怀有好奇心和新鲜感，都觉得妙不可言。这个基本上是文字形式的文学读本极受幼儿家长的欢迎。自1978年庐山会议以来，虽也出版过几本幼儿文学作品选（如1979年出版的《上海儿童文学·低幼儿童文学》、1980年出版的《1949—1979幼儿文学选》等），但它们主要是属文献性质的选本，很难与家庭和幼儿直接沟通。只有《365夜》才真正走进了千家万户，走进了幼儿中间。少年儿童出版社在1986年将《365夜》修订，改称为《365夜故事》，并与《365夜儿歌》《365夜谜语》配套出版；据出版社统计，《365夜故事》在前8年间重印21次，发行量达430万套。影响之大，堪称空前。

回想起来，《365夜》的出版发行，其意义是不可忽视的：首先，自然是给当时的幼儿文学的阅读和传播提供了一个较高水平的范本；其次，这个文字读本还对当时和以后相当长一段时间里的幼儿读物出版产生巨大影响，各地出版社争相出版大量的构思相类的以幼儿为对象的文学作品集，例如1982年北京出版社出版了由洪汛涛主编的两套12册《娃娃课本》，也是面向幼儿家庭的，同样也在社会上和家庭中产生了热烈反响（主要在北方）；再次，《365夜》的编辑出版，对幼儿文学的创作也具有激励的作用，许多家长和教师受《365夜》影响而参与幼儿文学创作，而一些优秀之作又被选编进《365夜新故事》，因此从这一角度看，《365夜》又成了培养幼儿文学作者的摇篮。

值得注意的是，《365夜故事》是基本上没有插图的、文字形式的故事书，是供给年轻的父母用来以口述方式给幼儿讲故事的。这也正好反映了20世纪80年代我国的幼儿图书出版水平和幼儿文学的传达方式。通过听觉渠道向幼儿传达文学是一种传统的传达方式，但作为"娃娃读本"，缺少赏心悦目的图画，要让今天的孩子们产生"这是自己的书"的感觉，恐怕是困难的。也许是这样的原因，后来又出现了彩色版的《365夜》。然而，在当时，幼儿图书的出版水平以及普通家庭的图书购买能力，还不能达到更高的要求。文字形式的故事书要为基本上还不识字的幼儿所接受，必须有给幼儿讲故事的"媒介人"（父母、家人和幼儿园老师）作为"第一读者"。这又是值得重视的历史经验。

### （二）图画书的迅速崛起

为弥补文字读本之缺陷，图画书的发展也就成了历史的必然。图画书（Picture Book）在我国通常叫"图画读物"，或称"图画故事"，也有俗称"画书""小人书"的。作为读物形式，在我国是有悠久的历史渊源的，但发展极为缓慢，以致长期相对落后于一些发达国家。新时期伊始，普通家庭的幼儿要想获得一本纸张挺括、印有电子分色彩图的图画书仍是奢望。但20世纪90年代以来，图画书的创作和出版却有了前所未有的进步，在幼儿读物中所占比例越来越大，其形式越来越丰富，制作也越来越精美，已成为幼儿文学界乃至整个出版界和文学界普遍关注的读物形式。当然,这也只是相对于我国的历史而言的。

图画书的繁荣,离不开科学技术和社会经济的发展:一是图画书的制作和印刷的现代化,二是社会购买力的提高。我国的科技进步和经济发展为 20 世纪 90 年代以来图画书繁荣创造了外部条件。同时,世界各国图画书的交流日趋频繁,为我国提供了大量图画书的信息和经验,对我国图画书的发展具有促进作用。例如 1991 年 7 月,日本图画书专家松居直、加古里子、岛多代等应邀来我国讲学,就曾在我国图画书的创作和研究界产生较大的反响。

现在,我们在全国各地的书店里,随处可以看到制作精美、品种齐全的图画书。尽管许多图画书在内容上和艺术上都还存在着一些缺陷,但人们再也不会感觉到我国婴幼儿的精神饥荒了(至少在城市和经济文化发达地区)。近 10 年来,我国创作的图画书较有品位和影响的有:湖南少年儿童出版社和海南出版社合作出版的《黑眼睛丛书》、海燕出版社出版的《小鳄鱼丛书》、接力出版社出版的《绿帆船丛书》、中国少年儿童出版社出版的《动物日记》、北京少年儿童出版社出版的《李拉尔故事系列》、福建少年儿童出版社出版的《好阿姨新童话》等。

值得注意的是,图画书作为一种文体的特色是从艺术表达的手段上呈现出来的。它是图画和文学有机结合的产物,是根据低龄儿童阅读传达方式的需要并经过长期实践的经验总结而逐步形成的一种艺术形态。它首先在显层的形态上给读者以美感。由于它的赏心悦目的直观视觉效果,它理所当然地成为幼儿文学最受欢迎的艺术形式。可以预见,它必定也是幼儿文学未来的基本读物形式。然而,应该看到,我国的图画书长期存在着"画配文"的插图化、图解化的现象,存在着文画割裂的现象。由于图画缺乏对文学的连续性和整体性的传达能力(如讲述故事的能力),因此图画在图画书中也就失去了主体性地位。我国是书画艺术高度发展的国家,却严重缺乏"文画一体"创作图画文学的优秀人才。这是值得好好反思的问题。根据世界上一些国家的成功经验,图画书作者最好是文画兼长的。这样的成功例子,我国也有。例如,湖南少年儿童出版社 1994 年出版的《会飞的房子》,是著名儿童画家兼童话作家王晓明创作的一本图画书形式的童话集,作文绘画都是由他一人完成的,故能从整体构思上较好地体现儿童图画书创制的规律;还是湖南少年儿童出版社,在与海南出版社联合出版《黑眼睛丛书》之后又推出了《风信子丛书》,这是我国第一套由儿童画家自编自画的创作图画丛书。俞理、何艳荣、陈宗耀、黄毅民等著名儿童画家也很好地处理了图与文的关系,图文有机结合,共创了一个浑然一体的"童心世界"。

如果说《365 夜》之类文字读本反映了 20 世纪 80 年代我国幼儿文学传达的"媒介人"所特有的文本形式的特征,那么愈来愈精美的图画书则已成了 90 年代中后期以来的幼儿读本主要形式,它是"媒介人"和幼儿所共有的:既是大人讲述故事的依据,又可以让幼儿在听大人讲述故事时观赏。幼儿终于有"自己的书"的感觉了。

图画书,是我国幼儿文学走向繁荣和进步的一个标志。

### (三)两部大型幼儿文学作品集的先后出版

20 年来幼儿文学作品的选本大致有两种类型:一类是面向幼儿家庭的,另一类是以文献资料为主要目的。前一类在上面已做了介绍,这里说的是后一类。以文献资料为主要目的的幼儿文学作品选,20 年来编辑出版过不少,如 1985 年张美妮、刘振宇主编的《中国幼儿文学精华》，所选的是新中国成立以来历次获奖的各类文体的幼儿文学佳作，是以获奖为原则的；又如同年洪汛涛主编的《中国童话界·低幼童话选》，所选的是新中国成立以来100篇低幼童话代表作，是以童话文体为范围的；再如上面已经提到的《上海儿童文学选·低幼儿童文学》是以地域为条件的……这些选本都有各自的特色和价值。但下面介绍的是两部规模更大、文献价值更高的作品集：一部是鲁兵、张美妮主编的《中国幼儿文学集成》，1991年6月由重庆出版社出版，共280万字，分10卷（其中儿歌3卷、童话2卷、故事1卷、诗和散文1卷、戏剧1卷、理论2卷），编选和汇集的是1919—1989年间的中国幼儿文学优秀作品；另一部是张美妮、巢扬主编的《中国新时期幼儿文学大系》，1998年4月由未来出版社出版，共180万字，分7卷（其中儿歌1卷、童话2卷、诗歌1卷、故事1卷、散文1卷、理论1卷），编选和汇集的是新时期20年（1978—1998）间的我国幼儿文学精品。这两部大型幼儿文学作品集合起来近500万字，可谓洋洋大观。其特点是：不仅规模大，而且有较强的系统性和完整性，它们以时间为顺序，几乎把20世纪近百年的幼儿文学短篇佳作尽收其中，因而，对中国现当代的幼儿文学创作的历史发展是一个较为全面的展示，有相当高的文献资料价值。

从这20年我国幼儿文学来说，其文献资料价值主要集中在《中国新时期幼儿文学大系》中。我们可以从中清楚地看到我国新时期以来幼儿文学创作、理论上取得的成绩及其发展脉络，尽管它没有把中长篇佳作选入，也未能把图画书形式反映出来，但幼儿文学作为简洁的浅语艺术，其篇幅结构往往比较短小，且其文学本质毕竟以语言文字显示，所以，应该说，新时期创作的幼儿文学之精粹也基本上选辑在这个"大系"中了。它既有资料价值，又有鉴赏价值，为幼儿文学创作、研究、教学提供了一个珍贵的选本。

**（四）幼儿系列故事的创作**

在20年来的幼儿文学创作中，长篇故事不多，优秀者尤其少（其实，对幼儿文学中的叙事作品来说，所谓长篇一般也不过数万字）。但是，幼儿系列故事却是作家们喜欢采用的一种文体形式。20世纪80年代就有过任溶溶《丁丁探案》、冰子的《小蛋壳历险记》、冰波的《胖小猪和小白兔》等；90年代以后，就更多了，写得也更精彩了。其中孙幼军的《小猪唏哩呼噜历险记》、周锐的《鸡毛鸭》等痛快淋漓地展示社会人生，让孩子们大开眼界；而妙趣横生的童话情节，又不断给孩子们带来欢乐。这些作品都是值得重视的。

这里，要特别提到的是郑春华创作的长篇系列生活故事《大头儿子和小头爸爸》。郑春华笔下的这个以大头儿子、小头爸爸和围裙妈妈三个人物的活动为内容的幼儿系列故事最早出现在20世纪90年代初，经过10年来的流传，已经在广大幼儿中间产生深刻影响。2000年4月，少年儿童出版社出版了《大头儿子和小头爸爸》的全集（全书30万字），也许可以算是对这一系列故事从创作到传播的过程的一个小结。然而，我们可以相信：这个作品的流传不会就此停止，相反，还要长久地在现代家庭里、在幼儿中间活跃下去。

《大头儿子和小头爸爸》出现之初，人们就觉得郑春华的这些幼儿生活故事有点与众不同。传统的幼儿生活故事，总是用写实的手法来表现现实的幼儿生活，并以此作为与童话故事的区别。这一文体规范，使得幼儿生活故事的创作画地为牢、作茧自缚。郑春华的《大头儿子和小头爸爸》大胆而巧妙地将幻想成分融入现实故事：一方面是真真实实的都市社会中的"三口之家"，另一方面在这样一个真实的生活情境中又时时发生一些只有在幼儿游戏中才会发生的故事，从而使平凡变得奇妙、单调变得有趣，而又十分符合生活逻辑。众所周知，将幻想与现实沟通是符合幼儿心灵真实的，郑春华的"真幻交融"的艺术创新丝毫也不影响作品带给幼儿读者的真实感和亲切感。应该说，这是《大头儿子和小头爸爸》在艺术上所取得的一大成功。郑春华以其纯真的热情和执着的坚持把关于这三口之家的生活故事一年年地演绎下来，从而形成一部愈来愈丰富的优秀系列故事，在新时期幼儿文学创作中也是一个可喜的收获。系列故事在幼儿文学中是特别值得重视的，其文体性质与长篇故事相似（事实上，属幼儿文学的长篇故事也大都是由同一主人公的一个个小故事组接而成的）。这在真正优秀的系列故事或长篇故事，尤其是系列生活故事并不多见的当今，《大头儿子和小头爸爸》的艺术经验更显得难能可贵。

**（五）关于幼儿文学的形象塑造**

幼儿故事，不论是童话故事还是生活故事，归根到底还是以其艺术形象给读者以深远影响的。近20年来的幼儿叙事文学中，其艺术形象能在读者心中长期保留下来的实在太少了。"黑猫警长"也许可以算一个，"小兔非非""小狗乖乖""熊猫小胖"之类也有一定影响。但它们多半是借助于图画书的画面形象、银幕和荧屏上的动画形象而在小读者、小观众中产生影响的。在文字故事的艺术形象中，上面提到的郑春华笔下的大头儿子、小头爸爸、围裙妈妈等鲜明生动的艺术形象，在小读者、小观众中间的影响是十分深广的。此外，像孙幼军的《小猪唏哩呼噜历险记》、周锐的《鸡毛鸭》等系列童话中的艺术形象也是相当杰出的，有人甚至把它们称作童话"明星"。但是，我们又不能不看到，近20年来我们所拥有的幼儿文学中的艺术形象，与世界范围内一些经典的艺术形象（如《木偶奇遇记》中的小木偶匹诺曹、《小熊温尼·菩》中的玩具熊温尼等）相比，还有较大的差距。这里，又要提到上面所说的长篇故事或系列故事，它可以从不同事件不同侧面来刻画主人公的形象，从而起到丰富和强化的效果。此外，精湛的绘画艺术对显示形象、使形象完美和定形，都是必要的艺术手段。近年来，在我国自制的卡通中，如哪吒、孙悟空、猪八戒等形象已日趋完美，颇受小读者、小观众喜爱，但它们毕竟只是一些传统的民间童话的艺术形象，是一些"老面孔"，孩子们期待着不断有他们所喜爱的"新面孔"出现。

其实，一个能长久地在孩子们心目中站住脚跟的艺术形象，往往可以成为一个优秀的图书品牌。尤其从图画书兴盛以来，幼儿文学创作界和幼儿读物出版界对于以艺术形象为品牌的关注和思考更多了。

这有一个观念转变的问题。且以"大灰狼"为例。在我国传统观念上，"大灰狼"就是"大坏蛋"的代名词。无论在民间故事中，还是在创作的儿童文学作品中，它几乎都属于那种坏透了的反面形象和敌对形象的艺术类型。张天翼于20世纪50年代创作的童话剧《大灰狼》，就取材于流传甚广的民间故事，在儿童中间有广泛的影响。然而，80年代开始，儿童文学界的审美观念和创作思想发生了深刻变化，认为在儿童的审美接受中，把动物形象简单地划分为好人和坏人的固定模式，并不是一种正确的创作观念。"孩子们从小生活在这种故事氛围中，将会给他们带来潜在的心理危机：阶级斗争的心态易使他们缺乏同情和爱心；崇拜弱者的心态将弱化未来一代的民族性格；形而上学的思维定式会使他们长大后无法适应不断变化、评价标准多元的现代社会。"（见《幼儿读物研究》第五期《更新观念面向未来》一文）二十一世纪出版社（当时叫江西少年儿童出版社）正是在这样的思想观念指导下，于1987年创办了《大灰狼画报》，并且每期辟有令人耳目一新的趣味盎然的大灰狼罗克的系列故事。在这些故事里，大灰狼罗克是一个机智、勇敢、活泼、顽皮的童话形象。这一童话形象在面世的当时，确有点惊世骇俗，但很快被孩子们接受，甚至还在一段时间内得到了他们的喜欢。

然而,作为刊物或读物品牌的艺术形象,其形成和文学作品中艺术形象的塑造毕竟是两回事。一个作为品牌的艺术形象,总会包含着一些商品意识,其目的是用形象去吸引读者,推销图书产品。因而,最终决定形象品位的,不是形象本身的艺术含量,而是图书产品的质量和商业运作的信誉,等等。我们关注的是艺术形象的文学创作,这还得运用文学创作自身的典型化原则。

### (六)传达方式的多样化

传统的幼儿文学的传达方式无非是口耳相传,"唱儿歌,讲故事",其方式是比较单一的。20 世纪 80 年代初,我国普通家庭的情形大致还是这样的。《365 夜》的文字读本正好适应了当时的传达方式。但是,很快地,情况出现了较大的变化。

电视文化进入寻常百姓家。这是摆在幼儿教育和幼儿文学面前无法回避的问题。对幼儿文学来说,电视是一种出色的传达媒介,其优势是显而易见的,主要有以下一些:一是节目往往很丰富,各种美术片、故事片、游戏剧、歌舞剧等应有尽有;二是直观形象,生动活泼,色彩绚丽,音乐悦耳,对幼儿具有难以抗拒的诱惑力;三是收视方便,不出家门,电钮一按,各种生动的形象和画面就立即在荧屏上显现出来,人们把这种传达方式叫作"坐在安乐椅上看世界"。电视,的确为幼儿文学的传达带来了方便。

但是,电视给幼儿带来的负面效应也很快地暴露了出来。一是幼儿在电视机前占去的时间太多,严重影响休息和身体健康;二是电视还会影响幼儿智能的全面发展,幼儿长时间地连续看电视,只是不断地单向地直观地接受外来信息,往往会压抑想象力、助长思维惰性,以至于产生语言障碍。因此,电视作为一种现代化的传达媒介,虽然值得重视和利用,但它并不是唯一的传达方式,甚至不是最基本的传达方式。如何处理好电视收看和书面阅读这两者的关系,是至今仍值得关注和研究的问题。

幼儿文学的最基本的传达方式应是"亲子共读"。即大人和孩子共同拥有一本幼儿文学读物,由大人带领孩子进入文学作品的艺术世界,展开两代人的心灵对话(情感对话)。其实,这是对现代的电视、录音录像、电脑网络等声光色传媒的一种反拨,是对一种传统的传达方式的回归,因为两代人的口耳相传实在是一种古老得不能再古老的传达方式。当然,在传达方式越来越趋于多样化的当代,这种传达方式的内涵也在变得丰富起来,变得更科学更符合幼儿的心理需求。这种传达方式之所以值得肯定,一方面自然是因为它提供了亲子间的情感交流的机会,也为文学审美提供了情感氛围,另一方面也有利于培养孩子的读书意识,让孩子懂得父母的儿歌或故事来自书本。亲子共读这种传达方式在国外已经普遍流行,而我国则是近 10 年才受到人们的关注。

这里,又要提到图画书,图画书是亲子共读最理想的读物形式。先是大人从图画书里读出故事来,然后让孩子一边听大人讲故事一边看图画,这确实是一种美好的文学传达情景。著名儿童文学作家金波认为适合"亲子共读"的图画书应有一个好的文学基础,在题材上要选择孩子和家长有共同体验的内容,选择婴幼儿经常接触的人物、动植物来充当作品的形象,要有较强的文体意识,即要适宜讲述和朗读(《关于幼儿文学的思考》,见《作家通讯》2000 年第 1 期)。

### (七)关于理论研究和创作评论

尽管本文的前面提到"幼儿文学理论初步形成",并开列了一批理论文章和著作,但是我们仍然应该清醒地看到我国幼儿文学理论的贫乏。笔者曾在提交给 1990 年上海儿童文学研讨会的论文《儿童文学期待着自己的理论》中写道:"从目前儿童文学的三个年龄阶段的理论研究来看,幼儿文学理论是最薄弱的环节";而"幼儿文学理论是最能反映儿童文学特殊性的理论,它是整个儿童文学理论中最核心、最本质的部分。"所以应该"重视幼儿文学理论研究"(见少年儿童出版社1991年出版的《眼中有孩子 心中有未来》)。然而,10年过去了,这种贫弱的局面并没有得到根本的改变。20年来为数不多的理论文章和著作主要有这样几类:①有一定资料价值的概述和一定理论价值的概论;②作家、画家的创作体会和出版界的图书编辑经验;③对一些优秀作品或获奖作品的评介;④有较高学术价值的论文。这些论著和文章,有它们自己的存在价值,对幼儿文学的发展和进步是有积极意义的。但显然是不够的,数量太少,有较高学术价值的更少。目前,真正意义上的幼儿文学理论研究主要存在于高等院校,专门的研究人员极少,又与幼儿文学的创作界、出版界比较隔绝,这是幼儿文学研究(尤其是创作研究)无法深入的重要原因。此外,缺乏理论园地,也就难以展开理论交流和探讨。《幼儿读物研究》虽也提供了一些氛围和条件,但毕竟十分有限。

## 三

在幼儿文学创作实践和理论研究上,20年间走过了一条探索创新之路。这20年,虽有过曲折和停滞,但发展和进步却是主流,而现实的繁荣昌盛的景观是有目共睹的,也是令人鼓舞的。然而,当我们冷静地总结刚刚过去的这20年,又不能不看到,今天中国的幼儿文学与广大幼儿的精神需求之间仍有许多不适应,与世界幼儿文学的先进水平相比尚有不小的差距。所以,我们在回顾、总结、思考过去的基础上,应该放眼未来,畅想未来,继续创新、继续发展,而决不能停下前进的脚步。

首先,应在观念上提高并确立对我国幼儿文学的自信。现在,人们已经越来越清楚地认识到,幼儿文学是儿童文学中最主要的和最具特色的一个组成部分;幼儿文学的繁荣是整个儿童文学发展和进步的最重要的标志。这已成为一种社会共识,同时也为世界上许多国家的事实所证明。这就是说,幼儿文学将成为21世纪世界儿童文学中最受人们关注的一个门类,相信会有更多的有识之士和有志者投身于这一事业。

其次,应加强国际交流,与世界幼儿文学接轨。历史的经验已经指出:幼儿文学和其他文化一样,自我封闭是没有出路的。事实上,近十多年来,我国的幼儿文学图书越来越多地出现在国际的儿童书展上,并引人注目,受人欢迎;而外国的一些幼儿文学名著也陆续被引进被译介;各种有益的相关的交流活动也日趋频繁。但我们又不能不看到,这种交流还是十分初步的和肤浅的,有待进一步发展。中国幼儿文学应该在重视民族文化传统的同时,以更加真诚和热情的态度学习世界各国的先进经验。我国的幼儿文学要走向世界,还应做出多方面的努力:在题材上,要拓宽取材空间,把民族文化和时代精神,与人类共同的情感和愿望联系在一起,让亲近自然、反对侵略、热爱和平、珍视友谊等国际性重大题材,与纯真无邪的童心世界融为一体;在图书形式上,要善于接纳现代高科技的赐予,使我国幼儿文学图书有一个崭新的面貌,既有鲜明的民族特色,又有广泛的现代性和世界性。

第三,要重视原创性,要有精品意识。如前所说,只有创作的幼儿文学才能从本质上说明幼儿文学的繁荣和发展;同时,只有精品才能走向世界,进入经典行列。幼儿文学精品的概念,应包括鲜明生动而富有个性的可以给孩子们留下难忘印象的艺术形象,富有幽默的和诗意的审美情趣,朴素自然、生动活泼的浅语艺术,等等。这就是说,在幼儿文学创作中，不仅要追求数量，更要讲究质量。从文体形式看，特别值得重视的是图画文学。可以预见，图画书将成为新世纪世界性的幼儿文学最主要的图书形式，所以我们必须看到我国图画书创作上的落后状况，让更多的文画兼长的作家掌握儿童图画书的创作技巧，并利用我国优秀的绘画传统，创作出具有中国特色的、又是世界一流的图画书精品。

中国幼儿文学的未来一定是美好的。

（原载王泉根主编《中国新时期儿童文学研究》，河北少年儿童出版社2004年版）

# 金波：幼儿读物不仅要做好还要用好

刘蓓蓓

　　"为幼儿的就是为人生的！"这是儿童文学作家金波曾说过的一句话。多年来，他一直为繁荣幼儿文学创作出版而呼吁，同时提出要重视幼儿文学理论研究。9月11日，接力出版社主办的"边界与特征——中国原创幼儿文学理论研讨会"便是他提议举办的。

　　当前幼儿文学创作出版呈现什么特点、又面临哪些问题？出版社应该如何提高幼儿文学出版水平？9月12日，《中国新闻出版广电报》记者就上述问题采访了金波。

## 婴幼儿文学面向 0~8 岁读者

　　《中国新闻出版广电报》：您如何划分幼儿文学的边界？

　　金波：婴幼儿文学读者包括学龄前和低年级即一二年级幼儿，这其中又划分为3个年龄段：0~3岁是婴儿文学，4~6岁是幼儿文学，7~8岁是由亲子阅读过渡到自主阅读，现在这一年龄段的图书通常称为桥梁书。我认为这种分法比较科学。

　　《中国新闻出版广电报》：幼儿文学的体裁很丰富，其中童话和儿歌发展得比较好，您认为原因是什么？对于现在非常热门的图画书，您如何看待它与幼儿文学的关系？

　　金波：儿歌和童话发展得好，是因为它们比较符合幼儿的审美趣味和年龄及心理特征。童话是想象的艺术，孩子就爱想象。儿歌是听觉的艺术，婴儿都会喜欢听有韵律的儿歌。

　　有不少图画书是适合幼儿阅读的，但图画书不完全等于幼儿文学。图画书是图画和文字相融合的书，图画书文学语言的表达要给绘画留出空间，甚至会牺牲一些纯文学的元素，如细节描写、心理描写等，更多的是靠画面去表现。因此图画书不是单纯的绘画，也不是单纯的文学，它是艺术的图书。用图画书取代语言形式的文学作品，会在一定程度上削弱小读者想象力的自由发挥和语言的表达力。

## 有发展但谈不上快与丰富

　　《中国新闻出版广电报》：在您看来，近些年幼儿文学创作出版呈现出哪些特点？有哪些出版社在幼儿文学出版上给您留下了深刻印象？

　　金波：这些年幼儿文学创作出版有一定的发展，具体表现在三个方面：一是市场需求扩大了；二是作者队伍比以前壮大了，作者成长得比较快；三是图书出版数量比较多。幼儿文学发展还谈不上快与丰富，比如图书出版数量虽多，但精品佳作少见。出版社虽然重视，但出版的幼儿读物无论内容还是装帧，都做得不是很到位。

　　我认为，中国少年儿童新闻出版总社和接力出版社近些年在幼儿文学出版方面一直比较注重积累，有所创新。中少总社专门成立了大低幼中心，幼儿图书编辑专业水平较高。期发行 200 多万册的《幼儿画报》是其出版的基础，《幼儿画报》做选题非常注重前期的社会调查，了解读者的真正需求，它所推出的红袋鼠、跳跳蛙等形象，已经成为品牌。此外，中少总社还注重幼儿文学出版创新，把重大题材通过艺术手法的创作，变成适合幼儿阅读的内容，这是很不容易的。

接力出版社的视野比较开阔，一方面引进出版了许多优秀的国外幼儿文学图书，如"第一次发现"丛书；另一方面，也推出了相当规模的原创幼儿文学图书，同时对幼儿文学理论研究也比较重视。

## 对编辑和出版社要求更高

《中国新闻出版广电报》：幼儿文学出版对于出版社和编辑的要求是不是更高？

金波：是的，相较于儿童文学，幼儿文学出版的难度更高。儿童文学一般设计是文字加插图，而幼儿读物因为年龄段划分得比较细致，制作也更为复杂，比如异型开本、圆角、镂空、玩具书等，在工艺上要求比较高。

儿童文学阶段，孩子可以自主阅读。但幼儿读物还需要亲子阅读，这样阅读方式就变得复杂了。现在虽然提倡亲子阅读，但很多家长并不知道怎么给孩子读，最经常的操作就是读完故事提个问题。这种阅读方法是最初级的，甚至有的专家认为是无效的。要培养孩子的阅读兴趣，就要求家长和老师首先要理解这本书。那么，如何帮助成年人理解呢，这就需要出版社在宣传推广上下功夫了。

从编辑角度来看，一个合格的幼儿文学图书编辑，不仅要有文学功底，还要具备心理学、教育学、美学方面的知识。她要了解不同年龄段的孩子喜欢什么样的文学，能用什么样的形式进行呈现。我常讲，给幼儿出书，编辑从一开始就要思考如何教会成人用这本书。我们对幼儿文学图书的要求有 3 点：有趣、有益、有用。前两点不用多说，第三点"有用"不是实用价值，而是对家长和老师有用，让他们知道以什么样的方法给孩子们读这本书，能让孩子们感兴趣。

《中国新闻出版广电报》：您认为，目前，在幼儿文学创作出版上存在哪些问题需要引起重视？

金波：一方面，一定要注重原创图书的出版和宣传推广。出版界应该加大力度出版原创图书，扶持优秀作者。现在幼儿读物太多，哪些是原创的，哪些是整理的，家长分不清楚，出版社自己做了原创图书，就要加大宣传推广力度。

另一方面，要加强幼儿文学理论研究。20 世纪 80 年代，是幼儿文学颇为热闹的时期；涌现出了不少优秀的杂志、图书，幼儿文学理论研究也如火如荼。当时中国出版协会少儿读物工作委员会下有一个幼儿读物研究会，还会定期推出内刊，现在搞幼儿文学理论研究的人员还觉得内刊的不少内容尤为珍贵。因此，我呼吁能够恢复幼儿读物研究会，为幼儿读物创作出版交流搭建平台。

（原载《中国新闻出版广电报》2019 年 9 月 19 日）

# 第六辑

## 70年儿童文学地域巡礼

# 导　言

　　地域文学研究是文学研究的一个重要内容,儿童文学也是如此。值得欣慰的是,随着儿童文学研究的深入,国内已有多种版本的地域儿童文学史出版,如:马力等著《东北儿童文学史》,张锦贻著《发展中的内蒙古儿童文学》,陈子典主编《广东当代儿童文学概论》,彭斯远著《重庆儿童文学史》,汤素兰等著《湖南儿童文学史》等。

　　有论者认为:地域文学史学研究,在学术操作程序上必须确认具体内涵与取舍标准等前提性问题。其具体内涵包括四个方面。一是空间维度,即区界范围的确定,是以自然地理来区分,还是以包容人文—文化内蕴意味的区域来区分,或是以行政区划的"省"来区分等,这是首先必须界定的。二是创作主体,即本属籍贯作家的选择准则。本属籍贯的作家及其文学活动是地域文学史的必然内容,是其学术视野内的主要关注对象,但要排除那些与故乡祖籍并无任何人生及文学关联因素的作家们。三是客籍作家在地域文学史里的归属。应依据作家于某处生活经历过一段时期,并留下相关作品的实际情况,纳入地域文学史的范畴。四是创作载体,即文学作品的选择界定,亦是对于某些作品的题材、内容取向重点与地域关系的确认,其所面对的难题是某些特别作品(非本属籍贯与无主名作者)的纳入问题。关于地域文学史的撰写问题,自然也是见仁见智的,一般而言,上述所涉及的四个问题都应是地域文学史著所应认真确认和把握的。

　　七十年中国儿童文学的梳理、研究自然应当关注地域儿童文学的发展状况。依据七十年中国儿童文学的演进实际,地域儿童文学呈现出北京、上海、江苏、浙江等的第一梯队，湖南、湖北、辽宁、山东、重庆、四川、云南等的第二梯队，以及各省、自治区、直辖市你追我赶、多样互补的欣欣向荣新格局。与此同时，各少数民族儿童文学的创作发展，以及海峡两岸儿童文学的交流，也有相当的实绩与令人欣喜的收获。本辑文章从地域的维度，集中展示了新中国七十年儿童文学长风破浪、砥砺前行的局面，这是中国儿童文学演进史上格生动、亮丽的风景。

当代中国儿童文学是在共和国 960 万平方公里领土上发生的文学现象。需要说明的是：由于地域儿童文学发展的不平衡性，同时也由于地域儿童文学的研究还需假以时日，因而尽管我们做了种种努力，但还是有一些地区的儿童文学未能提供相关文章，出现空缺，本书对此深表遗憾。

# 北京新时期儿童文学研究

徐敏珍

北京是祖国的首都,是我国的文化中心。北京历来有重视儿童文学的传统,在儿童文学的发端之初,北京就聚集了叶圣陶、冰心、张天翼、茅盾、老舍等一批儿童文学理论和创作的先驱。而在20世纪的五六十年代,北京几乎席卷了所有的中国儿童文学大家——张天翼、严文井、葛翠琳、金近、杲向真、柯岩、胡奇、刘厚明……他们在儿童文学方面的笔耕不辍,开拓了北京儿童文学的天地,奠定了北京儿童文学的基础。新时期北京儿童文学的繁荣正是得益于前辈们的不懈耕耘。北京新时期的儿童文学,不仅拥有先辈们留下的丰富传统和宝贵经验,甚至还有他们的亲自助阵——叶圣陶重新修改了原先创作的童话并在《儿童文学》发表;张天翼重病后还坚持用左手写下了对儿童文学的建议;茅盾提出了"儿歌不是诗"的主张;严文井创办了《朝花》,并在1982年出版了短篇童话集《南风的话》,直到20世纪80年代末才因身体不支而封笔;金近进一步发挥其童话的讽喻性,出版了《爱听童话的仙鹤》一书;葛翠琳创办了冰心儿童文学奖;柯岩和刘厚明都有工读学校教书的经历,他们写下了许多以工读学校为题材的作品;此外,柯岩依然在儿童文学诗园默默耕耘,写下了许多朗朗上口、富有情趣的题画诗。

中国儿童文学在进入20世纪80年代以来,出现了生机勃勃的繁荣局面;北京儿童文学也在这个时期吐纳华芳,迎来了一个黄金时代。

## 一、新时期北京儿童文学概貌

### (一)北京儿童文学的创作队伍呈现出良好的结构架势

北京历来重视儿童文学创作队伍的建设,一直把作家队伍的培养作为重中之重。新时期以来,北京儿童文学的创作队伍中,除了前面提到的一批经验丰富的儿童文学老将外,已经拥有了一支老、中、青结合的儿童文学作家队伍,他们共同耕耘在北京儿童文学的园地上。

在这支创作队伍中,孙幼军、金波、樊发稼、尹世霖等一批老年作家老当益壮,宝刀不老。孙幼军从《小布头奇遇记》《小狗的小房子》到《怪老头儿》,一直都在坚持不懈地进行童话艺术的探索和创新。金波先生笔耕不辍,尤其是近年来,他尝试着把十四行诗引入儿童诗的花园,这无疑给并不景气的20世纪90年代儿童诗坛注入了一股清风,给人耳目一新的审美感受。樊发稼的儿童抒情诗和尹世霖的少年朗诵诗也都有脍炙人口的佳作。

葛冰、曹文轩、张之路、高洪波、夏有志、孙云晓、关登瀛、罗辰生、刘心武、赵惠中、王业伦等中年作家从20世纪80年代开始崛起,他们大多经历过"文革",有着丰富的社会体验和生活积累,有着坚忍执着的人生追求和生活追求。他们在20世纪八九十年代渐

渐地成为北京儿童文学创作梯队的中坚力量,频频推出力作,也频频出现在儿童文学颁奖舞台上。曹文轩的小说《草房子》囊括了全国"五个一工程"奖、建国五十周年献礼图书、第五届宋庆龄儿童文学奖、中国作家协会第四届全国优秀儿童文学奖等多项殊荣。张之路凭《第三军团》《蝉为谁鸣》等小说在台湾地区掀起了一股争读内地儿童小说的旋风。葛冰继 20 世纪 80 年代创作了《蓝皮老鼠和大脸猫》等脍炙人口的童话之后,在 20世纪 90 年代推出了风格迥异的"幽默少年武侠"作品。高洪波的《鸽子树的传说》先后获得全国优秀儿童文学奖和全国"五个一工程"奖,他的诗明丽欢快,诗作深入儿童心理。而刘心武的《我可不怕十三岁》在描写成长中男孩的心理方面堪称不可多得的佳作。王业伦的短篇童话《有劳先生轶事》以及近期推出的功夫童话《少林铁头鼠》都是不俗的儿童文学作品。

20 世纪 90 年代的北京儿童文学文坛,杨鹏、星河、吴岩、保冬妮、黎云秀、葛竞等一批更年轻的新生代作家异军突起,逐渐引起文坛的关注。杨鹏、星河、吴岩的科幻作品,保冬妮、黎云秀、葛竞的小说和童话,大有后浪推前浪之势。值得一提的是,北京还有一批蓬勃的少年作家。他们虽然身处校园,但是由于处在北京这一得天独厚的城市,已经纷纷著书,开始初试锋芒、崭露头角。比如北京少年儿童出版社推出的《自画青春丛书》,作者肖铁、陈朗等当时都是北京的中学生。而北京师范大学附属中学的高中学生金今则写出了《再造地狱之门》这样敢于挑战《哈利·波特》的幻想小说。虽然这些年轻的小作者笔头还稍显稚嫩,但是他们和他们的儿童文学创作无疑给北京的儿童文学增色不少。他们给北京儿童文学注入了新鲜的血液,是北京儿童文学创作队伍的鲜活力量。

此外,北京还有一批致力于儿童文学创作的中学老师作家(比如尹世霖编的《蓝宝石丛书》,作者清一色为中学老师),他们站在教育的第一线,熟谙当代少年人的心理。因此,他们的创作对于反映当代少年真实的生存状况,指导少年的成长,有着非同一般的意义。

**(二)北京儿童文学的各种文体都出现了具有代表性的、在全国乃至世界都有一定影响的作家**

新时期的北京儿童文学中,小说是发展力量最强劲的一种文体。这不仅体现为小说数量多,佳作丰,而且,北京聚集了一批中国一流的儿童小说作家。提起北京儿童小说作家,我们可以列出一长串的名字:曹文轩、张之路、罗辰生、夏有志、刘心武、赵惠中……这些在中国儿童文学界响亮的名字都写在"北京"这面旗帜上。

曹文轩是北京大学中文系教授、现当代文学博士生导师。他的主要作品有长篇小说《古老的围墙》《山羊不吃天堂草》《草房子》《红瓦》《根鸟》以及短篇小说集《云雾中的古堡》《暮色笼罩的祠堂》等。其中《弓》《手套》《牛桩》《哑牛》《第十一根红布条》《古堡》《海牛》《再见吧,我的小星星》《泥鳅》等众多短篇小说先后获得《儿童文学》《少年文艺》《儿童时代》《东方少年》《北京文学》等杂志的优秀作品奖。由于从小生长在农村,曹文轩少年小说的文化背景大都在农村——或是原汁原味的村野自然中的故事,或是来到城市的农村少年精神成长的故事。长篇小说《山羊不吃天堂草》描述了贫穷的孩子跟随木匠师傅到城里工作,所面对的生活的压力、情感的无依,以及与师傅的冲突。他的代表作《草房子》讲述的是发生在一个叫油麻地的乡村小学的故事,小说写了男孩桑桑的成长和桑桑眼中的世界。书中涉及了亲情、爱情和友情,涉及了崇高、宽容、友谊、尊重等主题。小说在淡化了的社会背景、淡化了的矛盾冲突中追求一种诗的纯美,作者以浪漫主义的诗心和对美的独特感受营造了一段超然物外的、温情脉脉的历史时空。他追求小说创作的忧郁美、情调美和意境美。他反对浮躁轻飘的愉悦，也不赞成渲染苦痛和夸大苦难。他主张一种很有分寸的情感——忧郁——一种甜美的、高贵的、很有风度的美学追求。曹文轩擅长写自然景色，他总是让自然的景和人物的情融合在一起，从而在他的小说中呈现出一幅幅纯净、优美的画面。而他的小说语言清新隽永，富有散文和诗的特质，因此，总能让人感受到一种令人回味无穷的意境美。此外，他还善于运用想象、夸张和象征的手法，使作品洋溢出一种浪漫主义的情调之美。总之，曹文轩营造了一个幽雅的文学世界和行文方法，为读者提供了一个内敛自省与关怀生命的审美空间。

张之路是一个多面手，小说、童话、科幻创作都比较得心应手，不过最拿手的还是小说。他的代表作长篇小说《第三军团》，讲述的是一批中学生惩恶扬善、除暴安良的故事。得益于十几年的教师经验，他长于处理儿童切身的故事，比如《第三军团》《坎坷学校》《蝉为谁鸣》以及短篇校园小说集《惩罚》《暗号》《空箱子》等。幻想小说《空箱子》叙述的是经济开放社会中一部分人的无奈和窘困，作者用诡异迷离的魔幻手法，让小主人公在困境中逃离了现场，结尾意味深长，令人回味无穷。长篇小说《蝉为谁鸣》是一部"新聊斋"式的作品，描写的是高中少女的现实生活和情感世界。学校严密的检查制度、联考的压力，少年男孩死后"结草衔环"的报恩故事——幻想和现实世界交替出现。20世纪90年代开始，张之路开始致力于幽默风格的小说创作，比如长篇小说《足球大侠》《有老鼠牌铅笔吗》等。夸张离奇的故事情节和机智幽默的叙述语言，使得他的小说很具有可读性，充满了智慧的光芒。张之路的科幻小说也有许多可圈可点的佳作，比如《霹雳贝贝》《螳螂》《非法智慧》等。张之路的小说多可以划到"童年小说"这一段，这在许多作家都对少年小说情有独钟的新时期儿童文学文坛，其意义是不言而喻的。

罗辰生著有《大将和美妞》《吃拖拉机的故事》《一张彩票》《白脖儿》等。他的小说反映的多是少先队员的现实生活，在描写人物心理方面尤其传神。刘心武的《我可不怕十三岁》，对十三岁男孩的心理特征把握得恰到好处。赵惠中的代表作是儿童短篇小说集《滨海的营火》以及《少年素质培养1+1主题故事会丛书》，他用少年喜闻乐见的形式来表现少年成长中的重要话题，用小说故事对青少年的社会伦理教育做了生动形象的阐释。夏有志著有《赖宁之歌》《普来维梯彻公司》等。其小说贴近生活，贴近少年世界。另外，英年早逝的刘厚明，其小说创作也是不可忽视的，他的代表作是《阿诚的龟》《绿色钱包》《黑箭》等。刘厚明的小说善于构筑特定的典型环境，在激烈的矛盾冲突中刻画人物性格，善于运用巧合和悬念，构思精巧，结构严谨。

新时期北京儿童文学在童话方面的成就也是骄人的。从内容到形式，北京儿童文学作家对童话进行了全方位的探索，使得童话的面貌焕然一新。因而，从20世纪80年代开始，童话一反传统类型化的人物、模式化的结构和缓慢的节奏，带着幻想的翅膀飞进了现代生活和儿童的精神世界。北京童话作家的结构颇为整饬，有孙幼军这样的老一辈童话作家，有郑渊洁、葛冰、张明照等中年童话作家，更有保冬妮、葛竞等童话新秀。

家喻户晓的长篇童话《小布头奇遇记》(1961年第1版)是孙幼军的处女作，这部作品在1990年被国际儿童读物联盟(IBBY)列入优秀作品书目。但孙幼军大量的童话创作还是在"文革"以后，尤其是20世纪八九十年代，比如《怪雨伞》《故事爷爷的奇遇》《钓鱼奇遇》以及系列童话《唏哩呼噜历险记》和《怪老头儿》。孙幼军的代表作《怪老头儿》包括他在1987—1990年发表的11篇童话，写的是一个叫赵新新的小学生和超人"怪老头儿"交上朋友后，实现了一个个在现实生活中无法实现和被压抑的愿望。和《小布头奇遇记》相比，《怪老头儿》有了新的特色和发展。它不再是刻意地图解某些政治概念和方针政策；它的幻想更为大胆离奇，不仅仅只是作为一种表达观念的手段和方法，而是被作为一种童话中不可或缺的审美因素；童话的人物更为丰满鲜活了；艺术风格也更加鲜明了，荒诞大胆的幻想和出其不意的滑稽调侃成为孙幼军后期童话的艺术特色。应该说，从《小布头奇遇记》到《怪老头儿》，孙幼军大大地拓宽了童话的幻想空间，实现了他在童话创作上的自我超越，从而登上了童话创作的又一个高峰。他的《唏哩呼噜历险记》用讲故事的口吻写下了小猪唏哩呼噜一系列的趣事，他把儿童口语融入童话，塑造了可爱、憨厚的小猪形象，勾画出一个热闹而又温馨的童话世界。新时期以来，孙幼军妙笔生花，塑造了一系列童话形象精品。这一点，在中国的儿童文学界尚是无人能比的。

郑渊洁的主要童话作品有：童话三部曲《皮皮鲁外传》《鲁西西外传》《荞麦皮外传》，中篇童话《红汽车》《闪电！闪电》《朱塔奇遇记》《皮皮鲁和鲁西西新奇遇记》《红沙发音乐城》《旗旗号巡洋舰漂流记》《鲁西西失踪记》《309暗室》《牛魔王新传》《舒克和贝塔历险记》《大头托托奇遇记》《熊猫叛逃记》，系列童话《魔方大厦》《十二生肖系列童话》等。他还在1985年创办出版了期刊形式的童话专刊《童话大王》，独立承担一个刊物全部内容的写作，他也因此成为孩子心目中的"童话大王"。郑渊洁的童话满溢着游戏精神、娱乐品格和热闹欢快的氛围。正如他自己说的："我的目的是丰富孩子的想象力；让他们解除一天学习的疲劳；让他们笑，让他们高兴。"他的童话一反中国传统童话的教训面孔和模式，而是站在孩子的立场，反映孩子的心声。他笔下的童话人物一反传统的好孩子形象，代之以贪玩、冒险、喜爱恶作剧、充满幻想力和创造力的淘气包。再加上他童话的奇异幻想和游戏的趣味，很快就抓住了生活在繁忙而沉寂的环境中的少年儿童的心。他的童话还对人们传统观念中的许多反面形象赋予了新的内涵和理解，比如在《舒克和贝塔历险记》中，传统观念中的"过街老鼠"成了可爱、善良、富有同情心的劳动者。

葛冰前期的童话代表作是《舞蛇的泪》，表现了作者对美的追求和对童话美的理解。他最广为人知的童话应属《蓝皮老鼠和大脸猫》（曾拍成动画片），惟妙惟肖的童话形象（比如贪婪、调皮的老鼠），机智幽默、风趣诙谐的风格，大胆的夸张和想象都给人留下了深刻的印象。20世纪90年代末期，葛冰尝试着用一种"冷幽默"的风格和抓人的悬念写古代少年武侠题材，比如短篇幽默少年武侠《吃爷》《棋子》《时尚》等都是让人不得不一口气看完的杰作。少年都有喜欢武侠、喜欢悬念的特点，把武侠写得这么美、这么健康、这么适合儿童阅读，这在新时期的儿童文学界是绝无仅有的，在中国的儿童文学界也是具有开创意义的。张明照著有《七彩鹿》《蓝眼睛雪熊》《骆驼骑士》等。年轻的葛竞在童话创作方面颇具才情，在现实与幻想的转换之间流畅自然，可谓天衣无缝。保冬妮的代表作是《屎壳郎先生波比拉》和《饼干武士》，作品想象奇特，故事情节具有游戏的意味。

新时期的儿童诗相对其他文体来说，显得比较寂寞，然而北京的儿童诗群落却显得生气蓬勃，有着不凡的气势。金波、柯岩、樊发稼、聪聪、尹世霖、高洪波、关登瀛、金本、彭俐、罗英都是新时期北京儿童诗坛的活跃分子。

金波继早期的《回声》《林中的鸟声》两部诗集外，在20世纪八九十年代又相继推出了《会飞的花朵》《我的雪人》《绿色的太阳》《金波儿童诗选》《红苹果》《雨铃铛》《在你我之间》《林中月夜》《妈妈的爱》等。这些诗可以分为幼儿诗、童年诗和少年诗。金波的幼儿诗采用儿歌的形式，内容贴近幼儿的日常生活，讲究风趣幽默的儿歌情调，具有民间童谣的风格；他的童年诗讲究情节和构思，写得热情明快、引人入胜，有时甚至在情节的安排上来点戏剧性；他的少年诗主要是一些容易引起共鸣的抒情诗和启发思考的哲理诗，他以平等、理解、尊重的态度对待少年读者，以增加他们的知识，开阔他们的眼界，推动他们逐步深刻的思考。金波的儿童诗蕴涵着十分丰富的爱的主题，尤其是母爱、友情、热爱大自然这些人类最基本的情感。金波用他的爱，营造了一个美不胜收的诗的世界。进入20世纪90年代后期，金波开始尝试把十四行诗这种独特的诗体引入儿童诗坛，他的十四行诗集《我们去看海》，语言清新、意象隽永、感情真挚、形式独特，除了秉承他原有的美学追求外，又有形式上的创新。总之，金波倾心于自然与人的和谐美，情感委婉，画面清丽；他不仅善于描写孩子，也善于描写富有童心的成人；他的诗色彩浓郁，具有音乐的效果。

柯岩写于20世纪50年代的《小兵的故事》（获第二次全国少年儿童文艺创作评奖一等奖）一直到今天依然是令人爱不释手的儿童诗集，而在20世纪80年代初期，她又出了《柯岩儿童诗选》《春天的消息》《月亮不会搞错》等诗集。她的《月亮不会搞错》获得1982—1988年全国优秀少儿读物一等奖。她的儿童诗大都有一个戏剧性的故事，有栩栩如生的人物形象，是"有人物、有故事的诗歌"；她的诗充满了儿童情趣，读之往往令人忍俊不禁；语言朴素优美、俏皮活泼，韵律和谐、节奏明快，读来朗朗上口。她的题画诗哲理精辟简洁，在格言式的诗句中蕴涵着童趣美和意境美。

尹世霖曾是北京第二中学的老师，他一直致力于儿童朗诵诗这一领域，已经出版的诗集有《夏令营朗诵诗》《尹世霖儿童朗诵诗》《节日集会朗诵诗选》《校园朗诵诗》《少年朗诵诗》《小朋友朗诵诗》《当代儿童少年朗诵诗》等。他以创作朗诵诗为己任，不断地在儿童朗诵诗的艺术道路上进行探索。爱祖国的主题贯穿尹世霖朗诵诗的始终。他对自己的朗诵诗有三个方面的具体要求："一是明快，句子简明、畅通，易于理解；二是尽量合辙押韵，诵来上口（但不能因韵害词）；三是把握诗的节奏，使其富有音乐美。"

此外，樊发稼、聪聪、高洪波等都是很有才气的儿童诗作家。樊发稼在儿童诗的评论和创作方面都有不少专著。他的诗集《小娃娃的歌》曾获得中国作家协会首届全国优秀儿童文学奖，《春雨的悄悄话》获得首届全国优秀少儿读物奖和新时期优秀少儿文艺读物奖。高洪波的诗富有激情，激荡着青春的率性和豪气，著有《鸽子树的传说》等诗集。在儿童诗并不太景气的中国儿童文学界，北京的儿童诗阵地依然有这么多的守护者，这的确是一个值得儿童文学界关注的现象。

幼儿文学方面有孙幼军、金波、葛冰等。孙幼军新时期的创作以低幼童话为主，比如《小狗的小房子》《小贝流浪记》等，只是他的低幼童话篇幅都比较长。《小狗的小房子》中憨厚的小狗、娇气的小猫都充满了儿童情趣，孙幼军把童话人物那种稚气天真的美表现得淋漓尽致，对童话形象的把握可谓达到了炉火纯青的境地。金波在低幼童话和低幼散文方面都有杰出的表现。他的低幼文学作品文字简洁秀美、不事雕琢，格调温柔亲切，读后让人回味无穷，顿生满口余香之感。总之，他的低幼创作具有一种简约的美。低幼童话《白城堡》借鉴了民间童话的模式，情节一波三折，富有悬念，想象神奇独特，场面热闹欢快，切合幼儿心理。作品语言优美，读来朗朗上口，耐人寻味。葛冰的童话和幼儿文学齐头并进，他的幼儿文学充满了儿童情趣，讲究意境。他的《梅花鹿的角树》以丰富的想象，在梅花鹿的角树上为小鸟、蜜蜂、蜘蛛们安了家，由此引出了曲折有趣的故事，营造出一种互帮互助的温馨氛围。故事情节简练，形象鲜明可感，意境优美，想象新颖，曾获得第五届宋庆龄儿童文学奖。

北京的科学文艺在新时期有了新的拓展，这不仅表现在科学文艺的题材内容上，也表现在作家队伍的声势上。瞬息万变的科技发展为科幻童话和小说创作提供了广阔的题材内容，电脑网络、生命科学、资源环境、宇宙空间已经成为新时期科幻的主题。而北京的科幻作家除了老将郑文光外，在新时期又冒出了许多新人，比如吴岩、金涛、杨鹏、星河等。

郑文光的第一部科学幻想小说是《从地球到火星》，这也是中华人民共和国成立后的第一篇科学幻想小说。在"文革"后，他用全部精力写作科幻小说。在 20 世纪 70 年代末 80 年代初，他创作出版了《飞向人马座》《鲨鱼侦察兵》《荒野奇珍》《海姑娘》《古庙奇人》《大洋深处》《神翼》《怪兽》《战神的后裔》以及科幻作品选集《郑文光科幻小说选》《郑文光新作选》《郑文光作品选》。此外，他还有 4 部作品先后被译成外文出版和发表，分别是《夜渔记》《地球的镜像》《海豚之神》和《太平洋人》。至 1983 年 4 月因得脑血栓病不能握笔而被迫停止写作为止，他一共出版了 14 部科学幻想小说。郑文光的科学幻想小说代表作是《飞向人马座》和《神翼》。他的科学幻想小说都具有严密的科学性、神奇的幻想性，有典型的形象和抓人的故事。1980 年他加入了世界科学幻想小说协会。

吴岩是北京师范大学教师，他是我国在高校开设科幻选修课的第一人，著有长篇小说《心灵探险》《生死第六天》，短篇小说集《星际警察的最后案件》《马思协探索》《抽屉里的青春》等。他既有对科学知识的驾驭能力，又有从容的文学表达能力，他的科幻小说是科学和文学的完美融合。金涛著有科学童话《大海妈妈和她的孩子们》《小企鹅与爱斯基摩狗》和科学幻想小说《月光岛》《台风行动》《人与兽》《马小哈奇遇记》等。构思精巧、人物形象鲜明是金涛科幻作品的特点。他的系列科幻小说《马小哈奇遇记》中的马小哈机智聪明、关心周围的人和事物，甚至还有见义勇为的行为；但是他又不是一个"小大人"，而是有着好动、顽皮、邋遢等男孩的天性。星河是近几年来科幻界崛起的一颗新星，他的作品多是结合当下最火热的网络内容，他以第一人称的视角和英雄主义的激情为科幻创作开拓出了新的空间，代表作是《决斗在网络》《网络游戏联军》《走下网络的恐怖脚步》。有"科幻之星"美誉的杨鹏是一个多产的作家，著有科幻小说集《来自未来的"小幽灵"》、长篇科幻《蝙蝠少年》等，他的科幻小说以想象奇特怪异见长。

孙云晓是北京新时期少年报告文学的旗帜性人物。"南刘北孙"（"南刘"指南方的刘保法）是中国当代少年报告文学界公认的两大"法宝"。孙云晓曾任《中国少年报》记者，以记者的身份开始少年报告文学创作。代表作有《夏令营中的较量》《英雄少年赖宁》《十六岁的思索》等。孙云晓的报告文学都取材于学生的普通生活，充满了锐气，有着强烈的时代感和震撼力。孙云晓以他独特的慧眼，从平常的事件中开掘出深刻的主题，向现行的教育体制进行拷问。比如《微笑的挑战者》就通过中日夏令营活动中，中国孩子所暴露出来的缺点而看到了中国教育制度孕育的"高分低能"问题。其实，他的许多作品都在教育界引起强烈的反响，甚至引发了如何改革和发展教育的论争。孙云晓 1987 年调任《少年儿童研究》编辑室主任后并没有停止少年报告文学的创作。20 世纪 90 年代后期，又推出了《生命的追问》《千年警世钟》这样"战斗"锋芒不减当年的作品。

北京的儿童剧在新时期也得到了长足发展，文化部少儿司、中国电视艺术委员会，以及中国儿童戏剧研究会多次在北京召开大型儿童剧研讨会和观摩会。中国儿童艺术剧院演出团也是活动频频，他们和中国香港、中国台湾，还有澳大利亚的儿童剧团都有着密切的联系。他们曾赴港参加国际剧艺嘉年华；在香港大会堂音乐厅演出中国著名作家老舍先生一生中唯一的儿童剧《宝船》；曾在北京演出澳大利亚儿童剧《不要烦恼》；曾排练过大型音乐剧《皇帝的新装》等。北京的儿童剧界比较活跃的身影有刘厚明、程式如、夏有志等。

刘厚明的代表作是《小雁齐飞》，曾获第二次全国少年儿童文艺创作评奖一等奖。他的剧作或是取材于现实生活，或是出自想象和幻想，都受到了小观众的喜爱，极大地丰富了少年儿童的精神生活。程式如在儿童剧的理论方面颇有建树，著有《儿童剧十家》等论著。夏有志曾任北京儿童艺术剧团编剧，代表作品是《普来维梯彻公司》。

应该说，北京儿童文学有一支精锐的创作队伍，在每次全国性的儿童文学评奖活动中，北京儿童文学作家的名字是出现最多的——金波、孙幼军、曹文轩、张之路、葛冰多次在宋庆龄儿童文学奖和中国作家协会全国优秀儿童文学奖中摘取大奖，而年轻作家杨鹏、星河等也开始在 20 世纪 90 年代末的儿童文学颁奖舞台上露面。中国儿童文学作家中有三位在国际儿童文学评奖中获奖，他们是：孙幼军，在 1991 年获国际安徒生奖提名奖；金波，在 1992 年获国际安徒生奖提名奖；张之路的长篇少年小说《第三军团》获 1992 年国际儿童图书组织（IBBY）的优秀读物奖。而这三位作家都是北京儿童文学作家；此外，郑渊洁的童话尽管评论界褒贬不一，但毕竟深受小读者的喜爱，甚至中学生和大学生也都喜欢读，在社会各阶层都拥有不少的读者群。由于他的创作数量之多、发行量之大，被列入了《吉尼斯世界纪录大全》。

## 二、北京儿童文学的特点

### （一）前瞻性

北京是政治文化中心，是一个地位特殊的城市。相对而言，北京地区的儿童文学具有立足点高、创作视野开阔的特点。思想敏锐、具有创新意识是北京儿童文学所呈现的总体气象。北京儿童文学具有一种走在时代之先，打破传统束缚和开风气之先的气魄。因而，北京儿童文学的首要特点便是前瞻性。

1. 理论上的振聋发聩

处身于北京，得风气之先，思想触角自然相对敏锐一些。可以说，文学史上的很多思潮运动都是从北京发起的。儿童文学领域也不例外。

刘厚明在 1981 年第四期的《北京文学》上发表了《导思·染情·益智·添趣——试谈儿童文学的功能》一文，文章紧密结合创作实践，明确指出儿童文学的四大功能是：导思、染情、益智、添趣。自 20 世纪五六十年代以来，"教育工具论"在儿童文学界一直处于一元独尊的地位，刘厚明却认为：儿童文学"重视教育作用理所应当，但把这种作用当作对小读者的政治思想或道德伦理的单纯灌输，就未免片面了；如果这种灌输又是说教式的、图解式的，那就更糟"。当下的儿童文学存在着诸多问题，"其中最重要的，是我们将儿童文学的教育功能看得太狭隘、太机械，也存在着'从属于政治'的倾向"。应该说，刘厚明关于儿童文学四大功能的观点，对于 20 世纪 80 年代初期中国儿童文学观念的更新、促使儿童文学理论界以开放的眼光和宽容的姿态重新审视儿童文学的价值功能，具有积极的引导作用。

给 20 世纪 80 年代的儿童文学吹进新鲜空气的另外一位旗手是曹文轩。他在 1986 年总第 24 辑的《儿童文学研究》上以更为醒目的标题刊发了《儿童文学观念的更新》一文。他在文中高扬"儿童文学是文学"的旗帜，热切地呼唤中国儿童文学观念的更新，对儿童文学的价值功能、主题、故事情节、时间与空间、成人化与接受心理等问题提出了独特的见解。他认为："儿童文学是文学……它只能把文学的全部属性作为自己的属性。它旨在引导孩子探索人生的奥秘和真谛，它旨在培养孩子健康的审美意识，它旨在净化孩子的灵魂和情感，它旨在给孩子的生活带来无穷无尽的乐趣，而在这同时，它也给了孩子道德和政治方面的教育。"文章在结尾明确地发出号召，儿童文学"要较大幅度地更新自己的观念"！当时的曹文轩尚属儿童文学界的一名新手，但是整篇文章充满了思辨的色彩和逼人的锐气，昭示了 20 世纪 80 年代的一批儿童文学新人冲破传统儿童文学观念和思维定式的束缚、再创儿童文学辉煌的追求和决心。

2. 创作上的勇于进取

观念的转换是为了创作的繁荣。随着儿童文学"观念革新运动"的兴起，北京的儿童文学作家们以更高的热情投入到儿童文学创作中。与儿童文学理论上的"旗手"之功相比，在儿童文学创作的身体力行方面，北京儿童文学作家所起的作用也毫不逊色。

在第二次全国少儿创作会议上，郑渊洁介绍了林格伦、恩德等西方儿童文学作家和他们的作品，并在会上决心要以创作出他们那样的童话为己任。不久，郑渊洁果然推出了让中国的孩子感到振奋的童话。他的童话一反中国传统童话呆板的模式和教训的面孔，而是站在孩子的立场，反映孩子的心声。他的童话关注差等生，关注弱者，要求平等和民主，因此在感情上很能引起小读者的共鸣；更重要的是，他的童话幻想奇特，热闹活泼，富于游戏精神，开创了中国当代"热闹派"童话的先河。

在小说方面，曹文轩的《弓》《海牛》《山羊不吃天堂草》等作品塑造了一系列生活在困境中的倔强不屈的"小小男子汉"形象，曹文轩力倡以与传统儿童文学截然不同的人物形象来塑造未来民族的性格。他的《古堡》有意识地淡化故事在小说中的作用，借"古堡"这一意象来象征、暗示某种哲理和观念，寄托某种情感和意趣，从而在 20 世纪 80 年代掀起了一股儿童文学"探索"之风和"新潮"之风。

除了在儿童文学创作模式方面的创新外，北京儿童文学作家还致力于儿童文学文体和题材方面的孜孜探索。

柯岩的报告文学《寻找回来的世界》和刘厚明的《黑箭》《绿色钱包》等小说，以真挚的感情、鲜明的形象和曲折的故事回忆了"文革"那段生活，描述了失足青年在新的环境下重新做人的艰难过程，展现了教育者的艰辛。尤其是《寻找回来的世界》拍成电视剧后感动了许许多多的大小观众，从而在全国掀起了一阵工读题材热。

中国一直是一个农业大国，由于科学技术相对落后，科学文艺的发展也呈滞后现象。1954 年，郑文光把"天文学的谜和文学的诗结合起来，写出了第一篇科学幻想小说《从地球到火星》"[①]。这是中华人民共和国成立后的第一篇科学幻想小说。"文革"后，郑文光把全部的精力都投入了科幻小说的创作，他一共出版了 14 部科学幻想小说，著述达 200 万字。可以说，正是因为他在科幻小说领域不懈的坚守，正是因为他的科幻力作的影响和感召，才使得中国的小读者没有忘记我们自己本土的科幻小说，才感召了更多的人加入科幻小说的创作队伍。

1992 年 9 月 13 日和 15 日，尹世霖在北京举办了童诗朗诵会和研讨会，20 多位作家、评论家和艺术家出席了会议。少年朗诵诗声情并茂，介于表演和游戏之间，是一种适合少年人的心理、为他们所喜爱的文字样式。尹世霖一直致力于少儿朗诵诗的创作。可以说，中国当代少儿朗诵诗创作的热潮正是通过尹世霖的大力倡导而兴起的。

此外，北京儿童文学作家对儿童文学创作的贡献，还体现在张之路、罗辰生等作家在少儿文学创作视角方面的出新。

张之路的《第三军团》对教育的弊端、教育者身上存在的问题，以及社会的阴暗面进行描述并加以抨击；小说直面问题，大胆揭露，并指出改进的方法。他小说中的主人公不再只是手无缚鸡之力的受害者，代之以有思想、有正义感、行动果敢的少年人，他们用自己的智慧和力量除暴安良，惩处坏人，帮助好人。张之路把校园小说引入了一个更为广阔的领域，塑造了另一类"小小男子汉"形象——城市中有着良好教养的、优雅的男子汉形象。

罗辰生的《白脖儿》则是对少先队小说的一个巨大突破。他一反少先队小说"先进带动落后"模式，而是透过后进生的心理，通过后进生的故事，揭露了少先队工作中的弊端，反映了后进生的心声。20 世纪 90 年代初，孙云晓以一篇《夏令营中的较量》引起"轩然大波"。在中日夏令营活动中，大多数人看到的是中日友谊，可是孙云晓却看到了两国孩子的差异、两国教育的差异、文化的差异，以及这种差异对我们中华民族所构成的威胁，于是他写下了《微笑的挑战者》（《夏令营中的较量》的"前身"），视角之敏锐、犀利，以致上海等地的权威大刊物都无所适从，不敢刊发。当文章几经曲折终于发表后，很快被多方转载，并在国内引发了长达两年之久的教育大讨论。孙云晓的报告文学打破了传统的报告文学"报喜不报忧"的套路，给当代的少年报告文学注入了生机和活力。

北京是祖国的首都，是祖国的心脏。心脏的脉动影响到全身的律动，因此，北京地区的儿童文学理论观念和创作实践也会影响到其他地区的儿童文学走向。首都的精神风貌具有一定的代表性，它代表了某一时期整个民族的精神气象。而北京地区的儿童文学也在一定程度上体现着中国儿童文学的面貌。

## （二）包容性

北京儿童文学并不仅仅局限于出生在北京的儿童文学作家创作的儿童文学。北京是一个宽容的城市，汇集了全国各地的有识之士。北京儿童文学的最大特点就在于由北京特殊的文化氛围所孕育的北京儿童文学的一种大气——各种文体的齐头并进，对多元文化和多种创作风格的兼容并包。

北京的儿童文学创作既有孙幼军、张之路、保冬妮这些土生土长的北京作家所代表的老北京文化，又有来自江苏盐城的曹文轩笔下的江南水乡文化，受草原之风熏染的张明照所卷挟来的草原文化，年轻的"科幻之星"杨鹏为代表的新潮都市文化，以星河为代表的网络文化，以及对于西方文化的及时吸纳。

孙幼军、张之路和保冬妮是北京老、中、青三代儿童文学作家的代表人物。他们从小生活在京城，深受老北京文化的熏陶，对北京传统文化怀有深厚的感情，并且都把这种感情注入他们的创作中。翻开他们的儿童文学作品，追随着他们的文字，进入他们的故事，你就能感受到北京文化的气息。他们笔下人物的那种爱调侃的开朗的性格，融合了北京地方口语的叙述语言，以及对于北京的胡同、院子、名胜、建筑等风物地貌的信手拈来，都在散发着京韵文化的芳馨。

然而，他们虽然都是老北京文化的代表，却都有各自的表现形态。孙幼军的显著特点是自然朴实。无论是《小布头奇遇记》或是《小狗的小房子》《怪老头儿》，他的童话都保持了一种"唠嗑"的架势，看他的故事，就像听北京人拉家常一样，极其自然流畅地娓娓道来。在语言方面，他把儿童口语融入童话，并与北京地方语言融合，使得他的作品具有明快朴实、轻松活泼的特点。张之路最大的特点是睿智幽默。张之路本人就很善"侃"，

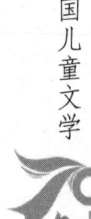

据他自己介绍，他的很多小说，都是在和朋友聊天的时候侃出灵感来的。但是他的侃并不是漫无边际的瞎侃，而是带着狡黠和智慧、有的放矢的调侃。比如短篇《砍协秘书长》《暗号》，在调侃中又有对不良社会世相的攻击和对社会现实问题的关注。尤其是20世纪90年代以来，张之路以追求小说的幽默品格为宗旨，创作了《足球大侠》《有老鼠牌铅笔吗》等一系列幽默儿童文学作品。而归属于"大幻想书系"的《蝉为谁鸣》和科幻小说《非法智慧》，虽然没有明确地标榜是幽默系列，但是依然充斥着睿智的光芒。保冬妮的特点是温馨。保冬妮是一位颇具才气的女性作家，她专注于儿童期文学的创作。她的作品，无论是《冬妮梦幻童话》或是小说集《一年级的小豆包》《问题非儿》《水珠里的丫丫》，都贴近当今孩子的生活。在她的笔下，糖葫芦冒着香气，四合院弥漫着温情，太阳的光芒好像也带着甜味。她的叙述充满了女性的温情和母性的温馨，读她的作品，就好像是泡着一杯清茶坐在她身边，听她惟妙惟肖地讲述那些她身临其境的故事。

曹文轩出生于江苏盐城，后考入北京大学中文系并留校任教至今。少年时代的生活给了曹文轩无尽的创作源泉。他的小说，从早期的小说集《雾色笼罩的祠堂》《云雾中的古堡》到20世纪90年代的《草房子》《红瓦》《根鸟》，都流露出对江南温和柔美的水乡文化的眷恋。他笔下的人物大多是生长于江南乡村的孩子，在狡黠、任性中透着机灵气，他善于描摹江南乡野如诗如画的风景，营造静谧柔和的氛围，在他秀雅、干净的文字表述中，有着不温不火的情感流露。袅袅的炊烟，弥漫着青草味的池塘，随风飘荡的芦苇……读他的小说，常常会不知不觉地走进一幅幅云淡风轻的山水画中；读他的小说，你能感受到这位出生于江南的北京作家的诗人气质和所受的水乡文化的熏陶。

张明照年轻时在内蒙古插队，后又留在内蒙古工作多年，由于草原独特文化的熏染，他的创作多带有草原的气息。奶茶、荞麦酒、蒙古包、白桦林山谷是他笔下常见的意象。他的童话《七彩鹿》《马背上的歌手》《黑眼睛牧童》以及《骆驼骑士》等，都有草原文化的影子。他的《骆驼骑士》写的是在美丽的草原小城，骑着青铜骆驼的小矮人哆来咪、咪发索、索拉希三兄弟从天外先后到来，从而使得小城出现了一连串的神秘事件，书中的故事充满了草原情趣和传奇色彩。

杨鹏的创作总是及时地传递着新潮时尚的信息。电脑网络、生命科学、资源环境、宇宙空间——20世纪90年代全球关注的焦点问题都成了杨鹏作品的主题。20世纪90年代是科学技术飞速发展的时代，微波通信、卫星通信的应用，四通八达的电脑网络，全球化的信息基础设施建设正把人类一步步引入数字化网络时代。生命科学兴起，基因工程克隆技术取得了突破性的进展；资源环境科学由于生态平衡的日益恶化而备受关注；人类又进一步展开了对外太空的实质性探测。而电脑天才、外星人、克隆人、资源环境也正是杨鹏笔下常见的现象。20世纪末，也许是源于一种世纪末的情结，人类前所未有地对"恐怖"表示好感和偏爱。翻开杨鹏的科幻小说，幽灵、骷髅、鬼魂、怪兽随处可见，他甚至在《外星人远征地球》的扉页标有"特别警告——没有胆量的孩子不宜阅读这本童话书。切记！切记！"他的科幻新潮而又通俗，透露出忙碌而又快节奏的都市文化气息。

星河的作品多是结合当下最火热的网络内容，比如《决斗在网络》《网络游戏联军》《走下网络的恐怖脚步》。20世纪末，网络以强劲的速度进入人们的生活。网络是虚拟的、无拘束的、自由的，在网络上的交流活动中，每个人都只是一个符号而已，于是在虚拟的网络空间，人们可以尽情释放自己。从某种意义上说，网络为人类提供了另类自由和无限可能的体验。星河的小说多描写网虫们的生活，他的小说具有网络和科幻的双重魅力，在他的科幻世界里，基本构成因素就是计算机、网络和游戏。然而星河的小说又能把网络的虚拟世界和现实生活世界相融合，来展现对网络的虚拟与真实的思考，展现人的情感、思维活动的丰富、复杂性。

20世纪的90年代，"向孩子学习"是一个响亮的口号。在中国提倡这种前辈向后辈学习的后喻文化，其意义是多重的。正是在这样一种对年轻人极其宽容的环境下，许多年轻的在校学生纷纷著书。对于北京的儿童文学来说，这些年轻的小作者和他们的作品，无疑组成了一道美丽的风景。肖铁、陈朗、金今，这批出生于20世纪80年代的"新新人类"，以他们独特的眼光看待周围的世界。尽管他们生活经验不多，但也正因为此，他们的思想是没有经过社会规范的，他们的感情是没有经过世俗濡染的，他们的文字是真实而生动的，活泼地散发着他们的理想之光和一种新鲜的文化气息。虽然这些年轻的小作者笔头还稍显稚嫩，但是他们的存在无疑让我们看到了北京儿童文学的另一种文化气象。

另外，值得一提的是北京儿童文学对于外来文化的吸纳。在20世纪80年代，郑渊洁明确地在第二次全国少儿创作会议上表示要以创作出像林格伦笔下那样的童话为目标。他随后推出的一系列童话都以大胆的夸张、奇特的想象和令人目眩的荒诞展现了童话的游戏精神和幻想品格，从而把20世纪西方童话的精髓注入了中国儿童文学，在中国本土刮起了新鲜的童话旋风，在新时期创造了独特的童话景观。在20世纪90年代，当英国女作家罗琳的《哈利·波特》在西方演绎火爆场面的时候，在人民文学出版社以至今仍是个未知数的版权费用买断了《哈利·波特》在中国大陆的出版权，并且让这个来自英国的小魔法师红遍了中国不久之后，北京的儿童文学书丛中很快亮出了一本"挑战"《哈利·波特》的小说——《再造地狱之门》。尽管有评论家质问《再造地狱之门》凭什么挑战《哈利·波特》，尽管作为中学生创作的《再造地狱之门》还有很多稚嫩和不足，但对于《哈利·波特》式的神奇瑰丽的魔幻和夸张离奇的故事的借鉴，却让人们又一次看到了中国儿童文学界的年轻一代对于西方文化的大胆拿来和主动借鉴。

### （三）整体性

诚如王泉根在《新时期儿童文学系统工程的建设》一文中所指出的："儿童文学系统工程的建设，是促进儿童文学发展的重要条件与基本保证，是与儿童文学的生态环境、社会重视、经济投入等诸种外在因素密切相关的。"②

20世纪八九十年代北京儿童文学的发展当然也离不开北京儿童文学系统工程建设的支持，离不开改革开放的时代背景，离不开整个知识界、文化界的催化和哺育。应该说，正是由于北京儿童文学处在一个整体运作顺畅的襁褓之中，才使得北京儿童文学的和谐与蓬勃发展有了强有力的保障。因此，北京儿童文学的又一个显著特点就是整体性。

首先是北京的传播媒介、编辑出版工作的完善。

文学价值生成的过程中，文学传播是一个重要的环节。没有作品的传播就没有读者的反馈；没有读者的反馈，也就无法刺激作家的创作积极性。20世纪八九十年代北京儿童文学创作的繁荣，首先应归功于北京少儿传媒事业的发展。在出版机构方面，北京的少年儿童读物出版社自20世纪80年代以来得到了迅速发展，除了原有的中国少年儿童出版社外，又先后成立了北京少年儿童出版社、中国和平出版社、童趣出版有限公司和朝花少年儿童出版社等专业性少儿读物出版机构。有国内"皇家出版社"之誉的人民文学出版社从1999年始开设了少儿读物编辑室。另外，少年儿童报刊的发展是20世纪八九十年代北京儿童文学传播媒介建设的又一重要方面。其中，以发表儿童文学作品为主的最有影响的报刊有《儿童文学》《东方少年》《朝花》《中国少年报》等。正是依托于出版事业的大力发展，北京的儿童文学作家才有了广阔的耕耘园地。

丛书不仅对于图书市场、读者兴趣有很大的影响作用，而且可以左右大众的阅读思潮和作家的创作走向。出版儿童文学丛书、儿童读物丛书，一直是我国少儿图书出版事业的热门。在新时期的"丛书热"中，北京各少儿读物出版社所推出的产品是颇为引人注目的。比如中国少年儿童出版社的《少年百科丛书》《世界名著少年文库》《中学生丛书》《中华人物故事大全》《中国著名作家儿童文学作品选》《天狼星科幻小说丛书》，北京少年儿童出版社的《自画青春丛书》《少女私书坊丛书》《世界儿童文学精选丛书》，中国和平出版社的《新世纪童话大世界丛书》等。这些无论是原创力作或是经典佳构，都以一种集束性的形式，为繁荣北京儿童文学市场、吸引更多关注儿童文学的目光起了推波助澜的作用。

其次是北京高校儿童文学教学的提升。

中国当代儿童文学泰斗陈伯吹先生早在1947年就指出："编撰儿童读物是一种专门的工作、所以需要专门的人才……我个人以为高等师范、专科师范、大学教育学院、师范大学，亟应添设'儿童文学'或'儿童读物'一学科，并且规定为'必修科目'，这样，数十年后，也许会人才辈出，而优秀的儿童读物，也琳琅满目，美不胜收了。"[③]1978年，教育部在武汉召开教材工作会议后，北京师范大学因钟敬文先生等的倡议率先恢复了儿童文学专业，并在中文系单独成立儿童文学教研室。进入20世纪80年代，北京师范大学的中文系和教育系恢复了儿童文学课程，并在全校范围内开设了跨系儿童文学选修课。1991年5月，该校的浦漫汀教授主编了《儿童文学教程》以及与之配套的《中国儿童文学作品选》《外国儿童文学作品选》（山东文艺出版社出版），这套教材为系统、规范的儿童文学教学提供了有力保障。研究生教学是培养科研人员、高等学校师资等高级专门人才的重要途径。从1986年起，北京师范大学中文系儿童文学教研室开始招收硕士研究生，2000年开始招收儿童文学方向的博士研究生，此外还招收了日本、新加坡等国的儿童文学研究生和留学生，目前已有20多名研究生毕业，他们大多成为北京高校儿童文学专业教师或少年儿童出版社（比如人民文学出版社、北京少年儿童出版社、中国少年儿童出版社等）的文学编辑，为北京儿童文学的教学、出版与理论研究增添了生机和活力。

再次是学会、笔会、研讨会等内部交流以及海峡两岸之间交流活动的繁荣。

20世纪80年代以来，北京儿童文学界的横向交流活动空前活跃，学会的组建，笔会、研讨会的举办，使北京儿童文学作家拥有了理论探讨、信息交流、佳作观摩和互相对话的机会，作家与作家之间、作家与编辑之间、作家与读者之间、作家与评论者之间的沟通与联系越来越密切和谐。

目前国内有4个全国性的从事儿童文学研究的民间团体，其中有两个是在北京成立的：中国儿童文学研究会（1980年6月成立于北京）和全国儿童文学教学研究会（1982年6月成立于北京），这两个研究会的策划组织者和研究会成员以北京儿童文学工作者占多数。另外，新时期以来的全国性重大儿童文学活动与会议主要是由文化部、中国作家协会、全国少年儿童文化艺术工作委员会和文化部少年儿童文化艺术司等中央有关部门举办的。这些部门都在北京，从而也为北京儿童文学、儿童读物工作者了解儿童文学方面的最新动态和相关精神提供了"楼台"之便。此外，北京作家协会的儿童文学活动一直比较活跃，会员内部的交流也很频繁。北京作家协会儿童文学委员会还举办了多期"北京市中小幼教儿童文学作家班"，学员达 150 余人。

除了内部交流外，北京儿童文学还注重外部交流，尤其是与台湾地区儿童文学界的交流。1989 年 8 月，北京儿童文学界接待了以著名诗人、儿童文学家林焕彰先生为首的台湾儿童文学作家一行 7 人，双方进行了学术对话。1992 年，北京儿童文学界又举办了台湾儿童文学作家林焕彰的作品专题研讨会。1999 年 9 月，北京师范大学主办了"首届海峡两岸儿童文学教学研讨会"。此外，《东方少年》开辟了"台湾儿童文学作品专辑"，《儿童文学》也刊发了大量台湾儿童文学的精彩之作；而北京作家曹文轩、张之路、葛竞的作品也纷纷被介绍到台湾出版。北京的儿童文学作家金波、樊发稼、孙幼军、葛竞以及评论家王泉根先后获得了台湾"杨唤儿童文学奖"的特殊贡献奖。

这些交流活动都使得北京的儿童文学创作处在一个活水不断的源头位置，拥有了更开阔的创作眼界和更宽广的创作胸怀。

另外，北京儿童文学界的理论批评工作也是可圈可点的。《文艺报》《中华读书报》《中国教育报》等都定期或不定期地开设儿童文学理论与批评版块；《中国图书商报》的"成长版"和《中国教育报》的"读书周刊"都有专门的园地进行儿童文学佳作的推介和评论。这些无疑都对北京儿童文学的创作起到了很好的激励作用。北京的许多儿童文学作家都是"一手抓创作一手抓理论"的"双枪手"，比如金波、柯岩、樊发稼、曹文轩以及年轻的杨鹏等，他们不仅有着扎实的理论功底，而且自己也身体力行地进行儿童文学创作。值得一提的是，自儿童文学评论家王泉根调任北京师范大学中文系以来，更是使得北京儿童文学理论界如虎添翼。他们的专著或是镶嵌在各类报纸中的评论，不时地昭示着儿童文学的存在；他们无疑对北京儿童文学起着导向作用，对促进北京地区儿童文学的繁荣功不可没。

## 三、小结：北京儿童文学展望

北京是一个文化大都会，是一个文化自由、思想开放的城市，这也给北京儿童文学多元开放格局的形成提供了前提条件。中国儿童文学普遍存在儿童诗式微、低幼文学供不应求的现象，但北京儿童文学的各种文体都得到了较好的发展。应该说，北京儿童文学的总体势头是好的，我们期待着北京儿童文学在 21 世纪能够有更好的前景。

进入 21 世纪，北京儿童文学需要进一步改进之处还有很多，比如进一步扶持低幼文学创作；加大科学幻想小说的创作创作力度；创作出更有分量的中国特色童话等。

中国儿童文学要走向世界，和世界儿童文学进行平等对话，还需要进一步努力。而这，也正是北京儿童文学所应该努力的方向。

[注释]
①郑文光：《我和科幻小说》，见《中国当代儿童文学作家小传》，湖南少年儿童出版社 1992 年版。
②王泉根：《中国儿童文学现象研究》，湖南少年儿童出版社 1992 年版。
③陈伯吹：《儿童读物的编著与供应》，见《中国现代儿童文学文论选》，广西人民出版社 1989 年版。

（原载王泉根主编《中国新时期儿童文学研究》，河北少年儿童出版社 2004 年版）

# 北京新锐儿童文学作家评论

王升山

在这部为 8 位北京青年儿童文学作家作评的评论集付梓前,我还是想说上几句,因为编这本书的过程只是我们关于重新构建北京儿童文学作家群和繁荣北京儿童文学创作的行动和想法的一部分,为此我们有一个五年规划,而这本书应该是我们的一个阶段性的总结。

北京是块人才辈出的文学宝地,是一个儿童文学作家成长的地方,几十年来,北京的儿童文学作家为孩子们创作了大量优秀作品并取得辉煌成就,为了表示对他们所取得的成绩的敬意,业内和读者们乐于把这个创作群体称之为北京儿童文学作家群。我想这称谓实至名归,因为这确实是一个充满荣誉的群体,一个紧随时代发展、深入火热生活、创作丰硕的群体。当然这"群"的深意远不止这些,它更深的含义于我们来说应该是永葆这支队伍的创造性、活力,保持队伍的延续和发展,当然更希冀于这一群体创作出能陶冶情操、提高审美情趣并为孩子们所喜爱的好作品。

对于这群体里的作家我有如数家珍般的自豪,历数他们的名字,总有里程碑立于眼前的高大感,这让我想起老舍先生的《小坡的生日》、阮章竞先生的童话诗《金色的海螺》、管桦先生的《小英雄雨来》、浩然老师的《大肚子蝈蝈》、葛翠琳老师的《野葡萄》,曹文轩、金波、尹世霖、张之路、星河、杨鹏、葛竞的《青铜葵花》《我们去看海》《红旗一角的故事》《霹雳贝贝》《潮啸如枪》《装在口袋里的爸爸》《魔法学校》等。这个群体的作家和他们的作品,那一连串的名字,如明珠一样璀璨,他们的存在激励着这个群体在创作的道路上不断前行。

汇集这本评论集之前正是北京儿童文学作家中又一代新人成长起来的时候,也是这一代新的儿童文学作家在之前的相对沉寂后的一次集体爆发,他们的出现不仅给我们带来了新的面孔,而且让人感受到他们对生活的热情。他们的活力如春风一样融入他们的作品中,而他们的学识和关注点又让其作品更具时代感和感召力,我要感谢他们,他们的加入使北京儿童文学作家群更具有青春的活力,而他们也必将在创作上取得新的成绩。

给予这些青年作家成长道路上的关照是作家协会的责任,我们利用手中的"权力"为他们的作品把脉,助他们成长,这也是我们的工作。关于召开 8 位青年儿童文学作家研讨会的想法既得到了老一代儿童文学作家的支持,也得到儿童文学评论家的支持。当然,关于这个研讨会我们还有自己的想法,我们认为儿童文学在创作上要有新的作为,要有突破,因此,可否听听成人文学评论家关于儿童文学创作的看法,听听他们眼中儿童文学个体创作中存在的不足,这些想法可能超出了传统的做法,但听听无妨。这新的想法也得到了成人文学评论家的支持,孟繁华、白烨、陈福民、贺绍俊等活跃在当今文艺评论领域的专家给予了我们这一想法充分的肯定,文学需要交流与碰撞,即便是单一领域内的探讨也存在着巨大的意义。成人文学评论家们暂时放下案头的工作,好好地与儿童文学来了一回亲密接触，感谢他们的参与，他们的真知灼见也都收录在这本书中，让我们可以静下心来学习。这一想法同时得到这些儿童文学青年作家的理解和支持，他们的开放与寻求批评的态度，也让我们感受到他们面向未来的勇气与信心。祝愿他们在有荆棘但必将成为坦途的创作道路上越走越好。

最后，我还想把我对这8位北京新锐儿童文学作家的认知告诉大家，与广大读者共同分享北京作协未来的繁荣景象。

周敏，我的同事，真正的孩子王，北京作协小作家分会秘书长，三届"东方少年中国梦"新创意作文大赛的组织者，多年儿童文学编辑生活练就的心性让她与孩子们有种天然的亲近感，而她作品中对弱势儿童的关怀，渴望追求自由的人物塑造，都让她的作品有着极大的胸怀与抱负，我对她未来的创作抱有极大的热望。

汪玥含，北京作协合同制作家，经常用很"独"的方式享受"孤独"。她一向关注家庭环境、父母的性格态度，以及教育对青少年个性和命运发展所起到的作用和影响，并将这种"生长土壤"用抽丝剥茧般的细腻写作予以呈现，解决青少年内心的焦灼和困惑，让青少年心存感动或豁然开朗。

史雷，他与我有一种天然的亲近感，他属狗，自我标榜"有着狗一样的脾气，爱憎分明，率真，做人做事如胡同里赶鸭子，直来直去"。其作品以传统文化、北京文化为底蕴，力图展现一种"中国味道"，具有强烈的家国情怀，并以此体现地域性、民族性和文化性所饱含的精神价值。

段立欣，一个快乐的有女巫一样气质的人，她把她精神里的自由、反叛、独立、梦想、忧郁、渴望、爱通通融入她的文字中。把作家行当里的一些东西——什么前现代主义、后现代主义、童话写作技巧、影视蒙太奇、人的异化通通扔进了她的作品中，这就决定了她作品的多彩好看。

佘晋，也就是茶茶，怎么感觉都是一位可爱的"小姑娘"，"每天生活在童话里的水瓶座外星人。迷恋花草和自然，爱做白日梦，在某个白日梦里，有一只叫嗅嗅的刺猬、一只叫白茫茫的白鹦鹉相伴左右"。这美丽的白日梦注定了茶茶的童话和她的人一样需要细读，字里行间充满了灵动的想象力，讲述的故事都弥漫着迷人的香气。

孙卫卫，不是一个很文艺范儿的青年，西服常是他的行头，但这并不影响他把平庸无奇的文字调遣得灵动活跃，把平淡无奇的小事讲得诙谐有趣。成人作家写儿童小说往往去模仿儿童的声音，因为他们已经远离了童年，可是孙卫卫没有陷入这种普遍的创作困境，仿佛岁月的脚步没有从他身上走过，他还是一个心有童趣的创作者，永远叙述着自己鲜活的生活和故事。

左昡，"用童话和生活对抗，用童话对世界发声，一直为此默默地、慢慢地努力着"。这就是一个喜欢孩子、不想长大、爱笑、爱哭、胆小、嗓门大的左昡，她的作品内涵单纯而又厚重，风格诗意而又忧伤，她的最大希望是能为世上所有的纯真之心写作。

黄序，少语而表情严肃，大概是学理工出身的原因吧。黄序的创作严格意义上不能归在儿童文学范畴，他从事科幻小说创作，不过科幻小说在作协系统内都归在了儿童文学大的创作范围内，其实这样也好，祝愿黄序今后也成功创作一部适合儿童看的科幻小说吧。

写到这里，我想我关于北京儿童文学队伍建设和繁荣北京儿童文学创作的一些想法都表达清楚了，其实说的远没有做得好，要是你能亲临8位青年作家研讨会，听听专家们对作者的把脉，要是你还能于言外之意中感受到与会专家对北京儿童文学发展的期望并与之共同努力，那将是文学之幸。祝愿 8 位青年儿童文学作家茁壮成长，愿他们在今后的创作中取得更大的成绩。

（原载北京作家协会编《北京新锐儿童文学作家评论集》，北京日报出版社 2016 年版）

# 河北儿童文学的审美品质及现代建构

杨红莉

具有独立品质的中国儿童文学是和着 20 世纪的脚步,伴随着人的现代主体意识的觉醒而兴起的,正如茅盾所说:"'儿童文学'这名称,始于'五四'时代。"①20 世纪 20 年代,叶圣陶的童话《稻草人》(1923 年)、冰心的散文集《寄小读者》(1926 年)奠定了中国儿童文学优美、清新,于诗情画意中关注人生、传达人性之美的基本品质,成为中国现代儿童文学进入自觉期的标志。而河北儿童文学出现得更晚一些,真正的、自觉的河北儿童文学是 20 世纪 30 年代后期伴随着救亡主题在抗日根据地发展起来的。

在 21 世纪审视河北儿童文学,有许多问题值得思索。比如,特殊的时代氛围、独特的地域文化使河北儿童文学产生了怎样独特的审美特质? 这些审美特质、审美风格又是怎样影响着新时期河北儿童文学的发展方向? 在经历了 70 年的风雨历程之后,今天的河北儿童文学又是一种什么样的审美格局? 应该如何获得更大的解放? 对这些问题的梳理,显然有助于促进当代河北儿童文学的健康发展。

## 一、基本审美品质的形成与确立(1937—1979 年)

丹纳认为决定文明之特征的要素有三个,即种族、环境和时代。于此,可以推见地域文化和时代精神对于文学的塑形作用。事实的确如此。20 世纪 30 年代后期,当争取民族解放和独立成为时代的第一要求之后,包括儿童文学在内的文学主题随之发生了根本性的变化,呼唤包括儿童在内的民众的民族意识、抗争意识成为文学的第一要务。1938 年 6 月 16 日,毛泽东便在陕甘宁边区的第一份儿童刊物《边区儿童》上题词,号召"儿童们团结起来,学习做一个自由解放的中国国民,学习从日本帝国主义压迫下争取自由解放的方法,把自己变成新时代的主人翁"②。这一号召促使根据地的儿童文学迅速崛起,与现实密切相关的儿童火热的斗争生活成为最重要的题材,爱国主义主题、现实主义精神等要素被充分发掘出来,并得到空前的重视。

作为根据地重要组成部分的河北儿童文学,一方面迅速响应了时代的召唤,另一方面,更由此激发了河北地域文化中既有的慷慨多气、壮怀激烈、敢于承担、不畏生死的悲壮精神,并使得这一精神在当代呼求中迅速复活并增生。当是时,时代精神的呼求与地域文化精神的融合促使河北儿童文学呈现出极大的共同性,即取材于现实斗争生活,服务于现实的社会需要,塑造的儿童形象生动鲜明,作品格调积极高昂,体现着蓬勃的生命活力与奋发向上的精神。这一最基本的特色奠定了河北儿童文学的现实主义美学品质。尤其能代表这一美学品质的是在当时影响深远的生动的小英雄、小战士形象,送鸡毛信的海娃(华山的《鸡毛信》)、机智勇敢的雨来(管桦的《雨来没有死》),更是影响了一代又一代人。

但是,如果因此认为河北儿童文学只具有时代风范,而缺乏古典审美品质的话,我以为也不确切。其实恰恰相反，从总体来看，由于早期河北儿童文学的践行与倡导者所具有的审美倾向，使得河北儿童文学并不是单纯时代的号角、斗争的工具，尤其因为孙犁的参与，古典的审美趣味也因此显得格外突出。孙犁以其一贯的"寄时代风云于诗情画意"的风格，给河北儿童文学奠定了于时代风云中寻找超越之路的审美可能。恰如在现代文学上，"以艺术家的明丽而精致的感觉，拓展和变动了解放区文学的格局情调，提高了它的艺术档次，告诉人们存在着赵树理、丁玲以外的更有审美魅力的可能性"③一样，"出入城乡，接上了'五四'新文学的启蒙传统，强调作品的艺术性"④的孙犁，也给河北儿童文学带来了"审美的间接性和超越性的可能"⑤，从一开始就给河北儿童文学提供了全面的审美养料。孙犁的长篇叙事诗《儿童团长》（1939 年）即为典型代表。这首诗以自由诗体式叙述了 13 岁的儿童团长小金子布置站岗、查岗的过程，展现了一个既稳重、成熟又不乏天真、稚嫩的小儿童团长形象。这首诗将叙事与写景、抒情融为一体，在展示时代风云、描绘美好家乡的同时，细腻婉转地书写着一个少年保家卫国的社会性人格的成长。这首语言简练朴实，注重营造意境且洋溢着浓郁的乡土气息的长诗，可谓既具时代特色，又不乏艺术之美，充分显示出了曾受过"五四"文化熏陶的孙犁的美学追求。

同时，作为理论家的孙犁还将他的健康的儿童文学审美观念进一步推广。1940 年 10 月，孙犁写了《谈儿童文艺的创作》一文。在这篇文章中，孙犁提出了儿童文学的两个主张，一是主张儿童文艺要有艺术幻想，二是主张儿童文艺要写儿童的现实生活。他认为，"边区的孩子们已经参加了战斗，需要对他们进行政治的、战斗的科学教育。今天用艺术来帮助他们，使他们思想感情加速健康地成长，是我们艺术工作者的迫切任务之一"⑥。孙犁这种现实主义与艺术自觉并重的理论主张，即使今天看来，都是无可置疑的。而且，就孙犁当时已经产生的文学影响来推测，他的这些理论主张无疑促使根据地儿童文学迅速发展与成熟起来。因此，孙犁虽然并不专门从事儿童文学工作，但是，他在儿童文学领域的开创性实践以及美学理想对后来河北儿童文学美学特征的形成，都有极其重要的作用。

中华人民共和国的成立改变了政体，改变了社会生活的主题，但从基本审美倾向上看，这一时期同战争年代的作品没有根本性的区别，仍然一如既往地发挥着参与现实的社会功能，并同成人文学一起，承担着"想象民族共同体""创造历史"的责任，以艺术的方式为国家政体的变迁提供合法性的阐释。在这个中心主题下，河北儿童文学最大的成就是嘎子形象（徐光耀《小兵张嘎》）。"歪戴破草帽，手拿小木枪，身穿白褂，光着脚丫，擅游泳，能爬树，会摔跤，爱咬人，英气十足，野气逼人"的嘎子，成为新中国几代人童年记忆中最灿烂的儿童形象。在这种严酷、紧张中不乏诙谐、轻松的书写中，儿童文学以其特有的话语方式诠释了革命的合法性甚或浪漫性，并在其迅疾传播中获得了极大的认同，从而成为革命文学中不可或缺的文本。

在中华人民共和国成立后的十七年中，早期河北儿童文学中抒情、优美、意境等审美品质同样得以承继和彰显，葛翠琳的童话《野葡萄》堪称这种审美倾向的代表作。这篇叙写美丽、善良、勇敢的小姑娘白鹅女历尽艰难寻找传说中能治疗瞎眼的野葡萄的童话，将极富艺术张力的想象空间、优美灵动的语言、感人至深的场景，乃至张扬美善的主题完美地结合起来，使作品堪可跻身于世界童话名著之列。

总之，一方面，河北儿童文学起步于民族解放战争时期、发生自具有慷慨古朴民风的燕赵大地上，这决定了河北儿童文学鲜明的时代特色和干预社会的强烈的现实主义审美品性,并使得这种品性成为后来河北儿童文学最重要的审美传统;另一方面,因为有孙犁等人的参与和理论指导,他们所倡导的那种将思想性、战斗性和艺术性融合为一体,追求悠远意境,富有自由、人文气息的"五四"精神的美学理想,也是河北儿童文学不可忽视的审美因子,并且一直以暗河、潜流的形式在不同的时期发挥着或隐或显的作用,成为现代河北儿童文学的发酵剂,影响、调剂着河北儿童文学的美学品质。一言以概之,形成期的河北儿童文学既富有现实主义倾向,也不乏古典美学意趣,呈现出富有双重审美特质的复调特色。

## 二、现代审美品质的初步建构(1980 年至今)

新时期开始后,河北儿童文学呈现出繁荣景象,其重要表现不单是作家多、品种多、风格多,更重要的是正在逐步突破以往的审美固囿,逐渐建构起河北儿童文学的现代审美品质。

所谓儿童文学的现代审美品质,其最重要的特征是将文本的接受者——小读者视为具有独立意识的主体,以涵养接受主体的审美意识、自由精神、完整人格为终极目标,尤其在儿童文学功能方面,突破了以往思想道德教育的樊篱,开始注重童趣的发掘和想象力的培养。

如果做简单的概括和梳理,笔者以为河北儿童文学在如下几个方面比以往有了突破,初步具备了现代审美品质。

### (一)自然美、生命美的着意呈现

对于自然美、生命美的呈现本是中国传统艺术中的重要部分,但是,因为 20 世纪特殊的风云际会,这种书写自由性灵,具有感性生动和审美超越意味的审美形态几乎被遮蔽了。如前所述,前期的河北儿童文学虽然也有表述大自然、生命本真之美的作品,但是总体看来,一方面,这种表现仍然附属于现实主义主潮之下,作为潜流、暗河的形式存在,另一方面,即使在单个文本中来看,自然意趣也只是作为政治主题的附着物出现,并不具有独立的美学地位。而到新时期之后,随着文化环境的多元化,对于自然美、生命美的表现获得了极大的发展,这种潜流、暗河得以突出地表,甚至于彻底摆脱了社会、政治的工具地位,一些富有纯粹自然趣味、儿童趣味、生命趣味的作品脱颖而出,卓然独立为令人耳目一新的风景胜地。显然,这意味并表征着人的又一次独立。

尤其是祖籍冀县(现河北省冀州市)的著名儿童诗人金波,注重从大自然中取材,试图将中国古典诗歌之中的审美境界熔铸到现代儿歌之中,形成了独特、鲜明的创作风格和美学追求。比如他的《小鹿》:

> 花的影、叶的影, /给你披一件 /斑斓的彩衣。 /你站在那儿, /和无边的森林 /融合在一起。 /然而你还像一株飞跑的树 /高昂着你枝枝丫丫的角, /闪进秘密的大森林里。 /一会儿和这棵树, /一会儿和那棵树, /交谈着春天的消息。

这首小诗直接取材于大自然,将美丽、生动的小鹿置放在春天生机盎然、色彩斑斓的大森林中,和花影、叶影一同构成为森林的、春天的部分。这头小鹿是那么顽皮、淘气,它不断地奔跑着,一刻也不肯安静,"一会儿和这棵树,一会儿和那棵树"说着悄悄话,"交

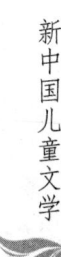

谈着春天的消息。"在大森林的家中无拘无束、充满活力的小鹿形象便直如一幅曼妙、灵动的影像,声色俱佳地扑入读者的耳目。全诗如画、如乐,传递出和谐、灵动的艺术精神。然而,这首诗又不仅仅是写小鹿,那个无拘无束、欢快敏捷的小鹿不正是天真无邪、对世界充满着好奇的儿童的象征吗? 纯真、聪敏的儿童不正是像那个在大森林中快乐成长的小鹿一样在充满生机的生活中快乐地成长着吗? 所以,这首小诗固然不寄予任何的道德说教,但却在如画的想象中赞叹着小鹿(儿童)天真、灵动的生命力,颂赞着和谐、宁静、自由、繁荣的大自然。这种超越道德说教的审美感染力,使得这首小诗获得了永恒的艺术魅力。

金波的诗歌自然、生动,就像山谷间、树荫下缓缓流淌的溪流,带着草叶、花瓣和树根的气息,更带着儿童纯真朴拙的审美理想与活泼跃动的情趣,传达着作家未泯的童心,洋溢着浓厚的生活热情,总是力争在中和、自然的诗歌中蕴含生命的节奏、透射勃勃的生机。总之,生命意识、自然意识的觉醒和灌注,使得金波的儿童诗获得了鲜明的现代审美品质。

### (二)"心理自我"的深度开掘

现代意识的重要表现是具有独立的自我意识,即对自身状态与自己同客观世界的关系的明确意识。如果说初期河北儿童文学在儿童自我意识的培养上更注重社会对于个体的责任要求的话,那么,新时期以来,尤其是近年来的河北儿童文学,逐渐突破了以往的纯粹道德性或政治性的单一结构模式,开始注重对于儿童个体自我意识的纵向开掘,使儿童文学在"儿童性"、儿童期特殊心理等层面有了比较深入的拓展。现代意识表现在张玉清(玉清)的笔下,是他对少年儿童在特定的生理时期所呈现出的独特的心理构成的重视与开掘。

从心理学的角度看,心理自我的建构大概从十四五岁开始。这个时候,人处于从儿童向成人过渡的转折期,性意识开始觉醒,心理随之发生急剧变化,所以,这个阶段的少男少女都极其敏感。玉清把探索的笔触伸向处于这个阶段的少年心灵深处,意在探索少年的自我、内心等个体领域的最隐秘、朦胧的状态,表现少年们青春意识的萌动、情性的初步觉醒,揭示现代生活中少年尚不明确的主体意识和自我情怀,借以透视少年生命的激情与本相。《小百合》中的"我"和男同学们面对"像一枝柔弱洁美的小百合","诗一般的女孩"的莫名好感,以及对这种好感压抑不住的表达,甚或不同少年的不同表现方式,既将处于这个年龄阶段的少年的共性描摹了出来,又将每一个少年的个性彰显得异常明确。不同性格、修养的少男情怀就在这样一些既不跌宕又不曲折的日常生活片段中显示得淋漓尽致、含蓄生动。那些往往是自生自灭的"精神之恋"被他娓娓道来,竟是那样真实、那样美。对异性美的觉醒,是人成长的一个标志,玉清就是通过展示这个觉醒中的状态,展示着人的自然生命成长过程。

后来,玉清小说所探索的心理范畴越来越广泛,所表现的情怀已不单局限在少男、少女之间,而进一步拓展到少年对成年人上,比如少男对年轻美丽的女老师(《梦里依稀小星湖》)、少女对成熟的男性(《有一个女孩叫星竹》)的那种纯洁又难以言说的情感投射;甚至他不仅仅只写有着爱恋意味的情怀萌动、"精神之恋",而且更深入到探索处于前青春期阶段的人的一切心理变动的轨迹层面,比如《红泳衣》中那个穿着红色泳衣在小城闹市走过的少女瑾的勇敢和甚至是殉道式的悲壮,《画眉》中那个和年轻的男老师心灵沟通纯洁无瑕却被所有的人误解并隐忍着的少女田青的倔强,《弱者刘常》中那个因为美丽女孩的眼神而不断从赢弱到坚韧再到勇敢、刚强的刘常的体格、人格的成长……这一切已经远远超出了狭义的异性之间的精神之恋范畴，而扩及广阔得多的精神维度。玉清所涉猎的心灵范畴越来越广阔，他笔下的艺术世界也越来越丰富，开始越过校园的围墙，扩大到了与社会、时代的交融之中。总之，和单纯关注儿童社会层面的成长不同，玉清更注重儿童自然的、精神的、心理的生命存在状态与生命向力，"力图寻求儿童心灵深处所潜伏的幽远隐秘的原始生命密码与人类往昔生命历史的血脉联系，着眼于对最富于人类自由天性与最接近人类自然灵性的儿童精神世界的描绘与展示……其作品的价值意义在于：从人类整体生命的制高点上，为少年儿童提供生命力奔放与灵魂提升的艺术载体，重在自然人格、生命人格、原始人格的启悟与烛照，使儿童在走向'社会人'生命的同时保有'自然人'生命的基因与力度"[⑦]。

玉清的小说多采用青春视角，多用第一人称"我"进行叙述，"我"或者是青春的体验者、故事的参与者，或者是中心人物的旁观者、见证人。这样一来，读者和作者、人物之间的界限在无形之中被消弭，小说具有了强烈的青春展示性。读着他的小说，我们感觉不到是成年人写给少年看的，而似乎自己就是这群少年中的一个，也在经历着同样的情感的萌动、惶惑。他的小说，不是他者、非我的表达，而是自我的倾诉、自由的表达。从这个角度看，玉清是具有现代小说文体意识的儿童作家。

**（三）悲剧之美的诗意表现**

一般而言，许多作家认为儿童文学应该描写宁静、和谐、趣味、单纯，认为不能表现生活中的悲剧现象，认为幼小的儿童或未成年人还没有正确认识悲剧现象的能力。其实，这种看法是不全面的。悲剧之美不是源于对生活中悲剧现象的忠实记录，而是能够将血淋淋的悲剧现象予以诗性转化。悲剧不排斥痛苦、悲哀、不幸甚或死亡，但更重要的是要从这些现象中提升出真善美的价值，从而使小读者的精神和心灵得以净化和升华，其人格的成长和完善得到促进。表面看来，悲剧的内容大多是悲哀和不幸，实际上，正是这些悲哀和不幸，折射出其他形式无可比拟、超越的美学价值。因此，在儿童文学中，悲哀和痛苦只是被用来作为表现悲剧冲突的情景，借以揭示生活真理和美的一种现象而已。或者还可以说，毁灭和灾难显示甚至强调和凸显了美的价值。应该说，从一定程度上看，富有悲剧之美是儿童文学成熟、深度的重要表现。

在当代河北儿童文学作家中，李树松的一些儿童小说呈现出了悲剧之美的独特魅力。他的《开满花儿的海子》本来是写地震、写灾难、写死亡，但是，李树松却把这样悲惨的故事写得如行歌慢板，如行云流水，充满了诗意的想象和对美好的期待。我们看到，死于地震的小夏其实是无比幸福的，因为他终于看到了梦寐以求的"开满花儿的海子"是如何壮观，终于看到了那些"流星雨做成的花儿"盛开时的灿烂，当他沉浸于这种愿望实现了的满足之中，当他想更真切地把这些流星雨握在手心里的时候，他松开了抱着大树的手，"他也就像一颗流星从大槐树上飞了出去，落进了那朵只有他才看到过的花上面了"。小夏的死亡就此成了诗意的升华，成了对世俗的超越，对梦想的追逐。李树松在对儿童文学的悲剧之美的开掘上，显示出他独有的艺术潜力和美学追求。

**（四）生存考验下的精神成长**

现代意识拒绝庸俗的社会学，但绝不拒绝现实主义精神，反而提倡深刻、深入、全面、彻底的现实主义精神。在这一时期，继承并且发展河北儿童文学现实主义品质，借助文学的精神力量，从社会的、文化的、道德的角度，提升少年儿童的社会的、文化的、道德的人格,引导他们顺利地由一个自然人成长为社会人的作家是董天柚(北董)。

儿童文学共同的主题是成长,但是,与一般作品将少年儿童世界与成人世界区分开来,专为少年儿童营造纯净、透明、干净的生活世界相比,北董的小说从不避讳把少年儿童放到成人的生活区域,放到真实社会的大熔炉中接受真正的锤炼。让少年儿童直面生活中的种种真善美与假恶丑,让他们自己学会辨识其中的种种现象,似乎就是作家赋予小说的根本任务,似乎正是作家所认可的成长的含义。

在北董那里,少年儿童从来不是一个单独的、孤立的世界,而是整个社会的一个组成部分,是一个同样需要重视、同样善恶、美丑并存的复杂世界。《北斗峰》将关于少年成长的主题置放在一个穿插着历史影像的现实境域中:曾经是英雄的爷爷、卑劣势利的爸爸、粗鄙世俗的妈妈、各种各样因家庭出身不同而互相争斗不断的同学,以及并不那么纯净的校园、并不个个高尚的老师……共同组成小说的主人公——少年索亚林的浊重的生活世界。在这样的现实之中,索亚林向往着、憧憬着,也挣扎着、忍受着,又努力着、改变着,一个小小的少年和任何一个成年人一样,不,甚至要更多地担负着生活给予他的一切沉重和磨难,一切喜悦和苦闷。但是,尽管现实是这样的困窘,索亚林仍然艰难但苦壮地成长起来了。当索亚林理解了爷爷以老迈之躯仍然致力于改变家乡面貌的良苦用心的时候,当他和那个勤劳善良、勇敢泼辣的少女肖玉蔓在险恶的狼牙滩相遇而尽弃前嫌、化干戈为玉帛之后,我们终于看到了新的一代的成长和成熟,看到了生活的曙光和希望。小说给索亚林所设置的是一个丰富、芜杂的现实生活世界,小说所展示的也不仅仅是少年甚至还有社会的成长内涵。儿童文学理论家王泉根评价北董的作品时,认为他"用其独特的富有个性化的表达方式展示出作家对人生和社会的独特感悟与对少年儿童精神生命成长的深切关注,并由此表达出在喧嚣与混乱之中的生存智慧以及如何保持人性的本质与光辉"[①],其实,这也可以看作是北董所有作品的特征或者审美倾向。北董的作品以极大的热情关注着儿童精神生命的成长,关注社会现实的历史与未来,体现出河北儿童文学作家强烈的责任感和忧患意识,体现着河北千里平原的厚重、旷达、朴实之风。概言之,在北董笔下,儿童文学的现代审美品质主要体现为生活世界的复杂、多元,体现为少年儿童直面和应对生活的精神的成长。

总之,从20世纪80年代开始,相对于前期儿童文学比较明确的功利性质与教化功能,河北儿童文学开始进入现代审美品质建构时期,开始向立体化、多元化、个性化层面开掘具有现代审美品质的审美空间,因而也呈现出异彩纷呈的审美格局。

## 三、寻求超越与发展

就全国范围看,河北儿童文学起步比较早,而且有鲜明的审美品质。尤其经过70年的风雨沧桑,河北儿童文学已经在文学类型、创作队伍、审美风格等方面形成了一定的特色,并且产生了一些重要作家、经典作品。

但是,和儿童文学大省、市比较起来,尤其将视野放到21世纪,河北儿童文学的创作与理论研究都存在着一些差距。比如,农村题材作品多而城市题材作品少、终极价值关怀多轻松游戏幽默少、创作摸索多而理论扶持少等。尤其在审美倾向上看,对于传统美的开掘多而表现现代美、科技美的作品少,对于和谐美的表现多而悲剧、荒诞、怪诞美的表现比较少。而从某个角度看,恰恰是后者力量的强弱能够体现未来儿童文学作品的竞争力。

另一方面，即使和河北省内其他艺术类型相比，儿童文学都是一个被较少关注的领域，缺乏整体的团队力量和强有力的竞争态势。很多作家只是业余进行儿童文学创作，其主要成就并不在此；而专门从事儿童文学创作的作家也很少主动了解河北省外、国外的儿童文学发展现状，多处于摸索状态之中。因此，尽快建立一支积极关注本土作家、热情鼓励和指导本土作家创作的理论队伍，也是河北儿童文学发展的当务之急。

再次，随着网络时代的到来，人的生活方式，尤其是少年儿童的生活与生存环境已经进入一个全新的文化阶段，所谓后现代、日常生活审美化、网络文化、娱乐精神、快乐主义等命题已经逐渐渗入少年儿童的生活之中。在这种状况之下，河北儿童文学应该怎样深入当下儿童的内心，怎样满足当下儿童的审美期待视域，怎样在全新的文化语境中保持其现实关怀精神，怎样进一步开掘儿童文学的现代审美品质等，就成为关乎河北儿童文学乃至河北儿童健康发展的重大命题。

总之，艺术地展现现代生活中儿童的心灵状态，以进一步丰富和完善现代儿童的精神世界，是河北儿童文学实现超越的有效途径。

[注释]
①茅盾：《关于"儿童文学"》，《文学》1935年版。
②⑦王泉根：《现代中国儿童文学主潮》，重庆出版社2004年版。
③④⑤杨义：《孙犁的文化哲学》，《中华读书报》2004年8月9日。
⑥孙犁：《孙犁文论集》，人民文学出版社1983年版。
⑧王泉根：《走向人生，走向成长》，《文艺报》1999年12月28日。


（原载《石家庄学院学报》2008年第2期）

# 论河北抗战题材儿童文学创作

刘增安

在中国当代文坛，从 20 世纪 50 年代到 80 年代，河北抗战题材的儿童文学创作几十年来长盛不衰，涌现出了一批又一批作家，创作出了《小兵张嘎》《小英雄雨来》《长长的流水》《少小灾星》等一批在全国产生了巨大影响的作品。河北的一些作家，徐光耀、刘真、管桦等正是以他们抗战题材的儿童文学创作登上文坛并最终以高质量的作品在当代文坛占有一席之地。这一带有鲜明地域特征的文学现象，在中国当代文坛形成了一道独特的风景线。深入剖析这一文学现象，总结其成功经验，对繁荣当代文学创作具有深远的意义。

一

中华人民共和国成立后的 20 世纪 50 年代，抗战题材的儿童文学创作很快在河北文坛形成了创作繁荣的局面，在短短几年内出现了一批在全国文坛有影响的作品，形成了一个奇特的文学现象。深入剖析这一文学现象，我们会发现，它的出现有着深层的、多方面的原因。

首先，抗日根据地军民艰苦卓绝的斗争生活，为作家准备了丰富的创作素材。抗战初期，我党领导的八路军东渡黄河，开赴抗战前线，很快在敌人后方建立了晋察冀抗日根据地，带领广大军民开展了英勇不屈的抗敌斗争。八年全面抗战时期，整个华北大地，从燕山脚下到冀南平原，从太行山麓到白洋淀水乡，抗日的烽火燃遍燕赵大地。根据地的少年儿童在抗日的硝烟里锻炼成长。他们在党的领导下，组织起来积极投入全民抗战的时代大潮，村村建起了儿童团。他们站岗、放哨、查路条、捉汉奸、传递情报、护理伤员，面对日寇的刺刀，他们宁死不屈，表现了中华民族的英雄气概，涌现出了一批抗日小英雄。他们可歌可泣的英雄事迹为河北抗战题材的儿童文学创作提供了取之不竭的创作源泉。

其次，抗日根据地的文化建设为中华人民共和国成立后儿童文学的繁荣准备了队伍。在战争年代，根据地军民在残酷的战争环境里，不断加强根据地的文化建设，广大军民组织剧社、学文化。当时在冀中根据地还开展了由群众参加的"冀中一日"写作运动。文化建设使根据地形成了浓厚的文化氛围，提高了战士的文化水平。特别是一批八路军小战士，他们随部队转战南北，在战火硝烟中度过了自己的青少年时代，在党的哺育下，他们学文化，学知识，具备了初步的写作能力。中华人民共和国成立后，他们追忆如火如荼的峥嵘岁月，缅怀为国牺牲的战友，怀念在危急时刻用生命掩护他们的父老乡亲。怀着强烈的历史责任感，决心把心中的诗献给那些为中华人民共和国的诞生出生入死、英勇奋斗的先烈们。他们以自己少年时代在战火硝烟中成长的经历为素材，创作了一大批反映抗战时期"小八路"战斗生活和成长经历的作品。如徐光耀的《小兵张嘎》、刘真的《长长的流水》《好大娘》、蔡维才的《小铁头夺马记》等。这些作品塑造了一批"小八路"的英雄形象，深受广大青少年的喜爱，成为河北抗战题材儿童文学创作的第一批成果。

再次，中华人民共和国成立后成长的一批青年作家的创作丰富了河北儿童文学创作的题材。中华人民共和国成立后，一批生长在华北大地的青年作家，如冉淮舟、克明、韩映山等，他们虽然没有经历那艰苦的战争岁月，但家乡土地上英雄的父老乡亲、八路军战士英勇的事迹，随着冬日炕头、夏日麦场上父辈们的讲述，在他们幼小的心灵中打下了深深的烙印，特别是抗日小英雄的事迹，更使他们产生无限的遐想。长大后，他们拿起笔头，创作了一批反映抗战题材儿童文学的作品，如冉淮舟的《小侦察员》、克明的《小小铁流》等。这些作品以现代人的眼光反观历史，描绘出战争年代抗日根据地少年儿童富于传奇色彩的战斗故事和独特的心灵历程，给抗战题材的儿童文学作品注入了新的活力，促成了河北抗战题材儿童文学创作的持续繁荣。

## 二

丰富的创作素材、不断壮大的作家队伍、为河北抗战题材儿童文学创作的繁荣准备了客观条件；而一种文学现象、一个文学思潮的形成，起决定作用的仍然是作家的主观创作因素。考察河北抗战题材儿童文学创作历久不衰、佳作不断的成因，除上述客观因素外，还应深入探索作家的主观创作因素，从中发现创作成功的规律，对在当代文坛上占有一席之地的几部作品徐光耀的《小兵张嘎》、刘真的《长长的流水》、管桦的《小英雄雨来》深入分析后，就会发现上述作品有着共同的创作规律。

首先，在作品内容上，作者大都取材于自己熟悉的生活领域，有的是反映自己的亲身经历和成长历程，带有明显自叙的性质。徐光耀、刘真是当年的"小八路"，在十几岁时就加入革命队伍，在战争的硝烟里度过了他们的青少年时代，在革命的大家庭里成长为光荣的革命战士。这些共同的经历，为他们抗战题材的儿童文学创作积累了丰富的素材。当对已故和活着的战友的缅怀之情燃起他们的创作欲望时，当年亲身经历的战斗生活就浮现眼前："写作的念头一起，'瞪眼虎'便马上跳来眼前，而我需要的正是他……在后面，还跟来往日英豪，少小伙伴，活跳热烈的一队人马。一时间，我身前身后，军歌嘹亮，战火纷飞，人欢马叫，枪炮轰鸣，当年战斗的景象，不但占据了我的整个生活甚至挤进了我的梦境。"正是这熟悉的生活，才使他们文思泉涌，下笔有如神助，创作出了脍炙人口的作品。

其次，在作品中，他们不约而同地确定了歌颂真、善、美的共同主题。"文学艺术应该使人纯洁、善良、正直、高尚起来，并给人以美的感情，为儿童写的作品更应该如此，因为孩子们的心灵是纯洁的。"这成为河北抗战儿童文学作家的共同追求，在他们笔下有战友情，同志爱，有对哺育他们成长的革命大家庭的深深的眷恋。刘真的《长长的流水》，通过抗日战争时期八路军战士李云凤帮助年轻战士小刘学习文化的故事，热情地歌颂了战争年代革命同志间真挚的情意。作者笔下的李云凤对战士小刘来说既是上级，又是老师、大姐和朋友。她是严厉的，又是亲切的，在小刘身上倾注了满腔的热情。在她身上，我们看到了革命队伍中许多老同志的身影。这些作品对真、善、美的热情呼唤和歌颂成为作品打动人心的最有力武器，增强了作品的艺术魅力和教育作用。

再次，得力于作家深入的思索和对题材不断的开掘和创新。把战争题材放在和平时期重新审视，使战争题材充满了时代色彩，充满了时代意义，唯其如此，才能常写常新。最有代表性的是徐光耀于1989年创作的中篇小说《少小灾星》，这部小说仍以抗战生活为题材，写三个"小八路"在反"扫荡"时，与大部队失散，混入了逃难的人群中。在那艰难的岁月里，这三个"小八路"就像三颗"灾星"，谁招惹上他们，谁就可能被鬼子抓去杀尽全家，哪个村庄掩藏他们,哪个村庄就可能被鬼子烧光、杀光、抢光。但多少次生死关头,是无数普通的老百姓面对敌人的刺刀,冒死掩护了他们,最后送他们走上寻找大部队的征途。这部小说所表现出来的战争年代军民之间血肉相连的鱼水关系,在今天一些共产党人,特别是少数党的干部严重脱离人民群众,甚至损害人民利益,造成一些地方干群关系、党群关系紧张的形势下,这个"似乎写滥了的军民鱼水情的故事,才重新焕发了青春,具有了鲜明的当代性。"正是作家对艺术的不断探索和追求,才使作品把对战争的刻画与作家对战争的思考结合起来,使作品具有了抒情的诗意和对生活理性的审视,也才使战争题材充满了时代色彩,充满了时代意义,赋予了战争题材新的生命力,才更深切地震撼了读者的心灵。

## 三

在作品的艺术表现上,这些作品不仅塑造了一批栩栩如生的抗日小英雄形象,如调皮机灵,"嘎"气十足的张嘎子、倔强好胜的女战士"小刘"、机灵勇敢的"小雨来"等。而且,作品能遵循儿童文学创作的规律,注意用儿童的语言描写充满童趣的儿童心理,展示战争年代的儿童生活,叙述故事曲折生动,充满了传奇色彩,语言平实自然,浅显易懂,人物性格符合儿童特点,既写出了小主人公的机智勇敢,又写出了他们天真活泼、调皮幼稚的天性,使作品充满了战斗的童趣,很适合儿童的思想和阅读习惯,受到了广大少年儿童的欢迎,产生了深远的影响。

其次,在表现地域的广阔,作家队伍数量上形成了规模效应。从20世纪50年代到80年代,耕耘在抗战题材儿童文学创作园地的作家蔚蔚壮观。20世纪五六十年代有徐光耀、刘真、管桦、蔡维才、李涌、周而复、张朴、长正等,青年一代有冉维舟、克明、韩映山等。从作品所反映的地域看,管桦的作品描绘了冀东平原的抗日烽火;徐光耀则集中反映了冀中平原的风土人情;李涌、蔡维才以冀南平原为创作根据地;刘真则随着行军的步伐再现了太行山地抗日军民的斗争生活;冉维舟等的作品为读者送来了白洋淀水乡清新的荷叶荷花香。创作地域的宽广,既为读者全方位地展示了抗战时期华北大地全民抗战的历史场景,也丰富了抗战题材儿童文学的创作领域,同时,也有助于作家艺术风格的成熟。

考察河北几位主要儿童文学作家的创作,确也可以发现他们在创作中自觉追求艺术个性,形成了各自的艺术风格。徐光耀于质朴中见匠心,在对真善美的歌颂中,不断寻求历史的真实性与人生的哲理性,这一文学观念使他的抗战题材的儿童文学创作成了质朴率真、富于哲理的艺术风格;刘真则以第一人称的手法展示带有明显自述性质的生活领域,她对所描写的人物、生活,有着浓厚的感情和心灵体验,并以女作家特有的细腻笔法,表现富有童心和幻想的儿童情趣,营造出了浓郁的抒情氛围,形成了亲切、朴实、细腻的艺术风格。其他如管桦的纯净简洁,李涌的豪放洒脱,蔡维才的细腻抒情和浓郁的乡土气息等都给读者留下了深刻的印象。

河北抗战题材儿童文学的成功,给人的启迪是多方面的,最重要的依然是生活是艺术之母。真正有所作为的艺术家是离不开生活的,要创作出反映伟大时代的作品,作家、艺术家就必须投入时代的港湾,以对人民对历史高度负责的态度去创作,只有如此,才能创作出无愧于时代的艺术精品。

(原载《石家庄大学学报》1999年第3期)

# 山西儿童文学的创作现状与发展之思

崔昕平

在我国现当代文学创作发展历程中,山西以"表里山河"的独特文化底蕴、"晋军崛起"的地域文学实力,享有文学大省的美誉。成人文学领域中涌现了相当多的优秀作家,创作实绩分布于小说、诗歌、散文、报告文学等多种文体。也许正是因为这样的光环效应,我们还较少将因"受众"差异而独立于"成人文学"之外的"儿童文学"作为审视山西文学的视角。值此六一之际,我们以山西省作家协会提供的资讯为线索,将笔触与思考伸向当下山西儿童文学创作的现状与未来。

"儿童文学"这一具有独立品质的文学门类,在我国自觉于"五四"时期。自新文化运动始,因其肩负的塑造民族未来的文化使命而受到鲁迅、周作人、茅盾、郑振铎、叶圣陶、冰心等文学大家、教育家、思想家的合力推动。1949年中华人民共和国成立之初,中华全国文学工作者协会(现已更名为"中国作家协会")即成立了"儿童文学组"(现已更名为"中国作家协会儿童文学委员会"),以推动我国儿童文学创作。"为小孩子写大文学"(陈伯吹语)成为中华人民共和国成立70年来儿童文学作家们的创作宗旨。

中国儿童文学的本土发展,在今年国际儿童读物联盟(IBBY)的"国际安徒生奖"评奖活动中,得到了世界性的认可——我国诞生了自"国际安徒生奖"创立以来首位来自中国的获奖儿童文学作家曹文轩。这一文学热点事件成为中国当代儿童文学发展走向壮大的阶段性表征,也引发了国内对儿童文学门类与当代儿童文学创作的高度关注。

## 一、透过"赵树理文学奖"看山西儿童文学创作

近年来,山西省的儿童文学发展始终受到重视,在由中共山西省委、省政府设立,山西省作家协会承办的"赵树理文学奖"中,专设了"儿童文学"奖项,鼓励和扶持了省内优秀的儿童文学创作者。

历年山西省的儿童文学创作实绩中,有闪耀整个儿童文学文坛的重量级作家,比如自20世纪80年代中期起以一人之创作支撑一整本《童话大王》刊物的童话大王郑渊洁,他的作品至今仍是儿童文学图书领域的畅销书、常青树。山西省的儿童文学荣誉史中,更有被称为"中国科幻第一人"的刘慈欣,他的《超新星纪元》获2007—2009年度"赵树理文学奖·儿童文学奖",他的《三体Ⅲ·死神永生》获第九届全国优秀儿童文学奖科幻类奖,获2010—2012年度"赵树理文学奖·荣誉奖",并最终荣获第73届"雨果奖·最佳长篇故事奖",成为首位获此奖项的亚洲作家(科幻文学被归入儿童文学,有基于其主要受众为学生这一显性层面原因,也有文学圈内部的历史原因,此处不赘述)。他的作品所实现的文学影响力,正如"赵树理文学奖·儿童文学奖"的颁奖词所言:"科学思维与瑰丽幻想熔于一炉,空灵与厚重完美结合,其宏大与绚丽,着迷的不仅是儿童,还有我们成人。"

除了这两位蜚声海内外的作家外,山西也有一支为数不多但坚守儿童文学创作阵地

的作家队伍。他们中,有多年从事儿童文学创作的作家,也有刚刚崭露头角的儿童文学新人。近年来,山西省曾获"赵树理文学奖·儿童文学奖"的作家的创作文体涉及儿歌、小说、童话等多个领域。

山西有两位获"赵树理文学奖·儿童文学奖"的作家都以儿歌创作为专长。但近年来儿歌创作与成人诗歌创作的边缘化地位相仿,由于儿歌类图书销售疲软这一无可回避的市场因素,儿歌创作在儿童文学创作圈中相对冷门,因而受到的社会关注度相对不足。这两位获奖儿歌作家,一位是山西大同的袁秀兰。袁秀兰,大同市作协副主席,中国作家协会会员,山西省作家协会理事,中国作协鲁迅文学院第六届高级研讨班儿童文学作家班学员,主要从事儿歌与童话创作,创作童谣千余首,上百件儿歌作品被收入各种选集。儿歌《小蚂蚁》《小事儿》《呼噜噜的声音》等均为全国儿歌大赛获奖作品。她还著有童话集《温暖的小房子》《会走路的大鼓》《香香鼠和臭臭鼠》等,曾在《北京日报》《少年智力开发报》开辟的童话专栏,作品受到不少孩子的喜爱。在 2004—2006 年度"赵树理文学奖·儿童文学奖"评奖中,凭借《袁秀兰儿歌》一书获"儿童文学"奖。

另一位儿歌作家是山西运城的王兆福。王兆福,小学生拼音报社社长,中国儿童文学研究会理事,中国科普作家协会会员,山西省作家协会会员,长期致力于儿歌创作,数量已有 3000 余首。他的作品入选《中国儿歌大系》《童心里的中国心》等儿歌集,多首儿歌刊载于美国、澳大利亚、菲律宾等国报纸。著有儿歌集《动植物智趣儿歌》《365 夜·科学儿歌》《识字儿歌》《带雷达的鸟》《河东文化歌谣百首》等。2010 年,《动植物智趣儿歌》荣获 2007—2009 年度"儿童文学奖"。这本儿歌集一经出版,即受到中国阅读学会经典阅读研究中心推荐,《中国教育报》《中国新闻出版报》《中国图书商报》等先后发表了儿童文学评论家文世奎、儿童文学作家戚万凯等人的评论文章。

王兆福曾做过语文教师,后到《小学生拼音报》工作,始终没有离开过"为儿童"的文学编辑工作。这样的经历开启了他紧贴儿童受众的创作之路。王兆福选择了一个具有开掘空间的题材领域——科普儿歌。当下的科普儿歌创作数量不多,且创作难度较大,既要把握知识性,又要注重趣味性,既要突出形象性,更要富有韵律性。王兆福感到:"当拨开所有的拦路虎,创作完一首儿歌后,那种幸福感,那种愉悦感,那种自豪感,是无法用语言来形容的。"王兆福找到了自己与孩子对话的方式,确定了自己"为孩子写通俗易懂的智趣儿歌"的创作定位。

我国儿童文学作家队伍中,专门创作儿歌的诗人并不多,近年来流失又很严重。他们要么去从事别的文学体裁,要么不愿意投入太多精力和热情。但是,这一文体是幼儿最早接触的文学样式,对于儿童成长具有开辟童蒙之心、传递文字之美的重要意义。诚如山西籍儿童文学评论家安武林评价《袁秀兰儿歌》时所说:"儿歌是孩子们认识这个世界的第一个窗口。这个世界美好的声音、色彩,都会留在孩子们的想象之中。"

此外,获"赵树理文学奖·儿童文学奖"的还有创作童话的梅莹、创作校园小说的陈寿昌等。梅莹,中国作家协会会员、中国动画协会会员,其《动漫明星大灰狼系列童话》获2001—2003 年度"赵树理文学奖·儿童文学奖"。山西省文联主席张根虎评价梅莹作品"以文学语言温润青少年心灵"。陈寿昌曾担任稷山县文联主席、名誉主席,退居二线后,曾在北京《东方少年》杂志从事编辑,2011 年创作出版了儿童长篇小说《六二班的故事》。谈及他的儿童文学创作,陈寿昌说:"感谢生活,让我在退居二线后,做了七年的儿童文学刊物的编辑,在组稿和采访的过程中,有幸结识了许多老师和学生,和他们成了朋友。孩子们的故事,每一个生活片段、每一个细节,都深深地留在我脑海里。只有忘不掉的东西写出来才是好作品。"这部校园小说获 2010—2012 年度"赵树理文学奖·儿童文学奖"。

21 世纪以来"赵树理文学奖·儿童文学奖"获奖作家作品汇总如下:

2001—2003 年度:梅莹,《动漫明星大灰狼系列故事》(甘肃少年儿童出版社,2003)

2004—2006 年度:袁秀兰,《袁秀兰儿歌》(解放军出版社,2006)

乔忠延,《中国神话》(江苏少年儿童出版社,2005)

陈亚珍,《十七条皱纹》(作家出版社,2005)

2007—2009 年度:刘慈欣,《超新星纪元》(重庆出版社,2009)

王兆福,《动植物智趣儿歌》(京华出版社,2009)

2010—2012 年度:陈寿昌,《六二班的故事》(现代出版社,2011)

## 二、透过当下创作追踪山西儿童文学有生力量

在历年"赵树理文学奖·儿童文学奖"评奖过程中,山西省儿童文学创作存在的问题已然十分明显。相对于成人文学,山西儿童文学创作的力量十分薄弱。从报送参评的儿童文学作品数量看,历年参评的儿童文学作品数量均较少,有些年度全省仅有 5 部儿童文学作品参评。这与山西作为文学大省的创作实力显然不能匹配。

但深入探访山西省内儿童文学创作人员,实际的创作数量并不止于此。除了上述获奖的儿童文学作家,山西还有一批处在单打独斗状态的中青年儿童文学作家,如海伦、梦儿、小酷哥哥、徐永红、张叶平等,而且这些作家还都是充满潜力的"70 后""80 后",甚至"90 后"。在儿童文学在全国范围内空前繁荣、竞争异常激烈的创作现状中,他们独立摸爬滚打,或已在国内小有名气,或深受小读者的喜爱。

近年来,有两位"70 后"太原女作家的儿童小说颇受关注。一部是海伦的《小城流年》(希望出版社),另一部是梦儿的《小城故事》(希望出版社)。这两位作家的作品,风格非常相近,内容也不约而同地定位在了对"小城""童年"的娓娓讲述中,呈现出一种当下罕有的、对童年情调返璞归真的追寻和对曾经"慢生活"的田园牧歌式的追忆,并自觉地承载了传承地域文化的使命。这令人对龙城太原这一方水土,这个相对于大型、发达都市而言闭塞、传统的"小城"孕育出的自有创作风格感到由衷的欣喜。

海伦,本名王琦,希望出版社副总编辑,编审,译审,山西省作家协会会员,中国翻译协会专家会员,山西省版权协会秘书长,出版著作、译作 20 余册。她的《小城流年》受到国内儿童文学界广泛关注,《中华读书报》《文艺报》等报先后发表了多位儿童文学评论家为此书撰写的评论,徐鲁评价:"《小城流年》是一本自传体的成长小说,也是一本用恬淡的散文笔调书写的童年回忆录……透过温暖、细腻和清丽的文笔,童年生活中的点点滴滴和边边角角,已经超越了狭隘的个人色彩,化作了一种足以引起人人共鸣、带有永恒和普遍意味的文学主题。"该书获 2015 年冰心儿童文学奖,入选中国图书评论学会 2015 年 12 月"中国好书榜"。海伦的《小萝卜双语故事》(5 册)也曾获 2009 年冰心儿童文学奖、2010 年中国首届童书金奖,2010 年版权输出到国外。

海伦的创作,得益于她本人策划、编辑、翻译了多套优秀童书。如获得"五个一工程"奖的《少年的荣耀》和《乍放的玫瑰》,获得第五届中华优秀出版物奖的"中国风·儿童文学名作绘本书系"。姜鹏辉对海伦的评价一语中的:"我总是仰望一些编辑大家名家,他们能编书也能写书,他们自己就是思想者,也总能吸引更多的思想者聚合一起。思想者

的集体,不管外界如何聒噪,总留一份坚守,坚守如水般清纯的内心,传递给读者一份清凉。"

同样是"70后"的儿童文学作家梦儿,本名马艳萍,太原学院中文系教师,山西省作家协会会员,中国儿童文学研究会会员,多家报刊的撰稿人。已出版唯美系列儿童小说《麦田守望者》《小城故事》,校园幽默小说《黑皮也疯狂》。其《麦田守望者》被广东的《师道》杂志选载 6 集,《小城故事》(20 集)被中华语文网选在首页,吸引了不少小读者。梦儿的文笔唯美而灵动。她的《小城故事》2012 年由希望出版社出版,笔者曾在《文艺报》发表文章评论该作品:"作品记录着梦儿的童年,传递着一个时代的记忆,以深情的笔调向逝去的童稚年少、懵懵懂懂、无忧无虑道别,向一去不返的童年致意,向湮灭于喧嚣都市中的迷失的灵魂问安。"这部儿童成长小说被誉为"当代版的《城南旧事》"。

梦儿同时致力于儿童阅读与文学写作推广,倡导"快乐阅读,快乐作文",在《山西晚报》《三晋都市报》《太原晚报》《新作文》等报刊开设过"马老师说书""梦儿蓝书吧""生活圆桌"等专栏,在山西省图书馆、新华书店等地做过多场讲座,还创建有公益性质的"泡泡儿童书吧",推广儿童阅读。

近年来,与全国儿童文学创作呈现井喷之势相呼应,山西省内也不断有新生力量投入到儿童文学创作,如"70后"儿童文学作家徐永红。徐永红是朔州一名小学教师,2000年开始投入创作,2012 年尝试长篇童话的创作,出版了童话《小鹅可可》(现代出版社)。这部作品介于童话与动物小说之间,既借助拟人化手法塑造了一系列趣味横生的小动物形象,又借助小动物的视角反观了人类世界,边云芳撰文评价作品"所传达的人类在寻求与大自然的和谐相处过程中的艰难与困惑的现实,这艰难与困惑有着找不到解决途径的疼痛"。这种童话的象征意蕴,使得作品承载了独特的生态美学。2015 年,徐永平创作的童话《萤火虫的歌》,也即将由大连出版社出版。

"80后"的叶舒,本名张叶平,《今日左云》报记者,中国寓言文学研究会会员,2009 年以侯袁(侯建忠)、袁秀兰为师学习创作儿童文学,在各类报刊发表童话、寓言、儿歌等作品 200 余件。2015 年,她集合几年来的创作成果出版了童话寓言集《云朵上的蜻蜓——叶舒童话寓言选》(黄河出版社)。这是一部集童话、寓言、戏剧寓言的儿童文学作品合集,作者用诗意而充满童趣的语言描绘世间万物,编织短小的故事,并力图使它们蕴藏哲理。其中,寓言文体与儿歌文体一样,也属于在当代发展阻滞的文体,戏剧寓言更是一种新生的创作文体。因而,她的创作的文体意义值得关注。

更年轻的"90后"童话作家"小酷哥哥",已经是一名全国知名的儿童文学阅读推广人。"小酷哥哥"本名安鹏辉,是《小学生拼音报》编辑,山西省作家协会会员,中国语言文学研究会会员,2015 年"阅读改变中国·年度点灯人"候选人。他曾受邀在全国各地为小朋友们推广阅读数百场。安鹏辉秉持着"用故事推动阅读"的理念,希望通过自己的创作和阅读推广,把更多科学的阅读理念传递给孩子和家长。在近些年的图书推广活动中,他积累了与孩子们共享故事的收获和灵感,根据孩子心理和当下小学语文教育现实,创作了《小酷哥哥讲故事》(黑龙江少年儿童出版社)系列童话集。他认为,童话能给孩子们展现美好的世界,让他们懂得真善美,同时也能净化成人的心灵。而从事阅读推广,就是要把阅读理念传递给孩子、家长、老师等,让社会更多的人去重视它,唯有阅读,才能看到更广阔更美好的世界。《小酷哥哥讲故事》系列 2015 年 9 月在第 25 届全国书博会上举行新书首发式暨读者见面会。图书得到著名儿童文学作家曹文轩、安武林的推荐,曹文轩评价："鹏辉很年轻,充满活力,能写会讲,富有锐气。我希望他能用他不变的童心去书写童话,相信他也会越写越好。"

## 三、透过创作现状看山西儿童文学的未来发展

儿童文学创作是一项颇有使命感的事业,山西省内的儿童文学作家在狭窄的创作空间与话语空间中坚持儿童文学创作,更多的是源自这份使命感与对孩子的爱。袁秀兰有这样一句话:"一个再漂亮的大人,也没有一个丑孩子可爱。"陈寿昌曾说道:"是老师和孩子们的音容笑貌,激起了我的创作热情。"是的,因为"爱孩子",所以"孩子气"。但儿童文学不该因此而被视为"小儿科","为小孩子写大文学"恰恰是儿童文学创作的难度所在。儿童文学应在文学圈内引起足够的重视,但制约山西儿童文学发展的最大问题首先在于缺乏聚力。山西儿童文学作家急需"入队"晋军,形成多方合力,共促创作繁荣。

### (一)提升儿童文学的话语权

山西儿童文学较少在全国范围内发出自己的声音,首先在于没有能够在山西省内发出自己的声音。在山西省作协的儿童文学沙龙中,省作协创研部王姝、《都市》责编高璟都提到了应为儿童文学评论搭建理论平台的问题。比如在省内文学大刊上开辟儿童文学创作与评论专栏,有意识地发现、培养、总结、聚力山西省儿童文学创作,在此基础上逐步扩大文学影响力。

当然,作为一个相对欠发达的地区,山西发出的声音,往往不能与一些强势文化区域相较。就像山西省作协早在 2011 年底已在阳泉开过刘慈欣的作品研讨会,《名作欣赏》2013 年曾用专栏形式推出包括刘慈欣在内的对科幻文学的评介,但并没有在全国范围内产生大的反响。这也启示我们必须多"请进来",多与儿童文学的评论核心、重要媒体交流沟通,以促进山西省内文学讯息的快速传播。除去北京、上海等一线大城市,一些儿童文学发展比较快的省份都有自己的儿童文学研究组织。湖南省的例子即可资借鉴。2015 年,湖南汇聚省内儿童文学创作、出版、评论、教学等方面的资源,成立了"湖南省儿童文学学会"。学会成立期间,中国作协儿童文学委员会和著名儿童文学作家、评论家纷纷发贺信祝贺。众多儿童文学作家、评论家、出版人云集湖南,壮大了湖南儿童文学的声势,聚拢了湖南省内儿童文学的资源,在全国形成了广泛影响。

### (二)畅通出版渠道,开拓报刊平台

虽然全国已有 500 余家出版社都想方设法在儿童读物出版这个"富矿"中分得一杯羹,但是山西省内出版单位并未重视儿童文学出版资源。谈到为儿童文学寻找出版单位,每个作家都可谓艰辛。与传媒不搭界的作家自不必说,即使是《小学生拼音报》主编王兆福也同样遇到了这样的问题。为了给自己 5 年时间创作的结晶《动植物智趣儿歌》寻找出版单位,他先后联系了十多家出版社,最终才由北京京华出版社出版。我们应该注意到,前述几部获"赵树理奖"的儿童文学作品,都不是山西省内出版社出版的,其他几位作家问世的新作也大多是由省外出版社出版。这是典型的"墙里开花墙外香"。山西省内出版单位对儿童文学出版资源的忽视,构成山西省儿童文学创作在传播环节的物质制约。

作为一个文学大省,山西儿童文学的创作力量明显薄弱,首要的原因在于作品的发表园地十分有限。许多人有热情投入儿童文学创作,但苦于这些小篇幅的作品没有迅速发表与及时反馈的渠道。当下急需为儿童文学新作快速发表提供一个平台。许多成功省份的经验已经证明,这样的立足本省、面向全国的儿童文学报刊,对聚力儿童文学创作

资源意义重大。

### (三)发现培育作家,定位自身特色

创作儿童文学的作家是需要具备些"特质"的。一个没有童心的人,即使有着娴熟的驾驭文字的能力,仍然很难创作出优秀的儿童文学作品。把握童心,是一件高难度的事情。优秀的儿童文学作家恰恰在于能精到地把握童心,他们的心灵与孩子是息息相通的。也正因这样的特质,儿童文学创作队伍的来源是有规律可循的。大量优秀的儿童文学作家都来自这样三个渠道:一、教师或有教师经历者;二、从事或曾经从事儿童读物的编辑;三、初为人父或初为人母的家长。当下国内知名的儿童文学作家如秦文君、杨红樱等皆如此。上述山西儿童文学作家也大多有这样的爱儿童之心,有着与儿童亲密接触的经历。这提示我们需重视不断在这些群体中鼓励、发现和培育儿童文学创作的有生力量。

同时,体现地域文化特色是当代儿童文学创作从庞大产出数量与严重同质化趋势中突围的可行之路。"晋军"之所以为"晋军",必有其独特的文学气韵,是不为全国浩瀚创作大军所淹没的、蕴蓄三晋文化特质的地域性文学。当然,这种地域性未必以一种显性的方式呈现,毕竟我们已经进入了一个个性化的时代。比如上述《小城流年》与《小城故事》所散发出的共性韵味,比如王兆福近年专注于创作的"河东"系列儿歌,都是因潜蕴地域文化因而独具风貌的儿童文学作品。

### (四)大力扶植省内儿童文学阅读推广活动

许多省内的优秀儿童文学作家的作品都是首先在本地域与孩子们实现了亲密接触,通过大量的讲座、沙龙、读友会互动等活动将书香气息传递开来的。这一传播过程也扩大了作家作品的影响力。相对于文化发达地域儿童文学阅读推广的如火如荼与常态化,山西的儿童阅读推广还远未普及,发展空间巨大,值得文学界与教育界、官方与民间共同开拓。

总之,优秀的儿童文学作品就像一位住在孩子们心里的秘密朋友,其独特的童趣之美、幻想之美、情感之美、自然之美与成长之美,不但会扮靓儿童的生活,丰富儿童的情绪体验,更是对儿童想象力、创造力与童真天性的保护与张扬。期待山西的儿童文学尽快融入"晋军"队伍,走向万千儿童的广阔天地。

(原载《山西创作研究》2016年第2期)

# 发展中的内蒙古各民族儿童文学

张锦贻

中华人民共和国的诞生,结束了我国历史上长期存在的民族压迫制度。少数民族与汉族一同登上了历史舞台,开始了一个民族团结和民族平等的新时代。内蒙古自治区各族人民在经历了历史上最伟大、最深刻的变革以后,"文学潜力""有了惊人的发展"(茅盾在中国作家协会第二次理事会会议上的报告)。内蒙古各民族儿童文学作为内蒙古文学的一个部分,开始发展起来。有了用蒙古文和汉文创作的儿童文学作家。一些知名的成人文学作家也努力为民族新一代创作。经过近半个世纪的历程,沐浴着党的民族政策和文艺政策的阳光雨露,一支数量和素质都比较可观的、以蒙古族和汉族作家为主的多民族儿童文学作家队伍迅速成长起来。他们以自己的创作实践为我国当代儿童文学的丰富和发展做出了贡献。

内蒙古儿童文学的发展大体可以分为五个阶段:

(1)从各民族儿童生活的不同环境,从他们的不同的视角,反映和歌颂中华人民共和国成立后翻天覆地的社会变化和各民族新一代的新的思想风貌,是整个20世纪50年代和60年代初的创作基调。

中华人民共和国成立以后,蒙古族著名诗人纳·赛音朝克图的《黄金时代的花蕾》《可爱的小弟弟们》,巴·布林贝赫的《不听话的笔》《问答》等是最早的运用本民族语言描绘新中国蒙古族儿童幸福生活,抒发热爱党、热爱祖国、热爱新一代的激情的优秀诗歌。蒙古族儿童文学作家哈斯巴拉的创作也是从写诗开始的。从1957年起,他发表了《孩子和春天》《巴特尔旅行记》《春姐姐来了》《额尔德尼进幼儿园》《铁木尔》等诗篇,以长诗《铁木尔》的影响最大。它讲述一个聪明的蒙古族少年牧民,在暴风雪中用雪筑成围墙,保护了自己公社的羊群,也救了邻近公社跑散的羊。表现了草原儿童爱羊群、爱集体的精神,以及淳朴与智慧相统一的气质。

著名蒙古族作家阿·敖德斯尔的短篇小说《小冈苏赫》,有开创性的意义。这篇作品与他随后写的另一短篇《草原童话》,分别描写了新中国草原上的牧民儿童和少先队夏令营的蒙古族小学生的不同生活和思想感情,生动感人,深刻地体现了蒙古族心理素质在新的时代中的新发展。

不少作者写反映蒙古族儿童日常生活的小说,如其木德道尔吉的《系铃的小狗》、斯仁维扎布的《在假期里》。作品都着重于对儿童美好心灵的探求,把儿童思想感情的变化与社会现实、家庭生活的变化巧妙地联系在一起。

这个时期是汉族儿童文学作家杨平的创作旺盛期。他写了大量的短篇小说:《草原上》《白丁香》《孩子们》《绿火》《友谊》《春风荡漾》《阳光下》《吉米德》《春鸟》《小鸿嘎鲁》《葵花笑了》等。大多写蒙古族和汉族儿童之间的友谊,描写他们各自的性格、遭遇,表现他们在新社会的成长。其中《白丁香》发表于《人民文学》,小说写一个二年级小学生小华准备向中队递交入队申请书，她打扮得很美，"更美的是胸前插着一枝白丁香"。同学们都羡慕她。可这枝白丁香却是她跟着爸爸在公园里折的。这篇小说曾经在全国广大小读者中间引起了热烈的反响。"一个人的心应该像白丁香那样纯洁……"同学小莹的话打动了小华的心，打动了小华爸爸的心，也打动了千千万万小读者的心。

汉族作家杨啸，20世纪50年代在河北省走上文坛，1957年支边来内蒙古。他本来是写抒情短诗和短篇小说的，这时却把全部精力用于儿童文学创作，接连发表了描写中华人民共和国成立后新农村中新儿童的短篇小说《串亲》《二表哥的喜事》，并且一发而不可收。他以写北方农村生活而显示出自己在儿童文学方面的创作特色。与此同时，他又深入草原、沙漠，去熟悉牧区儿童的生活。杨啸就这样加入了内蒙古各民族作家队伍。他站到了当时人数很少的儿童文学行列中，努力地迈开急速的步伐。

以写"矿工小说"成名的汉族作家张志彤，这时也写了不少儿童短篇小说。《红领巾的心》《献给节日的礼物》两篇的主人公，是两个幼小的女孩子，她们年龄相仿，都是职工小学的学生，都很聪明，要强好胜；爱劳动，爱科学，易于接受新事物，是她们共同的特征。发表于1961年第11期《少年文艺》的《第三代》和1961年第12期《草原》的《珍贵的种子》，是当时内蒙古儿童文学中的优秀作品。前者写一个煤矿矿长的儿子，立志要做建设共产主义的接班人，决心当矿工，并在他父亲从前的师父手下当徒弟。这个矿工"第三代"不怕困难，坚强勇敢。后者从志愿军归国、军民亲如一家的角度，塑造了一个活泼天真的可爱小女孩花花的形象。花花让志愿军住好房子，为作品中"我"的治伤担惊受怕，吃饭时多分给"我"一只煮熟的螃蟹。最后写到临别时她幼小的心灵中已经埋下一颗"珍贵的种子"，原来她立志要当解放军卫生员哩！作品活泼动人，以情取胜。

《内蒙古日报》汉族记者李朝襄，这个时期为小读者写了很多关于鄂伦春族狩猎生活的作品。如幼儿故事《鄂伦春老爷爷》、中篇小说《猎人一家》等，都以诗情画意的笔触，表现了莽莽森林的自然美与猎乡特有的风情美，表现了鄂伦春族儿童的勇猛与机智。他的作品得到全国各民族小读者的喜爱。

这一首首诗，一篇篇小说，都体现出新的社会制度给我国各民族儿童带来的幸福和欢乐，这是一曲曲新一代童年欢乐的歌。

但是，这欢乐和幸福，是烈士鲜血的结晶。蒙古族作家岗·普日布的《小侦察员》，描写解放战争时期内蒙古锡林郭勒草原的一个小侦察员都岱，机智地打入敌人内部，掌握敌营情况，使我军通过敌人封锁线，完成到后方领取军需物资的运输任务。为了彻底歼灭盘踞在草原上的敌军三个团，小都岱在蒙古族世代生息的土地上洒尽了满腔热血。作品表现出蒙古族人民昔日的悲怆和憎恨，形象地展示了蒙古族从民族斗争到民族解放的艰辛的历程。这是新时代欢歌的有力的和声与伴奏，使自治区儿童文学的明朗的基调更觉深沉。

（2）以蒙古族作家云照光的中篇小说《蒙古小八路》、哈斯巴拉的中篇小说《故事的乌塔》和汉族作家杨啸的短篇集《小山子的故事》《荷花满淀》为标志，在20世纪60年代中期，内蒙古儿童文学创作形成了写以往革命斗争生活和写当代农村牧区生活两股潮流。

一些在革命战斗中成长的老作家，在以往的火热斗争前线和后方的敌我对峙中积累了丰富而难忘的印象和感受。于是他们深入开掘革命历史题材，探求用合适的表现方法把战斗的经历诉诸跟作家当年参加革命时的年龄相仿的新中国的新一代。《蒙古小八路》的成功，不仅在于作家着意塑造了一个坚强勇敢的蒙古族小八路扎木苏的英雄形象，更在于作品反映了抗日战争时期大青山地区蒙古族和汉族抗日游击队配合八路军打日本鬼子和与当地汉奸的斗争，是抗日题材儿童小说的代表作品。

从1962年到1965年，哈斯巴拉用蒙古文写了中篇小说《故事的乌塔》。蒙古语"乌塔"译成汉语是"口袋"的意思。作者从蒙古族小奴隶的悲惨遭遇写到草原上来了共产党，党领导广大牧民进行斗争。整个作品以小主人公巴特尔的命运为中心，构成一幅声势波澜壮阔、色彩绚丽斑斓的内蒙古牧区人民在党的领导下英勇抗日的历史画卷，把三分之一世纪的动乱变迁浓缩在一本12万字的书里。

内蒙古的大青山地区是抗日战争时的革命根据地，内蒙古东部地区解放得早，这里的各族人民有光荣的革命斗争历史和传统，所以，创作革命历史题材的儿童文学作品很自然地在内蒙古儿童文学中汇成一股创作的大潮。

杨啸的短篇集《小山子的故事》《荷花满淀》，都是以冀中平原农村生活为背景的。《小山子的故事》，大故事里套小故事，一共14篇，写一个机灵活泼、一心为公的农村孩子小山子和生产队里各种各样不爱护集体财物、不遵守国家法纪的人与事的矛盾冲突。《荷花满淀》包括13个短篇，描写农村孩子勤劳朴实的好思想、好品质，作品都表现了儿童的天真和他们对新社会的真挚的爱，又显示出农村中新思想的成长、旧事物的衰落。一件件平凡小事都写得有声有色，有起有伏，丰富多彩而具体动人。在内蒙古和其他各地的儿童文学界均受到重视，并产生了很好的影响。

发表于1964年的敖德斯尔的短篇小说《雪花飘飘》，是一篇写牧区儿童的佳作。作者描述过了立春时节却仍是雪花纷飞的草原上，一个为母牛接产的9岁的小牛倌怎样爱护刚产下的小牛犊，并且想出了很好的办法把牛犊安全地带回家中的种种事情。真实得让你以为这些事情好像刚刚发生，使小读者感到可信而又十分有趣。

在这个时期里，著名蒙古族作家玛拉沁夫所写的关于内蒙古达尔罕茂明安草原上一对小姐妹在一场特大暴风雪中用自己的生命保住公社羊群的纪实小说《最鲜艳的花朵》，也在全国产生了广泛的影响。

由于内蒙古自治区的广大地域主要是农村和草原，区内从事儿童文学创作的作家也大多是从农村、草原成长起来的，所以，写当代农村牧区儿童的创作发展很快，迅速成为内蒙古儿童文学中又一股活泼泼的潮流。

蒙古文儿童诗歌在这个时期中也发展起来。它汲取了民间说唱文学的精华，又受到新的时代精神的滋润，或写以往斗争的艰险，或写当今生活的嬗变，都更显得生动活泼而又丰富多样。如乌·达尔罕的儿歌、吉日木图的幼儿诗、策·莫日根的摇篮曲等，是为学龄前儿童写的，这些诗音韵美、节奏快、深入浅出，单纯有趣。也有很多适合于学龄期儿童的诗，如巴·布林贝赫的《阳光下的孩子》《大青山的形影》，莫·阿斯尔的《小马的主人》，都嘎尔苏荣的《夏天的美丽》，德力格尔仓的《铅笔的苦水》，戈瓦拉布杰的《冰场上游戏》等，都构思独特、新颖，有蒙古文诗歌独具的生动有趣的排比、深厚有味的比喻、错落有致的句式和铿锵有力的韵律，从内容到形式都洋溢着蒙古民族的生活气息；更由于诗歌朗朗上口，好读好记，从城市到草原，传播得又快又广。

这时期，内蒙古地区蒙古族和汉族儿童文学作家的人数虽然不算多，但已经形成一个群体。1963年，哈斯巴拉、阿古拉等组织成立了蒙古文儿童文学创作小组，对促进蒙古族儿童文学的发展起到了很好的作用。

（3）由两股奔涌向前的创作潮流汇流而成的内蒙古儿童文学的汩汩长河，到了"文革"期间几乎干涸。20世纪70年代初,杨啸的描写蒙古族少年英雄在战斗中成长的长篇叙事诗《草原上的鹰》和写少年赤脚医生在农村中全心全意为人民服务的中篇小说《红雨》,就像河底下冒出的两股清新的水柱,滋润了各民族儿童的心田,也使内蒙古儿童文学之河长流不断。

杨啸的《红雨》虽然不可避免地留下那个年代的痕迹,但杨啸并没有按照那时候的创作模式来写,是很难得的。《红雨》先后译成英、法、德、日、朝、蒙、维7种文字,著名英籍女作家韩素音为该书的法文译本写了序言。20世纪70年代中期,杨啸又写了反映治沙造林的中篇小说《绿风》和短篇小说《青翠的松苗》《小兽医其其格》《小松树》等。女作家王兰描写蒙古族儿童生活的短篇小说《纳拉》也受到欢迎。与此同时,哈斯巴拉的《故事的乌塔》汉文译本也在中国少年儿童出版社的帮助下出版了。

(4)以党的十一届三中全会为转机,思想解放运动使内蒙古儿童文学之河又急急地向前流去。以杨啸的《鹰的传奇》三部曲、杨平的《向东方》、毕力格太的《古庙里的秘密》、乔澎声的《魔影下的闪光》《远去的云》等一批描写战争年代的长篇小说和以乌热尔图的《老人和鹿》、力格登的《祝寿》、耿天丽的《乐园之谜》、石·础伦巴干的《啊,妈妈》等一批反映当代内蒙古自治区各民族儿童生活的短篇小说为代表,出现了一种以小说打头阵,童话、寓言、散文等各种体裁的作品都进入新时期内蒙古儿童文学行列的兴旺景象。

在小说创作中,革命历史题材和当代题材的作品齐头并进,各显姿态。杨啸的《鹰的传奇》三部曲(《觉醒的草原》《深情的山峦》《愤怒的旋风》),共60万字。它以抗日战争和解放战争为背景,描写内蒙古草原上小奴隶莫日根等的苦难斗争的不平凡经历,真实地反映了内蒙古自治区第一代蒙古族干部的成长。小说所描绘的有声有色、如火如荼的敌我斗争,所塑造的不屈不挠、大智大勇的英雄形象,都使读者感受到历史的颤动和时代的变迁。

杨平的《向东方》,描写抗日战争胜利后党派部队设法寻找和保护被日本侵略者和伪蒙政府奴化和摧残的一批蒙古族孤儿的故事,以历史的真实来表现党对少数民族儿童的关切和爱护。作品中鲜明地塑造了红军老战士云舒、刘胜等革命英雄形象,并通过对奥仁、特木尔、钢巴图、苏和、斯琴和铁柱等蒙古族和汉族少年形象的生动刻画,歌颂了各民族人民之间的骨肉深情。这部20多万字的长篇小说,无论是在题材选择还是情节构思方面,都独具特色。

毕力格太的《古庙里的秘密》,写的是小奴隶特木尔被旧社会王爷当作"布施"送进喇嘛庙,过着非人的生活。在党的地下工作者刘峰的启发教育下,特木尔挣脱了"天命"的精神桎梏,参加了党的地下活动,并机智勇敢地完成了组织交给的任务。作品比较深刻地表现了各民族的反动统治者是各民族劳动人民的共同敌人的主题。作品主题具有普遍意义,作品的内容和形式却体现了儿童特点。

乔澍声的两部中篇是姊妹篇,写的都是抗日战争时期的故事。《魔影下的闪光》写一个蒙古族小马倌班布尔,在敌我两方争夺军马的激烈斗争中得到锻炼,做出贡献。《远去的云》写一个蒙古族小羊倌桑布,在日本鬼子的严密封锁下,出人意料地将他放牧的蒙奸乡长扎木苏的273只羊,安全地送到了大青山八路军游击队的驻地。作品中的小主人公都是那个年代里的小英雄。

这方面的作品还有张乃仁的《枪的故事》、刘正华的《智夺扎嘎岭》等。

这些写革命历史题材的小说,题材各异,手法相殊,但都体现了一个共同的思想倾向——表现爱国主义，歌颂民族团结。蒙古族和汉族儿童文学作家以培育新一代的敏锐眼光从逝去的岁月中捕捉这些美好的东西，并且饱含激情地反映了蒙古族和汉族人民，还有其他民族几代人在共同的斗争中建立起来的亲密、深厚的感情，使内蒙古的革命历史题材的儿童小说的思想容量和艺术质量都达到一个新的高度。年长日久，爱国主义，民族团结，已经成为内蒙古儿童文学创作的一个优良的传统。

这个传统主题，由于在不同的篇章中表现的角度各异，因而使这个主题的内容更加丰满，并具有了新的社会意义和时代内涵。如李朝襄的《大兴安岭历险记》（游记），并没有局限于描写大兴安岭山林的秀丽景色和动物生态，也不仅仅描写鄂伦春族、鄂温克族的独特的风俗人情，而是深入地开掘生活的意蕴，表现出新的时代中新的民族关系，表现出党的民族政策的胜利和认真执行党的民族政策对民族团结的作用，使作品既具有深刻的思想性，又散发出清新、浓厚的民族生活气息，别具一格。又如乌·达尔罕的《警犬"黑豹"》（中篇小说），写训练警犬的故事，也写了蒙古族警犬训练员苏荣巴图和汉族助训员小王的友谊；敖特根其木格的《沙日淖海的故事》（蒙古文中篇小说），深情地描写了蒙古族儿童沙日淖海在父母被打成"内人党"、受到迫害的时候，却受到一位汉族大娘的关心、照顾的故事，都十分亲切动人。

但是，一些在文坛上崭露头角的作者更醉心于描写在新的时代中诸种社会性较强的矛盾，并注意探索和写出解决这些矛盾的积极力量。所以，在他们的作品中，大都能够比较深刻地表现内蒙古各民族儿童在历史性变革中的意志愿望和心灵波澜。有些作品还以其新颖视角带来了启发。

鄂温克族作家乌热尔图的《老人和鹿》，写一个双目失明的老猎人，每年都要让孙子搀扶着进山，去听听那只熟悉的老鹿的声音。他用那干枯的手抚摩着树干，喜欢用沙哑的嗓子念叨着："又看见你了……"他神色庄严地在篝火旁听小河"唱歌"，想念着那只七叉犄角的老鹿能悄悄出现。黎明时他听到另一只野鹿的叫声和蹄声，激动得背靠着树干，双手拢住耳朵，轻轻告诉孩子："记住……我的话，人永远离不开森林，森林也离不开歌。"他用鹿哨试引着老鹿能来最后"见"一次面，结果老人失望了，伤心地哭了。当听到小孩告诉他"那头鹿让人用铁丝套住了"时，老人的整个精神崩溃了。他猝然栽倒在地上，双臂伸直，好像在"搂抱大地，眼角还挂着泪珠"。作者以自己民族的眼睛，观察森林、猎乡的生活变革，面临着狩猎经济最后解体的巨大的历史性进步，深刻地表现出与大森林的野性生灵打了一辈子交道的老猎人对大自然的一种极为挚爱热恋的心情。同时，他又以深沉的感情思考着、描写着本民族新一代人的希求与命运，表现出特定时代中老少两代人的独特的心理状态。在乌热尔图的笔下，常常出现逗人喜爱的鹿的形象，写得有声有色，神奇变幻，来去无踪，精彩动人；它剽悍、倔强、勇敢、刚烈，那既智慧又善良的眼睛，实在是一种追求、向往大自然、驰骋自由天地的精神和理想的象征。这种象征又往往与鄂温克族新一代的勇猛、刚强、智慧、善良的品性达到奇妙的融合，在揭示民族新一代的精神境界上显出了新意。

力格登的《祝寿》，回忆与反省交织，对作品主人公以往的作为进行当代性的思考。耿天丽的《乐园之谜》，是一篇反映小学生的心态、心绪的作品，篇短旨丰，构思精巧。几个五年级小学生想各种办法攒钱：小龙不买早点；赛音呼把没有用过的纪念邮票卖掉；晓刚又把自己画的少林寺大比武的画卖给同学……一直到大家把家里的旧书、瓶子拿来卖给废品收购站，并由此引起了种种误会。这一切，究竟是怎么回事？原来，雄伟壮丽的少

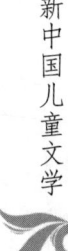

年宫建成了，考上的只有几个孩子。其他的大多数孩子，不让进去，不让参观。老师、学校，把这些孩子忘了！孩子们却有个志气，要自己攒钱办个小小少年宫。一个"乐园之谜"解开了，一个社会教育之谜解开了。作品在朴实淳厚的白描之中，寄寓了严肃的社会主题，巨大的真实力使其具有生活本色的吸引力。石·础伦巴干的《啊，妈妈》中，草原儿童赛音吉亚的妈妈死了，他跟奶奶在一起。爸爸大学毕业后回来工作了，他又结了婚。奶奶流泪了，赛音吉亚哭了。而在爸爸、妈妈回来以后，蒙古包里却充满了喜悦。小说结尾写道："啊，赛音吉亚，你确实是个运气不错的孩子！啊，妈妈，愿你永远爱着他！"作者以质朴的描绘抒写当代儿童在家庭关系中的忧欢，揄扬民族的道德观念，以传统思想与新时代的道德力量的撞击来表现新一代新生活中一个常常不为人注意的角落，从而使一个描写儿童日常生活的作品翻出新意。作者在着力发掘人的隐秘感情上很见功夫，整个作品显示出散文的情韵和结构特点。

这几位作者虽然在儿童文学创作上起步不算早，但起点不低。力格登的又一篇反省式儿童小说《哦，我的伊席茨仁》，耿天丽的描写幼儿与老人心灵交流、幻想与情爱相交织的童话式小说《大公鸡与老树精》，石·础伦巴干的写牧区蒙古族小学生怎样运用自己了解的关于各种牧草生长情况的丰富知识，以耐得住草原露水的浸渍和蚊蝇的叮咬的出色工作精神，高高兴兴地帮助了三个素不相识的、从盟里来的汉族科研人员的纪实式小说《三个小伙伴和他们的三个大伙伴》，都在区内外儿童文学界受到关注。

由于内蒙古各族人民在"文革"期间遭受残酷的迫害，不少儿童小说描述各族儿童在动乱中失去亲人爱抚的辛酸经历，表现他们心灵上的巨大创伤和本来不属于儿童的、复杂的思想感情。对于揭露"四人帮"的滔天罪恶，这时期的儿童小说比成人小说更有深度，如《塞夫》《除夕的饺子》等，都在对那一时期的生活的回溯中，揭示出那"史无前例"的悲剧祸及下一代的沉痛教训，在儿童生活的描写中，表达出这一时期全社会的思考所在。

进入20世纪80年代以后，老作家杨啸、杨平、哈斯巴拉和中年作家毕力格太、乔澎声等，又先后写出不少作品。杨啸写了中篇《友谊的种子》《君子兰开花》《高飞吧，天鹅》，短篇《爷爷当了副业队长》《轿夫的后代》《医生的女儿》《友谊的鲜花》等。儿童小说选集《花蕾集》《君子兰开花》也先后出版。他还写了一本幼儿诗集《冬冬的故事》。他写的大量寓言诗，不仅使小读者得到教益，也使成人读者受到启迪。杨平的创作总是体现出选材和构思的独特性，他的短篇《童心一片》，写一个双腿残疾的蒙古族儿童巴雅尔，有一颗火热、赤诚的心，为支援非洲人民主动到广场上去义卖画幅。作家描写了现实生活中真善美与假恶丑之间的斗争，并以多角度结构展示出和平时期中爱国主义与国际主义的丰富意蕴。哈斯巴拉的短篇《会吃肉的机井》《朝佛记》，揭露了本民族现实生活和思想意识中的丑恶面，多侧面地反映出社会生活的复杂性。毕力格太的短篇《最美的图画》、乔澍声的短篇《驼鸣红柳》《寒夜奇遇》《春驼》《奶奶的欢乐》和中篇《龙眼的秘密》，都取材于新时期蒙汉儿童的新生活，但都构思精巧、命意深刻。这些作品都显示出作家各自的创作个性和美学追求，他们都在努力地变换各种新的角度，对自己所熟悉的生活领地做深入的开掘，希望在艺术上不断地超越自己，有新的艺术创造。

值得特别提到的是，在文坛上享有盛名的蒙古族和汉族老作家自始至终不忘为儿童写作：云照光把自己少年时的经历写成散文；玛拉沁夫在1980年发表了《活佛的故事》，用深切、真诚的笔触，描写了一个活泼可爱的蒙古族儿童在旧社会怎样变成了身披黄斗篷、头戴黄缎帽、双手合十、纹丝不动、被人们顶礼膜拜的"活佛"，而在新社会，这位"活佛"又怎样成了著名的医生,为人民造福。这篇儿童小说在全国得到好评,蒙古族作家安柯钦夫把它改编成电视剧。同年,张志彤也发表了反映矿工子弟小学的学生学雷锋活动的短篇小说《大木匠与小木匠》。

蒙古文儿童诗歌一直迅速发展,而且由于受到当代新诗潮的影响,显得多姿多彩。如力格登的童话诗《神镜》、高·拉希扎布的科学诗《你知道吗》、波·阿拉塔巴干的幼儿诗《小咪咪学本事》、哈斯巴拉的叙事诗《我的邻居》、朗诵诗《光荣》等。哈斯巴拉还在写诗的基础上写儿童歌词,把儿童文学与儿童艺术熔于一炉。

民间故事、传说,也是儿童读者喜欢阅读的文学作品。内蒙古各民族民间文学是十分丰富的。这一时期出版的《蒙古族民间故事集》《达斡尔族民间故事选》《鄂伦春民间文学选》《青海湖传说》等,很自然地进入了内蒙古儿童文学的范畴之中。

儿童文学理论、评论工作一向十分薄弱。新时期以来,内蒙古有了专门从事儿童文学理论研究的学者,所撰写的论著、论文,也在全国儿童文学界引起重视。现在,又有不少各民族的文学编辑、大学教师等热心于儿童文学的评论工作,用蒙古文写的《蒙古族儿童文学浅谈》受到了好评。这一切,都为繁荣和发展内蒙古各民族儿童文学做出了贡献。

目前,内蒙古各民族儿童文学作者已有 50 余人。1980 年,在内蒙古自治区蒙古文学学会中专门成立了蒙古族儿童文学研究会。1986 年 10 月,内蒙古作家协会成立了儿童文学委员会。1987 年 3 月,内蒙古文联、作协与内蒙古妇联、团区委以及《草原》《花的原野》《花蕾》杂志编辑部,联合召开了全自治区儿童文学创作会议,总结了内蒙古儿童文学创作的经验和问题,明确了今后的发展方向。

(5)20 世纪 90 年代上半叶,改革日益深入,市场经济的浪潮猛烈地冲击着文学界和出版界,内蒙古儿童文学之河虽浪花飞溅却并未汇成巨流,出版的作品多为短篇作品的结集和选集,如杨啸的寓言诗集《蜗牛的奖杯》,乔澍声的小说、散文集《甜雨》,哈达奇·刚翻译、编选的蒙古族儿童文学集《108 颗兔子屎和 8 枚金币》,以及由张锦贻主编的《中国少数民族儿童小说选》等。这些集子的题材涉及历史的、社会的、民族的各个方面,都秉承了现实主义的传统,展现了不同年代中勃勃英气的各民族儿童少年的感人形象,所反映的民族儿童生活也是丰富多彩的。只有童话和儿童剧创作仍然薄弱,倒是一些以往不常写儿童文学的作者写出了这方面的好作品。如乌盟孙继光的童话《老鼠硕硕和拖拉机突突》,呼市小河的童话《红气球》,赤峰朱嘉庚的五场儿童话剧《赖宁》等,使儿童文学作家队伍不断扩大。

20 世纪 90 年代下半叶,面对图书市场的激烈竞争,涌现出一批颇有特色的新作。如呼伦贝尔盟王忠范的诗集《雪孩子》、巴彦淖尔盟李荣光的散文、小说集《彩色的翅膀》、呼和浩特市李仲林的长篇童话《银色的城堡》、赤峰市韩静慧的校园故事集《绿草青青》、锡林郭勒盟巴根那的长篇小说《雪冬》、乌兰察布盟孙继光的童话集《小熊敦敦》、包头市段立欣的系列童话《棒棒老师》,都以民族性与当代性的交融取胜。新人的加入使内蒙古儿童文学在即将步入新世纪时显示出一种新的气象、新的气势。

几年中,内蒙古儿童文学创作的另一面,较引人注目的便是儿童作者用好奇多思的目光对人生对社会的探视和探索。《骏马》1990 年第三期用较大篇幅刊登了"小小作家"征文的部分获奖作品;1992 年 3 月巴彦淖尔盟五原县第六中学成立了《绿叶》文学社,并出版了以《绿叶》命名的文学刊物,少年能从自己的视角看生活的发展,从而有了一些新的艺术探讨的课题。

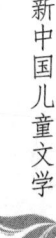

此外，由内蒙古儿童文学理论工作者参与主持编撰的《世界儿童文学事典》的出版以及关于童话、民族儿童文学的深入研究，也为建设中国特色社会主义儿童文学理论体系做出了贡献。

一些盟市报纸定期或不定期地设置儿童文学专栏，举办了儿童文学创作评比、颁奖活动，培养本地区儿童文学新人，促进地区儿童文学创作的兴旺。内蒙古儿童文学在沉静中发展，在发展中探索，在探索中前进。

内蒙古儿童文学走过了不平凡的五个阶段，犹如一条长河拐了五个弯，在新时期文学宽阔的河床中，波涛滚滚向前，高潮时时涌起。事实证明，内蒙古儿童文学，作为内蒙古文学的一个不可缺少的部分，已经和正在发生着历史性的变化。这种变化，也使它在全国儿童文学中更加明晰地显示出自己的特色。

内蒙古儿童文学的特色主要表现在以下四个方面：

（一）多民族，多方位，多风格

"每种艺术作品都属于它的时代和民族，各有特殊环境。"（黑格尔）内蒙古地处我国北部边疆，与风、雪、沙、草、林、山结下了不解之缘。由于这种居住的区域性特点，逐渐形成了不同民族的风俗人情。内蒙古各民族儿童文学作家在他们各自的作品中所塑造的一个个真实可爱的不同民族的儿童形象，正是他们各自不同的生活经历和创作个性的表现。以此向人们展示出不同民族心理状态在儿童身上体现出来的一种发展、一种变化，表现出儿童文学不同于成人文学的历史感和现实感，表现出由不同民族儿童心灵印记凝集而成的不同于成人文学也不同于全国其他地区儿童文学的独具的民族特色。

也正是通过众多的不同民族、不同姿态的儿童形象的艺术塑造，显示出内蒙古各民族儿童文学作家在人性王国中对于民族性格、民族精神的艰苦探索。儿童文学的人性、民族性主题在内蒙古儿童文学中，是普遍性的，又是特殊性的。

各民族儿童文学作者艺术发现的天地不断拓展，必然促进作品的艺术表现形式呈现多样化的发展趋向。在内蒙古儿童文学中，既有深受蒙古族文学传统影响的英雄史诗般的小说和运用强烈的夸张、别致的比喻写成的草原长调式的诗歌，也有淡化背景、散文结构、意识流、抒情化、纪实性的种种作品，表现出各民族作家着意于探索、创新的艺术追求，也从创作总体上表示出作家审美意识的深化，从而构成了内蒙古儿童文学多民族、多方位、多风格的特色。

（二）各民族儿童文学之间、儿童文学与成人文学之间，相互渗透，相互促进

这种渗透包括内容、形式各个方面。内蒙古自治区内居住着蒙古族、汉族、达斡尔族、鄂伦春族、鄂温克族、满族、回族等少数民族。内蒙古各民族儿童文学作家都扎根于本民族生活土壤之中，并着力反映本民族的社会现实和儿童生活，但由于各民族人民世世代代友好相处，互助情深，这个现实在内蒙古各族作家写的儿童文学作品中都有所反映。同时，不少汉族、满族作家长期与蒙古族人民生活在一起，写出了很多反映不同时期蒙古族儿童生活、思想的作品；也有的汉族作家专门深入猎乡、林区，描写了非常出色的民族风情画卷。而在蒙古族、达斡尔族、鄂温克族作家写的儿童文学作品中，也总是很自然地写到本民族儿童与其他民族儿童的友谊以及其他民族长者的关切与期望。在艺术表现上，各民族作家在继承本民族优秀文学传统的基础上，也都注意学习其他民族文学的好的传统和新的手法。

内蒙古的儿童文学作家，大部分都同时写成人文学。如云照光、玛拉沁夫、敖德斯

尔、布林贝赫、张志彤、张长弓、乌热尔图,他们都是著名的小说作家和诗人,但写出了很好的儿童文学作品;有的是著名的儿童文学作家,如杨啸、杨平、哈斯巴拉,他们也写了不少好的成人文学作品。这样,内蒙古儿童文学不论在哪个发展阶段,都与成人文学息息相关。作家站在社会和人生的高度鸟瞰儿童天地的种种情状,将万象纷呈的社会生活浓缩于儿童生活的描写和儿童形象的塑造上,就能开拓出题材的新天地,对生活作出艺术的铺排,做出独特的发现和思考,从而使儿童文学从奶声奶气的狭窄创作框架中解脱出来,使儿童人物的个性和感情得到真正的发挥,使儿童文学作品也给人以历史的纵深感,给人以隽永的回味和较多的审美享受。

我们看到,内蒙古作家写的有全国影响的儿童文学作品,都注意把笔触深入民族生活的内层,从战争年代寻找历史的内涵,从现实生活探求人生的真谛,从儿童情趣展望民族的未来,这跟内蒙古各民族儿童文学之间、儿童文学与成人文学之间的相互渗透、汲取、补充是分不开的。

**(三)深受各民族民间文学传统的影响,使现实主义与浪漫主义在儿童文学中达到一种新的结合**

内蒙古少数民族儿童文学都是在民族民间文学的摇篮里诞生的。民间的神话传说、寓言故事、英雄史诗等,都对当代儿童文学创作产生了极深刻的影响。内蒙古各族作家创作的儿童小说,大都具有浓厚的幻想色彩和传奇色彩——草原小奴隶莫日根只身行刺王爷府;蒙古族孤儿特木尔背着与家人离散的汉族小姑娘逃出了大火焚烧的城;小喇嘛丹克打入敌人内部进入密室为解放军夺得了 10 年前反动王爷暗藏的枪支;山里的善良公鹿为了保护鹿群,勇猛地与恶狼搏斗,即使被铁丝套住也不屈服;林中残暴的东北虎和暴虐的棕熊的扭打撕咬……这些故事都惊心动魄,惊天动地。儿童英雄形象的塑造,动物生灵情感的刻画,草原山林生态的描写,色彩缤纷,美不胜收,既是写实的,又是人性化、理想化的。

蒙古文儿童叙事诗一直在蒙古族儿童文学中占有重要的位置。它叙述小主人公的英雄行为,用极度夸张的手法和十分机智的语言,来渲染环境的艰险、气氛的紧张,或用误会、巧合、反复的手法和十分形象的语言来抒发真挚的情感和纯真的情思,既从古代的英雄史诗和民间的长篇叙事诗中汲取了精华,又浸渍了时代精神的英气。

有不少儿童文学作品直接取材于各民族的口头文学,如各民族的动物故事、寓言、谜语诗、儿歌等,既反映生活,也都充满了丰富、大胆的想象,构成美丽动人的幻境。

在所有这些从题材内容到表达方式的统一所呈现的多种多样的艺术结构中,我们可以看到幻想与现实的巧妙结合及其表现出来的种种艺术形态,这是现实主义与浪漫主义在儿童文学中的新的结合。

**(四)从创作总体上显示出写农村、牧区、猎乡生活的显著优势**

对生活的开掘,永远是作家创作的底蕴。深入生活,学习社会,是内蒙古作家(当然包括儿童文学作家)的好传统。内蒙古地区辽阔广大,但城镇所占的面积很少,蒙古族、汉族及其他少数民族儿童大都居住在田野农村、草原牧区和山林猎乡,所以,到农村、牧区、猎乡去了解和把握在那里生息的各民族人民在新旧交替时期里的生活方式、生活动向,体验和发现在那里成长的各民族新一代人在当今这个特定的历史时期里的思想、感情、理想和意志,就成为内蒙古儿童文学作家一致的愿望和行动。在近半个世纪的时间里,内蒙古三代作家的儿童文学作品主要是写农村、牧区、猎乡的各民族儿童。这些作品，犹如一簇簇姹紫嫣红的野花，不怕严寒，不惧干旱，不畏风沙，盛开不败。这些作品，由于适应农村、牧区儿童的审美趣味而受到全国绝大多数小读者的欢迎。对于城市的小读者，他们从中呼吸到乡间山寨的清新空气，感受到农夫牧民的淳朴品质，开阔他们的视野，丰富他们的知识，也会获得一种别具一格的艺术享受。

自然，写农村、牧区、猎乡，并不只是指作品的题材内容，作品的结构形式与语言表达必然是与之相一致的。所以，内蒙古儿童文学的这一优势，从创作角度表现为区别于其他省、自治区的鲜明的独特性；但从读者对象的接受角度，则又表现为普遍性。这两个方面是对立的统一，正好证明由于这一优势而产生的艺术生命力是强大的。

（原载《儿童文学研究》1989年第3期，收入本书时有改动）

# 新时期的辽宁儿童文学

宁珍志

不论我们如何界定儿童文学,儿童文学终于以自己的特殊存在方式,为新时期文学色彩纷呈的画廊,赢得了荣耀和辉煌。尽管这期间不乏探索的勇气、徘徊的困惑与全力进取的速度以及获取成功的喜悦。儿童文学的 20 年的里程,必然要前进到一个高度。今天,我们站在这个高度上,回首以往——辽宁儿童文学的存在与发展,如同面临一座姹紫嫣红的花坛,高兴,自豪,或者还有一点必要的谦虚所带来的遗憾和失望,都是正常的。

## 以一种亲近方式扫描

在粉碎"四人帮"文化专制之后的 20 世纪 70 年代末的几年时间里,平心而论,这是我们的适应期与调整期。面对久违的阳光,痛定思痛,我们在勇敢地审查、沉思和反叛自己的过去,毅然决然地在争取和创造一个新的文学时代。在这种条件或者是在这一大的趋势下,儿童文学本身正在更新自己的观念,它在适应与调整的同时,更多的是在觉醒中发生嬗变。我们或许还记忆犹新,当标志着新时期文学开始的刘心武的短篇小说《班主任》发表之后,那声关于"救救被'四人帮'毒害的孩子"的呐喊,曾经震撼了多少人的心灵。正是基于这一理智性的思考,辽宁的儿童文学作家们才由衷认识到自己肩负着塑造中华民族崭新性格的伟大历史使命,毕竟中老年一代自身的可塑性已经很小,而新生代的可塑性却很大,孩子才是祖国的希望和民族的未来。应该说,能够上升到这种高度,是以往任何时候都未曾出现的。过去,我们把儿童文学的定义域定得过于狭窄,过于功利,往往满足于一时一事的品评与说教,而忽略了更为久远更为广阔的发展空间。因此,观念的转变与深化,必然带来创作题材、创作手法的更新,进而是儿童文学创作园地的累累硕果。进入 20 世纪 80 年代以后,这种优势正日趋明显,队伍壮大,作品丰厚,辽宁的儿童文学终于有了自己的品质和地位,从而汇入辽宁乃至全国文学的滚滚洪流之中。辽宁的儿童文学旗帜,在全国的精神文化领域飘扬着自己的色彩。

从本质上讲,儿童文学尽管带有它自身的属性,然而纯文学的品格和本色依旧不会在儿童文学创作格局中丢失或者淡化;或者,按照文学发展的必然逻辑,儿童文学不可能不受到成人文学的影响,成人文学的潮起潮落自然要渗透到儿童文学中来。我们有理由说,具有当代气质与技巧的儿童文学创作形态已在辽宁初步形成,各位作家都在自己力所能及的条件下,自觉不自觉地操作并完成着业已成熟的题材或体裁。

首先,文化派气质的显现。这个问题我们可以从两个角度着眼,一是地域、题材固有的文化特色,被我们的作家捕捉到了,从而进行凝练、呈现、提升,让读者在感受人物命运的同时,又领略到"一方水土"的文化冲击。代表性作家是肖显志。肖显志在 1984 年以后的十多年儿童中短篇小说创作中，自始至终追求的是"关东派"风格。肖显志的儿童小说，除了描写的是关东少年儿童的个性风貌，除了表现关东少年儿童独特的心灵世界，更重要的是把关东的自然景观、风土人情、文化积淀融入自己的作品之中，使得人物的性格发展有了极为贴切真实的客观环境和生存背景，为作者竭力倡导并身体力行的"关注儿童苦难"的人生大主题标出了鲜活的文学注解。另一位辽西派作家常星儿，其作品中儿童少年的生存场景更具有鲜明的地域特色。白杨树、沙坨子、干草垛、北牧河、猎鹰、饿狼、沙暴、风雪……一系列的不同组合的真实生活意象，构成了辽西地区蒙古族和汉族杂居的特有的地域画图。作者把这些散落的"文化"珍珠一一地加以点缀贯穿，用到人物身上，愈加放射出熠熠的光彩。常星儿刚开始从事儿童小说创作时，也许过于注重"文学"而忽略了"文化"，所以前期创作的地域文化成分尽管有却不浓重，或者是还没有完全融会到其作品中的少年主人公的情怀之内。随着常星儿创作的日趋成熟，抑或是儿童文学本身的进程使然，进入20世纪90年代以后，他的"文化"感应显然递增，"苦艾甸"系列和"沙坨子"系列的形成，便是证明。这种题材或地域造就的儿童少年生存生长的氛围，不仅使得作家的视角与视野有了宽宏大度的展示机会，而且还使得他笔下的人物性格"源远流长"——朝更为深层次的土地及民族系统开掘，追根溯源，几相对照，用以塑造新一代的较为完美的文化品格。文化派气质的第二个特征，我们可以理解为人物性格的丰富和延伸，在以往的儿童文学作品中，"教师"的形象几乎是无懈可击、一贯正确的（请注意：这里的"教师"代表着整个成人世界），多少年来的创作模式没有人来打破它；而我们的"孩子们"也几乎全是在"教师"的帮助教诲下成长的，错误都是孩子们的，教师们当然与错误无缘。即使有时"教师"犯了错误，要么是误会，要么是"道听途说"，窗户纸一经捅破，受"教育"的仍然是"孩子们"。作家们终于不堪忍受此情此景，决定要与以往的粉饰和浮夸告别。在老臣、薛涛、常星儿等一批青年作家的率先运作下，他们作品中的少男少女主人公们不仅品尝了思索，品尝了忍耐，品尝了遭遇挫折等人生境地的全部酸甜苦辣，其性格也由过去的单纯善良天真无邪型向着复合庞杂的多重型发展。"教师"，又怎能没有过失和缺点呢？又怎能不需要接受童年世界的感召呢？我们的儿童文学创作，必然要走在现实生活的路途上。于是，这便又涉及了下面所说的辽宁儿童文学创作的又一个重要亮点。

其次，原生性的本色叙写。别看这个问题在讲座的时候颇为复杂，不是几句话就能解释清楚的，其实简言之，就是按照生活已经发生或者正在发生以及可能发生的故事情节展开描述叙写，把我们的儿童少年还原于他们赖以成长的土壤之中。他们不是空中楼阁，不是任意令成人世界随便涂抹的画板，他们的所有喜怒哀乐怨完全是建立在一定的生活基础之上的。对于辽宁的儿童文学作家来讲，原生性的本色叙写最为突出的表现即题材的拓宽和深化。比如，少年早恋问题，薛涛、肖显志等人的小说作品已经有着鲜明生动的再现，而不再对此逃避忌讳。诚然，与程玮、曹文轩、张之路等作家相比，我们对此少年情态的叙写显然是迟了一些和浅了一些，但是我们不必为此感到自卑和汗颜。我们的作者群落分布大多在乡村小镇，不像上述几位外地作家久居大都市，都市少年生活最先扑入他们的眼帘，随之是接受与表现。特别是少年早恋等问题，城市的"先锋"效果可想而知，传递到我们的视线与心境中，必然需要一个过程——时间。原生性的本色叙写的另一个重要标志是，面对愚昧、贫穷、疾病甚至是死亡等过去在成人文学中都很少出现的生活本来面貌，我们的儿童文学作家们有了表现的勇气和力度，或者说已经形成一些作家的题材着眼点。常星儿的长篇《走向棕榈树》的主题之一就是让少年们直接面对死亡，感受同成人世界一样的生活原生态,经历同成人世界一样的严酷事实。以往我们所倡导的儿童文学反映生活,很大程度上是对生活的剪裁过于"大手大脚",为我所用,不敢正视生活中的一些正在发生的事件,以不惜采用暖色调的手段来重新编排生活。不可想象,一个作家给予他的读者的如果都是阳光雨露五彩缤纷,那么这个读者在今后的成长路途中还有没有抗击风暴的能力?特别是针对社会转型期的儿童少年。好的动机非一定有好的结果,文学的经验尤其如此。正是在此意义上,我们才特别珍视车培晶的短篇小说集《神秘的猎人》,他把童年的苦难历程通过自身感受的一幅幅真实画面,淋漓尽致地展示给他的读者,比起"好人好事"的机械罗列,审美层次与教育效果不知要好过多少倍。

再次,文体意识的增强。汉语言写作发展到今天,儿童文学发展到今天,还有没有新的语境新的思路?这也是衡量一个作家是否有所进取精神的标准之一。薛涛曾多次讲过,语言是一个魔方。实际上,薛涛也在孜孜不倦地实践着自己的见解。读他的小说,你自始至终都会感觉到一种语言魔力的诱惑和冲击。薛涛能够根据不同的题材、不同的人物、不同的篇幅而施展自己的语言效果,小说有时洋溢着散文的洒脱,散文有时显露着小说的细腻,甚至在他的小说、散文中有时还再现着童话般的梦呓。第一人称、第二人称的交替使用,叙述、描写视角的不断变换,的确构成了语言与文体的双重亮丽风景,一步步实现着他的"少年哲理生存"的文本境界。1998年由二十一世纪出版社出版的"大幻想文学"《废墟居民》,可以说是薛涛文体创新的"集大成者"。其实,文体意识的创新与发展,已经成为辽宁省作家的自觉追求目标。党兴昶的儿童散文,以童年的乡村生活视角辟入,抒情、议论、描写水乳交融,小篇幅、小场景,表现的却是大景观;那于困苦劳作中诞生的丝丝缕缕的童年美好情操,竟如同雨后的绚丽彩虹,悬挂在辽北地区的青山绿水之间。像党兴昶这般对农村题材的开掘,通过章章节节的散文方式呈现童年心灵的感受变化,可以说是填补了儿童散文创作的一个空白,其意义已远不仅限于辽宁。像车培晶的童话创作、王立春的儿童诗创作以及肖显志属于青春格言道白式的散文创作,都在某种意义或程度上,丰富了辽宁省的儿童文学创作文体。

那么,新时期的20年,辽宁省儿童文学所形成的老、中、青三代同期创作的庞大群体,其创作的最重要的进步又在哪里呢?

一个成功的作家,首先是对生活有着深刻理解的作家,儿童文学当然不能例外,而我们的进步又恰恰在反映对生活的理解(也许叫表现生活更具有新时期的特色)已绝非过去那般仅仅停留在表面的相像或者是机械的模仿上。新时期以来儿童少年生活的多样化,使得我们作家的视角发生了变化、产生了飞跃,无论是老一代作家还是近年来崛起的青年作家,其作品不仅有着厚重凝练深刻的生活底蕴,折射出人物的生存智能和经验,而且对生活的表现也有了多角度、多层面的透析。像胡景芳的《作家与少年犯》、吴梦起的《老鼠看下棋》、于颖新的《斑斓少年》、陈玉彬的《女儿的河流》等,其成就都超过了他们以往的自己。生活对于创作的重要,在辽宁作家中显得至关重要;我们的一些儿童文学作品之所以屡屡在全国打响,最根本的一条即是它们力透纸背的关东风格。

想象力的延伸和丰富,无疑也是我们儿童文学作家们新时期以来的新的创作增长点。现有的生活,或者说我们的视力范围毕竟有限,无法使作品中的故事情节连贯紧凑,无法使人物形象性格饱满突出……怎么办?靠大脑,靠主观,靠想象来弥补生活的先天不足,从而保证自己作品的成功率。一个有发展前途的作家,必须要有超常的想象力,当然这种想象力不是凭空而生,而是有生活的依据和前提的。对于青年一代的作家们来

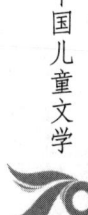

说，此点倒格外值得他们重视。薛涛的小说作品，其想象的空间和力度，比起同代作家甚至是上一代作家来说，的确是先行的佼佼者。他自己做过多年的学生，毕业后又做过多年的老师，他熟悉孩子，了解他们的喜怒哀乐，了解他们的家庭和周边环境，所以薛涛虽然自己没有经历和感受的切身体会，但他有长期和孩子们打交道的"生活"基础，自然想象发挥得轻车熟路，作品中的人物也就真实可信了。其他的作家如李述宽、岳长贵、滕毓旭等，都在自己的作品中充分合理地发挥了想象功能，进而使自己的作品更加具有艺术的感染力和张力。随着文学创作的日益主观化，想象的重要也愈发显现出来。

人与自然的主题在童年的视角中终于有了自己的发现与表现。在郭全的《阿丹和她的丹顶鹤》中，辽宁作家第一次把关系到我们子孙万代赖以生存的自然生态环境提到自己作品的"议事日程"上来。过去的儿童文学作品，甚至包括现在"进行时"的作品，自然景观往往是人物的陪衬或者是对人物生存构成威胁的景物描写；现在是自然在遭到人为的干扰和破坏之后，人自身产生的无助和孤立，乃至最后失去自己的家园。

同时，我们的儿童文学也愈来愈接近自己的本体，在作品的人性深度、哲学品位和语言个性等方面，都达到了空前的高度。

## 两三面旗帜仍在飘扬

把胡景芳、吴梦起、杨大群等老一代作家称为辽宁儿童文学界的旗帜，我说并不为过。这不仅仅是因为他们过去写过《苦牛》《小雁归队》《小矿工》等一大批脍炙人口的优秀作品，有着高度的使命感和责任心，而且新时期以来，他们又以饱满的创作热情和对生活的重新审视整理，写出了《作家与少年犯》《老鼠看下棋》《小义勇军》等新作，表现了他们探索的新收获。

胡景芳说："我前期的作品，我生活在学校里，由于教师工作的需要和视野的限制，更多地筛选了旧时代的儿童生活和中华人民共和国成立后美丽校园中的美好童心。生活气息虽浓，但多是表面生活的描摹……后期，随着时代的进展，年岁的增长，生活的冶炼，我的视野从一条直线，扩展为扇形，作品也就不单单讴歌光明、新社会、新儿童的真善美；对落后面也试图进行鞭挞——通过对青少年犯罪和后进因素的剖析，折射广阔的现实生活，鞭挞那些不应该存在的假丑恶现象。力图从生活表面描摹，深一层去挖掘当代儿童的内心世界以及全社会、家长、教师在培育合格的下一代上应负的历史职责，把人物塑造得更丰满、深刻些。"能够对自己的创作做出如此深刻的解剖分析，表明了胡景芳在新形势下对儿童文学创作新的领悟和觉醒。他认为自己20世纪八九十年代以来最为满意的小说是《作家与少年犯》《寻宝记》和《怪圈》。

《作家与少年犯》不仅形式上采用纪实小说的手法，以第一人称"我"的口吻展开叙述描写，通篇沉浸在冷峻、深沉的氛围之中，一反胡景芳以往儿童小说清新、明朗的格调，在真实与接近性上朝生活与读者并驾齐驱，而且在题材、主题的挖掘上又深入到了新领域，即对失足少年进行帮助教育。这是胡景芳创作的重大转折，标志着他个人"新时期"的开始。作品中黄景文这个人物是一个带有时代色彩的新的形象，他走上犯罪道路，带有很大的偶然性。黄景文憨厚、纯朴、文静而又不免有些淘气，学习成绩优秀，本来是一个很有发展前途的好少年。可是，莫测的政治风云，无常的人际关系，社会上一些歪风邪气的熏染，使黄景文性格中的劣质部分逐日生长，进而扩散，他成了远近闻名的"打架大王"。黄景文反悔过，在反悔之后又追求过，却很难得到周围环境的理解，社会、家庭、学校的老师和同学的隔离以及自我感情的宣泄和排遣,构成了人物心灵的几度发展变化,浓缩了那个特定历史时期的风云。"作家与少年犯"的对话,已经升华到时代对一茬少年的说教与期望。

在《寻宝记》中,胡景芳的视野更为开阔,他把孩子们的生活天地一下子"转移"到了长白山的原始森林。历史与现实相互贯穿交融,长者与儿童相互映衬辅佐,给读者的确是"别有洞天"之感。几个孩子的天真活泼可爱,如同一朵朵摇曳的花朵盛开在郁郁葱葱的森林里。可成长中又怎能不需要弥补性格与情趣中的一些欠缺呢? 正是这样的"夏令营",才使得本篇故事一波三折,引人入胜,大自然自有特殊的生动,历史自有珍贵深刻的内涵。最终孩子们都如愿以偿,在没有获得宝物的同时恰恰获得了宝物。面对文学过于"现实"的琐碎,这篇《寻宝记》追求一种精神境界的飞升,实在令人过目难忘。至于《怪圈》,虽然胡景芳运用的仍然是他的长项——再现校园生活,但是本篇采用的几乎全是"逆反法",通过发生了一连串儿怪事的高一(2)班,给读者的感受却是扑面而来的当代气息。小说的叙述描写显然在减少,而主要通过人物的对话把它们涵盖其中,或者说是靠对话来推动情节的发展,这能否说是借鉴了戏剧的表现方式呢? 胡景芳自然有探求。此外,本小说语义的非逻辑化,更是作者的独居匠心之处。

粉碎"四人帮"以来,胡景芳出版了《精奇里江畔》《第二百五十页》《侦探长的报告》《死里逃生》《胡景芳儿童小说选》《胡景芳作品精选》等小说、童话集 20 余本。浏览他的儿童小说创作,我们可以归纳出几个基本特征:一是从单面抒写到多面刻画,二是由表面描摹到深层开掘,三是从叙事到阐发哲理,四是着重个性而含蓄共性。难怪陈伯吹先生在为胡景芳的儿童中篇小说选作序时曾说,胡景芳的"近期创作,在主题思想的开掘、提炼,社会生活的涵盖底蕴,人物塑造的贴近时代以及艺术手法的创新等诸方面,又在以前创作的基础上,有了新的探索、新的高度"。

在全国童话界享有盛誉的吴梦起,实际上"文革"前是以小说创作为主的,用他自己的话来说,"20 世纪 50 年代,我仅仅写过两篇童话"。可是,粉碎"四人帮"、吴梦起获得平反后的 1978 年,他发表的第一篇作品竟是童话《啄木鸟小姑娘》,尔后竟一发而不可收,童话与他喜结良缘并且连年喜获丰收。吴梦起,再度被人们提起的时候,只能是大名鼎鼎的童话作家。吴梦起说,在被关押的百无聊赖的日子里,"整晚亮着的那只十五瓦的小电灯泡儿,把暗淡的光线投射到雨污水渍和蛛网灰尘上,渐渐地它们在我眼睛里模糊变形了,甚至于活动起来。这样我眼前便出现了森林原野、山峦河流,以及形形色色的神怪人物和飞禽走兽"。童话就这样产生了,它们打发着作家的"囚徒"岁月。其实,这仅是吴梦起童话的"一弦"发端,从本质上讲,"文革"期间人妖颠倒是非混淆的"生活"经历,又怎能不在他的心灵深处留下痕迹呢? 吴梦起的潜意识里一定顽强存留着自己当年所有遭遇的一个个细节,既然是"动物凶猛"的年代,那就让"动物世界"继续表演下去吧! 只要我们的孩子明了那段生活,吸取教训,不让它们重演,作家的一份职责不也就尽到了吗? 要不然,吴梦起童话不会有那么鲜明强烈的个性特征:大美大善,大恶大丑,大悲大喜,小动物表现出人生大主题。

所以,吴梦起在新时期的童话创作中,字里行间充溢着对"文革"时期及现行社会各种丑恶现象与本质的揭露、批判与反思,让童话这一传统的文学样式置表现善恶、美丑斗争这一永恒主题于特定的环境中,有了更为成功的探索,即达到了一种新的人性深度。在《火狐阿三》中,火狐本来无任何谋生本领,却总以一身漂亮的皮毛自命不凡,沾沾自喜;在《没有题目的故事》里,狐狸为了保存发展自己,诡计多端,不惜出卖并陷害他人;在《虎牛》中,凶恶残暴的西蒙，为牟取暴利，草菅人命，兽性愈演愈烈，令人发指；在《送礼》中，狐狸为得到森林大王的位置，巧设花豹送礼的陷阱；在《酸枣核足球赛》中，金龟子为了能使自己获取一场比赛胜利，竟然用重金贿赂裁判。生活中人性的全部弱点，几乎都在吴梦起笔下的动物身上一一体现着，或许作家深知，这反面的形象倒更能调动人们的审美情绪，更能激起小读者们的爱憎感情。诚然，上述人性中的邪恶与丑陋也是在人性中的善良与美好的强烈对比中完成的。我们不会忘记《海盗岛》中的中国男孩，不会忘记《大雁塔》中的两只大雁，不会忘记《虎牛》中的虎牛……众多栩栩如生的正面形象，正是在同自己的对立面顽强斗争中才确立自己的品格的，这是一种哲学层次。吴梦起运用地地道道的东北口语，极富有儿童世界的情感和色彩，把充满人生哲理的童话故事讲得扑朔迷离，妙趣横生。从新时期开始到目前为止，吴梦起已经创作了100余篇中短篇童话，显示出空前的创作活力。他的作品屡屡获奖，屡屡被改编成其他形式的艺术品牌，其成就显而易见。

完全可以说，粉碎"四人帮"后，辽宁儿童文学最先走向全国的就是吴梦起的童话。1981年发表的《老鼠看下棋》，是中国作家协会首届全国优秀儿童文学奖和上海首届儿童文学园丁奖的双项大奖作品，这是吴梦起童话创作的里程碑。吴梦起的童话创作对儿童文学界的贡献还在于，他把作品中人物的共性与个性高度地融会贯通，并以其明晰的个性特色昭示突出的共性。比如说善良、勇敢，这是吴梦起童话中正面形象反复出现的共性主题，但是如何表现这种善良和勇敢，他的每一篇童话却不尽相同，《蛐蛐坐飞机》是一种方式，《棋子儿旅行记》又是一种方式。以往的儿童文学过于强调政治的功利和教育的功能，童话在很大程度上是共性淹没个性或者是共性取代个性，飞禽走兽的个性特征如出一辙。同时，为着力刻画人物，吴梦起开始了对童话一般逻辑的发掘和延伸。按照常理，大象最怕老鼠钻进自己的鼻子里，这在民间的"磕杠子"中均有说法，可在《老鼠看下棋》中的结尾，大象偏偏把钻进自己鼻子里的小老鼠一个喷嚏"打"了出来，虽违背了传统，却符合情节的逻辑发展，吴梦起对童话逻辑的延伸还表现在对拟人体形象的动物性特征的夸张，他作品中的"动物"常常都具备几种动物的特征。比如在《海盗鸟》和《马戏团放假》这两部相互关联的作品中，玩具狗阿强就具有"牛的力气、马的速度、猫的攀缘、豹的勇敢和鲨鱼游泳的本领"。尽管作家解释了此本领是由于在制作玩具狗时添加了上述5种动物的皮，仍然不符合现实生活的本身逻辑，可是它却符合人物的性格发展和儿童的思维逻辑，因此依旧是完整的童话作品。吴梦起的童话篇幅略长的有着小说的细腻与传神，情景交融，情节引人入胜；篇幅稍短的又有着寓言的精当与隽永，饱含哲理，令人再三回味。这也是吴梦起童话的又一个与众不同的地方。

杨大群虽然在新时期以后只写过两部儿童长篇小说，但他以散文、随笔、回忆录的形式表现少年儿童生活的短小篇幅文章，却经常见诸省内外的报刊。在这些作品中，杨大群要么截取童年生活的一段，以朴实的地方语言进行白描；要么对身边的儿童生活加以观照，表达出自己对人生新的见解；要么就把笔触伸向炮火纷飞的战争年代，讲述枪林弹雨中孩子们成长的故事。1997年由辽宁少年儿童出版社出版的长篇小说《小义勇军》，就是作者在长期的生活积累中又重新开掘的题材。作品保持着杨大群一贯的风格，浓重的乡土气息，跌宕起伏的故事情节，真实再现了"九一八"事变后大辽河沿岸劳动人民的贫苦生活以及反抗日本侵略者的卓绝斗争精神，精心描绘了穷苦少女由一个饱受蹂躏的童养媳成长为一名威慑敌胆的义勇军"总司令"的风雨历程。应该说，这是我省近年来历史题材的新收获，特别是以童年的视角来表现"九一八"事变后辽河岸边的义勇军生活，更属于凤毛麟角。

胡景芳、吴梦起、杨大群等老作家，尽管他们各自的创作领域、创作题材、创作手法不尽相同，但是有一点却是他们心心相通的，这就是儿童文学作家的神圣使命感。从这个意义上来说，他们是真正的"人类灵魂的工程师"。不管写长篇还是写短篇，他们始终牢记作品是写给孩子们看的，关系到孩子们的身心健康，所以他们的作品永远坚持积极向上的高尚格调，坚持真善美的主旋律。同时，他们过分重视情节故事的编排，过分注重客观环境对人物的影响，而忽略了人的情感内心流程的变化，特别是儿童少年于改革开放之后情感产生飞跃所洋溢出来的丰富性、深刻性，往往揭示不足。对于后来者而言，这又是极为可贵的经验教训。

## "小虎队"沿街而行

1996 年 10 月 11 日，《中国艺术报》以《东北小虎队，虎虎有生气》的醒目标题，专门介绍了近年来崛起的颇具个性与实力的东北青年作家群的儿童文学创作。实际上，"小虎队"的崛起，或者说"小虎队"的形成与发展，要远远早于上面所提到的时间。在 20 世纪 80 年代中后期，针对辽宁儿童文学在复苏之后暂时出现的困惑与停顿，或者说已经开始了并不满足于胡景芳、吴梦起等老一代作家"独领风骚"的儿童文学的现有局面，几乎是在一夜之间，肖显志、董恒波、常星儿、老臣（陈玉彬）、车培晶、薛涛等少壮派拔地而起，以自己作品的独立风格成为东北"小虎队"的主力阵容。说起来简直令人难以置信，进入 20 世纪 90 年代以后，这批"小虎队"的中坚在《儿童文学》《少年文艺》《巨人》《儿童小说》《儿童文学选刊》等全国知名儿童文学杂志上频繁地发表头题作品，要么获取大奖，要么出席出版社、杂志社举办的各种选题笔会，要么是作品选集、专集层出不穷。辽宁儿童文学最有实力、最有发展前途的创作群体终于以生力军的姿态亮相于全国文坛，并且炮炮打响；终于以自己辉煌的战绩在全国儿童文学界占有重要的一席之地，博得同行与专家们的青睐。最能代表及反映出"小虎队"创作特色的即是由著名作家、编辑家、文学事业活动家、《文学少年》杂志主编赵郁秀策划并主编的"棒槌鸟儿童文学丛书"，这套丛书一经沈阳出版社出版，立即引起全国范围的关注和反响，并获得省"五个一工程"奖和全国"五个一工程"奖。此书不仅以群体的方式显示出辽宁儿童文学的创作走向、实力及目前达到的水平，而且预示着具有鲜明地域文化倾向的辽宁儿童文学创作从此将由青年一代领衔主演。老臣的《盲琴》、肖显志的《北方有热雪》、董恒波的《天机不可泄露》、薛涛的《白鸟》、车培晶的《魔轿车》和常星儿的《走向棕榈树》，"小虎队"风采洋洋大观。

肖显志是最先在上海获得陈伯吹儿童文学奖项的青年作家。其发表在《儿童时代》的短篇小说《会流泪的黑毛驴》，篇幅非常有限，可作者童年视角触及的人道主义情怀却如同一个巨大的光环，照亮了读者的阅读空间。黑毛驴作为一个与"我"打交道的动物形象，是有着明显的象征和寓言作用的，与其说是"我"对黑毛驴施以同情怜悯，不如说我们对所有像黑毛驴一样的艰苦劳动者都应施以关怀，而这种关怀是孩子的心象映现出来的，就更显其难得与珍贵。这是肖显志创作的第一篇儿童小说，作品中的人道主义主题是他后来创作一贯所遵循的，如《打碗花儿》《好大一棵树》《乡间雪路》等。最能体现肖显志儿童文学创作特征的，是他描写关东少年儿童个性风貌、反映关东少年儿童独特心灵世界的《狂舞的六月雪》《蛙歌》《燃烧的浮桥》等短篇，以及《北方有热雪》《"神曲"唢呐》等中篇。这些作品中，作者善于把关东的自然景观等属于地域文化色彩的诸多意象

融进行文之中，为人物提供了良好的背景材料；同时又善于把社会转型期外力冲击乡村带来的观念变化而给儿童少年造成心理失衡的现象予以洞察，为人物性格发展变化及矛盾冲突创造了合理的依据。肖显志已不满足于儿童小说现阶段的表现形态，并有意对儿童小说做了一些表现形式上的探索，他不仅在作品中倾注唯美主义的追求，拓展读者的思维想象空间，而且竟然采用魔幻主义的手法来创作《鬼村故事》。粗犷、热烈、浓重，大刀阔斧、恣意汪洋又寻求变化，构成了肖显志儿童小说文本的基本格调。

董恒波是带着儿童诗创作成功的喜悦而步入儿童小说创作领地的。他极善于从现实生活中捕捉少年儿童内心世界的闪光点，往往通过一个事件、一两个故事的连缀来布局谋篇，如《智力竞赛队》《古钱》《神投》《棋步》等，似乎光看题目，便可一目了然。重要的是董恒波能把捕捉到的闪光点完整地消化在他的人物身上，让人物又以各自的性格特点活跃在读者面前。董恒波又非常注重自己儿童小说的情节性，这是他首先考虑读者的接受能力和心理特点所决定的；同时，他又把生活中的普通事物加以艺术的"偶然化""哲理化"，使人物的活动空间紧凑、有序，张弛自如，首尾呼应。如果单从儿童小说的篇章结构的角度分析，在"小虎队"成员里，董恒波的作品是较为完整的，这既表现在他小说故事的编排技巧——人物情绪、动态、结局的连贯性，又表现在他对自己的描写对象——儿童内心情感世界的体察入微，按照儿童的思路来构思完成作品。董恒波儿童小说的题材来源几乎全是小城镇的校园及家庭，离孩子的生活近，离孩子的心灵近，或者说就是他们生活与心灵的艺术呈现。儿童的天真与善良、儿童的单纯与好奇、儿童的淘气与顽皮及恶作剧，都在新时期的特定环境下增加了新的内涵外延，并且发展为多种"混合型"的儿童性格。正是有了如此发现，董恒波才在自己的作品中加大了表现的深度和广度，才使得自己作品中的男女主人公洋溢着浓烈的时代色彩。《魔音》中的娟子，从3岁的一场暴病开始就双目失明了，可她内心世界的丰富与美好以及用灵魂感应外部世界的动人形象，深深地影响着她周围的每一个人。在娟子纯美清澈的童心映照下，成人世界的言行举止得到了净化，小说中的钢琴老师、"我"的爸爸就是在娟子的感召下而背离自己的。董恒波的作品总能完整地塑造出一个个当今儿童的艺术形象，这些形象又以各自的思想文化含量折射出改革开放以后的城市乡村的新气象。《鹰歌》中内向、执着、深沉的大炮，《显影》中调皮、勇敢却又忍辱负重的于玉驹，《永远的天空》中善良、执拗、憎爱分明的巴特尔等，这些人物绝非都是单色调的，而是随时完善着自己并逐渐修正自己性情中的弱质成分，进而成长为一个于社会有用的人才。董恒波善于把握成长中的儿童少年的个性，而这种个性又在学校、家庭、社会等多种矛盾的纠葛之中得到了充分的张扬、转化和因势利导，使读者有机会领略当代少年儿童的心路历程。董恒波的语言幽默、机智，又富于调侃的韵味，这为他的小说储备了非常完好的原材料。

常星儿的苦艾甸系列、沙坨子系列少年小说，实际上是作者有意识的文化参与和渗透。空旷辽阔偏僻的苦艾甸，荒凉浩瀚寂寥的沙坨子，这辽西特有的自然景观，当然涵盖着十分厚重的文化意蕴，它们已经成为常星儿小说的某种文化载体，有力地衬托出于草甸子中顽强生存的少年形象和沙地里少年成长的生命悲欢。值得提出的是《秋境》，主人公麦果为了挣钱替爸爸还债，只身来到苦艾甸上与大人为伍割草打工，"给爸爸植苇！"铿锵的童稚声早熟得令人心颤。麦果坚定地挺起瘦小的身躯，过早地背负了草捆一样沉重的生活重担，一步步走在辽西贫瘠的土地上，因为他的心中有理想，希望替爸爸还清债务，希望让家里的生活过得好一些。艰难竭蹶中萌生的信念与理想，竟是那般耀眼夺目。

在《找田》《远坨》中，少年主人公的现实命运和理想追求的反差更为巨大，沙坨子自然环境的恶劣和人们生存状态的艰辛，为维雨、唤生等少年生命意志的表现，提供了极为壮观的背景条件。其实，躁动于常星儿笔下人物心理深层的种种情绪，是不满足于现状、不安于承袭父辈命运、热切渴望走出苦艾甸、沙坨子，并改变自身环境的精神向往和追求。如此境界，更加突出和强化了常星儿少年系列小说的当代指向。这在其长篇小说《走向棕榈树》里有更为博大精深的描写。棕榈树无疑是象征，从沙坨子走向棕榈树，实际上是从封闭落后的小农经济走向开放先进的都市文明，这是常星儿苦艾甸、沙坨子系列小说其潜在的思想主题的进一步延伸和发展。为了"走向棕榈树"，改变自身的生存境地，春玲、鸣山、根旺等历尽苦难，甚至付出了根旺的性命，代价虽然沉重，可少年主人公们终于果敢地迈出了这一步。在历史和现实、情感和理智、生存和死亡等重大矛盾的抉择面前，小说中的人物始终处在漩涡之中，并以各自独有的个性，合理可信地推动故事情节的发展。广阔的背景，生动的人物，浑厚质朴的文化意蕴，沉郁悲怆壮烈的氛围，使时下生存与环境的哲学命题有了活生生的注解。春玲从棕榈树下返回故土沙原，应该说，这个结尾对深化主题及开掘春玲的内心意识，都是点睛之笔。走出为了返回，不仅要改变自己，更要改变父辈一样的沙原，乡土情结根深蒂固，我们的血管毕竟流淌着父辈的血啊。或许这是一种"倒退"，但它符合人物的性格逻辑；或许沙原以后还需要多次的"出出进进"，方能够彻底"旧貌换新颜"。常星儿梦寐以求想改变自己世世代代生息繁衍的土地的潜意识，于此可见一斑。常星儿的小说，追求并实践着一种诗化或散文化的审美效果，他擅长用朴实而平淡的叙述语言，把少年人物的内心活动与生态环境自然融为一体。他不渲染过程，不计较枝节，而着重外界事物对少年内心情愫的冲击，往往一两句话，就把自己想要表述的情境交代得一清二楚。这是常星儿的魅力所在。

同样，老臣的少年小说创作也突出表现了地域特色，其题材来源大都在山水之间。长篇小说《漂过女儿河》《女儿的河流》，中短篇小说集《窗外是海》，题目全是水的概念。而在中篇小说集《盲琴》中，除了"山"，也是"水"，像《跑冰》《火船》等。辽西家乡的山山水水，既在老臣生命中形成了难以割舍的情结，又为他作品中众多人物的生存成长提供了驰骋的天地。一方水土养一方人，老臣正是把自己塑造的儿童少年形象定格在自己分外熟悉的山光水色之中，写起来才得心应手，挥洒自如。尽管从严格的意义上来讲，他只是从 20 世纪 90 年代后才开始少年小说创作的。老臣的短篇小说，其少年人物几乎全是在同成人的冲突中，才使各自的性格发展完善，才使故事情节全面展开进行。如《夜道》《蓝山》《篝火》和《跑冰》，作品中的"爹"和"爷爷"已经是成人世界的代言人和行动者，在老臣的笔下，他们或多或少都对少年情怀的伸张构成了某种障碍。同时，由于老臣小说的背景是偏远的辽西山区，面对着贫穷所带来的失学、家庭父母不和等诸多矛盾，特别是社会变化引发的一系列新的人际关系，既给孩子们带来了惶惑，又带来了希望。因此，老臣所刻画的少年形象，都是敢于向自己命运抗争、向自己家庭父母挑战的"弄潮儿"，这就使他的作品显露出沉重冷峻的色调。我们既为《窑口有棵树》中的明震感到愤愤不平，也为《蓝山》中的小侉子感到心胸郁闷，老臣有意把他的人物置于艰苦卓绝的环境中，除了风霜雨雪的自然环境恶劣，更有来自社会、家庭以及邻里等人为的灾难。从肉体到精神，这双重的压迫简直令少年们不堪重负，而生活中那若干的亮色，竟让少年们一次次绝路逢生。这或许就是老臣千方百计塑造的"小小男子汉"的形象，因为你不经过如此这般的磨砺，你根本就无法在辽西的山水之间生存。老臣笔下的"小小男子汉"，其生存的物质条件与精神世界造成的强烈反差，言行举止的相对平静与内心涌动的不可遏制的青春生命激情，以及在辽西山村日常生活的平凡境遇中如萌芽般冉冉生长的高贵品质，不仅使读者的阅读拥有哲学语境的思索，更为重要的是还获取了艺术陶冶的美学空间。

《魔轿车》是车培晶的短篇童话集，作者或许想改变以往童话的惯有模式，而设法从题材到立意"刷新"一回纪录，比如题旨的模糊性与多义性，比如题材的现代化与生活化，总不能让虎豹豺狼统治我们的童话一辈子吧。然而，我们看重的却是车培晶的儿童小说。平等、亲善、爱与同情，这几乎是所有儿童文学作家要竭力表现的主题，可车培晶的表现方式却自成一家。童年的磨难在作者的心灵留下了深深的烙印，带着这种感伤的情绪，车培晶把澳大利亚作家帕特里莎·拉伊森的"敏感的内心体验、对人的关怀和同情进行写作"的经验奉为教条，"流动着情与心的交织、碰撞和震荡，以及构图、色彩和谐的奏鸣"，写出了《墨槐》《野马河谷》《远方的家乡》《鸟笼山的太阳》《落马河谷的冬天》等一批充满人类之爱的儿童小说。车培晶不刻意追求取悦于读者的情节效果，不直接表露直白浅显的说教式主题，而是按照生活的本来逻辑，直面人生中常见的却不是很轻松的环节，把人物放在一个个感情的漩涡和矛盾冲突之中。哑巴石、哑娃子、黑猩猩、安珍、铁匠等人物形象多是身体和心灵都遭受过创伤的，所以才格外渴望和珍视爱与同情，所以才以自己的善良之心报答社会；这些身体残缺内心美好的形象同四肢健全内心肮脏的人物所形成的鲜明对比又深深打动着每一位读者。因此，收入上述作品的儿童小说集《神秘的猎人》，继胡景芳、吴梦起之后而获得全国儿童文学大奖，是当之无愧的。

薛涛是"小虎队"里最为年轻的成员，创作起点高，对儿童小说的探索也较为全面。他的作品清新、灵秀、机智，想象力丰富且独特，有当代的质地和色泽，是一位极具发展前途的新锐。薛涛在注重儿童思维能力、接受能力、反应能力的前提下，常常以感觉、意念、内心独白等心理流程的话语方式结构其儿童小说的一些或主要篇章，情节的若有若无，人物的时隐时现，叙述的夸张跳跃，主题的模棱两可，最大可能地反映出如今儿童少年的基本特征和状态。短篇小说《向蓬镇旅行》可以说是这方面的代表作，作品努力营造童年生活的情境和氛围，诗化地表现儿童内心的美好憧憬，使童年的心境更加自由地伸展，这也是薛涛的创作追求。短篇《白鸟》即可说明，薛涛的小说作品，表面看来并不在意主题的开掘和矛盾纠葛的深化，可人物的内心矛盾冲突却潜藏在那散文诗一般的段落里，乍看是风平浪静，细品却是暗礁激流。不相信你可以读读获得第六届"冰心儿童图书新作奖"的中篇小说《如歌如诗》。无论怎样发挥、想象、创意，薛涛都是在了解和熟识孩子的条件下展开的，其思想感情、生活情趣，甚至包括男孩女孩上课下课的细节描写，必须有依托。借助于艺术的各种表现功力，薛涛能把儿童生活的哲理领悟得那样精辟并把它们不露痕迹地潜伏在自己的作品主人公身上，这是他独具的品位。

1998年，车培晶、肖显志的长篇动物小说《响尾老鲨》和《鹰王》双双获得第十一届中国图书奖。刘东的《蝴蝶》等三部采访小说，许文涛的《音乐盒上有个会跳舞的小女孩》《辽河水哗啦啦》等短篇小说，相继在《儿童文学》的头题上发表，又连续被《儿童文学选刊》选载。"小虎队"的创作题材又有了新的拓展，"小虎队"又有了新成员。后浪推前浪，"小虎队"前途无量。

我们说"小虎队"的创作成就显著，并不是说他们的创作没有缺憾。比如，肖显志由粗犷带来的文字粗糙感，外在的过分渲染而使得人物描写缺少必要的内在旋律；不是生活中的所有人物事件都具有偶然性，董恒波应该淡化和消解作品中某些"戏剧性"场面，再加强一下人物性格本身的逻辑发展；常星儿和老臣有些短篇小说的人物形象略显单薄，有骨头少肉，或有肉而欠缺血脉，而短篇与长篇的有些情节、细节又几度重复，再现生活与施展想象的能量难免捉襟见肘；车培晶的题材领域本应拓宽，不一定就得写身心有残疾的儿童少年和历史事件，逃避"现实"去设计童话，其实还是现实的"曲笔"，至今我们仍然迷恋他在自己小说人物身上倾注的人道主义关怀；时间长了，薛涛必然会沉稳下来，建立自己的"坐标系统"，总得有个"轴心"，"横竖"发展，让笔触变得凝重深邃，更富有儿童少年的生活况味。

## 儿童生活的诗意定格

　　一直在稳固发展过程中而期望有所改观的，是辽宁的儿童诗歌创作。新时期以来，儿童诗歌虽然没有像小说、童话那样接二连三地在儿童文学界引起轰动，但它仍以稳扎稳打的平常态势，用自己的旋律和色彩，为孩子们描绘了一幅幅绚丽多姿的生活画图。辽宁的儿童诗歌创作尤其如此。一批长期专门从事儿童诗歌创作的诗人，不仅现有的成果超过了以往；而且一批更为年轻的作者也纷纷加入了儿童诗歌创作的行列，并以自己独特的声音立住了阵脚；更有一批成人文学的操作者开始转移视角，义无反顾地写起了儿童诗。辽宁的儿童诗歌创作队伍的日益壮大，是辽宁儿童诗歌创作长久不衰的重要原因之一。

　　滕毓旭、佟希仁、马业文、冬木、崇仁、冯幽君，作为儿童诗歌的"老诗人"，新时期以来，他们在创作数量与质量上的急剧递增，显示出重新焕发的童心诗情有了宽阔浩大的表现舞台。山川树木、河流小溪、春风夏雨、秋阳冬雪以及校园内外的生活场景，无不是他们诗歌的咏怀对象，并把这自然与生活的美通过孩子们能够接受和领悟的意象一一表达出来。他们的诗，生动而不浅白，明净而不单一，热切而不生僻，丰富而不累赘。爱与美，是他们兢兢业业遵奉的诗歌主题。滕毓旭，这位儿童生活的忠实歌咏者，不仅擅长对校园里那一页页"闪光的日历"的诗意挖掘，让课本、教鞭、黑板、笔记本等学习用品统统以诗化的方式出现在读者面前，而且他的视角经常切换到美妙无比、魅力无穷的大自然之中，枫叶、瀑布、彩霞、柳笛、蛙歌、海浪等景物已经成为滕毓旭儿童诗中的主体意象。面对和表现色彩斑斓的大自然，使滕毓旭的全身心都获得了复归，一方面他自己仿佛回到了童年时代，用自然的美丽躲避家境的窘困和填补内心的失望；另一方面，儿童的天性是相通的，让今天的孩子饱览自然风光，会更加激起他们对新生活的热爱。为了孩子，滕毓旭的心灵与大自然的包罗万象息息相通，他可以随心所欲地摄取山川湖泊的美，而做到情境一体，物我相融。从滕毓旭近年来出版的《绿色的梦》《会跑的山》《滕毓旭儿童诗》《北方孩子》等诗集中，我们可以发现，大自然是他儿童诗创作的主要源泉。1984年由辽宁少年儿童出版社出版的《雪花姑娘》，是佟希仁新时期的第一本儿童诗集，也是他的代表作。虽然"诗人以喧闹的、跳荡的、色彩丰富的笔触描绘了少年儿童在当代生活的足迹，心头的奇想，不羁的梦幻和眼中的自然"，但我们觉得，诗人诗情诗境的萌生点，仍是声色俱全、形神兼备的大自然。这种自然，已经是经过诗人高度概括和精心采撷的"诗化自然"；而孩子们的思绪、志向、幻想，也往往凭借自然的感染、点化和观照而宣泄和挥洒出来。实质上，这也是佟希仁表现的儿童生活，只不过是把它定格在意趣盎然的诗的主观范围之内了。我们十分留意《春天的翅膀》《糖果树》《小鸟》《春芽》《春的脚步》等关于描绘渲染春天的作品，他们在《雪花姑娘》中的比例举足轻重，看来诗人对春天情有独钟，痴心不改。这当然又是大自然的"功力"。佟希仁的儿童诗，文字浅近晓畅，轻松自如，意象简洁生动，平易感人，没有那种浓缛过甚、艰深晦涩的诟病，是孩子们喜爱的诗人之一。马业文的儿童诗歌创作，主要成就包括在两个方面：一是校园叙事诗，生活气息浓郁，口语对话入诗，篇幅虽然短小，却讲究细节和孩子的心理临摹，并注意营造气氛和情境，如《快乐的足球队》《雪天》等；二是自然景物哲理诗，通过生活的一个小画面，揭示出儿童生活中的常见问题，语言质朴，风格独特，如《草地》《朝霞》《阳光雨》等。冬木、崇仁、冯幽君这3位儿童诗人，其儿歌创作成就不仅在辽宁处于领先地位，而且在全国也居重要位置。儿歌与儿童诗相比，虽然浅显、短小、单一，但是要想把儿歌写好，却必须付出艰苦的努力。当然，光努力也并非就能写好儿歌，艺术感觉、知识构成、表达方式等，必须符合幼儿的特点。"风停雨住太阳笑／彩虹架起七色桥／奶奶快来瞧／你看彩虹搭得好／一头连着北京城／一头连着台湾岛／我接爷爷上彩桥／喜得奶奶泪花掉／爷爷回来庆团圆／天安门前拍个照。"这是冬木、崇仁的《彩虹》，其构思巧妙独特，幼儿熟悉、形象的比喻，表现了一个大的主题。再看冯幽君的《大白鹅》："大白鹅，哏嘎叫／走一步来摇三摇／见到小猪头一扭／'看你一身黑毛毛'／见到小鸭脖一扬／'看你个子短又小'／大白鹅尾巴翘／人人笑它太骄傲。"色彩、个头、声音、动作，四位一体，完美表达出作者的生活理念。冬木、崇仁、冯幽君的儿歌是艺术性和知识性、科学性和趣味性、传统性与当代性结合得比较完美的作品，符合幼儿的感知习惯，不仅易读，而且易记、易于理解。如《拾贝壳》《葡萄谣》《丫丫放鸭》等，它们都是三番五次被选进全国各种版本"儿歌大系"的经典之作。

商殿举、盖尚铎、董恒波等虽然也创作了一定数量和质量兼而有之的儿歌，但他们的成就更多体现在儿童诗的创作上。特别是在 20 世纪 80 年代以后，这 3 位儿童诗人的创作进入了巅峰状态，以一首首构思精致奇妙、意境优美悠远的儿童诗，为辽宁省的儿童文学园地增添了新的芬芳。"西瓜里，有个／诚实的娃娃／爸爸用手一拍／它就大声回答／生的就说生的／熟啦就说熟啦／我真想见这个娃娃／可惜，打开瓜门儿／找不到它。哦／它又钻到别的西瓜里去啦／买瓜的叔叔阿姨／都在听它的回答。"这是商殿举的《西瓜里的娃娃》，生活气息和儿童心理在精巧的构思中，得到了细腻传神般的表现，显示了作者驾驭儿童诗语言的纯熟技巧。盖尚铎同样具备上述特点，重视儿童诗的构思和意境，如《我失落一颗桃核》《大海买东西》等。但他的创作并没有停留在对儿童诗本身特征的钻研上，而又开始了扩展儿童诗题材领域的新探索，其诗情画意的触角已经指向当代少男少女的生活意识、思维方式、精神追求。在《我们看海去》中，以女儿向妈妈诉说要走向大海的急切心情，表达了当今儿童少年对传统观念的否定，对远方的新的生活理想的追求；在《男孩子女孩子》中，展示了男女少年的不同意愿和向往，男孩子要漂流长江、乘热气球探险、参加世界杯足球赛、到联合国演讲呼吁世界和平，女孩子要当歌星、当模特儿、当电视主持人、当空中小姐、当时装设计师……这些看起来只有小说才能表现的主题，盖尚铎信手拈来，成为自己的"儿童诗"。如此创新的意识和实践，是盖尚铎对辽宁儿童诗歌界的贡献。"瞧，我们的雪人／长得多么漂亮／上学的大哥哥／树上的小麻雀／谁看见都把雪人夸奖／最喜欢雪人的／就属太阳了／它看了又看，看了又看／悄悄地把雪人／领到了天上。"这是董恒波的《雪人不见了》，简短生动、形象逼真，又蕴含着科学常识。董恒波的儿童诗，常常运用想象、联想、夸张、拟人等修辞手法，从生活的实际中选取儿童熟知的意象，几行口语式的排列组合，他的儿童诗就诞生了。

从 20 世纪 80 年代中后期到 90 年代后期，宁珍志已经出版了《十四岁的星空》和《我对世界说》两本儿童诗集，他想通过一些新的角度来表现当代儿童少年浩瀚的情感世界。不注重外界生活本身如何，而注重外界生活在孩子内心产生的反应，即儿童少年的情绪、心态、动作的本身变化所呈现出来的儿童生活的本身质量，以及儿童世界与成人世界发生撞击时，孩子心中那稍纵即逝的火花是什么。王立春似乎对孩子情态的把握更为真切，因为她有女性的细腻与体贴入微。这位从 20 世纪 90 年代中期才开始以自己儿童诗的独特品位而在辽宁文坛崭露头角的青年诗人，至今发表的作品并不很多，但她每发一组儿童诗，都能带来一股小小的"冲击波"。读王立春的儿童诗，你像是站在摇篮边，在为自己的孩子浅吟低唱那"动人的歌谣"；博大的母爱胸怀，使王立春儿童诗的情境有着意味深长的诱惑力；过去、现实、将来的三重意象交叠穿插，又使得王立春的儿童诗有了某种丰饶和厚重。

著名诗人晓凡的《神马》、牟心海的《梦的露珠》两本儿童诗集，也是新时期以来辽宁儿童文学界的丰硕成果。他们涉猎题材广泛，幻想空间大，生活哲理俯拾皆是。这对专事儿童诗歌创作的作者来讲，《神马》和《梦的露珠》仍然有许多值得借鉴的经验。

纵观辽宁的儿童诗歌创作，总觉得在一些关键的部位存在着"衔接"上的困难。比如说，老一代的诗人在生活经历经验及掌握儿童心理特点、运用语言选取意象等很多方面，都占有优势，可他们的一些作品缺乏时代感，特别是在表现现实的儿童少年的多方位生活时，往往力不从心，有时作品写出来了，又恰似隔靴搔痒，诗的表现力、深刻程度都不够。而年轻一代的诗作者，接受新事物快捷，反应能力敏锐，又喜欢创新和探索，其作品也有某种"先锋"意义，但是，青年一代的生活底气不足，又爱选用新颖的语句和营造陌生的意象，稍有不慎，难免生僻晦涩夹生，于读者之间造成障碍。同时，新、老一代儿童诗人对自然景物的倾斜度偏大，立意的层次感和时代特征递进不足；虽然一切景语皆情语，但感时花难溅泪、恨别鸟不惊心的非"人化"自然，充其量只能是一种毫无生命质地的装饰材料。读 20 世纪 90 年代的儿童诗同读 20 世纪五六十年代的儿童诗毫无二致，如此这般的"典型共名"，岂不真的是误人子弟？

## 审时度势：唯美的纯艺术形态很难存在

儿童文学，只要它是作为一种文学而存在，那么在通过作品的真实性打动读者的心灵、促使读者思考如何生活得更有意义这一点上，就不应和一般文学有任何不同。但是，由于儿童文学的读者是儿童这一事实，它必须具备一些条件并受到许多制约，即构成儿童文学的主要因素。第一，必须具备优秀的"文学价值"；第二，内容上具有"将儿童培育引导为健全的社会的人"的性质；第三，成年人意识到上述目的而为儿童创作的作品，在内容、形式及表现手法等一切方面，都应与作为"读者对象"的儿童的身心发育阶段相适应。

我们之所以在此重温有关儿童文学的"定义"，是针对辽宁省儿童文学现有状况和今后走势而必须采取的方略之一。

继京、沪、江、浙之后，新时期以来辽宁省已经发展成为一个儿童文学大省，特别是青年作家群体的形成、以中短篇小说为主要创作形式的"关东风格"的形成，已经使辽宁在全国儿童文学界独占鳌头、独领风骚。而 20 世纪 90 年代中后期风起云涌的长篇小说创作，又使得辽宁省的儿童文学创作再度引起同行们的关注，后生可畏。十几部儿童长篇的相继出版：现实的、历史的；地域的、人文的；动物的、幻想的……题材领域宽泛，表现手法多样。尽管辽宁还缺少像《第三军团》《男生贾里》《女生贾梅》《草房子》等轰动全国的力作，但辽宁省儿童长篇的创作阵营军心稳定，一定会以新的努力跨世纪。或许，长篇小说的崛起，会使我辽宁儿童文学百尺竿头，更进一步。因此，在保持我们儿童文学"第一世界"总体优势的前提下，取得儿童长篇小说创作的辉煌，也并非一件容易的事情。

现实主义的再度回归尽管会使辽宁的儿童文学作家们感到由衷高兴，因为他们毕竟在新时期20年的文学历程中坚持走下来了，并没有放弃这个传统；但是，我们还应该清醒地认识到，受成人文学的影响和诱惑，我们的一些儿童文学作家有时候把孩子们难以接受的题材、细节也融进自己的一些作品中，使主题的正面引导作用蒙上了一层尘垢，其负面影响可想而知。为了强化"地域文化"的效果，不惜浓彩重抹，可儿童主人公的形象势单力薄，往往在与自然的抗争中束手无策。这种描写也很容易给孩子的心理造成负担。过于沉重和压抑的主题，对孩子感知生活的艰难性当然有帮助，但如果分寸掌握不好，会适得其反。我们知道，儿童文学有时又通过"审丑"来达到审美效果，然而，无论审美还是"审丑"，都必须在其形象中直接映射或反射出美好的情愫，如果忽略和放弃儿童文学巨大的教育功能，从本质上讲，他就不是一个合格的儿童文学作家。当然这种教育不是浅显直白的说教，而是通过作品中人物的情感世界自然渗透的。这种渗透，是明朗的，是可感知的，而不是像猜谜语、走迷宫那样反复迂回、曲里拐弯。新时期的20年，许多作家都在竭尽全力，想方设法使自己的作品"优秀"起来，达到感染孩子、教育孩子、鼓舞孩子的目的。单明、于颖新的小说，郑小凯、易长利的童话，葆劫、盖壤、周冰冰的寓言，他们的作品正是通过孩子们熟悉喜欢的各种形象，传递出高尚美好的道德情操和积极向上的人格魅力。吴庆先为了能让孩子们阅读《西游记》《水浒传》《三国演义》等古典文学名著，在改编时不遗余力地推敲修改，为什么？他是要剔除那些封建主义的糟粕，保证儿童少年的身心不受污染，茁壮健康地成长。辽宁儿童文学要保持现有创作实力并继续发扬光大，最根本的一条，就是必须坚持现实主义的文学传统，坚持儿童文学本质的特点特色，任何时候都不要忘记自己的读者对象是成长中的儿童少年，审美教育现在是将来也必定是儿童文学作家们任重道远的神圣使命。

毋庸置疑，儿童文学是发展的，无论作为观念的意识形态，还是作为手法的实际操练，辽宁的一些作家特别是年轻的一代新人，他们不满足于现状，不甘心自己的作品永远停留在一种形式的表现圈子内，甚至会对创作题材、主题来一番"更新换代"的探索，这本来无可争议。但是，放眼古今中外的文学史，任何一部有价值有生命力的作品，除了它惯有的艺术风范之外，都在某种程度上深刻地反映了当时的社会生活，从思想上给人们以穿透力极强的生活启迪。儿童文学，肩负的是塑造我们下一代的民族品格的历史重任，难道不应该把真善美的动人旋律高歌到底吗？于是，才有了本小节题目出现的缝隙，那是留给古典、现实和未来的"空想者"，其实它并不存在，并不存在于我们现在乃至今后的儿童文学创作实际中。

著名儿童文学评论家周晓在论及新时期辽宁儿童文学创作的总体成就时曾经指出："那种直面少年儿童所面临的现实和人生的共同的文学追求，以及在这种追求中你追我赶的创作氛围，也许正是辽宁得以形成活跃的儿童文学作家群体的必要条件。"而这种创作氛围、作家群体的形成，实际上也是依赖于辽宁儿童文学界的总体大环境所发生的。粉碎"四人帮"以来，辽宁的儿童文学讲座、儿童文学评奖、儿童文学作家作品研讨会，据不完全统计，竟达到50次之多。辽宁省儿童文学学会、《文学少年》杂志、辽宁少年儿童出版社,在赵郁秀、冬木、于耀先等策划和主持下,每年都能保证两到三次的大型活动,20年坚持不懈,这的确是众口皆碑的历史功绩。因此,保持和稳定、创造和发展一个和谐、宽松、有利于竞争的环境氛围,也是使辽宁省儿童文学在现有基础上稳固发展、繁荣的重要条件。它不仅包括评奖、创研、出版发表,还应该包括给创作者提供深入生活、进行读者反馈、动员全社会重视等一系列的烦琐工作。儿童文学的启蒙、诱导作用,应该是整个文学事业的重中之重。

作为创作的主体也是个体,每一位作家应该经得起、抵得住任何来自外部的诱惑和干扰。受市场经济的影响,文学创作,出版发行有时难免要违背自身的发展规律,按一部分人的操作程序运行,这就是出版界的"炒作"现象。发表了一篇作品或出版了一部书,在报刊、电视里纷纷"亮相",甚至还会获得某种奖项,可读者并不买账;有的作品也许没有任何新闻"效应",又与名目繁多的各种奖项无缘,可读者叫好。究竟谁是作品的权威评判? 相信读者,这是唯一的解释。在评论家眼中笔下的"反响"不是真正的反响,真正的反响是属于读者的,是属于大众的,必须清楚,我们的作品是写给孩子看的,不是给评论家看的;所谓抵住诱惑,当然包括批评界,在市场经济条件下,保持我们儿童文学作家的内心平衡和精神的相对纯洁性,无疑也是写出好作品的前提之一。

我们还应该汲取我辽宁有些成人作家的教训,他们在写出几篇成功的作品之后,竟连连遭遇挫折,虽然也能勉强发出几篇,但与昨日相比已是"人比黄花瘦"了,作品显然没有任何动人之处。除了一些偶然的因素之外,说到底还是生活与艺术的功力问题,或者说是创作前的生活积累和艺术修炼不足。儿童文学作家也是这样,必须提倡和坚持潜心钻研生活与艺术的习惯,它包括多种方式的体验生活和读书、触类旁通其他艺术门类的一系列过程。这似乎是"老生常谈",但每个人凭借自己的理解程度,不妨认真地思考一下,这是保证我们个体创作生命永久旺盛的"原动力"。它既可以丰富提高你自己,又能改变否定你自己,我们有多少人经不起这无限循环的漫长过程,或者望洋兴叹,或者半途而废,或者不求甚解,结果只能向自己的千百万小读者递交一份平庸的答卷。

创作个性往往是衡量一个作家的标志。对于儿童文学作家来说,个性的形成似乎很难,这当然是由于儿童文学作家肩负的神圣使命所致——有时为了强调共性而淹没个性。然而,通过自己优美动人的形象去感染千百万少年儿童,让他们在愉悦的审美过程中建构起自己的是非标准,这恰恰又是儿童文学作家的高明之处。个性不是你写辽西的草甸沙原,我写辽南的海滨渔帆,或者他写辽东的青山丛林,个性是把自己的语言、自己对生活的认识程度、自己的思想感情熔铸到叙事文本的一种风范。所以,在今后的创作中,我们应该尽量避免题材的"一窝蜂""一勺烩""一把抓"等集体形式主义"热门"现象,提倡自己单独视野内的不同层面,特别是在对同一题材的处理上,才最能够显示和发挥自己的创作个性。

我们即将进入 21 世纪,儿童少年的新生活,又向儿童文学标出了新的高度。衷心希望我们的作家能保持和发扬新时期以来那种临近本色生命的创作激情,以新的创作高峰把辽宁的儿童文学事业推向 21 世纪。

(原载《站在新世纪的门口:辽宁新时期文艺二十年》,春风文艺出版社 2000年版)

# 吉林省儿童文学发展综述

侯　颖　郭大森

　　吉林省是中国东北三省之一，在地理位置上处于辽宁和黑龙江之间，吉林省不及辽宁省和黑龙江省幅员辽阔、人口众多、物产丰富。但是随着中华人民共和国的成立，却缔造了新中国汽车工业的摇篮——第一汽车制造厂；缔造了新中国电影的摇篮——长春电影制片厂；还缔造了一个鲜为人知的摇篮，新中国儿童文学的摇篮之一 ——东北师范大学。可以说，吉林省儿童文学的发展与东北师范大学密切相连，与新中国文学事业的发展风雨兼程，形成了自己独特的成长历程，可以用一个中心、四个时期、三条线索概括其面貌。一个中心就是以东北师范大学作为儿童文学教学科研与人才培养为中心，贯彻落实党的文艺路线和教育方针。四个时期：第一个时期是吉林儿童文学起步期，从20世纪40年代至中华人民共和国成立前；第二个时期是奋进期，中华人民共和国成立后十七年；第三个时期是繁荣期，从1978年改革开放到20世纪80年代末；第四个时期是多元化时期，从20世纪90年代上半叶到21世纪的近10年。三条线索分别是：在题材的选择上，以儿童生活为主的多种题材共同发展；在创作技巧上，以现实主义为主的多种表现手法皆有尝试；在反映民族生活上，以白山黑水上居住的汉民族为主的表现满族、朝鲜族、蒙古族、回族等多种民族生活的文学协调发展。以三条线索构成立体的网状结构向前发展。

## 一、新中国儿童文学教学研究与东北师范大学

　　如果说上海是中国现代儿童文学的发祥地，那么东北师范大学就是新中国儿童文学的摇篮之一。"中华人民共和国成立后，为了培养新中国自己的儿童文学理论工作者，教育部指定东北师范大学首先开设儿童文学课，由蒋锡金教授带中国第一代儿童文学研究生，东北师范大学成为培养新中国儿童文学作家的摇篮。"(《东北儿童文学史》)蒋锡金是中国现代著名作家，鲁迅研究专家。早年在上海参与诗歌运动，创办过诗刊和文学期刊，他于1946年3月14日所写的《咏雪词话》是最早阐释毛泽东诗词的著书。他出版过《黄昏星》《瘸腿的甲鱼》等诗集、剧本《台儿庄》(与他人合作)、《横山镇》。译作有埃及的诗歌《亡灵书》、《俄罗斯人民的口头创作》(与曲秉成合译)、普希金的童话诗《鲁斯兰和米德柳拉》。他的文学研究视野广阔，儿童文学是他关爱的事业之一，为新中国培养了一批儿童文学人才。与蒋锡金先生同时代的中国现代文学著名诗人翻译家穆木天，在中华人民共和国成立后在东北师范大学中文系任教并倡导儿童文学，浦漫汀儿童文学事业的缘起和成就都与两位老先生的教诲和影响有直接的关系。姜郁文是蒋锡金教授培养的新中国第一批儿童文学研究生之一。该校的毕业生徐荣凡、张少武、崔坪、郭大森、崔乙、顾笑言、孔凡清、尤异、高帆(高云鹏)、文牧(方半林)等，都已成为东北儿童文学理论和创作队伍的中坚力量。

　　蒋锡金教授20世纪80年代任吉林儿童文学研究会会长，直接指导了第二次吉林省

少年儿童文艺创作评奖。蒋锡金还为建国 30 年的《吉林儿童文学作品选》和《吉林儿童文学近作选》写过两篇长篇序言,对吉林省中华人民共和国成立后儿童文学的发展做了评论。蒋锡金还与郭大森和崔乙共同主编过《儿童文学论文选》(中国少年儿童出版社1981 年版),是儿童文学理论研究的重要参考书。

姜郁文 1995 年出版了《东北儿童文学史》(与吴庆先、马力合著),这是她对东北儿童文学研究的重要贡献,蒋锡金先生在该书代序中指出:"你们花了几年时间,在没有人走过的荆棘丛生的路上,闯过道道难关,不顾一切踏出一条路,终于将东北儿童文学史写出来,为后人研究铺石架桥,它具有破天荒的性质,这个意义是很深远的。"

崔坪 1953 年毕业于东北师范大学中文系,20 世纪 70 年代末调入人民文学出版社任少儿文学组组长、《朝花》儿童文学丛刊执行主编。责编了中华人民共和国成立 30 年儿童文学短篇小说、童话寓言、诗歌、剧本四部选集。崔坪创作的儿童中篇小说《饮马河边》《红色游击队》《暗哨》《大搜捕》等也都是描写东北地区抗日战争和解放战争时期的儿童团的生活。

高帆(原名高云鹏)1961 年毕业于东北师范大学中文系,是著名的儿童诗诗人、评论家,著有《青年学诗》《世界著名童话家》,主编《实用儿歌鉴赏大全》、与郭大森共同主编了 90 万字的童话辞典《中外童话大观》。

朱自强曾任东北师范大学文学院副院长,博士生导师,后去中国海洋大学任教。他的主要学术著作有《儿童文学的本质》《中国儿童文学与现代化进程》《小学语文文学教育》《日本儿童文学论》《儿童文学概论》等论著。他的研究对当代中国儿童文学理论的建设和发展有着推动作用。

侯颖是新时期以来东北师范大学第一位儿童文学硕士研究生,曾任北方妇女儿童出版社编审,2005 年调回东北师大文学院主讲儿童文学课程,担任文学院儿童文学研究中心主任,使东北师范大学这个儿童文学的摇篮又有了生机和活力。

## 二、吉林省儿童文学发展的四个时期

第一个时期是吉林儿童文学起步期,从 20 世纪 40 年代至中华人民共和国成立前。"五四"以来,特别是 20 世纪 30 年代之后,东北儿童文学取得了一批重要成果,包括现代著名作家萧军的《我的童年》,萧红的五篇儿童短篇小说《弃儿》《夜风》《山下》《孩子的演讲》《手》,骆宾基的《鹦鹉和燕子》《蓝色的图们江》,舒群的《没有祖国的孩子》等。

舒群 1931 年参加东北抗日义勇军,1932 年开始文学创作,1935 年参加中国左翼作家联盟。1942 年后任东北大学副校长、东北电影制片厂厂长等职。代表作《没有祖国的孩子》,写了日本帝国主义侵占东北之后,一个没有祖国的朝鲜孩子果里在异邦所遭受的苦难和凌辱。小说刻画了果里在遭受民族压迫的时候能够奋起反抗,不甘心当"亡国奴",以此来警醒中华民族起来反抗日本人的侵略。

梅娘是长春人,在 20 世纪三四十年代的中国文坛上曾有"南张北梅"的说法,南张指上海的张爱玲,北梅指吉林省的梅娘。1936 年,16 岁的梅娘出版了《小姐集》,以"难得的真诚,难得的清丽"出现在东北文坛,"充分表现了华丽的辞藻和其磅礴的文力",成就了"又一篇《寄小读者》"。

师田手是吉林省扶余县人。1933 年加入左翼作家联盟,曾任吉林省省文教厅长、东北作家协会副主席等职务。主要作品有短篇小说集《燃烧》、诗集《爷爷和奶奶的故事》

《歌唱南泥湾》等。儿童小说《大风雪里》描写了东北抗日联军英勇抗战的故事,作品表现了秋姐子高度的爱国热情和抗战的大无畏精神。

朱媞学生时期就开始文学创作,1945 年出版了短篇小说集《樱》,其中的《小银子和她的家族》讲述了一个女孩的凄惨的命运,通过幼女被凌辱被损害的命运,对黑暗罪恶的社会进行了血泪控诉。

这一时期的儿童文学以反映儿童生活的苦难生存和反抗斗争的现实主义题材为主,具有浓郁的东北地域文化色彩和鲜明的时代特征,为新中国吉林省儿童文学的发展奠定了坚实的基础。

第二个时期是中华人民共和国成立后十七年,经历了新中国儿童文学八年黄金期和后来九年的曲折发展期。

鄂华是我国著名作家,他的长篇儿童小说《水晶洞》出版后,被改编成儿童剧,在北京、上海、西安等地上演,有力地提升了吉林省儿童文学的声誉。

孙景琦的儿童小说《小小牛司令》,1954 年入选《全国青年文学创作选》。描写朝鲜族少年儿童金东奉,不顾父亲的反对,到生产队里去喂牛,他积极认真的工作态度改变了老饲养员朴“酒瓶子”的人生态度,改造了父亲的思想,少年改造老年的主题具有一定的创新意义。

张少武《摸鱼》发表在 1963 年《长春》,是他的儿童文学代表作,刻画了一个青少年的成长,需要老队长的帮助,他一方面把农活干好不误时令,另一方面与老队长一起摸鱼,满足了自己爱玩的天性。而对摸鱼的细节精到入微的刻画,表现了作者极强的观察能力。

孟左恭的儿童小说《草原的儿子》,描写了抗日战争时期,蒙古族少年阿尤勒的斗争生活。作品情节跌宕起伏,把人物所处的险恶环境描写得细腻逼真,具有传奇色彩。王汪的《渔家女》、万忆萱的《平原上》也都是反映革命斗争题材的儿童小说。

郭大森的《草原上的湖》、吕治范的《采蘑菇》、梁若冰的《海秋和他的新朋友》、张琦的《小马林和飞毛腿》、郎需才的《“勇敢大王”和“胆小鬼”》都是描写现实生活中的儿童,表现他们丰富多彩生活的同时,又写出了他们各自不同的性格。

著名诗人胡昭,吉林省舒兰市人,1948 年就有诗作问世。1956 年出版了童话诗《响铃公主》和《雁哨》。《雁哨》是一首叙事诗,描写了一队北飞的大雁途中的历险故事,诗作的角度新,真实细腻,曾获第二次全国少儿文艺创作奖。

童话作家李光月,1920 年生,长春人。20 世纪 40 年代出版过长篇童话《秃秃历险记》,50 年代出版过两本童话集《长耳朵的故事》和《三个朋友》。《三个朋友》在刻画童话形象,描写人物语言,设计故事情节方面都有自己的创新。《东北儿童文学史》称:“东北解放后至‘文革’前,在童话创作上成就最大的,是吉林省童话家李光月。”

这一时期吉林省的儿童文学以小说为主,在反映生活的深广度上都有了进一步的发展,儿童生活的丰富性得以展示。鄂华、崔坪、孙景琦、郭大森、孟左恭的儿童小说、李光月的童话、胡昭的儿童诗、文牧的儿童散文都产生了全国影响,为吉林省儿童文学的进一步发展奠定了坚实的基础。

第三个时期是繁荣期,从 1978 年改革开放到 20 世纪 80 年代末。老、中、青三代的作家队伍形成,创作以儿童小说和诗歌为主,童话异军突起,出现了一批具有全国影响的作品。在 1980 年第二次全国少年儿童文艺创作评奖中,吉林省获奖作品(加上三部儿童电影和一首儿童歌曲)数量在上海、北京之后,位于第三位。吉林省儿童文学呈现了“繁花满树子满枝"的丰盛景观。

1979年，吉林人民出版社出版了中华人民共和国成立30年《吉林儿童文学作品选》。东北三省合编《小学生文库》几年内先后出版了《茅盾儿童文学作品选》、郭风的《搭船的鸟》、高洪波的《狐狸种葡萄》等近百种之多，为全国儿童文学的繁荣做出了贡献。

1980年，吉林省成立了儿童文学研究会，举办少年儿童文艺创作评奖，评出了51件优秀作品，获一等奖的作品报送北京参加全国第二次少年儿童文艺创作评奖。结果，鄂华的《水晶洞》、胡昭的《雁哨》、孟左恭的《草原的儿子》、郭大森的《天鹅的女儿》、尤异的《彩虹姐姐》等，在这次全国性的评奖中获得了殊荣。1984年，北方妇女儿童出版社作为专业的少儿读物出版社成立，出版《吉林儿童文学近作选》，对1980—1982吉林儿童文学创作进行了比较全面的总结。

在小说方面，中申的《打赌》是反映儿童现实生活的作品，写了两个孩子不愿意做算术题，因为对作业中"塑料零件"的理解而发生争执，后来把兴趣完全转移到打赌比赛中，忘记了做作业。小说本意是讽刺孩子做事情用心不专一，因为小说能够很好地刻画两个孩子稚气可爱的性格和贪玩的个性，从语言到心理描写都增添了许多儿童情趣，并对儿童接触社会生活的环境进行细腻描写，增添了作品的厚重感，收获了意外的艺术效果。一些描写战争题材的小说，如辛路的《尤努斯偷西瓜》、胡昭的《鱼》、今新的《山丫头》、万捷的《不要忘记妈妈》等都有较大影响。还出现了一些描写风土民情的小说，给人一股清新质朴的感觉，如张少武的《捉"怪"记》写了北方农村的浓郁生活气息。崔贵新的《深谷里亮起了火把》是以长白山区儿童生活为主，写了不同性格的少年儿童的美好心灵。

在童话创作方面，当推郭大森的《天鹅的女儿》，发表于1978年3月的《吉林文艺》上，很快被哈尔滨人民广播电台改编成童话剧。这是一篇优美的抒情童话，故事写了天鹅妈妈溺爱小女儿，后来在天鹅爸爸的训练下，练就了一身的本领，能够与姐姐们一起经受暴风雨的考验，接回妈妈，篇末写小天鹅要参加百鸟大会。童话的构思巧妙，意境优美，语言洗练。尤异的《彩虹姐姐》在短短两千字的童话里，熔铸了多种童话因素，把幻想世界和科学实验巧妙地结合在一起，扩大了童话的艺术审美力量。齐铁雄的童话剧《寒号鸟》在1982年全国少年儿童戏剧评奖中获奖。作品的主题深刻，情节曲折，在环环相扣的故事情节中表现了寒号鸟性格的变化，众鸟的形象丰满，剧本的人物语言和叙事语言洗练精到，是新时期我国儿童戏剧的重要收获。

在儿童诗歌方面，胡昭的《瘸狼》《山泉里的星星》《桔梗谣》《袄带歌》等，创作的题材广阔，主题丰富，艺术技巧更加成熟。中申的《海与天》写得清晰晓畅，把海与天之间有一线相隔又相连的景致用亲生兄弟做比，给人许多启发。

高帆的儿童诗《我们的理想多美好》表现了校园生活中，青少年蓬勃向上，憧憬未来的豪迈诗情和远大理想。《岁月留痕》写了许多回忆童年生活的清新诗歌，如《清清浅水》写了松花江畔的小鱼、蝌蚪、卵石、沙滩、碧水等美丽奇妙的自然景观。《我看见了风》中写道："风是一个胖子，钻进了对面的树林，挤得小树摇摇晃晃，树缝冒出它气喘的声音。"用拟人的笔法把物象的风人格化、性格化，风的顽皮淘气活化出来，物象与读者的审美心理相契合，是一篇儿童诗的珍品。

薛卫民的儿童诗歌在这一时期崭露头角，陆续在《人民文学》《诗刊》《少年文艺》《儿童文学》等文学期刊杂志上发表作品。薛卫民的儿童诗以儿童情趣浓郁、用词炼句凝练、意境深远含蓄见长。

这一时期吉林儿童文学老、中、青三代作家共同努力,在文体的多样性、主题的深刻性、题材的广阔性等几个方面都有很大的收获,可谓吉林儿童文学的黄金期。

第四个时期是多元化时期,从 20 世纪 90 年代上半叶到新世纪的近十年。经历了前十年出版受到经济大潮冲击的彷徨,21 世纪又激发了创作热情,呈现了多元并存的局面。

吉林省委省政府为鼓励作家进行儿童文学写作,在省、市文学评奖中,表彰鄂华、胡昭、郭大森、张少武、杨子忱在儿童文学创作方面做出的贡献。

北方妇女儿童出版社出版的《世界金质童话》《中国最佳童话》《新中国儿童文学名作大观》《外国儿童文学名作大观》、鄂华的童话诗《雁姑峰上的石像》《吴广孝寓言选》、王位的寓言集《乌龟见龙王》、宫玉春的童话、肖玉华的《龙文鞭影故事选》、全国童话名家作品集《长白山童话集》等,都深受读者的欢迎。

张少武出版于 20 世纪 90 年代的中篇小说《九月的枪声》产生过全国范围的影响,对其中“飘零岁月”的章节,蒋锡金先生说:“在世界水平的少年儿童作品之中也算得精彩杰出的一段了。”

郭大森的长篇小说《辽河甩弯儿》出版于 1999 年,以一个少年亲历东北解放战争的全过程为主要线索,作品着重描写战争中错综复杂的人物关系,基调明快,形象地歌颂了辽沈战役中军民团结一心的英雄事迹。长篇童话《长白雨燕脱险记》写了一只小燕子在长白山的历险故事,其中的挖菜奶奶、仇小宝、老麻雀等形象为儿童文学的艺术画廊增添了新的面孔。

王德富的《生态童话系列》10 种,曾获“第六届全国优秀少儿图书奖”。其作品完全以长白山的生态环境为背景,以丰富多彩的野生动植物为描写对象,在曲折多变的故事情节中,塑造了极具个性的童话形象,表现了作家对人与自然及人类生存状态的思索和关怀。

宇黎,原名陈新华,创作了“小天使罗琦儿神奇漫游”系列童话,第一部《神圣的火花》、第二部《通往月亮国的路》已经由人民文学出版社出版。该系列童话讲述了一位勇敢、善良的美丽小天使罗琦儿与一只顽皮、机灵的红毛小狐狸犹犹的冒险故事。故事发生在跨越时空、国界、语言、种族和物种的宏大、浩渺而神奇的宇宙背景中,幻想神奇有趣。

金叶,原名金丽华,代表作长篇小说《都市少年》三部曲,由《太阳桥》《月亮船》《星星河》组成,力图从学校、家庭、社会各方面表现改革开放中国教育对少年儿童的巨大影响,是吉林儿童文学对城市少年儿童成长生活关注的一部力作。

谢华良坚持农村题材小说的创作,他善于触摸农村儿童复杂的内心世界,更善于表达农民在教育子女方面重视的品德,如善良、纯朴与友爱等,而《下雪了,天晴了》具有浓厚的抒情性,已经形成了自己的清新飘逸的风格。已出版《一鸣惊人》《告诉你没啥》等 7 部儿童文学作品集。

钱万成是独树一帜的作家,他是以儿童诗起步,并已产生全国影响。儿童诗代表作《留住童年》《同学》《妈妈》,儿歌《小毛驴盖房》《友谊糖》等被收入中小学教材。他的童话寓言清新顺畅,构思精巧,立意鲜明,童心可照,完全适合儿童的阅读口味。

张洪波以油田诗起家,但一直醉心儿童诗创作,如《夏夜的萤火虫》:“生命短暂到只有十几天的日子 / 十几天/要把生活、爱情和死亡都进行完 / 对于一只小小的虫子来说 / 可实在不简单。”他的诗歌善于凝视动植物,把每一物种所承载的自然属性通过诗句表现出来,更是对人生的一种哲思。

21 世纪高帆、薛卫民的儿童诗、于德北的儿童小说、刘玉林的民间传说故事、吴晋明的低幼散文等也都取得了一定的成绩。

这一时期吉林的儿童文学不再形成有组织有系统的出版形式，许多作家都在外省的出版物上频频亮相；在创作理念和创作方法上因社会生活的复杂，每个作家成长环境的不同，也各有千秋，但不乏精品佳构，形成了多元价值共存的时期。

## 三、吉林省儿童文学的主要特色

吉林省儿童文学的三个特色分别是：在题材的选择上，以儿童生活为主的多种题材共同发展；在创作技巧上，以现实主义为主的多种表现手法皆有尝试；在反映民族生活上，以在白山黑水居住的汉民族为主的表现满族、朝鲜族、蒙古族、回族等多种民族生活的文学协调发展，由此形成了吉林儿童文学的鲜明特点。

**（一）在题材的选择上，以儿童生活为主的多种题材共同发展**

吉林省出现了一大批儿童文学工作者，他们大多数是业余作者，分布在全省的各个地区、各行各业，他们所接触的人和事丰富多彩，集中表现在文学创作的题材上就非常丰富，几乎无所不包。反映在作品中以对儿童的思想教育、认识的提高和艺术的陶冶为主。从作为新中国儿童文学摇篮的东北师范大学所担当的对下一代的教育任务始，反映革命斗争中儿童生活题材的儿童文学一直占据了很重要的位置，从 20 世纪 50 年代《复学》、60 年代《草原的儿子》、70 年代《小猎人的礼物》直到 90 年代《九月的枪声》和《辽河甩弯儿》，战斗生活中造就了无数个小英雄。吉林的儿童文学始终没有脱离革命传统教育的题材，同时反映出这块土地上斗争的艰苦卓绝，尤其是抗联的民间故事和传说像长长的流水滋润着东北作家的艺术之根。吉林是全国的农业大省，作家有浓厚的土地情结，对农村生活非常熟悉，农村儿童的生活是吉林儿童文学的重要题材，如张少武的《摸鱼》，农村儿童眼里真是一个生机勃勃的世界："清河上金翅金鳞的残照，稻穗上雾一般的绿灰儿，红了脸的高粱，清秀诱人的羊角蜜瓜，傍午火辣的太阳，夏夜小树林上空的月亮；春天玛瑙般的樱桃，秋天欢喜岭下的磨菇；麦地的山雀，河里的红毛鲤子，这一切都像一幅幅画一样呈现在读者面前。再加上玉米地里的蝈蝈叫，歪脖柳上公老黄鸟的啼鸣，真是一派天籁。在这儿你可以看见绚丽的色彩，闻到清甜的瓜香，听到婉转的鸟鸣。"吉林儿童文学作家对自然的热爱之情，出现了一大批描写自然的高手。直到 21 世纪初谢华良农村儿童小说的创作，均表现出鲜明的地域特点。同时，吉林作家又不囿于地域生活，如刘博的《露芭的生日礼花》、鄂华的《最贵重的金属》《自由神的证词》《希特勒财宝的秘密》等都是反映国际题材的作品。

**（二）在创作技巧上，以现实主义为主的多种表现手法皆有尝试**

吉林儿童文学虽然有较好的东北儿童文学的创作背景，但是儿童文学的诞生与民间故事、民间的神话传说、民间寓言故事、英雄史诗等，更有千丝万缕的联系，深受地域文化的影响。东北大野的高山和平原、大川和小溪、城镇和乡村都是产生文学的血脉之根。儿童小说大都具有浓厚的幻想色彩和传奇性。舒群《没有祖国的孩子》就以蒙太奇的手法，如电影胶片般闪回不同国家孩子的生活。孟左恭《草原的儿子》中的小奴隶阿尤勒在隐姓埋名后参加赛马比赛，获得第一名赶紧放弃领奖怕王爷认出来，那场面真是惊心动魄，在给八路军送信时为了躲避敌人的追杀，隐藏在马肚子底下飞奔的场面，都让人感觉到侠义和神奇。21 世纪王德富创作的以长白山为主要描写对象的生态童话，充满了传奇色彩，如《鸭狐鹤狐奇遇记》写了两只狐狸——鸭狐和鹤狐的奇遇故事，鹤狐为了寻找弟弟先来到了飞禽国,"这里真美,高大的树木,遮住了太阳,遍地的花草,鲜艳夺目。汩汩流水的小河里,鲜鱼清晰可见"。

儿童叙事诗一直在吉林儿童文学中占有重要的位置。如胡昭的《雁哨》和《瘸狼》。《雁哨》写出了小雁做哨兵的警觉,《瘸狼》则叙述小主人公小巴图的英雄行为,为了给爷爷报仇,小巴图苦练一身过硬的本领,并随时提高警惕防止瘸狼的攻击,终于亲手杀死了瘸狼,替爷爷报了仇。诗歌故事情节曲折,人物形象鲜明生动,用误会、巧合、反复的手法来渲染气氛,能够感受到鲜明的时代气息和传奇而悲愤的诗歌风格。

吉林的方言土语很多,吉林的儿童文学有很多就来自于民间文学的滋养。如郭大森的儿童小说《辽河甩弯儿》有不少东北方言,读来生动诙谐,强化了作品所叙述故事的时代性和地域特色,还原作品生活的原生态和真实性。同时,这类作品在富有传奇性的现实主义描写的基础上,又不乏浪漫主义的艺术色彩,构成了吉林儿童文学别样的情趣。

（三）在反映民族生活上,以在白山黑水居住的汉民族为主的表现满族、朝鲜族、蒙古族、回族等多种民族生活的文学协调发展

中华人民共和国成立以来的民族政策,促进了各民族人民的大融合,在吉林这块土地上也是多个民族共同生活共同发展,在儿童文学的表现上,也显出了鲜明的民族特征。朝鲜族在吉林省是仅少于汉族人口的少数民族,朝鲜族的民俗在吉林省各个地区随处可见,而在延边朝鲜族为主的地区,文化生活更显出鲜明的民族特色。如孙景琦的《小小牛司令》,写了朝鲜族少年金东奉在路上遇到他爹的时候,"他赶紧给老金让路,站在道旁,恭恭敬敬地行了一个九十度的鞠躬礼。这是朝鲜族晚辈看见长辈的礼节"。这种民族习惯的细致描写,增加了作品的真实性。胡昭的《桔梗谣》、何鸣雁的《玉女池》等都是反映朝鲜族生活的作品。孟左恭《草原的儿子》、胡昭的《瘸狼》等反映了蒙古族人民的生活;反映回族生活的作品,如辛路的《尤努斯偷西瓜》写了回族和汉族两个民族虽然风俗不同,但在抗日战争期间能够团结合作,结下了深厚的军民情。这种和而不同的民族大家庭的生活,在作品中有了很好的体现,出现了许多具有全国影响的优秀儿童文学作品。

另外,在文体发展上,吉林儿童文学以小说、诗歌为主,散文、戏剧、寓言、科学文艺等都有创获。吉林儿童文学一共分为四个时期,前两个时期以儿童小说为主,收集在《吉林儿童文学作品选》1949 年到 1979 年的作品,有 26 篇小说,在《吉林儿童文学近作选》中以儿童小说为主,兼顾童话、科学文艺、儿童戏剧、儿童诗歌、寓言都有发展,直到 21 世纪儿童诗歌已经沉寂的时候,薛卫民的儿童诗创作却如日中天,连续两次获得全国优秀儿童文学奖,几十首诗歌进入中小学教材。这是一种对纯粹儿童文学的坚守,也为吉林儿童文学赢得了声誉。

吉林儿童文学与共和国同呼吸共命运走过了 60 年,在中华人民共和国成立后十七年和改革开放新时期都取得了非凡的成绩,涌现了一大批具有全国影响的作家作品,发展线索呈双驼峰形状。进入 21 世纪以来,与相邻的省份辽宁、黑龙江相比,存在着一些不足,如创作队伍不够整齐,少儿文学出版呈现滑坡,儿童文学发表阵地萎缩;文体发展不平衡,深受儿童喜爱的幻想故事和童话作品始终没有大的突破。总结过去为了更好地面对未来,儿童文学本身就是面对未来的文学。在不远的未来,吉林儿童文学一定会再创辉煌!

（本文系本书特邀稿）

# 黑龙江儿童文学创作厚积薄发

杨宁舒

在近日揭晓的"2017 年冰心儿童文学新作奖"评选中,黑龙江省三位作家榜上有名——鲁奇的小说《彼德淘的"神秘礼物"》、李秀儿的小说《晚秋》和竹风的散文《山鸡飞》获得了佳作奖,为黑龙江儿童文学创作再添硕果。

近年来,黑龙江省儿童文学创作繁荣发展、精品迭出,囊括了"五个一工程"奖、全国优秀儿童文学奖、陈伯吹国际儿童文学奖、冰心儿童文学奖等全国重量级奖项。特别是2016 年以来,黑龙江省儿童文学的创作队伍更为集中,作品呈现多元化,这其中,既有代表性作家常新港的成长小说和黑鹤的动物小说在全国独树一帜,又有王左泓和廖少云的幻想小说精彩纷呈,以鲁奇为代表的新一代青年作家亦源源不断捧出精品,让黑龙江的儿童文学花园更加绚烂多彩。

## 植根黑土儿童文学创作独树一帜

据介绍,2017 年,黑龙江省文学创作继续保持生机勃勃的势头,全省作家共出版各类文学作品百余部,其中专业作家、签约作家出版较有影响的长篇小说、中短篇小说集、散文随笔集、诗集等文学作品 50 余部。这其中,儿童文学作家可圈可点,被称为儿童文学"常青树"的作家常新港,出版了长篇小说《家有八只猴》《脚丫子发烧了》、短篇小说集《陶然的神秘旅行》等,黑鹤获得了第二届"茅盾文学新人奖",廖少云的童话《米米亚镭镭猫》荣获"大白鲸世界杯"原创幻想儿童文学金鲸奖,张驰(笔名鲁奇)被评为 2017 年黑龙江文化名家暨"六个一批"人才文艺类青年人才。

近日,常新港历时 3 年创作的长篇小说《尼克代表我》由人民文学出版社出版,受到了青少年读者和家长们的热烈欢迎。在人民文学出版社于北京举行的该书研讨会上,来自创作界、评论界的专家学者认为,常新港用犀利、精准的笔触,以隐喻的手法直面当代少年儿童的成长难题,成长的种种情形被浓缩凝练,他以作家和父亲的双重身份,对当代少年儿童的成长境遇进行了一次深情动人又发人深省的书写,完成了这部能够引发孩子和家长强烈共鸣的优秀作品。"新港一直在写作,并且始终保持在一个很高的水准上。"北大教授、作家曹文轩如是说。中国作协副主席、作家高洪波将该书称作"十岁儿童的文学圣经",认为该书语言讲究,意象罗杂,比喻生动,有让人目不暇接的阅读快感。

以自然、动物小说见长的青年作家黑鹤,近期出版了长篇小说《穿越世界的呼唤》《驯鹿六季》《叼狼·疾风》,图画书《十二只小狗》《鄂温克的驼鹿》,中短篇小说集《艾雅苏克河的猞猁》,长篇散文《生命的季节:二十四节气自然观察笔记》等,作品一如既往地受到读者的欢迎。自然,作为儿童文学的三大母题之一,一直受到读者的广泛关注。蒙古族作家黑鹤,曾经与两头乳白色狼犬相伴,在草原上度过了童年时期。草原的壮美辽阔,与动物的亲近生活,使得黑鹤的作品生动而传神,被评论界称之为"中国的杰克·伦敦"。

近日获得"2017年冰心儿童文学新作奖"的三位黑龙江作家,其作品均表现出了黑龙江地域的特征。哈尔滨师范大学现当代文学在读研究生郝妍说,李秀儿的小说《晚秋》、鲁奇的小说《彼德淘的"神秘礼物"》和竹风的散文《山鸡飞》虽然各自精彩,带有鲜明的个人风格,但这些作品却有着共同之处,即抒发了北方特有的"苍茫"与"刚劲",为当代儿童文学增添了一股带有"重量"的轻灵气息。此外,我们还发现黑龙江儿童文学作家的一个"独特性":获奖作家不仅仅创作儿童小说,也涉足成人文学,例如鲁奇除了创作《彼德淘的"神秘礼物"》之外,还有成人文学领域的小说《狱警手记》《锡纸裙子》,这样的跨度,似乎为他的儿童小说创作带来了更加开阔的视域和自由的尺度。

## 人才辈出多元化创作空间广阔

黑龙江省作协主席迟子建在接受记者采访时说:"黑龙江儿童文学创作取得的成绩,在全国都是名列前茅的。首先从获奖情况看,黑龙江省作家囊括了包括全国优秀儿童文学奖在内的所有重要奖项,比如代表性作家常新港,一人就获得过四次全国优秀儿童文学奖,黑鹤除了获得过两次全国优秀儿童文学奖,还得过'五个一工程'奖。最近黑龙江省三位年轻作家又获得了冰心儿童文学新作奖,可喜可贺。黑龙江省对儿童文学作家一直很关注,积极扶植其创作。比如我们每年都要向中国作协积极推荐优秀人才,去鲁迅文学院深造,去中国作协举办的儿童文学创作学习班等。"

在迟子建看来,黑龙江省儿童文学的传承和延续非常好,形成了创作梯队。从老一代领军人物常新港,到以动物小说见长的黑鹤,还有坚持幻想文学创作的廖少云,再到以成长小说获奖的鲁奇等,作家们似乎是很自然地接过了儿童文学创作的"接力棒",每个人的创作起点都很高。

迟子建认为,黑龙江文学创作有几个强项,比如小说,我们囊括了包括茅盾文学奖、鲁迅文学奖在内的全国所有的重要奖项;黑龙江涌现出的一批代表性诗人,也获得过多个重要奖项,在全国拥有很高的知名度;还有报告文学,荣获全国报告文学奖、鲁迅文学奖和"五个一工程"奖等。目前,黑龙江省的儿童文学创作枝繁叶茂,势态良好,可以说是天空无限广阔,已成为黑龙江省文学创作的又一强项。之所以取得这样的成绩,首先与作家自身的勤奋和对文学的热爱有关,其次也与这片土壤以及黑龙江省整体的儿童文学创作氛围有关。"这个群体中,每个人的写作都不一样,有的是成长小说,有的偏于童话,有的是幻想文学,我觉得都可以,作家的个性和阅历不同,他所开辟的那片文学天地当然是各有不同,我觉得这是好事,这样我们黑龙江的儿童文学,就会特别绚烂,像七色的彩虹。我相信,未来这片土地上还会有更好的儿童文学作家出现。"迟子建总结说。

## 优化环境儿童文学创作厚积薄发

黑龙江省作协副主席司兆国介绍说,近年来,黑龙江省文学创作充满活力、硕果累累,也源于省里对文学事业的重视。2017年,黑龙江省委省政府为省作协解决了两件大事,文学阵地建设取得历史性突破:一是解决了《北方文学》的生存发展问题;二是筹建黑龙江文学馆,广大作家无不欢欣鼓舞。在黑龙江省委省政府的大力支持下,省作协近年来有两项工作可圈可点:一是四年一届的"黑龙江省作家协会合同制作家"聘任工作成果显著,新一届(2017年—2021年度)合同制作家集结了22位目前黑龙江省创作成绩突出的中青年作家，除小说、诗歌、散文、报告文学等传统作家外，又新增了网络文学作家，进一步优化了黑龙江省合同制作家队伍结构。这其中，优秀的儿童文学作家也占有一定的比例。二是自 2012 年起，由人民文学出版社出版的黑龙江中青年作家"野草莓"系列丛书，两年一辑，每辑五本，强力推出，受到了国内文学评论界的高度好评和读者的广泛关注。

为了更好地服务作家、引导创作，黑龙江省作协近年来围绕重大主题，积极组织了丰富多彩的文学创作采风活动。2017 年黑龙江省作协开展了"迎接党的十九大暨纪念建军九十周年"文学采风活动，组织专业作家、合同制作家和重点作家深入人民军队初创时期重大革命历史事件发生故地南昌、井冈山等地，积累创作素材，激发创作灵感；开展"不忘初心牢记使命"践行十九大精神黑龙江作家采风活动，组织合同制作家到浙江实地采风，参观中国共产党第一次全国代表大会会址及老一辈文学巨匠故居，与浙江文学院进行"南北作家"座谈。与此同时，省作协还组织了第二批定点深入生活活动，组织张雅文、王左泓等 6 位作家进行 3 个月以上的定点深入生活，作家均已完成采风采访任务，创作生产了一批反映黑龙江人民生产生活的优秀文学作品。

迟子建表示，今后萧红文学院也可以举办儿童文学创作班，适时推进黑龙江省儿童文学创作的发展壮大。其实"野草莓"丛书已经出过黑鹤的作品，将来依然考虑收入优秀儿童文学作家作品。包括黑龙江的重点作品扶植项目和作家定点深入生活项目，儿童文学作家都可以申请。迟子建说，目前全国儿童文学创作处于兴盛时期，曹文轩获得了2016 年度国际安徒生奖，越来越多的中国儿童文学作家和作品被介绍到国外。比如黑鹤引起了国外翻译家的重视，已有多部作品在国外出版。常新港的多部作品被译成韩文，在韩国出版并受到欢迎。我们要抓住这一机遇，引导作家深入挖掘黑龙江历史文化资源、扎根人民、潜心创作，让黑龙江结出更加绚烂和丰厚的文学硕果。

（原载《黑龙江日报》2018 年 5 月 10 日）

◇华东◇

# 上海儿童文学创作论评

周　晓

一

上海，在旧中国通常被视为文化中心。上海，同时被视为中国现代儿童文学发祥地，曾经有过显赫的地位和辉煌。

20 世纪初，"冒险家的乐园"、东方大都会上海，经济、文化日渐发达，随着资产阶级民主革命思潮的勃兴，出版业中以翻译、改编为主的儿童书刊出版，也日渐兴盛，商业性的妍媸杂陈中，激励奋起、振兴国家、为"童子所用"，逐渐成为虽非主导却也日益深入人心的价值观念。20 世纪 20 年代，乘着"五四"的遗风余绪，活跃于上海文坛的茅盾、郑振铎、叶圣陶、赵景深等文学研究会中坚，发起了被朱自清称为"儿童文学运动"的一系列着力于创作和理论研究的开拓性活动；在时局动荡、社会矛盾激化的时势下，本着"能给儿童认识人生"，"能启发儿童的想象力"（茅盾语）的认识，以前所未见的规模，开辟了包括刊物、图书在内的众多儿童文学园地，影响及于全国。20 世纪 30 年代，国难当头，抗战军兴，这一已形成影响的活动，以抗日救亡的宣传为旗帜，随着上海文化人的迁徙、跋涉而更深入地辐射到广大后方以至东南亚各地。20 世纪 40 年代中期，抗战胜利，上海的儿童文学活动迅速恢复。1947 年，进步作家、教育家陈伯吹、李楚材发起成立了有中共党员作家参加的上海儿童文学工作者联谊会（一称"中国儿童读物作者联谊会"），在其周围集结了一支有相当数量的儿童文学工作者队伍和一批有作为的人才。

20 世纪上半叶，以上海为基地，作为文学的分支独立发展起来的中国现代儿童文学迅速孕育成长，并且形成了尔后影响堪称久远的传统。中国早期儿童文学受西方儿童文学影响，曾经有过将"孩子特殊看待"，抒发"孩子美丽的梦境"的"儿童本位"的和纯文学的创作尝试，如早年叶圣陶的童话、冰心的散文。但由于中国文化"文以载道"传统的根深蒂固，更由于近代中国社会发展的复杂性和社会矛盾的尖锐性，导致中国现代文学社会功能的强化；而儿童文学，又由于在浓重的封建意识束缚下孩子绝少独立地位可言，便注定了它只能走社会化和重教化的道路，教育性成为儿童文学传统的核心内容，教育型作品成为创作的主体。

中华人民共和国成立前夜，在上海从事革命活动的儿童文学作家苏苏（钟望阳），于 1946 年转移至鲁皖解放区，心潮激越地写了儿童小说《把秧歌舞扭到上海去》。1949 年 5 月，小说所表达的热切愿望终于成为黄浦江畔万民同庆的欢腾的现实景象。上海全城解放一周之际，陈毅市长举行茶话会招待各界人士，陈伯吹以欣喜的心情在会上发言说：

"儿童文学这一事业，在解放后的新社会里，一定会有健康的发展。"（据当时刚创刊的《解放日报》报道）这是上海儿童文学作家的共同心愿。

20世纪50年代初，伴随着新时代而出现的，是充满自豪和昂奋情感的社会心态。诗人田地在《祖国的春天》中歌唱："春天，她像一个美丽、幸福的小姑娘，快乐地走遍了祖国的每个地方。"尽管中华人民共和国成立初期人们依然贫穷，但生活中满溢着融融的暖意，人们对生活充满着热情和期望。上海的解放，中华人民共和国的成立，激发了作家们讴歌新的时代、新的少年儿童生活的热忱。那个时期的优秀作品中的孩子形象大都是明朗向上的，作品的情调既是朝气蓬勃又是温暖和煦的，普遍洋溢着一种发自内心的歌颂光明的、愉快而热烈的情怀。

小说中，任大星的《吕小钢和他的妹妹》写一个小学高年级学生帮助妹妹进步的故事，寻常的家庭和学校活动里，弥漫在奶奶、老师和少先队孩子们之间的，是互相关爱的温馨和芬芳。任大霖的《蟋蟀》叙写当时农村少年积极务农的生存状态，从小说对当时环境下农村孩子积极进取的心灵的描绘，我们仿佛听到了少年人苗壮成长的拔节之声。即便是描写有缺点的孩子转变的故事，如小说《越早越好》，也处处氤氲着孩子的轻松和天真的气息，老作家魏金枝把孩子们的心理状态可说是琢磨透了。王世镇的《枪》，在众多的抗日战争题材作品中，可以说具有某种典范性。同样是儿童团站岗、放哨、抓汉奸、参加战斗，《枪》却不止于写孩子的机智、勇敢，而是从想枪—要枪—夺枪—献枪这一系列环环紧扣的情节，突现了儿童团员们虎虎有生气的鲜明个性，从而深刻地表现了孩子们革命集体主义思想品质的成长。

以幻想为特质的童话创作，也焕发出新的光彩。洪汛涛的《神笔马良》，民间传奇风味十足，又以超越前人的创意，表现了马良由勤奋而得神笔，神笔与马良浑然一体，成为善良、智慧与正义的化身。作者将马良塑造成一个乐观、开朗、生气勃勃的少年形象，应该说也是受新的时代精神感染的结果。陈伯吹的《一只想飞的猫》，则是一篇讽喻性童话，"猫大王"的形象给予骄傲、好虚荣的不切实际的孩子以善意的诙谐的讽刺，作品的整体氛围也是明朗活泼的，为小读者带来阅读的愉悦，也带来教训。新的时代形成了新的社会风尚，在平凡中的无私奉献，便成为童话作家们着意表现的主题。贺宜的代表作、中篇童话《鸡毛小不点儿》，显示了作者以最不起眼的鸡毛作为描写对象的高超的拟人化技巧，笔酣墨饱地歌颂了平凡者的献身品格。不过，作品中教育性的动机过于显豁，思想的直露是明显的瑕疵。包蕾的《火萤与金鱼》赞颂无私的利他精神，通篇洋溢着诗意。尤其难得的是，作者选择两个自身有病苦的形象（火萤老年失去荧光，金鱼因病失去彩鳞）作为主人公，抒发了极为动人的道德内涵："最美丽的是一颗愿意帮助别人的心。"这篇童话是包蕾于1957年身处逆境后写成的，他对孩子们虔诚地表达了最可宝贵的人生思考，蕴含在美的艺术形式中的是美的人性，读之使人感动。

20世纪50年代初有一本书被誉为少年儿童出版社的"第一红书"，卢大容的《和爸爸一起坐牢的日子》。这篇报告文学从孩子的视角，描写了烈士遗孤眼里上海解放前夕最黑暗的一瞬，并以朴实的文字和无可置疑的真实性，记叙了革命者的高贵情操和反动派倒行逆施的凶残。这本薄薄的小书深深赢得了沐浴着新时代阳光、对革命先辈满怀崇敬的人们的心，在广大青少年读者以至成年读者中不胫而走，其影响不亚于当时广受欢迎的苏联《卓娅和舒拉的故事》和《古丽娅的道路》，重印20余次，印数逾百万册，可谓"洛阳纸贵"。

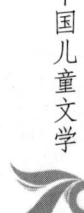

让人扼腕叹息的是，儿童文学发展的顺境为时并不长，和新中国文学的命运一样，其后走的却是一条曲折坎坷的道路。

20世纪50年代初中期的上海儿童文学创作，一方面，是在教育性传统制动下，作者们努力依据创作规律和儿童文学特点，写出了一批享誉全国的优秀作品，这就是尔后所称的儿童文学创作的"黄金时期"；一方面，是在政治运动频发中"左"的思潮笼罩下，原本单一的教育性更被纳入配合政治的狭窄轨道，儿童文学无一例外地都被驱赶着去写孩子们参加"三大革命运动"，作家的创作心态由轻松而陷入顾虑重重、忐忑不安之中，创作发展的势头日渐受挫。这时候产生了少数佳作，我曾称之为岩石夹缝中艰难生长的奇葩。包蕾的《猪八戒吃西瓜》，因其少见的喜剧风格，作者不得不试探性地以笔名发表。任溶溶在普遍逼仄的心态下以少有的豁达，写出了独特的融游戏精神与教育性为一体的童话《"没头脑"和"不高兴"》，因极度的夸张和出色的幽默而受到孩子们的喜欢，但创作界却从者寥落，评论界也未敢置喙。这种形只影单，成为别种意义上的"一枝独秀"。

迨至"左"的思潮日益肆虐，陈伯吹的"童心"说遭到全国规模的批判之后，已如茅盾在《上海文学》上发表的《六〇年儿童文学漫谈》一文所云："政治挂了帅，艺术脱了班，故事公式化，人物概念化，文字干巴巴。"在1961年、1962年短促的文艺调整期曾出现过任大霖的散文《我的朋友容容》《童年时代的朋友》等少数佳作，可不多时又招来了粗暴的批判。在"千万不要忘记"口号的呵斥下，儿童文学作者们也不得不一窝蜂去写阶级斗争。于是创作愈益凋零，至"文革"时更是饱受摧残而奄奄一息。我曾在一篇文章中述及20世纪五六十年代的上海儿童文学境况："这里有过恢复初期的兴奋，欣欣向荣发展时期的欢愉，也有过风雨摧折时的苦痛，'文革'年代一片死寂的煎熬……"在文化重镇、现代儿童文学发祥地上海，这一切让人刻骨铭心！

在20世纪五六十年代上海，20世纪上半叶所形成的儿童文学传统，其中的教育性演进为"共产主义教育的方向性"（此受苏联的儿童文学影响甚深），其社会性则被强烈地政治化，而且被推到了极端。所谓儿童文学，既丢掉了儿童，又丢掉了文学。回顾建国之时，20世纪40年代已成名的陈伯吹43岁，贺宜35岁，包蕾31岁，正臻于创作的成熟时期；一批崭露头角的新进作家，任溶溶、任大星、任大霖、鲁兵、洪汛涛等都在20岁至二十五六岁之间，均在风华正茂之年。20世纪五六十年代他们虽然也写了一批至今仍堪称佳构的作品，但这两代作家的创作不同程度地都处于被窒息或者被遏制的状态，他们的创作才华和创作成果在那个时代无疑都大大被减损了。通常所说的"时代的局限"，对于他们来说不可谓不残酷。

## 二

随着"文革"的结束，濒于消亡的儿童文学得以复苏；更重要的是，随着社会发展和文学发展划时代的变革，儿童文学也进入了一个崭新的发展时期。上海，现代儿童文学的发祥地，20世纪50年代的创作重镇，在医治十年"文革"创伤的恢复期之后，其发展却并非一帆风顺，而是经历了一番嬗变的困惑，经历了一度的颓势之后的求索和奋起，才重新赢得了在全国具有一定优势的地位。

20世纪70年代末，伤痕文学也在儿童文学中引发反响和回应，由控诉而进入反思阶段之时，王安忆发表了被喻为儿童文学中的《班主任》的儿童小说《谁是未来的中队长》。在当时少年儿童读者群中以至教师、家长中所激起的异乎寻常的反应，对其塑造的两个孩子形象所引发的广泛的思考和热烈的议论,《谁是未来的中队长》不啻是从上海枝头飞起来的一只万众注目的儿童文学报春燕。这是刚步入文坛的王安忆,在十年"文革"之后,对于如何看待孩子和一些被扭曲的社会现象,经过反复思索,在"寝食难安"的心情下写成的。这篇被称为问题小说的作品,因其"问题"既具普遍性又具深刻性,对于孩子乃至成人都富有启示,又并未丧失其文学上的意义——创作上的开拓精神与标志性价值。

《谁是未来的中队长》是发自上海儿童文学界的一声响亮的呐喊。上海的儿童文学传统蕴蓄了这一声呐喊,但传统中教育性的"超稳定"积淀,也蕴蓄着发展的潜力。新时期初,上海儿童文学界为"童心"论正名,摆脱政治化的羁绊,努力实现着儿童文学向少年儿童的回归;而对昔日"黄金时期"深深怀恋的这种"50年代情结",几乎使"拨乱反正"被理解为"回到50年代",希冀重建"教育儿童的文学"的创作模式。当全国范围的儿童文学创新在突破旧的教育工具论的樊篱时,上海对教育工具论的批评却处于攻防战和拉锯的局面,"回归文学"的步伐显得缓慢而滞重。20世纪80年代初,在上海儿童文学作家笔下,除童话《黑猫警长》外,很难见到其他较具影响的形象。1984年我曾在一篇文章中直言:"阻碍儿童文学创作振兴的各种原因中,固守陈旧的儿童文学观念是主要的因素。仅仅着眼于'教育',以儿童文学为教育的工具,是往往会忽视乃至无视儿童文学的根本属性和使命的。对这一点,上海儿童文学界的创作思想远不如北京、江苏等兄弟省市的同行那么活跃,创新的闯劲也显得不足。"当时发生的对陈丹燕的小说《上锁的抽屉》《女中学生之死》和近邻江苏作家的小说《祭蛇》《我要我的雕刻刀》等的排拒,其原因盖出于对于单一的教育性的狭隘固守。其后,我曾进一步以中国作家协会举办的首届"全国优秀儿童文学奖"(评选1980年至1985年间的作品)上海作家获奖比例微小为例,指证"上海儿童文学创作呈现为历史上前所未见的颓势"这一客观事实。

但上海毕竟是有深厚儿童文学传统的地方,创作虽有低落之时,在一定条件下,更可能有重振雄风的中兴之举。

青年作家的感受最为敏锐,在因循苟安气息中的危机感也最为强烈。20世纪80年代中期,在对上海创作现状的不满、不平的心境中,在颓势的压力下,一批30岁上下同声相应、同气相求的青年创作伙伴,他们酝酿多时的突破创新,为上海儿童文学的振兴而奋起的勇敢的艺术探寻开始了。

1985年陈丹燕的散文《中国少女》的发表,小说《上锁的抽屉》也终于在外地见刊,成为改变颓势的吉兆。陈丹燕打开充满欢乐也充满苦涩的少年心理王国之门,开辟儿童文学新天地的创作探索并非偶然。从她的生活和创作经历看,这显然是她对被压抑的青春生命和沉闷的创作气氛苦苦思索的迸发。《中国少女》以今天少女的开朗、自由、富有光彩和往日的封闭、单调、暗淡作比照,既有对自己一代韶华已逝的感伤与悲悯,又有对今天中国少女新生活的欢欣与慰藉,作品中两种声音、两种色彩交互映衬,尖锐的对比构成极大的反差,让人心灵为之颤动。差不多同时,秦文君小说集《少女罗薇》中的佳作也产生了不小的影响。两位青年女作家以乐曲般扣人心弦的情感波流,使众多少年读者发生心灵的同频共振。在陈丹燕,是天籁纯情,对独立人格和心灵丰富的憧憬;秦文君则着重于对少年朋友的体察、理解,建立双向反馈的情感纽带。她们都幸运地被小读者称为"知心姐姐"。

1986年秋,在《儿童文学选刊》上爆发了一场持续半年多的关于新派"热闹滑稽"体童话的讨论。更早一些时候,老作家任溶溶提出了与抒情派相对应的"热闹派"童话一说,这实际上是对包括他自己20世纪50年代的名作《"没头脑"和"不高兴"》在内的童话创作类别的命名。北京的郑渊洁是"热闹派"童话创作新的代表,他的创作迷醉了众多的小读者。郑渊洁的成功,对上海的青年作家产生了很大的刺激,他们公开打出了"热闹派"旗号,写出了同样为小读者热烈欢迎的作品。时隔30年,任溶溶的"热闹派"童话终于不再孤寂,被新崛起的青年作家们发扬光大了。但他们在继承了任溶溶的极度的夸张和幽默的同时,大多数作品一开始便与教育性拉开了距离,悄悄地实现了对传统的超越。彭懿、周锐和郑渊洁们形成了一股席卷南北的"童话潮",成为《儿童文学选刊》这场热烈讨论中或褒或贬的中心话题。彭懿、周锐和他们的伙伴朱效文等,都具备着不受传统束缚的旺盛的创作激情,他们的童话创作打破了往昔神仙、拟人两大模式,把任溶溶夸张的荒唐进一步推向荒诞——把不相干的事物加以荒诞的组合,并且将无形的事物化为有形的事物加以描绘,使之成为富有当代生活气息的新的童话艺术表达方式。《女孩子城来了大盗贼》将女孩子的心理特征嫉妒物质化,变成了可以被盗走、被出卖的东西,从而创造了女孩子城因"嫉妒"被窃而闹得沸反盈天的艺术效果,极有趣味地揭示了女孩子们的个性弱点和内心奥秘。彭懿其后走火入魔式的亢奋的创作状态,又使他的童话创作具有了"狂想型"和追求现代性与"太空情调"的特色。周锐的童话每每由生活引发的顿悟,以跳跃的戏谑、幽默构成幻想的万花筒,激起小读者热烈的阅读兴趣。周锐的《森林手记》写于20世纪80年代后期,作者将一些深沉的社会性思考融进了十分奇特、读来意趣盎然的想象之中,大大增强了童话的主题蕴涵。他的创作数量的丰硕,尤其是审美意味的上乘,使他足以和北方的郑渊洁争雄于童话文坛。

　　而在20世纪80年代中后期愈来愈引起广泛注目和争鸣研讨的,当推班马和金逸铭的探索性作品。发表于1986年夏的班马的小说《鱼幻》,报刊连续发表大相径庭的评论,大学文科师生和研究生多次举行了专题讨论会,评论界对《鱼幻》的评论经久不衰,这在我国儿童文学史上是很少见的现象。其后不久又有金逸铭的童话《长河一少年》引起了褒贬迥异的评论。《鱼幻》淡化了故事,并且从传统的学校和家庭生活"野出去",以一个上海少年的视角,将笔触转向黄浦江上游江南腹地,作品对大自然做了种种充满野性和神秘性的精彩描绘。《鱼幻》和《长河一少年》这两篇主观色彩强烈的作品,对生活做远距离的审视,亦真亦幻,奇谲变幻、云霓明灭之中,蕴涵着古朴悠远的历史文化的积淀,具有悠长恢宏的意象。两篇作品引起争鸣的由头是"看不懂"。这一类层次较高、艺术上颇为精致的"文化小说""文化童话",在现代儿童文学发展中,我以为应有一席之地。让一部分少年读者在似懂非懂中接受一种朦胧的艺术震撼,是现代艺术,也是现代儿童文学的一种进步。相比较而言,金逸铭的另一篇作品,小说《月光下的荒野》则较普遍地为人们所接受,作品以悲壮感取胜,老少两代猎人在群狼的追逐下,热爱生命又不惜牺牲生命,给予读者以冷峻、苍凉的崇高美感。《鱼幻》和《月光下的荒野》这两篇小说,都具有探索性作品的以下共同特征:作家将其对社会人生的理解、现实的感受(在两篇作品中分别为神秘感和悲壮感)艺术地抽象化,借助于纯属虚构的场景或事件表现出来。无疑,这些作品突破了现实主义的传统手法,而另辟蹊径,具有一定的现代派的意味(具有近似意味的作品还有梅子涵的小说《我们没有表》);它们传递出了以往教育性作品所没有的全新的审美旨趣,应该说是大大提升了现代儿童文学的艺术品位,对于以浅显为由去掩盖思想与生活的浅薄、空虚的现象,乃是有力的抑制。

　　1988年,我曾在评论中对20世纪80年代中期开始的如上所述的上海青年作家的艺术创新,做以下的概括:"以少男少女的心理世界的审美表现为突破口而跃出创作的低谷,以娱乐型的热闹派童话而赢得更广大的读者群,爆发式地进一步打破了沉寂,以文化型的试验性作品作突进式的艺术求索,以此形成了中兴时期虽非全方位,却也并不单一的互补复合艺术建构——这就是近年来上海儿童文学青年探索者们的孜孜追求所形成的艺术格局。"

行文至此,20 世纪 80 年代上海儿童文学风云变幻的一幕幕,仍历历在目。我的耳畔仍响着两个不断争吵着的声音——儿童文学,就是这个样子!——儿童文学,完全可以是另外一个样子!而在 20 世纪 80 年代中期,上海的儿童文学仿佛一夜之间就改变了面貌和品性,在改革开放的大气候下,几乎是不由分说地、迅速地汇入那个时期中国儿童文学迅猛发展的激流之中。我每每有一种感觉,觉得 20 世纪 80 年代上海的儿童文学的嬗变与发展,很大程度上,可以说是中国现代儿童文学真正从传统走向当代、从封闭走向开放,并且真正孕育出了艺术新生命的一个极具代表性的缩影。

## 三

进入 20 世纪 90 年代,市场大潮席卷大地,文学落入低谷,"文学的死亡""艺术的终结"之类的叹息盈耳。而新时期以来的儿童文学,既无大红大紫之喜,亦无大起大落之忧,虽则也不无迟疑困惑,但总的说是在较为平稳发展中前进的。儿童文学刊物与出版面对市场虽也有一时无所措手脚之感,但 20 世纪 90 年代初作家们倒是少了一点 20 世纪 80 年代的浮躁之气,创作上显出较为平静、淡泊的气息。尤其是上海,由于经历了新时期初难堪的颓势而后发愤的奋进,此时仍葆有一种创作的前冲力。这在 20 世纪 80 年代中期崭露头角的青年作家身上表现得尤为明显。儿童文学传统中注入了当代性,既使他们从事创作时变得自由、自如而从容,又使一些出类拔萃者更从创作的青春期而进入成熟期,一些代表性作品还透露出艺术探索走向上的新信息、新征兆。

长篇小说是检验创作成果的重要基准。20 世纪 90 年代上海儿童文学界产生了若干引人注目的中长篇小说,有的还获得了文学中已颇罕见的轰动效应,如秦文君的《男生贾里》。这部小说及其姊妹篇《女生贾梅》相继"走红"并非偶然。这两部作品疏离了编织完整的故事情节的传统方式,从当今普通孩子的生存状态、品性情感、精神气质等方面全方位自由地取材,构成糖葫芦串式的系列性故事,而维系这系列故事的,其一是孪生兄妹贾里、贾梅这一对固定的人物,其二是弥漫、流溢于全书始终的轻喜剧色彩和幽默氛围。这是秦文君创造的少年长篇小说新文体,它既具有很强的艺术张力,又具有作者所主张的"大众性"艺术吸引力。《男生贾里》艺术的高品位蕴涵着与孩子心灵相契合的作家深刻的人生感悟。这艺术高品位不仅与孩子心灵相契合,而且与当今孩子的艺术好尚、审美水平相契合,这就避免了 20 世纪 80 年代不少探索性作品追求艺术品位却丧失了许多读者的弊端(那些作品确实存在着读者的接受问题)。秦文君的《男生贾里》之大受小读者青睐,成为长销不衰的畅销书(而且已从《男生贾里》《女生贾梅》扩展而形成创作系列),是她个人创作的新拓展新收获,也是整个儿童文学创作艺术求索走向中具有转折意义的成功调节:既回归文学,又回归少年儿童——走向广大的小读者群体。

几乎与秦文君的新探索取同一步调,梅子涵在 20 世纪 90 年代初开始的"艺术探险"形成了颇大的冲击波。"对艺术作苦苦求索,抵抗投降"(决不向现存艺术秩序投降)的梅子涵,他的新探索比秦文君显出了某种先锋性。他不满足于自己以往的意识流(《蓝鸟》)

和荒诞（《我们没有表》）了。具有强烈的文体创造意识的梅子涵，对新文体叙述语言方面的新尝试，可谓情有独钟（这与秦文君之从艺术结构和艺术氛围入手不同）。在长篇小说《女儿的故事》里，梅子涵对语言（有沪语特点的语言）作改造性的精彩运用，"在语体语感最强程度上凸现出了叙述语言的表现力和魅力。"梅子涵的大胆与独创在这里发挥得淋漓尽致。他的这种创造也已形成了"××故事"系列——名为故事实际上并无故事，甚至无甚情节。《林东的故事》是这个系列的试笔之作。曾有一位教师读者在写给我的信中，对《林东的故事》忧心忡忡地表示质疑："这样的东西算是小说吗？"其实，一旦突破了传统阅读习惯的障碍，读者可能会很快接受此种陌生的艺术叙述方式。在《林东的故事》里，那种貌似粗陋（啰嗦、琐碎、重复）实则是特别生活化同时也艺术化了的语言（语体、语态），其对生活的包容很值得注意：幽默调侃中流动着含而不露的痛楚，蕴蓄着正视生活磨难的真诚。这篇小说在写中学生现时生活的同时，以"即兴"的插叙写成年人以往的生活遭际，这一对照巧妙地融会着上一代人逝去的岁月和这一代人的现实人生。梅子涵的新探索，开辟了儿童文学艺术表达的新领域，形式与内容达到了难能可贵的统一与和谐，而且其可读性正在为更多的读者所认同，被认为是"很好看"的小说，日益显示出其"艺术探险"的价值。

与拓宽艺术表现疆域同时，在儿童文学思想内容和生活蕴涵的追求上，20世纪90年代新发表的作品也寓有一些值得注意的变化。不少作者已从社会问题的关注转为着意于对少年儿童这一人生阶段心灵与情感的关注，试图从这里寻求审美表现上的深沉与深刻。张锦江的报告文学《一个站着死的男孩》写一个男孩久病不治之死，他毫不掩饰地写了活生生的男孩一步步走向死亡的全过程，无论是写男孩对生活的留恋，人们对男孩的关爱，还是写男孩面临病情恶化时的痛苦，作者全无一丝一毫煽情的笔墨，而是极有节制、极其朴素、平直的记叙。作者径直叙写了死亡这一残酷的人生真实，读者却从中深深地感受到人生的可贵和人间温情的可贵，冷峭、凝重中弥漫着催人泪下的暖意。读萧萍的散文《维也纳森林的故事》，读者不能不赞赏年轻的作者对于刚刚到来的人生黎明感悟的深切。随着场景、细节的细腻优美的娓娓叙写，小伙伴间尤其是两代人之间的情怀，渐渐由淡而浓，在少女窄窄的有限的内心里，也渐渐地变得巨大而永恒起来。这篇颇耐咀嚼的散文，我觉得甚至可以用《背影》来比拟，是当代韵味的、少年文学化了的《背影》。另一位青年作者谢倩霓的小说《日子》，通过一位饱经生活磨难而不改其志、性格坚忍的母亲及其子女命运的描述，触及了人类生生不息的古老命题——生命价值的承传。少年人可能承接也可能过别样的"日子"，当今孩子将有自己自主的选择。小说以几近传统的朴素无华的文笔，深刻地表现了极富现代感的题旨，让人感到作者生活底蕴的深厚以及作者寓创造于传统的艺术用心。读张弘的童话《霍去病的马》，人们会发现，这里没有荒诞，也并不"热闹"，却满溢着与"少年敏感的心灵"相通的浪漫情思。以没腿的古代石马和同样没腿的现代少年为载体，年轻的女作者导引读者从现实世界进入第二世界：美丽无垠的大漠、海洋、苍穹，与人的坚忍的意志在心灵世界中交相辉映。这给人以启示：一旦打开了寄寓着审美创造的雄奇的幻想之门，儿童文学也有可能臻于"精骛八极，神游万仞"的境界。

我想我该对低幼文学简括地说几句话了。上海的儿童文学创作虽然已从一时的颓势中走出来，恢复了创作重镇的地位，但在全国占据有绝对优势者，我以为唯有低幼文学。作为儿童文学组成部分的低幼文学，是供给幼儿（学龄前）和小学低年级孩子阅读的文学,必须紧密依据这特定年龄段孩子的生理与心理特点而创作。因其作为"人之初"的文学而具有鲜明的启蒙性,它还必须是最具特殊性、是审美性与教育性的完美统一的文学;不仅如此,低幼文学对创作者有特殊的要求,它要求创作者对幼童的天籁之情,要求创作者了解幼童,充分理解幼童对文学的本能需求,并且纯熟地运用相应的语言艺术技巧。上海的低幼文学,从 20 世纪 50 年代起便开始了创作、配画以至编辑方面的经验积累,特别是新时期以来又持续不断地推出了影响遍及全国城乡的"365 夜"系列作品,并且形成了包括鲁兵、郑春华等老少两代著名作家在内的一支相对稳定的低幼文学作者队伍,其他还有不少小说、童话作家也不断给低幼文学创作以支持。说上海的低幼文学创作领先于全国,当是不争的事实。在一些选集中的作品中,我以为低幼文学部分的故事、诗歌最是赏心悦目;说这些短小隽永的作品,老少咸宜,人见人爱,并非过誉之词。

20 世纪八九十年代上海儿童文学重振雄风,重新向世人展示了不愧为创作重镇的实力,"陈伯吹之后"仍有外地同行所艳羡的"四代同堂"的作家阵容。早已驰名文坛的任溶溶,"热闹派"童话的"祖师爷",现已 75 岁高龄,仍野鹤闲云般悠然地为孩子写作,他的近期诗作《我是个可大可小的人》等,仍满溢着他那最具孩子气的老顽童气息,令人叹服。老作家任大星依然笔耕不辍。20 世纪 60 年代开始创作的张秋生从诗歌进而兼及童话和低幼文学,佳作迭出。20 世纪 80 年代崛起的秦文君、陈丹燕、梅子涵、周锐,更是和全国最优秀的一批作家并驾齐驱,他们的创作代表了当今儿童文学创作的高水平。20 世纪 90 年代登场的最年轻的作者,则有谢倩霓、萧萍、张弘、殷健灵,和以创作中长篇小说为主的张洁(人称"上海张洁"),出人意料的是这批年轻人是清一色的女性,上海儿童文学"新生代""阴盛阳衰"的现象颇有些特异。

上海的儿童文学创作并非没有问题,不过已经是不独上海为然,而是普遍存在的全国性的问题了。创作与出版都同时面对市场,作品受到普遍的冷遇,却几乎是与创作水准的提高同时发生的,这不免令人感慨。但愿前文述及的有些作品已开始"销售走俏",能成为逐步改变此种状况、开始适应市场需求的好兆头。人们也论及创作"生态失衡"问题——少年文学的发达而使儿童(童年)文学受到冷落以至萎缩,看来此种现象的解决尚需时日,还有待进一步的呼吁和努力。此外,商品经济大潮中创作队伍"水土流失"现象加剧,上海新作者男性稀少似也与此有关。

上海的儿童文学经历了半个世纪曲折与奋进的艰难而又光荣的历程。本文一开始便论及上海的儿童文学传统。其实,传统的形成、发展本身就是一个过程,它不是固定不变的,在各个历史阶段呈现出不同的形态。如著名学者王元化所说:"这是一个民族文化传统中同中有异的地方,也就是变的方面。"与 20 世纪五六十年代两相比较,20 世纪八九十年代的上海儿童文学正是"变"得颇为剧烈的时候。儿童文学已经向文学回归,向少年儿童回归;进而,在思想与艺术的整体上,也已开始向自身的回归——开始走向真正为"童子所用"的真正的儿童文学之路。

(原载周晓主编《上海五十年文学创作丛书·儿童文学卷》,上海文艺出版社 1999 年版。选入本书时有改动)

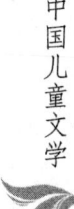

# 上海儿童文学 1978—2018：
# 一代作家的童年情怀与文学生活

李学斌

1978 年是一个非常特殊的年份。这一年，十一届三中全会召开，不仅意味着改革大幕的开启，也标志着包括儿童文学在内文学"新时期"的到来。"新时期"伊始，王安忆的儿童小说《谁是未来的中队长》、程乃珊的儿童小说《"欢乐女神"的故事》、诸志祥的童话《黑猫警长》成为上海儿童文学的重要收获。彼时，"儿童文学教育论"与"儿童文学审美论"的冲撞不仅是文艺思想之争，更是新旧两种儿童文学创作潮流的交汇与激荡。正是在这种此消彼长的文学观念与创作实践推动下，"新时期"上海儿童文学开始褪去浓重的"教育底色"，绽放出鲜活的"文学新蕊"。

接下来，我将从六个层面概述上海"中生代"儿童文学作家 40 年的创作风貌。

## 一、与时俱进的文学情怀

20 世纪 80 年代是中国儿童文学的"短篇时代"，也是"中生代"上海儿童文学作家的成长期。从 1984 年开始，当梅子涵的儿童小说《课堂》《走在路上》、周锐的童话《勇敢理发店》、秦文君的儿童小说《迟到的敬意》、陈丹燕的儿童散文《中国少女》、彭懿的童话《女孩子城来了大盗贼》、张成新的少年小说《啊，少男少女》等优秀作品相继发表时，上海儿童文学已然走出了 20 世纪 80 年代初乍暖还寒、波澜不惊的文学场域，逐渐步入了"新时期"文学的"快车道"。

20 世纪 90 年代是中国儿童文学的"长篇时代"，也是"中生代"上海儿童文学作家的创作成熟期。那一时期，幽默儿童文学、幻想儿童文学与原有的现实主义儿童文学三元合一，齐头并进。而在三股文学潮流中，都活跃着上海"中生代"儿童文学作家的身影。秦文君的《男生贾里》系列、梅子涵的《女儿的故事》、陈丹燕的《我的妈妈是精灵》、班马的《六年级大逃亡》、张成新的《来自沙漠王国的少女》、彭懿的《疯狂绿刺猬》、周锐的《哼哈二将》、郑春华的《大头儿子和小头爸爸》、刘保法的《中学生圆舞曲》、朱效文的《青春的螺旋》、简平的《一路风行》、戴臻的《小尖帽》、任哥舒的《敬个礼呀笑嘻嘻》等重要作品都诞生在这一年代。

进入 21 世纪之后，随着商品经济大潮和信息化时代的到来，上海"中生代"儿童文学作家进入了创作拓展期。题材上不断开拓，文体上多点开花，艺术上多元并进……成为诸多"中生代"作家共同的文学追求。秦文君涵盖低幼、童年、少年不同读者群的全文体写作、沈石溪云南归来后以《鸟奴》《最后一头战象》《中华龙鸟》等小说对动物题材的开拓、梅子涵《中学生灵感》《麻雀》等作品对短篇小说叙事艺术的持续探索、彭懿继幻想小说之后，又成为原创图画书的旗手、周锐集束式推出重构经典的"名著幽默"系列、郑春华继广受好评的"大头儿子和小头爸爸"系列之后，又以"非常小子马鸣加"系列完成了文学时至今日，秦文君、梅子涵、彭懿、沈石溪、刘保法、郑春华、野军、戴达等"中生代"儿童文学作家在保持创作活力的同时，还在寻求新的艺术突破，这种与时俱进的文学情怀不仅是上海"中生代"儿童文学作家共同的精神风貌，也是他们不断前行，成就儿童文学伟业的内在动力。

## 二、丰赡鲜明的内容风格

40 年来，"中生代"上海儿童文学作家取得了令人瞩目的创作成果。这主要体现在两个方面：

（1）儿童文学创作内容丰富、多样。在"中生代"作家笔下，儿童文学疆域广阔、气象万千。这其中包括秦文君、陈丹燕的本色少女书写；梅子涵、班马、金逸铭、朱效文的阳刚男孩叙事；周锐、彭懿、朱效文、周基亭、庄大伟、任哥舒、戴臻、戴达的多维童话创作；张成新、朱效文、魏滨海、沈振明、简平、胡廷楣的鲜活校园写实；毕国瑛、郑春华、班马、朱效文、刘保法、戴达、东达、潘与庆的热忱童年歌吟；野军、郑春华、陆弘、任霞苓的本位幼儿故事；沈石溪的野生动物传奇，以及刘绪源、班马、彭懿、梅子涵、朱效文、胡廷楣等的敏锐理论批评等。

（2）儿童文学创作风格鲜明、独特。比如，同是写少女小说，陈丹燕往往直面成长，笔下的少女形象内向、敏感、自尊、叛逆；秦文君则喜欢以曲笔书写少女心理变迁，小说里的少女更为外向、乐观、温婉、宽厚。还比如，同样致力于童话创作，周锐的童话新奇中富含哲意；彭懿的童话荒诞里袒露真实；金逸铭的童话境界开阔，气象雄浑；朱效文的童话以游戏性折射社会人生；庄大伟的童话现实融合着滑稽、变形；任哥舒的童话以想象切割生活，在夸张中营造趣味；戴臻的童话惯于在推向极致的荒诞里揭示人性，展开讽喻；戴达的童话喜欢从现实与幻想的缝隙中呈现民间立场、弥散文化气息。而周基亭则是上海童话家里的抒情派。他的童话以构思精巧见长，讲求幻想叙事的意境与韵致。相较而言，周基亭和戴达的童话创作为 20 世纪八九十年代热浪滚滚的上海童话界吹来一股清凉之风。此外，还有沈石溪笔下独树一帜的自然生态描写、苍凉斑驳的动物命运展示等。

上述"中生代"作家题材不一、风格迥异的儿童文学创作实践前应后和，此起彼伏，组成了 20 世纪八九十年代上海儿童文学雄浑热烈的多声部文学合唱。

## 三、动态发展的多元格局

20 世纪八九十年代，中国儿童文学曾经历一场"狂飙突进"的"文学化运动"。以《儿童文学选刊》的创办为标志，上海儿童文学在时任少年儿童出版社总编辑、著名作家任大霖和一批活跃的儿童文学作家如任大星、任溶溶、施雁冰、张秋生的创作引领，以及文学批评家周晓先生的倡示、扶掖下，上海"中生代"儿童文学出版人几乎全员写作，创造了上海儿童文学的盛世景观。

比如，在儿童小说层面，秦文君、梅子涵、陈丹燕三位作家洋洋大观的创作成果之外，张成新在其代表作《啊，少男少女》《三点半放学》中，以其对当代孩子情感、心理的深入理解、准确把握生动呈现了少年儿童成长中的喜、怒、哀、乐，体现出鲜明的现实主义风格。朱效文在以《青春的螺旋》为代表的校园小说中不仅通过少年生命中不期而遇的困

境体验，传达了青春成长的迷离、深邃，而且在故事表层透示着浓郁的理想主义情怀。魏滨海以《诺言》为代表的儿童小说题微旨宏，体现了对现实生活的敏感和对内在真实的追求。沈振明以《树洞里的校长室》为代表的儿童小说富有亲历性，将朴实、善良的乡村少年追求理想、渴望改变命运的心路历程表现得委婉动人。简平的儿童小说往往从社会事件中取材，通过激烈的矛盾冲突和细腻的心理刻画塑造人物，于不露声色的叙述中体示内在的力量。他的短篇代表作《十指连心》《谜友》颇有几分欧·亨利小说的味道。

谈起报告文学，不能不提到被周晓先生誉为"南刘北孙"之一的刘保法。他的代表作《中学生圆舞曲》《你是男子汉吗》等作品聚焦少男少女情感困惑、心灵危机，题材敏感，问题尖锐，读来发人深思。庄大伟也是一位很有成就的报告文学作家，他的代表作《竞争时代的少年》《出路》通过对城市和乡村不同家庭背景孩子的采访，勾勒出变革时代少年所特有的精神风貌。

幼儿文学领域也硕果累累。野军坚持"有趣有益"的创作理念，在 40 年幼儿文学创作生涯中发表各种体裁作品 1000 多篇。他的幼儿童话代表作《长鼻子和短鼻子》《一百只蜗牛去旅行》以趣味包裹知识，用情节消融哲意，体现了对传统"教育童话"的继承和超越。

郑春华是上海幼儿文学的集大成作家。她以"大头儿子和小头爸爸""非常小子马鸣加"为代表的系列作品代表了国内儿童生活故事创作的最高成就。她的创作多采取幼儿和成人双视角结构，依托对生活略带夸张、变形的故事架构，体现出别具一格的生活化、本位化、艺术化创作追求。任霞苓是上海"中生代"儿童文学作家中另一位幼儿文学高手，《野猫真的来过了》《洗衣服》《妈妈，你别害怕》等作品多表达幼儿天真、率朴的生命情态，背后寄寓着作家对幼儿独特生命态度和价值观知情知意的理解、尊重。陆弘也是一位有成就的幼儿文学作家，她以《一闪一闪的猫妈妈》《上学路上》为代表的幼儿文学作品朴实明朗，注重以正能量牵引幼儿率真、美好的品性，体现了幼儿文学的写作常态。

儿童诗创作方面，毕国瑛是"新时期"上海儿童诗创作的先行者，她的《我们去听秋的声音》《新朋友》等儿童诗以抒情笔调写孩子对大自然的感受、对新环境的体味，既有切近生活的自然、真切，又具触及心灵的柔美、细腻，是这一时期儿童诗的重要收获。除毕国瑛之外，其他上海儿童诗人的作品也各具特色：班马的儿童诗刚健有力，锐气十足；郑春华的儿童诗率真自然，趣味洋溢；朱效文的儿童诗贴近生活，昂扬轻快；刘保法的儿童诗联想丰富，意蕴悠长；戴达的儿童诗意象优美，轻巧睿智；东达的儿童诗隽永沉静，格调清雅；潘与庆的儿童诗浅白朴素，音韵和谐等。

儿童文学批评方面，刘绪源先生的《儿童文学的三大母题》《中国儿童文学史略(1916—1977)》《美与幼童》、班马的《中国儿童文学理论批评与构想》、梅子涵的《儿童小说叙事式论》、彭懿的《西方现代幻想文学论》等著作体例新颖，视野宏阔，思维缜密，持论精辟，可谓上海儿童文学理论研究的重要收获。

上述作家、理论家的优秀作品不仅是上海儿童文学 40 年发展的主要成果，而且也成为"新时期"中国儿童文学的重要组成部分。

## 四、饱满前瞻的创新精神

上海是中国最具现代性的城市，"开放前瞻，兼收并蓄"的海派文化造就了上海儿童文学多元、开放、包容、创新的文化视野和进取精神。比如，20 世纪 80 年代后期，梅子涵以《双人茶座》《我们没有表》《蓝鸟》等儿童小说为代表，侧重儿童小说叙述语体、语感等语言形式探索;班马以《鱼幻》《野蛮的风》为代表,注重儿童小说的原生气息和文化色彩试验;金逸铭以《一岁的呐喊》《长河一少年》为代表,强调童话想象中宇宙意识与心灵感应的融合,以及彭懿以《红雨伞·红木屐》《疯狂绿刺猬》等幻想小说所倡示的幻想文学文体探索和刘绪源以《儿童文学的三大母题》《中国儿童文学史略(1916—1977)》为代表所开创的儿童文学研究新范式。

这种创新精神,在进入21世纪以后,依然在一些作家笔下延续。如梅子涵的创意小说《星期六的浩浩荡荡童话》,秦文君在新世纪以后的多元化写作等。

## 五、敏锐深厚的读者意识

20世纪90年代初期,随着市场经济大潮的涌动,原创儿童文学遭遇了读者大量流失的寒潮。1993年,《男生贾里》率先完成了从单一"文学性"向"艺术性"与"儿童性"的双向回归。此后,伴随着读者意识的觉醒,上海"中生代"儿童文学作家的文化消费观念普遍水涨船高。如《男生贾里》系列开儿童文学系列化写作先河;梅子涵成为儿童文学阅读推广的先行者;周锐以其"古典名著幽默"系列开辟具有后现代色彩的"重构经典"童话写作新路径。进入21世纪后,沈石溪又成为继郑渊洁、杨红樱之后,儿童文学市场化、普及化的成功典型。

## 六、温情绵延的代际传承

上海儿童文学有着"传、帮、带"的优良传统。老一辈作家在挥洒创作才情的同时,总是关心、扶掖下一代作家的成长。因此,尽管今天我们集中研讨的是上海"中生代"儿童文学作家的创作,但此时此刻,我们无比怀念那些曾为上海儿童文学奠基的前辈作家:陈伯吹、包蕾、贺宜、鲁兵、方轶群、洪汛涛、任大星、任大霖……我们也非常感谢那些已届耄耋之年却仍笔耕不辍的老作家:任溶溶、圣野、孙毅、鲁风、施雁冰、周晓……还有张秋生、李仁晓、张锦江、郑开慧等。他们都是上海儿童文学的宝贵财富。他们和在座的"中生代"儿童文学作家一道,构筑了上海儿童文学的扎实基座、撑起了上海儿童文学的灿烂星空。作为受惠于他们的儿童文学后辈,在这里,我们同样要向他们致敬。因为,正是在上述前辈作家、师长们文学成果和创作活力的感召下,我们这些已过不惑、渐知天命的儿童文学作家,以及比我们更年轻的儿童文学写作者们才获得了不断的成长。

从这个意义上说,今天这场上海"中生代"儿童文学作家研讨会既是一代作家的文学巡礼、文学致敬,也是上海儿童文学再次集结、重新出发的交接仪式、出征号令。相信假以时日,上海儿童文学必将筹谋宏猷,再造辉煌。

最后,衷心祝愿上海儿童文学事业在"老、中、青、新"四代作家共同努力下承前启后,继往开来,长盛不衰!

(原载《中华读书报》2018年4月10日,原标题为《上海儿童文学"中生代":地域性创作群体40年的文学风貌》)

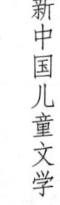

# 江苏儿童文学发展之回顾

金燕玉

在全国的儿童文学格局中，江苏儿童文学现在已处于前列，与北京和上海的儿童文学成三足鼎立之势，其成就令人瞩目。江苏儿童文学是随着新中国的成长而发展的，江苏儿童文学的真正繁荣期就在最近 20 年——改革开放的 20 年。但是，培育它的沃土很厚实，历史文化的积淀，教育传统的影响，现代儿童文学的渊源，都层层堆积在它的根部，使它根深叶茂，繁花满枝。

儿童文学总是与文明、教育相伴相生的，儿童文学的兴起必然以先进的儿童观、发达的教育为前导。

江苏现代儿童文学早期开拓者是"鸳鸯蝴蝶派"，他们不仅提倡写作儿童文学，还在刊物上公开征求并经常刊登儿童文学的稿件，如周瘦鹃、包天笑、程瞻庐等都做了大量的译介工作。刘半农也译介过安徒生及其童话，并创作儿童小说《顽童日记》和《立志雄》，创作儿歌《云》《织布》《铁匠鲁鲁》《找哥哥》《牧羊儿的悲哀》等，他的一首诗歌《一个小农家的暮》于 1921 年发表后被多次选进小学课本。

当然，江苏现代儿童文学开山之作是"五四"新文学家、文学研究会中坚叶圣陶的作品。叶圣陶先后创作了 3 部童话集：《稻草人》《鸟言兽语》《古代英雄的石像》，还创作了数十篇短篇儿童小说。

使江苏儿童文学获得再一次殊荣的是教育家陶行知。陶行知从金陵大学毕业后留美学成归来，于 1921 年在南京老山下的小庄创立"试验乡村模范学校"，这一时期，陶行知写了大量的儿童诗，为当时中国儿童诗坛第一人，有些诗歌由赵元任谱曲后在少年儿童中得到广泛流传。

著名儿童教育家、中国学前教育的创始人陈鹤琴的教育活动和儿童文学活动，对江苏儿童文学的建设也做出很大的贡献。

这一切构成了江苏优秀的儿童文学传统，为江苏当代儿童文学的起飞打下了良好的基础。随着中华人民共和国的成立，一批有影响的作家开始崭露头角，逐步形成一支有潜力的创作队伍，优秀的作品不断出现，特别是造就了儿童科学文艺创作的优势，在全国处于前列。这一时期的代表作家有张彦平、肖建亨、赵沛，他们均在"第二次全国少年儿童文艺创作评奖"中获奖。

张彦平，军人出身，经历了抗日战争、解放战争时代，后到江苏人民出版社工作。早在 20 世纪 40 年代他就开始儿童诗歌的创作。1955 年，他在民间传说的基础上创作了童话集《天边的焰火》，其后即转向儿童小说创作，1956 年和 1957 年，相继创作了儿童战争小说《草堆里的枪》和《宝井》。这两部中篇小说是姊妹篇，以一对好伙伴——两个抗日小英雄小民和小金为主人公。作品极强的故事性来自与鬼子及汉奸斗争的战斗生活，又结合着神奇的民间传说，点缀着儿童歌谣，既有生活气息，又有儿童情趣，成为 20 世纪

50 年代儿童战争小说的优秀作品。《宝井》也因此获得了"第二次全国少年儿童文艺创作评奖"三等奖。

同一时期，肖建亨的儿童科学文艺创作产生了全国性的影响。肖建亨在 1953 年从南京工学院无线电系毕业后即从事科学技术工作，1956 年他以科普电影文学剧本《气泡的故事》荣获"全国科普电影征文"二等奖，1962 年创作的科学幻想小说《布克的奇遇》又荣获"第二次全国少年儿童文艺创作评奖"二等奖。这两个二等奖使肖建亨在全国科学文艺界享有盛誉。肖建亨的科学幻想小说富有科学预见性，《奇异的机器狗》对于器官移植的幻想，他的另一个作品《布克的奇遇》（1962）对于制造机器狗的幻想，到了 20 世纪90 年代就都变成了现实。简洁的叙述、巧妙的悬念构思和丰富的科学知识是肖建亨的创作特点。例如，他创作的科学故事《影子的故事》能够从科学内容本身去挖掘动人美妙的故事，以影子为圆心，像编蜘蛛网一样向四面八方伸张出网线去捕捉与影子有关的知识，写得十分自然生动，成功地引导小读者走进影子的世界。

在"第二次全国少年儿童文艺创作评奖"中获三等奖的还有赵沛的科学小说《黑龙湖的秘密》。这三位作家不仅有成功的个人创作，而且对江苏创作队伍的形成起到了带动作用。这一时期，在江苏儿童文学园地辛勤耕耘的作家可以列出一张较长的名单：杨苡，代表作有短篇小说《耳报大队长》（1959）；黄天戈，代表作有短篇小说《白额牛》（1959）；马春阳，代表作有短篇小说《"小没魂"放鸭》（1962）；戴石明，代表作有中篇小说《小妮儿》（1950）；王崇辉，代表作有童话《骄傲的小风筝》；李学中，代表作有短篇小说《鱼鹰姑娘》（1964）。这些作家能够从各自的生活积累出发，在自然的创作冲动支配下，写出一些富有生活气息和儿童情趣、朴素亲切的好作品。

特别要提出来的是，一些主要从事成人文学的成名作家也常常为少年儿童写作。例如，陈乃祥的寓言，诗人孙友田、丁芒的儿童诗歌，艾煊的儿童散文《太湖游记》（1963），陆文夫的短篇小说《牌坊的故事》（1962），都成为儿童文学的佳作，为江苏儿童文学增色添光。

"文革"前十七年的江苏儿童文学取得了一定的成绩，也显示了自己的优势；但是，却存在着明显的不足。首先是童话创作和幼儿文学创作十分稀少，作品奇缺，成为罕见的稀有品种。其原因何在？显然与全国儿童文学界的大气候有关。从 1957 年开始，极"左"文艺思潮泛滥成灾，童话创作首当其冲，遭受到一连串打击。1957 年批《老鼠的一家》，1958 年批"古人动物满天飞"，1960 年批陈伯吹"童心论"。每一次批判，都是对童话的一次扼杀，批来批去，把童话批得无法创作。江苏的女诗人、翻译家杨苡创作的童话也在被批判之列，刚刚崭露头角就被压抑下去。杨苡的幼儿文学创作也在对"母爱""人性论"的批判声中枯萎下去。其次，从江苏儿童文学的总体水平来看，精品力作不多，审美内容的广度和艺术表现的深度都不够，受到"工具论"的儿童文学观的束缚，把儿童文学作为教育儿童的工具，甚至作为所谓阶级斗争的工具。致使大量的作品如茅盾所批评的那样："政治挂了帅，艺术脱了班，故事公式化，人物概念化。"（《六〇年少年儿童文学漫谈》）第三，儿童文学的创作队伍尚不够壮大，没有在江苏遍地开花，发表阵地较少，没有专业的儿童文学出版社，没有儿童文学期刊。

由此可见，如果按照"文革"前十七年的儿童文学创作之路走下去，势必越走越窄，难见辉煌前景。儿童文学期待着变革，期待着突破，期待着开拓。却没有料到"文化大革命"又给儿童文学带来灭顶之灾，从 1967 年到 1977 年，江苏的儿童文学已无生机可言，是毁灭期，是空白期。

幸运的是，从 1978 年开始，儿童文学的厄运随着"文化大革命"的结束而结束了，又随着改革开放时代的到来迎来了新时期。"文革"后到 20 世纪末的这 20 年，是江苏儿童文学的新时期，是鼎盛期，是辉煌期。这一时期的到来，与江苏思想解放的程度和改革开放的程度较高分不开，与江苏发达繁荣的市场经济和欣欣向荣的文化教育事业的发展分不开。在新时期，江苏儿童文学界首次有了配套齐全的硬件：1978 年《少年文艺》（江苏）创刊，从此与上海《少年文艺》平分秋色；1979 年，江苏儿童科学画报《金钥匙》创刊；1981 年大型儿童文学丛刊《未来》创刊，以发表中长篇小说及译介外国儿童文学作品为主，并辟有发表儿童文学评论的园地，与北京的《朝花》、上海的《巨人》同为中国儿童文学的"三大件"；1983 年，儿童文学周报《春笋报》创刊；1985 年，《江苏儿童》改刊为《儿童故事画报》，为低幼儿童文学提供了发表阵地。特别是 1983 年江苏少年儿童出版社成立，更对不断地推出江苏儿童文学的作家和作品，促进江苏儿童文学界与全国的交流起到很大的作用。

"文化大革命"结束后，江苏的儿童文学很快复苏了，不仅复苏得很快，而且有飞跃的姿态。在 1979 年举办的"第二次全国少年儿童文艺创作评奖"中，已名列前茅，除了上面提到的三位"文革"前的作家获奖外，还有顾骏翘的科学童话《丰丰在明天》（1978）获三等奖，方国荣的小说《失去旋律的琴声》（1979）和程远的《弯弯的小河》（1979）获二等奖、三等奖。为了检阅江苏儿童文学的实力，紧接着江苏省作家协会和江苏人民出版社联合举办了江苏儿童文学评奖活动，并成立了江苏儿童文学创作评论委员会，进一步推动江苏儿童文学的起飞。

江苏儿童文学终于迎来了自己的春天，在新时期形成了一支人数可观、颇具实力、极有影响的儿童文学创作队伍。这支队伍由四支梯队组成：

第一梯队为老作家，他们在解除了重重束缚之后，重新焕发创作青春，时有突破自己的新作问世。张彦平的长篇小说《青春从这里开始》（1989），肖建亨的科学幻想小说《密林虎踪》（1978），赵沛的短篇小说《黑珍珠》（1984），戴石明的中篇小说《小草青春》，黄天戈的童话《白脸狐狸先生》，李学中的童话《猪八戒照镜子》（1981）等都是优秀之作。在老作家的队伍中，成就突出的还有海笑和黄水清。海笑从 20 世纪 70 年代末走进儿童文学创作，一开始就以两部中篇儿童小说，姊妹篇《红红的雨花石》（1978）和《燃烧的石头城》（1978）赢得了广大小读者的喜爱。两部中篇都以南京为地理背景，在抗日战争的烽火中去刻画这个城市以及这个城市的孩子，那有象征意义的"红红的雨花石""燃烧的石头城"，形象地概括了南京所经受的灾难及其不屈的斗争，雨花台下拾雨花石的孩子石小岗的形象，石头城边活跃的少年抗日小分队的形象，都给读者留下了深刻的印象。在《红红的雨花石》的续篇《小兵的脚印》（1986）中，海笑进一步探索童心与战争的冲突，极有深度。另一位老作家黄水清以《科学寓言集锦》获得了 1994 年举办的第二届"冰心儿童文学新作奖"，又以《科学寓言 1001 夜》获得江苏省"五个一工程"奖，将科学与寓言结合起来，在极短的篇幅内蕴涵丰富的科学知识，并融进人生的哲理，有趣耐读。科学寓言是一种新的儿童科学文艺体裁，黄水清的作品成功倡导了这种体裁的形成。

作为新时期江苏儿童文学队伍第二梯队的是一群中年作家。他们中的大多数受过 20 世纪 60 年代初期的大学教育，多年任教于中小学，积累了丰富的少年儿童的生活素材，早就有志于儿童文学创作，但是他们的创作实践被"文化大革命"耽误了，直到"文化大革命"后才有走上儿童文坛的机遇。他们的创作冲动十分强烈,厚积而薄发,各自找到了最适合自己的儿童文学体裁,创作出一批很有教育意义的功底扎实的好作品。其中,"第二次全国少年儿童文艺创作评奖"的获得者顾骏翘创作的童话《吞钱币的小猪》(1982)和《变色鹿》,都塑造出了独特的有审美内涵的童话形象。杨楠的科学童话从成名作《下雨之前》(1977)到20世纪80年代的新潮作品《胖子学校》,都产生了全国性影响。苗虎的科学幻想小说创作,从短篇到中篇到长篇新作《魔光疑影》(1996)日趋成熟。颜煦之的幼儿文学创作为江苏文学界填补了一块空白,而且以其出色的工作组织和带动了一批幼儿文学作家,他的作品幽默风趣,寓意含蓄不露,富有幼儿生活的气息和情趣。丁阿虎的儿童小说在全国引起的轰动效应已载入儿童文学史册,《祭蛇》(1982)带着泥土的气息,带着乡间的生活,带着风俗游戏,带着儿童情绪,带着时代烙印,它的出现,无疑是有生气和活力的;《今夜月儿明》(1983)深入到萌发"初恋"的中学生的内心,对一段朦胧、幼稚而又美好自然的感情做了极有分寸的艺术处理,引起了中学生们的共鸣和认同。刘元蓉的儿童小说创作留下了鲜明的轨迹,她从家庭的角度去观照孩子的生活,去发现一个个美的光点,把少年儿童平凡的日常生活写得饶有兴味,无论是景物描写还是人物描写,都极为简洁生动,且有浓郁的地方文化风味——苏州味。执着表现校园生活的范锡林,是又一位有影响的儿童小说作家,他的笔下出现了"管书人"的形象,一位与众不同的"学生"的形象,都给人以逼真的艺术感觉。

在江苏的儿童文学创作队伍中,最具创造力、最有成就、最有影响的是第三梯队——以知青一代为主体的青年作家群。他们的生活经历中含着异常丰富的文学创作的养分,走过上山下乡的一段路程再回到城市上大学、就业、成家。在人生的旅途上,他们是迟开的花苞;但在文学的殿堂中,他们却是早熟的果实。他们是没有童年的一代,对儿童文学情有独钟,往往带着补偿心理去创作儿童文学,没有先验的教育目的,却有出于心灵的人生体验的倾诉。由于成长的道路曲折多变,饱尝生活的甜酸苦辣,因此特别具有奋斗、进取、求索、开拓的精神,注重对深度的追求和对艺术的追求。他们忘不了灾难的年代,也忘不了走过的人生之路,历史的记忆使他们的作品充满了历史感与人生感,他们呼唤感情,也呼唤个性,用自己的创作感应着新时期的到来。

方国荣的《失去旋律的琴声》和程远的《弯弯的小河》之所以能够率先登上全国儿童文学的领奖台,就是因为它们从少年儿童的视角揭示了"文革"的历史灾难,并以孩子之间的纯洁友谊、父子两代对音乐的美好追求展现人情人性的亮色。方国荣的作品不断开拓题材,不断挖掘新意,给人以新鲜的感觉,并且时有超越性的精品出现:《彩色的梦》(1982)如诗如梦,将儿童梦中的色彩与现实中盲女孩想象中的色彩交织在一起,将童心与同情交织在一起,将绘画与色彩的艺术素养融会其中,构筑出瑰丽的精神境界;《第691种烟壳》(1984)的审美内涵十分丰富,以少年的收藏爱好为轴心,讴歌执着的追求,呼唤独立与个性,叙述中感情饱满,且有吸引小读者的邮票和烟壳的知识,可读耐读。方国荣的童话创作也很有创意和新意,《万胞胎学校》对教条式、驯服式、机械式、一律式的教育做了极大的夸张和讽刺,寓意深刻,是20世纪80年代带有先锋意义的童话。

在富有开拓进取精神的青年作家群中,程玮、刘健屏和金曾豪都连续两次获得中国作家协会的"全国优秀儿童文学奖",他们的作品在儿童文学界产生极大的反响,始终排在前列。程玮以不倦的艺术探索精神创作了一大批优秀作品,从短篇到中篇到长篇,都有力作问世。在短篇小说中,《白色的塔》(1985)具有哲理内涵和象征色彩,情节虽单纯,

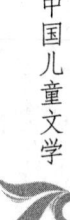

但意境深远。小说中的白色的塔已经成为纯洁、美好、高尚的象征,它在两个孩子的心中唤起了强烈的追求欲和认知欲。程玮用诗一样的语言描写它的神秘美妙,又用哲理性的语言揭示了它的质朴平凡。两个孩子对白塔的心心向往和孜孜以求,表现了深藏在孩子心底对光辉的不平凡事物的憧憬——这是永远不会泯灭的可贵的童心。中篇小说《来自异国的孩子》(1984)成功地采用多视角第一人称的写法,通过5个小学生轮流各自叙述,展示了他们个性的差异和内心的活动,相得益趣,使小读者获得渐增的、多面的、全景的了解。小说结构安排得井然有序、错落有致,达到较高的审美层次,通过国度各异、性格各异的孩子的鲜明形象,揭示了人与人平等的真理,闪耀着深刻的人道主义思想。小说在情、理、趣三个方面产生出的艺术魅力,使之荣获中国作家协会首届(1980—1985)"全国优秀儿童文学奖"。获奖长篇小说《少女的红发卡》(1991)抒写感情的要义,将爱引入少年人生。这部长篇小说意味着程玮的笔触进入了女中学生的心理层次,意味着她对步入青春期的高中少女心理的正确把握和有力表现。作品以两位女高中生刘莎和叶叶为主人公,描写她们的心理历程和感情历程。无论是刘莎内心的矛盾和自信,还是叶叶的困惑和不安,都被刻画得入木三分,女中学生外在的生活世界也得到拓展和丰富的表现。作品对早恋问题的剖析和对民族文化的爱国感情,都给中学生们以深深的思想启示。从整体来看,《少女的红发卡》比较鲜明地体现出程玮那亲切、真诚、轻松的文学风格,萦绕在人物周围的时代气息和文化氛围非常真实和强烈。程玮的创作始终追随着变化的时代,变化的中小学生们,挟带着新的内容,新的表现。

刘健屏的创作在新时期儿童文学中之所以受人瞩目,则是因为他有一个总体的构想和理想的目标,试图通过少年形象的塑造去勾勒理想中未来民族性格的轮廓,表现出可贵的超越意识。在刘健屏的小说中,出现了一批独立自主型的少年形象,他们是小小男子汉,阳刚之气扑面而来。除了各具个性外,他们的共同特征是:自立能力强,有强烈的主体精神,有强烈的自我意识和个性意识,重视自身素质和能力的提高,注意维护自身的尊严和价值,不在乎别人的反应,不愿意循规蹈矩,努力靠自己的力量步入人生,具有开拓进取和创造的精神。获奖短篇小说《我要我的雕刻刀》(1982)中的小学生章杰,长篇小说《初涉人世》(1988)中的中学生阿亮,就是小小男子汉的典型形象。刘健屏所塑造的20世纪80年代的少年形象,不仅具有思想的深度,而且富有厚实的基础,他的小主人公们总是出现在一个广阔的时空之中,有纵深的历史背景,也有宽阔的社会生活背景。另一部获奖长篇小说《今年你七岁》(1989)用日记纪实的形式,以一个父亲的口吻,向小读者讲述一个一年级学生的日常生活事件,捕捉了孩子最初学习阶段中闪光的生命体现,洋溢着父子之间、家庭之间的亲情,为成人和孩子两个世界架起沟通的桥梁,既温馨又深刻,既真实又新鲜,从形式到内容都别开生面,又是一次超越。刘健屏的儿童小说在保有感人情愫和阅读趣味的同时,能够不断追求作品审美内涵的丰富和深刻,所以始终处于前列。

另一位备受瞩目的儿童文学作家金曾豪曾被誉为江苏儿童文学界的乡土作家。乡土的确是金曾豪创作个性中很重要的因素,他从乡土中来,始终生活在乡土之中,他的儿童小说充满江南水乡的色彩和吴地文化的氛围,小说集《小巷木屐声》(1986)就具有这种浓郁的乡土风格,富有地域景物的文化魅力。然而除了乡土以外,金曾豪还有另外一面,从长篇小说《魔树》(1991)开始,一种现代风格出现了,强烈的生命意识使他的创作视野开阔起来,把植物的生态、动物的生态都吸纳进去,创作出了荣获第二届"全国优秀儿童文学奖"的长篇小说《狼的故事》(1991)。当他把乡土与现代糅合在一起,又创作出了荣获第三届"全国优秀儿童文学奖"的长篇小说《青春口哨》,在这部力作中,生命意识以青春口哨的方式表现出来,谱写一曲浪漫而充满激情的少年人生之歌。全书荡漾着一股青春的激情,口哨作为青春的象征物贯穿始终,象征着青春的活力,象征着青春的境界。通过对即将升入高中的三个男生和一个女生的形象塑造,金曾豪意在探究青春年华动人的奥秘,三位少年主人公分别为思维型的天平、行动型的康儿、感情型的桑堤,他们以各异的个性从三个方面展示了青春的优势和魅力,青春的困惑和尴尬。乡土在这部小说中同样得到更有广度和深度的表现,金曾豪让富有历史人文内涵的乡土景观集中展示,作为小主人公行为方式的历史文化背景,挖掘出了中国少年成长的深厚文化土壤,又进而把乡土的感情和少年的精神成长联结起来。这种深层的文化意识的渗透,使金曾豪获得新的审美风格。

可以与上面三位青年作家相提并论,在全国儿童文学界产生很大影响的还有黄蓓佳。从登上儿童文坛开始,黄蓓佳就具有鲜明的艺术风格,她所着力表现的是孩子世界中人与人之间的尊重、信任、关怀、爱护、同情等美好的感情,孜孜不倦地追求把感情写得"真挚、深情、纯洁、隽永"。黄蓓佳作品中感情的"真"很大程度来源于"准",即准确地把握儿童的感情特征。黄蓓佳对儿童感情的表现,与她对儿童内心世界的大胆开掘紧紧联系在一起,这是她写好儿童感情的又一个经验。由于她生在苏中水乡,长在芦荡河边,从小受到自然风光的熏陶,对景物的感受力很强,使她能寓情于景,寓情于物,把抽象的感情凭借具体的景物形象地表现出来。黄蓓佳还特别擅长用小读者感到亲切的优美的文学语言写作,写得情致盎然,如画如诗。她的短篇小说《小船,小船》(1978)、《雨·太阳·村庄》(1982)和中篇小说《芦花飘飞的时候》(1982)最能鲜明地体现这种风格。到了20世纪90年代,她的长篇小说《我要做好孩子》(1997)有了新的突破,通过朴实无华、自然晓畅,成熟有趣的叙述,刻画了一个天真活泼、开朗大方的六年级生金铃的形象,概括了芸芸小学生不堪重负、失去快乐的校园生活,透视出学校教育与孩子成长不相适应、甚至适得其反的弊端,极其真实地表达了孩子们的心声,仿佛是一部小学生沉重的咏叹调。这部长篇力作是黄蓓佳对儿童、对教育、对人生价值多年来思考的结晶,也是她走进孩子的内心世界、倾听孩子心声的结晶,因而荣获中宣部"五个一工程"奖。

同时获得中宣部"五个一工程"奖的还有薛屹峰的长篇小说《天地无情》。这部力作所展示的生活世界非常特殊,叙述了孩子们在地震中的遭遇,表现少年处于绝境的自救精神,具有一种震撼力。江苏青年作家群的儿童小说可以称得上"辉煌"二字,其他体裁的创作方面,也有不俗的成绩。陈益的散文《十八双鞋》(1981)获中国作家协会首届"全国优秀儿童文学奖",通过特定的生活镜头把母子亲情表现得朴实无华,母亲手工劳作的辛苦以及所带来的温暖和欢愉,儿子对母亲的思念和感激,都凝集在18双鞋中,得到委婉含蓄的表达,从回忆童年生活的视角出发去叙述,真挚动人。方园的独幕童话剧《妙手回春》是填补空白之作,充满童话情趣的舞台设计,可爱的猫医生的童话形象的塑造,都有独到之处。

作为江苏儿童文学第四梯队的是20世纪六七十年代出生的新一代作家,他们在20世纪90年代登上儿童文坛后,就为江苏儿童文学带来一股新锐之气,清新如风,尖锐如刺。他们的创作心态比较自由,完全摆脱了既定的教育模式,并不追求深刻的历史感和严肃的人生感,却能面对20世纪90年代的少年儿童——在一个变化着的世界中长大起

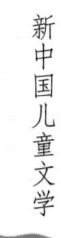

来的少年儿童，面对着处于改革开放与市场经济大潮中的校园——混合着各种管理方法和价值观念的校园，有着强烈的现实感，然而其创作方法并不奉行写实，而是注重叙述策略，往往产生逾越常规的荒诞感。读完王巨成的《震惊》（1996），你会震惊于他对当代中学生身上虚伪和报复的行为方式的穿透力，小说结尾关于机器人的解构式的叙述策略也丝毫不会减少作品的现实感和震撼力。他的另一篇小说《故事》（1995）开头就说明是虚构故事，由一个小耗子引出一场校园悲剧，但每个读者都会感到这不是故事，而是现实——在不正常的压力下必然会产生的现实。祁智的《狂奔》（1998）亦给人以惊叹的感觉，小说主人公的狂奔似真似幻，身体的狂奔与精神的狂奔相交融，弱生李祥正是在这似真似幻的狂奔中完成了对自我价值的肯定，在偶然的机遇中所爆发出来的平时积累的能量使每个人为之惊叹。章红的《白杨树成片地飞过》（1989）把一个女高中生出于竞争而产生的种种阴暗心理挖掘到了无以复加的程度，然而又以"白杨树成片地飞过"的象征性意象涂抹出明丽的心境，一明一暗，或明或暗，强烈的对比既真实又荒诞。星天《小补丁》（1998）中的小学生卜霆的套圈绝技神乎其神，为平凡的做好事的事件添了一道不平凡的光圈，使普通的题材不再普通。新一代的童话创作也有新的追求和新的创造，王一梅的低幼童话就是如此，她追求欢乐的动态的童话世界（《木头城的歌声》1997），追求多样多元化的童话世界（《高高的低低的故事》），追求物尽所用、各有所值的童话世界（《漂流屋》1998，《奇怪的帽子》1997，《歪脖子树林》1998），以个性的自由发展、自由选择构成新的审美内容，用轻松活泼简洁的语言写出，别具一格，颇有新意。

总之，江苏儿童文学的每一个梯队都做出了各自的贡献，最终造就了与北京、上海三足鼎立的局面，也形成了江苏儿童文学的特色和优长。首先，江苏儿童文学创作是金字塔形，既有塔座也有塔尖。创作人员和作品之多足以形成塔座，显示出江苏儿童文学的繁荣和兴旺；在全国领先的优秀作家和作品如塔尖一样突出，标志着江苏儿童文学的水平和高度。第二，江苏儿童文学在各种体裁中均有建树并形成了儿童小说和儿童科学文艺两大体裁优势，尤其是儿童小说，在短篇、中篇、长篇中，都有排头作品。第三，江苏儿童文学在全省遍地开花的基础上，形成了南京、苏州、江阴三地的集中性地域优势，有利于新人新作的培养，也有利于作家和作品的成熟。第四，从整体来看，江苏儿童文学作家既具有较高的文化素质，又具有对孩子世界的生活体验，因此，创新意识强，超越能力强。当然，江苏儿童文学创作也不乏有待努力和加强之处，在新时期的童话潮中，自从周锐离开江苏后，还没有出现像他那样优秀的童话作家，儿童诗人也比较缺乏，对长期在基层边工作边创作的作家关心和扶植的都还不够。

（原载《江苏社会科学》1999年第5期，收入本书时有改动）

# 江苏儿童文学 40 年(1978—2018)

姚苏平

中国现代儿童文学是以叶圣陶创作的童话集《稻草人》《古代英雄的石像》等作品为起点和标志的,这也是现代江苏儿童文学的开山之作。此外,教育家陶行知、中国学前教育创始人陈鹤琴等均对江苏儿童文学的健康发展做出了杰出的贡献,共同构建了江苏儿童文学扎根本土、关注现实、尊重儿童的坚实基础。历经改革开放 40 年,江苏儿童文学创作的发展变化,既有整体趋势的嬗变,也有作家代际间的差异。21 世纪前后是江苏儿童文学发展的分水岭:1978—2000 年期间,江苏儿童文学作家艺术经验生成的重要路径是童年回忆与江苏地域特色的情感融合,将儿童形象的书写上升到塑造未来民族性格的高度;21 世纪以来,儿童文学进入了繁荣发展的黄金期。江苏儿童文学在传承中国现代儿童文学优秀传统的同时,不断反思和拓展童年观念,全面提升艺术性和幻想性的品质,彰显了江苏儿童文学的艺术自觉和文化自信,生成了江苏儿童文学发展的新态势。

韦勒克提醒我们,在处理文学演变问题时,"时间并非只是整齐划一的事件序列,而价值也不能只是创新。这个问题十分复杂,因为不管在任何时刻都会涉及整个过去并且包罗一切价值。我们必须抛弃轻易得出的解决方案,并且正视现实中的全部具体浓密性与多样性"。因此,以新世纪为分界线也只是为了行文的方便,并不是截然的将前后时期割裂开来。在中国儿童文学发展作为"共性"的背景和动力下,江苏儿童文学发展能否有效呈现自身的品质? 逻辑展开是否等同历史本然? 这是中国儿童文学发展的复杂之处,也是江苏儿童文学发展特色的迷人之处。

## 一、基本概貌

首先,对"江苏儿童文学"的定义,主要是从主题意蕴、地域文化和美学特征来概括的。就作家而言,除了活跃在江苏文坛的儿童文学作家外,还包括出生在江苏,并以故乡的童年生活经历、地域特色文化为创作资源、主题意蕴的作家。江苏儿童文学拥有一支"传、帮、带"意识强烈、不断壮大的创作梯队。新时期儿童文学发展阶段大放异彩的作家有刘健屏、黄蓓佳、程玮、金曾豪、丁阿虎、范锡林、方国荣、海笑、张彦平、赵沛、颜煦之、李有干、马昇嘉等;尤其是以江苏盐城的童年经历为创作资源和审美意蕴的曹文轩,尽管大学时代就离开江苏,但是他的文学成就与江苏的地域文化特色有着千丝万缕的关系。21世纪前后涌现出的青年作家群体,如祁智、王一梅、韩青辰、王巨成、庞余亮、曹文芳、韩开春、胡继风、徐玲、刷刷、顾抒、郭姜燕、巩孺萍、任小霞、赵菱、范先慧、顾鹰等,这批青年作家多数不是专业作家,有长期与儿童接触的生活经验,对儿童文学有着发自内心的热爱,是江苏儿童文学发展的中坚力量。

其二,江苏儿童文学为当代中国儿童文学的观念转变、艺术探索提供了可贵的文本实践,对儿童文学的文类、题材、主题等做了全面的拓展。新时期伊始,江苏儿童文学作家很早就跨越了"呐喊加控诉"的伤痕文学模式,贴近儿童的生活和心灵,热情、自信地塑造时代变更中的儿童形象。程玮笔下少女形象充满青春活力、刘健屏的"小男子汉"系列为新时期儿童形象灌注了阳刚之气。这一时期的创作不断地转向"以儿童为本位""以儿童为中心"的创作观念,提供了既有时代精神又充满哲理思考的"童年观"。作家们的艺术个性不断张扬,勇于探索表现手法的创新。《白色的塔》(程玮)的思辨色彩、开放式结局令读者耳目一新;《今年你七岁》(刘健屏)以独特的第二人称叙述方式,生成了别具一格的文本形态;《祭蛇》(丁阿虎)打破了将儿童文学视为教育儿童的直接工具的写作范式,演绎了一段乡村顽童"祭奠"死蛇的滑稽闹剧。韩青辰对报告文学的挖掘,巩孺萍对儿童诗歌的着力,金曾豪、韩开春等对儿童散文的经营,都体现出了中国儿童文学在文类探索上的新高度。

在题材和主题选择上,儿童的小世界与都市、乡村、时代、历史、自然全面交融。以小说为例,就有校园小说、成长小说、动物小说、探险小说、科幻小说、历史题材小说等。以特殊儿童、留守与流动儿童、文化旅行、动植物特性、自然环境、生态文明等为主题的作品日渐丰富。作家们越来越自觉地在广阔的社会背景下展现儿童的主体性和童年生活的斑斓。与此同时,对读者接受的重视是儿童文学当代发展的重要表征。作家们在创作实践中更加自觉地依照幼年、童年、少年这三个年龄段儿童的心理特点、审美需求和欣赏习惯来创作。如颜煦之、王一梅、巩孺萍、杨海林等对低幼儿童故事、童话、诗歌的着力;顾抒、范先慧等人创作的玄幻、悬疑类作品对青少年读者群的影响。受篇幅所限,本文主要采用儿童小说和童话作为论证对象。

其三,在理论与批评方面,江苏学者金燕玉、谈凤霞等人不约而同地以"论从史出"的方式,全面梳理、条分缕析,更以跨学科的方式考察了中国现代化进程中的"童年"想象。金燕玉的《论茅盾的儿童文学评论》《茅盾儿童小说初探》《茅盾的儿童文学翻译》《茅盾散文中的童年情节》《郑振铎〈儿童文学的教授法〉考评》等论文,通过文本细读、考镜源流的方式对现代文学名家的儿童文学创作,做了细致的梳理和考辨。在此基础上生成的《中国童话的演变》《童话幻想的起源》《民国时期的儿童文学报刊》《30年代兴起的科学童话创作》等论文,以及专著《中国童话史》,对中国儿童文学的发展史做了深入的钩沉和论证。谈凤霞的博士论文《"人"与"自我"的诗性追寻:中国现代文学中的回忆性童年》以"五四"至今的现代回忆性童年书写为研究对象,全面系统地考察近一个世纪以来中国现代文学对童年生命的发现进程与收获,并进而探讨这类文学书写之于中国现代文学和现代儿童文学的特殊意义。她的《幻想与娱乐双翼的负重双飞:论"十七年"主流话语边缘的儿童电影》《论"文革"时期战争题材儿童片的美学成就》《历史苦难的边缘性诠释:"文革"背景的童年叙事考察》《喧哗与骚动中的成长危机:论"文革"童年叙事的人文反思》等系列论文较为全面地考察了"文革"时期儿童文学的形貌特质。此后,谈凤霞对儿童幻想小说、儿童戏剧、儿童图画书、儿童电影等多种文类与媒介形式的辨析,都表现出了当代青年学者的丰赡学识和探索能力。

此外,江苏儿童文学研究者也敏锐于国际交流视域下的专业拓展,如金燕玉的专著《美国儿童文学初探》、谈凤霞的论文《论英国当代少年战争小说的美学深度》《认同危机中的挑战:论当代美国校园小说对少年主体性的建构》,笔者论文《美国的中国现当代儿童文学研究述评》《儿童文学评奖机制的美中比较研究:以纽伯瑞儿童文学奖与全国优秀儿童文学奖为例》等,都有较为开阔的学术视野,生成了合适的研究方法和批评语言,丰富了中国儿童文学发展的理论和方法。此外，丁帆、汪政、何平、金燕玉等专家对江苏作家黄蓓佳等名家创作给予了持续的关注。对曹文轩作品的研讨集结了中国当代儿童文学研究的核心群体，如王泉根、朱自强、孙建江、李利芳、徐妍、李东华、谈凤霞、赵霞等人从中西方儿童文学风格比较、"儿童性"的特质、中国儿童文学的世界传播、作家的审美选择等多个角度对其作品做了充分的研究。郁炳隆、刘静生所著的《江苏儿童文学 10 家评传》（1993 年），对程玮、刘健屏、方国荣、颜煦之、丁阿虎、范锡林等活跃于 20 世纪 80 年代至 90 年代的江苏儿童文学作家做了"知人论世"式评传，留下了弥足珍贵的史料。金燕玉的论文《江苏儿童文学 50 年发展之回顾》，对 1949—1999 年的江苏儿童文学发展，按"文革"前 17 年、"文革"后 20 年、四个年龄梯队，对江苏儿童文学做了全面的回顾。笔者论文《当下、原乡和想象：论祁智的儿童文学创作》《性别话语与身份意识：论韩青辰儿童文学作品的叙事策略》《与成长同行：王巨成儿童文学创作论》对活跃于江苏文坛的青年作家做了较为及时和深入的批评。总体而言，当下对江苏儿童文学作家作品，乃至全国很多原儿童文学作品的研究，较多地停留在阅读推广层面。将理论话语实践与当下文学现象对接，探究全球化语境下中国儿童文学的独立性、江苏儿童文学的特殊性，仍有很大的发展空间。

## 二、1978—2000 年：艺术探索的觉醒与开启

新时期伊始，"儿童文学教育论"和"儿童文学审美论"两种文学观念与创作实践此消彼长。很多革命题材的儿童小说的出现是"十七年"至"文革"时期文学创作的积压和延续。如海笑的长篇小说《红红的雨花石》《石城怒火》、中篇小说《小兵的脚印》，张彦平的长篇小说《烟笼秦淮》《青春从这里开始》等，是革命现实主义与革命浪漫主义的"小英雄""小战士"式的主题叙事模式。但总体而言，在肯定教育和认知功能的基础上，儿童文学对"文学性"的回归，对"人性"的挖掘，得到了一再地张扬和不断地放大；儿童本体的心理、情感活动，以及儿童自我反思的意识和能力，通过童年回忆、地域文化的审美叙事，得到了全面的肯定和郑重的书写。1978—2000 年的江苏儿童文学主力军为程玮、刘健屏、黄蓓佳、金曾豪等。他们的作品总体上表现出对乡土童年回忆的热衷，对现实的关切，对儿童成长所指向的"未来民族性格"的美好期盼。体裁以小说，尤其是短篇小说为主，题材和人物多为 6~16 岁未成年人的成长故事；创作方式上是一种"激情"而又"自信"的现实主义，充满了思辨性的诗意。曹文轩在乡土叙事中的童年回忆，逐渐走向了审美的偏至；金曾豪以"丛林法则"的方式所塑造的动物形象，呈现出冷峻的"生态美学"。他们对遣词造句的斟酌、文风意蕴的经营，呈现出独特的创作实力和美学风格。

### （一）儿童主体性的再发现

在中国近现代启蒙思潮中，在"人"的发现的过程中，"儿童"的价值被一再挖掘。江苏儿童文学在新时期伊始为拨乱反正、百废待兴的时代提供了新人物、新主题。刘健屏笔下不盲从的章杰、程玮笔下青春动人的"少女的红发卡"等，创造了昂扬乐观的国家未来接班人形象。正是通过文本之内的美学形态和文本之外的社会语境之间的张力，构成了这些形象的经典性意义。

刘健屏创作了《我要我的雕刻刀》等短篇小说，《初涉尘世》《今年你七岁》等长篇小说，为新时期江苏儿童文学的创作留下了浓墨重彩的一笔。他无意去展示时代痼疾带给儿童的"伤痕"，而是以治病救人的态度抨击了时代症候下儿童的无知与盲从，刻意强调了独立思考的意识和能力；他耐心细致地刻画了新时期的儿童形象。他们不再是完美无

缺、忠贞烈骨的"小英雄""小战士"，而是与新时期百废待兴同步成长的有血有肉的孩童。刘健屏尤擅于对他们的怯懦、顺从、顽劣、撒谎等问题做"心灵辩证法"式的剖析，并通过儿童自我反思的"过程性"完成精神洗礼。他用"雕刻刀"来雕刻民族性格，不遗余力地召唤"小男子汉"们撑起民族的未来。在《今年你七岁》中，他以父亲的独特视角深情又理性地记下儿子刘一波7岁的生活点滴，以健笔写柔情。当自己所秉承的"雕刻"男子汉的目的与现实生活中的无奈发生龃龉时，塑造"男子汉"的时代话题终成为未竟之业。刘健屏擅长对人物心理变化做全景式剖析，塑造极富个性的人物形象，在新时期的儿童文学天地中发出了铮铮之声。

新时期伊始，程玮的许多短篇作品就显现出儿童活泼泼的自然天性。《See You》《来自异国的孩子》首次涉及对外开放语境下中西文化的冲突带给儿童的困惑。作品通过成人与儿童感受的差异、儿童们的"众声喧哗"，使得中外文化价值观得以更立体、丰满的呈现。《今年流行黄裙子》《彩色的光环》《镜子里的小姑娘》《哦，不，不是在月球上》《小溪从心中流过》《鸡心项链》《少女红衬衣》《少女红发卡》《少女红围巾》等作品将青春期少女特有的生理、心理特征细腻真挚、轻松自如地描写出来。她尤擅于通过"对话"来凸显儿童与成人、儿童之间、中西差异、古今变化、情感与理智的冲击和融合。少女成长的意义彰显为一个能动的量变与质变的过程，在"觉醒与压抑"间充满了张力，而不是凝滞、板结为一个仪式、一种程式。正如赵园所言："在中国的文化环境中，少女的成长经历是生命历程中最无色彩的一段，我们有意地跳开它，而这段生命中却充满觉醒与压抑，可作为生命全部行程的缩微形式。"程玮的少女主题小说在当代儿童文学中独领风骚，将其放置于整个当代文学的场域中也是自成一家的。

### （二）乡土叙事中的童年回忆

自古江苏钟灵毓秀、人文鼎盛，有着厚重的历史文化积淀。对过往时空的关切，构成面向乡土、铭刻着作家本人强烈印记的"童年历史"写作。童年回忆作为一种创作资源，一种生命和精神的源头，向人们展示了它独特的魅力。地域特色与童年回忆的情感融合，是江苏儿童文学作家生成艺术经验的重要路径。斯东·巴什拉在《梦想的诗学》中曾言："童年如同遗忘的火种，永远能在我们的心中复萌。"儿童文学作家的乡土回忆往往是从自身的童年回忆起步的，比如曹文轩的苏北盐城"油麻地""大麦地"，金曾豪的江南水乡，黄蓓佳的"'芦花飘飞'的江心洲""青阳城""仁字巷"，李有干的盐城"大芦荡"，祁智的靖江"西来镇"，曹文芳对"石家村""香蒲草""栀子花""紫糖河"的诗意追寻……既有江苏地域"百里不同风"的地域特色，也有历经者的共同回忆，如不约而同出现在曹文轩、黄蓓佳、祁智笔下的芦花鞋、芦根、芦荡，以及饥荒与贫乏带来的乡村样貌。他们对土生土长的地域文化的熟稔和热衷，以散文笔调或意识流的方式描摹地方性、流变性和碎片化的童年生活，拼贴出了地域特色多样、乡土风格多元的童年景观。

尽管曹文轩早就远离了苏北农村，人生更多的时光是在北京的大学校园中度过，但是这些时刻裹挟、影响他的都市浮华、校园气象几乎在他的文本中难见踪影，他的众多作品几乎没有离开过他的童年、故土。他所回避的当下与所坚守的"童年"，既是他写作的视角、立场，也是境界和品格。正如曹文轩《乡村情结》中写道："二十年岁月，家乡的田野上留下了我的斑斑足迹，那里的风，那里的云，那里的雷，那里的苦难与稻米，那里的一切，皆养育了我，影响了我，从肉体到灵魂。"故乡给予曹文轩的，不只是素材和经验，还有灵魂和气质。其中最能够代表曹文轩文学成就和审美趣味的作品，是他以自己的苏北农村童年生活经历为素材创作的《草房子》《红瓦黑瓦》《细米》《青铜葵花》等长篇小说,《甜橙树》《红葫芦》等中短篇小说。在这些作品中,曹文轩构建了独树一帜的文本:中国当代乡土叙事下的诗性童年生活。它指向了中国 20 世纪六七十年代物质匮乏、精神贫乏的"中国童年"景观。曹文轩的作品承接了鲁迅《故乡》《社戏》中水乡童年的生命原初体验,创作出桑桑、纸月、林冰、细米、青铜、葵花等数个生动的当代儿童形象。他从生命哲学的苦难意识出发,以志存高远的大手笔写儿童,以赤子之心的儿童立场写人生,以唯美而伤感的美学追求创造"艺术形式"。通过对特定年代苏北农村童年生活苦难而不乏精彩、忧郁而不乏趣味的书写,曹文轩不但承接了中国现代文学中的乡土叙事、诗性小说,更向世界讲述了儿童目光中的"中国故事"。

金曾豪出生于江苏常熟练塘的中医世家。江南水乡的氤氲、书香门第的熏陶,使得他的作品问世之初即有较高的起点。使其声名鹊起的《小巷木屐声》充满了浓郁的乡土文学的气息,"黄箬壳,青竹篾,一黄昏编只小斗笠。蒙蒙雨,雨蒙蒙,雨打斗笠淅沥沥"……呱嗒呱嗒的木屐声透着作家独特的乡土气息,从小巷深处自远而近,童年意趣与传统民族特色交相辉映。在散文集《蓝调江南》以及少年小说《秘方秘方秘方》《绝招》《幽灵岛》《芦荡金箭》《青春口哨》等作品中,他非常乐意捡拾出苏南地区的种种俗语、童谣、农谚、顺口溜、乡间小调,以及与之相关的民风民俗、家长里短、约定俗成,这些构成了独具特色的吴地风情。江南气韵也孕育了无数有风骨的人物:独具特色的"小娘舅"们(《青春口哨》《迷人的追捕》《七月豪雨》《阳台上的船长》等)、孤清而善良的三娘(《有一个小阁楼》)、抗日小英雄金瑞阳(《芦荡金箭》)。可以说,"江南中的童年"不仅是金曾豪文学创作的特色,更是他的重要主题,并成为他心灵栖息之地、文笔寄托之处。

### (三)儿童与动物、自然万物

对于新时期以来的动物小说,金曾豪的创作具有开创意义。他打破了"小白兔""大灰狼"式简单的呈现,放弃了对动物肤浅的"拟人化"的处理方式,而采用"上帝视角"(金曾豪语)平等看待众生万物,以敬畏自然的姿态书写大自然中的动物,反思人类对动物世界的掠夺和侵占。对于儿童读者而言,既是生动的自然生态课程,还能从动物小说中感悟到生存、竞争、暴力的沉重。《狼的故事》《苍狼》《鹤唳》《绝谷猞猁》《凤凰山谷》等作品塑造了孤独的狼、狷介而忧郁的狐狸丹丹、带领结的鹅、有情有义的警犬拉拉、悲情的相牛、逐渐野化的母猪"别克"、不断寻找家园的猞猁、优雅的鹤、可爱的小鹿波波、芳烈的骏马贝贝、英雄迟暮的老鹰等形态各异的动物形象。它们有着逼真细致的野外生活习性、"丛林法则"残酷环境中的坚强意志力,以及"不自由,毋宁死"的刚烈性格。金曾豪的创作时而充满欢愉的浪漫,时而充斥残酷的冷静,时而迸发疯狂的野蛮。在《凤凰山谷》中,金曾豪调动了既往的写作经验,对凤凰山谷的生态体系做了全景式的描绘。以凤凰山谷的生灵万物为喻体,来比喻人与万物之间的关系。动物、人类、自然万物通过这种隐喻方式整合起来,清晰地凸显出人与自然万象间的血脉渊源,从而生成了人与自然"命运共同体"的美学品格。在多篇小说文末,对生态伦理的理性认同和情感迁移,被较为突兀的现代化进程瞬间摧毁。这一文本实践沿袭了金曾豪创作的惯常思路:为完成一个决绝的姿态而刻意设置了他笔下的人物命运。动物小说对于儿童文学而言,既是重要的创作资源和文学意象,也是一种儿童精神,指向"去人类中心主义"的未来。如何在人类与自然、文明与生态的复杂纠葛中重思"动物""自然""生态"之于儿童的当代意义,构建其作为儿童文学精神的独特价值,仍是一个充满难度的课题。

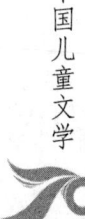

## 三、2000 年以来：表现儿童现实存在的广度和深度

21 世纪前后，年轻作家大规模的出现，包括重返儿童文学创作的黄蓓佳、程玮。她们的创作不同程度地表现为宏大叙事的退场，将目光更多地投射在儿童的实际生活中。比如黄蓓佳《我要做好孩子》传达出对教育体制重压下儿童身心状态的忧虑和无奈，曾经洋溢在《小船，小船》《芦花飘飞的时候》中的诗意已消弭在学习成绩不尽如人意的烦恼中。对儿童本体的关注带来了创作体裁的丰富，年轻作者开始活跃于儿童文学界，并多以童话、儿童生活故事为创作体裁。童话等幻想类体裁越来越多地成为 21 世纪以来儿童文学创作的主体，比如第五届全国优秀儿童文学奖（2000 年）江苏获奖者王一梅的短篇童话《书本里的蚂蚁》。同时，作家对读者期待的重视，加之童书市场的日益繁荣刺激了作家的创作取向，以市场细分为导向的儿童文学创作出现了低幼童话、儿童生活故事、校园小说、幻想小说等面向不同年龄段的作品。这既可能是一种勇敢的艺术探索，也可能是市场利益驱使。

### （一）表现童年现实生活的广度

新时期伊始对童年生活的表现，多以中短篇小说的体量，片段式、切面式地表现儿童在校园生活、学习习惯、性格品质、友伴关系、家庭生活、邻里社区等场景中的体悟和改进。"改正缺点""消除误会""加速前进"是这一特定阶段儿童文学创作的主要内容。21 世纪以来，当代中国社会与文化的裂变、重组带来了当代"中国式童年"的丰富性和复杂性：短短 40 年现代化进程对传统童年模式的"同一性"的颠覆；社会分层对城乡儿童生活及精神面貌的深远影响与重塑；不断变更的媒介文化对当代儿童的群体与个体的裂变式、代际式影响……前现代、现代和后现代共时性地在这片土地上相生相斥，交互而杂糅地建构了当代"中国式童年"的多元性和复杂性。因此，对学业压力、家庭变故、身心疾患、留守与流动的生活状态等当下儿童真实生活的热烈关注，逐渐成为江苏作家乐于开拓、全面涉及的新领域。

对当下儿童生活的高度关注、全面书写，既促成了作家的创作，也引发了广泛的社会共鸣。黄蓓佳的《我要做好孩子》《今天我是升旗手》涉及应试教育背景下的儿童成长、评价标准和荣誉意识。《亲亲我的妈妈》讲述了抑郁、自闭的母子舒一眉和安迪二人之间小心翼翼地、由浅及深的交流故事。《你是我的宝贝》主角是唐氏综合征的孤儿贝贝。祁智《芝麻开门》以及此后被进一步扩容的《麻雀在歌唱》《猫头鹰逃亡》《蝌蚪会跳舞》《小金鱼飞翔》等系列，构建了以"大钟亭小学"为中心的儿童生活场景。在这一片与真实社会生活高度贴合的背景基础上，凸现了许多个性鲜明、辨识度很高的儿童。此外，韩青辰的"小茉莉"女孩成长故事系列；王巨成的长篇小说《七个少女和一只白鸽》《震动》系列对初中生成长的记录；李志伟对"跑步运动"为主题的运动类题材的专注（《追逐风的孩子》）；殷建红对当下苏州工业园区发展背景下儿童成长的书写（《十图桥》《干河镇》《百步街》）；顾鹰对单亲家庭儿童的描述（《我是桑果果》系列）等。中国儿童当下的日常生活，尤其是江苏儿童在高强度的教育体制下的生活状态，被全方位地书写；当代儿童作为独立的人格主体得到了极大的尊重，其个体情感得到了充分的关照。儿童的主体位置被提升到一个崭新的写作高度，这是 21 世纪以来儿童文学创作的一个普遍的写作趋势。

对农村儿童生活的关注，日渐成为江苏作家的写作热点。黄蓓佳《余宝的世界》关涉到城市流动儿童的成长状态。徐玲的《流动的花朵》讲述了王弟、姐姐王花随农民工父母进城求学的过程，较为深入地涉及了教育公平、城市接纳等问题。一连串沉重而苦涩的

成长困境在一种有节制的叙述之后，总以"光明和希望"收尾，带有逻辑合理、价值正确的理想色彩。她的长篇小说《如画》让外来务工人员孩子返回农村，看到了"新农村"的新变和希望。刷刷的长篇小说《幸福列车》让农村女孩杜鹃看到了城乡互动下的美好未来。王一梅的纪实文学《一片小树林》简洁流畅地描述了乡村小学校长杨瑞清二十年如一日的坚守和建设。胡继风的短篇小说集《鸟背上的故乡》以群像的方式刻画了农村留守与流动儿童的不同遭际。尤其是王巨成的长篇小说《穿过忧伤的花季》，以留守初中生为主线，通过邻里社群、校园生活、同伴关系等的刻画，构建了一幅幅真实细腻的乡村图景：无人照料的濒死老人，被性侵的女孩，偷尝禁果的少男少女，欺行霸市的混混帮派，龃龉斗气的乡邻与村落，缺少交流的打工家庭关系，简单粗暴的师生沟通方式。老人去世，孩子们随父母进城打工，新一轮的背井离乡再次上演。乡村的沙漠化、空壳化，留守儿童成长的无助与撕裂，立体而真实地凸显出来。

从不胜枚举的当下儿童生活作品中可以看到童年观念的变迁，儿童文学创作从"居高临下"式的教育、训诫儿童，转向了"平视"视角中对儿童和童年生活的尊重。一方面，从当代儿童的立场和视角，较为轻松幽默、零距离地描述儿童的日常生活，既是对长期以来被漠视的儿童生理和心理真实状态的充分认可，极大满足了特定年龄段儿童的阅读需求与认同感，也反映了儿童文学对自由感、娱乐性等审美功能的召唤。另一方面，童年生活的丰富性、多元性得到了前所未有的关注。尤其是占据中国未成年人数量33%的留守与流动儿童的生活状况，成为青年作家乐意涉及的选题。这既与他们多生活于基层，对农村留守与流动儿童的生活境况比较熟悉，有较为充分的素材和资源有关，也与主流评奖体系对这一题材的推进、扶持有很大关系。

### （二）探寻儿童成长的深度

2000年前后，江苏青年作家对当下儿童成长的心灵史有着更为深入的认知和判断，对时代进程、社会环境、教育体制所带来的儿童的心灵变异、成长困境有了更敏感的认知、更深入的体察和更精微的叙述。

韩青辰是位非常有特点的青年作家。她对儿童人性的透视、心理的剖析、主体性的深度书写，都显现出难得的清醒和执着。她的中篇小说《龙卷风》，长篇小说《小证人》《因为爸爸》，纪实文学《飞翔吧，哪怕翅膀断了心》等，所选取的主题人物都是不太"讨巧"的类型：因不堪学业压力而自杀的高中生、抑郁症家庭、网瘾少年、聋哑儿童、艾滋病患儿、职业小乞丐、烈士遗孤、在命案中需要自证清白的"污点证人"……正是这些"特殊"的未成年人，他们所遭遇的挫败、苦难，包括他们无法修复的未来、惨烈的命运，都在提醒我们儿童作为世界的一部分，除了明亮的希望和欢愉外，也承受着世界带给儿童在内的所有人的碾压。"我看见我十三年的生命完完整整躺在妈妈写满安全指南和学习计划的玻璃罩里！我认识的人差不多都是名师，我是性能超强的学习机，一度我的排泄物都带有印刷物的铅灰味儿！""这个城市每隔一段日子就有一个懦夫和混蛋像肖依那样跳楼身亡，我不知道他们死给谁看，其实人们早已审美疲劳，都懒得饶舌。"（《龙卷风》）语言不只是技巧、形式，它和内容一起成为艺术的本质。约翰·史蒂芬斯在《儿童小说中的语言与意识形态》中强调："很难想象一个叙事是没有意识形态的：意识形态借由语言生成，并且存在于语言之中……而叙事本身就是由语言构成的。"韩青辰对儿童主体的着力开掘，对外部社会环境造成儿童的剧烈心理危机的严肃探寻，蕴含着斗士参孙的悲怆。这在江苏乃至全国儿童文学界，都有着特别的意义。

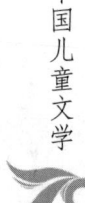

新中国儿童文学

### （三）历史深处的童年想象

无数代人的童年记忆都留驻在古老中国的广袤大地上，和一方水土有着千丝万缕的情缘，承载了现代人关于过去、现在、未来的喟叹。更有作家摆脱私人的童年生活记忆、审美趣味的笼罩，延伸到历史深处，书写"历史中的童年"。在时间长河的摆渡中，以儿童的目光凝视那些充满"江苏"地域特色的生动人物和风俗画卷。在个体生命体验的基础上，升华为更紧实、开阔的故事结构，更具有高度的童年精神。

从《漂来的狗儿》《艾晚的水仙球》《黑眼睛》《星星索》《童眸》到《遥远的风铃》，黄蓓佳绘制了童年成长的图谱。而这段带有极强时代性的童年生活，打上了 20 世纪五六十年代鲜明的烙印，也是黄蓓佳个体成长的自我印痕。这使得相关作品的人物性格、生活场景、民俗节庆、风物与细节显得异常细腻动人。

黄蓓佳对童年史诗的拼图，不仅从她本人的成长经历下延到 21 世纪的儿童，更上溯到民国时代。结合"五个八岁"系列长篇小说，黄蓓佳将百年中国的童年生活放置在特定的历史节点上：民国初步实现统一和安定的 1924 年（《草镯子》），抗战即将结束的 1944（《白棉花》），"文革"初期的 1967 年（《星星索》），刚刚恢复高考的 1982 年（《黑眼睛》），以及网络时代的 2009 年（《平安夜》）。然而，在这些显著的历史节点中，梅香、克俭、小米、艾晚和任小小都没有应和着历史节点，成为某个时事所造、应运而生的时代小英雄。梅香还沉溺在与秀秀一起装扮洋娃娃的游戏中，克俭在伶牙俐齿的两个姐姐面前拙于表达，小米对爸爸被批斗游街已经司空见惯，被哥哥姐姐光环遮掩的艾晚显得毫不出众，任小小已经在父母离异、外公外婆离异、爷爷再婚的复杂家庭关系中游刃有余。

黄蓓佳从日常生活的声响、气味、纹理中，敲击着个体的感官。历史的重要节点所形成的宏大景观与个体独自承担的生活细节，形成了彼此的互文：历史的重量与每一个个体不能承受的生命之轻；日常生活承接着历史变迁所释放的能量，并以燎原之势反作用于宏大叙事，它的真实无孔不入甚至还会形成巨大的惯性。因此，如何看待百年中国中的童年生活、谁又具有百年中国儿童的典型性，黄蓓佳给出了一份很不一样的样本。梅香不像叶圣陶的"稻草人"、沈从文《阿丽思中国游记》中的阿丽思，无能为力地注视着中国农村惨相；克俭不具有《大林和小林》的阶级意识与价值判断，更没有像"三毛流浪记"那样颠沛流离；小米没有成长为"小英雄雨来""小兵张嘎"式的小战士，而是个迷恋小人书、热衷玩溜铁圈的寻常男孩；泼辣能干的艾早、学习能力超强的艾好，以及平凡的艾晚都和《班主任》中的谢慧敏完全不具有可比性。即便是《童眸》中流氓习气很重的马小五，也与《班主任》中的宋宝琦无法并置。正如黄蓓佳在《童眸》后记中引用的奈保尔的那句名言："生活如此绝望，每个人却兴高采烈地活着！"黄蓓佳放弃了某种整饬的典型性，挪揄了现代主义和后现代主义的凌空蹈虚。她笔下的儿童是脆弱、稚嫩、懵懂的，他们不是被历史选择的关键人物，不是时势所造的英雄，不是随着一个严密精致完整故事的演进而横空出世、光芒四射的宠儿。他们的童年生活在历史细微处，有着命运弄人的不测、时代潮流的无奈、历史趋势的卷席，却始终葆有着明亮、率真、纤弱、柔韧的生命体验。这是黄蓓佳对百年中国童年历史的深情回眸。

相比较于曹文轩、金曾豪对童年回忆的耽迷和自矜，21 世纪以来的童年回忆带着"逝者如斯夫"的感伤，构成了 21 世纪童年回忆式书写的基调。对旧时光中童年生活、民风乡俗、传统文化的再三致意，是 21 世纪城市化进程背景下的一种"幽趣"。祁智的《小水的除夕》《羊在天堂》等小说，以及与之构成互文效应的散文集《一星灯火》，从中可以看到祁智不遗余力地用男孩小水的视角复原"物象"中的原乡：四季风华、天赐芦苇、棣上人家、十字街口、理发店、浴室、车站，以及当地的土特产。许多已经消失了的物象，在岁月的记忆场景中不断闪回，在心情和情绪的弥漫中不断出场，被作者执着而又深情地记载在文本里。这些构成精神原乡的场景、情绪都指向作者的童年生活。祁智对这片真实又虚妄、美好又不可逆的失乐园的竭力复原，也是对曾经的借瞳少年的追溯和复原，更是对元气淋漓的儿童精神的再三致意。在这个意义上，《小水的除夕》不只是一个滞留在过去时空中，自足封闭、缥缈不可及、不与当下发生关联的失乐园。"童年"抚摸了过去，照亮了当下，并将零碎而炫目的过去融入当下，汇成了存在的关联性、连续性。正是在这不断建构的童年精神的"过程性"中，在寻求童年旧时光与当下复杂的社会文化语境的审美定位中，生成了文本的张力。审美机制看似是由文本内部生成的，而根本上是由社会和文化的整体语境共同构成的——现代化进程中失落的故乡、成人作家和读者无处安放的精神家园，都使得作者渴望儿童读者理解并悦纳这突然变得遥远的乡愁。

**（四）幻想类题材的崛起**

幻想是儿童文学的重要特质，是21世纪中国儿童文学重要的艺术生长点。第五届（2000年）全国优秀儿童文学奖江苏获奖作品是王一梅的短篇童话《书本里的蚂蚁》，表明以低幼童话为首发阵容的幻想类作品开始进入"文学"视野。此后，童话、少年幻想类小说等面向不同年龄段的作品开始层出不穷。郭姜燕、顾抒、赵菱等更年轻的作家不断汇入21世纪以来的幻想类文学创作中，形成了多元共生的发展面貌。

王一梅曾在幼儿园工作十余年，与幼儿生活的无缝对接，使她非常熟悉儿童的精神世界。比如她的早期代表作《书本里的蚂蚁》一开头是"古老的墙角边，孤零零地开着一朵红色的小花"，儿童的稚嫩和墙角的"古老"相互辉映，生成了奇异的反差。蚂蚁的天真率性与旧书的刻板凝滞也构成了冲撞，让"新故事"的出现变成了奇妙的遇合。《给乌鸦的罚单》《屎壳郎先生喜欢圆形》有一种不可名状的滑稽感；《树叶兔》《胡萝卜先生的胡子》想象曼妙；《蔷薇别墅的老鼠》《洛卡的一年》中生命哲思的诗意，生成了低幼童话的艺术美感和童年趣味。她的长篇童话《鼹鼠的月亮河》《住在雨街的猫》《恐龙的宝藏》《木偶的森林》，有着精心设计的结构、温情而不失幽默的语言、哲理与游戏互补的情节、开放式的结局，以及"万物有灵""众生平等"的生态意识。这些构成王一梅独具特色的低幼童话风格。朱自强评价其作品"可以用以标示中国原创儿童文学作品所达到的一定的艺术高度"。

赵菱《父亲变成星星的日子》《故事帝国》等长篇童话作品专注于想象力的幻化。顾抒的短篇童话《布若坐上公交车走了》在想象力的多次尝试和现实的多次追寻中形成有意趣、有张力的文本实验。郭姜燕的《布罗镇的邮递员》中，少年信使阿洛来往于人类社会和黑森林之间，开启了一段时空里的奇遇。阿洛的信使身份赋予了儿童改变历史现状的巨大信心，但是对这一可能性的书写，郭姜燕是非常节制的，平凡少年阿洛对小镇和森林的探索，既是积极主动的，又是谦卑友善的。童年生命状态与自然生态意识，融洽地奔驰在郭姜燕的写作里。布罗镇和森林，从彼此对立，到相互接纳之间构成的张力、缝隙和弥合，使这个童话文本具有较强可读性的同时又达到了的一定的深度。尽管少年阿洛的信使之旅不乏"集体期待"的被裹挟意味，各司其职的人物形象、充满必然性的情节设计难脱童话创作"类型化"的窠臼，但是平凡少年阿洛找回了人类失落的生命家园。这不仅关乎想象力、童话品质，更是一种比一般环保或生态意识更为深刻的"命运共同体"的理

新中国儿童文学

解，令我们对未来世界充满期待。

21世纪以来江苏儿童文学年轻作家对新的创作方式、叙事结构、审美形态有着创新的锐气，尤其显现在少年幻想类作品的创作中。这一类型文学作品具有时尚性、娱乐性、消费性和原生态性的特点，获得了拥趸的狂热喜爱。如顾抒的《夜色玛奇莲》系列，将困扰人心的妒忌、孤独、虚荣、贪婪等欲望，隐喻为各种"兽"。正邪混杂的捕兽人群体，通过悬赏、豢养、培育新品种的"兽"来控制世界的资本大鳄……这个二次元的世界无疑是现实世界的镜像。少女毛豆和她的朋友们与吞噬他们内心的"兽"不断抗争的过程，也是其心灵不断被救赎的过程。顾抒对叙事策略、故事结构、语言表现力、氛围营造都做了用心的努力。在《白鱼记》系列中又将这一精致处理细节的方式运用于中国古典风范的构建中。

少年幻想文学的异军突起，以其独特的意义参与儿童文学乃至社会文化的重塑过程中。它敏锐地鼓励着、纵容着新的创作方式和审美形态，又被牵制在喜新厌旧、始乱终弃的市场机制中。它有可能形成类似"亚文化"特征的读者群落，削弱现实空间中自我与他者的真实对话，但不得不承认，它为江苏儿童文学的发展提供了艺术新变、储备作家后备力量的一种可能。

## 四、结语

"若无新变，不能代雄"，江苏儿童文学为改革开放以来的儿童文学发展提供了新题材、新人物、新的艺术经验；拓展了童年观、儿童生活内容、儿童心灵版图、儿童面对自然万物的"世界观"；形成了较为充足的创作梯队，良性循环的市场机制和读者接受氛围。尤其是进入21世纪以来，文学界、出版界和教育界对面向儿童的阅读推广活动愈加重视，儿童文学的传播与接受成为社会文明进程中的独特文化风景。与此同时，对国外优秀儿童文学作品的引进、对儿童文学评奖的关注，达到了前所未有的高点。作家、作品、出版社、期刊、读者的良性互动，生成了江苏儿童文学丰厚的人文环境和读者接受氛围，也形成了由创作者、出版者与消费者构成"童年消费"到"消费童年"的市场网络。这既是儿童文学繁荣的重要契机，但也带来了一些作家俯首于市场导向、献媚于儿童趣味的写作姿态。在儿童文学高度市场化的今天，相较于全国各地儿童文学创作的多元态势，江苏儿童文学存在的问题也显而易见：儿童散文、儿童诗歌、儿童寓言等体裁的创作力严重不足。儿童文学理论批评队伍较为薄弱，尤其是当下超大的阅读量增加了不同研究者对文本评价、整体性研究、理念对话的难度。儿童文学作品多样性在满足不同年龄、类型读者的审美需求的同时，更需要谨慎对待作为"文化产品"背后的意图和效应，更需要检讨作为江苏原创儿童文学的品质。尤其一些年轻作家文学素养准备不足、文化视野偏狭，在流水线式的出书进度中，未能在面向儿童、面向未来的格局意识下思考童年精神，导致在儿童文学观念的更新、童年书写的艺术难度、文本本身的试验与探索等问题上存在一些不足和缺陷。江苏儿童文学面临着走出小格局，走向艺术品质、文化境界全面提升的关键期。年轻作家应该在汲取中外儿童文学经典作品艺术营养的过程中，生成更具辨识度的艺术风格；在童年精神的召唤下展现江苏特色语境下童年故事的创作自律、艺术自觉、文化自信。

（原载《江苏社会科学》2018年第5期）

# 浙江儿童文学的一个轮廓

孙建江

浙江儿童文学的发生不仅与中国儿童文学的发生保持了同步,而且浙江儿童文学的奠基人实际上就是中国儿童文学的奠基人。鲁迅、周作人就是浙江的两位杰出代表。

作为中国新文化运动的领袖,鲁迅对于中国儿童文学的独特贡献是无人可以取代的。虽然鲁迅并没有专门的儿童文学活动,但鲁迅十分重视儿童教育。他认为,儿童教育的问题,于我们民族的前途有着极大的关系。无论是学校、社会和家庭都肩负着儿童教育的责任。由于鲁迅自己在儿童时代,曾就学于私塾,对旧式蒙学读物的危害有着切身的体会,深知中国古代蒙学读物的种种弊端。他在《二十四孝图》等文章中,对封建礼教进行了深刻的批判。1908 年,鲁迅在《文化偏至论》一文中,明确提出了"首在立人"的主张。他认为:"首在立人,人立而后凡事举;若其道术,乃必尊个性而张精神。假不如是,槁丧且不俟夫一世。"要彻底改变"愚弱"的国家面貌,首要的任务是"立人"。而"立人"当然须从儿童做起。由此,鲁迅进一步认为,"立人"的关键在于,儿童应该有健康的身体("养成他们有耐劳作的体力")、朝气蓬勃的精神(没有"被压迫得瘟头瘟脑")和敢想敢做的品格("尊个性而张精神")。鲁迅关于"立人"主张的深远意义,到了 20 世纪末叶已为越来越多的人所认识。20 世纪 80 年代中期,中国青年儿童文学作家提出的"儿童文学作家是未来民族性格的塑造者"口号,就直接受到鲁迅"首在立人"思想的启发。1918 年,鲁迅更在其力扛九鼎的小说《狂人日记》中,发出了"救救孩子"的时代呐喊。把救救孩子与振兴民族的未来紧紧地联系在了一起。此外,鲁迅还在《我们怎样做父亲》《看图识字》《表·译者的话》等一系列的文章中就儿童和儿童读物发表了自己富有建设性的意见。同时,早期的鲁迅还鼓励、帮助其胞弟周作人研究儿童文学。鲁迅的儿童观及其儿童教育方面的论述对中国儿童文学的影响是巨大的。

与鲁迅相比,周作人的儿童文学活动则要直接得多。在 20 世纪中国儿童文学的发展进程中,周作人可以说是最早具有自觉意识的人物。他不仅呼吁社会对儿童文学重视,而且还身体力行,直接参与到儿童文学的理论建设之中。1911 年,周作人自日本留学返回浙江后,就开始了他的儿童文学活动。在浙江,他撰写并发表了《童话研究》(刊于绍兴 1912 年 6 月 6 日《民兴日报》)、《童话略论》(刊于绍兴 1912 年 6 月 7 日《民兴日报》)、《儿歌研究导言》(刊于 1913 年《绍兴县教育会月刊》第三号)、《儿歌之研究》(刊于 1914 年《绍兴县教育会月刊》第一号)、《古童话释义》(刊于 1914 年《绍兴县教育会月刊》第七号)、《小学校成绩展览会杂记》(刊于 1914 年《绍兴县教育会月刊》第十号)。这是中国儿童文学批评史上最早具有学科建设意义的重要文献。在此期间,周作人还发表了中国最早介绍安徒生的文章《丹麦诗人安兑尔然传》(刊于绍兴《叒社丛刊》1913 年创刊号),并且亲自到绍兴乡间去收集儿歌。周作人选择童话、儿歌作为他儿童文学研究一个方面的切入点,这除了同他个人的兴趣有关,当然更体现了他对儿童文学研究的一种整体把

握——因为童话与儿歌是最具儿童文学特征的两种具体样式。而对最具儿童文学特征具体样式的研究，必然会带来某种普遍意义。"五四"前夕周作人应邀赴北大任教，于1920年发表著名的演讲《儿童的文学》。在这篇演讲中，周作人首次提出"儿童的文学"概念。他从"儿童的"和"文学的"这两个方面入手对儿童文学进行了理论阐释。他强调"儿童的"，目的在于强调儿童需要文学。儿童不是缩小的成人，儿童有自己"内外两面的生活"，与成人一样，儿童也有自己独立的人格，也需要自己的文学。他强调"文学的"目的在于强调文学对于儿童的重要性。在中国不是没有文学，而是太"偏重文学"，而儿童又向来不被真正理解，"所以在文学中可以供儿童之用的，实在绝无仅有"。中国缺乏儿童文学，但中国儿童需要儿童文学。由于周作人的儿童文学观有着较为坚实的理论依托，因而"儿童的文学"这一概念的提出，很快赢得了人们的积极响应和认同。1921年，中国现代文学史上第一个新文学社团文学研究会成立伊始，即发起了一场声势浩大的"儿童文学运动"；1923年，中国第一部原创儿童文学作品集《稻草人》（叶圣陶）出版；1923—1926年，风靡于世的儿童散文《寄小读者》（冰心）出版。"儿童的文学"这一概念的明确提出，明显加快了中国儿童文学由非自觉状态向自觉状态转变的进程。中国儿童文学进入了自己全新的时代。无疑，周作人是20世纪中国儿童文学发展进程中一位具有里程碑意义的人物。这实在是浙江儿童文学的骄傲。

20世纪上半叶浙江儿童文学的发展，当然还与20世纪20年代浙江上虞春晖中学的教学活动和20世纪三四十年代创办并发行于浙江的《中国儿童时报》有着直接的关系。

在20世纪20年代，夏丏尊、叶圣陶、朱自清、俞平伯、丰子恺等一批著名学者作家曾云集上虞春晖中学探讨教学。他们中的夏丏尊、俞平伯和丰子恺本身还是浙江人。他们的到来不仅给浙江的儿童教育带来了新质，而且还大大促进了浙江儿童文学的发展。俞平伯1925年出版的中国第一部儿童新诗集《忆》中的不少诗作就写于杭州等地。夏丏尊的散文名篇《白马湖之冬》中的背景即是上虞白马湖；而夏丏尊那部影响了几代人、仅20世纪上半叶就再版30余次的长篇儿童翻译小说《爱的教育》（［意］亚米契斯著），亦是作者在上虞白马湖畔翻译完成。

《中国儿童时报》1930年在绍兴创刊，1949年于杭州终刊，历时19年。其间因战乱一度停刊，并先后辗转于绍兴、杭州、金华、江山、永安、杭州等地。历任负责人有田锡安、柯灵、何求、盛澄世、俞仲武、寿三畏、石云子等。《中国儿童时报》是一份综合性报纸，但由于辟有相当的篇幅刊登儿童文学作品，因此儿童文学成了该报的一大特色。该报从创刊到终刊近20年的时间内发表了大量的儿童文学作品，团结了一大批儿童文学作者。在该报上发表儿童文学作品的浙江作家有柯灵、巴人、仇重、石云子、金近、施雁冰、唐湜、鲁兵、圣野、田地、鲁克等。由于《中国儿童时报》办刊方针明确，发行时间长，又团结了一大批作者，该报的影响不仅波及浙江全省，乃至全国，并且1935年还在日本成立了"中国儿童时报东京分社"，在海外产生了一定的影响。《中国儿童时报》较为集中地显示了20世纪三四十年代浙江本土的儿童文学实绩。

20世纪上半叶浙江儿童文学的发展，除了上面提到的作家，还与茅盾、刘大白、王鲁彦、顾均正、柔石、应修人、冯雪峰、魏金枝、包蕾、吕漠野等中国现代文学史上一批著名的浙江籍作家的支持有关。他们在全国各地所取得的儿童文学成就，无疑为浙江儿童文学增添了光彩。

如果说，20世纪上半叶，由于历史的原因，中国儿童文学的发源地和大本营主要集中于上海，浙江儿童文学还有待壮大的话，那么，20 世纪下半叶，由于新的经济、文化格局的形成，浙江儿童文学可以说进入了全面发展的时代。

在 20 世纪下半叶，浙江儿童文学无论在创作上还是在理论上都取得了全国瞩目的成就。

我们先来看浙江的儿童文学创作情况。

浙江儿童文学在创作方面成果丰硕。童话、幼儿文学、小说、寓言、诗歌、散文、报告文学彼此照应，互相促进。除散文、报告文学创作稍嫌薄弱，童话、幼儿文学、小说、寓言、诗歌等的创作均达到了全国水准。

童话创作中，出现了冰波、倪树根、夏辇生等有影响的作家。而这中间，冰波的实绩尤为突出。

冰波的童话创作始于 20 世纪 70 年代末，但起点很高。其创作从 20 世纪 80 年代初期以来就一直处于全国领先地位。30 年来，佳构不断。冰波能用多种笔墨进行创作，其中，尤以抒情风格的作品最为突出，乃中国当代抒情童话的代表人物之一。他的这类作品清丽、柔美、优雅，字里行间带着淡淡的忧伤，感情细腻，让人回味。代表作有《窗下的树皮小屋》《夏夜的梦》《秋千，秋千……》《蓝鲸的眼睛》《长颈鹿拉拉》《花背小乌龟》。除了抒情性作品，冰波也创作深沉凝重和诙谐幽默的作品。代表作有《狼蝙蝠》(长篇)和《阿笨猫》。倪树根的童话创作在 20 世纪 50 年代即已开始。进入 20 世纪 80 年代以后，其作品的影响日益突出。代表作有《甜葡萄王国里发生的怪事》《有尾巴国和没嘴巴国王》等。倪树根的童话具有鲜明的民族民间文化的色彩。他的童话创作对浙江童话的全面发展是一个重要的参照。夏辇生的童话创作始于 20 世纪 80 年代初，20 世纪 90 年代初开始形成自己的特色。代表作是"魔方童话三部曲"：《蓝色钟声的诱惑》《紧急追踪》《冠军失踪以后》。夏辇生的"魔方童话"强调叙述结构的开放性和读者的积极参与意识。其"魔方童话"的出现，从一个方面强化了童话作品的游戏功能。童话创作方面值得提到的作家还有肖然山、胡霜、石在、将应武等。

幼儿文学中，出现了吴少山、杜风、屠再华、王晓明、冰波、谢华、王铨美、李想等。幼儿文学自 20 世纪 80 年代以来一直是浙江儿童文学的强项。由于幼儿文学的外在形式多十分短小，客观上不易为人们所关注。然而，唯其如此才更显出幼儿文学的意义。目前浙江幼儿文学的整体实力名列全国前茅。

杜风的儿童文学创作始于 1951 年，创作涉及儿童文学的各个年龄层次。在杜风的儿童文学创作中幼儿文学一直是他的创作重点。杜风的幼儿文学创作涉及幼儿诗、儿歌、童话和生活故事。比较起来，其幼儿诗和儿歌更具特色，也更具影响。杜风的诗和儿歌，节奏明快，讲究童趣，给幼儿以启发和教益。代表作为《杜风作品选》(其中不少为幼儿文学作品)。与杜风相仿，吴少山儿童文学创作亦开始于 1950 年。半个多世纪以来，吴少山的创作精力几乎全都集中在幼儿诗与儿歌上面。像吴少山这样一生专注、钟情于幼儿诗与儿歌创作的儿童文学家，在国内算来也只有圣野、鲁兵等屈指可数的几位。吴少山的作品，题材广泛，内容丰富，强调教育意义，讲究节奏与声律的运用，童趣盎然。代表作为《儿童诗一百首》(幼儿诗集)。屠再华的儿童文学创作主要集中在幼儿散文领域。幼儿散文在我国幼儿文学创作中是最薄弱的一个环节。偶尔写写的人有一些，但花大精力进行艺术实践的人并不多。屠再华是这不多的人中的一位。其幼儿散文创作到了 20 世纪 90 年代开始引起人们的注意。其幼儿散文强调自然、单纯、稚拙及淡淡的抒情，特

色明显。代表作为《小魔伞》《嘟嘟糖和小雪灯》。王晓明是国内颇具影响力的儿童画画家。20世纪90年代初开始幼儿童话创作。他的幼儿童话创作风格鲜明，独具一格。由于王晓明的画家身份，其创作往往自写自画。文中有画，画中有文，文画交织，浑然一体。王晓明的作品构思新颖，想象奇特，语言不刻意雕琢，讲究情感的流动与渗透，内涵丰富，回味良多。在我国，像王晓明这样一人同司作文作画两职，又同时达到很高水准者，可谓凤毛麟角，实乃不可多得。王晓明的出现预示着我国幼儿文学创作已进入到了一个新的境地。代表作有《花生米样的云》(幼儿童话集)、《会飞的房子》(幼儿童话集)等。冰波的创作主要集中于童话和幼儿文学(幼儿童话)。他的幼儿童话创作与其童话创作一样成绩突出。其幼儿童话创作，意境优美，情感分寸把握得当，语言不矫揉造作，讲究美感传递和认知能力的培养。代表作有《长颈鹿拉拉》(系列幼儿童话)、《桃树下的小白兔》等。谢华的主要精力在少年小说上，但她的幼儿童话亦别具特色。谢华是国内较早将悲剧意识引入幼儿文学创作的作家。她的作品在注意儿童情趣的同时，还往往有意识地引导幼儿探寻一些人生的重大问题(如生与死等)，其艺术的创新和探索难能可贵。代表作有《岩石上的小蝌蚪》、《星星信》(幼儿文学作品集)等。王铨美的儿童文学创作主要集中在幼儿童话上。他的幼儿童话构思巧妙，想象别致，幼儿心理把握准确，语言风趣幽默。作品散见于各类报刊，惜乎多未能结集出版。李想的儿童文学创作集中在幼儿童话和幼儿生活故事上。其中幼儿童话创作的成绩更为突出。她的创作，幼儿心理把握准确，语言自然、明快，富于儿童意趣。代表作为《大信箱》(幼儿童话集)等。此外，幼儿文学创作中有影响的作家还有夏辇生、雨雨、张彦、张光昌、朱为先、赵明、虞运来、金志强、金强芸、高蕾、詹政伟、汪涛、金旸等。

小说创作中，出现了张微、李建树、沈虎根、谢华、余通化等一批有影响的作家。他们的作品显示了浙江儿童小说的实力。

张微的小说创作始于20世纪50年代初期。进入20世纪80年代以后，其作品开始具有全国性影响。代表作有《红宝石》、《关键时刻》、《请你永远忘记它》、《天堂小五义》(中篇)、《雾锁桃李》(长篇)等。张微的作品，特别关注当代中学生的生存境况，与中学生同乐同苦，乐做中学生的代言人。其对文学的教育性有较好的把握，生活气息十分浓郁，颇具情感的力度。李建树在20世纪80年代中期开始从事小说创作，此后一直保持着旺盛的创作势头，在全国优秀少年小说家中占有一席之地。代表作有《蓝军越过防线》、《走向审判庭》、《金十字架》(长篇)、《快乐大院的故事》(中篇)、《校园明星孙天达》(中篇)、《石沉大海》(中篇)等。李建树的创作，关注普通人的生存状态，生活底蕴厚实；注重叙述策略，讲究语言的张力；幽默诙谐，深沉凝重；具有很强的当代意识和创新精神。沈虎根从20世纪50年代中期开始从事成人文学创作，其时也兼事儿童小说创作，但数量不多。其儿童小说的创作高潮在20世纪80年代。代表作有《小师弟》、《金枝玉叶》、《我这一家人》(中篇)等。沈虎根的作品，贴近现实，强调教育性，生活实感强，语言质朴。谢华的小说创作始于20世纪80年代初期，20世纪80年代中后期开始崛起。其作品的数量并不多，但大多都保持了较高的水准，称得上是少而精。代表作有《小桥吱呀吱呀》、《远山》(中篇)、《情感问题》(中篇)、《甲乙丙丁》(中篇)、《大合唱》(短篇集)等。谢华是位很有追求的作家。她的作品既有强调清新、抒情的一面，也有强调凝重、哲理的一面。内涵丰富，表现手法多样，充满现代气息。难能可贵的是谢华还是位勇于创新和探索的作家。余通化的少年小说创作始于20世纪80年代初期。他是20世纪80年代初中期浙江为数不多的几位进入全国视野的少年小说作家。代表作有《我看这朵云》(短篇集)、《三色信号红黄蓝》(中篇)等。他的作品与张微相仿,特别关注校园生活,以揭示当代少年的内心世界、刻画当代少年形象见长,注重小说人物的矛盾冲突,讲究故事情节的安排。除了上述几位,龚泽华、张婴音、王申浩、张彦、胡尹强、袁丽娟、沈贻炜、李燕昌、杨明火等亦是浙江有影响的作家。

诗歌创作中,出现了田地等。

田地是 20 世纪下半叶浙江儿童诗坛成就最突出的一位。田地的儿童诗创作早在 20 世纪 40 年代即已开始。20 世纪 50 年代和 20 世纪 80 年代是其创作的两个高峰。代表作有《祖国的春天》《溶溶的故事》《母亲的眼泪》《快乐的中队》《快乐的小精灵》《我爱我的祖国》等。田地的儿童诗特别注重抒情与朗诵的相互结合,强调可听性,强调节奏的安排与声韵的设置,时代气息浓郁,充满激情。此外,龙彼德、张德强、戎国强、雪野、赵哲权、杨明火的儿童诗也值得提到。

寓言创作中,出现了金江、徐强华、邱国鹰、陈必铮、解普定、楼飞甫、周冰冰、雨雨等。浙江寓言创作的成就十分突出。其整体的创作水准之高,数量之多,在全国首屈一指。这中间的领军人物,当首推金江。

金江 20 世纪 50 年代初开始寓言创作,迄今已有半个多世纪。他是一位几近一生执着于寓言创作的作家。用他自己的话来说是:"殉情寓言,至死不渝!"半个世纪来,共发表寓言 1000 余篇,出版有 10 余部寓言集。他是中国当代寓言创作中最具影响的人物之一。代表作有《小鹰试飞》(寓言集)、《乌鸦兄弟》(寓言集)、《寓言百篇》(寓言集)、《金江寓言选》(寓言集)等。香港的中国文学出版社分别于 1997 年和 1998 年以《金江寓言选》的中英文对照版和中法文对照版向海外读者推荐。这在我国寓言界实为鲜见。金江的寓言构思新颖,题材广泛,表现手法多样,讲究故事寓体和教育寓意的完美结合。故事短小精致,规劝、讽喻到位。其创作对我国寓言作家有较大的影响。除了金江,浙江寓言作家亦纷纷出版了各自的寓言集。如徐强华出版了《菩萨出汗》《床下钓鱼》,邱国鹰出版了《大象和蚂蚁》《狐狸打猎》,陈必铮出版了《真理赶路》,解普定出版了《乌龟爬天梯》,楼飞甫出版了《楼飞甫寓言集》,周冰冰出版了《向狮子挑战的青蛙》,雨雨出版了《雨雨寓言集》《美食家狩猎》。此外,瞿光辉、应加登、徐迅、倪树根、郑钦南、张彦等亦发表了不少作品。他们从各自的角度为浙江的寓言创作增添了色泽。

浙江儿童文学创作中的散文和报告文学的成就虽然在整体上不及上述各项,但也出现了一些佳构。散文方面,较突出的有袁丽娟的作品。袁丽娟的作品,地域特色鲜明,感情细腻、真挚,追求一种纯美的境界。其他,像屠再华、詹政伟等也有不少佳作。报告文学方面,值得提到的是江润秋和谢华。江润秋和谢华的报告文学着力表现当代中学生的喜怒哀乐,取材典型、独特,有较强的当代意识。

理论研究是浙江儿童文学另一重要的内容。浙江的儿童文学理论研究,在全国具有举足轻重的地位,不仅研究队伍壮大,而且成就突出。在全国颇具规模和影响的 5 套理论丛书已凸现了这一点。

《中国当代中青年学者儿童文学论丛》,甘肃少年儿童出版社于 1994 年出版。该丛书共 6 部,其中《代际冲突与文化选择——吴其南儿童文学文论》《流浪与梦寻——方卫平儿童文学文论》《文化的启蒙与传承——孙建江儿童文学文论》3 部为浙江作者所著。此外,《人学尺度和美学判断——王泉根儿童文学文论》《酒神的困惑——汤锐儿童文学文论》两书亦与浙江有着密切的关系。两书的作者不仅在浙江生活、学习过，而且他们儿童文学理论的起步就是从浙江开始的，其中王泉根本身还是浙江人。如果算上后两部，浙江作者即占了该丛书的六分之五。《中华当代儿童文学理论丛书》，江苏少年儿童出版社于1992—1995年陆续出版。该丛书共5种，其4种出自浙江作者之手（包括曾在浙江生活学习过的汤锐），它们是韦苇著《外国童话史》、方卫平著《中国儿童文学理论批评史》、孙建江著《二十世纪中国儿童文学导论》和汤锐著《现代儿童文学本体论》。《世界儿童文学研究丛书》，湖南少年儿童出版社于1992—1999年推出，该丛书共9种，其中6种出自浙江作者之手，它们是韦苇著《俄罗斯儿童文学论谭》、吴其南著《德国儿童文学纵横》、方卫平著《法国儿童文学导论》、孙建江著《意大利儿童文学概述》和王泉根著《中国儿童文学现象研究》、汤锐著《北欧儿童文学概略》。《儿童文学新论丛书》，湖北少年儿童出版社于1990—1995年间出版，该丛书共7种，其中4种出自浙江作者之手，它们是方卫平著《儿童文学接受之维》、孙建江著《童话艺术空间论》和王泉根著《儿童文学的审美指令》、汤锐著《比较儿童文学初探》。《跨世纪儿童文学论丛》，少年儿童出版社1997年起陆续推出。至1999年该丛书已出6种，其中两种出自浙江作者之手，它们是黄云生著《人之初文学解析》和吴其南著《转型期少儿文学思潮史》。从以上统计数据我们不难看出，在我国儿童文学理论研究领域，浙江已实实在在占据了"半壁江山"。

浙江拥有一个在全国十分著名的儿童文学研究机构，它就是浙江师范大学儿童文学研究所。浙江师范大学儿童文学研究所，前身为浙江师范学院中文系儿童文学研究室。该所自20世纪70年代末开始招收儿童文学硕士研究生，此后，每年招收硕士生一至三名不等，系中国第一个培养儿童文学研究生的高等教研机构。经过20余年的积累和发展，该所已成为国内儿童文学理论研究和高层次人才培养的重要基地。该所培养出来的研究生，有不少现已成为中国儿童文学理论界的中坚人物，如吴其南、王泉根、汤锐、方卫平等。

浙江儿童文学理论研究有着优良的传统。20世纪初周作人开拓性的研究，为当代浙江儿童文学理论工作者们提供了重要的启示和经验。当代浙江儿童文学理论研究在基础理论、儿童文学史、外国儿童文学、作家作品等方面均取得了突出的成就。其中尤以基础理论、儿童文学史和外国儿童文学诸项最为显著。

在基础理论方面，代表性的著作有20世纪70年代蒋风著《儿歌浅谈》、20世纪80年代蒋风著《儿童文学概论》、20世纪90年代蒋风主编《儿童文学原理》《儿童文学教程》《玩具论》，黄云生著《幼儿文学原理》《人之初文学解析》、主编《儿童文学教程》，方卫平著《儿童文学接受之维》等。在这些著作中影响较大的是蒋风20世纪80年代所著的《儿童文学概论》。该著与北京师范大学等5院校著《儿童文学概论》被誉为中国当代儿童文学基础理论研究中最早具有开拓意义的两种著作。

在儿童文学史方面，代表性的著作有20世纪50年代蒋风著《中国儿童文学讲话》、20世纪80年代蒋风主编《中国现代儿童文学史》、20世纪90年代蒋风主编《中国当代儿童文学史》，方卫平著《中国儿童文学批评史》，吴其南著《中国童话史》《转型期少儿文学思潮史》，张之伟著《中国现代儿童文学史稿》等。这些著作大多都填补了一个方面的空白。

在外国儿童文学研究方面，代表性的著作有20世纪80年代韦苇著《世界儿童文学史概述》，20世纪90年代韦苇著《外国童话史》《西方儿童文学史》《俄罗斯儿童文学论谭》，方卫平著《法国儿童文学导论》，吴其南著《德国儿童文学纵横》等。这些著作亦大多都填补了一个方面的空白。

浙江学人取得的这些学术成果是国内任何一个省市都无法企及的。

20 世纪下半叶浙江儿童文学研究队伍中，可谓人才济济。蒋风、韦苇、黄云生、吴其南、方卫平等皆是全国有影响的儿童文学理论家。

蒋风是首先应提到的一位。蒋风从事儿童文学理论研究 50 余年，20 世纪 50 年代末崭露头角，进入 20 世纪 80 年代以后开始在全国产生重要影响。其理论上的贡献主要体现在儿童文学史料的整理研究、儿童文学基础理论建设和培养儿童文学研究人才诸方面。蒋风是一位开拓性的人物。20 世纪下半叶的前 30 年，从事儿童文学研究的人寥寥无几，儿童文学理论不为人们所重视，学科建设更是无从谈起。蒋风即是在这种情况下，投身于儿童文学研究的，可谓默默耕耘，苦心孤诣。蒋风的儿童文学理论对后来的儿童文学研究者们产生了影响。蒋风在培养儿童文学研究人才上，做出过重要贡献，他曾创立我国第一个儿童文学研究所，是我国当代第一位儿童文学硕士导师，指导、培养了多位我国优秀的儿童文学研究者。此外，蒋风还是一位儿童文学活动的热心组织者和参与者。我国 20 世纪 80 年代和 20 世纪 90 年代初期的许多重要的儿童文学理论会议和儿童文学组织他都是亲历人。20 世纪 80 年代中后期，韦苇、黄云生脱颖而出。韦苇主要从事外国儿童文学史的研究。其学术成就亦主要体现在这方面。韦苇是国内为数不多的几位研究外国儿童文学史的专家。他的外国儿童文学史研究主要集中在外国儿童文学通史和俄罗斯儿童文学史两个领域。他的外国儿童文学通史的梳理在国内具有开创意义，影响较大。此外，韦苇也从事一些作家作品的研究。黄云生的研究主要在基础理论方面，其中又以幼儿文学原理的研究及其所取得的成就最为突出。黄云生是国内研究幼儿文学的几位重要学者之一，其幼儿文学研究成果在学术界有较大的影响。黄云生的儿童文学基础理论研究亦有实绩。此外，黄云生还从事作家作品研究。进入 20 世纪 90 年代以后，吴其南、方卫平等开始崛起。吴其南的研究主要集中在中国童话史、当代儿童文学思潮史、基础理论、德国儿童文学史诸方面，代表作有《转型期儿童文学思潮》《中国童话史》《德国儿童文学纵横》等。方卫平的研究主要集中在中国儿童文学批评史、儿童读者接受研究、基础理论、法国儿童文学诸方面，代表作有《中国儿童文学批评史》《儿童文学接受之维》《法国儿童文学导论》等。除了上述几位，周晓波、张之伟、李标晶、楼飞甫等的研究亦值得专门提到。周晓波主要从事当代儿童文学现象和作家作品研究，张之伟主要从事中国现代儿童文学史研究，李标晶主要从事基础理论研究，楼飞甫主要从事儿童文学创作论研究。他们均取得了可喜的研究成果。

当然，20 世纪下半叶，浙江儿童文学在创作和理论上所取得的成就，同样也与一批曾在浙江生活过，现分布在全国各地的浙江籍作家、理论家们的支持和帮助分不开。金近、包蕾、施雁冰、鲁兵、圣野、洪汛涛、鲁克、任大星、任大霖、叶永烈、谷斯涌、张抗抗、詹岱尔、王泉根、叔迁、张锦贻等都为浙江儿童文学的繁荣尽过他们的一份力。

历史是一个过程，一切发生都将成为历史。既然浙江儿童文学有过成功的过去，我想我们没有理由不期待浙江儿童文学更加辉煌的未来。

让我们为这一天的到来祈祷祝福。

（原载王泉根主编《中国新时期儿童文学研究》，河北少年儿童出版社 2004 年版）

# 浙江儿童文学 30 年业绩评估

韦苇

## 一

从 20 世纪末到 21 世纪约 30 年，浙江儿童文学借势上海儿童文学作家的丰富经验和出版业发达的有利条件，首先获得可观成绩的是校园写实小说，其作家、作品无论在数量上还是质量上，从发表和出版的级别看，在全国是居前列的少数省份之一。所以，儿童文学作家群往往从小学、中学的教师中崛起。全国皆然，而浙江尤为突出。如果写一部浙江儿童文学史，那么校园写实小说首先是靓丽的一章。

从 20 世纪末到 21 世纪约 30 年，浙江的儿童文学理论研究以浙江师范大学为重镇，包括专著、概论、评介、辞书、选评、世界名著与本国优秀作品普及，其数量和质量都处于全国最前列，如果就儿童文学史建设成果一项论，那么稳居全国第一。如果写一部浙江儿童文学史，那么儿童文学理论成就无疑是重要的一章。

从 20 世纪末到 21 世纪约 30 年，浙江的儿童文学出版业加速度突进，终于多年稳居全国最前列。浙江儿童文学出版业令人瞩目的绩效为 21 世纪全国儿童文学的繁荣做出了不可磨灭的贡献。如果写一部浙江儿童文学史，那么，浙江儿童文学出版业的突出优异成绩应该是醒目的一章。

从 20 世纪末到 21 世纪约 30 年，浙江的儿童文学在品种的齐备上，包括小说、童话、童诗、低幼儿文学、科幻文学、儿童文学论评、儿童文学汉译等，以省际横向比较论，则居全国最前列。浙江儿童文学的繁荣是全方位、多侧向的繁荣。如果写一部浙江儿童文学史，那么这也是浙江儿童文学史必须单列的一章。

## 二

浙江儿童文学的持续发达和繁荣，与全国儿童文学实力比较，浙江如要保持在前列的地位，必须要有新生儿童文学作家不断涌现，必须要有一个年轻的儿童文学作家群来补充儿童文学的生力军。他们是支撑我们今天浙江儿童文学强大文坛的一根根柱石。对他们有数量有质量的创作，以组织和研讨会的方式对他们以及他们的作品进行实事求是的肯定性评估，探讨其未来努力的方向，是前辈作家的义务和责任。

到会的专家把评说相对聚焦在小河丁丁的小说和汤汤的童话上，是不无道理的。

小河丁丁的草根传奇，其造成的阅读震撼力，其故事独异的美学价值，其与草根传奇相匹配的民俗化语言，其把有些传奇性情节和细节写到文学的极致，都是小河丁丁小说起点高、势头好的有力说明。

汤汤与今天许多孩子迷醉于平庸的浅阅读自觉保持距离，注重文学的思想品质和审美品质追求，带头在创作上慢下来，都是应该得到足够肯定的创作态度。

（原载《中国儿童文化》2015 年"浙江新生代儿童文学作家群研讨会专辑"）

# 安徽儿童文学发展论析

刘先平　韩　进

## 一、在恢复中发展的安徽儿童文学

安徽新时期儿童文学是指 1976 年以后的安徽儿童文学。

1976 年，"文革"结束。1977 年，儿童文学界开始拨乱反正。1978 年，国家出版局、文化部等单位在江西庐山联合召开会议，就儿童读物的出版、评奖、交流、科研和教学等做了认真、细致、具体的规划和部署。12 月 21 日，国务院又批转了由国家出版局等 8 家单位根据"庐山会议"起草的《关于加强少年儿童读物出版工作的报告》。由此，中国儿童文学开始进入全面恢复时期。安徽的儿童文学创作就是在这样的背景下，得到恢复与发展。奚立华的革命历史题材的长篇小说《燃烧的圣火》（1979）、刘先平的大自然探险长篇小说《云海探奇》（1980）、黄国玉的中篇儿童生活小说《神秘的笔记本》（1980）、严阵的战争题材的长篇小说《荒漠奇踪》（1981），以及薛贤荣的寓言，赵家瑶、李先轶、谢采筏、潘仲龄的儿童诗等，都是"文革"后第一批有影响的作品。

《燃烧的圣火》是一部以解放战争为背景，描写江南某城圣母孤儿院这一特殊环境中人们为迎接解放而团结起来反对虚伪主教的长篇小说，共 19 章。小说通过 13 岁的孤儿荒子在孤儿院的所见、所闻、所行，揭露了主教的虚伪与反动，并在地下党的启发与领导下，自觉加入革命斗争的行列。1949 年的春天，党的阳光终于射入这座幽暗的圣母孤儿院，温暖了孤儿们的心田。

长篇小说《荒漠奇踪》，通过红军战士司马真美的惊心动魄的革命经历，颂扬了红军战士在极其困难艰苦的境况中，对革命始终坚贞不屈的高尚情操。全书 21 章，以情景交融的抒情笔法，诗一般的语言，惊险曲折的故事情节，着力塑造了少年战士司马真美生动、真实、感人的形象。

## 二、安徽儿童文学的新起点

### （一）大自然文学创作

"恢复期"安徽儿童文学的发展，在与全国的儿童文学创作取同一步调的同时，还有一些新的特色。有一些作家开始有意识地从审美的角度来观照儿童文学，并且将创作的题材拓展到更为广阔但又与儿童的心灵成长密切相关的领域，如刘先平以探讨"人与自然和谐发展"为主题的大自然探险文学创作，正是这样的一种文学探索。从 20 世纪 80 年代初期开始，刘先平陆续创作了四部大自然探险长篇小说，即：《云海探奇》（中国少年儿童出版社 1980 年版）、《呦呦鹿鸣》（人民文学出版社 1981 年版）、《千鸟谷追踪》（中国少年儿童出版社 1985 年版）、《大熊猫传奇》（人民文学出版社 1987 年版）。这些作品，被评论界认为"开拓了一个新领域——大自然文学"。1996年,著名儿童文学理论家樊发稼在谈到刘先平这一时期的创作时,曾有这样的评价:"刘先平作为一个儿童文学作家,在20多年前,就矢志不移地执着于这样一个重大题材……这在文学创作领域,是一种开创性的创造性劳动,开创性的业绩。"这些具有当代意识的大自然文学创作,也毫无疑问地成为安徽儿童文学的新起点。

除刘先平以外,涉足大自然文学创作的还有两位重要作家——方君墨和张子仪。他们合作创作了大自然游记小说《神奇的黄山》(1981)、大自然散文《花儿开在你心上》(1985)等。

《神奇的黄山》以兄妹游览黄山为线索,形象地描绘了黄山的秀丽风光,介绍了那里的珍禽怪兽,奇花异草;展现了那里雄伟壮丽的群峰,栩栩如生的巧石,苍劲多姿的青松,变幻莫测的云海和四季宜人的温泉。浅显的语言,并配有大量精美的插图,非常适合青少年阅读。

《花儿开在你心上》是一本描写花朵的别开生面的散文集。作者采用观看电影的手法,展示了20余种色彩绚丽、形态各异的花朵。这些花朵生活在春、夏、秋、冬,生长在高山、平原、水面和屋顶,开放在白天和夜晚……作品对这些花朵的某一特性都给予拟人化的描绘,形象地揭示了它们高尚的品德,美好的心灵,刚毅的性格和不屈的精神,在陶冶读者心灵的同时,让人们从情感深处,热爱自然,珍爱大自然给予我们的美好环境。

**(二)儿童诗创作**

在大自然文学之外,儿童诗也是20世纪80年代安徽儿童文坛的一颗耀眼的新星,涌现出了一批在全国有影响的儿童诗人,其代表作家有:赵家瑶、李先轶、谢采筏、潘仲龄等。谢采筏的《小鸵鸟》(1980)、《在植物王国里》(1981),潘仲龄的《春妈妈的三个小姑娘》(1981),赵家瑶的《爬》(1985)、《梅花鹿》(1986)等,均被收入《中国儿童文学大系·诗歌卷》。李先轶的《彩色电视进山坳》《小红花》《伞花花》《月儿弯弯》《我和小树比着长》,赵家瑶的《小白鹅上学校》《大山》《什么叫》《梳子弯弯像月牙》,谢采筏的《天上的宝石花》和潘仲龄的《雪》等,均收入《中国新童谣选》。这些童诗童谣,意趣盎然,易诵易记,来自儿童生活,反映儿童情趣,与儿童生活紧密联系,得到广泛流传。不少诗人的第一部儿童诗集也在这一时期出版,如谢采筏的《宝石花园》(1984)、赵家瑶的《小宝贝的歌》(1984)、潘仲龄的《春天的世界》(1985)、李先轶的《花蝴蝶》(1986)等。

## 三、走向繁荣的安徽儿童文学

经过10年的积累与发展,到20世纪80年代中后期,安徽儿童文学已表现出种种繁荣的景象。主要体现在5个方面。

**(一)领导重视,组织健全,积极营造发展安徽儿童文学的良好环境**

新时期以来,安徽儿童文学得到较快的发展,受到省委宣传部、安徽省文联、省作协的高度重视与关注。1986年6月,安徽省儿童文学创作委员会成立,侯永任名誉主任,刘先平任主任,边子正、徐瑛等任副主任,王正刚为秘书长。省教委、省广播电视厅、安徽少年儿童出版社、共青团安徽省委、省妇联、省总工会等为协办单位。儿童文学创作委员会采取了一系列促进安徽儿童文学发展的新举措,为安徽儿童文学的发展营造了良好的氛围。

### （二）多种形式的儿童文学活动

安徽儿童文学创作委员会成立后，采取了一系列推进儿童文学发展的活动。

首先是决定自 1987 年起，每两年举办一次儿童文学评奖。在 1987 年，儿童文学作家与青年美学家对话活动中，共同研讨儿童文学创作情况，并对具体作品进行研讨，既提高了作家的审美意识，又让评论界了解了作家，并在此基础上举办了首届安徽儿童文学评奖；1989 年第二届安徽儿童文学奖也如期举行。两次评奖，有《呦呦鹿鸣》《野鸭洲历险记》《求药记》《神秘的笔记本》《春天的世界》《春天·童年》等作品先后获奖，极大地鼓舞了儿童文学作家的创作激情。

其次，组织一系列创作研讨活动。

1988 年 9 月 23 日，"沪皖儿童文学笔会"在安徽歙县召开，两地的儿童文学作家、理论家、编辑 40 余人参加了会议。应邀而来的王一地、蒋风、浦漫汀、何紫（香港）等还分别介绍了海外各地的儿童文学现状与发展趋势，借此作为发展安徽儿童文学的参照，对安徽儿童文学如何走向世界，提出了建设性意见。

1989 年，"皖台儿童文学研讨会"拉开了两岸儿童文学交流的序幕。7 月 11 日至 23日，台湾儿童文学研究会林焕彰一行七人，首抵安徽，然后到上海、北京等地进行儿童文学交流活动。

1990 年，安徽儿童文学创作委员会接待了苏联儿童文学作家代表团访问安徽，就中苏儿童文学进行交流；同年，还组织编选了《安徽省儿童文学作品选》，分诗歌、童话·寓言、散文、小说等四个部分，收录代表性作品 48 篇，由安徽少年儿童出版社出版。

1991 年，刘先平应邀参加在法国巴黎举行的国际儿童文学研究会，在会上介绍了中国儿童文学和安徽儿童文学的发展，受到与会者的热烈关注，为安徽儿童文学走向世界架起了一座桥梁。

1993 年，为适应安徽儿童文学形势的发展，根据上级指示，安徽儿童文学创作委员会更名为安徽儿童文艺家协会，此后，又主要做了以下 10 件事：

（1）1993 年，在马鞍山举办"儿童文学发展趋势研讨会"，澳大利亚的邦伯瑞教授、美国的艾莉教授，介绍了国际儿童文学的发展趋势，这为安徽作家了解世界儿童文学发展趋势，早日走向世界做了准备。

（2）1994 年与安徽省关心下一代工作委员会、安徽省陈鹤琴教育思想研究会联合举办了"安徽省首届保险杯幼儿文学、幼儿歌曲大奖赛"，获奖作品集《系红丝带的小鸽子》，由安徽少年儿童出版社出版。

（3）1995 年"六一"前夕，举行儿童文学座谈会；同年组织了"安徽省首届儿童剧创作'小百花'奖"活动，14 部获奖作品结集为《获奖儿童剧本选》，由安徽少年儿童出版社出版。

（4）1996 年 9 月，与中共安徽省委宣传部共同举办《刘先平大自然探险长篇系列》研讨会；10 月，与中国作家协会、中国青年出版社、安徽省委宣传部、安徽省文联一起，在北京联合举办《刘先平大自然探险长篇系列》研讨会。

（5）1998 年，策划安徽儿童文学作家创作丛书——《天柱文学丛书》。第一辑包括徐瑛的长篇小说《都市里的乡下少年》、雪涅的长篇小说《月亮溪的童话》、雪涅的短篇小说集《十五岁的风景》、戎林的短篇小说集《摇曳的烛光》和杨老黑的短篇小说集《猎犬和它的主人》，共 5 部，80 万字，由安徽少年儿童出版社出版。

（6）1999 年，为中华人民共和国成立 50 周年献礼，编选《安徽文学五十年·儿童文学卷》，分小说、童话、寓言、诗歌、散文、科学文艺等6个方面，收录了安徽作家自中华人民共和国成立以来创作的儿童文学作品91篇（部），50余万字。

（7）2000年10月14日至21日，举办"安徽儿童文学创作会暨安徽儿童文学研讨班"。著名儿童文学家束沛德、樊发稼、金波、张美妮、王泉根、徐德霞、张明照等，应邀参加会议并为研讨班学员授课。会议就"安徽儿童文学创作的现状与未来""安徽儿童文学新人的培养"以及"安徽儿童文学的大自然文学特色"等三大议题，进行了深入研讨与广泛交流，并成立了安徽"大自然文学创研中心"。会议期间，增补薛贤荣为安徽儿童文艺家协会副主席，王蜀、韩进为副秘书长，一批青年作家被选入常务理事会，同时决定举行第三届安徽儿童文学评奖，参评作品的出版及发表时间为1989年至2000年。

（8）2000年12月，在"安徽省青年作家创作会"期间，召开"大自然文学创研中心"会议，进一步落实发展"大自然文学"的规划。

（9）2001年2月，举办"王蜀获'中国图书奖''冰心儿童图书奖'新作《小霞客华东游》作品研讨会"。

（10）2001年3月，在合肥幼儿师范举办"刘先平新作《中国Discovery书系》（4册）作品研讨会"。

### （三）形成了一支数量可观的、老中青相结合的、稳定的作家队伍

各项儿童文学活动的开展，不仅活跃了儿童文学的氛围，也为作家的创作创造了良好的环境，在老一辈作家的带动与扶植下，儿童文学新人不断涌现，逐渐形成了一支数量可观的、老、中、青相结合的、稳定的作家队伍。老一辈的作家仍笔耕不辍，陆续有作品问世，如：方君墨（诗集《写在树叶上的歌》，1988）、边子正（长篇小说《魔窟脱险记》，1988）、祁小林（长篇小说《风雨摇篮》，1990）等。中年作家更是发展安徽儿童文学的中坚力量，队伍最为庞大，代表作家有：刘先平、徐瑛、薛贤荣、戎林、赵家瑶、谢采筱、潘仲龄等。青年作家成长很快，队伍整齐，成绩突出，充满朝气。他们是：杨老黑、陈曙光、李志伟、伍美珍、工蜀、韩进、方志平、王蔚、王国刚、韩新东、谭旭东、邢思洁、敬勇、李秀英、陈忠义等。从体裁来看，从事儿童小说创作的有：刘先平、戎林、徐瑛、边子正、祁小林、金萍、周德钿、海涛、王世才、姜义田、宋知贤、徐善新、徐金星、杨老黑、陈曙光、雪涅、伍美珍、王蜀、王蔚、王国刚、阎亮等；从事童诗创作的有：方君默、谢采筱、赵家瑶、李先轶、潘仲龄、陈所巨、欧澄裁、程谱、韩新东、谭旭东、邢思洁、敬勇、李秀英等；从事童话、寓言创作的有：薛贤荣、陈忠义、张玉庭、祁小林、戎林、吴谨如、李志伟、杨老黑等；从事散文创作的有：刘先平、戎林、方志平、邢思洁、王胜龙、陶继森等；从事科学文艺创作的有：苏平凡、胡世晨、程富金、司有和、孙述庆、王国刚等；从事幼儿文学创作的有：方君默、赵家瑶、李秀英、吴彦琳、江全章等；从事儿童剧创作的有：王胜龙、房曼之、郭辉、李琦、李平、程小艺、陈次方等；从事儿童文学理论研究与批评的有：刘先平、薛贤荣、巢扬、韩进等。

### （四）产生了一批有影响的优秀作品，获得了儿童文学界的肯定与好评

作家的辛勤劳动，结出了丰硕果实。安徽作家的儿童文学作品在全国性的儿童文学评奖中引人注目，除"安徽儿童文学奖"外，在全国性的儿童文学评奖中，安徽作家的儿童文学作品每每榜上有名。譬如，1982年，刘先平的《云海探奇》获"全国优秀少儿读物奖"；1997年，刘先平的《大自然探险长篇系列》（5部）同时获得全国"五个一工程"奖、第三届"国家图书奖"、第八届"冰心儿童图书奖"，并被推荐给联合国教科文组织；另有大自然探险散文集《山野寻趣》，1989年获"新时期优秀少年儿童文艺读物奖"，并被中国青年出版

社选入《希望丛书》；1999年，《山野寻趣》（增删本）又获中国作家协会第四届"全国优秀儿童文学奖"。王蜀的大自然旅游文学《小霞客华东游》（2000年，作为《小霞客游记丛书》之一）同时获"中国图书奖""冰心儿童图书奖"。奚立华的长篇小说《燃烧的圣火》、鲁彦周的中篇小说《找红军》、陈永镇的《数数看》（美术）获第二届（1954—1979）"全国少年儿童文艺创作评奖"三等奖。严阵的长篇小说《荒漠奇踪》获中国作家协会首届（1980—1985）"全国优秀儿童文学奖"。方君默、张子仪的《神奇的黄山》获"全国优秀少儿读物奖"（1981）。陈忠义的寓言集《枫树的遭遇》获中国寓言文学研究会第二届"金骆驼奖"优秀创作成果奖（1998）。此外，历年来获"冰心儿童图书奖"的作家作品还有：刘先平的大自然散文集《红树林飞韵》、薛贤荣的寓言集《老鼠与神灯》、陈忠义的寓言集《枫树的遭遇》、李秀英的儿歌集《娃娃歌谣》（4册）、方志平的散文《送别我的阿母娘》《红泥小手炉》等。青年作家李志伟、伍美珍的作品在小读者中特别受到欢迎，在《少年文艺》《故事大王》《东方少年》《小学生之友》《少年报》等报刊由读者投票评选的"好作品"奖中，他们的作品获奖频率很高。1997年至2000年的3年间，李志伟的作品每年获奖，获奖作品有《拯救地球》《鲸王的决断》《与星星有约》《奇异的一课》《最高机密》《侦探小说家的奇遇》《时光邮筒》等。伍美珍的报告文学《雨季心事》《卡通女孩YOU》连续两年（1999、2000）获《少年文艺》（上海）小读者投票评选的"好作品"奖。此外，杨老黑的作品也曾多次获奖。

安徽作家的作品还在海外，尤其在台湾地区，产生了良好影响。新时期以来，安徽作家在台湾发表、出版的作品近千篇（部），其中有不少作品获奖。如：戎林的中篇小说《九龙闯三江》（1993）获台湾第一届"九歌现代儿童文学创作奖"二等奖，《采石大战》（1997）获台湾"杨唤儿童文学奖"；陈曙光的中篇小说《重返家园》（1994）获台湾第二届"九歌现代儿童文学创作奖"。

### （五）高擎"大自然文学"旗帜，走特色发展道路

在2000年10月举办的"安徽儿童文学创作会暨安徽儿童文学研讨班"期间，安徽儿童文艺家协会通过对安徽儿童文学成绩的回顾，认识到安徽儿童文学的突出成就与最大特色，是以刘先平的5部《大自然探险长篇系列》为代表的"大自然文学"，是刘先平率先在我国文学界（不仅是儿童文学界）树起了"大自然文学"这面旗帜，让大自然文学成为我国当代儿童文学百花园中的奇葩。安徽儿童文学的发展应该承继这一优良传统，高举"大自然文学"的旗帜，以其鲜明的地域文学特色为我国儿童文学在21世纪的多元化发展做出贡献。在刘先平突出的创作成就与创作示范下，一批青年儿童文学作家，如陈曙光、王蜀、程亚星、汪少飞等也自觉地走向大自然，创作了一些有影响的大自然文学作品，成为发展大自然文学的一支有生力量。加之安徽地处江淮，有驰名中外的黄山、九华山、太平湖等美妙山水，这些都为作家深入大自然、创作大自然文学提供了得天独厚的自然条件。所以，安徽儿童文艺家协会提出：要把"大自然文学"作为安徽儿童文学的品牌来做，当作安徽儿童文学的发展方向来提倡，集中一部分作家的创作力量，以大自然为创作母题，创作出一批高质量的大自然文学作品，高举"大自然文学"的旗帜，形成集团优势，力争将安徽建设为我国"大自然文学"的创作基地。同时鼓励作家坚持自己的创作个性，选择适合自己的创作题材与创作样式，共同营造安徽儿童文学的繁荣局面。为推动安徽"大自然文学"的发展，"大自然文学创研中心"还对安徽大自然文学的创作、出版与评介做了全面规划。

# 四、重要作家作品

## （一）以刘先平为代表的大自然文学创作

安徽儿童文学的突出成就与最大特色，是以刘先平为代表的"大自然文学"创作。刘先平是我国当代大自然文学的积极倡导者与奠基者，在刘先平的创作示范下，安徽还有一批儿童文学作家自觉走向大自然，创作了一些有影响的大自然文学作品，如陈曙光、王蜀的大自然旅游探险文学创作等。

### 1. 刘先平的大自然文学创作

刘先平（1938—　），安徽肥东人，国际儿童文学研究会会员，中国作家协会儿童文学委员会委员，中国野生动物保护协会理事，安徽省作家协会常务副主席，安徽省儿童文艺家协会主席，安徽省政协常委，安徽省人民政府参事。1957年发表处女作《儿山与母山》。大学毕业后，做过教师、编辑。"文革"中被迫搁笔15年。20世纪70年代中期，他结识了一批在野外考察的动物学家，使他有机会从科学的角度去认识山野中丰富多彩、喧嚣繁荣的动植物世界，认识到新兴的自然保护事业的意义以及引导青少年热爱大自然的重要性，爆发了强烈的创作欲望，为他后来从事儿童文学创作打下了基础。

"文革"结束后，恢复了写作自由的刘先平，毅然放弃他已有成绩的诗歌、散文与美学研究，以一个作家的敏锐与教师的天职，结合他多年野外考察动植物的体验，将审美的视野投注于大自然，20年如一日，写下了200万字的"大自然探险文学"，为新时期以来的中国儿童文学竖起了一道充满生机的绿色风景线，成为中国大自然文学的一面旗帜。

刘先平的大自然文学创作大致可以分为三个阶段。1976年至1987年的10年为第一阶段，主要作品形式是4部描写在野生动物世界探险的长篇小说：《云海探奇》（1980）、《呦呦鹿鸣》（1981）、《千鸟谷追踪》（1985）和《大熊猫传奇》（1987）。《云海探奇》被评论界认为是一部"开拓了中国儿童文学的新领域——大自然保护文学"。前3部长篇小说初稿均完成于1978年至1981年间，都是以安徽黄山为背景而创作的大自然探险文学，不仅故事有一定的连贯性，而且在创作题材、主题、风格上，都有一脉相承的地方，但又各自独立，堪称"姊妹篇"。而这4部长篇小说又被称为"我国第一部描写在猿猴世界、梅花鹿世界、鸟类世界、大熊猫世界——野生动物世界探险的长篇小说"，受到特别关注。1996年，刘先平将这4部长篇小说进行了修订，与稍后出版的大自然探险散文集《山野寻趣》（1987）一起，结集为《刘先平大自然探险长篇系列》，由中国青年出版社出版。该套丛书代表了刘先平大自然文学创作的最高成就，于1997年同时获得全国"五个一工程"奖、第三届"国家图书奖"、第八届"冰心儿童图书奖"，并被推荐给联合国教科文组织。其中的《山野寻趣》获中国作家协会第四届"全国优秀儿童文学奖"。

1987年至1997年是刘先平大自然文学创作的第二个10年。主要作品是3部大自然探险纪实散文，即1987年出版（1996年修订重印）的《山野寻趣》、1997年出版的《红树林飞韵》和1999年出版的《东海有飞蟹》，计50余万字。《山野寻趣》曾获"新时期优秀少年儿童文艺读物奖"（1989年），《红树林飞韵》曾获安徽省"五个一工程"奖和"安徽图书奖"（1998年）。这3部作品是刘先平对大自然探险文学创作的又一次实践，尤其是作者在《山野寻趣·后记——热爱祖国的每一片绿叶》中对自己创作大自然文学的表白，更是人们解读刘先平大自然文学创作奥秘的一把钥匙。1994年，刘先平的《在大熊猫故乡探险》一书由台湾国语日报社出版。

1999年以后是刘先平创作的第三个时期，主要是"图文并茂"的纪实文学——《中国Discovery书系》，由东方出版中心（上海）出版，包括《寻找树王》《野象出没的山谷》《黑叶猴王国探险记》和《从天鹅故乡到塔克拉玛干大沙漠》。与以往的创作相比，该套丛书有三大特色。一是形式的特别。它采用大量彩色写实图片，给人以强烈的视觉冲击力，与文字相互补充，给人亲临其境的阅读快感。二是西部题材。四部新作写的是作者在西部探险的经历，告诉人们，西部不是只有荒凉、原始、落后与野性，还是一个未受到人类破坏的世界，不论是黑叶猴王国，还是野象出没的山谷；不论是寻找树王之路，还是从天鹅故乡到塔克拉玛干大沙漠，都一样地壮美、神奇、充满活力，是认识西部的好读物。第三是人与自然和谐发展的主题。4部作品表达了作者的强烈心声："地球只有一个，地球是人类唯一的保护区！"作者站在人与自然和谐发展的高度，强调了环境对于生物与人类生存发展的重要性，以及破坏环境对生物的多样性与人类发展所造成的严重危害。

综观刘先平的创作，以探索人与自然的关系为主题，揭示动植物世界的生存状态与生存奥秘，追求人与自然的和谐发展；以科学探险与亲身体验为创作素材，将纪实与审美相结合，综合多种艺术表现形式，使得他的作品融文学性与科学性、探险性与儿童性、知识性与趣味性、环保意识与生存意识、发展主题与爱国情愫于一体，始终保持主题的严肃性、内容的神秘性、情景的生动性以及阅读的新鲜感，具有长久的艺术生命力，不仅为当代中国儿童文学创作开拓了一个全新的领域——大自然探险文学或称其为大自然保护文学，而且在审美视角、审美情趣上也使当代的中国儿童文学进入了一个新的层次。

2. 陈曙光、王蜀的大自然文学创作

陈曙光（1964—　　），安徽萧县人，安徽省作家协会理事，安徽省民间文艺家协会会员，萧县文联副主席。1997年以前，以小说、童话创作为主，作品有：中篇小说《刀》，童话《神燕》《金凤凰》《乌鸦婆婆》，童话诗《鸡蛋的苦恼》等；同时还与人合编有《安徽民间文学集成·萧县卷》，包括故事、谚语、民歌3册。其中1994年，是他创作的丰收年，在台湾九歌出版社出版了两部少年小说：《雪地菠萝》和《重返家园》。其中《重返家园》获台湾第二届"九歌现代儿童文学创作奖"第一名。小说描写一个三餐不继的卖艺人"憨爷"，如何以爱心收留、安抚、感化流浪的小孩，再送他们"重返家园"；负气出走的小学生亮子，与一生充满传奇、满身本事的"憨爷"相逢，由此发生了一段人生奇遇。小说出版后，被认为是"一部感人泪下的少年小说，生动地描写出了行侠仗义、正直、善良等中国社会的人间温情；对受委屈的孩子的心理刻画，更是入木三分；全篇情感真挚，文笔优美"。台湾著名儿童文学家桂文亚在获奖评语中，称道该书具有"成熟的小说架构，繁复交错的情节，情义兼具，更富浓郁的乡土气息"，是一部具有"深度与力度"的优秀作品。

1997年以后，陈曙光又出版科幻小说《戈尔登星球奇遇记》（台湾九歌出版社，1997）和童话《奇奇庄园》（新世纪出版社，1999）。但他这一时期的创作重点，已开始投放到"大自然文学"上。1997年、1998年、1999年、2001年，他四次自费到中国的西部去探险，沿着古丝绸之路，向西、向西……作者被粗犷、神奇的西部震撼了："戈壁滩，一望无际的漫漫戈壁滩！灰、白、黑、褐色大小石头遍布的荒原，干涸弯曲延伸的古老河床，少有的几簇低矮红柳，野风卷起的垂直旋风……火车跑了整整一天，我竟没有发现一个人影，只有道轨旁树立的一排电线杆蜿蜒前伸，让我明白：前面是有生命迹象的地方。"走进陌生、探究好奇、挥洒激情，作者将自我融入大自然中，不仅用生动的图片艺术地记录下探险大自然的神奇之美，还用美妙的文字抒发了对大自然的热爱之情。2000年，陈曙光在台湾幼狮出版社出版了他的旅游探险摄影文学——《丝路,雅克西》和《环游塔里木》,以他的亲身经历与生动形式,告诉孩子:"中国很大,西部很美!"读他的作品,你会强烈地感受到:关于中国西部,不光是儿童,即使是成人,也应该进行知识的更新,或者说更正,它包括历史的、自然的、人文的……陈曙光的大自然探险摄影文学,不仅适应了读图时代的文学欣赏需要,而且还是少年读者了解西部、了解大自然的好读物,成为安徽大自然文学创作的又一收获。

王蜀(1963——),1984年毕业于安徽大学中文系。现为安徽省儿童文艺家协会常务理事,副秘书长。1988年发表童话《藕》后,主要创作以动植物为主人公的童话。2000年出版游记体长篇小说《小霞客华东游》(晨光出版社),该书作为《小霞客游记丛书》(10册)之一,荣获第十二届"中国图书奖""冰心图书奖"。小霞客徐小松从华北回来后,又与小眼镜一起,踏上了旅游华东之路。他们从江苏出发,至福建、浙江、安徽,再回到江苏,结束于上海,全书40个短篇,选取沿途40个有代表性的经典景点,通过小霞客的眼睛介绍给青少年朋友。向青少年展示大自然的美丽神奇与大自然生命多姿多彩的同时,陶冶他们热爱大自然、热爱大好河山的爱国主义情操,增强他们的民族自豪感、自信心,激发他们的爱国激情、探索精神与自强不息、百折不挠的奋斗精神,这正是新一代少年所需要的心理素质。正如著名儿童文学家浦漫汀教授在主编致辞中所说的:"徐小松不是一个孤立的个体,他代表了中国跨世纪的一代新人。他们沿着先辈的足迹,在旅游探险的活动中认识大自然,认识祖国的一山一水,一草一木,从中汲取知识的力量。徐小松的旅游探险活动,体现了徐霞客旅游探险精神的延续性,从中学习书本上没有的知识,努力创新,锻炼自己的意志和体魄,争做祖国建设的合格人才。这也是《小霞客游记》出版的目的和意义。"《小霞客游记》的成功,为安徽的大自然文学园地又增添了一片新绿。

**(二)徐瑛、戎林、薛贤荣、潘仲龄等儿童文学作家的创作**

徐瑛(1939——),安徽太和县人。中国作家协会会员,安徽省作家协会副主席,阜阳市文联主席。主要作品有中、长篇小说《向阳院的故事》《并非英雄的故事》《野鸭洲历险记》《天鹅恋》《都市里的乡下少年》等。

20世纪60年代,徐瑛以中篇小说《向阳院的故事》加入儿童文学,并一举成名,该作品被誉为"文革"期间最有影响的儿童小说,并出版英、日译本。徐瑛的创作主要以农村及小城镇的儿童生活为题材。进入新时期,他出版的中篇小说《野鸭洲历险记》(1987)、长篇小说《都市里的乡下少年》(2000),它们与《向阳院的故事》一起,塑造了20世纪60年代、80年代、90年代3个不同历史时期的农村少年形象,具有浓厚的乡土气息。

《向阳院的故事》描写的是亳州城东门里"向阳院"的一群孩子,在石头爷爷的指导下,利用暑假支援公路建设的故事。小说塑造了黑蛋、雪花、铁柱、山虎子等孩子的集体形象。《野鸭洲历险记》以20世纪70年代末80年代初的乡村为背景,染马庄大名鼎鼎的"海军司令"赵水龙,学习成绩落在人后。暑假,在外地工作的爸爸给他请来一位"小老师"陶小钏。小钏是城里"洋姑娘",水龙心里不服她,设置一道道生活难题捉弄她。后来,通过实践,特别是通过去野鸭洲考察野生动物时,经历一段鲁滨孙式的奇险生活,赵水龙才有了转变,开始崇敬她,佩服她,甚至不愿意离开她。作家大胆地将细腻的笔触深入到少男少女的心灵,描摹了他们美好的情感世界,歌颂了少男少女间的纯真友谊。《都市里的乡下少年》的少年主人公已经走出了乡镇,来到了都市,面对陌生的世界,他们的情感经历磨炼。小说通过杨明亮、韩小红等农村少年转学城市后的一系列遭遇,在家庭、

社会、学校的广阔背景下,曲折地反映了在社会转型期少年多姿多彩的生活。

徐瑛的儿童小说,十分注重故事性,情节跌宕,可读性强;人物个性鲜明,生活气息浓厚,有很强的时代感。

戎林(1946— ),安徽阜阳人。1968年毕业于安徽大学中文系。中国作家协会会员,安徽省作家协会理事,马鞍山市文联副主席,《作家天地》杂志主编。1979年开始发表作品,先后发表小说、散文、童话、寓言等作品500余万字,出版作品30余部,作品多次获奖,有的还被编入教材,拍摄成电视剧。

进入新时期,戎林的创作重点在中、长篇小说。1980年至2000年的20年间,共创作《求药记》(1984)、《采石大战》(1987)、《九龙闯三江》(1993)等9部中长篇小说;出版《神奇的采石》(1981)、《小狐狸刮胡子》(1981)、《将军与强盗》(1987)、《戎林童话公司》(1990)、《吃青草的老虎》(1997)、《摇曳的烛光》(2000)等12部作品集。其中《求药记》获"安徽省优秀儿童小说一等奖",《九龙闯三江》获1993年台湾"九歌现代儿童文学创作奖"二等奖,《啄木鸟你在哪里》获1993年"陈伯吹儿童文学奖",长篇小说《采石大战》获1997年"安徽文学奖"、台湾"杨唤儿童文学奖",《海峡情》获两岸征文一等奖,散文《认识父亲》获1998年"陈伯吹儿童文学奖"。

戎林的创作一半以上是儿童文学,又以小说与童话创作的成绩最为突出。然而不论是小说、童话还是故事,戎林的写作灵感都来自生活,如他所说:"我的故事不是空想的……"每到一个地方,住下来,他就和当地的人一块儿生活,而他的老家阜阳农村更是他每年必去的生活体验基地。以他获台湾"九歌现代儿童文学创作奖"的中篇小说《九龙闯三江》(1993)为例,他花了三个月的时间,在农村与农民相处,收集资料,书中男主角九龙拎着十斤香油进城探亲的情节,就是他在与农民闲聊中得来的。在具体的创作过程中,戎林看重的是对作品中人物性格的刻画,而人物的性格一旦形成,就会主动铺设情节,与作者一起创造出引人入胜的艺术世界。除重视人物、情节与故事性外,戎林还特别重视细节的刻画,把真实的细节看作故事的血肉。至于教育性,他是不赞成直接的道德教训的,用他的话说,是因为"我们的孩子不喜欢那一套"!

薛贤荣(1950— ),安徽肥东人。中国作家协会会员,中国寓言文学研究会常务理事,安徽省儿童文艺家协会副主席,1975年开始发表作品,长期致力于寓言文学,被誉为中国当代"十大寓言家"之一。1991年,出版我国第一部《寓言学概论》。此后,陆续出版寓言集《小猴躲雨》(1989)、《否否先生》(1991)、《国王与海盗》(1995)、《四季寓言》(1996)、《老鼠与神灯》(1997)、《太阳结婚》(1998)、《狼兄弟猎驴》(1999)等9部。专著《寓言学概论》获"安徽省社科优秀成果"二等奖,寓言《青蛙博士》获"安徽省1979年至1985年优秀儿童文学作品"三等奖,《伊索的园子》获1988年"中国寓言文学研究会创作优秀作品奖",《老鼠与神灯》获1998年"冰心儿童图书奖""安徽图书奖",《学生与哲人》《打猎的狗与看家的狗》《科学家与疯子》分别获1990年、1998年、2000年上海《少年文艺》好作品奖。

对于自己的寓言创作,薛贤荣曾在《太阳结婚·序言》中自述道:"我自幼爱好文学。自上初中开始,不间断地写作与投稿,中短篇小说、诗歌、散文、杂文、剧本、曲艺等,几乎所有的文艺样式我都染指过,写得很苦,也发表不少,但总的说来,收获不大。在大学中文系,我很喜欢'外国文学'这门课,当学完《伊索寓言》后,突然对寓言这种文体产生了浓厚兴趣,于是尝试写了几则,居然有了良好的反应。从此一发不可收,时间、精力渐渐聚焦于这种小小的精灵,完完全全成了伊索信徒。"所以,他的寓言创作,也深受伊索寓言影响,立意新颖,构思奇巧,或嘲讽愚昧、赞颂聪慧,或锥刺邪恶、张扬正义,熔故事与哲理于一炉。如成名作《小猴躲雨》,就是一篇难得的佳作,通过戏剧性的故事,讽刺了那种遇事只知道"开始研究",却不肯"亲自动手"的坏作风。像《伯乐相马》《千里马和蜗牛》,都是寓意深刻、讽刺入木三分的力作。有的寓言,篇幅很小,如《肥皂的友谊》《青蛙博士》等,仅百余字,其中蕴涵的哲理却异常深刻,发人深省。

潘仲龄(1944— ),安徽怀宁人。安徽省儿童文艺家协会理事。自 1980 年以来,先后发表儿童诗 1600 余首,《春天的世界》(1985)、《春天·童年》(1988)等多部诗集分别获得安徽儿童文学二、三等奖。1985 年,诗集《农家人的手掌》,由早稻田大学讲师中野淳子翻译,日本中国儿童文学翻译出版;《农家人的手掌》《油菜花那么黄,那么香》等篇还被编入日本早稻田大学的中文教材(1986)。在国内,潘仲龄的儿童诗也获得好评。《春妈妈的三个小姑娘》被选入教育部编写的《中等师范语文教科书阅读文选(第一册)》(人民教育出版社 1999 年版),儿童诗《老师的白发》获"《儿童文学》优秀作品奖"。不少诗作还被选入《中国幼儿文学集成(1919—1989)》《中国新时期幼儿文学大系》《中国当代优秀儿童文学精品》《中国儿童文学 50 年精品库》等十多部选集。

1982 年,潘仲龄在《朝花》儿童文学丛刊第 7 期,发表成名作《为了有个美丽的春天(外 4 首)》。早期代表作是 1985 年出版的诗集《春天的世界》。该诗集分《春天的世界》《我们的山乡》《我们是孩子》3 辑,共 59 首。翻开这本诗集,你将看到江南山乡在春的沐浴下婀娜多姿、风采绚丽的风光,山村农家晨耕暮归、炊烟袅绕的画卷。尤其是少先队员以行动慰藉老师的纯真童心以及他们神奇而又变幻的理想、高尚而又稚真的情趣,给读者以美的享受。20 世纪 90 年代以后,潘仲龄在台湾发表的儿童诗达 300 多首,受到广泛关注。

**(三)杨老黑、李志伟、伍美珍、谭旭东、方志平等青年作家的创作**

杨老黑(1968— ),原名杨永超。安徽省作家协会理事,阜阳市作家协会秘书长。发表各类体裁的儿童文学作品 100 余万字。作品多次被《儿童文学选刊》等选载,曾获《儿童文学》杂志创刊 30 周年征文"佳作奖",公安部(1995)"金盾文学"二等奖,首届"新世纪公民"儿童文学联合征文"佳作奖"等多个奖项。2000 年,出版第一部作品集——《猎犬和它的主人》。

著名儿童文学评论家张美妮这样评价杨老黑的创作:"杨老黑的作品,大多取材于他的家乡农村,并以博爱为题旨,文笔优美,清新自然,淳厚朴实,弥漫着浓郁的乡土气息,而且想象丰富,语言幽默,富有儿童情趣。在创作手法方面,他勇于探索,力求推陈出新,不落窠臼。《地丁婆婆》和《满月》是杨老黑的代表作,以此为例进行评析,似可管中窥豹。"(《儿童文学》1998 年第 12 期)童话《地丁婆婆》(《儿童文学》1993 年第 3 期)采用象征与变形相结合的技法,浓墨重彩地塑造了一个神奇的童话形象"地丁婆婆"——她神通广大,又朴实无华;威武尊严,又慈祥可亲;生动风趣,又富有人情味。作者融生活真实、幻想与情愫于一体,赋予这篇作品以美好韵致,读来犹如一首散文诗。中篇小说《满月》(《巨人》1997 年第 1 期),以作者的家乡牛屎凹为背景,展现了农村皮影艺人乐乐从青年到老年那荣辱交织、悲欢离合的一生。故事温婉凄美,作者的笔触饱蘸情感,情意真,意境美,感人至深。

杨老黑的第一本作品集《猎犬和它的主人》,收入《老人·苍獾·雪》《牛屎凹漫记》《我们村的孩子们》《乡村孩子的乐章》《猎犬和它的主人》等 19 篇中短篇小说,多侧面地反映了当代农村少年儿童的生活和精神面貌，集中展示了杨老黑的创作成绩。

李志伟(1973— )，安徽省作家协会会员，安徽儿童文艺家协会会员。1995年出版处女作中篇童话《阿里巴巴山洞历险记》。主要作品有13部中长篇童话：《欢乐失踪奇案》(1996)、《吹牛大王新冒险》(1999)、《霹雳果传奇》(1999)、《玩具爸爸》(2000)、《克隆风暴》(2000)、《重返未来》(2001)等，同时在《儿童文学》《少年文艺》《巨人》等报刊，发表童话等作品400余篇，其中《拯救地球》《与星星有约》《时光邮筒》等作品获得小读者投票的刊物"好作品"奖。

关于自己的创作，李志伟说过："我学写童话，主要就是模仿郑渊洁……所以，我的童话也可以归在热闹派里，但表现出自己的特色，即现代感比较强，有幽默感。毕竟我与郑渊洁是不同时代的人，我更喜欢高科技和更加夸张的想象。"这段话为我们认识李志伟的童话提供了一条思路。作为多产作家的李志伟，作品的题材都是他从日常生活中积累、发现与提炼的。他平时就备一个小本子，记下生活中的一些火花，如《特殊商品》《超人学校》《健康银行》等作品的题材，就是这样获得的。有了题材，再根据童话的幻想法则来构思，譬如，银行是用来存钱的，存进去的钱是为今后用，那么，要写童话，就设想有这么一个银行，不是存钱，而是储存健康，年轻时将健康储存起来，为老的时候用。于是，就有了《健康银行》的构思。而在具体的作品结构上，李志伟最常用的是一种"戏剧结构"，即"向下一波三折"——开头就吸引读者，然后情节一波三折，最后在高潮处结束，并习惯于用一句话点出全文主题。所以，李志伟的童话具有很强的可读性，切合小读者阅读心理，在少年儿童中有一定影响。

伍美珍(1966— )，笔名汐子，安徽屯溪人。1988年毕业于安徽大学中文系。安徽省作家协会会员，安徽省儿童文艺家协会常务理事，《少年博览》杂志社主任编辑。1999年开始涉足青少年题材创作，作品因贴近青少年生活而引起关注。短篇小说《穿浅棕色短大衣的女孩》(上海《少年文艺》，1999)、《我的爱情鸟要飞走了》(上海《少年文艺》，2000)，分别被《儿童文学选刊》和《中国儿童文学》选载。报告文学《雨季心事》《卡通女孩YOU》获《少年文艺》2000年"好作品"奖。2000年，出版报告文学集《雨季心事》和《花季心雨》、少儿法律故事集《写作文惹上的官司》及长篇青春小说《青梅竹马》。2001年，由她撰写脚本的长篇卡通故事《做好孩子》以及由她主编的《YES时代丛书》(包括《动漫先锋》《科幻奇兵》《网络战士》3部)先后出版。

伍美珍的作品，采纳了当代青少年熟悉的新鲜语言，注重人物的真实性和情节的可读性，排斥生硬的说教，并适当吸收了卡通漫画、网络文学等新型文化特点，对青少年读者有着较强的亲和力和吸引力。著名作家竹林称誉《青梅竹马》是一部"融青春感受与传统意识为一体、没有任何阅读障碍的小说"。《花季心雨》被评论界认为是"贴近青少年生活，手法新颖"的少年文学新形式。《YES时代丛书》也因其"为素质教育喝彩"的时代精神，一出版便得到广泛关注。

方志平生于20世纪60年代初，安徽儿童文艺家协会常务理事。发表散文、小说、诗歌、报告文学等作品200余篇，又以散文为主。她的散文多取材于她的童年生活，描写的是给她幼时的心灵成长带来震撼而终生难忘的人和事；与童年生活相关的母爱亲情与伙伴友情也自然成为她散文的最主要内容，而对母爱的礼赞与对童心的赞美，使她的散文成为纯美清新、充满阳光般关爱温暖的"爱与美"的文学——她灌注于字里行间的美好情感，清纯、晶莹，犹如吸自然之灵气的露珠，是蕴藏在她心灵深处的美好人性的升华。代表作为两篇获"冰心儿童文学新作奖"的《送别我的阿母娘》（1999）和《红泥小手炉》（2000）。

《送别我的阿母娘》以讴歌无私、博大、赋予牺牲精神的母爱为主题，写她生命中"有幸""遇着两位阿母娘"：一个是她的生母，生她养她13载；一个是她的后母，爱她疼她20年。后母是在生母离去一年后，来照顾这个家的。孩子们都还没有从失去母亲的悲痛中解脱出来，所以无法接受她，因此给了她许多难堪。然而后母都将这一切默默地承受下来，无怨无悔地和父亲一起，竭尽全力，将孩子们培养成人。她用博大的爱，赢得了孩子们的尊敬。但孩子们还没有来得及报答她的时候，她却在一个飘雨的春天的夜晚，突发脑溢血，永远地离开了她疼爱的孩子们。她是在红杜鹃盛开的时候来的，又是在红杜鹃映红山岭的时候去的。每当红杜鹃盛开的季节，思念的苦痛犹如杜鹃啼血，蚕食着作者的心灵；无尽的哀思化做深情泣诉，送别心中的阿母娘。思念阿母娘，讴歌母爱，尤其是将母亲对于女儿的爱与女儿对于母亲的爱表达得淋漓尽致、如泣如诉，不知感动了多少读者。

《红泥小手炉》述说了一个催人泪下的悲剧故事——童年的作者与小伙伴杏子的生死友情。"我"与杏子同年同月同日生，又是同班同桌。她有一只用红泥巴做成的小手炉，是我冬日里的温暖，我们友情的象征。可就是这样一位可爱的小姑娘，夜里突发脑膜炎，早晨就永远地离开了她的学校、老师与朋友，永远地离开了她心爱的小手炉。作者不禁诘问道："上苍，你为何不能怜惜，这冰雪聪明的一个小女孩？太完美的人或事，就一定不能长久么？！"杏子把小手炉留给了作者，把最后的温暖留在了作者的心间。作者则用极其洁净而柔美的文字，在杏子20周年的忌日，为她编织了最美的花篮，奉献在杏子的灵前。一个悲戚的故事，一段真实的情感，还有呼之欲出的人物，都让人的心情久久不能平静。

谭旭东（1970—  ），中国诗歌学会会员，安徽省作家协会会员。1991年开始文学创作，在《儿童文学》《少年文艺》等报刊发表大量诗作，其中长篇少儿朗诵诗《十六岁的歌》获江苏《少年文艺》"优秀作品奖"，部分诗作收入《安徽文学五十年·儿童文学卷》和《全国儿童文学作品精选》。著名儿童诗诗人金波将他的儿童诗称作"心灵开的花"，并热情为他的诗集《妈妈的眼睛》作序。在《序》中，金波写道："读旭东的儿童诗，我好像看见诗人牵引着孩子的手，一路观赏着大千世界中的美景，教他们学会观察、感受、领悟；即使那些在我们看来平淡无奇的琐细事物，都在诗人和孩子们的想象下，幻化出天地间至美至真的景象了。"又说："旭东的这些小诗不造作、不堆砌。用字不多，却写出了情趣和意境。读起来舒展流畅，飘逸着孩子所特有的清新气息。"

（原载王泉根主编《中国新时期儿童文学研究》，河北少年儿童出版社2004年版）

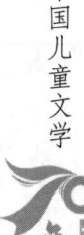

# 福建儿童文学发展综述

杨佃青

福建历来藏龙卧虎、人才辈出，中国现代儿童文学时期的冰心、郑振铎，当代儿童文学的常青树郭风，都曾给中国儿童文学做出过重大贡献。虽然当代福建的儿童文学由于一直缺乏具有号召力的领袖人物，没能整合成军，但如今，福建的儿童文学同仁都已经认识到了这一点，并在积极设法补救。假以时日，福建儿童文学现状必将大有改观，以崭新的面目出现在中国儿童文学版图。

一

福建人喜欢用自己的简称"闽"字形容自己，"门外是条龙，门内是条虫"。这里面当然有自谦与自嘲的成分，但用在福建儿童文学方面，似乎还是合乎实际情况的。中国儿童文学创建之初，闽籍省外作家对中国儿童文学的创建做出了重要的贡献。

早在 20 世纪初，著名报人林白水在他创办的《杭州白话报》（1901 年）及《中国白话报》（1903 年）上积极倡导儿童文学，发表了一定数量的儿童歌谣，这些儿童歌谣，以其进步的思想内容和爱国主义主题，成为当时引人注目的特色。

1922 年 1 月 7 日，文学研究会的主要成员，新文学运动的积极参加者郑振铎于上海创办了国内最早的现代儿童文学刊物《儿童世界》。它以丰富多彩的内容，新颖别致的编排，吸引了广大的小读者。不少新文学运动的积极参加者，如许地山、叶绍钧、汪静之、赵景深、周建人等都经常向刊物投稿。郑振铎自己也在编辑《儿童世界》的一年多时间内，开始了新的儿童文学的创作活动。他用"S．C""S．T""C．T"等笔名写了《八十一王子》《竹公主》《兔之祖先》《兔子的故事》《爱美之笛》等童话作品。他的童话文字浅显明白，具有丰富的想象和浓郁的诗意，给人以鲜明的形象。同一时期，郑振铎还在《儿童世界》上发表他创作的儿童诗歌，如《海边》《春之消息》《云与燕子》《风之歌》《小猫与麻雀》等。这些儿童诗歌具有活泼、清新、俊逸的风格，抒写了儿童自由和平的生活以及天真无邪的感情，歌颂了大自然的美丽。1923 年 1 月，郑振铎调离《儿童世界》，接替沈德鸿（茅盾）主编《小说月报》。针对当时儿童刊物上往往缺少具有时代特色的儿童文学作品，《小说月报》开设了"儿童文学"专栏。在这个国内不多见的成人刊物的儿童文学专栏内，他刊登过叶圣陶、徐志摩、严既澄、敬隐渔、燕志镌等作家的小说、寓言作品以及大量的世界儿童文学名作。郑振铎在主编《儿童世界》及《小说月报》儿童文学专栏过程中，对建树和开拓我国现代儿童文学，起到了重要的作用。

文学研究会发起人之一的许地山也积极参与儿童文学创作。他这一时期的作品，结集于散文集《空山灵雨》（北新书局 1933 年版），其中不少作品都以天真烂漫的儿童生活为题材，抒写了他们在生活中的欢愉，并寓有一种哲理。这些写得很有风致的近乎散文诗的作品，别具一格，吸引了很多少年读者。他的那篇仅仅 800 多字的散文《落花生》，清丽、平实、亲切、隽永，至今仍脍炙人口，为学生必读课文。

1920 年还在燕京大学读书的冰心，就在《晨报》发表了她的第一篇儿童散文《一只小鸟》。1923 年，冰心在燕京大学毕业、赴美留学 3 年期间，《晨报副镌》特地辟了《儿童世界》专栏，连续发表了她的以《寄小读者》为题的旅行通讯 29 篇。作家以无拘无束、天真烂漫、海阔天空、行云流水的笔调，熔写景、记事、抒情于一炉，铸出儿童文学百花园中的一树奇葩，使人耳目一新，成为她的代表作，影响极其深远，是几代少年儿童所喜爱和熟悉的作品。它确立了冰心在中国现当代儿童文学史、散文史上的开拓者和奠基者的地位，成为我国"五四"以来最有影响的儿童文学作家。

进入当代，在外省活跃的闽籍儿童文学作家有庄之明、杨鹏、黎云秀等。庄之明曾任《儿童文学》杂志编委、编审，中国作家协会儿童文学委员会委员，著有《海菊花和宝石花》《美》《十四岁的经理》《小女将闯天下》《读书写作技巧》《爱的萌芽》《我的中学生朋友》《香港风情》《小丫踢球记》《新星女队一号》等。《大漠太阳月亮》获第三届冰心儿童图书奖。

杨鹏是目前最为活跃的青年儿童文学作家之一，现任中国社会科学院文学所副研究员，主要作品有《杨鹏科幻系列》《装在口袋里的爸爸》《校园三剑客》等。创作翻译影视同期书《快乐星球》《变形金刚》《少年包青天》《小鲤鱼历险记》等，另著有中国第一部大型科幻话剧《带绿色回家》、动画片《福娃》（52 集）、《少年狄仁杰》（104 集）、《千千问》（128 集）（均由中央电视台拍摄）、《YOYO 历险记》（52 集）等。

女作家黎云秀（安然）是成名后才离开福建的，现为作家出版社副编审。著有小说《白毛阿利》《雪地上有几只麻雀》《父亲老 A》，长篇童话《蛙国历险记》《赤兔王子》《动物大使波彼》，报告文学集《风华少年》。中篇小说《父亲老 A》在《中国校园文学》连载后，被评为最受读者欢迎的作品。

二

代表福建儿童文学创作水平而在国内享有盛誉的作家是郭风。从 20 世纪 30 年代起，他就一直执着地为孩子们写作，是为数甚少的文坛常青树。

郭风（1918— ），原名郭嘉桂，福建莆田人。幼年时念过私塾。10 岁进莆田砺青小学读书，1936 年 8 月从莆田师范学校毕业后，担任过小学教员、永安华南通讯社编辑等职务。1941 年 8 月进福建省立师范专科学校中文系学习，毕业后先后任中学教员、福州改进出版社主编。1937 年他在《莆田抗敌后援报》副刊写了散文《给孩子们》以后，1943 年间，就开始写作童话诗，有《油菜花的童话》《苔藓》《菌的旅行》《小野花的花会》《野菊的小屋》《小野菊的童话》《豌豆的三姐妹》《我的叔叔——稻草人》《小郭在林中写生》《木偶戏》《屋顶》等，并于 1945 年以《木偶戏》为书名，列入改进出版社作为《现代文艺丛刊》出版。这期间郭风还写了《灯和星星》《伞店》《天使的农场》《花的商店》《抽屉里的童话》等童话。郭风的作品大多取材于闽南地区的生活、农村及自然风光，他善于从普通事物中发掘出艺术的美，善于从孩子日常生活中表现出情趣和诗意。郭风是一位具有独特艺术气质的作家。他在 20 世纪 40 年代就开始尝试将童话引到散文、散文诗、诗歌的创作领域，这种尝试使他的作品与众不同，而成为福建儿童文学的开创者和艺术旗帜。

中华人民共和国成立后，郭风创作了大量优秀作品。结集出版的有：《搭船的鸟》（1955）、《会飞的种子》（1955）、《洗澡的虎》（1956）、《避雨的豹》（1956）、《在植物园里》

（1956）、《月亮的船》（1956）、《蒲公英和虹》（1957）、《山溪和海岛》（1960），以及《叶笛集》（1957—1960）、《麦笛集》（1957）等散文专辑。其中《洗澡的虎》和童话诗《月亮的船》均由福建人民出版社出版。

进入新时期，郭风重返文坛，长期积蕴在作家心中的感情，随着一支获得自由的笔倾泻出来，不久出版了《你是普通的花》《鲜花的早晨》《灯火集》等散文和散文诗集。经历10年磨难后的郭风仍然有着一个自由活泼的心灵，他仍然对大自然、对故乡的一草一木怀着深深的眷恋之情，仍然善于"用自己的心灵去感受花朵和土地的世界，感受他们的心灵"。《红菰们的旅行》是郭风这一时期代表作。他用一组散文诗写了一个令人愉快的童话。诗中抒发了作者对新来到的繁华的夏天的由衷赞美，同时表现了作者要把平凡的"我"融入更伟大的人民大众之中去的意愿。这组散文诗充分体现了作者在童话散文方面的成果，获得了第二次全国少年儿童文艺创作评奖二等奖。

1991 年福建少年儿童出版社出版了郭风的散文集《孙悟空在我们村里》。这本集子收入郭风创作的 80 余篇散文，包括松坊村纪事、窗口的童话、油画中的船等，大多数都是新时期以来的作品。在这些作品中，作者常把自己幻化成一个少年形象，以少年的眼睛来描写自然的一切；同时，作品中的"我"又亲切地将小读者带进一个充满自然美、劳动美和人的心灵美的世界；作品洋溢着浓郁的泥土气息和故乡风情，在写景中抒情，在抒情中绘景，做到了诗情和画意的统一。这部作品出版后受到好评。1993 年获"中国作家协会第二届全国优秀儿童文学奖"，1995 年获"福建省百花文艺奖一等奖"。

1996 年福建少年儿童出版社出版了《郭风儿童文学文集》，收入郭风 1945 年至 1994 年间的儿童文学作品，就时间跨度而言，为 50 年，共收入童话散文 2 辑（含童话散文诗）、童话诗 2 辑和儿童散文 2 辑，另附录收入序跋文 3 篇及评论 3 篇。

张力是继郭风之后另一位有影响的闽籍儿童文学作家。张力于 1951 年生于厦门，当过知青、汽车修理工等，后任《厦门文学》主编、厦门作家协会副主席。

1981 年张力在福建《小火炬》第 3、4、5 期上连载了他的第一篇作品：中篇科幻小说《在那独立的石崖上》。这篇处女作构思大胆、想象奇特，语言富有儿童意趣，表现出他的创作潜力。不久，他在《福建文学》上发表短篇小说《斯泉涓涓》。作品以两个少年的友情为线索，揭示了"文革"期间人们的特殊经历所造成的伤痛，这篇作品以它深入的人物刻画和准确的心理体验，以及流畅的语言受到福建文坛的关注。

1984 年张力出版了他的第一部少年长篇小说《火车头牌足球》。作品通过鼓浪屿一群少年为买到一个国产足球——火车头牌足球而千方百计筹款的故事，刻画了几个南国少年独特的艺术形象，展现了一幕幕有趣的海岛生活场面，描绘了鼓浪屿迷人的风光，表现出青少年热爱祖国、热爱生活的美好的精神境界。作品被中央人民广播电台《星星火炬》节目连播，1986 年获得"新时期中国优秀儿童文学奖二等奖"。在这之后张力在福建文坛上全面开花，在长篇小说、报告文学、广播剧、电视剧、电影等多种体裁创作上获得全面丰收，作品屡屡得奖。

尽管张力的创作在成人领域不断开拓并成绩显著，但他仍然没有忘记少年儿童读者。1995 年福建少年儿童出版社出版了他创作的 20 多万字的长篇童话《好森林的故事》。这部长篇童话描写了好森林里人和动物美好有趣的生活及各种经历，涉及人与自然、人与环境的主题。这部作品获得"福建省第二届百花文艺奖三等奖"等奖。

1997 年张力又创作了中篇童话《咕噜岛》，列入福建少年儿童出版社"童话列车丛书"

出版。作品描写了一群被人类迫害的动物逃到咕噜岛上，建立起自己的乐园，快乐平静地生活着，但是贪婪的商人仍不放过它们，费尽心机要把动物们一网打尽，动物们和坏人斗智斗勇，最终战胜了坏人，保护了自己的家园。作品构思巧妙，语言幽默，读来令人忍俊不禁，让读者在快乐之余体会到作家对人类生存环境的关注，以及对人类自身行为的追问。

让人痛惜的是，正值盛年的张力，却在此后不久患病早逝。福建儿童文学痛失了一位可能的未来领军人物。

三

当代福建儿童文学走过了不平凡的道路，在不同历史时期留下了自己的深深的印记，涌现了一批充满理想与智慧的作家。

20世纪50年代初，全国已经进入轰轰烈烈的生产建设时期，而福建作为海防前线，对敌斗争的任务仍十分艰巨。为了配合宣传教育，福建出版了不少以此为题材的儿童文学作品，如《东山战斗故事》《东山战斗中的八个小英雄》《前沿小炮兵》《永不褪色的红领巾》《海上擒敌》等。其中，郭建尧的作品影响较大。当时他在厦门三中任教。我军炮轰金门的战斗中，郭建尧带领他的学生活跃在海防前线。这些学生就是后来闻名全国的"前线小八路"。郭建尧这一时期写了《勇敢的小宝》《前线孩子的歌》《海防钟声》等儿童文学作品，分别发表在《厦门日报》、上海《少年文艺》等报刊上。这些反映前线孩子特殊生活学习经历的作品，受到了广大少年儿童读者的喜爱。

同一时期，福建龙岩陈炎荣发表于1956年第12期上海《少年文艺》的小说《省城来的新同学》，因涉及男女同学之间的友情问题，而引起广泛关注和好评。这篇短篇小说写的是一位省城来的女生和农村男孩之间的故事，两人（主要是男生）由矛盾到成为好朋友的过程，这类题材在当时的儿童文学作品中并不多见。作品获《少年文艺》年度优秀作品奖，被收入当年的优秀儿童文学作品选集。作品所表现的原属正常的生活现象，但后来这类题材成为儿童文学的"禁区"，在"文革"期间屡受批判。直到"文革"后才予以平反，重新被选入各种选集。

20世纪60年代，有一部儿童文学作品在全国影响巨大，这就是福建作家苗风蒲的儿童中篇小说《二十响驳壳枪》。作品写的是两个农村孩子偶然发现老地主家藏着一把20响驳壳枪的故事。作品的情节、语言都富有儿童特色，是一篇不错的儿童文学作品。这篇1963年由少年儿童出版社出版的中篇小说《二十响驳壳枪》成为"千万不要忘记阶级斗争"的文学典型，其儿童文学特色被淡化，主题被极度张扬和扩大，还被改编成连环画等多种形式，发行量达数百万之多。

新时期以来，在福建儿童文学园地里辛勤耕耘并卓有成绩者，除了张力和黎云秀之外，还有裴慎勤、郭建尧、阿东、陈奇、刘霄、刘牛等人。他们分别出版了短篇小说集《别了，丽多》（郭建尧，福建少年儿童出版社1990年版）、中篇童话《飞向迪斯尼》（刘霄，福建少年儿童出版社1997年版）、中篇童话《千千迷迷历险记》（陈奇，福建少年儿童出版社1997年版）、中篇科幻小说《基因密码》（刘牛，福建少年儿童出版社1997年版）、《寻找马可》（刘牛，江苏少年儿童出版社1999年版）、《情系海豚》（刘牛，新蕾出版社1999年版）、少年惊险侦探小说《追踪绿裙子》（阿东，湖南少年儿童出版社1999年版）等作品。

此外，还有一些作家在国内的儿童文学刊物上发表作品。如：裴慎勤的《鸟树》（童话）载《儿童文学》1989 年第 2 期；陈金茂的《牙齿们的一次出逃》（童话）载《儿童时代》1991 年第 2 期；陈奇的《千千奇闻》（童话）载《儿童文学》1997 年第 4 期；以及阿东的《小猴种瓜》（童话）载浙江《幼儿故事大王》1994 年第 5 期（收入广东新世纪出版社 1995 年版《母子共读好故事 365》、浙江少年儿童出版社《夜夜新故事》下册），《最后一次恶作剧》（散文）载江苏《少年文艺》1994 年第 6 期，《彩虹桥》（童话）载《幼儿童话 100 篇》浙江少年儿童出版社 1995 年版，《穿袜子的树》《衣服变花了》《汽车的食物》《小猴的灯光晚会》载《幼儿知识童话》浙江少年儿童出版社 1997 年版，《一个红小兵的日记》（纪实文学）载《天涯》1997 年第 5 期。

## 四

福建在儿童文学系统工程的建设与作家队伍的培养方面做了不少工作，并且一直在努力。

1978 年 10 月，福建人民出版社成立少年儿童读物编辑室，并承担了国家出版局出版儿童科学文艺丛书的任务；年底，福建《红小兵》月刊改名为《小火炬》，成为福建省儿童文学作者的创作园地。

1979 年，出版社开始推出儿童科学文艺丛书，第一批有两部福建省作家创作的长篇科幻小说：邱国华的《金色的梦》和陈仲义的《金牛号事件》。

1981 年又从《小火炬》上发表的数百篇儿童科学文艺作品中精选几十篇福建省作家作品，出版了科学童话集《短尾巴的小花鹿》和《海上夜明珠》。

1981 年 9 月，少儿读物编辑室还和福建省作协合作，在福州举办儿童文学创作学习班，并从上海请来著名儿童文学作家任大霖、黄亦波等来闽讲课。学习班聚集了来自全省各地的儿童文学作者。会后，出版社编辑了 60 多万字的《儿童文学创作论》（上、下）两册，寄给各地作者，作学习参考之用。

1982 年、1983 年，连续两年，出版社和省作协在武夷山和福州鼓岭举办了两期儿童文学创作笔会。笔会邀请 20 余位福建省作者参加，每位作者带作品或写作提纲，会上进行交流，互提意见，由省作协委派的作家和出版社编辑对这些作品进行具体指导。两次笔会效果明显，会后出版了厦门作者张力的长篇小说《火车头牌足球》、南平作者裴慎勤的长篇童话《圆圆的奇怪故事》、厦门教师刘溪杰的儿童诗集《春花集》、解放军作家傅崧山的散文集《海天白鸽飞》以及由省作协儿童工作委员会主编的短篇小说集《第十四号座位》。这些作品体裁多样，小说、童话、诗歌、散文都有，而且题材丰富，集中体现了这一时期福建儿童文学创作的成果和水平。

正是由于出版社和省作协双方的重视和大力协作，极大地推动了福建省作者创作儿童文学作品的热情，一批中青年作者迅速成长，成为福建省儿童文学创作队伍的骨干力量，他们创作的优秀儿童文学作品纷纷在省内外儿童文学杂志上发表。小说方面有洪荔生的《刻在心里的书本》、徐常波的《松花村来的小姑娘》、叶礼旋的《风雨灯》、肖惠元的《苦瓜开花的时节》、毛履鄂的《小鸟飞回故乡》、余美西的《我和小表姐》、王可耘的《我、姐姐、猫》、吴赳的《贝蒂》、周云石的《描红了的航线》、北北的《恐慌》、詹鄞森的《六月的诱惑》等；童话有刘昌椿的《娜娜和她的小白鸽》、林培堂的《短尾巴的小花鹿》、裴慎勤的《国王和狼》等；散文有何为的《老木匠的笛声》、陈志泽的《乡音》、李乡浏的《森林山野纪事》、陈慧瑛的《归来》、陈云南的《泉水》、裴耀松的《山村叶笛》等；诗歌有昌德安的《在我的窗口》、朱谷忠的《童年的歌》、陈金茂的《夏令营诗草》、伊路的《活泼的春天》、林祁的《给女儿》、陈侣白的《新芽之歌》等。可以说,到 20 世纪 80 年代中期,福建的儿童文学创作呈现出中华人民共和国成立以来最为兴盛的局面,并出现了在全国都有一定影响的作家作品。

但是这之后的 10 年间,即 1985 年至 1995 年左右,福建的儿童文学并未顺利发展,主要表现在这支队伍不但没有壮大,反而减少,以致不成阵容。由于原先福建儿童文学作者大部分是中小学教师,在投入最初的热情后,有的因为创作上难以上一个台阶而停笔,另一些作者由于调整了工作,比如从学校调到了机关、报社等,而减少了儿童文学写作,还有一些作者成功后,转向成人文学创作或其他题材文学创作,使得这一时期福建儿童文学作者队伍显得冷清。尽管如此,仍有一些作者坚持了下来。

要想有一支整齐的儿童文学作家队伍,组织、整合是必要的,在需要的时候及时鼓励、扶植更是必要的。这已经成为福建儿童文学界的一个共识。进入 21 世纪之后,这个时机慢慢成熟了。

后来成为福建省文联副主席、福建省作家协会主席的杨少衡出版了他的第一部儿童文学作品《危险的旅途》(明天出版社 2000 年版);刘牛出版了科幻小说《地外"黑客"》(新蕾出版社 2000 年版);林潇潇出版了《高四学生》(百花文艺出版社 2000 年版);陈雪珠出版了第一部文学作品《师范生》(福建少年儿童出版社 2000 年版);2001 年,"红樱桃少女文学系列"在福建少年儿童出版社出版,该系列包括《魔法世界》(黄萍著)、《船夫的儿子》(黄黎静著)、《秘密洞穴》(张一著),作者均为品学兼优的在校初、高中学生。《魔法世界》想象大开大合,融童话、科幻、探险于一身;《船夫的儿子》充满了脱俗而动人的情趣、童真烂漫的理趣;《秘密洞穴》显示了作者在虚拟的情境中编织故事的能力与才情;江苏《少年文艺》2001 年度的"文学新人奖"3 位获奖者(回声、伊萌、林峥)全部来自福建,而且在她们背后还有一个阵容相当强大的少年作者群体;陈震出版了奇幻小说《知更鸟罗兵》(新世纪出版社 2002 年出版);泉州中学教师胡若凡,身残志坚,笔耕不辍,起点非常高,经常在全国三大儿童文学核心期刊发表作品,其作品也多次被《中国儿童文学》转载,《"坏精"王大就的快乐时光》一书获 2003 年度福建省百花文艺奖;儿童文学编辑陈天中在工作之余笔耕不辍,已累计发表 50 余万字童话、科幻、小说等,成为 5 家少儿报刊专栏作家,作品散见于全国数十种期刊,部分作品入选《中国童话年选》《中国儿童文学年选》。

可喜的是,原来福建是儿童文学人才的净输出省,现在也开始输入了:胡若凡是江西籍,20 世纪 90 年代移居泉州;曾出版《写给小读者》《叮当的回响》《叮当的魔法》的晓玲叮当入住厦门;鲁迅文学院第六届中青年作家高研班学员,已出版诗集《逆光的孤儿》《那拉提诗篇》的辽宁儿童文学作家小山(贾秀莉)移居福州;毕业于浙江师范大学儿童文学研究所的山东籍儿童文学批评家杨佃青进入福建少年儿童出版社……

在儿童文学创作日趋活跃、作家队伍日益壮大的情况下,福建省文联、福建少年儿童出版社及各个方面开始大力组织、扶持作家的成长:2002 年,在福建省出版总社及福建省优秀社科图书基金的支持下,福建少年儿童出版社以前所未有的气魄,出版了一套 8 本的"福建儿童文学新人文丛",收录了陈雪珠、胡若凡、黄萍、林潇潇、回声、喻婷洁、林峥等 8 位新人的最新创作。现在,他们都已成为福建儿童文学新的生力军,在小说、童话、科幻、散文乃至儿歌等众多领域发起了全面的冲击。

近日，福建省作家协会儿童文学委员会已在筹备之中了。

总之，站在世纪的起点上，福建儿童文学的开局还是相当不错的，福建儿童文学的繁荣、发展与新一轮辉煌的到来，应该是为期不远了。

（本文系本书特邀稿）

# 江西新时期儿童文学综述

孙海浪

回顾江西新时期儿童文学历程,会有一种令人欣喜与快慰之感。20世纪80年代和90年代,在江西老区这块红色土地上,蕴藏和萌发着一片儿童文学创作的蓬勃生机。它的多样性、活跃性和创造性,充分体现了江西儿童文学作家的心智与虎虎生气,显示着21世纪江西儿童文学空前的繁荣和蓬勃发展。

## 一、背景:珍贵与片段的记忆

应该说,江西作家是幸运的,老一辈革命家用生命与鲜血创建的革命根据地,早已成为江西作家丰富的生活矿藏、创作源泉。早在20世纪五六十年代,江西作家就撰写了许多为广大青少年阅读的革命回忆录和儿童文学作品,诸如原任老省长邵式平的《两条半枪闹革命》,刘俊秀的《生死斗争三个月》,邓洪的《潘虎》与《山中历险记》,时佑平的儿童小说《龙崽与虎崽》及与人合作的儿童电影《红孩子》,著名老作家杨佩瑾的长篇儿童小说《雁红岭下》,罗旋的中篇儿童小说《来红放鹅》《七叶一枝花》等,不仅生动逼真地再现了历史,而且表现了在革命熔炉中不同人物的复杂人生和多彩的生命格调。

严冬过去,枯木逢春。一只只迟来的燕子栖落枝头。江西儿童文学创作真正形成气候,还是在20世纪80年代初期。正当少儿读物和儿童文学作家队伍青黄不接、少儿读物在"文革"极"左"思潮影响下一片荒芜之时,"全国少儿读物出版工作座谈会"于1978年10月在江西庐山召开。这是粉碎"四人帮"以来儿童文学界一次空前盛大的聚会。这次盛会不仅在全国产生了较大的社会反响,而且有力地推动了江西儿童读物创作和出版事业蓬勃发展。20世纪80年代初,江西省作家协会创办全国第一张儿童文学报《摇篮》。冰心亲笔题写刊名的《摇篮》于1981年元月问世。从此,江西儿童文学作家有了自己的创作园地。

20世纪80年代是江西长篇儿童小说的"丰收年"。孙海浪的《带火银剑》《逃离孤儿院》《乞丐王》,傅汉清、殷定生合著的《井冈之子》,张世桢的《漩涡》,周延东的《他从"地狱"走出来》等相继问世。中篇小说有罗旋的《七叶一枝花》,邱恒聪、廖石方合著的《少年军需队》,刘欧生的《野栗子》,杨燕杰的《小军长和大警卫》,杨春的《水牛牯》,贾献文的长诗《红军泉》,孙海浪作词的儿童歌曲《井冈山下种南瓜》等。

令人欣喜的是,一批中青年儿童文学作家在创作思想和题材、风格样式上都有新的突破,并以较强的实力活跃在文坛。曲一日创作出版了寓言集《狐狸艾克》《谎话学校》《老虎抬狐狸》《艾克餐厅》《狐狸探长艾克》《大灰狼开饭店》等。《狐狸艾克》更受孩子们的喜爱,一举获得首届"全国优秀儿童文学奖"。他的创作不但起点高,而且有自己的特色。他笔下的200多个以艾克为中心的寓言故事,构思单纯奇妙,语言幽默风趣,情节曲折感人,富有强烈的讽刺意味。傅汉清、殷定生合著的长篇小说《井冈之子》获江西省人民政府颁发的"建国35周年优秀文艺作品奖"和"黑龙江文艺创作一等奖"。由孙海浪作词的少儿歌曲《井冈山下种南瓜》(颂今作曲)荣获"第二次全国少年儿童文艺创作评奖"二等奖，一再被列为新时期的优秀作品，并编入全国小学语文教材，制成各种版本的中英文唱片、录音带和VCD唱片，在海内外广为流传。陈静曾这样评价：作者始终"坚持从老区这块革命历史丰饶的土地吸取养料，作品中塑造出有血有肉的具体的人物形象，以他们在真实的生活中所表达的真情实感来影响、感染少年儿童"，并"善于分析和思考"，"常常透过生活中的一些表面现象，抓住事物的本质"，"注意观察和发现生活中的矛盾和斗争，还以冷峻的态度揭示潜在于生活激流深处的漩涡，从而折射出当今社会生活中的矛盾"。①

## 二、欣喜：异彩纷呈的"黄金季节"

进入20世纪90年代之后，江西的儿童文学作家队伍扩大了，视野放开了，呈现出一片日趋繁荣的景象。题材的多样性、活跃性，反映了江西儿童文学界的虎虎生气。1990年元月，江西省作家协会推出了一套《江西新时期十年文学作品选》(百花洲文艺出版社)，其中《儿童文学卷》收集了江西74位儿童文学作家的作品77篇，有中短篇儿童小说、童话、寓言、散文、故事、儿童诗，以其当代性特征，显示出新生机的儿童文学创作新潮。这卷儿童文学选集，虽然不能包括江西新时期10年所有的佳作，却是全省新时期儿童文学创作的记录，是江西儿童文学丰收的一个缩影。老、中、青作家纷纷在文坛亮相，具有使人兴奋的前冲力。选集除收集了20世纪五六十年代就开始从事儿童文学创作作家的作品，如万长楠的小说《月夜》、华朝熙的小说《鬼声》、李如澍的小说《美容师》、徐迅的故事《蒋士铨的故事》、孙海浪的中篇小说《魔盆》和故事《神鸟》、徐蕃秀的小说《樟树上的榜》、张仕桢的小说《春温》、黄岭的小说《"小大夫"外传》、邓节芳的诗歌《在课堂里》、曾尚诚的童话《咬着鱼钩跳舞的鱼》等外，还出现了一批中青年作家的作品：郑允钦的童话《好蛇索米》《换脑记》，曲一日的寓言《狐狸架鹰》《拔河》，萧道美的小说二题《耳朵》《他在祖宗牌位前》，张品成、彭江红的小说《两毛钱》《被折断的钓竿》，黄忠利的散文《长出来的小阳伞》，章丽玲的童话《蚂蚁国奇遇记》等。这些作品，题材广泛，在艺术风格和创作手法上均有自己的追求，比较真实地表现了孩子们的个性，以及他们所理解的生活与幻想。

20世纪90年代，江西儿童文学佳作如雨后春笋破土而出。郑允钦在几年内写出9部独具特色的童话专集，《吃耳朵的妖精》《树怪巴克夏》《怪孩子树米》连获"全国优秀儿童文学奖"。他的童话构思奇特，想象丰富，别出心裁地运用夸张和荒诞的手法表现孩子们的现实生活，巧妙地把小读者带到一个个神奇的空间。《树怪巴克夏》写的是一棵果树上结出了一个动物克夏。克夏不但能在天上飞，还能在水里游；有只灯罩也使人拍板叫绝，居然能帮助一个男孩梦游奇异的世界……歌颂了真善美，鞭笞了假丑恶。陈抚生的长篇小说《校园芳草》则以清新笔调描述了汪明生、颜碧秋、姚芳芳、胡玉芬等一群初涉人世的师范生。作者笔下，一个个鲜活的人物跃然纸上，时代的氛围，乡土的风情，诙谐的语言，给人以深刻的印象。

1997年3月，由王文才、孙海浪主编的一套45万余字的大型儿童文学丛书由江西教育出版社出版。其中有：张仕桢、弘弦、闽军合著的《一座神圣的雕塑——忠心献给祖国》、孙海浪的《我就是上帝——信心留给自己》、孙兵的《百善孝为先——孝心献给父母》、那秋生、贺华光、邓浔生合著的《跨越山川的彩虹——爱心献给社会》、蓝秋的《春风吹来的故事——关心献给他人》。这套丛书,以纪实的手法,采用夹叙夹议的形式,传播中国传统美德,受到广大中小学生和家长的欢迎。

20世纪90年代末期,江西省文联、省作家协会和滕王阁文学院主编的《90年代江西文学作品选》(作家出版社1999年版)中,儿童文学类有萧道美的《语言游戏》、彭学军的《油纸伞》、孙海浪的《佛灯》、曾小春的《父亲的城》、张仕桢的《人生课题》、徐蕃秀的《妈妈扫大街》、郑允钦的《一根头发和十座金矿》以及万长楠的《题匾》、张厚德的《寻觅远方》等21篇小说、童话、寓言、散文、诗歌。

科幻小说与科普知识更为少年儿童喜爱和关注。严霞峰的科幻小说《飞向神奇的太空》《穿越神秘的海洋》和长篇童话《大侦探鼻特灵》先后出版。孙海浪的中篇科幻小说《佛灯》获文化部少儿司主办的"中华科幻小说征文大赛"二等奖。涂赞珠的科普随笔集《一扇敞开的门》(中国科学技术出版社2000年版)涉及物质、动物、植物、自然环境、天文地理和未来生活等7个方面的内容。作者是一位在江西县城从教20余载的教育工作者。书中《会唱歌的沙子》让读者来到甘肃敦煌月牙泉畔,聆听沙漠上的琴声;《猴国演义》令人惊讶,公园的群猴看似无忧无虑,却每时每刻都在为争夺王位而搏斗;《火星在欢迎我们》则把读者引入另一个新奇的世界。

## 三、凝重:探索少儿心灵的踪迹

当今时代,改革浪潮一浪高过一浪。儿童文学决不能游离于瞬息万变的时代之外,这就要求儿童文学作家投身于现实生活的海洋,并熟悉和洞察当代少年的心灵。可以说,近几年来的江西儿童文学作家的创作,是逐步由"拓荒"走向"开拓"的阶段。作者面对日新月异的时代和中小学生不断变化的生活,进行了深层次的思考。他们用自己的笔墨触及少年儿童的心灵深处,沿着孩子们心迹不断地进行探索。

张仕桢的《漩涡》(黑龙江人民出版社1982年版)是一部富有青春朝气而又有深刻社会意义的长篇小说,它描写了在"文革"中一个优生变差生的感人故事。作品生动形象地反映了中国教育变化和新时期校园生活新貌,以及人与人之间的美好情感。作者不但把魏小奇等一个个有血有肉的人物写活了,而且在试探粉碎"四人帮"后中国教育的一个新课题:在中小学校,如何看待优生与差生? 面对差生,老师、家长和社会该怎么办? 作品向读者展开了一幅多彩多姿的社会画面,把笔墨深入人物内心深处和感情世界,刻画了众多的富有个性的人物形象,并从同学与同学之间的友谊、人生的理想和人们观念更新上去挖掘,向社会发出了如歌如泣的呼唤:"关心差生,用一颗赤诚的心,理解和体贴我们的孩子!"张仕桢是一位教师作家,他用敏锐的目光探寻孩子们的心灵,以审美的观点去捕捉生活,终于写出了感动人心的佳作。

在少儿报告文学方面,不论是题材开拓、人物刻画,还是文学性,都有新的突破,并闪射着催人奋进、发人思考的灵光。1991年初,孙海浪在中国少年儿童出版社推出了《钟声》长篇系列纪实文学三部曲:《中国小太阳沉浮录》《倾斜的童工世界》和《离异家庭子女的自白》(约60万字)。《光明日报》1991年11月6日第一版发表题为《心系孩子们成长,笔探小太阳沉浮——作家孙海浪创作中国青少年社会问题三部曲》一文称,作者面对生活急骤变化、新旧错杂开放的时代,深入海南、广东、福建、浙江、四川等地采访,掌握了大量的第一手材料,提出了"少年犯罪""当代童工"和"离异家庭子女的遭遇"等几个尖锐的问题,值得全社会关注。《中国小太阳沉浮录》和《离异家庭子女的自白》并在《广州日报》《信息日报》等报刊连载后,获得全国城市报纸连载作品一等奖、"陈伯吹儿童文学奖"和第二届"江西省文学艺术优秀成就奖"。周崇坡教授认为作者"不局限于客观地叙述与描写青少年犯罪事实,而以一个社会学家对社会的密切关心,以犀利的目光,在探索其外在与内在、潜层与深层、现实与历史的动因,因而具有某种意义的社会专著性质",作品"宏观把握、微观入手,把背景材料的叙述与典型事例的描绘结合起来,给读者一种震撼和启示的力量"②。

世界在旋转,观念在更新。信息时代呼唤更多的富有时代感的少儿文学作品。在跨入新千年之际,知识出版社推出了孙海浪的《生存智慧》丛书,包括《跨越的瞬间》(自强风采)、《花蕾上的蜜》(爱的教育)、《大漠上的脚印》(走出孤独)、《春风翻开的书页》(生活艺术)、《回归森林的小鸟》(人与自然)等 5 本。它以"生存智慧"为主线贯穿全书。林龙在《创作评谭》发表题为《回首金色童年,感悟人生哲理》的文章,称"《生存智慧》站在一个更新高度和角度,以独特的哲学魅力和写作技巧,撞击智慧之门,营造出一个个宽松愉快的空间。作者在试图用一种轻松活泼的散文、随笔形式,透视人生,思考生存方法和生存价值。每本书集中提出一个普遍性的社会问题独立成篇,书写作者的切身感受或作者所见所闻的亲身体验,从一个小小的侧面阐述一个人们关注的问题。它不论是从取材、构思,还是叙述、抒情上,都运用得自如和坦诚,且意蕴丰富,格调纷繁,形式活泼,情趣盎然,或欢笑,或痛苦,或欣喜,或惋惜,或忏悔,或恼怒,无不浸透了作者的真挚、理智的深情"。

## 四、希望:年轻队伍正走向成熟

在新时期,江西崭露头角的儿童文学新秀不断涌现,一支年轻的队伍已经形成,并走向成熟。其中,彭学军算是冒尖的一个。这位 1963 年 3 月出生的女作家毕业于江西赣南师范学院中文系。她那富有浓郁乡土气息、宛如山间潺潺流水的儿童短篇小说一问世,就引起了人们的赞许和小读者的喜爱。她曾获"陈伯吹儿童文学奖""海峡两岸少年中篇小说征文"一等奖和"《巨人》杂志最受读者欢迎作品奖"。短篇小说集《油纸伞》《白衣裙·蓝花边》和长篇小说《终不断的琴声》等,字里行间,如诗如画,别有一番情趣。作者在作品中并不隐喻什么,写的是原汁原味的生活本身;她把小说中的人物命运,置身于不同色彩的环境和不同格调的氛围中,让读者用心灵去体验、去感受,以求达到完美的艺术效果。长篇小说《你是我的妹》描述了两个家庭中几位半大的女孩儿,在苗家山寨中发生的故事。这里有淳朴的民风、奇异的习俗和灵山秀水迷人的韵致;有"我"、阿桃妹、老扁等几位女孩之间生死不渝的亲情;有阿桃与龙老师之间那清纯而忧伤的感情;有阿香婆疯癫、怪异的行为……作品一切从生活出发,字里行间透出一种隽永、纯粹、无私的撼人心肺的感情力量。

曾小春是江西儿童文学作家队伍里年轻、活跃而又有潜力的一位。他的长篇儿童小说《父亲的城》《蓝色故乡》一出版,就引起儿童文学界广泛关注。1997 年江西省作家协会、儿童文学委员会曾在作者生活的那个偏远的县城——石城召开了"曾小春儿童文学作品研讨会",一致肯定了曾小春儿童小说创作的可喜成果,认为他的作品向读者展现了一幅幅山乡绚丽图画,并充满厚重深刻的内涵,文笔优美、凝练,写出了人物微妙的心态和摇曳多姿的情节。《蓝色故乡》写的是发生在偏远山村的故事。一家异乡人和一家返乡人难以得到村里人的承认和接受。他们的孩子目睹和遭遇了与自己家庭休戚相关的种种变故,作者并没有过多描写择地建房的周折、抓阄分田的闹剧、兄弟争姓的酸涩和祈雨长跪的悲壮,而是着重描写孩子们的心理和情感的交锋。作者把人物矛盾冲突,放在农村新生活的背景下展开,写得真实活泼,曲折有致,读来使人怦然心动,又有一种余味未尽的韵致。

闵小伶的幼儿文学作品更为引人注目。闵小伶1996年开始儿童文学创作,以写低幼童话为主。其代表作品有:描写一个不愿上学的幼儿通过与小动物的一段奇遇、领悟到学习乐趣的《甘贝的奇遇》;探索家庭教育问题的《光头先生》;引导孩子不任性、不霸道,养成与人和平相处的规则的《大甲虫机器人》;以及用故事融入新生活的《乌龟格格》等。闵小伶的作品想象丰富,幻想幅度较大,并充满幽默感。她的《不老的戚美丽》在2001年"海峡两岸儿童文学联合征文比赛"中获得佳作奖。这篇作品表达了一个现代的主题:克制自己的私欲,严守自己做人的准则,戚美丽即使在自己快速衰老的情况下,也能抵御诱惑,决不采摘那朵奇异的野花。戚美丽让自己容颜不老的秘诀是大量用鲜花,可她用的全是自己种植无生命的鲜花,从不伤害那些幼小的生命——野花,从而讴歌了"从善"的情操。

谈到江西的寓言、童话创作,自然要提到业余作家陶云凤。陶云凤出生于1956年11月,虽创作起步较晚,但自她的处女作在江西《摇篮》报发表之后,就勤奋笔耕,先后出版了《猴子法官断案》《"糊涂官"断荒唐案》《看图读寓言》和《寓言百篇》等专集。作者笔下虽是一些小巧玲珑、生活气息浓郁的动物小故事,却充满人生的哲理。本来,向孩子们进行法制教育容易陷入枯燥无味的条文,可作者运用轻松活泼的形式和生动简洁的语言,并把古代的传统隐喻其中,如作者在《母鸡为什么没有大红冠》中描写,母鸡没有公鸡那么大的红冠的原因,是它犯偷盗罪所致,使人联想起中国古代"劓"和"刖"的刑法。《翘尾巴的火鸡》《白雪头顶的"冠军"》《白鹅湖长的失落》等篇形象生动,富有丰富的含义和潜质,并充满幽默、诙谐和敏捷的描述。

在江西年轻一代儿童文学作家身上,我们不仅看到了敏锐的才气,还看到了坚忍的闯劲和不断创新的精神。例如小学教师李士界。李士界1994年毕业于南昌师范学校,他曾对自己的作品《男孩·女孩》做过卜10次修改,草稿足有300多万字,书稿出版时仅有16万字,整整修改了10个年头!这种执着追求和一丝不苟的写作精神,实在令人感动。这部作品虽在人物塑造上缺乏纵向深入的开掘,但故事情节跌宕起伏,语言清新洗练,细节也真实感人。

在江西这块红土地上,一批批推动创作走向繁荣、走向成熟的新人正在涌现、成长,这就是江西儿童文学的前景和希望!

**[注释]**

①陈静、孙海浪:《一位从事革命历史题材的儿童文学作家》,《文艺报》1987年10月3日。
②周崇坡:《评中国小太阳沉浮录》,中华文化出版社1992年版。

(原载王泉根主编《中国新时期儿童文学研究》,河北少年儿童出版社2004年版)

# 山东儿童文学的作家团队

郝月梅

一

山东省的儿童文学作家队伍是在中华人民共和国成立后建立起来的。

一方水土养育一方人，齐鲁文化作为儒家文化的重要源头，必然对山东儿童文学作家的文化心态产生影响，并形成山东儿童文学创作的文化源泉。山东的作家朴实本分，不追逐潮流，也不事张扬，以厚重和淳朴的风格，描述着生于斯、长于斯这片土地上饶有童趣的故事和景色。反映农村生活、乡土气息浓郁的作品在山东的儿童文学中一直占有比重，如《微山湖上》《八脑线的蟋蟀》《荒原上的小凉棚》《叶子是树的羽毛》等。山东又是一个沿海省份，东临渤海、黄海，与辽东半岛隔海相望环抱渤海湾，一批反映海岛生活的作品，如《海滨的孩子》《大海的歌》《俺家门前的海》《沛沛的小白船》等，不仅形成了山东儿童文学的一道亮丽风景，也在全国频频获奖。

通观60年的山东儿童文学创作，不论体裁样式还是作品内容，都显示出较为宽广的涵盖面，结构是完备合理的。由作品反映的生活面看，从农村到城市，从平原到山野到海滨，从战争年代到和平年代，从家庭到校园到社会，从人类活动到动物与自然奇观，从复杂交错的外部社会现实到儿童五彩斑斓的心灵世界，都进入了儿童文学作家的关注视野，成为60年来山东儿童文学的构成因素之一。在儿童文学体裁样式上，小说、童话、儿童诗、科幻、寓言、故事、图画文学、儿童影视文学等，都不同程度上取得了进展。其中，尤以小说、童话取得的成就最高，形成了以儿童小说为主打，童话助阵，各类文学体裁发展齐全的山东儿童文学。

山东的儿童文学发展能够逐步走到今天，与出版业的大力协助是分不开的。明天出版社、青岛出版社、济南出版社等都扶持过山东的儿童文学作家。明天出版社创办的《幼儿园》、青岛出版社创办的《小葵花》《红蕾》等杂志，为山东儿童文学作家提供了发表作品的园地。张静、张力慧、张晓楠等多位作家在明天出版社出版过作品。在培养新人方面，明天出版社积极帮助仇善文、叶萱、刘玮几位以前从未出版过儿童文学的作者出版小说，作品出版后又积极进行推介，使他们的作品受到读者的热烈欢迎。1997年，郝月梅将遭两次退稿的《小人儿由由》转给青岛出版社，编辑认为是自然来稿中难得一见的儿童文学精品，迅速予以出版。该书不仅深受小读者欢迎，也得到京、沪权威影视机构的青睐，并入围中国作家协会第四届全国优秀儿童文学奖。

在山东的儿童文学发展中，邱勋和刘海栖做出了重大贡献。邱勋退休后，在省作协负责儿童文学工作，扶持了多位中青年儿童文学作家。1999年，在邱勋的奔走呼吁下，由山东省委宣传部、山东省出版总社、山东省作家协会联合举办了建国50年优秀儿童文学作品评选活动，这是60年来山东唯一的一次儿童文学评奖。2003年山东省作家协会成立儿童文学委员会,刘海栖任主任,他为山东的儿童文学发展投入了极大的热情和资金上的支持。2003 年在刘海栖的倡导和支持下召开了邱勋儿童文学 50 年研讨会,中国作家协会有关领导和驻济专家 40 余人出席了会议。近年,刘海栖每年都组织召开山东儿童文学创作年会,来自全省各地的儿童文学作家们聚集一堂,交流创作体会。刘海栖还请来国内著名学者为作家们讲课,并提供机会让作家们参加"中国原创图画书论坛",使山东的儿童文学作家大开眼界,活跃了思维,提高了创作素质。

二

萧平、邱勋、李心田被称为山东儿童文学的铁三角,他们不仅在儿童文学领域各有建树,也是好朋友。

萧平,学者型作家。丰富的生活经历和学术生涯使萧平的儿童小说自有一份独特的超脱与洗练。1954 年发表的第一篇儿童小说《海滨的孩子》是他的成名作,1956 年又发表了享誉文坛的《三月雪》,其后有《养鸡场长》《锁住的星期日》《玉姑山下的故事》等多篇作品问世。《海滨的孩子》是萧平的处女作,也是其代表作之一。此作品虽历经岁月洗涤,却依旧明艳如初。蓬勃的童年生命在字里行间向我们迎面奔来:男孩二锁到海边的姥姥家度假,海边的生活时时刻刻充满了惊喜和发现。一天退潮时分,小表哥大虎偷偷带着他来到大海深处挖蛤。兴奋不已的二锁只顾埋头挖蛤,居然忘记观测潮水的上涨,等他猛地想起,才发现海水已淹没了来时的通道。危急时刻,大虎用裤子扎成一个临时救生圈,拼死把不会游水的二锁带过海渠,他们在一望无际的海滩上奔跑,身后是呼呼而来的潮水。终于,他们脱险了。回头望去,已是一片白茫茫。二锁打心眼里感谢大虎,而大虎却看着两人狼狈不堪的衣裤犯了愁:如何回家向大人交代?作品不仅成功地塑造了二锁、大虎两位纯朴天真、活泼可爱的人物形象,也在我们面前展现了一副迷离神妙、奇幻多变的海滨景色。从表现形式看,《海滨的孩子》以叙事方式结构,故事简单,情节也不曲折复杂,全篇语言清新自然,极少藻饰,阅读时会感到一股浓厚的纯朴气息扑面而来。此作品获第二届全国少年儿童文艺创作评奖一等奖。学院出身的萧平受到"五四"新文化传统和冰心、叶圣陶等新文化作家的影响,弘扬真善美,展望理想人生是其儿童文学作品的恒定主题。在他的《三月雪》《孩子与小猫》《海滨的孩子》等作品中可以明显地感悟到冰心式的灵动、清纯、爱心和性灵之美。尤其是《海滨的孩子》,与冰心一样汲取灵感于大海,倾注情思于童心,一样唯美和空灵,远离尘俗的嘈杂和庸碌。

邱勋,曾任山东省作家协会副主席,中国作家协会儿童文学委员会委员。这是一位在不同的时代文化中都能精确把握儿童心理,写作水平高超的老作家。主要作品有长篇小说《烽火三少年》《雪国梦》等,中篇小说《微山湖上》《街娃》《两道杠的臂章》等,童话《小猴能能的官帽》等,短篇小说《三色圆珠笔》《雀儿妈妈和它的孩子》等,散文集《闲说蝈蝈》等。曾获中国作家协会首届和第二届全国优秀儿童文学奖、第二次全国少年儿童文艺创作评奖二等奖、新时期 10 年全国儿童读物一等奖、第一届陈伯吹儿童文学园丁奖小说大奖等。

《微山湖上》是邱勋的代表作,出版于 1964 年。微山湖,这个铁道游击队的故乡,迎来了一群性格各异的孩子。他们要在这微山湖安营扎寨放牧村里的几十头牛。一望无际的湖面、丛丛芦苇、群群野鸭与游鱼……孩子们陡然间觉得自己终于可以像英勇的游击队员们那样一显身手了。虽然微山湖上已没有敌人的枪弹,但和平年代的生活照样需要勇气、力量、智慧和爱。划船，捕鱼，在大水中寻找走失的牛犊……对孩子们来说，这些看似平常的事都充满了意想不到的惊险和考验。而正是通过这些考验，他们一步步走向自己英勇的父辈，体验着成长的自豪与自信！整部作品弥漫着湖区山村的乡土气息，儿童情趣颇浓。半个世纪来，邱勋用他的笔塑造了一系列富于个性的少年儿童形象，无论是年龄相仿的小驹子、二牛或丫头，还是被人误解蒙受冤屈的徐小东，都生动鲜明，各具特点。邱勋作品的语言明快，从看似朴素的叙述或对话中闪出浓浓的生活味，似带着朝露般清新、充满活力。如《微山湖上》写小驹子三人刚到湖边，看到这从未见到过的浩渺的湖面时，写道："孩子们第一次看到湖，一下子都惊呆了。天和地突然变宽了，变大了。水呀，那么多水呀，也许把世界上所有的水，不管它是井里的、河里的、缸里的、碗里的，还是水瓶里的，一块儿都搬到这里来了。"平易质朴，又纯粹是儿童思考问题的特有方式，把三个儿童特定情境下的心态叙写得格外贴切。

李心田，曾任济南军区前卫话剧团副团长兼创作室主任。已出版和发表作品数百万字，主要儿童文学作品有小说《闪闪的红星》《两个小八路》《跳动的火焰》《屋顶上的蓝星》等。《闪闪的红星》1969年由人民文学出版社出版，也是李心田的代表性作品。故事以1934年红军长征为背景。江西柳溪村内，天真活泼的潘冬子本过着无忧无虑的童年生活，但10岁后便经历了人生的悲欢离合。冬子的父亲是一名红军战士，在村中对抗大土豪胡汉三时不幸被抓，危急中被赤卫队员所救，从此冬子对赤卫队队长极其崇拜。柳溪村在赤卫队的保护下过了一段愉快的日子，好景不长，红军要远赴长征，冬子父亲亦要随行。分别时，父亲送了一颗红星帽徽给冬子作鼓励。父亲随红军离开后，大土豪胡汉三雇用了一批冷血杀手又返回柳溪村。在赤卫队一次策划反击中，母亲为救村里人牺牲了。从此，失去母亲、父亲又不在身边的潘冬子在挫折和战斗中成长，性格逐渐坚强，成为一个真正勇敢的热血少年。

小说《闪闪的红星》出版后，立刻引起了广泛好评，中央人民广播电台连续广播了这部小说，作品印数数百万册，并很快被译成英文、日文、法文、德文等介绍到国外。小说的广泛流传，引起了电影界的关注，八一电影制片厂把小说改编成了电影。影片公映后取得了巨大成功，《闪闪的红星》成了一代人甚至几代人的深刻记忆。该片曾获第二次全国少年儿童文艺创作评奖二等奖。

三

中华人民共和国成立以来，还有一批老作家一直坚守在儿童文学阵地，用自己的笔为小读者奉献精心之作。卢振中、王欣、申均之、田毅、林红宾、孙文圣的儿童小说，刘饶民、张寿彭、孙震的儿童诗，张岐的儿童散文，张静的科幻小说，刘守镇的童话等，都在山东省乃至全国产生了一定的影响。

卢振中，20世纪80年代初开始创作儿童小说，出版有中短篇小说集《叉鱼》《"阿高斯"失踪之谜》《八脑线的蟋蟀》《荒原上的小凉棚》，长篇儿童小说《绿太阳红月亮》《蟹屋》《小蟀神》等。曾三次获台湾现代儿童文学奖，以及山东省50年优秀儿童文学奖、齐鲁文学奖。卢振中的儿童小说，弥漫着浓郁的北方乡土气息，带有鲜明的地域色彩和人文特色。他描写了北方乡村儿童丰富多彩的童年生活，塑造了一系列栩栩如生的儿童形象。在卢振中的笔下，孩子、乡村、田野、动物构成了和谐的一体，叉鱼、跳绳、捉蝈蝈、瓜园看瓜等儿童生活的描写，处处闪耀着童真童趣的七彩光芒。卢振中特别擅长刻画那种活泼俏皮、好玩好动的"小机灵鬼"形象,这在他的《小邻居》《蝈蝈声声》等作品中体现得尤为明显。读他的作品,那些纯朴可爱的小泥猴形象一个个如在眼前,一股清新的乡野气息扑面而来。

王欣,曾任济南市作家协会主席。1956年开始创作,发表了中短篇小说《大虎子》《紫水河边的故事》《爸爸没有死》等,1959年由中国少年儿童出版社出版了他的第一本儿童小说集《谁挑的水》。近年的作品有儿童小说《包泉、胡泉和牛泉》《马多宁复仇记》《九班宣言》等。曾获山东省50年优秀儿童文学奖。王欣善于从极平常的生活环境和人际关系中提炼出童趣盎然的情节,并善于塑造性格鲜明调皮的孩子形象。他笔下的小调皮鬼们一个个栩栩如生,可笑可气又可爱,如《小调皮鬼》中的常虎宝、《包导演的喜剧》中的小包泉、《钓鱼》中的连生,这些性格迥异的顽童形象,给他的作品增添了艺术色彩和生命力。在创作的同时,王欣还主编了《魔袋童话丛书》,收入了9位青年作者的童话作品,为培养、扶持本省童话新人做了十分有益的探索与实践。

刘饶民,中华人民共和国成立初期开始儿童诗歌创作,曾出版儿童诗集《写给少先队员的诗》《儿歌一百首》《海边儿歌》《天上星联星》《石榴花》《兔子尾巴的故事》等。组诗《大海的歌》发表于1958年,是刘饶民的代表作,曾获第二次全国少年儿童文艺创作评奖二等奖。

张岐,20世纪50年代开始文学创作,出版有散文集《渔场小哨兵》《螺号》《渔火》《彩色的贝》《蓝色摇篮曲》等多部。儿童散文《俺家门前的海》获中国作家协会首届全国优秀儿童文学奖。

张寿彭,1960年开始发表作品,当过8年中学语文教师,曾任明天出版社文学编辑,中国作家协会会员。先后出版有儿童诗集《公社新苗》《向早晨问好》《花瓣集》《园丁与花朵》《历山脚下的传说》以及长篇传记文学《李清照的故事》《蒲松龄的传说》等。

张静,1985年开始发表科幻作品,著有科幻小说集《穿越时空访南极》《张静佳作选》及长篇科幻小说《沛沛的小白船》《寻父探险记》等。曾两获中国科幻小说银河奖,以及山东省50年优秀儿童文学奖。张静出生在海滨城市青岛。美丽宽广、变幻无穷的大海景色,为张静的创作灵感提供了不竭的源泉。在张静的作品中,你可以和主人公一起体验遨游海底世界的奇妙,感受海底城市奇异多彩的"生活":珊瑚门窗、海绵壁纸、螺壳壁灯、鱼骨楼梯和珍珠门帘是你的室内布景;招待客人的早餐有香喷喷的鱼子饼、新鲜碧绿的腌海藻以及经过加工的鲸鱼汤;出门你将乘坐鲨鱼、海豹、海豚、螃蟹等各种形状的游艇,而悬浮在空中的路灯,则是依靠各种海生物体内的荧光素人工提炼后所产生的光能发光,不费油不费电而又没有污染……张静笔下的海洋科幻世界,既细腻逼真而又极富创造性和想象力。

孙震,20世纪50年代后期开始发表散文、诗歌,1996年出版儿童散文集《长翅膀的云》。曾获陈伯吹儿童文学奖、山东省50年优秀儿童文学奖。《长翅膀的云》收录了作者20世纪80年代以来创作的少儿抒情散文百余首,这些作品大多文笔纯净,意境清新,格调高雅,表现了孩子们天真无邪、纯净美好的心灵世界。

林红宾,20世纪90年代出版《最后一只山鹰》《鬼谷》《童俑》《山神》等多部短篇儿童小说集等。曾获山东省50年优秀儿童文学奖。林红宾的作品多以幽深葱郁的山林为自然背景,描写山林深处的奇人轶事,表现物我齐一的和谐境界,具有较多浪漫传奇的色彩。有些作品写贫苦农家孩子对命运的抗争,表现对美好幸福生活的向往。

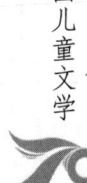

孙文圣，2003 年开始出版黑森林奇幻小说系列：《金猱王 1》《金猱王 2》《鬼船、木鼓和鼓手》《英雄 bigfoot1》《英雄 bigfoot2》《挑战大魔盗遭遇落水鬼》《天王之印秦时明月》《追寻蓝蜻蜓》《款爷红毛狐蓝宝石传奇》《噩梦石魔咒》《别怕迷上小鬼妹亮晶晶的眼珠》《幽灵狙击手让我变个小老鼠》等作品。

### 四

20 世纪 90 年代始，山东的中青年作家开始崭露头角。刘海栖的童话，郝月梅的儿童小说，张晓楠的儿童诗，少军的寓言，以及鲁冰、刘北、李岫青、郭冠玉、高葵葵等人的童话，鞠慧、周习、代士晓等人的儿童小说等，其中不乏一些艺术上比较成熟的优秀作品，有的作品放在全国的背景看也是十分引人注目的。

刘海栖，明天出版社社长，中国作家协会儿童文学委员会委员。20 世纪 90 年代初出版《这群嘎子哥》《明天会怎样》《银色旋转》《灰颜色白影子》《笔·肚皮·一个故事》《逃跑者和他的狗》等多部儿童小说和童话。曾获全国第二届优秀少儿读物奖、山东省优秀图书奖、山东省 50 年优秀儿童文学奖。刘海栖的童话创作具有鲜明强烈的个人色彩。其最大特点，是现实因素与幻想因素洒脱自由的巧妙融合，想象的真实感和现实的虚构性混生共存，编织成一个奇异的童话世界。在他的作品中，人的世界与动物的世界，儿童世界与成人世界，现实世界与幻想世界，有机地交织在一起，展示了丰富变幻的生活画面和绚丽的人生色彩。刘海栖童话的另一个显著特点，是他的语言畅达明快、机智诙谐，整个叙述看起来洒脱奔放、气势浩荡、落拓不羁。刘海栖喜欢一种非常细致生动，而又大大咧咧式的叙述语体，他常让自己的叙述描写在前进过程中朝着各个方向旁逸斜出，夹杂进大量的议论、联想乃至臆想，形成一种特殊的神采飞扬的叙述效果。类似语言在我国当代童话创作中应该说是十分独特的。刘海栖以自己厚实的艺术功底，对传统童话的文体风格和语体风格进行了大胆的探索和创新，取得了可喜的成果，为当代儿童文学发展贡献了许多实践性的经验，拓展了儿童文学的表现领域。

郝月梅，学者型作家。1997 年出版幼儿系列小说《小人儿由由》，2004 年以来又出版了《小麻烦人上学了》《搞笑鬼王闹》《高第街 56 号》《书包里的猫》等十几部长篇儿童小说。作品曾获中国作家协会重点扶持作品，获齐鲁文学奖、泰山文艺奖、山东省 50 年优秀儿童文学奖，入选国家新闻出版总署向全国青少年推荐的百种优秀图书。《小人儿由由》是郝月梅的处女作，小说不仅成功地塑造了由由这样一位活泼可爱、光彩照人的幼童形象，也在幼儿文学体裁上有新的突破，著名儿童文学研究专家蒋风评价该书以成功的小说创作实践否定了"幼儿文学不能有小说这种形式"的理论，在幼儿文学史上具有特殊意义。郝月梅的作品人物有趣、故事性强，语言幽默，内容贴近现实，能够寓深刻的思想意义于轻松幽默的叙事之中，具有很强的艺术性和可读性。这得益于她对儿童心理的熟悉和长期在高校从事美学、文学课的教学和研究工作，良好的文学素养使她的儿童文学创作虽然起步晚，但起点高发展快，几年时间已创作出"由由""王闹""杜小都"三个形象系列，其创作潜力引起国内儿童文学界的关注和期待。郝月梅是一位对儿童文学有着自己明确的创作理念和追求的作家。她认为：优秀的儿童文学应该是文本与小读者的和谐统一。写让小读者喜欢的高品质的作品，使自己的作品"叫好又叫座"，是她不倦的追求。

张晓楠，发表诗作数百篇，出版诗集《不凋的张望》《叶子是树的羽毛》《和田鼠一块回家》。作品获第七届全国优秀儿童文学奖、冰心儿童文学奖、齐鲁文学奖荣誉奖。张晓楠的诗对山川、树林、四季景色给予了充满童趣的描绘。他以心灵拥抱故乡、土地和亲人,用清纯的诗句构建了一个温暖和谐、无比丰润的世界。张晓楠深情地说:"每个地域有每个地域滋育的文化,每个作家有每个作家生存的文化背景。黄河的厚重与淳朴势必为在她怀抱里成长起来的作家带来丰厚的养分和供给。我创作的根扎在生我、养我的这片热土上,我长期在这片土壤里汲取营养,故乡情结永远无法割舍。而且我一直自觉不自觉地用一个乡村孩子最纯洁的视角去打量它、去欣赏它、去赞美它。"张晓楠的《喊魂》《家乡鹅》《爷爷的船》《卖柴》《麦子灌浆了》《橘子黄了》《儿时戏耍》等乡土系列童诗颇有影响。他笔下的意象,处处是充满黄河文化的风物人情。火红的辣椒、满嘴金牙的玉米、羞怯怯的丝瓜秧,"狗撵鸡""推火车""老鹰捉小鸡""过家家"等儿童游戏,玩猴、斗鸡、遛鸟等民间娱乐,都深深地叠印到诗人的灵魂里。诗人会注目于"最后一朵棉花":"最后一朵棉花开了 / 站在院子里 / 洁白地燃烧 / / 是不是,为眼神 / 不好的奶奶 / 举一盏灯泡"(《抒情的院落》)。诗人就像"柳行射出的一颗游子",却把心留在了家乡。

少军,以寓言创作为主,共发表寓言、童话、短诗等近千篇(首),出版寓言集《灰蚂蚱和绿蚂蚱》《小点点寓言》《喜鹊的总结会》《鲜花与蒺藜》(与人合著)《小熊浇菜园》、《少军寓言选》《动物世界里的寓言》《顽皮可爱的聪明狐》《毛驴开荒》等。曾获冰心儿童文学奖、中国寓言文学研究会"金骆驼奖"创作一等奖、第二届"金江寓言文学奖"、山东省50年优秀儿童文学奖。少军在寓言领地辛勤耕耘了20年。为写好寓言,他认真研读了伊索寓言、克雷洛夫寓言、达·芬奇寓言、拉封丹寓言、印度寓言以及中国古代寓言和现当代寓言中的精品名篇,还学习了一些哲学、美学、文学理论等方面的书籍,从而积累和沉淀了深厚的寓言创作底蕴。如今,少军的寓言创作在国内寓言界已引起广泛关注,并形成了自己的艺术风格。中国寓言文学研究会副会长、全国著名寓言作家金江先生称少军的寓言"不仅文笔清新,寓意隽永,而且充溢着时代精神和生活气息",说少军的微型寓言"语言十分精练,所揭示的哲理十分深刻,发人深思,耐人寻味"。少军是目前国内寓言界有成就的作家之一。

山东青年儿童文学作家阵容里,以创作童话者居多,成果也较为显著。鲁冰发表童话多篇,出版童话集《月亮生病了》《最亮的眼睛》,长篇童话《小鸟快飞》等。曾获冰心儿童文学奖、泰山文艺奖,作品入选国家新闻出版总署向全国青少年推荐的百种优秀图书。《最亮的眼睛》是鲁冰的代表作,此作以丰富的想象、优美的文字和抒情的笔调,展现了一个神奇美丽的世界,将一颗颗爱与美的种子,播撒在了孩子的心中。书中对齐鲁的文化民俗、风物传说、历史名人等也进行了讴歌,比如鲁中南的民谣、石磨、闵子骞、孔子等。刘北发表作品百余万字,以童话为主。已结集出版诗集《游子梦》、散文诗集《青春宣言》《诗韵中国》、童话集《云狐》《丢三忘四忘忘熊》《绿毛人奇遇》。曾荣获冰心儿童文学奖、山东省首届青年文学奖特等奖。刘北的童话作品具有传统童话的奇异、怪诞、超自然、超现实的神奇色彩。他充分吸取传统神话、现代中西方童话的素材,不露痕迹地融入了自己的作品。李岫青出版了长篇童话《孙悟空一家》,神话小说"仙界迷踪"系列——《校外追梦》《梦境再现》《黑绝契约》。曾获冰心儿童文学奖。"仙界迷踪"系列以保护地球环境,呼吁人与自然和谐共存为主题,以儿童的视觉和童趣的语词,借助惊险离奇的情节,兼顾幻想与历险的元素,将故事展现得形象生动,富含深意。郭冠玉发表童话作品多篇,出版长篇童话《红草帽绿蓑衣》、童话集《绿树林的故事》等,作品追求清新明快风格,注重情节的巧妙与想象的大胆,曾获冰心儿童文学奖。高葵葵出版了童话《小精灵迪迪和他

的朋友们》《小蚕豆咪咪奇遇记》等。

儿童小说创作也是山东青年儿童文学作家的一大亮点。周习出版了长篇小说《少男少女》，获冰心图书奖、泰山文艺奖。《少男少女》是一部反映乡村少年生活的文学作品，描述了 20 世纪六七十年代，以大凤为主的一群北方农村少年的成长历程。作者在动情地描绘美丽的北方平原上一群孩子的不幸、苦难、贫困生存状况的同时，讴歌了他们对友谊、亲情、青春、理想的渴望和渴求。这部作品的语言朴实无华而不乏诗意，笔调细腻又富有弹性。鞠慧出版了长篇儿童小说《杏花如雨》等，曾获齐鲁文学奖。《杏花如雨》讲述了大学刚毕业不久的苏倩来到黄河滩里的苇子圈小学，为了让班上的孩子们有一个展示自身价值的机会，她决定采用竞选的方式来选拔班干部，结果引发了一场风波……作品成功地塑造了性格迥异的张运生、张作园、孙雨等儿童形象，并描绘了黄河滩区独特的景色。代士晓出版了长篇儿童小说《贵族街的孩子》《幻影》等。仇善文出版了长篇儿童小说《心雨花露》《豆蔻花开》，作品入选国家新闻出版总署向全国青少年推荐的百种优秀图书。

（本文系本书特邀稿）

# 山东青年儿童文学创作综论

朱东丽

美国诗人惠特曼有一首诗《有一个孩子向前走去》,诗里说:有一个孩子每天向前走去,他看见最初的东西,他就变成那东西,那东西就变成了他的一部分……给孩子一个怎样的童年他就会有一个怎样的人生。其实,多数人的人生启蒙都是从童话开始的,《海的女儿》教会我们善良,《快乐王子》让我们懂得了无私,《渔夫与金鱼》教育我们什么是节制,《木偶奇遇记》告诉我们一定要诚实,《哪吒传奇》和《葫芦娃兄弟》让我们看到了担当的意义。正如有人所言,健康的儿童文学作品才是孩子健康成长的有效养分。

山东的儿童文学事业起步较早,在早期取得了引人瞩目的成就,形成了一支老、中、青三代的儿童文学创作队伍。既有萧平、李心田、邱勋等一批创作经验丰富、享誉文坛的老作家、老前辈,他们创作的《海滨的孩子》《闪闪的红星》《微山湖上》等在山东乃至全国儿童文学创作中都是里程碑式的代表作品;也有张炜、刘海栖、朱自强、卢振中等实力派作家,在儿童文学创作上取得骄人成绩。近年来,张炜推出了长篇童话《半岛哈里哈气》《少年与海》,刘海栖创作了《无尾小鼠历险记》《爸爸树》等长篇系列童话,他的《没尾巴的烦恼》获得第九届全国优秀儿童文学奖。

山东还有一批如郝月梅、霞子等承前启后、日趋成熟的中年作家;杨少军、鲁冰、英娃、青梅、雨兰等一批创作实力突出、脱颖而出的青年作家。他们近年来一直保持着旺盛的创作势头,充分发扬童话故事的传奇性,将传统文化、民间习俗等中国元素渗透到儿童文学文本中,用充满哲理和诗意的叙事加上直面现实、坚守人文关怀的艺术品质,为诗性、为童心进行着不懈的探索和创作,用想象的文字书写着充满希望的成长篇章,打造少年儿童成长的精神高地,为少年儿童的成长撑起一片七彩的天空。本文即以张晓楠、莫问天心、米吉卡、英娃、刘北、鲁冰等青年作家为例,对山东的青年儿童文学作者创作作出综合论述。

## 一、乡村田园的纯真牧歌:张晓楠和莫问天心的儿童诗

张晓楠是一位致力于儿童诗写作的青年作家,他的儿童诗情感饱满、语言纯净、跃动着珠玉般的亮丽光彩。正如第七届全国优秀儿童文学奖评委会发布的授奖词概括张晓楠儿童诗的特点:"张晓楠大睁着一双寻美的眼睛,注视着这个世界,对山川、树林、四季景色给予了充满童趣的描绘。他以心灵拥抱故乡、土地和亲人,用清纯的诗句构建了一个温暖和谐、无比丰润的世界。那些远去的生活记忆也因为童心的观照,闪耀着鲜丽的色彩和跳动的韵律。"

张晓楠的儿童诗清新、透明、空灵、谐趣,既有极富情趣的林间小品、四时童话,又有淳厚天然的乡间美景、童年记忆,更有对民工兄弟、留守儿童的饱含深情的记挂,释放出浓郁的人文关怀。他将"儿童性"充分而又艺术地融进了"诗性"之中,使二者完美结合。

他特别擅长意象的营造、意境的烘托、想象的升腾和情感的飞扬，既有浓浓的乡村情愫，又有洁净纯真的儿童世界，展示了独特的意象性和独具匠心的构造力；张晓楠先后有千余篇（首）儿童文学作品发表于《人民文学》《文艺报》《儿童文学》等重要文学报刊，出版诗集《麦茬：记忆的梳子》《叶子是树的羽毛》《和田鼠一块回家》等。儿童诗集《叶子是树的羽毛》曾荣获第七届全国优秀儿童文学奖、第十七届冰心儿童文学新作奖，并被中国现代文学馆收藏。最近几年张晓楠先后在《儿童文学》《少年文艺》《诗潮》等重要期刊发表多首儿童诗歌，其中，《在麦茬地凝望》《季节的折页》《奶奶的棉花田》《标点里的童年》等诗歌发表在《儿童文学》上，《母亲的纺车》《课程表》《夏天的顿号》等诗歌发表在《诗潮》《儿童文学》《少年文艺》等刊物上，他的儿童诗也成为儿童文学领域一处独特的风景。

张晓楠在他的儿童诗中，构筑了一个带有浓郁乡情的乡村世界，我们能看到裹着小脚凝望儿孙的奶奶、看到父亲母亲的劳作和希望、看到孩提时代一起嬉戏玩耍的伙伴。诗集《和田鼠一起回家》中有一首组诗《乡村吆喝》，包括《鸡蛋换杏喽》《破烂换糖哎》《赊鸡崽喽》《磨剪子嘞戗菜刀》等几首诗，看到这组诗时，我们仿佛听到了从村巷里传来的一声声悠长的吆喝，仿佛回到了围着乡村货郎的孩提时光。现在这样的吆喝声即便在乡村也不常见，或许只有在看到晓楠笔下的这些诗歌时，才能唤起我们儿时的这些记忆，回忆起贫穷而快乐温暖的童年。《在麦茬地凝望》是比较有代表性的一首诗，表达了浓郁的思乡情感："总喜欢/到夏天的麦茬地/凝望——凝望，那些/新长的绿苗/那些套种的庄稼/偶尔夹杂的/点点黄花/多么像……"

与其他文体的表达方式不同，诗人先用了孩子能读懂的儿童视角，通过麦茬地描写了对故乡的思念。凝望麦茬地"多么像密密麻麻……"，母亲纳的鞋底是沉淀在内心深处最温暖的情感，就是这一双密密麻麻布满针眼的鞋底，开启了我们绚烂人生的第一步。麦地化为最伟大的母亲形象，儿女走得再远，也走在母亲温暖的心房上。张晓楠的诗，不但儿童喜爱，而且大人也喜欢，晓楠的诗给我们构造了一个洁净纯真的世界，带我们享受真善美，感受生活的真谛。

张晓楠2013年发表在《儿童文学》上的组诗《季节的折页》，包括《春天的闹剧》《夏天的家事》《秋天的婚礼》《冬天的书本》四首诗歌，用田野里植物生长的状态描写四季的特点，让各种植物以主角的身份讲述生长和成熟，让孩子们看到了春天的花朵、夏天的小雨、秋天的果实、冬天的雪花。单纯烂漫的孩提时光，最需要的是无忧无虑、嬉戏玩耍，春天去赏花踏青、夏天去看海捉鱼、秋天去收获成熟的果实、冬天打雪仗、堆雪人，他呈现出了孩子本来应该有的童年景象，是对孩子全身心的呵护和关爱，这样的诗作清新、明净、淳朴、洋溢着人性之美、童心之美、自然之美。

另外一位儿童诗的代表作家是莫问天心。"叫花却不艳丽/有花瓣却没清香/但，你有一个好听的名字/就像那个相貌平常的女孩子//像乡村常见的女孩子/背着篓/领着弟妹/梳着长辫子"。这是我读到的莫问天心的第一首诗歌，一位朴实的乡村姑娘形象立刻出现在眼前，她是"农民最漂亮的小女儿，是黄土地上生长的金枝玉叶"，她是山东儿童文学界一位优秀的青年作家，曾经多次获得《儿童文学》"全国十大魅力诗人"和《少年文艺》"好作品奖"等国内诸多儿童文学奖项，在她的儿童文学作品中，最有代表性的是儿童诗，她的儿童诗抒发性灵、用源自内心的爱召唤人们内心深处的温润情感，同时她以淳朴的语言和情感勾连儿时的记忆和当下的生活，作为从农村走出来的儿童诗人，她的诗歌具有纯真、质朴、坚韧的乡村生命体验。

莫问天心有一大批取材于农村的作品，如《棉花》《家》《老杏树》《煮毛豆》《我的香水瓶》《和小鸟共同拥有一个家》等。在《棉花》一诗中写道："棉花/是农民最漂亮的小女儿/是黄土地上生长的金枝玉叶"，《土地和家》写道："家里有地/父母就不老/那块地里长着他们的希望"；在《父亲》中，她用"没有比骑上你的肩膀更高的山/没有比你浸汗的皱纹更深的河"来比喻深沉的父爱。在这些诗歌中，天心以一个乡村孩子的视角来体察世界，关注自然，感受孩童的悲喜与快乐，呈现出一个简单、阳光、自然的儿童世界。由对普通农作物的赞美之情，对父母乡土的爱，生发出对世间万物的爱。文字平和，感情深厚，字里行间融着温暖的阳光气息和真切的人文精神。我们能看到纯真的童心在字里行间跳跃，是真正抒发性灵的写作。下面是莫问天心最近发表的几首诗中的节选，纯真而充满诗意："生长希望的地方/月的裙袂/装点最美丽的花边"（《生命的过程》）。"春天来了/阳光一下子暖了起来/花儿说开就开了/满天满地的笑脸/蝴蝶追着香水瓶"（《给春天写一篇作文》）。"一粒种子种下去/会长出一棵花的芽/它就要开花/就要芬芳/就要长成花的模样"（《花要长成花的模样》）。

2013年出版的诗集《翅膀》，收入了莫问天心写作儿童文学八年来发表的一些作品，共80首，分为三辑，第一辑《土地和家》写对家乡的深情与牵挂，第二辑《阳光下的故事》写人间真情，第三辑《天空是个游乐场》写童心晶莹与纯真的天性。书中有一个从乡村里走出来的孩子在城市中生活的足迹和对父母的深情，有对阳光和童心的微笑记录，字里行间包容着对乡村、对土地的热爱和怀恋。"写童诗要写得精彩，绝非易事！没有掌握语言魔法的人，是绝对没有本领给孩子写诗的！"张晓楠和莫问天心用真切的乡村生命体验、独特的人文情怀，多维度切入儿童的感知世界，书写着真性灵的儿童诗作，让孩子们在纯真的田园牧歌世界里，感受亲情、感受温暖、感受阳光雨露，体验最真挚的人生情感，在温馨诗意的生命认知中成长，他们的诗歌因此质朴体贴，与读者欣然相通。

## 二、天真烂漫的童稚文学：米吉卡、英娃等人的童话故事

童话故事是一种具有浓厚幻想色彩的虚构故事，多采用夸张、拟人、象征等表现手法去编织奇异的情节，孩子们爱读而且能读懂。米吉卡、刘北、英娃、鲁冰、少军等儿童文学作家创作了一系列童话故事。

米吉卡获得第22届陈伯吹儿童文学优秀作品奖的短篇童话故事《盘子、筷子、碗》、寓言故事、英娃的系列绿色童话等等，均以想象丰富的故事情节、亦虚亦实的童话境界、丰满立体的卡通人物带给小读者美妙的阅读感受。米吉卡的童话故事构思精巧、视角新奇、情节富有幻想，始终坚持贴近童心、贴近人的内心世界最深处。她的语言轻快灵动，笔调温存幽默，描述丰富生动，充满诗意和童趣，读起来天真、稚气、可爱，富有情感张力和艺术美感。

米吉卡在童话故事的创作方面一直以惊人的数量默默耕耘着，并且一直在当地新华书店举办"米吉卡故事会"活动，每周为孩子们讲故事，米吉卡就是这样秉承真诚和童心，认真地写着童话。她2006年起开始儿童文学创作，至今在全国60多家杂志、报刊发表童话故事500余篇；结集出版文学专集5部，图画书7套。她的创作笔调温存幽默、境界跳脱豁达，描述丰富生动，用自由灵动的书写方式给孩子们讲述净化心灵的文学故事。儿童文学评论家唐兵这样评论米吉卡的创作："米吉卡用孩子的眼、孩子的心、灵动的笔，塑造真实不做作的孩子。"

《盘子、筷子、碗》是米吉卡的一部代表作品，曾获得第 22 届陈伯吹儿童文学优秀作品奖，2007 年收入米吉卡童话作品集《我是个坏心眼的女巫》。《盘子、筷子、碗》是一篇 1000 字的童话，讲的是三个外星人来到地球的故事，其中还套了一个比特安慰弯弯的故事，是"戏中戏"的结构。三个外星人来到地球，为外星人入侵地球来做前期调查准备，为了判断地球上有没有好吃的，他们分别变成了可以接近食物的盘子、筷子和碗，他们碰到了弯弯和比特一对好朋友，弯弯为失去了心爱的小狗伤心不已，她的好朋友比特为了让弯弯高兴起来，给弯弯做了很多好吃的"食物"，有肉丝饼、草莓果子、煎鸡蛋等，这些食物被放进盘子和碗中，当盘子、筷子和碗迫不及待地去品尝这些食物时，却发现这些好吃的"食物"其实是一些彩色的石子和沙子。原来弯弯和比特的做饭是在玩"做饭菜"的游戏，也是我们童年时期玩过的过家家游戏。三个外星人吃到"美味"——石子和沙子后，认为地球上的食物不好吃，地球也没有霸占的意义，就离开了地球。

同样收在米吉卡的作品集《我是个坏心眼的女巫》中的《想念月亮的夹心饼干》也是一篇构思精巧的童话，盒子里的夹心饼干梦想着能看到月亮，但是它却遭遇到了老鼠的劫持。夹心饼干和老鼠展开了一段对话，老鼠让夹心饼干实现了看月亮的梦想，夹心饼干也心甘情愿地让老鼠吃了。整个故事轻松自然同时又富有戏剧性。这篇童话以夹心饼干的心理变化作为情节推进的线索，着力表现了夹心饼干的情感表达，这可以说是米吉卡童话的创新之处，也是主要特点之一。童话创作需要表现故事情节、注重语言形象生动，但是关注情感应该是一个更高的层次。童话贴近童心，贴近人的内心世界最深的底部。如果没有童话，人会失去很多快乐，米吉卡的这篇童话，给予我们的是贴近心灵的美好的情感世界。

刘北多年来一直致力于儿童文学创作，他的作品用文字铸就梦想，用爱温暖心灵，用真情和爱守护着孩子们的精神家园。其作品曾获第四届冰心儿童图书新作奖佳作奖、第十三届冰心儿童文学奖大奖。近几年出版了十多部诗集和童话集，有《云狐》《丢三忘四忘忘熊》《绿毛人奇遇》《你一定没有听过的兔故事》《红鼻鼠智斗蓝狐狸》等。其中，《红鼻鼠智斗蓝狐狸》为国内首部原创动画书，在 2010 年的全国书展上，作家出版社重点推出首部原创动画书《红鼻鼠智斗蓝狐狸》，以奇特的情节和大胆的想象展现了红鼻鼠利用自己的机智和勇敢一次次化险为夷，一次次惩治蓝狐狸贪婪的故事，与《猫和老鼠》有异曲同工之妙，曾被《中国文化报》、山东电视台等媒体以《我国有了自己的米老鼠》予以报道。

英娃以关注边缘儿童和生态自然两大主题为自己的童话旗帜，倡导"有了爱就有希望"，在我国儿童文学界当属开风气之先。她的童话将儿童的心理成长和历险、奇遇融汇在一起。主人公不论少年儿童、飞禽走兽、一草一木都是富于同情心、善良和乐于助人的品质，通过他们我们能感受到生命的美好和温馨的人性之美。近年来她致力于创作以环保为主题的大自然童话和剧本，被称为"绿色童话"和"生态童话"，如《地球的孩子绿色童书》《绿野少年生态童话》《野鸭皮皮》《小麻雀的项链》和《住在蓝木箱里的孩子们》等等。

英娃最近用两年时间创作的一套童话作品《英娃童话》是中国首套原创生态童话，包括《月光下的木偶剧院》《白雪图书馆》《长腿邮递员》《奇妙的梦幻之旅》和《蓝鲸斯巴达克》五册。在这套童话中，英娃通过木偶剧院、白雪图书馆、天使号火车等很多公益化的意象，塑造了很多有爱心、责任感、具有诚实品质的少年儿童形象，如木偶豆丁、雪孩儿、风王子、山雀、小蓝鲸、海狮、鱼鹰等，以弘扬人性中善良、真诚、关爱等闪光点，将古典童话的优良传统和现代叙述方式结合起来，并充分发挥童话故事的"想象"因子，如在童话集《蓝鲸斯巴达克》中的九个故事与生态平衡、水、空气、土壤等我们赖以生存而又岌岌可危的自然生态环境元素密切相关。故事选用了九种代表性的动物,让孩子们明白多样共存、和谐发展的道理。整套童话充满故事性、幻想性和艺术性,让孩子们在阅读精彩故事的同时,潜移默化地领悟如何成长、如何真诚守信,怎样做才是责任和担当,更能明白知足和感恩的意义。

### 三、传统文化的彰显:刘北、少军童话中的传统文化元素

最近刘北创作了 16 万字童话《魔法泥娃娃镇》,由连环画出版社出版发行。与一般童话作品不同的是,这部童话将丰富的中国传统文化元素融入全书,带给小读者们以想象和知识的启迪。《魔法泥娃娃镇》这部童话分《每个节日都有魔法》《糗事—箩筐》两册,每册 8 万字。全书以中华民间传统节日、时令节气、民间工艺、古镇老街等为主要元素,以男孩虎子、红鼻鼠和泥娃娃精灵为主人公,以富有魔幻、想象色彩的生动语言,讲述 36个连续性的小故事。全书讲述的是:中国有个著名的泥娃娃小镇,镇上有个魔法泥娃娃小精灵。他带着好朋友虎子和红鼻鼠,一起经历了很多稀奇古怪又有趣的事情。譬如在除夕、破五、清明、中秋等重要节日里,他们打破老窑匠的传家宝贝,然后又替老窑匠向财神爷求情,却误入罗汉肚里的魔法城堡;他们在桂花园闯下"大祸";认识了"糖人张""泥人王"和"皮影李";求做面具的老爷爷帮忙解除泥娃娃镇上的危机……这部童话的另外一个特点是增加了对中国传统节日、民间手艺等民俗文化的认识和了解。书中内文一侧特别链接了中国传统节日的来历、民间手艺的简介等小知识;书中还有机穿插了有意思的中国童谣、民谚。另一个有意思的细节是七个音符:豆豆、蕊蕊、咪咪、法法、嗖嗖、啦啦、西西。将中国传统文化元素融入童话故事里,让小读者们在收获快乐的同时,受到传统文化的浸染。

从某种意义上说,寓言故事是中国传统童话的形式之一,在山东青年儿童作家中就有一位以创作寓言故事见长的作家少军(杨绍军),出版多种寓言集《毛驴开荒》《顽皮可爱的聪明狐》《一只戴手套的猫》等。曾先后荣获第一、三届冰心儿童图书新作奖。少军的寓言多是时代的寓言,在寓哲理与故事中的同时富有时代特色。选材立意多从当下时事出发,《羚羊评先进》《谁更重要》《深井里的青蛙》等寓言讲的都是当下的社会现象。在《少军寓言选》中,水泡、石油、钢琴、路灯、锁、铜、金刚石、人造卫星、火箭,甚至真理和谣言都成了他的题材,而且寓意非常贴切。社会生活现象丰富多彩,寓言题材的领域无限宽广,完全跳出兔子和乌龟、羊和狼的固定模式,包括运用的语言都是时代的写照。《根雕》中写道:"在农妇手中,我是块烧柴;在艺术家眼里,我便成了一件神奇的艺术品。"《人参》:"被埋没的往往是最有价值的部分。"《砖》:"火热的生活造就了我,使我成为大厦合格的一员。"《蜡烛》:"经验告诉我,大多是点亮我的人又熄灭了我。"《电波》:"眼不见耳不闻的东西,不一定不存在。"这些是真理的火花,也是时代的智慧的结晶。少军的寓言在与时俱进的同时,也将传统的文学样式进行着创新变革,而且创作了很多佳作。

曾致力于诗歌和散文写作的女作家雨兰,近年来创作了大量的儿童文学作品,大都发表在《儿童文学》《少年文艺》《星星》等刊物上,近期出版儿童诗集《大地的眼睛》。收录了雨兰近年来精心创作的 100 余首儿童诗歌,这些儿童诗题材广阔、丰富;诗意干净、纯粹;语言优美、醇厚;意境悠远、空灵;诗味浓郁,想象丰美,富有浓郁的童话气息和鲜活的生活气息。很多儿童诗歌来自她的育儿过程,是来自生活的诗情。题材和类型广阔丰

富,如励志的儿童诗《种》选择了一组大自然中的优美的意象入诗,表达一个经典的主题:播种、耕耘。春天是播种的季节,大自然都会种下点什么,那么孩子们呢? 诗人把求知、朗读、理想、远航等主题都放到阅读这一日常行为中,显得平易、亲切。

鲁冰近年来一直致力于童话创作,先后出版了多部童话集,深受孩子们的喜爱,并荣获国家新闻出版总署 2006 年向全国青少年推荐的百种优秀图书、中宣部"民族精神史诗出版工程"。2012 年出版了《鲁冰花园》,收录了他近一年来新创作的童话集《金色小提琴》、传记《凤凰吟》以及他的成名作品《月亮生病了》《最亮的眼睛》《小鸟快飞》。著名儿童文学作家金波称赞这本书具有"寻美的慧眼,向善的心灵"。近期出版了童话作品集《小石头》。这部童话将沂蒙民间传统文化、节日风俗、诗词歌赋和中国结、木旋玩具、九九消寒图等民间技艺以及元宵挑灯等一系列民族的、原生态的元素融入童话写作中,集中表现了生活美、自然美,并创造了艺术美,让一首首清新、澄澈、纯净的爱的歌诗送进读者心田。

儿童文学是向上的文学,山东青年儿童作家的队伍在不断成长、成熟着。有的在语言技法上逐渐熟练,有的在选材立意上更加老练娴熟,有的在锐意创新上不断探索,有的已经在一流儿童文学作家战线上跃跃欲试,这使我们有理由相信只要他们坚守着儿童文学创作的梦想,保持精神上的富足和开阔的文学视野,在齐鲁文化深厚的历史积淀和日益宽广的文化视野的交汇点上形成独特的儿童文学审美境界,将导人向上、引人向善、养成儿童纯美心性的本质、夯实人之为人的人性基础坚定地写在自己的文学旗帜上,全身心地投入创作,给今天和未来的儿童提供最好的精品,山东儿童文学创作的道路一定会越来越宽广。

（原载《百家论坛》2015 年第 1 期）

# 河南儿童文学观察

张中义

一

　　河南儿童文学的发展,总体看可分为三个阶段:20 世纪 20 — 40 年代可视为酝酿时期,50 年代是形成时期,七八十年代则是其空前繁荣的时期。

　　20 世纪 20 — 40 年代,河南一批爱国志士徐玉诺、王实味、姚雪垠、师陀、于黑丁、冯沅君、苏金伞、丰村、于友欣、赵清阁和李蕤等,受"五四"精神的感召和鼓舞,特别是受党的革命思想的影响,于贫困、白色恐怖和战乱互相交织的极端艰难的困境中,在开封、洛阳、郑州、南阳等地创办的《万里》《大陆文艺》《春潮》《中原文化》等杂志和《前锋报·燧火》《中国时报·春蛰》等副刊上,在《小说月报》《现代评论》《创造月刊》等全国性大型文艺杂志上发表了一定数量的儿童文学作品,表达河南人民和儿童向往革命、向往美好生活的愿望,在当时和以后都起了巨大的教育作用。而那些投身革命,战斗在抗日前线或根据地的河南籍作家,如李季、魏巍、白桦、韩作黎、林蓝等,他们在反映革命斗争、抗日战争、解放区和根据地少年儿童的生活及精神面貌方面做出了宝贵的贡献。另外,河南的翻译家这时也翻译了不少外国儿童文学名著,曹靖华就是这方面的杰出代表。但总体上看,作品数量不多,尚未形成具有河南特色的儿童文学体系和格局,所以只能视为是一种酝酿、尝试和准备。

　　20 世纪 50 年代,河南作家响应党的号召,以写成人文学为主的作家苏金伞、青勃、郑克西、段荃法、李准、王绶青等,为儿童写出了一批作品;而新涌现出来的以写儿童文学为主的青年作家张有德、徐慎、吉学沛、余辰、余非、叶文玲、郭玉道、姚奔、张清河等,更是全力以赴,辛勤笔耕,创作出了大量童趣盎然的作品。二者合力,共同营建起初具规模的河南儿童文学文苑,开创了有自己特色的河南儿童文学的历史。这批作品以饱满的政治热情,在洞悉河南风情和儿童生活的基础上,用清新质朴的现实主义手法,真实而生动地再现了河南人民翻身做主人的喜悦和河南少年儿童欢快地学习、生活,健康地成长的情景。它以积极的主题和栩栩如生的少年儿童形象,赢得了社会的好评,教育了 20 世纪 50 年代整整一代少年儿童,其审美价值和社会效益至今不衰。

　　20 世纪七八十年代的改革开放,为儿童文学的发展创造了一个更为宽松的良好环境。河南儿童文学迎来了繁花似锦的文学的春天。这里固然有中华人民共和国成立前和中华人民共和国成立初期活跃在文坛上的老一辈作家的巨大贡献,但他们人数毕竟太少,更多的是得益于新时期崛起的新一代作家的努力。适应时代的要求,20 世纪 70 年代后期,一个充满活力的创作新生代在中原大地拔地而起。他们身上带着摆脱旧的创作

模式，倡导多元化格局的锐气，一踏入文坛，就非常重视作为个体的创作主体的作用，着意寻求新的创作途径，注意艺术个性的发挥，开拓题材，革新手法，深入少年儿童的内心世界，直面各种现实问题，并使作品哲理化，以期全方位、开放式地给少年儿童以审美享受和思想启迪。这种合乎规律的新局面，不但说明河南儿童文学事业后继有人，而且一代强似一代，展示了河南儿童文学创作的光辉前景。

河南儿童文学之所以空前繁荣，有两种情况值得特别提及，那就是河南儿童文学创作队伍广泛的群众性，以及海燕出版社对作家的支持和培养。

当今中国文坛，业余一族占半壁江山，而河南儿童文学创作的业余一族比半壁还多。他们有来自各级学校的教师，报刊和出版社的记者、编辑，还有各行各业的科学工作者和医生。他们的创作带来了生活的原生质，使读者感到分外亲切，增强了作品的可读性、可信性、愉悦性和实用性，给儿童文学带来了勃勃生机。而且这支队伍人数众多，作品量大，不少获得国家奖的创作出自他们之手。他们和专业作家一起，形成了一支浩浩荡荡的儿童文学创作大军。

海燕出版社的前身是河南少年儿童出版社，是河南省少年儿童读物的专业出版单位。仅改名为海燕出版社以来的10年间，就为少年儿童出版新书1000多种，累计8亿多册，其中200多种书在全国和跨省评比中获奖，数十种书率先进入国际书市，同时扶植了大批中青年作家。由该社主编的少儿月刊《金色少年》（原名《向阳花》）创办20年，发表了数以万计的儿童文学作品和少年儿童习作，培养了不少业余作家、专业作家和少年儿童作者，在推动河南儿童文学的发展上建立了不朽的功勋。由于《金色少年》在多方面做出了卓越贡献，因而荣获"中国首届少儿报刊奖"多项。

总之，河南儿童文学创作发展至20世纪90年代初，不但形成了自己特有的风格，而且多部作品获国家级一等奖，或被选入全国大型丛书《中国新文艺大系》等，有的还被译成英、法、俄等国文字畅销国外，成为全国儿童文学重要的组成部分。为了具体展示其成就和风采，下面分别按体裁对有代表性的作家、作品再略做一些说明。

## 二

河南的儿童诗和儿歌，犹如一座绚丽多彩的大花园，万紫千红，五彩缤纷。从题材讲，大至社会重大事件，小至学校家庭生活；既有昔日战斗历程的回顾，又有当今和平生活的写照；农家孩子的苦与乐，城市儿童的爱与恨；少年的激情、幼儿的惬意，都跃动在诗人的笔端。从形式和风格讲，抒情、叙事，长诗、组诗、短诗，自由体、民歌体，传统格式的儿歌、宜于咏唱的新体，含情脉脉的小夜曲、铿锵有力的进行曲，严肃的、幽默讽刺的，都殊途同归地直抒着诗人的胸怀，表达着少儿的心声。它们显得那么娇嫩而有生气，透露着天真的俏丽、烂漫的质朴，当然也饱藏着七色人生。这些作品情见乎声，声随时变。政通人和的岁月，出现的是"心乐而声泰"的诗章；饥寒交迫的乱世，发出的是"音怨以怒"的悲歌。粉红色的花朵，呈现出温馨欢乐的人生；而那殷红的花朵，却是血和泪凝聚而成。徐玉诺的故乡是那么沉闷寂寞，教师在讲台上只能沉浸于无言的痛苦之中。苏金伞笔下的旧时儿童，有的在田头哭泣，有的向妈妈诉说着挖不到野菜充饥的辛酸。申爱萍的"红色小荷"连接着打鬼子的艰难和悲壮，可王怀让的豆花、茄花反映的却是劳动的骄傲和喜悦。刘育贤的儿歌引逗着幼儿看柳树钓鱼，小燕剪春；许浪又用吟唱伴随幼儿堆积木、画图画、看月缺月圆……不同的时代，不同主人公的音容，都共同在审美中哺育少年儿童成长。这里诗风不一，百花齐放，各显各的神通，各领一路风骚，显示了河南省儿童诗歌的丰富多彩。

从风格上讲，苏金伞的儿童诗属于典型的乡土诗派。无论是20世纪50年代前描写田头啃泥土的娃娃、挖野菜的村童、穷则思变的少年，还是20世纪50年代后描写帮爹耕地、替爷放牛的小学生，诗句都是那么自然质朴，散发着泥土香气，再现了憨厚、纯朴、勤劳、善良的河南娃形象。同属这一派的还有苏文魁、孔令更和潘万提的诗。

来自农村却在大学文科受过洗礼的、血气方刚的诗人王怀让则又是一种风格。他认为"诗人气质应是灵感、深思、多情"。他身上有一种压抑不住和用之不竭的青春活力，20多年来在编报、写评论之余，竟创作了长短诗5000多首。他的诗多是热烈奔放、高歌猛进的进行曲，是"火"是"力"，却不乏浓郁的抒情意味。在他的《写给女儿的诗》中，儿女情长交织着童趣，寓教于乐，在说笑中进行着"家训"。在《田野的童话》里，门前、田头、校园的树，他能让它讲述祖孙三代劳动的故事；爸爸菜园里的辣椒、茄子、豆荚、黄瓜，成了一畦畦多彩诗稿中的问号、逗号、破折号和惊叹号，童趣盎然地述说着劳动的价值和喜悦。在长诗《我的理想》中，雄心壮志犹如滔滔江河，一泻千里，势不可挡，激励着少年儿童们在知识、"四化"的海洋里远航，而作者就是热情的领航员，是自己燃烧也要把别人点燃的火种。作为一位忙于采访、编辑、评论的省报副刊主编，他还热心地为少年儿童创作，体现了河南人民对少年儿童健康成长的高度责任感。

清丽柔美的格调，缠绵委婉的情思，质朴俏丽却能给人以力量，字里行间蕴藏着一颗坚强不屈、乐观向上的革命女战士的心，这就是申爱萍其人其诗。她的不少作品生动形象地记录了她那不平凡的战斗的童年生活，成为少年儿童出色的生活教科书。革命的血与火铸就了这样一位女诗人，她写的"每一块田野，每一丝涟漪，每一片花瓣"，每一个人物，无不倾注着革命的情怀。尤其是那首字字血声声泪地呼唤父亲的诗篇《陌生的父亲》，抒写了一个女儿对烈士父亲的无限依恋和无比爱戴，满溢着革命后代对革命前辈的景仰和思慕，情真意切，催人泪下，不但激励着亿万中国儿童，译成法文、英文后，又感动了蓝眼睛黄头发的外国少年。这些反映昔日战斗生活、弘扬民族精神的诗章，正是少年儿童最佳的精神食粮。

从逃荒要饭的童年走过来的诗人李志，对党和儿童有一种独特的爱和责任感。他刻苦地自学地质和文学，在完成勘探任务之余，坐在帐篷里为成人写出了4部诗集，为儿童写出了5部诗集。他的生活诗渗透着对党、祖国、军队、少儿炽热的爱，表现了儿童的心灵美和阳刚气。他的科学童话诗尤为出色，把科学知识融化在带传奇色彩的民间故事的框架里，既表现了当代少年儿童热切希望探索大自然奥秘，发现地下宝藏，从而实现对祖国"四化"献身的愿望，也介绍了各种地质知识。如表现牧童探宝的《会飞的孔雀石》，表现的是现代化进程中的生活，介绍的是现代化的科学知识。《玫瑰仙女》则通过蜜蜂在百花山采蜜的故事，巧妙地介绍了玫瑰花、钼矿和蜜蜂间的神秘关系，酿蜜的蜜蜂竟成了出色的地质勘探员。长诗情节曲折，引人入胜。这样的科学童话诗既富知识性，又富文学性；既能满足儿童的求知欲，启发想象，又能培养儿童高尚的道德品质，成为兼有童话诗、科学诗、民间故事特点的综合艺术品，酷似苏联著名作家巴若夫的《乌拉尔传说》。

著名诗人王绥青为儿童写的诗，显示了他高尚的人格和慈父般的情怀。黄山览胜，他看到幼女因家贫辍学卖茶，茶香在口，却冲不淡他苦涩的感受。他以诗向社会呼吁：卖茶的小姑娘"不该是新生的文盲""不该是金钱的奴隶"。面对普陀山笑面人世的菩萨，他一不祈祷自己发财,二不祈祷自己长寿,而是祈求菩萨大慈大悲,拂尘一掸,将学校危房"化作千万间宽敞明亮的校舍",使中州大地"钟声当当兮,欢歌笑语,书声琅琅兮,春色满园"。如此心系3亿儿童,不禁使人联想到诗圣杜甫情系天下寒士的胸襟。

至于名垂史册的诗人李季、魏巍的诗,国魂民风,出神入化,在诗歌卷和散文卷已有精辟评述,此卷从略。

儿歌是专供学龄前幼儿吟唱的歌谣。它明白易懂,短小易咏,形象鲜明,童趣盎然,刘育贤和许浪的儿歌最充分地体现了这些特点。他们仅用三言两语,就能勾勒一个画面,表达一种心态,再现一个动作,描绘一个情节。风吹垂柳在河上荡来荡去,刘育贤就想象为"小柳树,弯弯腰,放下绿线把鱼钓"。无钩无饵,何以垂钓? 所以"钓呀钓,钓呀钓,一条鱼也没钓到,逗得太阳哈哈笑"。七句歌谣活现了一种情景,传达了一种童趣,想象奇特,又在情理之中。许浪的儿歌,夸张中带着幽默。他笑粗心的小画家把鸭嘴画成尖的,兔耳画成圆的;他告诉儿童"狼尾巴拖,狗尾巴卷,松鼠尾巴能当伞"。他的作品将诗人的情感和哲人的思想融为一体,确实是儿歌中少有的佳作。

综观河南的儿童诗和儿歌,思想内容健康,寓意丰富深刻,形式多样,语言质朴,风格清新明快,或飘洒着河南泥土的香气,或释放着河南奔放的力量,或表现着河南人的纯真朴实,或刻画着河南人的憨厚勤劳,犹如春风化雨,自然会教化出千千万万赤子良才。

## 三

披检过河南的儿童散文之后,一种赏心悦目的欢快之感油然而生。这又是一片草长莺飞的绿洲,气象万千,生机勃勃,能给人以力和美的享受。阅读着它们,使你仿佛置身于一架万能放映机前,一幕幕丰富多彩的生活画面,色彩缤纷地呈现在你的眼前。一会儿,它带你到历史的长河去追忆往事的陈迹;一会儿,它又把你领进山乡的农家小院或都会的集市,让你领略、品尝黄河孕育出来的乡情民俗或地方风味;它还把你带回童年,使你在爷爷奶奶的瓜田、膝下遐想,在妈妈的怀中吮吸母爱。还有各种大自然的景观:天上的云,盆中的花,塞北的雁……透过各种画面,传递着作家的感悟,述说着人生的真谛。就表现形式看,有记叙性散文,有抒情性散文;有散文诗型的,有小品文型的;有极富哲理的杂感,也有纪实性的素描……真是百花竞放,风格各异。

徐玉诺的散文是纪实性的。它从不同侧面记录了20世纪20年代穷苦儿童生活的艰难和凄惨,表达了人民的反抗意识。既具浓郁的抒情性,又具深刻的哲理色彩的散文,出自孙荪之手。孙荪,原名孙广举,河南省文学研究所所长。他创作的两类散文,一类是触景生情的哲理抒情散文,重在抒发感悟,哲理寄寓于抒情之中;一类是温情脉脉的记叙性散文,重在叙说温馨家庭的亲情,抒情蕴涵在叙述之中。前一类散文的代表作是《生命赋》。作者看重的是生命的内在潜存力量。在他看来,树草花苗给予人们的不仅是这些葱郁、挺拔、金黄的生命结出的果实,更重要的是形成葱郁、挺拔、金黄过程中所显示的生命的内核和动力。这篇散文的艺术构思相当精巧,从触景、感悟切入生情,层层递进,由感动到震颤,到如醉如痴,到喘不过气,到敬仰,最后升华为理性的总结:生命就是"开始""突破""希望""创造""追求"……感悟化为无形的号召,却处处以情动人,寓哲理于抒情之中。当笔触涉入家庭生活时,作者严肃的学者风范不见了,映入眼帘的是爷孙、父子之间温情脉脉的亲情。温馨、慈爱的家庭生活在这里也升华为一种理性思考:"当爸爸妈妈的,你理解自己孩子的内心世界吗?"作品以提问警世,意义现实而深远。

就作家品性而言,余非是一位童心十足的情感型作家。余非原名矫桂棠,受过战火洗礼,读过大学文科,做过宣传工作,编过报纸杂志,现在从事专业创作。他总是倾注着炽热的感情,用善和美的目光,乐观地拥抱、审视世界。你看他对世界天真烂漫的审视:一夜春雨,把孩子们带进了蘑菇的世界,这是无用的"灰包",那是有毒的"棺材盖",味道鲜美的是"鸡腿"和"松伞"……好的拿回家吃或送市上换针线油盐钱,坏的呢,各有各的用场,"灰包"可当炮弹交战,"棺材盖"能招鬼魂降灾难,藏起来对付势不两立的仇敌。一片蘑菇情,一派天真的欢乐和遐想,却不乏严肃的潜在的社会意识。当秋天带着它的劳动热情和丰硕果实从田野走到城市的时候,它映入作家的眼帘,沁入作家的心灵,流于作家的笔端,秋景秋情使读者沉醉,秋实秋韵却激励鞭策着你去劳动去创造。莫看一篇不足千字的散文《秋实图》,可足够孩子们享受一阵子的了。

周同宾的"乡巴佬文学",是一幅逼真的风俗画,豫西南农村的乡风民习、世态变迁以及山娃儿们的音容笑貌活现其中。你看《乡情》,一个在外工作的本土人带着娃儿回乡,一进村,谁见谁打招呼;进了家院,一群光屁股拖鼻涕的娃儿们围了上来。邻居们这家送块豌豆糕,那家端碗绿豆汤,家有客的送只鸡腿,小伙伴们送两条泥鳅烧吃,送两个狗尾巴草编的小狗玩。坐下来,喝的是小桑叶茶,听的是蝉鸣蛙叫母鸡唱……乡音乡情实在醉人。再看《葫芦引》里的葫芦情:一个葫芦锯瓢两家用,否则黑夜出门会迷路,民俗中透出敦厚。葫芦连着农家的全部生活:小的当烟袋坠,拴钥匙,装蝈蝈;大的装粮食,还能牵姻缘,把姑姑变婶婶……不会说话的葫芦,在这里传的是农家乐、农家情。此外,传神的画面还有咣啷咣啷、叮当叮当、丁零丁零奏着牛铃交响乐的牛群,摇摇摆摆仰头嘎嘎齐唱的鸭队阅兵等。所有这些"乡巴佬文学",不是时髦题材,没有新奇手法,一色白描速写,一派农村风光,乡风民俗,本质本色,以乡巴佬语言表现乡巴佬的感情和感受。原装的真情真意真趣,给人的是淳朴、温暖,感人的是真诚、善良。社会习俗为作家提供了一座桥梁,使作家对个人的描写与对社会的描写连成一体,写的是个人乡遇,展示的却是整个社会风貌。

另一位散发着泥土香味的作家牛雅杰,他的作品侧重写人:炔豆腐的毛丫头,卖茶的山娃子……年轻人的纯朴憨厚而又自尊自爱自强的性格活现纸上,给生活增添了力和美的韵味。

王剑冰的散文,同样取材于农村,但角度、风格不同,又是一番情趣,显示了河南儿童散文的多样性。《大山春色》写山村小学、山村学童。一个"不速之客"闯入他们的生活,你看那种憨厚、好奇、怯生而又好客的神态:他们撒网似的散开,更害羞的女孩跑得远远地躲在同学背后。他们远远地瞪着眼睛,琢磨着、研究着客人,用天真而忸怩、好奇而友好的眼光,不眨眼地看你,似乎想把你给熔化了……大山春色,山好河好,树好花好,其实最好的还是这群一大早就背着书包,沿着山路来上学,像一颗颗星星在山路上闪动的学童们组成的春色。《悠远的泥路》也情真意深。5岁儿童好奇地要坐爷爷赶的大车到远方看奶奶。悠远的泥路,陌生的客栈,使他感到单调、寂寞、害怕。他不想去奶奶家了,甚至哭了起来,可他还是跟着爷爷继续往前走,并且觉得自己"一下子长大了,知道了很多东西"。5岁孩子的追求和失望,寂寞和眼泪,结的却是甜果,其中朴素的哲理,很耐人咀嚼。

在散文作家群里,有一位可称为"母亲作家"的,她就是姜华。她在编书之余写诗写散文,人生体验万种,尽是爱心一片。她的散文属于在爱河里浸泡过的抒情诗型,多数是母子心灵的交流和融合。孩子天真地提问,母亲烂漫地回答;孩子认真地聆听细心地体

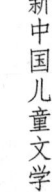

验，母亲心领神会地诉说衷曲。孩子指着花瓣草尖上的露珠问妈妈这是什么，妈妈用母爱解释露珠的妈妈是空气，夜晚月亮婆婆悄悄把露珠放到花朵草叶上来玩，天亮时太阳公公就把他们叫回家去吃饭。孩子听懂了。一天早晨吃饭时不见孩子，东找西找，原来他站在园子里看太阳公公怎样把露珠叫回家的。孩子严肃的思考和探究，体现了幼儿的好奇心和求知欲，也是走向生活的第一步。这是母爱的果实，也是生活对文学的反馈。

和姜华同属一类的作家还有郅辉。

马光复的散文则另辟蹊径，别有洞天。这位20世纪50年代南开大学的高才生，走上社会后一直从事青少年教育工作，曾主编《学与玩》杂志和多种儿童文学丛书。他在业余写了大量各种体裁的儿童文学作品，是一位名副其实的多才多艺多产作家。他的散文集《娃娃乖乖》从多种角度写新中国娃娃之"乖"：文明说话"乖"，助人为乐"乖"，舍己为人"乖"，生动有趣地显示了新时代幼儿的心灵美。散文集《中学生大秘密》则以中学生心理自白的日记和书信等形式，探讨了中学生内心的各种秘密：幻想、抱负、爱情、友谊、苦恼，甚至可怕的杀机。作家在作品中和中学生耐心而平等地交谈，帮助他们走出荒漠，踏上坦途，对其理想追求予以赞扬，对其困惑给以疏导；对其"可怕的匕首"晓之以理，使之主动缴械；对其"神秘的抽屉"待之以尊重、理解和信任，不去私自打开；对其初恋则讲清理性驾驭的重要和必要。整个集子充满坦诚的披露、科学的分析、善意的引导，洋溢着热情、信任和理解，是一部现实意义很强的好作品。

统观河南儿童散文，题材广泛丰富，风格千姿百态，浓郁的抒情饱含着深刻的哲理，能给人以力和美的感受，实为少年儿童难得的良师益友。

四

作为社会生活的载体，大概小说的负荷最重，因而它的使命也最大。20世纪70年代后期和80年代，中国历史进入一个新时期，改革开放的大潮同样冲击着儿童心灵的堤防。他们的思想被解放，生活被扩展，由行动的一代变成思考的一代，在自己的天地里检验着过去模范儿童的种种标准。他们的参与意识更强，自主意识方兴未艾，虽不免幼稚，却要求独立地审视、评判各种社会问题，睁着圆圆的眼睛，以怀疑的神态聆听成人的训诫。他们不但普遍地显得早熟，而且智商远远超过过去时代的同龄人。如此等等，都鲜明地体现在儿童小说中。

《柳叶上的梦》是新时期儿童文学领域对历史反思的佳作，也是段荃法儿童小说的力作。它通过一个孩子的坎坷经历，反映了"文革"中10年的中国历史，但与同类题材的成人文学又有不同。它并不侧重于直接描写这10年中干部受迫害的具体惨状，而是着眼于人民如何抵制和反抗"四人帮"对干部的迫害。作品中，9岁的小墨随父母被遣送到乡下改造，"上面"布置群众监督他们，可群众却巧妙地处处保护他们。宝锁妈在门外大喊大叫："这下放干部，也太欺侮人了，孩子照着我家院墙尿尿，大人也不管一管……你那孩子舍不得管，我可舍得管……"推开门进院却小声说："这儿菜缺，我送来一兜红萝卜……夜里别乱说话，外边有听房的……"这一高一低的话语，表现了农民的机智和美德，表现了人民与干部的血肉情谊，也表现了人民中蕴藏着正气压倒邪气、光明战胜黑暗的巨大力量。这种以正面力量为主导的写法，正符合儿童文学创作的特殊要求。《带小狗的孩子》也是这个基调。

在儿童小说创作上社会影响最大，被载入《中国当代儿童文学史》的河南作家是张有德和陈丽,前者可视为 20 世纪 50 年代培养的作家的代表,后者则是新时期崛起的新生代作家的排头兵。

张有德来自农村教育战线,对农村和儿童有着执着的爱和深入的了解。从他 1952 年发表的成名作《小刚的红领巾》到 1982 年创作的《人不是黄鼠狼》,几乎全是表现河南农村儿童特有的生活和品性的。如果将儿童小说分为教育型、娱乐型、审美型和心智型的话,他的小说全属教育型。统观他的作品,无论题材多么广泛,尽管创作跨越了两个时期,但其所包含的庄重的教育动机却是一贯和统一的,表现了作者高度的社会责任感和赤诚的爱心。因此,他塑造的儿童形象,无论是幼儿还是少年,不管是生活在 20 世纪 50 年代还是 80 年代,纯洁的人性总是其人物灵魂的主宰,对人的素质构成的思考,始终是他艺术构思的中心。

《妹妹入学》是他获得"全国少年儿童文艺创作评奖一等奖"的作品。它写一个小哥哥为了让妹妹能考上小学,不厌其烦地做着各种准备工作,他的行动看起来可笑,却深藏着视学习重于生命,爱妹妹胜过自己的高尚思想,体现了儿童的人性美,再现了 20 世纪 50 年代的时代风尚。

《修桥记》是被选入《中国新文艺大系》之作。它构思巧妙,立意深刻,笔调明快,略带几分幽默。小说从张小正抄一篇修桥的文章说起,到他思想上修一座桥结束,情节跌宕起伏,童趣盎然,含意十分深刻。小正洋洋得意地抄文选,招来老师让讲经验的尴尬局面,好容易应付了谈经验这一关,偏偏老师肯定他的文章好就好在"怎样想,怎样做,就怎样写"。这不是在"讽刺"他吗?! 因为他想的做的并不是修桥,而是为捕鱼拆了桥。他决心改错,正要动手去修桥弥补过失,又碰上老师到桥上查看,马脚败露,只好如实招来。老师顺势诱导,让他"在心里修一座小桥,使我们学习、工作都能顺利进行"。从修田间的桥到修心上的桥,写得顺乎自然,合情合理,通过修桥这件小事,引发出人生一条真理。作品趋向内心化、哲理化,体现了新时期文学的新趋势,标志着作家的创作跨上了一个新的高度。

《人不是黄鼠狼》是从思想和行为的反差中悟出生活哲理的小说。黄鼠狼咬死了赵大娘家的鸡,两个小学生为给赵大娘的鸡报仇,夜里偷偷到大娘院里捉黄鼠狼,不慎打烂了大娘的瓦盆。大娘误认为他们偷鸡,二怪叔更说他俩"真跟黄鼠狼一样"。刘老师了解真情后,帮学生捉住了黄鼠狼。大娘消除了误会,夸学生"聪明""心肠好"。学生却产生了困惑:怎么一会儿说我们是"黄鼠狼",一会儿又说我们"心肠好"? 刘老师解惑的一席话,道破了生活中的一条真理。刘老师说:"黄鼠狼也是帮人做好事的。它是捉田鼠的能手,还捉那些刺猬啦什么的小动物。它只是偶然机会才咬死鸡。因为它做那些好事人们不容易看见,就光说它偷鸡,落了个不好的名声。""可是黄鼠狼到底不是人。它不知道什么是好事,什么是错事……所以它不知道发扬优点,也不知道改正缺点。人就不同了。人做错事知道改,所以名声不好,还会变好。""人不是黄鼠狼"在作家笔下自然不是生物学概念,而是一句警世箴言,它弘扬的是自觉的人性意识,强调的是人要摆脱无意识状态,把握自己,主宰自己,使自己处于人性的完美状态,否则就与黄鼠狼无异。小说的教育意义带有普遍性和永恒性。

总之,张有德的儿童文学创作是一份宝贵的精神财富,其主题健康积极,人物光彩照人,弘扬的是人性美。他的作品文笔清新朴素,具有浓郁的河南乡土气息,最典型地体现了河南风格。

　　陈丽，笔名鹿子，生于长江畔，长于黄河滨，大学毕业后在出版社工作，编书之余辛勤笔耕，着意开掘人的心灵美和道德美，大胆探索新手法，开拓新领域，为河南儿童文学建设做出了卓越的贡献，奉献了一颗慈母育子之心。

　　追踪历史的足迹，不囿于儿童的家庭和学校生活，直面现实，努力捕捉时代风云在人们生活中激起的浪花，真诚坦率地向小读者讲述大千世界的各种现象和矛盾，在七色人生中着意开掘普通人精神世界的美，使美丑形成鲜明对照，从而启发儿童自觉选择健康的人生道路，这是陈丽一贯的创作思想。在她新时期创作的近百篇作品中，都着眼于历史的变革和社会心理的转换，在人与人、人与社会、人与自然的不同层面、不同关系上，通过人们，特别是少年儿童的痛苦、欢乐、希冀和追求，反映社会前进中的问题，提出哲理性的思考，引导少年儿童在健康的生活轨道上前进。

　　陈丽作品的题材是广泛的，而且反映生活的角度是新颖的。有反映学校、家庭生活的《信》《淡淡的清香》，有披露少年纯洁的异性感情的《花苞的秘密》，有斥责用金钱锈蚀儿童心灵的《黑宝石》，有诉说家庭破裂给儿童带来痛苦的《黎明》和《纯洁的地方》，有歌颂黄河和它的开发者的《遥遥黄河源》，还有对历史反思的《难忘的歌》。《云雀》和《飞》是剖析当代生活的小说，作品大胆地运用象征手法和梦幻形式，给儿童文学注入了新意。所有这些，都是对美好感情和品性的讴歌和倡导，主题是积极向上的，给人以鼓舞，毫无悲凄之感，出色地体现了儿童文学创作的特殊要求。

　　《花苞的秘密》是河南儿童文学中较早反映性别意识的小说。绿叶树下，荷花塘边，两只可爱的"布谷鸟"夏杰和雪花，一唱一和地手拉手穿过小桥奔向学校，表现了生活的和谐之美。可是旧意识作怪的老老少少，不让他们一起学习和玩耍，甚至在雪花丧父后家庭困难无力继续上学的情况下，也不允许夏杰给她补课和送点衣物，安慰一颗受伤的心。恶言恶语逼着雪花写了与夏杰绝交的信，破坏了纯洁的友谊，践踏了生活的和谐。但是时代毕竟不同了，这种摧残人性的行为遭到谴责，夏杰的爸爸斥干涉者庸人自扰。夏杰本人则愤怒地发出抗议，勇敢地"冲下楼去，径直朝荷花塘奔去"，显示了自由意志的胜利。

　　如果说《花苞的秘密》对摧残人性的行为还只是一种批评，那么《飞》已是强烈的抗议和挑战了。作品描写了一个小姑娘黄小音被逼变鸟的虚构故事。中学生黄小音总想冲出小天地一览大世界的瑰丽，并且想把自己打扮得漂亮些，头发上束条金丝带，用歌声伴随生活。这本是一个少女渴望了解世界、向往美好生活的积极表现，可是保守的老师硬说这"不像一个中学生的样子"，逼她写检讨。坚强的少女索性写了一篇抒怀的短文《我愿变做一只鸟》以示抗议。一天早晨，她果然变成一只鸟飞向太空，欢快地领略大自然的广阔和自由歌唱的喜悦。阿普列尤斯的《变形记》借人变驴揭露世间的丑恶，卡夫卡的《变形记》借人变甲虫控诉了资本主义对人的异化，陈丽的变形记《飞》则借人变鸟抒发了一个中学生渴望了解世界，追求美好生活的愿望。它标志着人对自身的认识进入一个新的阶段，标志着人类文明正在向更高层次发展。这是儿童文学创作中体现时代精神和大胆想象的一种非常可贵的新尝试。

　　"寻根"曾是新时期文学创作的一个重要课题，对此，陈丽有自己的见解和表现角度。她曾只身到黄河源头求索，并写下很多作品试图在黄河中寻找民族性格和民族魂之根，《遥遥黄河源》可说是最有代表性的一篇。小说描写17岁的路晔千里迢迢到黄河源头寻找生父的故事。他本是遵母命前来索取生父巨额退休金的，但得知生父为黄河献身的英雄事迹并亲自领受继母宽厚仁慈、舍己为人的品德后，心灵震颤了，在黄河源头这个纯净的地方，他看到清清的黄河水哺育出来的真正的民族性格和民族魂，对照生母18年前背离生父、背离黄河源的卑劣行径，在美与丑、伟大与渺小、纯洁与污浊的冲撞中，他恍然大悟，第一次独立地用自己的思想去分辨生活中的是非。草原强劲的清风，吹散了他心头的杂念，黄河源头清澈的水，冲刷了他灵魂上的污痕。他愤然将生母索钱的信抛入黄河，让旧的欲念随波流逝，在这纯净的地方，重建纯净的人生信念，踏上新的征途。路晔生父继母无私忘我、宽厚博大的胸怀，不怕吃苦、勇于开拓的精神，正是作家为少年、为人民寻找的崇高的民族之魂，作品深远的积极意义正在于此。

总之，陈丽的创作把握了时代的脉搏，真实地反映了我们生活的环境，塑造了一系列追求理想生活的少年形象，现实主义基调中不乏象征和含蓄，从内容到形式都显示了文学发展的新趋势，不愧是河南新生代作家的代表。

五

河南的童话、寓言、儿童剧和科学文艺创作，类别和数量都显得不足，这是今后值得注意的问题；但仍有一些作品属上乘之作，有的获得全国奖，很耐人寻味。

童话和寓言是两种又古老又年轻的文学样式，它们几乎伴随着人类文明的诞生而诞生，又随着时代的发展不断以新的面貌活跃在人们的生活之中。这是老少咸宜的一份精神食粮，没有人未曾受过它们的熏陶而从幼儿走向成年的。当然，它们在不同的时代注入了不同的时代精神。王绶青和毛新如的《菱角和燕子》就是注入了时代精神的童话，它以现实生活为背景，由现实引发出一个传说故事。孙大文的《金猫历险记》也很有特色，它兼有小说、传说、动物故事和童话的特点，融德育、智育于一体，是全国少有的长篇童话杰作之一。

李继槐和杜梨的寓言是非常出色的作品。它们立意新颖，故事性强，语言精练，内容富于哲理。《生命辩》仅112个字，既构成了一个故事，又讲出了生命价值的真谛。作品从讲故事入手，以明真理作结，非常精彩。《花瓣的歌声》仅89个字，活现了含义无穷的"让贤"思想。其他揭示井蛙可笑、梯子可贵、月亮泰然自若之作，都似响雷，有使人振聋发聩之效。《价值》的构思尤为巧妙，它借横"一"不愿和竖"丨"合作以变成"十"，比喻只看自己地位，不看自己实际价值的蠢人，既恰切又深刻。此外，高明星的《小熊勿急》对生活的总结精辟独特，小熊勤于耕耘却急于收获，结果尝到的不是甘甜而是苦涩。"会耕耘，也要会收获"，这是作品给予小读者的非常有益的生活启示。

儿童剧是用形象、色彩、声音、动作向儿童进行教育的一种极好形式，它的种类很多，我们这里只选了代表两种类型的两个剧本，一个是童话歌舞剧《不听话的小黑鸡》，一个是生活话剧《妈妈，我长大了》。前者是给学前幼儿观赏的，满台小动物又唱又舞，通过小黑鸡不听话险些丧命的情节，说明小孩子要守纪律、爱劳动，只有置身于集体之中才有力量。后者是给少年看的，它贴近少年生活，提出了少年生活中的一个重大课题，就是家长要给少年自主权，让他们自己的事自己做，不要事事包办。这是一个树立民主意识的大问题，实质上是几十年来中国人民家庭生活的一个总结，内涵丰富，意义深远。该剧是河南的业余作家郅辉的力作之一。她的其他剧作，如荣获1985年全国儿童广播剧"金猴奖"一等奖的《大侦察小卡莱和小不点》，以及分别获得中央台、河南台、贵州台等优秀节目奖的《快乐的夏天》等8个儿童剧，都是难得的佳作。

科学文艺是产生于近代的一种新的文学体裁，它是用文学的形式讲述科学知识或兼有文学功能的一种文学，主要形式有科学童话、科学故事、科学小品、科学诗、动物故事和科学幻想小说等。《草丛中的音乐会》属科学童话，它通过几种飞虫开音乐会，讲述了飞虫发声的知识。《第三位朋友》属动物故事，它通过蝴蝶幼虫诱吃蚂蚁的悲剧故事，既讲了科学知识，又告诫儿童交友要谨慎。《玫瑰仙女》和《会飞的孔雀石》都是科学童话诗，在前面分析李志的诗作时已经涉及，不再赘述。《卡顿的探险》是科学幻想小说，它借一个探险故事，既介绍了硫化汞矿和水银的毒性，又颂扬了中苏儿童的友谊合作和勇敢无畏的精神。《水果医院》等两篇属科学小品，它包含的医学知识信息量很大，又生动活泼，其中还有古诗的引证、民俗的阐释，叙述得娓娓动听。阅读它们既能学得科学知识，又能获得艺术美的享受，在全国都是难得的佳作。

综观河南的儿童文学创作，既合时代潮流，又有河南特色，它留下了河南前进的足迹，展现了河南的乡土风貌，再现了中原儿童憨厚、赤诚、勤劳、苦干的品性，形成了别具一格的河南儿童文学体系，成为整个河南文学的一个重要组成部分，是河南儿童乃至全国儿童的良师益友，给生活增添了力和美的韵味。

（原载王泉根主编《中国新时期儿童文学研究》，河北少年儿童出版社2004年版）

# 湖北儿童文学的上升势头

董宏猷

湖北的儿童文学,是与湖北新时期文学同步发展的,而且始终保持了持续发展和上升的势头;湖北的儿童文学,是与中国新时期儿童文学同步发展的,在中国新时期儿童文学发展的整体格局中,湖北的儿童文学拥有自己的特色,并占有重要的一席。

## 一

湖北新时期儿童文学的发展,拥有自己的轨迹。

打倒"四人帮"后,儿童文学迎来了新时期的春天。20 世纪 70 年代末至 80 年代初,湖北儿童文学的成就主要表现在诗歌、童话和散文创作上,其代表作家是管用和、江全章、田野、萧剑峰、杨书案、周天六、龚去浮等。他们的儿童诗和散文、童话的创作,有的可以追溯到"文革"以前。在新时期发轫之初,他们是湖北儿童文学最早的拓荒者和耕耘者。

进入 20 世纪 80 年代后,少年文学开始崛起,其中最引人注目的,是少年小说的崛起。少年文学的崛起,是新时期儿童文学最重大的文学现象,而少年小说无疑成为新时期儿童文学变革的突破口。在这样一种变革的潮流中,董宏猷、韩辉光、叶大春等的校园小说和少年小说开始在儿童文学界产生了广泛影响,随后,他们的小说创作贯穿了整个新时期,成为湖北儿童文学创作的代表作家。

20 世纪 80 年代中期至现在,一批青年作家带着蓬勃的朝气和青春的气息,像他们作品中的小鸽子一样飞进儿童文学绿色的原野。徐鲁、华姿的诗歌和散文,谢学军、张年军的小说,宋玲玲、王定海的科幻小说和知识童话,萧袤的幼儿文学,周百黎、刘小平的诗歌,都以鲜明的艺术特色,丰富了湖北的儿童文学创作,代表作家是徐鲁。

湖北新时期的寓言创作,始终是稳定的。黄瑞云、段明贵(凡夫)是湖北寓言创作的代表作家,同时也是全国寓言创作的大将。

进入 20 世纪 90 年代以来,湖北的儿童文学创作开始呈现出老、中、青三代作家共同耕耘的繁荣景象。在艺术格局和创作风格上,也呈现出各具特色、并以鲜明的个人特色在全国儿童文学界占有一席之地的艺术气象。新时期以来,除了一批"儿童文学作家"的坚守和掘进,在小说、诗歌、散文、童话、寓言、科幻等各个领域,许多以写"成人文学"名世的作家、诗人,也以可贵的童心,为孩子们写了许许多多优秀的作品。他们的作品,虽然没有冠以"儿童文学",但却是优秀的儿童文学作品。也许正是由于他们少了某些"儿童文学创作"的框架、观念的束缚和羁绊,他们的作品恰恰给儿童文学的原野吹来了一阵阵清新的风,使湖北儿童文学原野的色彩更加绚丽斑斓。他们的进进出出,来来往往,或即兴或加盟,使湖北的儿童文学始终处于一种开放的、流动的、没有"小圈圈"藩篱的态势之中;同样有趣的是,湖北的儿童文学作家也往往在"成人文学"的某个领域中施展身手,而且有所成就。这样的一种互动和互补,是湖北儿童文学创作的一种特色。

# 二

　　湖北新时期儿童文学的复兴，是从诗歌和童话开始的。新时期之初，诗歌和童话曾是湖北儿童文学起飞的双翼。

　　为湖北儿童文学在全国首先争得一席之地的诗人，是管用和和江全章。

　　管用和是我国当代著名的诗人。他的儿童文学创作，涉及诗歌、童话、寓言等各个领域，尤以诗歌闻名。管用和的诗讲究构思和意境，在传统的"民歌体"中，洋溢着淳朴的天真和童趣。他的童话诗《小鲤鱼找珍珠》，不但是湖北新时期儿童文学的发轫之大作，而且是中国新时期童话诗和叙事诗中的一颗璀璨的珍珠。

　　管用和是以乡土气息浓郁的成人诗而名世的，他的儿童诗的创作，只是他诗歌创作中的一个重要组成部分。由于他的儿童诗歌的创作，在 20 世纪 80 年代后期逐渐淡出，因此，他在儿童文学上的成就，似乎遮蔽在他成人诗的麦箫和牧歌中。但是，他在新时期儿童文学创作上的成就，应该历史地凸现出来，并且铭刻在湖北儿童文学发展史上。

　　江全章是湖北坚持儿童文学创作时间最长的著名的儿童文学作家。从 20 世纪 50 年代至今，他为湖北的儿童文学默默地耕耘了 40 年。正是他的坚守和耕耘，为湖北的当代儿童文学一直保留了一股脉气。他的儿童诗和少年诗，在全国都很有影响。和管用和一样，江全章也擅长于叙事诗，由于出生在洪湖，他的诗歌的题材也和湖，尤其是洪湖结了缘。他的《碧水·红莲·少年》和《不拿枪的小红军》，是新时期儿童诗的优秀之作。在整个新时期，他一直活跃在儿童诗坛上。

　　萧剑峰也是湖北儿童诗创作的代表作家。他的儿童诗在浓郁的诗情中，飘逸着一种奇幻、典雅和书卷气。作为一位资深编辑，他为湖北儿童文学的贡献还表现在推出了许多湖北本土的儿童文学作家的作品。他的童话诗和寓言诗，他的叙事诗，他的取材于湖北神话传说的诗歌题材，他的"整齐、押韵"的"民歌体"，代表了新时期之初湖北一批中年诗人的艺术特色。

　　中国当代著名诗人曾卓的少年诗，是湖北新时期儿童文学不可多得的收获。他给少年们的诗，有许多是在冤狱中写的。在这些满怀激情和哲理的诗中，跳动着一颗赤子之心，洋溢着少年的蓬勃朝气。这些少年诗和他的代表作之一《悬崖边上的树》一样，成为新时期少年诗中火红的旗帜。

　　历史进入 20 世纪 80 年代后，一批教师出身的青年诗人以其清新明丽的校园诗，飞进了诗坛。饶庆年、华姿、胡鸿、徐鲁等便是其中的佼佼者。他们的诗，一方面继承了管用和等湖北乡土诗浓郁的田园歌韵，流淌着江南的清新灵动；一方面，又与管用和、江全章等中年诗人"讲故事"的叙事形式有着明显的区别。管用和、江全章更多是儿童的，饶庆年等更多是少年的；管用和、江全章更多是"第三人称"的，饶庆年等更多是"第一人称"的；管用和、江全章更多是"教育"的，饶庆年等更多是"自我"的。而刚刚从师范院校毕业的华姿、胡鸿、徐鲁离孩子们更近，他们自己就仍然是大孩子呀。在他们四人之中，饶庆年、华姿、胡鸿三人正如饶庆年的《教师笔记》一样，在诗中的角色更多的是教师，经历了青春期的激情宣泄之后，他们便迅速地转向了成人诗。而徐鲁则完成了从"教师"到"少年"的嬗变，成为中国新时期少年诗坛上最活跃也最有成就的青年诗人之一。

　　徐鲁的诗几乎都是"中学生"的，他的少年诗中，有不少是追忆童年和少年的诗篇。童年和少年的徐鲁也许是孤寂的，这种孤寂使他对爱的需求，对人性的追求，大得要命。

因此，他的诗中，常常流淌着一种忧郁，与其说他在写中学生的生活，不如说他更渴望与中学生们进行心灵的对话，在对自己童年和少年的追忆和咀嚼中品味人生的况味。于是他的诗便常常超越了对中学生生活的平面的描述，而进入了少年们的心中。湖北新时期儿童文学中诗歌的创作正是因了徐鲁的承前启后而生机勃发，与小说一起，成为湖北儿童文学持续飞翔的新的双翼。

儿歌是儿童诗中最需要一颗无邪童心和天真童趣，最需要一种奉献精神的品种。刘培青、龚去浮、徐焕云、姚振启便是湖北新时期儿歌园地里默默耕耘的老黄牛。刘培青一直在一所农村中学教书，如今已经去世。龚去浮、徐焕云的儿童文学成就并不仅仅限于儿歌，但是，由于儿歌的稀缺，我们更愿意选他们的儿歌作为湖北儿歌的代表。他们的儿歌，清新，自然，形象活泼，童趣盎然，讲究传统儿歌内在的节律和明亮的诗韵。姚振启的诗歌创作是从部队写"兵歌"开始的，到了20世纪80年代，他开始写儿歌，竟一发而不可遏止。如果说刘培青、龚去浮、徐焕云更多是"乡土"的，那么姚振启则更多是"都市"的。他的儿歌具有更多现代都市的背景和形象，更多城市儿童的喜好与视角，更多一些幽默与风趣，更多一些"爷爷"的情感。这也许和他刚刚当爷爷的经历和体验有关。他的都市和刘培青等人的乡土，构成了湖北儿歌和谐的乐章。

作为《离骚》和《九歌》的故乡，湖北当代诗歌的生长是非常繁茂的。刘益善、王新民、熊明泽、梁必文等人的乡土与江南，董宏量的钢城，李道林的长江，彭介凡的机场，胡发云的城市，都以独特的艺术风景，组成了湖北新时期诗歌绚丽多彩的长廊。为湖北新诗和新诗理论做出了特殊贡献的张永健、赵国泰，也为孩子们献出了他们的爱。他们为孩子们写的诗，同样具有独特的艺术魅力，丰富了湖北的少年诗苑。为孩子们写得更多更自觉的，是刘益善和王新民。刘益善那种像山中的云雾一样萦绕在故乡的忧伤和深情，王新民那种大河奔流一泻千里的气势与激情，使湖北的少年诗苑增添了许多楚文化的因子。

"正当少年时"的少年本身的创作，历来是儿童文学不可缺少的一部分。湖北的少年诗作，也有着自己的特点。刘倩倩、周百黎、党苗和谢春霖的少年诗，是湖北诗歌沃土上开放的美丽的小花。

进入20世纪90年代后，湖北儿童诗和少年诗的河流仍然浪花飞腾。萧袤、方宗华、群山的儿童诗，兰帆的科学诗，刘小平、俞伟华的少年诗，都使我们看到了湖北儿童文学的勃勃生机。萧袤的活泼童趣，兰帆的寓科学于诗于文，刘小平对少年青春期朦胧情感的形象表达，俞伟华近似镰刀一样冷峻沉甸的乡土诗，都已形成独特的艺术风格。只要他们继续努力，心无旁骛，一定会为21世纪的湖北儿童文学创作出更多更好的作品。

## 三

湖北新时期儿童小说的发展，是从20世纪80年代开始，并与新时期文学主流同步发展的。新时期之初，随着短篇小说的勃兴，许多作家是将作品作为"小说"而不仅仅是作为"儿童小说"来写的。这样的一种描述，并不意味着降低了"儿童小说"的特质和品位，恰恰相反，在拨乱反正、解放思想的大潮中，儿童文学包括儿童小说从观念到创作手法都面临着新时期的洗礼；而一大批没有旧的儿童文学观念束缚的小说家的涌入和创作，无疑使湖北的儿童小说有了一个较高的艺术起点。周百义、李传锋、周翼南、刘富道以及沈虹光、沈晨光姊妹的小说，就使我们看到了这样的起点和品位。在这些作品中，我们看不到过去的儿童小说中那种憋着小娃娃腔说教的弊病。周百义在1982年对"文革"

中人性与兽行的冲突的描写，李传锋的动物小说，周翼南的外国题材小说，沈氏姐妹关于城市生活中开始出现的文化差异与贫富差异在孩子心灵中的折射的描写，以及对生活在底层孩子温馨的同情，在今天看来，仍然具有迷人的艺术魅力。李传锋的动物小说后来有了更大的发展，形成了湖北文坛一道独特的景观。沈晨光的校园小说是湖北新时期校园小说的先驱，因为其描写的是很少有人涉足的幼儿园生活，而尤其显得引人注目。他们的小说和董宏猷的校园小说，凝成了新时期之初湖北儿童小说的第一个高峰。

出身于一个儿童文学作家家庭的钱五一，是湖北新时期早期具有儿童文学自觉的作家之一。他和新时期热闹派童话代表作家周锐当时都在长航工作，于是和湖北结下渊源。他的创作并不局限于小说，但是，他的《竹林里的故事》是新时期最早涉及人与自然这一主题的小说之一。汉铧写《我们的队伍在河畔》时，已经是一个自觉的儿童文学作家了。他和钱五一曾是武汉市最有潜力和冲击力的青年儿童文学作家。带着清江和鄂西山区的灵气走向文坛的田天，其处女作便是儿童中篇小说，那时他还在武汉大学中文系读书。胡广香和沈光华是湖北省儿童文学界锲而不舍的耕耘者。他们的创作几乎涉及儿童文学的各个领域，而且贯穿了整个新时期。余蓓芳是带着校园小说的清新气息微笑着走进儿童文学原野的，她使我们听到了校园里的喧哗和笑声。田天和汉铧后来进入了《少年文学报》，余蓓芳和沈晨光、徐鲁后来也进入了湖北少年儿童出版社，他们对儿童文学的贡献便从创作扩展到编辑，扩展到湖北儿童文学的基础建设。

和新时期早期许多儿童文学作家从儿童文学走向成人文学恰恰相反，董宏猷是从成人文学走向儿童文学的。他的童年经历、教师生涯和诗人气质使他一接触儿童文学，便以清新别致的少年小说在儿童文学界脱颖而出。到了20世纪80年代的中期，儿童文学界便有了"南董北董"之说。"北董"是河北的董天柚，"南董"便是湖北的董宏猷。董宏猷的小说题材主要是两大类，一类是校园生活，一类是童年和少年时期在长江边的码头上拉板车的生活。但是，他对于中国儿童文学的主要贡献，是他对少年小说文体和艺术形式的不倦地探索和追求。创作于20世纪80年代的梦幻体长篇小说《一百个中国孩子的梦》，被誉为"中国当代儿童文学的一座奇特的艺术峰峦"，在海内外均引起反响，并获多项大奖。创作于20世纪90年代的《十四岁的森林》，除了在少年小说题材的开拓外，在少年长篇小说的艺术形式上，也进行了新的探索。董宏猷作为湖北儿童文学的代表作家，不仅仅在于他在新时期承上启下的作用与地位，还因为他作品骨髓中的那股浪漫和野逸，活跃着楚文学的因子，与江浙"晓风残月"的"才子气"，与北方"金戈铁马"的"豪气"，形成了地域文化上的鲜明对比。

以校园幽默小说在中国儿童文学界迅速崛起的韩辉光，是在20世纪80年代人到中年重新开始儿童文学创作的。韩辉光一直生活在中学校园里，直到退休。也许是青年时期历经磨难，他的创作不但出手不凡，而且以既写实又幽默的校园小说在湖北儿童文学中独树一帜。韩辉光的小说中的"顽童"形象，浸润着儿童天性中的游戏精神，而游戏精神的勃发和张扬，正是新时期儿童文学的重要思潮和特质。韩辉光不仅仅是湖北儿童文学的代表作家，而且是中国当代儿童文学"校园幽默小说"的代表作家。他的出现，使湖北儿童文学在田园渔歌中充满了现代少年儿童健康的笑声。

叶大春是在他的成人小说尤其是短篇小说的创作高峰期开始儿童文学创作的。因此，他的少年小说创作的起点很高。而为他带来全国性影响的，恰恰是少年小说。他的小说是现实主义的，注重艺术构思，讲究语言的韵味和力度，小说人物大多是农村少年，是农村中家境贫寒却不愿向命运低头的少男少女。因此,他的小说便带有一股少年小说所缺少的峻峭和阳刚之气。正是这种峻峭和阳刚之气,使他的小说汇入了20世纪80年代中期少年小说崛起的大潮之中,与那些"小男子汉小说"一起,给过于阴柔过于甜腻的儿童小说注入了铁质和钙质。在小说创作上崛起后的叶大春,后来成为一家报纸的负责人,繁忙的编务遏制了他风头正旺的小说创作。可喜的是,大春最近又开始了少年小说的创作,《魔沼》便是他给予孩子们的最新奉献。

至今仍然在中学任教的李景洲,是校园小说的掘进工。他善于在短篇乃至小小说中,精致地勾勒一个人物,或者素描校园的一角。他的校园小说,使我们想起了国画中的扇面。

谢学军吹着青春的呼哨跨入儿童文学原野,是湖北20世纪90年代少年小说创作的主力。他和刘红、胡纯琦的小说更加贴近当代少年,他们说的几乎就是他们自己和同龄人的故事。他们的小说也更富有现代色彩和青春气息,他们的故事更多的是成长的故事。

成长的主题在邓一光的小说中得到了更加蓬勃的生长,他使我们看到了另一代人成长的轨迹和心路历程,看到了不同历史背景下的成长故事中,有着共同的人生意韵。邓一光是在20世纪90年代中国文坛崛起的"成人文学"小说家,但是,他的"成长小说"仍然属于少年小说,并且在少年小说和青少年小说之间架起了一道桥梁。

在20世纪80年代的中期,还有一批从事成人文学创作的中青年作家,以其优秀的儿童小说,丰富了湖北的儿童文学艺苑。李叔德、唐镇、胡发云、刘益善、罗维扬、李修文等,在儿童小说的创作中,都显示了和本人成人文学创作不同的艺术手法和艺术追求。李叔德的《开开的夏天》,是一部多么纯粹的儿童小说啊。而刘益善的《一个小弹花匠的梦》,在经典的短篇小说布局中,为我们塑造了一个具有金子般品格的当代农村少年形象。

20世纪90年代开始在儿童小说创作上崭露头角的黄春华和张年军,是湖北儿童文学21世纪的生力军。黄春华对当代少年心灵的观照和开掘,张年军对幽默小说的探索和追求,都逐渐形成了自己的风格。最近,徐鲁也开始了小说创作,而且出手不凡。在融会了诗歌散文的创作优势后,相信他的小说也会更具新的特色。

## 四

新时期之初曾是湖北童话的辉煌期,一批早在20世纪六七十年代就开始童话创作的作家,沐浴着新时期思想解放、拨乱反正的春风,创作激情喷涌而发。童话成为湖北新时期儿童文学最早的收获。

杨书案是新时期最早具有童话创作自觉的作家。虽然他后来以系列长篇历史小说的创作而闻名海内外,但是,他的童话创作曾在新时期之初引起全国注目,并成为湖北儿童文学的代表作家。由于他早就开始了历史小说的创作,因此,他的童话在叙事风格和故事情节上,便融入了许多小说元素。他的童话讲究童趣和生动的形象,语言典雅。由于历史的原因,儿童文学长期以来被视为"教育儿童的文学","教育性"曾被抬高到一个不恰当的位置,以致成为"教育"的附庸。那时的许多童话,包括杨书案的童话,仍然带有浓郁的教育意味,一个童话要讲一个积极向上的道理。但是,我们看到了杨书案在童话的审美性上的追求和努力,他和那个时代的许多儿童文学作家一起,用自己的创作实践,将儿童文学从"政治第一""教育第一"的桎梏中解放了出来。杨书案的历史意义便在于这样一种"咬破蚕茧""打开枷锁"的"解放行动",在于将童话提升成为那个时代湖北儿童

文学的标高。

周天六从 1963 年就开始了儿童文学创作。在相当长的一个时期，他和江全章成为武汉市儿童文学的中流砥柱。他和杨书案一样，都是当教师时开始童话创作的（他至今仍然在教育战线工作，已成为一所省重点中学的校长。他在重点中学的升迁，使湖北少了一位儿童文学作家）。在他的童话中，也有教育，也有知识，但是，却多了许多风趣、幽默与热闹。他的童话中的主人翁，带有"顽童"的色彩。周天六的童话，使我们看到了后来风靡中国儿童文学界的"热闹派"童话的端倪和先兆。

在新时期初期活跃于童话创作的作家，还有龚去浮、周伟、沈光华、柳菊兴、管用和、江全章、胡广香等。龚去浮和沈光华几乎涉及了儿童文学的各个领域。他们的童话创作也带有"教育童话"的色彩。湖北近于"抒情派"童话的作家是周伟。周伟除了"抒情派"童话外，还较早地涉足了知识童话的创作。湖北较早涉足"科学童话"的是沈光华和柳菊兴。而管用和和胡广香的童话，则像优美的民间故事。他们的童话创作，凝成了新时期之初的第一个童话高峰。

当"热闹派"童话和少年小说在 20 世纪 80 年代崛起并风靡中国儿童文学界时，湖北的童话创作出现了落差。究其原因，一是许多中年作家逐渐淡出了儿童文学界，转向其他样式的文学创作；其二，也和童话观念的差异有着很大的关系。这种差异并不限于湖北的童话界，当郑渊洁等在童话界大闹天宫时，许多"神仙"都感到头疼。然而"热闹派"童话所代表所张扬的游戏精神，却使中国的当代童话彻底地回归了儿童，回归了儿童文学。这一时期湖北童话创作的落差，与现代游戏精神的匮缺和童话队伍的流失都不无关系。

但是落差并不等于断流。湖北的童话仍然时有浪花迭起。湖北的知识童话和科学童话仍然很兴盛。兰帆、沈晨光、普丽华等作家的作品，便是这方面的代表。而薛大桥、张年军的童话，使我们看到了"热闹派"童话在湖北富有朝气的生长。胡琦纯、谢学军的作品，也使"抒情派"童话在三楚开花结果。萧袤、徐焕云、邵忠炎的低幼童话，不但飞出了湖北，而且飞到了海外。童话的河流仍然在湖北的大地上奔流，而 21 世纪正呼唤着湖北的童话汇聚成滔滔的长江。

## 五

湖北多江，多河，多湖，多塘，素有"千湖之省"之美称。在湖北新时期儿童文学的原野上，散文就像荆楚大地上星罗棋布的湖泊一样，氤氲漾动在每一个角落。湖北专门为少年儿童写散文的作家并不多，但是湖北写散文的作家几乎都为孩子们写过散文，或者写过适合孩子们阅读欣赏的散文。因此，湖北的儿童散文和它的母体湖北散文有着更多更密不可分的血缘关系。

湖北的儿童散文创作，可说是有着一个"豪华"的作家阵容。从碧野、曾卓、田野、胡天风，到管用和、杨书案、涂怀章、郑定友、周翼南、李华章、罗维扬、刘培青、书臣、徐焕云，从胡发云、何帆、成平、谢克强、熊召政、董宏猷、刘益善、董宏量、王石、王新民、邓一光、叶大春、张年军、任蒙、胡榴明、雷喜梅，到华姿、徐鲁、谢学军、刘红、俞伟华、周璐、党苗，湖北的老、中、青三代作家济济一堂，因而使得儿童散文创作显得格外花团锦簇，绚丽夺目。

从新时期之初，湖北的儿童散文便有自觉的开拓者和耕耘者。

田野是湖北著名的作家和散文家，他是湖北儿童散文的开拓者，也是新时期之初为湖北的儿童散文在全国争有一席之地的散文家。他的儿童散文优美,抒情,饱含诗意,同时带有一种像云像雾一样的思念、回忆、乡愁和忧伤。

徐鲁是20世纪80年代崛起的儿童散文作家,是湖北儿童散文的承上启下者。徐鲁早期的散文成果是散文诗,他的散文诗的师承源头是屠格涅夫和鲁迅。在徐鲁的散文和散文诗中,对童年、少年往事的追忆咀嚼,对校园生活诗意的抒情,仍然占了极大的篇幅。对生活中诗意的发现和品味,对诗意地生活的渴望和向往,仍然是徐鲁散文和散文诗的主旋律。到了20世纪90年代,徐鲁的散文观发生了巨大的变化,他决定不再写"散文诗",其原因在于认同了余光中和汪曾祺对于散文诗的批评,认为这种容易流入"伤感主义""一味地死甜"的"抒情",对少年儿童的成长不宜。徐鲁后期的散文,明显少了"死甜"和"抒情",而多了文化与哲理的蕴藉。徐鲁的出现,使湖北的散文传统多了一位年轻的继承者,在中国儿童散文园地里,徐鲁也是风头正劲的青年作家。

谢学军是20世纪80年代开始儿童散文创作的。他的出现,使湖北儿童散文的创作自觉得到了进一步的加强。谢学军的散文和他的小说一样,是属于少年的,是响着青春的呼哨,流淌着成长的喜怒哀乐的。这样一种青春的气息,也洋溢在俞伟华、党苗、刘红、周璐、徐勤的散文中。有了这些后继者,我们有理由对湖北的儿童散文充满希望。

## 六

湖北的寓言始终是黄瑞云、段明贵(凡夫)扛大梁唱大戏的。他们的寓言创作贯穿了整个新时期,不但现在仍然是湖北寓言创作的巅峰,而且在全国也很有影响。

黄瑞云的寓言创作开始于20世纪60年代,而在新时期进入了他创作的高峰期。这样的高峰期不仅仅是年龄、阅历给他带来的,而是和新时期、改革开放密切相关的。黄瑞云的寓言是典型的学者寓言,他没有把寓言仅仅当作教育的工具,而是将富有文化哲理内涵的寓意蕴藏在有意味的故事之中。他的寓言,有很多取自于现实生活,具有很强的当代意识和现实指导意义。黄瑞云的寓言,继承了中国古代寓言的特点和精髓,在他的"寓体"中,"人"远远地多于"动物",使他的寓言更具有中国气派。

凡夫的寓言创作是从20世纪80年代开始的。他的寓言更适合少年儿童阅读。他的寓言故事,生动,活泼,富有想象力,但却意味深长。因此,他的寓言很快就走向了全国,紧接着走向了国外。凡夫的寓言创作现在仍然处于高峰期,湖北新时期儿童文学有了像他和黄瑞云这样执着地在寓言园地锲而不舍地追求探索的作家,实在是一种幸运。

除了黄瑞云、凡夫以外,湖北还拥有一支稳定的高质量的寓言创作队伍。任蒙的寓言像短小精粹的格言。管用和的寓言保持了他一贯的诗意、童趣和娓娓动听的民间故事性。刘启恕、黄汉兴、龚去浮、廖解志、傅家煌的寓言善于将当代意识融入动物寓言之中。而沈光华则在科学寓言上另辟蹊径。湖北的寓言作家人数不多,但却"以质取胜"。唯一值得忧虑的是这批作家均已进入中老年,如何培养更年轻的寓言作家是湖北儿童文学在21世纪伊始必须考虑的问题。

## 七

科幻小说应该是儿童文学的重要组成部分。但由于历史的原因,中国的科幻小说一直没能得到蓬勃发展的机遇。科幻小说的兴旺与否,其实是检验一个国家科学发展、科

新中国儿童文学70年
1949—2019

学普及程度的试金石。因此，湖北的科幻小说只有到了新时期，才真正地开始发展起来。

沈光华是湖北新时期科幻小说最早的自觉者和探索者。他善于在短篇中完成一个富有悬念的科幻故事，而且"科幻"与"小说"结合得较好。姚鹏写科幻小说时，还是个小学生，他的科幻小说，明显受到了国外卡通的影响，因此，富有当代少年天马行空的想象力和游戏精神。

宋铃铃、王定海是20世纪90年代崛起的科幻小说作家，他们的创作领域还涉足科幻童话、知识童话。他们的科幻小说，不但有短篇小说，而且有中、长篇小说，其兴趣在于地球与宇宙、与其他星球的关系，在于人类与外星人的关系，在于科学发展与人性的关系。他们的崛起，使湖北有了稳定的专攻科幻题材的创作队伍，而且，他们现在的创作正处于上升期，我们对他们有理由寄予热望。

董宏猷的《山鬼》是一部以野人考察为题材的中篇科幻小说，其意义在于将社会科学引入科幻小说之中，在以自然科学题材为主，在以宇宙空间为科幻天地的科幻小说世界里，这样的引人入胜的小说便显得别有新意。

## 八

湖北至今没有专门写儿童或少年报告文学的作家，但不等于没有优秀的少年报告文学。董宏猷的报告文学《王江旋风》就曾获得中国作家协会首届"全国优秀儿童文学奖"。1985年，湖北省武汉市华中师范大学一附中初二年级的一位女学生王江，给当时的武汉市市长吴官正写了一封信《假如我是武汉市的市长》，对武汉市的改革开放提出了自己的看法和建议。吴官正立即回了信。这件事在全国引起了强烈反响。《王江旋风《向我们真实地展示了一位具有"新人"特质的中国当代少年风范，并且深刻地揭示了"王江旋风"的历史动因。这篇报告文学至今仍然被各种报告文学选本选载，便说明了它的生命力，说明了我们的时代仍然在呼唤着千百万个"王江"。

在新时期展示崭新的当代少年形象的报告文学，还有周天六的《小鸟在歌唱》，余茝芳、韩辉光的《楚天有颗小星星》，徐鲁的《与十六岁对话》，魏光焰的《长头发飘起来》。

这些报告文学，用生动、感人的故事和细节，向我们展示了曾获得世界儿童诗歌大赛大奖的刘倩倩、湖北"十佳少年"叶嘉的成长经历，展示了徐勤等少年文学爱好者、爱美的"女儿"的精神世界。

既是报告文学作家，又是报告文学理论家的涂怀章，为我们展示了著名外科专家裘法祖的童年经历。名人童年的故事，也是少年儿童成长中不可缺少的精神食粮。

值得一提的是田天创作于20世纪80年代的《谁来关心我》。田天是湖北新时期成长起来的最有锐气，也最有成就的报告文学作家。这篇反映、关注"流失生"的报告文学，便充分显示了田天强烈的社会责任感，以及对新时期新的社会问题善于捕捉、善于深入、善于解剖的敏锐和勇气。这是新时期较早关注中小学生辍学"流失"的报告文学。田天用采访、口述实录的手法，通过10位流失生的"口述独白"，真实地揭示了学生流失的复杂多样的原因，从而向整个社会敲响了"救救孩子"的警钟。

张年军也用第一人称的手法，尖锐地提出了许多家长望子成龙、给孩子加重负担，其实是在摧残孩子的问题。这样的报告文学现在不是太多了，而是太少了。

虽然这些报告文学的"含金量"很高，但是，和其他的文学样式相比，湖北新时期儿童文学中的报告文学仍然是一个弱项。究其原因，其一，是缺乏少年报告文学作家队伍；其二,恐怕是与儿童文学界、少年儿童报刊对"优秀少年""小名人"一类的报告文学大开绿灯, 而对深层次反映少年儿童现实状况及问题的报告文学持微妙的保留态度有关。现在,少年儿童的问题不再是"局部"的问题了,而是成为全社会关注的热点和焦点。在现实生活中,在这样一个高度信息化、网络化的社会里,我们的孩子早已不是生活在真空里了。担心"实话实说"的报告文学会给孩子带来负面影响的思想观念,其实不但是杞人忧天,而且会阻碍中国少年儿童健康人格的发展。

（原载朱莎莉、董宏猷主编《湖北新时期文学大系·儿童文学卷》,长江文艺出版社 1999 年版）

# 新时期以来的湖北儿童文学

徐 鲁

如果说，湖北的儿童文学在新时期最初的 10 年间，能够在全国范围内产生较大影响的作家和作品还不是太多，题材范围、创作观念和艺术风格上也略显狭窄、陈旧和滞后的话，那么，进入 20 世纪 90 年代之后，在小说、诗歌、散文、童话、寓言等各个门类里，不仅题材和创作观念上有所创新、拓展和突破，而且也拥有了在全国范围内处于"领军"地位或较强实力的代表性作家与作品。董宏猷、韩辉光、林彦的小说，徐鲁的诗和散文，黄瑞云、凡夫的寓言，萧袤的童话，都可名列国内前茅。他们在各自的领域里为湖北的儿童文学界赢得了引人瞩目的成就和荣誉。《给少年们的诗》（曾卓）、《一百个中国孩子的梦》和《十四岁的森林》（董宏猷）、《校园喜剧》（韩辉光）、《我们这个年纪的梦》（徐鲁）、《黄瑞云寓言》（黄瑞云）、《单纯》（林彦）等作品，不仅分别获得了中国儿童文学的最高奖项，而且已经成为中国当代儿童文学史中的名篇和佳作。

在创作队伍上，20 世纪 90 年代以来大致仍然维持着"四世同堂"的格局。碧野、曾卓、田野、黄瑞云、管用和、姚振起等老一代作家，在 20 世纪 90 年代里都出版过自己的儿童文学新作；董宏猷、韩辉光、凡夫、江全章、李传锋、田天、兰帆、叶梅、刘益善、张赶生等中年一代作家，在 20 世纪 90 年代里更是保持了旺盛的创作态势和实力，向儿童文学界贡献了一批厚实的和重要的作品；徐鲁、林彦、华姿、萧袤、童喜喜、黄春华、张年军、黄艾艾、易羊等青年作家，在这一时期纷纷进入各自的创作高峰状态，成果多多，佳作迭出，成为湖北儿童文学领域里的一支主要力量；而以"少年作家"身份进入读者视野的一批作者，如舒辉波、颜畅、刘婕、蒋方舟、胡坚、郭赛等，成为湖北儿童文学的新生代。

一

董宏猷在进入 20 世纪 90 年代之后，先后出版了长篇小说《十四岁的森林》（江苏少年儿童出版社）、系列小说《胖叔叔》《天上掉下个胖叔叔》《老鼠为什么爱大米》（浙江少年儿童出版社），以及儿童散文集《扛着女儿过大江》（人民文学出版社）、《森林笔记》（湖北少年儿童出版社）等。其中《十四岁的森林》获得中国作协第三届（1992—1994）全国优秀儿童文学奖。

《十四岁的森林》是一阕瑰丽的青春之歌，也是一部别具一格的森林史诗。小说写的是 20 世纪 60 年代初期，一批十四五岁的城市少年，满怀青春的激情和理想，毅然告别城市和校园，"上山下乡"来到黑风岭原始森林创办国营农场的生活经历。这群少年进入昔日土匪盘踞的深山老林之后，面对狼群虎豹、毒蛇野蜂的围困袭击，面对艰难无比的野外宿营和繁重无助的体力劳作，同时也面对"血统论""成分论"等政治气候对人的异化和摧残，而不屈不挠，历尽艰辛，让青春的汗水和热血洒在大森林的深处，注入了大森林的绿色筛管，让年轻的生命化作了大森林的灵魂、山谷的精魄……这是一代人的命运。黑皮、幺妹、土匪儿子、烈士女儿……他们都是那么年轻,那么单纯。他们拥有理想,但又必须为之付出沉重的代价;他们渴望爱情,也向往未来,但他们又必须生活在一种苦恋和煎熬之中。他们的生命和艰辛的林场一同成长和成熟着。他们仿佛一无所有,但他们又觉得拥有一切。大森林里有一个大神秘,他们的心灵也在宏阔的林莽中变得坚强、宽容和沉重。青春、理想、爱情、斗争、团的荣誉、党性……还有大森林的历史、大自然的壮美与变幻,所有这一切,都成了这一代人的青春与奋斗的见证,成了这一群年轻的创业者的活着的丰碑。显然,这是新时期以来的儿童文学所久违的主题和题材了。我们的读者,尤其是青少年一代读者,不见这种热血青春的崇高与壮美已经很久了。他们远离了艰苦的年代,不知道 20 世纪,同一片天空下还有过这样的青春少年。他们从诞生起就被太多的甜腻而酸软的,以及浓得化不开的文字包围得紧紧的。他们需要一种壮丽的、崇高的精神营养来滋育他们过于柔软的心灵。从这个意义上说,《十四岁的森林》就有如空谷足音,弥足珍贵和难得。

如果说,《十四岁的森林》是董宏猷在孤独和宁静中完成的一部"心灵上的作品",一部沉重的"青春祭"式的作品,那么,他在进入 21 世纪之后所写的以"胖叔叔"为主人公的系列小说《胖叔叔》《天上掉下个胖叔叔》《老鼠为什么爱大米》等,就显然是具有轻松的喜剧风格的幽默作品了。

作为一位几十年来一直不间断地在为孩子们创作新作品的作家,董宏猷不仅曾经有过多年中学老师的生活经历,而且长期与孩子们保持着生活和精神上的交往与联系。他熟悉当下的校园生活,以及孩子们的烦恼与快乐。他不是以一个乏味的成人、一个枯燥的"说教者"的面貌出现,而是立足儿童本位和文学本位,以生动有趣的文学故事,来表达儿童的权利与诉求,将温暖的目光投向一些儿童成长中被忽略、被误解,甚至被冷落的角落。

此外,在这几本书的书写风格上,也显示着董宏猷的一种新的追求与突破。他在一贯追求的文学性和儿童情趣的同时,也吸收并加添了诸如娱乐、游戏、时尚、网络、作文指导等课外生活元素。这些既是当下儿童生存环境中的"原生态"的真实呈现,也是一种值得肯定的书写策略。

## 二

韩辉光也是一位在全国范围内产生了较大影响的儿童小说作家。进入 20 世纪 90 年代后, 他先后出版了短篇儿童小说集《校园风景》《女孩没泳衣》(湖北少年儿童出版社),长篇小说《特色学校》(浙江少年儿童出版社)、《校园的无果花》(中国少年儿童出版社)等。其中《校园风景》获湖北省第四届屈原文艺创作奖;短篇小说《大象》和《叶子送礼》分别获第九届和第十四届陈伯吹儿童文学奖;《特色学校》获 1999 年冰心儿童图书奖。

韩辉光的校园小说一直呈现着幽默、轻松的喜剧风格。《校园风景》和《女孩没泳衣》里的短篇小说,从各个角度反映了出生在平民阶层、又在所谓城市边缘的普通中学就读的中学生群落的生活和精神状态。少男少女们艰辛曲折的成长历程,朦胧而隐约的情感世界,尤其是与当下社会生活和风气紧紧联系在一起的那些少年心事,或苦涩,或甜蜜,或欢快,或无奈,甚至沉重与悲伤……都在这些作品里得以真实地呈现。展现在作家笔下的校园生活,是和外面的现实社会息息相关的,学校、社会与家庭,在一篇篇作品里交叉构织,密不可分。例如被用作书名的那个短篇里,一个破碎家庭的女孩,妈妈什么都给她买，却就是不给她买泳衣。女孩怕穿泳衣又想穿泳衣，成长的日子里充满矛盾与甜蜜；在《女孩的心事你别猜（女生篇）》里，童珍、梅丽、张蓉、田丫，这些十四五岁的女孩子心事真多，想自由，却对自由发怵；长得漂亮，有时漂亮却又成为"包袱"；自以为丑的，但别人偏偏说她很美……一篇作品即是一道成长风景。绚丽多彩的校园生活，青春年华中的秘密心迹，通过一个个"成长切片"刻画出来。语言幽默而妙趣横生。

一所各方面条件都不太好的普通中学，在应试教育竞争中自然有被淘汰的危险。校长不甘落后，恭请文学女神缪斯降临校园。于是学校发生巨大变化，一跃而成为全市著名中学。缪斯是怎样施展法术点石成金的？素质教育真有那么迫切和重要吗？《特色学校》以"马蹄街中学"为主要背景，讲述了这所学校在应试教育和素质教育下截然不同的精神面貌。生动幽默的笔触，不仅仅刻画了贺小强、何宝、吴梦、丁孟校长这样一批个性鲜明的校园人物形象，讲述了文学社给校园以及校园中的每一个人带来的巨大变化，更引发了读者们对素质教育的深思。小说里同样也寄予了作家的理想，寄予了对中国陈旧的应试教育观念、简单和粗糙的教育方式的改革与转变的殷切期盼和呼唤。

《校园的无果花》在为我们刻画了一组各有个性和隐秘的情感世界的少年群像，如上官华、严秀秀、夏小雪、欧阳文、肖四海等之外，还塑造了一个具有新意的教师形象——音乐老师刘玉笛。在这个带有理想主义的色彩的教师形象身上，也同样寄托着作家对于中学教育改革的期盼与思考。评论家明照分析说："比起文本中学生形象的描述，刘玉笛刻画得具有典型意义，达到了作家们能认知的一种时代的理性高度和现代的审美品格。她与别的老师不同，对犯错的学生，不采取罚站方式，而是根据不同的个性特点，播放相关的经典音乐，以开启心灵，灌注美，在不同学生身上有不同收效。她是在当下应试教育与素质教育两种模式的冲撞之下产生的，是改革的时代精神投注下，一代新的知识分子的典型形象。刘玉笛的性格得到了多侧面刻画，她对学生采取一种朋友的平等姿态，进行情感交流与心灵沟通。在她看来初中生的几个组合不是早恋（应当指出，严秀秀与欧阳文已进入了早恋的范畴），而是似情非情、似爱非爱的朦胧情怀，是青春发育期被异性吸引以及心灵应对，是无果的花季。因此，她坦诚地对同学讲自己的成长史，在有的同学受到伤害后，会摈弃音乐教育方式而严厉批评。她的呼之欲出的诗意存在，由于有思维方式、行为逻辑以及文化背景迥然相对的江横渡而更加真实与灵动，对于她的辩证描述，构筑出作品的艺术韵致与张力。"

### 三

进入20世纪90年代之后，湖北的儿童诗歌创作队伍虽然不及80年代那么庞大和整齐，但是仍然有几位重要的诗人和几本有特色的儿童诗集，在全国范围内产生较大影响，如曾卓的《给少年们的诗》（增补再版），徐鲁的《小人鱼的歌》《散步的小树》《世界早安》和《徐鲁童话诗·七个老鼠兄弟》，江全章的《碧水·红莲·少年》，兰帆的《绿色的旋律》等。其中《小人鱼的歌》《给少年们的诗》获得第十三届中国图书奖；《散步的小树》获得台湾年度好书奖；《世界早安》获得冰心儿童图书奖；《徐鲁童话诗·七个老鼠兄弟》获得全国"五个一工程"奖、国家图书奖提名奖、全国优秀少儿读物一等奖。

江全章和兰帆是在20世纪90年代里仍然保持着创作力、并且卓有成果的两位中年诗人，儿童诗集《碧水·红莲·少年》和科学诗集《绿色的旋律》，分别代表着这两位诗人20世纪90年代的创作成果。

江全章 1955 年就开始在《湖北文艺》发表儿童诗，1961 年就在少年儿童出版社出版了诗集《洪湖少年之歌》。将近半个世纪以来，他利用点滴的业余时间，呕心沥血，以极端的自觉和自尊，保持着自己可贵的童心和爱心，默默地创作和发表了上千首儿歌和儿童诗。他的作品也可以说是影响了至少两代的小读者和儿童诗作者。《碧水·红莲·少年》(湖北少年儿童出版社)是他的第十本儿童诗集。江全章先生已于前年因病逝世。他的去世是湖北儿童文学界的重大损失。

兰帆的《绿色的旋律》(湖北少年儿童出版社)里，充满了一位诗人对于大自然母亲的爱与知。这是一个千枝竞秀、万紫千红的植物的王国。这又是一个瑰丽、丰富和神奇的迷人的童话世界。或者还可以说，这是一部笼罩着浓郁的诗意的、关于这个地球上的种种奇葩异卉、怪木灵草的植物方志和辞典。这里的树，有蜡烛树、望天树、阴阳树、照明树、气象树、思乡树、面条树、扳时树、储水树、洗衣树、喷泉树、珍珠树、鸽子树、储油树、长鞋子的树、使人发笑的树、会跳舞的树、能结香肠的树、能指示方向的树、在大海中旅行的树；这里的草，有电线草、石碱草、眼镜草、捕虫草、扑火的草、捉鼠的草、跳舞的草；这里的花，有夜皇后花，系梦花、纵火花、变色花、四照花、日轮花、头顶一颗珠、江边一碗水、文王一支笔、七叶一支花……诗人对大自然的草草木木情有独钟，而我们深入这部诗体的"植物辞典"，恍如沿着陌生得令人惊奇而又依稀可辨的树丛中的小径，去探访百草馥郁的大自然的心灵，去倾听万花烂漫的大自然的低吟浅唱，去和那千姿百态、千奇百怪、千娇百媚的草草木木握手、对话……而更重要的是，我们同时亦可体会到作为大自然的亲密无间的朋友和歌手的诗人兰帆的各种思想和情愫，即他所按照自己的心愿，愉快地、真诚地创造出来的"第二世界"。

仅就这部诗集中所写到的 150 多种树木花草来看，这里面也巧妙地融进了植物学、生态学、物候学、农艺学、气象学、地理学、考古学、民俗学和历史学等方面的知识。这些知识无论大小，但都蕴含着无穷的诗意。它们没有成为诗的负担，而是被作者巧妙、自然地揉进了诗行里，出人意料而又在情理之中地丰富、完善了科学诗这种文体本身。而这些有趣的知识，又恰恰是处在对一切都感到好奇，都想要了解的年龄阶段的少年儿童读者们所欢迎的。

## 四

徐鲁在 20 世纪 90 年代之后的儿童文学创作，无论是题材和体裁都显得更加开阔和丰富。先后出版了长篇少年小说《为了地久天长》(中国少年儿童出版社)，儿童诗集《小人鱼的歌》(湖北少年儿童出版社)、《散步的小路》(台湾民生报社)、《徐鲁童话诗·七个老鼠兄弟》(浙江少年儿童出版社)、《世界早安》(青岛出版社)，以及《与十六岁对话》《青梅竹马时节》《同有一个月亮》《旷野上的星星》《冬至的梦》等十几本儿童散文集。这些作品被编选为《徐鲁青春文学精选》(青岛出版社)，获得了全国优秀少儿读物一等奖、冰心儿童图书奖等多种奖项。

有的评论家评价说，徐鲁的抒写青春校园生活的诗歌，将少年精神世界的单纯与真诚表现得淋漓尽致，同时也让读者感受到了作者独特的才情和睿智。流露在作者笔端的眷顾深情和悲悯情怀，有着直抵人心的温暖力量，其作品呈现着一种青春岁月的低调的华丽和浪漫、唯美的诗意。儿童文学评论家束沛德曾撰文评价了《徐鲁青春文学精选》，评论中说："收入这个选集的散文、诗歌、小说等作品，大多是适合少年朋友阅读和欣赏的上乘之作、精粹之作。这部文集不仅集中展示了徐鲁个人青春文学创作的风貌、成就;同时也从一个侧面反映了当代中国青春文学、成长文学所达到的思想、艺术水准。"

评论家认为,"徐鲁的作品叙少男少女之事,抒少男少女之情,富有浓郁的时代气息、青春气息。无论是抒写在故乡的童年生活往事,还是描写当代中学生的校园生活,作者都把笔墨挥洒在少年的生命成长、心灵成长历程上,细致入微地抒写了少年的激情、理想、憧憬、梦幻,也真实生动地刻画了少年成长中的痛苦、烦恼、忧郁和艰辛。年轻人读他的作品,会感到格外亲切,从中可以窥见自己的面影和成长的轨迹。""以情感人是文学的特征和魅力所在。徐鲁写文学家、艺术家的生活、写作故事,不止于复述故事,而是通过名人的命运、遭际,来揭示心灵的崇高、美丽、善良,颂扬人与人之间真挚、美好的感情。他与多思多梦的少年谈心、对话,也重在心灵的沟通、感情的交流。站在同龄人的位置上,同他们谈人生,谈生命,谈读书,谈未来,张扬纯真的乡情、人情、亲情、友情、爱情,启迪、激励少年一代更加热爱生活,热爱大自然,热爱祖国,热爱世界。"

束沛德在论述中还认为,徐鲁的作品无论是何种体裁,都呈现着作者鲜明的个性,文如其人。"读徐鲁的作品,可以强烈地感受到他那抒情诗人的气质,那理想主义的浪漫情怀,那善良、质朴而又多少有点忧郁的性格,还有那渗透在字里行间的书卷气息。所有这些,使他的作品具有与众不同的特色和魅力,即视野开阔、学识丰厚、情感真挚、格调优雅。"①

另一位青年批评家萧萍博士,在一篇关于徐鲁的评论中认为,有一些作家和诗人,"他们可以从所有的语言、生灵和空气中嗅出美与天真,听见心脏的怦怦跳动与血液的汩汩流淌,他们与生俱来的直觉和敏锐,罕见而天生的文字才能,是洞穿了语言的旁骛繁杂后抵达的质朴、简约与通透——阅读徐鲁的文字,你能感受到这一切,那种干净深厚得不动声色的能量,那种一眼看上去就能击中你心灵的穿透力,使他的文字在一瞬间获得犹如子弹般金属的质地:花朵和叶子,可以有许多,根茎却只有一条。而且,茎里有的,种子里早已有了。"

她在文章中分析说,"习惯在书籍中旅行、沉思与创造的徐鲁,将精神的不羁狂放和情感的温存细致糅合打磨在一起,让我们感受到他文字里独特的属于男性的妩媚、才情和迷醉。是楚楚动人的,也是激情澎湃的。那里有着拜伦与普希金式的高贵华美,也有着安徒生式的忧郁羞怯,更重要的是,徐鲁那来自胶东半岛悲苦的童年与少年时光,给了他无尽的思念与缅怀、热情与忧伤,那是困苦的生活给予一个作家最深刻的磨砺和最深厚的精神财富,是徐鲁写作中最初与最直接的灵感源泉。""正是因为它们的存在,使得徐鲁那些充满了唯美气息和欧化色彩的句子,有了一种平实、宽阔而朴素的底蕴——当他用几近白描的手法描述他孩提时代的乡村野菜、小毛驴以及贫穷善良的农人们时,那不自觉流露在笔端的眷顾深情和悲悯情怀,有着怎样的一种直抵人心的温暖力量。""而当年那个从贫困中出走的、倔强自尊的胶东少年,早已成为真正意义上的诗人,他身上有着一种随时可以被点燃的激情——那是一种保存完好并坚守着的情操,是在经典的文学与艺术中全身心膜拜与浸染过的传承,它们是如此地温润与光洁,几乎透着与生俱来的干净柔和,就仿佛民间故事中无论被怎样乔装的鲜花公主,总是会泄露她那内心深处的秘密:鲜花注视蜜蜂的眼神,永远都是如此单纯天然、有如血缘般的热爱和心心相印。"②

## 五

华姿的创作并非仅仅局限于儿童文学,但在 20 世纪 90 年代以来,她也为少年儿童写了不少散文作品。散文集《两代人的热爱》(湖北少年儿童出版社)可视为她的一部标志性作品,曾获得冰心儿童图书奖。作者悉心观察、感受和记录了自己的孩子从孕育到出生,到成为一个能够独立思索和行动的少女的成长轨迹,向读者呈现了一个作家的生命观、成长观和教育观,以及对生命、人性、土地、自然的认识、热爱和敬重。洗练的散文文笔里呈现着一种诗性的书写风格。

她的光明和清澈之源,来自她对生命、人性、土地、自然的认识和敬重。她用自己最可靠的生命经验和心灵感受去理解它们,并把这种理解引申为最深刻的爱。《两代人的热爱》就是这样一本"光明和清澈"的散文集。这本书实际上有两部分内容,华姿和她的女儿——两代人的生命与精神成长的发现与记录,但主题只有一个:对生命和自然的热爱与敬重。作为细心的母亲,华姿悉心观察、感受和记录了自己的孩子从孕育到出生,从牙牙学语到成为一个能够独立思索和行动少女的成长轨迹。这其中有她个人的生命观、成长观和教育观。她在发现一个小孩子的成长的过程中也重新发现和校正了自己。她说:"我并不是一个常常能欣赏人生的人,相反我对于生活总是有太多的困惑迷乱和苛求,但是我衷心希望我的孩子常怀一颗欣赏的心。幼时欣赏她的父母,大了时欣赏她的每一个朋友,成年后欣赏她的爱人。"她这样表达着自己所期望达到的与孩子共同的追求:"跟我们有关的是理想的别墅。这幢美丽绝伦的建构通体散发着高洁完美的光芒与气息——爱与美的气息,矗立在世界上,其实是矗立在一个小女孩的心里。在寻觅和到达它的途中,它的光辉将始终照耀在小女孩的头顶。我们的世界甚嚣尘上,因此,宁静的理想的光辉是必不可少的。"在对生命成长的观察与发现中,她尤其注意到了爱心之于一个孩子的重要性。她在好几篇文字里写到了两代人对一些小动物的关爱与帮助。这些文字里回响着一个极其温暖的声音:"爱用她的衣缘,碰触到最卑微的尘土。它扫过街头巷尾,因为她能够,也必定如此。"在这里,一个小孩子日常生活中的点点滴滴,花园、小鸟、邻居、伙伴、宠爱的小狗……以及一个母亲眼中的许多琐碎的与瞬间的发现的结果,实际上都已经超越了狭隘的个人色彩,而成为一种具有普遍和永恒意味的生命追忆与成长发现。

## 六

除了徐鲁、华姿,20 世纪 90 年代以来在儿童散文园地里,还有几位作家虽然不是专注于儿童文学创作,却也为孩子们写了不少作品,如刘益善、叶梅等。

《玛瑙石》(文心出版社)、《野菊花》(湖北少年儿童出版社),是刘益善为少年儿童写的两个散文集。刘益善是一位来自乡村的歌者,是朴实诚恳的乡村之子、土地之子。他朴实地记述了乡村的贫穷、苦难和纯朴所留给他的细微难忘的记忆与感受。他在一篇篇朴素而真挚的散文中表达了他对中国乡村的爱与知。他从深山里的一小块明亮、平静的稻田,想到了一种甘于寂寞而又向人们捧出金色谷粒的生存意义;而一条崎岖的乡村小路,也使他自然地想到当年那个一文不名的孤身少年,挑着捆成长方形的被子,提着装有木盆饭碗和课本而来回奔走在求学路上的苦乐年华,那是一个为了美好的前程而日夜兼

程的乡村少年肩上所不能承受的重量。他写故乡的月亮。月色淡淡而情怀依依，几百字写出了人间的天伦情意："今夜，那圈竹椅中没有我，也没有我的弟弟妹妹们。我们翅膀硬了，飞了。父亲母亲两位老人，此时独坐。父亲一定会喝几口酒，母亲也不需再讲月亮公公的故事了……"《玛瑙石》和《野菊花》两本散文集里的大多篇什，或清丽，或朴素，或凝重，或飘逸。或以抒情见长而独标情愫，如同散文诗；或以哲理为主而别有意味，类似生活笔记。从中亦不难看出作家受一些宋元山水小品和当代孙犁等作家的影响和濡染之深。不枝不蔓，精巧剔透而又"文心"可鉴。

所谓"第一种爱"，即是伟大的母爱。叶梅的《第一种爱》，以纪实散文的形式讲述了许多优秀的母亲如何言传身教、影响着子女成长的故事。这些母亲都来自平凡的家庭，有的甚至是下岗女工、残疾人，但她们对人生的热爱、对子女的期望、对生活的信念，都是令人敬佩的。这本书是献给所有平凡而伟大的母爱的颂歌，是献给母亲们的最好的礼物。女作家将目光和笔触深入当下社会的弱势群体之中，发现并书写了在平凡和艰辛的生活中表现出了非凡的自尊、刚强与伟大的母亲与母爱故事。质朴、细腻和纪实的文字风格下，呈现的是女性作家深博的良知、道义感和强烈的成长关怀意识。

## 七

林彦是出生于20世纪70年代的青年作家，1992年开始儿童文学创作。短短的十多年工夫，他迅速进入全国儿童文学界优秀的青年作家行列，以其纯正的文学品质和丰沛的创作实力，赢得了读者和评论界的瞩目。迄今他已出版长篇小说《青苹果乐园的快乐时光》（中国少年儿童出版社）、短篇小说集《男孩的伞》（海天出版社）、《四弟的伊甸园》（湖北少年儿童出版社）等多部作品。其中小说《游戏》先后获得新世纪儿童文学奖、中国作家协会第五届全国优秀儿童文学奖；《失踪》获得陈伯吹儿童文学奖；《青苹果乐园的快乐时光》获得第六届宋庆龄儿童文学奖。小说集《四弟的伊甸园》获得武汉文艺基金奖。

林彦的作品，并不去刻意去追求和迎合时下许多儿童文学所热衷的诸如大幻想、游戏精神、反叛意识等。他从生活和成长的真实观察与感受出发，用细腻、清丽和雅致的笔触，去探寻和开掘蕴藏在少年们心中的人性之美和成长个性；他的许多小说写到了命运、奋斗、爱心、励志，以及亲情和初恋等主题。成长的艰辛，人生的困惑，青春的感伤，爱情的朦胧，两代人之间的代沟，爱情与友情的矛盾，新的观念与旧有的世俗准则的冲突，尤其是陈旧观念与特定时期交织成的生存环境所带给新一代少年人的困惑、茫然与压力……在他的作品里都有所呈现和反映。他不是依靠故事的离奇和曲折去吸引读者，而往往以真挚、婉约的情感意韵和细腻的心理刻画去感染读者。他的一些青春小说里其至具有文学性很强的"悲剧之美"，呈现着伤感和唯美的艺术风格。

小说《蝶梦》，写的是一个文学少年因为偏科而作茧自缚的故事。小说主人公谢爱农身上，既有作者自己的影子，更是一代裹在绚丽的文学梦中不能破茧而出和振翅高飞的少年的典型形象。有的评论者认为，《蝶梦》是"一个时代文学少年命运的寓言式的缩影"："那是一个哪怕作品写得再好，只要数学不及格就永远跨不进大学的时代。因而文笔出众数学糟糕的谢爱农也注定上不了大学，即使他面对最后一线上大学的希望，也会因为文学带给他的矜持与自尊而放弃乞求。看到谢爱农只能将自己的请求对着桅杆重复的时候，我的意识竟惘然若失空白了一刹那。"（《男孩的伞·序》）

《单纯》《点点的一棵树》《夏天的伞》《四弟的伊甸园》等篇什，既是林彦儿童小说的代表性作品,为他获得了广泛的读者,同时也是近十年来中国短篇儿童小说中的佳作,为许多评论家所关注和评述。评论家崔道怡曾以《青春之美的系列悲剧》为题,谈论林彦的儿童小说,认为他的作品"大多是哀悼青春之美默默凋谢的诗意篇章"。《夏天的伞》关注的是 21 世纪大都市里物质丰富而亲情日渐隔阂的孩子。17 岁的夏天的成长是很难用一个词或者一句话概括的。空寂的家庭和孤独的情感使他对叶阿姨抱着深深的依恋,最初他确实是很单纯很善意地帮助流浪少女美美的,可是酷似叶阿姨的安一旦出现在他面前,他就压抑不住冲动和阴暗了,他极有心计地干着傻事,将美美拉出了悬崖边缘又猛地把她推下了深渊。他到底是展现了善良还是阴暗?恐怕都不是,但这就是成长,多棱多面复杂真实的成长。"崔道怡认为,"林彦的小说让男孩们认识了自己,也认识了成长的快乐忧伤无奈和精彩:成长原来是裹着迷茫的清醒,是夹着稚气的成熟,是痛苦而快乐地拔节的过程,是孤独而美丽地化蛹为蝶的瞬间。"同样,在《点点的一棵树》里,那个有智障的孩子点点的处境和归宿,也是青春美的悲剧。评论家分析说:"点点长到了 14 岁,尽管其愿望停留在儿时,但也有对人和自然和谐生存的美的追求。于是,父亲和严老师,大妹妹和'我',便成为摧残与呵护美的两极。终究,贫弱的高尚敌不过富强的愚妄,点点孤苦消失,被发现时,'手还指着一条作茧的蚕'。"③

黄春华也是一位在 20 世纪 90 年代之后进入人们的视野、并且取得了全国性影响的青年作家。他 1995 年开始发表作品,至今有 100 多万字作品问世。主要有长篇小说《神秘的大胡子》(湖南少年儿童出版社)、《我是坏生我怕谁》(少年儿童出版社)、《我的朋友是巨蛇》(春风文艺出版社)、《开皮豆和豆豆咪系列》(海峡文艺出版社)以及中篇小说《杨梅》《一滴泪珠掰两瓣》《只有爱不能分开》《手心里的阳光》(中国少年儿童出版社)等。作品曾三次获《儿童文学》杂志年度奖;《巨人》杂志年度最受欢迎作品奖;2004 年湖北省楚天文艺奖一等奖等奖项。其中的中篇小说《杨梅》《一滴泪珠掰两瓣》可视为他 20 世纪 90 年代以来的代表性作品。

黄春华的多数儿童小说是在关注特殊家庭孩子的成长过程,以特殊家庭成长起来的女孩为故事主人公,讲述她们遭遇家庭破裂后情感坍塌和重建的艰辛历程。他认为,把特殊家庭中孩子成长历程用语言真实地记录下来,并不仅仅为了让家庭、让社会对这些孩子报以同情,而是呼吁大家在这种社会事实面前,要以勇敢的姿态面对它。作为家庭、社会,要积极引导孩子走出心理误区;作为孩子,更需要以坚强的姿态和乐观的态度战胜自我,走出阴影,展开属于自己的崭新人生。《杨梅》中的女孩杨梅丑陋,笨拙,受尽屈辱,还被强制性地送进精神病院;《一滴泪珠掰两瓣》中的女孩梅雨坚强、姣好,却摆脱不了父母离异带来的痛苦、无奈和孤独。《只有爱不能分开》的主角桐叶面临两个母亲的选择,而《手心里的阳光》讲述了与父母无法沟通的屏障在女孩成长中留下的刻骨铭心的疼痛。

这些作品以严肃的心态和细腻的笔触,书写了现实生活和少年成长中那些不能承受的"生命之重"。小说撩开了遮掩在青春花季外表的矫饰的面纱,让我们看到了一些真实的和令人无法回避的成长现实。沉重的童年故事,隐秘的少女心理,伤感的成长心事,以及善良、温和和自尊的人物……使小说充满一种温润的悲悯情怀和强烈的成长关怀意味。随着现代社会的迅速发展,现代家庭生活理念发生了巨大的变化。在家庭生活富裕的同时,家庭变更频率越来越高,离婚率居高不下,单亲子女越来越多。由于家庭关系失衡,单亲家庭对子女往往缺少正确引导,以致孩子心理和人格上容易产生缺陷,看问题过于偏激,容易走极端,误入歧途,由此引发一系列严重的社会问题。黄春华的小说大多取

材于这种严峻的现实，用一个个带有悲剧意味的青春故事告诉我们，应该如何为特殊家庭的孩子创造良好的成长环境和生存空间；关爱特殊家庭子女不仅是物质上的满足，更需要提供精神上的交流；这甚至不仅仅是为人父母者的责任，更是一个和谐、健康的社会的良知体现。

黄春华还有一类作品，如《我的朋友是巨蛇》《开皮豆和豆豆咪》系列等，以轻松、幽默见长，在书写风格上，追求简洁、明快和时尚的特点，对应着畅销童书市场的一些必要的元素，而且已经取得了可喜的效果。

张年军是近几年来凭着一本本儿童小说集和校园报告文学集走向全国的又一位湖北作家。他虽然生于20世纪50年代，20世纪80年代里就在从事儿童文学创作，但其作品真正开始产生影响，却也是在进入20世纪90年代之后。主要作品有长篇儿童小说《老爸你真笨》（海天出版社），短篇小说集《男子汉宣言》《男生和女生的战争》（甘肃少年儿童出版社），校园报告文学集《我们在成长》《少男少女·困惑与危机》（甘肃少年儿童出版社）等。其中有的作品曾获武汉文艺基金儿童文学奖、《儿童文学》杂志优秀作品奖、冰心儿童文学奖等。

长期以来，我们的儿童教育过于强调人的主观能动性，但实际上每个孩子的智力和素质是存在差异的，这种差异又往往造成了孩子们学习成绩上的差距，有的是所谓"尖子生"，有的是所谓"差生"。张年军的作品里时常表现出对那些"后进生"和"差生"的宽容和爱护，以及对他们的理解和尊重，极力维护他们的真诚，而不是简单地歧视、奚落和排斥。《老爸你真笨》倡导的是一种家长与孩子平等的交流，让做父亲的放下家长的架子，以平等的心态与孩子沟通。这部小说贴近当下儿童生活，讲述一个小学生的日常生活和成长故事，以及父子之间的交流与冲突，显示了作者对儿童心理的熟悉与把握程度，以及节制有度的文学浅语艺术。小说整体上呈现着轻松幽默的风格，极力张扬了和维护着这类男孩子顽皮、率真、自由和快乐的天性，而对成人们（包括家长和老师）一厢情愿地强加给孩子们的许多观念和苛求，做了不动声色的质疑和否定。在叙事上表现得单纯而流畅。

儿童小说集《男生和女生的战争》同样也是以幽默喜剧的风格讲述当下校园生活故事，全书充满浓郁的儿童趣味和校园气息。这些妙趣横生的故事，足以吸引渴望快乐的小读者，在轻松的阅读中感受到彻底放松的愉悦。同时，从这些洋溢着儿童游戏精神的故事里，我们也可感知创作者对校园生活的熟悉，比较从容的创作能力，以及对一些从儿童本位出发的教育观念的期待与呼唤。《我们在成长》以纪实文学的形式，反映少年儿童成长中的艰辛与欢乐。他不仅仅是讲述模范少年的好人好事，也不是特别去记叙优秀少年的"完美无缺"和所谓"三好学生"们的先进事迹，而是把更多的注意力集中在一些普普通通的少年儿童身上，挖掘和揭示他们成长中的困惑、喜悦和烦恼。他似乎试图通过这样一些作品，找到一把钥匙打开一扇门，通往孩子们的内心世界，去"猜透他们的心"，去化解上一代人和下一代人之间的隔膜，去填平家长和子女、老师和学生，成人和儿童之间的沟壑。"让我们了解孩子们的世界，理解他们的心、他们的情感、他们的欲望和他们的追求。孩子们也将告诉我们，告诉成年人，他们也应该拥有他们的思维，他们也应该拥有他们的世界。"这是孩子们的宣言，也是张年军在他的作品中所着力表达的主题。

八

童喜喜是进入20世纪90年代之后崭露头角的一位青年女作家，著有童话《嘭嘭嘭》

（春风文艺出版社）等多部作品，受到儿童文学界关注和好评。其中《嘭嘭嘭》一书，被选定为2004年首届"亲近母语读写大赛"必读书目。她的合作者李西西曾从事广告和编辑工作，饶有新意的创意工作背景，促成他和童喜喜携手写出《万能女生王卡卡系列》（接力出版社）。他们离开熟悉的城市，跑到原始森林旁的乡村小学去做了志愿者，在那里教书育人，做了许多儿童文学作家所没有做到的事情。王卡卡的调皮故事就是从那个小山村里诞生的。

在儿童文学创作领域里，黄艾艾显然是起步较晚的青年作家，但她的起点却不低，一出手就是洋洋洒洒的长篇小说，并且连续两届获得"冰心儿童图书奖"。被列入"新校园小说系列"的长篇小说《我的心在跳舞》（青岛出版社），甫一问世，即在国内青春文学领域获得声誉，被许多青春文学网站誉为"坎普"风格的代表性作品。

小说女主人公之一霍雨佳，是H大学文学院的一个米兰·昆德拉的崇拜者。她热爱文学，对爱情和生活抱有美好的幻想和期待。她悄悄地爱上了从前的邻居家的哥哥、如今和她在同一所大学里念书的学长盛可抒，却遇上了一个强有力的对手、英语系美丽而傲慢的女生海伦。她们都将为爱情付出艰辛，并且尝到烦恼和痛苦的滋味。盛可抒的妹妹盛可欣，对霍雨佳的同学林晓雨产生了好感，两人开始了单纯而甜蜜的交往。可是林晓雨的妹妹林晓雪——一个正在艺术大学舞蹈系念书的聋哑女生，却像一朵苦根上的小花，她不幸的生命里隐藏着一个痛苦难言的身世之谜。正是这个隐秘的身世，牵出了盛可抒和盛可欣的妈妈——作为上一代人的一段青春的隐痛……这是一部故事情节并不复杂，却又曲折动人的青春言情小说。迷茫、感伤和浪漫的青春气息，透过清雅的和颇具个性与时尚化的文字传达出来，委婉而又华丽。

## 九

在20世纪90年代以来的湖北儿童小说之林里，有两部题材比较独特的作品，值得特别谈论一下。这就是青年女作家易羊的《童年时遇见你》（湖北少年儿童出版社）和老作家鲁力的《昨天的童话》（湖北少年儿童出版社）。两部小说写的都是过去战争年代的少年故事。这类题材的创作在新时期以来就不多见了，因此显得格外珍贵。

《童年时遇见你》写的是残酷的抗日战争年代里，两个单纯的少年人——一个中国少年和一个日本少年相遇了。他们将面临怎样的命运呢？女作家在如电影镜头般清晰可感的故事画面里，用散文的笔调叙述了一个关于命运、关于和平、关于爱和牺牲的故事。青年批评家李敬泽认为，在易羊的这部小说里，在一双纯洁的眼睛深处，我们足以看到深深的惊惧、深深的不信任，能看到我们人类粗糙丑陋的面目。他分析说，"在易羊的小说里总是运行着两种力量：一方面是强大的命运，它化为战争、化为疾病、化为种种横蛮不可理喻的暴力；另一方面，备受摧折的生灵温顺、茫然，他们几乎无法反抗，他们太渺茫，但是，当他们在黑暗中执着地发出微光时，他们是勇敢、圣洁的，他们保存了这个世界最后的尊严。"因此，他认为，"易羊也许是我见过的唯一的善良的小说家。"

鲁力是一位老报人，也是一位在童年时代参加过血与火的斗争的儿童团员。长篇小说《昨天的童话》，讲述的是解放战争时期，武当山下的一群少年儿童在战火中生活和成长的故事。小主人公娄五，以及孙猴子、四虎、门门、雪梅等贫穷的山村伙伴们，在异常艰苦的生活环境和十分复杂的斗争中，由胆怯而变得勇敢，从无知走向成熟，经幼稚、鲁莽而达到自觉和自立。最后，在解放家乡的战斗中，他们都用各自殷红的少年热血，奏出了一曲壮丽澎湃的生命之歌。无疑，在今天的少年儿童们看来，这是一个十分遥远的"昨天的童话"，是爷爷和奶奶辈的故事了。这样的生活，这样的童年人生经历，当然不可能再在今天的孩子们身上发生了。但是"忘记过去就意味着背叛"。正如作者在序言中所言："苦难的童年是不幸的，但细细想来，经受过苦难的人也是幸福的。苦难培养善良，苦难催人奋进，苦难使人觉醒，苦难叫人思变……飞瀑之下必有深潭，历经苦难才有强汉。"从这个意义上说，让今天的孩子们重温过去的艰苦岁月，勿忘曾经有过的苦难，牢记祖辈和父辈为之奋斗的那些理想和信念，还是十分必要的。他讲述的是鄂西北山村的故事，作者长期在那里生活过，深谙那里的风土人情和历史变迁，因此写起那些地域风物和村村镇镇来便如数家珍，举重若轻。浓郁的地域风情自然成为这部小说的一大特色。更值得肯定的是，作者在结构这部小说时，有意地采用了中国传统小说中的环环相扣，以悬念丛生的故事情节来反映人物命运和性格的手法，这样不仅使整个小说具有较强的可读性，而且也显然使小说带上了传统的话本特色。这在新时期以来的儿童长篇小说中还不多见。我们似乎可以说，作者为我们的长篇创作找回了一种几乎"失传"或"断代"的艺术手法。

## 十

与湖北的儿童小说创作相比，湖北的童话和寓言作家并不是很多，甚至面临后继乏人的困境，但是我们在这个领域却同样拥有在全国处于"领军"地位或较有实力的作家。寓言创作队伍里如黄瑞云、凡夫等，童话领域里如萧袤、易羊等。

黄瑞云是全国造诣最深的寓言作家和寓言学家之一。他的寓言创作高峰虽然是在20世纪80年代，但在20世纪90年代之后，他继续出版了《黄瑞云寓言》（第四版，湖北少年儿童出版社）、《魔镜》（黑龙江少年儿童出版社）、《春天岛》（浙江少年儿童出版社）等寓言集，其中有不少20世纪90年代以来的新作。其中《黄瑞云寓言》获得中国寓言学会"金骆驼奖"一等奖、湖北省"屈原文学奖"。

黄瑞云的寓言作品寓意深长，构思精巧，思想深刻，语言典雅，既凝聚着作者对坎坷人生的深切感受，也包含着作者对生活的真知灼见和渊博学识，是作者智慧和才情的结晶。有的评论家分析认为，导致黄瑞云寓言思想含量厚重的因素无疑很多，而"忧患意识"是其中的主要因素。而这种忧患意识主要体现在三个方面：对国民精神痼疾的忧患，对政治败乱现象的忧患，对人类生存环境的忧患。黄瑞云寓言正因为这种强烈的忧患意识的贯穿和注入，篇篇给人以沉甸甸的感觉。他的寓言对中国当代寓言创作产生了深刻的影响。有的评论家甚至认为，把黄瑞云寓言和世界一些寓言大师如拉·封丹、克雷洛夫、莱辛等人的作品摆在一起，也毫不逊色，有的甚至更胜一筹。

凡夫也是一位在全国寓言创作领域里的"领军"人物。他的寓言作品集有《凡夫当代寓言》《100个动物寓言故事》《狐狸的神药》《黄鼠狼的名声》《摘掉金箍的孙悟空》《知识寓言故事》等，作品曾获中国寓言研究会第一、二届"金骆驼奖"，第一、二届"金江寓言文学奖"。20世纪90年代寓言新作集《古利特和罗西》获冰心儿童图书奖。

凡夫的寓言大都充满着浓郁的生活气息，具有强烈的现实感。这是与他热爱生活，对现实热情的关注和深沉的思索密切相关的。他的寓言不仅蕴含着深邃的哲理，而且都有现实的依据和鲜明强烈的针对性。他的儿童寓言寓教于乐，充满童趣和理趣。《古利特和罗西》（福建少年儿童出版社）收入70多个寓言故事，以小兔古利特和小猫罗西为主角,描述了一个个生动有趣而又富有哲理的故事,被有的评论家誉为"一本真正意义上的儿童寓言"。《团结友善乖乖兔》(二十一世纪出版社)用篇幅简短的道德寓言故事,引导小孩子正确对待学习和生活中的困难、挫折、骄傲、不良诱惑等问题,培养小孩子正义、友善、勇敢、勤劳、谦虚等美德。故事简单而有趣,语言浅显而准确。大多寓言的构思显示出作者真诚的人生经验与儿童文学写作的从容智慧。凡夫的寓言文本也对一些年轻的寓言作者产生了较大影响。

萧袤是在童话创作领域里获得了全国性声誉的一位青年作家,迄今已发表中短篇童话数百篇,作品曾入选《世界著名魔法童话》《经典中国童话》、幼儿园补充教材、新标准小学语文读本,连续五年有作品入选"中国年度最佳童话"。出版有《电脑大盗变形记》《大侠金子光》等童话集20余部,作品曾获宋庆龄儿童文学奖、陈伯吹儿童文学奖、文化部蒲公英奖等。系列童话集《波波熊的故事》(湖北少年儿童出版社)可视为他的童话代表作。

这本童话集以丰沛的想象力,机敏和适当的智慧含量,浅显而又准确的童话语言,塑造了一只憨厚可爱的小熊作为童话主角。一个个既独立又互相连贯的小故事里,蕴涵着高尚、美好、善良和充分的道德感,以及浓郁的情感力量。作者对故事情节的繁简,故事节奏的快慢,知识含量的比重,哲理认知范围的宽窄,文字表达的深浅等,都有自觉的考量和规划。文学性、教育性、趣味性兼而有之,显示着一种比较成熟的写作状态。正如有的评论家所言,这些童话也在简单的故事情节里,创造一些温暖人们心灵的东西。孩子的世界是单纯而清澈的,孩子的心灵也是极其柔软和敏感的。在我们大人眼里被忽视的,觉得是非常理所当然的事情,在孩子的心海里都有可能激起层层浪花。在《波波熊的故事》中,平等、爱心、善良一直是主旋律,既让读者感受到一个天真烂漫的儿童世界,又能感受到作者隐于背后的温爱目光,平和、宁静。如《梦境看门狗》里的绒毛狗将老狼、呆狐狸、恶巫婆等通通拦在梦外,让快乐的蝴蝶、小鸟飞进孩子的梦里头,守护着孩子们的梦境。萧袤式的俏皮、新奇和孩子般的幻想,不仅仅为孩子带去了欢乐,也让我们每一个忘却了自己纯真童年的成年人,重新获得一种温馨与恬静。

## 十一

自20世纪90年代中后期至今,湖北儿童文学界时有新人出现,其中的"少年作家"代不乏人。这也是全国性的文学"低龄化"的趋势在湖北儿童文学界的反映。所谓"低龄化",是指已经走向了社会生活边缘、在成人世界里遭到冷遇的文学,却在少男少女们那里恢复了往日的辉煌,少年写作(或谓"青春写作")的高温持续不下,许多中学生创作的作品连续占据着文学类畅销书的排行榜。国内有些媒体把文坛的这种现象称之为"小鬼当家"。

青春的年华充满了无限的可能。目前书店里大量的长篇校园故事的书写者,也都是20世纪七八十年代出生的人,很多都是在校的高中生或大学生。这些作品可以说正是当下一部分高中生深感高考升学的压力和现行的教育范式的束缚,而被迫选择的一种逃离和摆脱的结果。他们的作品里有疼痛,有郁闷,有愤怒,有尖叫,有追忆,有思考,有独立的标准,有自己的判断,有太多的幻想,有美好的追求和向往,更有正当的愿望、感情和自尊被粗暴地折损而发出的声音。这些以"少年作家"身份进入我们视野的作者,成绩比较突出的有颜畅、刘婕、蒋方舟、胡坚、郭赛等。

# 十二

奥地利儿童文学家、1984 年国际安徒生奖得主克里斯蒂娜·诺斯特林格，在受奖演说时说过这样的话：我给儿童写书的"办法"很简单，既然他们生长于斯的环境不鼓励他们建立自己的乌托邦，那我们就挽起他们的手，向他们展示这个世界可以变得如何美好、快活、正义和人道。这样可以使儿童向往一个更美好的世界，这种向往会使他们思考应该摆脱什么、应该创造些什么以实现他们的向往。诺斯特林格还说过，作为一个儿童文学作家，因为种种外部的原因——例如占主导地位的经济和社会制度、一个时期的文化导向、时代精神潮流等——"即便你放弃了通过写作来改变社会的想法，只是把写作当作帮助、安慰、解释和娱乐的手段，以便让孩子们活得好一点，你还是应该自问：什么最重要？ 孩子们在什么地方最需要帮助？ 我们是否仍然考虑阶层标志、早恋、与父母的矛盾、游乐场地、零花钱、冒险、梦幻和吸毒这些问题？ 是否也要思考能源和第三世界？ 物种灭绝，人类如何生存下去？ 是否要思考第三次世界大战、酸雨和铅污染？"

沿着诺斯特林格的思考路线而进入对 20 世纪 90 年代以来湖北儿童文学成果的考察，我们也许可以发现许多一致的、或者说是不谋而合的东西。在许多作家和作品里，甚至在一些小说人物那里，我们看到，正是因为孩子们生长于斯的城市环境和现行的教育规则，不鼓励他们建立自己的"乌托邦"，于是，作家就只好挽起他们的手，向他们展示这个世界可以"变"得如何美好、快活、正义和人道；这样的文学描述和文学想象，不仅能让孩子们向往一个更美好的世界，而且这种向往会促使他们去思考"应该摆脱什么""应该创造些什么"以实现他们的向往。而且，我们还会发现，在这些作品里，诺斯特林格所提及的不少与儿童的成长有关的问题，甚至包括环境污染等，竟然都有所涉及，有所思考，有所表现。

要造就一片草原，只需要一株苜蓿和一只蜜蜂。一株苜蓿一只蜂，再加上你的想象就够了。这只蜜蜂，就代表着作家的思考和劳动。有一位儿童文学大师说，为孩子们写作，"不仅仅是个职业问题，而且是个心灵问题"。我想，所有为儿童写作的人，只要你一开始就从无数条林中小路中果断地选择了这一条，那么，你其实已经做好了准备，那就是，从一开始，直到白发苍苍，你都要忍受想象世界与现实世界之间的落差所带给你的折磨与痛苦。在你的开始里有你的结局。因为最终，你所能拥有的，也就是你未曾拥有或永远无法再拥有的。

**[注释]**
①束沛德：《有品位和特色的好书》，《文艺报》2003 年年版。
②萧萍：《关于湖水或至纯至美的一种瓷》，《文学报》2005 年年版。
③林彦：《四弟的伊甸园·序》，湖北少年儿童出版社，2003 年版。

（原载徐鲁著《湖北儿童文学评论集》，武汉大学出版社 2014 年版）

# 湖南儿童文学的湘军方阵

谢清风

"文坛湘军"是一个非常响亮的称号,它反映了湖南的文学大军在全国文坛的实力和影响。不过,在人们的心目中,这支"文坛湘军"并不包含湖南的儿童文学方阵。其实,中华人民共和国成立以来,尤其是新时期,湖南的儿童文学作家们用智慧、汗水和心血创造出了不俗的成绩,他们层出不穷推出的精品佳作各显特色,铸就了湖南儿童文学在全国的地位。

## 一、发展脉络

### (一)两次高潮

新中国的湖南儿童文学的发展始于 20 世纪 50 年代末 60 年代初,最初的代表性作家是邬朝祝、谢璞、罗丹等,较为突出的创作成就是:邬朝祝的民间故事和童话《鸡叫岩》(1959)、《石子小粒粒》(1959)等;谢璞的儿童小说《竹娃》(1957)等;罗丹的儿童生活故事《鸡司令》(1960)等。

新中国的湖南儿童文学的发展出现了两次高潮,一次是在新时期初期,一次是在 20世纪 80 年代中后期到 90 年代末。

第一次高潮时期的代表性作家是邬朝祝、谢璞、罗丹、金振林、卓列兵、李少白等,代表性的作品是:邬朝祝的《杜鹃声声叫》《虎子狼儿》等;谢璞的《忆怪集》《血牡丹》等;罗丹的《兔子和乌龟第二次赛跑》《银鲁鲁和金贝贝》等;金振林的《小黑子与青面猴》等;卓列兵的《给局长写信》《我们小队的故事》等;李少白的《长胡子的娃娃》《小小蝌蚪会唱歌》等。此外,孙健忠的短篇儿童小说、萧育轩的长篇儿童小说《乱世少年》、杨悠的散文《三月三》等,也产生了一定的影响。

第一次高潮与湖南儿童文学的开始阶段相比,有两个鲜明的特点:其一,作家数量迅速增多,已经形成了一支不可小视的队伍,这支队伍的成员正处于创作的成熟期和顶峰,而且都是积淀了十来年的能量而不得释放,创作热情高涨,大有一发而不可遏止之势;其二,作品数量猛增,文体类型多样,童话、少儿小说、科幻小说、儿童诗、传记、儿童散文等都大量涌现。

在第二次高潮时期,老一代儿童文学作家老骥伏枥,继续不断地推出新作。较为突出的作家是谢璞、罗丹、李少白、卓列兵等,他们的代表作分别是《从摆子寨逃出的孩子》《小狗狗要当大市长》,《绿鼻子老虎历险记》《超级宝贝古力丁》,《淡绿的月亮》《傻熊多多》,《倒霉的纸条儿》《爱漂亮的红蜻蜓》。新一代儿童文学作家像雨后春笋般冒出来,人们眼前很快就出现了一连串充满希望的名字,如汤素兰、谢乐军、庞敏、牧玲、邓湘子等,他们的作品如《小朵朵和大魔法师》《笨狼的故事》《魔术老虎》《淡淡的白梅》《牧玲长篇小说系列》等。同时,优秀的成人文学作家成批加入儿童文学的创作队伍中,为孩子们提供着精神食粮。较有影响的是完全由成人文学作家担纲的《红辣椒长篇小说系列》。另外，儿童文学理论和评论也比以往任一时期更热闹，有了诸如杨实诚所著的《儿童文学美学》一类的富于学术价值和开创意义的成果。

第二次高潮时期与第一次高潮时期相比，形成了一些新的特色。从作家队伍的构成来看，一大批青年作家的成熟，使整个湖南儿童文学走出了过分依赖老一代作家而中年作家不力的局面，表现出少有的活力和生气。从作品来看，优秀作品已经成群，出现了一批在全国都具有重要影响的作品，提升了湖南儿童文学创作的整体水平和在全国儿童文学界的地位。从创作理念来看，创作理念日趋多样化，不同风格的作品纷呈。

### （二）四大特征

从整体看，湖南儿童文学的发展呈现出四个鲜明的特点：

其一，民间文学和民间文化的影响渗入了新时期湖南儿童文学中。

湖南是民间文学和民间文化较为发达的地区，加上一些其他的因素，民间文学和民间文化广泛地直接地影响着20世纪五六十年代的许多作家，尤其是儿童文学作家。作为新中国湖南儿童文学创作的先行者，邬朝祝的创作始于民间文学，脱胎于民间文学，深受民间文学和民间文化的影响。谢璞的农村题材的儿童小说具有非常鲜明的传奇色彩，这个特征的形成也与民间文学和民间盛行的巫风的影响息息相关。

民间文学和民间文化的影响在老一代作家身上体现得较为显著，使他们的作品打上了重教育性、道德评判明晰、感情分野鲜明的主题特征和注重情节、口语化的艺术特征，对儿童文学的社会性的追求高过对其审美性的追求。年轻一代作家较之老一代作家，受民间文学和民间文化的影响弱一些，但是他们的创作特别关注读者的期待，特别注重情节的戏剧化和语言的口语化，这也若隐若现地呈现出民间文学和民间文化的影子。

邬朝祝说："我是从喜听民间童话、整理民间童话到创作童话故事的，是从民间文学过渡到儿童文学这个小百花园里来的。"①邬朝祝的儿童文学创作深受民间文学的影响，这从他的作品的价值追求可以看得非常清楚。民间文学的价值评判非常明确，深刻的教育性是民间文学的重要追求。邬朝祝的作品也总是记挂着要对孩子们进行教育，这种教育是多方面的。有些是从正面进行教育，告诉孩子们一些道理，如在《宽嘴小青蛙》《鲤鱼小亮亮》《黄牛和蚊子》等篇里，他就告诉孩子们一些社会发展的规律，教育孩子们要学会识别那些"当面讲漂亮话，背后又捣鬼的家伙"。有些是从侧面或者从反面给孩子们讲述一些教训，在这些作品中，他嘲讽那些懒惰的、愚蠢的、贪心不足和强凌弱、富欺贫的种种阴暗、丑恶的现象，启发孩子们，提高孩子们的是非识别能力，如《虎子狼儿》就融进了许多关于孩子教育的现实命题，折射了现实生活中的许多不良现象，《差一点儿》通过主人公的碰壁和出洋相从侧面帮助孩子们改正马虎的毛病。民间文学对邬朝祝儿童文学创作的影响还体现在艺术表现方面。民间文学的结构是大故事套小故事，往往以一件事为主进行叙述，主线分明。事情的发生、发展、高潮、结局，一样不缺，环环相扣，曲折变化，引人入胜。邬朝祝的儿童文学作品在结构上吸收了民间文学的特点，往往较为单一，线索非常明晰。同时，在故事的发展和情节的推进中，注意变化，注意悬念，以产生更多更大的趣味性和吸引力。而且，邬朝祝在吸收民间文学结构特点时，还有所突破，有些创造，如他的《小木轮出游》，先是以民间文学的结构方式讲述了一个有前因后果的完整故事，正在读者以为故事要结束的时候，作品陡然又设计了一个情节。这犹如异军突起，使得作品又进入了一个高潮，给读者以意想不到的冲击，更增添了故事的变化和趣味性。

民间文学的语言明白，流畅，口语化。邬朝祝的作品在这方面也吸收了民间文学的营养。他的作品语言轻松，明快，常常运用大量的口语，易读易懂。

其二，湖湘文化传统影响着新时期的湖南儿童文学。

"文化传统是某个地区的人民群众在实践活动中创造和积累的文明成果，凝集为特定的风气和精神。它形成于过去，积淀在历史的长河之中，却又存活在现实里，支配和影响着现实生活。人们都离不开传统，都要站在某种文化传统的基础上，进行今天的活动，创造今天的历史。"②湖湘文化是一种历史久远、特征非常显著的区域文化，它从属于中华大文化，但又以其鲜明的个性卓尔独立，塑造着湖湘大地上一切创造活动的独有个性。新时期湖南的儿童文学的发展也不例外，深深地打上了湖湘文化传统的烙印。

从精神内核的层面来看，湖湘文化传统的本质含义是匡时恤民的经世思想和浩然独立的变革精神。从表现层面来看，湖湘文化传统的个性诚如钱基博先生所论："吾湘之人，厌声华而耐坚苦，数千年古风未改。唯其厌声华，故朴;唯其耐坚苦，故强。"③

匡时恤民的经世思想和浩然独立的变革精神使得湖南儿童文学呈现出注重教育性、追求内涵的深厚、努力实现文学本身的使命、时代感强、注重创新、注重变化、注重个性等特色。同时，对主题的过分追求、载道意愿的过分强烈，使得新中国的湖南儿童文学在较长时间内呈现出过于注重教育性、艺术性弱化的倾向，这多少影响了其美学品位。

质朴而厌声华成就了湖南儿童文学形成了契合其内涵的朴实文风和不尚虚华的审美表现风格，但是，这种文化传统深入湖南儿童文学作家的心中，使得他们在文学以外的表现能力低于其在文学方面的功力，不能很好地向外界推介自己，也不能利用一切机会将自己的能力发挥到极致。

其三，湖南儿童文学走过的是一个不断丰富和发展的过程。

经过几代作家的努力，新时期湖南儿童文学逐渐走向欣欣向荣的繁荣局面。在这个过程中，无论是对创作规律的认识和把握、作家的创作态度和精神、作品的数量和质量、文体的创新和探索、题材的拓展等，都具有深刻的延续性。这种延续性既体现在老一代作家的不断自我完善中，更体现在他们对新一代作家的影响和新一代作家在老一代作家建立的平台上的突破。

从形象创造规律来看，邬朝祝为代表的老一代作家特别强调物性的基础和决定作用，特别强调要有生活，要注意观察生活，这对谢乐军等新一代作家产生了积极的影响。同时，老一代作家对物性的过分遵循束缚了艺术创造的自由，像汤素兰等新一代作家对此又有所突破。

从儿童文学的教育性来说，老一代作家特别强调教育性，这为新一代作家对儿童文学使命的尊重、对儿童负责等方面的追求做出了好榜样。同时，新一代作家又避免了因教育性的过于强化而导致艺术性弱化的倾向。

从文体的丰富来看，从新中国伊始比较单调的民间童话、儿童小说、历史故事到新时期科幻小说、儿童散文、纪实儿童文学等的加入，文体的运用已经达到了无所不用的程度。从文体的创新来看，以罗丹为代表的老一代作家以积极的创新和探索精神对待文体，对寓言文体进行了探索和创新，而以汤素兰为代表的年轻一代作家继承了这种精神，在童话文体的认识和把握方面进行了探索和创新。

其四，大量的成人文学作家参与儿童文学创作成了湖南儿童文学发展过程中一道独特的风景线。

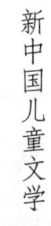

在湖南儿童文学发展的各个阶段,都有成人文学作家参与进来。这些成人文学作家不是一时地为儿童进行应景式的创作,而是一旦创作就全身心投入。这些成人文学作家的创作,不但提供了大量优秀的儿童文学作品,而且在艺术表现方面也给儿童文学的创作带来了很多新鲜的因子。

## 二、两股力量

在湖南文学发展的过程中,有两股力量不容忽视:一是刊物的支持,二是出版的促动。湖南的儿童文学类刊物有《小蜜蜂童话王国》《小溪流》《小天使报》《中外童话画刊》,这些刊物不但培养了作者,培育了读者群,而且还以刊物为中心,举办了大量有利于湖南儿童文学发展的活动。如湖南省作家协会儿童文学委员会就与《小溪流》联合,多次举行儿童文学作家、作者笔会,邀请叶君健、陈伯吹等老前辈讲课,在这些学员当中产生了不少后来很有成就的作家。湖南少年儿童出版社非常重视儿童文学作品的出版,尤其重视对本省作家的培养,先后专门为本省新作者出版了《六月丛书》和《风铃丛书》,对培养这些作者起到了非常重要的作用。同时,该社还组织了各种儿童文学创作的笔会和研讨会,培养了湖南的儿童文学作家,提高了他们的创作水平。在此,要特别提到对湖南儿童文学的发展产生过重要影响的两个人。一个是谢璞,一个是罗丹。谢璞和罗丹都是湖南儿童文学界的代表作家,他们在创作的同时,热心为湖南的儿童文学事业添砖增瓦。谢璞在担任湖南省作家协会副主席时兼任儿童文学委员会主任,主持创办了《小溪流》《小天使报》,负责举办了多次儿童文学创作笔会。罗丹发起创办了"湖南省寓言童话文学研究会",为会员出作品集,并发起运作了首届"张天翼寓言童话奖"评奖。

## 三、四位作家

谢璞是新中国湖南儿童文学的见证人、倡导者和参与者,他不完全是儿童文学作家,其成人文学创作也具有相当的影响。他的儿童文学创作涉及儿童小说、童话、儿童散文、寓言,都具有一定的影响,但最能代表其创作成就的还是其农村题材的儿童小说和童话,最值得关注的是其儿童小说中的传奇色彩和儿童小说与童话合而为一的形象体系。

谢璞的儿童小说具有鲜明的传奇色彩。这表现在三个方面:其一,谢璞的儿童小说,反映了神奇的山村生活。山村的山,静谧、淳厚,透着神奇和庄严;山村的水,灵动、圆润,显现原初的智慧和怪异;山村的人情,真挚、集中,使人一触此情,不禁感动,但这种情是一个复合体,交织着太多的变化,让人难以捉摸;山村的习俗,朴实、奇异,内中隐含了生活的智慧,外在却表现得超常。他的作品反映了山村生活的原始怪异美感和神奇色彩。《芦芦……》讲述的是"我"和儿时好友水岩鹰探究捕捉灵鸡子秘密的故事,反映了山村里孩子们传奇般的生活:向纯白毛水牛磕头,小孩子就不会换牙齿;岩鹰窠里有一种宝贝,拿过来揣在心口上,往老师门外一站,就能看到老师出些什么试题;灵鸡子是一种非常机敏的鸟,但是,一个怪老头能够非常轻易地捕捉到灵鸡子,而孩子们居然在半夜三更跟着怪老头一起去捕捉了灵鸡子,还得到了捕捉灵鸡子的秘密。其二,谢璞的儿童小说中富于传奇色彩的人物强化了其作品的传奇特征。拿《芦芦……》中的怪老头来说,怪老头的神奇简直无处不在。灵鸡子那么精灵,但怪老头偏偏能捕捉到,这不能不说是一怪;怪老头不光能捕捉灵鸡子,而且能捕捉很多,而整个那个地方,就只有他能捕捉到灵鸡子;怪老头的装束奇奇怪怪的,腰间那个葫芦更是显出神秘;怪老头说起话来,怪怪的,让人摸不着头绪;怪老头白天睡大觉,半夜三更跑到深山里去捕捉灵鸡子。作品用很大的篇幅大力渲染了怪老头的怪和奇,利用怪老头捕捉灵鸡子的奇和用来捕捉灵鸡子的葫芦的神强化了怪老头的传奇色彩。再次,谢璞儿童小说的传奇特征还可以从其情节的曲折离奇看出来。如《四海游》从"我"害怕魔鬼开篇,引出假善人杨博士,接着作品通过一波一波推出杨博士的"善"推进情节的发展。一桩又一桩关于杨博士的善事,把读者推向相信杨博士善心的顶峰。这是明线。同时,作品让一条暗线若隐若现地出现。引领这条线的是一个和杨博士天壤有别的人物——哞公公,哞公公连姓名都没有,在众人的心里一点儿地位都没有。一方面,杨博士在前台表演;一方面,哞公公在后台不经意地揭穿杨博士的把戏。作品对哞公公的模糊描述,让哞公公的形象显得有些神,使哞公公引领的这条线透出神奇的色彩。即使到了小说末尾,虽然杨博士的假善面目被充分地揭示了,但是,哞公公的悬念一直留了下来。

谢璞的儿童文学作品塑造了一个儿童形象群,这个形象群非常明显地从属于两个序列:一个序列是儿童小说中的系列儿童形象,一个序列是童话中的儿童形象族。

谢璞儿童小说中儿童的系列儿童形象基本上都是以中华人民共和国成立前山村孩子作为原型,作者把自己的童年生活和体验寄托在众多形象中的"我"这一形象之中,并以"我"为中心引出其他的孩子,以完成对这些形象的塑造需要,如《芦芦……》中的水岩鹰,《四海游》中的袁山山和袁十三等。这些儿童形象的塑造反映了过去时代孩子们的生存状态。这些儿童的物质境遇可想而知,是处于相当低的水平,哪怕是当时的地主、财主家的孩子,和今天的孩子比起来,也是如此。但是,他们保持着天真活泼、好奇、善良的天性,透过这些天性,可以感知到山村的美丽和人性的美好。

谢璞童话中的儿童形象族可以分为两个部分:一部分是孩子形象,如《打败了烦恼》中的"我""小丫丫"等;一部分是动物形象,这部分形象虽然以动物的面貌出现,但是折射出儿童的影子,实际上是儿童形象,如《小狗狗要当大市长》中的小狗狗等。这类儿童形象是作者对今天的儿童生存状态思考的结果,反映了当前儿童的年龄特征和心理个性。他们具有儿童普遍具有的天性,同时,他们在现代意识和现代氛围的感召和影响下,具有了完全不同于过去时代的儿童的特征。

如果单个的看谢璞笔下的两大序列的儿童形象,一定会对作家产生差异性非常明显的认识。但是,把两大儿童形象序列联结起来,作为一个整体来看,就很耐人寻味了。首先,两大形象序列的更替和发展,反映了作者对儿童的整体思考。这种思考既包括对尘封在作者记忆深处良久的过去的儿童的回味和反馈,也包括随着岁月的流逝对眼看着成长起来的现在的儿童的观察和憧憬。其次,把两种具有各自不同特征的形象分别用两种不同的文体来表现,显现了作者对这两种不同文体的认识。再次,如果比较两大序列的形象本身,读者对过去、今天、未来的儿童会有更深刻的认识,因为儿童本身也是发展的。这应该是作者选择这种方式塑造形象的重要的客观意义。

罗丹是湖南当代文学史上较早创作和发表儿童文学作品的儿童文学家之一。他是一个富于创造性的儿童文学家,无论是在对儿童文学创作规律和基本理念的思考和理解,还是在创作实践中对题材的拓展、体裁的发展创新等方面,都做出了积极的贡献。

对文体的探索和创新是罗丹儿童文学创作的重要成就之一,尤其表现在他对寓言文体的创新和发展上。罗丹的寓言与一般的寓言不同,他大胆地创新,不但最先倡导了

"系列寓言"的寓言文体新形式，而且把童话的创造手法引入寓言的创造过程中，让寓言和童话有机地结合起来，各自拿出自己所长，融合成一个新的品种，呈现出新的面貌。首先，罗丹的寓言比一般的寓言更加丰富——情节尽管并不复杂，但在短短的情节发展中充满细微的变化和悬念，具有引人入胜和曲径通幽的魅力；场面很热闹，很具体，加入了一些细节，显得更为细腻、真实；人物形象众多，不光是主要人物形象个性鲜明，陪衬人物的个性也在只言片语中得以充分展示；想象和幻想非常充分。其次，罗丹的寓言将寓言与童话有机结合在一起，正如他自己所说，寓言进入了童话整体，让童话的血液渗入寓言的每一部分。从这个意义上来说，很难分清楚他的寓言到底是寓言还是童话，这也是罗丹童话型寓言的妙处。罗丹的童话型寓言处处充满寓意，有时是不经意的一句对话，有时是顺理成章的一句叙述语。著名儿童文学作家和评论家洪汛涛对此评价说："寓言以短小著称，他(指罗丹)写得那么长，吸收了童话的表现手法，而且成为一个个系列，这是一种大胆的探索。"④"罗丹同志写作寓言，他不是拘囿于一种样式的寓言，他在继承传统寓言的基础上，做了很好的开拓、辟径的工作。这种开拓、辟径的工作，就是一种建树。"⑤

拓宽了儿童文学创作的题材领域是罗丹对儿童文学的重要贡献。题材是创作的基础，题材的丰富是创作发展和成熟的重要标志。随着一种文学样式的不断发展，随着作家们对一种文学样式认识和思考的深入，往往会找到一些新的创作领域，开拓出一些新的创作题材。罗丹一直以创造和探索的眼光利用儿童文学的创作题材，不断地在新的题材领域进行实践，进行开掘。他在这方面取得了一些突破性的成就。其一，他创造性地利用旧的题材，构筑新的场面，发掘和提炼新的主题。如《兔子和乌龟第二次赛跑》《乌鸦喝水的新故事》等。旧的题材，孩子们熟悉，但是，他们读完这些以旧题材为题材的作品，往往会有许多疑问。譬如，读完《兔龟赛跑》，小读者就想知道兔龟有没有再赛跑，想知道他们再次赛跑的结果。根据孩子们的疑问创造新的寓言，让小读者既觉得亲切，又觉得有新意。罗丹的这种旧瓶装新酒的创作思路非常契合孩子们的接受心理，也是一种成功的开拓和创新。其二，寻找新的创作领域，大胆涉足新的题材。如在《绿鼻子老虎历险记》中大胆地让主人公历无知无能之险和人心险恶之险，这两种险，尤其是人心险恶之险，还似乎不曾有人涉足过。

李少白的儿童文学创作始于儿童诗，他的儿童诗创作取得了相当的成绩，"他能在松散芜杂的儿童生活素材中'捕捉到那么多有趣的东西，经过巧妙的构思，写成令我们意想不到的有趣的儿童诗'，明快质朴、幽默风趣是其诗的特色"⑥。"1985年我出版第一本低幼诗集《小小蝌蚪会唱歌》。而后，又开始学习写寓言、童话。"⑦李少白的童话以其幽默深得评论家和读者的好评，也产生了相当的影响。首先，李少白的童话中有着幽默多趣的情境。在《树下的队伍》中，站着睡觉的非洲大象站在树底下睡觉，小熊以为大象发现树上有果子，大象在盯着看，跑过来，仰起脑袋朝树上望着。接着，狐狸、野猪等也来了，它们一起在树下排成了长长的队伍。从心理接受的角度来看，开始，读者跟着小熊、狐狸等的行为，产生一种树上可能有果子的期待。树上没有什么果子，读者的心理期待落空了。如果作品仅仅是这样，那么读者的心里只有失望，但是，大象在树底下睡觉的事实传布了这样的信息：狐狸、野猪等好蠢哟，在这样的信息中，读者期待落空的心理又落到了实处，他们认识了小熊、狐狸等的缺点，领略了一些道理。在这种落空落实的过程中，读者享受到了幽默，得到了乐趣。其次，李少白童话的幽默多趣产生于善意的讽刺。在《傻熊多多的故事》中，傻熊多多因为脑筋不转弯，上了猴子的当，把红薯煮成黑疙瘩，出了些洋相。这种讽刺是善意的。因其善，故而对被讽刺的对象不是沉重的打击，只是提醒提醒，劝其改进。而将被讽刺对象的弱点或缺点夸大给人看，让看的人在看中认识到错误的可笑性，不至于重蹈覆辙。这样，看到错误的人，自然会产生愉悦感和满足感，从而乐在心里。再次，李少白童话的幽默多趣产生于错位的巧妙运用。这种错位有性格的错位，有形象的错位，还有情节的错位等。在《懒嫂当模范》中，懒嫂的"懒"实质上是"巧"，在"懒"和"巧"两种不同的性格错位中，作品安排了富于情趣的场面，获得了幽默多趣的效果。在《兔子换上了豹子胆》中，兔子和豹子互换胆，兔子和豹子都是两不像了，形象的错位给作品带来了幽默多趣的效果。不过，无论是哪一种错位的运用，都有一个度的问题。如果错位的性格或者形象遭受到了非常沉重的打击，那么留给读者的就只有悲伤了。

金振林对湖南儿童文学的贡献集中表现在他的儿童纪实文学创作方面，其代表作是长篇纪实文学《巨人之子毛岸英》。作品以毛岸英离开上海前往苏联作为故事的起点，叙述了毛岸英短暂一生的种种经历。作品以空间的变换为准，将毛岸英的一生分为四个阶段：前往苏联途中的种种经历、在苏联的生活、回国后的生活和在朝鲜战场上的经历。作为纪实文学，作品最大的特色是真实。首先，作品再现了真实的环境。毛岸英生活的时代是一个非常特殊的时代，战争是这一时代的主色调。作品没有正面描写战争，但是始终让这一背景潜隐于作品的深处。同时，作品真实地描述了毛岸英生活的具体环境。这个具体环境既有着时代的烙印，又有着毛岸英个性的折射。其次，作品中刻画的人物非常真实。毛岸英作为作品的主人公，非常真实。作品中的毛岸英，首先是一个普通人，他的身上展现着普通人的特征。如少年毛岸英和普通少年一样，好奇，天真，活泼，好争强好胜。青年毛岸英和普通青年一样，有着对生活的憧憬和对爱情的渴望，有着普通中国人的传统品德。同时，作品也真实地表现了毛岸英的特殊，这种特殊一方面是外在的特殊，因为毛岸英作为毛泽东的儿子，自然就特殊起来了；另一方面，这种特殊也是毛岸英本身的特殊。譬如，他从小就有着非同寻常的志向。他对政治和军事有着与一般人个一样的兴趣和爱好，等等。在作品中，围绕在毛岸英周围的人物也非常真实。当然，最值得一说的是毛岸英的父亲毛泽东。要刻画毛岸英，离不开毛泽东。作品在刻画毛泽东时，同样是辩证的，是真实的。作品中的毛泽东形象，既是一个普通的父亲，有着一般父亲对儿子的亲情和爱，又是一个伟大的领袖，有着与一般父亲不同的对儿子的特殊要求。从毛泽东和毛岸英的通信，从他拖着病体顶着寒风到机场接毛岸英的举动，从他听到毛岸英牺牲了的噩耗的悲痛，可以看出他是一位慈父。从他派毛岸英下农村，上劳动大学，从他同意毛岸英上朝鲜战场，又可以看出他非常人的气度和胸襟。

## 四、一个作家群

在湖南儿童文学作家队伍中，20 世纪 60 年代和 70 年代初出生的儿童文学作家是非常特殊的力量。这个作家群人数众多，如汤素兰、庞敏、谢乐军、牧玲、邓湘子、向民胜、皮朝晖、王树槐、谢然子、李治中、尹惠文、李丹颖等，个个都创作出了相当数量的作品。这个作家群不仅仅以其年龄特征引起人们的关注，更以其共有的创作特色得到了评论界的肯定——"文学语言的'时代性''当下性'，使他们的创作具有一种新的活力""也正是由于年龄的优势，使他们的创作和当前儿童的生活也更为贴近""思维的活跃和创作的自由状态，是这一代作家的又一优势""这一群落的整体文化素质都比较高"⑧。在这个作家群中，涌现出了在全国颇具影响的代表，如汤素兰、庞敏、谢乐军。

汤素兰在20世纪90年代初开始儿童文学创作，至今已发表包括5部长篇童话在内的上百万字的作品，并三次获得全国性大奖。她的童话对童话文体的美学特质进行了形象的诠释，提出了一些值得关注和思考的理念。

每个人对儿童都会有所思虑，童话与儿童的渊源使汤素兰对儿童思考得更多，也更具体，更集中，更深刻。她关注着当代儿童的生存状态，悄然提醒人们要理解儿童心理的变化和需求，为塑造儿童正确和高尚的审美理想和理想人格而吁求，而呼唤。自然、自由是儿童的天性，也是儿童世界的根本。社会在发展，在变化，人类面对的规范越来越多了。成人们生活在自设的程式化的秩序中，他们美其意说是为了更大更多的自由。不过，这是成人们的生活，也只是成人们的逻辑。如果将这种秩序强加于儿童和儿童世界，那就是对儿童的摧残和对儿童世界的践踏，那将不仅仅是显示儿童当下生存状态的恶劣，而且预示着他们未来的黯淡和悲哀。汤素兰的长篇童话《小朵朵和半个巫婆》以非常巧妙的艺术表现手段将一个高度秩序化的生存空间作为潜隐背景，告诉人们，在这样的情境中生活，儿童看似热闹的生活并不真正快乐，并不自由，并非他们自然、自由天性要求的生存状态。作品特别解剖了电子游戏。电子游戏只是高度规范的成人产物，它表面上符合儿童渴望释放的心理要求，但内里空虚，是负载和滋生凶杀、暴力、欺骗等与儿童天性格格不入的陷阱。作品对儿童生活的思考如此深入，只有智者才做得到。社会变得越来越复杂了，纯洁无瑕已是美丽的回忆，纯粹的儿童天性只是梦中的向往。在这样的环境下，儿童的纯洁已经不是白纸般的什么都不懂，什么都没有，而应该是内涵丰富的单纯，是复杂化了的简单。儿童们只有在了解了环境的复杂之后，他们的单纯才更真实，才更显示出单纯的意义。因而，儿童们渴望了解世界、认识世界、发现世界，而且这种欲望越来越强烈。"我们是新一代的小学生，我们不只喜欢吃糖，还喜欢吃酸甜苦辣各种味道。我们喜欢彩虹里的世界，也想了解饥饿和战争。"这是汤素兰在作品中借主人公之口表达自己对儿童心理当代性和复杂性的理解。诚然，把儿童作为"小大人"是不对的，但忽视了儿童心理及其需求的变化也是对他们天性的违背。汤素兰在变化中理解儿童，在变化中认识他们的生存状态，这是对儿童真正的理解，也是非常深刻的理解。关注和表达儿童的现存状态从来都不是目的，只是手段，汤素兰深知这一点，她敏锐地提出，要给儿童符合其美好天性的生活，让他们在充满人性美的生活中得到熏染，得到净化，成就他们的理想人格和未来人格。为此，在作品中，她常常替儿童们指明出路。

童话文体是人类发展和追求的产物，属于全人类，尽管不同地域、不同国家和不同种族的作家和读者对童话有着只属于他们的理解，但是这些理解都基于一些基本的因素。这些基本的因素是人类共通的，但不是上帝赋予的，而是作家们创造出来的。这些共通的因素不仅仅指童话艺术，也包括童话内涵。不管是童话艺术还是童话内涵的共通，究根结蒂，是生活感受和体验的共通。汤素兰的童话非常纯粹，纯粹到作品中无处不渗透和显示出浓郁的童话意识，无处不显示着她对童话文体的精当而深刻的感觉。《红鞋子》讲述的是一个有关成长的故事，单纯、顽皮、可爱的小老鼠，本来什么都不懂，但是偶尔遇到了一只红鞋子。他和红鞋子一起感受快乐和温暖，感受到了自身的价值、生活的美好，他慢慢地长大了。作品中没有什么波澜起伏的情节，没有任何做作，只是平静地叙述，自然地流露情感,自然地心跳。这样的童话主题和童话艺术超越了童话本身,回到了生活,同时又无处不显示出童话的魅力、童话和生活的独特沟通方式。这样的童话,让人们更为真切地理解了童话,也理解了生活,童话和生活浑然一体。《笨狼的故事》是标举幽默的童话,在作品中,幽默成了第一性的追求,什么教育目的,什么价值评判,都是童话本身要求是什么样子,就是什么样子,根本没有刻意追求的痕迹。这样,幽默不再是有负担的幽默了,它既是手段,又是目的。它带给人们的除了快乐,还是快乐;除了笑声,还是笑声。快乐和笑声,在全世界都不会遭到拒绝,都是共通的。可以说,汤素兰对童话文体共通性的追求和努力,是一种具有相当高度的经典努力,这种经典努力是她经典意识的外化,也将创造经典。

庞敏是自学成才的作家,她的代表作是《淡淡的白梅》,曾获得中国作家协会第四届"全国优秀儿童文学奖"。

庞敏作品中异样的美基于她对生活的独具个性的体验和择取。庞敏来自洞庭湖边的沅江市,她种过田,做过工,教过书。乡间的一切深深地打动过她,在她的心灵深处留下了铭刻般的印痕。这种审美体验和审美经验是她创作的源泉,决定了她创作的审美基调。"我有 23 年时间是在农村度过的。我的童年、少年,以及青年中最美妙的时光,都和农村分不开。"30 才刚刚出头的庞敏把三分之二的生活赋予了农村,她对农村的体验和感受是非常真实也是非常深刻的。这种真实而深刻的体验形成了她艺术世界的真实性。艺术真实以生活真实作为基础,但是又高于生活真实。庞敏艺术世界的真实性是一种非常纯粹的真实,是既融入她个性又有着普遍性的真实。走进庞敏的作品犹如走进了乡间,犹如坐在乡间老太太身边,在聆听她们的家常,又犹如生活在乡间的孩子世界,在哭他们的哭,在笑他们的笑,在体验着他们的体验。在庞敏的笔下,乡间的一切是那么的清晰,是那么的亲切。那山,浑厚,质朴;那花,晶莹,清香;那树,剔透,滴翠;那水,清澈,纯净;那人,憨直,单纯;那生活,安宁,惬意。读庞敏的作品,浸润在这种自然和宁静中,简直是一种难得的享受。有时候,庞敏满足了读者的这种享受的需要,她在这种淡泊致远的背景下,讲述着乡间孩子别具一格的生活,他们喝"家家酒",他们"跳房子",他们"玩泥巴"。在这些故事中,孩子们的笑声传递着乡间的美好和纯粹,孩子们的欢乐吸引着城里孩子羡慕的眼神。不过,这类作品不是庞敏艺术世界的主流,她的作品讲述的故事总笼罩着一丝丝淡淡的忧。这些故事有些讲的是大人、孩子交织在一块而形成的纠缠不清的情感取舍,如《猫妈妈和它的鼠孩子》讲述的孩子和后妈之间的矛盾和冲突;有些是透过孩子的眼睛看到的成人和成人世界,像《流浪和流浪汉》叙述的是"我"和一个流浪汉的邂逅,《蓝蓝的火苗》描述的是"我"看到的董伯伯的无奈的生活。渗透在庞敏作品中的这丝丝淡淡的忧,像盐溶于水中般成了她作品的灵魂之一。品味着这丝丝淡淡的忧,有时感觉到似乎是作品中主人公挥之不去的愁,有时感觉到似乎是作者忧忧的眼神。

《淡淡的白梅》是庞敏众多作品中很有特色的一篇,值得特别注意。小说讲述的是这样的故事:主人公"我"的妈妈跟着一个男人走了,"我"没有了妈妈,父亲没有了妻子。父亲在寻找着新的妻子,这意味着"我"将拥有后妈。"我"努力抗拒着父亲的选择,成了赶走父亲带回家的女人的"凶神"。后来,一个叫梅姨的女人来到了"我"家。梅姨很好,给"我"带来了温暖和爱,"我"渴望和接受着梅姨的温暖和爱,但还是拒绝她成为后妈。小说最成功的是刻画了"我"这样一个女孩形象,淋漓尽致地展现了"我"的矛盾心理。失去母爱,已经是够可怜了。如果再让后妈抢走了父爱,那就称得上残忍了。假设在可

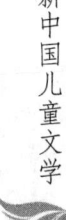

怜和残忍的伤口上抹上后妈的虐待这把盐,那还能活吗? 这是"我"情感嬗变和选择的一个方向。同时,"我"渴望母爱,渴望完美家庭才有的温馨甜美的生活。梅姨的出现给"我"留下了非常美好的印象。"我"在和梅姨的交往中感受到了浓郁的母爱,体验到了幸福的感觉。接受梅姨,或许意味着重温母爱。这是"我"情感嬗变和选择的另一个方向。还有,父亲非常爱梅姨,他们两情相悦,没有了梅姨,父亲似乎失去了灵魂,不但不管"我",还在破坏着家庭的和谐,而"我"深爱着父亲。就这样,"我"在爱的渴望和惧怕伤害之间煎熬,"我"承受着沉重的情感选择和情感压力。最后,"我"选择了梅姨,但是,梅姨却远离了"我"和父亲。小说给"我"留了一线希望,让"我"等着梅姨的信,但人都走了,信又能带来什么。在众多的儿童文学形象中,"我"的形象的塑造具有重要的创造价值和意义。一方面,"我"的形象是一个不好进行价值定位的形象。另一方面,"我"的形象非常复杂。这两方面的特征宣告了小说主题的复杂性,宣告了当代孩子世界的复杂性。这对于以往的儿童小说创作都是一种挑战。小说的结构较为简单,线索单一,是以"我"的视角来展开情节的。小说的语言自然,纯净,没有做作,没有刻意的雕琢,但很好地表达了作者的意旨。

谢乐军是湖南儿童文学作家方阵中非常活跃的年轻作家,他是位多面手,童话、散文、科幻小说,样样都能写出佳作。不过,最能代表其儿童文学创作成就、影响最大的还是他的童话,而他的童话对幻想的精彩运用值得注意。

谢乐军的童话对幻想进行了创造性的发挥,丰富了童话幻想的内涵和艺术张力。童话离不开幻想,从童话的诞生到不断发展和走向成熟,其中一个重要的条件就是对幻想的理解和运用的发展和成熟,可以说,童话世界的丰富从某种意义上来说,就是幻想的丰富,众多的富于特色的童话的创造,就是因为创造性地运用了幻想。谢乐军对童话的幻想有着富于个性的理解,将这些理念实现于创作实践中,就形成了他的作品中的幻想特色。奇特是谢乐军童话幻想的一大特色。谢乐军具有超乎常人的惊人想象力,这种想象力与富于张力的童话时空相结合,从古到今,从天上到地下,从植物到动物,从人到外星人,构筑了一个美轮美奂、五光十色的虚拟情境,创造了独特的富于趣味性和魅力的怪异美。以孩子们的生活作为幻想契机,强调幻想的现实性,是谢乐军童话幻想的另一特色。谢乐军在学校里做过 10 年教师,后来一直从事儿童刊物的编辑工作,从没有离开过孩子。他爱孩子,熟悉孩子们的生活。"大王系列"是谢乐军童话中光彩熠熠的部分,这类童话写的是孩子们最喜爱的动物当上大王后的各种奇怪而有趣的故事,如小老鼠,当他当上大王后,就千方百计利用手中的权势去报复老黄猫,结果弄巧成拙;如老虎当上大王后,他便更加霸道,结果小白兔用自己的智慧,打败了强敌老虎,夺走了王位。角色意识是孩子们最能意识到也是最感兴趣的方面,他们在生活中喜欢扮演各种角色,喜欢模仿各种角色的生活,尤其是大王角色。比照孩子们的生活,"大王系列"的幻想不正是源于孩子们想当这想做那的生活的再现和表现? 只不过,童话中的生活比他们的现实生活更集中,更精练,更典型。强调与儿童思维和心理需求的同构性是谢乐军童话幻想的第三个特色。孩子们处于充满想象的人生阶段,他们的想象丰富、奇特,甚至怪诞。孩子们的想象力的这些特点实际上是他们思维特点的集中反映。童话幻想不是乱想,应该是孩子们思维特点的反映,应该是孩子们思维的延伸、夸大或者变形,如果脱离孩子们的思维特性,以为随意拼接事物或者打乱逻辑就是童话幻想,那就错了,这样的幻想孩子们不但不喜欢,而且会抱怨。谢乐军的童话幻想循着孩子们想象的轨迹,既再现孩子们天真烂漫的想象,又集中孩子们的想象,提炼孩子们的想象,丰富孩子们的想象,拓展孩子们想象的时空。这种幻想体现孩子们的思维特性,开拓孩子们的思维视野,发掘孩子们的思维潜力,提供给孩子们以多样的思维方式,培养和提高他们的思维能力。

[注释]

①⑦樊发稼:《中国当代儿童文学作家小传》,湖南少年儿童出版社1992年版,第113页,第343页。

②丁平一:《湖湘文化传统与湖南维新运动》,湖南人民出版社1998年版,第2页。

③钱基博:《湖南近百年学风》,岳麓书社1985年版,第42页。

④⑤洪汛涛:《我推荐这本书我推荐这位作者》,见罗丹:《老狼柯克传奇》,大连出版社1988年版。

⑥蒋风:《中国当代儿童文学史》,河北少年儿童出版社1991年版,第297页。

⑧《中国少儿出版》2000年第1期。

（原载王泉根主编《中国新时期儿童文学研究》,河北少年儿童出版社2004年版）

# 湖南儿童文学的新作为

李红叶

## 上篇

湖南儿童文学是有渊源的。从李锦晖的儿童剧、张天翼的童话到新时期以来的《小溪流》阵营直至以汤素兰为代表的当代儿童文学作家群,可以说,湖南儿童文学是中国儿童文学不可忽视的重要收获和重要组成部分。文学湘军亦历来关注弱势群体,关注童年生存状态,并表现了自觉的文化担当意识和艺术自省,加上湘地特有的文化传统和地域特色,湖南儿童文学定会发出自己的声音,标注自己的个性特征。

新时期以来,谢璞、邬朝祝、胡木仁、罗丹、卓列兵、金振林、李少白、贺晓彤等作家以其对儿童成长的深切关怀及对文学的虔敬态度在中国儿童文学史上留下了自己的名字。之后,牧铃、汤素兰、邓湘子、彭学军、谢乐军、皮朝晖、陶永喜、陶永灿、毛云尔、陈静、王树槐、唐樱等于 20 世纪 90 年代前后开始写作的作家成长起来,逐渐成为 21 世纪湖南儿童文学的中坚力量。可喜的是,在儿童文学越来越受到重视的大环境下,以湖南少年儿童出版社、湖南教育报刊社和《小溪流》杂志为核心阵地,湖南儿童文学队伍日益壮大,并且越来越显示出一种气象来。

牧铃、汤素兰、邓湘子等作家笔耕不辍,创造力旺盛,近年来屡获大奖。其中汤素兰获得第四届、第五届、第八届全国优秀儿童文学奖,皮朝晖获得第七届全国优秀儿童文学奖,邓湘子、牧铃获得第九届全国优秀儿童文学奖,汤素兰、牧铃、彭学军、邓湘子、谢乐军、皮朝晖、周静、唐池子等众多作家在宋庆龄儿童文学奖、冰心儿童文学新作奖、陈伯吹儿童文学奖以及"大白鲸"杯原创幻想儿童文学奖中获奖。令人欣慰的是,湖南儿童文学的新生代越来越显示出他们的个性和力量。

以"大白鲸"杯原创幻想儿童文学大奖为例,自 2013 年汤素兰的童话集《点点虫虫飞》获得首届"大白鲸"杯原创幻想儿童文学一等奖之后,激发了一批年轻作家急起直追的勇气,并在该奖中有极为出色的表现。该奖由大连出版社和北京师范大学中国儿童文学研究中心共同主办,面向全国征稿,并且全程匿名评审,是一个发掘新人新作并且具有全国性影响的原创儿童文学大奖。紧跟汤素兰之后,周静的《小丑之王》获得第二届"大白鲸"杯三等奖,杨巧的《阿弗的时钟》获得第三届"大白鲸"杯一等奖,方先义的《山神的赌约》获得第三届"大白鲸"杯二等奖;而在 2016 年的第四届"大白鲸"杯评审中,龙向梅的《寻找蓝色风》获得特等奖,方先义的《土地神的盟约》及彭湖的《画镇》均获得二等奖。在一定意义上,"大白鲸"杯原创幻想儿童文学奖作为一个观察指标,标示着湖南儿童文学后继有人,且来势喜人。

童书温润而纯净,是文学世界里不可忽视的一个大类。童书的繁荣是我们这个时代所赐予我们的最美好的礼物之一。当这个世界不时的做着某些绝望性的和摧毁性的动作时,童书独处一隅,静静地启示人们,不要忘记了世界初始的样子。童年并非外在物,童年恰恰是我们自身。"童年"与"文学"的联结保存了我们文化中最本原亦深具精神内涵的一部分。它信赖回忆,并信赖梦想,信赖未来。它信赖感受力,信赖身体生活并信赖自由的游戏精神。它信赖土地,信赖动物、植物及一切自然物。它信赖一触一摸的感知世界的方式,信赖未受意识形态桎梏的孩子般纯洁的惊奇感。它提供了另一种生命的景观,并使我们反省人类的现有状态。儿童文学为我们提供了另一种看待世界、思考世界的方式。

毫无疑问,中国儿童文学已经进入并且仍在它最好的发展时段里,尽管市场规则之下童书亦难免泥沙俱下,然而,一大批世界一流的童书已经被翻译过来,本土原创亦出现了以曹文轩、张之路、汤素兰、汤汤等为代表的一批杰出的小说家、童话家及蔡皋、朱成梁等杰出的儿童图画书插画家。潇湘乃文风昌盛之地,一旦"发现"儿童、敏感到童年生命形态的独特意义及童年阅读的重要性,湖南的儿童文学势必会有不凡的表现。这里略数几件要事以证举湖南儿童文学人近年的作为。

2007 年 4 月,湖南少年儿童出版社、北京师范大学中国儿童文学研究中心共同举办"全球儿童文学典藏书系"翻译专家会议,"全球儿童文学典藏书系"如今已出版 100 多种。2013 年 10 月,第七届湖南省作家协会儿童文学委员会成立,汤素兰任主任;2014 年至 2015 年湖南少年儿童出版社出版世界儿童文学研究丛书十余种;2015 年 7 月,创作儿童图画书的杰出艺术家蔡皋的创作在长沙博物馆特展一厅开展;2015 年 7 月,由湖南省作协主办的湖南儿童文学作家培训班邀请了曹文轩、王泉根、刘绪源、朱自强、孙建江、方卫平、陈晖、蔡皋、汤素兰、邓湘子等著名儿童文学作家、学者前来授课。2015 年 11 月,湖南省儿童文学学会成立,汤素兰任会长。2016 年 5 月,汤素兰被推举为中国儿童文学研究会副会长;2016 年 8 月,汤素兰、吴双英、谢乐军应邀参加在台东举办的第十三届亚洲儿童文学会议及第十四届亚洲儿童文学筹备会议,第十四届亚洲儿童文学会议将于 2018 年在长沙举办。湖南儿童文学正以自己的节奏和方式在中国儿童文学乃至世界儿童文学的大花园里开出自己的花朵,散发自己的芬芳。

# 下篇

《2016 湖南儿童文学年度作品选》是湖南省儿童文学学会成立后的首度作品选集,我们将逐年结集展示湖南儿童文学的新成果,以期激发湖南儿童文学的身份自省和内在能量,进而慢慢描摹出一个生动、丰富并深具个性的新世纪湖南儿童文学群像来。

这届年选的前期工作较为匆促,或并未能全面展示 2016 年湖南儿童文学的整体成绩,然可评可点的地方依然很多,一斑窥豹,亦可见出当前湖南儿童文学创作的大致风格和价值取向。整体来看,入选作品干净、内敛。作家们不跟风,不盲从,尊重生活本身,尊重传统,尊重个人记忆,尊重童年,尊重儿童文学的文学性,显示出湖南儿童文学作家们难能可贵的主体意识和对艺术的严肃态度。

**(一)敬畏经典,尊重本土文化和个人经验**

收在集子里的第一个作品是汤素兰的新作《丁婆婆》。作为中国目前最具创造力的童话作家之一,汤素兰是湖南儿童文学的骄傲,也是湖南儿童文学的一面旗帜。她在探索童话创作的多种可能性,并创作出了包括《笨狼的故事》《驴家族》《红鞋子》《阁楼精灵》《老祖母讲的故事》《丁婆婆》等一大批上乘之作。童话是外来的文类,如何在汉语语境中生长并发扬本土现代童话,是自 20 世纪初以来几代中国童话作家不懈的追求。在汤素兰这里,我们看到了这种身份自省和自觉探索以及这种自省和探索后的丰硕成果。

《丁婆婆》的乡村背景、爱的主题、对神秘事物的信仰、花婆婆形象、土地公公形象及深富地方特色的细节描绘均显示出一个优秀童话作家的文学功力。《丁婆婆》是汤素兰的新收获,也是中国童话的新收获。

汤素兰敬畏经典,谙熟安徒生等经典西方童话的创作手法,然而她笔下的童话无不根系脚下的土地,生活气息浓郁,从取材、具体意象的撷取到童话主题的呈现,汤素兰具有清醒的当代意识和本土意识。她继承了安徒生的"生活本身即童话""天真即奇迹"的童话观,看重童年自身的力量,看重个体生命经验,看重生活本身,看重本土文化资源。汤素兰之于中国,恰如安徒生之于丹麦、安房直子之于日本。她的突出的与孩童世界沟通的能力、她的乡村童年背景、正统的儿童文学学院教育背景,集儿童图书编辑、作家、教授以及全国政协委员、省作协副主席等多重身份和经历,以及一个"60 后"作家的丰富的人生经验和阅历,决定了她写作的高度和潜力。

皮朝晖是一个有很强的读者意识的儿童文学作家,他作品中对社会弊病和人性弱点的批判、夸张戏谑的手法、轻快的节奏及游戏精神均体现了他对张天翼传统的自觉继承。

周静良好的文学感悟力和儿童文学感悟力保证了她的作品的品质。她低调、沉静。她的力量一点一点地从她的笔下延展开来。她还如此年轻,她所获得的冰心儿童文学新作奖大奖、张天翼儿童文学奖、"大白鲸"杯原创幻想儿童文学奖、湖南省青年文学奖都将成为她前行的推力,然而,她真正的动力只能源自她的内心,她说:"儿童文学是我的挚爱,是我与世界交流的方式。"收入选集里的《三山国王的宝藏》取材于民间传说,语言干净利落,靠动作和细节展现人物性格和主题。故事告诉我们,找到宝藏的一定是老三,能不被宝藏困囿并顺利从山洞中走出来的一定是孩子们!"那颗红宝石是三山的宝贝。它是暖的,种在山里,山里人家的生活蒸蒸日上。那个铜铃是三山的宝贝,铜铃响过的地方,万物生长。那口针是三山的宝贝,它能缝合吵闹、不和,有它的地方,吉祥安康"——这个结尾是对整个故事主旨的提升,这是民间智慧,是中国智慧,也是周静的智慧。

谭群的《好大的雨》是一个很可爱的小童话。小猪泥泥和长耳朵兔子朵拉之间的友情,很有点艾诺·洛贝尔的《青蛙和蟾蜍》的意境,而兔子雨的描写以及兔子雨之后朵拉的到来真是神来之笔。袁姐的儿童诗很有一股子灵气,童话《想吃一个小孩》则令人联想到罗尔德·达尔的叙事风格,故事好看,然真正打动人的是那个令情节突转的柔软内核:爱。何卫红的《一颗星星掉下来》依然写友情——地上的小耗子对天上的小熊星的友情,构思动机则与民间童话《手套》及《拔萝卜》类似,情节生动有趣,句式简洁明快。释小云的《云儿的秘密花园》情感细腻,是一则充满诗意的童话。方先义不但是个讲故事的高手,而且有很强的汉语言驾驭能力,2016 年他真正重要的作品是继《山神的赌约》之后的又一力作:《土地神的盟约》。方先义的两部作品老道、蕴藉,无论取材、讲述故事的方式还是作者所推崇的中国传统智慧都突出地体现了其创作的本土特征。

**(二)关注童年生存状态,体现悲悯情怀和人道主义精神**

与童话、诗歌的轻逸、飞扬相比,这组小说显得格外朴质、真诚,并集中反映了作家们对普通人生活的同情及对童年生存状态的关注。

邓湘子是一位主体意识非常强烈的作家,他很清楚自己的资源、优势和长处,也很清楚他心底里所挚爱的是什么,他总是在思考:何为文学,文学何为。因此,我对于他的创作是有期待的。《一起向前跑》真是铅华洗尽，朴实真挚，让人感动。作者选取的是稀松平常的日常生活，然而所有的生活细节均如在目前，充满张力和质感，使我们真真切切感觉到青杉因能与打工回来的爸爸妈妈住在一起，共同迎接每一个有苦有甜的平常日子的幸福，他听到妈妈做鞋时"纱线穿过鞋底沙沙作响的声音"，那种声音里"有种艰难而坚定的感觉"。相比青杉，马来劲颇有些不幸，他的爸爸妈妈常年在外打工，而且因爸爸赌博，爸爸妈妈之间已经闹到要离婚的程度，甚至连外公都不愿意理睬爷爷了。然而，作家对马来劲并不只是同情，这个少年与同他一起跑步的青杉一样，用自己的方式在努力"生活"！像大多数人一样，马来劲的生活是不完满的，作者并未一厢情愿地让马来劲的爸爸不再赌博，作者要表达的是，爱使得生活变得充满期待。你看，马来劲对奶奶的爱，外公对马来劲的爱，外公与爷爷的和解，都是多么美好的事。故此两个男孩"深吸一口气，加快了脚步""朝前跑去"。

湖南作家共同的乡村情结和悲悯情怀使得他们格外关注到乡村儿童的生存境况。游军笔下的小虎子生气勃勃，朴实如动植物，极明事理，而又求知若渴，嗜书如命，却终因读不起书而辍学，又因脑膜炎发作被耽搁而死去。张继忠笔下的张家二子纯朴聪慧，终因家境困顿而只能一人弃学一人读书。而曹阿娣的《明年中秋月更圆》、刘青鹏的《小裙子的旧手机》、袁道一的《望归》均把目光对准了留守儿童。曹阿娣将刘畅家的热闹与"我"家的冷清做对比，突出"我"是多么渴望爸爸妈妈回到身边！袁道一的《望归》是一个精致的短篇，以过年的热闹气氛衬托终未盼回父亲过年的失落心情，并通过动作写心理，写"我"和妈妈对爸爸回家过年的热切渴望。深深打动我的还有刘青鹏的《小裙子的旧手机》，当作者写到小裙子终于收到了爸爸短信，并不顾一切冒雨冲到信号好的大路边等爸爸的电话时，我们看到了刘青鹏的才华和他的悲悯情怀，他深深懂得小裙子内心深藏的对亲情至深的渴望。单有这个细节，这个短篇就成为一个优秀的短篇。

龙章辉的《骑着水马去远方》则用富有表现力的文字书写少年心思，是一篇非常优秀的少年小说。小说以侗家双江一带为背景，笔下的人物如双江水一般清洁纯粹，却极富心理内容。龙章辉将少年"我"与女孩"烟"之间真挚微妙的情愫描写得极为细腻感人，并塑造了强有力的"水马"意象，体现了龙章辉深刻的生命体悟及对人性的理解。"我"默默地观察着班里美丽而霸气的"烟"。"我"敏感沉默，因父母吵着离婚，"我"越发沉浸到自己的世界里去了。"我"常常独自一人坐在江潭边看水，看痴了，便看出那连绵而来的涟漪"酷肖了一匹匹的马儿，从上游奔腾跌宕的急流中跃出，奔驰至水潭时，蓦地勒住马头，沉隐于碧波深处，直到水潭下游与浅滩连接处，才又冒出头，嘶鸣着跃向急流"，"我"将那急急的涟漪唤作"水马"！"我"的沉默与忧郁引起了"烟"的注意。终于有一天，"烟"默默地陪着"我"坐在了江水边："以后我天天陪你看水马。"啊，从那一刻起，"我"就不再是从前的"我"了！"我"有了一种说不清道不明的心绪。作家用一系列的细节表达"我"因女孩"烟"的走近而发生的微妙的心理变化："走着走着，我时不时地要跳起来，去拍一下风中摇摆的树叶，或者捡起一粒石子，兀地击向枝头呆立着的一只彩翎鸟，然后看着那只受惊的鸟儿'啪'地张开翅膀飞向高远的天空，直到在空中慢慢地消失；遇到有人赶着牛儿晚归，我就捏着鼻子'哞哞'地叫唤起来，当那埋头赶路的牛儿抬起头，愣愣地盯着我发痴时，我一忽儿又跑了，远远地跑开了……回家以后，我不再理会父母的争吵，一个人躲进自己的房间，摊开课本和作业，一笔一画工工整整地写起来。上床睡觉以后，我竟然不停地睁开眼睛，去张望着纸糊的木格窗：天呀，你可要早点亮起来哦，明天，还有明天的明

天,烟都要来陪我看水马了。"从此,"烟"正式与"我"的生活有了交集:每天一起看水马、玩游戏,水马似乎带走了一切痛苦和忧愁,直到"烟"差点被水马带走,直到只剩"我"一人看水马,直到"我"终于"迅速起身,跃上水马那湿漉漉的鞍背"……这是一个发生在少年心里的惊心动魄的故事。龙章辉写得如此真切,让我们不知不觉中走进了那少年的心,并走进了我们自己的内心。

禾木的《宅男"女神"》也是一个好看的故事,好看在"我"的心理活动——少年心思看似波澜不惊,实则摇曳多姿。骆晓戈的《扁平的乐乐》则体现了作家对当前急功近利、揠苗助长的教育方式的某种反思。

对童年的关注即对生命根本的关注。童年作为一种根性深深埋藏在我们的血液里,这是我们的生命之树枝繁叶茂的基础。无论是对少年心思的细致描摹还是对各类孩子的苦乐生活的展现,均体现了作家们深切的悲悯情怀和湖湘作家一以贯之的人道主义精神。

**（三）书写对土地的深情挚爱,彰显文学的诗性品格和地域特色**

湖南儿童文学作家十之八九都在乡村长大,乡村成为他们共同的背景和记忆,他们的创作也因此充满浓郁的生活气息和鲜明的地域特色。而相比成人文学中的乡村书写,儿童文学作家笔下的乡村和童年更具牧歌情调和抒情意味,这与儿童文学作家独特的审美观有关。

事实上,"以儿童为读者"不仅意味着对儿童的关怀,更意味着一种叙事策略的选择,也即一种风格、一种题材的选择,一种理解世界、把握世界、认知世界的方式和视角的选择。"为儿童而写作"直接体现为对儿童的尊重与关怀,亦与浪漫主义者对自然、对民间、对感性的推崇及与工业文明的对抗有关,作为一种叙事策略,这种精神诉求成为一种潜在的支配力影响了每一个时代的儿童文学写作。这种精神诉求表现在湖南作家这里,即对乡村和乡村童年的无限深情。他们的作品是从真实的生活中产生的,乡村和童年是他们永久的乡愁。下笔至山霭、流水,或各种乡村人事,尤其是孩童,或民间传说、民间信仰,或童谣、谚语,或农事、植物和节气等,他们的文字就变得格外生动,格外灵气,心便变得格外深沉,格外温软,他们的文学梦似乎终有可安顿的地方了! 他们的作品也因此获得诗性品格。

丁婆婆是花神婆婆,丁婆婆成仙源自她对花草植物的痴爱! 无论汤素兰、蔡皋、牧铃、邓湘子或陶永灿、陶永喜、方先义、周静等,哪一个艺术家不以自己对山野植物和民间的亲近而感到由衷的自豪! 汤素兰写丁婆婆的五色糖有着野刺玫、野蔷薇、栀子花、月季花、木兰花、荷花、白色芥菜花、野菊花和蒲公英的味道! 而且是用土茯苓、蕨根块和地里种的土豆和红薯粉做出来的! 土地公公得到莉莉的一个月饼时,伸手摘下来包月饼的是油桶树上的叶子,老公公还说:"这半块给我家老太婆留着,一会儿我带回家给老太婆吃。"当莉莉来到丁婆婆家门口,这时候,汤素兰写道:生长在墙根处的蒲公英举着白色的绒球,在阳光里轻轻摇晃,在用它们的花语说:"别进去! 别进去!"

作家们对乡土的挚爱还体现为对乡村纯朴民俗民风民情的怀想,以及对从前童年的留恋。湖南儿童文学的诗性品格与乡村记忆密不可分。那再也回不去的不仅仅是童年,也是乡村。乡村记忆和童年记忆成为一代又一代作家最珍贵的资源。

何宇红的《童年二三事》以写实笔墨还原童年记忆,从前人,从前事,从前风俗,从前心情,隔着时空遥望,样样有着诗情,并且与当今童年构成鲜明对比。那是怎样生气淋漓的童年! 那种实心的羞怯,实心的欢喜,以及那种没心没肺的要欢乐要戏要的童年,一切都显得那样实诚,那么真切! 这是一个被乡村黑土和清清流水滋养过的童年,一个长大后回首往事心就变得柔软起来的童年。这种童年时光对现今都市儿童而言,已然是一种传奇。

陶永灿与笔下人物声息相通,他对乡村的观察是近距离的,并且充满感情,因此,他的作品能给人一种特别的感染力。《红草鞋》以抒情的笔墨描写了草鞋耙耙和全义爷爷之间的泥土般纯朴而真挚的情谊,并通过草鞋耙耙的形象为一个已经逝去的时代书写了一曲无尽的挽歌。全义的爷爷脚长、手长,个儿出奇的高,全义爷爷不但买衣服是难的,买草鞋也是难的——他一双草鞋差不多要用掉别人一双半的草,要花去别人一双半的功夫,谁还愿意给他打草鞋呢? 只有草鞋耙耙不讲成本、不计工日,给他打了一双又一双,打了一年又一年。后来,全义爷爷去世了,全义遵守爷爷的遗嘱,每次赶场都要在草鞋耙耙那里买一双草鞋。慢慢地,村里再也没有谁穿草鞋了,草鞋耙耙却还在打草鞋,一直打,一直打……有一天,草鞋耙耙终于明白,再也没有谁穿草鞋了,全义爷爷倒下了,一个属于从前的时代终结了。

在刘柠柠的笔下,固执而迷信的"母亲"正是美丽乡村的象征。刘柠柠不是在"批判""母亲"思想的落后,而是要书写"母亲"固执到发痴的行为背后对家人的至为纯朴的爱。曾令娥的散文《一朵花、两朵花、三朵花》以诗意的文字记录了一位乡村教师与她的学生们感人至深的情感互动。张继忠的《张家屋场的红房子》固然反映了乡村生活的拮据,然而作品深深打动我们的恰是兄弟俩纯朴的内心。

这种源自对乡村、对纯朴事物、对纯真童年的深情挚爱成为湖南儿童文学的主导风格,无论在童话、小说、散文、诗歌中都有不同程度的显现,从而凸显了湖南儿童文学作家的乡土情结和人文情怀,湖南儿童文学的诗性品格和地域风情亦因此显得格外突出。

优秀的儿童文学应是"为人类提供良好的人性基础"(曹文轩语)、为孩子的精神成长打底的文学,一种具有诗性深度的文学,一种维持人类内心纯洁的文学,一种任何时代的孩童都能从中获得勇气和爱心的文学;优秀的儿童文学亦应是融合了成人世界与孩童世界的文学,是对以自然、纯真为核心的审美观的建构,是站在更高的阶梯上再现孩童的天真的文学,是全球化语境下的普世文学,是张扬文学的伦理价值的信仰型义学。收在这里的文字不算多,也不见得热闹,甚至有些篇章仍嫌单薄了些,然而这些文字是朝着这个大方向走的。它们透着乡土味儿,很朴实,很真诚,耐咀嚼,在一个吵吵嚷嚷的时代里它们更显示出一种别样的意义来。无论是把它们放在包含成人文学在内的大文学格局里,还是放在中国儿童文学乃至世界儿童文学的大格局里,这些文字因其坚持文学的基本品格和个性特征而具有其独有的价值和意义。愿未来的湖南儿童文学拥有更开阔的视野和更多样化的风格,从而走得更远、更好。

(原载汤素兰、李红叶、吴双英主编《2016年湖南儿童文学年度作品选》,湖南少年儿童出版社2017年版)

# 广东当代儿童文学发展轨迹

陈子典

中华人民共和国成立以来，广东儿童文学的发展走过了50多年的历程。在这50多年中，由于受到社会的政治、经济和文化等外在条件的影响，广东儿童文学50多年的发展是艰难曲折的，本文分节进行概括与论述。

## 一、从中华人民共和国成立至1959年广东儿童文学建设

1949年12月，中共中央华南分局召开华南地区文艺座谈会，筹备成立华南文联。1950年9月，华南文联成立，选出欧阳山为主席。黄庆云、郁茹、岑桑，以及秦牧、杜埃、司马文森、欧外鸥等专门从事或兼写儿童文学作品的作家出席了会议，受到极大的鼓舞。1953年5月，广州作家协会成立（含两广、港澳），1955年改名为中国作家协会广州分会（含两广、港澳），1957年又改名为中国作家协会广东分会，选出欧阳山为广东分会主席。作家协会广东分会成立了创作委员会、研究委员会、普及工作委员会及《作品》编辑部。儿童文学创作在创作委员会的指导下开展。到1959年止，广东作家协会分会成员112人，从事或兼儿童文学创作的作家达三分之一以上。

广东儿童文学的队伍有很大的发展。从中华人民共和国成立前走过来的老一辈，有司马文森、黄谷柳、秦牧、黄庆云、郁茹、何芷、欧外鸥等。其中有些是儿童文学作家，有些是兼写儿童文学作品的成人文学作家。他们都为广东当代儿童文学的兴起与发展立下了汗马功劳。以创作儿童小说、故事为主的有何芷、郁茹、岑桑、廖振等；以创作童话、寓言为主的有黄庆云、谢加因、邝金鼻、赖天受等；写儿童诗歌的有韩笑、张永枚、柯原、西彤、李富棋等；给儿童提供散文、报告文学的有秦牧、紫风、岑桑等；给儿童提供戏剧文学的有司马玉常、杨骚、冼东、曾炜、谢加因等。此外，还有一批成人文学作家，积极响应郭沫若《请为少年儿童写作》（发表于1955年9月16日的《人民日报》）的号召，克服"搞儿童文学没出息，气魄不大"的偏见，努力恢复自己"少年儿童时代的活泼纯洁的精神"，把儿童文学创作纳入自己的写作计划，为儿童提供精神食粮。时任广东作家协会主席的欧阳山，还带头创作了童话《慧眼》《亲疏》《比赛》《信任》等系列作品，萧殷、郑江萍、杜埃、易巩等也写出了精彩的儿童文学作品。

在省委、省政府的统筹之下，广东人民出版社积极策划和组织儿童读物的出版；共青团广东省委创办了《少先队员》杂志社，为儿童文学作家提供了发表园地。陆续创刊的《华南文艺》《文艺快报》《广东文艺》《作品》等，也用一定的篇幅刊登儿童文学作品。《南方日报》的文艺专栏也经常发表一些短而精的儿童小说、儿童散文和儿童诗歌。

为了贯彻落实毛泽东《在延安文艺座谈会上的讲话》精神和中央《关于发展少年儿童文学的指示》，中国作家协会广东分会不仅把发展少年儿童文学的问题列为自己经常性的工作，而且还有计划地组织作家深入生活，使广东儿童文学作家逐渐成长起来，并焕发

出巨大的创作热情,为少年儿童创作。

在全国为少年儿童"大量创作、出版、发行少年儿童读物"的氛围下,广东的出版社加大了儿童读物的编辑出版,无论从数量和质量上来说,都取得了明显成绩。广东人民出版社于 1951 年成立,原名"华南人民出版社",虽以出版成人图书为主,但也十分重视儿童图书的出版,像黄庆云的《奇异的红星》,郁茹的《曾大惠和周小荔》《好朋友》《一只眼睛的风波》,秦牧的《在化装晚会上》,紫风的《国庆夜》,韩笑的《战士和孩子》,廖振的《战斗的少年时代》《石头娃子》,司马玉常的《妈妈不在家》,岑桑的《当你还是一朵花》,等等,都是这一时期出版的有影响的作品。1954 年创刊的《广东文艺》、1955 年创刊的《作品》,都用一定的篇幅刊登儿童文学作品,像易巩的童话《两只狐狸》,杨骚、冼东的《苹果姑娘》,岑桑的《黄莺与小百灵》,陈白曙的《寓言两则》,阮章宪的长篇童话诗《牛仔王》,欧阳山的《慧眼》,黄庆云的《队长的儿子》等,都在期刊中登出,并为人们所关注,引起了广泛的反响。同台"合唱"儿童文学的,还有《羊城晚报》《南方日报》等。《少先队员》虽然是面向少年儿童综合性的刊物,但仍用不少篇幅刊登儿童小说、儿童故事、童话寓言、儿童诗歌等,许多有影响的成人作家,也乐意在这个小刊物上发表自己的作品。如肖玉的《小马枪》、张永枚的《金色的浪花》、岑桑的《苗岭的故事》等儿童文学精品,都是在《少先队员》杂志上刊登的。

儿童文学的繁荣,还有赖于开展儿童文学作品的评论与研究,使儿童文学作家沿着正确的创作道路前进。这一时期,广东作家、评论家的敏感性是令人瞩目的。在报刊上经常有关于儿童文学创作的成败得失的评点,如:对欧阳山的作品《慧眼》进行讨论与研究,从不同的角度发表了自己的见解。虽然这一研讨当时受到"左"的思潮的影响,甚至从政治上"上纲上线",然而在客观上,这次在全国范围引起反响的讨论,有力促进了广东儿童文学依据儿童文学自身的规律进行创作。

在大学开设儿童文学课程,是儿童文学理论发展的一个标志。在这一方面,广东忘不了欧外鸥所做的努力,他在中华人民共和国成立前就从事文艺刊物的编辑,并执教于学校,他精心研究外国的儿童教育。1952 年,他怀着献身教育的雄心壮志到华南师范学院中文系任教,开设了儿童文学研究这门专题课,讲授儿童文学的基本原理、文体知识和创作要求,为广东培养了一批儿童文学工作者。华南师范学院(后改为华南师范大学)成为全国最早开设儿童文学课程的院校之一。他对广东儿童文学的理论建设做出了开拓性的贡献。

## 二、20 世纪 60 年代初期广东儿童文学的曲折道路

1960 年至 1965 年,是广东儿童文学曲折前进的时期。这一时期,儿童文学事业在极"左"思潮的干扰下艰难前进,取得了一定的成绩,但很快走向萧条。

1960 年初,《文艺报》便拉开了批判"人性论"的序幕。接着,有些报刊点名批判文艺理论家巴人,批判陈伯吹提出的"儿童观点""儿童本位"和"童心论"。广东儿童文学,在这种大气候的影响下,不能不"紧跟形势",围绕着阶级斗争这一轴心旋转。广东作家协会先后召开了许多座谈会,《羊城晚报》"文学评论"版也开展了对"人性论""童心论"的批判,对一些深受欢迎的儿童文学作品加以否定。20 世纪 50 年代那种较轻松、自由,尊重艺术规律的局面大为改变。"童心"不许讲了,"古人、动物"不许写了,"虚无缥缈的童话世界"是"资产阶级思想感情的表现"。一时间概念化、成人化、浮夸风的儿童读物充斥市

场。此时广东的部分作家仍积极投身儿童文学创作。1960 年 3 月广东英德"马口事件"发生后，包括儿童文学作家郁茹在内的许多作家，进行了专题采访与创作活动。1961 年 12 月，中国作家协会广东分会召开了儿童文学座谈会，交流儿童文学创作情况与经验。

1961 年至 1962 年，党对文艺政策进行了调整。1962 年中国戏剧家协会在广州召开了话剧、歌剧、儿童剧创作会议，对当时的文艺形势做了新的估计，提出要继续贯彻"双百方针"，正确执行知识分子政策，发扬艺术民主，尊重艺术规律，创作高质量的作品。周恩来、陈毅在百忙中抽空到广州参加会议，并做了讲话。陈毅在讲话中指出："现在有些小人书有个很大的缺点，净是些生硬的政治概念，把儿童的脑筋搞得简单化，将来我们的儿童——下一代，恐怕也难免犯粗暴之病。儿童应该有很多幻想，很多美丽的故事，神仙的故事，很多童话故事——好像《天方夜谭》那样的故事。儿童的幻想多，智慧就开阔，眼界就扩大。不能尽是一些政治名词、斗争故事，还要写一些有趣的。这一方面的任务，义不容辞，值得我们有些作家作为终身事业。"（载《文艺研究》，1979 年第 2 期）陶铸也作了《对繁荣创作的意见》的报告。这次会议在广州召开，这些讲话无疑给广东吹进了一缕春风，给广东儿童文学工作者带来了希望，在一定的程度上抑制了极"左"思潮的泛滥，出现了一些较好的儿童文学作品。

1963 年开始，文艺界又卷入了新的政治斗争浪潮。于是广东文艺界又将思想转移到阶级斗争、"反修防修"的轨道上来。这个时期的广东儿童文学，在"左"倾文艺思潮和阶级斗争扩大化的冲击下，作家队伍没有壮大，儿童文学的发展处于停滞不前的状态。当然也有一些好的作品问世，如：儿童小说、故事，有陶萍的《满院春风》、紫风的《孩子的友谊》、杜埃的《红芽儿》等；散文、报告文学，有黄庆云的《眼泪和欢笑》，黄庆云、紫风、陶萍、王荣珩、徐楚、茜菲合作的《阳光·花圃·摇篮》；儿童诗歌有韦丘的《在这红色的日子》、西彤的《快乐的梦》、柯原的《眼泪潭》和《姊妹俩》、黄庆云的儿童诗歌集《花儿朵朵开》等；童话有黄庆云的《小帅和老卒》等。这些作品，有鲜明的时代特色，也具有儿童情趣，从不同角度反映了少年儿童的生活风貌和精神世界。如陶萍的小说《满院春风》，就反映了这个时代孩子们爱学习、爱劳动、有理想、喜欢搞科学试验的精神风貌。黄庆云等的《阳光·花圃·摇篮》是一篇记述与描写归国华侨子女在华侨学校健康成长的儿童报告文学，事例典型，感情强烈，把新闻性、文学性和政论性有机地结合起来，让人读后精神振奋，使"无数华侨千方百计地把自己的亲骨肉送回亲爱的祖国来，不少孩子也日夜渴望着能在祖国的摇篮里欢度自己的金色童年"。韦丘的儿童诗《在这红色的日子》，以孩子脖子上的红领巾为引发点，写到祖国对下一代殷切的希望，写到孩子们"为祖国的胜利和荣誉"而献身的决心和意志，感情强烈，色彩鲜明，具有节奏感和想象力。西彤的儿童诗《快乐的梦》，以孩子的梦来反映未来一代的科学理想，具有丰富的想象力和幽默感，意境清新，文字活泼，在当时反修防修的文学氛围下，是相当难得的。

在肯定成绩的同时，我们也要看到整个儿童文学事业下滑的情况。由于阶级斗争这根弦越拉越紧，特别是中苏公开论战以后"反修防修""兴无灭资"的提出，作家忙于上山下乡、"斗私批修"，创作的情绪大减。这一时期儿童文学的体裁开始萎缩。如童话、寓言，时时有可能被认为"影射"现实生活而构成"反党反社会主义"的毒草，于是从事这些文体创作的作家越来越少。支撑儿童文学的儿童观和"童心""童趣"，已开始动摇，儿童文学百花园开始败落。

首先是题材单调。这一时期的作品，大多写真人真事，而真人真事中又以革命斗争故事、英雄人物故事、领袖生活故事，以及少年儿童支援工业和农业、参加各种具有思想教育意义的活动为主。越到后来，越要突出革命历史和阶级斗争这两个方面。许多传统的、一直受到儿童欢迎的题材如学校家庭生活、"古人（历史人物）、动物"等，几乎全被打入冷宫。发表的作品，题材狭窄，儿童文学作家只能在规定的小胡同中摸索前进，否则，只有碰壁。作家只能歌颂光明、幸福、英雄、领袖，只能写一片亮色、一片光明，不能随便揭示生活中重大社会矛盾和阴暗面。正如一首儿歌所写的："大河小河手牵手，放开嗓子练歌喉，有党领导河也乐，只唱幸福不唱愁。"

其次是功利主义色彩越来越重。由于过分强调了文艺的政治性，所以作品不能不为政治服务，为当时的阶级斗争服务，为"反修防修"服务。儿童文学作家常常放弃自己所熟悉的生活去"紧跟形势"，表现"重大题材"，使作品向概念化、口号化靠拢。如1960年13期《少先队员》中的《星》，为了紧跟"形势"，加强政治性，作者被迫放弃自己原有风格，在后半部把标语口号搬上去。

再次是作品主题意向浅层化。在"以阶级斗争为纲"的历史背景下，常常以"主题明确"来要求儿童文学作品。所谓"主题明确"就是要求作品围绕着阶级斗争、"反修防修"这一主题来展开。儿童小说、故事如此，儿童诗歌也如此。如柯原发表在1964年第2期《儿童文学》的儿童诗《眼泪潭》，是一首写得较好的儿童诗，但一拉开时间距离进行审视，其主题浅层化的意向便显示出来。杜埃发表在《人民文学》1965年第11期的儿童小说《红芽儿》，写陈土生这个才11岁的孩子，在管理农村文化室中，比成人还要成熟老练，虽然有时也会闹点情绪，但一旦想起要做革命接班人，要"做朱老忠式的革命战士"，特别一对照《为人民服务》，问题就解决了。于是他"希望小朋友们多多指出我的缺点，继续帮我前进。我也向小朋友们来个建议：咱们大家天天都学毛主席著作"。这种径直的表层描写，主题是"明确"了，但缺乏艺术的感染力，近乎政治说教了。

最后是在艺术表现上的公式化。书记是党的化身，永远绝对正确；队长缺乏政治头脑，常给敌人可乘之机；地、富、反、坏、右和暗藏的叛徒，把推翻无产阶级专政作为至死不变的行动目标；少年儿童个个心明眼亮，常常发现成人也发现不了的问题，完成成人也完成不了的任务。这种公式化的操作，使儿童文学作品丧失了个性。在艺术表现的具体手法上，也往往摆脱不了"大跃进"时代一些过分夸张和失实描写的影响，如1960年某刊刊登的儿歌《大肥猪》："大肥猪，个子大／抓痒得用大铁耙／要想给它洗个澡／也得搬凳把梯架／浇在身上三担水／还没洗完猪尾巴。"这些儿歌，读起来似曾相识，原来是套用了"大跃进"民歌集《堆稻》的表现方法，只不过把"稻堆大"改成"肥猪大"罢了，在艺术上毫无创新。

## 三、"文化大革命"期间的广东儿童文学

1966年至1976年，是广东儿童文学受到压抑乃至毁灭的时期。"文化大革命"前十七年初步繁荣起来的儿童文学不仅被全盘否定，连儿童文学作家也遭到打击和迫害。1967年至1968年，开展批"黑线"，揪"反动权威""黑手"，批"三名三高"，知名作家被揪斗、受迫害。黄庆云、郁茹、秦牧、岑桑等的儿童文学作品，大多数被打成"毒草"，儿童文学几乎一片空白。1970年以后，新创刊的《红小兵》《广州文艺》《广东文艺》《农村文化室》等杂志，发表了一些以政治功利为目的的儿童文学作品。在这一时期，为儿童提供过精神食粮的作家司马文森、韩北屏等，直接或间接被"四人帮"迫害而死。《虾球传》作者

黄谷柳也在这个时期病逝。

1970年以后广东陆续创办了一些报刊，发表了一些"儿童文学"作品，出版社也配合政治形势和中心任务，出版了一些"儿童文学"集，所以这一时期不能说没有"儿童文学"，只是这些儿童文学作品大都纳入了"四人帮"制造的舆论轨道，违背了创作的规律罢了。这一时期作品呈现的特点是：

第一，作用的单一性。儿童文学本来具有"导思、染情、益智、添趣"的作用，而当时的儿童文学，只作为阶级斗争的工具，否定并取消了其他作用。在儿童文学为谁服务的问题上，以"为工农兵服务"代替为少年儿童服务，并把两者对立起来，谁提为儿童服务便扣上"篡改为工农兵服务大方向"的帽子。在北京发表《黄帅的一封公开信》，广州也培养出辛若愚这个头上长角、身上长刺的造反派典型，批判学校教育，批判教师，把广东和全国搞得沸沸扬扬。为了宣传黄帅、辛若愚的"反潮流的革命精神"，广东的儿童报刊和成人刊物的文艺栏目，都成了这一政治斗争的传声筒。如1974年出版的庆祝中华人民共和国成立25周年儿歌集中，《反回潮》《学黄帅反潮流》《批林批孔猛开炮》《步调一致去战斗》《誓保江山万代红》等儿歌，唱的大都是同一个调——"批林批孔打冲锋，革命路上当闯将"。

第二，内容的虚假性。广东出版或发表的儿童文学作品，大多也是集中在"批走资派""批林批孔""挖修眼""抓特务""斗地主""批师道尊严"，宣扬"造反有理""读书无用""卫星上天，红旗落地"等。笔下的儿童，个个都是立场坚定、意志顽强、斗争果敢的革命者，完全失去了儿童天真烂漫、富有幻想的本性。其实这些虚假的内容都是根据形势的需要虚拟出来的，儿童自己也理解不了，接受不了。如某刊登载的《红小兵批林批孔战歌选》中，什么"清算林彪复辟账，口诛笔伐批复礼""孔孟之道害人精，我们把它来肃清"，儿童根本无法理解。有些小学校要求学生写评《水浒》的文章或儿歌，结果闹出了把《水浒》当作"水壶"的笑话。

第三，人物描写的模式化。"四人帮"炮制的"三突出"创作模式，使儿童文学的人物描写，完全背离了现实主义的轨道。照着"三突出"的模式创作，塑造出现实生活中根本不存在的"小完人""小神人"。他们有超乎寻常的智慧和力量，老师讲课出错误，是革命小将"火眼金睛"发现的；地主放毒害死蚕虫，是红小兵"一眼看穿的"；反革命在海边送情报，是红小兵"飞毛腿"追上来抓住的。红小兵个个心明眼亮，料事如神。

第四，形式的单一性。当时的"儿童文学"，几乎只剩下"革命儿歌"与"革命故事"。

当时，由于一些作家和教师怀着为下一代提供健康的精神食粮的愿望，坚持了革命现实主义的创作方法，也写出了一些较好的作品，如《红小兵》杂志发表的《小鲤鱼钓山猫》(饶远)、《业余教练》(关夕芝)等。有一批作者在一些刊物的培养下，经常练笔，写作能力也得到了提高。

## 四、"文革"结束后重现生机的儿童文学

这个时期是从1976年10月一举粉碎"四人帮"至1980年。

1977年5月，广东省委召开纪念毛泽东《在延安文艺座谈会上的讲话》发表35周年座谈会，200余人参加。同年9月下旬，广东省委宣传部又召开了为期9天的文艺创作会议，省儿童文学作家和许多业余儿童文艺工作者参加了会议，与会人员共有980多人，是一次空前的盛会。会议除了揭批"四人帮"的文艺黑线及其对文艺的摧残外，还讨论了

如何解放思想、积极进行文艺创作的问题。秦牧、黄庆云、郁茹、岑桑、陶萍、陈海仪、王曼、西彤、韩笑、柯原等儿童文学作家和兼写儿童文学的作家，就繁荣广东省儿童文学创作、迎接儿童文学的春天，发表了许多看法，提出了许多积极的建议。同年10月9日，《南方日报》发表了《把我省的文艺创作繁荣起来》的社论，号召广东省广大作家和业余文艺工作者积极行动起来，为广东社会主义文艺事业的兴盛做出贡献。

1978年"庐山会议"后，广东儿童文学作家和其他儿童文学工作者，在黄庆云、郁茹的组织与领导下，召开了各种儿童文学作者联谊会、儿童文学创作座谈会等，积极认真地贯彻落实会议精神，鼓励儿童文学作家进行创作。《南方日报》《广州日报》《作品》等报纸和杂志，都发表了繁荣广东儿童文艺创作的有关文章，并定期发表儿童文学作品。这些研讨文章，都明确地论及儿童文学"应该具有少年儿童的特点，表达少年儿童的思想感情、理想愿望"；儿童文学作家"要了解儿童文学、熟悉儿童，照顾到少年儿童的年龄和心理特征，考虑到孩子们的阅读能力、理解水平，不要把成人的东西硬塞给他们"；作品"要写得生动、活泼、形象、幽默，富有趣味性和吸引力"。陈子典还在《儿童文学的本源》中指出："陈伯吹先生的童心论，正体现了儿童文学的根本特征，如果儿童文学失去了童心，就没有儿童文学存在的必要了。"他在文中还强调贯彻"双百"方针，提倡题材、体裁的多样化，在继承与发扬传统的同时，敢于创新。

1978年11月8日，《人民日报》发表了《努力做好少年儿童读物的创作和出版工作》的社论，12月21日，国务院又批转了由国家出版局等8个单位根据庐山会议起草的《关于加强少年儿童读物出版工作的报告》。对此，广东做出了更热烈的反应，广东的文化部门、宣传部门、文联与作家协会、出版社等，都对各自的工作进行了认真、具体的规划和部署。1978年12月，广东省作家协会召开了创作会议；1979年8月，广东省作家协会又分别在顺德、广州举行座谈会；12月广东省作家协会成立文学院；1980年3月，广东省文联召开第二次代表大会，同时召开广东省作家协会会员大会。广东专业儿童文学作家和部分业余儿童文学作家都参加了这些会议，他们的思想认识和创作热情又得到了进一步提高。

在这一时期，被迫害的作家得到了平反，在创作上，重新肯定过去被作为"毒草"批判的一批优秀作品。如岑桑为青少年写的《当你还是一朵花》散文集，本来就是一部谈论理想情操的优秀散文集，但在"文化大革命"中却被打成"大毒草"，岑桑也因此成了"专政对象"，直至1979年才得到平反昭雪。郁茹为儿童写过不少作品，"文化大革命"时被打进"牛栏"，也在这一年得到了平反。黄庆云的童话在"文化大革命"时被"四人帮"文艺黑线打下十八层地狱，现在也重见光明。

在这一时期，广东儿童文学队伍开始重建。黄庆云、郁茹等通过儿童文学联谊会、儿童文学座谈会等形式，联系广东儿童文学工作者，并将他们团结在省作家协会儿童文学创作委员会的周围，为广东儿童文学的恢复与发展而努力。在华南师范学院和广州师范学院，陈子典、刘玉美、缪美贤等教授，开设了儿童文学课程，把儿童文学带进了大学的讲坛，不仅为大学生普及了儿童文学基础知识，而且还培养了一批儿童文学的接班人。

## 五、20世纪80年代广东儿童文学探索

从1981年至1990年，广东儿童文学出现了空前的繁荣，可谓进入了中华人民共和国成立以后的第二个儿童文学的春天。

进入 20 世纪 80 年代以后，广东文化厅成立了少年儿童文化艺术委员会，省作家协会成立儿童文学创作委员会，形成了一个包括儿童文学在内的少年儿童文化艺术工作的职能部门，为广东少年儿童文化艺术的发展做了一系列有效的工作。

1983 年，文化部少年儿童文化艺术司和广东省文化厅、作家协会广东分会等单位，在广州市举办了儿童文学讲习班。全国著名的儿童文学家和有关领导陈伯吹、蒋风、陈子君、罗英等，亲临广州讲课，既为广东儿童文学工作者普及了儿童文学基础知识，又为广东儿童文学的发展营造了良好的气氛，电台、报刊乘此东风进行了大力的宣传。

与此同时，广东省内许多地市县，纷纷成立儿童文学社团，把儿童文学工作者组织起来，或进行创作，或交流经验，或开展评奖活动，儿童文学创作和研究都活跃起来。如韶关市儿童文学创作研究会、斗门县儿童文艺研究会、饶平县儿童文学研究会、汕头市儿童文学研究会等，都搞得有声有色，有力地推动了广东省儿童文学的发展与繁荣。

在文化部、中国作家协会儿童文学委员会的指导下，在省文化厅、省作家协会儿童文学委员会的努力下，广东儿童文学的队伍也有了较大的发展。黄庆云、郁茹、岑桑等老一辈儿童文学家，不仅焕发青春、老当益壮，继续为儿童文学添砖加瓦，而且还积极扶持年轻一代儿童文学作者，帮助他们快速成长起来。中壮年儿童文学作家，如邝金鼻、饶远、陈子典、杨羽仪、王俊康、陈庆祥、李富棋、关夕芝等，怀着对孩子深切的爱，辛勤耕耘在儿童文学的园地上，创作出许多风格各异、深受孩子们欢迎的儿童文学作品。

随着儿童文学事业的发展，儿童文学出版机构——新世纪出版社于 1985 年成立。新世纪出版社先后出版了广东籍著名儿童文学作家作品选，如《黄庆云作品选》《郁茹作品选》《岑桑作品选》《何紫作品选》等。还有外国文学名著普及本、幼儿文明礼貌丛书等。《少女必读》《金色童年》《小鹿奇遇》《借尾巴》等，引起了广泛的反响。省作家协会出版的《少年文艺报》是以儿童文艺为主要内容的报刊，发表了各种文体的儿童文学作品，每期发行几十万份，满足了广大少年儿童对精神食粮的需求，也为儿童文学作者提供了发表园地，并团结和培养了大批儿童文学作者，还不定期地举行儿童文学作品创作经验交流会，以提高他们的创作水平。1987 年省作家协会创办以中学生为主要读者对象的综合性刊物《少男少女》，以一定的篇幅刊登儿童文学作品。省作家协会办的成人刊物《作品》，以及《南方日报》《羊城晚报》《广州日报》的文艺副刊，也关心少年儿童的成长，不定期地为儿童提供精神食粮。

随着思想的解放和艺术本位的回归，广东儿童文学作家进入了全新的探索时期，提升了儿童文学的儿童情趣与艺术品位。1985 年 11 月新世纪出版社出版的《广东儿童文学获奖作品选》和 1989 年 8 月广东人民出版社出版的《广东儿童文学优秀作品选》，基本上把这一时期有代表性的儿童文学作品选进去了。

与前几个时期比，这一时期更注意了不同年龄阶段儿童的心理特征，使幼儿文学、儿童文学、少年文学各呈异彩。黄庆云的低幼文学《金色的童年》、李国伟的儿童游戏故事《少年警队》、关夕芝的少年小说《五虎将和他们的教练》等表现出不同年龄阶段儿童的个性，获得不同年龄阶段读者的热烈欢迎。关夕芝的小说，写 5 个乒乓球小将在杨教练的指导下的成长过程。他们好动而又灵活、率直而有理想、勇敢而又冒失、刚毅而又调皮的种种表现，正展示出 20 世纪 80 年代少年一代的风貌。由于内容深刻、人物性格鲜明，所以于 1988 年获得全国优秀儿童文学奖。随后还拍成了电影，在全国播放。

这一时期的儿童文学，在题材的广泛性、主题的丰富性、风格的多样性、艺术手法的探索性等方面，都有丰硕的成果。如儿童小说，过去较局限于反映学校生活、农村生活和革命斗争的题材，现在却将笔触伸向社会生活的各个层面。管建华的《角落》、小翎的《老师结婚的那天》、丘超群的《哈哈将军》、谢继贤的《四只相思鸟》，等等，都冲破了传统题材的局限，从不同的层面，真实、准确地跟踪少年儿童多彩而复杂的生活，反映出作者敏锐的观察力和对现实生活的深沉思考，使现实生活中的先进人物与落后人物、光明面与黑暗面再现出来，让孩子们得到多方面的审美满足。

寓言、童话获得了丰收。邝金鼻的《动物王国里的寓言》、陆镇康的《Dida 医院》、陈海仪的《鸡和猫的故事》、杨志坚的《小马娇娇》、马翠萝的《木小偶乐乐》，还有老作家秦牧的《恐龙世家》、张永枚的《宝马》等，各具特色地呈现在小读者面前。

戏剧方面，也取得了可喜的成果。在 1986 年文化部举办的全国学校剧征集评奖中，管建华的《闪烁的小星星》、许丹华的《风流学生》，分别获得了一等奖和二等奖。此外，还有王俊康、梁浩霖、黎民安的《小酒窝姑娘》，杨光宇的《谁最美》，陆镇康的《站马路边的孩子》，陈强的《庆庆和布老虎》，葛云生、高伟文、卢嘉的《谁知我心》，阿山的《青春少年》，黄维纪的《稻田小英雄》，张颖的《飞向星空之前》等，都是较为优秀的作品。作者以崭新的戏剧观念，揭示 20 世纪 80 年代广东少年儿童的内心世界，以及他们对理想、对知识、对生活的探索和追求，反映 20 世纪 80 年代丰富多彩的校园生活和新型的师生关系。这些作品既有阅读欣赏的价值，又是中小学校开展课余演戏活动的好材料，一经问世，就受到广大少年儿童的欢迎。

广东是改革开放的前沿地带，为了及时反映现实生活，儿童报告文学异军突起，显示出强有力的声势。关夕芝的《祖国在我心中》、罗奇星的《广东小将》、李钟声的《墨林引路人》、眉眉的《用眼睛听课的小姑娘》、赵小敏的《我们相对微笑》、蔡玉明和何小雅的《羊城掀起"家庭教师热"》、罗思的《联结心灵的彩桥》、李文心的《编织云裳的小天使》等，都敏锐地反映了改革开放的时代步伐，震动了孩子们的心灵，成为儿童文学一支最有冲击力的生力军。

儿童文学理论的建设得到重视。1987 年 12 月，陈子典等在广州师范学院中文系组建了儿童文学研究室（后改为研究所），使儿童文学在高等教育中的位置逐步得到提升，它肩负着儿童文学教学与儿童文学研究的双重任务。在该院中文系成人教育的课程中，把儿童文学作为基础课，向在职的中小学语文教师普及儿童文学基础知识教育。在儿童文学研究方面，该研究室立足本省和全国，面向海外华文儿童文学，有计划地进行研究。1988 年出版了《儿童文学大全》。华南师范学院中文系和教育系也确立了儿童文学在教育中的地位，为培养儿童文学新人做出了努力。

## 六、20 世纪 90 年代至今广东儿童文学的发展与繁荣

进入 20 世纪 90 年代以后，广东儿童文学在 80 年代的基础上，又得到了进一步的发展，走向新的繁荣。

关注现实是这一时期儿童文学的重要特点。改革开放和市场经济的不断发展给广东儿童文学作家提供了取之不尽的写作源泉。形象地表现在改革开放和市场经济下人们思想文化观念嬗变，展示在这种环境下成人和孩子的各个层面人生价值取向与新的人文精神，独立意识、生存意义和精神境界，成了他们着力表现的主题。如获得全国"五个一工程"奖和全国优秀儿童文学奖的郁秀的《花季·雨季》，反映了在市场经济环境下中

学生的生活、思想和风貌,具有浓郁的校园色彩、特区色彩。《花季·雨季》以全新的内容和形式,出现在儿童文学或者青少年文学花园中,在全国引起极大的轰动。赖海晏的《青春梦痕》,以散文的笔调,温和的语言,循循善诱地同少男少女探讨人生和社会,以感人的爱心诱导他们立大志,爱惜青春,把握今天,养成勤奋、好学、坚韧、务实、刻苦的习惯和情趣。严爱慈的《桃李年华》,也对深圳新兴大都市当代中学生生活进行生动的描写和刻画,塑造了一批鲜活的、富有时代特色的少年儿童形象,展现了当代少年儿童生机勃勃、开拓创新的精神风貌。为了及时反映现实生活和新人新事,儿童报告文学得到了蓬勃的发展。蔡玉明的《创造一个新自己》、魏生革的《父亲,我是你的脊梁》、刘小玲的《火舞凤凰》、韩可与的《希望在昌岗》等,从不同的角度勾勒了改革开放与经济建设中涌现出来的典型人物,展示了许多敢想敢干、勇于开拓的人物的精神风貌,也提出了一些令人深思的问题。这种作品,不论在数量和质量上,都是前所未有的。

精品意识,在这一时期逐步形成。进入20世纪90年代以来,广东儿童文学作家的审美意识不断增强,不断提升作品的艺术品位,不仅重视作品创作本身,力避浮躁,静心修饰,而且在印刷、装潢、封面、插图等方面,都不惜下一番苦功。陈庆祥的小说《我们正年轻》,不仅写出了珠江三角洲中学生的学习、生活及其精神面貌,更以这一独特的视野,映照出丰富多彩的时代风貌,地方特色浓厚。谭元亨的长篇小说《拜拜,十五岁》,通过一件小小的月票事件,折射出不同生活背景、不同个性与追求的15岁少年各自的心路历程,反映出他们成长的过程。班马的中篇小说《六年级大逃亡》,打破了传统小说惯以情节与时序结构作品的叙事结构,通过主人公内心独白来推进情节、思想的发展,从而让读者反复思索主人公逃亡的原因,探究当代社会少年儿童成长的诸因素。赵小敏在报告文学和儿童小说的底子上,又向幼儿故事的领域迈进。她对儿童故事精巧的构思以及幽默风格的机智把握,显得特别珍贵。20多岁的廖雪林的中篇童话《一只翅膀的多罗多》,以优美的诗化语言、优雅的写作姿态,生动地讲述了人与神的混血儿多罗多寻父、重建家园的奇妙故事。

拓宽视野,关注香港、澳门和海外华人,也是广东这一时期儿童文学的特点。随着儿童文学作家思想的解放和观念的更新,笔触也逐渐向外延伸。谭元亨为此倾注了自己的心血,如他的《"太空人"女儿手记》《追寻菲力克斯》与《黄孩子、红孩子、黑孩子和白孩子》,可以说,它们以全球为大视角,去审视人类中非人性的丑恶,以及在中西文化碰撞中各自正负面的交锋,展示出世界及中国新一代儿童可贵的品质。有许多报告文学,如陈小蔚的《香港成功人物》《船王包玉钢》等,都涉足曾在英国人统治下的港人生活,使广东儿童文学显得多姿多彩。

关注生命,关注人类生存环境,也是广东这一时期儿童文学创作的热点。童话作家饶远,得风气之先,在广东省率先通过自己的作品,发出"拯救地球的呼唤",创作了《马乔乔奇遇记》《别逃,宇宙王》《蓝天小卫士》《鸟仙子的绿岛》《魔星奇缘》等有关环保的童话,以宏阔的视野、奇特的构想,把科学与文艺、神话与现实、形象与哲理结合起来。通过色彩缤纷的世界,影射了人们在地球家园所做的种种蠢事,同时,也曲折地表达了人类的觉醒,发出拯救地球的呼唤。陈子典的环保儿童诗、邝金鼻的环保童话、廖雪林的童话,一起汇成了保护地球的大合唱。廖雪林在童话《一只翅膀的多罗多》中,编织了一个"清新、自然、优雅",开着淡粉色、淡绿色鲜花的理想家园,以多罗多不畏艰险拯救被恶魔摧毁的家园,表达人们对良好生存环境的渴望。这些作品所表露出来的强烈感情,反映了人类自审的意识和可持续发展的意识。

这一时期，各种体裁的儿童文学作品都得到均衡的发展。且不说儿童小说、儿童诗歌、儿童散文、儿童故事、童话寓言，连过去较为薄弱的儿童戏剧，这一时期也蓬勃发展起来。1991年7月，广东儿童剧团正式重组成立。担任正副团长的唐琼希、李伟，既当领导，又当编剧，又当演员。他们首先推出了儿童剧《夜明珠》，进京参加展演，一举获得成功。自此他们的创作热情一发而不可收，随后又编演了《狼孩》《闯入天才球星》等，演出了100多场，掀起了广东省儿童剧的编写与演出高潮。深圳作家张英伟，取材特区，编写了校园剧《承包》《签名》等。这些剧本紧扣现实，具有巨大的震撼力量。如《承包》，把中学生置身于商品大潮的冲击之中，表现了以小班长为首的特区新一代，正在自觉追求"比金钱更可贵的东西"，鞭挞了校园里悄悄抬头的金钱万能意识。还有陈中秋的《五羊之歌》、刘强的《夜莺》等，都是儿童剧的优秀之作。儿童影视方面，有刘斯奋、方耀强总策划的50集系列动画片《新三字经》，根据郁秀原作《花季·雨季》改编的儿童电影等。总之，这一时期的儿童剧和儿童影视，十分耀眼，形势喜人。

儿童文学丛书、套书的出版，也显示了这一时期儿童文学创作的繁荣。李国伟的中篇"自我历险小说"5册，陈子典等根据历史资料编写的"中华民族传统美德故事丛书"9册，广州师范学院儿童文学研究所组织编写的"中华少年英才丛书"20多册，谭元亨创作和主编的"海外中国孩子丛书"3套，饶远创作的中篇系列童话《马乔乔奇历记》，韩可与、王俊康主编的《广东改革开放的故事》若干册等，不仅内容丰富厚实，而且制作精美，深受小读者的欢迎。

随着儿童文学创作的繁荣，儿童文学的评论和理论建设，也随之活跃起来。省作家协会儿童文学创作委员会有计划地推出本省儿童文学作家作品的研讨，先后对邝金鼻、李国伟、饶远、郁秀、秦牧、黄庆云、陈子典、曾应枫等的儿童文学作品，进行了研讨。广州师范学院中文系在原来儿童文学研究室的基础上改建为儿童文学研究所，并确立了"研究、教学、儿童智力开发"三大任务。这一时期出版了一批专著和论文，从不同角度和层面探讨儿童文学的性质、原理、发展状况与教学经验。1992年该所与广东省作家协会儿童文学创作委员会、新世纪出版社等单位联合举办了"1992中国儿童文学研讨会"，除国内的著名专家学者陈伯吹、蒋风、洪汛涛、浦漫汀、张美妮、王泉根等参加外，还有来自新加坡等地的作家、学者参加，广泛地交流了中国儿童文学和世界华文儿童文学的情况，展望了发展的前景，讨论了儿童文学创作、研究、教育、教学等方面的问题，提出了许多富有建设性的意见。会后出版了论文集《走向世界——华文儿童文学审视与展望》。

儿童文学社团的活动，遍布全省。在这一时期特别令人瞩目的，是韶关儿童文学创作研究会。作者之众、热情之高、作品之多、出书之广、获奖之盛、活动之频和体裁之全，在我省首屈一指。且不说他们发表的单篇儿童文学作品，就已出版的儿童文学专著来说，也有30多本。深圳儿童文学学会坚持定期举办学术例会，共同探讨创作中遇到的问题，在《深圳特区报》《特区文学》杂志和《深圳作家报》上，经常组织儿童文学专版或专栏，为《红树林》《特区少年报》提供大量稿件，有些作品引起了较好的社会反响。在全省范围内，中小学都普遍建立了文学社，许多儿童文学作家担任了辅导员，出版了许多中小学生优秀习作。

社会上对儿童文学也有了不同程度的重视，省委宣传部在砍掉过去评奖项目过多过滥的情况下，保留了儿童文学评奖作为省级的评奖项目。省委宣传部还和有关职能部门

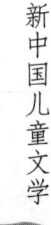

筹集 300 万元,设立省优秀儿童读物出版基金。广州师范学院的儿童文学课程,提升为指定的限选课程。《少男少女》杂志社发挥作家办刊的优势,与 200 多个中学文学社挂钩,开设没有围墙的文学院校——"通讯文学院"专栏,开设诗歌班、写作班,从中发现不少文学苗子。有数以万计会员的广州市中学生文联,把《明日之星报》办成培养明日文学之星的一块沃土,省作家协会主办的高档次的文学月刊《作品》,1997 年开设"校园文学"专栏。

20 世纪 90 年代以后,儿童文学作家队伍不断壮大,形成了老、中、青结合的一支可观的队伍。我们惊喜地看到,大作家、学者、社会名流也关注儿童文学,并亲自为儿童进行创作。散文大师秦牧,出版了洋洋 40 多万字的《秦牧儿童文学作品选》。在广州师范学院工作的中国科学院院士张景中,也为儿童撰写科学小品。生活在农村第一线的农民郑庭悦,也为儿童写成了 10 多万字的童话《龙公主虎公主》。

但是我们不能不看到,在市场经济和外来文化的冲击下,广东儿童文学也面临许多困惑与问题:有些儿童文学作家"下海"改行了;年轻作者加盟到儿童文学队伍的少;有影响的儿童文学精品不多;儿童文学作者的"内功"有待进一步提高;报告文学的"文学"味需要加强;儿童诗和科学文艺的力量薄弱;出版社对纯文学作品的出版还需大力扶持。

（原载陈子典主编《广东当代儿童文学概论》,广东高等教育出版社,2005 年版,收入本书时有删节）

# 21世纪以来广东儿童文学印象

王少瑜

作为中国儿童文学的分支,广东儿童文学一直非常活跃,佳作颇丰。早在20世纪四五十年代,老一辈儿童文学作家黄庆云、郁茹、黄谷柳、秦牧等就为广东当代儿童文学的兴起与发展立下汗马功劳。到了新时期,一批中青年的儿童文学作家,如邝金鼻、饶远、陈子典、李国伟、班马、郁秀等的创作探索进一步促进了广东儿童文学的发展与繁荣。21世纪以来,广东儿童文学更是作家崛起,佳作迭出,成绩斐然,陈诗哥、曾小春、袁博、洪永争、慈琪等作家纷获全国优秀儿童文学奖、冰心儿童文学奖、陈伯吹儿童文学奖、青铜葵花儿童文学奖等儿童文学界的最高奖项,陈诗哥更是入选中国作协儿童文学委员会,成为最年轻的委员。可以说,21世纪以来,广东儿童文学创作群体的奋起以及其鲜明的创作特色给文坛留下了深刻的印象。

## 一、张扬童心,书写成长

冰心曾言"知儿童才能为其而创作"[①],儿童文学作家要真正地知童心、识童心、写童心才能创作出优秀的儿童文学作品。21世纪以来广东儿童文学作家的一个重要特点就是作家鲜明的儿童立场,他们都摒弃"成人立场"和"说教面孔",与儿童共情共鸣,以贴近儿童的姿态创作,作品童心洋溢、童趣盎然。

洪永争认为优秀的儿童文学"从儿童本位着眼,往灵魂深处下笔"[②],他说:"我写儿童文学主要痴迷于用儿童的眼光看问题。"[③]洪永争的《摇啊摇,疍家船》获得青铜葵花儿童文学奖最高奖"青铜奖",小说鲜明地塑造了一个与成人世界相对的孩子世界。疍家仔杨水活10岁,如同很多10岁的男孩一样,他在大人的眼中常常表现得很倔很拧,父亲常凶他:"水活,你又发什么癫?"区别于作品中的"父亲"成人眼光的简单粗暴,作者则与"水活"共情,与倔和拧背后潜藏着的独立、纯粹、柔软的童心世界共鸣,没有责备,没有说教。他以大量细腻传神的细节传达着童心的神韵,呈现童心之真之美,并以此作为"观照成人世界的一面镜子"[④]。陈诗哥则这样定义孩子:"孩子指的是:最初的人,也就是有一颗温柔、谦卑的心,不嫉妒、不自夸、不张狂、不做害羞的事,不喜欢不义。他对事物有着直接的喜爱,而非仅仅拥有一个概念。"[⑤]他笔下的孩子自由烂漫、混沌初开,天真未琢而又通透清澈。在《我想养一只鸭子》中,"每天,鸭子都跟小鸡、小鹅、大水牛、小狗、青草、玫瑰、柳树一起玩耍,在草地上打滚,在池塘里游泳,捉虫子吃。玩得很开心。第一天玩得很开心。第二天玩得很开心。第三天也玩得很开心。"在《国王的奔跑》中,"那时候,每个孩子都有他的领地。我爷爷每天都拖着一根长长的木薯棍,带着狗儿小黑,穿过细碎的野菊花香气,在日光下奔跑,巡视他的国家,就是几棵树、一口水井、一个小山坡、一间鬼屋、一栋炮楼、背后的田野、远一点的玉米地、蚂蚁窝、田鼠洞,还有偌大个天空。"每一篇作品,陈诗哥都力求与童心无间的契合,极力展现孩子精神世界里真实存在的一个国度,描绘

新中国儿童文学

童心深处的单纯天真、洒脱不羁、兴致勃勃、自由从容，这既是孩子最初的生命体验，也是返璞归真、大道至简的最高生命境界。

当然，广东儿童文学作家在张扬童心的同时，他们并没有把"童心"作为一个抽象的概念而进行单纯的理想化创作，他们也关注儿童情感的复杂性和多元化，关注儿童成长过程中的困惑焦虑、喜悦痛苦，并生动地描摹了儿童成长的心路历程。曾小春认为："儿童生活、童年经历有其单纯、天真、美好的一面，同时也有它自身的丰富性和复杂性。特别是儿童始终处在生理的和精神的成长过程中，家庭、学校和社会对儿童的影响也是无时无刻的，儿童文学应该将这种丰富性、复杂性和深刻性适当展现揭示出来。"⑥他致力于"写一群乡村少年的精神成长史"⑦，展现乡村孩子们的丰富情感和心灵秘密，书写他们的困境、磨砺和成长。例如，他的长篇小说《手掌阳光》以骑子岭女孩兰妮子作为"空巢"时代里留守儿童的典型，在日常化的细节中真实地描写了留守儿童因父母远走他乡、贫富悬殊的反差、城与乡的冲突等现实的生存状况而引发的困惑和痛苦，女孩在与困难的斗争中体验、感悟着成长。区别于曾小春，洪永争的乡村儿童成长小说，被称为"动物小说王子"的袁博则"擅长描写动物在成长过程中所经历的考验与挑战"⑧，他的《星宿海上的野牦牛》书写了一只"被妈妈毫不留情地用尾巴赶走"的小牦牛从彷徨流浪到成长为年轻牦牛群中的一名勇士所经历的考验与挑战，酣畅淋漓地展现了成长的孤独、惶惑以及努力拼搏的意志，寓言着生命的骁勇与美好！

## 二、求真求美，诗意盎然

儿童文学作家陈伯吹先生曾说，"儿童文学是为小孩子写的大文学"⑨。真正的儿童文学并不是"小儿科"，而是成人世界与儿童世界的情感和精神交流，它天真淳朴但不浅薄庸俗；它大巧若拙，平实中充满趣味，单纯里韵味无穷。21世纪以来的广东儿童文学作家正是努力在追求这种儿童文学创作的大视野、大气魄，他们在创作中求真求美，传达诗意，用文学艺术之光去点亮儿童的心灵。

陈诗哥说"童话是对世界的重新解释和重新命名"⑩，他认为"好的童话，自然是富有诗意的，富有哲思的，甚至是富有神性的"⑪。他的童话有着极致的天真单纯，他用新鲜而又充满喜悦的眼睛去发现世界的诗意，唤醒生命的原初体验，探求生命的可能性。《风居住的街道》把无色无味无形的风赋予了鲜活的生命，点灯的风、读书的风、阴风、五颜六色的风、干净的风、酒馆里的风、要改名字的风……一个接一个粉墨登场。点灯的风默默地点燃一盏盏街灯，华灯初上时，这就是"风光"；爱美的风姑娘"在衣服上染上了绯红的山茶花、洁白的雪花和橘黄色的月亮"，她一飞舞，就是"风花雪月"；喝醉了酒的风发酒疯就形成了"台风、飓风、龙卷风"；有学问的风先生饱含智慧地告诉"我"，"风没有开始的地方，也没有结束的地方"……在这妙趣横生的童话中，仿佛重写了"风"这一词条，各种各样的风"物"、风"情"、风"景"美不胜收，让人不禁惊叹世界之美妙与神奇。陈诗哥的许多童话都以空灵诗意的艺术想象重新命名了我们习以为常的事物，《门的故事》重新命名了"串门"；《窗口的故事》重新命名了"天窗"；《蘑菇汤》重新命名了生命的形态——猪妈妈对猪宝宝说："如果你死了，我就把你再生一次。"灵动的想象、诗意的哲思像风一样吹开了孩子的感受、体验和想象之门，世界原来从来不是墨守成规的，一切都那么新鲜好玩，一切都充满可能性。

如果说陈诗哥在童话创作的领域里诗意地求真求美，那么洪永争、曾小春、袁博等作家则在小说的领域里诗意地书写爱、善和真情。洪永争说:"儿童文学尽管是多样化的,但有一点相同:都要表现真善美。"⑫他的《摇啊摇,疍家船》描绘了贫穷卑微的"疍家人"一家琐碎而历经磨难的生活以及 10 岁男孩杨水活的命运纠葛和成长,呈现了一个大爱大美的故事。著名儿童文学评论家王泉根这样评价:"笔带情感,力透纸背,深接地气,展现了一幅幅父子之情、姐弟之情、生父母和养父母之情、社会学校普通人之情的生动画卷,折射出中国老百姓最朴实无华的人性光辉和生活理想。"⑬曾小春的乡村系列小说总是守望着乡村儿童的精神世界,小说中无论是成长中的少年还是在外貌或性格上有着各种缺陷的"丑姆妈""豁嘴老头""鸡巴"等成年人,他们或在困境中守住了心中的真与爱,或在迷失后被唤醒心中之光,小说在淡淡的哀伤中孕育着浓郁的暖意,在复杂的人性中回望真与美,引领着孩子们超越苦难,守望美好。袁博的动物小说着力书写在苍凉而辽阔的自然中不同物种的野性生存,讲述野生动物荡气回肠的生命故事,"包含了执着的坚守、拼搏的勇气、难得的温情、群体的良知"⑭。作品闪耀着诗意的生命之光,让孩子在惊叹、感动和倾慕之余,获得心灵的升华。

## 三、情系故土,乡韵悠长

广东作为改革开放的前沿省份,新时期以来,儿童文学的作家构成就分为本土作家和外来的移民作家;21 世纪以来,这种作家构成状态依然稳定。不管是本土作家还是移民作家,总是怀揣着一份对往昔的小村庄、小城镇的想念,对高度商业化、市场化的移民都市更多地表现出一种疏离的态度和谨慎的思考。他们更愿意与儿童读者分享那远去的童年,那磨灭不了的故土印象,这就形成了 21 世纪以来广东作家鲜明的叙事选择:情系故土,书写故土文化和时代变迁,许多作品地方叙事特色浓厚,乡韵悠长。

广东本土作家的儿童文学作品中往往有着鲜明的岭南特色,在岭南文化的具体情境中讲述故事,在故事细节中寄予着岭南文化的逻辑文理。洪永争的故乡是阳江,他在漠阳江畔成长,他的《摇啊摇,疍家船》被认为是"第一部如此深刻周密地描写疍家渔民的风俗民情小说"⑮。洪永争说:"在作品里描写的那些风景、圩镇、村落、树林和竹林,那个年代的风物,那个时代人的语言、穿衣打扮等,确实是我本人在小时候经历过或者目睹过的。"⑯其实留在作家印象中的不仅是疍家渔民的生活细节,更重要的是随着这些细节沉淀下来的贫穷而不沉沦、卑微而不妥协、本分而又怀有仁爱之心的疍家渔民的生存姿态,小说在细碎的、童心化的细节推进中镀亮了疍家文化。除了洪永争,还有不少广东本土作家以岭南文化的感知者、持有者、传播者的身份认知进行儿童文学创作,为孩子们描绘这块土地生动的文化细节,并以此抵抗工业化对原始文化生态的破坏。例如,祖籍东莞的作家香杰新,其作品《雨水滴答滴答,石头开满花》获广东省有为文学奖第一届"平湖杯"儿童文学奖,小说以几个乡村少年的生活为线索,讲述和反思了东莞改革开放过程中的社会变迁,追忆着抓麻雀、掏鸟窝、捅黄蜂窝等随着城市的现代化进程已远去的童年趣事,期盼以文字留住绿水青山,留住乡愁。又如生长在南海之滨的湛江作家陈华清,她的《海边的珊瑚屋》《追台风的秘密》把海洋风景、民俗传说熔铸在儿童故事中,书写海洋风情,在渔村社会的肌理与血肉中重塑海洋文化品格,具有鲜明的南海特色。由此可见,岭南风情、岭南精神、岭南文化形成了广东本土作家作品鲜明的审美特色。

与广东本土作家相似,外来的移民作家也同样怀着对故土深深的思念和怀想,但与本土作家相比,移民作家作品的乡韵中多了一重离乡念乡却又返乡不得的慨叹。以曾小春为例，曾小春现为东莞作家，但其童年在江西农村度过，江西乡村便成为作家理想的精神家园，他在许多作品中既深情眷恋的回望童年故乡，又慨叹故乡风情已不再。在《穿双棉鞋回故乡》中，从小就离开故乡的弟弟始终惦记着向往着温暖而纯真的乡村生活，但在乡村长大的姐姐却告诉弟弟家乡那清澈的水井已被新房填充，曾经熙攘热闹的米巷子被高楼大厦取代，城市比家乡好很多。小说中的"棉鞋"是朴素的故乡的象征，然而就只剩下最后一双了。广东不少外来作家的思乡之作都表达了类似的情感，既情系故土，但又清醒地意识到势不可挡的城市化导致的乡土变形，感叹故土难返，他们在作品中着力追寻已越行越远的家乡遗韵，为当代儿童构建、保存了一段田园牧歌式的乡村记忆，通过精神返乡来帮助孩子们把故乡的星空留存于心。

综上所述，经过多年的发展，21 世纪以来的广东儿童文学特色鲜明，有着较高的创作起点，作家始终坚持以儿童为本位进行叙事，渐渐形成一种大气的创作格局，作品童心真挚、童趣盎然，既书写现实又有诗意灵动的想象，既刻画美善又闪烁哲思，既歌颂童年又引领成长，既有时代特色又具地方叙事风采。为了促进广东儿童文学的进一步繁荣发展，近两年广东作家协会不仅启动了省鲁迅文学艺术奖的儿童文学类评奖和广东省有为文学奖"平湖杯"儿童文学奖，还成立了 1+3 广东儿童文学大联盟，把广东的儿童文学作家、出版社、学校教师集合在联盟的大旗下，共享资源、共同联手，着力整合并打通广东儿童文学创作、出版，以及市场推广、校园阅读的通道。我们相信，经过努力，广东儿童文学必定未来可期，推出更多的精品佳作！

**[注释]**

① ⑨ 李国伟：《蹲下来"与"弯下腰"：谈儿童文学的创作姿态》，《光明日报》2016 年 11 月 14 日。

② ③ ④ ⑫ ⑮ ⑯ 洪永争：《儿童文学要表现真善美》，《新华书目报》，2018 年 07 月 06 日。

⑤ ⑩ ⑪ 陈诗哥：《做一个清醒时做梦的梦想家》，中国作家网，（2016 年 11 月 22 日）[2016-11-23].http://www.chinawriter.com.cn/n1/2016/1122/c405057-28887460.html.

⑥ ⑦ 徐绍娜：《广东作家曾小春：想写乡村少年的精神成长史》，中国作家网，（2011 年 04 月 15 日）[2018-12-20].http://www.chinawriter.com.cn/news/2011/2011-04-15/96430.html.

⑧ 何晓博，袁博：《用动物小说为大自然书写一部历史》，《中国出版传媒商报》2017 年 11 月 24 日。

⑬ 王泉根：《摇啊摇，疍家船》，天天出版社 2018 年版。

⑭ 袁博：《星宿海上的野牦牛》，浙江摄影出版社 2017 年版。

（原载《肇庆学院学报》2019 年第 3 期）

# 深圳儿童文苑春意盎然

束沛德

谈起深圳与儿童文学，我不禁想起 2004 年 10 月在深圳召开的那次全国儿童文学创作会议。那时，我还在中国作协儿童文学委员会的岗位上，参与了那次会议的策划、组织工作，并在会上做了题为《让儿童文学走进小读者》的发言。我清晰地记得，在那次会上，深圳文联负责人杨宏海做了《植根热土的文学新苗——深圳校园文学创作活动巡礼》的发言。《花季·雨季》的作者郁秀谈了《我与成长小说》。妞妞的纪实文学《长翅膀的绵羊》获得第六届全国优秀儿童文学奖。说实话，那时我对深圳儿童文学状况不甚了解，除了郁秀、妞妞外，只知道一个写过儿童小说《猪屁股带来的烦恼》等的老作家苏曼华。也许当年的事实就是如此。

从 2004 年到 2017 年，10 多个春秋过去了。近些年来，深圳儿童文学有了可喜的、引人瞩目的发展。在我的印象中，当前深圳的儿童文学呈现生气勃勃的创作态势，文学生态、氛围和谐良好。儿童文学新生力量悄然崛起，崭露头角，儿童文苑不时能看到不少来自深圳的、陌生的新面孔。如今深圳已经逐步形成一个规模和实力相当可观的儿童文学作家群，这个团队毫不逊色地处于全国儿童文学队伍的第二方阵。阅读推广活动相当活跃，众多"点灯人"满腔热忱、千方百计地让儿童文学读物走进校园、家庭和广大小读者中间。我以为，从上述诸方面看，深圳已昂首阔步地走在全国儿童文学的前列。真是今非昔比！

当然，深圳的儿童文学现状并非那么完美无缺，还有不少有待改进和提高的空间。如何写好中国故事，尤其是深圳独特的故事，作家还大有用武之地。如何写出直抵少年儿童心灵，给孩子以真善美、温暖、希望、力量的精品力作，对很多作家来说，似乎仍走在探索前行的路上。诗、报告文学、幼儿文学、理论批评，有待更多的关注和支持。来日方长，我相信，经过不懈努力，深耕细耘，深圳的儿童文学前途似锦。

最近在中国作协举办的深圳儿童文学作家群研讨会上，讨论了六位作家的作品，是深圳近些年儿童文学创作优秀成果的集中展示。陈诗哥的《风居住的街道》获作协第九届全国优秀儿童文学奖青年短篇佳作奖，2014 年他获第二届《儿童文学》十大金作家奖，我都在北京、浙江上虞参加了颁奖典礼，目睹他赢得殊荣的喜悦。郝周的小说《偷剧本的学徒》入选中宣部"2015 优秀儿童文学出版工程"书目，我也是那次评审会的成员，并对这本小说庄重地投了一票。被誉为"动物小说王子"袁博的《火烈马》《狮子的心》、杜梅的小说《钢是钢　铁是铁》、刘克勤的校园小说《超级六班》、郑枫的童话《梦旅行·念头集》、袁晓峰的图画书《总有一个吃面包的理由》等，也都可圈可点、值得称道。

在此，我粗略地谈谈对陈诗哥童话的印象。陈诗哥赠我《童话之书》时，在扉页上题签了两行字："读童话，可以重新成为一个孩子；重新成为一个孩子，意味着生命如节日般归来。"这对我这么一个 80 多岁的老人，有着强大的感染力、吸引力，让我充满热切的期

待！我满怀兴趣地读了这本书，觉得这是一本不可多得的、充满诗情哲理的关于童话的奇妙童话。它点燃了我天真未泯的童心，让我沉浸在浓郁的童情童趣之中，如作者所期望的，我有幸重温回到 0 至 99 岁孩子行列的滋味。

创造性、想象力，对于一切文学艺术，包括儿童文学在内，是极其重要、不可或缺的。前些日子，读到著名学者资中筠对当代教育的尖锐批评。她说："在中国的所有问题中，教育问题最为严峻。"为人的成长打精神底子的儿童文学，可不能加入扼杀创造性和想象力的行列啊！可是，纵观儿童文学现状，不得不遗憾地说，我们的儿童文学之所以不能出现更多精品、经典之作，不能登上艺术高峰，最缺少的就是创造性和想象力。而陈诗哥的《童话之书》之所以难能可贵，正在于它既勇于独创又富于想象。独特的、鲜明的创作个性，丰沛的、自由驰骋的想象力，正是陈诗哥的优势、长处所在。

写这么一本以探讨"童话是什么"为主题，以书国王子为主人公的《童话之书》，是有很大难度的，是需要非凡的创造热情、勇气、智慧和想象的。通读全书，我欣喜地发现，随着故事情节的发展，作者自然地、恰到好处地融入了自己对现实生活、童年生活的真切感受，融入了对世界经典童话、中外文学名著的巧妙再创造，融入了对未来世界的丰沛想象，融入了对天地万物的哲理思考。而所有这一切，都娓娓道来，温情脉脉，让人如沐春风，心旷神怡。

陈诗哥是一个勇于探索又善于思考的人。他积多年的生活经验和阅读心得，在《我的童话观》一文中提出了不少有关童话的新理念、新观点。诸如："童话是对世界的重新解释和重新命名""童话的首要目的是让人的心灵变得更美好""在童话里，宽恕比正义更重要"，童话遵循的儿童逻辑"是一种诗性逻辑"，以及"虚构比现实更接近真实""童话不是幻想文学""童话不一定是一个完整的故事"等。在我看来，其中不乏独具慧眼的真知灼见。且不论这些看法是否还有值得商榷之处，可贵的是作者勇敢大胆地将他的童话理论付诸创作实践。可以说《童话之书》就是陈诗哥童话理论与创作实践完美统一的有益尝试。他不是在作品中说道理，讲概念，以理服人，而是通过讲故事的方式，记述主人公书国王子一生颠沛流离的遭遇和命运，以情感人，以美育人。从主人公和其他人物的一言一行中，让读者润物细无声地体验、感悟爱和宽容，伟大的单纯，以一颗温柔、谦卑之心看待一切，生活美妙的秘诀在于信任。让故事情节说话，让人物命运说话，随着故事情节的发展，纯真、美好的感情像清澈的泉水般自然而然地流淌到读者的心灵深处。从而也不知不觉、或多或少地加深对童话的意义、价值和本质的理解。

恪守童心与诗意，是陈诗哥在童话创作中持之以恒的原则。童心、赤子之心是创作的动力、源泉。失却童心，没有天真，哪来童话？哪来儿童文学？把童话和诗歌看作"天使的两个翅膀""诗歌是童话最好的镜子"的陈诗哥，在《童话之书》中以诗的语言讲述故事，孜孜不倦、百折不回地向诗性、诗境登攀，力求诗情与哲理的水乳交融。所有这些，构成他的童话作品的又一艺术特色。期望深圳儿童文学再出发，向着明亮那方前行。

（原载《中国艺术报》2017 年 3 月 31 日）

# 广西儿童文学创作的地域民族文化特色

邓　琴　温存超

作为西南地区一个以壮族为主的多民族聚居区域,广西当代儿童文学创作大致上与中国当代儿童文学创作发展过程保持同步,先后经历了从"十七年"黄金时期,到"文革"十年凋零期,到新时期恢复发展期,再到转型繁荣期的曲折历程。然而,由于地域民族文化背景和创作队伍构成等因素的影响,广西儿童文学创作在全国整体的格局中又表现出自己的特殊之处。

## 一、广西儿童文学创作的发展历程

### (一)20世纪五六十年代广西儿童文学的起步与探索

20世纪五六十年代是中国当代儿童文学发展的第一个黄金时期。在此期间,中国儿童文学创作十分活跃,新老作家一起上阵,佳作迭出,产生了大批优秀的儿童文学作品。而在此时期,地处南疆的广西儿童文学创作则刚进入起始阶段,是为广西儿童文学作家的艺术摸索期,虽然当时专门从事儿童文学的作家不算多,但却也取得了比较引人瞩目的成就。这一时期,在广西儿童文学创作领域里,以肖甘牛、莎红、韦其麟、肖丁山、杉松、莫克、李春鲜、柳林、谈庆麟等人的创作实践和成绩显得较为突出。

肖甘牛是这一时期在全国具有较大影响的广西民间文学和儿童文学代表作家。肖甘牛出生于桂林永福,自幼受母亲影响,十分喜爱民间文学,中华人民共和国成立前任教师时就曾深入到苗族地区收集民间文学资料,他很善于根据民间文学资料进行再创作,先后出版了适合少年儿童阅读的《铜鼓老爹》《金芦笙》《长发妹》《嫦娥奔月》《亮眼宝石》《打山猪》等民间故事集和小说集,他的剧本《一幅壮锦》由上海美术电影制片厂拍摄,于1965年荣获卡罗维发利第12届国际电影节荣誉奖,民间故事《灯花》传至日本后引起强烈反响。而韦其麟的《百鸟衣》和肖丁山的《虎哥和凤姑》等作品,也在这一时期产生了较大的影响。

四川籍作家杉松由云南大学中文系毕业后,先后任职于广西文联和广西艺术学院,20世纪50年代中期开始致力于童话写作,先后出版有《金色的小蜜蜂》《一群小金鱼儿》《魔珠》《小蝴蝶》等童话集,并发表《"童心"·童话·从儿童角度出发》等儿童文学理论研究文章。其童话作品曾先后入选《中国当代优秀童话选》《童话佳作选》和《中国儿童文学作家成名作》等全国重要的童话选本,其代表作《金色的小蜜蜂》和《一群小金鱼儿》得到了著名儿童文学作家陈伯吹的高度好评,在当时全国儿童文坛中取得一定的地位。

横县籍作家莫克于1950年毕业于广西西江文理学院农科系,毕业后在南宁市某中学任教,业余从事科普研究和科普文学创作,20世纪五六十年代先后出版有《叶香的草》《有趣的动物》《蔗田的卫兵》《南方的动物》等儿童读物,其作品将科学知识化为艺术形象,趣味性、幻想性和知识性相结合,在当时广西儿童文学创作中显得别具一格。

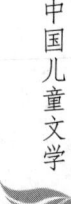

上林籍壮族作家李春鲜1960年毕业于北京地质学院,曾在内蒙古、江西和广西等地从事野外地质和考古工作,20世纪50年代中期开始儿童文学创作。其长篇儿童小说《仙境彩霞》以广西大明山为背景,描述壮族少年古露、特稼和小珊巴进入玉簪河谷深处探险寻奇的故事,表现了壮族少年热爱科学和探究真理的可贵精神。这部小说融美妙风光描绘和地质知识介绍为一炉,将儿童的好奇心理刻画和惊险的故事情节叙述相结合,深深地吸引了广大的少年读者,给读者留下极其深刻的印象,并荣获广西1954—1979年优秀儿童文学作品奖。

此外,曾任南宁市文协儿童文学委员会副主任的柳林自20世纪60年代开始儿童文学写作,先后发表和出版了《豆豆》《沙滩上的孩子》《水上花朵》《古铜鼓之谜》《金银花》《玲玲的新衣》等一批优秀作品;曾任北海市群众艺术馆馆员的谈庆麟自20世纪60年代中期起,连续发表了不少的儿童科普文学作品,引起人们的关注。

这一时期,著名儿童文学作家陈伯吹一度从北京来到广西授课讲座,为广西儿童文学的创作带来了新的思路,促进广西又涌现出如叶锦、王其彭、柳林、海代泉等一批新的儿童文学作家。

在这一时期中,肖甘牛、韦其麟和肖丁山等人创作的共同特点就是取材于民间故事,对民间流传的神话传说和民间故事进行改造,改编成适合儿童阅读的童话和寓言故事,从民间传说和口头文学中吸取艺术营养,形成具有经典童话性质的叙述模式。[①]如肖甘牛的代表作《一幅壮锦》取材于壮族民间传说,融民间传说、神话和童话元素,用经典童话的"三段式叙事"和形象与性格的对比手法,讲述了三个壮族小伙子的成长故事,出身于贫困壮族家庭的三兄弟,只有小儿子因为勤劳、勇敢和智慧而获得人生的幸福。作品艺术地诠释了中国民族传统的价值观,且与欧洲经典童话《白雪公主》《磨坊主的儿子》和《勇敢的小裁缝》等作品的叙述结构和情感主题大同小异。这一现象表明民间文学尤其是民间童话往往是一个民族最初的文学叙事,也是最初的儿童文学的艺术标本。

上述这一拨作家的创作,开创了广西当代儿童文学创作的先河,撑起了广西儿童文学创作这一时期多姿多彩的风景,使得广西当代儿童文学创作起步即表现不凡。

"文革"时期广西儿童文学明显处于低谷,作品不多。主要有曾任《广西日报》《玉林大众报》记者林植峰创作的童话《智斗天牛》于1976年6月由上海人民出版社出版,广西军区政治部编的儿童小说《壮士少年》于1976年由广西人民出版社出版。[②]

**(二)新时期广西儿童文学的振兴**

进入新时期,随着全国文学形势的变化,广西儿童文学也迅速复苏。首先是以出版少儿读物为主的接力出版社率先成立,紧接着《儿童期刊》《少年科技博览》和《小博士报》等刊物相继问世,为广西儿童文学创作提供阵地,自治区文联和作协也注重对儿童文学作家的培养,举办了多期讲习班和辅导班,专门邀请了陈伯吹、曹文轩、张之路、夏有志、黄世横五位全国著名的儿童文学作家到广西讲学,为广西儿童文学创作把脉,指出优势与不足,推动广西儿童文学创作发展。不久,广西儿童文学创作大体上与全国儿童文学繁荣的态势接轨。

在20世纪七八十年代,一些五六十年代成名的广西儿童文学作家又开始不断发表和出版新作,掀起了一个新的阶段性高潮。如莎红于1979年就根据广西民间动物故事改编出版了儿童诗集《公鸡和鸭子》,1984年出版童话诗集《在密密的林子里》;柳林的童话《美丽的金银花》于1983年获全国优秀儿童文学作品奖;韦其麟于1984年7月出版的长篇叙事诗《寻找太阳的母亲》以壮族古老的传说"妈勒访天边"为题材,歌颂了壮民族无私无畏的献身精神和追求光明的坚定信念。这部作品因此于1985年荣获第二届全国少数民族文学创作奖;莫克在20世纪80年代也新出版了《有趣的植物》《生命的奇迹》《中华国宝》《生物的妙用》等少年科普文学读物,并以《中华国宝》获全国优秀儿童读物一等奖;谈庆麟连续结集出版了儿童文学集《瑰丽的珊瑚花》《魔术师的游戏》和《小小的海猎手》,其中,《瑰丽的珊瑚花》曾获广西科普优秀作品奖;海代泉出版有童话集《飞碟留下的机器人》和《老鼠贝米有支画笔》,其寓言集《鹦鹉的诀窍》于1988年获广西首届文学创作铜鼓奖,寓言集《螃蟹为什么横行》获第五届全国少数民族文学奖。另外,敏歧的儿童小说《灯》、黄钲的童话《猴狮》、李肇隆的儿童小说《一对好朋友》、刘洁的儿童小说《竹鸡篮子》、余毅忠的童话《鲤鱼告状》和依易天的童话长诗《小石匠的幻想》等作品也都引起了人们的关注,得到好评。③

自20世纪90年代至21世纪之交,广西的儿童文学创作又得到了飞跃性的发展。不仅作品发表数量增多,而且形式也多种多样,包括科普文艺、童话、寓言、校园小说、幻想小说、儿童散文和诗歌等各种体裁。这一时期广西儿童文学创作的代表性作家主要有常海军、朱叶葵、黄中武、方冠琴等。

曾任《儿童创造》杂志社总编的常海军在全国各报刊上发表了大量的儿童文学作品,结集出版有儿童小说集《毛人传奇》和《八月流浪儿》,并与人合著合编儿童读物《夏天故事会》等16部。常海军的儿童文学创作多反映农村儿童生活,塑造了众多性格鲜明的少年儿童形象,其作品生活气息浓郁,场景描写生动,情节曲折奇异,充满少儿情趣,具有积极的教育意义。其儿童故事《爷爷的来信和我的旁白》等3部作品分别获南宁市政府第一、第三、第五届"五象工程奖·文艺奖",少儿传奇小说集《八月流浪儿》获第四届广西文艺创作铜鼓奖,儿童小说《作家与女孩》获全国第十七届陈伯吹儿童文学奖。常海军为中国科普作家协会理事、广西作家协会副主席、广西作家协会儿童文学委员会主任,实为广西儿童文学创作的领军人物。

另外,桂林作家朱叶葵出版了广西首部长篇童话小说《超世纪少年羲雷》,并获自治区桂花工程奖;擅长写科学童话和科幻小说的黄中武先后出版了长篇科幻小说《星际风云》《迷谷狼孩》《化石山的秘密》和长篇科学童话《超级疯牛病》;善于描写动物故事的扶绥籍壮族作家方冠琴出版有寓言故事集《小壁虎疼尾巴》和《系铜铃的猫》,其《小壁虎疼尾巴》获第二届壮族文学奖。

### (三)21世纪广西儿童文学的发展态势

21世纪以来,广西又涌现出一批新生代儿童文学作家,代表性作家主要有王勇英、陆刚夫、陈丽虹、盘晓昱、林玉椿、夏商周、李一鱼、郭丽莎、磨金梅、黄蓉蓉、廖晓威等人,广西儿童文学创作队伍得到进一步壮大。

北海作家陆刚夫以锐意创新的精神开辟了广西儿童文学创作的新天地。他将海洋动物如鲸鲨、海牛、章鱼、小丑鱼、裂唇鱼、水母、鹦鹉螺、尖嘴鸥等作为主人公加以塑造,走知识与寓言、童话相结合的创作之路,使科普知识与寓言文学结合。陆刚夫出版有寓言童话系列丛书《海底科普寓言》(五卷本)。其《海底科普寓言》2006年获广西第五届铜鼓奖,动画剧本《金凤凰》2006年获首届中国文化遗产动漫作品大赛优秀创意奖。

合浦女作家陈丽虹曾有20余年幼儿教师的经历,自20世纪90年代中期开始业余从事文学创作。她以写童话为主,作品在全国各地的报纸杂志上发表,并成为《少年时代》《小火炬》《小雪花》《小猕猴》等刊物的专栏作家,主编、主(合)著有"早起鸟:儿童自我保护故事"丛书共四册,在大陆、台湾出版有童话集《住在鸟窝里的小鱼》《秀出你自己》《自然变变变》《有趣的植物》《中药知识童话》《爱心童话树》等。其童话《两头蓝鲸》和《爱读童话故事的树》分别获 2006 年、2008 年冰心儿童文学奖新作奖。

供职于《广西少年报》的盘晓昱为"80 后"作家,开始主攻小小说,在《小小说选刊》《微型小说选刊》等刊物上发表了不少作品,至 2008 年开始试写童话,《说好秋天就回来》和《亲爱的松鼠老爹》等系列绘本,风格唯美而纯净、温情又略带忧伤,体现出敏感的童眼与童心。

近年来,博白籍作家王勇英在当下中国儿童文学创作领域里显山露水,迅速刮起一股旋风,被称之为"王勇英现象"。王勇英曾任《儿童创造》杂志社编辑,2004 年后为自由写作人,中国作家协会第九届全国委员会委员,广西区作协副主席,第六届全国儿童文学鲁迅文学院高级研讨班学员,广西签约作家。已出版《巴澎的城》《青碟》《巫师的传人》《雾里青花泥》等作品几十部,其作品荣登全国开卷畅销童书排行榜。"弄泥的童年风景"《巴澎的城》等和《雾里青花泥》分别入选 2012 年、2018 年国家新闻出版总署向全国青少年推荐百种优秀图书目录。作品《弄泥小时候》获第 25 届陈伯吹儿童文学奖。"弄泥的童年风景"和《巫师的传人》分别获 2012、2015 年度全国冰心图书奖、广西第六届铜鼓奖等。《借婚纱的少年》获第三届周庄杯全国儿童文学二等奖。《水药》获第十届《儿童文学》短篇小说擂台赛银奖及第二届《儿童文学》金近奖。《青碟》获 2015 年国际陈伯吹儿童文学奖。《雾里青花泥》入选 2016 年中宣部优秀作品工程。中篇小说《火灯钓蜂》获首届小十月文学奖佳作奖。

当前,广西儿童文学出现了令人可喜的局面:一方面表现为随着一批年轻的儿童文学作家崭露头角,斩获一批全国性奖项,开始跻身全国儿童文学阵营;另一方面,初步构建起以南宁为中心的创作网络,东有玉林的黄中武,南有北海的陆刚夫和陈丽虹,北有桂林的朱叶葵和宋安玲,中有南宁的常海军和王勇英,以此带动全区儿童文学群体,形成富有广西特色的"东西南北中"作家点阵,并趁势提出了要努力挖掘广西本土文化资源,打造桂北阵营的"山之魂","泛北"阵营的"海之魄",桂东阵营的"客家乡土",桂中西阵营的"壮乡风情"的发展方向和目标。④

## 二、广西儿童文学创作的本土文化资源

地处南疆边陲的广西地貌复杂奇特,海岸线蜿蜒曲折,丘陵与平原交错分布,山脉连绵不绝,喀斯特熔岩地貌蔚为奇观,动植物资源十分丰富,又为多民族聚居区域,民族风情习俗色彩斑斓。奇特的自然地貌和动植物资源,多姿多彩的民族风情文化,为广西的文学创作提供了极为丰富的文化资源,在这片神奇的土地上生长的文学艺术不仅丰富多彩,而且具备异于其他省份和地区文学的特质,用评论家们的话说,即充满了"巫气灵气鬼气水气"⑤,散发出奇特而神秘的光彩。

纵观广西当代的儿童文学创作,其对本土地域和民族民间文化的挖掘与利用,主要表现为以下三个方面。

### (一)从民族民间文学中寻找创作资源

广西当代儿童文学的生长首先是在本土民族民间文学的基质上生根、萌芽,成长起来的,这与中华人民共和国成立后广西文学创作的队伍构成相关联。20 世纪五六十年

代的广西的作家队伍以少数民族作家居多,他们从小生长在壮乡苗岭瑶寨,耳濡目染多姿多彩的民俗风情,民间文学题材和形式成为众多少数民族作家创作的源泉。他们凭着对本民族无限热爱的质朴情感进行创作,充分利用和挖掘本土地域和民族文化资源,在民族文化的宝库中吸收养料,迅速成长与崛起,以鲜明的民族特色活跃在中国文坛。其中,不少民族文学作家同时也是儿童文学作家,他们的创作考虑到少年儿童读者的需要。代表作家如肖甘牛、韦其麟、莎红、依易天、肖丁山等。从民间故事入手进行加工和提升,吸取民族文化和民间文学的营养,形成具有童话性质的叙述模式是他们创作的共同的特点。

肖甘牛的代表作品《一幅壮锦》讲述的是壮族母亲妲布和她三个儿子勒墨、勒堆厄和勒惹的故事。妲布怀着美好的愿望,足足花了三年的时间,耗尽心血织出了一幅美丽的壮锦,但却被一阵大风卷走。勒墨和勒堆厄先后去寻壮锦,都因为害怕艰险而贪图金钱半途而废,结果把金子花完后沦为叫花子,靠讨乞过活。而小儿子勒惹不畏艰险,勇敢机智,终于寻回壮锦,获得美满的人生。此作品集壮族民间传说、神话和童话元素为一体,用经典童话的"三段式叙事"以及形象与性格的对比手法,突出地展现出壮族人民勤劳勇敢、追求理想、坚忍不拔的精神风貌,寄寓了壮族先民们对生命的朴素理解和美好愿望,富有教育意义和民族特色。

享有盛誉的《灯花》,也是肖甘牛根据民间故事改编的作品。主人公都林由于得到灯花幻变的姑娘的帮助,逐渐富裕了起来,可他自己却变得懒散和狡猾,以至于善良美丽的姑娘离他而去。都林偶然发现姑娘留下的两幅描绘勤劳与和谐的家庭生活的绣花,深有感触,开始变得勤快起来后,姑娘回到他身边,夫妻俩在勤奋的劳作中编织着幸福美满的生活。作品通过借助魔法的力量展开奇异的故事情节,梦幻的童话和浪漫诗意水乳交融,具有很强的趣味性和幻想性,富有积极的教育意义。《灯花》传至日本后,产生了不小的影响,并创造了一段佳话:惨遭家庭不幸的日本妇女北岛岁枝在读了肖甘牛的《灯花》之后,放弃了轻生的念头,携带着一对儿女来到中国,经全国政协副主席、妇联主席康克清的关照,专程到广西柳州看望和感谢了肖甘牛。一个广西的民间传说故事,拯救了日本的母亲和儿女一家三人,成为世界民间文化交流中的一个极其感人的跨国故事。

肖甘牛的作品,几乎都是取材于民间文学,以少数民族生活、斗争为主题,以民间文学为素材进行改编创作的。在肖甘牛大量的文学作品中,从人物设计,情节展开到语言叙述,谋篇布局,那字里行间都深深地渗透着一股十足的"民间文学味",其作品,以其独特的风格闪射出绮丽的光彩,富有浓郁的民族气息和民族风格。

韦其麟的《百鸟衣》和《寻找太阳的母亲》,大体上也属于这种情况。《百鸟衣》根据壮族地区广泛流传的民间故事创作,贫苦壮族青年古卡的妻子依娌被土司强行抢去,古卡按照妻子依娌的嘱咐制作了弓箭,进入深山射百鸟,他历尽艰辛,终于用羽毛制成了百鸟神衣,并如约在百天期满之时,按时赶到州府,借献百鸟衣的机会杀死了土司,夺取了骏马,夫妻俩奔驰而去。该故事集中表现了壮族人民反抗强暴,争取自由的坚强意志;根据壮族民间故事创作的长诗《寻找太阳的母亲》以古老的传说"妈勒访天边"作为题材,叙写了母亲寻找太阳的艰辛经历,揭示了母亲所代表的壮族人民对光明的向往,以及为追求光明而表现出来的献身精神。《百鸟衣》和《寻找太阳的母亲》富有浓郁的民族民间生活气息,具有较高的艺术品位,也成为深受少年儿童广泛阅读的优秀儿童文学作品。

除此之外,依易天根据广西民间故事创作的《蛤蟆皇帝》,莎红根据广西民间动物故

事改编的儿童诗《公鸡和鸭子》，肖丁山据广西民间故事创作的《金芦笙》等作品，也对少年儿童读者产生了较大的影响。

肖甘牛等一批儿童文学作家立足本土，从民间文学中吸取丰富的题材和灵感，开启了广西当代儿童文学创作的新时代，表现了广西本土儿童文学追求原创的艺术自觉，在广西儿童文学创作史上书写了色彩斑斓的一笔。

### （二）独特的乡土童年生活书写

广西当代儿童文学创作对本土文化资源挖掘与利用，还表现为以富有南方色彩的乡村生活为背景，反映当代广西儿童的生活和精神面貌，创作出具有南国乡村生活气息的儿童文学作品。如曾荣获全国优秀儿童文学作品奖的柳林，创作出版了《豆豆》《沙滩上的孩子》等一批反映当代儿童的精神面貌的优秀作品；而李肇隆的儿童小说《一对好朋友》、依易天的童话长诗《小石匠的幻想》也具有浓郁的乡土气息，情调瑰丽浪漫。

作为20世纪80年代以来广西儿童文学创作领军人物的常海军，他的作品以书写农村儿童生活为主，所塑造的人物性格鲜明，具有浓郁的生活气息。其作品善于制造悬念和讲述故事，情节曲折传奇，场景描写生动传神，充满儿童情趣且具有积极的教育意义。

近年来，博白籍女作家王勇英从"追求畅销到追求经典"，实现了审美风格的"华丽转身"，以极具南方地域乡土气息的儿童文学作品，活跃在中国儿童文学创作领域。作为广西土生土长的作家，王勇英着力寻找自己生长的土地，以及少数民族文学的根脉，并将地方的民族民风民俗、民族民间神话传说注入自己的创作，艺术创作的兴奋点和着力点集中于带有乡土意味的小说，专注于乡土童年成长的书写，以她的睿智和才情创作出"弄泥的童年风景"系列小说以及《水边的孩子》《沙蛭》《水药》《木鼓花瑶》《小城》《青碟》《巫师的传人》《雾里青花泥》《花石木鸟》等多部极具民族风情、地域特色的儿童小说作品。其儿童成长小说创作扎根于广西独特的自然环境、生活方式和文化背景，字里行间流露出对土地的深厚感情。作者用淳朴而充满童趣的文字，重建了儿童与世界的情感联系和认知联系，使文学内化为孩子成长的力量，为孩子的成长提供了心灵的滋养，其作品在人物形象的塑造、叙事策略的谋划，小说的语言特色等方面均具有明显的地域性、民族性、异质性特征，呈现出鲜明的本土化创作倾向。

考察"王勇英现象"，我们可以发现，王勇英从最初写作校园文学时的跟风市场以及模仿，到重新寻找自己的南方的民族的文学根脉，将乡土情结与客家文化和童年视角注入自己的创作，将广西独特的自然环境、生活方式和文化背景，融入书写南国乡土童年故事，回归儿童文学本质，从而成就了独特的乡土童年的广西叙事，为当代儿童小说的创作添加了不一样的艺术元素。①

### （三）鲜明的南国地域色彩展现

广西当代儿童文学创作对本土地域资源挖掘与利用的另一个突出的方面，是以通俗而优美的笔调描绘富有地域色彩的自然风光，以本土动植物为对象，创作儿童小说、故事、寓言和科普读物。

早在20世纪五六十年代，即有一些广西儿童文学作家自觉地挖掘和利用本土自然资源进行创作，他们的作品也因此具有鲜明的南国地域色彩。如科普作家莫克的作品将趣味性、幻想性和知识性相结合，巧妙地把科学知识融化为艺术形象，故事性、科学性强而形象生动，趣味盎然，被誉为"奇妙迷人的科学文艺之花"。

李春鲜的代表作《仙境彩霞》以广西大明山为背景，描述3个少先队员为了破除迷信,历经艰难险阻进入玉簪河谷深处寻奇探险的经历,作品中壮族少年古露、特稼和小珊巴在老师的帮助下,终于以他们的智慧和勇敢,揭示了大自然的奥秘,发现了水源,解决了家乡几千年来遭遇的干旱难题。作者以小说的形式,设置情节,以清新流畅的笔调,描写美丽的自然风光和神奇的自然地貌,在引人入胜的景观描写和故事叙述过程中,深入浅出地将自然科学知识呈现给读者,小说将儿童的天真好奇心理和惊险的故事情节叙述相结合,融秀丽风光的出色描绘和地质知识的通俗介绍为一体,给读者留下了极为深刻的印象。

以童话写作见长的杉松,其作品很注重风景描写,善于描绘地域风光,塑造神奇的动植物形象,作品富于神奇的幻想色彩,意境深远绵长。陈伯吹称其童话创作风格"味清隽永,犹如那好茶碧螺春,而不是浓烈的白兰地和威士忌酒"⑦。

谈庆麟发表了不少的儿童科普文学作品。其儿童文学作品集《瑰丽的珊瑚花》和《小小的海猎手》挖掘和利用了北海的地域自然资源,其中《瑰丽的珊瑚花》曾获得广西科普优秀作品奖。

以描写动物故事见长的方冠琴,其作品在艺术上以拟人化、讲故事、塑形象、寓深意为特点;黄中武擅长写科学童话和科幻小说,其作品在介绍知识的同时注意融入现代科学精神,故事情节惊险奇特,想象丰富,富有儿童情趣。

而陆刚夫则以独特的视角,创造性地将鲸鲨、海牛、章鱼、小丑鱼、裂唇鱼、水母、鹦鹉螺、尖嘴鸥等海洋动物作为主人公加以塑造,把科普知识与寓言文学相结合。他创作的《大战亚马孙》,着力描绘海鱼与河鱼这两大鱼类在南美亚马孙河的一场精彩决战,突出介绍了海鱼与河鱼的不同特征,最后指出:"不属于你的,即使你轻易拿到,也永远不是你的。"这样一个简易的道理。以"科普寓言"这一形式来构造作品,既顺应和开发少年儿童的幻想和想象的天性,同时又能对他们加以理性的点拨和引导。陆刚夫的创作与他身居美丽的海滨城市,与大海朝夕相处,对海和海洋动物习性细致观察息息相关,因而才有对海的如数家珍、信手拈来的娴熟,才能将辽远的大海和神秘的海底世界与读者的距离拉近。

陈丽虹的童话创作明显依仗了她所亲近的北部湾海洋自然资源,善于从她所拥有的北部湾海洋自然文化资源中选取素材,彰显出鲜明的地域色彩。代表作童话故事《两头蓝鲸》,故事扣人心弦,情节跌宕起伏,作者通过动物故事,以独特的视角,艺术化表达了爱的主题,传承着经典童话的诗性气质,追求情、理、趣、美的和谐统一。

近年来,在中国儿童文坛上刮起一股南国旋风的王勇英,以创作儿童成长小说而著称,她的"弄泥的童年风景"系列小说取材于乡村儿童生活,书写自己美好的儿童时代的乡村记忆,十分注重描写南国自然风光,描写儿童与大自然的相处关系,将人与自然的融合表现得淋漓尽致。南方的山山水水、一草一木都在她的笔下摇曳生姿,展现着自然清新的审美取向。

综上所述,我们可以肯定,依仗独特的地域自然和民族文化优势,挖掘利用地域自然和民族文化资源,无疑是促进广西当代儿童文学创作发展的一种路径,是彰显广西儿童文学艺术特质的一个重要因素,也是经创作实践证明的一种成功经验。如何继续发挥这种优势,进一步促进广西儿童文学创作既紧跟时代发展的步伐,与全国乃至世界儿童文学接轨,又不盲目地随波逐流,流失属于自己的艺术特质,应是值得我们深入探讨的重要课题。

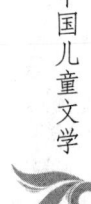

# 三、广西儿童文学创作的地域民族文化内涵

由广西世居多民族出身的作家们构成的广西儿童文学创作队伍,立足广西本土,依仗独特的地域自然和民族文化优势,充分开发和利用丰富的地域自然资源和民族文化资源,运用各自适合于自己的创作方法进行创作,自觉或不自觉地描写独特的地域自然风光,反映独异的民族风情习俗,在叙事中透视出地域民族文化心理,在人物塑造中体现民族性格,于是,由此产生的儿童文学作品便具有了鲜明的地域民族文化色彩,蕴含着地域民族文化内涵,闪发出绚丽的光彩和艺术魅力。

## （一）在叙事中透视民族文化心理与塑造民族性格

地域民族文化作为一种文化原型,一种区域性的文化集体无意识,积淀在整体文化中,影响和制约人的文化心理和性格的生成及其发展,影响着作家的文学审美风格。

地处南国边陲的广西有壮、瑶、苗、侗、仫佬、毛南、回、京、彝、水、亿佬等 11 个世居少数民族以及满、蒙古、土家、畲族等散居民族。这是一片神奇的红土地,有秀美的风光,更有深厚的历史人文积淀。民族生活的沃土,民族文化的辉光,自古至今滋养着各民族作家的文学梦想,照耀着各民族作家的长成。20 世纪 90 年代以来,广西文学发展风头尤劲,以多民族作家构成的"文学桂军"以团队阵容崛起,极大地改写了中国文学的版图,成为中国文坛的佳话。广西是一座文学资源的宝库,它各呈异彩的多民族生活,为各族作家的创作提供了丰富的创作资源,形成了独具风格和情调的多民族文学。更为重要的是,它复杂的地理环境、多姿多彩的地域风光与多民族文化交织在一起,形成了多向度的地域文化。

广西素有"歌海"之称,这里孕育了无数歌手、歌王。千百年来,八桂各族儿女用勤劳的双手建设自己美好的家园,缔造了光辉灿烂的文化。广西的文学事业正是在这种厚实的文化积淀中发展起来的。广西是美丽的,广西作家对自己生长的这片土地充满热爱,以多民族作家构成的广西作家团体的文学创作彰显了"美丽南方"的文学英姿,构筑起广西当代文学的基石。

一个民族只有反映出特定地域的社会生活,才能有别于其他民族文学而存在。但光是这样还不行。因为真正的民族文学不仅需要描绘本民族的生活特色,更需要表现本民族的时代精神;不仅需要刻画具有本民族生存之所有的鲜明的地域文化的风土人情,更需要在此之中凸现本民族精神个性与历史文化精神。[8]就广西当代儿童文学创作发展的情况来看,无论是 20 世纪五六十年代,还是新时期以来的创作,无不展现出广西地域和民族文化的底蕴及独特的艺术特征。而值得我们注意的是,广西儿童文学作家在充分利用民族文化资源以实现创作题材和叙事方式民族化的同时,也清醒地意识到"真正的民族性不在于描写农妇的无袖长衫,而在具有民族精神本身"[9]。因此,他们更注重挖掘融渗于民间文学中的文化内涵。

早在 20 世纪五六十年代,以肖甘牛、韦其麟为代表的广西儿童文学作家们充分利用和挖掘本土地域和民族文化资源,在民族文化的宝库中吸收养料,以鲜明地民族特色活跃在中国文坛。他们从民间文学中吸取丰富的题材和灵感,对民间流传的神话传说和民间故事进行改造,改编成适合儿童阅读的童话和寓言故事,并注意在传统叙事中透视民族文化心理与塑造民族性格。

比如,肖甘牛的代表作品《一幅壮锦》,将民间传说、神话和童话元素融为一体,采用

世界经典童话"三段式叙事"以及形象与性格的对比手法，突出地体现出壮族人民勤劳勇敢、追求理想、坚忍不拔的精神风貌；韦其麟根据壮族地区广泛流传的民间故事创作的叙事长诗《百鸟衣》，塑造了一对敢与土司为代表的封建统治者进行斗争、争取美好爱情与自由幸福生活的男女青年古卡和依娌两个艺术典型，故事鲜明地反映了壮族人民的历史生活，真实地描述了壮族人民在旧时代里遭受着野蛮残暴的封建统治者为所欲为的迫害、欺压，过着苦难的生活，集中表现壮族人民为了实现生活中美好的愿望，与封建统治者土司毫不妥协的斗争精神，表现了壮族人民善良的品格，反抗强暴，争取自由的坚强意志和不屈不挠的民族性格。其根据壮族民间故事创作的长诗《寻找太阳的母亲》以古老的传说"妈勒访天边"作为题材，塑造了一位为群体而献身的伟大的母亲的形象，讴歌了壮族人民追求光明的坚定信念和大无畏的献身精神，作品因此蕴含浓厚的地域民族文化内涵。另外，其他一些广西儿童文学作家以通俗而优美的笔调，或精心描绘富有地域色彩的自然风光，以本土动植物为对象，创作儿童小说、故事、寓言和科普读物；或以富有南方色彩的乡村生活为背景，反映当代广西儿童的生活和精神面貌，创作具有南国乡村生活气息的儿童小说和散文，成为当代广西儿童文学创作的一大景观。

对于地域民族文化资源在小说创作中的利用，不仅仅要以这些文化资源丰富小说的美学表现力和拓展艺术表现的空间，更为重要的是对民族心理与文化积淀的表现和深入挖掘。值得我们注意的是，广西儿童文学作家王勇英的小说在这一方面表现出了自觉与较大的突破，她的创作立足乡土，又能跳出乡土，在乡土民俗中透视传统，又能在传统中找到文明传承的精神与血脉，注重对民族传统文化以及少数民族元素的深度挖掘与利用，运用浓郁活泼的客家方言描写广西乡村的自然风景与文化风情，书写南国乡土童年故事，塑造儿童人物形象，创作了"弄泥的童年风景"系列小说以及《水边的孩子》《巫师的传人》《雾里青花泥》《花石木鸟》等多部极具民族风情、地域特色，注重刻画儿童心理，塑造民族儿童人物形象，表现民族儿童性格的儿童小说作品。

### （二）以民风民俗展示民族精神面貌

民风民俗不仅是地域文化的重要组成部分，而且是地方性知识的活性部分。民族风俗是各民族文化精神的载体，展示着民族的精神面貌，这些风俗习惯表现在生产生活、衣食住行、婚丧嫁娶等民族生活各方面。描写民族地域生活，表现民族精神状态与性格气质，势必涉及对民族风俗着力的描绘。广西各少数民族文化一直表现在多姿多样的日常生活中，流传在千百年来的民间传说中。而各民族之间的文化交融与感情交流，也同样在广西满目独特的民间传说和故事中得到体现。

比如，王勇英在她的儿童文学作品中，便很自觉地将广西各民族的传统民风民俗融入创作中，通过对民族民间的风情习俗的描写，传承历史悠久的民族文化，加以浸染与影响，帮助青少年读者形成民族审美观念，形成民族文化心理与民族文化品性。"弄泥风景系列"可以说是王勇英客家文化儿童小说的重要收获，其作品注重描写浓郁的客家文化和人伦风俗，她在对广西博白地区客家文化生活进行生动书写的同时，也注重刻画那些生长、奔忙于其中的蓬勃的童年生命的独特足迹，展示广西博白的客家孩子们充满山野气息的生活与成长经历。王勇英为她笔下的人和事精心布置了一个又一个带有浓郁南国特色的场景，这场景无论粗犷的还是灵秀的，都使其中发生的一切变得鲜活动人。其作品文本行走在乡土社会的肌理与血肉中，让读者在领略到客家文化里的原生性的同时，也感悟到客家山村亲切质朴的乡土民情。她的作品以对客家乡土风情的细致发掘和

独特呈现,以对乡土童年生活的逼真描摹和对切身体验的形象再现,切实地打动了读者,成为近年来乡土题材儿童小说中难得的佳作。

王勇英以苗族文化为背景创作的儿童小说《花石木鸟》,以苗族人家的服饰作为主线,展现了苗族人家的乡村生活图景,以苗祖母认为"最美""最好"的苗寨花木鸟为生活背景,以一个百岁的苗母和一个女孩子的对视与对话,来展示花木鸟的百羽千花衣铺就的美丽画卷,塑造一个个生动的苗族人物形象。作品刻画了苗族女性以刺绣、蜡染图案寄托个人内心情感世界,表现了她们对于自然的认知和对美的向往。美丽的民族民俗风情图,多民族文化与现实相生相应,使得绚丽多彩的广西民族民间民俗文化色彩飞扬,以此唤醒悠远的民族文化记忆,有利于少数民族传统文化的接续与传承。

从"弄泥风景系列"和《花石木鸟》,我们不难看出王勇英儿童小说创作对于客家文化、南方少数民族文化资源开发和对民族集体无意识挖掘的不断努力与深入,表现出一种本土化回归的自觉意识,开始了另一种意义的地域民族文化寻根。异彩纷呈的民俗文化意象在王勇英儿童小说中成为色彩斑斓的社会人文背景,而地域民族文化浸润中体现出来的文人气质又十分鲜明。王勇英在其乡土叙事中呈现出来的艺术景观,可谓独树一帜。

根深叶茂的广西本土文化,蕴藏着丰富的内涵和强劲的生机。在广西这块神秘、奇幻而圣洁的土地上,广西人深受山水人文传统的影响,形成具有豪气与悲悯、坚韧与柔情的民族性格。广西儿童文学作家在所处的地理环境、人文传统的影响下,形成了特定的精神气质、生存哲学、审美理想、语言风格和艺术趣味。广西多民族作家群,集中弘扬丰富独特的地域文化,同时又创造多元化的、具有时代性的新文学,这对于"文学广西"的构建具有十分重要的意义。

[注释]

① 王泉根:《中国儿童文学史》,新蕾出版社 2019 年版。

② 曹文轩:《"先锋"与"艺术"的广西文学》,《北京日报》2006 年 6 月 14 日。

③ 谭旭东:《广西儿童文学发展状况及思考》,《南方文坛》2012 年第 1 期。

④ 张燕玲:《独特的乡土少儿世界:青年作家王勇英的南方书写》,《广西日报》2017 年 4 月 6 日。

⑤ 林雪娜:《跳出围城,闻一闻泥土芬芳:从"王勇英现象"看广西儿童文学创作》,《广西日报》2011 年 10 月 18 日。

⑥ 李建平:《广西文学 50 年》,漓江出版社 2005 年版。

⑦ 邓琴:《地域资源、民族文化资源与广西当代儿童文学创作》,《河池学院学报》2017 年第 6 期。

⑧ 谭旭东:《广西儿童文学发展状况及思考》,《南方文坛》2012 年第 1 期。

⑨ 王泉根:《云南儿童文学的思考》,刘鸿渝等主编:《云南儿童文学研究》,晨光出版社 1996 年版。

(本文系本书特约稿)

# 四川与重庆儿童文学巡视

彭斯远

## 一、巴蜀地域人文风格

四川和重庆古称巴蜀。

关于两地的历史渊源，诚如史家兼作家的童恩正在《古代的巴蜀》一书中考证认为，巴人祖先源于湖北清江流域，为太皞即伏羲的后代。开初居于石穴，后因争夺酋长职位成功，为扩张领土，遂沿长江三峡上溯而至渝州。由于生活在长江两岸立壁万仞的崇山峻岭之中，巴人身体得以磨炼，从而铸成勇武粗犷、豪爽刚毅的个性。而蜀人的祖先则为氐羌。羌本为无定居之游牧民族。氐虽为羌族的一部分，但他们因在地势低洼之平原河谷地带定居而开始农耕。所以童恩正认为，氐人已从北方高原南移至土地肥沃、灌溉便利的成都平原边缘地带。几千年以前，蜀族祖先即氐羌就在这儿过着日出而作、日落而息的自给自足的农耕生活。由于水缓地平，远离大山，地理环境没对蜀人产生过多的压迫感，因而氐羌民族虽勤劳智慧，但其民风却偏于理性和温柔，社会文化似乎更为崇尚儒士风范。

四川与重庆，即古之巴蜀，虽在自然条件与社会人格方面有着粗犷与纤细的细微差异，但在地理位置上毕竟同属四川盆地，而且历朝历代的统治者将它们划归同一行政建制，因而在人文熏染上，实在是大同小异，很难找出区别。拿四川首府成都的土著与重庆人来说，他们都操着形象而幽默的相同方言，吃着相似的可口饭食，干着大致相近的居家活儿。还有，他们也有着浓厚的民族文学和文化的创造精神。每当夏夜月光铺洒大地之际，人们常会看见一些白发老者一边慢悠悠摇着蒲扇，一边在屋前院坝给儿孙们讲述熊家婆、傻女婿或智慧人物的故事……这就是川渝两地古往今来人文风景的一个投影，也是川渝民俗为发展本土儿童文学提供的一个有利的人文基因。

巴蜀祖辈除了勤劳善良，他们的聪明才智还往往表现为言谈举止的幽默诙谐，川渝民众特别擅长夸张和想象。东汉文字学家许慎在解释"巴"的来历时说，"巴，虫也，或曰食象蛇"。源自《山海经》的此说向人证实，后来成语中的"巴蛇吞象"，乃指巴人对其自身能力的高度自信，和由此所造成的非凡想象力，巴人的聪明智慧，由此可见一斑。

巴蜀先民在性格上固然有上述优点和长处，然而也不能不言及它的短处。一个渴望发展的群体，应该善于自审并努力发现其自身的不足。因此我们应看到，巴蜀民族长期生活在易与外界隔绝的四川盆地，这就常常造成视野的狭窄和封闭。成语"蜀犬吠日"，本来说的是古代的四川南部常常阴雨连绵而少见日出，一旦太阳爬上东山，便逗得漫山遍野的狗们狂叫不止。此成语虽意在形容人们少见多怪的积习，但何尝不可以理解为对巴蜀先民狭隘盆地意识的一种严肃批评？

总之，生活在四川和重庆大地的主人，从远古祖先到现代民众因同根同源而造就了深厚的川渝情结，造就了从自然人格到社会人格的众多一致性。而这，绝非重庆直辖的短短几年光阴所能消磨得了的。自然，在此相同人文背景基础上形成的儿童文学创作，决不能说完全同出一辙，但其基本风格与面貌却是颇具共性特征的。

## 二、光辉而沉重的历史篇章

四川和重庆也即川渝两地的儿童文学，原本有着深厚的传统文化底蕴。

遥想在"五四"时代，以狂飙突起精神高声唱出民众反帝反封建心声并成为20世纪我国新诗奠基作——《女神》的川籍作家郭沫若，曾在该诗集出版几个月后，便于1922年1月写出了题为《儿童文学之管见》的著名文论。在该文中，作者以诗的热情向易于对儿童文学产生偏见和误解的中国文坛发出具有警示意义的告白：儿童文学"不是些干燥辛刻的教训文字""不是些平板浅薄的通俗文字""不是些鬼画桃符的妖怪文字"，而是"儿童本位的文字"，而是"当具有秋空霁月一样的澄明""当具有晶球宝玉一样的莹澈"的诗意化文字。所以"儿童文学之建设良不可以一日缓"。[①]

同时，在此理论阐释基础上，郭沫若还深情回顾了孩提时代在故乡星月之夜吟唱儿歌带给自己的快乐："儿时和姐妹兄弟们在峨眉山下望月，有时会顺口唱出这些儿歌来，那时的快乐，真是天国的了！"郭沫若作为我国现代儿童文学披荆斩棘的开拓者，他对儿童文学重要性及本质特征、艺术规律和创作原则所做出的有力阐释，不仅深刻影响了20世纪中国儿童文学的发生发展，而且也有力带动和促进了原本是一片空白的川渝儿童文学的创作繁荣。

还有，于20世纪30至40年代辗转于成都、重庆、桂林从事外国童话翻译的成都作家巴金，也为川渝文坛开辟了注重儿童文学的良好风气。他在1930年为俄国盲诗人爱罗先珂的童话集《幸福的船》所写的"编者序"中说，该童话作者"不忍见人类的痛苦想造一条为全人类乘坐的幸福的船来普救众生。所以在美的童话般的世界里，我们的孩子的心是和盲诗人的心共鸣的"。巴金不仅高度评价外国童话作家，而且身体力行，自己也根据川西平原岷江沿岸流传的望娘滩故事而创作了童话《隐身珠》。继此之后，他还为孩子们写了诅咒和揭露封建统治者罪恶的《长生塔》《塔的秘密》和《能言树》等童话。巴金的童话和他所翻译的英国王尔德童话、俄国爱罗先珂童话一样，都因带着"美妙而凄凉"的艺术风格而为广大小读者所欢迎。

作为中国现当代文学大师的郭沫若和巴金，他们的儿童文学创作和理论倡导，不但深刻影响着世界华语儿童文学创作，同时也极大地鼓舞了川渝儿童文学作家的创作。正因为如此，所以，由当代著名作家马识途为庆祝中华人民共和国成立50周年而主编的《四川文学作品选·儿童文学卷》一书，还特意收集了郭、巴两位杰出作家为孩子们创作的诗歌《新中国的儿童》和散文《小狗包弟》。郭沫若和巴金，不仅为中国文坛，而且也为他们的故乡文苑树起了一面多为孩子们制作精神食粮的旗帜。

继郭沫若在20世纪20年代大力呼吁儿童文学之后，在1950年4月召开的全国第一次少年儿童工作会议上，郭沫若作为一个和平战士和作家，又向与会者和全国作家发出了"多多创作以少年儿童为对象的好的文学艺术作品"的呼吁。在郭沫若的呼唤和中国作家协会关于发展我国儿童文学的具体组织下，20世纪50至60年代中期的川渝儿童文学,显然较此前已发生了巨大的变化。可从严格意义上说,从中华人民共和国成立至"文革"前十七年的川渝儿童文苑,只有揭祥麟和张继楼两人专门为孩子创作。

原来生活在重庆的揭祥麟,自小因家贫失学而走上刻苦自学之路。20 世纪 40 年代受《新华日报》影响,写了《驴儿和万福》等反映儿童苦难生活的故事。以后在陈伯吹主编的《小朋友》杂志影响下开始儿童文学创作。50 年代写作的长篇《桂花村的孩子们》,因充满农村泥土气息而很受小读者青睐。北京儿童文学作家高洪波在评价他的小说创作时指出:"四川的风土人情,南国的习俗特色,使他的作品流动着浓厚的生活气息。同时,丰富的生活积蓄,又使得他的作品中人物形象鲜明生动,故事性强,富有真实感。他的作品语言明快而形象,表达事物,描绘人物常常形神毕现,甚有'龙门阵'风味。"[②]

而张继楼虽是江苏宜兴人,但 20 世纪 50 年代初随部队进军大西南而入川以后,就特别受到幽默机智的巴山民俗和文化的熏染,于是造就了他儿童文学创作的特有风格。张继楼写了许多为世人所不能忘怀的儿歌和童诗。比如他的组诗《夏天到来虫虫飞》,透过蚱蜢、蜜蜂、蜻蜓、蜈蚣等几种昆虫的描写,风趣幽默地折射了孩子活泼顽皮的个性和他们对大自然的强烈向往和追求。由于诗人善于想象,注重儿童特点的表现,同时也大胆借鉴和成功运用了传统儿歌的艺术手法,所以那些作品发表虽已 30 余年,但至今读来仍让人感到无限兴味。

除了显示游戏精神,张继楼的儿童诗还烙下了浓浓的时代生活印记。如 20 世纪 50 年代的《一张图画占垛墙》表现祖国建设的欣欣向荣,60 年代的《彩色的童年》表现蕴涵于儿童生活中的诗意;可到了 70 年代,作者却不忘抒发农家孩子面对十年"文革"而储存在心灵的忧伤。正因为如此,评论家王泉根在《张继楼儿童文学选·序言》中明确指出:作家采用的此种创作方法之所以"可贵",乃在于"他追求的是'五四'以来由叶圣陶的《稻草人》所开创的中国儿童文学直面人生、拥抱生活的现实主义精神,他追求的是中国知识分子经世致用、忧国忧民的积极入世精神和文化传统,他追求的是一个彻底的儿童文学工作者献身祖国未来一代的高度事业心与责任感。"

除揭祥麟和张继楼之外,"文革"前十七年的四川和重庆,当然也还有不少成绩斐然的成人文学作家积极响应郭沫若的呼唤而客串儿童文苑。于是,在诗歌方面产生了雁翼的叙事长诗《橘林曲》,梁上泉的故事诗《小雪花》,"森林诗人"傅仇的抒情断章《风停了,雨停了》;在散文方面产生了艾芜的《大外爷讲的故事》、李劼人的《私塾生活的一天》;短篇儿童小说,则产生了孔繁禹的《牧鹅记》和榴红的《沿着宽阔的大街》等作品。因当时的四川和重庆尚无专门儿童文学刊物,所以上述作品多依托成人文学刊物和综合性儿童刊物《红领巾》得以和小读者见面。即便出版条件不甚完美,但作家们热忱为孩子酿制精神佳肴的行动却特别值得称道。要是没有他们的积极参与而仅靠少数儿童文学作家为孩子写作,当时巴山蜀水的小读者肯定会在精神上感到无比的饥渴。可见呼唤成人文学作家为孩子创作虽属不得已而为之的权宜之计,但对缓解儿童文学作品的奇缺,却仍不失为一种可行的治文之道。

20 世纪 50 年代至 60 年代中期的川渝儿童文学作品,其思想艺术的基本倾向,乃是以绚丽多姿的笔触,既描写少年儿童和他们父辈怎样以其浴血奋斗去砸碎颈上锁链,同时又描写他们成为新中国主人后的喜悦与幸福,因此,诅咒昔日苦难和歌颂社会新风,歌颂新的人物与新的世界,几乎成为当时儿童文学的共同主题。表现乐观自豪、奋发向上的时代精神,成为当时川渝儿童文学作家们自觉追求的艺术主旋律。

但是，伴随取得上述成就的同时，"文革"前十七年川渝儿童文学也存在某些难于避免的局限与不足。那就是因过分强调文学的思想教育作用而忽视儿童文学作为文学的美学功能。20世纪50年代的整个中国文学，由于"左"倾文艺思潮泛滥和受到强化政治功能性的影响，而把文学为政治服务蜕变为替某些具体政策服务，蜕变为替每一历史阶段的中心工作服务，于是这便导致了包括创作中的公式化、概念化倾向和文学批评中教条主义与简单粗暴作风的流行。既然整个中国文坛如此，那么，作为中国文学之一部分的川渝儿童文学，也必然摆不开艺术服从于政治和以少年儿童性格刻画来演绎政治概念，以及用听话服从为其特点的好儿童形象塑造来展示正面教育主题的某些僵化之举。

时任文化部部长的我国文学大师茅盾，在对全国儿童文学创作概况做了大量调查研究后，于1960年8月在《上海文学》杂志上发表了《六〇年少年儿童文学漫谈》。该文指出1960年是我国"少年儿童文学创作歉收的一年"。这"歉收"不单指创作数量，更指创作质量。因为这一年的儿童文学创作概况可以归纳为五句话，即"政治挂了帅，艺术脱了班，人物概念化，故事公式化，语言干巴巴"。这虽是论者对中国儿童文苑一年创作情况的小结，但实际却是对"文革"前十七年包括川渝儿童文学在内的我国儿童文苑整体创作弊病的概括。因教育性被强调到极致而造成的此种弊病，表明我国儿童文学已"病入膏肓"。川渝儿童文学，也正是在这违背艺术规律的危险轨道上下滑，从而呈现出令人忧心的"歉收"状态的。

尔后，川渝儿童文苑又历经十年"文革"的惨痛挞伐，出现了空前的断层。20世纪60年代中期至70年代中期的川渝校园学子，虽然十分向往儿童文学，但他们要么只能读到千篇一律表现"高大全"或神童似主人公的枯燥故事，要么只能吟咏以打打杀杀为内容的"革命"儿歌，孩子们精神的贫乏，真是可想而知。

### 三、璀璨夺目的点点繁星

当1976年10月的一声春雷掀开历史崭新的一页后，孩子无书可看、无文学作品可供阅读欣赏的历史早已成为过去。或许由于儿童文学是孩子爱物的缘故，所以在粉碎林彪、"四人帮"之后的不长时间里，与小读者久违了的儿童文学，就像雨后春笋般地冒出了川渝大地！

1980年10月，新组建的四川少年儿童出版社，成了继上海的少年儿童出版社、北京的中国少年儿童出版社、天津的新蕾出版社之后的我国第四家专业少儿读物出版社。紧接着，刚刚恢复建制的重庆出版社又成立了少儿读物编辑室。这两家出版社在争创社会效益和经济效益的同时，还自觉扛起了发展川渝儿童文学的大旗。他们在作者培养与儿童文学作品编辑出版方面，做了许多前所未有的开拓性工作。

比如，四川少年儿童出版社建社不久，便推出了以川渝作者创作为主体的《少年文学界丛书》。内中有彭万州的寓言童话集《白鹅赶路》，林文询、徐建成等人的小说集《杨家小将》《傻妹》，赵敏的散文诗集《神奇的世界》，徐康等人的儿童诗集《欢乐的童年》，邓元杰的儿歌集《海马爸爸孵娃娃》等。继后，重庆出版社也陆续推出了《小雨点幼儿文学丛书》和《蒲公英儿童文学丛书》，川渝作者如谭小乔、李华的童话《呱呱幼儿园》《晶晶想吃孙悟空》，徐华的生活故事《勇士和公主》，张朝东的散文《大山的孩子》，再耕的儿歌《太阳和月亮》，李晓海、余燕高等人的儿童小说《螃蟹大仙》《"汽水杯"足球大赛》等作品就分别纳入以上两种丛书而得以面世。上述出版物多属川渝本土近年涌现的儿童文学作者的多人合集。书中作品虽显稚嫩，但其浓浓的校园生活气息扑面而来，预示了"文革"以后一批充满活力的文学新人将崭露头角的可喜局面。

而且，上述作品的作者一般都曾参加过20世纪70年代末期由文化部少儿司组织的全国儿童文学作者培训班（西北、西南片培训点设在成都）的培训，因而他们是带着自觉投身儿童文学的明确创作目的和一定理论素养走进儿童文苑的。这使20世纪的80年代初期的川渝儿童文学，比中华人民共和国成立以来前十七年川渝儿童文学有了许多根本性的不同。

首先，让人们惊喜地看到了一支由数十人组成的专门写作儿童文学的创作队伍，在新时期之初便基本形成。这就不仅改变了昔日儿童文苑作者呈散兵游勇状态的落后局面，而且也克服了昔日成人文学作家只能偶尔兼写儿童文学所造成的势单力薄以及由此带来的某些不利影响。其次，儿童文苑的各种体裁门类，如小说、童话、寓言、诗歌、戏剧和科幻文艺等，都已有专人进行创作。这就改变了昔日儿童文苑基本只有小说和儿童诗的贫乏状态。第三，创作新人年富力强，他们思想新，脑子灵，起点高，且具改革开放意识。因此，这就为他们可能创作出具有历史纵深感和崭新时代气息的文学新作，奠定了坚实的基础。

事实上，经过20世纪80年代以来那几年的写作磨炼和艺术蜕变，许多川渝儿童文学作者已逐渐丢掉初涉文坛的稚气而变得日臻成熟起来。从20世纪80年代到20世纪世纪末，他们不仅在重庆、成都，而且在北京、上海的期刊与出版部门发表和出版了许多开始产生全国影响的儿童文学作品。

诚如前文所说，川渝儿童文苑在注重全方位文体建设的同时，也十分注重突出自己的特色创作。人们说，昔日的川渝不仅是天府之国，而且是天府诗国。从杜甫、李白到郭沫若、何其芳，再到我国当代文学史上最早一家地方性诗刊《星星》与设在首都的国家级权威《诗刊》同时创立于1957年的春天，无数经典事实都足以证明川渝大地始终沐浴着诗的阳光。或许正是基于此种传统基因与文化背景的缘故，新时期川渝儿童文学，乃是以诗歌创作为龙头，以童话小说散文创作为主体，以科幻文艺和幼儿文学创作为辐射面的基础上，进行全方位文体建设和艺术风貌之布局的。

**龙头——儿童诗创作**

在川渝上百人的儿童文学作者中，大部分都喜欢写作并发表过儿童诗。从某种意义上说，抓好儿童诗创作，川渝儿童文学的质量就有了基本的保证。因此，说它是川渝儿童文学创作的龙头，或许不算过分。对此，儿童文学教授王泉根指出："川渝两地的儿童文学，以诗的成就最大，最具特色。川渝诗人纵情地穿行在诗歌王国，为少年儿童为时代生活为西南的山山水水蓝天白云也为自己心中的缪斯。"③正因为如此，"川渝儿童诗人的诗心是开放的，宽阔的。"他们追求的是超越昔日盆地意识的"现代诗性儿童诗"，追求的是在艺术形式、表现手法、审美意向上的"全新探索"和在题材内涵、言说空间与创作向度上的"机智拓展"。

如同"文革"前后我国儿童诗风基本呈现活泼明快与含蓄朦胧两种风格的作家群一样，川渝的儿童诗歌也同样分成壁垒分明的两个艺术派别。前一类作家除张继楼、雁翼、梁上泉、傅仇等人之外，还有"文革"后新崛起的蓝星、赖松廷、徐康、江日和蒲华清等人。蒲华清童诗创作追求明白晓畅的表达，这与台湾作家视童诗为"浅语艺术"的见解不谋而合。蒲诗之浅属浅显而非浅薄浅陋。作者凭借此种明快表达直抵小读者心田，这无技巧

之技巧追求,看似容易而实则难于驾驭。与蒲诗风格相似的赖松廷,20世纪90年代以来先后在四川少年儿童出版社出过《晶亮的十二岁》和《山村少年诗》,2000年又在作家出版社推出表现环保题材的诗集《天然情趣》。他在《晶亮的十二岁·后记》中说,"我的童年,像一只活蹦乱跳的野兔,遛下田坎,钻入草丛,涉过溪水,窜过山洞","于是,我用笔写自己的童年,写当代少年儿童的喜怒哀乐,写迷人的大千世界"。可见,用明朗活泼欢快的语言抒写童真童趣和少年主人公初涉人世的生活体验,乃是不少童诗作家创作态度与艺术追求的显示。与蒲华清和赖松廷一样,蓝星的组诗《冰雪世界的童话》,徐康的《红蜻蜓蓝蜻蜓》,江日的抒情断章《我和土地》等作品,均属此种风格的优秀之作。

诗风的明快与主题内涵的积极向上,固然是儿童文学作家艺术追求的目标之一,但却不是唯一。拿已过去的"文革"立说,它曾给孩子带来空前的苦难和创伤。儿童诗既然要表现和描写此时的孩子生活,就不能不表现"文革"在孩提心灵留下的伤痕。而要表现伤痕和年少一代对于极"左"思潮的诅咒与愤恨,除了用明快的语言表达,有时为了烘托主人公的心境,也不排斥用充满冷漠凄凉或较为晦涩的语调去加以表现。所以,新时期以来的一代年轻川渝童诗作家的诗风,较此前的传统主流诗风——欢快明朗,已经产生了巨大的位移。

曾在《星星》任过主编的诗人叶延滨,有首题为《小丫》的短诗,写一个女孩的作家妈妈在极"左"思潮泛滥于中华大地的特定时期里,因讲真话而被抓捕,这在题材上便突破了昔日要求作家多写光明的固有束缚。不仅如此,他的被收入《〈儿童文学〉20年优秀作品选》的《鸵鸟》《蝙蝠》二诗,则以寓言的简洁叙事笔法,描绘本已"残废"了的鸵鸟虽有一对"不会飞的翅膀",但它却用自己的长腿"像一阵风"似的腾空翱翔于蓝天。原来它靠的不是翅膀而是以"追求和探索"的勇往直前精神在飞翔!同样,诗人笔下的蝙蝠翅膀上没有羽毛,头上也没有眼睛,可它仍然靠着自己的毅力和超声波在飞翔。蝙蝠的行为宣判了动物学上的古老定义已被刷新。以上几首明显有异于表现欢快明朗风格的小诗,居然把昔日童诗沿用的传统写作手法来了一个翻新和裂变。叶延滨以其熔铸着惯有杂文风格的童诗写作,宣告了川渝儿童诗创作对于昔日单一艺术品格固有束缚的挣破和多样化艺术表现的创造,将成为川渝儿童文苑的一种时尚。

在这之后,那些突破传统音韵格律规范而代之以极其自由的散文句式入诗,以活用词性突破常规语法而导致被批评家所推崇的"佯谬语"和大量移情通感入诗的做法,虽然不可避免地将带来某些诗作理解的难度,但却极大地扩张了童诗的表达范围和生存空间,极大地增长和丰富了童诗的艺术表现力。

继此之后,川渝儿童文苑很快冒出了许多深为已经更新了艺术思维方式和阅读兴味的少年读者欢迎的儿童诗集和诗作。其中如马及时的《树杈上的月亮》,傅天琳的《在孩子和世界之间》,徐国志的《彩色的魔方》,柯愈勋的《青春日记》,沈国仁的《十岁的宣言》,王文顺的散文诗集《红鱼》,钟代华的《让我们远行》,以及王晋川的《芦花的梦》、吉狄马加的《孩子的祈求》、李硕的《夏令营诗情》、雁小鹏的《大海妈妈和她的孩子们》、廖的的《我们划着,船就翻了》、邓芝兰的《我是一条七岁的河》、刘泽安的《山村足球队》,便是这方面的代表作。

在追求现代风格的当代川渝儿童诗苑里,特别涌现出了获中国作家协会第三届全国优秀儿童文学创作诗歌奖的邱易东。他的众多诗作可说是川渝儿童诗创作向诗艺高峰攀登的一个缩影。在20世纪的最后10年里,邱易东先后出版过《五个杈丫的小树》《哭泣的蘑菇》《到你的远山去》《中国的少男少女》《地球上的孩子，早上好》等 5 本诗集。作者除了收到许多小读者寄来表示感谢和盛赞其诗作的信件之外，邱易东的诗还先后受到许多行家的好评。文学评论家吴野因邱诗具有"真诚""发现""思索""幻想"等特点而充分肯定其诗作的深刻内涵，在于"带领孩子走向人生的广处和历史的深处"④。而儿童文学教授方卫平则充分肯定诗人能在当今儿童文苑出现价值失范、心态浮躁的动荡中，顽强地"挽留我们生存现实中固有的诗意"，坚忍地"激活青春生命中内在的灵性"，因而真正"担当起了当代少年精神世界的守望者的职责"⑤！在邱易东童诗创作影响下，不少川渝儿童诗歌似乎更注重引导年少一代去品味生活的芜杂和纯真，去谛听大自然对人类行为的呵护和抗争，去怀想人类生命价值所释放出的巨大能量与诗意。邱易东诗歌在思想艺术的拓展上，不仅为川渝儿童诗创作，同时也为我国当代的儿童诗创作开辟了一个更为深邃广阔的生存空间。从这个意义上说，他在儿童文苑里的执着"守望"，对当下因红尘滚滚造成人类心态的浮躁，实在是一种有力的校正。

### 主体——儿童小说散文和童话寓言创作

新时期以来的川渝儿童小说，其主题开掘早已挣破昔日津津乐道于乖孩子和新生活歌吟的单一层面，而变得日趋丰富和多样化起来。这之中有叙述独生子女成长历程的家庭小说（如赵晓铃的中篇《独生女》），有反映师生亲密关系的校园小说（如何群英的《穿绉绸旗袍的老师》），有描写少数民族多姿多彩生活的边塞小说（如意西泽仁的《依姆琼琼》、匡湘凤的《白骏马》），有表现"文革"武斗或极"左"思潮惨重挞伐年少一代而造成肉体和心灵创伤的悲情小说（如王代轩的中篇《浅浅的天河》、艾湫的《牺牲》），有讨伐人类大肆围捕枪杀群鸟和山清水秀古朴乡野遭工业"文明"破坏为主题的环保小说（如谭小乔的《火药镇》和李开杰的《失去的小溪》）。与儿童小说同样具有叙事特点的散文，新时期以来也产生了不少佳作，这之中有曼子的《苦楝子花儿》、王建平的《苦涩的泪水，欢欣的笑声》、杜丁的《夔门上的鲜花》、杨笑影的《果果——献给我的女儿》、亭子的《旷野三章》，等等。应该说，川渝儿童小说和散文作者在力图多角度多侧面地审视生活上，尽力扬弃昔日的粉饰和过滤而保持原汁原味描写现实的创作态度，是很值得人们夸赞的。

作为川渝儿童文苑主体的新时期儿童小说在题材取向上除取得上述进展之外，似有两方面的美学拓展特别令人为之瞩目。那就是：

（一）以蔺瑾为代表的川渝动物小说开始引起全国关注

此时的川渝儿童文苑，一则因有感于儿童对动物有着缘于天然的特殊浓烈兴味，再则也有感于人类在发展科学技术与生产力的同时，发现自身与大自然和动物原本具备的和谐关系已遭破坏，所以当漫不经心的人类被大自然狠狠报复过后，儿童文学作家才深深地意识到：应该用文学去描绘和表现人类对动物的保护和关爱，从而求得人与大自然的和谐相处。正是在此种感悟中，那种或带有倡导环境保护性质，或带有礼赞动物美好品格内涵的动物小说，如李晓海的《热合买提家的狗》、蔺瑾的《冰河上的激战》等作品的创作，才更加引起了作家和文坛的关注。《冰河上的激战》面世之后，不但引起强烈社会反响，而且荣获"全国优秀儿童文学奖"，这更加证明了动物小说所具有的思想艺术价值和它在调节人与自然关系上所起到的重要作用。

启开《冰河上的激战》，我们发现，原来该小说描写发生在高原盆地上的一场惊心动魄的动物大战：当数百只野驴被上千只饥饿的野狼包围之际，可从来都只能"站着生"或"站着死"的野驴，为了护卫种族的尊严和生存，它们必须击退敌人的进攻。于是，驴王江

颇噶丹带领自己的部属很快筑成了一道机动灵活的"可移式环形堡垒"。它们用自己坚强有力的后蹄,让进攻者狼酋纳更的臣民留下了成片的尸体。这便激起了狼群更大规模的残酷围剿。在这千钧一发的生死存亡关头,驴群只得派出"信使"血腥突围,以求得狼的天敌——红毛斑狗的帮助……最后,虽然驴群突围成功,但是,冰河上却留下包围者与反包围者的无数尸体,天边的秃鹰和灵鹫正欢快而忙碌地清扫着眼前的"血肉垃圾"。作品对野驴为捍卫种族延续所显示的机智勇敢与顽强拼搏精神予以了诗意般的悲壮描写。小说着力烘托冰河在残阳辉映下透露出的一片死寂和苍凉气氛,这说明战争的残酷和惨烈,说明正义虽终将战胜邪恶,但为此却必须付出惨重的代价。因此,小说的深刻意义还在于警示读者:对武装到牙齿的敌人,决不能存有丝毫幻想。

(二)以韩蓁为代表的川渝地域小说也引起全国文坛的关注

新时期我国儿童小说美学观念所呈现的开放趋势,所显示的融寻根意识于地域风俗的文化小说特征,亦表现在以韩蓁为代表的川渝巴蜀文化小说的创作上。与任大霖、任大星兄弟作家及秦文君、金曾豪等江浙沪作家笔下表现的黄浦高楼、姑苏古城,或幽静水乡、繁华小镇截然不同的是,韩蓁儿童小说最爱以童年回忆的视角,去展现昔日川西北山乡的风土人情和生活在这多灾多难土地上的血泪人生,以及贫苦孩子所受到的屈辱和他们的顽强抗争。

韩蓁的短篇代表作《"旱鬼"的葬礼》《血染的童子像》出版后,很快引起了全国儿童文苑的关注。前者写一个为生计而扮作"旱鬼"、受尽他人侮辱的叫花子,在即将出现房倾屋塌的紧急时刻,却为抢救包括捉弄过自己的人而勇敢扑向死神。而后者则写一个12岁少女在送子庙前为姑父抢夺一块象征生育的木偶,被拥挤的人群踩在了脚下……两篇悲剧小说的主人公并非英雄,只是凡人,但他们的善良正直和纯真的性格,却深深打动了读者的心!可见韩蓁小说善于透过落后山乡特有的诸如庙会、求雨、敬神、捉鬼等风俗描写,折射巴蜀地域文化特征和浓郁的乡土气息。

此外,后一篇小说还对小主人公的姑父,也即那始终信奉"无后"为大不孝之人生信条的乡村知识分子,寄予了包含着深刻批判成分在内的同情,这实际也是对那深受封建伦理道德影响的传统社会文化心理的一种有力批判和透视。正因为如此,小说评论家曾镇南曾撰文高度评价了该小说的思想艺术价值。他说:"这个故事不仅属于过去,而且属于现在,甚至还属于相当长的一段将来。"⑥这就把小说所揭示的那种广泛流行于社会的"多子多福"畸形封建观念将会酿成更多现实悲剧的可能性,予以了明示。

除小说而外,以幻想为其主要特征而又与小说同为叙事文学的童话创作,在昔日的川渝儿童文苑中,几乎无人问津。20世纪40年代以前,郭沫若、巴金还分别写过《一只手》和《隐身珠》等童话,自此之后的二三十年间好像还找不出为孩子创作童话的川渝作家。此种畸形的创作发展,一直绵延到20世纪70年代末期似乎都未曾改观。

可是,到了新时期以来,也许是由于改革开放激发了作家的大胆想象与创作热情之故,一大批年轻的川渝文学作者争相跨进了童话的创作领域。这之中,又特别以杨红樱、黄一辉、李晋西、寄华、杜虹、谭小乔和东渡日本的王敏等女性作家最具创作实力和影响。杨红樱曾先后出版了童话集《胖猪笨笨》和长篇童话《度假村的狗儿猫儿》等书。她的猪笨笨系列童话,塑造的主人公虽贪吃爱玩,但却纯洁善良,乐于助人,许多小朋友读了这样的作品,都无不被这位能"使矛盾化解、人性递进、诗意焕发"的人物所吸引。所以上海学者型儿童文学作家梅子涵曾指出:"在中国今天活跃的童话女作家中,杨红樱是以很经得起推敲的艺术层次而名列前几位的。"⑦而在川渝儿童文苑,足以与杨红樱作品游戏精神相媲美的,乃是字里行间常常闪烁着诗情画意风格的黄一辉童话。她的处女作《梦湖》,写叮咚流淌在湖水中的梦因晶莹澄澈而令人向往:即便是用青藤网打捞起一颗小水珠,也会给寂寞的人儿带去无限快乐与希望。诗人沈重盛赞作者"以善良爱心编织童话世界",因而使其作品始终洋溢着"生命的诗,理想的画"⑧。

继杨红樱、黄一辉之后,20世纪90年代的川渝童话又有了新的开拓。作家们深知,处于世纪之交的童话创作,既不能停留于白雪公主统治文坛的时代,也不能仅用魔法、宝物去烘托幻想氛围,或仅用"从前""有一天"之类的话语去引导读者进入艺术境界,所以作家必须进行新的美学拓展。对此,李晓海进行了荒诞童话创作的尝试。他的近作《狐打武松》即是一例。该作品将旧小说中孩子们熟知的武松打虎情节予以极度夸张的变形处理,结果造成狐打武松的生活错位。童话以此颠倒情节折射出发生于现实生活中的奇异和怪诞,不但活泼有趣,且引人深思。

此外,寄华所写的《凝固的画》更一反童话关于猫、狗、狼、狐的趣味描写而将动物的心理进行细腻解剖:它们也像开始觉醒了的人类那样,正在对其生存权利进行着有力的抗争。所以该童话写被钱所诱惑而丧失理智的人类,正把一条剧毒银环蛇关进动物园玻璃柜中……主人纵然用青蛙作蛇的点心,但却丝毫引不起一心想回归大自然的这条巨蛇的食欲。同样,那两只虽有恩于人类却仍被投进玻璃柜的可怜的青蛙,也在悄悄做着逃离牢笼的准备。就在主人再次开门来向银环蛇投递营养品的刹那间,蛇和那两只小青蛙却突然以迅雷不及掩耳之势,逃出了那扇企图扼杀它们生命的罪恶门扉……与其说这是一篇充满奇妙想象和趣味描写的动物童话,倒不如说这是于恐怖氛围中抖落的一纸讨伐人类丑陋与罪恶的诉状,一份呼唤人类与大自然和谐相处的宣言,一首礼赞动物求生欲念与自由精神的哲理诗!作者在革新传统动物童话之思想内涵与表现手法上,给读者留下了许多令人深思和回味的余地。

与童话原本出于同一家族的寓言,虽然在儿童文苑里只是一个并不起眼的小不点,但在新时期以来的川渝儿童文苑仍然得到了很大发展。较有影响的作品有干天全的《龙的演变》和徐康的《动物寓言诗》等。《龙的演变》不但写了龙的诞生和演变,而且写了龙的上天入地,写了龙的庞大体躯以及子孙后代的繁衍,可以说作者是用系列寓言的方式,对巨龙传说予以全方位描述和艺术展示,因而显示了作品熔趣味性与深刻文化意蕴于一炉的匠心追求。正因为如此,该书令处于敬陪末座地位的寓言文体,同样得到了读者的认可。一部优秀之作对其所采用艺术形式的提升,实在可以起到化腐朽为神奇的作用。

**辐射面——科学文艺和幼儿文学创作**

科学文艺和幼儿文学虽不属于诗歌、小说、童话等惯受读者欢迎的文体,但它却仍属儿童文苑的重要门类。所以考察川渝儿童文学,不能不对它予以论及。原来,科学文艺是一个由众多成员组成的文艺家族,其主要成员除了科幻小说、科学童话、科学诗之外,还有许多具有科学内容的其他文体。如科学相声、科学小品、科学散文等,也同样划归它的门下。所以,科学文艺乃属科学与文学因子巧妙而有机的组合。

新时期以来的川渝科学文艺之所以得到空前的发展,自然首先得益于改革开放和祖国现代化建设焕发了民众对于知识学习空前高涨的热情。其次,也得益于在浓郁科幻情结驱使下而得以在川渝大地产生的《科幻世界》杂志。该杂志基于"科幻是培养民族科学精神的摇篮"之认识,积极倡导科普文艺创作,常举办形式各异的文学笔会培养作者,于是以这家杂志为契机所带动的一大批川渝科幻文学作者,如童恩正、刘兴诗、李晋西、李晓海、王晓达、俞琦、张大放、吴显奎和黄继先等人便得天独厚地迅速成熟起来。

而在上述作者中,尤以因科幻小说《珊瑚岛上的死光》而获全国短篇小说奖的童恩正和在少年儿童出版社出版过长篇科幻童话《祖母绿女神》而享誉全国的刘兴诗两人的创作实绩更为突出。这是两位分别在高校从事地质与历史教学研究的学者型作家。童恩正的短篇科幻佳作《石笋行》和刘兴诗的《美梦公司的礼物》最具个性特色。前者将丰富的史学考证和耐人寻味的文化意蕴,融于现代火箭技术的剖析与奇异幻想之中,让少年读者于闪烁的星月之夜,竭力感受那隐藏在天幕背后的科学光芒。后者则通过美梦公司出租“梦片”的怪异描写,让校园里的小科学迷忽而飞到荒凉的月球与儿时就已结识的白雪公主和七个小矮人相会,忽而钻进尼罗河畔金字塔和睡在墓穴中的法老对话……通过如此奇妙的幻想,作品让读者深深感受到美梦公司向莘莘学子传授知识的愉悦和乐趣。

同科学文艺一样,供 3~6 岁孩子阅读欣赏的幼儿文学也属综合性的文学门类,而非某一具体的文学体裁。因此,幼儿文学作家的艺术阵容,多由擅长写童话、小说、儿童诗等不同文体的行家里手组成。如童话作家的杨红樱、李华、彭万洲、徐华,诗人中的张继楼、杜虹、蓝星、邓元杰,小说家的谭小乔、何群英,他们都因有感于幼儿对故事具有特殊欣赏(通过成人讲解得以接受)兴味而同时选择了幼儿文学的写作。

比如,杨红樱就最爱也最擅长为幼儿写故事。她曾在谈到自己的幼儿故事集《七个小淘气》时说,该书“是我写给 3~6 岁儿童看的书。淘气是孩子的天性,不淘气的孩子不天真,不淘气的孩子不可爱,不淘气的孩子不是孩子。”可见,作者正是基于对孩子淘气个性非同寻常的首肯而成功进行故事创作的。

除了为肯定淘气而创作,杨红樱有时也出于对幼儿进行情商与智商的熏陶与“启蒙”而给幼儿写故事。像她新近创作的《骆驼爸爸讲故事》与《鼹鼠妈妈讲故事》也因很好地把握了孩子的阅读兴味而颇受小读者欢迎。她曾在后者的前言中坦诚倾诉了自己对于孩子们十分喜欢的故事的偏爱与向往:“我以前是一所小学的教师,现在是一家杂志社的编辑,不变的是给一个小女孩当妈妈和给所有的孩子写故事。我已经写了十几本书了,在这一本书里,我扮作一群小鼹鼠的妈妈,讲述了一个又一个爱的故事。我希望这些故事伴随着她的孩子,也伴随着所有的孩子长大成人。”——杨红樱对自己的真诚解剖,正是她在幼儿文学创作上获取成功的一个有力揭示。

## 四、系统的文化建设工程

新时期以来的川渝儿童文学,不但在思想内涵的开掘提炼上深刻反映了时代生活赋予文学所应有的表现深度与力度,而且在文体格局的补充完善,与艺术技巧、表现手段和风格形式的审美开拓上,也显示了 20 世纪 20 年代自郭沫若大力倡导儿童文学以来所未曾有过的繁荣。20 世纪最后 20 年也即新时期的川渝儿童文学,为什么会出现上述令人感到欣慰的发展盛况,除了受时代发展和全国如京沪等儿童文学发达地区的影响之外,也和四川、重庆的文学与出版部门将发展儿童文学视为一项文化建设系统工程来看待的战略眼光分不开。

首先,关于文学创作与理论研究互补的看法早已成为文坛的共识。人们认为,如果把文学发展看作展翅高飞的雄鹰,那么,创作与理论则是带动文学大鹏得以在云天翱翔的一对翅膀。创作与理论如果相互掣肘,文学大鸟的翅羽也就被折断了。正因为如此,所以川渝两地文学与出版部门,在重视发展创作的同时,也十分关心儿童文学理论的研讨与出版。

四川省作家协会所属理论刊物《当代文坛》不但长期辟有儿童文学专栏,且不定期举行关于儿童文学的专题研讨。如1989年第3期该杂志推出的"四川儿童文学评论"专辑,共刊发10篇有分量的理论文章,对本土儿童文学创作盛况予以全面品评论述,这于新时期以来方兴未艾的巴渝儿童文学创作,起了极大推动作用。

此外,成渝两地的各家出版社为了繁荣儿童文学,还经常推出本土或全国各地理论工作者撰写的儿童文学理论专著,其中较重要的有四川少年儿童出版社的《儿童文学概论》(北京师范大学等五院校中文系合著)、《安徒生评传》(浦漫汀),重庆出版社的《现代中国儿童文学主潮》(王泉根)、《儿童文学散论》(彭斯远)、《幼儿文学概论》(张美妮、巢扬),四川民族出版社的《中国民间童话概说》(刘守华)。另外,四川民族出版社和西南师范大学等高校出版社还分别推出了《幼儿文学教程》(郑光中)、《儿童文学基础》(陈洁、黄明超)、《儿童文学》(杜春海)等供川渝中等和幼儿师范学校使用的儿童文学教材。上述理论著述和教材的出版显然对于本土儿童文学风气的熏染和优秀作家作品及其思想艺术价值的分析品评,都将起到极大推动作用。

与此同时,川渝等地的高师儿童文学教学及其研究自新时期始,也逐渐蓬勃发展起来。继西南师范大学中文、教育系科恢复20世纪50年代即已开始而于"文革"中断了的儿童文学教学以来,四川师范大学和重庆师范学院也陆续在中文、教育等系科开始了该课程的教学。几所学校的教师还先后在上海和成渝等地出版了根据学校教材整理的理论专著,如《现代儿童文学先驱》(王泉根)、《儿童文学导论》(彭斯远)、《茅盾童话》(范奇龙)等。同时,在此基础上,经国家教委批准,西南师范大学和重庆师范学院的中文系还先后在现当代文学专业设置下招收儿童文学方向硕士研究生。这便填补了我国西部地区高等学校从无儿童文学研究生招生布点的历史空白。

继四川外语学院于1984年新建我国第一个外国儿童文学研究所之后,重庆师范学院中文系也于1997年建起了以中国西部儿童文学为研究宗旨的西部儿童文学研究所。上述两家研究所还先后出版了《外国儿童文学研究》丛刊和《西南儿童文学作家作品论》等论著。川渝大地高师与中、幼师校园儿童文学教学及其理论研究,无疑对本土儿童文学的繁荣与后继人才的培养,也将起到推波助澜的作用。

综上所述,由于新时期以来川渝两地倡导儿童文学的风气日盛,这便促进了作家作品数量的大幅度增加与作品思想艺术水平的整体提高。与"文革"前十七年和"文革"中的历史断层相比,川渝儿童文学已起了翻天覆地的变化。儿童文学氛围的日渐浓厚,还使川渝两地产生了许多昔日从未有过的儿童文学之家。川渝文坛不乏如蓝星、徐华这样的夫妇作家,同时还有如梁上泉、梁芒,雁翼、雁小鹂、崔英、崔曼莉这样的父子或父女作家,有如李晓峰、李晓海这样的兄弟作家,有如巴金、李致这样的叔侄作家。儿童文学之家的大量涌现,不仅有力校正了昔日视儿童文学为小儿科的社会偏见,而且说明川渝大地未来儿童文学后继有人。同时,从创作者的民族构成来说,川渝儿童文苑近年还涌现了不少才气横溢的少数民族作家,如彝族的吉狄马加、藏族的意西泽仁、土家族的孙因等。因为他们的加盟,为川渝儿童文学的未来发展注入了更多新鲜的活力。

除此之外,在川渝儿童文苑的作家构成中,教师出身的作家,特别是女性教师出身的作家,可说更形成了文坛的一道亮丽景观。在校园生活中,她们与少年儿童结为一体的

刻骨铭心情感体验，以及女性特有的与孩子的天然联系，将使她们成为川渝儿童文学创作的主力军。前文提到的何群英、杨红樱、徐华、杜虹、韦伶，以及负笈东瀛进行儿童文学创作研究，并在日本陆续出版了《少儿侦探布郎》《银狐》《和大家在一起》《孙悟空的冒险》等童话作品的王敏，堪称川渝女性教师作家中的佼佼者。在性格上，她们内向多思，智慧聪颖，悟性很高，一旦启动某项创作计划，便十分投入地一抓到底，不达目的决不罢休。所以她们推出的作品，思想艺术水平往往令读者惊讶。

在儿童文苑，女作家的后劲与雄心多为男性作家所不及。比如王敏虽远离川渝儿童文苑而生活在异国他乡，但她对儿童文学的不懈追求却令人感动。她说："永久的未完成就是完成。"其实，这不仅是她个人，同时也是所有川渝儿童文学作家尽情追求艺术腾飞的共同意愿。王敏那永不完结的艺术攀越，正是所有川渝儿童文学作家咀嚼人生真谛的显示。

[注释]

①郭沫若：《郭沫若全集·文学编（第15卷）》，人民文学出版社1990年版。

②高洪波：《揭余生的儿童文学创作》，《当代文坛》1984年第5期。

③王泉根：《现代中国儿童文学主潮》，重庆出版社2000年版。

④⑧彭斯远，黄明超：《西南儿童文学作家作品论》，伊犁人民出版社2000年版。

⑤方卫平：《当代少年精神世界的守望者》，《当代文坛》1998年第2期。

⑥曾镇南：《1987年全国优秀儿童小说选·序言》，贵州人民出版社，1988年版。

⑦梅子涵：《随笔杨红樱》，《儿童文学研究》1998年第4期。

（原载《重庆师范学院学报》2002年第1期）

# 云南儿童文学的地域文化特色

施荣华

在云南这片神奇的红土地上，形成了一支生气勃勃的儿童文学创作队伍。这支队伍犹如一只太阳鸟，她是用七彩的太阳光的赤橙黄绿青蓝紫做成的。这支队伍像太阳鸟一样沐浴着云南高原的阳光，吸纳着云南高原的芳香，歌唱着云南高原的神奇。他们以特有的艺术感觉和敏锐眼光，特有的童心和爱心的审美视角，写人叙事绘景，创作了一批儿童文学作品，促进了云南的文学创作和儿童文学的发展。

云南儿童文学作家群已逐步地显示出整体的群体优势和个体的艺术个性。他们的艺术追求和艺术特色是同中有异和异中有同，可以把他们分为四个群体。

## 一、富于哲理性的寓言与儿歌创作群体

寓言创作以凝溪和马瑞麟为代表。

寓言作为一种讽刺与幽默的文学样式，非常适合凝溪喜欢思考、善于观察和充满幻想的个性特征。他写过小说，作过诗，但最终还是找到了自己最佳的创作兴奋点：寓言。20世纪70年代末，当国家出现了思想解放、创作活跃、文艺发展的伟大转折时，凝溪想到了要用最简短的语言和故事寄寓自己的哲理思想。他的寓言创作便一发不可收。在近10多年的创作中，已发表了2000多篇（则）寓言，出版了《凝溪寓言》《狐狸的生日》《熊狮的画像》等10多本寓言集。其中不少作品被译成多种外国文字和少数民族文字，以及被选入《中国寓言大系》《世界寓言精品》《寓言十家》等各种寓言选集。凝溪不仅在寓言创作的数量上居全国当代寓言作家之首，而且也是新时期最活跃、影响最大的寓言作家之一。

凝溪寓言在继承和发扬中外古代寓言现实主义的优秀传统，以及手法和技巧的基础上，有所创新和突破，逐步形成了属于今天的时代特色、民族特色和艺术特色。著名诗人、文艺理论家晓雪说，凝溪的寓言创作除继承挖掘动物题材、民间传说和历史故事中的新寓言外，他的艺术开拓和艺术个性主要表现在：第一，努力拓宽寓言的题材领域，他把风雨雷电、日月星辰、飞禽走兽、花草虫鱼、家具器皿、魔鬼神灵等万事万物都表现进他的寓言世界里，都成了创作主体隐喻开掘和揭示的对象，成为作者借以表现人类智慧、讽喻精神和生活哲理的艺术形象；第二，凝溪善于从司空见惯的日常生活中，发现和寻找到辛辣讽刺的题材、耐人深思的哲理或促人警醒的寓意；第三，作者还善于通过洗练的语言、简明的故事和生动的比喻，表达出抽象而深奥的道理，使读者领悟到深刻的讽喻精神和思想意义；第四，凝溪还善于把讽刺与歌颂结合起来，他的许多作品在洋溢着浓郁的当代生活气息、闪耀着强烈的时代精神的同时，也揭露、嘲笑和鞭笞了许多社会弊端，把讽刺的锐利锋芒，指向了种种歪风邪气和个人主义等。

马瑞麟是以诗人的气质来创作寓言的。他的寓言创作明显受到了民族民间文学的

影响。收集了200多则寓言的《忘了大海的海豹》，最能代表马瑞麟的创作特色。在作品中，他把成年人对人生、对自然的思索寓于少年儿童容易产生兴趣的动物、植物等"主人公"的活动中，既抓住了少年儿童的心理特点，又较好地捕捉住成人的心态，表现了作者对人生和自然的深刻思考。另外，他的寓言还能以有限的形象表现无限的社会生活。因此，马瑞麟的许多作品有不少值得回味与思索的警句，像"没有羽毛，再大的翅膀也不能飞翔"（《翅膀》）。"在摇篮里待久了的人，走起路来就是会慢些"（《摇篮》）。作者曾自白道：愿自己的这些寓言能给小读者多带去一些生活的启示，多带去一些生命的绿色。

刘御是云南儿童文学的老前辈，主要从事儿童歌谣的创作，刘御的儿歌具有很强的知识性和科学性，如《鸟兽草木儿歌一百首》。这部作品能使生活在城市的少年儿童了解和认识大自然。作者认为，小朋友应该从小养成观察自然的习惯和热爱自然的兴趣。刘御希望通过自己的创作能对小朋友的德、智、体、美几个方面发展都有所帮助。在创作中，他比较偏重于进行传统的美德教育，如礼让、守信、诚实、助人为乐、尊老爱幼、爱劳动、讲卫生……刘御的儿歌充满着童心和童趣，语言洗练，朗朗上口。杨知秋说，刘御儿歌中的童趣来源于他的童心，儿歌中的童趣又是为童德服务的。童心、童趣、童德三位一体。

## 二、充满幻想和浪漫色彩的童话创作群体

童话创作群体以钟宽洪、普飞和康复昆为代表。

已写下近百篇童话的钟宽洪，在20世纪50年代就已经开始儿童文学创作。他发表于1954年的儿童小说《洛娜的明珠》，是云南推向全国的边疆少儿题材的第一本书。1957年，钟宽洪遭到了政治打击。在严峻的现实面前，他进行了冷静的重新思索和选择，决定把童话创作作为自己毕生的追求。20世纪70年代以来，钟宽洪更潜心于童话创作。他把笔触转向现实生活，创作了许多幻想和现实相结合的童话。邓家琪著文说，钟宽洪往往以丰富的想象力，把儿童的现实生活带向神奇多彩的童话艺术境界；在质朴浅显的故事中，隐含着富于启迪性的生活哲理。钟宽洪的童话创作，从娓娓动听的故事中，贯穿着含而不露的思想内涵，犹如细细春雨，润物无声，有鲜明的教育意识。钟宽洪的童话还能在精彩的情节氛围中，将童话特有的"现演现报"的因果关系展现出来，让儿童自己去识别。由于钟宽洪长期生活在生活底层，因此他的许多童话实际上是用民间传说改编的，并赋予崭新的思想内容和现代的审美意识，有的还进行了脱胎换骨的艺术创新。如童话故事集《白云公主》中的16个民间故事，展示了人类的高尚情操和作者丰富的想象力。在一些真善美与假恶丑的相互鉴别的童话中，作者往往是通过儿童的眼光和心理特征看待和理解事物。在表现手法上，钟宽洪更多采用了民间体形式，讲究故事情节的起伏有致，文学语言的通俗自然。钟宽洪性格中的爱和同情心，使他的童话作品既丰富深刻，又适合少年儿童的理解和接受；他的童心和幻想，又使作品增添了盎然的诗意，从而形成了独特的艺术风格。

充满诗意是钟宽洪童话的主要特色。他用诗的构思、诗的境界、诗的语言来创作童话，因此在他笔下的田园、村庄、花木、小草、溪流、云彩等都融进了诗的情思和境界。在创作过程中，诗人常常陷入某种不能自控的状态。他把对儿童的热爱，理想的寄托，通过诗的意境得到升华。他要塑造美的形象，讴歌美的品德，使用美的语言，创造美的意境。钟宽洪的新童话集《王小石和猪八戒》，还善于从平凡的日常生活中捕捉儿童文学题材，

并将主人公与神话形象孙悟空、猪八戒放在一起来描写,对现实生活进行了大胆的夸张和浪漫的幻想。最近几年,钟宽洪有意识地用小说的笔法写童话,将小说和童话艺术地结合起来,从而加强了童话艺术的真实性和现实感。

彝族作家普飞的童话也很有特色,遗憾的是,对他的研究很不够。普飞的《走在五彩缤纷的地方》,是用散文的笔调,描写了彩虹出来以后,5 个小朋友顺着彩虹的拱背走一遭的奇遇过程,突出了孩子们沿途所见的美妙景色。整部作品具有朴素的纯净之美。作品的构思很巧妙,让孩子们到彩虹上看世界,也就是从另一个角度来观察人们生存世界和生活空间。孩子们站在直入天际的彩虹桥上看自己生活的世界,他们感到神奇无比,激动不已。一个宏观的世界映入孩子们的眼帘,他们对世界进行新的色彩排列,新的形式排列,新的空间排列,从而产生了更加丰富的联想,瞬而变化为对大自然的探索欲。作品通过"六娃"这个形象表现了那种健康和真诚的心理活动,令人感动。从整体上看,普飞的童话艺术具有幻想性、质朴性、主动性的美学特征。由于普飞是用汉语写作的彝族作家,因此,他的文学语言也显得特别朴实和真挚。

以《小象努努》而成名的童话作家康复昆,是绮丽的边地景色激发了他创作童话的热情,是纯真活泼的孩子们赋予他创作童话的灵气。在康复昆的童话艺术世界里,充满着诗情画意,作者往往用自然清新的语言,对景物作充满感情的描写,并能把深刻的哲理性和浓郁的抒情性有机地结合起来,显示出一种深沉的纯真美。

《芬芬和芳芳》最能表现康复昆的创作特色,在这个童话故事中,作者描写了不同生活态度和结局的两株花,使孩子们在美的熏陶中受到启迪。教师的修养,使作家自觉美化生活的理想,他要在童话艺术里表现广阔的社会生活。康复昆的童话创作植根于民族文化的土壤,并善于吸收外来文化的有益成分,使自己的童话具有独特的意境和内涵。在《金色的幻影》中,作者把古老的传说、当代人的心态、生动的景物和精彩的情节自然和谐地糅合到一起,创造了一种悲怆的氛围。而在《山那边是海》中,作者把描写的时间和空间虚化了、淡化了,传达的是浓浓诗意。在作品的艺术世界中,一切都被诗化了,从而创造了一种空灵美。在《小象努努》这篇获全国大奖的作品中,作者巧妙地将西双版纳的旖旎风光、神秘的象群、善良的傣家人和时代的变迁有机地交织在一起,为小读者描绘了一幅色彩斑斓的水彩画。在这幅水彩画上,既有边疆民族特色,又有社会时代特色。

在康复昆的童话世界里,充满着作家对故乡山水和孩子们真挚的热爱之情。

## 三、表现人与自然和谐美的散文创作群体

散文创作群体以乔传藻、吴然和张祖渠为代表。

红土高原是云南散文创作的艺术天地:淳朴的民情,茂密的森林,神奇的峡谷,湍急的河川,多姿的民俗,迷人的风光……为散文创作提供了用之不竭的源泉。

乔传藻是位教授,但他的散文却无学究气而散发着浓郁的乡土气息,充分表现了人与自然的和谐之美。使乔传藻一举成名的《醉麂》获"全国优秀儿童文学奖",著名诗人、文艺理论家晓雪说,《醉麂》这部作品是"用诗一样的语言和情思,表现和抒写着我们时代的美、生活的美和自然的美"。作为儿童散文作家,乔传藻主要以森林、动物等自然对象为自己的创作题材,作家追求的是人与自然的高度和谐。在他的散文中,读者能闻到热带雨林、水滩草地和边疆泥土的馨香。《乔传藻作品选·哨猴》较为全面地表现了作者那种追求人与自然和谐的审美理想。乔传藻甚至冲动地说:"我真想变成一棵树,生长在密

密的大森林里，为了少年朋友，我将记下青藤、野花、山溪编织的许多故事……"他的散文不仅能以现代人的眼光来观察森林和动物，创造出极强的时代感，而且还能创造出一种独特的山野气氛、森林情味的地方色彩，如《野象的路》，这部作品的形象描绘是如此有趣、新奇、神秘，充满浪漫色彩。这方面的艺术特色，在很大程度上得益于创作主体丰富的森林知识。在景物描写时，乔传藻注意选用最有代表性的植物和动物，如《黑雕》中有关草原的描写，就不时出现野百合花、狼毒花、奶浆草、野把子花等。

乔传藻散文创作，在关注知识性的同时，还注意描写民情风俗，展现红土地高原少数民族的独特风采。作者深入细致地描绘大森林里的守林人、猎人……为了使自己的散文具有一种风俗的真实性，乔传藻寻找一切机会，到人迹罕至的猎人窝棚中，到守林人的火塘边，到野象出没的森林里，一旦有了收获，就会产生喜不自胜的兴奋。有人说他是从森林中来的作家，在他的笔下，大自然充满人性、灵性、生命和情感。为了创作《太阳鸟》这篇散文，乔传藻对题材研究、构思、酝酿了3年，在这构思过程中，作家反复寻访有关太阳鸟的传说，实地观察太阳鸟对阳光的敏感等现象，不断积累太阳鸟的生活习性等有关知识。凭借丰富的自然知识，作家把散文的知识文学化了，用散文创造了很美的"知识氛围"，用文学的手法和自然知识焕发出奇异而生动的神采，用美的情感使自然现象具有了生命的活力。创作主体为了达到这种艺术效果，便在散文语言上下功夫，乔传藻的散文语言就像香醇的美酒，就像成熟的果实，甜美又有余味。为收集各民族丰富的语言，乔传藻广泛阅读少数民族的诗史、叙事诗、歌谣、民间故事和谚语。在散文创作中，他精心挑选和打磨语言，剔除现成用熟的语言，使自己的文学语言最大限度地艺术化。作家能用语言表现出太阳光的重量和声音，读者仿佛可以感受到阳光举杯可酌。他追求带着自己生命痕迹的语言风格，他的散文语言是从自己的心里流淌出来的。红土高原的山山水水培育了乔传藻美的语言、美的心灵、美的灵感；而乔传藻的优秀散文，使云南的森林山河显得更加绮丽灵秀。只有融合于大自然之中，人才能成为真正的精神富翁，才能真正感受到生命的意义。

专攻儿童散文创作的吴然有一双善于观察和描写自然的眼睛和巧手。乔传藻把吴然比作用方块字作画的杰出画家；郭风说吴然的散文清馨、朴素，是写给孩子们看的真正的儿童散文；冰心视吴然的散文有童心，朴素自然；晓雪认为吴然是以诗人的气质，来创造散文、展示美的意境、塑造美的形象、表现美的理想。实际上，吴然是用自己的那支笔，用自己的美好的心灵和美好的理想，来创作散文艺术的，在《段先生》中表现了人间的善良，在《捉斑鸠》中表现了儿童天真，在《走月亮》中表现了对故乡的思恋……

吴然的散文善于敷彩着色，他的《心醉翠荫峡》《云杉坪》《沿着怒江的激流》等作品，有如一幅幅水墨丹青画，画面色彩的对比既强烈又融洽，艺术地展现了草莓的气息和云杉坪的静穆。吴然对于溪水、鲜花、岩石有着一种特殊的艺术敏感，在这些物象上他能感受到春天的色彩、生命的活力和浪漫的童心。

散文艺术特别讲究遣词造句，吴然工于炼字，能最大限度地发挥汉字造型表意的作用，他在自己艺术情感的深刻体验中，找到了与儿童心灵对应的共鸣点。作者自白特别善于用普通的字词组合成奇妙的意象、奇妙的感觉和奇妙的韵味，如《歌溪》《月光花》等作品中对秋阳和落叶的描写，能让读者几欲伸手可及。吴然还能创造一种新颖的审美意象，从而使作品产生一种不可替代的美，如"浸染了秋阳的色泽，浸染了秋阳的温暖和芬芳，是一朵成熟的阳光呢！"（《心醉翠荫峡》）吴然散文的语言不仅能描绘形象，而且还能隐含着色彩和声音。这种艺术才能来自创作主体真实的天性。他在自己的情感体验中找准了与儿童心灵的共鸣点。作者自白道："我想在儿童散文中融入诗的意境和旋律。我想写得富有儿童情趣,写得有色彩和富于音乐感。"吴然力求把美转化为艺术形象;力求把诗情融化在芬芳的土地上,融化在校园里,融化在孩子们的生活中,让小读者能用自己的心灵去感受。因此,吴然的散文能表现如虹如泉的诗情画意,比如,他的《珍珠雨》就生动地把雨的精魂与语言的精魂合二为一。出现在吴然创作视野最频繁的题材是溪水、鲜花和岩石,这是创作主体按照自己的审美理想,进行独特审美移情而形成的。为了更贴近儿童生活,吴然的散文多采用第一人称进行描写和叙述。作者是用一个与小读者同辈的孩子身份的"我"。在时间结构上,吴然往往将"过去"和"现在"或"现在"和"将来"交织在一起,把作品中的时间模糊化。这能创造一种更深远的意境,比如《走月亮》,虽然写的是对童年生活情景的回忆,但整篇作品却又让读者感到仿佛就发生在眼前。

吴然散文的最大特点是自我的介入,能让读者体会到有种特殊的亲切感、真挚感和温馨感。作为散文家的吴然追求的是朴素和平淡的美,他把散文看作是从心中流出的歌声。

张祖渠的散文独辟蹊径,他的作品大都取材于现实的亲身感受和童年生活。创作主体往往以儿童好奇的眼光和心理来发现和捕捉素材,比如,《信的故事》和《老山拾英》,就是作者亲自到老山前线采访后的创作成果。这两部作品以其高度的真实性和现实性感奋了无数个小读者,充分显示了散文的新闻美和情感美。另外,张祖渠的散文创作很注意在写景抒情中描写情节,即在散文中融入抒情的、淡雅的情节。这种散文的情节化特点,主要是由特殊的接受对象所决定的。作者在讲究真实性的前提下,精心构思和剪裁故事情节,从而吸引和感染小读者。新奇动人的故事和素雅宁静的情致完美统一,这是张祖渠散文的最大特色。另外,张祖渠在散文创作时,往往具有很强的主体情绪化倾向,比如《迷人的雾》这篇散文,作品所描写的那些有趣的情节场面,只是创作主体的一种虚幻,是作者总体构思中被情绪化的情节场面。作者只叙述故事的梗概,不做过程的过多描写,用事出情。近几年来,张祖渠以更多的精力关注并投入云南民族民间童话的研究。

## 四、展示阳刚之美的小说创作群体

小说创作群体以刘绮、辛勤、张昆华和沈石溪为代表。

辛勤在儿童小说创作领域具有多面手的才华。他总是在艺术构思时,把现实作为"镜子"或描写的参照物,观察和发现儿童美好的性格和现实世界的缺陷,从而对现实生活进行理想化的把握和表现。辛勤把自己的创作眼光投向了红土高原上少数民族的儿童天地,作者打算为云南 25 个民族的少年儿童各创作一部小说。目前,已经出版了《鬼谷》等 5 部中篇小说,这 5 部作品表现了 5 个民族的儿童生活。在辛勤的小说中,不仅有独特而鲜明的民族特色,而且贯穿一个提倡自强自立、勇敢拼搏的思想,作者形象地呼唤着阳刚之美;辛勤要歌唱坚忍不拔的进取精神,赞美蓬勃向上的生命活力,表现大胆新奇的创造思想,比如,在《摔跤王》中,"小不点"虎旨竟敢向比他强大的对手嘎则挑战。著名作家陈伯吹说这部小说"题材又新又奇,细节又惊又险"。作品表现了哈尼族男子汉那种"雄气、硬气、锐气"以及"果断、奋进和不屈不挠"的英雄性格。辛勤在艺术构思过程中,往往用理想化的浪漫主义手法来把握现实,努力创造一个表现人物性格的特定环境,并以单一的线索、单一的人物、单一的事件,有声有色地描写和表现那些少年儿童的英雄品格。著名文艺评论家杨振昆说,辛勤小说的审美效果是给孩子们某种现实缺陷的补偿。那种对"纯正"境界的追求,使小读者有发现的喜悦,有联想的空间。青年评论家官晋东认为,辛勤的小说拓展了儿童中篇小说的题材领域,作者力图反映云南边疆各族少年儿童带着野味的生活,并以儿童的视角渗透到各民族的文化内涵之中,为创造少数民族的儿童文学形象做出了重要贡献。

从成人文学走向儿童文学创作的老作家刘绮,善于从少数民族优秀文学中吸纳养料,努力反映云南高原各族少年儿童色彩斑斓的现代生活。刘绮以一个艺术家的胸怀和情感,非常热爱云南边疆的山山水水,因此,那些自然的山水在她的作品中变得富于诗情画意,那些平凡的生活在她的作品中变得甜蜜而有情趣。作家是想通过自己的创作给小读者以"善"和"美"的熏陶和享受。刘绮还有不少儿童小说是以自己童年、少年生活为题材进行创作的。这部分作品很有特色,具有一种特殊的感染力,如《花皮球》和《自来水笔》,创作主体把自己丰富的生活经历和人生体验,用形象的方式艺术地表现出来,从而使得这类儿童小说既质朴真切,又感人至深;既通俗易懂,又含义隽永。

张昆华主要以成人文学创作为主,但他却以《蓝色的象鼻湖》获得了 1980—1981 年"全国优秀少儿读物"一等奖,由此他便在云南儿童文学领域占有一席之地。张昆华在这部小说中,用现实生活题材来反映云南边疆傣族儿童的丰富生活。作家通过作品给读者展现了一个新鲜而又奇特的艺术世界,其中有生动有趣的傣家风俗,又有旖旎多姿的原始森林。但这些描写远不是小说的全部,创作主体以自己对生活的深刻体验,通过作品艺术地表现了一个具有强烈现实意义的主题:无私才能无畏。小说集中表现了岩勇和岩拉这两个文学形象,生动地展现了人只有无私才能勇敢,人一旦被私心笼罩,他便会胆怯怕事。作者把主题思想有机地融化在作品曲折的情节中,寓教于乐,让小读者在轻松娱乐中得到潜移默化的熏陶。张昆华的儿童小说善于用诗的语言来创造一种美的意境,用散文的笔调来述说故事情节。总之,张昆华的儿童小说具有鲜明的创作个性。

沈石溪是云南儿童文学创作的一面旗帜,他的动物小说,尤其是 20 世纪 80 年代后期以来的作品,无论在思想意蕴、本体价值、生命哲学、文化蕴涵,还是在叙述语言、形象塑造、情节结构等诸方面,都表现了新的气象,实现了动物小说文体的自觉嬗变。他的《狼王梦》等一批新动物小说,在亦真亦幻的艺术世界里,追求动物的本体价值,考察与探究动物与人类相通的品质和情操,以动物的"丛林法则"来比照与对应人类的"伦理道德",即从动物形象来写人类社会,从兽性来写人性,从野蛮来写文明,为的是形象地揭示人生的尴尬,文明的陨落,生存的困境和发展的艰难,从而使作品洋溢着对人类生命哲学和生存意义"上下求索"的浪漫主义精神。

沈石溪选择动物作为自己创作的对象,这表现了创作主体审美趣味对其文体选择的影响。他善讲故事工于情节的审美情趣,便于在动物小说这个文体中,以最大的限度来营造和想象虚构动物生活和矛盾的艺术世界。《第七条猎狗》收集了作家 1985 年以前的8 篇优秀动物小说,它的特点是偏重于内容的客观叙述,情节的精心构造,思想的积极向上和意蕴的单纯浅显。

沈石溪动物小说突变于《狼王梦》。这部作品标志着作家艺术风格的成熟和动物小说文体的自觉。在这篇小说中,艺术地创造了狼的文化性格以及动物世界的"丛林法则"。作者以狼为自己艺术创作对象,这是因为狼的生活最能体现生存竞争的酷烈与频繁。小说所表现的是狼的生活,但这种狼的生活又能让读者体会和联想到人类自身的生活和生存环境。《狼王梦》运用审美的眼光和写实的手法,努力表现狼的本来面貌。在小说中,狼的生命本源和生存意识得到了淋漓尽致的展现。"丛林法则"的严酷性使狼信奉这样的生活哲理,敢于吃掉母亲,敢于咬死父亲,才是真正的狼。小说的全部内容可以浓缩为三个字:狼王梦。"狼王梦"作为意象符号,包蕴着极其广泛而深刻的意义。

20世纪90年代以来,沈石溪的动物小说以一种全新的面貌呈现在红土高原。作者通过自己的作品,不仅把绮丽美妙的大自然和动物世界中鲜为人知的奥秘艺术地展现给读者,而且还能深刻地剖析动物形象内心活动的心理历程,生动地表现了动物世界别具一格的生命规律、生存竞争、有序的动物习性,以及艺术形象鲜明独特的个性。《红奶羊》和《混血豺白眉儿》标志着沈石溪动物小说的创作又进入了一个新的阶段。前者以羊的独特眼光和视角来观察、评价、比较羊和狼不同的习性和特点。角度新颖,构思巧妙,寓意深邃,文体精致。对人类生存境遇终极关怀的创作倾向,在《混血豺白眉儿》中表现更加深刻。擅长讲故事的艺术天才在这部作品中得到了淋漓尽致的发挥,作者从容地讲述那只混血豺悲伤的故事。小说情节跌宕起伏,意味深切隽永。它创造了新的人和动物的关系,以动物的眼光来审视和把握人类社会。作者让动物和人类处在同样的地位,由此来表现人类自身很难发现的弱点,从而使小说具有了更为深厚的思想意蕴。沈石溪近期发表在台湾《民生报》上《狩猎系列·我所经历的动物故事》的10多篇作品,也表现了这种新型的人类和动物关系。

在中国大陆新时期儿童文学园地中,沈石溪的动物小说具有独特的地位。他的创作能潜入动物形象的内部,以动物为视角,营造了动物社会的矛盾冲突、悲欢离合,从而全方位地展现了动物生活的原始习性、生命样态、文化密码、感情天地、性格特征、理想追求。创作主体善于把自己深切的生活感受和生命感悟,艺术地移植到动物形象身上,使动物习性和人性相契合,这必然给道德规范日益解体的人类社会以深刻的警示。

云南的儿童文学,正以太阳鸟的优美雄姿,振翅翱翔在蓝天高空,沐浴21世纪的春风阳光。

(原载《云南师范大学学报》1997年第6期)

# 云南儿童文学再出发

## 云南省作家协会儿童文学委员会

云南儿童文学曾经以"太阳鸟"作家群的亮丽飞翔和鸣唱，为丰富中国儿童文学艺术宝库做出自己的贡献。一段时间因年长一辈作家渐次搁笔，儿童文学界也有担心出现"青黄不接"的焦虑。最近几年，云南儿童文学吹响了再出发的集结号，亮出了一张写满云南特色的儿童文学新名片。

如果说，多年前云南儿童文学多以马瑞麟、普飞、张昆华、钟宽洪、乔传藻、辛勤、张祖渠、康复昆、张焰铎、吴然、沈石溪、吴天、杨保中等一批男子汉在儿童文学疆域冲锋陷阵，那么放眼今天的云南儿童文苑，则几乎是清一色的娘子军女将们在争奇斗艳，创新发展。其中，最具代表性的是湘女（陈约红）、汤萍、余雷等。2014 年 8 月，昆明儿童文学研究会和昆明文艺评论家协会联合召开儿童文学"新五朵金花"研讨会，研讨评论了更为年轻的女作家刘珈辰、蒋蓓、沈涛、李秀儿、汤琼。此外还有曾艳萍、易迪、段红琴、唐凤莲、马嘉等都活跃在儿童文学的各个创作领域。

湘女以散文饮誉文坛，散文新集《长翅膀的山》代表了她散文的最新成果。湘女散文给人无与伦比的美感。她总是小心翼翼而又果敢地挑选汉语的字、词、句，从文字的声音、形态、内容所指上，提炼和丰富美的含量，从而让孩子们在大声诵读中，感受母语的亲切、温暖，心生热爱和敬畏。

被称为"魔幻汤"的汤萍、汤琼两姊妹，一直潜心创作充满魔幻色彩的作品。两姊妹的作品，如汤萍的代表作《树精灵之约》、汤琼的《魔镜·心玉》，想象瑰丽，情节丰富，形象饱满，梦幻般的精彩故事，巧妙有趣地与现实相应照，蕴含着深长隽永的哲思。

余雷和沈涛，前者在大学，后者在小学，她们同样爱孩子、了解孩子，分别创作了如《绝活》《楚楚的离歌》等广受欢迎的作品。曾艳萍的幼儿童话《大宝的博客》，充满童真童趣，温润心灵。刘珈辰写了大量侦探、冒险小说如《公主的秘密》，年轻的蒋蓓已经出版了列入"冰心奖大奖书系"的《云的南边》，她们都在倾心经营短篇作品的同时，眺望更为远大丰饶的文学风景。

"新五朵金花"之一的李秀儿，她的《花山村的红五星》是一部描写"一个红军墓，三代守墓人"的动人的传奇小说，被《中华读书报》评为全国"2016 年十佳童书"之一。作者摈弃了传统叙事模式，自觉地将人物塑造从"脸谱化""概念化"和"符号化"中解放出来，深刻触摸历史文化中的人文肌理，深度审视人性，拷问灵魂，浓墨重彩地书写出苦难中升华起来的人格力量，成为我国 21 世纪以来战争题材儿童小说中的优秀作品。

整个儿童文学的活跃，吸引了不少童心未泯的成人文学作家加盟。去年荣获"骏马奖"的纳西族作家和晓梅，写了大量中长篇小说而声名鹊起的彝族作家吕翼，以及定居西双版纳南糯山的文学健将马原，都在倾情为孩子们写作。和晓梅以列入"金骏马·民族儿童文学精品"书系的《东巴妹妹吉佩儿》，向神奇的东巴文化礼敬，在亦真亦幻中播撒传统文化的种子。2014年昭通鲁甸地震发生后,吕翼白天在灾区救援,晚上在地震棚中伏案疾书,不仅写下了《龙头山的疼痛》这部长篇儿童小说,也写下了一个作家的责任与担当。蹲在南糯山的马原,虔诚地把收集到的民间故事和神话传说,转化成他的瑰丽的文学表达和图画——两部长篇《湾格花园》《砖红色屋顶》就是证明。由此,我们看到云南儿童文学的另一个特点:图画书和绘本正在云南儿童文苑里灿然绽放。

其实,这应该是顺理成章的事。云南民族众多,山河壮丽,与东南亚多个国家接壤。不可替代的民族民间文化和域外文化,为图画书和绘本创作提供了极其丰富神奇的资源。目前投入文字绘本创作且有成绩的,包括吴然、冉隆中、刘珈辰、湘女、汤琼等作家。这其中,吴然也许是"太阳鸟"作家群中少数仍在执笔写作的本土老作家之一了,最近他又有一本长篇纪实儿童文学《独龙花开》问世。

应该说,云南儿童文学的特点,远不止这些,就让我们窥一斑以见全豹吧!

（原载《文艺报》2017年4月25日）

# 贵州儿童文学的发展态势

马筑生

中华人民共和国成立后，贵州迎来了儿童文学的春天。贵州当代儿童文学是在20世纪50年代中后期才开始逐渐发展起来的。中华人民共和国成立后的贵州儿童文学，经历了三个阶段。一是从中华人民共和国成立始至20世纪60年代前期，是贵州儿童文学的成长期；二是"文革"十年，是贵州儿童文学的沉默期；三是"文革"后，是贵州儿童文学的多元发展期。

新中国各级政府对文艺工作十分重视。1950年1月，贵州文艺界首次聚会，200余人到会。省领导申云浦在会上讲话，谈了共产党领导下新文艺工作的性质等问题，并根据中共贵州省委指示宣布成立贵州省文学艺术工作者联合会筹委会。同年3月，《新黔文艺》创刊。同年8月，《新黔文艺》改名《贵州文艺》月刊。《新黔日报》创办文艺副刊《贵州文艺》。涂尘野、象征等随解放军南下的青年知识分子，柳枬、李珮瑜等入黔上学的大学生，伍略（苗族）、苏晓星（原名李德祥，彝族）等土生土长的文学青年组成了贵州儿童文学的第一批作家队伍。1953年5月26日至6月1日，贵州省第一届文学艺术工作者代表大会在贵阳举行，有代表186人参加。贵州省文学艺术工作者联合会正式成立。时任中共贵州省委副书记申云浦讲话，谈到了文艺工作者要向民间艺术学习，向先进的苏联文艺工作者学习。1956年6月1日至5日，贵州省第一次文艺工作者代表大会在贵阳举行，贵州写儿童文学的作家刘荣敏（侗族）、苏晓星（彝族）、安永隆（小学教师、儿童山歌作者）、戴明贤等出席大会。苏晓星还成为贵州文联第二届执委会委员。1957年1月，《贵州文艺》改刊名为《山花》月刊。1962年3月2日至26日，文化部、中国剧协在广州召开话剧、歌剧、儿童剧创作座谈会（即广州会议），贵州戏剧理论家、对贵州地方戏剧特别是傩戏很有研究的谢振东参加了会议。周恩来、陈毅同志专程赴会并做了重要讲话。会议在包括贵州在内的全国文艺界产生积极影响。贵州人民出版社编辑夏祥镇，《贵州文艺》《山花》编辑部涂尘野，《贵阳日报》《贵州日报》文艺版柳枬等人也都注意扶植儿童文学作者。夏祥镇在1958年至1959年组建了贵州第一个儿童文学创作团体"儿童文学创作组"，培养了何永刚、卢惠龙、廖国松、陈实、阮居平、余未人等儿童文学创作爱好者，当时还出现了专写儿童小说的青年作者王泰麒和程履（戴明贤）。他们写儿童诗歌、故事，写童话、儿童小说，产生了一批儿童文学创作成果。柳枬、夏祥镇等的儿童文学理论和评论也开始起步，蹇先艾也曾对程履儿童小说进行评论。

一批贵州儿童文学作品在这一时期相继问世。1955年少年儿童出版社出版了贵州作家陈光余的独幕童话剧本《智慧花》。其后他又创作了童话剧《玩具商店》。伍略1957年发表于《山花》创刊号上的《小燕子》一文，刻画了娄山筑路青年女工形象。中国少年儿童出版社1958年出版了钟华创作的童谣集《妹妹骑月亮》。贵州人民出版社1958年4月编辑出版了民间童话故事集《蛇郎与阿宜》。韦翰在《山花》1959年1月号上发表的《独手姑娘》一文,描写 18 岁的少女章桃仙以一只手学会了驾驶拖拉机的技术,有较大影响。1959 年,少年儿童出版社出版了由贵州省文化局和中国作协贵阳分会筹委会合办的贵州省文艺编辑训练班编写的《挡不住的洪流——猴场人民公社史》一书的节选本。雷弟祥的《大方漆器漫话》是不错的科学小品。贵州人民出版社 1959 年出版了本社儿童文学创作组创作的童诗集《野营之歌》《小手握得比铁硬》,1959 年编辑出版了贵州民间故事集《老猎人与皇帝》《吴勉》,1959 年出版了该社儿童文学创作组创作的儿童故事集《两枚金属分币》。1960 年,贵州人民出版社出版了贵州第一本儿童文学作品专集《贵州十年文艺创作选·儿童文学集》。这是不足十年的贵州儿童文学成长期创作成果的总结。集子总结了 20 世纪 50 年代贵州儿童文学的成果,选入的作品计有儿童诗歌 38 首(组),散文、小说和儿童故事共 20 篇。集子中儿童诗歌的作者多是贵州"儿童文学创作组"的组员,都是少年学生。因此,无论从思想内容还是从艺术技巧上看,都显得比较幼稚。正如戴明贤所说,这些作者"思想感情还很幼稚,艺术技巧还不掌握,加上当时的文学观念所决定,所写都是政治、运动题材,于是难免有茅盾所说的'政治挂了帅,艺术脱了班,语言干巴巴'的缺点。今日读来还觉有点诗意的作品,微乎其微。"但这个集子毕竟是贵州当地儿童文学历史的一个记录,不能以现今对童诗的标准看待。集子中的儿童散文作者也多为少年,大多是"学生习作"。其中《从苗岭山上到青岛海边》《在阿尔迪克夏令营》两篇,是纪实性文学,记叙了异国异地的风光和习俗,给当时贵州山里长期闭塞的孩子们,带来许多新鲜见识。集子中的儿童小说,多为成人作者所创作。由于他们"见识较深,艺术上也有一定功力,就显得较为老练和完整"(戴明贤语),写得比较成功。翟龙的《金钥匙的故事》是其中的优秀作品。集子中还有一篇精彩的幼儿故事《小妹妹与花草帽》,作者芦苇。这篇作品应算是贵州当代幼儿文学的第一篇成功之作。黔北诗人郑德明,从 20 世纪 60 年代开始发表诗作。其《牧羊》一诗很有童诗特点。贵州人民出版社 1961 年出版了伍律著中篇科学故事《蛇岛的秘密》,王泰麒创作的儿童小说《苗苗的日记》,后来还出版了王泰麒《一张奇怪的答卷》和《"虫虫迷"和他的伙伴》两个集子。1962 年起,戴明贤开始以程履笔名发表儿童小说,当年就连续发表了《包谷熟了》《小立和小郑姐姐》《九九表》等几篇儿童小说作品。贵州人民出版社 1963 年出版了在贵州工作的汪小川著的红军长征题材中篇小说《冲出绝境》。中国少年儿童出版社 1965 年出版了贵州作家巴迅著的体育儿童小说《小鹰高飞》。

在中华人民共和国成立后短短的五六年中,贵州当代儿童文学从无到有,建队伍、抓创作、辟园地,开展评论,势头喜人,可期望从此走上儿童文学的康庄大道,获得儿童文学作品丰收,走向儿童文学的繁荣。但接踵而至的是"文革"的前奏——"四清"运动,刊物停刊检查,作家停职检查,评论家和业余作者尽皆自顾不暇,文艺园林一片肃杀景象,贵州儿童文学蓬勃的成长期就此匆匆结束。随后是长达十余年的"文革"沉默期。"文革"后,贵州儿童文学才重新走向正轨。

儿童文学的多元发展期以来,贵州儿童文学以新的面貌活跃起来。从地域上讲,贵州在进入儿童文学的多元发展期以来,文学创作经过不断发展,逐渐显示了各自不同的特色。以沙滩文化闻名于全国的黔北以小说创作著称,黔西以诗歌创作闻名,黔西南以散文创作见长,处于黔中的省会贵阳则以各种长篇称雄于全省。在儿童文学的多元发展期中,贵州有了专门的儿童文学团体"中国作家协会贵州分会儿童文学委员会",有了专门的儿童文学园地《贵阳晚报·童心》和《幼芽》杂志。最值得重视的是这时期出现了贵

新中国儿童文学

1949-2019

州儿童文学作家的群体：孙铭勋（拓林）、赛先艾、黎焕颐、叶辛、汪小川、戴明贤（程履）、伍律、伍略、伍元新、廖公弦、徐成淼、王蔚桦、袁仁琮、李德明、洪炫、夏祥镇、谢德风、王泰麒、俞伯秋、阮居平、胡顺猷、钟声威、余未人、钟华、陈光余、巴迅、赵福钊、周隆渊、崔亚斌、枕木、刘伯华、王廷珍、刘智祥、李佩瑜、管乐、陈颖、叶澍、丁传林、管蔚、杨远承、何伊经、周琪、王念玉、黄鹏先、钟文森、杜若、蒋天华、刘国江、罗绍书、陈学书、罗文亮、周青明、叶笛、苏晓星、尘野、翟龙、魏子晃、江农、郑一帆、崔晓勇、何永刚、何士光、李发模、陈先喜、刘大林、魏玉光、吴秋林、龙潜、胡巧玲、侯泽俊、郭思思、海嫫、鄢永华、胡鸿延、王华、袁政谦、谭良洲、卢惠龙、管远祚、徐华、丁时光、吕金华、王荣飞、吕寻、赵凤普、聂华、龙澄、赵修朝、唐中理、乔大学、肖勤、肖江虹、姚晓英、欧阳银坤、李美、罗周喜等，都是这个创作群体中的成员，自然就有了成批的贵州儿童文学作品的问世，而且其中有些作品在全国也可列为佳作。如仅在儿童文学的多元发展期前十年，贵州就有作家叶辛先后出版了长篇《虎的年》《深夜马蹄声》、中篇《高高的苗岭》《风中的雏鸟》和电影文学剧本《火娃》，蒋天华、刘国江出版了中篇游记式儿童科学小说《森林旅行记》等。这些作品，填补了贵州儿童文学中长篇和影视文学创作的空白。在这几年中，贵州省儿童文学作家的个人结集陆续出版了十来种，有的作家还一人出书数种。中华人民共和国成立的第四个十年，是贵州儿童文学创作的极盛时期，构成贵州文学不可或缺的一个组成部分。

儿童文学的多元发展期，贵州儿童文学活动频繁。1980年7月，彭忠岷与彭辛岷合写的论文《让科幻文艺展开它的翅膀吧！》》、何彩孝科幻小说《梦》发表受好评，应邀出席中国科普作协在哈尔滨召开的科普创作年会。1980年，贵州省1976年10月至1980年10月文艺创作评奖，何光渝、文静写贵州科学家徐采栋的报告文学《追求》获二等奖。1981年初，作协贵州分会第五次理事会召开，首次成立了"儿童文学委员会"。是年4月，戴明贤的儿童小说《报矿》、伍律的科学故事《蛇岛的秘密》获全国第二次少年儿童文艺创作评奖文学三等奖。同年4月底，作协贵州分会"儿童文学委员会"举办儿童文学讲座，戴明贤、彭忠岷、鲁翠岚等分别主讲。1981年12月5日，中国作协贵州分会和贵州人民出版社《幼芽》编辑部举办贵州省儿童文学创作学习班。1982年起，贵州省教育厅先后派出六名中等师范儿童文学教师参加教育部委托浙江师范学院（今浙江师范大学）中文系举办的全国第一、二、三届幼师普师儿童文学师资进修班学习。他们后来都成为当代贵州儿童文学教学的中坚力量。1985年11月16日至21日，贵州人民出版社和少年儿童出版社联合召开的全国儿童文学创作座谈会在贵州省贵阳市花溪区召开。来自全国17个省市的50余位作家、评论家和编辑出席此次大会。少年儿童出版社、贵州人民出版社有关部门负责人及编辑也出席了此次大会。作家冰心专为会议题写了"祝愿儿童文学座谈会圆满成功"的贺词。1985年10月22日至28日，贵州人民出版社和中国儿童文学研究会联合召开的"当代儿童文学新趋向"研讨会在贵阳市召开，陈伯吹等出席。会议收到论文20多篇，有25人在大会上发言。时任贵州省委书记的胡锦涛到会看望与会代表，并发表了关于儿童文学的讲话，《儿童文学选刊》等刊物以《浇灌与扶持》为题发表。

1993年8月1日至5日，由贵阳市师范学校承办的全国幼师普师儿童文学教学研究会第四届年会暨儿童文学教学研讨会在贵阳市师范学校举行，来自全国各省区的61名代表出席了年会。贵州省十余所师范学校的儿童文学教师代表参加了年会。浙江师范大学儿童文学研究所韦苇教授、西南师范大学中文系儿童文学教授王泉根应邀参加年会并做学术报告。正应邀在日本讲学的著名儿童文学理论家蒋风教授专门写来祝贺信。著名儿童文学理论家,北京师范大学浦漫汀教授专门发来祝贺电报。许多不能亲自到会的会员也写来了祝贺信。大会开幕式于 8 月 2 日举行,贵州省教委师范处王金秀处长、贵州省作协副主席、儿童文学委员会主任、贵阳市文联副主席戴明贤,贵阳市教委杨珍副主任、师范处陈绍敏处长等出席开幕式,戴明贤就贵州儿童文学问题发言。会议中,贵阳市委宣传部副部长杨寿珍到会看望会议代表。大会进行了全国中师儿童文学论文、儿童文学教学研究成果和儿童剧教学录像评选,韦苇教授、王泉根教授、郑光中教授担任评委。贵州作家吴秋林专著《寓言文学概论》,贵州教师论文《安徒生的身世及其童话的自传性特征》《〈诗经〉中的儿童文学》,贵阳市师范学校教师、学生编剧并演出的童话剧《狐狸肉店》(录像),贵阳师范学校牵头、周世盛主编的《儿童文学》一书分获一、二、三等奖。

为全面提高儿童的阅读水平,推介和引导家长与孩子广泛接触优秀的儿童文学作品,大力倡导和发展快乐阅读和非功利性阅读,2008 年以来,贵州省图书馆与公益小书房联合实施了"儿童阅读推广网络建设"项目活动。2009 年,贵州省文联、省作家协会面向全省作家及业余作者进行包括儿童文学在内的文学招投标及与作家签约。各种儿童文学研讨会也频繁召开。

贵州儿童诗歌在儿童文学多元发展期非常活跃,成果颇丰。出版的歌谣体诗歌集有王蔚桦(华夏)《鸭司令》,俞伯秋《小河里的新浪花》,黄鹏先《小星星,亮晶晶》《海蓝蓝天青青》《山青青水清清》《红蜻蜓黄蜻蜓》,陈学书《星是小雨点》《我驾飞船太空游》,贵州省民委文教处、贵州民族音乐研究会编《贵州少数民族少儿歌曲》(歌词),龙玉成、王继英编《贵州民间歌谣》,李美编《会飞的花朵》,吕金华《地理谜语》《小蜗牛娶媳妇》等。出版的童诗集有黎焕颐《秋夜·星空·祖国》,管乐《小队之歌》,杨远承《亮晶晶的露珠》,胡顺猷《彩色的雨》《樱桃红了》,钟文森《妈妈的小尾巴》,阮居平《春天的小画眉》,杜若《雪花公主》,刘智祥等著科学诗选集《飞跃吧 China》,侯泽俊《风的舞鞋》,郭思思《郭思思儿童诗选》,黄邦君编选《当代中学生诗选》,贵州省少数民族语言文字办公室编、覃绍英、谭敏收集整理翻译的《侗族童谣》,龙玉成、王继英编《贵州民间歌谣》,刘之侠、潘朝霖编《水族双歌》等。

长篇儿童小说有叶辛《深夜马蹄声》《峡谷峰烟》《虎的年》,布依族作家王廷珍《大古山的黎明》,余未人《梦幻少女》,伍元新《娄山少年》,袁政谦《树洞里的海鸟》,龙潜《黑瓦屋》《铁蒺藜》,戴明贤《走进云里去》,何伊经《小福尔摩斯和他的伙伴们》《杜娜娜和伙伴们的开心事》,谭良洲《少女梦》,胡巧玲《走过春天》等。中篇儿童小说有叶辛《高高的苗岭》《风中的雏鸟》,蒋天华、刘国江儿童科学游记小说《森林旅行记》,廖公弦科幻电影小说《飞向活星》,管远祚《飞来的阿姨》,蔚桦(王蔚桦)《鹰的故乡》,胡巧玲《哑巴的婚事》(获 2006 年冰心儿童文学新作奖)、《多多、嘟嘟和丢丢》(2010 年获中国台湾 18 届九歌少儿文学奖,以《狗狗想要一个家》出版,2012 年获贵州省政府文艺奖)等,以及王泰麒中短篇儿童小说集《"虫虫迷"和他的伙伴》等。短篇儿童小说集有戴明贤《岔河涨水》,巴迅体育儿童小说集《小鹰高飞》,布依族作家罗国凡《绿色的山峦》,王泰麒《一张奇怪的答卷》,崔晓勇《猫儿河趣事》《月亮晒不干衣裳》《半个太阳爬上来》,满族作家陈颖与管蔚合译的德国儿童小说集《淘气鬼》等,以及胡巧玲《无言的结局》(载江苏《少年文艺》2005 年第 11 期)、《少年与花儿》(载《儿童文学》2006 年第 3 期)、《等待黄昏》(2005 年获得《儿童文学》第二届小说擂台赛银奖)。儿童故事有贵州省军区政治部编的贵州人民革命故

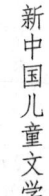

事集《深谷枪声》，周隆渊著纪实革命故事《邓恩铭的故事》，吕金华《地理故事》等。

出版或发表的长篇童话作品有何伊经《乒乓小勇士》，海媄《会飞的喔喔喁》，短篇童话集有吕金华科普童话集《蜗牛的翅膀》《贪吃香石头的鳄鱼》，刘脏童话诗集《星星落在我头上》《我看见的朝霞》，周爱红《森林里的舞会：爱红童话选集》，丁传林译外国童话集《美人与野兽》等。民间童话、故事集有贵州人民出版社编民间童话故事集《蛇郎与阿宜》，贵州省社会科学院文学研究所、黔南布依族苗族自治州文研室合编的民间童话故事集《布依族民间故事》，龙岳洲搜集整理的苗族民间机智人物童话故事《阿方的故事》，贵州人民出版社编辑的贵州民间童话故事集《黄果树瀑布的故事》，沈耘编彝族童话叙事诗选集《一双彩虹》，贵州省文管会办公室、贵州省文化出版厅文物处编贵州地方风物传说集《贵州文物古迹传说选》，沈耘、燕宝编红军传说故事《红军在贵州的故事》，贵州镇远县民族事务委员会、镇远县民间文艺协会编贵州民间童话故事集《苗族故事选》，贵州册亨县民族事务委员会编贵州民间童话故事集《中国民间故事集成册亨县卷》，卢朝阳编贵州民间风物传说《黄果树瀑布的故事》，燕宝、张晓编《贵州民间故事》《贵州神话传说》，梁丁香收集整理、贵州省民族古籍整理办公室编《侗族民间童话选集》等。

寓言作品集有贵州人民出版社1979年编辑出版的赵福钊等著寓言故事集《骄傲的百灵鸟》，叶澍微型寓言集《贝壳寓言》（获中国第九届"冰心图书奖"）、寓言集《梧鼠的桂冠》《南海群猴》《贝壳寓言精选》等，崔亚斌文、姜成安绘画的动物寓言故事集《袋鼠请客》，吴秋林创作的《耿林寓言集》《金盘子与红苹果》，吴秋林编选《外国民间寓言选》《外国民间寓言大全》《世界寓言经典》《世界寓言精品屋》《寓言辞典》，胡鸿延寓言集《新寓言故事奇观》，刘大林寓言诗集《乞丐与樱桃》《狐狸与皮皮》；吕金华《金华寓言》《杠子老虎鸡》《剪刀石头布》《灵灵狗卖鼻子》《爱吹牛的猴子》《大巨人与小矮人》《漂流荒岛的狼》等寓言集。

1951年2月12日，贵州人民出版社在贵阳市勇烈路正式成立，下设文字编辑组、美术编辑组两个机构。著名国画家宋吟可担任美术组组长。同年12月，贵州第一本新内容的连环图画书《活捉匪首曹少华》出版，贵州版图画书从此诞生，至今已出版连环图画书300余本。贵州版图画书主要有宋吟可的《蔓萝花》，宋承志《阿角姑娘》，潘迎华《灯花姑娘》，徐翀《黄果树瀑布的故事》，盛鹤年《山寨火种》《乌江东去》《司马迁》，张文忠《卓玛找雨神》（获全国第二届连环画评奖二等奖），徐华文、钱仁华绘画的图画书《不听话的小豹子》，徐华文、吕莎绘画的图画书《小狐狸进城》，徐华文、赵庆笙绘画的图画书《怪狼》，徐华文、李显陵绘画的图画书《吹牛大王》，何伊经长篇童话《乒乓小勇士》儿童漫画版，王华文、刘鸣静绘画的图画书《调皮和淘猪的故事》，李美、李文菊编著的配画童谣集《念儿歌学画画》，刘脏绘本童话诗集《星落在我头上》《我看见的朝霞》，姚晓英图画书《嘟嘟我是你爸爸》等。另外，《后羿与嫦娥》《孙悟空大战肮脏洞》《秦桂香》《红军坟》等，都是较好的贵州版连环图画书。

贵州儿童剧、儿童影视创作的新气象，从20世纪50年代开始出现。从这时期起，有了陈光余创作的童话剧《智慧化》，胡顺猷创作的童话歌舞剧《达达和莎莎》，余未人童话剧《金钥匙》，陈颖创作的儿童历史剧《小包公审鸡蛋》，安文新、安尚育创作的童话美术动画片脚本《小松鼠吃核桃》。儿童文学多元发展期以来，出现了叶辛、谢飞编剧的儿童电影脚本《火娃》，贵州首部儿童电影《扬起你的笑脸》，施伯平创作的儿童电视剧《李小莎是谁》，阎正兰创作的儿童话剧《石门坎》，杜青海创作的神话剧《宝鞭》，杨远承创作的贵州方言谐剧《望子成龙》（与阮居平合作，贵州籍国家一级演员卜小贵表演，获贵州省第二届杜鹃书会创作演出一等奖）、《手挽手儿齐步走》，贵州花灯剧灯词《玩虫记》（载1981年《贵州地方曲艺资料汇编》，贵阳市曲艺团演出，获全国曲艺南方片调演创作演出二等奖），陈光余创作并演出的谐剧《到底谁的错》，陈光余、周琪创作的广播剧《蘑菇的故事》，戴明贤创作的儿童舞剧剧本《夜郎之春》（贵阳少年艺术团演出，获中宣部"五个一工程"奖）、木偶片《树苗》（上海美术制片拍摄）、本偶剧《诺德仲和豹子精》（贵阳市木偶剧团演出，获文化部第二届全国木偶皮影金狮奖铜奖）及儿童电影《炫舞天鹅》，电影《水凤凰》（获贵州省精神文明建设"五个一工程"奖、第四届文艺奖一等奖）等。另外还有布依族神话歌舞剧《查郎与白妹》，童话侗歌剧《蝉》，神话侗戏《丁郎龙女》，花灯童话剧《闹灯记》《黄果传奇》《七妹与蛇郎》，少儿京剧《长发妹》等优秀儿童剧目、儿童剧作家，以及一些革命题材的剧目。

儿童文学多元发展期，贵州儿童散文创作也很活跃，有枕木著散文集《旅行在成昆线上》，刘伯华著散文集《西双版纳密林探险》，少年龙澄著散文集《奕远矣》，黄鹏先著儿童文学随笔集《圆梦集》，邓君著散文集《昨天已成今日》，还有周世盛主编《贵州中师校园文萃》、黄晋裳主编《雪妈妈》、贵阳晚报丛书编委会编儿童文学作品选集《童心依然》及贵阳市群众艺术馆编《中小学生获奖作文集》等出版。另有张毕来《序，且说青灯味》，方庸《赵景深先生二三事》，何光渝《母亲》，何士光《城市与孩子》《雨霖霖》《我和女儿》《日子》，戴明贤《淘淘》《蓓蓓》《妹儿》《玮玮》《樱子的太空服》及回忆童年生活的散文作品，刘学洙《姐姐》《故乡的小巷》《汪师姑》《祖父出殡》，李放眉《岁月悠悠，心香悠悠》，王尧礼《荸荠》，陈光余《发蒙》《偷吃零食》《散学典礼》《戴校徽》《看兽医》《"内人"方婷》《城墙》《捶衣棒与荨麻》《半个世纪的秘密》《忆贵阳耍水龙》《孩子们给我的启示》《曲坛自有接力人》，卢惠龙回忆儿时故事的散文，唐莫尧科学小品文《鸡枞·杨桃藤》《脆蛇》《"刺梨"考》《黔荔枝》《黔犀》《蒟酱是什么食品》《贵州的奇泉》，秦家伦《关于儿童诗的通信》，管乐《童心未泯的老作家》《献身党的儿童文学事业》《两个任溶溶》《任大霖和他的三个老师》《儿童文学园地中的老园丁》《学会用形象说话》《我思念那片小草和晶莹的露珠》，郑正强《龙潭飞燕》，秋阳（徐平）《山溪水趣》，黄鹏先《童话创作在于构思》《小学生编演课本剧小议》，王文科《接龙》，韦安礼《求雨》，赵范奇《祖母的草鞋》，牧之《女儿夏夏》，廖飞雪《丑马》，刘国江《娃娃的毛市》等篇章发表。

报告文学作品有何光渝《百年十少年》，何光渝、文静《追求》《李华梅在南极》《南极的诱惑》《天职》《在他的肩上》《从宁谷走向世界》《荆棘黄金路》《赫赫而无名的人们》，何光渝、陶文正《犁体曲面之谜》，卢惠龙主编中国少年报告文学丛书《二十一世纪的眼睛》《花季中的风雨》《请你牵着我的手》《找回失去的太阳》《青春阶梯》《站着就该是大树》《送你一束紫罗兰》，家浚《为跳蚤立传的人》，李起超《芬芳的果实》，吴桐棋《千里之行》，王剑《欲与天公试比高》，家浚、寸心《鲜红的朱砂出土了》，巴迅《生命在南极闪光》，陶文正《癌细胞的逆转》，奚晓阳《静静的事业》，元华《花果山上一老翁》，李放眉《凋零的十六岁花季》《"老喂"的故事》《黑种》等。

儿童文学理论有时任贵州省委书记胡锦涛的《浇灌与扶持》，吴秋林的寓言理论专著《寓言文学概论》《中国寓言史》《世界寓言史》以及寓言文论集《吴秋林文化文艺论文集》，中国寓言文学研究会编《寓言文学论文集》，王强模、陈显耀、袁昌文合著科学文艺写作理论专著《谈科普文学的创作》，黄鹏先论文集《名著赏析与儿童文学创作谈》《儿童文学论

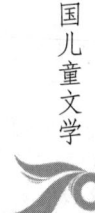

文集》，吕金华《儿童诗的写作与欣赏》，周世盛主编的《儿童文学》，孙红翼主编的《儿童文学读写指导》，谢建安任副主编的《民族民间文学作品赏析》，黄鹏先任副主编的《儿童文学创作与研究》，贵州教师参加撰写的高等学校儿童文学教材《儿童文学教程》，李美选评《中国幼儿文学作家作品》，戴明贤《从起步到繁荣：贵州儿童文学发展概述》，彭望苏《文采风流今尚存：百年之前的儿童刊物〈启蒙画报〉》以及贵州作者撰写的《安徒生的身世与其童话的自传性色彩》《贵州儿童剧及儿童影视创作引论》《入云深处亦沾衣：读戴明贤儿童小说〈走进云里去〉》《灰姑娘型童话溯源》《解读安徒生童话的一种新角度》《荒诞型的教育童话：读何伊经长篇童话〈乒乓小勇士〉》《论多元族群共生的中国儿童文学》《〈小福尔摩斯和他的伙伴〉的叙事技巧》《论西南民族民间"龙、虎、凤型"童话》《民族民间社区"傩仪"表演与儿童戏剧文化启蒙教育的关系研究：以贵州民族民间社区"傩仪"表演及"儿童角色"游戏为例》《以幻寓真，入木三分：安徒生童话〈影子〉的艺术特色》《为梦走天涯：论美国影片〈人工智能〉中的儿童视角》《幼师专业幼儿文学鉴赏教学特点研究》《呼唤中国的儿童文学品牌》等一批儿童文学论文。

儿童文学园地有贵州人民出版社彭念谷、朱江编辑的儿童文学刊物《幼芽》（后改名《少年人生》），管远祚主编的《贵阳晚报》儿童文学副刊《童心》，韩贵森主编的《校园歌声》（歌词部分），全国中学语文阅读写作教研中心和全国幼师普师儿童文学教学研究会主办的《读写报》儿童文学副刊和《贵阳师范报》儿童文学副刊《月亮船》，贵州省教育委员会主办的《初中生辅导》（综合杂志）；贵阳团市委主办的《少年时代报》等。

（原载马筑生著《贵州儿童文学史》，贵州人民出版社2016年版）

# 陕西儿童文学创作队伍与作品

李凤杰

陕西的文学事业在中华人民共和国成立以来的各个时期都有过突出成就,在中国的文学格局中占有重要的地位。新时期陕西文坛继老一辈著名作家之后,涌现了一批以其突出的创作成就而享誉全国的作家,被誉为"陕军"。陕西新时期的儿童文学创作也十分活跃,儿童文学创作队伍成为"陕军"的一支重要力量。

在首次全国"少儿读物出版工作座谈会"的推动下,陕西省作家协会非常重视儿童文学创作的繁荣和作者队伍的建设,成立了"儿童文学委员会",曾经以儿童小说《蛮蛮》享誉的老作家王汶石出任首届主任委员,后由李凤杰出任第二届主任委员。他们积极开展活动,通过举办"儿童文学作者读书会",召开"儿童文学作品研讨会"等形式,团结了一大批有志于儿童文学事业的青年作者。20世纪70年代末、80年代初,陕西的儿童文学创作空前繁荣。陕西人民出版社先后出版了中篇小说《铁道小卫士》《针眼里逃出的生命》(李凤杰著),短篇小说集《在那美丽的乡村》(李凤杰著)、《小门长》(徐岳著)、《兵娃》(贾平凹著),诗集《秋风娃娃》(王宜振著),散文集《早晨的歌》(贾平凹著),知识读物《美丽的青海湖》(周竞著)等。其中《铁道小卫士》1980年获(1954—1979)"第二次全国少年儿童文艺创作评奖"三等奖,《针眼里逃出的生命》获(1980—1981)"全国优秀少儿读物奖"一等奖,《美丽的青海湖》获(1980—1981)"全国优秀少儿读物奖"。

从此,陕西儿童文学创作进入了一个辉煌时期。创作队伍不断壮大,好作品层出不穷。赵熙的中篇小说《白葡萄的传说》,张映文的短篇小说《扶我上战马的人》,鱼在洋的短篇小说《撵走的和撵不走的》,徐岳的短篇小说《山羊和西瓜的故事》,王宜振的儿童组诗《天上的梨园》,刘斌的儿童诗《天上的歌》、童话《山的回音》,袁银波的童话《圆圆国王》,当时在全国儿童文学界都产生了一定影响,接连被《儿童文学选刊》选载,或获得《儿童文学》等报纸杂志的优秀作品奖。《扶我上战马的人》被改编拍成了电影。还有一批儿童文学作家,创作了不同题材的作品,取得了一定的成绩。李志利、高华、刘忠革的小说,似田、刘斌、王晓一的童话,李沙铃、陈长吟的散文,宁有志、孙忠多的寓言,李天增的儿童剧,延玲玉的低幼文学……

20世纪80年代末以来,陕西儿童文学作家们出版的儿童文学作品数量和质量都达到一个更新更高的层次,获大面积丰收,先后出版了各种体裁儿童文学作品集40多部。相继出版了李凤杰的《宝槐》,王宜振的《摇篮里的歌》,鱼在洋的《那片森林》《少年李自成》,徐岳的《生命山历险记》《聪明的秘密》,似田的《一只狐狸和三只笨熊》,安武林的《天使不忧伤》《青鸟快快飞》,延玲玉的《大鼻子、蓝鼻子和红鼻子》,贾林芳的《新奇乐童话》,周竞的《秦岭动物园》,杨德新的《神奇的小匣子》,王茵的《找妈妈》,袁银波的《诸葛亮三

请刘备》等。太白文艺出版社 1997 年编辑出版的《中国儿童文学创作大系丛书》，第一批就出版了陕西作家李凤杰、鱼在洋、宁有志的儿童文学作品精选：《鬼窑记事》（小说、童话、散文）、《雪夜奇遇》（小说）、《戴白帽的黄狗》（寓言）。1999 年，未来出版社还出版了新时期陕西省儿童文学作家作品选《月儿》《我们的"三潮水"》（短篇小说），《会唱歌的小木屋》（童话寓言），《穷山饿石间的生命》（诗歌散文）。这些书籍，有的获得陕西省"未来杯"优秀儿童文学奖等奖项，还在全国评奖中连连获奖。李凤杰的长篇小说《水祥和他的三只耳朵》获首届全国"奋发文明进步图书奖"二等奖，长篇纪实文学《还你一片蓝天》获第四届"全国优秀儿童文学奖"。王宜振的诗集《少先队之歌》获得中宣部第五届"五个一工程"奖、第五届"全国优秀少儿图书奖"一等奖，诗集《笛王的故事》获中国作家协会第五届"全国优秀儿童文学奖"。还有安武林的童话《老蜘蛛的一百张床》获得了"张天翼童话寓言奖"金奖，王茵的儿童相声《找妈妈》获得全国相声演出一等奖，都为陕西文坛争得了荣誉。

李凤杰、王宜振之所以获得如此丰硕的儿童文学创作成果，主要是他们把儿童文学事业当作自己毕生的事业，数十年如一日在儿童文学领域勤奋耕耘。

李凤杰 1941 年生于陕西省渭北旱原上一个贫苦农民家庭，10 岁丧母，从小历尽人间苦难，14 岁读初中后爱上文学，六年中学生涯阅读大量中外文学名著，刻苦习作诗歌小说，高中毕业后当民办教师，开始在省报副刊发表作品。"文革"中因创作而受到冲击、迫害。但他对文学痴心不改，平反后继续写作。20 世纪 70 年代初调入县文化馆做创作干部，为孩子们写了不少故事小说，应邀出席 1978 年冬在庐山召开的首次"全国少儿读物出版工作座谈会"和在北京举办的"儿童文学创作学习会"，从此矢志不渝地一直守望在儿童文学阵地上。

1979 年至 1981 年，李凤杰连续创作出版了短篇小说集《在那美丽的乡村》和中篇小说《铁道小卫士》《针眼里逃出的生命》。其中短篇小说《诚实》，1979 年冰心在《人民日报》的著文中称道它"故事和文笔都很动人"。《铁道小卫士》是以全国维护铁路治安的好典型——岐山县永乐学校铁道小卫士先进集体的活动为素材，描写"四人帮"在教育战线掀起所谓"反回潮"的声浪中，一群立志学习雷锋的少年儿童的艰难处境和在斗争中成长的故事。作者以饱满真挚的热情，塑造了一群可爱的少年儿童的艺术形象。被评论家称作"刚刚开始复苏的儿童文学事业的一枝报春花"（曹斌：《李凤杰的儿童文学创作》）。这部作品在 1980 年获得中央八部委联合举办的"第二次全国少年儿童文艺创作评奖"三等奖，同时获"陕西省优秀图书奖"。

《针眼里逃出的生命》讲述一个苦难少年的生活故事，朴实亲切、如怨如诉、感人肺腑，由各自独立成篇又有内在联系的 10 个部分组成，是典型的散文化中篇小说。加上后来分别发表的短篇小说《月儿》《鬼窑记事》《宝槐》《祸狗》等，构成一幅完整的以作家的童年生活为基础的贫苦农家少年的生活画卷，被评论家称为李凤杰的代表作。王汶石在《序》中称它是"一本读来多么真切，多么令人心酸，而又多么激励人们精神，鞭策人们奋进不息的小书"。小主人公在苦难中从亲情得到的温暖，并懂得了生活的艰辛，其顽强生命力和抗争精神给人以向上的力量。本书艺术上的最大成功在于处处从儿童的眼光观察、体验、描绘环境和人物。以充满儿童生活情趣的故事吸引读者。透过小主人公早熟又十分稚气的心理和眼光来展现世间的人情世态，做到了童心童趣的统一。该书在 1982 年获得国家出版局（1980—1981）"全国优秀少儿读物"一等奖。1984 年被延边出版社译成朝鲜文出版。

1983 年,李凤杰被调到宝鸡市文艺创作研究室任副主任,1985 年调任宝鸡市文联任副主席、宝鸡市作家协会主席,从事专业创作。1988 年出版了小说散文集《宝槐》(未来出版社),1989 年出版了中短篇童话集《老鼠吃猫的故事》(北方妇女儿童出版社),1991年出版了长篇小说《水祥和他的三只耳朵》(湖北少年儿童出版社),1996 年出版了中篇纪实文学《拒绝毒品珍爱生命——与青少年谈戒毒戒烟》(未来出版社),1997 年出版了长篇纪实文学《还你一片蓝天——中国失足少年教育纪实》(湖北少年儿童出版社)。从20 世纪 70 年代末至今 20 多年,他为儿童写作了 300 多万字的作品。《宝槐》1992 年获得第二届"全国优秀少儿图书编辑奖",《拒绝毒品珍爱生命》被陕西省教委、禁毒委列为全省中小学教辅读物。他的诸多短篇小说与童话先后被 20 多家出版社收入了 40 多种图书出版,18 次获得省级及文学刊物奖。

长篇小说《水祥和他的三只耳朵》,描写一个农村残疾少年的奋斗故事,在人物的命运纠葛与悲欢离合中,唱出了一曲生命的颂歌。作者把水祥的命运放在农村开始实行改革的历史背景下,让读者深切地感受到,改革首先是人性的解放。这部作品保持了李凤杰善写苦难的特点,对苦难人生以及主人公坚忍不拔的奋斗精神的描写,与《针眼里逃出的生命》有异曲同工之妙。1994 年,该作获得了中宣部、国家新闻出版总署、中国出版工作者协会、中国残联等单位联合举办的首届全国"奋发文明进步图书奖"二等奖。

在完成《在没有声音的世界里》之后,李凤杰说:"写完了残疾少年的奋斗史,就写犯罪少年的改造史吧!为保卫心灵呼号过了,再为拯救灵魂去呐喊吧!"他深入戒毒所、少管所采访,描写吸毒青少年戒毒生活的报告文学《魔鬼的诱惑》在《儿童文学》发表并获该刊优秀作品奖。长篇纪实文学《还你一片蓝天》成为作者历时 10 年才写成的又一部力作。该书以真实、典型的案例故事,多角度地揭示了少年犯罪的根源,是一部防止少年犯罪的人生启示录,又全方位地再现改造失足少年、实施灵魂拯救工程的伟大与艰辛,塑造了一批少管民警的感人形象,让世人认识神秘的少管所,理解中国的"劳改家"。该书2000 年获第四届(1995—1997)"全国优秀儿童文学奖"。

李凤杰 1993 年当选为陕西省作家协会副主席,1997 年出任中国作家协会儿童文学委员会委员。他以关爱之心,数十年把目光投向生活在社会最底层的苦难少年、残疾少年、失足少年这些弱势群体的命运不幸与生存奋斗。评论家曹斌在《守望儿童的精神世界——论李凤杰儿童文学作品的人文关怀》一文中指出:"儿童文学创作是一项为了人类未来的精神劳动。为儿童创作,需要作家从对人类未来社会健康发展的态度出发,本着社会的基本道德原则,像精心负责的精神厨师,为儿童制作营养丰富的精神食品,用科学进步文明的思想和纯洁善良完善的人格去引导教育儿童,使儿童诗意地走进人生的春夏秋冬。李凤杰就是这样一个值得尊敬的儿童精神食品的制造者,一个儿童精神世界的忠诚守望者。他的作品紧扣人的奋斗这个总主题,以儿童的苦难人生为切入点,执着地展示弱势儿童,特别是残疾儿童与命运抗争、跨越苦难过程中所显示的精神品格,刻意挖掘隐藏在苦难人生下的各种积极意义,用充满激情的生命意识和勃发向上的人格力量,给儿童以人生的激励、灵魂的震撼和道德上的教益,为中国儿童文学园地也增加了一个艳丽的艺术奇葩。"评论家李星在评论《水祥和他的三只耳朵》的时候也曾指出:"在成人严肃文学和通俗文学的夹缝中,中国儿童文学顽强地生存和发展着,而儿童文学的发展又赖于一些儿童文学作家的矢志不渝和锲而不舍的努力,李凤杰这位小学教师出身的儿童

文学作家就是其中可堪钦佩的一位。"

王宜振是陕西有突出成就并产生了全国影响的又一位儿童文学作家与诗人。1946年他出生于山东省东平县，为了生活被迫离开老家来到了延安。1970年在延安市黄龙县任小学教师，其间在《陕西日报》发表了处女作《十个小丫》，从此他的儿童诗便不断出现在省内外报纸杂志上。由于他在创作上的成绩，后被调到县委宣传部工作，1977年调陕西省《少年月刊》杂志，后任副主编、主编。

在编辑刊物的同时，王宜振勤奋地进行着儿童诗和童话的创作，20世纪70年代末至今20多年来，先后在《人民日报》《人民文学》《诗刊》《儿童文学》《少年文艺》等全国一百多家报刊发表诗歌近千首，童话数十篇。1981年，他的儿童组诗《天上的梨园》在《人民文学》发表后，全国20多家刊物同时发表他的诗作。1982年，他出版了第一部诗集《秋风娃娃》（陕西人民出版社），著名儿童文学评论家樊发稼对此评价说："非常有生气，给儿童诗带来了一股清新的空气。"20世纪90年代初期，王宜振的诗歌创作更为活跃，创作艺术也日趋成熟。1990年，上海《少年文艺》、陕西省作家协会、陕西省文联、陕西团省委在西安联合举办了"王宜振诗歌创作研讨会"。这是西北地区召开的第一次儿童诗歌研讨会，产生了强烈反响。

这期间，王宜振在诗歌创作上，不断取得新的成果，陆续出版了诗集《摇篮里的歌》（未来出版社）、《献给少男少女的诗》（西北大学出版社）、《献给中学生的一束诗》（陕西人民教育出版社）、《小学生日常行为规范歌》（陕西人民教育出版社）、《圣地诗话》（陕西人民教育出版社，与人合作）、《少先队之歌》（陕西旅游出版社）、《笛王的故事》（陕西人民教育出版社）。这是王宜振在诗歌创作上刻苦学习又不断创新，走传统与现代结合道路的结果。他的诗追求通俗明朗的风格，提倡"让诗走向群众，让诗走向生活"。他的诗真正受到了孩子们的喜爱。《献给少男少女的诗》第一版1.2万册出版数月就告脱销，第二版4万册出版不久又销售一空。这是诗歌作品出版发行中少有的喜人现象。

王宜振是一位极有社会责任感的儿童文学作家和诗人。《少先队之歌》是他针对当前学校教育和学生生活的需要而创作的一部散文诗集。金波认为是"熔思想性与艺术性于一炉的好作品"。他始终和小读者心连心，针对中小学生缺少朗诵诗的现状，近年还以饱满的激情创作了《绿叶之歌》《祖国啊，我属于你》等数十首具有鲜明时代气息和校园风格的少年朗诵诗，受到了中小学生的欢迎和传诵。他的诗作多次入选多种选刊、诗集、教材、读本，并被海内外报刊选登译载，数十次获得省级及刊物优秀作品奖。《少先队之歌》获第五届"全国优秀少儿图书奖"一等奖。《笛王的故事》获第五届（1998—2000）"全国优秀儿童文学奖"。

王宜振的儿童诗能够多题材开掘，多视觉的发现，有着明线感情结构与浏亮的诗风，并在艺术实践中不断地探索前进，因而被评论界认为是我国"当代儿童诗坛上的重量级诗人之一"。有评价称："他的儿童诗带有浓郁的抒情色彩，语言活泼，意象跳跃，意蕴丰富，无论在艺术性方面、思想性方面，都很值得研究和探讨。他的儿童诗或以清纯质朴的乡村少年的牧歌情调打动人，或以充满梦幻与理想的城市儿童的气质获得好感，他的儿童诗既有诗的质地，又有音乐的美感，是爱的诗篇，更是美的世界。"[①]

王宜振是儿童文学的多面手。他的童话写得与诗歌一样出色，或者说更有特色。他出版了童话集《快乐宫的故事》（陕西人民教育出版社）、《绿太阳》（青岛出版社），2001年又在全国多家刊物同时发表大量童话新作。评论认为他的童话集"是一颗奇异的绿太阳,会耀亮每一个读者的眼睛,给冷清、平淡的童话创作现状带来一股清新之风"。指出:"王宜振既是儿童诗的创作高手,又是写童话的行家。这种两栖特征,使童话与诗歌两种不同的文学体裁在他的创作中自然地相互影响并完美交融。于是他的儿童诗是童话化了的诗,有着浓郁的幻想色彩并往往隐藏着情趣盎然的故事,而他的童话则是诗化了的童话……有诗的抒情韵味,有诗的美好意境,有诗的语言氛围,有诗的明快节奏,从而使他的童话里丰盈着更多的纯真、快乐和诗意。"②

作为少儿刊物的职业编辑,他有着非常敬业的精神,使刊物保持着20万至40万的发行量,为培养儿童文学新人、发展儿童文学事业做出了贡献。

安武林是陕西20世纪90年代在儿童文学阵地上崭露头角的青年作家,1966年出生于山西夏县,毕业于山东大学中文系,供职于陕西汽车制造总厂。近年来在儿童小说、儿童散文、童话、报告文学以及儿童文学评论、随笔诸方面都有一定的创作成绩。已经出版了报告文学《天使不忧伤》(湖南少年儿童出版社),小说集《青鸟快快飞》(陕西旅游出版社),童话集《水杯里的大老鼠》(作家出版社)。他的小说、散文、童话多次被各种报刊选载,入选《小学语文课外读物》等30多种丛书,10次获得少儿文艺刊物优秀作品奖或征文奖。2001年获"张天翼童话寓言奖"金奖。

李星这样评价安武林的儿童小说:"明快、含蓄、节奏感强,有控制力,人物具有很强的性格张力。他的小说是以美、性格、精神为本体的少儿创作,其魅力在人物的思想和性格上。可以说他代表了一种新的儿童小说观,也可以说他给陕西儿童文学园地吹来一股新鲜的风"。汤素兰在探讨安武林的创作时,写道:"写随笔是安武林坐在草地上,目光时而仰望长空,时而打量繁华世界;他在冥想中与先贤哲人和文学巨匠们神游,体验到生命的欢乐,获得思想的精髓。安武林的随笔是他自己人生态度的写照,是他童话、小说和儿童故事的注解。""他的小说和童话反差非常大。他的童话大多明朗、抒情,但小说看上去有点诡秘与模糊。"康拉德说:"艺术试图在这个世界里,在事物中以及现实生活中,找出基本的、持久的、本质的东西。安武林的小说正是执着于这种寻找。某些本质的东西,他在随笔里已经找到了,但他在小说和童话中,却借助于虚构的故事再次寻找。在童话中,这种寻找是直接的、快乐的,像一场虚拟的游戏;在小说中,这种寻找是艰难的、曲折的,就像生活本身。因此,我觉得安武林是一个喜欢在语言的世界里历险的人。"

除了上述重点评介的李凤杰、王宜振、安武林三位,周竞、鱼在洋、似田、徐岳、袁银波、王晓一、贾林芳等,也是陕西颇有成绩的老、中、青儿童文学作家。

[注释]
①谭旭东:《西北笛王的音韵:论王宜振的儿童诗歌创作》,《延安大学》2001年第3期。
②李凤杰:《情趣盎然绿太阳:读王宜振的童话〈绿太阳〉》。

(原载王泉根主编《中国新时期儿童文学研究》,河北少年儿童出版社2004年版)

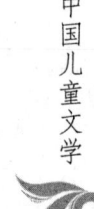

# 创新发展中的甘肃儿童文学

李利芳

甘肃当代儿童文学一直有着优良的传统。早在 20 世纪五六十年代，赵燕翼、金吉泰、王家达等知名作家就已在此开拓并取得了代表性的成果。后来更有王守义、法兰、李百川、浩岭、谷德明、冉丹、文素琴等作家的加盟，使儿童文学始终充满着生机与活力。

新时期以来，儿童文学界一方面承继了 20 世纪 50 年代以来的优良传统，另一方面在中国社会改革开放的伟大历史进程中，逐步经历了儿童观的解放、儿童文学观的有力转型，在充分挖掘地域资源优势的基础上，努力举办各种活动，团结作家力量，多向度、多层次地推进了事业整体有序的发展。改革开放 30 年是甘肃儿童文学面向未来、追求创新发展的 30 年，也是其取得瞩目成就的 30 年。

## 一、四个维度的整体性拓展

在 30 年的发展中，甘肃儿童文学在四个维度取得了显著的成绩——观念的解放、适合各年龄儿童的分层次文学与各文体的齐步发展、本土文学精神的建构、儿童文学活动的自觉推进等。

### （一）儿童观与儿童文学观的解放

儿童观是儿童文学的逻辑起点。人们怎样认识、对待儿童直接决定了儿童文学是否存在以及存在的具体形态。新时期以来，中国儿童文学经历"回归儿童"与"回归文学"两个方面的变革后，逐渐走上了正常的运行轨道，出现了儿童文学良性推进、多元共存的兴盛局面。甘肃因为地处西北，与文化中心有相当的距离，儿童观、儿童文学观虽然在整体文化语境中获得了解放与转型，但与东部地区相比稍显滞后。整体来看，这一转型大概经历了三个阶段：20 世纪 80 年代的过渡时期，20 世纪 90 年代向儿童本位趋近，21 世纪以来的深度开拓。

20 世纪 70 年代末 80 年代初，甘肃儿童文学仍然具有很明显的"教化"色彩。20 世纪 80 年代中后期以来，作家们开始在一定程度上挣脱儿童文学"载道"观念的束缚，努力调换视角，以孩子的眼睛考察人生，发现了成人与儿童两个世界的对抗，以此质问世俗并倡扬童真，这是观念解放第一步所取得的成绩。

20 世纪 90 年代以来，儿童文学界对儿童特性的认识获得了本质性的提升。作家们对"儿童性"的掌控与表达达到了相对自然自由的境界，儿童的主体性获得充分的肯定与尊重，儿童与成人的关系走向平等对话，作品中产生了游戏性的音符。儿童本位理念的落实，使得儿童文学整体上呈现出一派崭新的精神风貌。

21 世纪以来，观念的解放进一步获得了深度开拓，童真世界的映现与话语表达更为娴熟自如，童年状态的描述富含现代意味，审美理想与诗意品质的创建更为自觉，为儿童代言与为童年立法的意识强烈。文学界表面看似乎稍显冷寂，但代表作品实质上蕴蓄着很深厚的发展潜力。

### （二）适合各年龄儿童的分层次文学与各文体的齐步发展

按小读者一定的年龄段特征，儿童文学可以大体上被分为幼年、童年、少年文学三大层次。不同层次的文学在适应文体、审美趋向等方面有很大差异。改革开放30年，甘肃儿童文学的发展相对均匀分布于三大层次，结构体系合理。与此相对应，儿童文学各文体的分布发展也很有机，童话、儿童小说、儿童散文、儿童诗、科幻文学、寓言等文体都有代表作家作品，且这些作家在全国都有较高的知名度，代表了甘肃儿童文学的整体实力与发展水平。

### （三）鲜明的本土文学精神

甘肃的地理与文化位置在整个西部地区都有其独特的优势。甘肃儿童文学在"西部儿童文学"本土精神特征的建构方面，在整个西部地区也有其突出的表现。主要体现在：对西北民间文化资源的再创造；对西北特殊自然、人文景观、历史文化遗产的挖掘与艺术升华；"乡土性"的凸显等。"本土"内容特征相应决定了"本土"艺术性征：民间智慧与乡土气息的进入，形成了作品纯朴无华、稚拙真诚的审美品性；西部辽阔壮美的自然景观，建构了作品粗放爽朗的硬汉气质，兼具浪漫主义的精神风气；瑰丽的历史文化遗产则赋予了作品深厚的民族精神底蕴，生成了儿童文学民族想象的诗性空间。本土精神特征奠定了甘肃儿童文学在全国特殊而重要的地位，也为其未来可持续发展蓄积了丰富的能量。

### （四）儿童文学活动的自觉推进

赵燕翼一直以来是甘肃儿童文学的领军人物，同时也是省内重要儿童文学活动的主持者之一。甘肃儿童文学观念的普及、作家的培育等一直以来与他积极的文化举措密不可分。1986年夏天甘肃省举办首届儿童文学创作讲习班，同时有省外著名作家、专家的莅临指导，最终结出了《丝路新童话故事》（1988）的硕果。1997年第二次儿童文学创作讲习班的举办，激励了一批年轻作者的成长，同时策划组织了《双体童话》（1999）与《青春雨丛书》（1998）。1999年由他主编的《1949—1999甘肃文学作品选萃·儿童文学卷》更是对50年甘肃儿童文学成果的一次集中总结与巡展。

曾任职于甘肃少年儿童出版社的汪晓军，不仅是省内重要的儿童文学作家，也是省内重要儿童文学活动的主持者之一，更是儿童文学先进理念的实践者。少儿读物编辑、出版、写作等多重身份赋予了汪晓军宽广的文化视野与丰厚的艺术体验。他精神上的对话同伴一直是20世纪八九十年代以来发展我国儿童文学事业的重要人物。他前瞻的视野所创建的甘肃少儿出版的亮丽文化景观，曾引起了儿童文学界相当的瞩目。由他策划组织的《少年绝境自救故事》丛书（1996）获第三届国家图书奖提名奖及第六届全国"五个一工程"奖；《中国当代中青年儿童文学学者论丛》（1994）获第三届全国优秀少儿图书奖三等奖；《荒诞科幻系列故事》丛书（2001）获2001年度全国优秀畅销书奖；《敦煌童话》丛书（1998）获第四届全国优秀少儿图书奖三等奖。1995年，汪晓军与赵燕翼共同主持了甘肃省儿童文学研讨会。1986年与1997年的两次儿童文学创作讲习班，都是他与赵燕翼共同主持组织完成的。

著名诗人高凯，是21世纪以来甘肃儿童文学文化推广活动又一个重要的人物。2002年5月，他的《村小：生字课》一诗获得第五届全国优秀儿童文学奖，该诗的获奖及其被全国儿童文学主流界及大量读者的肯定，都为甘肃儿童文学赢得了良好的声誉。2007年5月，高凯参加了由中共中央宣传部、中国作家协会主办的为期三个月的鲁迅文学院第

六届中青年作家高级研讨班（儿童文学作家班）的学习。其间，他与同学汤素兰主编了 3 卷本《中国当代儿童文学名家新锐系列丛书》。嗣后，他与知名学者王泉根一起策划组织的 6 卷本《中国新儿童文学大系·选集卷》"特一代系列"于 2008 年出版。高凯目前是甘肃省儿童文学从业人士的重要代表，也是推进当下和未来甘肃儿童文学事业发展的主导力量。

兰州大学文学院副教授李利芳从事儿童文学理论、儿童文学批评研究已 10 余年，学术专著《中国发生期儿童文学理论本土化进程研究》（中国社会科学出版社，2007）已在学界获得了良好的声誉。已发表儿童文学论文 40 余篇。两次参加国际儿童文学学术研讨会。主持 2008 年度国家社会科学基金项目"中国西部儿童文学研究"。自 2003 年开始在兰州大学开设"儿童文学研究"课程。她是甘肃儿童文学作家作品研究的主力人员，也是推进当下和未来甘肃儿童文学事业发展的重要力量。

## 二、各文体的发展态势

甘肃著名的成人作家都曾不同程度涉足过儿童文学，如浩岭、林染、张弛、柏原、许维、阎强国、吴季康、高凯、陈自仁等。这表明甘肃作家普遍具有较强的为儿童写作的意识，且均保留着纯真的童年情怀。30 年中儿童小说与童话是各文体发展中的重头，这与全国的整体趋势是一致的。童诗、科幻小说、儿童散文、寓言等虽然在作家作品数量上不成规模，但均自具特色，在作品质量与实际影响力方面都很突出，也是甘肃儿童文学未来发展的主要构成力量。

### （一）儿童小说

反映现实的儿童小说是改革开放 30 年甘肃儿童文学发展的重头。依托于中国西部、甘肃本土极其特殊的地理、文化与人文精神景观，众多作家纷纷从不同的精神向度去开垦其具体的现实主义题材。

20 世纪 80 年代是儿童小说的初盛期，主要成就体现在西部少年英雄人物的塑造、围绕乡土多方面题材的开掘、以孩子或平民视点生成的浓厚的批判现实主义精神等。

从 20 世纪 60 年代以来，赵燕翼在儿童小说中持续创作出系列西部少年英雄形象，这些活动在甘肃、青海、新疆等地的藏族、哈萨克族的少年，以他们英勇的胆魄独立行走在广阔的西部大地上，成功面对与处理了种种自然与生活的难题，演绎了一幕幕少年英雄的凯歌剧。这部分作品的发表与出版一直延续到 20 世纪 70 年代末 80 年代初，长篇《阿尔太·哈里》（1979）与短篇《白牛》（1985）是代表之作。西部少年英雄形象体现出典型的"西部"精神风气，是西部民族情感与民族文化精神的化身，在国内原创儿童文学中具有独特的艺术价值。

汪晓军 20 世纪 80 年代的创作旨趣主要在儿童小说，小说集《霸大王的故事》（1989）是代表之作。立足于生活现实的方方面面，作家反复用童真视点去透视追问人与人之间的关系，发现点滴事件与细节的生活意义，用朴实平凡的力量感动读者。20 世纪 80 年代汪晓军对儿童小说的开拓主要在对童真的阐扬，对儿童文学话语氛围的营建，以量与质的双重效果，为改革开放前期甘肃儿童文学的拓展做出了自己的成绩。

20 世纪 80 年代还有一些散见的单篇作品也很有特色。张映文的《扶我上战马的人》（1980）以回忆的视角写了"我"童年时期所遇到的彭德怀；法兰的《达鲁尔》（1983）以教师"我"的视角写出了巴桑草原上一个健康阳光的少年达鲁尔；张弛的《童子魂》（1985）写了城里与农村的两个孩子由仇恨、互不理解到面临灾难时的同情与互助；王兴发的《卖艺童子》（1988）从一个大人"我"的视点写到了一个卖艺童子，对社会不公正现象做了有力的鞭挞；张俊彪的儿童小说集《牛圈娃》（1987）以平民视角书写儿童现实生活，讴歌了普通劳动人民中的人情美与人性美。

20 世纪 90 年代长篇儿童小说取得了喜人的成就。由甘肃少年儿童出版社的汪晓军、郑洁策划的《少年绝境自救故事》（1996），一套 10 本，其中 6 本是甘肃作家创作的，包括吴季康的《魔鬼山谷》、陈自仁的《恐怖雨林》、焦炳琨的《遭遇火焰山》、许维的《古墓魔影》、王钧钊的《珍宝疑案》、李民发的《列车奔逃》。这套丛书最大的特点是它的策划创意，追求明确的故事功能——少年绝境自救。这体现出策划者双重的价值选择：尊重儿童主体、凸显儿童本位，"自救"让孩子处于绝对的能动地位；成人要自觉而深刻地帮助孩子成长，树立新一代中华少年坚强的人格品质，这是我们这一代儿童文学工作者义不容辞的责任，策划者所在意的"绝境"就是基于这样清晰明确的教育理念。丛书有生动引人的故事、形象鲜明的人物，情节曲折宛转，处处埋伏玄机，需要少年人用勇气与智慧去一一破解。为更充分体现"少年自救"的设计目的，在丛书出版前，编辑提前将故事梗概登在《故事作文》上，向全国各地小读者征集自救方案，获得各地小读者的热烈响应。在每本书的后面，编辑选编了 100 则。这种自觉的作家与读者互动的做法是很前瞻的，对读者主体性的尊重，使丛书真正落实了"儿童"的文学的审美功能。

1997 年儿童文学创作讲习班所取得的具体收获是《双体童话》（1999）与《青春雨丛书》（1998）的策划与出版。《青春雨丛书》包括浩岭的《历险青藏高原》、李中和的《绿豆芽》、阎强国的《英子为什么》3 本。丛书设定的共同主题是"青春励志"，三位作者的故事与叙述各有特色。

在浩岭看来，儿童文学的永恒主题或题材是"历险、探秘、流浪、奇遇"等，这是由儿童的天性和人类的成长规律所决定的。浩岭对儿童文学题材的特殊性与表现性的认识可以说是深刻的。孩子在青藏高原历险，是西部儿童文学作家选材的特有优势。浩岭本人去过西藏，游历过青藏高原，他所熟悉眷恋的那一块神奇壮美的大地一旦在其审美经验图式中与孩子相遇，艺术的幻想翅膀就开始自由翱翔了。"青藏高原"这一块极具艺术潜在审美力的对象被甘肃儿童文学获得了一次成功的表达。从叙述上看，浩岭是"随意而自如"（汪晓军语）的。

"李中和像个说书人，他的叙述自有一种洒脱，洋溢着热烈的活泼的生命气息"（汪晓军语），因此《绿豆芽》的故事读起来是很爽快过瘾的。一个 16 岁的少女逃离后娘的"阴谋"后，怎样自立于复杂的世间？这个看似民间童话模式的开头，它的故事展开却是充分现代的。稚嫩的肩膀扛起了一份产业的创建与发展，这个辗转推进的过程建构了作品充分的故事性，而故事最终的结果则是充满快意的。

阎强国的《英子为什么》写的也是一个少女自强不息的故事。但"阎强国执着于主观的心灵感受的叙述"（汪晓军语），叙述者对主人公微妙心绪的反复诘问，有力调动了读者的好奇心，去揭开一个少女心底的秘密。"一个吃狗奶长大的女孩"，连收养她的老祖父都撒手人寰后，如何自卫自己的美丽，与爷爷留下的财富？这是一场心灵内部的战争。作家的叙述定位与作品的主旨是完全吻合的。

潘竞万的《沙漠奇遇记》（1987）以一群孩子在驼背夏令营旅程中的亲身经历，展示了西部戈壁瀚海的奇观异景。《山羊特使》（1993）则围绕父子两代人的沙漠情结，以悬念的

新中国儿童文学

方式追问一个孩子在"美国"与"巴腾沙都"之间的价值选择。潘竞万的创作体现出浓重的乡土情结、西部情结。他很喜欢用"山羊"指称这些生在西部大地上的可爱的孩子。他们的朴实、灵巧,对一方土地的热爱与眷恋,使得作品的整体风格积极明朗。

柏原的短篇《伴学狗》(1997)从"伴学狗"的事件说起,很独特地映射出山村少年普遍的生活境况,以及他们纯真的心灵。从斗子"喂狼"到他上学不惧怕狼,幼小孩子稚嫩的行为却创造出令人惊异的生活奇迹。本篇既有对山村落后、苦难现实的揭露,更多价值却在对乡土童真世界的颂扬。

跨世纪之际,汪晓军出版了校园荒诞小说《双木老师的荒诞故事》(2001)。这是一本为孩子立言、为童年立法的书,它标志着甘肃儿童观的拓进已达到一个新的高度。

### (二)童话

童话在甘肃当代儿童文学的发展中一直有着优良的传统。超越"现实",在本土文化根脉中创建出的幻想世界,很典型地代表了甘肃儿童文学作家的艺术想象力与创造力。

老一代作家金吉泰的创作具有鲜明的本土性。他最新的童话集《田园童话》(2007)极具个性的署名方式——"中国农民金吉泰"很醒目地彰显出他自觉的文化意识,是他对自己50年儿童文学创作的精神理念的集中概括。《小毛驴出国》(1990)、《戴金戒指的小猴子》(1994)、《田园童话》(2007)中所收录的这些蹲在"田园地头"所创作出的童话,充满了质朴而清新的生命气息。泥烧武士、虎头鞋、窗花小老虎、冰娃、石头大龙、山药蛋、小毛驴……众多"土样"的人物造型都是那么生动可爱,完全是作家田园生活经验的审美化。作家以平实、豁达、赤诚热情的审美态度拥抱了童话,所以在他笔下的"跛黑小狗、圆胖小猪、认真的小牛、榕树、桦树皮、一张绿叶、一身刺的红枣树、一株疙瘩柳,甚至是一只小兀鹫、一颗像花生的石子……"都是那样的朴素自然,快乐自在地与人与己共处在一起。打动读者的是一种生命的本色,一种天然认同、关切他人的生命美感。金吉泰的创作同样秉承了深刻的批判意识与宽广的文化视野,对公正、平等、美善、和平的人间正义等都有自觉的追求。还值得肯定的是他作品中的游戏性与知识性。

20世纪五六十年代,赵燕翼立足于西北民间大地所创作的民间童话,在20世纪中国儿童文学史上占有了重要的位置。20世纪80年代以来,作家的艺术心智又凝结于纯美童话的原创工作。这是作家不竭的艺术才情与创造力的有力证明。这部分作品题材丰富,构思精致,风格各异,既饱含稚趣童真的游戏精神,也不乏对传统母题"真善美"的再度演绎,更有唯美伤感的诗的意境,是他由传统文化与地域文化资源写作转向现代童话表达的明显征候。收在《红蚂蚁黑蚂蚁》《雁儿飞马儿飞》(2002)里的全为代表作品。

20世纪90年代童话领域所取得的突出成就也是甘肃儿童文学观念革新的标志。汪晓军在20世纪90年代创造了一组"熊公公"系列童话,其中的"熊公公"就是一个深谙现代儿童教育理念的成人形象。他甘愿退出成人主导的控制位置,引孩子们走入生活世界的中心,让他们成为行动的主人,而自己变成"胆小的""怪怪的""小气的""笨笨的""粗心的"。不惜让自己的光辉形象"贬义"起来,而突出孩子们的"崇高",就是熊公公"自然"而又"刻意"的教育方式。这一系列童话的产生很显明地标识出汪晓军儿童文学观念的深化。

于军的童话《呆小猪、笨小猪和蠢小猪》(1997)是一篇很能体现儿童文学的基本审美品性——"幽默与游戏性"的优秀作品。3只小猪傻气而可爱的语言与行为,很符合孩子的审美接受心理。而故事最终的喜剧性结局,又极富深刻的启示意义。

低幼文学在20世纪90年代的成绩是瞩目的。除去汪晓军与于军,任职于甘肃少年儿童出版社的郑洁与杨旭青的创作也很有代表性。郑洁的《替太阳公公上班》（1996）构思非常巧妙，生病发烧的幼童蒙蒙替同样生病了的太阳公公去上班，将热量向大地发散后，蒙蒙的病好了。这则童话可以把它看成是孩子在发烧时所做的一个梦，但是作者把梦写得很真实，完全是孩子的思维方式，体现了他们富于创造性、喜爱参与事件的主动性心理特征。杨旭青所写的《夏天的童话》（1996）也很有特色。它是一组小巧精致、清新可爱、充满了美善意蕴与生活反思力的优秀作品。除去童话，杨旭青所写的一组名为《老和尚和小和尚的故事》（1997）从"一个成人与一个孩子在一起"的视角，构设了一组很生动有趣的故事，作者在生活化的场景与细节中努力思考表达"成人与孩子"的关系。老和尚是一个能尊重孩子、发现孩子、充满爱心与游戏心理特征的成人形象，他与孩子在一起的交往既快乐又富有教育成效，其中富含了非常现代的教育观念。

《双体童话》（1999）是1997年第二次儿童文学创作讲习班策划的一个成果，一套5本，参与的作者主要是本省作家。"双体"是该丛书的关键词，也是策划者最富创意的地方。所谓"双体"是融童话与儿歌两种文体的优长，一个故事被两种文字语言（散文体、歌谣体）、一种图画语言来合并演绎，实际上构成了如总策划汪晓军所说的"迷人的三棱镜"的审美效果。丛书作者阵容很强，包括《三岁小老虎》（赵燕翼编文、高凯配诗、朱成梁绘画）、《威威狼逛街》（汪晓军编文、杨旭青配诗、陈泽新绘画）、《呆小猪、笨小猪和蠢小猪》（于军编文、匡文留配诗、王祖民、沈苑苑绘画）、《假面狐狸》（李中和编文、叶永配诗、杜建民绘画）、《月亮大烙饼》（汤素兰编文、郑洁配诗、周翔绘画）。《双体童话》是低幼童书策划的一种新尝试，它丰富的艺术性与鲜明的原创性显示出甘肃儿童文学所具有的实力与水平。

甘肃作家一直很擅长利用西北特定的人文资源优势去开垦童话的艺术空间。早年赵燕翼的民间童话堪称前驱与表率。新时期以来，这个传统被进一步发扬。除去对民间文学营养的积极汲取外，"敦煌艺术"作为一种标志性的人文资源也被勘探与挖掘，产生了代表性的成果，如许维的创作。他的童话《飞天》（1988）就是以莫高窟艺术中的"飞天"壁画为基础，经过瑰丽的艺术虚构与创造而产生的。童话塑造了一个外表与内心一样美丽纯真的少女"飞天"，经历了万般挫折与艰辛，最终"羽化成蝶"的故事。作者没有将"飞天"的梦幻图景"神化"，而是处理为美善人性的自然结果，"飞天"的奇迹因此而变得更为人们所理解与认同，尤其是对于孩子。"飞天"对世人而言，一直以来就不仅仅是一幅出奇的壁画，更是充满了壮美想象力的象征符号，许维将"飞天"的含义在童话中具象化，这是非常有艺术原创力的。

以"敦煌童话"的思路系统开掘敦煌艺术的儿童文学表现力，这得益于汪晓军的文化自觉意识。1997年，他的这一设想终于付诸实践，10篇"敦煌童话"作品于1998年出版，包括夏景的《神弓与珠宝》、冉丹的《金毛狮子》、濮梅庆的《幻化的城池》、陈自仁的《囚禁的公主》、路静的《五百壮士建王城》、吴季康的《鹿妈妈和莲花仙子》、法兰的《眒子和他的朋友们》、金吉泰的《金象和象护》、王忠民的《刘水父子救万鱼》、许维的《九色鹿的故事》等。"文字"配以"注音"与"插画"，使这套书成为甘肃少年儿童出版社很有特色的一个品牌，因而获第四届全国优秀少儿图书奖三等奖。2002年汪晓军又重新将该书主编出版，这次结集为一本，增加了创作所依据的原敦煌壁画故事梗概，以及汪晓军对作品的述评，使该书又在另一层面上成为有艺术含量的原创童话集。

许维另创作的两篇童话《黄金大盗》与《虎父鼠子》也很有特点，这两部作品与《飞天》

一起于 2003 年结集出版。其中《虎父鼠子》的构思更为奇趣，在幽默与游戏性的情节设置中，蕴藏了作家对生活的深度思考。

对传统文化与民间文学资源成功利用的另一个作家是黄英，他的《九眼泉》（1981）是民间童话创作的代表作，曾获全国优秀少儿读物奖。作家通常以"一个地名、一种现象"等作为起头，以解释其来历的方式向孩子娓娓道来一个传奇的故事。故事常有很强的吸引力，简捷明快的白描叙述更使其阅读起来朗朗上口。黄英擅长取材"历史"，向孩子讲述一些著名历史人物的故事。在将历史作生动还原方面，作家似乎有着奇异的能力，他所讲的历史故事文笔紧凑，故事耐读，丝毫不会因为历史的隔阂使人难以接近。他的《绿色的传奇》（1986）一组故事很有意思。作家以"绿色"串联了中国历史上的 18 个人物，如诸葛亮、贾思勰、杜甫等，讲述了他们基于不同的目的种树种草的故事。作者"力图做到知识与故事结合，历史与文学联姻"，用富含文学性的故事表述历史，启示当下，黄英的这一尝试很成功。黄英还创作有现代童话、儿童小说，这些作品结集为《黄河龙》（2008）出版。作品都密切关怀孩子的成长，教给他们积极向上的人生价值观念。

青年女作家张琳有充分的发展潜力。她自 20 世纪 90 年代就致力于童话的创作，《蝴蝶风筝》（1996）、《杏花儿的梦》（1996）等代表作张扬女性写作温柔幻美的心理优势，创建出了清新可人的童话审美意境。自 21 世纪以来，张琳的童话创作已自成一体而走向成熟。她善于在平凡的生活场景中捕捉美丽动人的艺术音符，用纯真与爱营养孩子的人生。《孩子和小鸟在歌唱》（2003）、《鲜花开在冬天的枯树上》（2003）、《唱歌的小羊和送歌的马儿》（2004）、《大海里来的孩子》（2005）、《棉被里的音乐》（2005）、《大地的音乐》（2006）、《小灰猫的收藏》（2006）、《盛开的卷心菜》（2008）等均是代表作。此外，张琳对物质文明时代人类生存境遇的衰退也有自己的忧患与反思。《玉米债》（2002）是一篇对当下生活很有启示意义的童话；《洒满阳光的晒谷场》（2004）以乡下的鸡与城市的鸡两种生活方式的对比与展览，表达了田园生活的唯美与舒适；《外婆屋檐下的燕子》（2007）以燕子对所谓水泥建筑的离弃，弘扬了一种"泥巴和干草"的自然生活方式；《一根针的家》（2008）以一根针的命运追问了消费时代中现代人于一种简朴而恬适生活的离去。

寓言也是甘肃儿童文学发展的一个特色方向，当下活跃的作家是金雷泉。他的《西部寓言画卷》（2004）、《闪电寓言》（2008）收录了他多年来勤奋耕耘的大量寓言作品。在"小小"寓言文本中要获取"大大"的人生哲理，它要求作家对生活要有睿智的发现力与高度抽象的概括力。写给孩子的寓言，自然不同于给成人的，主要体现为在"寓"的表现手段上有特别的要求。故事、情节与叙述，必须吸引孩子能阅读完，才能获得"寓"的效果。受益于童年在农村的成长经历，金雷泉的寓言创作多以田园乡间的动物、植物、自然现象、生活细节为取材范围，所形成的寓言故事人物生动有趣，形象鲜明，情节合理，篇幅短小却又升华了深刻的人生哲理，读来口感十足而又耐人品味，是可以被进一步发扬的一种儿童文学文体。近来金雷泉的创作在题材上已有很大突破，涵盖了社会世相的各个方面。

### （三）儿童诗

甘肃儿童诗的整体发展虽然不太成规模，但是代表诗人却在全国有相当的知名度。

林染自 20 世纪 80 年代以来开始创作儿童诗。他原已是成人文学领域的著名诗人，涉足儿童诗是因为他的成人诗呈现出的纯净气息与童心气质。其时北京的《东方少年》认为当代儿童诗"老气"，让《诗刊》推荐新人写，《诗刊》编辑便推荐了林染。之后，诗人的童诗写作便一发而不可收，在《东方少年》《人民文学》《儿童文学》《儿童时代》等刊物发表,并经常被上海的《儿童文学选刊》选用。目前已出版有童诗集4本:《漂流瓶》(1993)、《国花国树歌谣》(2000)、《秋天的朗诵诗》(2000)、《冬天的朗诵诗》(2000),还有大量的童诗未结集出版。林染的童诗取材内容广泛,构思奇美精巧,风格清新自然。以孩子童真明亮的眼睛观看世界,诗人笔端充满了源源不断的激情与灵感。林染喜欢将孩子写进绿色的大自然中,各种植物、动物与孩子一起,构成了最美丽的童年人生。诗人也写现实中孩子的各种生活内容,他们自足的世界,幻梦的心情。林染的童诗在内容与艺术特征上也体现出鲜明的"西部"气息。

高凯的乡土童诗写出了中国乡土童年的样态,展示出一种较为典型的童年生活世界模型,它包含了中国乡土孩子的生活范围、情感、思绪,他们的心灵轨迹,特殊而难忘的人生经验。童诗浓郁的乡土性所开垦出的艺术空间是博大的,它典型代表了本土原创童诗发展的一种方向。诗人历年来创作的童诗已结集为《高凯童诗选》(2008)出版,《村小:生字课》是集子中最耀眼的明珠。这首诗已在儿童文学界、孩子、小学教师中获得了非常好的声誉,关于它的评论文字已近10万字。这是一首地地道道的乡土童诗,它以高超的艺术发现力以村小的一节生字课创建了童诗的一种语体形式,睿智地利用生字课本身的艺术性生成了"非常"的诗性。高凯的童诗在乡土性、诗艺的简洁凝练、诗语的游戏、童年精神特征的真实表达、田园意象的营建等方面都可以做出细致的分析。近来高凯已开始摆脱自身特定的人生经验内容,在更一般的意义上去写孩子与童年,现代童诗《某某小王子》是代表作。这首诗非常强地体现出诗人良好的童年感觉与童年心性。诗歌的部分章节已获新一届"冰心儿童图书新作奖"。

### (四)儿童散文

汪晓军是甘肃省儿童散文实践的创新者。从1991年到1999年的整整9个年头,他持续致力于用散文对"西部"做文学发现与表达。以少年"你"的第二人称为叙述主体,在《与你同行》《与你对峙》《魇影遥望你》等多篇作品中,将红柳、芨芨草、骆驼刺、阳关故址的烽燧、海市蜃楼、孤峭崖头的牦牛、月牙泉、沉稳的骆驼、静默的雪山等逐一做了审视与显明。这一组散文的审美突围对汪晓军意义重大。他在儿童文学中赋予了西部(具体说是大西北)以审美形式,这种艺术探索是开创性的。明天出版社于2000年出版了这一组总题名为《大漠细语》的散文。

周丹波的一组题为《童年的歌唱》的散文作品于1996年获"第四届冰心儿童图书新作奖"。在这组由50多个独立小篇章构成的"大合唱"文本中,作家以自由赤诚的童年情怀,用细腻温暖的笔调抒写了林林总总的童年心迹。贯穿全篇的是"孩子对妈妈的心灵呓语",那里面包含有爱,有委屈,有伤感,有不为人所知的孩子的秘密,更有希望、憧憬……种种微妙而甜蜜的童年心迹,都被作家一小节一小节地勾画出来了。难能可贵的是作家对童年细节的真实记忆,对童真情愫的自然把握,对孩童精神宇宙的了然洞察。

### (五)科幻文学

"科幻文学"在20世纪八九十年代是甘肃儿童文学发展相对薄弱的一类文体,代表作有80年代初潘俊的《金箭号返航》、费金深的《到珠穆朗玛峰去》、汪晓军的《莫高窟的佛光》(1993)等。自21世纪以来,科幻文学异军突起,短短几年内居然发展为甘肃自具特色的一个文体。

陈自仁的第一部儿童文学作品是他所承担的《少年绝境自救故事》丛书中的一本《恐怖雨林》(1996),其时他在成人文学领域已卓有成就,涉足儿童文学后他表现出同样的

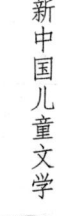

精彩。1999年的《黑沙暴》是甘肃少年儿童出版社所策划的"金科幻"系列中的一本。在本书中，作家以沙漠为背景，所虚构的外星人与地球人之间的故事可谓深刻之至。"科幻"——需依赖于一定的科学基础做幻想，它对作家的科学素养与文学艺术创造能力提出了双重要求。陈自仁看起来在此两方面都得心应手，他的科幻作品既有科学含量，而且还有很强的可读性，且同时善于对人性本身做出探究与反思。2001年，他的5本"荒诞科幻系列故事"（《双脑人》《超能人》《蚂蚁人》《遥控人》《组合人》）由甘肃少年儿童出版社策划出版，该书更为全面系统地彰显出作家的科幻才能，荣获2001年度全国优秀畅销书奖就是明证。2000年，陈自仁还加盟了由湖南少年儿童出版社策划出版的"生命状态文学"，写出了《猴徙》一书。这本书标志着作家在科幻之外，在书写非人类生命状态方面所具备的潜力。《为禽兽喝彩》是作家于2006年出版的一本科普读物，一直保持着非常好的销售量。陈自仁的儿童文学才能是"开放"的，相信他在此领域还会有更好的建树。

苟天晓，是"闯入文学瓷器店的一头大象""黄河边上的精神游侠"，他在科幻领域的出场的确是令人惊讶的，这主要是因为其作品特殊的原创性。被称为是"人体王国科学奇幻小说"的六本——《大兵长胜》《把芦苇还给我》《小草与风儿》《地狱的钉子》《血玫瑰》《戴镣铐的超人》于2007年在少年儿童出版社出版，彭懿等业内人士对其评价很高。苟天晓是一名医生，却视文学为生命，游走于医学与文学两个世界中，他创造出了一个空前的王国——建立在五脏六腑之上的人体王国。这个为人类自体永远难以真实接触的神秘领域，它复杂有机的构造原来如此神奇伟大，但如果我们常人仅对其做科学、物理意义上的认知，所知所感还是很僵硬机械，很难产生深度震撼！苟天晓的创造全然改变了这一切，他居然将"细胞"人物化，人体的生理构造"世俗化""人生化"。如同现实生活，人体王国内部同样充满了善与恶之间无尽的较量，爱与勇气、责任与毅力这些支撑人类生活原动力的东西，同样也是人体内部的"人们"所永恒追求的珍宝。苟天晓有很强的中国古典文学修养，其作品文学意味很深。

整体来看，甘肃儿童文学在改革开放30年来的发展与甘肃整体文学的状况保持了一致，一直以稳健平实、厚积薄发的姿态累积了丰硕的成果，为新时期甘肃文学艺术事业的繁荣昌盛做出了自己特殊的贡献。

（原载马少青主编《陇原花雨——改革开放三十年来的甘肃文学艺术》，大众文艺出版社2008年版）

# 宁夏儿童文学 60 年

李生滨　薄其一　施浩南

## 拓荒进取的 60 年

宁夏儿童文学是中国儿童文学的组成部分，在 60 年的发展历程中，涌现了不少从事儿童文学创作的作家，有路展、吴音、吴善珍、都沛、王晨、王宝三等老一辈作家，还有刘岳华、李银泮、赵华、刘汉斌、张慧等后起的作家，此外，漠月、郭文斌、马金莲等人也创作有儿童文学作品。

1949 年至 1976 年近 30 年时间，由于宁夏地区经济欠发达，文化教育相对落后，儿童文学的发生发展比较缓慢，唯有路展在儿童文学创作上一枝独秀。十一届三中全会之后，拨乱反正，儿童文学创作被迅速提上日程。1980 年 1 月，中国作家协会成立儿童文学委员会，推举严文井任主任委员；同年六一前夕，第二次全国少年儿童文艺创作评奖（1954—1979 年）在北京举行；同年 10 月，文化部宣布成立文化部少年儿童文化艺术委员会。这些举措，无疑是国家文化建设层面上对儿童文学发展的重视，宁夏文艺界自然也有了积极响应。

1983 年《朔方》杂志第 6 期"卷前丝语"倡导说：

党的十二大提出建设社会主义精神文明的伟大任务。精神文明建设首先要注重从少年儿童抓起。这就和儿童文学有直接的关系。过去由于极"左"路线影响，社会上对儿童文学一直持有轻视态度。十一届三中全会以后，情况已根本好转，把儿童文学提高到战略性的地位。但要使儿童文学得到真正的繁荣发展，仍有不少具体问题亟待解决。这需要各级领导在思想上真正重视，并有一套切实可行的办法，首先需要重视、巩固、发展儿童文学创作队伍。我们刊物从今年开始，注意用一定篇幅发表儿童文学作品，本期又集中发表了一批包括各种样式的儿童文学，都具有一定质量。而其中绝大部分是本区作者的作品。可以预料，我区的儿童文学创作与成人文学创作一样，是大有发展前途的。只要我们认真播种、耕耘，就一定会有丰硕的收获。

因此，在路展、刘和芳、吴音等老作家带动下，不少人开始积极投入儿童文学创作，时有优秀作品发表并获奖。

刘和芳，1927 年生，笔名河帆，安徽安庆人，1951 年毕业于大夏大学经济系，后入复旦大学中文系进修，先后在华东军政委员会文化教育委员会、上海市人民政府文艺办公室工作，1958 年调宁夏参与筹备宁夏人民出版社，主持组建少儿读物编辑机构，负责创办大型文学季刊《女作家》，历任文学编辑、少儿读物编辑组组长、《女作家》文学季刊副主

编,2008年加入中国作家协会。刘和芳1943年开始发表作品,1983年出版儿童文学《幼学童话百篇》(与陈伯吹合作)。1981年主持出版了《爱国主义的赞歌:丁玲等评〈灵与肉〉》,1984年主持出版了《当代女作家儿童小说选》,同年主持出版"中国当代儿童文学"丛书,1985年主持出版"六一诗丛"系列丛书。他本人的诗文集《回眸:刘和芳诗文集》2006年由宁夏人民出版社出版。在谈到自己的创作时他说:"我在工作之余,也战战兢兢地拿起笔来为孩子们写点东西,儿童诗大约也有二十几首,多数发表在上海的《少年文艺》上,还有的刊于《朔方》《宁夏画报》及《宁夏日报》上。这些诗,有的通过咏物来讴歌一种精神品格;有的直抒胸臆,表达一种人生态度;有的表达了儿童的美好愿望;有的可说是一种格言。写儿童诗我比写其他的诗更加用心,更花工夫,更费时间,总是反复吟咏,唯恐不当误人子弟。"(《朔方》1983年第6期)评论家郎伟在序文中说:"刘和芳先生的诗文当中总是弥漫着一种温和之气……"①刘和芳在新时期宁夏文学特别是儿童文学创作编辑方面,与路展、吴音等一起开拓了宁夏儿童文学新局面。

都兴强,1946年生,笔名都沛,山东牟平人,1989年毕业于西北大学中文系作家班,1965年参加工作,历任宁夏生产建设兵团宣传队员、吴忠师范学校学员、中卫柔远中学语文教师、宁夏歌舞团歌剧演员、鲁迅文学院作家班学员、宁夏文联《朔方》杂志编辑、《中国作家》杂志编辑,1981年开始发表作品,1990年加入中国作家协会,著有长篇纪实文学《中国国际赛车纪实》,短篇小说《我们连队的嘎西摩多》《西观音寺》,中篇小说《贺兰山下的传说》《钢轨上的小黑点》《天堂行》等。《钢轨上的小黑点》描写顽皮少年冀锥,因逞能逼停火车从而结识了一位老师——司徒华诚,随之引出一系列富有生活情趣的故事。作品里乡村风情的描写与孩童的顽皮善良表现相结合, 又与西南边陲的战争串联在一起,还有细致的乡村少年的心理描写,叙述生动,富有生活气息和时代特色。

吴善珍,1947年生于苏州,上山下乡后在文艺团体从事音乐工作16年,后在《朔方》编辑部从事编辑工作18年,任副主编,著有小说集《粉红漆》。她所创作的《蔡叔叔编的歌儿》(1982年),描写了文工团里一个小男孩口误引发的故事。丁朝君评价她是"演员用自己的情感表演来讲述自己的故事,而吴善珍则是用笔墨描写演员们的感情生活"②。正因在文工团工作了16年,长期浸润于音乐的良好修养,吴善珍的作品充满音乐的律动与神韵。

20世纪80年代,还有不少探讨少年儿童情感世界,表现孩子们纯真、善良品质的优秀作品。如王晨的《他》,描写孩子之间两小无猜的朦胧情感;王宝三的《兰兰和他的妈妈》则关注了孩子心灵伤痕问题;汪有权的《小灰遇狐记》通过动物行为的描写蕴含了幼龄儿童教育成长的意义。此外,《朔方》杂志1983年第6期推出"给孩子们的礼物"、1984年第6期刊发"儿童文学专辑",都是宁夏儿童文学发展史上不可忽视的具体展现。此外,漠月1988年发表于《少年文艺》第12期的《夏日的草滩》,也是富有生活情趣和诗意描写的优秀之作。

20世纪90年代,改革开放的深入和市场化经济的冲击,儿童文学的发展既面临危机也面临挑战。就宁夏文学而言,值得肯定的是吴音的儿童文学评论和李银泮的一系列创作,尤其是李银泮的创作,填补了空白,形成了路展、李银泮、赵华等作家前后接续、砥砺前行的宁夏儿童文学发展脉络。

进入21世纪以后,从事儿童文学的创作队伍比20世纪90年代更为开放多元,既有专门从事儿童文学写作的刘岳华、赵华等人的最新追求,还有部分跨界作家如郭文斌、刘汉斌、马金莲等乡土诗意的特别贡献。另外,周彦虎等人的诗也是以校园生活为主要内涵的特别抒情。从全国儿童文学的发展与流变来说,成长主题和科幻小说成为 21 世纪以来儿童文学创作的主流。

郭文斌的《大年》《吉祥如意》等乡土小说的文化内涵和审美视角都指向了青少年的情感教育。刘汉斌植物散文《花季》荣获"2012 年冰心儿童文学新作奖",他的植物系列散文是一种挚爱自然和生命奥妙的经验书写,在朴素的文学描写中具有一定的科普特色和浓郁的乡土情怀。

此外,张慧少儿小说《盛满祝福的眼泪》(2007 年),描写了一个名为许荟荟的姑娘坚持写作梦想的故事。老作家高深年的童话《猎人的儿子》(2012 年),描写了一个"复仇的故事":父亲被黑熊杀死,儿子决心报仇,但发现黑熊怀孕时想起了族人们恪守的不能猎杀怀孕野兽的祖训,在杀父之仇与祖训之间选择了放生。这两篇作品具有新时代儿童文学注重人性自我和科学自然观的新颖思想。

从总体情况来看,宁夏早期儿童文学作家,来自区外的作家占据了绝对主力,20 世纪 90 年代以来,尤其是 21 世纪以来,宁夏本土作家纷纷崛起,在儿童文学园地也显现了力量。

## 宁夏儿童文学的奠基者路展

1949 年中华人民共和国成立后,党和政府一直关心儿童教育事业,一方面取缔了大量不健康的儿童读物,另一方面积极要求作家们为少年儿童创作优秀文艺作品。1955 年 9 月 16 日,《人民日报》刊发《大量创作出版发行儿童读物》的社论。同年,中国作家协会召开了第十四次理事会主席团(扩大)会议,讨论发展少年儿童文学创作问题,发出了"关于发展少年儿童文学"的指示。路展就是在此背景下开始了儿童文学创作。

路展,1928 年生,原名路福增,河北唐山人。1949 年 3 月参加工作,历任华北大学三部美术系学员、文工团二团美术组成员、《人民文学》编辑部编辑、诗歌组组长。1961 年 3 月调来支援宁夏文化建设,曾任《宁夏文艺》编辑,《朔方》编辑部主任、主编、编审。宁夏作家协会第一、二、三届副主席,中国作家协会会员。1990 年离休。路展 1950 年开始发表作品,著有短篇小说集《白脖鸽子》、短篇童话集《小鹿银点点》等。幼儿童话《小苹果树请医生》荣获第二次全国优秀少年儿童文学奖创作奖,中篇童话《雁翅下的星光》荣获中国作家协会首届优秀儿童文学奖。

20 世纪 60 年代,路展与刘和芳、吴音等老一辈作家因不同原因来宁夏,支援宁夏当地的文化建设。在编辑工作之余,从事文学创作的路展逐渐倾向儿童文学的耕耘。他第一篇童话是 1960 年在《人民文学》上发表的《小铁脑壳遇险记》。"正是由于这篇童话的发表,增强了我写童话的兴趣。"③ 20 世纪 60 年代,路展发表作品 10 多篇,包括 4 篇童话。从宁夏 20 世纪 60 年代的文学来说,这显得弥足珍贵。"当时我的想法很简单,只是希望用新的健康的故事代替旧的东西,使孩子们不但得到娱乐和美的享受,同时受到良好的品德教育。"④ "文革"期间,路展因过度劳累导致支气管破裂,由于无法得到正常有效的治疗,便"跑路"到内蒙古阿左旗一位牧民朋友家里养伤。因此,路展作品在儿童文学独特的故事想象和叙述中多了西北多民族地区的生活风情,也因长期在干旱酷烈的地理环境中生活,作家还增强了生态意识,以相当篇幅的作品来表达他对于现实生态环境遭到破坏的忧虑。

综观路展的儿童文学创作,童年记忆与生活遭遇是他创作的灵感源泉。《路展童话选》共收 15 篇作品,非常适合少年儿童阅读。在他的笔下,无论是小狗、小猫,还是百灵鸟、小鹿,抑或是白杨树、杏树,都有了灵性,而它们的名字也简单、可爱,比如给小松鼠起名小火星、小星星、金门帘,给小白杨树取名大嗓门、乐不够,极富生活气息。不论内容繁简,故事和情节都比较曲折有趣,如在《猫三彩》中通过巧合的方式,使坏老鼠与投机倒把分子一起得到应有的惩罚;《动物园里的新闻》设计白猴子雪雪先失踪后救人的方式给读者以惊喜;《雁翅下的星光》更是以跌宕起伏的情节,生动讲述小雁如何经过加木苏的精心抚养和严格训练成为"雁群的骄傲"的过程。路展笔下的"故事"有始有终,构成完整的逻辑链条,符合幼童对世界的认知。

路展童话的另一大特点是游戏性,同时包含了教育意义。童话在一定程度上可以看作是纸上的游戏,要符合儿童的心理和天性。如《小淘气求学》中的主人公小淘气,其表现便如顽皮的孩童一般,在不断地闯祸和玩闹过程中向老青蛙学习。儿童文学的趣味性要求在游戏和故事中陪伴孩子成长,路展童话主人公的成长过程大致分两种,一种是主人公经历复杂多样的坎坷际遇,在成长的道路上不断得到周围人的助力,战胜邪恶,最终成功,如《百灵歌》《林中竞赛》《雁翅下的星光》等。另一种是主人公误入歧途,被拯救后悔过自省,最终明白道理,如《小铁脑壳遇险记》《绿色的战歌》《小淘气求学》《小金毛》等。另外,受"教育主义"儿童文学观影响甚巨,路展也倾向"教育主义",因此,《路展童话选》中不少作品都有着明确的教育目的,如《小铁脑壳遇险记》教育儿童不要出风头,学会辨别善恶;《猫三彩》则告诫儿童恶人终会受到惩罚;《绿色的战歌》一是教育儿童要保护环境,二是教育他们向最艰苦的地方贡献自己的力量;《小苹果树请医生》则属于科普类幼儿童话,以简洁的叙事告诉儿童啄木鸟能够给树治病的道理;《小鹿银点点》则教育儿童在面对危险时要勇敢;《小金毛》则告诫儿童不能骄傲,同时也告诫父母不能溺爱孩子。这些作品简单通俗,可读性强,童话里表现的优良品质和道德品格对儿童的成长大有裨益。

此外,路展的童话作品中有一部分以"文革"为背景,带有反思文学的意味。如《雁翅下的星光》《百灵歌》《割尾巴的故事》等。《百灵歌》与《割尾巴的故事》将笔触伸向了"文革"时期不正确的生产政策和颠倒的人际关系。《百灵歌》讲的是一家老少两代百灵鸟的命运和遭遇,以百灵鸟喻作支援西部的知识分子,委婉地写出老一代百灵鸟的悲惨命运,并将希望寄托于下一代。《割尾巴的故事》则写出"文革"时期不正常的干群关系,相较于同时期表现对"文革"反思的作品,路展的作品没有太过激烈的言辞和十分深奥的思想,加上童话本身需要单纯的情感表现,反思的意义可能有所减弱,但仍具有慰藉疗救心灵之效果。在许多评论者看来,《雁翅下的星光》并非一部完全的童话作品,"整个说来,《雁翅下的星光》写得扣人心弦。我们觉得,它又像童话,又像小说。它是介乎童话和小说之间的边缘品种。"这里的评论者没有很好地了解从叶圣陶到张天翼的童话创作,而是从低幼儿童故事的层面上界定童话。高尔基说过,文学是人学,童话在宣扬善良、正直、美好等内涵品质之外,更为深刻的恰恰是教育青少年懂得现实存在黑暗、丑恶的力量,要勇敢地面对复杂的现实,要战胜困难和强敌。生活的真实和生活的复杂才是造就这篇优秀童话的社会基础。

综上所述,路展的儿童文学创作为宁夏当代儿童文学奠定了基础。他的作品一方面以童话的形式呈现,幻想性与游戏性兼具,另一方面也通俗易懂、具有教育惩戒的意义。因为生活在西北地区,他的作品里多了对荒旱的地理风貌和热忱的草原人民的真切描写,而他在历次政治运动中历经的各种风波,也使得他的部分作品具有了伤痕反思的色彩。时至今日,再次阅读路展的童话作品,不能不承认其作品存在时代的缺陷,白璧有瑕,但路展的儿童文学创作对当代宁夏文学的贡献是不可磨灭的,具有开拓和奠基的重要意义。

## 吴音、李银泮、刘岳华等人的创作

在宁夏儿童文学的奠基者路展之外,吴音、李银泮、刘岳华等人在不同时期宁夏儿童文学发展中占有相当重要的地位。

### (一)吴音的儿童散文创作

吴音,女,浙江乌镇人,1930年1月出生于辽宁营口,1951—1955年在上海市抗美援朝分会及上海市中苏友好协会从事宣传工作,1956—1961年就读于上海复旦大学新闻系。1956年加入中国共产党,毕业后到《宁夏日报》任编辑、记者20年,在宁夏人民出版社美术、少儿编辑室任编辑、编辑室主任10年,1988年退休。

作品《兵兵的心事》以非常细微的笔触描绘了少儿成长的心理变化。吴音以稚子般的情感去描写自己儿子与校长张敏女士的那份纯真的友谊。兵兵是一个粗心的孩子,却对小动物、植物有着天然的亲近,在张敏校长领导的花卉小组中是积极分子。由于兵兵父亲身体不好,兵兵不得不转学来到银川,但是在随后的两年里"这孩子许多事忘了,竟还一直惦记着他的张敏老师"⑤。原来,兵兵的心事便是张敏老师要求他改掉粗心的毛病。因此,兵兵不仅努力改掉了粗心的毛病,还给张敏老师写信,张敏老师也回信给兵兵。这是生活中一件很平常的事情,但吴音敏感地抓住师生间良好的关系帮助孩子健康成长的主题,给我们美好而温情的情感教育。还有描写亲情的散文《爸爸的苦恼》,心疼儿子的父亲认为孩子不应小小年纪就做那么多的家庭作业,承担如此重的学业压力,但是儿子却表现得十分懂事。

作家纯真的文学理想奠定了其儿童散文的情感底色。"我从小爱文学,中学时发表过诗、散文和童话……"⑥同时,吴音在儿童文学写作中表现出的与生俱来的女性特有的情愫,关注青少年儿童的成长,尤其重视家庭关系对孩子身心健康的影响。吴音少小生活在动荡的战争年代,年轻时又到了大西北。她的前半生已然经历了人生的大起大落,中年又逢丈夫因病不幸离世。尽管生活艰辛,但在吴音的散文中却不见诉苦的哀怨之声,字里行间流淌的仍然是人间温情。

此外,吴音在儿童散文创作之外还发表了不少关注儿童发展和成长的社会时评,体现了知识分子的"仁者情怀":"生活的磨砺,锻造了吴音先生棱角分明的性格,也分明塑造了她对人间美好事物的格外敏感和对人间假、恶、丑的强烈憎恶。"⑦在《赶紧补上这一课》中:"看着被折得遍体鳞伤的玫瑰花、沙枣树,感叹现在有太多的人不讲文明,特别是影响孩子。"认为社会上成人的恶劣行为已经影响到了青少年儿童身心健康和成长。吴音通过一次座谈会了解到来自偏远的、贫困的基层业余儿童文学作家存在生活和创作上的困难后,发出了"帮帮他们"的呐喊。而在《从孩子们看〈潜影〉时被惊吓说起》,批评了当时儿童音像制品市场的乱象,《请把精品电影奉献给孩子》则分别从当时的社会现状以及解决的方法两方面表达了自己的观点。评论《在孩子们心里播下爱的种子:推荐日本童话集〈木马的小白船〉》则再次表达出吴音的儿童文学主张——通过阅读有关情感教育的作品,潜移默化地在孩子心中种下爱的种子。

15 岁时,她给好友翔写了一首小诗,诗的内容可以看作是吴音从事儿童文学的态度和不变的初心:"梦花一片/我幻想着这样的国度/那里没有悲惨阴森虚伪和嫉妒/没有凶狠的狐狸也没有怯懦的白兔/只有天真的孩子们白纱似的轻翼在花丛中翱翔/那里的太阳照得格外亮/那里的人们没有迟滞的梦呓/只有爽朗的笑……"⑧正是这种纯真美好的想象和情感成就了其儿童文学方面的建树。

### (二)李银泮描写乡土生活的儿童小说

李银泮,1961 年生于宁夏隆德县,1982 年毕业于固原师专中文系,任中学教师 15 年,后任隆德县委宣传部新闻干事,县文化馆创作员,县作协副主席,20 世纪 80 年代开始儿童文学创作,1998 年加入中国作家协会,在多部报告文学写作之外,著有儿童文学作品《塬上的日头》《同饮渝河水》《夏日险遇》《朦胧年华》等长篇和作品集《山道·少女·牛贩子》与《六盘山川的少男少女们》。这些作品以他熟悉的乡村生活为背景,大多创作于 90 年代。

出版于 1996 年的"少年绝境自救故事系列"丛书之《夏日遇险》,是李银泮与 100 位小读者合力完成的一部作品。《夏日遇险》讲述了一个名为三娃的放牛娃,为追回丢失的黄犍牛,来到陌生的城市,在经历了劫持、拐卖、残害等行为之后成功返乡的故事。小说以六盘山周围的城镇和乡村为背景,成功刻画了三娃、小顺子、"笑面佛"、马建五等人物形象,小说语言流畅通俗,故事情节张弛有度。小说不但以现实的眼光关照青少年的安全问题,还真情关注偏远贫困山区青少年的受教育问题。

李银泮在"渝河"系列作品《山道·少女·牛贩子——李银泮田园故事集》(1997 年)和《同饮渝河水》(1998 年)中,同样延续了对贫困乡村孩子们教育和生存状况的深刻反思与人性烛照。

《山道·少女·牛贩子——李银泮田园故事集》,收录了 20 篇作品,从多方面展示了乡村贫困背景上少年儿童的生存百态。一方面描写乡村孩童的单纯美好情态:《583 秘密行动》讲述了孩子们因为好心误杀了史老师爱犬后心中的不安;《最后一封信》表达了孩子们在杨老师去世后的哀思,表现了乡村孩子内心的单纯和美好。另一方面直面现实,乡村的凋敝、成人的堕落、孩子的冲动。《山道·少女·牛贩子》刻画了一位辍学的孩子因偷盗别人的牲畜进行倒卖被抓的故事;《黄土塬上的少男少女们》则写了一个名为吕岩的孩子辍学混社会的故事;《岔路口》《渝河魂》两篇诉说了乡村少年对于教育的渴望;《圣地最后的捍卫者》与《村魂》则主要描写了成人人性的沉沦和孩子们童心纯真的坚守,形成鲜明的对照。

在《同饮渝河水》中,李银泮聚焦城乡之间的贫富差距,赞扬了乡村孩子积极向上、直面苦难人生的乐观精神。小说的主线围绕城乡少年的一次冲突:以曹琦为代表的城市少年与李军为代表的乡村少年在暑假期间一次捡垃圾的过程中发生了"投石互殴式的群体冲突",随后双方以一种"不打不相识"的方式在老师干预下化解了冲突。故事的副线则发生在一对名为白佳佳与玫瑰的女孩之间,二者本是亲姐妹,由于特定时代下计划生育的原因,玫瑰不得不被亲生父母送到乡下,两人在前文提到的冲突中偶然相见,随后引发了一系列关于认亲的故事。这部作品不仅立体描写少年儿童的生活,特定地域生活的呈现还增强了小说的现实意义。

李银泮悲悯脚下的土地和苦难中成长的孩子,不但体现了对生活的敏锐洞察和人道主义精神,更重要的是触碰到时代和生活的痛点。可以说,他是生活在六盘山下描写少年儿童生活最优秀的乡土小说作家,也是宁夏儿童文学园地最有影响的"教育小说"家。

### (三)刘岳华与"小魔女系列"丛书

刘岳华(1962—2012),宁夏石嘴山人,笔名丽娘、丽丽,17岁发表第一篇散文《生命的火花》,获宁夏回族自治区文学创作三等奖,此后在《宁夏日报》《朔方》《前卫报》《人民军队报》《西北军事文学》《飞天》等报刊上发表中短篇小说、散文、诗歌、报告文学、评论等各类题材体裁的文学作品100多篇,在宁夏人民出版社出版散文诗集《维纳斯星座》,在敦煌文艺出版社出版长篇小说《金苹果》,在内蒙古少儿出版社出版童话《小马车》,而最有代表性的是校园小说"小魔女"系列。

刘岳华短暂又精彩的50年人生之路可以看作是一部与命运抗争的荆棘之路,却也充满了鲜花与掌声。1983年,21岁的刘岳华受到团中央的表彰,时任团中央书记的胡锦涛亲自到她家里看望并为她题词:"任何困难也挡不住你前进的道路,你的事业是常青的。"1992年,作家张贤亮在给她的散文诗集《维纳斯星座》作序时,称她作品的最大特色就是充满着爱意,鼓励她化烦恼为"菩提"。1997年,宁夏作协、《朔方》编辑部等联合为她举办了"刘岳华儿童文学作品研讨会"。时任宁夏文联主席的张贤亮、《朔方》副主编冯剑华以及各界评论家50余人参加了研讨会。

刘岳华的文学创作经历了一个明显的转向,早期她以女性文学为主,后来转向了儿童文学。其代表作"小魔女系列"丛书共有5本,分别在山东临沂与宁夏银川两地完成创作,具体有《小魔女与溜溜球》《大青蛙之战》《猫妈妈与小狐狸》《二蛋的武校》。就创作形式而言,作品融合了科幻、魔幻等多种因素,丛书整体上并未呈现出一种整体的风格,更可以看作是刘岳华对这类校园小说的一种探索。她认为少年儿童是国家的未来和希望,学校、社会、家长不仅要关心孩子文化课的学习,更要注重培养其健康的心态和良好的心理素质。

《二蛋的武校》讲述了一名来自农村的孩子进城上学的故事。这部童话将视角落在二蛋的成长经历上,故事情节连贯紧凑,作品紧紧抓住二蛋心理的变化和二蛋一家人之间的亲情关系,细腻地写出了二蛋在成长过程中的自责、内疚、不安,以及父子、母子在面对因经济困难时发生的一系列矛盾冲突。这些出彩的描写得益于刘岳华作为女性自身对情感的细腻把握和自身的一些生活经验。同样出彩的还有描写动物与人类关系的《猫妈妈和小狐狸》。

《小魔女与溜溜球》《大胖的失踪》《大青蛙之战》三部小说则是刘岳华想象力的体现。《小魔女与溜溜球》讲述了小魔女偶然遇到具有神奇力量的溜溜球,并借助溜溜球神奇魔力所经历的故事。《大胖的失踪》则表现了金钱腐蚀人性,由于"狗宝"高昂的利益导致一个黑衣女人疯狂搜寻"狗宝",而大胖不幸踏入这个漩涡,遂演变成一个众人拯救大胖的故事。《大青蛙之战》讲述了一个疯狂博士进行青蛙基因改造的故事,作者借此反思了科技与人性的关系。

对刘岳华的创作,宁夏文联原副主席哈若蕙这样评价:"我读了刘岳华的《小马车》非常感动。我仿佛一下子走进了童年。那种欢愉的美好的童年感觉我好久没有找到了。我仿佛随着主人公丽丽小姐走进一个又一个全新的境界。在作家清新、流畅并且十分东方化的叙说中,我们感到了美好、善良、友爱、勇敢等人间品格。"①从《小马车》再到最后的"小魔女"系列,刘岳华擅长的是在家庭和儿童故事的结合中构筑故事,饱含对爱与美的追求。不可否认,"小魔女"系列也存在人物设定与故事情节出现脱节,以及涉及科幻题材时相关知识匮乏等不足。但乐观精神和人间真情,还有爱与美,构成了刘岳华儿童文学饱满的内涵，富有强烈的感染力。

## 在科幻与童话世界遨游的赵华及其收获

赵华，1976年生于宁夏石嘴山市，1997年银川师专中文系毕业，一直在媒体工作，业余挚爱科幻和童话创作。笔者在访谈中了解到，从小对儿童故事书的渴望成为赵华文学追求的特别情结，其儿童文学创作也是从报纸上发表各种"故事"开始的，仅2002年在《新消息报》上发表了《小梦露》《桌霸狂想》《七彩的梦》《宝葫芦的秘密》等15个"故事"。也是这一年，赵华的作品在全国儿童文学刊物上发表。

可以说，"光光头"赵华的文学追梦是新世纪宁夏文学一道亮丽的风景。2002年11至12月，赵华在《少年读者》分别发表儿童散文诗《天空送我一条河》和《蹲下身去》。由此激发了创作热情，两年多又在《少年读者》和《童话王国》上发表了如《环星交通大赛》《笨虫天线》《下站月球》《乌鸦信号兵》等不少作品。从此，赵华的童话创作进入了一个井喷期。2005年，童话《笨虫天线》入选春风文艺出版社《21世纪中国文学大系：2004年儿童文学》。2008年9月，童话集《恐龙时代的脚印》由宁夏人民出版社出版；11月，童话《外星人的礼物》《地球来客》《彗星宝贝》入选河北少年儿童出版社《成长的书香：科幻卷》；12月，童话《瓶中阳光》《欢乐的木马之王》《贼鸥马里奥》入选中国少年儿童出版社《特童话》。2009年1月，童话《稻草超人》入选长江文艺出版社《2008年中国儿童文学精选》；3月，童话《感恩节的幸运者》入选华东师范大学出版社《2008年最值得小学生珍藏的100篇童话》。2012年6月，科幻小说集《苏姗的小熊》、长篇科幻小说《南纬十六点三度》、长篇科幻小说《开元通宝》、童话集《天使小笨鸡》、童话集《恐龙密码》由阳光出版社推出。2014年5月，长篇系列科幻小说《云族部落》《亚特兰蒂斯四号》《末世危机》《爱因斯坦切片》《彗星公主》《匈奴王复活》等再次由阳光出版社隆重出版。2015年7月，长篇科幻小说《魔血》由长江少年儿童出版社出版。2016年1月，赵华温情少年科幻小说系列《大漠寻星人》《恐怖蜡像馆》《五号木乃伊》由阳光出版社出版。他的作品先后获冰心儿童文学新作奖、冰心儿童图书奖、首届"读友杯"少儿类型文学大赛二等奖、第二届"读友杯"少儿文学类型大赛二等奖、首届大白鲸世界杯原创幻想儿童文学奖三等奖等多种奖项。

2017年9月22日晚，第十届全国优秀儿童文学奖颁奖典礼在中国现代文学馆举行。赵华的作品《大漠寻星人》荣获科幻文学奖。授奖词中写道："少儿科幻文学正在拓展新的艺术空间……赵华的《大漠寻星人》在时空与文明的错置和叠加中抵达人性深处的温暖。这两部作品表明：未来不仅向着科学技术敞开，未来更向着瑰丽的想象和人的无限可能性敞开。"

到目前为止，赵华的儿童文学作品分为科幻小说和科幻童话两大类。他的科幻小说包括"亚特兰蒂斯四号系列"《魔血》、"温情少年科幻小说系列"等作品。这些作品，或回忆温暖动人的亲情、友情，或赞颂人的诚实、守信的美好品质，或以外星人、动物的奇幻经历来透视人类对待地球环境的种种不当之处，并且预示了灾难性的后果给人警示。他的科幻童话则有《爱菲尔棒棒糖》《波江座晶体》、"光光头赵华童话系列"等，这些作品主要描绘简单却感人的人际关系，在作品中，人与人之间没有猜忌，没有攻击，而是细致温暖的互相信任、关怀。

根据赵华的创作历程及作品特色，可将其创作分为三个阶段。2002—2008年为第一阶段,可称初创期,这时的作品,大多以儿童散文诗和短篇童话为主。第二个阶段从2008年到2012年,谓之发展期,主要创作儿童童话,有童话集出版,并有多部作品获奖。从2012年开始,赵华进入创作生涯的高峰期,多部长篇儿童科幻小说和儿童童话集出版。赵华在作品中将民族性与西方化叙事相融合,创作出不少思想性与艺术性兼具的作品。丰子恺认为"儿童天真烂漫,性格完整,这才是真正的人"。赵华坚持的儿童文学创作也是寄予了一种对现代社会人的完整人格的追求。曹文轩曾这样表达他对文学作品的艺术追求:"小说又要做得美……儿童文学尤其是做得美;我对美很在意。是的,我很在意,并且有一种近乎偏执的向往和追求。"赵华的儿童童话总体上就呈现出一种"美",环境美,人心美,温暖朴素的爱在字里行间汩汩流动。而他的科幻小说则是将科幻与人文关怀相结合,用唯美的笔触、雅俗结合的语言书写出或是带有浓重民族情怀追忆历史,或是思考人类未来,或是呼唤美好人情人性的作品。

长篇系列科幻小说"亚特兰蒂斯四号系列"分为6部(《云族部落》《亚特兰蒂斯四号》《末世危机》《爱因斯坦切片》《彗星公主》《匈奴王复活》),6部作品的相同点是:将动物拟人化作为主角,叙写了它们为拯救自己的生存地域所历经的一系列奇幻故事;每一部都承上启下,延续上一个故事的结尾作为新故事的开始,首尾呼应,环环相扣。赵华用丰富奇特的想象、曲折有趣的故事情节和鲜明立体的形象塑造书写了各种不同的动物面临世界末世时的悲凉与辛酸、奋力拯救栖息地的艰辛和执着,表达出对忽视生态环境保护、贪婪攫取地球资源和恶意发动战争的人类深深担忧。清晰生动的描写中却也贯穿着生存危机的恐慌、绝望和虚无,揭示了不同物种对食物、资源和权力争夺的欲望,映射着人性的贪婪和卑鄙,警醒和提示人类:地球只有一个,大自然只有一个,保护好它们就是保护我们人类自己。

此外,赵华作品中流露出对中华优秀传统文化、道德价值观念的认同,非常重视对儿童的爱国情怀和民族意识的教育。抗战题材作品《魔血》属于"烽火燎原原创少年小说"首批八部作品之一,采用儿童小说的艺术形式来对抗战这段中华民族史进行书写,寄予了作者对当下少年儿童的殷切希望,让他们一起来面对这段历史,反思这场全民族的胜利,加倍珍惜和平。在《开元通宝》中,赵华写道:"中国人曾经在高山险谷上修建过万里长城,是坚忍不拔最吃苦耐劳的民族。"还有关于中国人传统的生死观的探讨:"生死一念之间,壮志未酬该当如何?"还有善恶观念的探讨,正所谓:"积恶余殃,积善余庆。怜贫惜老,天必佑之。"作者还探讨了文明的问题,文明的特征、文明与野蛮的区别、文明是否是先进物种对弱小物种的野蛮剥夺过程等一系列值得深思的问题。

朱光潜曾说,艺术家既要有匠人的手腕还要有诗人的心灵。赵华的儿童文学作品中充满了丰富的想象和奇特的幻想,形成各种曲折有致的故事情节,而夸张和讽刺艺术手法的运用则增强了其作品的艺术魅力。赵华曾在访谈中说道:"作为一个儿童文学作者,有三个方面一定要做到:第一,要有爱心,你的作品里面一定要有悲天悯人的善心、爱心;第二,要有非常舒服的想象力;第三,一定要有与生俱来的幽默感,无论你描写的是苦闷还是快乐,都要有幽默感。如果做到这三点,一定是非常优秀的儿童文学作家。"其实,赵华的作品还蕴含人性自由和万物平等的普世观念。有评论家说:"在万物和自我的悲悯中坚守儿童文学创作,光光头赵华既是单纯的也是唯美的,其科幻小说和童话是一种诗意的幻想与遨游。"

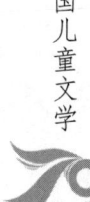

# 结　语

在梳理宁夏文学60年的过程中，我们欣喜地发现几代作家在儿童文学园地的精心耕耘和收获，在具体的研讨中也加深了三个方面的认识。

首先，儿童文学作家不仅需要一种天资聪颖的高尚情志，而且还要富有想象的才华和自由的思想。这是路展、吴音、李银泮、刘岳华、赵华等优秀儿童文学作家身上显现出来的共同品质。其次，在中国文学与儿童文学的总体发展中，宁夏儿童文学并没有缺席，并且形成了路展、李银泮、赵华等相互继承和开拓发展的多元景象，这是宁夏文学60年最值得肯定的宝贵财富。其三，多了对中国儿童文学发展不充分的忧虑。从晚清、"五四"启蒙思潮滥觞的儿童文学，关联着现代民主启蒙和人文精神的再造，一个民族和一个时代的文化发展必然指向儿童心智的健康发展。20世纪上半叶，在中西文化的现代交融中，鲁迅、周作人、冰心、叶圣陶、丰子恺等先驱奠定了儿童文学深厚的现代性文化内涵和艺术精神，但民族忧患的深重和极"左"政治思想的影响，百年中国儿童文学没有得以充分发展，也没有出现真正的伟大作家。严文井、郑渊洁、曹文轩等代表的中华人民共和国儿童文学活跃发展，但仍然与几亿青少年阅读群体的阅读期待存在着落差，更不要说与世界文学儿童文学总体成就之间的差距。宁夏儿童文学60年发展与中华人民共和国文学70年发展的历程都是曲折的，但成就是不容忽视的，特别是上述宁夏儿童文学代表性作家的创作更值得我们研究并致以敬意。

**[注释]**

①刘和芳：《回眸》，宁夏人民出版社2006年版。

②丁朝君：《当代宁夏作家论》，宁夏人民出版社2007年版。

③路展：《我是怎样喜欢上儿童文学的：兼谈童话〈雁翅下的星光〉的写作》《朔方》，1982年第7期。

④路展：《我是怎样喜欢上儿童文学的——兼谈童话〈雁翅下的星光〉的写作》，《朔方》，1982年第7期。

⑤⑥⑧吴音：《真诚的言说》，宁夏人民出版社2007年版。

⑦郎伟：《时代面影　仁者情怀》，见《真诚的言说》，宁夏人民出版社2007年版，第4页。

⑨方龙：《让童话的翅膀飞翔：刘岳华儿童文学作品研讨会纪要》《朔方》，1997年第4期。

（原载《黄河文学》2018年第6期）

# 新疆当代儿童文学创作概述

张佳婷　邹淑琴

新疆当代儿童文学创作主要集中于改革开放以来的近40年时间。新时期以来,新疆儿童文学创作进入了令人瞩目的热潮期,产生了一批优秀作家和作品。随着独具特色的新疆儿童文学在整个文学界产生越来越大的影响,以及在培育各族少年儿童精神气质层面所发挥的巨大作用,新疆儿童文学正在成为新疆当代文学具有研究价值的重要组成部分。本文主要梳理归纳了新时期以来有一定代表性的新疆儿童文学作品,并对具体作品进行了细致的分析,在分类归纳的基础上探究新疆当代儿童文学的丰硕成果和独特风格,并进一步思考当前和未来新疆儿童文学发展所面临的机遇与挑战。

一

新疆儿童文学之所以可以单独进行研究的一个重要原因是它拥有着独特鲜明的地域、民族特征,但不管怎样与众不同,它仍旧属于中国儿童文学的重要组成部分,深受中国文学界总体发展情况的影响。因此研究新疆儿童文学必须关注到它赖以成长的大环境——中国儿童文学,同时在此基础上关注到新疆儿童文学自身的独特之处。

纵观儿童文学界关于中国儿童文学的研究,可以得出一条被学术界充分认可的结论:中国的儿童文学并非自古存在,作为中国文学中一个独立形态的门类,它诞生于清末民初国家转型时期,是一个年轻的学科门类。这里所说的"中国儿童文学"是指现代意义上的儿童文学。对此朱自强在他的论文《儿童文学的知识考古:论中国儿童文学不是"古已有之"》中明确论证"中国的儿童文学这一观念,是从古代传统社会向现代社会转型的清末民初这一历史时代产生、发展起来的。在中国儿童文学没有古代,只有现代"[①],因此学界认为中国儿童文学的发展也只有百年历史。得出这一结论最主要原因是转型前的中国并没有现代意义上的儿童文学观,儿童被认为是"缩小了的成人"。

"五四"时期,儿童文学的理论先驱周作人提出"儿童本位观",由此促进更多的学者思考什么是真正的儿童文学,另外当时儿童文学的译介研究也产生了很大的影响。在此基础上,中国文学史上儿童文学创作研究的第一个热潮产生。代表作家有叶圣陶、冰心、张天翼、严文井等。中国儿童文学创作研究的第二个热潮发生在中华人民共和国成立后的十七年,这一时期国家稳定,教育、经济都在建设发展中,此时儿童文学担负起为新中国培育儿童的重要任务,因此儿童文学的创作研究发展繁荣,但此时由于政治历史及局势的要求,儿童文学的创作研究主要是以道德教化为主要目的,忽略了它审美性和文学性。改革开放后的新时期,中国儿童文学创作研究出现了第三个热潮。这一时期,思想空前开放,政治环境也很宽松,关于文学的独立性、审美性得到认可和解放,儿童文学开始冲破政治和教化的枷锁,向文学性和人性回归。在理论上儿童文学界重新思考"童心论""儿童本位"观念。中国儿童文学从创作到理论上空前繁荣,产生了大量优秀的作家,

如曹文轩、秦文君、张之路等。

上述关于儿童文学发展的三个热潮期中与新疆儿童文学密切相关的是第三个热潮期，即新时期儿童文学的发展。不得不承认，在前两个儿童文学发展热潮期，新疆儿童文学处在失声状态。历史、区位等客观原因使得我国经济文化中心在东南方，因此新疆儿童文学的发展在这一时期处在无意识状态，关于儿童文学的作品很少，能够产生影响力的几乎没有，这一点通过学界发表的关于新疆儿童文学的研究论文可以论证。通过查询学界发表的明确关于新疆儿童文学的论文主要有以下几篇：①新疆当代儿童文学的重要收获——基于《新疆儿童文学作品集》思考；②21世纪新疆儿童文学的发展与构建研究；③新疆汉族作家笔下的少数民族儿童形象；④论现代哈萨克族儿童文学；⑤新疆科学童话探析；⑥科普儿童文学的重要主题：读李丹莉文学作品集《小石头的梦想》；⑦快意恩仇的动物江湖：评刘乃亭童话《戴面具的小白狼》。这些文章几乎都是以新时期的新疆儿童文学为研究对象，可见新时期之前新疆儿童文学影响较小。同时从另一个方面也可以看出新时期以后尤其是20世纪90年代后新疆儿童文学出现了一个创作研究热潮。在新疆儿童文学作品创作和理论研究两个层面上，刘乃亭开启的儿童文学创作始于20世纪90年代，20多年来在全国各地报刊发表了大量的童话、小说作品，出版《小阁楼童话》《角马过河》等儿童文学47部，较有影响。赵光鸣在儿童文学理论方面造诣颇深，在宏观上指导了新疆儿童文学的发展。2002年新疆儿童文学研究会成立，新疆儿童文学走向了新的复苏。自此，一批作家开始进入儿童文学领域，形成了以刘乃亭、黄山、李丹莉、汪海涛、王功恪、茹青、左芳等相对成熟的儿童文学作家组成的创作队伍，之后出现了一批儿童文学作品。2012年《新疆儿童文学作品集》由新疆教育出版社出版，这是对近10年来新疆儿童文学领域所做成果的整理和总结。可见新时期尤其是21世纪以来，新疆儿童文学创作研究出现了一个地域性的热潮。

笔者认为出现这一热潮的重要原因是新时期儿童文学界的第三次创作研究热潮对新疆文学界的启发和影响。新时期，交通便利与网络通信技术发达使得交往联系更加快速和密切，文学、学术之间的交流、探讨更加频繁，促进了新疆儿童文学快速发展。具有独特地域性、多元文化性、民族特性的新疆儿童文学因其自身独一无二的鲜明特色正丰富着整个儿童文学界，并逐渐产生越来越大的影响。因此学术界积极探索研究新疆儿童文学有着必要性和重要价值。

## 二

新时期，尤其是21世纪以来，新疆儿童文学发展繁荣，产生了许多颇具特色又有一定影响力的儿童文学作品。研究这一时期新疆儿童文学的创作特点，了解新疆儿童文学目前的发展状况以及未来的发展趋势，笔者认为对已经发表的儿童文学作品进行系统的分类是很有必要的。本文基于《新疆儿童文学作品集》中对21世纪以来产生一定影响力的新疆儿童文学作品，从多重层面进行详细的梳理分类，并归纳分析出目前新疆儿童文学的创作特点。

第一类作品在塑造健康、优美的少数民族儿童形象的同时，赞美民族团结，歌颂民族之间美好友谊。作为祖国重要的一部分，新疆是一个多民族、多文化共同生长的地区，民族团结主题自然是新疆文学的重点抒写对象。儿童文学担负着培育熏陶新一代思想性格的重要使命，自然更是如此，这也正是新疆儿童文学作品的一个鲜明地域性特色。如茹青的儿童戏剧《会飞的巴郎》是这类中具有代表性的作品,她通过戏剧表现形式塑造了民族个性鲜明的维吾尔族儿童巴哈提,在爷爷的身体力行的教导下一步步成长起来,并在这一过程中表现了民族之间不分你我、互相关爱的深厚情感。这篇作品是为数不多运用戏剧形式的新疆儿童文学作品,值得关注。茹青的另一篇作品《甜甜的沙枣》通过讲述两位不同民族儿童之间相处与交往发生的小事,塑造了个性鲜明、温和大度的回族娃娃尕兵的儿童形象,展现了民族之间天然淳厚的情感联系。刘河山的《放风筝的童年》同样是一篇讲述多民族儿童之间密切交往的作品。作者以成人的视角回忆童年时期与小伙伴猎庶、发吐迈等一起放风筝的经历,回忆中是各民族儿童之间互相帮助、不分彼此的温暖画面。汪海涛的《骑白马的哈兰》,作品讲述了哈萨克族小男孩哈兰因为想要帮助小伙伴重拾信心而在赛马比赛中佯装受伤,将冠军让给自己小伙伴的故事。作品塑造了一位善良热心、乐于助人的哈萨克族儿童。冉红的作品《马背上的小太阳》讲述了在哈萨克族父母的爱与呵护下,俄罗斯小姑娘达拉波孜幸福成长的故事。歌颂了民族之间超越血缘的爱以及人性的美好。邬庆丰的作品《民族团结歌谣》中以众所周知的阿凡提和库尔班大叔的故事为素材,表现了"民族不分你我他,和和睦睦在一起"[2]的主题。

第二类儿童文学作品中对新疆地域文化、民俗、自然风光进行了书写,展现了多姿多彩、充满异域风情的新疆形象。位于祖国西北边陲的新疆,生活着多个民族,有着最丰富多元的文化,同时地理环境的丰富性使这里既有雪山草地,又有绿洲平原,自然风光独特壮观。塑造新疆美丽形象、传递新疆美丽形象是新疆文化工作者长期以来的一个潜在心理需求,因此新疆儿童文学作品中有一个重要的特点就是对新疆的地域民俗、历史文化、自然景观进行展现,这也反映了新疆儿童文学作家甚至是新疆作家在心理层面上对展现新疆形象、传递新疆形象的无意识或有意识的渴求。这类作品可以分为如下两个小类。

(1)通过对新疆地域民俗、历史的书写,展现新疆独特的人文景观。如李丹莉的《楼兰王国25点钟》,这是一篇充满奇思妙想的儿童小说。作品讲述了渴望逃离父母唠叨、功课束缚的小主人公凯撒尔意外地来到了300年难得一遇并且是25点钟的楼兰王国,在这里开始他充满奇幻色彩的探险。小说中穿插式讲述了楼兰古国曾经繁荣的历史画面,后来的它的衰败和消亡以及楼兰古城作为重要的历史文物被重新发现的过程。作品在契合小说整体奇幻色彩基础上,不经意间将关于楼兰古城的历史文化知识潜移默化地传达给小读者。黄山的短篇儿童小说《明净的草原》讲述了来到巴里坤草原支教的大学生杨巧儿与三个不同民族学生之间发生的动人故事。小说中对哈萨克族舞蹈"擀毡舞"进行了介绍和说明,并且将哈萨克族民歌《黑眼睛》融入作品中,使小说充满了民俗色彩。再如作家刘慧敏的儿童文学作品《美男子归顺江格尔汗》以新疆地区传统民间文学江格尔史诗为创作基础,结合适合儿童阅读的通俗易懂的语言和文体创作出新疆地域特色的儿童文学作品。

(2)通过对新疆自然风光的书写,展现新疆辽阔壮美的自然景观。李丹莉的童话小说《我要去看海》讲述生活在新疆阿尔泰山区的北山羊沫沫渴望去看海,最终它克服一切困难终于实现了自己的梦想。作品中对阿尔泰山进行了描写如"阿尔泰山已经有很悠久很悠久的历史了,这里有好大好大的一片森林,到处是参天大树,枝繁叶茂,枝干相连"[3]向小读者展现了新疆阿尔泰山区的自然风光。刘慧敏的作品《巴根和查干》以新疆精河草原为故事背景讲述了巴根与查干的爱情故事。作品中对新疆精河辽阔的草原、漫山漫谷的牛羊、清澈的河流进行了细致的描写,既讲述了充满鲜明民族地域色彩的凄美爱情童话,同时也将新疆草原自然风光展现到小读者的眼前,书写了充满异域风情的新疆形

象。茹青的儿童小说《沙海觅宝》以古尔班通古特沙漠为故事背景,讲述了四个不同民族儿童组成的探险队进入沙漠历经了各种磨难,最终找到"幸福宝石"的故事。作品中展现了壮观的新疆沙漠自然景观。诸如此类的作品还有很多。

第三类儿童文学作品主要对新疆地区的动植物进行知识性的介绍,同时在作品中向儿童传递爱护自然、人与自然和谐共处的环保理念。这一类作品从本质上来说也是新疆儿童文学通过文学作品对新疆形象进行展示,同起到向儿童普及新疆地区相关自然知识的作用,但值得研究者注意的是这些为数不少的作品中所蕴含的关于人与自然和谐共处的理念。如李丹莉的《伊利鼠兔的礼物》,这篇童话体的小说讲述了生活在雪山上的鼠兔邀请发现它们的科学家李维东来自己的王国做客,并且送给他很多来自鼠兔王国的礼物的童话故事。小说中对伊利鼠兔的外貌、习性进行了穿插式的介绍,让儿童读者在趣味中了解这一生活在新疆地区的小动物。另外小说通过鼠兔的话语如"我们是快乐的伊利鼠兔……希望与人类和睦相处""上次您给人们介绍我们的身世后,人们就开始保护我们了"④等向儿童读者传递出应当保护动物,和它们和睦相处的理念。宋正礼的作品《大红鱼》让大红鱼用第一人叙述自己遭到人们捕杀的恐怖经历。作品中对生长于新疆喀纳斯湖的大红鱼进行了介绍,并通过大红鱼的讲述引导儿童懂得保护动物、保护生态平衡的重要性。诸如此类的作品还有蒋南桦的《盘羊:天下奇羊体大如驴》等等,这里不再一一列举。

上述三类作品从各个方面带都带有鲜明的新疆地域色彩,它们也是最能够彰显新疆儿童文学创作特点的作品,但是还有一类作品也同样拥有着无法替代的价值,即那些没有涉及新疆地域文化的特殊性,主要是通过各种文体、各种题材对儿童进行智慧、道德教育培养的作品。这样作品很多,如刘乃亭的《角马过河》塑造了角马小儿子勇敢、智慧、勇于牺牲的形象;《老鸦保姆》通过对贪得无厌、不知感恩老鸦的描写,教育儿童要有满足与感恩之心;黄山的短篇童话《小熊美美》以生动活泼的语言引导儿童要体会理解父母的爱;李丹莉的作品《小石头的梦想》告诉孩子们要心怀梦想、坚强地面对生活磨难;刘慧敏的作品《被拖走牙齿的看看》教育儿童要讲究个人卫生、保护牙齿;赵常胜的作品《天鹅今年不迁徙》通过讲述安于享乐、不思危难的天鹅的故事,告诉儿童要勤奋进取、积极上进。诸如此类的作品很多。这类作品集中体现了新疆儿童文学与内地乃至世界儿童文学之间的共通特点,即表达儿童独特的心理、成长过程,以及成人视角下儿童世界的美好,等等。

## 三

通过上述作品分类梳理,可以发现新疆儿童文学在创作方面呈现出以下几个特点。首先,新疆儿童文学在创作文体上呈现出丰富性和完整性,小说、诗歌、散文、戏剧应有尽有。其次,新疆儿童文学有着鲜明独特的地域性。作品中塑造的少数民族儿童形象、赞美民族团结以及对新疆历史民俗的书写,对新疆自然风光的展现都体现了作品具有鲜明地域性,而且这一点在整个儿童文学创作界也是一个很独特的现象。因为很少有哪个区域的文学会像新疆儿童文学这样带有如此鲜明的地域特性。最后,新疆儿童文学在整体上非常重视作品对儿童的培养教育意义,并且它所关注的不仅是儿童的思想品德、价值观念,还有对儿童多层面知识体系的建构。表现民族团结、知识性的介绍新疆动植物、展示新疆的历史文化都是这一特点的具体表现。

新时期以来,新疆儿童文学取得令人欣喜的成就:儿童文学创作团体越来越成熟并且在不断壮大;儿童文学作品硕果累累;新疆本土青年作家创作的儿童文学作品在整个文学界也产生越来越大的影响,李丹莉科学童话专辑《智慧花园》荣获全国第三届优秀科普作品银奖,实现新疆这一领域零的突破;刘乃亭的《小阁楼童话》荣获第五届"天山文艺奖";黄山的两首儿歌《吃饺子》《小杯子》被收入《中国儿童文学大系》等等。但是在看到进步发展的同时, 我们也应当承认新疆儿童文学的发展中依然存在的局限性和不足之处。笔者认为新疆儿童文学的创作中有以下两点可以进行进一步完善和发展。

首先是作品的"儿童性"问题。在整个文学系统中,由于面对"儿童"这一特殊读者群,儿童文学在形式、语言、内容等方面都区别于成人文学,正如周作人、郑振铎对儿童文学定性"以儿童本位的,儿童所喜爱所能看的文学……儿童文学应当顺应和满足儿童之本能的兴趣和趣味"[5]。

尽管近年来学界出现了"儿童反儿童化""童年消逝"等与"儿童性"不相一致的观点,但笔者认为"儿童本位观""儿童性"在儿童文学创作过程中依然应当受到重视,因为正是这特性将儿童文学与成人文学区分开来。新时期以来,新疆儿童文学创作取得很大的成果,出现了一大批能够以"儿童本位观"为指导的优秀作品,但我们也应当看到,在一些作品中仍然存在着脱离儿童趣味,或者没有将知识性与趣味性紧密结合的作品。例如蒋南桦的动物系列作品,教育性、目的性过强以至于在内容上缺乏趣味性,很难引起儿童读者的阅读兴趣。

其次,新疆儿童文学最大的特点是它具有鲜明的地域性,这也正是它的优势所在。上文中,通过对第二类作品的梳理发现,目前新疆儿童文学在新疆形象的展现方面主要将注意力更多地放在自然风光的书写上,关于地域民俗的书写较少,而地域民俗正是彰显新疆儿童文学作品地域特色的重要部分。笔者认为形成这一现状的主要原因是目前新疆儿童文学创作队伍中,少数民族作家较少,懂得双语并有较强翻译能力的人才也不多,而他们在书写新疆民俗方面有着更大的优势,这点有待进一步完善和发展。

随着新疆儿童文学在全国儿童文学界影响力的逐渐增大,笔者认为目前创作者面临的另一个问题是如何将新疆地域民俗充分融入儿童文学作品中,同时能够满足更大范围儿童的审美趣味,在体现自身特殊性的同时,让新疆儿童文作品不仅在本土地区而且在整个儿童文学界获得越来越多的认可。

新时期以来,作为新疆当代文学的一部分,新疆儿童文学书写了多姿多彩的一章,它担负起了培育新疆少年儿童精神气质的责任,在立足本土化的文学追求中,不断丰富艺术形式和审美格局, 创作出大量紧贴时代的优秀作品。我们看到它取得累累硕果的同时,也应当反思存在的问题,在不断完善中不断超越。新疆儿童文学正以青春蓬勃的状态行走在前进的路上。

**[注释]**
①朱自强:《儿童文学的知识考古——论中国儿童文学不是"古已有之"》,《当代评论》2014年版。
②邬庆丰:《民族团结歌谣》,刘乃亭、赵光鸣:《新疆儿童文学作品集》,新疆教育出版社2012年版。
③李丹莉:《我要去看海》,刘乃亭、赵光鸣:《新疆儿童文学作品集》,新疆教育出版社2012年版。
④李丹莉:《伊利鼠兔的礼物》,刘乃亭、赵光鸣:《新疆儿童文学作品集》,新疆教育出版社2012年版。
⑤蒋风:《中国现代儿童文学史》,河北少年儿童出版社1987年版。

(原载《新疆艺术(汉文)》2018年第6期)

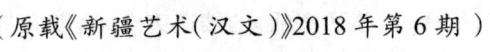

# 走向 21 世纪的香港儿童文学

蒋 风

## 香港儿童文学的历史考察

香港虽然早在 100 多年前就沦为英帝国主义的殖民地,但它毕竟与内地唇齿相依,而且绝大部分居民都是炎黄子孙,有着深厚的中华文化底蕴。共同的文化传统,共同的语文环境,孕育了具有血缘关系的文化背景,因此香港儿童文学的发展与整个中国儿童文学的历史发展基本上是同步的。不过毕竟香港面积较小,又曾属殖民地性质,所以它的发展要比大陆慢得多。

从香港儿童文学历史看,有本土色彩的儿童文学还是 20 世纪 80 年代以来的事。过去虽也出版过一些本地的儿童读物,但大多是内地儿童读物的翻版或改写;历年来也不断有儿童报刊在香港创刊,但很少有高质量的儿童文学作品发表,且刊物的寿命都不长。第二次世界大战以前的香港,发行量较大的儿童刊物还是来自上海的《儿童世界》(商务)和《小朋友》(中华);书店里陈列的也是来自内地创作的作品,如《稻草人》《寄小读者》之类的读物。当年的香港儿童更多的是从语文课里读到冰心、叶绍钧、许地山、朱自清等作家创作的节选或改写,是从课内开始接触儿童文学作品的。

近一个世纪以来,香港儿童文学从无到有,走过了一条漫长的波浪形发展的道路,有过两个十分明显的高峰:一是受抗日战争和解放战争影响的 20 世纪 40 年代;一是香港儿童文学观自觉开始的 20 世纪 80 年代。

1937 年"七七事变"后,爆发了全面抗击日本侵略入侵的抗日战争。受战火蔓延的影响,尤其是作为中国儿童读物出版中心的上海沦陷之后,大批文化人南迁,其中有不少热心儿童文学的作家纷纷来到香港,激起了香港儿童文学的第一个高峰。这时的香港,成了中国文化人的集散地。正如卢玮銮女士所说:"他们有些路过,以香港为转赴后方的中途站,例如章乃器、郭沫若等;逃避战火,以香港为暂居之所,例如萧红、施蛰存、端木蕻良、叶灵凤等。有些以香港为主要宣传基地,办报及从事出版事业的,例如范长江、萨空了、成舍我、金仲华、茅盾、戴望舒等。他们这一来,有点排山倒海的姿态。出版的杂志及办的报纸,均带给本港读者一种全新印象。"(《香港文纵》15 页)在这样一个文化大背景下,他们给香港儿童文化带来了勃勃生机。在儿童文艺园地上耕耘过的园丁,如写过童话《小雨点》的陈衡哲,创作过童话并撰写过不少儿童文学论文的茅盾,编导过儿童故事影片《迷途的羔羊》的蔡楚生,早在 20 世纪 30 年代就写过儿童小说《小黑狗》《小六》的萧红,翻译过《苏联童话》的楼适夷等,这期间都聚会在香港,为香港播下了第一把儿童文学的种子。可是由于烽火连天,颠沛流离的行脚尚未安顿好,都还来不及认真地关注到一向被人们所忽视的儿童文学这片嫩芽，又因太平洋战争日军占领香港而失去大好时机。1945年日军投降，国共矛盾加剧，国民党政权对进步文化人的迫害随之加剧，又有大批文化人来到香港，香港的儿童文学才真正出现生机。

这时，有不少热心于儿童文学的作家在这片处女地上开拓、耕耘。例如——

谢加因，笔名加因。1941年初到香港，先在香港文艺通讯社工作，当年就写了《偷火者的故事》，在桂林文化供应社出版，写了寓言《鹦鹉》《促织》，在香港《华商报》晚刊上发表。20世纪40年代，他还写了童话《阿丽的日记》（1947年香港新民主出版社）、《小米鼠》（1948年香港中原出版社）、童话剧《时间——生命的钥匙》（1948年《新儿童》半月刊），此外，还在香港初步书店出版了童话《圣诞老人的礼物》《金鸭王子》《洋囡囡奇遇记》《阿丽丝漫游童话国》等，是当年香港儿童文学文苑里的一位活跃分子。

胡明树也是当年活跃于香港儿童文学文坛的一位作家，先后主编过《儿童月刊》《学生文丛》《少年时代》等刊物，写了长篇童话《小黑子失牛记》（1947）、儿童诗集《微薄的礼物》（1947）、长篇童话《海滩上的装甲部队》（1948）、《小黑子流浪记》（1949）等。

以《虾球传》而驰誉文坛的黄谷柳，1947年10月应夏衍之邀约，在《华商报》副刊"茶亭"上发表了长篇连载《虾球传》。这是描写小流浪儿虾球的一段曲折的经历，展现了香港、国统区、游击区的广阔生活画面。作品一发表就受到港人的好评，被小读者广为传诵，也受到大读者的青睐。1948年，作者又在"茶亭"上连载中篇童话《大笨象旅行记》。

抗战胜利后，司马文森也受到反动政治的迫害，转移到香港，这位关心孩子的作家，也写下了《菲律宾梦游记》等儿童文学作品。

被香港小读者亲切地称为"云姐姐"的黄庆云，是1941年开始儿童文学创作的。1941年6月《新儿童》在香港创刊，她就与这个受孩子欢迎的半月刊结下了不解之缘。太平洋战争爆发后，她随刊迁到桂林，日军投降后又迁到广州。因受到迫害，她又随刊回到香港。这位献身儿童文学事业的女作家，20世纪40年代在香港进步教育出版社出版了童话集、儿童小说集、诗歌、剧本及翻译，包括《庆云童话集》《庆云儿童故事集》《中国小主人》等20多种。

还值得特别一提的是，新文学运动健将许地山，这时期也在香港大学任教。《新儿童》创刊之际，他就写了童话《萤灯》和《桃金娘》。据黄庆云回忆："从前，他只翻译过童话，而这时，要写出中国风格的童话来。他不但在这两篇童话里在结构上吸收了童话的特点，在语言上保持了他的独特风格，而且在知识性上面也力求准确。"他还曾诚恳地对黄庆云说："我们要创造自己的童话。我是研究印度文学的，不能不受印度文学的影响，然而，我们是要走自己的路的。"直到许地山逝世的前一天，黄庆云还坐在他家里等《桃金娘》的清样。要不是早逝，许地山必然会写出更多更好的童话，为香港儿童文学做出更重要的贡献。他的名篇《落花生》直到今天仍被选入各种版本的小学语文课本，教育着一代又一代的中国孩子。

除上面列举到的作家外，还有华嘉、吕志澄、陈残云等，从四面八方汇集到香港，形成了一支不小的队伍。相似的爱好，共同的目标，把作家队伍中热心儿童文学者组织起来，中华全国文艺协会香港分会于1947年5月成立了一个儿童文学研究组，掀起了一个华南儿童文学运动，为香港儿童文学史写下了辉煌的一页。

在这一儿童文学运动中，《新儿童》是个重要阵地，它以南方各省和海外华侨儿童为主要对象，发行几乎遍及全国各地。所刊儿童文学作品内容丰富、形式多样，得到许地

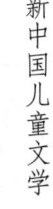

山、黄谷柳、金近、包蕾等名家的支持。还设了"云姐姐信箱"，为孩子们解答疑难问题，更受到小读者的欢迎。

在华南儿童文学运动大潮的推动下，香港各大报纷纷出版儿童特刊，以争取读者，如《华侨日报》的"儿童周刊"、《星岛日报》的"儿童乐园"、《大公报》的"家庭"也辟有四分之一版面作为"儿童园地"，《文汇报》的"新少年"等，为香港儿童文学的萌发立下了汗马功劳。

在各儿童报刊的推动下，儿童文化活动蓬勃展开，如1949年4月，《新儿童》《儿童周刊》《儿童文学连丛》《学生文丛》《香港学生》等刊物就曾组织了一次旅游活动，有500多名小读者参加活动，借渔民学校举行游艺会，有歌、舞、傀儡戏、讲故事等活动，加强了与小读者的联系，并让作家借以接触孩子，了解他们的生活和心理。这对整个香港儿童文学运动无疑也是一大促进。

在香港儿童文学史上，20世纪40年代是个黄金时代，但也存在明显不足：一是创作队伍不是土生土长的，流动性大，不稳定；二是给孩子们提供的精神食粮，改写改编的多于创作的，如《列宁的童年》《可爱的东北》《俄罗斯童话》《金河王》《名人传记》等都是译编或改写的；三是有生命力的作品不多，达到《虾球传》这样艺术水平的作品屈指可数；四是忽视儿童文学评论工作，儿童文学理论建设更是一片空白。

任何事物的发展总是需要有一个过程，香港儿童文学也不例外，走过40年不短的路程之后，到20世纪70年代末，香港儿童文学开始走上自觉阶段，到20世纪80年代就出现了第二个高峰。

香港儿童文学的自觉始于20世纪70年代，从"公仔书"的危害认识到儿童文学的重要意义。所谓"公仔书"就是连环画书。20世纪70年代香港大街小巷的书报摊上，到处陈列着林林总总的"公仔书"，其中充斥了大量宣传暴力和色情的内容，如《小流氓》《小吧女》《吧女正传》《玉面金刚》《铁血螳螂》等。从封面设计到内容，充满暴力、强奸、色情、淫秽的画面，引诱儿童及青少年堕落，甚至走上犯罪道路。这类"公仔书"当时每月销售量高达150万册，多么惊人！还有日销售量也达百万册，从日本进口或盗版的日本画书，也是有着宣传暴力和色情为主，淫污和血淋淋的画面达到触目惊心的地步。这些书以它浅显、通俗、故事性强的特点，而且往往有一个固定的人物形象，经过书摊长年累月的营销，深入每个小读者心目中，销量可观，因此书商趋之若鹜，被那些居心不良的商人当作摇钱树。据老港人说，当年随处可买到的《小流氓》《小吧女》，是全港最畅销也最淫秽的刊物，严重毒害了我们的下一代，引起成千上万家长的不满。为抵制这类有如洪水猛兽的读物继续泛滥毒害年幼一代，公众才猛然警觉到香港的孩子太缺少健康的儿童读物了。1980年12月24日，香港一些文化团体和家长沉痛地发出了"救救孩子"的呼声。接着香港儿童文化界人士阿浓、何紫、王柏、韦惠英、司徒华、马荣陞、张绍严、刘兆源、吴明钦、张楚勇、何小玲等人会同新雅文化公司、香港教育专业人员协会、中文运动联合委员会、儿童乐园、红苹果月刊、突破少年、小朋友画报等单位，联署发表呼吁书，希望全社会"关注少年儿童的精神食粮"，吁请政府当局和社会各界重视儿童文学和儿童读物，这呼声本身就体现了香港儿童文学开始走向自觉。

这种自觉体现在社会各界关心儿童文学的人多起来了，吸引各行各业人士都拿起笔来为孩子们写作品，其中有幼儿园老师、中小学教师、编辑记者、书店老板、图书馆员、旅行社的秘书导游，当然还有作家、画家，为儿童文学作家队伍建立了一支广泛的后备军。

这种自觉也体现在儿童文学作家有组织起来的要求。为了切磋交流，在 1981 年年初的一个座谈会上，与会者深感香港应有一个专门团体，把关心儿童文学的人组织起来，更好地为孩子们做点工作，于是便在何紫、阿浓、吴婵霞、韦惠英四人的推动下，于当年11 月建立了香港儿童文艺协会，并开展了一系列与儿童文艺有关的活动。

这种自觉还体现在社会对儿童文学创作的鼓励。进入 20 世纪 80 年代后，香港设立了不少儿童文学奖，其中规模较大的有 1981 年香港市政局举办的"中文儿童读物创作奖"，1983 年由香港儿童文艺协会举办的"儿童文学创作奖"，1985 年由新雅文化事业有限公司举办的"儿童文学创作奖"。这些经常举办的奖项，对鼓励创作、发现新人、提高质量起到了很好的作用。

这种自觉还体现在更多儿童报刊的创办上，20 世纪 80 年代香港又涌现了许多新的儿童报刊，如《晶晶乐园》（1980）、《小小红苹果》（1986）、《白羚羊》（1985）、《阳光之家》（1986）、《香港新一代》（1986）等，1989 年香港有史以来第一家《儿童日报》问世。

在这种自觉的儿童文学观的氛围中，香港儿童文学质量、数量不断提高，涌现了不少好作品，如何紫的《别了、语文课》，吴婵霞的《姓邓的树》，阿浓的《家在公厕》，东瑞的《琳娜与嘉尼》，陈文威的《给圣诞老人送礼物》，宋诒瑞的《沙沙的生日礼物》，周蜜蜜的《想飞的高高》，潘金英、潘明珠的《香港无名兽》等，标志着香港儿童文学开始走向成熟。这也说明进入 20 世纪 80 年代的香港儿童文学在它自己的发展史上出现了第二个高峰。

## 香港儿童文学的现状

进入 20 世纪 90 年代以后，香港儿童文学的现状又如何呢？

不久前，香港儿童文学作家东瑞发表题为《我看香港儿童文学——兼贺〈儿童文学艺术〉试刊》一文，做了简要的回答："任何有生命的东西，其脉搏的跳动总呈现有规则的波浪形。香港的儿童文学也是如此，20 世纪 60 年代个别作家的孤军作战，20 世纪 70 年代末儿童文学组织的发轫，20 世纪 80 年代儿童文学的风起云涌，带来儿童文学出版的黄金时代，20 世纪 90 年代的衰落、整顿……"造成香港儿童文学 90 年代走向衰落的原因，东瑞认为是颇为复杂的。他虽未做系统的分析，但已在文章中作了种种阐释，概括起来有以下几条：

（1）何紫先生的病逝；

（2）由于形势促使有几位儿童文学作家移民离境；

（3）儿童文艺组织宗旨改变，人事变动；

（4）人们的价值观变化，文学不再被视为神圣的职业，作为"小儿科"的儿童文学，更是被不屑一顾。有的作家则浅尝辄止，感到这是一条艰苦的路，走了一小段就放弃了；

（5）报刊园地太少；

（6）出版社认为出版儿童文学创作无利可图，更不愿冒风险出版不出名的新人作品。

由于上述种种因素的相互作用，形成恶性循环，因此进入 20 世纪 90 年代以来，香港儿童文学创作越来越萎缩，呈现一种衰微的态势，甚至可能出现断层或断代的危机。

东瑞是香港儿童文学文坛老将，熟悉内情，他的分析是符合实际的，也是有道理的。问题是对这种衰微的趋势如何分析。

从东瑞的文章看，他的看法中流露了一种悲观的危机感。我同意他对香港儿童文学现状的分析，但我比他乐观。我认为香港儿童文学出现衰微的状态是暂时的，很快就会

改变,前景是光明的。我的理由是:

### 1. 有儿童就会有儿童文学的生命

儿童对文学的需要是不会枯竭的。香港有 150 多万少年儿童,他们需要优秀的世界儿童文学的熏陶,他们也需要多彩的中国儿童文学的滋养,他们更需要有本土色彩的香港儿童文学的营养。这种需要会随着经济生活的提高而提高,也更迫切。儿童的生命之树常绿,香港儿童文学的生命也决不会衰竭。

### 2. 儿童文学的重要意义越来越被人们认识

儿童文学具有教育、认识、审美、娱乐四大功能,它对小读者具有愉悦的作用,能产生美感效应。好的儿童文学作品会给孩子们好的影响,而且这种影响是潜移默化的、极其深远的。童年读过的一部好的文学作品,往往毕生难忘,甚至影响他的一生。因此,有人认为儿童文学是人生最早的"教科书"。随着时代的进步、经济的发展,儿童文学越来越被人们所关注和重视,香港也不例外,1995 年在香港艺术发展局的资助下,日月出版社创办了大型的纯文学的《香港儿童文学艺术》杂志就是例证。

### 3. 已经形成一支相当稳定的作家队伍

正如东瑞所描述的,香港儿童文学到 20 世纪 60 年代还是孤军奋战的局面,可是它从无到有,从小到大,到今天已形成一支相当稳定的不小的队伍。尽管近几年有少数对形势认识不足而移民到国外的,但毕竟是个别的,而且如今也有移民到境外而又回港工作的儿童文学作家,而且干得很起劲,很出色。有目共睹,香港儿童文学作家是一支有实力的队伍,吴婵霞、阿浓、东瑞、陈文威、宋诒瑞、陆赵钧鸿、杜渐、许显良、凌雁、范剑、汉闻、潘明珠、潘金英、林中英等,都是香港孩子所熟知的作家,早年名闻全港的"云姐姐"老作家黄庆云也在香港定居,不断为孩子创作出新作品来,还有广州的关夕芝近年也在香港工作。部分香港作家,如舒巷城、梅子、陶然、陈娟、夏易等,虽是偶一为之,也常为香港孩子提供精彩的作品。更可喜的是香港有一支年轻的儿童文学作家队伍开始崭露头角,如周蜜蜜、小麦子、谢理玲、谢理敏、萧尔锴、廖仲旋、李霭璇等。这批新手出手不凡,显露了他们的才华。这是香港儿童文学的希望。有这样一支老、中、青结合的队伍,香港儿童文学重振雄风是指日可待的。

在谈到香港儿童文学作家队伍时,人们不会忘记 1991 年谢世的何紫。他一生为香港儿童文学建设呕心沥血,为孩子们辛勤写作,编儿童文学报刊,自办出版社,培育年轻作家,发起并筹建儿童文学文艺协会,促进境内外儿童文学交流等,做了大量有益的工作。他对香港儿童文学的建设,功不可没。在分析香港儿童文学的现状时,抚今追昔,不能不在这里大书一笔,以示悼念。

### 4. 有一个相当繁荣的儿童读物市场

走过香港的大街,到处可以看到书店,陈列着琳琅满目的儿童读物,街头巷尾的书报摊上也处处可以买到印刷精美的儿童报刊。

比起内地来,香港是个仅 1066 平方千米的弹丸之地,人口也不过 600 万左右,出版儿童读物的机构却有数十家之多,大家比较熟悉的有新雅文化事业有限公司、山边社、明华出版公司、教育出版社、雅苑出版社、绿洲出版社、世界出版社、晶晶教育出版社、绿叶出版社等,还有上海书局、绿岛、文光、启思、中流、大光、万叶、宏图、启明、海鸥、骆驼、牛津、人光、海青等,也都出版儿童读物,而且还不断有新的儿童读物出版机构诞生,如不久前开业的青田教育中心。

其中特别令人注目的是新雅文化事业有限公司,它的出版物品种多,涵盖面广,每个年龄段的儿童都可以在新雅中找到自己的读物,且印刷精美,装帧考究。它的发行网不限于书店,还进入了百货商店和超级市场,几乎遍布全港,且远及东南亚以至全球的华人居住区,是全港最具规模、业务蒸蒸日上的少年儿童读物出版机构。前不久,它又聘请香港著名儿童文学家吴婵霞担任总编辑,她以行家里手开拓业务,提高儿童读物的质量,努力加重文学色彩,除精心挑选出版了《世界儿童文学名著系列》《世界名著之旅系列》《中国文学名著系列》《西顿动物故事系列》《世界得奖图画故事丛书精选》《世界童话卡通精选》等成套名家名作系列读物外,还特别重视当地的儿童文学创作,出版了精装的《香港儿童文学作家作品系列》,搜罗了包括老、中、青三代香港儿童文学作家的力作,如何紫的《美味的"丑东西"》、阿浓的《我家的故事》、吴婵霞的《会哭的鳄鱼》、黄东涛的《不愿开屏的孔雀》、宋诒瑞的《饮品机风波》、黄庆云的《九龙,九龙》、潘金英的《小明星格格》、周蜜蜜的《方华的"神奇女侠"》、刘素仪《二减一得我》、黄开的《小狼狗的梦》和《字母小灵精》等。这套丛书主题各异,插图优美,是极具代表性的本土化的儿童文学作品,充分反映了20世纪90年代香港儿童文学的风貌。这也说明没有必要对香港儿童文学现状作悲观的估计。

以上这些情况可以看出,香港儿童读物市场虽然竞争很激烈,但市场还是繁荣的,而且从中透露出儿童文学创作繁荣的前景。

基于以上认识,香港儿童文学衰微的现状只是暂时的,且已具备了重新兴旺的物质基础。我们期待着香港儿童文学第三个高峰早日到来。

我对香港儿童文学现状的乐观分析,不等于说香港儿童文学已是万事大吉。以高水平来要求,尚存在许多不足,主要有:

1. 儿童文学作品的艺术质量有待进一步提高

一般讲,香港儿童读物比较注重印刷、纸张、装帧方面的质量,而忽视作品的艺术质量。近20年来发表和出版的作品数量也不少,但形象生动、主题深刻,又富浓郁生活气息的作品不多,经得起时间考验而能传之十世的作品可能是凤毛麟角。香港至今尚无专业的儿童文学作家,大多是编辑、记者、大学教师、公司文员的业余第二职业,这些人与儿童生活有一定的距离,对儿童的了解不深不细,而题材却又往往是从儿童身边的生活琐事落笔,因此作品反映的生活面较狭窄,反映生活的深度也不够,很难举出一两个活在小读者心中的人物形象。这些都说明香港儿童文学虽开始走向成熟,但还有待于在艺术品位上努力,更上一层楼。

2. 作品的形式比较单一

要是随意巡视一下香港的儿童读物,真会给人一种眼花缭乱的感觉,那五彩缤纷的封面,那开本不一的装帧,特别是低幼读物,什么活动概念图书呀,什么幼儿趣味书呀,什么幼儿生活丛书呀,什么幼儿故事丛书呀,幼儿故事中又分什么童话故事系列、心理故事系列、德育故事系列、安全故事系列、礼貌故事系列、动物故事系列……还有识字卡、手工书、拼图册、玩具书、游戏本、概念书……真是五花八门,目不暇接。但只要是仔细审视一番,就会发现作品的形式还是比较单一,各个出版社都热衷于出版低幼儿童读物,大概是好销利厚的缘故。从儿童文学作品看,多数是二三千字的短篇故事,中篇很少,长篇没有。从体裁看,故事、小说较多,童话、诗歌有一点,科学文艺、儿童戏剧、儿童影视文学就很难找到了。

**3. 评论和理论的贫乏**

创作和理论是儿童文学的两翼,缺少一翼,儿童文学是起飞不了的。所以评论和理论的工作做不好,儿童文学要繁荣发展是不可能的。香港儿童文学理论和评论历来都比较薄弱,几乎是一片空白,这显然是一种不健康的现象,造成这种症结的原因,也是多方面的。

(1)香港的大专院校至今未将儿童文学列入中文系和教育系的教学计划,因此科班出身的儿童文学学者缺乏,这一领域缺少人去关注并进行研究。

(2)出版机构从销售利润着眼,儿童文学理论和评论著作的读者面窄,不好卖,因此出版单位不愿出这一类著作。

(3)除了《香港文学》和《文汇报》偶尔发表一篇儿童文学评论外,其他报刊很少发表这类文章。

(4)一般读者认为读理论文章枯燥乏味,不愿阅读,连儿童文学作者也认为不读理论文章照样可以搞创作,读了之后反而被牵着鼻子走,束缚自己的思想,不愿读这类文章。

# 展望明天的香港儿童文学

21世纪的香港儿童文学将是怎样的风貌?

香港回归祖国,成为社会主义中国的一个特别行政区。它背靠着经济腾飞的中华巨人,本身又是经济繁荣的自由港,可以预期,建立在这样历史文化氛围下的香港儿童文学必将进入前所未有的高速发展阶段。

我们期待着21世纪的香港儿童文学朝着下列几个目标发展:

(1)创造具有中国文化深厚内涵而又有香港本土色彩鲜明特征的儿童文学,使它成为一种与大陆儿童文学有互补关系的儿童文学。

(2)真正体现文学本质特征的高品位的儿童文学,不仅在数量上更在质量上显示自己的整体力量和水准。

(3)在年龄层次上,有适于婴儿的文学,有适于幼儿的文学,层次配套,门类齐全,多姿多彩,成为一个完整的系列。

(4)在格局上教育型与游戏型并重,并且互相渗透融合,成为既具艺术魅力又有教育意义的优秀读物。

(5)加强儿童文学理论与评论工作,填补原来存在的那片空白。

(6)加强与内地、台湾地区,以及国际间的儿童文学交流。

实现上述目标,香港儿童文学需要完成以下三个转变:

**1. 从重装帧精美到重内容丰富充实的转变**

香港的儿童读物装帧,包括儿童文学读物在内,一向非常考究,今后既要继续保持这一特色,还要更加关心内容的扎实,做到丰富多彩。完成这一转变,当然离不开出版社各方面的努力,但更要靠香港儿童文学作家自觉地加强自身的文学艺术修养,特别是提高自己的美学素养,即在创作过程中,不断提高对美的本质的认识、美的规律的运用、审美标准的掌握以及美学思想表现的能力和水平。

**2. 从品种单一到花色门类齐全的转变**

香港受市场规律的制约,往往利润高的品种一哄而上,亏本生意没人做,因此品种单一的问题是个不易解决的难题。这需要文化行政部门多做点协调工作,制订一些必要规则,引导作家分工完成,更需要出版部门齐心协力,为下一代的健康成长,多承担一点责任。

3. 从偏于创作到创作和理论齐头并进的转变

香港儿童文学创作经历了 20 多年的奋斗,逐步走向成熟。理论和评论的滞后,一定会制约创作的进一步发展。因此培养儿童文学理论人才是当务之急。

让儿童文学进入大学课堂是必要的一步。尽管香港大学和中文大学校外课程部都曾开设过儿童文学课程,可惜都不经常。据说希望选修这门课程的人数也不少,但终因缺乏师资而不能列入中文系、教育系的必修或选修教学计划。这是大不利于香港儿童文学人才培养的。

从长远来看,希望设有中文系或教育系的院校,都能把儿童文学正式列入教学计划,培养出大批土生土长的儿童文学学者,完成从偏于创作到创作、理论并重的转变。

繁荣香港儿童文学事业是一项十分繁杂的千秋大业,实现上述列举的目标,完成以上三个转变,仅是举其要而已。要做的事还很多,例如为适应电子信息时代孩子们沉迷于电视荧屏前的状况,如何把他们吸引到书本上来就是一门大学问,这是一个方面;另一个方面,如何扩展儿童文学传播的渠道,加强与光碟、录音带、录像带、电台、电视、电影等多媒体的结合,也是儿童文学走向 21 世纪的一条广阔的渠道。香港儿童文学界大有作为,可探索出更好的结合道路,创造总结出更多的经验。

21 世纪的曙光已在闪烁,回归祖国后的香港充满着对明天的希望。站在"第三次浪潮"时代尖端的香港儿童文学,出现第三个浪峰是可以预期的。儿童文学作为香港最有希望的事业之一,我们期待着它在走向 21 世纪的进程中创造明天的辉煌。


(原载蒋风著《儿童文学史论》,希望出版社 2002 年版)

# 香港儿童文学的多元书写

方卫平

香港公共图书馆自 1991 年开始举办"香港中文文学双年奖",旨在表彰香港作家的创作成就,鼓励及推动香港中文文学的创作及出版。通过参与评奖工作,我近距离地了解、感受了当下香港儿童文学的艺术样貌和发展现状。

## 本土文化与生活的多元呈现

香港儿童文学的读者年龄跨度很大。除了图画书、儿童诗、儿童小说和童话之外,表现大学乃至都市青年生活的作品,也被列入较高年龄段儿童读者的童书行列。因此,作品的书写题材也十分多样,既有丰富具体的生活现实,也有异想天开的奇幻故事。

这些作品充满香港本土生活与文化的浓郁气息:有的表现内陆移居香港家庭孩子的特殊生活体验,有的书写香港不同社会阶层少年的生活与情感,有的涉及香港历史想象,有的表现香港教育背景下大学生活与青春情感,还有香港标志性的警匪片题材等。透过这些作品,我们看到了香港过去与现在鲜明的生活痕迹,也看到这座城市里孩子们的喜乐忧伤。

我们也能从一些作品所呈现的内容和情怀中,看到香港本土文化的印迹。比如图画书《Number Do 数数》和《Ears Hear 耳朵听见》,其中的中英双语配合叙事以及配附的"英、粤、普三语 CD",反映了具有香港特色的儿童生活与学习环境。有心的读者也可从中看到香港中文儿童文学某种特殊的生存背景和发展境况,以及这类童书对于香港中文文化传承的特殊意义。

当然,相比于作品中的香港元素,我更看重的是作家们在呈现相应的生活和幻想内容时,所展示出来的童年文学的艺术智慧。在这一点上,香港儿童文学的作者们也让我看到了他们在发掘本土文化的多元素材时,所展示的同样多元的艺术追求。

## 小说艺术的多元可能

香港儿童和青少年小说的艺术呈现多样性。

作家阿浓的小说《幸福穷日子》的题材和主题有浓郁的本土文化色彩,叙事真诚,语言清新,尤其是对童年视角的准确把握与对童年感觉的生动呈现,使故事中透着令人动容的童趣和温情。小说以一个跟随家人迁居至香港的普通女孩的第一人称视角,讲述特殊的香港"移民"生活体验,这体验中既有被敌视、被误解的无奈,也有被理解、被相助的温暖。

与《幸福穷日子》的质朴清新和童真幽默相比,车人的《青葱岁月》和卓莹的《那年我十四岁》致力于在细腻的情感中书写本土乡村与都市少年的生活故事。《青葱岁月》讲述了城市女孩慧欣因为父母离异，母亲又迫于赌债催逼，将她暂时托付给乡下的外婆和舅父照顾。与朋友们一道在乡村山水间嬉戏的时光，让慧欣暂时忘却了家庭生活的烦恼。小说看似轻快的少年游戏中其实交织着慧欣与母亲、母亲与舅父以及外婆与舅父的亲情纠葛和误解。而当这段时光宣告结束时，所有创伤得到了平复。小说不经意间写出了少年不知不觉地成长。

和《青葱岁月》一样，书信体少年小说《那年我十四岁》也致力于书写少女世界里的亲情和成长。小说以14岁女孩琳琳写给已逝母亲的信件来表现这个单亲女孩的遭际和烦恼。琳琳因为羽毛球特长被中学名校录取，但从入校第一天起，她就面临着学业的巨大压力，支撑着她的最大信念，就是记忆中从不曾消退的来自母亲的爱和期望。限知视角的书信体自述在很大程度上加强了小说叙事的波澜感，同时也透彻细腻地表现了主人公心理和情感的变化。

还有一些寻常儿童文学视野之外的优秀作品，如短篇小说集《剪发》，其中作品以富于表现力的场景呈现和细腻缠结的情感摹写见长。同名短篇《剪发》中的理发店场景充满了短篇小说特有的张力感，它既是情节的张力，也是情感的张力。《剪发》一书中的许多作品，都胜在这样一种张力感的营造上。

同样是强调小说叙事的张力，梁科庆的"Q版特工"系列提供了另一种长篇小说特有的阅读趣味。该系列以香港通俗文学和影视作品中典型的警匪之战为题材，在富于传奇性的人物塑造和故事背景下，虚构了一队香港特工智勇双全、缉凶除恶的系列故事。作家充分运用了通俗小说在说故事方面的特长，其故事线索分明，叙事紧凑，同时又曲折蜿蜒，悬念迭起，再加上神秘奇特的异域风情、真挚动人的爱情友情、新潮酷辣的人物对白，以及不时客串于其中的夸张有趣的滑稽搞笑等，使小说的情节步步攀升而又引人入胜。

## "典型"的儿童文学及其多元美学

《剪发》中的大部分短篇和"Q版特工"这样的作品，主要体现的还是成人小说的写作形态。它们是可供儿童阅读的一般文学作品，但并不特别符合"专门写给儿童的文学"这样普遍公认的儿童文学文类界定。就作品是否体现儿童文学自身独特的美学形态而言，我更关注典型形态的儿童文学作品。

我曾在香港与一位从事中文教学的小学老师交谈，听她说起香港本土中华文图画书创作并不发达，他们因此特别关注来自台湾和内地的中文图画书出版消息（包括翻译作品），以期引入用作本土儿童中文教学的资源。当读到图画书《Number Do 数数》和韦娅的童诗集《长翅膀的夜》时，我心中充满珍视的情感。韦娅的童诗集在中文语感上与内地作品很相近，童诗的语言里蕴藏着母性的柔情，它们吟唱儿童身边的自然、事物以及他们的生活、游戏、情感等，作为儿童诗，其语言或许过于纤巧了些，但意境清新而优美，韵律错落而有致，想象鲜妍而生动，同时也富于童心童趣之美。

在童话创作方面，马翠萝的《第一公主》在童话语境与角色的"现代化"尝试方面颇有创新，故事情节也一波三折，但其天马行空的虚构想象虽然取自现实，却由于缺乏丰富细腻的人物性格逻辑的支撑，采用的是平面卡通片的写法，其叙事和情感的表现力都比较有限。同样，司徒苑的《神奇耳蜗·幻之光》以现实中发生的核泄漏危机作为引子，讲述灾难降临的时刻，弱听女孩小乔与其他孩子一道领受与生命有关的各种感悟。如果说《第一公主》由于缺乏叙事和情感上的生动细节而失之粗糙，那么《神奇耳蜗·幻之光》则

过于沉浸在纤细的玄思状态，而没有对童年叙事的连贯性、完整性给予足够的关注。谈到香港的童话，我总会想起谢立文所著的"麦兜·麦唛系列"。关于小猪麦兜的一些故事（比如"永远的布谷鸟"），既富于天真的童趣，又充满温暖的情思，更常以浅语写深意，在清浅幽默的生活童话里寓有悠远的生命哲思。这也是我对香港中文原创童话的艺术期待。

在香港特殊的教育和文化背景下，中文文学本身承担着一种重要而又艰巨的语言和文化传承的责任，而中文儿童文学则可被视为这一责任的起点。而香港的儿童文学发展又有诸多不易，因此，在阅读香港儿童文学这些年所取得的创作成果时，我是怀着格外珍爱的心情的。香港儿童文学是属于香港孩子自己的文学，它们关注和书写这些孩子在香港的土地上所体验到的文化和生活的各个层面，在此过程中，也在探索和绘制香港儿童文学自己的多元艺术版图。

（原载《文艺报》2015 年 12 月 9 日）

# 台湾儿童文学鸟瞰

王景山

作为台湾新文学组成部分的台湾儿童文学,到底兴起于何时,由于资料缺乏,不好确说。但早在日据时期的20世纪二三十年代,一群留学日本的台湾籍青年曾创办《神童》杂志,另一群寄寓北京的台湾籍青年又曾创刊《少年台湾》,据说这都是专供台湾儿童阅读的刊物。1931年元旦,醒民在台湾新民报上发表《整理歌谣的一个提议》,引用台湾新文学奠基人赖和的信说:"讲要把民间故事和民谣整理一番,这是很有意义的工作,我是大赞成。若不早日着手,怕再几年,较有年岁的人死尽了,就无从调查。现时一般小孩子所唱的,岂不多是日本童谣吗? 想着了还是早想方法才是。"

1935年台湾著名作家郭秋生、黄得时等编辑的《第一线》(原名《先发部队》)刊出"台湾民间故事"特辑。次年李献璋编辑《台湾民间文学集》出版。20世纪40年代初期,黄凤姿以日文写成两本民间故事集《七娘妈生》和《七爷八爷》在台北发行。同期又有台北缀方教育会负责编辑的《儿童街》杂志出刊。

以上事实说明,台湾在光复前,在极为困难的日据情况下,也早已有儿童文学存在,并受到有心人的热情关怀。

抗日战争胜利,台湾回到祖国怀抱。上海儿童书局首先在台湾设立分店。大陆出版的儿童读物,包括开明书店的《开明少年》杂志、中华书局的《小朋友》杂志,在台均有出售,并受到欢迎。

1945年12月12日,游弥坚、林呈禄、黄得时等集资创办东方出版社,以"推展儿童语文教育"为宗旨。1948年10月25日,《国语日报》创刊,其和东方出版社同为当时出版儿童文学和儿童读物的重镇,受到洪炎秋、林海音、林良等专家学者的大力支持。东方出版社后又创办《东方少年》杂志,其和当时徐增洲、林良先后主编的《小学生》杂志,彭震球、王诗琅先后主编的《学友》杂志,是20世纪50年代台湾儿童文学的三种重要期刊。《国语日报》率先设置的"儿童副刊",又影响了《中央日报》"儿童周刊"等陆续出现。期刊的繁荣是20世纪50年代台湾儿童文学的一大特色。

但总的说来,当时的台湾儿童文学被认为是再播种的改写时期,以一般儿童读物为主,真正从事儿童文学创作的人为数不多,他们自称是"寂寞的一行"。

进入20世纪60年代,台湾儿童文学逐渐受到社会各方重视。台湾"教育部"设立了儿童读物奖,省"教育厅"成立了由陈梅生负责的儿童读物编辑小组,以台湾师范大学教授彭震球为总编辑,著名作家林海音、潘人木等为编辑,为提高儿童读物印制水准、充实学校阅读资料,培养儿童读物写绘人才,出版了大部头的《中华儿童丛书》。台北图书馆和台湾"中央图书馆"先后举办了儿童读物展。台湾"中国语文学会"举行了第一届新时代儿童作品展。

陈梅生在主持板桥国校教师研习会期间,还曾举办儿童读物写作研究班,聘赵友培、

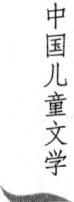

林海音、潘人木、林良等为讲师，培养了一批推广儿童文学的骨干力量。在此前后，台湾各师范专科学校开设了儿童文学课，各大学学生也纷纷成立儿童文学研究社团。

总观 20 世纪 60 年代，台湾儿童文学显然日趋活跃，儿童文学工作者也被认为是"活跃的一行"，但在创作方面实仍处于再吸收阶段。所谓"新的儿童读物"，亦多为美国儿童读物的中译本。国语日报社出版部且曾邀请作家多人共同翻译出版了《世界儿童文学名著》共 120 册，蔚为大观。这种大规模的翻译、引进工作，推动了台湾儿童文学的发展，功不可没。

20 世纪 70 年代被认为是台湾儿童文学的再生长时期，儿童文学工作者成为"受尊重的一行"。其主要标志是：文学界发现并承认了儿童文学的文学价值，作家从事儿童文学创作的日益增多，逐渐形成了写作群体。各项文学大奖陆续设立了儿童文学奖。特别是台湾民间财团人洪建全教育文化基金会于 1974 年 4 月 4 日（台湾儿童节）宣布设立儿童文学创作奖，在发掘和鼓励优秀儿童文学工作者方面起了巨大作用，并间接促成了信谊幼儿文学奖和东方少年文学奖的设立。

在创作方面，童话、童诗创作一马当先。《国语日报》儿童版所刊即以童话居多。同时也倡导儿童诗写作，在小学里普遍开展指导孩子写自己的诗的活动。林钟隆主编的儿童诗刊《月光光》以及《风筝》半月刊、《小诗人》年刊等相继出版。中国神话和民间故事也受到重视。"中国人的想象"取代了"西方人的想象"。女作家喻丽清在她编选的《儿歌百首》出版时曾说："美国的孩子们几乎人手一册《鹅妈妈童谣》……我只希望能对人说：这就是我们中国人自己的《鹅妈妈童谣》，就很高兴了。"这里道出了当时台湾儿童文学工作者的心声。这期间，台湾"教育厅"儿童读物小组编印的《中华儿童百科全书》精装 12 大册陆续问世。

20 世纪 80 年代可称为台湾儿童文学的繁荣期。首先到来的是儿童诗创作的高潮。1980 年甚至被称为"童诗年"。这年 1 月，林芳腾主编的《大雨》童诗刊创刊。4 月拥有成员 200 余人的布谷鸟诗社在台北成立，主要发起人为林焕彰、舒兰、薛林等。他们宣布结社宗旨是：建立中国儿童诗的理论，提高中国儿童诗的品质，推广中国儿童诗的教学。《布谷鸟》儿童诗学季刊同时创刊，由著名诗人林焕彰主编。为纪念台湾儿童诗先驱杨唤，设立杨唤儿童诗奖，每年颁赠奖牌一枚，给当年获选最佳童诗的作者。同年林焕彰编辑出版了《童诗百首》，内收 1919 年"五四"以来优秀儿童诗作，包括成人和儿童的作品。这一年，几乎所有台湾的儿童杂志和报纸的儿童副刊都大量刊登儿童诗，成人杂志亦有文介绍儿童诗的理论和作品，成人诗刊也陆续开辟"儿童诗专栏"，介绍童诗和童诗理论。

这一年里，台湾又有《儿童文摘》《新少年》等儿童刊物创刊。这一年出版的儿童文学读物，有严友梅的长篇童话创作《小番鸭佳佳》、林建助的儿童诗《妈妈的眼睛》、龚湘萍编辑的《儿童诗歌选》、陈美儒编辑的少年读物《少年的我》，以及儿童文学研究专著葛林的《儿童文学——创作与欣赏》、高锦雪的《儿童文学与儿童图书馆》、陈清枝的《儿童诗教学研究》、林宁为的《儿童文学赏析》，等等。作为专辑、文库、丛书出版的则有成文出版社的《金奖少年文学专辑》（10 册）、《儿童文学创作专辑》（10 册）、汉京出版社的《童心文库》（10 册）、国语日报社出版部的《中国民间节日故事》（12 册），等等。现代关系出版社还翻译出版了比利时长篇儿童漫画《丁丁历险记》12 本。

20 世纪 80 年代台湾儿童文学工作者成立了自己的组织。1980 年台湾第一个儿童文学团体"儿童文学写作协会"在高雄市成立。1984 年 12 月 23 日，全岛性的台湾儿童文学学会在台北成立,选出林良、林焕彰、谢武彰、简静惠、严友梅、桂文亚、蓝祥云、陈木城等 21 人为理事,林海音、潘人木、林钟隆等 7 人为监事,林良任理事长,林焕彰任总干事。该会的宗旨是:促进会员交谊,互相激励;交换儿童文学思想,丰富儿童文学内涵,搜集资料及史料,提供会员从事研究。次年 2 月创刊了《儿童文学学会会讯》,后又出版《儿童文学研究丛刊》。他们还曾举办儿童文学巡回讲座、儿童文学之旅;主持各种座谈会、研讨会,如"优良儿童读物推荐展及座谈会""小学生教科书插图座谈会""世界童话名著研讨会""儿童文学史料的搜集和整理研讨会"等。

1987 年 7 月 1 日,台湾 9 所师范专科学校改制为师院,儿童文学课统由原来的选修改为共同必修,这被认为台湾文学发展上的一大突破,显示了有关教育部门对儿童文学在小学语文教育中的重视。

近年来研究台湾儿童文学发展的专著也屡有发表和出版,如王振动作《三十年来台湾地区儿童读物发展史》、许义宗作《我国儿童文学的发展和演进》、邱各容作《我国的儿童读物发展初探》《中国儿童文学七十年》及《两岸儿童文学之发展及现状》等,为我们研究台湾儿童文学提供了资料,这是我们应该感谢的。

在谈到对台湾儿童文学的贡献时,有几位作家我们不能不首先提到。

第一位应该提到的自然是林良。他从台湾《国语日报》创刊任儿童副刊主编起,一直用他的本名从事儿童读物工作。20 世纪 70 年代初出版散文集《小太阳》,又以子敏之名蜚声台湾文坛。

林良是福建同安人,1924 年 10 月 10 日生,在厦门读小学,在鼓浪屿读中学,到台湾后先后毕业于台湾师范大学国学科和私立淡江大学英语系。他最早在《国语日报》上撰写"看图说话",一直受到小孩和家长的欢迎。所谓"看图说话",就是根据图画为小孩子写几句简单的话,带点孩子口气,让孩子学说话用的。后来他任国语日报社出版部的经理,仍主持儿童读物的出版。直到现在虽已年逾花甲,却仍是他周围许多已经长大的年轻人心目中的"林叔叔",一位风趣、幽默又会说故事的"林叔叔"。

他喜爱孩子、经常和孩子接触,和孩子聊大,因此写作儿童故事得心应手。他非常重视儿童心理和儿童语言,他说:"一般人对小孩说话只注意话的形式,也就是孩子说了什么,而忽略了他藏在心里的是什么,他想说而说不出来的是什么,或是想说而不好意思说出来的是什么。为了怕读者不懂,于是许多大人作者就会替孩子写出一句合文法的句子,替他造出一句周全的话来。其实,有时孩子们不周全的话也是很有意思的,我多半是像录音机一样,把他们真实的话记录下来,再用暗示的办法写出情境,读者把情境与话配合起来,就会体会出其中的意思和趣味了。"

林良外语功底亦深,翻译创作一肩挑,已出版译著各类儿童读物近 200 种。其中包括儿童广播剧、儿童图画故事、幼儿故事、儿童科学读物、常识读物、儿童游记、儿童诗、儿童创作、为少年改写的古典小说、为儿童写的伟人传记等。他创作的儿童文学被认为是台湾孩子们最喜爱的精神食粮,他写的成人散文也充满童趣。因此有人说,林良的作品有两种类型:一种是写给孩子看的儿童故事,一种是写给成人看的儿童故事。他还著有儿童文学论文集《浅语的艺术》一书。

由于他在儿童文学方面的贡献,他曾获中山文艺创作奖、中国语文奖章、最佳儿童读物奖等。

第二个要提到的是林焕彰,他是台湾儿童诗创作的最主要的推动者和实践者。林焕彰于 1939 年 8 月 16 日生于台湾宜兰县礁溪乡，因家庭贫困，只读到小学毕业，后当过牧童、学徒、清洁工人，苦学成才，1961 年开始写诗，先在《葡萄园诗刊》发表，后加入由本土诗人组成的《笠》诗社，曾负责财务、编务多年，因意见有异退出，另与同辈诗友创办"龙族诗社"。

他的早期诗有些是回忆童年生活而作，因此适合儿童阅读。《月方方》一首曾被台湾著名诗人郑愁予誉为"很有童诗味道"。《龙族》停刊后，遂正式开始儿童诗的创作。他认为："以前从事儿童诗创作的人，都是小学老师比较多……一般老师写文章，容易把说教的意思直接表现出来，大部分对文学比较缺乏深入的领会，所以写出来的作品，文学性、艺术性与创造性较弱。"因此他觉得儿童诗是值得开拓的一个新的领域。他创办布谷鸟诗学社，发行《布谷鸟》儿童诗学季刊，就是为了提高儿童诗的品质，建立儿童诗的理论，推广儿童诗的教学，提供指导教师们参考。

他认为，写作儿童诗"首先要调整语言，用适合小朋友看得懂的文字来写作；其次是要调整意识，因为在意识上必须能适合他们的年龄，所以必须使自己的心境改变，设法用他们的心和眼光来观察每一样事物。""所以写儿童诗，不仅可以把疼爱儿童的心意表现出来，作者还可以为自己找回已经失去的童心，而得到快乐。"

林焕彰著有儿童诗集《童年的梦》《妹妹的红雨鞋》《小河有一首歌》《咪咪喵》《坏松鼠》《牵着春天的手》《大象和它的小朋友》等，曾获洪建全儿童文学创作佳作奖，中山文艺奖儿童文学奖。他还编有《童诗百首》《儿童诗选读》《国小儿童诗歌选集》等。其中《童诗百首》被誉为台湾童诗未来发展的标杆。书前代序是林焕彰作的《读我们的儿童诗》一文，介绍了儿童诗的发展、儿童诗的定义、指导的方法、儿童诗与成人童诗的比较及未来童诗的展望等。对初学者来说，可以增进对儿童诗的认识与了解；对童诗工作者来说，可以获得不少的启示与规准。

第三位要提到的是林海音。这个名字因她的小说《城南旧事》被拍成电影上演，在大陆已是家喻户晓了。她祖籍台湾苗栗，1918 年生于日本，5 岁时随父母返回祖国，在北京长大。宣武门外、和平门外的椿树胡同、新帘子胡同、虎坊桥、梁家园等处，都是她曾住过的地方。她从北平世界新闻专科学校毕业后，曾任《世界日报》记者、编辑。到台湾后，先后任《国语日报》《联合报》副刊编辑、《纯文学》月刊主编，又创办纯文学出版社。台湾不少知名作家在她关怀下发表了自己的第一篇作品，因此她被尊为深受敬爱的"老编"、出版界的"常青树"。

林海音的文学成就以其小说、散文著称。但她同时也是一位儿童文学作家。早在20 世纪 50 年代，她曾将自己 5000 字的短篇小说《周记本》改编为广播剧《薇薇的周记》，并亲自参加播出。她不承认《薇薇的周记》是儿童剧，但播出后却极受儿童欢迎。她后来撰写的小说《蔡家老屋》《不怕冷的企鹅》《我们都长大了》《请到我的家乡来》以及《金桥》等，也都是台湾小朋友爱读的书。在台湾获得社会一致好评、被誉为"儿童知识宝库"的《中华儿童丛书》，林海音是该丛书最早的四个编辑之一，负责文学类。她同时也是小学低年级语文课本的执笔人，台湾每个儿童一入学读的就是她编写的语文教科书。

她很自豪于《薇薇的周记》中显示的"以儿童的眼光看世界"的创作特色。她说："我在许多其他作品中，也常以这种方式表达，《城南旧事》中的 5 篇小说，也都是这样的。"

林海音对儿童文学的支持也是令人感动的。20 世纪 70 年代后期，朱介凡编辑的《中国儿歌》出版。林海音为此专门撰写了《在儿歌声中长大》一文，怀着激动、美好的心情，回忆了自己儿时从儿歌中受到的教育和感染。她说："在我的幼年时代,学龄前的儿童教育不是交给托儿所、幼稚园,而是由母亲、祖母亲自来抚育、教养。"而孩子们的学习——"语文的学习,常识的增进,性情的陶冶,道德伦理的灌输",就都是从儿歌这种"口传教育"中得到的。因此她断言:"中国儿歌就是一部中国的儿童语意学、儿童心理学、儿童教育学、儿童伦理学、儿童文学……"她认为:"中国儿歌语汇丰富,韵律合辙,孩子在自然而然中学习,就会朗朗上口,用不着强迫背诵或恶性补习"。

以上是我对林良、林焕彰、林海音三位著名儿童文学工作者的简要介绍。必须指出,台湾儿童文学创作队伍,近年来正日益壮大。

例如,著名散文家琦君著有《琦君寄小读者》《琦君说童年》,又有《卖牛记》《老鞋匠和狗》等集,赤子之心跃然纸上,被认为是台湾少数几个能写儿童读物的作家之一。著名乡土诗人吴晟发表了充满真情的《向孩子说》,随即被收入小学国文课本。著名诗人向阳编写了《中国神话故事》《中国寓言故事》。著名小说家张晓风出版过配插图的儿童故事《祖母的宝盒》。蒋家语发表过童诗《瓶子里的小星星》。蓝星诗社主要成员向明著有童话集《香味口袋》《糖果树》等。著名女作家爱亚、桂文亚等都曾任职报刊儿童版编辑。台湾爱国诗人丘逢甲的后代女作家丘秀芷近来亦偏重儿童文学创作。至于主要从事儿童文学创作的作家,如张彦勋著有《两根草》等20余种,曾获台湾"教育部"儿童文学奖,谢武彰著有《大家来唱ㄅㄆㄇ》等,获洪建全儿童文学创作推荐奖等;林清泉发表了《孤儿努力记》等,曾获台湾"教育部"儿童剧本奖、洪建全儿童诗佳作奖;夏婉云曾连获洪建全儿童诗奖和第二届《布谷鸟》杨唤诗奖;詹澈曾获第二届洪建全儿童诗奖……由于篇幅所限,挂一漏万,不再一一介绍。

（原载《文艺报》1989 年 5 月 27 日）

# ◇综合◇

# 当前中国西部儿童文学的文化多样性

李利芳

本文的中国"西部"概念指西部十二省区市,包括重庆、四川、贵州、云南、西藏、陕西、甘肃、青海、宁夏、新疆、内蒙古、广西。中国西部儿童文学是指发生在西部大地上的儿童文学活动,因为受限制于西部地区社会经济的发展水平,西部儿童文学的整体发展与东部地区相比还有很大距离。但是因为它的"西部"身份,它的发展形态自成特色,具有丰富的文化多样性,且对于促进西部的教育文化发展有很强的现实意义,因此,值得作为课题专门研究。

## 一、当前中国西部儿童文学发展的整体状况与精神特质

当代西部儿童文学是在国内大的儿童文学语境中成长发展起来的,它的营养来源于国内儿童文学主流话语圈,不同时期的代表作家作品思考与表述的重心与东部具有同步性,体现出强烈的时代性与社会问题性,审美意识与艺术思想均属于主流儿童文学的正常表述范围。虽然,西部是少数民族聚居区,但是,从事专业儿童文学创作的主要力量还是汉族作家,少数民族作家的优势与潜力还没有充分发挥出来。

整个西部地区儿童文学的发展不甚平衡。西南地区较西北地区表现一直活跃且成果丰硕,尤以云南、四川、重庆力量最显,广西、贵州实力较弱一些,西北地区整体较弱,而陕西、甘肃情形相对好一些,内蒙古的情况居中,西藏情况较弱。从作家队伍来看,老、中、青三代作家自然衔接,伴随着中华人民共和国成立 60 年以来的文学进程,在不同时期发挥着主体作用。如云南的钟宽洪、吴然、乔传藻、沈石溪、康复昆,四川的刘兴诗、邱易东、杨红樱、李开杰、韩蓁、李晋西,重庆的张继楼、梁上泉、蒲华清、谭小乔、钟代华,陕西的李凤杰、王宜振、安武林、孙卫卫,甘肃的赵燕翼、汪晓军、高凯,宁夏的李学斌、郭文斌,内蒙古的敖德斯尔、杨啸、韩静慧等。当下活跃的代表作家出生于 20 世纪 50 年代至70 年代。作品分布于小说、童话、诗歌、散文、科幻等各文体领域。目前,有像沈石溪(云南)、杨红樱(四川)这样闻名全国,乃至世界的儿童文学代表作家,是近年来中国原创儿童文学事业的重要领军人物。

西部儿童文学表现的典型题材领域在:美丽的自然、故乡情结、苦难与贫困童年、民本与民间立场、乡土中国情怀、游牧与英雄历险,以及现代意识涌动中的生态意识、全球意识、理想情怀、本位童年等,这与西部特有的自然空间、历史传统、土地伦理、社会世相等地域特征有密切的关系。西部儿童文学努力彰显"西部与童年"的复杂勾连及其同一性内涵,凝聚西部的"童年之美"并析出西部社会的儿童问题,承继西部的人文历史传统并大胆开拓建树现代的西部精神,因此,其文化价值关怀与审美特征呈现多元形态。

西部儿童文学具有丰富的文化多样性,传统文化与现代文化,西南、西北差异较大的地域文化、游牧文化、高原文化、都市文化与乡村文化、民族文化、口头传承与民间文化等,共同织就了西部儿童文学绚丽多姿的文化形态。西部儿童文学在地域上分散广布,但在生命特质上却已形成一种共同的"西部精神",它是西部儿童文学的灵魂,它的内涵是立体而多层次的,它密切受影响于"西部"自身的物质与精神存在样态,受影响于"西部"固有的深度意义象征功能。"西部精神"是西部儿童文学文化多样性更为凝聚的表现形态。

"自然精神"在"西部精神"中属于特别基础的部分。西部保留了原生态的自然资源,也有最为严酷的自然生存条件,"西部自身"逼迫人最大限度地面对自然、接受自然与认同自然,与自然融为有机的整体。西部儿童文学一贯崇尚自然,对自然本身、自然中的儿童、自然对人生的形塑等层面,都有较充分的审美发现与艺术表达。自然精神的具体内涵又因各个地域的不同而有差异性。

"乡土精神与民间精神"在西部儿童文学中有地道的传承。西部儿童文学中的乡土精神是童年质性的,它展示出典型的西部童年生活模型,丰富了中国乡土童年的意义构成,再现了西部人所固持的生命态度与审美情怀,点燃了西部乡土作为"故乡"存在的心灵之灯。"民间精神"是一种自由的精神,意味着西部儿童文学对民间文化传统的捍卫,对少数族群文化身份的认同与尊重,文化多样性理念的素朴存在,民本立场下人民性的惜重等。

"现实精神"在西部儿童文学中是永远难以逃逸的,它来源于西部的现实境遇。作家们从各种角度去开垦西部大地上关于孩子的现实问题,历史的、当下的各有侧重,既关乎于古老中国的艰难行进,又思虑着现代中国的稳步迈进。现实精神在西部儿童文学中是一个开放的体系,它既指向乡村,也反射都市,既有对苦难童年、留守儿童的深度关怀,又有对现代城市童年形态的生动揭示,既有对孩子校园生活的密切关注,又有家庭、社会等更宽广层面的生活图景。

建立在西部高地上的"理想精神"在西部儿童文学中的基调是明朗的、奋进的,它高扬了生命活力,圈定了年轻、旺盛、追求与永不放弃,告诉人们西部一直是"向上"的,可以无限勘探,发展它的可能性。这正是西部精神的脊梁,也是我们在新时代需要继续大力弘扬的时代精神,在此精神航向上所创造出来的"中国西部童年"形象,对西部儿童、全国儿童,乃至世界儿童都会有深刻的精神启示作用,同时它也是整个西部最可珍视的精神财富,对于树立人们高远的精神理想有非常积极的现实意义。

"幻想精神"是西部儿童文学极具发展潜质的地域文化精神,它本是传统西部人文资源中重要的组成,在现代社会它应该经历一种彻底的观念转型,创造出吻合现代人审美趣味与反映现代人审美思想的另类幻想形象。幻想是童年境域内核心的意义结构模式,与西部接轨后,所生发的"西部幻想童年"会是意义很丰厚的艺术创造物。现有西部儿童文学对此已有了一定的实践,取得了初步的成绩,但还有很大的发展空间去开拓。

总之,西部儿童文学中的"西部精神"既含蕴了充分的"童年精神",又始终紧贴着西部大地,高扬着本土精神气质与社会责任意识,建构出了具有多层次美感意蕴的艺术质性世界。

## 二、西部少数民族儿童文学的几种典型样态

因为少数民族文化的多元存在,西部具有丰厚的民族文化、民族民间文学资源,西部少数民族儿童具有丰富的生活样态,这些都是发展儿童文学事业独有的资源优势。西部少数民族儿童文学涉猎的范围有:传统民族文化、民族民间文学对孩子的自然渗透,或专门为了孩子而将其改编再创造的作品;传统民族文化、民间文学作为文化母体而影响少数民族作家,创作因而呈现出少数民族精神特征;社会现代化进程使少数民族儿童文学作家突破民族身份的限制,在一般文化视野内思考与表现童年感觉与童年问题;与少数民族文化同在的地域文化特征在作品中的表达;汉族作家对少数民族传统文学的再创造,与对少数民族儿童的关注。

云南儿童文学在整个西部地区最有代表性,表现在它的作家作品数量与质量、地域文化与民族文化特征等上。云南是少数民族聚居区,它的民族人文资源很丰厚,且自然风光绮丽,山水宜人,民风淳朴而健康。民族文化与民间文学一直作为云南儿童文学的文化母体而存在,赋予作家充沛的思想启迪与文学营养,也塑造了他们自然纯净的童真境界。无论是展现历史,还是描述当下,少数民族儿童文学的本土特征都呈现出一种人与自然、人与人和谐统一的场景,自然存在着现代人力求而难得的"生态"理念。作品中塑造出了一批善良朴实、热爱动物、孝顺父母、聪明机灵、勤奋好学、与时代同在的现代少数民族儿童形象。

由于地域生态与历史变迁的显著差异,西北少数民族儿童文学与西南相比有其独有的特征,它体现在对民间文学资源的继承与当代少数民族少年形象的塑造两个方面。如20世纪后半叶,甘肃作家赵燕翼就是一个典型代表。他曾将流传于蒙古族、裕固族、回族、哈萨克族、东乡族、藏族等各个民族中的民间童话故事进行了形象生动的文学再现,充分地表现出民间童话惯有的精神属性,同时塑造出了一批健康、强壮、充满着生生不息力量的可爱的孩子,他们用坚强的毅力、勇敢的胆魄、机敏的智慧、美善的心灵,在广阔的西部高地上演绎的英雄传奇故事,与西北的自然景观与民俗风情有机融为一体。此外,"敦煌艺术"作为一种标志性的人文资源也被勘探与挖掘,产生了代表性的成果,如甘肃作家的创作。

内蒙古的少数民族儿童文学创作也呈现出显著的民族特色。在不同的时代背景下,儿童文学作家立足草原人民的生产生活图景,将浓郁的民族风情、草原儿童乐观坚强的生命个性、游牧民族特有的民族文化、民族心理状态等有机融为一体,在作品中做了生动的表现。以蒙古族语言为少数民族儿童创作的作品也很有代表性,已有一些被翻译为汉语。因为具有现代意识的少数民族儿童文学作家的成长,使一部分内蒙古民族儿童文学也呈现出很强的时代感。

藏族英雄史诗《格萨尔》代表了古代藏族民间文化的最高成就,是研究古代藏族社会历史的一部百科全书。它主要讲述的是主人公格萨尔一生不畏强暴、不怕艰难险阻,以惊人的毅力和神奇的力量,征战四方、降伏妖魔、除暴安良、造福人民的英雄业绩,热情讴歌正义战胜邪恶、光明战胜黑暗的伟大斗争。《格萨尔》在藏族、蒙古族人民中享有崇高地位,也引起了世界许多国家的重视。中国学界对它的搜集整理和学术研究自20世纪下半叶以来取得了重要成就,目前依然作为重点工程在实施。《格萨尔》已陆续被开发为儿童文学[①],提供给孩子阅读,其中有汉文本的,有藏文本的;有纯文字的,有图文并茂的,这是藏族地区少数民族儿童文学很有代表性的一种。

阿凡提故事在新疆维吾尔、哈萨克、乌兹别克、柯尔克孜、塔吉克五个民族中都有流传,尤其是在维吾尔族人民间,阿凡提故事的流传几乎达到了家喻户晓、童叟皆知的程度。倒骑毛驴的阿凡提是中国孩子们特别喜欢的形象,更是新疆地区少数民族孩子熟悉并热爱的形象。他的机智诙谐、敏捷善对,善良正直、蔑视权贵、言行独特、傻气可笑等集中了民间故事的思想精华,属于那种能自然转换为儿童文学的典型民间文学。目前,已被陆续开发为各种儿童文学资源。

整体来看,西部是少数民族集中居住的地区,西部少数民族儿童文学在服务少数民族儿童、促进各民族和谐共处、展现各民族文化的多样性方面有重要的现实意义,并且还有很大的空间可以去发展。

## 三、西部儿童多样化的生活与生存状态

因为跨越地域众多,城乡分布与文化背景不同,西部儿童的生活与生存状态是多样的,但儿童文学对其的表现其实非常有限。现有作品在以下几个方面的关注有典型意义。

一是"留守儿童"问题。"留守儿童"在当前中国是一个很重要的社会问题。由于西部地区经济发展整体落后,留守儿童的问题更有特殊性。留守儿童近年来深受中国儿童文学的关注,在西部儿童文学中也有很显著的表现。

留守儿童所面临的文化冲突主要表现在自我身心成长与不和谐生活环境的冲突,在精神情感上与城市中的父母隔膜与疏远,对生存现状困惑,对自我所处的乡村、城镇生活难以有认同、归属感,对城市文明向往而又可能有本能的拒斥与反感。巨大的心理落差造成了留守儿童强烈的自卑情绪,形成心理闭锁与压抑的性格倾向。这些是西部儿童文学作家重点关注并力图通过文学作品调适的重要问题。作家们在生动揭示此问题并呼唤引起社会对此关注的同时,还力图借由农民自身的坚强、农村孩子自身的坚韧来克服这些生活难题。

西部农村儿童所面临的城乡文化差异是另一个重要问题,这在西部儿童文学中也有深刻的表现。乡村儿童本能地向往城市文明,但他们必然又会在城市文明中招致歧视。所以,进入城市的乡村孩子如何"立身"是一种非常艰难的考验。他们在学校中要勇敢面对父母"卑微"的身份,克服自卑心理,融入城市孩子的人际关系中,与他们自如交往,往往会经历一个艰难的过程。除了努力学习外,他们可能还得承担家庭事务。由于生存条件有限,这些孩子往往比城市孩子更懂事、吃苦耐劳,且他们善良纯朴,这些品格慢慢也会使他们赢得城里孩子的敬重,并对城里孩子产生影响。

与"城乡差异"相似的另一个问题是,西部儿童也面临"由西部走向东部"所产生的文化差异。西部是经济社会落后地区,大多数东部人对西部没有直接接触,并不真实了解,容易对西部人有歧见。西部儿童在向东部迁移的过程中,必不可少地要遇到"东西文化差异"导致的心理冲突,要经历严峻的文化适应过程,要从自卑走向自尊自强,以诚恳朴实、善良友爱的生活态度最终赢得东部儿童的认同。这是西部儿童拥有的可贵的精神品质,是与艰苦落后环境同在的一种精神财富。西部儿童文学作家对此有深刻的认识与反映。但对西部儿童所面临的东部与西部之间的社会文化差异,目前在西部儿童文学中还缺乏更全面深入的表现。

西部儿童面临的另一种文化差异还体现在民族宗教问题上,体现在少数民族儿童与汉族儿童、少数民族儿童与少数民族儿童之间的文化身份上。从童年时代起追溯追踪其中的文化差异,对于培养孩子的文化多样性观念,引导孩子走出狭隘的地理与精神生活

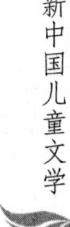

空间，以更开阔的视野、宽容的文化态度去对待与接纳他人，确立远大的爱国主义信念与自我的理想价值追求，有很积极的现实意义。西部儿童文学目前对此的表现还是欠缺的，这应该是未来西部儿童文学发展的重心。

有关西部儿童的教育问题一直以来也是西部儿童文学关注的重点。尤其是少数民族作家更多关注到了民族教育的发展问题。

### 四、个案：杨红樱儿童文学创作中所体现的多元文化

四川作家杨红樱的儿童文学作品在当下中国最受孩子欢迎，其作品销售总量已逾3000万册，成为真正意义上的实力派作家。对杨红樱取得的巨大成功，目前，中国学界实际上还缺乏深入的研究。杨红樱从事儿童文学创作已近30年，期间经历了几个阶段的风格转变，积累了丰厚的创作经验。她的创作中拥有多元文化的理念，尤其是她将中国传统文化与现代文化作了有机的统一，培养了扎实的本土文化根基与开放先进的现代理念，因而作品具有多层次的审美意蕴，且创作生命力持久不衰。

杨红樱早期主要从事科学童话与童话的创作，那时她是一名小学教师。虽然，她从安徒生那里习得了经典童话的审美意境，但是，中国传统文化、传统文学却对她影响至深，这主要表现在她的童话思想是一种内敛的、具有东方沉静美感的审美形态，对"真善美"的理想性有执着的捍卫与追求。在现代化语境中葆有这样纯真的"传统"心态，一方面使她的创作具有了稳固而纯净的"童真"境界，另一方面对庸俗现实、生命存在命题等作了深度的思考与批判。此外，对中国传统小说如《红楼梦》等，她从小就有精深的阅读，锤炼并内化成为一种简洁、自然、白描的汉语言文字表达的基本功，使其从1981年涉足儿童文学领域起，便有很高的文学形式与思想内涵的驾驭技能。

杨红樱在科学童话与童话阶段已经将"科学知识、东方美感的童话意境、现代思想"等做了有机的融通。童话风格的突破，始于她1998年问世的长篇童话《那个骑轮箱来的蜜儿》，主要是涉入"成人—孩子"具体的现实世界表达她对儿童心灵世界的关注，希望塑造一种具有开放教育理念的现代中国成人。杨红樱的这一思想应该受西方教育理念启发，但她很好地做了"本土化"表达。这以后，杨红樱真正转向了关注"现实"中的中国儿童这样一种明确的创作理念，这一转向使她获得了真正意义上的成功。她先后创作了《女生日记》《男生日记》《淘气包马小跳》等系列知名儿童小说。这些作品毫无例外地关注到了当下中国的"现代儿童"形象。这些孩子生活在中国传统教育理念走向现代教育理念的转型期，对孩子自身的现代性、丰富的主体性与复杂的生活环境间发生的种种"映合"与"错位"，杨红樱分别在学校、家庭、社会场景中做了很细致生动的再现与表达，因此，既在中国孩子中引起了具有相当共鸣度的情感反应，又对中国教育现状与童年生态进行了非常深刻的揭示。

杨红樱对当下中国都市文化与都市中生活的现代儿童有精炼的把握。她的生活背景是四川成都，那是一个具有相当开放意识与自然闲适心态的西部大城市，所以杨红樱所捕捉到的这一代城市儿童生活环境的巨大裂变，与他们自身在这种开放发展的时代精神下所天然地具有的主体精神气质一点儿也不逊色于东部作家，甚至领先于整个国内潮流。在开放的文化视野下，杨红樱塑造出了健康阳光的当代中国儿童形象，代表人物是马小跳。同时，有关东西方儿童的接触与交流，东西方教育理念的碰撞等，在杨红樱笔下也有前瞻的观照。

《笑猫日记》是杨红樱创作的最新阶段。这一系列集合了杨红樱此前创作的所有经验，形成了一种具有崭新审美风格的新童话状态。笑猫是这个系列的主人公，它是一只具有特殊性格魅力的中国猫，它会各种"笑"，能洞察世事，超脱于凡俗人生，内心丰富无比，对爱情、友情等珍贵的东西坚持守候。这是一只具有深度东方智慧的猫，它与自然、人、其他各种动物和谐共存，"安静"地面对生活，清醒地看清世事，自然地享受人生。这是一只习得了中国传统哲学思想的精髓而生活在现代社会的奇特的猫，所以在物欲化时代人的主体性急速消亡的当下，笑猫的人生境界就有了非同寻常的审美力量与精神价值。

中国西部其实有非常好的文化多样性的生态环境，但是文化多样性在西部儿童文学中的渗透与表现还不是特别充分，无论创作界，还是研究界，对这个问题的自觉认识还有待继续深化。

**[注释]**
① 角巴东主：《格萨尔》儿童文学丛书（6本），民族出版社1998年版。

（原载《青海社会科学》2010年第4期）

# 浙江寓言文学：中国寓言文学的高原

## ——《1917—2017 百年浙江寓言精选》研讨会综述

陆生作

2017 年 11 月初，中国寓言文学研究会第八次全国代表大会在浙江诸暨召开，全代会期间，与会专家、学者、作家就周冰冰主编的《1917—2017 百年浙江寓言精选》一书进行了专题研讨，会长孙建江主持此次研讨会。

## 这是一本怎么样的书？

周冰冰介绍，《1917—2017 百年浙江寓言精选》以开放的姿态定义浙江人，用"群像构成一幅鲜活的浙江寓言文学版图"。本书入选作品共计 237 篇，均为已公开发表的作品，编排时间自 1918 年至 2017 年，横跨百年历史。入选作者共计 67 位，分为三种类型：第一种是出生、工作于浙江；第二种为在外省工作的浙江人；第三种是在浙江工作的外省人。浙江寓言作家代际传承脉络清晰明了。

中国现代寓言的开篇人：茅盾、鲁迅其作品发表于民国时代。第一代浙江寓言作家群，20 世纪初至 20 年代出生的重量级作家，冯雪峰是后现代和当代交汇时期最重要的寓言作家，继之就是金江——当代寓言作家的开山人，如艾青、金近、彭文席、圣野、洪汛涛、任斐然、徐强华都是这一时期的重要作家，他们的寓言作品在社会上产生了广泛而深刻的影响，并以美术电影和教材的形式传播，经久不衰，成为经典。尤其是金江，他以推动寓言创作和培养寓言作者为己任，对浙江寓言的发展传承做出卓越的贡献。第二代寓言作家群为 20 世纪三四十年代出生的作家，以叶永烈、张锦贻、邱国鹰、林冠夫、陈必铮、张鹤鸣、夏矛、倪树根、解普定、瞿光辉、沈冰为代表，作品数量和质量皆可圈可点。第三代寓言作家集群，为 20 世纪五六十年代出生的作家，以孙建江、邱来根、卢培英、梁临芳、周冰冰、林海蓓、老强、阿童为代表。其中最具代表性的作家是孙建江，他在 20 世纪 80 年代就与金江一道致力于寓言的出版工作，并以创作、评论、出版三栖角色，还曾以寓言集《美食家狩猎》获中国作家协会全国优秀儿童文学奖，对浙江寓言文学乃至中国寓言文学的发展做出了突出的贡献，并成为中国寓言文学的扛鼎之人。浙江新生代寓言作家群，20 世纪七八十年代出生的作家，以陈巧莉、俞春江、陆生作、邹海鹏、谢尚江为代表。他们的作品有着鲜明的时代特征，对传统寓言有所创新。陆生作认为，《1917—2017 百年浙江寓言精选》一书诠释了别样的"文学是时间的艺术"：每一篇入选作品都准确标注了其出处，每一代作品都有其时代的鲜明特征，它是时间的、文学的、艺术的综合体。书中的每一位作者，都有浙江寓言发展之路上清晰可见的、实实在在的脚印。

编辑这样一本书，是对浙江寓言发展的系统性梳理与认识，是对前辈的铭记与致敬，是当代寓言人的责任与使命，更是对寓言未来的期许与信念。吴秋林说："我在做中国寓言文学史的时候，收集整理了很多中国现当代寓言史的资料，其中大量的都是浙江人，他们确实占了中国现当代寓言文学发展历程中的主体。周冰冰主编的这本书，把浙江在中国现当代寓言文学史上的地位清晰地描述出来，有很大的贡献。"张锦贻认为，这本书既是历史的，也是现实的；既是大人的，也是儿童的；书中的寓言既古老，又年轻；它是一本具有里程碑意义的大书。

## 文学历史根基深

谈起浙江寓言，中国寓言文学研究会第七届会长凡夫这样评价："浙江是一个文学大省。就其文学实力而言，小说、散文、诗歌，在全国都有举足轻重的地位。而浙江的寓言文学，在全国出类拔萃，独领风骚，是当之无愧的高峰。"一方水土一方人。浙江寓言文学的发展源远流长，群星辉耀，佳作荟萃。马筑生认为："如果要写一部中国元代以来寓言编年史的话，浙江寓言文学是绕不过去的。"

在元代，中国寓言文学不发达，几乎没有经典寓言文学作品传世。能在中国寓言文学史上提到的元代作家作品，一般来讲只有四人：邓牧和他的《二戒》，王恽和他的《鱼叹》，白珽和他的《湛渊静语》，虞韶和他的《铁杵磨针》。这四人中，就有两人是浙江人。到明代，中国寓言文学迎来了黄金时期。郑振铎称之为"寓言的复兴"时期，他在《寓言的复兴》一文中说："到了明代，寓言的作者，突然的有好几个出现，一时寓言颇有复兴气象。"明代寓言作家佼佼者有五位，即刘基、宋濂、刘元卿、江盈科和冯梦龙。其中，刘基、宋濂这两位最重要的寓言文学作家也是浙江人。明代寓言不仅在本土创作上硕果累累，对寓言的翻译和介绍也迈出了极有价值的一步。在浙江做官的福建籍人张赓，参与翻译了中国最早的伊索寓言译本《况义》。1625年，法国耶稣会士金尼阁和中国天主教徒张赓翻译了《伊索寓言》的第一个中文选译本——《况义》。此时，正是中国寓言文学创作的黄金时期，他们的译作不可避免地受到了处于创作高峰期的中国寓言文学的影响，同时，《况义》所传入的西方寓言，也受到中国文人关注，在西方寓言元素的滋养下，促生了第一批西方风格的中国寓言作品。

## 文学创作类型多

茅盾、郑振铎都是中国现代"童话寓言"的开创者。1917年，茅盾从27种先秦诸子、两汉经史子部等典籍中，收集整理编写了中国文学史上第一部专供少年儿童阅读的寓言集《中国寓言初编》（白话寓言）。《中国寓言初编》是中国现代最早的一本寓言选集，开中国现代儿童寓言之先河。郑振铎将古老的寓言引进了儿童领域。1921年12月，郑振铎在《儿童世界宣言》里，确定把寓言列为儿童文学的主要文体。从此，寓言作为一种别具特色的儿童文学新文体在儿童文学小百花园里扎下了根。将童话性质和寓言性质交融在一起，便有了童话寓言，这一样式如今已经成为寓言文学的最大支流。

温州人金江，被誉为"中国当代寓言的开篇人"，是童话寓言的代表性人物。他的《小鹰试飞》（1956）、《好好先生》（1957）、《乌鸦兄弟》等篇章，都是代表性作品。业界普遍认为，中国当代寓言文学已经出现了两座高峰，第一座就是金江寓言，另一座是黄瑞云寓言。金江主编的《中国现代寓言集锦》，是中国第一本现代寓言选集，是童话寓言出版物零的突破。金江的童话寓言，继承了茅盾、郑振铎等开创的童话寓言的艺术传统，并且发

扬光大了这一寓言文学艺术品种。在金江寓言的影响下,一大批浙江寓言文学作家为当代中国童话寓言创作做出了重要贡献。金近的《小猫钓鱼》、金江的《乌鸦兄弟》、彭文席的《小马过河》等作品堪称经典,具有恒久的生命力。《小马过河》自1957年被选入北京市所编的小学语文教材后,一直被选入全国教材至今,已经过去了半个多世纪,受其影响的人不计其数,它还被翻译成英、法、日等14种文字。此外,林冠夫、解普定、梁临芳、夏矛、邱来根、林海蓓、杨明火、朱锴、白忠懋、倪树根、陈必铮、郑钦南、楼飞甫等一大批浙江寓言作家也深受其影响。"小猫钓鱼""小马过河""乌鸦兄弟"已成为经典的文学形象,留在中国文学的长廊,铭刻在人们心中。

孙建江的寓言,篇幅十分短小,在方寸天地之间洞悉人生奥义,寓意深刻,极具艺术张力。其代表作《美食家狩猎》问世后,业界广为赞誉,高度评价。该著也是中国寓言文学研究会会员中唯一荣获中国作家协会全国优秀儿童文学奖的寓言集。孙建江还有更短的寓言作品,即一句话篇幅的微型寓言。孙建江的微型寓言集《试金石》和《青蛙·木偶·哈哈镜》,以及梁临芳(浙江黄岩)的微型寓言集《凤毛麟角集》,是中国微型寓言这个寓言品种的典型性作品之一。特别是孙建江的《试金石》,由林焕彰先生配以独特的手绘画,独具特色,具有绘本性质。

寓言诗是中国寓言的重要体式,早在《诗经》中就有寓言诗的身影。中国当代诗人中,圣野是具有很大影响的儿童诗诗人。他有不少的寓言诗作,如《火萤》《春绿》《小水坑》《五等舱》《鸟学人话》等。以《鸟学人话》为例:鸟跟人学话 / 鸟渐渐失掉了 / 自己的语言 /而鸟 / 却并不理解 / 它学的人话 / 究竟是什么意思。作品寓意深刻,耐人寻味。浙江寓言诗作家中,夏矛、林海蓓、梁临芳的寓言儿歌创作都具有代表性。

张鹤鸣是当代中国戏剧寓言发展进程中的佼佼者。他致力于戏剧寓言的创作和推广,在他们的努力下,中国寓言戏剧开始崛起。张鹤鸣在《戏剧寓言的改编》一文中说:自己的戏剧作品中,层次最高的是大型童话剧《海国公主》,它就是根据丹麦童话大师安徒生的《海的女儿》改编的,在浙江省戏剧节上获18项大奖;《一媳三婆》《一婆三媳》和《喉蛙公主》等3个短剧根据自己的寓言《三个婆婆》《邻家妹子》和《公主的怪病》改编。3个短剧先后荣获了中国曹禺戏剧文学奖(小戏小品奖)、文化部全国群星奖金奖和中央电视台优秀节目奖。改编并非易事,而是一种艰苦的再创作。

此外,还有科普寓言、乡土寓言、电视寓言、电影寓言、汉字寓言、知识寓言等体裁。徐强华(浙江永嘉)的《中国科学寓言选》,面向科学,是中国当代科普寓言的发展。邱来根《蜜橘飘香》(十人寓言集),具有浓郁的黄岩乡土寓言文学意义。电视寓言是寓言表现的新形式。周冰冰的电视寓言《怀才不遇的人》获中国第二届金骆驼奖优秀创作成果奖。电影寓言也是寓言表现的新形式,如华君武的电影《骄傲的将军》。汉字寓言是寓言文学的一个新品种。"骗:一旦被人看穿,马上就会被人看扁。""舒:舍得给予他人,自己才能舒心。""值:站得直,人的身价才高。""起:人生的每一次提升,都是自己走出来的。"这些汉字寓言流传度广、认可度高。作者邱来根将汉字用为寓言创作的题材,获得了成功。在其2012年4月出版的《仓颉先生讲故事》中,一个个的汉字,在他的笔下都成了有血有肉的人物形象。这样的寓言创作,既丰富了寓言的题材,拓展了寓言文学的表现范围,也可以弘扬汉字文化,对少年儿童读者有着特殊的意义。樊发稼认为,邱来根在深刻把握汉字特殊文字品征的基础上,以极为简练的语言和新巧的艺术构思,编织出一篇篇寓意深刻的精彩汉字寓言故事,接受对象老少皆宜。这些优秀作品的诞生,对我国当代寓言文学创作,是一种可喜的丰富,实为弥足珍贵。叶永烈的知识寓言,如《小猫刮胡子》等作品,引起广泛好评。浙江寓言作家还写有许多散文体寓言、杂文体寓言、随笔体寓言作品。寓言创作犹如百花园,里边各种鲜花都开得漂亮。

## 文学理论研究扎实

郑振铎在理论方面对寓言的起源、发展、性质、特征、作用等做过全面的探讨。《莱辛寓言序》《印度寓言序》《寓言的复兴》三篇文献,是中国最早的三篇现代寓言理论文献。

郑振铎的寓言理论观点为:①关于寓言的性质:寓言与故事一样,是一篇简短的事实的叙述;又与比喻一样,是表达一种隐藏的意义的。寓言的性质,半与故事相同,又半与比喻相同。②关于寓言的主题:寓言所最常表达的是道德的格言,人间的真理,但它不是耳提面命的说教,而是把它的教训与真理,隐藏于创造的人物的言、动中;③关于寓言对儿童文学的作用——愉悦:寓言形式十分符合儿童心理与欣赏要求,其故事却为儿童所最愉悦,把寓言供给儿童是很相宜的,他们必定十分欢迎,可以不大费力就能阅读欣赏,虽然其中的某些深刻思想是儿童们所未必懂的,但寓言故事的本身已足使他们愉悦了。此外,周作人在《童话略论》中也有中国现代儿童寓言理论的阐述。

进入21世纪后,浙江依然处于中国寓言文学理论研究领先地位,以浙江师范大学为中心,浙江拥有一支强大的儿童文学理论队伍:蒋风、韦苇、黄云生、吴其南、方卫平、孙建江、周晓波、钱淑英、常立、赵霞、黎亮、胡丽娜等学者在各自研究中均曾涉猎寓言理论研究。此外,王泉根、张锦贻等教授也进行了寓言文学理论研究。

## 文学地域特色鲜明

当代浙江,寓言文学教育十分昌盛,出现了温州寓言文学流派、台州寓言文学流派,出现了温州、台州等寓言城市,不仅拥有一个声势浩大的寓言文学作家群,他们也创作出了许多优秀寓言文学作品,不少寓言作品被选进大、中、小学教材,实在可喜。

孙建江在《中青年儿童文学作家群的地域呈现》一文中指出:"由于历史传统、文化心理、审美趣味,以及行政区块、文化机构等的设置,当代儿童文学也形成了一定的地域特色。当然,这是相对而言的。所谓地域特色,于世界,是中国特色;于全国,是省区特色。"借此阐述浙江寓言作家群现象,可觅其踪:具有浙江区域特色的现代文学,深刻地影响着当代文学的发展,文学传承根脉可见,从题材选择和创作特征看,寓言文学与时代、地域的关系密不可分,而作家影响力的峰值恰恰产生在这两个区域。

邱来根认为,浙江具有诞生寓言作家群的肥沃土壤,但是仅有肥沃的土壤,没有辛勤的园丁,肯定长不出苗壮的禾苗,而浙江寓言作家群的诞生,就离不开像金江、倪树根、孙建江等一大批辛勤的园丁。他们创办寓言杂志,或刊登寓言作品,或开展寓言讲座,或评论寓言作家作品。如金江,为了培养黄岩的寓言作家,曾三次亲赴黄岩,进行寓言讲座,组织寓言评奖,推荐寓言作品。如果没有金江的关心培养,就没有黄岩的寓言作家群,如果没有当年的《寓言》《少年儿童故事报》《当代少年》《小花朵》等一批刊登寓言的杂志,很难有今天如此辉煌的浙江寓言作家群。

# 文学创作有理想、有追求

凡夫认为，浙江寓言文学所达到的高度，从深层次说，源于浙江作家对文学理想追求的高度。鲁迅以现代人的清醒，思想家的理智，革命家的敏锐，文学家的激情，系统、缜密地"研究"中国人，被誉为"民族之魂"。鲁迅的战友冯雪峰，认准了的路，"能咬牙、肯牺牲、善坚持"，一直走到底。当代寓言作家金江，延续了鲁迅和冯雪峰精神，不仅自己毕生致力于寓言创作，而且以自己的作品魅力和人格魅力，教育、培养了几代寓言作家。中国的寓言人，很多都是在金江的影响下走上寓言道路，在金江的指导下成长成熟，以金江为楷模实现人格完善的。金江"钟情寓言，至死不渝"的文学追求，更是感动了很多人，教育了很多人，激励了很多人。2014 年中国寓言文学研究会在温州召开年会，金江病重，不能走路，不会说话，十多位朋友去看望他，他居然一个也叫不出名字。而当叶澍把一本金江自己选编的寓言集递到他手中时，他浑浊的目光顿时炯炯有神，失去的记忆立即被唤醒，当场就能根据书中的寓言，一一指认出在场的作者。金江献身寓言的精神，已经成为中国寓言人和中国寓言文学研究会的宝贵精神财富。浙江作为中国寓言的高峰，对中国寓言文学弥足珍贵的贡献，就是培养了金江这样的寓言作家，并且通过他们，用高峰影响高原，用高原影响全国，使中国寓言人，使中国寓言文字研究会，不仅有一定高度的文学追求，而且还有一定高度的精神追求。

程思良认为，这本《1917—2017 百年浙江寓言精选》的问世，不仅是首次将浙江现当代寓言作家的佳作结集出版，也是浙江寓言作家群的集体亮相；不但勾勒了浙江寓言的历史轨迹与发展脉络，而且展现了浙江寓言的成就，以及为中国寓言文学所做的贡献。中国寓言研究会秘书长余途说："这不仅是浙江寓言的成果，也是中国寓言的成果；不仅是寓言界的成果，也是文学界的成果。我们为中国寓言有浙江寓言而感到骄傲，也为中国寓言为中国文学贡献了浙江寓言而感到骄傲。浙江寓言因为有了鲁迅、茅盾、冯雪峰而有了高度，这个高度不仅是中国现代寓言的高度，也是中国现代文学的高度。此外，'80 后''00 后'文学新生代的成长，预示着浙江寓言直至中国寓言可以期待的前景。"

学者刘绪源曾从地缘学上发表过对浙江作家的看法，他认为：浙江第一流的作家特别多，第一流的作品特别多，浙江人有一股拗劲，低调，内向，不吹嘘，有追求，憋着劲要写出自己的好作品。在新时代，浙江寓言文学一定会继往开来，再创辉煌。

（原载中国作家网 2017 年 12 月 12 日）

# 少数民族儿童文学的主题嬗变与创作衍变

张锦贻

伟大的中国既是东方文明古国,也是世界文明古国,56个民族共同创造了绚烂多姿的中华文化,并使之成为整个中华民族的精神支柱。其内涵极丰富、深邃。其中以养育一代代民族新人的崇高精神和敏锐智慧为目的的各民族儿童文学,更是闪射着民族的精神之光。因为它蕴涵着各民族人民对民族性格的深切思考,对远大理想的热切肯定,对美好未来的殷切期盼;更因为它是从各民族儿童天真的视角来观察生活,反映现实,在稚拙的生动和鲜明中往往体现着深层的真实和内在的真诚。站在文学史的角度回观20世纪中华文化,从中华人民共和国成立后错综纷繁的半个世纪的各民族儿童文学中,也许更容易获得感性的认识和体悟。

这里所说中华人民共和国成立以来的各民族儿童文学,首先是指55个少数民族儿童文学。因为绝大多数少数民族在新中国才有了本民族的作家,才恢复、发展、创立了本民族的文字,才有可能关注本民族儿童的生存状态和受教育的状况。也就是说,只有在中华人民共和国成立以后,才可能出现各少数民族作家创作的描写本民族儿童的生活天地和情感世界的各类体裁的优秀作品;只有在新中国,各少数民族作家才能从容地、专门地以儿童文学的方式反映中国少数民族地区从生产极端落后的社会状态一步跨入社会主义的翻天覆地的变革,以及与之相适应的民族心理 的微妙而巨大的变化。中国的每一次社会变革几乎都在这些作品中格外清晰地反映 。

从新中国少数民族儿童文学的创作实绩来看,它的价值和意义并不在于民族历史和现实本身的钩沉索隐,而是立足于当代性的要求来表达和表现象征着历史前进的最鲜亮的民族新一代人的生活美、童心美,从而展示着最活跃的时代精神、民族精神与儿童精神。它所显示的"时代·民族·儿童"的主题,半个世纪以来,已成为中国和世界儿童文学中的重要话题。它蕴生了多少名篇佳作!以致有了超越地区、超越国界的永恒的意义。随着人们对儿童文学的认识和理解不断深化,这一主题开始成为各民族作家关注的热点;各民族作家在创作实践中又进一步证明,"时代·民族·儿童",既是民族儿童文学选材立意的题旨概括,又是民族儿童文学审美形态的创作特征。它在社会的变革中嬗变和衍变。

## 一、现代意识与民族传统交融中的主题嬗变

人们似乎总是把崭新的现代意识与古老的民族传统看作是一种难以调和的矛盾。其实,任何一个民族的文学(当然包括儿童文学)都不是从天上掉下来的,从题材、手法、语言中所浸染的浓浓的民族色彩,所显示的亮亮的民族气韵,都来源于由民族文化积淀而成的古老而优秀的民族传统;而在反映和表现本民族儿童的现实生活和内心世界时,又必然地浸渍着现代意识。可以看到,民族儿童文学总是尽情地描绘着"人"在民族生活中的价值和创造,并以优美和奇美的形式尽可能完美地展现出人类社会中的真诚、善良

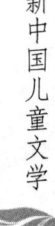

和美好。即使是反顾和追忆往昔的残酷战争和苦难生活的作品，那也只是对已经逝去的历史的一种生动而形象的反思和追问，是对历史进程中一代代民族儿童的精神、意志的一种概括而具体的反映和追记。在彼时至此时的延伸、旧事及新事的延续中，很自然而又极鲜明地凸现出"时代·民族·儿童"的共通的主题。

中华人民共和国成立的最初年头，少数民族作家们在人民庆祝胜利的欢呼声中，在真情地描写本民族人民走进新生活、建设新生活的同时，更为深情地描述了儿童们在新的生活中幸福成长的情景；而且也由此深深地怀念在人民革命和民族解放斗争中英勇战斗过的民族小英雄；从本民族儿童生活的巨大变动中，真实而具体地写出民族地区社会状况的历史变迁。前者如蒙古族老作家敖德斯尔写于20世纪50年代的短篇小说《小冈苏赫》。作家在内蒙古历史上从未有过的组织起来放牧的崭新生活中，塑造了一个受着新生活、新思想的哺育，又具有蒙古民族剽悍气质和倔强性格的蒙古族牧民儿童小冈苏赫的形象。作家从小冈苏赫特有的思想、行为中，真实地、生动地反映出中华人民共和国成立不久的特定历史时期里内蒙古大草原的自然风光、社会状况，以及在独特的风土人情中所展示的民族心理素质的新变化、新发展。这样的作品在当时的少数民族儿童文学中占着较大的比重。还如彝族老作家苏晓星的短篇小说《阿爹与荞荞》，写阿爹爱荞荞、爱牲口的狭隘的私心和荞荞爱阿爹、爱集体的稚真的公心；写阿爹爱家、爱社的淳朴的真心和荞荞爱阿哥、爱新生活的纯洁的童心，揭示出社会巨变对民族新一代的成长所产生的深刻的影响。又如侗族作家刘荣敏的《节日里的故事》，写上了学的侗族小学生怎样想着维护班级的荣誉，怎样学着帮助顽皮的同学。学校生活的新的环境，学生少年的新的思想，都显示出民族平等社会中少数民族儿童新的风貌。后者如蒙古族岗·普日布的短篇小说《小侦察员》，描写解放战争时期内蒙古锡林郭勒草原的一个小侦察员都岱，怎样机智勇敢地打入敌人内部，使我军通过敌人封锁线；又怎样为了彻底歼灭盘踞在草原上的敌军三个团，在蒙古民族世代生息的土地上洒尽了满腔热血。还如布依族作家王廷珍的《山谷月明夜》、江农的《血染山茶寨》，写布依族少年在20世纪50年代初参与清匪斗争的艰难险阻，写他们与十恶不赦的土匪头子遭遇、较量的惊心动魄，写他们在荒庙僻野中与土匪周旋的决断果敢，都洋溢着革命的热情，抒发着壮烈的情怀。这些作品都采用忠实于生活的现实主义创作方法，体现一种爱国家、爱民族、爱人民的淳朴博爱、进取向上、清新明快的主题风格。作品中斗争、生活的激情，曾经引燃了一代代民族儿童读者心中热爱祖国、振兴中华的熊熊火焰。

20世纪70年代后半期，"四人帮"被粉碎，少数民族儿童文学在遭受了一次社会历史的大断裂的震荡之后，与历史一起发生了转变。如土家族作家孙健忠描写刚上小学一年级的牛牛种在木楼外边岩坎上那株小梨树，差一点儿被当作"资本主义尾巴"砍掉的令人心酸、令人沉思的短篇小说《牛牛的故事》，率先在一向是赞美现实、一直是讴歌生活的民族儿童文学领域中撕破了"左"的统治的"正"面，而将那"反"面让儿童们看，从而在民族儿童文学创作中张扬了民族民间儿童文学中善必战胜恶的传统的道德力量，复兴了"五四"以来中华儿童文学的批判现实主义的战斗精神。这期间，蒙古族作家云大健叙述一个蒙古族干部的孩子小小年纪却被"文革"动乱卷到街头，蓬头垢面却是自食其力的《塞夫》；白族作家钟铁夫以一个天真无邪的儿童的目光展示一位最讲"政治"、最严格地用政治标准要求学生的热情善良的教政治课的女老师，却因"政治"而"病"倒的《病》，也都因揭露"文革"动乱造成的人的心灵创伤和反思"左"的统治形成的人性的扭曲，而显得格外的凝重和沉重。由于作品中对民族性格和童心的着意表现而更显示出民族儿童文学所独具的艺术魅力,使新中国少数民族儿童文学中高扬的现实主义大旗在云散雾消的晴朗天空中更觉鲜亮。

20世纪80年代,历史进入了一个新的时期。在思想解放潮流的涌动中,民族儿童文学开始突破历史模式,由长期以来将民族问题归入唯一的政治领域转向开阔的社会视野,由一味强调儿童文学的教化功能的要求,转向多样的审美功能的需要,并因此使少数民族儿童文学在时代的迅猛前进中更加凸现民族性、儿童性而独树一帜。如藏族作家益希单增的小说《啊,人心》,描述人民解放军进驻西藏后所面对的极其复杂的社会状况,不仅生动地揭示了解放军小通讯员、藏族牧童及藏族上层家庭中有文化少年各自的内心世界,而且由解放军小通讯员开枪射中抓小羊的鹰这一情节拓展开去,把笔触伸向藏民的佛教信仰、宗教心理、民俗风习及藏民解放、军民关系等具有深厚的文化内涵和深刻的历史意蕴的诸多方面。蒙古族老作家玛拉沁夫的《活佛的故事》,也在一个蒙古族小活佛切身经历的生动描绘中,涉及蒙古民族的宗教信仰、风俗习惯以及蒙古族人观念变革、精神解放等纷繁复杂的内容。这些作品,都从不同民族儿童少年的生活表层深入到一个民族的文化积淀、心理状态等民族情感的深层,包括了民族的、社会的、历史的、文化的蕴涵,但由于作品的艺术表现顺应了儿童的审美心理,使之成为民族儿童文学中一种独特的艺术创造。可以看到,这些作品中,深刻的民族性寓于儿童最便于感触和感受的浓郁的地域性之中;深邃的时代性匿于儿童最易于感知和感悟的生动的趣味性之中。"时代·民族·儿童"这一鲜明主题正在历史进程中被多方面开拓和多层次掘进。这一时期中,鄂温克族乌热尔图的着力描绘险恶境地中人与自然的和谐相处的《七叉犄角的公鹿》《老人和孩子》,藏族意西泽仁细心描写广袤草地上牧牛女孩的失学悲哀的《瞧,那儿还有两朵花》,土家族周文光刻意描画洞溪河湾里小小渡工的高尚品性的《我的朋友水生》,朝鲜族柳元武深切描述密密苇丛间顽皮男孩的爱鸟善心的《依布妮与百灵鸟》,都富有各民族儿童共具的蓬勃朝气和昂然正气,又有着不同民族儿童独具的情感方式和意志表现。浓浓的民族生活气息,湉湉的民族文化氛围,栩栩的民族儿童形象,使这些作品各具有灿烂而丰富的民族特征,各有其独特和奇异。

20世纪90年代的中国少数民族儿童文学,面临逐步建立的市场经济的挑战,面对已经到来的信息时代,各民族作家直接从新的社会形态这个角度来观察和感受社会的变迁,以及由各民族儿童的行为意志所体现的民族心理状态的变化,使民族儿童文学表现的范围明显地扩大了,社会变革、道德伦理、风土人情、生态环保等主题都在民族儿童文学作品中相继出现,"时代·民族·儿童"的主题多向性发展。但各民族儿童奋进向上的主题仍是多向的集中点。少数民族儿童奋进向上的主题本身就是多向的,多向的主题又都联系着民族儿童进取的内容。各民族作家始终追求这一方面内容的表现,不仅因为这正是民族心理状态新变化的最具体最生动的呈现,也因为这正是与民族传统、与现代意识相通的。可以看到,近年来已经涌现出一批展示童真、表现理想、呼唤真善美的好作品。诸如维吾尔族艾克拜尔·吾拉木的小说《卖哈密瓜的小姑娘》,赞美一个在路边卖哈密瓜的小姑娘虽然家境贫困却决不多要价多收钱的诚实和淳朴;蒙古族哈斯巴拉的《海力斯和麦力斯》,赞扬内蒙古草原上一对蒙古族小兄弟不畏强暴、不为利诱、自觉保护文物的睿敏与机智;彝族普飞的《鱼仙庙的"疯"孩》,赞许彝寨小学生在鱼仙庙前破迷信、讲科学的勇敢与大胆;傣族玉光的《东边日出西边雨》,更是赞赏居住在边远的曼养寨的傣族少女少男,敢于冲破旧习俗、旧观念的束缚,并以自身的行为说服和规劝父母,毅然走出村寨到城市求学的积极上进精神等等,都极富改革开放的锐气和生命跃动的激情。这些与历史同步前进的少数民族儿童文学新作，在中国儿童文学中再次奏响了时代的旋律，高高地扬起了现实主义的旗帜，显示出有中国特色的、多民族的、社会主义儿童文学的气势和气派。在新的时代里，"时代·民族·儿童"主题的多向性发展呈现出一种崭新的、更为深邃的内涵。这期间，为儿童创作的少数民族作家的人数正在增多，作品除了散见于各民族地区及全国性的文学报刊，有不少民族作家出了儿童文学集，如彝族普飞的《普飞儿童文学作品选》、小说散文集《蓝宝石少女》，土家族李传锋的《动物小说选》，白族张焰铎的作品集《洱海的孩子》，回族马瑞麟的寓言选集《摇篮》，海代泉的寓言集《螃蟹为什么横行》《老灰狼作报告》等。从中进一步看到，民族作家因为有了广阔多样的社会纵横视角的观察，才可能从总体上把握时代潮流和民族心理状态发展的趋势，把握民族进步与民族儿童生活现象之间的内在联系。由此证明：在民族儿童文学中，"时代·民族·儿童"主题的多向性发展正是历史转折时期中各民族作家真正获得了创作自由的必然。

经济与文化的发展并不平衡的社会发展规律，早为人所共知。新中国少数民族儿童文学的嬗变与开拓，使我们对这一规律的认识更为深化——少数民族地区的经济发展尽管仍相对滞后，但少数民族的文化却并不因此而黯然失色。历史造成的事实上的民族不平等，更激发了民族新一代人的生命热情。显然，中国少数民族文化中源远流长的爱国主义、传统美德、英雄精神，随着时代的发展，早已深深地融入一代又一代民族作家所创作的儿童文学中，成为一种新的民族精神。它不会被时光销蚀，不会被日月化解，它是民族未来的命脉所系，是人文精神的根系所在。在一篇篇不同内容和形式的民族儿童文学作品中，它升华为一个个精练精湛的主题，一份份奋斗奋发的豪情，一种种求新求变的活力，一股股浩然凛然的正气。因此，它使新中国少数民族儿童文学具有了生命之美、文化之美、民族之美。

## 二、时代潮流与民族文化交汇中的创作衍变

民族儿童文学虽然是民族文学的一个组成部分，但毕竟不同于一般意义上的民族文学。严格地讲，其独特的题材、题旨、审美的价值取向，正体现了民族作家对民族的某一特定历史或现实情境下儿童的生存状态和生活状况的特殊的情感和认知。非常可贵的是，当今少数民族作家们不论怎样地向往现代文明，却依然深深地热爱他们的民族和养育他们的那一方水土；依然眷恋着独特的民族文化氛围和淳朴的民情民风；而且更深地挚爱民族的下一代，因为民族的进步、民族文化的发展就体现在民族下一代的身上。他们因此把这执著的爱，完全融入儿童文学的创作中。这就使少数民族儿童文学作家们在传统与现代、东方与西方、本民族与他民族、自我与儿童的交流和碰撞中，更生动地显示出创作特性：他们在描绘绚丽的边地色彩和殊异的民族习俗的同时，更注重因经济发展、交通便利而使边寨僻乡变成了开放的特定区域，并使民族文化具有了开放性；注重由此影响到的民族心理的开放，并就此向着更深的深度和力度，更为本色和本质地表现各民族新一代人的情感意向、心灵世界逐步深化。如侗族青年女作家刘蓉宝的《小河流水清亮亮》，写四个侗乡妹子不依乡里、族里的旧习俗，硬是跟崽伢子一样，扎猛子下水洗澡；更不顾老族长的老马脸、老脑筋，把那石刻的"土地公公""土地婆婆"从沟坑里搬到樟树下，当作打牌、下棋、捡子儿的大石板；又为争到"下水"的自由，把这两个土地菩萨淹在斜树塘的深潭里。她们心中，无神、无鬼，有胆、有智，用自己的灵气和勇气，把家长统治、封建规矩否定个彻底。作家的笔触细腻、细致，写侗乡妹子善游水又善思想、敢行动又敢讲理的个个细节，凸现一个"新"字——一代侗族新人的新思想，一座侗族新村的新风尚，

一个侗族妹子也能出村上大学的新时代。巧妙的是，作家从头到尾都在写侗族儿童的生活，活泼泼，乐滋滋，却写出了古老的民族文化怎样在新的思想潮流的冲击、浸渍中被洇透、被改变。又如毛南族作家孟学祥的《曲折的山路》，写居住在山弯小村的毛南族女孩求学的路是多么曲折、多么艰难！战胜贫穷，战胜旧习，还须战胜自己。作家的描述精练、精当，写毛南女孩的勤劳又勤奋、自信又自重的少年人生，又显现出一个"强"字——在物质匮乏、思想封闭的生存环境中，毛南族老少两代不信天命，坚强不屈；在命运多舛、困难重重的生活天地里，毛南女孩不服命运，自强不息。这篇作品也自有它的巧妙。作品自始至终以女孩"云"的14岁人生旅程为中轴，又围绕着写另两个女孩——"英"的遭遇，"凤"的结局，都在明朗处显着阴影，在欢快中夹着忧伤，却也写出了某种滞后的民族文化怎样受滚滚而来的新的时代潮流的激荡、冲刷，从而改变着人们的精神面貌，提升着新一代人的思想境界。作家的描绘既是现实的，又是象征的，那缠绕着几代人辛酸的曲曲弯弯的山路，那想要走出禁锢而在山谷中挣扎的淙淙小河，那顶着阳光背负着沉重背篓一步一步地爬上山路的"云"的身影，都构成了一种深邃的意境，揭示一种深远的意义。可以看到，由于历史的原因，少数民族儿童一踏上人生旅程就多苦多难，苦难是一种障碍，但，苦难又砥砺出这些儿童特有的豪气和毅力——艰苦的自然环境得凭坚忍的毅力去征服，尖锐的现实矛盾要以壮烈的豪气去克服。新的时代潮流不仅为这种豪气和毅力注入新的思想汁液，它更是一股巨大的力量，激励着民族新一代人。我们可以把《小河流水清亮亮》看作是侗族儿童敢于反抗、敢于追求的美妙乐章，那么，《曲折的山路》就是毛南族作家忧患意识、开放意识相交织的深沉的奏鸣曲。显然，诸多少数民族作家的儿童文学创作既给当代文坛带来了他们对于被本民族文化渗透着的民族生活的新的体验，也带来了新的文学意识。他们从民族历史的沉积层中掘开新一代儿童生活于其中的民族现实的底蕴，又在民族儿童生活的表现中贯穿着深沉的历史意识，从而使民族儿童文学创作达到历史纵深感与时代潮流所体现的时代精神的交融。他们的探求精神与民族社会的开放相合拍，他们的民族生活经验的多样化和审视民族儿童生活的多视角，构成了不同民族中不同作家各自的儿童文学风格，这就又很自然地开拓了我们对儿童文学民族性的新认识。人们常常习惯地以剽悍勇猛、质朴豪爽等概念来一般地概括中国南、北方各民族的民族性格，或简单地以淳朴粗犷、清新自然来表示民族儿童文学的特色，而民族儿童文学的创作证明：民族性的内涵与表现极其丰富和深厚，民族性必然地体现着开放性。

与此同时，民族儿童文学创作也证明了：中国少数民族儿童文学的民族性是和儿童文学的当代性融合在一起的。中国正发生着巨变。阵阵文学新潮涌向中国少数民族儿童文学，出现了多种美学情趣和多种风格发展的势头，创作方法呈多元状态的变化，为艺术思维敞开了广阔的大门。这对民族儿童文学的发展起了重要的作用——新的文学思潮与老的民族文化的交融，使民族儿童文学有了一种非同一般的魅力。如景颇族岳丁的小说《爱的渴望》，用意识流的手法写一个景颇族孩子的遭遇。作品从传统的以情节为结构核心变为以心理为结构核心，通过儿童人物自身的意识展露，人物心理图景以直观的形式祖露在读者面前，使整篇作品中都涌动着稚真而圣洁的情思；佤族董秀英的《最后的微笑》，以蒙太奇的方式跳跃而又连贯地表现一个佤族女孩悲苦的童年生活和幸运的青年时代，在传统的叙述体手法与现代的心理化手法的融合中浓缩了悠长的岁月；哈尼族艾扎的《棺树》，更以象征主义的境界来渲染一种独特的民俗氛围，展现一个哈尼族少年充满神奇又十分平常的生活，却由此揭示着沉重的历史；而黎族龙敏的《年头夜雨》，又以闪回、重叠的手段，呈现故乡的人、故乡的事，对人与人、人与历史作敏锐的艺术捕捉，字里行间都燃烧着灼人的激情；苗族过竹的《江上的春》，有着浓浓的荒诞的意味，是写对旧民俗的叛逆？还是写对至真亲情的向往？其童真中寄寓着至善的人性；土家族蔡测海的《孩子和割草的人》，更有一种空灵的格调，有草有蝶的自然世界，无名无姓的祖孙对话，一问一答的心灵感应，都飘逸着浪漫的气息；维吾尔族穆罕默德·巴格拉西的《流沙》，写一辆满载着乘客的长途客车行进在塔克拉玛干沙漠中。作家以诙谐、幽默的笔调叙述乘客中的形形色色，正概括了社会人群中的各式各样，在可怕的风暴流沙中，各式各样的人却凝聚成一个集体，并且把全部希望寄托在一个孩子的身上——这个孩子是司机的儿子，司机犯病倒下后，只有他会使这辆客车开动。作品在喜剧的形式里蕴藏着悲剧的内容，诙谐中有着压抑，幽默中显出沉重，弥漫着"黑色幽默"的气氛，但又奏响着理想主义的旋律。凡此种种，可见中国少数民族儿童文学在多元思潮的碰撞中广采博取，以期多维、多层次地反映出民族生活的发展、民族心理的变化、民族文明的进步。还可见，民族儿童文学创作中相互交流和汲取的范围正在扩大，在东西方文化交汇中的各自借鉴，以及在继承民族文化传统中的承扬摒弃，使中国少数民族儿童文学更加充满生气和活力。需要特别提到的是，中国少数民族儿童文学作家无论是怎样地借鉴西方现代派手法，由于他们大多土生土长，对本民族长期居住的地域环境、风俗习惯有自己独特的感知和感受，对本民族的历史变革、文化传统有自己独到的体会和体验，所以决不会因借鉴而冲淡了他们刻画本民族儿童生活、情感中的原汁原味，相反，会使这"汁"、这"味"更浓厚、更醇香。

再者，中国少数民族儿童文学中民族性与当代性的融合也表现在对于汉族儿童文学注重在儿童形象塑造中揭示人格、显示人性和展示人情等方面的汲取。创作中由对民族儿童个体的思考取代了以往对民族性格总体的一贯强调，各民族作家的思维触角也就不期而然地由原来较为单一的民族本位向儿童本位转换，以深邃的目光关注起民族儿童的生存、命运、道德、情感，努力揭示民族生活作为儿童之存在方式的本体意蕴。这种艺术追求，使得少数民族儿童文学在内化深化"人学"方面，殊途同归地接通了同当代世界儿童文学的联系。如白族作家张焰铎的小说《洱海的孩子》，写洱海边的"坏孩子"小狗狗、小猴猴，在暴风雨中驾小船救助"好孩子"阿明，虽然因为用了多福阿老的船而被指责为"偷"，被阿老嚷着骂着，但他们舍命出海、暗中助人，那情那义，可谓能惊天地、泣鬼神；鄂伦春族作家敖长福的《猎人之路》，写一个有文化的鄂伦春族少年猎人松塔进老林、斗野猪、驯猎狗的心气和心劲，更是动人心魄。又如傣族玉光的《东边日出西边雨》、景颇族玛波的《冲出圈套》，从不同角度写本民族男女少年反对旧的早婚习俗的思想行为，讲道德而又合情理。这些作品中不同民族儿童少年形象中所体现的民族的旺盛的生命意志，跃动的创造激情，热切的自由渴望与纯真的心灵世界，又从另一方面生动地展示出民族儿童文学在时代潮流与民族文化交汇中的创作衍变。

就这样，经济发展仍相对落后的中国少数民族，却以关注、关怀民族新一代人成长的儿童文学的新的变化显示了自己在现代化进程中的勃勃朝气；显示了儿童文学民族性理论在民族儿童文学创作发展中的丰富和深化。"新潮"与"传统"在新中国少数民族儿童文学中各显异彩，呈现出民族文化裂变的壮阔景观——中国南北方少数民族文化中根深蒂固的坚毅坚忍、刚强刚烈、博爱博大的精神，在现代化的年代里，在新一代人的文学中，必将再放光芒。

（原载《内蒙古大学学报》2000年第2期）

# 20 世纪八九十年代海峡两岸儿童文学的交流

王泉根

台湾文学包括台湾儿童文学与中国文化母体有着密不可分的渊源关系，是整个中国大文学不可分割的重要板块。当代台湾文坛涌现了一大批儿童文学作家，创作了许多具有鲜明民族风格和浓郁的台湾地方特色、风格流派异彩纷呈的优秀作品，极大地丰富了中国儿童文学。但是，由于历史的原因，40 年来海峡两岸阻隔，两岸的小读者都不能读到彼岸的儿童文学。40 年的阻隔终于在 20 世纪 80 年代开始解冻。随着两岸往来的进展，海峡两岸的儿童文学交流呈现出日趋频繁的势头，无论在出版、评论、评奖、征文、访问等方面，都有明显的发展。"中国儿童文学要提升，两岸儿童文学要交流，世界华文儿童文学要发展。"这已成为两岸儿童文学界越来越强烈的共识。为中华民族未来一代服务的责任感与那一颗颗未泯的童心，使两岸儿童文学同行们的心越靠越近。

一

海峡两岸儿童文学的交流在 20 世纪 80 年代初期就已开始，但当时还处于一种"隔海相望"的状态。1981 年 8 月，山东人民出版社出版了黄裔编的《台湾儿童短篇小说选》，8 万余字，收入钟肇政、黄春明等 10 位作家的 13 篇短篇儿童小说。这是大陆最早出版的台湾儿童文学作品。1985 年 4 月，上海《儿童时代》杂志开辟了"台港儿童文学"专栏，这是大陆第一个介绍台湾、香港儿童文学的窗口。一些报刊，如《儿童文学》《儿童文学选刊》《台港文学选刊》等也陆续刊载了台湾儿童文学作品。大陆还出版了一些台湾儿童文学作品选集，如儿童诗就有三种：黄庆云编《台湾儿童诗选》（重庆出版社 1987 年版），达应麟、石四维编《台湾儿童诗选》（少年儿童出版社 1987 年版），香港蓝海文选编《台湾儿童诗选》（上下册，湖南文艺出版社 1988 年版）。大陆出版的一些研究台湾文学的史著，也涉及台湾儿童文学。如 1986 年 9 月广西人民出版社出版的《台湾当代文学》（王晋民著）第七章"林海音的小说"，专列一节探讨了林海音《城南旧事》的思想艺术特色及儿童形象；1987 年 12 月辽宁大学出版社出版的《现代台湾文学史》第 24 章第二节"70 年代乡土诗运动和重要诗社"，介绍了林焕彰的儿童诗创作。1989 年 5 月人民文学出版社出版的《台湾新诗发展史》（古远清著）第 14 章第 6 节也介绍了林焕彰等的儿童诗。在台湾，1988 年 9 月 11 日，由林焕彰、谢武彰等发起的"大陆儿童文学研究会"正式成立，并不定期出版《会讯》。1988 年 10 月台湾儿童文学文献研究家邱各容赴大陆参加"中华文学史料学研讨会"，并在上海与有关儿童文学史料工作者胡从经及童话作家洪汛涛商谈儿童文学交流事宜。台湾儿童诗人陈木城从美国、加拿大、日本等地搜集了 200 多种大陆儿童文学读物，带回台湾，与"大陆儿童文学研究会"一起展开有计划的研读探讨活动，并自 1988 年起，先后与《文讯》杂志、《书香广场》杂志、东方出版社举办了三次有关大陆儿童文学的座谈会。陈木城还在《东方书讯》开设了"大陆儿童文学扫描"专栏，在《儿童

文学学会会讯》上发表了《大陆儿童文学重要论述简介》。杜荣琛也在《台湾时报》《民众日报》等开辟童话、诗歌选读专栏，介绍大陆儿童文学。

在中国当代儿童文学史上，1989 年无疑是一个值得关注的界标。这一年的元月，北京《儿童文学》、上海《少年文艺》等大陆多家报刊与台湾刚刚创刊的《小鹰日报》联合举办"中华儿童文学创作奖"的征文评奖活动，这是海峡两岸儿童文学界第一次直接开展的交流，虽然当时还是依靠邮路传递、鸿雁往返的。同年 3 月 24—25 日，香港儿童文艺协会与香港作家联谊会联合主办"儿童文学研讨会"，邀请大陆、台湾儿童文学作家出席。林焕彰、谢武彰、陈信元、方素珍等五位台湾作家与黄庆云、小啦等大陆作家在香港聚会（依据原定名单，大陆尚有陈伯吹、张锡昌、李仁晓、李楚城、关夕芝等 13 位作家，可惜，因为签证关系，他们都来不及与会，但他们提交的论文均刊登在《研讨会报告书》上），这是海峡两岸儿童文学作家的首次见面，但是地点不在大陆而是在香港。

香港的聚会为海峡两岸儿童文学交流提供了新的契机。作为台湾著名儿童文学作家与活动家的林焕彰，旋即在《联合报》策划了以"两岸儿童文学家大集合"为主题的活动。1989 年 4 月 3 日、5 日，《联合报》副刊连续两天刊登大陆作家黄庆云、樊发稼、洪汛涛、圣野、孙幼军、叶永烈和台湾作家林良、马景贤、郑明进、谢武彰、李潼、陈木城的作品与文论，并刊登了作者的照片。这是大陆儿童文学作家首次在台湾传播媒体的群体亮相。同年 8 月，"大陆儿童文学研究会"会长林焕彰率领谢武彰、杜荣琛、陈木城、方素珍、李潼、曾西霸一行 7 人，飞赴大陆访问。他们除拜会冰心、陈伯吹、严文井、叶君健等中国儿童文学界泰斗外，还先后与安徽、上海、北京等地的儿童文学界进行学术交流。8 月 12—13 日，在安徽合肥举行"皖台儿童文学交流会"；17 日在上海师范大学举行"台湾上海儿童文学交流"；21 日，在北京文化部举行"台湾北京儿童文学交流会"。海峡两岸儿童文学 40 年来长久隔阂的局面第一次被打开，大家坐在一起进行面对面心交心的恳谈、沟通与对话。"1989 夏季之旅"无疑是海峡两岸儿童文学界的历史性会见。此次会见之后不久，经樊发稼推荐选编，《人民文学》于 1989 年 10 月号刊出了《台湾儿童诗八首》（谢武彰 3 首，方素珍、陈木城各 2 首，杜荣琛 1 首）。这是大陆最权威的文学刊物较早对台湾儿童文学所做的"高规格"介绍。

1990 年，温馨的五月花季，由湖南作家协会《小溪流》文学杂志社承办的、在长沙—南岳衡山召开的"首届世界华文儿童文学笔会"上，这样的恳谈、沟通与对话，内容就更深入，更丰富了。来自台湾的作家、画家林焕彰、桂文亚、洪文琼、陈卫平、沙白、方素珍、邱杰、欧阳林斌、洪义男、林鸿尧、苏荣芳、周慧珠等，来自美国的作家陈永秀、木子等，来自新加坡的作家洪生、南子、林锦、秦林等，与来自大陆京、沪、津、湘、渝等地的作家欣然相会。50余位清一色的华人儿童文学工作者，济济一堂，共论世界华文儿童文学的优势与现状，共商发展世界华文儿童文学的方略与对策。台湾作家分别宣读了《台湾儿童文学的创作现状》（林焕彰）、《近四十年台湾儿童期刊发展综合分析》（洪文琼）、《台湾典型县市——桃园的儿童文学发展状况》（邱杰）、《儿童诗的探索》（沙白）等论文。大陆作家则兴致勃勃地纵论了近 10 年大陆儿童文学蓬勃发展的局面及面临的挑战。"客串"儿童文学的著名老作家峻青，面对此情此景，激情难抑，当即在会场上赋诗吟诵："盛会空无前，三湘有新诗。衡岳同根树，海隅连理枝。童心千秋在，文苑万里驰。繁花已似锦，来日更可期。"

是啊，同是炎黄子孙，同用方块字写作，用不着翻译，也用不着注释，海峡两岸的儿童文学作品即可直接交流，两岸的小读者彼此喜欢两岸作家写的童话、童诗、散文、小说。

童心毕竟是相通的,更何况炎黄子孙的童心! 随着两岸儿童文学交流的日渐深入,《人民文学》《儿童文学》《东方少年》《小溪流》《儿童文学选刊》等大陆多家报刊相继刊发了更多的台湾儿童文学精彩之作,大陆的一些中小学语文、作文类杂志,也发表了不少台湾中小学生的优秀作文;《文艺报》《儿童文学研究》《儿童文学评论》及一些大学学报,发表了一系列探讨台湾儿童文学的论文,如《台湾儿童文学鸟瞰》《台湾儿童诗概况》《读台湾"三林"的儿童诗》《评台湾中篇儿童小说〈昨天的故事〉》《沙白与童诗》《台湾的儿童诗》《台湾儿童文学概况》《大海那边的奇葩》《多彩多姿的台湾校园剧》《林良先生的〈你几岁〉》等。林良、林海音、马景贤、林焕彰、桂文亚、谢武彰、陈木城、郑雪玫、杜荣琛、林武宪、邱各容、洪文琼、方素珍、沙白、陈卫平、叶咏俐、木子、邱杰、李潼、黄基博、黄海、帅崇义、李雀美、陈玉珠、林文宝、林加春、邱阿涂、洪文珍、曾西霸、薛林、管家琪、徐守涛、陈正治、傅林统、曾俊彦、杨世平、丁淑卿、夏婉云、林月娥、洪中周、苏尚耀、赵天仪、郁化清、雷侨云……一个个陌生的名字,逐渐为大陆儿童文学界与小读者所熟悉。1991年,第一本精选当代台湾儿童文学作家的作品集《台湾儿童文学》,由安徽少年儿童出版社出版,该书作品大多由台湾"大陆儿童文学研究会"提供。1992年,第一本由海峡两岸暨香港儿童文学家合作编撰的《中国当代儿童文学作家小传》也由湖南少年儿童出版社出版,这是搜集最为齐备的儿童文学作家传略专书。这些均是两岸合作交流的产物。虽然大陆报刊过去也曾刊发过台湾的儿童文学,但介绍的作家之多,作品之富,则以1989年以后为甚。

在彼岸,1989年台湾出版界几乎同时推出了《中国传统儿歌选》(蒋风编)、《儿童文学》(祝士媛编著)、《童话艺术思考》(洪汛涛著)、《儿童诗初步》(刘崇善著)、《大陆儿童诗选》等一批大陆儿童文学作品与论著。《国文天地》《国语日报》等报刊先后评介了《现代儿童文学的先驱》《中国儿童文学十年》《中国现代儿童文学文论选》等大陆近年出版的儿童文学重要论著。由台湾"儿童文学学会"策划编撰的《1945—1990儿童文学大事纪要》(1991年版)以大量篇幅刊登了大陆的儿童文学纪事,并介绍了大陆的儿童文学评奖、儿童文学论著书目等。该学会策划编撰的另一本重要专著《1945—1990华文儿童文学小史》(1991年版,以上两书均由洪文琼主编),以专文形式刊登了《四十年来大陆的儿童文学发展》(陈信元)。1990年4月,林焕彰再次在《联合报》副刊上策划以"儿童文学发展的新趋势"为主题的笔谈,首次邀集我国海峡两岸暨香港,还有美国、菲律宾等国的儿童文学家撰稿,大陆有班马、王泉根的文章。

## 二

在彼岸,"认识大陆儿童文学"是台湾儿童文学界经常开展的一项活动,也是彼岸儿童文学界的一句"熟语"。1991年初,在台湾儿童文学界召开的一次创作研讨会上,岛内一百多位作家、学者就两岸儿童文学进行比较,讨论如何赋予儿童文学创作的时代精神,提高创作质素。小说作家李潼在《台海两岸儿童文学交流近五年的回顾与展望》一文中认为,近5年的"交流现状"大致有10个方面,其中有:"作家与作家间试探性、重点式感情交谊:两岸作家在初期接触中,皆表现高度善意与热诚,即使讨论会也以认识交谊为主要,此一现象可视为初期接触的自然状况。""大陆儿童文学理论作品进入台湾,造成理论研究界良性刺激……台湾理论研究者的精神因此获得鼓舞。""单篇作品的发表量,大陆儿童文学作品在台湾发表超过台湾作品在大陆刊载"。[①]引介大陆儿童文学、研究大陆儿童文学,已逐渐成了台湾文坛的一个热门话题,其原因诚如台湾学者陈卫平所说:"过去中国人不大珍惜的传统特色,事实上才真正是世界舞台上最能引人注目的货色。所幸大陆儿童文学作家普遍具有充沛的创作欲望,保存中华文化的特质……大陆儿童文学作品在台湾露面的机会益见频繁,未来或将形成大势所趋。"②

特别值得一提的是,两岸儿童文学界还互相进行颁奖活动,表彰对儿童文学事业做出贡献的作家与优秀之作。1989 年 5 月,大陆童话作家洪汛涛的新作《神笔马良》获台湾第一届"杨唤儿童文学奖"的"特殊贡献奖"。该奖系为纪念台湾现代著名诗人杨唤对儿童文学的杰出贡献、推进世界华文儿童文学的发展而创设。1990 年 5 月,两位大陆青年作家、学者——上海周锐的童话《特别通行证》与重庆王泉根评选的《中国现代儿童文学文论选》同时获得第二届"杨唤儿童文学奖"与"特殊贡献奖"。1991 年,周锐又获台湾第四届"东方少年小说奖",北京罗辰生的《大杂院》获第 13 届"《联合报》中篇小说奖"。1992 年 2 月,周锐再次获台湾第五届"信谊幼儿文学奖"。同样,台湾作家的作品也在大陆获得好评。1990 年 6 月,台湾诗人林焕彰的儿童诗《小猫》获得第九届"陈伯吹儿童文学奖",同时获奖的还有一位台湾小朋友许惠芳的作品《我看书,书也看我》。1991 年 9 月,台湾作家桂文亚的散文《江南可采莲》、谢武彰的童话《池塘真的会变魔术吗》同时获第十届"陈伯吹儿童文学奖"。1992 年 12 月,台湾作家李潼的长篇少年小说《少年葛玛兰》获第三届"宋庆龄儿童文学奖"二等奖。

在推进海峡两岸儿童文学交流方面,台湾著名诗人、儿童文学家林焕彰做了不少实质性的努力。1988 年 9 月,他在台北倡议发起成立"大陆儿童文学研究会",次年领队首访大陆。1990 年 5 月又率台湾作家赴大陆参加 "首届世界华文儿童文学笔会"。1991年,他以每期提供 3 万元新台币的经费,创办了一份综合性的《儿童文学家》季刊。该刊主要为促进海峡两岸的儿童文学交流与世界华文儿童文学的发展提供发表园地。1991年春季号发表了介绍云南儿童文学的论文《太阳鸟作家群的形成》(吴然);春季号与夏季号推出两岸作家的专题笔谈"儿童文学的游戏精神",大陆有尹世霖、孙建江、孙幼忱、盖壤、蒋风、班马、汤锐、王泉根等的文章;夏季号还以 32 页的篇幅,全面介绍了北京著名童话作家孙幼军的生平与创作。秋季号与冬季号的"安徒生专辑"中发表了陈伯吹、韦苇、洪汛涛、班马、冯君、侯辛华、韩进、小啦等的文章。冬季号的"华文儿童文学的世界观"专栏刊登了陈伯吹、任大霖、洪汛涛、蒋风、吴珹的文章。1992 年秋季号又全面介绍了云南著名动物小说作家沈石溪及其创作。1993 年春季号介绍了大陆新潮儿童文学前卫作家班马及其创作历程。此外,该刊还发表大陆儿童文学理论、创作信息与两岸作家书简等。林焕彰创办、主编的《儿童文学家》已成为两岸儿童文学交流的一个重要窗口。

1991 年 9 月 15 日,台湾"儿童文学学会"召开"海峡两岸儿童文学交流"专题座谈会,这是自海峡两岸儿童文学交流以来台湾最重要的一次会议,该学会在《会讯》7 卷 5 期上以 23 页的篇幅,全文刊登了讨论记录。学会理事长郑雪玫在座谈会总结时说:"这个座谈会收获很大,我们获得一个共识,海峡两岸儿童文学的交流势在必行,而且应该加快脚步。但应该怎样做呢? 每个人都有责任朝这个方向努力,并尽量沟通。"《会讯》主编洪文琼在《海峡两岸儿童文学交流的深层思考》一文中,就有关实质层面的交流提出了自己的看法,他认为:"当前的海峡两岸儿童文学交流已不是要不要的问题,而是如何参与的问题。""交流的目的,不仅止于双方交换出版品、资料和讯息,或互相邀访而已,更重要的应是双方能够互相交换儿童文学的创作理念和技巧、儿童文学研究方法和观点,以及儿童读物的编辑理念和技巧,也即是所谓思想的交流。而也唯有进展到儿童文学工作者的思想交流,才能对海峡两岸的儿童文学发展起积极的作用。它的达成,必须在海峡两岸都掌握了对方相当的资料,而且有不少专家学者作了基础性的评介与研究才有可能······不论海峡两岸儿童文学采取何种方式交流,经久性对对方对自己的资料(包括作品与研究论著等)加以系统整理或评介,都是最根本的要务。"③

三

进入1992年以后,海峡两岸文学交流出现了又一波新的势头,海峡两岸作家频频聚会,把两岸儿童文学交流推向了一个新的高度。

这年3月,湖南少年儿童出版社与海南出版社在海南岛举行"华文幼儿文学研讨会",大陆作家和来自台湾的林焕彰、谢武彰、曹俊彦,以及新加坡作家与会,探讨了华文幼儿文学的现状与发展前景。5月3日,台湾16位儿童文学作家飞赴北京,开展系列交流活动。这16位作家中,有写过《城南旧事》的著名女作家林海音,有台湾老一代儿童文学作家、理论家林良、马景贤、潘人木,有成绩斐然的台湾中青年儿童文学作家、诗人、评论家林焕彰、桂文亚、陈木城、陈卫平、沙永玲、方素珍、黄海、管家琪、周慧珠等。这是自海峡两岸儿童文学交流以来,前往大陆访问的名家最多、阵容庞大的台湾儿童文学作家队伍。

台湾作家一到北京,即与大陆作家开展了一系列交流活动。5月4日,北京作家与台湾作家举行了"童话研讨会"。台湾作家分别作了《"童话"定义的探索》(林良)、《童话创作在台湾》(马景贤)、《漫谈四十年来为儿童写作的经验和心得》(林海音)、《童话是试"心"石》(桂文亚)、《变变变》(方素珍)、《什么是童话》(管家琪)等的报告,北京作家则兴致勃勃地纵论了近十年来大陆童话创作蓬勃发展的局面以及新的艺术特色与美学追求。5月5日,中国和平出版社举办了由台湾女作家沙永玲主编的《台湾名家童话选》"首发式"。两岸作家还举行了作品展览与联谊活动。

5月6日,中国社会科学院文学研究所当代室、台港室与中国儿童文学研究会、安徽少年儿童出版社在社科院联合召开"林焕彰儿童诗研讨会",大家就林焕彰儿童诗的美学追求、艺术品位、儿童情趣、诗歌的意象和绘画性、音乐性、节奏感,以及海峡两岸儿童诗的比较等问题进行了热烈讨论。林焕彰激动地说,这是他参加的一次研讨最为认真、学术品位相当高的会议。

5月7日,台湾作家来到天津,当天下午与次日上午,参加由天津《儿童小说》编辑部主办的"少年儿童小说研讨会"。台湾作家林焕彰、桂文亚、陈卫平、潘人木、黄海、沙永玲等分别作了题为《为谁写作?写给谁看》《精确掌握少年儿童的心理发展》《变局下的儿童文学》《儿童小说里的Do Re Mi》《鸟瞰创作四十年,纯真心灵绘童梦》《台湾儿童历史小说的新潮流》等报告,天津作家则畅谈了近10年天津以及大陆少年儿童小说创作的新趋向、新特点与新人新作,介绍了《儿童小说》杂志的办刊经验体会。

5月11日是这次海峡两岸儿童文学交流的高潮:由台北《民生报》、河南海燕出版社、北京《东方少年》杂志社联合举办的"1992年海峡两岸少年小说、童话征文新闻发布会"在北京建国饭店隆重热烈举行,全国人民代表大会常务委员会副委员长雷洁琼到会并接见了三方负责人。首都新闻界、文学界、出版界200余人参加,并出席了中午的酒会。新闻发布会由台湾著名女作家、台北《民生报》儿童组主任、美国《世界日报》儿童版主编桂文亚主持。《民生报》社社长黄年、河南海燕出版社社长张明武、北京《东方少年》杂志社主编宋汛分别致辞,就这次海峡两岸儿童文学征文活动的目的缘起、征文内容要求、评选方式、赠奖出版等作了充分介绍。三方负责人一致指出:"繁荣中华民族儿童文学创作,促进海峡两岸儿童文学界的交流和友谊,并提供更好的精神食粮给少年儿童,是我们海峡两岸儿童文学写作者及工作者的共同心愿。"

北京的新闻发布会结束后,作为这次征文活动台湾方面的总策划桂文亚,旋即赴成都、重庆、武汉、广州等地(新闻发布会前已去过上海)进行宣传、组稿。此次征文自 7 月 1 日开始,到 8 月 15 日止,共收到大陆地区少年小说 304 篇、童话 315 篇,台湾地区少年小说 74 篇、童话 115 篇,合计 808 篇。经过严格的初选、复选,最后,由海峡两岸儿童文学界——大陆方面的樊发稼、浦漫汀、任大霖、孙幼军,台湾方面的林良、潘人木、罗青、林载爵等 8 人组成评委会投票表决,于 11 月 13 日在北京公布评奖结果。其中,少年小说类有曹文轩的《田螺》等 5 篇获优等奖,武振东的《大侠阿狗》等 10 篇获佳作奖;童话类有杨红樱的《寻找快活林》等 10 篇获优等奖,张彦的《山湖妈妈的孩子》等 13 篇获佳作奖。所有获奖作品均由两岸同步结集出版。这次征文是海峡两岸儿童文学交流以来规模最大的一次活动,对于促进海峡两岸儿童文学的交流和发展产生了积极的影响。

1992 年的征文活动开展以来,海峡两岸儿童文学的交流进一步加快了进度,出现了一些新的现象,这主要有:

(1)1992 年 7 月,昆明儿童文学研究会等单位在昆明召开"昆明台北儿童文学交流会",台湾有林焕彰、谢武彰、陈木城、杜荣琛、帅崇义、曾西霸等 10 位作家赴会。昆明交流会后,林焕彰、陈木城等数人又赴广州参加"中国儿童文学研讨会",与大陆作家展开学术交流。

(2)1992 年 6 月 7 日,台北成立"海峡两岸儿童文学研究会",由林焕彰出任理事长。同年 9 月 20 日,该研究会又成立了史料、理论、童话、诗歌、小说、散文、戏剧、科普、图画、幼儿文学及出版等 11 个专门研究委员会,针对海峡两岸儿童文学展开实质性的学术交流研究工作。

(3)台湾联经出版公司先后出版了大陆作家周锐的童话集《特别通行证》、张秋生的童话集《小巴掌童话》、李昆纯的散文诗集《怕痒树》以及北京小作者葛竞的童话集《肉肉狗》等一批作品。由一家出版社在短期内连续推出大陆儿童文学作品集,这是不多见的。

(4)两岸儿童文学界期盼多年的"海峡两岸儿童文学研讨会"于 1993 年 8 月在四川温江召开。为迎接这次盛会,四川少年儿童出版社与台湾民生报社在两岸同步出版《海峡两岸儿童文学选集》丛书。大陆儿童文学家陈伯吹先生、台湾儿童文学家林良先生分别为丛书作序,其中的《大陆童话卷》《大陆童诗卷》《台湾童话卷》《台湾童诗卷》已率先与海峡两岸小读者见面。林焕彰、桂文亚、谢武彰、杜荣琛等 16 位台湾儿童文学作家、理论家与来自大陆北京、上海、广东、浙江、四川等地的 35 位同行就海峡两岸儿童文学的创作现状与理论研究,尤其是关于童话、儿童诗的问题,进行了热烈的比较、探讨。这次会议在海峡两岸儿童文学界产生了积极影响,被誉为是继 1990 年长沙"首届世界华文儿童文学笔会"以后的第二次盛会。

## 四

在海峡两岸的儿童文学交流史上,1994 年无疑又是一个重要的转折。此前,海峡两岸交流主要是台湾儿童文学作家前往大陆,对于大陆儿童文学界而言,海峡彼岸似乎虚无缥缈,遥不可及。转机终于出现了:1994 年 5 月 28 日,应台湾"海峡两岸儿童文学研究会"的邀请,14位大陆儿童文学工作者飞越海峡,前往台湾参加"海峡两岸儿童文学学术研讨会",并作为期一周的环台湾岛之旅,分别与台东、高雄、台中等地的儿童文学工作者见面、座谈。首次赴台的这14位大陆儿童文学工作者是:北京的金波、孙幼军、樊发稼、马联玉,天津的詹岱尔,上海的洪汛涛,重庆的王泉根,广州的班马,金华的蒋风、韦苇,长沙的金振林,合肥的刘先平,成都的何群英,昆明的李光琦。据组织这次大陆作家赴台访问活动的"海峡两岸儿童文学研究会"理事长林焕彰介绍,此次邀请带有"回报"的性质,同时也是对"1989年夏季之旅"以来海峡两岸交流活动所做的一个学术性质的总结与回顾。被邀请的这14位大陆作家,曾在此5年期间的海峡两岸交流中做了不少实质性工作,或为推进两岸儿童文学的创作、研究费心费力,或组织策划相关的海峡两岸交流活动,邀请台湾作家去大陆。如刘先平以安徽省作家协会负责人的身份,出面举办1989年"皖台儿童文学交流会";金振林作为湖南省作家协会《小溪流》杂志的主编,策划1990年"首届世界华文儿童文学笔会";何群英作为四川少年儿童出版社的副社长,成功组织了1993年在四川召开的"海峡两岸儿童文学研讨会"。1994年5—6月间,大陆儿童文学工作者的这次集体赴台交流,为海峡两岸儿童文学交流揭开了新的篇章,对于海峡两岸儿童文学的互动与发展无疑具有重要意义,同时也开创了大陆儿童文学作家赴台访问的先例。此后,大陆儿童文学工作者直接受邀访台的活动持续不断,这主要有:

北京的曹文轩于1995年4月上旬访台,4月3日在台北《联合报》大楼参加"曹文轩少年小说写作演讲座谈会"。

北京张之路与浙江方卫平于1996年12月访台,参加在台北举行的"1996年海峡两岸小说研讨会"。

1998年3月12日,重庆王泉根应台东师范学院儿童文学研究所邀请,赴台东为研究生授课。这是大陆高校教授首次为台湾高校研究生授课,并进行考试。同月20—23日,由海峡两岸儿童文学研究会、民生报社、台北市立图书馆联合主办的"1998海峡两岸童话学术研讨会"在台北举行,25—27日,由台东师范学院北童文学研究所主办的"台湾地区(1945年以来)现代童话学术研讨会"在台东举行。大陆作家学者一行7人——汤锐、葛竞(北京)、张秋生(上海)、金燕玉(南京)、方卫平、孙建江、赵冰波(浙江),以及已经在台访问的王泉根一起参加了这两个学术研讨会。

2001年11月1—4日,以北京师范大学副校长郑师渠为领队的大陆儿童文学作家束沛德、王泉根、林阿绵、李玲、王林(北京)、马力(沈阳)一行7人,应邀参加在台东举行的"华文儿童文学学术研讨会",同时还参加了在台北举行的"2001年两岸儿童文学交流座谈会"。

进入20世纪90年代后半期以来,海峡两岸的儿童文学交流,已从以前认识—对话—了解,由相互介绍、熟悉两岸儿童文学作品与出版、评奖等的层面,开始进入学术研究的深层次,尝试从同源同根的文化渊源以及当代社会文化语境、文学思潮、理论观念、儿童文学教学、传媒出版等多角度、多层次的维度探讨两岸儿童文学,共同推进深层次的交流与对话。

20世纪90年代以来,在海峡两岸儿童文学交流方面,台湾儿童文学界有3位人物做出了特别努力,投入了大量精力,需要特别加以提出。这就是林焕彰、桂文亚、林文宝。

作为诗人的林焕彰,最早策划海峡两岸儿童文学交流。如上所述,1989年的夏季之旅,1994年大陆儿童文学14人组团访台,都是林焕彰直接策划的结果。林焕彰还与谢

武彰、陈木城、杜荣琛、陈信元等于 1988 年 9 月 11 日发起成立"大陆儿童文学研究会",并担任首任理事长。该研究会以后组建为"海峡两岸儿童文学研究会",在换届中先后由桂文亚、马景贤继任理事长。2001 年起,林焕彰再次担任理事长。林焕彰作为台湾《联合报》副刊编辑,最早在该报将大陆儿童文学作家介绍给台湾读者,这就是 1989 年 4 月 3 日与 5 日,《联合报》副刊推出两期"海峡两岸儿童文学家大集合"的特辑。特别是林焕彰担任主任委员的"杨唤儿童文学奖基金会管理委员会",自 1988 年 9 月起至 2000 年结束,先后为洪汛涛(1989)、周锐、王泉根(1990),沈石溪(1992),秦文君、樊发稼(1993)、张秋生、韦苇、葛竞(1994)、郭风(1995)、戎林(1996)、吴然、任溶溶(1997)、班马、孙幼军(1998)、蒋风(1999)等 16 位大陆儿童文学工作者颁发"杨唤儿童文学奖",这对于推进海峡两岸儿童文学深层次的交流与沟通无疑产生了良好作用。

桂文亚既是著名儿童文学作家,其创作在散文方面尤见特色与成就,同时又是台湾《民生报》儿童组主任,并负责编辑民生报社的少儿读物出版品。桂文亚充分利用在文学界、新闻界、出版界的资源与优势,积极推展海峡两岸儿童文学交流,成功地策划、组织了不少活动。如前所述,1992 年海峡两岸联合举办的少年小说、童话征文评奖,即是桂文亚的手笔之一。以后,她结合民生报社的"儿童小说""中学生书房""书香家庭"等多套大型连续系列丛书的组稿编辑工作,以及《民生报》儿童版的组稿责编,几乎年年到大陆,有时一年两三次,或访问作家,或参加研讨会,或与大陆报刊(如北京的《东方少年》、上海的《少年文艺》、武汉的《少年世界》)合作编辑栏目。可以说,桂文亚已成了大陆儿童文学界、出版界无人不晓的人物。经桂文亚之手,不少大陆作家的作品在台湾频频发表与出版。特别是"中学生书房"与"儿童小说"两套丛书,举凡曹文轩、秦文君、班马、沈石溪、张之路、葛冰、周锐、赵冰波、樊发稼、张秋生、金波、孙幼军等大陆知名作家的作品,都被列入丛书在台出版,有的还出版过多种作品。儿童文学圈内人士都知道桂文亚爱走爱跑爱旅行,而且快人快事,快手快书,一趟旅行回来,就能很快将旅行的收获和风景告诉世人。于是,这就有了桂文亚独创的"旅行摄影文学"。通过她拍摄的优美照片和优雅文字,把祖国大陆的大好河山传达给台湾的小读者和大读者,如《说吧! 香格里拉》《再来一碗青稞酒》《美丽眼睛看世界》等。1996 年 4 月,桂文亚还和管家琪一起,与大陆数位作家在江南自费组织"儿童文学散文之旅"研讨活动。这次活动的结晶是出版了一本《这一路,我们说散文》的别致书籍,对当代少儿散文的创作现状及发展趋势,进行了一次深入的理论透视。

林文宝是一位学者、教授,但同时也是一位忙碌的儿童文学活动家。作为教授,他深知,只有切入教学、研究的学术层面,海峡两岸儿童文学的交流才能真正走向深入;作为教授,他也深知学术如不走出书斋,海峡两岸的交流还是不能真正走向深入。经过多年筹备,创造条件,由林文宝出任所长的台东师范学院儿童文学研究所,于 1996 年 8 月获准设立,1997 年正式成立,并于 1997 年 5 月招收首届儿童文学硕士研究生。洪文琼认为,台东师院儿童文学研究所的成立"意谓儿童文学理论建构与解释权将逐渐回归学术单位,象征台湾儿童文学新典范已在形成","东师儿文所将是新典范的建立者,在健全的发展情况下,如果近一二十年没有第二家儿文研究所成立,则东师儿文所将主导台湾儿文理论的建构与诠释"。(参见洪文琼《台湾儿童文学手册》)台东师范学院儿童文学研究所的成立及研究生培养工作的实施,不仅对发展台湾儿童文学意义深远,而且对于海峡两岸儿童文学特别是教学研究与理论的交流同样深具意义。自 1997 年台东师范学院儿童文学研究所成立以来，林文宝教授每年寒假均带领研究生前往大陆高校进行学术交流、考察活动，与北京师范大学、东北师范大学、沈阳师范学院、上海师范大学、广州大学、浙江师范大学等建立了广泛的学术联系。同时，先后邀请大陆高校的儿童文学教师王泉根、班马、方卫平等，去台东师范学院为儿童文学研究所研究生开课。由林文宝担任总编辑的《儿童文学学刊》，自1998年3月创刊以来，已出版7期。该刊不仅是台湾目前唯一的儿童文学理论学刊，而且也是海峡两岸儿童文学学术交流的重要园地。据统计，该刊已先后发表过王泉根、束沛德、周晓波、马力、林阿绵等大陆学者的16篇论文。20世纪90年代后期以来，台东师范学院儿童文学研究所还主办过多次儿童文学学术研讨会议，几乎每次都有受邀的大陆学者参加并作学术报告。

当儿童文学作为一种规范的学科列入高校教学，并进行高层次研究人才的培养时，这无疑是儿童文学学科建设的深层发展。当两岸高校携起手来，共同研讨儿童文学教学研究与研究生培养等话题时，我们完全可以说：海峡两岸儿童文学的交流已进入到了深层次。因为这是观念与观念的对话，学术与学术的交融，精神与精神的沟通。这种深层次的对话、交融与沟通，在世纪之交迎来了一个高潮，这就是1999年9月北京师范大学举办的"首届海峡两岸儿童文学教学研讨会"。

来自海峡两岸儿童文学界的70余位专家、学者会聚一堂，就跨世纪的儿童生存与儿童教育、跨世纪的儿童文学创作走向与传媒形式、跨世纪的儿童文学教学研究与理论批评等当前儿童文学界的重大问题进行了深入的探讨。中国学术界泰斗、97岁高龄的钟敬文教授在大会开幕式上兴致勃勃地就民间文学与儿童文学的关系、发展儿童文学的重大社会意义等发表了精彩的演讲，使与会者得到很大教益。

经过三天坦诚的交流与沟通，与会者一致认为：21世纪将是一个人才竞争的时代，而在素质教育以及高素质的人才培养等跨世纪的社会工程中，儿童文学的普及教育将有着不可替代的功用与实质性的社会意义。儿童文学面对的是中华民族的未来一代，海峡两岸儿童文学作家作品的交流、发表、传播，直接影响着两岸亿万小读者的精神对话、心理沟通与文化传递。两岸儿童文学有着共同的以文学育人、树人、立人的目标，而当代海峡两岸儿童文学的发展态势与走向又有着许多相同相通之处，这些都使海峡两岸儿童文学不约而同地共处于一种对话、沟通的期盼之中。因此面对21世纪，海峡两岸的文化教育交流需要从更多的层面、以更丰富的形式来加以提升、推进。继续加强海峡两岸儿童文学、儿童文化的交流，共建海峡两岸少年儿童的文学殿堂与精神家园，引导海峡两岸少年儿童到同文同源的万里长风中，到同根同脉的历史苍穹下，去感应中华文化生生不息的脉搏，使他们拥有一份共同的关于中华民族的文化情结，关于龙的传人的审美把握，这对于中华民族的未来发展与光辉灿烂的明天有着重大的现实意义。

出席本次大会的不但有高洪波、樊发稼、张美妮、金波、曹文轩、王泉根、孙云晓、张之路、白冰、汤锐、班马、方卫平、韦苇、孙建江、彭斯远、梅子涵、朱自强、马力、周晓波等大陆儿童文学界的重要代表人物，有以台东师范学院儿童文学研究所林文宝所长、台中东海大学许建昆教授、台北天卫出版公司陈卫平社长等为主阵的台湾儿童文学理论界的重要代表，还有大陆儿童文学四大学术团体的负责人——中国作家协会儿童文学委员会主任委员束沛德、中国儿童文学研究会理事长陈子君、全国高校儿童文学教学研究会会长浦漫汀、全国幼师普师儿童文学教学研究会理事长郑光中以及四大学术团体的其他主要负责人贺嘉、宗介华、张永峰、冉红等。可以说，本次会议是世纪之交海峡两岸儿童文学理

论界的一次大聚会。理论与教学、创作与传播、现代与传统以及海峡两岸的双向互动、沟通对话,使这次大会既充满理论思辨的学术性、前瞻性,又体现出海峡两岸文教交流的文化同源性和亲和性,因而对促进世纪之交中华民族儿童文学的发展将具有实质性的现实意义。

童心总是相通的。同是炎黄子孙、书同文、语同音、习同俗、行同伦,"南音北音同华音,左行右行同汉文。""我们是相同的血缘共有一个家,黄皮肤的旗帜上写着中华。"在走向 21 世纪的进程中,海峡两岸儿童文学的交流必将更加丰富、活跃,世界华文儿童文学必将更加繁荣、发达!

**[注释]**

① 李潼:《台海两岸儿童文学交流近五年的回顾与展望》,《儿童文学学会会讯》,1991 年 7 月第 1 期。

② 陈卫平:《南岳朝圣有感》,《儿童文学学会会讯》,1990 年 6 月第 3 期。

③ 洪文琼:《两岸儿童文学交流的深层思考》,《儿童文学学会会讯》,1991 年 7 月第 5 期。

(原载王泉根主编《中国新时期儿童文学研究》,河北少年儿童出版社 2004 年版)

# 我看海峡两岸儿童文学交流活动

束沛德

我是第一次来到富有南国风情、魅力的厦门,有机会与自己的同行,特别是久违了的台湾朋友就海峡两岸儿童文学交流这个主题对话、交流,心里感到格外亲切、高兴。

我不是儿童文学作家,从来没有写过童话、童诗和小说,也不是专业的儿童文学研究者,而是个儿童文学组织工作者。多年来,我从事的主要是有关儿童文学工作、活动的策划、组织、联络、运转。因此,我一直把自己称作在儿童文学舞台上跑龙套的。

下面,我从自己写下的《小百花园打杂手记》中摘抄有关参与海峡两岸交流的片段:

1989年8月21日参加在北京召开的台湾北京儿童文学交流会。

1992年5月4日至5日参加在北京召开的海峡两岸童话研讨会。

1992年5月6日参加在北京召开的林焕彰儿童诗研讨会,在会上做题为《真善美的孩子天地》的发言。

1993年8月11日至13日参加在四川温江召开的海峡两岸童话、童诗研讨会,在会上做《共同的探索与追求:试谈海峡两岸童话理论和创作之异同》的发言。

1993年12月24日参加在北京召开的《银线星星:台湾趣味童话选》出版座谈会,在会上做《人性美的深情礼赞:林良童话赏析》的发言。

1999年9月1日参加北京师范大学中文系召开的首届海峡两岸儿童文学教学研讨会。

2001年11月1日在台北参加由国语日报社、海峡两岸儿童文学研究会等单位联合举办的2001年两岸儿童文学交流会,主题是:两岸少儿阅读取向之比较。

2001年11月2日至4日在台东参加台东师院举办的华文世界儿童文学学术研讨会,在会上发表题为《新景观大趋势:世纪之交中国大陆儿童文学扫描》的论文。

2004年10月17日在北京参加北京师范大学儿童文学研究中心举办的2004海峡两岸儿童文学研讨会。

2011年10月9日在武汉参加林海音《城南旧事》出版50周年学术研讨会,在会上做《征服读者的奥秘:〈城南旧事〉给我们的启示》的发言。

我之所以要不厌其烦地向大家汇报这一笔笔流水账,是为了从一个侧面反映20多年来海峡两岸儿童文学交流日益频繁、密切的轮廓和趋势,我这样一个既不是作家,也不是出版人的儿童文学工作者,也多次有机会置身两岸交流的行列,参加研讨、访问、考察等活动,这足以说明交流覆盖面之广、力度之大。多年的接触、交流,我结识了不少台湾儿童文学界的朋友,约略了解到台湾儿童文学创作、出版的现状,并多少学到一点台湾开展儿童文学工作、活动的做法和经验。加强交流确实是大势所趋、人心所向,是海峡两岸儿童文学工作者的共同愿望和需求,也是相互学习、取长补短、共同提高、互利双赢的好事。

三句不离本行。我是个儿童文学工作者,多年来在参与海峡两岸交流中,更多关注

新中国儿童文学 70年 1949—2019

的是台湾开展儿童文学活动、工作的一些做法和经验。以下几个方面特别令人瞩目，给我留下难忘的印象。

**其一，对海峡两岸交流有构想，有规划，有总结**

海峡两岸儿童文学交流能开辟出当今如此富有生气、活力的局面，固然是海峡两岸儿童文学界朋友共同努力的结果，同时也与领跑者、带路人的胆识分不开。林焕彰先生确实功不可没，他对海峡两岸交流在起步时就有较为完整的构想和规划。从成立组织、组团互访，到开展创作研讨、创办刊物、建立资料馆，做了一系列扎扎实实的开拓性的工作。1988 年 9 月他与谢武彰等发起成立大陆儿童文学研究会（1992 年 6 月改组为海峡两岸儿童文学研究会）。1989 年 8 月，林焕彰等一行 7 人来大陆访问，参加皖台儿童文学交流会，勇敢地完成海峡两岸交流破冰之旅。1991 年创办并主编《儿童文学家》季刊，成为海峡两岸儿童文学交流的重要窗口。1992 年 5 月，台湾林海音、林良、林焕彰等 15 位儿童文学作家访问大陆；1994 年 5 月，海峡两岸儿童文学研究会首度邀请 14 位大陆儿童文学作家、评论家赴台访问，从而揭开海峡两岸组团互访的新篇章。1994 年 9 月，世界华文儿童文学资料馆成立，林焕彰被推举为馆长。海峡两岸儿童文学研究会继 1991 年 5 月举办海峡两岸儿童文学交流座谈会后，于 1998 年 6 月又举办了海峡两岸儿童文学交流回顾与展望座谈会，并出版了《回顾与展望专辑》，对海峡两岸交流做了全面、细致的总结，留下了翔实、完整的史料。海峡两岸儿童文学研究会的主要负责人（理事长、秘书长）每三年更换一次，由有成就和能力的作家轮流担任，每人干一届，按时换届，充分发挥大家的积极性，这也是一个可圈可点的好办法。20 年来海峡两岸交流之所以能做到有板有眼、有声有色、持续不断，正是因为有林焕彰、谢武彰、桂文亚、林文宝等这些富有激情、责任感和实干精神的排头兵、领军人走在队伍的前面，积极而又艰辛地搭桥铺路，一步一个脚印地向前行。

**其二，图书出版走自己的路，发挥优势，做出特色**

台湾的出版单位很多，它们各自发挥自己的优势，挖掘资源，改善经营，走自己的路。20 世纪 70 年代末，大陆儿童文学作家的作品开始在台湾与读者见面。富春文化公司、信谊基金出版社、民生报社、九歌出版社、国际少年村出版社、天卫文化图书公司等出版机构是走在前面的。这里仅举桂文亚所在的民生报社为例：当 1983 年桂文亚转到《民生报》，主编该报儿童版和"儿童文学"丛书后，在报社的大力支持下，凭借她对儿童文学的满腔热情和与大陆作者广泛、密切的联系，致力于海峡两岸儿童文学出版的交流，集中推介、出版大陆儿童文学作家的优秀作品，从而使之成为民生报社耀人眼目的一大特色。在她编辑的"中学生书房系列""童话小屋系列""儿童散文系列"中，都有大陆作家的作品。被称作少年小说"四大天王"中的曹文轩、张之路、沈石溪，以及孙幼军、金波、樊发稼、张秋生、秦文君、班马、周锐、冰波、葛冰、吴然、葛竞等，这些驰名大陆儿童文苑的作家，都被吸引、凝聚到《民生报》的周围。同时，桂文亚还与大陆出版单位合作出版《银线星星：台湾趣味童话选》《吃童话果果：台湾童话选》《台湾童诗选》《台湾儿童小说选》等，向大陆读者有计划地推介台湾作家的作品。桂文亚是个散文好手，懂得创作甘苦，又是个资深编辑，善于团结、联系作者。因此她驰骋于海峡两岸，成为作家信得过的出版人，"民生报丛书"也成为颇有名气的图书品牌。桂文亚只是台湾优秀出版人中的一例，但从她身上可以清晰地看出，一个人的能量充分发掘出来，能做多少有益于海峡两岸交流的实事好事啊！

**其三,表彰、奖励大陆作家,推进海峡两岸交流**

同大陆一样,为了鼓励儿童文学创作,扶持、奖掖儿童文学新人,台湾也设置了名目繁多的儿童文学奖。按这些奖项设置的年代先后为序,迄今为止,共有台湾儿童文学创作奖、信谊幼儿文学奖、中华儿童文学奖、杨唤儿童文学奖、九歌现代儿童文学奖、陈国政儿童文学奖、师院生儿童文学创作奖、国语日报儿童文学牧笛奖等。从 20 世纪 80 年代末以来,大陆儿童文学作家曾先后得过杨唤、信谊、九歌、牧笛等奖。我在这里不说各个奖项的作用和影响(如九歌奖对儿童小说,牧笛奖对童话、图画故事创作的发展,都卓有成效),而是要特别说一说杨唤儿童文学奖。这个奖项是为纪念台湾现代儿童诗先驱杨唤,推进世界华文儿童文学的发展,于 1988 年由林焕彰、谢武彰、陈木城、杜荣琛等发起设立的。1989 年颁发的首届杨唤儿童文学奖特殊贡献奖,大陆作家就榜上有名,得主是著名童话作家、理论家、大陆推进海峡两岸交流的先行者洪汛涛。从第二届至第十一届先后荣获特殊贡献奖的大陆作家有:王泉根、金波、樊发稼、韦苇、郭风、任溶溶、孙幼军、蒋风。这些作家、评论家在儿童文学创作、评论、研究上都有出色成就和广泛影响,并大多有著作在台湾发表出版。他们获此殊荣可说是实至名归。我以为,在某种意义上,这也是对促进海峡两岸儿童文学交流做出特殊贡献者的表彰和鼓励。不能不说,主持与参与此项评奖的朋友真是有眼光、有识见,值得赞扬。

**其四,学术研讨、交流日趋经常化、制度化、规范化**

海峡两岸交流重在思想交流、创作交流、学术交流。自 1989 年海峡两岸打开交流之门以来,关于儿童文学创作和理论问题的研究、探讨越来越频繁、活跃。话题既有对创作现状、走向和童书阅读推广的宏观扫描,也有对各种体裁、样式(童诗、童话、少年小说、散文、图画书等)和个别作家作品的分析、评论。在研讨方式上,自 20 世纪 90 年代初以来,大陆参照台湾的经验,也多半采取论坛的形式。会前准备论文,研讨会有主持人、主讲人、提问人,发言时间限 10~15 分钟。会上有问有答,有论有辩,相互交锋,自由讨论,生动活泼,充满学术空气。我也有过这样的亲身经历。2001 年 11 月在台东师院儿童文学所参加华文世界儿童文学学术研讨会,有幸担任过主讲人、主持人。当我宣读论文之后,马景贤先生评说我的论文并提问,另外还有多位朋友提问,各抒己见,交换看法,我觉得受益匪浅。2001 年这次访问台东师院(现台东大学)儿童文学研究所,给我留下美好的印象。该所成立于 1996 年,从 2000 年起每年举办大型儿童文学学术研讨会,所有论文都结集出版。创刊于 1998 年 3 月的《儿童文学学刊》,至今已出版了 10 多本,成为一本很有分量、特色、权威的理论刊物。林文宝先生前些年先后邀请大陆学者王泉根、班马、方卫平等到台东大学讲学;他每年寒假都带领研究生到大陆研习儿童文学,进行学术交流,在加强两岸儿童文学教学交流上,毫无疑问台东大学是走在最前列的。我还注意到,林文宝先生和台东大学儿童文学研究所一向十分重视史料、资讯的搜集、整理。1987 年林文宝与洪文珍等编选、出版台湾《儿童文学选集(1949—1987)》,前些年又编选、出版《儿童文学选集(1988—1998)》,从中可以大致了解台湾儿童文学的发展脉络。林文宝主编的《儿童文学工作者访问稿》,是他组织研究生对 18 位台湾儿童文学指标人物的访谈记录,这是难得的、弥足珍贵的口述历史。翻阅我手边的台东大学儿文所编选、出版的"儿文所儿童文学"丛书,如《一所研究所的成立》《台湾·儿童·文学》等,也都汇集了有助于学术研究、交流的资料。历经十五载,台东大学儿文所已成为名副其实的台湾儿童文学研究的重镇。它在改进和加强儿童文学研究、教学、学术交流等方面的一些举措和

经验,值得我们学习和借鉴。

**其五,阅读推广扎实、深入,贴近孩子**

如何使儿童读物,包括儿童文学,更好地走进广大小读者中去,已经成为近年来出版界、儿童文学界和教师、家长们的一个热门话题。最近几年,大陆在推荐课外阅读书目、组织班级读书会、开展亲子阅读活动、加强儿童文学阅读师资培训等方面,做了一些探索和尝试,初见成效,但儿童阅读的总体状况不容乐观。台湾开展儿童阅读活动起步较早,积累了不少经验,有些活动方式、做法值得借鉴。这里仅举我印象最为深刻的两件事:一是"故事妈妈"活动。据介绍,台湾各市、县已成立7个"故事妈妈协会",乡镇、小区组成了"故事妈妈团";九大县、市有计划地培训"故事妈妈",参与培训的妈妈多达千人。在座的林文宝先生和被昵称为"花婆婆"的方素珍女士都是推动"故事妈妈"活动的热心人。方素珍穿梭于海峡两岸间,走遍东西南北中,举办巡回讲座达1000多场。经验证明,"故事妈妈"是贴近孩子、便于普及、很受欢迎的一种阅读推广形式,也是一种生动活泼的亲子共读形式。二是"好书大家读"活动。这是台湾儿童文学学会、民生报社等单位于1991年开始主办的一项推广优秀儿童读物的活动,至今已有20年之久的历史。评选委员们每年按季度分三个梯次(4月、8月、12月)推介好书;在各梯次选出好书的基础上,再选出年度最佳儿童读物。参加评选的推荐人都是熟悉儿童读物出版现状,具有相当鉴赏水平的专家、学者。评选规则、程序严谨、审慎,在阅读、讨论的基础上投票产生。对入选的图书认真负责地写下评语,并在报刊上撰文介绍。正因为如此,"好书大家读"已成为家长、教师和读者信得过的驰名品牌,被当作为孩子们选购读物的重要依据。

从上面叙述的情况中可以看出,改进和加强海峡两岸的儿童文学交流,要更好地把握以下几点:

1.既要有勇于带头的领跑者,也要有同心协力的团队

无论是作家,作品交流,学术交流,出版交流,还是阅读推广的交流,都需要有热心、实干、身先士卒的领跑,像林焕彰、桂文亚、林文宝、方素珍等就是这样的代表性人物。同时需要一个爱儿童、爱文学、志同道合、群策群力的团队紧紧跟上。"众人拾柴火焰高",加强交流是个艰巨、持久的系统工程,绝非两三个人就可以胜任,必须依靠集体的智慧和力量。大陆也是如此,需要一批热心人、实干家投身到加强交流的行列中来。

2.要建立并加固交流平台,扩大交流空间,创新交流模式

经过多年苦心经营,我们已经有了海峡两岸儿童文学研究会、台东大学儿童文学研究所、民生报社、北师大儿童文学研究中心、浙师大儿童文学研究所、福建少年儿童出版社等一批相对稳定、牢靠的交流平台。今后,还要逐步开辟更多新的平台。要丰富交流内容,选择共同关注的主题,在深层次的创作、学术交流上下功夫。创新交流模式,把创作交流、学术探讨、阅读推广、人才培训很好地结合起来。深切期盼福建少年儿童出版社把两年一届的海峡两岸儿童文学论坛坚持办下去,并在有计划地编选、出版、推介台湾儿童文学作家的作品上挑起更重的担子,有更大的作为,做出自己的特色。

3.要着眼于未来,更多地关注海峡两岸青年作家、学子之间的交流

海峡两岸有志于儿童文学的青年作者、学子的素质、涵养,预示着中华民族儿童文学的明天。应该千方百计地创造条件,开阔他们的眼界,丰富他们的学养。目前,海峡两岸儿童文学界的互访、考察,似乎还局限于在创作、研究、出版、教学上卓有成就和建树的名人。要逐步扩大圈子,吸引、组织更多青年作者、学子们加入交流行列中来。组织师范院

校在读儿童文学研究生互访、考察是个好办法,台东大学儿文所在这方面已走出一条路。我想,如果组织海峡两岸年轻的儿童文学奖得主、征文比赛优胜者相互访问、考察,不仅游山玩水,还可访问著名高等学府、观摩文艺演出、品赏书法美术。特别是安排组织文学业务上的对口交流。同文同源,使用共同的母语,没有语言上的障碍,对话、交流极其方便。有朝一日如能把旅游与文学艺术交流结合起来,那该多么美好啊!

总而言之,我们在交流中要勤于学习,勤于思考,善于吸纳,善于借鉴,相互学习,取长补短,促进海峡两岸儿童文学共同繁荣。

(原载束沛德著《束沛德自选集:坚守与超越》,作家出版社 2019 年版)